LOTHAR-GÜNTHER BUCHHEIM

Die Festung

Buch

Frühjahr 1944. Die Feindfahrten der deutschen U-Boote sind längst Himmelfahrtskommandos geworden, Hitlers Reich steht kurz vor dem Zusammenbruch. U 96 ist noch einmal davongekommen. Für den Kommandanten war es die letzte Feindfahrt: Er wird Flottillenchef in Brest. Der Kriegsberichter Buchheim wird von Bord weg nach Berlin beordert. Diese Reise wird zum Beginn einer aberwitzigen Odyssee durch eine kriegsgeschüttelte Welt. Hinein ins bombengeschundene Deutschland, in dem Zerstörung und Tod Alltag geworden sind, die Nazimaschine immer noch perfekter, die Täuschungen perfider. In Berlin erfährt Buchheim von der Verhaftung seines Verlegers Peter Suhrkamp, und schon bald gerät auch er selbst unter Druck: Arbeitet seine französische Freundin Simone etwa für die Résistance? Berlin, München, Paris, die Invasionsfront und die Festung Brest sind die Stationen, auf denen Buchheim den Krieg im Querschnitt erlebt. Schließlich gerät er auf ein überfrachtetes U-Boot, mit dem der Ausbruch aus Brest gelingen soll …

Mehr als zwanzig Jahre hat Lothar-Günther Buchheim nach seinem Welterfolg »Das Boot« an der »Festung« gearbeitet. Entstanden ist der große deutsche Roman über den Zweiten Weltkrieg, der immer eingefordert, aber nie geschrieben wurde. Buchheim schildert die Wirklichkeit des Jahres 1944 – vier Monate einer Zeit, in der »an einem Tag oft mehr geschah als sonst in einem Jahr«.

Autor

Lothar-Günther Buchheim, geboren 1918 in Weimar. Studium an den Kunstakademien in Dresden und München. Im Zweiten Weltkrieg Kriegsberichter mit Einsätzen auf Minenräumbooten, Zerstörern und vor allem U-Booten. Nach dem Krieg Gründung einer Kunstgalerie und später auch eines Kunstverlages. Buchheim ist Autor zahlreicher Standardwerke über den Expressionismus. 1973 erschien sein Roman »Das Boot«, danach unter anderem die Bild/Textband-Trilogie »U-Boot-Krieg« (1976), »Die U-Boot-Fahrer« (1985), »Zu Tode gesiegt« (1988). Daneben immer wieder Fernsehfilme und Reportagen. Lothar-Günther Buchheim lebt in Feldafing am Starnberger See. Seine Sammlung expressionistischer Kunst ist legendär.

LOTHAR-GÜNTHER
BUCHHEIM

Die Festung

Roman

GOLDMANN

»Die Festung« erschien erstmals 1995
beim Hoffmann und Campe Verlag, Hamburg

Umwelthinweis:
Alle bedruckten Materialien dieses Taschenbuches
sind chlorfrei und umweltschonend.

Der Goldmann Verlag
ist ein Unternehmen der Verlagsgruppe Bertelsmann

Taschenbuchausgabe 10/97

Umschlaggestaltung: Design Team München
unter Verwendung eines Pastells
von Lothar-Günther Buchheim
(*Fabrikabbruch in Chemnitz,* 1936)
Druck: Presse-Druck Augsburg
Verlagsnummer: 43822
VB · Herstellung: Sebastian Strohmaier
Printed in Germany
ISBN 3-442-43822-5

1 3 5 7 9 10 8 6 4 2

Ohne meine Frau Ditti Buchheim und ohne Werner Löcher wäre aus meinen vielen tausend Manuskriptseiten dieses Buch nie entstanden. Schönen Dank.

L.-G. B.

Die Aufgabe, die ich zu erfüllen trachte, ist, durch die Macht des geschriebenen Worts euch hören, euch fühlen und, dies vor allem, euch sehen zu machen. Das, und nichts weiter, und darin liegt alles. Wenn es mir gelingt, dann findet ihr dort je nach Bedürfnis und Verdienst: Ermutigung, Trost, Furcht und Bezauberung, kurz alles, was ihr wollt, und vielleicht auch jenen flüchtigen Anblick der Wahrheit, nach dem zu fragen ihr vergessen habt.

Joseph Conrad

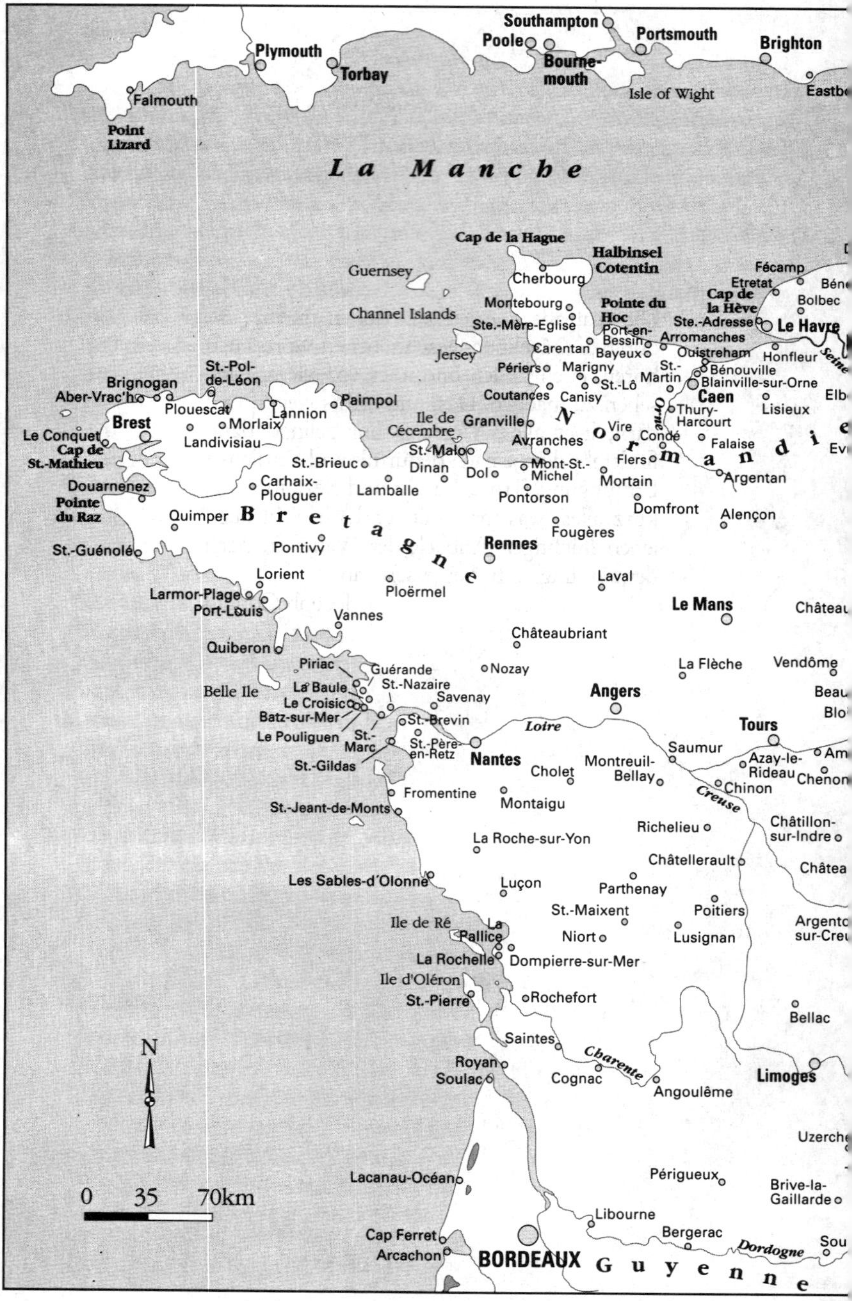

Southampton
Poole
Portsmouth
Brighton
Plymouth
Torbay
Bourne-mouth
Isle of Wight
Falmouth
Point Lizard
La Manche
Cap de la Hague
Halbinsel Cotentin
Guernsey
Cherbourg
Fécamp
Etretat
Bolbec
Cap de la Hève
Channel Islands
Montebourg
Pointe du Hoc
Ste.-Adresse
Le Havre
Ste.-Mère-Eglise
Port-en-Bessin
Arromanches
Seine
Jersey
Carentan
Bayeux
Ouistreham
Honfleur
Périers
Marigny
St.-Martin
Bénouville
St.-Pol-de-Léon
St.-Lô
Blainville-sur-Orne
Brignogan
Aber-Vrac'h
Plouescat
Lannion
Paimpol
Coutances
Canisy
Caen
Lisieux
Orne
Thury-Harcourt
Brest
Morlaix
Ile de Cécembre
Granville
Normandie
Vire
Le Conquet
Landivisiau
Avranches
Condé
Falaise
Cap de St.-Mathieu
St.-Malo
Flers
St.-Brieuc
Dinan
Dol
Mont-St.-Michel
Argentan
Douarnenez
Carhaix-Plouguer
Lamballe
Mortain
Pointe du Raz
Pontorson
Domfront
Quimper
Bretagne
Alençon
Fougères
St.-Guénolé
Pontivy
Rennes
Lorient
Laval
Ploërmel
Larmor-Plage
Port-Louis
Le Mans
Vannes
Châteaubriant
Quiberon
Piriac
Guérande
Nozay
La Flèche
Vendôme
La Baule
St.-Nazaire
Belle Ile
Le Croisic
Savenay
Angers
Batz-sur-Mer
St.-Brevin
Le Pouliguen
St.-Marc
Loire
Tours
St.-Père-en-Retz
Nantes
Saumur
St.-Gildas
Cholet
Montreuil-Bellay
Azay-le-Rideau
Chinon
Fromentine
Montaigu
Creuse
St.-Jeant-de-Monts
Richelieu
Châtillon-sur-Indre
La Roche-sur-Yon
Châtellerault
Les Sables-d'Olonne
Luçon
Parthenay
St.-Maixent
Poitiers
Ile de Ré
La Pallice
Niort
Lusignan
La Rochelle
Dompierre-sur-Mer
Ile d'Oléron
St.-Pierre
Rochefort
Bellac
Saintes
Charente
Royan
Soulac
Cognac
Angoulême
Limoges
N
Lacanau-Océan
Périgueux
Brive-la-Gaillarde
0 35 70km
Libourne
Bergerac
Cap Ferret
Dordogne
Arcachon
BORDEAUX
Guyenne

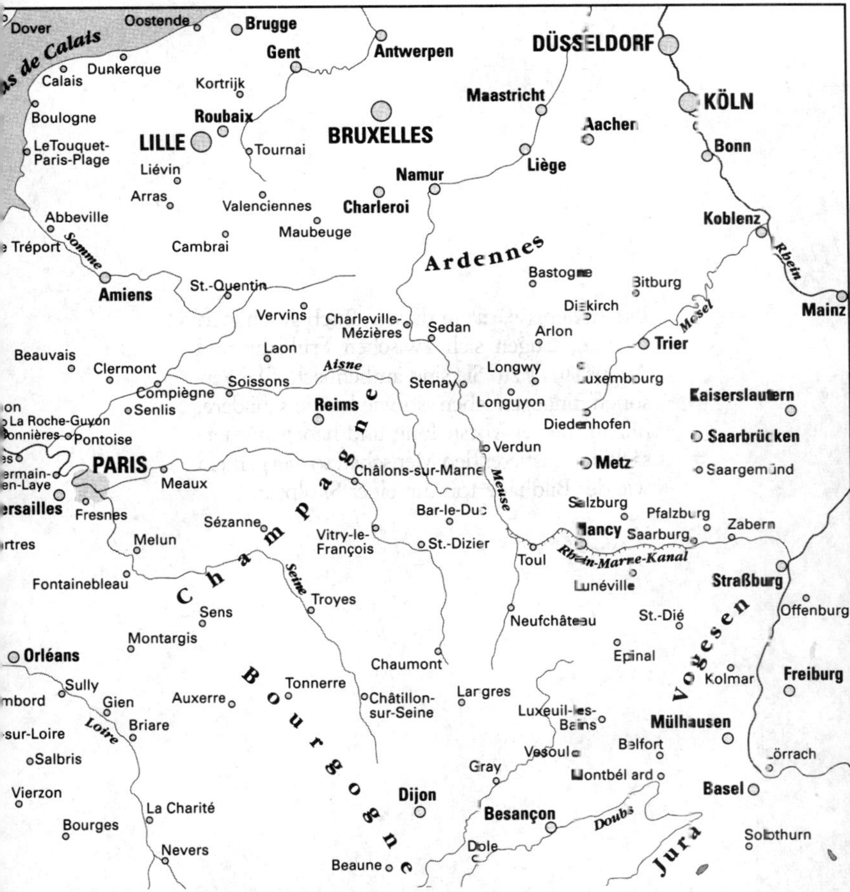
Dover
Oostende
Brugge
Gent
Antwerpen
DÜSSELDORF
Calais
Dunkerque
Kortrijk
Maastricht
KÖLN
Boulogne
Roubaix
BRUXELLES
Aachen
LeTouquet-Paris-Plage
LILLE
Tournai
Bonn
Liévin
Namur
Liège
Arras
Valenciennes
Charleroi
Abbeville
Maubeuge
Koblenz
Somme
Cambrai
Rhein
Ardennes
Bastogne
Bitburg
Amiens
St.-Quentin
Diekirch
Mainz
Vervins
Charleville-Mézières
Sedan
Arlon
Mosel
Trier
Beauvais
Laon
Aisne
Longwy
Clermont
Stenay
Luxembourg
Compiègne
Soissons
Longuyon
Kaiserslautern
Senlis
Reims
La Roche-Guyon
Pontoise
Diedenhofen
Saarbrücken
Verdun
PARIS
Metz
Meaux
Châlons-sur-Marne
Saargemünd
Meuse
Fresnes
Bar-le-Duc
Salzburg
Pfalzburg
Sézanne
Nancy
Saarburg
Zabern
Vitry-le-François
St.-Dizier
Melun
Toul
Rhein-Marne-Kanal
Straßburg
Champagne
Lunéville
Seine
Fontainebleau
Troyes
Offenburg
Sens
Neufchâteau
St.-Dié
Vogesen
Montargis
Epinal
Orléans
Chaumont
Bourgogne
Tonnerre
Kolmar
Freiburg
Sully
Langres
Châtillon-sur-Seine
Auxerre
Gien
Luxeuil-les-Bains
Mülhausen
Loire
Briare
Salbris
Belfort
Vesoul
Lörrach
Gray
Montbéliard
Vierzon
Dijon
Basel
La Charité
Besançon
Doubs
Bourges
Solothurn
Jura
Nevers
Dole
Beaune

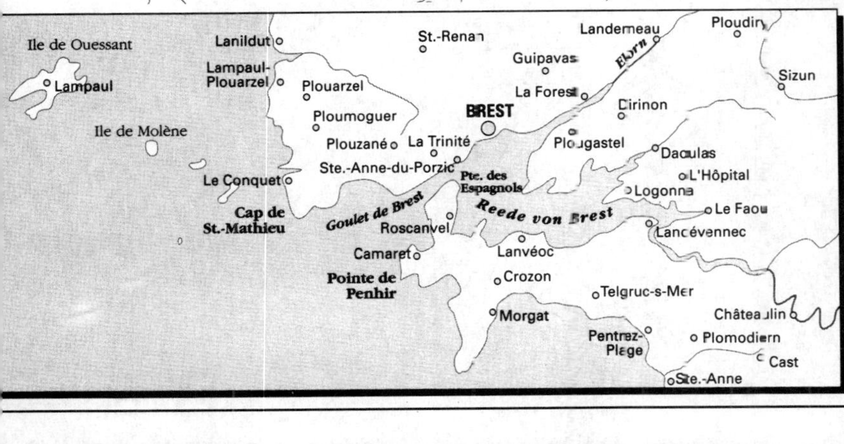
Landerneau
Ploudiry
Ile de Ouessant
Lanildut
St.-Renan
Guipavas
Elorn
Lampaul-Plouarzel
Sizun
Lampaul
Plouarzel
La Forest
Dirinon
BREST
Ploumoguer
Ile de Molène
Plouzané
La Trinité
Plougastel
Daoulas
Ste.-Anne-du-Porzic
Pte. des Espagnols
L'Hôpital
Le Conquet
Logonna
Cap de St.-Mathieu
Goulet de Brest
Reede von Brest
Le Faou
Roscanvel
Lanvéoc
Camaret
Crozon
Pointe de Penhir
Telgruc-s-Mer
Châteaulin
Morgat
Pentrez-Plage
Plomodiern
Cast
Ste.-Anne

Die Ereignisse, die in diesem Buch geschildert werden, trugen sich zwischen Frühjahr und August 1944 zu. Sie sind authentisch. Die Personen hingegen leben, so wie ich sie schildere, nur in meiner Vorstellung und haben mit tatsächlich existierenden Menschen so viel gemein wie der Bildhauerton mit einer Skulptur.

1. Teil

Ende der Seereise

Geleitaufnahme heute nachmittag«, verkündet der Alte und wuchtet sich auf das Wachstuchsofa hinter der Back. Dann schabt er sich mit Daumen und Zeigefinger seiner rechten Hand den Bart und wirft einen mißbilligenden Blick auf das Frühstück. Vom Bartschaben schneien ihm helle Schuppen aufs dunkle Hemd herunter. Einige landen auf seinem Rührei.

Am Nachmittag! Gute Zeit. Hoffentlich hat der Obersteuermann ein brauchbares Sternbesteck bekommen, damit wir die Ansteuerung ohne viel Zirkus finden. Dann werden wir uns wohl peu à peu an die Belle-Ile heranlotsen müssen. Wie lange wir dann noch tiefes Wasser haben, wird mir der Obersteuermann schon sagen. Oder der Alte, wenn er nicht gerade am letzten Tag der Reise wieder seine Maulfaulheit pflegt.

Es könnte nichts schaden, wenn ich mich schon mal mit meinen Zeichnungen beschäftigte. Die wollte ich längst sortieren in offizielle und inoffizielle – solche, die ich abliefern, und solche, die ich auf die Seite bringen will. Mit den Filmen ist es das gleiche. Jetzt heißt es wieder mal: faire semblant – so tun, als ob. Ich muß so tun, als ob das halbe Dutzend Filme, das ich schon ausgesondert habe, meine ganze Ausbeute wäre. Die guten ins Töpfchen, die schlechten ins Kröpfchen – das muß hier umgedreht gelten: Ich wäre schön blöd, wenn ich die guten Filme auf den Dienstweg geraten ließe. Da sind schließlich tolle Sachen für später dabei.

Wie mit einem zärtlichen Streicheln fahre ich schnell über den Schwimmbeutel mit den »privaten« Filmen hin. Nur noch ein paar Meilen, und sie werden in Sicherheit sein. Gleich nach dem Festmachen den Laboranten vergattern, damit er beim Entwickeln ja keinen Mist macht, nehme ich mir vor. Gleich aber falle ich mir in die Parade: Was soll der Quatsch! Wenn der Laborant die Filme in die Klauen kriegt, sind sie futsch und perdu. Also besser kein Aufhebens machen. Die Filme unentwickelt beiseite bringen ...

Einmal mehr stellt sich die Frage, wo ich meine Filme sicher verwahren kann. Wenn sie mich bald nach Berlin schicken, komme ich nicht in

Verlegenheit. Dann läßt sich vielleicht sogar ein Umweg über Feldafing herausschinden. In Feldafing dürfte alles, was ich an Dokumenten und Filmen schon eichhörnchenfleißig zusammengetragen habe, sicherer als in einem Panzerschrank liegen – und zwar zwischen allem möglichen Krempel auf dem Dachboden des Knusperhäuschens am Waldrand, in dem ich meine Bude habe. Direkt über meinem schmalen Flur ist die Luke zum Dachboden. Da klettert höchstens alle halbe Jahre mal der Kaminkehrer hinauf, und der kann sich dann am Anblick von abgestelltem Gerümpel und ein paar verstaubten alten Koffern delektieren. Zwei davon – die schäbigsten – sind kostbar. Wolle Gott, daß es da oben nie zu warm wird. Ich habe getan, was ich konnte: Jeder Film ist einzeln in einer Dose, dann Packpapier, dann noch mal in einer Pappschachtel und dann alles mit Zeitungspapier ausgestopft. Auf den Gedanken, daß da oben Geheimmaterial liegen könnte, *kann* gar keiner kommen.

Der Alte hält sich mittlerweile am Kartenpult beschäftigt.

»So wird's gemacht!« sagt er. »In zehn Seemeilen Abstand nehmen wir eine Kreuzpeilung . . . Das klappt aber nur, wenn die Sichtverhältnisse so gut sind, daß wir die Landecken erkennen können. Nanni eins steuern wir nicht direkt an, sondern nehmen Kurs auf die Noirmoutier-Halbinsel, weil wir so noch ein bißchen länger etwas tieferes Wasser haben – zirka siebzig Meter.«

Ich staune, wie gesprächig der Alte auf einmal ist. Aber dann hantiert er mit Zirkel und Dreieck und schweigt dabei in tiefer Konzentration. Ich stehe still daneben und male mir unsere Rückkehr aus: Diesmal wird es ein rauschendes Fest geben. Wir sind von der Schippe gesprungen – und das um Haaresbreite! Doch dann sage ich mir vor: Noch ist es nicht soweit!

»Wir müssen Zeitfaktor einkalkulieren wegen eventueller Unterwasseraufenthalte infolge von Fliegeralarmen!« sagt der Alte. Er winkt mich näher ans Kartenpult heran und zeigt auf die Seekarte: »Vermutliche Stromversetzung nach der vorherrschenden Windlage – ab dreißig Seemeilen Küstenabstand auch Gezeitenstrom – hat der Obersteuermann schon eingetragen.«

Fein, fein! sage ich stumm. Dann muß also bloß noch das Geleit pünktlich sein . . .

»Wir kommen erheblich später als erwartet an. Ist aber kein Problem. Unsere Ankunftszeit ist korrigiert . . .«

Die wissen also Bescheid, da wird ja wohl der Sperrbrecher rechtzeitig am Treffpunkt erscheinen.

»Mit Jagdschutz ist nicht zu rechnen«, sagt der Alte halblaut wie vor sich hin, »und dabei könnten wir ihn jetzt allmählich brauchen.«

»Früher – da gab's ja mal so was für einlaufende Boote ...«, höre ich den Obersteuermann.

»Ja, früher!« sagt der Alte. Es klingt, als wolle er den Obersteuermann auf die Schippe nehmen. Der Obersteuermann hat aber recht: Daß ich mal eine Messerschmidt am Himmel sah, ist eine Ewigkeit her. Hab schon vergessen, wie so ein Apparat überhaupt aussieht.

Ich weiche dem Alten tunlichst nicht mehr von der Seite. Ich merke ihm deutlich an, daß er an Problemen kaut. Oder gibt er sich einfach nur seiner üblichen inneren Abwehr vor dem Ankommen im Hafen hin? Trägt er schon den Degout vor dem Theater zur Schau, das ihn an Land erwartet?

Den Alten scheint auch zu beunruhigen, daß beim Funker Hochbetrieb herrscht ...

»So viel Füllfunk«, murmelt er prompt, »hatten wir noch nie.« Und dann sagt er: »Das scheint mir nicht!«

»Was im Busch?« frage ich.

»Weiß man's?«

Es wird Mittag. Die schiere Nervosität treibt mich nach oben. Der Alte ist jetzt auf der Brücke und wird sie, wie ich ihn kenne, vorerst nicht mehr verlassen. Da kommt auch schon der Backschafter aus dem Turmluk geklettert und versucht, das Essen zu servieren, ohne daß er die Wache und den Alten beim Ausguck stört. Er klappt die kleinen Sitze in der Brückenverschanzung heraus und stellt das Essen darauf: Kaffee, Sülze, Brot, Senf, Gurken.

Niemand rührt etwas an. Die Gegend ist nicht geheuer. Der Alte gibt sich verschlossen. Grübelt oder rechnet er?

Ich lasse den Blick nach achtern gehen. Über dem heftig strudelnden Heckwasser des Bootes erfasse ich Wolkenformationen, die sich zu lichten scheinen. Der Alte folgt meinem Blick und mustert dann skeptisch das ganze Himmelspanorama hinter uns, bis er sich mit einem Ruck wieder nach vorn wendet und das Glas vor die Augen hebt. Unter dem Glas hin sagt er: »Insgesamt doch ganz hübscher Flurschaden. Mindestens vier Wochen Werftliegezeit. Das gibt schönen Urlaub für die Männer. Na, für dich ja nicht ...«

Klang das süffisant? Was will der Alte damit sagen? »Du mußt doch jetzt erst mal richtig ran und dein Material auswerten, wenn ich die Sache richtig sehe ...«

»So isses!« imitiere ich seine Ausdrucksweise und fühle mich beruhigt. Außerdem will ich den Alten malen, sobald der Rückkehrrummel vorüber ist. Genau so, wie auf meinen Skizzen, aber lebensgroß: mit dem Seeglas in den Händen und die Hände in den dicken Lederhandschuhen mit den abgesteppten Nähten. Blick direkt über das Seeglas hinweg, also im Moment des schweifenden Rundumblickens über Kimm und Himmel, unmittelbar vor dem Ansetzen des Glases. Der Alte weiß schon, was ihm blüht: mindestens drei Modellsitzungen.

»Aufpassen, meine Herrschaften, aufpassen!« Der Alte sucht immer wieder den Himmel ab. Dabei dreht er sich fast ganz um die eigene Achse. Als er meinem Blick begegnet, sagt er: »Die werden immer frecher!« Und dann, als er das Glas schon wieder vor den Augen hat: »Hier in der Gegend hat Kramer sein Volltreffer erwischt!«

»Ich sag's ja«, murmelt der Obersteuermann vor sich hin, verrät aber nicht, was er zu dieser Attacke zu sagen hat, die in der Rubrik »Wunder« figuriert. Die Bombe, die sich Kramer einfing, war ein »Zerscheller«. Sie schlug an Backbordseite in Schräglage an das Windabweiserblech am Turm und zerplatzte.

Soviel Glück! Auch auf fünfzig Menschen verteilt war das noch ein Übermaß. Die konnten ihren Einlauftag als zweiten Geburtstag feiern. Aber wahrscheinlich haben die meisten von der Besatzung ihren Dusel schon halb vergessen. Mir geht's ja genauso. Wie oft bin ich denn im letzten Moment noch von der Schippe gesprungen oder um Haaresbreite davongekommen. Glück muß der Mensch eben haben in diesen Zeiten!

Ohne jeden Übergang sagt der Alte jetzt unter seinem Glas durch: »Bloß diesmal keinen großen Fackelzug. Ich hab diese Art von Feten bis obenhin.« Als er das sagt, fährt sich der Alte mit der Handkante quer über die Kehle, als wolle er einen Anschlag mit dem Rasiermesser demonstrieren.

»Also kleiner Fackelzug«, murmelt der Obersteuermann. »Flasche Bier und 'ne Semmel.«

Nichts wäre mir lieber als das. Am allerliebsten würde ich, wenn wir erst festgemacht haben, allen die Hand schütteln und mich verdrücken. Festgemacht? Soweit sind wir leider noch lange nicht.

Komische Stimmung: Die Bordroutine läuft normal ab, und doch ist alles anders, als es gestern noch war. Ein elektrisches Kraftfeld hat sich bis in alle Winkel aufgebaut und jeden einzelnen einbezogen. Die Spannung, in der wir auf einmal leben, ist körperlich spürbar. Jeder tut zwar sein Bestes, um zu verbergen, daß er längst die Stunden zählt – aber allein schon durch das Bemühen, besonders dickfellig und breitschultrig zu erscheinen, wird die Veränderung spürbar. »Direkt vor der Haustür« ist schon zu einer Metapher geworden für das Unglück, das noch in letzter Minute zuschlägt.

Touche bois! befehle ich mir und lange verstohlen hin zu dem kleinen Ausklapptisch in der Brückenverschanzung, auf dem der Alte seine Tasse Kaffee kalt werden läßt.

»Aufpassen! Verdammt noch mal!« herrscht der Alte den backbordachteren Brückenposten an. Dann sagt er, halb zu mir gewandt: »Unsere Freunde kennen ja unsere Passierpunkte, und unsere Ankunftszeit kennen sie wahrscheinlich auch. Die berühmte Einheit von Zeit und Ort ...«

Der Alte setzt sein Glas ab und läßt den Blick wieder über den Himmel wandern. Der leichte Wolkenaufzug direkt vor uns beunruhigt ihn sichtlich. Die Gegend ist weiß Gott nicht geheuer. Der Alte flucht leise vor sich hin. Das klingt wie Hundeknurren.

Das alte Problem – tauchen oder oben bleiben? – existierte nicht, wenn wir Luftdeckung hätten. Aber die Luft fehlt eben.

Also tauchen! würde ich jetzt meinen. Wir offerieren uns hier wie auf dem Präsentierteller.

Die Gedankenübertragung auf den Alten scheint wieder mal zu klappen: An der Art, wie er den Himmel mit mißtrauisch verkniffenem Gesicht mustert, merke ich schon, daß wir bald von der Oberfläche verschwinden werden. Nicht, daß der Alte Nervosität zeigen würde – dafür hat er sich zu gut im Zaum –, aber ich kenne ihn genau genug, um zu merken, wenn er auch nur ein Wort zuviel sagt. Da redet er auch schon wieder, und jetzt klingt er fast wie aufgebracht: »Ich war immer schon gegen den Begrüßungsfirlefanz. Da erfahren doch viel zu viele Leute, wann wir erwartet werden.«

Und Simone erfährt's auch, ergänze ich im stillen – aber das ist gut so.

Das Boot steuert jetzt Zickzackkurs. Keiner kann wissen, ob die Engländer nicht auch unseren Ansteuerungspunkt kennen und sich mit einem ihrer U-Boote mit langsam drehenden E-Maschinen auf die Lauer gelegt haben.

»Das scheint mir einfach nicht!« murmelt der Alte vor sich hin. Und gleich darauf schlägt mir seine Befehlsstimme ins Ohr: »Klarmachen zum Tauchen!«

Ich nehme einen letzten Rundblick, dann melde ich: »Ein Mann von Brücke!« und steige ein.

Diesmal bleibe ich nicht in der Zentrale. Ich will noch einmal durch die achteren Räume gehen – zu einer Art Farewell. Jetzt ist dafür gute Schangs. Seit dem frühen Morgen schon setzt mir ein verwirrender Zwiespalt der Gefühle zu. Ich empfinde zugleich Vorfreude auf die Rückkehr und innere Abwehr, auch eine Art Tristesse: Die paar Schritte über die Gangway werden für mich den Abschied von Boot und Besatzung bedeuten. Zu meinem Trost werde ich nicht der einzige sein, der aussteigt. Der LI verläßt das Boot auch. Und zwar ebenfalls endgültig. Seinen Nachfolger, den dicken Beckers, hat er schon eingelernt.

Ich will achtern beginnen. Deshalb tue ich, während ich durchs Boot turne, so, als nähme ich nichts wahr. Erst im E-Raum mache ich die Augen richtig auf. Über dem Hecktorpedorohr ist nasses Ölzeug zum Trocknen ausgebreitet – überall Ölzeug, wie zur Dekoration. Zwei Männer stehen über die summenden E-Motoren gebeugt. Ich fasse die Luftverdichter in den Blick: brave Aggregate! Wenn die nicht immer so gut mitgespielt hätten, wären wir geliefert gewesen. Ohne Preßluft ist in gewissen Situationen nun mal nicht mehr viel auszurichten.

Im Dieselraum herrscht ungewohnte Ruhe. Zörner sitzt gleich hinter dem Schott in der Ecke. Er ist eingeschlafen, ein aufgeschlagenes Buch auf den Knien. Johann steht am Fahrstand und notiert Zahlen in das Tagebuch. Als er mich sieht, versucht er unter komischen Verrenkungen etwas aus seiner rechten Hosentasche herauszufingern. Endlich gelingt es ihm, er guckt mich zutunlich an und nuschelt: »Herr Leutnant, das hat die Maschine für Sie gemacht – ein Zigarettentöter.«

Ich halte eine körperwarme kleine, sechskantige Messingplatte mit dem stilisierten Sägefisch, unserem Bootszeichen, darauf in der Hand und lese im Schein der Lampe über dem Arbeitspult die feine, tiefgelegte Schrift: »Zur Erinnerung an die 5./6. Feindfahrt auf U 96.« Jetzt ist es an mir, verlegen dazustehen. Und da gerate ich, als ich Überraschung und Dank bekunden will, auch noch ins Stottern.

Ich lasse meinen Blick über die beiden Diesel laufen. Wackere Böcke! Gut durchgehalten! Wann sind je Diesel so geschunden worden wie auf dieser Reise – und haben ihren Dienst doch nicht versagt. Kaum zu glauben, was so ein Diesel mitmacht. Mich kommt eine Regung an, die rechte Hand auszustrecken und den Backborddiesel zu streicheln, ihm quasi die Kruppe zu tätscheln wie einem Pferd nach dem Rennen. Weil mich aber der Dieselmaschinist im Blick hat, wage ich es nicht. Ich mache schnell ein paar Schritte nach achtern und tue so, als wollte ich die Temperatur abfühlen – erst am Backborddiesel, dann am Steuerborddiesel. Mir soll hier keiner komische Sentimentalitäten nachsagen können.

Ich hatte mich selber für ein ganzes Stück abgebrühter gehalten. Ich hätte gelacht, wenn mir einer geweissagt hätte, daß ich hier Abschiedswehmut empfinden würde. Aber nun ist es soweit. Am Ende artet dieses Unternehmen noch zu einer Art »sentimental journey« aus.

In der Kombüse stellt der Schmutt gerade einen großen Topf mit Wasser auf die Herdplatte. Er wird das Wasser wohl zum Putzen brauchen.

Im U-Raum sind die meisten Vorhänge vor den Kojen offen. An der Back sitzen drei Mann: Einer putzt sein Glas, einer liest, einer döst vor sich hin. Auf der Back acht abgegessene Teller, Messer und Gabel darin.

Zurück in die Zentrale. Nach all dem Trubel ist auch hier eine merkwürdige Ruhe eingekehrt. Der Raum wirkt leer. Der Zentralemaat hat sich in eine Ecke gehockt und döst. Die Zentrale vor allem war mehr als sechs Wochen lang mein Lebensraum. Wo schon könnte das Wort Lebensraum so viel Gewicht haben wie hier! Mein Leben hing wahrhaftig vom Bestand dieses Raumes ab. Der Druckkörper hat gehalten – gewiß, die Liste für die Werft ist lang: Flurschaden in Hülle und Fülle. Aber wir leben. Den Tommies ist es nicht gelungen, Wasserleichen aus uns zu machen.

Bein hoch und durchs vordere Kugelschott. Der Funker sitzt gegenüber an seinen Geräten. Er hat die Kopfhörer auf und sucht den elektromagnetischen Raum ab.

In der O-Messe hält sich der Leitende beschäftigt: Er repariert seinen Fotoapparat mit feinstem Werkzeug. Der I WO studiert irgendeine Dienstvorschrift, der II LI liegt in der Koje. Nebenan im OF-Raum hocken der Obersteuermann und die Nummer Eins beim Essen. Sie halten ihre Köpfe so tief, daß ich nur ihre Haarschöpfe sehen kann.

Der Zigarettentöter in meiner Tasche, der freut mich. Blitzsaubere Arbeit: aus einem einzigen Messingwürfel geduldig herausgefeilt. War sicher die Idee vom LI. Oder die Entwurfsskizze stammt von ihm.

In mir deklamiert es: »Wo sind wir, wo? / und noch fünfzehn Minuten bis Buffalo / John Maynard war unser Steuermann / aus hielt er, bis er das Ufer gewann.«

Nur noch ein paar Stunden – wenn alles klappt. Daß ich immer auch Futter für den Aberglauben anfüge, geschieht längst zwanghaft: wenn alles flutscht ... wenn es läuft, wie geplant ... wenn keiner Mist macht ...

Wenig später werden in der Zentrale Präservative aus einem großen Karton verteilt. Die Nummer Eins gebärdet sich dabei wie ein Jahrmarktsausrufer: »Kommse rüber, kommse ran, hier wernse beschissen wie nebenan! Erstklassige Bunaware, Marke Seeschwalbe, gefühlsaktiv. Das Beste, was auf dem Markt ist.«

Ich lausche auf das, was die Maschinenmaate sich zu sagen haben.

»Seeschwalbe, das issen ganz schön blöder Name für Präser!«

»Drei Stück pro Nase – die rammel ich doch in Null Komma nix weg!«

»Gib nur an, gib nur immer tüchtig an!«

»Pro Nase? Nase iss gut gesacht!«

»Du kannst dir doch die Präser vom Bibelforscher geben lassen ...«

»Wie kommste denn da druff?«

»Der darf doch nich ficken.«

»Mann, da haste recht – knorke Idee!«

Der I WO liest währenddessen stotternd die Puffordnung vor. Da kommt der Alte von vorn und beobachtet ihn dabei aus zusammengekniffenen Augen. Wenn der I WO sich noch ein paarmal verspricht, wird dem Alten der Kragen platzen.

Der LI negert mich leise von der Seite her an: »Sie betrifft das ja nicht – Sie sind ja bestens versorgt, wenn ich nicht irre . . .«

Das könnte der Alte gehört haben. Ich sollte den LI dafür umbringen!

Mit halbem Ohr höre ich auf die feinen Unterschiede, die der Verfasser der Puffordnung bei seiner Aufzählung von weiblichen Wesen macht. Der I WO liest nuschelig von »Frauen«, »Weibern«, »Dirnen« vor. Keiner traut sich über den Text oder den I WO zu lachen. Schließlich haben alle den schier tückischen Blick des Alten gesehen.

Da sehe ich am Lichtsignal, daß der Triton freigeworden ist. Der Alte sieht es auch und verschwindet nach vorn.

Den Leuten hat der Stalldrang die Zungen gelöst – und die Präserverteilung wohl auch. Soviel wie jetzt ist noch nie im Boot gequatscht worden. Ich hocke mich, um meine Gedanken zu ordnen, ins Halbdunkel auf meinen mittlerweile schon angestammten Platz dicht beim Flut- und Lenzverteiler.

»Mal wieder was Gescheites wegstaun! Ich hab den Dosenfraß bis hier . . .« Der Dieselmaat Roland macht dazu eine Bewegung, als wollte er sich den Kopf abschlagen.

Der wachfreie E-Maat pflichtet ihm bei: »Da haste aber mal recht! Was Ordentliches in die Kiemen wär nich schlecht – grüne Klöße und Sauerbraten zum Beispiel. Rotkraut, aber das zwomal aufgekocht. Und du – was schwebt'n dir so vor?«

»Hühnersuppe beim Chinesen, aber ordentlich mit Fleisch – wenn's den Chinesen noch gibt . . .«

»Was soll'n das nu wieder heißen?«

»Kann ja ausgebombt sein, oder?«

Da fällt mir ein, daß Roland aus Hamburg stammt. Eine Weile ist Ruhe, aber dann sagt Roland merkwürdig gedehnt: »Ich hab mich immer gewundert, wieso's beim Chinesen hinten kurz vor der Herbertstraße so billig war . . .«

Die gedehnte Intonation schreit förmlich nach einer Nachfrage aus der Runde.

»Na und?« übernimmt der Bootsmannsmaat prompt den Part.

»Weil die Chinesen ihre Hühner erst vögeln, eh se se in den Topp schmeißen – die sin schon mal fürs Vögeln bezahlt, verstehste?«

»Alte Sau! Wenn de jetzt nich die Schnauze hältst, dann kriegste se von mir poliert!«

Roland tut so, als habe er die Drohung nicht gehört. »Warum denkste denn, daß es Vögeln heißt? Wegen der Hühnerfickerei! Die Chinesen ham das erfunden. Schon vor tausend Jahren. Und das wußtest de nich? Was hast du Idiot denn gedacht, wieso die so nahrhafte Suppen . . .«

»Hörste jetzt auf, du alte Sau, oder ich bring dich um!«

»Sauber, sauber!« sage ich still vor mich hin. Direkt appetitanregend. Da *muß* man sich ja aufs Essen freuen!

»Da gibt's übrigens noch'n Trick bei der Hühnervögelei . . .«

Mich wundert, daß auf diesen neuen Einsatz hin kein Protest laut wird.

»Also das geht so: Erst mal richtig schön flattern lassen, damit dein Pimmel in Stimmung kommt – und dann, genau wenn's dir gerade kommen will, dem Biest den Hals umdrehen . . .«

»Wozu 'n das?«

»Da geht ihm nämlich das Arschloch paarmal auf und zu – und das soll'n knorke Gefühl sein . . .«

»Du redst, als hättstes ausprobiert!«

»Ich hab das direkt von 'nem Chinesen.«

»Das sin doch Schweine, die Chinesen!«

»Wie des nimmst . . .«

Wir fahren wieder aufgetaucht. Das feste Land müßte bei etwa zehn Seemeilen Küstenabstand in Sicht kommen. Dann kann der Obersteuermann seine erste Kreuzpeilung nehmen, vorausgesetzt, er findet zwei markante Punkte.

Zehn Seemeilen, das bedeutet, daß wir noch eine Stunde Überwasserfahrt vor uns haben, bis wir Land sehen können. Das wird eine verdammt lange Stunde werden! Auf dieser letzten Strecke *muß* es einfach gutgehen. Ich sage mir das wie eine Beschwörungsformel vor, aber auch: Leise auftreten! Sich klein machen! Ja nicht das Schicksal herausfordern.

Ansteuerungspunkt Nanni eins: klingt hübsch. Bei Nanni eins soll uns der Sperrbrecher aufnehmen. Es ist nur zu hoffen, daß der auch da sein wird. Dem Vernehmen nach hat es mit dem Aufnehmen der Boote bei Nanni eins in letzter Zeit öfter nicht geklappt. Die Ansteuerung ist an sich bloße Routinesache, das heißt: könnte bloße Routinesache sein, wenn der böse Feind nicht wäre. Mit diversen Überraschungen ist zu rechnen. Was die Minen anbelangt, haben die Tommies gleich zweierlei Sorten zu bieten: Seeminen, die von ihren U-Booten bis vor die Küste gekarrt werden, und Grundminen mit magnetischen und akustischen Zündern, die nachts von Flugzeugen abgeworfen werden. Diese Art von Knallkörpern vor allem soll der Sperrbrecher hochjagen.

Sperrbrecherfahrer muß ein beschissener Dienst sein: raus, rein und wieder raus. Und immer mit der Angst vor dem nächsten Minentreffer im Bauch. Na gut, absaufen können die kaum mit den Tausenden von leeren Fässern in den Laderäumen. Die haben vorgesorgt: Auf der Brücke haben die Schlauköpfe sogar eine Art Trampolin zum Draufstehen, damit es ihnen die Kniegelenke nicht kaputthaut, wenn sie eine Mine fangen. Aber gegen Luftangriffe helfen die Trampoline mal sicher nicht. Und tauchen können die armen Schweine auch nicht. Ich würde mich jedenfalls schön bedanken, wenn mir Einsätze auf Sperrbrechern offeriert würden.

Schon vor zehn Tagen hat der Alte ein Kurzsignal absetzen lassen, das im Klartext bedeutete: »Antrete Rückmarsch wegen Brennstoffaufbrauch.« Torpedos hatten wir noch, aber unser Brennstoffvorrat war so knapp geworden, daß wir uns AK-Fahrten kaum noch leisten konnten.

»Bei sparsamer Marschfahrt gerade so ...«, hatte der LI gemeldet und dazu geunkt, das Risiko, daß wir die letzte Strecke segeln müßten, sei bereits groß.

Früher hätte der Alte einen längeren Funkspruch verzapft, einen mit Situations- und Erfolgsmeldung. In diesen Zeiten aber ist die Gefahr, eingepeilt zu werden, zu groß geworden. Der Alte umschreibt seine Zurückhaltung so: »Wir wollen doch den Gegner nicht beunruhigen.«

Meine kribblige Ungeduld treibt mich an den Kartentisch. Endlich liegt wieder eine Karte auf, die auch eine Küste zeigt und nicht nur Planquadrate: die fjordartig eingeschnittene Loirebucht, am oberen Rand die Spitze der Halbinsel Quiberon und darunter die Belle-Ile. Unser Ansteuerungskurs ist schon als feine Bleistiftlinie zu sehen.

Die Loiremündung! Die Loireschlösser! Wie oft wollte ich, wenn ich nach Paris gerufen wurde, die Loire hinauffahren und mir Zeit dafür nehmen. Aber die gab's eben nie.

Nanni eins hat der Obersteuermann mit einem Bleistiftkreuz markiert. Dieser Punkt ist es, der mich interessiert: Ich lege den Winkel an und verbinde Saint-Gildas – die südliche Nock der Einfahrt nach Saint-Nazaire – mit Saint-Marc, der nördlichen. Mit dem zweiten transparenten Winkel messe ich die Entfernung des Bleistiftkreuzes von dieser Verbindungslinie: etwa acht Seemeilen. Das Kreuz liegt westsüdwestlich der gedachten Linie. Die Wassertiefe ist in dieser Gegend rund fünfzig Meter.

Interessant, wie weit sich vor dieser Küste die Zwohundertmeter-Schelfgrenze hinauszieht. Sie reicht auf der Breite von Nanni eins gut und gerne bis sechs Grad West.

Irgendwann hat der Obersteuermann loten lassen. Will er etwa durch eine Lotreihe eine Peillinie gewinnen? Unsere letzte Standortbestimmung ist schon ein paar Stunden alt. Aber was soll ich mir den Kopf zerbrechen! Unser Obersteuermann ist ein alter Fuchs. Wenn der Alte sagen müßte, auf wen er blindlings baut, würde er den Obersteuermann nennen.

Oben, so höre ich, ist es überraschend diesig geworden. Es wird Zeit, daß ich wieder mal aufentere. Vielleicht ist schon etwas zu sehen.

»Ein Mann auf Brücke?« frage ich mit schräggelegtem Kopf nach oben.

»Jawoll!« antwortet der Alte mit so tiefer Stimme, daß es wie ein Hundeknurren klingt.

Der Wind geht frisch. Alles ist feucht beschlagen. Da muß gerade eine kurze Regenböe durchgegangen sein. Der Himmel sieht aus wie geronnene Milch – Schlickermilch. Voraus ist die Wasserfläche merkwürdig dunkel. Sie spiegelt das Himmelslicht nicht wider. Da sehe ich, daß das Wasser in weiter Fläche von den Windschauern aufgerauht wird: Bei diesem Wind kann es keinen Spiegel bilden. Ich will den Alten jetzt nicht fragen, was er vom Wetter hält. Der Alte ist ganz gespannte Aufmerksamkeit. Daß ihm der klare blaue Himmel von heute morgen und die spiegelglatte See lieber wären als die schlickrigen Wolken, kann ich mir denken. Weil sich die Fliegergefahr erheblich erhöht hat, nehme ich nur einen Rundblick über die Kimm und dann noch einen, den Kopf im Nacken, über den ganzen Himmel und verschwinde wieder nach unten. Dem Alten wird es lieber sein.

Der I WO hat die Besatzung schon gestern in drei etwa gleich große Gruppen eingeteilt: Die eine wird das Boot ausräumen, den nicht verbrauchten Proviant ausladen – alter Proviant darf nicht wieder mitgenommen werden –, die alte Munition abgeben und neue übernehmen. Und schließlich müssen die Männer dieser Gruppe während der Reparaturarbeiten das Boot bewachen. Die zweite Gruppe wird zur Erholung auf die »U-Bootsweiden« geschickt, Landsitze und alte Schlösser, die so weit weg vom Hafen liegen, daß die Männer nicht unter Luftangriffen leiden müssen. Diese Gruppe »auf der Weide« soll sich halbtörnweise mit der im Bunker abwechseln. Die in der dritten Gruppe haben Glück: Für sie steht Heimaturlaub an. Haben die ein Schwein!

In der Zentrale sind zwei Seeleute dabei, weiße Dreieckswimpel in Siegeswimpel zu verwandeln. Sie haben sich auf dem Kartenpult breitgemacht und pinseln mit der Tusche des Obersteuermanns die Tonnenzahl der zwei von uns versenkten Dampfer auf das Leinen. Da kommt der Alte wieder von oben. Diesmal will er zum Kartentisch. Turbo malt dort gerade eine Achttausend. Der Alte fährt ihn an: »Lassen Sie das!« Turbo steht da und versteht die Welt nicht mehr.

Der Obersteuermann kommt Turbo zu Hilfe: »Ab in den Bugraum! Das muß doch nicht ausgerechnet hier sein.«

Turbo guckt den Obersteuermann wie verblödet an. Dann packt er aber hastig seinen Kram zusammen und verschwindet durch das vordere Kugelschott.

Als der Alte schon wieder auf der Leiter ist, bedenkt mich der Obersteuermann mit einem fragenden Blick. Ich kann ihm aber auch nicht helfen, sondern nur die Schultern heben. Wie unter Imitationszwang hebt der Obersteuermann nun auch seine.

Um ein Haar davongekommen – was will der Alte eigentlich mehr? Aber statt sich zu fühlen wie der Sieger nach der Schlacht, tut er so vergrätzt, als hätte es ihm die Graupen verhagelt. Da werde einer schlau aus dem Alten.

Noch einmal in den Bugraum. Fünf Männer hocken im Schneidersitz um eine leere Barkasse und geben sich aufgekratzt. Der Backschafter ist gerade dabei, die abgegessenen Teller zusammenzuräumen und die Bestecke aufzuklauben. Er tut das so lärmend wie nur möglich.

Ich verdrücke mich zwischen die Torpedorohre, um ein letztes Mal zu erfühlen, wie einem hier ganz vorn im Boot – also weit weg von der Zentrale – zumute ist, wenn es hart auf hart kommt.

Der Matrose Brütt beschimpft den Backschafter: »Sag dem Schmutt, die babygeschissenen Rühreier kann er selber fressen. Dieser Pulverkram, der macht ja den stärksten Neger fertig.«

Schwalle und Wichmann kommen in den Bugraum. Sie schälen sich aus ihren Lederjacken und lassen sich auf ihre Kojen fallen. Bärmann, der nahe beim Schott hockt, fragt die beiden: »Na, wie sieht's denn so aus?«

»Comme ci, comme ça«, gibt Schwalle zurück. Und Wichmann sagt: »Scheint alles nach Programm zu gehen.«

»Beruf's bloß nich!« sagt Bärmann.

»Ach, leck mich doch am Arsch«, raunzt Wichmann zurück.

»Du spinnst ja schon vor lauter Stalldrang!«

»Das kannst du nennen, wie du willst, mir wär's jedenfalls verdammt lieb, wenn ich schon drinne wär«, sagt Wichmann.

Damit gibt er Schwalle das Stichwort: »Wär mir auch lieb – schon drinne und dann ordentlich losbügeln . . .«

Und tief im Halbdunkel stöhnt einer: »Ficken – so lange Ficken, bis bloß noch Luft kommt, o Mann!«

Vor lauter Ungeduld kann ich mich nur schwer an einem Platz halten. Und weil ich außerdem wissen möchte, ob sich das in dieser Gegend so launische Wetter wieder verändert hat, wage ich es, noch einmal nach oben zu fragen, ob auf der Brücke Schangs für mich ist.

»Jawoll!« kommt die Stimme des Alten von oben. Ich klettere die senkrecht stehende Aluminiumleiter hoch – an der Turmerweiterung vorbei, in der unser Rudergänger vor seinen Instrumenten hockt. Kaum habe ich mich durchs Turmluk hochgestemmt, grantelt der Alte schon los: »Da gibt man sich nun alle Mühe, um auf die Minute genau am vereinbarten Treffpunkt zu erscheinen, und dann sind die nassen Säcke nicht da!«

Auf der Brücke ist jetzt die zweite Wache. Diesmal habe ich mein Glas mit hochgebracht, und nun suche ich mit aller Sorgfalt voraus die Kimm ab, von der heimlichen Hoffnung bewegt, daß ich mit meinen frischen Augen ein Anzeichen vom Sperrbrecher entdecken könnte – ein bißchen zerblasenen Qualm dicht auf der Kimm oder eine stecknadelfeine Mastspitze.

Die See ist wieder so spiegelglatt, als wäre eine Unmenge Öl auf dem Wasser ausgegossen worden. Die Wolkendecke hat sich voraus fast ganz aufgelöst. Hoffentlich zieht dieses Wetter nicht die Jagdmaschinen des Gegners vom Boden hoch.

Der Alte steht, sein Glas vor den Augen, reglos da wie ein Denkmal. Hat er etwa gar den Sperrbrecher entdeckt? Endlich läßt er das Glas sinken und seinen Blick über den halben Himmel wandern. Also nichts – Fehlanzeige!

Meine Gedanken eilen nach Saint-Nazaire voraus. Ich male mir aus, wie Simone und ich uns zuerst mit Blicken grüßen und später dann in die Arme fallen werden. Deutlich kann ich jetzt schon Simones dunkel kehlige Stimme hören: »Enfin, mon grand. C'était trop longue . . .«

Ich halte die Augen halb geschlossen: Mein Blick ist nach innen gerichtet. Hier muß aber jeder denken, daß ich angespannt nach unserem Geleit suche.

Wir werden vielleicht nach Paris fahren – und das sicher wie üblich in einem Kurierabteil im Schlafwagen. Ein gesalzenes Risiko, auch wie üblich: Wenn uns einmal eine Zugkontrolle in einem Kurierabteil erwischen sollte, würde ich böse in der Patsche sitzen. Zum Glück sind die Zugoffiziere gehalten, Kurierabteile nicht zu kontrollieren. Man muß es nur geschickt anstellen, daß die Dame ungesehen hineinkommt.

Champagner aus der Nabelgrube schlürfen! Unser Pracht- und Prunkbett im Hotel des Deux Mondes, gleich bei der Oper. Simone wird es wieder nicht lassen können, die Schuhe und Stiefel vor den Türen durcheinanderzubringen: die hochhackigen Damenschühchen in die Schäfte der Stiefel stecken und die Stiefel dann vor andere Türen tragen. Einige postierte sie schon so, daß die Schuhausstellung Triolen vermuten ließ. Einmal haben wir uns das morgendliche Theater anhören können: Ein Oberst mit roten Streifen an den Hosen führte sich vor unserer Türe auf wie ein wildgewordener Schamane. Mit Simone in Paris! Der Lendenschmerz preßt mir die Beine zusammen. Herrgott noch mal, das zieht sich: fast noch eine Stunde.

Der Alte beugt sich über das Turmluk und verlangt nach dem Obersteuermann. Es vergehen nur Sekunden, bis der erscheint und sofort sein Glas vor die Augen hebt. Daß der Alte keinen Ton sagt, wundert mich. Statt dessen sucht er mit den bloßen Augen den Himmel ab, und ich tue es ihm gleich.

Da höre ich den Obersteuermann: »Den Minensuchern gehört mal der Arsch poliert!«

Ich denke: Was heißt hier Minensucher? Uns holt doch der große Sperrbrecher rein? Ich frage den Alten und erfahre: »Minensuchboote sind uns jetzt lieber. Die haben gut ausgebildete Flakbedienungen. Könnte ja sein, daß die Tommies wissen, wann wir kommen, und wenn wir dann nicht mehr tauchen können...« Der Alte bedenkt mich mit einem kurzen Blick, und ich nicke: Verstanden!

»Guter Feuerschutz ist in dieser Gegend was wert – kann was wert sein«, redet er zögerlich und wie für sich selber weiter.

Schon merkwürdig, daß er den Obersteuermann jetzt neben sich haben will. Es sieht ganz so aus, als kämpfe er mit einem Entschluß: Wieder und wieder setzt er das Glas an und nimmt einen Rundblick, sagt aber nichts. Wenn er das Glas vor der Brust hält, sieht er vergrämt aus. Ich kann mir denken, worum es geht: Wir sind schon über Nanni eins hinaus. Den Alten könnte es jucken, einfach weiterzulaufen, anstatt auf das Geleit zu warten. Er lauert, ob der Obersteuermann sich äußert. Aber der tut dem Alten den Gefallen nicht: Er sagt keinen Ton.

Die Brückenposten stehen reglos da wie holzgeschnitzt. Nur dann, wenn einer sein Glas gegen den Himmel richtet, kommt ein wenig Bewegung in die Gruppe. Der Alte und der Obersteuermann halten ihre Gläser in die gleiche Richtung: Jeder von ihnen will das Geleit zuerst entdecken.

Jetzt kommt die Stimme des Leitenden aus dem Turm: »Ein Mann auf Brücke?«

Der Alte antwortet sofort: »Jawoll!«

Der Leitende kommt geräuschlos wie eine Katze auf die Plattform. Er muß sich noch mal zurückbücken, um ein Glas zu ergreifen, das ihm aus dem Turmluk nachgereicht wird. Dann sucht auch er die Kimm über unserem Netzabweiser ab. Auch er will sich also am Wettbewerb beteiligen.

Der Alte brummt: »Die lassen sich Zeit – die lassen sich aber verdammt viel Zeit!«

Der Leitende nimmt sein Glas ab. Der Alte geht ein paar Schritte zurück, streift an mir vorbei und lehnt sich an die Reling des Wintergartens. Der Leitende folgt ihm bald schon nach.

»Die werfen uns das ganze Zeitprogramm über den Haufen!«

In meinem Kopf geht es holterdiepolter: Dreidimensional denken! So lange wie möglich tiefes Wasser behalten. Dieses dämliche Gequatsche vom I WO: »Gebündelter Verkehr!« Natürlich haben das die Tommies in ihrer Kalkulation. Ein Kurzsignal absetzen, das wäre einfach. Aber das bekämen unsere Freunde leider auch mit. Kuhglockenläuten: Hier sind wir! Vielleicht haben die Brüder uns auch so schon spitzgekriegt. Vielleicht starten die gerade – oder sie hetzen uns einen auf den Hals, der bereits oben ist.

»Dieses ganze Theater gäb's nicht, wenn dieser Scheißhermann ...«

Der Alte hört mitten im Satz auf. Aber er braucht gar nicht weiterzureden, ich weiß auch so, was er sagen will: Unsere Luftwaffe ist eine einzige große Fehlanzeige. Trotzdem frage ich mich, wieso die Herrschaften von der Gegenseite jede Menge Flugzeuge haben und wir keine? Dafür haben wir die Großschnauze Göring und seinen Clan. Aber mit Maulhelden den Krieg gewinnen wollen – das *kann* ja nicht gutgehen.

Fein stillschweigen! Mucksmäuschen spielen. Uns locker machen in den Kniekehlen. Abwarten und Tee trinken und den lieben Gott einen guten Mann sein lassen – mitsamt seiner schätzenswerten Frau Gemahlin.

Über jedem anderen Schiff würden jetzt Möwen stehen. Aber Möwen sind gewitzte Vögel – die wissen Bescheid: Hier wird nichts Schwimmfähiges über Bord gekippt. Wir wollen doch keine Schnitzeljagd veranstalten. Erstaunlich ist das schon, daß die Möwen einlaufende Schiffe nach Typen voneinander unterscheiden können wie nach Köhlers Flottenkalender – zum Beispiel U-Boote von Minensuchbooten.

Wenn diese verdammten Minensucher bloß endlich erscheinen würden! Aber vielleicht steckt hinter der Verzögerung Absicht? Vielleicht tun sie uns diese Nervenpein zum Tort an. Mit dieser Horde von Neidhammeln gibt es ständig Stunk und Klopperei. Minensucher – was ist das schon! sagen sich unsere Leute und nennen sie aufreizend »die mit dem Blumenkohl«. Das Kriegsabzeichen der Minensucher ist auch ein beschissener Entwurf. Soll eine detonierende Mine darstellen, sieht aber tatsächlich wie ein Blumenkohl aus.

Der Alte kocht. Mit einem Ruck nimmt er das Glas hoch, richtet es voraus und schimpft unter ihm hin: »Wir können uns doch hier nicht die Füße in den Bauch stehen, bloß weil die Herrschaften nicht geschaltet haben – no, Sir! So haben wir nicht gewettet!«

Meine Sinne sind aufs äußerste gespannt: Ich will mir alles, was geschieht, genau einprägen, um später einmal Bilder von dieser Brückenszenerie aus der Vorstellung heraus malen zu können. Im Kopf male ich schon jetzt.

Der Alte stapft wieder in seine alte Position zurück. Der Leitende bleibt im Wintergarten. »Die lassen uns doch glatt am ausgestreckten Arm verhungern!« sagt er.

Als sei damit ein Stichwort gefallen, schnieft der Alte auf. Er preßt eine Weile die Luft und sagt dann betont lässig: »Na, dann woll'n wir mal!« Eine gute Minute vergeht, dann befiehlt der Alte laut und knarsch: »Klarmachen zum Tauchen!«

Für mich ist das der Befehl, von der Brücke zu verschwinden. Die anderen folgen mir. Zuletzt ist nur noch der Alte oben. Schließlich kann ich ihn, weil ich direkt unter dem Turmluk stehe, sagen hören: »Nur nicht hudeln.« Aber er gibt noch keinen neuen Befehl.

Das Boot macht nur noch wenig Fahrt. »Das scheint mir nicht, das scheint mir nicht . . .!« sagt der Alte oben vor sich hin.

»Verdammte Pest!« murrt der Obersteuermann.

Der Rudergänger im Turm meldet nach oben hinauf: »Beide E-Maschinen sind klar!«

Der Alte befiehlt sofort: »Beide E-Maschinen kleine Fahrt voraus!«

Jetzt meldet der Leitende nach oben: »Unterdeck ist tauchklar!«

Die Stimme des Alten respondiert von oben: »Klar bei Entlüftungen!«

Darauf wieder der Leitende: »Entlüftungen sind klar!«

Ich sehe, den Kopf halb verdreht, wie der Alte das schwere Turmluk schließt und den Lukdeckel mit der Spindel schnell festzieht. Dann kommt er schwerfällig heruntergeklettert. Noch mit beiden Füßen auf den untersten Sprossen der Leiter, befiehlt er: »Fluten!«, und der Leitende echot: »Fluten!«

Die Zentralegasten reißen die Schnellentlüftungen auf und betätigen über dem vorderen Kugelschott das Handrad zum Entlüften der Tauchzelle fünf im Vorschiff. Ich höre, wie die Luft, die dem Boot Auftrieb gegeben hat, mit zischenden, donnernden Geräuschen vor dem von unten in die Tauchtanks einströmenden Wasser entweicht. So exerziermäßig, denke ich, lief das lange nicht mehr ab. Gewöhnlich ging es hektischer zu.

Der Zeiger des Tiefenmanometers vibriert. Er ist noch bei 20 und streicht nun stetig weiter: 30, 40, 50, 55. Der Leitende steht dicht hinter den Tiefenrudergängern. Er läßt das Boot durchpendeln, damit die Restluft aus den Tauchbunkern entweichen kann. Dann tritt die große Stille ein. Nur das leise Summen der E-Motoren ist von achtern zu hören.

Der Leitende läßt sich auf die Kartenkiste fallen und streckt das rechte Bein von sich. Das scharfe Profil des Leitenden, die fast formlosen Rücken der beiden Tiefenrudergänger und zwischen ihnen, gebändert wie eine Faschingspritsche, der Papenberg und, zu Halbmonden angeschnitten, die beiden hellen Scheiben der Tiefenmanometer: auch das ein Bild, das ich auf den Malgrund bringen muß, sobald es geht.

Auf einmal scheint es dem Alten ganz recht zu sein, daß wir unter Wasser stehen. »Gibt noch einiges zu tun«, bringt er mit Gleichmut vor.

Was kann das denn jetzt noch sein? Ohne daß ich gefragt hätte, zählt der Alte auf: »Anforderungen für Ausrüstung: Kalipatronen, Lederzeug, Ölzeug, Borddienstbekleidung . . . Das Kriegstagebuch ist Gott sei Dank in Ordnung. Die Beurteilungsberichte für die Leute, die abkommandiert werden, auch. Aber die Ordensvorschläge fehlen noch. Und auch noch etliche Verbrauchslisten – Artillerie-Verbrauchsmeldung zum Beispiel . . .«

»Aber wir haben doch keinen einzigen Schuß abgefeuert.«

»Macht nichts!« erklärt der Alte schier belustigt. »Gemeldet werden muß trotzdem – eben Nullverbrauch!«

Dann steigt er durchs vordere Kugelschott und setzt sich vor das kleine Pult in seinem Schapp. Als ich ihm auf den Fersen folge, um die O-Messe anzusteuern, sehe ich den Funkmaat im Horchraum sitzen und mit leerem Blick das Handrad seines Geräts zentimeterweise drehen: Jetzt ist er es, der nach unserem Geleit sucht.

In der O-Messe bin ich allein. Während ich unbeschäftigt dahocke, schicke ich meine Gedanken wieder voraus nach Saint-Nazaire und La Baule.

Aber jetzt sind es andere Gedanken als eben noch. Jetzt schwemmt die Angst in mir hoch. Angst, was passiert sein könnte, während wir in See waren. Die hundertfach wiederholte bange Frage: Was wird mich erwarten? Jetzt, unmittelbar vor dem Landfall, rumort die Angst nicht mehr nur in der Tiefe, sie beginnt mich vielmehr ganz auszufüllen. Wochenlang keine Post, nicht ein Fitzchen von einer Nachricht – das ist zuviel für einen Christenmenschen, zumal in diesen Zeiten. Das kann einen schier verrückt machen. Dem Obersteuermann muß es ähnlich gehen. So sehr er sich auch mit Gleichmut zu wappnen versucht, merke ich ihm seine Nervosität schon seit Tagen an: Wenn er sich unbeobachtet glaubt, tigert er herum, als suche er nach einem Ausschlupf. Der Mann ist verheiratet und hat Kinder, und die Familie wohnt irgendwo im Ruhrpott. Gebe Gott, daß es für ihn keine schlimmen Nachrichten gibt – keine von der Sorte, die per Telegramm übermittelt werden.

Dem Leitenden sind die Sorgen auch schon seit Tagen anzusehen. Nur der Alte gibt sich wie immer. Doch will das bei ihm nichts sagen: Der Alte ist ein Meister der Camouflage. Und außerdem: Der Alte hat keine Familie. Auf ihn wartet allenfalls die Grünetintenlady, und just auf diese Dame mit der schwungvollen Handschrift und der extravaganten Tintenfarbe scheint der Alte nicht mal besonders scharf zu sein. Er muß sie als Fliegerwitwe quasi »übernommen« haben. Verlegenheitslösung und nicht viel mehr? Doch was weiß man beim Alten schon!

Da erscheint er in der O-Messe und sagt: »Wir sollten noch mal was Anständiges essen. Mal sehen, was der Schmutt zu bieten hat.« Und dann zu einem Freiwächter, der gerade durch den Gang kommt: »Mal den Schmutt wahrschauen!«

Der Mann ist mit zwei, drei Schritten am Kugelschott und ruft:

»Schmutt – zum Kommandanten!« Zweimal echot es noch: »Schmutt – zum Kommandanten!«

Als der Alte es sich auf dem Wachstuchsofa bequem gemacht hat, erscheint der Schmutt, schweißglänzend und ganz außer Atem, und nimmt in seiner üblichen tollpatschigen Art Haltung an.

»Na, Hahne, Laden schon dichtgemacht?«

»Jawoll, Herr Kaleun!«

Der Alte kneift mir ein Auge. »Wie wär's denn trotzdem mit noch was Eßbarem?«

»Korntbief mit 'nem Spiegelei drüber?« schlägt der Schmutt hoffnungsvoll vor. »Und halbe Pfirsiche hinterher?« Der Blick des Schmutts hängt an den Lippen des Alten. Aber der läßt sich Zeit. Er nickt nur tiefsinnig, als gälte es, ein wichtiges Problem zu lösen.

»Für die zwote Wache aber auch!« sagt der Alte endlich.

Der Schmutt atmet tief durch, es klingt wie erleichtert, dann röhrt er wieder sein: »Jawoll, Herr Kaleun!«, macht eine komische Verrenkung und verschwindet nach achtern.

Der Alte guckt mich mit einem Ausdruck von Zufriedenheit auf dem Gesicht an. »Guter Mann!« sagt er. »Den schlag ich fürs EK vor.« Dann lehnt er sich zurück, hebt seinen rechten Arm und krault sich im Nacken. So verharrt er wortlos minutenlang.

Da meldet der Horcher Schraubengeräusche.

»Das sind sie!« sagt der Alte und ist auch schon hoch.

Also nichts mit Spiegeleiern und Pfirsichen! In der Zentrale höre ich einen »Scheiße!« sagen und einen anderen: »Na Gott sei Dank!« Der Leitende war es, der »Scheiße« gesagt hat. Ich sehe, wie er in aller Eile auf dem Kartenpult seine Uhrmacherwerkzeuge zusammenpackt. Offenbar hat er seinen Fotoapparat immer noch nicht fertig. Jetzt flucht er, weil ihm eine der winzigen Schrauben in der Hast über Stag gegangen ist.

Da kommt auch schon die Stimme des Alten über den Lautsprecher: »Klarmachen zum Auftauchen!«

Der II WO hänselt den LI: »Und wenn du denkst, du hast ihn schon ...«

»... den goldnen Abendstern«, blödelt der Obersteuermann weiter, »dann haut er dir mit der Pfanne vorn Bauch ...«

»Das ist der Tag des Herrn!« fällt der II WO wieder ein.

Ich darf sofort nach dem Alten auf die Brücke. Oben richte ich mein Glas in die gleiche Richtung wie er. Direkt hinter uns kommt der Obersteuermann. Die dritte Wache ist an der Reihe. Der Obersteuermann nimmt einen schnellen Rundblick und meldet, ohne sein Glas abzusetzen: »Rauchfahne in zwoundneunzig Grad.«

Der Alte: »Wo?«

Der Obersteuermann läßt sein Glas am Riemen auf die Brust fallen, schüttelt kurz seine Arme aus und weist den Alten ein: »Unter den rechten Ausläufern der großen Kumulus.«

Dann fragt der Alte nach unten: »Was liegt an?«

Vom Rudergänger kommt Antwort: »Einhundertzehn Grad!«

Darauf der Alte: »Einhundert Grad steuern.«

Bald darauf respondiert der Rudergänger aus dem Turm: »Einhundert Grad liegen an.«

Der Alte führt das Glas vor die Augen und setzt es wieder ab. Dann befiehlt er: »Beide Maschinen halbe Fahrt voraus!«

Jetzt tritt er ein paar Schritte zurück in den Wintergarten. Dort läßt er sich entspannt gegen die Reling fallen, fummelt unter seinem Ölzeug herum, bringt eine Zigarre zum Vorschein, steckt sie sich in den Mund, beißt die Spitze ab, spuckt die Krümel über Bord und reißt ein Streichholz an. Die offene Handfläche zum Schutz vorhaltend, genießt er den ersten Zug.

Im Osten ist der Himmel über der Kimm taubengrau. Und unter dem Taubengrau streckt sich ein leicht dunkler getönter, dünner blaugrauer Streifen, wie mit einem einzigen entschlossenen Pinselzug hingemalt. Mein Blick saugt sich an ihm fest. Nach und nach lassen sich Details erkennen, als hätte einer erst mit dem breiten und dann mit dem spitzen Pinsel gearbeitet, erst die Flächen hingestrichen und dann die Feinheiten daraufgesetzt. Dann auf einmal ist der Streifen weg: Seerauch. Aber da war doch Land? Oder habe ich mir das nur eingebildet?

Die See ist wieder spiegelglatt und so hell wie der Himmel. Dieses verrückte bretonische Wetter! Alle nasenlang kann es sich ändern!

Ich staune, wie schnell das Geleit aufkommt. Jetzt kann ich schon deutlich die Aufbauten erkennen: zwei Minensuchboote.

»Die könnten auch ein bißchen rauchloser fahren«, brummt der Alte. Da blitzt es auf dem einen Minensucher wie ein Kolophoniumblitz.

»Anruf vom MS-Boot!« meldet ein Brückenposten. Aber der Alte hat längst sein Glas eingerichtet und liest die Blinksignale wie im Duett mit dem Leitenden ab: »h-e-r-z-l-i-c-h-w-i-l-l-k-o-m-m-e-n-«.

Ein Brückenposten murmelt: »Die sollen uns mal am Arsch ...«

Der Alte überhört das einfach und sagt: »Wird Zeit, meine Herren.« Dann läßt er unsere Klappbux heraufkommen und findet auch gleich einen Grund zum Schimpfen, weil sich das Kabel am Vorreiter des Lukdeckels verheddert hat. Der LI springt eilfertig hinzu, der Alte greift sich die Klappbux selber, stellt sich, gegen die UZO-Säule gestemmt, hoch hinaus und beginnt zu blinken. Der LI macht dazu stumme Lippenbewegungen. Als ich ihn fragend angucke, sagt er: »Danke.«

»Reichlich lakonisch«, murmele ich in den Rücken des Alten. Der muß es aber doch gehört haben. Er fragt mich: »Soll ich mich etwa noch dafür bedanken, daß die uns am ausgestreckten Arm zum Fenster rausgehalten haben?«

Ich habe mich nicht getäuscht: Zwischen den beiden Minensuchern hindurch kann ich wieder den taubengrauen Streifen – nur eine Spur dunkler als das Grau am Himmel – ausmachen, der ohne Zweifel Land ist. Aber noch will ich es nicht als wirklich und wahrhaftig hinnehmen, daß wir unter Land sind. An diese Rückkehr hat lange Zeit keiner an Bord mehr geglaubt. Unsere äußerste Hoffnung hieß Gefangenschaft. Daß wir auf dem eigenen Boot anlanden und in einem eigenen Stützpunkt, ist ein Wunder.

Ich weiß, wie dem Alten zumute ist, lebe ich doch selber in diesem merkwürdigen Gefühl der Erwartung und zugleich Entfremdung. Herzklopfen hoch im Hals und doch Beklemmung über der Brust. Ich kann des Alten Mischung aus Stolz und Abwehr nachempfinden – Abwehr bis zur Feindseligkeit gegen die Leute auf der Pier: Die hatten ihre Hintern in Sicherheit, während sie uns mit Grundeis gingen.

»Mal wieder schlafen bis in die Puppen!« höre ich einen Brückenposten murmeln.

»Aber erst mal baden«, gibt der Maat der dritten Wache zum besten.

Gleich fährt ihm der Obersteuermann in die Parade: »Noch haben wir nicht festgemacht.«

Und dann schimpft er auch noch hinterher: »Verdammt, verdammt – paßt bloß auf, ihr Himmelhunde!«

Das beziehe ich auch auf mich und schicke immer neue mißtrauische, prüfende Blicke gegen den Himmel – vor allem nach achteraus: Ich weiß nicht recht, was ich von dem neuen Aufzug schlickriger Wolken hinter uns halten soll. Braut sich da schon wieder was zusammen? Im Westen haben sich ein paar Wolken von der Farbe verdreckter Putzwolle über die Kimm hochgeschoben. Das Wetter könnte weiß Gott besser sein!

Backbord querab muß jetzt die Côte Sauvage liegen. Dort habe ich viel gezeichnet. Der Anblick der von den Sturmseen zernagten Klippen war zu jeder Tageszeit ein anderer, weil die See sich ständig veränderte – nicht nur durch den Wechsel des Lichtes, sondern viel mehr noch durch das Spiel der Gezeiten. Irgendwo da drüben hatten wir unsere Höhle, die von Land her kaum einer entdecken konnte. Nur bei Ebbe konnten wir trockenen Fußes hineingelangen. Bei Flut war der Eingang von rauschenden Strudeln verlegt, und nur ganz in der Tiefe blieben ein paar Quadratmeter Platz, und dort hielten wir uns umschlungen. Allein unsere Fahrräder über uns in den Klippen hätten uns verraten können, wenn wir uns im Halbdunkel wie tief im Bauch der Erde zum Brausen, Rauschen und Schmatzen der Seen liebten.

Ich kann Simone in gespieltes Staunen ausbrechen hören: »Regarde ton grand – lui au moins sait ce que je veux ...« Mit feinem Sand paniert hatte sie »mon grand« besonders gern ... Und dann hieß es gegen den Strom hinausschwimmen, um nicht in der Höhle ersäuft zu werden ... Dieser winzige Strand! Mit dem Ohr auf Simones Bauch liegen! Sie über mir haben und ihr das Salz vom Bauch lecken ...

Die Namen, die mir durch den Kopf schweifen, kleide ich in Zärtlichkeit: Pointe du Croisic, Pointe du Castelli ... Gleich wachsen mir noch mehr Erinnerungsbilder zu: Am Pointe du Castelli hatten wir einst ein altes, efeubewachsenes Haus, das die Besitzer verlassen hatten. Dieses alte Haus wurde unser Nest.

»Tu dois prendre la fuite aussitôt que possible!« bedrängte mich Simone, als wir das letzte Mal vor dem Haus in der Sonne hockten, den Blick aufs Meer, den Rücken von den Ziegeln gewärmt. »Je t'en supplie!«

Simone tat ganz so, als sei sie über die Pläne der Alliierten bestens im Bilde. Aber dann geschah nichts. Und jetzt sieht es auch nicht so aus, als würden die Alliierten den Sprung nach Frankreich wagen.

So wie jetzt sollte Simone mich sehen: die Hände in die schrägen Taschen der grauen Lederjacke geschoben, mit diesem dichten schwarzen Bart im Gesicht. Verdreckt und vergammelt, bleich, hohlwangig, mit blaubräunlichen Schatten unter den Augen. Meine Visage muß bemerkenswert markant wirken: die Atlantikstürme und das Vegetieren in dieser engen Tauchröhre, das geht nicht ohne Spuren ab. Mein weißer Troyer, den Simone gestrickt hat, ist bei aller Verdrecktheit noch hell genug, um meinen dichten Vollbart herauszuzeichnen. Die Beine leicht auseinander. Die schweren Seestiefel wie auf die Grätings genagelt: Orkusschiffer.

Ich habe Zeit, um mir bis in alle Einzelheiten auszumalen, was mich beim Einlaufen erwartet. Wenn es tatsächlich stimmen sollte, was Simone behauptet hat, nämlich daß es für sie keine Kunst sei, die Auslauf- und Ankunftszeiten jedes einzelnen Bootes auszukundschaften, müßte sie direkt an die Schleuse kommen – oder wenigstens bis in die Nähe der Schleuse. Vielleicht gelingt es ihr sogar, sich durch die Absperrungen zu mogeln und unter das »Empfangskomitee« zu mischen? Simone unter den Nachrichtenzicken und den Karbolmäuschen, das wäre ein Bild!

»Die schafft offenbar alles, was sie sich in den Kopf gesetzt hat«, hab ich den Alten beim Auslaufen murmeln hören, »aber hübsch ist die Dame – muß man schon sagen.«

Der Alte! Was weiß der Alte schon, was Simone tatsächlich zu bieten hat: Simones schön modellierte Brüste mit den braunen Hütchenprainen darauf, ihr straffer, flacher Bauch mit dem in einer Hautfalte halb versteckten nombril ...

Vielleicht sollte Simone doch besser zu Hause in Ker Bibi bleiben und dort auf mich warten. Unter dem Weibertroß gibt es schon genug Neid und Eifersucht auf unsere französischen Freundinnen. Zu mehr als einem Winken von Ferne würde es ohnehin nicht reichen, weil ich zum Feiern bei der Besatzung in der Flottille bleiben muß. Es kann spät werden. Um die verdammte Sauferei werde ich nun mal sicher nicht herumkommen.

Jetzt kann ich durch das Glas ein paar Giebel von Batz-sur-Mer erkennen. Dort haben wir nahe an der Küste ein anderes Liebesnest. Wenn es regnet, und es regnet oft in dieser Gegend, sind wir auch in Batz unter Dach. Auch für dieses Haus hat Simone, unter welchem Vorwand auch immer, von der Standortverwaltung den Schlüssel ergattert. Die Villen rechts und links stehen leer.

Das Haus liegt ein Stück zurück von der Steilküste, und so können hinter grauen Granitmauern Tujen und Kirschlorbeer, sogar Rhododendren wachsen. Nur über die Mauer können sie nicht wuchern: Da rasiert der ewige Westwind sie ab. An dem vielen Gesträuch im Garten liegt es, daß es in dem ebenerdigen Häuschen stets dämmerdunkel ist – heimelig, verwunschen. Dazu riecht es ein wenig modrig. Nicht dumpf faulig, sondern eher fein nach Pilzen und Staub. Myriaden von Ameisen haben die Diele für sich erobert. Nicht die winzigen Waldameisen, sondern große, viele gläsern geflügelte darunter.

Ich sehe uns im ersten Stock auf einer breiten Wollmatratze liegen und auf das gleichmäßige Niederrauschen des Regens lauschen, an den Fenstern strähnige Vorhänge, in die Perlenfall eingewirkt ist. Wenn dann Simone barfuß zwischen den Ameisenstraßen durch die Diele tapst und in der Küche mit den Tellern zu scheppern beginnt und ihre französischen Liedchen dazu summt und wenn das Besteckklirren anzeigt, daß es bald etwas zu schnabulieren gibt – wir haben gewöhnlich Baguette, eine Paté aus Schweinskopf, Cornichons und Rotwein dabei –, dann füllt mich ein Gefühl von Geborgenheit ganz aus, und kein drohender Weltuntergang kann mich schrecken.

Diesmal will ich den Landfall in allen Phasen erleben. Ein Landfall ist nun einmal ein bedeutsamer Augenblick. Und für den Seefahrer, der unbeschadet von Feindfahrt zurückkommt, ist er es noch viel mehr als für einen, der eine normale Seereise hinter sich hat.

Zar Peter taucht in meinen Gedanken auf. Kein Wunder, war er es doch – mein Verleger und Mentor, Peter Suhrkamp –, der mir meinen ersten gelben Band von Joseph Conrad in die Hand gedrückt hat, nicht beiläufig etwa, sondern nachdrücklich, wie ein Manual mit Weisungen für meine Lebensführung.

Ich ertappe mich dabei, wie ich von einem Fuß auf den anderen trete.

Zum Lachen: »Von einem Fuß auf den anderen treten«, das hielt ich immer für eine bloße Metapher. Jetzt tue ich es tatsächlich, aber gleich zwinge ich meine Beinmuskeln wieder zur Ruhe. Ich schiebe zum wer weiß wievielten Mal an diesem Tag das eng gestrickte Bündchen meines Troyers übers linke Handgelenk zurück, um verstohlen meine Armbanduhr abzulesen. Verdammte Zappligkeit! Davon werden wir auch nicht schneller. »Wo sind wir, wo? / und noch fünfzehn Minuten bis Buffalo ...«

Jetzt haben wir die Insel in der Bucht von La Baule backbord querab. Ich nehme sie so fest ins Glas, als gäbe es da wunder was zu sehen. Auf dieser Insel war ich oft mit Simone: was für ein Gefühl, direkt vor allen Gebäuden, aber im Schutz einer Düne, unsere Spiele zu treiben. Noch einmal und dann immer noch einmal. Ich habe mich, so gut es ging, während der vergangenen Wochen gegen die Flut der Erinnerungen gewehrt, nun aber überkommen sie mich mit Gewalt ... Ich kann durchs Glas sogar die Kuhle entdecken, die wir für uns geschaufelt haben.

Seit ich aus einem Urlaub meinen Faltboot-Einer mitgebracht hatte, war die Insel in unserem Besitz. Simone schaffte es, sich so tief im Bug zu verstecken, daß sie allenfalls aus einem Flugzeug zu sehen gewesen wäre: Mit Simone zwischen meinen weit geöffneten Knien, ihren Kopf auf meinem Unterleib, so gegen die Dünung anzupaddeln, das war schon was.

Wenn wir nur endlich vor der Einfahrt stünden. Und hoffentlich geht das Einschleusen schnell. Ich habe den Obersteuermann nicht gefragt, ob wir mit der Flut ankommen. Wenn Stillwasser wäre oder fast Stillwasser, ginge es schnell. Es gibt kurze Zeiten, da kann man direkt durch die Schleuse hindurchfahren – da sind *beide* Schleusentore offen, weil das Wasser im Hafen das gleiche Niveau wie das Wasser draußen hat. So gut werden wir es aber wohl kaum erwischen ...

Ich will schnell runter ins Boot, die Filme anders packen. Ich habe noch nicht mal beide Füße am Boden und die Hände noch an der Leiter, da höre ich schon: »Kaum durchgekommen mit Vögeln ... bin bloß gespannt, wie's diesmal läuft. Beim letzten Urlaub war's schlimm!«

»Ich sag's ja immer, die Fotzen werden mit jedem Mal schärfer.«

»Fünftes Kriegsjahr – was kannste da noch erwarten?«

Ich kann das nicht mehr hören. Ich bin auch nur noch physisch an Bord, ich kann mich schon selber über die schmale Stelling von Bord gehen sehen. Ein zackiger Gruß zum Alten hin und einer für das Boot und dann nichts wie weg! Wieselflink durch den Begrüßungsrummel hindurch, die Segeltuchtasche in der Hand – und die Richtung ansteuern, in der ich Simone geortet habe. So wäre es jedenfalls nach meinem Geschmack.

Verdammtes Gefingere. Schon liegt ein Film unten. Ich muß meine fliegenden Hände zum ruhigen Zufassen zwingen und die Filme abzählen: fünf U-Filme, sieben F-Filme. Menge Zeug. Zwölf Filme multipliziert mit sechsunddreißig . . . ist dreihundertsechzig plus zwoundsiebzig . . . ist vierhundertzwounddreißig. Aber so viele Bilder sind es nicht, weil ich immer wieder mal erst halb belichtete Filme aus der Kamera genommen habe. Vielleicht sind's dreihundert – das wäre auch schon verdammt viel.

Ob der Flottille und dem Weibertroß mal was anderes einfällt als die übliche Blechmusik und der Blumensegen? Der Alte wird sich wieder aufführen wie ein täppischer Tanzbär. Ich weiß, am liebsten machte er »kehrt auf der Hinterhand«, wie er es nennt, wenn er seinen Horror vor der Bande an Land ausdrücken will.

Bei der Ausreise war er aufgekratzt, jetzt sieht er wütend, verbiestert aus. Gerade herrscht er die Posten an: »Wir sind noch nicht drin! Ich bitte mir äußerste Aufmerksamkeit aus!«

Der Alte hat recht. Vor der feindlichen Luft sind wir erst sicher, wenn wir im Bunker sind. So wie der Alte im Moment aussieht, kann ich kein Wort an ihn richten.

»Ja, was ist denn das!« höre ich den Leitenden murmeln. Ich sehe es jetzt auch: Eine Barkasse kommt uns mit weißem Schnauzbart entgegen und wird schnell größer.

Ach du Schande! Das wird der Rundfunkberichter Kreß sein.

Dieser entsetzliche Anmeierer, wird uns noch alles versauen. Die Rückkehrstimmung wollte ich in all ihren Phasen auskosten. Aber nun kommt dieses dreimal genotzüchtigte Arschloch mit seinem dämlichen Begrüßungstrick.

»Wenn das wieder euer Rundfunkfritze ist, lasse ich schießen«, grollt der Alte.

»Wird's schon sein«, gebe ich kalt zurück.

Im Glas kann ich sehen, daß Herr Kreß einen blauen Ledermantel anhat, dazu Schlips und Kragen. Und jetzt hebt er in der rechten Hand die Champagnerpulle hoch und in der linken ein paar Gläser.

Was wird der Alte veranlassen? Mit einem Seitenblick sehe ich, daß er seine Lippen zwischen den Zähnen hat. Die Barkasse rammen? Das möchte er wohl, aber das kann er sich nicht leisten. Der Alte hat im Jähzorn schon zuviel Mist gebaut. Die Nummer Eins ist bereits mit drei, vier Leuten an Oberdeck. Einen Befehl habe ich nicht gehört. Endlich schwenkt die Barkasse nach Steuerbord ab. Ich kann deutlich sehen, daß dem Rundfunkidioten das Maul offensteht. Will der Alte einfach vorbeirauschen? Herrgott im Himmel, was soll das bloß werden?

Da bringt der Alte schließlich die Zähne auseinander und befiehlt: »Beide Maschinen stop!« Noch knarziger könnte er dabei nicht klingen. Wir haben die Barkasse wie bei einem Passiergefecht querab. Zwei, drei Leute winken herüber. Was für ein Glück, daß auf unserer Brücke keiner zurückgrüßt, wir stehen allesamt da wie die Ölgötzen. Als hätte das der Alte so befohlen, wagt keiner einen Mucks.

Das läuft ja richtig! Läuft wie einstudiert. Das wird dem Alten guttun, daß alle auf Zack sind. Verflucht noch mal – nur kein Theater!

Und jetzt kommt Herr Kreß an Bord. Dummerweise nimmt ihm einer der Leute an Oberdeck die Pulle und ein anderer die Gläser ab. Und nun hangelt sich Herr Oberleutnant Kreß die Steigeisen hoch und meldet sich mit zackiger Schnarrstimme, behandschuhte rechte Flosse am Mützenschirm, auf der Brücke.

Und der Alte? Der guckt ihn trotz des kurzen Abstands von oben bis unten an, führt dann die Hand so lässig es geht an die verdreckte Mütze und zieht so geräuschvoll die Nase hoch, als hätte er beide Nasenlöcher voll Rotz. Herrn Kreß schert diese Behandlung aber nicht. Er drückt dem Alten schier gewaltsam ein Glas in die Hand, mir auch eins, dem I WO eins und dem Leitenden eins. Dann greift er nach der Flasche und zeigt uns, was Routine vermag: Der Korken bloppt los, kaum daß er die Flasche in die Hände genommen hat.

»Hoch die Tassen!« höre ich auch schon und will es nicht fassen. »Hoch die Tassen!« Das wagt Herr Kreß dem Alten zu befehlen.

Der Alte ist jetzt eine einzige Masse Gereiztheit. Dieses Arschloch von Rundfunkheini hätte aber auch wissen müssen, daß er ihn mit seiner Inszenierung auf die Palme jagen würde, dafür hätte er sich einen anderen aussuchen müssen. Rundfunkgeile Kommandanten gibt es schließlich genug – solche, die sich gar nicht genug tun können, den strahlenden Sieger zu markieren.

Der Alte wendet sich angewidert von der Gruppe um den Reichsrundfunksprecher ab – so deutlich angewidert, daß der den Affront nicht übersehen kann. Dem Alten ist das gleich. Wenn ihm einer zuwider ist, dann ist er ihm eben zuwider. Um Konzilians hat der Alte sich noch nie bemüht.

Um Herrn Kreß brauche ich mir trotzdem keine Sorgen zu machen. Der ist hart verpackt, und auf eine Abfuhr mehr oder eine weniger kommt es ihm nicht an. Zudringlichkeit, Dreistigkeit, Besserwisserei – die gehören schließlich zu seinem Gewerbe, die weiß er, um an sein Ziel zu kommen, erstaunlich rigoros einzusetzen. Es sollte mich nicht wundern, wenn er auch noch mit unserem widerborstigen Alten fertig würde. Auf das Wie bin ich schon jetzt neugierig.

An Oberdeck machen die Männer die Leinen fertig, wuchten die Poller aus der Versenkung, die Bootshaken werden bereitgelegt. Das Boot hält direkt auf die Schleuseneinfahrt zu. Auf der Pier laufen Menschen zusammen. Mit dem Glas vor den Augen kann ich das Empfangskomitee jetzt in aller Deutlichkeit sehen: Da stehen sie, diese fürchterlichen Blondzopfzikken, und halten sich Blumensträuße vor den Bauch. Und neben ihnen Marineoffiziere, Wehrmachtoffiziere, ein paar Zivilisten, Männer der Organisation Todt, Soldaten, Neugierige. Die Rotkreuztante – Oberin oder so was – hat den ganzen Arm voll Blumen, gerade so, als würde ein Busenfreund einlaufen.

Simone ist nirgends zu sehen.

»Wo steckt denn deine Freundin?« fragt der Alte.

»Weiß ich's?« gebe ich zurück und könnte mir gleich auf die Zunge beißen, weil das pampig klang und ein Eingeständnis war. Der Alte zieht aber nur wieder das Feuchte in der Nase hoch – seine leichteste Form von Mißbilligung. Ein Gefühl der Leere und eine schwärende Beunruhigung ergreifen mich. Dann kommt Sorge dazu, und die wächst schnell.

Auf der Back versammeln sich die Männer, vorn die Seeleute, hinten die Heizer der wachfreien Besatzung. Der Kommandant fährt das Anlegemanöver selber.

Leider können wir Herrn Kreß nicht ins Wasser schmeißen! Das gibt ein beschissenes Bild ab: all diese Knilche auf unserer geheiligten Brücke . . . Einer stellt sich hoch hinaus. Die tun doch glatt so, als gehörten sie zur Besatzung – tun so, als kämen sie von draußen. Da sind auch Fotoapparate und zwei Fotoreporter, die ich nicht kenne. Das gibt schöne Angeberfotos: unsere U-Boothelden bei der Rückkehr von Feindfahrt.

Mit der Einlaufzeit haben wir es gut getroffen: nahezu Hochwasser. Wie von einem Magneten gezogen, treiben wir ins Schleusenbecken. Geschafft! Ich möchte es am liebsten mit voller Stimmkraft hinausbrüllen, aber das läßt der Komment nicht zu. Ich darf es nur vor mich hinflüstern: »Geschafft! Geschafft!«

Freut sich der Alte denn immer noch nicht, daß wir es geschafft haben? Er sieht kalt aus wie ein Robbenschläger.

Die Kulisse hat sich verändert, seit ich hier an der Schleuse beim Auslaufen fotografiert habe. Jetzt stehen nur noch angeschwärzte Mauerreste und ein einziges Haus. Von dem auf eine Brandmauer aufgemalten Reklamewort BYRRH ist nur ein großes B geblieben. Weiter in der Tiefe ragen noch zwei, drei Häuser aus dem Schutt, aber ihre Dächer sind geborsten. Die Fensterhöhlen sind leer und dunkel.

Ob Simone nicht doch mit auf der Schleusenpier ist? Jetzt heißt es, den Blick peripherisch wandern lassen und dabei genau auf die Mauer aus

Menschen blicken. Der Alte ist dicht neben mir. Er darf nicht den Eindruck gewinnen, daß ich mir die Augen nach Simone ausgucke. Der schlaue Fuchs hat schon zuviel gemerkt.

Weit und breit keine Simone. Das fängt schlecht an. Hoffentlich hat es keinen Ärger gegeben. Aber vielleicht haben unsere Leute streng abgesperrt. Nur kam Simone doch bisher überall durch? Ich fühle mich vor lauter Enttäuschung wie gelähmt, aber dann sage ich mir: Vielleicht ist es nur Vorsicht, die ihr verbietet, sich bei unserem Empfangskomitee zu zeigen.

Ich verfolge den Bootsmann, wie er geröteten Gesichts zu Hochform aufläuft. Die Gesten, mit denen er seine Leute an Oberdeck scheucht, sind so raumgreifend, wie sie es im Boot nie sein konnten. Dann macht er den Festmachern auf der Pier Beine: »Na mal los, ihr Flaschen! Wollt ihr wohl endlich die Leinen wahrnehmen!«

Die Schleusenmauer kommt näher und näher. Hinter dem Boot wird die Brücke zurückgeschwenkt, die Schleuse geschlossen.

Der Alte befiehlt: »Stop! Maschine stop! Besatzung auf Oberdeck antreten.« Schon zum zweiten Mal legt er seinen Kopf in den Nacken und sucht mißtrauisch den Himmel ab. Das hätte uns gerade noch gefehlt, denke ich, daß die Brüder jetzt noch kommen und uns attackieren! Die Ohren zu spitzen hilft nichts. Der Krawall, den der Musikzug mittlerweile veranstaltet, übertönt das eigene Wort.

Der Dicke, der als Musikmeister vor seinem Musikzug steht, hält uns den feisten Rücken zugekehrt. Der Kinnriemen seines Stahlhelms muß ihm tief in die Wamme schneiden.

Was ist das nur für eine Bande! Ich könnte über die Wuhling auf der Pier weggucken, so tun, als wäre ich ganz damit beschäftigt, das Festmachen zu beobachten, aber wie unter Zwang fasse ich jeden einzelnen dieses bunt gemischten Empfangskomitees ins Auge.

Der Wortberichter Marcks ist auch erschienen. Herr Marcks hält sich für genauso wichtig, wie Herr Kreß das tut. Der »Aushalte-Marcks« ist ein Mann ohne Hals, der aussieht, als trüge er den Kopf direkt auf den Schultern. Dieser total von Naziparolen durcheinandergebrachte Mensch ist im Grunde ein armes Schwein. Wenn er vor Pen Avel auf der Terrasse hockt, die Kimm zwischen Spitztujen hindurch ins Auge faßt und Hehres in die Schreibmaschine dichtet, ist er ein Bild für die Götter. Jeder kann sehen, wie ihn Eingebungen heimsuchen und er sein Dichtwerk wie einen Orgasmus erlebt.

Der Schönling Kerpa, unser Kameramann, fehlt. Der dicke Mörtelbauer ebenfalls.

»Wo sind denn die anderen?« rufe ich über die noch offenen zwei Meter Wasser hinweg.

»Alle im Einsatz – Großeinsatz!« ist die über die Wasserbreite herübergerufene Antwort. Der Alte hat es gehört. Unsere Blicke treffen sich.

»Was das nun wieder soll ...«, sage ich vor mich hin.

Als wir bis auf einen Meter heran sind, läßt mich der Rundfunkheini im Verschwörerton »Landungsgefahr!« wissen.

»Ausgerechnet hier«, murmelt der Alte und schürzt die Lippen zu einer spöttischen Grimasse. Dann brummt er: »Die Wollhandkrabbe an der Bluse – das ist doch kaum zu glauben!«

Ich folge seinem Blick. Da hat sich doch eine in Feldgrau gekleidete hochbusige Tucke tatsächlich das Parteiabzeichen angesteckt.

»Ist die etwa vom Arbeitsdienst?« frage ich den Alten.

Der Alte guckt verbiestert und sagt etwas, das wie »Weiß ich's?« klingt.

Unter den vielen Blauuniformierten entdecke ich jetzt auch einen in feldgrauem Waffenrock und scharfen Breeches: kein Mann vom Heer, sondern einer mit einem silbernen Totenkopf an der Mütze. Gleich steigt in mir die kalte Wut hoch. Jetzt steht dieses Gesindel also auch schon bei uns auf der Pier! Der Kerl hat die Stiefelbeine leicht auseinandergestellt und die Hände unter dem Bauch übereinandergelegt, als wolle er nach dem Vorbild seines großes Führers die Geschlechtsteile doppelhändig schützen.

Ich beobachte den Alten. Er hat den SD-Mann ebenfalls gesehen. Er macht ein verkniffenes Gesicht und kratzt sich im Bart.

Als die Musik einmal aussetzt, höre ich einen vom Boot hinter mir höhnen: »Das volle Programm!«

»Die ganze Scheiße, meinst du wohl?« fällt ein anderer ein.

Saint-Nazaire

Endlich ist das Boot vorne fest. Vorleine und Spring sind geschoren. Auch Achterleine und Achterspring werden festgemacht. Und jetzt läuft das große Ritual ab: Der Flottillenchef baut sich ganz vorn an der Pier auf, hebt die Brust und brüllt los: »Wir grüßen die Kameraden von U sechsundneunzig. Den Kameraden von U sechsundneunzig ein dreifaches: Hurra! Hurra! Hurra!«

Die Hurras hallen endlos nach. Die Offiziere auf der Pier legen die Hand an die Mütze.

Der Alte grüßt unwirsch zurück und faßt ostentativ den Damenflor ins Auge.

Der I WO pfeift zwomal kurz: »Rührt euch!«

Der Kommandant ruft in die Zentrale hinab: »Boot ist fest! Maschinen fertig! Begrüßung auf Oberdeck!«

Der I WO und der Leitende melden dem Kommandanten: »Erste Division zur Musterung angetreten!« – »Maschinenpersonal und technisches Personal zur Musterung angetreten.«

Der Alte tut so, als mustere er die Leute, in Wirklichkeit grinst er einen nach dem anderen an. Dann nimmt er Abstand, so gut das auf dem engen Deck geht, und ruft: »Besatzung stillgestanden – Augen rechts!«

Der Flottillenchef balanciert über die Stelling und kommt dann die Steigeisen am Turm heruntergeturnt. Der Kommandant macht lässig Meldung: »Melde gehorsamst, U sechsundneunzig von Feindfahrt zurück!«

Der Flottillenchef ist baumlang und hohlbauchig. Er trägt das EK II. Weiter hat er es nicht gebracht, obwohl er auch schon mal ein Boot hatte und als Dönitz-Liebling galt. Aber als er seinen ersten Dampfer ins Periskop bekam, soll er vor lauter Aufregung geheult haben. Nicht einfach für den Mann, mit solch kriegerischem Tiefstand den richtigen Ton im Umgang mit den Kommandanten zu finden. Manchmal wirkt er sogar leicht debil vor lauter Unsicherheit.

Endlich ist für mich der Weg über die Stelling frei, und ich bekomme festen Boden unter die Füße. Aber was geschieht? Ich bin ganz weich in den Kniekehlen und muß aufpassen, daß ich nicht ins Torkeln gerate. Statt angekommen, fühle ich mich fremd wie unter Botokuden.

Es gibt noch mehr Sekt und das übliche Getue: Jubel, Trubel, Fröhlichkeit. Da muß ich wohl oder übel auch versuchen, mir ein Lächeln aufs Gesicht zu zerren. Ich agiere wie mit einem aufgezogenen Uhrwerk im Bauch: Meine Füße bewegen sich mechanisch.

Da höre ich mit einem Ohr den Flottillenchef zum Alten sagen: »Der BdU hat Sie zum Chef der neunten Flottille ernannt.«

Diese Worte ziehen mich zum Flottillenchef herum. Höre ich richtig? Der Alte soll abgelöst werden?

Der Alte macht ein Schafsgesicht. So sieht er immer aus, wenn er so perplex ist, daß er nicht gleich weiß, welche Miene er aufsetzen soll. Eine Weile steht er nur starr – auch er eine Kunstfigur – und pliert den Flottillenchef verständnislos an. Es ist wohl an mir, Bewegung in die Szene zu bringen: Ich arbeite mich schnell zwischen zwei mit Leinen beschäftigten Leuten hindurch, die den Weg blockieren, und fische nach der rechten Hand des Alten: »Da gratuliere ich aber!«

Der Flottillenchef bedenkt den Alten mit einem gönnerhaften Grinsen, salutiert und tritt zurück in die Gruppe des Flottillenstabs an der Stelling. Ich stehe auf einmal mit dem Alten alleine da und palavere drauflos: »Du sollst also aufgespart und der Nachwelt erhalten bleiben. Ein paar von den alten Recken müssen die ja vorzeigen können nach dem Endsieg...«

Der Alte wirkt immer noch verdattert. Ich kann mir vorstellen, wie es jetzt in ihm arbeitet: Abschied vom Boot, Abschied von der Besatzung. Dafür Dienst als Bürohengst – ein Dasein, das er bislang immer verhöhnt hat. Dafür aber auch die Chance, nicht in die Heldengalerie mit den schwarzen Rähmchen zu geraten, sondern zu überleben. Dann wäre dies das letzte Einlaufen für ihn gewesen. Vielleicht ist es das Zum-letzten-Mal, was ihn so durcheinanderbringt.

Ich muß Hände schütteln – und noch mehr Hände. Da tritt Kreß auf mich zu und sagt, ohne mir seine Flosse hinzustrecken, laut: »Sie werden in Berlin verlangt – und zwar schnellstens.«

»Schnellstens nach Berlin? Was soll denn das nun wieder?«

Der Herr Oberleutnant Kreß muß plötzlich jemand im Empfangskomitee entdeckt haben, dem er jetzt heftig zuwinkt. Als er damit fertig ist, bekomme ich ein sardonisches Lächeln ab, ehe er weiterredet: »Sie sind ja schon eine Woche früher zurückerwartet worden.«

»Na und?«

»Sie müssen zu einem bestimmten Termin in Berlin eintreffen ...«

»Und das wäre?«

»In genau vier Tagen.«

»Das klingt ja verdammt mysteriös . . .«

Der Reichsrundfunkquassler hebt die Schultern, aber dann, als ich mich wieder ans Händeschütteln machen und ihn stehenlassen will, fixiert er mich und sagt knarzig: »Zur Meldung beim Herrn Reichsminister Doktor Goebbels.«

Die Nachricht trifft mich wie ein Schlag in die Kniekehlen. »Jetzt schlägt's aber dreizehn!« bringe ich dennoch glatt über die Lippen und pliere Kreß dazu voll an. Bei mir hat sich sofort »Höchste Alarmstufe!« eingeschaltet: Jetzt nur ja nichts falsch machen! »Aber ich habe eine Menge Material mitgebracht, das muß doch erst mal in die Reihe.«

»Da legen wir hier notfalls Nachtschichten ein«, blockt Kreß sofort ab, »und was fertig wird, nehmen Sie gleich mit. Sie fahren ohnehin als Kurier. Am besten, Sie geben mir gleich mal Ihre Filme . . . Sie haben doch auch Fotos gemacht?«

»Fotos?« frage ich zurück, als sei ich plötzlich verblödet, während ich in Wirklichkeit angestrengt nachdenke: Wenn dieser Lulatsch meine Filme in die Pfoten bekommt, bin ich sie los!

»Ja, paar Schnappschüsse. Vielleicht ist was dabei. Die Filme sind aber bei meinen Klamotten – noch im Boot.« Ich bringe es fertig, das so klingen zu lassen wie: gar nicht der Rede wert.

»Besser, ich geb sie dem Laboranten direkt. Der braucht dazu ein paar Informationen.« Und nun schauspielere ich den Sinnverwirrten, der sich noch nicht richtig in der Geschäftigkeit an Land zurechtfindet und den Befehl nach Berlin einfach nicht zu fressen vermag.

»Sie werden dort dringend – hören Sie: drin-gend! – verlangt«, blafft jetzt der Rundfunkheini und gebärdet sich dienstlich.

»Ich bin nicht taub, Herr Oberleutnant!« verpasse ich ihm darauf und versuche auch noch, sein militärisches Gehabe zu karikieren: »Bitte darauf gehorsamst aufmerksam machen zu dürfen . . .«

Daß ich dafür einen tückischen Blick ernte, nimmt mich nicht wunder: Ich wollte es ja so haben. Und weil ich jetzt Oberwasser spüre, sage ich noch: »Goebbels! Mir schwillt die Brust ja richtig. Oder soll ich sagen: ausgerechnet Bananen?«

»Sie meinen, den Herrn Reichsminister für Volksaufklärung und Propaganda . . .«, werde ich da korrigiert.

»Genauso isses!«

Kreß tut, als hätte er in eine Essiggurke gebissen, dann wird er schon wieder dienstlich: »Also, ich muß melden, daß Sie von Feindfahrt zurück sind . . .«

»Gleich?«

»Jawoll – und Sie in Marsch setzen.«

»Auch gleich?«

»Nicht gleich, aber sagen wir mal ... wie lange brauchen Sie denn, um Ihre Sachen, ich meine: Ihre Ausbeute in Ordnung zu haben?«

In Ordnung? echot es in mir, und ich antworte ausweichend: »Das ist so 'ne Sache ... Was will denn der Herr Reichsminister für Volksaufklärung und Propaganda von mir? Das heißt: Was muß ich dem denn mitbringen?«

»Ostereier bestimmt nicht!« plärrt da Herr Kreß.

»Ich meine nur«, gebe ich mich nachsichtig, »nach Berlin muß ich ja sowieso. Da stehen jede Menge Besuche an: OKM, OKW/WPr, die Redaktionen, der Verlag in der Lützowstraße ...«

»Sie müssen sich natürlich zuerst in Paris bei der Abteilung melden. Der Herr Kapitän will Sie sehen«, unterbricht Kreß meine Suada.

Schreck laß nach! Der »Bismarck«, so haben wir ihn getauft, dieser widerliche Kapaun, was kann der nur wieder im Schilde führen?

»Was will der denn?« frage ich geradezu.

»Na hören Sie mal! Schließlich ist der Herr Fregattenkapitän unser Chef – also auch Ihrer.«

»Danke verbindlichst für den Hinweis«, gebe ich so zynisch wie möglich zurück.

Herr Kreß mimt nun einen, der sich angestrengt bedenkt, dann verkündet er: »Unter den gegebenen Umständen würde ich sagen: morgen abend ab Savenay.«

Ich tue, als hörte ich schon gar nicht mehr richtig hin. Nach Berlin kommandiert, das kann riskant für mich werden. Was wird Peter Suhrkamp dazu sagen? Gewiß, Protektion von ganz oben kann für das neue Buch und den Verlag äußerst wichtig sein. Aber gleich Goebbels?

Wieso kann Goebbels mich nach Berlin beordern? Ich bin Kriegsberichter und unterstehe dem OKW. Kann Goebbels sich etwa zum Chef einer Wehrmachtformation aufwerfen? Er kann! Es ist ja schon verrückt genug, daß sich die Kriegsberichtereinheiten bei Heer und Luftwaffe Propagandakompanien nennen – gerade so, als sei das Propagandaministerium ihr Hauptquartier. Irgendein schlauer Mensch muß sich das für die Marine verbeten haben. Ich bin ganz offiziell Marinekriegsberichter – und das, obwohl der Alte sich gar nicht genug tun kann, mich mit dem ominösen »Propaganda« zu hänseln.

Jetzt heißt es den Unerschütterlichen spielen: »Also Großeinsatz. Meldung beim Herrn Reichsminister und vorher beim Herrn Fregattenkapitän. Was liegt sonst noch an?«

Da schiebt sich zu meinem Glück der Alte wie eine Hafenbarkasse – so breit und schwerfällig – heran und nimmt mich in Beschlag. Ich deute ein Hand-an-die-Mütze-Legen an, pliere Kreß noch einmal an und sage: »Na, fein!«

»Was gab's denn?« will der Alte wissen.

»Erzähl ich später ...« Ich kann deutlich spüren, wie mich der Alte von der Seite her mit einem prüfenden Blick bedenkt.

»Überraschung in der Abendstunde«, sage ich noch, und dann versinken wir schon in einem dichten Pulk von Bootsoffizieren und Krankenschwestern.

Was ist mit Simone? Während ich mich freundlich zu geben versuche, arbeitet es heftig in mir: Natürlich ist es möglich, daß sie unsere Einlaufzeit doch nicht erfahren hat. Vielleicht sind ihre Freunde in der Flottille gerade in Urlaub. Vielleicht ... vielleicht ... vielleicht ... Ich könnte jedenfalls vor Angst und Sorge aus der Haut fahren. Schuld daran ist das schiefe Grinsen von Kreß, als er mich sah. Ist er nicht auch rot geworden? Diese miese Visage verheißt bestimmt nichts Gutes. Ob Simone irgendeinen Blödsinn veranstaltet hat? Wenn wirklich etwas passiert wäre, hätte mich das irgendeiner aus unserem Verein schon wissen lassen! versuche ich mich zu beruhigen.

Für die Besatzung steht ein Omnibus am Bunkertor. Ein Dutzend Leute läuft merkwürdig staksend vor mir her. Ich registriere, wie ungelenk sich die Männer bewegen. Wenn ich einmal einen Film machen sollte, sage ich mir, muß diese Steifheit in unseren Knochen auch zu sehen sein. Nach der langen Reise bewegt sich jeder deutlich anders als zu Beginn: Diese fünfzig Menschen waren eingesperrt. Durch Wochen hindurch haben sie nicht mal annähernd soviel Auslauf wie Gefängnisinsassen gehabt – praktisch überhaupt keinen.

Ich wünschte, ich könnte direkt nach La Baule in unsere Villa Ker Bibi fahren, anstatt zur Empfangsfeier ins Hotel Majestic zu müssen. Ich habe mir aus dieser Art von Festen, die allzu schnell in Besäufnisse münden, nie viel gemacht und mich gedrückt, wann immer es nur möglich war.

Da sagt der Alte auch schon: »Du kommst doch mit zum Majestic?« Der Ton der Frage klang wie ein Befehl.

»Mit all den Klamotten?« frage ich zögerlich.

»Was denn sonst? Ich schick dir gleich 'nen Mann zum Tragenhelfen.«

»Gehorsamsten Dank. Aber das schaff ich auch noch alleine.«

Für den Alten steht ein Wagen bereit. Von Kreß organisiert – dafür müssen wir aber auch als erstes schnell in Pen Avel, meiner Dienststelle, vorbei. Der LI hat noch auf dem Boot zu tun. Die beiden Wachoffiziere wollen lieber gemeinsam mit der Besatzung mit dem Omnibus fahren. Der Alte will den großen Horch selber chauffieren. Also sind wir nur zu zweit, ich kann meine Sachen auf dem Rücksitz abladen und mich neben den Alten plazieren.

Der Alte braust los wie ein Roßknecht. Mit den dicken Seestiefeln fährt es sich schlecht, das weiß ich aus eigener Erfahrung. Aber so wie jetzt müßte er den Wagen nicht über die Gleise springen lassen. Gleich nimmt er auch noch mit dem rechten Hinterrad einen Bordstein mit und gerät darüber so in Zorn, daß er zu schalten vergißt. Der Motor heult viel zu lange im zweiten Gang. Der Alte schaltet erst, als ich einen Seitenblick voll stummen Vorwurfs wage.

So, und nun über eine Schotterstraße, daß die Steine nur so fliegen! Verrückt geworden! Total verrückt, der Alte! Natürlich: Jetzt läßt er seine Wut raus. Wenn das mal gutgeht! Daß er abkommandiert wird, damit hat er bestimmt nicht gerechnet. Wie hätte er das auch können? Den Alten aus der Front zurücknehmen – davon war nie die Rede.

»Lützows wilde verwegene Jagd«, sage ich vor mich hin. Der Alte nimmt das als Aufforderung, noch einen Zahn zuzulegen, aber dann muß er doch vom Gas: Wir kommen in die Stadt.

Saint-Nazaire war schon böse zerstört, als wir ausliefen. Mittlerweile aber scheint die Stadt total verwüstet.

»Ich möchte nur wissen, was sich die Tommies davon versprechen«, rede ich vor mich hin.

»Daß niemand mehr zur Arbeit kommt, doch höchstwahrscheinlich«, sagt der Alte. Dann fügt er noch an: »Aber dann haben sie nichts zu fressen, und das ist auch nicht schön.«

Wir kommen nicht weiter. Ein auf die Straße gestürztes Haus hat sie zur Sackgasse gemacht.

»Mist, verdammter!« schimpft der Alte und beginnt, den Wagen zu wenden. Dabei muß er dreimal zurückstoßen und sich richtig abarbeiten.

»Paar Schilder aufstellen hätte nicht geschadet«, murrt er. »Die dreschen hier noch alles kurz und klein. Wenn ich Franzose wäre, hätte ich ganz schön Rochus auf die Brüder . . .«

Ich muß plötzlich daran denken, wie sich Simone in der Woche vor dem Auslaufen aufgeführt hat. Was für eine dumme Idee, das »Café à l'ami Pierrot« nur für Soldaten offenzuhalten!

Während der Alte Slalom fährt, hadere ich mit mir: Ich hätte mich um diesen Einsatz drücken können, wenn ich es nur gewollt und raffiniert genug eingefädelt hätte. Simone alleine und ohne Schutz zu lassen war ein Fehler – besonders, als sich deutlich zeigte, daß es Neidhammel en masse gab und Intrigen noch und noch. Aber dann denke ich wieder: Verdammte Spökenkiekerei! Es wird schon alles in Ordnung sein. Ich sollte mir lieber den Kopf darüber zerbrechen, was Simone wohl dazu sagen wird, daß ich so schnell in Berlin aufkreuzen muß.

Bei Goebbels melden! Wenn ich nur wüßte, was das zu bedeuten hat! Aber wollte ich denn nicht sowieso längst schon weg aus La Baule? Dieser Befehl müßte mir doch, bei Lichte besehen, richtiggehend zupaß kommen. Von den U-Booten weiß ich genug. Ich habe Material für mehr als ein Buch beisammen. Und wenn ich es schlau einfädele, müßte es mir in Berlin gelingen, einen Marschbefehl nach Feldafing zu bekommen. Ich habe wer weiß wie lange schon keinen richtigen Urlaub mehr gehabt. Meine Manuskripte mitnehmen und sie in Feldafing in Sicherheit bringen, das wär's. Die Filme dazu. Ich höre nicht auf, mir zuzureden: Du kannst nur froh sein, wenn du hier wegkommst. Hier ist der Boden unter den Füßen noch deutlich heißer geworden, als er es sowieso immer schon war. Simone hat sich ja auch durch keine Warnung mehr bremsen lassen ...

In meine Gedanken hinein fragt der Alte, ohne sich mir zuzuwenden: »Also was ist?«

»Ich bin nach Berlin kommandiert, zum Reichsminister für Volksaufklärung und Propaganda«, gebe ich zurück.

Der Alte spielt seine Verblüffung voll aus. Er holt zwei-, dreimal tief Atem, ehe er fragt: »Wie denn das?«

»Ich hab's eben erfahren – von unserem Truppführer.«

Der Alte ist so perplex, daß er vom Gas geht. Als ob er besser nachdenken könnte, wenn er langsamer fährt.

»Doch nicht etwa für immer?« fragt der Alte, als er langsam wieder mehr Gas gibt.

»Weiß der Henker!«

»Freu dich doch.«

»Wie über Frau Fortuna, wenn sie einem aus ihrem reich verzierten Füllhorn Pflastersteine über den Kopf schüttet?«

»Hm«, macht da der Alte fürs erste bloß, aber dann sagt er: »Na, das nenne ich aber eine Überraschung! Da sind wir ja alle beide abkommandiert ... Vielleicht isses bei dir nur'n Spezialauftrag.«

»Das hab ich mir mit dem Buch eingebrockt ...«

»Und deinen in Fetzen gerissenen Britenzerstörern natürlich auch!«

Dem Alten scheint es plötzlich wieder gutzugehen, sonst würde er nicht so sticheln und versuchen, mich auf die Palme zu jagen. Der ominöse Titel, der in allen Zeitungen über einer Reportage von mir stand, der stammte beileibe nicht von mir – und das weiß der Alte ganz genau.

Der Alte tut jetzt, als müsse er sich ganz auf die Straße konzentrieren, und schweigt sich erst mal aus.

»Ich vermute, da ist was im Busch«, fange ich nach einer Weile wieder an und ergänze für mich: Und was kann das schon anderes sein als Unheil? Wenn ich in Berlin vereinnahmt werden sollte – dann ade Flottille und ade Bretagne!

»Vielleicht sollst du den Jupp nur malen!« sagt der Alte. »Wie den BdU – mit 'nem Stück Papier in der rechten Hand – Einsatzbefehl oder so was – und ganz markig.«

»Ach, das war doch nur eine Skizze – mit Kreide und Rötel ...«

Der Alte nimmt das nickend auf und tut so, als sei Berlin damit erledigt.

Endlich sind wir draußen und fahren durch Felderbreiten. Der Alte hat die Straße durchs Hinterland gewählt, die ist kürzer als die Küstenstraße, die jede Bucht mitnimmt. Um mit dem Aufruhr in mir fertig zu werden, versuche ich, mich auf die Landschaft zu konzentrieren und alles wie zum ersten Mal zu sehen.

Ich höre deutlich, wie sich der Alte räuspert, und da redet er auch schon wieder los: »Ich weiß gar nicht, was du gegen den Rundfunkmenschen hast: doch hochanständig von dem, mir den Wagen zur Verfügung zu stellen.«

»Meinst du?«

»Sonst hätten wir auch mit dem Bus fahren müssen ...«

»Aber dann könnten die dich nicht auf die Schnelle in Pen Avel ausquetschen.«

»Ich muß mich ja nicht ausquetschen lassen.«

»Aber du wirst schon! Bericht eines soeben von Feindfahrt zurückgekehrten Eichenlaubträgers – das ist ganz und gar nach dem Geschmack des Rundfunkheinis. Der wird dir sein Mikrofon schon in den Mund stopfen.«

»Immerhin dein militärischer Vorgesetzter.«

»Gott sei's geklagt ...!«

Da schweigt der Alte. Erst Minuten später fragt er: »Hab ich den nicht zu hart abfahren lassen?«

»Hast du, aber jetzt kannst du's ja wieder gutmachen! Noch vor dem Bericht beim Flottillenchef ganz frisch in die Flüstertüte gequatscht – so hat er's gerne.«

Der Alte schweigt wieder. Dann wechselt er das Thema: »Du glaubst doch nicht etwa, daß ich auf den Flottillenchefsessel scharf bin?« Das klingt ganz so, als wolle er mich kumpanenhaft trösten. »Wann soll's bei dir denn losgehen? Ich meine, wann mußt du hier weg?«

»Schon morgen abend.«

»Morgen schon?«

»Ja, die haben uns eben früher erwartet ...«

»Vier Tage früher ...«

»Und jetzt ist es denen pressant. Ich muß mich auch noch in Paris melden.«

»Vielleicht sollst du dort noch präpariert werden für Berlin.«

»Weiß der Satan!«

»Na, du kommst sicher bald wieder!«

»Aber dann bist du nicht mehr hier.«

»So schnell schießen die Preußen nicht. Noch ist mein Posten bei der Neunten nicht frei.«

»Die Neunte – das ist doch Brest?«

»Ja. Brest.«

»Komisch, da hat meine militärische Laufbahn angefangen.«

»Stimmt, die Zerstörervorstöße. Wie hießen deine noch gleich?«

»Galster und Lody.«

Ich hab gar nicht gemerkt, daß wir schon auf unserer Avus sind – dem breiten Strandboulevard. Da kann der Alte gehörig aufdrehen. Im Grunde bin ich heilfroh, daß er ganz gegen seine Art soviel redet. Jetzt sind es nur noch Minuten, und wir preschen den Kiesweg nach Pen Avel hinauf. Der Rundfunkheini steht bereits in der Tür und hält die Hände verschränkt wie ein Empfangschef. Scheiße! Wie hat er das nur geschafft? Der Hase und der Igel – ein doppelter Kreß?

Der Alte kennt den Weg gut: die kurze Treppe hinauf und dann in unser saalartiges Eckzimmer. Kaum sitzen wir in den widerwärtig tiefen Ledersesseln, schickt sich Herr Kreß an, eine Art Ansprache zu halten. Er reibt sich die Hände, reckt seinen Adamsapfel, und dann zieht er tatsächlich seine übliche, unerträgliche Vorstellung ab. So sehr ich mir die Ohren versperre, höre ich doch: »Stolze Waffe . . . unbeirrbar . . . graue Wölfe und grüne See . . . Führer, Führer, Führer . . .«, und noch mal: ». . . der Führer . . . Albion in die Knie . . . Endsieg . . .«

Dabei sehe ich Simone in ihrem Café biegsam wie eine Katze um die runden Tische streichen . . . Ist sie womöglich endlich doch vorsichtig geworden und hat das Risiko gescheut, in Saint-Nazaire gesehen zu werden?

Der Alte guckt gequält herum, dann sagt er in seinem tiefsten Baß: »Eigentlich wollten wir ja nur auf 'nen schnellen Schluck . . .«

»Es ist alles schon parat, Herr Kaleun. Und das Band kann dann gleich mit nach Berlin gehen. Wäre doch fabelhaft, wenn das deutsche Volk gleich von Ihrer Heimkehr . . .«

»Blablablabla«, sage ich ohne Ton und so, daß nur der Alte sieht, wie sich meine Lippen bewegen.

»Der Kollege vom schnellen Bild hat auch schon eingeleuchtet«, quatscht der Lulatsch Kreß weiter, »gleich nebenan mit mir als Modell, hahaha! Gewissermaßen in Vertretung!«

»Mitgefangen, mitgehangen!« flüstere ich dem Alten zu.

Wir müssen näher an den großen runden Tisch heran. Kreß pflanzt ein Mikrofon mit einem Dreibein auf den Tisch und setzt sich in Positur, um seine abgedroschenen Fragen an den Alten zu stellen. Erst mal räuspert er sich noch gründlich, aber dann geht es los:

»Unser Eichenlaubträger ist zurück von seiner jüngsten Unternehmung. Die Dreieckswimpel am ausgefahrenen Sehrohr haben von seinem neuen großen Erfolg gekündet ...«

Was für ein Quatsch! denke ich und staune über den Alten, der sich gutmütig wie ein Tanzbär, der am Nasenring vorgeführt wird, gebärdet.

»Die wievielte war's denn? – Die dreizehnte! Das ist ja großartig. Die Unternehmung mit der Glückszahl also – kein Wunder, daß Sie soviel Kriegsglück hatten!«

»Ich sehe das anders ...«, sagt da der Alte, und Herr Kreß macht entsetzte Augen. Aber gleich gibt er sich wieder frohgemut. Er schaltet ab und sagt: »Das nehmen wir noch mal von vorn: Erst kommt natürlich die Musik, die wird dann langsam ausgeblendet, und dann kommt noch mal Musik. Und dann erst frage ich Sie.«

Ich mahne mit Blicken zum Aufbruch, aber der Alte will sich offenkundig nicht lumpen lassen.

»Aus einem überaus stark gesicherten Geleitzug, was auf die Kostbarkeit der geleiteten Dampfer und Tanker schließen läßt, die höchstwahrscheinlich Flugbenzin für die Terrorangriffe auf deutsche Städte über den Atlantik ...«

Der Alte schüttelt den Kopf. Der Rundfunkheini macht aber nur eine beschwichtigende Handbewegung und quatscht weiter.

»Sie haben das ja deutlich durch Ihr Sehrohr gesehen gekonnt, Herr Kaleun ...« Nach diesem Versprecher läuft mein großer Führer zu meiner Freude rot an. Aber ehe er sich verbessern kann, sieht er den Alten amüsiert grinsen, und da fragt der Alte auch schon nach: »Durchs Sehrohr? Bei diesem Wetter? No, Sir, das war ein Überwassertagesangriff. Aber Tag ist auch wieder übertrieben – vor lauter Regenböen war's fast so finster wie im ...« Der Alte stoppt sich in letzter Sekunde.

Ich ergänze aber gleich: »... Bärenarsch« – und bekomme dafür einen bösen Blick.

Gott im Himmel! sage ich mir. Die gleiche Leier wie immer. Warum muß die denn bloß immer wieder neu dahergequatscht werden!

Während das so weitergeht, beschäftige ich mich ausführlich mit meinem Truppführer.

An dem Mann ist alles zu groß geraten: die Nase, die Ohren, die Füße – der ganze Kerl ist gut einen halben Kopf über Normalmaß. Scharfe

Klammerfalten um den Mund geben ihm einen verbitterten Ausdruck. Am linken Jackettärmel trägt er den Narvik-Schild. Verrückte Idee, so eine fast handgroße Blechmarke auf den Stoff zu montieren. Seine Hosen sind scharf ausgeformte Breeches, die Stiefel zwischen Wade und Fuß besonders faltig.

Kreß ist sicher intelligent genug, um zu wissen, wie der Hase wirklich läuft. Aber in einer Art Trotzfanatismus verbietet er sich die eigenen Erkenntnisse. Er reagiert gereizt, wenn man ihn mit seiner Forsche hänselt, wird tückisch, wenn man ihn in die Ecke argumentiert. Dann kann er sogar einen gefährlichen Rappel bekommen.

Meine Gedanken wollen noch weiter abschweifen, aber jetzt höre ich doch wieder zu, weil der Alte dem Herrn Kreß ständig neue Bredouillen zu bereiten scheint.

»... war eigentlich mehr Zufall«, berichtigt er ihn gerade, »wir hatten nämlich vorbeigegeigt.«

»Vorbeigegeigt?«

»Ja, eindeutig vorbeigegeigt. Und dann issen ganz anderer Dampfer mit lauter Lebensmüden an Bord direkt in die Torpedolaufbahn reinmarschiert. Der hätte sonst seinen Geist als Endläufer aufgegeben – ich meine: der Torpedo.«

»Ein Glückstreffer also, Herr Kaleun! Und damit hat sich wieder einmal auf eindrucksvolle Weise gezeigt, auf welcher Seite das Kriegsglück ist.«

Da nickt der Alte tiefsinnig vor sich hin und gibt ein schlichtes »Ja, so geht's« zum besten.

Kreß hält das offenbar für einen geeigneten Schluß. »Lakonisch«, sagt er.

Jetzt muß ich dem Alten zu Hilfe kommen: »Unsere Besatzung wartet sicher schon ...« Dafür ernte ich von Kreß einen zurechtweisenden, fast schon giftigen Blick.

»Ja, wir sollten die Leute nicht zu lange warten lassen«, sagt der Alte endlich, und dann ist er, als hätte er sich ganz plötzlich ermannt, auch schon mit einem Ruck hoch.

Als wir wieder im Auto sitzen, sagt der Alte: »Was hast du denn? Das lief doch ganz gut ...« Dann merkt er, daß es dunkel wird, und macht die Scheinwerfer an. Kaum ist er auf der Strandstraße, dreht er auch schon wieder wie auf einer Rennstrecke voll auf.

Die Besatzung ist längst in dem ehemaligen Luxushotel versammelt – bis auf die paar Leute, die am Boot Wache schieben müssen. Ich hocke mich dem Alten gegenüber an eine lange, weißgedeckte Back. Ein volles Bierglas mit einem Schnaps daneben steht schon parat. Und nun heißt es, freundlich grinsen und freundlich nicken ... Keiner soll mir anmerken, daß mir der Boden unter den Füßen brennt. Betrinken darf ich mich schon gar nicht. Ich warne mich selber: Entwöhnt, wie du bist, können dich schon ein paar Gläser umhauen. Besoffen in Ker Bibi erscheinen, das hätte gerade noch gefehlt.

Wenn ich die Augen schließe, werde ich von einem stetigen Auf- und Abwiegen erfaßt: Ich habe den Seegang noch im Blut, und für Sekunden weiß ich nicht, wo ich bin. Und was soll dieses ewige Brummen durch die offenen Fenster? Es schwillt an und ebbt wieder ab, und dann setzt es für eine Weile ganz aus oder ist nicht zu hören, weil es vom Grölen der Besatzung übertönt wird. Aber kaum tritt an der Tafel für kurze Augenblicke Ruhe ein, brummt es wieder. Ohne Zweifel Flugzeugmotoren! Es klingt, als blieben sie direkt über dem Haus. Hier können doch keine Flugzeuge im Kreis herumkarriolen! Dem Alten kann ich deutlich ansehen, daß auch er hin und wieder nach draußen lauscht.

Etwa ein Großangriff auf Saint-Nazaire? Oder ist noch mehr im Busch? Zum ersten Mal spüre ich es wie eine Erleichterung, daß dem Boot nichts passieren kann – das Boot ist im Bunker, unter sieben Meter Eisenbeton der besten Qualität.

Eine Weile versuche ich mitzusingen, in der Menge fällt es zum Glück nicht auf, wenn ich danebensinge. Mit meinem Gesang war leider nie recht viel los. Aber dann spitze ich doch wieder die Ohren: Dieses andauernde Flugzeugbrummen ist ganz und gar ungewöhnlich. Und jetzt klirren sogar die Scheiben der Terrassentüren nach. Die Männer scheinen das zum Glück nicht zu merken.

Einer steht auf und stellt sich auch noch auf einen Stuhl. Er will ein Solo bieten: »Ich kenne eine Frau / mit Beinen wie 'ne Sau / mit Armen wie 'ne Leberwurst / die kenn ich ganz genau.«

Der Alte guckt geschmerzt, ich allerdings muß gegen meinen Willen lachen. Dafür ernte ich von ihm ein paar deutlich mißbilligende Blicke.

Der Benjamin der Besatzung soll nun auch etwas vortragen. Er klettert, als alle ihn bedrängen, schließlich auch hoch, lehnt sich aber, Hände auf dem Rücken, an die Wand. So schmächtig und blaß und im schloddernden Bordpäckchen direkt vor der Wand sieht er aus, als sollte er erschossen werden. Fehlt nur noch, daß ihm einer die schwarze Binde verpaßt. Bleich wie Milchsuppe, legt der kleine Benjamin los: »Vater und Kind / reiten durch Wind / kommt ä Mann / quatscht se an / ob er 'n Kleen mitnehm gann ...«

Ich sitze, während der gute Benjamin seine Erlkönigparodie herunterstottert, wie auf Kohlen. Was soll ich tun? Ich kann mich hier doch nicht einfach verdrücken. Schließlich gehöre ich zur Besatzung – immer noch. Da sagt der Alte, als unser Benjamin gerade fertig ist und seinen inzwischen hochrot eingefärbten Kopf von der weißen Wand verschwinden läßt, mitten in den Stimmenlärm hinein und gerade so, als habe er meine Gedanken erraten: »Ich bring dich noch ...« Und weil ich vor lauter Verlegenheit keine Antwort gebe, noch mal: »Ich bring dich schnell zurück!«

Und da ist der Alte auch schon hoch und tut so, als wolle er nur eben mal zum Wasserabschlagen verschwinden. Unter seinem aufmunternden Blick mache ich es ihm nach.

Auf der Strandstraße dreht der Alte wieder gehörig auf. Er wird doch keinen über den Durst getrunken haben? Unsere gegen alle Regel voll aufgeblendeten Scheinwerfer reichen zum Glück sehr weit. Wir könnten ebensogut auf dem Mond dahinrasen: Es ist kein Mensch zu sehen.

Plötzlich tritt der Alte so heftig auf die Bremse, daß die Reifen zischen und ich nach vorn gewuchtet werde. Und dann läßt er die Reifen in einer scharfen Linkskurve auch noch laut aufheulen. Ich will gerade sagen: Das ist doch noch nicht die Abzweigung nach Pen Avel – da höre ich den Alten sagen: »Hier isses doch – und jetzt zweite Straße links, wenn ich nicht irre. Stimmt doch, oder?«

Ich bin perplex. Woher weiß der Alte, daß ich nicht zu meiner Einheit nach Pen Avel zurück, sondern nach Ker Bibi will?

Schon von weitem sehe ich, daß das Haus hell erleuchtet ist: Die Fenster im Erdgeschoß sind mit Vorhängen abgeblendet. Simone wartet also doch! Jetzt kann ich durchatmen. Ich gebärde mich gleichmütig. Dabei klopft mir das Herz hoch im Halse.

Schwarze Baumschatten stürzen mir entgegen, das Licht, das auf die Straße fällt, ist gelb wie Kerzenlicht. Das Haus erscheint mir wie ein strahlender Weihnachtsbaum. Aber was bedeuten die Autos davor? In diese stille Straße verirren sich nie fremde Autos – hier parkt doch nur die Kutsche des verrückten Artilleriegenerals, der schräg gegenüber wohnt. Der Alte kuppelt aus und tritt auf die Bremse. Der Motor ist im Leerlauf so leise, daß ich Stimmengewirr hören kann.

»Nanu, da geht's ja hoch her – Empfangsfete für dich!« höre ich den Alten wie von weit her.

Ich reiße mich zusammen und sage so gleichmütig, wie ich es nur vermag: »Komm doch mit rein – nur auf ein Glas.«

»Nee, das mach mal alleine!« dröhnt der Alte. »Wir sehen uns. Wenn nicht morgen, dann bald schon – in Brest ...«

»Brest ... ich weiß nicht.«

»Das wird sich schon fügen«, gibt sich der Alte forsch.

»Hoffen wir's!« versuche ich es ihm gleichzutun. In Wirklichkeit fühle ich mich wie aufgeschmissen. War das etwa der ganze Abschied?

Ein Stiefelknallen aus dem Halbdunkel läßt mich zusammenschrekken. Ein Posten unter Gewehr salutiert. Jetzt kapiere ich schon gar nichts mehr.

»Wo kommt der denn her?« fragt mich der Alte. Und dann sagt er mit Spott in der Stimme: »Kann ja nichts schaden, daß hier Runde gegangen wird. Da kannst du ruhig schlafen – also mach's gut! Und Mast- und Stengebruch!«

»Danke gehorsamst!« kann ich das in meiner Verwirrung nur quittieren. Der Alte legt schon den ersten Gang ein. Kaum habe ich mein Gepäck auf der Straße, gibt er so abrupt Gas, daß es die Wagentüre von allein zuschlägt. Ich höre ihn gerade noch »Bis dann!« rufen, da kann ich auch schon seinen Rücklichtern nachsehen. Der Alte geht mit jaulenden Reifen in die Linkskurve zurück zum Strandboulevard, und ich bin allein. Von Ferne höre ich seine Reifen noch einmal quietschen.

Ich stehe da wie angewurzelt: das viele Licht! Stimmengewirr, Gelächter und die Autos auf beiden Seiten der Straße – was hat das nur zu bedeuten? Beim General ist es dunkel, also sind die Autos ...

Ich sehe die Verandatür im Licht der Laterne vor dem Haus, die vielen weißlackierten Sprossen und die kleinen Quadratscheiben. Und jetzt höre ich ihr klirrendes Scheppern. Die Scheißfranzosen, fährt es mir durch den Kopf, könnten auch endlich lernen, Glasscheiben so einzusetzen, wie es sich gehört – in Kitt natürlich. Aber was geht hier vor?

Alle Geräusche haben plötzlich ausgesetzt – wie abgehackt. Aber es hat noch deutlich zweimal scharf geknallt. Jetzt kommt Gott sei Dank dröhnendes, vielstimmiges Gelächter durch die offenen Fenster. Ich kapiere: Das Knallen kam vom Feuer im Kamin. Mich wundert bloß, daß der Posten nicht gleich geschossen hat. Dafür hat er sich unbemerkt verdoppelt. Die zwei Männer quatschen aufgeregt miteinander. Wahrscheinlich gebe ich ihnen, wie ich so starr vor der Terrassentür stehe, Rätsel auf.

Also los! befehle ich mir und drücke die wie eine Vogelschwinge geformte Klinke herunter. Aber was ist das nun auf einmal für ein Krawall? Stühlerücken auf Steinfliesen? Noch ein schwerer Schritt, und ich fühle mich angestrahlt wie auf einer Bühne stehen. Verrücktes Theater! Alle starren so gebannt zu mir her, als sollte auch ich gleich ein Gedicht hersagen. Hat die Kommandantur mein Haus etwa weitervergeben, während ich auf Feindfahrt war? Was sind das nur für Leute? Warum starren die mich an wie eine Wundererscheinung?

Aber die haben ja massenweise goldene Kolbenringe an den Rockärmeln! Zwei sogar handbreites Goldglänzen an den Unterarmen und noch je einen schmalen Kolbenring dazu. So viel Lametta auf einem Haufen! Konteradmirale? Oder Vizeadmirale? Ich kriege das nie richtig auf die Reihe. Erst Vize, dann Konter? Oder umgedreht? Für die vier schmalen

Streifen habe ich Kapitän zur See parat. Das müßte stimmen. Und vier schmale gibt's gleich zweimal ... Und ...

Grüßen! Ich hätte beim Eintreten grüßen müssen!

Nur unter Anstrengung bringe ich es fertig, meine rechte Hand zum Mützenschirm zu heben. Und nun? Soll ich etwa zurückweichen, eine Entschuldigung murmeln und so tun, als sei ich aus Versehen hier hereingeplatzt?

Warum bewegt sich denn keiner? Die Gesichter, die mir zugedreht sind, kann ich nur zwischen Vasen mit Blumen hindurch als helle Flächen wahrnehmen. Ich will weiter, will nicht so reglos dastehen wie eine Salzsäule. Aber meine Glieder wollen nicht parieren. Es ist, als hätte ich sie falsch an den Strippen.

Hier muß ja wohl der ganze Führungsladen der Marine versammelt sein. So viel große Tiere hab ich noch nie beieinander gesehen – nicht hier in La Baule, nicht mal in Paris. Die blaue Crème de la crème – geschniegelt und gelackt, aber keiner sagt etwas.

Da stehe ich in meinem Gammelzeug und starre auf die Runde wie auf die Figuren eines Panoptikums und kapiere nichts.

Bijoux, der Bäcker, lugt jetzt von der Küche her in den Raum herein, und Simones Mutter erscheint mit einem Tablett: Die paßt gut in diese absurde Inszenierung, die gibt das Cachet – bläulich gefärbte Haare, gestrenge Miene. Sie sieht mich und macht auf dem Absatz kehrt.

Und jetzt dieses Winseln und Jaulen! Das sind unsere beiden Hunde, die wie verrückt an mir hochspringen – fast bis ans Kinn. Die quieken ja richtig!

Ich hab mich nicht in der Tür geirrt. Das hier ist mein Haus Ker Bibi – *unser* Haus. Aber wo ist Simone? In der Tafelrunde rührt sich immer noch nichts. Die starren mich bloß an.

Ich will weiter, nach oben. Zum Fuß der hölzernen Treppe sind es nur drei Meter. Ich hebe die linke Hand wie zum Vorwärtstasten hoch, um den Handlauf zu erreichen, aber meine Glieder wollen immer noch nicht gehorchen. In meiner Rechten spüre ich die Segeltuchtasche doppelt schwer.

Da erscheint ein Wesen in der Tür zur Küche, wie ein Burgfräulein angetan, in tiefrotem Samt und mit einem helleuchtenden Spitzenkragen auf den Schultern. In der Hand hält das Burgfräulein einen Champagnerkühler, der silberne Blitze schießt. Unsere Blicke begegnen sich ... Das ist Simone! Eine Simone mit hochgesteckten Haaren und grell blutrot gemaltem Mund – in einer Attitüde wie auf einer Bühne, als trüge sie eine Monstranz herein. Ich kann nur wie festgewurzelt dastehen und darauf warten, daß dieser ganze Spuk verfliegt.

Wie von ferne höre ich: »Bonsoir! Bien retourné?«

In meinem Kopf haspeln die Gedanken rasend schnell ab: Was veranstaltet Simone hier nur? Simone in bordeauxrotem Samt: Rot ist die Liebe – schwarz ist der Tod . . . Mir tut der Magen weh, als hätte ich einen kurzen Haken knapp über dem Gürtel versetzt bekommen.

Auf der Treppe stolpere ich. Die Hunde schnappen nach meinen Füßen, sie wollen mich nicht da hinauflassen, sondern karessiert werden. Ich spüre Blicke wie Dolche in meinem Rücken, höre aber dennoch keinen Laut von der Tafel. Klappt etwas mit meinem Gehör nicht? Jetzt wäre endlich auch ein Musikeinsatz fällig.

Statt Musik höre ich Simones glockenhell gestelltes Gegirre. Ich bin auf dem oberen Flur angelangt und werde von jedem einzelnen Wort getroffen: »Je m'excuse. Le lieutenant Buchheim habite chez nous. Nous n'avons pas su, qu'il viendrait ce soir . . . Il était en mer . . .«

Ich zittere am ganzen Körper. Eine Handgranate da hinunterschmeißen – das wär's! Aus dieser ganzen dreimal verfluchten Bande Hackfleisch machen! Alle die Brüder auf einmal erwischen.

War der eine nicht der Hafenkommandant? Der dick vergoldete der Seekommandant? Was hat Simone mir eben zugeflüstert? »Tiens-toi tranquille . . .« War es das? »Tiens-toi tranquille – je t'en supplie . . .«

Ich lasse mich auf das breite Bett sacken, und plötzlich kommt mich das heulende Elend an. Ich wende alle Kraft auf, mich dagegen zu wehren, aber das Weh sitzt mir als großer Knoten in der Brust, der mir das Herz beklemmt und die Luft abdrückt. Das sind die Nerven! sage ich zu mir. Überstrapazierte Nerven. Ich spüre, wie meine Augen schwimmen, und versuche mit heftigen Wimpernschlägen die Tränen zurückzuhalten. Aber nicht lange, und ich gebe es auf. Mir wird sofort besser, als mir die Tränen über das Gesicht rinnen und ich sie salzig auf der Haut spüre.

Ein helles Lachen dringt von unten hoch. Simone amüsiert sich. Sie unterhält ihre Gäste. Was das angeht, hat sie den Bogen raus. Aber was kann sie den alten Säcken über mich erzählen? Das wird ihr böse schaden, daß ich hier aufgetaucht bin, fährt es mir durch den Kopf – ich, der Störenfried, eine an Land gespülte Wasserleiche.

Und nun auch noch Grammophonmusik! Unser Lied: »J'attendrai . . .« Ein Sturm von Gefühlen bricht in mir los. Ich könnte das Haus anzünden und Simone mitsamt dem Inventar verbrennen. So schnell würde keiner kommen, um hier zu löschen. Alles in Flammen aufgehen lassen! Tabula rasa machen!

Gibt es überhaupt noch eine Feuerwehr in La Baule? Feuerwehrleute habe ich nie zu sehen bekommen. Die Kiefern ums Haus würden verdammt schnell Feuer fangen. Der ganze knistertrockene Kiefernwald würde im Nu in Flammen stehen, und das Haus Pen Avel würde es auch erwischen. Das Ganze in Schutt und Asche legen!

Der Knoten in der Brust schmerzt. Ich muß versuchen, mit Zynismus dagegen anzukommen: »Such is life!« höhne ich laut vor mich hin. So haben wir es gerne! So war es doch immer: aus einer Scheiße in die andere.

Allmählich gelingt es mir, mich zur Ruhe zu zwingen und meine Gedanken von mir selber weg wieder auf Simone zu lenken: das Risiko so weit zu treiben! Wegducken, sich unsichtbar machen, gute Miene zum bösen Spiel – wie oft habe ich ihr das angeraten, beizubringen versucht, sie inständig darum gebeten.

Wie Simone es überhaupt geschafft hat, mit ihrer Mutter in La Baule zu bleiben, hätte ich weiß Gott längst einmal ergründen müssen. Auf jeden Fall ist sie hier nur geduldet wegen des Cafés, damit es in der Hauptstraße ein bißchen friedensmäßig aussieht und sich die Landser eine Scheibe Bismarckeiche kaufen können. Geduldete sollten sich fein still verhalten. Das ist nur leider nicht Simones Art. Immer bis zum Äußersten gehen, *das* ist ihre Art.

Simone *will* einfach nicht merken, daß längst andere Saiten aufgezogen sind, seit es mit dem Dauersiegen nicht mehr klappt. Lange kann doch dieses Treiben in La Baule nicht mehr gutgehen.

Dieser Saukerl mit dem silbernen Totenkopf an der Schirmmütze, der war zweifellos vom SD. Und wie der auf der Schleusenpier breitbeinig dastand und gegrinst hat – breit und unverschämt wie nur einer.

Von unten höre ich wieder Stimmengewirr – sonores Durcheinanderreden – und darüber hingeperlt Simones hellgetrimmte Theaterstimme.

Ich könnte, wenn ich nur eine Waffe zur Hand hätte, da unten noch ein bißchen mehr Trubel veranstalten: ordentlich um mich knallen und mich dann selber wegputzen! Ein Witz: Meine MP und meine Walther-Pistole habe ich schon vor dem Auslaufen in Pen Avel abgegeben. Nicht einmal ein Taschenmesser habe ich in den tiefen Taschen meiner Lederhose. Aber unten an der Garderobe hängt sicher ein halbes Dutzend Koppel samt Pistolentaschen. Also? Ich brauche bloß aus den Stiefeln zu steigen und auf Socken leise hinunter. Aber leise, sage ich mir, wäre das gar nicht zu schaffen. Diese Knarztreppe macht einen Heidenlärm . . . Und außerdem würde mich mein Gestank verraten: Meine Klamotten müssen ganz gewaltig stinken. Ich habe hoffentlich einen breiten Schweif hinter mir hergezogen, als ich durch die Diele geschlurrt bin.

Gleich bekomme ich Lufthunger. So gute Luft wie hier wird einem nicht alle Tage geboten. Kernige Luft mit einem deutlichen Terpentingeschmack. Luft, die sich beißen läßt. Ich liege flach da und pumpe die Luft in mich hinein. Mein Brustkorb hebt und senkt sich dabei, so sehr es nur geht.

Ich muß ins Bad, den Gestank loswerden. In der Badewanne den Puls aufschneiden? Einen Arm heraushängen lassen wie Marat auf dem Bild von Ingres. Ist es Ingres? Die Wanne rot von Blut wie beim Schweineschlachten: Wenn mich Simone so fände, hätte sie einen schönen Schreck weg. *Das* wäre die richtige Strafe für sie.

Aber statt mich aufzurappeln und endlich ins Bad zu verschwinden, bleibe ich zusammengekrümmt liegen, als hätte ich einen Bauchschuß verpaßt bekommen.

Wie taktvoll ich mich nach oben verholt habe! Die Stimmung nicht zerstören, wenn man im unpassenden Moment auf der Bildfläche erscheint, das hat unsereiner schließlich gelernt. Und natürlich ist gutes Einvernehmen mit der Standortkommandantur und dem Seekommandanten und noch ein paar höheren Chargen für Simone und ihren Patisseriebetrieb erwünscht, sogar lebenswichtig. Ich profitiere schließlich auch davon. Wozu also die ganze Aufregung? Warum das hysterische Gehabe? Ich sollte mir wirklich erst mal in aller Ruhe den Dreckpanzer aufweichen. Unter die Dusche, in die Wanne – ja nicht das Possenspiel zur Tragödie ausarten lassen.

Von draußen kommt neues Flugzeugbrummen. Ein auf- und abschwingendes Geräusch, wie es nur von vielen Maschinen herrühren kann. Da muß ein Angriff auf Saint-Nazaire im Busch sein.

Ein paar Scheiben in der Balkontür klirren. Will denn das Brummen kein Ende nehmen? So habe ich es jedenfalls noch nie gehört. Der Alte hatte so seine Vorahnungen. Der viele Füllfunk während der letzten beiden Tage war es, der ihn beunruhigt hat . . .

Liegenbleiben! gebe ich mir auf. Einfach so liegenbleiben, in allem Dreck und Speck. Ich bin total fertig. Das war alles ein bißchen zuviel.

Und diese Saubande da unten mit ihren Rotsponriechern? Von denen weiß keiner, wie es einen von den Stelzen haut, wenn eine Wasserbombe gut liegt. Immer den Arsch schön auf dem Trocknen. In Saus und Braus – die schlimmste Sorte auf einem Klump.

Daß wir da noch mal rausgekommen sind, haben die Tommies womöglich gar nicht mitgekriegt. Und wenn wir bei denen als versenkt gemeldet worden sind und wenn Simones Verbindungen zur Gegenseite tatsächlich funktionieren – und das hat sie immer wieder durchblicken lassen –, wenn dem wirklich so ist . . . aber natürlich! Daß sie dann nicht beim Einlaufen in Saint-Nazaire war, ist doch nur logisch.

In meinem Kopf geht es rund. Ich versuche weiterzudenken: Nun mal gesetzt den Fall, sie hatte die Information, daß wir nicht wiederkommen würden, wie konnte sie dann diese aufgeblasene Schweinebande ins Haus einladen? Wie – um alles in der Welt – hat sie das nur fertigbringen können?

Immer noch dieses Rumoren. Sind meine Ohren etwa doch nicht in Ordnung? Ich schüttele heftig den Kopf, und da merke ich: Es kommt nicht mehr von draußen, sondern aus dem Haus. Und dann höre ich Schritte. Ende der Veranstaltung? Diesen Tattergreisen hat es offenbar die Laune verdorben. Die rechte Harmonie ließ sich da unten wohl nicht mehr herstellen ...

Träumerei an französischen Kaminen – danach stand den Herrschaften wohl der Sinn. Aber nach meinem Auftritt war die Stimmung hin: Der war nicht geträumt.

Ich höre zwei Anlasser orgeln. Das Stimmengewirr kommt jetzt von draußen. Es nimmt schnell ab.

Auf einmal ist Simone da – wie ein Geist aus der Flasche. Ich höre sie dicht an meinem Ohr flüstern: »Ne sois pas fâché. Je te raconterai tout ... c'était nécessaire ... tout à fait nécessaire.«

Ich rege mich nicht um einen Millimeter. Nur mit der Spannung aller meiner Muskeln kann ich die Wut niederhalten, die in mir hochkochen will.

»C'est pour nous, mon chou!« höre ich Simone säuseln.

Das reimt sich! Wir werden einen Schlager daraus machen. *Das* wird ein Refrain: »... pour nous – mon chou! ... pour nous – mon chou!«

Simone spielt die Schmeichelkatze, aber ich liege starr wie ein Brett da. Als sie meine Hand in das Kraushaar zwischen ihren Schenkeln führt und ich spüre, wie feucht es da ist, bricht es jäh aus mir heraus: »Du bist ja total wahnsinnig – tu es totalement folle! Diese Bande hierher einladen! Du weißt nicht, was du riskierst! Du hast ja einfach keine Ahnung. Das hier, diese Ruhe hier – ce calme est une illusion – rien que cela!«

»Die friß mir aus die Hand! Look here – ich mach so, un die friß!« Simone hält mir dabei ihre linke Hand entgegen, die Handfläche nach oben. Und dann wieder die Litanei: »Je fais ça pour toi, grand idiot – für nach die Krieg!«

»Von diesen Kerlen hilft dir keiner, wenn du in die Bredouille gerätst. Da macht keiner auch nur einen Finger für dich krumm! Du *willst* einfach nicht begreifen. Ich hab dich tausendmal gewarnt! Und trotzdem machst du einfach weiter. Du gehst verdammt zu weit!«

»Calme-toi donc, mon chou.«

»Ich bin nicht dein chou! Was du tust, ist lebensgefährlich. Ich hab's dir immer wieder gesagt. Du wirst beobachtet. Darauf kannst du dich verlassen! Und ich hab keine Lust, mir für dich die Brust waschen zu müssen.«

»Brust waschen? Pourquoi?«

»Ach, mach mich nicht wahnsinnig! Aber damit du's kapierst: Ich will mich nicht abknallen lassen. Nicht von einem Peloton. Hoffentlich kapierst du *das* wenigstens! Das ist ja schließlich französisch. Das sind keine Späße mehr – das ist hochbrisant. ›Brisant‹ ist ja wohl auch französisch. Kapierst du wenigstens ›brisant‹?« Neue Wut überflutet mich und hält mich gegen meinen Willen gepackt. »Du treibst alles, aber auch alles auf die Spitze. Dabei hast du mir fest versprochen, daß du dich zurückhalten wirst. Ich hab ein Dutzend Briefe von dir, da steht genau drin, wie du alles ändern willst. Keinen Betrieb mehr machen ... Alles nur Worte, sentimentaler Quatsch, Lügen! ... Du weißt, wie gefährlich das alles ist. Wie oft soll ich dir das noch einhämmern?«

»Einhämmern? Qu'est-ce que ça veut dire?«

Simone nestelt an meinen Knöpfen. So kriegt sie meine Jacke nicht auf. Ich muß mich hochstemmen. Aber was ficht mich an? Ausziehen? Mit dieser schwärenden Wut im Bauch? Außerdem bin ich immer noch dreckig wie ein Schwein. Ich halte den Mund geöffnet. Mit einem Mal krampft sich mein Hals neu zusammen. Nur jetzt nicht weich werden! Bloß kein Theater! Aber dann schwimmen mir doch die Augen – verflucht. Ich muß schlucken, würgen. Ich fühle, wie Simone an mir hantiert. Mein Kopf bleibt starr geradeaus gerichtet. Ich kann alles nur mehr wie durch verregnete Glasscheiben sehen und muß spüren, wie jede Fiber zu ihr hindrängt.

»Regarde«, flüstert Simone mir jetzt zu, »ton grand filou, il est plus raisonable que toi – viel mehr vernünftisch, deine Pint. Richtisch schön und groß – magnifique. Diese Kerl au moins sait ce qu'il veut. Regarde-moi ce voyou ...«

Simone greift richtig zu, und ob ich nun will oder nicht, bin ich auch schon in ihr. Ich schiebe mich auf sie, bis ich sie ganz zudecke. Simone liegt mit weit gebreiteten Schenkeln unter mir, und jetzt lege ich gewaltig los: Ich stoße sie so hart, wie ich nur kann – Verzweiflungsfick.

Simone winselt. So ist es recht. Nur nicht mehr denken müssen ...

Dann höre ich: »Encore! Je t'en supplie – n'arrête pas ...«

Und da kommt es mir endlich so gewaltig, daß es mich von der Mitte her zusammenzieht. Als ich mich wieder strecke, ist es mir, als hätte ich mich gänzlich, samt Mark und Hirn und allem Feuchtem in mir, entleert.

Dann liege ich platt auf dem Rücken, und hochgehende Seen packen mich.

Lange Zeit weiß ich nicht, ob ich wache oder schlafe. Was ist das aber auch für eine unruhige Nacht: Flugzeugbrummen immer wieder – tief, sonor, dann wieder heller. Anschließend eine Pause und wieder das Brummen. Dann ferne Schüsse. Schießerei in La Baule? Was soll das? Waren das wirklich Schüsse?

Plötzlich ist Lärm vorm Haus, und da sitze ich auch schon kerzengrade auf der Matratze. Noch mehr Lärm. Und jetzt dringt zwischen den halboffenen Volets der zuckende Schein einer Blendlampe ins Zimmer. Im Nu bin ich hoch und stoße die Volets auf: Ein Kübelwagen mit abgeblendeten Scheinwerfern steht vor der Tür.

»Herr Leutnant, wir haben Alarm«, ruft unser Schreibersmaat zu mir hoch. »Sie sollen sofort nach Saint-Nazaire.«

»Ach du liebes bißchen – was ist denn los?«

». . . nichts Genaues. 'n Überfall von den Tommies – oder mehr . . .«

»Was mehr?«

»'ne Landung, Herr Leutnant.«

»Aber doch nicht in Saint-Nazaire?«

»Scheint so! Die ganze Küste ist alarmiert.«

Meine Gedanken überschlagen sich: Diesen Rummel mitten in der Nacht, den hatten wir doch schon mal. Will den Brüdern denn gar nichts Neues einfallen?

Reprise wie im Zirkus?

Ich sehe auf der Strandstraße Autos noch und noch. Es ist fast voller Mond, die Bucht eine einzige Silbersee.

»Kämpfe mit Terroristen hieß es auch – Sie müssen sofort hin und was liefern!« höre ich von unten.

Ich was liefern? Ich habe doch gerade erst . . .

Plötzlich ist es hell im Zimmer. Simone hat das Deckenlicht angeknipst. »Kein Licht!« herrsche ich sie an. »Ich sehe auch so genug.«

Simone hat sich ein Nachthemd übergeworfen, das wie ein Ballkleid bis auf den Boden reicht: Ballfee im Mondlicht.

»Je te prépare un café!« höre ich sie mit halbem Ohr.

»Jetzt nicht – bitte! Ich muß gleich los!«

Beim Anziehen der Hose gerate ich ins Taumeln.

»Qu'est-ce qui se passe?« fragt Simone.

»Keine Ahnung. Ich muß los. Die warten unten.«

Verdammt noch eins! Die Nummer hatten wir schon! Mit einem Zerstörer haben die Tommies da die Schleuse gerammt . . . Das war genau so eine Nacht. Die gleiche milde Luft, der gleiche starke Mond und auch dieses ewige an- und abschwellende Flugzeugbrummen.

Schnell meine Siebensachen! Die Fotoapparate, Ersatzfilme, was zum Schreiben . . . Während ich in fliegender Eile alles zusammensuche, denke ich: Wenn die Alliierten tatsächlich landen wollen, dann ist das hier der geeignete Platz . . . Aber allein mit Landungsbooten ist es wohl nicht getan. Die brauchen einen richtigen Hafen zum Ausladen. Und unsere in jüngster Zeit massierte Küstenartillerie? Wie sollen die denn an den Artilleriestellungen vorbeikommen? Ob das Ganze nicht wieder mal nur blinder Alarm ist? Ein Täuschungsmanöver? Der Versuch, unsere Abwehrbereitschaft zu erproben?

Draußen ist jetzt eine Menge Lärm. Der General von schräg gegenüber ist wahrscheinlich aus den Federn geholt worden. Nach einem Fehlalarm hört sich das jedenfalls nicht mehr an.

Probieren die verrückten Tommies es etwa noch einmal? Zweiter Versuch mit besseren Mitteln . . . So viele Flugzeuge, so viele Wellen: Das ist nicht normal. Gleich muß ich denken: normal, nicht normal – ein Witz!

Mist, verdammter! Meine Pistole habe ich in Pen Avel. Waffenlos in Abrahams Schoß! Auch ein Witz . . .

»Ihr Wagen steht in der Abteilung, Herr Leutnant!« sagt der Schreibersmaat an der Gartenpforte. Gott sei Dank! Da kann ich noch meine Kanone holen . . .

Wie lange weiße Finger tasten Scheinwerfer am Himmel direkt über Saint-Nazaire hin. Als wir die ersten Kilometer durch den Kiefernwald hinter uns haben, sind auch bald schon Brände zu sehen und Detonationen als Widerschein auf den Qualmwolken.

Also tatsächlich eine feindliche Landung? Der lange Seeweg von britischen Häfen bis hierher . . . Aber was sonst soll denn dieses stundenlange Bombardement bedeuten? Die U-Boote sind alle unter Dach. So dicht wie in den Bunkerdächern sind die Armiereisen noch nirgends geflochten worden.

Und doch und doch: La Baule liegt wie auf dem Präsentierteller da, und die weitgeschwungene Bucht ist ein idealer Landeplatz. Sie ist auch bei starkem Wind vor der Brandung geschützt.

Ausgerechnet in unserer ersten Nacht an Land! Ich kann den Alten schon höhnen hören: ganz die Art der Tommies. Die sind nun mal ein hinterhältiges Volk!

Der Fahrer will mit mir reden, aber mir ist nicht nach Quatschen zumute: Auf der Landstraße ist allerhand los, wir müssen aufpassen, überall liegen Trümmer, und ich werde immer wieder von Detonationen geblendet. Trotzdem: Ich lasse den Fahrer auf Standlicht schalten.

Jetzt kann ich den Qualm schon riechen.

Meine Gedanken haspeln per Tempo ab: Die Tommies, diese wahnsinnige Bande . . . Ich habe ein riesiges Bildarchiv von ihrem Raid vor zwei Jahren im Schädel, und diese Bilder blenden sich jetzt ein – zu viele auf einmal . . . Damals bin ich genauso wie jetzt nach Saint-Nazaire unterwegs gewesen – wahrscheinlich zur gleichen Stunde. Es war die Nacht vom Sonnabend zum Sonntag. Ist heute nicht auch wieder Sonnabend?

In meinem Hirn geht es ganz schön durcheinander ... Zusammenreißen! Ja doch ... Aber wie denn, wenn man am Ende seiner Nerven ist? Soll einer wie ich denn gar kein Recht mehr auf Schlaf haben?

Wenn das nun doch die Landung ist, kann es hier heiter werden! Dieses flache Gelände, das Loire-Schwemmland – und außerdem der große Hafen! Der vor allem muß für die Alliierten verlockend sein. Und die Stoßrichtung direkt auf Paris zu ... Mit einem Schnitt von Saint-Nazaire bis Paris ließe sich Frankreich in zwei Hälften teilen ...

Voraus brennt es von links bis rechts. Und die Bande lädt immer noch ab. Die fliegen so tief ein, daß ich sie trotz unseres eigenen Lärms deutlich brummen hören kann: sonor, samtig ...

Wir stehen wie festgenagelt: keine Hoffnung, hier weiterzukommen. Die Straße freizumachen – das könnte nur ein Räumpanzer schaffen.

»Wenden!« befehle ich dem Fahrer.

»Bloß wie, Herr Leutnant?« gibt der Fahrer zurück.

Ich weiß: Gräben zu beiden Seiten und hinter uns jede Menge Fahrzeuge. Zum Wenden bleibt nur die Straße selbst.

»Und wenn Sie zwanzigmal zurücksetzen müssen – Sie schaffen das!«

Da läßt sich der Fahrer nicht lumpen und sorgt mit heftigen Hornsignalen und kurzem Vor- und Rückwärtsfahren erst mal dafür, daß Vordermann und Hintermann anfahren und ihm Platz für sein Manöver machen. Ich will aussteigen und ihm dabei helfen, aber da sagt der Fahrer: »Lassen Sie mal, Herr Leutnant!« Und nun zeigt er, was er kann. Einen Augenblick denke ich schon: Aus dieser Querstellung kommen wir nie wieder heraus, jetzt bilden wir nur ein neues Hindernis. Aber mit jedem Zurück und Vor kommt der Kühler ein Stückchen mehr in die Gegenrichtung. Noch zwei-, dreimal das Spielchen – und dann ist es geschafft, und wir fahren an einer langen Kolonne entlang nach La Baule zurück ...

»Vorsicht!« rufe ich immer wieder, weil plötzlich Landser aus den Lücken zwischen den Autos herauskommen. Die können einen schön erschrecken: Wir fahren ja nur mit Standlicht.

Der Fahrer braucht keine großen Erklärungen, er hat längst erraten, was ich im Sinn habe: die Schlängelstraße an der Küste nehmen, die auch nach Saint-Nazaire führt, die über Le Pornichet.

Mit der haben wir Glück und kommen halbwegs zügig voran.

Schon in Saint-Nazaire, dicht vor dem Denkmal für die kanadischen Flieger, fahren wir einem Bootsmaat fast über die Füße, der – Stahlhelm auf dem Kopf – einen Karabiner mit beiden Händen schräg vor sich hält. Den frage ich: »Was ist denn los?«

»Nichts Genaues weiß ich nicht! Die haben jedenfalls mächtig abgeladen – Sie sehen's ja ...« Der Mann verhaspelt sich vor lauter Aufgeregheit bei seiner Antwort. Dann sagt er entschieden: »Alles schon gelaufen, Herr Leutnant!«

Weil ich nun aber heftiges Schießen höre, frage ich, was das denn bedeute.

»Das sind Franzosen. Die schießen aus den Häusern. Da müssen Sie aufpassen, Herr Leutnant. Das wird jetzt alles durchgekämmt, weil die 'ne Menge Fallschirmspringer abgesetzt haben sollen – aber eigentlich mehr weiter da drüben!« Und dabei weist der Mann mit der ausgestreckten Rechten nach Süden.

Der Alte, der hat es gleich beim Einlaufen gerochen, daß hier was im Busch ist. »Das scheint mir nicht!« – seinen alten Bedenkespruch habe ich vor Saint-Nazaire mindestens dreimal gehört. Der Alte hat eine verdammt gute Witterung für militärische Großereignisse.

Und wenn es nun ganz anders läuft? Zum Beispiel so, wie der Maat es gemeint hat: daß die Flugzeuge, gedeckt von einem Großangriff auf Saint-Nazaire, Sabotagetruppen weiter loireaufwärts abgesetzt haben? Dort können sie bestens untertauchen. Wenn die Zivilklamotten bekommen, kaum daß sie auf dem Boden sind, und gut Französisch können oder gar Franzosen sind . . . Was dann?

Ich kann mir kein Gebiet vorstellen, das so gut wie das Loiredelta für eine solche Luftlandeaktion geeignet wäre: Hinter Paimbœuf ist bis nach Pornic nur Schwemmland, und wir haben dort kaum Truppen stehen. Die ganze Gegend ist als Versteck bestens geeignet. Ich sage mir die Namen der Ortschaften her: Saint-Brevin, Frossay, Saint-Père-en-Retz, Saint-Michel. Miserable Häuser, viele Werftarbeiter, die zu ihren Schichten mit dem Fahrrad nach Saint-Nazaire hineinfahren.

Wir kommen wieder nur mehr im Schrittempo vorwärts – dann ist es ganz zu Ende.

Ich fühle mich wie früher, wenn in Chemnitz irgendwo »was los« war: Die Schupopfeifen oder die Feuerwehrhörner waren dann für mich Alarmsignale. Ich mußte einfach dabeisein. »Katastrophenfanatiker« haben sie mich in der Penne deshalb genannt. *Jetzt* ist da vorne der Teufel los, und ich komme vor Ungeduld fast um.

Nur noch fünf Kilometer, aber die sind offenbar nicht zu schaffen . . .

Verrückte Bredouille: Ich muß nach Berlin zu Goebbels und noch an diesem Abend losfahren – aber wie denn, wenn ich hier keinen Meter vorankomme? Bis wir hier weiterkommen, kann es Weihnachten werden. Kein Feldgendarm zu sehen, der mit der Kelle Ordnung schaffen könnte. Dafür sind Schüsse ganz in der Nähe zu hören, hin und wieder ganze scharfe Salven. Die Herren Partisanen werden doch nicht etwa?

Mir wird immer klarer: Die Straße ist mutwillig gesperrt worden, und nun sind die Fahrzeuge zu einem dichten Verhau aufgefahren. Mein Fahrer flucht und flucht und schlägt mit der rechten Hand aufs Lenkrad – als hätte das Lenkrad schuld.

Ein Posten mit dem Karabiner im Hüftanschlag kommt an mein Fenster, und ich erfahre: »Unsere Flak hat welche runtergeholt!«

Der Mann ist so aufgeregt, daß ihm fast der Atem wegbleibt. »Eine Maschine ist noch über dem Wasser abgestürzt – konnte man deutlich sehen!«

Hinter den Trümmerbergen zuckt Feuerschein und illuminiert die unteren Ränder tiefhängender Wolken.

Jetzt bin ich in der Zwickmühle: Trümmer fotografieren? Verwundete, Tote? Den drei, vier Kameraden unseres Trupps Konkurrenz machen, die längst an der Arbeit sind? Dafür abwarten, bis es hell wird . . . und Berlin schießen lassen? Oder zusehen, daß ich meine Siebensachen für die Reise zusammenbekomme, und noch letzte Hand anlegen an meine Zeichnungen, die ich im Boot gemacht habe – die paar noch nötigen Drücker setzen, damit sich meine Ausbeute dieser Reise auch sehen lassen kann?

Ich entscheide: noch mal ein Stück zurück und einen neuen Vorstoß probieren, um an die Schleuse zu kommen. Vielleicht haben die Tommies ja noch mal das gleiche Ding wie vor zwei Jahren versucht – nur mit anderen Mitteln . . .

Als wir gewendet haben und der Fahrer sich wieder auf ein paar Meter direkt vor dem Kühler konzentrieren muß, damit wir nicht Steintrümmer und Sparren mitnehmen, fahren wir fast in einen Feldgendarm hinein, der gerade sein Motorrad aufbocken will. Der weiß sicher Bescheid!

»Die U-Bootschleuse ist, wie es aussieht, intakt«, sagt der Feldgendarm. »An Durchkommen ist aber überhaupt nicht zu denken – jedenfalls nicht mit dem Wagen. Wenn Sie da vorn erst mal festsitzen . . .«, und dabei weist er in Richtung Schleuse, »kommen Sie nicht wieder raus.«

Da entscheide ich zum zweiten Mal: »Also zurück nach La Baule! Hier ist keine Arbeit für mich . . .«

Während der Rückfahrt versuche ich zu ergründen, was das Ganze zu bedeuten hat: Dieser Großangriff macht so gar keinen Sinn. So dußlig können die aber doch gar nicht sein, daß sie ihre Bomber für nichts und wieder nichts losschicken. Ein Ruinenfeld noch einmal umpflügen, das ist doch idiotisch!

Das kann nur eine Art Präludium gewesen sein. Präludium aber wofür? – Gewiß doch, die siebente U-Bootflottille ist die erfolgreichste und die für die Alliierten gefährlichste. Aber aus der Luft sind die Boote im Bunker nicht zu killen. Und den Hafen auslaufen zu lassen, das ist eben auch verdammt schwer zu schaffen. Und die Schiffe auf der Penhoët-Werft? Die können nicht das Ziel eines so großen Angriffs gewesen sein. Also was ist los? Warum, zum Teufel, *wissen* wir nicht, was unsere Freunde planen?

Ich sollte endlich mit meinen Versuchen aufhören, mit den grauen Zellen der Alliierten zu denken.

Saint-Nazaire/La Baule – 2. Tag

Der Fahrer bringt mich gleich nach Ker Bibi. Recht hat er: Ich könnte jetzt einen guten Napf Kaffee brauchen und einen Streifen gebuttertes Baguette dazu – die sattgelbe kräftig gesalzene bretonische Butter habe ich schon lange nicht mehr zu schmecken bekommen.

Aber das Haus ist leer, obwohl es gerade erst richtig Tag geworden ist. Die alte Madame ist nicht zu finden. Nicht mal die Hunde sind da. Überall sieht man nur die Reste des Festes.

Da fällt mir ein: Als ich schon in der Tür war, hörte ich Simone: »Reviens vite, mon chou! Garde-toi!«

Plötzlich durchfährt es mich wie ein die Landschaft erhellender Blitz: Daß Simone am Abend zuvor zum Essen geladen hat, war womöglich kein Zufall, sondern fein eingefädelt . . . Aber wenn dem so wäre, könnte sie das Kopf und Kragen kosten. Und was mir dann blüht, kann ich mir an den Knöpfen meines Jacketts abzählen . . .

Während ich das überdenke, beschleicht mich ein merkwürdiges Reuegefühl: Und was, wenn ich alles falsch sehe? Diese verrückte Fete in unserem Haus, wenn Simone die nun wirklich nur veranstaltet hat, um ihre Lage zu stabilisieren? Und daß sie nicht an der Schleuse erschienen ist, läßt sich leicht erklären: Wir hatten eine falsche Ankunftszeit gemeldet. Gut möglich, daß Simone die Korrektur nicht mitbekommen hat. Ich hätte sie ganz einfach danach fragen sollen.

Aber gleich meldet sich der Zweifler in mir wieder: Über welche Kanäle hat Simone denn immer die Einlaufzeiten der Boote erfahren? Just die sind schließlich streng geheim . . . Aber da kann ich nun wiederum gegen mich selber einwenden: Natürlich streng geheim, aber eine Menge Leute bekommt sie leider mit. Noch die dämlichste Krankenschwester erfährt viel zu früh, wann sie per Omnibus zum Bootsempfang an die Schleuse gekarrt werden soll. Was ist in diesem Land überhaupt noch geheim? Für die Zensuronkels in Berlin einfach alles. Aber hier, an Ort und Stelle, mit all den französischen Werftarbeitern in den Bunkern und den französischen Putzfrauen in den Quartieren? Und den französischen Backschafterinnen und den vielen Nutten in den Puffs?

Flausen! stoppe ich mich. Ich sollte jetzt lieber genau überlegen, was von meinen Sachen ich mit auf die Reise nehmen muß. Die Auswahl wird schwierig: Ich muß schließlich bedenken, daß ich – wenn es des Allmächtigen Ratschluß will – so bald nicht wieder hierher zurückkomme. Viele meiner Sachen muß ich hierlassen. Die sperrigen Leinwände und die Entwurfkartons kann ich nicht schleppen. Meine Staffelei und das Malmaterial auch nicht ...

In meinem Hinterkopf denkt es: Und was, wenn es ein Abschied für immer sein sollte? Aber diesem Gedanken gebe ich keinen Raum – den unterdrücke ich schnell wieder.

Meinen Kaffee muß ich mir in der Küche selber kochen. Als das Wasser schon kocht, wird mir bewußt, daß ich immer noch nicht in der Badewanne war und gleich befällt mich heftiger Ekel vor mir. Verdammte Schweinerei! Ich muß stinken wie eine Hundertschaft Schimpansen. So stinkend im Bett gewälzt – ich könnte aus Scham in den Parkettboden versinken.

Noch keinen Kaffee, erst heißes Wasser in die Badewanne laufen lassen und aus den Klamotten schälen. Und nun rein in die Wanne, so heiß, wie es nur geht. Ganz lang machen, die Zehen krümmen und wieder strekken. Und jetzt den Kopf runter und nur die Nase oben lassen.

Diese Wohltat! Diese so elend lange entbehrte Wohltat!

Richtig abschrubben von oben bis unten? Noch lange nicht! Erst mal aufweichen, so tief einatmen, daß es mir den Oberkörper ein Stück hochhebt, und dann wieder ausatmen: Entlüftungen ziehen. Und nun über Wasser einatmen und unter Wasser ausatmen, daß es nur so blubbert. Den ganzen Vormittag in der Wanne liegen bleiben, wenn das nur ginge ...

Da fällt mir auch schon ein, was alles noch erledigt werden muß: Die guten Skizzen und fertigen Zeichnungen heraussuchen, das wird vor allem Zeit kosten.

Also endlich her mit der Seife und der großen weichen Bürste!

Mitten im Einseifen halte ich inne und starre vor mich hin: Die Sorge um Simone hat mich in einer so heftigen Weise angefallen, daß ich wimmern könnte ... Jetzt hat sie den Bogen überspannt! Wenn herauskommt, daß sie eine Ahnung von dem Großangriff hatte – oder gar mehr als eine Ahnung –, dann ist sie nicht mehr zu retten.

Dieses gottverdammte Hasardspiel! Diese Verblendung! Nichts habe ich dagegen ausrichten können. Und dazu diese nicht zu bändigende Abenteuersucht, die Lust am Risiko – das ist die ganze Simone.

Simone ist sicher im Café. Ich muß ihr endlich sagen, daß ich nach Berlin befohlen bin. Aber wie soll ich ihr nur beibringen, daß ich mich heute noch auf die Strümpfe machen muß? Lieber nicht im Café – oder *gerade* dort? Im Café wird sie an sich halten müssen und keine große Szene machen können. Auf jeden Fall werde ich Simone scharf beobachten, um zu sehen, wie sie die Nachricht aufnimmt.

Macht nichts, daß ich keinen Wagen vor der Tür habe. Die fünfzehn Minuten Fußmarsch zum Café werden mir guttun . . .

»Mönchlein, Mönchlein, du tust einen schweren Gang«, bespöttele ich mich.

An der Ecke zur Hauptstraße gab es mal eine Mordsschießerei, ein richtiges Feuergefecht zwischen einer Heeresstreife und einem besoffenen Seemann, den sie nie erwischt haben. Damals streunten viele heillos Besoffene durch die Straßen.

Drüben, schräg über der Kreuzung, ist das »Café à l'ami Pierrot«: Simones Café mit dem großen Schild im Fenster: »NUR FÜR DEUTSCHE WEHRMACHT.«

Gleich packt mich der alte Zorn: Es kann ja auch mal anders kommen. Das habe ich Simone wieder und wieder vorgehalten. Dann könnte sie bösen Ärger mit ihren Landsleuten haben. Aber waren meine Mahnungen am Ende nicht auch komisch? So leichtsinnig, wie Simone sich immer gab, konnte sie doch gar nicht sein. Sie muß sich rückversichert haben. So unter aller Augen zu kollaborieren, kann wohl kaum jemand ohne Rückhalt oder gar Auftrag wagen. Also vorgegebener Leichtsinn als Tarnung? Tarnung wofür?

Jetzt zumindest sollte ich es mir eingestehen: Dieses Festmahl – das war doch schieres Meininger Theater – candle light dinner mit vergoldeten Unterarmen! Eine Farce auf der Provinzbühne! Aber immerhin mit glänzend besetzten Rollen. Nur Bijoux als Diener in seiner viel zu kurzen weißen Jacke war eine Fehlbesetzung: für den gedachten Zweck doch viel zu linkisch.

Die knackenden Scheite hingegen und vor allem eine Simone, die sich niedlich ziert, ehe sie den alten Säcken etwas vorträllert und dabei die Lucienne Boyer imitiert . . . das war doch ganz comme il faut!

Die Alte thront hinter ihrer Kasse und ist die Abweisung in Person. Aber wo ist Simone?

»Je ne sais pas«, sagt die Matrone in einem Ton, als hätte ich sie beleidigt.

Im Hof des Cafés gackern die Hühner. Dahinten hat Simone gewohnt, ehe sie mit ihrer Mutter nach Ker Bibi umzog. Dieser verdreckte Hof ist ganz und gar vollgeschissen: Hühnerscheiße – weiß und spinatgrün die meisten Häufchen. Und was für ein Verhau in den dünn gebauten ebenerdigen Buden: Klamotten in allen Ecken, ein bizarres Durcheinander von Kleidern und Schuhen – Schuhen in Mengen: Simone ist nun mal verrückt nach Schuhen.

In diesem verschissenen Hottentottenkral ist Simone *eigentlich* zu Hause. Die Lamettatrottel würden schön was zu staunen haben, wenn sie da reingucken könnten: das verheimlichte Nest der Familie Sagot. Da findet kein Meininger Theater statt, das hier ist die pure, ungeschminkte Realität. Nicht mal der ärmste Schrebergartenverein würde solche windigen, an die Trennmauern geklebten Hütten dulden. Vollends erstaunlich bleibt nur, daß die unsägliche Schlamperei in diesem Hinterhöfchen nicht nach vorn ins Café überschwappt: Im Café ist alles blankgeputzt. Vorne hui und hinten pfui! Trefflicher als hier kann der Spruch nicht illustriert werden.

Wenn Simone im Café die Serviererin spielte, gab sie wahre Soloauftritte: ein tänzelndes, trällerndes Serviermädchen aus einer Operette zum Beispiel. Ganz offenkundig genoß sie es, daß ihr die Blicke der Landser dabei folgten. Zwischendurch setzte sie sich schnell einmal neben mich und machte mich auf irgend etwas aufmerksam – zum Beispiel darauf, wie »la patronne«, ihre Mutter, Pralinen abwog: Die letzte Praline ließ sie von so hoch herab in die Tüte auf der Zeigerwaage fallen, daß der Zeiger über die Markierung des gewünschten Gewichts hinausstrich, und dann nahm sie schnell, ehe er sich einspielen und das Mindergewicht anzeigen konnte, die Tüte wieder hoch.

»Pas mal, n'est-ce pas?« kommentierte das Simone.

Ich muß mich ins Gebet nehmen: Nur nicht wieder einwickeln lassen! Auf der Hut bleiben. Die alte Skepsis am Leben halten! Ehe ich in den Zug nach Paris steige, will ich endlich wissen, was hier tatsächlich gespielt wird. Ich muß auch herausbekommen, welche Rolle Simones Vater spielt. Ist der alte Sagot wirklich bloß ein Hallodri und Frauenbeglücker, der keinen ordentlichen Beruf erlernt, sich dafür aber um so erfolgreicher an viel ältere, aber vermögende Frauen herangemacht hat? Seit fünfzehn Jahren mindestens sind Simones Eltern geschieden. Wieso treibt er sich aber immer wieder in der Pariser Wohnung herum? Sind es wirklich nur Schwarzmarktgeschäfte, die ihn auf Trab halten, oder ist er etwa doch beim Maquis, wie Simone schon angedeutet hat? Hat sie das nur getan, um sich wichtig zu machen, oder ist etwas dran an ihren Andeutungen? Mit der Bildung hapert es beträchtlich beim alten René. Aber dafür hat er ein halbmilitärisches Auftreten am Leib, das mich immer wieder verwirrt. Angeberei? Wesensausdruck? Berufsschaden? Über seine Herkunft habe ich noch fast nichts herausbekommen können.

Zum richtigen Spion dürfte es bei ihm nicht reichen. Also nur ein kleiner Zuträger, der sich seiner Tochter bedient, um an Informationen zu kommen, mit denen er sich wichtig machen kann – oder solchen, die der Soldatensender Calais oder der Sender Atlantik dringend als tägliches Futter brauchen? Ein kleines Licht eher als ein großes ...?

Aus Simones Mutter ist nichts herauszulocken, weil die von nichts weiß. Simones Mutter ist das Inbild beschränkter französischer Bourgeoisie, mit Vorurteilen vollgestopft wie eine Straßburger Mastgans und so borniert, daß keine noch so kleine Erkenntnis durch ihren Panzer aus Dummheit und Vorurteilen zu dringen vermag.

Der alte René wird es wohl gar nicht lange versucht haben, mit ihr zurechtzukommen. Der hat vielmehr abgesahnt und das Weite gesucht und ist dann nur in gewissen Intervallen wieder aufgekreuzt, wenn sich neue Sahne gebildet hatte. Er soll sich ja sogar ein eigenes Flugzeug geleistet haben. Aber das habe ich von Simone – und weiß der Himmel, ob es stimmt: Auf ihren Vater hat sie noch nie was kommen lassen.

Und wenn es nun zwischen ihrem Vater und der Tischrunde von gestern abend einen Zusammenhang gibt? In meinem Kopf dreht es sich heftig: Letzte Nacht war von unseren höheren Chargen jedenfalls keiner dort, wo er hingehörte.

Koinzidenzen – gewiß, die gibt es. Aber doch wohl nur in Grenzen. Daß der Großangriff der Tommies und die Einladung bei Simone auf denselben Abend gefallen sind – wenn das kein Zufall war ... Ich wage kaum, den Gedanken weiterzudenken.

Ich kann nicht auf Simone warten. Besser gleich meine Papiere in Pen Avel holen und *dann* Simone suchen.

Die Neidhammel in Pen Avel, meine sogenannten Kameraden, werden schön gestaunt haben über den Ruf nach Berlin, aber jetzt haben sie sich hoffentlich ausgestaunt. Daß ich nicht nur als Kriegsmaler figuriere, als der ich offiziell gelte, hat manchen schon wild gemacht. Seit alle Zeitungen im Reich, aber auch wirklich *alle*, meine mit zwei Fingern in die Schreibmaschine gehackten Reportagen über die nächtlichen Raids unserer Zerstörer gedruckt haben, weil an der Ostfront gerade Sauregurkenzeit war, erwartet man eben von mir, oder verlangt es richtiggehend, daß ich auch schreibe und Fotos liefere. Wozu das am Ende noch führen kann, das werde ich in Berlin erfahren. Ich wollte es mir noch nicht eingestehen – aber vor Berlin graust mir ...

In Pen Avel ist die Aufregung der Nacht verflogen, wenn der Angriff der Tommies auch noch Hauptgesprächsthema ist: In der Schreibstube herrscht der gleiche Dienstbetrieb wie immer. Gerade wird mein Marschbefehl ausgeschrieben. Ich soll für Wehrsold und Frontzulagen unterschreiben.

»Weiß man denn schon was Näheres?« frage ich den Schreibersmaat hinter dem Tresen.

»Die Werft hat's heftig erwischt, Herr Leutnant. Alle fast fertigen Neubauten sind zerbombt.«

Ich sehe mich um. Erst jetzt fällt mir auf, daß zwei der Schreibtische unbesetzt sind.

»Wo ist denn der ganze Verein – ausgeflogen?«

»Beim Schanzen, Herr Leutnant«, klärt mich der Schreibersmaat auf.

»Beim Schanzen?« frage ich wie entgeistert.

»Jawohl, Herr Leutnant, gleich vorn an der Strandstraße. Sieht fast so aus, als sollte hier die große Landung erfolgen. Der Herr Oberleutnant stellt sich das jedenfalls so vor – die weite, flache Bucht . . . Aber Sie wären dann ja fein heraus, Herr Leutnant.«

Weil ich den Maat perplex angucke, erklärt er schnell noch: »Ich meine, in Berlin . . . Ich meine, dann sind Sie weit weg vom Schuß, Herr Leutnant – im Falle eines Falles!«

»Fliegerbomben rechnen Sie wohl nicht zu den Knallkörpern?«

Da erschrickt der Maat sichtlich und weiß nicht, wie er sein Gerede korrigieren soll. Schließlich sagt er: »In Berlin soll's jetzt ja richtig Bomben *regnen* . . .«

»Also kein Grund zum Neid – oder?«

»Nein, Herr Leutnant.«

Ich frage nach dem Fotolaboranten, der zum Glück nicht beim Schanzen ist, sondern in seiner Dunkelkammer.

Meine Bilder sind fertig, der Laborant Zeller überreicht sie mir mit süßlichem Grinsen und beugt sich mir entgegen: Ich müsse unbedingt ein Päckchen für seine Freundin in Berlin mitnehmen, biegt er mir wie verschwörerisch bei.

»Aber nicht mehr als ein halbes Kilo!«

»Bestimmt nicht, Herr Leutnant . . .«

Das kann ja noch gut werden. Wie ich alles ohne Begleitung schleppen soll, weiß der Himmel.

Und jetzt muß ich zu Kreß, obwohl ich einiges darum gäbe, den Reichsrundfunksprecher nicht mehr sehen zu müssen.

Vorläufig ist er noch vorn am Strand. Ich muß mich also aufmachen, um ihn dort zu suchen.

Das ist wieder ein Tag voll Pracht und Herrlichkeit. Sonnenflimmer wie Pailletten auf dem Wasser.

Ein Jammer, daß mir keine Zeit mehr bleibt. Wie gern führe ich noch mal über Le Pouliguen und Batz nach Le Croisic zur Mère Binou, um gebackene Austern zu essen. Und dann zurück zwischen den Salzbekken, die ich so oft gezeichnet und gemalt habe, nach Guérande. Oder noch ein Stück weiter an der Küste hin bis nach Piriac. Aber dafür ist jetzt keine Schangs mehr. Ich muß mich bald schon auf die Strümpfe machen.

Es wird schon gut so sein, wie ich es beschlossen habe: kein langes Gefackel, sondern ab die Post, so schnell es geht. Die richtige Abschiedswehmut soll gar nicht erst aufkommen.

Ich schnüre an dschungelhaft üppig wucherndem Gebüsch aus Rhododendron und Kirschlorbeer vorbei und dann an der Reithalle des Herrn Generals entlang, die den Meeresblick aus den Fenstern von Pen Avel rigoros verhunzt hat. Da kommt mir der Wortberichter Obermeier ganz außer Atem entgegen. »Muß aufs Klo!« läßt er mich wissen und bedenkt mich mit einem schiefen Grinsen. »Bin ja gespannt, ob Ihr Buch noch mal erscheint«, krakeelt er noch.

Obermeier hat sich vor Jahren schon mal erschießen wollen, als er erfuhr, daß die Dame, mit der er sich eingelassen und von der er aller Welt vorgeschwärmt hatte, Jüdin war. Obernazi Obermeier: Wenn ich ihm die Pistole doch nicht mit Gewalt noch in letzter Sekunde entwunden hätte!

Ich habe noch hundert Meter mühsam durch Sandgelände mit nur schäbigem Bewuchs zu latschen, bis ich bei den Grabenschauflern bin und mit einem Blick sehe, was für ein Unsinn hier veranstaltet wird. Diese idiotische Schanzerei im Sand – das ist doch kindisches Indianerspiel! Da können noch so viele Faschinen eingebaut werden: Der feine Sand rieselt nach. Der würde noch durchs Öhr einer Stopfnadel dringen.

Der Rundfunkheini steht da wie auf einer Art Feldherrnhügel, alle anderen sehen unziemlich verkürzt aus, weil sie in einem nur metertiefen Graben stehen, ich komme mir angesichts dieser Idiotie vor wie auf dem Lehrgang in Glückstadt, als wir, Karabiner in den Pfoten und Bajonett aufgepflanzt, losjachtern mußten und dann die Bratspieße in prallgefüllte Strohsäcke hineinrennen und dazu dreimal aus vollem Hals »Hurra! Hurra! Hurra!« brüllen mußten.

Herr Kreß platzt schier vor Wichtigkeit. Mit angestrengter Stimme teilt er mir mit, daß der Bildberichter Grabbe in Saint-Nazaire besonders tüchtig fotografiert habe – mit Nachtfilm –, und daß die Filme gerade ausgearbeitet würden. Ich bekäme die fertigen Vergrößerungen »zehn Stück von jedem Motiv« mit nach Berlin, »fertig beschriftet und so weiter . . .«

Ich höre mir das an und denke dabei: Gewiß doch, gewiß doch. Bombardement der Tommies und Zerstörung in Saint-Nazaire – den Redakteur möchte ich sehen, der sich für *diese* Bilder ums Maul leckt.

Was für eine kindische Vorstellung, daß in Berlin ausgerechnet auf diese

Fotos gewartet wird, die nichts anderes bekunden als ein gewaltiges Versagen unserer Luftwaffe.

»Und dann kriegen Sie noch 'ne Menge Kurierpost mit. Ich lasse Sie in Paris am Bahnhof abholen«, höre ich jetzt auch noch vom Rundfunkquatscher.

Ach, du meine Güte! Da werde ich wieder mal als Lastesel mißbraucht. Eigentlich wollte ich diesmal gehörig Martell mitnehmen. Mir steht noch ein recht ordentliches Kontingent hochprozentiger Marketenderware zu, aber ich will mich ja nicht zu Tode schleppen. Einige Flaschen muß ich für ein paar Herren beim OKW auf jeden Fall einpacken. Eine große Dose Ochsenzunge, überzähligen Proviant vom Boot, habe ich schon in der Reisetasche. Die Dose wiegt schwer genug, aber sie ist es mir wert: Ich wünschte, ich hätte eine Lkw-Ladung davon.

Und dazu nun noch eine Menge Kurierpost? Wie ich in Berlin mit all den Traglasten weiterkommen soll, danach will ich Kreß gar nicht fragen. Das wird sich schon fügen, sage ich mir. Vom Bahnhof bis zum Verlag in der Lützowstraße werde ich's sicher schaffen – und von da ist es nicht weit über den Kanal zur Bendlerstraße. Dann werden wir weitersehen ...

»Mittagessen gibt es heute direkt hier, auch für die Offiziere!« verkündet der Rundfunkheini jetzt. »Ganz manövermäßig.«

»Was denn Feines?« frage ich.

»Erbsensuppe mit Saitlingen natürlich!«

»Saitlingen?«

»Ja, das sind Würstchen – in *meiner* Gegend jedenfalls.«

»Gehorsamsten Dank für die Information!« sage ich und nehme mir vor, sonstwo oder gar nicht zu essen.

Und jetzt werde ich geschult: »Sie haben doch gesehen, was hier heute nacht los war. In dieser Form machen die das nicht ohne Grund.«

Wohl nur, weil ich unverhohlen grinse, gerät Herr Kreß aus dem Takt, aber dann überschüttet er mich mit seinem Quatsch: »Und wenn die *richtig* kommen, dann hauen die hier erst mal schwere Koffer rein. Und dann liegt hier in Null Komma nichts alles in Trümmern. Die großen Hotels sind ja wie Ziele fürs Übungsschießen schwerer Einheiten in einer Linie die Bucht entlang aufgereiht.«

»Und warum werden die nicht weggeputzt – ich meine die britischen Schlachtschiffe –, wenn die sich erfrechen, vor der Bucht zu erscheinen?« fahre ich dem Herrn Oberleutnant Kreß dazwischen.

Dafür ernte ich nur einen erbitterten Blick, und dann doziert er auch schon weiter: »Wenn die Entfernung einmal stimmt, brauchen die Richtkanoniere nur noch die Seite zu verändern, und alles, was an Bauwerken hier herumsteht, wird weggepustet. Da bleibt kein Auge trocken, kann ich Ihnen sagen!«

Und ich ergänze im stillen: Schon gar nicht bei den im Sand versteckten Piepels von Herrn Kreß. Die sind dann gleich bestens beerdigt ...!

Und jetzt muß ich Herrn Kreß auch noch einen bösen Tort antun: Ich brauche einen Wagen und den Fahrer dazu, um zur Flottille zu fahren.

Da windet sich mein Rundfunkheini wie ein Korkenzieher, aber dann muß er doch den Wagen und den Fahrer herausrücken.

Ich mache einen Abstecher zum Café hin, aber Simone ist nicht aufgetaucht. Daß sie ausgerechnet jetzt irgendwo unterwegs ist, macht mir angst. Plötzlich messe ich ihren Andeutungen, daß sie schon einmal abgeschossene Amerikaner versteckt habe, Gewicht bei: Weiß der Henker, wie viele von den Besatzungen der abgeschossenen Maschinen sich am Fallschirm retten konnten und verschwunden sind und wie viele Agenten und Sabotagetrupps abgesetzt wurden.

Aufs Beherbergen feindlicher Soldaten steht die Todesstrafe. Da wird kurzer Prozeß gemacht. Simone und ihr dreimal verdammter Leichtsinn!

Nur gut, daß ich für meine Aufgeregtheit einen Vorwand habe: Reisefieber – noch soviel zu erledigen!

Da höre ich aus einem Telefongespräch in der Flottille heraus, daß der Alte in der Nacht in Saint-Nazaire war. Aber wieso denn nur? Es hat doch geheißen, daß sofort nach dem Alarm ein Verbot für sämtliche Kommandanten kam, nach Saint-Nazaire zu fahren?

Ich habe Angst, daß dem Alten etwas passiert sein könnte, und suche nach ihm in seinem Quartier im Majestic. Aber da ist er nicht. Seine Koje ist unbenutzt. In meiner Sorge fahre ich schnell zur Schreibstube der Flottille zurück. Dort erfahre ich, der Alte sei ins Lazarett eingeliefert worden. Ihn habe, heißt es, eine Handgranate am Bein erwischt – wahrscheinlich sogar eine eigene.

Ich bekomme eine verrückte Geschichte zu hören: Aus einem Fenster sei geschossen worden. Die Granate, die der Alte daraufhin in dieses Fenster habe werfen wollen, sei auf dem Fensterbrett gelandet und zurückgerollt ... So habe man es ihm erzählt, sagt der Schreibersmaat. Dabei habe der Herr Kapitän Riesenschwein gehabt: nur am Bein verletzt. Splitter.

Das Lazarett ist im Hotel L'Hermitage eingerichtet. Also über die Strandpromenade dorthin und das mit allen Sachen.

Der Alte liegt allein in einem großen Raum mit Fenstern zum Strand hin. Sein rechtes Bein ist bis hoch oben in Gips, es spießt steif über den Bettrand hinaus. Der Gips ist bereits mit einer Menge von Unterschriften bekritzelt: Tintenstift.

»Da bist du ja!« sagt der Alte und klingt dabei zu meinem bassen

Erstaunen aufgekratzt, hatte ich doch einen schwer leidenden, bleichen Buschkrieger erwartet.

»Dann rück mal raus mit der Sprache, wie das passiert ist«, gehe ich ihn direkt an. Rücksicht auf seine Verwundung muß ich ja offenbar nicht nehmen.

Statt Antwort zu geben, verdreht der Alte aber nur wie zu einer plötzlichen Glaubensübung die Augen nach oben. Also muß ich weiterbohren: »Der Flottillenchef hat doch unmittelbar nach dem Alarm den Befehl gegeben, daß U-Bootkommandanten nicht nach Saint-Nazaire hineinfahren durften. Das galt ja wohl auch für dich – und wenn es zehnmal so aussah, als wäre das die Landung. Und wenn ich nicht irre, hast du doch direkt *in* Saint-Nazaire einen verpaßt bekommen?«

»So isses«, sagt der Alte endlich. Er ist so quietschfidel, wie ich ihn selten erlebt habe. Wahrscheinlich, sage ich mir, mit Medikamenten bis obenhin abgefüllt.

»Das war nun wirklich 'ne echte große Rake«, fängt der Alte wieder an, und das klingt wie: Endlich mal wieder ein schöner Schluck aus der Pulle!

»Also mal von vorn, wenn ich bitten darf!«

»Die ganze Feier war doch ein bißchen zuviel für den Chef. Der hatte sich längst vornehm zurückgezogen, damit ihm kein Fauxpas unterlaufen konnte. Aber dafür hatten sich 'ne Menge anderer eingefunden«, kommt der Alte nun endlich in Fluß. »Und dann . . . Da erschien er doch plötzlich auf dem hell angestrahlten Balkon und schrie herum: ›Alarm! Alarm!‹ Ich dachte, der Mann ist verrückt geworden, den müssen wir fesseln, sonst tut er sich was an.«

»Aber wie hast du das bloß geschafft – ich meine, so schnell nach Saint-Nazaire zu kommen . . . und dann gleich einen verplättet zu kriegen?«

Der Alte glänzt schier vor Zufriedenheit: »Ich war sogar als erster dort!«

»Behaupte bloß noch: *vor* den Bombern!«

»So ungefähr. Das Auto stand ja noch vor der Tür. Und als der ›Alarm!‹ brüllte, war ich auch schon weg.«

»Mit Affenzahn natürlich!«

»Na ja, Vollgas geht auf der ganzen Strecke kaum.«

»Da hast du also gegen ausdrückliches Verbot gehandelt! Und jetzt mußt du wegen Selbstverstümmelung erschossen werden – schade.«

»Da irrst du gleich zwomal!«

»Nämlich?«

»*Kommandanten* durften nicht hin – ich meine: nach Saint-Nazaire. Aber du weißt doch, daß ich nicht mehr Kommandant bin – und das mit der Handgranate war einwandfrei Selbstverteidigung!«

»Natürlich!«

»Also entfällt auch das Erschießen, oder?« sagt der Alte und grinst dabei. »Diesmal hab ich übrigens geglaubt, die kommen wirklich und tatsächlich ...«

»... und du würdest unbedingt gebraucht!«

»Ja, sah ganz so aus ... Da muß was Tolles im Busch sein, hab ich mir gedacht – irgend so eine Teufelei in der Art wie damals mit der Campbelltown.«

Campbelltown! Das ist der Name, der mir seit Stunden im Hinterkopf rumort. Das war schon ein Ding, als der englische Zerstörer Campbelltown das Tor der großen Normandieschleuse gerammt hatte und die Tommies mitten im Hafen an Land gingen. Die wurden zwar schnell aufgerieben, aber dann ...

»Da wolltest du es also noch mal probieren, weil's beim ersten Versuch nicht geklappt hat?«

»Was denn?«

»Deine Himmelfahrt!«

Da grient der Alte, und dann sagt er: »Tscha, wenn man bedenkt, was da damals alles am seidenen Faden hing ...«

»*Wer* da alles hing!« werfe ich ein. »Wenn der gute Endraß nicht gerufen hätte: ›Vorwärts, Kameraden, wir müssen zurück!‹, dann wär doch so ziemlich das ganze Offizierskorps der Siebenten in die Luft geflogen ... Und du mit!«

Weil der Alte nichts sagt, sondern nur erinnerungsselig vor sich hin pliert, besinne ich mich auch. Das war schon ein blutiger Witz: Auch in der Nacht des Raids durften die Kommandanten nicht nach Saint-Nazaire – aus Vorsicht. Dafür fuhren sie aber dann tags drauf, am Sonntag, in corona zur Besichtigung des britischen Zerstörers, der immer noch im Tor der Schleuse festsaß, und da wäre es dann um ein Haar passiert – das gesamte Offizierskorps ausgelöscht! Nur hatten die Briten, als sie die Zünduhr für die Sprengladung tief in der Campbelltown einstellten, nicht bedacht, daß bei Preußens pünktlich Mittag gegessen wird – und zwar zwölf Uhr. Deshalb war elf Uhr dreißig für die Leute aus La Baule Schluß mit der Besichtigungstour, und als die Zeitbombe explodierte, flog keiner von der Flottille in die Luft – hingegen an die vierzig Leute vom Heer.

Weiß der Henker, ob es nicht auch diesmal eine Schicksalsfügung von der komplizierteren Sorte ist, daß der Alte jetzt mit eingegipstem Bein in einer Lazarettkoje liegt.

Als hätte der Alte ähnliches gedacht, sagt er: »Sei bloß froh, daß du hier wegkommst. Die Sache scheint mir nicht ... Nur zum Jux fliegen die hier nicht derart massiert ein, wenn sie doch wissen, daß sie gegen die Bunker nichts ausrichten können. Die Invasion ist reif – das ist mal klar!«

Wie dicke Kloßbrühe! ergänze ich im stillen.

»Ganz schön verrückte Hunde!« sagt der Alte jetzt und ist wieder bei der Campbelltown. »In der Nacht die Loire herauf, direkt ins Kreuzfeuer der Küstenartillerie, und nicht wissen, ob nicht alles längst verraten war ... Starke Leistung! Ich kann's aber vor allem nicht fassen, daß das schon wieder zwei Jahre her sein soll.«

»Ja, ziemlich genau sogar.«

»Und *wir* leben immer noch ... Die muß damals ganz einfach der Hafer gestochen haben. Aber vielleicht brauchten sie ja auch mal was Heroisches fürs Volk ... Das solltest doch gerade *du* verstehen.«

Da kann ich nur die Nase theatralisch rümpfen. Wenn mir der Alte den Kriegsberichter vorwirft, reagiere ich nicht mehr sauer wie früher meistens, sondern zeige ihm deutlich: Solche Reden degoutieren mich nur.

»Ganz klar im Kopf konnten die Herrschaften von drüben da wohl nicht sein ...«, sage ich daraufhin nur.

»Ganz so dußlig, wie du vielleicht denkst und wie es im Rundfunk kam, waren die Tommies durchaus nicht«, kontert der Alte da gleich.

Obwohl ich längst nichts mehr über die Campbelltown, sondern viel lieber etwas über das nächtliche Abenteuer des Alten erfahren würde, setze ich nun doch eine interessierte Miene auf: Der Alte klang sibyllinisch ...

»Ich habe mich damals gleich kundig gemacht«, sagt er. »Als der Zerstörer in die Luft flog, war nämlich Fluthöchststand – und zwar auf die Minute genau, und da stand entsprechend maximaler Druck auf die Schleusentore, um die Detonation voll zur Wirkung zu bringen. Genau diesen Druck haben die Brüder einkalkuliert ... Daß wir so blöd sein und uns nicht von dieser Zeitbombe fernhalten würden, *damit* konnten die Tommies natürlich nicht rechnen. Feuerwerker vom Heer, hieß es, hätten den Zerstörer von oben bis unten durchsucht. Vom Heer – das war ja wohl der Gipfel!«

»Man erfährt eben mit der Zeit immer noch was Neues!« spotte ich, aber der Alte belächelt das nur.

»Jetzt würde ich aber doch gern erfahren, wie du *das* geschafft hast«, sage ich dann endlich und zeige dabei auf das Gipsbein.

»Das weißt du doch längst! Hab ich dir gleich angesehen, als du reinkamst.«

»Also tatsächlich eine *eigene* Handgranate?«

»Was heißt ›eigene‹? Die hab ich 'nem Landser abgenommen, der sich in aller Ruhe und Dämlichkeit aus so einer Häuserruine beschießen ließ.«

»Du sollst ganz schön geschweißt haben!«

»Wie denn auch nicht? – Da war eben leider keine richtige Deckung.«

»Und da hast du 'ne ganze Ladung Splitter abgekriegt?«

»Na und?« gibt der Alte zurück. »Als Flottillenchef werde ich mir das wohl leisten können. Wenn ich nicht falsch unterrichtet bin, erwartet man von mir jetzt Kopfarbeit.«

Da kann ich mich nur mehr ostentativ im Zimmer umblicken und schließlich Anerkennung nicken: »Dir geht's ja nicht schlecht!«

»Die Kriegsmarine weiß eben, was sie ihren Helden schuldig ist!« gibt der Alte sofort zurück.

Da drückt sich ein Sanimaat mit einem riesigen Strauß Narzissen durch die Tür und kommt mit dem Blumengebinde in beiden Händen direkt auf uns zu. Dann steht er einen Moment lang wie verblödet da, bis er sich plötzlich auf die Blumen in seinen Händen zu besinnen scheint und stottert: »Für Sie. Für Sie, Herr Kaleun.«

Dem Alten bleibt sichtlich die Spucke weg. »Na so was!« sagt er schließlich. »Von wem denn?«

»Von einer Französin . . .«

»Da kann ich nur staunen!« versuche ich zu frotzeln. Und wohl nur, weil der Sanimaat immer noch herumsteht, fragt der Alte: »Wie sah die denn aus?«

»War 'ne Schwarze, Herr Kaleun!«

»Ziemlich opulent!« sagt der Alte da, meint aber den Blumenstrauß.

Ich will ihn jetzt lieber nicht angucken. Deshalb tue ich so, als wollte ich die einzelnen Blüten zählen. Dann nicke ich töricht und bringe mühsam ein »Weiß Gott!« hervor, leider so gepreßt, daß der Alte den falschen Ton gemerkt haben muß.

»Doch wahrscheinlich von Mademoiselle Sagot . . .«, sagt der Alte jetzt. Das sollte sicher beiläufig klingen, aber der Alte ist seines Tonfalls auch nicht ganz Herr.

Seine letzten Worte habe ich nur mehr wie aus der Entfernung gehört: In meinem Kopf geht es allzu heftig durcheinander. Woher hat Simone erfahren, daß der Alte hier im Lazarett liegt, wenn doch nicht einmal ich es wußte?

Mein Nervenkostüm ist nicht mehr das solideste. Es hat durch die Aufregungen der letzten Tage und Nächte erheblich gelitten. Ich muß mich verdammt anstrengen, um gelassen zu erscheinen.

Jetzt nur keine dämlichen Fragen stellen! Ein verstohlener Blick auf meine Armbanduhr sagt mir, daß ich ohnehin keine Zeit mehr zu verlieren habe. Bis Savenay ist es ein ganzer Riemen, und ich habe meine Sachen immer noch nicht gepackt. Wie wir in Saint-Nazaire durch den Schlamassel hindurchkommen sollen, ist sowieso eine offene Frage. Wegen Benzinmangels soll es einen Sammeltransport zum Bahnhof von Savenay geben.

»Ich muß jetzt los!« sage ich zum Alten.

»Also dann!« sagt der Alte und richtet sich an dem Handgriff über seinem Bett fast zum Sitzen hoch. »Mach's gut und halt die Ohren steif!«

Der Schreibstubenhengst in Pen Avel sagt zu mir: »Wir wissen nicht, was Hennecke und Waldmann passiert ist. Die waren in Saint-Nazaire zum Fotografieren.«

»Die werden schon noch rechtzeitig zum Essen kommen!«

»Sie sollen ja gleich die neuen Bilder mitnehmen nach Berlin, Herr Leutnant ...«

»Die von der Wirkung britischer oder amerikanischer Bomben?«

»Der Chef denkt wohl eher an so was wie ›Terroristenangriff gegen die französische Zivilbevölkerung‹ ...«

»Und wer soll das drucken?«

Der Schreibersmaat hebt nur die Schultern und guckt mich verlegen an – einen Moment nur, dann stiehlt sich ein Grinsen auf sein Gesicht.

Noch einmal ins Café! – Vorn bei den Gästen ist Simone nicht. Ich gehe in die Backstube: auch hier keine Simone. Und nun durch den Hof in die Remise, die an der Trennmauer zum Nachbarn klebt: niemand da. Madame will ich, wie sie auf ihrem Thron hinter der Kasse hockt, nicht schon wieder nach Simone fragen.

Allmählich wird es knapp! Nach Batz fahren und in unserem Nest nach ihr suchen? Das würde dumm auffallen. Und wenn Simone gar britische Agenten dort untergebracht hat?

Eine Art Trotz regt sich in mir: Wenn Simone der Sinn danach steht, sich versteckt zu halten, kann ich daran auch nichts ändern. Das wird mir alles denn doch zuviel Theater! Ich hatte mir meinen Aufbruch und den Abschied zwar anders vorgestellt – aber dann eben nicht, liebe Tante!

Auch in Ker Bibi ist keine Simone. Die Reste der Tafel, das heruntergebrannte Feuer im Kamin: Diese Anblicke machen mich nicht gerade lustiger.

Im ersten Stock sieht es wüst aus: Am Boden mitten im großen Zimmer mit den buntgeblümten Tapeten ein maritimes Stilleben: die Lederklamotten auf dem Fußboden, so, wie ich sie mir vom Körper geschält habe – das total verdreckte Hemd, die vergammelte Mütze, die Seestiefel, meine Segeltuchtasche mit den Filmen darin.

Zeit, daß ich mich umziehe, ich kann nicht im grauen Bordpäckchen losfahren. Meine blaue Uniform hängt seit ewig im Wandschrank. Also runter vom Bügel!

Insgeheim warte ich darauf, daß ich Simones Fahrradglocke zu hören bekomme. Aber nichts ...

Ich raffe Klamotten zusammen, greife nervös herum, unentschlossen, was ich einpacken und was ich dalassen soll. Bei jedem Stück bin ich hin- und hergerissen. Was ist wichtig, was nicht? Was ist notfalls ersetzbar, was nicht?

Schließlich lasse ich mich auf das niedrige, breite Bett sacken und die Hände zwischen den Beinen fast bis auf den Boden sinken. So halte ich eine Art innere Einkehr: War es das Schillernde in Simones Charakter, oder war es das Bedrohte unserer Existenz? Gleich von allem Anfang gab es bereits dieses seltsam gemischte Gefühl aus Wachsamkeit und blinder Zuneigung. Wir haben gleich viel zuviel riskiert und den Bogen weidlich überspannt. Aber vielleicht hatte Simone sogar recht, wenn sie verkündete: Im Auge des Tornados ist es am sichersten. Oder: Nur wer aufs Ganze geht, kommt durch. Aber dann wollte ich schon selber bestimmen, wo es längsgehen sollte, und mich nicht einfach mitschleppen lassen . . .

»Du kommst ja bald wieder«, hat der Alte gesagt, mir ist aber eher wie »Zelte abbrechen« zumute. Wenn es stimmte, daß ich nur nach Berlin kommandiert bin, um Goebbels zu malen, hätte mir das doch sicher einer gesagt. Dazu bräuchte ich schließlich auch Material, das zwar noch in Paris, aber in Berlin sicher nicht mehr zu bekommen ist.

Ich merke, wie ich in Gedanken so Abschied nehme, als sei es für immer. Die Hoffnung, noch einmal hierherkommandiert zu werden, ist, bei Lichte besehen, gering. Was verschlägt's auch! halte ich mir vor. Die Feste mit den Assen sind vorbei, die großen Raken in der Bar Royal – passé. Die Landpartien nach Guérande und die wilden Siegesfeiern auch. Hier sind längst andere Saiten aufgezogen worden.

Also was nun? Losziehen wie ein schwerbeladener Maulesel? Meine angefangenen Bilder von den Salzbecken im Westen lassen sich zur Not einrollen. Die Zeichnungen von den Docks der Penhoët-Werft auch. Meine hundert Kompositionsentwürfe muß ich aber schießen lassen – oder eine Auswahl treffen: Ein Dutzend von den besten müßten sich ebenfalls einrollen lassen . . .

Die Texte, die Kriegstagebuchnotizen, die Zeichnungen von der Côte Sauvage, diese schier hundertfältigen Versuche, nur mit Rohrfeder und Tusche den Klippen und brandenden Seen beizukommen! Wohin nur mit alledem? Ich könnte mich ohrfeigen: Hätte ich doch bei der letzten Fahrt in den Urlaub mehr mitgenommen! Aber da bin ich nicht mal auf die Idee gekommen, hier kleinweise abzubauen. Ich habe mich ja *hier* zu Hause gefühlt.

Im Keller habe ich noch zwei kleine, schöne geschnitzte alte Rahmen, die ich mitnehmen will, und außerdem in einem Wandversteck einen Packen Fotos, von denen niemand eine Ahnung hat.

Ich gehe durch die Terrassentür auf den Hof und dann die Außentreppe hinab in den Keller. Dieser Keller ist eine wahre Dreckhöhle, aber ein ideales Versteck für meine Bilder: Hinter einem verstaubten Schlüsselschrank in einer dunklen Ecke fehlen zwei Ziegel: Platz genug für einen Pappschuber mit Dreizehn-mal-achtzehn-Vergrößerungen und ein paar Filme.

Ich fingere das mit zwei rostigen Haken ziemlich solide festgemachte Kästchen wegen des vielen Staubs mit aller Vorsicht von der Wand und blicke in ein dunkles Mauerloch...

Da stehe ich nun mit hängenden Armen, und in meinem Kopf dreht es sich: Sollte dieser Dummkopf von Bäcker das Versteck entdeckt haben? Ist es möglich, daß Simone es geplündert hat? Gleich blendet sich auch das Seeglas wieder in meinen Kopf ein. War das ein Theater, als ich den Verlust melden mußte...

In mir ist ein wildes Durcheinander von Gefühlen: Ich weiß nicht mehr, was ich denken soll, und kaum noch, was als nächstes getan werden muß. Ich fühle mich wie ins Taumeln geraten – richtungslos wie eine abgebrochene Kompaßnadel.

Savenay–Paris

Der Zweieinhalbtonner der Flottille steht mit laufendem Motor vor der Tür: also kein Abschied von Simone.

Ich bin der letzte, der aufgesammelt wird. Vorn ist es eng. Lieber sitze ich hinten mit auf, zwischen Kisten, Seesäcken und Koffern. Drei Zivilangestellte, eine Frau und acht Matrosen zählt unsere Fuhre. Dazu ein Maat und ein Fähnrich.

Wenn es nach Savenay doch eine akzeptable Umgehung gäbe! Aber da ist Fehlanzeige. Der Fahrer muß mitten durch die Stadt fahren. Da kann ich nur hoffen, daß ein Tag genügt hat, wenigstens die Durchgangsstraße freizuräumen und zu reparieren.

Wir fahren den Boulevard de l'Océan entlang bis zum Rathaus und dann zum Bahnhof. Dann den Boulevard Leferme ... Aber was, wenn die sich auch wieder mal die U-Bootbunker vorgenommen haben?

In einer Nebenstraße stehen Lastwagen mit heruntergeklappter achterer Ladeklappe. Zehn, zwölf Infanteristen stehen herum. Das sieht nach einer Großrazzia aus.

Der Fahrer stoppt, und ich höre, wie einer der Landser sagt, daß die Reste der Bevölkerung von Saint-Nazaire in aller Eile evakuiert würden.

»Aber wohin denn?« will der Fahrer wissen.

»In ein Lager in der Gegend von Savenay.«

»Ist die Straße nach Savenay denn noch frei?« fragt der Fahrer jetzt.

»Die Rue de Nantes ist zu. Sie müssen eine Straße vorher links abbiegen – dann geht's.«

In meinem alten Reiseführer steht, daß Saint-Nazaire 1860 noch ein kleiner, wenig besuchter Ort war, den man wegen der Felsen nur mit Booten erreichen konnte. Diese Felsen verhinderten alle Handelsschifffahrt. Und vorher war Saint-Nazaire nur ein kleines Lotsendorf, dessen Bewohner Schiffe nach Paimbœuf oder nach Nantes leiteten. Aber in unseren Tagen ging es hier mächtig los, und anstelle kleiner Fischerboote wurde der Riesendampfer »Normandie« gebaut.

Und jetzt liegt Saint-Nazaire in Trümmern. Wenn das so weitergeht, wird die ganze Stadt bald ein einziges riesiges Trümmerfeld sein.

Daß der Fahrer mit etlichen Zickzacks dann doch durchkommt, grenzt an ein Wunder: Wir sind auf der Straße nach Nantes.

Die Lords, die neben mir hocken, scheinen über alle Maßen froh zu sein, aus der »Mausefalle« herauszukommen. Sie rempeln sich in den Kurven mutwillig an und treiben ihr Allotria, als wäre ich gar nicht vorhanden.

Auf der Chaussee fühle auch ich mich wie befreit und atme tief durch – einmal, zweimal: Ich wäre Simone doch wieder auf den Leim gegangen. Just darin habe ich eine Menge Übung. Ich hätte mich – gegen allen Augenschein – erneut von ihr einlullen lassen, ihren Ausreden geglaubt. Wenn Simone ihre Register zog, habe ich noch immer nachgegeben.

Wenn es nun tatsächlich stimmt, daß das Zusammentreffen dieser Einladung mit dem Großangriff der Tommies kein Zufall war? Wenn es abgekartet war, daß die wichtigsten Leute gerade in dieser Nacht schwer erreichbar sein sollten? Wenn die Alliierten tatsächlich noch mehr geplant hatten als diese Luftattacke, aber das dann irgendwie nicht geklappt hat?

Simone hat jedenfalls bestens dafür gesorgt, daß unser Leben zur schieren Kolportage geraten ist. Mir brennen die Augen, und die Lider schließen sich von alleine, so daß ich nur noch wie durch enge Klüsenschlitze gucken kann. Da hilft auch kein Reiben. Seit wann habe ich nicht mehr richtig geschlafen? Mal eine ganze Woche pennen – richtig am Stück –, das wäre der wahre Jakob.

Die Plane ist halb zurückgeschoben. Ihre Öffnung wandert wie ein Ausschnittsucher über die Landschaft. Zwei-, dreimal muß der Fahrer vor Bombenkratern zurückrangieren. Wenn er aber aufdrehen kann, reißt der Fahrtwind viel Staub hoch, den der Sog des Wagens zu uns hereinzieht. Bald kann ich vor weißem Staub kaum mehr aus den Augen sehen. Ein kleiner lauer Regen käme jetzt gut zupaß.

Ich muß mir Simone aus dem Sinn schlagen – und zwar endgültig! Über kurz oder lang wird sie Schliff backen. So wie sie es sich vorstellt, läßt sich das Schicksal nicht ungestraft herausfordern: Simone bringt uns noch um Kopf und Kragen.

Wenn doch diese verdammten Andeutungen nicht wären! Wenn ich doch sicher sein könnte, daß Simone in die Geschichte heute nacht nicht verstrickt war ...

Mir sitzt ein merkwürdiges Gefühl im Nacken: Bin ich etwa tatsächlich um Haaresbreite davongekommen? Geht es an der Loiremündung jetzt los? Das Gerede schon seit Jahr und Tag und mein eigenes ständig wiederholtes Ausspähen der großen Frankreichkarte im Büro von Pen Avel nach dem vermeintlichen Landeplatz der Alliierten: Wenn sie nun tatsächlich kommen sollten! Die Salzbecken bei Guérande, das habe ich mir schon oft gesagt, könnten ihnen ins Auge stechen. Der Bau des riesigen Artilleriegefechtsstandes mitten in der Landschaft, der vor allem hat mich bei meinen Mutmaßungen bestärkt.

Wenn die Bomber letzte Nacht wirklich ganze Kommandos abgesetzt haben sollten, warum sind dann aber noch keine Truppen unterwegs, um das Gebiet hinter Paimbœuf abzuriegeln und durchzukämmen? Mit jeder Stunde dürfte es schwieriger werden, hier im Delta Fallschirmspringer aufzuspüren.

Jetzt erscheint es mir schon riskant, als ein so kleiner Haufen, wie wir es sind, nach Savenay zu kutschieren. Wenn hier ein paar beherzte Leute über die Loire setzten, könnten sie uns leicht schnappen. Ich habe nur meine Walther am Koppel und die anderen sind auch kaum bewaffnet.

Oft schon habe ich mich gefragt, warum die Alliierten nicht längst den ganzen Flottillenladen in La Baule hopsgenommen haben – bei Nacht und Nebel. Abspringen, das Lasso schwingen – und zurück in wartende Ruderboote. Weiter draußen dann umsteigen in ein U-Boot – das wäre doch relativ leicht zu machen gewesen . . . Ich werde jedenfalls froh sein, wenn ich erst mal im Zug sitze – oder besser noch: liege. Bis Paris ist es eine ganze lange Nacht.

Erst am Bahnhof Savenay merke ich richtig, wie schwer beladen ich bin: Zum Glück ist für mich ein Kurierabteil bestellt und in Paris ein Fahrer der Abteilung, der mich am Gare Montparnasse abholen soll. Allein meine eigenen Siebensachen wären schon eine gehörige Last, aber da kommen eben noch die diversen »Präsente« dazu, die man mir aufgedrängt hat: Kaffee und besonders guter Pfeifentabak, U-Bootschokolade und natürlich der Cognac. Alles im höheren Auftrag für Adressen in der Pariser Abteilung und ein paar Herren im OKW bestimmt. Deren Wünsche nicht zu erraten oder gar abzulehnen ist nun mal nicht ratsam.

Meine Kuriertasche ist zudem prall gefüllt mit Fotos von U-Booten und allen möglichen Kolchern, die in Berlin durch die Zensurstellen geschleust werden sollen.

In Berlin leben eine Menge Drückeberger von dieser dämlichen Geheimniskrämerei. Die drücken mit ihren dicken Hintern in der Bendlerstraße ihre Bürostühle, begucken den lieben Tag lang die Fotos, die sie von unsereinem geliefert bekommen, und überschmieren mit roter Fettkreide die Stellen, auf denen Hafenanlagen, Waffen oder irgendwelche Apparaturen zu sehen sind, die sie in ihrer Einfalt für geheim halten. U-Bootfotos sind ihr bevorzugtes Futter. Da können sie schmieren und schmieren, die

Bilder versauen und so tun, als sei für den Gegner in einem VII-C-Boot alles geheim – auch noch nach Rahmlows Kapitulation.

Ich muß grinsen, weil mir das Getue mit dem Geheimschutz, das uns oft Ärger genug macht, wieder zu einem Kurierabteil verhilft.

Der Bahnhof ist verödet. Kein Wunder: In Savenay hält der D-Zug nur bei Bedarf. Das heißt normalerweise: nur wenn U-Bootleute ein- oder aussteigen wollen. Die Aussteiger, die frühmorgens mit dem Nachtzug aus Paris kommen, sind – so heißt es – meist so besoffen, daß sie ohne Hilfe nicht aus dem Abteil klettern können. Für einen WO mußte der Zug einmal besonders lange halten: Er mußte auf eine Bahre geschnallt herausbugsiert werden. Kein Unfall – Gott bewahre! Der Mann war bei der letzten Fahrt in den Urlaub nicht über Paris hinausgekommen. Geschlagene vierzehn Tage und Nächte durchvögeln – das war ihm zuviel geworden. »Den konnte man über 'ne Leine hängen, so schlapp war der!« hieß es anschließend.

Wir sind früh dran. Noch eine halbe Stunde, bis der Zug kommt. Ich habe kaum noch Rohfilm, aber an die Ansicht des Bahnhofs *muß* ich ein paar Bilder wenden.

Nicht einfach, verdammt wenig Licht. Ich muß eine feste Auflage für die Kamera finden. Da höre ich, halb von einer gußeisernen Säule verborgen, was ein Fähnrich zu erzählen hat: Ein Freund habe sich während eines Lehrgangs erschossen, weil er von der Fähnrichsliste gestrichen wurde. Der Grund, daß er gestrichen wurde: Er hatte beim Ausgang nur einen Handschuh an.

»Sie wollen uns doch wohl nich vergackeiern?« sagt einer aus der Gruppe der Lords.

»Haben Sie eine Ahnung!«

Eine Weile herrscht Schweigen, aber dann wird der Fähnrich bedrängt: »War's denn Winter? Ich meine, war's denn so kalt, daß er sich die Flossen erfrieren konnte?«

»Keine Rede! Sommer war's. Spätsommer – September genau.«

»Sie können uns doch nich jeden Quatsch erzählen . . .«

»Tatsache!« ereifert sich da der Fähnrich. »Das war so: An einem Sonntag ging Erich, Erich Waldschmidt, so hieß der, auf dem Seedeich spazieren. Gleich vor der Kaserne ist eine Straße und neben der Straße der Deich. Und da trug Erich seinen einen Handschuh in der Hand, den anderen hatte er an. Ausgerechnet unser Bootsmann mußte ihm da entgegenkommen – und der hat ihn gemeldet.«

»Wie denn? Was denn gemeldet?«

»Daß Erich nur einen Handschuh anhatte. Handschuhe tragen war Befehl!«

»Und da hat er sich erschossen?«

»Ja, hab ich doch schon gesagt! Der hat einfach durchgedreht! Der Vater ist Major, und da mußte der Sohn auch Offizier werden ...«

»Meine Fresse!« – »Typisch Scheißmarine!« höre ich aus dem Durcheinander der Reden. »Und das mitten im Krieg!« – »Die ham doch den Arsch offen – aber wirklich!«

Damit ich nicht nur dahocke und wirren Gedanken nachhänge, versuche ich, die Anblicke ringsum wie für Zeichnungen genau in mich aufzunehmen: Auf dem Bahnsteig reihen sich Eisensäulen, dünn wie Giraffenhälse. Alle haben die gleiche alberne, dick mit grauer Farbe übermalte Kannelierung. Die Tür des Stationsvorstehers ist halb offen. Aus dem messinggelben Telegrafen kriechen schmale Papierschlangen heraus und verschlingen sich auf dem dunklen Boden zu einem wüsten Knäuel. Die engen trüben Lichthöfe auf dem Pflaster, die vielen schwarzen Güterwaggons auf den Abstellgleisen – alles schafft eine düster abweisende Stimmung.

Mir ist so triste zumute, daß ich auf der Stelle niedersinken und mich wie mit Bauchschmerzen zusammenkrümmen könnte. Aber zugleich bin ich auch hellwach – überreizt sogar, gerade so, als hätte ich den Bauch voll viel zu starkem Kaffee.

Jetzt kommt ein Kerl mit einer gelb leuchtenden Fackel quer über die Gleise. Eine Signalglocke schlägt hart an. Das Geblök einer Autohupe mischt sich von der Chaussee her hinein.

Meine Begleiter haben sich in den Warteraum verdrückt. Ich bin der einzige Mensch auf diesem endlos langen Bahnsteig, einer auf der Flucht. Fuga salus est – oder so ähnlich ...

Was für ein irrer Tag! Der Nachtalarm, der Alte im Lazarett ... Ich kann kaum begreifen, daß ich einen Marschbefehl für Berlin in der Tasche habe und jetzt auf die lange Reise gehe.

Ein französischer Bahnbeamter kommt schattenhaft durch die hohe Tür des Stationsvorstehers heraus und hantiert an einer großen Handkurbel. Metallisches Knacken, ein paar dumpfe Pufferstöße und wieder scharfes Geklingel: Die Schranke an der Straße neben dem Bahnhof rasselt herunter. Nicht lange, und zwei Lichtaugen tauchen in der Verlängerung der geraden Gleisstrecke auf und werden schnell größer. Wie ein Urweltungetüm stampft der abgedunkelte Zug heran. Stahl knirscht auf Stahl. Die Lokomotive kommt mühselig mit einem ungeheuren Lärm zum Stehen, aber auch im Stehen stößt sie noch ein scharfes Drachenfauchen aus. Bremsgeruch schlägt mir in die Nase.

Die Lokomotive ist ein merkwürdig hochgebautes Maschinenmonstrum. Gelbes Flackerlicht fällt auf den Heizer.

Ich würde dieses dampfumzischte Ungeheuer gerne noch länger bewundern, aber jetzt heißt es schnell machen: Der Zug hält schließlich extra für uns.

Eine einzelne Schattengestalt kommt aus dem Zug und winkt mir: der Zugoffizier.

»Das Kurierabteil ist im dritten Waggon!« höre ich. Gott sei Dank klappt mal was.

»Der Zug ist total überfüllt. Urlauber und Zivilisten!«

Der Zugoffizier, ein Hauptmann vom Heer, läuft mir voraus, dann reißt er eine Tür auf. Fast kommt ihm jemand entgegengefallen.

Ich bugsiere zuerst mein Gepäck hoch, dann turne ich nach. Wie von dem niedrigen Bahnsteig alte Frauen hochkommen sollen, weiß der Himmel.

Der Zugoffizier verschafft mir im Gang mühsam Platz. Lauter Zivilisten dicht bei dicht. Dabei kann es für Franzosen doch gar nicht einfach sein, eine Genehmigung zum Reisen zu bekommen. In den abgeblendeten Abteilen erkenne ich im Licht vom Bahnsteig her pennende Landser.

»Sie haben doch einen Schlüssel?« sagt der Hauptmann, als er das leere Abteil öffnet.

Siedendheiß fällt mir ein: An einen Vierkant habe ich nicht gedacht.

»Leider vergessen!« sage ich.

»Dann leihe ich Ihnen meinen«, sagt der Zugoffizier. »Sie haben ja sonst keine Minute Ruhe.«

»Gehorsamsten Dank, Herr Hauptmann!« und nun: ordentlich salutieren und »Gute Nacht!«. Da kann ich auch schon spüren, wie der Zug langsam und mühsam anfährt.

Vorhänge zu. Noch mal probieren, ob ich die Tür ordentlich versperrt habe. Dann: Schuhe herunter – langmachen. Die Sitzbank ist nicht viel breiter als eine U-Bootkoje. Das kommt daher, daß sich die Sitzpolster in diesem Abteil nicht herausziehen lassen.

Schon empfange ich mit dem ganzen Körper Schienenstöße. Wiegestöße, die mir eine leichte Erektion verschaffen. Als ich es das erste Mal mit Simone getrieben habe, war das just im gleichen Zug. Genau dieselbe Strecke. Irgendwo zwischen Savenay und Paris hatte ich sie nach einigem Gerangel endlich so weit.

Verrückt! Wir müssen damals total verrückt gewesen sein. Mit einer Französin im Kurierabteil – allein das hätte schon gereicht . . .

Was für ein Glück, daß ich langliegen kann! Ich wäre sicher kaum mehr imstande, mich auf den Beinen zu halten.

Daß ich so wie jetzt aus La Baule verschwinden müßte, wer hätte das gedacht. Das war alles ein bißchen viel für meiner Mutter Sohn: erst diese heftige, kaum noch zügelbare Vorfreude und dann nichts als Enttäuschung und dann das schiere Erschrecken.

Eine ganze Woge von Selbstmitleid steigt in mir hoch und will mich überschwemmen. Mir ist nach Heulen zumute. Hatte Simone mich etwa schon abgeschrieben? Da regt sich in mir auch Empörung, ja Wut: War die Festtafel in Ker Bibi schon ein Stück vom neuen Leben? War es das, was Simone schon längst angepeilt hatte: die große Dame spielen. War ich nur als eine Station auf ihrem Weg gedacht?

In meinem Kopf ist ein einziges Tohuwabohu. Da geistert Simone herum mit ihren Abendgästen, aber auch der Alte. Was war das überhaupt für eine Szene im Lazarett im Hotel L'Hermitage? Der üppige gelbe Strauß – und warum hat Simone ihn dem Alten nicht selbst gebracht. Warum, um Himmels willen, haben der Alte und ich nicht noch ein paar Minuten geredet? Aber ich fühlte mich plötzlich wie auf glühenden Kohlen, ich wollte mir das nur nicht eingestehen. Bloß gut, daß ich erst mal heim ins Reich unterwegs bin.

Der Spielzeugsarg, den Simone mir nicht lange vor unserer Abreise gezeigt hat, will mir plötzlich nicht aus dem Kopf: Simone hat behauptet, der kleine Sarg sei in einem großen Briefumschlag gewesen, der an einem Stein durchs offene Fenster geworfen worden sei – mit Schnur festgebunden, an einem Abend, als es draußen schon dunkel war. Plötzlich habe er auf dem Teppich gelegen – der Stein mit dem Umschlag daran. Nein, *gleich* hatte sie nichts davon gemerkt, sie war ja unten in der Küche. Aber dann, als sie Licht gemacht hatte . . . Ach ja: Eine Kugel kam geflogen – gilt sie mir oder gilt sie dir? Wem diese Warnung gelten sollte, das blieb offen. War Simone gemeint, konnte sie kaum etwas mit dem Maquis zu schaffen haben. Ihre Freundinnen hatten schon lange vorher diese kleinen schwarzen Särge vom Maquis bekommen. Simone war als einzige ausgespart worden.

Plötzlich sehe ich deutlich, was ich im Keller von Ker Bibi zwar mit Blicken aufgenommen, aber nicht in mein Bewußtsein habe eindringen lassen: eine Konservendose mit schwarzer Farbe, Pinsel dazu und drei Stücke Holz, wie Scheiterholz für den Ofen geschnitten, und auf dem Boden Schnitzspäne. Und jetzt erst weiß ich, eins von den Holzstücken war so gearbeitet, daß man, wenn man wollte, schwach die Form erkennen konnte, die der Spielzeugsarg hatte. Ein Halbfabrikat? Täuschung? Spökenkiekerei? Schierer Zufall? Mag sein . . . aber wenn nicht? Was ist eigentlich mit mir los? Habe ich etwa, als ich im Keller war, nicht richtig hingeguckt, oder wollte ich nicht sehen, was ich vor Augen hatte. Bin ich denn schon total durch den Wind? Warum, um alles in der Welt, habe ich mir nicht Klarheit verschafft, als dazu Zeit war?

Gott im Himmel, jetzt habe ich die Bescherung, jetzt stimmt nichts mehr – jetzt paßt kein Stein mehr zum anderen.

Ich sollte froh sein, daß ich den Absprung gefunden habe! Den Absprung? Froh sein? Ein Witz. Was soll denn aus mir werden? Alles geht vor die Hunde. Wer weiß, ob meine Bude in Feldafing noch steht. Ob es mein Atelier in der Münchner Akademie noch gibt. Ob mein Bruder noch lebt. Wohin sie meine Mutter gebracht haben . . .

Der Lokführer legt ein höllisches Tempo vor. Der ganze Waggon kommt davon ins Rattern. Aber das ist gut gegen mein Nervenschwirren. Ab und zu übertönt der schrille Wehschrei der Dampfpfeife das Rattern. Eine Nacht im Zug – das wird genau das richtige sein für einen in so einem zerbröselten Zustand, wie ich es bin. Jetzt in der Stille liegen, das würde mir wahrscheinlich gar nicht bekommen.

Ich schrecke auf. Schlängelfahrt: Der Waggon schwankt über Weichen. Die Fahrt wird immer langsamer. Dann gibt es einen Ruck, der Waggon zittert und rappelt. Plötzlich ist Stille. Ganz schwach, von weit her, ein Lokomotivpfiff. Wie sein Echo ein zweiter, schwächerer Pfiff. Ich höre als ein dumpfes Stöhnen, wie sich die Bremsbacken lösen: Der Waggon hat sich entspannt. Ich setze mich auf und atme tief aus.

Auf dem Bahnsteig liegen nur ein paar bleiche Lichtinseln. Auf dem Nebengleis fährt ein langsamer Zug ohne Fenster. Als er an uns vorbei ist, wird auf dem dritten Gleis ein Güterzug sichtbar – lauter Loren mit unförmigen Massen darauf. Wahrscheinlich Lastwagen unter Planen. Ohne Licht kann ich nicht viel erkennen.

Pufferstöße – scheppernde und dumpfere. Dann das Wuppwuppwupp einer andampfenden Lok, das schneller wird, in Galopp gerät und plötzlich wegbleibt – wie abgehackt.

Ich versuche noch einmal wegzudösen, aber der Schlaf flieht mich. Mich bedrängt die Erinnerung an Dutzende von frühmorgendlichen Ankünften auf Pariser Bahnhöfen. Die Spannung ließ nie nach und wurde immer stärker, wenn die ersten Banlieue-Häuser auftauchten. Wie lange dieser Krieg nun schon dauert!

Ich überdenke die letzten Wochen, den Aufbruch, diese Reise. Ich bin mit meinen Gedanken wieder auf dem Boot und sehe mich beim Einlaufen auf der Brücke stehen: keine Simone an der Schleuse! Ich halte nach ihr Ausschau, kann sie aber nirgends entdecken. Die halsbrecherische Fahrt mit dem Alten am Steuer, die hellerleuchteten Fenster von Ker Bibi. »Tiens-toi tranquille . . .« Und dann der Angriff, die Narzissen . . .

Die Bilder verwischen so schnell wieder, wie sie gekommen sind: Alles ist verloren . . .

Eine Zeitlang treibe ich auf einem nebligen Schlafsee dahin, dann wird es in meinem Kopf wieder heller: Ist der Alte am Ende Simone auch auf den Leim gegangen? Was für ein Unsinn! empört es sich da sofort in mir.

Aber wieso denn fuhr mich der Alte so pielgerade nach Ker Bibi, obwohl das Haus reichlich versteckt liegt?

Quatsch! fahre ich mir in die Parade. Der Alte hat dort auch schon mal zu Abend gegessen und am Kamin gesessen, und so ein alter Pfadfinder prägt sich den Weg eben ein.

Unter all dem Gedankenkreisen wächst in mir, während ich starr und wie tot im Halbschlaf daliege, das Gefühl, daß Simone mir etwas Schnödes angetan hat.

Es kann noch keine Stunde vergangen sein, da treibt mich der Blasendrang hoch. Also Schott auf, raus auf den Gang und Schott abschließen. Und nun nach vorn durcharbeiten. Weit ist es nicht, aber mühsam. Dicke Luft: Die Fenster der Chemins de Fer Français schließen zu gut. Es stinkt so sauer wie in einer Kasernenstube. Vor dem Klo muß ich zwei, drei dunkle Gestalten hochscheuchen und dann auch noch einen Mann aus dem Klo herauskomplimentieren.

Mein Himmel, wer hier im Gang steht, vielleicht gar die ganze Nacht hindurch und bis Paris, der muß verdammt gut in Form sein!

Als ich wieder zurück bin und meine Abteiltür schon geöffnet habe, zögere ich einen Moment, nach rückwärts ins Abteil zu treten, weil draußen hinter dem Gangfenster im schwachen Mondlicht unförmige schwarze Schatten vorüberziehen: ein ganzer langer stehender Zug mit Kriegsgerät auf Loren. Panzer etwa?

Da spüre ich eine Berührung über die ganze Länge meines Rückens hin und weiß im gleichen Augenblick: Da hat sich jemand in mein Abteil geschlängelt. Ich fahre blitzschnell herum: Gegen das Fenster sehe ich wie auf einer fahlen Leinwand eine schlanke Gestalt, nicht größer als Simone. Einen Sekundenbruchteil glaube ich an eine Erscheinung: Simone?

Ich ziehe das Schott ins Schloß.

Durch den Zuglärm hindurch höre ich eine Art Gurren – oder täusche ich mich? Jetzt spüre ich, wie sich zwei Hände um meine Handgelenke legen. Ich stehe da und weiß nicht, ob ich meine Arme losreißen soll und den Spuk verjagen. Da spüre ich eine Hand um meinen Hals und eine zweite an meinem Hosenschlitz.

Ist die denn von allen guten Geistern verlassen? Und nun drückt dieses fremde Wesen ihren Busen auch noch fest an meine Brust – alles ohne ein Wort zu sagen, aber mit dunklem wie festgesaugten Blick von ganz nahe direkt in meine Augen.

In meinem Hirn leuchten rote Warnlampen auf: aber dann geschieht alles wie im Traum, und ich kann nicht mehr aus eigenem Willen handeln.

Es ist, als würde ich von einem Marionettenführer dirigiert. Wenn sie mich mit dieser Lady erwischen! kann ich noch denken. Aber da schält die sich aus ihren schwarzen Sachen, langsam wie bei einem guten Striptease und nur von dem bißchen fahlen Mondlicht von draußen beleuchtet, und legt sich auf meine Koje, die Schenkel weit auseinandergebreitet.

Bremsenknirschen. Der Gleistakt wird langsamer. Dann plötzlich Stille. Vom Stoppen des Zuges muß ich aufgewacht sein. Was ist? Eine Station? Ein paar Lichter fächern herein. Ich lehne mich zur Seite und kann für eine Sekunde das Gesicht auf der anderen Sitzbank als bleiches Oval erkennen. Eine Stumme? Zwischen uns ist kein einziges Wort gefallen. Die war die ganze Zeit stumm wie ein Fisch. Schwarzer Fisch. Wie sie durch die Türe glitt, schon das hatte etwas von fischhafter Glätte.

Der Zug steht und steht. Von draußen ein paar Rufe, Laternenschwenken. Ein Lichtschein fällt linealgerade durch den Fenstervorhangschlitz und wandert über ein bleiches Stück Schenkel, und nun höre ich ein leises Schnarchen. Dann im Gang Schlurfen von Füßen. Ein Koffer wird heftig gegen die Abteiltür gestoßen. Wortfetzen. Geschimpf: eine Baßstimme und dagegen ein schrilles Falsett. Aber das metallische Gedröhn ist wie abgeschlagen. Dieses plötzliche Ausbleiben des Maschinenlärms hat etwas Lauerndes. Jetzt höre ich Flüstern vom Gang her. Nebenan wälzt sich einer. Draußen zwei, drei schrille Pfiffe. Ein Gepäckkarren wird rumpelnd vorbeigeschoben. Als auch dieser Lärm aufhört, kann ich deutlich das taktmäßige Schnaufen der Maschine hören. Dann neues Pfeifen und lautes Rufen: Ganz dicht vor meinem Fenster reden zwei heftig aufeinander ein.

Mit einem Aufstöhnen lösen sich plötzlich die Bremsen. Ganz langsam zieht die Lokomotive an. Ich kann deutlich den Widerstand des langen Zuges spüren, ehe er endlich allmählich ins Rollen kommt.

Wenn hier einer kontrollieren würde . . . nicht auszudenken! Was soll ich tun? Die Stumme hinauskomplimentieren? Einfach so liegenbleiben, wie ich liege? Bis Paris? Wie weit kann es noch bis nach Paris sein?

Ich muß wieder weggeschlafen sein: Als ich plötzlich hochfahre, ist draußen schalgraue Dämmerung.

Ein heftiger Schreck durchfährt mich: Ich bin allein im Abteil! Jetzt weiß ich sicher: Das war kein Traum.

Den Vierkant hätte ich nicht steckenlassen sollen, das war ein Fehler. So war es ein leichtes, hier sang- und klanglos wieder zu verschwinden. Die will sicher nach Paris – also müßte sie noch im Zug sein. Aber ich kann doch nicht den ganzen Zug nach dieser schwarzen Lady absuchen.

Schwarze Lady! So nenne ich die nächtliche Erscheinung schon eine Weile in Gedanken. Sie hatte tatsächlich nur Schwarz am Leib: schwarzer Mantel, schwarzer Hut, schwarzer Büstenhalter, schwarze Strümpfe bis obenhin. Das war deutlich zu sehen, wenn von draußen Sekundenlichter hereinzuckten.

Ist mein Gepäck komplett? Meine Hände zittern, als ich es abtaste. Alle meine Sachen sind vollzählig vorhanden! Trotzdem sitzt mir der Schock tief in den Knochen. Während ich in das Grau hinter der Scheibe starre, versuche ich gegen den Schock anzukommen: »Du bist verrückt mein Kind / Du mußt nach Berlin / Wo die Verrückten sind / Da gehörst du hin . . .« – das lasse ich wie eine Grammophonplatte in meinem Kopf ablaufen.

Wer war das? Wollte da eine wirklich nur ihre Liegekarte ableisten? Aber wenn das nun eine von der Résistance gewesen wäre! Rasiermesser durch die Kehle . . . Und wenn sie nun Syph hat?

Ach, Flausen!

Da wollte es eine nur bequem haben: Liegeplatz statt Stehplatz, Gegenwert in Naturalien . . . Das war es sicher . . .

Ich zerre das Schott auf und starre auf der anderen Seite des Waggons in die Morgendämmerung hinaus. Was hat mich nur angefochten, dieses absurde Risiko einzugehen? Den Teufel mit dem Belzebub austreiben? Simone bestrafen? Wollte ich das etwa? Was für ein verdammter Kitsch!

Paris

Opalene Morgenstimmung im Gare Montparnasse. Der Fahrer der Abteilung wartet bereits und hilft mir beim Umladen des Gepäcks. Dann sitzen wir im Wagen und fahren durch die Stadt. Von Zeit zu Zeit taucht der Eiffelturm vor uns auf, trotzdem kann ich nicht verfolgen, welche Strecke der Fahrer nimmt. Schließlich öffnet sich der Blick auf die Seine, und ich kann mich wieder orientieren: Bis zur Abteilung sind es nur noch ein paar hundert Meter.

»Marine Propaganda Abteilung West«, steht groß am übermannshohen Eisengitter des Stadtpalais. Wie ich dieses Schild hasse. Ich bin als Kriegsberichter eingezogen und nicht als Propagandist. Propaganda – das klang für mich früher ausschließlich nach Doktor Josef Goebbels. Jetzt weiß ich, daß die Wehrmacht ihren eigenen Verein hat und einen General an der Spitze. Der Laden hier untersteht direkt dem Marinegruppenkommando West. Bis 1942 war Generaladmiral Saalwächter der Chef, jetzt heißt der Mann Krancke.

Von der Wache erfahre ich, der Chef sei nicht im Hause, sondern auf der Jagd. Der Adjutant erwarte mich.

Habe ich ein Glück, daß ich unserem Bismarck, diesem in der Wolle nazistisch gefärbten ehemaligen Gauredner aus Westfalen, nicht begegnen muß.

Die gewohnte, aber verwirrende Mischung aus Palasteleganz und Kleinbürgermief! Haustelefone in allen Treppenwinkeln, an den Bürowänden Europa- und Weltkarten zum Fähnchenstecken. Schwarzgelacktes Treppengeländer mit messingglänzendem Handlauf: fer forgé, Gobelins bis an die Decke, selbst im Treppenhaus. Kristallüster, sogar an den Decken der Treppenabsätze, wechseln mit scheußlichen Lampen aus irgendeinem Marinedepot. Zwischen Louis-quinze-Möbeln stehen vierkantige, braun gebeizte Büroschränke: marineübliche Brutalmöbel. Frische Schnittblumen wie zu einem Filmdiva-Empfang in den Nischenvasen im Treppenhaus, ein dicker roter, mit Messingstangen befestigter Läufer bis in den zweiten Stock. Es riecht nach Kohl und Knobelbechern, dem unverwechselbaren Soldateskadunst.

Der Gauredner residiert in diesem Stadtpalais wie ein Duodezfürst und frönt seiner Schwäche für Wandbehänge.

Es war eine seiner typischen Verrücktheiten, die Frau eines Offiziers, Sonja Küppers, in meinen Stützpunkt zu beordern, wo sie gegen gutes Geld Gobelins entwarf . . . Während ich auf dem teppichbelegten Stufen höher steige, sage ich mir: die gute Sonja! Die hat es mit ihren Schlichen tatsächlich geschafft, sogar in der Flottille Fuß zu fassen. Da konnte sie ihren Göttergatten aus nächster Nähe drangsalieren und Unrat stiften . . .

»Schade, daß Sie nicht warten können«, befindet der Adjutant.

»Jammerschade! Aber ich werde in Berlin dringend gebraucht – sozusagen schon vorgestern: Ich habe Befehl, mich beim Herrn Reichsminister zu melden. Aber das werden Sie wohl schon wissen . . .«

»Da sind Sie aber schon ziemlich spät dran!«

Dieser Vorwurf des Adjus bringt mich auf die Palme. »*Fliegen* konnte ich nun mal nicht!« zahle ich ihm patzig zurück.

Am liebsten würde ich mich gleich wieder verdrücken. Den Befehl, mich bei der Abteilung zu melden, habe ich schließlich ausgeführt . . . Aber der Zug nach Berlin fährt erst am Abend vom Gare du Nord. Der Anblick all der Arschkriecher, die sich hier vor dem Fronteinsatz drücken, bleibt mir also nicht erspart.

»Wenn Sie mich rechtzeitig zum Nachtzug nach Berlin bringen lassen, wäre mir allerdings geholfen.«

Der Adju muß, um die Abfahrtzeit für den Wagen zu errechnen, die Lippen bewegen. Dann verkündet er: »Mit genügend Lose dann ab hier gegen achtzehn Uhr. Sie bekommen auch von uns noch Material mit.«

»Schockschwerenot!« entfährt es mir da.

Am liebsten würde ich mich ausruhen, aber hier im Haus bleiben und mich anöden lassen oder Schlachtenberichte geben – das hätte mir gerade noch gefehlt.

Am besten raus aus dem Palazzo in die Stadt und mir die Füße vertreten. Um die mir vom Adju angekündigte Mittagstafel werde ich mich allerdings nicht drücken können, auch wenn mir davor graust. Ich habe das hier übliche Theaterspielen satt, den dauernden Anpassungszwang schon gar – dieses beschämende Kleinbeigeben und Mundhalten. Doch bis Mittag ist es noch eine gute Weile.

Ich verabschiede mich, fliehe hinaus auf die Straße und marschiere in Richtung Trocadéro los. Dort setze ich mich auf einen Sandsteinsockel, das blaugraue Häusermeer vor mir, mit dem Eiffelturm als verlorenem Mast mittendrin.

Diese verdammte Bande hier! Die Herrenmenschen, die mich unbedingt für sich vereinnahmen wollen. Und daß ich zu Goebbels befohlen bin, das soll mir wahrscheinlich die höheren Weihen dafür geben.

Goebbels: Die Rede, die er letztes Jahr im Februar im Berliner Sportpalast gehalten hat – die hat sich mir fest eingeprägt. Mehr noch: Auch das frenetische Beifallsgebrüll habe ich noch im Ohr, das wild aufbrandete, als Goebbels fragte: »Wollt Ihr den totalen Krieg?« Ich saß im Kino und wollte schier in den Boden versinken. Wind gesät und Sturm geerntet – das hat die Bande geschafft!

Diese Sportpalastrede ist nun auch schon wieder ein Jahr her. Das waren keine dressierten Affen, die da in rasenden Jubel ausgebrochen sind, das war das Volk, das waren Berliner, die sich die Seele aus dem Hals geschrien haben. Aber hätten sich die Münchner etwa anders verhalten, wenn Goebbels sie genauso aufgeheizt hätte? Nach dieser Rede nannten wir Goebbels in der Flottille »Doktor Josef Siegesmund«. Und jetzt soll ich dem Doktor Siegesmund unter die Augen treten! Wenn ich nur wüßte, was mir in Berlin blüht!

Eine verdammt riskante Kiste ist das auf jeden Fall. Der Adju wird wahrscheinlich nichts Genaueres wissen – den brauche ich gar nicht zu fragen . . . Dabei habe ich dieser Firma immer nur das Allernötigste geliefert. Geschuftet habe ich freilich, als triebe mich einer unablässig an. In jeder freien Stunde gezeichnet, Hunderte von Kommandantenberichten mitgeschrieben, mir tausend Notizen gemacht. Aber da ging es ums Einheimsen – Vorräte für die nächsten hundert Jahre. Und zum Glück ist diese Einheimsbeute auch nicht verloren – die liegt ja gut getarnt unter allerlei altem Kram auf dem Dachboden des Bauernhauses am Feldafinger Waldrand.

Die Straße an der Seine ist sonntäglich ruhig. Die Luft ist frühlingshaft seidig, und trotz aller Anstrengungen der letzten Tage spüre ich meine Füße kaum. Auf der anderen Seite des Flusses erscheint in den Häuserschluchten immer wieder der Eiffelturm. Ich war in meinem Leben noch nie dort oben.

Beim Mittagessen im feudalen Speisezimmer gebe ich mich so maulfaul, wie es nur geht, obwohl einige wissen wollen, was es mit dem Großangriff auf Saint-Nazaire auf sich hatte. Vorbereitung einer Landung? Beschädigung der Bunker und der Schleusen? Diesen stinkigen Verein interessiert ja nicht *wirklich*, was in Saint-Nazaire los war. Aber ich kann den Schafsgesichtern die Fotos aus meiner Kuriertasche zeigen, denke ich, da muß ich nicht viel quatschen.

Eine geschlossene Serie Fotos habe ich schnell zur Hand. Ich fächere sie mir in die linke Hand, und nun kann ich die Bilder schön der Reihe nach herumgehen lassen.

Die paar toten abgesprungenen Tommies, die da auf dem Pflaster liegen, geben aber nicht viel her: amorphe dunkle Klumpen. Eine abgeschossene Boeing sieht auch nach nichts aus.

Nach dem dritten Bild, das ich weiterreiche, merke ich: verfehlt! In den Fotos ist keine Spur von der Erregung dieser Nacht. Nicht mal eine Idee von der Spannung, der Hektik, dem Durcheinander und der Ungewißheit. Und weil ich so blöde fragend angegafft werde, sage ich: »Ich habe die Bilder nicht gemacht. Bessere gibt es leider nicht.«

Dabei ist eine ergreifende Szene darunter, wie einer von einer Bombersatzung, ein Kanadier – davon waren eine Menge dabei, wie damals auch in Dieppe – sich über einen wohl schon tot auf dem Pflaster ausgestreckten Kameraden beugt. Aber für so was ist dieses Etappengesindel zu abgebrüht und zu tief in der Wolle braun gefärbt.

Der Adju hält noch eines der Fotos in Händen und sagt: »Schweinebande!«

Ich könnte ihm dafür eine in die Fresse hauen.

Nach dem Essen bin ich hundemüde, aber zwischen den Gobelins herumhocken will ich nicht. Ein Bett, oder wenigstens ein Sofa, wäre schon recht. Nur gibt es hier nichts dergleichen. In der Wachstube ist zwar ein Eisenbett, aber dort kann ich mich nicht hinhauen: Standesrücksichten!

Du hast jetzt gut und gerne fünf Stunden Zeit, sage ich mir. Die solltest du auf jeden Fall nutzen. Wohin ich fahren könnte, brauche ich nicht lange zu überlegen: in »mein« Viertel natürlich. »Mein« Viertel, das ist das alte Paris zwischen dem Boulevard Saint-Germain und der Seine. Die Rue Bonaparte und die Rue de Seine.

Das bedeutet: wieder hin zum Trocadéro, hinunter in den Métro-Orkus und zweimal umsteigen. Vom Adjutanten Wagen und Fahrer zu fordern, dafür fällt mir kein triftiger Grund ein: Es ist Sonntag, und irgendwelche Besorgungen lassen sich nicht vorschützen. Zum schieren Herumkarriolen gibt's bei der bestehenden Benzinknappheit aber keinen Wagen mehr.

Als ich aus der Métro ans Tageslicht steige, bekomme ich meinen zweiten Dampf. Eben noch hätte ich kaum einen Fuß vor den anderen gebracht, aber jetzt geht es wieder.

Mein erster Tag in Paris war ebenfalls ein Sonntag. Den Kastanienverkäufer mit den feinen Manschetten würde ich gern noch einmal treffen. Was für ein guter Verkaufstrick: nichts als ein paar geröstete Kastanien zu offerieren, dabei jedoch herausgeputzt aufzutreten wie der Empfangschef eines großen Hotels. Aber jetzt ist wohl die falsche Jahreszeit . . .

Mit Simone in Paris. Die vielen im Bett verbrachten Nachmittage. Die Abende, golden und kupfern. Familienkorsos, Bettelmusikanten, Tippelschicksen und Schilderläufer. Die Rollschuhrennen am Louvre und die Maler am Rond Point. Der Andenkenkitsch in der Rue de Rivoli und die Auslagen in den Geschäften: gemalte Halstücher – »Créateur des chemises«, »Portez une chemise logique!«. Die vielen vor Cafés sitzend verbrachten Stunden: schlechter Kaffee, schlechtes Bier, unverschämte Kellner – aber dafür das Gefühl: Hier ist der Nabel der Welt!

Und immer wieder die Straßenmädchen. Ich bin der Faszination, die von ihnen ausgeht, hilflos ausgesetzt. Wie automatisch bleibe ich stehen und starre, und wenn es gutgeht, laufe ich weiter.

Schnulzentöne von einem Grammophon. Da bleibe ich stehen und zerschmelze. Wie benebelt laufe ich weiter. Ich weiß nicht, wohin. Rechter Hand ist ein großer Park. Auf den Bänken, wie aufgereiht, knutschende Liebespaare. Gedämpftes Kichern und Girren hier und da. Die haben's gut. Gleich wieder spüre ich dieses Spannen und Pochen im Bauch, eine unsägliche Wehmut und zugleich den brennenden Wunsch, mich in eine der feuchten Mösen da auf den Bänken zu verlieren.

»Klopfet an, so wird euch aufgetan.« Pustekuchen! Von denen hier spreizt keine die Schenkel für mich. Das Gegirre und Gekicher ist für andere bestimmt.

Früher bin ich durch die Stadt getigert und habe eingekauft, Chanel Nummer fünf – danach war Gisela ganz verrückt. Und einen Oppossummantel wollte sie auch haben. Was für ein Viech ist eigentlich ein Oppossum? Eine Stinkratte doch wohl? Keine Ahnung, wo die Biester leben. Und Marlies brauchte einen Seehundmantel. Die Weiber wissen, was sie brauchen: die Schlange Gisela den aufgeplusterten Pelz und Marlies, weil sie so kurz geraten ist, den glatten. Gisela wollte ihren bezahlen. Marlies auch. Die alte Melodie ...

Alle haben sie mir ihre Wunschlisten zugesteckt, aber nach meinen Wünschen wurde kaum gefragt.

Den Oppossummantel Gisela auf die nackten Schultern hängen! Schönheit – ein Versprechen für Güte und Hingabe! Bei Gisela trifft das schon gar nicht zu. Die ist ein Aas.

»Zwischen Gier und Gewissen ...« – auch so ein hochgeschraubter Titel! Wo habe ich den nur gelesen? Gier und Gewissen – Alliteration heißt das wohl? Paßt gut für unser ganzes gespaltenes Dasein. Muß ich mir für später merken. Ich ertappe mich: »später«! Was heißt für unsereinen denn »später«? *Nach* dem Krieg etwa? – Der Alte hat auch schon mal »nach dem Krieg« gesagt.

»Gewissen« – das meint sicher: schlechtes Gewissen. Wann war ich schon mal frei von schlechtem Gewissen? Von schlechtem Gewissen und von Angst daraus? Schier zum Lachen, wie man uns das schlechte Gewissen in aller Jugendfrische angehext hat. Statt des Glasbläsers, der uns einen Monat vor Weihnachten im Schneeberger Internat seine Kunststücke vormachte, kam auf einmal ein weißbärtiger Wanderprediger in die Aula und predigte in einem würdevollen Salbaderton gegen das heimliche Wichsen. Damals muß ich den ersten schweren Schaden an meiner Knabenseele genommen haben: Ich wußte zuerst gar nicht, was der Kerl mit seinen düsteren Andeutungen von dahinschwindendem Knochenmark und solch angstmachenden Worten wie »Selbstbefleckung« meinte . . .

Im Arbeitsdienst machte es mir nichts mehr aus, wenn sie einem Stubengenossen das Bettlaken aus der Koje rissen und seine Onanierflekken als »unentdeckte Erdteile« der ganzen Stubenbesatzung vorzeigten

In einem Schaufenster spiegelt die Rückwand. Ich stehe plötzlich mir selbst gegenüber und erschrecke: Von frischem Aussehen kann ja wohl nicht die Rede sein! Gleich fühle ich mich hundeelend.

Ich laufe zur Seine hinunter und setze mich auf eine Bank. Da hocke ich nun und weiß vor lauter Tristesse kaum ein noch aus.

Endlich ist es soweit, mich mit meinem Gepäck zum Gare du Nord kutschieren zu lassen. Mit brennenden Augen nehme ich die schier gloriose Dämmerung auf, die über die Stadt hereinbricht.

Mein Zug heißt Dora 25. Abfahrt zwanzig Uhr fünfundvierzig. Nach Fahrplan soll der Zug für die Strecke vierundzwanzig Stunden brauchen – und zwar über Lüttich, Aachen, Köln, Dortmund, Hannover. Ankunft Berlin, Schlesischer Bahnhof, neunzehn Uhr elf.

Den Schlesischen Bahnhof habe ich noch nie gesehen. Die ganze Gegend ist mir fremd. Aber vielleicht kann ich schon früher aussteigen, womöglich im Bahnhof Zoo. Irgendwie werde ich schon weiterkommen – am besten gleich zum Quartieramt in den Anhalter Bahnhof und dann morgens als erstes ins OKW in der Bendlerstraße. Wenn ich nur nicht so beladen wäre!

Sonst bin ich immer vom Gare de l'Est abgefahren, weil meine Marschbefehle gewöhnlich auf München lauteten. Aber da ist nicht viel Unterschied: Der Gare du Nord nimmt mich genauso gefangen wie der Gare de l'Est.

Den Ausschnitt der Halleneinfahrt hat die Dämmerung farbig zugemalt. Milchblaues Gewölk schwimmt in Orange. Zwischen den Trägern für die Dachkonstruktion hat sich ein stumpfes Malvenlila verfangen, das die Gleise, die wie helle Nervenstränge im dunklen Schotter liegen, schimmernd reflektieren.

Es sind kaum Reisende auf dem Bahnsteig. Nur ein paar dicht geballte Gruppen von Landsern. Eine Karrenladung schäbiger Koffer steht verlassen da. Jeder könnte sich bedienen.

Zwei, drei grelle Pfiffe, die gedämpft nachhallen. Tief gebückt, schleppt einer Bremsschläuche hinter sich her. Es sieht aus, als zöge ein schwer getroffener Krieger sein Gedärm mit sich.

Ein Abfahrtsignal quäkt. Preßluftstöße wummern durch die Halle. Es klingt wie der schwere Atem eines Riesen. Die Luft ist abgestanden, schal. Vor einem Buffet putzt ein hemdsärmeliger Kellner den Messingrahmen des Ständers für die Preisliste. Die Preisliste ist längst überflüssig: Hier gibt es nur noch Eichelkaffee mit Sacharin. Ich fröstele, es muß wohl an der Übermüdung liegen: todmüde! La Baule – Berlin: ein ganz schöner Happen.

Jetzt habe ich noch mal eine Nacht und einen Tag Bahnfahrt vor mir. Und wenn es Fliegerangriffe geben sollte, wird es noch länger dauern. Verhungern und verdursten werde ich nicht: Zu essen und zu trinken habe ich in meiner Tasche. Den Kurierausweis in der Brusttasche. Zu lesen habe ich auch – aber im Moment ist mir nicht nach Lesen zumute.

Dampf, Rauch, beißender Geruch nach dem Eisenabrieb der Bremsbacken. Eine Maschine schiebt sich langsam bis fast an den Prellbock vor. Das riesige schwarze Ungeheuer wird von einem Zwerg mit rußverschmiertem Gesicht gebändigt: Mein Zug ist eingefahren.

Richtung Berlin

Ich stelle mich in den Gang und lasse mir über die Sohlen die Schienenstöße in den Körper schlagen. Zugfahren am Abend und in der Nacht, das habe ich schon immer gemocht. Einmal mit der transsibirischen Eisenbahn fahren, das war mein Wunschtraum. Oder eine große Strecke in Amerika. Die riesigen Lokomotiven mit den mächtigen Kuhfängern! Ihr unablässiges Tuten und Klingeln ... Solche Wünsche werde ich wohl zu Grabe tragen müssen: Amerika, Sibirien – das ist vorbei.

Es ist kein Licht im Zug. Wenn ich hinausblicke, sehe ich nicht die Spiegelung des eigenen Gesichts auf der Scheibe, sondern wie die Nachtlandschaft vorüberzieht. »Der Mantel der Dunkelheit«, was für eine schöne Metapher für die Schwärze da draußen: Unter dem Mantel der Dunkelheit rollt der Zug im gleichmäßigen Rhythmus dahin. Wenn er an einem verdunkelten Bahnsteig vorüberfährt, kann ich spüren, wie die wenigen Lichter über mein Gesicht hinhuschen.

Dann sitze ich in meinem Abteil, und im Halbschlaf merke ich, wie sich der Fahrtrhythmus verändert – wie er langsamer wird und der Zug schließlich hält. Ich muß eine ganze Weile richtig tief gepennt haben. Keine Ahnung, wo wir sein könnten. Ich sehe einen Bahnsteig unter zerstörtem Dach. Rotkreuzschwestern huschen wie plasmatische Geister durch den fahlen Schein der wenigen Lampen. Blutjunge Infanteristen schieben sich unter schweren Lasten wie lahmend am Zug entlang – ein ganzer Trupp. Hängende Köpfe, nur hin und wieder hebt sich ein Gesicht zu mir hoch: leichenbleich in der grauen Dunkelheit. Ein leerer Blick trifft mich.

Das soll die stolze deutsche Wehrmacht sein, diese armen, verdreckten Burschen in ihren geflickten Klamotten? Sie sehen eher aus wie ein Zug tief gedemütigter Gefangener. Vor dem Geländer einer Unterführung liegen einige still ergeben halb auf Pappkoffern oder zwischen Rucksäcken wie Strandgut. Am fahlen Licht allein kann es nicht liegen, daß alles so herzergreifend erbärmlich aussieht.

Ein Zug pfeift. Dann noch einer. Es klingt fast wie die schrillen Pfeifsignale der riesigen Polizeimannschaftswagen in der Chemnitzer Hartmannstraße, die mich als Kind so aufregten – die und die scharfen Blöktöne der silbernen Clairons, mit denen die Kommunisten ihre Marschmusik machten.

Verrückt, auf welche Weise mein Hirn funktioniert: Daß ich ausgerechnet jetzt an Chemnitz zurückdenken muß und die Demonstrationszüge unten im Tal am Fuß des Kaßbergs! Die Musik damals, die drang mir richtig ins Blut: Trommeln, Pfeifen, Hörner – alles das konnte mich in Rausch versetzen. Ich war imstande, durch die halbe Stadt zu laufen, immer neben dem Spielmannszug her und ganz eingehüllt im scharfen Klang. Dazu der Messingglanz der Hörner, die rotweiße Bänderung der Spannrahmen an den Pauken, das Auf- und Niederwippen der Trommeln im Schrittmaß, das Wirbeln der Schlegel.

Ich wünschte mir damals nichts so sehnlich wie eine Trommel, eine richtige Trommel – keine Imitation für Kinder. Und dann lag sie tatsächlich unter dem Weihnachtsbaum. Aber die Freude war kurz, denn vom Großvater wurden die Drillstunden mir gleich mitgeschenkt. Ich sollte »ordentlich« trommeln lernen, »wie es sich gehört«, und der Trommler, der mir das beizubringen hatte, war ein brutaler, nach Tabak stinkender schnauzbärtiger Kerl, der mich anekelte, wenn er, mich von hinten her umschlingend, meine Hände mit den Trommelschlegeln in seine Pranken nahm und mir so einen Marsch vortrommelte: »Un jetz mach's alleene, aber genauso!« befahl er dann. »Sonst kriegste eene off de Pfoten!«

Noch jedesmal, wenn ich nach Deutschland fahre, komme ich mir seltsam verloren vor. Was Wunder auch: Bis jetzt war noch jede Reise nach Berlin im Grunde ein einziger Cauchemar – die schäbigen Hotelzimmer, das Herumirren in den verdunkelten Straßen, die Zufallsbekanntschaften ...

Mein Abteil liegt direkt über der vorderen Achse des Waggons. Auch wenn ich es nicht wüßte, könnte ich es an der Heftigkeit der Schienenstöße merken. Die altbewährte Regel: »Immer in die Mitte des Waggons« hat der Bahnhofsoffizier in Paris mir leider nicht dienen lassen.

Die Waggons der Chemins de Fer Français sind reichlich vergammelt. Die Polster riechen nach Staub. Ich habe nichts Rechtes bei mir, was ich mir beim Langlegen unter den Kopf breiten könnte. Aber weil ich partout den roten Samt nicht an mein Gesicht kommen lassen will, entfalte ich ein frisches weißes Hemd und breite es auf das Polster – dort, wo ich meinen Kopf hinlegen will: an der Außenseite, nicht zum Gang hin.

Es ist längst heller Tag, als ich wieder aufwache. Ich rappele mich hoch und sehe durch das staubtrübe Fenster: Vor mir im Dunst liegt ein einziges graues Trümmermeer mit ein paar bizarren Klippen von Brandmauerresten darin. Der Anblick trifft mich wie ein Schock. Und dabei habe ich doch weiß Gott schon genug zerstörte Städte gesehen und sollte an den Anblick zerbombter Häuser gewöhnt sein. Aber ich komme gerade aus Paris, und Paris ist unversehrt wie eh und je.

Das da draußen muß Aachen sein. Und plötzlich erschrecke ich über die Strecke, die dieser Zug fahren soll: Köln, Dortmund, Hannover ... das sind alles Städte, die wieder und wieder bombardiert worden sind, und auf die Bahnhöfe zielen die Bombenschützen besonders. Da kann die Fahrt durch all die Zerstörungen hindurch lange dauern.

Nach Fahrplan müßte es jetzt sieben Uhr fünfundzwanzig sein, aber ich brauche gar nicht auf die Uhr zu gucken, um zu wissen, daß bereits hoher Vormittag ist. Bahnhofsuhren gibt es nicht mehr.

Das zerstörte Deutschland! Hamburg habe ich fast vergessen. Oder aber verdrängt? Dabei war es in Hamburg besonders knapp: ein halbes Dutzend Stabbrandbomben rings um mich herum im Parkett – und das große Glasdach des Hotels »Reichshof« brach mir als Scherbenregen über den Kopf.

Über mein Herumirren einen ganzen Tag lang weiß ich fast nichts mehr: ein Höhlenmensch unter anderen Höhlenmenschen. In Hamburg muß es mehr als vierzig-, fünfzigtausend Tote gegeben haben. Hunger, Durst – aber ich wollte die Villa meines Stubenkameraden Borchers ums Verrecken finden. Zwischendurch war mir immer wieder ganz merkwürdig zumute: Da kam es mir so vor, als sei *ich* es, der die Angriffe provozierte.

Mein erster Wochenendurlaub in Hamburg! Es war wie ein Ausflug ins Paradies. Welche Wohltat, der Hierarchie der Unteroffiziere für einen Tag und eine Nacht entfliehen zu können. Ein Hotelzimmer, durch dessen Fenster leise Musik aus der Halle drang, ein Bad, warmes Wasser, soviel ich wollte, Frottiertücher. Und später – stellte ich mir vor – zum Frisör und dann Kaffee und Kuchen unter Kronleuchtern und inmitten von Marmor.

Aber plötzlich war der Teufel los ...

Mit meiner alten Heimat ist es ebenfalls aus und fini. Alles zerbombt und abgebrannt. Sogar den städtischen Speicher in Chemnitz hat es erwischt, auf den unser ganzes Hab und Gut geschleppt worden war – bis auf unser Klavier und noch ein paar Klamotten, die ich nach Dresden ausgelagert habe. Unser Haus unter dem Hammer: Selbst die Wannen voller eingeweichter Wäsche wurden aus der Waschküche abtransportiert.

Das muß ein schönes Feuerchen gewesen sein, als dieser riesige Möbelspeicher mit Phosphorkanistern in Brand gesteckt war. Heiß abgebrochen! Und unser ganzer Familienbesitz in Flammen.

Nach Chemnitz gibt es längst keine Brücken mehr. Mir bleibt nur noch die Bude im Häuschen der alten Scholl am Waldrand von Feldafing mit den rumänischen Westen an der Wand, Mitbringsel von meiner Donaufahrt, und all dem übrigen neu angesammelten Krimskrams ... Und dazu noch das Atelier in der Akademie in München – vorausgesetzt, daß sich darin nicht längst ein anderer breitgemacht hat. Vorausgesetzt auch, daß die Akademie überhaupt noch steht. Omnia mea mecum porto – auf diese beschissenen lateinischen Sprüche läuft es eben hinaus ...

Weiß der Teufel, was mich in Berlin erwartet. Wenn es der Teufel will, komme ich so bald nicht wieder zurück nach Frankreich. Was, bei Lichte besehen, heißen würde: die Bretagne verloren ...

Köln! Die Stadt ist total verwüstet. Diesmal weiß ich sogar das Datum, wann es passiert ist: am 30. und 31. Mai 1942. Vor ziemlich genau zwei Jahren bereits. Damals sollen hier über tausend Flugzeuge abgeladen haben.

Tausend Flugzeuge! Eine solche Massierung kann ich mir nicht vorstellen. Ein Dutzend, ja, vielleicht auch noch fünfzig Bomber – aber tausend?

Ich starre und starre. Wie sollen in dieser wüsten, riesigen Trümmerstätte jemals wieder Menschen leben? Aber das ist ja das Verrückte, daß sich selbst in solchen Ruinenfeldern noch Leben regt!

Jetzt zeigen uns die Alliierten, was eine Harke ist: Essen wurde im März '43 total zerstört. Zwei Monate später die Talsperren südlich des Ruhrgebiets – Möhne, Eder, Sorpe ... Tausend Menschen ertranken da. Von den britischen Lancasters gingen ganze acht verloren. ... Das läßt sich so weiterdenken.

Kleine Städte ziehen vorbei: kein Mensch auf den Straßen. Alles grau und kontrastlos: Deutschland – ein Schwarzweißfilm. Und wieder eine verrückt gemusterte Brandmauer. Blaßfarbene Karos von der Länge der Zimmer, die es hier mal gab, in der Mitte ein schmaleres, hochgestelltes Geviert – das war das Treppenhaus. Das Ganze eine riesenhafte Tapetenmusterkarte.

Der Zug hält in einem kleinen Bahnhof. Auf dem Bahnsteig Schwestern inmitten eines Pulks von Landsern, die um einen mächtigen, dampfenden Aluminiumtopf herumwirtschaften. Da scheint es Tee zu geben. Außerdem sollte ich mir mal die Füße vertreten. Ich verriegele mein Abteil von außen und probiere mein Glück.

In Hannover heulen die Sirenen. Da wäre es also wieder soweit. Als ob mir nicht schon genug Luftangriffe geboten worden wären. Der Zug steht jedenfalls fürs erste, und er wird wohl noch lange stehen. Das sieht aber nicht nach einem Angriff, sondern nach einem Überflug aus Was sollte denn hier auch noch zerstört werden, wo doch die ganze Stadt längst in Trümmern liegt.

Plötzlich ruckt die Lok an. Die Waggons rütteln lärmend gegeneinander, ehe sie wieder ins gleichmäßige Rollen kommen. Der sollte erst mal üben, denke ich und meine den Lokomotivführer. Vom Fahrgestell her kommt jetzt ein langgezogenes jaulendes Quietschen, gleich darauf quietscht es noch einmal – wir scheinen ein ganzes Weichenfeld zu durchqueren. Dann steht der Zug schon wieder, ruckt erst eine Ewigkeit später neu an – bleibt wieder stehen, kaum daß er ins Rollen gekommen ist.

Was mag nur los sein? Dieser Zug ist längst um Stunden verspätet.

Wieder erinnere ich mich an meine allererste Parisreise. Damals hatten sie es eilig mit mir: Kaum war ich als Marineartillerist verkleidet, Kulani und Matrosenmütze mit flatternden Mützenbändern, wurde ich »an die Front geworfen« – gerade mal zackiges Grüßen hatten sie mir beigebogen, aber nicht, wie man sich auf einem Schiff bewegt. Der Blitzkrieg spukte in den Köpfen, und ich sollte so schnell wie möglich die Seesiege der Kriegsmarine erleben, um sie später als eine Art Heldenbarde schildern zu können.

Und heute? Heute liegt ganz Deutschland in Trümmern – und nicht nur Deutschland: Ich fahre mit den Fotos von einem neuen Großangriff auf Saint-Nazaire heim ins Reich. Heim ins Reich! Daß ich nicht lache. Von diesem »Reich« ist nicht viel übriggeblieben. Diese mühselige Zockelei durch halb und total zerbombte Städte ist eher eine Strafe als eine Heimkehr: kein einziger größerer Bahnhof, der nicht von Bomben demoliert wäre! Überall zeigen die Häuser ihr brutal ans Tageslicht gerissenes Innenleben vor ... Das sieht schon verrückt aus, wenn von einem niedergebombten Haus an der Brandmauer zum Nachbarhaus die Reste alter Lebensträume wie dort hingeklebt zu sehen sind. Das sollte ich malen, diese absurden Brandmauermuster. Aber wann denn nur? Jetzt schlage ich mir wenigstens die Augen voll mit dieser merkwürdigen Schönheit der Ruinenfelder: das vielfach gestufte Rot der zu Bergen gehäuften Ziegelbrocken, die tiefen Schwärzen aufgerissener Kamine, die wie zum Strukturieren der vielen bleich-hellen Kalktünchеflächen im Bild stehen. Als graphische Elemente kommen die großen, oft zerstückelten Firmennamen an den der Bahnlinie zugekehrten Mauern dazu. Wenn Buchstaben oder ganze Silben fehlen, wirken die Reklamebotschaften höchst geheimnisvoll. Dann wieder sind es bizarr verdrallte Stahlträger, die den Pastelltönen der Trümmerberge als schwarze Strukturzeichnungen Halt geben.

Es wird bereits wieder dunkel. Eigentlich sollten wir längst in Berlin sein, aber vor dem frühen Morgen wird das sicher nichts werden. Auch gut: Heute hätte ich sowieso niemanden mehr angetroffen.

Der Schaffner hat mir erklärt, daß der Zug auch im Bahnhof Zoo halten wird. Von da komme ich womöglich mit der S-Bahn zum Anhalter Bahnhof. Wenn sie noch fährt. Dort werde ich mir zuerst ein Quartier zuweisen lassen.

Oder zum OKW: die Kuriertasche loswerden und dann beim Öligen, meinem zuständigen Korvettenkapitän, aufkreuzen. Auf die Überraschung, die es dort geben wird, bin ich gespannt. Meldung beim Herrn Reichsminister ... Aber auch sonst habe ich ein volles Programm.

Vor allem muß ich in die Lützowstraße 89 zu meinem Verlag. Und bei *einem* Besuch wird es nicht bleiben. Zar Peter wird ausführliche Berichte wollen.

Und das Päckchen, das mir der Fotolaborant für seine Braut aufgedrängt hat, und die diversen anderen Mitbringsel muß ich auch noch loswerden. Ich weiß, zu welcher Mühsal das geraten kann, aber da hätte auch alles Sträuben nichts geholfen.

Wenn ich nur annähernd wüßte, was Goebbels von mir will!

Ich versuche, eine Mütze voll Schlaf zu finden. Aber an Schlafen ist in diesem Zug kaum mehr zu denken. Jedesmal, wenn er steht, höre ich Brüllstimmen vom Gang her, und dann versuche ich zwanghaft, herauszufinden, was da draußen in merkwürdigen Dialekten gebrüllt wird.

Der Zug ist jetzt rappelvoll. Immer wieder mal wird an meinem Türgriff geruckt. Nur gut, daß keiner das Schott aufkriegt. Draußen herrscht finstere Nacht. Manchmal allerdings reißt die Bewölkung auf, und dann wirft das Mondlicht fahle Schatten auf die Landschaft.

Daß dies eine Zugreise durch nichts als Trümmer werden würde, habe ich mir nicht vorstellen können. Streckenweise war diese Fahrt ein einziges Defilée vor ausgebrannten Ruinen. Ich frage mich: Wie viele Menschen mögen noch unter den Mauerbrocken und dem Schutt liegen? Wann beginnen die Leichen zu stinken? Ob es nach den Bombardements Verlustlisten gab? Was die Toten anbelangt, wird der rechte Überblick ja wohl längst in die Binsen gegangen sein. Wer in diesen Zeiten krepiert, dürfte kaum noch bei den Behörden abgemeldet werden ...

Ich weiß nicht einmal, wer von meinen Schulkameraden noch am Leben ist. Viele können es nicht sein. Ein paar hat es gleich in Polen erwischt. Von deren Tod erfuhr ich noch und auch von denen, die es in Frankreich erwischt hat. Aber jetzt? Von meinen Freundinnen sind zwei mit Sicherheit tot: Renate Wenz und Lena Schwarz. Alle beide von Bomben erschlagen. Renate in Magdeburg, die Schwarz in Berlin. Gisela hätte es um ein Haar in einem Luftschutzkeller erwischt. Die hat viel Schwein gehabt, daß sie ausgebuddelt wurde und davongekommen ist. Aber wann habe ich eigentlich das letzte Mal von ihr gehört?

Das ist schon ein bemerkenswertes Fazit: kaum mehr Freunde am Leben. Mein Jahrgang wird, wenn das so weitergeht, systematisch und total ausgerottet werden . . .

Mich peinigt die Vorstellung, wie es meine Freundin Lena unter einem eingestürzten Gewölbe zermatscht haben mag. Die Schwarz und der Herr Professor Geiersberger – dieses Schwein! Hatte sich bis zum Ratsherrn hochgehangelt und terrorisierte von dieser Basis aus die ganze Akademie. Lebensgroße SA-Männer in nächtlicher Beleuchtung, die ihre geballten Fäuste wie schwere Fremdkörper vor sich herschleppten, waren seine Spezialität.

»Da ist wohl der Wunsch der Vater des Gedankens!« Just so pöbelte er Lena vor versammeltem Zeichensaal an, und das nur, weil die gute Lena ihren lebensgroßen, mit Kohle und Wischer gezeichneten männlichen Akt mit einem ordentlichen Pimmel versehen hatte. Aber da kannte er die gute Lena schlecht: Die verlängerte den Kohlepimmel, kaum daß der Herr Professor wieder draußen war, noch um gute fünf Zentimeter. Dem Unbedarften, der damals Modell stand, ein etwa Fünfundzwanzigjähriger, war es nur recht so.

Ich muß eingenickt sein und werde von einer Brüllszene direkt vor meinem Schott wieder wach. Ich höre: »Ich werd Ihnen gleich vor den Koffer scheißen!«

Der Zug steht und steht. Weiß der Himmel, wann wir tatsächlich nach Berlin kommen, wenn das so weitergeht. Ich kaue an dem Gedanken: Das dauert ewig! Das dauert ewig! Schließlich sage ich's im Takt der Schienenstöße: dauert ewig – dauert ewig! Dann variiere ich: kommen nie an – dauert ewig – kommen nie an . . .

Es ist längst hell, als der Zug endlich Berlin erreicht. Aber was ist aus der Stadt geworden! Überall hohle Fenster, bizarr ausgeschnittene Mauerreste, hier und da aus den Trümmerfeldern hochragende Kamine. Sie stehen unversehrt da, als wären sie die soliden Stützelemente zerbrechlicher Häuser gewesen.

Im Vorbeifahren sehe ich in eine ehedem breite Straße hinein, deren beide Häuserzeilen so flach niedergewalzt sind, als hätten dort Kartenhäuser gestanden. Da müssen die Bomben auch noch den Schutt umgepflügt und das Zerstörte noch einmal zerstört haben. Merkwürdig, daß von so einer großen Straße nicht mehr übriggeblieben ist als dieser unigraue Schutt: keine Spur von Haustüren, Möbeln – Einrichtungen überhaupt.

Es kommen Lagerhallen, in die ich von schräg oben hineinsehen kann. Fabrikdächer, die nur noch verdrallte Eisengerippe sind.

An einer gut fünf Stockwerke hohen Brandmauer, ganz nahe an den Gleisanlagen, lese ich: »Grieneisen Bestattungen«. Der schiere Hohn!

Berlin

Im Bahnhof Zoo steige ich aus dem Zug. Aus einer Feldküche vor dem Bahnhof wird Wehrmachtsuppe verteilt. Es gibt auch Tee. Ich kann etwas Heißes für die Kaldaunen gebrauchen. Der Tee ist rubinrot. Schöne Farbe. Von Brombeerblättern?

Wenn ich nur ein bißchen genauer um mich blicke, sehe ich, wie sehr sich alles ins Schlimme verändert hat: abgenutzte, geflickte Uniformen. Ausgemergelte Soldaten schleppen Rucksäcke, Karabiner, Holzkoffer und Segeltuchtaschen. Schlafmangelgesichter, verstrubbelte Haare, Dreitagebärte – einige Landser mit Verbänden. Ich würde gerne fragen, woher sie kommen, wage es aber nicht. Die sehen allzu bedient aus: wie entlassene Zuchthäusler.

Es hängt Rauch in der Luft – aber nicht nur von den Loks. Ich fühle mich in diesem Bahnhofsgewimmel aufgeschmissen.

Von München aus bin ich immer direkt auf dem Anhalter Bahnhof angekommen, und alles war geregelt. Jetzt knobele und knobele ich vor einem groben, halb abgerissenen Übersichtsplan an einer Bahnhofswand: Die S-Bahnverbindung zum Anhalter ist gestört, aber Straßenbahn soll es geben. Mit Straßenbahnen habe ich allerdings schlechte Erfahrungen. Wenn nach Bombenangriffen die Oberleitungsdrähte auf dem Boden liegen, ist es auch für die Straßenbahnen aus. Ich sollte versuchen, mit der U-Bahn zum Ziel zu kommen. Die U-Bahn ist sicherer, fährt aber nicht direkt zum Anhalter. Moment mal: Wenn ich jetzt über den Nollendorfplatz, Gleisdreieck zur Möckernbrücke ... das brächte mich in die Nähe. Da erst kapiere ich, daß ich auf diese Weise, parallel nach Süden versetzt, an meinem Verlag in der Lützowstraße vorbeikäme – und wenn ich den Kanal überquerte, auch schon im OKW wäre. Von dort zum Anhalter ist es per pedes eine Viertelstunde.

Jetzt kann ich noch lange knobeln oder gleich loslatschen und zusehen, daß ich wenigstens stückweise mit der Straßenbahn fahren kann. In der Lützowstraße gibt es auf jeden Fall eine.

Als erstes also zum OKW – im Verlag wird um diese Zeit sowieso noch niemand sein. Die Kuriertasche loswerden, ein paar Mitbringsel und dann gleich zum Öligen. Anschließend ein Zimmer besorgen, Gepäck abladen und dann in den Verlag. Ob der überhaupt noch steht?

Mit der Straßenbahn habe ich kein Glück. Ich bin schweißnaß, als ich endlich vorm OKW stehe. Der für mich zuständigen Kurierstelle steht der Rittmeister Holm vor. Ich werde ihn zum ersten Mal zu Gesicht bekommen, weiß aber schon, daß er ein rechter Lackaffe ist. Und zwar weiß ich es von seiner eigenen Tochter, die mit der geschiedenen Mutter eine Zeitlang fast meine Nachbarin war. Allein schon deshalb salutiere ich möglichst lässig und ecke prompt an. Als ich in ganz normaler Rede erwähne, daß ich »Camilla« kenne, bekomme ich einen richtigen Anschiß verpaßt: »Herrn Rittmeisters Fräulein Tochter, wenn ich bitten darf!«

Oho! entfährt es mir da beinahe.

Mir soll dieses Gerede egal sein! Auf ein paar »Gehorsamst!« mehr oder weniger kommt es mir nicht an, und eine zackige Abmeldung kann dieser Breechesträger auch haben. Aber Holm gibt sich kurz angebunden, als sei ich mit meiner Bemerkung gleich in sämtliche Fettnäpfchen getreten.

»Gott sei Dank!« stöhne ich auf, als ich wieder draußen auf dem Gang bin: Die schwere Tasche bin ich los und den Herrn Rittmeister auch.

Der Ölige heißt eigentlich Fuchs und ist Doktor. Er war irgendein besseres Tier in der Verwaltung und gibt sich betont als Schöngeist. Bisher habe ich nie richtig spitzbekommen, wes Geistes Kind der Mann ist. Er liefert dafür kaum je deutbare Zeichen. Den »Öligen« nenne ich ihn, weil er so glatt ist, daß ich ihn – wie einen übermäßig eingeölten Ringer – einfach nicht zu packen kriege: Da kann ich noch so überraschend und trickreich ansetzen.

Sein weicher Händedruck und sein schwimmender Belladonnablick verwirren mich noch jedesmal. Wird wohl ein Homo sein! habe ich mir schon ein paarmal gesagt – einer mit Selbstverbot.

Wie dieser weibische Mensch in die blaue Uniform geraten und zu seinen goldenen Ärmelstreifen gekommen ist, weiß der Himmel.

Ich habe meine liebe Not, ihm gegenüber den rechten Ton zu treffen: nicht allzu zackig dienstlich – aber auch nicht zu vertraulich. Liebedienerisch schon gleich gar nicht. Das Theater, das ich bereits mit Homos hatte, reicht gut und gerne für den Rest meines Lebens.

Die Erinnerung an den Architekten Schmidt-Rhode läßt mich innerlich zusammenfahren: Wie er mich, um mir die Landschaft zu erklären, ans Fenster des Eisenbahncoupés holte und sich dann von hinten an mich drückte und mir mit beiden Händen in die Hosentaschen fuhr, während ich so tat, als merkte ich es nicht. Der und noch ein paar andere haben mich frühzeitig so durcheinandergebracht, daß ich mich voller Mißtrauen sperrte, wann immer ich einem freundlichen Erwachsenen begegnete.

»Höchste Zeit, daß Sie erscheinen«, begrüßt mich der Ölige. »Wir hätten sonst alles umkrempeln müssen. Donnerstag – also übermorgen – zehn Uhr dreißig Meldung beim Herrn Reichsminister.«

Es drängt mich, den Öligen zu fragen, was mich da erwarten könnte, aber ich verbeiße mir die Frage und spiele den Gefaßten: Doch alles ganz normal, dafür bin ich ja hier! – Militärisches Affentheater, ganz, wie es sich gehört.

»Und versuchen Sie, auf Ihr Frontgehabe zu verzichten.«

Das war ein ausgewachsener Uppercut. Im stillen sage ich mir gleich: also keine Flasche Martell. Wer so redet, verdient einfach keine. Was herrscht hier überhaupt für ein Ton – erst der verrückte Holm und jetzt diese Maßregel. Aber da tut der Ölige plötzlich so, als wolle er die Tonart entschieden wechseln. Vom offiziellen zum gemütlichen Teil?

»Daß der Herr Reichsminister Sie sehen will, ist natürlich eine große Auszeichnung«, höre ich den Öligen und weiß nicht, ob ich die Augen niederschlagen und verschämt tun oder andeutungsweise Haltung annehmen soll. Im Grunde habe ich Bammel. Wer weiß denn, in was ich da noch gerate . . .

Und jetzt setzt sich der Ölige bequem zurecht und sagt: »Dem Herrn Reichsminister sind natürlich Ihre Texte aufgefallen, und für Ihre Zeichnungen hat er sich sowieso schon immer interessiert. Aber wenn man Sie im Ministerium vereinnahmen will, wäre uns das gar nicht recht. Das sollten Sie immerhin wissen! Gerade jetzt ist viel zuviel auf der Schiene . . .«

Da zeigt einer aber deutlich Flagge! denke ich. Wenn mir nur jemand verriete, wie ich mich durchschlängeln soll, ohne dabei in Teufels Küche zu geraten.

»Wir brauchen unbedingt Arbeiten von Ihnen fürs Haus der Deutschen Kunst. Ein neues Porträt des Großadmirals zum Beispiel«, verkündet der Ölige in einem fast werbend weichen Tonfall. »Den Herrn Großadmiral haben Sie doch schon porträtiert . . .«

»Ja, aber nur als BdU«, riskiere ich einen Scherz. Gleich hebt der Ölige tadelnd die Augenbrauen. Ich muß schnell erklären: »Die Ärmelstreifen sind jetzt anders. Jetzt müßte ich den Herrn Großadmiral ja mit quasi goldenen Unterarmen darstellen und mit Admiralsstab.«

Das war auch als Versuch gedacht, den Öligen aus der Reserve zu locken. Ich beobachte mein Gegenüber scharf: kein verräterisches Mundwinkelzucken, nicht einmal einen prüfenden Blick bekomme ich von ihm. Da habe ich wohl haarscharf daneben getroffen – oder mit der falschen Munition geschossen.

Weil der Ölige fürs erste nichts mehr sagt, lasse ich meine Gedanken laufen: Dieser dämliche Admiralsstab sieht aus wie ein enormer Dildo. Auf den offiziellen Fotos könnte der Herr Großadmiral damit gar nicht alberner aussehen – wie er da den Pimmelersatz stolzgeschwellt präsentiert ... mit markigem Blick unter dem Mützenschirm.

»Haus der Deutschen Kunst« – »Große Deutsche Kunstausstellung«: Das kann ich schon nicht mehr hören. Kann der Ölige denn im Ernst daran glauben, daß in diesem Sommer noch Bilder im Münchner Kunstpalazzo an den Wänden hängen werden? »Bahnhof von Athen« nennt ihn mein Verleger Peter Suhrkamp.

Kein Zweifel, der Ölige wartet darauf, daß ich losquatsche und mit meiner Meinung herausrücke. Schottest du dich ab, schotte ich mich auch ab! denke ich und gebe mich erwartungsvoll, empfangsbereit für die Fortsetzung seiner Rede.

Da reicht mir der Ölige ein Blatt über den Schreibtisch zu. Ich lese: »Geheim!« und höre: »Und das hier kommt direkt vom Eins A/M. Da müssen wir auch etwas tun.«

In meinem Kopf arbeitet es: IA/M? Das muß dieser unsäglich fette General sein – von Wetzel oder von Wedel –, der trotz seines Schlachtgewichts stets in Reithosen mit diesen mächtigen Keulen auftritt, die ihn noch unförmiger machen.

»*Abschrift! Geheim!* Oberkommando der Wehrmacht, 3150/44g WEST/WPr. (IA/M).

Berlin W 5. An Marine-Propaganda-Kompanie, Potsdam; Betr.: Tätigkeitsbericht für Kriegsmaler und Pressezeichner.

1.) Da die seinerzeit angeforderten Berichte der Kriegsmaler und Pressezeichner über ihren Studiengang (beschickte Ausstellungen, Preise und dgl.) und ihre Tätigkeit seit Eintritt in die PK – (Aufzählung der *abgelieferten* Arbeiten) verbrannt sind, sind entsprechende Berichte erneut vorzulegen.

Es wird bei dieser Gelegenheit darauf hingewiesen, daß sämtliche Arbeiten bei OKW/WPr. (IIB/M) vorgelegt werden müssen und nur dann gezählt werden dürfen, wenn dies geschehen ist. Es liegen derzeit nur Berichte von Küppers, Hach und Buchheim vor; doch hat weder Küppers noch Buchheim in den letzten Monaten irgendeine Arbeit vorgelegt.

2.) Die Kriegsmaler sind anzuweisen, sich bei Aufenthalt in Berlin nach Meldung bei IA/M und Rücksprache mit (IIB/M) bei OKM/M Wehr. III (Kpt.z.S. Richter) und beim DSW (K. Admiral Busse) zwecks Entgegennahme von Auftragswünschen zu melden. Beide Stellen haben starken Bedarf an Bildern, OKM insbesonders zur Ausschmückung von Marineschule und anderen Gebäuden ...«

Jetzt soll ich wohl etwas sagen, aber mir hat es die Sprache verschlagen Bin ich denn unter lauter Verrückten? Da werde ich – gleichsam in einem Atemzug – zu Goebbels beordert und dazu verdonnert, Schlachtenbilder für irgendwelche Kasinos zu malen! Die Kriegsberichter als Kasinodekorateure? So isses recht! Und das im fünften Kriegsjahr – und per Geheimbefehl!

Ich blicke langsam hoch, um zu kontrollieren, wie der Ölige reagiert, und versuche dabei, ihm eine möglichst gefaßte, aber doch leicht degoutierte Miene entgegenzuhalten.

»Die Dienststellen sind benachrichtigt, daß Sie zum Herrn Reichsminister befohlen sind«, sagt jetzt der Ölige. »Da würde der Herr Reichsminister staunen, wenn er das zu lesen bekäme.«

Da kann ich mir wenigstens erlauben, aus vollen Backen die Luft abzublasen. Dabei denke ich: Merken diese beschissenen Etappenhengste denn immer noch nicht, was die Uhr geschlagen hat? Reichen denn die Luftangriffe nicht? Muß denen erst der eigene Hintern weggeschossen werden, damit die schalten?

»Stecken Sie's ein«, sagt der Ölige gedehnt und läßt mitklingen, was er mir nicht sagen darf. Dieser von Wetzel oder Wedel ist schließlich sein Vorgesetzter, über dem kommt für den Öligen nur noch der Führer.

»Interessant! Nur stimmt das so nicht ...«, bringe ich hervor.

»Wahrscheinlich liest sich das ein bißchen anders, wenn Sie Ihren Besuch beim Herrn Reichsminister hinter sich haben ...«, läßt da der Ölige in einer seltsam gedämpften Tonlage heraus, aber gleich darauf sagt er entschieden: »Aber jetzt machen Sie erst mal Ihre übrigen Besuche. Und übermorgen dann zum Herrn Reichsminister. – Sie haben ja, wenn ich das richtig sehe, jede Menge zu tun. Um die Papiergenehmigung für die Neuauflage von ›Jäger im Weltmeer‹ müssen Sie sich vor allem kümmern. Von Ihrem Verlag ist schon ein paarmal angerufen worden ... Da war ja nun wirklich viel Pech im Spiel ...«

»Sieht ganz so aus, Herr Kapitän«, sage ich, »als sollte das Buch nicht unters Volk. Erst wird die gesamte Auflage in Leipzig von Fliegerbomben vernichtet, und als es dann schließlich im Elsaß mit dem Neudruck klappt, steckt der Maquis alles in Brand. Das ist doch fast zuviel.«

»Mehr jedenfalls, als so ein armes Buch verdient ...«, gibt sich der Ölige jovial. Aber dann sammelt er sich, als hätte er eine Eingebung, blickt mich voll an und sagt mit gut gespielter Entschiedenheit: »Nun aber gerade! Wir müssen unbedingt dafür sorgen, daß neu gedruckt wird!«

Fragt sich nur, wie? sage ich im stillen.

»Papier ist zwar schwer zu bekommen, auch für Druckfarben gibt es Engpässe, aber ich habe mir schon überlegt, was zu tun ist: Wir drucken in Norwegen – diesmal in Norwegen! Eben dort, wo das Papier ist.«

Parbleu! denke ich, aber ehe ich etwas sagen kann, fährt der Ölige wie plötzlich inflammiert fort: »Und gleich in Riesenauflage. Notfalls brauchen wir für die Papiergenehmigung ein Schreiben vom Oberbefehlshaber – vielmehr seine Unterschrift. Aber gehen Sie erst mal zum OKH, das ist da zuständig – und dort ein Wehrmachtbeamter, Gerd Roland. Ein Schöngeist, mit dem kommen Sie sicher gut klar.«

Was soll nun das wieder heißen? Schöngeister unter sich?

»Und wo, darf ich gehorsamst fragen, residiert der Herr?«

»Der Herr Kriegsverwaltungsrat? Matthäikirchplatz, gar nicht weit. Sie machen sich am besten gleich dorthin auf. Und dann erst zu den Redaktionen, die was von Ihnen wollen. Ein Fahrzeug kann ich Ihnen leider nicht geben.«

»Das wird womöglich seine Zeit brauchen. Ich weiß nicht, ob ich die richtigen Leute auf Anhieb antreffe.«

»Machen Sie sich deshalb mal keine Kopfschmerzen!«

Jetzt, sage ich mir, kriegt er doch seinen Martell. »Ich habe mir übrigens gehorsamst erlaubt . . .«

»Wie heißt denn Ihr neues Buch?« will der Ölige nach der Cognac-Übergabe noch wissen.

»›Das geduckte Leben‹ – aber das ist längst noch nicht fertig.«

»Klingt nicht schlecht . . . Ich sag's ja: Die Marine muß einfach mehr in Erscheinung treten.«

Kopfzerschmerzen, denkt es in mir, als ich die Tür hinter mir schließe: Kopf*zer*schmerzen. Wortspielereien: »Kopfzerschmerzen« wie »Kopfzerbrechen«. Ob ich nun will oder nicht, ist mir plötzlich Simones deutsches Geplapper mit den vielen Wortspielen und falsch verstandenen Begriffen wieder im Ohr: »Jetz du bis nich mehr eine junge Seele . . .« Das ließ ich Simone aus Jux sogar oft sagen, weil es für »Junggeselle« so schön komisch klang.

Im Quartieramt Anhalter Bahnhof klärt mich ein Feldwebel darüber auf, daß das Excelsior belegt ist.

»Und was anderes hier in der Nähe?«

»Direkt am Bahnhof . . .?«

»Die zielen doch nicht. Laden die nicht einfach nur ab?«

»Ich meine ja nur, Herr Leutnant . . .«

»Wie oft kommen die denn jetzt?«

»Ziemlich täglich, wenn's beliebt, Herr Leutnant . . . Ich meine nur, für die Quartiere hier können wir nicht garantieren. Hier in der Drehe hat's viele Bombenschäden gegeben, und der Rest ist so lala, ich meine, wenn Sie ...«

Das Hotel sieht nicht gerade vertrauenerweckend aus, aber ich habe keine Zeit für große Fisimatenten, deponiere mein Gepäck und bin auch schon wieder auf der Straße.

Der für die Papierzuteilung zuständige Kriegsverwaltungsrat Roland gibt sich jovial und redselig. Er erzählt mir zuerst einmal ausführlich aus seinem Leben. Er sei direkt zum Heeresverwaltungsamt eingezogen worden und das sei so gelaufen: »Der Chefadjutant des Generals war Doktor Geier, nachmals Generalintendant in Riga. Der kannte mich aufgrund meiner Lektorentätigkeit bei der DVA. – Geier war Regierungsrat beim Wehrkreis sieben. Man schied mich aus zum ersten April dreiunddreißig. Martin Mörike flog auch, kam zum Kommando Oberstleutnant Dürr – rote Hosenstreifen. Dem OKW zugeteilt. Abteilung Inland. Da gab's viel zu tun: erst für eine Zeitung, dann Bücher aussuchen, das heißt Manuskripte, die gedruckt werden sollten, und jetzt eben die Papiergenehmigungen. Da muß ich die Vorschläge dem Chef gegenüber machen ...«

Warum erklärt der Mann mir das alles? Will er damit um Vertrauen werben? Der Alte würde mir kaum glauben, wenn ich ihm erzählte, was für komische Singvögel hier in Uniform herumspazieren.

Während der Herr Kriegsverwaltungsrat wie vom Blatt weiterredet stelle ich mir den Alten vor – wie der hier in Berlin unter den Geschniegelten und Gebügelten wirken würde ... Der Alte würde auffallen wie ein Wesen aus einer anderen Welt – mit dieser »Kriegsmarine« hier hat er Null Komma nichts gemein. Mir kommt der Gedanke, daß es *eigentlich* gar nicht *die* Kriegsmarine gibt, sondern vielmehr zwei deutsche Kriegsmarinen: Die draußen, das sind die wüsten Draufgänger, die Desperados – die Morituri. Die hier – und die in Paris dazu: blöde Fatzkes, hoffärtige Kleiderbügel, arrogante aufgeblasene Hohlköpfe, Liebediener, Speichellecker, Ohrenbläser – Arschkriecher. Und was denn noch?

Zu meinem Erstaunen bedeutet mir der Herr Kriegsverwaltungsrat, daß alles ganz einfach sei – jede Menge Papier –, wenn ich tatsächlich einen Schrieb vom Großadmiral bekommen könnte. Und dann diktiert er ihn mir gleich in die Feder. »Das mit der Unterschrift von Dönitz, und wir könnten drucken, soviel wir wollen ...«, verkündet er mir stentorhaft zum Abschied.

Überall entdecke ich vom Wind in Hauseingängen oder Rinnsteinen zusammengewehte Aluminiumstreifen. »Düppel« abwerfen ist der große Täuschungstrick der alliierten Luftflotten seit dem Angriff auf

Hamburg Ende Juli '43. Die Düppel entsprechen unseren Bolden. Es heißt, mit ihnen vermasselten die Bomber den Leuten an den Ortungs- und Feuerleitgeräten der Flak das Geschäft recht gründlich. Ich verstehe bloß nicht, daß die Ortungsfritzen es nicht gleich merken, wenn ein vermeintliches Ziel nicht auswandert.

Ich komme an eine Brandstätte, wie ich noch keine gesehen habe: keine Trümmer und geschwärzten Balken. Dafür aber viel auf den ersten Blick nicht definierbares Metall. Hier muß eine ganze Ansammlung von Barakken gestanden haben, und die sind, weil auch die konstruktiven Teile aus Holz waren und die Dächer wahrscheinlich aus geteerter Pappe, ganz und gar niedergebrannt. Die Asche hat der Wind verweht, und nun stehen die von der Hitze verbogenen Stahlrohrtische in einer ausgerichteten Reihe direkt auf dem Pflaster, und in dem Gewirr hängen wie Höllenfrüchte ausgeglühte Schreibmaschinen. Diese Verwandlung von irgendeinem »Amt« ins Absurde muß schon vor Tagen passiert sein, und wie um die Absurdität vollständig zu machen, glost inmitten von blauen Flämmchen ein riesiger Kokshaufen. Koks, der im Freien verbrennt – ein wahres Inbild der Sinnlosigkeit.

Dieses zerfetzte, gemarterte Berlin! Nach dem Großangriff vom November '43, der die Gedächtniskirche traf und den Zoo und alles ringsum verheerte, sah es hier schon böse aus, aber nun sind neue, schreckliche Verwüstungen dazugekommen. Ob es überhaupt noch gänzlich unzerstörte Straßenzüge in der Stadt gibt?

Zu meinem bassen Erstaunen kommt eine Straßenbahn mit heftigem Geklingel gefahren. Trauben von Menschen auf den Trittbrettern. Pappe und Sperrholz statt Fensterglas. Sogar auf der Kupplung zwischen Triebwagen und Anhänger stehen zwei, wie Kaminkletterer nach beiden Seiten abgestemmt: ein verdammt gefährlicher Platz.

Wie kann durch diese Trümmerlandschaft noch eine Straßenbahn fahren? Da sehe ich, wie sie ein gutes Stück weiter vor einer mächtigen Mure aus Mauerbrocken, die sich quer über die Straße geschoben hat, haltmacht und die Menschen aussteigen und herabklettern. So geht das also: streckenweise hin und her. Irgendwo dort muß eine Weiche sein, damit die Straßenbahn auf der anderen Seite zurückfahren kann. Ich könnte mir das Manöver ja ansehen, aber das würde sicher dauern ...

Also weiter zum Verlag. Bis zur Lützowstraße ist es nur noch ein Katzensprung. Im Verlag will ich erst mal auch meine Fotos deponieren – die »inoffiziellen«: Wie ich die dann weiter nach Feldafing zu den anderen auf die Seite gebrachten schaffen soll, weiß im Moment noch der Himmel. Aber wenn ich der guten Bachmann sage, sie solle sie hüten wie ihre Augäpfel, tut sie das auch. Und wenn sie Manschetten haben sollte, bleibt da immer noch das Faktotum, der alte Markthelfer.

Wieder eine Straßenbahn. Ich habe Glück und kann sie erwischen, weil ich gerade an einer Haltestelle bin. Zwei Stationen nur – aber immerhin. Und dann wieder per pedes weiter. Schusters Rappen. Komischer Ausdruck. Warum nicht Schusters Schimmel?

Schier ein Wunder, daß das Verlagshaus noch steht. Es hat zwar Pappfenster, und etliche Türfüllungen sind zu Bruch gegangen, aber so sah es schon aus, als ich das letzte Mal hier war. Daß der Verlag mitten in Ruinen und Schutt immer noch arbeitet, ist kaum zu glauben.

Ein Schatten schießt durch den Flur, keiner begrüßt mich richtig. Was machen die nur alle für Gesichter?

Die Bachmann sitzt zusammengesunken hinter ihrem Schreibtisch.

»Der Chef ist in der Prinz-Albrecht-Straße«, sagt sie mit zittriger Stimme.

Prinz-Albrecht-Straße? Ich weiß nicht, was das bedeuten soll.

Als die Bachmann mich so ratlos sieht, sagt sie halb schluchzend: »Da haben sie ihn gerade hingebracht.«

»Hingebracht?« frage ich wie verblödet.

Jetzt guckt mich die Bachmann endlich voll an – mit tränenfeuchten Augen und wie staunend. Und dann nimmt sie sich deutlich zusammen und sagt: »Herr Suhrkamp ist doch verhaftet. . . . Wissen Sie das nicht?«

Die Nachricht trifft mich wie ein Schlag. Zar Peter verhaftet? Nur, um etwas zu sagen, frage ich: »Seit wann denn?«

»Vor einer Woche«, gibt die Bachmann zurück und schluchzt heftig auf.

»Und wo ist die Prinz-Albrecht-Straße?« frage ich weiter.

Aber die Bachmann scheint das nicht aufzunehmen. Ich bin so außer Fassung, daß ich sie nur wie von weit her reden höre: »Alles versucht . . . höchste Stellen eingeschaltet . . . stößt auf Wände . . . überall Wände . . . nichts Greifbares . . .«

»Aber *warum* denn nur verhaftet?«

»Die Anklage lautet auf Hoch- und Landesverrat!«

Das martialische Wort jagt mir einen neuen Schreck ein: Hoch- und Landesverrat! Die Schlinge, das Peloton! Nun hat doch alles nichts genützt. Wenn sie erst einmal hinter einem her sind, gibt es kein Davonkommen mehr. Das Katz- und Mausspiel, das Theater mit »Jäger im Weltmeer«: Zuletzt erwischen sie einen doch.

Der Bachmann fließen die Augen über. Ihr Mund verzieht sich. Sie kämpft gegen das Losheulen an. Ich bin verlegen und entsetzt in einem. Ich weiß nicht, was ich tun soll. Meine rechte Hand hebt sich von ganz allein an ihre Wange, und da liegt mir die kleine Bachmann auch schon an der Brust und heult mit schütternden Stößen los. Ich drücke ihren

Kopf an mich und fahre ihr mit festem Druck über die Haare, ein ums andere Mal, wie mechanisch.

Aus der Auslieferung höre ich Stimmen. Gleich wird einer kommen und uns hier im Halbdunkel fest umschlungen stehen sehen. Nicht loslassen! befehle ich meinen Armen und streichle weiter. Gott im Himmel: Jetzt haben sie Zar Peter auch!

»Wie ist das denn passiert?«

»Das erzählt Ihnen besser Herr Kasack!«

Die Kuhn erscheint, und schon heulen die beiden im Duett.

Mit den Heulsusen komme ich nicht weiter.

»Wo ist Kasack?«

»Herr Kasack ist zu Hause, in Potsdam. Manchmal kommt er herein. Aber besser, Sie fahren nach Potsdam.« Telefonieren habe keinen Zweck – vom Verlag aus sei das ohnehin zu gefährlich, die Leitungen würden überwacht. »Und außerdem nimmt Herr Kasack oft gar nicht ab, weil er andere nicht in Gefahr bringen will. Da müssen Sie schon zu ihm hin. Ich schreibe Ihnen die Adresse auf.«

Ich stehe wieder auf der Straße, und mir ist immer noch, als hätte ich eine vor den Kopf gedonnert bekommen: Prinz-Albrecht-Straße! Ich habe nicht mal eine Ahnung, wo diese verdammte Straße liegt.

»Gehen Sie da ja nicht hin!« hat die Bachmann noch gewarnt. Der Bildhauer Arno Breker und auch Gerhard Hauptmann seien längst alarmiert und würden sich mit allen Kräften und Listen für Suhrkamp verwenden. Das gehe alles über geheime Kanäle: Breker habe einen Draht zu Göring, kenne dessen Frau, die ehemalige Schauspielerin Sonnemann, gut. Mit direktem Vorgehen könne man nur Schaden anrichten. Ich müsse aber unbedingt mit Kasack sprechen ...

Wenn die Bachmann nicht so geredet hätte, würde ich glatt zur Prinz-Albrecht-Straße stiefeln. Suhrkamp ist schließlich mein Verleger und mehr noch: mein Mentor.

Was nun? Da sitzen wir wieder mal schön in der Scheiße. Einfach so, auf Verdacht, nach Potsdam? Besser morgen!

Ich lasse mich treiben. Leichter Nieselregen setzt ein. Gut so! Der Regen hat den Vorteil, daß er den Staub niederschlägt.

In einem dichten Menschenstrudel werde ich quer durch eine Bahnhofsruine getrieben. Zwischen den Zügen, die auf ihr Abfahrtsignal warten, sehe ich einen Güterzug mit einfachen Plattformwaggons, auf denen Panzerabwehrgeschütze mit Holzklötzen festgekeilt sind. Wie mag der sich hierher verirrt haben? Sind die Paks am Ende gar für Berlin bestimmt?

Ich gerate auf eine Brücke, die über Bahngleise führt. Die Dampfwolke eines unter der Brücke hindurchpolternden Zuges schlägt über das Geländer hoch und nebelt mich für ein paar Augenblicke ein.

Ich stehe minutenlang einfach so da und bilde in Versalien in meinem Kopf: BERLIN. Ich bin in Berlin, aber ganz begreifen kann ich es nicht. Tief in mir wundere ich mich, daß ich hier stehe. Weil sich Passanten nähern, die es befremdlich finden könnten, daß ein Leutnant der Kriegsmarine in voller Uniform einfach so dasteht, beuge ich mich leicht vor, um einen Blick über das Geländer dicht neben mir werfen zu können. Da bleiben zwei, dann drei alte Leute in dunklen Mänteln stehen und gucken ebenfalls hinunter. Ein großer Junge kommt herangelaufen und hängt sich mit dem ganzen Oberkörper über das Geländer, um noch besser sehen zu können, was es da unten gibt.

Von der Brücke komme ich in eine große Straße, und nun versuche ich, mit raumgreifenden Blicken alles, was ich sehe, wie mit einem Weitwinkelobjektiv in mich aufzunehmen.

Zwei Matrosen im Kulani wanken mir volltrunken entgegen. Erst seit kurzem weiß ich: Berger & Collani war eine Schneiderfirma in Kiel, die fast nur für die Marine arbeitete.

Ich habe unwillkürlich einen Bogen geschlagen. Jetzt höre ich die beiden hinter meinem Rücken ein Lied grölen, das ich von der Küste her schon kenne: »Kommt 'ne dicke, fette und verhei-ra-te-te / oder sonst ein Frauenzimmer durch den Wald / Wird es erst besichtigt / und dann notgezüchtigt / daß es von den Bergen widerhallt ...«

Die Seeleute machen mir Sorge: am hellichten Tag derartig besoffen. Wenn das mal gutgeht. Aber wahrscheinlich gehören sie zu der illusionslosen Sorte, denen es nur recht ist, wenn sie eingebuchtet werden. Warum sollten sie sich auch übertriebene Sorgen machen! Uns geht's früher oder später doch allen an den Kragen, so oder so. Nobel verrecken – beschissen verrecken: Das ist der ganze Unterschied.

Ich komme durch eine böse zerbombte Straße: Eisenträger sind wie dünne Blechstreifen verdrallt. Männer mit geschulterten Fahrrädern versuchen, sich durch wahre Gesteinsmuren zu arbeiten – die Trümmer haben von der Straße stellenweise nicht mal Platz für einen Fußpfad gelassen.

Dort, wo Läden waren, liegen eiserne Rollos und Scherengitter grotesk verbogen auf den Mauerbrocken. Ein großes Emailleschild mit der Aufschrift »MAGGI« ragt aus einer nur mehr ein Stockwerk hohen Fassade. Betondecken hängen an schwarz angerauchten Wänden wie zerlumpte graue Handtücher. Über den leeren Fenstern die Spuren von Qualm und Feuer: Qualm hat schwarz gezeichnet, Feuer hellgrau und rosagrau.

Ich lese Kreideschriften an Resten von Türen: »Wo seid ihr?« – »Wir leben!«

Zwei alte Leute, die Habe offensichtlich in Bettücher eingebunden, kommen wie Schatten aus dem Dunst: Die Frau trägt ihr Bündel am Arm, der Mann hat seines geschultert. Zwischen sich haben sie einen Weidenkorb mit Küchengeräten.

In einer kleinen Parkanlage ein Lager von gerettetem Hausrat: Matratzen, kleine Tische, Stühle, Teppiche ... alles verdreckt und beschädigt, zu Plunder geworden. Wer soll damit noch etwas anfangen?

An einer Ecke ist ein altes Transparent erhalten geblieben. Es wirkt wie Hohn: »Auch auf dein WHW-Opfer kommt es an.«

»Auch wir spenden für das WHW« – das habe ich einmal sogar quer über einer Straße in Saint-Nazaire gelesen. Da werden die deutsch radebrechenden Franzosen schön gestaunt haben. Direkt unter dem Transparent wurden wir gestoppt, und ein blöde grinsender Landser hielt uns die Klapperbüchse ins Auto: »Für's Winterhilfswerk!« Mir steht alles deutlich vor Augen, und auch wie wir selbst früher in unserem Pfadfinderheim mit simplen Tricks die Groschen wieder aus den Klapperbüchsen angelten, um uns dafür Rupfen zum Bespannen der feuchten Wände zu kaufen.

Als ob die gemalten Sprüche gegen Bomben gefeit wären, hängt auch noch ein zweites Transparent gänzlich unbeschädigt an dem einzigen Stück Mauer, das von einem Haus übriggeblieben ist: »Wir marschieren mit im Reichsberufswettkampf.«

Ich liege in meinem tristen Hotelzimmer auf dem Rücken und versuche mit der Hiobsbotschaft fertig zu werden: Suhrkamp verhaftet! Ich liege ganz flach und schließe die Augen, um Ordnung in mein Denken zu bekommen.

Der ganze Verlag wird wieder lebendig. Die Gesichter bekommen Licht und Schatten, sie werden plastisch: Kasack, Carossa, Penzoldt, Schröder, Loerke ... In mir dreht sich das Taifunrad: Wir sind alle geliefert. Oskar Loerke hat Glück gehabt – der ist schon seit einundvierzig tot.

Der große Oskar Loerke hatte mein erstes Manuskript lektoriert. Jetzt würde es mich nicht mehr so treffen, aber damals war es wie ein Schlag in die Kniekehlen, als ich von ihm, mit Bleistift an den Rand geschrieben, las: »Was sollen diese ewigen Exklamationen?« Verrückt: Zugleich war ich überglücklich. Aus dem Manuskript sollte trotzdem – Peter Suhrkamp hatte es mir verkündet – ein Buch werden. S.-Fischer-Autor! Da konnte es einem schon heiß und kalt werden.

Ich weiß nicht, wie es weitergehen soll. Wieso wußte der Ölige denn noch nicht, was passiert ist? Ich habe nicht einmal das Datum der Verhaftung aufgenommen. Lange kann es nicht her sein. Dafür waren alle zu sehr am Boden. Hat die gute Bachmann nicht was von vor einer Woche gesagt? Also eben erst ...

»Die Dinge haben ihr anständiges Ende gefunden«, hat Suhrkamp voller Pathos gesagt, nachdem seine Wohnung in Flammen aufgegangen war. Das war bei meinem letzten Besuch. Die alliierten Luftflotten hatten gerade angefangen, Brand- und Sprengbomben gleichzeitig zu werfen. Da wagte sich bald keiner mehr, wenn das Dach brannte, zum Löschen nach oben. Suhrkamp hatte aber keine Manschetten. Fast wäre er dabei draufgegangen. Nach dem Angriff besaß er nur mehr zwei Federbetten.

Ich sehe mich mit ihm im Notquartier in Zehlendorf Dachpappe vor die Fenster nageln und im Garten Splitterschutzgräben ausheben. Die Villa war halb zerstört.

Zar Peter war der gleichen Meinung wie ich: Bei Alarm in den Graben, aber nur nicht in den Keller. Mit Klaustrophobie hatte das nichts zu tun, nur mit Kriegserfahrung. Und deshalb mußte ich schanzen, was das Zeug hielt: Auch das wollte Zar Peter so.

Hat alles nichts genützt: die Rettungsaktion nicht und die Attitüde auch nicht ...

Das Buch »Jäger im Weltmeer« *wollte* ich gar nicht schreiben, aber Suhrkamp war wie versessen darauf. Es geriet auch prompt zu einer schwierigen Zangengeburt: ein Buch in die Welt zu setzen, das einem guten Dutzend Dienststellen und Zensuronkels jedweder Couleur gefallen, dennoch aber möglichst kein Propagandagedröhn enthalten sollte – nicht gerade eine einfache Sache.

Von Anfang an stand fest, daß Dönitz als erster seinen Segen geben mußte. Wie hoch Dönitz in der Gunst des Führers stand, wußte Suhrkamp ganz genau, und er kalkulierte: Gegen den würden die ›braunen Stänkerer« – so nannte sie Suhrkamp – nicht aufzumucken wagen.

»Wir müssen ein Dönitz-Bild vorne reinnehmen«, erklärte mir Suhrkamp. »Und ein Vorwort von ihm brauchen wir auch. Wer schreibt den Dönitz-Text?« Das war keine Frage. Zar Peter überlegte lediglich laut. Dann richtete er seinen Blick auf mich.

Ich schüttelte sofort den Kopf.

»Sie schreiben ihn und sorgen für die Unterschrift.«

Schließlich hatte er mich soweit, dennoch gab ich zu bedenken: »Ich fürchte bloß, daß wir das Buch damit verfälschen – daß wir zu kopflastig werden.«

»Durch den Kopf von Dönitz zu kopflastig?« sagte Zar Peter da.

»Ich könnte ihn sozusagen neutralisieren.«

»Und wie das?«

»Durch das letzte Bild. Ich hab eins von Freiwächtern beim Einlaufen, die ihre Ärsche über die Reling des Wintergartens hängen: flächendekkend.«

»Das merken die Herren von der Zensur aber doch sofort«, wandte Suhrkamp ein.

»Glaub ich nicht. Die *Lords* kapieren das – aber die Zensuronkels sind dafür zu einschichtig ... An dem Bild ist nichts geheim.«

»Das kann für den Verlag das Überleben bedeuten«, lobte Zar Peter endlich, als ich das von Dönitz unterschriebene Vorwort beibrachte, das heißt: ihm wortlos auf den Schreibtisch legte. Und dann sagte er noch mit Zynismus in der Stimme: »Damit werden wir kriegswichtig!«

Ich halte es in dem finsteren, muffigen Hotelzimmer nicht mehr aus. Da fällt mir das Päckchen des Fotolaboranten ein. Also hoch!

Als ich ewig lange durch trümmerübersäte Straßen jachtere und nach der angegebenen Adresse suche, begehre ich innerlich auf: Noch jedesmal mache ich den Dummen! Ausgerechnet Damaschkestraße! Ich hätte das Päckchen gar nicht erst annehmen sollen.

Endlich das Straßenschild: »DAMASCHKESTRASSE«. Die Nummer dreizehn muß links sein. Nach der Nummer elf ist aber nichts mehr. Dort, wo das Haus stehen müßte, finde ich nur ein riesiges Kraterloch. Klar doch: Das *war* Nummer dreizehn!

Scheißpäckchen! Was mache ich nun damit? Da kommt eine angeschockt – zwanzig Jahre? Ich verstelle ihr den Weg und drücke ihr das Päckchen in die Hände: »Ein Gruß aus Frankreich. Keine Ahnung, was drin ist.«

Das Mädchen ist so perplex, daß sie das Päckchen fallen läßt. Ich bücke mich danach und spiele den Empörten: »Das wird ja ganz schmutzig – bei dem Dreck hier!«

Es wird langsam dunkel. Ich komme nun schon zum dritten Mal an den Stahlrohrtischen und dem glühenden Kokshaufen vorbei, und auch dieses Mal bleibe ich stehen, um die Schönheit des tief im Innern glosenden Feuers zu bewundern – dieses strahlende Blau und das feine leuchtende Rosa – Farben, wie sie sonst nur die Abendröte an den Himmel zaubert. Und hier leuchten sie wie die Aureole eines glühenden Grals zwischen ausgebrannten Koksbrocken, mitten in all dem Trümmerdreck, und keiner außer mir guckt hin, keiner der Vermummten, die vorüberhasten oder vorüberschlurfen, hält auch nur eine Sekunde inne.

In einer tiefen Baugrube wird mit Sonnenbrennern gearbeitet. Da werden U-Bahngleise repariert. Was für ein Widersinn, sage ich mir: Strenge Verdunkelung und hier die Sonnenbrenner! Auf dieses Stück demolierte U-Bahn kommt es doch auch nicht mehr an.

Wie die Eisenzähne des Krangreifers in die langsam sich nachschiebenden Kieswaggons greifen, sich schließen und wie Stahltrossen das volle Maul hochziehen, das wirkt im grellen Licht wie für eine Filmaufnahme inszeniert. Dieses Zubeißen, Hochheben und Wiederausspucken hat etwas ungemein Faszinierendes. Auf eine plumpe, deutliche Weise stellt es die Überlegenheit der Maschine über die Menschenhand dar. So ein Monstrum hätten wir im Arbeitsdienst haben sollen!

Während zwei Arbeiter den nicht von dem eisernen Ungetüm aufgegriffenen Rest zusammenschaufeln, schiebt sich der Zug weiter, und wieder kommt der Greifer herab, bleckt seine Stahlzähne und schlägt sie mit weit aufgerissenen Kiefern in den nächsten Erdhaufen: Mammutarbeit – aber wozu? Einfach, weil sie auf dem Programm steht. Schon merkwürdig, wie alles weiterläuft, seinen Gang geht, während doch längst die Luftmarschalle der Gegenseite über diese Stadt bestimmen. Mich fliegt ein Bild an, das ich gleich wieder als verzerrt eliminieren will. Aber da sitzt es schon fest in meinem Kopf: ein Stiefel, der in einen Ameisenhaufen fährt.

Im Hinterkopf denke ich immer: Suhrkamp! Suhrkamp! Armer Zar Peter! Jetzt war alles In-Deckung-Gehen für die Katz. Alle Finten, alle die geschickten Winkelzüge haben nichts gebracht.

Und nun ist mir, während ich durch Dreck und über knirschende Glassplitter laufe, als müsse ich mich vor Zar Peter entschuldigen ... Jetzt heißt es für mich den Kopf oben behalten. Ich darf mir keine Verstörung anmerken lassen. Ich muß aufpassen, daß mir kein falsches Wort über die Lippen kommt: Ich will diesen Krieg überleben.

Wieder nicht rechtzeitig gegrüßt! Aufpassen! Ich kann hier nicht halb blind durch die Gegend ... Da kommt schon wieder einer: grauer Ledermantel – ein Luftwaffenheini mit ordentlich was auf den Schultern.

Aber wieso denn Hoch- und Landesverrat? Suhrkamp ein Verräter? *Hier* laufen die Verräterschweine herum. Volksverräter – Vaterlandsverräter – Allesverräter! Aber Suhrkamp doch nicht! Der bolzengerade Zar Peter – was haben die Schweine ihm da nur angehängt!

Das Laufen tut mir gut. Es ist das Ineinanderspielen meiner Muskeln, das ich mit einer Art Genugtuung erfühle. Ich steuere in eine Nebenstraße mit einer Zeile fast unversehrter Häuser. Vor einem Schaufenster bleibe ich stehen. Auf dem weißgestrichenen Holz liegt Staub. Ein paar Fliegen liegen dicht hinter dem Glas tot auf dem Rücken. In dem Fenster sind Fotos ausgestellt, die die Tanzmädchen eines Varietés zeigen. Dieselben Gesichter kehren vielfach wieder: Das Varieté hat offenbar nur drei Mädchen. Sie stehen wie Balletteusen auf den Fußspitzen, halten Weintrauben aus großen Glaskugeln oder Pfauenfederfächer in Händen oder richten blinkende Fanfaren direkt auf den Fotografen.

Durch die Gitter eines Kellerfensters dringt Lichtschein. Da unten ist offenbar eine Hotelküche. Mit der Frischluft, denke ich mir, kriegen die jede Menge Straßendreck zugeliefert. Einen Augenblick habe ich Mitgefühl mit den Köchen. Aber dann sage ich mir: Was gehen die mich an?

Schwer, sich zurechtzufinden. Mir ist, als sähe ich die Stadt zum ersten Mal. Die Stadt? Das hier ist wohl eher eine Mondlandschaft.

Eine Art Membran ist zwischen mir und den Anblicken gespannt: Alles ist seltsam entrückt. Nichts spricht zu mir. Ich spüre meine Schritte nicht, mein Bewußtsein ist nur halb wach, und zugleich empfinde ich, was ich sehe, als irreal. Ich selber bin auch nicht wirklich.

Trotzdem treibt mich ein seltsamer Wahrnehmungszwang an.

Wie automatisch steuere ich auf eine »Trinkstube« zu. Dann sitze ich vor einem schwer definierbaren Heißgetränk und nehme mit halbem Ohr ein ödes Gerede um Brotmarken wahr. Damit kann ich nichts anfangen. Das ist nicht mehr meine Welt.

Scheinwerferfinger spielen über den Nachthimmel. Wieso gab es keinen Alarm? Üben die? Aber nein: Jetzt stellen sie sich wie leuchtende Zeltstäbe zusammen und dort, wo sie sich schneiden, leuchtet ein Punkt auf, klein wie eine Motte. Die Motte wandert zur Seite, der Schnittpunkt der leuchtenden Stäbe wandert mit: Die Scheinwerfer lassen die Maschine nicht mehr los. Die Kerle darin sind geliefert.

Mich treibt es rastlos weiter. Will ich das Leben erforschen? Mit dieser Treibladung Gier im Bauch? Ach was! Ich will nur einfach noch nicht ins Hotel. Eine Weile stehe ich an einem S-Bahneingang herum und zögere weiterzugehen. Da sage ich mir: Was soll der Quatsch? Fahr einfach los – irgendwohin.

Die Bahnsteige sind leer. Eine Schwester wartet wie ich. Ich will sie ansprechen, aber sie wendet sich ab. Bald fährt ratternd ein Zug heran, und ich steige hinter ihr ein. Das Abteil selber ist dunkel, aber von den wenigen Lichtern der Halle in einen matten Schein getaucht. Der Zug steht lange. Das Abteil ist voller Menschen. Mir gegenüber ein Paar bis hoch hinauf bestrumpfte Waden. Ein Bein auf das Knie des Mannes daneben gehenkelt. Geknutsche im Schattendunkel. Jetzt, bei genauem Hingucken, erkenne ich, daß die Frau einen Fuchskragen trägt. Blumen vorn auf dem Hut. Ich bin gespannt auf das Gesicht des Mannes, das im Dunkeln verborgen ist. Der Mann bleibt ablehnend. Er wehrt sich gegen die Knutschattacke. Es ist so ruhig, daß ich aus dem Nebenabteil Stimmen hören kann: »Ich hatte fünf Doppelbetten bestellt. Wir hatten immer fünf.

Ich habe mit dem Direktor selber gesprochen: fünf im ›Stadt Weimar‹ und fünf im ›Palast‹. Du nimmst dann gleich das Akkordeon – paß bloß auf!«

Als der Zug endlich anfährt, schiebt sich gelbes Licht über das Gesicht des Mannes mir gegenüber. Ich bin enttäuscht: ein versorgtes, vermikkertes Beamtengesicht. Aber schon ist es wieder im Dunkeln.

Ich lasse zwei, drei Stationen hinter mir, dann steige ich aus und versuche es bei einer Frau mit klappenden Holzsohlen. Ich halte mich dicht hinter ihr und weiß genau, daß sie das auch spürt. Ganz plötzlich verschwindet sie in einer Toreinfahrt. Aus dem Dunkel höre ich Schlüssel rasseln. Ich gehe vorbei, bleibe stehen, gehe wieder zurück, an der Toreinfahrt vorbei. Wartet sie etwa? Nein!

Jetzt kommt ein junges Mädchen auf viel leiseren Sohlen an mir vorbei. Es trägt schwer an einem Grammophon mit großem Trichter. Ich biete meine Hilfe an. Das Mädchen akzeptiert, das Grammophon wechselt zu mir, und schon quatsche ich los: »Wer sich amüsieren will, muß auch schleppen, was?«

»Freilich!« erwidert das Mädchen, und dann sagt sie noch: »Halb so wild.«

»Was spielen Sie denn so?«

»Schlager – sonst kommt nichts auf den Teller!«

»Und was für welche?«

»Nu, die neuesten!«

»Wie sind die denn?«

»Das wissen Sie doch besser als ich!«

»Ich bring Sie bis nach Hause – wo ist denn das?«

»Beim Fleischer Hinz.«

»Da sind Sie ja an der Quelle.«

»Freilich.«

»Der ganze Laden voll guter Wurst?«

Das Mädchen gibt keine Antwort mehr. Wie sie nur bei Licht aussehen mag? Plötzlich bleibt sie vor einer Tür stehen und nestelt ein Schlüsselbund aus der Tasche.

»Wollen Sie mir nicht was vorspielen?« frage ich.

»Nein, geht nicht«, sagt sie.

Ob sie nachgibt, wenn ich sie bedränge?

Aber da nimmt sie mir schon das Grammophon ab und sagt: »Auf Wiedersehen auch!«

Dann ist sie weg wie ein Phantom.

Mitten in der Nacht schrecke ich aus dem Schlaf hoch. Wanzen! Ich habe noch nie in meinem Leben Wanzen gesehen, aber diese dunklen Punkte müssen welche sein. Gleich, als ich Licht gemacht habe, sind die Punkte in schnelle Bewegung geraten. Flöhe würde ich fangen und zwischen den Daumennägeln knacken. In La Rochelle habe ich die blutgierigen Plagegeister zu Dutzenden mit angefeuchtetem Zeigefinger auf meinen Waden erwischt und zu Tode gebracht. Aber Wanzen zerdrücken – davor ekele ich mich. Sie sollen süßlich riechen.

Morgen suche ich mir eine neue Bleibe, nehme ich mir vor. Todmüde schlafe ich bald wieder ein.

Irgendwann höre ich Sirenen, bin aber nicht imstande, auch nur den Kopf zu heben. Ich bin mir nicht einmal sicher, ob ich nicht nur träume.

Berlin – 2. Tag

Es ist bereits heller Morgen, als ich aufwache. Also schnell hoch und nur keine Schwachheit vorschützen! Das Programm steht ja schon fest: zuerst zur »neuen linie« in die Schützenstraße. Aber vorher kaltes Wasser von oben bis unten.

Wer weiß, ob es die Redaktion nach den letzten Angriffen überhaupt noch gibt! Erst mal telefonieren, sage ich mir. Daß dann das Telefon stumm bleibt, wundert mich nicht.

Ich packe meinen Kram zusammen und nehme einen Schluck von dem Kaffee, den mir das Zimmermädchen gebracht hat. Um ein anderes Zimmer oder gleich ein anderes Hotel will ich mich später kümmern.

Während ich in der U-Bahn sitze und von Weichenstößen so heftig ins Hin- und Herschwanken gerate, als ginge es um eine Art Volksbelustigung, denke ich über meine Aufgaben nach: Unter den Redakteuren der verschiedenen Zeitschriften gibt es nicht einfach nur schwarze und weiße Schafe, da sind jetzt viele mit graugetönter Wolle. Mit solchen habe ich es am schwersten, weil ich bei ihnen nicht sicher weiß, was ich sagen darf und was nicht.

Beim Chefredakteur der »neuen linie«, Bruno E. Werner, hatte ich immer leichtes Spiel. Da war ich durch Peter Suhrkamp eingeführt und brauchte keine Sorge zu haben, daß mir ein unbedachtes Wort zu meinem Schaden entschlüpfen könnte. Trotzdem erforderte es ein merkwürdig zwingender Komment, auch mit ihm nur in Andeutungen zu reden. Es kam ja ohnehin schon einer Art Konspiration gleich, wenn ich in der Redaktion auftauchte und Fotos mitbrachte, die sie über den üblichen streng vorgeschriebenen Dienstweg nie bekommen hätten, die Werner aber als geschlossene Serie brauchte, um seine Illustrierte wieder mal über die Runden zu retten.

Nach dem dritten Halt auf offener Strecke steige ich an der nächsten Station aus. Wieder ein Gang durch Trümmercañons, die sich weit vor mir in Dunst und Qualm verlieren. Der Schlamm aus Dreck, Asche und Löschwasser ist glitschig wie Schmierseife. Ein paarmal hat es mich schon um ein Haar langgelegt. Der Schlamm hat einen seltsam lauen, widerwärtigen Geruch, undefinierbar wie der von Nässe. Meine Schuhe hat er schon total verdreckt.

Ich atme den kalten Rauch durch den offenen Mund ein, weil ich ihn nicht riechen will.

In mir empört sich alles über diesen widerlichen Dreck. Nie hätte ich mir vorstellen können, daß aus prächtigen Häusern mitsamt all ihren Wohnungseinrichtungen, den Möbeln, Teppichen, den Bildern an der Wand, den Gardinen und Portieren vor den Fenstern, den Leuchtern an der Decke, mit einem einzigen Bombenschlag ein Berg grauer Schutt werden könnte. Das ist wie ein gewaltiger Verdauungsprozeß. Da kann einer die buntesten Leckereien vom Tisch räumen und sich einverleiben: Am Ende bleibt davon nur braune Scheiße. Hier bleiben nur graue Trümmer und die Innenansichten von Ruinenhäusern, die auf mich so obszön wirken wie einst der Anblick von Innereien auf den Aufklapptafeln im anatomischen Atlas.

Bei der »neuen linie« herrscht eine seltsam beklommene Stimmung. Bruno E. Werner ist nicht zu erreichen. Etwa auch verhaftet? Ich wage schon gar nicht mehr, in diese verschlossenen Gesichter hinein direkte Fragen zu stellen. Wieder drückt mich das Gefühl von Ohnmacht und unklarer Angst – es wird mich noch verrückt machen. Diese Angst ist nicht wie die vor den Bombern. Die hieße auch Muffensausen. Hier handelt es sich um die schwärende, zersetzende, lähmende Angst, die tief drinnen sitzt. Die Angst vor einem *unbekannten* Verhängnis. Kinderangst im Dunkeln, Knabenangst in hallenden Internatsgängen, wenn der kalte Würgegriff schon von hinten zu spüren war – eine solche Angst ist das jetzt.

Als ich nach einer linkischen Verabschiedung wieder auf der Straße bin, sage ich mir: Was soll der ganze Quatsch? Wozu um alles in der Welt muß ich mich hier noch abrackern? Damit die deutsche Kriegsmarine in den paar noch existierenden Zeitungen und Zeitschriften würdig in Erscheinung tritt? Was kann ich hier schon tun?

Ich muß eine Weile laufen und dabei richtig große Schritte machen, bis ich mich wieder an die Kandare bekomme. Also gleich weiter zum »Signal«.

Der Herr Hauptschriftleiter ist Gott sei Dank gleich zu sprechen, aber unser Gespräch wird ein rechtes Gelabere. Kein Wunder: Wir kennen uns nicht. Endlich kommt Dr. Hartmut Löhr, so heißt der Mann, zur Sache: »Wir brauchen wieder dringend Material von Ihnen. Daß wir was von Ihnen gedruckt haben, ist schon eine ziemliche Weile her. Was ist los? Warum bekommen wir nichts – keine Fotos, keine Texte?«

»Meine Fotos bleiben leider immer wieder in der Zensur hängen«, gebe ich Bescheid. »Bei Fotos vor allem herrscht hier in Berlin die schiere Verblendung – aber das wissen Sie ja. Da wird so getan, als hätte der Gegner noch nie ein U-Boot in seiner ganzen Größe gesehen. Für die Herrn von der Zensur ist auch noch ein simpler Anker geheim.«

»Jetzt übertreiben Sie aber!«

»Nicht mal sehr . . .«

Ob ich nun will oder nicht, allein schon durch Blicke und die Betonung der Worte wird unser Gespräch lockerer. Jetzt wird Herr Löhr sogar ausgesprochen deutlich: »Den Phrasendrusch, den wir über den Dienstweg geliefert bekommen, den kann ja niemand mehr lesen – ein Artikel wie der andere, Schulungsbriefe für Gauredner, aber kein *Bild* vom Krieg. – Den Quatsch, der hier auf den Schreibtisch kommt, kann ich mir selber aus den Fingern saugen! Dafür brauche ich keine Kriegsberichter.«

»Das liegt eben auch am Kastrieren«, werfe ich ein.

»Kastrieren?«

»Ja, die Herren von der Zensur streichen so lange an den Texten herum, bis nur noch platte Tüten . . .«

»Platte Tüten?«

»Ja – Platitüden.«

»Platte Tüten war besser. Das merk ich mir . . .«

Ist diesem Löhr wirklich zu trauen? Was hier von mir erwartet wird, ist jedenfalls ein Seiltanzstück. Ich versuche es zunächst einmal mit einem Scherz: »Da an der Wand wäre ein schöner Platz . . .«

»Sie meinen für ein Führerbild oder eins vom Reichspressechef in weißer Galauniform?«

»Ich dachte eher an einen schönen alten Spruch in Brandmalerei und mit Schnitzerei: ›Wasch mir den Pelz, aber mach mich nicht naß!‹«

»Nicht übel. So in etwa denke ich mir das auch: Wir müssen bei den Herrschaften Gefallen erwecken und wollen aber trotzdem nicht . . .« Da stoppt der Doktor plötzlich. Es wird die schiere Vorsicht sein, die es ihm verbietet, den Satz zu vollenden. Er legt jetzt erst mal eine Art Besinnungspause ein, und dann gibt er sich betont sachlich: »Hoffentlich liefern Sie uns bald was in dieser Art! Und wenn es geht, wieder exklusiv – also nicht über den üblichen Verteiler. So wie früher . . .«

»So wie früher«, sage ich ihm murmelnd nach. »Wenn sich seitdem nur nicht soviel geändert hätte.«

Als nächstes muß ich in die Gegend um den Alexanderplatz, zur Schreibfederfabrik Heintze und Blankertz, in deren Zeitschrift ein paar Seiten mit Federzeichnungen von U-Booten erscheinen sollen.

Den Plan der U-Bahn kenne ich nachgerade fast auswendig. Ohne

U-Bahn wäre ich aufgeschmissen. Zu Latschen gibt es aber trotzdem noch genug.

Als ich aus der U-Bahn zurück ans Tageslicht komme, kann ich nur staunen: Auf einem Platz zwischen Brandmauern hat sich ein Miniaturrummel eingerichtet: zwei kleine Karussells und Schießbuden. Dazwischen Menschen, die als schwarzgraue Masse den heftigsten Kontrast zu den rotweißen Markisen und ein paar auf Stellflächen naiv hingemalten bunten Blumengebinden bilden.

Ich empfinde so etwas wie ein Handauflegen gegen meine Tristesse. Das hier ist weiß Gott ein kümmerlicher Rummel, aber in all dem Ruinendreck doch ein Wunder: bunte Schießblumen, Mädchen, die mit rosa Zungen Eis, fast so bunt wie die Schießblumen, lecken. Weiß der Himmel, woraus die das Eis machen. Vielleicht ist es nur eine Art gefärbter, kalter Schaum. Mich lockt es, so ein Eis zu probieren. Aber mit meiner Uniform am Leibe kann ich mich hier nicht hinstellen und Eis schlecken oder was immer das sein mag.

Zu dumm, denke ich, als es zu nieseln beginnt. Ein paar halbwüchsige Mädchen gucken mich neugierig an. Sie machen sich gegenseitig auf mich aufmerksam. Mit meiner Marineuniform falle ich auf wie ein Neger.

Ich stehe eine Weile selbstversunken da und richte meinen Blick dann auf die Eismaschinen, an die Scheiben gekoppelt sind. Die Scheiben sind mit Spirallinien bemalt, die bei schneller Umdrehung das Auge irritieren und zugleich fesseln.

Eine Frau zetert, daß der Eisklacks auf ihrem Pappteller zu klein geraten sei. Mit der barschen Gegenrede des Eismanns: »Schließlich ist Krieg, meine Dame!« gibt sie sich aber schnell zufrieden.

Der Regen nieselt jetzt dichter herab. In Glückstadt konnte es tagelang so regnen, bis unsere Klamotten schließlich gar nicht mehr trocken wurden. Aber jetzt nur nicht an Glückstadt denken! Ich muß endlich mit diesem Alptraum fertig werden. Etwas Entschiedenes tun, um die Glückstädter Geister zu vertreiben – ein für allemal! Alles aufschreiben am besten – und zwar minutiös –, was mir in Glückstadt widerfahren ist.

Ich stelle mir die Farbe der Schlüpfer unter den Röcken der Mädchen vor: waldmeistergrün oder rosa? Plötzlich spukt der Akademieanatom Kaufmann in meinem Kopf: Was für ein geiler Lüstling dieser Kerl doch war, der selbst dann noch, wenn er mit seinem Goebbels-Fuß durch die langen Gänge hinkte, seinen angeberischen Operationskittel trug.

Ich komme mit dem Eisverkäufer, einem Invaliden, ins Gespräch.

»Wenn's dunkel wird, ist hier Schluß – wegen der Verdunkelung nämlich«, erfahre ich von ihm.

Der Eismann muß unversehens Vertrauen zu mir gefaßt haben. Er will mir etwas zeigen. Und was er mir zeigen will, ist ein dunkelbrauner

Henkeltopf aus Steingut. Er zieht ihn mir aber so verschwörerhaft schnell wieder weg, daß ich den Inhalt nicht erkennen kann.

»Eierschalen!« höre ich. »Ganz fein zerstoßen.«

Der Mann weidet sich erst mal an meinem Staunen, bis er weiterredet: »Die schmeiß ich rein.« Und nun kommt wieder die Pause, damit ich staunen kann, und dann die Erklärung in einem Gemisch aus Sächsisch und Berlinerisch: »Die kriegen die dann mit in die Goschen und spukkense aus. Aber se sagen sich: mit echtem Ei gemacht – prima.«

Mein Mann legt dazu den rechten Zeigefinger ans Unterlid seines rechten Auges – ganz wie es sich gehört – und sagt: »Ick war nämlich och bei die Marine, Herr Leutnant.«

Als ich auch die letzte Redaktion abgeklappert habe, mache ich mich auf den Weg zum Quartieramt: Auf keinen Fall noch eine Nacht in dem Wanzenhotel.

Laufen, laufen, laufen ... Was ich gestern und heute schon zu Fuß zurückgelegt habe, würde sonst für eine ganze Woche reichen.

Ich komme mir bald vor, als liefe ich in einem ausgetrockneten Bachbett dahin, so viele Trümmer liegen auf der Straße. Endlich ein Haus, das noch intakt ist. Aber nein: Das Dach ist abgedeckt, die Fenster sind zerscherbt. Jalousien hängen absurd verbogen oder zerspellt weit heraus, als wollten sie den Vorübergehenden geheime Zeichen geben. Aber die Mauern stehen noch und auch die Geschoßböden.

Da sehe ich, wie sich ein gutes Stück vor mir eine vier Stock hohe Straßenfront in der Mitte ausbeult und dann beginnt, so ausgebeult langsam nach vorne zu kippen. Sie neigt sich mit unglaublicher Langsamkeit bis schräg über die Straße, dann sieht es für einen Sekundenbruchteil so aus, als wolle sie in fünfunddreißig Grad Schräglage verharren. Ich kann es kaum fassen, daß die Ziegel immer noch zusammenhalten, während sie sich weiterneigt – immer weiter, bis diese ganze hohe Front mit der Oberkante auf die Gegenfront aufkracht und sich wie ein durcheinandergewirbeltes Puzzle in tausend Stücke löst, die mit irrem Dröhnen aufschlagen und dicken Staub wie eine detonierende Bombe hochjagen.

Staunensstarr habe ich jeder Phase zugesehen. Diese Langsamkeit – kaum zu glauben. Aber jetzt nichts wie weg hier. Ich habe schon verdammt viel überstanden und will doch nicht hier in Berlin noch erwischt werden.

Wie unter Zwang muß ich hin und wieder den Kopf schütteln, als könnte ich damit Trugbilder wegscheuchen: Das soll Berlin sein? Das hat die braune Bande aus der Stadt gemacht ...

Werden die Menschen, die am Ende dieses Krieges noch übrig sind, zwischen diesen Trümmern hausen? Werden sie ein Leben wie Ratten führen? Oder werden sie diese riesigen Trümmerfelder verlassen und sich irgendwo anders – auf dem flachen Land vielleicht – ansiedeln? Läßt sich eine so zerstörte Stadt wieder aufbauen? Schließlich gibt es hier viele unterirdische Anlagen, die nicht zerstört sind – die Kanäle zum Beispiel. Hoch- und Tiefbau: Vor allem den Hochbau trifft es. Das Tiefgebaute bleibt meist unversehrt, ist aber wohl genauso wichtig wie das Oberirdische.

Ein leichter Wind wirbelt Asche aus einer dunklen Fensterhöhle, hellgraue Flugasche, die mir um den Kopf herumtanzt wie ein Mückenschwarm.

Was für ein Tag ist heute? Mittwoch? Ja, es muß Mittwoch sein. Ich muß in mich hineingrinsen: Mittwoch und die Luft voller Asche – Aschermittwoch!

Wenn ich die Asche von meinem Mantel abstreifen will, produziere ich nur schmierige Streifen. Da merke ich, daß ich über und über verdreckt bin. Scheiß drauf! Mir soll's recht sein.

»Schade, daß im Excelsior kein Platz ist, Herr Leutnant«, sagt der Diensttuende im Quartieramt – heute ein Oberfeldwebel. »Da gibt's keine Wanzen. Die anderen Hotels hier herum sind alles Wanzenburgen. Da kommt keine Hundertschaft Kammerjäger mehr dagegen an. Die stecken hinter den Tapeten, Herr Leutnant. Da hilft nur heiß abbrechen!«

Ich bin auf einen redseligen Mann gestoßen, der sich mit den Gepflogenheiten von Wanzen auskennt und mir sein Wissen vermitteln will: »Vergasen? Die lachen bloß! Die Biester sind schlau. Selbst wennse Ihr Bett mit allen vier Füßen in Konservendosen mit Wasser drin stellen, sinnse noch lange nich sicher. Wennse denken, schwimmen könn die nich, also Ende der Vorstellung – wissense, was die dann machen?«

Anstatt dem Palaver ein Ende zu bereiten, schüttele ich den Kopf: Nein, ich weiß es nicht.

Da glänzt das Gesicht des Oberfeldwebels wie vor lauter Begeisterung auf, und ich erfahre: »Die gehen die Wand hoch und dann an der Decke lang – und genau, wennse über Ihrem Bett sin, lassense sich fallen!«

Ich weiß in meiner Überraschung kein geeignetes Wort und versuche: »Phänomenal!«

Der Oberfeldwebel quittiert es mit: »Das kann man wohl sagen, Herr Leutnant! Die zielen wie die Stukas.« Dann wird er mit einem Ruck wieder dienstlich und sagt: »Aber ich hab hier was Anständiges für Sie – allerdings mehr in der Gegend vom Gendarmenmarkt.«

Ich lasse mir die Adresse geben – und wer steht da plötzlich neben mir? Potzblitz! Ist das nicht die Gustel aus Blasewitz?

Tatsächlich: Irma Kind – Chemnitzerin, Tanzstundendame. Sie sei auf Dienstreise, sagt sie, Instrumente für einen Rüstungsbetrieb abholen. Der Oberfeldwebel weidet sich an unserer Umarmung. »Ein Doppelzimmer?« fragt er frech.

»Das ist meine Tanzstundendame!«

Der Oberfeldwebel feixt und sagt: »Ich schreib ihn mal schon raus, den Quartierschein.«

Im Abdrehen flüstere ich dem Mann zu: »Lockere Sitten habt ihr hier . . .«

»Man tut, was man kann, Herr Leutnant. Viel. . .« Aber da bleibt ihm das Wort unter meinem Blick nun doch im Mund stecken.

»Bis dann«, sage ich zu Irma. »Gegen neun?« Und als sie lächelnd nickt, mache ich mich auf die Strümpfe. Ich muß nach Potsdam – nach Potsdam zu Kasack.

»Ein Bomberverband im Anflug auf die Reichshauptstadt . . .«, tönt aus einem offenen Parterrefenster ein Drahtradio bis zu mir hin.

Ein Tagesangriff bei diesem Wetter? Der Himmel ist grau bezogen: alles andere als Fliegerwetter. Wie schaffen die Brüder das nur? Zielradar? Die machen jedenfalls verdammt schnell Fortschritte. Tagesangriffe sollen jetzt schon fast genauso häufig sein wie Nachtangriffe, und die »Reichshauptstadt« ist ihr bevorzugtes Ziel.

Ich lege den Kopf in den Nacken, um den blaßblauen Himmel abzusuchen, aber die Fassaden rechts und links verengen ihn zur Breite eines Bandes. Ich stelle mir die Piloten vor, wie sie in ihren Kanzeln sitzen: so dick vermummt, daß man nur die Augen sieht. Ich hab's mir ausgerechnet, welche Bombenlast fünfhundert Boeings oder Liberators schleppen können. Es sind gut und gerne mehr als tausend Tonnen oder über eine Million Kilo. In so einer Mühle über Berlin fliegen? Gar als MG-Schütze an der Rumpfunterseite? Da würde ich aber nachdrücklich »Danke schön!« sagen.

Ein Witz fällt mir ein, den ich in diesen Tagen schon zweimal gehört habe: Als zwischen Alarm und dem Brummen der Flugzeugmotoren einmal ungewöhnlich viel Zeit verstrich, soll eine alte Frau angstvoll besorgt gefragt haben: »Denen wird doch hoffentlich nichts passiert sein?«

Jetzt ist, wenn mein Gehör mich nicht täuscht, ein leises Vibrieren in der Luft, und da setzt auch schon das Jaulen der Sirenen ein. Der Mann, der den auf- und absteigenden Heulton der Sirenen erfunden hat, muß sich bestens mit akustischen Peinigungen ausgekannt haben: penetranter und nervender könnte das jaulende Geheul gar nicht sein.

Als die Sirenen endlich ausgejault haben, höre ich dichtes Brummen in einem merkwürdigen Wellenrhythmus näher kommen und denke: Das klingt nach einem Großangriff. Ich werde wohl einen Keller suchen müssen – irgendeinen Unterschlupf, so sehr ich dieses Verkriechen auch hasse.

Ich halte Ausschau nach einem großen, solide gebauten Gebäude. Aber das scheint vergebliche Mühe zu sein. Jetzt wird's prekär. Ich bin immer noch in Bahnhofsnähe, aber in einem richtigen Wohnviertel mit zumeist zerstörten Häusern. Am besten, ich lege ein paar Schritte zu und steuere den Bahnhof wieder an. Alte Regel: Ins Zentrum treffen sie nicht. Im Auge des Zyklons ist es am sichersten!

Die Direktverbindung vom Anhalter Bahnhof durch den unterirdischen Gang zum Excelsior ist schlau ausgedacht. Hier unten kann man sich halbwegs sicher fühlen. Schade, daß man nicht noch mehr solche Gänge angelegt hat – zum Potsdamer Platz zum Beispiel, hin zum Café Vaterland mit seiner gewaltigen Kuppel. Das Ausstellungshaus des Vereins Berliner Künstler, das Esplanade, die Perlsgalerie, die Cassirer-Galerie – Viktoriastraße und Bellevuestraße –, das liegt doch alles hier in der Nähe.

Im Excelsior-Keller drängen sich die Leute. In einer Ecke finde ich einen Platz und hocke mich hin.

Der Angriff scheint einer von der besseren Sorte zu werden. Ich höre was von »Gleisdreieck«. Natürlich: Das Gleisdreieck ist ein hervorragendes Ziel – aber die Wohngebiete eben auch.

Ich treffe es immer erstaunlich gut: Bei dem schweren Angriff Mitte November '43 war ich auch in Berlin. Damals waren es ein halbes Tausend Maschinen, die das gesamte Stadtinnere verheerten. Und jetzt kommen sie mit ihren »Fliegenden Festungen«, den Boeing B 17 G, bei Tage und können sich Punktziele heraussuchen.

Ich stelle mir die gewaltige Strecke von irgendeinem Flugplatz in Südengland bis hierher vor und auch, daß überall unterwegs Abfangjäger aufsteigen können. Das müssen schon verwegene Hunde sein, die da bei Tage mit ihren müden Boeings in die massierte Flakabwehr hineinfliegen, ihre Hintern auf Bombenlasten. Knappe dreihundert Stundenkilometer Dauergeschwindigkeit und natürlich ein bißchen mehr, wenn die Mühlen aus dem Flakfeuer herauswollen. Das ist weiß Gott nicht die Welt. Die Mustangs, die den Fackelzug begleiten, schaffen mehr als das Doppelte.

Ein Glück nur, daß ich ein paar Klamotten und unser Klavier nach Dresden ausgelagert habe. Dresden wird sicher ausgespart – sozusagen als Menschheitsbesitz. Da ginge einfach zu viel vor die Hunde. Das wäre schon zum Lachen, wenn von all unseren Sachen zuletzt bloß noch das Klavier übrigbliebe, auf dem jetzt die hysterisch verdrallte Gisela mit ihren langen Händen aus Milch und Blut spielt, ihre großen Sehnsuchtsaugen auf dem Notenblatt und den runden Kirschmund halb offen . . .

Nicht soviel denken, lieber gucken! Clair obscur – das Dämmerlicht böte Motive en masse für die holländischen Dunkelmaler.

Da merke ich erst, wer neben mir auf der Bank sitzt: ein molliges, nach Schweiß riechendes Mädchen – Angstschweiß? Sie hat ein Kind an der Brust. Die da oben in ihrer Eisesluft und das Baby hienieden. Das geht zu weit: Symbolik vom Schlimmsten.

Die Entwarnung kommt früher, als ich dachte. Der Angriff muß irgendwelchen Außenbezirken gegolten haben. Am Stadtrand von Berlin gibt es ja eine Menge Industrie. Im Hinausgehen höre ich zwei Soldaten miteinander reden:

». . . Heringe für meinen Hauptmann. Aber das Haus war weg.«

»Un wo sin de Heringe?«

»Die hab ich verschenkt.«

»Du Arschloch.«

»Die leckten doch durch! Hier – riech mal!«

»Riecht wie Fotze . . . Mensch, ick wer ganz scharf.«

Ich habe meine linke Hand an der Haltestange. Weil der Zug über eine ganze Serie von Weichen rumpelt, schwanke ich trotz des festen Halts hin und her wie ein Betrunkener. Die Lords neben mir, die sich nicht festhalten und tatsächlich besoffen sind, wirft es durcheinander wie volle Postsäcke. Zwei gehen zu Boden. Die anderen brüllen vor Vergnügen. Daß ein Major und ein Hauptmann ganz in ihrer Nähe stehen, kümmert sie einen Dreck. Major und Hauptmann gucken angestrengt weg. Lords, die besoffen sind, soll man brüllen und grölen lassen. Oder warten die Herren etwa darauf, daß *ich* etwas sage? Weil ich Blau trage?

Ich werde den Teufel tun. Die Zivilisten im Waggon sind deutlich auf seiten der Seelords. Wahrscheinlich wünscht ihnen jeder, daß sie einen guten Tag haben. Ein guter Tag zählt längst vielfach.

Ich bin es verdammt müde, immer wieder an sinnlos hochragenden Brandmauern vorbeifahren zu müssen, die keine Brände verhindern konnten, an bombenzerpflügten Gewerbevierteln und dunklen Fensterhöhlen, die aussehen wie von verrückten Zyklopen ausgestanzt, an Tiefenblicken in Straßenzüge, von deren Gründerzeitprotz nur Trümmerberge übriggeblieben sind.

Das riesige, hochgekantete Teerdach eines Lagerschuppens ist wenigstens ein neuer Anblick: ein absurdes schwarzes Segel, das durchs Trümmermeer zieht, ausgedacht für eine surrealistische Filmkulisse. »Weltuntergang« könnte der Film heißen, für den das alles hochgezimmert und angepinselt worden ist.

Im Vorüberrattern sehe ich ein mit ungelenker Schrift bemaltes Schild: »UNSERE MAUERN BRECHEN, ABER UNSERE HERZEN NICHT.« Ich will meinen Augen nicht trauen, als ich ein anderes Schild mit dem Text »FÜHRER BEFIEHL – WIR FOLGEN« entdecke. Diesen Spruch kenne ich vor allem in seiner verballhornten Form: Führer befiehl – wir tragen die Folgen. Wenn ich das Schild nicht mit eigenen Augen sähe, könnte ich nicht glauben, daß im Kriegsjahr '44 noch jemand imstande sein könnte, diesen rammdösigen Spruch mit großen Kreidebuchstaben hinzuschreiben.

Aber was soll's! Ich hätte auch nicht gedacht, daß ich in meinem Leben noch mal nach Potsdam hinausfahren müßte: Mit S-Bahnfahrten nach Potsdam begann für mich der Krieg. In Potsdam bin ich eingekleidet worden. Im Barackenlager draußen vor der Stadt ist unsere Ersatzkompanie. Meist waren wir zu fünft oder zu sechst, wenn wir nach Berlin hineinfuhren, und unser Gesang war genauso getragen wie der dieser Lords hier. Rechtzeitig vor dem Zapfenstreich einpassieren, darauf kam es damals vor allem an. Urlaubssperre war das Schlimmste.

Ich sehe mich in einer dieser dreimal verfluchten zugigen Baracken im Potsdamer Lager im eiskalten Januar mit fünf Kumpels Reinschiff machen. Uns Marineleute am Sonnabend nachmittag zum »Stubensäubern« zu kommandieren, hatte sich der Herr Major als besondere Schikane ausgedacht. Aber wir muckten auf: Wir fanden einen starken Schlauch und einen Wasseranschluß, der schon ein halber Hydrant war, und dann setzten wir die Bude so hoch unter Wasser, wie sie es überhaupt hielt. Wir hatten unsere Seestiefel an und hielten den harten Strahl gegen Wände und Decke, daß die Farbe nur so wegspritzte – und dann schrubbten wir die Reste von Farbe weg, bis uns wieder warm wurde.

Die Baracke war zwei Monate nicht bewohnbar. Unsere war es nicht. Wir mußten zum Rapport und erklärten, so würde das bei der Marine immer gemacht: Reinschiff – Feuerlösch angeschlagen und dann los. Hätten gedacht, so wär's recht. Nicht anders gelernt. Wir kamen nicht mal in den Bau. Die Sitten der Marine erschienen den Brüdern vom Heer exotisch, sie wurden aber respektiert.

Mein Erinnerungskaleidoskop dreht sich heftig. Mir ist, als hätte ich Pervitin im Blut. Die bunten Splitter schießen, ohne daß ich es wollte, zu immer neuen Mustern zusammen.

Zar Peter ist mehr als mein Verleger, er ist mein Präzeptor. Lehrer, Dramaturg – eine außergewöhnliche Mischung. »Lesen Sie Conrad!« – das waren seine Worte, und später dann hat er mir die gelben Bände geschenkt. Kaum je in meinem Leben habe ich eine Lehre so beherzigt wie diese. Mit dem ersten Band, den ich in die Hände bekam, hat sich mein

Leben verändert. Mit Conrad im Kopf sah ich Schiffe und See anders als vorher. Conrad ist es, der meinen Sinn für die Schönheit seemännischen Geräts geweckt hat. So ist ein Schiffsanker jetzt für mich eben mehr als ein klobiges Trumm Schmiedestahl – nämlich ein formvollendet gewichtiges Werkzeug, von dessen Funktion im Notfall das Wohl des Schiffes und das Leben seiner Besatzung ganz und gar abhängen können. Wird ein Schiff von widrigen Winden auf eine Küste zugetrieben, kommt es in letzter Minute auf den Anker an: Wenn er im flachen Grund vor der vernichtenden Brandungswelle faßt und die Ankerkette hält, kann das die Rettung für das Schiff sein.

Was hat Suhrkamp mich aber auch gequält und herumgehetzt! Auch damals schon mußte *ich* das Papier für die Riesenauflage »Jäger im Weltmeer« lockermachen. Dreimal bekam ich die Einleitung zurück, erst die vierte Fassung akzeptierte er. Und die war sicher schlechter als die dritte, vielleicht sogar schlechter als die zweite, aber es gehörte nun mal zu seinen Praktiken, den Zuchtmeister herauszukehren. Und dann mußte ich auch noch das Dönitz-Vorwort verzapfen . . . Und ich mußte Cognac besorgen: »Sie *müssen* – das meine ich ganz ernst – Sie müssen Martell besorgen. Die Marine hat doch so was. Nicht für mich und auch nicht als Tauschware. Der ist für Gerhart Hauptmann. Sonst geht es mit der großen Gesamtausgabe nicht weiter . . . Also sehen Sie zu, wie Sie das deichseln! Da können Sie sich wahre Verdienste um die deutsche Literatur erwerben . . .«

Jetzt haben die Schweine also zugeschlagen. Suhrkamp selbst müßte der letzte sein, den das überrascht. In seinem »Tagebuch des Zuschauers« in der Neuen Rundschau hat er immer neuen Reizstoff zwischen die Zeilen geschmuggelt und auch sonst bis in die letzte Zeit hinein wider den Stachel gelöckt, wann immer ihm das nötig erschien.

Die Nazis lassen sich aber nicht auf ewig hinters Licht führen. Die haben ihre eigenen »Schöngeister«, die *auch* zwischen den Zeilen zu lesen verstehen.

Auf einmal steigt mir Brandgeruch in die Nase. Ich schnüffele in der Luft herum wie ein Hund: Es riecht deutlich nach Verbranntem. Ist ein Lager heißgelaufen? Da hab ich's: Es sind meine eigenen Klamotten, die nach Qualm und Brand stinken.

Die Lords sind weiß Gott gut in Fahrt. Jetzt singen sie aufs äußerste gedehnt: »Rooosemarie! Rooosemarie / sie-hieben Ja-ha-re mein Herz nach dir schrie-ie-ie . . .«

Just mit dem Ende des letzten Verses hält die Bahn.

Was für ein ödes Kaff Potsdam doch ist. Die Straßen wie ausgestorben – aber dafür gibt's auch keine Bombenkrater. Es beginnt zu dunkeln.

Kasack wohnt in einer stillen Straße im ersten Stock eines alten Bürgerhauses. Die Wohnung wirkt düster, aber das liegt wohl daran, daß die Vorhänge dicht sind und nur zwei schwache Birnen brennen, eine in der Schreibtischlampe, die andere in einer Jugendstil-Lampe an der Decke. In Etageren und auf einem Vertiko drängt sich Krimskrams. Auf mancherlei Gläsernem schimmern die Reflexe der beiden elektrischen Lampen. Solche Wohnungen kenne ich von Studienräten und dem Rektor der Schule in Schneeberg. Der leicht muffige Geruch gehört dazu.

Von seinem Habitus her könnte Kasack ebenfalls Studienrat sein. Ein schmaler, weißhaariger, zerbrechlich wirkender Mann mit Eulenblick durch die funkelnde Brille. Seine Stimme klingt wie von einer Sordine gedämpft – so, als sei er erkältet und habe nur mehr halbe Stimmkraft. Seine Sprechweise ist leicht pastoral.

Kasack sieht miserabel aus, durchsichtig, wie schon vom Tod gezeichnet.

»Wann ist denn das passiert? Ich meine die Verhaftung?«

»Peter Suhrkamp ist vor genau zehn Tagen verhaftet worden. Hochverrat und Landesverrat.«

»Aber Hochverrat – das ist doch gar nicht möglich!«

»Nicht möglich ...«, sagt Kasack. »Haben Sie eine Ahnung! Die haben uns ihren Lockspitzel direkt in den Verlag geschickt. Die haben Suhrkamp eine Falle gestellt, als sie merkten, daß sie ihn anders nicht kriegen konnten. Versucht hatten sie es lange genug.«

»Eine Falle?« Ich kann es kaum glauben: Fallen zu meiden, gerade darin hatte Suhrkamp doch Übung. »Aber Suhrkamp geht doch in keine Falle!«

»Die war eben diesmal besonders geschickt getarnt.«

»Wie denn?« Ich denke: Rede, Mensch, so rede doch! Diese zögerlich betuliche Art kann einen ja verrückt machen.

»Man hat uns einen agent provocateur ins Haus geschickt. Der feine Herr heißt Doktor Reckzeh, wenn Sie es schon so genau wissen wollen. Der hat sich eines Tages bei Peter Suhrkamp vorgestellt. Im Verlag. Er behauptete, ein Freund Hermann Hesses zu sein.«

«Reckzeh? Was für ein verrückter Name!«

»Nicht mal schlecht für einen Lockspitzel, finde ich. Suhrkamp hatte gerade sehr viel Leute zum Schutz des Verlags mobilisiert, Leute mit Einfluß, sogar Parteileute, wie Sie wissen. Aber das hat eben alles nichts geholfen.«

Ich denke: Das wissen wir doch alles, mit wieviel List er einen Parteigewaltigen gegen den anderen ausgespielt hat – Bormann gegen Goebbels vor allem. Bormann ist Leiter der Parteikanzlei, der ist wegen seiner Borniertheit besonders gefährlich. Mit Goebbels scheint sich reden zu lassen. Es gehen sogar Gerüchte um, der sei nicht ganz arisch ... Aber wie geht es denn nun weiter, bester Hermann Kasack?

»Jajaja«, sage ich ungeduldig, »aber was war denn nun mit diesem Doktor Reckzeh?«

Kasack fährt im gleichen Tonfall und so, als habe er den Text auswendig gelernt, fort: »Dieser Doktor Reckzeh erklärte sich bereit, Nachrichten an Hesse – solche, die man der Post nicht anvertrauen könne – in die Schweiz mitzunehmen. Er sei Schweizer Bürger, könne das also ohne weiteres machen . . .« Jetzt macht Kasack eine Pause, wie um der dramatischen Wirkung willen. Ich kann nur: O Gott! denken und dann: Suhrkamp wird doch nicht etwa . . . Da redet Kasack weiter: »Aber das war es nicht alleine. Der Mann muß Suhrkamp auch noch Vorschläge gemacht haben, die auf Konspiration mit einem angeblich in der Schweiz existierenden Widerstandskreis um den ehemaligen Reichskanzler Wirth hinausliefen. Er bot sich da als eine Art Kurier an.«

»Und?«

»Suhrkamp ging natürlich nicht darauf ein – ein wildfremder Mann, ich bitte Sie!«

»Gut!« entfährt es mir da, und ich atme so tief auf, als habe einer endlich davon abgelassen, mich körperlich zu quälen.

»Gut?« echot Kasack. »Gut, sagen Sie? Da kennen Sie eben die Methoden nicht.«

Hätte ich doch nichts gesagt. Kasack ist wie auf Befehl in Schweigen verfallen. Oder denkt er nur nach? Aber er soll jetzt nicht über die fiesen Methoden der Nazis nachdenken, sondern erzählen, wie es weiterging.

Endlich guckt mich Kasack über seine randlose Brille hinweg so eindringlich an, als wolle er mich prüfen. Dann sagt er: »Da stand Suhrkamp an der Wand. Da hatten sie ihn.«

»Wieso denn?«

»Jetzt konnten sie ihn durch seinen eigenen Charakter zu Fall bringen.«

Herrgottnocheins! denke ich: Was soll ich nur mit so allgemeinen Reden anfangen?

»Zu Fall bringen – durch den eigenen Charakter?« frage ich und erschrecke auch gleich über meinen gereizten Ton.

Aber Kasack bleibt ruhig und fragt mich mit seiner gedämpften Psychiaterstimme: »Sind Sie wirklich so ahnungslos? Wissen Sie denn nicht, was nun hätte folgen müssen – das heißt: was Suhrkamp hätte tun *müssen*?«

Ich sitze da und schüttele nur wie verblödet den Kopf. Da redet Kasack, ohne den Ton zu ändern, weiter: »Suhrkamp hätte den Mann bei der Gestapo anzeigen müssen – und zwar sofort. Aber Suhrkamp einen Mann anzeigen, den er für nichts anderes als einen armen Phantasten hielt?«

»O Gott!« stöhne ich auf und denke: So wird das also gemacht.

»Und selbst wenn er ihn nicht für einen Spinner gehalten hätte, selbst dann hätte Suhrkamp diesen Mann doch nie und nimmer an die Gestapo ausgeliefert.«

Ich bin so geschockt, daß ich nicht mehr sprechen kann. Dafür redet Kasack weiter: »In dem Augenblick, als dieser Herr Doktor Reckzeh das Haus betrat, war Suhrkamps Schicksal besiegelt: Beihilfe zum Hoch- und Landesverrat.«

»Und jetzt ist er in der Prinz-Albrecht-Straße?«

»Er *war* in der Prinz-Albrecht-Straße. Aber von dort ist er mittlerweile ins KZ Ravensbrück gebracht worden ...«

»Wo liegt das denn?«

»In der Uckermark – Richtung Neustrelitz ... Das macht die Sache natürlich schwieriger, weil dorthin nur schwer zu kommen ist ... Man hat ihn allerdings nicht direkt ins KZ gebracht, sondern in ein Gestapogefängnis *im* KZ. Ravensbrück hat eine Nebenstelle der Gestapo.«

Während Kasacks Schilderung bin ich aufgestanden und hin und her gelaufen. Jetzt bleibe ich unschlüssig stehen und lasse mich schließlich abrupt wieder auf meinen Stuhl fallen. In meinem Kopf wirbeln die Gedanken: Vor Monaten sah es fast so aus, als sollte Suhrkamp noch eingezogen werden. Wenn das doch passiert wäre! In Uniform wäre er sicher gewesen.

»Wir brauchen jetzt natürlich Freunde, die das Ohr von Leuten in höchsten Positionen haben ...«, höre ich Kasack wie weit weg reden. »Sie können sich da auch mal den Kopf zerbrechen.«

Ich fühle mich in ein Theaterstück versetzt: Verschwörungsszene. Das liegt an Kasack, seiner leisen, fast nur flüsternden Stimme, den Gesten seiner Spinnenhände. An seinen brennenden Augen. Aber es liegt auch an dem gedämpften Licht im Raum, das kaum bis in die Ecken dringt.

»Und wo ist Suhrkamps Frau – Mirl?«

»Die ist hier in Berlin. Mit der habe ich fast täglich Verbindung. Die tut, was sie kann. Die alarmiert Gott und die Welt ...«

Wenn das nur gutgeht! denke ich. Zuviel Wirbel ist schädlich. Als hätte Kasack erraten, was ich denke, sagt er: »Sie fädelt das alles schon sehr schlau ein – setzt alle Hebel in Bewegung ...«

Das klingt schon besser.

»Breker ist auch schon ins Spiel gebracht worden. Der hat angeblich das Ohr des Führers ...« Das Ohr des Führers? *Görings* Ohr hat die Bachmann gesagt. Kasack legt eine Art Besinnungspause ein, dann ruckt sein Kopf zu mir herum, und er nimmt mich richtiggehend aufs Korn. »Sie sind doch bei Dönitz gut angeschrieben. Sie haben ihn ja sogar porträtiert. Wir brauchen jetzt ganz dringend jemanden, der nicht in der

Partei ist. Jemanden von der Wehrmacht. Jemanden an höchster Stelle. Dönitz wäre da gut.«

Ich bleibe unbewegt sitzen, aber mir dreht sich der Kopf: Wie Kasack sich das vorstellt! Als der meine unbewegte Miene sieht, redet er so hastig weiter, als müsse er mich um jeden Preis überzeugen: »Wir wissen keinen Geeigneteren als Dönitz. Göring kommt nicht in Frage. Dönitz ist doch Soldat und kein Politiker. Als Soldat doch eher neutral ... Sie *müssen* es jedenfalls versuchen.«

Und nun sagt Kasack und hat plötzlich eine merkwürdige Bestimmtheit im Ton: »Schließlich war Suhrkamp Frontsoldat!«

»Frontsoldat? Im Weltkrieg?« frage ich.

»Ja! Stoßtruppführer sogar.«

»Suhrkamp? Stoßtruppführer?«

»Und als solcher hochdekoriert ...«, sagt Kasack. »Das hat er nur nie hervorgekehrt.«

Plötzlich stört mich alles an Kasack: die in die Stirn fallende graue Haarsträhne, die blinkende Brille, dieser merkwürdige Textilpropeller, den er statt eines Schlipses unterm Kinn trägt.

Kasack blickt mich großäugig an. Und seltsam: Unter seinem Blick beruhige ich mich schnell wieder.

Kasack wartet eine Weile ab, dann sagt er ruhig und fast ohne Modulation: »Die können uns den Verlag doch jetzt jeden Tag schließen. Um das zu tun, haben sie Suhrkamp schließlich die Falle gestellt und verhaftet.«

Kasack streift mich mit einem flüchtigen Blick und redet dann leise weiter gegen die Schreibtischplatte hin: »Das *darf* einfach nicht geschehen, daß der Verlag verschwindet. Da hängt zu viel dran. Suhrkamp hat dafür mit seiner ganzen Kraft gekämpft. Er würde es uns nie verzeihen, wenn wir nicht alles mobilisierten.«

»Die Neuauflage von ›Jäger im Weltmeer‹ kommt bestimmt – die ist quasi garantiert«, sage ich. »Neudruck in Norwegen.«

»Damit kann es aber nicht getan sein«, sagt Kasack, und sein Ton hat plötzlich etwas Beschwörendes: »Wir brauchen ein *neues* Buch – und zwar eins, hinter dem *wieder* Dönitz steht ...«

Ich bin verwirrt: Daß von Suhrkamp auf einmal gar nicht mehr die Rede ist, empört mich sogar. Aber was will ich denn? Kasack ist jetzt der Verlagschef. Jetzt muß *er* so denken, wie Suhrkamp immer gedacht hat: zuerst der Verlag. Und natürlich: Wenn der Verlag nicht wieder als kriegswichtig gelten kann – und dazu braucht er aktuelle Meriten –, wird er geschlossen.

»Ich denke dabei an eine Art dokumentarischen Roman ...«, höre ich Kasack.

Einen Roman? Von mir? Angefangen habe ich damit ja längst. Aber nein, jetzt ... dazu brauchte ich Ruhe und den Rücken frei. Ich sitze wie in stummer Ergebenheit da, doch in meinem Kopf denkt es weiter: Ich habe bereits eine Menge Notizen, auch schon fertigen Text ...

Kasack betrachtet mich. Es muß an seiner ungefaßten scharfen Brille liegen, daß sein Blick wie eine strenge Musterung wirkt.

Da bin ich auch schon wieder verzagt und sage: »Aber das dauert doch ...«

Darauf Kasack: »Natürlich braucht so ein Buch Zeit. Aber ein ›in Vorbereitung befindlich‹ könnte uns auch schon helfen ... Wir müssen wirklich *alles* versuchen.«

Wie sich Kasack das alles in seiner Potsdamer Schreiberklause ausgedacht hat! Der Uhu im Gehäuse. Für ein neues Buch müßte ich wieder zum Alten in die Flottille – nach Brest hieße das jetzt. Wenn ich beim Öligen allerdings zu sehr durchblicken lasse, daß ich nach Brest kommandiert werden möchte, schickt mich dieser mißtrauische Vertreter womöglich ganz woandershin. Nach Narvik oder Saloniki – oder nach La Spezia. Sogar in Penang haben wir eine Flottille!

Zunächst mal werde ich dem Öligen das Dönitz-Porträt ausreden müssen. Kasack soll ruhig wissen, was für eine Aufgabe man mir da zugeschanzt hat.

»Ich soll den Oberbefehlshaber übrigens malen!« sage ich ganz direkt.

»Dönitz?«

»Ja, fürs Haus der Deutschen Kunst – für die nächste Ausstellung.«

»Ach, du meine Güte!« entfährt es da Kasack. »Aber malen Sie Dönitz nur. Besser kommen Sie doch gar nicht an ihn ran! Wenn Sie das schaffen, daß er Ihnen Modell sitzt ... Wenn Dönitz erfährt, wie ein hochdekorierter Weltkriegssoldat – das ist ja noch besser ... Sie *müssen* es ganz einfach versuchen!«

Als ich in Berlin wieder durch Trümmerstraßen gehe, denke ich mir Hinrichtungsarten für den Provokateur namens Reckzeh aus: Die Därme auf eine Winsch spulen! Dem Saukerl die Eier zwischen zwei Ziegelsteinen ganz langsam zu Mus zermalmen ...

Wie konnte ich nur Irma vergessen! Sie sitzt gerade aufgerichtet, mit übergeschlagenen Beinen, auf dem Stuhl im Hotelzimmer und lächelt. Schnittchen, eine Flasche Wein und zwei Zahnputzgläser stehen auf dem runden Tischchen.

Nicht lange, und die Fensteröffnung zeichnet sich nur mehr schwach vor der Dunkelheit im Zimmer ab. Früher gab's Laternen, Lichtreklamen, Scheinwerfer von der Straße, Helligkeiten – weiß der Satan, woher.

Wir dürfen kein Licht im Zimmer machen, weil das Verdunklungspapier in Fetzen hängt.

In der Dunkelheit dieses fremden Zimmers wird alles ganz einfach: Irma Kind, die Märchenerzählerin, ist plötzlich nackt und hockt sich ohne viel Federlesens auf mich und beginnt in ihrem sächsisch eingefärbten melodischen Tonfall zu erzählen, wie sie das schon früher so gerne getan hat. Ich muß dabei ganz still liegen. So mag sie's nun mal. Aber ich halte das nicht lange aus. Also herunter mit den Klamotten. Dann ist es eher ein Versinken, Treibenlassen, keine spitze Erregung, eher Stöße wie in feuchtes Sägemehl, kleine Zärtlichkeiten und dann wieder dieses Versinken und Getragenwerden wie von einer leichten Brandung.

Dann nimmt mich das Suchen der Scheinwerferarme im Fenstergeviert gefangen. Die sollen allein mit ihren Scheinwerfern Bomber zum Absturz bringen können. Aber warum können die da oben ihre Kanzeln denn nicht verdunkeln? Müßte doch auch dafür eine Art Schnapprollo geben.

Und da ist es auch schon, das an- und abschwellende Sirenengeheul. Eine Sirene ganz nahe – ein halbes Dutzend als Begleitchor. Sinfonisch.

Irma sagt keinen Ton mehr. Wegen der Sirenen kann ich sie nicht einmal atmen hören. Und jetzt wird das Fenster zur Guckkastenbühne, und ich bin der Zuschauer – wie als Knabe vor meinem Papiertheater: Donner und Blitz. Freischütz wird gegeben. Die Bomber und die Flak sorgen für ein fast pausenloses Flackern und Wettern. Im schnellen Wechsel leuchtet das ganze Zimmer auf und wird samtschwarz. Irmas nackter Hintern schimmert weiß auf und verschwindet wieder. Schimmert wieder und ist wieder weg . . . Da fällt mir ein: Blume heißt das beim Reh.

Berlin – 3. Tag

Im Regierungsviertel weiß ich nur flüchtig Bescheid: Leipziger, Ecke Wilhelmstraße ist das Reichsluftfahrtministerium. Da sitzt der Reichsjägermeister. Von da aus gehe ich Richtung Unter den Linden die Wilhelmstraße weiter, links kommt die Voßstraße. Die Ecke Wilhelmstraße, Voßstraße bildet die Reichskanzlei. Gegenüber öffnet sich der weite Wilhelmplatz mit dem Hotel Kaiserhof.

Und jetzt, an der Wilhelmstraße rechts: das Goebbels-Ministerium. Auf einer Seite grenzt es an den Wilhelmplatz. Vor dem Gebäude stehend, habe ich schräg gegenüber die Reichskanzlei und direkt gegenüber das Auswärtige Amt. Und all das mit erstaunlich wenig Bombenschäden. Das ist schwer zu verstehen. Sparen sich die Alliierten etwa das Viertel auf, um später selber hier einzuziehen? So etwas soll schon vorgekommen sein. Es heißt, die Verwaltungsgebäude von IG-Farben in Frankfurt am Main seien nicht mal angekratzt – und das trotz ihrer riesigen Dimensionen.

Ich muß mich hart anstrengen, um das alles richtig aufzunehmen, weil es alle paar Minuten die rechte Hand an die Mütze zu recken gilt: Hier wimmelt es nur so von Uniformen.

Wie ich das hasse: das Dolchgebaumel am linken Oberschenkel, die forcierte Haltung, das Kreuzdurchdrücken und diese dauernde Hampelmannbewegung mit der Hand an die Mütze. Das ständige Luren nach Schulterstücken und Ärmelstreifen – und kaum habe ich einen dieser Fatzkes hinter mir, heißt es gleich wieder den Hampelmann markieren – rechtzeitig, drei Meter vor dem Passierpunkt. Blickwendung, wie es sich gehört, Pfote hoch, ja nicht grinsen, starres Gesicht machen, Kopf wieder geradeaus und Pfote runter. Und gleich wieder Pfote rauf und diesmal Blick nach der anderen Seite. Die Grußanforderungen sind so zahlreich, daß ich am liebsten beide Flossen an den Mützenschirm legen und mit starrem Geradeausblick durch die Wuhling aus Litzen, Sternen und Streifen steuern würde.

Nicht mal meine Füße benehmen sich normal. »Wie der Storch im Salat«, sagten wir in der Ausbildungskompanie, wenn Leute einen solchen Stacksschritt am Leibe hatten wie ich jetzt. Verdammter Blödsinn! Wie soll der Mensch sich sammeln, wenn er wie ein dressierter Affe – wie ein kümmerlich für ein paar primitive Zwangshaltungen abgerichteter Affe – in einem fort Männchen machen muß. Wenn das Ganze wenigstens zum Jux stattfände!

Über den uniformierten Affen, den der Drehorgelmann in Verona an der Kette hatte, lachten sich die Leute schief, weil er sich ein Militärkäppi aufsetzte, vom Kopf riß, wieder aufsetzte und dann wie verrückt salutierte – gleich zehnmal hintereinander. Über mich kann ich nur selber lachen, und das auch nur nach innen. Freiweg lacht hier keiner mehr. Hier wird verbissene Miene und Glotzblick verlangt: preußischer Zack. Wir sind nicht mal Affen, wir sind Automaten. Mensch oder Puppe, die Jahrmarktsattraktion, früher konkurrenzlos, jetzt als hunderttausendfache Imitation auf den Straßen.

Hellblaue Mantelaufschläge. Vorsicht: ein Admiral! Bei dem Wetter im Mantel herumzulaufen – was für ein Narr! So, und nun aber zackig. Der Admiral macht's lässig: alter Mann mit Tränensäcken. Dann weiße Hosenstreifen: Stabsheinis von der Luftwaffe. Die sollten sich die Hände lieber vors Gesicht schlagen und sich in Sack und Asche kleiden, statt sich noch zu plustern.

Diese Sabberkerle der Generation vor uns haben uns ganz schön hereingeritten. All die Druckposteninhaber. All die hartherzigen verdorrten Eunuchen, für die nur noch die Machtausübung Reize hergibt. Psychopathen, Sadisten, total Verrückte. Ich kann die Grußhand keine drei Minuten unten halten. Das ist fürwahr eine beschissene Gegend.

Die SS-Chargen bringen mich besonders in die Bredouille. Ich komme mit ihren Dienstgraden nicht klar. Ich versuche, mich zu erinnern: Wenn einer wie ein Hauptmann aufgeputzt daherkommt, ist er ein Hauptsturmführer, und wenn er wie ein Major aussieht, ein Sturmbannführer. Verfluchte Pest!

Ich bin zu früh dran und gehe zweimal um den Block, bis genug Zeit vergangen ist und ich mich am Doppelposten vorbei ins Ministerium wage. Und nun die breite granitene Freitreppe hinauf!

Nach dem ersten Treppenabsatz humpelt mir am linken Handlauf ein Zivilist entgegen: Trenchcoat und weicher Hut auf dem Kopf – Goebbels! Ich salutiere, mit der Hand an der Mütze – Goebbels läßt den Handlauf los, hebt seine Rechte und läßt die Hand so nach hinten über die Schulter abkippen, als wäre sie gebrochen.

Ich bin sekundenlang wie erstarrt, dann bringe ich mich endlich wieder zum Treppensteigen und suche wie benommen das Vorzimmer. Ich klopfe an die riesige Türe und stehe auch schon zwei SS-Chargen in scharfen Breeches gegenüber. Von dem einen erfahre ich, daß der Herr Reichsminister soeben dringend ins Führerhauptquartier gerufen worden ist. Auf ihn zu warten habe keinen Sinn. Meine vorgesetzte Dienststelle bekomme neue Anweisungen.

Im OKW staunt der Ölige mich an: »Sie schon wieder hier?«

»Jawoll, Herr Kapitän! Melde gehorsamst, daß es mit der Meldung . . .«, und da habe ich mich auch schon verhaspelt und muß neu anfangen: »Mit der Meldung hat es nicht geklappt, Herr Kapitän. Der Herr Reichsminister mußte dringend ins Führerhauptquartier.«

»Sie haben den Herrn Reichsminister überhaupt nicht zu sehen bekommen?«

»Doch, auf der Treppe, Herr Kapitän.«

»Und da haben Sie sich nicht gemeldet?«

»Nein, Herr Kapitän. Nur gegrüßt. Der Herr Reichsminister war nicht ansprechbar – offenbar in größter Eile.«

Der Ölige schiebt seinen Sessel zurück und mimt den Denker. »Jetzt sind wir aus dem Fahrplan. Sie ahnen ja nicht, wie schwierig das ist, vom Herrn Reichsminister einen neuen Termin . . .«

Der Ölige verfällt, ohne den Satz zu vollenden, in tiefes Sinnen. Ich stehe da und weiß nicht recht, was ich mit meinen Händen machen soll, während der Ölige sich ausschweigt. Dann plötzlich rafft er sich auf und sagt: »Warten hat da gar keinen Zweck. Das kann wochen-, ja monatelang dauern . . . Aber zum Glück ist das nicht der einzige Grund, weshalb Sie hier sind. Das Papier . . .«

In die neue Pause hinein sage ich: »Ja, ich weiß, Herr Kapitän. Den Entwurf für das Schreiben, das wir von dem Herrn Großadmiral brauchen, hat der Herr Kriegsverwaltungsrat mir bereits mitgegeben.«

Ich muß schnell meine Gedanken sortieren: Der Name Suhrkamp ist nicht gefallen. Aber der Ölige muß doch wissen, was passiert ist!

»Mein Verleger, Peter Suhrkamp, ist verhaftet«, sage ich so beherrscht, wie ich nur kann.

Der Ölige läßt einen Ausdruck von Betroffenheit auf seinem Gesicht erscheinen. Aber nur einen Augenblick lang, dann hat er sich wieder gefangen und fragt: »Und was machen wir jetzt?«

Wenn ich das nur wüßte, will ich schon sagen, aber ich lasse es bei einer hilflosen Miene. Dabei überlege ich schnell: Soll ich dem Öligen sagen, was genau mit Suhrkamp passiert ist? Ihn ins Vertrauen ziehen? Lieber nicht.

»Ein Grund mehr, sich um den Neudruck Ihres Buches zu kümmern«, sagt der Ölige jetzt langsam. »Sie müssen auf jeden Fall nach Koralle.« Und nach einer Pause: »Wir brauchen ja nicht nur das Schreiben vom

Herrn Großadmiral, sondern auch – das sagte ich bereits – ein Bild von ihm. Und das ziemlich dringend!«

»Dringend?« plappere ich wie ein Papagei und bin auf einmal aus dem Tritt geraten.

»Jetzt sind Sie gefragt. Ich dachte, Sie freuten sich! Das ist doch schließlich ein ehrenvoller Auftrag. Ihre Porträts waren ja immer ein großer Erfolg. So was können Sie doch . . .«

. . . aus der kalten Lamäng, ergänze ich im stillen.

»Sie werden sicher einige Porträtstudien machen wollen.« Bedenkpause und dann: »Das müssen wir über den Adjutanten hinkriegen oder über den Stabschef . . .«

Dazu nicke ich stumm.

»Haben Sie Ihr Material hier in Berlin?«

»Sehr viel brauche ich fürs erste nicht: ein paar Ingresbögen . . .«

»Sie werden schon was zustande bringen!« behauptet der Ölige jetzt schlankweg und ist ganz triefendes Wohlwollen. »Vor allem aber brauchen wir erst mal die Unterschrift des Herrn Großadmirals . . . Und was Ihren Verleger anbelangt«, sagt er und hebt dabei die Stimme an, »tun Sie da nichts Unüberlegtes!«

Was bedeutet nun diese Warnung wieder? Im Gesicht des Öligen kann ich nicht lesen, weil er seinen Blick auf ein Schriftstück gerichtet hält.

»Vergessen Sie nicht: Wir brauchen den Herrn Großadmiral. Nur so kommt Druck hinter die Sache!«

Muß ich jetzt für diesen Hinweis gehorsamst danken? Der Kapitän legt eine Pause ein, als müsse er sich bedenken. Dann sagt er: »All das setzt voraus, daß man mit Ihnen nichts anderes vorhat . . . Ich kann das jedenfalls nur wünschen!« Und nach einer neuen Pause: »Bei den Redaktionen waren Sie?« Die »neue linie« – da werde er anrufen: »Das machen Sie später. Jetzt würde ich sagen: gleich ab nach Koralle. Vormittags von neun Uhr an ist Lage. Sie müßten also kurz vor Mittag dort sein. Das Beste ist, wenn Sie für morgen schon heute an Ort und Stelle sind. Ich werde den Herrn Adjutanten benachrichtigen und ihn schon mal auf die Modellsitzungen vorbereiten. Vielleicht kriegen Sie den Herrn Großadmiral ja sogar heute noch vor die Flinte – kleiner Scherz, Sie verstehen . . .«

Nun ein besonders zackiges: »Jawoll, Herr Kapitän!« und Männchen machen – so korrekt es nur geht.

Koralle

Meldung in Bernau! Ich habe nur eine vage Vorstellung, wo Bernau liegt: irgendwo vor den Toren Berlins. Früher, wenn ich mich bei Dönitz melden sollte, steuerte ich den Steinplatz an – und noch früher das »Sardinenschlößchen« in Kernével. Da brauchte ich nur den Wunsch zu äußern, und Dönitz stand mir bereitwillig Modell. Da war er eben noch BdU – jetzt ist er ObdM. Nach Kernével dann ging's an den Boulevard Suchet in Paris, anschließend nach Berlin, und nun haben sie den Stab aus Berlin hinaus nach Bernau verlegt. Einen Stadtplan von Großberlin – wenn ich den nur hätte!

Ein Feldwebel der Wache hilft mir weiter: »Bernau liegt im Nordosten, Strecke Stettin, zirka fünfundzwanzig Kilometer weg, etwa so weit wie Potsdam und auch per S-Bahn zu erreichen.« Also wieder hin zum Hotel, mein Zeichenzeug und ein paar Sachen einpacken. Dann noch mal schnell zum Verlag: In der ganzen Aufregung habe ich der Bachmann meine Fotos noch nicht gegeben.

Bei Lichte besehen, werde ich ganz schön herumgehetzt. Bei Lichte besehen, ist das, was man hier von mir verlangt, ein bißchen viel für einen einzelnen Christenmenschen. Das übliche Berlintheater hätte schon gereicht, aber nun muß auch noch die Neuauflage meines Buches forciert werden, und vor allem soll ich Zar Peter mit aus der Patsche helfen – wenn man dieses Elend überhaupt Patsche nennen darf.

Dönitz malen! Daß das nun tatsächlich sein muß! Und was jetzt von mir verlangt wird, ist ein großer Schinken – ein Repräsentationsschinken für die Riesenwände im Haus der Deutschen Kunst.

Himmel! Der ganze aufgeblähte Kriegsberichterladen hier, dieser pompöse Stab mit einem General an der Spitze und all den Unterstäben und wer weiß was für Abteilungen und Büros, die sind fein heraus. Die leben doch nur von unsereinem. Die arbeiten doch nicht. Die bringen kein einziges druckbares Bild, keine vernünftige Zeile hervor. Ein einziger riesengroßer Wasserkopf, mit dem offenbar nicht mal der Heldenklau fertig geworden ist, weil sich der Laden so schön und effektvoll mit den Versalien GEHEIM tarnen konnte.

Malen möchte ich schon, danach steht mir weiß Gott der Sinn. Aber Dönitz? Malen in Le Croisic oder am Cap Saint-Mathieu, das wäre es – und zwar von früh bis abends und ein Bild nach dem anderen. Mal wieder richtig loslegen, aus dem Vollen sozusagen. Skizzen habe ich an der Küste schon genug gemacht, auch Gouachen im mittleren Format, jetzt wäre es an der Zeit, endlich auf die Leinwand zu gehen: die Goémoniers malen, die zweirädigen Karren mit den Lasten von Tang, die Klippen bei Ebbe ... Und für die »dienstlichen Belange« Innenansichten von den U-Bootbunkern mit den VII-C-Booten in heftiger Verkürzung, entweder im Schwimmbassin oder tief unten auf den Docksohlen – oder in der Schleuse als düstere Tiefseefische im perlmuttfarben spiegelnden Wasser mit den bizarren Häuserruinen im Hintergrund. *Dagegen* habe ich ja gar nichts! Hundert Bilder im Kopf – aber doch kein Dönitz-Porträt fürs Haus der Deutschen Kunst!

Ganz zu Anfang, als ich noch an ihn geglaubt habe, wäre das etwas anderes gewesen, aber inzwischen habe ich zuviel Dönitzsche Hybris und zuviel Durchhalteschwindel erlebt, um ihn noch schätzen zu können.

Die S-Bahn scheint gestört zu sein. Ich muß mit einem normalen Zug fahren. Mit meinem sperrigen Malzeug habe ich meine liebe Not, weil die Waggons total überfüllt sind. Offenbar ist auf dieser Strecke schon eine ganze Weile kein Zug mehr gefahren: Die Leute, die aus Berlin hinauswollen, führen sich wie die Verrückten auf.

Was mag mich in Bernau erwarten? Mir graust vor der Begegnung mit Dönitz und den alten abgeschmackten Phrasen. Ich bin dafür nicht in der geeigneten Verfassung.

Zar Peter hat mich schon früh vor Dönitz gewarnt: »Ein in der Wolle gefärbter Nazi. Nichts anderes als ein Ehrgeizling und Fanatiker. Absolut rücksichtslos. Der räumt noch alle aus dem Weg.« Trotzdem war Dönitz seit Jahr und Tag eine wichtige Figur in Zar Peters Schachspiel. Und jetzt soll es auf diesen Dönitz ganz besonders ankommen!

Immer wenn der Zug hält, hebt ein wüstes Gebalge an: Die Leute wollen eben raus aus der Stadt.

Ich werde Zeuge eines üblen Tricks: Leute durchs Fenster in den Zug heben und ihnen dabei die Stiefel ausziehen. Das gibt zwar ein Mordsgezeter, aber wer einmal drin ist, kann nicht mehr hinaus und sich um seine Stiefel prügeln.

Ein wahrer Exodus. Selbst auf dem Dach des Waggons sitzen Leute. Die letzten Angriffe müssen wohl doch zu happig gewesen sein ...

Ich frage mich, was passierte, wenn dieser Zug durch einen engen Tunnel führe? Aber auf dieser Strecke wird es keine Tunnels geben.

Am Bahnhof Bernau wartet ein Bus. Es dauert kaum, dann ist auch der überfüllt – diesmal mit Blaujacken.

In dieser märkischen Landschaft ist der Stab also gelandet. In mir singsangt es: »Märkische Heide, märkischer Sand / sind des Märkers Freu-eude / sind sein Heimatland!«

Der Bus beschreibt einen großen Bogen, dann knirschen die Bremsen. Ich sehe ein großes Eisentor, schwarzweißrot gepönte Schilderhäuschen mitsamt Posten im Blaumann, Maschinenpistolen am Riemen über der Schulter. Dazwischen, wie von den Kiefernstämmen im Vordergrund senkrecht in Scheiben geteilt, grau gestrichene Baracken. Und dahinter dichter Wald.

Ich stehe, mein Malbrett unter dem linken Arm, auf dem Asphalt und denke: O Gott! Und dann, als ich vor der Wachstube warten muß: Das Hotel am Steinplatz mit dem ehemaligen Frühstücksraum als Lagezimmer war schon verwirrend genug – ein kleinbürgerliches, zwischen Gründerzeitfronten eingepferchtes Hotel als Stabsquartier der U-Bootwaffe. Aber diese schäbigen Baracken hier sind noch schlimmer. Vielleicht empfinde ich das aber auch nur so, weil ich gegen derartig genormte Baracken eine heftige Abneigung habe. Idio-syn-kratie oder -krasie, so nennt sich das wohl.

Schwer vorstellbar, daß der U-Bootkrieg in allen sieben Meeren von diesem märkischen Kiefernwäldchen aus geführt wird. »Koralle« – wer nur auf diesen Namen gekommen sein mag. Für ein Stabsquartier unter Kiefern ausgerechnet Koralle!

Von der Wache werde ich zum Stabsgebäude geschickt. Dort soll ich mich beim Stabschef melden. Ich werde erwartet. Mein Malzeug und meine Tasche lasse ich erst mal in der Wachstube.

Da kenne sich einer aus, eine Baracke wie die andere. Nebenwege nach links, Nebenwege nach rechts, ein wahres Barackenlabyrinth. Dieses öde Lager – just so, als sei die Kriegsmarine der Arbeitsdienst – dürfte die letzte Station des Niedergangs der U-Bootwaffe sein. Die Jahre des Ruhms, das war einmal. Damit ist es aus und passé – längst schon.

Weißjacken kommen mir auf der Teerstraße entgegen. Andere Weißjacken quellen aus den Barackentüren: Es wimmelt von Matrosen im weißen Takelzeug wie in einem Ameisenhaufen. Was Wunder: Hier soll neuerdings die gesamte Seekriegsleitung untergebracht sein. Das müßten mit dem zugehörigen Stabspersonal gut und gerne weit über fünfhundert Köpfe sein.

Zwischen den Baracken entdecke ich auch ein paar einstöckige Steinhäuser. In einem davon, das weiß ich vom Hörensagen, wohnt Dönitz samt Gemahlin. Frau Dönitz, das klingt komisch – in *meinen* Ohren jedenfalls.

Die Söhne hat es erwischt – beide als Marineoffiziere.

Ich hatte mir das Ganze längst nicht so weitverzweigt vorgestellt. Auch nicht so viele Menschen. Dagegen war ja der Steinplatz ein Kaffeekränzchen. Und dazu all die weißen Sommeruniformen, obwohl es noch gar nicht Sommer ist. Der Dreck in Berlin und hier die augenblendende Sauberkeit – absurd.

Wo nur meine eigene weiße Uniform geblieben sein mag? Auf den Aufnahmen mit Topp, Kuppisch und Korth trage ich sie noch. Ins Strandleben von La Baule, da paßten die weißen Klamotten. Aber hier?

Vor der Stabsbaracke sehe ich neben der schlapp dahängenden Reichskriegsflagge an einem zweiten Mast die weiße Flagge mit dem Eisernen Kreuz und den gekreuzten Großadmiralsstäben. Wenn ich nicht wüßte, wie sie aussieht, würde ich es nicht erraten können, weil sie genauso schlapp im Sonnenschein hängt wie die Reichskriegsflagge. Seit dem 30. Januar '43 wird sie hier gehißt. Da ist also, wenn ich es recht bedenke, eine Menge Zeit vergangen, seit ich Dönitz das letzte Mal unter die Augen getreten bin. So beklommen wie jetzt war mir vor Begegnungen mit ihm noch nie zumute.

Da merke ich: Hier riecht es wie früher in meinem Atelier – nach Terpentin nämlich. Was für eine frische, würzige Luft nach all dem widerlichen Brandgestank! Ich atme den Terpentinduft nicht einfach in mich ein, ich blähe vielmehr die Nüstern: Ich verlange wie ein Süchtiger nach dieser terpentingeschwängerten Luft . . .

Eine merkwürdige Stärkung strömt mit der Luft in mich ein. Sie ist der schiere Balsam, auch für mein Gemüt. Terpentin gegen Dönitz! So ist es recht. Herrgott, was habe ich denn auch mit diesem Totmacher und seinen Stabshengsten zu schaffen! Ich bin Maler! Mein bißchen Italienisch kommt mir plötzlich zupaß: Io sono pittore! Klingt zu pathetisch? Sei's drum! Die drei Worte wiederholen sich in mir: Io sono pittore! Dann stehen sie wie in Versalien in meinem Kopf: IO SONO PITTORE. Mir ist zumute, als sei ich eben eine Art Selbstverpflichtung eingegangen.

In der Baracke umfängt mich – so schlagartig, als habe man es auf Kontraste angelegt – ein ganz anderer Geruch: Es stinkt penetrant nach schlechtem Bohnerwachs. Die breiten Gänge sind mit Linoleum ausgelegt, wie in einem Krankenhaus, und da muß eben auf Teufel komm raus gebohnert werden.

Die Weißbetreßten, die mir begegnen, könnten ebensogut Krankenpfleger sein. Auch der Ton ist gedämpft wie in einem Krankenhaus. Eine »Operationsabteilung« gibt es schließlich ebenfalls. Ich muß innerlich über meinen blöden Witz lachen: Operationsabteilung! Und der Stabschef der Oberchirurg. »Entschlossene Maßnahmen!« – »Die Nacht der langen Messer!« *Dieser* Dönitz-Ton paßt sicher gut hierher.

Nur ist der Patient leider nicht mehr zu retten. Nicht mit noch so langen Messern.

Einen Posten hier im Stab bekleiden, denke ich mir, nachdem man mich zu einer anderen Baracke geschickt hat, das kann auf die Dauer nur einer mit zynischer Geringschätzung für das normale Leben schaffen. Das hier muß ein Leben wie für Konventszöglinge sein. Und der Chef des Stabes? Ich kenne ihn schon seit Jahren: Auf das übliche zackige Gehabe legt er deutlich sichtbar keinen Wert. Sein Auftreten ist eher das eines Zivilisten, selbst die Uniform wirkt an ihm auf eine merkwürdige Art unmilitärisch. Orden trägt der Stabschef nicht. Vielleicht hat er gar keine? In seiner Vita weiß ich nicht Bescheid. Könnte durchaus sein, daß er nie an Bord war.

Da wäre er hier nicht der einzige. Unter den Astos sind etliche, die noch nie auf einem U-Boot gefahren sind. Dönitz selber kann man Mangel an Fronterfahrung allerdings nicht nachsagen, der ist im Weltkrieg mit seinem U-Boot sogar im Mittelmeer, von Engländern gestellt, in Gefangenschaft geraten. Daß er dann mit Erfolg den Verrückten gespielt hat, sollte man denen hier lieber nicht auf die Nase binden.

Im übrigen heißt es, der Stabschef sei der eigentliche Denker hier, spiele dabei aber eine unglückliche Rolle, weil der Großadmiral seine Denkergebnisse einfach für sich in Anspruch nehme.

Der Stabschef ist vom Adjutanten bereits informiert worden. Ich brauche also, als ich endlich die richtige Baracke gefunden habe und mich bei ihm melde, nicht viel zu reden und zu erklären, warum man mich hierherbeordert hat.

Der Stabschef nimmt den Brief und beginnt stehenden Fußes zu lesen. Dabei kann ich ihn gut beobachten: verquältes, faltiges Dackelgesicht. Grüblerischer Ausdruck. Was gäbe ich darum, wenn ich wie ein Röntgenauge hinter diese gefurchte Stirn blicken könnte. Was ich dabei erführe, wäre sicher alles andere als erheiternd.

»Der Adjutant des Herrn Großadmirals erwartet Sie!« sagt der Stabschef jetzt in einem verbindlichen Tonfall, und dann bedeutet er mir, ich solle morgen nach der Lage wieder zu ihm kommen. Bis dahin werde er wahrscheinlich Zeit und Gelegenheit gefunden haben, dem Herrn Großadmiral die Sache zu unterbreiten. Wenn er recht verstanden habe, gehe es doch in erster Linie darum, die Wege für eine Neuauflage von »Jäger im Weltmeer« zu ebnen, aber auch um Modellsitzungen für ein großes Porträt für die nächste Große Deutsche Kunstausstellung in München. Dafür allerdings sehe er, das müsse er gleich sagen, eher schwarz – wenigstens momentan.

Ich muß mich beherrschen, daß durch meine militärisch gefaßte

Miene nicht zuviel plötzliche Fröhlichkeit durchdringt: momentan keine Zeit für Porträtsitzungen – ich wünsche mir nichts Besseres als das. Und jetzt: »Gehorsamsten Dank, Herr Admiral!«, ordentlich, aber nicht zu zackig salutieren und ab durch die Mitte – hin zur Baracke des Adjus.

Die Baracken sind alle gleich. Selbst noch der Geruch ist der gleiche. Nur ist diesmal das Linoleum in dem langen Gang durch einen roten Sisalläufer ersetzt, der direkt auf den Bodenbrettern liegt, und an den Wänden klebt eine Art dicker Faserpappe, die weiß übertüncht ist.

Der Dönitz-Adjutant ist Fregattenkapitän. Besonders schneidig und wahrscheinlich führergläubig, wie es sich gehört. Auf jeden Fall ein wichtiger Mann, mit dem ich es nicht verderben darf. Im Auftreten ist er das schiere Gegenteil vom Stabschef: würdebewußt und abweisend. Er klärt mich darüber auf, daß es für den Herrn Großadmiral sehr schwer sein werde, Zeit für mich zu erübrigen.

Ich weiß, ich weiß! würde ich am liebsten sagen. Aber ich schweige schön und mime den Gefaßten, der mit größtem Interesse zuhört, was der Herr Fregattenkapitän noch zu sagen hat: Es könne Tage dauern – und ob es dann für eine wirkliche Modellsitzung reiche, sei ganz ungewiß, ich solle mich morgen nach der Lage wieder bei ihm melden. Morgen sei zwar ein sehr voller Tag, aber er wolle sehen, was er für mich tun könne. Im übrigen hätte ich ja meinen Fotoapparat dabei – der Fregattenkapitän sticht, als er das sagt, mit dem Zeigefinger zu mir her in die Luft –, und da könnte sich für mich morgen eine hervorragende Möglichkeit ergeben, den Herrn Großadmiral auf den Film zu bannen.

Film bannen? echot es in mir. Genauso hat sich der Herr Fregattenkapitän tatsächlich ausgedrückt. Morgen vormittag, erfahre ich, werde der Herr Großadmiral eine Rede vor jungen Wachoffizieren halten, die zu diesem Zweck extra herbeordert worden seien. Auch sonst sei im Moment einiges an Besuchern von Front- und Schulflottillen da. Die Ansprache finde auf dem großen Platz vor der Stabsbaracke statt.

Während der Fregattenkapitän so redet, sage ich mir im stillen: Wie gut, daß ich meine Klamotten am Tor gelassen habe. Sonst würde ich hier noch alberner dastehen müssen, als ich das mit meinem Fotoapparat ohnehin schon tue.

»Ihren PK-Kollegen, den Herrn Oberleutnant Lüders, wollen Sie ja sicher auch sehen!« sagt der Dönitz-Adjutant jetzt und läßt, als er das sagt, ein leichtes, durchaus als süffisant deutbares Lächeln um seinen Mund spielen. »Oberleutnant Lüders hat sein Büro gleich in der Nachbarbaracke. Der zuständige Bootsmann weiß Bescheid . . . Untergebracht sind Sie auch ganz in der Nähe – einfach noch eine Baracke weiter.«

Und nun heißt's für mich wieder: leicht angedeutete Verbeugung und das obligate »Gehorsamsten Dank, Herr Kapitän!«, Hand an die Mütze und abtreten.

Daß ich nicht sonderlich scharf darauf bin, den Heldenbarden Lüders, der schon seit ewigen Zeiten zum Dönitz-Stab abkommandiert ist, zu treffen, kann der Fregattenkapitän nicht wissen. Aber gerade weil der Heldenbarde mir nicht grün ist, will ich ihn lieber gleich in seinem Büro besuchen. So etwas wie »die Stirn bieten« oder »auf die Hörner nehmen« geht mir durch den Kopf.

Ein Schreibersmaat empfängt mich und bietet mir einen klobigen Stuhl an. Aus dem Nebenzimmer kann ich Lüders' Stimme und dazu noch eine andere hören – jede Silbe, die da gesprochen wird. Offenbar hat der Heldenbarde einen Zuarbeiter bei sich und dichtet mit dem gerade gemeinsam einen Text – wohl einen Nachruf für einen abgesoffenen Kommandanten.

»Das muß mehr klingeln! Das liest sich noch wie ein Schulungsbrief!« höre ich durch die halboffene Tür. »Ich würde sagen, da muß mehr Herz hinein . . . Aber mal weiter!«

»›Höchste Bewährung, entsagungsvoller Kampf‹?«

»Das gab's schon so oft. Wir brauchen auch mal was Neues.«

»›Kühles Wägen und entschlossenes Wagen‹?«

»Ja, so etwa. Also noch mal von vorn.«

»›Unsere Herzen füllen sich mit Trauer: Einer von den zähesten und härtesten Kämpfern ist auf dem Feld der Ehre . . .‹«

»Nein, nicht ›Feld‹.«

»›. . . ist im Kampf gegen Albion gefallen.‹«

»Nein, besser noch: ›Ist vorm Feind geblieben.‹ Und dann gleich so weiter: ›Ein vorbildliches Soldatenleben hat nach tapferem Einsatz und glänzenden Erfolgen im Freiheitskampf des deutschen Volkes seine höchste Erfüllung gefunden. Erfüllt von Angriffsgeist und Siegeswillen . . .‹« Da geht Lüders mitten im Satz der Dampf aus: Nebenan wird nicht mehr geredet, sondern nachgedacht.

Ich sitze da wie vom Donner gerührt. Wut kocht in mir hoch. Die Meistersinger von Nürnberg! schießt es mir durch den Kopf. Diese Scheißkerle!

»Gleich hintereinander ›Erfüllung‹ und ›erfüllt‹«, geht es jetzt weiter, »das ist auch nicht gut. Aber hören Sie mal zu, ich hab mir hier was aufgeschrieben: ›Er wußte, daß nicht allein Einsatzbereitschaft und Mut den Erfolg des U-Bootkommandanten bestimmen, sondern ebensosehr das ruhige Überlegen, das kaltblütige Prüfen der jeweiligen Bedingungen vor dem Angriff. In ihm verkörperte sich in bester Weise die jahrelange und tiefgehende Schulung des deutschen Marineoffiziers, die heute im Kampf ihre Früchte trägt und, von Mut, Ausdauer und Einsatzbereitschaft getragen, die deutsche Überlegenheit gewährleistet ...‹«

»Klingt gut!«

»Dann lassen wir das so.«

Ich kann mich nur wundern, wie ungeniert diese Heldenbarden miteinander reden. Sie müssen doch wissen, daß die Tür leicht offensteht.

»Ich hab hier noch was für den Schluß – vielleicht stenographieren Sie das gleich auch noch: ›Ein vorbildlicher Soldat wurde im Heldentod mit den Kameraden vereint. Sein ... ist die See ...‹ Was kann man noch sagen für ›Friedhof‹?«

»›Walstatt‹ – ›Ruhestatt‹?«

»›Walstatt‹ klingt gut. Sogar ein bißchen nach Walhalla ... Und dann weiter: ›Über seine letzte Kampfstätte hinweg ziehen neue Boote gegen den Feind.‹ Und hier gleich noch ran: ›... um ihn vernichtend zu treffen.‹ Das muß doch *immer wieder* gesagt werden. Richtig einbleuen müssen wir das!«

»Und irgendwo sollte es noch heißen: ›Für Volk und Führer gefallen!‹«

»Das ist einfach obligat. Aber das kriegen Sie schon auf die Reihe ... Ich brauch dann alles in picobello Reinschrift mit zwei Durchschlägen.«

»Wie gewöhnlich!« quittiert das die andere Stimme.

Da schwingt das Schott auf und in seinem Rahmen erscheint der Oberbarde, großgewachsen, blondgelockt. Jagdfreund, wie ich weiß. Sein Gesicht glänzt vor lauter Zufriedenheit.

Was ich denn hier in Koralle mache, will Lüders wissen.

»Dönitz malen!« gebe ich ihm knarsch Bescheid. Aber dann füge ich doch noch an: »Die Kriegsmarine soll besser vertreten sein im Haus der Deutschen Kunst als letztes Jahr.«

»Den Herrn Großadmiral malen«, repetiert mich der Heldenbarde affig gedehnt. »Daraus wird wohl nichts werden – ich meine, im Augenblick nicht.« Das kam nicht ganz ohne Häme.

»Topp war gerade hier!« wechselt Lüders jetzt das Thema. »Mit dem waren Sie doch bei der Siebenten?«

»Ja, stimmt.«

Unser Heldenbarde guckt mich, wohl weil ich so knapp antworte, neugierig an. Aber was soll ich sagen? Während wir noch ein paar Minuten lang belangloses Zeug reden, denke ich: Schade, daß ich Topp versäumt habe.

»Na, wir sehen uns ja noch!« fällt dem Heldenbarden schließlich als Palaverschluß ein.

In meiner Kammer lasse ich meinem Zorn endlich freien Lauf. Gefallen! Allein schon dieses Partizipium bringt mich in Wallung. Auf U-Booten wird nicht gefallen. Da stellt einem keiner ein Bein. Auf

U-Booten wird abgesoffen, da wird man mit der Wassergarotte erwürgt. Nur will *das* keiner wissen. Und dabei zeichnet das die U-Bootwaffe gerade aus, daß der sogenannte Abgang nicht auf offener Bühne erfolgt. Bei der U-Bootfahrerei wird diskret krepiert. Wenn es schon um Propaganda geht, sollte man doch wenigstens nicht vergessen, was die U-Bootwaffe allen anderen Waffengattungen voraushat!

Die schmerzhaft schwärende Wut in meinem Bauch treibt mich aus meiner Kammer, und ich frage mich nach der Messe durch. Ich muß jetzt erst mal einen Schluck trinken und mich beruhigen.

Wenn's ums Absaufen geht, brauche ich meine Phantasie kein Jota anzustrengen: Nach dem Treffer der Fliegerbombe vor Gibraltar stellte sich U 96 fast auf den Kopf und ging erschreckend vorlastig mit Affenfahrt in die Tiefe, und ich kann mich dabei sehen – hier in diesem Kiefernwäldchen bei Bernau. Ich hocke im Rahmen des vorderen Kugelschotts und halte mich an einem Rohr unter meinen Kniekehlen fest. Ich umklammere dieses Rohr – den Griff fühle ich ganz deutlich – fest mit der einen Hand. Damals wollte ich es nicht mehr hören müssen, wie es überall knallte, ächzte und krachte, weil der Bootskörper vom Druck der Tiefe zusammengepreßt wurde. Und dann dieser plötzliche harte Schlag und über alle Geräusche weg die eiskalte Stimme des Alten: »Angekommen!«

Der liebe Gott hatte uns die sprichwörtliche Schaufel Sand unter den Kiel geschmissen: Das Boot war auf Grund gestoßen.

Noch jedes Mal, wenn ich später ein Boot auslaufen sah, mußte ich mir zwanghaft vorstellen, was passieren würde – irgendwo in der Weite des Atlantiks –, wenn es von Fliegerbomben getroffen oder mit Wasserbomben »beharkt« werden würde.

In einem Boot krepieren, wenn es von den Tommies *gut* beharkt wird, fünfzig Mann. Eine halbe Hundertschaft junger Kerle. Die gehen dann im wahrsten Wortsinn »zu Grunde«. So eine Höllenfahrt in die Tiefe kann Ewigkeiten dauern. Das Absinken ist schwer nach Metersekunden zu berechnen, weil ein gebombtes Boot noch einen Restauftrieb hat, der den Fall in die Tiefe verlangsamt.

Um mit meiner immer noch schwärenden Wut fertig zu werden, ohne mir mehr Bier einzufüllen, muß ich mein Hirn anstrengen. So geht die Rechnung: Eine Wassersäule von zehn Metern übt genau den gleichen Druck aus wie die gesamte Erdatmosphäre, nämlich ein atü. Dreitausend Meter sind zehn Meter mal dreihundert: also dreihundert atü. Mit einer Kraft von dreihundert atü ließe sich aus einem U-Boot samt Inhalt ein kompakter Klumpen pressen. Aber ich habe gelernt, weiter zu denken und die Vorstellung aufzugeben, daß die Boote da unten zwischen den Manganknollen wie riesige zusammengepreßte Klumpen aus Schiffsbaustahl, Gestänge, Menschenfleisch, Muskeln, Hirn, Gedärm, Klamotten, Frischproviant, Batteriezellen, Maschinen, Aggregaten und sonst noch allerlei herumliegen – wie zusammengeschobene D-Zug-Waggons nach einer Eisenbahnkatastrophe.

Es kann nicht sein, weil die Boote beim Durchrauschen mit Wasser volllaufen durch die Lecks von Bombentreffern, über Flansche oder andere »Lindenblattstellen«. Und da erfolgt der Druckausgleich, ehe der Druckkörper seine Form verlieren kann.

Aber was weiß man schon Genaues! Was die fünfzig Männer angeht, die sehe ich immer noch flachgepreßt wie Flundern, weil ich mir schwer vorstellen kann, daß es auch für die so etwas wie einen Druckausgleich gibt. Oder leistet etwa das viele Wasser in den fünfzig Bodys der Besatzung Widerstand gegen den Druck des Wassers von außen, damit sie nicht flach wie Plattfische zusammengepreßt werden können?

Das sind Fragen, die nie gestellt werden. Fragen, die nicht gestellt werden dürfen. Sogar noch im Umgang mit sich selber läßt man da Vorsicht walten: Wer will schon unnötig an den eigenen Nerven feilen!

Draußen verhalte ich erst mal auf dem gut gepflegten Kiesweg und hole tief Luft. Links und rechts neben dem Kies verläuft ein Saum grüner, mit den Hälsen in die Erde gesteckter Flaschen. Alles ist proper, adrett und wie von verblödeten Anstaltsgärtnern in die Reihe gebracht. Jeder Weg sauber geharkt und ohne das kleinste Graspflänzchen. Der Kies ist so reichlich auf die Wege gekarrt, daß man beim Laufen keinen festen Tritt hat, sondern leicht einsinkt. Da begreife ich, daß es just daran liegt, daß die Schneemänner sich hier bewegen, als stolzierten sie wie die Störche im Salat.

Plötzlich finden in meinem Kopf vertrackte Überblendungen statt: Zuerst weiß ich nicht gleich, wann ich so akkurat waagerecht in Reihe auf dem Boden liegende Uniformleichen zu Gesicht bekommen habe, aber dann wird das überblendende Bild schärfer, und ich sehe direkt neben den grünen im Boden steckenden Flaschen eine zweite Reihe aus Springerstiefeln, und die gehören zu den toten Tommies, die genauso dicht nebeneinander, als wären sie angetreten und einfach nur längelang nach hinten gekippt, auf dem Oberdeck eines kleinen Frachters liegen: abgeknallt im Hafen von Saint-Nazaire.

Ich weiß, ich darf hier nicht herumstehen wie geistesgestört – also Zielstrebigkeit vorgeben und einmal quer durch das ganze Lager. Wenn ich so dahinstolziere, kann mir keiner ansehen, was für Gedanken ich im Kopf wälze, die wieder zum eigentlichen Zweck meines Aufenthalts hier zurückkehren: Dönitz unterm Malen für den Fall Suhrkamp interessieren –

das ist doch eine Wahnidee! Wie ich Dönitz einschätze, wird er weder den Namen Peter Suhrkamp noch den des Verlags wirklich kennen. Ich weiß längst, daß er ein ungebildeter Mensch ist, auf der ganzen Linie ungebildet und unsensibel dazu. Genau wie sein Führer ein zu Macht und Ansehen gekommener Parvenue.

Vielleicht den Stabschef in das einweihen, was mit Suhrkamp passiert ist – ob das Sinn machen könnte? Ich fürchte nur, der wird den Vorhang runterrasseln lassen, wenn er auch nur ein Wort von der ganzen Verhaftungsgeschichte zu hören bekommt. Der wird sich kaum hinter dem Rücken seines Befehlshabers exponieren wollen, und außerdem hat er ganz andere Sorgen ... Trotzdem kaue ich wie ein Hund an seinem Knochen an dem einen Gedanken: Wie könnte ich es anstellen, dem Stabschef gegenüber das Gespräch auf Peter Suhrkamp zu bringen. Und wie beiläufig genug? So beiläufig, daß er nicht gleich zurückschreckt. In seinem Büro, das weiß ich, geht das nicht. Ich werde ihn heute abend in der Messe abzupassen versuchen – früh schon dort sein und ihm regelrecht auflauern.

Bis dahin ist aber noch eine Menge Zeit. Ich sollte mich ans Schreiben machen. In meiner Kammer stehen Tisch und Stuhl, und zu schreiben gibt es genug ... Aber dann hält es mich doch nicht in meinem Quartier, und ich streife herum und beobachte den Betrieb. In einem Vorraum zur Messe ist der »Heldenfriedhof« eingerichtet: Nur hochdekorierte Kommandanten abgesoffener Boote sind hier – gerahmt und unter Glas – versammelt, einer dicht neben dem anderen. Unter dem aus seinem Rähmchen starr frontal blickenden Endraß gilbt ein ebenfalls unter Glas gerahmter Zeitungsausschnitt:

»Zu den hervorragendsten Taten Endraß' zählen die Versenkungen des größten britischen Hilfskreuzers ›Carinthia‹ von 22300 Tonnen und des modernsten Hilfskreuzers ›Dunvegan Castle‹ von 15000 Tonnen. Bei diesen wie auch bei den anderen, unmittelbar unter der englischen Ostküste durchgeführten Unternehmungen schritt Endraß unter ungünstigen Bedingungen mit Kaltblütigkeit und Umsicht zum Angriff. Auch stärkste feindliche Sicherung und Abwehr konnte den tapferen Unterseebootkommandanten von dem einmal gefaßten Entschluß nicht abhalten. Als fünfter Unterseebootkommandant überschritt Endraß nach dem Bericht des Oberkommandos der Wehrmacht vom 9. Juli 1941 die Versenkungsziffer von 200000 Tonnen. Das Eichenlaub zum Ritterkreuz des Eisernen Kreuzes war diesmal die Anerkennung des Führers für die hervorragenden Taten Endraß', der auch durch Erlaß des Oberbefehlshabers der Kriegsmarine wegen besonderer Auszeichnung vor dem Feinde zum Kapitänleutnant befördert wurde.«

Das hat er nun von seinem vielgerühmten »Kampfesmut«, der Kapitänleutnant Endraß: ein Brustbildfoto im schlichten Rähmchen, halbrunde Profilleiste, schwarz gebeizt, und eine Art militärischer Laudatio aus der Heimatzeitung.

Vor seiner letzten Reise war Endraß total erledigt. Dieses Flackern im Blick hat mich heftig alarmiert, als ich ihn zeichnete. Da ahnte ich bereits, daß er es nicht mehr lange durchstehen würde. Und dann hat es ihn tatsächlich erwischt!

Beim Abendessen in der Messe lasse ich verstohlen meinen Blick von einem zum anderen gehen. Es herrscht schon ein ziemlich großer Auftrieb: reichlich junge WOs und auch höhere Ränge. Ich weiß nicht, was Dönitz veranlaßt hat, die Chefs der Schulbootflottillen und auch ein Sortiment Frontkommandanten herbeizutrommeln. Wahrscheinlich, weil vermutet wird, daß die Invasion bevorsteht und nun doch die Endphase dieses Orlogs beginnt – und da müssen alle greifbaren Offiziere der Frontboote noch einmal mit den alten überhitzten Parolen aufgekächert und richtig scharfgemacht werden: dem Endsieg entgegen.

In den Gesprächsbrocken, die ich links und rechts aufschnappe, ist von auffallend verstärkten Luftangriffen die Rede, von den großen Bomberverbänden, die Tag für Tag nach Frankreich einströmen und die Verkehrswege bombardieren – Flugplätze, Straßen, Bahngeleise, Rangieranlagen, Bahnhöfe. Und vor allem Brücken.

Kein Zweifel: Frankreich wird für die Landung der Alliierten »reif« gebombt. Aber wann kommt sie? Und wo? Einen Hafen frontal zu attackieren, dagegen müßten die Erfahrungen von Dieppe sprechen. Eine Landung *in der Nähe* eines Hafens also? Flache Buchten gibt es genug. Einen *Hafen* brauchen sie aber, der Nachschub darf nicht abreißen, und Nachschub kann nur mit großen Schiffen kommen. Sturmboote, Landefähren – alles schön und gut! Aber was, wenn schweres Gerät an Land muß?

Als ich später in einem clubartig eingerichteten Raum neben der Messe einen Schluck Bier trinken will, dringen vereinzelt Satzfetzen bis an meinen Katzentisch: »Was ist denn aus Morgentaler geworden?«

»Nach Degradierung auf einem VP-Boot gefallen.«

»Da hat er wenigstens die Schmach getilgt!«

Die Schmach! Was wird der Mann schon verbrochen haben?

Kommandanten, die nicht blindwütend angreifen, werden neuerdings gar nicht erst degradiert, sondern vors Kriegsgericht gestellt: Auf Feigheit vor dem Feind steht die Todesstrafe.

Vom Nebentisch höre ich ein Murmeln: »Lebe, wie du, wenn du stirbst, wünschen wirst, gelebt zu haben.« Da scheint jemand noch normal denken zu können. Aber als ich meinen Kopf drehe, sehe ich nichts als versteinerte Mienen.

Beim Hinausgehen entdecke ich endlich auch den Stabschef, der aber offensichtlich bereits angetrunken ist.

»Pantry«, ruft er und sieht durch mich hindurch.

Es hätte keinen Sinn, absolut keinen Sinn, den Stabschef um Rat und Hilfe für Zar Peter anzugehen, sage ich mir.

Ich liege in meiner elenden Arbeitsdienstkoje – weißblau gewürfeltes Bettzeug – und finde keinen Schlaf. Dabei denke ich selbstironisch: Sollte ich mich nicht freuen, daß ich mich endlich mal wieder dem nervenerfrischenden, kräfteschonenden Einzelschlaf hingeben darf und das dazu noch in bester terpentinhaltiger Luft. Statt dessen wälze ich mich von einer Seite auf die andere und kann das Karussell, das sich in meinem Kopf dreht, nicht stoppen.

Wie weit sind wir heruntergekommen – sozusagen systematisch! Vom Sardinenschlößchen Kernével bei Lorient bis hierher in die Baracken. In Kernével bin ich mit Dönitz und seinem schönen Adjutanten noch den Strand entlanggelatscht ... Der Adjutant von damals war wenigstens halbwegs komisch: Wenn er einen in der Krone hatte, plärrte er lauthals: »Ich bin schön! – Ich bin dumm! – Ich bin aktiv!«

Auf dem Oberjoch über Hindelang im Allgäu ging's los mit meinem Barackendasein: Mich würgt es jetzt noch, wenn ich an die Klobaracke im Arbeitsdienst denke. Die fettig geteerten Pißwände! Der Salmiakgestank – oder war's Ammoniak? –, den sie bis weit vor die Tür verbreiteten! Wie der einem den Brechreiz in die Kehle steigen ließ, noch ehe man die Klinke zu fassen bekam. Und das gleich nach dem Wecken – also noch im Dunkeln! Und dann, wenn man sich endlich ausgeschissen hatte, der Sturm auf die Küchenbaracke, wo einem zwei hohe, vom vielen Anstoßen schwarzgefleckte Emaillekannen in die Hände gedrückt wurden, die dann mit kochendheißem »Negerschweiß« gefüllt wurden. Das pappige Brot, die mit Wasser verdünnte Vierfruchtmarmelade, die durch das Brot nur so hindurchsuppte, und dazu dieser Negerschweiß, der Kaffee darstellen sollte! Was für ein furchterregendes Gesöff das aber auch war! Und dann die verzweifelten Kauanstrengungen und die Schluckversuche, die mir schier die Augen aus den Höhlen trieben. Schließlich blieb einem nichts anderes übrig, als dieses verdammte Zeugs hinunterzukippen, wenn man nicht an dem widerlich klebrigen Brei im Maul und schon halb im Schlund ersticken wollte.

Es dauerte seine Zeit, bis ich die den ganzen Tag über guttural gebrüllten Flüche und Drohungen halbwegs verstand und sie für mich ins Hochdeutsche übersetzen konnte: »Ich reiß Ihnen das Arschloch auf bis an die Halsbinde ...«, bekam ich so heraus. Oder: »Sie gehören aufgedünstet, daß Sie nicht mehr wissen, ob Sie Männchen oder

Weibchen sind ...« – »Dastehen und stinken wie eine Hundertschaft Gorillas – sonst könnt ihr nichts!«

Mitten in der Nacht ist Fliegeralarm. Bald schon kann ich das nicht abreißende Orgeln und Dröhnen einer Luftarmada hören. Und nun ist bleiches Flackerlicht im Fensterrahmen. Für Sekundenbruchteile werden die Kiefern vor meinem Fenstergeviert zu Scherenschnitten: Die Flak schießt wie verrückt.

Kein Zweifel, das ist ein neuer schwerer Angriff auf Berlin. Berlin war immer wieder schlimm dran. Aber was jetzt stattfindet, ist nicht mehr die übliche Routinebomberei. Jetzt ist die Endrunde eingeläutet. Jetzt geht es aufs Ganze. Der »hirngestörte Syphilitiker« Churchill zeigt seine Bulldoggenzähne.

Haben wir denn überhaupt keine Nachtjäger mehr? Ist es schon so weit, daß die sich hier tummeln können, als wären sie über eigenem Land?

Das Flugzeuggedröhn will und will kein Ende nehmen. Was für ein Glück, daß ich nicht in Berlin bin!

Kaum bin ich am frühen Morgen vor meine Baracke getreten, kommt von vorn ein ganzer Pulk Kapitänleutnants heran, alle in vollem Wichs. Die messerscharfen Bügelfalten in den Hosen, der kesse Mützensitz, die goldblinkenden Dolche an ihren idiotischen Gehängen, die schwarzweißroten Bänder in den Knopflöchern – alles an ihnen schreit: fesch, fesch! Was für eine Ballung von »Stolz der Nation«!

Gegen die Eleganz und Glattheit dieser Kommandanten und vor allem der Stabsheinis hier würde der Alte wie ein schwerfälliger Tanzbär wirken. Gut, als Opportunisten habe ich ihn auch schon erlebt, aber als servilen Liebediener nie.

Die Nacht vor Gibraltar kommt mir in den Sinn, als der Alte mich wecken und auf die Brücke rufen ließ, und ich mir nicht mal die Zeit nahm, in meine Seestiefel zu fahren, weil ich dachte, da muß was los sein, wenn der Alte mich mitten in der Nacht wahrschauen läßt. Und dann stellte sich heraus, daß es nicht mehr als ein bißchen Lichtschein am östlichen Horizont war, für den er mich auf die Brücke holte.

»Lissabon querab«, murmelte der Alte nur, und wenn ich jetzt daran denke, krampft sich mir das Herz zusammen. Als wir da, starr wie Monumente, dicht nebeneinander in der linden Luft auf der Brücke standen und nach Osten blickten, war das für mich ein großer Augenblick – und ist es noch heute: jetzt, in diesem Augenblick.

Als die jungen WOs, Kommandanten und Stabsleute schon im offenen Karree angetreten sind, bin ich heilfroh, daß ich meinen Fotoapparat vor dem Magen hängen habe, denn der legitimiert mich dazu, frei herumzulaufen.

Ob ich nun will oder nicht: Plötzlich vermischen sich in meinem Kopf die Geschniegelten mit ganz anderen Gestalten – mit Schiffbrüchigen nämlich, die sich irgendwo im Atlantik an Schiffstrümmer klammern, Männer, die vom Kesseldampf verbrüht sind, und wieder andere, die im brennenden Öl verenden. Das ist das Irre an diesem grausigen See-Orlog, daß die Schiffsbesatzungen, wenn es hart auf hart geht, auf jede nur erdenkliche Weise zu Tode kommen können. Einfach abzusaufen, einen so gnädigen Tod hat von denen, deren Schiff torpediert ist, längst nicht jeder.

Ich kann, weil der Großadmiral den ganzen Verein gehörig warten läßt, die Angetretenen einzeln in den Blick nehmen – vor allem die Stabsoffiziere. Da sind sie nun in meinem Sucher: die beflissenen Fähnchenstecker, die Statistiker des Todes, die sinistren Rechenkünstler, denen die Frontferne bestens hilft, ihre Verblendung zu pflegen. Aus *diesen* Reihen wird sich nie Zweifel, geschweige denn Protest regen. Für die gilt nur Haltung zeigen und gläubig hinnehmen, was die Führung verkündet.

Zweiundvierzig Boote waren es, die im Wonnemonat Mai '43 abgesoffen sind. Fünfzig mal zwoundvierzig gleich zwotausendeinhundertmal jämmerliches Verrecken in einem einzigen Monat! Angesichts solcher Schreckenszahlen hätten doch nicht *alle* schweigen dürfen.

Wo beginnt die Schuld, die Mitschuld? Wie lange kann einer an die gerechte Sache glauben, wenn er erfährt, welche Unmenschlichkeit in ihrem Namen begangen wird? Ist Selbsttäuschung Schuld? Ist Verschweigen Schuld? Gleichgültigkeit?

»Achtung! Diiie Augen links!« – »Au-gen rechts!« höre ich brüllen.

Der Großadmiral erscheint.

Und dann steht Dönitz, den Blick ins Nirgendwo gerichtet, vor seinen wie zu Salzsäulen erstarrten Offizieren. Sein Kopf wirkt klein, wie geschrumpft, ganz erdrückt von der viel zu großen goldverbrämten Mütze, unter der sich die unproportioniert geblähte Stirn verbirgt.

Ich habe meinen Apparat wie eine schwarze Maske vor dem Gesicht. Durch den Sucher sehe ich den Großadmiral ruckartig wie eine schlecht geführte Marionette gestikulieren. Erst als ein halbes Dutzend Bilder durch sind und ich den Fotoapparat absetze, kann ich seine schrille und sich immer wieder überschlagende Stimme richtig hören. Ich würde mir am liebsten die Zeigefinger in die Ohren stecken, so unerträglich ist dieser halb gekreischte Sermon, den ich schon fast wortwörtlich kenne.

Aber was sehe ich da? Dönitz trägt das ominöse goldene Parteiabzeichen am Uniformrock!

Ich sehe dieses goldene Parteiabzeichen – die goldene Wollhandkrabbe – zum ersten Mal. Und ausgerechnet an der Uniform von Dönitz! Ich will meinen Augen nicht trauen! Aber da sehe ich noch mehr: Dönitz hat sich gründlich umdekoriert – und zwar genau nach dem Muster Hitlers. Die breite Ordensschnalle, mit der er sonst zu protzen pflegte, hat er weggelassen. Sein Idol Hitler hat ja keine aufzuweisen! Dafür hat sich Dönitz aber direkt über dem EK aus dem Weltkrieg die Wollhandkrabbe angesteckt – alles just so, wie es sein großer Führer zu tun pflegt.

Das müßte der Alte sehen können! Das müßte auch Kasack sehen können: Vom »Soldaten« Dönitz hat er geredet. Und jetzt zeigt sich dieser Dönitz vor seinen Offizieren ganz offen als Nazischranze, zu der er ja längst schon mutiert ist.

Ich muß dieses goldene Hakenkreuzabzeichen so zwanghaft fixieren, daß ich für eine Weile nichts anderes mehr mit dem Sucher anvisieren kann und schon gar nichts mehr von der Kreischsuada aufnehme. Diese Kostümierung muß neuesten Datums sein. Da müßten jetzt wohl alle in die gleiche Richtung linsen wie ich und über die Verwandlung staunen, denke ich mir. Aber als ich ganz vorsichtig, den Apparat noch im Anschlag, nach rechts und nach links lure, merke ich, daß alle nur leer vor sich hin starren. Sieht denn keiner außer mir, daß sich unser Oberbefehlshaber demonstrativ als Nazi herausgeputzt hat?

In meinem Kopf geht es heftig durcheinander. Ich könnte mich in den Boden dafür schämen, daß ich mich früher einmal für diesen skrupellosen Verführer begeistert habe und daß ich bis zu dieser Minute insgeheim wohl doch noch hoffte, Dönitz wäre tatsächlich im Kern Soldat, der nur seinen Palavertribut abzuleisten hätte.

Was ist das überhaupt für eine groteske Vorführung! Dieses fahrige Rucken mit dem Kopf. Das Zucken mit den Händen, das nicht mit dem Phrasengeschrei zusammenpaßt. Nicht zu fassen, was aus diesem Mann geworden ist! Was Dönitz hier bietet, ist eine Hitler- und Goebbels-Imitation in einem – eine einzige Schmiere. Aber eine so miserable, daß es fast schon wieder zum Lachen ist. Nur lacht hier keiner, weil das in diesem verdammten Theater so schrecklich lebensgefährlich wäre. Über den Reichsjägermeister Göring lacht auch keiner – und über den Gröfaz erst recht nicht. Es kann nicht nur Angst sein, die das bewirkt – vielleicht ist es eine Art Gewöhnung und die Erkenntnis, daß doch nichts mehr zu ändern ist. Erkenntnis? Bei den Kommandanten, ja – aber den Stabsheinis und den meisten der jungen WOs kann man sicher *alles* erzählen. Sie werden den hanebüchensten Blödsinn glauben.

Und jetzt höre ich auf das Dönitz-Gewäsch: ». . . das Moment der PFLICHTERFÜLLUNG ist das einzig Wesentliche in unserem Dasein! PFLICHTERFÜLLUNG und VATERLANDSLIEBE! Das sind die

LEITSTERNE FÜR UNSER LEBEN! Danach werten wir den Menschen! SICH BEWÄHREN IM GEIST DER GEMEINSCHAFT! Es gibt höhere Werte als das eigene Leben – nämlich DIE SOLDATISCHE PFLICHT, VOLK UND VATERLAND ZU SCHÜTZEN! Die einmalige Leistung von FRONT und HEIMAT wird im späteren Urteil der Geschichte ihre Würdigung finden!«

Der Großadmiral legt eine Pause zum Luftholen ein. Oder hat er etwa vergessen, wie sein ewiger Sermon weitergeht? Er hat die Hände vor dem Leib aneinandergelegt, aber nicht mit den ganzen Flächen, sondern nur mit den Daumenballen und den Fingerspitzen, und nun macht er federnde Bewegungen mit ihnen, als wollte er zwischen den Handflächen etwas zerdrücken. Ganz plötzlich schnarrt er wieder los: »Die Parole heißt jetzt OPFERGANG! Der Einsatz unserer Boote wird ein einziger GROSSER OPFERGANG! IN TAPFERER SEELISCHER HALTUNG FREIWILLIG DIESEN GROSSEN OPFERGANG ...«

Mein Blick fällt auf den Adjutanten, der seine Blauaugen mit den halb verhängten Oberlidern unbewegt geradeaus richtet, mit nicht mehr Spur von Ausdruck im Gesicht als ein Toter. Er erlebt seinen Herrn und Gebieter in diesem Kreisch- und Zappelauftritt an manchen Tagen sicher gleich ein paarmal hintereinander. Wie hält er das aus?

Gleich frage ich mich auch: Was sind das nur für Kräfte, die Dönitz zum Rattenfänger machen? Wie schafft er es, diese jungen Männer auf sich zu vergattern, sie zu ergebenen und getreuen Gefolgsleuten zu machen? Diese Hörigkeit, die schier hündische Ergebenheit bei vielen – wie funktioniert das? Sollte ausgerechnet dieses fatale Gewäsch als Narkotikum wirken können?

Der Großadmiral schrillt und hechelt. Er ist gerade bei seinem »ENGLAND ABWÜRGEN! VON SEINEN ZUFUHREN ABSCHNEIDEN!« angekommen.

Ich frage mich indessen: Wenn Dönitz all diese Jünglinge, bevor er sie in den sicheren Tod schickt, mit hypnotischen Blicken stählt, was sind sie dann für ihn? Auswechselbare Statisten im großen Todesspiel? Nimmt er sie überhaupt als lebende Menschen wahr?

Keiner in der Front bewegt sich auch nur um einen Zentimeter. Da könnte man ebensogut Pappkameraden aufstellen. Vom Film weiß ich, daß man sich, wenn Volksmengen ins Bild kommen sollen, oft mit ausgesägten Sperrholzfiguren behilft, um das Geld für die teuren Statisten zu sparen. Die hier so sauber ausgerichtet angetreten sind, sehen für mich genauso zweidimensional aus.

Mein Blick geht zu den jungen WOs hinüber: Bald werden diese halben Kinder hinuntergebombt werden in die dunkle Unterwelt. Gegen Radar, Flieger- und Wasserbomben nützen Kinnmuskelspannen und Langemarckblick gar nichts. Bald werden sie andere Augen machen, entsetzensstarre oder auch nur verwunderte, daß es schon aus und vorbei ist mit der Lebenszeit.

Als ich meinen Blick zurück auf Dönitz richte, hebt der zu einer neuen Tirade an: »Das Kantsche Prinzip des KATEGORISCHEN IMPERATIVS hat unser ... UNSER LEITSTERN zu sein! Ein DEUTSCHER Philosoph. Er hat uns gesagt, daß die PFLICHTERFÜLLUNG AN DER SPITZE DER MORALISCHEN WERTE stünde. PFLICHTERFÜLLUNG! meine Herren! – und wenn es sein muß, BIS ZUM ÄUSSERSTEN, BIS ZUM LETZTEN ... PFLICHTERFÜLLUNG AUCH UNTER HINGABE DES EIGENEN LEBENS!«

Während ich den Großadmiral anstarre, überlege ich krampfhaft: Was war das? Was hat Dönitz in einer Kommandantenbesprechung, frisch aus dem Führerhauptquartier zurück, noch gesagt? Ja doch! Das war's: »Immer wenn ich vom Führer komme, fühle ich mich wie ein Würstchen!« Das Würstchen! Das war's! Und plötzlich muß ich an mich halten, damit ich nicht herauslache.

Dagegen komme ich am besten an, wenn ich eine Zeitlang die Parolen des Großadmirals wenigstens bruchstückhaft in mich eindringen lasse: »SEELENGRÖSSE! – EISERNER ZUSAMMENHALT! – ICH VERLANGE VOLLEN EINSATZ. ICH VERLANGE TAPFERSTE SEELISCHE HALTUNG!« Und wieder: »DIE ÜBERZEUGUNG, DASS ES HÖHERE WERTE GIBT ALS DAS EIGENE LEBEN ...!«

Dönitz versucht sich jetzt, obwohl er die nun gar nicht beherrscht, in Körpersprache: Er schleudert seine Fäuste mit dem Rücken nach vorn von sich weg und läßt seine Finger dabei wie Schnappmesser herausspringen: zehn Schnappmesser. Im Rückholen der Fäuste zieht er die Schnappmesser wieder ein. Jetzt droht er mit den runden Fäusten wie ein Boxer. Er bringt sie so dicht vor sein Gesicht, als wollte er sich gegen imaginäre Schläge abdecken, dann wirft er die Fäuste gegen einen imaginären Gegner nach vorn, deckt ab – und dann wird der Trick – wie im Zirkus – noch einmal vorgemacht. Und noch einmal. Erst die doppelte Wiederholung, das weiß er, schafft den Effekt. Ich wünschte, ich hätte eine Filmkamera und könnte mir diese Schaustellung später in Zeitlupe vorführen: Wie sich der Mund verzerrt, als würde er an beiden Winkeln von Haken bis zum Äußersten breitgezogen, wie die Halssehnen scharf heraustreten, die Pupillen erstarren.

Endlich hat die Vorstellung ein Ende. »SIEG ODER TOD!« Diese zuletzt noch herausgeschriene Parole ist ein dickes Plagiat – auch die hat er von seinem Führer. »Angriff auf Kairo! Sieg oder Tod!« hieß es bei Hitler in seinem Funkspruch an Generalfeldmarschall Rommel.

Ganz benommen steuere ich das Lagertor an: Ich will hinaus in den Kiefernwald, würde mich am liebsten irgendwo auf dem Waldboden langlegen und nicht wieder aufstehen.

Was weiß dieser Dönitz schon, wie es in Deutschland aussieht? Der hat nicht einmal eine Ahnung davon, wie es sich jetzt in Berlin lebt – nur ein paar Kilometer von diesem Waldlager entfernt. Rein ins Auto. Rein ins Flugzeug – und ab nach »Wolfsschanze«. Würstchengefühle und wieder zurück in die frische Terpentinluft, und nicht etwa in Qualm und Ascheregen: So muß es sich aushalten lassen ...

Als ich mir bewußt werde, daß ich mit der Stirn an einen Stamm gelehnt zwischen den Kiefern stehe, bespöttele ich mich: wie der traurige Cowboy und sein Mustang! Allem Selbstspott zum Trotz kann ich hier draußen aber wieder freier atmen als im Lager – Terpentinduft gegen Dönitz-Beklemmung: So einfach läßt sich mein innerer Krampf lösen.

Ich leiste mir einen Blick durch den Maschendrahtzaun: einen Blick in einen Affenkral. Da hüpfen sie herum! Das Affensalutieren. Das Zur-Seite-Zucken der Köpfe, mal links, mal rechts ... Die Affenhierarchie. Hochzucht ohne Weibchen. Experimentieraffen.

Was ist nur aus diesem Dönitz geworden! Als er mir als BdU Modell saß – vielmehr stand –, konnte ich jeder Falte in seinem Gesicht nachspüren, jeden seiner Wimpernschläge verfolgen. Wenn mir damals einer gesagt hätte, dieser Mann würde dereinst zum eingeschworenen Nazi werden, wäre ich auf den losgegangen ...

Kann denn diese immer wieder bekundete Sorge des BdU um »seine Männer« nur Bluff gewesen sein? War es nur ein wohlberechneter Trick, wenn er in Paris den besten Kommandanten seinen Mercedes lieh und sie hochnobel in die Edelpuffs chauffieren ließ?

Die Welt ist verrückt: Dönitz eine kreischende Nazicharge. Der Pazifist Suhrkamp war Frontkämpfer.

In der Messe entdecke ich den alten Haudegen Bollmann. Hinter einem Glas Bier brütet er vor sich hin. Wie ich ihn so verbiestert dasitzen sehe, denke ich: Die alten Renegaten sterben eben aus. Jetzt kommen die Gefügigen, die Devoten, die Dummen und die Blinden, die karrieresüchtigen Arschkriecher ...

Draußen in der Flottille gilt für Bollmann Narrenfreiheit. Ihm scheint völlig egal zu sein, was ihm passieren könnte: Aber dazu gehört immerhin, degradiert und an die Ostfront geschickt zu werden.

»Schnauze halten! Was denn sonst? Immer schön die Schnauze halten«, redet Bollmann plötzlich wie zu sich selber los. Bloß gut, daß er in einer halbdunklen Ecke sitzt und das nicht laut hinausposaunt. Das hätte gerade noch gefehlt, daß der hier loslegt wie in der Messe der Flottille.

»Churchill – ›ein versoffener Paralytiker‹! Wenn ich das schon höre! Der heizt uns jedenfalls ganz schön ein!« brüllte er bei seinem letzten Wutanfall in der Flottille laut in die Runde, und alle taten so, als sei er besoffen. Besoffenheit entschuldigt vieles.

Hier in Koralle aber darf er auf keinen Fall laut verkünden, was sich in ihm angestaut hat. So frei zu reden wie in der Flottille, das könnte verdammt gefährlich werden.

Die tägliche Lagebesprechung ist zu Ende. Ich muß mich beim Stabschef melden.

Aber wie soll ich dem Stabschef beibiegen, daß die Schweine Suhrkamp in eine Falle gelockt haben? Und gesetzt den Fall, es gelingt mir, was kann er dann schon tun?

»Der Großadmiral wünscht die Publikation Ihres Buches – das heißt die Neuauflage«, sagt der Stabschef ohne Umschweife. »Besprechen Sie das mit Ihrem Verleger. Er soll sich, wenn nötig, über uns den nötigen Nachdruck verschaffen.«

Der Stabschef gibt mir ein DIN-A-4-Blatt. Zwischen Daumen und Zeigefinger fühle ich stumpf das sehr holzhaltige Papier.

»Lesen Sie!« sagt er knarzig.

Verdammt abgeschriebenes Schreibband. Oben ist mit Schreibmaschine »Stabsquartier Koralle« getippt. Nicht einmal einen gedruckten Briefkopf haben die. Und was für ein jammervolles gelbliches Papier!

»Die seinerzeit in Auftrag gegebene Großauflage des Buches ›Jäger im Weltmeer‹ für U-Bootwaffe und Nachwuchsförderung der Kriegsmarine ist durch Feindeinwirkung kurz vor Fertigstellung vernichtet worden. Da dieses Buch in seiner dokumentarischen Darstellung des Einsatzes der U-Bootwaffe und des Kampfes des einzelnen Bootes für die Soldaten an anderen Fronten und die Menschen in der Heimat ein gültiges Zeugnis von Leben und Leistung der U-Bootwaffe darstellt und zugleich von größtem Wert für die Nachwuchsschulung ist, verdient eine sofortige Neuauflage dringende Förderung.«

Das ist Wort für Wort der Text, den Roland mir diktiert hat. Dönitz hat ihn ungeändert übernommen und seine scharf ausfahrende Unterschrift daruntergesetzt.

»Gehorsamsten Dank, Herr Admiral. Jetzt ist nur . . .«, und da komme ich ins Stottern, »jetzt ist nur leider der Verleger verhaftet worden, Herr Admiral.«

Da verdüstert sich das Gesicht des Stabschefs plötzlich, und er verfällt in Schweigen. Eine quälende Weile lang bewegt er sich keinen Millimeter. Nun, denke ich, ist der eiserne Vorhang herunter. Es hätte mich nicht verwundert, wenn Rasseln und Scheppern zu hören gewesen wäre. Und ehe der Stabschef den Kopf hebt und mir in die Augen blickt, weiß ich: gar keine Schangs!

Endlich sagt er, so bestimmt, als habe er sich gefaßt: »Aber der Verlag arbeitet ja wohl weiter?«

»Jawohl, Herr Admiral – so gut das eben geht.«

Ich weiß, daß das schon zuviel war.

»Na also!« sagt der Stabschef, und ich kann nur noch den Brief nehmen, nochmals »gehorsamsten Dank, Herr Admiral!« sagen, Männchen machen und mit einer Kehrtwendung abgehen.

Draußen bleibe ich nach ein paar Dutzend Schritten für einen Augenblick stehen. Ich fühle mich wie vor den Kopf geschlagen. Es dauert, bis ich wieder denken kann: Der gute Kasack! Was der sich vorgemacht hat! In der Not Fliegen fressen – das wäre einfacher als das hier!

»Der Herr Fregattenkapitän ist zur Meldung zum Herrn Großadmiral befohlen«, sagt der Schreibersmaat im Vorzimmer des Adjutanten. Also warten.

Endlich kommt der Adjutant und eröffnet mir, daß gegenwärtig keinerlei Aussicht auf eine Modellsitzung bestehe. Ob ich denn nicht bereits genug Skizzen vom Herrn Großadmiral hätte, nach denen ich arbeiten könnte?

»Ich muß es eben versuchen«, sage ich und denke: Das fügt sich – nichts wie weg hier.

Während ich auf meine Baracke zusteuere, kann ich noch gar nicht richtig glauben, daß sich alles so einfach löst. Ein irres Gelächter will in mir hoch: Rien ne va plus! Alles, wozu man mich kommandieren will, Goebbels – Dönitz, alles geht schief!

Bei der Wache melde ich mich förmlich ab. Wenn ich bliebe, hätte ich bestimmt noch eine ruhige Nacht. Aber ich will weg, und zwar gleich.

Ich brauche nur zehn Minuten zu warten, da kommt schon der Bus.

Zurück in Berlin

Der Angriff letzte Nacht – der soll ein besonders schwerer auf Berlin Mitte gewesen sein. Die Gegend um den Anhalter Bahnhof hat's vor allem erwischt«, höre ich in der Bahn. Da hätte ich also Schwein gehabt!

Der Wind weht Trümmerstaub hoch und mir immer wieder direkt ins Gesicht. Mal von links, mal von rechts oder von vorn. Ich bin total verdreckt, als ich mich endlich – nach vielen Umwegen – beim Öligen melde. Ich apportiere den von Dönitz unterschriebenen Brief wie ein wohldressierter Hund.

»Das ist gut! Das ist sehr gut!« sagt der Ölige. »Dieses Schreiben sollten Sie möglichst schnell in den Verlag bringen. Daß der Herr Großadmiral für Modellsitzungen keine Zeit haben würde, war zu befürchten. Der Herr Fregattenkapitän hat mich bereits verständigt.« Pause. Und dann sagt der Ölige: »Aber wir *brauchen* das Porträt vom Herrn Großadmiral. Die Marine muß wieder genauso stark wie letztes Jahr im Haus der Deutschen Kunst vertreten sein!«

Die fixe Idee – da ist sie wieder! Jetzt heißt es schnell denken: Einen Arbeitsurlaub herausschinden ...

»Ich könnte es auch so versuchen, Herr Kapitän«, sage ich. »Hier in Berlin habe ich allerdings leider nicht meine gewohnte Umgebung – nicht mal mein gewohntes Material ... Aber daran alleine hängt es nicht. Ich stelle mir ja nicht nur eine Porträtskizze vor ...«, und jetzt gehe ich aufs Ganze: »Ich habe vielmehr eine Art holländisches Zunftbild im Sinn: der Befehlshaber mitten unter seinen Assen – Prien, Endraß, Schepke, Kretschmer ... lebensgroß die ganze Gruppe. Die müßte ich aus lauter Einzelporträts aufbauen, Herr Kapitän.«

»Aber davon sind doch einige schon längst gefallen!« wendet da der Ölige ein.

»Von denen habe ich Skizzen, sogar farbig angelegt – von früher. Alles in der Akademie, Herr Kapitän.«

»In München?«

»Jawoll, Herr Kapitän.« Und damit es sich in seinem Hirn festsetzt, wiederhole ich: »In meinem Atelier in der Akademie in München.«

Und nun hebt das große Ausfragen an: Wie viele Einzelporträts ich schon gezeichnet hätte. Wieviel Zeit mich das Ganze kosten könne ... Dann mimt der Ölige erst mal tiefes Nachdenken. Nur jetzt nicht dazwischenreden! gebe ich mir selber die nötige Regieanweisung.

Der Ölige hält beide Hände wie zum Gebet auf der Schreibtischplatte zusammengelegt, und ich kann bewundern, wie perfekt manikürt sie sind. Solche tadellos zurechtgetrimmten Griffel wollte ich auch schon immer mal haben, aber meine Nägel sind dafür zu schmal und zu weich, damit ist solche Eleganz nicht zu erreichen.

»München wird aber doch auch ständig bombardiert ...«, sagt mein Befehlsgewaltiger zögerlich, und ich weiß im Augenblick, daß ich dieses Argument gegen meine Pläne sofort wieder vom Tisch bringen muß.

»Ich habe noch einen Arbeitsraum in Feldafing, Herr Kapitän«, kann ich zum Glück behaupten. »Das letzte Mal habe ich da auch schon gearbeitet – mehr als im Atelier ...«

»Wo liegt denn das nun wieder?«

»Direkt am Starnberger See – dreißig Kilometer von München. Dahin verirrt sich keine Bombe.«

Der Ölige läßt sich viel Zeit. Dann sagt er das erlösende Wort: »Mal sehen, ob sich das machen läßt ... Haben Sie nicht auch noch Urlaub zu kriegen?«

Gott segne den Öligen und seine Intelligenz! Jetzt muß ich mir noch ein paar Pluspunkte holen: »Das sicher, Herr Kapitän. Aber ich dachte, das sei jetzt nicht der richtige Moment dafür.«

»Arbeitsurlaub ...«, murmelt der Kapitän.

Noch besser. Aber ich bin auf der Hut und lasse mir meine Freude, daß es so gut läuft, nicht anmerken.

»Also gut: Kommen Sie morgen früh und holen Ihre Papiere. Und sorgen Sie dafür, daß wir Sie immer binnen vierundzwanzig Stunden erreichen können.«

Ich kann mein Glück kaum fassen.

Feldafing, die Bude am Wald. Weiß der Kuckuck, ob da noch alles in Ordnung ist. Bei Reimers im Nachbarhaus sind meine Schlüssel deponiert, aber das Nachbarhaus ist ein gutes Stück weg. Und ob hin und wieder mal jemand von drüben über die Wiese kommt und bei mir nach dem Rechten schaut? Unter mir, im Erdgeschoß, haust die alte Scholl mit ihrem Kretin von Sohn. Zur Tarnung meiner »Schatzkammer« auf dem Dachboden direkt unter dem Satteldach könnten die beiden nicht besser sein.

Wie soll ich mich nur in München und Feldafing einrichten? In die Akademie eine Kochplatte einschmuggeln? Im Schwedenhäuschen beim

Schriftsteller Penzoldt unterkommen? Die Tochter Ulla, meine Freundin, hat sich der Reichsarbeitsdienst gekrallt, die muß bei Eichstätt Stallarbeit verrichten oder Babyärsche putzen. Vor einem Jahr, als ich für die letzte Große Deutsche Kunstausstellung Kommandantenporträts malte, war alles einfacher. Da kümmerte sich Simone um mein bißchen Haushalt. Aber diesmal?

Erst mal Ruth anrufen! Ruth wohnt in Tutzing. Nächste Bahnstation nach Feldafing.

Nach ein paar vergeblichen Versuchen klappt es endlich.

»Blubb, wo bist du?«

»In Berlin!«

»Kommst du? Hast du Urlaub?« Und dann: »Vater ist tot. Seit zwei Wochen.«

Leo tot? Die Nachricht trifft mich.

»Wenn du kommst, mußt du mir meine Bildhauerdrehscheibe aus dem Atelier mitbringen. Und wenn du es schaffst, solltest du auch so viele Bilder von Papi wie möglich mit einpacken. Spann sie einfach von den Keilrahmen ab und roll sie auf. Vor allem die, die nicht jedem ... die, sagen wir mal ... nicht unbedingt jedem gefallen könnten wegen der Dargestellten ... du verstehst doch, was ich meine?«

Und ob ich Ruth verstehe!

»Wenn die da gefunden werden«, sagt Ruth, »wird das ganze Atelier angezündet. Die müssen da raus, Blubb. Um jeden Preis!«

»Und deine Bildhauerdrehscheibe muß auch mit?«

»Ja! Ich hab eine Plastik im Kopf. Eine Figur, sechzig Zentimeter etwa hoch. Ohne die Drehscheibe schaff ich das nicht. Das mußt du verstehen, Blubb. Hier krieg ich doch so was nicht!«

»Du hast Nerven! Mit den Bildern und meinen Klamotten werde ich genug zu schleppen haben ... Wie stellst du dir das vor – auf deiner Insel der Seligen? 's ist Krieg, Mylady!«

Darauf kommt nur stereotyp: »Bitte, Blubb, versuch's! Bring sie mir mit!«

Die Straßenbahn fährt immer noch nicht, aber bis zum Verlag ist es nicht weit. Ich muß zum Verlag, so schnell es geht.

Großes Aufatmen, als ich den Dönitz-Brief bringe. Die Bachmann ist aber nicht da. Nein, erfahre ich, passiert ist ihr nichts, aber in ihrer Nachbarschaft hat es einen Bombentreffer gegeben, und jetzt sind bei ihr auch die letzten Scheiben hin.

Gott sei Dank funktioniert ihr Telefon. Ob ich zu ihr kommen könne, fragt die Bachmann. Meine Fotos habe sie vorsichtshalber mit nach Hause genommen – und bis dahin hätte sie auch Pappe vor die Fenster genagelt.

Von Zar Peter weiß man nichts Neues. Zum dritten Mal höre ich, Breker sei eingeschaltet, aber wessen Ohr er nun wirklich hat – das des Führers oder das von Göring –, kann ich nicht herausbringen.

Ein scharfer Wind bläst in die glimmenden Schutt- und Aschenberge und facht die Feuer wieder an. Eine Reihe lichterloh brennender Häuser sieht aus, als würden in ihnen rauschende Feste gefeiert: in allen Stockwerken – von oben bis unten: Aus allen Fenstern leuchtet warmgelber Schein. Potemkinsche Feste! fällt mir da ein, und mit eins verdreht sich mir alles: Das sind hier überhaupt keine Straßenzüge. Hier stehen gar keine massiven Häuser, sondern nur täuschende Fassaden. Der Effekt ist grandios! Was allein fehlt, ist die richtige Musik. Wagner würde ich sagen. Volles Orchester! Das Knacken und Prasseln würde sich dazu gut machen. Das brächte Wucht und Tiefe hinein . . .

Ich verliere die Orientierung. Eine Straße ist wohlerhalten. Verrückt: Hier wirkt jetzt schon das Intakte wie künstlich. Das Dämmerlicht macht die Szenerie vollends unwirklich.

Als ich gut einen Kilometer gelaufen und über neue Trümmer geklettert bin, sehe ich einen Löschtrupp, der mit zwei kräftigen Rohren das einzige Haus weit und breit anstrahlt, das vollkommen unbeschädigt ist. Keine Spur von einem Brand! Zivilisten, offensichtlich die Bewohner des lichterloh brennenden Nachbarhauses, flehen die Uniformierten an, doch damit aufzuhören und den Dachstuhl ihres Hauses zu löschen.

»Befehl!« heißt es daraufhin nur.

Sind die denn völlig durchgedreht? Ich trete näher und lege die Hand auf meine Pistole. Ich bin mit einem Mal verrückt vor Zorn. Mit bebender Stimme gebe ich den Befehl, das Spritzen einzustellen und das daneben brennende Haus zu löschen. Die Feuerwehrleute murren, scheinen aber auf meiner Seite zu sein. Ich spüre es. Da kommen SS-Chargen heran. Zu dritt. Einer der Kerle fährt mich an: »Ich lasse Sie verhaften!«

»Daß ich nicht lache!« gebe ich ihm wütend zurück.

Der Mann kocht ebenfalls. Ich könnte das Aggregat zerschießen . . . Da merke ich, daß ich verloren habe: Vier, fünf SS-Leute kommen heran. Um meine Empörung niederzuringen, zerbeiße ich mir schier die Zähne. Ich muß mich geschlagen geben und mich davonmachen wie ein getretener Hund.

Das hätte böse schiefgehen können! Meine unkontrollierten Haßausbrüche sind nachgerade verdammt riskant geworden. Dieses Berlin ist heißes Pflaster. Bloß wieder weg hier, sobald es geht!

Ich muß versuchen, dem Gedankenwirbel Einhalt zu gebieten. Kasack anrufen? Ihm sagen, daß er Dönitz abschreiben kann? Zu riskant. Außerdem: Was soll's! Dönitz ist nicht das einzige Eisen, das er für Suhrkamp im Feuer hat. Ich kann jetzt nichts mehr tun. So, wie es aussieht, muß ich aufpassen, daß ich nicht selber zwischen die Mühlsteine gerate.

Das Gefühl der Ohnmacht, der totalen Hilflosigkeit überwältigt mich ganz und gar. Ich fühle mich hundeelend.

Ich muß aufpassen, daß ich schön in der Mitte der Straße bleibe und nicht über einen der vielen Brocken stolpere, die hier herumliegen. Und auch auf die Verhaue der Fahrdrähte von der Straßenbahn heißt es zu achten. In denen kann man sich böse verfangen und zu Boden gehen.

Ich habe mir eine Leuchtplakette gekauft, eine brillenglasgroße Pappscheibe zum Anstecken, die im Dunkeln grünlich leuchtet. Anscheinend sind die hier die große Mode und dazu praktisch. So rennt mich kein Gegenkommer über den Haufen, wenn es in einer Straße stockfinster ist.

Das ist schon ein Witz: Die Alliierten lassen Phosphorkanister vom Himmel regnen, und wir dekorieren uns mit Phosphorplaketten. Als unser Schneeberger Chemiepauker, die »Minna«, vorführte, wie seine Phosphorstangen, ins Wasser gesteckt, auf einmal mit bläulichen Flammen zu brennen begannen, haben wir schön gestaunt. Jetzt weiß ich mit dem Teufelszeug umzugehen – aber ich weiß nicht, woher Phosphor kommt. Die Alliierten scheinen ihn ja in rauhen Mengen zu haben.

Bei meiner Suche nach der Hausnummer der guten Bachmann könnte ich freilich besser eine Taschenlampe brauchen als meine Leuchtplakette. Mit allem bin ich ausgerüstet: mit einer Dose spanischer Ölsardinen sogar, aber nicht mit einer Taschenlampe.

Da quatsche ich einfach einen Schatten vor mir an: »Ach bitte, wo ist denn hier die Hausnummer zwoundzwanzig?«

»Da stehen Sie direkt davor«, höre ich eine heisere Frauenstimme.

»Verbindlichen Dank!«

Ich kann mit einem Blick sehen, was die gute Bachmann hergerichtet hat: Schnittchen mit Dorschleberpastete und dazu steht eine Flasche Allasch auf dem runden Couchtisch.

Weil ich nun mal gewohnt bin, jede neue Umgebung schnell und unbemerkt in genauen Augenschein zu nehmen, registriere ich: ein einziger Holzsessel mit Stoffsitz und ein ungefüges Ledersofa mit abgewetzten Armstützen. Darauf zwei Kissen mit gehäkelten Karos – ähnlich bunt und von der gleichen Größe wie Topflappen, aber eben zum Kissenbezug zusammengenäht. Auf einem gebeizten Bücherregal der übliche dunkelbraune Volksempfänger. Ein schmaler Bücherschrank mit Glastüren. Parkettfußboden, ein abgetretener Teppich, dessen Muster im Halbdunkel einer Stehlampenfunzel kaum noch zu erkennen ist.

Als ich im engen Flur zwei unsichere Schritte mache, sagt die Bachmann glockenrein: »Die schmale Tür links!«

Na gut! Ich wollte zwar gar nicht aufs Klo, aber Vorsorge ist immer gut.

In der Wanne steht eine Emailleschüssel mit Metzelsuppe: zwei, drei weiße Lurche treiben in der rosa Brühe: eingeweichte Damenbinden. Ich kann kaum schiffen vor lauter Schreck über den Anblick.

Ein Unglücksfall: Die Bachmann ist zu schnell in die Küche gestürzt, das Becken muß sie vergessen haben. Die Bachmann hat also Stander Z, den roten Angriffsstander, vorgeheißt. Bis ich dahinterkam, was das hieß, wenn bei der Marine einer über eine Lady sagte »die hat den Stander Z vorgeheißt«, verging 'ne Menge Zeit . . .

Ich muß mich auf das Ledersofa setzen. Und da sitze ich nun, um nicht nach hinten in halbe Schlafstellung zu sinken, auf der Vorderkante wie in meiner Tanzstundenzeit, wenn ich einen förmlichen Besuch bei den Eltern meiner Tanzstundendame zu absolvieren hatte.

Während ich mir alle Mühe gebe, die Unterhaltung in Schwung zu bringen, repetiert sich in meinem Hinterkopf ein Satz aus »De Bello Gallico«: »In der Regel trugen die Germanen rote Bärte.« Als Pennäler haben wir darüber weidlich gelacht. Und jetzt? Jetzt trägt die Erinnerung daran nicht gerade zu meinem Auftrieb bei.

Die gute Bachmann ist wie verwandelt: Sie hat sich mit einem teegelben Häkelkragen über den Schultern herausgeputzt und mit einem beigefarbenen Rock mit aufspringenden Falten. Auch ihre Frisur ist anders als sonst, und ich muß unterm verlegenen Reden zwanghaft darüber nachgrübeln, was daran denn nun anders ist, als es im Büro war.

Ich solle doch zulangen! sagt die Bachmann und schickt ein Kichern hinterher. Das Weckglas sei Kürbis, süßsauer, von ihr selber eingelegt. Über Kürbis weiß ich gut Bescheid: Vor dem Feldafinger Hexenhäuschen habe ich auf dem Moorboden schon einmal eine Rekordkürbisernte erzielt: riesige Dubasse, eine Freude fürs Auge – wie mächtige gelbe Ärsche sielten sie sich zwischen ihren saftprangenden Blättern. Wir reden also über Kürbisse – den Vergleich mit den prallen Ärschen lasse ich aber weg.

Die Absurdität dieses Gequatsches wird mir so plötzlich bewußt, daß mir der Brei aus Brot und Dorschleberpaste schier in der Kehle steckenbleibt: Was hat mich nur an diesen rollfähigen Schnittchentisch unter der messingnen Wohnzimmerlampe mit den grünen Glasperlenfransen gebracht?

Die gute Bachmann prostet mir jetzt auch noch mit einem violett getönten, geschliffenen Römer zu, und ich muß ihr mit einem resedagrünen Bescheid tun. Dabei bekomme ich mich wieder an die Kandare und frage, woher sie denn diesen herrlich frischen Wein habe.

»Schwarzmarkt natürlich!«

Die Bachmann sagt, sie habe auch phantastische Schallplatten. Lucienne Boyer und sogar Charles Trenet – und dabei zeigt sie auf ein anderes Tischchen. Und jetzt erkenne ich: Da steht wie mit aufgesperrtem Maul ein Koffergrammophon.

Ich rede schnell darüber hin, daß ich genau das gleiche Grammophon besäße: »La voix de son maître«, und fasse zum Glas. Jubel, Trubel, Heiterkeit – aber wie komme ich hier bloß wieder hinaus, denke ich. Was ist das aber auch für ein verkrampftes Theater!

Plötzlich kippt die gute Bachmann aus der Rolle und schluchzt trocken auf – so heftig, daß ich erschrecke. Ich bin gleich hoch und lege ihr meine beiden Hände von hinten auf die Schultern, und nun kommt sie auch hoch, und schon habe ich eine tränenüberströmte Bachmann an der Brust. Den Gedanken an mein Hemd, das dabei versaut wird, will ich als schnöde unterdrücken, aber es ist nun mal mein letztes sauberes.

»Der arme Zar Peter!« entringt es sich der Bachmann unter Schluchzen. Ich weiß nichts anderes, als ihr den Rücken zu tätscheln. Dann hat sie sich aber schneller, als ich dachte, wieder in der Gewalt und wischt sich mit beiden Handrücken die Tränen ab.

Jetzt muß eine sachliche Rede her, damit es nicht gleich wieder Tränen gibt, und so frage ich mit der nüchternsten Stimme der Welt nach meinen Fotos. Die Bachmann hat sie auch gleich zur Hand.

»Kostbares Material«, sage ich, »und nicht fürs allgemeine Publikum – mehr für den zweiten Band ›Jäger im Weltmeer‹.«

Und dann rede ich und rede, was ich alles auf dem Programm hätte an Büchern für den Verlag und vermeide dabei, Zar Peters Namen zu nennen. Ich rede von Kasack, von Penzoldt, von Carossa . . . und dann gucke ich plötzlich auf die Uhr an meinem linken Handgelenk und mime Erschrecken: So spät soll das schon sein?

Ich rede noch etwas daher von einem wahnsinnig vollgestopften nächsten Tag, und dann bin ich nach zwei heftigen Umarmungen auch schon auf der Straße und bedenke mich kurz: Welche Seite? Rechts oder links? Und stiefele nach rechts ins Dunkle hinein.

Als ich schlaflos in meinem Hotelbett liege und über Dönitz und seine Verwandlung zur Nazicharge nachdenke, habe ich auch wieder den eulengesichtigen Kasack vor mir in einer Aureole aus Hoffnung auf den Soldaten Dönitz, und da sehe ich zugleich auch meinen Mentor Suhrkamp so, wie ich ihn das letzte Mal vor seiner Verhaftung erlebt habe – nämlich bolzengerade hinter seinem Schreibtisch stehend, in der Szene mit dem Zivil tragenden Redakteur seines Literaturblattes. Als er den: »Sie feiges Schwein!« nannte, erschrak ich tief. Ich wußte nicht, was plötzlich in ihn gefahren war. Dann erfuhr ich: Der Redakteur kam gerade aus Norwegen, wo er sich – um nicht Frontdienst leisten zu müssen – beim Arbeitsdienst herumdrückte und Vorträge hielt.

Das hätte doch nur lobenswert sein müssen in den Augen eines Pazifisten. Aber nicht in den Augen des Pazifisten Peter Suhrkamp. Damals wußte ich noch nichts vom Stoßtruppführer Suhrkamp – und in diesem Augenblick sprach nur der aus ihm.

Das Ganze hat mich wieder und wieder bewegt, weil die Frage bestand, ob der Redakteur etwa nur keinen Kriegsdienst für die Nazis leisten wollte oder tatsächlich ein Jammerlappen war. Ausgerechnet mein Mentor Suhrkamp mußte mir auf diese Weise den tiefen Widerspruch zwischen Soldatentum und Nazigesinnung vorführen.

Mein Plan steht fest: Mit dem Nachtzug nach München. Meine Papiere muß ich holen – und Roland steht noch auf der Liste. Und dann zum »Knie«, in Leos Atelier – und von dort direkt zum Bahnhof, diesmal dem Anhalter.

In Leos Atelier stehen ringsum Bilder, die ich gut kenne: Er hat sie alle gemalt: Emil Nolde, Ernst Barlach, die Kollwitz – und rechtzeitig. Dann kamen die Nazis und wollten auch gemalt werden. *Daß* auch die alle gemalt werden wollten, das ist wieder eins der Phänomene, die ich nicht kapiere. Leo hat sie ja nicht in sein Atelier gebeten. Die haben ihm vielmehr die Bude eingerannt. Als ob Fotografien nicht genügt hätten! In Öl gemalt, auf Leinwand – für die Nachwelt! Zum Kichern.

Über einer Leinwandkante sehe ich auf einer zweiten größeren Leinwand dahinter eine Stirn und ein paar große, dunkle zur Seite blickende Augen: Goebbels. Kein Zweifel! Auf der Treppe in seinem Ministerium habe ich den Doktor Siegesmund nicht gut erkennen können. Da hing ihm die Hutkrempe zu tief ins Gesicht. Jetzt aber brauche ich nur eine Leinwand wegzunehmen, und er lehnt zur gefälligen Betrachtung vor mir an der Wand. Da sind auch diese langen, schlanken Hände, die Leo »sprechende Hände« nannte und sie deshalb so betont wie sonst bei keinem anderen Porträt in die Komposition fügte.

Sprechende Hände! Als ob die große Schnauze nicht schon genug wäre ... Aber gleich pariere ich mich durch: Quatsch, blöder!

Ich finde gleich daneben ein Frauenporträt, das nur Magda Goebbels darstellen kann, und dann ein großes, helles Querformat mit den Kindern in ganzer Figur: zwei kleine Mädchen in langen Kleidern. Helga und Hilde heißen sie wohl. Das kleinere Mädchen hält ein paar Blumen in der Hand. Leo hat das Bild schon '35 gemalt. Diese Bilder riskieren nichts. Die Dame und die Kinder können stehenbleiben, beschließe ich. Aber der alte Hindenburg muß auch weg. Auch der Reichsminister Bernhard Rust aus dem Jahr '34. Ein gutes Bild. Mit zupackender Klaue hingehauen, aber irgendwelche Reichsminister sollen hier nicht herumstehen, wenn die Sieger einfallen.

Von Goebbels selbst müßte es, wie ich Leos Methode kenne, noch eine andere Fassung geben. Und die finde ich auch.

Die Bilder, die ich von ihren Keilrahmen lösen will, lehne ich in einem Stoß an die Wand. Es werden schnell mehr. Zum Glück gibt es keine Bilder mit Uniformen, keine Hakenkreuze. Alles eigentlich halb so schlimm, sage ich mir. Oder doch? Die Russen könnten die Visagen erkennen. Die Porträts der Nazipotentaten müssen auf jeden Fall weg. Aber das ist ein ganzer Stapel. Da hilft nichts, als noch einmal zu sortieren und neu auszuwählen ...

Schließlich heißt es: Werkzeug zusammensuchen und die Bilder abspannen. Es wird mir tatsächlich nichts anderes übrigbleiben, als sie ganz brutal aufzurollen, die Schicht nach außen. Ohne Schäden für die pastose Malerei kann das gar nicht abgehen – aber Schicht nach außen rollen ist allemal besser als Schicht nach innen. Bloß worauf soll ich die Bilder rollen? Ich habe keinen Rollenkern. Kurz entschlossen drehe ich eine Wurst aus Bettlaken zusammen – so fest, wie es nur irgend geht.

Mir läuft dabei der Schweiß in Strömen herunter: nur die Ränder nicht kaputtmachen. Herausschneiden ginge verdammt viel schneller. Überhaupt: Was für ein Aberwitz – statt der guten Bilder bringe ich die »gefährlichen« in Sicherheit.

Aber nun los zum Bahnhof. Der Zug soll eher, als es auf dem Fahrplan steht, losfahren – noch vor der für die Bombenangriffe üblichen Zeit, hat es geheißen. Möglichst früh raus aus Berlin, das kann nur vernünftig sein.

Der Hausmeister hat zwei ältere Männer aufgetrieben, Rentner wohl, die mir helfen sollen, die schwere Last – Bilderrolle und Ruths Drehscheibe – zum Anhalter Bahnhof zu verfrachten. Sie wollen die Fuhre mit einem zweirädrigen Wagen bewältigen. Dann aber hat der Mann noch eine bessere Idee: Er kennt den Besitzer eines Goliath-Dreirads. Der mache Lohnfuhren für den Magistrat und habe deshalb auch Benzin. »Det bißken kann der leicht abzweigen ...«

Die beiden Hilfswilligen sollen aber trotzdem mitkommen – als Begleittroß. Ich gewinne gleich neuen Mut und spanne noch ein paar Bilder ab.

Endlich geht es Richtung Anhalter Bahnhof. Es wird bereits dunkel. Als wir an meinem alten Wanzenhotel vorbeikommen, steht da statt des schäbigen Kastens nur noch eine rauchende Ruine. Das muß letzte Nacht passiert sein. Innerlich danke ich den Wanzen, daß sie mich vertrieben haben. Pech für sie, wenn um den Bahnhof herum alles zu Klump geschlagen wird, eine Wanzenburg nach der anderen wird zu Schutt gebombt. Millionen Wanzen müssen Hungers sterben. Hungers sterben! Auch kein schöner Tod. Kannibalismus, Leichenfresserei? Ob die Wanzen ein Weilchen über die Runden kommen mit Leichenblut? Wanzen sind sicher Verwandte der Vampire, die wollen vom Lebendigen zapfen. Also nützen ihnen die paar Leichen in den Trümmern rein gar nichts.

Auf dem Bahnsteig viele Frauen mit Pappkartons und Markttaschen, auch Rotkreuzschwestern. Die milchigen Scheiben der großen Normaluhr sind zerschlagen. Einige der Abteilfenster des wartenden Zuges auch.

Zum Glück scheint der Zug nicht übermäßig besetzt. Ich lasse meine Begleiter Rolle, Drehscheibe und mein übriges Gepäck bewachen und suche den Zugoffizier. Gott sei Dank, der Mann ist hilfreich und weist mir ein Kurierabteil an. »Da haben Sie Ruhe bis München.«

Da murmele ich schnell noch einmal: »Toi, toi, toi und dreimal schwarzer Kater!«

Der Zugoffizier hat's gehört und fragt: »Abergläubisch?«

»Und wie!«

Ich atme tief auf, als all meine sperrigen Sachen im Abteil verstaut sind, und frage mich schon jetzt, wie ich die Schlepperei in München und dann nach Tutzing schaffen soll.

Ich gehe noch einmal auf den Bahnsteig, um mir die Füße zu vertreten. Es riecht nach kaltem Rauch und Staub und nach Bremsabrieb: der ewig gleiche Bahnhofsgeruch. Der Nachhall der Stimmen klingt merkwürdig gedrosselt. Das wird daran liegen, daß der Bahnhof kein Dach mehr hat. Früher waren die nächtlichen Abfahrten ganz anders: Da gab es Buffetwagen und Zeitungsschreier, und die Gepäckträger mit ihren Karren brüllten sich den Weg frei. Und aus allen Fenstern drang gelbes Licht und warf Balken auf die Bahnsteige. Aber jetzt sieht die ganze Szenerie nach *heimlichem* Aufbruch aus – keiner soll merken, daß hier in der Düsternis ein Zug geentert wird.

Da pfeift es scharf von draußen her, und jetzt höre ich auch rhythmische Dampfstöße. Gott sei Dank, endlich klare Eisenbahnlaute. Wenn es nur mehr Licht auf diesem verdreckten Bahnsteig gäbe. Plötzlich scheppert es gewaltig in meinem Rücken, und gleich hebt auch ein wüstes Schimpfen an: ein schwerbepackter Infanterist ist über einen Koffer gestolpert und hingeschlagen.

»Paß doch auf, blöder Hund!« brüllt ihn ein anderer auch noch an.

Als ich wieder im Zug sitze, weiß ich vor lauter Nervosität nicht, wie ich meine Hände beschäftigen kann: Wenn nur jetzt kein Alarm kommt! Das wäre ein Witz, wenn ausgerechnet jetzt die Sirenen losheulten. Ich wünschte, ich könnte dem Lokführer das Abfahrtssignal geben.

Ich stelle mich ans Fenster und betrachte die dunklen Schemen draußen. Noch immer ziehen schwer Bepackte unter meinem Fenster vorbei. Die anbrechende Dunkelheit läßt die Szene wie eine Verschwörung erscheinen. Einen Ansturm auf den Zug gibt es zum Glück nicht.

Der Zug hat hinten einen Flakwagen. Den habe ich gebührend angestaunt. Einen Zug mit Flakschutz erlebe ich zum ersten Mal. Davon daß die Jagdbomber mitten im Land Züge attackieren, war draußen an der Küste nie die Rede. Mit seinem Flakwagen ist dieser Zug so stark bewaffnet wie ein U-Boot. Fürs erste wird die Besatzung aber wohl pennen können: Nachts einen Zug finden, das dürften die Tommies nun doch nicht schaffen.

Wo werden wir sein, wenn es hell wird? Wenn das einer wüßte! Nach Plan wird dieser Zug bestimmt nicht fahren.

Berlin-München

Es ist fast Mitternacht, als der Zug endlich die Halle verläßt. Ich atme tief durch: Na, wer sagt's denn! Aber schon nach einer Viertelstunde halten wir wieder. Und dann immer wieder mal, obwohl draußen keine Station zu sehen ist. Die Hoffnung, morgens bereits in München zu sein, schwindet schnell dahin. Wenn die Zockelei so weitergeht, werden wir gut und gerne die doppelte Fahrzeit brauchen.

Sei's drum. Meine einzige Sorge ist, wie ich mit meiner Last von zwanzig großen, sorgsam aufgerollten Leinwänden und einer veritablen Bildhauerdrehscheibe von München nach Tutzing weiterkomme. Aber da wird sich schon Rat finden! Mit dieser Selbstberuhigung dämmere ich hinüber, wache ich wieder auf, höre eine Weile auf ferne Pufferstöße, nicke wieder ein und schrecke schließlich hoch, weil jemand wie wahnsinnig an der Tür rüttelt. Aber irgendwann schlafe ich dann doch wieder ein.

Ich muß tief geschlafen haben: Als ich aufwache, dämmert es draußen bereits. Der Zug steht. Wo sind wir?

Vom Zugoffizier erfahre ich, daß wir kurz vor Leipzig stehen und im Moment nicht durch die Stadt kommen. Da habe es einen schweren Angriff gegeben. Jetzt könne es aber nicht mehr lange dauern.

Als der Zug dann endlich wieder anruckt, ist es längst heller Vormittag. Über Stunden geht es nur stückweise voran. Wie sollen wir so je nach München kommen?

Plötzlich wird die Abteiltür so ruckartig aufgerissen, daß es mich vor jähem Erschrecken fast von der Sitzbank wirft.

»Heil Hitler!« und scharfes Hackenschlagen. Ich bin so durcheinander, daß ich zu keiner Reaktion fähig bin. Wie eine Erscheinung sehe ich im Türrahmen einen Goldfasan in vollem Kriegsschmuck. Viel zu große Tellermütze, Keulenhosen, braune Stiefel. Ich erkenne die Wollhandkrabbe im Knopfloch, den sauber geknoteten Schlips – alles picobello wie auf einer gemalten Uniform-Mustertafel. Und wie um das Maß voll zu machen, hat der Kerl, der da dicht vor mir im Rahmen des Schotts steht, auch noch genau wie der Führer dieses blödsinnige Tropfenfängerbärtchen unter der Nase: Ich will meinen Augen kaum trauen.

Endlich finde ich Worte: »Das ist ein Wehrmacht-Kurierabteil!«

»Von Wehrmacht steht hier nischt dran!« kommt es darauf im impertinentesten Tonfall aus der Visage. Neues Stiefelknallen und fast gleichzeitig ein geschnarrtes: »Gestatten!« Und damit macht der Goldfasan zwei Schritte auf mich zu und hält mir einen lappigen Zettel mit Maschinenschrift direkt vors Gesicht. Ich weiche im Sitzen zurück und schüttele den Kopf.

Ich will dieses knarzig geschnatterte »Gestatten!« wieder aus den Ohren bekommen und die ganze Gestalt gleich mit zum Verschwinden bringen. Aber das so plötzlich aufgetauchte Rattengesicht mustert mich nur frech, faltet den angeschmutzten Wisch wieder in seine Brüche, öffnet das Koppelschloß, langt mit beiden Händen nach hinten und bringt die eine Hand leer, die andere mit der Koppelschlinge zurück, in der die Pistole hängt. Ich bin zum angespannten Zuschauer eines Stücks Kammerspiel geworden. Koppel und Pistole werden jetzt wie verächtlich ins Gepäcknetz geworfen, statt am Haken aufgehängt.

Wie dieser Mensch den Uniformrock mit den riesigen aufgesetzten Taschen aufknöpft und so weit öffnet, daß die breiten Hosenträger zum Vorschein kommen und der viel zu hoch sitzende Bund der Keulenhosen – wie er es sich ganz offenkundig gemütlich macht und dazu »Marscherleichterung« murmelt, das erlebe ich wie gebannt und sprachlos.

Da hält der Zug wieder. An dem Eindringling vorbei erspähe ich draußen ein Schild: »Regensburg Nord«. Regensburg? Wieso fahren wir über Regensburg?

Als der Goldfasan schließlich seine Mütze abnimmt und ins Gepäcknetz befördert, schrumpft sein Kopf und damit seine ganze Figur. Ich bin versucht, mir die Augen zu wischen: Außer dem Hitlerbärtchen hat der mickrige Kerl doch tatsächlich auch noch eine Hitlertolle! Der will doch nicht etwa den Führer parodieren? Wie kommt der Kerl hier überhaupt rein? Wieso ist der nicht an der Front?

»Hier war abgeschlossen!« stammle ich jetzt.

Dafür bekomme ich gleich wieder die Schnarrstimme zu hören: »Isses ooch längst wieder!«

Dabei hält mir der Rattengesichtige einen Vierkant so dicht unter die Nase, daß ich ihm dafür am liebsten die Zähne einschlagen würde. Die Wut schießt mir zu Kopf wie Dampf in einen Zylinder. Ich muß alle Muskeln spannen, um den Überdruck unter Kontrolle zu halten. Und jetzt schmeißt sich dieser Widerling in die Ecke schräg mir gegenüber und schnauft laut auf.

Warum fahren wir bloß nicht? Was ist denn nur los?

Um das Rattengesicht nicht fortwährend anstarren zu müssen, stecke ich den Kopf zum Fenster hinaus, verfolge den Rotbemützten, wie er aus einer Türe in die andere rennt, seine Signalkelle unter den linken Arm geklemmt, ein Bündel Papiere in der Rechten. Ich lasse den Blick mit weit nach vorn gebeugtem Oberkörper zur Maschine wandern und dann weiter bis zum Signal vor uns: Wir haben immer noch keine Ausfahrt.

Ich hole mich zurück, schiebe die Scheibe ein Stück höher, drehe mich herum und richte wie unter Zwang meinen Blick wieder auf den Eindringling.

So herumzulaufen, dazu gehört im fünften Kriegsjahr allerhand Mut. In vollem Wichs als Goldfasan und Heimatkrieger. In Berlin hätte er sich in diesem Aufzug kaum auf die Straße wagen dürfen.

Aber was treibt der Widerling denn jetzt? Ich beobachte, wie er sich schräg sinken läßt und dann mit dem rechten Fuß unter die Gegenbank angelt. Mit angehaltenem Atem zieht er sich den Stiefel aus. Wie er den Fuß festgeklemmt hält, das ist geschickt – das schafft einer nur mit viel Übung. Und jetzt kommt der linke dran. Geschafft und großes Aufstöhnen. Ich sehe graue Socken, sehe, daß die Hosen an den Waden kreuzweise wie mit Schuhsenkeln verschnürt sind, und jetzt, ich will meinen Augen nicht trauen, polkt sich diese Ratte durch die Socken hindurch zwischen den Zehen herum.

Eine Weile schaue ich gespannt zu – dann ist mir plötzlich, als könnte ich die Luft im Abteil nicht mehr atmen, so sauer stinkt sie. In mir schäumt die Wut auf dieses Parteischwein nur so auf, all der richtungslose Haß, der in mir schwelt, hat auf einmal ein Ziel. Und da werde ich eiskalt – ich stehe auf und sage mit einer vor lauter Beherrschung tief grollenden, fremden Stimme: »Darf ich Ihren Ausweis noch einmal sehen?«

Liegt es nun daran, daß ich einen guten Kopf größer bin und wohl das doppelte Gewicht habe, liegt es an dem drohenden Unterton meiner Stimme, oder genießt es dieser finnige Kerl gar noch, daß er sich in Szene setzen kann? Er springt jedenfalls gleich hoch, langt eine Brieftasche aus seiner Jacke, kommt mir auf seinen grauen Socken entgegen und hält mir mit frechem Grinsen erneut den auf Brieftaschenformat zusammengefalteten Wisch hin, der in den Brüchen schon auseinandergeht. Der fettige, abgenutzte Zettel hängt mir weich wie ein Lappen zwischen den Fingern. Ich lese: »Hierdurch wird dem Amtswalter Xaver Gerhardinger bescheinigt . . .«, aber da bricht mein Blick aus, gleitet schnell, ohne noch einen Buchstaben zu erkennen, über die Zeilen, erfaßt den blauen Stempel mit dem Hoheitszeichen, den Briefkopf mit der gotischen Schrift: »Kreisleitung der NSDAP«, und dann weiß ich vor lauter Wut nicht weiter. Ohne daß es mir recht bewußt wird, reißen meine Finger den Wisch in kleine Fetzen, und ich höre mich »So!« und »So!« und »So!« ausstoßen. Erst als die Schnipsel durchs offene Fenster fliegen, komme ich wieder zu mir.

Der Ratte geht der Mund zu einem großen dunklen O auf. Ich denke, wie idiotisch das aussieht: Das O, das Bärtchen darüber und die weit aufgerissenen Augen. Die grauen Socken – ein Zeh, der große rechte, spitzt heraus. Die aufgeplusterten Keulen, die dünnen Waden. Ich kann nicht anders: ein Lachen durchschüttert mich, ein grelles, nervöses, verzerrtes Lachen, das kein Ende nehmen will. Es kommt stoßweise tief aus dem Bauch heraus.

Da schnappt die Kinnlade der Ratte zu. Zorn funkelt aus den Augen. Der Kerl macht kehrt, will zum Gepäcknetz greifen – in dieser Sekunde ruckt der Zug an. Der Kerl taumelt, verfehlt seine Pistole. Ich will seine Hand erwischen, und ein zweiter Rucker wirft mich über ihn.

»Das werden Sie büßen!« keucht die Ratte.

Kaum stehe ich wieder, muß ich erst recht lachen. Die Ratte reißt die Tür auf und brüllt draußen nach dem Zugoffizier. Mich juckt es, Pistole und auch noch die Stiefel aus dem Fenster zu schmeißen. Da erscheint die Ratte mit wutverzerrtem Gesicht wieder.

Vorsichtshalber lange ich mir meine Pistole und sage: »Wie bei Cowboys, was?«

»Ich lasse Sie verhaften!« krächzt die Ratte. »Sie . . . Sie . . . Sie werden das büßen!«

Einer, der den Gang entlanggeht, verhält neugierig, verschwindet dann aber schnell, als wolle er nichts gesehen haben.

Der Zug kommt endlich in Schwung. Da wird das Räderrattern von einem Heulen übertönt. Von beiden Seiten dringt an- und abschwellendes Sirenenheulen herein: Fliegeralarm. Die Ratte geifert noch weiter, aber gegen das Heulen und Räderrattern kommt die Falsettstimme nicht an.

Die Sirenen wollen nicht aufhören. Ich ziehe das Fenster hoch und denke: Bloß raus aus der Stadt.

Der Goldfasan ist in die Stiefel gefahren. Krebsrot. Schimpft immer noch wie ein Rohrspatz, packt seine Tasche, stülpt seine Mütze auf: Jetzt sieht er direkt wieder nach was aus. Endlich in vollem Wichs, rennt er wie ein geölter Blitz nach dem Zugoffizier los.

Wieder hält der Zug. Blick gegen den Himmel: Die Wolken hängen verdammt tief. Unsere Flak rotzt, was die Vierlinge hergeben. Ein kombinierter Angriff also womöglich: oben die Bomber, tiefer die Jabos. Stukas haben die ja nicht.

Das Ziel ist die Donaubrücke, kein Zweifel. Die haben es auf die Brücke abgesehen – und wir stehen fast drauf! Die Dampfwolken, die unsere Lok rhythmisch ausstößt: Eine bessere Zielmarkierung ist gar nicht denkbar. Dieses dumme Schwein von Lokführer! Kann der seine Ventile nicht für ein paar Minuten dichtsetzen – oder platzt ihm dann der Kessel?

Von draußen kommt großes Geschrei. Ich hole meinen Fotoapparat hervor, sehe die Leute aus dem Zug klettern. Weil kein Bahnsteig da ist, müssen sie vom letzten Trittbrett springen. Dabei stürzen einige böse und purzeln den Bahnhang hinunter. Alle wollen weg vom Zug und von den Gleisen, aber am Fuß des Bahndamms ist ein wassergefüllter Graben, den nur die wenigsten überspringen können. Die anderen plumpsen hinein, daß es nur so spritzt. Ein paar Meter nach dem Graben kommen die Zäune von Schrebergärten. Die wilde Kavalkade stürmt weiter, gegen die Zäune an wie bei einem Hindernisrennen – »steeplechase«. Nur kommt hier keiner mit einem Sprung über die Zäune.

Die sind ja alle total verrückt geworden! Geschrei, Kreischen. Eine Frau hat sich aufgespießt. Zwei versuchen, ihren Hintern hochzustemmen. Unter der Last des Ansturms brechen jetzt einige der Zäune zusammen und werden gänzlich niedergetreten.

Warum geht es nur nicht weiter? Ein Blocksignal steht offenbar auf »HALT«. Die verdammten Dampfwolken! Der Heizer hat vor dem Anfahren sicher noch mal aufgelegt.

Ich gehe unter dem Zug in Deckung. Ein Mädchen liegt bäuchlings zwischen den Gleisen. Eine alte Frau mit Kopftuch hat sich an der Dammböschung auf die Knie sinken lassen und betet nun, tief zusammengekrümmt, mit gefalteten Händen.

Der Flakwagen feuert wie wild. Aber der Bursche, den die Flak erwischen will, versteht sein Handwerk: Er rast ganz tief, also im toten Winkel der Vierlingsrohre, heran und rotzt raus, was die Bordwaffen hergeben. Scheint ihm auch noch Spaß zu machen. Ich sehe die Maschine winzig, weit außerhalb der Schußweite unserer Flak einen weiten Bogen ziehen, und nun steuert der Himmelhund nicht etwa auf die Gleise ein, um den Zug von achtern zu attackieren – nein, er prescht parallel zur Bahnlinie heran, so tief es nur geht, und feuert in die Schrebergärten. Das wird Tote geben!

Ich kann es nicht fassen: Vierlinge auf festen Plattformen und keine Wirkung!

Das wäre ein Witz, wenn die gerollten Bilder *jetzt* hopsgingen. Bei Regensburg, auf offener Strecke vor der Donaubrücke. Heimatfront! Ich werde nie wieder grinsen, wenn von der ach so tapferen Heimatfront getönt wird.

Als der Flakwagen sein Feuer einstellt, höre ich vielstimmiges Schreien! Die Geschoßgarben haben also tatsächlich welche erwischt. Da! Der Goldfasan gehört offenbar auch dazu! Er wird abgeschleppt wie eine beladene Hängematte. Einer trägt seine Mütze hinterher – mit zwei Händen, wie ein Ordenskissen.

»Der ist hin!« höre ich.

Allmählich kapiere ich: Das waren zwei Maschinen. Eine muß eine Bombe direkt in die Schrebergärten gesetzt haben.

Die Lok ist ebenfalls getroffen. Der Dampf entweicht mit Wehgeschrei und bildet eine riesige weiße Wolke. Jetzt heißt es mal sicher: zu Fuß weiter. Bis zum Regensburger Bahnhof kann es so weit nicht mehr sein. Ich winke zwei Landser heran. Die helfen mir, mein Gepäck zu schleppen.

Wir treffen auf einen Wachtmeister, der hier offenbar Bescheid weiß. Er sagt: »Sie müssen bis zur Walhalla-Allee, Herr Leutnant. Dann nach Westen zur Nibelungenbrücke.«

»Und wo ist der Bahnhof?«

»Im Süden – ganz auf der anderen Seite der Altstadt.«

Prost Mahlzeit! An einen Fußmarsch habe ich nicht gedacht, als ich in Berlin das Abteil vollstaute.

Der Wachtmeister hat meine Malaise erkannt, denn jetzt sagt er: »Warten Sie mal hier, Herr Leutnant. Ich besorg schon 'nen fahrbaren Untersatz.«

Da sitze ich nun auf meinen Siebensachen wie ein Flüchtling, verdreckt bis obenhin, aber mit dem Fotoapparat vor der Brust. Wenn das gefunkt hat, habe ich tolle Aufnahmen von dem Jaboangriff. Bilder für den Dachboden, nicht fürs OKW.

Ich muß wieder an den Goldfasan denken: Einen solchen Zornanfall wie bei dem Kerl habe ich noch nie gehabt. War nötig, verdammt noch eins! Ich hab schon zuviel in mich hineingefressen. Wenn so ein Schweinehund in der Messe der Flottille vor uns hintrat und salbaderte – wir adrett auf fein ausgerichteten Stuhlreihen –, was konnte ich da schon tun, als die Zähne aufeinanderbeißen und hinstarren, wie die rote Armbinde mit dem schwarzen Hakenkreuz auf weißer Scheibe sich mit den gewaltigen Gesten des Lügenschweins auf- und niederhob?

Ich muß plötzlich wieder um Atem ringen. Meine Gedanken fahren Karussell: Das habe ich mir doch immer gewünscht – so einen Kerl kaltblütig abschießen. Nein, nicht kaltblütig, sondern hohngrinsend und gleich das ganze Magazin in die Wampe. Jetzt hat ihn der Tommy erledigt. Auch geregelt.

Nach München geht es nicht weiter. Die Strecke hat es böse erwischt. Wann sie wieder befahrbar sein wird, steht in den Sternen. Da bin ich nun so nahe an meinem Ziel, und trotzdem ist es zappenduster.

Hunger habe ich inzwischen auch. Und Durst. Ich türme mein Gepäck erst mal mitten auf dem Bahnsteig auf und sage einem Landser, daß er darauf aufpassen soll. Dann treibe ich beim Roten Kreuz Erbsensuppe und einen Kanten Brot auf. Auch Kräutertee.

Der Bahnhofsvorsteher glaubt nicht, daß ich heute noch weiterkommen könnte. Er hat aber eine Idee: nach Ingolstadt. Das brächte mich zwar nicht viel näher nach München. Aber von Ingolstadt, das wisse er, führe nachts gegen zwei Uhr ein Zug nach Augsburg – und von Augsburg käme ich dann schon weiter, zumindest bis Pasing. In München sei ja wieder mal abgeladen worden.

Heitere Aussichten. Mir graust bei dem Gedanken, daß ich gute sechs Stunden oder sogar noch mehr bei meinem Gepäck ausharren muß. Ich fühle mich verdreckt und desperat und verfluche die schweren Klamotten. Schnapsidee, saublöde! In diesen Zeiten sollte man nur mit einer Aktentasche reisen, und das nicht gerade mit der Eisenbahn.

Ach was, sage ich mir dann, das Gepäck bringen wir beim Bahnhofsvorsteher unter oder beim Roten Kreuz – oder sonstwo. Und dann gucke ich mir die Gegend an: In Regensburg war ich noch nie.

Bis Mitternacht hätte ich Zeit, sagt der Mann mit der roten Mütze.

Der Bahnhofsvorsteher scheint froh zu sein, daß ihm jemand hereingeschneit ist, mit dem er reden kann. Er kann den Jaboangriff auf den Zug immer noch nicht richtig verkraften. Weil er sich gebildet ausdrücken will, redet er den schieren Quatsch und klagt schon zum dritten Mal: »Nein, Herr Leutnant, das geht weit über die Hutschnur!«

Ich erfahre, daß es vor knapp einem Jahr schon mal einen »richtigen Angriff« auf Regensburg gegeben hat. »Da waren wir schwer dran – wegen Messerschmitt . . .«

»Hier in Regensburg?«

»Ja, was glauben Sie denn, Herr Leutnant, was hier los war! Hier werden doch Messerschmitts gebaut. Also die Me 109. Da waren Tausende von Leuten beschäftigt . . . Ihnen kann ich's ja sagen: Die Me 262 . . . der Düsenjäger wird hier auch gebaut – das heißt die Rümpfe. Damals dachten die oben noch, die kämen mit ihren Bombern nicht bis hierher, gab nämlich überhaupt keine Luftschutzräume. Über vierhundert Tote, das war die Quittung! Und das Tolle war, die hatten gerade Mittagspause!«

»Mittagspause?«

»Ja, im Werk. Das war ein Tagesangriff, müssen Sie wissen, und nach 'nem ganz neuen Plan . . .«

Allmählich beginnt mich die Schilderung zu interessieren.

»Die flogen nämlich, als sie abgeladen hatten – übrigens ganz genau gezielt –, da flogen die nicht zurück, sondern weiter in Richtung München, das heißt: an den Abwehrringen vorbei und nach Süden, nach

Italien. Pendelangriff hieß das. Es wird geredet, daß die damals von England über Regensburg sogar bis nach Afrika geflogen sind: hundertsechsundvierzig Viermotorige!«

»Nie was davon gehört!« werfe ich in die Rede des Vorstehers ein.

»Da brauchen Sie sich auch nicht zu wundern. Im Wehrmachtbericht gab's kein Wort von Regensburg. Hier, wenn Sie's interessiert, Herr Leutnant, ich hab mir das aus der Zeitung ausgeschnitten. Ist am neunzehnten August erschienen – am siebzehnten war der Angriff. Lesen Sie mal!«

»›Feindliche Fliegerverbände, die am gestrigen Tage nach Süddeutschland einflogen, verloren schon nach den bisherigen Feststellungen einundfünfzig viermotorige Bomber und fünf Jagdflugzeuge. In zwei süddeutschen Städten hatte die Bevölkerung Verluste.‹ Und die andere süddeutsche Stadt?« frage ich.

»Schweinfurt! Da ging's um die Kugellager. Aber da wissen Sie ja wohl, was da los war.«

Ich bleibe unbewegt sitzen und denke: Was weiß ich schon! Was kann einer schon wissen, wenn er mit Lügen gefüttert wird – mit nichts als Lügen. Lügen bis zum Kotzen. Nur noch Vollidioten lesen die Wehrmachtberichte quasi »direkt«.

Offenbar picken sich die Luftmarschälle der Alliierten die genau richtigen Ziele heraus. Und bei uns heißt das dann »Terrorangriffe«. Doktor Siegesmund Goebbels – zumindest weiß ich jetzt, wie der aus der Nähe aussieht.

»Da gehe ich wohl am besten noch ein bißchen an Land – ich meine: bis der Zug nach Ingolstadt abgeht«, sage ich zum Vorsteher.

»Viel Freude werden Sie da nicht erleben, Herr Leutnant – iss ja alles zu.«

»Ich dachte auch mehr ans Beinevertreten nach all der Zugsitzerei.«

»Dann viel Spaß, Herr Leutnant. Verlaufen werden Sie sich ja wohl nicht. Ich hab dann noch Dienst ...«

Auf dem Bahnsteig sehe ich im Halbschatten Gruppen von Landsern, die an Gepäckbergen oder auch obendrauf liegen – Formen wie die der Felstrolle bei Batz-sur-Mer, wenn Ebbe ist.

Ich komme wieder zur Donau. Tintenschwarzes Wasser, das sich durch die Dunkelheit schiebt. »Fall ich am Donaustrand, sterb ich in Polen. Irgendwo, irgendwann – werden's mich holen ...« Das wäre ein Witz gewesen, hätte dieser verrückte Brite ein bißchen besser gezielt – und getroffen!

Ich höre entferntes, sehr hohes Flugzeugbrummen. Oder bilde ich mir das nur ein? Aber nein! Das Brummen schwillt an und ebbt ab. Es ist so schwach und doch so intensiv, als sei es ein Bestandteil der Luft. Ich nehme es nicht nur über mein Gehör wahr, sondern atme es in mich hinein.

Das müssen sehr viele Maschinen sein. Ich bleibe stehen und lasse mich von dem dichten Brummen ganz umhüllen. Zehntausend Meter! sage ich mir. Die fliegen wahrscheinlich zehntausend Meter hoch. Aber können die fliegenden Festungen der Alliierten überhaupt so hoch hinauf? Knapp sechstausend ist ja wohl meist die Angriffshöhe. Mal die Fla-Kanoniere fragen! nehme ich mir vor.

Nirgends ein Mensch. Kein Auto. Nichts. Regensburg ist tot wie Pompeji. Ich denke mich durch die Hausmauern hindurch: Da leben aber doch Menschen ... Endlich höre ich Türenschlagen und jemanden »Licht aus! Volksverräter!« brüllen.

Perfekte Verdunkelung: Hier in Regensburg muß der Luftschutz ein strenges Regime führen.

Zur Rechten kommt jetzt Lärm hinter den Fensterläden hervor. Das muß eine Kneipe sein, die noch offen hat. Gleich spüre ich Durst. Aber wenn ich jetzt die Türe aufdrückte und im Licht erschiene – mit Gold an der Mütze, goldenem Dolch an der Seite –, die Saufköpfe könnten mich glatt für eine überirdische Erscheinung halten ...

In Regensburg war ich tatsächlich noch nie. Als ich die Donau hinunterfuhr, ganz allein bis ins Schwarze Meer, habe ich mein Boot erst in Passau eingesetzt. Damals hätte ich am Bosporus nicht umkehren sollen – da war fast schon Krieg. Aber was hätte ich denn tun sollen? Ich wäre doch *überall* aufgeschmissen gewesen.

Plötzlich zucke ich vor einem ungeheuren Lärmschlag zusammen, als sei ich am Kopf getroffen worden: Von allen Seiten jaulen Luftschutzsirenen – eine ist ganz nah. So bin ich noch nie erschrocken.

Das Auf- und Abjaulen nimmt und nimmt kein Ende. Mir ist, als stünde ich mitten in einer gewaltig großen Orgel, die mit allen Pfeifen zugleich gespielt wird. Ich stecke mir die Zeigefinger in die Gehörgänge, aber dieses wahnwitzige Gejaule dringt trotzdem in mich ein, dringt durch mich hindurch wie Radiowellen. Obwohl ich es herausbrülle, kann ich mich selber kaum fluchen hören: »Himmelarschundwolkenbruch!«

Als endlich Schluß ist, bleibt mir der Nachhall noch im Gehör kleben. Und auch als das vorbei ist, herrscht keine Stille wie vorher. Jetzt kommt von allen Seiten Lärm, der sich – bis auf die Befehlsstimmen – schwer definieren läßt. Mit einem Schlag ist überall Leben. Gelbe Lichtritzen in vielen Fensterläden und Jalousien. Vielstimmiges Geschrei: »Licht aus!« Taschenlampenkegel huschen über die Häuserfronten. Aus einem Fenster stürzt eine breite Flut Licht auf die Straße. Sekundenkurze Schattenspiele.

Dann Getrappel, Absatzschlagen – huschende Schatten – eine ganze Kavalkade muß in derselben Richtung auf den Beinen sein.

Eine dunkelbraune Radierung von Käthe Kollwitz gerät mir in den Sinn: »Bewaffnung in einem Gewölbe«, ein Blatt aus dem Bauernkrieg. Das hier könnte auch eine heimliche Bewaffnung sein.

Fahle Flecken im Dunkel: Gesichter. Eine Stimme überbrüllt die andere. Eine Trillerpfeife schneidet scharf in den Stimmenlärm hinein. Weit weg ein Feuerwehrhorn. Dann gleich noch eins. Automotoren – aber kein Auto zu sehen. Kein Mond am Himmel. Nicht einmal ein Schein von ihm im Wolkenbehang.

Ich will den tieferen Himmel absuchen, aber die Häuser zu beiden Seiten verstellen den Blick. Dann kann ich aber doch direkt vor mir ein feines Perlenglitzern erkennen: krepierende Flakgranaten. Das muß in Richtung München sein.

Die Zugnacht wird schrecklich. Der Zug ist rappelvoll. Fronturlauber, Leichtverwundete. In grotesk verrenkten Stellungen liegen sie in den Gängen so dicht, daß kaum Platz bleibt, den Fuß aufzusetzen. Die Klos sind blockiert von Kartons, Ballen, Rucksäcken und Taschen.

Irgendwann wird Suppe und Tee zum Fenster hereingereicht. Manche schiffen, wenn der Zug steht, zu den halboffenen Türen hinaus. Jetzt muß man schon froh sein, wenn man keinen Scheißdrang bekommt.

Ich frage mich, womit ich diese Schinderei verdient habe. La Baule, das Haus Ker Bibi, die überbackenen Austern bei der Mère Binou in Le Croisic . . . Der Atlantik bei Batz, die Salzbeckenlandschaft bei Guérande. Die Brandung im Sonnesinken . . . Lieber nicht daran denken.

Zum Glück wird mein letzter Zug – der aus Augsburg – von Pasing aus bis zum Hauptbahnhof ohne Halt durchgelotst.

München/Feldafing

Es ist fast Mittag, als der Zug in den Münchner Hauptbahnhof einfährt – besser: kriecht, denn es geht nur noch meterweise voran. Ich sehe auch gleich, warum dieses Schneckentempo geboten ist: frische Bombentreffer. Auch dieser Bahnhof hat kein Dach mehr.

Angesichts so vieler Verwüstungen muß ich mich auf einiges gefaßt machen. Zum Glück helfen mir zwei Landser, ohne daß ich viel sagen muß. Sie haben selber viel zu schleppen, aber jeder hat eine Hand frei.

»Wohin, Herr Leutnant?« fragt der eine.

»Zum Bahnhofsoffizier.«

Die Räume des Bahnhofsoffiziers sehen aus wie ein von Landstreichern zusammengezimmertes Notquartier. Der Hauptmann, auf den ich treffe, macht einen guten Eindruck. Ich erkläre ihm, daß ich noch weiterzufahren habe, aber erst mal in der Kunstakademie aufkreuzen müsse. Mein Gepäck will er hüten wie seine Augäpfel. Was das denn für eine Rolle sei?

»Bilder!«

»Bilder?«

Ich muß schnell erklären, daß es sich um gerollte und aus Berlin gerettete Bilder von einem berühmten Maler handelt, damit er sich nicht veralbert vorkommt und seine Hilfsbereitschaft mindert.

Ich erfahre, daß es in der letzten Nacht einen Großangriff gegeben hat und fast keine Straßenbahnen mehr fahren. »Mitten in der Stadt sieht es wüst aus – und auch nach Schwabing zu ...«

Aus Berlin sei ich einiges gewöhnt, sage ich.

»Aber das hier war auch nicht von schlechten Eltern!« gibt der Hauptmann zurück. »Diesmal gab's 'ne Menge Tote.« Und dann, als ich weiterwill und salutiere, sagt der Hauptmann noch: »Ich schätze, den Weg kennen Sie? Na, Sie werden staunen!«

Merkwürdig, erst als ich vor dem Bahnhof durch eine wahre Trümmerwüste gehe, bekomme ich Angst, daß die Akademie auch etwas abbekommen haben könnte. Ohne es zu wollen, lege ich einen Schritt zu. Für Sekunden ist mir zumute, als sei ich noch in Berlin: Die Trümmerstücke sind die gleichen – nur bin ich jetzt nicht am Potsdamer Platz, sondern am Lenbachplatz. Ich merke plötzlich, wie ich im Gehen vor mich hinstarre: Ich bin wie benommen. Soll denn ganz Deutschland in Schutt und Asche sinken?

Auf einigen Schuttbergen zerren Menschen Trümmer zur Seite. Wenn die mit ihren kümmerlichen Werkzeugen Verschüttete ausgraben wollen – dann gute Nacht!

Ich muß einen Trichter mitten auf der Straße mühsam umgehen: ganz schönes Kaliber! An vielen Stellen qualmt es noch, das sind aber keine Großbrände, sondern nur ausbrennende Dachstühle. Dort, wo gelöscht worden ist, hat sich der Dreck mit Wasser zu jener widerlichen Schmiere verbunden, die auch in Berlin alle Straßen überzog. Das fehlte gerade noch, daß es mich hier hinhaut, ich muß auch so schon aussehen wie ein Schwein.

Die Menschen, die mir entgegenkommen, erscheinen mir wie Lemuren: die meisten mit leeren, bleichen Gesichtern, andere verwirrt, verbiestert. Viele haben ihre Gesichter halb mit Tüchern vermummt – gegen den Rauch.

Jetzt muß auch ich husten, weil sich der Rauch auf eine ganze Strecke hin zwischen den Fassaden gefangen hat, hinter denen schwarze Balken ausbrennen. Die glimmenden Balken starren als wüster Verhau aus Schuttbergen heraus wie ins Riesige vergrößerte Igelstacheln.

Hinter mir hebt ein Rattern und Krachen an, daß ich erschreckt herumfahre – die »Bockerlbahn«, von der ich schon gehört habe: Ein Feldbahnzug mit einer richtigen Dampflokomotive und einem Dutzend Loren, getürmt voll mit Ziegelschutt, kommt herangepoltert. Da bleibe ich, um richtig staunen zu können, erst mal stehen. Ich fühle mich mit eins wieder in die gewaltige Baugrube für die U-Bootbunker in Saint-Nazaire zurückversetzt: die gleiche Lokomotive, die gleichen Loren, die gleichen simplen Gleise und auch der gleiche wüste Krawall. Auch der »Chauffeur« sah kaum anders aus. Der hier bemerkt mich sogar mit einem Gruß, und ich grüße mit Hand an der Mütze zurück.

Die Gleise sind mitten auf der Ludwigstraße verlegt. Hier und da bilden grob aufgeschichtete Ziegel einen Hohlweg für sie.

Plötzlich heulen die Sirenen. Alarm!

Verdammt und zugenäht! Aber das war ja wohl nicht anders zu erwarten . . .

Ein Luftschutzwart will mich in einen Bunker winken. Ach, Pustekuchen! Ich habe dieses Verkriechen satt! Ist doch längst alles egal.

Ich mache dem Mann Zeichen, daß er sich selber verholen soll. Dreistufenzeichen – zuerst mit dem Arm nach oben, Zeigefinger gegen den Himmel, dann Zeigefinger auf ihn gerichtet und schließlich den Arm heftig nach unten gestoßen: Mann, nun verschwinde endlich. Die sind schon fast direkt über uns! Und zwar ordentlich schön in Formation wie die Wildgänse. Man könnte meinen, die scherten sich einen Dreck um das Gekrache der Flak. Die Sprengwölkchen sehen tatsächlich harmlos aus wie Tupfer von Christbaumwatte. Von unseren Jägern ist wieder mal nichts zu sehen. Das wird also keine Luftschlacht, sondern nur ein Bombardement – *nur*?

Wenn die Flugzeuge so wie jetzt in kompaktem Strom über den Himmel ziehen, ist ihr Abwehrfeuer am wirkungsvollsten. Ich kann es immer noch nicht fassen, daß so eine Luftarmada derart langsam dahinfliegt. Daß sich die gewaltigen Lasten aus Bomben und Treibstoff bei so geringem Tempo und entsprechend geringem Auftrieb in der Luft halten lassen, ist für mich ein Wunder.

Kein Mensch zu sehen. Die ganze Gegend leergefegt: München eine Totenstadt.

Nur dieses Brummen! Die ganze Luft vibriert davon. Allein schon diese Vibrationen haben etwas Gewalttätiges: Mein Corpus vibriert mit ihnen mit. Ich kann mich nicht dagegen wehren.

Wenn die Alliierten – sind das Tommies oder Amis, die da oben karriolen? – ihre perfide Sauerei auch hier anfangen und Brandbomben und Sprengbomben gemischt werfen, damit nicht richtig gelöscht werden kann, dann wird München bald so aussehen wie Berlin.

Und da sind auch schon die Laichschnüre unter den Bombern! Jeder dunkle Knoten eine Bombe.

Aber nun nichts wie weg! Im Rennen kann ich schon das anschwellende Jaulen der Bomben hören. Als ich gerade im Uni-Portal bin, kracht es. Wie eine unsichtbare Faust drischt mich der Luftdruck auf den Boden. Aber Splitter können mich nicht treffen: Ich hocke mich so unter Dach, daß mich eine dicke Säule schützt.

Im Osten und Norden steigen mächtige Rauchpilze hoch.

Eine Menge Steine liegen rings ums Siegestor auf der Straße. Haben sie etwa die Akademie getroffen? Schlägt da nicht Rauch aus dem Dach? Oder ist das Rauch, der *hinter* dem Gebäude hochsteigt? Ich sehe schwarze in den Himmel ragende Dachsparren – da muß es früher schon gebrannt haben!

Die Akademiefront steht jedenfalls noch. Die Bronzeamazonen an der Freitreppe aber haben große Löcher. Die würden nach solchen Einschlägen nicht mehr leben, wenn sie aus Fleisch und Blut wären.

Die Gänge in der Akademie sind rauchgeschwärzt, und im Hohersteigen kommen mir schlimme Ahnungen. Noch ehe ich die Bescherung mit eigenen Augen sehen kann, weiß ich: Mein Atelier im zweiten Stock hat es erwischt. Dann stehe ich da und könnte losheulen, aber statt dessen starre ich nur auf die Verwüstung. Meine Leinwände – verschmiertes Treibgut, meine Zeichnungen – nicht mehr als eingeschwärzter Klumpatsch in einer fast knöcheltiefen Dreckbrühe. Meine Liege schwimmt, halb verkohlt, wie ein Floß in einer schwarzen Lake.

Hier ist nichts, aber auch gar nichts mehr zu retten. Alles verbrannt und verkohlt, die Wände schwarz, mit grauen Striemen vom Löschwasser in der Schwärze. Sämtliche Zeichnungen und Pastelle, die ich von Dönitz gemacht habe, sind zum Teufel. Hätte ich doch *alles* mit nach Feldafing geschleppt. Wenn die Entwürfe bloß nicht so groß gewesen wären!

Wie sich das trifft: Wieder einmal komme ich just im rechten Augenblick. Das hier könnte, um mich fertigzumachen, gar nicht besser inszeniert sein. Ich fühle mich hilflos – wie vor den Kopf geschlagen: Was nun? Mit Fotos arbeiten? Mit den Fotos, die ich von Dönitz habe, läßt sich kaum etwas anfangen ... Das Bild malen, so weit es geht, und den Kopf vorläufig frei lassen? Den Dienstauftrag ganz stur erfüllen? Was sonst sollte ich tun?

Nur gut, daß ich im Atelier nichts versteckt hatte ... Stabbrandbomben. Das Experiment in der Penne: Wie hübsch der Phosphor auf dem Wasser weiterbrannte.

Ich kann nicht genug darüber staunen, daß sich das Löschwasser wie in einem Planschbecken gehalten hat. Daß der Boden des Raumes eine Wanne bildet, war mir nie so recht aufgefallen. Nur im Anfang, als ich das Atelier bezog, bin ich ein paarmal über die hohe Schwelle gestolpert, wenn ich schnell wegwollte.

Allen Respekt für die Handwerker von damals. Hier ist gut gebaut worden. In dem Löschwasser könnte man glatt Goldfische einsetzen – ohne all den Ruß und Dreck natürlich.

Jetzt gibt's nur eins: Die Ateliertüre zuziehen, auf dem Absatz kehrtmachen und raus aus der Stadt! Nach Tutzing und die gerollten Bilder und die vermaledeite Drehscheibe endlich loswerden. Also erst mal die eine Station über Feldafing hinausfahren und dann sehen, wie ich meine Lasten vom Tutzinger Bahnhof ins Brahmshaus unten am See transportieren kann. Die Bilderrolle ist nicht mal das Schlimmste: zwar schwer, aber handig. Mit Ruths Drehscheibe hingegen habe ich meine liebe Not, die ist nicht nur schwer, sondern auch sperrig und allzu flüchtig verpackt. Ich wünschte, ich könnte sie an Riemen auf dem Rücken tragen wie einen Seesack. Daß der Mensch nur zwei Hände hat, ist der schiere Schöpfungspfusch.

Zum Glück finden sich wieder mal Landser, die mir vom Hauptbahnhof zum Starnberger Bahnhof helfen wollen. Ich hätte guten Anschluß – der Zug stehe wahrscheinlich schon da, sagt der Bahnhofsoffizier.

Wie ich mit meinem Desaster fertig werden soll, weiß der Himmel. Fürs erste ist mir nur nach Hohnlachen zumute. Na schön: Das *war* mal mein Atelier, und das waren meine Bilder und Zeichnungen. Nun sind auch die beim Teufel.

Wenn das so weitergeht, bleibt mir bald nur noch unser ausgelagertes Klavier in Dresden. Ein Witz: Klavierspielen kann ich gar nicht.

Um die bretonischen Zeichnungen ist es ein Jammer – mindestens ein halbes Hundert Blätter von der Küste, Rohrfederzeichnungen und Aquarelle – viele dem Wetter richtig abgetrotzt – Bilder aus dem Krieg: *meine* Bilder aus dem Krieg. Ach Scheiße! Verdammte Scheiße!

Im Zug treffe ich auf Hans Albers. Er steht, lässig gegen das Geländer über den Puffern gelehnt, auf dem Perron mir gegenüber. Er trägt einen Trenchcoat und einen ähnlichen weichen Hut wie der Doktor Goebbels. Aus dem Schatten der Krempe heraus läßt er seine Augen blitzen und lächelt jeden, der ihn sieht, diabolisch und vielsagend an. Hin und wieder zuckt sein Kopf nach rechts oder links, wohl weil er sich nicht schlüssig ist, ob er sich im Profil oder en face ausstellen soll.

Als er mich erblickt, staunt der große Mime: ein Marineoffizier mit opulentem Gepäck und einem gerollten Teppich. *Woraus* die Rolle besteht, kann er ja nicht wissen.

In mir will über das alberne Imponiergehabe unseres berühmten Filmschauspielers ein zynisches Kichern vom Magen her hochsteigen. Es ist aber auch zum Lachen, was einem alles abverlangt wird: Da blitzt mich Hans Albers an, und ich stehe auf meinem Perron und will es nicht fassen, daß im Akademieatelier gut die Hälfte meiner Arbeiten verbrannt sind – zu Asche verkohlt oder von Löschwasser zerweicht ... Am Boden zerstört: Das trifft es wieder mal.

Ich bin in der Akademie nicht in ein Lamento ausgebrochen. Aber jetzt ist mir verdammt nach Heulen zumute. Und dazu der da auf dem Perron gegenüber, der sich wie ein Hanswurst aufführt. Jajaja, ich weiß es doch: Hans Albers, größter deutscher Filmschauspieler und just dort wohnhaft, wohin ich auch will: Tutzing.

Früher bekam ich aus dem Mund meiner Großmutter immer wieder zu hören, die Rechtsanwälte hätten unsere Familie arm gefressen. *Diese* Bande hätte die Familie um das sauer verdiente Vermögen gebracht und total kaputtgemacht: allesamt Verbrecher. Jetzt ist es einfacher geworden: Bomben und Feuer ersetzen die Rechtsanwälte und machen nachgerade mit allem, was mir noch geblieben ist, reinen Tisch ...

Nur nichts in Tutzing im Brahmshaus davon verplaudern! nehme ich mir vor, sonst hebt der Chor der Erinnyen an – statt des eigentlich fälligen Lachers darüber, daß die Rettungsaktion für Leos Atelier zwar funktioniert hat, meine eigenen Bilder aber beim Teufel sind.

In Tutzing bitte ich den Stationsvorsteher, daß er mich im Brahmshaus anrufen läßt. Nach ewigem Klingeln bekomme ich Ruth an den Apparat.

»Ich habe in Berlin alles so erledigt, wie du wolltest«, sage ich ins Telefon. »Befehl ausgeführt!«

»Wo bist du denn jetzt?«

»In Tutzing auf dem Bahnhof. Und das Zeug ist so schwer, daß du mir helfen mußt . . .«

»Die Marie ist aber nicht da!« klagt es in der Hörmuschel. »Was soll ich denn bloß machen?«

»Den Leiterwagen aus der Remise holen und kommen. Ich habe eine Menge Bilder mit – alle bestens aufgerollt.«

»Ich kann doch jetzt nicht mit dem Leiterwagen zum Bahnhof . . .«, höre ich wieder im gleichen Klageton.

Offenbar ist sich die Baronesse zu fein, am hellichten Tag den Leiterwagen zum Bahnhof zu ziehen. Der Hausputtel Marie könnte zum Bahnhof kommen. Aber nun ist sie nicht da – oder sie sitzt für die nächste halbe Stunde noch auf dem Klo und scheißt. Und dabei, das kenne ich von meinem letzten Besuch, darf sie keiner stören, sie käme sonst mit ihrer gesamten Verdauung durcheinander, auf Tage hinaus.

Plötzlich packt mich Zorn, und ich schimpfe ungehemmt in die Sprechmuschel: »Wenn du nicht sofort kommst . . .« Da sehe ich, wie der Vorsteher mir besänftigende Zeichen macht – wahrscheinlich hat er mein Gepäck gesehen und will mir helfen. Ich gerate aus dem Takt und fange noch mal an: »Wenn du dich nicht sofort auf die Strümpfe machst, schmeiß ich deine verdammte Drehscheibe . . . dann schmeiß ich die sonstwohin.«

Schweigen im Hörer. Dann schrill: »Die Drehscheibe? Blubb, sag nur, du hast die Drehscheibe!«

Jetzt muß ich erst mal tief Luft holen und den Vorsteher mit Gesten abwehren.

»Ja – und diese dreimal verfluchte Drehscheibe kannst du dir hier abholen. Ich stelle sie vor den Bahnhof, und dann sehe ich zu, wie ich mit den Bildern nach Feldafing komme. Mission erledigt! Was anderes als dieses idiotisch schwere Ding hast du ja wohl nicht in deinem Kopf!«

Ich lasse den Hörer auf die Gabel fallen. Mal sehen, was jetzt passiert.

Ich habe es bis hierher an den Starnberger See geschafft. Mein Atelier ist ausgebrannt. Ich bin quasi auf den Knien – und muß mir nun dieses törichte Lamento anhören!

»Den nächsten Zug kriagns eh erst inna Stundn!« sagt der Bahnhofsvorsteher und macht dazu ein besorgtes Gesicht.

Ich bin außer mir! Die feine Ruth und ihr Scheuklappendenken. Fürs praktische Leben nicht geeignet.

»Ich kann Ihnen doch einen Wagen leihen, Herr Leutnant«, versucht es der Vorsteher jetzt.

Ich bedanke mich in aller Form und sage: »Die Dame wird schon kommen ...« Dann stapfe ich, um mit meinem Zorn fertig zu werden, vor dem Bahnhof auf und ab.

Diese irre Plackerei und nun dieses saudämliche Gehabe. Nach den Bildern hat Ruth überhaupt nicht gefragt. Und ich laufe hier herum wie ein Tiger im Käfig. Falsch gemacht! Ich hätte die Baronin an den Apparat bitten sollen.

Wie lange kann Ruth, wenn sie denn kommt, brauchen?

Der Stationsvorsteher steckt seinen Kopf zwischen zwei Säulen hervor: Er hat mir etwas zu sagen. Ich gehe also auf ihn zu und höre, außer dem großen Tafelwagen fürs Expreßgut hätte er auch noch einen kleinen Wagen – privat sozusagen. Er hat ihn schon parat und hilft mir aufladen.

Auf halber Strecke sehe ich Ruth mir entgegenkommen. Obwohl die Luft milde ist, hat sie einen abgetragenen Pelzmantel an.

Wir kommen uns mitten auf der Straße entgegen und begrüßen uns mit einer kühlen Umarmung, jeder mit seinem Leiterwagen hinter sich. Was für ein Bild! Aber schon späht Ruth an mir vorbei: Sie erkennt ihre Drehscheibe trotz der schlampigen Verpackung und gerät ganz aus dem Häuschen.

»Nein, Blubb, daß du das geschafft hast!«

Wie ich es geschafft habe, interessiert sie nicht.

Als wir hintereinander die leicht abschüssige Straße hinunterfahren, müssen wir schier idiotisch aussehen: Handwagenkonvoi mit Marineoffizier!

Im Eingang zum Brahmshaus steht ein richtiges Empfangskomitee: die Baronin, noch kleiner und noch verhärmter als beim letzten Mal, Ruths jüngere Schwester Cornelia mit dem Kolibristimmchen und natürlich auch der Hausputtel, der sich vor der üblichen Zeit vom Klo erhoben haben muß.

Die Hand der zierlichen Baronin ist hart und schrundig vom ständigen Scheuern der vielen Fußböden im Haus. Diese schwere Arbeit hat sie wie eine Büßerin auf sich genommen, und keiner bringt sie davon ab.

Und nun müssen in der großen Diele die Stühle in einer Ecke zusammengestellt und der schwere Tisch muß an die Wand gerückt werden, damit ich auf dem blankgescheuerten Boden meine Rolle von der Umschnürung befreien und die Bilder langsam – und eins nach dem anderen – abrollen kann. Der Baronin gehen dabei die Augen über, und sie muß sich auf einen Stuhl an der Wand setzen. Ich brauche den ganzen Platz, um die Bilder zu einem großen Teppich, eins an das andere, zu legen.

Kunstausstellung in der Aufsicht: Der große Raum hat ein Bodenmosaik bekommen, das im Dämmerlicht magisch leuchtet.

Wie es Simone geht, will Ruth jetzt wissen.

Ich kann nur staunen, daß Ruth, da die Drehscheibe nun im Haus ist, auch wieder andere Gedanken im Kopf entwickelt.

»Wahrscheinlich gut«, gebe ich knappe Antwort.

»Wieso? Weißt du das denn nicht?« tut Ruth erschrocken.

Was soll ich sagen? Ruth bewundert Simone, aber was weiß sie schon von Simones Marotten.

»Sicher gut«, verbessere ich mich.

»Und warum ist sie nicht wieder mit?«

»Weil der Trick nicht jedesmal funktioniert – deshalb!«

»Simone wollte mir doch ein Fahrrad besorgen, hat sie jedenfalls versprochen«, sagt Ruth.

»So, hat sie das?«

Blödes Gerede! denke ich. Da mischt sich zum Glück die Baronin ein, die bisher nur wortlos verzückt auf die am Boden liegenden Bilder geguckt hat: »Ich weiß gar nicht, wie ich dir danken soll! – Doch, Blubb, ich weiß es jetzt: Du kannst das große Doppelselbstbild behalten – das hier, mit Leo und mir. Das hast du doch immer geliebt . . .«

Als ich kapiere, daß das große Bild tatsächlich mir gehören soll, küsse ich der Baronin in meinem Überglück und meiner Verwirrung beide Hände. Dann sitze ich erst mal einfach so da und denke: Wechseldusche! Mal heiß, mal kalt, mal heiß . . .

»Willst du nicht hierbleiben?« höre ich die Baronin fragen.

»Bleib doch hier, Blubb!« echot Ruth.

Ich bin fix und fertig nach diesem Tag und würde am liebsten in den Wald rennen. Nur jetzt nichts von meinem ausgebrannten Atelier sagen, sonst nimmt das Theater GROSSE FÜRSORGE kein Ende . . .

»Schönen Dank, aber ich möchte lieber nach Feldafing. Habt ihr einen Fahrplan?«

Die Baronin ist schnell mit einem abgetippten Blatt zur Hand: In einer halben Stunde geht wieder ein Zug.

»Willst du nicht wenigstens etwas essen?« drängt die Baronin.

»Danke, eher was trinken! Aber wenn du durchaus willst, pack mir doch bitte eine Stulle ein. Jetzt kriege ich in Feldafing ja nichts mehr.«

Die Baronin scheint froh darüber zu sein, daß sie sich wieder in ihre gewohnte Tätigkeit stürzen kann. Zuviel Rührung ist auch für sie nicht gut . . .

»Das Bild lasse ich lieber hier. Mir fehlt ein richtiger Rollenkern!« sage ich zu Ruth.

Den aus Leintüchern in Leos Atelier zusammengeschnürten Strang will ich nicht für nur ein Bild verwenden. In Feldafing habe ich Rollen in allen Längen für einen späteren Transport.

Plötzlich erwacht Ruth wie aus einer Trance und gibt sich geschäftig. Dann zaubert sie doch tatsächlich einen Rollenkern aus Pappe hervor und hilft mir, das große Bild erst mal »aufs Gesicht« zu legen. Und nun rollen wir es schön langsam und fest wieder auf. Zum Glück ist es nicht sehr pastos gemalt und wird kaum unter der Prozedur leiden.

Ruth will auf einmal sogar mit zum Bahnhof gehen, obwohl ich außer der leichten Bilderrolle nichts in der Karre des Stationsvorstehers zu transportieren habe. Wo ich meine eigenen Sachen denn gelassen hätte, will sie wissen.

»Bei eurem Vorsteher! Dem gehört auch der Leiterwagen.«

Es klappt mit dem Zug. Vom Perron aus rufe ich, als sich die Bremsen lösen und der Zug anrollt: »Ich melde mich, wenn ich was brauche!«

In Feldafing muß ich den Hansberg hinauf. Dann geht es an riesigen, gutgeschnittenen Tujahecken entlang nach Wieling zu.

Und jetzt öffnet sich der Blick: die vertraute Moorlandschaft! Gleich fährt mir ein kalter Schreck in die Glieder: Jenseits der Straße nach Wieling, aber nahe bei ihr, haben sie einen Scheinwerferstand errichtet, einen mächtigen, wie eine germanische Burg im Karree angelegten Erdwall, über den die grau gestrichenen Geräte hinausragen. Vor dem Erdwall bewegen sich drei, vier Uniformierte. Erst als ich stehenbleibe und genau hingucke, kann ich in ihnen eingekleidete Mädchen erkennen, und nun kommen auch noch zwei alte Männer in Luftwaffenuniformen dazu.

Die Wiese gehört dem Bauern Heinzelmeier. Der wird eine schöne Wut haben. Wenn die Himmelhunde versuchen sollten, den Scheinwerferstand niederzukämpfen, ist auch mein so sicher gewähntes Hexenhaus ernsthaft in Gefahr. Bis dahin sind es ja nur ein paar Schritte . . .

Das Häuschen, in dem ich die Kammern unter dem Dach gemietet habe, liegt ganz allein direkt am Rand des Waldes zwischen Feldafing und der Olympiastraße – in freier Landschaft also. Bis dicht ans Haus reicht seitlich vom Talgrund her das Moorgebiet mit Krüppelbirken, Torfstichen und Holzhütten fürs Torftrocknen hier und da. Nach Wieling hin ist das Gelände fast eben – ein Urstromtal mit ein paar flachen Hügeln: Seitenmoränen.

So wie da unten im Moos stelle ich mir russische Tundra vor. Die Maler der Münchner Schule müssen für dieses Voralpenland blind gewesen sein. Im Herbstnebel und im Winter kann ich mich in Sibirien fühlen, und da ist mir wohler als in den geleckten Ausflugslandschaften im Goldrahmen. Aber jetzt ist da dieser vermaledeite Scheinwerferstand, und der bereitet mir heftige Sorgen. Direkt am Rand *meiner* Moorlandschaft! Das hatte mir gerade noch gefehlt, daß die verrückte Bande hier einen Scheinwerfer plaziert . . .

Das Haus wird von den Feldafingern »Hexenhaus« genannt, nicht etwa, weil es baufällig wäre, sondern weil die Alte, der es gehört, wie eine Bilderbuchhexe aussieht und auch so mit ihrem schon alten Sohn lebt. Vor der Alten graust es allen, die in diese Einöde kommen. Ihre Verkrüppelungen an Händen und Füßen sind ein böser Anblick. Sie schifft wie ein Tier unter sich, und wenn das Wetter umschlägt, stinkt sie besonders infernalisch und bis zu mir herauf. Kein Mensch kümmert sich um sie und ihren verwachsenen Sohn. Das Haus ist schließlich auch so weit vom Ortskern weg, daß es wie nicht mehr zum Ort zugehörig wirkt.

Der bucklige Sohn heißt Simmerl. Er sieht nicht nur aus wie ein Schimpanse, er verhält sich auch so: So faul und träge er auch herumhängt, kann er doch blitzschnell zugreifen, wenn er irgendwelche Beute entdeckt. Beim Fahrradreparieren hat er mich schon zur Verzweiflung gebracht, weil mir immer wieder mal ein Stück Werkzeug fehlte, das ich mir mit Bedacht zurechtgelegt hatte. Ich brauchte nur einen Augenblick lang abgelenkt zu sein, schon grapschte der Kerl sich was – aus dem Kellerfenster heraus oder im Vorbeiwanken.

Zu den beiden Mißwüchsigen gehört der abgemagerte Schäferhundrüde, den die Hexe mit einem gefistelten »Tschäsarli« lockt. Kaum jemand weiß, daß dieser gescheit dreinblickende Hund Cäsar heißt und vorwiegend mit gekochten Kartoffeln ernährt wird – wie ein Schwein.

Die drei bilden eine höllische Wachtruppe für das Haus. Tschäsarli verbringt die meiste Zeit des Tages mit weit über die Wiesen schallendem Drohgebell. Dazu stemmt er die Vorderfüße auf das Geländer des Balkons unter mir und sitzt auf einem alten Tisch. So sitzt er bequem und bellt und bellt und verfällt in heftige Wut, wenn sich jemand auf der hundert Meter entfernten Straße nach Wieling zeigt. Dem bellt er mindestens eine Viertelstunde hinterher.

Auf meinem Holzbalkon richte ich das Waschzelt wieder ein. Es besteht aus zwei Bahnen Mal-Leinwand, die ich am schrägen Vorsprung des Dachgiebels festmache. Das Wasser muß ich mit einem Eimer am Strick aus der Zisterne heben. In manchen Sommern herrscht Wassernot, weil die Zisterne trockenfällt.

Über meinen Kammern ist im schmalen Flur die Luke zum Dachboden. Ich steige gleich hinauf. Schon der erste Blick verrät mir: alles in Ordnung. Die Koffer mit meiner Beute sind unberührt. Vorsichtig mache ich einen von ihnen auf. Für meine neuen Fotos und Filme ist noch genug Platz.

Auf die eingezäunte Wiese vor dem Haus hat vor einiger Zeit ein

Schieber ein Behelfsheim gestellt. Hinter den geschlossenen Fensterläden sollen Tausende von Glühbirnen eingelagert sein. Glühbirnen sind Mangelware und nicht mehr für gute Worte und normales Geld zu bekommen. Der tüchtige Geschäftsmann aus München wird sich auch gesagt haben: Da sagen sich die Füchse gute Nacht, und kein Hahn kräht danach, was da gelagert wird.

Ob der den Scheinwerferstand schon gesehen hat?

In der Nacht wird es saukalt. Das rührt daher, daß das Haus den größten Teil des Tages über im Schatten liegt. Nur früh hat es volle Sonne. Das bedeutet: Ich muß den Ofen heizen; die Ofenrohre, die zu dem eisernen Bullerofen passen, aus dem Keller holen und zusammenstecken. Vorher den Restruß herausputzen. Drecksarbeit!

Mit dem kreisrunden Rußfleck an der Decke über der Petroleumlampe ist es anders – der muß erhalten bleiben.

Mein nächster Nachbar, der nach Norden, jenseits der großen Wiese mit dem Bach, in einem großen Landhaus hinter riesigen Hecken wohnt, hat bereits spitzgekriegt, daß ich im Lande bin. Er ist schwerhörig. Ich will ihn einmal als Schwerhörigen mit schiefgelegtem Kopf malen. Ich nenne ihn »Hecken-Reimers«, weil er Reimers heißt und seine Lebenserfüllung im akkuraten Beschneiden seiner riesigen Tujahecken sieht. Früher wartete ich auf seine Leistungsberichte und wann er »theoretisch«, wie er sagte, durch genaues Zählen der Leiteranstiege und Multiplizieren mit der Leiterlänge, Zugspitzhöhe erreicht hätte und wann den Mont-Blanc-Gipfel. Seine Berichte legte er schriftlich nach jeder Tagesarbeit penibel in einer blauen Kladde nieder. Nun kommt er mit seinen schweren Stiefeln die Stiege heraufgetrampelt und bringt mir eine Menge Dreck in die Bude, nur um mir einen Überblick über seine Halbjahresleistung zu verschaffen. Offenbar strebt er noch immer neue Rekorde an.

Wie traurig es diesmal hier ist! Das macht: Simone ist nicht mit. Aber überall kann ich sie wie eine plasmatische Erscheinung sehen: Hier, auf dem niedrigen bretonischen Stühlchen, hat sie gesessen und Erbsen gepuhlt und dazu ganz tief Charles Trenets »La mer« gesungen.

Wie mir selber zum Hohn lege ich »Je suis seul ce soir« auf den Plattenteller meines schwarzen, ramponierten Koffergrammophons, drehe die Kurbel und lasse die Platte laufen.

Jetzt überfluten mich schier die Bilder von Simone. Ich schüttele den Kopf – aber warum soll ich mich dieser Bilder eigentlich erwehren?

Simone in der Tür gegen das Frühlicht im durchsichtigen Fähnchen und mit aufgelösten Haaren ... Und Simone gleich auch ganz nackt, wie sie vom Waschzelt kommt und es noch aus ihren Schamhaaren tropft, die auf einmal vor lauter Nässe ganz schwarz erscheinen. Simone beim Steppen – Holzsandalen an den Füßen, daß es nur so knattert. Simone auf den Knien beim Scheuern – nur mit einem Slip an und mir den Hintern zureckend ...

Simone als Putzfrau einzuschmuggeln – diese unglaubliche Frechheit! Ich hatte selber nicht recht daran glauben wollen, daß das klappen könnte. Und dann immer die Angst vor irgendwelchen Denunzianten, Angst, daß ein Parteischwein neidisch werden könnte ... Und dazu Simones nicht zu bändigende Lust, mit dem Feuer zu spielen.

Auf den Trick, sie ganz offiziell anzufordern, war ich verdammt stolz. Auf den mußte einer auch erst mal kommen.

Abends, wenn ich flach auf meiner mit bretonischer Wolle gefüllten Matratze liege, kann es auch schon mal passieren, daß ich, den Blick leer gegen die Decke gerichtet, mit Simone hadere – mit Simone und meiner ganzen Existenz: Was ist mit mir nur los? Ich bin ganz durch den Wind. Und das nur wegen Simone? Ich *muß* hier etwas zustande bringen, aber mir fehlt alle Lust dazu. Mir ist zumute, als sei die Hälfte meines Daseins gekappt.

Selbst dann, wenn ich die Moorlandschaft vor Augen habe, nehme ich das frische Birkengrün und das hohe Gras nur halb wahr, weil sich mir unser Strand bei Le Croisic vor die Augen schiebt.

Aber bald darauf mache ich Simone vor mir selber schlecht, um ihr Bild in mir zu schwächen: Viel zu spät bin ich skeptisch geworden und ihr auf die Schliche gekommen. Mein Glück, daß ich es irgendwann doch geschafft habe, ihr nicht nur hingegeben zuzuhören, sondern auch zu registrieren, was sie mir auftischte, und später mit dem zu vergleichen, was sie womöglich als neueste Nachricht zum besten gab. Und da fehlte es eben oft an Deckungsgleichheit. Das ging schon bei den Reden über die Herkunft ihrer Familie los und setzte sich bei den Schilderungen ihrer Schulzeit fort. So stammte die Familie schon mal aus altem spanischen Adel, dann wieder waren die Sagots bretonisches Gewächs. Einmal war Simone vollkommen zur Lyzeumslehrerin ausgebildet, dann wieder Krankenschwester. Ihr Vater, René, war mal ein waghalsiger Flieger gewesen – einmal konnte er sich sogar ein eigenes Flugzeug leisten –, mal Seemann. Tatsächlich ist er nach allem, was ich schließlich herausfand, nie einem anständigen Beruf nachgegangen, ja, er hat gar keinen erlernt. Genau betrachtet, ist er eine Art Heiratsschwindler.

Aber wenn ich Simone beim Schwindeln ertappte und sie das auch merken ließ, hatte ich noch lange keine Beschämte vor mir. »Voyons! Qu'est-ce que ça veut dire?« höre ich Simones übliches Beruhigungsgezirp gegen meine Einwände. Und dann folgte der schiere Bühnenauftritt: Simone spielte die Schelmische. Für jeden, wenn er sich nur nicht so vernagelt gab wie ich, war sie in dieser Rolle das reine Entzücken.

Mit Simone war es hier jedenfalls lustiger. Immer wieder taucht ihr Bild vor mir auf. Simone hier in der Bude zu malen und zu zeichnen, hat wahrhaftig mehr Spaß gemacht als Kommandanten auf der Brücke, das Seeglas vor der Brust. Simone beim Teetrinken, Simone beim Haarekämmen, Simone beim Schminken ... Meist waren es schmale Hochformate.

Weil ich kein Radio habe, verschlinge ich alles, was mir im »Gasthof zur Eisenbahn« an Zeitungsseiten in die Hände fällt, mit den Augen. Und immer, wenn ich meinen Teller Eintopf löffele, erscheinen zwei blutjunge französische Kriegsgefangene und sagen mit ihren hellen Stimmen laut und vernehmlich: »Guten Tag, Herrendamen!«

Die Invasion steht nach allem, was ich zwischen den Zeitungszeilen lesen kann, dicht bevor. Immer wieder gerät mir der Tagesbefehl Hitlers vom Neujahrstag in den Kopf: »Es mag die plutokratische Welt im Westen ihren Landeversuch unternehmen, wo sie will: Er wird scheitern!«

Und wenn die plutokratische Welt nun bei La Baule landet? Warum sind denn gerade in der Gegend von La Baule die schwersten Artilleriebunker gebaut worden, wenn nicht in der Annahme, daß die Alliierten gerade dort landen könnten?

Kein Mensch da, mit dem sich vernünftig reden ließe. Freund Penzoldt liegt mit Magenbluten im Krankenhaus in Starnberg. Wenigstens ist er in seinem Bett nicht als Sanitätsfeldwebel verkleidet. Warum der nur noch einmal die Uniform anziehen mußte! Falkenberg, der Intendant, ist tot. Und Leo, mein Wahllehrer, ist nun auch tot.

Was die in Berlin diesmal von mir haben wollen, ist ein wirklich großer Schinken. Meine akribischen Federzeichnungen von Schiffen – Sperrbrechern, Frachtern im Dock und U-Booten im Bunker – wollen sie zwar auch für die Wände im Haus der Deutschen Kunst, aber vor allem natürlich Großformate für die viel zu hohen Räume: eben Dönitz mit seinen besten Kommandanten, den Assen, statuarisch streng – der ganze Verein auf *einem* Bild.

Was mir vorschwebt, ist: achsiale Anordnung. Vertikale und Horizontale gleichmäßig betont. Die Mittelachse direkt durch den Nasensattel von Dönitz, der einen streng frontal anblickt. Die rechte Hand mit den Fingerspitzen aufgesetzt, wie es seine Art ist, in der Linken ein Blatt Papier – Fernschreiben, Tagesbefehl ... Auf einem Tisch vor Dönitz – die Horizontale! – Seekarten, zum Rand hin aufgerollt, direkt vor Dönitz eine mit den Planquadraten des Mittelatlantiks. Die Kommandanten in zwei Dreiergruppen rechts und links von ihrem Oberbefehlshaber, nicht so starr den Betrachter anblickend wie Dönitz, natürlich durch die Raumperspektive etwas kleiner, aber auch gestrafft aufgerichtet – besser: mit einem Körperausdruck zwischen gelockert und gestrafft. Schepke, Kretschmer, Topp, Endraß, Prien ... Da fehlt noch einer! Nehmen wir Vati Schultze. Der sollte auch dabeisein.

Das Unterarmlametta sieht man nur – und zwar mittelpunktbeherrschend – an Dönitz: ein breiter, vier schmale Streifen. Die anderen haben, schon damit ich nicht so viele Hände zeichnen muß, die Arme untergeschlagen oder gegenseitig verdeckt. Ein paar Hoheitsadler auf den rechten Brustseiten werden sich nicht vermeiden lassen. Dönitz muß auf der linken Brustseite das U-Bootkriegsabzeichen aus dem Weltkrieg angeheftet bekommen und natürlich auch das goldene Parteiabzeichen – der Erznazi!

Lebensgroß also. Wie soll ich aber bloß die ganze Bande in dieser Bude mit der schiefen Wand unterbringen? Die Füße kann ich ihnen amputieren, die verschwinden hinter dem Kartentisch. Eine von den Karten hängt, ein gleichschenkliges Dreieck bildend, über die Vorderkante des Tisches herab. Es *muß* einfach klappen.

Die Holländer gaben sich bei ihren Gildebildern Mühe mit der Anordnung der Honoratioren in episodischen Szenen. Was sie mit Fleiß vermeiden wollten – das Schießbudenhafte –, das will ich aber gerade erreichen: eine Art erstarrtes Panoptikum anstatt Theater, eine denkmalhaft überhöhte Wirkung meinethalben – der starre Dönitz, der auch alles um sich herum erstarren läßt.

Dönitz als Todestrommler in der Art der Rethelschen Holzschnitte oder des Totentanzes von Basel, *so* würde ich ihn malen *wollen*: als wild gestikulierendes Skelett mit einer riesigen Schleppe aus ineinander verschlungenen Wasserleichen hinter sich – und die Schleppe aus gequollenen Menschenkörpern als eine ins Unendliche reichende Spur.

Cui bono? frage ich mich. Was soll der Quatsch? Aber vielleicht kann ich die Arbeit ja hinauszögern. Bis Schluß ist? Zwischenaufnahmen machen und nach Berlin schicken, damit man den Fortschritt sieht – und auch, was noch fehlt. Ein paar Tage vorarbeiten und damit Zeit für eigene Arbeit gewinnen: Das wäre ein Witz, wenn ich das schaffen könnte.

Bleiben wir besser bei den Realitäten: Ich brauche zuerst mal einen großen Spannrahmen, nichts anderes als einen festen Keilrahmen mit breitem Mittelsteg, also verwindungsfrei. Den würde ich in dieser Größe im engen Stiegenhaus zwar nicht um die Ecken bringen, aber ihn über den hölzernen Balkon an der Frontseite hochzuhieven wäre eine Klackssache. Der Schreiner Floßmann müßte mir den an einem Vormittag zurechtmachen können. Wehrwichtig! Das müßte ziehen. Fehlt das starke Zeichenpapier in der richtigen Breite – hundertfünfzig Zentimeter mindestens. Um das aufzutreiben, werde ich nach München fahren müssen. Ich habe einen Lieferanten direkt gegenüber der Akademie, und der ist nicht ausgebombt. Das heißt, das Haus an der Ecke hat seinen Dachstuhl verloren, aber es ist hoch und solide, und der Laden im Erdgeschoß ist sicher noch in Betrieb. Kohle, schwarze Kreide, auch weiße, und Rötel habe ich genug.

Von Endraß und Topp habe ich Porträtskizzen, die ich, Gott sei Dank, aus der Akademie hierhergebracht hatte, von den anderen nur mickrige Fotos. Da wird es Schwierigkeiten geben. Notfalls kann ich die schlimmsten Fälle im Halbdunkel verschwinden lassen oder mich mit einem kernigen Profil behelfen.

Wenn ich nur mit Rötel, schwarzer und weißer Kreide arbeite, komme ich schnell voran. Um mit weißer Kreide höhen zu können, brauche ich aber einen grauen Grund. Den kann ich mir mit dem breiten Vertreiber aus verdünnter Tusche hinmalen – einfach die ganze Papierfläche Strich um Strich zumalen. Die Methode habe ich schon ein paarmal angewendet. Wenn ich nur halbwegs auf Zack bin, kann ich so eine Art Kartonentwurf für ein richtiges Ölbild auf die Beine stellen – und wenn der Entwurf gelingt, womöglich den schon als das angestrebte Resultat ausgeben.

Jeder Tag ist so prallvoll mit Händerühren und Hundert-Dinge-Besorgen, daß ich am Abend kaum mehr weiß, wie er dahingegangen ist.

Es ist aber auch vertrackt: Ich brauche Feuer im Herd, und damit geht die Murkserei mit den Ofenrohren auch in der Kombüse los. Auch hier ist das Rohr verstopft, und das ist es vor allem, weil der Kamin nicht zieht. Was unter mir die Hexe alles verfeuert, verstänkert das ganze Haus, weil der üble Qualm keinen Abzug findet.

Wenn ich also bis zum Abend ein paar ordentliche Faustskizzen zusammenbekommen habe, kann ich froh sein. Der Selbstversorger-Haushalt nimmt einfach zuviel Zeit von der eigentlichen Arbeit weg. Simone fehlt. Mir wird alle nasenlang wieder bewußt, wieviel einfacher alles ging, als sie hier war.

Da kommt auch noch ein Brief von Herrn Dr. Bünemann, der mich ganz aus der Arbeit reißt: Der Dr. Bünemann, Kunsthistoriker und reicher Sammler, den ich zufällig beim Materialkauf in München getroffen habe, schreibt, er habe verbürgte Kunde, daß sich Rodins lebensgroße Gruppe der sechs Bürger von Calais in einem zweiten Guß aus Belgien, vor den Kriegsgefahren ausgelagert, in einem deutschen Schloßpark verborgen finde. Davon wisse kaum ein Mensch. Das Schloß liege zwischen Ammersee und Landsberg. Man könne nur per Auto und jetzt wohl nur per Fahrrad hin. In zwei Tagen wolle er sich in Feldafing einfinden, ich solle ihn vom Bahnhof abholen, und dann müßten wir eben losstrampeln. Die Gelegenheit sei einmalig. Nie im Leben würde sie sich wiederholen.

Ich muß also das verdreckte Rad aus dem Schuppen holen. Vor vier Jahren habe ich es zum letzten Mal benutzt. Gekauft habe ich es als zwölfjähriger Pennäler für zehn Mark von meinem Geschichtslehrer in Schneeberg. Es hat Torpedofreilauf. Die Speichen sind ziemlich verrostet, der Ledersattel ist knochenhart. Ob der Dynamo noch funkt, weiß ich nicht.

Ich komme gerade am Bahnhof an, als Dr. Bünemann, der erheblich älter ist als ich, sein Fahrrad aus dem Packwagen hebt. Die Fahrradklammern hat er schon in die Hosenbeine geklemmt.

»Erst Tee oder gleich los?« frage ich.

»Gleich los!« entscheidet Bünemann. »Ist ja ein langes Stück – und bergig.«

Bünemann hat hohe schwarze Schnürstiefel an den Füßen. Dadurch wirkt er leicht altersvertrottelt. Sein Gesichtsausdruck aber hat etwas Bubenhaftes.

Das Radeln mit den schweren Rädern – »kotzelender Drahtesel« nenne ich meins – ist auf der Bergauf-bergab-Strecke nach Dießen so ungewohnt und schwierig, daß sich Bünemanns Zeiteinschätzung schon bald als gründlich falsch erweist.

Als wir uns, weit später als erwartet, Landsberg nähern und es, zu steil zum Treten, bergauf geht, wird selbst noch das Schieben mühsam, weil die Straße tief wie ein Schützengraben aufgerissen ist.

Zuerst sehe ich drei, vier Feldgraue mit Karabinern am Riemen – aber dann nach einer leichten Kurve im Graben einen merkwürdigen Aufzug längs schwarzweiß gestreifter Gestalten. Den Bruchteil einer Sekunde lang bin ich starr. Dann weiß ich: Das sind KZler, die ersten in meinem Leben, die ich sehe. Kein Zweifel, diese entsetzlich Abgezehrten können nur KZler sein. Sie sollen wohl schaufeln, aber kaum einer aus der Gruppe – es müssen etwa zwanzig sein – kann das noch.

Ich höre »Zigarette« zu mir herauflüstern. Und immer wieder: »Zigarette.« Und nun kommt das für mich Schreckliche: Ich habe keine. Mit Blicken frage ich Bünemann – der hat aber auch keine. Und jetzt stehe ich da, mein Fahrrad schräg gegen den Rücken gelehnt, und versuche mit Gesten darzustellen, daß wir beide Nichtraucher sind. Dabei könnte ich vor Beschämung versinken.

Einer der Posten, ein schon alter Mann, kommt heran und schüttelt bereits in zehn Meter Entfernung heftig den Kopf. Dann herrscht er uns an: »Weitergehen! Nicht sprechen!«

Da bleibe ich erst recht wie festgewurzelt stehen. Aber dann drängt mich Bünemann mit einem Griff zu meinem linken Oberarm weiter.

Als die Straße schon wieder eben und frei ist, schieben wir die Räder immer noch. Bünemann ist bleich. Ich höre ihn mit gepreßter Stimme sagen: »Sie haben keine Uniform an! Haben Sie das denn vergessen?«

Einen aus der Gruppe sehe ich ganz deutlich: die tief in den Höhlen liegenden brennenden Augen, die hohlen Wangen, der dürre Hals.

»Wahrscheinlich welche aus Dachau«, sagt Bünemann.

Am liebsten würde ich jetzt umkehren. Aber das kann ich Bünemann nicht antun.

Das Bild der halbverhungerten Gefangenen hat mich so sehr berührt, daß ich ein paarmal in tiefem Nachsinnen fast stürze und einmal tatsächlich einen Chausseebaum wie im Schlaf anfahre und dann eine gute Weile zu tun habe, bis ich endlich den Lenker wieder in den rechten Winkel zum Vorderrad zurückgewuchtet und den zwischen die Speichen geratenen Dynamo gerichtet habe. Ich bin dabei ungeschickt und sage zu Bünemann: »Eine Weile nicht mehr gemacht – und schon klappt's nicht mehr!«

Es ist schon hoch am Nachmittag, als Bünemann den Park endlich findet. Das Tor ist offen, und wir schieben unsere Räder einfach hinein und kommen schnell aus den Baumschatten heraus auf eine große Lichtung. Ich denke einen Sekundenbruchteil lang: wie die äsenden Rehe, gleich wird uns der Jäger abknallen, und muß auch schon über diese Vorstellung lachen. Das wiederum verwirrt Bünemann, der stehenbleibt, eine Hand in der Mitte des Lenkers, die andere auf dem Sattel seines Rades, und mich mißtrauisch mustert.

In diesem Moment entdecke ich halb im Gebüsch dunkle Gestalten, eine geballte Gruppe wie ein Stoßtrupp. Und obwohl ich blitzartig weiß: das sind sie, Rodins Bronzebürger, fahre ich doch schreckhaft zusammen. Erschrecken, großes Wundern und basses Staunen wird eins: Da stehen die sechs Männer in ihren Büßerkutten, deren jeden ich von vielen Abbildungen her kenne, tatsächlich in voller Lebensgröße und Körperhaftigkeit vor mir. Ich könnte sie anfassen, aber das wage ich nicht. Auch müssen wir zuerst einmal die Räder an zwei dünne Bäume lehnen.

Jetzt erst rückt Bünemann damit heraus, daß er über die Bürger von Calais promoviert hat. Er weiß alles: die englische Invasion, die Not der Stadt Calais. Arkebusiere, Hellebardiere, Piqueure, Feldschlangen ... Das Jahr 1347. Die sechs Patrizier, die in christdemütiger Selbstaufopferung die Stadt vor dem Brandschatzen bewahren wollen ...

Da sitzen wir nun auf einem gestürzten Baum, und Bünemann doziert wie in einem Seminar: »Die Froissartsche Chronik über den hundertjährigen Krieg zwischen England und Frankreich war die Quelle für Rodin. Da heißt es: ›Wie der König Philipp von Frankreich die Stadt Calais nicht mehr befreien konnte, und wie der König von England sie nahm.‹«

Der Kunsthistoriker Bünemann weiß sogar, wie damals der Bürgermeister von Calais hieß: Messire Jean de Vienne. Und der reichste Bürger der Stadt, der sich als erster opfern wollte: Eustache de Saint-Pierre. Eine dichterische Eingebung sei es gewesen, höre ich, die Rodin so tief ergriff und beglückte, daß er über die abgedroschenen Konventionen der Ehrenmäler weit hinauswuchs. Keine Heroisierung – oder gerade doch, weil Rodin auf monumentalen Symbolismus im Zeitgeschmack so entschieden Verzicht leistete. Dafür die unmittelbare Darstellung der stummen Gebärden jener sechs zum Hinopfern für ihre Stadt entschlossenen Bürger.

Ich muß an Ernst Penzoldt im Starnberger Krankenhaus denken. Ich habe von Rodin eine Mappe mit Lichtdrucken aus dem Mühlhausener Braun Verlag. Die werde ich ihm im Krankenzimmer an die Wände pinnen und dazu die Geschichte dieser abendlichen Kunstunterrichtung erzählen: Die ist wie für ihn in Szene gesetzt.

Was für eine verdrallte Welt! Die hungerschlotternden Gefangenen in ihren längsgestreiften Drillichen und hier die bronzenen Gestalten mit den Stricken um den Hals – hohläugig elend auch sie. Und in meiner Bude Dönitz mit den Assen auf dem Spannrahmen, mit Rötel angelegt …

Die Katze der alten Hexe hat acht ganz kleine Hasen abgemurkst. Sie liegen in der windschiefen Holzlege. Die schwarze Katze mit den schlafsüchtigen Blinzelaugen: eine Hasenmörderin!

Ich brauche ein Modell. Ohne Modell komme ich nicht weiter.

Von der Post aus rufe ich den Marineverbindungsoffizier beim Generalkommando München in der Schönfeldstraße an. Den Mann kenne ich, und deshalb müssen wir auch nicht viel Larifari am Telefon machen. Wo es denn fehle, will er gleich wissen.

»Ich brauche ein Modell, einen Mann – Infanteriegefreiten oder so was –, nur keinen oberdämlichen. Ansonsten alles egal. Wenn's geht, eine Woche lang jeden Morgen gegen neun Uhr bei mir in Feldafing. Proviant soll er sich möglichst mitbringen. So, und nun die genaue Wegbeschreibung …« Zuletzt sage ich noch: »Die richtigen Marineklamotten für einen normal großen Mann habe ich übrigens hier.«

In der Akademie hätte ich mir für die uniformierten Gestalten mit einer lebensgroßen Gliederpuppe helfen können. Die Puppen halten still, und die Falten verschieben sich nicht, aber so eine Puppe habe ich in Feldafing nicht. Außerdem wird mir der Mann ein bißchen zur Hand gehen können.

Am nächsten Morgen erscheint einer mit Knobelbechern an den Füßen, Krätzchen auf dem Kopf und Brotbeutel am Koppel. Pfiffiges Gesicht. Behauptet, Ingenieur zu sein und in München zu Hause. Von der Truppe abkommandiert, weil ein Lehrgang bevorsteht. Modell gestanden habe er sogar schon einmal – aber in viel jüngeren Jahren – für einen Bildhauer.

Ich gebe ihm meine gute blaue Uniform. Die solle er auf dem Balkon anziehen, und dann sei er, freilich ohne die Würde-Insignien an den Unterarmen, der Oberbefehlshaber der Kriegsmarine. Mein Mann bekommt noch seinen Tisch, um die rechte Hand mit gespreizten Fingern ordentlich aufzustützen, und für die Linke ein paar Blätter Papier.

»So, und nun nichts als stur geradeaus gucken, Blick auf unendlich eingestellt . . .«

So einfach hätte er sich das nicht vorgestellt, bemerkt der Gefreite, der Schumann heißt.

»Nach zwei Stunden reden Sie anders!« sage ich, und dann kann es losgehen. Bald schon verfluche ich, daß ich nicht genug Platz zum Zurücktreten habe. Da muß das Glück helfen, wenn die Proportionen stimmen sollen.

Es regnet schon die ganze Nacht hindurch wie verrückt. Aus den tieferen Wiesen werden Seen. Das ist längst kein milder Mairegen mehr. Tant pis! Was verschlägt's! Ich muß schuften.

Ich will durch den Regen mit dem Rad nach Starnberg fahren. Dafür packe ich die Mappe mit den Zeichnungen, die ich Penzoldt zeigen will, in einen alten Gummimantel. Mit Südwester und Ölzeug am Leib radle ich los: ein Seemann in Oberbayern.

Später dann hängt in Penzoldts Zimmer ein ganzer Fries mit Rodins »Bürgern« an den Wänden: Ich habe jedes Blatt sorgfältig mit Heftpflaster angepappt.

Wie ich so neben dem »Väterchen« auf meinem Stuhl sitze und den Blick ringsum gehen lasse wie ein Leuchtturmfeuer, finde ich auf einmal: ein Zahn zuviel Symbolik – die Stricke an den Hälsen weisen zu deutlich auf unsere eigene Situation! Aber was kann Rodin dafür!

Das Wetter bleibt schlecht. Auf der Heinzelmeier-Wiese hinter dem Scheinwerferstand weiden Kühe im Regen. Ostwind. Er trägt das Läuten der Glocken so stark zu mir herüber, daß es klingt, als stünden die Kühe am Behelfsheim mit den Glühbirnen.

Im Hinterkopf memoriere ich: Kohlen, Holz, Wasser schleppen, Milch holen vom Bauern in Wieling. Kaminkehrer. Es muß doch einer aufzutreiben sein, der den Kamin fegt, wenn der so total verschmutzt ist. Wahrscheinlich muß der Kamin sogar ausgebrannt werden.

Ich lege die Falten des rechten Armes von Dönitz mit Kohle an – das läuft gut. Aber wie ich eine lebensgroße, bildbeherrschende Figur darstellen soll, ohne sie »im Ganzen« vor mir zu haben, weiß der Himmel. Mein Dönitz hat keinen Kopf, weil ich mit dieser knochigen Visage und der aufgeblähten Stirn noch nicht zurechtgekommen bin und den Murks wieder weggemacht habe.

Ich habe es mit harten Glanzlichtern auf den Augen versucht, aber die haben die »stählerne Härte« auch nicht gebracht. Vati Schultze im Hintergrund ist nicht porträtähnlich geworden. Auch sein Kopf muß wieder verschwinden.

Ob ich ihm die »Stilfibel« leihen könne, fragt mein Gefreiter am zweiten Tag und zeigt auf das Regal, in dem er sie erspäht hat.

»Sagen Sie's ruhig, was Sie sonst noch lesen oder ansehen möchten . . .«

Dann nachmittags kommt der Zwerg Hörschelmann – baltischer Baron, Lästermaul und Zeichner. Er will mir nicht verraten, woher er weiß, daß ich im Lande bin. Über meinen gesichtslosen Dönitz im Kreis seiner Asse will er sich schier totlachen.

Am vierten Tag erscheint mein Infanterist nicht. Dafür bekomme ich Besuch von einer sehr schlanken, hochgewachsenen Blondine – seiner Frau. Ihr Mann, erklärt mir mein Besuch, müsse nun doch zu seinem Lehrgang. Ich bekäme aber sofort Ersatz für ihn, wenn ich das wollte. Nur sei ich ja leider nicht zu erreichen gewesen. Ihr Mann hätte ihr soviel erzählt. Hier sei auch das Buch, das ich ihm geliehen habe . . . Ob sie beim Generalkommando in der Schönfeldstraße anrufen solle, damit ich Ersatz bekäme? Ihr Telefon funktioniere noch.

Mal langsam! denke ich. Warum denn nur so aufgeregt? Wenn schon Besuch im Haus ist, dann wollen wir doch erst einmal Tee machen – schließlich verfüge ich noch über ein hübsches Quantum echten Tees.

Ich verschwinde also in die gegenüberliegende Kombüse und fuhrwerke mit dem Flaschengaskocher herum. Die beiden Türen lasse ich offen und rede drauflos: »Nein, jetzt komme ich auch gut ohne Modell zurecht. Schönen Dank. Gleich ist es soweit . . . Torte und Schlagsahne werden später geliefert . . .«

Da erscheint mein Besuch im Türrahmen, und die Teekanne wird mir sanft aus der Hand genommen. »Ich mach das schon«, höre ich. Ich will erklären, wo dies und das zu finden sei, aber die Dame meint, sie komme schon zurecht. Daß es keine Wasserleitung gibt, findet sie freilich komisch. Wie ich es denn in einem harten Winter machte?

»Der Winter«, gebe ich Antwort, »ist nicht das Problem. Die Zisterne ist noch nie eingefroren, aber mit übermäßig trockenen Sommern kommt die Wassernot.«

Ich könne ruhig »Helga« statt Frau Schumann zu ihr sagen.

Helga lacht viel. Ich lebte ja nicht nur richtig in der Natur, sondern auch mit ihr, befindet sie. Helga scheint das zu gefallen.

Meinen Freundinnen hat es hier auch immer gefallen. Die bretonischen Keramikschüsseln und die rumänischen Westen an den Wänden, der Kelim auf dem Dielenboden: Künstlerbude ... Doch Helgas Sinn ist offenkundig, mehr, als ich es von meinen Freundinnen gewohnt bin, aufs Praktische gerichtet. Ich könne mich ruhig schon mal auf den Balkon setzen, sie kümmere sich schon ...

Es dauert nicht lange, bis Helga auch ihre Qualitäten als Stenotypistin zum Glänzen bringt: Ich brauchte nur zu sagen, was sie für mich schreiben solle, sie täte es umgehend.

Ich bin verwirrt, mir ist sogar einigermaßen beklommen zumute. Aber auf einen Anflug von Kumpelhaftigkeit warte ich vergebens. In meine Bude ist vielmehr eine Stimmung von afternoon tea geraten. Richtig ladylike! spotte ich insgeheim über meinen Besuch und sage mir: Diese gertenschlanke Blondine mit den leicht schlängelnden Bewegungen ist ja wohl nicht mein bevorzugter Typ. Was ist sie überhaupt für einer? Ein mütterlicher – ein häuslicher? Ist sie eine, die nach Höherem strebt? Just nach dieser Spezies steht mir der Sinn gewiß nicht.

Helga kommt, wie sie es vage angekündigt hat, auch am nächsten Tag und spielt das Mucksmäuschen. Ich solle mich ja nicht gestört fühlen, sie wolle nur ab und zu einen Blick auf mein Arbeitsfeld werfen dürfen. Es ist erst zehn Uhr. Da hat Helga, die im tiefsten Schwabing wohnt, sich früh aufmachen müssen.

Sie habe auch etwas Eßbares aufgetrieben, vor allem Kartoffeln und einen halben, von ihr gebackenen Napfkuchen. Einen akzeptablen Eintopf bringe sie sicher zusammen. Am späteren Nachmittag dann müsse sie allerdings wieder über alle Berge sein: Da habe sie in München zu tun.

Gar nicht dumm geregelt, sagt mein innerer Kommentator. Keine Komplikationen, falls später am Tag mal andere Damen aufkreuzen sollten.

Helga räumt jetzt sogar auf. Das Kissenarrangement auf der Couch in meinem Arbeitszimmer hat ihr offenbar nicht gefallen. Irgendein Stück femininer Textilie hat sie wortlos aufgenommen und in meine Schlafkammer gebracht.

Helga, die ich insgeheim immer noch die »Modell-Gattin« nenne, sagt, sie möchte jetzt meine Schreibmaschine in Betrieb setzen. Was immer ich an Handgeschriebenem hätte, würde sie gern in ordentliche Manuskriptseiten transformieren.

Diesmal bin ich kapitulationsreif. Abzutippen gibt es unzählige Seiten. Ich zeige Helga also, wo Papier, Blaupapier, Durchschlagpapier liegen, und drücke ihr einen Aktendeckel mit ein paar von mir mühsam mit drei Fingern getippten und dazu vielen handgeschriebenen Seiten in die Hand. Ob sie das denn lesen könne? Im Handschriftenlesen sei sie ein As, sagt Helga und fängt ohne viel Federlesens an.

Es dauert nicht lange, da vermisse ich beim Zeichnen schon das Tippgeräusch, wenn es aussetzt, weil Helga neue Blätter einspannt.

Als ich Helga so am kleinen Schreibmaschinentisch als Silhouette gegen den weißen Himmel sitzen sehe und meinen bespannten Keilrahmen im Vordergrund – als repoussoir quasi –, muß ich lachen: Das läßt nun wirklich an Holland denken – eine Idylle in der Art der Genrebilder aus holländischen Malerateliers.

Was für ein Glück, daß ich noch nicht die Buschtrommel bei meinen Tutzinger und Starnberger Freundinnen gerührt habe. Was wäre denn, wenn die *jetzt* zu Besuch kämen und hier der unbekannten Helga begegneten!

Ich spotte schon längst nicht mehr im stillen über die »Truppenbetreuerin« Helga, sondern lasse mir ihre Fürsorge mit einer Art Zufriedenheit angedeihen. Ohne daß es mir recht bewußt geworden ist, hat sich eine merkwürdige Vertrautheit zu ihr eingestellt. Es lebt sich so durchaus bequem. Zudem darf ich mich regelrecht geläutert fühlen: Es fehlt nicht mehr viel, und ich werde mich in Selbstzufriedenheit suhlen.

Am meisten muß ich mich dafür bestaunen, daß ich meinem Gast mein ganzes bißchen Haushalt vorführe – sogar auf die Leiter zum Dachboden darf sie steigen – und ihr vorschlage, sie könne auch hier wohnen, wenn die Bombenangriffe zu schlimm würden. Jetzt im Mai sei es doch ohnehin hier draußen viel schöner als in der Stadt. Die Verstecke für die Schlüssel zeige ich ihr auch gleich. Und da bläht sich in mir eitel Großmut: Das gelte selbstverständlich auch für ihren Mann.

Ich habe mich heftig erkältet. Leichtes Fieber. Über mein Spiegelbild muß ich grinsen: Ich habe rote Bäckchen – wie angemalt. Jetzt bin ich richtig froh, daß Helga erscheint. Sie macht fast auf dem Absatz kehrt, um in der Apotheke Kräutertees oder was sonst noch helfen könnte zu ergattern. Ich fühle mich trotz des Hustens, und obwohl mir die Nase läuft, durchaus zum Arbeiten aufgelegt. Ich bin sogar ein bißchen aufgemöbelt und wage ein paar entschiedene Konturen, die ich am Vortag nicht riskiert hätte.

Zu Mittag gibt es eine ordentliche Suppe und im Stundentakt heißen Tee. Helga hat sich einen ganzen Stoß Bücher zurechtgelegt und ist kaum zu spüren. Als es Zeit für den Zug wird, erklärt sie, sie wolle lieber bleiben. Aber wie denn? Da müßte sie ja Bescheid geben ... Darauf sagt Helga sachlich kühl: »Das habe ich schon getan. Ich war auf der Post, als ich zur Apotheke ging. Die Oma kümmert sich.«

Da zieht es mir zuerst mal den Malarm herunter ... Wie kann ich, ohne Telefon, Cornelia wieder ausladen, die mich später besuchen wollte? Das wird eng!

Helga bringt neuen Tee. Ich müsse unbedingt an die frische Luft, sie meine: richtig spazierengehen.

Gegen das dauernde Husten loslaufen? Warum nicht!

Als wir mitten auf der nördlichen Wiese am Bach angelangt sind, habe ich einen Einfall. Ich sage Helga, ich müsse ganz kurz meinen Nachbarn sehen und denke dabei: Der Dr. Reimers hat Telefon. Da kann ich mich schnell entschuldigen – schließlich bin ich erkältet ...

»Aber nur leicht«, sage ich zu Cornelia, »sonst geht es mir gut.«

Als ich später schlaflos daliege, verhöhne ich mich: »Zucht und reine Minne / wer die sucht und liebt / der komm in unser Land / wo es noch beide gibt ...«

Mein bißchen Fieber! Vielleicht brauchte ich nur an die Wand zu klopfen ...

Im Halbschlaf höre ich Flugzeuge. Aber dann ist es nur das Brummen des Generators in der Scheinwerferstellung, das mich hochschrecken läßt. Ich trete mit bloßen Füßen auf den Balkon hinaus, um zu sehen, ob München angegriffen wird, und da ist tatsächlich im Norden ein Sektor von rötlichem Schein – in mehr als neunzig Grad. Das leichte Flackern darin verheißt nichts Gutes: Da fallen noch Bomben in die Brände hinein ...

Die Scheinwerferstellung aber bleibt dunkel.

Schwer zu verstehen: Ich habe den Scheinwerfer nur ein einziges Mal eine genau senkrechte, scharfe milchweiße Bahn in die Himmelsleere richten sehen. Wahrscheinlich soll die Stellung erst in Aktion treten, wenn eine alliierte Luftarmada nach Süden abdreht oder gar von Süden kommt.

Vom Balkon aus kann ich Helgas Fenster sehen. Sie hat die kleine Leselampe an. Mit einem Schritt weiter zur Brüstung hin bekomme ich sie auch selbst in den Blick, wie sie unter meiner bunten, rumänischen Decke daliegt, zwei Kissen im Rücken, und liest – ein Bild wie ein Carossa-Gedicht.

Schon früh am Morgen ist Helga in der Küche. Sie will in die Stadt fahren, sehen, was passiert ist.

Dann ist es plötzlich sehr leer in meiner Bude. Ich versuche es noch einmal mit dem Dönitz-Konterfei. Diesmal wird es besser, aber noch nicht gut. Als mich der Hunger plagt und ich mir in der Küche etwas zu essen machen will, sehe ich, daß Helga vorgesorgt hat: Ich brauche den Topf nur warm zu machen.

Gegen Abend kommt Helga zurück: alles in Ordnung. Helga hat eine Schürze für die Küche mitgebracht.

Der nächste Tag ist so schön, wie ein Frühlingstag in Feldafing gar nicht schöner sein könnte: Alles glänzt in der Morgensonne. Von links bis rechts ist tief im Himmelsraum eine Girlande aus dicht aneinandergefädelten Plusterwölkchen ausgespannt. Die alte Hexe hockt auf ihrem Hackstock, Tschäsarli hat sich zu ihren Füßen langgemacht. So lassen sie sich beide von der Sonne wärmen.

Helga hat meine Lebensmittelmarken umgesetzt. Es gibt Butter und Wurst aufs Brot. Die Butter müssen wir bald schon in den Schatten der großen Teekanne rücken, so stark ist die Sonne.

Ein Telegrammbote kommt. Den Mann nur zu sehen, verschafft mir schon einen gehörigen Schreck. Und der ist begründet: Ich werde »unverzüglich« nach Berlin befohlen.

An den Stempeln sehe ich, daß das Telegramm viel zu spät zugestellt worden ist. Ich hätte gestern schon fahren müssen. Jetzt muß ich sehen, daß ich schnell loskomme.

»Und was wird mit Ihrer Arbeit?« fragt Helga.

»Ich kann nur alles so stehen- und liegenlassen, wie es ist. Vielleicht bin ich bald schon wieder da«, sage ich leichthin. Dabei weiß ich: Da ist was im Busch. Reinweg für die Katz holt mich der Ölige nicht nach Berlin zurück.

Ich versuche Helga zum Bleiben zu bewegen, aber sie will am Abend nach München fahren und auch in München bleiben.

Was aus den Eßsachen werden solle, will sie wissen.

»Die nehmen Sie bitte mit sich nach München. In Berlin bekomme ich überall was zu essen.«

Mein Zug verläßt pünktlich die Halle. Ich hoffe, daß ich diesmal besser durchkomme. Mal nicht diese mühselige Nachtfahrt, habe ich mir gesagt und eine Tagverbindung über Nürnberg herausgesucht. Noch vor Mitternacht müßte ich so nach Berlin kommen, wenn es keine Angriffe gibt.

Das Abteil ist nicht einmal ganz voll, am Fenster mir gegenüber sitzt eine großäugige junge Dame, die offenbar beide Gepäcknetze belegt hat –

mit einem Koffer und einem recht großen Paket, eher einem Ballen: Die Verpackung besteht aus Sackrupfen. Ich lasse meinen Blick mit unverhohlener Neugier zwischen beiden hin- und herwandern, und als der Zug nach einem quietschenden Lösen der Bremsen anfährt, werde ich für meine Neugier auch schon belohnt: Das sei gar nicht ihr Gepäck, bringt mir mein Gegenüber in neckischem Plauderton bei, sie müsse das nur nach Berlin bringen. Sie sei überhaupt aus Berlin, und in dem Ballen sei ein wichtiges »Spezialteil« für einen Generator.

Die Hübsche entpuppt sich als ein recht heiteres Wesen. Für Unterhaltung wäre gesorgt. Aber diesmal will ich lesen.

2. Teil

Wieder Berlin

Ich kann nur staunen, daß die Bürokomplexe in der Bendlerstraße immer noch stehen. Da wird es ja wohl den Öligen mitsamt seinem Schreibtisch auch noch geben. Der wird sich schön wundern, wenn ich ihm sage, wie wenig weit ich mit meinem Dönitz-Bild bin ...

Vor der Tür zum Öligen verhalte ich erst mal. Jetzt heißt es: zusammennehmen und auf streng militärisch mimen.

»Melde mich gehorsamst zur Stelle, Herr Kapitän«, kommt es mir so knarsch von den Lippen, wie es sein soll.

Der Ölige verzichtet auf militärisches Ritual und eine Einleitung. Er dreht statt dessen sofort wieder den jovialen Zigarrenvertreter heraus.

»Na, wie war's?« will er wissen.

»Bemerkenswert, Herr Kapitän. Von einem Bombensegen in den anderen. Schon bei der Hinfahrt ein Jagdbomberangriff auf den Zug, unmittelbar vor Regensburg, und das trotz Flakwaggon.«

»Wieso das denn?« fragt der Ölige. »Jabos in *der* Gegend?«

Ich denke: Der tut doch glatt so, als wollte ich ihm einen Bären aufbinden. Da braucht er wohl ein bißchen Aufklärung: »Der Zug stand direkt vor der Donaubrücke vor einem Signal, als es Alarm gab. Aber der Lokführer stieß nicht etwa zurück – nein, der Zug blieb stehen, und die Lok ließ auch noch wie verrückt Dampf ab. Kein Funken gesunder Menschenverstand! Auch der Zugführer – völlig hilflos. Und dann im Tiefflug mit den Bordwaffen direkt hinein in die Leute ...«

»Na, da haben Sie ja wohl Dusel gehabt.«

Von meinem braunen Abteilgenossen will ich lieber nicht reden. Sowieso schon zuviel gequatscht. Ich warte nur darauf, daß der Ölige endlich nach meiner Arbeit fragt. Aber der Kapitän hört mir offenkundig gerne zu. Eine Art Schmunzeln ist auf sein wie poliert glänzendes Gesicht getreten.

Also weiter im Text: »Und bei der Herfahrt saß ich schon in Nürnberg das erste Mal fest ...«

»Da sehen Sie, wie es im Reich zugeht!« redet mir der Ölige dazwischen. »Wir sind jetzt hier genauso an der Front wie Sie draußen.«

Da merke ich, was es ist, das dem Öligen an meiner Geschichte so gut gefällt.

»Und was war in München?«

München! Da habe ich auch noch was zu bieten. Ich nehme einen ordentlichen Schluck Luft und rede los wie unser Rundfunkheini: »Zwei schwere Angriffe. Die Akademie hatte es bereits erwischt. Mein Atelier natürlich auch – mit allen Arbeiten. Total ausgebrannt.«

Der Ölige macht große Augen und schauspielert. Zu meiner Überraschung führt er mir Mitgefühl vor: »Und was machen wir nun?«

»Ich hatte noch einige Skizzen und Entwürfe bei mir zu Hause in Feldafing.« Fast hätte ich gesagt: Vertagen, wenn ich das vorschlagen darf, Herr Kapitän. Bis ruhigere Jahre kommen.

»Und wie weit sind Sie?« fragt der Ölige. Sein merkwürdig unbeteiligt klingender Tonfall verwirrt mich. Sollte dem Mann am Ende doch ein Seifensieder aufgegangen sein?

»Das Bild ist noch nicht fertig – noch nicht so, wie ich es haben möchte ...«

»Die nächste Große Deutsche Kunstausstellung muß leider ausfallen wegen der letzten schweren Terrorangriffe auf München.« Der Ölige sagt das wie eine Rundfunkmeldung her und läßt diese Verkündung eine Weile auf mich wirken, dann erst fügt er an: »Man will die deutsche Kunst eben nicht der Gefährdung durch alliierte Bomber aussetzen.«

War da etwa leichter Spott in seiner Stimme? »Unvollendete Meisterwerke«, redet er zu meinem Erstaunen weiter und lehnt sich in seinem Sessel zurück, »sind manchmal die interessantesten ...«

Das klang nun wie schierer Hohn. Ich sitze da und rätsele, ob ich gerade einen verbalen Kassiber geliefert bekommen habe. Der Ölige muß noch irgendwas in petto haben. Jetzt fixiert er mich sekundenlang, dann sagt er: »Ich möchte Sie so schnell wie möglich wieder bei einer Frontflottille haben – der siebenten oder neunten. Könnte sein, daß wir demnächst sehr schnell Material von Ihnen brauchen! Sie wissen ja selber, daß was im Busch ist ...«

Demnächst sehr schnell, repetiere ich still. Klingt reichlich paradox und sibyllinisch.

»Und dann ist da ja auch noch Ihr neues Buch, das Sie sicher am besten in Frankreich fertigstellen.«

Nun weiß ich überhaupt nicht mehr, woran ich eigentlich bin. Weil der Ölige sich jetzt in seinen Sessel zurücklehnt, sich eine dünne Zigarre ansteckt und sie genießerisch anraucht, habe ich Zeit zum Nachdenken: Zuerst verschwindet Goebbels von der Bildfläche, dann hat es mit dem Dönitz-Porträt keine Eile mehr, weil die Große Deutsche Kunstausstellung abgeblasen worden ist, und jetzt ist die Rede von meinem neuen

Buch und daß da womöglich »was im Busch« ist. War das wie nebenhin Gesprochene etwa die eigentliche Mitteilung an mich?

Als nächstes erfahre ich, daß es schon morgen losgehen soll – und zwar mit einer Ju 52 von Tempelhof nach Paris. Dort Meldung bei der Abteilung und dann weiter per Bahn.

»Ich müßte mich aber doch noch bei etlichen Dienststellen melden, Herr Kapitän . . .«

»Das vergessen Sie mal alles«, entscheidet der Ölige. »Ich habe morgen Ihre Papiere hier – einschließlich eines neuen Kriegsberichterausweises, direkt von Generalfeldmarschall Keitel.«

Ich komme aus dem Wundern gar nicht wieder heraus. Aber was soll's? Nur schnell wieder raus aus diesem verdammten Berlin – diese Chance hat nicht jeder. Ich sollte tief durchatmen. Am Ende ist der Ölige doch mein Gönner und will mich in eine vermeintliche Sicherheit schicken.

»Wie schon gesagt: Sie sollten auf jeden Fall baldigst in eine Flottille zurück . . .«

Ich blicke meinem Kapitän jetzt voll ins rosige Gesicht. Ich kann darin aber nichts lesen, weil er den Blick auf die Schreibtischplatte senkt. Und dann sagt er leicht nuschelnd: »Ihre Damen sind nämlich verhaftet worden . . .«

Was war das? Ihre Damen sind verhaftet . . .? Nehme ich denn nicht mehr richtig auf, was man mir sagt? *Ihre Damen* – was soll denn das heißen? Damit kann er doch nicht Simone meinen?

»Und zwar in Brest«, höre ich den Öligen wie von weitem sagen, »eine Ihnen offenbar nahestehende Dame . . .«

In Brest? Simone in Brest? Das *kann* nicht sein! Aber da redet der Ölige weiter: »In La Baule auch – so eine Art Verhaftungswelle . . .«

In meinem Hinterkopf arbeitet es heftig: Das war ein Kassiber! Jetzt ja kalt bleiben! Ich starre den Öligen an und versuche richtig aufzunehmen, was er sagt.

Mir ist, als habe der Ölige aus Versehen eine falsche Manuskriptseite erwischt, eine für einen ganz anderen Sermon als den begonnenen bestimmte. Sein Tonfall ist der gleiche geblieben, aber der Inhalt ist gänzlich abgeirrt.

Der Ölige schweigt jetzt. Er hält aber meinen Blick fest. Die Sekunden dehnen sich peinvoll. Schließlich redet er wieder: »Ich wollte Ihnen das nur gesagt haben!« Wieder eine Pause, diesmal kürzer, und dann mit ganz genau der gleichen verbindlichen Intonierung, die der Ölige so sehr kultiviert hat: »Sie sollten zusehen, daß Sie mit Ihrem zweiten Buch schnell vorankommen. Vielleicht brauchen Sie zur Auffrischung wieder mal einen See-Einsatz. Am besten . . .«

In diesem Augenblick setzt mein Aufnahmevermögen aus. Endlich ist es in mein Gehirn durchgesickert: Simone ist verhaftet worden.

Vor dieser Nachricht habe ich seit Jahr und Tag Angst. Daß sie mir gerade in Berlin verpaßt wird – vom Öligen ... Aber das mußte ja so kommen! Simone hat viel zu hoch gespielt.

Ich muß mich mit allen Kräften beherrschen, um meinen Schrecken nicht zu zeigen. Pokergesicht vorweisen. Kalt wie eine Essiggurke. Ja nicht räuspern. Klar und deutlich reden! Keine Blöße zeigen! Jetzt wird noch jedes Wimpernzucken beobachtet. Der Ölige tut doch nur so, als hätte er mir eben ganz beiläufig was geflüstert – der beobachtet meine Reaktion. Tut so, als hätte er die Augen auf die Schreibtischplatte niedergeschlagen, lurt aber doch zu mir her ...

»In Brest sitzt doch Ihr ehemaliger Kommandant ...«, höre ich den Öligen jetzt gedehnt sagen. Noch ehe ich antworten kann, fügt er an: »Als Flottillenchef, soviel ich unterrichtet bin ...«

»Jawoll, Herr Kapitän«, schießt es mir da viel zu laut heraus. Zugleich denke ich: Was soll denn das nun? Das klang merkwürdig. Süffisant, würde ich sagen – sogar zynisch. Ich habe das sichere Gefühl, daß der Ölige sehr viel mehr weiß, als er durchschimmern läßt. Mich bedrängt plötzlich die Vorstellung, er könnte *alles* wissen.

Aber was hat der Alte mit der Geschichte zu tun? Was ist da passiert? Was ist in Brest los?

»Sie müssen jedenfalls schnellstens zurück ...«, sagt der Ölige bestimmt und wie ein Fazit.

Zurück? Was heißt zurück? will ich schon fragen, aber ich schlucke die Frage hinunter. Nach La Baule? Nach Brest?

Der Ölige setzt sich von seinem Schreibtisch zurück und pafft an seiner neuen Zigarre. Der Qualm soll offenbar eine undienstlich gemütliche Atmosphäre schaffen. Wenn er sich so verhält, hat mir der Ölige noch etwas zu sagen.

Ich muß nicht lange rätseln. Einem verunglückten Rauchkringel nachblickend, hebt er an: »Ihre französische Bekannte ist ja wohl Innenarchitektin ...«

Innenarchitektin? repetiert es in mir. Was denn noch?

Ein Glück, daß der Ölige mich gerade nicht beobachtet, sondern seine Aufmerksamkeit auf seine Kringel gerichtet hält. Offenbar erwartet er auch gar keine Bestätigung von mir, sondern redet betont gleichmütig weiter: »Wegen der besonderen Fähigkeiten der Dame war sie nämlich von Brest aus angefordert worden – ganz offiziell von der Flottille ...«

Innenarchitektin – besondere Fähigkeiten – von der Flottille angefordert? Mir schwirrt der Kopf. Woher weiß der Ölige das alles?

Jetzt schöpft mein Gegenüber tief Luft und richtet seine Blauaugen auf mich: »Die Tätigkeit besagter Dame war aber nicht gerade von langer Dauer – eben nur bis zu ihrer Verhaftung ...«

Von Brest angefordert – und dann verhaftet. Von wem eigentlich? Da sitzt der Alte womöglich böse in der Bredouille. Und ich?

Für den Öligen scheint die Sache damit erst mal erledigt zu sein. Er wechselt das Thema: »Was Sie vor Ihrer Abreise noch machen könnten, ist: zum Karlsbad gehen und die Papiergenehmigung abholen. Ich habe Nachricht, daß sie dort vorliegt. In Ihrem Verlag wird man längst darauf warten ... Ich komme am besten gleich mit. Das Telefon bei denen funktioniert nämlich im Moment nicht. Ein paar Schritte zu gehen, kann mir nichts schaden ...«

Jetzt wird es ganz verrückt: Wieso läßt sich der Ölige dazu herbei? Will er mich gründlich ausnehmen – und das außerhalb seines Dienstzimmers, weil die Wände hier nicht ganz koscher sind?

Der Ölige schnallt sich bereits den Dolch unter und zieht so langsam und akkurat, als handele es sich um ein bedeutungsvolles Ritual, die Lederhandschuhe an. Umgekehrter Striptease, muß ich denken: Ich hab die Nummer im Bal Mayol in Paris gesehen, wie sich eine im Zeitlupentempo die Handschuhe auszog, und frenetisch geklatscht – als einziger im Saal ... Was sind das hier nur alles für feine Pinkel!

Und dann marschieren wir schön im Gleichschritt nebeneinanderher die Bendlerstraße vor zum Tirpitzufer und dann weiter am Landwehrkanal entlang in Richtung Potsdamer Brücke. Neben meinem Schreibtischkapitän in seiner picobello Schale komme ich mir deplaziert vor: *Ich* sehe nicht gerade aus wie aus dem Ei gepellt.

Ein Marinebeamter, ein Silberling mit hohem Dienstgrad, kommt uns entgegen, und da werde ich auch schon von der Seite her angeherrscht: »Grüßen Sie anständig!« Und das, nur weil ich, tief in Gedanken, in der gewohnt lässigen, für Silberlinge bestimmten Form salutiert habe.

»Bitte gehorsamst um Entschuldigung!« gebe ich zurück. Dieser blöde Ritualkrampf! Zwischen Häuserruinen, in denen es vom Nachtangriff her immer noch brennt! Daß nirgends Feuerwehren zu sehen sind, läßt mich staunen: Man läßt es einfach brennen. Aber zackiges Getue wird verlangt wie eh und je.

Ich gehe auf Glas. Unter meinen Füßen knirscht es und singt. »Glück und Glas / wie leicht bricht das!« Quatsch! Aber schon drängt sich der nächste Vers in mein Hirn: »Das grüne Gläslein zersprang in meiner Hand / Brüder, wir sterben für's Vaterland ...« Verdammt noch eins: Jetzt wird's psychologisch! Der Alte pflegte so zu reden, wenn die Tommies uns mit ihrem verdammten Asdic aufgespürt hatten und sich anschickten, uns zur Minna zu machen. Jetzt braucht nur noch herauszukommen, daß Simone zweimal in Deutschland war ...

Den Alten anrufen? Aber dieser rammdösige Idiot ist ja an allem schuld! Und außerdem wäre es sicher zu riskant. Hätte ich beim Öligen weiterbohren sollen? So tun, als sei ich gar nicht sonderlich betroffen?

Verhaftet – aber warum, um Himmels willen?

Was Simone alles riskiert hat, war tatsächlich mehr als verwegen – es war einfach verrückt. Das habe ich ihr oft genug vorgehalten. Sattsam. Fragt sich nur, ob sie wirklich kapiert hat, was bei ihrer Geheimniskrämerei und ihrem verschwörerischen Gehabe auf dem Spiel stand. Wenn sie meine drastisch genug vorgebrachten Bedenken einfach in den Wind schlug, glaubte sie dann etwa an Unkerei? Oder hatte sie Jeanne d'Arc im Kopf oder gar Mata Hari? Wollte sie sich, wenn sie schon in Wirklichkeit keine Spionin war, wenigstens zu einer stilisieren? Mir immer wieder mal kurze Blicke ins Kartenspiel zu gewähren – so kurze, daß man nicht sehen konnte, ob die Karten falsch oder echt waren –, das war auf jeden Fall eine probate Methode, sich interessant zu machen. Oder war es doch mehr als das?

Wohin werden die Schweine Simone verschleppt haben? Ich habe noch nie zu hören bekommen, wo verhaftete Franzosen landen. Wahrscheinlich in Paris. Die Drahtzieher hinter dem Ganzen werden ebenfalls in Paris sitzen. Da lebt es sich schließlich am besten. Gut, daß auch ich morgen schon nach Paris komme. Aber dann? Wie weiter? Wenn schon der Ölige darüber im Bilde ist, was passiert ist, dann muß sich Simones Verhaftung auch bis zum Bismarck herumgesprochen haben. Weiß der Henker, was da noch alles kommen wird . . .

Eine Gruppe von Offizieren kommt uns entgegen, alle in feinen Schneideruniformen. Aber nun zackig wie auf dem Exerzierplatz in Glückstadt: Grüßen im Einzelvorbeimarsch mit Handanlegen an die Mütze! – So hieß das Übungsthema für einen ganzen Vormittag.

Was für eine alberne Aufführung: Operette am hellichten Tag. Die Feingestiefelten in ihren Breeches, der Blume aus feinem Arschleder darauf und ihren im Schrittmaß baumelnden Dolchgehängen sehen ganz nach Homos aus. Die schiefgesetzten hohen Schirmmützen, die gehören auch dazu. Den Öligen habe ich ja ebenfalls längst in Verdacht, daß er einer ist. Sein würdevolles Gehabe hier auf der Straße – Gruß und Gegengruß und dieses feine Lächeln dazu – das geht mir auf die Nerven. Aber vielleicht täusche ich mich in dem Mann auch . . .

Simone *tatsächlich* eine Spionin? Aber warum hat sie sich dann gerade mich ausgesucht? Schließlich bin ich nur ein schlichter Leutnant. War das Berechnung? Hatte Simone etwa gar den Plan, stufenweise vorzugehen? Hat sie sich vielleicht gesagt, daß es zu sehr auffiele, wenn sie sich direkt an einen Kommandanten heranmachte, an einen *richtigen* Geheimnisträger also? Oder hatte sie in ihrer Schlauheit gemerkt, daß mir weit mehr Einblicke als einem normalen Bootsoffizier gegeben wurden?

Plötzlich werde ich gewahr, daß ich genau wie einer, der unkontrolliert mit sich selber redet, eine Geste gemacht habe, die meine Gedanken wegscheuchen sollte wie lästige Fliegen. Hoffentlich hat der Ölige diese fatale Handbewegung ins Leere hinein nicht gesehen.

Flausen, dummes Zeug! Jetzt bin ich auch schon ein Opfer dieser künstlichen Feind-hört-mit-Psychose. Wer sagt denn, daß Simone spioniert hat?

Was für ein Tag ist heute? Der 2. Juni, wenn mich nicht alles täuscht. Der Himmel ist bedeckt. Trotzdem: Luftangriffe gibt es mittlerweile bei fast jedem Wetter. Als ich mir bewußt werde, daß ich unterm Dahinstiefeln immer wieder in die Luft schnüffele wie ein Jagdhund, muß ich an den Alten denken: Der Alte schnüffelte auch so, wenn ihm die Situation nicht behagte. Beim Einlaufen nach Saint-Nazaire fiel mir das am stärksten auf: Da legte er immer wieder mal den Kopf in den Nacken und sog die Luft in kurzen Stößen ein. »Das scheint mir nicht!« war dann seine Rede, und es klang, als hätte er eine Witterung.

Simone verhaftet, Suhrkamp verhaftet ... Zar Peter war mein ganzer Halt. An wen kann ich mich jetzt schon noch wenden?

Tante Hilde in Leipzig? Die könnte ich allenfalls anrufen. Aber am Telefon offen reden? Und sonst? Die Wenz tot, die Schwarz tot ... Alles kaputt, alles zerstört.

Ich habe den Weg am Kanal hin noch kaum wahrgenommen. Aber jetzt sehe ich, daß die Kastanien blühen. Kastanienkerzen! Rote und weiße gemischt – am Rond Point der Champs-Elysées! Und davor ein feiner irisierender Voilevorhang aus dem stiebenden Wasser der Fontänen. So habe ich den Platz gemalt, und dann hat sich Leo gar nicht lassen wollen vor Staunen, daß sich da einer hingesetzt und gemalt hatte: »Kastanienblüten und Fontänen – in diesen Zeiten!«

Was ich hier aber zu sehen bekomme, greift mir ans Herz: Zwischen den Kastanienkerzen ist ein tiefrotes Glosen. Da brennt es noch. Das ist mir zuviel an Symbolträchtigkeit: rote Blüten und rote Flammen! Ich muß mich an die Kandare nehmen, wenn ich nicht heulen will.

Da nörgelt der Ölige auch schon: »Betont diszipliniert geben Sie sich ja nicht gerade.«

Ich denke: Was quatscht der denn jetzt, sage aber wie ein gut aufgezogener Sprechautomat: »Bitte gehorsamst um Entschuldigung, Herr Kapitän!«

Der Ölige lenkt sofort ein und mimt Besorgnis: »Was ist denn eigentlich mit Ihnen los?«

Mit mir los? Ich stottere: »Nichts, Herr Kapitän.«

»Na, *das* wollen wir doch so nicht sagen.« Der Ölige gibt sich wieder mal jovial: »Von Ihrer Arbeit sind wir hier alle sehr überzeugt. Sie scheinen nur plötzlich ganz abwesend.«

Da muß ich ihm wohl was vorlügen, um ihn abzulenken. Ja kein Wort über Simone und den Alten. Also: »Ich dachte gerade an die Campbelltown, den Zerstörer, mit dem unsere Freunde von drüben zweiundvierzig das Tor der Normandieschleuse in Saint-Nazaire gerammt haben, Herr Kapitän. Darüber wollte ich schon lange mal was schreiben – tolle Geschichte!«

Schon wieder Flosse an die Mütze! Einmal, zweimal. Und jetzt kommt uns gar ein ganzer Pulk von Heeresoffizieren entgegen, und ich kriege meine rechte Hand gar nicht wieder vom Mützenschirm weg.

In diesem Augenblick heulen die Sirenen los. Mal sehen, denke ich, was der Ölige jetzt unternimmt. Unter seinem Büro gibt es sicher einen erstklassigen Luftschutzkeller. Nur da sind wir jetzt nicht, sondern direkt an der Spree mit ihrem schwarzen Wasser. Die dunkelgrauen Imponierbauten des OKM zur linken Hand haben wir schon hinter uns gelassen. Bis zur großen Brücke ist es nicht mehr weit.

»Ein Stück weiter in unserer Richtung ist ein guter Bunker. Die sind ja erst im Anflug, da haben wir noch gut Zeit«, redet der Ölige in meine Gedanken hinein.

Na fabelhaft!

»Noch ein bißchen früh am Tage, würde ich sagen ...«

Hübsch, denke ich, wie der Ölige versucht, sich kaltschnäuzig zu geben. Dabei geht ihm todsicher schon der Hintern mit Grundeis.

Jetzt kommen uns ein paar höhere Chargen im Geschwindschritt entgegen, und gleich lege ich es darauf an, ein Mäßchen langsamer auszuschreiten als der Ölige.

»Wo wollen denn *die* alle hin?« frage ich und bemühe mich um ein bißchen Süffisance in der Stimme.

»In der Bendlerstraße ist auch ein Bunker. Aber der unter dem Haus des Deutschen Fremdenverkehrs ist besser, nur nicht allgemein bekannt.«

Eine Frau schiebt in panischer Eile einen Kinderwagen vor sich her. Ein Auto rast vorbei. Und da ist auch schon das Orgelbrummen, das mir noch jedesmal durch und durch geht.

Ich habe keine Ahnung, wie weit es noch zu dem Bunker ist, den wir ansteuern. Viel Zeit bleibt nicht mehr. Die Straßen sind mittlerweile wie leergefegt.

Ich höre harte, kurze Trommelwirbel: leichte Flak. Also sind diesmal auch Jäger dabei.

Gott sei Dank, da scheint der Bunker zu sein – unter diesem großen Rohbau. Und jetzt: Treppe hinunter, Schott dicht, Vorreiber festsetzen! Wir sind offenbar die letzten.

Wer sagt's denn: tatsächlich ein moderner, gut ausgebauter Luftschutzkeller! Der Beton weiß gekalkt, die Stahlträger ordentlich mit Mennige gestrichen. Weiß und zinnoberrot: stilvoll! Dazu blutrot gepönte Eimer in den Ecken mit pedantisch aufschablonierten weißen Zahlen und einer lächerlichen Handspritze. Daneben eine Sandkiste. Zwei Spitzhacken. Es gibt Hocker mit schräg abgespreizten Beinen, ein paar ordentliche Bürostühle und sogar einen alten hölzernen Drehsessel. Auch Tische. Karge fichtene zwar, aber immerhin. Der »Völkische Beobachter« liegt in drei unberührten Exemplaren auf einem von ihnen aus. Graue Kisten an den Wänden, mit großen Vorhängeschlössern daran. Zwei Schaufeln und zwei Pickel, ordentlich an der hinteren Wand befestigt. Auf dem betonierten Boden altes Linoleum. An der Decke dick bandagierte und weiß gekalkte Rohre. Kein Gerümpel, keine Lattentüren – ein amtlicher Keller, tadellos, bis auf die Rohre, denen nicht anzusehen ist, ob sie Wasser führen. Wasser wäre unter Umständen schlecht.

Ich gucke mir das Schott nach draußen an. Es hat doppelte Vorreiber. Zwei siebartig durchbrochene runde Flächen im Schott. Sollte das etwa die ganze Luftzufuhr sein? Ich suche Wände und Decken ab: Daß keine vernünftige Entlüftung zu sehen ist, will mir ganz und gar nicht gefallen.

Ich bin nachgerade zum Fachmann geworden. Ich weiß, was ein guter und was ein schlechter Keller ist. Wenn ich könnte, würde ich hier doch noch verschwinden. Sah auf den ersten Blick besser aus. Ich tröste mich mit den Rohbaugeschossen über uns. Wie viele waren es eigentlich? Fünf? Sechs? Nein, noch mehr. Die wollen erst mal durchschlagen sein.

Da höre ich auch schon ein scharfes, anschwellendes Pfeifen, und dann schlägt mich eine Detonation fast von den Füßen.

Jetzt geht's also los: Der ganze Keller schwankt wie bei leichtem Seegang. Der Boden zittert: Das war verdammt nahe! Aber wir haben ja die vielen Stockwerke über uns: stabile Geschosse! Komisch, daß man statt »Stockwerke« auch »Geschosse« sagt: Geschosse in Geschosse schießen ...

Ein Admiral, drei Korvettenkapitäne im Keller – eine feine Gesellschaft also. Alle mit den Mützen auf dem Kopf und ihren dämlichen Dolchgehängen an der Seite.

Ein gewaltiger Lärmschlag! Der Boden bäumt sich wie ein bockender Gaul. Poltern, Krachen, Schrillen! Es reißt mich von den Füßen. Der Raum will sich hoch und auf die Seite kanten. Das war nicht eine, das waren gut und gerne zehn Detonationen, nur durch Sekundenbruchteile getrennt: Flächenwurf!

Meine Trommelfelle! kann ich nur denken. Und dann: meine Augen! Ich kann nichts mehr sehen! Ich höre belfernde Befehlsrufe,

Weiberkreischen, hohes Gewimmer. Mein Gehör funktioniert also! Irgendwo dahinten im Halbdunkel muß auch weibliches Personal hocken. Und meine Augen sind auch noch in Ordnung, ich kann nur vor lauter Staub kaum was erkennen.

Hölle, Tod und Teufel: Die laden ab, alles, was recht ist! Das nimmt ja gar kein Ende! Die haben die Stadtmitte vor – und das gründlich.

Diese Saukerle! Und dieser beschissene Bunker – keine richtige Belüftung! Daß es nichts Besseres gab hier in der Nähe!

Immer muß ich dabeisein. Immer werde ich voll in die Scheiße getunkt. Wenn ich wo hinkomme, geht's auch schon los. So war das immer. Ich bin der Auslöser. Ich muß etwas an mir haben, das die Ladungen hochgehen läßt, wenn ich mit von der Partie bin.

Wieder ein Donnerschlag, und ich lande auf dem Boden. Dunkel. Aber was ist das jetzt? Dieses heftige Gepolter gegen das metallene Schott? Plötzlich Stille: Lärmvakuum. Wo bleibt das Licht?

Feuerzeuge klicken an. Jetzt sind auch Taschenlampen da. Ihre bleichen Lichtkegel geistern nervös über Wände und Decke. Es sind Dynamolampen, die ein häßliches quietschendes Geräusch von sich geben – praktisch, aber widerlich.

Dieser Donnerschlag gegen das Schott! Sand und Kies rieseln jetzt noch herein, das kann ich deutlich hören.

Das Licht bleibt weg. Noch mehr Feuerzeuge klicken. Jetzt kann ich im Funzellicht sehen: Die rechte untere Ecke des Schotts hat es in den Raum hereingebogen. Steht das Ganze nicht auch schief? Täusche ich mich? Nur ein Beleuchtungseffekt? Qualm kriecht herein – oder ist es Staub?

Verschüttet! In mir steigt ein Lachreiz hoch: Das hatten wir noch nicht. Die Nummer ist neu im Programm. Vorm Schott ist Schutt. Schott, Schutt – Schiet!

Qualm und Staub wirbeln durcheinander. Wie aus dichtem Nebel zeichnen die Funzeln eine Galerie verstörter Gesichter heraus: Theatereffekte! Entartete Kunst: Münder wie schwarze Löcher. Jetzt sehe ich ganz nahe zwei komplette Gestalten – bleichgrau wie Geister. Ich kapiere: der Staub! Der bedeckt die beiden über und über. Aber warum machen sie bloß keine Anstalten, sich abzuklopfen? Hat die der Starrkrampf befallen? Sehe ich etwa auch so aus wie ein Geist?

Draußen poltert etwas. Jetzt husten welche, so tief röchelnd, als ginge es ihnen ans Leben. Kein Zweifel: Meine Trommelfelle hat es nicht erwischt. Ich kann sogar das heisere Gerede in der Tiefe des Raumes hören: »Junge, Junge, das hat aber gesessen!«

»Reihenwurf – verdammt nahe!«

Ich taste wie unter Zwang an mir herum: Alles heil! Alles in Ordnung. Bloß dieses Schott, das geht mal sicher nicht mehr auf. Das Rütteln können sich die feinen Herren sparen, da schiebt sich nur noch mehr Schutt herein.

Ein bißchen mehr Licht, stetiges Licht, könnte nicht schaden. Diese Dynamofunzeln machen einen ja ganz wild. Scheiße: kein Telefon im Bunker. Ich hab jedenfalls keins gesehen! Wie macht man sich ohne Telefon in so einem Loch bemerkbar?

Die mennigeroten T-Träger haben bestens gehalten. Die sahen auch schon beim ersten Hinsehen zuverlässig aus.

Aus dem Menschenknäuel beim Schott kommt jetzt wirres Durcheinandergerede. Wenn die doch die Schnauze hielten! Vielleicht wäre dann was von draußen zu hören. Das Fehlen der hier versammelten höheren Chargen wird gewiß bemerkt werden. Und dann werden sie suchen und die Bescherung hier entdecken. Vom zukünftigen Haus des Deutschen Fremdenverkehrs dürfte nicht mehr viel stehen. Die bandagierten Rohre, die mir Sorge gemacht haben, sind intakt. Es wird also höchstens Luftprobleme geben. Aber das dauert . . .

Eine Kastratenstimme nervt mich. Scheint von einem alten Sack mit geflochtenen Schulterstücken zu kommen. Noch mehr alte Säcke heben ein rechthaberisches Hin- und Herpalavern an. Da hat wohl einer mehr Schlotterangst als der andere. Die sollten wirklich die Schnauze halten! Was können wir schon machen, als darauf warten, daß man uns ausgräbt?

Wo hockt denn mein Kapitän? Nicht zu sehen. Wahrscheinlich hat er sich in irgendeine Ecke verkrümelt. Aber da entdecke ich ihn auch schon.

»Mir geht's gut!« sagt der Ölige. »Die haben aber gesessen!«

Der Boden erzittert wieder. Noch mehr Bomben? Jetzt dürfen auf diesen Rohbau aber keine Bomben mehr fallen. Von den Stockwerken über uns existiert wahrscheinlich nicht mehr viel. Die Versteifung ist auf jeden Fall raus. Das Ganze ist angeknickt.

Knickeier gab's in Chemnitz billig im Schock. Mit denen mußte man verdammt vorsichtig umgehen. »Knick« und »Schmutz« gemischt, die waren besonders billig. Die Eiergroßhandlung Orbitz in der Theaterstraße, die lag gleich neben der Fischhandlung Keim. Normale Eier wurden von der Großmutter Buchheim nie gekauft.

Fürs erste sitze ich ganz gut auf einer niedrigen, umgestülpten Kiste. Ich habe sogar eine Art Hochgefühl wie mal im Flugzeug, als es mitten durch ein happiges Sommergewitter ging.

Wenn nur das hysterische Gequatsche nicht wäre! Die Etappenkrieger kriegen es nicht einmal fertig, ihre Stimmbänder zu beherrschen: Sie klingen schrill. Diese feinen Pinkel hätten den Alten mal hören sollen, wenn es hart auf hart ging. Da wurde seine Stimme höchstens noch sonorer, als sie es eh schon war.

Ein Leutnant von der Luftwaffe hat sich wichtig. Er klärt die Kellerbesatzung auf: »Die haben jetzt ein neues Radar-Zielgerät, die schmeißen damit ihre Bomben durch dichte Wolken durch. Das hat sich geändert mit dem Wetter: So wie heute ist es denen gerade recht, da müssen nämlich die Messerschmitts am Boden bleiben.«

Na schön. Nun weiß ich's also auch. So läuft das jetzt.

Bis die uns ausbuddeln – das kann dauern! Wenn ich nur eine Vorstellung davon hätte, wie viele Tonnen Betonbrocken und Stein über uns liegen! Wenn der ganze Rohbau zusammengekracht ist und *sämtliche* Stockwerke auf uns liegen, dann gnade uns Gott!

Das verdammte Gerede ringsum würde ich gerne abstellen können. Es stört beim Nachdenken.

»Das dauert seine Zeit!« höre ich nun schon zum zehnten Mal. Aber auch: »Daß wir hier ausgebuddelt werden, daran kann es doch keinen vernünftigen Zweifel geben.« – »Die haben doch nicht ganz Berlin in Schutt und Asche gelegt.« – »Das war einer von den quasi normalen Angriffen . . .«

Amis oder Tommies? Jetzt weiß ich schon nicht mehr, welche Maschinen nachts kommen und welche tags – nur, daß es da eine feste Einteilung gibt. Ich könnte den Öligen fragen. Minutenlang überlege ich: Soll ich oder soll ich nicht? Dann lasse ich auch das sein.

Abwarten und Tee trinken! Hier paßt allerdings nur der erste Teil. Tee gibt's keinen. Dabei könnte ich weiß Gott was zu trinken brauchen. Aber daran, daß es einem die Kehle mit der Zeit zuschnüren könnte bei all dem Dreck in der Luft – daran haben die Luftschutzidioten nicht gedacht. Keine Spur von einem Gedanken haben die auf Trinkbares verwendet.

Da bin ich nun wirklich und wahrhaftig in die Falle geraten.

Ich muß gegen das Nervenschwirren andenken. Wenn hier so etwas wie Panik ausbrechen sollte, will ich nicht mit von der Partie sein . . . Der Keller hat gehalten. Was will der Mensch mehr! Jedenfalls drückt kein Wasser herein. Hier ist sicher noch nichts installiert. Günstig!

Die wollten wahrscheinlich das OKW treffen. Ich möchte allerdings wetten, daß es noch steht. Das haben sie nie getroffen und werden es auch diesmal nicht geschafft haben.

Daß von draußen nichts zu hören ist, beunruhigt mich allerdings. Wenn da schwere Brocken weggeräumt würden, müßte man es doch poltern hören. Aber so sehr ich die Ohren auch spitze – nichts!

Mir geht durch den Sinn, wie wir an der Dresdner Kunstakademie für den Luftschutz ausgebildet werden sollten. Ich sehe den schwergewichtigen, rotgesichtigen Parteibonzen in voller Kriegsbemalung vor mir und kann ihn auch gleich in unserer heftig nachhallenden Eingangshalle laut deklamieren hören: »Zuerst behandeln wir den Selbstschutz. Der Selbstschutz hat die Aufgabe, sich selbst zu schützen – daher der Name Selbstschutz!« Ich höre Wort für Wort mit den vielen dazugehörigen Echos. Davon wird mir gleich besser.

Die Bomberbesatzungen! An die sollte ich auch mal wieder einen Gedanken verschwenden. Gerade jetzt! Was für ein Scheißkrieg für diese Jungs. Bomben am hellichten Tag bis nach Berlin karren, mitten in konzentriertem Flakfeuer gezielt abladen – und dann den langen Riemen zurückfliegen. Und sobald es geht, wieder dieselbe Masche – und noch mal – und noch mal . . .

Und schon ist mir der Großangriff nach unserem Landfall wieder im Kopf – der und der Raid auf die Normandieschleuse. Diese wahnsinnigen Tommies! Wie viele von denen wohl in Frankreich untergetaucht sind?

Mein Gedankenkarussell ist in Gang gekommen: Simone, die Spionin? Der Raid auf Saint-Nazaire! Hatte Simone damit nun tatsächlich zu tun? Hatte sie Informationen, daß die Tommies mit ihrem Zerstörer Campbelltown die Loire heraufkommen würden? Wußte sie immer schon vorher, was dann tatsächlich passiert ist?

Der Alte hat verdammt viel Schwein gehabt, daß er damals nicht mit in die Luft geflogen ist. Und jetzt hatte er wieder Schwein, daß er nicht mehr abbekommen hat als eine Ladung kleiner Splitter ins Bein . . . Simone und der Alte: Ganz deutlich sehe ich den Narzissenstrauß vor mir . . . Diese verrückte Abendeinladung bei meiner Rückkehr . . . Ich dachte, ich hätte die Bilder davon getilgt – so, wie man Kreidezeichnungen auf der Wandtafel mit einem nassen Schwamm löscht. Aber nun? Pustekuchen! Alles steht so deutlich vor mir, als hätte ich es gestern erst erlebt.

Im Geist lasse ich jetzt sogar, um meinen Kopf zu beschäftigen, meinen letzten Tag in La Baule wieder aufleben. Wer weiß, ob ich nicht wieder umgefallen wäre und tausend Entschuldigungen für Simone gefunden hätte, wenn mein Marschbefehl aufschiebbar gewesen wäre. So aber gab es nicht einmal einen herzzerreißenden Abschied, sondern nur diesen Aufbruch in tiefem Groll.

Wie oft hatte ich mir früher schon vorgenommen, meine Zelte in La Baule abzubrechen, ja mir geschworen, endlich auf Distanz zu Simone zu gehen – aber das sah dann noch jedesmal so aus, als ginge es mir nur um die eigene Sicherheit, als wollte ich mich davonstehlen und Simone ohne Schutz zurücklassen. Und das habe ich nie über mich gebracht. Aber war es das alleine? Fühlte ich mich mit Simone nicht auch geschmückt? Schmeichelte es meinem Selbstgefühl nicht ganz ungemein, daß sie gerade mich mit allem nur möglichen Freimut erkoren hatte und nicht etwa einen aus der Heldenschar mit Halseisen?

In meinem Kopf sind hundert, ja aberhundert Momentaufnahmen von Simone gespeichert.

In aller Deutlichkeit steht mir ein Bild vor Augen: Simone in einer signalroten Kapuzenjacke als Rotkäppchen mit einem von weißem Pelzbesatz umrahmten Kummergesicht. Und ich weiß auch gleich, wie es weitergehen wird: Wenn sie jetzt noch ihren Rock hochschiebt und einen Fuß halb aus dem Schuh fahren läßt und dann ihre Beine kreuzt, mit dem freien Fuß wippt und mich mit einem schelmischen Lächeln bedenkt, ist es wieder mal um meine Fassung geschehen.

Simone in Paris in der Métro, in einen flauschigen Pelzmantel gehüllt, züchtig zugeknöpft und darunter nackt – mich überläuft es heiß. Meine Hand in ihrem Vlies, das sich meist hart wie Roßhaar und knisternd trocken anfühlte, dann aber wieder vor lauter Nässe ganz weich.

Die kapriziöse Simone, die immer neue Bühneneffekte einzuüben schien und sich mal als Luxusgeschöpf, mal als Wildfang gab, die ihr Mündchen zierlich zu spitzen wußte und sich die Haare wie ein bokkendes Füllen aus dem Gesicht warf. Simone, die mich wie ein verlorenes Kind aus großen Augen hilfesuchend anblickte ...

Fast vergesse ich in meiner Rührung, wie schlimm sie sich auch aufführen konnte – unbeherrscht, völlig zügellos. Und dann wieder: »Ich will besser benehmen. Ich verspreche dich.« Ja, wenn sie solche Versprechungen nur gehalten hätte! Für mein Zureden wurde ich ausgelacht und »trouillard«, Hasenfuß, genannt. Jetzt haben wir die Bescherung!

Hier in diesem Keller soll mir offenbar jede Menge Zeit zum Nachdenken zugeschanzt werden. Ich *soll* nachdenken. Deutlicher Fingerzeig von oben! Deutlicher geht es kaum noch ...

Simone in Brest verhaftet! Was das nur bedeuten soll? Ein Irrtum des Öligen? Eine Verwechslung? In Brest – das *kann* doch gar nicht sein ... Ein ganzer Aufruhr von Gedanken und Gefühlen tobt in mir.

Simone – im Moment wäre ich nicht mal imstande, auch nur halbwegs genau zu definieren, was mein Grundempfinden für sie ist: Ich habe sie zum Teufel gewünscht und gleich darauf wieder herbeigesehnt.

War ich zu blindgläubig? Nicht mißtrauisch genug?

Diese verdammte Geschichte mit dem Seeglas! Damals war mir, als fiele es mir wie Schuppen von den Augen. Aber in mir wehrte sich dennoch alles dagegen, Simone als eine diebische Elster, und schlimmer noch: als eine Verräterin, zu sehen.

Damals wußte ich, wie scharf Simones Vater auf eins unserer neuen Seegläser war, deren Lichtstärke durch die neue Blaubeschichtung der Linsen so ungemein verbessert worden war. Simone hatte es mir ja selber gesagt. Und dann war das Glas weg, und Simone wollte mir zunächst einreden, ich wäre ohne Seeglas von Bord gekommen.

Was, um Himmels willen, kann in Brest passiert sein? In welche Falle ist Simone nur geraten? Wenn sie Verbindung zu abgeschossenen Piloten oder abgesprungenen Agenten aufgenommen und sie gar versteckt hat – dann kann ihr keiner mehr helfen.

Wenn ich nur wüßte, woran ich bei ihr bin – oder war? Schutzbriefe vom Maquis, die sie mir für den »Notfall« zusteckte, und dann die schwarzen Särge: Wer soll sich da noch auskennen?

Und jetzt wühlt wieder die Springratte Angst in mir: Was, wenn die Geschichte schon Kreise gezogen hat? Durch Simone werden wir am Ende noch alle vor die Hunde gehen.

Aber was habe ich mir denn vorzuwerfen? Ich habe doch immer aufgepaßt wie ein Schießhund, mir ist doch nie etwas Verfängliches über die Lippen gegangen. Ich habe sogar, als wolle ich mich gar nicht erst in Gefahr begeben, oft den Blinden oder den Tauben gespielt – im Lagezimmer mit den Karten an den Wänden und bei den Kommandantenberichten. Und das, obwohl ich doch aufs Beobachten und Ergründen förmlich versessen war.

Ein dreifaches dumpfes Dröhnen schreckt mich hoch. Spielt da einer verrückt?

Gegen das verbeulte Schott zu donnern dürfte kaum einen Sinn haben, meine Herrschaften. Das klingt dumpf, das trägt nicht – und das kommt davon, daß auf der anderen Seite Geröll liegt. Kleinzeug, und zwar direkt bis ans Schott heran.

Vorläufig läßt es sich hier ja noch existieren. Wenn es nur keine Probleme mit der Luft gibt! Sauerstoff, dieses feinere Lebensmittel hat hier leider keiner deponiert. Kalipatronen auch nicht.

Simone und wieder Simone: Welche Rolle der Alte in der Geschichte wohl spielen mag? Schwante mir da nicht längst was? Habe ich es nicht nur immer wieder energisch unterdrückt? Und wieso hat der Alte Simone nicht schützen können? Wollte er etwa nicht? Ich habe ihn immer für besonnen und für verläßlich gehalten. Aber ist er das wirklich? Und zwar in *jeder* Beziehung?

Simone und der Alte *müssen* eine Art Techtelmechtel gehabt haben. Wahrscheinlich hat Simone sich schon vor Jahr und Tag an ihn herangemacht. Es gab gewiß Anzeichen dafür – aber die wollte ich eben nicht wahrhaben. Ums Verrecken nicht.

Daß es hier nichts zu trinken gibt, ist belämmernd. Wie lange kann die Luft reichen? Einen ganzen Tag doch wohl kaum. Atemnot? Nein, davon ist nichts zu spüren. Offenbar dringt noch genügend Luft durch irgendwelche Fugen herein. Wäre auf jeden Fall wünschenswert, daß wir nicht nur auf die paar Löcher im Schott angewiesen sind.

Während ich die verdreckten Gestalten, die in meinem Blickfeld herumlaufen, gleichgültig betrachte, zerbreche ich mir immer noch den Kopf über Simone: Im Grunde ist sie mir *immer* rätselhaft geblieben. Was für ein seltsam zweigeteiltes Leben war das doch: Ein Teil von mir nahm alle Warnungen auf, der andere unterlag ihren Bestrickungskünsten. Ich muß zuzeiten rammdösig wie ein balzender Auerhahn gewesen sein. Aber trugen wir in La Baule nicht alle die Attitüde »Was sind wir doch für Kerle!« zur Schau?

Ich kann mich selber nicht begreifen: In meinem Kopf ist nur noch Simone. Dabei glaubte ich mich schon vor ihr sicher: erledigt, abgeschrieben! Auf zu neuen Ufern!

Und jetzt muß ich auch wieder an das denken, was ich unmittelbar vor der Abreise aus La Baule im Keller gesehen habe. Natürlich wollte ich es nicht wirklich wahrhaben, daß Simone die kleinen Sargmodelle selber gebastelt haben könnte, obwohl ich das längst schon gedacht hatte ... Und wo sind meine Fotos hin? Herr im Himmel! Was habe ich denn sonst noch alles verdrängt!

»Du ast ja kein Ahnung de ce qui se passe, mon pauvre idiot!« tönt es mir schmeichlerisch in die Ohren. Ja doch: Simone hatte bereits bestens vorgesorgt für uns beide für die Zeit après la guerre. Zum Lachen: Ich sollte mich wohl schon hinter der Theke der Konditorei in steifgebügelter weißer Jacke Bismarckeiche abschneiden sehen, die dann allerdings »bûche« heißen würde. Die Masse der Deutschen würde freilich dazu verdammt sein, in den Kohlegruben Fronarbeit zu leisten. Ich aber ... Simone hat mir meine Sonderstellung oft genug in den buntesten Farben ausgemalt ...

Plötzlich fällt mir siedendheiß mein Depot in Feldafing ein: die ungezählten Notizen und Fotos, die ich dort versteckt habe. Das kann jetzt ins Auge gehen! Jetzt kommt es darauf an, wer Simone verhaftet hat. Wenn der SD seine Hände im Spiel haben sollte – also nicht nur die Marineabwehr –, dann kann mächtig was losbrechen. Die Angst davor läßt mich fast erstarren.

Die beiden Koffer auf meinem Dachboden sind verdammt brisant! Da habe ich nun jahrelang alles, was mir als Unterlagen für spätere Schreibarbeit wichtig schien, nach Feldafing geschleppt, und nun haben wir den Schlamassel – oder wir könnten ihn haben ... Aber nur nichts berufen! Bei Lichte besehen, ist in den Koffern alles durch die Bank Geheimmaterial – einiges sogar von der hochbrisanten Sorte. In den Augen der verrückten Zensuronkels in Berlin ist freilich *jedes* einzelne Blatt Papier und *jedes* Foto im Zweifelsfall hochbrisant. Wenn die Wackelgreise wüßten, was für eine geballte Ladung in Feldafing unter den Dachsparren liegt!

Gott im Himmel! Nur ja nichts berufen! Das Zeug muß weg – und zwar auf dem allerschnellsten Weg. Aber wie? Wie soll ich jetzt nach

Feldafing kommen? Unter welchem Vorwand könnte ich noch einmal nach München fahren? Wenn die erst mal ihre Hunde loslassen, kommen die auf viele Spuren!

Ich kann den Aufruhr in mir nicht mehr zur Ruhe bringen. Ein Glück, daß ich wenigstens wieder klar denken kann: Wenn Simone verhaftet ist, läuft das doch so oder so auf Spionage hinaus. Auf was denn sonst? Und für mich heißt das dann womöglich Beihilfe zur Spionage. Ich muß verdammt aufpassen, wenn ich nicht in die Schraube geraten will: Keep clear of propellers! Wenn rauskommt, daß Simone zweimal mit mir in Deutschland war, ist der Teufel los! Wir müssen ja wohl auch total verrückt gewesen sein – reineweg irre.

In Feldafing tickt jedenfalls eine Zeitbombe, und jetzt kommt es darauf an, ob der Wecker rechtzeitig abgestellt werden kann oder nicht. Rechtzeitig, das heißt, ehe die Schweine in meiner Bude erscheinen und alles durchsuchen und dabei die Luke zum Dachboden entdecken. Daß sie es tun werden, und zwar bald – daran kann es nicht den kleinsten Zweifel geben. Das ist doch immer so: Wenn eine solche Affäre erst mal ins Rollen kommt, wird sie schnell zur Lawine. Da bleibt es nicht bei einem losgetretenen Schneebrett.

Verdammt! Die Nachricht hätte ich früher bekommen sollen. Wen könnte ich bloß in München oder Feldafing anrufen und bitten, möglichst schnell die beiden alten Koffer beiseite zu schaffen? Wie könnte ich das in ganz unverfänglicher Weise deichseln? Vielleicht Ruth in Tutzing? Nein, die scheidet von vornherein aus. Zu feingebildet, zu sensibel, zu unpraktisch und zu nervös. Zwei andere Freundinnen kommen wegen ihrer notorischen Begriffsstutzigkeit für einen so riskanten Hilfsdienst auch nicht in Frage: Die wollen alles ganz genau, möglichst dreimal erklärt bekommen.

Aber da ist ja noch Helga! Ein Glück, daß sie nicht in Feldafing geblieben, sondern bei sich zu Hause in München ist. Ihre Nummer habe ich im Kopf behalten: 3 25 58. Das ist schon verrückt: Ich habe Helga kaum kennengelernt, und doch ist sie jetzt die einzige, der ich zutraue, schnell und präzise zu schalten.

Auch nach genauerem Nachdenken weiß ich, daß Helga die sicherste Adressatin ist: Sie war jahrelang Sekretärin in einem großen Versicherungsladen – die wird nicht gleich erschrecken oder gar durchdrehen, wenn ich sie ohne große Erklärungen bitte, zwei alte Koffer mit Papierkram von meinem Dachboden zu holen und bei sich zu Hause zu deponieren. Sie weiß auch am besten in meiner Bude Bescheid und hat sogar den Schlüssel zur Wohnung. Und wie sie nach oben hinaufkommt, weiß sie auch: Der Schlüssel zum Dachboden hängt in der Aufhängevorrichtung hinter einer großen Keramikschüssel an einer Wand im Flur.

Wenn sie uns hier allerdings nicht bald ausbuddeln, brauche ich mich um meine Zukunft nicht mehr zu sorgen! Aber Unsinn: Das hier ist wie auf dem Boot. Da schaffte es die Besatzung am Ende doch, aus der Umzingelung zu entweichen – einfach schon deshalb, weil sie mich an Bord hatte: ICH bin unverwundbar, also mußte das Fatum dafür Sorge tragen, daß ich heil aus dem Schlamassel herauskam, und damit hatten die anderen auch ihre Chance.

Der Ölige ist nicht zu sehen. Vielleicht ist es der zusammengehockte und tief in sich eingekrümmte Mensch in der Ecke drüben, in die das Funzellicht nicht richtig hineinreicht? Er hat seinen Kopf in die Hände gestützt und hält den Blick auf den Boden gerichtet: Statt eines Gesichts ist nur der dunkle Mützenschirm zu sehen. Komisch genug: Alle haben hier noch ihre Mützen auf, ich auch.

Plötzlich kommt Gekreisch aus der Damenecke. Dreht da eine durch? Oder hat es gleich mehrere erwischt? Irgendwelche Dickbetreßte scheinen Trostprediger zu spielen: Es wird allmählich wieder ruhig.

Wenn mich nicht alles täuscht, gibt es hier nicht einmal eine Art Feldapotheke. Wenn das noch lange dauern sollte, könnte sicher nicht nur das Weibervolk Beruhigungsmittel gebrauchen.

Das zieht sich! würde meine Großmutter sagen. Wenn ich meine Armbanduhr ein bißchen hin und her bewege, kann ich die Zeiger erkennen: Zwei geschlagene Stunden sind schon vorbei. Den Sekundenzeiger kann ich nicht sehen, der ist dünn wie ein Spinnenfaden.

Wie es dem Alten in diesem Moment wohl gehen mag? Jetzt kann es auch ihm böse an den Kragen gehen – und das trotz seines hübschen Halseisens. Oder ob er sich auch diesmal aus der Bredouille herausreden kann mit all seiner Kaltschnäuzigkeit? Innenarchitektin – das klang ja schon ganz danach!

Schon verrückt: Diesmal kommt die Gefahr nicht von den Tommies, sondern aus einer ganz anderen Ecke. Und ob es nur mit Scheitelziehern abgehen wird – das ist sehr die Frage. »Scheitelzieher« nannte der Alte die Granaten, die von dem britischen Geleitzerstörer auf uns abgefeuert worden waren und gleich bei der ersten Salve verdammt gut lagen: knapp über unsere Köpfe weg. Ich kann nur hoffen, daß der Alte um so rotzige Reden nicht verlegen sein wird, wenn er nach Simones Wirken in seiner Flottille gefragt werden sollte.

Jetzt sind gut vier Stunden durch. Wie lange kann das noch dauern? Erfahrungswerte gibt's für so was nicht.

Um mich aufs neue zu sammeln, stelle ich mir vor, wie unser zugeschütteter Fuchsbau von draußen aussieht: Betonbrocken, kreuz und quer übereinandergetürmt und ineinander verklemmt oder wie in zerfetzten Netzen in Armiereisen hängend. Große Brocken, kleine Brocken, Schutt dazwischen – das Ganze ein Riesenberg.

Da kommt Lärm von draußen: ein Schaben, Schlurren, Kratzen, dann ein Hämmern. Der Lärm wird stärker, dann nimmt er wieder ab und wird wieder stärker. Kein Zweifel: Da sind welche ganz nahe. Ob die etwa einen Weg zum Schott freiräumen. Jetzt sind auch Stimmen zu hören.

Einer der beiden höheren Chargen vom Heer schlägt mit einem abgebrochenen Schemelbein gegen das Schott. Das dröhnt gewaltig.

Plötzlich gibt es einen noch lauter dröhnenden Paukenschlag – diesmal aber von draußen. Da muß ein gewaltiger Brocken gegen das Schott gekracht sein. Und jetzt sind die Stimmen deutlich zu hören: Befehlsgebrüll – ohne Zweifel.

Um mich herum sagt keiner mehr einen Ton. Und das Kreischen? Das bedeutet . . . das kann nur bedeuten, daß unser Schott aufgestemmt wird. Jetzt wird tatsächlich ein Spalt weißes Tageslicht sichtbar.

»Vorsicht, verdammt noch mal!« brüllt einer. »Das rutscht doch nach, ihr Arschlöcher!«

Um mich herum stehen lauter Ölgötzen. Na, wer sagt's denn möchte ich zu dem direkt neben mir sagen, aber ich halte lieber die Schnauze.

Der weiße Spalt wird breiter. Wieder ein Paukenschlag. Dann: »Hier ansetzen! Los doch!« Es knirscht heftig. Muß ein Brecheisen sein – oder zwei. Das macht sich! Das macht sich auf jeden Fall!

Ich gönne mir einen tiefen Atemzug Staubluft und muß auch gleich husten. Hinter mir hüstelt es wie ein Echo. Und dann geht alles viel zu schnell: Das Schott steht zu drei Vierteln offen, ein Landser stolpert als Schattenriß herein und mit ihm kommt eine aufstäubende Fuhre Dreck. Noch ein Schattenriß und noch einer.

Ich höre: »Alles wohlauf?« – »Na großartig!« – »Gut gemacht!« – »Lehrreich!« Und dann traue ich meinen Ohren kaum noch: »Nach Ihnen, Herr Major!« hieß das aber ganz sicher.

Kriecht ihm doch in den Arsch, dem Herrn Major! würde ich verdammt gern laut sagen. Einer in Keulenhosen schiebt mich zur Seite, daß ich fast in den Dreck falle – auch ein Major, der gar nicht schnell genug ins Freie kommen kann.

Draußen zieht es mir die Füße im Geröll weg, und ich sacke in die Knie. Klar doch: So ist's recht – dem alten Wolkenschieber muß ich auf den Knien danken! Es war schließlich nicht sicher und ausgemacht, daß die uns so bald finden und ausbuddeln würden.

Ich muß über gewaltige Brocken aus Mauerwerk und Beton klettern. Die liegen durcheinandergeworfen, als hätten sie kein Gewicht. Sie haben schöne Farben: Rosa, Rot, Orange – diverse lichte Graus. Aber Vorsicht: da kann was nachrutschen!

Mein Mantel ist total verdreckt, die Hose auch. Meine Schuhe sind grau überpudert. Der Ölige ist ebenfalls gründlich eingestaubt. Überhaupt sieht er böse mitgenommen aus. Das war wohl zuviel Front auf einmal.

Jetzt sehe ich zum ersten Mal auch das halbe Dutzend Blitzmädchen, die ganz hinten im Keller steckten. Sie sind verdreckt, aber sie lachen. »Vorsicht, Herr Leutnant!« ruft eine, als ich über einen Mauerbrocken stolpere.

Es müssen mindestens dreißig Landser sein, die mit Schaufel, Pickel und Hebebäumen – ich sehe auch einen Flaschenzug – den Schutt weggeräumt haben. Die Männer sind verschwitzt und ein paar, die nahebei stehen, ganz außer Atem. Ich schüttele einem nach dem anderen die Hand: gut gemacht! Wurde Zeit!

Aber jetzt muß ich mir erst mal den Trümmerverhau angucken: Da ist nicht nur mit Beton gearbeitet worden, sondern auch mit Ziegeln. Der Rohbau ist in der Mitte zusammengefallen wie ein Kartenhaus. Zu unserem Glück ist der Bunker mehr zum Seitenflügel hin plaziert, so daß ihn nur die Ausläufer der Trümmermure verschüttet haben. Wenn die Bombe ein paar Meter weiter zur Seite hin getroffen hätte, wären wir noch lange nicht wieder draußen.

Im Blick zurück sieht unser Ausschlupf in all der Farbenpracht der Ziegeltrümmer aus wie das dunkle Mundloch eines Stollens.

Der Ölige klopft sich den Staub vom Mantel. Dann sagt er zu mir: »Ihr Ledermantel ist praktisch für so was . . .«

Wer sagt es denn: Der Ölige versucht sich so kaltschnäuzig zu geben wie ein Grabenkrieger.

»Sollten Sie sich auch besorgen lassen, Herr Kapitän«, gebe ich zurück, obwohl mir nach solchen Reden gar nicht zumute ist.

Der Ölige sagt jetzt: »Sie gehen am besten gleich weiter zum Karlsbad. Ich muß leider zurück.« Er deutet in Richtung Fluß: »Über die Brücke und dann nach links – nur ein Katzensprung.« Er hebt schon die Hand an die Mütze. »Und dann kommen Sie noch mal zu mir.«

Was ist der Ölige nur für einer? Mein »Danke gehorsamst, Herr Kapitän!« trifft ihn schon im Rücken.

Also im Sologang weiter zum Karlsbad! Das gesuchte Haus finde ich schnell. Drei, vier Stabbrandbomben stecken davor im Trottoir. Sie haben sich selber gelöscht. Schwarzer Rauch quillt aus allen oberen Fenstergevierten. Glasscherben knirschen unter meinen Tritten die ganze Eingangstreppe hinauf.

Im Treppenhaus eine Eimerkette. In mir deklamiert es automatisch: »Durch der Hände lange Kette – um die Wette . . .«

Von einem Landser höre ich: »Die letzte Angriffswelle hat das Haus noch erwischt. Nur Brandbomben, Herr Leutnant. Aber die nicht zu knapp!«

Die alten, in Büros verwandelten Wohnungen haben zum Glück alle Badewannen, und die waren bis obenhin mit Wasser gefüllt. Aber mit Wasser allein ist das Haus nicht zu löschen: Ich sehe Phosphorrinnsale grün flammend die Treppen herunterkommen. Sandtüten gibt es offenbar keine mehr.

In einem Schreibtisch im ersten Stock steckt eine Stabbrandbombe. Absurd! Sie hat das Dach, den Dachboden, die Geschoßdecken durchschlagen, und zu guter Letzt ist sie in die Schreibtischplatte gedrungen. Warum der Schreibtisch nicht längst in Flammen aufgegangen ist, weiß der Henker.

Irgendwo hier muß unsere Papiergenehmigung liegen. Aber in diesen Qualmbuden weiß kein Mensch Bescheid, und wenn einer Bescheid wüßte, fände er sich nicht mehr zurecht.

Hier scheint kaum noch was zu retten zu sein. Das Haus brennt runter, ob ich die Hände nun auch noch rühre oder nicht! – Brennt runter wie so viele andere Häuser auch.

Ich muß weg hier. Mich verdrücken. Und schnellstens mit Helga telefonieren – auf dem Weg zurück ins OKW komme ich, ohne wirklich einen Umweg machen zu müssen, an der Lützowstraße vorbei. Das Telefon im Hotel funktioniert nicht. Vielleicht bekomme ich vom Verlag aus Verbindung. Das heißt: wenn der nach dieser Attacke noch steht . . .

Ein Gitterrollo vor einem Laden hat sich wie ein Fangnetz gegen die Straße vorgebaucht: eine Beute von Steintrümmern darin. Muß guter Stahl sein. Dahinter ein Volltreffer. Die Fassade steht bloß noch bis zum ersten Stock. Durch die Netzmaschen, zwischen den Mauerbrocken hindurch, blicke ich auf einen riesigen Schuttberg, aus dem zerspellte Balken herausspießen.

Auf der Straße liegen Balkenverhaue, die ich wie Barrikaden umgehen muß. An vielen Stellen brennen die Balken. Nie ist mir bewußt geworden, daß in diesen Mietshäusern so viel Holz verbaut worden ist: eine steinerne Stadt, aber aus Holz gebaut . . .

Oberleitungen hängen wie verwirrte Schnüre auf die Straße herunter. Da ist Vorsicht geboten. Zerspellte Reklameschilder liegen sperrig herum. Plunder, alles nur noch Plunder und Schrott und Glassplitter. Keine einzige intakte Schaufensterscheibe. Einige der Metallrahmen sind zu Spiralen geringelt.

Plötzlich kracht und donnert es, als fiele ein Anker aus seiner Klüse. Dabei brummen keine Flugzeugmotoren, und auch die Flak schießt nicht. Da ist eines der Hinterhofhäuser zusammengebrochen. Ich staune, wie lange es dauert, bis die Staubwolke wie ein riesiges graues Gekröse hochquillt, sich langsam entfaltet, zu Schleiern verdünnt und schlierig emporsteigt.

Ein Gefühl von Desparatheit sickert immer tiefer in mich hinein. Bin ich eigentlich noch ich selber? Wenn ich nicht gegen die dumpfe Leere in mir angehe, bin ich verloren. In der Bendlerstraße gibt es sicher genug Kreaturen, die jede Schwäche spüren und einen dann attackieren wie auf Schwächegeruch dressierte Hofhunde. Die riechen den Angstschweiß. Dem Rittmeister Holm möchte ich in meinem Zustand nicht begegnen. Den möchte ich überhaupt nicht wiedersehen.

Die Lützowstraße! Den Verlag hat es nun doch erwischt, wenn auch nur leicht. Hoffentlich waren die alle im Bunker. Suhrkamp kann ja nichts passiert sein. Wenigstens hier nicht. Verrückte Umkehrung: Einen Augenblick lang bin ich froh darüber, daß sie Zar Peter »auf Nummer Sicher« gebracht haben . . .

In dem Durcheinander da drinnen jetzt telefonieren? Nein, dann lieber gleich aus der Höhle des Löwen – wahrscheinlich bekomme ich direkt vom OKW aus noch am ehesten eine Verbindung. Gewiß doch, das ist verdammt gewagt, aber Helga hat einen Sinn fürs Praktische: Für Helga werden ein paar Andeutungen ausreichen.

Da ist die Angst wieder und wird immer stärker. Ganz klar: Sie sind mir auf den Fersen! Die Hechelhunde sind schon hinter mir her. Nichts ist mehr sicher, nirgends ist es sicher . . .

Ich versuche mein Glück direkt in der Fernsprechzentrale der Bendlerstraße. Es surrt in der Leitung. Ich höre, wie umgeschaltet wird. Ganz kurz eine Stimme, dann ist der Anschluß unterbrochen . . . Neuer Versuch. Wieder Surren und Knacken und dann ein lindes Rauschen wie unter Bäumen im Herbstwind – mehr nicht. Ruhig Blut und mal schön geduldig! rede ich mir zu. Aber nach zehn Minuten gebe ich es auf. So wird das nichts, und das habe ich mir eigentlich auch gedacht: Um diese Zeit und bei den dauernden Einflügen?

Plötzlich kommt mir eine verrückte Idee: ein Fernschreiben absetzen! Die Sache ganz offiziell via Marineverbindungsoffizier beim Generalkommando in München versuchen.

Der große Fernschreibraum liegt ein paar Treppen tiefer, unter dem Seitenflügel im Keller. Ohne noch viel zu überlegen, steuere ich ihn an. Zum Glück ist ein Feldwebel frei.

Ich sage: »Fernschreiben an den Marineverbindungsoffizier beim Generalkommando München«, und skizziere den Text erst mal: Man solle für dringende Publikationsarbeiten benötigte Unterlagen in zwei Koffern abholen lassen. Wohnungsschlüssel bei H. S. – eventuell auch Begleitung durch H. S. – und auf dem Dienstweg nach Berlin zustellen . . . Falsch! Wohin denn? Also besser: an Frau H. S., die wegen der Weiterleitung durch Kurier informiert werde.

Die endgültige Fassung lautet: »Betr.: Luftschutzmäßige Unterbringung kriegswichtigen Propagandamaterials. Erb. Weiterleitung: Telef. 3 25 58 Schumann. Luftschutzmäßige Unterbringung belichteten und unbelichteten Filmmaterials, sowie zugehöriger Texte, baldmöglichst vornehmen, Kriegsberichter Buchheim.«

Und um ganz sicherzugehen, schicke ich auch gleich noch ein Telegramm – mit leicht geändertem Text, damit Helga auf jeden Fall schaltet: Die Koffer auf dem Dachboden will ich nicht direkt ansprechen, aber sie weiß schließlich von ihnen und wird das schon kapieren: »Betr.: luftschutzmäßige Unterbringung wichtiger U-Bootspropagandadokumente, erb. Weiterleitung an Schumann, Telef. 3 25 58, alles Material bitte sofort in Koffer nach Eurem Luftschutzraum verbringen – stop – inliegende Filme werden für U-Bootbuch gebraucht.«

Der Feldwebel nimmt die Blätter in Empfang und versichert mir, daß er beide Texte so schnell wie möglich absetzen ließe.

Geschafft! Jetzt sollen sie nur kommen und meine Bude durchsuchen. Auf die Idee, auch in der Nordendstraße bei Helga zu suchen, werden sie wohl nicht verfallen. Gute Idee! Klaren Kopf behalten, das ist eben der Witz.

Aber schon beim Treppensteigen bestürmen mich Zweifel: War das richtig? Ob auf den Feldwebel wirklich Verlaß ist? Ob der jetzt nicht zu einem Vorgesetzten läuft und dem die Texte zeigt? Und was werden sich die in München beim Generalkommando denken?

Mir ist blümerant zumute: Da habe ich mich auf eine verdammt riskante Sache eingelassen. Ich kann nur darauf bauen, daß längst etliches außerhalb der Norm läuft und niemandem etwas auffällt. Abzuwarten oder gar nachzukontrollieren, ob Fernschreiben und Telegramm auch tatsächlich abgesetzt werden, könnte auffallen. Jede Form von Unruhe oder Besorgnis gar könnte Verdacht erwecken. Also nichts wie raus hier!

Meine Beine bewegen sich, ohne daß ich weiß, wohin sie mich tragen sollen. Ich stiefele wie vor den Kopf geschlagen in Richtung Kanal und dann ziellos weiter in irgendeine Straße.

Wenn das nur klappt! Wenn das nur nicht in die Hose geht! Einen anderen Gedanken zu denken, bin ich nicht fähig.

Ich gerate in eine verqualmte Straße. Gesichtslose Vermummte treiben wie dunkle Schemen durch den stockenden weißen Dunst. Zwei, drei Landser scheren grüßend an mir vorbei.

Weil ich Schritte hinter mir höre, beschleunige ich mein Tempo. Sie werden doch nicht etwa schon hinter mir her sein? Nerven behalten! Nur nicht durchdrehen! Ich habe im Fernschreibraum nicht einmal meine Dienststelle angegeben. Aber natürlich den vollen Namen. Wie hätte ich es denn sonst auch machen sollen?

Hustenreiz würgt mir in der Kehle hoch. Ich hätte am Kanal bleiben sollen. Dort war die Luft besser.

Zurück zum Kanal oder weiterhusten? Wohin will ich überhaupt? Wie heißt diese Straße? – Straße? Das ist keine Straße mehr: Überall sind Leute beim Schutträumen und Fenstervernageln. Die meisten haben sich Tücher vor Mund und Nase gebunden. Mitten zwischen den Trümmern sind hier und da Möbel wild übereinandergetürmt und mit Teppichen abgedeckt, wie Barrikaden für einen Bürgerkrieg. Ein Kopfkissen verliert seine Federn. Sie wirbeln herum wie Schneeflocken. Rechts und links brennen Häuser, und kein Mensch kümmert sich darum. Die Häuser werden herunterbrennen bis auf die Grundmauern. Wenn es einmal so gewaltig brennt, ist kein Halten mehr.

Die Menschen mit Taschentüchern über Mund und Nase sehen aus wie maskierte Eisenbahnräuber. Auf einem mächtigen Geröllberg klettern schemenhafte Gestalten herum. Wer mag hier alles unter den Trümmern liegen?

Schweres Gerät zum Ausgraben, das wäre nötig. Feuerlöschtrupps und Pioniere! Aber woher nehmen?

Ich haste weiter. Wohin will ich denn eigentlich? Warum bin ich aus dem OKW gestürzt, als wären die Furien hinter mir her? Ich muß doch zum Öligen!

Aber jetzt bloß nicht einfach auf der Hinterhand herumdrehen, vielmehr langsamer werden, zögernd stehenbleiben, rechte Hand leicht anheben, als wollte ich sie zur Stirn führen, und dann innehalten und so tun wie: Ach jemine! Da habe ich doch was vergessen! Und jetzt entschlossen herum und beschleunigt zurückmarschieren: Ganz bewußt verhalte ich mich so, als würde ich beobachtet – dabei kann mir doch hier noch keiner auf den Fersen sein . . .

Spionageverdächtig! Der Mithilfe zur Spionage verdächtig – das hätte mir gerade noch gefehlt. Ich habe verdammt viele Neider, die nur darauf warten, daß es mir an den Kragen geht. Wenn die erst mal etwas merken, werden sie wie eine tolle Meute hinter mir her sein.

Mir ist, als stünde ich plötzlich ganz ohne Tarnung da, ganz nackt und bloß. Mein Spiel ist schon zu lange gutgegangen. Meine Mimikry hat sich verschlissen, ohne daß ich das richtig gemerkt hätte.

Ich muß auf jeden Fall so schnell aus Berlin weg, wie es nur irgend geht. Und trotzdem darf ich keine Eile zeigen. Stur, pomadig, dickfellig tun. Morgen ins Kurierflugzeug nach Paris und von da dann möglichst schnell weiter in die Flottille ... Ob der Ölige mich nach Brest schicken wird? Bisher spricht alles dafür. Was aber wird mich in Brest erwarten?

»Insoweit ist hier in Berlin alles erledigt«, sagt der Ölige, als ich ihm wieder gegenübersitze. »Daß Ihr Verlag die Papiergenehmigung erhält, dafür werden wir schon sorgen. Ihren neuen Kriegsberichterausweis habe ich hier, und Ihr Marschbefehl ist bis morgen ebenfalls fertig. Kommen Sie so gegen zehn, da gibt es dann auch eine Mitfahrgelegenheit zum Flugplatz. Für einen Platz im Flugzeug und für Anmeldung bei der Abteilung in Paris wird gesorgt.«

Und damit läßt mich der Ölige erst mal sitzen. Die Papiere, die ihm von einem Unteroffizier zum Unterzeichnen vorgelegt werden, dulden offenbar keinen Aufschub ...

Worauf mein Marschbefehl lauten soll, ob auf Brest oder La Baule, hat der Ölige noch nicht gesagt. In meinem Kopf wirbelt es wie in einer Schneekugel: Der Mensch denkt, und Gott lenkt! Das habe ich mir früher schon gesagt, wenn nichts klappen wollte.

Ich will nach Brest! Aber der Ölige muß selber auf den Gedanken kommen, mich dorthin zu dirigieren. Nur in Brest kann ich Simones Spuren finden. Ich weiß, ich muß verrückt sein, aber ich muß einfach wissen, was passiert ist. Und das erfahre ich nur vom Alten. Kneifen gilt nicht.

»Sie haben doch ein besonders gutes Verhältnis zu Ihrem ehemaligen Kommandanten«, sagt der Ölige jetzt, von seinen Papieren aufblickend, und beobachtet mich dabei wie lauernd.

»Nach Brest?« frage ich stockend. Dann führe ich ein stummes Spiel auf: Ich mime tiefe Enttäuschung – und das nach allen Regeln der Kunst. Aber schließlich sammle ich mich wieder. Ich tue so, als fände ich mich mit Brest ab. Das Falscheste wäre jetzt, Zufriedenheit an den Tag zu legen. Dann also Brest! In drei Teufels Namen!

»Wir möchten Sie auf jeden Fall in der Nähe eventueller Ereignisse haben, und im übrigen kümmern Sie sich um Ihr neues Buch. Da finden Sie doch in Brest sicher die besten Arbeitsbedingungen. Zurück nach La Baule wäre nicht gut – angesichts der Lage.«

Was meint er nun damit: »angesichts der Lage«?

»Jawoll, Herr Kapitän«, blaffe ich und wage dann gleich noch eine Frage: »Und mein Arbeitsmaterial? Ich habe doch alles in La Baule zurückgelassen. Eine Menge fertige Arbeiten auch ...«

»Darüber sollten Sie sich den Kopf zuallerletzt zerbrechen. Den Transport können wir von hier aus in die Wege leiten ...«

Der Ölige bedenkt mich jetzt mit einem Lächeln, so strahlend wie eine Sidolreklame. Stumme Szene. Anscheinend erwartet er von mir noch eine Reaktion, aber ich werde mich schön hüten ... Vielleicht ist hier doch was »wrong«?

Am besten schnell raus hier!

Also: Männchen machen und ein zackiges »Gehorsamsten Dank, Herr Kapitän!« in genau der richtigen Tonlage hervorbringen. Und hinterher, um die militärische Zeremonie gleich wieder zu entschärfen, auch noch eine ganz zivile Verbeugung andeuten.

Der Ölige erhebt sich hinter seinem Schreibtisch, stellt sich groß und sichtlich um Würde bemüht auf und reicht mir seine Flosse hin, und dann wünscht er mir, nun ganz alter Seebär, der er gar nicht ist: »Mast- und Stengebruch! – falls wir uns nicht noch mal sehen sollten.« Und als ich nun endlich abtreten will, sagt er noch: »Bringen Sie doch das nächste Mal wieder Martell mit. Sie kommen doch leicht an Marketenderware ...«

Damit stürzt er mich in tiefe Verlegenheit: Ich weiß nicht recht, wie ich seinen Wunsch quittieren soll. Um ja kein Aufsehen zu machen, nicke ich nur zweimal heftig Bestätigung – wie ein Schuljunge, dem man eingeschärft hat, seine Zähne ordentlich zu putzen. Und nun noch mal Männchen machen und noch mal Hand an die Mütze und leichtes Abknicken in der Hüfte.

Und noch immer kein Schluß der Vorstellung! Der Ölige hat noch was zu sagen: »Da haben Sie wenigstens mal einen Eindruck davon bekommen, wie *wir* hier leben ...«

Im stillen ergänze ich: ... da braucht man schon mal einen guten Cognac! Laut sage ich: »Jawoll, Herr Kapitän! War ja ganz beachtlich!« Und immer noch mal Männchen machen und Hand an den Mützenschirm, und dann bin ich endlich draußen auf dem Gang und sage mir: Nun aber nichts wie schnellstens ins Hotel und den Dreck abwaschen!

Unterwegs kann ich noch kaum glauben, wie alles gelaufen ist. Laut jubeln sollte ich und meinem Schöpfer kniefällig danken. Der Teufel allein weiß freilich, was mir in Paris blühen wird. Ich wünschte, ich müßte mich nicht beim Bismarck melden, sondern könnte gleich nach Brest weiterfahren: eine Zugnacht ab Montparnasse.

Wenn ich doch mit dem Alten telefonieren könnte! Aber just das darf ich auf keinen Fall wagen.

Ich muß aufpassen, daß meine Füße sich nicht in Holztrümmern verfangen. Auch den Ziegelbrocken, mit denen das Trottoir hier und da übersät ist, muß ich ausweichen.

In meinem Hotelzimmer steht lila Flieder in der Vase. Er soll offenbar die schäbige Einrichtung wettmachen. Kränklich blasses Violett, nicht das Violett von Veilchen. Wahrscheinlich vom Zimmermädchen aus einem verlassenen Zimmer hergebracht.

Ich lasse mich rücklings aufs Bett fallen und denke an den Alten.

Ich muß eingenickt sein. Als ich aufwache, ist es bereits dunkel. Was soll ich jetzt mit mir anstellen? An meinem letzten Abend in Berlin im Hotelzimmer hocken und Trübsinn blasen? Da streife ich lieber durch die Straßen und führe meine Sehgier spazieren.

Aber nun endlich erst mal den Dreck vom Körper seifen! Eine Badewanne gibt es nicht, nur ein Waschbecken und auch nur kaltes Wasser. Aber das kalte Wasser ist gut, um mich wieder munter zu machen. Meine Schuhe halbwegs sauberzubekommen, ist nicht einfach: Es gibt keine Vorhänge. Das Gröbste schaffe ich mit Zeitungspapier, dann gehe ich mit einer schon benutzten Socke auf die Schuhe los. Als ich meine Hosen am Bund packe und sie wie ein Stück Wäsche ausschlage, staubt es nur so aus den Hosenbeinen. Ein Glück, daß ich meinen nicht ganz vorschriftsmäßigen Mantel habe: Der hat den Dreck nicht angenommen.

Schließlich befinde ich, daß ich mich so halbwegs sauber, wie ich es wieder bin, hinunter auf die Straße trauen kann. Ich weiß freilich nicht, wohin ich will: Ich laufe einfach los.

Da ist ein Licht wie von einer Kneipe. Ich gehe darauf zu und frage mich zugleich, was ich mir denn davon erwarte? Einen Ausschlupf aus meiner Bedrückung etwa?

Das Licht kommt aus einer halboffenen Haustür, also weiter.

Bald merke ich, daß ich mich schon verlaufen habe. Ich hätte besser schön brav im Hotel bleiben sollen, anstatt in meinem malträtierten Zustand durch die Straßen zu stromern. Schließlich lande ich in einer Art Tanzpalast. Ich sehe mit Bewußtsein das Blinken der Metallplatten, mit denen die Wände verkleidet sind, sehe die Lüster, den Marmor ... mustere die Mädchen. Was für ein Auftrieb! Aber warum sitzen die wie die Ölgötzen herum? Was ist denn hier so fremd? Ach ja! Tanzverbot. Also wird geäugelt. In Dänemark, heißt es, gibt es kein Tanzverbot. In Dänemark soll es auch Schlagsahne, Rauchfleisch und Speck geben – aber hier ist mit *allem* Sense.

Draußen der Dreck und die Asche – hier drin das prätentiöse Gehabe ... Ich sitze da und staune. Mir ist, als wohnte ich einer makabren Séance bei.

An Paris darf ich angesichts dieses Ladens und der Stimmung, die hier herrscht, gar nicht denken. Da kann ich die Wachoffiziere und Kommandanten verstehen, die bei der Fahrt in den Urlaub nicht über Paris hinauskommen. »In Grund und Boden ficken, bis nur noch blaue Luft kommt!« Und später erst sollen die Dampfer wieder drankommen – aber wie es jetzt aussieht, erscheinen vor den Dampfern die Flugzeuge, und zwar gleich zu dreien oder vieren, und schon ist es für alle Zeiten aus mit der Vögelei: Wasserleichen vögeln nun mal nicht.

Ich fasse ein Gesicht fest ins Auge: Rundgesicht – alles an diesem Mädchen ist rund. Auch der kleine Hut auf dem Kopf. Ein junger Kerl tritt an ihren Tisch, und da lächelt die Runde holdselig: Die ist also schon versorgt!

Ob es die beiden vor Geilheit platzenden Kriegerfrauen noch gibt? Das war ja wohl die verrückteste Fickerei, die ich je erlebt habe. Memorabel wie keine zweite. Der Bootsmann Fischer hatte die beiden Ladies angezirzt, Kriegerfrauen und Freundinnen offenbar. Und ordentlich einen gehoben hatte er auch schon. »Da ziehn wir mit Gesang / in das nächste Restorang / und dann ziehn wir mit Gebrülle / in die nächste Schnapsdestille«, brüllte er mitten auf der Straße los, und dann zu den Damen: »Wenn das so ist und drei Mark kost, ziehn wir die Hosen gar nicht erst runter.«

Und was war das nur für eine Behausung, wo wir dann anlandeten: Teepuppen mit Rüschen, Teddybären und Miniaturgartenzwerge zwischen Zimmerlinden. Rosarote Phantasieblumen, Klöppeldeckchen und viel schwarzer Samt, mit Stoffarben bemalt: Dorfschmiede und Wasserfall. Rote Glühbirnen ... Und Unmengen Allasch-Likör. Die eine machte schnell in der Küche Häppchen.

Später dann – das heißt: viel später – spuckten die Ladies Gift und Galle. Wie die sich gegenseitig mit Vorwürfen und Beschimpfungen eindeckten, das hatte Klasse! Und dann wechselte plötzlich die Geräuschkulisse: Ein Schluchzen und Schniefen und Jaulen wie von kleinen Katzen hob an – und das im Duett. »Ich bin eine Sau!« hörte ich deutlich heraus. »Eine Sau, eine Sau, eine Sau!« Worauf Fischer nur sagte: »Da werden wir wohl nicht länger gebraucht ...«

Der verdammte Allasch hatte mir übel zugesetzt: Am nächsten Morgen wußte ich kaum noch, wie ich zurück ins Hotel gekommen war.

Sich aus Zeit und Raum hinwegvögeln – wenn das ginge! Dem einen Moment des Raketensteigens und Zerspringens Dauer geben, ihn vertausendfachen, damit er vorhält. Auf Vorrat vögeln. Wenn man mit den Beckenstößen eine Batterie aufladen könnte, wenn das hitzige Rammeln nur was nützte gegen die schale Tristesse, die sich hinterher ganz todsicher einstellt.

Plötzlich komme ich mir, wie ich da so hinter meinem runden Marmortischchen auf der abgewetzten roten Samtbank sitze, so verloren vor, daß ich schreien könnte. Also hoch und zurück auf die Straße!

Draußen ist es dunkel. Finster wie im Bärenarsch – immer stellen sich die griffigen Sprüche ein. Der Himmel muß ganz von Wolken bedeckt sein: Ich kann nicht einen einzigen Stern ausmachen. Auf dem Weg zurück ins Hotel eilen meine Gedanken weit voraus nach Brest. Brest, Brest, Brest! – das klingt wie schieres Gebelfer. Allein schon beim Gedanken an Brest konnte ich früher eine Gänsehaut bekommen: Die Stadt wirkt so bösartig, wie der Name klingt. Andere Häfen haben klingende Namen, obwohl sie ebenfalls bretonisch sind: Concarneau, Douarnenez ... Aber Brest! Das klingt nach Nebel, nach Pelotons im Morgendüster.

In Brest fing für mich der Seekrieg an: Auf einem Zerstörer, der von Brest auslief, wurde mir meine erste Lektion Seekrieg verpaßt, und die war grausig. Die OKW-Bonzen können nicht ganz bei Vernunft gewesen sein, als sie mich ohne jede seemännische Ausbildung auf die »Karl Galster« schickten – und mitten hinein in die Seegefechte im Bristolkanal: eine der sprichwörtlichen »Schulen fürs Leben« und meine Feuertaufe außerdem.

Gegen die Ängste, die in mir rumoren, komme ich mit solchen Vorstellungen nicht mehr an. Ich brauche stärkere Mittel. Wenn ich jetzt in Hamburg wäre, würde ich Sankt Pauli ansteuern. Klare Verhältnisse. Aber hier?

Da fällt mir ein: Die Friedrichstraße ist in der Nähe. Dort war immer eine Menge los, vor allem um den Bahnhof herum und in den vielen Nebenstraßen auch. Ich versuche mich zu orientieren und nehme die vermutete Richtung auf. Mir ist, während ich im Halbdunkel dahinstiefele, zumute wie in einem Halbtraum.

Da vorn ist der Platz, den ich suche. Linker Hand muß das Nuttenviertel sein. Ich erkenne die Silhouette eines Kirchturms – ja, richtig. Eine Kirche war in der Nähe. Ich laufe die Straße hinunter, dann links um die Ecke ein paar Stufen hinab. Wie kalt der eiserne Handlauf ist!

Der schwarze Gassenschlund. Am Ende der Gasse abgeblendetes Licht. Ein Auto. Lastauto. Ich höre den Motor laufen. Aber wieso kein Mensch?

Da, ein Schatten an der Wand. Wer drückt sich da im Schatten herum? Jetzt erkenne ich auch Licht aus dünnen Fensterritzen. Gut abgeblendet, muß man schon sagen. An kleinen Türen ertaste ich die Fensterchen, aus denen hier immer die Huren guckten. Alles zu und verrammelt. Ich nehme mir ein Herz und wende mich forsch an den Schatten: »Sind denn hier alle ausgeflogen?«

Keine Antwort.

Ein Klingelknopf. Ich drücke und lausche. Nichts. Die Klingel muß abgestellt sein. Da geht eine Klappe auf: »Was 'n los?«

»Das will ich gerade fragen!«

»Hier sind alle schlafen!«

Ein schwacher Lichtspalt fällt auf die Gasse. Ich mache einen Schritt vor und frage aufs Geratewohl: »Wo sind denn die Ladies?«

»Bin icke nu hier oder bin icket nich?«

Ich kann die Frau nur als Schatten erkennen. Scheint die Puffmutter selber zu sein. Eine Stimme wie saure Milch. Jetzt sagt sie: »Am besten isset, du kommst erst mal rin.« Und da geht auch schon die Tür auf.

Es geht eine Stiege hinauf. Leichter Modergeruch kommt mir entgegen. Ein elendes Zimmer. Niedrige Decke, zerrammelte Couch, Papierblumen um den Spiegel. Kein Wasserhahn, nur eine an den Rändern vom Anschlagen schwarzgefleckte Emailleschüssel auf einem dreibeinigen Drahtgestell. Klopapier statt Handtuch.

»Für 'ne Stunde oder für de Nacht?« bekomme ich zu hören. Das Gesicht, aus dem die Wort kommen, ist welk, es sieht wie verwischt aus. »Ick stellse dir och schön hoch.« Und dann noch, weil ich fragend gucke: »De Titten!«

Da komme ich wie aus einem Traum an die Oberfläche und möchte am liebsten vor lauter Ekel unter den staubgrauen Bettvorleger kriechen. Als ich wieder auf der Straße stehe, weiß ich nicht mal recht, wie ich die Treppen wieder heruntergekommen bin.

Es ist noch früh, als ich, mit meiner Reisetasche am Henkel, das Hotel verlasse. Bevor ich meine Papiere im OKW abhole, will ich noch einmal in den Verlag. Ich muß unbedingt Helga anrufen. Gleich kommen mir Bedenken: Wenn es mit der Verbindung heute klappen sollte, kann es sein, daß Helga gerade in Feldafing ist. Egal – ich muß es versuchen.

Aber soviel Mühe sich die Telefonistin auch gibt: Es ist kein Durchkommen. Sie probiert es wieder und wieder, und dann bleibt die Leitung ganz stumm. »Vielleicht ganz spät«, sagt sie, »oder gleich mitten in der Nacht.«

Gut gedacht! Aber da werde ich hoffentlich längst in Paris sein. Ich versuche mich zu trösten: Am Ende ganz gut so. Vielleicht doch zu riskant, von hier aus zu telefonieren ...

Die Bachmann ist nicht da, und als ich schließlich noch ein paar Worte mit dem alten, weißhaarigen Markthelfer wechsle, höre ich gleich mehrere Stimmen: »Es klappt! Jetzt klappt es! Die Verbindung nach München!«

Ich haste ans Telefon und höre trotz des Knackens und Rauschens in der Leitung, daß Helga beide Koffer bereits in ihrer Wohnung hat. Das Telex hat sie am Nachmittag noch erreicht, und da hat sie alles andere gleich stehen- und liegenlassen.

Gott sei Dank!

Doch dann höre ich: »Ich muß Ihnen aber was Schlimmes sagen . . .«, und gleich sackt mir das Herz weg. »Ihr Freund, der ehemalige Wasserwerksdirektor, der hat mir geholfen.«

»Ja und?« brülle ich ungeduldig ins Telefon, weil Helgas Stimme zögerlich wird.

»Ihr Freund ist tot.«

Ich verstehe das nicht und frage mit viel zu lauter Stimme: »Was denn für ein Freund? Wer ist tot?» Mir stockt der Atem. Ich schließe jetzt auch meine linke Hand noch um den Hörer, damit meine rechte nicht zittert.

»Der Wasserwerksdirektor!« Und dann erfahre ich, daß Helga den alten Mann alarmiert hat, und der hatte die Idee, die beiden Koffer mit den Griffen an einen Handstock zu hängen und sie so – einer rechts, einer links – den Hansberg hinunter zum Bahnhof zu tragen. Und da habe es ihm plötzlich die Beine weggezogen, und er sei mit dem Hinterkopf aufgeschlagen und tot liegengeblieben.

Der also auch! Herr im Himmel! Ich will jetzt reden, aber die Verbindung ist weg. Benommen wie ein angeschlagener Boxer suche ich nach einem Stuhl. Die Telefonistin gibt sich eilfertig, sie will die Bücher von einem Stuhl wegräumen, aber ich sage: »Lassen Sie nur!« und setze mich obendrauf.

»Schlimm?« höre ich sie nach einer Weile fragen.

»Ich weiß nicht. Der war alt und ziemlich verzweifelt . . .«

Im OKW erfahre ich, daß der Ölige nicht zum Dienst erschienen ist. Krank? Na so was! Da hat er sich also doch übernommen und im Luftschutzbunker zuviel Forsche gezeigt.

Paris

Kaum bin ich aus dem Auto heraus in die Junkers verfrachtet worden, läßt der Flugzeugführer die Motoren auch schon anspringen.

Ich kann es nur schwer erwarten, daß das Flugzeug startet. Jetzt werde ich schon bald das Pokerface des Alten wiedersehen: eine Nachtfahrt von Paris, und ich bin in Brest.

Auch bei meinem ersten Flug nach Paris war es eine Ju 52. Der Flugzeugführer war ein frecher Hund. Der tat so, als wäre die Tante Ju eine Jagdmaschine, und versuchte, die Kühe auf den Weiden aufzustören und galoppieren zu lassen. Das Heckenspringen machte ihm Spaß.

Die alte Tante Ju. So ein antiquierter Typ hat sicher auch sein Gutes: Selbst der dümmste von unseren Flakschützen muß den müden Vogel erkennen. An Zuverlässigkeit soll die Ju sowieso nicht zu überbieten sein.

Die Maschine rollt an, und dann sind wir auch schon in der Luft. Der Flugzeugführer, ein Feldwebel, fliegt auch diesmal so tief, wie er nur kann, trotzdem wirkt sein Tiefflug nicht so waghalsig wie damals das Heckenspringen. Da hockte ich in der Kanzel des Heckschützen, FT-Haube um den Kopf. Die Landschaft unter mir war in graubläulichen Dunst gehüllt, die Höhenzüge flach, wie abgewetzt vom Alter. Wälder, auf eine merkwürdig geometrische Art gepflügte Äcker, die Dampffahne einer Lokomotive: Ich kann alles so deutlich sehen, als hätte ich es erst gestern erlebt. Es war ja auch mein allererster Flug. Ich spüre noch jetzt die geschärfte Wachheit von damals in mir. Ich spähte angestrengt nach Anzeichen einer Grenze, weil ich wissen wollte, wann wir denn über Frankreich fliegen würden. Das Auge konnte zwar keinen Wandel entdecken, aber ich *wollte* einen Unterschied erkennen, der Anblick sollte nicht der gleiche bleiben, das Feindesland anders aussehen als Deutschland.

Seit ich im Flugzeug sitze, versuche ich in mir niederzureden, daß ich Bammel habe. Weiß der Bismarck Bescheid? Laufen mir, während ich in der Luft hänge, schon Nachrichten voraus? Bin ich etwa gebrandmarkt, ohne daß ich es weiß? Gott sei Dank ist es bereits Freitag! Freitag nachmittags, das ist genau die richtige Zeit, um in Paris anzukommen. Da wird sich der Bismarck verdünnisiert haben. Ich werde mich also schon mal in Paris umhören und umsehen können, ehe er wieder auftaucht.

Freitag ist für unsereinen schon immer der große Reisetag gewesen, wenn es nach Frankreich ging. Gewöhnlich ist Meldung beim Chef der Abteilung befohlen, gleich, ob man aus Berlin, München, aus Saint-Nazaire oder Brest kommt, aber nach der simpelsten Logik kann man sich nicht bei einem melden, der seinem Jagdvergnügen bei Fontainebleau oder sonstwo nachgeht, sondern muß auf den großen Manitu bis zum Wochenbeginn warten: schöne Tage in Paris.

Sonst mußte die Freitag-Ankunft meist sorgfältig hingetrimmt werden, diesmal hat es sich einfach so ergeben. Allein das schon nehme ich als gutes Omen.

Als die Ju etwa eine Viertelstunde in der Luft ist, atme ich endlich tief durch. Zweimal, dreimal. Da merke ich: keine gute Luft hier drin, vielmehr Luft mit Motorengestank. Und trotzdem lebe ich auf. Der Lärm der drei Sternmotoren ist Musik in meinen Ohren.

Von der Landschaft kann ich nicht viel sehen. Die Bulleyes sind schmutzig. Wenn mir einer sagte, das Flugzeug sei direkt von der Ostfront gekommen, würde es mich nicht wundern: Alles ist verschlissen und verdreckt, die Sitze nur aus Leinwand in Metallgestellen.

Weil es nichts zu sehen gibt, benage ich wieder ein altes Thema wie ein Hund seinen Knochen: den Tag nach dem Großangriff der Tommies auf Saint-Nazaire. Ich lasse alle Bilder so scharfgestellt vor mir erscheinen, als wolle ich sie nach Details absuchen und die Details dann aufschreiben. Warum, frage ich mich, richte ich meine Gedanken ausgerechnet jetzt auf diese gewaltige Luftattacke und zugleich auch auf den Raid zwei Jahre früher? Aber richte ich sie wirklich? Richten sie sich nicht ganz von selber auf meinen letzten Tag in La Baule ein? Mache ich etwa schon wieder eine meiner Rundfahrten um den heißen Brei? Warum will ich denn das Narzissengebinde nicht sehen? Jetzt wenigstens sollte ich diesem Anblick nicht mehr ausweichen.

Simone und der Alte ... Vom Alten weiß ich zumindest, wo ich ihn finden kann. Aber Simone? Ob ich in Paris versuchen soll, herauszukriegen, wo sie steckt? Keine Ahnung, wo ich da außer bei der Concierge in der Rue Toricelli ansetzen könnte. Ob es überhaupt ratsam ist, auf eigene Faust etwas zu versuchen, ehe ich vom Alten weiß, was tatsächlich passiert ist.

Wolle Gott, daß mein Pariser Chef noch ahnungslos ist und noch geblendet vom Glanz des Befehls, der mich nach Berlin gebracht hat: ein Mann seiner Abteilung, der sich beim Reichsminister melden sollte ... Das muß ihm eingegangen sein wie Honigmilch.

Eins ist mir klar: Daß es der Ölige so eilig hatte, mich in dieses Flugzeug zu setzen, kann, wenn ich es mir recht überlege, nur bedeuten, daß die Invasion kurz bevorsteht. Wie lange werden die Alliierten noch warten? Und wo werden sie ihre Landung versuchen? Das wird, bis es soweit ist, ein Rätselraten ohne Ende werden. Warum nur, frage ich mich, findet unser B-Dienst nicht heraus, was die Alliierten tatsächlich vorhaben? Bei einem solchen Riesenunternehmen wie einer Landung auf dem Kontinent *muß* doch eine Menge durchsickern. Ich stelle mir vor, daß sich im südlichen Teil der Insel die Soldaten längst gegenseitig auf die Füße treten. Es kann doch wohl nicht sein, daß keiner von denen weiß, was mit ihm geplant ist ...

Die Vororte von Paris tauchen auf, und auf einmal geht es mir viel zu schnell. Ehe ich mich richtig versehe, hat es der Flugzeugführer geschafft: glatte Landung in Le Bourget. Hier habe ich zum ersten Mal in meinem Leben französischen Boden betreten, und jetzt ... warum denn stocken? ... lande ich hier wahrscheinlich zum letzten Mal.

Jetzt aber ja die Nerven behalten!

Ich werde abgeholt. Der Ölige hat das geregelt. Ich darf mich also noch als sein Schützling fühlen. Doch ich kann es auch nüchterner sehen: Wozu haben wir denn hier eine Abteilung mit einer gut besetzten Fahrbereitschaft!

Der Fahrer ist der baumlange Dangl mit dem verwegenen Mützensitz und den überlangen Flatterbändern. Dangl gibt mir gleich Informationen: »Der Chef ist mittags schon zur Jagd abgezischt, Herr Leutnant. Den sehen Sie übers Wochenende nicht mehr.«

Wie ich es mir gedacht habe: Ich kann mich also erst Montag beim Bismarck melden.

»Am Montag«, erfahre ich weiter, »ist außerdem großes Heldentheater, Herr Leutnant.«

»Was heißt das?«

»EK-Verleihung, Herr Leutnant. War für heute vorgesehen. Ist aber verschoben, weil der Chef 'ne große Jagdgeschichte hat. Und außerdem ist auch noch Fronttheater oder so ähnlich ...«

Als wir losfahren, bekomme ich die Erklärung dafür, ohne zu fragen, gleich nachgeliefert: »Da gibt's doch jetzt bei uns den Sonderführer Rehberg. Der hat ein Theaterstück geschrieben über U-Boote. Das muß Sie doch interessieren ...«

»Und das wird in der Abteilung aufgeführt?«

»Nicht doch, Herr Leutnant: Mit allem Tschißleweng von richtigen Schauspielern in 'nem kleenen Theater bei den Schampes Eleises.«

Im Fahren lasse ich den Blick schweifen und sehe alles wieder neu –

aber diesmal das Neue zugleich als Altvertrautes. Als ich das erste Mal nach Paris kam, verschlang ich mit den Augen noch jedes Restaurantschild – jeden einzelnen Buchstaben. Später habe ich mich oft selber um dieses erste frühe Zusammentreffen beneidet – noch heute tue ich das. So wie das erste Mal hat mich keine Begegnung mit der Stadt wieder hingenommen. Damals hatte noch jede Aufschrift ihre Bedeutung, noch jede Straße war ein Stück Sisley oder Pissarro.

Und dann dieser verrückte Dangl! Der war der allererste dieses Pariser Kriegsberichtervereins, dem ich begegnete – ausgerechnet dem wüstesten Burschen: ein Typ wie von neunzehnachtzehn, voller Haß auf die Offizierskaste, auf Flaggoffiziere zumal, dabei ein erstklassiger Schmierenkomödiant und die Leckmichamarsch-Attitüde in Perfektion. So wie Dangl aussieht und wie er seine Bluse am Leib hat und seine Mütze trägt, stelle ich mir die Kieler Matrosenrevolutionäre vor.

Und immer Weiber en masse! Nach allem, was ich über Dangl gehört habe, findet er die überall. Aber wie, frage ich mich auch jetzt noch, schafft er es immer wieder, sie im Ruckzuckverfahren aufs Kreuz zu legen und dabei nicht mehr als nur zehn Worte Französisch zu beherrschen. Dabei hat er mir ja gleich bei meiner ersten Ankunft vorgemacht, wie sich das erledigen läßt – auf die Schnelle und in aller Herrgottsfrühe: Wir kamen von Norden her in die Stadt, mir war die Kehle trocken, und ich wollte mich nur für einen Moment in eines der großen Boulevardcafés setzen und was trinken. Der Kameramann, der mitgeflogen war, hatte auch Durst.

Wir saßen kaum am Tisch, da fing Dangl auch schon an, mit einer ziemlich aufgedonnerten Person zu äugeln . . . Die war auch nicht faul: Ihr verzuckertes Lächeln und die geile Art, wie sie sich die Lippen bemalte, kann ich noch deutlich sehen. Auf einmal war Dangl weg. Nun, dachte ich mir, der ist wahrscheinlich schiffen gegangen. Aber da sah ich, daß die Aufgedonnerte auch verduftet war. Von da an guckte ich, weil ich Lunte gerochen hatte, auf die Uhr: Fünf Minuten gingen durch. Dann noch mal fünf Minuten und dann noch mal. So lange sollte sich kein Mensch auf dem Klo aufhalten. Ich ließ mir einen zweiten Schluck kommen und hörte begeistert zu, wie der Patron mit den Ausfahrern räsonierte und die Garçons beschimpfte, weil immer noch keine neuen Sägespäne auf dem Boden waren.

Auf einmal war mein Dangl wieder da: den Kopf rot wie eine Tomate.

Die Nutte – oder was immer für eine das sein mochte –, mit der er sich quasi unter unseren Augen verständigt hatte, saß auch schon wieder auf ihrem Platz. Sie rückte sich ihren dick aufgeplusterten Fuchs zurecht, und dann puderte sie sich – zuerst die Entenschnabelnase und dann den Rest der Visage. Dann ließ sie die Puderdose zuschnappen, pflanzte die nackten Ellenbogen auf den Tisch und guckte sich mit einem schweifenden Einhundertachtziggrad-Blick im Lokal um: Das war's!

Für einen, der so etwas zum ersten Mal erlebte, war das eine ganze Menge.

Als wir wieder zum Auto gingen, fragte mich der sehr junge Kameramann: »Hat der tatsächlich . . .«

»Ja – und das quasi auf nüchternen Magen.«

Da ließ der andere nur einen staunenden Pfeifton hören, und auf seinem Gesicht malte sich Respekt: Paris! Wahrscheinlich, wie er sich's vorgestellt hatte.

Ein wahrhaft denkwürdiger Empfang: Wir waren beide mit einem Schlag ins volle französische Etappenleben geraten.

Damals durfte mir Dangl auch noch seine gewagten Confidencen machen: Ich war schließlich Muschkote wie er, mit einem halben Schlag in den Hosenbeinen, einem schlecht sitzenden Kulani am Leib und einer Matrosenmütze wie in meinem fünften Lebensjahr auf dem Kopf. Nur stand diesmal »KRIEGSMARINE« golden auf dem Mützenband anstatt »METEOR«.

Diesmal muß sich der gute Dangl in eitel Zurückhaltung üben. Ich bin aber auch ganz damit beschäftigt, mir die Augen vollzuschlagen: Nach den Tagen und Nächten in Berlin ist dieses Paris wie eine Fata Morgana – keine Bombenspuren, keine Ruinen, keine Häusertrümmer auf den Straßen. Nirgends Zerstörungen. Auch keine verdreckten, hustenden Menschen – eben auch keine Brände, kein Qualm . . . Womit hat Paris dieses Glücksdasein verdient?

Während wir die großen Boulevards gewinnen, nehme ich mit schnellen Blicken Hunderte von Häusern, Plätzen, ganze Straßenfluchten auf – so genau wie nur möglich, gerade so, als müsse ich alles für ein historisches Archiv registrieren. Alles, was ich sehe, wirkt unwirklich. Aus anderem Stoff als dem realen.

Erinnerungen an Berlin, München und Hamburg schieben sich als innere Bilder vor die geschauten. *Das* war die Realität. Aber hier, die intakten Mauern, Balkone, Persiennes, die Mansardendächer, die Litfaßsäulen, die Plätze – alles Blendwerk. Den Retiraden sieht man es ganz deutlich an: Paris – eine Phantomstadt?

In mir ist ein nie gekanntes Schwebegefühl, eine seltsame Mischung aus der schieren Angst, alles könnte sich plötzlich tatsächlich als Trug erweisen, und einem tiefen Glück: Und wenn der ganze Schnee verbrennt, jetzt bin ich in Paris! In mein Glücksgefühl mischt sich auch Trotz: Die Schweinebande soll mich nicht kriegen! Leicht schon gar nicht!

Wir fahren auf dem Quai du Louvre hin, durch ein Gewimmel von Baumschatten hindurch. Die Stämme bilden im Dahinfahren ein Gitter, durch das ich die Seine-Insel wie von einem alten Kinoapparat ruckartig gegen den fast weißen Himmel projiziert sehen kann.

Erinnerungsbilder fliegen mich an: Sacré-Cœur, das war für mich, als ich die über einem Geschiebe von Zinkdächern thronende mächtige, wie von Zyklopen gedrechselte helle Kuppel zum ersten Mal sah, auch so ein bewegender Anblick – keine Kirche, eher eine von strahlendem Sonnenlicht verklärte Gralsburg. Die Butte war mein Wallfahrtsberg. Da oben war Paris nicht das Paris Pissaros, dort mußte ich alles mit Utrillos Augen sehen.

Jetzt erst hat für mich der Frühling richtig begonnen: Alles glänzt und brilliert. Fontänen wie Skulpturen aus blauem Eis inmitten roter Tulpen. Wenn nicht die laubgetarnten Fahrzeuge durch die Straßen führen, wäre der Krieg soweit weg wie der Mond – kaum vorstellbar.

In der Nähe der Madeleine sind eine Menge Trotteusen unterwegs. Zwischen Oper und Madeleine und um die Madeleine läuft es eben anders als in Bahnhofsnähe. Hier ist mittags großer Stoßbetrieb. Die Geschäftsleute, die Bankfritzen und die Chefs von sonstwas brauchen dann von den diversen Ehegattinnen nicht am Schreibtisch per Telefon erreichbar zu sein.

Daß Dangl es nur bis zum Obergefreiten gebracht hat, wundert mich nicht. Daß er nicht mehr Bismarcks Fahrer ist, auch nicht. Diesen Posten hat er allzu schamlos ausgenutzt. Zeitweilig galt Dangl sogar als der »Besitzer« von Bismarck – wie etwa ein Hund seinen Herrn besitzt –, so lange, bis er in Ungnade fiel und als Cheffahrer abgelöst wurde. Ich weiß auch, warum: Ohne daß Bismarck das Geringste davon gemerkt hätte, mußte er zur Tarnung herhalten. Was Dangl in des Gauredners Wagen alles an »organisiertem« Gut verschoben hat, »geht auf keine Kuhhaut«, wie er selber zu bekennen pflegte. Jedesmal, wenn es nach Deutschland ging, saß der Bismarck mit seinem breiten Arsch auf Marketenderware. Ohne daß er es ahnen konnte, war das Reserverad voll mit geklautem Kaffee. An die zehntausend Mark – heißt es – hat dem Dangl, diesem verwegenen Hund, so eine Fuhre eingebracht.

Jetzt haben wir Grand Palais und Petit Palais zur Linken. Und nun die Champs-Elysées hinauf zum Arc de Triomphe! Ich wüßte einen kürzeren Weg. Dangl will mir aber offenbar einen Gefallen tun.

Als ich selber noch mit Matrosenmütze und flatternden Bändern ausstaffiert war, habe ich mir Paris regelrecht erlaufen – mein Malzeug unterm Arm und, wenn sich's nur irgend machen ließ, mit Zivilklamotten am Leib.

Wir kommen in das feine Viertel gleich hinter dem Trocadéro. Hier haben die Häuser regelrechte Vorgärten. Die Forsythien sind schon verblüht. Dafür schäumen weiße Kastanienblüten in der Avenue Jean-Chiappe, die bis zur Kapitulation Henri-Martin hieß, wie in einer Schlucht dahin. Hinter übermannshohen Gitterzäunen blühen Magnolienbäume. Sie tragen ihre Tulpenblüten so dicht, daß man kaum noch etwas vom schwarzen Geäst sehen kann: Die Blüten könnten in der Luft schweben.

Wir halten vor dem Stadtpalais der Abteilung. Wogen von Düften strömen aus den Vorgärten zu einem erregenden Gemisch zusammen. Dangl guckt mich verwundert an, weil ich nicht gleich aussteige: Ich scheue den Schritt in unser Dienstgebäude. Mir graust wieder vor der Begegnung mit den Burschen, die sich hier in feinstens ausgestatteten Büros vor jedem Einsatz drücken. Am meisten aber graust mir vor dem Bismarck. Was für ein Glück, daß der schon ins Wochenende verschwunden ist! Wenn ich doch am Abend gleich wieder weiterfahren könnte. Aber um die Meldung beim Bismarck komme ich diesmal nicht herum.

»Soll's Gepäck in unser Hotel, Herr Leutnant?« fragt Dangl mich jetzt.

»Schaffen Sie es erst mal in die Wachstube«, gebe ich ihm Bescheid. »So, und nun rein ins Vergnügen!« sage ich dann halblaut zu mir selber.

Der Posten steht schon parat zum Salutieren. Gegengruß, freundlich grinsen und nun in dem pompösen Treppenhaus die teppichbelegten Marmorstufen hoch. Ich staune noch jedesmal wieder: Gedämpftes Licht kommt durch sehr hohe bunte Fenster mit mythologischen Szenen und reich ornamentierten Umrandungen. Aus Sandstein ausgehauene Muscheln ragen aus den Wänden hervor. Diesen Prunk, heißt es, hat sich mal ein Großindustrieller für seine Stadtresidenz ausgedacht.

Der Adjutant residiert neben dem Dienstzimmer des Gauredners. Heftig anklopfen und die Türe fast mit einem Ruck aufreißen ist eins: Hier gilt militärischer Zack. Dann melde ich mich aber so betont lässig-linkisch, als stünde ich in einer Militärklamotte auf der Bühne. Dieser mir gleichaltrige Adjutant mit seinem Milchgesicht geht mir seit jeher auf die Nerven. Trotzdem grinse ich ihn fröhlich an.

Nun hält er mir erst mal einen Vortrag, warum der Bismarck »ins Wochenende abgefahren« sei.

Daß die Adjus immer so öde, aufgeblasene Gesellen sein müssen! Der hier tut gerade so, als müsse er seinen Herrn und Gebieter in jeder Hinsicht imitieren – also tritt auch er großspurig und arrogant auf. Aber gerade das paßt nun zuallerletzt zu diesem windigen Burschen und seinem pickeligen Gesicht. Ich weiß, daß er sich nicht »an Land« getraut, aus Angst, irgendwelche Nutten könnten ihn sich schnappen und vernaschen und ihn mit Syphilis anstecken. Was er denn mit dem vielen gesparten Wehrsold mache, ist er dafür schon gehänselt worden.

Ich lasse den Adju reden und trete auf seinen schmalen Balkon hinaus. Vor der Pracht, die sich mir bietet, muß ich den Atem anhalten: Unter mir eine Kastanienblüte neben der anderen. Noch nie habe ich so wie jetzt Kastanienblüten von oben gesehen, immer nur als aufgesteckte Kerzen zwischen dem Grün der wie Hände aufgespreizten Blattfächer. Hier sind sie ein einziges schäumendes, von einer roten Sonne rosagefärbtes Dahinfluten im Cañon, den die Sandsteinfronten der Stadtpaläste bilden.

Ob ich hungrig sei, will der Adjutant wissen. Er werde mir vom Steward etwas in die Messe bringen lassen.

Na, wer sagt's denn!

Wenn ich mich weit über das eiserne Balkongeländer vorbeuge, kann ich den Eiffelturm sehen. Sobald früher von Schönheit der Technik die Rede ging, bekam ich den Eiffelturm vor den inneren Blick und zugleich das »Blaue Wunder«, die Elbbrücke bei Loschwitz, über die wir radeln mußten, wenn wir zum Schloß Pillnitz wollten.

Eine noble Gegend hat sich der Bismarck ausgesucht, das muß man ihm lassen: Stadtpalais neben Stadtpalais. Diese Prachtstraße unter mir ist so breit ausgelegt, daß sie sich in ihrer Mitte sogar einen richtigen Reitweg zwischen zwei Kastanienreihen leisten kann.

Ich erfahre noch einmal, was am Montag alles auf dem Programm steht – und auch: »Aus den Stützpunkten kommen viele Ihrer Kameraden . . .«

Das alles sagt der Adjutant in meinem Rücken, weil ich noch immer auf dem Balkon stehe. Jetzt höre ich: »Und was Sie anbelangt«, und es zieht mich auch schon herum, weil der Ton auf einmal ganz anders wird, »der Chef will Sie unbedingt sehen. Sie müssen sich also zur Verfügung halten.«

Sofort gerate ich in eine Art Panik. Ganze Gedankenfolgen laufen blitzschnell in mir ab: Was ist da nur im Busch? Was wissen die hier schon? Ist die Abteilung gewahrschaut worden – sozusagen auf dem Dienstweg? Ich könnte den Adju kurzerhand fragen, aber ich werde mich schön hüten, jetzt Wirkung zu zeigen.

»Na fabelhaft!« gebe ich statt dessen zurück. »Da kann ich ja ordentlich was unternehmen.«

»Jetzt gibt's übrigens ein neues Reglement für die Métro«, sagt der Adju. Ich mime gleich Hörbereitschaft, und er erklärt: »Von elf bis fünfzehn Uhr keine Métro. Auch ab elf Uhr abends nicht.«

Da werde ich mich eben einrichten müssen. Vorerst jedoch bedrängt mich eine andere Frage: Ich will jetzt doch mit dem Alten telefonieren, aber kann ich das von hier aus, ohne daß jemand mithört?

Wenn ich zum Adju sage: Ich muß mal eben mit Brest telefonieren, weil man mich dort vielleicht schon morgen früh erwartet – schließlich bin ich von Berlin dort angemeldet –, wenn ich das täte, hätte ich auch schon die Garantie, daß jedes Wort mitgehört würde. Ich muß es also ohne große Genehmigung versuchen und zwar direkt von der Vermittlung aus. Da sitzt um diese Zeit ein Maat, der nicht gerade schlau aussieht, und außerdem hocken da auch Fahrer zum Quatschen herum. Das müßte gehen – nur nicht, wenn die Verbindung schlecht ist und ich brüllen muß. Dann unterbrechen die ihre Quatscherei und hören zu.

Bedenken über Bedenken! Lieber abwarten bis morgen, sage ich mir schließlich, vorher ergründen, was hier anliegt. »Das scheint mir nicht«, würde der Alte jetzt bestimmt sagen.

»Erst mal was essen«, sage ich zum Adju, melde mich dann aber lieber gleich schon von den gemeinsamen Mahlzeiten heute und morgen ab. Ich müsse die Zeit zum Arbeiten nutzen.

In der Messe, allein an der langen Tafel, komme ich mir zwischen den deckenhohen Gobelins an beiden Längswänden fehl am Platz vor. Was für ein Schwachsinnsladen, dieser Prunkpalast. Ich sitze da und warte, daß mir der Steward – hier gibt es tatsächlich keine Matrosen als Backschafter, sondern einen zivilen Steward wie auf manchen Kriegsschiffen – mein Essenstablett bringt.

Mir ist beklommen zumute. Ich hatte insgeheim die Hoffnung gehegt, diesmal schneller weiterzukommen. Und seit ich mir den Adju angehört habe, erfüllt mich die Sorge um Simone schon wieder ganz und gar. Aber auch die Sorge um mein eigenes Geschick.

Da sitze ich nun und denke nach. Unter diesen Hofschranzen hier ist keiner, dem ich mich anvertrauen könnte: alles undurchsichtige Burschen und Neidhammel! Neidisch heißt »jaloux«. Aber das ist ein viel zu schönes Adjektiv für diese Säcke. Über das Substantiv »Jalousie« konnte ich mich früher sogar belustigen. »Laß mal die Jalousien im Schlafzimmer runter!« kann ich meine Großmutter noch rufen hören. »Die Sonne scheint ja direkt herein!« Großmutter gebrauchte das Wort oft, aber ich hatte keine Ahnung, was es eigentlich bedeutete.

Mir bleibt nicht viel anderes übrig, als auch den Undurchsichtigen zu spielen. Nicht zu hoch ausreizen. Bei der geübten Rolle des Protektionskindes bleiben! Alle Antennen ausfahren – die Atmosphäre sondieren, achtgeben, daß ich mich mit dem Adju halbwegs gut stelle. Nur muß er das nicht gleich merken.

Ich kaue und schlucke wie automatisch, und erst nach Minuten merke ich, daß ich Tee trinke statt Kaffee, den ich erwartet hatte.

Bißchen dünnhäutig geworden! verhöhne ich mich. Da klingt in deinen Ohren die Intonation des Adjus nicht ganz so, wie du es erwartet hast – und schon drehst du halb durch!

Während ich mit meiner Reisetasche ins Hotel der Abteilung gehe, wundere ich mich wieder einmal darüber, daß in dieser Nobelgegend dieses regelrechte Puffhotel existiert: genauso eingerichtet, wie sich der französische Spießer das sprichwörtliche verschwiegene Liebesnest vorstellen dürfte. Also ganz und gar vieux jeu. Schon im Treppenhaus überall Portieren und Volants. Knarzende Eichentreppen und buntgeblümte Tapeten bis zur Decke hoch. Es riecht förmlich nach Staub. Obwohl es so hübsch altmodisch und gemütlich aussieht, graust mir doch vor diesem Hotel: Es ist eine Absteige geblieben mit Hochbetrieb jede Nacht: Bidets auch noch im kleinsten Zimmer. Die vollen dreihundertfünfundsechzig Tage, einmal rund um den Kalender, kann man sich ihr Rauschen durch die dünnen Wände anhören.

An Stelle von Wasserhähnen gibt es in diesem plüschigen Bums Druckhebel nach dem System der Totmannschalter: Das Wasser läuft nur ins Waschbecken, solange man sie niederhebelt. Wenn man losläßt, versiegt es sofort. Man braucht schon einen Bindfaden, um den Druckhebel am Hahn festzubinden, wenn man sich mit beiden Händen waschen oder eine Flasche im Becken kühlen will. Das Licht im Klo brennt auch erst, wenn von innen die Tür verriegelt wird.

Verdammte Bruchbude! Aber so pompös aufgedonnert, wie es sich für ein Pariser Puffhotel eben gehört.

Ich bin so schnell, wie es nur geht, wieder vor der Tür. An diesem herrlichen Nachmittag treibt es mich wie mit Gewalt auf die Straße. Ich habe meinen Fotoapparat dabei. Viel werde ich, abgeschlafft, wie ich es bin, wohl nicht mehr zuwege bringen, aber ich will zumindest noch einmal den Blick vom Trocadéro gegen den Eiffelturm hin aufnehmen. Bis dahin sind es nur ein paar Schritte.

Auf dem Eiffelturm bauscht sich die Hakenkreuzfahne. Ich brauche sie aber nur mit den Augen der Impressionisten zu sehen, und schon ist sie nur ein roter Fleck im hellen Dunstblau. Direkt über dem Eiffelturm schwebt eine einzelne rosa angeleuchtete Wolkenbank. Dieser Anblick geht mir heftig ans Gemüt.

Ich bin jetzt fast auf gleicher Höhe mit dem Mittelgeschoß des Eiffelturms und habe den Pont d'Iéna zu Füßen, dahinter streckt sich das riesige Marsfeld, und an dessen Ende liegt als glorioser Abschluß die Ecole Militaire. Und im Vordergrund habe ich ganze Schwärme rollschuhfahrender Kinder.

An Gruppen von Müttern mit Kinderwagen vorbei steige ich die Trocadéro-Terrassen hinab und finde es nur schade, daß noch niemand die Fontänen aufgedreht hat. Ich bin längst nicht mehr müde, sondern putzmunter. Mir ist zumute, als schwebte ich, anstatt zu laufen. Ich bewege mich, das technische Wunderwerk des Ingenieurs Eiffel immer im Blick, schwerelos in einem Vakuum ohne Boden unter den Füßen auf dem Pont d'Iéna über die Seine weg. Direkt unter dem Turm halte ich inne: Rings um die gußeisernen Pavillons fassen scharfgeschnittene Buchsbaumsäume geometrisch angelegte Beete ein. Ich delektiere mich an dieser strengen Gartenordnung des Herrn Le Nôtre, dann wende ich den Blick nach oben: So wie jetzt sehe ich den Turm und die Anlagen zu seinen Füßen das erste Mal. Gegen den Himmel sieht die eiserne Konstruktion mit ihrer Traversen- und Strebenordnung aus, als habe Le Nôtre an ihrem Entwurf ebenfalls mitgewirkt.

Selbstversunken stehe ich unter dem Turm, und während ich dem Schneckenaufstieg der Fahrstühle zuschaue, frage ich mich: Ist Gott auch in diesen üblen Zeiten Franzose geblieben? *Wohnt* er wenigstens noch in Frankreich? Die ausgemergelten Arbeiter, die grauen Büromenschen würden mich als Irren ansehen, wenn ich sie so fragte. Aber warum sollte ich auch? Die Antwort habe ich mir längst gegeben.

Lassen wir's für heute genug sein! sage ich mir, als ich wieder die Höhe des Trocadéro gewonnen habe. Aber dann laufe ich doch weiter und weiter – an der Abteilung vorbei und dann in Richtung Etoile.

Ein leerer Denkmalsockel sieht nach Vandalismus aus. Wer immer da gestanden hat, ist eingeschmolzen worden. Auch noch dieses bißchen Bronze hat unsere Rüstungswirtschaft verschlungen. Ob Rodins Balzac auf dem Montparnasse auch verschwunden ist?

Die Flics grüßen mit Hand am Mützenschirm, wie es sich gehört, wenn es ihnen nicht gelingt, sich rechtzeitig abzudrehen. Plötzlich spüre ich wieder den brennenden Wunsch, mir die Uniform vom Leibe zu reißen. Ein Jammer, daß diesmal keine Zivilklamotten in meiner Reisetasche sind. Was für ein Hochgefühl der Klamottenwechsel hier in Paris jedesmal war! Kaum war ich im Hotel angekommen, verwandelte ich mich auch schon in einen Zivilisten und konnte mich wie ein normaler Mensch bewegen, die Arme baumeln lassen, aus der Hüfte laufen, den Schultergürtel locker halten – auf all das forcierte Gehabe pfeifen. Da war Schluß mit dem ewigen Gegrüße und dem fatalen Als-Okkupant-Erkanntwerden. Abends im Bobino, was bekam ich da alles spitz dank meiner Argot-Büffelei! Die Franzosen beim Räsonieren über die deutsche Wehrmacht belauschen – was für ein Spaß!

Im ganzen Viertel zwischen Trocadéro und Etoile haben sich rechts und links der Avenue Kléber die feineren Stäbe eingerichtet – und zwar fulminant. Auch Ernst Jünger soll hier residieren.

Paris ist seit Jahr und Tag die große Etappe, eine Etappe ohne Front. So gesehen, säße auf der ganzen Straßenlänge hier nur der Bismarck mit seinen Bürowesiren rechtens, weil allenfalls die sogenannte »Atlantikfront« zählen dürfte. Das wird es wohl auch sein, was unserem Gauredner sein überdeutlich zur Schau getragenes Selbstbewußtsein eingibt: Er allein stellt die »echte« Etappe dar.

Die Stunden fliegen nur so dahin. Ich fühle mich vom Anblick der unversehrten Häuserfluchten so hingenommen, daß es mir gelingt, alle Angst und Tristesse aus meinen Gedanken zu bannen. In mir ist ein schier wütiger Drang, alles aufzusaugen: zu riechen, zu schmecken, zu sehen, zu hören – diesen Schwall von Menschen und Dingen wie ein Gargantua in mich hineinzuschlingen. Laufen und sehen. Sehen nicht nur als Augenmerk. Mit dem ganzen Körper sehen. Die Reklameschriften, die Mansarden, die Eisengeländer vor den Fenstertüren, das Verblauen in der Ferne.

Meine Sehnerven setzen sich fort in die Halswirbel, sie reichen ins Rückenmark, durch die Brustwirbel bis hinunter in die Lenden. Ich spüre meinen ganzen Körper deutlicher als sonst: Nerven, Mark, Knochen, Muskeln, die blutprallen Adern. Ich bin wie einer aus den medizinischen Atlanten: ein Baum, der sich in die Luft hinein verästelt.

Später dann sitze ich wie im Parkett einer großen Freilichtbühne an den Champs-Elysées. Woher mögen die Pariser nur all die silberfunkelnden Fahrräder haben? Junge Damen gebärden sich wie bei einem Fahrradkorso. Eine Hand am Lenker, die andere an der Hutkrempe, hinter sich wehenden Chiffon.

Laubgetarnte Tigerpanzer kommen mit ungeheurem Lärm wie fahrende Gebüsche vom Etoile herangerollt, und ein paar Radfahrer haben doch tatsächlich den Mut, neben ihnen herzufahren, einige der jungen Mädchen sind auch dabei.

Im Vordergrund begibt sich eine wahre Modenschau: Was für Hüte! Sommerhüte aus Stroh mit breiten Krempen sind in Mode, reich mit buntfarbenen Schleifengebinden bestückt. Und erst als ich genau hinsehe, komme ich dahinter, daß es sich bei diesem luxuriös wirkenden Hutschmuck nicht etwa um fein gewebte und gestärkte Seidenbänder handelt, sondern um breit abgezogene, gefärbte und lackierte Hobelspäne. Und jetzt sehe ich auch: Die Handtaschen sind aus Stroh, die Gürtel aus Stanzresten, die eleganten Schuhe haben Holzsohlen mit Absätzen, so hoch wie bei japanischen Schauspielern. Aber wie die Pariserinnen diesen »Ersatz« zur Schau tragen, ist fast schon Provokation. Und seltsam: Trotz der Wärme werden zu Kostümen aus billigen Ersatzstoffen Fuchspelze spazierengeführt.

Apropos Ersatz: Dieses für französische Zungen so schwierige Wort ist zu einer Art Juxwort geworden. In französischen Ohren muß es ähnlich klingen wie »les krauts«. »Les ersatz« gilt längst schon auch als Spottname für die deutschen Landser.

Und mit einem Schlag bringt mich auch gleich ein Trupp Feldgrauer in die Wirklichkeit zurück: In Viererreihe kommen sie mir auf der Straße entgegen. Sie sehen zugleich martialisch und kläglich aus mit ihren abgetragenen Uniformen, den Kalbfelltornistern von anno Tobak, den quer darunter hängenden Gasmaskenbüchsen, den unhandlichen Seitengewehren, die ihnen die Koppel verziehen, und diesen komischen ausgeleierten Knobelbechern. Die Sieger – zum Lachen! Auf den hochgeschorenen Köpfen haben sie unkleidsame Schiffchenmützen. Ich staune immer wieder, wie unpraktisch und häßlich diese Uniform ist. Überaltert wie die ganze Ausrüstung des Infanteristen.

Es wird ja schon alles getan, daß unsere Truppen nicht in die Stadt gelangen, aber die, die hier stationiert sind, machen immer noch die denkbar schlechteste Reklame für die Großdeutsche Wehrmacht: Sie sehen nach allem, nur nicht nach Herrenmenschen aus.

Mein Zeitgefühl ist dahin: Überall brennen schon Lichter. Ich habe nicht gemerkt, daß es Abend geworden ist. Paris ist nicht verdunkelt, kein Bombenziel wie die deutschen Städte. Nach Berlin und München ist dieses nächtliche Paris ein Wunder. Wie große leuchtende Speichen kreisen die Straßen um die Nabe des Etoile – zwölf Speichen.

Die Seitenstraßen der Champs-Elysées sind zu Mondschluchten geworden. Die Fenster der Häuser blind und dunkel. Hürchen flüstern mir zu: »Pst, pst« und: »Faire l'amour?« Lockungen von überall her. Ziehharmonikamusik und Gitarrenklimpern.

Ein verzauberter Platz. Unter den Bogengittern das Brandungsrauschen der Métro. Ein Strom von Akazienduft, süß, satt, süßschwül. Und dann, als ich weitergehe, wieder eine Woge von Bistrodunst.

Gegen das von den obersten Häusersimsen gesäumte Band des Sternenhimmels zeichnen sich Kastanienkronen ab. Auf ein paar breiten Blattfächern wecken die Straßenlaternen ein dumpfes Grün. Auf tönernen Schornsteinorgeln der gekippte Mond. Ein Duft von Erde in der Luft. Das Lampenlicht aus dem Inneren der Cafés durchschimmert die Markisen, breite Lichtkaskaden fallen über die Stühle auf den Trottoirs hinweg.

Ich kann mich an dem vielen Licht nicht satt sehen. Ich bleibe mitten in der Lichterflut stehen und lasse mich anscheinen. Ich bade im Licht. Dann bewundere ich die vielfachen Brechungen und Reflexe in den Spiegeln an Säulen und Wänden. Ich mache staunende Augen wie früher angesichts der Christbaumkerzen.

Per aspera ad astra: Wenn ich nur wollte, könnte ich wie eine Fledermaus dicht über die Köpfe der Passanten hinweg durch die Straßenschluchten fliegen.

Das Hotel der Abteilung hat sich bis zum letzten Zimmer gefüllt. Ich gebe mir alle Mühe, mit keinem der Ankömmlinge ins Gespräch zu kommen.

Da sind zu viele dabei, von denen ich weiß, daß sie munter gegen mich intrigieren. Die Herren Wortberichter vor allem, weil ich ihnen ins Handwerk pfusche. Und die Fotografen natürlich auch, weil »Signal« und »Reich« öfter schon meine Fotos gedruckt haben und ihre nicht ... »Kameraden« möchte ich jedenfalls nur die wenigsten nennen.

So erschöpft ich auch bin, beginnen meine Gedanken doch, kaum daß ich langliege, heftig zu kreisen. Ich kann mir jetzt schon kaum noch vorstellen, was gestern war. Der Zeitsprung war zu knapp. In mir steckt das tiefe Mißtrauen, einem Zauberschwindel aufzusitzen. Ich werde Abstand brauchen, um mit dem krassen Kontrast zwischen diesem strahlenden Paris und der Sterbestadt Berlin fertig zu werden. Nach dem Anblick der tausendfachen Verheerungen läßt sich die Unversehrtheit dieser Stadt nur schwer begreifen. Ich schaffe es nicht, Glanz und Glorie dieses Tages einfach als gottgegeben hinzunehmen.

Unmöglich, auch nur eine Stunde »am Stück« zu schlafen. Erst der Lärm auf den Treppen, das Türenschlagen und laute Gequatsche der nächtlichen Heimkehrer und dazu die schrillen Quiektöne der aufgegabelten Ladies – und dann die Wassersymphonie! Mit drei Bidets hause ich Wand an Wand. Mit dem über und dem unter mir gibt das fünf benachbarte Bidets. Das über mir muß für zwei oder drei zählen: Es rauscht alle halbe Stunden und jedesmal gründlich. Ich nehme mir vor, herauszufinden, wer der nicht erlahmende Nachtarbeiter über mir ist. Manchmal rauschen auch zwei Bidets im Duett. Einmal sogar drei auf einmal.

Ungewollt werde ich zum Spanner, der versucht, etwas aus dem Gekicher und Gegacker zwischen den Grunz- und Stöhnpassagen herauszuhören, aber mit den abgerissenen Wortfetzen läßt sich nichts anfangen.

Plötzlich schrecke ich, von Angstschweiß naß, aus einem schweren Traum hoch und finde mich nicht zurecht: Wie lange habe ich geschlafen? Mein Traum war jedenfalls ein schwerer Traum: Todesmutig habe ich mich in einer Tonne den Niagarafall hinunterstürzen lassen. Aber unten kam ich nicht mehr los: Meine Tonne trudelte *hinter* den Wasserfall – keine Chance, die riesige Wasserwand zu durchbrechen und den Fluß hinab der Errettung entgegenzutreiben. Einmal ließen mich die Strudel los, aber nur, um mir falsche Hoffnungen zu machen, dann begannen sie wieder zu tosen und meine Tonne tief hinunterzudrücken.

Es dauert, bis ich den Traum ganz loswerde und sicher sein kann, daß die tosenden Strudel nur die Bidets über, unter und neben mir waren.

Noch eine Nacht werde ich das nicht aushalten. In mir wächst der Entschluß, gleich am Morgen zur Standortkommandantur zu fahren und mir ein Zimmer in einem Hôtel mitten in der Stadt anweisen zu lassen. Warum sollte ich nicht sogar versuchen, ins Hôtel des Deux Mondes umzuziehen, in memoriam quasi – und gegen die Anweisung der Abteilung?

Und wenn der Adju dahinterkommen sollte? Tant pis – dann müßte ich ihm wohl sagen, daß ich in seinem Rammelhotel kein Auge zutun könne und von dem Kichern und Stöhnen durch die Wände hindurch ganz verdorben würde. Für das Luxushotel in der Rue Royal spreche eben, daß der Puffbetrieb nicht direkt im Hotel, sondern gleich dahinter stattfinde, im berühmten Edelbordell »Le Chabanais« nämlich, in der Rue Chabanais 12: einem sozusagen altehrwürdigen Etablissement mit einem so frühen Gründungsjahr wie 1878.

Kaum bin ich am Morgen aus dem Hotel, fühle ich mich auch schon erhoben, zugleich aber ausgelaugt: Der Teufel soll diese Absteige holen, in dem einem der Schlaf geraubt wird.

Aus der Métrostation Opéra komme ich ans Tageslicht. In der Oper wird »Die Fledermaus« gespielt. Mich würde es nicht wundern, wenn vor dem Prunkbau auch noch Militärkonzerte stattfänden.

Direkt gegenüber der Oper ist die Kommandantur in einem mächtigen Eckhaus untergebracht. Ich bekomme ohne viel Palaver die gewünschte Hoteleinweisung. »Für die Marine tun wir doch alles!« quittiert der Feldwebel mein Dankeschön.

Aus schierer Neugierde lange ich mir je einen Merkzettel vom Tresen, die den Dienstgraden vor mir gleich mit den Quartierscheinen in die Hand gedrückt wurden: eine Liste mit den Adressen der Sanierstellen und ein Merkblatt »Wie erkennt man Tripper und Syphilis«. Nichts da von der üblichen Heimlichtuerei um die Puffs. Hier bekommt jeder Ankömmling gleich eine *gedruckte* Anweisung für den Besuch der Sperma-Abzapfunternehmen in die Hand, offenbar nur Offiziere nicht. »Der Geschlechtsverkehr darf nur in den obenbezeichneten und zugelassenen Bordellen ausgeführt werden«, lese ich. Und: »Vor dem Verkehr hat sich der Besucher sorgfältigst mit Wasser und Seife zu reinigen. Nach der Reinigung Bestreichen des Gliedes (Eichel bis Kranzfurche) mit der zur Verfügung stehenden Salbe. Geschlechtsverkehr ohne Condom und vorherigen Salbengebrauch ist verboten . . .«

Im Deux Mondes ist alles noch wie früher. Als ich auf dem riesigen Bett liege, eine Rolle im Nacken, die so lang ist, wie ich groß bin, kommt mich eine merkwürdige In-memoriam-Stimmung an: Champagner ans Bett und das Frühstückstablett so riesengroß, daß ich zur Seite rücken mußte, wenn es mitten im Bett plaziert wurde.

»Das kratz an die Arsch!« klagte Simone einmal und meinte die vielen harten Brösel vom Baguette in den Laken.

Ich sehne mich plötzlich so heftig nach Simone zurück, daß mir die Leisten schmerzen. Nach der Simone unseres ersten Jahres in La Baule sehne ich mich, nach der Amazone, dem Wirbelwind, der Nereide. Ich sehe ihre Lachfalten, die Grübchen, das Augenblitzen und muß daran denken, wie sie mir Argot beibrachte. Ich habe die von Simone gelernten Ausdrücke für die Art und Weise, mit der sich die Pariser arrangieren, gut im Kopf: »On s'en fiche« für: Es ist einem alles egal. Man hat ein »tuyau« – wörtlich ein Rohr – zu irgendeinem wichtigen Amt, man kennt »un system D« – »on s'arrange«. »Mais on ne se laisse pas casser les pieds«: Man läßt sich nicht auf die Füße treten ...

Gleich ist auch die ganze Szene wieder deutlich. Wir hocken mit angezogenen Knien in dem großen Bett, die Kopfrollen im Rücken, und Simone bringt mir die schönsten Flüche und Beschimpfungen bei: »Tout de même franchement merde alors!« Das mußte ich ohne Atemholen sprechen. Dann ging es weiter mit: »Vieux con! Sale abruti! Vieille salope!«

Simone konnte das aus meinem Mund gar nicht oft genug hören. Sie wollte sich dabei schier kugeln vor Lachen.

Für Paris hatte sie sich aufs feinste ausstaffiert. So elegante Kostüme, wie Simone sie trug, gab es in Deutschland längst nicht mehr zu sehen. Nie habe ich erfahren, wo sie die teuren Kleider auftrieb. Auf Schuhe war sie besonders erpicht, und sie konnte davon offenbar so viele ergattern, wie sie nur wollte – keine »Ersatz«-Schuhe mit Holzsohlen, sondern »echte«, die zu den rarsten Mangelwaren gehörten. Als sie wieder einmal mit gleich mehreren Kartons anrückte, und ich sie fragte, ob sie denn noch zu retten sei – wo sie die denn alle gekauft hätte, bekam ich nur in spitzbübischem Tonfall zu hören: »... von die schwarze Markt.«

Das ist das Beste an diesem Hotel, daß ich schnell an der Seine bin. Meine endlosen Wanderungen an der Seine hin! Rive droite und rive gauche ... Es wird wohl kaum eine Stadt geben, die von einem Fluß so akkurat in zwei Hälften geteilt wird wie Paris, und eine Hälfte ist so gut und verlockend wie die andere.

Wenn ich jetzt zum Beispiel gleich vor dem dem Hotel links gehe, brauche ich bloß die Avenue de l'Opéra abzulaufen, dann komme ich zum Palais Royal mit den vielen kleinen Läden um den Jardin du Palais Royal herum. Und dann muß ich nur noch unter dem Finanzministerium hindurch und den Jardin des Tuileries durchqueren und bin an der Seine. Dann weiter entweder seineabwärts zum Pont Royal – oder -aufwärts zu dem aus geschwärzten Stahlstreben gebauten Pont des Arts direkt aufs Institut zu. Da bin ich dann auch schon in meinem quartier général, der Rue de Seine mit ihren vielen Nebengassen bis hin zum Boulevard Saint-Germain.

Alle Stimmungen, die meine Erinnerung von Paris bewahrt, sind mit der Seine verbunden: Frühling in Paris, das ist das Knospenaufbrechen der Bäume an der Seine. Sommer, das ist grünes Blätterprunken und die Ile de la Cité als Aquarell von Signac mit schlängenden Spiegelungen zwischen den Lastkähnen. Herbst, das sind feuchte, schmierende Blätter auf dem Katzenkopfpflaster der Quais. Und Winter: schwarzweiße Graphiken mit dunklen, starrenden Rutenbündeln und den grazilen Eisenbögen des Pont des Arts, vermummte Angler, erstarrt, wie sie Seurat gezeichnet hat, und mein schwarzer Saxophonbläser im Frühnebel. Ich komme von seinem Bild nicht los: Ich stand in der Morgenkälte eines Wintertages auf dem Seinequai, den Blick flußabwärts auf Notre-Dame gerichtet. Ich sah die damals noch dunkelgraue Kathedrale also von achtern. Kirchenschiff: Der Name war auf einmal sinnfällig. Da lag ein wirkliches Schiff auf seiner Werft, von seitlichen Stützbalken im Lot gehalten.

Aus dem Nebel heraus bekamen die Schemen der Lastkähne ganz langsam Substanz. Wie große schwarze Särge glitten sie dann wie auf Hadeswassern an mir vorüber. Und plötzlich blökte und dudelte dieses Saxophon. Ich bekomme eine Gänsehaut, wenn ich an meinen schwarzen Saxophonisten denke: Wie er da an diesem Sonntagmorgen mit hochgeschlagenem Mantelkragen auf einer Kiste hockte, die nebelnde Seine direkt vor den Füßen, und mit klammen Fingern die Klappen drückte – kein Mensch weit und breit.

Das dumpfe Dudeln geht mir wieder durch und durch, ich spüre es mit dem Zwerchfell, den Magenschleimhäuten: »le velours de l'estomac«. Eine schwarze Schaluppe erschien damals unter den Gitterbögen des Pont des Arts, mit einem statuarisch starren Bootsmann wie einer Galionsfigur über dem silbern gepönten Anker. Im Vorübergleiten nahm er die Hände aus den Hosentaschen und winkte mit weitausholenden Armschwüngen herüber, und plötzlich fuhr die scharfe Schiffssirene in das Geblöke des Saxophons, und nun winkte auch der Kerl im Ruderhaus.

Wenn ich ein Synonym für Paris finden müßte, würde ich ohne nachzudenken »die Seine« sagen. Paris war vor Zeiten eine Insel in der Seine. »Fluctuat nec mergitur« ist seine Devise. Wo immer ich mich in

Paris bewege, ist die Seine der große Wegweiser: seineaufwärts geht es nach Deutschland, seineabwärts zum Meer – meine »französischen Richtungen«.

Ich laufe, seltsam beglückt, lange Strecken über das Katzenkopfpflaster der Quais direkt neben dem Wasser her. So kann ich die Bouquinistenkästen von hinten wie grüne Bretterverschalungen sehen. Ein Anglerboot zwischen zwei krummen Pfählen festgemacht: eine chinesische Tuschmalerei neben der anderen.

Jetzt mache ich mir Vorwürfe, daß ich mein Malzeug nicht dabeihabe, um irgendwo auf den Quais haltzumachen und zu arbeiten.

Die Bouquinisten hat der Krieg zum Glück nicht vertreiben können. Ich fotografiere eine ganze lange Phalanx von ihnen. Dann auch die Pferdefuhrwerke mit den Weinfässern darauf, die auf dem Pflaster des Quai du Louvre vor den Bouquinisten hinfahren. Dann eine ganze Schwadron von Radfahrern.

Und nun auf dem Pont des Arts über die Seine hinüber auf die andere Seite und dann wieder ein Stück an der Seine hin zur Station der Flußfeuerwehr. Von hier aus kann ich die Ile de la Cité aus Signacs Perspektive sehen. Ich habe Signacs Bild fest im Kopf und finde genau die Stelle, wo seine Staffelei stand.

Ich hocke mich auf einen Granitquader, der noch sonnenwarm ist, obwohl er längst im Schatten liegt.

Die Ile will ich seit Jahr und Tag malen – just vom selben Platz wie Signac aus, aber anders als er: grauer, im Dunst, mit einer graugrünen Seine – und nicht einer den kobaltfarbenen Himmel spiegelnden.

Die hundert Parisbilder, die ich noch malen wollte! Allein ein Dutzend am Canal Saint-Martin. Den Pont Neuf im Abendglühen. Ein Stück Métrolinie, dort, wo sie als Hochbahn fährt, mit dem Wald der grünlichgrauen Stützen und den Tausenden von Nietenköpfen ... Das ist es ja eben, in Paris gibt es alles, was einer nur malen will: Flußlandschaften, Boulevards und Gassenschluchten, Blumenrabatten und Kohlehäfen.

Manches habe ich wenigstens skizziert, aber die Bilder habe ich mir für später aufgehoben ... Jetzt gibt es nur leider kein Später mehr. Machen wir uns doch nichts vor, dieses Mal Paris ist das letzte Mal.

Ich habe keinen Plan, ich laufe vielmehr kreuz und quer: ziellos. In meinem Kopf sitzt ein Fotoapparat, für den ich den Film nicht zu sparen brauche wie für den vor der Brust. Hier nehme ich die geglückten Trompe-l'œil-Malereien auf einer Haustür, dort die mit buntgefärbten Flüssigkeiten gefüllten, wie Brummkreisel geformten Glasbehälter im Schaufenster einer kleinen Apotheke ins Visier, beobachte eine Alte in ganz und gar verschlamptem Rock, wie sie einen zerquetschten Porree aus dem Rinnstein sammelt, und lasse mein Augenobjektiv über das von oben nach unten verlaufende feuchte Schwarz auf den Mauernquadern einer zwischen die Häuser geklemmten Kirche wandern und denke dabei: düsterer Hostienbehälter! Ich taste die blatternarbigen Häuserfronten ab, die grau gewordenen Fenstertüren, die grauen Persiennes, die niedrigen Gitter, die man statt der Balkone angebracht hat. Und dann gerate ich in eine enge Straße mit Kopfsteinpflaster, die so alt ist, daß ihre Häuser vor lauter Schwäche nicht mehr senkrecht stehen, sondern sich nach hinten und gegeneinander lehnen. In einer Lücke sind mächtige Balken waagerecht als Stützen eingekeilt, damit die Häuser nicht gegeneinanderfallen können, und an anderer Stelle schräge runde Stützbalken von der Straße aus – die Durchfahrt verengend – gegen das erste Stockwerk gerichtet. Plötzlich öffnet sich der Blick auf Bäume: Platanen – und zwischen den dicken Stämmen mit ihren Fleckenmustern spannt sich wie eine Querstütze aus Silber die Seine.

Wie noch immer bin ich ganz hingenommen von dem Licht. Das Licht der Ile de France, das alles Festgefügte transparenter erscheinen läßt als anderswo. Hier ein paar Häuser, ins Licht getaucht wie von Pissarro, dort welche von Monet und von Sisley. Dieses silbrige Verschwimmen der Kaminpfeifen in das kaltblaue Himmelslicht hinein – allein schon das kann mich ergötzen.

Die perlmutternen Lichterfluten der Impressionisten! Bei meinem ersten Mal Paris kam es mir so vor, als stiege dieses Licht direkt aus der Seine empor und entfaltete sich dann wie ein riesiger Schirm am Himmel.

Ich sehe mich rastlos herumstreunen und mir die Augen mit Pariser Licht vollschlagen. An den Gittern der Tuileriengärten entlang, über die gänzlich leere, wie kahlgefegte Place de la Concorde. Durch die enge Schlucht der Rue Bonaparte bis zur Rue de l'Université und weiter nach Westen, vorbei an einem wohlproportionierten Stadtpalast nach dem anderen. Steinmetzarbeiten, Efeu, Prellsteine, Kutschendurchfahrten, viel Schmiedeeisen . . . Alles stand klar gezeichnet und doch nicht zu hart in diesem gloriosen Licht. Mein Sehhunger war nicht zu stillen.

Ich hatte meine Rennstrecken. Wenn ich bei der Oper ausstieg: die noble Rue de la Paix zur Place Vendôme, weiter zur Rue de Rivoli und zur Place de la Concorde. Dann über den Pont de la Concorde, weiter den Boulevard Saint-Germain lang, den ganzen gestreckten Bogen, bis ich wieder an der Seine war – und dann auf die Ile Saint-Louis oder gleich über die großen Boulevards.

Besonders an den Sonntagvormittagen unternahm ich schier endlose Fußmärsche durch Viertel, die zu dieser Stunde wie verödet waren. Merkwürdig: Ich war dabei immer alleine. Unter den anderen war keiner, der den ganzen Tag mit mir »auf Achse« sein wollte, und Simone mit auf die Reise nach Paris zu nehmen oder mich von ihr in Paris aufgabeln zu lassen, wenn ich aus Deutschland kam – das war nur selten möglich ...

Und wenn es schon einmal klappte, dann teilte Simone zwar meinen Spaß am Straßenbummeln, aber auf einer Caféterrasse zu sitzen und das Vorbeidefilieren der Fußgänger zu beobachten, das machte ihr kein Vergnügen. Da war sie ganz die kleine Provinzbürgerin, für die sich »so etwas« nicht schickte. Hier in Paris war sie, das wird mir erst jetzt klar, trotz aller Verrücktheiten stets unsicher und deshalb wie nicht ganz bei sich. Hier hatte sie eben auch nicht die vertraute Bühne und nicht das gewohnte Publikum. Hier in Paris wurde sie nicht ausreichend beachtet, und wenn sie sich noch so sehr in Szene zu setzen versuchte.

Dennoch gab es vieles, an dem wir *beide* Spaß hatten. Von den Gewichthebern und Feuerfressern, die sich vor dem kleinen Theater, in dem Sascha Guitry auftrat, produzierten, konnte sich Simone gar nicht wieder trennen, und ganz aus dem Häuschen geraten konnte sie, wenn kleine dressierte Hündchen zu Akkordeonmusik ihre Kunststücke auf einer alten Militärdecke aufführten. Da war auch noch der elegante Herr, der mit flinken Händen rosa Papierservietten zum allgemeinen Ah! und Oh! in die hübschesten Rosen verwandelte und dann, wenn er die Blicke aller Cafégäste auf sich gezogen hatte, die ganze Pracht zerknüllte, unter die Tische warf und für seine seltsame Vorführung nicht einmal abkassierte. Das allgemeine Erschrecken genügte ihm.

Place de l'Opéra. Die Garçons vor dem Café de la Paix in ihren langen weißen Schürzen bewegen sich wie langsam wandelnde Litfaßsäulen. So, langsam und mit hohlem Kreuz, geben sie sich Würde und ihrem Tun Bedeutung. Dabei haben sie kaum je mehr auf ihren braunen Rundtabletts als ein Kännchen Pfefferminztee oder ein Glas dünnes Bier.

Ich komme an einem großen Terrassencafé vorbei: von Spiegelfronten zerstückte und umgedrehte Schriften, Marmor-Trompe-l'œil, die üblichen Caféhaus-Korbstühlchen, die meisten davon besetzt. Um einige Tische haben sich offenbar ganze Familien versammelt. Am Eingang stehen zwei einbeinige Kriegsveteranen, einer hat einen putzigen weißen Hundemischling bei sich, mit einem Kringelschwanz wie ein Schwein. Im Spiegel hinter den Veteranen ein auf der anderen Straßenseite auf Kundschaft wartendes Mädchen: Simultanbilder wie von einem Opernregisseur arrangiert.

Clochards liegen auf den Rosten der Métroschächte wie gefallene Straßenkämpfer. Und da sind die Typen, die ich schon kenne, Akteure im großen Freilichttheater: der Ballonverkäufer, der sich einen Spaß daraus macht, auch Präservative aufzublasen und zwischen die bunten Ballons an seiner Holzstange zu plazieren, wo sie, statt hochzusteigen, müde nach unten hängen. Nicht weit von ihm »arbeitet« der Mann, den ich das »Hundeelend« nenne. Ein Bettler mit einem dressierten Hund, beide – Mensch wie Tier – Meister der Verstellung, Rührszenendarsteller, die Steine erweichen könnten und entsprechend Kasse machen. Dieser sicher kerngesunde Gauner kann den »cul-de-jatte«, den beinlosen Krüppel, perfekt mimen, indem er auf seinen Unterschenkeln sitzt und seine Knie als Beinstümpfe vorzeigt. Sein Hund wirft sich an ihn, wenn sich ein Passant nähert, und jault verzweifelt auf, als sei für ihn und seinen Herrn die letzte Minute gekommen. Der offene Sammlerhut steht einen guten Meter vor den beiden: Allzu nahe zu kommen ist unerwünscht. Mein Gauner hat Steine in Reichweite, um damit zu werfen.

Mein Paris, das war für mich immer eine riesige Landschaft, durch die ich tagelang wandern konnte – durch endlose Straßenschluchten, über weite Pläne und grüne Inseln, über Hügel und dörflich stille Plätze: Plötzlich waren da Weinberge mitten auf dem Montmartre und stiller Mittagsfrieden im Garten des Palais Royal, in dem die Colette wohnte und aus guten Büchern mäßige Stücke machte und Cocteau mit seiner grauen Siamkatze lebte. Und überall Liebespaare zwischen hastenden oder – je nach der Stunde des Tages – flanierenden Passanten. Ausruhen auf einer Bank unter einer Schar von Kinderfrauen im Parc Monceau oder im Luxembourg auf dem Rand eines Fontänenbeckens.

Und eines Tages entdeckte ich ein neues Quartier, das Denfert-Rochereau hieß oder Ménilmontant und über einen ganz besonderen, nur ihm eigenen Zauber verfügte.

Wie oft habe ich schon gedacht: Die armen Pariser, die kennen ihre Stadt ja gar nicht. Madame Barrault zum Beispiel, die Concierge des Hauses in der Rue Toricelli, in der Simones Vater eine Wohnung hat, ist kaum aus ihrem Quartier herausgekommen. Sie lebt in Filzlatschen. Madame Barrault! Vielleicht weiß die was von Simone? durchzuckt es mich. Madame Barrault fragen – aber nicht heute.

Noch einmal mein Paris erlaufen! *Mein* Paris, das ist allemal das Herz der Stadt: die dunklen Winkelgassen nahe der Seine, die von der Seine umflossene Ile Saint-Louis, die Gegend um die Halle aux Vins und die um die Halles Centrales. Das sind die großen Boulevards von der Madeleine bis zur Place de la République und die nach Norden aufsteigenden Sträßchen und Straßen . . . Oder die Straße von der Place Saint-Germandes-Prés zur Seine: eine dunkle Schlucht in Grau, in die hinein die Omnibusse verschwinden, als seien sie im offenen Licht mit ihrem Grün schon zu bunt.

Paris und die Farbe Grau – auch das sind für mich Synonyme. An diesen feingestuften Grautönen der Häuserfronten in den Gassen zur

Seine hin – vom Schwarzgrau der verrußten Wände bis zum blanken Weiß neuer Gipsstellen –, an den geheimnisvollen Zeichen an grauen, abblätternden Wänden zwischen fragmentarischen Reklameschriften konnte ich mich nie satt sehen, und auch jetzt delektiere ich mich an ihnen.

Mein Paris, das ist natürlich auch der graue Canal Saint-Martin, sind seine Schleusen und die Lastkähne auf dem hochstehenden Wasser vor den aussätzigen schmalbrüstigen Hotelfronten. Diese »Quai des Brumes«-Stimmung im Winter. Winter-Paris, die Straßen trist, unwirklich in ihrer Verlassenheit, nachts schlecht beleuchtet und gänzlich menschenleer . . .

Auf einer schäbigen Brandmauer kann ich als Riesenschrift, über die ganze Fläche verteilt, die Worte »Paris sera toujours Paris« lesen. Wer kann diese Schrift angebracht haben? Um Reklame kann es sich nicht handeln. Eine Botschaft also? Eine gegen die Okkupanten gerichtete Provokation gar? Heißt dieser Text: Ausharren? Heißt er: Die Okkupanten werden wieder verschwinden, aber Paris wird bleiben? Ohne Gerüst läßt sich so eine Riesenschrift nicht an die Wand malen. Über Nacht kann das kaum einer pinseln. Vielleicht heißt eine Revue so? Aber eine Revuereklame in diesem schäbigen Viertel? – Weiß der Himmel!

Eine schnurgerade, leicht ansteigende Straße saugt mich richtig in sich ein. Ich kann gar nicht anders, als mich dem Sog der sich verengenden Perspektive hinzugeben. Ich laufe wie automatisch Schritt für Schritt durch diese enge Schlucht. Ich schlendere, schnüre, manchmal marschiere ich sogar. Dann wieder nöle ich nur so dahin und plappere mir vor: laufen, laufen, laufen – durch den Tag, durch die Nacht: Rilkes Cornet und dazu die Unbekannte aus der Seine, das gäbe ein Paar!

Eine Straßenschlucht zur Linken gibt den Blick frei auf Sacré-Cœur, die Akropolis von Paris, die ein Riese auf einer monströsen Töpferscheibe aus Kaolinerde gedreht hat. In ihr hat der milde Puvis de Chavannes seine Bilderausstellung eingerichtet.

Ich fahre ein Stück mit dem Ratterzug. An der Station Pigalle steige ich aus. Eine Schar halbwüchsiger Burschen umschwärmt mich. Sie haben alle etwas anzubieten: Postkarten, kleine Eiffeltürme, Seidenstrümpfe, Lederhandschuhe, sogar Schokolade. Einer flüstert: »Kino pervers!« Ich jage sie allesamt zum Teufel, als ob ich Hühner scheuchen wollte.

Die Sünde erweist sich als resistent. Um Pigalle und die Place Blanche hat sich nichts verändert. Strichjungen, geschminkte Schwuchteln, überfällige Huren, wie Zirkuspferde aufgetakelt, die traurigsten Stripteasekeller der Welt. Ein Trost, daß die »Damen mit der kleinen Tugend« noch immer am alten Platz stehen.

Der Boulevard de Clichy, der wie eine Blattrispe in halber Höhe am Montmartrehügel hinläuft, von der die vielen Seitenstraßen auf der einen Seite bergauf und auf der anderen Seite talwärts abzweigen, ist von einem dichten Menschenstrom erfüllt. In der Mitte unter den Bäumen haben Maler vor Segeltuchplanen ihre Bilder zur Schau gestellt.

Gegenüber, an der Ecke vor einem Bistro, steht eine junge Frau, die rechte Hüfte weit herausgeschoben und auf ihr ein Kind tragend, ein zweites hält sie mit der linken Hand. Sie singt mit einer armen kleinen Stimme. Ein halbwüchsiger Junge – ihr drittes Kind wohl – bläst dazu auf einem blechernen Jahrmarktssaxophon, in das man die Melodie hineinsummen muß, weil es anstelle von Tonklappen nur eine Membrane aus Seidenpapier hat. Er hält eine Hand in der Hosentasche und zerrt sich mit einem kaum sichtbaren Faden einen Haken wie eine Kandare in den linken Mundwinkel, was wohl komisch wirken soll. Dabei läßt er seine Augen wie die eines Frettchens unablässig rundum gehen. Das Mädchen an der Hand der Frau bettelt mit der freien Linken.

Wenig weiter drängen sich eine Menge Menschen zusammen: ein Straßenunfall? Im Näherkommen höre ich Gitarren und gedämpftes vielstimmiges Singen. Die Heilsarmee? Ich stelle mich auf die Zehenspitzen und erblicke über die Köpfe hinweg zwei junge Kerle, die in der Mitte des Kreises Banjo und Gitarre spielen. Ein dritter verkauft Notenblätter. Die Umstehenden singen mit und wiegen sich dabei leicht hin und her. Hier geht das Geschäft. Hier ist der klingende Erfolg ein dutzendmal größer als bei der Mutter mit den drei Kindern: Die Leute wollen für ihr Geld Optimismus einhandeln.

Der ganze Boulevard sieht, wenn es noch so hell ist wie jetzt, kläglich heruntergekommen aus. Die meisten der Reklameschilder sind verwaschen, die Fotos der Nackttänzerinnen und Akrobaten in den Kästen der boîtes de nuit verblichen und verstaubt: kein Flitterstaub, nur hundsordinärer Schmutz und tote Fliegen davor. Die Nutten sind dafür gewaltig aufgemöbelt: Viele tragen männlich geschnittene Jacketts und dazu glimmerfunkelnde Kreuze im tiefen Busenausschnitt.

Ein Clochard kommt mir entgegen: Bindfäden um die Schuhe gewikkelt, ausgefranste Hosen, die Hände tief in den ausgebeulten Taschen eines dreckigen Mantels. Mit einer Art Rucksackgestell trägt er ein Plakat: »Wiener Schrammel-Kapelle Prater. Place Pigalle.« Hinter ihm trottet eine ähnliche Jammergestalt. Da durchzuckt es mich: Der Mann hat einen gelben Stern auf der linken Brustseite. Das gibt es jetzt also auch hier!

Ich stehe, den Eingang zum Moulin Rouge im Rücken, an der Bordsteinkante neben zwei ratschenden, weißhaarigen Frauen in schwarzen Umhängen, die ihre fahl orangefarbenen Baguettes in der Beuge der untergeschlagenen Arme halten. Dann fährt ein Seitenwagengespann – zwei Soldaten mit Stahlhelmen – langsam vorüber und verdirbt das Bild. Ich komme zu dem Etablissement, in dem die »Lady mit den Schleudertitten« auftrat. Eine tolle Nummer – ließ sie doch ihre opulenten Brüste nach schnell wechselnden Musikrhythmen kreisen wie ein verrückt gewordenes Metronom.

Das große Freilichttheater findet statt wie eh und je. Ich setze mich vor einem der Bistros an der Ecke einer ruhigen Sackgasse, die nur aus kleinen Absteigehotels besteht, auf einen wackligen Korbstuhl.

Zuerst ein Aufzug von Negern und Frauen in langen, dünnen verwaschenen Röcken. Eine hat ihren Mund fast lila geschminkt. Dann bleibt der Schauplatz einen Augenblick frei, als solle Spannung für den nächsten Auftritt entstehen. Eine kleine Midinette ist an der Reihe. Sie kommt auf gewaltigen Holzsohlen wie auf Stelzen herangestiegen. Dabei schaut sie nicht rechts, nicht links, obwohl sich aller Blicke auf sie richten: Anstelle des Kopfputzes trägt sie zwei zu beiden Seiten in das turbanartig hochgedrehte Haar gesteckte Taubenflügel. Ich bin Zeuge, wie eine Mode kreiert wird: Federn ins Haar zu stecken, das gab es schon – aber gleich ganze Flügel?

Jetzt kommt ein Mädchen mit ähnlich hochgetakelter Frisur. Ihr Clou ist aber nicht der Kopfputz, sondern ihr Kleid aus sehr glatter Seide, auf das mit gestochener Schärfe Zeitungsseiten mit Inseraten und Bildern aufgedruckt sind. Vernünftig, praktisch: Im Falle von Langeweile kann einer sich der Lektüre hingeben, wenn er ihr beim Métrofahren gegenübersitzt.

Noch mal die ganze Strecke Blanche–Pigalle–Clichy ablaufen mit den vielen Stundenhotels zur Linken und den Bistros mit den Damenkapellen und den Negerorchestern zur Rechten? Mir ist, als könnte ich die Witterung von tausend Weibern zugleich aufnehmen, die in den engen zur Butte hochstrebenden Straßen mit ihren weißen Schenkeln und schweren Brüsten auf Kundschaft warten.

In mir hat sich ein merkwürdiges Unbehagen festgesetzt: Es rührt wohl daher, daß ich versuche, die Stimmung von ehedem so wiederzufinden, wie sie war, als ich das letzte Mal hier das Pflaster trat. Das aber will mir nicht gelingen. Es ist, als käme ich nicht richtig in Tritt: Ich bin ernüchtert. Und dabei will ich doch nicht ernüchtert sein.

Und dann befällt mich ganz plötzlich die Vorstellung, auch Paris könnte zum Bombenziel werden: ein Volltreffer auf Notre-Dame, die Ile de la Cité abrasiert, alle Brücken hochgesprengt, die Kuppel des Invalidendoms zerplatzt, die Seine schwarz von meerwärts treibenden Toten ... Hat der Wahnsinnige nicht schon in einem Wutanfall ausgestoßen, er wolle Paris dem Erdboden gleichmachen? Soll das Gemunkel, halb Paris sei mit Sprengladungen unterminiert, wirklich nur dummes Gerede aus der Gerüchteküche sein?

Aber diese Angst ist es nicht alleine, die mir so plötzlich, wie ich Schritt vor Schritt setze und um mich blicke, das Herz krampft: Es ist auch wieder die Angst um Simone. Was würde ich nicht alles darum geben, wenn ich erfahren könnte, wohin die Schweine Simone verschleppt haben.

Was soll das Gehabe! fahre ich mich da selber an. Wir sind in Paris, mein Junge! Nach all dieser elenden Scheiße endlich wieder mal in Paris! Dir die Graupen verhageln zu lassen, das hätte gerade noch gefehlt. Als ob Simone dich nicht schon genug geschurigelt hätte. Du bist doch nicht schuld an ihrem Unglück – du doch nicht!

Ich bleibe stehen und gucke genau um mich. Und da regt es sich Gott sei Dank doch wieder in mir: Ich blicke in eine Seitenstraße wie in einen tiefen Cañon. Ich fasse sie Stück für Stück ins Auge – ich taste sie bis in das Dunkel hinein ab, in dem ihr Ende verschwimmt.

Und nun lasse ich meinen Blick über den Laden im Vordergrund zu meiner Rechten gehen. Ich delektiere mich an seinem stumpfen, samtigen Rot, an der goldenen Schrift »BOUCHERIE CHEVALINE« und den vergoldeten Pferdeköpfen schräg über mir.

Erst als ich kaum noch laufen kann, steuere ich die nächste Métrostation an und steige in den Untergrund hinab. Es ist bald elf, und ich will die letzte Bahn nicht verpassen. Ich schnüffle, als ich die grünen Schwingtüren hinter mir habe, den Métrobrodem wie süchtig in mich hinein. Der Geruch von Paris. Wie keine andere Stadt kann ich Paris, wenn ich sonstwo bin, erriechen. Ich brauche nur »Paris« zu denken und kann sogleich den Métrobrodem in aller Deutlichkeit erschnuppern – diesen so undefinierbaren, brandig-rostigen Geruch, der sich bereits in den Treppenschlünden ankündigt, in den Maulwurfsgängen immer stärker wird und sich auf den Bahnsteigen in den Böen, die einem einfahrenden Zug vorausjagen, voll entfaltet und sogar durch die Roste in den Trottoirs auf die Straßen hochsteigt.

Mein Hotelbett ist groß genug zum Querliegen, der Kamin aus weißem Marmor, das viele blinde Messing – alles ist wie ehedem mit Simone. Wenn mich nicht alles täuscht, wohne ich sogar im selben Zimmer.

Ein Wust von Gedanken geht mir durch den Schädel: Hat Simone jemals versucht, mich auszunehmen? Ich kann meinen Kopf durchpflügen, so angestrengt, wie ich nur will, aber da ist nichts. Gewiß, manchmal hat sie gelogen wie gedruckt. Aber das ist doch noch kein Beweis für Doppelspiele zugunsten unserer Gegner!

Dem Adju morgen meinen Umzug melden und den Alten in Brest anrufen! Das läßt sich nicht länger aufschieben. Ich muß einfach mehr über Simones Verhaftung erfahren. Viel zu reden brauchen wir ja nicht. Der Alte wird längst aus Berlin wissen, daß ich seiner Flottille zugeteilt bin und demnächst dort erscheinen werde. Ab Gare Montparnasse am Montag-, spätestens Dienstagabend, schätze ich – am Mittwoch dann in Brest . . .

In der Abteilung steuere ich am nächsten Morgen als erstes wie selbstverständlich die Fernsprechstelle an. Zu meinem Glück ist dort kein Betrieb. Der Laden ist wie vereinsamt. Und gleich noch ein Glücksumstand: Der Alte ist sofort am Telefon.

Wo ich denn bliebe, will er wissen. Ich erkläre ihm brüllend, daß ich noch in Paris festsäße und allenfalls am Montag- oder Dienstagabend weiterfahren könne. Und jetzt kommt der Alte von sich aus aufs heikle Thema: Simones ganze Familie sei hopsgenommen worden. Die Mutter sei in Nantes im Gefängnis. Vom Vater wisse er nichts. Es werde alles getan, um Simone aufzuspüren. Ich dürfe keinesfalls selbständig etwas unternehmen.

Die Verbindung ist miserabel und wird von Minute zu Minute schlechter, trotzdem kann ich durch das Knacken und Pfeifen hindurch noch hören: »Wer weiß, wofür's gut ist!«

Ende! Ich muß vor dem Telefonisten so tun, als sei alles in bester Ordnung, und mich schön dafür bedanken, daß er die Verbindung hergestellt hat.

Wie kann das der Alte gemeint haben? Was für einen Vers muß ich mir auf sein »Wer weiß, wofür's gut ist!« machen? War für Simone der Boden in La Baule zu heiß geworden? Waren ihr die eigenen Landsleute auf den Fersen wegen ihrer offenkundigen Kollaboration mit den Deutschen? Ist das der Grund dafür, daß sie nach Brest gegangen ist – quasi unter die Fittiche der Flottille? Meint etwa auch der Alte, daß die Landung der Alliierten unmittelbar bevorsteht und Simone dann besser im Gefängnis aufgehoben sein könnte?

Daß mir das alles noch nicht eingefallen ist! »Wer weiß, wofür's gut ist!« – das war trotz aller Nebengeräusche klar und deutlich. In meinem Kopf jagen sich die Gedanken.

Alles ist noch verworrener als zuvor. Aber was hatte ich denn von diesem Telefongespräch erwartet? Etwa, daß mir der Alte sagt: Wir haben inzwischen herausgefunden, wo Simone festgehalten wird. Geh doch mal hin . . .?

Jetzt erst merke ich richtig, wie aufgeschmissen ich ohne die Hilfe des Alten bin. Die paar Worte aus dem Hörer waren alles andere als eine

Erklärung, was passiert ist. Ich weiß ja immer noch nicht einmal, *wer* in La Baule und in Brest die Verhaftungen gemacht hat. Der SD? Die Gestapo? Die Marineabwehr?

Ich melde meinen Umzug und versuche dann beim Adjutanten einen Wagen zu organisieren.

»Der Stimmung der Bevölkerung mal auf den Zahn fühlen . . .«, sage ich zu ihm und stocke auch schon, weil das so falsch klingt. Ich will mich korrigieren, da merke ich, daß der Mann in seiner Blödheit nichts davon gespürt hat. Dem gefällt die Idee sogar.

»Hier werden wohl bald andere Saiten aufgezogen werden müssen!« bringt er wichtigtuerisch hervor.

Dir lassen sie auch noch die Luft raus! denke ich, während er so daherschwafelt. Nun bläht sich der Herr Adjutant so gehörig auf, als sei das die allerjüngste Mode, und verkündet mir: »Einen Wagen können Sie aber jetzt nicht haben! Die werden alle für den Einsatz durchkontrolliert.«

Also abgeblitzt. Ich mime Enttäuschung: »Da muß ich eben marschieren«, sage ich fatal schmierenhaft und verabschiede mich mit dem üblichen militärischen Gehabe.

Und da sagt der Unglücksvogel noch: »Wir sehen uns heute mittag beim Essen.«

Jetzt muß ich aber erst mal raus hier, hin zum Trocadéro und Ordnung in meinen Kopf bringen. Als ich durch das mächtige Vorgartentor gehen will, sehe ich für einen kurzen Moment den Rundfunksprecher Kreß von hinten. Er ist gerade aus einem Auto ausgestiegen und quatscht auf den Fahrer ein.

Ach du liebes bißchen! Den wollte ich nun zuallerletzt wiedersehen. Ein Wunder allein schon, daß er sich von der Front losgerissen hat. Kreß müßte eigentlich wissen, wer Simones Freundinnen in La Baule verhaftet hat, ja sogar, wer sie hingehängt hat. Aber ich werde einen Teufel tun, ihn danach zu fragen. Eher werde ich mich bei ihm erkundigen, was für Fortschritte seine Fortifikationen machen.

Ich drücke mich unbemerkt hinter ihm vorbei und trotte die Straße hinunter. Am Trocadéro setze ich mich auf eine von der Sonne erwärmte Mauer. Das Geschrei der rollschuhlaufenden Kinder und das Geratter ihrer untergeschnallten Rollschuhe ist wie eine Glocke, unter der ich nachzudenken versuche.

Insgeheim hatte ich natürlich gehofft, vom Alten etwas Beruhigenderes zu hören, wenigstens, daß er weiß, wo Simone steckt. Jetzt ist die Angst nur noch gewachsen . . . Eins ist sicher: Ich muß besser mit meinen Sorgen und Ängsten fertig werden, ehe ich dem Bismarck gegenübertrete. Der Bursche hat eine hündische Natur: Der beißt zu, wenn er Angst riecht. Da heißt es, mit Furchtlosigkeit gewappnet zu sein. Sich nichts anmerken lassen, den Gelangweilten spielen, besser noch: den In-sich-Gekehrten, Gedankenversunkenen ...

Weil ich nicht gleich wieder in unser Stadtpalais zurückwill, gehe ich eine Weile unter den Bäumen hin – langsam wie ein Traumwandler. Ein paar Straßen weiter nördlich sitzt die Gestapo. Vor dem Haus der Avenue Foch 74 stehen Posten in schwarzen Uniformen mit silbernen Siegrunen am Kragen. Da und in der Rue des Saussaies 9 hat sich die Gestapo etabliert. Ob die ihre Hände mit im Spiel hat? Hätte ich doch den Alten danach gefragt! Einfach in die Avenue Foch gehen und dort fragen, ob man etwas über sie weiß, ob sie gar von Gestapoleuten verhaftet worden ist – das wäre lodernder Wahnsinn.

Es wird Mittag: Vor der Abteilung stehen eine Menge Autos mit WM-Nummern, die ich vorhin in meinem Grimm übersehen haben muß. Da sind also neue Leute aus den Stützpunkten angekommen. Andere werden noch, so erfahre ich von der Wache, für den Nachmittag erwartet. Es wird einen richtigen großen Auftrieb geben – und das alles für dieses ominöse Theaterstück?

Aber auch jetzt schon herrscht im ersten Stock genug Betrieb. Ich merke deutlich, wer sich hier in letzter Zeit lieb Kind gemacht oder gar durch Speichellecken einen Favoritenplatz eingenommen hat – neben all den Oberarschkriechern vom »Stamm«, die hier seit Jahr und Tag ihre Druckposten besetzt halten.

Zum Glück gibt es auch ein paar komische Vögel und sogar drei, vier Typen mit gehöriger Schlagseite: Der dicke Mörtelbauer gehört dazu Mörtelbauer mit der Fistelstimme, seines Zeichens Kameramann. Immer wieder erzählt er irgendwelchen Trinkrunden, daß er damals, als es ihn als Kulturfilmmann nach Afrika verschlagen hatte, die Negerladies ausschließlich unter der Dusche gevögelt habe, und gibt dann nach einer genau gesetzten Pause zum besten: »Weil die so scharf gerochen haben – durch die Bank!« Mit dieser Art von Geschichten hat er sich bald schon einen Ruf als »toller Hecht« verschafft – in Afrika war ja sonst noch keiner.

Jordan ist zum Glück auch eingetrudelt Mit ihm war ich vor gut zwei Jahren auf einem dieser beschissenen Marineschleifsteine zu einem monatelangen Lehrgang. Seitdem habe ich ihn so gut wie aus den Augen verloren, und das zu meinem Bedauern, denn Jordan ist ein gewitzter Bursche, Wortberichter und ein rechter Renegat, der immer wieder mal laut gestänkert hat. Aber stets so, daß man ihn nicht fassen konnte. Einer jedenfalls, der sich auch etliche Feinde in diesem Verein herangezüchtet hat. Er hat ein komisches, leicht schiefes Dreiecksgesicht, wie ein auf die

Spitze gestellter Schulwinkel. Wenn Jordan seine Offiziersmütze auf hat, sieht er aus wie eine einzige Provokation, ein lebender Spott auf alle Zucht und Disziplin. Damit stach er dem Bismarck schon so ins Auge, daß er den Befehl bekam, seine Mütze nur mehr mit eingezogenem Drahtbügel zu tragen. Jordan verschaffte sich selbstverständlich einen, aber nun sah er ganz hanebüchen nach einem verblödeten Trambahnschaffner aus. Am Ende mußte der Bismarck froh sein, daß Jordan klammheimlich den Draht wieder aus der Mütze nahm.

Vor dem Essen in der Messe gehe ich auf Jordan zu und frage ihn, was ich schon immer einmal wollte, nach seiner Arbeit im Zivilleben aus.

Er sei Nachrichtenmensch, erfahre ich, »aber mehr für Briefträger-beißt-Hund-Meldungen«. Die würden ja in Massen gebraucht.

Weil ich ihn daraufhin verständnislos anblicke, erklärt mir Jordan: »Also das geht so: Ein Ort muß her, den keiner richtig kennt, und dann eine Straße in dem Ort. Die Straße gibt's dort tatsächlich. Schließlich gibt's Stadtpläne. Ein großer schöner Stadtparkteich ist auch gut ... Also nennen wir den Ort Meppel, niederländisch, und um bei Hunden zu bleiben, lasse ich einen großen Hund – sagen wir einen Boxer – in den Teich springen, und in den verbeißt sich ein riesiger Hecht. Der Boxer kommt triefend heraus und der Hundebesitzer kann sich freuen, weil der Hecht seine Zähne nicht wieder rechtzeitig aus dem Hund bekommen hat ... Wenn Sie wollen, mache ich weiter. Hunde habe ich in jeder Menge in petto. Die ziehen immer, kleine und große ...«

»Um Gottes willen, nein!« wehre ich ab.

Aber jetzt ist Jordan in Fahrt: »Irgendwas muß *genau* klingen. Zum Beispiel: ›In der Nacht zum Donnerstag, in einem Hotel im Londoner Zentrum ...‹ Und dann läuft das schon wie geschmiert. Da springt einer mit einem großen Marktschirm vom Dach ebendieses Hotels, weil er sich selber – die dämlichen Briten! – zum Fallschirmjäger ausbilden will, und fällt auf ein gläsernes Vordach, unter dem gerade eine Victory-Party stattfindet ... Geht doch, oder? Der Mann kann nun ums Leben kommen oder nicht, ganz wie ich das für richtig halte.«

»Hier würde ich sagen: Nur kein Mitleid mit den Briten!« falle ich da ein.

»Richtig! Aber Mit*gefühl* ist auch nicht gut. Wenn der sich zum Beispiel schwer verletzt hätte ...«

»Vielleicht den Hintern?« schlage ich vor.

»Der Hintern ginge. Hintern klingt blamabel ... Sie können's ja auch schon ganz gut! Sozusagen auf Anhieb.«

So am Stück habe ich Jordan noch nie reden hören. Jordan war, wie er sagt, »der Meldungsheini beim Depeschendienst«. Da sei er immer mit dem Motorrad unterwegs gewesen, habe geguckt und sich was einfallen lassen. In diesem Metier bekomme einer unweigerlich einen Berufsdefekt weg. An Nachrichten von den blauen Jungs habe er auch schon einiges geboten: »Amselnest im Kanonenrohr«, »Katze bringt Hilfsschiff durch Sprung aufs Steuerrad aus Torpedobahn«, »Weibliche Drillinge heiraten Matrosenkleeblatt« oder auch: »Thunfisch im Turmluk«.

Auf die ganze Existenz gesehen, sei er jedoch stocksauer. Das Militärische liege ihm nicht. Er habe sich immer als freier Mann fühlen dürfen und dazu noch als ein durchaus gesuchter.

Warum ist Jordan nur auf einmal so ungewohnt redselig? Ob er in mir einen Geistesverwandten vermutet?

»Montag – doch ein komischer Tag für soviel Festivitäten!« wechsle ich jetzt das Thema.

»So gut und so schlecht wie jeder andere«, gibt Jordan zurück.

»Ich hätte gedacht: Sonnabend oder Sonntag ...«

»Und woher wollen Sie da das Publikum bekommen? Da sind die Herren Generäle und Admiräle doch sonstwo – nur nicht in Paris.«

Plötzlich wechselt Jordan den Tonfall und tut so, als wolle er mich ins Vertrauen ziehen: »Ganz so schlimm, wie Sie jetzt glauben, war es übrigens nicht mit mir. Jahrelang war ich richtig regulärer Auslandskorrespondent.«

»Wo denn?«

»In London.«

»Beim bösen Feind also?«

»Aber gewiß doch. So lange, bis ich zurückgepfiffen wurde.«

»Bis der Schlamassel losging?«

»So kann man es auch ausdrücken.«

Nach dem Essen dirigiert mich Jordan mit Blicken auf den Gang hinaus. Ich erfahre, daß »der Chef« jetzt sonntags fast immer auf Böcke ansitzt. Vor vierzehn Tagen sei hier die Bocksjagd losgegangen, und nun habe er nichts anderes mehr im Kopf.

»Hoffentlich erwischt er einen, sonst haben wir es auszubaden«, sagt Jordan, und dann auch noch: »Das geht bis in den November hinein. Feinste Gesellschaft. Flaggoffiziere unter sich. Der Krieg der Nimrode – oder wie diese Knallköpfe heißen. Die Munition bezahlt das Großdeutsche Reich, und die fulminanten Porträtfotos der Jagdgenossen stellen wir im Hause her: in jeder nur gewünschten Anzahl und Größe.«

Will Jordan mich etwa, wenn er plötzlich so loslegt, aus meiner Deckung herauslocken? Ist Jordan hasenrein? Komischer Kauz. Wahrscheinlich doch nur einer, der auf seine Weise verrückt ist und hier Mimikry treibt – nicht anders als ich auch.

Aber ich erfahre noch mehr von ihm: Als alter Nachrichtenprofi, der ins Motorradfahren vernarrt ist, hat es Jordan geschafft, eine BMW 500 zu ergattern. »Ein Motorrad braucht erstens wenig Benzin, und zweitens kommt man überall damit durch«, sind seine Argumente fürs Motorradfahren. Mit dem Krad sei er viel unabhängiger als mit dem Wagen, erklärt er mir. Zudem müsse er mit keinem Fahrer quatschen und brauche sich um niemanden zu kümmern.

Der Adju kommt heran, und Jordan kneift mir blitzschnell ein Auge. Als wir wieder allein sind, fragt er mich, ob ich Lust auf eine Spritztour hätte.

»Da könnten Sie mich gleich ins Hotel bringen«, sage ich.

»Ins Hotel?«

»Ich wohne in der Stadt – gleich bei der Oper.«

»Wieso denn?«

»Weil unser Bumshotel einfach nicht mein Stil ist!«

»Tss, tss, tss«, macht da Jordan mit Zunge und Schneidezähnen. »Und wo ist Ihr feiner Laden?«

»Direkt in der Avenue de l'Opéra.«

Da macht Jordan, als fiele ihm partout nichts anderes dazu ein, wieder nur sein »Tss, tss, tss!«

Die Maschine hat einen schönen satten, sonoren Ton. Trotzdem, und das merke ich gleich, kann ich mich mit dieser Art Fortbewegung nicht anfreunden: Ich muß mit der linken Hand meine Mütze festhalten und mich selber mit der rechten am Bügel direkt vor mir. Und dazu die Beine auf eine alberne Art spreizen.

Jordan jedenfalls hat den Bogen raus: Wir brausen die Champs-Elysées hinunter und über den Rond Point weiter zur Place de la Concorde, und als ich schon denke: Na fein, gleich sind wir da, umfährt Jordan im langen Bogen den Obelisk, und es geht wieder gegen den Arc de Triomphe hin die leichte Steigung mit Karacho hinauf. Und dann beschreiben wir den großen Kreis um den Arc de Triomphe, und als wir wieder auf die Prachtstraße eingekurvt sind, dreht Jordan noch mal gehörig auf.

Bei dieser zweiten Abfahrt geht's mir schon besser, und ich kann sogar den Haltebügel loslassen. Und trotzdem: Mit Jordan reden kann ich nicht, und wenn ich die Mütze nur eine Sekunde losließe, wäre sie weg. Ich kann keine Ansicht richtig ins Auge fassen, und es stinkt nach Abgasen, obwohl nicht gerade viele Autos unterwegs sind.

Diesmal steuert Jordan nach der Place de la Concorde links am Marineministerium vorbei die Rue Royale an – auf die Madeleine zu und gibt bis zur Oper wieder ordentlich Gas. Und nun Gas weg und nach rechts schön schräg in die Kurve und wieder einen Schluck Gas. Auf Höhe meines Hotels beschreibt Jordan eine Haarnadelkurve und stoppt schön weich vor dem Portal.

»Na?« fragt Jordan erwartungsvoll, als habe *er* das Motorradfahren erfunden.

»Mein Fall wäre das nicht!« antworte ich geradeheraus.

»Ach, das ist doch bloß eine Frage der Gewöhnung und der Gewohnheit.«

»Vielleicht«, räume ich ein, »funktioniert meine Auffassung zu langsam. Ich hab ja nicht mal gesehen, ob die Blumen in den Anlagen am Rond Point Tulpen waren oder sonstwas...«

»Tulpen«, sagt Jordan, »rote und gelbe.«

Jordan ist perplex, wie nobel ich wohne.

»Jedem das Seine«, stichele ich. »Suum cuique, wie der Lateiner sagt. Man *muß* ja nicht im Puff der Abteilung hausen...«

»... und hat den Edelpuff Chabanais gleich hinterm Haus...«

»So isses!« quittiere ich das nur.

»Wie wär's mit einem Landgang heute abend?« fragt Jordan jetzt.

»Vorzügliche Idee! Wann?«

»Sagen wir um acht in der Stadtmesse?«

»Da können wir dann ja gleich auch was essen, ich meine was Anständiges.«

»Ja – aber meine BMW laß ich lieber in der Abteilung. Ich komme mit der Métro.«

Und damit braust Jordan auch schon los. Ich kann, ehe ich verschwinde, gerade noch seine nächste Haarnadelkurve sehen – und die ist zirkusreif.

Eine Weile trödele ich in meinem riesengroßen Hotelzimmer herum und spüre wieder den brennenden Wunsch, mir die Uniform vom Leib zu reißen. In meinen Zivilklamotten war ich fast schon Franzose unter Franzosen.

Schließlich treibt es mich wieder hinaus auf die Straße. Wenn es ginge, würde ich ein Dutzend Ziele zugleich ansteuern. Aber erst mal zur Oper und dann entweder in Richtung Madeleine oder besser noch: zuerst über die großen Boulevards in Richtung Porte Saint-Denis: zuerst also über den Boulevard des Italiens, dann weiter auf den Boulevards Montmartre, Poissonnière, Bonne Nouvelle, Saint-Denis – und vielleicht immer noch weiter über den Boulevard Saint-Martin bis hin zur Place de la République. Und dann wäre ich auch bald schon am Canal Saint-Martin.

Ich muß schon genau hingucken, wenn ich Zeichen der Okkupation entdecken will: Auf dem Tableau eines alten Reklameläufers steht das Wort »Musik« und nicht »Musique«. Die grünen Omnibusse mit der Aufspringplattform hat der Treibstoffmangel stillgelegt. In den Schaufenstern der Charcuterie- und Comestibles-Läden stehen Blattpflanzen – sonst nichts.

An die Hakenkreuzflaggen, die auf allen öffentlichen Gebäuden und den beschlagnahmten Hotels wehen, hat man sich gewöhnt. Wohl auch an die Plakate der Vichy-Regierung, die an den Bretterwänden kleben. Die guckt kein Mensch mehr an.

Ich habe wieder den Spottvers im Ohr, den wir in der Schule lernten, als Blücher an der Reihe war: »Wo liegt Paris? / Paris dahier! / Den Finger drauf / das nehmen wir!«

Haben wir Paris diesmal wirklich genommen? Wer sind denn hier die Sieger? Die Muschkoten etwa, die Gestiefelten in Keulenhosen und maßgeschneiderten Waffenröcken? Oder das Volk von Paris? Die Mimi Pinsons, die Midinetten mit den straff gespannten Satinfetzchen über den kleinen Hintern, die kampferprobten Trotteusen ...?

Die Art, wie die Franzosen die deutsche Okkupation hinnehmen, bewundere ich seit Jahr und Tag: Da schlagen die Stiefel der Wachkompanien täglich über die Champs-Elysées, und die Deutschen tun, was immer sie können, um ihre Präsenz mit Uniformen und Hakenkreuzflaggen zu belegen. In Wirklichkeit aber werden sie auf ganz undramatische Weise amalgamiert. So ist es kaum je zu feindseligen Handlungen gegenüber den deutschen Besatzern gekommen. Man wird mit den Deutschen auch »so« fertig. Nach allem, was ich erfahren habe, wurde bislang nur ein einziger deutscher Soldat aus einem Hinterhalt erschossen, und zwar am 21. August 1941 in der Métrostation Barbès. Komisch, daß ich sogar den Namen noch weiß: Moser – ein Österreicher oder Elsässer.

Ich halte in meinem Schlendergang inne, um die Plakate an den Säulen zu lesen. Alle Theater spielen offenbar. Es gibt sogar Premieren: Claudels »Der seidene Schuh« und Sartres »Die Fliegen«. Serge Lifars Ballette. Im Chez Elle singt Lucienne Boyer. Susy Solidor und Sacha Guitry sind affichiert. Es gibt auch Plakate der Music Halls: Folies-Bergères, Casino de Paris, Tabarin – und auch im Lido hebt sich jeden Abend der Vorhang. Im Moulin Rouge treten Yves Montand und Edith Piaf auf. Nur die Kinos, bis auf die Soldatenkinos, sind geschlossen.

Jetzt kommt mir ein Tandem entgegen: Ein Mann und eine Frau in gleich gemusterten Pullovern treten die Pedale. An ihrem Rad hängt ein zweirädriger Karren. In dem Karren hocken, dicht aneinandergedrängt, zwei Unteroffiziere der Luftwaffe. Ich möchte sie am liebsten am Kragen packen und auf die Beine stellen. Aber was soll's! Vielleicht brauchen die beiden, die sich mit ihrem Tandem da vorgespannt haben, das Geld dieser Luftwaffenidioten. Und trotzdem, in mir kocht schon wieder mal die Wut: Franzosen als Rikschakulis, so weit haben wir es also gebracht.

Meiner Wut werde ich erst recht nicht Herr, als ich angestrengt ein Plakat auf einem hohen Bauzaun lese: »OUVRIERS FRANÇAIS ET ALLEMANDS, UNISSEZ-VOUS«. Ein junger Mann mit Baskenmütze und ein Blondschöpfiger stehen sich Auge in Auge gegenüber, durch festen Händedruck vereint. Dahinter wie eine aufgehende Sonne das Hakenkreuz. Ich weiß die Zahl nicht, aber es ist eine gewaltige Menge junger Franzosen, die wir als Zwangsarbeiter verschleppt haben.

Der Straßenverkehr ist heftig ausgedünnt: nur Fahrräder, Pferdegespanne und außer Autos mit Wehrmachtnummern nur ein paar klapprige mit Holzgasantrieb, aber auch kuriose Kreuzungen zwischen Auto und Pferdewagen: die rückwärtigen Hälften halb durchgeschnittener Autos fahren, mit Deichsel versehen, zweirädig wie eine Art Dogcart.

Auf dem Boulevard des Italiens sind Schießbuden aufgebaut. Man kann angesichts der Oper mit Pistolen und Gewehren auf kleine, von winzigen Fontänchen emporgehobene Zelluloidbälle schießen und auf Tonpfeifen, die sich an einer von der Decke hängenden Vorrichtung karussellartig im Kreise drehen. Es gibt auch Buden, deren ganzes Inventar aus nicht mehr als einigen verbeulten, zu Pyramiden aufgestellten Konservendosen und ein paar Bällen besteht, mit denen man die Dosenpyramiden von den Brettern werfen soll. Diese urtümliche Gaudi erfreut sich deutlichen Zuspruchs: Die zusammenpolternden Blechbüchsen sind ein hör- und sichtbarer Erfolg – mehr als das winzige Loch, das in der Schießbude gleich daneben vom Blei in die Papierscheibe gerissen wird.

Zwischen den Buden haben Ausrufer ihre Stände, die auch hier nichts anderes anpreisen als absolut sicheres Lötzinn – »Jeder sein eigener Klempner!« –, die phänomenal neuartige Konstruktion eines Büchsenöffners und das garantiert und todsicher funktionierende Feuerzeug.

Eine ganze Budenstraße hat sich unter den Bäumen gebildet. Schmutzige Jungen wieseln zwischen den Buden umher und bringen die Leute durch mißtönendes Pfeifen auf neuartigen Flöten, die man ganz in den Mund nimmt, gegen sich auf.

Es hat sich bezogen: Der Himmel ist von tiefliegenden Wolken verhangen. Die Luft ist schwer.

Plötzlich Fliegeralarm! Sirenengeheul ist für mich neu in Paris. Ich nehme die Nase hoch und wittere wie ein Hund. Über der Wolkenschicht brummen Flugzeuge. Ich höre die Flak schießen. Die Flakgranaten krepieren irgendwo hoch oben: unsichtbar.

Aber Paris ist ja noch immer heil davongekommen. Außer dem Bombardement auf Billancourt im April '43 hat es kaum Fliegerangriffe erlebt. Eine einzige Attacke mit wenigen Maschinen – und gleich 403 Tote und 446 Verwundete, fast alles sonntäglich gestimmte Spaziergänger, die in einem Métroausgang Schutz gesucht hatten. Die Bomben trafen direkt dorthin.

Die Pariser scheinen diesen Angriff vergessen zu haben. Die Flaneure flanieren einfach weiter – ohne Bombenangst. Wer beherrschte sie hier auch nicht, die große Kunst des Ignorierens. Nur ein paar Hasenfüße steuern die nächste Métrostation an. Die Polizisten halten pflichtgemäß die Radfahrer an, von denen es auf einmal nur so zu wimmeln scheint. Es entsteht ein kleines Gerede, die Radfahrer laufen ein Stück – wenige Meter nur, dann steigen sie wieder auf. On s'en fiche ...

In der Offiziersmesse in der Faubourg Saint-Honoré, die Jordan als Treffpunkt vorgeschlagen hat, war ich noch nie. Und jetzt, Jordan ist noch nicht erschienen, kann ich nur staunen: Ich bin inmitten einer Versammlung von Oberstudienräten, Oberlandesgerichtsräten, Obermedizinalräten, die wie zum Jux zu ihren Schmissen Schulterstücke tragen: die militärische Hautevolee von Paris. Ich müßte mich vor so viel geflochtenen Schulterstücken wie ein Mäuschen verkriechen, wenn nicht mein alter Trick klappte: Ich stelle mir die ganze Bagage im nackten Zustand vor. Was für Jammergestalten!

Nicht anzusehen, wie diese eitlen, geschniegelten Schranzen posieren und sich zuprosten. Ihr Gehabe ist überzeichnet wie in einem Groteskfilm – absurd, gockelhaft: Der Rittmeister Holm agiert hier verhundertfacht. Und ich sage mir obendrein: alles Primitivlinge – Stiefellecker, arrogante Pinsel. Wie viele davon auch rechte Leuteschinder sein mögen, ist schwer abzuschätzen ...

Ich habe das Pech, daß ich mich in den diversen Abzeichen nicht richtig auskenne. Hier sind sicher eine Menge höhere Wehrmachtbeamte versammelt und Blutrichter und alle Arten von Etappengesocks, Stabsschranzen der miesesten Sorte. Und mancher dieser bombastischen Parasiten würde mich schnell zur Strecke bringen, wenn er ahnte, was ich denke.

Welch ein Irrwitz – diese im Luxus wie die Maden lebenden Usurpatorendarsteller: die scharfen Breeches, die hochgeschlossenen Kragen, die blank gewienerten Stiefel, kaum noch artverwandt mit den Knobelbechern der Landser.

Während ich auf Jordan warte, sage ich mir: Mit dieser Wohllebe an Frankreichs Tischen dürfte es bald aus sein. Dann werden wir die Rechnung für das Ausbeuterdasein bekommen, das diese Bagage hier im Land geführt hat. Nur gut, daß das herbeigewünschte Ende der Naziherrschaft endlich näher rückt. Aber was wird mit unseren Truppen passieren? Die haben hier im Lande kaum Freundlichkeiten zu erwarten – die müssen es dann ausbaden.

Als Jordan endlich, mit seinem halb verächtlichen Grinsen auf dem Gesicht, erscheint, murmele ich ihm zu: »Hier verschlägt's mir aber den Appetit.«

Da guckt Jordan gründlich und mit schlecht gespieltem Erstaunen um sich und sagt dann: »Ach, was!« und winkt auch schon die Ordonnanz mit der Speisekarte herbei.

Das Abendlicht hat warme Töne zwischen Silber und Gold mit einer Spur Rosa darin. Die Luft ist nicht kühl und nicht warm. Die Häuser strahlen die gespeicherte Tageswärme ab, aber durch die Straßenschlucht kommt ein kühler Luftstrom. Kühle und durchwärmte Schwaden wechseln. Alles atmet Frieden.

Die Butte ist abendlich bevölkert. Das Licht macht auch noch den Püppchen- und Andenkenkitsch schön. Bald wird die Kundschaft wechseln.

Um einen Chansonnier mit Ziehharmonika hat sich ein dichter Ring gebildet. Seine Frau verkauft Noten. Zwei Mädchen wagen ein paar zaghafte Tanzschritte.

Frühlingsabend in Paris: dünne Kleider, Kastanienblüte, Sandwichmänner, Abendröte – ein ganzer Himmel voller Pastellfarben wie von Mädchenschlüpfern.

Jordan verfolgt jedes weibliche Wesen, das uns entgegenkommt, mit Stielaugen. Manchmal läuft er dabei dwars oder fast rückwärts. Es würde mich nicht wundern, wenn er plötzlich über eine der Demoiselles herfiele.

Da hat er auch schon Ankratz, und ich kann nur staunen, wie schnell er mit dem jungen Ding ins Gespräch kommt. Sie heißt Ginette und will uns Pigalle zeigen. Ich denke: Da werden wir aber müde Füße bekommen. Die Rue Montmartre hinauf bis nach Pigalle ist es ein schönes Stück.

Ginette hat ein straff gespanntes Röckchen an, das ihre Formen deutlich zeichnet. Ehe wir oben ankommen, stößt eine Freundin von ihr zu uns. Sie ist aus einer Bar gekommen, wo sie – so erfahren wir – mit Ginette verabredet war.

Die beiden haben Hunger und wollen erst etwas essen. Daß *wir* schon gegessen haben, finden sie zwar schade, aber an ihrem Wunsch ändert das nichts. Sie geben sich aufgekratzt, als wären sie betrunken, und schießen Blicke aus glänzenden Augen. Offenbar wollen sie den richtigen Trotteusen Konkurrenz machen.

Jordan versucht auch gleich, klare Verhältnisse zu schaffen: die blonde Ginette für ihn, die dunkle Colette für mich. Diese Art der Zuteilung hätte mich früher auf die Palme gebracht. Aber so, wie Jordan es sich ausgedacht hat, soll es mir recht sein.

Ginette steuert zielstrebig auf ein Restaurant zu, das offen hat. Nicht übel: buntkarierte Tischtücher, säuberlich aufgesteckte Servietten zwischen blinkenden Gläsern. Weißbrot und Rotwein auf den Tischen.

Ginette und ihre Freundin kennen sich auf der Speisekarte offenbar aus: Artischockenböden für uns alle vier. Noch mal: Wir haben unser Abendessen schon hinter uns. Dann würden sie eben auch noch unsere Portionen essen ... So ein Spaß!

Auf die Artischockenböden folgt ein Jägerliedchen aus Ginettes ölglänzendem Schmatzmündchen: Sie trägt es aus einem französischen Soldatenliederbuch vor, das sie in der Tasche hatte, und macht sich wichtig. Und schon geht es weiter: einmal die Speisekarte herunter und dann wieder herauf. Jordan wird vom schieren Zusehen immer einsilbiger. Die beiden Mädchen scheinen eine Woche lang nichts Gescheites gegessen zu haben. Um Jordan noch zu reizen, nicke ich zu jedem neuen Teller, der auf den Tisch kommt, Anerkennung und sage: »Die Adresse muß man sich merken.«

Schließlich tupfen sich die beiden ihre Lippen ab, greifen nach ihren Täschchen und verschwinden, um Pipi zu machen. Jordan und ich sitzen mit dem Soldatenliederbuch da und üben währenddessen Französisch.

Allmählich geht mir ein Seifensieder auf. Verstohlen beobachte ich den Kellner, der mit seiner fast bodenlangen weißen Schürze unbeweglich wie eine Säule dasteht. Der Kellner weiß ohne Zweifel Bescheid. Als er meinem Blick begegnet, lächelt er maliziös.

Jordan will es erst nicht glauben, daß mit der Rückkehr der Damen wohl kaum noch zu rechnen sei – einfach deshalb, weil dieses hübsche Restaurant offenbar über einen zweiten Ausgang auf eine Parallelstraße hinaus verfüge.

»Da bin ich aber erschüttert«, stottert Jordan und hält mir sein betroffen staunendes Gesicht wie zu einer eingehenden Betrachtung hin.

»Die brauchten einfach was Warmes in den Bauch«, sage ich dichtauf in seine Visage hinein.

»So hatte ich mir das auch vorgestellt«, sagt Jordan und läßt den Satz so zweideutig wie nur möglich klingen. Da sei also wohl unser schönes Geld mitsamt den Ladies auf und davon! vermutet Jordan endlich, und ich sage: »Klick!«

»Und das wollen wir uns so einfach gefallen lassen?« fragt Jordan.

»Jawohl, das wollen wir. Und dazu der Saubande hier noch was Neues bieten ...«

»Und das wäre?«

»Zahlen und nicht mit der Wimper zucken. Wir haben eben nichts anderes erwartet. Wir sind das einfach so gewöhnt, daß die Damen vorzeitig verschwinden – ganz ohne Gegendienste sozusagen.« Und jetzt setze ich noch eins obendrauf: »Und wenn wir hier schon große Welt markieren, dann muß in aller Ruhe auch noch ein Calvados auf die Back. Wie ich die Bude einschätze, hat die so was zu bieten.«

Das maliziöse Lächeln, das der Garçon wieder aufsetzt, als er den Calvados bringt, soll ihm gegönnt sein. Ich quittiere es mit einem ähnlichen Ausdruck.

Als wir wieder auf der Straße sind, geht Jordan im Beschwerdeton auf mich los, dann schimpft er über den schrecklichen Verfall der Sitten.

»Und das muß mir passieren!«

»Mir doch auch«, versuche ich ihn zu beschwichtigen.

Jordan übergeht das und sagt: »Nach Trotteusen sahen die aber doch gar nicht aus.«

»No, Sir. Das waren Spatzen!«

»Teure Spatzen!« beharrt Jordan in seinem Zorn.

»Haut les mains!« höre ich plötzlich in meinem Rücken und fahre herum wie von einer Schlange gebissen.

»Oha!« entfährt es mir, als ich den Anreißer sehe. Und schon legt der los: »Scheene Stunden für die Erren Offiziere!«

Erst in diesem Augenblick merke ich, daß wir in der Rue de Liège sind – und zwar direkt vor der Hausnummer dreizehn. Die steht in der feineren Marinewelt für das Cabaret Shéhérazade, das angeblich von drei hohen weißrussischen Offizieren betrieben wird.

»Klar, daß dieser Bums noch geöffnet hat«, sage ich zu Jordan. »Sonst würde der Nachrichtenstrom für die Alliierten glatt abreißen.«

»Wieso das denn?« fragt Jordan. Und auch noch: »Ist das denn 'n Puff?«

»Nicht direkt. Nennt sich ›intimes Nachtlokal‹, also nichts für Leute, die auf Ruckzuck aus sind.«

»Meinen Sie damit etwa mich?«

»No, Sir, das war mehr eine allgemeine Behauptung. Ich würde aber trotzdem sagen: lohnt sich nicht. Das ist mehr ein Tingeltangel mit angeblichen russischen Großfürstinnen als Chanteusen, Zigeunerorchester natürlich und alles im Frack, was keine Uniform anhat.«

Während wir weiterlaufen, kläre ich Jordan auf: »Die intimeren Nachtlokale wie das Shéhérazade, wie Jockey und Venus sind offenbar alle noch in Betrieb. Die werden eben dringend gebraucht. Das Shéhérazade war und ist auch wohl noch ein richtiggehendes Spionagenest. Hier hat sich schon mehr als ein U-Boot-As verplaudert, wenn er zur Meldung beim BdU befohlen war und keine Traute für den Puff hatte. Die angeblichen exilierten Prinzessinnen und Fürstinnen da drin können ganz fabelhaft so tun, als verstünden sie kein Wort Deutsch.«

»Woher wissen Sie denn das?«

»Von den Delinquenten selbst. – Die Bude hier ist berühmt ... Na, wäre das nicht eine Meldung in Ihrem Stil wert?«

»Eine?« fragt Jordan knapp zurück. »Bloß wer würde die drucken?«

Als ich das erste Mal in der Nummer dreizehn war, bekam ich als Souvenir ein notizblockgroßes Heftchen mit den Fotos der Stars geschenkt. Die Namen kann ich dem guten Jordan jetzt noch vorbeten – und zwar im besten russisch eingefärbten Anreißerton: »Stella de Rivas, Nadia, Gervaise, Irène erwarten Sie ... und natürlich auch Colonel de Tchickhatchoff und die Großfürsten Dima Oussoff und Basie Koblikoff.«

Wenn ich wollte, könnte ich jetzt leicht zu Fuß bis zum Hotel kommen. Aber ich steige mit Jordan in den Hades und begleite ihn ein paar Stationen in der Rattermétro.

»Sie haben's gut«, sagt Jordan zum Abschied.

»Nur kein Neid! Dafür sind Sie morgen früh gleich an Ort und Stelle!«

Paris – 5./6. Juni

»Die Morgenandacht fängt gleich an, Herr Leutnant!« bekomme ich Montag früh in der Wachstube zu hören und jachtere auch schon die Marmorstufen zur Messe hinauf.

Was für eine absurde Veranstaltung wird da wieder inszeniert? Auf dem dicken Teppich zwischen deckenhohen Gobelins antreten! In voller Kriegsbemalung, Offiziere auf dem rechten Flügel.

»Die berühmte Endsiegrede«, höre ich flüstern, »jede Woche vor wechselndem Publikum.«

»Diesmal sogar vor reichlichem ...«, hängt sich eine andere Flüsterstimme an.

Die angekündigte EK-Verleihung kann das noch nicht sein. Wieder nur eine der Brüllreden Bismarcks? Ich könnte jetzt schon, aus dem Stegreif, hersagen, was er uns entgegenbrüllen wird, kenne ich doch sein Gaurednervokabular nur allzugut und aus Erfahrung auch die Primitivität seiner Vorstellungen: Wer nicht zur Herrenrasse zählt, ist für ihn »krankhaft«. Krankhaft gehört überhaupt zu seinen Lieblingsworten. Churchill ist krankhaft, die Engländer insgesamt, die Amerikaner – alle krankhaft. Seine Steigerungsform heißt »verseucht«. Rußland ist absolut verseucht, das internationale Judentum hat die ganze Welt verseucht, und Verseuchtes muß ausgemerzt werden ...

Da erscheint der Bismarck auch schon, und ein blasser, verhuschter »Oberleutnant beim Stabe«, der dem Verwaltungsladen vorsteht und nur durch seinen idiotisch korrekten Mützensitz auffällt, meldet: »Abteilung angetreten!«

Ich verschließe meine Ohren fest vor dem Unsinn, der jetzt durch das ganze Treppenhaus tönt, und registriere nur: immerhin nicht so kreischend wie das Dönitzsche Geplärre, sondern mehr im sonoren Baß vorgetragen – seiner Stimme Tiefe und Bedeutung zu geben, das hat unser Bismarck schließlich gelernt.

Der Bismarck wirkt auf den ersten Blick gravitätisch. Dann aber eher aufgeblasen wie ein imposant großer Ochsenfrosch mit Korsett. Die ganze Figur ist toplastig, die Brust hochgewölbt. Ich stelle mir die Beine extrem dünn vor. Die Visage wirkt aufgedunsen, sie ist rund und rot. Es sieht aus, als stranguliere den Bismarck der Kragen. Man sollte ihm raten, einen größeren zu wählen – aber wer könnte das schon wagen!

Auf den Bismarck paßt eine Sentenz aus meinem Argot-Wörterbuch vortrefflich: »Il n'a rien d'humain dans le visage.« Nicht mal die Fresse erinnert daran, daß es sich um einen Menschen handelt.

Wegen seines Schlabberhalses wird der alte Bursche auch schon mal »Puter« genannt. Aber »Bismarck« ist gängiger. Dieser Spitzname schmeichelt unserm Chargendarsteller natürlich. Dabei hat er ihn vor allem wegen seiner leicht hervorquellenden Triefaugen mit den faltigen Tränensäcken und den allzu dicht wuchernden Augenbrauen darber bekommen. Aber er bezieht ihn sicherlich auf seine Größe, seinen weißen Haarkranz, das herrische Auftreten.

In Berlin nenne ich ihn manchmal auch ganz direkt »unser Herr Gauredner«, und dann werde ich vom Öligen beharrlich verbessert: »Der Herr Fregattenkapitän . . .« Gauredner bezeichnet seinen Zivilberuf. Früher wußte ich nicht, daß es berufsmäßige Gauredner gibt. Vorher war der Bismarck Versicherungsonkel und wahrscheinlich bei der SA. Und noch davor – im Weltkrieg – war er bei der Kaiserlichen Marine und zwar, wie er sich ständig rühmt, Adjutant beim damaligen Befehlshaber der U-Boote. Als solcher wird er viel vor dem Spiegel geübt haben, schon um seiner äußeren Erscheinung großspurige Imposanz zu geben. Aber auch, um alle, selbst noch so kleine Bewegungen unter Kontrolle zu haben. Daß er ein Korsett trägt, ist evident, denn so bolzengerade, ohne auch nur eine Sekunde von der hochgereckten Steifheit abzulassen, kann sich der Mensch kaum ohne Korsett halten.

Kaiserliche Vergangenheit und Gauredner, da war es natürlich klar und ausgemacht, daß er der Chef dieser bunt zusammengewürfelten Truppe werden mußte, obwohl er nichts von den einzelnen »Sparten« versteht, weder vom Film noch von Texten. Bei seinem deutlich erkennbaren Bluthochdruck und der Sklerose hätte er freilich längst in der Versenkung verschwinden müssen. Weiß der Kuckuck, was er alles in Betrieb gesetzt hat, um noch einmal als großer Mann in diesem Pariser Stadtpalais residieren zu dürfen.

Eines kann man ihm allerdings nicht absprechen: Spürsinn für Renegaten. Seine Augen dafür sind scharf, so blicklos verhangen sie auch aussehen. Auch sein Gehör funktioniert gut. Seine plötzlichen Auftritte »wie der Teufel aus der Kiste« sind gefürchtet. Ohne Zweifel lauscht er jedesmal erst an den Türen, ehe er sie mit einem heftigen Ruck aufprellt und alle erschreckt.

In diesem Stadtschloß ist jedenfalls Vorsicht geboten. Die Wände haben hier Ohren. Am ehesten läßt sich noch reden, wenn gleichzeitig auf der Schreibmaschine geklappert wird.

Ich muß, während der Bismarck seinen Unsinn derart bombastisch aus sich herausquellen läßt, daß mich ein heftiger Lachreiz befällt, meine Zahnreihen fest zusammenbeißen. Nur jetzt keinen Ton herauslassen! Das muß durchgestanden werden! Ich habe freilich das Gefühl, daß meine Gesichtsmuskeln vor lauter Anspannung übermäßig weit hervortreten und mir jeder ansehen müßte, wie ich gegen mich selber kämpfe. Ganz vorsichtig wage ich durch die Nase Luft zu holen. Meinen Blick habe ich auf unendlich gestellt, so sehe ich den Bismarck nur mehr unscharf am rechten Rand meines Gesichtsfeldes herumfuchteln.

Die Gedanken wegdirigieren! Irgendwohin, ins Schwarze Meer zum Beispiel, um die Anspannung loszuwerden. Aber das will mir nicht gelingen. Ich muß mir vielmehr zwanghaft ausmalen, was wohl passierte, wenn ich jetzt drei Schritte vor die Front machte und diesem rot angelaufenen rundrasierten Watschenkopf einen weit ausgeholten, gewaltigen Treffer verpaßte – wenn ich ihn ohne jede Vorankündigung einfach umschlüge, und zwar so, daß er nicht korkenzieherartig drehend auf den Teppich sackte, sondern wie ein steifer Balken hinbräche – und das ohne jeden Klagelaut, mit nur dem vom Teppich gedämpften Aufschlagen als dumpfem Bums. Endlich Ruhe. Kein Endsieggedröhn mehr. Einfach aus. Schluß! Was dann wohl passierte?

Ach Schiet! So verwegene Vorstellungen sind doch nur Gift für unsereinen. Ich bin hier zum Duckmäuser verurteilt. Arschbacken zusammenkneifen, keinen Mucks machen und die Suada über mich ergehen lassen – stumm und klaglos. Was bleibt mir denn anderes übrig!

Trotzdem bringe ich meine Aufruhrgedanken noch nicht zur Ruhe: Auf meiner Liste habe ich außer dem Bismarck noch vier Leute, denen ich liebend gern an die Gurgel gehen würde. Aber ob ich es, wenn ich sie erwischte, wirklich täte, das ist für mich längst fraglich geworden. Durchlavieren heißt die Parole. Slalomfahren. Überleben – nur darauf kommt es an.

Daß dies hier eine Karikatur allen militärischen Komments ist, ficht den Bismarck nicht an. Nicht eine Spur . . . Unser großer Kriegsherr bläst sich vielmehr immer noch weiter auf. Seine gefurchte Stirn bekommt noch tiefere Rillen.

»Der große Bluff des perfiden Albion«, höre ich aus dem Gedröhn heraus: »Das perfide Albion« ist schon zu einem stehenden Ausdruck bei ihm geworden.

Nach der Ansprache herrscht richtiges Gedränge im Treppenflur. Der Bismarck hat sich, alle überragend, wie ein Monument in der Mitte aufgebaut, direkt unter dem blitzenden Glaslüster – da steht er und erzählt im Renommierton: Jagdabenteuer natürlich.

»Zum Jungekriegen, wie der sich hat«, höre ich Jordan neben mir zwischen geschlossenen Zähnen murmeln.

Unser Bismarck scheint stinkwütend zu sein. Offenbar hat er nichts geschossen. Und dann erfährt die Runde auch, daß nicht er daran schuld ist, vielmehr zwei Matrosengefreite. Und jetzt noch die Begründung: »Diese Burschen sollten mir einen Hochsitz bauen. Das haben die, obwohl sie jede Menge Zeit hatten, so miserabel gemacht, daß mir schier die Glieder abgestorben sind. Ich bin überhaupt nicht mehr hochgekommen ...«

Ich will meinen Ohren nicht trauen, als er das verkündet. Vorsichtig gucke ich mich um, sehe aber nur vernagelte Visagen. Bloß Jordan hat ein sehr feines, maliziöses Lächeln aufgesteckt.

Es herrscht absolute Stille im Raum, als der Bismarck nach einer überdehnten Kunstpause endlich zum besten gibt, was denn so falsch an dem Hochsitz war. Diese faulen Dummköpfe hätten einfach dicke und nicht einmal richtig entastete Rundhölzer nebeneinandergenagelt, der Hintern tue ihm jetzt noch weh davon. Das sei kein Hochsitz, sondern eine Folterbank.

»Die Burschen werden das büßen müssen!« trompetet der Bismarck zum Schluß.

Ein, zwei Sekunden lang herrscht Unschlüssigkeit, ob jetzt Empörung über die beiden Übeltäter angezeigt ist oder ein verbindliches Lachen erwartet wird. Da meckert Jordan schon los, aber die anderen bringen es nur zu einem hüstelnden Gelächter wie auf der Voltaire-Bühne.

Ich muß an die beiden Unglücksraben denken: Wie das Kriegsglück so spielen kann ... Ich weiß schon seit langem: Der Bismarck ist gefährlich, weil er über die Maßen rachsüchtig ist.

Erst jetzt kann ich mich richtig umgucken, wer hier mittlerweile aus den verschiedenen Stützpunkten eingetrudelt ist. Es sind vor allem Rundfunk- oder Wochenschauberichter. Ich kann diese pomadisierten Manschettenschüttler nicht recht leiden. Sie sind – bis auf ein paar Ausnahmen – glatte, undurchsichtige Typen, allesamt anbiederisch auf ihren Vorteil erpicht. Die zu Artikelschreibern umfunktionierten Parteipropagandisten fallen dagegen ab: Sie wirken trotz ihrer maßgeschneiderten Uniformen vulgär. Dazu gibt es ein paar »deutsche« Dichter, siegesgläubige Heldenbarden und Sprechchorbastler, die dem Bismarck gegenüber eitel Ergebenheit und Bewunderung mimen.

Wie die in jeder Satzpause leichte Verbeugungen anbringen und sogar Hackenschlagen auf dem Teppich versuchen – das würde der Alte als »gottvoll« bezeichnen. Wenn ich nicht genau auf ihr Gewäsch höre, klingt es zu einem ständigen »Darf ich Herrn Kapitän gehorsamst bitten ...

aufmerksam machen ... melden ... gehorsamst ... gehorsamst« zusammen.

Da fällt mir wieder ein: Von der Bismarckschen Visage geht die Rede, man solle sie bei Versorgungsschwierigkeiten als Konterfei an die Brotkästen kleben. Dann würde den Kindern der Hunger schon vergehen ...

Der Verstellungskünstler Berninger, seines Zeichens Kameramann der UFA, ist auch da und scharwenzelt um den Bismarck herum wie ein Bürodiener in einem Stück von Nestroy. Fehlt nur noch, daß er »Halten zu Gnaden, Herr Kapitän« sagt. Dabei hat er mich schon mit den tollsten Sauigel-Geschichten verblüfft: Unserem Berninger ist es eben ganz egal, was er vor die Flinte bekommt. Seinen fünften Tripper ließ er festlich feiern.

Mir gegenüber verhält sich der Bismarck befremdlich. Es scheint fast so, als sehe er gezielt an mir vorbei. Endlich ist um ihn herum so viel Platz, daß ich mich vor ihm aufbauen und mich »gehorsamst zur Stelle« melden kann.

Kaum hat der Bismarck mich mit Handschlag begrüßt, als er deutlich abgelenkt wird. Ich folge seinem Blick: Da steht ein Sonderführer-Leutnant, den ich nicht kenne, ganz in der Nähe, und der hat beide Hände in die Hosentaschen gestemmt und die Arme dabei fast durchgedrückt. Ich kann auch gleich sehen, wie der Bismarck kocht. Er ist in Sekundenschnelle zornrot angelaufen. Aber nun geschieht das Wunder: Er sagt keinen Ton und bemüht sich vielmehr, in eine andere Richtung zu gucken.

Mir ist gleich klar: Der da eben ungestraft davongekommen ist, kann nur der berühmte Dramatiker – eine Art Staatsdramatiker sogar – aus Berlin sein. Ich versuche, ihn mir genauer anzugucken: Halbglatze, aber noch ziemlich jung. Jetzt wippt er auch noch auf den Fußballen und guckt in einer Weise um sich, die in diesem Duckmäuserverein rotzfrech wirkt. Der Mann gefällt mir. Unter den Messe und Flur füllenden devoten, vorgeknickten Kreaturen wirkt der Staatsdramatiker wie ein exotisch bunter Vogel. Noch seine kleinsten Bewegungen sind die schiere Provokation. In dieser Uniform hat es sicher noch keinen gegeben, dem beide Hände in den Hosentaschen so festgewachsen sind wie diesem Rehberg. Minutenlang kann ich den Blick gar nicht von ihm losreißen. Wer kann nur die Schnapsidee gehabt haben, ein solches Stück verkörperter Disziplinlosigkeit in Offiziersklamotten zu stecken? Der Olige etwa? Der Herr Reichsminister höchstpersönlich? Warum dann aber ausgerechnet Marine? Gerade in unserem Verein wird ja der allergrößte Wert auf feingeschliffene Manieren gelegt.

Fünf Minuten später redet der Dramatiker den Bismarck höchstpersönlich an. Ich höre, daß er wissen will, mit wie vielen Zuschauern bei der

Aufführung seines U-Bootdramas gerechnet werde. Da sehe ich deutlich, wie dem Bismarck die Augen noch weiter hervorquellen und wie er schluckt. Dieser Rehberg nimmt auch jetzt seine Pfoten nicht aus den Taschen: eine Art Kräftemessen – aber eins mit Handicap für den Bismarck. So etwas von Insubordination ist ihm offenbar von einem popeligen Sonderführer noch nicht geboten worden. Aber der Mann ist in der Berliner Theaterwelt hoch angesehen – das wird man dem Bismarck wohl mitgeteilt haben. Und in Berlin will er gut dastehen.

Das ist ja überhaupt die Crux für ihn, daß er nie einschätzen kann, was einer, der hier auftaucht, in Berlin wert sein könnte. Dafür ist er schlichtweg zu dumm.

Jetzt benagt er sogar seine Unterlippe. Das gilt als absolutes Sturmzeichen. Aber der Sturm bleibt aus. Wenn das mal gutgeht! Was der Bismarck jetzt in sich hineinfrißt, wird ihm mit Sicherheit wieder hochkommen. Trotzdem denke ich: Schöner Tag heute! Unser groß aufgeblasener Bismarck hat endlich mal seinen Meister gefunden.

An der ovalen Mittagstafel zwischen den Gobelins an den Wänden gibt es eine strenge Sitzordnung. Der Gauredner zeigt überdeutlich eine parvenühafte Neigung zu primitivem Pomp: Er und seine Mannen tragen weiße Messejacken. Allein schon deswegen halte ich den Bismarck für verrückt. Aber für Verrückte ist jetzt, wenn sie nur genügend Naziparolen herplärren, eine gute Zeit.

Das Auftragen besorgt ein Steward, der gezwirnte Handschuhe trägt und beim Servieren eine Hand in die Nierengegend plaziert.

Ein Filmberichter wird vom Adju entschuldigt. Er muß für irgendeinen Befehlshaber Aufnahmen von der täglichen Parade auf den Champs-Elysées machen: Um zwölf Uhr marschieren demnach noch immer zwohundertfünfzig Mann gewienert und gebürstet die Champs-Elysées hinab zur Place de la Concorde.

Die Herren Bildberichter schneiden mich ostentativ, obwohl ich keinem je etwas getan habe. In diesem Verein hier ist man eben entweder Kriegsmaler, Wortberichter, Bildberichter, Funkberichter oder Filmberichter und hat sich entsprechend zu betätigen und den anderen nicht in ihr Handwerk zu pfuschen.

Oder hat sich unter den katzbuckelnden Chargen etwa doch schon herumgesprochen, in welcher Bredouille ich sitze? Wahrscheinlich müßte ich innerlich beben und vor Angst keinen Bissen hinunterwürgen können bei dem Gedanken, daß per Küstenrundspruch die aktuellen Nachrichten aus La Baule oder Brest schon verbreitet sein könnten . . .

Wie der Alte in Brest wohl damit zurechtkommt? Innenarchitektin – wer wird ihm das schon abgenommen haben! Der einfache Lord mal sicher nicht. Aber so war der Alte eben immer: Warnungen und Fingerzeige machten ihn nur trotzig. Nun erst recht! Das war für ihn immer die Devise.

Schwer zu glauben, daß Kreß noch nichts weiß. Schließlich kommt er aus La Baule. Aber er gehört zu den Typen, die aus dem Dunstkreis der Flottille nicht hinauskommen. Ich ermahne mich: Die Antenne ausfahren, auf alle Nuancen der Sprechweise, des Tonfalls und der Ausdrucksart reagieren, jeden mißtrauischen Seitenblick, jedes süffisante Grinsen registrieren – auch schon den Anflug davon.

Links und rechts von mir wird über die neue Wunderwaffe geredet. Ich frage mich, ob da tatsächlich eine neue Zerstörungsteufelei aus der Taufe gehoben worden ist. Keiner weiß genaue Angaben zu machen. Auch dieses Gerede ist eitel Mutmaßung.

Ich höre immer wieder »Vergeltungswaffe« heraus. Waffen sind eben nicht mehr bloß Waffen, sondern »Vergeltungswaffen«.

Meine Vorstellung von einem gewaltigen Kampfroboter, der sich der Macht und Kontrolle seines Schöpfers allmählich entzieht und dann alles verwüstet und vernichtet, seinen eigenen Schöpfer schließlich auch, scheint mehr und mehr Wirklichkeit werden zu wollen . . .

Irgendwo in Bindings Kriegsbuch gibt es eine Stelle, in der gegen die Vergeltungssucht zu Felde gezogen wird, gegen die Absurdität der Vergeltung für die Vergeltung. Weiß der Teufel, wo meine Bücher jetzt liegen, ob nicht alle schon in Flammen und Rauch aufgegangen sind: die Klamotten auf dem Leib, einmal Wäsche zum Wechseln, ein zweites Hemd, Kamera und Zeichenzeug . . . Omnia mea mecum porto.

Ich sollte meine Gedanken besser nicht so abschweifen lassen, sondern mich auf den Anblick konzentrieren, der mir hier geboten wird – für später, wenn es denn ein »Später« geben sollte . . .

Die lange Tafel steht im rechten Winkel zur Fensterfront. Der Gauredner residiert an ihrer Spitze, mit dem Rücken zum Fenster, so daß man seine Visage gegen das helle Licht von draußen kaum erkennen kann: der alte, abgeschmackte Kriminalistentrick.

Direkt bei ihm sitzt Herr Krentz am Tisch, mit einem Ärmelstreifen mehr an den Jackettärmeln als die meisten anderen hier. Herr Krentz hat sich seltsame ruckartige Bewegungen beigebracht, die sicher zackig wirken sollen. Auch sein Stahlblick ist antrainiert. Mit seinen faunhaften, an ihren Enden hochsteigenden und dadurch wie gezwirbelt wirkenden Augenbrauen versucht er, dämonisch zu wirken, aber die Halbglatze darüber macht das zunichte. Die Kerben von seinen Nasenflügelansätzen zu den Mundwinkeln sind so tief, als wären sie mit Schnitzmessern eingegraben. Sie wirken auf fatale Weise wie Klammern – gerade so, als setzten sie Nase und Mund in Parenthese. Von Mund ist bei Herrn

Oberleutnant Krentz sowieso kaum zu reden. Er hat nur einen dünnen Querstrich im Gesicht – einen Einwurfschlitz.

Neben Krentz hocken Schneider, der Verwaltungsmensch, der weißblonde Kerpa und Wieland, das Oldenburger Quallengesicht: ein Bildhauer, der Büsten von Seehelden verfertigt, die angeblich für Walhall bestimmt sind.

Einige an der Tafel kenne ich nicht: neue Gesichter. Berninger sitzt lammfromm und züchtig wie kein anderer in der Runde. Weil er konstant auf seine Boulette guckt, sieht es aus, als schlage er auch noch frömmelnd die Augen nieder: Was für ein ungewöhnlicher Anblick.

Die Tischgespräche, die der Bismarck intoniert, sind zum Kringeln. Er habe, läßt er uns wissen, beim Marinegruppenkommando West einen scharfen Protest gegen die englischen Kehrreime in Shanties angemeldet: »So eine Gedankenlosigkeit läßt sich einfach nicht mehr hinnehmen. Angehörige der deutschen Kriegsmarine, die englische Texte singen!«

Da beugt sich Jordan vor und fragt über die halbe Länge der Tafel hin, wie es denn dann mit der Matrosenuniform werden solle. Trafalgar – Kopenhagen – Aboukir . . . Er habe gehört, daß die Streifen für diese Seeschlachten Nelsons stünden. Und Nelson sei ja Engländer.

Ich bin vor Staunen platt! Der Bismarck ist erstarrt. Jordan muß ganz plötzlich verrückt geworden sein! Der steuert ja direkt auf ein Himmelfahrtskommando zu. So wüst provozieren kann doch nur ein Mann, dem längst alles piepegal ist.

Ich muß gar nicht erst überlegen, um Jordan schnell zu Hilfe zu kommen: »Unser Halstuch – also der Knoten – ist ja auch englische Tradition . . .«, falle ich ein.

Jetzt richten diese Lackaffen an der Tafel ihre öden Mondgesichter auf mich. Aber Jordan brauchte doch diesen flankierenden Schutz. Kapieren die Idioten denn gar nichts? Wie unter Zwang rede ich weiter: »Das schwarze Tuch wurde zum ersten Mal, wenn ich richtig unterrrichtet bin, nach Nelsons Tod – also zur Trauer – angelegt.«

Es gibt hier immerhin zwei, drei Leute, die jetzt mit Blicken Zustimmung ausdrücken. Der Bismarck sieht das aber nicht. Er hält den Kopf nach unten und zeigt der Versammlung seine Glatze wie einen vollen Mond, damit keiner sehen kann, wie er auf der Trense kaut.

Ich suche den Blick Jordans. Der guckt mich voll an, bewegt aber keine Wimper.

Für eine Weile ist nur Besteckklappern zu hören. Ich denke: Gleich wird der Bismarck platzen! Seine Sprache findet er jedenfalls noch immer nicht wieder.

Endlich versucht Krentz die Situation zu retten: Kragen und Knoten – mit beiden würde kein Zivilist mehr Nelson verbinden. Beides *spreche* ja nicht englisch! Da bricht sich allgemeines Gelächter Bahn. »Der Kragen spricht nicht englisch! ... Hahaha!«

War das nun echte Hilfestellung oder bloß wieder Arschkriecherei?

»Meine Herren! Ich muß schon bitten!« posaunt der Bismarck jetzt. »Ich meine doch, daß der Ernst der Situation ...«

Ich höre schon nicht mehr hin, was der Ernst der Situation gebietet, sondern denke: Wer hat denn den Quatsch mit den Shanties angefangen? Wenn dieser blöde Affe wüßte, was auf den Booten *wirklich* gesungen und manchmal *gegrölt* wird: der Tipperary-Song nämlich und die Siegfried-Line!

Der Anblick dieses Würdemonuments an der Spitze der Tafel verschafft mir jetzt ein schier körperliches Mißbehagen. Was für ein aufgeblasener Barbar dieser Bismarck doch ist! So gut kann ich mich gar nicht verstellen, daß dieser Mensch nicht merkt, wie tief er mir verhaßt ist. Mußte ausgerechnet so ein Unhold aus meiner Gegenwelt zu meinem Dienstvorgesetzten gemacht werden!

Ich ermahne mich: Aufpassen, das Maul halten! Festen Boden unter den Füßen behalten. Ja nicht auf die Schmierseifenbahn geraten, auf der es kein Halten mehr gibt ...

Nach dem Essen gehe ich den Adju an: »Was wird denn nun? Ich möchte hier nicht festwachsen.« Dabei denke ich: Wie schafft der Mann es nur, so verblödet aus der Wäsche zu gucken?

Und jetzt gibt er sich auch noch pampig: »Ich bin doch hier nicht der Chef! Sie sollen sich zur Verfügung halten ...«

»Aber doch wohl nicht bis zum Sankt-Nimmerleins-Tag!«

»Das ist alles, was ich Ihnen sagen kann.«

Da habe ich nun in Berlin alles aufs schlaueste eingefädelt, und nun sitze ich hier fest. Der Mensch denkt – der Bismarck lenkt! Ich komme mir nachgerade vor wie im Klabundschen Kreidekreis: Mein Gönner in Berlin will mich in Sicherheit dirigieren, dieser Unhold hier aber mit allen Mitteln in seiner Gewalt halten.

»Und was ist mit der EK-Verleihung?«

»Die findet fünfzehn Uhr statt!«

»Wer ist denn diesmal der Glückliche?«

»Der Marineartilleriegefreite Mörtelbauer.«

Da will mir schon ein »Schockschwerenot!« entfahren, aber dann setze ich doch nur eine erstaunte Miene auf.

Der gute Mörtelbauer! Eigentlich wäre er schon viel früher an der Reihe gewesen: Seine Beweise von Unerschrockenheit vorm Feind sind bereits Legende. Aber der Mann, der seine blaue Uniform wie einen abgenutzten Bleyle-Matrosenanzug für artige Knaben am Leib trägt, ist leider keine Zierde für die deutsche Kriegsmarine. Militärische Formen sind ihm nicht beizubringen, auch nicht annähernd.

Aber jetzt ist es soweit – und das sicher zu seiner eigenen allergrößten Überraschung ... Was Mörtelbauers Heldentaten anbelangt, sind die schließlich weniger ein Beweis von Mut und Kühnheit als von übergroßer Dußligkeit. Ihm wird nachgesagt, *er* sei es gewesen, der Narvik eroberte: Er soll sich, kaum von einem Zerstörer an Land gesetzt, ein Beiwagenkrad gegriffen, seine Geräte hineingepackt haben und losgebraust sein, mit nichts anderem im Kopf, als zum höchsten erreichbaren Punkt zu gelangen und von dort aus eine »Totale« der ganzen Bucht mit den Zerstörern »zu schießen«. Daß dieser verrückte Kerl als erster da oben war, wurde nie angezweifelt.

Zur EK-Verleihung ist offenbar alles, was laufen kann, zusammengetrommelt worden: die Buchverfasser und -illustratoren, die schon ein Jahr lang ihr einmal akzeptiertes Projekt hin- und herdrehen, die Filmskribenten, die nicht zu Stuhle kommen, die Stückeschreiber, die seit Monaten mit Ideen schwanger gehen ...

Bismarcks Paradepferd, der »Abzeichensammler«, wird jedoch nicht bei dieser Großveranstaltung dabeisein. Der einzige Mann, dem bis auf eins alle Kriegsabzeichen der Marine angeheftet worden sind, ist mit der Hipper abgesoffen. Just das Schlachtschiffabzeichen fehlte ihm noch in der Sammlung ... Jetzt kann sich die Witwe an dem Blechkram erfreuen. Ich wüßte gern, ob ihr das Schlachtschiffabzeichen, das ihm postum dann doch noch verliehen wurde, geliefert worden ist.

Als es soweit ist, muß der ganze Verein wieder auf dem Gang im Treppenhaus – diesmal direkt vor Bismarcks Büro – antreten. Wieder in Dreierreihen, Mützen auf den Köpfen.

Mörtelbauer strahlt über sein ganzes rundes Gesicht und sieht mit dem schwarzen Oberlippenbart noch mehr als sonst wie eine Seerobbe aus.

Der Adju ist es, der für präziseres Ausrichten sorgt. Dann schreit er: »Stillgestanden – zur Meldung an den Kommandeur – die Augen links!« Im gleichen Augenblick ruckt der Bismarck von innen seine Türe auf, daß die Glasfüllungen nur so scheppern, und erscheint mit der Plötzlichkeit des Teufels aus der Kiste in der Türöffnung, und der Adju meldet: »Marine-Propaganda-Abteilung West zur EK-Verleihung angetreten!«

Hinter mir stöhnt einer. Leider kann ich den Staatsdramatiker nicht sehen. Ich wüßte verdammt gern, wie der diese Faxen erträgt.

Der Bismarck muß, weil nicht genug Platz ist, in seiner Türöffnung stehenbleiben, und jetzt holt er auch schon gewaltig Luft wie ein Blasebalg und legt mit seiner Rede los.

Ich wünschte, ich könnte weglaufen und mich in irgendeiner Ecke auslachen, aber ich muß eisern dastehen und mir, ob ich will oder nicht, diesen fürchterlichen Stuß anhören.

Am besten kann ich meinen Gesichtsausdruck auf verschlossen trimmen, wenn ich mich auf ein anderes Thema konzentriere: Ich versuche eine Formulierung zu finden, mit der sich der Gesichtsausdruck unseres ehemaligen Gauredners halbwegs gut beschreiben ließe . . . Mischung aus Bulldogge und Kröte fällt mir ein – mal mehr Kröte, mal mehr Bulldogge.

»Der Führer und sein Feldherrengenie! – Auf den Führer verlassen! – Der größte Feldherr aller Zeiten! – Tausenfach erwiesene Genialität – Ruhm an die Fahnen geheftet – nicht eine einzige verlorene Schlacht – geschichtliche Mission unvergleichlichen Ausmaßes – Errettung der Welt aus Judas Klauen . . .«, dringt in mein Hirn.

Ich kann die alte Leier einfach nicht mehr hören.

Der Bismarck ist aber ganz in seinem Element und macht es gründlich. »Das große Herz des Führers«, höre ich ihn gleich zweimal hintereinander durch meine halbe Absens hindurchdröhnen. Und wieder: »Der Führer! Der Führer!«

Das kommt aus dem Bismarck heraus, als hätte er einen Tonabnehmer im Bauch.

Da fällt mir zum Glück ein, wie der gute Mörtelbauer sich einmal beim Landgang an mich angehängt hat, obwohl mir das schon wegen seines komischen Hitlerbärtchens unter der Nase gar nicht recht war, und wie wir dann aber doch kreuzfidel gemeinsam die Gegend um Pigalle durchstreiften. Ich sehe uns beide – mit Kieler Matrosenanzügen verkleidet – vor den Folies-Bergères und wie ich Mörtelbauer, der die französischen Anschläge nicht lesen kann, erkläre, daß leider die Vorstellung nicht stattfinden könne, weil am eisernen Vorhang gearbeitet werde.

Da erschien ein Major hinter uns und betrachtete durch seine randlose Brille ebenfalls die Nackedeis auf den Fotos. Ich sehe den Marineartilleristen Mörtelbauer, höchstens einsfünfzig groß und dick, herumschießen, die Hacken zusammenschlagen, forciert salutieren und höre ihn mit angestrengter Kastratenstimme hervorstoßen: »Bitte Herrn Major gehorsamst melden zu dürfen, daß Vorstellung wegen Herunterfallens des eisernen Vorhangs nicht stattfindet!« Und das in vollem Ernst, in einer Art von plötzlichem militärischen Rappel.

Endlich scheint sich der Bismarck ausgeschleimt zu haben. Der Adjutant schleicht geräuschlos heran und trägt das EK für Mörtelbauer auf einer Art Tablett wie eine Hostie vor sich her. Und jetzt befiehlt Bismarck: »Marineartilleriegefreiter Mörtelbauer vortreten!«

Ich sehe mit einem Seitenblick, daß sich Mörtelbauer aus der letzten Reihe wie ein Brustschwimmer durcharbeitet und dabei die ganze Corona durcheinanderbringt und denke: Gott im Himmel! Das hat man ihm doch mühsam auf den Lehrgängen beigebracht, daß er nach achtern wegtreten und um das Ganze herumlaufen muß, statt mittendurch. Ein Donnerwetter ist fällig. Aber Donnerwetter zum EK?

Einige lachen, und bis alle wieder ordentlich dastehen, denke ich weiter: Das kommt davon, daß Mörtelbauer immer in die letzte Reihe verbannt wird, damit er mit seiner bildstörenden Figur nicht zu sehen ist. Und dieser idiotische Adju hat nicht daran gedacht, daß unser Kameramann heute eine Art Hauptperson darzustellen hat. Mörtelbauer und der Bismarck – Pat und Patachon!

»Ich werde wahnsinnig!« höre ich Jordan aus dem Mundwinkel zu mir her stöhnen.

Mörtelbauer versucht indessen vergeblich, die Hacken zusammenzuschlagen. Dann steht er mit vorgedrücktem Bauch stramm. Der Bismarck nestelt das EK-Band an Mörtelbauers Kulani. Dann reicht er ihm seine mächtige Flosse hin, und es kommt zum markigen Händedruck. Aber anstatt nun die Hand wieder loszulassen, hält Mörtelbauer sie eisern fest, offenbar ganz überwältigt von dem Bedürfnis, höflich zu sein und eine Art Dankeschön anzubringen. Und jetzt trompetet er doch tatsächlich mit sich überschlagender Fistelstimme: »Herr Kapitän, ich bin entzückt!«

»Des Wahnsinns fette Beute«, flüstert Jordan.

Wenn das doch der Alte erleben könnte! Just diese Szene wäre ganz nach seinem Geschmack: eine abgekippte militärische Orgie – für den Alten gibt's nichts Schöneres auf der Welt.

Der Bismarck versucht sich in eine Art Gönnerhaftigkeit zu retten – und in das »Sieg Heil! Sieg Heil! Sieg Heil!« auf unseren Führer und obersten Befehlshaber.

»Vielleicht schafft er heute noch eine dritte Rede!« sagt Jordan zu mir, als ich mit ihm zum Theater aufbrechen will. »Der muß sich verdammt gut auf der Jagd erholt haben!«

»Und wir müssen dafür büßen . . .«

Die Luft ist mild und weich. Was wäre das für ein schöner Abend, um unbeschwert an Land zu gehen. Rehbergs Drama könnte mir gestohlen bleiben. Ich bin ohnehin ein schlechter Zuhörer – im Theater wie in der Kirche. Schon in der Chemnitzer Methodistenkirche gingen meine Gedanken während der Predigt immer auf Wanderschaft. Wenn die Orgel spielte, wanderte es sich besonders gut durch strotzende Urwälder mit dichten Vorhängen aus Lianen oder über ewiges Eis bis zum Nordpol.

Ich frage Jordan, wie denn das U-Bootdrama von Rehberg so sei, er habe ja schließlich das Textbuch gelesen: »Doch immerhin eine Uraufführung . . .«

»Sie werden sich wundern: Das Stück spielt in den allerfeinsten Kreisen. Schauerliche Scheiße! Weit bin ich nicht gekommen ...«

»Und dafür hat der Bismarck ganz Paris zusammengetrommelt?«

»Mal wieder vor der militärischen Creme groß in Erscheinung treten, das braucht der eben. Damit macht er sich lieb Kind: Kunstausstellungen und Theater! Wir Mariner sind eben ganz auf der Höhe der Zeit und die wahren Träger deutscher Kultur. Und außerdem: Wer käme denn nicht gerne nach Paris? Und jetzt läuft das wie inner Schrippenkirche ...«

»Schrippenkirche?«

»Was, das kennen Sie nicht?«

Jordan ist so gut in Fahrt, daß ich bloß den Kopf zu schütteln brauche, um ihn zum Weiterreden zu bringen: »In Berlin gibt's – oder gab's – Kirchen für Landstreicher. Da gab's was zu essen. Suppe wurde verteilt und Schrippen. Aber erst mußten die Brüder sich 'ne Predigt anhören ...«

Weil ich kein Zeichen des Kapierens zeige, gibt Jordan auch gleich noch die Erklärung: »Und hier geht's nach der gleichen Melodie: erst U-Bootdrama und *dann* der Puff.«

Jordan grinst mich an, dann schiebt er noch nach: »Ums erstere kommen Sie nicht herum!«

»Ziemlich verrückt: Staatstheater in Paris – und das im fünften Kriegsjahr«, sage ich jetzt halb für mich selber.

»Sie müssen gerade reden!« fällt da Jordan ein. »Ihre Kunstausstellung im Petit Palais vor 'nem Jahr, die war ja wohl auch nicht von schlechten Eltern! Doch auch ein unwiederbringliches Kulturereignis, ein Blatt im kulturellen Ruhmeskranz der deutschen Wehrmacht – oder wie es so schön hieß ... Denkwürdig doch auf jeden Fall!«

Während Jordan so schwadroniert, gehe ich innerlich in die Knie. Am liebsten würde ich sagen: Ich schäme mich heute noch für das ganze Theater. Statt dessen frage ich nur pampig zurück: »Soll ich rot werden?«

Die belämmernde Atmosphäre bei der Eröffnung dieser fulminanten Ausstellung meiner U-Bootzeichnungen ist mir gleich wieder gegenwärtig: Wie der Bismarck bei seiner Ansprache plötzlich losröhrte: »Seht euch diesen Mann hier an ...!« und dabei mit ausgestrecktem Arm auf mich zeigte und dann weiterdröhnte: »Im Tosen der Seeschlacht sitzt er an Oberdeck auf einer Kartuschenkiste und zeichnet die Seeschlacht ab, und wenn die Kartuschenkiste unter seinem Hintern weggeschossen wird, dann sitzt dieser Mann mit dem Hintern an Deck und zeichnet weiter ...!« Und wie er dann: »Hut ab vor so einem Mann!« brüllte und ich nicht wußte, ob ich in diesem Moment salutieren sollte, wenn ich schon nicht in den Boden verschwinden konnte ...

Und das vor sämtlichen Generälen und Admirälen, die in Groß-Paris aufzutreiben waren! Unser Bismarck hatte ganz groß eingeladen: Eine Kunstausstellung im Petit Palais war in Paris ein Novum, und so strömte die gesamte militärische Führungsclique tatsächlich in der Ausstellung zusammen.

»Dieser Rehberg ist noch keinen Tag zur See gefahren«, höre ich jetzt Jordan wieder.

»Und wieso weiß er dann Bescheid?«

»Bescheid! Bescheid!« gibt Jordan wie ein Gemecker zurück. »Der hat Kriegsberichte gelesen – vielleicht gar was von Ihnen . . .«

»Hehe!« mache ich schnell. »Woran soll ich denn jetzt noch schuld sein?«

Wir müssen wie die anderen mit der Métro bis in die Nähe des Theaters fahren: Benzinknappheit.

Berninger hängt sich bei uns an. Keine Chance, den pompösen, ständig schweinigelnden Burschen wieder loszuwerden. In der Métro erzählt er so ungeniert, als sei es ganz unmöglich, daß ein Pariser Deutsch versteht, er hätte diesmal kein Geld für den Puff – müsse sparen. Deshalb habe er sich in La Baule noch gründlich auf Vorrat ausgevögelt. Die Putzfrau, eine gewisse Madame André, werde schließlich von der Kommandantur bezahlt. Und nun muß ich mir diese uralte Geschichte schon zum dritten Mal anhören, weil der gute Jordan sich interessiert zeigt und es ohnehin keine Möglichkeit gibt, Berninger das ungewaschene Maul zu verbieten.

»Die gute Madame André läuft nämlich mit 'ner offenen Wunde herum«, legt der feiste Bursche auch schon los. »Der Mann ist nämlich Kriegsgefangener – irgendwo bei Bauern im Schwäbischen. Und wenn die meine Kammer macht, laß ich sie immer erst ein bißchen fummeln, dann – hahaha . . .«

Jordan steht nur da, eine Hand am Haltegriff, und starrt Berninger an wie ein unbekanntes exotisches Wesen. Ich könnte ihn warnen: Jetzt geht's erst richtig los – aber ich spiele besser den Unbeteiligten. Jordan soll sich ruhig alles schön anhören. Ich kann nur hoffen, daß keiner der Franzosen die Schweinigelei versteht.

». . . dann laß ich die Hosen runter und setz mich aufs Bidet, wie der Reitersmann auf seinen Sattel. Und dann zieht die Madame André ihr Höschen runter, und das tut sie mit nur einer Hand . . .« Da wird der Blick Jordans fragend. Genau das wollte Berninger erreichen, und nun erklärt er, wie auftrumpfend und als hätte er eine tolle Überraschung zu bieten: »Weil sie nämlich mit der anderen Hand ihren Besen festhält.«

Jordan bedenkt Berninger mit einem Irrenwärterblick, aber davon läßt der sich schon gar nicht stören.

»So«, redet er prompt weiter, »und nun setzt die Dame sich auf mich drauf – vielmehr stülpt sich mir über den Pimmel, und dann macht sie los wie Lützows wilde verwegene Jagd ... Der Clou ist: Mit dem Besenstiel haut sie dabei den Takt aufs Parkett – einfach nicht zu sagen!«

»Angekommen!« gibt sich Jordan lakonisch. »Wir müssen aussteigen.«

Während wir durch eine Anlage mit kniehohen Bosketten laufen, hält mich Jordan zwei Schritte zurück und flüstert: »*Das* hätte sich unser Staatsdramatiker mal anhören müssen!«

»Die Frau dieses Herrn habe ich übrigens mal in Berlin kennengelernt – nein, nicht die Dramatikerdonna! Die des Herrn Berninger ...«

Das interessiert Jordan, und ich muß erzählen: »Eine walkürenhafte Blondine mit einer Stimme, die wie das Brutzeln beim Speckausbraten klang. Ich sollte ihr ein Päckchen von ihrem Göttergatten überbringen und geriet direkt in ein Berliner Kaffeekränzchen – noch drei ähnliche Blondinen saßen da in Korbsesseln um einen Korbtisch. Die Damen hatten Alkoholisches konsumiert – die geleerte Likörflasche stand inmitten von Kuchentellern und Kaffeetassen. Eine der üppigen Blondinen ließ den Schalk hinter ihrem Ohr hervor und fragte mich, wie das denn so wäre mit den französischen Mesdemoiselles und Mesdames in La Baule.

Na, sie hätte da schon schöne Sachen gehört – regelrechte Orgien, sagte eine andere mit einem Ton zwischen Rechthaberei und Schleimerei.

›Aber mein Mann tut so was nicht!‹, behauptete da die Frau Berninger schlankweg, und ich log, was das Zeug hielt: ›Gott bewahre, nein!‹«

Madame André – und diese schier den Büstenhalter sprengende Blondine in Berlin: Was war das aber auch für ein Gegensatz ...

»Auf jeden Fall so setzen, daß wir uns verpissen können«, flüstert mir Jordan zu, als wir ins Foyer des Theaters treten.

»Gibt's denn keine Pause?«

»Glaub ich nicht. Wie ich's gelesen habe, geht das in einem Stremel durch.«

Im Theater sehe ich unter den Blaujacken auch eine Menge angejahrte Säcke, Lamettaheinis in Blau, aber auch in Feldgrau und dem bläulichen Tuch der Luftwaffe. Vier, fünf Friedhofschwarze sind auch darunter.

Als das Licht ausgeht, öffnet sich der Vorhang ganz langsam, und ich sehe, daß auch die Bühne dunkel ist. Plötzlich sticht eine Bahn weißen Lichts von rechts oben her ins Dunkel und stanzt eine helle Scheibe heraus. Ich will meinen Augen nicht trauen: unser Bismarck!

»Nachbarin! Euer Fläschchen!« höre ich Jordan flüstern.

Dann dämmert es im Hintergrund der Bühne, so daß der Bismarck sich als ganze Figur abhebt, und nun beginnt er doch tatsächlich zu reden – noch sonorer als im Stadtpalais, grabesdunkel fast. Ich bin so betroffen, daß ich kaum hinhören kann.

»Die dramatische Kunst im Dritten Reich . . . wie alle Kunst eine zum Fanatismus verpflichtende Mission . . . mit den Worten des Führers . . .«

Viel mehr nehme ich nicht auf.

Vom Deklamierton der Schauspieler werde ich schließlich derart benebelt, daß ich fast einschlafe. Ich schaffe es nicht, meine Gedanken auch nur fünf Minuten auf das Stück zu konzentrieren. Sie laufen, wohin sie wollen.

Jordan mosert Unverständliches vor sich hin. Ich stelle den rechten Zeigefinger hoch und lege ihn über beide Lippen, damit er den Mund hält, und flüstere ihm, als gerade mal auf der Bühne gelärmt wird, zu: »Wir sind doch hier nicht im Bal Mayol.«

»Da wär ich aber verdammt viel lieber«, zischelt Jordan zurück und dann noch: »Herrgott, ist das doof!«

Die Schauspieler, die auf der reichlich improvisiert wirkenden Bühne U-Bootkommandanten geben sollen, führen sich so geziert und affig auf, daß es ein Graus ist. Das Ganze findet in edelsten Kreisen mit edelsten Damen statt. Dazu mag das nasale Gerede ja passen, aber der Rest ist eitel Albernheit.

Als ich mich hinter Jordan hinausschleiche, ist es gerade erst neun Uhr.

Kaum sind wir an der frischen Luft, ereifert sich Jordan: »Das sollte der böse Feind wissen, daß wir hier jetzt noch Theater spielen. Da müßte er sich doch sagen: Was für eine Nervenstärke diese Deutschen! und sich klaglos zurückziehen . . .«

Jordan hat sich aber noch nicht genug Luft geschaffen, sondern schimpft weiter: »Und diese Seehelden sitzen da wie die Ölgötzen und lassen sich ihre eigenen plastischen Karikaturen vorführen! Ich sag's ja immer: die Marine – das Sammelbecken für die Allerdümmsten! Diesen edeltrefflichen Werbespruch wollte ich schon mal dem OKM anbieten . . .«

Jordan kann sich kaum beruhigen: »So 'ne Quasselstrippe von Kommandant wie den auf seiner Schloßterrasse möchte ich mal in natura erleben!«

»Hier geht's eben um Kunst!« versuche ich ihn auch noch zu reizen.

Jordan geht mir prompt auf den Leim und empört sich: »Und was sollte denn das mit der Bühne im Park, wenn ich mal fragen darf?«

»Play in the play – ganz nach Shakespeare. Das Ganze war doch überhaupt ein einziges Shakespeare-Imitat! Oder ist Ihnen das etwa nicht aufgegangen?«

»Dagegen hilft nur noch der Puff!« sagt Jordan und läßt sich theatralisch zusammensacken.

Also rauf nach Pigalle!

Während wir auf die Métrostation zumarschieren, sagt Jordan: »Warum werden denn diese dämlichen Fratzenschneider nicht eingezogen?«

»Sie meinen die Schauspieler?«

»Ja doch, diese schwulen Brüder ...«

»Wahrscheinlich deshalb ...«

»Wegen schwul?«

»Sonst wären sie an der Front.«

»Ach so!« Und dann: »Schwul müßte man eben sein! Ich stell mir das jedenfalls praktisch vor ...« Und nach einem weiteren Dutzend Schritten: »Ich dachte, der Knabe würde was Besseres auf die Bretter bringen – besser als solchen übelriechenden Kitsch jedenfalls. Der sah doch ganz ordentlich aus mit seiner Halbglatze.«

Da merke ich endlich, daß Jordan den Dramatiker meint. »Jedenfalls hatten Sie recht ...«, sage ich.

»Womit denn, wenn ich fragen darf?«

»Mit Ihrer Ankündigung. Der hat doch tatsächlich das Wasser nicht halten können – ich meine die dritte Rede!«

»Das ist nun wirklich eine Art Rekord.«

»Doch wohl auch in puncto Inszenierung ...«

»Kaum zu fassen!« sagt Jordan nur mehr und läßt es wie ein Stöhnen klingen.

Als ich daraufhin stehenbleibe und Jordan angucke, sagt der: »Also, wenn Sie mich fragen: Mir reicht's für heute.«

Trotzdem steuern wir noch ein Straßencafé an. Kaum sitzen wir auf unseren Korbstühlchen, fragt Jordan: »Übrigens schade um Ihren Freund Küppers ...«

»Wie kommen Sie denn jetzt auf den?«

»Weil – als ich das letzte Mal hier war – da war seine Frau hier ...«

»Sonja Küppers? Die mit den Tapisserien?«

»Ja, die.«

Jordan hat offenbar was auf dem Herzen. Nur halblaut und sehr zögerlich, fast wie ein Verschwörer auf der Bühne, beginnt er von neuem zu sprechen: »Also wenn Sie mich fragen, ich habe mir da eine Meinung gebildet ...« Weil er jetzt erst einmal innehält, versuche ich, ihn mit Blicken zum Weiterreden zu bewegen. Aber es dauert seine Zeit, bis er wieder anhebt: »Ich hab da was beobachtet ...«

Wieder bricht er ab, und ich will schon sagen: Nun reden Sie doch bitte sehr weiter! Aber ich schlucke es hinunter. Jordan räuspert sich auf eine merkwürdige Art. Es ist, als wollte er reden und doch nicht reden. Ich denke: Nun drucks doch nicht so albern herum, Mann!

Endlich ist Jordan wieder soweit: »Die Küppers war doch bei Ihnen in La Baule, und danach war sie 'ne ganze Weile hier einquartiert . . .«

Da nicke ich nur, weil es mir vor lauter Denkanstrengung die Sprache verschlägt. Die Mongolenfrau! Wieso weiß ich nicht, daß die sich auch hier noch wieder eingenistet hat?

»Die muß in La Baule den Laden ganz schön durcheinandergebracht haben, nach allem, was da so zu hören war . . .«

Ich sehe die kleingeratene Sonja mit ihren schrägstehenden Augen und der Ponyfrisur vor mir, wie aus einem Stummfilm entsprungen.

»Daß der Bismarck Sie auf der Latte hat, darüber gibt's doch wohl keinen Zweifel. Das kann man ja im Dunkeln mit dem Krückstock ertasten . . .«

»Aber ich habe dem doch nicht den geringsten Grund dazu gegeben!«

»Eben, eben«, sagt Jordan und läßt es wieder mal wie Meckern klingen. »Aber vielleicht hat er von anderer Seite Gründe geliefert bekommen«, sagt er nun langsam und wie inszeniert und fügt noch an: »Denken Sie doch mal scharf nach!« Dabei beobachtet er mich, und dann fragt er mit der gespielten Teilnahme eines schlechten Mediziners: »Na, was macht der Groschen? Isser runter?«

In meinem Kopf arbeitet es heftig, während Jordan weiterredet. »Die Küppers hat den alten Bock hier doch richtiggehend umgarnt . . . die saß in der Messe direkt neben ihm . . .«

Szenen über Szenen, ehedem nur flüchtig und diffus wahrgenommen, werden jetzt in meinem Kopf scharfgestellt: Sonja, wie sie Blicke wirft, ihr Stupsnäschen rümpft, wie sie sich auf Teufel komm raus in Szene setzt . . . Fast immer, wenn die Dame mit mir redete, war das ein Ausforschen. Der Kriegsmaler Küppers hatte sich, als er sein Ehegespons nach Frankreich lotste, schön was eingebrockt und uns auch. Es gab kein freies Wort mehr. Einmal mahnte der Kamerafritze Kerpa: »Feind hört mit!« über die ganze Mittagstafel hin. Das war, als der dumme Marcks von seinen Abenteuern in Paris erzählte.

»Was hatte die eigentlich in La Baule zu suchen?« will Jordan jetzt wissen.

»Da müßten Sie besser den Bismarck fragen«, gebe ich zurück. »Offiziell lautete der Auftrag, Gobelins mit Marinethemen zu entwerfen und auch auszuführen, und da brauchte sie wahrscheinlich frontnahe Anregungen . . .«

»Nicht zu fassen!« stöhnt Jordan, und dann rückt er endlich mit der Sprache heraus: »Da haben Sie in La Baule wohl eine Art Spionin eingeschleust bekommen. Die Dame hat jedenfalls Stück um Stück hier abgeliefert, was sie in La Baule aufgeschnappt hat. Da gibt's für mich keinen Zweifel ...«

Ich könnte mir mit der flachen Hand vor die Stirn schlagen: Die Sonja ist es gewesen! Die hat Simone beim Bismarck angeschwärzt! Warum nur hatte ich diese verteufelte Sonja fast ganz aus meinen Gedanken verdrängt? Kommt wohl daher, daß ich sie immer gemieden habe, so gut es eben ging. Aber just das wird sie gegen mich aufgebracht haben. Und was Simone angeht ... Ach ja, wenn Simone wenigstens halb so gleisnerisch gewesen wäre wie dieses Pola-Negri-Imitat! Aber nein, Simone mußte sie immer so süßsauer anlächeln, daß selbst noch weit Dümmere den Hohn gespürt hätten.

»Das kann doch für den Göttergatten gar nicht lustig gewesen sein, daß seine Donna im Stützpunkt aufgetaucht war. *Der* hat die doch bestimmt nicht kommen lassen«, sagt Jordan.

»Die Sache befummelt hat er schon. Aber das *mußte* er wohl! Weiß der Himmel, wie das gelaufen ist ... Die Familienzusammenführung in der Frontflottille war jedenfalls stinkoffiziell ...«

»Ich kann mir einfach nicht vorstellen, wie der auf dem Boot zurechtgekommen ist. Der war doch wohl 'ne Art Kettenraucher?« fragt Jordan nach einer Besinnungspause.

»Wir nannten ihn ›Nikotinfinger‹: Er hatte schon ganz gelbe Griffel ... Der gute Küppers hatte eben Pech. Weil er sich ständig vor Einsätzen gedrückt hatte, *mußte* er einfach mal raus, und dann kam es gleich so happig ... Die wurden wahrscheinlich gleich am zweiten oder dritten Tag von Flugzeugen beharkt ...«

»Gab's denn Überlebende?«

»No, Sir. Keine.«

»Da hat er dann wohl keine Probleme mit dem Rauchen mehr!« gibt sich Jordan kaltschnäuzig.

Ich sage mir im stillen: Auch ein Nekrolog! Und dann: Wenn der Walter nicht so ein Trottel gewesen wäre, hätten wir sein Ehegespons nicht in die Flottille bekommen und wären nicht observiert worden – und Simone wäre wahrscheinlich nicht hingehängt worden und säße jetzt nicht in der Patsche. Da fahre ich mir in die Gedankenkette: Wenn meine Schwiegermutter Räder hätte ...

Jetzt wird mir auch klar, warum der Bismarck einmal ohne Voranmeldung in La Baule erschienen ist: Da wollte er selber sehen, was ihm die Dame gesteckt hatte. Die war abgereist, und ihr schauerlicher Wandteppich hing in der Messe der Flottille und wurde von den Dummköpfen auch noch bewundert. Der Bismarck hätte zufrieden sein können. Und trotzdem kochte er, weil es nichts zu observieren und festzustellen gab. Schließlich brach aus ihm die schiere Wut heraus. Der Anlaß dafür konnte freilich idiotischer nicht sein: Unser Fotograf Stiller hatte ihm rechtzeitig den Sonnenuntergang melden sollen. Der Bismarck wollte damals selber eine Aufnahme schießen – vom Sonnenuntergang –, so durch ein Drahtverhau hindurch. Stiller hatte das dann aber verschwitzt. Als er Meldung machte, war die Sonne schon weg – hinter der Kimm. Und der Bismarck tobte . . .

»Das habe ich dem Mann nie verziehen! Das war ein klarer Befehl . . . total versagt der Mann!« habe ich den Bismarck auch später noch tönen hören.

»Verbindlichen Dank für Ihre Anteilnahme«, sage ich nach meiner Nachdenkpause zu Jordan. Und weil der einen schiefen Mund zieht, füge ich noch an: »Ganz ohne Flachs! Was Sie da erzählt haben, ist äußerst wichtig – öffnet sozusagen die Augen . . .«

»Ganz schöne Bredouille«, sagte Jordan da nur noch.

In meinem riesigen Hotelbett überkommen mich immer wieder Gefühle der Verlassenheit. Das ist weiß Gott kein Bett für einen allein. Ich lese oft, daß Leute, die sich einsam fühlen, das Saufen anfangen. Davor werde ich mich aber auch jetzt schön hüten: Ich habe mein ganzes Leben noch kein ordentliches Besäufnis zustande gebracht, und das soll auch so bleiben.

Plötzlich entbehre ich fast die Niagarafälle des Puffhotels, den Lärm auf dem Gang. Und doch bin ich froh, daß ich nicht bei der Meute bin. Abseits halten, das war für mich immer eine Art eiserner Regel. Ja niemanden zu bekehren versuchen. Die eigene Arbeit tun. Die Klüsen aufsperren und die Ohren spitzen . . . Vorzuwerfen habe ich mir nichts. Aber da sind die vielen verdammten Neidhammel! – und die sind gefährlich: Die lassen sich notfalls etwas einfallen.

Da hat die süße Sonja also dem Bismarck hinterbracht, welche Zustände in La Baule herrschten, und daß sie sich darüber als deutsche Frau gehörig empört hat – daran ist nicht zu zweifeln. Ich kann es mit dem inneren Ohr genau hören, wie sie »Französinnen« gesagt hat. »Französinnen gehen da ein und aus!« Und jeder konnte heraushören, daß sie damit nicht nur die Putzteufel meinte.

Und jetzt wandern meine Gedanken zum Alten nach Brest: Ich kann mir leicht vorstellen, wie Simone sich dort in der Flottille aufgeführt hat – immer gut aufgelegt, ein scherzender, trillernder Unband. Und auch den Alten kann ich mir an Simones Seite vorstellen: verpliert ergeben, bernhardinerhaft gutmütig – willig auf alle verrückten Launen eingehend.

Simones kleine Liedchen, mit kehlig sonorer Stimme vorgetragen, müssen es dem Alten besonders angetan haben. Liedchen bei Kerzenschein mit dem flackernden Kamin im Hintergrund. Bodenlanges eng anliegendes Schloßherrinnengewand aus rotem Samt, im Rücken tief ausgeschnitten – wer könnte da auch widerstehen!

»Trois garçons« – das war eins ihrer Lieblingslieder: »J'ai eu trois garçons / Tous trois capitaines / L'un est à Bordeaux / L'autre à la Rochelle / L'un est à Bordeaux / L'autre à la Rochelle / L'plus jeune à Paris / Pilier de Bordel.«

Trois garçons – was sind da schon zwei? Die Leute um den Alten herum haben jetzt jedenfalls schön was zum Tuscheln. Ich kann sie mir gut vorstellen – halb nachsichtig, halb höhnisch grinsend. Lurblicke, zur Seite genuschelte Bemerkungen, Geflüster hinter der vorgehaltenen Hand. Neid auch. Nur keine Scheu: »Fotzenneid« heißt das einschlägige Wort. Auskneifen ist ja wohl nicht unsere Art. Lieber sich mit den Tatsachen konfrontieren. Lieber noch mal klar und deutlich und in Versalien: FOTZENNEID.

Gemischte Gefühle? So was wie aufgeschmissen gar? Das hätte gerade noch gefehlt! Ausgerechnet in Paris! Aber ob ich nun will oder nicht: Simone läßt mir keine Ruhe. Muß ich am Ende auslöffeln, was uns Simone eingebrockt hat?

Ehe ich einschlafe, denke ich auch: Was habe ich denn überhaupt noch mit Simone zu schaffen? Schließlich sind wir im Zank voneinander geschieden.

Als erstes erfahre ich, als ich morgens in der Abteilung antrete, daß seit den frühen Morgenstunden die Invasion im Gange ist, und zwar zwischen Cherbourg und Le Havre. Die Meldung ist per Telefon von der Marinegruppe West gekommen.

Da zieht es mich wie automatisch vor eine der großen Wandkarten in der Messe: so weit südlich also? Und das soll keiner gewußt haben? Dieser Landeplatz ist bei uns kaum in Erwägung gezogen worden.

Ich habe jeden Tag mit der Landung der Alliierten gerechnet. Nun bin ich aber doch betroffen. Dieser 6. Juni '44 wird zum historischen Datum werden.

In der Schreibstube greife ich mir die erste Meldung. Ich will sie genau lesen:

»Dienstag, 6. Juni 1944, 01.30 Uhr: 01.23 Uhr viele Fallschirmabsprünge im Bereich der 711. und 716. I.D. Gen. Kdo. LXXXIV. A. K. hat Alarmstufe II befohlen. Sofortige Rückfrage OB West bei Heeresgruppe B (01.45 Uhr). Heeresgruppe B bestätigte Meldungen des AOK 7 über Fallschirmabsprünge und eine Meldung der 711. I.D. über Einflug von Verbänden kurz nach Mitternacht. Fallschirmabsprünge im Bereich der 711. I.D., angeblich auch Lastensegler.«

So machen die das also: Fallschirme und Lastensegler. Von Lastenseglern war bei uns kaum je die Rede. Ich stelle mir einfach zusammengebaute große, motorlose Flugzeuge vor, die von richtigen Flugzeugen bis über die Landeplätze geschleppt und dort ausgeklinkt werden – riesige Segelflugzeuge. Ich kann mir nur nicht vorstellen, wie man die ohne Schwierigkeiten vom Boden hoch und in die Luft bringt.

Ich sollte wissen, wo die 711. und die 716. Infanteriedivision liegen. Mit dieser Meldung in der Hand und vor dieser Karte gewinne ich kein Bild.

Bald schon jagen sich die Meldungen. Nach Mitternacht sind auch in der Gegend von Caen zahlreiche Fallschirmabsprünge gemeldet worden.

Mir sitzt der Schreck in den Knochen. Für mich bedeutet das: kaum noch eine Chance, nach Brest zu gelangen. Jetzt hat der Bismarck mich in den Klauen.

Ich versuche in den Gesichtern zu lesen. Aber alle zeigen nur vernagelte Visagen. In kleinen Gruppen wird getuschelt. Aus einer höre ich: »Das hat der Chef aber fein abgepaßt!«

Um mich gegen meine Nervosität zu wappnen, halte ich mich beschäftigt: Ich verdrücke mich mit einem Ordner, der die letzten abgelieferten Berichte enthält, in einen der Räume im dritten Stock. Aber so sehr ich mich auch zu konzentrieren versuche, laufen mir die Gedanken immer wieder weg. Meine Augen gehen im gewohnten Rhythmus weiter über die Zeilen, aber ihr Sinn entschlüsselt sich mir nicht mehr: Ich lese blind.

Da höre ich entfernte Sirenen und im Haus »Fliegeralarm!« brüllen. Großes Gerenne. Keine Ahnung, wie hier Fliegeralarm zelebriert wird. Mich nach unten auf die Strümpfe machen, etwas anderes wird mir wohl nicht übrigbleiben.

In Paris in den Luftschutzkeller – was für ein Witz!

Im ersten Stock treffe ich auf ein durcheinanderdrängendes Rudel. Ich denke, mich trifft der Schlag: Der Bismarck hat sich einen Stahlhelm auf den Kopf gestülpt! Das kann ja noch heiter werden.

In dem Gewurl suche ich nach Jordan. Der steht lässig mit dem Rücken an das schwere Treppengeländer gelehnt, beide Arme abgespreizt und auf den polierten Messinghandlauf gestützt. Anstatt nun auch schnell nach unten zu verschwinden, betrachtet er die Szene mit unverhohlenem Interesse. Als er mich sieht, muß er leicht grinsen, und dann löst er sich aus seiner Stellung.

»Die Ereignisse drängeln sich ja richtig«, räsoniert Jordan. »Sonst war's hier entschieden ruhiger.«

Ich würde am liebsten aus der Abteilung verschwinden und wieder ohne bestimmtes Ziel einfach so durch die Gegend laufen. Aber jetzt kann ich mich hier nicht mehr verflüchtigen. Schön still bleiben! sage ich mir immer wieder. Und aufpassen! Nichts entgehen lassen, alles genau registrieren! Hinhören, lauschen!

»›Sie sollen nur kommen!‹ hat Hitler gesagt. ›Innerhalb von neun Stunden werden wir sie wieder ins Meer zurückgeworfen haben . . .‹«, bekomme ich im Souterrain zu hören. Von dieser Galgenfrist für die Alliierten sind allerdings jetzt schon etliche Stunden verstrichen, wenn man halb zwo Uhr für den Zeitpunkt der ersten Landung annimmt . . .

Die Entwarnung kommt schnell, und die ganze Kavalkade trampelt wieder über die Teppichläufer – hoch in die Büros, der Bismarck mit seinem Stahlhelm mittendrin.

»Affenzirkus«, höre ich Jordan neben mir.

Die ersten Radioberichte dröhnen aus den Empfängern: Daß die Alliierten gelandet sind, wird als ein einziges großes Glück bejubelt. Die Sprecher tönen bombastisch, als trügen sie einen Wettbewerb in Pathetik aus: »Das Schwert hat jetzt das Wort!« – »Entscheidungskampf um die Zukunft ganz Europas!« – »Zurück von den Bastionen Europas!«

Jordan verdreht die Augen nach oben, und ich denke: Hoffentlich hält er den Mund! Zwei, drei Kollegen sind in der Nähe, die bestimmt nicht hasenrein sind. Und nun taucht auch noch der Adju auf, und gerade da sagt Jordan wie gelangweilt: »Na ja, die Amis und die Tommies konnten uns doch gar keinen größeren Gefallen tun, als endlich auf der Bildfläche zu erscheinen . . .«

Ist Jordan denn wahnsinnig geworden? Aber da redet er auch schon gleichmütig weiter: »Damit haben *wir* doch den kürzeren Weg, um sie zu erledigen . . .«, und dabei hält er dem Adju und den beiden Nieten neben ihm ein Gesicht hin, das alles ausdrücken kann.

Das Türenklappen und -schlagen will auch nach Stunden kein Ende nehmen. Der ganze verschlafene Laden ist plötzlich aufgestört wie ein Ameisenhaufen, in den man einen Stock gesteckt hat. In der Garage der Abteilung, heißt es, sei der Teufel los. Der Teufel ist der Bismarck. Er soll den Fahrern ordentlich Wind unterm Hemd machen und »äußerste Einsatzbereitschaft von Mensch und Maschine« fordern, wie mir Jordan berichtet.

Der Adju ist hinter mir her: Ich soll mich mit noch drei anderen Leutnants in die Stadt fahren lassen, hin zur Offizierskleiderkammer, und dort sollen wir uns als Marineartilleristen in Feldgrau einkleiden. Schnapsidee! Aber was soll's: Die Schangs wegzukommen ist auch nicht zu verachten.

Als wir unterwegs sind, gibt es wieder Alarm. Am Himmel erscheinen ein paar Flugzeuge. Deutsche können es nicht sein, denn ich sehe, wie einige Franzosen ganz ungeniert nach oben applaudieren. Schade, daß das unser Bismarck nicht auch sieht!

Ich würde gerne mit applaudieren. Die Invasion hat mir zwar einen dicken Strich durch die Rechnung gemacht, aber jetzt könnte es sein, daß Simone bald wieder freikommt. Das Ende des tausendjährigen Reiches ist jedenfalls endlich eingeläutet.

In den Straßen scheint indessen alles seinen gewohnten Gang zu gehen. Ein paar kriegsmäßig getarnte Wehrmachtfahrzeuge, sonst nichts Ungewöhnliches. Aber was hatte ich denn erwartet? Daß alle Welt die Häuser verläßt und aus der Stadt flieht? Das etwa?

Diese Normalität und dazu die Unversehrtheit der Stadt wirken auf mich plötzlich wie eine Herausforderung: Hier *müssen* ja Bomben fallen! – In Wolfsschanze wird es sicher längst präzise Pläne dafür geben, wie diese Stadt zu einem einzigen riesigen Ruinenfeld zusammengebombt werden kann.

Wir müssen hinter einer Kolonne von Halbkettenfahrzeugen stoppen – direkt vor einer der großen Caféterrassen. Ich sehe, wie ein kleines blasses Mädchen mit unheimlich schnell beweglichen Fingern die »Petits Parisiens« so zusammenfaltet, daß die Zeitung in Rocktaschen paßt. Ein paar Passanten kaufen ihr das Blatt von ihrem Stoß weg. Kaum haben sie es im Stehen entfaltet, werden sie auch schon von einer Traube Mitlesender umringt. Das ist auch schon das einzig Ungewöhnliche, das ich entdecken kann.

Von Zeichen offenen Aufruhrs kann gar keine Rede sein.

Noch vor Tisch kommt die Invasionsmeldung im Wehrmachtbericht: »Das Oberkommando der Wehrmacht gibt bekannt: In der vergangenen Nacht hat der Feind seinen seit langem vorbereiteten und von uns erwarteten Angriff auf Westeuropa begonnen. Eingeleitet durch schwere Luftangriffe auf unsere Küstenbefestigungen, setzte er an mehreren Stellen der nordfranzösischen Küste zwischen Le Havre und Cherbourg Luftlandetruppen ab und landete gleichzeitig, unterstützt durch starke Seestreitkräfte, auch von See her. In dem angegriffenen Küstenstreifen sind erbitterte Kämpfe im Gang.«

»Starke Seestreitkräfte« – »erbitterte Kämpfe . . .« Wenn schon solche Vokabeln gewählt werden, ist das alles andere als der Raid auf Dieppe oder der auf Saint-Nazaire. Ich bin gespannt, was der Bismarck *jetzt* zu sagen hat. Da erfahre ich, daß er gar nicht im Haus ist. Er hat sich zur Marinegruppe West fahren lassen.

In der Messe wird lebhaft diskutiert. Ich sehe Jordan, der sich genauso abseits hält wie ich, förmlich auf der Trense kauen. Und jetzt mischt er sich zu meinem Schrecken ein: »Wird Zeit für unsere diversen Geheimwaffen!«

Das wirkt auf die Meute wie ein Befehl zum Schweigen, aber auf mich wie ein kalter Lappen ins Gesicht: Kann der verdammte Jordan denn wirklich nicht sein loses Maul halten!

»Wenn wir die Ansammlungen gegnerischer Streitkräfte in Südengland schon nicht verhindern konnten . . .«, redet Jordan in die plötzliche Stille hinein weiter, aber mitten im Satz hört der freche Hund einfach wieder auf.

Da macht sich der Reichsrundfunkheini zum Sprecher für eine Gruppe direkt am Fenster und verpaßt Jordan die fällige Belehrung: »Da können Sie aber ganz sicher sein, daß der Führer seine Pläne hat. Jetzt kommt es auf die besseren Nerven an. Einfach gleich losschlagen . . . Da kennen Sie die geniale Strategie des Führers nicht: Der läßt die erst mal in aller Ruhe herüberkommen und tüchtig Material heranschleppen. Sollen sie doch! Können wir doch alles prima brauchen!«

»Sag ich doch!« läßt sich da Jordan wieder hören. »Das ist alles aufs feinste eingefädelt!«

Der Rundfunkquassler guckt vor lauter Selbstzufriedenheit glänzend in die Runde – just so, als hätte er sich gerade eine bunte Schießblume verdient! Ich sollte zu ihm hingehen und ihm die Flosse schütteln. Statt dessen stehe ich wie erstarrt da, aber in meinem Kopf ist ein ganzer Flockenwirbel von Gedanken – wie in den Wunderkugeln in Venedig: Diese Bande hier wird noch Augen machen! Wenn die Alliierten sich erst einmal an der Küste festgekrallt haben, lassen die bestimmt nicht wieder los. Vielleicht ist der Küstenstreifen, auf dem sie jetzt ausladen, der am schwächsten befestigte im ganzen Atlantikwall. Vielleicht hat sich Rommel gesagt: An dieser Stelle kommen die bestimmt nicht – viel zu schwierig und ungeeignet. Und nun sind sie *gerade* dort gekommen, wo eine Landung *nicht* zu vermuten war.

Was aber ist mit den U-Booten? Warum wird nichts von den U-Booten gemeldet? Brest ist der nächste Stützpunkt. Gleich denke ich auch verdammt schwieriges Operationsgebiet – zwischen Le Havre und Cherbourg. Viel flaches Wasser . . .

Die Versammlung an der Mittagstafel hat etwas Geisterhaftes – oder wirkt sie auf mich nur noch künstlicher als sonst, weil ich plötzlich alles mit neuem, geschärftem Blick sehe: Hier sitzt das schiere Wachsfigurenkabinett zu Tisch!

Der leere Platz des Gauredners läßt einen merkwürdigen Vakuumeffekt entstehen: Die Liebediener haben auf einmal keinen Adressaten für ihre Speichelleckerei, die Ohrenbläser keine geeigneten Ohren. Es ist, als fände eine Aufführung statt, für die das Textbuch abhanden gekommen ist. Nicht mal der Adjutant will eine Lippe riskieren.

Jordan hat sich wieder genau mir gegenüber gesetzt. Ich kann ihm deutlich ansehen, wie er die Szene genießt. Immer wieder mal guckt er verstohlen von einem zum anderen.

Der Nachmittag wird lang. Der Bismarck scheint bald nach dem Essen wieder ins Haus gekommen zu sein. Ich frage mich, warum er keinen Appell abhält, wie es sonst seine Art ist, oder uns gar »an den Feind« wirft.

Was kann das bedeuten? Da komme ich durch ein paar vage Andeutungen des Adjutanten dahinter, daß die Landung westlich der Ornemündung für ein Täuschungsmanöver gehalten wird. Offenbar versuchen jetzt alle, mit den grauen Zellen der alliierten Oberkommandierenden zu denken. Von denen weiß man, daß sie verschlagen und perfide sind – eher auf Tricks aus als auf ehrliche Konfrontation. So gedacht, *kann* diese Landung nur ein Ablenkungsmanöver sein. Unser Gauredner hält seine Truppen also zurück, bis sich zeigt, wo die *eigentliche* Landung ablaufen soll.

Plötzlich überfällt mich eine ziehende Sehnsucht zurück in die Bretagne. Nicht lange, und die Bretagne wird verloren sein.

Was für ein vertracktes Spiel wird mit mir getrieben? Seit der Invasionsnachricht erscheint mir meine eigene Existenz noch unwirklicher als zuvor. Was wird aus mir noch werden?

In der Abteilung herrscht weiterhin eitel Betriebsamkeit: Die grau gepönten Kisten der Kameramänner werden auf Anderthalbtonner geladen, in der Garage werden Fahrzeuge mit Tarnmustern überspritzt . . . Hektik überall, ja regelrechte Mobilmachungsstimmung.

Endlich läßt der Bismarck die Offiziere in der Messe zusammentrommeln. Ich verdrücke mich wie immer ganz nach hinten und kann so aus gesicherter Position zusehen, wie er zum Truppenführer anschwillt.

»Auf Grund einer Gkados-Meldung kann ich – mit der selbstverständlichen Verpflichtung zu strengster Geheimhaltung – erklären, daß der Gegner nur einen kleinen Teil seiner Verbände eingesetzt hat. Das Ganze läuft auf eine plumpe Täuschung hinaus«, höre ich, und fast entfährt mir ein Dachte-ich-mir's-Doch!

»Aber wir werden dem Gegner nicht auf den Leim gehen«, wettert der Bismarck weiter. »Es sind höchstens zehn Divisionen an dem Landeunternehmen beteiligt . . . Auf Grund unserer Aufklärung wissen wir aber, daß in Südengland mindestens das sechsfache Potential bereitsteht. Die Hauptlandung wird also nicht an der Küste der Normandie erwartet, sondern im Pas de Calais . . . Der Gegner läßt kein Mittel aus, um uns zu täuschen. Zum Beispiel sind uniformierte Puppen in Menschengröße, die voll Sprengstoff stecken, östlich der Orne abgeworfen worden – so macht es der Gegner, wenn er eine Luftlandung markieren will ... Das sind eben alles nur Scheinmanöver! Das eigentliche Treffen wird *hier* stattfinden ...«

Bei diesem stentorhaften »Hier« läßt der Bismarck seinen rechten Arm hochschnellen und bedeckt mit der aufgespreizten Hand die ganze Sommemündung.

»Aber hier werden die Alliierten sich blutige Köpfe holen! Genau hier sind wir natürlich bestens gerüstet.«

Und weiter und weiter und immer mit dem Fuß auf dem Pathetikpedal: »Wir werden diesen Kampf für ganz Europa und alle seine Völker führen, in glühender Leidenschaft und fanatischer Entschlossenheit und unter Aufbietung aller verfügbaren Energien!«

Der Mann hat sich so in Rage gewettert, daß er krebsrot im Gesicht geworden ist. Ich betrachte ihn wie ein Ethnologe eine neu entdeckte Spezies. Zugleich frage ich mich: Wo mag er diesen Sermon nur wieder abgekupfert haben? Oder ist das gar alles auf seinem eigenen Mist gewachsen?

Später dann höre ich in die Gespräche rings um mich hinein:

»An der offenen Küste landen, das ist doch Wahnsinn! Da *können* die doch gar nicht ausladen ...«

»In Sizilien haben sie's auch so gemacht!«

»Da werden die aber schön eins auf die Haube bekommen ...«

»Genauso wie damals bei Dieppe.«

»Das merkt doch 'n Blinder mit dem Krückstock, daß das wieder mal der reine Bluff ist.«

»Ich sag's doch – wie bei Dieppe.«

»Die gehen aber auch prompt in die Falle.«

»Jetzt packen wir sie!«

Ich fühle mich wie unter lauter Übergeschnappten. Ich könnte verschwinden, aber da ist eine böse Lust, die mich festhält. Ich *will* mir dieses Geschwafel anhören.

Der Wehrmachtbericht meldet heftige Kämpfe an der Küste. Ein Führerbefehl ist durchgekommen: »Gelandete Truppen müssen bis spätestens Mitternacht zurückgeworfen werden.« Müssen? Müssen ist gut gesagt. Wenn so aus vollem Rohr getönt wird, sieht es böse aus: Das lehrt nun mal die Erfahrung.

Wieder treffe ich auf Jordan. Weil wir allein sind, legt er gleich los: »So viel Blödheit auf einem Klumpen – es ist doch nicht zu fassen!«

»Aber die sehen nun mal die Truppenmassierungen in Südengland und machen sich *darauf* einen Vers«, wage ich einzuwenden.

»Natürlich gibt's die! Aber das will doch nicht besagen, daß die sich ausgerechnet an der schwierigsten Stelle eins auf den Kopf holen, nur um uns zu verarschen! Die sind doch schon ganz schön tief ins Hinterland eingedrungen, wahrscheinlich noch tiefer, als es der Wehrmachtbericht zugibt . . .«

Jordan ist dabei, sich richtig zu echauffieren. Er holt tief Luft, dann geht es aber auch schon weiter: »Natürlich sieht es so aus, als hätte der Bismarck die Logik für sich und die Herrschaften vom Marinegruppenkommando auch. Nach Adam Riese, sagen die sich, kann die Invasion eben einfach nicht dort stattfinden, wo kein Hafen in der Nähe ist. Landen kann man überall – aber was macht man mit dem Nachschub? Der kann nur mit Schiffen erfolgen undsoweiterundsofort . . .«

Ich kann über Jordan nur staunen. Er doziert seine Wissenschaft herunter wie ein staatsgeprüfter Stratege.

»Hier geht's doch mal wieder nach der bei uns so beliebten Regel: Weil nicht sein kann, was nicht sein darf . . .« Jetzt muß sich Jordan doch ein paar Sekunden lang besinnen, ehe er – wie mit frischen Kräften – fortfährt: »Am besten gefallen mir die Unseren, wenn sie den bösen Feind durchschauen – so richtig schön hinter seine wahren Absichten steigen. Aber weil das der böse Feind genau weiß, legt er – und das sicher mit großem Vergnügen – falsche Fährten, auf die wir einfach reinfallen *müssen*. Doch nun kommt der Dreifachtrick, die ganz große Spezialität: Die Schraube verfügt nämlich über noch ein paar Umdrehungen mehr. Die unseren riechen also den Braten, daß sie auf den Leim gehen sollen, und reagieren auf keinen Fall so, wie sie glauben, daß es der Gegner haben möchte. Aber auf einmal – und natürlich viel zu spät – stellt sich heraus: Der Gegner hat von allem Anfang an nur so getan, als wolle er mit Trick und Gegentrick arbeiten, er tut das Offensichtliche *tatsächlich*. Ganz einfach und ohne doppelten Boden.«

Ich denke: Woher hat der gute Jordan denn das? Das klingt doch ganz nach dem Alten. Da redet Jordan auch schon weiter: »Und da gibt's dann schön was zu staunen . . . So oder ähnlich könnte auch diesmal der Hase laufen. Bloß: Die Landestelle ist wirklich die denkbar schlechteste . . . Da sehen Sie's: Allmählich lasse ich mich auch schon infizieren!«

Um aus der Abteilung wegzukommen, schütze ich Reporterarbeit vor – nämlich mit Notizblock und Fotoapparat die Reaktion der Franzosen auf die Invasion beobachten. Das könnte, behaupte ich dem Adju kühn ins Gesicht, für Berlin interessant sein. Und gleich werde ich noch kühner: Um richtig arbeiten zu können, brauche ich noch einen Schwung Isopan-F-Filme.

»Wie viele?« will der Adju wissen.

»Ein Dutzend, wenn's beliebt!«

Weil das klappt, lobe ich mich selber: Verdammt guter Einfall! Da bin ich bestens entschuldigt, wenn ich mal zu spät in der Abteilung erscheinen sollte.

Auf dem Weg ins Hotel kommt mir eine Radierung von Charles Meryon aus dem Handbuch »Die Kunst des Radierens« vor die Augen, das ich seit Jahren mit mir herumschleppe. Es ist »Der Teufel von Notre-Dame«. Da wird die rechte Hälfte eines Ovals ganz vom gewaltig gehörnten und geflügelten Satan beherrscht, der sich mit den Ellenbogen hoch oben auf einer kunstvoll gemeißelten Turmbrüstung aufstützt und seinen Fratzenkopf mit beiden Händen hält. Und um das Ganze noch bedrohlicher zu machen, sieht man über einem Gewimmel von Dächern und Häuserfronten und einem hochragenden gotischen Kirchturm einen Schwarm Krähen in der Luft, und der Satan streckt eine dicke Zunge unter seiner scharfen Krummnase heraus.

Kein »literarisches« Blatt – auch unter denen Max Klingers keins – hat mich je so gefesselt wie diese ins strenge Oval komponierte Radierung aus Frankreich. Ich könnte sie stehenden Fußes aus dem Kopf nachzeichnen: der Untergang von Paris, schon vor etwa hundert Jahren ins Bild gesetzt.

Meryons Satan und die Schimären in meinem Kopf: Das ist ein böses Ensemble.

Paris – nach der Invasion

Bayeux ist in den Morgenstunden unzerstört von den Alliierten erobert worden. Jetzt dürfte es kein Rätselraten mehr geben, wo der Feind mit seiner Hauptmacht landen wird. Nicht in Norwegen, dem »Land des Schicksals«, wie Hitler es genannt hat, nicht in Jütland, nicht im Pas de Calais – und auch nicht bei Saint-Nazaire.

Höchste Alarmstufe für die Küstenverteidigung von der Seine bis zur Schelde ist befohlen: Daß es den Alliierten gelungen ist, sich an der Küste festzukrallen, läßt sich nicht mehr abstreiten. Die Alliierten haben tatsächlich den großen Sprung über das Wasser gewagt.

Die Vorstellung, daß nicht weit weg von hier jetzt Front ist, hat etwas Verwirrendes. Krieg in Frankreich: Daran hat hier nie jemand gedacht. Alle glaubten, das Etappenleben in Saus und Braus würde ewig so weitergehen. Für die Truppen, die in Frankreich stehen, fand der Krieg in Rußland statt. Wenn es hier einer mit der Angst bekam, war es die Angst vor einer Verlegung an die Ostfront.

Die Radionachrichten klingen nach Sieg. Die Redakteure müssen sich hart tun mit dem Problem »Wie sag ich's meinem Volke?«, aber da hilft ihnen sicher die jahrelange Übung über die Hürden. Ich höre, die Luftlandedivisionen des Gegners seien aufgerieben – der Schwerpunkt der Angriffe liege im Raum um Caen: Allem Faktischen zuwider kommt aus dem Radio die Meinung, daß diese Landung nicht die »eigentliche« sei – mehr ein Täuschungsmanöver. Daß es das Ziel der Alliierten sei, die Häfen Cherbourg und Le Havre in Besitz zu bekommen, sei jedoch deutlich zu erkennen . . . Diese Schlauköpfe!

Der Bismarck schneidet mich und macht mich damit unsicher. Was kann das bedeuten? Beim Adjutanten komme ich in aller Form um eine Besprechung ein, die ich dreist »Audienz« nenne.

Daß der Bismarck bei Simones Verhaftung seine Hände im Spiel hatte, daran habe ich, wenn ich es nur zugeben wollte, längst keine Zweifel mehr. Er wird es zwar nicht gewagt haben, mit seinen von Sonja bezogenen Informationen eine förmliche Anzeige abzuliefern. Das wäre die schiere Nestbeschmutzung gewesen. Aber ich kann mir schon vorstellen, wie der falsche Hund sein Wissen an eine höhere SD- oder Abwehr-Charge peu à peu herangetragen hat. Bei der Bocksjagd zum Beispiel. Richtige handfeste Denunziation wird man ihm nie nachweisen können. Dafür ist der Bursche zu gerissen.

Sein Verhalten mir gegenüber erkläre ich mir so: Er ist unsicher, weil er nicht recht weiß, wie es in Berlin gelaufen ist. Und auch nicht, ob ich seine Rolle in diesem Spiel kenne oder nicht. Eins scheint mir sicher: Über die Verhaftungen in Brest und in La Baule ist er noch nicht informiert. Wie scharf ich ihn auch schon beobachtet und auf die Betonung jedes seiner Worte geachtet habe – da war nichts, was vermuten lassen könnte, daß er von Simones Verhaftung weiß.

Aber es wäre doch, sage ich mir, ganz und gar ungewöhnlich, daß man hier nicht weiß, was längst bis nach Berlin durchgedrungen ist. Ich gäbe etwas darum, wenn ich erführe, auf welchem Wege eine so schwerwiegende Information wie die von den Verhaftungen in Brest und La Baule an Paris vorbei ins OKW gelangt sein könnte. Sollte die schützende Hand, die ich über mir zu spüren glaube, am Ende doch die des Öligen sein? Sicher war es falsch, den Öligen in Berlin nicht besser auszuforschen ...

Dann wieder sage ich mir: So einfach darf ich mir das nicht machen! Der Bismarck, dieser Saukerl, kann sich verstellen. Das zumindest hat er gelernt!

Der Bismarck und die Küppers! Solange die Textildame noch im Stützpunkt war, hat sie nur spitze Bemerkungen gewagt. Mit Denunziationen wäre sie schlecht angekommen. So etwas hätte sich schnell herumgesprochen. Aber dann, auf dem Rückweg durch Paris, als ihr Auftrag für die Tapisserie erledigt war, muß sie ausgepackt haben – an der bestgeeigneten Stelle.

Die Genauigkeit vieler Meldungen des Soldatensenders Calais hat schließlich *alle* verrückt gemacht und natürlich die Frage nach dessen Quellen brennend werden lassen. Da brauchte nur noch die Tapisserietante Sonja zu kommen und auf den möglichen Zusammenhang zwischen den Beziehungen »französischer Damen« zu Marineoffizieren zu verweisen – und schon war die Lawine losgetreten. ... Ich kann den Bismarck *sehen*, wie er den balzenden Birkhahn spielt, und die Dame Sonja, wie sie Impressionen und heitere Erlebnisse, kleine, feine Beobachtungen, zur Unterhaltung der Runde zum besten gibt. Alles nach der Methode: Steter Tropfen höhlt den Stein ...

Der Vormittag vergeht schnell in angestrengt verhehlter Spannung. Aus den laufenden Meldungen von der Invasionsküste wird ein vollständiges Versagen der Luftwaffe offenbar, anscheinend gibt es überhaupt keine deutschen Maschinen mehr.

Wieder und wieder trete ich vor eine der großen Wandkarten. In jeder neuen Nachricht, mag sie auch noch so verlogen sein, stecken ein paar Puzzlesteinchen, aus denen ich mein Bild zusammensetze: Mir wird mit der Zeit immer deutlicher, wie die Landung abgelaufen sein muß. Die ersten britischen und amerikanischen Luftlandedivisionen sind am Dienstag schon kurz nach Mitternacht heruntergekommen – ein Uhr dreißig, wie es hieß – und das trotz des bewölkten Himmels. Die verrückten Hunde müssen durch die Wolken hindurchgesprungen sein . . . Dann haben die Schiffsgeschütze zu feuern begonnen: Sperrfeuer gegen das Vordringen unserer Truppen an die Landestrände. Die eigentliche Landung ist bei Tiefebbe etwa gegen drei Uhr erfolgt. Daß sie bei Tiefebbe kommen würden, war klar. Das konnte man sich an den fünf Fingern abzählen: Bei Tiefebbe brauchten die sich nicht vor den Vorstrandhindernissen zu fürchten. Da konnte man sie *sehen* und den Minen ausweichen, die an den Hindernissen befestigt waren.

Zwei Rundfunkfunkleute sind auf abenteuerlichem Weg aus Le Havre zurückgekommen: Die Eisenbahnverbindung sei total stillgelegt, auf den Straßen hätten sie kilometerlange Schlangen von Panzern gesehen.

Ich höre, wie sich die Alliierten die Landestrände aufgeteilt haben: die Briten zu beiden Seiten der Orne, die Amerikaner weiter westlich an der Viremündung und noch höher auf der Halbinsel Cotentin. Gleich in den ersten vierundzwanzig Stunden müssen sechs Divisionen gelandet sein. Und da soll auf unserer Seite niemand spitzgekriegt haben, wie sich dieser riesige Verein auf der Insel fertig gemacht hat, und auch nicht, wohin die Reise gehen sollte? Unsere Abwehr muß total geschlafen haben.

Die ominöse und so vielbeschworene zweite Front! Jetzt könnte sie, wenn sich die Alliierten festsetzen, da sein. Und was ist mit der im Süden? Warum wird die nicht mitgezählt?

Den Bismarck hält es offenbar nicht hinter seinem Louis-seize-Schreibtisch. Bolzengerade stolziert er durchs Haus, das Kinn noch näher als sonst an die Krawatte gezogen. Aber mehr noch fällt auf, daß er auf einmal, wo immer er erscheint, seine vorschriftsmäßig gesteifte Dienstmütze trägt. Die mag es vor allem sein, die ihn noch um Grade imposanter als gewöhnlich erscheinen läßt.

Ganz allgemein geht eine merkwürdige Emsigkeit im Haus um: Die Hofschranzen tun allesamt schrecklich beschäftigt. Mir fällt dazu ein, daß dieses Geschmeiß sich plötzlich so wichtig machen könnte, um seine Unentbehrlichkeit hier in Paris deutlich zu machen.

Pistole tragen ist jetzt Vorschrift. Bismarck hat, als ich gerade kurz außer Haus war, die Pistolentaschen kontrollieren lassen: Zwei Sonderführer, Filmberichter, hatten leere Pistolentaschen – nur Zigaretten und Feuerzeuge darin. Der Bismarck soll getobt haben.

Beim Mittagessen demonstriert der Bismarck mit besonders breitspurigem Gehabe, daß *er* nicht der Mann ist, der den Alliierten auf den Leim geht. Er kennt seine Briten: nichts als Täuschung und Bluff, ein Weltreich auf tönernen Füßen. Morsch und marode, reif, um in Stücke geschlagen zu werden.

Da fällt der Adju ein: »Das rotte Albion!«

Sofort setzt sich der Bismarck bolzengerade auf und dröhnt in die Runde: »Richtig!«

Da fließt nun an der Normandieküste das Blut und in diesem stinkfeinen Stadtpalais wird zur selben Zeit wie immer schnabuliert, mit Phrasendrusch als Begleitmusik.

Der Bismarck kniet sich ganz in seine neue Rolle hinein: der Schlachtenlenker, der sich noch nicht schlüssig ist, wohin er seine Truppen dirigieren soll. Immer wieder mal legt er Messer und Gabel beiseite, stützt beide Ellenbogen auf und das Kinn auf die übereinandergelegten Hände: Bismarck denkt – sogar noch während der Mittagstafel. Wer nur Augen hat, der sieht es. So lautstark eben noch in der Messe palavert wurde, so schweigsam ist jetzt die Versammlung. Keiner wagt es, unseren Bismarck beim Denken zu stören.

Jordan muß meinen Blick gesucht haben: Als ich ihn über die Tafel hin ansehe, dreht er seine Augäpfel dramatisch nach oben. Wie unter einem Imitationszwang tue ich es auch.

Auffallend ist, daß die Tommies bei ihren Minenwürfen die Seinebucht ausgespart haben. Kann das etwa ein Indiz dafür sein, daß die Tommies auch *da* landen wollen? Feldmarschall Rommel erwartet offenbar die wirkliche Landung immer noch genau in *dieser* Gegend. Manches spricht eben doch dafür – zum Beispiel auch, daß die Seinebucht gut gegen die westlichen Winde geschützt ist, die bei Landemanövern erheblich stören oder sie gar unmöglich machen könnten.

Von Unruhe getrieben, steuere ich die Schreibstube an. Ein Schreibersmaat drückt mir gleich den letzten Wehrmachtbericht in die Hand:

»Mittwoch, 7. Juni 1944. Das Oberkommando der Wehrmacht gibt bekannt: Die feindlichen Landungsoperationen an der Nordküste der Normandie zwischen Le Havre und Cherbourg wurden während des ganzen Tages durch starke Seestreitkräfte unterstützt. Zahlreiche im Rücken der deutschen Küstenbefestigung abgesetzte Luftlandeverbände sollten diese Landungen erleichtern und das Heranführen der deutschen Reserven verhindern. Sie wurden zum größten Teil nach kurzem, hartem

Kampf aufgerieben, nachdem sie schon beim Absprung durch die deutsche Flak schwere Verluste erlitten hatten. Es gelang dem Feind, von See her an mehreren Stellen Fuß zu fassen. Die Mehrzahl seiner Brückenköpfe wurde aber im Gegenangriff zerschlagen. Zahlreiche Landungsboote liegen ausgebrannt vor der Küste . . .«

Ich könnte noch einmal »in die Stadt« fahren, will es dann aber doch nicht, weil ich dabei neue Meldungen verpassen könnte. Eine vom Befehlshaber der Sicherung West besagt, daß der Gegner vor Le Havre und Cherbourg Minen wirft. Auch vor Saint-Malo sind Minenwürfe beobachtet worden. Nicht aber in der weiten Seinebucht . . . Bald kann also schon *jede* Vermutung die richtige sein. Ich versuche Jordan, der die neue Meldung auch gehört hat, in ein Gespräch zu ziehen. Aber der hebt nur die Schultern und sagt: »Unverändert: Nichts Genaues weiß man eben nicht . . .«

So ist's recht: immer schön kaltschnäuzig! Dabei dürfte auch Jordan innerlich vor Spannung vibrieren. Aber dann klagt er: »Wir treten uns hier noch die Füße in den Bauch!« und fährt im Beschwerdeton fort: »Wieso wissen wir eigentlich nicht, was die Allies vorhaben – ich meine: was die im Schilde führen.«

Jordan ist wieder richtig in Fahrt.

»Unser Nachrichtendienst muß sich ja wohl aus lauter Blinden und Tauben rekrutieren – mit Hörrohren und Blindenstöcken bewaffnet . . . Wenn bei uns eine Militäraktion dieses Ausmaßes geplant würde, dann würden das doch sofort die Spatzen von den Dächern pfeifen . . . Wenn ich mir vorstelle, daß wir hier herumgammeln müssen, weil unsere B-Dienste nichts taugen – bloß weil ums Verrecken nicht zu erfahren ist, ob diese Landung nur Bluff ist oder doch schon die richtige . . .«

Als wollte ich Jordan auch noch reizen, sage ich: »Je nun, Sie werden es hoffentlich noch erwarten können, daß man Sie an den Feind schmeißt.«

Dafür ernte ich eine Art Irrenwärterblick, aber jetzt schweigt Jordan und kaut auf der Unterlippe.

»Ich schätze, morgen schickt er uns los.«

»Ihr Wort in Gottes Ohr!«

»Sie werden's erleben!«

In diesem Augenblick erscheint der Adju und sagt zu mir: »Sie sind zum Chef befohlen – sofort!«

Jordan betrachtet den Adju wie einen, den er zum ersten Mal sieht, und sagt dann, als habe er gar nichts gehört: »Wird wohl nichts mehr mit unserm Ausflug. Macht aber nichts! Ich muß mich ohnehin dringend um meine Maschine kümmern – der Vergaser! Dann mal viel Spaß!«

Der Bismarck will mich also sehen. Während ich langsam die Treppe hinuntersteige, sage ich mir: Jetzt heißt es aufpassen, der Bursche hat mich im Visier und ist mißtrauisch bis zum Gehtnichtmehr, daß meine Verbindungen nach Berlin quasi hinter seinem Rücken funktionieren und die Überflüssigkeit seiner Existenz deutlich machen könnten: Ich soll ausschließlich von seinen Gnaden existieren! Und natürlich hat er längst gemerkt, daß meine von Berlin befohlenen Abkommandierungen vor allem den Zweck haben, mich aus seinem Dunstkreis zu entfernen.

Simone hat er wahrscheinlich schon hingehängt, und nun hat er auch mich endlich wieder unter seiner uneingeschränkten Befehlsgewalt. Ich bin vom OKW und dem Öligen abgeschnitten und kann nur gespannt sein, was aus der Situation wird. Weiß der Henker, was jetzt im Busch ist!

Der Adju ist mir vorausgeeilt. Er macht mir die Tür zum Bismarck auf und mimt eine Art Empfangs- und Protokollchef. Gut, also das volle Ritual!

Der Bismarck erscheint aus einer Seitentür wie auf der Bühne und schreitet würdevoll die paar Meter bis zu seinem Schreibtisch ab.

Als er sich hinter dem kostbaren Möbel statuarisch aufgebaut hat, mache ich zackig Männchen und lege los: »Leutnant Buchheim meldet sich gehorsamst wie befohlen zur Stelle!«

Als brauchte er, um das zu kapieren, viel Zeit, schweigt sich der Bismarck erst einmal aus und betrachtet seine Schreibtischplatte. Dann nimmt er den Blick hoch und tut so, als entdecke er mich gerade erst. Schließlich sagt er merkwürdig gedehnt: »Sie wollten mich sprechen . . .«

Plötzlich fühle ich mich wild dazu entschlossen, den Bismarck frontal anzugehen.

Ich halte ihm vor, daß ich zur U-Bootwaffe abkommandiert sei und folglich dringend bei einer Flottille antreten müsse, und zwar bei der neunten, bei der mein früherer Kommandant jetzt der Chef sei. Angesichts der Lage dürfe ich keine Minute verlieren. Die U-Boote hätten bei der großen Anzahl alliierter Schiffe für den Nachschub jede Menge Ziele und die auch noch ganz in der Nähe des Einsatzhafens. Kurzum: In Brest bei der Flottille herrsche momentan Hochbetrieb. Ich sei dorthin befohlen und könne mich demzufolge nicht länger hier in Paris aufhalten und auf eine zweite Landung warten. Keck füge ich an: ». . . die doch offenbar nur eine Vermutung ist.«

Das war ein Fehler! Der Bismarck läuft sofort rot an und schnaubt deutlich vor unterdrückter Wut. Und dann bekomme ich meine Abfuhr: Ich solle mir gefälligst nicht *seinen* Kopf zerbrechen. Hier unterstünde ich dem Marinegruppenkommando West und damit ihm. Und *er* bestimme, wo *seine* Kriegsberichter eingesetzt würden. Über die U-Boote hätte ich nachgerade genug geschrieben. Es werde Zeit, daß ich mich auch mal um andere Teile der Kriegsmarine kümmere.

Während er das herunterredet, mache ich meinen Blick so leer wie möglich. Ich hatte so ziemlich alles von ihm erwartet – nur nicht diese Abkanzelung.

Woher mag da bloß der Wind wehen? Mit Simone kann das nichts zu tun haben . . .

Ich solle gefälligst warten, geht die Suada weiter, bis sich die Lage kläre und er seine Entschlüsse fassen könne . . . Damit bin ich entlassen.

Draußen renne ich den Adju fast über den Haufen. Er hat ein Bündel Papiere in der Hand und will damit zum Bismarck. Ob der miese Kerl gelauscht hat? Durch die Tür zu diesem Büro hört man alles: Sie hat viele gläserne Karos und schließt miserabel. Na schön, ansehen kann mir der Bursche wenigstens nichts. Ich stelle die selbstzufriedene Gleichgültigkeit in Person dar. Ich brauche mich dabei nicht einmal besonders anzustrengen: Ich bin tatsächlich, trotz der Abfuhr durch diesen Bismarck mit dem faltigen Puterhals, recht guter Dinge, habe ich doch bei dieser Audienz wohlweislich vermieden, meinen auf Brest lautenden Marschbefehl vorzuzeigen. Der ist in meiner Brieftasche gut aufgehoben, und mit dem habe ich einen Plan. Der Saukerl soll mich nicht so einfach kriegen.

Ich hole zwei-, dreimal tief Luft. Jetzt heißt's auf dem Posten sein und aufpassen wie noch nie!

Mit Berlin telefonieren? Wenn der Bismarck sich versteift – und das tut er dann gewiß –, geraten meine Einsatzwünsche noch zur Staatsaffäre. Und das wäre das Letzte, was in dieser vertrackten Situation zu erstreben ist.

Bereithalten für die eigentliche Landung! Ich bin jedenfalls das Herumhängen gründlich leid. Soll der Bismarck mich doch endlich – in drei Teufels Namen – sonstwohin schicken. Bloß weg aus diesem Nazimief!

Für heute habe ich genug! Ich melde mich aus der Abteilung ab.

Die Straßen bieten das übliche Bild. Auch heute noch keine Spur von Spannung und Nervosität. Aber vor den Métrostationen haben die auf den schwarzen Asphalt geworfenen gelben Métrobillets jetzt fast alle eine Botschaft – nämlich Hunderte von V-Zeichen. Die sind einfach herzustellen: einmal in der Längsrichtung falten, eine Ecke am Bug abreißen und das abgelaufene Billet wieder glätten, das ist alles.

Mir sind die Victory-Billets schon gestern aufgefallen. Jetzt luchse ich, wer diese Markierungen macht. Sie tun es fast alle: Schülerinnen, Arbeiter, alte Männer – sie tun es, ohne hinzugucken, mit betont gleichmütigen Gesichtern, als wüßten sie gar nicht, was ihre Finger da treiben: reiner Zufall, wenn das englische Siegeszeichen dabei herauskommt.

Wenn ich ein Billet hätte, würde ich jetzt vor allen Augen auch ein V hineinreißen – aber ich habe keins. Die Deutsche Wehrmacht fährt gratis.

Die deutschen Panzer, die über den Asphalt rattern, werden von den Straßenpassanten kaum eines Blicks gewürdigt. Nur der Halbwüchsige, der bettelnd auf einem kleinen Blechsaxophon mit einer Papiermembran Musetteliedchen zu blasen versucht, wird böse, weil das Gerassel der Ketten sein kümmerliches Gedudel übertönt. Die Mannschaftswagen, die den Panzern folgen, sind mit viel Grün besteckt – wie die Stellwagen, die in Berlin für den Maiausflug herausgeputzt wurden.

Ein Motiv für ein Foto? Ich zögere, dann lasse ich es sein: Mir ist die Lust zum Fotografieren vergangen. Wozu auch noch? Für uns ist der Ofen doch sowieso bald aus.

Fliegeralarm. Ich suche den Himmel ab, finde aber kein Flugzeug – mein Gesichtsfeld ist ja auch klein: von Gebäuden verstellt. Von den Franzosen wird das Sirenengeheul wie üblich nicht ernst genommen. Sie ärgern sich nur, weil die Métro während der Alarme und längere Zeit danach nicht fährt.

In der Nähe der Métrostation stehen Männer mit alten französischen Stahlhelmen auf den Köpfen und gelben Binden am Ärmel herum. Sie kommen sich, man merkt es an ihrer Verlegenheit, deplaziert vor.

Eine lange Menschenschlange direkt an einer Straßenecke. Am Kopf der Schlange ein alter Mann mit einem eisernen Stuhl. Die Schlange scheint geduldig auf etwas zu warten. Da kommt ein Bursche mit dem Fahrrad und wirft einen Stoß Zeitungen auf den Stuhl. Ich kann von weitem das Balkenwort: »›La Libération‹« lesen. Weil es in Anführungsstrichen steht, ist dagegen wohl nichts zu machen. Darunter Bilder von Flüchtlingen. Die Anführungszeichen können sich die Franzosen leicht wegdenken – und mit dem Artikel können sie auch umgehen. *Wo* die Flüchtlinge fotografiert sind – das wird sie interessieren ...

Ein Kradschütze fährt um ein Haar eine Trotteuse um. Keine Aufregung, im Gegenteil, beide amüsieren sich. Wie von einem Regisseur ausgedacht: der total verdreckte Soldat und die Trotteuse in ihrer schrillen Kriegsbemalung.

Ich habe alle Antennen ausgefahren, aber von dem Aufstand der Résistance, der am Invasionstag losbrechen sollte, ist auch hier nichts zu sehen: normales Straßenleben, wohin immer ich komme. Oder sieht es nur normal aus? Braut sich nicht doch hinter der scheinbaren Ruhe etwas zusammen?

Als es Abend wird, bin ich wieder an der Seine. Flußaufwärts glühen ein paar Mansardenfenster wie von Zimmerbränden auf. Dann wird das ganze Haus von dunkel glosendem Rot entmaterialisiert. Die Quaimauer, an der ich entlangschnüre, stößt, in der verjüngenden Perspektive zum Pfeil gespitzt, schwarzviolett in den Farbrausch hinein. Kein Mensch außer mir scheint zu bemerken, was dem Haus widerfährt.

Und nun kommen Schaluppen die Seine herab: ein Bild der Fauves, eins von Vlaminck, dem wildesten von allen.

Der Himmel verblaßt. Dann wird er hellviolett übertüncht, aber der Brand vor mir dauert immer noch an. Ein großes Atelierfenster fängt Feuer. Und nun auch eine Turmspitze am Palais de Justice gegenüber.

Die Seine ist zu einem Blutstrom geworden. Jedermann müßte Angst bekommen und schreien, aber die letzten Radfahrer fahren weiter über den Pont Neuf, von der Brückenmauer halb verdeckt. Die Köpfe der Passanten bewegen sich wie rotüberfangene Rosenkranzperlen über die Mauerbrüstung hin: Keiner hält an.

Immer mal wieder kommen mir Ausdrücke in den Sinn, die bei uns zu Hause gebraucht wurden. »Das dauert ja ewig und drei Tage«, sagte meine Großmutter, wenn etwas nicht zu Ende gehen wollte. Ich kann doch nicht ewig und drei Tage in Paris herumstreunen, denke ich gleich, aber da fällt mir ein: Sogar der gute Jordan hat gewußt, daß in einer Nebenstraße, nur einen Katzensprung von meinem Hotel weg, der vielgerühmte Edelpuff Le Chabanais liegt.

Ich wollte mir den Laden doch längst mal ansehen – ganz einfach, weil so viel von ihm geredet wird. Es hieß immer, er sei noch weitaus üppiger ausgestattet als alle anderen Bordelle: Superluxus. Auf der Empfehlungsliste der Standortkommandantur figuriert das Chabanais nicht. Hat es nicht nötig.

Jetzt noch, quasi auf den »letzten Drücker«? frage ich mich. Da kommt schon eine Art Trotz in mir hoch: nun gerade erst recht! Carpe diem! Und wenn der ganze Schnee verbrennt! Und da kommt mir gleich noch ein anderer Spruch in den Sinn: Kinder, genießt den Krieg – der Frieden wird fürchterlich ...

Das Chabanais ist erst ab Mitternacht für Offiziere geöffnet. Weil es also noch zu früh ist, stiefle ich zum Boulevard vor und trete in eins der großen Musikcafés und finde in einer entlegenen Ecke ein freies Tischchen. Da es an allen Wänden Spiegel gibt, brauche ich den Kopf nicht zu drehen, um das ganze ad infinitum durch Spiegelreflexionen vergrößerte Lokal im Auge zu haben: vom Ausgang zum Boulevard hin bis zu dem mit jugendstiligen Fliesen belegten Paravent, der die WC-Türen verbirgt. Zugleich sehe ich die Damenkapelle hinter mir und die Flaschenreihen an der Rückwand der Bar gegenüber. So, mit dem peripherischen Blick erfaßt, sollte ich das malen: die tausend Splitterformen, die heftigen Überschneidungen, das verrückte Spiel von Reflexen allein in der Spiegelwand hinter der Flaschengalerie, das Diamantgefunkel zwischen giftigem Menthegrün und scharfem Pastisgelb, dazu die Spiegelung der bunten Flaschenetiketten und dazwischen die Ponyfrisur und ein blau untermaltes Auge der Vorgeigerin. Groß davor, als geschlossener Flächenkontrast gegen das Gewimmel, die schweißige rosa Glatze eines Kellners, auf die ein von hinten her hochgezogener, kammartig sich abzeichnender Haarstrang aufpomadisiert ist. Und rechts unten die von einer Art Büstenhalter aus grünen Glitzerpailletten scharf modellierten Brüste der Sängerin, ihren weiß gepuderten Busen rahmen zwei Paneele, und der Hals einer Flasche Rémy Martin teilt ihn fast in der Mitte.

Die rotierenden Glitzerkugeln an der Decke zerstücken mit ihren wandernden Reflexen alles Kompakte in immer neue Formensplitter, zaubern bewegte Helldunkelmuster auf die fleckigen, fast bis zum Boden reichenden Schürzen der Kellner, lassen Glitzerstrahlen aus schwimmenden Augen schießen, nehmen Pferdegebissen ihren Schrecken, reflektieren so heftig in dem vielen Straß, den die Musikdamen im Haar und auf den Kleidern tragen, daß ich mich in Aladins Wunderhöhle wähne, lang ziehende Geigentöne über dem dumpfen Brodeln der Gespräche im Ohr. Dazu der Zigarettenrauch, der alles, die Kontraste bläulich mildernd, zusammenfaßt. An der Decke drehen sich Propeller, so groß wie die von Sportflugzeugen.

Der Eingang des Chabanais wird von einem intensiven blauen Licht markiert statt von einem roten, wie es sich für Bordelle gehört.

Als ich in den Salon trete, verschlägt es mir schier den Atem. Ich kann nur mehr stottern, anstatt zu parlieren. In meiner Rolle als »Okkupant von Welt« bin ich jählings ins Schwimmen geraten. Was Wunder! Der Goldprunk *muß* einen ja blenden!

Amphorenähnliche Vasen ohne Blumen, Leuchter ohne Kerzen, rötliches Licht aus verhängten Ecken . . . Zwischen bordeauxroten, opulenten Portieren sitze ich auf einem Operettenstühlchen wie im Wartezimmer des Doktors und weiß nichts mit mir anzufangen. Durch den Spalt unter der Tür höre ich Getuschel. Am liebsten würde ich schnell wieder verschwinden.

Ich bin wahrscheinlich immer noch zu früh dran. Trotzdem könnten sich die Damen ein bißchen beeilen. In dem Bums in der Rue Notre-Dame-de-Lorette klappte das besser. Und der ist auch nicht schlecht eingerichtet. Wahrscheinlich sogar der gemütlichste von allen. Dort war ich mit Küppers: zwei Kriegsmaler im gleichen Puff.

Das war Küppers letzte Parisreise. Dann ist er abgesoffen. Er wußte, was ihm blühen würde – just wie es die meisten wissen, wenn sie zur letzten Fahrt auslaufen.

Mir wird gleich blümerant. Keine gute Stimmung für den Puff. Der rotgesichtige Küppers mit den Nikotinfingern will mir wohl den Spaß verderben ...

Da erscheint Madame endlich wieder, die mich gleich am Eingang von einer Art pompösem Thron aus abkassiert hat, und flötet gleich los: »Je vous présente un choix«, und damit brennt sie eine starke Lampe an, die eine kleine Bühne beleuchtet, auf der jetzt offenbar ihre Damen Revue passieren sollen – und ich davor auf diesem kleinen, vergoldeten Stühlchen.

So hatte ich mir einen Edelpuff nun auch wieder nicht vorgestellt, nicht auf sozusagen nüchternen Magen so schwer verkraftbar. Der Betrieb scheint tatsächlich noch nicht in Schwung zu sein: Offenbar bin ich der einzige Gast.

Mir ist auf einmal gar nicht mehr nach Bordell zumute, und ich sage: »Excusez-moi, mais je pense, qu'il est encore un peu trop tôt ...«

Madame weiß für einen Augenblick sichtlich nicht, ob sie die Zuckersüße oder die Verärgerte spielen soll. Sie entscheidet sich für zuckersüß *und* verärgert und stellt sich so, daß mir der Rückzugsweg regelrecht versperrt ist.

Also setze ich mich wieder auf mein Stühlchen, und jetzt geht die Tür auf, zwei Scheinwerfer werden angeknipst, und ein Dutzend Vestalinnen defiliert vor mir und verteilt sich auf der Miniaturbühne.

Dann, wie auf Befehl, lassen die Schönen Togen und Schleier von den Schultern gleiten und zeigen eine wahre Musterausstellung von Brüsten: prall vorgereckte, spitze, füllige, hängende ...

Eine schiebt mir, mit festem Blick in meine Augen, ein Pantöffelchen entgegen, eine andere läßt ihre Zungenspitze zwischen ihren tiefroten Lippen hervorschnellen. Eine dritte bedenkt mich mit einem vulgären Grinsen. Die meisten aber bringen nicht mehr zustande als ihr eingelerntes Lächeln.

Ich spüre, wie es mir die Röte ins Gesicht treibt. Am liebsten würde ich wirklich nur schnell wieder verschwinden. Aber Madame, die ich hinter mir spüre, tönt jetzt halb schmeichelnd, halb energisch: »Faîtes votre choix, monsieur!«

Ich habe also die Qual der Wahl wie bei einer langen Speisekarte. Eine Auswahl, wie sie dem Gott Paris zugemutet wurde, hätte genügt: drei Gerichte, drei Kontraste. Aber was hat sich hier nicht alles versammelt und dringt immer noch durch zwei Tapetentüren rechts und links herein und posiert wie in Chargenrollen: herrisch, unterwürfig, provozierend, verschlossen . . . An jeden Geschmack ist gedacht: Rechte Pummel sind dabei, halb verschämte Dienstmädchen, exotische Paradiesvögel. Einige blicken mich so erwartungsvoll herausfordernd an, daß ich vor Verlegenheit die Augen niederschlage. Ich versuche, mich connaisseurhaft routiniert zu geben, aber mein Schlukken muß mich verraten. Die Ladies werden hinter der Kulisse schön was zu kichern haben . . .

Nur jetzt nicht kneifen! »Wir wanken und wir weichen nicht, bis daß das Auge bricht . . .« Mir einen ansaufen, das hätte ich machen sollen. Kneifen geht nicht mehr.

Ich zeige aus lauter Verlegenheit auf die Nächstbeste. Gleich sehe ich: Was habe ich mir da nur eingefangen . . . Ich bin ja wohl nicht recht bei Sinnen!

Abgeführt: Das ist das Wort! Ich werde richtiggehend abgeführt. Eskortiert von der Puffmutter und dem großäugigen Wesen, das ich ausgewählt habe und das mir bei den ersten Schritten schon mal probeweise an den Hosenschlitz greift.

Ich nehme die aladinsche Wunderhöhle, in die ich verschleppt werde, nur wie durch leichten Dunst auf: rote Portieren mit viel Fransen und Bommeln natürlich. Tausend Kissen. Spiegel überall, wo zwischen den Portieren und Behängen noch Platz ist. Ein riesiger als Decke des Baldachins direkt über dem Bett. Ich nehme die ganze orientalische Pracht wahr, ohne sie richtig zu sehen.

Meiner Nase wird auch etwas geboten: Es riecht wie erzgebirgische Räucherkerzen, diese fingergliedgroßen roten oder schwarzen Glimmkegelchen. Liegt es etwa an diesen Weihrauchdüften, daß ich mich wie in halber Trance fühle? Und wenn schon! So soll mir's gerade recht sein, und ich kann mit mir geschehen lassen, was diese grell geschminkte Vestalin auf dem Programm hat.

Zuerst werde ich langsam, langsam wie auf einer Stripteasebühne entkleidet. Dann folgt die Reinigungsprozedur – und dann gehorche ich einfach weiter. Ich lege mich, unter ständigen guttural getönten Anweisungen, auf den Rücken, und dann lasse ich mich reiten und höre mir ein Gewimmer und Gestöhne an, wie es mir noch nie geboten wurde.

Dabei reißt die Schöne die Augen so weit auf, daß mich für Sekunden ein Lachreiz ankommt, und das genügt schon, um meine Standfestigkeit zu schwächen. Dafür ernte ich einen strafenden Blick und eine ganze gutturale Sequenz aus Tadel. Gott sei Dank komme ich wieder auf den Posten. Trotzdem wird's im Ganzen ein einziges Hängen und Würgen.

Zuviel Theater! sage ich mir zum Trost, als ich wieder auf der Straße stehe. Schade ums viele Geld! Dieses Übermaß von Inszenierung bekommt mir nicht. Ich Idiot wäre an der Porte Saint-Denis verdammt viel besser bedient worden. Mit meinen Erinnerungen an die tüchtigen Backschafterinnen dort können diese hochgekächerten Tempelhüterinnen sich nicht messen.

Donnerstag früh. Ich höre, daß die Alliierten zwei Tage vor Beginn der Invasion, also am Sonntag, in Rom einmarschiert sind. Der halbe italienische Stiefel ist verloren – jetzt bleibt nur noch ein Stück Schaft und die Stulpe. Wie es im Osten aussieht, kann ich nicht erfahren.

Sonst immer wieder die gleichen Palaver: »Die eigentliche Landung ist das nicht!« – »Die werden sich doch nicht an der Steilküste totrennen!« – »Alles nur Bluff und Ablenkungsmanöver.«

Ich trete wieder vor die große Karte: Die Sommeniederungen, die Bordeauxküste, die Loiremündung – alles gute Landeplätze. An einer *dieser* Stellen hätten sie kommen müssen. Aber die Brüder waren offenbar so schlau, just die Landeplätze, die sich anboten, zu meiden und dort zu landen, wo es niemand vermuten konnte. Überall dort, wo man auf eine Landung der Alliierten getippt hat, ist das Gelände gut befestigt. Aber an der nördlichen Normandieküste?

Ich wünschte, der Bismarck ließe seine fixe Idee fahren. Ich wünschte, ich könnte hier weg – raus aus dieser Stickluft – und müßte dieses labernde Gesocks – meine Kameraden! – nicht mehr sehen und hören.

Der gute Jordan hatte so sicher behauptet, heute ginge es los, aber der Vormittag verläuft wie der von gestern: *Nichts* geht los. Sogar die Betriebsamkeit hat sich wieder gelegt, der Bürobetrieb läuft nach der normalen, gut eingefahrenen Routine, nur die aus den Stützpunkten Herbeigetrommelten wissen nicht recht, was sie tun sollen, und hängen herum – mißmutig, sauertöpfisch, ihrer Umwelt und sich wohl auch selber zur Last.

Es heißt, bislang hätten die Alliierten sechs Divisionen angelandet.

Immer wieder frage ich mich: Wo sind nur unsere Vorposteneinheiten geblieben? Sechs Divisionen mit ihrem gesamten Material, das ist ein riesiger Fackelzug von Schiffen – also Ziele in jeder Menge. Aber anscheinend kutschieren die Schiffe auch jetzt noch hin und her, ohne dabei gestört zu werden – wie im tiefsten Frieden also.

Der ganze Laden hier ist ein einziges Abwarten und Am-Ort-Treten geworden. Nur der Gauredner ist oft aushäusig: Er nimmt regelmäßig an der Lage bei der Marinegruppe West teil. »Der Kapitän ist beim Marinegruppenkommando!« heißt es dann . . .

Unser begnadeter universaler See- und Landstratege wird nun bald etwas veranlassen *müssen*. Daß wir noch länger hier herumsitzen, nur weil er immer noch auf die »eigentliche« Invasion wartet, das kann doch nicht angehen.

Wenn dieses Warten von einem auf den anderen Tag so weitergeht, werde ich mir wohl noch ein Wochenendprogramm für Paris machen müssen. Das hätte ich mir auch nie vorstellen können, daß mir hier die Zeit einmal lang werden könnte . . . in Paris!

Mir läuft aber auch schon alles quer. Erst das Zusammentreffen mit diesem ganzen Verein, den ich sonst, so gut es geht, meide – und jetzt diese verrückte Wartestellung mitten unter Widerlingen.

Die Spannung loswerden: Dazu müßte ich mich wieder einmal aus der Abteilung verdünnisieren und in der Stadt herumtreiben. Mir fällt auch ein stichhaltiger Vorwand ein: absolut nötiger Materialeinkauf, um für die Invasion gerüstet zu sein. Schließlich bin ich Kriegsmaler. Und es stimmt ja: Ich habe tatsächlich nicht mehr genug Papier und Gouachefarben. Fixativ brauche ich auch, aber ob ich das noch auftreiben kann, ist fraglich. Und das alles gibt es nur in bestimmten Läden in der Rue de Seine und der Rue Bonaparte. »Vielleicht auch noch auf dem Montparnasse – ganz oben am Boulevard Michel«, sage ich dem Adju.

Und es klappt tatsächlich! Angesichts der Lage bekomme ich ohne das übliche Hickhack Wagen und Fahrer. Den Fahrer kann ich dirigieren, wohin ich will, und dann warten lassen, solange ich will.

Zunächst fahren wir zur Place Vendôme, und ich lasse den Fahrer einmal ganz um die Säule mit dem Standbild Napoleons obendrauf herumfahren. Vor dem Hotel Ritz stehen zwei Schilderhäuschen mit Posten. Klar doch: Die Nobelherberge werden die allerfeinsten Chargen beschlagnahmt haben.

Auf dem Marineministerium und dem Hotel Crillon weht die Reichskriegsflagge. Schon seit dem 14. Juni '40 sind wir als Okkupanten hier. Ab halb sechs morgens marschierten die deutschen Truppen an diesem 14. Juni in die Stadt ein, und bald schon wurden überall Hakenkreuzflaggen gehißt, und da wehen sie jetzt noch. Und am Palais Bourbon hing ein meterhohes Spruchband: »Deutschland siegt an allen Fronten«. Das wird dort wohl kaum noch hängen . . .

Fast vier volle Jahre! Keine gute Zeit für die Franzosen. Wir haben uns unbeliebt gemacht, so sehr das nur möglich war. Provokation, Demütigung, Schikanen. Sogar noch jeder einzelne Brief, der hier in den Kasten fällt, wird geöffnet und durchgestänkert. Ausgerechnet meine Jugendfreundin Margret gehört zu einer Weiberschwadron, die dieses triste Geschäft betreibt.

Über die Place de la Concorde zockeln Pferdewagen, und die werden von den nur wenig schnelleren Velotaxis überholt. »Zivile« Autos gibt es kaum noch.

In dem runden Bassin zwischen Jeu de Paume und Orangerie lassen gut behütete Kinder Segelboote fahren. Die kann man von alten Frauen mieten wie die eisernen Stühle auch.

Wehmut erfüllt mich: Die Bilder, die ich jetzt in mich aufnehme, werde ich nie wieder sehen. Paris wird über kurz oder lang für immer verloren sein. Der Tritonenbrunnen, die Nadel der Kleopatra, die Säulen der Madeleine – alles steht noch und ist unversehrt – aber wie lange noch? Wenn ich die Augen schließe und mir vorstelle, was alles ich noch einmal sehen möchte, welche Straßen noch einmal durchwandern, dreht es sich mir im Kopf, und tief im Bauch sitzt mir die Angst, mit der ich nicht fertig werde.

Damit dem Fahrer nicht auffällt, daß ich ihn rein impulsiv nach meinen Sehnsüchten durch die Stadt dirigiere, sage ich ihm, er solle nur auch tüchtig aufpassen und nach Läden für Künstlermaterial Ausschau halten, davon gebe es in Paris zwar mehr als in irgendeiner Stadt auf dem Globus, was ich aber brauchte, sei schwer zu finden, jetzt im Krieg.

Einmal bin ich schon mit einer Rolle unter dem Arm zurückgekommen, ein andermal mit einer Mappe, feinstes getöntes Ingrespapier darin.

Schließlich fahren wir über den Pont Neuf auf die andere Seineseite hinüber und ein Stück seineabwärts. Ich will auf Umwegen noch einmal bis hinauf zur Sacré-Cœur und, wenn's geht, noch weiter kreuz und quer.

Plötzlich schießt es mir wie goldene Blitze von rechts her in die Augen. Voilà! Das über und über vergoldete Denkmal der Jeanne d'Arc! Ich lasse halten und langsam zurückstoßen. Was für ein lachhafter Kitsch – und was für ein schlecht gewählter Platz! Simone wäre der Anblick aber sicher zu Gemüte gegangen. Vielleicht hat sie das Denkmal sogar von der gleichen Stelle wie ich jetzt ins Auge gefaßt. Und wenn ihr dabei der Gedanke gekommen sein sollte, diesem über und über vergoldeten, zur Nationalheldin aufgestiegenen Bauernmädchen »Jeanne la Pucelle« nachzueifern – zum höheren Ruhme Frankreichs? Simone, die Jeanne d'Arc von La Baule?

Daß sich viele Pariser am Gedenktag für die Jungfrau zu Orleans neuerdings besonders festlich anziehen, weiß ich. Das gehört zu den heimlichen Kundgebungen gegen uns Okkupanten ...

Die Gelegenheit ist günstig, auch schnell noch einmal in die Rue Toricelli zu fahren – im 17. Arrondissement. Dort hat Simone früher schon mal mit ihrer Mutter gewohnt. Die Wohnung gehört ihrem Vater. Vielleicht, denke ich mir, hat die Concièrge irgendeine Nachricht von Simone.

Ein Glück, daß dieser Fahrer kein Dummkopf ist: Ich brauche nur mit meinem Bleistift ein Kreuzchen auf den Stadtplan zu machen, und schon nickt er und fährt in die gewünschte Richtung. Sein Kilometerzähler ist nicht in Ordnung, das hat er mir gleich gesagt, und den Benzinstand kontrolliert keiner. Dem Fahrer scheint unser Herumgondeln durchaus zu gefallen.

Die alte weißhaarige Madame Barrault hat leider keine Nachricht von Simone oder ihren Eltern. Sie ist aber ganz aus dem Häuschen. Die Radiomeldungen von der Landung der Alliierten lassen sie unverhohlen frohlocken: »Que je suis contente! Ma fille va retourner!«

Madame Barraults Gezeter geht mir durch und durch.

Fast hätte ich es vergessen: Ihre Tochter ist in Deutschland in Haft. Sie selbst war auch schon wegen Hehlerei mit Wehrmachtsgut und Schwarzhandel eingesperrt. Als Grund ihrer Bestrafung gibt sie aber nur »Beleidigung der deutschen Wehrmacht« an. Jetzt erzählt sie mir gar, wie neugierig sie sei, mit was für einem Orden sie wohl eines Tages belohnt werde.

Madame Barrault denkt gar nicht daran, ihre Zunge zu hüten. Ich verkneife es mir, sie zu mahnen, daß sie dabei auch einmal an den Falschen geraten könnte.

Als ich zurück in der Abteilung bin, lese ich einen neuen Wehrmachtbericht:

»8. Juni 1944. Das Oberkommando der Wehrmacht gibt bekannt:

In der Normandie versuchte der Feind, die gebildeten Brückenköpfe zu verstärken. Neue Landungsversuche fanden aber nicht statt. Östlich der Ornemündung wurde der Feind auf engem Raum zusammen- und von der Küste abgedrängt.

Aus seinem Brückenkopf zwischen Caen und Bayeux trat der Feind in südwestlicher Richtung zum Angriff an. Gleichzeitig hat der Gegenangriff unserer herangeführten Reserven begonnen. Um die Stadt Caen ist zur Zeit ein heftiger Kampf im Gange. Überall im feindlichen Brückenkopf halten sich einige Stützpunkte in unerschütterlicher Abwehr.

Die amerikanischen Truppen, die sich nördlich Carentan am Fuße der Halbinsel von Cherbourg aus der Luft und von See her festgesetzt hatten, erlitten schwerste Verluste. Die eigenen, konzentriert geführten Gegenangriffe pressen den Gegner immer mehr zusammen.

In der Bucht von Saint-Martin an der Nordwestspitze der Halbinsel wurde ein feindlicher Landungsversuch im Feuer der Küstenbatterien zerschlagen.

Die Marineküstenbatterie Marcouf liegt seit Beginn der Invasion im Schwerpunkt des Kampfes gegen die feindliche Landungsflotte im Ostteil der Halbinsel Cherbourg. Trotz heftiger Beschießung von See her und starker Luftangriffe vernichtete sie mehrere Landungsfahrzeuge und versenkte durch Volltreffer ein feindliches Kriegsschiff vom Kreuzertyp. Nachdem sie von den feindlichen Fallschirmjägern eingeschlossen war, hielt sich die Batterie gegen die überlegenen feindlichen Kräfte und sprengte schließlich den Einschließungsring.«

»Landungsversuche fanden nicht statt . . .« – die nicht stattgefundenen Versuche! Auch der Dümmste muß doch merken, daß das keine Berichte sind, sondern höchst tendenziöse Leitartikel, und die »gebildeten Brükkenköpfe« – die sind der schiere Quatsch.

»Und die U-Boote?« fragt mich Jordan, der neben mich getreten ist, während ich las.

»Abwarten und Tee trinken«, gebe ich so trocken wie möglich zurück. Ich wünschte, ich wäre in Brest.

Jordan beklagt sich laut: »Gestern hieß es noch, die Mehrzahl der gegnerischen Brückenköpfe wären zerschlagen – und jetzt tritt der böse Feind zum Angriff an: sicher aus einem von den total zerschlagenen Brückenköpfen!«

Nach einer ganzen Stunde kaue ich immer noch an dem Wehrmachtbericht. Nicht zu verstehen: kein Wort von den U-Booten! Heute nicht, gestern nicht, vorgestern auch nicht. Und unsere anderen Seestreitkräfte? Wo stecken zum Beispiel die Verbände des BSW? Hat der Admiral Ruge samt seinen Mannen in der Invasionsnacht etwa geschlafen? Und wo sind unsere Zerstörer, Minensuchboote, Räumboote? Von schweren Einheiten können wir ohnehin nicht mehr reden.

»Das Ganze ist mir nachgerade Hekuba«, sage ich halblaut zu Jordan.

»Klingt gebildet!« gibt Jordan zurück. »Betonung auf der ersten Silbe – ganz, wie es sich gehört!«

Damit macht er mich wütend: »Ich dachte, wir hätten unter anderem auch noch eine richtige Kriegsmarine und nicht nur U-Boote.«

Da gibt Jordan mit einer Verbissenheit, die ich an ihm gar nicht kenne, zurück: »Eine Luftwaffe, denke ich, haben wir auch! Und vergessen Sie nicht unsere Kampfschwimmer!«

So mit Jordan zu reden hat wenig Zweck. Ich behalte also, was ich denke, lieber für mich: Da laufen nun, um den Seeraum vor der ganzen langen Westküste zu kontrollieren, Nacht für Nacht die Vorpostenboote aus – nur um Verluste zu sammeln, die ihnen die englischen Schnellboote zufügen –, und just in der Nacht, in der es darauf angekommen wäre, den Gegner rechtzeitig zu sichten, waren sie nicht auf ihren Positionen . . . Da könnte einer doch glatt an Sabotage denken.

»Wie wär's mit einen draufmachen, bevor's zu spät ist?« fragt Jordan. Nach dem Saufraß in der Abteilung seien wir unseren Körpern ein anständiges Essen schuldig. Es müsse ja nicht gleich das sündteure Tour d'Argent sein . . . Aber Jordan ist offenbar entschlossen, für ein standesgemäßes Souper ordentlich etwas springen zu lassen.

»Ich hab noch reichlich Pinkepinke. Aber noch mal lassen wir uns nicht reinlegen!« sagt er wütig.

Also auf ins Quartier Latin. Da gibt es die größte Auswahl an Restaurants: serbische, die noch mit echtem Tschischkebab aufwarten, chinesische, die ihre geheimen Reisquellen haben, tatarische, italienische . . . Ich schwelge insgeheim schon in Vorgenüssen.

Am Ort unserer Erwartungen werden die Hoffnungen auf ein gutes Essen jedoch flüchtig. Das eine Restaurant zeigt ein Schild: »Fermé par manque de charbon«, das andere hat gerade heute seinen Ruhetag, das dritte auch. Das vierte ist einfach zu – ohne jede Begründung.

Jordan setzt eine bedepperte Miene auf. Aber noch lassen wir uns nicht entmutigen, sondern stoßen vom Boulevard Saint-Michel in immer neue Seitengäßchen vor. Wir durchstreifen auch die Gegend um die Sorbonne. Hier und da hat ein Restaurant seine Speisekarte ausgehängt. Wir entziffern geduldig verkleckste, hektographierte Schriften, bis Jordan jedesmal sagt: »Nee, das isses nicht. Nicht für meiner Mutter ihr'n Sohn . . .«, und wir dann weiterziehen – jetzt den Hügel hinab durch die kleine Gasse, in der das winzige Théatre des Noctambules liegt. Hier wurde während der beiden vergangenen Jahre Gionos Stück »Le Pont de la Route« achthundertmal aufgeführt. Ein paar Häuser hinter dem Theater ragt wieder eine der von uns so gesuchten Restaurantmarkisen übers Trottoir. Das Lokal ist so schmal wie die kleinen Läden hier auch. Ein paar Fahrräder sind gegen die Scheibe gelehnt. Eine Karte ist nicht zu sehen. Da wir des Herumlaufens überdrüssig sind, zudem durch die offene Tür ein Düftchen von Gebratenem und womöglich Pommes frites herausströmt und der Hunger sich auch recht bemerkbar macht – Jordan hat sich schon zu der Behauptung verstiegen, ihm schwindele bereits und lange täte er es nicht mehr –, sind wir nach ein paar hin- und hergehenden Blicken entschlossen, einen Versuch zu wagen.

Der enge Raum ist mit Fliesen ausgelegt, wachstuchüberzogene schmale Bänke laufen an den Wänden entlang. Die Tischchen davor bilden eine geschlossene Reihe, die ein Galgenvogel von Kellner erst mit weitausholenden Bewegungen und heftigem Schwingen seiner Serviette auseinanderreißen muß, damit man sich hindurchzwängen und auf die Wachstuchbank setzen kann.

Wie der Sitz des Gerichtspräsidenten steht mitten im Raum ein unverhältnismäßig großer Holzaufbau, hinter dem statt der üblichen Matrone ein massiger Kerl mit fliehender Stirn, hohem Hinterkopf und fein gekräuseltem, pomadisiertem Haar thront. Er nickt uns gönnerhaft zu. Ich nicke zurück.

Statt nun wieder zu unserem Tisch zu kommen, bleibt der Kellner mit der Miene ergebener Bescheidenheit im Hintergrund. Dafür befragt uns ein jüngerer, im Gegensatz zu dem Thronenden sehr elegant gekleideter Kerl, ein ausgesprochener Tatarentyp, den wir eben noch für einen Gast hielten, nach unseren Wünschen. Wer gehört zum Haus, wer nicht? Die etwas dicke, grellbemalte Dame in der Ecke neben dem Thronsitz scheint auch kein Gast zu sein.

Wir bestellen nach der Karte, die sich liest wie ein Märchen aus Tausendundeiner Nacht, Spargel mit Öl und Salami, Rumpsteaks mit Pommes frites, Kirschen in Likör.

Des Tataren Äuglein gehen, während ich unsere Wünsche vorbringe, wie die eines Frettchens aufgeregt hin und her. Er nickt Zustimmung, wieselt weg und erscheint schon kurz darauf wieder – diesmal mit einer weißen Mütze auf dem Kopf, eine Serviette um den Hals geknotet, wie es Art der Köche ist, und macht uns mit Gesten und Redeschwall deutlich, daß in seiner Küche jetzt allerlei anhübe.

»Der Laden ist richtig!«

»Die Preise auch«, meint Jordan lakonisch und versinkt ins Brüten. Plötzlich aber schlägt er mit der flachen Hand auf den Tisch und brüllt: »Sei's drum!«

Die Bemalte schrickt davon aus ihrer stumpfen Lethargie auf. Jordan lüftet sein Gesäß und verbeugt sich zur Entschuldigung in ihre Richtung. Das gefällt ihr so sehr, daß sie ihren ondulierten Kopf wie ein Wellensittich nach links und rechts legt.

Wie ihr zur Belohnung sagt Jordan nun noch mit schier verträumter Stimme: »Einmal noch aufs Ganze . . .«

Draußen kreischen Bremsen. Die Bemalte macht einen langen Hals, wodurch das Doppelkinn fast verschwindet, und äugt über die Gardine. Der Koch steckt seinen Kopf aus einem Guckfenster in der Küchentür, der Kellner tut ein paar tänzerische Schritte zum Eingang hin. Es sieht so aus, als würden angemeldete Gäste erwartet. Aber das lärmende Knäuel, das sich hereinzwängt, sieht ganz anders aus: fünf Kerle wie von einem Rollkommando, zwei in fettbefleckten Overalls, drei in Lederjacken mit abenteuerlich gemusterten Hemden darunter. Ein Dicker in dunkelblauem Overall scheint der Anführer zu sein.

Erstaunlicherweise nimmt das Begrüßungslächeln um keinen Grad ab. Das Rollkommando wird vielmehr fast devot beflissen in die äußerste, schlecht belichtete Ecke komplimentiert. Der Obersultan ist von seinem Podest herabgestiegen und weist jedem einzelnen mit schwungvollen

Armbewegungen einen Platz zu. Die Bemalte lächelt über alle Maßen süßlich und wie entschuldigend zu uns her. Sie hält dabei den Mund fest geschlossen, so daß sich Doppelgrübchen auf ihren Wangen bilden. Wahrscheinlich, denke ich, sind ihre Zähne eine Katastrophe.

Der Obersultan stakst sodann wie unschlüssig in dem schmalen Gang herum, schließlich greift er sich eines der zierlichen Stühlchen, trägt es in die Ecke der neuen Gäste, plaziert es in eine Lücke und läßt sich sehr vorsichtig darauf nieder.

Ob Wein gefällig sei, befragt er sitzend die neuen Gäste und zählt schnell die verfügbaren Namen herunter, entschließt sich aber, ehe noch einer antworten kann, zu: »Alors ... vin d'Alsace!«

Hier hakt Jordan, der gebannt zugeschaut hat, ein: »Das war auf der Karte der billigste! – Komisch.«

Der Kellner hastet hin und her, und bald ist das Lokal von sprudelndem Lärm erfüllt. Der Dicke ist anscheinend der Mann, der mit dem Stock an den Felsen klopft und all die Gottesgaben herbeizaubert: Fleisch, Fisch, Krabben ... So läuft das also: Gegen Geld gibt es auch jetzt noch, was das Herz begehrt. Gegen viel Geld zumal.

Es dauert nicht lange, da erscheint der Koch und setzt sich ohne viel Umstände zu uns an den Tisch. Wir erfahren, daß er zur See gefahren ist. Auf einem Frachter. Es stellt sich heraus, daß Jordan einige seiner Häfen kennt. Das schlägt sicher zu unserem Vorteil aus.

Als neue Gäste kommen, werden ihnen zwar die Fahrräder schnell abgenommen, aber dann müssen sie warten. Der Koch arbeitet jetzt offenbar nur noch für uns.

Die Neuen sind gutgenährte und lärmende Typen, einige mit Baskenmützen, die sie auf dem Kopf behalten. »Allemagne, très bon!« – »Nous sommes des frères!« biedern sich zwei bei uns an.

Diese Brüder kenne ich: unsere Freunde. Jetzt ist es hier schon nicht mehr so gemütlich wie vorher. Mich beschleicht ein Gefühl von Fehl-am-Platz und dann, als unser Essen auf dem Tisch steht, kommt es mir sogar vor, als würde ich an einer Séance mit Geistererscheinungen teilnehmen: Der Bauch von Paris knurrt. Viele Bahnverbindungen, vor allem in die Normandie, sind so gründlich zerstört, daß nicht einmal vom Notwendigsten genug in die Stadt kommt. Und dann das hier! »Les restrictions« – das muß in diesem Etablissement eine unbekannte Vokabel sein.

Aber warum staune ich eigentlich so? Simone hat mich doch längst aufgeklärt: Wer zur Kaste derer gehört, die mit den Buchstaben BOF (beurre, œufs, fromage – Butter, Eier, Käse) bezeichnet wird, muß im besetzten Frankreich keinen Hunger leiden. Auch die nicht, die an Marketenderware der Deutschen Wehrmacht herankommen. Die vor allem ist begehrt und längst gängiger Liebeslohn.

Hinterher frage ich Jordan: »War's das?«

Jordan gibt erst mal keine Antwort, dann sagt er: »Nichts gegen das Essen!«

»Sondern?«

»Gegen den Preis auch nicht, wie Sie vielleicht denken ... Aber ich fand's ungemütlich ...«

»Wieso denn das?«

»Weil ich dem Braten nicht getraut habe und die ganze Zeit auf dem Sprung war ...«

Da ist sie wieder, meine Großmutter: Die war auch immer »auf dem Sprung«.

Jordan guckt mich von der Seite her an. Er würde es sicher nicht begreifen, wenn ich ihm erzählte, warum ich plötzlich wieder ganz fidel bin.

»Solche Typen sind nun mal nicht mein Fall – vor allem nicht in so engen Lokalen ...«, sagt Jordan.

»Da hätten wir vielleicht doch besser ins Tour d'Argent gehen sollen ...«

»Gewiß doch!« höhnt Jordan. »Zu den feinen Pinkeln mit den geflochtenen Schulterstücken ...«

Freitag: Ein neues Wochenende naht, aber diesmal kann der Bismarck wohl doch nicht zum Jagen verschwinden. Ob er sich gar zu einem Entschluß durchringen wird?

Der neue Wehrmachtbericht kommt: »... Vor der Ostküste der Halbinsel Cherbourg versenkten deutsche Schnellboote in der Nacht zum 8. Juni einen feindlichen Kreuzer und einen Zerstörer. Ein weiterer Zerstörer und ein Panzerwagenlandungsboot wurden durch Torpedotreffer schwer beschädigt. In der letzten Nacht versenkten deutsche Schnellboote im gleichen Seegebiet aus einem feindlichen Verband zwei große Landungsschiffe mit zusammen 9200 BRT. Durch unsere Minensperren erleidet die feindliche Landungsflotte laufend weitere schwere Verluste.«

»Tss, tss!« macht einer dicht neben mir.

»Na bitte, die Marine!« höre ich einen anderen. »Das macht sich doch!«

»Das macht sich für einsachtzig!« blödelt ihm ein anderer nach.

Ich kann dieses idiotische Geschwafel nicht mehr mit anhören und stehe auf.

Plötzlich heißt es: Gleich nach dem Mittagessen sollen sich alle in Bismarcks Büro versammeln. Der Gauredner will offenbar »Große Lage« machen.

Bismarcks Büro hat sich verändert: Von den Gobelins sieht man nur noch schmale Streifen. Jetzt sind Karten an allen Wänden, und auch vor die Glastüren sind welche gehängt. Ich verdrücke mich wie immer, soweit es geht, nach hinten.

Offenbar ist unser Oberstratege nicht nur unbelehrbar, sondern seiner Sache sogar noch sicherer geworden. »Das ist die Invasion noch nicht!« verkündet er lauthals mit großem Pathos. »Die eigentliche Invasion wird nach wie vor hier im Sommegebiet erwartet.«

Wenigstens sagt er nicht mehr »ich erwarte«, sondern »wird erwartet«. Der Bismarck nimmt ein Lineal in die Hand und zeigt auf das Mündungsgebiet der Somme. Und dann mit dem Brustton unverrückbarer Überzeugung: »Von hier aus wird der Gegner seinen Vorstoß versuchen! Hier nach Osten hin – und dabei direkt auf das Ruhrgebiet zielen, mitten durch das belgisch-französische Industriezentrum hindurch ... Die Strecke über See ist *hier* am kürzesten!«

Der Bismarck holt tief Atem, damit jeder merkt, daß gleich der Clou kommt. Und jetzt verkündet er mit Stentorstimme: »Ich werde einige von Ihnen also genau in die Gegend schicken, wo *ich* den Feind erwarte. Spätestens morgen um diese Zeit werden Sie an Ort und Stelle sein!«

Noch im Gang vor dem zum Lagezimmer erhobenen Büro höhnt Jordan mir leise zu: »Unser großer Land- und Seestratege!« Und dann, als wir alleine sind, sagt er: »Wir könnten doch miteinander losfahren! Das wäre doch nicht dumm: Sie im Auto, ich auf dem Motorrad hinterher.«

Jordan will offenkundig nicht alleine auf die Landstraße. Er verrät mir auch, warum: »Man hört auf dem Motorrad nichts als eigenen Lärm.« Und dann noch zur besseren Erklärung: »Man hat auch keinen Rundblick. Das ist wie Faltbootfahren auf der Chaussee.«

Jordan versetzt mich in Erstaunen. Aber warum sollte ich mich sperren?

»Ich sorg schon dafür, daß wir die gleichen Marschbefehle bekommen«, sagt er jetzt noch und kneift mir ein Auge.

Soweit ist die Situation nun klar: Der Bismarck setzt sich, was mich anbelangt, eiskalt über den Befehl aus Berlin hinweg: Statt nach Brest soll ich an die Somme!

Was für ein dumpfes Wort: »Somme«. Die Nordfront im Weltkrieg, die Sommeschlacht. Ich sehe das Innere der Kathedrale von Amiens vor mir, als Verbandsplatz eingerichtet: ein Aquarell von Max Slevogt.

An die Loire will ich seit Jahr und Tag – jetzt werde ich an die Somme beordert.

Ich soll, so hat unser Oberstratege den Adju schon informiert, in

Dieppe oder Abbeville – »je nach Lage« – auf den bösen Feind lauern. »In Warteposition gehen«, nennt das der Adju. »Vorher Meldung in Le Havre!«

Wozu das nun wieder gut sein soll, will ich gar nicht erst fragen. In Le Havre hat die Abteilung eine »Kompanie« genannte Filiale, deren Bereich offenbar bis Dieppe und Abbeville reicht.

Der Adjutant kapiert nur mühsam, daß ich mit Jordan gemeinsam losfahren will. Den plötzlichen Umschwung von Lethargie in neue Betriebsamkeit verkraftet er sichtlich schwer.

Schließlich geht es mit unseren Marschbefehlen aber wider Erwarten schnell, weil Jordan die Schreibstube auf Zack gebracht hat. Wie, weiß ich nicht. Als er seine Papiere schon in der Hand hält, mosert er den Adju noch mal wie nebenbei an: »Warum fahren wir denn überhaupt noch los?«

Der Adju hält in seiner Bewegung inne und fragt Jordan, wie er das meine. Der hat seine Antwort schon parat: »Sie sollten besser auf den Führer hören. Der Führer hat gesagt: ›Wir werfen den Feind ins Meer zurück.‹ Da haben die Schiß gekriegt, und jetzt kommt das Gros bestimmt nicht mehr – aus Schiß natürlich.«

Der Adju guckt so giftig, wie er es mit seinem versorgten Sauermilchgesicht nur vermag.

»Der Chef in Le Havre ist Oberleutnant Grewe«, sagt Jordan später. »Eine Flasche! Auf den bin ich kein bißchen neugierig.«

Noch mal mit dem Alten telefonieren? Das will gut überlegt sein. »Ich nehme dich unter meine Fittiche – notfalls«, hat der Alte mal gesagt. Weiß ich denn, ob das jetzt noch gilt?

Was also tun? Was ich dem Alten sagen müßte, kann ich im übrigen sowieso nicht so verklausulieren, daß es für Mithörer unverständlich bleibt, der Alte es aber kapiert. Und eine Möglichkeit, den Öligen zu alarmieren, habe ich schon gar nicht.

Auf einmal ist alles brandeilig. Es sieht so aus, als ob der ganze Verein mit einem Schlag in Marsch gesetzt werden solle. Im Haus brummt es wie von einem Wespenschwarm.

Ich werde laut gesucht: »Waffen fassen!« heißt es. Ich bekomme zusätzlich zu meiner Walther eine Maschinenpistole mit etlichen Magazinen. Zu meinem Erstaunen ist auch für Gasmasken, Kochgeschirr und Decken gesorgt. Sogar für ordentliche Karten.

Meine feldgraue Verkleidung habe ich schon am Leibe. Der Uniformrock hängt mir freilich wie ein Sack von den Schultern. »Von der Stange«, hat der Adju hämisch gesagt, »da können Sie nicht mehr erwarten . . .« Der lange Mantel, den man mir ebenfalls verpaßt hat, verdeckt den Jammer zum Glück.

Und dann wird mir auch das Auto, ein Citroën, samt Fahrer zugeteilt. Benzin gibt es auf einmal in offenbar unbeschränkter Menge – gerade so, als ob es darauf jetzt auch nicht mehr ankäme.

In unserem Puffhotel ist Platz geworden, weil etliche der Heldensöhne, der Rundfunkquatscher Kreß darunter, wieder in ihre Stützpunkte abgereist sind. Die Bucht von La Baule konnte er noch mit viel Tamtam als besonders bedroht – »zweiter oder dritter Landeplatz für die Alliierten!« – in die strategischen Überlegungen unseres großen Bismarck einbringen.

Mir selbst bleibt nichts anderes übrig, als aus dem Deux Mondes auszuziehen und mich für die letzte Nacht wieder gleich um die Ecke einzuquartieren: Ich soll mich in der Nähe halten.

Der Fahrer, ein baumlanger, leicht pockennarbiger, pomadig wirkender Lulatsch, stammt aus dem Rheinland. Ein rechter Schlot mit großen Pranken, Kraftfahrer von Beruf. Er soll schon seine Erfahrungen mit englischen Tieffliegern gesammelt haben Aber ob das stimmt? Ich höre auch, daß er die letzten drei Jahre in Paris herumgegammelt habe. Und das würde sich schlecht darauf reimen. Dangl wäre mir für dieses Unternehmen lieber gewesen.

Ich sehe das Auto zum ersten Mal in der Werkstatt, als gerade ein Stück aus dem Verdeck herausgeschnitten wird. Das ist gut so: Da kann ich aufrecht stehen und Ausguck halten wie ein Panzerfahrer. Bei Regen werden wir allerdings keinen Schutz haben. Ich höre, wie andere Fahrer dem meinen zusetzen, er solle doch auch die Türen aushängen, damit wir bei einem Angriff schneller aus dem Wagen kämen, und der kontert mit dem schönen Wort »Katastrophenfanatiker«. Ein anderer hält ihm entgegen, das Wort »Katastrophe« dürfe laut OKW-Befehl nicht mehr verwendet werden, es sei neuerdings durch »Großnotstand« zu ersetzen.

Als ich meinen Fahrer frage, ob er auch kochen könne, erfahre ich, zu komplizierten Gerichten reiche es bei ihm nicht, doch wisse er immerhin, daß man mit fünf Pfund Fleisch und einem Liter Wasser eine ganz ordentliche Suppe zuwege bringen könne. Doch ein gewitzter Bursche? Nun, wir werden sehen. Ein umsichtiger ist er auf jeden Fall: Auf den Rücksitzen liegt zusammengerollt ein großes, schweres Tarnnetz. Daneben und im Kofferraum steht Benzinkanister neben Benzinkanister.

Aber noch ist nicht alles erledigt. Mein Fahrer hat noch keinen Marschbefehl.

»Die Schreibstubenhengste, das ist eine ganz bockige Bande, Herr Leutnant!« bekomme ich nur zu hören.

»Dann muß *ich* denen eben mal Bescheid stoßen!«

»Ach, lassense man lieber, Herr Leutnant. Die tun dann bloß so, als ob, und machen erst recht langsam mit ihrem Papierkram.«

»Na schön!« resigniere ich, und damit wir nicht müßig herumstehen, lasse ich ihn ein Loch in das große Tarnnetz schneiden, das der Öffnung im Dach entspricht.

Als der Fahrer dann endlich doch seinen Marschbefehl in Händen hat, erfahre ich von ihm, daß er auch noch Wehrsold brauche. »Ohne Geld«, sagt er in klagendem Ton, könne er doch nicht losfahren.

Ich muß an mich halten, damit ich ihn nicht anherrsche. Mir brennt der Boden unter den Füßen, und dieser Heini scheint es darauf anzulegen, daß wir heute nicht mehr vom Start kommen. Sieht ganz so aus, als habe er sich für die Nacht schon etwas vorgenommen.

Ich mache mir meinen Plan zurecht: straigt ahead nach Westen – Saint-Germain, Aubergenville, Mezière, Mantes, Bonnières, Vernon, über die Brücke bei Pont de l'Arche . . . Rouen. Dann Le Havre und von dort die Küste entlang in Richtung Sommemündung – Abbeville, womöglich Amiens. Südöstlich davon liegt Compiègne – ob der Salonwagen von Compiègne noch an Ort und Stelle steht? – und vierzig Kilometer östlich von Compiègne das Führerhauptquartier: bei Soissons. Das wurde vor vier Jahren eingerichtet, als noch der Plan bestand, in England zu landen – ist also längst historisch.

London erscheint mir auf meiner Karte erstaunlich nahe. Ich messe die Entfernung nach: zwohundert Kilometer Luftlinie, mehr nicht. Einmal die Karte vor Augen, suche ich die englische Küste ab: Plymouth, Exeter, Southampton, Portsmouth, Folkestone, Hastings – die Schlacht von Hastings, die Normannenlandung, der Teppich von Bayeux . . .

Wie es jetzt wohl in Bayeux aussehen mag? Nach Bayeux wollte ich schon oft fahren, aber es hat nie geklappt. Und jetzt sind die Amis da.

Portsmouth, Southampton – aus diesem Loch hinter der Isle of Wight müßten sie vor allem kommen. Was haben die Brüder nun *tatsächlich* vor? Wollen die am Ende doch schnell nach Paris und deshalb im Pas de Calais landen – irgendwo nordöstlich von Boulogne?

Endlich hat der Fahrer auch seinen Wehrsold. Dann aber los! Wir sollten noch am Abend bis Rouen kommen und am nächsten Tag dort bleiben.

Jordan steht mit seinem Motorrad schon parat. Er hat seine Klamotten in zwei großen Satteltaschen verstaut.

»Noch einmal zum Arc de Triomphe?«

»Klarer Fall!« sagt Jordan.

Als unser Miniverband anrollt, lache ich in mich hinein: Ich werde an die Front geworfen – im Auto – wie ehedem die Bataillone an die Marne in Taxis.

Mein Gott, bin ich froh, daß es endlich losgeht. Mir ist zumute, als könnte ich auch Simone und die quälenden Sorgen hinter mir lassen. Im eigenen Saft kochen – mit diesem Zustand ist jetzt endlich Schluß.

Und nun die Ehrenrunde um den Arc de Triomphe!

Als wir ihn im Rücken haben, spüre ich das wie eine Befreiung und atme tief durch. Kein Nervenflattern mehr, kein Karusselldrehen im Kopf. Jetzt heißt's aufpassen auf die Strecke, die Landschaft und auf Anzeichen von unseren liebwerten Gegnern.

Rouen

Um nach Rouen zu kommen, wähle ich die große Heerstraße, die nach Westen aus der Stadt hinausführt.

Jordan fährt uns mit dem Motorrad hinterher. Es ist ausgemacht, daß ich, wenn es nur irgend geht, für ihn auch nach rückwärts Ausschau halte und ihn durch Armzeichen warne, wenn Gefahr aus der Luft droht. Von achtern her fliegen die Jabos besonders gerne an.

Hinter dem Arc de Triomphe senkt sich die Avenue de la Grande Armée pfeilgerade nach Westen ins diffuse Grau.

Ich lese, zwanghaft wie immer, wenn ich durch französische Straßen fahre, die Worte von den Reklameschildern ab: »Cordonnerie« – »Occasions« – »Crédit Lyonnais« – »Mobilier de France« – »Pharmacie« – »Télégraphes« – »Postes« – »Téléphone« – »Boucherie« – »Crédit Commercial de France« – »Carrosserie« – »Charcuterie Comestibles« ... Weiter komme ich nicht, weil mir tiefhängende Kastanienblätter den Blick auf die niedrigen Fronten verhängen.

Die breite Straße läßt die Häuser zu beiden Seiten kleiner erscheinen, als sie sind. Bald werden sie tatsächlich klein: viele ebenerdige Hütten zwischen kleinen Pavillons. Nur mehr an den Straßenecken zeigen sich eingeschossige Häuser: Paris lichtet sich ... Und nun kommen von der Straße zurückgesetzte hübsche Villen, große gekappte Platanen rechts und links. Zum Schloß Malmaison geht es links ab. Schade, ich sollte Zeit haben!

Ein paar Trümmerstätten rechts und links. Sind denn hier etwa Bomben gefallen?

In Bougival schmiegt sich die Straße der Seine an. Der Fluß ist hier gestaut. Schleusenhäuschen spiegeln sich akkurat im stillen Wasser. Weil wir auf Kopfsteinpflaster geraten, geht der Fahrer vom Gas. In einem Garten entdecke ich Gartenzwerge – echte deutsche. An einem Gasthof lese ich: »Auberge du Relais Breton«. Relais Breton! Nach Westen – das ist der richtige Kurs für die Bretagne. Wenn ich nur erst an Ort und Stelle wäre – dort, wohin ich wirklich will.

Ein Teich blinkt und blitzt. Gezwitscher schwillt ganz schnell an und ist auch schon wieder weg, kommt neu, wird wieder gedrosselt. Dann treffen mich rhythmische Lärmschläge: Ein Brückengeländer bringt sie hervor.

»Trinkt, o Augen ...«, will ich mir schon sagen, aber da geraten mir verrostete Traktoren in den Blick, Fuhrparks der Wehrmacht mit demolierten Lastwagen. Dann Gärtnereien, dichte Labyrinthe aus Spalierobst ... Und nun haben wir einen offenbar riesigen Konvoi aus langsam fahrenden Wehrmachtfahrzeugen vor uns. Schon geht das übliche Gestocker los, und keine Schangs vorbeizukommen.

Bald hinter Saint-Germain liegen die ersten Autoleichen, von Feuer rostrot gebrannt, zu beiden Seiten der Straße. Zwei, drei feldgrau gepönte Omnibusse sind dabei, auch einen Panzerspähwagen hat es erwischt. Verbrannte Rasenflecke zeigen an, daß da noch mehr Trümmer lagen, ehe man grob aufgeräumt hat. Alles kein guter Anblick! Und wenn sich offenbar die Jabos von der Insel hier austoben können, verstehe ich nicht, daß trotzdem noch Kolonne gefahren wird.

Also stop und abwarten, bis die Straße frei ist und wir zügig fahren können. Das Risiko, daß wir hier erwischt werden, ist mir einfach zu hoch.

Jordan kommt herangeschlendert. Er hat seine Maschine am Straßenrand aufgebockt und faltet eine Karte auf. Ob wir uns nicht besser auf Nebenstraßen verdrücken sollten, fragt er.

»Dann können wir ja gleich über Versailles fahren!« gebe ich zurück. »Wie wär's mit einer Schloßbesichtigung?«

»Gar keine schlechte Idee«, befindet Jordan. Bis nach Versailles habe er es noch nicht geschafft.

Ich war auch noch nie in Versailles. Einen Augenblick lang lockt mich die Vorstellung, wir könnten quasi in letzter Minute Tourist spielen, aber dann entscheide ich: »Quatsch – auf dem schnellsten Weg nach Rouen!«

Um aber Abstand zu dem Konvoi vor uns zu gewinnen, will ich erst mal den Wagen tarnen. Ich dirigiere uns in die Nähe eines großen Gebüschs und bringe den Fahrer dazu, große Zweige abzubrechen und mit seinem Taschenmesser zurechtzuschneiden.

Das Netz, das über den Wagen gespannt ist, erweist seine Vorteile: Wir können den Wagen schnell mit Grünzeug überdecken, indem wir ganze Buschen in die Maschen stecken. Bei uns blitzt kein Glas mehr verräterisch. Schon aus zwanzig Meter Entfernung sind wir nur mehr ein üppiger Strauch.

Was für ein Tag! Wenn die zerschossenen Autos nicht wären, könnte ich den Krieg vergessen. Bei jedem Stop merke ich, wie mild die Luft ist. Beim Fahren schlägt sie mir dann wieder um die Ohren: Ich stehe steil aufgereckt wie der Führer bei der Einfahrt zum Reichsparteitag im Wagen – vom Gürtel an also im Wind.

Ehe ich es recht gewahr werde, wechselt das Wetter: Die Sonne ist verschwunden. Graue Wolkenfahnen schleifen tief über das Land heran. Bald regnet es leise. Jordan ist durch eine große graue Pellerine aus einer Art gummiertem Wachstuch halbwegs geschützt. Es ist auch kein richtiger Landregen, der uns entgegentreibt, eher feiner Regendunst mit ein paar verlorenen Tropfen darin. Und schon gar kein Grund zum Ärgern – ganz im Gegenteil: Die Wertungen des Wetters hat der Krieg so sehr verändert, daß ich mich über das bißchen Regen nur freuen kann. Schlechtes Wetter gibt uns Schutz vor feindlichen Jagdbombern.

Auch die Landschaftsformen werte ich anders als früher: Ein flach gestreckter Talzug mit breiter Betonstraße verschafft mir Mißbehagen. Der Fahrer prescht mit hoher Geschwindigkeit dahin, und ich halte nach allen Seiten wie von einer U-Bootbrücke Ausschau, bis endlich wieder eine Strecke mit hohen Straßenbäumen kommt. Der Fahrer nimmt Gas weg, und ich freue mich über die hohen Bäume. Wer immer sie einst gepflanzt hat, um für die Straße Schatten zu gewinnen, konnte nicht ahnen, welcher Wert ihnen mit der Zeit noch zuwachsen würde.

Kurz vor Mantes sehe ich riesige Qualmwolken hinter kleineren Rauchfanalen. Brennt Mantes? Der Geruch von kaltem Rauch weht mich an. Dann der widerliche von verbranntem Gummi.

Mantes ist die erste zerstörte Stadt am Wege. Von der Bevölkerung sind offenbar nur die finsteren Typen zurückgeblieben. Ausräumer der toten Häuser? Leichenfledderer?

Ich bin neugierig, wie wir durchkommen werden.

An einer großen Kreuzung haben sich Feldgendarmen mit Stahlhelm und Winkkellen aufgebaut und sortieren die Fahrzeuge. Wir dürfen geradeaus weiterfahren – an ganzen Reihen zertrümmerter Häuser entlang. An einer engen Durchfahrt müssen wir warten, bis uns ein weiterer Feldgendarm den Weg zwischen sperrigen, zerfetzten Balken und großen Steinbrocken hindurch freigibt.

Ich wundere mich, daß sich in mir kein Mitgefühl angesichts so vieler Zerstörung regt. Ich registriere nur ihr Ausmaß und gebe den Bombenschützen fast unbewußt Noten für schlechtes oder gutes Werfen.

Hinter Mantes ist die Straße von Volltreffern aufgerissen. Marokkaner mit roten Fezen auf den Köpfen sind dabei, die Trichter zuzuschütten. Unsere Nachrichtentruppen ziehen neue Strippen. Wir kommen nur mehr im Schrittempo voran.

Für eine Weile fließt die Seine direkt neben der Straße. Erlen und Pappeln fügen sich am Ufer zu schönen Baumgruppen zusammen. Durch das Laubwerk leuchtet ockerfarben und englischrot das gegenüberliegende Steilufer herüber. Ein paar Häuser auf der linken Straßenseite sind von Heckenrosen ganz und gar überwuchert. Nirgends blühen die Heckenrosen so üppig wie in Frankreich: Wärme und oft Regen – da *muß* es ja wachsen.

Über der Landschaft hängt jetzt blau-milchiger Dunst. Der verschleiert die Fernen und zieht alle Farben harmonisch zusammen. Unter dem Graugrün der Bäume weiden am Seineufer schwarzweiße Kühe: Impressionistenbilder.

In einem Dorf müssen wir Blindgänger umfahren. Fast alle der ärmlichen Häuser sind nur mehr Trümmer, die Bäume an der Straße böse zerzaust. Die Rinde hängt wie zerschlissene Lumpen herunter.

Vernon. Wir halten auf dem Platz vor der Kathedrale. Verrostete Karosserien zwischen Ruinen. Aus den großen Fensterhöhlen des Rathauses wehen schmutzige Gardinen heraus. Zerbrochene Goldrahmen und Stücke von Kronleuchtern liegen an der Straße. Zwischen den gesprungenen Rippen der Kathedralenfenster hängt der Glasersatz aus Pergament in Fetzen. Wie Spinnweb ist dazwischen hier und da noch ein Stück vom Netzwerk der Bleifüllungen ausgespannt. Schutt türmt sich zu beiden Seiten der Straße an den Mauern hoch.

Zum Glück sind viele Bürgerhäuser unversehrt: braungestrichenes Fachwerk, jedes Geschoß der bis zu vier Stock hohen Häuser ist ein wenig über das untere vorgekragt. Das Fachwerk ist hier anders, als ich es gewohnt bin: Es zeigt nur waagerechtes und senkrechtes Balkenwerk ohne diagonal gesetzte Hölzer, die dem Auge die statische Festigkeit des Gefachs vermitteln. Die Querbalken zwischen den Stockwerken sind schön kannelliert und beschnitzt. Zuweilen sind auch die Ecksäulen mit Hochreliefs geschmückt.

Hinter Vernon Felder roten Mohns, aus denen Krähen hochfliegen. Am anderen Seineufer werden zwischen dem Gewucher der Baumkronen grauweiße Schlösser sichtbar.

Eine Lastwagenkolonne kommt uns entgegen. Leichtsinn: Die Landser haben, so scheint's, trotz der vielen Autowracks noch nicht begriffen, was los ist. Sie halten viel zu wenig Abstand voneinander.

Häuser aus Feldsteinen mit erhabenen Zementfugen – wie aus der Pariser Banlieue hierher in die Wiesen versetzt. Wassertürme. Einem ist das Rundkapitell zerschossen.

Dann Felderbreiten, Mischwälder, leichtes Auf und Ab. Die frisch gepflügten Felder haben ein verschmutztes Rosa. Was für Mineralien mögen da in der Erde sein?

Mit jedem Kilometer wird deutlicher, daß wir auf einer Vormarschstraße dahinfahren. So abrupt hatte ich mir den Wechsel von den Pariser Boulevards ins Vorfeld des Krieges nicht vorgestellt.

Es geht lange durch eine stille Weidelandschaft mit menschlichen Maßen. Der Blick kann sich nicht verlieren, er wird immer wieder gefangen von Bäumen und Büschen, von Hügeln. Hin und wieder kann ich in Seitentäler blicken: Die links und rechts schräg hochsteigenden Hügellinien bilden akkurate, nach oben offene Dreiecke.

Nicht auszudenken, daß diese pastorale Landschaft über kurz oder lang zum Schlachtfeld werden könnte. An manchen Stellen sieht es jetzt schon schlimm genug aus. In viele zerstörte Ortschaften kommen wir gar nicht mehr hinein. Feldgendarme leiten uns auf Umgehungsstraßen. Das wirkt auf mich wie Rücksichtnahme auf meine Nerven: Mir sollen nicht zu viele Trümmer zugemutet werden – ich soll in die unversehrte Landschaft blicken können.

Bisweilen richte ich meine Gedanken ganz bewußt auf Simone: Sie hat mir mehr als einmal vorgeschlagen, einfach unterzutauchen, die Uniform zu verbrennen, Zivilklamotten anzuziehen und irgendwo auf dem Land unter Freunden von ihr das Kriegsende abzuwarten. Dafür habe ich sie immer nur ausgelacht: mit einer speckigen Baskenmütze auf dem Kopf den bretonischen Bauern spielen? Nicht mein Fall! Ihre für den Maquis geschriebenen Schutzbriefe waren auch so eine verrückte Idee. Gut, wenn ich so wie jetzt durch die Gegend karriole, könnten sie mir, wenn es hart auf hart käme, zupaß kommen. Aber wenn eigene Leute draufkämen – wenn man durch irgendeinen Zufall solche Papierchen bei mir fände, wäre es aus mit mir!

Am Prallufer der Seine hat sich zwischen der Straße und den Felsen ein Ort eingefügt, der vollkommen zerstört ist. Kinder kommen zaghaft ans Auto. Die Bevölkerung wohnt in Höhlen – Nomadenleben.

Die vom Staub überpuderten Kinder sagen ein ums andere Mal: »Malheur, triste malheur!« Sie betteln nicht, sagen nur immer wieder monoton ihre Klage her.

Den Ort hat es so hart getroffen, weil hier eine Brücke über die Seine führte. Die Nachbarschaft von Brücken oder Bahnhöfen ist für alle Wohnstätten an der Seine schicksalhaft geworden.

Da die Brücke nach Rouen auch zerstört sei, rät uns ein Feldgendarm, den Weg über Elbeuf und dann weiter das linke Seineufer entlang zu nehmen, wenn wir nach Le Havre wollten. Ich will aber nach Rouen hinein . . . Das findet der Feldgendarm offenbar ärgerlich, und er erklärt kuzerhand, das gehe nicht. Höchstens per Fähre.

Dabei sind wir schon sehr nahe an Rouen: In der Ferne, im Rahmen zerstörten Mauerwerks, steht die Silhouette der Kathedrale und die der Kirche Saint-Ouen. Die Straße wird mehr und mehr von Mauertrümmern verbarrikadiert. Leitungsdrähte hängen wirr von geknickten Masten. Kein Mensch ist zu sehen. Endlich kreuzt ein Polizist mit Baskenmütze, den schwarzen Helm am Gürtel, auf dem Rad die Straße.

Mit der Frage, wie man nach Rouen hineinkäme, bringe ich ihn zum Stoppen.

Mit dem Auto gar nicht, ist sein Bescheid. Keine einzige Brücke mehr. Wir müßten zurück und weiter die Seine abwärts zum Dorf Grand Couronne fahren, dort solle eine Fähre sein. Nein, garantieren könne er nicht dafür.

Die Straße führt an gewaltigen Industrieanlagen vorbei. Tote Hochöfen. Schwarze, stelzfüßige Kranungeheuer an den Ufern des Flusses, viel technische Unnatur – alles gänzlich tot. Endlich die Fähre. Flakstellungen. Zwischen Bombentrichtern Zelte.

Nach dem Übersetzen fahren wir am rechten Seineufer zurück. Der Himmel überzieht sich wieder mit waagerecht gelagerten Streifen grauer Wolken. Bald kommen Schiffe. Docks. Verladekais aller Art. Es scheint, als ob das Wasser auch erstorben wäre – so still steht es und verdoppelt das Bild der toten Industriewerke in die Tiefe.

Viele Bombentrichter direkt an der Straße. Mächtige Eisenfetzen liegen hier und da: einmal ein ganzer Dampferschornstein, eine halbe Dieselmaschine. Offenbar ist in der Nähe ein Dampfer getroffen worden und explodiert.

Die Fahrbahnen einer Brücke ragen verschränkt und verdreht in die Luft. Die Auffahrten sehen aus wie ein wüst umgepflügtes Feld. Hier haben die Bomben böse gehaust!

Im Vorbeifahren wirkt die Kathedrale klein, wie ein Stück in die Erde zurückgekrochen. Ihr fehlt der Saum der Häuser. Der vertraute Umriß ist noch erhalten, aber schon von weitem sind an hellen Stellen zwei Bombentreffer im Seitenschiff zu erkennen.

Das Theater ist ein einziger Trümmerhaufen. Ein Straßenbahnwagen steht erbärmlich kaputt auf dem kurzen Stück Gleis, das noch ganz ist. Wir fahren über ein Geschlinge von Schläuchen hinweg. Nirgends ein Mensch.

Auf dem weiten Plan zur Rechten standen einstmals viele Häuser. Hier haben 1940 unsere Stukas zugeschlagen. Auf den niedergebrochenen Mauern ist inzwischen dichtes Gras gewachsen. Die Bombenwürfe der Alliierten haben neue Krater gerissen und die Trümmer zerfetzter Gebäude über das schon geglättete Feld verstreut. Man kann die Aufeinanderfolge der Zerstörungen erkennen, wie man früher Kulturschichten ablas.

Ich lotse den Fahrer durch Trümmerberge wie durch ein Labyrinth bis hin zur Kathedrale. Direkt vor dem Hauptportal halten wir an. Jordan bleibt, beide Beine aufgestützt, auf seiner Maschine sitzen. Er schiebt nur die Brille über die Stahlhelmkante hoch, und dann schüttelt er den Kopf. Dieses Übermaß an Zerstörung hat also auch er nicht erwartet.

Daß die Kathedrale noch steht, ist das schiere Wunder. Oder ein Verdienst der mittelalterlichen Dombaumeister? Man sieht zwar deutlich, wo Bomben eingeschlagen haben, aber als Ganzes steht die Kathedrale wie eine riesige Klippe in einer Brandung aus grauen Trümmern.

Als ich mit den Augen aus der Nähe die in den Himmel ragende schrundige Steinwand vor mir abtaste, sehe ich im Schwung gebrochene Schwibbögen, zerrissene Galerien, zerspellte Kapitelle. Auf den geborstenen Bodenplatten liegen fein kannellierte Schlußsteine herum. Durch ein gewaltiges Mauerloch kann ich tief ins Innere blicken: Im Halbdunkel sehe ich Leuchter, die an langen Seilen von der Decke hängen und im Wind hin- und herbaumeln, der ungehindert durch das ganze Schiff streicht – rauschend, als führe er durch einen Wald.

Plötzlich schlägt mir ein wildes Knattern und Knallen wie von Maschinengewehr- und Karabinerschüssen an die Ohren. Ich brauche eine Weile, bis ich merke, daß es von dem Ersatzglas in den Holzrahmen kommt, die in die Fensterlaibungen eingelassen sind. »Vitrex« hieß das Zeug in Berlin. Es war, als wir in Suhrkamps Ausweichquartier die Fenster reparieren wollten, nicht zu kriegen.

Ich finde einen Seiteneingang und dringe Schritt für Schritt und vorsichtig wie ein Dieb ins Halbdunkel vor. Jordan spüre ich dabei jetzt dicht hinter mir. Grabeskälte umfängt mich.

Die Leinwand der Bilder über den Altären wallt wie in Wellen unter den saugenden Zügen des Windes. Die Darstellungen sind unter dem dichten weißlichen Mörtelstaub, der hier alles bedeckt, unkenntlich geworden. Splitter haben die Leinwände an vielen Stellen durchschlagen.

Im zerstörten Seitenschiff sind die Gewölbe aufgebrochen. Säulen, die nichts mehr tragen, stehen da wie Stämme, die man der Kronen beraubt hat. Von einer Fensterrosette ist nur ein Haufen klein zerstückter Brüche geblieben. Ein Engel liegt mit zerschmettertem Gesicht auf einem Gesims, eine herabgestürzte Apostelfigur dicht daneben.

Mir setzt der Gedanke zu, daß ein einziger Kretin von Bombenschütze mit den Fingern einer Hand nur den Bombenhebel zu lösen braucht, um mit dieser einen Bewegung zunichte zu machen, was der Fleiß und die Hingabe der mittelalterlichen Werkleute in Jahrzehnten aufgebaut haben.

Als wir wieder draußen sind, sehe ich hoch über mir Wasserspeier, die wie höhnisch ihre Fratzengesichter über den Verheerungen blecken.

Aus einem Seitenbau kommt ein Kleriker heran. Er trägt ein paar zerfetzte und verschmutzte Stolen über dem Arm. Durch Gesten bedeutet er uns, wir sollten ihm folgen. Wir balancieren über Bauplanken, den Blick, so oft es geht, mißtrauisch nach oben wendend, wo in den Ziegelfüllungen zwischen den Rippen der Spitzbögen an vielen Stellen Löcher entstanden sind.

Der Kleriker führt uns in einen Hof, vorbei an den Resten der verbrannten Bibliothek. Dann gelangen wir in einen Anbau, der als Refektorium gedient haben mag. Hier öffnet er einen in all der Zerstörung unbeschädigt gebliebenen großen Schrank, und ich sehe eine englische Fliegerbombe, einen Ausglüher von sicher ursprünglich fünf Zentnern Gewicht. Der Kuttenmann ist unverhohlen stolz darauf und berichtet, sie habe mitten in der Kathedrale gelegen. Wir bekommen auch noch Teile geborstener Bomben zu sehen und unförmige Metallklumpen, die den in der Brandhitze geschmolzenen Glocken des schwer getroffenen Turmes Saint-Romain entstammen.

Die Beutewaffensammlungen früherer Zeiten, sagt Jordan mit deutlichem Sarkasmus, seien jedenfalls dekorativer gewesen als das hier: Aber der Kuttenmann versteht das zum Glück nicht, weil Jordan seine Rede gleisnerisch falsch betont und sie wie herzliche Anerkennung für so viel Sammlerglück klingen läßt.

Wir lassen Auto und Motorrad stehen und wandern durch die Straßen rings um die Kathedrale. Ich will immer noch meinen Augen nicht trauen: mitten in Frankreich eine im Kern fast total zerstörte Stadt. Keiner hat mir etwas davon gesagt, daß das alte Rouen ganz und gar weggebombt ist.

»Vieux Rouen« nennt sich die feine Keramikschüssel, die ich auf meiner ersten Parisreise erwarb, und später sammelte ich noch ein paar Teller dazu, weil mich das feine Blau so sehr berückte . . .

Auf den schmalen Wegen zwischen den Trümmermuren hindurch finden wir nur schwer nebeneinander Platz. Aber von Jordan bekomme ich ohnehin kaum noch ein Wort zu hören. So einsilbig wie jetzt habe ich ihn noch nie erlebt. Schließlich hocke ich mich auf einen großen Sandsteinblock, der aussieht wie der Schlußstein eines Portals, und versuche mich aus meiner Verstörtheit in Zynismus zu retten: »Rin in die Kartoffeln – raus aus den Kartoffeln. Anders gesagt: erst Berlin, dann Paris . . .«

»Und wieder rin in die Kartoffeln«, fällt da Jordan ein, der in seinem Motorradfahrermantel mit den schweren Falten wie eine Plastik vor mir steht. »Das wollten Sie doch sagen. Bomben – keine Bomben – wieder Bomben . . .«

»Wir sollten uns allmählich nach einer Kopfrolle und was zu essen umsehen«, sage ich jetzt. »Im Bahnhof gibt's sicher so was wie eine Anlaufstelle.«

Ich kann und kann nicht verstehen, daß hier diese Friedhofsödnis herrscht, obwohl die Front so nahe ist: nicht viel mehr als hundert Kilometer!

Die Bahnhofshalle steht noch. Ein paar krähenhafte Weiber mit kleinen weißen Hunden sitzen aufgeregt schwatzend auf den Bänken. Ihre schrillen Stimmen hallen ungewohnt laut nach.

Schalter und Verkaufsstände sind geschlossen. Nur in einem kleinen Holzhäuschen wird noch amtliche Tätigkeit ausgeübt. Hier sollen wir Quartiere zugewiesen bekommen. Wir wählen ein Hotel, dem Bahnhof unmittelbar gegenüber, und um das Maß voll zu machen, auch noch Zimmer im vierten Stock.

Was uns als Heroismus oder Leichtfertigkeit ausgelegt werden könnte, ist nur das Ergebnis von Überlegungen: Die Tommies dürften kaum noch Interesse zeigen, den Bahnhof zu demolieren, nachdem sie die Gleise und sämtliche Seinebrücken zwischen Le Havre und Paris aufs allergründlichste zerstört haben.

Prompt heulen die Sirenen auf, und wütendes Flakgebell wird vernehmbar, aber wir scheren uns nicht darum: Wir bauen auf unsere Theorie.

So klein das Hotel ist, so mächtig hat es sich in Rot und Gold herausgeputzt. Rot und Gold sind die Farben der Pracht. Die Läufer sind rot, die altmodischen Polstermöbel roter Plüsch. Überall strahlt es golden von scharfgeputztem Messing. Im kleinen Salon liegen die prunkvollen Kataloge einiger Dampferlinien, deren Dampfer längst nicht mehr über den Atlantik schippern. Auf halber Treppe steht ein Mohr und hält den rechten Arm ohne die zugehörige Fackel in die Luft.

Die Räume sind winzig. In den Toiletten kann man kaum gerade stehen. Dafür ist die Innenseite des Klosettbeckens mit blauen Chrysanthemen bemalt, und jeder Deckenbalken ist liebevoll konserviert. Auf dem Boden ein roter Teppich. Die Wände sind mit Tapeten beklebt, die Fasanen auf roten Rosen zeigen. Ein Fasan guckt nach unten, der nächste, schräg rechts über ihm, hält den Kopf nach oben gewendet. So geht es über alle Wände hin.

Unter dem Fenster liegt die tote Straße. Unser getarnter Wagen steht vor der Tür. Ich kann schräg hinab in ein Zimmer des Hauses gegenüber sehen. Das Bett darin ist viel breiter als meins. Es ist das einzige Möbel im Zimmer: französische Verhältnisse.

Wir finden – ganz in der Nähe – das Offiziersheim. Es hat auch Patina aus den achtziger Jahren. Der gleiche bronzene Mohr wie im Hotel, aber mit der Fackel in der Faust, steht in einer Ecke des Flurs. Die Kleiderständer sind riesige Möbelstücke mit weitausholenden Krönungen. Die Dame des Hauses: dick, bemalt, beweglich, wohlgeformte Beine, die sie fleißig vorzeigt.

Jordan wirkt immer noch gedrückt. Wenn ich ihn etwas frage, bekomme ich nur knappe Antworten oder gar keine. Mir ist auch nicht gerade nach Jubeltrubelheiterkeit zumute. Hätten wir Rouen meiden sollen? Wenn uns jemand gesagt hätte, wie sehr hier alles demoliert ist, hätten wir es sicher getan.

Ein paar Infanterieleutnants, angetrunken und forciert lustig, machen die Tristesse nur noch schlimmer. Ich muß eine abweisende Visage machen, damit sie nicht an unseren Tisch kommen.

Da plötzlich beginnt Jordan zu reden: »Wenn das so läuft, wie sich unser Herr Kommandeur das vorstellt, kann es heiter werden . . .«

Weil ich ihn gespannt angucke, redet er auch schon weiter: »Haben Sie sich überhaupt mal vorgestellt, wie das laufen soll? Wenn die Herrschaften da landen sollten, wo alle annehmen – so zwischen Somme und Seine – und wir in Abbeville, Le Tréport oder Dieppe der Dinge harren, die da kommen . . . klingt doch hübsch, oder? – also wenn wir dort auf die Herren Invasoren warten, werden wir zu Mus gemacht, von Schiffsgeschützen und aus der Luft . . . Bereitschaftsstellungen beziehen! klingt imposant, ist aber Scheiße. Das läuft doch glatt auf Verheizen hinaus.«

Ich denke schon: Ende der Durchsage! – aber da hebt Jordan zu meinem Erstaunen wieder an: »Kann ja sein, daß die an zwei Stellen landen und dann versuchen, die Lücke zwischen beiden Anlandeplätzen zu schließen. Auch wenn das eine Frontbreite von, sagen wir mal, gut und gerne hundertfünfzig Kilometern ergeben würde. Was weiß man . . . Vor allem wissen wir ja nicht mal, was wir selber an Truppen in der Gegend stehen haben. Wir gurken doch hier herum wie die Deppen. Der Bismarck will seinen berühmten ›Blutzoll‹ – das ist alles, was diesen perversen Schweinehund interessiert: viele Tote, viel Ehre für die Truppe. Heroische Grammophonmusik zur Untermalung von Verlustmeldungen – das ist doch ganz nach seinem Gusto . . .«

Jordan guckt mir voll ins Gesicht, sekundenlang, dann läßt er ein Grinsen um seinen Mund spielen – geradeso, als hätte er einen in der Krone.

»Hoffentlich haben Sie Ihr Testament gemacht und ordentlich hinterlegt«, redet er auch schon wieder los. »Wie das aussieht, wenn die von drüben richtig zuschlagen, sehen Sie hier. Da bleibt kein Auge trocken. In Caen sollen mehr als dreißigtausend Franzmänner unter den Trümmern liegen: Schiffsartillerie. Weit haben die's ja nun wirklich nicht von Southampton, Newport, Portsmouth und so weiter … Also machen Sie sich auf was gefaßt!«

Und jetzt gluckst Jordan auch noch in sich hinein. Danach verfällt er in brütendes Schweigen. Ein lustiger Abend wird das sicher nicht mehr.

Ich kann nicht lange geschlafen haben, als ich aus einem qualvoll dumpfen Traum aufwache und im Dunkeln im fremden Zimmer herumtaste. Ich lehne aus dem Fenster und spucke hinunter aufs Pflaster. Dann werfe ich Münzen hinab, nur um das Klingeln auf den Steinen zu hören.

Da wird es auf der toten Straße endlich lebendig: Matrosen ziehen zu zweien und dreien lärmend durch die Gegend. Dann kommen ein paar Franzosen mit Decken und Taschen – wie auf dem Weg zum Luftschutzkeller. War denn Alarm? Habe ich das Sirenenjaulen verschlafen? Die Art, wie die Franzosen vor sich hinschlurfen und miteinander palavern, läßt darauf schließen, daß sie an diesen Gang gewöhnt sind. Ich kapiere: Die gehen zum Schlafen in den Luftschutzkeller wie unsereiner ins Hotel.

Als die nächtlichen Passanten vorbei sind, wird die Ruhe wieder so tief, daß sie mich ängstigt. Ich bin wie erleichtert, als ich von weit her ein Motorrad höre und das Echo dazu.

Auf dem Klo dann ein Hörspiel. Ich sitze da mit nacktem Hintern und die Ohren gespitzt. Ich möchte auch mal den Kerl hören, der sich hinter der tapezierten Bretterwand abmüht – ob er ein Franzose oder Deutscher ist. Aber nicht ein einziges Mal seine Stimme. Nur ein Ächzen und Stöhnen, aber immer wieder in kläglichem Ton diese hohe Mädchenstimme: »Arrête! – Tu me fais mal! – Je t'en supplie: Arrête! – T'es fou! Arrête donc!«

In aller Morgenfrühe schon laufe ich aus dem Hotel los – mit nichts mehr im Magen als einer Tasse brauner Brühe und einem Stück Baguette mit einer komischen Marmelade. Ich will das flache Morgenlicht zum Fotografieren nutzen. Jordan und der Fahrer sollen sich ruhig ausschlafen.

Auf den Straßen ist endlich einiges Leben, als habe das Morgenlicht die Menschen aus ihren Mauselöchern gelockt. Auf dem großen Platz, der von der Kirche Saint-Ouen und dem Rathaus auf zwei Seiten umschlossen ist, steht ein Reiterstandbild des Korsen. Es ist von gleichmäßig grüner Patina über und über bedeckt. Der Franzosenkaiser wirkt verhunzt, wie er da auf dem kleinen Pferd sitzt mit einem dicken Kopf auf den Schultern.

Schon seltsam: Das Standbild dessen, der selbst im Übermaß für Zerstörung sorgte, ist trotz der ungezählten Bomben auf diese Stadt erhalten geblieben, just so, als mache die Vernichtung vor ihren größten Meistern respektvoll halt.

Hinter der Kathedrale liegt die Kirche Saint-Maclou zwischen schönen Fachwerkbauten. Ein Volltreffer hat das Schiff in Höhe des Altars durchschlagen. Arbeiter schaffen mit müden Bewegungen große geborstene Hausteinblöcke fort. Der Morgenwind treibt so heftig stäubende Wolken aus den Ruinen auf, daß ich den Kopf senken muß, wenn ich den vielen Dreck nicht in Augen und Mund bekommen möchte.

Als ich hinter einer Ecke im Windschutz fotografiere, gesellt sich ein alter Herr zu mir und erklärt mir, Saint-Maclou sei derart bombardiert worden, weil sich unter ihr ein von der Seine abgezweigter Kanal befinde, in dem sich deutsche U-Boote versteckt hielten. Das hätten die Alliierten erfahren. Auch die Bombardierung der Kathedrale bekäme ihren Sinn, wenn man wüßte, daß die Deutschen Munition in ihr gestapelt gehabt hätten – vor allem die Krypta sei voll davon gewesen.

Ich denke mir, als er so auf mich einredet, meinen Teil: Daß aber bei den Treffern dann keine Munition hochgegangen ist, macht niemanden stutzig. Kein Gerücht kann so dumm sein, als daß es nicht doch seine Abnehmer fände, die für fleißige Weiterverbreitung Sorge tragen – vor allem, wenn es darum geht, die Untaten der Alliierten hinzunehmen, gibt es für die Franzosen offenbar keine Grenze zum Grotesken mehr.

Ich gehe unter dem Uhrturm durch. Ein Fetzen Holz liegt auf der Straße – beschnitzt: ein halber weiblicher Körper, eine Hand erhoben. Als ich hochblicke, sehe ich in einem Sims die Lücke: Zwei nackte Frauen stehen noch da oben. Es müssen drei Grazien gewesen sein. Soll ich das Holz aufheben und mitnehmen? Ach was!

Ich finde alte Häuser mit rot bemaltem Fachwerk, die noch intakt sind, dafür aber vom Alter abenteuerlich verkrümmt. Eines gewinnt am anderen Halt. Sie erscheinen vor lauter Alter unbewohnbar. Und doch zeigen sie Schilder »Chambres meublées« vor.

Ich gerate in tote Straßen. Fensterläden schlagen, Dachziegel klappern. Plötzlich weht vor mir ein Vorhang aus einer Erdgeschoßwohnung auf, und ich erschrecke. Überall huschen vor meinen Tritten Katzen weg, klettern über freigelegte Dachsparren in die Höhe, kriechen mit weichem Rücken unter Türen weg und beobachten mich mit aufs Pflaster geduckten Köpfen. Sie herrschen jetzt hier allein. Mäuse und Ratten wird es genug geben.

Stimmen schlagen mir ans Ohr. Hinter einer Mauerruine ein paar Kerls, die Säcke aus einem Keller bergen. Das Haus darüber ist aufgerissen. Im Erdgeschoß war eine Bäckerei. Der dunkle Mund des Ofens an der Rückwand. Mehlmulden.

Was ist das für ein Leben! Wohin ich auch komme: Ruinen und noch mal Ruinen.

Eine einzelne kleine Kirche ist inmitten der Zerstörung heil geblieben. Nur die Fensterrippen sind gebrochen. Im Innern sind Betten zu Bergen getürmt. Zwischen den Betten ein Segelflugzeug aus Sperrholz und Leinwand. Die Tragflächen liegen längs des Rumpfes: ein abstruser Anblick, über den ich nur den Kopf schütteln kann.

Als mein Film durchgelaufen ist und ich mich zum Wechseln auf einen großen Steinbrocken setze, spüre ich erst, wie sehr mich diese Trümmerinspektion mitnimmt: Am liebsten würde ich mich lang ausstrecken und nur noch den Himmel über mir sehen.

Jetzt wird also auch Frankreich noch endgültig verheert. Zerstörungen so ungeheuren Ausmaßes sind nicht reparabel. Was soll denn nach diesem Krieg noch kommen?

Und die gutgenährten Burschen aus Ohio und Kansas werden zum Krepieren über den Atlantik herübergekarrt wie schon einmal. Die Russen, die Juden ... Ist es denn überhaupt denkbar, daß ein einziges Monstrum von einem Menschen die ganze Welt in ein Tollhaus verwandeln konnte? Was ist da *wirklich* passiert? Was hat sich da die Natur in all ihrer Perversion ausgedacht?

Ich merke, wie in meinem Kopf alles immer mehr durcheinandergerät. Aktivität entwickeln! Nicht dahocken und nachsinnen! befehle ich mir. Tätig sein, das ist ein bewährtes Heilmittel, wenn sonst schon nichts hilft.

Also weiter und diese Trümmerstraßen fotografieren! Dokumentieren, wie es hier aussieht! Für alle Zeiten festhalten, was die Vandalen aus einer schönen, mittelalterlichen Stadt gemacht haben ...

Jordan ist nicht zu finden. Ich knöpfe mir den Fahrer vor, ob er ihn denn am frühen Morgen nicht gesehen hätte.

»Nur gehört, Herr Leutnant. Ich meine: die Maschine ...«

»Na und?« frage ich ungeduldig.

»Der hatte schon gefrühstückt, als ich runterkam.«

»Da wird er wohl irgendwas auf eigene Faust machen wollen ...«, sage ich und merke auch gleich, daß das blöde Rederei ist. »Vielleicht waren wir ihm zu langsam oder zu vorsichtig«, hänge ich noch an.

Der Fahrer grinst nur schief und wisserisch. Ich muß kaum nachhelfen, damit er weiter auspackt: »Ich hab gesehn, was für 'ne Mütze der im Gepäck hat – 'ne richtje Schiebermütze, Herr Leutnant. Und 'nen Troyer hatte der ja sowieso. Da braucher doch bloß den Uniformrock wegzuschmeißen, und da isser schon in Zivil.«

Der Fahrer guckt mich mit einem Blick an, der Anerkennung heischt. Ich sehe schnell weg und mime tiefes Nachdenken.

Dieser Jordan! Sang- und klanglos! Einfach abgeseilt – und sein Abseilen war von langer Hand vorbereitet ... Dem hätte ich liebend gern alles Gute für die Reise gewünscht.

In seinem Zimmer hat Jordan nicht die kleinste Nachricht hinterlassen.

Ich kann mir vorstellen, wie er verfahren wird: Er fährt bis in die Gegend von Caen, dann läßt er im Dunkeln sein Motorrad so nahe wie möglich vor einem Dorf stehen, das fast schon in der Frontlinie ist – möglichst in einer Scheune oder sonst einer Remise. Seinen Uniformrock legt er hübsch dekorativ obendrauf. Er setzt seine Klitschmütze auf, macht sich die Stiefel und die Hosen dreckig, und am nächsten Morgen begrüßt er unter den Franzosen die einrückenden Truppen. Französisch kann der Hundling ja auch bestens. Und dann macht er sich an eine Panzerbesatzung ran und legt auf englisch – Quatsch: amerikanisch – los. Und wenn die sein Motorrad sehen wollen, zeigt er es ihnen eben. Und daß Uniform und Mütze passen, kann er auch schnell beweisen.

Jedenfalls gut ausgedacht: das Motorrad, der Alleingang. Schlanker als Jordan kann sich einer gar nicht absetzen. Da wird der Bismarck schön staunen. Und den guten Jordan am Ende für gefallen ausgeben, weil nicht sein kann ... – der alte Quatsch!

Was ficht *mich* eigentlich an, hier den Kriegsmutwilligen zu spielen? Ich könnte mich ja auch klammheimlich verdünnisieren. Dem Fahrer würde es sicher gefallen, wenn wir uns im Hinterland gemütlich in einer Ferme einrichteten und ich mir ein paar Berichte zum nötigen Alibi aus den Fingern saugte. Aber ein Komplott mit diesem Burschen hätte mir gerade noch gefehlt!

Als wir Rouen gerade hinter uns haben, kramt der Fahrer mit links in der Türtasche und reicht mir dann über die rechte Hand ein kleines Mäppchen zu und sagt dazu: »Schweinfoto!« Das läßt mich zusammenzucken. Hätte er »direkt unterm Eiffelturm« gekauft, sagt der Fahrer.

Bei den Nackten handelt es sich – ganz wie erwartet – um die üblichen schlechten Fotos von Bildern aus dem Louvre. Soll ich den Mann nun enttäuschen und ihm sagen, was er da in der Hand halte, seien weltberühmte Bilder, die zu jedermanns Betrachtung an Museumswänden hingen – öffentlich?

Ich gebe dem Fahrer das Mäppchen zurück und sage statt dessen: »Ganz schön scharf!«

Die Gezeiten sollen die Seine hinauf bis nach Rouen reichen. Bei Flut werden wohl die langen, schmalen Halbinseln, die sich von den Gleitufern aus in die Seine strecken, überschwemmt sein. An den Prallufern hat die Straße kaum Platz. Konkave, ausgewaschene Felshänge begleiten den Strom wie riesige Mauern. In diese Mauerwände sind Kavernen gebohrt:

dunkle Stollen zum Einlagern – anscheinend auch ganze Wohnungen. Vor einzelnen Höhlen hängt bunte Wäsche auf Leinen.

Gesprenkelte Kühe. Ihre braune Farbe ist nicht in großen Flächen aufgetragen, sondern in vielen Flecken. Manche sind gepunktet wie Leoparden. Kopfweiden. Scharfer Wind reißt mir beim Halt zum Wasserabschlagen die Türe aus der Hand: Das Meer kündigt sich an.

Fermen, weiß mit schwarzem Fachwerkmuster. Auf den Weiden offene Ställe: schweres Balkenwerk, darauf tief herabgezogene Strohdächer. Direkt an der Straße rote Backsteinhäuser wie in Mecklenburg. In Ortsdurchfahrten zu Schanden geschossene Eckhäuser.

Le Havre

In Le Havre will ich gleich zum Hafen hinunter. Als Lotsen habe ich mir einen Soldaten aus einer Flakstellung ausgeliehen. Aber trotz Lotsen verfranzen wir uns bald gründlich in den zerstörten Straßen. Wir finden keinen Menschen, den wir nach dem Weg fragen könnten. Unser Lotse entschuldigt sich, das sei jetzt ganz verrückt, die meisten Straßen wären voller Trümmer und Trichter, und dauernd kämen neue dazu – wie solle man da klarkommen!

Überall zerbombte Häuser. Klaffende Lücken in schäbigen Fronten. Provisorische Zäune davor. Warnschilder an den Zäunen: »Bombenblindgänger«. Das Hôtel de Ville aus dem sechzehnten Jahrhundert steht noch: Inmitten der Ruinen ist es ein verlorenes Relikt aus längst vergangener Zeit.

Die Flak feuert. Nanu? Am Himmel kann ich zum Glück nur einen feindlichen Aufklärer entdecken. Es sieht aus, als wolle die Flak mit den grauen Plusterwölkchen der krepierenden Granaten den Anblick ein bißchen interessanter machen.

Wir gelangen in ein Gebiet mit modernen Bauten: Anspruchsvolle Verwaltungsgebäude der transozeanischen Dienste strecken sich neben neugebauten Lagerschuppen auf den betongrauen Piers. Ein Uhrturm erhebt sich steilgereckt, wie aus einer italienischen Stadt herbeigeholt, aus all den Waagerechten.

Es gibt sogar *schwimmende* Ruinen: Kähne aus Eisenbeton. Dort, wo sie von Bomben getroffen wurden, spießen rostende Eisenstangen aus den Bruchstellen. Unfaßlich, daß das Wasser diese Ungeheuer tragen kann. Nur mit dem Bug ragt ein Schleppkahn aus dem Wasser. Ich entziffere: »La Sainte Vierge«. Auch heilige Namen schützen vor dem Verderben nicht.

Selbst ohne Bombenschäden muß Le Havre eine häßliche Stadt gewesen sein. Es fehlt ihr das malerisch Bewegte südlicher Hafenstädte. Alles erscheint nüchtern, sachlich, geschäftsmäßig. Und was hier allenfalls nach Romantik aussehen könnte, ist im Näherhinblicken schon das schiere Elend: Rachitische Kinder, die in schwarzem stinkenden Schlamm spielen, haben erschreckend dünne Glieder und blicken mich aus großen betrübten Augen an. Die Frauen, die ich zu Gesicht bekomme, sind allesamt alte Vetteln. Träge und schmutzig lehnen sie in den Türrahmen.

Ein freier Platz öffnet sich. An allen vier Seiten werden Trümmer von Bombentreffern weggeräumt. Armselige Wohnstuben sind bloßgelegt. Ein ausgebranntes Kaufhaus hält seine Vorderfront hingegen noch als geschwärzte Kulisse vor die Verwüstungen in seinem Innern. Durch die leeren Schaufenster kann ich ein bizarres Gewirr von hitzegekrümmten Trägern sehen.

»N'oubliez pas l'Oran!« steht als weiße Schrift auf einer Ruine. Warum nur soll ich Oran nicht vergessen?

Polizisten kommen auf Rädern heran und brüllen etwas in die stumpf herumstehenden Aufräumtrupps. Da kommt Leben in die Leute: Im Nu sind sie verschwunden. Die Polizisten bedeuten uns gestikulierend, daß auch wir Platz machen sollen. Es dauert, bis ich begreife: Ein Blindgänger soll vorbeigefahren werden. Ach du meine Güte! Dafür die viele Aufregung?

Da kommt tatsächlich ein Auto – ein Pritschenwagen. Der Blindgänger liegt auf zwei Holzblöcken. Was für ein Dubas, sicher fünfhundert Kilo!

Wir können schon wieder unsere Richtung nicht mehr einhalten, weil wir wegen irgendwelcher Trümmer einmal links und dann wieder rechts abbiegen müssen. Schließlich geraten wir auf eine Pier, aber wieder liegt vor mir nur ein abgestorbenes Hafenbecken, vergiftet von schillernden Öllachen.

Dieser Hafen ist, das weiß ich von einem Blick auf die Karte, ein besonders verzwicktes Labyrinth. Er besteht aus einer Anzahl durch Dammaufschüttungen künstlich angelegter Becken, an denen parallele Straßen hinlaufen, die nur an wenigen Stellen durch Schwenkbrücken miteinander verbunden sind. Diese Brücken sind nun entweder zerstört oder gerade aufgeschwenkt.

Die Straße wird zum Hohlweg zwischen Schrottwällen. Wir müssen die verzwicktesten Irrwege fahren, um nur ein paar hundert Meter voranzukommen. Schließlich sperrt ein gestürzter Kran den Weg.

»Der lag heute früh noch nicht da!« empört sich der Lotse.

Ich will zu Fuß weiter und lasse den Wagen stehen. Aber gleich muß ich wieder warten: Die Brücke, über die ich gehen will, wird von vier Männern mit großen Kurbeln aufgedreht: ein Manöver, das seine Zeit braucht und mich zur Ruhe zwingt. Wie ein gelernter Stoiker sehe ich dem Vorbeiziehen eines Prahms zu.

Ich will endlich ans offene Meer und nehme die Richtung hin zu ein paar über die Dächer ragenden Masten und Takellagen auf. Aber als ich heran bin, liegt vor mir wieder nur ein totes, lebloses Becken, in dem Unrat treibt – Flaschen vor allem. Die Masten gehören zu zwei verlassenen, total heruntergekommenen Seglern. Ich werde nachgerade ungeduldig und laufe, nun schon schneller, eine Asphaltstraße entlang. Auch hier überall Bombeneinschläge. Ein paar abgerissene Kinder betteln mich an.

»Où est donc la mer?« frage ich einen Alten. Der staunt mich erst einmal an. Dann deutet er nach rechts – nach links – nach vorn: überall!

Endlich sehe ich nach Westen zu eine dunkelgraue Mole und über der Mole einen daumenbreiten schmutzig-graugrünen Strich. Als ich weitergehe, wird der Strich breiter und breiter und ist schließlich eine öde, unbewegte Fläche: Meine Meeressehnsucht ist am Ziel.

Das Wasser hat ein schmutziges Hellgrau, die Mole ist ein dunkler Strich im Trüben. Ich laufe an Stacheldrahtverhauen hin. Posten stehen so starr an den Durchlässen, als wären sie nicht aus Fleisch und Blut. Grobe Kiesel rasseln unter den leichten, rhythmischen Wellenschlägen.

Es ist wie immer: Die See sieht in weiter Fläche unbewegt aus – wie für ewige Zeiten eingeschlafen, aber am Ufer regt sich das Wasser eben doch: Da sieht man die See atmen, und da kann man ihren Atem auch deutlich hören.

Neben den Drahtverhauen ein Saum aus faulendem Tang und vielerlei kleinen Muscheln: Gewölle, das der Atlantik ausgespien hat.

Eine Barkasse liegt hoch auf dem Strand. Sie hat ein großes Loch in der linken Bordwand. Ich rätsele, wie das Loch hineingekommen ist: sieht nach Handgranate aus.

Die Flak schießt plötzlich wie verrückt. Der Aufklärer ist wieder zu sehen, er scheint sich einen nassen Staub aus der Ballerei zu machen. Ich schnüre dicht an einer Schuppenwand entlang, weil ich keinen Granatsplitter auf den Kopf haben will.

Allmählich wird es Zeit für mich, bei meinem Verein aufzukreuzen. Die Kriegsberichter sind in einer Villa in Sainte-Adresse untergebracht. In Sainte-Adresse wohnten die Neureichen der Grande Nation. Als wir die Straße vom Hafen her hochfahren, machen mich Franzosen, die stehenbleiben und sich rückwärts wenden, stutzig. Fliegergefahr? Ich lasse stoppen und frage den Nächststehenden, was es denn gebe.

»Voilà – les bateaux!« bekomme ich zur Antwort und dazu eine Geste nach Westen hin.

Da sehe ich ein paar blaugraue Silhouetten vor der verschwimmenden Küstenlinie aufgereiht. Beim schärferen Hinblicken werden es immer mehr: eine Armada. Die englische Flotte Und jetzt erkenne ich zwischen den Schiffen ein paar Wassersäulen, die im Vergleich zu ihnen riesig hoch emporwachsen, eine geraume Weile stehenbleiben und schließlich in sich zusammenbrechen. Schwarzer Qualm weht von einem der Schiffe hoch. Von links her wird eine Nebelwand langsam vor das Bild geschoben.

»Panorama einer Seeschlacht!« sage ich zum Fahrer hin.

»Daß die keiner wegputzt«, sagt der Fahrer nach einer Weile.

Wir fahren auf gewundener Straße nahe am Absturz der Küste hin. Mit Karabinern bewaffnete Posten lungern vor einsamen Villen. Da haben sich offenbar höhere Stäbe fein etabliert. An den Straßenschildern sind Holztafeln mit knappen hieroglyphenhaften Kürzeln dicht bei dicht aufgehängt: Wegweiser zu den Stabsquartieren.

Ich durchsuche die Landschaft nach verborgenen Flakstellungen und Scheinwerferbatterien, entdecke aber nur eine einzige Flakbatterie unter dichten Tarnnetzen. Die Zelte der Kanoniere sind mit richtigen Fächerpalmen überdeckt. Das sieht sehr exotisch aus – just so wie das Lager einer Völkerschau des Zirkus Sarrasani.

Ein knallweißer Leuchtturm erscheint wie ein steil gegen den Himmel gereckter Penis. Im Näherkommen kann ich hoch oben deutlich einen Soldaten erkennen, der die Prismen putzt: Es könnte ja sein, daß das Leuchtfeuer von einem hereinkommenden Blockadebrecher angefordert wird. Bereit sein ist alles – der alte Spruch!

Schwarzes Gefels umfaßt eine Bucht mit neapelgelbem Sandstrand. Es ist Ebbe. Schmale Straßen führen zu kleinen Siedlungen am Fuß der Kreideklippen hinab. An vielen Stellen gibt das Wasser bei Ebbe diese kleinen Strände frei. Auf einem ins Wasser vorgebauten Steg sind in geordneten Abständen die stelzig sperrigen Angelmaschinen aufgebaut, in die zum Sardinenfangen nur noch die Netze eingehängt werden müssen.

Draußen liegen zwei größere Dampfer. Sie sind gestreift wie Zebras. Ich kann mir nicht denken, daß der böse Feind auf diese Art Tarnung hereinfällt. Es gibt Tarnpinsler, die mit viel Mühe und Farbe die Objekte nur noch auffälliger machen. Wenn man schon die Tarnfarbe nicht chamäleonhaft nach der des jeweiligen Hintergrundes wechseln kann, sollte man die aufwendige Malerei lieber gleich ganz seinlassen: Ein grau gepöntes Schiff ist immer noch das am besten getarnte.

Als wir die Villa der Kriegsberichter gefunden haben, schicke ich den Fahrer los, um unseren Lotsen zu seiner Einheit zurückzubringen.

»Wo haben Sie denn den Jordan gelassen? Der sollte doch mit Ihnen hier aufkreuzen ...«, fragt Oberleutnant Grewe zur Begrüßung.

»Der ist verschüttgegangen – in Rouen.«

»Verschütt? Was heißt hier verschütt?«

»Spurlos verschwunden.«

»In Rouen?«

»Ja, in Rouen.«

Oberleutnant Grewe bedenkt mich mit einem großen fragenden Blick, dann fragt er: »Wissen die das in Paris schon?«

»Was weiß *ich* denn!« gebe ich pampig zurück. »Ich bin doch nicht Jordans Bärenführer.«

Da stößt der Oberleutnant Grewe vor lauter Verlegenheit und Unsicherheit ein viel zu lautes Keckerlachen aus, und ich sage: »Vielleicht taucht er morgen hier auf.«

»Vielleicht!« repetiert mein Gegenüber und gibt dem Wort einen bedeutungsvollen Beiklang. Dann, als ob er plötzlich erwacht sei, sagt er: »Und Sie sollen jetzt ganz alleine die vermutete zweite Landung aufhalten?«

»Ja, Lauerstellung hier in der Gegend beziehen.« Dabei fahre ich mit der flachen rechten Hand über die große Karte an der Wand neben dem Schreibtisch hin.

»Und sich im Bedarfsfall dem bösen Feind entgegenwerfen?«

»So isses!«

». . . und ihn zurück ins Wasser schmeißen«, ergänzt Oberleutnant Grewe noch.

So läßt sich reden, denke ich. Aber Vorsicht! Mehr Geblödel wäre gewagt. Dafür kenne ich den Mann zuwenig.

»Wenn Jordan verschüttgegangen ist«, sagt Oberleutnant Grewe, »können Sie ja den Bildberichter Wunderlich mitnehmen – sozusagen als Ersatz.«

Da bin ich erst mal sprachlos.

»Überlegen Sie sich's«, sagt Grewe noch und läßt mich zum Glück für eine Weile allein mit meinen Gedanken.

»Schreck laß nach«, murmele ich vor mich hin, der verwunderliche Herr Wunderlich ist so ziemlich der Letzte, den ich mir als Reisebegleiter wünschen würde. Diesen miesen Angeber kenne ich nur allzu gut vom Kompanieführerlehrgang in Glückstadt her. Dieser Wunderlich markierte den flotten Marinegigolo durch Faltenstiefel, scharf ausgeformte Breeches und verwegenen Mützensitz. Der Mann ist eine Niete. Wenn so einer sich behaupten will, *muß* er arschkriechen, sich anschmieren wie die meisten hier. Devotes Gebaren als Ersatz für Leistung. Außerdem könnte ich Wunderlichs Stereotype »Da wundert sich der Wunderlich!« nicht ertragen.

»Wenn ich Pressezeichner wäre – etwa wie Theo Matejko – und ad hoc arbeiten könnte, ginge das gut«, sage ich zu Grewe. »Aber meine Art ist nun mal eine ganz andere. Ich muß vor allem Eindrücke aufnehmen und speichern . . . Und ich muß schließlich auch schreiben, um geschlossene

Berichte für die Leipziger Illustrierte und die neue linie liefern zu können. Da kann ich's ganz einfach nicht ertragen, daß so ein Nervöserich wie Wunderlich um mich herumhopst.«

Zu meinem Erstaunen gibt sich Grewe da mit einem heftig ausgeatmeten »Na, dann eben nicht!« zufrieden. Wie zur Entschuldigung fügt er noch an: »Es war ja bloß wegen dem Benzin.«

Im Haus der PK wohnt ein S-Bootkommandant als Gast. Er hat durch Bombentreffer sein Boot verloren, soll aber bald das Boot eines anderen Kommandanten übernehmen.

Von ihm erfahre ich: In der Invasionsnacht haben etwa zweihundert alliierte Minensuchboote und Räumboote den Weg durch unsere Minensperren freigemacht. Später haben die Alliierten dann selber Minen gelegt zum Schutz des eigenen Weges. Gegen Tieffliegerangriffe schützen sich die Landungsboote durch Sperrballone. Außerdem werden sie ständig von wahren Schwärmen von Jagdflugzeugen umkreist. Je näher die Landungsboote an die Küste kommen, desto enger wird zudem ihr Schutz durch leichte Seestreitkräfte.

Der Oberleutnant hat einen leicht vorwurfsvoll klagenden Ton angenommen, als er sagt: »Die haben einfach alles, was schwimmen kann, aufgeboten. Und immer volle Beleuchtung! Bis in die Morgenstunden verlöschen die Lichter an den Schirmen nicht mehr.« Und jetzt ist er ganz Anerkennung: »Was die hier veranstalten, das ist schon imposant!«

Mein Gegenüber verstummt. Er hat Flasche und Glas vor sich stehen. Ich muß mir auch erst mal ein Bier besorgen. Ziemlich durcheinander, dieser S-Bootmann! denke ich, während ich die Pantry suche. Als ich zurückkomme, redet er weiter, als wäre ich gar nicht weggewesen: »Dabei können wir nur noch auslaufen, massiertes Feuer bekommen – und wieder zurückhinken! Treffer zu erzielen, daran ist gar nicht mehr zu denken – jedenfalls nicht auf große Einheiten . . .«

»Begreife einer das alles . . .«, sage ich nach einer Weile, um noch mehr aus dem Kommandanten herauszuholen. Der hebt die Schultern und läßt sie abrupt wieder sinken. »Das ist eben alles absolut unbegreiflich. Gewiß, das Wetter sah nicht so aus, als ob sie kommen würden . . .«

Da merke ich, daß mein Gegenüber jetzt die Invasionsnacht meint, und gehe auch gleich darauf ein: »Eine solche Armada kann sich aber doch nicht auf den Weg machen, ohne daß es einer merkt.«

»Wirklich alles mysteriös. Anders kann man es nicht nennen. Wie man ein solches Unternehmen nach außen abschotten kann – ich begreife es nicht. Nicht nach den Erfahrungen, die wir immer wieder machen . . . Die haben uns jedenfalls ganz schön geblufft . . .«

Das klang wie ein Fazit, aber der Oberleutnant redet nach einer

Atempause weiter: »Da ist nun herumgeknobelt worden wegen Wetter und Gezeiten, und natürlich wußten die Schlauköpfe, wann die Alliierten kommen würden und wann nicht – und wann *ganz bestimmt* nicht. Aber genau da *sind* sie gekommen . . .«

Der Oberleutnant ist offenbar so voll gestauter Wut, daß er froh ist, einen geduldigen Zuhörer gefunden zu haben.

»Da gibt es zum Beispiel diese sechste Artillerieträgerflottille. Da habe ich zwei Crewkameraden. Die wurden schon Ende April für den Fall des Falles in die Seinebucht verlegt. Die hätten ja nun gegen den Anmarsch der Landungsflotte einiges unternehmen können . . . Aber wissen Sie, was passiert ist?«

Ich kann nur mit einem fragenden Ausdruck darstellen, daß ich das nicht weiß, aber gern wissen würde.

»Die waren angeblich nicht auf Position, weil am Abend des fünften Wind sechs bis sieben war – Westwind, also kein Landungswetter. Nur hatten die Herren Metereologen eben nicht mitgekriegt, daß gleich danach ein Zwischenhoch kommen würde . . . Aber warten Sie nur ab, es kommt noch schlimmer! Die Artillerieträger lagen also in diesen kleinen Tidehäfen, und als es dann losging, da hatten die kein Wasser unterm Kiel! Die lagen komplett auf dem Trockenen! Als die Herrschaften von drüben kamen, war doch Niedrigwasser! – *So* geht das bei uns! Einfach nicht zum Sagen!«

Es wird Abend. Im Dunst der Ferne sind trotz des dunklen Hintergrundes, den der Küstensaum bildet, die alliierten Einheiten deutlich zu sehen. Zwischen ihnen und der Küste wird gerade wieder heftig genebelt. Da draußen scheint es Wind zu geben: Der künstliche Nebel entfaltet sich nicht richtig, sondern bildet nur eine niedrige Bank, aus der hier und da Schiffsaufbauten hervorragen – ein geisterhafter Anblick.

Später defiliert unter meinem Fenster ein langer, aufgelöster Zug von Flüchtlingen mit allen möglichen Karren und Kinderwagen vorbei. Es geht mir an die Nieren, diese Elendsgestalten ihre armseligen Sachen den Berg hinaufschieben zu sehen: zerlegte, abgestoßene Schränke, Matratzen, aus denen die Füllung quillt, und an den Seiten mancher Karren baumeln Kochtöpfe herab.

Auf die Abschüsse der Küstenbatterie, die das ganze Haus erzittern lassen, reagiert keiner der Flüchtenden. Auch als die Flak zu schießen beginnt, setzen sie gleichmütig ihren Weg fort.

Die Nacht wird unruhig. Gegen zwölf wird das Flugzeugbrummen so stark und dicht und scheint von allen Seiten zugleich zu kommen, daß ich aus Angst vor einem Großangriff aufstehe. Der Himmel ist mit schwarzen, tief herabreichenden Wolkenknäueln bestückt. Es ist schwül.

Ich müßte in den Bunker neben dem Haus, aber ich bleibe lieber draußen stehen, um das Schauspiel zu sehen. Wenn es sein muß, bin ich mit zwei Schritten in Sicherheit.

Da rasen ein paar Jagdmaschinen in äußerst geringer Höhe über das Haus hin. Die Luft erzittert, die Fenster klirren heftig, die Volets scheppern. In der Ferne über See werden Leuchtgranaten abgeschossen. Aus dem Hinterland zuckt der Lichtschein von Flakschüssen über die Baumkronen des Parks hoch. Die Flak von Sainte-Adresse aber schweigt.

Jetzt sehe ich einen Flugzeugschatten wie den einer riesigen Fledermaus über die Bäume schießen. Wenig später blitzt es bei den Schiffen auf: die schwere Bordflak, die den Angreifer unter Feuer nimmt.

»Das sind deutsche Maschinen, die greifen die Flotte an!« sagt einer aus dem Dunkeln hinter mir. Es scheint tatsächlich zu stimmen. Der Angriff läuft weiter, aber er wird nur von wenigen Maschinen vorgetragen. Die Luft vibriert immer wieder aufs neue.

Am Morgen schleifen Regenfahnen tief über das Land hin, dazwischen ist ein Stück Himmel wie durch Vorhangfransen sichtbar. Im Westen wird ein Wolkenaufzug plötzlich von der Seite her beleuchtet. Aus der geballten Masse formen sich vielfach hintereinandergestaffelte Kulissen.

Es dauert nicht lange, und der Himmel lichtet sich. Die Wolken lösen sich in lila Streifen auf: Atlantikwetter.

Plötzlich sagt Grewe hinter mir: »Guten Morgen«, und ich fahre zusammen. Zum Glück hat er das nicht gemerkt, weil er gerade sein Seeglas einrichtet. »Die haben sich wieder eingenebelt!« sagt er jetzt. »Hinter der weißen Bank sind sie! Nelson, King George . . .«

In der Luft ist schon wieder Brummen und Röhren. Ich höre kaum noch hin. »Wie weit ist eigentlich die Front weg?« frage ich Grewe.

»Fünfzig Kilometer.« Und nach einer Weile fügt er bedeutungsvoll hinzu: »Das heißt – noch!«

Ein Oberleutnant kommt vom Hafenkommandanten. Er hat die neuen Funksprüche durchgesehen. Die in der Festung Cherbourg eingeschlossene Kampfgruppe Schlieben kämpft trotz aller Aufforderungen, sich zu ergeben, weiter. Der Feind ist in der Stadt. »Er hat bereits das Arsenal besetzt«, sagt der Oberleutnant.

Zwei Schnellboote seien noch durchgekommen. »Dieselben Boote, die in das Gefecht von Fécamp verwickelt waren.« Der Seekommandant hat das Ritterkreuz bekommen. Ebenso der Chef der Batterie Hamburg, die zwei Kreuzer versenkt hat. Grewe kennt die Batterien: »Die sind so gut in die Felsen gebaut – in besten Basalt –, daß man sie nur von rückwärts ausräuchern kann.«

Es klart immer mehr auf. Die Nebelbank, hinter der die Engländer ihre Schiffe verstecken, ist jetzt mit bloßem Auge zu sehen.

»Wenn wir doch damals rübergegangen wären! Das Verhältnis der Luftüberlegenheit war gerade umgekehrt – oder noch günstiger für uns ...«, sagt Grewe im Klageton.

Wenn meine Schwiegermutter Räder hätte ... Die alte Geschichte!

»›Unternehmen Seelöwe‹ hieß das doch?« sage ich laut.

»Ja. Blöder Name! Warum die plötzlich Manschetten gekriegt haben, das habe ich mich schon oft gefragt. Erst die viele Reklame und dann: Ausscheiden mit Dienst!«

»Wahrscheinlich hat gerade noch rechtzeitig jemand gemerkt, daß wir nichts hinter der Hand hatten – ich meine, wenn man die Flotte da draußen vergleicht mit den Kolchern, die damals zusammengetrommelt wurden ...«

»Und da drüben, das ist Steilküste: die berühmten Kreidefelsen. Nicht der wahre Jakob zum Landen ...«

Ich nehme mir immer wieder mal die Karte vor und versuche, mir vorzustellen, was unsere Gegner als nächstes planen könnten. Eine Landung in der Bretagne steht sicher nicht bevor. Und wenn der Bismarck doch recht hat und die Alliierten auch noch im Sommedelta aufkreuzen?

Als wir zum Cap de la Hève unterwegs sind, schießt die Flak.

»Sauzucht!« flucht der Fahrer und bringt den Wagen zum Stehen. Die Flugzeuge, es sind vier Lightnings, kreisen gut sichtbar vor einer weißen Wolke. Die Detonationen der Flakgranaten liegen weitab. Die reine Munitionsverschwendung!

Ich blicke ringsum: kein Bunker in der Nähe.

»Die scheinen uns nicht zu meinen«, sage ich.

»Hier gibt's ja auch nicht mehr viel kaputtzumachen ...«, sagt der Fahrer.

Da spiele ich mich ein bißchen auf: »Die wollen bloß der Flak die Granaten aus den Rohren locken, und die Kerle fallen auch prompt darauf rein.«

Die Maschinen gewinnen Höhe und werden schnell kleiner. Vielleicht fliegen sie weite Sicherung um die Flotte? Fragt sich nur, gegen wen. Bei Tage lassen sich die Unseren ja nicht mehr blicken.

Cap de la Hève über Sainte-Adresse: Hier ist dicht an der Steilküste ein ganzes Bunkerdorf entstanden und zwischen den einzelnen Bunkern ein kompliziertes System von Gräben. Überall Trichter.

Man kann von hier oben wie ein Vogel die Seinemündung überblicken und auch noch das kleinste Boot auf lange Strecken hin beobachten.

Vorn auf der äußersten Landspitze liegt eine Marineartilleriebatterie. Das Gelände ringsum ist von Bombentrichtern völlig durchpflügt. Manchmal liegen sie so dicht beieinander, daß zwischen den Erdauswürfen kein grüner Fleck mehr zu sehen ist.

In der Tiefe des Leitstands hat sich der Batteriechef ein kleines Stübchen eingerichtet. Wie ähnlich sich doch diese Behausungen alle sind! An den Wänden finden sich Bilder aus Illustrierten und ein paar Reproduktionen, mit denen ein französischer Verleger ein gutes Geschäft gemacht haben muß, begegne ich ihnen doch überall: spärlich bekleidete Mädchen mit blonden Wuschelköpfen, einmal mit einem Fuß im Waschbecken, ein anderes Mal bei gymnastischen Übungen oder in den Armen eines französischen Matrosen mit überdimensionalem Brustkasten.

Auf dem Tisch hat der Batteriechef eine ordentliche, mit bunten Blumen bedruckte Decke, darauf eine Blumenvase ohne Blumen und zu beiden Seiten in Aufstellrahmen die Bilder seiner Frau oder Braut. Ein Radiokasten ist, vom Bett gut erreichbar, auf ein Wandregal gestellt. Ich sage, weil er das sicher von mir erwartet: »Sehr hübsch!«, und der Batteriechef glänzt vor Freude darüber.

Draußen auf dem Gelände zeigt er mir dann wie ein Museumsführer die einzelnen Bombentrichter: »Das hier ist der Einschlag der Vierzigkommasechs vom Schlachtschiff Rodney. Das daneben ist ein Jagdbombereinschlag – das Loch hier vorn . . .« – eine Mustersammlung.

Wir müssen einen weiten Weg zurücklegen, um zum Zwozentimeter-Stand zu gelangen. Ein Splitter hat dort einen Schutzschild durchschlagen. Ein Stahlhelm, der daran hängt, ist ebenfalls durchschlagen worden: auch sehenswert.

»Der Geschützführer hat das Verwundetenabzeichen verliehen bekommen«, sagt der Batteriechef. Was mit dem geworden ist, der den Stahlhelm auf dem Kopf hatte – danach will ich lieber nicht fragen.

An den Geschützen stehen zwischen den deutschen Soldaten auch etliche Tataren, die mit ihren schwarzen Bärten wie würdige Priester aussehen.

Ich greife mir ein Glas und richte es auf die Flotte. Alle Schiffe haben Sperrballone ausgefahren. Die Transporter liegen in einem Kranz sichernder Kreuzer und Zerstörer. Sogar die kleinen Landungsboote, mit denen die Lasten an den Strand gebracht werden, sind jetzt zu erkennen.

»Ein Jammer, daß unsere Geschütze nicht weit genug reichen«, sagt der Batteriechef.

»Ein paar Kilometer nördlich von der Stelle hier sind die Tommies ja schon mal gelandet. Fallschirmjäger. Das war in der Nacht vom siebenundzwanzigsten auf den achtundzwanzigsten Februar zweiundvierzig«, sagt der Batteriechef, und das klingt nach Stolz auf die Lokalität. »Die haben damals eine Funkmeßstation hopsgenommen«, redet er weiter, ». . . ganz ohne Verluste. Her mit dem Flugzeug – zurück auf Schnellbooten! War prima organisiert.«

Weil mir die Augen tränen, nehme ich das Glas herunter. Ich bin es nicht mehr gewöhnt, so lange und angestrengt durch ein Seeglas zu beobachten.

»Diese ungeheure Organisation ist absolut vergleichslos«, höre ich den Batteriechef wieder. »Kaum zu glauben: mindestens tausend Transportflugzeuge und Lastensegler haben die aufgeboten. Wir schätzen: zwanzigtausend Mann Luftlandetruppen. Dazu gut und gerne zehntausend Flugzeuge, Jagdmaschinen, Jagdbomber und Bomber, über tausend Kriegsschiffe, fünftausend Landungsboote. Das sind alles Rekordzahlen!« Er sagt das in einem Ton, als wolle er bei mir einen Ausbruch von Begeisterung entzünden.

»Da müssen sich ja Amerikaner und Engländer auf dem Südteil der Insel gegenseitig auf die Füße getreten sein«, werfe ich ein, nur um etwas zu sagen. »Jeder Mann mit seiner gesamten Ausrüstung! Ich kann mir einfach nicht vorstellen, wie das in den Häfen gelaufen ist. Solche Proportionen – ich meine: solche Massierungen von Schiffen und Menschen hat es doch noch nie gegeben. Das ist doch wohl ganz ohne Beispiel!«

»Das klingt wie schiere Feindpropaganda«, sagt der Batteriechef. »Wir haben keine Ahnung, wieviel Tonnen Material bereits angelandet sind. Aber es müssen ungeheure Mengen sein! Jetzt läuft das alles offenbar schon wie bei einem gigantischen Zulieferbetrieb – gerade so, als sei das Wasser eine Rollbahn . . . vor einer solchen Koordinationsleistung kann man wirklich nur den Hut ziehen.«

Wenn uns einer die Alliierten so rühmen hörte, würde er sich schön wundern. Aber meinethalben kann es ruhig weitergehen. Ich sage also: »Und die Strategie ist auch nicht von schlechten Eltern . . .«

»Das haben die verdammt systematisch gehandhabt«, stimmt der Batteriechef auch gleich zu. »Damit haben die ja schon mit Jahresbeginn angefangen. Systematisch, aber auch schlau: Aus den Angriffen auf Straßenbrücken und Eisenbahnbrücken war nämlich nicht ersichtlich, wo sie landen wollten. Boulogne wurde genauso attackiert wie Mantes, Lüttich, Reims, Orléans, Troyes . . . Dazu kamen die Angriffe auf unsere Flugplätze und unsere Funkmeßstationen. Deutliche Hinweise, wo sie dann wirklich kommen würden, die gab es einfach nicht.«

Der Batteriechef scheint äußerst mitteilungsbedürftig zu sein. Wahrscheinlich hat er lange nicht mehr mit jemandem quasi von gleich zu gleich reden können. »Und in der Nacht, als sie dann kamen, war ausgesprochen schlechtes Wetter – allerhand Seegang. Wolkenuntergrenze etwa dreitausend Meter. Ganz schön steifer Wind aus Nordwest. Für Landefahrzeuge mit ihrem geringen Tiefgang mehr als genug, würde ich sagen. Da hat keiner damit gerechnet, daß sie kommen würden – in so einer Nacht. Und dann ausgerechnet an dieser schwierigen Stelle.«

»Wie machen die das bloß – diese enormen Schiffsladungen ohne Hafen anlanden?« frage ich.

»Die haben riesige Pontons mitgebracht, die vor dem Strand eine Art Pier bilden. Ich kann mir schon vorstellen, wie das funktioniert: Sie senken die Pontons ab, und die spülen sich dann im Sand fest.«

»Aber das gibt doch noch keinen Hafen ...«

»Anscheinend klappt's ... Die laden schließlich aus wie die Verrückten.«

»Man hatte sich bei uns ja wohl gedacht, daß mit konzentrischem Feuer unserer Batterien jedes Schiff, das sich der Küste nähert, erledigt werden könnte ...«

»Ja, aber die aberwitzigen Bombardements in der Nacht zum sechsten Juni haben die meisten Batterien schon vorher ausgeschaltet oder schwer mitgenommen ... Über die Küstenbatterien sollten Sie mal schreiben. Schließlich sind ja auch Marinebatterien dabei. *Ihr* Ressort gewissermaßen. Allerdings dürften Sie da kaum noch hinkommen. Die sind alle von hinten abgeriegelt und total umzingelt. Bin gespannt, wie lange die von Houlgate sich noch wehrt.«

»Und Rommel? Dem untersteht doch hier der ganze Laden ...«, wage ich die Frage, die mir schon lange auf der Zunge liegt.

»Seit Januar, ausgenommen Luftwaffe und Marine. Rommel war gleich wie irre hinter dem Ausbau der Verteidigungslinien her. Der macht ständig Inspektionen und mischt alle auf. Aber zaubern kann der auch nicht – so mit Weizenfeldern auf der hohlen Hand.«

Rommel, erfahre ich weiter, hat sich die meisten Hindernisse selber ausgedacht. Zuletzt hat er auch noch die merkwürdig bizarren »Tschechenigel« legen lassen. Die können einen landenden Gegner aber nur behindern und ihn kurze Zeit aufhalten und damit zu einem Ziel für die Batterien werden lassen. Allerdings ist auf den ersten Blick schon zu erkennen, daß hier viel zuwenig Artillerie steht.

Da höre ich den Batteriechef, als hätte er meine Gedanken erraten, auch schon räsonnieren: »Außer unserer Batterie gibt es hier nur Beutegeschütze. Was wir brauchten, ist alles in Norwegen. Da haben wir wieder mal fehldisponiert!«

Ich weiß, daß bei Longues, nördlich von Bayeux, eine Fünfzehnzentimeter-Batterie steht und an der Ostküste der Halbinsel Cotentin eine mit

Einundzwanzigzentimeter-Geschützen – also nur Mittelbatterien. Jeder einzelne Schwere Kreuzer trägt mehr.

Ein Stabsarzt und zwei Oberleutnants kommen dazu, und ich erfahre, daß trotz der Effizienz der laufenden Landung selbst hier in dieser Batterie die Meinung vorherrscht, daß es sich um einen Scheinangriff handelt. Der eigentliche Hauptangriff wird im Pas de Calais gegen die Sommemündung erwartet. Deshalb liege dort die 15. Armee in Wartestellung.

»Kann gar nicht anders sein. Da haben sie den kürzesten Wasserweg ...«, versichert mir der Batteriechef.

»Aber machen denn da ein paar Meilen mehr oder weniger was aus? Wenn so ein Verband einmal verladen ist ... Angst vor Luft brauchen die doch keine zu haben.«

Plötzlich redet alles aufgeregt durcheinander: »Außerdem liegt die Küste der deutschen Grenze am nächsten.« – »Da, wo die Brüder jetzt gelandet sind, kommen sie doch nicht weiter.« – »Mit Zielrichtung schnurstracks nach Osten kämen die vom Pas de Calais her direkt zwischen Köln und Koblenz an den Rhein ...«

Der Stabsarzt zeigt mir einen Korb mit vielen Literflaschen: Blutserum. Englische Aufschriften. Der Korb ist unten zwischen den Vorfeldsperren angetrieben worden. Die Landser hätten den Flascheninhalt saufen wollen und schon eine Geschmacksprobe gemacht.

»Pfui Pudel!« entfährt es mir.

Im Hafen von Le Havre bietet sich eine Vielzahl von Zeichenmotiven. Zwischen halbzerstörten Docks hocke ich auf einer hochgekanteten Fischkiste und zeichne ein Räumboot. Bald bildet sich um mich ein dichter Ring von Seeleuten, der nur an einer Stelle unterbrochen ist: Man läßt mir wenigstens einen schmalen Ausblick auf mein Motiv. Ab und zu dringt an mein Ohr, wie die Seeleute sich gegenseitig erklären, was ich gerade zeichne: »Mensch – die Antenne von eurem Boot kommt och druff.«

»Das ist der Kran dahinten.«

»Nee doch, das issen Stück vom Gasometer.«

»Ha, du Nulpe, *doch* der Kran!«

Die Flak beginnt wieder zu schießen. Einige meiner Zuschauer verschwinden. Als ich mich nach einer Weile umdrehe, ist keiner mehr zu sehen. Am Himmel steht eine Girlande aus dunklen Sprengwolken. Zwischen den Sprengwolken huschen Flugzeugschatten dahin: ein ganzer Schwarm von Jagdbombern. Verdammt noch eins! Ich hätte mich auch auf die Strümpfe machen sollen. Ich versuche unter all den Trümmern einen Bunkereingang zu erspähen. Vergebens. So allein im Trümmerfeld komme ich mir vor wie den Jagdbombern auf der flachen Hand präsentiert.

Da verhallt das Schießen. Ich kann durchatmen und weiterzeichnen. Zustände – verrückte!

Auf dem Rückweg müssen wir lange vor der Barriere einer aufgeschwenkten Brücke warten. Ein Schwimmkran wird aus dem Vorhafen eingeschleppt: ein ungetümes Vehikel, eine Art Seesaurier. Ein stiernakkiger Schlepper bugsiert den Schwimmkran mit aller Vorsicht. Am Bug trägt er groß aufgemalt den Namen »Andromaque«. Als Schwimmkran und Schlepper vorbei sind, schließt sich die Brücke dennoch nicht wieder, weil noch ein ganzer Aufzug von Schiffsmißgeburten folgt: Hafenkolcher, die sich nicht über die Molenköpfe hinauswagen könnten. Hinter Prahmen und einem kleinen Schwimmdock kommt ein ungeheuer qualmender pechschwarzer Kasten von der Form eines altmodischen Plätteisens, wie es die Schneider noch oft verwenden, heran. Der Schornstein sieht aus wie ein Ofenrohr. Am Bug findet sich der Name »Solide«.

»Andromaque«, »Solide« – beim Anblick dieses zweiten schwimmenden Monsters muß ich über die Namen grinsen. Endlich geht die Schranke hoch, und wir können auf die andere Seite traversieren.

Im Rinnstein der Straße sehe ich nach nur hundert Metern zwei mächtige Bombenblindgänger nahe beieinanderliegen. Die Franzosen finden sie nicht mehr beachtenswert. Als ich einen der Blindgänger näher in Augenschein nehme, sagt einer der Werftarbeiter von hinten: »Un beau cigare, n'est-ce pas?«

In der Stadt sind immer noch eine Menge Menschen. Es gibt sogar noch geöffnete Läden. Dabei schießt die Flotte draußen ohne Unterbrechung. Zwischen den Häusern hindurch und über die Ruinen hinweg kann man einzelne Schiffe nebeln sehen. Die Passanten kümmern sich kaum darum. In diesen wenigen Tagen haben sie sich schon ausreichend an die Präsenz der Invasionsflotte gewöhnt, um sie ignorieren zu können. Was für ein merkwürdiges Wesen der Mensch doch ist, wird mir immer wieder neu verdeutlicht.

Einer der Männer aus der Schreibstube meines Vereins packt ein Feldpostpäckchen aus. Ein paar als Einwickelpapier verwendete Seiten des Völkischen Beobachters machen mich neugierig. Es ist eine alte Nummer: 28. Februar 1941. Gerade recht. Ich lese: »Neun Schiffe mit 58 000 BRT aus britischem Geleitzug versenkt. Vernichtender Schlag deutscher Fernbomber gegen Englands Zufuhren ... Vom 23. bis 26. Februar '33 Feindflugzeuge vernichtet ... Bei Angriffen auf Flugzeuge in Südostengland wurden mehrere feindliche Flugzeuge am Boden zerstört und zwei britische Flugzeuge über ihrem eigenen Flughafen abgeschossen . . .«

Vernichtender Schlag! Und da draußen schwimmt die britische Armada. Wie oft wir in Schlagzeilen schon England vernichtet haben, darüber würde ich gern einmal einen Artikel schreiben: aus der Luft vernichtet, mit U-Booten ausgehungert – *das rotte Albion auf die Knie gezwungen.*

Der Marineartilleriemaat Toscani, der zu einem Filmtrupp gehört, will mir unbedingt etwas zeigen. Er tut geradeso, als müsse ich mich geehrt fühlen, weil er mich ins Vertrauen ziehen will. Ich muß hinter ihm die Treppe hinauf in den ersten Stock steigen und ihm dann in einen Wohnraum folgen. Vor einem Spind bleibt er stehen, öffnet ihn und tritt zurück, damit ich die Überraschung auch richtig sehen kann: Da hängt, bestens aufgebügelt und fusselfrei, die Sommeruniform eines Leutnants. Und ich erfahre, irgendwann mal sei die Rede von einer Beförderung zum Sonderführer-Leutnant gegangen. Und da habe er alles vorsorglich eingekauft: den Dolch am goldenen Gehänge mit dem silbern glänzenden Portepee, die weiße Mütze mit eingezogenem Bügel . . . Es sei alles bestens vorhanden. Toscani läßt einen so verklärten Blick über die Uniformpracht hingehen, als habe er die Madonna von Lourdes vor sich. Ich krümme mich innerlich. Dann hole ich aber doch tief Atem und sage, zugleich wie ein Idiot vor mich hin nickend: »Na fein! Sieht ja prächtig aus!«

Ich taste auf der Karte die Küstenlinie mit Blicken ab und entdecke Etretat. Nach Etretat sind es nur achtundzwanzig Kilometer in nördlicher Richtung. Bei Etretat hat Monet viel gemalt. Die anderen Impressionisten aber auch. Die waagerecht gebänderten Felsen sind mir von ihren Bildern her vertraut: die »Nadel«, das »Tor von Aval«. Jetzt will ich diese Klippen in natura sehen. Also auf nach Etretat! Die Küste weiter nördlich kann noch ein, zwei Tage warten.

Als ich den Wagen erblicke, packt mich der Zorn: Vom Dach hängen schlappe Zweige herab. Der Fahrer hätte unsere Tarnung längst erneuern müssen. Die Hose gestrichen voll Angst, aber unfähig, das Nötige für unsere Sicherheit zu tun.

Wo steckt der Kerl bloß? Als ich nach ihm rufe, erscheint statt des Fahrers Grewe und will wissen, wohin es gehen soll. Ich gebe mich geschäftig und antworte: »An die Küste.«

»Das würde ich nicht tun«, sagt Grewe, »nicht bei diesem Wetter.«

Ich weiß, was er meint: Da sind die Jabos wepsig.

»Ach, lassen Sie mal«, sage ich. »Ich habe ja Rundumblick, und daß ich nicht schlafe – das können Sie als sicher annehmen. Ich muß die Küstenbefestigungen zeichnen.«

Wir fahren über ein Plateau. Die Straße liegt ohne Bäume wie mit dem Lineal gezogen vor uns. Auf ihrer ganzen Länge sind in Abständen von etwa dreißig Metern zu beiden Seiten mannstiefe Gräben als Deckungslöcher gegen Fliegerangriffe ausgehoben. Strohbüschel an Pfählen über dem hohen Gras zeigen ihre Lage an. Ganze Kompanien müssen hier in Sekundenschnelle von der Straße weg in der Erde verschwinden können.

Mir ist nicht geheuer.

In der Ferne macht die Straße einen Buckel. Hinter dem Buckel wird es besser, beruhige ich mich. Aber als wir auf der Höhe sind, geht es schnurgerade weiter. Kein Baum, kein Strauch. An einem Pfahl hängt eines der verfluchten Schilder: »Achtung Tiefflieger!« Das muß für Totalidioten bestimmt sein.

Ich drehe mich um die eigene Achse wie ein Karussell. Das Tempo macht den Fahrtwind zu einer körperhaften Masse. Mir tränen die Augen. Mit Tränen in den Augen kann ich nicht gut sehen. Eine Brille wie fürs Motorradfahren sollte ich haben. Gleich muß ich an Jordan denken: Wo der wohl stecken mag . . .

Weiter geht es von Buckel zu Buckel und immer schnurgerade. Ein paar auffliegende Krähen jagen mir einen heftigen Schrecken ein: verdammte Biester!

Endlich werden in der Ferne Bäume sichtbar. Langsam läßt der Fahrer den Wagen in ihrem Schatten ausrollen. Ich klettere hinunter und wische mir zwei-, dreimal über das Gesicht. Mir ist mulmig zumute.

»Na, wenn sie uns jetzt erwischt hätten, die hätten uns ganz schön vernascht . . .«

Der Fahrer sagt kein Wort.

Der Wagen steht gut. Der Fahrer soll sich ausruhen, ich will ans Wasser: Zwischen stark verrosteten Spanischen Reitern arbeite ich mich bis zur Kante der Küstenfelsen vor, den letzten Meter mit aller Vorsicht. Vor mir geht es senkrecht hinab.

Es ist Flut, die Vorstrandhindernisse sind untergetaucht, eine leichte Brandung leckt bis an die Felsen heran.

Nein, hier komme ich nicht hinunter. Hier kommt aber auch keiner hoch. Wozu dann aber die vielen Spanischen Reiter? Wozu die in die Wiesen eingepflanzten Balken? Das hier ist weiß Gott kein Gebiet zum Anlanden. Gut: Die Balken kann ich verstehen. An diesen »Rommel-Spargeln« sollen Lastensegler zerschellen. Aber was sollen hier Lastensegler, wenn ansonsten nichts geht?

Etretat. Überall Drahtrollen, Spanische Reiter, eingerammte Schienen. Ich entdecke auch kleine Bunker, befestigte MG-Nester mit dichten Drahtverhauen ringsum und Schildern, die vor Tellerminen warnen.

Aber wo sind die Artilleriestellungen, wo sind all die Wunderwaffen eingegraben? Der Infanteriegürtel soll hier vier bis fünf Kilometer breit sein. Das muß ich einfach glauben, denn zu sehen ist davon nichts. So sehr ich mir auch die Augen ausgucke, entdecke ich doch kaum Soldaten.

Mein Blick geht über den Strand: In mehreren Reihen liegen da die Tschechenigel. Es gibt überhaupt nur Hochwasserhindernisse, keine für Niedrigwasser. Die wären ja auch schwieriger zu bauen. Die Pioniere – oder wer immer sie auszubringen hätte – müßten dabei ins Wasser.

Ich will heute nicht mehr zurück nach Le Havre. Hier scheint es manche verlassene Villa zu geben, auch solche direkt am Strand.

Ohne viel Schwierigkeiten finden wir Quartier in einem für eine Pioniereinheit beschlagnahmten kleinen Häuschen. Zu essen, heißt es, gebe es für uns auch.

Von meinem tiefen Standpunkt aus kann ich ein Stück der Küste als kulissenhaft hintereinander gestaffelte Kreideriffs mit den Augen verfolgen. Die Kreide hat ein feines Neapelgelb. Dazu steht das Umbrabraun der verrosteten Spanischen Reiter vortrefflich, das fahle Graugrün von einem Fleck Strandhafer auch. Darüber helles Himmelskobalt und eine schwierig zwischen Flaschengrün und Stahlblau zu bestimmende Fläche: die weite See. Ich nehme dieses Bild ein paar Minuten lang in mich auf, dann knie ich mich nieder, mein Malbrett vor mir, und male mit vollem Pinsel heftig los.

Später, schon im Dunkeln, gehe ich noch einmal am Strand entlang. Hinter mir vertreten sich ein paar Soldaten die Füße. Ich kann sie gut im Mondlicht erkennen.

In der Luft ist schon seit einer Weile das grummelnde Dröhnen von Bombern. Unsichtbar, aber sicher wieder in geschlossener Phalanx, kommen sie näher – aus welcher Richtung, ist nicht auszumachen.

Ich höre: »Wo wollen die bloß hin?«

»Das ist ja 'ne ganze Luftflotte.«

»Etwa nach Le Havre?«

»Da liegt doch schon genug flach, ich würd eher sagen: Knotenpunkte hinter der Invasionsfront . . .«

»Aber so viele auf einmal?«

Am Morgen erfahre ich: Die Bomber haben einen Großangriff auf Le Havre geflogen. Der Hafen soll total zerstört sein.

Wir fahren zurück. In der Kriegsberichtervilla herrscht Wuhling.

Sainte-Adresse ist unzerstört, aber in der Stadt sieht es wüst aus. Überall rauchende Trümmer. Die gegnerischen Luftgeschwader müssen sehr niedrig eingeflogen sein. Sie haben ihre Bomben verdammt genau plaziert, so genau läßt sich das nur aus relativ geringer Höhe machen. Also: hinunter in die Stadt und den Schaden besehen!

Ein riesiges dunkles Dreieck erhebt sich hinter Helligen, das dort nie war. Ich kann nur staunen: Ein Schwimmdock ist getroffen worden und hat sich, statt abzusaufen, hochgekantet.

Bilder völliger Zerstörung, wohin das Auge blickt. Häuserwände sind nur noch Kulissen, blauer Himmel im Rahmen der meisten Fenster. Der Hafen ein wüster Wirrwarr von Kranteilen, Eisenträgern, ausgeglühten Dachkonstruktionen – braun, als hätten sie bereits Rost angesetzt. Barrikaden aus Trümmern überall. Die Docks zerstört. Fetzen von Tarnnetzen hängen wie riesige Spinnweben über einem waidwunden Schiffsrumpf. Stein und Metall sind, als wögen sie nichts, miteinander verquirlt.

Ich kann hier jetzt nicht zeichnen, aber ich habe zum Glück meinen Fotoapparat. So eine Ansammlung absurd bizarrer Formen – und alles riesengroß – werde ich so schnell nicht wieder zu sehen bekommen.

Im Hafenbecken selbst nichts als zerfetzte Schiffskörper, hochgestellte Bordwände in einem Kranz aus grauen Beton- und Gesteinstrümmern. Am Boden eines Docks ein Räumboot wie von einer Titanenfaust zerschlagen: kein Schiff mehr, nur noch ein verheddertes Durcheinander von Metall und Holz.

Das Ausmaß der Verheerungen entpuppt sich als viel größer, als ich nach der ersten Nachricht vom Großangriff angenommen hatte. Mehr als ein Dutzend Schnellboote und eine ganze Flotte irgendwelcher Sicherungsfahrzeuge sind Schrott. Alles Totalverluste. Man sieht nur noch hochgekantete Bugs oder Mastspitzen.

Es muß viele Tote gegeben haben.

Ich will zum Seekommandanten, um mich über die Gesamtlage zu unterrichten. Aber es ist schwer hinzukommen: Überall treffe ich auf Berge aus Trümmern. Ich sehe auch blutende Verwundete, Sankas, Sanitäter mit Tragbahren. Als ich über einen Fleck aufgeworfener und wieder festgetretener Erde suchend hin und her laufe, entdecke ich plötzlich in einer Höhle schräg unter mir eine Panzertür: der Eingang zum Lagebunker. Ich muß wie in ein Mauseloch im Boden verschwinden, wenn ich an mein Ziel will.

Im Schein elektrischer Lampen sehe ich einen Offizier beim Entrollen und Ausbreiten von Karten. Funksprüche liegen zu einem Bündel zusammengeheftet vor ihm.

»Auf den Liegeplatz der Torpedoboote ist ein regelrechter Bombenteppich runtergerauscht«, bekomme ich Auskunft von einem Kapitänleutnant. »Falke und Jaguar sind sofort gekentert, Möwe später. Nur T neunundzwanzig ist übrig geblieben . . . Kurz nach Mitternacht gab's einen zweiten Angriff von über einer Viertelstunde. Da ist dann der Rest zur Minna gemacht worden.«

Der Kaleun macht eine Pause. »Hier haut doch einfach nichts mehr richtig hin«, bricht es dann aus ihm heraus. »Dieser Angriff war ja wohl einmalig – ohne jede Gegenwehr. Kein einziger Flakschuß ist gefallen!«

»Wieso das?« frage ich ungläubig.

»Eine irre Geschichte: Zwischen zwanzig und zweiundzwanzig Uhr durfte auf Befehl der Luftflotte drei die Flak nicht feuern, weil ein Verband eigener Flugzeuge die Stadt überfliegen sollte. Und zwar Flugzeuge mit Gleitbomben gegen die Invasionsflotte. Statt dessen flogen aber die Briten ungehindert ein. Mehr als dreihundert Bomber vom Typ Lancaster!«

»Und keine Abwehr?«

»Nein – null! So läuft das eben! Befehl ist Befehl. Das wissen Sie doch!«

»Kaum zu glauben!«

»Aber wahr! Die haben im Tiefflug angegriffen, als hätten sie gewußt, daß sie kein Feuer bekommen . . . Das muß man sich mal vorstellen: Die haben nur eine einzige Maschine verloren, und jetzt ist der Hafen der schiere Schiffsfriedhof . . . Das ist doch alles . . .«

Zum Kotzen! will ich schon einhelfen, aber da redet der Kaleun auch schon weiter: ». . . zum Davonlaufen!«

Der Mann hat Glück, daß er in seiner Erregung mich als Klagemauer gefunden hat. Ich kenne zu viele Burschen, die sich seinen Ausbruch nicht einfach nur anhören würden.

»Aber irgendeiner muß doch irgendwann gemerkt haben, daß die Viermotorigen keine eigenen waren?«

»Das ist ja eben die Sauerei! Da hat man sich stur nach dem Befehl gerichtet, und da war dann eben Ausscheiden mit Dienst . . .«

Sollten die Herren von der anderen Fakultät etwa von dem Schießverbot gewußt haben?

»Und wenn nun Verrat im Spiel war?« frage ich. »Wenn die gewußt haben, daß sie hier in aller Ruhe Kleinholz machen konnten – ganz ohne Risiko?«

»Hab ich mir auch schon überlegt. Kann sein, muß aber nicht. Kann auch der schiere Zufall gewesen sein . . .« Und dann nach einer Pause: »Aber schreiben können Sie doch nicht über diese Schweinerei – oder?«

»Können schon, bloß drucken würde es keiner.«

»Kann ich mir denken! Und so erfährt wieder mal kein Schwein, was hier eigentlich gespielt wird . . .«

Erwartet mein Gegenüber, daß ich auf diese Rede eingehe? Bei mir blinken alle Warnsignale rot, und so nicke ich nur. Das kann so einverständig wie auch bloß bedauernd aussehen. Und dann bedanke ich mich schön und ziehe wieder Leine.

An einer Pier liegt ein Schnellboot, das bis zur gepanzerten Brücke von einer Bombe völlig zerfetzt ist. Der vordere MG-Stand ragt hoch in die Luft, die Bugschnauze liegt unter Wasser, ein Torpedo ragt halb aus dem Rohr, die Gefechtspistole, die schon aufgesetzt gewesen sein muß, ist abgeschlagen.

Ich mache eine Aufnahme von dem zerfleischten Wrack. Als ich den Apparat absetze, sehe ich, daß Leute auf dem Achterdeck aufgetaucht sind. Sofort habe ich ein schlechtes Gewissen, mir ist zumute, als hätte ich die Opfer eines Verkehrsunglücks vor den Augen ihrer Verwandten aufgenommen. Ein Bootsmaat kommt zu mir herüber und tut, als wolle er meinen Ausweis kontrollieren. Nun gebärde ich mich, um über meine Betroffenheit hinwegzukommen, auch noch großsprecherisch: »Ganz schön zerhackt, euer Schlitten.«

»Ja, da ist nichts mehr zu machen. Soll wohl ausgeschlachtet werden . . .«

»Daß ihr immer noch die Aale an Oberdeck liegen habt . . .«

»Die nimmt uns keiner ab. Die Kräne sind hin.«

Auf dem Boot davor wird gearbeitet. Es hat nur Splittertreffer abbekommen. Die Panzerung der Brücke ist abgehoben. Die Männer, die an ihr schweißen, gehören zur Besatzung.

Die Wände eines Bunkers sind von Splitterlöchern wie von unzähligen Narben überdeckt. Einige Bunker sind durchschlagen. Kläglich spießt ihr Eisengeflecht aus dem aufgebrochenen Beton. Die Bombentrichter liegen so dicht beieinander, wie ich es noch nie gesehen habe: Das muß vom tiefen Anflug kommen – da können sich die Bomben nicht über größere Flächen verteilen. Ein Räumboot ist im Dock getroffen worden. Mit zerfetztem Oberdeck und abgerissenem Achterschiff liegt es auf der Seite wie ein schwer verletzter Fisch.

Ich komme an Werfthallen vorbei, die nur noch ein Riesengewirr von verbogenen Trägern sind. Der S-Bootbunker erhebt sich mit seiner gewaltigen Masse dunkel gegen den Himmel. Im Näherkommen sehe ich, daß hier und da große Stücke aus dem Betondach herausgebrochen sind.

Als ich ins Bunkertor trete, schlägt mir brausender Lärm entgegen. Es ist der Lärm hochgejagter Motoren. Aus einem Raum fällt helles Licht. Es vervielfacht sich auf einem Stapel übereinandergelagerter Torpedos. Mit einer Laufkatze wird gerade der oberste weggefiert.

Qualmschwaden beizen mir die Lungen. Durch Rauch und Halbdunkel sind die Boote in der Tiefe der Bassins nur schwer zu erkennen.

Ich stoße auf einen Kommandanten und bekomme zu hören: »Nicht sicher, daß wir rausgehen ...«

»Was ist denn geplant?«

»Minen – sonst ist nichts zu machen. Man braucht bloß die Nase rauszustecken, und schon bekommt man eine verpaßt. Draußen liegt gleich ein Zerstörer, der Hund ist einfach nicht zu treffen!«

Zwei, drei Kommandanten treten hinzu. Sie sehen alle übernächtigt und hohlwangig aus. Was Wunder: Schlaf gibt es für sie kaum. Nachts sind sie draußen, tagsüber liegen sie auf ihren Pritschen hier im Bunker und atmen die Abgase ein. Und der ständige wüste Lärm will auch ertragen sein ...

Als ich aus dem Bunker komme, haben sich Wolken am Himmel zusammengezogen. Das verwüstete Hafengelände sieht in der halben Düsternis wie eine Mondlandschaft aus, über die Meteore herabgeregnet sind.

Wir halten auf den Bahnhofsturm zu und stoßen auf einen Posten. Weil es über uns wieder heftig röhrt, frage ich ihn: »Wie sind denn hier die Alarmbräuche?«

»Alarm wird nicht mehr gegeben«, ist die bereitwillige Antwort. »Wenn es wüst kracht und man den Eindruck hat, man ist gemeint, muß man eben in den Bunker, Herr Leutnant.«

Ein Gemütsmensch!

Wir sind plötzlich allein – verloren in einem riesigen Trichter- und Trümmerfeld. Der Fahrer steuert mit aller Vorsicht durch dieses total verwüstete Niemandsland. Der Wagen rollt über eine Brücke, die Bohlen poltern erschreckend laut. Der Ton gleicht dem fernen Feuer der Schiffsartillerie, nur lauter.

»Kein Rattenschwanz zu sehen«, schimpft der Fahrer. Dann stoppt er, ohne daß ich ein Hindernis sehe, und sagt: »Moment mal!« Er steigt aus und macht sich vor der Windschutzscheibe zu schaffen. Ich sehe, wie er mit seinem Messer das Loch im Tarnnetz vergrößert.

»Da kreuzen wir ja noch bis morgen früh hier rum!« schimpft er dann.

»Jetzt brauchten wir so was wie einen Ariadnefaden ...«

»Wie meinen ...?«

»Die Geschichte mit dem Labyrinth, wissen Sie ...«

Der Fahrer hört mir aber gar nicht zu, sondern schimpft vor sich hin: »Ein Saustall ist das!«

Kaum hat er seiner Erbitterung Luft gemacht, kracht es, und der

Wagen sackt hinten weg. Ich schlage mit dem Kopf gegen den Rahmen der Windschutzscheibe, bin aber im Nu draußen: Der Grund unter dem linken Hinterrad ist weggerutscht. Wir hängen über einem Bombentrichter. Der Trichter ist tief, seine Ränder offenbar sehr locker, mir zieht es das linke Bein weg.

»Nur nicht durchdrehen!« mahne ich den Fahrer. Dann gucke ich mir die Bescherung genauer an: Der Wagen liegt mit dem Differential auf einem Gleisstrang auf.

»Hätte schlimmer kommen können!« versuche ich den Fahrer zu beruhigen.

Der aber kann vor lauter Wut nicht mal mehr fluchen, sondern nur noch unartikulierte Laute ausstoßen . . .

Weil weit und breit keine Hilfe zu sehen ist und der Fahrer sich auch nicht rühren will, herrsche ich ihn an: »Den Wagenheber!«

Wir setzen den Wagenheber gemeinsam an, drehen ihn hoch und packen dann Pflastersteine, die am Grund des Trichters in Massen herumliegen, unter das Rad. Mühselig bringen wir den Wagen stufenweise höher.

Es dauert eine Ewigkeit, bis wir wieder flott sind. Ich bin, als es soweit ist, verdreckt und schweißnaß und muß erst einmal ausruhen. Es ist spät geworden.

Ich fühle mich seltsam verloren und doch auch enthoben. Das mag an meiner Erschöpfung liegen.

Da drängt sich Simone in meine Gedanken. Simone hat wohl noch nie eine aus der Luft total zerstörte Stadt gesehen. Als sie mit mir in Deutschland war, standen die schweren Angriffe auf München, Leipzig und Berlin noch bevor. Wo mag Simone in dieser Stunde stecken? In einer schäbigen engen Zelle? In einem Saal mit anderen Hopsgenommenen?

Ich spüre deutlich, daß meine Lungen schon weniger heftig pumpen. Aber ich sitze gern noch auf diesem undefinierbaren Eisengestänge und sehe, wie sich über all den Trümmern grauviolette Dunkelheit am Himmel zusammenzieht.

Nun aber auf! Eine Nacht noch in Sainte-Adresse und dann die Küste hoch.

An der Küste

Da oben wollen wir bis Etretat nicht noch einmal langfahren! Also die Karte her. Vielleicht gibt es irgendeine kleine geschützte Straße. Es hat geregnet. Da jagen wir keine weithin sichtbaren Staubwolken hoch und können ohne Bedenken auch auf Sandstraßen fahren . . .

Ich suche unter all den rotgezeichneten Linien zwischen den schwarzen Punkten für die Ortschaften eine stark gewundene heraus.

»Hier geht ein Tal zur Seine hinunter. Auf Bolbec zu. Ziemlicher Umweg – fünfundzwanzig Kilometer nach Süden.«

Der Fahrer hat Angst, ich könnte mich gleich wieder anders entschließen: »Ist bestimmt besser, Herr Leutnant! Wenn ich das Benzin nicht im Kofferaum hätte, wär's mir egal. Aber da braucht's bloß einmal reinzuknallen, und der ganze Schamott fliegt hoch.«

Wir nehmen also den Umweg übers Hinterland. Die schmale Straße führt durch kleine Dörfer. Holzschildchen mit Ziffern und aufschablonierten Zeichen lassen erkennen, daß fast überall Soldaten im Quartier liegen. Zu sehen bekomme ich sie nicht. Höchstens, daß einmal Troßpferde unter den dichten Kronen eines Obstgartens stehen oder vor der Einfahrt eines Herrensitzes ein Posten plaziert ist.

Ein paarmal werde ich von Krähen genarrt, die aus Wiesen voll roten Mohns auffliegen. Im Gegenlicht erscheint die Mischung von tiefem Rot und samtenem Wiesengrün fast schwarz.

In einer Senke liegt ein kleiner Industrieort. Wieder zeigen zahlreiche Schilder die Gegenwart von Soldaten an. In dem geschäftigen Treiben auf dem kleinen Marktplatz und den winkligen Straßen ist aber auch hier keine einzige Uniform zu entdecken. Am Ausgang des Ortes stehen ein paar getarnte Fahrzeuge in seitlich in die Böschung gegrabenen mächtigen Höhlen.

Am Himmel finden immer neue dramatische Wolkenaufzüge statt. Bald geht ein scharfer Regenwurf auf uns nieder. Das Landschaftsbild wird für eine Weile von grauem schnürenden Dunst eingetrübt. An einer Stelle aber bleibt der Himmel frei und zeigt seine kobaltene Bläue. Es sieht aus, als sei beim Grautünchen ein Fleck übersehen worden.

Der Fahrtwind schlägt mir die Regentropfen hart ins Gesicht. Sie schmerzen, als komme ein Hagelschauer vom Himmel. Lange ertrage ich das nicht. Ich muß hinunter. Obwohl der Fahrer gleich unruhig wird und seinen Hals nach rechts und links verdreht, lasse ich es fürs erste dabei.

Der Guß hat die Wiesen noch grüner gemacht. Ein von der Regensonne bestrahlter Hang steht prunkvoll gleißend gegen eine schwere violette Regenwolke, und der Mohn in der Wiese wird zu lodernden Flammen. Es sieht aus, als habe der ganze Wiesenhang Feuer gefangen. Die hellen Flecken auf den Leibern der Kühe, die, in langen Reihen nebeneinander angepflockt, den Klee vom Feld fressen, leuchten auf, und ein einzelner Fabrikschornstein, der aus einem schmalen Tal hochragt, wird zu einem grellen, ziegelrot brennenden Finger, wie er sich da vor dem düsteren Hintergrund emporreckt.

Um die Mittagszeit kommen wir zu einem Bauernhof. Die Frau will uns Eier braten. Wir sitzen mit der ganzen Familie am Tisch. Zu den Eiern gibt es Brot und Käse. Endlich ein gutes, handfestes Gericht. Dazu trinken wir Cidre, den die Frau einfach »le boisson«, das Getränk, nennt.

Hinter Etretat sind wir wieder an der Küste. Soldaten tauchen auf. Zu beiden Seiten der Straße sind in geringen Abständen die nunmehr schon gewohnten mannstiefen Deckungslöcher ausgehoben. Panzersperren lassen nur eine schmale Fahrbahn frei. Über die Felder ziehen sich Stacheldrahtranken wie bei Etretat. Vielerorts sind Baumstämme eingerammt, oben mit Drähten verbunden, die Drähte mit Minen.

Ich zähle die ausgebrannten Autowracks an den Straßenrändern und komme schnell auf ein Dutzend. Einmal liegen gleich drei hintereinander da. Das kommt vom Kolonnefahren . . .

Fécamp. Mein erster Weg gilt der Kathedrale. Sie ist unbeschädigt. Drin ist es dämmerdunkel. Als Weihwasserbecken sind zwei riesige Muscheln aufgestellt. In einer Seitenkapelle knien schwarzgekleidete Frauen. Sie halten den Blick über ihren gefalteten Händen auf dichtgelagerte Reihen bräunlicher Sandsäcke gerichtet, hinter denen der Altar verborgen ist.

Die Rückwand des Hauptaltars ist bedeckt von kleinen Marmortafeln mit goldenen Aufschriften: »Merci – reconnaissance au précieux sang!« Auf einem vergilbten Plakat ist zu lesen, daß die Miete für den Platz einer solchen Tafel im Jahr fünf Franc beträgt. Die Armen haben ihren Dank deshalb mit Bleistift direkt in den hellen Putz der Wände gekratzt.

Als ich auf meiner Karte den Ortsnamen Fécamp las, mußte ich gleich »Bénédictine« denken und sah auch sofort die typische Flasche vor mir. Jetzt kündigt ein süßlicher Geruch die Likörfabrik schon von weitem an. Am Tor hängt ein Schild mit dem Hinweis, daß hier nur für die deutsche Wehrmacht produziert wird. Genau wie im Schaufenster von Simones Café in La Baule. Warum sollten denn auch die Franzosen den guten Bénédictine süffeln?

Der Standortkommandant, ein zur Fülle neigender Major, hat sich direkt neben der Likörfabrik eingerichtet. Nach der förmlichen Begrüßung kann ich mir eine Stichelei nicht verkneifen: »Hier sitzen Herr Major ja direkt an der Quelle.«

Der Major wehrt empört ab: »Freiverkauf gibt es nicht. Da wird jede Flasche registriert: alles Marketenderware.« Und dann fügt der Mann gar noch an: »Ordnung muß sein!«

Am liebsten würde ich sagen: Da haben Herr Major aber recht! – doch ich verbeiße es mir.

Der Major hat merkwürdig verschwiemelte Augen. Seine rote Nase weist ihn eindeutig als Süffel aus. Der Mann ist seit mehr als zwei Jahren in Frankreich. Ich möchte nicht wissen, wieviel Bénédictine und bester Rotwein ihm schon durch die Kehle geflossen sind. Ich kann verstehen, wenn ihm unbehaglich zumute ist. Mit der Fettlebe kann jeden Tag Schluß sein.

Quartier in einem verlassenen Strandhaus. Nicht gerade üppig, aber akzeptabel.

Rasendes Schießen schreckt mich während der Nacht hoch. Es kommt aus Richtung Hafen. Eine Leuchtgranate ist über den Kreidefelsen zu sehen, sonst nichts. Von nebenan höre ich den Fahrer sich räuspern. Er steht auch am Fenster.

»Das brummt doch, Herr Leutnant«, sagt er jetzt, »da sind doch wieder Flieger da!«

Ich mache die Ohren scharf. »Das sind keine Flieger. Das sind S-Boote.«

Wieder werden Salven geschossen.

»Englische S-Boote.«

»Ach du liebes bißchen . . .«

Am frühen Morgen fahren wir in den Hafen hinunter. Von einem Posten auf der Pier erfahren wir, was sich in der Nacht abgespielt hat: Die kleinen Vorpostenboote, Kriegsfischkutter, sind auf dem Rückmarsch von ihren Positionen von einer Gruppe Schnellboote erfaßt worden. Keines unserer Boote ist gesunken. Eine Besatzung hat zwei Tote und auch Schwerverletzte gehabt. Das Boot liegt unter uns an der Pier. An Deck verkrustete Blutlachen. Zerschnittene und durchschossene Stiefel liegen herum.

Der Kommandant, ein Obermaat aus Eckernförde, der gerade in seiner engen Kammer beim Essen sitzt, macht mir die Situation mit Messer und

Gabel klar: »Hier sind sie aus dem Dunkeln rausgekommen. Eigene Boote waren gemeldet. Deshalb haben wir nicht geschossen, sondern ES gegeben. Als Antwort bekamen wir dann den Segen. Die hatten ja viel mehr Boote. Das war keine korrekte Sache – nein, das war keine korrekte Sache!« wiederholt er ein paarmal. Sein Gefühl von Redlichkeit verlangt offenbar nach gleich starken Gegnern.

Wenig später sehe ich die Toten. Sie liegen da wie geknickte Zollstöcke. Wenn die Leichenstarre schon eingetreten ist, bekommt sie keiner mehr gerade. Mein Akademiefreund Swoboda war auch so starr und steif, als ich ihn zwischen den sattgrünen Wedeln der Wasserpflanzen in einem mecklenburgischen Teich fand. Swoboda war überhitzt und mit vollem Bauch in der Abenddämmerung noch ins Wasser gegangen, und das hatte er nun davon. So sperrig ließ er sich nicht in den Sarg legen. Wir mußten ihn wegen der angezogenen Knie und der angewinkelten Unterarme auf dem bloßen Boden neben dem Sarg liegenlassen.

»Das gibt sich«, sagte damals einer aus dem Dorf, der schon mehr Wasserleichen gesehen hatte. Später erfuhr ich: Beginn und Ende der Leichenstarre sind für Kriminalisten wichtige Anhaltspunkte.

Die hier werden noch ihre Zeit brauchen, bis sie sich wieder strecken lassen.

Bisweilen komme ich mir wie ein gut verkleideter Spion vor, bestens versehen mit erstklassig gefälschten Ausweisen. Aber was wäre, wenn man mich bei diesem Herumvagabundieren tatsächlich einmal für einen Spion hielte – für einen mit erstklassig gefälschten Papieren eben? Der von Keitel unterschriebene Ausweis in meiner Brusttasche gibt mir so viele Vollmachten, daß er für einen Spion genau richtig wäre.

In einem bestimmten Sinn *bin* ich ja Spion: Mich treibt der Wunsch an, soviel wie möglich zu erfahren. Manchmal jedoch schäme ich mich der eigenen Neugier. Also doch mehr Voyeur als Spion? Einer, der auf Nervenkitzel aus ist? Wie steht es denn mit meiner Versessenheit auf Abenteuer? Ist die echt oder nur gemimt? Bin ich überhaupt auf Abenteuer aus, oder lasse ich nur einer verrückten Umtriebigkeit die Zügel?

Gleich weitergedacht: Ich muß endlich ein paar Seiten für meine Firma schreiben. Fragt sich nur, worüber. Übers Warten, daß hier der böse Feind erscheint? Jetzt wünschte ich, einen Teil der Fähigkeiten unseres kriegsgrimmigen Wortberichters Marcks zu besitzen, aus dem es wie auf Knopfdruck einfach so heraussprudelt.

Der Fahrer weiß, wenn ich losbrülle: sofort nach rechts, soweit es geht, raus aus der Karre und in Deckung! Ich präge mir ein: ja nicht nach derselben Seite weglaufen wie der Fahrer ...

Bald merke ich, daß wir die einzigen sind, die zu dieser Tageszeit hier oben auf der Küstenstraße herumkarren. Ich muß die Augen verkneifen, so sehr blendet mich die Sonne. Wenn schon einer von den Saukerlen heranorgeln sollte, dann will ich ihn wenigstens früh genug entdecken.

Immer wieder kommen wir durch kleine Ortschaften. Ich sehe viele häßliche, weißgestrichene Betonzäune um Vorgärten. Die hat man hier wohl, weil alles andere Material in der salzigen Luft allzu schnell verrotten würde.

Es ist Mittag geworden. Die braungefleckten Kühe auf den Weiden haben sich in dichten Gruppen zum Wiederkäuen niedergelegt. Das Rindvieh zeigt Vernunft: Wir sollten uns auch irgendwo in den Schatten legen. Aber vielleicht kommen wir gerade jetzt so gut voran, weil die feindlichen Piloten nicht damit rechnen, daß es Verrückte gibt, die ausgerechnet zur Mittagszeit in der prallen Sonne unterwegs sind.

Mir ist, als führen wir durch eine schlafverfangene Landschaft: Nirgends ein Mensch, nur hin und wieder zu beiden Seiten in den Gräben von der Straße geräumte Autowracks, die ganz so aussehen, als lägen sie erst seit kurzem hier: Sie sind noch ohne Rost.

So wie jetzt bin ich noch nie durch die Landschaft gefahren – hellwach und das ganze Panorama ständig im Blick: Felder und Wiesen und den Himmel dazu. So als Ganzes habe ich bisher nur die See mit der Himmelsglocke darüber vom U-Bootturm aus gesehen.

Die Spanischen Reiter vorn an der Kante sind auch ein Beispiel für den allgemeinen Wahnsinn. Wer könnte sich denn schon an dieser häuserhohen Küste hocharbeiten? Allenfalls mit Seil und Haken könnten sie hier hochkommen. Gleich korrigiere ich mich: Bei Arromanches ist auch Steilküste, und da sind sie auch hinaufgekommen.

Wenn ich schon nicht schreibe, sollte ich zu zeichnen versuchen. Dieses unentschlossene auf der Karte Herumsuchen und in irgendeine Richtung Losfahren bringt mich aus dem Lot. Wenn ich mich ins Zeichnen versenke, werde ich meiner Flatternerven Herr. Also: die Steilküste zeichnen oder aquarellieren. Die Diagonale der Küstenkante und die Horizontale der Kimm. Und darüber die rostbraunen Spanischen Reiter im ockergelb verdorrten Dünengras. Aber dazu müßte ich mich bis nahe an den Steilabfall heranwagen – und da gibt es kaum Deckung.

Schließlich wage ich mich aber doch an einer Stelle an die Kante vor. Und dort finde ich auch dichtgewachsenes Buschwerk für den Wagen.

Der Keil flaschengrünen Wassers, die hoch ins Bild gerückte Kimm – das schafft wie von allein einen klaren Aufbau. Im Hinterkopf frage ich mich während der Arbeit: Was würde wohl der Bismarck sagen, wenn er mich hier beim Landschaftsmalen sehen könnte? Der erwartet von mir heroische Darstellungen von »Schiffen, Waffen und Geräten«, wie es in meinem Ausweis heißt, aber keine normannischen Landschaften.

Ich male gleich drei Blätter hintereinander. Das letzte gerät am flüchtigsten, weil ich tief im Bauch doch Bammel vor den Jabos habe, sowenig ich mir das eingestehen will. Ich habe zwar reichlich freien Blick und müßte jedes anfliegende Flugzeug schon von weitem erkennen können – nur eben nicht, wenn ich auf mein Malwerk konzentriert bin.

Der Atlantik liegt still. Von hier oben sieht das Wasser aus wie eine feste Masse, eine polierte Fläche, die man begehen könnte. Aber seltsam, trotz dieser spiegelnden Reglosigkeit tönt ein rhythmisches Rauschen zu mir herauf: Auch wenn das Meer so still daliegt wie jetzt, holt es tief Atem.

Von meiner Höhe aus sehe ich Bauern durch den Kieselschotter zwischen den aufsteigenden Felswänden und den Pfahlhindernissen mit schweren Pferden Zementsäcke auf schlittenähnlichen Gefährten zu Stellungen schleifen, die ein vorspringender Fels dem Blick entzieht.

Die Brandung tost heftig. Sie wirft sich mit lehmfarbenen Wellen über den Kies, den sie wie eine gewaltige Sortiermaschine so abgelagert hat, daß die Brocken um so höher liegen, je größer sie sind. Da höre ich fernes Flakschießen und entdecke weit weg über der Wasserfläche ein einzelnes Flugzeug. Es wird wohl ein hoch fliegender Aufklärer sein. Für einen Jäger fliegt die Maschine nicht schnell genug. Die Flak wird der Bursche, so hoch, wie er fliegt, kaum zu fürchten haben.

Ich würde gern weiter nach unten steigen, aber ohne gesicherten Weg einfach durch das hohe Gras zu trampeln empfiehlt sich nicht. Hier ist die Gegend überall fleißig vermint worden.

Als ich gerade mein Malzeug zusammenpacke, kommt ein Landser von unten herangeschnürt. Das fügt sich gut! Von ihm lasse ich mir einen Pfad zeigen, der im regelmäßigen Zickzack nach unten zu einem kleinen Strandflecken führt. Auf dem Pfad und dem Strand sei es sicher, sagt der Landser.

Unten gehe ich dicht am Kräuselsaum des anflutenden Wassers in die Hocke und beobachte von ganz nahe, wie sich eine Schaumflocke bildet, wie sie größer wird und sich im Größerwerden und Herantreiben um sich selbst dreht, dann wieder weggesogen wird und schnell zu Nichts vergeht. Ich nehme Muscheln auf, lege sie zu Mustern und habe mein Ergötzen an meinen Muschelornamenten.

Die Sonne hat den Sand ausgebleicht. Er blendet so stark wie Schnee, und meine Lider verengen sich von allein zum Blinzeln. Meine Tritte schieben den Sand weg wie Firn. Erst dicht am Wasser, dort wo ihn Nässe dunkelt, wird er fester. Der feuchte Sand ist ockerfarben. In dem schmalen

Saum, wo ihn das rhythmisch heranzischende Wasser ganz durchnäßt, zeigt er ein sattes Braun. Über dieses Braun kräuseln sich die weißstrahlenden Glitzersäume wie vielfache Volants hoch.

Weiße Sepiaschalen sind über den Strandkies verstreut. Hier und da liegt ein Tintenfisch schlaff zwischen den Steinen – dem Verderben preisgegeben. In einer Krümmung hat das Meer eine ganze Barrikade von Strandgut ausgeworfen: mächtige zugehauene und jetzt wild verschachtelte Stämme, grau gemalte Holztrümmer mit englischen Aufschriften, davor in breitem Saum Benzinkanister, alle rostrot, ausgebrannt und dick aufgebaucht. Wenig weiter ragt schwarz und bedrohlich eine Treibmine aus dem Kies.

Ich brauche nur den Blick am Boden zu lassen, um überall Strandgut der englischen Invasion zu entdecken. Hier eine aufgeschlitzte Schwimmweste, aus der die Kapokfüllung herausquillt, dort einen silbernen Körper – ein mächtiges Flugzeugteil aus Aluminium. Dunkelgerostete Räumgeräte von Minensuchbooten hat die Flut bis hoch auf den Strand versetzt. Zwischen Sperrbalken hat sich der Rest eines Floßes gefangen. Weiß schablonierte Aufschriften geben Auskunft über seine englische Herkunft. Die wenigen nicht ausgebrannten Kanister sind leider leer.

Die Kreidefelsen wachsen an einigen Stellen fast senkrecht hoch. Wie Rosinen stecken hier und da Feuersteinbrocken in der Kreide.

Ich bin müde geworden und setze mich auf die Kiesel nieder, einen angetriebenen Baumstamm im Rücken. Das Meer hat ihn sorgfältig entrindet. Es hat sogar die Buckel abgeschliffen. Nun liegt er da und dient mir als Lehne. Vielleicht ist er drüben in England gewachsen.

Graue, fasrig zerschlissene Wolken kommen in schneller Fahrt tief über das Wasser auf die Küste zugeschleift. Ich brauche nur den Kopf zurückzulegen und in den Himmel zu starren – da verliere ich meine Schwere. Die Wolken stehen auf einmal still, und ich ziehe schnell unter ihnen hin wie vom Tosen des Atlantiks getragen.

»Marineoffizier, die Wunder der Natur belauschend«, bespöttele ich mich. Warum denn auch nicht! trotze ich gleich dagegen an. In meinem Hinterkopf denkt es: Schwer zu fassen, daß Altersgenossen von mir nicht viel weiter südwestlich gerade jetzt, während ich hier so friedlich dahocke, das Lebenslicht ausgeknipst wird.

Ein Stück weiter rasseln ab und zu Steine herab: Da oben ist ein Soldat an der Arbeit. Es dauert nicht lange, bis ein ganzer Trupp herabkommt. Die Soldaten stellen ihre Gewehre zusammen und lassen sich ebenfalls nieder. Erst jetzt merke ich, daß in einer Senke eine Menge granatähnlicher Rollen liegen. Die Soldaten klären mich auf: damit würden die Sperren, die jetzt noch vom Wasser verborgen seien, weiter hinausgerollt.

»Da wollt ihr warten, bis das Wasser niedrig genug ist?«
»Jawoll, Herr Leutnant.«
»Das kann aber noch ziemlich dauern.«
»Stimmt, Herr Leutnant«, sagt ein Unteroffizier breit grinsend.
Die Landser haben sich zu essen mitgebracht. Einige schlafen sofort ein. Andere werfen Brocken in die Luft, die von ein paar Möwen erhascht werden.

Unweit eines aus der Erde hochragenden Scherenfernrohrs male ich noch ein Blatt. Hier ist eine B-Stelle zehn Meter tief wie eine Katakombe in den Kreidefelsen gegraben. Da unten drin muß es kalt und feucht sein. Der Aushub ist sorgfältig beseitigt. Von See her kann hier kein Mensch eine Stellung vermuten.

Der Fahrer hat herausbekommen, daß es in einem halbzerstörten Haus etwas zu essen gibt. Und es lägen »Bumser« in den Ruinen. Damit meint er Granatwerfer.

Pferdegespanne warten im Hof. Sie haben das Essen aus dem nächsten Ort heraufgebracht. Wir bekommen ein Kochgeschirr voll Graupen ab. »Kälberzähne«, nennt der Fahrer die.

Ein Soldat borgt mir einen Löffel. Seine Kameraden, die nach und nach auftauchen, sehen eher wie Bauarbeiter als wie Krieger aus. Ihre Uniformen sind grau von Schmutz, die Hände noch voll Erde: Es gibt in der Nähe kein Wasser zum Waschen.

Wir hocken uns auf zwei wacklige Gartenstühle in eine Ecke des kahlen Raumes, in den durch ein großes Loch der Himmel hereinscheint. In Ermangelung von Farben sind zum Schmuck mit bunter Tafelkreide Landschaften an die Wände dieser »Truppenunterkunft« gezeichnet. In großen Frakturbuchstaben hat einer quer über die eine Seitenwand geschrieben: »Alles Vergängliche ist nur ein Gleichnis.« Hölderlin? Carossa? Goethe?

Angesichts all der greifbaren Zerstörungen wirkt der Satz anämisch.

Der Fahrer fällt mir mit seinem Stalldrang und seiner Kläglichkeit immer mehr auf die Nerven. Das war schon eine Scheißidee vom Bismarck, mich mit diesem pomadigen Patron in die Sommerferien zu schicken. Sommerferien? Ach, wenn es die nur wären.

Ich muß nach Brest, sobald es geht: Das *muß* einfach zu deichseln sein.

Ich lasse den Wagen unter Bäumen an der Straße stehen und dringe zu einer Feldartilleriestellung dicht an der Kante zum Steilabfall vor. Die Artilleristen freuen sich, daß ich ihre Gartenanlagen fotografieren will.

Noch aus jeder Artilleriestellung wird hier ein Schrebergarten gemacht, mit fein gesandeten Wegen zwischen den Minensperren. Diese mit mühsam herangeholter Erde angelegten kleinen Gärten sind wie Sinnbilder des Wahnglaubens an den Bestand unserer Eroberungen – sie sind auf Dauer angelegt, aufs sauberste mit Faschinen und tief eingeschlagenen Pfosten gesichert, jedes einzelne Beet mit einer Umkränzung aus kopfüber in die Erde gesteckten Flaschen versehen. Diese Flaschensäume sind einfach überall, wo es deutsche Soldaten gibt. Selbst in Koralle markierten sie die Wege. Zur Kompostbereitung für die nächsten Jahre ist Tang in einer Ecke geschichtet ... Die nächsten Jahre – wohin werden die mich treiben? Wenn ich nur schon wüßte, was alles für meine Vita noch in *diesem* Jahr vorgesehen ist ...

In einer der Stellungen stoße ich gar auf eine komplette Kleintierzucht. Geflügel aller Art – scharrende Hühner, Enten, die mit nach hinten verdrehten, auf den Rückenfedern liegenden Köpfen im Schatten schlafen, starr und wachsam dastehende Gänse, ein künstlicher Teich. Kaninchenställe in drei Reihen übereinander. Und unten in den Dünen ein blühender Kartoffelakker, mit Strohgeflechten gegen den Seewind geschützt.

Wir tauchen ein ums andere Mal auf schmalen Nebenstraßen von der Höhe des Plateaus zu kleinen Orten mit winzigen Häfen hinab. Unten auf den Uferstraßen fühle ich mich sicherer als am Rand der Hochebene. Leider müssen wir aber immer wieder hinauf, wenn am Fuß der Kreidefelsen kein Platz mehr für eine Straße ist.

Einmal sehe ich von unten her in Drittelhöhe die Mündung eines Bachs, dem es nicht gelungen ist, sich bis zum Meeresspiegel hinab in den Fels zu sägen. Sein Bett ist quasi abgebrochen. Das sieht merkwürdig aus. Wenn es stark regnet, wird da ein Wasserfall herabsträhnen.

Die Straße bleibt jetzt oben, sie hebt und senkt sich nur sachte, aber dann kreuzt sie doch wieder eine Schlucht, die ein kleiner Fluß in den Kreidegrund gegraben hat, und es geht erneut steil hinunter. Genauso steil geht es anschließend auch wieder hoch – wie auf einer Achterbahn. Das Kreideplateau muß gute hundert Meter über dem Meeresspiegel liegen. Dann bleibt es flach. Keine Bäume: gleichförmige Felderlandschaft. Der Boden scheint fruchtbar zu sein. Sieht nach Lehmerde aus. Lehmerde auf Kreidegrund. Anscheinend ist die ganze nördliche Küste ein einziger großer Kreidesockel.

Die Kreide, die wir in Chemnitz in Säcken zum Tünchen kauften, kam aus der Champagne. Es gab auch Rügener Kreide: Auch die Ostsee hat so eine Kreideküste. Aber die Champagnekreide war wohl feiner als die Rügener. Französische Kreide, die *mußte* ja besser sein. Zu Hause galt alles Französische als um etliche Grade besser und begehrenswerter als die vergleichbaren deutschen Produkte.

Diese weißen Kreidefelsen: Drüben an der Küste der Insel gibt es die gleichen Formationen. Es heißt, hüben wie drüben fänden sich sogar die gleichen Bruchstellen. Demnach müßten, wenn man die Britische Insel wie den Teil eines Puzzles packen und an die französische Küste anfügen könnte, die Teile aneinanderpassen. Irgendwo habe ich in einer Frontzeitung sogar die dreiste Behauptung gelesen, die deutschen Fernbatterien hätten die kaputtgegangenen Verbindungen zwischen Dover und Calais, zwischen Folkestone und Cap Gris Nez wiederhergestellt... »Den alten europäischen Zusammenhang wiederhergestellt«, hieß es da. Und auch, daß zu einer Zeit, die noch keine solchen Monstren wie die Herren Winston Churchill und Anthony Eden gekannt habe, das ganze bißchen England nichts anderes gewesen sei als die Fortsetzung der Getreidefelder und Viehweiden der Ile de France.

Weiter weg von der Straße steckt die hochgekantete Tragfläche eines abgeschossenen oder bruchgelandeten Flugzeugs mitten im scharfen Grün der jungen Getreidehalme. Sieht ganz so aus, als habe es da einen von der eigenen Firma erwischt.

Auf vielen Feldern sind Rüben gepflanzt. Zwischen den Felderbreiten buschbesetzte Erdwälle, hin und wieder Obstgärten – die Bäume schon abgeblüht.

So sehr ich auch herumspähe, ich sehe keinen einzigen Menschen. Das hier ist eine ganz und gar menschenleere Landschaft. Eine verrückte dazu: keine Küste, wie ich sie gewohnt bin. Land und See sind nicht miteinander verzahnt, sie stoßen nur aneinander – zwei sich fremde Elemente, die sich nicht durchdringen. Wenn die Straße sich von der Küste entfernt und von der See nichts mehr zu sehen ist, verliere ich sofort das Gefühl, in Meeresnähe zu sein.

Nachmittag. In den Wolkenlücken wieder die drohende Schrift der Kondensstreifen auf blauem Grund. Sooft wir auch anhalten, immer ist die Luft voll von Fliegergebrumm. Ich kann nicht bestimmen, aus welcher Richtung es kommt: Es ist überall.

Wir fahren von der Straße nach rechts weg in einen Feldweg und auf ein Strohdach zu, das ich zwischen den Bäumen erspäht habe. Es gehört zu einem großen, regellos angelegten Hof.

Das Bauernpaar kommt mitsamt einer alten Frau vor die Tür: die ersten Franzosen seit vielen Stunden. Der Fahrer steuert den Wagen unter die Obstbäume dicht beim Haus. Das mächtige Strohdach, das ich von weitem gesehen habe, ruht auf hölzernen Pfeilern mitten auf der Wiese vor dem Haus. Es birgt alle möglichen Fahrzeuge und Ackergeräte unter sich. Das Moos auf dem Dach hat einen ockergoldenen Ton.

Vor dem Haus steht ein kleiner, hüfthoch aus Ziegeln aufgeführter Kuppelbau, der aussieht wie das Modell für ein größeres Gebäude. Der

Bauer erklärt mir, das sei das Hundehaus. Der Hund sei aber gestorben. Ob wir denn keine Hundehäuser hätten?

»Doch«, gebe ich zurück, »bei uns sind die aber aus Holz.«

Eine Weile geht es nun hin und her, was für Hunde wohl das Bessere wäre: Holzhaus oder Steinhaus.

Ich hatte Feindseligkeit erwartet, aber dieser etwa fünfzigjährige Mann gibt sich durchaus zutunlich. Die alte Frau kommt heran. »Ma mère«, sagt der Bauer. Die Alte betrachtet mich aus großen, verschreckten Augen aufmerksam von unten her. Sie will wissen, wann denn der Krieg aus sei. Ganz in der Nähe hätten die Engländer Bomben geworfen. Das Nachbardorf, keine halbe Stunde weg, sei ganz kaputt. Jede Nacht flögen die Engländer herüber.

Ob wir Milch kaufen könnten, frage ich. Da führt mich der Bauer in die Küche. Ein Alter mit blutunterlaufenen Augen und roten Lidern hockt, die Arme aufgestützt, teilnahmslos neben einer großen alten Uhr. Es sind nur Tisch, Stühle und ein einfacher Schrank in der Küche.

Die junge Frau tritt mit allen Zeichen der Verlegenheit heran: Milch sei keine mehr da. Die Sahne sei schon gemacht.

»Und Magermilch?« frage ich sie. »Du lait maigre?«

Sie versteht mich nicht, bis die Alte das rechte Wort findet: »Petit lait!«

Ja, wenn uns kleine Milch genüge! Davon gebe es soviel, wie wir nur wollten. Bald bringt sie breite Schalen herbei. Der Bauer fängt nun ein Gespräch an über die Trockenheit. Trotz der Regenfälle der letzten Tage gebe es nichts zu saufen für das Vieh. Wir hören uns alles freundlich an, kaufen dann noch Eier und Butter.

In einem Dorf ganz in der Nähe soll ein Regimentsstab liegen. Dort fahren wir hin. Vielleicht, sage ich mir, gibt es doch irgendwo schwer armierte Bunker, die ich zeichnen könnte.

Von einem alerten Hauptmann lasse ich mir die Verteidigungsanlagen auf der Karte zeigen: Die meiste Arbeit hätten die Rommel-Spargel gemacht. Dieses flache Gelände ohne natürliche Hindernisse könne für Lastensegler schließlich ein gefundenes Fressen sein.

»Wenn es hier losgehen sollte, wird es eine Seefront und eine Landfront geben. Wir rechnen mit gleichzeitiger Anlandung am Strand und Luftlandung etwa fünf Kilometer landein«, sagt der Hauptmann. »Wir müssen dann natürlich verhindern, daß sich die auf Seeseite gelandeten Truppen mit den Luftlandetruppen vereinigen.« *Wie* er das bewerkstelligen will, verrät mir der Mann indes nicht.

Der Hauptmann ist beunruhigt, weil er seit Wochen kein deutsches Flugzeug mehr gesehen hat. Jetzt komme allerdings die V1, so eine Art Fernlenkbombe. Von der verspreche er sich einiges

Ich frage den Hauptmann nach Artillerie und bekomme auch gleich Bescheid: »In meinem Abschnitt hier herrscht Fehlanzeige. Aber weiter oben steht schon einiges – sehr gut getarnt. Von Seeseite her mit Sicherheit nicht zu sehen ...«

»Kaliber?«

»Zwölfkommafünf maximal – ich weiß, ich weiß, für Marineverhältnisse ist das nicht toll. Aber die Frage ist ja, ob sie hier überhaupt kommen. Ich kann mir das, ehrlich gesagt, kaum vorstellen. Wenn die eine zweite Landung vorhaben sollten, dann doch in der Gegend der Sommemündung ...«

Immer wieder nehme ich mir die Karte vor: Die Landung nördlich von Caen ist gelungen, die Alliierten haben Fuß gefaßt. Und warum sollten sie nicht tatsächlich eine zweite Landung wagen und dann versuchen, die Brückenköpfe zu vereinigen?

Die Ortsnamen hier in der Gegend enden fast alle auf »... ville«. Wir sind in Bénesville. Und hier will ich erst mal bleiben ...

Der Platz ist nicht schlecht gewählt, um eine zweite Landung abzuwarten, sollten die Alliierten denn eine im Sinn haben. Von hier aus könnte ich schnell an Ort und Stelle gelangen. Weiter vorn an der Küste würde ich im Zweifelsfall festgenagelt oder wäre gleich ein toter Mann. Dieses Bénesville liegt »strategisch« richtig. Gut also für eine Art Standquartier.

Ich muß mal wieder mein Dasein begrinsen: Einmannstrategie in Bénesville! Richtige große Alarmeinheiten könnten auch nicht besser plaziert sein.

Wir finden Quartier in einem Bauernhaus. Die Familie, die es bewohnt, hat sich in einen einzigen Raum zurückgezogen. Offenbar sind es nur drei Leute: Mann und Frau und eine ältliche Tochter.

Das einstöckige, langgestreckte Haus ist von großer Schönheit. Schwarzes Fachwerk und weißgekalkte Flächen zwischen den Balken, weiße Fenster, weiße Fensterläden, die Türen dunkelbraun, das Dach grau. Das Fachwerk ist kleinteilig und von einer Art, wie ich sie nur hier in der Normandie gesehen habe: Über die Vorderfront des Erdgeschosses hin zieht sich ein Band aus hochgestellten, etwa meterbreiten Rahmen mit einer Füllung aus kurzen Hölzern, die zu Fischgrätmustern geordnet sind, und zwar so, daß die Gräte einmal nach oben und einmal nach unten zeigt. Der Mauersockel, der das Ganze trägt, ist aus feingefügten Sandsteinblöcken gebaut.

Aus dem flechtenbewachsenen Schieferdach ragen auf jeder Seite zwei Dachgauben und nahe dem First ein großer Kamin aus Sandstein mit einer caput-mortuum-roten tönernen Pfeife wie mit einem verwegenen Putz obenauf.

Weiße Hühner ums Haus, Wäsche an der Leine, der Zweiradkarren mit den hier üblichen mannshohen Rädern.

Ich will ein paar Skizzen machen. Die offene strohgedeckte Scheune mit dem blaßblauen Karren davor, der seine Doppeldeichsel in den Himmel reckt: eine Diagonale zu den vielen Senkrechten der Wäschepfosten und der Stützbalken der Scheune. Das Bauernhaus ...

Und dann entdecke ich den Misthaufen: safrangelb und tangbraun mit ein paar weißen Hühnern wie großen, hingewehten Baumwollflusen darauf – gut für gleich drei schnell naß in naß zu malende Aquarelle.

Von Krieg ist nichts zu sehen. Der Krieg ist nicht einmal zu hören. Die Hühner gackern, ein Hahn kräht, Grillen zirpen. Wenn ich die Ohren schärfe, höre ich Bienen summen.

Ringsum nichts als bäuerliche Idylle – aber daß ich weiß, wie trügerisch sie ist, versetzt mich in einen merkwürdigen Zustand. Wenn mich einer fragte, wie mir zumute ist, würde ich »irreal« sagen.

Das Radio verwirrt mich vollends: Da wird von fürchterlichen Vergeltungsschlägen gegen England gedröhnt. Es klingt, als solle von jetzt ab die Insel gnadenlos in Stücke zerhackt werden. »Pausenloser Einsatz! Alle fünfzehn Minuten schlägt eine V1 in London ein!«

Wenn ich um mich blicke, sehe ich einen fast wolkenlosen blauen Himmel, aber keine einzige V1. Wo sollen unsere fürchterlichen Vergeltungswaffen denn nur starten, wenn nicht irgendwo hier in der Nähe?

Doch jetzt wird das Zirpen und Summen von einem tiefen, orgelnden Brummen übertönt, das schnell lauter wird. Das sind Bomber, keine Jäger. Wenn tieffliegende Jäger kommen, hört man einen hochsteilenden Heulton.

Als wir, weil ich die Umgebung erkunden will, mit dem frisch getarnten Auto unterwegs sind, stehen plötzlich Soldaten an der Straße – wie aus dem Nichts hochgetaucht, und ich erschrecke, weil ich so gar nicht mit ihnen gerechnet hatte. Verrückt, vor eigenen Soldaten zu erschrecken! Aber so ist das: Wer hier durch die Landschaft fährt, *muß* ja meinen, daß es in dieser Gegend überhaupt kein Militär gibt. Es ist wie mit den Feldmäusen und den Stoppelfeldern ... Da können Hunderte auf ein paar Quadratmetern leben, man sieht aber allenfalls zwei, drei davon. Der Bussard muß sich schon anstrengen, wenn er eine erwischen will.

Schwer vorstellbar, wie viele Soldaten sich in dem Umkreis, den ich überblicken kann, tatsächlich verborgen halten. In Südengland dagegen werden sie sich frei bewegen können: Von *unserer* Luftwaffe geht keine Gefahr aus.

Einige der Offiziere, mit denen ich ins Gespräch komme, glauben offensichtlich noch unerschüttert an den Endsieg. Diesen Führerhörigen kommt keiner bei, auch nicht durch die Nachrichten von der Invasionsfront. Ich wüßte gern, was es eigentlich braucht, um solche Leute von der Realität zu überzeugen.

Für die große Lage interessiert sich kaum einer. Daß die Alliierten längst auch in Rom einmarschiert sind, hat hier niemand zur Kenntnis genommen. Ich denke mir: Die leben in den Tag hinein und vertrauen auf des Führers unerforschlichen Ratschluß! Die werden schön staunen, wenn sie wachgerüttelt werden . . .

Hier ließe sich's leben, gut sogar – aber doch nur, wenn *wirklich* Frieden wäre und nicht alles nur Frieden vorgaukelte. Zuzeiten komme ich mir vor, als hätte ich mich verirrt. Aber habe ich das nicht tatsächlich? Wohin bin ich denn geraten? Diese satten Wiesen, die vielen Kühe und die versteckten Dörfer, das alles war doch nicht mein Ziel. Wenn doch nur Jordan noch mit von der Partie wäre! Der Fahrer ist mir zuwider, so sehr, daß ich mich hüten muß, meine Gereiztheit an ihm auszulassen.

Meine Laune ist umgeschlagen: Zum Arbeiten kann ich mich nicht entschließen. Aber ausruhen kann ich auch nicht. So wie mir könnte einem Forscher im Dschungel zumute sein: Obwohl er nur Blätter, Lianen und Blüten vor Augen hat, verspürt er Angst – Angst vor Schlangen, vor mörderischen Spinnen und allem möglichen Raubzeug.

Vor lauter Spannung bin ich ruhelos. Ich laufe wie ein Tiger umher, gehe den Fahrer an, nur weil für mein Gefühl unsere Motorhaube aus dem Gebüsch herauslugt. Dann wieder steht mir der Wagen zu nahe am Haus oder die Wagenspuren sind vom Hin- und Herfahren zu deutlich geworden, und der Fahrer muß den Wagen unter einen anderen Baum manövrieren, zu dem noch keine Spuren hinführen. Aber die Spannung ist nicht nur in mir, sie liegt in der Luft. Elektrische Spannung wie vor einem Gewitter. Das kennt man ja: Nicht mal mehr ein Windhauch geht, die Landschaft leuchtet wie von innen heraus, aber in einer Himmelsecke braut es sich zusammen, und dann kommt plötzlich der Gewittersturm herangerast, und es wird dunkel wie am jüngsten Tag. Ich warte nur noch darauf, daß just das passiert.

Ein Rasierspiegel, den ich im Freien an einem Balken der Scheune aufgehängt habe, liefert mir, wenn ich nur weit genug zurücktrete, ein Bild meiner ganzen Visage: Ich sehe verquollene Augen, Kummerfalten – das schiere Leiden Jesu.

Was nur treibt mich um? Insgeheime Selbstvernichtungssucht etwa? Bei Lichte besehen ist das, was ich hier mache, doch nichts als Hochstapelei! Herumzukarriolen, bei den Stäben einzukehren und mich wichtig zu haben – und das nur, um mich beschäftigt zu halten und nicht ein paarmal am Tag über meine Existenz nachdenken zu müssen. Das kann nun wirklich nicht als der wahre Jakob gelten.

Wie der Fisch nach dem Köder schnappe ich nach jedem Fitzchen Information. Noch aus den kleinsten hingemurmelten Reden und Beobachtungen versuche ich, mir ein Bild der Lage zu machen. Ich gehe vor wie ein Mosaikleger, dem nur kleine Steinchen geliefert werden, für den aber jedes einzelne kleine Steinchen wichtig ist. Sich ein Bild *machen*, so heißt es ja auch. Ich muß mir mein Bild selber machen – mühsam freilich manchmal.

Aber jetzt hocke ich mich erst mal auf einen Hackstock neben einen mächtigen Stoß gebündelter Reiser und lasse meine Gedanken schweifen: Nur gut, daß die Invasion gekommen ist. Wer weiß, was aus mir geworden wäre, wenn es nicht diese allgemeine Aufregung in Paris gegeben hätte. Der Bismarck hatte sicher noch keine Informationen über Simones Verhaftung, aber inzwischen muß er welche bekommen haben – und zwar auf dem Dienstweg: Das braucht seine Zeit. Und wenn ich dann noch dagewesen wäre? Hier in Bénesville bin ich weit vom Schuß.

Was um Himmels willen kann ich bloß für Simone tun? Nach ihren Spuren suchen? Das wäre ernsthaft nur von Brest aus möglich . . . Und wenn ich mich, statt noch länger hier herumzutrödeln, kurzerhand in Richtung Brest auf die Strümpfe machte? Was könnte mir denn schon passieren? Schließlich habe ich einen gültigen Marschbefehl für Brest in der Tasche – und jetzt geht es sowieso drunter und drüber. Einfach Richtung Westen in die Bretagne hineinlosfahren? Der Alte würde mich notfalls unter seine Fittiche nehmen.

Aber weiß ich denn, welche Rolle der Alte spielt? Und genau da liegt der Knüppel beim Hund: Ich habe, so sehr es mich auch dorthinzieht, insgeheim Bammel vor der Fahrt nach Brest. Ich weiß nicht, wie ich dem Alten unter die Augen treten soll. Keine Ahnung, wie meine ersten Sätze lauten müßten. Etwa: »Melde mich gehorsamst zur Stelle«? Oder: »Tach auch – da wäre ich wieder«?

Nach La Baule wird für mich wohl kein Weg mehr zurückführen. Aber was wäre La Baule auch schon ohne Simone? La Baule war sowieso längst eine Art Phantomstadt: die meisten Läden in der Hauptstraße vom Bahnhof zum Strand geschlossen. Zwei, drei kleine Kneipen mit zu Mustern gelegten Bodenkacheln – ein paar Landser beim Billardspielen. Klägliche Palmen in Holzkübeln. Schwarzgrüne Taxushecken.

In meinem Kopfkino sehe ich Simone vor mir: Simone im zitronengelben Angorapullover zum schwarzen Rock. Dazu ihre braune Haut und das schwarze Haar. Das sieht verdammt gut aus und auch seriös. Simone hat auch schwarze Schuhe mit hohen Korksohlen an den Füßen. Alle paar Schritte macht sie eine Art Wechselschritt: Es sieht aus, als tanze sie zwischen den Bugholzstühlen des Cafés hindurch.

Ich spüre es wie Stiche im Herzen, wenn ich so intensiv wie jetzt an Simone denke. Was Wunder? Bei Lichte besehen, kann ich mir keinen vorstellen, der sich nicht von ihr hätte bezirzen lassen ... Wenn irgendwo von Mademoiselle Sagot die Rede war, dann stets nur in den höchsten Tönen, niemals mit Zoten durchmischt. Ein Abglanz der Lobreden fiel sogar auf mich!

Und wo ist Simone jetzt? Mit festen Adressen hat es bei mir längst zu hapern begonnen. Wo fliegt mein Bruder Klaus herum? Lebt er überhaupt noch? Wo haben sie meine Mutter »untergebracht«? Und wo sind die Freunde von früher? Die Ringpfadfinder, die Schulkameraden? Die Nachbarn im Zeichensaal der Akademie? Wohin sie Zar Peter verschleppt haben, weiß der Himmel.

Genau gesehen, habe ich überhaupt keine Freunde mehr. Ich bin quasi alleinstehend, wie es so blöde in amtlichen Formularen heißt. Kein Koordinatensystem, kein Sicherungsnetz – nicht mal ein Elternhaus ... Alles beim Teufel! Eine Bude mit schrägen Wänden in einem vergammelten Bauernhaus am Waldrand – that's it! Und wenn der Scheinwerferstand vor dem Bauernhaus unter Beschuß gerät, geht höchstwahrscheinlich auch diese Bude futsch, mitsamt den bestickten rumänischen Fellwesten und den bretonischen Fayencen an der Wand.

Den lieben Gott einfach einen guten Mann sein lassen – das kann ich nicht. Das erlaubt meine heftige Spannung nicht. Abwarten und Tee trinken! – wenn das nur so einfach wäre.

Ich hetze also von meinem Bauernhof aus wieder herum, um Nachrichten einzuheimsen und Stimmungen aufzunehmen. Aber meine Beute bleibt gering. Die Soldaten, die ich ins Gespräch ziehe, haben entweder die Ruhe weg, oder sie sind von Natur aus maulfaul. Auch sie scheinen nicht begriffen zu haben, was nur wenige Kilometer entfernt vor sich geht. Sie leben immer noch so vor sich hin, als sei nichts passiert – leben von einem Tag auf den anderen. Und jetzt haben sie sogar guten Grund, sich tagsüber zu pelzen: zu viele Flugzeuge am Himmel.

Ich muß mich – mehr als mir lieb ist – an die Offiziere halten. Daß ich, wenn ich bei irgendeinem Stab auftauche, zuerst einmal wie ein Rathausbettler beäugt werde, gibt meiner Laune nicht gerade Aufschwung, aber daran bin ich gewöhnt. Ich muß mich nur selber hart rannehmen: Los! Keine Müdigkeit vorschützen, herauskriegen, wie der Laden läuft und was die Herrschaften sich denken. Dumm stellen, dumm, aber wißbegierig. Methode: Rede Herr, dein Knecht hört. In die Zeitung wollen sie alle, also muß ich durchblicken lassen, daß sämtliche Redakteure von Flensburg bis Garmisch auf das Geschreibe warten, das aus dem Palaver entstehen soll.

Es wird Zeit, daß ich mein quartier général verlege. Hier in der Gegend tut sich ja doch nichts mehr. Also sollte ich mich wieder auf die Strümpfe machen.

In mir hat sich der Eindruck verstärkt, daß die Alliierten doch nicht geblufft haben. Wenn sie noch an anderen Stellen hätten landen wollen, dann hätten sie das unmittelbar nach der ersten Landung tun müssen, um Ablenkungs- und Überraschungseffekt zu verbinden. Aber jetzt? Jetzt wäre eine solche Wirkung verpufft.

Der Fahrer hat neu getarnt, auch vollgetankt und die Kanister aufgefüllt: Wir sitzen also wieder auf einer rollenden Bombe.

Die wenigen Franzosen, die ich beim Durchfahren der Ortschaften erspähe, tun so, als wüßten sie gar nicht, daß Krieg ist. Die Hände tief in die Hosentaschen gestemmt, stehen hier und da ein paar an der Straße und beobachten, was da vorbeikommt. Wir dürften nicht gerade sehenswert sein. Allenfalls das Bild, das ich als Mann ohne Unterleib biete: Ich muß aussehen wie ein auf dem Wagendach befestigter Torso. Ich kann leider nicht wagen, mich auf den Hintern zu setzen. Nur so, stehend wie ein Panzerfahrer, kann ich das Gelände und den Himmelsraum leidlich gut überblicken. Der Nacken schmerzt mir sicher bald wieder vom vielen Kopfverdrehen.

Der Fahrer weiß: Ich will jetzt Richtung Dieppe fahren und mich dann auf der Küstenstraße weiter nach Nordosten hochwagen – nach Le Tréport.

Vor einer Schmiede stehen weißgraue Pferde von schwerem normannischen Schlag. So schwere Pferde sind nötig, um die Karren, die auf ihrem übermannshohen Räderpaar oft sehr große Lasten tragen, im Gleichgewicht zu halten. Im Vorbeifahren bekomme ich weder den Bauern noch den Schmied zu sehen.

Wir fahren durch ein Wiesental, in dessen Grund sich ein Bach windet. Die Bäume am Wasser fügen ihre üppigen Kronen zu immer neuen Formen zusammen. Rinder stehen, des Fressens müde geworden, unter uralten Weiden, die Köpfe alle in einer Richtung.

Wir halten vor einer Kirche dicht an der Durchgangsstraße durch einen kleinen Ort. Die Kirchen hier tragen wehrhafte Schieferhelme. Das Innere ist schmucklos. Aus den vorderen Reihen erheben sich Kinderköpfe. Ein

Vikar salbadert, die kleinen Stimmchen wiederholen den Text und finden dazu den gleichen leierigen Tonfall wie der Vikar.

Auf den Grabsteinen draußen liegen porzellanene, bunt bemalte Kränze, auch Kruzifixe und Blumensträuße aus Porzellan. Auf einigen Grabsteinen Perlengeflechte. An der Kirchhofsmauer ein Grab mit einem Aufbau wie ein großes Aquarium: ein weißlackiertes Eisengestell mit eingesetzten Gläsern. Drinnen ein ganzes Himmelreich aus feinen, künstlichen Blüten. Das ist weiß Gott schöner und putziger als die idiotischen wie Kopfteile von Ehebetten geformten Grabsteine aus poliertem Granit auf dem Feldafinger Friedhof, die zudem noch ganz schamlos mit den kleinen Reklameschildchen der Lieferanten bestückt sind.

Der Fahrer entpuppt sich immer mehr als rechter Angsthase. Sobald ich mich nur einen Augenblick auf meinen Sitz herunterlasse, renkt er sich auch schon den Hals nach allen Seiten aus. Jede Zirruswolke hält er für einen Kondensstreifen. Ich nehme ihn dafür tüchtig hoch, halte aber weiter scharf Ausguck.

Einmal ist ein Verband von fünf Lockheads mit doppelten Rümpfen über uns. Durch ihre Kondensstreifen haben sie sich mir rechtzeitig avisiert: Wir können in aller Seelenruhe im Schatten eines Baumes abwarten, bis die Maschinen wieder verschwunden sind. Der Fahrer zieht Nasenrotz hoch und läßt das so vorwurfsvoll empört klingen, als hätte *ich* die Lockheads an den Himmel gezaubert.

Die Straße senkt sich in ein Tal hinab. Als die Küste nicht mehr fern sein kann, übertönt plötzlich tiefes Orgeln unseren Motorenlärm. Der Fahrer stoppt sofort, und wir sind beide mit einem Satz in den Straßengräben. Zwischen den Bäumen hindurch spähe ich nach der Maschine, die jeden Augenblick über den Hügel zur Rechten der Straße schießen müßte. Aber da wird das Orgeln schon wieder schwächer.

»Muß verflucht nahe gewesen sein!« stößt der Fahrer atemlos hervor.

Nur um seine Nerven zu schonen, fahren wir erst nach einer Weile weiter.

So sehr ich mir auch die Augen aus dem Kopf gucke, suche ich den vielgerühmten Atlantikwall immer noch vergebens. Gut, heutzutage ragen Befestigungswerke nicht mehr auffällig in den Himmel, aber inzwischen habe ich doch einen Blick für verborgene oder gut getarnte Fortifikationen entwickelt. Von solchen entdecke ich hier aber nur wenig.

Dafür gibt es zu beiden Seiten der Straße wieder Minenwarnschilder noch und noch. Ich will nicht recht glauben, daß hinter all den Warnschildern tatsächlich auch Minen liegen – aber wer weiß das schon ...

Keine Spur von schwerer Küstenartillerie wie die Batteriegruppe am Cap Gris Nez. Die vielen Pressefotos von Rommel, wie er mit dem Admiral Ruge die Küstensicherung besichtigt, stehen mir vor Augen, und ich frage mich, wo mögen diese Besichtigungen nur inszeniert worden sein – in diesem Gebiet hier jedenfalls nicht. Und ich frage mich natürlich auch: Diese paar Rommel-Spargel, Maschinengewehrnester und Strandhindernisse sollen die »nicht angreifbare Festung« sein? »Nicht einnehmbare« hätte es ja wohl eigentlich heißen müssen ... Bei Le Croisic in der Nähe von La Baule gab es wenigstens gewaltige Artilleriestände – wie für Duelle mit Schlachtschiffen ordentlich getarnt hinter die Küstenlinie gebaut. Aber auch die habe ich schon mit skeptischen Blicken betrachtet: keine Ortungsgeräte in der Nähe, nirgends sich drehende Drahtmatratzen. Und nach achtern, also gegen das Land hin, waren die Bunker hermetisch geschlossen. Was passiert denn, dachte ich mir damals, wenn der böse Feind nicht von vorn, sondern von hinten kommt – mit Luftlandetruppen zum Beispiel?

Nach Solidität sieht das alles hier jedenfalls nicht aus, eher nach Improvisation. Am Atlantikwall haben im Jahr '43 – so las ich's – immerhin mehr als eine halbe Million Menschen geschuftet, die meisten Zwangsarbeiter. Soll das denn nun alles sein, was die fertiggebracht haben? Gewiß! Die Küste, die es zu schützen gilt, hat in toto eine Länge von fast fünftausend Kilometern – die Ostfront hingegen »nur« dreitausend. Aber: »Europa zu einem uneinnehmbaren Bollwerk machen« – das war wohl doch nur wieder schiere Hybris.

Wir machen halt bei einem Posten, der zwischen zwei Brücken in einer Art abgeschnittenen Litfaßsäule mit einem uralten wassergekühlten MG, einem Beutestück, steht und unter seiner Stahlhelmkrempe fast unbeweglich aufs Wasser hinausspäht. Ich will gerade mit ihm ins Gespräch kommen, als plötzlicher Lärm die Luft erfüllt – ein tiefes Orgeln wie von dicken Baßpfeifen.

Zuerst will ich meinen Ohren nicht recht trauen, aber dann höre ich ganz deutlich, wie das Orgeln anschwillt und die Luft erzittern läßt. Was ist das? Für einen Flugzeugmotor röhrt es zu sehr.

»Das 'n Fridolin!« sagt der Posten.

So klingt die V1 also: Ich höre zum erstenmal die Töne der geheimnisvollen Waffe. Ich erfahre: Die Abschußstellungen der neuen V-Waffen liegen zwischen Dieppe und Abbeville und dann weiter nach Norden bis Calais. Die V1 soll achthundertfünfzig Kilo Sprengstoff tragen; die Länge: zirka acht Meter und die Spannweite fünf Meter dreißig.

Der Posten ist ein intelligenter Mann, der mir ohne Umschweife Bescheid gibt: »Wie eine kleine Jagdmaschine gebaut, aber nicht besonders schnell.«

»Nicht schnell?«

»Nee, kann man nicht sagen. Die englischen Jäger können sich glatt im Flug danebensetzen und die Dinger mit dem Flügel antippen. Da kommen die aus dem Kurs und trudeln ab. Das ist einwandfrei beobachtet worden.«

»Da wüßte ich aber gerne, von wem. Von eigenen Jägern etwa?«

»Das mal sicher nicht, Herr Leutnant. Wir wissen ja schon gar nicht mehr, wie die aussehen. Nee, das ist vom Boden aus beobachtet worden . . . Na, eins ist jedenfalls klar: Wo so ein Fridolin einschlägt, bleibt kein Auge trocken – und jetzt fliegen schon 'ne Menge da rüber.«

Der Mann sagt das mit Stolz in der Stimme und ohne dabei seinen Blick zur Seite und damit zu mir zu wenden. Ich denke: Schade, daß der Himmel so bewölkt ist. Ich hätte den Fridolin gern gesehen.

Als hätte er meine Gedanken gelesen, sagt der Posten: »Wenn die nachts fliegen, das müssen Sie sich angucken, Herr Leutnant! Nachts sieht das richtig gut aus.«

Wir fahren über zwei leicht bewaldete Seitentäler mit halb versiegten Bächen scharf nach Osten, weil ich mich nicht schon wieder auf die deckungslose Straße vorn am Abfall der Steilküste wagen will. Nach einem weiteren Tal dann geht es nach Norden: Richtung Le Tréport.

Wir finden das Städtchen nach langem Hin- und Herfahren auf Umgehungen für gesperrte Straßen in einer Talsenke, eingeklemmt zwischen den Küstenfelsen. In scharfen Windungen geht es zu dem kleinen, wie eine Kerbe eingeschnittenen Hafen hinab. Die Dächer der Häuser rechts und links sind abgedeckt, die Dachsparren sehen wie breite Leitern aus, zwischen denen nur hier und da als scheckige Flecken Dachschiefer hängen. Die Läden an den Fenstern der Häuser sind geschlossen, die Straße sieht wie tot aus. Aber da zeigen sich Menschen: Ein Zug von Frauen und jungen Kerlen mit großen hölzernen Zangen auf den Schultern kommt uns entgegen. Zum Distelausziehen in die Getreidefelder, wird uns erklärt.

Große Schilder weisen den Weg zum Kasino. Die Kasinobauten sind so langweilig protzig wie allerorts. In ihrer Verlassenheit wirken sie sogar grotesk.

Von einem Posten gewiesen, finden wir das Haus mit dem prangenden Schild »Hafenkapitanat«. Der Chef, so werde ich dort belehrt, befinde sich zwei Häuser weiter.

Dort werde ich von einem Mädchen in eine Wohnung geführt, die sich in nichts von Berliner Behausungen der Gründerjahre unterscheidet: In einem riesigen Zimmer ist zwischen Jugendstilmöbeln offenbar für den Chef gedeckt. Das Mädchen, dem Anschein nach Dolmetscherin und ein forscher Typ, ruft sehr gebieterisch »Alex! Alex!« nach oben. Alex kommt auch bald heruntergepoltert – mit sichtbaren Zeichen dafür, daß er sich eben erst von seiner Koje erhoben hat.

Alex ist ein recht angejahrter, kleiner dicker Kapitänleutnant, Marineartillerist wie ich, aber mit Breeches und Ledergamaschen angetan und mit einer reichlich vergammelten blauen Uniform am Leibe. Er führt mich zuerst durch die Räume, erklärt mir alle Bilder, als wären sie sein eigen, weist mich darauf hin, daß die Supraporten und der gewaltige Kaminumbau aus Holz und handgeschnitzt seien ... Das Schnitzwerk zeigt zwei aus dem Nichts formgewinnende Elfen, die ihre Oberkörper mit in den Nacken gelegten Armen akrobatisch verbiegen und zu einem Kater hochschauen, der mit gekrümmtem Buckel als Krönung obenauf hockt.

Ich versuche, den Mann, der mir einen Platz in einem unliebsam tiefen Sessel angeboten hat, auszuforschen, was er von der Lage hält – hier in diesem Dornröschendomizil, juckt es mich zu fragen, aber das verbiete ich mir lieber. Weil er nicht recht anbeißen will, gehe ich ihn schließlich direkt an: »Die Gegend hier ist ja wohl durchaus geeignet für eine Landung.«

Allein schon damit mache ich meinem Mann so sehr angst, daß wenigstens ein Glimmen in seine stumpfen Augen tritt. Weil er aber immer noch nicht redet, bohre ich weiter: »Die Straßen ins Hinterland sind doch angelegt wie Auffahrtrampen. Hier wäre es für die Alliierten nicht halb so schwierig wie dort, wo sie jetzt ausladen. Und besser verteidigt ist dieser Streifen doch auch nicht – oder? Und der kurze Weg nach Paris ...«

Als habe ich damit ein Stichwort gegeben und mit dem Stichwort einen Bann gelöst, sprudelt der Kapitänleutnant los: »Von hier aus nach Paris durchstoßen? Das hätten die sich wohl so gedacht ... Aber jetzt haben sie erst mal eins auf die Mütze bekommen, das sehen Sie doch ganz deutlich: Die Invasion ist abgeblockt!«

Basta! möchte ich da am liebsten ergänzen.

»Die Rechnung der Alliierten geht nie und nimmer auf!« legt mein Mann noch nach und bringt sich dabei richtig in Hitze. Aber vielleicht quatscht er auch nur so drauflos, um sich Luft zu verschaffen, sich selber zu beruhigen und den wackligen Glauben an den Fortgang der Fettlebe zu stützen. Ganz im Ernst wird er wohl kaum glauben können, was er zum besten gibt.

»Aber gesetzt den Fall, die Alliierten würden ihre Hauptlandung in der Gegend von Abbeville veranstalten«, sage ich, »dann wären es nur runde hundertfünfzig Kilometer direkt nach Süden bis Paris – über Beauvais. Amiens bliebe links liegen. Hundertfünfzig Kilometer, das ist für schnelle Panzerverbände doch weiß Gott nicht die Welt ...«

Mein Mann läuft rot an: »Sie reden, als ob wir da nicht auch ein Wörtchen mitzureden hätten! Von Calais bis Dieppe stehen immerhin mindestens sechs Divisionen . . .« Da bremst er sich und sagt: »Jedenfalls, als der Schlamassel losging.«

Der Kapitänleutnant faßt jetzt wie hilfesuchend die reich bestückte Tafel vor sich ins Auge und macht eine weitausholende Rekommandeursbewegung. Dazu sagt er in plötzlich ganz verändertem Ton: »Eine schwäbische Vesper.« Ich dürfe mich eingeladen fühlen.

Was würde das schon bringen, denke ich, der hier ist doch nur ein langweiliger Nachquatscher, ein dummer Knoten, aus dem kein vernünftiges Wort kommen wird. Ich schütze also vor, daß ich mich noch umsehen und in der Gegend fotografieren müsse.

Aber so schnell komme ich nicht los. Jetzt rät mir der Kapitänleutnant »für später« zu einem Gasthaus weiter hinten im Lande, bei Londinières, ruft dann auch noch einen in dessen Nähe gelegenen Gefechtsstand an, um uns »für alle Fälle« anzumelden, und ergeht sich eine Weile in Schilderungen über die Vielzahl und Qualität der dort gebotenen lukullischen Genüsse sowie der Romantik des Ortes.

Eine ordentliche Mahlzeit könnte nicht schaden. Also gebe ich dem Fahrer die Richtung Londinières an.

Wir fahren durch ein arkadisches Tal: grünsilbrige Pappeln, zwischen den grauen Stämmen hier und da das Gefunkel eines Wasserlaufs.

Ein scharfes, heftig anschwellendes Röhren reißt mich aus dem Betrachten der Landschaft. Verflucht! Wenig Sicht! Da huscht auch schon ein Schatten über uns hin. Mein Schrei »Tiefflieger!« kommt zu spät.

Wir sitzen mit beiden rechten Rädern im Straßengraben. Der Fahrer ist aus dem Wagen gesprungen.

»Das war wieder 'ne Vau eins. Hab sie genau gesehen!« Er hat vor gespanntem Nachdenken den Mund offen. Da zittert die Erde, und nun rumst es gewaltig. Der Kutscher steht da wie ein Kanonier, der seine Trommelfelle schont.

»Da hat's eingehauen! Ganz in der Nähe!«

»Der Vogel ist runtergekommen«, vermute ich.

Die Einschlagstelle kann nicht weit entfernt sein. Wir fahren los. Nach wenigen Minuten schon stoßen wir auf eine Gruppe Soldaten, die einen direkt neben der Straße zwischen den Gräbern eines englischen Friedhofs aufgerissenen Trichter betrachten, aus dem es raucht. Das Kreuz in der Mitte des Friedhofes ist unbeschädigt geblieben. Wir steigen aus, laufen über zwei Grabreihen, die mit Stücken geborstener Steinplatten übersät sind und stehen am Rand des Kraters. Er ist nicht größer als der von einer mittleren Bombe.

Das ist also die Geheimwaffe, die England in die Knie zwingen soll! Dieses bißchen Sprengkraft? Damit die Insel pulverisieren? Und was hat es zu bedeuten, daß das Ding hier eingeschlagen hat statt drüben in England?

Da haben die Unseren das Maul wohl wieder mal gehörig vollgenommen! Mir klingen die Fanfarentöne aus den Wehrmachtberichten der letzten Tage noch in den Ohren ... Von den Landsern, die aus allen Richtungen herangekommen sind, sagt keiner ein Wort – wohlweislich. Oder weil sie mich gesehen haben. Von allgemeinem Staunen kann keine Rede sein.

Fotografieren? Diesen blöden Trichter mit den verblödet gaffenden Soldaten fotografieren? Gegenpropaganda – just für die wäre ein solches Bild geeignet: »Vau eins kratzt französischen Boden an!« würde Jordan da titeln können.

Weil ich in der Gegend, in die Alex uns geschickt hat, nach einem urwüchsigen Haus unter dichten Bäumen suche, sogar ein moosbewachsenes Strohdach im Sinn habe, fahren wir erst mal am Ziel vorbei. Aber dann, nach ein paar Kilometern auf Gegenkurs, finden wir, was Alex gefällt: imitierte Stützbalken aus bemaltem Gips, eine künstlich verräucherte Decke aus Sperrholzplatten, Barschemel im Stil bretonischer Stühle, ein paar Reihen verstaubter Flaschen hinter der klobigen Theke. Und das Essen ist auch nicht angetan, diese Enttäuschung herabzumindern. Wir machen uns also bald wieder auf.

Den Gefechtsstand mit den Freunden von Alex erspare ich mir besser. Lieber zurück nach Le Tréport. Ich will ans Meer und später erst sehen, ob es nicht irgendwo in Strandnähe zwei Kojen für uns gibt.

Hinter Le Tréport finden wir ein schmales Strandsträßchen zwischen mächtigen Hecken weißer Wildrosen. In spätem Licht leuchtet roter und weißer Fingerhut. Hortensien, die kurz vorm Erblühen sind, wuchern auf verwilderten Pfaden und in Gärten, die von ihren Besitzern längst verlassen sind. Sandsackwälle sind im Gebüsch aufgetürmt. Ein befahrbarer Weg lockt. Aber an einem Draht baumelt das Zeichen des Todes.

Da entdecke ich einen Posten. Und der erklärt mir, wie weit der Streifen vor uns minenfrei ist und auch, wo ich ohne Bedenken hochklettern könne. Oben, gleich nach der Kante, lägen zwar viele Minen, die Minenfelder seien aber alle eingezäunt.

Ich lasse den Fahrer in seinem Auto sitzen und marschiere los. Über zerfallene Mauern, Deckungslöcher, Schützengräben und Erdhügel gewinne ich schnell Höhe.

Im Zickzack führt ein Laufgraben weiter. Die getarnten Helme der

Posten erheben sich wenig daraus. Ein letzter Buschsaum sperrt noch den Blick – und dann liegt der Atlantik unter mir: stahlblau. Hier und da von einer brechenden See getupft.

Die Ebbe hat den Strand weithin freigegeben: Die Panzersperren ragen hoch auf. Strandgut, aufgebeulte, ausgebrannte Benzinkanister und Bauholz liegen im breiten Saum vor den rotbraunen Drahthindernissen. Hier und da ist mit den eingerammten Pfählen eine Mine zu erkennen.

Der Wind weht, das dürre Gras raschelt. Überall liegen die silbernen Stanniolstreifen, wie die englischen Flieger sie abwerfen. Wenn der Brandungssaum auf den Sand zischt, klingt das, als würde Wasser auf glühende Eisenplatten gegossen. Seeschwalben schießen mir um den Kopf. Ich hocke mich neben einen Alarmposten, der nur mit dem Kopf aus seinem Erdloch guckt und sein Glas nun mit vermehrtem Eifer über den Horizont führt. In der Ferne zur Linken schiebt sich als verblauender Streifen die Küste von Etretat und Fécamp vor. Rechts ein schmaler Saum – die englische Küste.

Auf einmal wird die Luft wieder von tiefem Orgeln erfüllt. Ich sehe den in flacher Bahn über den Himmel ziehenden Flugkörper: Er erscheint nicht anders als ein von der Seite gesehener Jäger. Am Hinterteil ein Flammenschwanz.

Das Röhren ist kaum schwächer geworden, als es wieder neu anhebt: Ein Fridolin nach dem anderen nimmt seine Bahn nach England. Von drüben kommen Kondensstreifen.

Es dauert nicht lange, bis die Flak zu schießen beginnt. Als ich schon nicht mehr hinschaue, ruft der Posten: »Abschuß!«

Ich sehe nur noch eine steil abwärtsziehende Stichflamme. Ich bin froh, daß keiner in dem Apparat saß.

Die Sonne wird glühend gelb. Ihr Licht aber erkaltet. Der Sand bekommt einen violetten Ton, der Kiessaum verfärbt sich rötlich mit einer Spur Schwarz darin. Die Felsen werden von einem sehr hellen Ockerviolett überfärbt. Die Hindernisse, mit denen der Strand wie mit Streichhölzern bespickt ist, bekommen lange Schatten. Die niedrigen Brandungswellen gewinnen scharfe Plastik. Schwarz liegt draußen ein Riff im Gegenlicht. Ein paar Hausruinen leuchten noch hellockern auf, dann taucht der untere Rand der Sonne in einen violetten daumenbreiten Dunststreifen, der auf dem Horizont aufliegt. Die Sonne färbt ihn ein, rötet das kalte Violett, bis ihre Glut immer schwächer wird, ihr Lichtspiegel zuckt nur noch schwach. Ich kann ungeblendet in die Sonne schauen. Sie ist ein runder Ball, der allmählich breitgedrückt wird, dann ein umgekipptes gelbes Ei, das schräg hinabsinkt.

Das Meer wird blaugrau, der Wind weht stärker. Ein paar Wolken leihen sich noch fadenscheinigen Glanz, dann wird auch dieses letzte Licht ausgeblasen. Der Strand wird dunkel, die Felsen unheimlich grau. Das Grün der Wiesen im Lande beginnt, aus sich heraus zu leuchten.

Höchste Zeit, Quartier zu suchen! Ein gutes Quartier hätten wir sicher bei Alex finden können, aber dafür mit diesem Stiesel bis in die Nacht hinein saufen? No, Sir!

Da werde ich wie von selbst meiner Sorge enthoben: Ein Hauptmann, Batteriechef, fragt nach den ersten paar Sätzen, wo wir denn untergekommen wären.

»Wir sind Obdachlose«, gebe ich zurück.

»Kein Problem!« sagt der Batteriechef. Ein kleiner, bestens ausgebauter Bunker ganz in der Nähe stehe leer. Elektrisches Licht. Das sei aber schon alles an Komfort, »das heißt, richtige Kojen gibt's sogar. Gästekojen!«

Der Fahrer will, als er das kärgliche Innere des Bunkers sieht, lieber im Wagen schlafen. Soll er!

»Mein Quartier«, sagt der Batteriechef, als ich zurückkomme, und zeigt auf eine an den Hang gelehnte Remise, zu der die Doppeltüre weit offensteht. Ich erfahre, daß der Hauptmann mit seinen Leuten gemeinsam unter diesem Dach haust.

»Unsere Lampe«, sagt er, »brennt mit Benzin aus gestrandeten Kanistern.« Als er mein Staunen bemerkt, erklärt er: »Da muß ordentlich Salz hinein – zur Minderung der Explosionsgefahr.« Und dann macht er eine ausholende Handbewegung ins Halbdunkel und sagt wie zur Entschuldigung: »Wir sind das aus Rußland noch so gewöhnt: Strohsäcke in Holzkisten statt französischer Doppelbetten.«

Der Mann wirkt drahtig. An der abgetragenen Uniform hat er das EK I, das silberne Verwundetenabzeichen – und auch noch sonst einiges an Dekorationen. Auf einer gezeichneten Karte erklärt er mir, wo seine Geschütze in ihren Betonbunkern stehen. Wie so was aussieht, wisse ich ja wohl. Also kein Grund, durch die Gegend zu latschen. Im übrigen solle ich hier in der Gegend, wenn ich die Straße verließe, vorsichtig sein. Nicht jedes Minenwarnschild sei Bluff. Es habe schon ein paar dumme Unfälle gegeben.

»Wir müssen verdammt aufpassen!« redet der Hauptmann weiter. »Hier in der Gegend werden immer wieder mal Agenten abgesetzt. Die kommen in dunklen Nächten mit Fischerbooten oder MTBs, die letzte Strecke dann mit Schlauchbooten. Ich möchte nicht wissen, wie viele Sabotagetrupps sich hier schon versteckt halten ... Übrigens: Die Parole ist ›Westerwald‹ – das nur für den Fall, daß Sie schlafwandeln sollten.«

Bedenkpause, und dann redet der Hauptmann wieder: »Für meinen Geschmack sieht das, was wir hier veranstalten, nicht gerade nach Fortifikation aus. Eher nach . . . ich hätte fast gesagt: ›Pfadfinderlager‹. Wenn man monatelang hier sitzt und auf das Wasser guckt, macht man sich natürlich seine Gedanken!«

Wieder eine kurze Bedenkpause. Der Hauptmann scheint lange mit niemand geredet zu haben.

»Ich glaube, die Engländer haben uns ganz schön an der Nase herumgeführt«, fährt er jetzt fort. »Es sah ja wirklich so aus, als wollten sie im Pas de Calais landen und nicht zwischen Cherbourg und Le Havre. Rundstedt soll davon am stärksten überzeugt gewesen sein.«

Plötzlich ist es, als sei für den Hauptmann ein Damm gebrochen, als wolle er alles auf einmal loswerden. Was für ein Unterschied zwischen diesem Frontsoldaten und den alten Säcken, die es sich hier parasitenhaft allzulange schon haben wohl sein lassen.

»Wenn's um Täuschung geht, sind die Tommies auf Draht. Die haben ein paar Dutzend kleine Schiffe losgeschickt – eine Nacht vor der eigentlichen Landung – und die mit diesen Stanniolstreifen zu einer riesigen Armada vergrößert. Das war ganz schön aufregend. Die Bomber, die die Streifen abwarfen, flogen in der entsprechend niedrigen Höhe. Fesselballons, die unser Radar kräftig reflektierten – mit einem besonderen Anstrich natürlich –, waren auch mit von der Partie.«

Der Hauptmann redet wie ein Buch.

»Solche Täuschungsmanöver hat es zwar am laufenden Band gegeben, aber in der Nacht vom vierten zum fünften sah's ernst aus. Die Tommies haben uns jedenfalls mit ihrem diversen Schnickschnack ganz schön auf Trab gehalten. Und was das große Ganze anbelangt, da sind wir ihnen wie gewünscht auf den Leim gegangen . . . Der meiste Beton soll ja tatsächlich bei Calais verbaut worden sein. Wir hier waren wie die Enterbten, wir haben wochenlang – was sag ich: monatelang – Baumstämme geschleppt, eingegraben und oben verdrahtet. Rommel hat sich das selber ausgedacht und Zeichnungen gemacht: eigenhändig.«

Kurze Atempause, und schon geht es weiter: »Das Ganze war doch geplant wie anno siebzig. Aufs Ganze gesehen ist doch der uneinnehmbare Atlantikwall eine schöne Fiktion. Oder – ich will Sie nicht ärgern – Propaganda.«

»Vielleicht haben wir . . .«

»Sie meinen: Wir hätten gar nichts machen können, auch wenn wir gewollt hätten?«

Da hebe ich, statt zu antworten, nur die Schultern.

»Auch 'ne Betrachtungsweise!« sagt der Hauptmann. »Trotzdem: Ich hab mir mal aufgeschrieben, was hier alles aufgefahren ist: zwotausendsechshundertzwoundneunzig Geschütze vom Kaliber Siebenkommafünf bis zu den Fernkampfbatterien – und dabei nicht mal eingerechnet die eigene Artillerie der hier eingesetzten Divisionen. Über fünfkommadrei Millionen Kubikmeter Beton!«

Den Hauptmann scheint nicht zu stören, daß ich mir Notizen mache.

»Nur sind es leider auch zweitausendeinhundert Kilometer Küstenfront hier im Westen«, sagt er jetzt. »Das ist wie bei 'nem Kieshaufen«, und als ich ihn überrascht anstarre, erklärt er: »Ich meine das so: Ein einzelner großer Kieshaufen gibt fürs Auge was her. Aber wenn Sie Schaufel und Rechen nehmen, um ein paar Wege damit zu kiesen, ist das ganze Zeugs weg wie nichts.«

Der Mann könnte Bibelstunden abhalten und Pastor werden, denke ich, mit seiner Fähigkeit, bildhafte Vergleiche aufs Tapet zu bringen.

»Ich könnte mir vorstellen, daß man hier auf Dauer glatt verrückt wird von diesem dauernden In-der-Sonne-Sitzen und Nach-England-Starren«, sagt der Hauptmann jetzt und gerät dabei ins Sinnieren. »Die Truppe beschäftigen, das ist manchmal gar nicht so einfach. Wir sind längst schon so 'ne Art Bauhilfsarbeiter geworden. Da fällt es manchmal direkt schwer, sich noch als Soldat zu fühlen . . .«

Ein Unteroffizier hockt sich in unserer Nähe auf eine Kiste und beginnt eine Liste zu schreiben.

Der Batteriechef sieht mich an: »Haben Sie übrigens schon die neueste Bezeichnung für die Alliierten gehört: ›westliche Schleppenträger des Bolschewismus‹! – nein? Klingt doch gewaltig. Diese Landung soll übrigens von Moskau befohlen worden sein: ›Angriff auf den Kontinent!‹ Doch auch schön vollmundig . . .!«

Als ich wieder alleine bin und vor meinem Bunker hocke, versuche ich, die Eindrücke der letzten Tage zu ordnen. Dabei gerate ich schnell durcheinander. Was war gestern – was vorgestern? Wie lange bin ich nun schon in dieser Gegend Frankreichs unterwegs? Mein Zeitgefühl ist in die Binsen gegangen: Ich muß mich mühsam in den Tagesläufen zurückhangeln, wenn ich Klarheit über Wochentag und Datum gewinnen will. Zeugen vor Gericht habe ich immer bestaunt, wenn in der Zeitung stand, wie genau sie sich erinnern konnten, wo sie an einem bestimmten, weit zurückliegenden Tag waren. Ich könnte jedenfalls auf Anhieb nicht sagen, wo wir uns vor vier Tagen herumgetrieben haben, schon mit vorgestern habe ich Schwierigkeiten.

Ich notiere längst nicht mehr genug. Das kommt davon, daß ich das Berichten mehr und mehr für ein aussichtsloses Unterfangen halte. Und ein zeitraubendes dazu. Lieber jede Minute zum Bilderspeichern nutzen! sage ich mir. Aber zugleich spüre ich, wie ich in die Bredouille gerate: Die Bilder von gestern verblassen schnell, oder sie werden von denen, die ich heute aufnehme, allzubald überdeckt. So kann mir am Ende vieles verlorengehen wie schlecht ausfixierte Fotos, die mit der Zeit schwinden und Flecken bekommen.

Zuviel Zeit zur Besinnung. Besinnung bekommt mir nicht. Ich verspüre dann plötzlich wieder Sehnsucht nach Simone. Wenn ich nur wüßte, wo sie steckt. Ich hätte herumfragen sollen, was ihr in ihrer Situation passieren kann. Aber *wen* hätte ich denn fragen können? Allein der Alte kann jetzt noch weiterhelfen. Ich sollte also zusehen, daß ich nach Brest komme.

Ich finde keinen richtigen Schlaf. Die dünne Schlafhülle wird wieder und wieder von an- und abschwellendem Motorengebrumm zerrissen. Die Luft vibriert. Beunruhigt stehe ich eine Weile mit bloßen Füßen auf der Treppe draußen, kann aber keine Flugzeuge ausmachen. Da das Motorendröhnen immer dichter wird, die Kälte des Raumes zudem alle Müdigkeit vertreibt, entschließe ich mich, vor in die Stellungen zu gehen.

Schon von weitem fordern die Posten die Parole, Gewehrschlösser knacken, als ich nur Sekunden zögere, ehe sie mir über die Lippen kommt: »Westerwald!«

Ich bin heilfroh, daß ich aufgepaßt habe, als der Batteriechef mir die Parole gesagt hat.

Ein Spanischer Reiter wird aufgeschwenkt, und auf dem wie eine Höhle ins Dickicht führenden Weg taste ich mich weiter nach vorn an den Drähten entlang, mit denen die Minenfelder gesäumt sind. Zwei Posten sind aus ihren Löchern gestiegen und stapfen in halsbrecherischer Nähe zum Steilabfall hin und her.

Eine Weile lang höre ich mich ganz in den Rhythmus von Aufrauschen, Zischen, Stille und neuem Aufrauschen hinein. Dann ist mir, als kämen die Geräusche nicht nur von unten, sondern von überall her: kein Zweifel – da sind Flugzeuge über mir. Die Geräuschwogen vom Himmel schwingen auf und ab, vermischen sich mit denen der See und trennen sich wieder.

Direkt über der Kimm hat die Dunkelheit sich nicht verdichten können. Deutlich setzt sich der Himmel vom Meer ab. Ich kann die beiden rechts und links der Batteriestellung hochragenden Felsen als blasse Schemen erkennen.

Plötzlich brennt direkt vor mir und ziemlich hoch eine rötlich gleißende Leuchtgranate auf und überschüttet Küste und Meer sekundenlang mit ihrem magischen Licht. Gerade als die Granate verlöschen will, wird die Dunkelheit von etlichen Scheinwerferbahnen wie mit Speeren durchstoßen, die hin und her schwenken und dann plötzlich wie Zeltstangen für ein Tipi zusammengefügt werden. Im Schnittpunkt der Strahlen ist das eingefangene Flugzeug als kleiner weißer Punkt zu erkennen – aber nicht lange. Wolken, die offenbar schnell segeln, schieben sich dazwischen und ziehen das Scheinwerferlicht auf sich: Da hat die Besatzung wohl Glück gehabt.

Das Geröhre der Maschinen, die, von den dichten Nachtwolken gedeckt, von der Insel herüberkommen, hält an. Allmählich wird es so stark, daß ich glauben könnte, die Bomber flögen dicht über meinem Kopf hin. So angestrengt ich den Himmel aber auch absuche, entdecke ich doch keinen einzigen.

Als ich mit aller Vorsicht noch ein Stück weiter zwischen Stacheldraht und Steilabfall zur Höhe hinaufsteige, verebbt der Motorenlärm. Nun höre ich nur noch den Atlantik. Es ist Hochflut. Die hell durchs Dunkel heraufschimmernden Brandungssäume sind tief unter mir fast bis zum Fuß der Kreidefelsen vorgedrungen.

Von ferne höre ich noch Flakschießen. In der Gegend von Abbeville scheinen Bomben zu fallen: Dort wird gegen den Himmel plötzlich von unten her rotes Licht geworfen. Der Wind weht scharf und treibt mir die Wärme aus dem Körper. Ich will zurück, wende mich aber noch einmal um, als sich neues Gedröhn mit dem Meeresbrausen vermischt. Diesmal klingt es tiefer und orgelnder. Ich brauche nicht lange zu suchen, bis ich einen flach über den Bäumen hervorschnellenden Feuerschein entdecke, der über mir hinzieht und sich wie ein allmählich verglühender Stern in der Ferne verliert: Die Kometen fliegen wieder.

Dieppe

Meine Straßenkarte gibt nicht viel her. Trotzdem falte ich sie wieder und wieder auseinander, um nachzusehen, was sich am Frontverlauf geändert haben könnte. Aber noch jedesmal lasse ich sie wieder in die alten Brüche klappen und bin nur verwirrt: Jetzt scheint es bei den Alliierten gar nicht mehr vorangehen zu wollen.

Ich sage mir: Das ist normal. Das war zu erwarten. Die haben ihren Brückenkopf gebildet, und den bauen sie erst mal ordentlich aus und holen herüber, was sich nur herüberschaffen läßt ...

Kurz vor Dieppe, in Saint-Martin-en-Campagne, können wir wieder vom Plateau hinunter auf eine Strandstraße fahren. Zwischen den kleinen Orten – sie heißen Bernéval-le-Grand, Belleville-sur-Mer, le Puys – kann ich mich beruhigt fühlen: Am Fuß der Kreidefelsen sind wir nicht so sichtbar wie auf der Straße oben.

Wir kommen ins Vorfeld der Stadt, und bald fahren wir durch die ersten Straßen. Von der Nähe des Krieges ist kaum etwas zu spüren. Die Häusertrümmer, die nicht weit vom Strand gewaltige Bollwerke bilden, stammen aus den Tagen des vergeblichen englischen Landeversuchs ... Dieppe scheint eine kleinbürgerliche, häßliche Stadt zu sein. Vom Wasser her kommt fischiger Geruch.

Im Hafengelände kann ich durch das Gewirr der Eisengerippe gestürzter Kräne hindurch schon von weitem die langen, schnittigen graugepönten Körper von Räumbooten sehen. Durch Panzersperren und Spanische Reiter hindurch finden wir eine Passage bis hin zur Pier.

Die Boote tragen zu beiden Seiten des Bugs als Flottillenzeichen weißgemalte große Neptunsgabeln. Am Flaggstock eines der Boote hängt der Stander des Flottillenchefs. Ich kenne den Chef dieser Flottille aus meiner frühen Brester Zeit.

Von einem Posten unter Gewehr erfahre ich, daß die Boote erst letzte Nacht aus Boulogne gekommen sind. Sie hätten sich wegen der englischen S-Boote regelrecht durchmogeln müssen. Ich erfahre auch, daß der Flottillenchef gerade aufgestanden ist. Es dauert nicht lange, bis er erscheint. Trotz der durchwachten Nacht zeigt er das zutunlich grinsende Gesicht, das ich in Erinnerung habe. Aber seine Rede klingt bitter: »Unsere letzten Boote! Alle elf anderen sind abgesoffen!«

Dazu macht der Flottillenchef eine merkwürdig verlegene Geste.

»Kaffee? Bier?« fragt er dann so forsch, als wollte er sich damit zur Ordnung rufen.

»Kaffee sehr gerne.«

Der Flottillenchef bestellt gleich welchen für sich mit.

»Ein Sauloch ist das hier! Wenn jetzt Jagdbomber kommen, können die uns nach allen Regeln der Kunst vernaschen. Gefällt mir nicht ...«

Wie könnte das auch sein: Die Boote liegen in dem engen Becken zu zweit und zu dritt dicht nebeneinander, und bis zur Britischen Insel ist es nur ein Katzensprung.

Wir haben es uns gerade in der engen Kammer bequem gemacht, als oben Alarm ausgepfiffen wird. Flugzeuggebrumm ist gleich darauf über den Niedergang bis zu uns herunter zu hören.

Nur mit einem Kopfrucken gibt mir der Flottillenchef zu verstehen, daß wir von Bord müssen. Ich schnalle mein Koppel mit der Pistolentasche wieder um und klettere Hand über Hand hinter dem Flottillenchef auf die Pier zurück. Oben folgen wir einer Gruppe rennender Soldaten zu einem solide aussehenden, steingebauten Haus. Unter dem Haus ist ein finsterer Keller mit gewölbter und gut abgestützter Ziegeldecke als Schutzraum eingerichtet.

»Daß es hier keinen ordentlichen Bunker gibt, ist schon eine Schweinerei!« erbost sich der Chef.

Bald schon steigen wir die glitschige Kellertreppe wieder hinauf. Die Luft vibriert noch vom Gedröhn der Motoren. Und auch die Maschinen sind zu sehen: zwanzig, dreißig, vierzig. Ein ganzer Bomberstrom in aufgelöster Ordnung zieht seitwärts an Dieppe vorbei.

»Wenn die nur nicht beidrehen!« murmelt der Chef.

Doch der Verband fliegt stur weiter. Aber dann kommt ein neuer und nach Minuten noch einer. Immer neue Maschinen. Zuletzt sind es wohl dreihundert.

Es wird noch dreimal Alarm gegeben, und jedesmal wird der Weg über die Leitern länger, weil das Wasser im Hafenbecken schnell absinkt. Der Tidenhub, das weiß ich, ist hier besonders groß: neun Meter.

Beim vierten Alarm bleiben wir einfach sitzen.

»Wenn die uns wirklich was wollen, kommen wir doch nicht mehr bis zum Keller!« sagt der Flottillenchef mit gespielter Resignation.

So gleichgültig wir uns auch geben, das Frühstück will nicht recht schmecken. Wir lauschen eben doch angespannt, ohne es voreinander zuzugeben, auf das an- und abschwellende Motorengedröhn.

»Wir müssen jetzt hier Vorposten fahren, das ist das Neueste«, sagt der Flottillenchef.

»Und wann geht's damit los?«

»Gleich heute nacht, weil immer noch mit einer zweiten Landung in der Drehe hier gerechnet wird.« Und nach einer Pause pliert mich der Flottillenchef an und sagt: »Sie sind herzlich eingeladen, wenn Sie wollen ...«

Jetzt kann ich mich gar nicht erst besinnen und schon gar nicht einwenden, daß ich eigentlich noch nach Le Havre weiterwill, sondern antworte schnell: »Gehorsamsten Dank. Das nehme ich als Herausforderung an.«

»Was heißt denn hier Herausforderung?« kontert der Flottillenchef sofort. »Wir sind doch keine Erpresser.«

Damit löst er bei sich selber ein großes Gelächter aus. Und dann nimmt er mich erst richtig aufs Korn: »Wenn die hier wirklich noch kommen sollten – und das in der nächsten Nacht –, können Sie die Herrschaften als erster begrüßen. Darum wird Sie dann jeder beneiden.«

Fühle ich mich überrumpelt und festgenagelt? Ach was! Es wird Zeit, daß ich wieder mal Schiffsplanken unter die Füße bekomme. Ich *muß* auf See und mir die Flausen austreiben!

Ich soll auf dem Führerboot einsteigen. Dreiundzwanzig Uhr ist seeklar!

Ich muß meine Gedanken zusammennehmen: Mein Arbeitszeug zurechtmachen. Lieber gleich einen U-Film für die Nacht einlegen. Zwei, drei Briefe schreiben.

Der Fahrer weiß noch nichts von seinem Glück: eine ganze Nacht Freigang! Und wenn wir Pech haben – toi, toi, toi –, kann er gar bis ans Ziel seiner Wünsche kommen, nämlich zurück nach Paris. Ich werde den Teufel tun, ihm schon jetzt zu sagen, was anliegt.

Noch ein Stück auf Vorrat pennen? Ach, Unsinn! Mit der Spannung in meinem Bauch würde ich das gar nicht schaffen. Lieber mein Malzeug aus dem Auto holen und die R-Boote im flaschengrünen Brackwasser des Hafens malen. Mit den großen weißen Neptunsgabeln zu beiden Seiten des Bugs sehen sie bizarr und schmutzig zugleich aus.

Ich will mich gerade auf einen der mächtigen Poller – wie in das Pflaster gerammte alte Kanonenrohre – setzen, da hebt das Brummen wieder an. Es ist ein schönes gleichmäßiges Brummen wie aus den ganz großen, dicken Orgelpfeifen.

Immer neue Maschinen ziehen in geschlossener Formation heran, blauschwarze Schatten über kobaltfarbenem Grund. Eine gewaltige Luftflotte aus Lancasterbombern ist über mir unterwegs. Sind das hundert – sind es tausend Maschinen? Mein Gott, wieviel Tonnen Bomben die in ihren Bäuchen haben müssen!

Da sehe ich, daß eine der Lancaster aus dem dritten Pulk eine Rauchfahne hinter sich herzieht, die schnell dicker wird. Und nun sackt der Bomber aus der Formation und verliert auch schon deutlich die Stabilität in der Luft. Und wie er über die linke Tragfläche zu kippen beginnt, lösen sich einzelne Schneebälle von ihm ab und werden schnell zu Fallschirmen. Die Maschine verliert die linke Tragfläche und stürzt senkrecht zu Boden.

»Die kommen hier ganz in der Nähe runter!« höre ich brüllen. Ich hab's auch schon gemerkt: Der Wind steht auf uns zu. Also schnell in den Wagen, die Talstraße hoch und freies Feld gewinnen.

Als wir ein paar Minuten auf dem Plateau dahingeprescht sind, kann ich schon von weitem dicht neben der Straße einen der Flieger längelang im kurzen Gras liegen sehen. Sein Fallschirm ist, weil kein Wind geht, längst zusammengefallen.

Der Mann liegt auf dem Rücken. Er hat nur eine einfache Fliegerhaube auf, so daß ich sein Gesicht sehen kann: bleich, geschlossene Augen. Die Sonne, denke ich, wird ihn blenden. Doch schon erschrecke ich: Der Mann, der da so bequem ausgestreckt auf den Stoppeln liegt, tut keinen Japser. Ich will nach seinem Puls fassen, aber die Hand entgleitet mir und fällt schwer zu Boden. Da brauche ich keinen Puls mehr zu fühlen Mausetot ist der. Aber wieso denn nur? Nirgends eine Spur von Blut, nicht die kleinste Verletzung. Der Fallschirm hat sich ordentlich entfaltet. Von einem harten Aufschlag ist nichts zu sehen. Der Mann sieht aus, als hätte er sich einfach in die Sonne gelegt, sich erst geräkelt und dann so bequem, wie es nur irgend geht, langgemacht.

Genick gebrochen? Beim Aussteigen irgendwo dagegengeknallt? Rätselhaft!

Der Qualmpilz der brennenden Maschine drängt sich mir in den Blick. Also dorthin! Dem hier kann keiner mehr helfen.

Da wölbt sich nicht weit davon wie ein großes Kissen ein zweiter Fallschirm aus dem Wiesengrün hoch. Da muß noch ein Springer liegen.

Ich werde von der Fahrt durchs offene Gelände so durchgerüttelt, daß ich schlecht sehen kann. Aber da liegt der Mann, und der Fahrer steuert den Wagen ganz dicht an ihn heran.

Der liegt ja auch auf dem Rücken. Aber er strampelt im Liegen, als mache er Fahrradgymnastik. Dann läßt er die Beine sinken und liegt ausgestreckt und bewegungslos da. Und schon zuckt es ihm wieder in den Beinen. Er will wieder losstrampeln, bringt aber die Beine nicht mehr hoch. Dafür zuckt er in den Schultern. Das geht mir durch und durch – dieses Zucken wie bei einem schon toten Karpfen.

Ich weiß nicht, was ich machen soll: Der Mann sagt keinen Ton und hält die Augen geschlossen. Auch bei ihm ist keine Verwundung zu sehen, nirgends Blut. Endlich kommen zwei Landser heran. Ich will schon »Los, anpacken!« befehlen, da versucht der Flieger sich auf die Ellenbogen hochzustemmen. Sein Hinterkopf bleibt aber wie angeklebt am Boden. Er kann nur den Bauch ein Stück hochdrücken. Endlich höre ich ein Stöhnen – und nun entspannt sich der Mann plötzlich wie unter einem Schlag, der das Bewußtsein außer Betrieb gesetzt hat. Er liegt ganz flach, nur die Unterarme stehen hoch. Sein Mund ist offen. Und jetzt sind auch seine Augen weit aufgerissen und starren in die Sonne.

»Scheiße!« sagt einer der Landser.

»Der ist hin«, der andere.

Da kommen zwei VW-Kübel in wilder Slalomfahrt vorbeigerast. Wir fahren hinterher. Die Kübel halten in Respektabstand von der brennenden Maschine, weil es von hochgehender Munition nur so knallt und prasselt, aber drei, vier Männer wagen sich zu Fuß doch näher heran. Ich sehe, wie sie einen Toten an Armen und Beinen wie einen blutbesudelten Sack an seinen vier Enden aus den Trümmern zerren. Wozu noch? Der hatte in seiner Maschine ein ordentliches Krematorium.

Immer mehr Landser kommen angerannt. Da ist es besser, schnell zu verschwinden: In jedem Augenblick können Jabos kommen. Auf solche Ansammlungen auf freiem Feld sind sie scharf.

Später frage ich mich, warum ich die auf dem Boden ausgestreckten Flieger nicht fotografiert habe. Scheu? Scheu wovor? Warum sträubt sich in mir alles, wenn ich Tote daliegen sehe? In La Baule habe ich mir Zwang antun müssen, um einen toten Piloten zu fotografieren. Eine Art Schamgefühl beschleicht mich noch jetzt, wenn ich daran denke, wie mein eigener Schatten auf dem Bild quer über dem Toten lag.

Es ist aber vor allem das Bild des Toten heute, das mir nicht aus dem Kopf will. So bequem ausgestreckt, wie der dalag, *konnte* er doch gar nicht tot sein, und da erst fällt mir auf: Die Piloten hatten beide keine Sauerstoffmaske. Kann das was bedeuten? Die Einflughöhe war schließlich gut und gerne sechs- bis siebentausend Meter. Da hätten sie doch Masken tragen müssen. Oder etwa nicht? Mal einen von der Luftwaffe fragen! nehme ich mir vor. Fragt sich nur: Wo finde ich einen von diesem Verein?

In der Stadtmesse treffe ich auf einen Heereshauptmann, der durch seine Lebhaftigkeit auffällt: ein kleiner Mann mit einem Bäuchlein, für das wohl »Embonpoint« das rechte Wort wäre. Der Mann erweist sich als äußerst redselig. »Gestern hat es auf Berlin einen Tagesangriff mit zwotausendfünfhundert US-Bombern und mit Jagdschutz gegeben. Vierundvierzig Bomber sind abgeschossen worden . . .«

»Kam das im Wehrmachtbericht?«

»Nein.« Dieses Nein ist auch gleich der lakonische Hinweis darauf, daß hier englische Sender abgehört werden.

2500 Bomber kann ich mir einfach nicht vorstellen. 2500 Ameisen – das geht noch, aber nicht 2500 Bomber. Da versagt meine Vorstellungskraft.

Ich bringe das Gespräch auf die gemutmaßte zweite Landung. Um den Hauptmann zum Widerspruch zu bringen, sage ich: »Hier kommen die doch bestimmt nicht.«

»Das sagen Sie so«, empört sich mein Gegenüber sofort. »Hier haben die Burschen das Landen schließlich schon mal probiert. Die kommen bestimmt wieder. Ich schätze, daß es hier jeden Tag losgeht. Beobachten Sie doch bloß mal die Franzosen. Es sind kaum mehr Menschen in der Stadt. Das hat doch seinen Grund. Die haben Informationen, die *wir* nicht kriegen ...«

»Aber hier ist doch überall Steilküste«, wende ich ein.

»Nicht steiler als dort, wo sie jetzt sind. Außerdem hat's hier genug Seitentäler. Und dann tippe ich auch nicht bloß auf Dieppe ... Ich könnte mir drei, vier Landestellen denken. Di-ver-si-fi-ka-tion! Wenn Sie wissen, was ich meine.«

Ich bin auf einen Mann mit strategischem Kopf gestoßen. Wie der kleine Hauptmann so vor mir steht und sich wichtig hat, kommt er mir wie ein modern verkleideter Napoleon vor.

»Ich habe nie recht begriffen, was die Tommies eigentlich im Sinn hatten mit ihrer Landung hier in Dieppe«, sage ich schließlich.

»Wozu das ganze Unternehmen gedient haben soll, ist auch mir bis heute nicht klar«, sagt der Hauptmann. »Unsere Leute konnten jedenfalls eine Menge Erfahrungen sammeln ... Im übrigen waren das keine Tommies.«

»Keine Tommies?«

»Kanadier. Die wollten mit fünf- bis sechstausend Mann die Stadt besetzen und den Hafen zerstören. Aber das ist ihnen nicht geglückt. Damals funktionierte unsere Luftwaffe noch ... Die Verluste der Kanadier waren sehr hoch: dreitausendsechshundert Mann, darunter neunhundert Tote – achtundzwanzig Panzer und viele Landungsfahrzeuge. Das war für die mehr als ein Fehlschlag, das war eine Katastrophe!«

»Aber warum nur?«

»Wahrscheinlich sitzen bei denen in den Stäben die gleichen Schlauköpfe wie bei uns. In der Gesamtrechnung kommt es denen doch auch auf ein paar tausend Mann Verluste mehr oder weniger nicht an«, sagt der Hauptmann, und damit verfällt er in brütendes Schweigen.

Ist er etwa erschrocken darüber, daß er zu viel gesagt haben könnte?

Ich treffe auf Gruppen mit Kinderwagen und Karren, auf denen Matratzen und Decken liegen. Ich brauche ihnen nur zu folgen und gelange durch eine Seitengasse vor eine hell von der schon tiefstehenden Sonne bestrahlte Kreidewand. In den Höhlen an ihrem Fuß liegt schwarzer Schatten. Die Augen müssen sich erst an das Dunkel gewöhnen, ehe ich rechts und links eines langen Ganges Reihen von Pritschen erkennen kann, auf denen überall schon Schläfer wie formlose Bündel liegen. Meist haben sie ihre Gesichter mit Tüchern verdeckt. Wie schnell der Mensch doch sein Wesen verliert, wenn er zu einem Knäuel verkrümmt am Boden liegt. In der Tiefe der Höhle brennen elektrische Lampen und im Weitergehen sehe ich Seitengang nach Seitengang, eine ganze Katakombe ist in den Felsen geschlagen.

Es ist seltsam: Tagsüber, wenn die Bomberverbände die Stadt überfliegen, schert sich kaum einer der Franzosen darum. Man schaut interessiert zum Himmel hoch und setzt seinen Weg fort. Abends aber flüchten sie in ihre Katakomben. Lebt der Mensch so sehr durch das Auge, daß die Gefahr für ihn leichter wiegt, wenn er sie *sehen* kann?

Durch tote Gassen gehe ich zur Burg hoch. Von einem Mauervorsprung überschaue ich die ganze Stadt, das Gewimmel rötlicher Häuser, den Strand, die Felsen, die ihn abschließen, das abendlich geglättete Meer bis zur Kimm. Von den Strandanlagen sind nur noch die Grundrisse zu erkennen.

Eine gute Weile vor dem Ablegen gehe ich schon an Bord, um mich mit dem Boot vertraut zu machen. Das R-Boot ist trotz seiner Größe aus Holz gebaut. 180 tons Verdrängung, 40 Meter lang, 6 Meter breit, 1,80 Meter Tiefgang. Die Motoren geben bei AK-Fahrt 24 Knoten her. Wenig Waffen. Die Dreikommasieben auf ihrem Pivot vor der Brücke wirkt schier elegant. Eine zweite Feuerspritze steht achtern. Je drei Wasserbomben zu beiden Seiten. Das Räumgerät liegt auf dem Achterdeck – Scherbojen, Tragebojen: dicke Zigarren mit Steuerflossen. Aufgeschossene Kabel. Diesmal wird das alles nicht gebraucht.

Die Kreiselmutter sitzt tief im Schiff. Sie dreht sich zwanzigtausendmal in der Minute um die eigene Achse. Kreiseltöchter auf der Brücke und im Kartenhaus. Die Kombüse liegt im Achterschiff unter Deck.

Eine halbe Stunde vor dem Ablegen springen die Motoren an. Auch die Motoren der anderen Boote hinter und vor uns beginnen zu arbeiten. Der Lärm fließt zu einem dumpf dröhnenden Strom zusammen. Ich höre mich tief in den Motorenton hinein. So ist das noch jedesmal: Ein Stromkreis hat sich geschlossen, der mich einbegreift und mir ein Hochgefühl verschafft.

Die kaltgelb leuchtende Helligkeit am Himmel ist zu einer Lache über dem westlichen Horizont zusammengeschrumpft. Von allen Seiten wird sie von der Dunkelheit umstellt, denn auch die Fläche des Meeres ist blind und dunkel geworden. Von den Häusern am Hafenbecken sind über der Pierkante nur die obersten Stockwerke und die Dächer zu sehen. Mit dem Zackenbesatz der Schornsteine stehen sie als dunkle Flächen scharf ausgeschnitten gegen den schwarzen Himmel.

Der Kommandant, ein blutjung wirkender, leicht rothaariger Oberleutnant mit Sommersprossen auf der Nase, macht sich fertig. Er legt sich sorgfältig einen Wollschal um den Hals und vertauscht seinen guten Rock gegen einen alten verschossenen, der viele Flecken zeigt. Nun steigt er in die Lederhose, zieht noch eine Fellweste über und steckt sich die Pistole in die Hosentasche. Ein Matrose legt Schwimmweste und Stahlhelm klar.

Auch ich bekomme Lederjacke und Schwimmweste. Sie ist mit einer kleinen stählernen Druckluftflasche versehen, mit der man sie aufblasen kann, wenn man es mit eigener Lungenkraft nicht mehr schaffen sollte.

Das Vibrieren des Bootes wird stärker: Die Maschinen sind auf schnellere Umdrehungen geschaltet worden.

Auf dem Schreibtisch des Kommandanten steht eine Vase voll roten Mohns, den er am Nachmittag, wie er mir erzählt, auf den Wiesen direkt vor dem Hafen gepflückt hat. Jetzt packt der Kommandant die Vase und stellt sie in den Papierkorb. »Da kann sie nicht über Stag gehen«, sagt er.

Sein Tun ist auf eine fatale Weise bedeutungsvoll: Der rote Mohn in dem geflochtenen Papierkorb . . . Ich klopfe schnell dreimal von unten her an die kleine Back. Sie ist Gott sei Dank, wie sich's gehört, aus Holz.

Der Flottillenchef erscheint und gleich hinter ihm der Schmutt mit einer großen Porzellankanne. Gott sei's gedankt.

Der Kommandant schenkt uns allen heißen Bohnenkaffee ein. Wir trinken im Stehen. Ein Mann kommt herein, schließt die Schotten dicht und dreht das Seeventil des Waschbeckens ab.

Wenn wir nur endlich draußen wären! Ich erinnere mich an einen Abend auf einem Minensucher. Wie anders war damals doch alles: Es war in der Bucht von Quiberon, und es war Abend, als der Befehl zum Maschinenstoppen kam. Und dann: »Laßt fallen Anker!« Da rauschte die Kette donnernd aus – ein Krawall, der die ganze Bucht aufschrecken mußte. Die Arbeit war getan. Jabos und englische S-Boote brauchten wir damals noch nicht zu fürchten. »Wie zeigt die Kette?« wollte der Kommandant noch wissen, und der Bootsmann wies mit ausgebreiteten Armen die Richtung. Dann war es ganz still. Die anderen Boote lagen auch schon vor Anker. Das Feierabendgefühl, das mich damals durchströmte, kann ich noch heute nachspüren.

Und hier und jetzt? Wir müssen die Dunkelheit abwarten, die Nacht zum Tag machen und die Spannung, die tief in den Eingeweiden rumort, so niederzwingen, daß keiner etwas davon merkt. Am besten gelingt mir das, wenn ich mich beschäftigt halte und wenigstens im Geiste zeichne und ganze große Bilder komponiere. Jetzt zum Beispiel fasse ich den Posten an der Stelling ins Auge: Der Mann steht im Halbdunkel wie ein Monument. Das schwere Zeug, das er am Leib hat, und die Schwimmweste geben ihm klobige Formen. Das sieht verdammt gut aus: einfach, großflächig, klar, wie konstruiert, und ist doch voller Sentiment. Der Teufel soll's holen: überall vorgedachte Bilder und keine Zeit, endlich einmal richtig an die Arbeit zu gehen. Die Marinetaucher, wenn die in ihrem schweren Gummianzug an Oberdeck stehen und darauf warten, daß sie hinabgelassen werden, wenn ihnen dann der Taucherhelm festgeschraubt wird, und die zwei Helfer mit dem Taucher eine kompakte Gruppe bilden – das waren auch Bilder, die mich schier verrückt machen konnten vor innerer Begeisterung. Ganz zu schweigen vom Alten, wie er während einer Waboverfolgung im Halbdunkel in der Zentrale saß, mit dem Rücken gegen den silbern blinkenden Sehrohrschaft gestemmt, und die Zentralebesatzung auf Befehle wartete mit kaum merklich eingeduckten Köpfen ...

Der Maschinentelegraf klingelt, und das Signal wird quittiert, aber es geschieht nichts: Die Anlagen werden nur durchprobiert – alle nacheinander, wie vor dem Start eines Flugzeugs. Befehle hin, Befehle her und darunter immer das Dröhnen der Motoren.

Jetzt melden sich die Kommandanten der anderen Boote im Ruderhaus. Der Flottillenchef hält kurze Besprechung.

»Gemeinsam mit einer anderen Flottille haben wir Vorfeldüberwachung durchzuführen, und zwar zwischen Position acht und neun«, höre ich und wünschte zu wissen, was Position acht und neun bedeuten. »Beim Gegner sind Truppenansammlungen beobachtet worden, die auf neue Landungsvorstöße schließen lassen. Wenn irgend etwas unklar geht, kann Le Tréport als Nothafen angelaufen werden – oder Fécamp.«

Sollte der Gegner doch noch hier in der Gegend über den Kanal setzen wollen?

Die Seekarte, auf welcher der Flottillenchef nun die Begrenzungspunkte des Positionsstreifens mit dem Zirkel herausgreift, gibt mir endlich einen Hinweis, wohin es gehen soll: ziemlich dicht wohl unter die englische Küste. Die Seekarte ist über und über mit Zeichen bedeckt. Ich erfahre: Rote und blaue Striche umreißen die eigenen Minenfelder. Mit grüner Farbe sind geräumte Strecken bezeichnet. Ein dünner Bleistiftstrich zeigt den abzufahrenden Kurs.

Ein Funkspruch ist eingegangen. Der Flottillenchef liest ihn aus der Kladde vor: »An Großadmiral Dönitz. Wir tun unsere Pflicht bis zum Letzten. Hafen und Kaianlagen in bisher für unmöglich gehaltener Weise zerstört und unbrauchbar. Seekommandant Cherbourg.«

Keiner sagt dazu ein Wort. Kein Nekrolog für Cherbourg.

Große Töne – aber das Übliche: Der Flottenchef mußte ja, ehe er mit der Bismarck absoff, auch noch seinen Heldenspruch ablassen. Aber so sind sie nun mal, die nazitreuen Herrschaften ...

Es geht los. Batteriepfeifen schrillen: eine lang, zwo kurz. Zwei, drei Maschinenkommandos und dann: »Alle Leinen los!«

»Steuerbord fünf!«

Die Leinen klatschen ins Wasser und werden eingeholt. Eine Spanne schwarzen Brackwassers klafft zwischen Bordwand und Pier auf und wird immer breiter. Jetzt bewährt es sich, daß das Boot keine normalen Schrauben hat, sondern einen Voith-Schneider-Antrieb. Damit kann es sich ohne Mühe seitlich absetzen und dann auf dem Teller drehen.

Ich bin ganz Aufregung: Ich will keinen Befehl überhören.

»Backbord zwo kleine zurück!«

Alle Befehle werden in ein Sprachrohr gegeben, an dem ein armdicker Schlauch angebracht ist. Der Rudergänger sitzt tiefer. Er ist auch der Posten Maschinentelegraf.

»Mittschiffs! – Recht so! Ruder steuerbord fünfzehn auf zwanzig Grad gehen!«

Das Boot kommt über Heck schnell klar und nimmt Fahrt in Richtung offene See auf.

Die See ist glatt. Plötzlich geben die zurückweichenden Häuser den Mond frei. Er ruht fahl auf den Bahnen seines Lichts. Die Dunkelheit der Nacht hat sich noch nicht gefestigt. Der Streifen Röte über dem westlichen Horizont spiegelt sich auf den Stahlhelmen. Mit tiefen Zügen blase ich meine Schwimmweste auf. Sie legt mir ihren Wulst dicht und immer praller um den Hals. Nun die Gurte festzurren und den Riemen des Stahlhelmes anziehen.

Das rote Licht auf dem Molenkopf steht hell leuchtend querab und sinkt dann schnell zurück. Als es Minuten später mit der Fahrt höher geht, überlasse ich mich meinem Rausch: Der Wind – der Himmel – die Motoren!

Drüben auf der Insel wissen sie sicher längst durch Funkspruch, daß wir hier unterwegs sind. Ich will gar nicht daran denken, wie viele spähende Augenpaare uns beim Auslaufen beobachtet haben könnten. Wenn wir Pech haben, ist die Falle schon gespannt.

Ich nehme die Lungen tief voll Seeluft. Der Nackenschutz des Stahlhelmes drückt, wenn ich den Blick nach oben wende. Der Himmel ist wolkenlos, von Sternen übersät. Der langgezogene Spiegel des halben Mondes zittert ruhelos auf dem schwarzen Nachtwasser.

In einer scharfen Drehung legt sich das Boot schräg.

»Wir müssen ein Wrack umfahren«, höre ich den Flottillenchef dicht neben mir.

Der Kommandant sitzt in der linken Brückennock, der Flottillenchef in der rechten. Ich habe mich dicht neben ihm aufgestellt. Auf dem Dach des Ruderhauses hocken zwei Posten. Ihre Umrisse zeichnen sich klar gegen den Himmel ab: die Rundungen der Helme, die wulstigen Halskrausen der Schwimmwesten – wieder ein Bild!

Nach achtern wird auch auf zwei Seiten Ausguck gehalten.

Ich stelle mich auf ein Podest neben dem Signalmaaten, so hoch, daß ich das ganze Heck und über das Ruderhaus zwischen den Ausguckposten auch die Spitze des Vorschiffs im fahlen Licht der Gestirne überblikken kann. In unserem Heckwasser wirbeln glänzende Funken.

»Tolles Meeresleuchten!« sagt der Kommandant.

Zwei bläuliche Scheinwerferstrahlen stehen reglos hinter uns in den Himmel gerichtet. Der Mond wandert achteraus.

Wir beschreiben einen Bogen: Der Spiegel des Mondes gerät in unsere Hecksee und zerstiebt in tausend Funken, bis er sich auf der anderen Seite wieder sammelt und als rastlos schlängelndes Band an Steuerbord steht. Die Schatten der anderen Boote kriechen flach über die See.

Wir nehmen Fahrt auf. Die Bugschnauze reißt Spritzer aus der See hoch. Die Minensperre ist offenbar hinter uns.

»Was für Minen liegen hier eigentlich?« frage ich.

»Ankertau vor allem . . .«

»Die liegen wenigstens fest.«

»Das schon, aber die Tommies lassen sich alle naselang was Neues einfallen – leider. Die Ankertauminen waren denen nicht effektiv genug. Da haben sie Ziehleinen drangemacht, die vergrößern den Berührungsradius erheblich.«

»Ziehleinen?«

»Also – die funktionieren so: Die Stachel werden gewissermaßen verlängert, und zwar durch Leinen, die mit Hilfe von Korkstücken an der Oberfläche gehalten werden. Läuft nun ein Schiff in die Leine, entsteht Zug, und die Schose geht hoch.«

»Und das klappt?«

»Nur allzugut! Der Mist ist, daß man nachts die Korkschwimmer nicht ausmachen kann.«

Gut für mich, daß der Flottillenchef an Bord ist. Den Kommandanten könnte ich, während wir mit nördlichen Kursen durch das fahle Mondlicht rauschen, nicht so ausfragen – der nimmt sein Glas nur noch für Sekunden von den Augen.

»Und was ist mit unserer eigenen Minenlegerei?« frage ich.

»Nicht mehr viel. Am Anfang liefen schon mal englische Schiffe auf die Flankensperren im Kanal. Aber jetzt nicht mehr. Das ist eben die Schweinerei: *Die* können bei Tag räumen, *die* stört keiner. Aber *wir*, wir können nur nachts raus. Am Tag würden wir weggeputzt wie nichts ... Was sollen denn unsere Dreikommasieben ausrichten, wenn die Burschen in ganzen Schwärmen kommen?«

Eine Weile ist Ruhe, dann sagt der Flottillenchef unter seinem Glas hin: »Am achten sechsten haben wir noch Blitzsperren westlich von Le Havre gelegt. Da liegen sie wahrscheinlich heute noch.« Wieder entsteht eine Pause. Dann sagt er mit dem Absetzen seines Glases: »Zuallererst sah's ja so aus, als würden die Alliierten ganz woanders landen. Aber dann kamen sie doch in diesem Gebiet – nur eben weiter westlich. Weiß der Henker, ob es tatsächlich bei dieser Landung bleibt. Offenbar gibt's neueste Informationen, daß doch noch was im Busch ist.«

»Da wird nun Nacht für Nacht hinausgekarrt«, sage ich, »und im entscheidenden Augenblick ...«

»... ist Fehlanzeige«, fällt mir da von der anderen Seite her der Kommandant ins Wort, und ich kapiere, daß ich auch jetzt nicht mehr erfahre.

Das Glas, das man mir gegeben hat, ist ein schweres Trumm. Ohne mich mit den Ellenbogen aufzustützen, kann ich es nicht lange halten. Aber es ist ein vorzügliches, lichtstarkes Glas, das die Kimm sehr deutlich zeichnet. Eins von der Sorte, wie Simone es auf die Seite gebracht hat?

Irgendwann gibt es heißen Kaffee. Der Flottillenchef redet, als säßen wir irgendwo in der Messe und nicht dicht vor der englischen Küste. Und das ist nur gut so, gut gegen aufkommendes Muffensausen: »Wir sind die Mädchen für alles. Wir müssen immer ran. In der Amtssprache heißt das so: wegen des geringen Tiefgangs, ihrer Beweglichkeit, Geschwindigkeit, verhältnismäßig guten Bewaffnung und niedrigen Silhouette für vielfältige Aufgaben besonders gut geeignet. Und seetüchtig sind wir auch. Wir haben mal sechsunddreißig Stunden einen Weststurm mit Stärke neun abgeritten – mit Treibankern, aber ohne Schäden.«

Der starke Kaffee muß es sein, der mir den Puls hochjagt. Ich möchte ihn jetzt lieber nicht abfühlen: wahrscheinlich gut und gerne hundertzwanzig Schläge.

Fersengeld geben, wenn es mulmig werden sollte, das geht mit Räumbooten leider nicht. Dazu sind sie denn doch zu langsam. Die Konstrukteure haben an diese Art Einsatz nicht gedacht. Der wäre eigentlich mehr etwas für S-Boote ... Hier wird verdammt viel auf Glück gestellt. Aber der Flottillenchef hat die Ruhe weg. Die meisten Boote seiner Flottille verloren und trotzdem die Ruhe weg. War nur gut, daß ich es mir verboten habe, ihn danach zu fragen, *wie* die Boote abgetakelt worden sind. Das kann in den meisten Fällen nicht gerade lustig gewesen sein.

Der Kommandant will den Kurs wissen.

»Dreihundertsechzig Grad liegen an!« meldet der Rudergänger.

Pielgerade nach Norden also. Wie ich das Kartenbild im Kopf habe, müßten wir auf diesem Kurs etwa nach Hastings kommen.

Wilhelm der Eroberer – der Teppich von Bayeux! Und wir mitten im Kanal – La Manche. Hier sind unsere letzten Dickschiffe durchgerauscht, von Brest her ...

Hastings wird keinen gescheiten Hafen haben. Aber Portsmouth! Einen Jux machen und in Portsmouth einlaufen, das wäre eine Idee! Und dann Ausscheiden mit Dienst!

»Wir sind schon immer ganz schön herumgehetzt worden. Ein paarmal mußten wir sogar durch den Kanal Geleitschutz fahren. Das letzte Mal mit einem Tanker«, sagt der Flottillenchef.

»Geleitschutz mit R-Booten?« frage ich verblüfft.

»Ja, dazu müssen jetzt R-Boote ran. Wir haben den Vorteil, daß wir relativ schwer zu orten sind.«

Wieso denn schwer zu orten? frage ich mich und finde auch gleich die Antwort: aus Holz gebaut – wie die Schnellboote.

»Manchmal wird eine ganze Flottille aufgeboten. Siebenundzwanzig Fahrzeuge für ein einziges Schiff. Und dann müssen wir auch noch düppeln. Die Stanniolstreifen machen die Tommies ganz schön verrückt.«

Mein Mann sagt das so selbstzufrieden, als hätte er das Verfahren selbst erfunden.

»Wir sind übrigens als die ersten Kriegsschiffe überhaupt durch den Kanal gegangen – doch auch 'ne Leistung, oder?«

Mir fällt so schnell nichts Besseres ein, als ein paarmal zu nicken. Ich weiß aber nicht, ob der Flottillenchef das sehen kann.

Ich staune, mit wieviel Fahrt das Boot jetzt durchs Wasser geht. Plötzlich kommt ein starker Wind auf. Von der Bugsee werden weiße Fetzen abgerissen und über die Brücke geschleudert. Ich will etwas sagen, aber kaum mache ich den Mund auf, stopft sich mir der Wind in den Rachen. Ich kann meine eigene Stimme kaum hören.

»Mal nach unten gehen!« brülle ich in Richtung des Kommandanten. Meine Stimme klingt auf einmal wie von ferne, so als gehöre sie gar nicht mehr mir.

»Aye, aye, Sir!« brüllt der Kommandant zurück.

Der Maschinenraum ist nicht viel anders als der Maschinenraum auf einem U-Boot. Mit dem Maschinisten würde ich gerne reden, aber hier achtern ist der Lärm zu groß.

Der Fahrmaat steht vor seinen Manometern und Skalen. Der Maschinist prüft die Temperatur der einzelnen Zylinder und des Kühlwassers, er prüft auch den Öldruck.

Als ich mich in dem mannsengen Klo ausgepißt habe und eigentlich noch durch alle Räume streifen will, wird mir die Enge unter Deck schnell unbehaglich, und ich klettere wieder nach oben.

Die Sicht hat sich verschlechtert. Es regnet sogar leicht. Der Regen wird schnell dichter. Himmel und Wasser unterscheiden sich kaum noch. Es gibt keine Kimm mehr.

Jetzt sagt keiner mehr einen Ton. Auch der Chef nimmt sein Glas kaum noch von den Augen.

Nach einer Viertelstunde klart es unversehens wieder auf. Typisches Atlantikwetter! Die See beruhigt sich aber nicht so schnell. Sie bleibt aufgeribbelt – wie mit Tausenden von kleinen Furchen und Schrunden übersät. Das läßt sie alt und wie zerschlissen aussehen. Der Mond scheint so stark herab, als müsse er jede einzelne Runzel und Falte der See ausleuchten.

Es treibt mich um: Ich gehe nach achtern und hocke mich auf eine Wasserbombe. Die bulligen Maschinen haben einen schönen Ton. Sie laufen schlank und rund und rankern nicht so wie die der gewöhnlichen Minensuchboote. Die Pumpe rauscht und das Wasser zieht mit einem merkwürdigen Knistern vorbei.

Die anderen Boote halten sich in Dwarslinie stetig hinter uns. Vom Boot in der Mitte kommt ein Blinkspruch. Mich rührt diese Art von Botschaften an: Wir empfangen sie nicht durchs Ohr, sondern lesen sie wie Taubstumme ab. Ich wünschte, ich hätte mehr Routine darin. So schnell, wie der Spruch gegeben wird, komme ich nicht zurecht.

Unser Signalgast stellt sich hoch hinaus und gibt nun seinerseits mit der Klappbuchs einen Spruch ab, den der Flottillenchef diktiert. Ich kann, weil der Wind jetzt scharf von Backbordseite her kommt, nicht viel davon verstehen . . .

Später stelle ich mich in den Stand des Signalgasten. Hier habe ich guten Halt und kann das Boot von vorn bis achtern überblicken. Der Wind ist jetzt wie eine Wand, gegen die wir anrennen. Die gewohnten Beziehungen zwischen Himmel und See – hell für das leichtere, dunkel für das schwerere Element – haben sich verkehrt: Die See leuchtet, der Himmel ist eine lastende, düster dräuende Masse . . .

Das Boot stoppt. Ich hatte eine wiegende Bewegung erwartet, aber als die Fahrt fast ganz aus dem Boot ist, liegt es auf dem Wasser wie auf Blei. Nicht einmal eine leise Dünung ist zu spüren. Es ist, als wären wir ganz plötzlich in die Roßbreiten geraten. Keine Geräusche. Trotz des Mondlichts kann ich die anderen Boote nur als dunkle, langgestreckte Silhouetten wahrnehmen.

Da werden Motorengeräusche von achtern gemeldet. Etwa von Schiffen? Wenn jetzt Tommies kommen, müssen wir es austragen. Mit R-Booten hat man keine Schangs, von der Oberfläche zu verschwinden.

Austragen? Mit diesen kümmerlichen Feuerspritzen? Vielleicht hat der Artillerieträger mehr, der im Verband mitfährt? Aber sicher nicht genug, wenn gleich ein *paar* S-Boote kommen und uns im Licht einer Leuchtgranate attackieren.

Jetzt kann auch ich ein sonores Brummen hören. Sind das nicht Flugzeuge? Das Brummen schwillt an, dann hält es den Ton und nimmt wieder ab. Ich stelle die Ohren so scharf, wie ich nur kann, und wende dabei den Kopf langsam hin und her: Ich mache mich zu einem akustischen Ortungsgerät.

Da! Wieder ein fernes Dröhnen. Doch Schnellboote? Haben sie uns entdeckt? Formieren sie sich zum Angriff? Die Beleuchtung ist miserabel: wieder dichte Wolken am Himmel, die See stumpfdunkel, keine anständige Kimm.

Wir bleiben still liegen. Das scheint hier zu den Tricks zu gehören: still dazuliegen, alle Maschinen abgestellt, um sich nicht zu verraten.

Und wieder dieses merkwürdige Dröhnen und Röhren. Kein Zweifel: Da sind eben Maschinen angesprungen. Es gibt also noch andere, die auch gestoppt gehorcht haben. Und weil sie nichts hören konnten, preschen sie jetzt wieder los ... Das alte Räuber- und Gendarmspiel! Auf U 96 versuchten wir den Gegner in einer dunklen Nacht sogar zu erschnuppern. »Schornsteinqualm riecht man meilenweit«, sagte der Alte auf der Brücke, »wenn der Wind richtig steht.« Der Konvoi mußte ganz nahe sein. Und dann bekam der II WO tatsächlich »Witterung« vom Geleit.

Plötzlich wird unser Schiff von gelbem Licht regelrecht überschüttet: Weit hinter uns steht eine Leuchtgranate am Himmel und entfaltet sich zu hundert brillierenden Sternen. Dann schwebt sie langsam nieder. Das Gefunkel hält sich erstaunlich lange am Himmel.

»Wenn die Dieppe meinen sollten, sind sie zu spät dran«, sagt der Flottillenchef lakonisch.

Ein halbes Dutzend Scheinwerfer, die weit achteraus in den Himmel abtasten, sammeln sich jetzt und verschieben ihre Strahlenbahnen langsam erst nach links, dann nach rechts. Ihre Spiegel überschneiden sich mit dem des halben Mondes, der wieder freigekommen ist: weißblaues Geschlinge und dazu ein dicker gelber Schlängelstrich.

Wieder wird das Boot von einer Lichtflut übergossen.

Verdammt noch eins! Auf diese Illumination wäre zu verzichten ...

»Zwei – drei – vier Christbäume!« zählt der Signalmaat neben mir. Wir können in ihrem Schein den ganzen weitgespannten Bogen der Küste übersehen. Die anderen Boote liegen in erschreckender Deutlichkeit auf dem hell spiegelnden Wasser.

»Das wird wieder 'ne Großveranstaltung«, sagt es neben mir. »Wenn die so anfangen, rührt sich was.«

Die See sieht künstlich aus – wie aus Silberpapier geknittert. Obwohl es ganz hell ist, bleibt der Himmelsraum jenseits der Blendung dunkel – eine überirdische Beleuchtung. Mich kommt der Drang an, mich auf die Decksplanken in Deckung zu werfen! Wir stehen hier mitten im Licht wie auf einer angestrahlten Bühne. Gleich wird auf uns geschossen werden.

Da ist ein dumpfes Röhren zu hören, das lauter wird, noch mehr anschwillt, abebbt, fast schwindet und wieder anhebt. Jetzt klingt es wie fernes Gewittergrollen. Das sind keine Schnellboote: Das Brummen und Dröhnen kommt von oben. Es müssen riesige Bomberschwärme sein, die näher und näher kommen, aber nicht auszumachen sind.

»Die Unsern halten sich mal wieder raus«, höre ich flüstern.

»Schnauze!« fährt eine heisere Stimme dazwischen.

Trotz der Lichtfülle kann ich die anderen Boote nur mehr als Schatten erkennen, wie ferne Riffe – ohne Spiegelung, und das, obwohl die See glatt ist. Im Röhren über der Wolkenschicht ist jetzt ein dumpfer, schwingender Baßton zu hören, wie von einer einzelnen riesigen Tuba.

Das Auf- und Abschwingen über dem gleichmäßigen Baßton wird schnell stärker. Ist da etwa ein Motor nicht in Ordnung? Warum schmeißen die Leuchtbomben, wenn keine Jagdbomber unterwegs sind, um uns anzugreifen?

»Die wollen bloß wissen, wose sin«, höre ich murmeln.

»Aber da müssense doch nich die ganze Gegend beleuchten.«

»Die knöppen sich die Vau-eins-Stellungen vor – wirste sehn! Die laden gleich ab!«

Ich drehe mich zur Küste um. Sie zeichnet sich als schmaler, aber deutlicher dunkler Streifen vom Silberpapierglitzern der See und dem fahlen Himmel ab. Das mondbleiche Licht schwindet mählich, aber dann leuchtet es mit einem Schlag wieder so hell auf wie zuvor: Drei, vier diffuse Lichter schwimmen zwischen uns und der Küste im Himmelsdunst.

Das Boot nimmt wieder Fahrt auf. Es gibt auch wieder Kaffee: Mittelwächter. Aber die Uhr sollte ich wohl besser nicht danach stellen.

Ich denke schon: Na fein, jetzt ist der Beleuchtungszauber aus. Das war nicht schlecht, Herr Specht! ... Da geht es wieder los, und gleich mit vollem Einsatz: Weiße und rote Leuchtspurgeschosse steigen wie Jonglierbälle mit wunderlicher Langsamkeit gegen den Himmel. Gelbe Blitze detonieren hoch über den Leuchtgirlanden: Flakgranaten – kein Zweifel! Und jetzt ist es, als entlüden sich drei, vier Höhengewitter auf einmal. – Wieder und wieder reflektieren die Rundungen der Stahlhelme die Blitze der Detonationen. Für Sekunden sind am hellen Himmel dunkle Flakwolken sichtbar. Weit im Hinterland tasten sich immer neue Scheinwerfer hoch. Dröhnende Donnerschläge kommen übers Wasser gerollt.

»Tolles Feuerwerk!« höre ich den Flottillenchef.

Da werden vor uns Schatten gemeldet. Ich kann erkennen, wie die Flakbedienungen die Armbügel hochziehen und sich einhängen.

Treffen wir doch noch auf englische Schnellboote? Da sind – flach auf dem Wasser liegend – Buckel: zwei, drei, vier.

Die Spannung klopft mir hoch im Hals. Ich spähe mit aller Anstrengung über die von Blitzen erhellte Seefläche. Dann die Meldung, die Schatten müßten die am Abend schon vor uns ausgelaufenen Artillerieträger sein. Doch erst als das Erkennungssignal ausgetauscht ist – zwei rote, zwei weiße Sterne –, lassen die Leute die Waffen sinken und stehen wieder reglos gegen die Pivots gelehnt.

In halber Himmelshöhe zucken kleine weiße Blitze auf. Es sieht aus, als würden glitzernde Pailletten in das dunkle Tuch der Nacht gestickt. Das kann kein Beschuß vom Boden aus sein! Da ist ein Luftkampf im Gange. Auch an anderen Stellen huschen jetzt blitzende Bahnen quer über den Himmel – hier, da. Ein roter Punkt leuchtet plötzlich auf, wird größer und größer, schießt nach unten und verschwindet hinter dem dunklen Küstenstreifen. Es dauert kaum eine Sekunde, dann strahlt roter Schein von unten her gegen die Wolken. Das war ein Abschuß – kein Zweifel.

Da müssen also eigene Jäger in Aktion sein. Wo hat man die bloß zusammengekratzt?

Eine regelrechte Luftschlacht! Und sie entbrennt immer heftiger, zieht sich nach Norden, kommt wieder zurück. Keine Flakgranaten mehr. Nur die zuckenden Blitze der Bordwaffen springen in kurzen Sätzen über den Himmel.

»Wieder Abschuß!« ruft der Signalmaat.

Die Rauchfahne des heruntertaumelnden Flugzeuges wird vom eigenen Brand beleuchtet. So etwas habe ich noch nie gesehen ...

Die Luftschlacht ist jetzt auf der ganzen Breite des Küstenbogens entbrannt. Kaum haben die Bordwaffen aufgeblitzt, erwächst aus dem Dunkel ein roter Punkt, der manchmal noch eine Weile zur Seite strebt, manchmal gleich in die Tiefe schießt. Wieder und wieder wird der dunkle Umriß eines Höhenrückens von der roten Glut der hinter ihm abgestürzten Maschine gegen den Himmel gezeichnet.

»Jetzt werden die aber in der Luft zerfetzt!« stößt der Kommandant heiser aus, als er für eine Sekunde sein Gesicht zurückwendet. Er hat den Mund weit offen und die Lippen hochgezogen. Im gleichen Augenblick leuchtet rotes Licht auf, und der Kommandant sieht aus wie ein Feuerteufel.

Dann auf einmal völlige Dunkelheit. Das viele Licht vorher läßt die Dunkelheit fast schwarz erscheinen. Es ist, als ducke sich eine neue Bedrohung in der Stille zum Sprung. Aber dann gewöhnt sich das Auge ans Dunkel. Eine Wolkenblende öffnet sich und gibt die Sterne frei und auch den Mond: Leuchtend und ein wenig tiefer steht er wieder unter den steten Sternen.

»Die Immobilien des Himmels!« sagt der Flottillenchef, den Kopf suchend nach oben gewandt. Was für ein ernüchternder Ausdruck!

Es dauert nicht lange und dicht über dem Horizont brennt ein roter Punkt auf. Er wird größer und verschiebt sich, dabei langsam Höhe gewinnend, ein wenig zur Seite. Durch das Dröhnen unserer neu gestarteten Motoren ist ein schnell lauter werdendes Orgeln zu hören, und jetzt zieht ein roter Komet schräg über uns durch den Himmel.

»Die schießen weiter! – Ein Fridolin!« frohlockt der Kommandant und führt mit der Faust ein paar krachende Schläge gegen das Dach des Ruderhauses.

Das Orgeln ist kaum schwächer geworden, als ein anderer leuchtender Punkt über der Küste erscheint und ebenfalls tief orgelnd über uns seine Bahn zieht. Weiter nach rechts und links abgesetzt, folgen immer neue.

Der Flottillenchef brüllt gegen den Motorenlärm: »So hab ich das noch nie erlebt! – Hat die Kriegsmarine entwickelt!«

Der Mond taucht in die fast schwarze Dunstschicht, die flach über der Kimm liegt. Er dringt immer noch tiefer in diese Schicht ein, und bald ragt nur noch sein oberer Rand heraus. Sein Spiegel zieht sich zusammen, wird zum blinkenden Punkt und verlischt.

»Da wird Ihnen ja 'ne Menge geboten«, sagt der Flottillenchef dicht an meinem Ohr. Und dann, nach einer langen Schweigepause, mit angestrengter Stimme: »Ich frage mich nur, warum man die Vau eins nicht auch gegen die Landungsflotte einsetzt ...«

Offenbar wartet er auf eine Antwort, und weil ich stumm bleibe, fragt er nach: »Was glauben Sie?«

»Vielleicht brauchen die sehr große Ziele«, gebe ich zögerlich zurück.

»Wie Groß-London?«

»Ja – etwa solche Flächen. Einige Quadratkilometer.«

So, jetzt aber kein Wort mehr! nehme ich mir im stillen vor. Das Gegenanbrüllen strengt an.

Um die dritte Morgenstunde wird mir kalt. Schauer schütteln mich. Vielleicht ist auch nur die Müdigkeit schuld. Im Osten schiebt sich schon eine bleiche Helligkeit hoch. Das Boot liegt seit einer Weile auf Gegenkurs.

Ich schmiege mich ganz in den Maschinenlärm ein. Dieser dichte Lärmstrom beruhigt meine überreizten Nerven. Hoffentlich geht alles klar. Hoffentlich sind die englischen Schnellboote nicht auf dem Quivive. Für die wäre es nicht gerade ein Kunststück, ein R-Boot wie das hier abzutakeln: viel höhere Geschwindigkeit und zwo Torpedos . . .

»Lassen Sie die Fahrtstufe verringern!« befiehlt der Flottillenchef dem Kommandanten. »Wir wollen genau um vier Uhr dreißig einlaufen – keine Minute früher!«

. . . und möglichst auch nicht später! ergänze ich für mich. Sobald es hell genug ist, könnten Jabos kommen. Weiß der Himmel, warum man hier nicht wirkungsvollere Waffen aufs Deck gestellt hat.

Einen Schluck aus der Pulle würde der Alte so einen kurzen Nachteinsatz nennen – vielleicht sogar einen *schönen* Schluck aus der Pulle . . . Komisch: Von Räumbooten war in der Flottille nie die Rede. Aber von den größeren Minensuchbooten und den Vorpostenbooten auch nicht. Die Arroganz der U-Bootfahrer! Allenfalls Zerstörer und Torpedoboote konnten noch gelten.

Wohin diese riesigen Bomberverbände geflogen sind, das wüßte ich schon gerne. Hamburg? Berlin? München? Nun, sage ich mir, ich werd's erfahren. Die Großangriffe lassen sich nicht wegschwindeln wie so vieles andere.

Als das grüne Feuer der Hafeneinfahrt steuerbord querab steht, lasse ich die Luft mit leisem Fauchen aus der Schwimmweste entweichen. Die Helligkeit im Osten hat längst Raum bis fast zum Zenit hoch gewonnen. Schon sind die Fenster der Häuser zu erkennen. Der Flottillenchef nimmt den Stahlhelm vom Kopf und reibt sich die Stirn. Aus geblähten Backen stößt er dann die Luft aus.

Nach einem knappen Manöver ist das Boot festgemacht – als äußerstes in einem Dreierpäckchen.

»Das wäre wieder mal klargegangen«, sagt der Flottillenchef. »Aber jetzt nichts wie eine heiße Suppe!«

Ich setze meinen Stahlhelm ab, dann befreie ich mich von der

Schwimmweste und stakse mit steifen Gliedern unter Deck. Alle Schotten sind offen. Aus einem kommt der Kommandant auf mich zu. »Na, war das nichts?« sagt er mit vor Übermüdung heiserer Stimme. Und dann noch: »Das war einmalig! Tatsächlich richtig einmalig.«

Mit der heißen Suppe hat es nicht sein Bewenden. Auf die gute Rückkehr wird anschließend noch ein Glas zur Brust genommen, dann noch eins und immer noch eins.

Ich fühle mich aufgekächert und überwältigt zugleich. Am liebsten würde ich mich irgendwo auf den blanken Boden sinken lassen. Im Bunker des Hafenkommandanten, das weiß ich, könnte ich auf einer richtigen Koje schlafen. Aber ob ich überhaupt schlafen kann, ist die Frage. Lieber noch mal zurück nach Bénesville!

»Na, da haben Sie ja schön was zu schreiben!« höre ich den Flottillenchef auf mich einreden. Ich vergesse alle Förmlichkeiten und nicke dazu nur. Aber dann reiße ich mich zusammen und bedanke mich mit Handschlag. Und nun noch: salutieren und mich »gehorsamst von Bord« melden.

Als ich nach draußen trete, schmerzen die Augen von der Blendung durch das gleißende Sonnenlicht. Der Fahrer empfängt mich auf der Pier. Er salutiert, so gut er kann, aber sein Blick kommt mir leicht glasig vor. Wahrscheinlich hat er eine Mütze voll Schlaf genauso nötig wie ich.

Mein »Ab nach Bénesville!« bringt ihn aber doch in schnelle Bewegung.

Mein Schlaf ist schwer, aber unruhig. Ich träume heftig von der neuen Waffe: Über den Himmel fliegen ganze Reihen von Soldaten wie Entenschwärme, alle merkwürdig steif, die Arme angelegt, die Gesichter starr, Köpfe im Nacken. In der Ferne sieht man, wie immer neue dieser Flugsoldaten aus Raketenrohren gestoßen werden. Jeder trägt einen Flammenwerferkanister auf dem Rücken. Über der feindlichen Stadt löst sich ihre Starre, und sie betätigen ihre Apparate. Überall wachsen nun ungeheure Flammensäulen hoch. Die Treibkraft der Raketen läßt plötzlich nach, und die Soldaten stürzen wie versengte Insekten in ihr eigenes Feuer.

Es ist früher Nachmittag, als ich vom Arbeitslärm auf dem Hof wieder erwache. Ich recke mich, spüre die Spannung meiner Muskeln, fühle meine Haut, das Leben meiner Nerven. Mir ist, als hätte ich nach großer Erschöpfung ein heißes Bad genommen. Ich bin gestärkt und erfrischt: Ich fühle mich wieder in Ordnung.

Wir tarnen den Wagen neu. Dann nehmen wir die Straße nach Le Havre unter die Räder.

Wenige Kilometer von der Küste weg stoßen wir auf Flugzeugtrümmer, Zeugnisse der nächtlichen Luftschlacht. Dorfbuben stehen um einen Motor, der sich zur Hälfte in die Erde gewühlt hat. In die Felder sind Bombenkrater gerissen. Aus dem Grün der Wiesen blitzen die Silberstreifen, mit denen die Flieger die Funkmeßgeräte zu täuschen versuchen. Dann eine abgeschossene Viermotorige. Die Besatzung muß abgesprungen sein: keine Blutspuren in der Maschine.

Daß die Alliierten tatsächlich auch noch im Pas de Calais landen wollen, daran vermag ich nicht mehr zu glauben. Dafür machen sie an der Normandieküste zuviel Druck. Die Wehrmachtberichte mögen noch so raffiniert formuliert sein, um die Tatsachen zu beschönigen oder gar zu verschweigen – daß die Alliierten ihren Brückenkopf ständig ausbauen und erweitern, das können sie nun doch nicht mehr kaschieren.

Ich sollte keine Zeit mit Rätselraten verlieren. In Le Havre werde ich schnell klüger sein. Und insgeheim denke ich schon ein bißchen weiter: Wenn ich nach Westen fahre, komme ich auch ein Stück näher an Brest heran. Wie denn, wenn ich es auf dieser Reise noch schaffte, bis nach Brest zu kommen?

Wir haben kaum noch Benzin und Proviant. Aber das macht mir keine Sorgen: In Le Havre kann ich den Fahrer losschicken, um unsere Vorräte aufzufrischen. Im Organisieren ist er groß. Da brauche ich mich nicht zu kümmern ...

In Le Havre will ich gar nicht erst die Kriegsberichtervilla ansteuern, sondern gleich hin zum S-Bootbunker und die Lage sondieren.

Als wir unseren Slalom durchs Hafengewirr fahren, kommen mir abwegige Gedanken: S-Boot, das klingt zischend – schnell. Die Marine hat die Abkürzungen für die Schiffe gut gewählt: wenigstens phonetisch sind wir auf Draht. U-Boot, das hat für mich immer nach dunkler Tiefe geklungen. Auch das Z für Zerstörer trifft den Charakter dieser grauen Windhunde. Z klingt nach Zickzack und heftig steigender Bugsee. Stander Z – das ist das Angriffssignal für *alle* Kriegsschiffe.

Im S-Bootbunker herrscht die gleiche Kerkerdüsternis wie im U-Bootbunker von Saint-Nazaire. Es ist nur alles kleiner, und die Lärmkaskaden sind noch um Grade heftiger ...

Ich komme mit einem hochaufgeschossenen Kommandanten ins Gespräch, der trotz seiner deutlich sichtbaren Erschöpfung auskunftswillig ist und auch noch Kraft genug hat, um gegen den Lärm laufender Motoren anzubrüllen. »Einfach kein Rankommen an die Transporter . . . alles zum Schutz aufgeboten, was laufen kann. Sogar Bojenleger und Barkassen . . . lückenlose Schutzmauer! . . . kann sich kein Mensch vorstellen. Und natürlich als Flankensicherung Kanonenboote und Zerstörer noch und noch . . . Dahinter kutschieren die Frachter hin und her . . . Wie in 'ner Pappelallee!«

Der Kommandant ist hager. Sein Teint käsig bleich. Er trägt statt der Schirmmütze nur das Schiffchen, und unter dem Schiffchen drängen sich fahlblonde Haare hervor.

Ich sage, daß ich letzte Nacht mit einem R-Boot draußen war – von Dieppe aus.

»Na und? Feindberührung?«

»Nein, keine . . .«

»Hier sieht das ein bißchen anders aus . . . Feindberührung kann man das kaum nennen, was bei uns stattfindet . . . berühren nämlich gar keinen Feind . . . Der aber uns – und zwar erheblich . . . Letzte Nacht sind wir nur davongekommen . . . Motorenschaden hatten.«

Der Kommandant sieht mich jetzt fragend an. »Sind Sie schon mal S-Boot gefahren?« sagt er in eine plötzliche Lärmpause hinein.

»Ja, ausgiebig sogar – aber das ist eine Weile her.«

»Dann wissen Sie ja, wie's ist. Und vielleicht haben Sie damals sogar was vom bösen Feind gesehen . . . Hier sehen Sie gar nichts. Bloß Feuerzauber. Die Sicherung ist so tief gestaffelt, daß wir sie einfach nicht durchbrechen können. Wir werden von den Ortungsgeräten des Gegners schon auf größte Entfernung erfaßt – und dann ist es auch gleich taghell: Leuchtgranaten aus allen Rohren, und schon werden wir nur so mit Feuer eingedeckt. Da versuchen Sie mal, bis in Schußposition zu kommen und einen von den bis an die Oberkante vollbeladenen Pötten mit ihren zwei Torpedos zu erwischen! Das ist praktisch unmöglich! Das kann sich eben keiner . . .«

Jetzt brüllt ein Motor in der Nähe so laut auf, daß die Rede untergeht. Mein Gegenüber schlägt heftig die rechte Hand nach unten – eine Geste, die wohl Ohnmacht und Resignation zugleich ausdrücken soll. Dann hält er sich beide Hände an die Ohren und bedeutet mir mit einem Schulterzucken und Kopfverdrehen, daß er sowieso weiter muß . . .

Draußen ist es bereits düster, und mir graut beim Anblick der Ruinen Im halben Licht sehen sie schier gespenstisch aus. Mir graut auch vor der Abschlachterei, die da draußen allnächtlich stattfindet.

Am Himmel ist nur mehr eine einzelne helle Lache. Unter so einem Himmel im Bach liegen und langsam absaufen müssen – was für eine gräßliche Vorstellung.

Ruinen wie Pappkulissen. Überall Trümmer. Aber in einer Straße Licht – eine richtiggehende rote Laterne. Symbol deutscher Pedanterie: Der Puff ist geöffnet. Es wird also weitergefickt: Und dafür muß eben eine rote Laterne sein . . .

Gruppen von Soldaten, zusammengeklumpt im Dunkeln. Vor der Tür mit der roten Laterne stehen sie richtiggehend Schlange. Jetzt erkenne ich auch die Sanierstelle: alles ordentlich und wie am laufenden Band geregelt.

Ein Glück, daß wir nicht Quartier suchen müssen: In der PK-Villa habe ich mein elegantes Zimmer, und für den Fahrer ist auch gesorgt.

Als ich am nächsten Morgen in die Schreibstube komme und dort nur einen Schreibersgefreiten antreffe, sagt der ganz aufgeregt: »Gerade kommt ein Fernschreiben für Sie, Herr Leutnant!«

Es tickert noch ein paarmal, dann reißt der Schreibersgefreite das Papier aus der Maschine und reicht es mir hin.

»Leutnant Buchheim unverzüglich auf S-Booten einschiffen«, lese ich und sage mir: Na großartig! – Jetzt heißt's, auf Teufel komm raus den Gleichmütigen spielen.

»Wo sind denn die anderen?« frage ich den Gefreiten

»Die schlafen wohl noch, Herr Leutnant. Bei der Luftwaffe war 'ne große Rake. Schade, daß Sie nicht dabei waren, Herr Leutnant.«

»Ich war anderweitig ganz gut beschäftigt . . .«

»Soll ich das FS bestätigen, Herr Leutnant?« höre ich den Gefreiten jetzt fragen.

»Selbstredend!«

Der Wisch, den ich, schon zusammengefaltet, in der rechten Hand halte, ist vom Bismarck unterzeichnet. Was mag dieser aufgeblasene Ochsenfrosch sich nur gedacht haben, als er diesen Text verzapft hat? Ein Himmelfahrtskommando speziell für mich? Ich muß jetzt Tempo vorlegen und verschwinden, ehe einer von diesem Verein, der Häuptling gar, erscheint.

»Ich fahre am besten gleich mal zum S-Bootbunker«, sage ich gleichmütig und denke: Gott erhalte dem Schreibstubenheini seine Unbedarftheit! Bis die andere Bande hier erscheint, wird er das Fernschreiben wahrscheinlich schon vergessen haben.

Jetzt weiß ich zumindest, daß der Bismarck mich verheizen will. Daß die Schnellboote gegen die Invasionsflotte gar keine Schangs haben – so schlau, um das zu wissen, ist der Bismarck auch . . . Aber Pustekuchen! Der Leutnant Buchheim ist leider gegenwärtig nicht erreichbar. Der hat sich – und das durchaus befehlsgemäß – an die Invasionsfront begeben. Faire semblant! Aber diesmal bestimme *ich* die Richtung. Daß der

Bismarck inzwischen Wind von Simones Verhaftung bekommen hat, erscheint mir nunmehr als sicher.

Zum ersten Mal in meinem Leben kneife ich. Dafür muß ich mich vor mir selber entschuldigen: Ich bin doch kein Selbstmörder! Das könnte dem Bismarck so passen: eine schöne Verlustmeldung mit meinem Namen: »Im heldenhaften Einsatz gegen die Invasionsflotte ...« – und so weiter: der ganze idiotische Sums und ein paar neue Pluspunkte für ihn selber.

Ich könnte natürlich auch energisch auftreten und diesem komischen Einheitsführer hier zeigen, daß mein Marschbefehl aus Berlin auf Brest als Endziel lautet, und ihm klarmachen, daß ich einer U-Bootflottille zugeteilt bin. Ich könnte sogar Dönitz ins Spiel bringen ... Aber das dürfte doch nicht die richtige Methode sein.

Einfach weg hier, und die Sache ist *auch* geregelt. Wenn ich bis nach Brest durchkomme, werde ich dem Alten allerhand zu erzählen haben: Nachrichten vom frischen Stück – toi, toi, toi: *wenn* ich durchkomme! Nur immer in Konditionalsätzen denken! Nichts berufen! Um Himmels willen nicht die Schicksalsdamen auf das eigene bißchen Existenz aufmerksam machen.

Unerlaubtes Entfernen von der Truppe, das kann *mir* nicht passieren. Ich bin jetzt selber die Truppe, ein Einmann-Unternehmen mit zugehörigem Fahrer – sicher eine Rarität bei der Großdeutschen Wehrmacht.

Der Fahrer ist gerade dabei, die welken Buschen unter dem Tarnnetz herauszuziehen. Im Park der Villa hat er große Palmwedel geschnitten, und damit putzt er das Auto heraus, als wären wir ein Beerdigungsunternehmen. Als ich ihn frage, ob er denn nicht merke, daß er ein böses Vorzeichen zusammenbastele, guckt er nur blöde. Aber als ich dann sage, ob er mit diesem Aufputz etwa zu einer Beerdigung wolle, kapiert er, was ich meine, und reißt die albernen Palmwedel mit wütender Heftigkeit wieder herunter.

»Schnell erst mal los!« befehle ich ihm, »getarnt wird unterwegs ...«

Jetzt erst sieht der Fahrer, daß ich meine Tasche und mein Arbeitsgerät schon in den Händen habe und die Contax vor dem Magen, und schon wieder staunt er mich wie verblödet an.

»Vollgetankt sind wir doch?« frage ich ihn.

»Jawoll, Herr Leutnant!«

»Na dann ... ab dafür! Gefrühstückt haben Sie ja wohl.«

Der Fahrer muß nur noch seine Tasche holen. Dabei bewegt er sich schneller als gewöhnlich. Ich nehme an, daß er glaubt, wir führen endlich nach Paris zurück.

Die Straße senkt sich, und auf einmal wird der Horizont weit: Wir sind nahe der Seinemündung, aber ich habe keine Ahnung, wo wir über die Seine setzen können.

Die flachen Talwiesen sind allesamt bespickt mit Baumstämmen. Ganze Wälder müssen geschlagen worden sein, um das weiträumige und dazu flache Gelände für Luftlandetruppen unbrauchbar zu machen. Die Straße zieht sich als breites Betonband fast ohne Baumschutz am Fuß der Uferhänge hin. Wieder Kreidefelsen wie an der Küste, nur sind diese hier von einem Fluß ausgewaschen worden statt von der Brandung. Oder gab es etwa auch hier einmal eine Brandung?

In kalten Grau- und Ockertönen leuchten die Felsen zu beiden Seiten durch das Grün der Büsche. Die Felsen voraus schieben sich vor den Blick und weichen wieder zurück. Es ist, als wären sie in ständiger Bewegung. Vor uns ist der Himmel bis hinauf zum Zenit von einem rötlichen Grau überzogen.

Als wir vor einer Straßensperre gestoppt werden und der Fahrer den Motor abstellt, ist fernes Schießen zu hören. Während des Fahrens konnte ich es nicht wahrnehmen – da waren wir halb taub. Ob denn bei diesem Wetter die Tommies auch kämen, frage ich den Posten.

»Das ist Schiffsartillerie«, gibt er mir knappe Antwort.

»Schiffsartillerie? Der spinnt!« sagt der Fahrer, als unser Wagen wieder anrollt. »Unsere großen Pötte liegen doch lahm oben in Norwegen.«

Für den Fahrer gibt es anscheinend nur *eigene* Schiffsartillerie.

Durch eine Phalanx von Büschen hindurch blinkt hin und wieder das Wasser der Seine. Jetzt kann ich das Schießen auch beim Fahren hören: Es ist deutlich näher gekommen.

Wieder ein Posten. Ich frage ihn, wie es mit der Brücke von Tancarville steht.

»Die ist gesprengt, Herr Leutnant«, bekomme ich Bescheid.

Hoffentlich müssen wir nicht bis nach Rouen zurück, um ans andere Ufer zu kommen! Aber da erfahre ich, es gebe auch hier Fähren, die freilich wegen der Jagdbomber oft verlegt würden. »Nichts Genaues weiß man nicht!« ist deshalb die Auskunft des Postens über den Fährbetrieb. Und sehr, sehr vorsichtig müßten wir drüben sein. Am besten nur nachts fahren. Von denen, die es am Tag versucht hätten, seien nur wenige durchgekommen.

Das klingt nicht gerade gut.

Ein Lastensegler liegt wie ein hilfloses Insekt auf dem Rücken. Wir halten an. Er ist ganz leicht gebaut: Holzgerippe mit Stoffbespannung. Das zerbrochene Holzgerippe spießt an vielen Stellen durch den grau gespritzten Stoff hindurch. Das primitive Fahrgestell, einfache Lastwagenreifen, ist in die Luft gereckt. Der Apparat muß sich in einer Hecke verfangen und dann überschlagen haben. Diejenigen, die ganz achtern hockten, hat es sicher am schlimmsten erwischt: Das Heck ist total zerstört. Wer da gesessen hat, ist nach einem großen Halbbogen mit dem Kopf auf den Boden gedroschen.

Der Fahrer rät mir stockend und stotternd, doch lieber wieder den »Invasionsanzug« anzuziehen. Damit meint er meine feldgraue Uniform. Er meint, in meinem Khakihemd könnte ich für einen Engländer gehalten und von den eigenen Leuten attackiert werden . . . Der Fahrer wittert überall Gefahr, und seine Fürsorge für mich ist meistens Fürsorge für ihn selber.

Ich habe mich dicht am Ufer der Seine hinter dem Erdwall eines Flakstandes niedergehockt: Wir warten auf die Fähre, die weiter unterhalb festgemacht hat, mit viel Schilf und Blattwerk abgedeckt. Sie soll nach dreiundzwanzig Uhr fahren. Vorher, so wurde uns gesagt, sei es nicht dunkel genug.

Die Landschaft bietet einen dramatischen Anblick: Im Seinetal haben sich gewaltige Gewitterwolken verfangen, die sich wohl bald entladen werden. Die Felsen neben der Uferstraße leuchten plötzlich magisch auf, und wenig später gerät der Himmel dort, wo Le Havre liegen muß, in Glut. Schon springen grelle Blitze über der violetten Wolkenwand, die das Tal seineaufwärts verriegelt, hin und her. Seineabwärts liegt im Talausschnitt ein breiter Streifen türkisfarbener Bläue, der sich in der nassen Straße spiegelt: Es hat zu regnen begonnen.

Die Flaksoldaten schäumen vor Wut: Sie haben eine halbe Stunde vor unserer Ankunft geschossen und dabei drei Rohraufbrüche gehabt. »Jetzt sind wir am Arsch des Propheten!« – »Gottverdammte Scheiße, gottverdammte!« – »Himmelarschundwolkenbruch!« fluchen sie.

Ich erfahre, daß das Malheur schon zum zweiten Mal passiert ist und nun keine Ersatzrohre mehr zur Stelle sind. Alle drei Geschütze sind ausgefallen.

»Jetzt können wir denen nur die nackten Ärsche zeigen, wenn sie kommen«, schimpft der Feldwebel.

»Gar keine dumme Idee«, sage ich, »da lachen die sich kaputt und fallen runter.«

»Die verfluchte Hurenmunition!« schimpft der Feldwebel stur weiter.

Der Fahrer erkundigt sich bei einem der Männer, ob denn jetzt der Fährbetrieb nicht gefährdet sei – so ohne Flakschutz, ob denn wenigstens drüben auf dem anderen Ufer noch Flak stünde.

»Leck mich doch am Arsch!« bekommt er dafür zur Antwort.

Warten ... Gut die Hälfte seines Lebens wartet der Soldat vergebens! Ewig gültige Soldatenweisheit! Aber was will ich denn? Mir wird mal wieder ordentlich Zeit zum Nachdenken geliefert. Keine Ablenkungen. Ich soll schön ausführlich über mein Geschick nachdenken, und das tue ich: Der Bismarck soll doch verheizen, wen er will: Wir fahren jetzt zur Front und zwar so nahe an die Landestrände, wie es geht ... Feldgrau habe ich eh schon am Leib. Zur Front und dabei gleichzeitig weiter nach Westen – Richtung Brest. Zwei Fliegen mit einer Klappe! *Das* macht Sinn und nicht das, was der Etappenhengst in Paris sich ausdenkt.

Wenn die Alliierten schon keine zweite Landung veranstalten, müssen wir uns eben um die erste kümmern. Das dürfte logisch gedacht sein.

Oder *gleich* weiter nach Brest? No, Sir! Erst mal irgendwo haltmachen und einen Riemen über die Nacht auf dem Räumboot schreiben und den dann irgendwo absetzen, damit die in Berlin merken, daß ich arbeite.

Diese Überfahrt ans andere Ufer der Seine – rive gauche – wird eine Wendemarke sein. Wenn wir drüben sind, wird es »westward!« heißen, und kein Blick zurück! Die Seine wird mein Rubikon.

Dabei frage ich mich zum x-ten Mal: Was steht mir wohl in Brest bevor? – Was mich immer wieder aufs neue unsicher macht, sind meine Zweifel an Simone. Ihre verfluchten Doppeldeutigkeiten.

Aber auch, um sie zu entschuldigen, läßt sich einiges ins Feld führen: Simone ist ein Kind des Krieges, ohne rechte Eltern groß geworden, streng gehalten, dafür aber mit einer überdrehenden Phantasie ausgestattet – oder gar mit ihr geschlagen. Wenn sie nun gar nicht mehr bei klarem Verstand war? Wenn sie die Wirklichkeit nicht mehr erkennen konnte, weil sie sich in einer Scheinwelt eingerichtet hatte? Wenn ihre Waghalsigkeiten nur Dummheiten waren – nur Folgen eines Fehlens von Realitätssinn und nicht etwa Aktionen aus Überzeugung? Die ganze Simone ein einziger großer Bluff? Wenn *das* nun stimmte?

Wieder geht ein Gewitter nieder. Es regnet aber nur so kurz, daß ich mich gar nicht erst nach einem Unterschlupf umsehe. Das bißchen Regen genügt jedoch, um die Luft frisch und duftend zu machen. Dazu der Geruch der See, den der Wind heranträgt: ein Sommerabend wie einer von den vielen in La Baule.

Nach einer weiteren guten Stunde kommt eine Fähre qualmend über das Wasser. Also gibt es zwei. Die so gut getarnte am Ufer ist offenbar außer Betrieb. Oder in Reserve?

Jetzt geschieht alles erstaunlich routiniert, und wir gelangen heil hinüber.

Die Dunkelheit verdichtet sich nicht mehr, und der Fahrer hat keine Mühe mit der Strecke. Er muß nur darauf achten, daß wir im richtigen Abstand zum Schatten des Wagens vor uns bleiben. Aufs Fahren ohne Scheinwerfer sind wir inzwischen trainiert.

Bis Honfleur will ich auf jeden Fall noch kommen.

An die Invasionsfront

Die Fassaden der alten Häuser am Hafen von Honfleur sind ganz mit Schiefer verkleidet. Honfleur wird seine Reize haben, und es juckt mich, herumzufahren wie ein Tourist, aber ich verbiete es mir. Menschen sind kaum zu sehen.

Der Wagen ist frisch getarnt. Wir werden sehen, wie weit wir bei Tageslicht trotz aller Warnungen kommen.

Die nächsten Küstenorte sind auch wie ausgestorben. In den Gärten viel blühende Iris, die Sorte mit dem satten Tintenviolett. Dazu Rhododendron in einem helleren Violett oder in gebrochenem Purpur. Im freien Gelände dann Felder, gelb von Raps. Ich stelle mir vor, wie noch viel großartiger das aussehen würde, könnte man Inseln von violetter Iris oder rotem Rhododendron mitten in so ein sattgelbes Rapsfeld verpflanzen ...

Vorbei an mächtigen Scheunen. Die mit Moospolstern überwachsenen Schilfdächer reichen fast bis zum Boden. Einzelne, blitzsaubere Fachwerkhäuser mit Hecken und kleinen Mäuerchen davor oder üppigen Blumenrabatten. In Baumkronen sitzen Mispeln wie große Nester. Es gibt wahrhaft riesige Exemplare, und die auch noch manchmal dicht bei dicht. Brombeerhecken, dann Akazien und Linden, die wie Weiden geköpft sind. Auf weiten Feldern steht die blaugrüne Saat schon wadenhoch.

Irgendwann werde ich mich wohl bei der Abteilung telefonisch melden müssen. Aber das hat Zeit. Lieber sollte ich versuchen, die Flottille in Brest zu erreichen. Ich weiß nur nicht, wie ich dem Alten verschlüsselt sagen könnte, was ich ihm sagen will, damit er es versteht, andere aber nicht.

Fürs erste bin ich jedenfalls dem Zugriff Bismarcks entkommen. Soll er doch zusehen, wohin er jetzt die Nadel mit der rosaroten Kuppe steckt, die »Buchheim« bedeutet. Ich fühle mich plötzlich so frei wie noch nie in diesem Orlog.

Wieder einzelne Häuser, Ferienvillen wohl. Von See her drängen fadenscheinige Wolkenzüge heran. Da darf ich den Blick nicht mehr so sehhungrig über die Landschaft schweifen lassen. Jetzt ist es der Himmel, der alle Aufmerksamkeit verlangt.

Bald schon schmerzen meine Nackenwirbel von den vielen Kopfdrehungen. Gott sei Dank läuft unser Motor relativ leise. Trotzdem stoppen wir alle nasenlang, damit ich lauschen und den Himmel besonders gründlich absuchen kann. Vor allem setze ich darauf, daß die Herrschaften von der Insel die Jagd sein lassen, weil sie sich aus Mangel an Beuteobjekten nicht lohnt: Wir sind weit und breit die einzigen, die hier am hellichten Tag unterwegs sind.

Aber dann wird mir doch blümerant: Mir klingen zu viele Warnungen in den Ohren. Und jetzt bekomme ich auch wieder ausgebrannte Fahrzeugwracks zu sehen. Laster, aber auch Pkws. Was tun? Auf die Dunkelheit warten?

Wir müssen bereits nahe an der Front sein. Da ist es schwer zu fassen, daß der Himmel blank ist.

Es drängt mich, weiterzufahren, aber die Vernunft sagt mir: einfach zu riskant. Alle Welt hat sich offenbar verkrochen. Daß wir so allein des Wegs sind, ist mehr als verdächtig. Ich muß mich zumindest erst gründlich informieren, wie hier der Hase läuft. Die Füße sollte ich mir auch mal wieder vertreten.

Ich lasse im Schutz einer Baumgruppe stoppen.

Da heult es. Jabos! Ich kann die Kerle in ihren Kanzeln hocken sehen.

Also lieber erst mal hierbleiben und per pedes die nähere Umgebung erkunden. Der Wagen steht gut.

Im Drüberhinblicken von einem nicht mehr als haushohen Hügel aus erscheint die Landschaft weit und ist doch kleingeteilt: eine Wabenlandschaft wie in weiten Teilen der Bretagne, aber mit größeren Waben als dort, größeren Felderrechtecken zwischen Hecken, Erdwällen und Mauern, zwischen Ginsterreihen, Brombeeren und Stechpalmen. Auch mit mehr Obstbäumen, die in ausgerichteten Reihen dichte Kulissen oder optische Vergitterungen bilden.

Kaum zu begreifen, daß sich die Alliierten nach der Landung für ihren Aufmarsch ausgerechnet diese kleinteilige Koppellandschaft ausgesucht haben. Hat sie etwa eine schwache Stelle in der Verteidigung hergelockt? Sie müssen doch gewußt haben, daß die Gegend hier äußerst unübersichtlich ist. Dazu die drei großen Sumpfgebiete. Und gerade dort, heißt es, seien Luftlandetruppen niedergegangen und hätten große Verluste gehabt.

Erst als es dämmert, fahren wir weiter und kommen bald schon an den Resten einer kaputtgebombten Kolonne vorbei. Die Jabos haben böse gehaust. Kochgeschirre, Fernsprechgeräte, Munitionsbehälter, Sanitätskisten, Funkgeräte, Gasmasken – alles in wüstem Durcheinander: Strandgut des Krieges.

Gleich sehe ich die Landschaft mit frischen Augen: An die scheinbare Unversehrtheit hatte ich mich schnell gewöhnt, obwohl ich weiß, wie sie einen über die Realität hinwegtäuschen kann. Wiesen, Mauern, Buschgruppen – alles in dieser labyrinthischen Landschaft sieht harmlos aus: allzu harmlos.

Besser doch auf die richtige Dunkelheit warten.

Wenn nur dieser helle Mond nicht wäre. Er schwimmt völlig wolkenfrei wie auf den Fluten seines eigenen kalten Lichts.

Trotz des Mondes kommen wir nur langsam voran. Immer wieder versperren Hindernisse den Weg, und das Fahren wird ständig schwieriger.

Plötzlich wieder ein Stop. Hier geht es offenbar nicht weiter. Der Fahrer wird in eine Einfahrt dirigiert und dann in eine Laubgarage eingewinkt: Wir müßten abwarten, bis die Straße repariert sei. Volltreffer. Quartier fänden wir gleich nebenan.

Wir treten in das Bauernhaus, dem der Fliegerangriff offenbar gegolten hat. Eine Karbidlampe brennt mit weißer Flamme auf einem Tisch zwischen Stößen von Schnellheftern: eine Art Arbeitsstube. Auf dem Boden liegen Schläfer kreuz und quer. An den Wänden Jagdbilder in Goldrahmen. Die Möbel sind viel zu stattlich für eine Bauernstube. Man hat Löcher in die Decke schlagen müssen, um sie unterzubringen. Die Aufsätze der Schränke sind oben in die Decke eingegipst. Ein großes Bild mit einem Dorf vor einem Meereshintergrund nimmt die gesamte Stirnwand des Raumes ein. Die Turmuhr im Kirchturm ist nicht gemalt, sondern eine wirkliche Uhr. Sie zeigt ein Uhr an.

Ein Oberleutnant sieht meinen Blick und fragt: »Noch ein bißchen pennen? Hier dahinter haben wir noch einen Raum. Nicht gerade fürstlich, aber immerhin ...«

Am Morgen kaufe ich bei den Bauern in den nächsten Häusern Milch, Butter und dicke Sahne. Es ist alles sehr billig und im Überfluß vorhanden. Die Bauern können nichts mehr wegbringen, und keiner kommt, um ihre Produkte abzuholen. Während ich von Haus zu Haus gehe, sichere ich ständig nach oben. Ich bin nun schon wer weiß wie oft gewarnt worden: Die Jagdmaschinen attackierten auch den einzelnen Mann.

Von einem Oberleutnant erfahre ich, daß kaum fünfhundert Meter weiter in einem Bauernhaus ein Regimentsstab untergebracht ist. Ich sage: »Das trifft sich aber gut!« Und der Oberleutnant meint: »Bei Tage weiterfahren können Sie sowieso nicht ...«

In dem gut beschriebenen Bauernhaus treffe ich auf einen Hauptmann, den Adjutanten des Kommandeurs.

Der Mann gibt sich auskunftswillig, nachdem er meine Papiere geprüft hat. Er erklärt mir vor einer an die Wand gehefteten Karte: »Hier ist die erste Landung erfolgt. Luftlandetruppen. Die haben beachtliches Granatwerferfeuer von uns bekommen ... Diese Brücke über die Orne und der Kanal nach Caen waren das Ziel. Da sind viele von denen ins Wasser gerauscht ... Dann kamen hier auch viele Lastensegler nieder ... Jetzt ist das hier alles festgefahren ...« Der Hauptmann zeigt auf die Gegend zwischen Bénouville am Kanal und Blainville-sur-Orne. »Warum die Briten nicht gleich nachgestoßen sind, wissen wir nicht.«

Mit Blicken ermuntere ich den Hauptmann weiterzureden. Und der tut mir auch schon den Gefallen: »Hier – genau nördlich von Caen – bei Périers hatten wir erhebliche Panzerverluste. Da hat es die einundzwanzigste Panzerdivision übel erwischt. Weiter westlich sieht's schlimm aus: Die Halbinsel Cotentin abgeschnitten und eine einzige Landfront von hier oben ...«, er zeigt auf den Süden der Halbinsel Cotentin, »... bis hierher zu uns. Das Ganze ging mit Luftlandedivisionen der Amerikaner hier los ...«

Ich lese die Orte ab, die der Hauptmann zeigt: Sainte-Mère-Eglise – Carentan – Montebourg.

»Wir kennen übrigens die Namen der Alliierten für die Landeabschnitte. Das interessiert Sie doch?«

Als ich nicke, zählt der Hauptmann auf: »Utah – Omaha – Gold – Juno – Sword ...«

»Von Gefangenen ausgeplaudert?«

»Ja ... Erst sah's so aus, als wollte der Gegner an der Spitze der Halbinsel landen. Da hat es auch Scheinangriffe gegeben. Aber die *eigentliche* Landung wurde im Pas de Calais erwartet – an der schmalsten Stelle ...«

»Da komm ich gerade her«, werfe ich ein.

»Und da steht jetzt die fünfzehnte Armee – und das offenbar für die Katz!«

Ich erfahre: Rundstedts Hauptquartier ist in Saint-Germain-en-Laye. Der Stabschef ist Generalmajor Blumentritt. Rommels Hauptquartier ist in La Roche Guyon, an der Seine zwischen Paris und Rouen.

»Und was ist mit Cherbourg?« frage ich nun aufs Geratewohl.

»Cherbourg ist total abgeschnürt. Amerikanische Batterien schießen von der Landseite her in die Festung. Schwer zu verstehen: Damit demolieren sie den Hafen, den sie doch selber ...«

Ein paar bullige zweimotorige Maschinen brausen in diesem Augenblick so tief über das Haus hin, daß ich das Satzende nicht verstehen kann.

»Das sind DC drei. Die haben sicher wieder Lastensegler eingeschleppt«, sagt der Hauptmann, als der Lärm vorbei ist. »Und jetzt zeigen sie sich mal. Die fliegen Propaganda – und das in aller Seelenruhe . . .«

Was ich liebend gerne wissen möchte – was er denn in der gegebenen Situation noch vom Endsieg hält –, kann ich den Hauptmann leider nicht fragen. Dämliches Versteckgerede, darauf läuft es fast immer hinaus und diesmal auch.

Zu guter Letzt frage ich nach dem Divisionsstab und erfahre, daß der sich in einem schloßartigen Herrenhaus eingerichtet hat. »Schätzungsweise zehn Kilometer weiter vorn«, sagte der Hauptmann, »aber wenn Sie bis dort hinwollen, müssen Sie verdammt aufpassen . . . Bis zum Eins b haben Sie es näher: Der hockt drei Gehöfte weiter.«

Weil ich meinen Mann fragend angucke, bekomme ich Aufklärung: »Der Eins b ist für den gesamten Nachschub der Division zuständig. Ich gebe Ihnen einen Mann mit, das Haus ist ziemlich schwer zu finden . . .«

Ich bringe mein »Gehorsamsten Dank, Herr Hauptmann!« an. »Wir werden's schon schaffen!«

Vor dem Haus lasse ich mir noch die Richtung zeigen, dann muß ich erst mal unseren Wagen suchen. Ich entdecke ihn unter dichten Obstbäumen mit sehr niedrig hängenden Ästen und lobe den Fahrer für seine Umsicht, weil er frische Tarnbuschen aufgesteckt hat.

Der Ib, ein blutjunger, hochaufgeschossener und sehr schlanker Major, weiht mich, kaum habe ich mein Anliegen halb militärisch knapp, halb lässig vorgebracht, sogleich in seine Sorgen ein: Eine Munitionskolonne ist in der vergangenen Nacht mit Bomben belegt worden und hat erhebliche Verluste gehabt.

Von diesem Ib höre ich auch zum ersten Mal das Wort »Luftunterlegenheit«. »Erschütternde Luftunterlegenheit«, läßt der Major ein paarmal in seine Rede einfließen.

Plötzlich jault es schrill. In das anschwellende Jaulen bellt ein Maschinengewehr hinein. Ich sehe durchs offene Fenster einen Mann vor dem Haus in einen Graben springen.

»Nicht getroffen – Schnaps gesoffen!« frohlockt der Mann, als wir hinausstürzen, um dem vermeintlich Verwundeten zu helfen. Der klopft sich aber nur den Staub von der Uniform. Es ist ein Feldwebel. Er war zu einem Wagen gegangen und hatte ihn aus der Deckung gefahren. Den Wagen hat es erwischt. Ich zähle sechs Einschüsse.

»Na, da haben Sie ja gleich einen prima Eindruck!« sagt der Major. »Da brauche ich Ihnen nicht mehr viel zu erzählen . . .«

Ob ich mit zum Essen kommen wolle, werde ich sodann gefragt. »Im kleinen Komitee«, sagt der Major, und da gebe ich mich schier begeistert.

»Mein Fahrer …«, will ich schnell noch ansetzen, aber da ergänzt der Major auch schon: »… wird bestens versorgt!«

Gegessen wird im Freien zwischen den Autos auf grob zusammengezimmerten Bänken unter den Obstbäumen. Ich muß drei-, viermal Männchen machen, dann sitze ich dem Major gegenüber, und der juxt nun: Wenn sich einer schlecht benehmen würde, käme das in die Zeitung. Ich denke: Was für ein Glück, daß es hier so viele Obstbäume gibt. Das ganze Land ist ein riesiger Obstgarten. Von oben gesehen, muß das ein einziges grünes Wogen sein.

Es gibt faustgroße Brocken Fleisch. Ich erfahre, daß es zu Milch und Sahne auch Fleisch im Überfluß gibt. »Hier vorn treibt sich viel herrenloses Vieh herum«, sagt der Major. »Da passiert es schon mal, daß sich nachts Leute, die nicht zu unserem Verband gehören, ein paar Stück organisieren und auf der Straße vorbeitreiben. Wir stellen dann zwei kräftige Männer in die Einfahrt, wenn's geht, Bauernsöhne, und die packen im Dunkeln eins der Tiere bei den Hörnern und ziehen es in unseren Garten. Ganz einfach!«

Wenn ich mehr über die Lage hier im Abschnitt wissen wolle, erklärt mir der Major später, müsse ich zum Ia. Der hause aber nicht im Stabsquartier – dem »Schlößchen« –, sondern weiter vorn, in seinem Kommandowagen. »Der ist wohl für Sie der wichtigste Mann … Aber schwierig zu finden, weil er seinen Standplatz oft ändert. Sie können natürlich auch versuchen, den Kommandeur zu erreichen …«

Der Ib sagt das so, als wolle er ausdrücken: Zweck hat das aber keinen. Der Mann kann sich offenbar in meine Lage versetzen und ist deshalb besonders hilfreich.

»Etwa hier«, sagt er und zeigt mir auf der Karte, wo er den Ia vermutet. »Bis dahin ist es nur eine ziemliche Strecke – ich meine: relativ gesehen.« Und dann, als ob er das auch noch erklären müsse: »Bei dieser Luftüberwachung kann schon ein Kilometer ganz schön weit sein. Im Augenblick sieht es allerdings halbwegs ruhig aus. Aber Sie wissen ja: Vorsicht ist die Mutter der Porzellankiste! Sie schreiben sich am besten diese Punkte hier auf, und dann werden Sie schon irgendwie auf unsere Männer stoßen …« Schließlich sagt der Major noch: »Hoffentlich erwischen Sie den Ia bei guter Laune. Wenn Sie Pech haben, sagt er Ihnen nämlich gar nichts … Na, dann Mast- und Stengebruch! So heißt es ja wohl bei Ihnen.«

Die Landschaft, die wir vorsichtig durchfahren, um zum Ia zu kommen, ist voller Buschsäume und Weideknicks: die »bocages«, von denen immer wieder die Rede geht. Sie machen das Gelände unübersichtlich, bieten Schutz, aber verbergen auch den Gegner.

Wir steuern einen leichten Hügel an, und ich lasse halten. Schon der geringe Niveauunterschied läßt die Landschaft ganz anders erscheinen: Jetzt blicke ich über ein Meer aus Obstbaumwipfeln hin. Die Wiesenstreifen verschwinden gänzlich unter dem Laub. Ich darf mich aber nicht täuschen lassen: Für das Auge des Piloten gibt es eine Menge offene Stellen – nur ich kann sie nicht sehen.

Die Laubkronen, unter denen wir selber bald Deckung suchen, verstellen mir leider auch die Sicht nach oben: Ich fahre jedesmal zusammen, wenn plötzlich dieses teuflische, rasend anschwellende scharfe Jaulen durchs Blätterdach kommt und ein schwarzer Schatten durch eine Lücke im Laub hindurchschießt. Als sei es mir so befohlen, ziehe ich den Kopf zwischen die Schultern und warte in dieser Schreckhaltung, bis das Jaulen abebbt und nicht mehr zu hören ist.

Schwer zu sagen, worauf es die Tommies hier in der Gegend abgesehen haben. Wahrscheinlich rasen sie oft einfach nur so über die Wipfel hin, um jede Bewegung unserer Truppen und Kolonnen zu verhindern.

Manchmal, wird mir gesagt, dreschen die Piloten ihre Geschosse aufs Geratewohl in die Baumwipfel, nur auf den Verdacht hin, daß sich unter dem Laubwerk Soldaten verborgen halten könnten. Und manchmal erwischen sie dabei sogar irgendein armes Schwein von Landser, der sich im Baumschatten sicher wähnte.

Für die Kerle in diesen schnellen Maschinen muß die Jagd aus der Luft ein Jux sein wie das Hasenschießen. Was riskieren die Brüder auch schon dabei?

Es heißt, die Amerikaner hätten zur Verwirrung der Küstenverteidiger lebensgroße Puppen an Fallschirmen heruntersegeln lassen. Solche Puppen sollten wir auch haben und sie in der Landschaft verteilen: Die Jagdmaschinen würden sich nur so auf sie stürzen.

Ich will es schon aufgeben, in all dem Grün ohne Wegmarken den Kommandowagen zu finden, als alle paar Meter Posten aus dem Gebüsch treten und salutieren. Über ein Mäuerchen weg erspähe ich den Wagen und im Rahmen der Eingangstür auch gleich einen Major – den gesuchten Ia.

Der Major soll nicht gut auf Kriegsberichter zu sprechen sein! Anscheinend glaubt er, der Wehrmachtbericht würde von unsereinem verzapft.

Kaum habe ich mein Anliegen vorgetragen, schimpft er auch schon los: »Im Wehrmachtbericht wurde gestern das Abfangen und völlige Vernichten eines feindlichen Stoßtrupps als großer Erfolg gemeldet – und wissen Sie, wie stark dieser Stoßtrupp war? Ganze sieben Mann! Das glorreiche Unternehmen fand nämlich zufällig in unserem Abschnitt statt.«

Der Major spricht gedehnt, seine Stimme klingt ölig. Diese Art von Intonation haben offenbar viele Breechesträger regelrecht einstudiert.

So einfach lasse ich mich aber nicht abwimmeln. Ich deute an, daß ich gewissermaßen nur auf der Durchreise bin und einen schönen Ausweis besitze, von Feldmarschall Keitel unterschrieben, aus dem hervorgeht, daß mir jederzeit freier Zugang zu Einrichtungen der Wehrmacht, Schiffen, Waffen und Geräten eingeräumt werden muß – auch Einblick in die Lage gegeben, und so weiter ...

Daß mein Mann jetzt die fünf Stufen zu mir herunterkommt, will ich schon als Erfolg deuten, da sehe ich, wie er, als er zu reden beginnt, einen süffisanten Ausdruck auf sein Gesicht treten läßt: »Von Marine war ja bislang nicht gerade viel zu sehen!«

Mit musternden Blicken kontrolliert der Major die Wirkung seines Geredes auf mich. »Von den ›Blitzsperren‹ haben wir auch nichts gemerkt. Die sollten ja noch in letzter Minute geworfen werden ...«

Ich setze eine Miene auf, die zugleich ausdruckslos und abweisend wirken soll, aber der Mann stichelt weiter: »Die Marine hat anscheinend auch nicht mitbekommen, daß es losging. Soviel ich weiß, kamen die ersten Alarm-Meldungen nicht von Ihren Leuten.«

»Der Herr Admiral Ruge ist dafür zuständig, soviel ich weiß«, sage ich ungewollt gereizt, und damit scheint erst einmal Sendepause zu sein. Der Mann kommt mir wie ein Bruder von Rittmeister Holm vor ...

Als ich mich schon frage, ob es für mich nicht besser wäre, den Versuch, mit diesem Heeresmenschen ins Gespräch zu kommen, schnell wieder aufzugeben, gibt sich mein Gegenüber wider Erwarten konziliant, ja, er ist plötzlich wie ausgewechselt. Ich soll in den Wagen kommen.

Offenbar ist der Ia leidlicher Laune. Im Wagen taut er richtig auf.

»Da reisen Sie also mutterseelenallein umher?« fragt er und staunt mich unverhohlen an.

»Nein, mit einem Fahrer.«

Der Ia vollführt eine ungeduldige Handbewegung: »Jedenfalls als selbständiges Unternehmen.«

»Im Rahmen eines größeren Auftrags ...«

Ich will weiterreden, aber der Ia fällt mir ins Wort: »Da können Sie also tun und lassen, was Sie wollen ... Nicht zu fassen! So schön möchte ich es auch mal haben.«

Was soll ich schon antworten? Ich komme mir bei dieser Herumreiserei ja selber wie ein Idiot vor. Und das nicht erst, seit mich dieser Major hochzunehmen versucht.

Der Ia läßt sich nunmehr herbei, mir vor der Karte einen Überblick über die Lage zu geben.

»Der Gegner hatte von allem Anfang an die uneingeschränkte Herrschaft auf See und in der Luft und konnte einen fünfundzwanzig Kilometer breiten und zehn Kilometer tiefen Brückenkopf an der Calvadosküste, also westlich der Orne und nördlich von Caen, bilden und dazu noch einen zweiten hier in der Südostecke östlich und westlich der Viremündung, nördlich von Saint-Lô – dieser immerhin auch fünfzehn Kilometer breit. Aber da war die Eindringungstiefe geringer: etwa vier Kilometer . . . Aber das wissen Sie wahrscheinlich alles schon . . .« Ohne eine Antwort abzuwarten, redet der Major weiter: »Der breite Brückenkopf wurde von der zwoten britischen Armee und kanadischen Einheiten gebildet, der schmalere von der ersten amerikanischen Armee . . .«

Ich lasse mich auf einem Klappstuhl nieder und mache mir, das Schreibheft auf dem rechten Oberschenkel, einige Notizen. Der Ia legt eine Pause für mich ein. Damit er weiterredet, frage ich schließlich: »Wie viele Truppen stehen den unseren denn *insgesamt* gegenüber?«

»Schon am sechsten, sagen wir bis zum Abend, wurden hier ausgeladen: fünf Divisionen – Panzer und Infanterie – und außerdem eine Luftlandedivision. Also sechs Divisionen – britische. In den ersten sechs Tagen insgesamt gut und gerne dreihunderttausend Mann. Wie viele es jetzt sind, läßt sich schwer sagen . . .«

Hinter einem dicken Vorhang haben ein paarmal Telefone geschnarrt. Zwei, drei Stimmen sind zu unterscheiden, eine davon erhoben: der Mann am Telefon. Ich nehme nur Wortfetzen auf, so sehr konzentriere ich mich auf die Rede des Ia.

»Da draußen hat sich mittlerweile eine ganze riesige Flotte versammelt. Wir schätzen an die siebentausend Schiffe. Fünf Schlachtschiffe, zweiundzwanzig Kreuzer – von sonstigen gar nicht zu reden.«

»Siebentausend?«

»Ja, wenn man alles aufaddiert, die Landeprähme sind ja auch Schiffe. Aber das sollten Sie wohl besser wissen als ich! . . . Die Marine hat dagegen offenbar nichts aufzubieten – oder fast nichts.«

Der Major lächelt mich wieder maliziös an. Dann aber wechselt seine Miene plötzlich ins Grimmige, und er sagt: »Und jetzt wissen wir auch, wie sie es geschafft haben, an der offenen Küste – Steilküste – zu landen. Wir dachten zuerst, die versenken nur ein paar alte Schiffe als Wellenbrecher, aber die haben riesige Caissons herübergeschleppt und dann im flachen Wasser abgesenkt, einen neben dem anderen, bis sie regelrechte Molen und Piers hatten. Das funktioniert bei denen offenbar schon wie am Schnürchen.« Da stimmt also, was ich in der Batterie bei Saint-Adresse erfahren habe . . .

Der Major macht plötzlich eine Handbewegung, die Ungeduld mit sich selber ausdrückt. Dann holt er erst mal Atem, um schließlich ruhiger weiterzureden: »Das Schlimmste ist die Luft. In der Luft haben wir gar nichts zu vermelden. Insgesamt standen von allem Anfang an nur dreihundertfünfzig Flugzeuge zum Eingreifen bereit. Fragen Sie nicht, wie viele der Gegner aufbietet! Jetzt ist von unserer Luftwaffe keine einzige Maschine mehr da – absolute Fehlanzeige. Nichts läuft mehr, und wir bezahlen die Zeche.«

Der Major tut mit seiner vorwurfsvollen Intonation gerade so, als sei ich an allem schuld.

»Jetzt sollen es die Wunderwaffen bringen! Die schießt man nur leider auf London, statt in die Aufmarschräume – oder hier in den Landekopf. Offenbar glaubt man in Berlin oder wo immer, unsere Gegner fahren schnell übers Wasser zurück, wenn sie sehen, daß es zu Hause brennt, und dann sind wir sie los.«

Nicht zu fassen: Der Mann wird zynisch!

»Unsere Verbände direkt im Landungsgebiet haben einiges mitgemacht. So was hat's noch nie gegeben: Angriffe von See, aus der Luft und von der Erde zu gleicher Zeit – eine Feuerglocke, die den Brückenkopf auch gegen das Hinterland total abriegelte. Das Tohuwabohu war entsprechend: keine Luft, hohe Ausfälle – auch bei den Funkgeräten. Unsere Angriffe sind jedenfalls bald liegengeblieben . . . Hier geht es nach höherer Einsicht – also nach dem Hü-und-Hott-System. Keine klare Linie. Und jetzt ist es so weit, daß wegen der Luftangriffe Reserven kaum noch heranzubringen sind. Ich staune, daß Sie es bis hierher geschafft haben. An Ihrer Stelle würde ich mich jedenfalls vorsehen . . .«

Ich deute mit einer leichten Verbeugung ein Dankeschön an, passe aber auf, daß ich nicht eine Sekunde lang unkonzentriert erscheine, spüre ich doch, wie sehr ich allein schon durch mein angestrengtes Hinhören den Ia zum Reden animieren kann.

»Jetzt haben sich hier die beiden Landeköpfe vereinigt.« Der Ia fährt mit der flachen Hand über die Stelle. »Genau das hätte eben nie passieren dürfen. Das Ganze – das vom Gegner gehaltene Gelände – ist mittlerweile hundert Kilometer breit und hat wechselnde Tiefe, bis zu dreißig Kilometer. Etwa hier ist der Druck besonders stark.«

Der Major hat während des Redens ein transparentes Lineal ergriffen und fährt auf der Karte hierhin und dorthin – so schnell, daß ich nicht recht folgen kann.

»Am Anfang, also während der ersten Krisentage für die Gegner, wäre bestimmt viel auszurichten gewesen. Aber dann, so nach dem dritten Tag, saßen die natürlich fest. Das erste SS-Panzerkorps hätte eben gleich eingreifen müssen! Die standen etwa hier . . .« Wieder zuckt die Hand mit dem Lineal hoch, aber mir bleibt keine Zeit, Ortsnamen abzulesen.

»Doch erst am Nachmittag des sechsten wurden sie freigegeben. Und dann wurden die Straßenknotenpunkte so intensiv aus der Luft überwacht, daß Bewegungen nicht mal mehr nachts möglich waren. Hier stand die einundzwanzigste Panzerdivision, hier die zwölfte SS-Panzerdivision und die Panzerlehrdivision. Aber es gelang nicht, sie zu einem Stoßkeil zusammenzubringen.«

Mir schwirrt der Kopf nur so von Zahlen. Wie nur soll ich das alles behalten? Ich wußte bisher nicht einmal, daß es so etwas wie eine Panzerlehrdivision gibt. Am liebsten würde ich den Ia ganz naiv fragen: ein Panzerkorps – wie viele Panzer sind denn das? Aber ich sollte mir besser keine Blöße geben.

Der Ia streicht jetzt mit einer scheffelnden Bewegung über das Hinterland: »Hier hatten wir immerhin acht Divisionen stehen, aber es gab keine Bahnverbindungen mehr und keine Kraftfahrzeuge. Mit Nachtmärschen hätte es gehen müssen, die nach vorn zu bringen. Nur leider kam keine Bewegung in die Sache.«

»Die Flugzeuge?«

»Nein, diesmal nicht.« Der Major legt eine Denkpause ein. Dann sagt er mit Ingrimm: »Weiß der Himmel, warum. Das war's hier immer: nichts Ganzes und nichts Halbes, keine Entschiedenheit. Ich glaube, an der Vorstellung einer zweiten Landung hängen die in Berlin heute noch – das OKW und der Führer.«

»Und Rommel?«

»Der OB sicher nicht. Der OB denkt bestimmt anders.«

»War er hier?«

»Nein, aber in der Nähe.«

Als ich schon ansetzen will, mich zu bedanken, hebt der Ia noch einmal an: »Man weiß, daß auf der Insel noch erhebliche Kräftegruppen stehen, mindestens dreißig Divisionen, und da überlegt man sich natürlich, wohin die sollen . . .«

Ich staune darüber, daß der Ia, dessen Stimme eben noch empört klang, auf einmal eine Art entschuldigenden Tonfall annimmt. »Aber warum sollten die denn *noch* einen schwierigen Brückenschlag vornehmen, wenn die Brücke hier doch funktioniert? Die Kanalfront ist die am besten befestigte. Warum sollten sich denn die Engländer ausgerechnet da jetzt noch die Köpfe einrennen? . . . Und trotzdem bleibt die ganze fünfzehnte Armee für diesen Eventualfall gebunden!«

Der Ia deutet mit einem Kopfschütteln an, daß er die Entscheidungen, die im Führerhauptquartier getroffen werden, nicht begreift. Dann tritt er einen halben Schritt zurück, läßt das Lineal in die Linke wechseln und sagt, während er erneut mit der flachen Hand über große Gebiete auf der Karte streicht: »Aber auch hier in der Bretagne und sogar auf den Kanalinseln gibt es eine Menge Truppen, mehr als dreißigtausend Mann – und sogar ein Panzerregiment. Aber es kommt offenbar nichts in Bewegung. Wir müssen alleine mit dem Schlamassel fertig werden. Hier bei uns zum Beispiel fehlt es längst an Treibstoff- und Munitionsnachschub.«

»Und wie geht es weiter?« frage ich.

»Das läßt sich leicht vorstellen: Je mehr die ausladen, desto schwieriger wird für uns die Lage – logischerweise. Weiter vorn – also hier – ist Stellungskrieg. Aber das klingt schon wieder falsch, weil die Stellungen aus nichts anderem als flachen Gräben, Mäuerchen und Trichtern bestehen – also keine eindeutige Linie.«

»Und Panzer?«

»Panzer müssen hier im Grunde ganz aus dem Spiel bleiben. Das Gelände ist für Panzer nicht geeignet. Weiter vorn – aber mehr nach Westen – gibt es tatsächlich noch welche, aber die sind eingegraben.«

»Eingegraben?«

»Sonst wären sie schon erledigt ... Die Panzer sind hier gefährdet wie kaum je auf einem Schlachtfeld. Die Hecken nehmen die Sicht, und in jeder dieser Hecken kann sich eine Pak verbergen; oder Soldaten mit Panzerfäusten. Panzereinheiten brauchen große freie Flächen, um sich entfalten zu können, und das Gelände hier ist das Gegenteil davon.«

Der Ia zieht die Schultern hoch, wie um mir zu bedeuten, daß das seine Schuld nicht ist. »Weiter westlich gibt es immer mal wieder Panzerduelle, aber nicht bei uns. Das ist hier mehr ein Abtasten und Clinchen. Keiner weiß, wann's *richtig* losgeht. Aber *daß* es bald losgeht, das ist sicher: Der Druck nimmt täglich und stündlich zu. Was die Verluste anbetrifft, die sind beim Gegner riesig. Wir können allerdings auch nicht klagen ...«

Der Ia verfällt ins Sinnieren, aus dem er sich nach einer Weile plötzlich weckt: »Mich wundert bloß, daß hinter uns noch keine Fallschirmjäger gelandet sind. Wenn uns das passierte, sähe es böse aus.«

Wieder eine Sinnierpause. Dann fragt mich der Ia mit einem Unterton von Spott: »Und das soll einer drucken, was Sie hier eruieren?«

»Ich kann es nur hoffen.«

»So, hoffen?« sagt der Ia. »Aber bitte, wenn Sie meinen ...« Er verfällt einen Augenblick in Schweigen, doch dann setzt er wieder an: »Die Alliierten haben sich allerhand einfallen lassen, eine Menge Neukonstruktionen, ein ganzes Arsenal speziell ausgerüsteter Panzer zum Beispiel – wenn wir über die schon reden: Räumpanzer, Brückenlegepanzer und Panzer, die Segeltuchbahnen auf den weichen Sand legen können. Auch Mörserpanzer – und natürlich eine Menge Schwimmpanzer.«

Da klingt wirkliche Anerkennung, ja Bewunderung durch. Daran hatte ich gar nicht gedacht, daß mit normalen Panzern bei so einer Landung nicht viel anzufangen ist. Panzer, die sich Segeltuchbahnen vor die Raupen legen: verrückte Vorstellung. Hätte ich gerne gesehen.

Mein Bild von der Landung bekommt mehr und mehr Tiefenschärfe. Brückenlegepanzer – ich wüßte schon gern, wie die funktionieren. Mörserpanzer – darunter kann ich mir etwas vorstellen: Steilfeuer, schwere

Koffer von oben her auf die deutschen Bunker. Mit Flachbahngranaten ist denen ja kaum beizukommen. Dagegen sind sie bestens armiert. Aber steil von oben! Die Unterstände am Chemin des Dames, die wurden auch durch Mörser zerstört.

Jetzt muß ich endlich etwas sagen. Die Pause, die mein Instruktor eingelegt hat, verschafft mir Unbehagen. Ich sollte die Gelegenheit nutzen und fragen: Wo war eigentlich der Oberbefehlshaber West, Generalfeldmarschall von Rundstedt, in der Invasionsnacht? Wer ist hier wirklich zuständig: von Rundstedt oder Rommel? Aber ein Gefühl warnt mich: Solche Fragen könnten übel aufgenommen werden. Habe ich nicht von Differenzen zwischen Rommel und von Rundstedt gehört? Von Rundstedt, Rommels Vorgesetzter, war es, der den Gegner erst anlanden lassen und *dann* vernichten wollte . . .

Rommel war hingegen, so habe ich es aus den Gesprächen in Sainte-Adresse herausgehört, der Meinung, daß die Verteidigungskräfte direkt im Landeabschnitt stehen müßten, um das Festsetzen des Gegners zu verhindern. Ein Heranführen von weiter landein stehenden Truppen war nach seiner Meinung wegen der Luftüberlegenheit des Gegners kaum möglich. Rommel war es ja wohl auch, der sich ständig um den Ausbau der Befestigungen und der Strandhindernisse gekümmert hat.

Da fällt sein Name, ohne daß ich zu fragen brauchte: »Generalfeldmarschall Rommel untersteht die Heeresgruppe B mit der siebenten Armee – General Dollmann – hier und in der Bretagne und die fünfzehnte Armee – General von Salmuth – im Pas de Calais und in Flandern. Und das achtundachtzigste Armeekorps in den Niederlanden – insgesamt dreiundvierzig Divisionen . . . Das alles hier gehört zur siebenten Armee . . . Generalfeldmarschall Rommel ist seit Anfang November dreiundvierzig für die deutsche Küstenverteidigung zuständig, und zwar von der Nordspitze Dänemarks bis zur spanisch-französischen Grenze – also für eine Küstenlinie von viertausendfünfhundert Kilometer Länge. Das muß man sich mal vorstellen!«

»Ganze Menge!« bringe ich nur hervor und bin froh, daß der Ia schon weiterredet: »Von Rundstedt befehligt als Oberbefehlshaber West insgesamt sechzig Divisionen, eine davon, wie gesagt, auf den Kanalinseln.« Wieder macht der Ia eine Pause, dann fährt er fort: »Die haben da ein schönes Leben, mildes Klima, gutes Essen und fern vom Schuß . . . und hier würde jeder Mann gebraucht.«

Ich wage einen musternden Blick auf den Ia, der aber an mir vorbei auf die Karte guckt. Will mich der Mann aus der Reserve locken? Vorsicht, sage ich mir, du kennst ihn nicht!

»Und welche Verbände stehen direkt im Invasionsgebiet?«

»Die dreihundertzwoundfünfzigste Division, die siebenhundertelfte, die siebenhundertsechzehnte und die siebenhundertneunte. Alles Heeresgruppe B der siebenten Armee. Hinzu kommen: das zwote Fallschirmjägerkorps und das dritte Flakkorps – das ist allerdings der Luftflotte drei unterstellt.«

»Luftflotte drei?«

»Ja, die Luftflotte drei gibt es noch. Aber die besteht leider nur noch aus Bodenpersonal . . .«

Insgeheim danke ich meinem Schöpfer, daß ich auf einen so auskunftswilligen Generalstäbler gestoßen bin und daß offenbar gerade Ruhe ist und der Mann sich nicht schlafen gelegt hat. Zwei-, dreimal ist schon ein Wachtmeister im Eingang erschienen und hat Papiere gebracht – Funkmeldungen, die der Major überflogen und auf den Kartentisch gelegt hat, sonst gab es keine Störungen.

Jetzt bin ich sogar froh, daß ein Leutnant mit einer Kladde in der linken Hand erscheint und noch auf der Stufe salutiert, so zackig das nur geht, und daß der Major erst die Papiere lesen und abzeichnen muß: So kann ich versuchen, in aller Eile noch ein paar Notizen zu machen. Aber kaum habe ich damit begonnen, fährt der Ia schon in sachlicher Tonlage fort: »Die siebenhundertsechzehnte Division unter Generalleutnant Richter hat es bei der Landung besonders hart getroffen. Sie mußte schwerste Verluste hinnehmen. Auch die siebenhundertelfte Division wurde schwer mitgenommen – hier, bei Ranville.« Der Ia streicht mit dem rechten Zeigefinger unter dem Ortsnamen hin. Dann redet er weiter, als läse er seinen Text von der Karte ab: »Kaum noch vorstellbar, was da los war! Jetzt herrscht sozusagen Ordnung – ich meine, im Vergleich zu dem, was hier in der ersten Nacht und dem Tag darauf los war, also am sechsten und siebenten. Da kamen sie aus allen vier Himmelsrichtungen herunter. So etwas hat sich unsereiner früher auch nicht vorstellen können.«

Als wolle er Erinnerungsbilder verscheuchen, macht der Ia ein paar abrupte Bewegungen mit der rechten Hand. Er spricht jetzt abgehackt und leicht knarrend: »Im Gebiet der ersten Anlandung standen die siebenhundertneunte Infanteriedivision, bestehend aus elf Bataillonen um Cherbourg und die Ostküste Cotentin, die zwohundertdreiundvierzigste: sechs Bataillone, drei Artillerieabteilungen, Westküste Cotentin, und die einundneunzigste Luftlandedivision – ebenfalls Cotentin.«

Ich nicke und tue so, als könnte ich dem Zahlenspiel folgen. Dabei verwirbeln die vielen Zahlen in meinem Kopf längst zu einer Art Knäuel.

»Dazu das aus fünfzehn Kompanien bestehende sechste Fallschirmjägerregiment, die dreihundertzwoundfünfzigste Division: neun Bataillone und drei Artillerieabteilungen in der Gegend von Saint-Lô, und die siebenhundertsechzehnte Infanteriedivision: sechs Bataillone, drei Artillerieabteilungen, zwischen Carentan und der Orne.«

Ein merkwürdiger Mann. Sein Gedächtnis scheint phänomenal zu sein. Er spielt mit den Truppenbezeichnungen wie mit Münzen in der Hosentasche. Dabei klingt er, als wolle er deutlich machen, daß ihn das alles im Grunde nicht sonderlich berührt. Aber warum widmet er sich mir dann so intensiv? Warum gibt er mir mehr Antworten, als ich ihm Fragen stelle? Warum wartet er hin und wieder so geduldig, daß ich mit meinen Kritzelnotizen nachkomme?

»Zur Zeit bewegt sich wenig. Die Alliierten gewinnen nur sehr langsam Boden. Es geht hin und her. Mancher Abschnitt hat schon ein paarmal den Besitzer gewechselt. Caen wollten die sicher im ersten Ansturm nehmen, aber da sitzen wir ziemlich fest – Caen ist wichtig . . .« Wieder eine Pause. Dann fährt der Major fort, den Blick auf die große Wandkarte gerichtet: »Das Problem ist tatsächlich, daß die Reserven nicht rankommen. Die zwohundertfünfundsechzigste Infanteriedivision, die in der Bretagne stand, hier im Raum von Quimper, hat eine geschlagene Woche gebraucht, um an die Front zu kommen – eine Woche für etwa hundertsechzig Kilometer!«

Der Ia guckt mich so unterm Reden jetzt aufmerksam an, als wolle er kontrollieren, ob ich auch gebührend staune.

»Einhundertsechzig Kilometer! Aber bei Tage kann sich eben keine Maus mehr auf den Straßen sehen lassen, und nachts greifen die Alliierten mit ihren Scheinwerfern an.«

»Leigh-Scheinwerfer«, werfe ich ein.

»Wie heißen die Dinger?«

»Nach ihrem Erfinder: Leigh. Damit haben sie auch schon eine ganze Anzahl von U-Booten erwischt . . .« Ich merke mit einem leichten Erschrecken, wie ich, gegen allen Komment, plötzlich drauflos rede, aber ein Gefühl der Erleichterung beim Reden treibt mich weiter voran: »Radar und Leigh-Scheinwerfer – damit haben sie die Nacht zum Tag gemacht.«

»Die stellen sich eben auf die gegebenen Verhältnisse ein!« sagt der Ia und zwinkert zweimal wie irritiert, als sei ihm die Banalität seiner Bemerkung unangenehm. Dann blickt er mir wieder voll ins Gesicht und fragt: »Glauben Sie denn wirklich, daß Sie mit dieser Wissenschaft etwas anfangen können?« Und dann, mit einem Nicken zu meinem Schreibblock hin: »Hoffentlich kriegen Sie nicht alles durcheinander.«

»Meine einzige Angst, Herr Major«, entgegne ich und mache eine leichte Verbeugung.

Mit soviel Wohlwollen, wie mir hier zuteil wird, konnte ich nicht rechnen. Gewöhnlich sind meine Ausfragepartner sehr viel zugeknöpfter als dieser hier.

Über die paar Stufen kommt jetzt eine Ordonnanz, ein fahlblonder Gefreiter, herauf, ein Tablett mit Geschirr in den Händen.

»Tasse Kaffee?« fragt der Ia.
»Gehorsamsten Dank, Herr Major.«
»Also ja?«
»Ja, gern.«
»Dann sagen Sie's doch gleich!«

Der Major ruft laut »Franz!« hinter den Vorhang. Und noch mal: »Franz – Zucker und Tschißleweng.«

»Darf ich gehorsamst bitten: ohne Zucker und ohne Milch.«

»Sahne hätte es gegeben. Feinste normannische Sahne. Aber wenn Sie nicht wollen ...«, sagt der Ia, und mit erhobener Stimme: »Also keinen Tschißleweng, Franz!«

Der Ia spricht – und dessen werde ich erst jetzt richtig gewahr – tadelloses Hochdeutsch, ohne einen Beiklang von Dialekt. Die französischen Ortsnamen sind ihm gut von der Zunge gegangen. Und jetzt fragt er mich, woher *ich* stamme.

»Ihnen ist aber kein Sächsisch anzumerken«, meint er, als ich ihm Auskunft gegeben habe.

»Ich beherrsche es aber fließend.«

Da lacht der Ia kurz auf und sagt: »Ich klinge ja auch nicht wie ein Berliner.«

Da erscheint schon die Ordonnanz und fragt: »Hierher, Herr Major?«

»Nein, dorthin – ruhig direkt auf die Karten.« Dann wendet er sich mir zu und sagt: »Kaffeepause!«

Ich atme innerlich tief durch. Jetzt kann ich es wohl doch wagen, ein paar heiklere Themen anzugehen. Am besten gleich: »In Rennes soll eine Besprechung der Divisionskommandeure just am sechsten gewesen sein – und Rennes ist doch ziemlich weit weg«, sage ich nach dem ersten Schluck von dem sehr starken Kaffee.

»Und lange her ist das auch schon wieder«, weicht der Ia aus.

»Rommel soll sogar zu Hause gewesen sein – in Schwaben –, als die Schiffe kamen ...«

»Es hat eben auf unserer Seite niemand damit gerechnet. Zu schlechtes Wetter – aber dann war Sonne und blauer Himmel an den nächsten Tagen – also nach dem sechsten. Unsere Meteorologen haben das offenbar nicht spitzgekriegt.«

Ich möchte noch mehr über die tatsächliche Landung erfahren, habe aber Angst, mit neuen Zahlenlawinen zugedeckt zu werden. Doch da redet der Ia schon los, als hätte er meine Gedanken erraten: »Die Landung fand tatsächlich an drei Plätzen statt: die westliche hier im Knick in den Dünen von Varreville – Saint-Germain-de-Varreville, Saint-Martin-de-Varreville.«

»War denn das Gelände nicht vermint?«

»Minen hat es sicher gegeben. Aber die haben natürlich die Pioniere sorgfältig geräumt. Also: Die mittlere Landung war bei Vierville, die östliche vor allem bei Arromanches, bis nach Quistreham an der Ornemündung hin. Hier hatten die Amis Anschluß an eine britische Luftlandedivision, die vor allem am Flüßchen Dives runterkam – zum Teil in die überfluteten Gebiete.«

Plötzlich ist draußen der Teufel los: Dröhnen und Heulen wie von hundert getretenen Hunden. Ich fahre schreckhaft hoch, aber der Ia sagt nur: »Daran sind wir gewöhnt.« Dann guckt er gelangweilt auf seine Armbanduhr und fügt noch an: »Die halten die Zeit präzise ein – das muß man schon loben! Die nächsten beiden Stunden ist wieder Hochbetrieb. Wir kennen mittlerweile den Dienstplan ...«

Der Major faßt sich mit zwei Fingern hinter den Kragen, wie um sich Luft zu machen. Dann gibt er sich einen Ruck und redet, als müsse er einen vorbereiteten Text loswerden, weiter: »Es wurde ziemlich bald deutlich, was die Absicht des Gegners war: Alles war auf einen Zangenangriff auf Caen abgestellt und natürlich auf ein Abschneiden der Halbinsel Cotentin und damit Eroberung des Hafens Cherbourg von hinten. Hier im Knick, also im Raum von Carentan, stand das sechste Fallschirmjägerregiment. Aber die konnten sich natürlich gegen die Übermacht nicht lange halten. Unsere Westflanke brach jedenfalls bald zusammen – schneller als erwartet ... Hier hat es regelrechte Nahkämpfe gegeben – hier und auch hier ...« Der Ia fährt mit der Handkante über die entsprechenden Gebiete.

»Hier, Sainte-Mère-Eglise – der Ort war übrigens schon am sechsten nachmittags in amerikanischer Hand –, hier hat es mit den Fallschirmjägern geklappt. Und hier steht jetzt die zwoundachtzigste amerikanische Luftlandedivision – und hier etwa unsere einundneunzigste Division. Hier die amerikanische Luftlandedivision Nummer hunderteins. Die Gegend: Felder und Sümpfe. Die Fallschirmjäger landeten weit verstreut. Es muß eine totale Konfusion gegeben haben: Niemand wußte, wo der Gegner steht.«

Ich stelle mir den nächtlichen Angriff der britischen Fallschirmjäger vor: tief segelnde Regenwolken vor dem Mond, kaum Verständigung in den Transportmaschinen wegen des Motorenlärms. Die nachtschwarze See – dunkler Marmor mit hellen Adern darin vom Kielwasser der Schiffe. Und dann der Absprung ins Nichts hinein. Die plötzliche Stille muß wie ein Schlag wirken. Lautloses Hinabsinken, dunkle Schirme in allen Richtungen, keine Verständigung – kein Motorenlärm mehr, auch kein Zurufen.

Viel zu langsam, dieses Niederschweben. Die Bahnen von Leuchtspurgeschossen als tödliches Geflecht ringsum: tödlich und prunkend. Die

Angst, in der Luft zerrissen zu werden, in einem Baum zu landen und zur hilflosen Zielscheibe zu werden. Ich möchte jedenfalls nicht so im Dunkeln am Fallschirm mitten in eine Aufstellung feindlicher Truppen herunterbaumeln müssen, mit Waffen und Gerät beladen, schwer wie ein Taucher.

»Das meiste ist eine Art Buschkrieg«, sagt der Ia in meine Gedanken hinein, »im Grunde schwer verständlich, daß sich die Alliierten dieses Gelände ausgesucht haben ... Wahrscheinlich dachten die, sie kämen schneller durch und in freieres Gelände.«

Wieder der Griff zum Kragen, diesmal mit den Fingern beider Hände. Dann ein prüfender Blick auf mich und die Frage: »Noch mehr?«

Ich will die Gelegenheit nutzen, möglichst viel zu erfahren, und nicke: »Wenn ich Herrn Major gehorsamst bitten dürfte ... .«

»Hier oben am Knick, an der westlichen Landestelle, hatte der Gegner kaum Verluste. Da haben sie ihre Schwimmpanzer, Planierraupen und große Infanteriekontingente ohne Schwierigkeiten an Land gebracht. Da ist flache Dünenlandschaft. Die wollten natürlich gleich hier durch – von Carentan nach Lessay. Ist ja auch nicht weit. Auf der Straße achtundzwanzig Kilometer, Luftlinie noch weniger. Von Küste zu Küste nur zwoundvierzig Kilometer. Ausgeladen haben sie bei Niedrigwasser – die brauchten die breiten Strände, und natürlich auch wegen der Hindernisse.

Zwischen den Pointes de la Percée et Raz und Port-en-Bessin sah es wesentlich anders aus. Da steigen der Strand und die Dünen auf fünfzig Meter Höhe an. Und dann kommt felsige Küste vor dem Plateau. Da gab es auch richtige Grabensysteme mit Maschinengewehrnestern und Geschützbunkern, Kaliber Siebenkommafünf und Achtzentimeter und Pak. Auf dem Strand zwischen der Hoch- und der Niedrigwassergrenze viele Hindernisse und natürlich Minen – das Gebiet der dreihundertzwoundfünfzigsten Infanteriedivision.

Weiter westlich – am Pointe du Hoc stand eine starke Batterie, hervorragend ausgebaut, die aber offenbar nicht zur Wirkung kam. Wahrscheinlich durch Schiffsgeschütze oder Bomben ausgeschaltet. Sie wissen ja selber, was die Schlachtschiffe für Kaliber zu bieten haben.«

»Vierzigkommasechs-Zentimeter.«

»Recht ordentlich – für Steckschüsse. Und die Zerstörer Zwölfkommafünf?«

»Zwölfkommasieben«, sage ich und spüre eine Anwandlung von Stolz darüber, daß auch ich gewisse Zahlen parat habe.

»Und dazu die Raketen! Die sollen richtige Raketenschiffe haben. Vorher nie davon gehört. Aber die Herrschaften sind für manche Überraschung gut ... Hier bei Vierville und Colleville hatten wir starke Stellungen. An dieser Stelle hatte der Gegner dann auch erhebliche Verluste. Viele Landungsboote sind gekentert, Schwimmpanzer gesunken . . .«

Der Ia fährt jetzt mit der Hand über die Gegend westlich von Caen. »Wenn die hier durchbrechen, dann gute Nacht! Eine Auffangstellung – eine zweite Verteidigungslinie – gibt es nicht. Die Halbinsel Cotentin ist ohnehin schon abgeschnitten, der Fall von Cherbourg nur noch eine Frage der Zeit.«

Der Ia scheint das für einen geeigneten Abschluß zu halten. Er setzt sich auf einen Klappstuhl und schlägt das linke über das rechte Bein. Dann guckt er auf die Armbanduhr, und ich bringe ein paar floskelhafte Dankbarkeitsbekundungen an: »Zeit über Gebühr in Anspruch genommen . . . sehr verpflichtet . . . werde versuchen, mein Bestes daraus zu machen.«

Wohin ich denn noch wolle, fragt mich der Ia. Ich wage nicht, »nach Brest!« zu sagen, sondern antworte: »Weiter in Richtung Caen, Herr Major!«

»Da warten Sie aber, bis es dunkel wird. Soll ich Ihnen ein Quartier zuweisen lassen?«

»Danke gehorsamst, Herr Major. Wir haben uns im Wagen ganz gut eingerichtet.«

»Wie Sie wollen. Bauernstuben gibt es hier genug.«

Nochmals »Gehorsamsten Dank!«, dann salutieren, Händedruck und wieder salutieren. »Vorsicht, Stufen!« ist das Letzte, was ich zu hören bekomme.

Kaum bin ich ein paar Meter vom Kommandowagen weg, reibe ich mir gründlich die Augen: Baumlandschaft in praller Sonne. Friedlich. Apfelbäume im Vordergrund, mit ihren schwarzgrünen Schlagschatten in den saftiggrünen Wiesenstücken, ein leichter Hügel mit ein paar Felderbreiten. Keine Spur von einem Kriegsszenario. Alles wirkt wie eingeschlafen. Da rattert ein einzelnes Maschinengewehr in der Ferne. Selbst das klingt harmlos.

Aber da ist es schon wieder: das Gedröhn am Himmel – diesmal Gott sei Dank weit weg.

Jetzt schon weiterzufahren wäre fahrlässig. Also hocke ich mich mit meinem Zeichenbrett dicht an einen Weidezaun und beginne die Landschaft zu aquarellieren. Ein Apfelbaum gibt mir halbwegs Schatten. Ich sitze noch keine Viertelstunde, als es über mir braust und jault. Ich höre Abschüsse hämmern und sehe Blätterbuschen nicht weit von mir zu Boden segeln.

So schnell das Jaulen anwuchs, so schnell ist es auch wieder weg. Aber mir sitzt ein Mordsschreck in den Gliedern. Hinter mir schreit einer – gute zwanzig Meter weg. Jetzt gestikuliert er wild und brüllt schon wieder. Endlich verstehe ich: »Sind Sie denn wahnsinnig!«

Das gilt mir! Ein Oberleutnant, Infanterist in Keulenhosen, kommt heran und schimpft, mein Papier könne man von oben durch die Blätter sehen. Ich solle diesen Quatsch sein lassen. Es dauert, bis ich kapiere: Der »Quatsch« ist mein Zeichnen.

Zur Entschuldigung will ich eine zerknirschte Miene machen, bringe aber nur ein verlegenes Zucken zustande. Endlich fasse ich mich so weit, daß ich »Keine Liebe mehr unter den Menschen ...« murmeln kann.

»Da haben Sie aber verdammt recht!« sagt da der Oberleutnant in seiner normalen Stimmlage. Zu meiner Überraschung geht der Mann neben mir in die Hocke und betrachtet das frisch angelegte Aquarell. Dabei hebt er meinen Block so an, daß er ihn fast senkrecht hält. »Sie können das nun glauben oder nicht – die rotzen auf das kleinste Zeichen hin los. So was hat es noch nie gegeben. Passen Sie bloß auf! Und gehen Sie nie noch mal auf der gleichen Spur. Die interessieren sich neuerdings sogar für frisch getretene Pfade ... Keine Ahnung, wie man das alles so schnell sehen kann.«

Wohl, weil ich ihn aus großen Augen anstaune, fühlt sich der Oberleutnant zum Weiterreden animiert: »Wir haben nachts 'nen Bauernwagen in die Gegend geschoben mit ordentlich Laubästen drauf. Auf den haben die dann am nächsten Mittag losgeballert wie die Verrückten. Die wissen natürlich, daß wir hier liegen ... Iss 'ne ganz neue Art von Krieg – so nach der Methode: Maus und Bussard. Da darf die Maus doch auch weder Schwanz noch Schnauze sehen lassen.«

Als ich wieder allein bin, die Lust zum Weiterzeichnen aber dahin ist, überlege ich: Da sitzt einer unter dem Apfelbaum, wird sich der Tommy gedacht haben, und liest die Frontzeitung. Dem fetz ich mal 'ne Ladung durchs Laub. Verrückte Kerle, diese Piloten: Jagd auf den einzelnen Mann und kehrt, wenn der Treibstoff zu Ende geht. Zurück auf die Insel, auftanken und wieder los – im Tiefflug mit Karacho über Weiden und Obstbäume hin ...

Schade, daß die Äpfel noch nicht reif sind. Hier scheint eine gute Sorte zu wachsen. Die Bäume verraten intensive Pflege – anders als in der Bretagne, wo sich niemand um die Apfelbäume kümmert, weil die armseligen Holzäpfel den Bauern gerade recht sind fürs Vermosten: Saure Äpfel geben guten Cidre.

Ich höre eine Explosion. Und dann steigt vor mir eine Rauchfahne gegen den Himmel. Zwei Jabos scheinen in der Luft kollidiert zu sein.

Die Absturzstelle liegt etwa einen Kilometer entfernt. Es geht über einen Feldweg, dann muß ich eine hüfthohe Mauer überklettern und weiter über eine freie Wiesenfläche mit Obstbäumen hier und da.

Im Näherlaufen sehe ich schon: Da ist nichts mehr zu retten. Ein einziger, heftig brennender Trümmerhaufen. Trotz des Qualms kann ich den Piloten in seiner Kanzel sehen. Er ist zusammengeschnurrt wie ein Stück verbrutzeltes Fleisch in der Pfanne. Der Kopf ist ganz schwarz. Das Gesichtsfleisch zu schwarzen Krusten verbrannt. Die Zähne stehen viel zu weiß darin: intakte Zähne, ein Gebiß wie das eines bleckenden Affen.

Ich zwinge mich, genau hinzugucken. Dann jage ich Landser weg, die sich herangewagt haben: »Weg hier! Da können gleich wieder Jabos kommen.«

Während ich, Luft pumpend, dastehe, laufen mir Schauder über den Rücken: Verdammt, verdammt – so wie der hier möchte ich nicht daliegen. Auch als Leiche sollte man noch wie ein Mensch aussehen – halbwegs menschenähnlich.

Später erfahre ich, daß der Dresdner Sport Club Deutscher Fußballmeister geworden ist – und das vor siebzigtausend Zuschauern im Olympiastadion in Berlin am 18. Juni.

Die Welt ist offenbar total verrückt: Fußballmeister! Gesiegt vor siebzigtausend Zuschauern ...

Nur knappe zwei Stunden Schlaf, dann bin ich wieder hoch. Es müssen Jabos sein, die mir den Schlaf genommen haben. Ich setze mich, ganz und gar erschöpft und wie rammdösig, vor einem Bauernhaus an den schrundigen Stamm eines Obstbaums gelehnt, auf meinen Uniformrock: Mir ist es zu warm geworden.

Das Gras ringsum ist von vielen Tritten gebräunt. Mit dem rechten Ellenbogen kann ich an das hohe Rad eines zweirädrigen Karrens stoßen, den der Bauer eben erst unter den Baum gefahren hat, aus Angst, die Flieger könnten auch ihn aufs Korn nehmen. Unter den dichten Kronen des Obstgartens, der sich eine kleine Anhöhe hinaufzieht, weiden weiße Pferde mit dicken, prallrunden Bäuchen. Die Pferde haben gute Zeit. Das Gras ist fett. Und Arbeit gibt es für sie nur, wenn sie requiriert werden und während der Nacht Troßfuhrwerke nach vorn ziehen müssen.

Ich hätte, weiß Gott, eine ordentliche Strecke Schlaf auf Vorrat vertragen können, aber dazu bin ich zu angespannt, und dann bleibt der Schlaf eben dünn.

Damit nicht alles, was ich erfahren habe, in meinem Kopf wieder verlöscht, versuche ich eine Art Inventur zu machen. Über das Zahlengewirr in meinem Schreibheft kann ich nur grinsen: Ich will schließlich keine Regimentsgeschichte schreiben. Dabei bringe ich ja jetzt schon alles durcheinander: Die x-te Divison – wo lag die? Das y-ste Regiment – zu welcher Division gehörte das? Wenn ich die Augen schließe, kann ich noch schwach die Ziffern auf der großen Karte erscheinen lassen, aber das wird nicht lange anhalten.

Mehrstimmiges Froschknarren tönt laut aus der Wiese. Irgendwo muß ein Tümpel sein, den mir das hohe Gras verbirgt. In das Froschknarren mischt sich das Dröhnen der Artillerie und das allgegenwärtige Hornissenbrummen der Jäger. Jetzt, um die frühe Abendstunde, sind sie so rege wie die Frösche. Ich kann nur staunen, wie schnell sie reagieren und zum Tiefangriff ansetzen. Sobald sie den Hof anfliegen, schlage ich mein Schreibheft zu, aus Angst, sie könnten auch das noch als weißen Fleck ausmachen und mich zum Ziel ausersehen.

Manchmal klingt der Ton aus dem Himmel dumpfer und brausender. Dann brauche ich den Blick gar nicht erst zu heben, um zu wissen, daß Bomber unterwegs sind, die ihre Ziele weiter vorn an der Küste gesucht haben. Ich brauche vor Bombern keine Angst zu haben.

Ich muß an die Männer denken, die dort in Reichweite der Schiffsartillerie liegen. Bomben und Granaten: Da wird es böse Ausfälle geben.

Wir müssen völlige Dunkelheit abwarten, um weiter westwärts voranzukommen. Wenn wir uns jetzt schon auf die Straße wagten, wären wir schnell geliefert. Die Autowracks an Straßen und Wegen sprechen eine eindeutige Sprache: zersiebt, ausgebrannt, in Fetzen zerrissen.

Der Fahrer hat herausbekommen, unter welchen Bäumen es etwas zu essen und zu trinken gibt. Ich will mich abseits halten und lasse mir von ihm das Nötige an den Wagen bringen.

Als es endlich richtig dunkel ist, fahren wir los. Der Lärm der Abschüsse und Einschläge hat sich mittlerweile zu einem endlosen Donnergrollen zusammengeschlossen. Wir fahren völlig abgeblendet durch die Dunkelheit, wie Gangster, die einen Überfall vorhaben. Nicht mal der kleinste Lichtfächer vor uns. Zum Glück scheint der Mond, aber immer wieder geraten Wolken vor ihn. Dann können wir nur mehr Schrittempo fahren.

Wir sind ganz allein auf der Straße. Das Gefühl der Verlassenheit will mich schier überwältigen. Ich habe Angst, in Feindbereiche zu geraten. Und weit und breit niemand, den man fragen könnte.

Da blitzt ganz kurz eine Taschenlampe auf. Der Fahrer stoppt sofort und fährt dann meterweise auf die Posten zu, die mitten auf der Straße stehen. Ich strenge mich an, ihre Silhouetten deutlich auszumachen. Deutsche Helme? Englische? Meine verteufelte Neugier! Was wir hier treiben, ist die schiere Schicksalsversuchung.

Gott sei Dank: Die Helme haben die vertraute Rundform.

Einer der Posten kommt, den Karabiner lässig unterm rechten Arm eingehängt, ganz dicht heran. Von seinem Gesicht kann ich unter dem Stahlhelm fast nichts erkennen. Ob wir noch viel weiterkämen, sei fraglich, erfahre ich. Die Straße nach Caen hätte, als es noch hell war, unter Artilleriebeschuß gelegen. Umgehungen? Nein, die gebe es nicht. Wir müßten eben unser Glück versuchen.

Alles ist ganz und gar anders, als ich es mir ausgemalt habe. Ein Tohuwabohu hätte ich mir vorstellen können, aber nicht dieses beängstigende Vakuum. Wo stecken bloß unsere Verbände? Wo sind die Bereitschaftsstellungen? In den Büchern über die Westfront im Weltkrieg arbeiteten sich nachts die Essenholer durchs Gelände. Hier gibt es nicht einmal die.

Für Augenblicke überkommt mich das Gefühl totaler Verlorenheit: Ich habe keine halbwegs sichere Vorstellung mehr, wo die Front verläuft.

Das Himmelslicht flutet nicht. Es ist seltsam starr, bleiern starr, aschig. Jetzt kommen Bombenkrater, schwarze Schlünde, schwarze Schlagschatten. So stelle ich mir eine Mondlandschaft vor.

Wir gelangen in einen zerstörten Ort. Die Trümmer, die Schuttberge, die Bombenkrater, die zerrissenen und umgestürzten Masten, die zu wirren Knäueln geschlungenen Leitungen, die wie Flaggen von den Mauerresten abstehenden Fensterläden – dieses ganze Konglomerat von Mauersteinen, zerspellten Balken und Eisenträgern sieht im bleichenden Mondlicht nicht wie eine zerstörte Stadt, sondern wie eine sorgfältig aus Gips, Holz und Draht zusammengebastelte Filmszenerie aus. So wundert mich gar nicht, daß hier keine Brände flackern.

Kein einziger Mensch, kein einziges Tier. Wo sind die Menschen nur geblieben? Liegen sie unter den Trümmern begraben? Sind sie rechtzeitig evakuiert worden? Ich klettere über Mauerbrocken wie über ein Geröllfeld im Gebirge. Ich muß mir vorsagen, daß das hier die Reste von Behausungen sind. Die Menschenleere könnte es mich vergessen lassen.

»Caen wird kaum passierbar für Sie sein. Die Stadt ist ein einziger Trümmerhaufen«, sagt mir ein Hauptmann, der aus der Gegenrichtung gekommen ist und mit seiner Kolonne gerade haltgemacht hat.

Aber dann versuchen wir es doch. Es wird mühsam – aber wir schaffen es.

Caen ist total zerstört. Hier lebt kein Schwanz mehr. Ich muß an das denken, was Jordan gesagt hat: Solche Verheerungen können nur schwerste Kaliber angerichtet haben – Schiffsartillerie.

Caen muß einmal eine schöne Stadt gewesen sein. Daß die Alliierten sie in einen wüsten Trümmerhaufen verwandelt haben, hat seinen Grund. Caen war der wichtigste Straßenknotenpunkt für unseren Aufmarsch zur Verteidigung der Küste ...

Es gibt freie Plänen, aus denen sich keine einzige Mauer mehr erhebt: Ich muß zu Fuß im Mondschein zwischen Geröllmuren einen fahrbaren Weg suchen. Dabei stolpere ich über einen Schutthaufen und rutsche in einen Granattrichter. Mit einem Schuh gerate ich in zähen Schlamm: das Grundwasser. Nur auf Händen und Füßen kann ich mich in der nachrutschenden Erde wieder hocharbeiten.

Verdammte Sauerei! Da sind wir schön in den Schlamassel geraten. Aber Gott sei Dank kommen wir weiter, wenn auch nur schrittweise.

Panzer! – Durch unseren eigenen Motorenlärm hindurch kann ich das Rasseln von Panzerketten hören. Mir pocht das Herz. Ich habe nicht gelernt, Panzergeräusche zu unterscheiden. Sherman? Tiger? Amis oder Deutsche? Wie weit sind sie weg? Aus welcher Richtung kommen sie? Das Echo von den Ruinenwänden her verwirrt mich total.

Und da kommen sie schon! Wir fahren rechts ran, soweit es geht. Das gewaltige Rasseln und Dröhnen der Ketten läßt die Luft vibrieren. Bleiche Staubfahnen im Mondschein. Oder ist das Einbildung?

Die Panzer fahren weit auseinandergezogen. In all dem Krawall und Dreck weiß ich immer noch nicht: Amis oder Deutsche?

Als einer der Panzer sehr dicht an uns vorbeifährt, schwillt der Lärm ins Unermeßliche an. Die mahlenden Ketten sind erschreckend nahe. Ich habe im Nu den pelzigen Geschmack von Staub im Mund und Angst im Bauch. Und schon kann ich nichts mehr erkennen: Der Staub ist wie dichter Nebel, ein gewalttätiger, dröhnender Nebel. Die hätten uns, wenn sie uns nicht gesehen hätten, glatt überwalzen können. Verdammte Pest! Wir sind so weit ausgewichen, wie es nur geht – aber was, wenn das nächste Ungeheuer, das gerade herandröhnt, sich noch mehr auf unserer Seite hält? Es ist zum Wahnsinnigwerden. Wir können nicht weg, und wenn der infernalische Lärm eines dieser Stahlkolosse gerade verebben will, ist schon das Kettenrasseln des nächsten zu hören und auch, wie es schnell zum Furioso anschwillt.

Ich bin längst aus dem Auto heraus, der Fahrer auch. Wenn sie schon unser Auto zerquetschen, wollen wir wenigstens nicht drin sein.

Da kann ich endlich durch die Staubfahnen hindurch im Mondlicht einen Panzerfahrer erkennen: deutsche Uniform! Kein Zweifel! Es ist, als hätten sich die Wolken vor dem Mond wie eine Blende nur für einen Augenblick geöffnet, damit ich den Mann sehen kann. Was für ein Bild: Der Oberkörper des Panzerkommandanten ist steil aufgereckt. Es sieht aus, als bestehe er nur aus dieser einen Körperhälfte, als sitze sein Torso direkt auf dem geschlossenen Lukdeckel auf.

Das mondfahle Gesicht des Kommandanten kehrt sich mir für eine Sekunde zu, und jetzt hebt er lässig die Hand an die Mütze – ein Spuk!

Ohne es zu wollen, imitiere ich, als wir wieder anfahren und ich in *meinem* Luk stehe, die Haltung des Panzerfahrers: Beide Arme schräg abgestreckt, die Handballen aufs Metall aufgelegt.

Verdammt noch eins: Schon brandet neues Gedröhn auf. Und wieder das Vorbeirasseln und Abebben der Lärmschläge. Jetzt klingt es in meinen Ohren, als pralle eine starke Brandung zwischen Klippen auf Geröllsäume. In den bleichen Puder des Mondlichts mischt sich immer mehr schwerer Staub. Wenn der Mond freikommt, wirft er Schlagschatten – harte und schwarze –, nur der Staub aus zermahlenen Häusertrümmern mildert ihre Schärfe.

Als ich noch mehr dieser gewaltigen Kampfmaschinen mit ihren starr aufgerichteten Kommandanten vorbeidonnern sehe, wird mir der Hals eng und eine ungekannte Begeisterung will mich packen: diese ungeheuerlichen durch den Staub ziehenden und infernalisch lärmenden Kolosse – das Mondlicht!

Das Fahren wird immer schwieriger: Immer wieder versperren Hindernisse den Weg. Dann verkriecht sich der Mond hinter Wolkenbalken, die sich nicht von der Stelle zu rühren scheinen.

Wieder eine Ortschaft, die wie erstorben daliegt. Nur aus einem Türspalt fällt ein dünner Lichtschein. Über uns sind jetzt fast ständig Flieger. In der Ferne schießt Flak. Schwer zu unterscheiden, welches Aufblitzen Wetterleuchten und welches Flakabschuß ist.

Zum Glück setzt ein leichter Gewitterregen ein, der den Staub niederschlägt. Ein Troß kommt uns entgegen. Fast fahren wir in die Pferde hinein. Als wir in einen Hohlweg geraten, können wir nur mehr Schritttempo fahren: Die Büsche oben auf der Böschung werfen so schwarze Schatten, daß wir wie blind sind. Ich friere. Meine Uniform ist in dem kleinen Gewitterregen doch nasser geworden, als ich es zunächst gemerkt habe. Gegen das Schaudern lege ich mir den Mantel des Fahrers wie eine Boa um den Hals.

Ein ferner Brand wirft rechts voraus seinen roten Schein gegen den Himmel. Das Grummeln des Artilleriefeuers wird deutlich lauter. Auch auf der Straße wird es allmählich lebendiger. Neue Trosse kommen uns entgegen. Hin und wieder donnern Kradmelder in beiden Richtungen an uns vorbei.

Ich bin total übernächtigt. Dem Fahrer wird es nicht anders gehen. Die Frage ist nur: Wo pennen? Im Auto oder in einem Haus? Oder irgendwo in einem Obstgarten? Daß die Bauernhäuser den Boches als Quartiere dienen, sollte der böse Feind wissen. Wenn er mit seinen Jabos die Bauernhäuser angriffe, könnte er hübsche Erfolge erzielen. Aber die Wirkung auf die Landbevölkerung wäre sicher nicht gerade günstig. Manchen Franzmann würde es dabei erwischen – und Frauen und Kinder dazu. Und wahrscheinlich spricht noch etwas für die Schonung der Bauernhäuser: Die Tommies brauchen auch Quartiere – demnächst und just in dieser Gegend. Da werden sie wohl kaum vorher alles zu Kleinholz machen . . . Also entschließe ich mich zu einem Bauernhaus und entdecke auch schon bald eins, das mir geeignet erscheint.

Die Einrichtung sieht zwar überplündert aus, aber es ist trotzdem anheimelnd: Balken an der Decke, schwere Möbel . . . Ein Jammer, wenn das alles zum Teufel ginge.

Ich schärfe dem Fahrer ein: kein Licht, Klamotten anbehalten für den Fall, daß es Rabbatz gibt. In aller Herrgottsfrühe die Tarnung erneuern.

Den Fahrer interessiert offenbar mehr, wo es was zu essen geben könnte.

»Wir haben doch Büchsen!«

»Jawoll, Herr Leutnant!«

»Na also!«

Irgendwann schrecke ich hoch. Aus traumlosem Tiefschlaf bin ich ohne Übergang sofort in gespannter Wachheit und gleich auf den Beinen: Hat da nur ein Hahn gekräht? War das ein Hornsignal? Ein Flugzeugheulen? Dieses dauernde Alarmiertwerden geht an die Nerven.

Draußen herrscht das erste Büchsenlicht. Ich könnte den Fahrer wekken und weiterfahren. Statt dessen stehe ich wie verblödet in der kühlen Morgenluft und lausche auf den fernen Geschützdonner. Dann höre ich MG-Schießen. Ich hätte fragen sollen, wie weit die Front entfernt ist.

Ich lege mich noch einmal lang, aber der Schlaf will nicht kommen – es wird nur ein verquältes Dahindämmern, aus dem ich noch ein paarmal hochfahre.

Als es hell wird, sehe ich, daß wir ganz in der Nähe einer Werkstattkompanie gelandet sind. An vielen Stellen wird schon in dieser Frühe unter den dichten Baumkronen wie unter grünen Zeltdächern an zerschossenen Autos gearbeitet. Die Tarnung nach oben ist sicher perfekt. Aber auch für das Auge eines Fußlatschers wie mich sind die Freilichtwerkstätten schwer zu entdecken: Erst wenn ich ganz nahe heran bin, kann ich die Wagen unter dem Buschwerk erkennen. Einmal stolpere ich fast über die Füße des Schlossers, der unter einem liegt.

Als ich einen Schluck Kaffee im Bauch habe, stöbere ich den Kompaniechef auf, einen schon älteren, hageren Mann.

»Man läuft sich hier tot!« klagt der Kompaniechef. »Mein Verein ist über Kilometer verstreut.«

Er selbst fährt trotz der Gefahr aus der Luft immer noch mit seinem geschlossenen Wagen. Mit gemischten Gefühlen nehme ich seine Einladung an, ihn ein Stück zu begleiten.

»Sehen Sie, das mache ich so«, erklärt er mir vor einer Kreuzung unter der Deckung dichter Baumkronen: »Ich stelle den Motor ab. Nun wird gehorcht, ob die Luft rein ist ... Da brummt einer! Gut, warten wir also ab!«

Während wir warten, sagt er, im Weltkrieg hätte man vier Jahre lang versucht, ihn totzuschießen, und keinen Erfolg damit gehabt. Jetzt hält er sich für kugelfest. Plötzlich braust er los. Schon nach vier-, fünfhundert Metern stoppt er abrupt wieder unter Bäumen. »Das ist der Witz«, sagte er. »Immer gucken, wo es Deckung gibt. So, und jetzt wird wieder gehorcht. Nichts zu hören? Also ab dafür!«

Er fährt so jäh an, daß es mir den Kopf nach hinten wirft.

An einem Buschsaum, dicht vor einer Scheune, liegt eine flüchtig ausgerichtete Reihe Toter. Keine Stiefel, sondern geschnürte Wadengamaschen über den Schnürschuhen, wie Entenjäger sie tragen. Ein paar Stahlhelme liegen wie große, aufgeschlagene Kokosnußschalen herum. Über die Helme sind Netze gezogen. Die olivgrünen Blusen sehen picobello aus. Spaten, Flaschen, Munitionskästen – alles, was die Toten zu schleppen hatten, ist unordentlich zuhauf getürmt.

Die toten Tommies sehen baß erstaunt aus – just so, als könnten sie nicht fassen, was ihnen passiert ist: Kaum groß geworden – schon gekillt. Das ist auch schwer zu kapieren.

Gerade kommt die Sonne. Man sollte die armen Kerle aus der Sonne legen. Die Sonne paßt nicht zu toten Männern. Auch, daß alle den Mund offen haben, sieht seltsam unpassend aus. Die Augen hat man ihnen geschlossen, aber die Münder stehen offen. Münder lassen sich weniger leicht zumachen als Augen. Da muß man schon eine Binde oder einen Strick haben und das Kinn damit am Schädel festbinden. So habe ich es jedenfalls einmal bei einem Bergtoten gesehen. Aber für die vielen Toten hier wäre das wohl zuviel Aufwand.

Die schönen Schnürschuhe! Die sind verdammt viel praktischer als die Knobelbecher unserer Firma. Ich frage mich, ob die mit begraben werden. Bei den Russen käme das sicher nicht in Frage.

Im Schneeberger Internat hatte einer das Foto seines aufgebahrten Vaters an der Innenseite der Spindtür kleben – dort, wo andere die Bilder ihrer Freundinnen angepinnt hatten. Dieser tote Vater ist mir fest im Kopf geblieben. Ich sehe ihn daliegen – eigentlich dastehen, denn er war vom Fußende des Sarges her von schräg oben fotografiert worden, so daß es aussah, als ob er in seinem Sarg stünde: adrett im schwarzen Anzug und nicht etwa in ein Leichenhemd gekleidet wie unser toter Englischpauker Wilcke. Der sah in seinem weißen, verzierten Gewand lächerlich aus – für mich um so mehr, da ich wußte, daß er nur auf der Vorderseite damit bedeckt war.

Einer der toten Tommies scheint zu grinsen. Automatisch gucke ich weg. Erst als ich mich zum Hinblicken zwinge, fällt mir auf, wie wenig Blut an dem Toten zu sehen ist: zwei schwarze Flecken auf der Kampfbluse, das ist alles. Und bei den anderen ist es das gleiche: nirgends der rote Lebenssaft. Aber dafür Fliegen in jeder Menge. Dicke Blauärsche wie bei Swoboda, nachdem wir ihn aus dem mecklenburgischen See geholt und ins dörfliche Feuerwehrhaus gelegt hatten. Woher die da bloß kamen, um sich alsbald in Swobodas Augenwinkel zu setzen?

Wenn die Toten hier lange in der Sonne liegenbleiben, werden sie aufgehen, da werden sie dick und dicker werden. Der Trompeter von Vionville fällt mir ein, obwohl es nicht Nacht ist, sondern grelle Sonne scheint: »... ringsum die Wachfeuer lohten, die Rosse schnoben, der Regen rann, und wir dachten der Toten, der Toten ...«

Jetzt sehe ich erst, daß einem das Gekröse heraushängt: Es schillert pfauenfederbunt. Er muß versucht haben, seine Gedärme festzuhalten, die Hände sind dabei zu Krallen erstarrt. Weiß der Himmel, wie der Mann so aufgeschlitzt wurde.

Ich wage mich ein Stück vom Gehöft weg. Alles ist friedlich, aber das Bewußtsein, daß der Feind ganz nahe ist, macht die Landschaft zur trügerischen Kulisse. Ich bin bis in alle Nervenenden gespannt, zum Hinwerfen bereit. Lauern, beobachten – die Erde und den Himmel. Die Geräusche sondieren, das Vibrieren der Luft erfühlen.

Weidende Kühe – schwarzweiße, wie es sie in Sachsen gab. Ein Bauer stapft über eine abgegraste Weide. Ich sehe, wie er stehenbleibt und sein Gesicht gegen den Himmel hebt. Ein Bild ländlichen Friedens. Der Bauer muß verrückt sein, hier so herumzulatschen.

Plötzlich dieses verdammte schnell anschwellende Heulen: Das Gehöft wird attackiert. Die Fahrzeugspuren sind wohl zu sehen. Zischen, Krachen, Schreie. Die rotzen wieder mal aufs Geratewohl in die Baumkronen.

Ein Bombenkrater nicht weit von unserem Wagen. Zum Glück hat es keinen erwischt.

Alle wollen fotografiert werden. Mein Fotoapparat – ein Sesam öffne dich. Ich hätte mir gleich drei Apparate umhängen sollen. Nach jeder Aufnahme muß ich die Nummer des Films aufschreiben und Heimatadressen dazu. Sammle ich hier etwa letzte Grüße ein?

»Wie wird das weitergehen?« frage ich den Kompaniechef. Der gibt sich sibyllinisch: Man sei sehr beweglich. In einer halben Stunde oder weniger könne man verlegen. Da bohre ich nach, ob das stufenweises Rückweichen bedeuten solle. Wie zur Antwort kommt das Blobben einschlagender Granaten.

»Sie hören es ja«, sagt der Hauptmann, »das sind Panzer. Ich an Ihrer Stelle würde mich aus dem Staub machen. Hier kann es jeden Moment losgehen ... Aber Sie müssen es ja wissen ...«

Mich auf die Strümpfe machen? Ich bin in einer Verfassung, die hart an Desperatheit grenzt. Ich weiß nicht recht weiter. Es heißt Entscheidungen treffen, und das, obwohl ich mich wie ausgehöhlt fühle.

Nach Süden ausweichen und dann die Richtung nach Brest einschlagen? Mein Informationsbedürfnis in puncto Invasion sollte befriedigt sein. Ich habe jede Menge Zahlen um den Kopf geschlagen bekommen – aber was sind Zahlen schon! Der *Krieg* sind sie nicht.

Ich fühle mich plötzlich von einer »höheren Instanz« ans Portepee gepackt: nicht kneifen – mir die Sporen geben und den Kriegsberichter nicht nur spielen ... Ich sollte versuchen, weiter nach vorn zu gelangen.

Ein Regimentsstab soll ganz in der Nähe und der Adjutant des Kommandeurs ein zugänglicher Mensch sein: Major Linke. An den werde ich vom Chef der Werkstattkompanie verwiesen.

Er erklärt mir auch gleich den Weg. Dann plötzlich entscheidet er: »Ach Quatsch! Sie kriegen einen Mann mit!« Und dann erscheint auch gleich ein Schütze und klemmt sich neben mir auf den Vordersitz, und ab geht die Post – ganz nach dem Gebrauchsmuster des Kompaniechefs.

Wenn es doch nur regnen wollte. Trübes Wetter wäre für uns alle – bis auf die Jabopiloten – ein Göttergeschenk. Aber der Himmel sieht nicht nach Regen aus.

Auf den Major stoße ich, als er gerade aus der Tür des Bauernhauses tritt, in dem der Regimentsstab untergebracht ist. Ich stelle mich dem Mann direkt in den Weg, salutiere und bitte darum, ihn sprechen zu dürfen, ich sei Kriegsberichter.

Der Major macht eine kurze Handbewegung, daß ich mitkommen solle, und ich begleite ihn im Gleichschritt.

»Was machen Sie denn als Mariner ausgerechnet hier?« fragt mich der Major.

»In Paris befand man, daß ich auch von der Invasionsfront berichten sollte. Dabei bin ich eigentlich einer U-Bootflottille zugeteilt.«

»'ne Art globale Funktion also?« sagt der Major, und ich kann von der Seite her seine spöttisch geschürzten Lippen sehen.

»Wie man's nimmt, Herr Major.«

Nur weiter so! denke ich. Immer nur tüchtig Salz in die Wunden. Trotzdem, jetzt ist der richtige Moment: Ohne alle Umschweife trage ich meinen Wunsch vor, in der kommenden Nacht mit nach vorn zu gehen. Als ich fertig bin, bleibt der Major für einen kurzen Augenblick stehen, um mich zu fixieren. Dann sagt er im Weiterlaufen: »Dafür sind Sie doch gar nicht ausgebildet.«

»Ich habe eine regelrechte Kompanieführerausbildung genossen, Herr Major.«

»Eine infanteristische?«

»Jawoll, Herr Major.«

»Und das bei der Marine?«

»Jawoll, in Glückstadt.«

Daraufhin schweigt der Major erst mal.

Ausbildung genossen, habe ich gesagt. Von Genuß konnte aber weiß Gott nicht die Rede sein. Das »Hacken an Deck, verdammt noch mal!« habe ich noch fest im Ohr. Das Robben war noch vernünftig. Aber was uns ansonsten geboten wurde, war der schiere Aberwitz.

»Also bitte, bitte – wenn Sie durchaus wollen. Ich werde Sie nicht daran hindern«, sagt der Major und verlangsamt sein Schrittempo. »Heute nacht geht ein Zug von uns vor – zur Ablösung. Sie melden sich am besten gleich schon bei Hauptmann Wilfert, der ist einer von den Ordonnanzoffizieren.«

Jetzt bleibt der Major stehen. Ich gebärde mich zackig und bringe mein »Gehorsamsten Dank, Herr Major!« an den Mann. Damit sind die Würfel gefallen.

Mir dreht es sich wie eine Schiffsschraube im Kopf herum – eine Schiffsschraube, die halb aus dem Wasser schlägt. Ich will soviel einheimsen, wie ich nur packen kann, Voyeurismus hin, Voyeurismus her. Ich muß meine Scheuern füllen, mit fremden Situationen, fremdem Leben.

Ich weiß, wenn ich Pech habe, werde ich mitsamt den tausend Bildern in meinem Hirn unter den Rasen gebracht. Dann sind auch die futsch und perdu. Aber wenn ich durch diesen Schlamassel durchkommen sollte, werde ich einen schönen Vorrat haben. Ich muß die Chance beim Schopf packen, wie damals beim Zerstörervorstoß in den Bristolkanal.

Ich muß wieder daran denken, wie ich nach dem Festmachen im Morgengrauen auf der Pier hockte, eine klapprige Reiseschreibmaschine auf den Oberschenkeln, und mit drei, vier Fingern aufs Papier hackte, was ich Stunden vorher erlebt hatte. Daß ich, was mir wirklich an die Nerven gegangen war, unterdrückt habe, weil ich es verschweigen *mußte*, setzt mir heute noch zu – lieber gar nicht daran denken: Ein Ruhmesblatt der

Deutschen Kriegsmarine war dieser nächtliche Zerstörerüberfall weiß Gott nicht.

Da ist nur ein Unterschied: Damals bin ich nicht aus eigenen Stücken – nicht freiwillig – an Bord gegangen.

Der Hauptmann Wilfert ist ein hagerer Bursche. Kein Gramm Fett zuviel auf dem Corpus. Seine schnittige Felduniform trägt er wie ein männliches Mannequin. Sein Blick ist merkwürdig verdüstert. Das liegt aber wohl nur an seinen viel zu buschigen schwarzen Augenbrauen und den Falten über der Nasenwurzel.

Mein Gegenüber schickt verstohlene Blicke auf seine Armbanduhr. Also kurz fassen – und so sage ich ohne Umschweife: Wenn ich schon über den Einsatz der Truppen in diesem Gebiet schreiben wolle, müsse ich auch wissen, wie dem gemeinen Mann zumute sei. Kurzum: Ich wolle mit nach vorn. Als ich das vorbringe, gerate ich ins Stocken, und weil mich der Hauptmann dazu auch noch wie einen plötzlich aufgetauchten Exoten betrachtet, bringe ich es nur schwer fertig, mich wieder aus meiner Verlegenheit zu lösen. Und dann will der Hauptmann gar meinen Ausweis sehen – das passiert das erste Mal auf dieser Reise.

Ich fingere ihn aus der Brieftasche und reiche ihn ihm. Der Hauptmann vergleicht das Foto mit meiner Visage. Dann sagt er: »Oha, von Keitel unterschrieben ...«

»Ich halt's mehr für faksimiliert ...«

»Immerhin!« sagt der Hauptmann. Und dann in sachlichem Ton: »Sie müssen Ihre Personalien noch beim Wachtmeister angeben, auch für den Fall eines Falles ... Aber das wissen Sie ja. Ihre Papiere lassen Sie am besten ebenfalls bei ihm. Erkennungsmarke haben Sie doch?«

Damit scheint das »Amtliche« erledigt, und es sieht ganz so aus, als habe der Hauptmann wider Erwarten Zeit für mich. Er redet, dozierend und wohl stetiger Übung folgend, mit gedämpfter Stimme: »Insgesamt gesehen kann man sagen: Die Lage ist gefestigt ... Allerdings ballt sich hier einiges zusammen. Die Entladung kommt sicher – nur weiß keiner, in welche Richtung. Jetzt läuft's zunächst wohl auf Abnützung unserer Verbände hinaus, bei gleichzeitiger Verhinderung des Nachschubs. Auffrischung wäre nötig – aber daran ist gar nicht zu denken.«

Der Blick des Hauptmanns verfinstert sich. »Da vorne sieht's böse aus. Es gibt keine geordnete Widerstandslinie, schon gar kein ausgebautes Grabensystem, wie Sie es sich vielleicht vorstellen. Keine Spur vom sogenannten Atlantikwall: Da hat man ganz offenbar die Staffelung in die Tiefe vergessen. Statt dessen nur einzelne Deckungslöcher, ein paar verbindende Laufgänge, Trichter natürlich auch und Mauern und Erdwälle. Und das Schlimmste: Das alles ist ganz und gar unübersichtlich.

Die Scharfschützen hocken sogar in den Bäumen ... Es hat auch schon Nahkämpfe mit dem Bajonett gegeben. Handgranatenüberfälle und Handgemenge ... Vielleicht überlegen Sie es sich doch lieber noch mal ...«

Ich sollte jetzt sagen: Sehe ich so aus, als ließe ich mich, was haste, was kannste, ins Bockshorn jagen? Aber statt dessen frage ich ganz sachlich nach der Uhrzeit für den Abmarsch.

»Dreiundzwanzig Uhr dreißig«, sagt der Hauptmann. Und dann fragt er noch: »Was haben Sie denn für Waffen?«

»Meine Walther und die MP«, antworte ich, und der Hauptmann nickt dazu nur.

»Wir bringen Sie bis hierher«, zeigt er mir schließlich auf einer gezeichneten Karte. »Da steht ein größerer Baum – eine Eiche. Genau da müssen Sie warten. Das kann zwei, drei Stunden dauern, wenn Sie Pech haben. Dann werden Sie wieder aufgegriffen – ich meine aufgenommen – und gehen mit den abgelösten Männern zurück.«

Der rechte Zeigefinger des Hauptmanns geht auf dem Croquis hin und her. Ich strenge mich an, mir die Zeichnung einzuprägen, merke aber auch gleich, daß ich es nicht schaffe.

»Hier haben Sie die Situation auf der Eins-zu-zweihunderttausend-Karte ...«

Ich staune: eine farbige französische Karte, aber von der Armeekartenstelle herausgegeben: »Sonderausgabe! Nur für den Dienstgebrauch!«

»Viel werden Sie sowieso nicht zu sehen bekommen«, sagt der Hauptmann. »Sie wissen ja: In der Nacht sind alle Katzen grau.« Und dann wechselt er wieder in seinen dozierenden Ton: »Der Druck ist in unserem Abschnitt ziemlich stark. Aber wir können die Stellungen halten. Daß der Gegner nicht längst durchgebrochen ist, verdanken wir der schlichten Tatsache, daß er hier keine Panzer einsetzen kann ... Zu Anfang haben sie versucht, die niedrigen Mauern einfach zu überrollen. Doch da mußten sie ihre Bäuche zeigen – und dabei sind sie dann erwischt worden. Die sind ja unten nicht gepanzert ... Da vorne liegen etliche Wracks auf den Wiesen herum.«

Ich starre, während der Hauptmann so redet, immer noch angestrengt auf die Karte, als könne ich eine Offenbarung von ihr ablesen: Wird es gutgehen? Nicht gutgehen?

»Fast eine halbe Stunde Fußmarsch ...«, höre ich den Hauptmann wieder. Und dann sagt er, jetzt im Parlandoton: »Möglich, daß wir Sie enttäuschen werden, vielleicht ist gerade heute nacht gar nichts los ... wogegen wir freilich nicht das Geringste einzuwenden hätten ...«

Nach vorn

Bis zum Abend ist noch viel Zeit. Ich falte die Straßenkarte auseinander und suche die Strecke heraus, die wir fahren müßten, wenn ich auf kürzestem Weg Brest ansteuern wollte. Ich brauchte bloß scharf nach Süden Richtung Flers zu fahren und dann hinter Domfront nach Westen über Fougères, Dinan, Saint-Brieuc, Morlaix nach Brest – die Bretagne quasi in der Längsachse. Schätzungsweise vierhundertfünfzig bis fünfhundert Kilometer – also an ein, zwei Tagen zu schaffen.

Warum zum Teufel tue ich es nicht?

Über Rennes – das würde auch gehen. In Rennes übernachten. Rennes ist eine schöne Stadt.

Ich kann Lerchen tirillieren hören und zwei Schmetterlinge, Zitronenfalter, gaukeln sehen – einen halben Meter über den Wiesenblumen. Im Hintergrund liegen zerfetzte Pkws mit hilflos in die Luft gereckten Rädern neben Bergen von ausgeglühten Kanistern, schwarzverkohlte Lastwagen voller verbrannter Reifen. Da muß ein ganzer Troß zur Beute der Jabos geworden sein.

Eine vertrackte Szenerie: ganz und gar unwirklich.

In meinem Unterbewußtsein arbeitet es heftig. Die Trennschichten zwischen den einzelnen Sedimenten sind durchlässig geworden: Ich erlebe Szenen, die schon Jahre zurückliegen, auf einmal wieder so stark, als spielten sie sich eben erst ab. Dann wieder erscheint mir das, was gegenwärtig vor meinen Augen abläuft, wie eine Repetition von früher Erlebtem, und ich muß angestrengt in meiner Erinnerung herumsuchen, wann und wo ich die Bilder schon einmal gesehen habe. Ich gerate bisweilen so sehr durcheinander, daß ich mir einen Ruck geben muß, um das, was meine Augen unmittelbar aufnehmen, als die Wirklichkeit zu erkennen. Und doch bleibt sie unglaubhaft, wie vorgetäuscht.

Die Landser futtern Kunsthonigbrote. Das verdammte klebrige Zeug zu sehen – allein das schon macht mir Zahnschmerzen. Nichts essen! heißt das Gebot vor dem Angriff. So weiß ich es aus Büchern. Bauchschüsse bei voller Wampe sollen besonders gefährlich sein.

Ich halbiere einen Zeichenblock mit einem scharfen Messer und bringe ihn so auf Buchseitenformat. U-Film habe ich schon eingelegt, aber selbst mit diesem hochempfindlichen Material wird nicht viel auszurichten sein. Vom Zeichnen verspreche ich mir mehr.

Um über die Zeit zu kommen, hocke ich mich auf einen Stapel ausgeschnittener Baumäste und zeichne und aquarelliere das Stück Landschaft vor mir. Aber es will mir nicht recht glücken: Der Anblick ist zu banal, zuviel Grau, keine Kontraste, auch keine entschiedenen Formen. Außerdem bin ich nicht konzentriert genug.

Mit nach vorn in die Feuerlinie – Mutwille? Mag sein. Vielleicht brauche ich aber auch eine Art Purgatorium. Mich irritiert die uneingestandene Angst, durchschaut zu werden und vor aller Augen als Wichtigtuer dazustehen – oder entlarvt als Falschspieler.

Alle scheinen mich um meine Selbständigkeit zu beneiden. Daß es aber gar nicht so einfach ist, sich selber Befehle zu geben, bedenkt keiner. Auch nicht, daß mich schon ein schlechtes Gewissen quält, wenn ich mal für ein paar Stunden ausrasten will. Wer darf hier schon neidisch sein? Wer auf wen?

Zwei Landser kommen heran, und ich werde gefragt: »Wie sieht's denn zu Hause aus, Herr Leutnant?«

»Ich bin schon 'ne Weile unterwegs«, weiche ich aus.

»Wir hören hier gar nichts. Keine Post, nichts.«

Was soll ich den Landsern sagen? Welche Städte angegriffen wurden, das werden sie ja wohl wissen.

Ich bin froh, daß ich kein Blau am Leib habe, sondern das Feldgrau der Marineartillerie. Ich müßte mir hier sonst noch deplazierter vorkommen – auch mit meinem Khakizeug. Vom Wachtmeister bekomme ich einen Stahlhelm. Daß ich selber eine MP habe, registriert er mit Zufriedenheit.

Die Bäume zeichnen sich allmählich schärfer auf dem Himmelsgrund ab. Bald werden sie lauter Silhouetten sein. Und dann, wenn die Helligkeit ganz schwindet, beginnt hier der Krieg ... Diesmal auch für mich.

Ich treffe in einem leeren Stall auf meinen Zug. Um wenige blakende Sturmlaternen lagern die Soldaten in voller Ausrüstung aufbruchbereit auf dem Stroh. Zuerst denke ich an einen Augentrug durch Schattenwirkungen, weil ich keins der Gesichter unter den Stahlhelmen erkennen kann, dann weiß ich mit einem Mal, daß sich alle die Gesichter schwarz verschmiert haben: Nur mehr das Augenweiß ist zu erkennen.

Kaum einer von diesen Männern wird eine Ahnung davon haben, wie die Lage wirklich einzuschätzen ist. Kein Lachen, kein Scherzwort. Es riecht nach Schweiß. Schlachtschafe. Hin und wieder sehe ich ein paar große Augen unter einer Stahlhelmkante.

Mir geht der Anblick an die Nieren. Bitternis kommt in mir hoch: Das ewige Propagandageschwätz – und dann das hier, diese dumpfe, herdenhafte Schicksalsergebenheit von Schlachtschafen. Plötzlich ist mir erbärmlich zumute. Speiübel sogar. Ausgerechnet ich, der ich Menschenansammlungen immer gehaßt habe, muß hier in dieser dünstenden Herde ausharren.

Und doch faszinieren mich die Soldaten mit ihren Stahlhelmen: Die Stahlhelmkante hat nun mal einen klassisch schönen Schwung. Noch jedem Durchschnittsgesicht gibt dieser Stahlhelm Ausdruck – nur schwarz angemalt darf es nicht sein!

Ich denke: Goya! Die Szene könnte eine Radierung von Goya sein! Aquatinta. Nur die paar Lichter herauspolieren, alles andere im Dunkeln lassen: »Los desastres de la guerra«.

Wenn Goya diesen Stahlhelm gekannt hätte! Was sind dagegen die Barbierschüsseln der Tommies und die Pißkübel der Amis! Otto Dix – der wußte, was für eine großartige Form der deutsche Helm hat. An der Dresdner Akademie wurde ein Blatt von Dix herumgereicht, das war schier identisch mit dem Bild hier.

Goya und Dix!

Sollte ich mal Akademielehrer werden, würde ich Stahlhelme zeichnen lassen – von vorn, von hinten, auch umgekippte. Die sind schwierig wie Boote bei Ebbe auf dem Strand. Da läßt sich nicht mogeln. Verzeichnete Stahlhelme sehen aus wie Salatschüsseln. Schlecht gezeichnete Boote gehen unter.

Verrückt! Jetzt an so was zu denken.

Die Männer haben elastische Bänder um die Helme gelegt und zwischen Stahl und Band Zweige gesteckt. Der Anblick erinnert mich an die Indianerspiele meiner Kindheit. Mein erster Sioux-Kopfputz war aus Wellpappestreifen, in die ich die Kiele von Hühner- und Gänsefedern gesteckt habe.

»Herr Leutnant, bitte ...« Ein Feldwebel hält mir eine Dose mit dunklem Inhalt hin. Ich verstehe sofort: Auch ich soll mir das Gesicht schwarzschmieren.

»Muß das sein?« frage ich.

»Ist Befehl, Herr Leutnant!«

»Na denn«, murmele ich da nur noch und grabe drei Finger meiner rechten Hand in die Schmiere. Ohne Spiegel, das merke ich schnell, ist es gar nicht einfach, sich in einen Mohren zu verwandeln. Aber Spiegel gibt es nicht.

Der Feldwebel guckt gespannt zu, wie ich mich einsalbe. »Hier auf den Jochbeinen noch«, sagt er, »und über den Augenbrauen.« Am liebsten würde er wohl selber Hand anlegen, aber das verbietet ihm der Komment.

Das Schauspielerhafte meiner Existenz könnte mir nicht deutlicher klargemacht werden als mit dieser mir hingehaltenen Dose. Mit der schwarzen Schmiere könnte ich mich auch in einen Mephisto verwandeln, statt in eine Art Frontsoldaten.

Ich muß achtgeben, daß mir keiner meine Nervosität anmerkt. Jetzt bin ich doch nervös. Ruhig und gleichmäßig atmen, das vor allem ist wichtig Im U-Boot habe ich das gelernt. Stoßender Atem war da verpönt. Man hatte sich zu beherrschen, und das auch dann noch, wenn es »im Gebälk« ächzte und krachte und die Angst vor dem Wasserdruck einem die Luft abschnüren wollte.

Wenn ich recht unterrichtet bin, haben wir noch eine gute Stunde bis zum Abmarsch. Ich könnte noch dies und das machen, aber ich will lieber in der Nähe der Landser bleiben, mit denen ich vorgehen soll, und versuchen, etwas von ihren Reden aufzuschnappen.

Doch bald schon merke ich, daß da kaum geredet wird. Die Männer scheinen alle noch recht jung zu sein. Die meisten versuchen, eine letzte Mütze voll Schlaf zu nehmen, einige in merkwürdig verrenkten Stellungen: Es sieht aus, als hätten sie sich Arme oder Beine ausgekugelt.

Meine Zinnsoldaten damals sahen verdammt anders aus als diese Landser hier. Die trugen korrekte Uniformen und jeder hatte einen Tornister auf dem Rücken mit einer zusammengerollten Decke und dem Kochgeschirr hinten drauf. Die schönsten Soldaten meiner Kinderjahre, und zwar Ulanen, waren auf meinem Warmhalteteller abgebildet: kerzengerade zu Pferde, bunte Wimpel an den Lanzen und normale Fleischfarbe auf den Gesichtern. Daß mir jetzt dieser Warmhalteteller einfällt, auf den ich als Kind so stolz war! Er war das Modernste vom Modernen, mit einem zweiten Boden aus Metall. In den Zwischenraum konnte man über einen verschraubbaren Stutzen heißes Wasser einfüllen. Und gleich entstehen noch mehr Erinnerungsbilder: Ich sehe mich selber im Spiegel, mit entsetzten Augen, ohne Augenbrauen und Wimpern. Die habe ich mir gerade weggesengt, weil ich, mit einem großen blauen Luftballon in der Hand, dem glühheißen Badeofen zu nahe gekommen bin. Die Stichflamme hat mir einen gewaltigen Schrecken eingejagt.

Luftballons! Weiß der Henker, warum ich so hinter den prallen, bunten Rieseneiern her war. Aber die Erinnerung an diese Luftballons kommt mir gerade recht: Immer noch besser, jetzt an bunte Ballons zu denken, als sich mit Gedanken an die bevorstehenden Stunden verrückt zu machen ... Wir ergatterten die Luftballons – einen nach dem anderen – vor dem marmorgetäfelten Eingang des Kaufhauses Tietz in Chemnitz. Für Kassenzettel in Höhe von fünf Mark gab es einen Ballon. Also fragten wir die Leute, die aus dem Kauftempel herauskamen, ob sie uns nicht ihre

Kassenzettel geben wollten, bitte schön ... Und wenn wir dann wieder ein paar erbettelt und die Summen zusammengerechnet hatten und auf fünf Mark kamen, schoben wir uns durch die herausströmenden Leute ins Kaufhaus und forderten am Packtisch neben der Hauptkasse einen neuen Ballon.

Total verrückt: mit dem Body an der Invasionsfront zu sein und mit den Gedanken in Chemnitz in Sachsen, wo ich seit Jahren schon nichts mehr verloren habe, wo alles zu Bruch gegangen ist. Am Boden zerstört. Zertrümmert und ausgebrannt.

Die Luftballons wollen und wollen mir nicht aus dem Kopf. Ich muß damals etwa zehn Jahre alt gewesen sein, als ich eine subtile Racheaktion gegen den großmächtigen Kaufhauskonzern erfand. Plötzlich wollten die uns keine Ballons mehr geben. Irgend jemand hatte erspäht, daß wir schon eine Riesentraube in allen Farben hatten. Die Verweigerung war Unrecht. Und Unrecht muß bestraft werden! Also verlegten wir unser nächstes großes Geländespiel in das Kaufhaus. Zwanzig meiner Kameraden mußten versuchen, vom Erfrischungsraum im sechsten Stock bis ins Erdgeschoß zu gelangen und das durch die feindlichen Linien hindurch. Zwanzig andere – und da war ich dabei – versuchten, sie zu erwischen und ihnen den roten Wollfaden abzureißen, den sie um den linken Oberarm trugen. Fünf schafften es durchzukommen. Dann wurde gewechselt und von unserer Partei kamen zehn durch. Wir hatten gesiegt – aber auch das ganze Kaufhaus in Aufruhr versetzt. Es war Sonnabend und das Kaufhaus proppevoll.

Endlich ist es soweit. Die verrutschten Koppel werden geradegerichtet. Wer Pfeife geraucht hat, verstaut sie in der Tasche, und dann geht es ohne große Kommandos in Schützenkette los, der Zugführer an der Spitze. Das Granatfeuer des Gegners ist bereits ziemlich nahe herangekommen.

Viel wird nicht geredet. Nur ein bißchen Flüstern und Tuscheln wie bei einer Verschwörerbande.

Die Leute schleppen leichte Granatwerfer, leichte MGs und Panzerfäuste mit sich. Von irgendwoher höre ich: »Feuertaufe!« Das wird doch wohl nicht auf mich gemünzt sein? Feuergetauft bin ich schon oft genug worden. Feuertaufen mit Wasserbomben sind besonders eindrucksvoll, die stehen in der Qualitätsskala an erster Stelle.

Einige Soldaten tragen leichte, zusammenlegbare Bahren: Vorn hat es Verwundete und Tote gegeben, die zurückgetragen werden müssen. In der diffusen Dunkelheit kann ich die Männer bald nur noch am Augenweiß erkennen. Mummenschanz! Keiner verliert mehr ein Wort, aber Lärm machen wir trotzdem genug. Dieses verdammte Geklapper kommt vor allem von den Blechbüchsen der Gasmasken. Idiotische Vorschrift, daß die albernen Botanisiertrommeln ständig durch die Gegend geschleppt werden müssen. Mit einem Gasangriff ist wohl nicht zu rechnen. Unter zivilisierten Völkern wird nach Regeln umgebracht – handwerklich wie beim Schlachter sozusagen und nicht mit Chemie.

Es ist abnehmender Mond. Wolken am Himmel. Weil Wind geht, stehen die Wolken nicht still, sondern geben den Mond ab und zu frei. Ich weiß nicht: Ist das gut für uns oder schlecht? Seit meiner Pfadfinderei und seit den Märschen mit dem Studienrat Rost in Schneeberg bin ich nicht mehr so wie jetzt mitten in der Nacht durchs Gelände getigert. Oder ich kann mich nur nicht erinnern ...

Ich muß versuchen, mir das Gelände einzuprägen. Nur, was sehe ich schon! Alleine wäre ich hier aufgeschmissen. Aber so in der Herde ... Die Herde stinkt nach Schweiß und nach Lederzeug. Vielleicht auch nach Angst. Angst riecht sauer. Hunde gehen auf einen los, wenn man Angst ausdünstet. Hier in dieser lauen Nacht müßte uns einer auch schon von weitem erriechen können, wenn er nur richtig zum Wind steht.

Ich warte darauf, daß auch mich Angst packt. Seit wir losmarschiert sind, habe ich ein fatalistisches Gefühl von Sicherheit. Und das durchmischt mit hochgradiger Spannung. Aber Angst? Ich versuche, meine Erinnerungen an Remarque zu beschwören. Aber Remarque paßt hier nicht.

Wieder muß ich an meine Pfadfinderzeit denken. Genauso wie jetzt haben wir uns damals angeschlichen, die nordamerikanischen Indianer als Vorbild: Atem beherrschen, keinen Zweig unter dem Tritt knacken lassen und immer wieder sichern. Diesen furiosen Artillerielärm um uns herum gab es damals freilich nicht.

Der Artilleriebeschuß gilt nicht unserem Gebiet, das ist sicher. Also kann er mir auch keine Angst einjagen. Die Gefahr kommt von feindlichen Stoßtrupps, die genauso wie wir durch die Gegend schleichen könnten.

Plötzlich gibt mir der Wachtmeister das Zeichen, daß ich zurückbleiben soll.

Ich liege hinter einem Mäuerchen. Ganz bequem. Dieser Wahnwitz! denke ich. Langemarck war auch schon so ein Wahnwitz. Das Gelände wird ähnlich ausgesehen haben: flach wie hier, und es wird auch Seewind geweht haben. Zumindest aber sind wir jetzt nicht mehr ganz so dußlig wie die Kameraden von damals, über die ich in der Aula der Penne eine Rede am Gedenktag halten mußte. Jetzt heißt es: Hacken an den Boden und von Deckung zu Deckung robben. Sturmangriff übers freie Feld am hellichten Tag, und das auch noch mit Gesang – »das

Deutschlandlied auf den Lippen« –, die müssen damals ganz schön verrückt gewesen sein.

Ich muß froh sein, daß nicht auch ich noch Seitengewehr und Gasmaske schleppen muß. Wenigstens diesen verdammten Klapperkram nicht. Total idiotische Ausrüstung. Wie aus dem Siebziger Krieg. »Heereszeugmeister« heißen die Idioten wohl, die diesen Blödsinn verantworten. Die Tommies und die Amis sind da verdammt viel besser dran. Die Toten an der Scheune habe ich mir genau angeguckt. Die lagen da wie die Strecke nach einer Treibjagd, halbwegs ordentlich nebeneinandergepackt. Ich will das Bild verscheuchen, aber die toten Tommies wollen mir nicht aus dem Kopf.

Wer hier einen verplättet bekommt, hat noch Schwein – vergleichsweise. In Rußland ist es weit schlimmer. Die beiden Krankenschwestern, mit denen ich im Fronturlauberzug Paris–Berlin eine Weile im Abteil saß, hatten eine bemerkenswert drastische Art, von ihren Erlebnissen zu erzählen. Da troff die Blutsuppe nur so zu Boden, und mit den amputierten Gliedern wußten sie nicht mehr, wohin.

Wie bestellt und nicht abgeholt – genauso liege ich hier herum. Jetzt geschnappt werden? Dann könnte ich womöglich mit Jordan Shake hands machen . . . Noch mögen keine fünf Minuten vergangen sein, aber ich fühle mich schon total aufgeschmissen.

Das Flackerlicht auf den Wolken setzt keine Minute aus. Eine Menge pyrotechnischer Aufwand. Bei unseren Papiertheateraufführungen haben wir ähnliche Wirkungen erzielt. Freischütz – Wolfsschlucht: Da war was los! Wackelkontakte und für die größeren Effekte hatten wir Kolophonium. Das Zeug stank gewaltig.

Mich muß der Affe gebissen haben, daß ich mich freiwillig in diese Lage begeben habe. Ich weiß nicht mal, was für Truppen diesen Feuerzauber machen. Tommies? Amis? Kanadier? Ich hätte mich, verdammt noch eins, erkundigen sollen. Mit den Tommies ist nicht zu spaßen. Die Tommies gehen genauso verrückt ran wie unsere Jungs. Die auf der Campbelltown waren auch vom Affen gebissen.

Der abgeschossene Tommy, den ich bei Escoublac aufgegriffen habe, war ein beachtlicher Bursche. »We are not afraid of them! We respect them!« Wie der mir das kaltschnäuzig ins Gesicht blies, als ich ihn in meinem Reportereifer fragte, was er denn mehr fürchte: unsere Marineflak oder die Me 110. Dazu gehörte in seiner Situation schon einiges.

Es kracht und orgelt auf allen Seiten. Das wäre etwas für Hermann Löns! Der würde hier hervorragend mit neuen Eindrücken für seine Lautmalerei bedient. Das wäre mal was anderes als seine diversen Vogelstimmen. Jetzt versuche ich es probeweise auch mal: benennen, was ich zu hören bekomme ... Peitschen, Knattern, Rattern, Hämmern, Bellen, Knallen, Grollen, Grummeln, Pauken, Dröhnen, Brüllen, Pfeifen, Zischen, Sirren, Zirpen, Jaulen, Orgeln.

Nur nicht durchdrehen! Die Nerven behalten! Das ist jetzt oberstes Gebot. Das Ganze ist jedenfalls ein Scheißspiel. Und wenn die Ablösung mich hier nicht findet oder an anderer Stelle sucht – was dann? Dann hocke ich hier bis zum Sankt-Nimmerleins-Tag – Quatsch: bis zum Hands up.

Warten, warten, warten – wenn ich den Wachtmeister nun mißverstanden habe? Ich sollte aber doch zurückbleiben: Das Handzeichen war deutlich, seine Anweisung eindeutig ...

Zum Kompanieführer ausgebildet – zum Lachen! Schöne Ausbildung! Da kann ich mir jetzt was dafür kaufen. Ob die Einschläge gefährlich nahe sind, oder ob das hier das Übliche ist? Nicht den Schimmer von einer Ahnung. Keine Ahnung, ob das jetzt Granatwerfer sind oder Haubitzen.

Im Durcheinander des Geknalles versuche ich angestrengt, zu sondieren, was für Waffen an diesem Detonationsorchester beteiligt sind: Karabiner, Maschinenpistolen, leichte Maschinengewehre ...? Augenblicke lang kann ich mir nur schwer vorstellen, daß das hier wirklich ernst ist: Die bengalische Beleuchtung und die schnell wechselnden farbigen Illuminationen sehen schlechthin festlich aus! Auch wie das Flackerlicht der Abschüsse und Detonationen die Buschsäume als schwarze Silhouetten herauszeichnet, ist hübsch anzusehen: wie mit der Laubsäge ausgeschnitten und auf einen Lampenschirm geklebt. Dann wieder wird ein Gebüsch, eine Baumgruppe angeleuchtet und steht bleichbläulich gegen einen Himmel, der tintendunkel ist. Lichtwechsel wie auf einer Theaterbühne: auch nicht schlecht ...

Ich muß mich jetzt *tatsächlich* an die Kandare nehmen, statt mich an dem Feuerzauber zu delektieren: Ein paar hundert Meter weiter vorn bekommen sie einen verplättet. Ich kann nur hoffen, daß es nicht zu viele von meinem Zug erwischt.

Ich arbeite mich ein Stück weiter vor, und dann ist plötzlich um mich herum die Hölle los. Ich lasse mich fallen und verharre ohne Bewegung, fest an die Erde geschmiegt. Aber meine Lungen fliegen.

Um mich herum ist ein Stakkato von dumpfem Hämmern und scharfem Ballern. Ich denke: Maschinengewehr und Karabiner – auch Maschinenpistolen. Aber woher kommt dieses scharfe, rhythmische Hämmern?

Im Flackerlicht sehe ich, wie sich welche durch einen Drahtverhau hindurcharbeiten. So sieht es wenigstens aus. Ich kann schemenhaft vier, fünf Figuren erkennen, die sich auf eine bizarre Art bewegen. Eigene Leute?

Feinde? Einer der Schatten taumelt wie ein Betrunkener. Was hat das zu bedeuten?

Ich richte mich, um mehr sehen zu können, soweit hoch wie ein Hundertmeterläufer kurz vor dem Start. Diese verdammten hüfthohen Mäuerchen!

Jetzt sind die Schatten vor mir weg. Wäre es nur eine Spur heller, hätte ich womöglich erkennen können, ob es sich um eigene Leute oder Gegner gehandelt hat. Eine Leuchtgranate hätte auch geholfen. Aber die segeln bloß vom Himmel, wenn man sie nicht brauchen kann.

Was ist, wenn unser Zug abgeschnitten wird? Ich könnte nicht einmal wagen, auf eigene Faust zurückzukriechen. Ich habe keine zuverlässige Orientierung. Es blitzt und dröhnt ja auf *allen* Seiten.

Aus dem Knattern und Knallen kann ich mittlerweile einzelnes Ploppen heraushören: Karabinerfeuer. Das macht mir mehr Angst als das Wummern der Artillerie und das Knattern der Maschinengewehre. Das Wort »Scharmützel« fliegt mir zu.

Die meisten, das weiß ich, werden erwischt, wenn sie mit dem Kopf über eine Mauer kommen – vorausgesetzt, daß die Mauer für den Schützen gegen den helleren Himmel steht. Wenn ich so wie jetzt vom Boden her die Mauer vor mir anvisiere, sehe ich ihre obere Kante scharf gegen den Himmel abgezeichnet. Wenn da einer von der anderen Seite her in mein Wiesenteil herüberklettern wollte, müßte ich schießen.

Kaum gedacht, erkenne ich auch schon Schatten über der Mauerkante vor mir. Heftige Schießerei setzt ein. Mein innerer Alarm war kein Fehlalarm: Tommies?

Jetzt heißt's die Nerven behalten! Ich habe es so gewollt – also! Ich drücke mich zwischen Büschen hindurch und komme auf eine Wiesenfläche. Das Gras ist nur knöchelhoch. Hinter mir ist zwischen den Detonationen Flüstern und Klappern zu hören.

Eine Leuchtgranate verschafft Klarheit: keine Tommies, sondern Männer der Kompanie. Aber wieso nur fünf oder sechs . . .?

Jetzt schießt es direkt hinter mir: MP und Karabiner. Was kann dieses heftige, peitschende Feuer in meinem Rücken bedeuten? Ist da ein gegnerischer Stoßtrupp hinter uns ins Gefecht geraten? Hinter uns: Das hätte gerade noch gefehlt.

Habe ich etwa die Orientierung total verloren?

Ein Einschlag dicht bei mir versetzt mir einen Schreck. Ich liege, den Kopf auf den Unterarmen, platt im Gras, wie ich es gelernt habe, und spüre Dreck auf mich herabregnen. War das eine Werfergranate? Oder schießen die mit leichter Artillerie? Ich weiß nicht einmal, woher die wummernden Abschüsse kommen. Haubitzen?

Ich hätte mir den Frontverlauf besser einprägen sollen, aber wie denn in der Eile und Nervosität? Und außerdem: Woran soll man sich hier orientieren? Die bocages vor und hinter mir und zu beiden Seiten gleichen sich wie ein Ei dem anderen. Schießt da nicht eine Pak? Es könnten aber auch Panzerkanonen sein. Wenn es die Tommies schaffen, in diesem Abschnitt mit Panzern durchzubrechen, dann gute Nacht!

Leuchtkugeln tauchen die bocages in meinem Blickfeld erst in rotes, dann in grünes, schließlich in weißes Licht.

»So 'ne Scheiße!« höre ich rechts neben mir, kann aber nicht fragen, was damit gemeint ist. Ich spüre Feuchte am Bauch.

Dicht über mich hinweg wispert und pfeift es scharf. Jetzt kann ich schon gar nicht wagen, den Kopf zu heben. Täte ich es, würde ich direkt in die Wisperbahnen hineingeraten. Kugeln, die einen treffen, hört man nicht: So habe ich's gelesen. Die hier höre ich verdammt deutlich.

Endlich setzt das Wispern und Pfeifen aus, und ich kann wieder wagen, mich vorsichtig zu bewegen – das heißt: zu robben. Ich fasse in etwas Schleimiges – Schneckenschleim wahrscheinlich.

Und schon bricht es wieder über uns herein. Geschosse bersten bedenklich nah in schneller Folge. Ich höre Schreien. Deutsch? Englisch? Ein tiefes Orgeln über den Wipfeln läßt mich erschauern. Das müssen schwere Koffer sein, die für Reservestellungen weiter hinten bestimmt sind: Schiffsartillerie. Das Orgeln und Gurgeln bildet den Klanghintergrund für fetzende Explosionen und dröhnende Wirbel wie von Kesselpauken.

In mir krampft sich Angst zu einem großen Klumpen. Trockene Kehle, pelzige Zunge. Was zu trinken wäre recht.

Plötzlich stehen »Christbäume« am Himmel und tauchen die Landschaft in weißes Licht. Rauchschwaden, Flammen, Detonationen – davor unwirkliche Schemen. Das Schießen wird so heftig, daß es klingt, als ginge ein ganzes Munitionsdepot hoch. Es prasselt und knattert: Schnellfeuer aus Maschinenpistolen und MGs.

Das Licht der Leuchtraketen verfremdet die Landschaft, es eliminiert die Entfernungen, verzerrt die Dimensionen. Die Landschaft erscheint wie ein Negativbild.

Neben mir liegt einer auf dem Bauch, die Unterarme vor dem Kopf – flach auf der Erde, wie tot. Leute laufen an mir vorbei. Ich muß auch hoch. Mir ist, als renne ich allein über eine Bühne. Hundert Augen müssen mich rennen sehen. Vor mir streckt sich eine Mauer. Sie ist nur hüfthoch. Ich hechte mit letztem Atem darüber. Die Erde bebt. Mein Atem geht stoßweise.

Was knattert da? Ein LMG! Eins von uns? Kaum setzt es aus, erfüllt die Luft ein an- und abschwellendes Dröhnen: Flugzeuge. Wo laden die ab? Hinter uns?

Unvermittelt wird alles in Licht getaucht. Ist da ein Stoßtrupp unterwegs? Ich sehe geduckte, huschende Gestalten. Eigene? Eigene Leute beschießen, das wäre das Letzte.

Da höre ich Schlösser klicken. Verdammt nahe. Kein Irrtum. Ich schmiege mich dicht an den Boden, erlausche Klirren, Tapsen – das sind keine Tiere. Kommen die Geräusche jetzt auch von der anderen Seite? Das Klicken von rechts, das Tappen von links?

Was tue ich nur? Ich kann doch nicht eigene Leute abknallen – ich muß sie anrufen, wenn sie noch näher kommen. Ich spüre meine Schläfenadern hämmern. Ein Einschlag – nicht weit. Splitter kleckern gegen Stein.

Hinter der Kimm ist ein Aufleuchten wie von Schweißflammen, unruhige Flackerfeuer. Fernes Geschützwummern – nicht lauter, als würde in der Nähe eine Betonmischmaschine rotieren.

Meine Hände bluten, ich habe in alten Draht gefaßt. Tetanus! Bin ich geimpft? Ich sussele mit aller Kraft. Dann im Krebsgang zurück. Hier ist kein Bleiben mehr. Sprung auf wagen?

Im ersten Morgenlicht sind alle Farben fahl, wie ausgelaugt. Die Leute sehen grau und alt aus. Kühler, feuchter Sand, Lispeln im Pappellaub, dünner Nebel.

Tote. Die Stiefel verdreht. Einer steigt herum, leert die Taschen. Erkennungsmarken. Die armen Schweine. Gekillt. Junge, verschüchterte Kerle. Liegen da wie Schläfer. Ein paar Leute aus der Scheune sind dabei. Schon kommen die Fliegen.

Die Verwundeten sind bleich – fast weiß, einige von Kopfwunden rot überströmt.

Ein Becher heißer Kaffee. Ich halte ihn dicht unter die Nase und wärme mir an ihm die blutschorfigen Hände.

Ich hocke da und fühle mich beschissen. Dabei dachte ich, daß es mich aufrichten würde.

Schlachtenbummler! verhöhne ich mich.

Ich kann hier einfach abhauen, aber die armen Schweine müssen immer wieder nach vorne, so lange, bis sie einen Heimatschuß verplättet oder das Lebenslicht ausgeblasen kriegen – oder bis sie, wenn sie großes Glück haben, gecatcht werden.

Weiter

Auf der Karte sehe ich wieder Bayeux. Dort hängt der Bildteppich, über den ich kurz vorm Abitur ein ganzes Aufsatzheft vollgeschrieben habe. Eigentlich gar kein Teppich, sondern eine gestickte Bilderrolle mit der Geschichte Wilhelms des Eroberers. Die Invasion Englands durch die Normannen – ein aktuelles Thema. Der Gröfaz hat den Zeitpunkt dafür verpaßt. Ob es stimmt, daß Hitler aus »rassischen Gründen« Hemmungen gehabt hat, England sofort zu attackieren? Wahrscheinlich konnte er selber kaum glauben, daß unsere Truppen so schnell bis an die Kanalküste vorgestoßen waren. Jetzt haben die Alliierten den Spieß herumgedreht, jetzt zeigen die uns, wie eine Invasion gehandhabt wird.

Wir müssen hier weg. Die Gefahr, daß wir plötzlich Hands up machen müssen, ist viel zu groß.

Ich habe das Kartenbild fest im Kopf: Wir müssen auf kürzestem Weg Flers ansteuern und uns dann bald schon westlich halten – Richtung Bretagne.

Bis es dämmert und wir losfahren können, will ich versuchen, noch eine Strecke zu pennen.

Aber Unruhe und Spannung lassen mich nicht aus den Klauen. Ich kann deutlich spüren, wie mein Gedankenstrom ins Strudeln gerät: keine Rede mehr von geordneten Gedankenbahnen.

Aus lauter Ungeduld will ich dann doch zu früh los: Obwohl der Himmel schon dunkelblau wird, ist das Motorengebrumm über uns noch nicht verebbt. Gerade als wir die Laubgarage verlassen wollen, kommt ganz tief ein Schwarm von sechs Maschinen über das Gelände gejagt. Schon prasseln die Bordwaffen der ersten los. Gleich darauf kommt der Feuerstoß der zweiten, die dritte Maschine zieht, ohne zu schießen, wieder hoch.

»Sauzucht verfluchte! Diese elenden Hurenschufte!« schimpft der Fahrer. Der Anblick der demolierten Fahrzeuge, die ringsum unter den Bäumen stehen, und nun auch noch diese Attacke – das ist zuviel für ihn.

Weiter weg steigt über die Bäume Qualm hoch.

Wir warten eine Viertelstunde. Dann startet der Fahrer wieder, aber unser Wagen will nicht. Als der Fahrer die Batterie schon fast ganz heruntergeorgelt hat, springt die Maschine an. Der Fahrer gibt nun so viel Gas, daß der blaue Dunst nur so aus dem Auspuff quillt. Gleich hebt ringsum vielstimmiges Gebrüll an: »Wohl wahnsinnig geworden!« – »Blödes Arschloch, blödes!«

Wir fahren in Richtung Dorf.

»Links abzweigen, dann die zweite Straße rechts und nach der Kirche halblinks!« wiederhole ich, was mir ein Leutnant eingeschärft hat. Aber nach zehn Minuten Fahrt wissen wir schon nicht mehr, wo wir sind. Da taucht vor uns eine Gruppe Soldaten aus der halben Dunkelheit auf. Der Fahrer bringt den Wagen hart zum Stehen.

»Wo sind wir denn hier?« ruft er die Landser an. Aber er bekommt keine Antwort. »Blödmänner! Könnt Ihr nicht reden?«

Die Kerle stehen wie zu Salzsäulen erstarrt mit linkisch angelegten Händen im Halbdunkel und sagen kein Wort.

»Rußki!« höre ich endlich einen.

»Ach, du Schiet!« schimpft der Fahrer. »Nix deutsch!« Dann wendet er sich an mich: »Wo kommen die denn her?«

»Die gehören zu dem Verein von Herrn Wlassow, falls Ihnen das was sagt.«

Der Fahrer zieht daraufhin nur seinen Nasenrotz geräuschvoll hoch und fährt wieder an.

Endlich kommt ein Dorf, das unser Ziel sein könnte. Ich will seinen Namen auf der Karte suchen, da stellt sich heraus, daß der Fahrer in der Scheune, wo er mit den Soldaten der Werkstattkompanie im Stroh geschlafen hat, unsere Taschenlampe vergessen hat.

»Da nehmen wir das Feuerzeug hier zum Ablesen der Karte – das wird schon gehen, Herr Leutnant«, versucht er den Verlust zu verkleinern.

In einer Toreinfahrt entdecke ich Soldaten. Ein Unteroffizier ist dabei. Den frage ich, wie der Ort heißt.

Wo sie sind, gibt der Unteroffizier zur Antwort, wüßten sie selber nicht. Sie seien in der letzten Nacht nach vorn gebracht worden, aber wenn wir eine Karte hätten, dann könnte er sich schon orientieren.

Ich nehme die Karte, steige aus dem Wagen und entfalte sie auf der Kühlerhaube. Der Unteroffizier knöpft sich seine Taschenlampe von der Brust und senkt sie dicht auf die Karte herab. Obwohl der Lichtkegel dadurch nur klein ist, blendet der Fahrer ihn mit beiden Händen auch noch nach den Seiten ab. Der Mann hat also tatsächlich was gelernt!

»Hier sind wir«, sagt der Unteroffizier mit entschiedenem Ton und zeigt auf einen Ort, der nach meiner Meinung gute fünfzig Kilometer entfernt liegen müßte.

»Wenn's nur stimmt!« gebe ich zu bedenken.

»Auf jeden Fall ist die Front dort«, sagt der Unteroffizier jetzt unsicher und weist mit ausgestrecktem rechten Arm seitwärts ins Dunkle.

Da murmelt der Fahrer: »Das wissen wir auch: Wo's schießt, da ist die Front.«

Wir erfahren endlich: Etwa zweihundert Meter zurück sei ihr Leutnant in einem Haus dicht an der Straße einquartiert. Der wisse bestimmt, wie das Kaff hier heiße.

Wir stoßen, da wir auf der schmalen Straße nicht wenden können, rückwärts in die Dunkelheit hinein. Der Fahrer flucht dabei, was das Zeug hält. Schließlich finden wir ein Haus, auf das die Beschreibung paßt. Über eine dunkle Stiege taste ich mich in den ersten Stock hoch und fühle dabei Staub unter den Fingern. Ich solle aufpassen, es fehlten ein paar Stufen, ruft warnend der Posten von unten. Licht? Nein, Licht gebe es keins. Nur der Leutnant habe eine Kerze.

Ich kann endlich ihren Schein durch einen dünnen Türspalt wahrnehmen. Der Leutnant liegt in einer dunklen Ecke auf einer Strohschütte und starrt offenbar an die Decke. Als er einen fremden Menschen in seiner Stube erkennt, erschrickt er und kommt schnell hoch. Wir begrüßen uns mit einer Förmlichkeit, die in dieser Umgebung seltsam wirkt. Der Leutnant hat sich einen schwarzen Kinnbart stehen lassen, im Flackerlicht der Kerze sieht er aus wie ein düsterer Rasputin.

Der Leutnant zeigt mir auf der Karte mit einem umgedrehten Streichholz unseren Standort: »Saint-Jouen ist hier an der Kreuzung. Jetzt geht es hier kreuz und quer. Wie Sie da durchkommen wollen, weiß der Teufel. Die Straße ist nämlich kaputt. Hier sind lauter Knicks und Buschwege. Da kennt sich kein Aas aus. Da soll einer kämpfen in diesem Gelände! Über fünfzig Prozent Verluste hat die Kompanie schon. Hier wird man einfach aus dem Hinterhalt abgeknallt . . .«

Mit der Kerze leuchtet er mir die Stiege hinunter. Ich fühle mich beklommen.

Bald kommen wir an eine Kreuzung und wissen schon wieder nicht weiter. Da entdecke ich ein Straßenschild. Der Fahrer steigt aus, klimmt an der Stange hoch und buchstabiert zwei Dorfnamen, die mir nichts sagen. Was tun? Das Aufblitzen der Artillerieeinschläge kommt näher. Daran ist kein Zweifel. Die Angst, daß wir plötzlich in die feindlichen Linien geraten könnten, treibt mich zum Weiterfahren an. Ich entscheide aufs Geratewohl, in welche Richtung.

Die Köpfe fast bis an die Schutzscheibe vorgereckt, rollen wir weiter. Der Mond bleibt hinter einer dichten Wolkendecke verborgen. Plötzlich tauchen rechts und links die Schatten von Soldaten im Dunkel auf. Wir fahren zwischen ihnen hin wie durch eine Viehherde hindurch. Keiner der Soldaten gibt einen Ton von sich, nicht das kleinste Zigarettenglimmen ist zu sehen – ein gespenstischer Zug, der in der dunklen Nacht nach vorn marschiert.

Rote Leuchtkugeln steigen direkt vor uns auf: drei, vier nacheinander und dann ein Bündel von drei grünen. Das Brummen von Fliegern übertönt unseren Motor. Die Maschinen müssen ganz tief über uns hinfliegen.

Dann ist die Straße versperrt: Ein schwerer Lastzug ist mit einem Zweieinhalbtonner zusammengestoßen. Über den schmalen Streifen, der zwischen dem Lastzug und dem Straßengraben geblieben ist, wird mit viel aufgeregtem Rufen ein entgegenkommender Troß gelotst. Wir müssen lange auf sein Ende warten. Schließlich fahren wir vorsichtig an dem Laster vorbei. Beim Warten hat der Fahrer mitbekommen, daß der nächste Ort gerade erst schwer bombardiert worden sei. Nur auf verzwickten Umgehungen könne man weiterkommen – aber kaum bei diesen Sichtverhältnissen.

Wir finden einen Wagen, der das gleiche Ziel hat wie wir, und hängen uns an. Die zweite Position ist bei dieser nächtlichen Karriolerei allemal die bessere.

Das Artilleriefeuer kommt wieder deutlich näher. Das hört sich nicht gut an.

Wir sind noch nicht weit gekommen, als wir gestoppt werden. Ein Feldgendarm warnt uns: Die Straße liege unter Beschuß, wir müßten zurück.

Zurück? Nein, das wollen wir nicht. Auf der Karte suche ich im Schein der von dem Feldgendarmen geliehenen Taschenlampe nach einer Ersatzroute. Der Mann weiß nicht zu sagen, wo wir durchkommen könnten.

»Ganz schöne Wuhling hier«, sagt der Fahrer.

»Willing?« fragt der Feldgendarm.

Mir ist blümerant zumute, aber ich entschließe mich für eine Umgehung.

Es beginnt leise zu regnen. Wieder und wieder werde ich von schwarzen Flecken, die plötzlich auf der Straße liegen, erschreckt. Der Fahrer offenbar auch, denn er stoppt den Wagen ein ums andere Mal – und das vor nichts anderem als der dunklen Spiegelung von Straßenbäumen.

Plötzlich werde ich mit dem Kopf gegen die Scheibe geworfen. Verdammt! Der Fahrer ist mit aller Kraft aufs Bremspedal getreten: Wir stehen Kühler an Kühler mit einem schweren Lastwagen. Der Fahrer ruft erregt aus: »Der hätte uns glatt zerquetscht!«

»Na, na, na!« mache ich, um ihn zu beschwichtigen. Wir müssen mühsam zurücksetzen, um dem Lastwagen Platz zu machen.

Wenn die Straße unter Bäumen liegt, wird es so dunkel, daß ich dem Fahrer sagen muß, ob er sich mehr rechts oder links halten soll. Alleine schafft er es nicht.

Der nächste Feldgendarm steht als bizarre Silhouette mitten auf der Straße und stoppt uns mit abgeblendeter Taschenlampe. Wir werden wieder umgeleitet, kommen aber nicht weit. Der Weg ist offenbar heillos verstopft.

Wir schaffen es mit Ach und Krach, noch ein paar Kilometer voranzukommen, dann lasse ich stoppen. Ich kann nichts mehr sehen. Ich bin völlig erschöpft. Kaum stehen wir, kommt ein Lastzug so dicht vorbei, daß er uns die Tarnung abreißt. Wir können hier nicht bleiben. Wir müssen auf Biegen und Brechen weiter.

Die Dunkelheit wird noch dichter, wir können uns nur mehr an dem schwachen Schimmer zwischen den Baumkronen orientieren.

Im nächsten Ort lasse ich halten. Aus einem dunklen Hauseingang kommt ein Landser, und von dem erfahre ich, daß in dem Wagen, der gegenüber steht, ein gefangener englischer Brigadegeneral sitzt. Weil ich gern einen Blick von ihm erhaschen möchte, gehe ich die paar Schritte. Da nimmt der Mann, der hinten im Wagen zwischen zwei Bewachern sitzt, beide Hände vors Gesicht. Es sieht aus, als ob er sich schäme, aber in Wahrheit zündet er sich nur eine Zigarette an.

Flugzeuggeräusche. Scheinwerferarme schwenken steif ins Himmelsschwarz. Da blitzt es direkt über uns auf. Das sind keine Geschosse, sondern Leuchtbomben! Aber nein doch: ein Erkennungssignal! Eine deutsche Maschine? Ein Tommy schießt doch kein ES. Aber ein einzelnes Flugzeug, keine Rotte? Ein einsamer Mann in seinem Cockpit – was bedeutet das? Der Lärm vom Himmel, der mich eben noch erschreckt hat, klingt auf einmal merkwürdig beruhigend.

Ich erfahre von einem Feldjäger, von dessen Gesicht ich unter dem Stahlhelm fast nichts erkennen kann: »Nach Villers-Bocage ist kein Durchkommen mehr.« Wir sollen versuchen, auf Nebenstraßen direkt nach Süden weiterzukommen. Notfalls auf Feldwegen. Villers-Bocage sei schon am zwölften Juni gefallen.

»Aber man hat mir gesagt: von unseren Panzern zurückerobert!« erwidere ich.

»Ja, stimmt schon«, bekomme ich Bescheid, »aber am dreizehnten Juni haben es die Briten wieder genommen, und jetzt sitzen die da fest.«

Also schnurstracks nach Süden. Keine Sterne am Himmel, kein Mond – da verliere ich schon nach zwei Umleitungen wieder die Orientierung. Das dauernde Umfahren macht mich irre.

Jetzt, die Front im Rücken, komme ich mir vor wie auf der Flucht. Sollte ich etwa doch kneifen wollen? Nein. Aufgeben, ja – aber nicht kneifen. Was hätte ich denn noch tun können in diesem Tohuwabohu? Und plötzlich habe ich Bammel, was mich in Brest erwarten könnte. Habe ich mir nicht während der nächtlichen Patrouille insgeheim gewünscht, wir würden umzingelt und ich geriete in Gefangenschaft? Aller Verantwortung ledig ... Ich muß, wenn wir hier heraus sind, erst mal gründlich mit mir ins reine kommen. So aus dem Leim, wie ich es jetzt bin, soll mich der Alte nicht sehen.

»THURY-HARCOURT« lese ich laut von einem Wegweiser ab. Ganz in der Nähe, im Schloß von La Caine, muß der Gefechtsstand der Panzergruppe West sein. »Durch Jabos völlig vernichtet«, hat es geheißen. »Fast alle Stabsoffiziere tot. Der General der Panzertruppen schwer verwundet.« Der Chef der Werkstattkompanie war es, der mir das gesagt hat.

Von einer Panzereinheit bekommen wir Benzin. Ich halte mich, während der Fahrer aus Kanistern auftankt, abseits. Ich habe keine Lust mehr, die Leute auszufragen: Meine Gedanken sind ganz auf Brest gerichtet.

Wir kommen bald merklich besser voran. Wider Erwarten finden wir Anschluß an eine Kolonne. Einige der Wagen haben offenbar Holzgasantrieb. Ich muß mir immer wieder die Augen reiben. Der Fahrer hält sich wacker an den Schatten vor uns.

Plötzlich leuchten hinter uns Scheinwerfer auf. Die Rauchschwaden vor uns blenden weiß auf. Ich lehne mich aus dem Fenster und brülle mir schier die Seele aus dem Leib, um den Fahrer hinter uns zum Ausschalten der Scheinwerfer zu bewegen. Aber der Mann reagiert nicht. Also müssen wir stoppen. Ich klettere aus dem Wagen, hole mir den Mann aus dem Führerstand und brülle ihn an, ob er wahnsinnig sei, hier mit Licht zu fahren. »Wegen einem Idioten wie Ihnen wollen wir keine Bomben auf den Kopf kriegen!« Ich will schon zur Pistole greifen, als der Mann endlich seine Scheinwerfer löscht.

Es vergehen auch nur ein paar Augenblicke, bis Flugzeuge über uns zu hören sind. Weil wir noch stehen, kann ich deutlich wahrnehmen, wie eine Maschine suchend auf- und abstreicht. Ich kann nur hoffen, daß der Pilot seine Suchscheinwerfer nicht anstellt.

»So ein Arschloch, so ein kreuzdämliches!!« schimpft der Fahrer. Und dann flucht er wieder und wieder: »Verdammter Mist! Verdammter Mist!«

Es geht einen Hang hinauf. Die Kolonne fährt nur mehr Schrittempo. Wir können sie nicht überholen, wir kämen nicht an ihr vorbei: Entweder halten sich die Wagen in der Mitte der Straße, oder entgegenkommende Fahrzeuge machen das Vorbeipassieren gänzlich unmöglich.

Da bellt ganz in der Nähe eine starke Zwozentimeter. Weiße Leuchtspurmunition regnet aus der Dunkelheit. Ein Scheinwerfer blendet vom Himmel. Ich sehe Männer aus den Wagen springen. Von vorn kommt ein Schatten auf uns zu – direkt auf der Straße. Der Schatten wird schnell größer, während mein Fahrer wie verrückt hupt. Da ist es auch schon geschehen: Ein Anhänger sitzt uns vorn auf. Da muß einer, als er Dekkung suchte, vergessen haben, die Handbremse seines Vehikels anzuziehen.

»Ihr gottverdammten Hornochsen!« brüllt der Fahrer ins Dunkel hinein.

Mein Mann ist gänzlich aus der Façon geraten. Er geht den Fahrer des Anderthalbtonners an, was seine Stimmbänder nur hergeben. »Solange die keine Leuchtgranaten setzen, braucht ihr Arschlöcher doch nicht durchzudrehen!«

Aber von diesem Gebrüll kommen wir nicht frei. Wir müssen versuchen, den Anhänger, der sich auf unserer vorderen Stoßstange festgesetzt hat, loszuwuchten. Ein halbes Dutzend Landser hilft. Trotzdem gerate ich schnell in Schweiß, und ich wünschte, auch ich könnte mir durch Dauerfluchen Luft machen. Statt dessen muß ich meine Wut in mich hineinfressen. Den Offizier spielen.

Endlich kommen wir frei.

Der Mond will einfach nicht herauskommen. Nur ganz dicht über dem Horizont liegt ein wenig Helligkeit: ein schmaler Streifen, den die tiefschleifenden Wolken freigelassen haben.

Mir schmerzt der Kopf, als wollte er zerspringen. Als auch der Fahrer klagt, er könne nichts mehr sehen, entschließe ich mich, die erste Dämmerung abzuwarten.

»Wir müssen einen Seitenweg ausbaldowern!« sage ich zum Fahrer. »Der Wagen muß auf jeden Fall von der Straße!«

Der Fahrer gibt noch eine Weile vorsichtig Gas, und ich gucke mir die Augen nach einer Abfahrt von der Straße aus. Da erkenne ich voraus einen größeren Baum und unter ihm rechterhand eine Einfahrt. Im gleichen Augenblick gibt es einen Schlag, und ich werde so heftig nach vorn geschleudert, daß ich fast durch die Windschutzscheibe gehe. Dann ist es still.

»Scheiße!« höre ich den Fahrer zischen.

Ich klettere aus dem Wagen. Da sackt der Boden unter mir weg. Was ist denn das? Ich suche nach Halt, aber ich rutsche immer tiefer ab. Erst auf dem Grund eines großen Erdlochs finde ich mich wieder: ein Bombenkrater! Und was für einer!

Der Fahrer flucht unablässig zu mir herunter. Ich klettere auf Händen und Knien nach oben, rutsche ab, fasse wieder in den feuchten Dreck und denke dabei: Was für ein aberwitziges Kaliber!

»Hier, Herr Leutnant!« ruft der Fahrer und hält mir seine Pranke entgegen.

Schwer atmend, bringe ich nur hervor: »Schöne Bescherung!«

»Ja, wie Weihnachten«, sagt der Fahrer, und ich frage mich, woher er nur auf einmal den Witz nimmt.

Wir tasten mit beiden Händen unter dem Wagen hin. Um das noch besser zu können, lege ich mich längelang in den Dreck: Jetzt soll's auch nicht mehr drauf ankommen. Kein Zweifel, der Wagen liegt direkt mit dem Chassisboden auf. Das rechte Vorderrad hängt frei über dem Trichter, das rechte Hinterrad steckt in weicher, gelockerter Erde. Ich kann erkennen, daß der Trichter von rechts her bis weit in die Mitte der Straße reicht und wir noch ein Mordsglück gehabt haben. Diese großen Trichter sind besonders übel, weil die aufgeworfene Erde keinen Wall bildet, der einen stoppen könnte: Der Dreck wird so hoch geschleudert, daß er sich im Gelände verteilt.

Der Fahrer findet trotz seiner Aufregung genügend Worte, um mir anschaulich zu schildern, was geschehen wäre, wenn er anderen Kurs gehalten hätte und wir dadurch frontal in den Trichter gestürzt wären. Als ob ich das nicht längst erkannt hätte! Aber hier will einer offenbar seinen Triumph ausspielen: Wegen der entgegenkommenden Fahrzeuge habe ich dem Fahrer immer wieder eingeschärft, daß er sich scharf rechts zu halten hätte. Er aber hat die Mitte gehalten. Obwohl unsere Lage höchst bedenklich ist, klingt eitel Selbstzufriedenheit aus seiner Rede.

Wir laufen beide hin und her und tasten in der Dunkelheit herum, um einen starken Prügel zu finden: ein absurder Versuch.

»Zwei Stunden noch, dann isses hell«, murrt der Fahrer.

Das weiß ich auch, daß dann die Flieger kommen und uns zur Sau machen ... Ich könnte mich dafür ohrfeigen, daß wir keine neue Taschenlampe organisiert haben. Jetzt bleibt uns gar nichts anderes übrig, als die Scheinwerfer einzuschalten, um uns die Bescherung genauer anzusehen.

»Scheiße!« ist das Fazit des Fahrers. Und ich denke: Hier kommt offenbar kein Schwanz des Wegs. Wir müssen uns böse verfranzt haben.

Allmählich beginnt es im Osten etwas aufzuklaren.

»Zwei Stunden dauert das nicht mehr!« brülle ich dem Fahrer zu, der schon wieder halb unter dem Wagen liegt.

Da kann ich zwischen den runden Schatten der Baumkronen zwei spitze Formen ausmachen. Das können nur Häusergiebel sein! Kaum zu glauben: Der Weg, in den wir einbiegen wollten, führt auf ein Dorf zu. Da muß es Hilfe geben!

Mit der Maschinenpistole im Hüftanschlag mache ich mich auf. Der Weg ist so tief verschlammt, daß ich nur mühsam vorankomme. Wenn wir hier je wieder flottkommen sollten, werde ich aussehen wie nach einem Schlammbad. Vor dem ersten Haus rufe ich laut: »Hallo!«, der Fahrer antwortet vom Wagen her: »Hallo!«, und ich rufe zurück: »Schnauze!«

Der Fahrer scheint mir nachzukommen: Ich höre durch den Schlamm patschende Schritte. Als er heran ist, schicke ich ihn wütend zurück: »Sie können doch den Wagen nicht einfach so stehenlassen!« Kein Zweifel, der Fahrer hat Schiß.

Ich gehe weiter vor, dann stoße ich mit dem Kolben der Maschinenpistole heftig gegen eine Tür. Der Stoß hallt drinnen dumpf nach. Eine erschreckt zeternde Frauenstimme wird laut. Eine Männerstimme kommt von der Seite her aus einem anderen Haus. Dann fällt Licht aus einem Fenster, und hinter der Türe ruft es zaghaft: »Qui c'est?«

Ehe ich eine Antwort bedenken kann, rufe ich: »C'est moi!« Und als hätte ich damit das Zauberwort getroffen, geht unter kräftigem Knarren die schwere Türe auf.

Jetzt habe ich wenigstens soviel Geistesgegenwart, um zwei Schritte zurückzutreten, die Waffe zu senken und mit zur Milde gestriegelter Stimme »Bonsoir!« zu sagen. Vor mir steht eine Frau mittleren Alters mit zerzausten Haaren, eine Petroleumlampe in der Hand, und versucht blinzelnd, mich durch den Lampenschein hindurch zu erkennen. Ich frage, ob es im Dorf Pferde gebe.

»Non, monsieur – pas de chevaux!« bekomme ich zur Antwort und erfahre, daß das letzte Pferd von Bomben erschlagen wurde. Erst jetzt erkenne ich, daß im Haus alle Scheiben fehlen. Das Dach scheint zur Hälfte abgedeckt zu sein, die Tür ist gesplittert. Ich sage der Frau, daß die Männer kommen sollen.

»Oui, monsieur! Tout de suite!« kommt da eine Baßstimme aus dem Dunkel hinter ihr. »Je prends juste mes pantalons.«

Ich brauche nicht lange zu warten, bis ein gebückter Mann, dessen Gesicht nicht zu erkennen ist, in der Tür erscheint. Er sei der einzige im Dorf, sagt er mit fester Stimme, und leider sei er alt und krank. Die Bomben hätten alles kaputtgemacht.

Zumindest kann ich im Hof des Hauses ein paar große Stangen auftreiben. Mit der Frau und dem Alten, die mir tragen helfen, gehe ich zum Trichter zurück.

Der Fahrer staunt sprachlos. Zwei besonders kräftige Stangen schieben wir unter den Wagen und suchen nach zwei ordentlichen Steinen, die wir auch finden und unterlegen. So, und nun versuchen wir den Wagen hochzustemmen. Die Frau hilft mit. Es gelingt uns tatsächlich auch, den

Wagen in die Höhe zu bringen – aber wie weiter? Wie sollen wir ihn zurückschieben?

Der alte Mann klagt nur vor sich hin: »J'ai la tête qui tourne – tout détruit. Quelle misère! La seule vache, que nous avons eue – quelle misère . . .«

Wir entlasten die Stangen wieder und stehen eine Weile ratlos da: Mit dem Wagenheber ist auch nichts zu machen.

Da höre ich ganz nahe einen Motor brummen, dann Bremsen und schließlich Stimmen.

»Das sind Landser!« sagt der Fahrer, und ich kann nun auch Schatten ausmachen.

»Kommt mal her!« rufe ich ins Dunkel hinein.

»Komm du doch, hast's ja genausoweit!« tönt es zurück. Aber dann scheinen sie doch heranzukommen.

»Wo hat man euch denn losgelassen?« fragt der Fahrer den ersten.

»Wir haben dahinten gepennt«, kommt Antwort.

Jetzt muß mich der erste erkannt haben, denn ich sehe seinen Schatten salutieren. Es ist der Fahrer eines Kübels mit einem Begleiter. Als er verstanden hat, was uns passiert ist, erbietet er sich eilfertig, ein Drahtseil anzuhängen und unseren Wagen, wenn wir ihn nur hochstemmen wollten, aus dem Trichter herauszuziehen.

Das Manöver geht über Erwarten gut. Der alte Bauer bekommt Zigaretten und stammelt hundert Mercis. Der Fahrer untersucht den Wagen: Wir haben neue Beulen, aber sonst scheint alles heil geblieben zu sein.

»*Mein* Auto isses ja nich!« sagt der Fahrer als Fazit seiner Inspektion.

Im ersten Morgengrauen kommen wir durch eine völlig tote Ortschaft. Das sind hier nicht mal mehr Ruinen, nur noch ins Formlose zurückgebombte Steine. Ein Anblick wie ein Geröllfeld im Hochgebirge.

Dann wird es allmählich hell, und zwar auf eine trübe, leisetreterische Art. Wir fahren in einem Tal hin. Die ersten Häuser der Stadt Condé tauchen auf. Schon von weitem sehen wir halb zusammengestürzte Mauern, und bald müssen wir über plattgewalzte Trümmer fahren. Nicht lange, dann ist die Straße von Trümmerbergen völlig verbarrikadiert. Die Panzer, die eine ganze Strecke Mauerbruch niedergewalzt haben, sind anscheinend nicht weitergekommen.

»Ende der Fahnenstange!« brülle ich in den Wagen. Der Fahrer flucht nicht mal, er wendet vielmehr gleichmütig mit vielem Vor- und Rückwärtsstoßen auf der engen Straße und fährt die gewalzte Strecke wieder zurück. An einer Kreuzung finden wir ein Schild, das uns nach Flers weisen will.

»Das kann auf keinen Fall stimmen!« sage ich zum Fahrer. »Flers liegt da!« Und dabei weise ich mit gestrecktem rechten Arm in die Gegenrichtung.

Der Fahrer, der sich nur nach mir den Hals verdreht hat, steigt aus dem Wagen und stiert erst mal das Schild an, ehe er sich zu mir herumdreht und mich blöde anstarrt.

»Noch nichts von verdrehten Schildern gehört?« versuche ich ihn aufzuwecken. Da tritt der Fahrer ganz nahe an das Schild heran und tastet den metallenen Pfosten mit den Fingern ab. Dann staunt er mich an: »Stimmt! Diese verdammten Schweine! Wenn ich so einen erwischen tät . . .«

»Hilft nichts, wir müssen weiter«, sage ich.

Der Himmel ist gleichmäßig grau wie Haferschleim. Das will mir gar nicht gefallen. Ich nehme meinen Ausguck ein. Jetzt muß ich spannen wie ein Luchs.

Auf ordentlicher Straße geht es ein Tal hinauf. Das läßt sich gut an! Aber nach etwa fünf Kilometern kommen wir wieder an einen tiefen Bombenkrater. Ich steige aus und sehe mir die Bescherung an. Zu unserem Glück ist zwischen dem Krater und zwei Bäumen gerade noch so viel Platz, daß wir mit knapper Not durchkommen.

Endlich erscheinen vor uns bizarr hochragende Mauerstücke und nackte Kamine: Flers. Auch dieser Ort ist total zerstört. Keine Chance, da durchzukommen. Wir müssen Flers umfahren. Fragt sich bloß, wie. Schilder gibt es keine. Es sieht so aus, als könnten wir links vorbeikommen – aber da ist wieder ein Bombenkrater in der Straße. Der Fahrer stoppt, und wir schauen uns das Loch an, als wären wir interessierte Touristen. Zweifellos ein frischer Einschlag. Auf dem Grund des Trichters liegen Autoteile – völlig zerfetzt. Hier muß ein Wagen einen Volltreffer bekommen haben.

»Übertrieben gründlich!« sage ich.

»Du meine Fresse!« bringt der Fahrer nur hervor.

»Die haben eben zuviel Munition, und die muß weg . . . und wir müssen auch weg – und zwar schnell!«

Ich will nicht genau sehen, was da unten und ringsum noch alles herumliegt, und blaffe den Fahrer an: »Los, los! Weiter!«

Nicht mehr lange, und es wird richtig hell sein, und dann ist hier womöglich der Teufel los.

Kein Mensch weit und breit. Wohin mögen all die Menschen nur verschwunden sein, die hier gewohnt haben? Wir könnten uns ebensogut auf dem Mond befinden. Die vielen Krater sprächen dafür.

Ich bin versucht, hallo zu brüllen. Ich will mich aber vor dem Fahrer nicht lächerlich machen und halte den Mund.

Irgendwo werden wir unterkriechen und endlich mal filzen müssen. Oder es doch riskieren weiterzufahren? Weiter im Süden muß die Luftüberwachung ja nachlassen – nur wer weiß denn, bis wie weit ins Hinterland sie reicht? Hier sind sie sicher noch zugange, obwohl es längst keine Ziele mehr gibt.

Anschauungsunterricht in angloamerikanischer Kriegsführung habe ich jedenfalls mittlerweile genug genossen. Ich weiß, wie die Burschen die Sache handhaben. Unsere Stabsidioten im Führerhauptquartier hätten sich ruhig schon ein bißchen früher vorstellen dürfen, wie das läuft. Alles, aber auch alles zerdeppern, die *ganze* Gegend zu Kleinholz machen, bis sich kein Troß mehr bewegen kann – so geht das Spiel. Erst mal ordentlich Material verpulvern – und dann erst Menschenleben.

Als wir wieder einsteigen wollen, sieht der Fahrer, daß das linke Hinterrad ohne Luft ist. Klaglos macht er sich an die Arbeit. Als er gerade die Radscheibe abmontiert hat, tauchen hinter uns zwei Lastwagen auf. An Vorbeikommen ist nicht zu denken. Die Fahrer kommen heran. Aber statt mit anzupacken, schimpfen sie bloß und erteilen Ratschläge. Da unser Wagenheber plötzlich wegbricht und der Wagen zur Seite sackt, wird das Unglück noch größer.

Ich setze mich auf einen Stein und schaue mir die Szene mit gespielter Ruhe an.

»Wenn nur jetzt kein Flieger kommt«, sage ich so laut vor mich hin, daß sie es hören müssen, »das wäre was!«

Die Wolken, die wieder tief über das Land schleifen, mindern meine Bedenken Gott sei Dank erheblich, aber das brauche ich denen nicht auf die Nase zu binden. Endlich packen sie mit an. Und da ist in wenigen Minuten alles klar.

Im nächsten Dorf schlägt mir scharfes Rasseln ans Ohr. Ich gebe das Stoppzeichen – und nicht zu früh: Um eine Häuserecke kommt ein Tiger direkt auf uns zugerollt. Das gewaltige, höllisch lärmende Vehikel zerdrückt im Ausweichen den Bürgersteig so gründlich, daß nur noch eine Art Feldweg übrigbleibt.

Die Dörfer, die wir durchfahren, sind samt und sonders zerstört. Kein Mensch zu sehen. Alle Bewohner wie vom Erdboden verschwunden. Nein, in diesen Ruinen finden wir keine Bleibe zum Ausruhen.

Da entdecke ich ein Stück abseits der Straße ein einzelnes Haus, das offenbar intakt ist, und finde auch die richtige Abzweigung. Wir fahren ordentlich auf einem Kiesweg hin. Die Tür ist nicht abgeschlossen. Es riecht leicht modrig. Die Volets sind zu, das Licht brennt nicht. Trotzdem kann ich sehen, daß das Haus zwar verlassen, aber voll eingerichtet ist.

»Erst mal den Wagen unter den nächsten Baum!« befehle ich dem

Fahrer. Dann öffne ich zwei Fenster und stoße zwei Volets auf: Auf allen Möbeln liegt grauer Staub, wie Mehltau. Ein goldgerahmter Spiegel ist zu einem bizarren Zackenmuster zerschossen worden. In einem großen Zimmer stehen an drei Wänden deckenhohe Glasschränke. Darin sind ausgestopfte Vögel. Obwohl sie sich in »lebensechten« Stellungen darbieten, sehen sie noch viel toter als tot aus. Der Fahrer ist entsetzt: In diesem Geisterhaus will er nicht schlafen.

»Da bleib ich lieber im Wagen«, mault er.

»Ganz wie Sie wollen! Aber bringen Sie die Klamotten herein – und machen Sie was zum Schnabulieren ...«

Morgenstund hat Blei am Arsch, murmele ich beim Erwachen vor mich hin ... Keine Rede von Gold im Munde. Das war aber auch nicht mal eine Mütze voll Schlaf, höchstens ein Käppi voll. Vierundzwanzig Stunden am Stück – das erst wäre der wahre Jakob. Zum Selbsttrost sage ich mir: So strapaziös, wie wir es schon hatten, wird es wohl nicht mehr werden. Wir sind so weit von der Front entfernt, daß ich es riskieren will, wieder bei Tage zu fahren ...

Ein Frühstück finden wir gleich in der Nachbarschaft. Während ich zulange, werde ich von Landsern bestaunt wie ein bunter Hund.

Der Fahrer gibt einer anderen Gruppe fleißig Auskünfte. Wohin wir tatsächlich unterwegs sind, wird er schwerlich verraten können: Ich habe mich schön davor gehütet, es ihm beizubiegen. Wahrscheinlich weiß er nicht mal genau, in welcher Gegend wir uns bewegen. Den wird allenfalls interessieren, daß wir uns weiter von der Front entfernt haben. Daß wir bereits nach Brest unterwegs sind, will ich ihm nicht verklickern.

Aber vielleicht will ich auch selbst noch gar nicht so bald in Brest ankommen? Zapplig vor Ungeduld weiterzukommen und zugleich beklommen – das ist meine Verfassung. Und jetzt sage ich mir angesichts meiner Karte: Brest hin, Brest her – der Mont Saint-Michel liegt am Weg – und den *muß* ich endlich sehen. Also weiter Richtung Westen! Und dann werden wir schon sehen ...

Ich nehme meinen Panzerfahrerplatz wieder ein, bringe den Fahrer mit einem »Ab dafür!« zum Starten und gebe ihm auch noch die Richtung mit steif ausgestrecktem Feldherrnarm an. Nach einer Weile sage ich mir: Wenn schon kein Flugzeug mehr am Himmel zu sehen ist, brauche ich auch nicht Ausguck zu halten und mich dem Fahrtwind auszusetzen, sondern kann mich unten neben den Fahrer plazieren.

Gedacht, getan. Aber das hat auch seinen Nachteil: im Auto sitzend, muß ich mit dem mürrischen Gesellen quatschen.

»Sie könnten eigentlich zur Abwechslung mal ein anderes Gesicht aufsetzen!« gehe ich den Fahrer an. »Wir sind nämlich – toi, toi, toi – aus dem Gröbsten raus, und wie ich sehe, leben Sie sogar noch! War doch ganz interessant, oder?«

Da knurrt der Fahrer nur.

Auf einem Schieferdach orangefarbenes Moos. Aus den Stämmen der brutal gekappten Straßenbäume treiben mispelrunde Buschen. Die schon im Vorjahr ihrer Äste entledigten Bäume stehen als grüne Säulen ohne Kapitelle an den Wiesenrainen.

Deutsche Truppen kommen uns entgegen: eine langgezogene Kolonne nach der anderen. Und jetzt? Ich kann es kaum fassen: Infanteristen, die am hellichten Tag auf der Straße unterwegs sind! So etwas gab es lange nicht zu sehen!

Wir kommen leidlich voran, werden zwischendurch aber auch immer wieder aufgehalten und müssen uns Umleitungen fügen. So ist es bereits hoher Nachmittag, als wir auf die Höhe von Avranches kommen.

In den Wiesen liegen hier und da zu einem seidigen Grau verwitterte Baumwracks. Es geht ein starker Wind. Über mir ist grauer Bretagnehimmel.

Ich bedenke: Eigentlich ein ganz schöner Umweg – ohne den Abstecher kämen wir heute noch ein ziemliches Stück weiter. Schlechtes Gewissen? Nicht die Bohne! Und außerdem brauchen wir endlich mal was Ordentliches zu essen, und über das Essen und die Quartiere auf dem Mont Saint-Michel habe ich nur Gutes gehört.

Und jetzt wird mein Plan gleich noch einmal bekräftigt: Als ich die Straßenkarte auf den Oberschenkeln auffalten will, lese ich beim ersten Umschlagen das Wort MICHEL aus der fetten Druckschrift »CARTE MICHELIN« heraus. Na also! Jedem auch nur halbwegs guten Omen ist Folge zu leisten!

Als im Dunst der Ferne über Baumwipfeln der Umriß eines spitzen Turms auftaucht, weiß ich sofort: Das ist er, der Mont Saint-Michel! Im Näherkommen werde ich gewahr, wie er aus einer gestuften Gebäudegruppe emporwächst, als stünde er auf einem hohen Sockel. Nicht lange, und der ganze Berg steht als blaue Silhouette mitten im Meer, wie ich das auf vielen Bildern schon gesehen habe – für einen Augenblick nur, dann ist er wieder verschwunden.

Als wir in Serpentinen ins Tal hinabfahren, bietet sich dem Blick ein dramatisch bewegter Himmel. Kein flächig gemalter Himmelsplan, sondern ein Panorama aus vielen Schichten, die übereinander und in die Tiefe gestaffelt sind. Die unterste Schicht ist dunkelgrau, die oberste zergeht ohne Begrenzung ins tiefe Kobalt des Fonds. »Mont St.-Michel par la baie« lese ich auf einem Straßenschild. Meine Müdigkeit ist verflogen. Mir ist zumute, als sähe ich die Welt zum ersten Mal.

»Fahrn wir da hin – zu der Burg?« will der Fahrer wissen.

»Jawoll! Aber eine Burg ist das mitnichten. Im übrigen können Sie Ihrem Schöpfer danken und mir auch ein kleines bißchen, daß Sie das erleben.«

Der Fahrer brummt auch diesmal bloß.

Hohe, dichte Hecken zu beiden Seiten verstellen für eine Weile den Blick, dann macht die Straße eine Biegung und führt direkt in die Sonne hinein, die plötzlich zwischen zwei langgestreckten Wolkenbänken erscheint. Die Sonne blendet heftig. Sie ist weißglühend und steht noch ein gutes Stück hoch am Himmel: Wir werden gerade zur rechten Zeit ankommen – zur rechten Zeit für ein gutes Essen an einem gedeckten Tisch. Daß ich so eins hatte, ist eine Ewigkeit her. Immer nur von der Hand in den Mund, und das auch nur dann, wenn es gerade paßt . . . Was ist das aber auch für ein Leben!

Ein paar Häuser dicht an der Straße kehren mir ihre schattenschwarzen Giebel zu. Ihre Schieferdächer aber gleißen in der sinkenden Sonne wie von innen erleuchtet. Eine Reihe gekappter Bäume, die heftig sich verrenkenden Tanzderwischen gleichen, steht auf der linken Seite schwarz gegen die Sonne.

Wieder ein Wurf niedriger Häuser. »TABAC« – »BAR« – »ALIMENTATION« in großen roten Buchstaben. Winzige Felder, Strohschober. Ein Pferd, ein Falbe, hält den Kopf direkt vor den Mont. Die spitze Nadel des Kathedralturms verlängert haarscharf das Pferdeohr: ein Scherzmotiv für ein Foto . . . Eine scharfe Linkskurve läßt die Sonne jetzt schnell nach rechts wandern. Gelber Ginster brennt zur Linken im vollen Sonnenlicht auf.

Der Mont wird rasch größer, einmal steht er hinter Weidenköpfen, dann über einer Schafherde. Die Felder strecken sich jetzt flach aus. Pappelreihen begleiten uns, akkurat wie Gitterstäbe. Ein paar langgestreckte Wolkenschiffe segeln so knapp über die Pappelspitzen hin, als wollten sie sich klarhalten zum Festmachen. Jetzt erhebt sich der Mont aus satt leuchtenden Wiesen. Es sieht aus, als sei kein Wasser mehr zwischen den Wiesenbreiten und dem heiligen Berg.

Weiter geht es durch die Prés salés. Aus dieser Gegend kommen die besten Hammelkeulen der Welt, das weiß ich von Simone. Das kurze, harte Gras und das Salz, das gibt die Qualität.

Die Salzluft! Ich atme sie ein und beiße darauf herum. Luftbeißen! Wir hatten einen Hund, der tat das auch. Und dabei legte er den Kopf nach rechts und nach links. Ich mache es wie der Hund: den Kopf mal rechts, dann links.

Ich lasse noch einmal halten und steige aus. »Beine vertreten!« sage ich. Die Lust ficht mich an, meine Beine zu spreizen, mich nach vorn zu beugen, die Landschaft zwischen den gespreizten Beinen hindurch zu betrachten und sie so auf den Kopf zu stellen – oder mich gleich mit dem Rücken zum heiligen Berg zu stellen und ihn dann zwischen den Beinen hindurch .... Unsinn! Das lasse ich lieber sein: Der Fahrer hält mich sicher ohnehin schon für verrückt.

Ich kann es nicht fassen, daß hier vom Krieg weit und breit nichts mehr zu sehen ist und auch nichts zu hören. Die Kämpfe im Norden könnten auf dem Mond toben – sie wären nicht ferner, als sie es von hier aus sind.

Da sitze ich nun auf dem Stumpf eines abgesägten Straßenbaums angesichts des heiligen Berges und lasse meine Gedanken kreisen. Eine merkwürdige Scheu, einfach weiterzufahren und holterdiepolter anzukommen und auszusteigen, hat mich befallen – wie früher unmittelbar vor der Weihnachtsbescherung: Wenn ich da im dunklen Flur stand und die Spannung schier unerträglich wurde, wollte ich zuletzt gar nicht mehr in all die strahlende Pracht eintreten.

Während ich meinen Blick ringsum über die besonnte Landschaft schweifen lasse, spüre ich keine Feindschaft in mir. Gegen die Soldaten der anderen Seite habe ich sowieso kaum je Feindschaft empfunden. Was haben mir die Tommies und die Amis denn auch getan? Wenn sie nicht gerade auf mich schießen, wenn mich nicht gerade so ein verrückter Kerl mit seiner Jagdmaschine ins Visier nimmt, dann sind das für mich nette Jungs: Collegeboys, Footballspieler. Wie die an der Scheune aufgereiht dalagen, in der prallen Sonne ...

Muß sich mir dieses Bild jetzt aufdrängen? Und die aus der Boeing bei La Baule werde ich wohl auch ewig sehen müssen. Die sahen viel schlimmer aus – nur noch Fleischmatsch. Ihr Anblick hat sich in mir festgesetzt, wie mit Säure eingeätzt. Früher hätte ich mir nicht vorstellen können, wie sackartig der Mensch in sich zusammenfällt, wenn alle seine Knochen gebrochen sind.

Ich bleibe noch sitzen und denke weiter: Krieg machen, andere massakrieren, selber massakriert werden – kann das der Sinn der Welt sein? Aber was hat man unsereinem denn schon anderes geboten als Dressur für den Krieg?

Fast überall, wo ich einmal gewohnt habe, ist jetzt Kleinholz. Chemnitz zur Minna gemacht, Leipzig zur Minna gemacht, mein Atelier in der Akademie ... Die Freunde draufgegangen – die Wenz, die Schwarz, erschlagen, verhackstückt.

Welche Kräfte bestimmen mein Schicksal? Welche Kräfte sind es, die mich zwar in die Nähe der Gefahr bringen, mich aber auch immer wieder aus ihr erretten? Ich wage schon gar nicht mehr, mir vorzuzählen, wie oft es mich hätte erwischen können.

Da hocke ich nun mit meinen Erinnerungen und meinen Phantasien ... Mein gebenedeiter Leib und meine unsterbliche Seele! Was für ein Fatum ist mir bestimmt? *Wer* bestimmt es? Doch nicht der Ölige in Berlin oder der Bismarck in Paris! Die grauen Nornen? Die gehören auf die Theaterbühne.

Vage, ziehende Gedanken. Ein Gefühl, mich auszuweiten, leichter zu werden und dann wieder zu schrumpfen und mich doch nicht lösen zu können von dieser Erde.

Mit einem Mal kommt mich ein Staunen an: Ich bin ganz ohne Angst. Seit wieviel Wochen, Monaten habe ich dieses Gefühl nicht mehr gehabt: einfach dazusein, von niemand beobachtet, von keiner Teufelsbande umzingelt und gehetzt ...

Kein einziges Flugzeug am Himmel. Nichts in der Luft, das wie Fluglärm klingt. Hier gibt es überhaupt keinen Lärm. Der Gegensatz zwischen gestern und heute könnte nicht krasser sein. Die Stille ist noch unwirklicher, als es der Kriegslärm war. Ich bin in eine andere Welt geraten.

Ach ja: Erst mal richtig essen und dann schlafen. Richtig ausgrunzen! Mir ist, als hätte ich eine Fahrt von vielen Wochen hinter mir. Meine Augen brennen, wenn ich die Lider schließe. Auf meinem Gesicht spüre ich den Straßenstaub.

Der Fahrer guckt mich erwartungsvoll an, und ich sage: »Na schön!« und stehe auf.

Dort, wo die Straße vom Festland weg auf den Damm führt, zähle ich im Fahren ein halbes Dutzend Bombenkrater. Ich frage mich: Was sollte denn dieser Wurf? Jux oder etwa Neid auf Leute wie mich, die sich den Mont Saint-Michel aufs Besichtigungsprogramm gesetzt haben?

Der Wagen rollt auf der brettebenen Dammstraße durch eine öde Schlicklandschaft dahin. Es muß tiefste Ebbe sein. Der Fahrer sagt, in Marburg sehe es genauso aus wie hier. Ich brauche eine Weile, bis ich kapiere, daß er damit nicht die Landschaft, sondern den Berg mit der Kirche vor uns meint.

Am Ende des Dammes lotsen wir den Wagen durch ein enges Tor. »Nichts als umfallen!« stöhnt der Fahrer, nachdem er gestoppt hat. Mir auch recht! denke ich. Der soll sich nur erst mal einen ansaufen und dann Horchposten Matratze beziehen.

Ich steige Schritt für Schritt auf buckligem Kopfsteinpflaster die schmale Gasse hoch: der Mont Saint-Michel – nationales Monument. Hier muß es normalerweise von Ausflüglern nur so wimmeln. Jetzt aber gehört der heilige Berg mir ganz allein. Die schmale Gasse liegt wie ausgestorben vor mir. Kein einziger Tritt auf dem Katzenkopfpflaster, die Souvenirläden zu, richtiggehend verrammelt mit soliden Holzläden und Eisenschienen als Sicherung darüber. Die Bewohner scheinen jedoch geblieben zu sein, offenbar in der Überzeugung, daß die Alliierten den heiligen Berg nie und nimmer angreifen werden.

Erstaunlich die Solidität der Bauten, sie ist der des gewachsenen Felsens fast gleich. Die Bauteile sind wie Bienenwaben aneinander- und übereinandergefügt und durch viele Treppen miteinander verbunden. Ich gehe durch dunkle Gänge, plötzlich öffnet sich eine Halle mit schweren romanischen Kapitellen, breiten Kaminen. Ich komme mir vor, als entdeckte ich Geheimnisse, die sich noch keinem offenbart haben.

Die Kathedrale wirkt uralt. Wie die profanen Häuser auch erscheint sie wie ein Baukern ohne Schale. Es gibt keinen Zierat. Alles ist auf das Einfache zurückgeführt und von großer Kraft. Knapp weitergedachte Natur ...

Über mir das weitaufgerissene Maul eines steinernen Löwen. Der Stein der sorgsam ausgefugten Wände ist austerngrau, von hellen Flechten wie von Aussatz und von grünen Moosflecken überdeckt. Jeder Tritt hallt dumpf nach. Immer wieder zweigen Treppen von meinem Weg ab, sie führen zu Mauervorsprüngen, von denen aus man das Schlickland durch den Ausschnitt von Schießscharten übersieht.

Eine Tür zur Rechten steht offen. In dem Raum, zu dem sie führt, liegt stockschwarze Dunkelheit. Nur in der Tiefe zeichnet sich blaß ein von hinten schwach durchleuchtetes Kirchenfenster ab.

Weitersteigend, immer die auf langen Hälsen vorgereckten Fratzen der Wasserspeier über mir, gelange ich auf den steinernen Vorplatz der Abtei. Zwischen den Wülsten des romanischen Türbogens haben Schwalben ihre Nester so kunstvoll eingefügt, als gehörten sie zur Architektur.

Die Schwalben schießen hin und her und füttern ihre unsichtbaren Jungen. Auf der Schwelle der Tür liegen ein paar tote, bläuliche, kaum dem Ei entschlüpfte Vögel.

Eine dämmerdunkle romanische Halle nimmt mich auf. Die Wände sind in Etagen mit schweren, gedrungenen Säulen gegliedert: eine Kirche. Kein Gestühl, nichts Hölzernes, nichts Prunkendes. Der Altar ist ein granitener Tisch. Der Stein der Säulen zeigt sich in seiner ganzen Schönheit. Er ist ockerfarben. Nur eine einzige Säule ist bis hoch hinauf rot gefärbt, wie ein angeschlagener, blutender Stamm.

Mein Schritt hallt laut nach, als ich zum gotischen Chor vorgehe. Ich lehne mich gegen eine Säule. Die Kälte des Steins dringt durch das Tuch meiner Uniform.

Zeit, mich ums Quartier zu kümmern!

Als ich dann im Speisesaal den Kamin sehe, so groß, als sollte einer darin wohnen können, weiß ich: Ich bin an der richtigen Stelle. Ein mächtiges Feuer brennt schon darin.

Der erdige Wein! Um mich dem Genuß ganz hinzugeben, schließe ich die Augen und stelle das Gedankenkino ab, das gleich wieder Bilder aus der Normandie auf die Innenseite der Lider projizieren wollte. Und jetzt den Wein im Mund behalten, ihn in Winkel und Nischen rollen und mit allen Geschmacksnerven erforschen.

Leicht werden. Schweben. Ich könnte auffahren zum Himmel. So hieß es doch? Sitzend zur Rechten Gottes . . . Alles fügt sich zum Besten. Ich kann mich nicht beklagen.

Die Wirtin bereitet mir ein prächtiges Omelett – in einer Pfanne mit meterlangem Stiel, direkt über dem Kaminfeuer. Die Frau klagt, daß die Soldaten in der Nähe geplündert hätten. Nach einem Bombenangriff auf einen Ort gar nicht weit hätten sie alles aus den Ruinen geholt, was nicht niet- und nagelfest war. »O Gottes Engel wehre / Und rede du darein! / 's ist leider Krieg . . .«, würde ich ihr gern mein liebstes Claudius-Gedicht hersagen.

Ich will noch einmal zum Wasser hinab. Als die Wirtin das hört, tut sie wie von einer Beleidigung getroffen. Ob ich denn nicht gut gegessen hätte?

Doch, ganz gewiß, ich wolle mir nur ein wenig die Beine vertreten, just weil das Omelett so gut gewesen sei. Das beruhigt sie wieder.

Vor dem Tor liegt ein weißer Kahn mit blaugestrichenem Süllrand. Ringsum sind Stapfen in den Schlicksand getreten. Von Ferne kommen zwei Radfahrer über den Damm herangefahren. Ich höre, wie sie mit dem Posten, den mir eine Mauer verbirgt, sprechen.

Ich gehe um den Felsen. Der Schlickboden weicht wie Butter unter dem Tritt aus. Mächtige Blöcke aus rötlichem Granit liegen wie ein Wall um das feste Gefels. Ablagerungen angeschwemmten Öls haben die zuoberst liegenden schwarz gefärbt. Überall stecken Baumstämme im Schlick. Flach und öde dehnt sich das Land. Die Küste ist nur mehr ein blauer Rand.

Die bleiche Milch des Himmels schlickt mehr und mehr zu Wolken zusammen. Und nun dauert es nicht lange, bis sich die Wolkenflocken zu einer einheitlich getönten Fläche vereinen. Dicht über der Kimm nimmt sie eine pastellviolette Tönung an und ist dunkler als das Meer. Die sinkende Sonne wird davon fast ganz verdeckt. Nur durch eine unsichtbare Lücke senkt sie eine Flut warmgelben, fast orangefarbenen Lichts herab, das vom Wasser bis unter die Klippe, auf der ich hocke, herangespiegelt wird.

Es ist auflaufendes Wasser. Das Licht gewinnt immer mehr Wärme, und plötzlich – die Sonne muß jetzt schon sehr tief stehen – wird der Himmelsprospekt von unten her in roten Brand gesteckt. Nach Westen hin brennt die See in roter Glut auf. Sogar noch der letzte schmale Streifen Sand beginnt zu glühen. Nur die Felsen fangen kein Feuer. Sie stehen als schwarze Gnome mitten im Brand.

Lange kann sich solcher Prunk nicht halten. Die Wolken bekommen stumpfe Flecken, und die rote Glut steht bald schon nur mehr als Lache dicht über dem Horizont am Himmel, und dann verlöscht sie wie mit einem Schlag. Der Himmelsplan wird dunkel: ein schweres Violettgrau.

Die flach anbrandenden Seen rauschen tremolierend. Ihr Ton dringt mir in alle Poren. Ich gebe mich ganz diesen Tönen hin, versuche sogar, meinen Körper auf eine Schwingungszahl einzustellen, die dem Rauschen gleich ist, damit er Resonanz bilden kann. Wenn das Tönen für einige Herzschläge aussetzt, ist mir, als lauschte nicht nur ich ihm nach: Alles lauscht gespannt, jeder Fels, jeder Stein. Endlich setzt das Rauschen wieder ein. Ich atme erlöst durch.

Der Mond ist schmal geworden. Zwischen zwei Wolkenbänken schwimmt er auf seinem fahlen Licht. Auf der See ist ein Geriesel wie von silbernen Pailletten. Jetzt kommen einige Wolken herangezogen, fadenscheinige, zerschlissene. Sie wirken die Mondsichel in sich ein. Die Mondsichel als Muster.

Das Meer, der Silbermond, die rauchblaue Seide vor der Mondsichel mit ihren fadenscheinig dünn gewordenen Stellen . . .

Ich mache auf dem Mahlsand ein paar Schritte. Der Sand ist so locker, daß ich bis zu den Knöcheln einsinke, aber ich weiß ja, gleich wird er feucht und damit auch fest und dann kann ich bis zu den silbrig blinkenden Schnüren laufen, die sich weit vor mir auf dem dunklen Strand flechten und wieder lösen.

Ich bin auf einmal derart durcheinander, daß sogar mein Gang unsicher wird. So hocke ich mich denn auf einen Fleck harten Strandhafers und starre vor mich hin auf die Kimm, die sich deutlich aus dem Dunkel abzeichnet. Dann lasse ich mich nach hinten sinken und komme mir vor wie von der Brandung an Land geworfen. Wie einer, der nur daliegt und sich mit Atem füllt.

Meine grauen Zellen arbeiten immer noch so angestrengt wie die ganzen letzten Wochen. Das Wort »nombril« entsteht plötzlich in meinem Kopf. Ich weiß genau, wann ich dieses komische Wort zum letzten Mal gehört habe: Im Hotel in Paris kam es aus Simones Mund. Das Riesenbett und die koboldhafte Simone, die sich sogar noch über ihren

Bauchnabel amüsieren konnte: »Regarde mon nombril – meine Knopf von die Bauch – comme il est drôle!«

Nicht zu begreifen, wie so ein Hirn arbeitet. Ich wollte jetzt nicht an Simone denken und gewiß nicht an ihren nombril. Aber das Wort hat sich plötzlich in meinem Hirn gebildet und dort eingenistet, und so muß ich es nun, ob ich will oder nicht, vor mich hin repetieren: nombril – nombril – nombril . . .

An etwas Bestimmtes denken, damit dieses verrückte Wort mich nicht ganz zerfasert! Bis hin zur Normandiefront – wie weit könnte das für ein Flugzeug sein? Ein paar Flugminuten nordostwärts – mehr als das wohl kaum. Schwer vorstellbar, daß dort eine Großschlacht tobt. Während ich hier im Strandhafer sitze, wird dort krepiert.

Ich richte mich wieder hoch und sehe den kleinen Strudeln zu, die schäumend in die Klüfte zwischen den Klippen einbrechen. Kaum sichtbare Wasserpflanzen, die eben noch schlaff wie feuchte Bärte an den Steinen klebten, werden von den aufwallenden Strudeln hin- und hergezaust, bis das Wasser wieder weggurgelt. Bei diesem Hochquirlen und Wegsinken werden eine Menge schmatzender, zischender, gurgelnder Töne laut.

Und nun folge ich einer plötzlichen Eingebung und ziehe das Hemd über den Kopf: Meine Lust, ins Wasser zu gehen, läßt sich nicht mehr bändigen. Ich trage meine Klamotten ein Stück höher auf die Klippen hinauf, weil das Wasser immer noch steigen kann: Ich weiß nicht, wie groß der Tidenhub ist. Hier heißt es aufpassen.

Wie gut sich mit nackten Füßen im rauhen Gefels klettern läßt. Ich kann die Muschelhüte, die überall festgesogen am Stein sitzen, mit meinen Fußsohlen spüren – jeden einzelnen.

Das Wasser ist warm. Ich muß achtgeben, daß ich mir im überstrudelten Gefels nicht die Füße verrenke – also nicht in eine Spalte rutschen und die Balance verlieren! Ich hocke mich besser erst mal hin und lasse das Wasser an mir hochspielen. So kann ich es bis zur Brust spüren. Der nächste Schwall aber trägt mich schon, und ich kann mich halb schwimmend, halb gegen verborgene Steine stoßend zur Tiefe vorarbeiten.

Mit vollem Bauch ins Wasser . . . mahnt es in mir. Ach, sei's drum . . .

Ich stecke den Kopf unter Wasser, dann lege ich mich auf den Rücken und schlage die Arme wie Windmühlenflügel um mich. Ich fühle saugende Wirbel um mich quirlen. Das hier ist eben kein stagnierendes Hafenwasser, sondern lebendiges Meer. Die Seen heben und senken sich und versuchen mich aufs Gefels zurückzuwerfen. Ich muß meine Arme schon tüchtig gebrauchen, um mich freizuhalten. Mit den Beinen kann ich nur vorsichtige, fast tastende Schläge führen, weil sich überall dicht unter der Oberfläche Gefels verbirgt.

Eine Erinnerung ans Schwarze Meer fliegt mich an: Damals boten sich die Lichter von Constanza dem Blick aus dem schwarzen Wasser heraus. Jetzt ist es der Mont Saint-Michel, der als schwarze Silhouette gegen den Nachthimmel steht und nur ein paar Lichterpailletten an seinem unteren Saum spiegeln läßt . . . Ich komme herum in der Welt.

Mit weitausholenden Stößen schwimme ich schließlich von Klippen und Geröll fort. Ich spüre meine Muskeln, meine Nerven, meine Haut. Alles an mir funktioniert: Augen, Ohren, Gefühl, Geruchssinn. Ich atme! Ich kann meine Lungen vollpumpen und die Luft wieder ausstoßen – laut prustend wie ein Seelöwe. Meine Schwimmstöße sind jetzt so kräftig, wie ich nur vermag. Mir ist, als weite sich mir dabei die Brust und meine Muskeln würden praller.

Diese Wohltat! Das lebendige Wasser und die Sterne über mir. Ich fühle mich wie der erste Mensch auf diesem Planeten. Für Augenblicke weiß ich nicht, schwimme ich ins Nichts oder dringe ich zum Mittelpunkt der Erde vor.

Mich durchströmt ein tiefes Glücksgefühl.

Das Anlanden ist schwierig, aber ich schaffe es, ohne mir die Haut aufzuschürfen. Auf einer sicheren Klippe schüttele ich mir das Wasser ab.

Dicht über der Kimm ist in Nordwest Wetterleuchten: ein unregelmäßiges Flackern wie von einem Wackelkontakt. Erst nach einer Weile kapiere ich: kein Gewitter, sondern Schiffsartillerie.

Am frühen Morgen höre ich Rabenkrächzen. Hinter der Eisenblende des Kamins saust der Wind, die Vorhänge wehen auf, die Tür ruckt im Schloß hin und her. Vor dem Fenster liegt die gleiche graublaue Schlicklandschaft wie gestern.

Ich erfahre von der Wirtin, die wohl schon lange wieder auf den Beinen ist, daß nur bei Neumond und Vollmond das Meer bis an den Fuß des Burgfelsens steigt.

Die Luft ist milde, das Meer opalen, der Himmel fast taubengrau. Die Sonne ist noch nicht aufgegangen, die Dinge haben noch keinen Schatten. Diesig – die Zeit der Entenjäger. Am liebsten wäre ich noch einmal – vor Tau und Tag – ans Wasser gegangen. Aber, sage ich mir, dafür wird noch genug Zeit sein. Erst mal Strecke machen.

So glasig, wie der Fahrer aus den Augen sieht, hat er wahrscheinlich durchgesoffen. Offenbar nimmt er es mir übel, daß ich ihn in aller Herrgottsfrühe hochgejagt habe.

Wir fahren südlich. Kurz vor Pontorson kommen wir an eine große Straßenkreuzung, und ich sage einfach: »Nach rechts!« Der Fahrer nimmt das hin, als kenne er sich nicht in der Geographie aus. Wahrscheinlich weiß er tatsächlich nicht, was westlich und was östlich liegt. Tant mieux!

Wolken sind aufgezogen. Der Himmel ist verhangen wie mit schlecht ausgewaschenen Tüchern. Komisch, sonst sind die Wolken waagerecht gespannt wie unendlich lange, graue Laken, heute hängen sie senkrecht, mehr wie Handtücher, und dicht bei dicht. So geht's: Noch vorgestern hätte ich mich über einen so verhangenen Himmel gefreut. Heute aber paßt er mir schon nicht mehr. Heute möchte ich einen blauen, wolkenlosen Himmel haben.

In Feldafing konnte es mir der Himmel auch oft nicht recht machen, weil ich immer meinen Garten im Sinn hatte: Da wünschte ich mir Regen, wenn es zu lange schon heiß war, damit ich nicht zu gießen brauchte, und nach Regentagen Sonne, damit die Kürbisse prall, die Schlangengurken lang und die Bohnen dick wurden.

Der Himmel trübt sich mehr und mehr ein. Das Licht erkaltet, und über alles breitet sich ein jegliches Leuchten abstumpfender Hauch. Alles Ferne verschwimmt darin, als wollte es sich auflösen. Es beginnt ganz fein zu regnen. Die Windschutzscheibe wird naß, ohne daß ich Tropfen sehe. Erst als wir stoppen, kann ich gegen den dunklen Hintergrund eines feuchten Strohdaches feine, schwebende Tröpfchen erkennen.

Aus dichtem Laubwerk ragen hier und da bemooste, tiefbraune Strohdächer, rotbraune Rutenbündel stehen gegen die dunklen Wände gelehnt.

Da tauchen zwei Frauen in der Tracht der Bigouden vor uns auf: Gleich überkommt mich Heimkehrergefühl. Als wir einen leichten Hügel genommen haben, geht mein Blick über Niederungen, die von Weidezäunen in viele ungleiche Rechtecke geteilt werden. Die Weideflächen sind enger geworden. Darüber ein ganz dünner gleißender Streifen: das Meer. Die Wiesen, der Regenstaub, das Meer – alles ist bretonisch.

Als ich halten lasse, um mein Wasser abzuschlagen, kommt ein alter Mann mit einer großen Sichel heran. Ich warte, weil ich mit ihm sprechen möchte. Der alte Mann zeigt sich zutraulich. Ob wir aus Paris kämen, will er wissen. Nein, von der Front, von der Invasion! gebe ich ihm Bescheid. Da verbessert er mich: »Débarquement, monsieur.« Natürlich! Invasion klingt für die Franzosen falsch. Bei den Alliierten handelt es sich schließlich um Verbündete.

Die Häuser, an denen wir jetzt vorbeikommen, sind aus bräunlichen Feldsteinen gebaut. Tote, von Efeu überwachsene Stämme, Adlerfarn an den Böschungen, viel rostbraunes Gestrüpp, frisch gespreiteter Stallmist auf kleinen Wiesenflächen. Zu beiden Giebelseiten der Satteldächer die hochgekanteten Rechtecke der großen Kamine. Blaue »Cognac Martell«-Schilder. Die Obstbäume werden immer krüppliger.

Hin und wieder riesige zu Hausformen geschichtete Reisigmieten: die Ernte von den Büschen an den Rainen. Dann die gleichen Formen, aber hellgelb, also Stroh.

Manchmal sind die Fenster der niedrigen Behausungen mit Ziegeln umsäumt, die Stürze aber immer aus einem Granitriegel, nie aus Ziegeln gemauert. Eine Radfahrerin mit steil nach oben gerichteten Baguettes in den Satteltaschen kämpft sich gegen den Wind voran. Sie ist ganz in Schwarz gekleidet, wie sich das in der Bretagne gehört.

»DOL« – eine granitene Stadt. Auf den ungleich hohen stumpfen Türmen der Kathedrale stützt sich der Regenhimmel schief auf. Der eine Turm wirkt wie abgeschnitten. Der Schnitt geht mitten durch die Fenster hindurch. Nichts mehr vom style flamboyant – die Kathedrale liegt vielmehr breit und schwer wie eine Festung auf der Erde. Düstere Wände mit Flechtenbewuchs. Nur unter den Bögen der Portale ein paar grob gebildete Figuren wie fremder Zierat, der sich dort eingenistet hat. Die wenigen Rosetten sind ausgebrochen. Ein Wasserspeier mit aufgefletschtem Rachen über mir hat fast den gleichen Umriß wie die Bretagne auf der alten Karte, die ich in Feldafing unter Glas an der Wand habe.

Die Kathedralfront wie ein Steingarten: überwuchert von rotviolett blühender »fetter Henne«.

Rechts ist ein Schild nach Saint-Malo. Ich lasse stoppen. Noch einen Abstecher machen?

Ja doch! sagt es in mir.

Kurz hinter Dol schießen vier Lightnings aus dem schmalen Streifen zwischen Horizont und tiefhängenden Wolken auf uns zu. Auf dem hellen Hintergrund kann ich sie rechtzeitig genug erkennen und den Citroën unter einen dichten Baum dirigieren. Die Lightnings fliegen so tief, daß sie der nächste Buschsaum meinem Blick schon wieder entzieht. Hier in der Nähe muß ein Feldflugplatz sein – ist der vielleicht ihr Ziel? Ich lausche, aber weder Abwehrfeuer noch Bordkanonen sind zu hören.

»Los, weiter – die können uns mal!« kehre ich den entschlossenen Krieger heraus. Erster Gang, zweiter, der Fahrer bringt den Wagen auf Touren, nun schiftet er in den dritten über: Wir rollen wieder.

Da ist er: dicht neben der Straße ein Flugplatz! Ich gucke mir die Augen aus, doch zwischen den grauen Wellblechschuppen keine einzige Maschine. Aber was ist das? Ein aufgeregtes Durcheinander von Landsern und Luftwaffensoldaten wie in einem Termitenhaufen. Und nun kommen uns gar drei Fallschirmjäger mit beladenen Schubkarren entgegen. Das sieht böse nach Plünderung aus.

Lieber nicht hingucken. Ab dafür! Weiter! Um ein Haar fahren wir in einen Tigerpanzer hinein, der nach einer Kurve wie ein verirrtes Mammut mitten auf der Straße steht.

»Sauerei, verfluchte!« schimpft der Fahrer. »Die einfachsten Verkehrsregeln kennen die blöden Hammel nicht mal ...!« Und noch eine gute Weile brummelt er Unverständliches vor sich hin.

Wir durchfahren einen kleinen Ort. Viel Fachwerk mit ordentlich weißgetünchten Putzfeldern zwischen den schwarzen Balken. Die Mauern der aus Stein gebauten Häuser sind dagegen dunkel, mit einem Geäder von Fugen, das sich wie helles Flechtwerk über die Wände zieht. Zum Granit der Schiefer auf den Dächern ergibt das viele dunkle Braun- und Grautöne und dazu ein schweres Stahlblau.

Die Bäume bleiben zurück. Die Straße läuft jetzt dicht am Meer hin. Das Wasser liegt glatt und stumpf wie Blei unter dem trüben Blick des Himmels. Die Kimm verschwimmt im grauen Dunst, Soldaten stehen mit hochgeschlagenen Kragen neben ihren Maschinengewehren Posten. Die Läufe sind nach See gerichtet. Weiß der Kuckuck, was die mit ihren Feuerspritzen abschießen wollen – Schlachtschiffe etwa?

Direkt voraus steht wie ein Schattenriß aus blauem Papier die Stadt Saint-Malo gegen den grauen Himmel. Wir fahren schnurstracks in den Hafen. Ich staune, wie viele Einheiten hier liegen, Vorposten- und Minensuchboote vor allem. Die meisten der Boote sind mit roten Mennigeflecken übersät. Ich weiß sofort: Jeder rote Fleck ein Einschuß.

Endlich wieder ein Hafen mit Schiffen. Meine Augen saugen sich an den Formen fest: Buge, Hecks, Aufbauten. Und dazu die Farben: Grau und Umbra als Hauptfarben für die Schiffswände und der Rost auf allem, was nicht gepönt ist. Das Hafenwasser ist flaschengrün.

Es wird allmählich heller, aber auf eine sehr leisetreterische Weise. Der Himmel bleibt bedeckt.

Ein VP-Boot wird gerade eingeschleppt. Es hat erhebliche Schlagseite. Eines soll noch kommen, ein anderes ist gesunken, höre ich von einem Posten unter Gewehr.

Auf der Pier ein laut geführter Dialog.

»Habt ihr Tote an Bord?«

»Ja, drei.«

»Verwundete?«

»Achtzehn.«

»Schwer?«

»Nur vier schwer. Können wir die Toten abgeben?«

»Nein: kein Wagen da.«

»Aber da steht doch einer.«

»Das issen Sanitätswagen. Mit dem Sanitätswagen isses verboten. Befehl vom Stabsarzt. Im Innenhafen heben wir sie euch mit dem Kran ab.«

»Kapiert – geht in Ordnung.«

Ich kann die Toten liegen sehen: Ihre bleichen Füße gucken unter der Persenning hervor, mit der man sie zugedeckt hat. Warum haben sie keine Seestiefel an?

Ein Mann hält einen Seestiefel mit einem Bein darin in den Händen, das Bein ist knapp über dem Knie abgerissen. Mich wundert, daß es nicht blutet. Absurd: Dieser Mann hat das Bein soeben beim Reinschiffmachen hinter einer Winsch entdeckt, und nun weiß er nicht, was er damit anfangen soll. Die Oberschenkelvene ist ein großes Gefäß. Wenn die zerrissen wird, blutet der Mensch schnell aus.

Der Bootsmannsmaat der Wache geht mir über die Gangway voraus und geleitet mich unter Deck. In der engen Messe ist nur der I WO, ein Oberfähnrich. Mir wird gleich ein ordentliches Frühstück vorgesetzt. Aber ehe ich mit dem I WO viel reden kann, erscheint der Kommandant – Leutnant wie ich –, und ich melde mich an Bord, wie es sich gehört. Gleich darauf kommen noch zwei andere Kommandanten. Alle sehen grau und übernächtigt aus.

Während ich kaue, muß ich Auskunft geben nach dem Woher und Wohin. Behaglich ist mir nicht zumute: Ich werde angestaunt wie ein bunter Vogel. Der Kommandant verschwindet für einen Augenblick, kommt mit einem Zeitungsausriß in der Hand zurück und liest auch gleich vor.

»Das hat einer von Ihrer Firma über uns verzapft: ›Mit wenigen Mann Besatzung, vielfach ganz auf sich gestellt, trotzen sie dem Feinde und dem Meere . . .‹ Da kommt einem ja nun wirklich der Kaffee hoch.«

Da bin ich wieder mal der Sündenbock, der für das Gewäsch der Idioten in unserer Abteilung geradestehen soll. Der Teufel soll die Burschen holen!

Dem Meere zu trotzen, sagt der Kommandant, hätten sie keine Zeit. Bei ihnen gehe es ganz schön rund. Als ich mich, mit meiner großen Tasse in beiden Händen, zurücksetze, erzählt er: »Wir müssen alle zu den Kanalinseln gehenden Geleite sichern, da gibt's viel Saures. Die Inseln sind ja zu richtigen Festungen mit schweren Batterien ausgebaut worden. All das nötige Baumaterial ist von hier aus rübergekarrt worden. Und wenn mal 'n Tanker oder 'n Hilfskreuzer durch den Kanal geschaukelt wurde, waren wir auch mit von der Partie. Wir sind sozusagen *immer* dran!«

Damit ist der Leutnant bei seinem eigentlichen Thema. »Sicherung West«, sagt er, »das klingt nach wer weiß was. Da wird zum Beispiel behauptet, daß hier in der Gegend dreitausend fahrbare Untersätze mit hunderttausend Mann eingesetzt sind. Aber was sind denn das für Einheiten! Da werden sogar ehemalige Hummerboote mitgezählt und jeder noch so kleine Beutekolcher auch. Mit solchen Untersätzen müßte man mal 'ne Flottenparade machen, das würde aussehen wie ein Karnevalsumzug zur See ...«

Der Kommandant ist richtig in Fahrt gekommen. An der Idee »Karnevalsumzug zur See« begeistert er sich selber und macht gleich weiter: »Und was haben wir als Bewaffung? Dutzende von verschiedenen Feuerspritzen! Das glaubt doch keiner, daß wir noch im Jahre vierzig unsere Waffen selber klauen mußten ...«

»Waffen klauen – wie denn das?«

»Jaja. Sie hören richtig: Das ist nun wirklich kaum zu glauben ...« Der Kommandant läßt die Lider sinken, als wollte er den Blick nach innen richten. Vielleicht legt er sich auch nur den Text zurecht.

»Also«, hebt er schließlich an, »also, das war in der Nähe von Bordeaux. Da haben unsere Leute aus einem Bahnhof heraus eine ganze große Ladung Zwozentimeter-Geschütze regelrecht geklaut. Die waren für die Luftwaffe bestimmt. Aber ohne die hätten wir uns mit Pfeil und Bogen verteidigen müssen.« Plötzlich verfällt er in einen klagenden Tonfall: »Wir sind doch der letzte Dreck. Sogar auf Feldflugplätzen sind unsere Leute schon organisieren gegangen. Da müßte mal einer einen Katalog machen – ich meine, von all den Feuerspritzen auf unseren Booten. Da ist jede Marke vertreten. Der Mist ist bloß, daß es für einige besonders exotische Modelle keine Munition gibt ... Eins steht fest: Wenn wir uns nicht selber um alles kümmern würden, könnten wir längst ›Feuer aus‹ machen. Unser Stab sitzt in Paris. Weitab vom Schuß – richtig schön am Bois de Boulogne, und die Herren Stabsoffiziere begießen regelmäßig ihre Blattpflanzen. Die haben so ein riesiges Ding gleich unten im Parterre, so 'n Philo ... Philo ...«

»... dendron«, falle ich ein.

»Ja, so heißt das Ding. Da können die denken, sie hocken im Urwald ...« Die Miene des Leutnants verfinstert sich. »Wir sind eben arme Hunde, keine Protzobjekte für den Wehrmachtbericht. Aber irgendeiner muß die Scheißarbeit ja machen ... Ich bin jahrelang U-Bootgeleit gefahren. Da hieß es dann auch noch immer, um uns richtig auf die Palme zu bringen: ›Ihr habt's schön, ihr sitzt gleich wieder in der Kneipe. Was sind die zwanzig, vierzig Seemeilen schon. Weiter traut ihr euch doch eh nicht raus!‹ Aber daß wir verraten und verkauft waren, wenn die Tommies kamen, davon redete keiner. Das U-Boot baute 'ne Ente – und wir kriegten die ganze Ladung. Aber so ist es nun mal: Für die U-Boote gibt's alles, und um uns kümmert sich kein Schwein.«

Das so oft gehörte Lied: Alles für die U-Boote, für die U-Boote wird alles getan, für uns aber nichts ... Ich könnte dem Kommandanten sagen: Wenn es nur stimmte! Wenn's nur nicht auch da an allen Ecken und Enden haperte und die Boote nicht total veraltet wären. Daß die Entwicklungsstäbe geschlafen haben, könnte ich ihm sagen, und daß just die U-Bootbesatzungen sich vorkommen müßten, als zögen sie mit Pfeil und Bogen gegen den Feind ...!

»Jetzt werden wir sogar in dunkelster Nacht angeflogen. Was nützen *uns* denn die Passiv-Ortungsgeräte? Die U-Boote können verschwinden – aber wir? Wir können nur brav und gottesfürchtig abwarten, bis die Bande heran ist und uns abtakelt ... Wenn wir bloß erst hier wieder raus wären. Hier ist doch alles eine einzige Scheiße! Ich würde sagen: Scheiße hoch zu Pferd!«

»Wir haben sogar schon richtig an der Invasionsfront mitgemischt – zu Wasser und zu Lande sozusagen ...«, sagt jetzt der I WO.

»An der Invasionsfront?« frage ich sofort.

»Ja, direkt in der Orne. Typisch, daß Sie davon nichts gehört haben ...«

Der Mann motzt richtig los: »Warten Sie nur ab! Ich erzähl Ihnen das Ganze mal richtig. Sie können's ja aufschreiben, damit's die Nachwelt erfährt ...« Und dazu grinst er schief. »Also: Wenn man die Orne hinauffährt, liegt da an Backbordseite eine richtige Werft. Da haben wir erst mal schön gestaunt: so ein kleines Flüßchen und dann zwischen den Wiesen eine richtige große und ganz moderne Werft. Bei uns zu Hause, in Norddeutschland, gibt's auch solche Werften an Flußarmen – direkt zwischen den Kühen ... Wir hatten einige Ausfälle, sagen wir lieber: 'ne ganze schöne lange Liste – für mindestens vierzehn Tage Werftliegezeit ... Wir waren übrigens zwei Boote. Und weil alles schon ganz schön brenzlig war, hatten wir Befehl, uns bei Feindlandung auf Caen zurückzuziehen ... Aber dann waren wir plötzlich mittendrin im Schlamassel: Ringsum kamen Lastensegler runter. Das andere Boot wollte auslaufen, geriet aber sofort unter heftigen Beschuß. Hat dann umgedreht und sich versenkt ... Wir haben nur von der Pier abgelegt. Im Morgengrauen haben wir fünf Lastensegler und fünf andere Maschinen abgeschossen. Die hatten ganz schön Pech. Mit uns hatten die ja nicht rechnen können. Das hatte denen keiner gesagt, daß wir mit unseren Feuerspritzen dort zwischen den Kühen lagen – in der Werft. Die Lastensegler waren vollbeladen mit Proviant und Zwozentimeter auf Fahrlafetten. Aus fünfzig Metern haben wir die runtergeholt. Immer voll reingehalten! Die purzelten raus wie die Kartoffeln aus 'nem geplatzten Sack ...«

Dem I WO trieft die Rede nur so von den Lippen. Ich sitze da, ohne mich auch nur einen Zentimeter zu rühren.

»Wir haben das Boot dann versenkt, in der Einfahrt zur Werft, und Stoßtrupps gebildet, um zu erkunden, wie weit wir eingekreist waren ... So gut es ging, haben wir die Werftanlagen gesprengt und uns kämpfend nach Caen zurückgezogen. Da ging für uns der Stellungskrieg los. Wir lagen unter Beschuß der Schiffsartillerie – gar nicht angenehm: schwere Koffer!«

Der I WO verstummt. Er nimmt einen satten Zug aus seinem Glas und wischt sich dann in aller Ausführlichkeit den Mund mit dem Handrücken ab. Dann erst sagt er wie nebenhin: »Ich hab's überlebt ... Wir wurden dann entlassen. Wir haben uns Fahrräder geschnappt, einen Pkw und einen Lkw und sind nach Saint-Malo zurück ...«

»Im Wehrmachtbericht ist der Name Saint-Malo bisher nur einmal gefallen«, sagt der Kommandant jetzt, »aber da auch nur als ›Bucht von Saint-Malo‹ – und zwar im Zusammenhang mit einer Meldung, daß hier ein Rotkreuzschiff von englischen Verbänden angegriffen wurde. Davon haben wir allerdings nicht das geringste mitgekriegt. Da muß das schon ziemlich weit draußen vor der Bucht passiert sein ...«

Klang das ironisch?

»Daß es uns gibt, das weiß eben zu Hause gar keiner.« – »Wir werden hier nach und nach verheizt, aber keiner kriegt davon was mit«, geht es jetzt durcheinander.

Ich sei doch Kriegsberichter! bekomme ich sodann zu hören. Ich solle mal was Vernünftiges über sie schreiben. Das klingt halb trotzig, halb quengelig.

Ich soll der Erlöser aus der Anonymität sein.

Just so wie jetzt war mir schon einmal zumute, und das war im Erzgebirge, in Olbernhau, wenn ich mich nicht täusche. Es ging um die Serpentinarbeiter, zu denen ich kurz vor Weihnachten bei einer Presserundfahrt kam. Ich hatte noch nicht einmal das Abitur hinter mir. Die Allgemeine Zeitung schickte mich für solche Reportagen los, die die »richtigen« Redaktionsfritzen nicht machen wollten.

Den Serpentinarbeitern ging es dreckig, weil die schwarzen, hochpolierten Schreibtischgarnituren aus der Mode waren. Kein Mensch wollte sie haben. Und da setzten die Olbernhauer ein Übermaß von Hoffnung auf die Zeitungsartikel, die ich schreiben sollte. Als ich schon wieder halb im Omnibus stand, kamen sie alle noch einmal an: der Bürgermeister, der Betriebsführer, Frauen und Männer ... Und noch ein Händedruck und noch einer.

Und jetzt hext mir doch dieser Leutnant das gleiche schlechte Gewissen an. Ich nehme mir vor: Irgendwo auf der langen Strecke nach Brest haltmachen und schreiben – gleich »vom frischen Stück«. Und in Brest dann Skizzen dazu machen – egal ob meine Sachen nun eine Zeitung druckt oder nicht.

»Wir haben doch *ständig* Verluste«, setzt der Kommandant noch mal neu an. »Wir sind total unmodern und schwerfällig, und das kostet Menschenleben . . . Gebraucht würden schnelle Torpedoträger, aber so was haben wir eben nicht. Die brauchten zur Küstenverteidigung ja nur zwei Stunden Radius zu haben – kleine Viermann-Motorschnellboote zum Beispiel. Aber so was zu bauen ist keinem eingefallen . . . Wir haben nur *einen* Vorteil vor den Tommies aufzuweisen: die bessere Kenntnis der komplizierten Gewässer direkt vor der Küste. Obwohl die S-Boote vielleicht noch schwerer zu kämpfen haben«, hebt der Leutnant nach einer Überlegepause wieder an, »gibt es bestimmt keinen an Bord, der nicht sofort lieber auf ein S-Boot gehen würde – vom U-Boot ganz zu schweigen.«

Was für ein merkwürdiger Betrieb ist aus dieser Kriegsmarine geworden! Die Minensucher jagen keine Minen hoch, die Vorpostenboote beziehen ihre Vorpostenpositionen nicht mehr, weil die Tommies das ganze Küstenvorfeld beherrschen. Aber trotzdem wird Nacht für Nacht – stur heil! – ausgelaufen. Für diese tödliche Routine gibt es sogar einen Namen. Sie nennt sich »Flagge zeigen!« Tausend fahrbare Untersätze können hier Flagge zeigen und sich wegputzen lassen. Wenn das so weitergeht, werden wir bald nur noch Kampfschwimmer haben . . .

Der Citroën steht verwaist da. Vom Gangwayposten erfahre ich, daß der Fahrer auf dem vorletzten Boot unter Deck gegangen ist – sicher, um einen zu heben. Der Posten pfeift auf zwei Fingern einen Läufer herbei, und der wahrschaut den Fahrer. Als der ganz außer Atem erscheint, steht mein Plan fest: zu Fuß in die Stadt.

»In einer Stunde in der Standortkommandantur«, sage ich. Eigentlich wollte ich den Fahrer zusammenstauchen, aber jetzt sage ich nur, er solle sich meinethalben verlustieren, aber nicht mehr saufen.

Ich komme auf einen weiträumigen Platz. Auf einem Sockel zwischen Kabelrollen, einer alten schwarzen Lokomotive und Kisten steht das grün oxydierte Standbild eines Mannes, der mit der schräg erhobenen Rechten auf eine Häuserfront zeigt. Der ganze Körper folgt der Bewegung seines ausgestreckten Zeigefingers. Mit der Linken hält er einen Degen. In einer Art Schürze hat er eine Pistole stecken, der rechte Fuß ist auf ein Stück Fels gestellt, gegen den ein Anker und ein Beil lehnen. Der Kopf ist scharf zurückgewandt. Es ist Robert Surcouf, der letzte räuberische Seeheld seines Landes. Mit seinem Schiff »Le Revelant« hielt er die englischen Indienfahrer zwischen dem Golf von Bengalen und Südafrika in Angst und Schrecken.

Saint-Malo muß damals eine mächtige Stadt gewesen sein.

Die Paläste wirken streng und verschlossen. Mit ihren schwarzen Fenstern stehen sie wie eingeklemmt im Gewinkel der Gassen. Hinter diesen dunklen Granitmauern wurde der Erlös aus dem Sklavenhandel überschlagen. Da wurde sicher manche Unternehmung geplant, die sich von reiner Seeräuberei kaum unterschied. Nur durch Druck bekam die Krone ihr Teil vom Reichtum, der hier gehäuft wurde.

Ich weiß, ich sollte mich für die Korsarenvergangenheit dieser Stadt interessieren, aber mit den Bildern vom Vorpostenboot im Kopf habe ich kein Auge für die Architektur der Paläste und die Reize der engen Gassen.

In der Standortkommandantur bekommen wir Quartier in einem Hotel angewiesen. Ich lasse mir den Weg dorthin schildern.

»Mit dem Wagen fünf Minuten!« sagt der Wachtmeister.

Wir finden das Hotel an einer flachen Bucht mit viel Spanischen Reitern: eine alte Strandvilla. Es wird uns aber nicht geöffnet. Wir versuchen es von der Rückseite her, tasten uns durch Höfe, dann über Stiegen und Flure, finden auch offene Zimmertüren. Das Hotel scheint gänzlich verlassen zu sein. Der Fahrer sagt wieder mal: »Das sieht nicht gut aus, Herr Leutnant!«

»Da bleiben Sie heute nacht am besten auf und bewachen mich!« frotzele ich. Aber der Fahrer nimmt das ernst und macht ein besorgtes Gesicht, er guckt wie ein alter Hund.

Ich finde ein großes, über und über bis hoch an die Stuckdecke mit blauen und roten Blümchen tapeziertes Zimmer zur Bucht hin: breites Messingbett, Volants, wo sie sich nur anbringen ließen – auch die geblümt, aber mit einem anderen Muster. Ein mit zitronengelben, fein gefältelten Chintzbahnen bespannter dreiteiliger Paravent.

Ich muß angesichts dieser Sommerferienpracht erst mal tief Luft holen. Dieses Zimmer rückt die Normandieschlacht unendlich weit weg – viel weiter als die realen hundert Kilometer, die wir bis hierher gefahren sind.

Zehn Uhr, aber die Sonne ist noch nicht hinab. Die Beine vertreten, sage ich mir.

Katzen überall, Hochbetrieb in den Bordellen und in den Dutzenden von Bars an der Innenseite der Stadtmauer.

Die Flut geht bereits so hoch, daß die Wellen gegen die Ufermauer anschlagen. Im Rücklauf prallen sie gegen die nachfolgenden Wellen und steilen sich hoch. Weil dieses Rauschen und Anschlagen keinen Rhythmus hält, irritiert es mich.

Unter dem Licht der von langen opalenen Wolkenbändern verborgenen sinkenden Sonne liegt das Meer als eine reglose spiegelnde Fläche da – wie erstorben, nur dieses Anschlagen an der Mauer ist ein Lebenszeichen.

Die schwarzen Köpfe der Granaten, die auf Böcken aus starken Pfählen liegen, sind noch aus dem Wasser. Wenn die Flut wieder zurückgeht, werden die tückischen Tellerminen auftauchen, die auf stelzbeinige Betonstützen montiert sind.

Am Himmel findet ein seltsamer Aufzug von blaßlila gefärbten Wolkenstreifen statt, die vor gelben Zirren und kobaltgrünem Himmelsgrund wie Flutlinien jener Wolkenbank zustreben, hinter der die Sonne gerade versinkt. Über dem Fort National hält sich noch eine Weile ein Saum aus brandigem Rot. Aber dann ist plötzlich Schluß: Alle Farben erlöschen wie mit einem Schlag. Ich bleibe verwirrt stehen. So abrupt habe ich die Himmelsbrände noch nie ausgehen sehen. Augenblicke lang spüre ich den jähen Abfall ins kalte, blaugraue Abendlicht wie ein böses Omen.

Gegen drei Uhr in der Nacht weckt mich rasendes Feuer: Schnellfeuerwaffen, Geschütze. In den Schlitzen der Volets blitzt es wieder und wieder blendendweiß auf. Ich bin mit einem Satz hoch und öffne die Fenster. Über der See ist der ganze Himmel hell. Ich zähle vier Leuchtgranaten, die langsam an ihren Fallschirmen niederschweben und dabei bläulichweißes Licht verstrahlen. Aber so sehr ich die Augen auch anstrenge, finde ich doch keine Schiffssilhouette. Plötzlich fegen dicht über das Wasser hin grüne und rote Leuchtspurbahnen. Hinter der Kimm ein flackerndes Aufblitzen immer neuer Abschüsse. Die spiegelnde See verdoppelt die Leuchtspurschnüre. Ihr Widerschein zeichnet die tiefhängenden Wolken aus dem Nachthimmel heraus. Ein Scheinwerferstrahl legt sich vor dem Kap flach über das Wasser – bleibt liegen. Eine Batterie schießt in großen Abständen. Ihre Einschläge sind nicht zu sehen.

Dieses leise hohe Summen – das müssen S-Bootmotoren sein. Bald darauf höre ich ein gepreßtes Brummen, das ich mir nicht erklären kann. Ein Brand flackert voraus auf der Kimm auf und vergeht wieder. Viel weiter im Westen werden Leuchtgranaten geschossen. Ihre Rauchfahnen sehen aus wie dicke Taue, an denen sie langsam tiefer sinken. Dann wieder Perlenschnüre von Leuchtspurmunition, wie mit Zeitlupe gefilmt und an den Himmel projiziert. Geschoßbahnen, die sich zu einem flachen Strich sammeln.

Ich stehe mit nackten Füßen auf dem kalten Steinboden und spüre, wie mir eine Gänsehaut über den Rücken kriecht. Über und unter mir öffnen sich Volets und Fenster. Da sind also noch mehr Gäste eingetroffen.

Ich klopfe beim Fahrer. Keine Antwort. Jetzt schlägt's dreizehn! Als ich in den Hof gucke, kann ich auch keinen Wagen entdecken.

An Schlaf ist nicht mehr zu denken. Ich ziehe mich an, fahre in die Stiefel und verlasse das Hotel durch den offenen Hintereingang.

Weit und breit kein Mensch. Meine Pistolentasche ist offen. Ich habe sie so zurechtgeschoben, daß ich die Walther schnell greifen kann. Ich komme an einem Posten vorbei, der offenbar eine Strandvilla bewacht. Der Posten trampelt auf und ab. Entweder hat er kalte Füße oder ist so abgebrüht, daß ihn nicht mehr interessiert, was da draußen vorgeht: neue Abschußblitze und neue Leuchtgranaten, die den ganzen Strand beleuchten. Der Posten bleibt nicht einmal stehen, sondern trampelt gleichmäßig weiter.

Findet diese Art nächtlicher Schießerei so oft statt, daß er sich daran gewöhnt hat? Der Mensch gewöhnt sich an alles. Ein abgeschmackter Spruch, aber ein wahrer.

Das Dröhnen und Wummern der Artillerie spinnt sich fort. Ich kann deutlich die kurzen, harten Abschüsse und die rollenden Einschläge unterscheiden. Von Schiffen ist immer noch nichts zu sehen. Einmal ist mir, als könne ich Silhouetten ausmachen, aber das wird wohl Augentrug sein.

Ich laufe bis hin zur Stadtmauer. Dann drehe ich um. Ich will doch versuchen, noch ein Stück zu schlafen. Etwa sechs Uhr dreißig muß Niedrigwasser sein. Ich sollte die Wellenbrecher aus Eichenstämmen mit dem Fort National dahinter zeichnen. Die haben mich beim ersten Anblick ganz verrückt gemacht – wie sie da dicht bei dicht im nassen Sand standen – grau und würdevoll – mit ihren tief ausgewaschenen Schrunden.

Aquarellieren oder wenigstens skizzieren – irgend etwas in aller Eile aufs Papier bringen und dann auf die Straße und weiter in Richtung Westen. Mein Ziel heißt schließlich nicht Saint-Malo, sondern Brest.

Plötzlich weiß ich das Wort für eine nächtliche Seeschlacht, nach dem ich so lange schon suche: Naumachie. Im alten Rom wurden solche Seeschlachten mit Hilfe von Bassins im Amphitheater vorgeführt.

Am Strand eine deutsche Zeitung, halb von Sand bedeckt. Ich kann, ohne mich mit meinem Malzeug bücken zu müssen, eine fette Zeile auf der Titelseite lesen: »Jetzt versteht man, was die Indianer zu leiden hatten!« Ich gehe in die Hocke und lese weiter: ein Hetzartikel gegen die USA. Die armen Indianer – auf einmal uns verwandte Seelen und Leidensgenossen.

Das Küstenvorfeld mit all den von grünem Tang behängten granitenen Trollen liegt frei. Ich ziehe meine Schuhe aus und stelle sie auf einen großen Tetraedeer aus Beton. Und nun mache ich drei Schläge in meine Hosen – so kann ich gut durch flaches Wasser laufen.

Durch den Sand, den das abebbende Wasser freigegeben hat, gehe ich wie durch Harsch dahin. Bei jedem Schritt sinke ich ein Stück ein. Ich habe die Zeit genau abgepaßt. Hier kommt es nicht nur auf das richtige Licht an, hier spielt auch die Tide mit. Gegen Abend gewinnen die Farben zwar Kraft, aber dann ist Hochwasser, und man kommt nicht zum Fort hinüber. Boote gibt es nicht. Es heißt, die Inselbesatzer seien so nervös, daß sie alles unter Feuer nehmen, was sich auf dem Wasser zeigt.

Als ich zwei Blätter geschafft habe und meinen Platz wechseln will, sehe ich den Fahrer zwischen den von der Ebbe freigegebenen Riffen herankommen und staune, daß er mich aufgespürt hat. Ganz außer Atem berichtet er, im Hafen sei große Ritterkreuzfeier. Ein VP-Bootkommandant habe das Ritterkreuz bekommen.

»Ganz tolle Sache, Herr Leutnant. Die haben einen Zerstörer versenkt.«

Ein Vorpostenboot, das einen Zerstörer versenkt hat? Einen betrunkenen Eindruck macht der Fahrer nicht. Weiß der Kuckuck, was da los ist. Hin muß ich auf jeden Fall. Der Fahrer greift sich schon meine Siebensachen. So willfährig habe ich ihn noch nie erlebt.

Schon von weitem erkenne ich, daß ein VP-Boot eine schwarze Korsarenflagge gesetzt hat. Wir halten an der Gangway. Der Posten macht sich von einer Gruppe Lords frei, salutiert stramm und grinst dabei über das ganze Gesicht. Ein Bootsmann mit EK1 geleitet mich unter Deck: höfliche Leute.

In der engen Messe: Jubeltrubelheiterkeit. Ich werde, obwohl mich hier keiner kennt, mit Gebrüll begrüßt und habe, ehe ich mich's versehe, ein Glas in der Hand.

»Bier, Wein, Cognac? Was beliebt?«

Da finde ich endlich den Kommandanten in dem Gewurl und melde mich formell an Bord.

Der Kommandant wirkt in sich gekehrt, fast verlegen. Die Maschine hat ihm offenbar in aller Eile einen Halsorden aus Blech ausgesägt: Er ist zu groß geraten. Das Band ist aus EK-II-Bändern gestückelt. Weil die im Nacken nicht ganz herumreichen, hat man sich mit Bindfaden geholfen.

Aber was verschlägt's! Ein frisch gekürter Ritterkreuzträger – ein VP-Bootkommandant: eine Seltenheit!

Ich bin hellwach.

Aus dem aufgeregten Durcheinanderreden höre ich heraus, daß das Boot im Gefecht mit einem britischen Zerstörer der Tribalklasse Sieger geblieben ist. David hat den Riesen Goliath mit der Steinschleuder attakkiert und geblendet. Da ist es kein Wunder, daß die hier außer Rand und Band sind. Einer ist ganz aus dem Häuschen und verkündet laut: »Das kommt im Wehrmachtbericht!« Und gleich noch einmal: »Das kommt im Wehrmachtbericht!«

Ein alter Fischdampfer gegen einen Zerstörer siegreich! Das hat es noch nie gegeben – das *kann* es auch gar nicht geben. Aber dann erinnere ich mich an das, was der Alte gesagt hat: »Im Seekrieg ist alles möglich – einfach alles. Da gibt es rein gar nichts, was es nicht gibt.«

Der Kommandant hebt sich von allen anderen auch durch seine scharfe Rasur ab. Er wollte sicher besonders frisch aussehen, dabei fällt er vor lauter Erschöpfung förmlich in sich zusammen.

»Eins unserer Boote und ein Logger . . .«, hebt der Kommandant unvermittelt an, »und keine Überlebenden! Der Zerstörer war ja im Sinken, und wir hatten keine Schangs, Schiffbrüchige aus dem Wasser zu fischen.«

Dicht vor der Küste abzusaufen, womöglich verwundet oder nach stundenlangem Schwimmen – das muß ein schreckliches Ende sein. Ich kann vor lauter Würgen im Hals nichts sagen. »Aber vielleicht sind doch noch welche in ihre Flöße gelangt«, höre ich mich schließlich selbst.

Der Kommandant von gestern und sein I WO sind ebenfalls gekommen. Sie sind wie ausgewechselt und führen sich auf, als sei *ihnen* das Ritterkreuz verpaßt worden.

Was in der Nacht dicht bei der Insel Jersey tatsächlich passiert ist, weiß ich immer noch nicht, zu viele reden auf einmal. Ich kapiere fürs erste nur, daß ein Rottenboot und ein Logger nach einem schweren Gefecht abgesoffen sind.

Der Flottillenchef ist nicht erschienen. Er wird wissen, warum er sich fernhält: Die hier haben einen Sieg errungen, die Flottille aber hat zwei Einheiten verloren . . .

Der Kommandant hat alle Hände voll zu tun, um nachzuschauen. Aber es ist ihm anzusehen, daß ihm die Feierei zuviel wird. Da drängen noch mehr durchs offene Schott wie in einen vollen Métrowaggon herein, alle wollen mit ihm anstoßen.

Ich muß, um den Reden folgen zu können, höllisch aufpassen. Ich will auf den I WO des Bootes hören, aber der ist besonders aufgeregt. Seine Geschichte hat sich noch nicht abgesetzt, sie läuft vor und zurück und wieder vor, und dabei wechselt der I WO beim hastigen Reden ständig zwischen Gegenwart und Vergangenheit.

Mitschreiben hat keinen Zweck. Ich lege ostentativ meinen Block weg.

Der Kommandant macht ein paar Einreden – und das ruhig und sachlich.

Gerade will der I WO wieder loslegen, da erscheint der Schmutt und will wissen, ob er mehr Kaffee ...

»Die ganze Kanne auf die Back!« verlangt der I WO überlaut.

Und dann muß ich mit auf die Brücke. Der I WO will mir die Einschüsse zeigen.

Nicht zu glauben, daß auf dieser zersiebten Brücke einer einen Angriff durchgestanden hat, ohne verwundet oder gar getötet worden zu sein. Die Einschüsse haben jeden nur erdenklichen Winkel. Der Glücksjunge von Kommandant muß immer Sekundenbruchteile vor dem nächsten Einschuß zur Seite getreten sein. Mir kommt beim Anblick der Ein- und Ausschußlöcher der Säbeltrick vor Augen, den drei Inder in einer Zirkus-Sarrasani-Völkerschau vormachten: Einer schachtelte seinen Körper in einen engen Korb hinein, und zuletzt ließ er, obwohl das ganz unmöglich erschien, auch noch seine Arme verschwinden. Die beiden anderen stülpten den Deckel darüber, und dann stachen sie wie die Verrückten von allen Seiten Säbel durch den Korb ... Keine Schmerzensschreie, kein Blutvergießen. Der Deckel wurde hochgeklappt, und unverletzt, ohne einen Ritzer am Körper, entstieg der Zusammengeschachtelte dem Korb.

Jetzt kommt ein ganzer Pulk von unten und staunt die Brücke an. Wenn die Besatzung auf Zack wäre und Eintritt verlangte, könnte sie zu einer prallen Bierkasse kommen ...

»Der Fehler bei denen war, daß sie uns in den Nebel hinein nachgestoßen sind«, sagt der Kommandant, »bis nahe ans Klippengebiet heran. Und dann haben sie alle ihre Geschütze nach Steuerbord auf den Logger gerichtet. Zwölfzentimeter-Geschütze – und zu uns her alle Stände offen. Nach Backbord haben die nicht einen einzigen Blick mehr verschwendet, und nach unserem ersten Treffer ist bei denen alles ausgefallen – schlagartig. Nur der Zwilling auf der Back schwenkte noch zu uns herüber und gab zwei Schuß ab, traf jedoch nur unseren Schornstein. Zwei Verwundete ... Aber die überstehen's.«

»Und der zweite Zerstörer?« frage ich.

»Der ist uns zwar auch in die Nebelbänke gefolgt, hat aber dann nur den Logger bekämpft – mit Artillerie und auch Torpedos –, und das aus nächster Nähe. Um uns haben die sich nicht mehr gekümmert.« Ich soll mir das aber alles noch mal vom Obersteuermann erklären lassen.

Der erscheint auch prompt, bugsiert mich in eine Kammer neben der Messe und legt los.

»Sie müssen sich das so vorstellen«, hebt er an und verfällt gleich darauf in einen knappen Protokollstil: »Der vordere der beiden Zerstörer nahm Kurs auf uns zu. Immer spitzer werdend. Schossen sofort zwei Achterfächer, hochstehende Leuchtgranten. Wir waren geblendet, ziemliche Wuhling. – Leuchtgranaten plötzlich hinter uns. Zeichnen unsere Silhouette für den Feind genau ab. Abschußblitze der Artillerie, erste Salve deckend auf anderem Boot. – Ganze Lage in Vorschiff. Bis zur Brücke sofort in Brand. Nebelwand zieht dazwischen. Können nur noch den Logger an steuerbord sehen. Hilfeleistung nicht möglich. Mußten das getroffene Boot verlassen. – Wassersäulen kommen näher. Denken schon an Kreuzer. Sehen durch den Nebel Schimmer eines Brandes. Neue Aufschläge wirbeln nach oben. Schießen wird unsicher. Schießen lagenweise von rechts nach links.«

Kurze Pause. Ich werde überprüft, ob ich alles verstanden habe. Als ich nicke, geht es weiter: »Laufen zickzack. Hart steuerbord – Kurs hundertzwanzig Grad – hart backbord – immer ausweichend. Zwölf Minuten lang. – Meldung aus Horchraum: An Backbord zwo Geräusche, schnell näher kommend. – Der Kommandant war auf Backbordseite Brücke. Gab ans Geschütz: Feind steht backbord achteraus. – Der Steuermannsmaat auf der anderen Seite meldete: ›Dicht hinter uns ist einer.‹ – Kommandant gab an Achtkommaacht Befehl: ›Feind steuerbord achteraus, Feuereröffnung!‹ Und dann: Ruder hart steuerbord! Feuererlaubnis für die leichten Waffen. Maschine höchste Fahrt voraus – also Maschinentelegraf zweimal auf große Fahrt.«

Ein so willfähriges Interviewopfer habe ich noch nie erlebt. Die immer noch nachwirkende Anspannung hat dem Obersteuermann die Zunge gelöst – und natürlich auch der Alkohol. Ich möchte nicht wissen, was alles und wieviel er schon intus hat. Aber sein Text ist klar, er sitzt wie eingelernt.

»Zerstörer stoßen im Nebel nach. Deutlich die roten Abschüsse im Nebelgrau. Wir streben dem Klippengebiet zu, wo wir uns auf Grund besserer Kenntnisse in Deckung bringen wollen. Viel feindliche Leuchtgranaten . . . An Steuerbordseite lief unser Logger. Da schob sich plötzlich zwischen Logger und uns der riesige Rumpf eines Zerstörers. Höchstens dreihundert Meter weg. Die hatten uns unglaublicherweise nicht bemerkt, weil die alle Geschütze nach steuerbord gerichtet hatten. Wir fielen einen Strich ab, um alle Waffen voll einsetzen zu können. Dann schlagartiges Feuer aus allen Rohren. Auf nächste Entfernung. Auf die zu uns her offenen Schilde. Auch mit den Geschützbedienungen. Die hat es sozusagen *vor* ihren Schutzschilden erwischt: in die Kommandobrücke, in die Artillerieleitstände. Mit Panzersprenggranaten in die Maschinenanlage . . . Achtkommaacht erzielt Volltreffer mit Pakmunition im Kessel. Eisenplatten fliegen hoch. Dicker schwarzer Qualm. Zweiter Treffer Vorkante Brücke, dritter Hinterkante, zwoter Schornstein Maschinenraum: So lief das!«

»Und wie weiter?« frage ich nur kurz.

»Der Zerstörer dreht ab, schwenkt einen Turm, schießt aus einem Rohr zwei Schuß – mehr nicht. Geschützführer der Achtkommaacht wurde durch dicht aufschlagende Zwölfkommasieben-Granate umgerissen. Den Handschutz hat's ihm auch weggefetzt. Der Verschluß lief gerade vor und quetschte ihm die Hand ein. Erst als der Schuß gefallen war, kam er wieder frei. Guter Mann: hat trotzdem weitergemacht ... An Oberdeck des Zerstörers dunkles Glühen in Höhe der Maschine. Heller weißer und tiefschwarzer Rauch. Zeitweise verschwindet der Zerstörer darin ganz. Schießen weiter. Zweiter Zerstörer steht nach Horchortung dicht dabei.«

Jetzt muß mein Mann nun doch erst mal eine Pause machen und ordentlich Luft schöpfen. Dann geht es mit ruhigerer Stimme weiter: »Wir wurden nach zwo Stunden noch mit Leuchtgranaten gesucht. Ein Torpedo rauschte in drei Meter Entfernung neben der Bordwand vorbei. Das ganze Oberdeck lag voller Hülsen.«

Und jetzt braucht der Obersteuermann eine Besinnungspause. Er schließt die Augen halb und läßt mich warten. Als er wieder anhebt, ist sein Ton verändert: »Merkwürdig war die zeitweilig vollkommene Ruhe. Ringsum Einschläge. In der Nebelwand waren die Wassersäulen deutlich zu erkennen. Aber doch erstaunliche Ruhe. Nur die Kommandos: ›Hart steuerbord – hart backbord ...‹ und so weiter waren zu hören. Das Erstaunen, daß das Schiff noch fuhr, war ungeheuer. Wir konnten einfach nicht begreifen, daß wir durch die Einschläge und flachgehenden Geschosse durchgekommen waren. Wir mußten dann offen funken, weil alle Mittel weg waren.«

Ob das alles so in die Zeitung käme? will der Obersteuermann zu guter Letzt von mir wissen.

»Wenn sich's machen läßt«, gebe ich mich sibyllinisch.

»Prima!« sagt der Obersteuermann.

Noch an Bord bleiben und einen zur Brust nehmen? Lieber nicht. Hier geht es schon allzuhoch her. Also schneller Entschluß: Ich bedanke mich beim Obersteuermann mit Handschlag. Dann melde ich mich in der Messe beim Kommandanten von Bord. Es gelingt mir zum Glück, ohne Aufsehen wegzukommen, weil alle schon ordentlich einen gehoben haben.

Der Tag geht schnell zur Neige. Wie weiter? Noch eine Nacht hierbleiben? Ich bin unschlüssig wie noch nie. Aber warum zögere ich? Brest ist mein einzig klares Ziel: »... unverzüglich auf S-Booten einzusetzen«, das sollte mir gereicht haben! Der Bismarck, dieser große Nimrod vor dem

Herrn, der hätte wohl gern für mich ein Halali blasen lassen, oder wie diese schießversessenen Herrschaften das nennen.

Das zumindest habe ich ihm vermasselt. In Brest wird alles nur ein Schreibstubenmanöver sein, und ich gehöre wieder richtig zur Flottille. Wenn der Bismarck dann was will, bekommt er es mit dem Alten zu tun. Und der Alte ist, wenn es darauf ankommt, kein Spaßvogel.

Ich gebe mir einen Ruck und erkläre den Marschbefehl mit Brest als Endziel definitiv für den gültigen. Den zweiten, den der Bismarck unterschrieben hat, zerreiße ich in kleine Stücke. So – und nun noch mal! Die kleinen Quadrate könnte immer noch einer wieder zusammensetzen. Aber nicht mehr, wenn ich sie ganz langsam aus dem Fenster flattern lasse.

Es ist allerhand Zeit verstrichen seit dem Ausstellen meines Marschbefehls nach Brest. Aber so ist das nun mal im Krieg! Imponderabilien! Keiner kann vorhersagen, was einem in den Weg gerät. Schließlich habe ich auch noch meinen roten Ausweis, dieses Prachtstück. Wäre doch gelacht, wenn ich mit beiden nicht durchkäme!

Ich greife mir die Karte und vermesse die Luftlinie nach Brest: zweihundert Kilometer etwa, ein Klacks mit der Wichsbürste! Aber nur, wenn wir halbwegs glatt durchkommen.

Ich vermesse auch gleich noch die Luftlinie nach La Baule. Dahin ist es freilich ein gutes Stück mehr. Aber was soll das überhaupt? Kindisches Gebaren! Simone ist ja längst nicht mehr dort. Und auch nicht in Brest, sage ich mir gleich. Wer weiß, wohin die Schweine Simone verschleppt haben.

Ich muß mich mit Gleichmut wappnen, damit mich nicht schon wieder der ganze Jammer überfällt.

Also weiter – und keine Zeit verlieren! Aber ist es nicht bereits zu spät, um heute noch loszufahren? Hier haben wir Quartier – ein gutes sogar. Wer weiß, wo wir unterwegs etwas Geeignetes finden werden. Unsinn, wir müssen *gleich* weiter! Bloß keine Wurzeln schlagen!

Dem Fahrer erkläre ich, ich hätte noch woanders zu tun: »Hier in dieser Gegend etwa.« Dabei fahre ich auf der Karte mit der flachen Hand vage über ein Gebiet, das von Saint-Malo bis nach Brest reicht. »Da könnten die Brüder auch noch landen. Da gibt's nämlich schöne flache Strände.«

Dem Fahrer steht vor bassem Erschrecken der Mund weit offen. Um ihn zu beruhigen, rede ich gleich weiter: »Und wenn die Brüder nicht kommen, können Sie 'ne schöne ruhige Kugel schieben.«

Weil der Fahrer mich immer noch anstarrt, rede ich wie ein Missionsprediger auf ihn ein: »Warum wollen Sie eigentlich dauernd nach Paris zurück? Glauben Sie doch nicht, daß Sie sich ausgerechnet in Paris jetzt noch einen schönen Tag machen können. Da werden Sie – jede Wette! – sofort wieder losgeschickt und – wenn Sie Pech haben – verheizt. Seien Sie bloß froh, daß Sie mit mir herumgondeln dürfen. Also von jetzt ab ohne diese mürrische Visage, wenn's geht!«

Da fällt mir ein, daß ich immer schon die Familienfotos des Fahrers sehen wollte, und ich frage, nun noch mehr Seelsorger als zuvor: »Sie haben doch Frau und Kinder?«

»Jawoll, Herr Leutnant, eine Frau und zwei Kinder.«

Und jetzt brauche ich gar nicht zu drängen: Der Fahrer fingert bereits beflissen seine Brieftasche heraus.

»Na bitte!« sage ich. »Das sieht ja wie Junge und Mädel aus.«

»Jawoll, Herr Leutnant, ein Pärchen, wie man sagt.«

»Und gesund!«

»Jawoll, Herr Leutnant, ganz gesund.«

Als ich in meinem Zimmer meine paar Sachen zusammenräume, höre ich durch das weitoffene Fenster den Atlantik hereinklingen. Jede Welle, die anrollt, hat ihren eigenen Rauschton. Ich halte die Augen geschlossen und fühle, wie das Rauschen ganz in mich eindringt. Durch den offenen Mund, durch Nase und Ohren.

Ich beuge mich zum Fenster hinaus: Der Leuchtturm, neben dem der Bug eines Frachters schräg hochragt, trägt seine Laterne wie einen Kopf auf langem Hals. Bald werden die Vorpostenboote an ihm vorbei und zwischen den Rocks hindurch auf Position fahren wie jede Nacht.

Eine Stunde vor Mitternacht brechen wir auf. Der Mond steht direkt vor uns in halber Himmelshöhe, sehr hell, aber schmal. Die Straße ist ein bleiches Band. Die Bäume zeichnen sich schwarz gegen den Mondhimmel ab und werfen uns ihre Schatten entgegen.

Ich lege die Maschinenpistole auf, den rechten Zeigefinger am Abzug, mit der linken Hand bereit, den Spannhebel zurückzuziehen: Man hat uns zuviel von Terroristen in dieser Gegend erzählt, und ich habe davon ein ungutes Gefühl im Nacken: Die Fahrt ohne Eskorte durch die Nacht scheint riskant.

Dieser plötzliche Aufbruch mitten in der Nacht hat aber auch sein Gutes: ohne viel Theater einfach auf und davon! So habe ich es gern.

Während wir mit abgeblendeten Scheinwerfern dahinrollen, versuche ich an Simone zu denken. Mir ist dabei zumute, als wollte ich eine Schuld ableisten.

Ich muß mich anstrengen, um ein bestimmtes Bild von Simone zu erkennen und scharf zu stellen. Das passiert mir zum ersten Mal. Ist mir Simone etwa doch schon so sehr abhanden gekommen?

Dinan. Ich will mich umsehen und erfragen, ob die Gegend, durch die wir fahren wollen, halbwegs sicher ist. Aber auf den Straßen zeigt sich kein Mensch. Eine Totenstadt. Ich lotse den Fahrer nach den taktischen Zeichen, die ich im Mondlicht an Laternenmasten erkenne. Sicher bin ich mir freilich nicht, ob ich sie richtig deute.

Wir finden uns schließlich in einem großen Hof und entdecken einen Posten mit einem komisch langen Schießprügel. Der erklärt uns, daß wir im Hof des Schlachthauses einer Schlächtereikompanie stehen.

Ich murmele: »Verdammte Scheiße!«, und laut sage ich: »Wußte gar nicht, daß es so was gibt!«

Ich merke, wie sehr ich mich daran gewöhnt habe, nachts zu leben. Früher hätte ich es als normal empfunden, daß Menschen nachts schlafen. Jetzt aber verwirrt und beunruhigt es mich, daß sich hier zu dieser Stunde nichts rührt.

Wir sollten uns auch wenigstens ein paar Stunden aufs Ohr hauen.

Der Posten weiß Rat: Es gebe bei ihnen richtige Feldbetten, und der Wagen werde gut bewacht ...

Morgens bekommen wir von den Schlachtern ordentlich Kaffee und alles, was zu einem deftigen Frühstück gehört. Und außerdem werden wir gebührend angestaunt.

Wir fahren auf direktem Wege nach Lamballe und weiter nach Saint-Brieuc. Hinter Saint-Brieuc will ich an der Küste bleiben. Ich ziehe die Karte zu Rate und lese »Paimpol«. Paimpol – das war für mich immer ein klangvoller Name: Pierre Loti, die Islandfischer mit ihren großen Seglern! Also auf nach Paimpol!

In Paimpol erinnert nichts mehr an die glorreiche Zeit: ein leerer Hafen, ein verlorenes Karussell dicht an der Pier. In den Häusern stockt auch hier die feuchte Moderluft hinter dicht geschlossenen Volets.

Weiter.

Aus verborgenen Gärten schäumt Grün über die Mauern. Die Häusergiebel sind uns zugestaffelt. Coquelicot: Klatschmohn. Rümpfe von steinernen Windmühlen – amputierten Windmühlen.

Dünensand weht von rechts über die Straße. Der Blick geht frei aufs Meer hinaus. Fahl neapelgelb der Sand, stahlgrau der Himmel und nur ein zentimeterbreiter Streifen Wasser – auch stahlgrau, nur eine Nuance dunkler als der Himmel, so daß man die Kimm gerade noch ausmachen kann.

Windmühlenrümpfe schieben sich rechts und links ins Bild. Wahrscheinlich wurde früher das Getreide zum Mahlen von weiter landein herbeigekarrt: Hier an der Küste war der bessere Wind.

Die Bucht von Saint-Benoit-des-Ondes ist schlammgrau. So sehr ich meine Blicke auch schweifen lasse, nirgends sehe ich ein bißchen Farbe.

Ich esse in einer Kneipe winzige, »bigorneaux« genannte Muscheln, und zwar mit den gleichen Nadeln, wie sie der Bismarck für seine Wandkarten verwendet. Ich habe eine mit gelbem, eine mit blauem und eine mit rotem Kopf.

Ich gehe am Strand auf einem Streifen hin, der kiesig ist. Plötzlich sackt mein rechter Fuß ein wie in frisch angemachtem Gips. Ich muß weiter oben laufen, dort, wo der Sand trockener ist.

Der Hochwassersaum wird von einer Schlängellinie aus kleinen Muscheln und ausgebleichten winzigen Holzstückchen markiert. An einigen Stellen hat das rückflutende Wasser einen ganzen Trödelladen abgesetzt: Schuhe, Matratzenfüllungen, viele tote Algen, gebleichte Panzer von Krabben, aber auch faustgroße, getigerte Granitbrocken.

Ein scharfer Fischgestank weht mir in die Nase: Da sehe ich ein schwarzes Ungetüm vor mir liegen. Plötzlich wechselt es die Farbe von Schwarz zu Grau, und tausend Fliegen umsurren mich: Ich habe sie hochgejagt. Das Ungetüm ist ein gewaltiger vergammelnder See-Aal, dem der Schwanz fehlt. In den Augenlöchern sind die Fliegen dicht bei dicht sitzengeblieben, als klebten sie da fest.

Ein Stück weiter gerate ich in ein riesiges Brachfeld aus hausgroßen Blöcken. Es sieht aus, als hätten hier verrückte Zyklopen getobt und die Felsblöcke übereinandergetürmt. Sie sind zur Hälfte grau und zur Hälfte bräunlich. Die Grenze der Brauntönung zeigt, bis wohin die Flut steigt. Die Brauntöne kommen von den triefenden Algenbärten. Vor diesen Algen muß ich mich beim Auftreten hüten: Sie sind glitschig, wie mit Gelatine überzogen.

Vom Atlantik kann ich in dieser Felsenlandschaft nichts mehr sehen. Der Atlantik ist ganz nahe und doch weit weg. Ich höre die Brandung, sehe aber nicht den kleinsten Schimmer von ihr. Wohin ich auch blicke: nichts als Felsungetüme.

Der graue Himmel stimmt mich trübe.

Wenn ich mich hinhocke, höre ich nicht einmal mehr das Tönen des Meeres. Ich bin der erste Mensch auf einer unbewohnbaren Erde – mutterseelenallein zwischen ernsten, grausen Felsgebilden ausgesetzt.

Plötzlich befällt mich Angst: Wie, wenn nun alles stimmte, was meine Phantasie mir eingibt? Wenn ich wirklich verlassen und aufgegeben wäre? Wenn ich einen Fuß in einer Spalte verklemmte und mir ein Bein bräche, käme mir niemand zu Hilfe. Nach dem Fahrer könnte ich lange schreien. Und wenn dann die Flut stiege und mir immer näher käme – schneller, als ich kriechen könnte?

In plötzlicher Panik schnelle ich aus der Hocke hoch. Zurück zum Strand! Nur weg hier! Und ja aufgepaßt, daß ich nicht in eine Felsspalte trete!

Morlaix. Am Hafenarm entlang. Der riesige Eisenbahnviadukt steht noch. Die Stadt liegt langgestreckt in der Schlucht, ganz und gar beherrscht von diesem Viadukt.

Die Mauersteine sind rötlich. Auch der Splitt auf der Straße. Ein Schauer geht nieder.

Blick von oben in eine Bucht: Auf dem Strand markiert dunkler Tang zwei verschiedene Flutlinien.

Efeu wächst an Telegrafenmasten hoch. Kiefern schräg vom Meer weggewendet. Halb vom Gebüsch verdeckt, ein schwerer Bunker zur Rechten. Ein Vorgarten voller Päonien.

Orangefarbener Mohn – ein ganzes Feld voll. Die Blüten hängen schlapp im Regen. Fast hüfthoher Raps. Das Witschen der Scheibenwischer. Die Scheibe verschliert. Perlenstränge dort, wo der Wischer nicht hinlangt.

Jetzt ist die Straße nässegrau wie der Himmel. Die schwarzweißen Kühe lassen fünfe gerade sein. Hoffentlich haben die in der Normandie das gleiche Wetter wie wir hier.

Die Fernen verschwinden, alles geht im Regendunst unter. Der Regen pladdert aufs Dach wie Kieswürfe. Die Scheibenwischer kommen fast nicht mehr gegen die Fluten an.

»Crêperie ouverte«: Das klingt verlockend. Aber zum Halten regnet es zu sehr.

Obwohl ich jetzt durch bretonisches Land fahre, ergreift mich eine schmerzhaft ziehende Sehnsucht nach der Bretagne – *meiner* Bretagne.

Es hat wieder aufgeklart. Die Sicht ist besser. Nur ja alles, was ich sehe, tief in mich aufnehmen. Die Bretagne: meine zweite Heimat.

Saint-Pol-de-Léon: Von hier aus geht es über ein Hochplateau direkt nach Brest. Aber ich will noch eine Weile an der Küste bleiben und die schmalen Umwegstraßen abfahren.

Ich bin ein selbständiger Truppenteil. Ich kann es mir leisten, schön langsam durch die Artischockenfelder zu rollen. Bolzengerade die Schäfte, wie Szepter mit hellgrünem Knauf. Dann Blumenkohlfelder, fast zur Gänze abgeerntet. Rosa blühender Sauerampfer zu beiden Seiten der Straße.

Ein Wegweiser nach Plouescat. Warum nicht nach Plouescat? Jetzt kommt es auf die paar Kilometer auch nicht mehr an. Wir fahren also auf einer Stichstraße wieder direkt zur Küste vor.

In Plouescat lasse ich halten angesichts einer dichten Reihe Callas vor einer Hausfront: So üppige weißprangende Callas habe ich noch nie gesehen. Ein Krüppel mit Primitivprothese statt seines linken Beines kommt vors Haus. Der Adlerfarn steht so hoch, daß er uns den Blick ins Land hinein verwehrt. Schwarzgrüne, windgezauste Kiefernwipfel gegen den Himmel. Zur Rechten: Geest, hellstes Neapelgelb. Seeschwalben in der Luft.

Goulven. Kirchtürme wie graue Stalagmiten. Ein winziges Kirchenschiff. Die Türme dienen als Seezeichen – Semaphore.

Ich lasse den Fahrer bis ganz dicht ans Wasser fahren. Dann steige ich aus und setze mich auf den Strandhafer: Will ich denn immer noch mehr Bilder von der Bretagne einsammeln und in mir stapeln? Oder will ich dem Alten noch nicht unter die Augen treten?

Plötzlich steht der Alte in aller Deutlichkeit vor mir – in der Lederjacke, einen vergammelten Schal um den Hals, Seeglas vor der Brust, das Gesicht vom angestrengten Sehen verkniffen: nur schmale Sehschlitze statt der Augen, dichte Waschbrettfalten auf der Stirn, die formlose, ehedem weiße Mütze im Nacken – ein Bild von einem U-Bootkommandanten, aber nicht etwa der zackige, naßforsche, filmreife Typ, sondern eher bedächtig, wortkarg und introvertiert. Was hat so einer in einem Büro hinter einem Schreibtisch voller Aktendeckel verloren? Wie soll der Alte mit diesem Leben zurechtkommen?

Ich habe nicht die leiseste Ahnung, wie der Alte sich in der neuen Existenz eingerichtet hat. Insgeheim habe ich Angst, wir könnten uns auseinandergelebt haben.

Brignogan. Wir kehren an einem großen Platz in eine Kneipe ein, um etwas zu trinken. Die Wirtin ist eine alte, dicke, mütterlich wirkende Frau, die sich überraschend zutunlich gibt. Daß sie uns nichts Rechtes anbieten kann, scheint sie ehrlich zu betrüben. Aber dann haben wir doch Rotwein auf dem Tisch.

Die Wirtin erzählt, daß hier Artilleristen gelegen hätten: »Mais un jour donné, ils sont tous partis pour la Russie . . . Ils étaient si gentils. Je crains, qu'ils soient tous tombés . . .«

Da höre ich aus der halbdunklen Ecke neben dem Eingang zur Küche heraus murmeln: »Heureusement . . .« – und noch einmal ganz deutlich: »Heureusement.«

In der Schattentiefe kann ich einen alten Mann an einem schmalen Tisch erkennen. Ich kann dieses bösartige »heureusement« nicht hinnehmen. Der Saukerl hat ja gehört, daß ich Französisch kann. Aber was tun? Ich muß den Mann zur Rede stellen. Er muß herkommen und sich entschuldigen!

Ich hole tief Luft, einmal, zweimal – dann weiß ich, wenn ich jetzt auf den Mann losgehe, kann es Rabbatz geben. Dann ist er geliefert.

Plötzlich muß ich an die Leiche denken, die der Alte im Keller hat: Der Alte hat mal jemanden angezeigt, weil der dumme Reden gegen die Truppe im Mund führte: einen Zigarrenhändler in seiner Heimatstadt.

Die Geschichte muß ganz harmlos angefangen haben. Der Alte muß in aller Arglosigkeit in den Laden getappt sein – als das sprichwörtliche Frontschwein, ohne Ahnung von der Mangelsituation im Reich. Er muß so beschickert gewesen sein, daß er sich tatsächlich nicht vorstellen konnte, daß es auch unter dem Ladentisch nichts mehr zu verkaufen gab. Und dann hat ihn die so gänzlich unerwartete Attacke des »Giftzwergs«, wie der Alte den Tabakhändler nannte, in blinde Wut versetzt.

Und jetzt weiß ich jedes Wort wieder, und die Szene, die mir damals vor Augen erschien, ist wieder ganz deutlich, obwohl ich mit allen Kräften versucht habe, sie zu verdrängen. Ich kann den Alten sogar mit der imitierten Stimme des Zigarrenhändlers reden hören: »Das soll wohl ein Witz sein, daß ausgerechnet Sie Zigarren bei mir haben wollen? *Sie* haben doch alles, wir aber nichts – nichts zu fressen, nichts zu rauchen. Holen Sie sich Ihre Zigarren doch in Berlin!«

Der Alte muß dann bei irgendeinem Amt angerufen haben – und am nächsten Tag war der Laden geschlossen.

Als ich fragte: »Und was ist aus dem Mann geworden?«, zuckte er nur mit den Schultern. Nach Minuten dann maulte er: »Sich auch noch blöde anreden lassen . . .«

So, und jetzt kneife ich zum zweiten Mal: Ich spiele den Doofmann und tue so, als hätte ich auf meinen Ohren gesessen.

Als wir wieder fahren, verhöhne ich mich selber: Da hast du dich ja fein aus der Affäre gezogen! Eine Prachtrolle, die du da eben gespielt hast!

An einem Friedhof lasse ich noch einmal halten und lese die Namen von den Grabsteinen ab: Goas-Broustal, Queinnec, Riou-Moussec, Quintric, Grannec-Billant, Fily-Gourlaouen, Gueguen-Hascoët, Brenaut-Brenambot, Gréau-Guéguen, Marhoc . . .

Mitten auf dem Friedhof eine Dattelpalme. Der runde glatte Stamm ist unten grün bemoost. Das erste Mal, daß ich eine bemooste Dattelpalme zu sehen bekomme.

Kurz vor Brest führt die Straße in Wellen bergab. Weit voraus erscheint eine Handbreit Wasser. Masten und dann die Kommandobrücken von Schiffen kommen heraus. Ich kenne diese Strecke nicht, denn früher bin ich immer mit der Eisenbahn in Brest angekommen – in trister Frühe.

Aber dann weiß ich, wo wir sind, weil ich die Citroëngarage erkenne. Wir werden also auf der Rue de Siam nach Brest hineinfahren.

Was ist mit mir los? Müßte ich nicht laut jubilieren, daß ich es endlich geschafft habe? Wenn ich früher wieder im Stützpunkt ankam, habe ich immer tief durchgeatmet und mich wie befreit gefühlt – aber jetzt ist mir flau zumute.

Alles sieht verändert aus. Das machen vor allem die Ruinen . . .

Hohe Trümmerberge zwischen den paar grauen und schäbigen Häusern, die noch stehen. Viele Fensterhöhlen sind leer. Die Fensterläden und Jalousien zerspellt. Ich sage mir: Aber die Fensterhöhlen sahen doch schon das letzte Mal so aus. Daß jetzt alles noch trister wirkt, muß am Trümmerstaub liegen, der sich auf alles herabgesenkt hat: auf jeden Sims und die Blätter der wenigen Bäume, die es noch gibt. In den Ästen hängen Holztrümmer, in einem Baum ein ganzer Türstock.

Ich lasse den Wagen stehen, um ein paar Schritte zu gehen. Am hellgrauen Himmel ist der Dunst in Flecken geronnen wie geklumpte Haferflocken.

Wohin ich auch trete, überall knirscht Glas unter meinem Tritt. Ladenrollos sind wie Wellpappe zusammengeknautscht. Ein schmales Haus ist von einer Bombe von oben bis unten aufgerissen: mit Dachgeschoß sechs Stockwerke. Ein bemerkenswerter Anblick: Dieses eine Haus hat es so erwischt, als hätte einer oben ein großes Messer angesetzt und es dann nach unten durchgezogen. Wahrscheinlich ein Blindgänger. Die Bombe wird noch unter dem Schuttberg liegen, der die Straße halb versperrt.

Auf dem Trümmerberg klettern Leute herum wie dunkle Vögel.

Die Bomberstrategen kann ich nicht begreifen: Was soll der Quatsch? Häuser zerdeppern, alles in Schutt und Asche legen – als ob das was brächte!

In einer Seitenstraße der Rue de Siam sind alle Läden zerstört. Die paar Leute, die mir begegnen, tragen eine Art Fatalismus zur Schau: Sie gucken mich gleichgültig an, ohne Wut, ganz stumpf. So wie die aussehen, sind sie gar nicht mehr imstande, Entschlüsse zu fassen und sich auf und davon zu machen.

Der Bahnhof ist auch zerbombt. Trotz der Zerstörungen scheint der Betrieb aber weiterzugehen. Anderthalbtonner mit Marinenummern sind vorgefahren. Ein Schub von fast einem halben Hundert Seesäcke wird in eine Art Postwagen verladen.

Der Anblick geht mir an die Nieren. Ich weiß, was dieses Verladegeschäft bedeutet: Hier werden nicht einfach grünlichgraue Seesäcke in Packwagen gestaut wie irgendwelche Ballen, sondern die rund fünfzig steifen Säcke stehen für fünfzig Abgesoffene. Solch ein Schub ist die Besatzung eines Bootes. Pro Mann ein Seesack. Der Seesack ist so ziemlich alles, was von der Existenz eines U-Bootfahrers übrigbleibt.

Vom Vorplatz aus habe ich einen weiten Blick über die Reede. Die Reede von Brest ist eine der schönsten Reeden der Welt und so riesengroß, daß hier alle Flotten der Welt gleichzeitig ankern könnten, ohne sich ins Gehege zu kommen.

Brest war mein erster Einsatzhafen: Hier hat meine Laufbahn als Kriegsberichter an Bord eines Zerstörers begonnen. Dort unten schrieb ich im Morgengrauen, unmittelbar nach dem Festmachen, meinen Text über den nächtlichen Vorstoß in den Bristolkanal. »Britenzerstörer in Fetzen zerrissen!« stand dann, von fremder Hand getitelt, in allen Zeitungen. Auch die Mantelblätter druckten den vollen Text. Wie die englischen Fischerboote, die plötzlich wie weißgekalkte Bühnenrequisiten im Scheinwerferkegel standen, mit den Maschinenwaffen abgetakelt wurden, verschwieg ich . . .

Das frühere Marinelazarett, in dem die Flottille untergebracht ist, thront förmlich über der Stadt.

Ich lasse ganz langsam näher fahren, um mir alles richtig anzusehen: Die Gebäude sind mit riesigen geometrischen Flächen übermalt – grün, ockergelb, braun. Die ehedem schön nach innen gerundete Vorderfront des Hauptgebäudes hat einen häßlichen, sperrigen Vorbau aus Balken bekommen, zwischen denen grobmaschige Tarnnetze aus brauner Jutefaser aufgehängt sind. Zum Lachen! Die Reede und die Rue de Siam lassen sich für das Spähauge am Himmel nicht zum Verschwinden bringen. Und das Marinelazarett auch nicht – auch durch noch so viele kindische Anmalereien und Holzgerüste mit Netzen darüber nicht.

Neben den Schilderhäusern am Tor entdecke ich zwei mächtige Betonblöcke in der Form von Zuckerhüten. Da hinein sollen offenbar die Posten bei Bombenangriffen verschwinden. Beide Zuckerhüte haben Einstiegsluken. Na, dann viel Spaß!

Sogar der Asphalt der Auffahrt ist mit einem bizarren Muster bemalt worden. Eine Menge Arbeit – und doch: Was für ein Unsinn! Ich stehe da und wundere mich: Vielleicht interessiert sich der Gegner aus der Luft jetzt just für die Stellen, die nicht mehr mit dem Straßenplan identisch sind. Das wäre dann eine ganz und gar nicht beabsichtigte Wirkung dieses schizoiden Mummenschanzes.

Der Bootsmannsmaat der Wache zögert Sekunden. Dann erkennt er mich trotz der feldgrauen Klamotten, die ich am Leibe habe, als Mariner, tritt zwei Schritte zurück und salutiert. Die Soldaten, die hinter ihm aus der Wachstube ans Torgebäude gekommen sind, sperren die Münder auf über unser mit Tarnnetzen behängtes Fahrzeug.

»Der Chef im Gelände?«

»Jawoll, Herr Leutnant.«

Geschafft. Wir rollen langsam die weitgeschwungene rechte Auffahrtrampe hoch.

3. Teil

Die Flottille

Der Alte ist in einem dienstlichen Gespräch mit zwei Offizieren. Er hat die Mütze auf. Sein Gesicht ist nur undeutlich im Schatten des Mützenschirms zu erkennen.

Ich höre, daß für morgen ein Boot erwartet wird, ein anderes soll übermorgen auslaufen, aber es scheint fraglich, ob die Werft es schafft.

So schnell wird dieses Palaver nicht zu Ende gehen. Also mache ich es mir auf einem Stuhl bequem.

Der Alte gibt sich, wie meist, wenn er an Land ist, wie ein Bär: schwerfällig und stur. Aber das ist Fassade. Mit seinem Pokerface tarnt er sich bis zur totalen Undurchsichtigkeit. Wenn ich mit ihm allein auf dem schmalen Wachstuchsofa in der O-Messe von U 96 saß, passierte es oft, daß ich nicht wußte, ob er seine abwesende Miene nur aufsetzte, weil er dösen wollte, oder ob er mit seinen Gedanken tatsächlich weit weg vom Boot war.

Viele haben den Alten schon für schafsdämlich gehalten und dann Bauklötze gestaunt, wenn er die Tarnung fallenließ und von Jähzorn übermannt wurde.

Ich atme, um mit meiner Spannung besser fertig zu werden, ein paarmal tief durch. Der Alte merkt es und bedenkt mich mit einem fragenden Blick.

»Bestell dir doch Kaffee«, rät er, »oder bring deine Klamotten unter – und laß dich dann wieder sehen. Du kannst im Torpavillon wohnen, meinem direkt gegenüber.«

Auch recht, sage ich mir und stemme mich wieder hoch.

»Da bist du weg vom Betrieb«, sagt der Alte, »und kannst in aller Ruhe arbeiten.«

»Danke gehorsamst, Herr Kapitän«, spiele ich Militärkomment. Aber damit kann ich den Alten nicht in Verlegenheit bringen.

»Das hier ist übrigens unser VO, Kapitänleutnant Mangoldt«, sagt er und weist auf einen vierten Mann neben sich. »Der zeigt dir den Weg.« Der Alte stellt mich kurz vor, dann hat er den Blick auch schon wieder auf einem Schriftstück.

Der VO hat ein Kinn so spitz wie der Zipfelkern aus meinem alten Kinderbuch. Die Nase ist auch spitz. Die Hauptlinien in seinem Gesicht bilden ein großes Kreuz: der schmale Mund die Waagerechte, Kinn und Nase die Senkrechte.

Wie gut, daß ich gleich an den VO gerate, so kann ich ihm beibringen, daß ich für den Fahrer ein ordentliches Quartier brauche.

»Mein Fahrer muß sich erst mal gründlich ausschlafen«, sage ich, »und dann zurück nach Paris.«

Der Torpavillon, in dem ich wohnen soll, ist vom Flottillenbetrieb abgesondert und als Atelier aufs beste geeignet.

»Was ist denn das?« frage ich den VO, der mich wie ein Hotelier herumführt, und zeige auf eine bunte Keramikschale auf dem Tisch. »Genauso eine habe ... hatte ich auch.«

»Das ist Ihre!« sagt der VO trocken. Und erst, als ich ihn baff anschaue, läßt er sich zu einer Erklärung herbei: »Ist alles mit einem Transport aus La Baule gekommen. Sollte erst von Berlin aus organisiert werden, aber dann hat der Chef alles veranlaßt. Das hier war alles bei Ihrer Einheit deponiert.« Und damit zeigt er auf eine Ansammlung von Kartons in einer Ecke.

Der Ölige und der Alte: Manche Sachen funktionieren eben doch noch. Wiedersehensfreuden! Kaum zu glauben!

»Wer hat denn vorher hier gewohnt?« frage ich den VO jetzt.

»Mademoiselle Sagot«, bekomme ich da zur Antwort und bin erst mal sprachlos.

Als der VO gegangen ist, werfe ich mich schräg auf die Koje, verschränke die Hände im Nacken und starre die Decke an. Ich habe Schweiß auf dem Gesicht. Also wieder hoch und für Durchzug sorgen. Und dann, sage ich mir, baden, ordentlich zerweichen, den Dreck abseifen und anschließend rasieren. Und dann abwarten und Tee trinken ...

Als ich wieder im Büro erscheine, sagt der Alte: »Das war vorhin übrigens der Flottilleningenieur. Entschuldige, daß ich euch nicht gleich miteinander bekannt gemacht habe. Dieser Herr hier ist mein Adjutant ...«

Spielt der Alte mir etwas vor? Umgibt er sich absichtsvoll mit seinem Bürovolk, damit wir nicht miteinander reden können? Dabei zappele ich innerlich vor Ungeduld, und Fragen über Fragen brennen mir auf der Zunge. Hätte der Alte seinem Adju nicht sagen können, daß er ihn fürs erste verschonen soll mit seinem Papierkram?

»Heute ist mal wieder Großkampftag«, sagt der Alte mit einem leicht theatralischen Stöhnen. Er läßt Waschbrettfalten auf seiner Stirn erscheinen und schöpft geräuschvoll Luft.

Endlich verschwindet der Adjutant, und der Alte lehnt sich in seinen Sessel zurück und fragt: »Wo kommst du denn jetzt her?«

»Aus der Normandie.«

»Aus der Normandie?«

»Jawoll.«

»Was hattest *du* denn da verloren?«

»Nichts. Ich wollte mir das mal ansehen.«

Da schüttelt der Alte den Kopf und echot: »Ansehen? Du meinst doch nicht etwa, die Invasion ansehen?«

»Doch. Und jetzt sind wir über Saint-Malo, Morlaix gekommen.«

»Wer *wir*?«

»Ich hab einen Fahrer.«

Der Alte schüttelt wieder wie irritiert den Kopf: »Du hattest also Befehl, dich an der Invasionsfront herumzutreiben?«

»Gewissermaßen – ja.«

»See-Einsätze?«

»Jawoll! R-Boot von Dieppe aus. Und dann war S-Boot von Le Havre aus vorgesehen. Aber da wurde nichts draus . . .«

»Tss, tss«, macht da der Alte. »Und die Invasionsfront?«

»Lag gewissermaßen am Weg. Mein Marschbefehl aus Berlin lautet auf Brest.«

»Da hast du ja einiges erlebt . . .«

»Ja.«

»Du warst auch schon mal gesprächiger . . .«

Obwohl der Alte mich so zum Erzählen auffordert, bringe ich nur direkte Antworten auf seine Fragen zustande. Ich kenne mich selber nicht wieder. Dafür, daß ich so maulfaul reagiere, könnte ich mir in den Hintern beißen.

Ich empfinde die Luft im Zimmer als eingedickt. Warum hält der Alte nur die Fenster geschlossen? Weil er den Mund auch nicht richtig aufbringt, lasse ich meine Augen herumwandern – aber nur so weit, wie es mir möglich ist, ohne den Kopf zu drehen. Häßlicher könnte man ein Büro gar nicht einrichten: auf dem Boden ein knallbunter Webteppich, die widerliche Manufakturimitation eines orientalischen Teppichs. Eine aus Bugholz dreiarmig geformte Lampe, die mit nackten Glühbirnen bestückt ist. Die Glasschalen fehlen. Vorhänge gibt es auch nicht.

Wie ich den Alten kenne, hält er diese Häßlichkeit für spartanisch und deshalb angemessen. An der Wand, direkt hinter seinem Kopf, hängt diese unsäglich öde Fotografie des Großadmirals, die irgendein Idiot zum offiziellen Porträt erklärt haben muß. Es ist die Fassung »mit dem Knüppel in der Hand«, dem Admiralsstab vom Münchner Juwelier Wilm.

»War ganz ruhig – ich meine, auf der Straße«, bringe ich endlich hervor, weil die Redepause drückend wird. Und dann: »Fürs Einschiffen auf einem Schnellboot gab's einen richtigen Befehl von meinem Chef in Paris. Der hätte mich sicher gern in Einzelteile zerlegt gesehen . . .«

Das rutscht mir wie ungewollt heraus, und ich gerate ins Stocken: »Da habe ich mich lieber abgesetzt – auf die Strümpfe gemacht – in Richtung Brest . . .«

Der Alte will wissen, wie es in Berlin bei Goebbels war.

»Das ist haarscharf danebengegangen . . .«

»Wieso denn das?«

»Der Herr Doktor Siegesmund wurde gerade zu seinem Führer befohlen und hatte keine Zeit für mich.«

Der Alte hebt eine Augenbraue, und dann bekomme ich zu hören: »Damit ich dir's gleich sage: Ich wäre mit solchen Reden vorsichtiger an deiner Stelle. Das ist hier keine U-Bootmesse.«

Das war deutlich. Trotzdem frage ich: »Ende der Durchsage?«

»Jawoll!« gibt der Alte zurück und läßt dieses Jawoll gespielt barsch klingen. Und dann, nach einer Bedenkpause: »Und was hast du sonst noch getrieben? Ich meine vorher.«

»Große Kartons gezeichnet fürs Haus der deutlichen Kunst.«

»Stammt das etwa von dir, ›deutliche‹ Kunst?«

»Leider nein . . . Langweilig war's jedenfalls nicht. Bombenangriffe in Berlin und München, eine Jaboattacke direkt auf den Zug – das verschafft einem so 'ne Art Frontgefühl mitten im Reich . . . Um mein Buch ›Jäger im Weltmeer‹ habe ich mich übrigens auch gekümmert.«

»Ist das Prachtwerk denn immer noch nicht in die Hände des Volkes geraten?«

»Nein, aber jetzt soll in Norwegen gedruckt werden.«

»Ausgerechnet in Norwegen?«

»Du hast gut spotten! Du hättest das Theater mal erleben sollen . . .«

»Das hier ist auch kein schlechtes.«

»Ein Schuft, wer daran zweifelte . . .«

Plötzlich sehe ich mich wie von außen: Da sitzen wir und reden so dahin und dabei doch aneinander vorbei. Ich verwünsche mich innerlich, daß ich nicht genug Mumm aufbringe, um den Alten direkt anzugehen: Wo ist Simone? Was ist passiert?

»Dein VO, was ist das eigentlich für ein Heiliger?« höre ich mich statt dessen fragen.

Der Alte antwortet ohne Zögern: »Um den beneidet uns die ganze Atlantikküste. Und das zu Recht. Unser Mangoldt ist mit allen Wassern gewaschen, der schafft ran, was wir brauchen – und manchmal sogar noch ein bißchen mehr.«

»Das klingt ja wie ein Plädoyer! Ich hab doch gar nichts gegen den Mann.«

»Sondern?«

»Gar nichts. Das war nur so . . .«, stottere ich.

Die Fenster klirren. Fast zugleich wummert es draußen. Gott sei Dank – damit ist das Thema erledigt. Der Alte wuchtet sich auch schon hoch und tritt ans Fenster. »Die werden doch jeden Tag frecher«, sagt er in einer merkwürdig gepreßten Stimmlage. Es klingt halb wütend, halb anerkennend. »Die Burschen meinen wahrscheinlich die Flakstände auf dem Bunker . . .«

In diesem Augenblick hebt ein sich schnell verstärkendes Heulorgeln an: Eine Lightning schießt dicht über die Flottille weg. Das scharfe Geprassel der leichten Flak kommt viel zu spät – es klingt wie rechthaberisches Nachblaffen.

Weil ich die Anspannung jetzt nicht mehr aushalte, frage ich, als es wieder ruhig ist, abrupt: »Was ist mit Simone?«

»Simone ist vom SD verhaftet worden.«

»Vom SD? Aber warum?«

Der Alte antwortet nicht sofort. Er sucht meinen Blick, dann preßt er die Lippen fest aufeinander, und erst als er den Mund aufplatzen läßt, höre ich: »Schwarzhandel!«

Mir fällt ein Zentnerstein vom Herzen, und ich atme hörbar durch.

»Schwarzhandel?«

»Ja.«

»Und dafür hat man sie eingebuchtet? Das machen doch alle . . .«

»Das mag schon sein«, sagt der Alte merkwürdig zögerlich.

»Sitzt sie denn immer noch?«

»Ja«, sagt der Alte.

»Und was hast du unternommen?«

Der Alte guckt erst mal verbiestert vor sich hin, ehe er antwortet: »Letzte Woche kam ein Befehl vom FdU . . .«

»Ein Befehl vom FdU?«

»Ja – daß wir nicht intervenieren dürfen.«

Ich hocke da wie vor den Kopf geschlagen. Seit wann interessiert sich der FdU für eine französische Schwarzhändlerin? Ohne es zu wollen, schüttele ich den Kopf.

»Und *wo* ist sie denn verhaftet worden? Hier oder in La Baule?«

»Weder noch. Sie war gerade zum Einkaufen unterwegs.«

»Das verstehe ich nicht – wie denn unterwegs?«

»Mit Wagen und Fahrer von uns – Besorgungen für die Flottille.«

»Und die Straßenkontrollen?«

»Die entsprechenden Papiere hatte sie natürlich . . .«

Ich hüte mich, den Alten jetzt anzusehen: Mein Blick würde allzu zweifelnd ausfallen und ihn provozieren können.

»Die müssen ihr nachgefahren sein, als sie die Flottille verließ«, sagt der Alte ... »Später dann rief einer beim Adju an, ohne seinen Namen zu nennen: daß es Ärger gegeben hätte wegen Fräulein Sagot. Ziemlich mysteriöser Anruf. Aber wir waren natürlich gleich alarmiert. Und dann kam auch der Fahrer zurück ...«

»Na und?«

»Der hat gar nichts mitgekriegt. Du weißt doch, wie die sind: Der hat ein paar Stunden vor irgendeinem Haus gewartet, und dann ist er zurückgekommen.«

»Aber dann müßte doch zuerst die Flottille dran sein«, sage ich jetzt. »Ich meine, wegen Schwarzhandel ...«

Im gleichen Augenblick weiß ich, was für einen Quatsch ich da rede: Die Flottille ist allemal fein raus. Dem Alten kann man doch nicht an den Wagen fahren. Aber wieso Schwarzhandel? Schließlich kann die Flottille doch einfach beschlagnahmen, wenn sich Ware findet, für die ein Bedarf besteht. Und wo die Grenze zwischen Bedarf und Begehrlichkeit ist, wenn die Truppe die Finger ausstreckt – das genau weiß doch sowieso keiner.

»Aber *wer* hat denn gesagt, daß sie wegen Schwarzhandel hopsgenommen wurde?«

»Das haben wir später erfahren«, sagt der Alte ausweichend.

»Interessant jedenfalls, daß die Herrschaften dann so lange mit dem Zuschlagen gewartet haben«, rede ich wie vor mich hin. Aber der Alte fragt sofort zurück: »Wie meinst du das?«

»Was Simone in ihrer Konditorei in La Baule verkauft hat, war doch schließlich auch schon alles mit Material vom Schwarzmarkt oder sogar mit Wehrmachtbeständen fabriziert ...«

Da guckt mich der Alte erstaunt an. Ist er etwa tatsächlich so ahnungslos, wie er tut? frage ich mich. Nur weil er jetzt so betroffen dasitzt, rede ich weiter: »Woher sollte sie denn diese Mengen an Mehl, Butter und sonstwas gehabt haben für all die Torten, die bei ihr an die Soldaten verkauft wurden – die ausgezeichnete Bismarckeiche zum Beispiel –, und die Pralinen für die vielen Päckchen nach Zuhause?«

Der Alte bringt, statt zu antworten, nur sein merkwürdiges Hundeknurren hervor. Dann guckt er mich halb von unten her an, und das sieht aus, als mache es ihm Mühe, die Augenlider zu heben. Auch eine Art, denke ich, mir klarzumachen, daß ihm dieses Thema unangenehm ist und er nicht weiter darüber reden will.

Die rechte Hand des Alten ist um den Pfeifenkopf geschlossen. Sie dreht ihn unablässig hin und her, so daß der Pfeifenstiel ständig die Richtung wechselt.

Das gucke ich mir eine Weile an, dann sage ich, um auf ein anderes Thema zu kommen: »Mein Verleger ist übrigens verhaftet – sitzt im KZ.«

»Weswegen?« reagiert der Alte sofort.

»Ja, weswegen? Hoch- und Landesverrat, heißt es. Mit vorgegebenen Gründen sind die nicht zimperlich . . . Suhrkamp war Stoßtruppführer im Weltkrieg – hochdekoriert. Daß sie ihn trotzdem drankriegen würden, war aber wohl nur eine Frage der Zeit . . . Und er ist nicht der einzige.«

Ich könnte dem Alten noch sagen: Was sich im Lande tut, davon hast du offenbar keine Ahnung. Aber das verkneife ich mir lieber. Der Alte hat die tief gefurchte Stirn und den schmalen Mund – wie immer, wenn es böse Nachrichten zu verkraften gilt.

»Ich hab hier noch 'ne Menge Schreibkram«, sagt er und beugt sich wieder über seinen Schreibtisch.

»Und ich muß sowieso los . . .«

Ich mache mich zu Fuß in die Stadt auf. Seit ich nach Brest kommandiert war, sind vier Jahre vergangen. Ich will mich umsehen.

Damals war hier alles noch intakt. Vergammelt, aber intakt. Der alte Hafen wimmelte von bunten Booten, und wenn es nicht gerade regnete, war Brest durchaus keine düstere Stadt. Unmittelbar nach einem Regenguß, und wenn plötzlich die Sonne durchbrach, konnte es vor lauter Blinken und Glänzen sogar heiter wirken. Aber jetzt? Leere Fensterhöhlen in verlassenen Häusern – Häusern ohne Dächer. Ich bin fremd in dieser Ruinenstadt. Mit jedem Schritt nehme ich Veränderungen wahr. Die grauen Häuser, die verwaschenen Volets, die brutal gekappten Platanen, alles sieht aus wie von Herrn Potemkin gemalt.

Direkt unter einem Kriegerdenkmal hat ein ausgemergelter alter Mann eine angesengte Tischplatte auf ein undefinierbares Eisengestell gelegt und auf der Tischplatte ein paar buntgemusterte Teller und Tassen und angestoßene, verschmutzte Nippesfigürchen angeordnet. Von den Tassen hat nur eine noch einen Henkel. Einem Engel mit schützender Gebärde über zwei kleinen Kindern fehlt ein halber Flügel. Der alte Mann hockt mit übergeschlagenen Beinen, einen grauen Hut auf dem Kopf, auf einem Klappstühlchen und tut so, als warte er auf Kunden.

Einen Häuserblock weiter scheint ein Straßenstrich in vollem Betrieb zu sein.

»Que voulez-vous que je fasse?« antwortet mir eine spindeldürre Nutte, als ich sie frage, ob sie denn keine Angst vor Bomben habe.

Außer ein paar Schaufenstern in der Rue de Siam zeigt die Stadt keine Farben mehr. Nur Graus von verschmutztem Weiß bis zu stumpfem Schwarzgrau sind übriggeblieben – eine graphische Stadt. Wenn einer die paar Grüns vom Buschwerk auf den Zitadellen und den stehengebliebenen Platanen an den Plätzen übersieht, kann er alle Ansichten dieser Stadt mit ein bißchen Deckweiß und chinesischer Tusche aquarellieren, ja, schon mit schwarzer Kreide allein lassen sich Straßen, öde Plätze, die endlosen Werkstätten und Kasernenfronten des Marinearsenals aufs Papier bringen.

Ganze Viertel stehen wie zum Abbruch bereit. Die Fenster sind blind, an den Kaminpfeifen hängt kein Rauch. Die Fassaden haben die Krätze. Selbst die Kneipenschilder und die Ladentransparente sind verblaßt oder abgeblättert.

Ich bleibe vor dem Schaufenster eines Bandagisten stehen und sehe eine lebensgroße Gipsfigur, bedeckt mit Schienen, Katzenfellen, einer breiten Binde um den Leib und einem Bruchband – und wie eine Doppelbelichtung mitten darauf mein Spiegelbild. Wie ich so dastehe und auf die Schaufensterscheibe starre, muß ich an die Normandie denken, und gleich wird aus der Zweifachbelichtung eine dreifache: Ich sehe nun auch schwarzverschmierte Gesichter unter Stahlhelmen, dann einen Toten mit einer bleckenden Zahnreihe und kalkig weißen Ohren.

Mittagstafel in der Messe der Flottille. Das Essen schmeckt schlecht. Lieblos, ja miserabel gekocht. Das widerwärtige Geschwätz über die Back hin kann einem auch noch den letzten Appetit nehmen. Der Oberstabsarzt erzählt, daß ein Mann, der sich mit angeblich steifem Knie vor dem Bootsdienst gedrückt habe, jetzt als Simulant überführt worden sei.

»Der wird, wenn er Pech hat, an die Wand gestellt«, verkündet der Oberstabsarzt. Ich lasse klirrend mein Besteck auf den Teller fallen und schiebe ihn zur Mitte der Back weg. Der Alte hebt die Augenbrauen und fragt: »Schmeckt's nicht?«

»Danke, nein!«

Da macht er nur »tss, tss« und verlegt sein Gewicht von einer Gesäßbacke auf die andere.

»Du hast anscheinend keine Ahnung, was hier anliegt«, murmelt der Alte, als wir in seinem Büro sitzen.

Als ob ich nicht Augen im Kopf hätte: An der Tafel saßen fast nur Milchgesichter. Die Flottille muß böse gefleddert sein.

Der Alte schweigt sich eine Weile aus, ehe er in verbittertem Ton weiterredet: »Natürlich kommen neue Boote von den Schulflottillen. Aber es ist fast schon ein Wunder, wenn sie durchkommen ...« Dann wechselt er das Thema: »Ich kann immer noch nicht begreifen, was du in der Normandie zu suchen hattest ...«

»Befehl ist Befehl! Das weißt du doch! Auch wenn's dir in diesem Fall noch so komisch vorkommt. «

»Na, jetzt bist du erst mal dem Zugriff deiner Pariser Freunde entzogen.«

Wenn's nur stimmt! Der Bismarck kann enorme Zähigkeit entwickeln, wenn es darum geht, einen zur Strecke zu bringen, der ihm nicht schmeckt. Das hat er schon ein paarmal bewiesen.

Der Architekt des Marinehospitals war offenbar ein Freund der Symmetrie: Das Quartier des Alten mir gegenüber ist spiegelbildlich exakt so gebaut wie meines. Hier hat also Simone vor mir gewohnt . . .

Die Unbarmherzigkeit meiner inneren Stimme souffliert mir, was ich nicht wahrhaben will: Simone hat hier die Kommandeuse gespielt, sie hat als einziges weibliches Wesen direkt in der Fottille gehaust und nicht etwa in irgendeinem Gebäude des großen Komplexes, sondern ausgerechnet in diesem Torbungalow. Der Alte muß den Verstand verloren haben, als er sie hier einziehen ließ. Aber wahrscheinlich sind wir alle nicht mehr recht bei Verstand in diesem fünften Kriegsjahr.

Schwarzhandel für die Flottille! Insgeheim habe ich Simone immer als eine Art Jeanne d'Arc gesehen, eine glühende Patriotin, die für ihr Land auch ihr Leben einsetzen würde. – Und nun? Schwarzhandel! Alles Bluff gewesen!

Diese ganze Geheimniskrämerei: nichts als Wichtigtuerei, um den Schwarzhandel zu kaschieren? Mehr war es also nicht? Wenn diese Schweine Simone etwas Schlimmeres als Schwarzhandel hätten anhängen können, dann hätten sie es gewiß auch getan.

Ich habe eine Menge Fragen an den Alten – und nicht nur solche, die sich auf Simone beziehen. *Jetzt* will ich *alles* genau wissen. Der Alte hat immer weit mehr gewußt, als er zugeben wollte. Aber er kann sich dämlich stellen wie kein zweiter. Er ist der gewiefteste Schauspieler von allen. Endlich ist die Gelegenheit gekommen, ihn auszuquetschen – und zwar nach Strich und Faden.

Ich bin nun einmal Kriegsberichter – also! Die werden sich wundern, was ich noch alles zu berichten habe. Nicht jetzt, aber eines Tages. Und gleich füge ich an, um mich mit dem Fatum gut zu stellen: und gesetzt den Fall, daß ich heil durch den Schlamassel hindurchkomme . . .

Ich muß in mich hineinlachen: Schließlich war ich schon als Knabe eine Art Kriegsberichter. Ich war immer mittendrin, wenn es Rabbatz gab. In Chemnitz, als Pennäler, schwang ich mich sofort aufs Rad, wenn von ferne die Pfeifsirenen der Überfallwagen schrillten, und preschte die steile Kaßbergstraße hinunter zu den Fabriken. Ich wollte es sehen, wenn sich die Kommunisten mit den Polypen prügelten. Zweimal sah ich, wie welche zusammengeschossen wurden, als die Polizei Demonstrationen auseinanderschlug. Ich war immer mittendrin. Das Fahrrad schloß ich vorsorglich vor der Apotheke an der Kreuzung mit einer langen Kette an einen gußeisernen Laternenpfahl: Ich wollte nicht, daß es mir im Tumult zertrampelt wurde ...

Lange ehe es tagt, höre ich von Ferne die uralte Elektrische, die mit infernalischem Getöse die Rue de Siam hinunterrattert. Eine Weile später werden gegenüber im Hotel de la Paix krachend Fensterläden zurückgeworfen. Ein Autoanlasser orgelt endlos – aber dann springt der Motor doch noch an. Viel Saft, sage ich mir im Halbschlaf, kann die Batterie nicht mehr gehabt haben. Dann höre ich, wie der Motor lärmend durch alle drei Gänge geschaltet wird, und atme erleichtert auf, als endlich nichts mehr zu hören ist.

Bald darauf beginnt ein vielfüßiges Getrappel, Getrampel, Geschlurfe und polterndes Radrumpeln auf dem Katzenkopfpflaster der Bergstraße vor meinem Fenster. Der Tritt von Soldatenstiefeln ist deutlich herauszuhören. Die Soldaten mit ihren Nagelstiefeln kommen sicher aus der Marinekaserne, in der die Standortkommandantur untergebracht ist – das weiß ich noch von früher. Es könnten Bürofritzen sein, denn sonst kämen sie nicht einzeln ohne jede Ordnung.

Ich höre eine Frauenstimme: »Il fait mauvais temps!« Das zumindest ist für mich eine wichtige Mitteilung: Ich werde also heute noch nicht mit meinem Malzeug hinauskönnen.

Um zu sehen, wie es draußen wirklich aussieht, stoße ich meine Volets auf. Unter mir laufen drei schwarze Frauen eilig auseinander. Ich bin selber von dem blechernen Scheppern der Volets erschrocken. Pardon, mesdames – das war nicht meine Absicht. Der Himmel hängt tief, schon beginnt es zu regnen, auf die übliche leisetreterische Art. Kein Guß, nicht mal ein ordentlicher Landregen, eher ein feines Gestiebe: Bretagneregen.

Weil der Alte mit Büroarbeiten vollauf beschäftigt ist, gehe ich gleich nach dem Frühstück trotz des leichten Sprühregens los: Ich laufe eine Weile über nässeglänzendes Holperpflaster und erwische schließlich eine Straßenbahn. Ich will versuchen, auf die alte Fregatte zu kommen, die der französischen Marine als Schulschiff gedient hat und jetzt ganz hinten im Arsenalhafen liegt. Da merke ich: Es ist die falsche Straßenbahn. Die hier bringt mich zu den »Magasins des Docks« ...

Kaum bin ich abgesprungen, kommt mir ein Leichenzug wie eine schwarze Raupe die Straße herauf entgegengekrochen. Die Leute scheinen in dieser Stadt hinzusterben wie die Fliegen. Noch jedesmal, wenn ich in Brest ankomme, begegne ich einem dieser unsäglich traurigen Leichenzüge. Der hier ist besonders armselig – mit einem vergammelten, von zwei müden, halb räudigen Pferden gezogenen Leichenwagen ohne allen Schmuck. Nur die Rösser haben zwei schwarze, zerzauste Fliegenwedel zwischen den Ohren. Nach achtern hellen sich wie bei einer Phasenverschiebung die Mienen der Trauernden auf, heben sich die Köpfe, und am Ende des Zugs humpeln gar ein paar lustige Schnapsbrüder mit.

Da heult die Sirene. Durch den Zug geht es wie ein Ruck. Alle laufen sofort ein Zeitmaß schneller. Aber bis zum Friedhof kommen sie sicher nicht mehr. Es reizt mich, mitzulaufen, um zu sehen, was sie tun werden. Bei den verstohlenen Blicken zum Himmel wird es bald nicht mehr bleiben ... Aber was soll's! Mir fehlt sowieso eine Filmkamera – eine Arriflex. Ich bin schon lange hinter einer her, aber an Filmkameras ist schwer heranzukommen. Und einfach so einem Leichenzug nachlaufen? Das nun doch nicht.

Den letzten Leichenzug habe ich von oben gesehen – aus einem Fenster des Puffs. Sah phantastisch aus, wie von einem guten Regisseur inszeniert: die Not der Stadt perfekt in cinematografische Bilder umgesetzt – und keine Filmkamera zur Hand! Tote Ratten in der Straße, tote Hunde, Leichenzüge, auch mal zwei erschossene Zivilisten im ersten Morgendämmern wie in einem Gangsterfilm: und nur meine Augen und Zettel und Bleistift – oft hatte ich nicht mal die Contax dabei.

Die Flugzeuge bleiben aus. Auch recht: Die Sirenen haben für die Katz geheult.

Nahe der Citroënwerkstatt ist ein Beutesammelplatz eingerichtet: Mengen zerschossener Autos, manche schon halb in den Schlamm gesunken. Viele nur noch eine Häufung rostbrauner, verbogener Metallfetzen.

Die kleine Kneipe daneben wirkt wie von Aussatz befallen. Eine Brandmauer ist mit Blatternarben übersät. Ein würfelförmiges Haus steht gänzlich isoliert da. Es sieht aus, als hätte man ihm das Dach gestohlen.

Das Hotel de la Paix ist so heruntergekommen, daß es längst nicht mehr als Hotel dient. Mich fröstelt bei dem Gedanken, daß ich in einem der feuchten Zimmer wohnen müßte. Unten ist eine Bar. Ich will sehen, wie es da drin aussieht: Die Theke blindes, hier und da abfetzendes Furnierholz, angelaufene Flaschen mit Stockflecken auf den Etiketts vor einem graufleckigen, gänzlich stumpfen Spiegel. Sägemehl auf dem gekachelten Boden. Ein rothaariges Mädchen mit durchsichtig bleicher Haut und schreckhaft großen Augen hinter dem Tresen. Ich will sie zeichnen. Aber eine Alte schleicht wie eine düstere Norne heran und führt das Mädchen weg. Geraune in der Küche. Das Geraune wird niedergezischelt. Daß ich hier etwas zu trinken bekommen könnte – danach sieht es nicht aus. Also weiter!

Eine ausgebrannte Fabrik. Die Eisenträger haben sich nach innen zusammengekrümmt, wie sich eine Blume beim Welken wieder schließt. Ein Glück, daß es den Ginster gibt. Sogar hier zwischen Schutt und Aussatz blüht er und verbirgt das Schlimmste.

Feldgraue Posten mit merkwürdig langen Schießprügeln bewachen französische Gefangene, die lange Materialzüge entladen. Dröhnende, sandstäubende Lastwagen der Organisation Todt überholen mich – eine ganze Kette. Der Sand von den Lastern und dazu der aufgewirbelte Straßenstaub – das ist zuviel Dreck für mich. Ich flüchte mit angehaltenem Atem in eine Nebengasse, blinzele mir mühsam die Augen wieder frei und huste mir den Dreck aus den Lungen.

Die schwarzen Gerüste der Kräne ragen hoch über Staubfahnen und Dächer hinaus. Sie sind statt Kirchtürmen die Wahrzeichen der Stadt. Einer der Riesenkräne wird alle paar Sekunden von einer weißen Dampfwolke weggewischt. So schnell wie der Dampf zergeht, zeichnet sich das schwarze Gitterwerk wieder auf den graublauen Fond von Lagerschuppen: Eine Dampframme muß da am Werk sein. Ihr Wummern dröhnt dumpf wie das einer Pauke durch all den Hafenlärm hindurch.

Die Himmelslast hat sich unmerklich gehoben: Es wird heller.

Nun am Wasser entlang: Steine, Schlamm, von der Flut abgesetzte wracke Kähne, Maschinengewehrteile. Die Felsen sind rundköpfige Ungeheuer mit mächtigen Zottelmähnen, schwarz, glitschig von Öl. Die verfaulten Tangpolster stinken so stark wie das Öl.

Rückweg über Rangiergleise, an Schutthaufen entlang. Gasmaskenbüchsen – ein ganzer eigener Haufen davon.

Ich komme zu Buden aus zerschnittenen Kanistern mitten im Schuttgelände. Ein halbverrückter Alter mit Schiebermütze grinst mich an und dreht sich dabei eine Zigarette. Ich schäme mich meiner sauberen Klamotten. Nur meine Schuhe sind verdreckt.

»Du willst wissen, was man als Flottillenchef den ganzen Tag so treibt?« repetiert der Alte, als ich ihn in seinem Büro mit meinen Fragen bedränge: Sein alter Trick, um erst mal Zeit zu gewinnen.

»Viel zuviel Schreibarbeit«, murrt er dann. »Du siehst ja! – Die KTBs zum Beispiel, die müssen neuerdings dreifach ausgefertigt werden …«

»Wieso dreifach?«

»Eins bleibt hier, eins geht über den FdU zum BdU, und eins steht für besondere Zwecke zur Verfügung – zum Beispiel für die Vorlage beim Führer.«

»Aber das doch wohl nur bei Heldentaten während einer Reise . . .«
»So isses.«
»Also kaum in letzter Zeit . . .«
»Fängst du schon wieder an?« fragt der Alte.
»Ich meine nur . . .«
Ich habe wenigstens erreicht, daß der Alte seinen Füllfederhalter weglegt.
»In der Hauptsache ist man hier so 'ne Art Psychiater . . .«, sagt er nun und schiebt mit der linken Hand ein paar mit einer Klammer zusammengeheftete Schreibblätter zur Seite. »Man muß vor allem ein Ohr für die Leute haben.« Dabei hat er einen Anflug von Selbstzufriedenheit auf dem Gesicht, der mich zum Frotzeln reizt: »Ihnen ein Ohr *leihen*, wäre das nicht der treffendere Terminus?«
Der Alte pliert mich verblüfft an. »Ich wollte dir eigentlich nur beibiegen, daß ich mich jetzt als Flottillenchef viel mehr um die Besatzungen kümmern muß als früher . . . Und falls du auch schon das Gerede von den üppigen Feten in unserem Schlößchen Loganna gehört haben solltest . . .« Da gerät der Alte auch schon ins Stocken, faßt sich aber schnell und sagt: »Auf jeden Fall ist für die Kommandanten ein Kaminabend bei Rotspon mehr wert als die Schulung durch 'nen Goldfasan! Die Kommandanten fahren ja längst nicht mehr zur Berichterstattung zum BdU nach Berlin, das ist viel zu gefährlich geworden. Jetzt müssen sie zum FdU nach Angers. Frisch von der Leber weg berichten, das gibt's nicht mehr – leider. Da müssen sie sich mit ihren Sorgen schon an mich wenden . . . Nur wenn einer was ganz Besonderes zu berichten hat, wird er nach Deutschland in Marsch gesetzt.«
Wie lange wohl noch? frage ich mich.
Der Alte schweigt sich erst einmal aus und widmet sich seinem Pfeifenritual, und ich sitze stumm da.
»Vor ein paar Tagen ist uns ein Boot im Bunker weggesackt«, sagt der Alte plötzlich.
»Wie denn das?«
»Da sind versehentlich die Hebel der Flutventile gezogen worden, die Flutklappen waren aber nicht geschlossen.«
»Sabotage?« frage ich den Alten.
Der Alte guckt mich so empört an, als sei mir wunder was entschlüpft. »Ach, bewahre! Das war Dußligkeit. Einer von der Werft muß da herumgespielt haben.«
»Aber die Flutklappen waren doch nicht zu?«
»Das ist nicht herausgekommen, wer das verbockt hat . . .«
»Also doch Sabotage!« beharre ich, und diesmal beißt sich der Alte nur auf seine zwischen die Zähne gezogene Unterlippe.

»Einen Schuldigen hat man jedenfalls nicht gefunden«, sagt er schließlich, »ein Glück, daß keine Leute im Boot waren ...«

Dann sitzen wir wieder nur da und schweigen uns an. Die Verbindungstür zum Zimmer des Adjutanten steht halb offen. Der übernächste Raum ist vom VO okkupiert. Auch seine Tür ist offen. Das Klappern seiner Schreibmaschine dringt bis zu uns her.

»Wie sieht's denn aus?« frage ich den Alten nach einer Weile wie beiläufig. »Ich meine die allgemeine Lage.«

Der Alte hebt den Kopf und sagt: »Augenblicklich nicht gerade heiter, wenn du *unseren* Laden meinen solltest ... Aber jetzt kommen ja bald die neuen Boote an die Front. Da wird sich manches ändern.«

Ich bin perplex und muß mich durchzügeln, um nicht gleich hochzufahren.

Was ist denn in den Alten gefahren? »... wird sich manches ändern«, das soll doch wohl heißen: Dann wird wieder tüchtig gesiegt ...

Ich halte den Blick gesenkt, damit der Alte nicht sieht, wie mir das Blut zu Kopf steigt. Der Weizen auf der hohlen Hand! ... Und wenn die Not am größten, ist der Glaube am stärksten!

»Präsenz heißt jetzt die Parole«, redet der Alte weiter, »die Pause überwinden. Und inzwischen das Produktionsprogramm forcieren.«

Der Alte spult das ab wie ein Schauspieler, der seinen Text memoriert. Will er sich mit solchen vorfabrizierten Texten selber überzeugen, daß die Wunderboote das Kriegsglück noch einmal auf unsere Seite zwingen könnten?

»Oder siehst du das etwa anders?« höre ich ihn jetzt und muß erst ein paarmal mit den Wimpern schlagen, ehe ich wieder ganz da bin. Und da juckt es mich auch schon, dem Alten mit gleicher Münze heimzuzahlen: »Natürlich *nicht*!« Und dabei blicke ich ihn voll an und mache ein genauso kaltes Gurkengesicht, wie er eins aufgesetzt hat.

Kaut der Alte etwa auf der Trense? Er tut es jedenfalls nicht sichtbar. Das hat er nun mal gelernt: mit beherrschter Miene zu malmen. Aber so lange wie jetzt dürfte er nicht schweigen und mich ausdruckslos anblikken. Oder ist der Alte etwa gar gedankenvoll?

Aber da belebt sich sein Gesicht wieder, und er redet neu los: »Es sind jetzt weit mehr Boote in Vorbereitung als je zuvor. Fürs Frühjahr fünfundvierzig sollen es an die zwohundertvierzig sein ...«

»Frühjahr fünfundvierzig! Das klingt doch wie eitel Hohn! – Du warst nicht an der Invasionsfront!«

»Das steht doch hier nicht zur Debatte!« fährt der Alte auf, um gleich darauf wieder in seinen dozierenden Ton zurückzufallen: »*Ursprünglich* sollten die neuen Boote schon im Herbst vierundvierzig kommen. Aber das lief nicht, wie es sollte. *Jetzt* ist Speer eingeschaltet, der macht den zuständigen Leuten Beine – darauf kannst du dich verlassen!«

Noch ehe ich etwas einwenden kann, memoriert der Alte weiter: »Fast hundert Typ einundzwanzig sind geplant, ein halbes Hundert Typ dreiundzwanzig, und über hundert alte werden mit Schnorchel ausgerüstet Monatlich werden dann mindestens sechzig Boote in Dienst gestellt – sozusagen am laufenden Band.«

Die üblichen utopischen Zahlenspiele – und ausgerechnet aus dem Mund des Alten!

»Dreißig neue Boote vom Typ einundzwanzig sind übrigens schon im Bau. Zu Erprobungen bleibt keine Zeit. Diesmal müssen wir eben alles auf eine Karte setzen.«

Unsere Blicke kreuzen sich. Ich halte meine Gesichtsmuskeln im Zaum.

»Der Typ einundzwanzig kann getaucht bis Japan marschieren. Praktisch unbegrenzte Tauchdauer. Das ist absolut umwälzend . . .«

»Und wenn es dazu nun längst zu spät ist?«

Der Alte holt tief Luft, und nimmt das als Aufforderung zum Weiterreden: »Seit Februar vierundvierzig gab's keinen Einsatz mehr gegen Geleite westlich von England. Mit der Rudeltaktik war trotz aller Verbesserungen nichts mehr zu holen. Aber jetzt werden wir bald ganz neue Saiten aufziehen.«

Das klang nun gar nicht nach Zynismus, sondern rechthaberisch drohend: Der Alte muß es ernst meinen.

Während ich fassungslos vor mich hinstarre, taucht der Adju auf und macht sich mit Aktenstücken auf dem Schreibtisch des Alten zu schaffen. Ohne mich eines Blickes zu würdigen, verschwindet er wieder.

»Die neuen Boote kommen schon noch rechtzeitig«, sagt der Alte jetzt in verändertem Ton halb für sich, halb an mich gewendet. »Wir müssen nur erst mal die Durststrecke überwinden.«

Durststrecke! Durststrecke! echot es in mir. Am liebsten würde ich mir die Ohren zuhalten: Ich kann das Wort »Durststrecke« nicht mehr hören.

»Und die anderen Neuerungen!« hebt der Alte wieder an. »So was hätten wir mal eher haben müssen: ein Horchgerät mit einem Horchbereich bis vierzig Seemeilen! Ein Schnorchelkopf, der kaum vom Radar erfaßt werden kann! Spezialüberzug! Eine ganz neue Nachladeeinrichtung – nicht mehr diese Schinderei mit den Aalen!«

Eben dachte ich noch: Jetzt ist es endlich genug mit den Lobpreisungen, jetzt will der Alte vernünftig mit mir reden, da tut er plötzlich aufgekratzt – fast so, als hätte er einen gehoben. Und so redet er auch: »Der dreiundzwanziger Typ ist beachtlich. Nur zwohundert Tonnen – also nicht größer als unsere Einbäume. Aber zwölfkommafünf Knoten unter Wasser und außerordentlich wendig. Als Lochkriecher gedacht. Diese Boote sollen direkt unter der englischen Küste operieren. Einsätze von nur ein paar Tagen. Nur Schnorcheln, nie hochkommen ... Das ist an Taktik das Neueste: Ausweichen zur Küste *hin*, also nicht von der Küste *weg* ins tiefere Wasser, wie es bisher die Praxis war.«

Ich kenne den Alten nicht wieder: Seine Rede kennt kein Zögern und kein Stottern mehr. Von mir erwartet er offenbar weder Frage noch Widerrede. Es ist, als begeistere er sich an seinem eigenen plötzlich wiedergefundenen Enthusiasmus.

»Also wenn du das schon wissen willst: Das sind jetzt endlich richtige Unterseeboote und nicht mehr bloße Tauchboote!« fängt der Alte nach einer kurzen Atempause wieder an. »Angriffe aus fünfzig bis sechzig Meter Tiefe, blind – nur nach Instrumenten. Also eine von Grund auf neue Taktik ... Die neuen Boote können ganze Bündel von Torpedolaufbahnen in einen Geleitzug hineinlegen. Jetzt kommt ja auch der LUT an die Front – der lageunabhängige Torpedo. Sechserfächer! Was ganz entschieden Neues. Da ist es dann ganz schnurzegal, in welchem Winkel das Boot zum Ziel steht: Die Aale machen Zickzackschläge, bis sie treffen. Immer so hin und her ...« Der Alte macht das mit kurzen Bewegungen seiner Rechten vor. Und dann sagt er noch und auf einmal in einem eher schleppenden Tonfall: »Sechserfächer schießen, daran hätten wir nicht mal im Traum zu denken gewagt.«

Der Alte steht jetzt auf und stellt sich vor das Fenster. Ich kann ihn gegen das milchig weiße, blendende Licht draußen fast nur mehr als Silhouette sehen.

»Klingt ja alles recht optimistisch«, bringe ich in meiner Verlegenheit nur hervor.

Der Alte hockt sich auf das Fensterbrett und beginnt mit einem Streichholz in seiner Pfeife herumzustochern. Dabei zeigt er sich im Profil, so daß ich seinen Adamsapfel steigen und sinken sehen kann: Er schluckt wohl seinen Speichel hinunter. Und jetzt legt er wieder los – wie ein Boxer, der die Pause nur brauchte, um neuen Atem zu gewinnen: »Die Unterwasserhöchstfahrt, beachtliche siebzehn Meilen, hält das Boot allerdings nur etwa sechzig bis achtzig Minuten aus. Aber das dürfte in den meisten Fällen reichen. Dann ist bei halbwegs günstigem Wetter jede Korvette abgehängt. Die laufen nur sechzehn Knoten. Also stellen nur noch Zerstörer mit ihren fünfundzwanzig Knoten eine Gefahr dar.«

Von welchem Boot spricht er jetzt nur? frage ich mich. Typ dreiundzwanzig, Typ sechsundzwanzig? In meinem Kopf hat sich alles schon verwirrt.

»Der alte Löwe ist übrigens im Frühjahr selber auf einem kleineren Typ des Baumusters achtzehn eingestiegen. Da sollen sogar Unterwassergeschwindigkeiten von zwoundzwanzig Seemeilen erreicht worden sein. Das ist doch einfach phantastisch!«

Es drängt mich heftig, dem Alten zu sagen: Das hätten wir alles nur ein bißchen früher haben sollen! – Deine eigene Rede! Aber ich beherrsche mich wieder. Mein Schweigen und mein verschlossenes Gesicht scheinen ihn jedoch genauso zu reizen, wie wenn ich reden würde.

»Na?« fragt er lauernd, »was sagst du dazu?«

»Die Botschaft hör ich wohl ...«

Da legt der Alte den Kopf schief, als lausche er nach draußen, und jetzt läßt er gar ein spöttisch nachsichtiges Lächeln auf sein Gesicht treten.

»Du wirst schon sehen!« sagt er noch mit einer merkwürdig grollend tiefen Stimme. Damit tritt er zurück zu seinem Schreibtischsessel und schiebt ihn sich entschlossen unter.

Ich bin entlassen.

Draußen hat es aufgeklart. Der VO will mich in der Flottille herumführen. Während ich auf ihn warte, denke ich: Und wenn der Alte nun doch recht hätte? So *kann* doch einer gar nicht reden, wenn er nicht guten Grund dafür wüßte. Aber da kommen mir auch schon die Bilder vors Auge, die ich in Deutschland gesehen habe: Zerstörungen überall. Nichts als Trümmer.

Wie kann der Alte nur so fest an die neuen Boote glauben, wenn er doch weiß, daß die Werften im letzten Jahr nicht einmal die wieder und wieder ausposaunten Produktionsziffern der Standardtypen erreicht haben? Und gerade die Werften sind in den letzten Monaten von den Bombern der Alliierten mit besonderer Zähigkeit angegriffen worden. Woher sollen denn nun auf einmal die nötigen zusätzlichen Kapazitäten kommen? Alles, was in Berlin hinausposaunt wird, ist doch pure Augenwischerei. Wie kann der Alte das nur mitmachen!

»Ich Rindvieh!« sage ich plötzlich wie selbstvergessen vor mich hin. Der Adju und der VO, die saßen ja nebenan bei offenen Türen. Wer weiß, wes Geistes Kind die beiden sind. Der Alte war nur vorsichtig. Er hat mich zum Sparringspartner genommen und sich in treudeutscher Rede geübt. Hier ist *er* schließlich der Chef. Hier kann er nicht mehr den Renegaten spielen, dem manches nachgesehen wird. Aber warum, zum Teufel, hat er mich nicht wenigstens mit einem Augenzwinkern verständigt?

Der VO erscheint und hält mir gleich einen Vortrag wie ein Fremdenführer: »Zu unserer Flottille gehören neben dem Komplex hier noch zwei Schlösser: Châteauneuf, etwa siebzig, achtzig Kilometer landein, und Logonna, vorne an der Küste. Der Chef sagt immer: ›Châteauneuf für Kreti und Pleti, Logonna für die Hautevolee ...‹«

Der VO hat offenbar beim Alten einen Stein im Brett. Dennoch wappne ich mich ihm gegenüber mit Mißtrauen. Schon seine übermäßige Gepflegtheit irritiert mich. Sie hat etwas Weibisches. Ich habe generell etwas gegen Verwaltungsbullen. Das sind nun mal Leute, die an dem Trauma tragen, keine richtigen Offiziere zu sein, sondern eben Verwaltungsbullen. Sie fühlen sich zurückgesetzt, und dafür halten sie sich bei Gelegenheit schadlos.

Beim Alten ist der VO wohl vor allem wegen seiner Fähigkeit zum Organisieren beliebt. Ein VO muß wie ein guter Jagdhund die Fährten riechen können, die zu irgendwelchen Warenbeständen führen – und zwar über Hunderte von Kilometern weg. Was für Waren das sind, ist relativ gleichgültig. Ein VO hat für *alles* Verwendung, wenn nicht direkt, dann eben als Tauschposten. Mit leeren Händen dazustehen, nichts zum Eintauschen zu haben, muß für einen tüchtigen VO eine Schreckensvision sein.

Der VO hat offenbar vor, mich gründlich auf dem Gelände herumzuführen. Ich komme, während wir von der Sauna zur Kinohalle und von dort zum Schwimmbad stiefeln, aus dem Staunen nicht heraus. Als wir vor dem Schwimmbecken stehen, beobachtet mich der VO von der Seite her.

»Nicht zu fassen!« staune ich. »Das ist ja so groß wie für 'ne Mittelstadt!«

»Die erste Flottille hat auch eins. Aber nicht ganz so groß und schön . . .«

Die erste Flottille: quasi das Konkurrenzunternehmen . . . Die erste hat sich in der Marineschule, direkt über den Bunkern, eingerichtet.

»Das hat doch der Chef nicht alles bauen lassen?« frage ich den VO. »Ich meine – diese viele Bauerei, da braucht es doch 'ne Menge Leute und Material – das sind doch alles Riesenprojekte. Die hat er doch nicht aus dem Boden stampfen können!«

»Das meiste war schon angefangen oder sogar fast fertig – aber das war's dann auch. Es ging einfach nichts mehr voran.«

»Na und dann?«

»Und dann lief es auf einmal wieder. Der Chef hat eben den Bogen raus!« antwortet der VO sofort. »Der Chef droht notfalls bei den zuständigen Stellen klar und deutlich mit dem Zorn des Führers. Ganz eiskalt!«

»Und hemmungslos«, füge ich an.

»Jawoll!« sagt der VO.

»Und das klappt?«

»*Die* Masche zieht *immer*: ›Wenn das der Führer erfährt, daß Sie nichts für meine U-Bootmänner tun wollen!‹ – ›Wenn Sie kein Verständnis dafür aufbringen, daß die Besatzungen in erster Linie . . .‹«

»Aber die OT kann doch nicht einfach . . .«

»Doch, sie kann – wie das Exempel zeigt. Der Chef sagt sich: Verbaut wird der Zement so oder so. Die Arbeiter sind so oder so angeheuert. Da ist es allemal das Beste, wenn für *uns* gebaut wird und nicht für irgendeinen Schwachsinn.«

»Und da hat er wohl sogar recht«, sage ich und muß an den privaten Bunker des Artilleriegenerals in La Baule denken und an die riesige Reithalle, die er ausschließlich für sich gleich neben seine Strandvilla bauen ließ – und das zu einer Zeit, als die U-Bootbunker so schnell wie möglich fertig werden mußten und Leute und Baustoffe fehlten.

Die Beschwörung des Führerzorns hat mich erschreckt. Aber jetzt schlucke ich das schon besser. Wenn ich nur dahinterkäme, wie sich der Alte neuerdings tarnt – was überhaupt an ihm Tarnung ist und was er ernst meint . . .

»Wenn die anderen Flottillenchefs nichts für ihre Leute tun, ist das deren Sache«, höre ich den VO wieder. »Das geht uns nichts an. Aber wir, wir tun hier alles, was wir nur können . . .«

Ich wundere mich über dieses »wir« des VO. Will er sich als Spießgesellen des Alten darstellen und damit mein Vertrauen gewinnen? Oder will er sich nur wichtig machen?

»Der Chef will alles picobello haben – und gemütlich«, redet der VO weiter. ». . . für die Leute. Und da hat ihm Fräulein Sagot schon sehr geholfen.«

Jetzt heißt es aufpassen! Was weiß der VO über Simone und den Alten?

»Was hat denn Mademoiselle Sagot eigentlich in der Flottille gemacht?« frage ich so gleichmütig, wie ich es nur vermag.

Der VO versucht Zeit zu gewinnen, indem er meine Frage wiederholt: »Ja, was hat Fräulein Sagot eigentlich gemacht?« Neues Zögern, dann kommt es mit einer Wichtigkeit, als ließe der VO jetzt die Katze aus dem Sack: ». . . Vorhänge eben besorgt, Tapeten aufgetrieben, auch hübsche Lampen. Innendekoration sozusagen, damit alles bißchen gemütlicher wird. Das hatte sie ja raus, allem so einen gewissen Pfiff zu geben. Und vor allem: Sachen zu besorgen, an die wir auf dem üblichen Dienstweg nicht rankamen, sozusagen mangels Masse.«

»Also war Mademoiselle Sagot als Innenarchitektin beschäftigt?«

Der VO hat Mühe, einen Lachgluckser herunterzuschlucken. Endlich bequemt er sich zu einer Erklärung: »Für die Tätigkeit von Fräulein Sagot gab es bei uns natürlich keinen Titel. Fräulein Sagot war als Dolmetscherin eingestellt. Muß ja alles seine Ordnung haben.«

Hinter der Flottille treffen wir auf eine wahre Schrebergartenkolonie: Blumenbeete, Treibhäuser, Kieswege mit Weinflaschen, die mit dem Hals im Sand stecken – ganz, wie es sich gehört.

»Die Gewächshäuser, die Schweinemästerei und alles andere hier ist das Reich des Oberbootsmanns Bartl«, sagt der VO und macht eine weitausholende Geste wie ein fremdenführender Kastellan. »Fünfzig Säue, alles picobello in Schuß ... Die Blumen in der Messe sind alle selbst gezogen – falls Sie die bemerkt haben ...«

»Aber dahinten, da ist er ja«, sagt der VO und deutet auf einen Mann im Khakihemd mit aufgekrempelten Ärmeln, die Mütze unvorschriftsmäßig verwegen im Genick. »Das ist Bartl. Ohne den könnten wir das hier gar nicht durchziehen.«

Der VO winkt den Mann heran und verabschiedet sich anschließend von mir. Ich werde quasi an Bartl übergeben, und der beginnt mich auch gleich, noch ehe ich ihn mir richtig angucken kann, durch seine Blumenzucht zu führen.

»Wir haben noch bei keinem Bootsempfang fremde Blumen gebraucht, Herr Leutnant«, bekomme ich zu hören, »immer alle selber gezogen. Jetzt gibt's prima Gladiolen und Dahlien. Im Herbst dann vor allem Astern und natürlich Chrysanthemen. Auch die Lazarette werden von uns beliefert.«

Während ich »eine Wucht!« und »kaum zu glauben!« und »na großartig!« plappere, betrachte ich den auffallend alten Oberbootsmann von der Seite: listig gekniffene Augen, Spitzbart, eine kalte Pfeife zwischen den Zähnen, das Koppel – noch eins mit der Prägung »Gott mit uns« – tief herabhängend.

Bartl zeigt mir nun seine Komposthaufen. Darauf verstehe er sich besonders: richtiger Kompost, das sei der ganze Witz. Diesen Herbst werde der Kompost richtig reif, und dann werde man sehen ...

»Was denn?« frage ich.

Bartl rückt nicht gleich mit der Sprache raus. Schließlich ringt er sich ein einziges Wort ab: »Orchideen!« und macht dabei eine bühnenreife Verschwörermiene.

Als ich in meinem gegen die Sonne durch die Volets verdunkelten Zimmer langliege, zergrübele ich mir den Kopf über den Alten: Für Provisorien ist er nicht zu haben. Herumsitzen und still in sich hineinsaufen ist auch nicht seine Art. Also hat er seine Angriffswut in Bauwut umgewandelt.

»Für die Besatzungen ist das Beste gerade gut genug«, das habe ich auch früher schon von ihm gehört. Und natürlich: Zu so viel Bauerei gehört auch viel Innenausstattung ... Und die ist nun weniger sein Fall.

Und der VO? Mit seinem scharfen Haarschnitt, den glatt mit Pomade nach hinten gekämmten Haaren und dem unablässigen sardonischen Lächeln um die Mundwinkel sieht er aus wie ein Filmschauspieler der zwanziger Jahre. Ich hab's: Conrad Veidt! Nicht ganz so dämonisch – aber immerhin ...

Vor meinem Fenster draußen unterhalten sich ein paar Seeleute kennerisch über den Puff.

»Ich versteh das gar nich – das Getue. Ohne Präser darfste doch gar nich vögeln, da machen die Nutten doch gleich Krawall, aber dann kriegste trotzdem vom Sanimaat 'ne Spritze in den Schwanz verpaßt. Was soll'n das eigentlich?«

»Die sagen sich: Der Präser kann ja platzen.«

»Das merkste doch – das siehste doch, ob der geplatzt iss. Und außerdem wern die Nutten doch kontrolliert – zwomal die Woche sogar, die dürfen doch gar nich raus aussem Puff.«

»Mach Sachen!«

»Wenn ich dirs sache – nur mit 'ner Begleitperson, so mal über die Straße. Ich hab bei 'nem Sani genau die Vorschriften gelesen. Mann, da iss aber an alles gedacht!«

»Typisch Kriegsmarine.«

»Iss och Vorschrift: De Nutten müssen sich nach jeder Nummer mit so 'nem scharfen Desinfektionszeug de Muschi waschen. Vorschrift! Un vorher müssense och.«

»Da könn die doch gar keene Gefühle mehr ham.«

»Ham die och nich.«

»Wenn die *schmieren* müßten, das könnt ich noch verstehn . . .«, höre ich noch deutlich.

Danach tritt eine Pause ein. Anscheinend denken alle erst mal nach, weil einer die Sache technisch gesehen hat.

»Bei dem Gerammel kann's ja mal 'nen Kolbenfresser geben. Bei den alten Nutten isses doch mau mit der automatischen Schmierung«, höre ich die letzte Stimme wieder.

Und jetzt geht es wieder durcheinander: »Dafür sin se doch aber viel zu ausgeleiert.«

»Da mußtes mal mit Kolbenringen versuchen!«

»Kolbenringe? – Du bist schon ein ganz schön dämliches Arschloch, glaubstes?«

»Lasset die Kindlein lallen«, fällt da eine hohe Stimme ein, die bisher noch nicht zu hören war.

»Eigentlich hat der Karl gar nich mal so unrecht«, sagt jetzt der technisch Beschlagene, »das gibt's nämlich tatsächlich . . . 'ne Art Spezialpräser, hat mir 'n Klomann in Paris gezeigt. Da sin so 'ne Art Kolbenringe dran . . . Ja, wenn ich's euch sach! Der hatte sogar welche mit Stacheln dran – gibt's alles.«

»Mach Sachen!«

»Ja, wenn ich's euch doch sach!«

In der Messe fast nur Greenhorns. Alle beschäftigen sich angelegentlich mit Messer und Gabel. Anstatt der üblichen Palaver hört man nur das Anstoßen der Bestecke an die Teller.

Jetzt kann ich mich erst richtig umsehen und da kommt mir die ganze Messe wie eine einzige große Bühne vor, mit ein paar Hauptdarstellern und Dutzenden von Komparsen. Jeder verstellt sich, jeder spielt die Rolle durch, die von ihm erwartet wird: aufgekächert und voller Angst zugleich. Einige zumindest von den jungen Offizieren *müssen* doch wissen, was die Stunde geschlagen hat!

Ich lasse meinen Blick über die Gesichter direkt mir gegenüber gleiten: Von der kernigen Kumpanei, die ehedem in so einer Messe herrschte, vom Frotzeln, Auf-die-Schippe-Laden und gemeinsamen Auf-die-Pauke-Hauen ist nichts mehr zu spüren.

Dafür gibt es aber wenigstens die Backschafterin Thérèse, die mit durchbrochener schwarzer Bluse mit der vollen Terrine hinter der Stuhlreihe entlangstöckelt und die Brüste zappeln läßt. Verstohlene Blicke verfolgen sie dabei. Ich sehe sogar unverhohlene Stielaugen. Thérèse macht es deutlich Spaß, wenn denen auf der anderen Seite der Back die Augen aus den Köpfen springen, während sie mit der großen Kelle Eintopf verteilt.

Ein starkes Stück vom Alten, finde ich, die Versammlung derart aufheizen zu lassen.

Aber trotz aller Bemühungen der guten Thérèse, auch den Blick des Alten auf sich zu lenken, löffelt der seine Suppe wie selbstvergessen. Als er aufblickt, kommt er wie von weit her in die Gegenwart zurück und beginnt, als erinnere er sich plötzlich seiner Pflichten, zu stottern: »Ach ja – was ich sagen wollte ...« Er baut sich einen Knüppeldamm aus nichtssagenden Floskeln und rettet sich schließlich in irgendeine Anweisung. Die wenigen Gespräche verstummen, sogar das Besteckgeklapper erstirbt. Aber der Alte hat schon nichts mehr zu sagen. Man hört nur noch ein strammes »Jawoll, Herr Kapitän!« vom VO.

Thérèse erscheint wieder, aber der Alte merkt ganz offenbar nicht, wie sie um ihn herumscharwenzelt. Erst als sie ihm beim Nachservieren ihre Brüste direkt vors Gesicht hängt, merkt er auf und macht: »Oho!«

Die eigentliche Offiziersmesse, der Aufenthaltsraum, also nicht der Speiseraum, wird zur besseren Unterscheidung »der Club« genannt. »Wegen der Clubsessel«, begründet der Alte die Namensgebung. Früher hieß der Raum auch Kursaal, aber diese Bezeichnung verlor sich, je mehr »Bildchen« mit gefallenen Kommandanten an der Wand erschienen.

Nach dem Essen streben die meisten dorthin, um sich an der schlicht zusammengezimmerten Bar oder an den runden, von Sesseln umringten Tischen noch einen Schluck einzuverleiben.

Hier lerne ich den »alten Steincke« kennen, wie der Alte seinen Kapitänleutnant beim Stabe nennt. Er ist kaum jünger als der Oberbootsmann Bartl.

»Die Tommies sollen mit ihren PC-Booten letzte Nacht bis ins Goulet vorgedrungen sein!« sagt der alte Steincke jetzt.

»Frech wie Oskar!« quittiert ein Oberleutnant die Nachricht.

»Die haben's auch verdammt einfach, die sind schnell wieder zu Hause«, schimpft ein anderer.

Der Alte hört sich das wie unbeteiligt an, dann sagt er aber doch brummig: »Die müssen eben ihr Mütchen kühlen ...«

Als sich die WOs neben uns verzogen haben, frage ich den Alten: »PC-Boote – was ist denn das nun wieder?«

»Das Neueste, was unsere Gegner aufbieten, um uns das Leben schwerzumachen«, antwortet der Alte, »schneller und wendiger als Zerstörer und Korvetten – und das sind auch nicht gerade lahme Enten ... Offenbar nichts für die offene See – aber anscheinend bestens geeignet für küstennahe Gewässer. So 'ne Art kleine Schnellboote. Das Unangenehme ist, daß sie immer zu mehreren auftreten.«

»Na fein!« gebe ich mich kaltschnäuzig.

»Es ist eben keine Liebe mehr unter den Menschen«, sagt der Alte nach einer Weile im leirigen Ton eines Predigers, und ich denke: Das klang schon verdammt viel besser. Noch eine kleine Anstrengung, und wir könnten wieder beim alten Ton sein.

Ich will hinunter zum Hafen und habe das Flottillentor kaum hinter mir gelassen, als Luftalarm gegeben wird. Da wird aus meinem Ausflug wohl nichts. Und jetzt ist auch schon das Hornissengebrumm anfliegender Maschinen in der Luft.

Das Gebrumm wird schnell satter und nimmt schließlich einen dumpfen Orgelton an, der die Luft erzittern läßt. Und da sehe ich sie: eine geschlossene Dreiecksformation, so dicht bei dicht, daß die graue Luftarmada wie ein einziger Riesenrochen erscheint. Ich stehe wie festgebannt, den Kopf himmelauf gereckt. Dann mache ich vier, fünf ziellose Schritte, bleibe wieder stehen und beobachte, wie sich die Laichschnüre an die grauen Schatten hängen: jeder Kern eine Bombe – und wie sich die Schnüre aufdröseln und die Bomben nun einzeln durch die Luft torkeln. Aber es dauert eine Ewigkeit, bis die grauen Fontänen hochschießen – eine neben der anderen: ein ganzer Wald grauer Fontänen. Und dann vergeht noch eine Ewigkeit, bis der Luftschlag mich trifft und der Explosionsdonner heranrollt.

»Hat man dir schon erzählt, was unten im Bunker los ist?« sagt der Alte, als ich wenig später in sein Büro komme. Seine Stimme klingt dabei merkwürdig gepreßt.

»Keine Ahnung«, gebe ich zurück und versuche, in seinem Gesicht zu lesen.

»Flachsmann ist zurückgekommen.« Die ohnehin verdüsterte Miene des Alten wird grimmig. »Ja«, sagt er dumpf, und dann: »Der war eben erst ausgelaufen.«

Pause. Aber plötzlich sagt der Alte eine Tonlage höher und viel lauter als zuvor: »Eben erst ausgelaufen und schon wieder da. Das ist die moderne Art ... So läuft das heute: kaum raus, schon wieder rein. Und wie das Boot jetzt aussieht, das solltest du dir schon mal angucken. Bemerkenswert! Fünf Wochen Werftliegezeit sind das mindeste.«

Der Alte starrt so verbiestert vor sich hin, daß ich nicht wagen kann, etwas zu sagen. Schließlich frage ich aber doch: »Flugzeuge?«

»Was denn sonst?« blafft der Alte zurück. Er merkt in seiner Wut nicht einmal, daß ich zusammengezuckt bin. Jetzt dreht er sich dem Fenster zu, und ich kann mich in den Anblick seines Rückens versenken.

Als wollte er durch die Scheibe hindurch zum Fenster hinaussprechen, sagt der Alte endlich: »Und dabei hat Flachsmann noch Schwein gehabt, verdammt viel Schwein sogar.«

Der Alte verharrt noch eine Weile am Fenster, dann wendet er sich zu mir herum und sagt mit einer Beiläufigkeit, die mich genauso befremdet wie der Ausbruch vorher: »Na, du wirst ja sehen!«

Ich fühle mich entlassen, aber als ich den Türgriff bereits in der Hand habe, höre ich ein scharfes »Los!«, und der Alte greift zum Koppel mit der Pistolentasche. Dabei brüllt er: »Adju, wir fahren zum Bunker.«

Das bleiche Fragegesicht des Adjutanten erscheint zu spät. Der Alte hat sich schon die Mütze vom Kleiderrechen neben der Tür gegriffen: Der Adjutant sieht ihn nur noch von hinten. Ich vollführe eine Art Schulterzucken zum Adju, dann haste ich neben dem Alten her.

Das Auto steht in der Durchfahrt unter dem Tarngerüst. Der Alte startet und läßt den Motor aufheulen. Mit einem heftigen Ruck schießt der Wagen los.

Die Rampe hinunter gibt der Alte Gas. Und dann mit Karacho durchs Tor. Vom Posten, der seinen Karabiner präsentiert, sehe ich nur einen Schemen. Ich sitze verkrampft auf dem Beifahrersitz. Als ich mir meiner Muskelanspannung bewußt werde, versuche ich, meine Glieder in eine bequemere Stellung zu bringen. Das hätte gerade noch gefehlt, daß ich gekrümmt und geduckt, als säße ich auf dem Topf, durch Brest fahre.

Über der Rue de Siam hängen dicke Rauchschwaden. Zweihundert, dreihundert Meter preschen wir sie hinab, dann sperren Häusertrümmer den Weg. Aber der Alte geht nicht vom Tempo. Ist er verrückt? Sieht er denn die Trümmerbarrikade nicht? Ich will schon etwas rufen, da merke ich, daß ganz rechts eine schmale Passage freigeräumt ist, die der Alte anpeilt. Mit zwei Rädern auf dem Trottoir schießt er hinein.

Ich stemme mich mit beiden Händen gegen das Armaturenbrett. So weit es geht, drücke ich mich gegen die Türe. Der Alte braucht Platz: das Steuerrad nach rechts herum, dann gleich wieder nach links! Wir fahren Slalom. Wumm! Ein dicker Steinbrocken haut von unten gegen den Wagen. Das Getriebe! Das Heck schleudert weg, aber der Alte gibt nur noch mehr Gas – und schon preschen wir wieder mitten auf der Straße dahin.

»Na bitte!« murmelt der Alte bloß.

»Soll sein!« bringe ich beim tiefen Atemschöpfen hervor.

Im Bunker herrscht offenbar dicke Luft. Posten, die ihre Wachhunde an kurzen Leinen halten, grüßen linkisch, weil die Hunde ihnen die Haltung verzerren.

»Seit wann gibt's denn hier Hunde?« frage ich den Alten.

»Schon lange – hat der alte Steincke eingeführt.«

»Bringt das denn was?«

»Ja, das schafft Respekt – bei den Franzosen auf jeden Fall.«

Ein klirrendes Hämmern hallt in den kryptaähnlichen Riesenräumen nach. Sonst erschallten hier ganze Lärmsymphonien, aber woher sollten die jetzt kommen: Der Großteil der Docks wird leer sein. Vom Grund eines Trockendocks zu unserer Linken blinken moddrige Lachen mit bizarrer Musterung hoch. So ein Dock wirkt, wenn es leer ist, noch riesenhafter und tiefer als sonst.

Ich bin ganz Spannung: Mit scharfgestellten Augen blicke ich um mich. Ich tue gerade so, als hätte ich mein Zeichenbrett unter dem Arm und visierte die Flucht der Schwimmbox vor mir an, um sie zu zeichnen . . .

Was habe ich mich hier schon abgerackert und mir dabei schier die Zähne ausgebissen: Ich wollte es partout nur mit Feder und Tusche schaffen und *meine* Piranesis aufs Papier bringen – Carceri für die verletzlichen U-Boote, die Last der Betondecken von sieben Meter Dicke spürbar machen, das Magische des schwarzen Brackwassers zwischen den Booten in den Schwimmboxen, das Beängstigende beim Blick steil hinab in die Trockendocks mit den Booten unten auf den Stapelklötzen.

Plötzlich merke ich, daß der Alte weg ist. Er hat mich einfach stehenlassen. Ich habe keine Ahnung, wohin er sich gewendet haben kann.

Ich stehe vor der Box Nummer zwei. Der Bunker hat insgesamt acht Boxen, drei davon sind als Trockendocks verwendbar, die anderen sind

Schwimmboxen, riesige Wassergaragen, wenn man so will, für jeweils zwei Boote – das heißt, zur Not brächte man auch noch ein drittes dazwischen.

In welcher Box liegt denn nun Flachsmanns demolierter Schlitten?

Da kommt wie ein beweglicher Scherenschnitt ein Mann auf mich zu. Erst als er schon ganz nahe heran ist, erkenne ich den Flottilleningenieur. Er ist ein hagerer, ungelenker Mann mit einem Dutzendgesicht. Sein fahlblondes Haar läßt sich, weil es zu kurz geschnitten ist, kaum scheiteln. Mit seinen großgeratenen Händen wirkt er wie ein Handwerker. Wenn er die Schultern hochzieht, sieht das nicht wie ein Tick aus, sondern wie Unbehagen an der Uniform, die ihm miserabel sitzt: Die Jacke sperrt sich am Hals ab, sie ist zu lang und recht vergammelt.

»'n Tach!« sagt der Flottilleningenieur, als wäre er ein Zivilist, und bleibt stehen.

»Wo liegt denn Flachsmann?« frage ich ihn.

Der Flottilleningenieur dreht sich halb zurück und macht mit der rechten Hand eine Bewegung, als wollte er den Handschuh, den er lose in der Hand trägt, wegwerfen: »Da ganz hinten – in der letzten Box. Übel zugerichtet. Die sind auf Brustwarzen und Kniescheiben zurückgekrochen.«

Jetzt schlägt er sich seinen verschmierten Handschuh auf den rechten Oberschenkel. »Ich will mal lieber weitermachen«, sagt er und wendet sich zum Gehen.

Während ich auf der breiten Rampe die Docks und Boxen ablaufe, bin ich darauf bedacht, nirgends gegenzurennen oder zu stolpern. In den Schwimmboxen liegen zwei Boote, ein drittes ist eingedockt und sieht böse mitgenommen aus: Direkt vor dem Turm ist ein Loch in der Decksbeplankung. Das Pivot der Kanone ist halb aus seiner Verankerung gerissen. Das sieht wirklich nicht gut aus. Die meisten Schäden wird es aber – wie immer – innen gegeben haben: Flachsmanns Boot.

Das Boot liegt in der Tiefe des Docks wie ein seinem Element entrissener hilfloser Tiefseefisch. Ein Gewirr von Tauen, Preßluftschläuchen und Stellingen umschlingt es.

Mit aller Vorsicht steige ich die feuchtglatten Stufen zur Docksohle hinab. Vom Grund aus bietet der gestrandete Fisch seine sonst verborgenen Formen am deutlichsten dar: die aufgewulsteten Tauchbunker, die Satteltanks, die Ruder und Schrauben und die Mündungen der Torpedorohre.

Auf dem glitschigen Boden heißt es besonders achtgeben. In sicherem Abstand von den Stapelklötzen balanciere ich ganz um das Boot herum und bleibe dabei, den Kopf im Nacken und das Gesicht schräg nach oben gerichtet, immer wieder mal stehen. Dann laufe ich weiter bis zum Fuß der Dockmauer hin, um ein größeres Bild vom Unterwasseranblick des Bootes in den Blick zu nehmen, und bin dabei bis in alle Nervenenden erregt.

Oben an der Kante sehe ich den Flottilleningenieur gestikulieren. Er meint aber nicht mich, sondern den Alten, der da oben nun auch nach und nach sichtbar wird. Also wieder zurück durch all den schwarzen Modder, hin zu der steilen Treppe und hoch und hören, was die beiden sich zu sagen haben.

Aus dem Palaver höre ich heraus, daß das Boot kaum noch zu reparieren ist, jedenfalls nicht hier in Brest.

Während ich neben dem Alten über Kabelgeschlinge und Stapelklötze Richtung Dock-Tor balanciere, sagt er mit einem Nicken zum vorausgehenden Flottilleningenieur hin: »Das ist ein berufsmäßiger Skeptiker. Von dem bekommst du mal sicher keine geschönten Informationen. Der hat ein gutes Dutzend Feindfahrten hinter sich. Den solltest du ausgiebig befragen. Der Vater war schon U-Bootfahrer im Weltkrieg . . .«

Plötzlich hebt ein Heidenlärm an, und ich kann den Alten nicht mehr verstehen.

Der Alte will schnell zurück in die Flottille, aber mir steht der Sinn ganz und gar nicht danach. Gleich hinter der großen Schwenkbrücke mache ich mich bemerkbar: Ich will noch im Hafengelände herumgucken und zu Fuß zur Flottille zurück.

»Also dann mach mal!« ruft der Alte mir noch zu, als er – schon wieder viel zu scharf – anfährt.

Ich gehe ein Stück zurück – so weit, bis ich den Hafen überblicken kann – und staune, wie er sich verändert hat: Tarnnetze spannen sich über die einzelnen Becken. Obwohl ich nur etwa fünfzig Meter über dem Hafen stehe, formen sich für mich gewohnte Bilder total um. Die Netze schneiden hier und da große Stücke der Hafenbecken weg und kaschieren die Docks gut: Im ersten Hinblicken zeigt sich an ihrer Stelle nichts als ein exotisch anmutender Wirrwarr aus Tauwerk, Stoffetzen und zerstückten Schatten. Das Auge hat Mühe, aus dem Durcheinander die Formen der einzelnen Schiffe herauszufinden.

Von der hohen Drehbrücke aus kann ich den Schleppern Hoedic, Glazic und Hermes direkt in die Schornsteine gucken. Es sind die gleichen, die hinausgeschickt werden sollten, um die Bismarck nach Brest zu schleppen. Die Bismarck – der Stolz der Nation. Das war '41, als sie einen Torpedotreffer in die Ruderanlage verpaßt bekam und dann wegen eines hundsgemeinen Ruderklemmers nicht mehr manövrierfähig war. Genau westlich, auf der Höhe von Brest, wurde sie abgetakelt.

Damals war ich auch hier in Brest und habe das Drama von A bis Z verfolgen können. Das kaum erst in Dienst gestellte Schlachtschiff war von Gotenhafen nach Bergen gelaufen, hatte um Island ausgeholt, war durch die Dänemarkstraße und dann parallel zur Grönlandküste nach Süden gerauscht, hatte am 24. Mai in der Morgenfrühe die Hood zerstört und war dann genau westlich von Brest zur Beute der Torpedoflieger geworden.

'41 war überhaupt ein rechtes Schicksalsjahr: Mit dem Untergang der Bismarck war Schluß mit der Dickschiffherrlichkeit. Von da an war ein wirkungsvoller Handelskrieg nicht mehr möglich. Aber alle taten bald so, als wäre die Bismarck gar nicht weg.

Vorher hatte es hier die Gneisenau erwischt: Dieser tollkühne Torpedoflieger, der seinen Aal im heftigsten Flakfeuer auf die Gneisenau losmachte! Und dann bekam sie auch noch vier Bomben verpaßt. Das war im April '41. – Und was ist aus den anderen Dickschiffen geworden? Debakel auf der ganzen Linie. Und die Scharnhorst?

Ich kann nur staunen, was für große Dampfer weiter draußen auf der Reede liegen: Blockadebrecher, Troßschiffe. Aber auch nahebei haben zwei, drei große Pötte festgemacht. Vor der Kulisse einer schäbigen Häuserzeile wirken ihre Schornsteine doppelt ungefüge und riesenhaft. Ihre Masten und Antennen scheinen wie bizarre Stakete auf die verschachtelten Dächer gesteckt zu sein.

Die alte Hafenfaszination hat mich wieder: Ich weiß vor lauter Sehgier nicht, wohin ich die Augen zuerst wenden soll. Ich brauche nur drei Schritte zu gehen, und schon hat sich alles verschoben, und die Versatzstücke komponieren sich neu. Es ist, als hätte ich eine Kaleidoskopröhre verdreht, ganz leicht nur, aber das Bild, das da zusammengeschossen ist, ist ein gänzlich neues.

Ich will noch ein Stück höher, um mehr zu sehen. Also auf den großen Kran!

Plötzlich sperrt ein Dock den Weg. Ich kenne mich in Brest nicht mehr richtig aus. War denn an dieser Stelle immer schon ein Dock? Wie ein gestrandeter Wal liegt ein dickes Schiff darin, von Blockhölzern nach beiden Seiten gestützt. Kann es das Dock sein, in dem die großen Zossen nach den Treffern lagen? Damals habe ich zum ersten Mal die Kompliziertheit einer Feuerleitanlage bestaunen können, weil sie aufgerissen war. Jetzt liegt hier nur dieser dicke Sperrbrecher. Ein großes Schiff, gewiß, aber in diesem riesigen Dock wirkt es wie geschrumpft.

Mitten durch die Hafenwuhling hindurch – querbeet also – dränge ich weiter vor, über armdicke Manilatrossen, das wirre Geschlinge von Preßluftleitungen, vorbei an Suchottern, Seezeichen, Ankern. Ich bin Gulliver, der in eine Riesenwerkstatt geraten ist. Eine Kolonne über und über mennigerot überfleckter Arbeiter kommt mir entgegen, klobige Holzpantinen an den Füßen. Sie tragen lange Bambusstangen mit Pinseln daran. Ich sehe zu, wie sie auf primitiv zurechtgezimmerte Arbeitsbühnen klettern und den Rumpf eines aufliegenden Frachters bemalen, der so dick erscheint, als wäre er von innen her aufgetrieben, wie ein Kadaver in der Sonne.

Eine Weile beobachte ich, wie die Maler leuchtende Mennigeflecke über den schwarzen Rumpf verteilen, dann stelze ich über Ketten, Trosse und Schläuche auf einer granitenen Pierkante weiter in Richtung auf den Titankran, bis ich an seinem Fuß bin.

Und nun heißt es: Hand über Hand hinauf. Ich kann, während ich höher klettere, schon den ganzen Komplex der Bunker übersehen.

Ich verschnaufe und gucke nach rechts und links durch die Traversen: Zur Linken habe ich das Arsenal, die Drehbrücke und das Hafenbecken, das tief ins Arsenalgelände hineinreicht. Hellige gibt es nicht: Hier werden keine Schiffe gebaut. Brest ist ein Kriegshafen.

Auf der dünnen Eisenleiter klettere ich weiter zum Fahrstand dieses höchsten aller Kräne an der Küste hoch. Das Geknatter der Niethämmer und das Wuchten der Dampframmen, die Spuntwände einrammen, klingt schon schwächer. Dafür wird der kühle Seewind stärker und mein Blick immer umfassender: Was für ein Wirrwarr von Formen ringsum! Schiffskörper, Bagger, Schuppen, Hafenbecken, Gleisanlagen. Ich brauche schon wieder eine Pause zum Durchatmen. Soviel Anstrengung auf einmal bin ich nicht mehr gewohnt.

Aber dann bin ich oben. Der Kranführer im blauen Monteursanzug grüßt mich mit einem Wink der rechten Hand und staunt über den Besuch: ein alter, freundlicher Mann, untersetzt, weiße Stoppeln im roten Gesicht, knollige Nase . . .

Jetzt kann ich nach Westen bis zur Marineschule gucken. Die Sperrballone in dieser Gegend sehen eher putzig als kriegsmäßig aus. Sie sollen anfliegende Maschinen zwingen, Höhe zu halten und richtig ins Flakfeuer zu geraten.

Auf den Dächern der Werftgebäude entdecke ich Flakposten in getarnten Ständen. Wenn ich genau hinblicke, finde ich hier und da noch mehr. Wenigstens der Hafenbereich macht einen gut gesicherten Eindruck: die Flakstände, Spanische Reiter, Panzersperren, die alle Zufahrten blockieren oder zum Slalomfahren zwingen. Nach See zu ist die Einfahrt, wie ich weiß, durch Torpedonetze und Balkensperren verriegelt. Von draußen her kommt kein gegnerisches Schiff durch: Das Goulet ist so eng, daß es wirkungsvoll gesperrt werden kann.

Erst von hier oben offenbaren sich die ungeheuren Dimensionen des U-Bootbunkers. Auch die Verheerungen durch die Bomben erkenne ich erst von hier oben: rings um die Bunker ein Trichter am anderen.

Ich sehe Hilfsschiffe, schwarzrote Pumpendampfer, Bagger, Prähme, Leichter und Schwimmkräne.

Verrückte Perspektiven: Die senkrechten Flächen der Schiffe sind zusammengeschoben, dafür breiten sich ihre Decks aus. Die Schornsteine sind schwarze Löcher darin.

Sonnengeblitze auf dem Brackwasser. Der Wind weht scharf. Ich stelle mich neben den alten Mann hinter schützendes Glas. Der Kranführer nickt zutunlich. Ich muß etwas sagen: »Quelle belle profession. Pas mal – vous êtes voisin du ciel.«

Das freut ihn. Jetzt macht er auch den Mund auf: »Très bonne grue«, und dirigiert dabei mit seinen vom Alter tief gefurchten Händen den riesigen Ausleger – läßt nach links oder rechts die Laufkatzen vor- oder zurückschleichen.

Als ich wieder unten bin, zeigt mir ein Tanker seinen roten Unterwasseranstrich. Darüber trägt er einen weißrosa Streifen. Es ist ein großer Zossen, mindestens 25 000 Tonnen. Vor dem dunklen Himmel sieht er großartig aus.

Aus der Nähe dann präsentiert er sich weit weniger schön: verwahrlost, von der See schwer hergenommen, ein malträtiertes Schiff. Auf dem Deck liegen überall Schläuche herum, dazu zersplitterte Ladebäume, ein wildes Durcheinander von Blockhölzern und beschädigte Lukendeckel. Es sieht aus, als hätte hier einer Barrikaden bauen wollen und es wieder aufgegeben.

Ich komme mit einem Steward ins Gespräch. Siebenmal schon torpediert – das wäre alles nicht so tragisch, meint der Mann, »aber daß die Prämie ausbleibt, das ist schon eine Sauerei«. Dann zeigt er mir Fotos: eine dicke Frau, drei Kinder. Ich muß als Gegenleistung die Familie bewundern: zwei Jungen, ein Mädchen.

Unter den Arbeitern, die an Oberdeck herumwuseln, sehe ich eine Menge Asiaten.

»Wie kommen denn die hierher?«

»Mit der Eisenbahn von Asien her«, sagt der Steward.

Es riecht nach vielen starken Dünsten zugleich: nach Teer, nach Azetylen, nach Heizöl, aber auch nach Tang und vergammeltem Fisch. Die ganze Atmosphäre wird jetzt von silbergrauer Helligkeit durchleuchtet. Nur gegen Land verdickt sich das Licht zu einem eintönigen Grau. Das kommt wohl vom Arbeitsdunst und dem Qualm.

Im Westen haben sich Gewitterwolken aufgeplustert. Als ich die Flottille ansteuere, schlägt ein heftiger Wind scharfe Regenschauer in die Straßenschlucht, beutelt mich richtig durch, näßt mir die Hosen, macht den Mantelsaum schwer. Überall ist Geklicker und Sprudeln. Es sieht aus, als sprängen hier und da Quellen aus dem Pflaster, als wären dicke unterirdische Wasserrohre gebrochen. Volets schlagen knallend, einzelne Autos peitschen Wasser hoch. Ich muß mich mit langen Sätzen in Hausflure retten.

Dann bricht wieder Licht durch, aber alles bleibt fahl unter einem grauen Himmel. So muß Brest aussehen! Brest ist nicht Paris. Brest ist eine Regenstadt. Flitter, Talmi, buntes Glitzern gehören nicht hierher. Farben halten sich nicht lange. Der Regen bleicht sie bald. Die Mauern sind jetzt von der Nässe schwarzgefleckt, wie von Schwären bedeckt. Die Kasematten erscheinen noch düsterer. Eine Stimmung von Pelotons und Trommelwirbel umschwebt die Bollwerke.

Zum Abendessen sitzen wir wieder da wie eine große Theatertruppe, aber eine ohne Regisseur. Deshalb bleibt die Aufführung Pfusch. Sie ist stupide und langweilig – und das auch, weil Thérèse abends nicht erscheint.

Dann im Club gucke ich mich zuerst einmal gründlich um: Die bleichen Vollmonde der sechs tristen Kugellampen geben nur trübes Licht. Die verschmutzten gläsernen Aschenbecher, die übermäßig klobigen Rundtische mit lackierten Vierkanthölzern als Beinen, von der Werft so fabriziert, als müßten sie tausend Jahre überstehen, die aufgequollenen Ledersessel mit Abnutzungsspuren und Brandlöchern – alles treudeutsch, schwerfällig und schäbig.

Auf den ersten Blick sehen die Wände aus wie die eines Lokals, in dem Boxer, Artisten oder Filmgrößen verkehren. Bei genauerem Hinsehen zeigt sich aber, daß die vielen Fotos keine quergeschriebenen Widmungsunterschriften haben und daß die Fotografiergesichter der Abgelichteten wenig differieren.

Keine Namensschildchen. Zu einem Heldenfriedhof, auch einem von dieser Art, gehörten eigentlich Namen. Aber offenbar sind die Gesichter hier allen bekannt: die meisten stur von vorn fotografiert – wie Sträflinge für den Erkennungsdienst. Milchgesichter – für etliche würde diese Bezeichnung gut passen.

Viel Platz ist nicht mehr an der Wand. Aber was verschlägt's! Die Flottille hat auch kaum noch Boote.

Die Namenlosen, muß ich denken, sind bestens eingesargt in ihren stählernen Schatullen. Sicher vor Nekrophilen. Da unten stört sie keiner. Auferstehung des Fleisches – aus diesen schwarzen Tiefen aufersteht kein kleiner Finger. Der Druck verhindert das. Mit purem Grabdeckelverschieben ist es da nicht getan. Gegen diesen Druck kommt auch am jüngsten Tag kein holy spirit an. Das ist ein Vorzug, der viel zuwenig gewürdigt wird. Wer liegt schon in einem technologisch so durchgeformten Stahlsarg und dem Erdmittelpunkt so nahe gebracht wie nur möglich. Zwei Meter oder bißchen mehr dürfte die Norm für zivile Bodys sein. Drei- bis viertausend Meter ist unsere Luxusklasse.

Täglich kommt ein neuer Massensarg dazu – oder auch gleich mehrere: im Polarmeer, in der Karibik, im Golf von Mexiko, vor der amerikanischen Küste, vor Freetown, im Nordkanal, vor der Invasionsküste ... Das klappt wie am Schnürchen. Sauber und hygienisch. Da kann es nicht passieren, daß eine Granate den ganzen Modder wieder hochwirft, den feuchten Glabber aus halbverfaultem Fleisch, zerlaufenem Hirn, stinkendem Gedärm und nassen Uniformfetzen. Bei der U-Bootwaffe klappt die Beseitigung der gasetreibenden Reste perfekt – ein Umstand, der bei der Freiwilligenwerbung noch gar nicht bedacht worden ist.

Hoch über all den kleinen Bildchen schwebt Dönitz in Halbfigur. Ich stelle mir diesen Dönitz beim Vortrag im Führerhauptquartier vor, wie er mit seinem Admiralsstab in der rechten Hand sein Männchen macht und »Jawoll, mein Führer! – Jawoll, mein Führer!« schnarrt. Der böhmische Gefreite mit der Zigeunertolle und dem Nasenbärtchen und ein zackiger und zugleich unterwürfiger Dönitz: was für ein Bild!

Ein paar junge WOs reden über die Invasion. »Das verstehe ich nicht. Man kann doch jetzt Torpedoflieger ansetzen bei so 'ner Menge von astreinen Zielen ...«

»Man kann, man kann ...«, fährt ihm ein anderer in die Rede. »Man kann auch aus Kuchenblechen Diademe stanzen.«

»Was haben wir doch für kluge Köpfchen!«

»Und was für eine sonnige Frühreife!«

»Hart wie Granit, aber auch zärtlich wie der Monsun!«

Über soviel Poesie kann ich nur staunen. Da muß wohl der gute Cognac bereits die Zungen gelöst haben.

Früher, aber das ist lange her, gab es ein paar Leute, die auch, wenn sie nüchtern waren, die Regeln vergaßen und dann Klartext redeten – oder allenfalls so taten, als wären sie besoffen. Bei Trumann zum Beispiel konnte man nie sicher sein, ob er wirklich besoffen war oder nur so tat, um sich ein deutliches Wort erlauben zu können.

Trumann ist '41 abgesoffen. Mir kommt es vor wie vor hundert Jahren.

Die Messe in La Baule: Da saßen weiß Gott andere Seeleute als die unbedarften Figuren, die hier an der langen Back aufgereiht sind. Die alten Handelsschiffer unter ihnen hatten sogar andere Bewegungen: Allein schon an ihrer Umständlichkeit konnte sie einer, der nur ein bißchen Blick dafür hatte, als altbefahrene Seeleute erkennen.

Ich sehe Bertel Endraß dahocken: klein und schmal – wie verloren. Ich habe noch jeden Satz seines Berichtes von Scapa Flow so deutlich im Ohr, als hätte er erst gestern alles leise und stockend, wie es seine Art war, erzählt: »Wir hatten uns erst mal auf Grund gelegt in Sichtweite der Orkneys. Ich ging Grundwache. Gegen neunzehn Uhr sind wir dann aufgetaucht. Die Nacht war eigentlich zu hell. Nordlicht. Keine Ansteuerungen, keine Feuer, dazu der Strom. Allerhand Hartruderlagen. Ich kannte die Seekarte auswendig. Fast wären wir noch mit einem Sperrschiff kollidiert. Die Bucht schien leer zu sein. Nur zwei Schlachtschiffe und Zerstörer. Die Repulse war von der Royal Oak überdeckt. Wir schossen Fächerschuß aus Rohr eins bis vier ...«

Keiner von den Zuhörern regte sich. Es sah aus, als hielten alle den Atem an. Erst als Endraß eine Pause machte, atmeten wir wieder tief durch.

Wenn ich an das Ende von Bertel Endraß denke, könnte mir das Messer in der Tasche aufgehen: Endraß hätte in dem labilen Zustand, in dem er war, nie auslaufen dürfen. Der Mann war total erledigt. Seine Augen irrlichterten, sein Mund zuckte. Einen Mann in diesem Zustand hinauszuschicken war schierer Totschlag. Als er mir nach der Scapa-Flow-Unternehmung Modell stand, sah er mich verlegen und wie um Entschuldigung bittend an, weil er merkte, daß ich erkannt hatte, wie es um ihn stand. Warum rührte sich damals keiner seiner Kameraden? Endraß hätte nie, auch dann nicht, wenn er gefragt worden wäre, zugegeben, daß er nicht mehr auf dem Posten war. Den hatten sie von Kindheit an vollgepumpt mit all dem heroischen Quatsch, der gegen das klare Denken, gegen Einsicht und Vernunft gerichtet ist. An die Besatzung, die unter einem kaputten Kommandanten kaum eine Chance zum Überleben hat, denkt ohnehin keiner. So hoch auch »Alle für einen, einer für alle!« getönt wird, geht es doch immer nur um den einen – immer nur um den Kommandanten. Die anderen sind »Personal« oder gar nur »Menschenmaterial«.

In diesem La Bauler Sommer, dem letzten für Endraß, habe ich mich gefragt, woran es lag, daß gewisse Kommandanten wie vom Todesengel gezeichnet wirkten und andere wie junge Siegesgötter. Den jungen Siegesgöttern war auch nichts geschenkt worden, das wiesen ihre Berichte und ihre Kriegstagebücher aus. Hatten sie die besseren Nerven, oder litten die anderen, die Gezeichneten, an einem zu großen Maß selbstzerstörerischer Phantasie? Waren die einen einfach nur stur und die anderen allzu feinnervig?

Ein verrückter Selektionsprozeß war es allemal, der dem einen immer höhere Orden, dem anderen aber den Untergang bescherte. Eins wurde mir damals schon klar: Die Kommandanten, die überlebt hatten, mußten nicht unbedingt die besseren sein.

Bornemann gehört noch zur alten Garde. Ich sehe ihn mit leicht verglasten Augen tief in einen der weichen Clubsessel gesunken. Seine wie erstorben über die Lehnen hängenden Arme bewahren ihn vor dem gänzlichen Zusammenrutschen. Er macht keinen Versuch mehr, sich zusammenzureißen, sondern trinkt stillzufrieden vor sich hin: ein gutartiger Fall. Bornemann bleibt im Suff freundlich. Er zeigt nicht einmal die tiefgekränkte Miene, die sonst für Trinker so typisch ist.

Wenn Bornemann »Volksaufklärung« betreibt, wie er seine aufmüpfigen Reden nennt, verlassen wohlerzogene Leute freilich Messe und Club.

Ich sollte längst aufgestanden sein, aber so müde, wie ich bin, bringe ich mich einfach nicht hoch und sitze wie vor den Kopf geschlagen in meinem Sessel. Ein Gefühl der Fremdheit erfüllt mich. Was gehen mich diese angetrunkenen Altersgenossen an!

Ich muß mit dem Alten über Simone reden, aber der Alte weicht mir sichtlich aus. Ich kann ihn nicht einfach überfallen und es auf einen Clinch aus heiterem Himmel ankommen lassen.

Ich frage mich: Hat der Alte wirklich und tatsächlich soviel zu tun, wie er vorgibt, oder schützt er nur Arbeit vor, damit wir nicht auf unser *eigentliches* Thema kommen müssen? Wie soll das weitergehen? Ich weiß, daß der Alte ziemlich verbockt werden kann, wenn ich ihn zu sehr bedränge. Einen »Trotznischl« hätte ihn meine Großmutter genannt.

Schön und gut, die Bullen vom SD werden auf die Flottille und den Alten neidisch gewesen sein. Aber deshalb konnten die Schweine doch *Simone* nicht verhaften. Irgend jemand muß sie verpfiffen haben. Aber wer? Der Ölige, der Bismarck, die eifersüchtige Sonja? Alle habe ich in Verdacht, daß sie Simone ins Unglück gebracht haben.

»Ihre Damen«, hat der Ölige in Berlin gesagt. Ihre Damen! Also Plural.

Hat es Monique aus dem Uhrengeschäft neben dem Café etwa auch erwischt? Und wenn, warum auch sie? Simones Rivalin Monique, die ihren opulenten Busen so freigebig zur Schau stellte, aber immer mit einem perlenbesetzten Kreuzchen in der Kimme und einem so ahnungslosen Geschau, als wüßte sie gar nicht, was für Anblicke sie unterhalb ihres runden Kinns zu bieten hatte. Daß unser Stabsarzt die üppige Monique gefressen hatte, war kein Wunder. Den hat sie gründlich blamiert, und das alles nur, weil sie ihr Deutsch aus dem Wörterbuch bezog: Als er im Halbdunkel mit seinen großen Pfoten an Monique beschäftigt war, kam von ihr der empörte Aufschrei: »Du cochon! Du geh weg von meine Euter!«

Monique im Gefängnis mit kahlgeschorenem Kopf – kaum vorstellbar: Monique trug ihre tizianroten Locken schulterlang. Was machen die Schweinehunde mit den Haaren? Sie verbrennen? Oder für Perücken verwenden?

Simone erscheint mir wieder – diesmal auf einem Kinderfoto, das ich lange verdrängt haben muß: Sie sitzt auf einem niedrigen Schemel vor dem Café und hält ein Schild mit der Aufschrift: »Je suis une menteuse.« Als ich dieses Bild zum ersten Mal sah, riß es mich: ein Horrorbild wie aus einem Verbrecheralbum! Ich hätte es gar nicht sehen sollen. Wenn es nicht herausgefallen und mit der Bildseite nach oben auf dem Boden gelandet wäre, hätte Simone es sicherlich vor mir verborgen gehalten. Auf diesem Foto sitzt sie wie im Schreck erstarrt mit offenem Mund da, die Ellenbogen an den schmächtigen Leib gedrückt – hilflos und armselig bloßgestellt . . .

Am nächsten Morgen erfahre ich, daß es in der Stadt eine wüste Schlägerei gegeben hat. Minensucher gegen U-Bootfahrer. Ein halbes Dutzend erheblich verwundete U-Bootfahrer sind das Resultat.

Ich weiß, zu welchen Brutalitäten manche dieser ehemaligen Heringsfischer auch den eigenen Kameraden gegenüber fähig sind. Der Herr Admiral Ruge, Chef dieser sogenannten »Kleinen Verbände«, behauptet indessen gern, in seiner Truppe gebe es keine Ausschreitungen. Wie ein Kind an den Weihnachtsmann glaubt er an das, was man ihm vorbetet. Tatsächlich aber werden unsere Leute in den Kneipen angerempelt und nach Strich und Faden zusammengedroschen.

Der Alte geht mir offensichtlich immer noch aus dem Weg. Als er auch noch beim nächsten Mittagessen meinem Blick ausweicht, denke ich: Das sprichwörtliche schlechte Gewissen!

Ich sitze da und zerbreche mir den Kopf über den Alten: Früher, als er noch als Bootkommandant fuhr, war seine Rolle klar. Jetzt, als Flottillenchef, geht es ihm anders. Wie kann er nur jetzt noch mit seinem Soldatenethos zurechtkommen? Wenn der Alte nicht Kopf und Kragen riskieren will, muß er vieles hinnehmen, was sich mit diesem Ethos nicht vereinbaren läßt.

Gewiß doch: Ich sollte den Alten wegen seines Verhaltens nicht tadeln. Ich habe mir ja auch oft genug etwas vorgemacht. Wer könnte in diesen Zeiten denn schon ständig Auge in Auge mit der Wahrheit leben? Und trotzdem, die Augen schließen, sich selber was vormachen, kneifen: Das kann kein Leben für den Alten sein.

Ich muß zum Zahnarzt, um mir einen Zahn plombieren zu lassen, aus dem ich mir ein Stück herausgebissen habe. »Ihre Beißerchen sind ja sonst prima in Ordnung«, sagt der Zahnarzt bei seiner Inspektion.

Als er seinen Finger aus meinem Mund genommen hat, sage ich: »Und wenn ich nicht einen komischen einäugigen Zahnarzt gehabt hätte, der mir, als ich noch ein holder Knabe war, einen gesunden Zahn gezogen hat und aus bloßen Symmetriegründen den auf der anderen Seite gleich mit, wäre ich sogar komplett . . .«

»Tss, tss, tss«, macht da der Zahnarzt ganz dicht vor meinem Gesicht.

Als er auf einem Streifen dicken Glases den Zement anmischt, sagt er um sich blickend und seine Worte seltsam betonend: »Schöne Einrichtung. Schöner Behandlungsraum. Richtig schade drum . . .«

»Wieso schade? Da kann doch demnächst ein französischer oder amerikanischer Kollege weitermachen«, erwidere ich und habe gleich meinen Schreck weg: Ich kenne den Zahnarzt gar nicht – bin ich etwa zu weit gegangen?

»So, meinen Sie?« höre ich und merke deutlich, wie ich gespannt von der Seite betrachtet werde.

»Wenn nur nicht vorher alles zu Bruch geht«, redet der Zahnarzt jetzt leise, aber doch deutlich in die Schmirgeltöne hinein.

Der Mann wirkt wie ein verkleideter Hamster. An einen Hamster erinnern vor allem seine Backentaschen und die vorstehenden und zu großen Schneidezähne. Es sieht aus, als wollte er mit diesen Nagezähnen eine Art Negativreklame betreiben. Der leichte Specknacken und seine fahlblonden, schütteren Haare wollen ganz und gar nicht zu der Uniform unter seinem Kittel passen.

Während der Zahnarzt meinen Zahn füllt, redet er weiter und gerät nach und nach in eine abschätzige Suada über die ganze Flottille – und das tut er, obwohl er mich ja auch nicht kennen kann. Ein merkwürdiger Kauz, denke ich, den Blick gegen die Decke gerichtet: Der hat sich sein Außenseitertum bewahrt. Der legt auf deutliche Abgrenzung zu den aktiven Offizieren hin Wert, anstatt sie, wie das allgemein die Anbiederer tun, zu verwischen. Der Zahnarzt scheint der einzige zu sein, der in dieser Flottille wider den Stachel löckt – das heißt: der einzige vom Stammpersonal.

Jetzt legt der Zahnarzt seine Instrumente beiseite und sagt ganz deutlich akzentuierend: »Wenn hier wenigstens Justamentstandpunkte mit Verve vertreten würden! Aber was hier herrscht, das ist doch nur dumpfe, sture Feld-, Wald- und Wiesenborniertheit wie in jeder x-beliebigen Kaserne – oder wie bei der SA.«

»Ich hatte mir früher die Marine auch ein bißchen anders vorgestellt . . .«

»Wie denn?«

»Weltläufiger gewissermaßen ...«

»Ach, Pustekuchen! Hier gibt's doch nur verklemmte, mit der Schablone hergestellte Typen – ›Der Kampf zeigt den Weg zu uns selber – abseits aller Parteiungen ...‹ – ›Der Begriff »dienen« ist das höchste Ethos ...‹ Ich kann den ganzen Schmonzes nicht mehr hören. Wahrheit kann man nicht beweisen, sondern nur erleben. Jetzt zeigt sich, wohin das hochgesteilte Gefasel führt: Wir haben unser höchstes Ethos und die anderen, die Alliierten, das größere Potential! – Das ist ja wohl keine sehr glückliche Verteilung ...«

Der Zahnarzt räumt seine Instrumente auf und überläßt mich damit für eine Weile meinen eigenen Gedanken.

»Der Chef hat sich sehr verändert«, setzt er schließlich neu ein.

»Seit wann das denn?« frage ich.

»Seit Mademoiselle Sagot nicht mehr hier ist«, bekomme ich zur Antwort.

Das trifft mich wie ein elektrischer Schlag.

Anstatt nun aber nach der ersten Verwirrung weiterzufragen, sage ich bloß: »Na so was!«

Der Zahnarzt soll ja nicht denken, mir läge an einem Gespräch über den Alten und Simone!

Stunden später hat der VO, als hätte er sich mit dem Zahnarzt abgesprochen, mir ähnliches mitzuteilen: »Der Chef ist wie ausgewechselt«, sagt er, »seit Mademoiselle nicht mehr hier tätig ist.«

Simones Familiennamen hat er einfach weggelassen. Dieses bloße »Mademoiselle« klang aus seinem Mund anzüglich. Oder bilde ich mir das nur ein? Nein doch: So war es gemeint, ohne Zweifel. Und dazu noch dieser Anflug von sardonischem Grinsen auf der Visage des VO! Wenn ich den ausfragte, käme sicher manches über Simones Rolle in der Flottille heraus. Aber ich werde mich schön hüten. Ein knappes Nicken muß genug sein. Lieber spiele ich den Dummen, als mich von dem VO ins Vertrauen ziehen zu lassen.

Der VO hat mit einem Zwokommafünf-Tonner Sohlenleder geholt – eine riesige Menge. Weiß der Satan, wessen Stiefel er damit besohlen will. Aber beim Militär herrscht nun mal das Alles-oder-nichts-System. Es fehlt an Takelzeug, aber das ist nicht aufzutreiben. Dafür gibt es eben Sohlenleder.

Das erinnert mich an die Krabbenwochen im Arbeitsdienst. Statt Wurst gab es auf einmal in großen Fässern eingesalzene Krabben. Kaum einer von uns hatte je Krabben gegessen. In meiner sächsischen Heimat galten sie als rare Delikatesse. Aber nun gab es in diesem gottverfluchten Lager am Oberjoch über Hindelang in Oberbayern wochenlang nichts anderes als salzige Krabben. Schließlich hungerten alle lieber, als sich das graue Krabbenfleisch einzuverleiben.

Der VO muß ein wahrer Meister der Balance direkt über den Abgründen der Illegalität sein. Wie würden wir sonst auch zu bestem Kaffee, offenbar hervorragenden Zigarren und frischen Brüsseler Trauben kommen?

Über die Trauben wundere ich mich am meisten, und deshalb entschließe ich mich, den VO zu fragen: »Woher bekommen wir eigentlich diese guten Brüsseler Trauben? Solche Pracht habe ich überhaupt noch nie gesehen ...«

»Aus Brüssel – wie schon der Name sagt!« läßt mich der VO erst mal abblitzen.

Aber ich lasse nicht locker: »Und wie kommen die aus Brüssel nach Brest, wenn ich so direkt fragen darf?«

»Mit dem BdU-Zug. In der anderen Richtung werden damit die Seesäcke der überfälligen Besatzungen abtransportiert.«

Der VO hat das so dahergesagt, als sei es nichts Besonderes. »Seesäcke gegen Weintrauben«, das würde einem zu Hause keiner glauben.

Als sollte ich zum geredeten Text auch noch ein paar lebende Bilder geliefert bekommen, sehe ich wenig später ein halbes Dutzend Schreibersgasten, die prallvolle Seesäcke über die Fliesen des Ganges hinter sich herschleifen. Die Säcke werden umgelagert. Sie kommen aus der Kammer, in der sie standen, während das Boot auf Feindfahrt war, in die »Nachlaßlast« – eine andere Kammer, in der die Schreibersgasten den Inhalt kontrollieren werden, ehe die Säcke in den BdU-Zug kommen, der über Paris nach Kiel fährt.

Also wieder eine Besatzung abgesoffen. Wahrscheinlich wie üblich keiner davongekommen. Fünfzig Mann tot, aber ihr Tod tritt nicht ins Bewußtsein. Hat er überhaupt stattgefunden? In der Flottille wird nur von »Verlust« gesprochen. Dieser Verlust wird »abgewickelt« wie die Verluste vorher, das heißt ordentlich nach Vorschrift: viele Stempel, viele Unterschriften. Das Filzen der Seesäcke gehört zur Routine des Abwickelns. Bei den Zurückgebliebenen in der Heimat sollen nun mal keine verfänglichen Dinge wie Präser ankommen.

Ich will sehen, wie die Prozedur in der Nachlaßlast vor sich geht und laufe deshalb den Schleifspuren auf dem Boden nach. Dabei denke ich: Diese faulen Hunde von Schreibersgasten hätten die Seesäcke ruhig schultern dürfen.

Ich trete in einen großen Raum, der wie eine Kleiderkammer

aussieht. An den Wänden dichtgedrängt prallgefüllte Seesäcke mit großen Pappschildern. Auf langen Tafeln Berge von Uniformteilen, in denen Matrosen herumwühlen. Ein Oberleutnant ist schreibend über Listen gebeugt.

Plötzlich steht der VO in der Tür und fragt: »Was suchen Sie denn hier?«

»Informationen!« gebe ich ihm unbewegt zur Antwort.

Dem sonst so schnellzüngigen VO verschlägt es die Rede. Viel zu spät sagt er gereizt: »Dann tun Sie sich nur bitte keinen Zwang an, Herr Leutnant.«

Die Schreibstubenhengste müssen die Spannung zwischen uns spüren. Sie halten wie auf Kommando in ihrer Arbeit inne. Da brüllt der VO: »Weitermachen!«, und es kommt wieder Bewegung in die Gruppen. Um meine Verlegenheit zu überwinden, sage ich zum VO: »Ich wußte gar nicht, was alles in Ihr Ressort fällt . . .«

Der VO guckt mich daraufhin nur schief an und wendet sich einem Maaten zu, dem er ein paar vollgeschriebene Blätter, Listen offenbar, aus der Hand nimmt. Ohne mich weiter zu beachten, macht er sich an die Prüfung dieser Listen. Von der anfänglichen Zugänglichkeit scheint nicht viel geblieben zu sein. Ich beschließe, dem VO ein wenig um den Bart zu gehen.

Als ich ihm nach dem Mittagessen auf dem Flur begegne, nehme ich ihn gleich an: Bei Lichte besehen sei so ein Flottillenladen ja eine Art großer Wirtschaftsbetrieb.

Das geht dem VO ein wie Honigmilch. Er wächst um Zentimeter, als ich meinen Wunsch artikuliere, noch mehr von diesem großen Betrieb zu erfahren, um richtig darüber schreiben zu können.

»Seit April dreiundvierzig mache ich das hier«, sagt der VO gleich bereitwillig, und dann lotst er mich in sein Büro. Kaum ist die Tür zu, redet er weiter: »Im großen ganzen klappt der Laden ja . . .« Ich gucke dem VO voll ins Gesicht, und das reicht auch schon, um noch mehr aus ihm herauszuholen: »Bei der Ausrüstung der Boote gibt's manchmal Schwierigkeiten. Wir kriegen den Hauptteil des Proviants vom Verpflegungsamt der Standortverwaltung, und die bezieht alles aus Deutschland.«

»Alles?«

Mit dieser Frage habe ich das Richtige getroffen. Der VO sagt wie begeistert: »Das ist es eben! Frischfleisch und Gemüse nicht. Das stammt aus Frankreich. Dafür haben wir einen Intendanturrat – entspricht einem Korvettenkapitän.«

»Und Sie natürlich!«

Da klingelt leider das Telefon. Ich will schon hoch, aber der VO lädt mich mit einem Handzeichen zum Sitzenbleiben ein.

Aus allem, was ich wohl oder übel mithören muß, geht hervor, daß sich ein Kaffeegeschäft größten Ausmaßes anbahnt: Kaffee aus Spanien. Die Sache hat anscheinend nur einen Haken: Der VO müßte den Kaffee selber an der Grenze übernehmen.

»Und woher kommt das nötige Kleingeld?« forsche ich, als der VO endlich mit dem Telefonieren Schluß macht.

»Das wäre kein Problem – alles schon mit Paris geklärt.«

Der VO will nur nicht auf die Reise gehen. »Das muß hier aus Brest abgewickelt werden, sonst läuft das nicht!« erklärt er mir und läßt es kategorisch klingen.

Der VO verspricht, mir noch ausgiebig Rede und Antwort zu stehen, aber jetzt müsse er sich dringend um die Kaffeesache kümmern . . . aber dann lehnt er sich doch noch einmal zurück und sagt: »Ich war, was Mademoiselle Sagot anbelangt, immer in einer prekären Lage, müssen Sie wissen . . . Fräulein Sagot konnte beim Chef *alles* erreichen. Sie wissen ja, wie er ist . . .«

Sofort beschleicht mich ein Gefühl von Peinlichkeit. Was soll das? Treibt den VO etwa das Bedürfnis, sich zu rechtfertigen?

»Wenn ich zum Beispiel dem Chef mal einen Hinweis gab, einen Fingerzeig zum Beispiel, daß wir den üblichen Rahmen vielleicht sprengten – ich will sagen, daß wir damit böses Blut bei den anderen machen konnten zum Beispiel. Also wenn ich mal ein bißchen warnte, da sagte der Chef dann gewöhnlich nichts. Der brummte dann bloß irgendwas – na, Sie kennen das ja. Aber am nächsten Morgen bekam ich von Fräulein Sagot zu hören: ›VO, du bist dumm!‹ – Ja, *so* ging das . . .«

Ich tue, als interessiere mich das alles nicht sonderlich, und bedenke den VO mit einem gleichgültigen: »Soso.«

Daraufhin zeigt der VO mit seiner Miene deutlich, daß er sich mehr Wirkung von seiner Schilderung erwartet hat. Auf seinem Gesicht malt sich nach und nach fragende Verwunderung.

Trotzdem entsteht keine Pause. »Der Chef hat Fräulein Sagot natürlich durch seine Bewunderung sehr bestärkt. Fräulein Sagot war ja allgemein beliebt. Wenn sie hier war, hatte der Chef gute Laune. Und natürlich auch in Logonna.«

»In Logonna?«

»Da war sie sozusagen die Schloßherrin.«

Ich spüre deutlich, wie eindringlich mich der VO von der Seite her betrachtet. Jetzt wird's aber gemischt! Mit dem VO konspirieren? Das hätte gerade noch gefehlt! Aber wie komme ich hier los, ohne ihn zu brüskieren oder ihn glauben zu lassen, daß er mich touchiert hat?

»Sie müssen bald mal nach Logonna«, sagt der VO, »ich habe die Keller in Ordnung bringen lassen und diverses Material dorthin ausgelagert. Die Gewölbe sind erstaunlich trocken. Hat Ihnen der Chef schon erzählt, daß sich da ein paar Sachen gefunden haben – Altertümer, die Sie sicher interessieren werden . . .?« Der VO redet wie ein Buch. »Fräulein Sagot hat's in Logonna immer sehr gefallen. Für die Altertümer hatte sie auch einen Sensus.«

Nach einem kurzen Blick auf seine Uhr springt der VO plötzlich auf: »Um Himmels willen!« sagt er hastig. »Jetzt muß ich aber schnellstens los – 'tschuldigung!«

Das Wetter spielt verrückt: Ein halbes dutzendmal hat es heute schon von kaltem Sonnenschein zu tobsüchtigen Regenböen gewechselt. Immer wieder schimmern in dem Tohuwabohu aus grauen und weißen Wolken Regenbogensegmente auf, ein richtiger Regenbogen ist aber nicht zu sehen. Schräg hängende Regengardinen und tief daherfahrende Wolkenfetzen lassen es nicht zu, daß sich ein ganzer Bogen wölbt.

Der Wind orgelt, stöhnt und jault. Oft klingt es nicht wie richtiger Wind, sondern eher nach der lecken Windmaschine, die wir als Schüler für die Schluchtszene im Freischütz ankurbelten.

Dann ist der Himmel wieder blau und erscheint bis in alle Tiefen transparent, obwohl er eben noch ganz hoffnungslos verhangen war.

Tage vergehen, ohne daß ich den Alten außerhalb der Mahlzeiten viel zu Gesicht bekomme: Er scheint bis obenhin beschäftigt: Der gesamte Flottillenkomplex soll noch besser getarnt werden. Das Schwimmbad macht dabei die meisten Probleme: Es ist wegen seiner Ausmaße und seiner Farbe besonders gut aus der Luft zu erkennen.

Und wenn ich den Alten dann doch einmal in seinem Büro antreffe, habe ich noch lange nicht gewonnen.

Jetzt zum Beispiel sitzt er gegen das Licht und stiert leeren Blicks über seine Schreibunterlage vor sich hin. Der Adju sitzt zu meiner Überraschung am Nebentisch und hält sich mit Papierkram beschäftigt.

Ich will schon wieder verschwinden, da sagt der Alte: »Bleib mal da. Ich kann dich vielleicht brauchen . . .«

Ich schiebe mir einen Sessel so zurecht, daß ich alle beide im Blick habe: Jedesmal, wenn der Alte eine Seite knisternd umblättert, schärft sich sein Blick und richtet sich für einen Moment auf den Adju. Dann versinkt er wieder in Grübelei, und es dauert eine Weile, bis der indignierte Ausdruck von seinem Gesicht verschwindet.

Ich kann erspähen, womit der Alte sich beschäftigt: Kondolenzbriefe. Zwei hat er schon fertig. Sie liegen so, daß ich ein Stück Text lesen kann, ohne das Blatt aufnehmen zu müssen: ». . . Möge Ihnen die Gewißheit, daß Ihr Mann für Volk, Führer, Vaterland gefallen ist, Trost sein in dem schweren Leid, das Ihnen auferlegt ist!«

Mittlerweile passiert es oft, daß Boote wochenlang kein Kurzsignal abgeben. Wenn sich dann auch die englischen Sender ausschweigen, weiß keiner, was mit den Booten passiert ist. Hat der Kommandant Angst, mittels Huff-Duff eingepeilt zu werden, und hat deshalb nicht gefunkt? Oder ist das Boot von Fliegern überrascht und bombardiert worden und so schnell weggetaucht oder abgesoffen, daß keine Zeit blieb, das Signal abzusetzen? Wenn dann auch später kein Funkspruch kommt, sieht es böse aus . . .

Gewöhnlich dauert es dann lange, bis das Boot auf die Liste der als vermißt geltenden Boote gesetzt wird: Ein-Stern-Meldung. Aus den Ein-Stern-Meldungen werden mit bestürzender Regelmäßigkeit dann Zwei-Sterne-Meldungen: Die vermißten Boote werden für verloren erklärt.

Ich weiß nicht recht, ob ich immer noch sitzen bleiben oder mich besser doch wieder verdrücken soll. Bei dieser Art Schriftstellerei kann ich dem Alten kaum helfen. Aber der Alte wird es mich schon merken lassen, wenn er mich loswerden will. Er hat dafür ein gutes Dutzend probater Arten entwickelt.

Als der Adju mit den Briefen im Nebenraum verschwunden ist, sagt der Alte: »Das hat mir auch niemand an der Wiege gesungen, daß ich mich damit mal zu beschäftigen hätte. Wäre eigentlich auch mehr was für dich . . .«

»Sollte ich etwa deine Handschrift nachmachen? In Koralle haben sie übrigens für diese Art von Texten einen Experten . . .«

»Den kenne ich. Der hat sich aber mehr auf Nachrufe für die Helden der Nation spezialisiert . . . Auch 'ne Beschäftigung!«

Der Alte versinkt in Schweigen.

Zu seinem Glück sind es bei jedem Boot nur vier oder fünf Briefe für die abgesoffenen Offiziere, die er schreiben muß. Die Briefe für die Angehörigen aller anderen erledigt die Schreibstube. Dafür gibt es Formblätter. Nicht auszudenken, wenn der Alte für *jeden* toten U-Bootfahrer einen Brief schreiben müßte . . .

Als hätte er meine Gedanken erraten, sagt der Alte: »Die Besatzungen werden neuerdings angehalten, vor dem Auslaufen Abschiedsbriefe an ihre Angehörigen zu schreiben und bei einem Verwaltungsmaat zu hinterlegen. Da viele nicht wissen, was sie schreiben sollen, hat die Verwaltung Musterbriefe entworfen . . . Hier«, sagt er und reicht mir ein Blatt Papier.

»Liebe Eltern! Wenn Ihr diese Zeilen lest, bin ich mit meinen Kameraden für Deutschland vorm Feind geblieben. Ich habe mein junges Leben freudig hingegeben. Liebe Eltern, seid stolz auf unseren Opfertod . . .« Und ein zweiter Vorschlag: »Liebe Elly! Wenn Du durch die Flottille diesen Brief bekommst, bin ich vorm Feind geblieben. Mein junges Leben hat eine stolze Erfüllung gefunden. Ich bin gefallen, damit Deutschland lebt.«

Ich gebe dem Alten das Blatt stumm zurück, und wir sitzen eine Weile beide nur so da.

»Komische Type habt ihr da als Flottillenzahnarzt«, sage ich schließlich ganz ohne Übergang, »anscheinend mal einer mit Bildung?«

»Ja, der Zahnarzt«, geht der Alte sofort darauf ein, »der ist so ein richtiger ›Never-mind-Gast‹ . . . Kennst du nicht, den Ausdruck? So haben wir diese Leute früher genannt.«

»Klingt durchaus vornehm . . .«

Weil der Alte darauf schweigt, stochere ich weiter: »Der hat doch wenigstens Horizont. Ich finde ihn einen klugen Mann.«

»Ein destruktiver Intellektueller, wollen wir mal lieber sagen – mehr so einer wie du. Der muß, ehe sie ihn eingezogen haben, 'ne Menge Geld verdient haben. Zahnärzte nehmen es ja vom Lebendigen.«

»Jedenfalls ein Mann, der nicht hinter dem Berg hält mit seiner Meinung.«

»*Der* kann auch eine Lippe riskieren. Der ist ein erstklassiger Spezialist, wird also gebraucht, und deshalb kann ihm nicht viel passieren. Der ist hier sicherer aufgehoben als zu Hause. Da müßte er sein Mundwerk wahrscheinlich besser im Zaum halten. Eine beneidenswerte Existenz – bei Lichte besehen. Als Zahnarzt muß er nicht einmal einsteigen wie die anderen Ärzte. Der ist fein raus . . . Der hat hier im Grunde mehr zu sagen als ich . . .«

Weil ich ihm dafür perplex ins Gesicht gucke, fügt er noch an: »Tscha – das ist so. Klingt vielleicht komisch, ist aber so.«

Es dauert, bis sich der Alte zu einer Erklärung herbeiläßt: »Wenn ich zum Beispiel merke, daß ein Kommandant fix und fertig ist, dann ist das für mich gar nicht einfach, so einen Mann aus dem Betrieb zu ziehen. Ich hab da schon zu hören bekommen, das gehe mich nichts an, ich sei schließlich kein Psychiater – ergo könne ich mir über die Seelenzustände anderer Leute auch kein Bild machen und zuständig sei der Flottillenarzt – und dabei bleibt's dann gewöhnlich auch.«

»Und der Zahnarzt?«

»Der braucht bloß zu konstatieren: schlechte Zähne! – und schon ist die Sache geregelt. Den Zähnen wird schließlich die allergrößte Wichtigkeit zugemessen. Sehschärfe und Zähne . . . Ich hab mich schon mal, als es mir nötig erschien, einen Kommandanten aus der Front zu nehmen, hinter den Zahnarzt geklemmt, wenn du's genau wissen willst.«

Mit solcher Offenbarung im Ohr kann ich nur mehr dasitzen und staunen. Der Zahnarzt als Schicksalsmacher – wer hätte das gedacht!

Abends erfahre ich, daß sich das Kaffeegeschäft zerschlagen hat. Beim Essen gibt sich der VO so niedergedrückt, als hätte er einen nahen Verwandten verloren. Der Alte, anscheinend über den Fehlschlag im Kaffeehandel unterrichtet, muntert den VO auf: »Dafür hat das mit den Weintrauben ja wieder mal bestens geklappt. Ich würde gleich mal welche auf die Back bringen lassen.«

Der VO posaunt: »Jawoll, Herr Kapitän!« und verschwindet in Richtung Pantry, um den Backschafter zu wahrschauen.

Es vergehen nur ein paar Minuten, bis einer mit einem großen flachen Korb voller praller, violetter Trauben erscheint und ihn vor dem Alten auf der Back plaziert.

Der Alte macht schauspielerhaft große Stauneaugen und sagt: »Na, VO, lassen Sie den Korb mal die Runde machen!«

Immer wieder geistern die Wunderboote durch die Gespräche im Club. Zwar nicht als »Wunderboote«, sondern als »Typ einundzwanzig« und »Typ dreiundzwanzig«. Als auch an diesem Abend die technischen Daten nur so durch die Gegend fliegen, halte ich mir demonstrativ die Ohren zu: Ich kann dieses idiotische Gefasel nicht mehr ertragen. Der Alte blickt mich, eine Braue gehoben und die Stirn voller Waschbrettfalten, rügend an, und ich schifte schnell auf ein anderes Thema um: »Weißt du eigentlich, daß einer unserer Zerstörer nach einem Spion benannt ist?«

»Nein. Wieso das?«

»Hans Lody. Auf dem bin ich doch mal gefahren. Den muß es sogar noch geben ...«

Da nickt der Alte Zustimmung.

»Also dieser Hans Lody – der Namenspatron – war nichts anderes als ein Spion. Aber kein Dunkelmann, sondern einer, dem auch von den Tommies eine gewisse Ehrung widerfahren ist ...«

»Was redest du denn da?« fährt mir der Alte ungeduldig dazwischen.

»Stimmt tatsächlich. Ich habe mich aus sicherer Quelle unterrichtet, daß ihn die Briten fürs Ausspionieren auch noch geehrt haben ...«

»Wie denn, wenn ich fragen darf? Du klingst ja reichlich komisch.«

»Durch die Methode, mit der sie ihn, nachdem sie ihn geschnappt hatten, zu Tode gebracht haben – in London im Tower!«

»Na, spuck's schon endlich aus!«

»Die haben ihn nicht aufgeknüpft, wie sie das mit Spionen zu machen pflegen, sondern an die Wand gestellt und erschossen, und das gilt auf der Insel als die feine britische Art ... so was wie eine Auszeichnung ...«

Der Alte guckt mich an, als sei ich nicht recht bei Trost. Dann fragt er aber nur: »Woher willst du denn das wissen?«

»Durch Nachbohren. Da macht man so seine Funde ...«

Vom Alten ernte ich dafür nur einen giftigen Blick. Aber weil mich plötzlich der Hafer sticht und ich den Alten aus seiner Reserve locken will, murmele ich noch: »Ich dachte, dich interessiert so was. Spione und Spionage ...«

Der Alte schweigt sich erst mal aus. »So tief, wie du immer meinst, haben wir ganz sicher nicht geschlafen«, hebt er schließlich zögernd an. »Unser B-Dienst hat durchaus effektive Funkaufklärung betrieben. Es gab Zeiten, da ist die Entzifferung der meisten Funksprüche der Alliierten gelungen. Vor allem die Anweisungen für die Konvoiführer: Kursänderungen, Treffpunkte mit Sicherungen, Verabschiedung der Sicherung ...«

Der Alte redet, als hätte er sich auf dieses Gespräch vorbereitet. Ich denke: Wie schafft er es bloß immer wieder, sich so ahnungslos zu stellen. Es kann ja wohl nicht sein, daß er nicht gemerkt hat, worauf ich hinauswill – auf Simone und den Verdacht, den man *eigentlich* gegen sie hegt, natürlich.

»Wenn wir nicht immer wieder den gegnerischen Schlüssel geknackt hätten, hätten wir viel weniger Geleitzüge gefunden. Nur weil wir die Routen kannten, konnten wir mit unseren Sperriegeln Erfolg haben – hin und wieder zum Nachkarren, zum Aufschließen über größere Entfernungen langt unsere Geschwindigkeit meist nicht hin ...«

Na gut! denke ich. Wenn er es durchaus so will, reden wir eben weiter über Funkverkehr und Schlüsseleinbrüche – darüber will ich schließlich auch einiges erfahren.

»Aber sind die Alliierten nicht auch in *unsere* Schlüssel eingebrochen? Haben die nicht umgekehrt auch unsere Aufstellungen gekannt?« frage ich den Alten.

»Durchaus möglich. Den Engländern liegt das Schnüffeln ja von Natur aus mehr als uns.«

»Bringt ihnen aber einiges ein.«

»Ja, 'ne Menge Kriminalromane.«

»Wenn wir was Vergleichbares zu bieten hätten, könnte das sicher nichts schaden.«

»Unser B-Dienst ist gar nicht so schlecht, wie du denkst. Das wird man alles nach dem Krieg schon noch erfahren ...«

»Vielleicht könnte ›*war* gar nicht so schlecht‹ stimmen«, wende ich zögernd ein, um dann deutlicher zu werden: »In letzter Zeit müssen die Jungs wohl total geschlafen haben. Sonst hätte doch irgend jemand was davon erfahren müssen, wann und in welcher Zahl die Herrschaften übers Wasser und in der Normandie ankommen würden.«

Der Alte schweigt. Ich hebe nicht einmal meinen Blick gegen ihn hin. Nach dem Krieg? denke ich jetzt. Hat der Alte wirklich »nach dem Krieg« gesagt? Ich muß schlucken: Daß er so obenhin von einer Zeit *nach* dem Krieg reden kann! Jetzt! In dieser Situation! Ich habe seit Monaten nicht mehr gewagt, an eine Nachkriegszeit zu denken. Vorstellungen von Frieden und normalem Leben habe ich ganz aus meinen Gedanken getilgt. Brennende Straßenlaternen, Lichtreklamen . . . was noch? Ich merke, daß ich schon Schwierigkeiten habe, mir den Frieden richtig vorzustellen.

Vom Alten kommt kein Wort mehr. Wenn ich jetzt auch nichts sage, schläft unsere Unterhaltung wieder ein. Ich rede also auf gut Glück los: »Ich staune, daß du auf einmal unseren B-Diensten das Wort redest. Früher hast du immer behauptet, die Tommies wären in puncto Feindaufklärung tausendmal besser als wir, die wüßten alles, was bei uns passiert, aber wir nichts von ihnen. Nach deinen Worten kannten die sogar Mützen- und Handschuhgröße unserer Kommandanten.«

Der Alte legt langsam den Kopf schief und furcht die Stirn.

»Ja, das sind Satansbraten! Da hast du schon recht. Wir brauchen hier bloß eine unvorsichtige Bewegung zu machen, und schon wissen es diese Brüder. Die haben ihre Spione überall.«

Der Alte nimmt einen gehörigen Schluck, dann umfaßt er sein Kinn mit der linken Hand, vollführt eine schraubende Bewegung, als wollte er es zu einem Zapfen ausformen, legt schließlich beide Handflächen flach auf die Armlehnen, stößt mit einem Rucker die Luft aus und sagt: »Wenn ich mir's recht überlege, ist das schon komisch: Ich weiß nicht mal, wie der Oberbefehlshaber in den Western Approaches heißt – von dem der Amis ganz zu schweigen. Wir sind da tatsächlich völlig ahnungslos – totaler Informationsmangel.«

Den Alten befällt plötzlich ein nervöses Hüsteln. Er versucht, dagegen anzukommen, es gelingt ihm aber nicht, so sehr er sich auch räuspert. Das Hüsteln bringt ihn auf – zum Glück gegen sich selber. Er wird ganz rot vor Atemnot, aber auch vor Wut.

Was hindert mich eigentlich daran, unvermittelt das Thema zu wechseln und den Alten, wenn er wieder bei Atem ist, bolzengerade zu fragen, was er sich dabei gedacht hat, als er Simone hierher in die Flottille holte: Eins ist mir mit jeder Stunde klarer geworden: Simone muß den Alten total bezirzt haben.

Aber warum sollte ich denn überhaupt noch fragen? Weiß ich denn nicht längst Bescheid? Muß denn alles auch noch *gesagt* werden?

Statt das Gespräch auf Simone zu dirigieren, versuche ich also, die günstige Gelegenheit zu nutzen und vom Alten die Höhe unserer aktuellen Verluste zu erfahren. Da zeigt der Alte mir aber mit vergrämter Miene und Händereiben deutlich, daß ihm dieses Thema unbehaglich ist.

Schweigen? Weiterbohren?

Nur um das Gespräch wieder in Gang zu bringen, sage ich: »Was ist eigentlich aus dem Walterboot geworden?«

Der Alte hat die Antwort sofort zur Hand: »Von dem werden hundert Stück gebaut – eine Großserie – und zwar als Typ sechsundzwanzig W mit achthundertfünfzig Tonnen. Dieser Typ läuft unter Wasser fünfundzwanzig Seemeilen ... Das muß man sich mal vorstellen!«

»Wenn man von den vielen Neubauten wenigstens mal ein *einziges* Boot zu sehen bekäme ...«

»Du hast eben leider eine absolut negative Einstellung.«

»Das ist doch wohl das letzte, was man mir so pauschal nachsagen kann!« empöre ich mich da sofort.

»Also: negative Einstellung zur nationalsozialistischen ... zum nationalsozialistischen Staat, wenn's dir so lieber ist«, sagt der Alte und vollführt dazu eine beschwichtigende Handbewegung.

»Bedeutet das, daß du deine Einstellung als Kontrast dazu siehst?« frage ich schnell.

Da verstummt der Alte und läßt mich deutlich merken, daß unser Gespräch festgelaufen ist wie ein auf eine Untiefe geratener Dampfer.

Nachts auf der Koje denke ich über den Alten nach: Ich weiß in seiner Vita einigermaßen Bescheid: In Bremen geboren, nach der militärischen Ausbildung auf dem Segelschulschiff Niobe gefahren. Dann Kadettenweltreise auf dem Kreuzer Karlsruhe. Als Fähnrich war er auf dem schweren Kreuzer Admiral Scheer. Während einer zweiten Weltreise – diesmal als Leutnant – auf der Karlsruhe gewann er Atlantikerfahrung, die ihm beim anschließenden Kommando als Wachoffizier auf dem Segelschulschiff Horst Wessel zugute kam. Kurz nach seiner Kommandierung zur U-Bootwaffe nahm er am Norwegeneinsatz teil. Im September '40 bekam er ein VII-C-Boot der Stierflottille.

Irgendwann hat der Alte mir gegenüber mal Andeutungen gemacht, daß er als Kind oft kuschen mußte, daß er gedemütigt wurde oder sich zumindest so fühlte, wenn die Familie zu reichen Leuten eingeladen wurde. Es muß damals Gutsbesitzer gegeben haben, denen der Vater des Alten – sicher ein aufrechter Mann – gefiel. Oder waren das am Ende gar deutschnationale Spinner, denen der Berufssoldat genehm war?

Damals sah ich den Alten mit ganz neuen Augen. Und jetzt kommt mir plötzlich auch der Schäferhund vor das geistige Auge, den der Alte abgekillt hat, bloß weil der seinem Setter ans Fell wollte.

Paris meldet sich

Ich muß wieder zum Zahnarzt, meine Füllung kontrollieren lassen. »Die können hier doch allesamt mildernde Umstände für sich in Anspruch nehmen«, legt der Zahnarzt gleich los, kaum daß ich auf seinem Stuhl Platz genommen habe. »Scheuklappen! Denen hat man doch von allem Anfang an Scheuklappen aufgesetzt ... Macht man bei nervösen Pferden ja auch, damit sie nicht mitkriegen, was rechts und links von ihnen vorgeht. Die könnten sonst erschrecken und durchgehen. Mit Scheuklappen am Kopf trotten sie hübsch geradeaus, wie's eben verlangt wird und wie's sich für 'nen ordentlichen Gaul gehört.«

Der Zahnarzt hat seine Hand sinken lassen. Er hockt sich auf seinem lederüberzogenen, barhockerähnlichen Schemel zurecht und will offenbar fürs erste die Arbeit Arbeit sein lassen.

Quasselwasser getrunken, denkt es in mir, und das schon am frühen Morgen!

»Die meisten hatten doch gar keine Zeit, zu einer eigenen Überzeugung zu kommen«, halte ich dem Zahnarzt laut entgegen.

»Vor allem aber würde eine eigene Überzeugung nur Ärger einbringen«, redet der weiter, »die wäre überflüssiger Luxus ... Ich habe mich, seit ich bei dieser Flottille bin, immer wieder gefragt, wie schaffen das diese Leute – ich meine die Offiziere – eigentlich, sich ihren Glauben ans Großdeutsche Reich zu erhalten – und das gegen alle Evidenz. Wie ist es möglich, daß nicht nur dieser oder jener, sondern die ganze Crew sich allem möglichen Geschwätz öffnet und zugleich die Ohren verschließt vor Nachrichten, die nicht zu der eingetrichterten Glaubenslehre passen wollen? Die Krone der Schöpfung: der homo sapiens ... Wenn ich mich hier so umsehe, ist das doch der reine Hohn!«

Als ich schon längst wieder im Freien bin, fühle ich mich noch immer äußerst unbehaglich. Der Zahnarzt muß von allen guten Geistern verlassen sein. Wenn er mit so offenen Reden an den Falschen kommt, kann ihn das den Kopf kosten.

Auf dem Platz vor dem Haupttor liegt pralle Sonne. Die Auffahrtstraße jedoch wird vom regellos wirren, irritierenden Schattenmuster der Tarnnetze überzogen, die wie eine riesige Zirkuskuppel an großen Masten und Querbalken mittlerweile über den gesamten Flottillenkomplex gestülpt sind. Nur das große Schwimmbecken am Sportgelände außerhalb der Mauer ist noch ungetarnt – aber auch das wird bald anders sein: Die Masten für das Netz, das auch diese Fläche vor den Blicken der Angreifer in der Luft verbergen soll, sind schon errichtet.

Man hätte leichteres Spiel gehabt, wenn man das Wasser einfach abgelassen und die Netze in das leere Becken gebreitet hätte. Das aber war nicht nach dem Geschmack des Alten: »Wir wollen uns doch nicht etwa vom Gegner vorschreiben lassen, ob wir baden dürfen oder nicht ...«, hat er in der Messe verkündet.

Der Alte weiß nur allzugut, wie wichtig es ist, die Leute gerade jetzt mit handfester Arbeit zu beschäftigen. Ich muß immer wieder staunen, wie energisch er den Flottillenbetrieb auf Trab hält.

»Paris hat sich gemeldet«, sagt der Alte wie beiläufig, als ich sein Büro betrete. Weil ich nicht gleich reagiere, fügt er an: »*Dein* Verein! Die waren am Telefon. Du sollst dich bei denen melden.«

Der Alte hält dabei den Blick beharrlich auf seinen Schreibkram gerichtet. Endlich sieht er auf, grient mich an und verkündet fröhlich: »›Nach Beendigung des Einsatzes‹, hieß es.«

Jetzt nimmt er sein stoppliges Kinn in die rechte Hand und reibt sich die Wangen zwischen Daumen und Zeigefinger – seine übliche Art, wenn er besser nachdenken will.

»Wir müssen dich hier eben richtiggehend vereinnahmen ... Dann gehörst du zur Flottille.«

»Das heißt: entsprechende Meldung nach Paris ...«

»Das laß mich mal machen!« fällt da der Alte ein. »Dein Chef kann schlecht was dagegen sagen, wenn er von uns erfährt, daß du hier gebraucht wirst ... Ich kann dich natürlich nicht halten«, sagt er dann und vermeidet dabei, mich anzusehen, »aber hier bist du erst mal sicher. Schließlich ist dein Name im Zusammenhang mit Simones Verhaftung laut und deutlich genannt worden ...«

»Wie das?« falle ich ihm da ins Wort.

Der Alte läßt mich warten, und ich muß an mich halten, damit er nicht merkt, wie sehr ich alarmiert bin.

»Das habe ich dir offenbar noch gar nicht gesagt«, hebt der Alte endlich zögerlich wieder an. »Simone selber muß dich genannt haben. Du solltest sofort benachrichtigt werden. Sie muß wohl geglaubt haben, *du* hättest den längeren Arm ... Aber wir wußten ja nicht, wo du dich rumtreibst ...«

»Aber warum hat mir denn keiner ein Wort davon gesagt?«

Ich will weiterreden, muß aber erst einmal schlucken, um mit der Rührung, die mir in die Kehle steigt, fertig zu werden: Simone, die in ihrer Not nach mir ruft!

Der Alte muß gesehen haben, wie mir der Adamsapfel hochsteigt. Er sagt jetzt in einem Ton, der fatal nach Mitgefühl klingt: »Der VO hat wirklich alles mögliche versucht, um herauszufinden, wo du steckst. Aber du mußt doch verstehen, daß er das nicht offen und direkt konnte.«

»Und als ich hier aufgetaucht bin?«

»Der VO ist eben ein Mann von Zurückhaltung . . .«

»Der?«

»In einem solchen Fall, meine ich – der wollte wahrscheinlich, daß *ich* dich informiere . . .« Der Alte guckt mich jetzt voll an und sagt scharf artikulierend: »Es hat sich verdammt viel geändert in letzter Zeit. Das solltest du allmählich zur Kenntnis nehmen, ob es dir nun schmeckt oder nicht.«

Wenn du das nur selber schon ein bißchen eher gemerkt hättest, sage ich für mich, dann säßen wir jetzt nicht so böse in der Tinte.

Als der Alte wieder zu reden anhebt, klingt er normal: »Du hast doch den dienstlichen Auftrag für dieses neue Buch. Wo solltest du das denn schreiben, wenn nicht hier in der Flottille? Der Auftrag gilt doch?«

Ich bin mit meinen Gedanken so weit weg, daß ich nicht gleich antworten kann. Deshalb fragt der Alte ungeduldig: »Oder?«

»Ja, ja«, gebe ich zurück. Dabei tobt ein Wirbel von Gedanken in mir: Notfalls könnte ich untertauchen – und das im wahrsten Wortsinn. Vielleicht doch ein Fehler, daß ich die Papiere, die mir Simone zugesteckt hat, verbrannt habe . . . Wieso hat der Bismarck noch nichts gewußt? Was wußte der Kapitän in Berlin *tatsächlich*? Was kann Simone *noch* alles ausgeplaudert haben? Wer ist hinter ihr her? Warum hat der Alte nicht mehr in Erfahrung bringen können?

»Du kannst doch nirgends so gut arbeiten wie hier«, höre ich den Alten in meine Gedanken hinein. »Hier hast du Fachleute für jedes Gebiet, wenn es was zu fragen gibt.« Und dann sagt er mit Entschiedenheit: »Wir vereinnahmen dich also, und damit hat sich's fürs erste.«

Der Alte wird recht haben. Aber was wird aus Simone? Warum verliert er kein Wort mehr über Simone? Wenn sich doch mit dem Alten besser reden ließe!

»Vor deinem Bismarck würde ich mich ernsthaft in acht nehmen«, sagte er jetzt mit Brummstimme und wie nebenbei.

»Das tue ich seit Jahren . . .«

»Und vor seiner ganzen Clique. Die hatte bei den Verhaftungen nämlich die Hand im Spiel. Das weiß ich sicher: Das Ganze ging *nicht* von Angers aus. Das wollte ich dir nur gesagt haben.«

»Verbindlichen Dank! Interessant!« sage ich und gebe mir dabei Mühe, gleichmütig zu erscheinen.

»Jetzt bist du jedenfalls erst mal unter Dach und Fach«, sagt der Alte noch, »das machen wir ganz amtlich . . .«

Über die Mole hinweg kann ich den Pointe des Espagnols sehen. Das gegenüberliegende Ufer ist hier, nur durch das Goulet von mir getrennt, sehr nahe. Man könnte hinüberschwimmen zu dieser wie ein ausgestreckter Finger nach Norden weisenden Spitze der Halbinsel Crozon. Der Kirchturm von Roscanvel ist deutlich gegen den Himmel zu sehen.

Zum Glück habe ich eine gute Karte im Maßstab 1 : 250 000 auftreiben können und eine zweite aus einem alten »Guide bleu« im Maßstab 1 : 500 000 – mit allen Ortsbezeichnungen in klassischer Kursiv.

Zum Leuchtturm am Pointe du Porzic führt kein Weg direkt am Wasser hin: Die Küste fällt gleich nach der Mole so steil ab, daß nicht mal ein Fußpfad Platz hat. Ich muß also höher hinauf.

Auf dem Hochplateau nehme ich Richtung auf das Dorf La Trinité. Die Ernte ist in vollem Gange. Aber das Geklapper von Mähmaschinen, das zu Hause dazugehört, ist hier nicht zu vernehmen. Die von Erdwällen umsäumten Felder wären für Maschinen viel zu klein.

Die Bauern tun so, als sei tiefster Frieden. Ihre hochrädrigen Karren, auf denen sie aufgerichtet dastehen, die Zügel in der Hand wie römische Wagenlenker, ragen über die Steinwälle hinaus. Vor manche Karren sind zwei Pferde hintereinandergeschirrt.

Mein Gefühl, zwar vom Schicksal begünstigt, aber dennoch nur geduldet zu sein, wird mit jedem Tag stärker. Ich werde wohl nie wieder so wie jetzt in diesem opalenen Licht stehen, die Arme breiten und die Lungen vollpumpen können. Ich lebe auf Abruf. Das hat zur Folge, daß ich alles noch genauer in den Blick fasse: Dieses Mal schon kann das letzte Mal sein. Vielleicht sehe ich die Küstenfelsen am Goulet nie wieder und kann nicht noch einmal zu den erdgrauen Häusern von La Trinité zurückkehren. Und selbst wenn ich den Krieg überstehen sollte: Dieses Licht gibt es in Feldafing nicht, nicht diese Helligkeit, die von hoch oben her durch den Dunst herunterflutet, nicht diese Atmosphäre, die durchsichtig wie feinste Gaze ist und alle Farbtöne zusammenhält.

Kurz vor dem Essen händigt mir der Doktor daumennagelgroße Kunststofftuben mit einem Nippel daran aus und sagt: »Gegens Schwanzverbrennen!«

Die fingergliedgroße Packung enthält eine gelbe Schmiere. Der Doktor erklärt, man müsse sich diese mittels des Nippels in die Harnröhre applizieren. »Das zugeschweißte Ende des Nippels läßt sich abbeißen. Nachschub jederzeit!«

Der Doktor liefert mir nun zusätzlich auch noch ein sardonisches Grinsen.

Jetzt gibt es diese ekelhafte Schmiere also auch zur Selbstbedienung! Früher war das anders. Da mußte man, wenn man den Puff wieder verlassen wollte, durch die »Sanierstube«. Die Szenen, die sich da abspielten, haben sich mir für alle Zeit eingeprägt und die Dialoge auch:

»Nur wer den vollen Präser vorzeigt, kriegt's Soldbuch wieder, verstanden?« höre ich den Sanimaat einen Matrosengefreiten anfahren.

»Mir isser nich hochgekommen, Herr Sanitätsmaat.«

»Kannste jedem erzählen.«

»Nee – bestimmt . . .«

»Zu besoffen – wa? – Bezahlt und nich gefickt! So was passiert doch nur Vollidioten.«

»Krieg ich nu meine Soldbuch, Herr Sanitätsmaat?«

»Werd bloß nich keck! Jetzt kriegste erst mal gewaltig eins in die Nille – Vorschrift ist Vorschrift. Also her mit dem Riemen! So 'n Ding – und nischt dahinter! Iss ja zum Lachen!«

Beim Essen kündigt der Alte an, daß die neue Kegelbahn abends eröffnet wird. Einige halten vor Staunen im Löffeln inne.

»Ich dachte, daß ein so wichtiges Ereignis mit freudiger Zustimmung begrüßt würde«, sagt der Alte halblaut, aber deutlich akzentuiert in die Stille. Dann schüttelt er den Kopf, als verstünde er die Welt nicht mehr, und murmelt – aber so deutlich, daß ihn alle hören können: »Da gibt man sich Mühe, für Zerstreuung zu sorgen . . .«

Nur der VO zeigt daraufhin ein halbes Grinsen.

Ich beobachte den Alten aus dem linken Augenwinkel: Er macht den Mund spitz, er würde wohl am liebsten auch grinsen, befriedigt grinsen, weil er Verwirrung gestiftet hat.

Wieder einmal mustere ich die Leute um mich herum. Inzwischen habe ich eine Fertigkeit entwickelt, auch dann beim Essen völlig unbeteiligt zu tun und meinen Eintopf zu löffeln, wenn ich meine Ohren spitze und meine Augen herumwandern lasse. Vor allem meine Altersgenossen sind es, die mir Rätsel aufgeben. Was bewegt sich hinter ihren Stirnen? frage ich mich immer wieder, wenn ich sie, mir gegenüber, an der langen Back der Messe sitzen sehe.

Der Doktor berichtet von den Prügelopfern aus der Schlägerei mit den Minensuchern. Bei einem besteht Verdacht auf Schädelbruch. Der

Zahnarzt bedenkt den Doktor für diesen Rapport mit spöttischen Blicken.

Ich ahne, was der Zahnarzt denkt: Der Doktor muß sich eigentlich dämlich vorkommen, daß er wie ein Irrer schuftet, nur um seine Lazarettkunden so weit auf die Beine zu bekommen, daß sie wieder mit auslaufen und absaufen können. Auf seine Art hilft er doch nur, daß die große Krepiermaschine in Schwung bleibt. So hat es mir der Zahnarzt bei unserer letzten Sitzung jedenfalls gesagt.

Der Zahnarzt ist, wie er so dasitzt und lächelt, eine einzige Provokation. Zum Glück hütet er wenigstens hier seine Zunge. Wenn er das einmal nicht schaffen sollte, ist er geliefert.

Aber was sorge ich mich um den Zahnarzt! Um mich selber sollte ich mich kümmern. Seit Berlin, ja La Baule, habe ich dieses unbehagliche Gefühl im Nacken, daß sie hinter mir her sind. Dabei weiß ich nicht mal, *wer* sie sind. Auf der Hut sein, spannen, beobachten und lauschen, sich nur mit ausgefahrenen Antennen bewegen: Das gilt jetzt. Unsichtbare Fangnetze, Stolperdrähte zumindest, können überall sein.

In den Augen des Zahnarztes irrlichtert es. Ein kleiner Funke geistert da herum. Ist der Mann am Ende verrückt?

Das ist schon vertrackt: Wer hier und jetzt normal redet, der *muß* verrückt sein.

Ich betrachte den Kapitänleutnant beim Stabe. Der bildet eine Ausnahme: Durch Miene und Gebaren hebt er sich stark von den anderen Flottillenoffizieren ab – offenbar ein Mann, dem die Uniform eher lästig als erwünscht ist.

Während wir essen, wird Luftalarm gegeben. Gleich darauf ist das schwingende Dröhnen zu hören, das rasch anschwillt. Es klingt lauter als sonst: Der Wind steht von See her.

Gleich laden die ab! Diese gottverdammten Allies! Die Scheiben zittern – aber das sind die Bomben noch nicht. Das ist der Auftakt der schweren Flak. Klingt wie die Schlußnummer des Großfeuerwerks der Chemnitzer Radrennbahn. Eine Großleistung der Pyrotechnik: der Untergang Roms. Das Beste kam zuletzt: die schweren Kanonenschläge – Druckwellen, die einem schütternd durch den Körper liefen. Damals mußten wir bezahlen, sauer verdiente Groschen. Heute gibt's vieles umsonst: Freifahrscheine für Auslandsreisen zum Beispiel. Und als Sonderleistung Brillantfeuerwerke sogar am hellichten Tag.

»Die machen noch die ganze Stadt zur Sau!«

Tiefschürfend, der Doktor! Gut beobachtet! Die klugen Köpfe zur Marine!

»Das scheppert ja ganz schön!«

»Not too knäpp – würde ich mal sagen ...«

Blöde Kommentare! Der Alte setzt auch prompt eine indignierte Miene auf.

Nach dem Essen kommt der alte Steincke auf mich zu. »Wie war's denn in der Normandie?« fragt er.

Auf meinem Gesicht muß sich ungläubiges Staunen malen: Der alte Steincke ist, außer dem Alten, der erste, der sich so erkundigt.

»Da gab's vor allem die Lehre, was Luftüberlegenheit bedeuten kann. Wenn so viele Flugzeuge am Himmel hängen, daß sich auf dem Boden keine Maus mehr bewegen kann, geht nichts mehr. Da sieht's duster aus.«

Ich merke, daß mich der Kapitänleutnant beiseite nehmen will, und steuere direkt hinter ihm den Club an, obwohl ich da gar nicht hinwill.

Als wir sitzen, sagt der alte Steincke: »Mit den alten Parolen und forschem Getue ist es eben nicht mehr zu machen. Jetzt geht's um Blei, Kupfer, Nickel – um Industriepotential.«

Ich kann nur staunen und stumm dasitzen: Auch das war eine kühne und riskante Rede. Aber ob ich deshalb meine Meinung über den Flottillenladen revidieren muß? Dem alten Steincke habe ich gleich angesehen, daß er nicht ins Schema der Selbstbeschwichtiger und Hurraschreier paßt.

Halblaut und nach rechts und links linsend, redet er weiter: »Was ich brauche, sind Schnorchel. Ohne Schnorchel sind die Boote erledigt ... Einmal ist eben Schluß mit dem Besoffenmachen, mit der Illusion ...«

Ich will nicht länger darauf warten, daß der Alte zum Thema Simone und SD mit der Sprache herausrückt. Ich sollte lieber arbeiten, entweder im Hafen und im Bunker oder an der Küste. Vor allem aber muß ich raus aus dem Dunstkreis der Flottille.

Der Alte sagt: »Du hast ja eine Menge zu schleppen!« und weist mir Wagen und Fahrer zu.

Keine halbe Stunde, und ich hocke mich auf meine Fersen in den harten, sonnenverkrusteten Sand. Aus dieser tiefen Sicht ist das Meer nur ein daumenbreiter Streifen Blaugrün. Davor der Sandsaum mit einem hin- und herschlängelnden Band weißen Schaums. Wenn das Wasser zurückrinnt und die Schaumblasen platzen, liegt da ein Streifen Sand, der von der Feuchte gedunkelt ist. Hier und da wird ein Stück daraus für Augenblicke zum Himmelsspiegel.

Das Meer regt sich kaum. Es atmet nur flach.

Ich stelle den einen Fuß auf den feuchten Sand, den anderen in knöcheltiefes Wasser und lasse meinen Blick den Strand entlanglaufen: Jetzt habe ich die Schlängellinie aus weißem Schaum bis in alle Ferne vor mir, eine mystische Linie: die Trennlinie zwischen Festem und Flüssigem. Keine gedachte Linie wie die Breiten- und Längengrade, kein Meridian, kein Äquator – vielmehr eine *sichtbare* Linie – Scheitellinie der beiden Urelemente Wasser und Erde.

Ich verliere mich ganz an diesen Anblick. Bald schon ist kein gerichteter Gedanke mehr in mir. Ich löse mich auf ...

Als ich mit hochgezogenen Knien im warmen Sand sitze, den Rücken gegen ein Stück sandpapierscharfen Felsen gelehnt, bedenke ich: Es ist nicht allein der Anblick, der mich so hinnimmt, ja verzaubert. Es gibt ja auch nicht viel zu sehen an diesem stillen Tag: glatte Kimm, ein kobaltener Himmel mit ein paar Wolken über der stahlblauen See. Kaum Farbkontraste, wenig Tonnuancen ... Aber da ist eben noch mehr – eine *magische* Wirkung geht von dem Anblick aus, und die kommt nicht von Formen oder Farben.

Wenn mir früher einer gesagt hätte, daß das Wasser knistert und wispert, schleift und schabt – ich hätte ihn ausgelacht. Brausen, Dröhnen, Rauschen – ja. Das dumpfe Poltern von Steinen – ja. Auch Seufzen und Glucksen läßt sich vernehmen, aber das hier – dieses feine Lispeln und Wispern – habe ich früher nicht gehört: Es kommt vom Platzen der hunderttausend feinen Bläschen, die im feuchten Sand entstehen, wenn die Wasserzungen schnell einmal drüberhin geleckt haben und wieder zurückgewichen sind.

Da schreckt mich ein scharfer Explosionsknall vom Wasser her hoch. Ich spähe mir die Augen aus, aber zu sehen ist nichts. Die Minensucher werden wohl weiter nach Süden hin einen der teuflischen Knallkörper hochgejagt haben.

Der Minenkrieg sollte verboten werden! Hat mit Kampf – mit Zweikampf gar – nichts zu tun, nur mit Heimtücke. Aber da müßte man auch gleich den U-Bootkrieg ächten. Torpedos und Minen – so groß ist der Unterschied nicht.

»Das geduckte Leben« will ich mein U-Bootbuch nennen und den Doppelsinn für sich sprechen lassen: Was denn anderes war mein Leben von allem Anfang an?

Das große backsteinrote Mietshaus, in dem wir wohnten, war ja durchaus feudal, aber bis zu den Dachsparren mit Hypotheken eingedeckt. Die Finanzen kaputt, die Familie kaputt. Richtigen Krach gab es nur alle paar Tage, aber die latente Zwietracht war die Hölle.

Ich sehe meine Mutter vor der Polizei durchs Klofenster ins Freie turnen und den Sprung wagen. Die Großmutter hatte wieder mal faustdicke Lügen erfunden und die Polizei geholt, um meine Mutter aus dem

Haus schaffen zu lassen. Meine Mutter blieb eine ganze lange Woche weg: Das trieb mich fast zur Verzweiflung. Ich war damals erst vierzehn.

Dabei hat es mir, wenn ich es recht bedenke, oft auch meine Mutter schwergemacht: Noch in der Erinnerung kann ich meine Qualen spüren, wenn sie an mir herumzerrte, um mich irgendeinem Bankdirektor vorzustellen, der uns zu seinem Unglück gerade über den Weg gelaufen war und meiner Mutter nun versichern mußte, daß er unbedingt die Mappe mit Linolschnitten dieses Wunderkindes, das ich war, sehen wollte, um daraus – natürlich – Ankäufe zu tätigen und unsere Zinslasten zu mindern. Ich wollte jedesmal schier in den Boden versinken. Aber wie oft kam es noch schlimmer! Ich sehe mich hysterisch in mein Kissen heulen, weil Mama ausgerechnet an der Haustür eines Schulkameraden geklingelt hatte, um »Damenduschen« zu offerieren und sich damit das Geld, das wir so dringend brauchten, zu verdienen. Sie war einem Großhändler auf den Leim gegangen, der ihr das Blaue vom Himmel versprochen hatte.

An den Großhändler erinnere ich mich jetzt ganz genau: Er hatte eine Glatze wie eine Billardkugel. Seine Damenduschen wollte niemand haben. Sie waren aberwitzig teuer und nichts weiter als ein Gummiballon mit einer Art schwarzem Dildo daran, der mit kleinen Löchern versehen war.

Die Erinnerung spielt mir Bild nach Bild aus einer längst vergangenen Zeit wie Strandgut zu: die prunkvollen Rosenbouquets an der Wand unseres Schlafzimmers, Mamas Pastellporträt im »Salon« – lebensgroß und in schwerem Goldrahmen –, Mamas Sturz in die Elbe. Wie schnell sie abgetrieben wurde, weil Hochwasser war, und wie ich kleiner Kerl auf dem gepflasterten Uferweg dahinrannte und schrie und schrie! ... Der Gewitterüberfall, als wir im Wald zu Elsa Brandström unterwegs waren, die damals in einem sächsischen Schloß residierte ... Und die Kabelarbeiter, die den direkt vor unserem Haus überfahrenen Schäferhund unter sich aufteilten, erscheinen mir natürlich auch wieder ...

Hier am Cap Saint-Mathieu habe ich schon früher wieder und wieder gezeichnet: die stille See, aber auch die Sturmsee. Dazu mußte ich auf dem Bauch liegen, weil das Malbrett anders nicht zu halten war. Ich hatte Gischtflocken im Gesicht und das Brüllen der Brecher im Ohr, und manchmal wurde ich von der fliegenden weißen Gischt fast zugedeckt.

Ich nehme einen Stein, den die See wie einen Fäustling poliert hat, hoch und lecke über ihn hin: Hier schmeckt alles nach Salz. Das Meer, das große Salz, hat bis tief ins Land hinein Stein und Gras seinen Geschmack gegeben.

Auch die Luft ist salzig. Ich atme tief. Meine Lungen arbeiten wie Blasebälge. Ich kann spüren, wie mir der Sauerstoff ins Blut dringt.

Wenn ich mir doch diese verdammte Uniform vom Leibe reißen könnte! Am liebsten hätte ich verwaschenes blaues Zeug an, einen Troyer aus Schafwolle, Sabots an den Füßen, einen Speckdeckel von Baskenmütze auf dem Kopf.

Ich könnte glauben, ich sei allein auf der Welt. Häuser sind im weiten Umkreis nicht zu sehen. Ich weiß, daß es ein paar gibt, aber die haben sich so mitten zwischen die Felsgebilde tausend Meter weg vom Strand geduckt, daß man sie nicht entdecken kann.

Schuppen – Bootsschuppen zum Beispiel – gibt es schon gar nicht. Hier hat nur Granitenes Bestand. Alles andere frißt der Wind weg. Holz frißt er besonders schnell. Eisen nimmt er auch gern zwischen die Zähne.

Ich muß, wie ich so neben einem grauen, schrundigen Steinblock wie neben einem gelagerten Elefanten hocke, an Simone denken. Kaum noch vorstellbar, dieses Carpe-diem-Leben. Wenn sie sich doch an unsere unausgesprochenen Übereinkünfte gehalten hätte: mit geschlossenen Augen für den Augenblick leben. Aber nein, Simones ständige Rede war: »Après la guerre . . .« Als ob es für uns eine Zeit nach dem Krieg hätte geben können . . .

Wenn ich nur wüßte, wohin sie Simone verschleppt haben! Der Alte weiß sicher mehr, als er zugibt. Ich wünschte, ich könnte ihn mit der Pistole zwingen, damit herauszurücken.

Das Wasser hat das Vorfeld der großen Küstenfelsen freigegeben. Aber da, wo ich jetzt noch zeichne, erscheint kein Sand, sondern nur eine Fläche erodierter Klippen, die aussehen wie die Gebisse von fossilen Monstern.

Das Meer habe kein Gedächtnis, habe ich einmal gelesen. Das Meer vergesse sofort – noch im Hinblicken. Das war im Gegensatz zum festen Land gemeint. Aber daß die feste Erde ein Gedächtnis hat, ist auch nicht mehr als eine Illusion, mit der wir uns über die Runden helfen und unsere »unvergänglichen Zeugnisse der Baukunst« in die Welt setzen. Bis zur endgültigen Auflösung ins Nichts dauert es auf der Erde nur ein wenig länger als im Wasser.

Die anbrandenden Seen brausen jetzt heftiger. Hin und wieder ist ein scharfes Zischen zu hören, als würde Wasser auf glühendes Eisen gestürzt: Die Flut steigt. Die Brandungsseen treffen auf das Bollwerk der Riffe. Höchste Zeit, mein Malzeug wieder zusammenzupacken.

Wie auf U 96 der I WO liest jetzt der Adju beim Abendbrot Sprüche aus dem Abreißkalender vor, »zur allgemeinen Unterhaltung«, wie der Alte das nennt. Und wie früher auch kommentiert sie der Alte.

»Früh gefreit hat selten gereut«, liest der Adju ab.

»Na, wie isses, Adju?« fragt der Alte und läßt es anzüglich klingen. Der Adju läuft prompt rot an.

»Gleich mal weiter im Vorgriff!« fordert der Alte, und der Adju liest vom nächsten Blatt stotternd vor: »Arbeitsamkeit ist die beste Lotterie.«

»Das geht auf den Flottilleningenieur!« dröhnt der Alte.

Ich kann nur staunen: Der Alte, eben noch griesgrämig, gibt sich plötzlich als großer Kindskopf. Der Adju lächelt säuerlich, die anderen grinsen unentschieden, als wüßten sie nicht recht, was sie von der Sache halten sollen. Nur der alte Steincke schüttelt sich schier aus vor Lachen über die Pfennigweisheiten unseres Kalenders.

Der Doktor erzählt unterm Essen in aller Ruhe von seinen Sorgen mit geschlechtskranken Besatzungsangehörigen: »Auf den Booten, die letzthin neu zur Flottille gekommen sind, habe ich Fälle von Go festgestellt. Anscheinend gibt's woanders Leute, die sich bei der Diagnose schwertun – an sich unverständlich.«

Es gebe »Herrschaften, die Infektionen cachieren« – aus Angst, daß Ärger bei den vorgesetzten Dienststellen entstehen könnte, wenn zu viele Soldaten ins Lazarett geschickt würden. Es gebe sogar Kommandeure, die da mitmachten, damit das Bataillon nichts erführe: »Ich hab's selber erlebt, daß so was den Sanifeldwebeln überlassen wurde«, gibt der Doktor mit Stentorstimme zum besten, »die machen dann Blödsinn, und schon wird die Diagnose schwieriger. Die Brüder inszenieren zwar große Schwanzparaden, aber was nützt denn das, wenn sie Spiegeleier auf den Augen haben?«

Schwanzparade! Oft genug mitgemacht, aber die Erinnerung daran verdrängt. Auf einmal habe ich das Gebrüll wieder im Ohr: »Nun zeigt mal schön eure stinkenden Käsepimmel vor. So, und nun die Vorhaut zurück!«

Einmal bekam der Kamerad direkt neben mir einen Steifen. Der Sanifeldwebel, der wohl auf solche Effekte aus war, sah es zuerst: »Wer hat hier was von Hochwichsen gesagt?« fuhr er wie von der Tarantel gestochen auf den Verdatterten los. Der wurde puterrot, und da stand er nun mit seinem riesigen Pimmel in der Hand. War das eine Gaudi für die Truppe!

Der Doktor kann mich nachgerade auch mal ... Mit solchen Bildern vor Augen soll ich nun diesen ohnehin tristen Fraß hinunterwürgen ...

Ich lege Messer und Gabel ostentativ weg und mache eine Miene, die Resignation ausdrücken soll. Das nimmt der Oberstabsarzt anscheinend als Herausforderung, im gleichen Stil weiterzumachen. Er quatscht von zwei neuen Syphilisfällen, und weil ich nun demonstrativ zur Decke hinaufsehe und an der größten Lampe die Glühbirnen zähle, redet er so unbefangen von hartem und weichem Schanker, als handele es sich um hart- und weichgekochte Eier.

»Ganz allgemein wollte ich nur sagen: Seit die entsprechenden Infektionen als Selbstverstümmelung ausgelegt werden können«, fährt der Doktor fort, »heißt es verdammt aufpassen!«

Das wird nun glücklicherweise auch dem Alten zuviel.

»Wirklich interessant«, knurrt er in Richtung Oberstabsarzt. »Besonders für die jüngeren Herren Offiziere. Ich schlage vor, daß Sie Ihren Aufklärungsvortrag genauer ausführen – sagen wir ...«, der Alte mimt Nachdenken und verkündet dann lautstark: »In einer Stunde hier in der Messe. Teilnahme freiwillig. Mahlzeit, meine Herren!«

Ich weiß, warum der Alte so barsch reagiert: Zwei Maate vom Boot Mauersberger sollen sich mit voller Absicht angesteckt haben. Der eine mit Tripper, der andere mit Syphilis.

Ich will endlich vom Alten wissen, welcher Teufel ihn geritten hat, Simone in die Flottille zu holen. Aber der Alte hat eine ganze Skala von Attitüden parat, um mir auszuweichen. Jetzt sitzt er unbeweglich da und rührt kaum die Lider. Ich weiß nicht einmal sicher, ob er nicht gar weggedöst ist ... Also mache ich mich bemerkbar: Ich greife zur Flasche, gieße dem Alten und mir Bier ein, mache übertriebenes Aufheben davon, daß die zwei Flaschen auf der Back nun leer sind, und stehe schließlich, weil der Backschafter nicht erscheint, mit viel Sesselrücken auf, um zwei neue zu holen. Ich entblöde mich nicht einmal, beim Vollgießen unserer beider Gläser meinen linken Unterarm wie ein dressierter Kellner auf den Rükken in die Nierengegend zu nehmen.

Aber plötzlich bekomme ich das satt: Zum Kotzen das Ganze! Zum Kotzen, daß wir nicht ungezwungen miteinander reden können. Der Alte hat schon eine hundsgemeine Art, mich auf Distanz zu halten oder sich gar zu verkapseln. Verdammte Pest: Der Alte ist der Chef. *Er* müßte reden, nicht ich.

Früher hat der Unterschied im Dienstgrad nichts ausgemacht. Jetzt macht es wohl auch nichts aus, daß der Alte Korvettenkapitän ist – aber die Dienststellung, Flottillenchef, bewirkt bei Lichte besehen eben doch eine Entfremdung.

Der Club ist trotz Kegelbahneröffnung mittlerweile gut besetzt. Wenn der Alte schon nicht reden will, horche ich in die Palaver an den Nebentischen hinein. Weber zählt auf, was die anderen versenkt haben, während er draußen herumgeknüppelt ist und nicht die Spur von einem Dampfer gefunden hat. Dann geht die Rede, daß man, den miesen Zeiten zum

Trotz, die Boote, die noch hereinkommen, doch empfangen sollte wie ehedem.

»Das war doch immer sooo schön!«

»Richtig mit Jungfern und Blumen.«

»Woher denn bloß die Jungfern nehmen und nicht stehlen?«

»Natürlich muß erst gemeldet werden. Das muß alles seine Ordnung haben.«

»Das hab ich auch gedacht – übelgenommen hat man das. Das braucht man doch nicht gleich übelzunehmen, wenn's mal nicht wie am Schnürchen klappt . . .«

»Ich würde in so 'nem Fall – also wenn sich gleich eine auf mich stürzt – sagen: Mein liebes Kind, einen Augenblick – in aller Ruhe.«

»Ja, nur die Ruhe putzt die Schuhe – hahaha!«

»Die vielen Blumen, und dann soll man 'ne anständige Meldung machen. Da muß man ja aufpassen, sonst rutscht man aus . . .«

»Auf den Blumen?«

Der VO schnappt wie ein Karpfen. Er will auch was sagen: »Wenn dann kommt: ›Die Augen rechts!‹, und da steht so 'ne Krankenschwester, und alle glotzen die an . . . Dann steht das Mädchen da – das geht doch nicht.«

»Mein lieber VO, erstens mal heißt es: ›Augen rechts und die Augen links!‹ Wenn ich *die* befehle, wissen die Leute schon, was kommt. Sollten Sie auch mal gelernt haben in Ihrer Jugend Maienblüte . . .«

»Jawoll, erst die Meldung, dann die Mädchen!« beharrt Weber.

Wohin bin ich hier nur geraten? Gewiß, die am Nebentisch werden schon einiges intus haben, aber dieses Geseire ist ja wohl zum Erbarmen. Und es geht noch weiter . . .

»Nein, das ist soo schön und sinnig. Da sollte man nicht von abkommen. Zurück in der Heimat und dann Kuß – Blumen. Zu schön – und dann Sekt. Sekt muß auch sein.«

»Sekt gehört dazu. Blumen und Sekt.«

Der Alte sitzt so unbeweglich da, als hätte er total abgeschaltet und hörte kein Wort. Ich hingegen nehme jede Silbe auf.

»Kuß haste vergessen.«

»Kuß, Blumen, Sekt. Richtig?«

»Will ich nicht: Alkohol auf der Pier.«

»Was quatschste? Immer haste was zu nörgeln.«

»Ich will keinen Alkohol auf der Pier!«

»Sekt – Alkohol? Mensch, Sekt iss doch kein Alkohol!«

»Nein, vorher, vorher. Ich bin ja vorher entgegengefahren mit der Flasche Sekt, und dann mache ich winke, winke. Die wissen Bescheid, ich gehe an Bord. Schnurrbart angemalt, Lederzeug. Gehöre zur Besatzung.

Ich habe gesagt: ›Teddy, wenn du einen Dampfer hast, bringe ich dir eine Flasche Sekt.‹ Da hat er gesagt: ›Du, dann komme ich gern wieder nach Brest.‹«

Jetzt geht es so durcheinander, daß ich nur mehr Bruchstücke höre.

». . . hatte das Ritterkreuz bekommen. Dann kam der Bürgermeister von dem Dingsbumskaff mit Melone.«

»Bei Eichenlaub kommt der Oberbürgermeister. So isses Sitte.«

»Frei weg nach Rangordnung quisiquasi.«

»Und du, was willst du haben? Was soll ich dir bringen? Sekt? Cognac?«

»Nichts. Überhaupt nichts. Hab alles an Bord.«

Plötzlich brüllt Weber los: »Vorwärts Kameraden – wir gehen zurück! Auf den Rückzug eine Runde. Los: noch eine Runde!«

Als ich auf meiner Koje liege und der Schlaf mich flieht, überkommen mich wieder Zweifel an Simone: Hatte sie nicht *doch* von allem Anfang an nur im Sinn, sich allmählich hinaufzuhangeln, um schließlich an Material zu gelangen, das für den Gegner wertvoll sein konnte? War ich in ihrer Rechnung *tatsächlich* nur als unterste Sprosse gedacht? Hatte sie, als sie sich beim Alten lieb Kind machte und sich hier in der Flottille einrichtete, ihr längst anvisiertes Ziel erreicht? Hatte sie seit Jahr und Tag nur *darauf* hingearbeitet?

Der erste Blick nach dem Aufstehen gilt dem Himmel: Was für eine satte Bläue! Irgendein Dachfenster blitzt wie ein Karfunkelstein, die dichten gelben Sperrballone sind Maden, die sich im Himmelsblau sielen: Bei diesem Wetter ist wohl wieder was fällig!

Da höre ich auch schon ein Hummelbrummen. Aber das ist nur der Aufklärer vom Dienst. Die Aufklärer werden immer frecher, seit die Flak sie nicht mehr unter Feuer nimmt. Und Jäger, die sie herunterholen könnten, gibt es nun mal weit und breit nicht. Jetzt kann ich mir überlegen, was besser ist: hier in der Flottille zu bleiben oder hinunter zum Bunker zu fahren. Wenn die Schweinerei gerade dann losgeht, wenn ich unterwegs bin, muß ich Heldentheater spielen. Dazu fehlt mir die Lust. Wenn ich aber schnell mache und ungefrühstückt losbrause, habe ich Schangs, noch rechtzeitig in Bunkernähe zu kommen. Im Hafen und im Bunker bin ich allemal lieber als auf dem Flottillengelände – also ab dafür.

Ich packe mein Malzeug zusammen und klettere in den Omnibus. Ich setze mich direkt hinter den Fahrer. In der Sitzbank hinter mir ist ein laut geführtes Gespräch im Gang.

»Möchte bloß wissen, wieso sich diese Saftsäcke so haben!«

»'ne Flottille ist doch keine Ordensburg.«

Eine gute Minute vergeht, bis der Mann, immer noch Empörung in der Stimme, wieder loslegt: »Bei meiner alten Flottille, da hatten wir so 'nen Blaukreuzlerapostel als Flottillenchef. Der tat grade so, als wäre die ganze U-Bootwaffe 'ne Art Kindergarten, und dabei hab ich alle Sauereien, die ich kenne, bei der Marine gelernt – Ehrenwort!«

Wieder Pause. Der Mann muß sich, aufgebracht wie er ist, erst mal wieder sammeln: »Vorher war ich jedenfalls 'n anständiges Mädchen.«

»Mach Sachen«, brummt sein Nachbar.

Im heftigen Schalten geht ein Teil der Widerrede unter. Dann aber höre ich: »Der hatte nie 'nen anständigen Puff von innen gesehen. Schön, das war seine Sache. Aber dann soll er doch andere Leute in Frieden lassen. Der brauchte doch nicht anderen mit seiner blöden Tour kommen.«

»Vielleicht war er schwul?«

»Schon möglich. Am Sehrohr beim Angriff soll er geheult haben.«

»Und iss trotzdem Flottillenchef geworden?«

»Grad drum! Als Kommandant war er jedenfalls nich verwendbar.«

Pause.

»Ich weeß gar nich, wie die Leute so leben, anscheinend werden die heutzutage gleich vom Abiturienten zum Kommandanten befördert. Immer schön in Watte verpackt. Aber bei unsereinem iss das ja 'n bißchen anders gelaufen. Uns hamse gleich erst mal Präser in de Hand gedrückt. Da war ich noch keine achtzehn, da hieß es ›antreten zum Präserempfang‹ – jeder Mann drei Stück –, ganz egal, ob de was vorhattest oder nich. Vor jedem Landgang das gleiche Theater: erst mal Präser empfangen!«

Pause.

Wir sind schon auf der Straße, die nach Westen führt, als das Palaver weitergeht: »Der Alte kann sich ja jetzt auch umgucken.«

». . . meinst'n das?«

»Na, wo die Französin wieder weg is.«

»Weg iss gut!«

»Was willst'n damit sachen?«

»Die iss verhaftet!«

»Verhaftet?«

»Weeßte das nich?«

»Nee – un weswechen?«

»Nu, was wird's denn sein? Spionage oder so . . .«

Das saß! Das hätte ich besser nicht hören sollen! Als ich aus dem Bus steige, fühle ich mich immer noch wie vor den Kopf geschlagen.

Mir wird das Weitergehen schwer. Also setze ich mich erst mal auf einen Stapel Schalhölzer und nehme mein Malbrett auf die Oberschenkel.

War Spionage tatsächlich der eigentliche Grund für Simones Verhaftung? Und wenn an diesem verdammten Gerede nun gar nichts dran ist? Wenn

Simone wirklich nur geholfen hat, dieses nüchtern kahle Marinehospital ein bißchen wohnlicher zu machen – ganz ohne eigene Pläne und Hintergedanken?

Was tue ich Simone dann mit meinen Verdächtigungen an! Wenn ich meinen Blick jetzt auf unscharf stelle, habe ich sie in ihrem zitronengelben Pullover vor mir, mit nichts angetan als diesem zitronengelben Pullover – Simone schiebt ihn sich so langsam über die Brustwarzen, als vollführe sie einen Bühnenstriptease. Ihre dunklen Brustwarzen stehen dabei steif wie Hütchenpralinen auf den großen braunen Höfen.

Wenn Simone es darauf anlegte, mich verrückt zu machen, konnte sie es schon toll treiben: Mitten im Café setzte sie sich mir für ein paar Sekunden auf den Schoß und hob dabei ihre orangegestreifte Kittelschürze, schnell und geschickt, so wie das adrette Mädchen eben tun, wenn sie keine Knitterfalten in den Stoff bringen wollen. Und zeigte mir, dicht neben ihrer Mutter, daß sie darunter rein gar nichts anhatte.

»Hast du etwa Negerblut?« habe ich Simone schon mal gefragt. »In deinem spanischen Blut ist doch sicher Mohrenblut. Guck dir doch nur deine Brüste an!«

Und das tat Simone auch sogleich und strich sich dabei vor dem großen Spiegel über die Flanken und sagte hell und gurrend dazu: »Ich bin eine schöne Minouche!«

Als ich auf den Bunker zugehe, verschlägt es mir angesichts dieses Mammutbauwerks wie noch jedesmal wieder den Atem. Diese riesigen Docks und Schwimmgaragen für die verletzlichen Boote sind wie für alle Ewigkeit gebaut. Die werden weder verrotten noch sich jemals wegsprengen lassen. Mit diesen ungeheuren Stahlbetonburgen haben wir uns Denkmäler gesetzt, an denen sich keiner delektieren wird.

In der Bunkerwerft arbeiten trotz der vielen Luftangriffe immer noch zahlreiche Franzosen. Jetzt ist gerade Arbeitspause, und sie können heraus und setzen sich auf die an der Mole aus undurchsichtigen Gründen verankerten Pontons und angeln mit riesigen Bambusruten im brackigen Hafenwasser – eine grotesk vergammelte Gesellschaft mit schwarzen Baskenmützen, die nicht ins Bild eines Kriegshafens passen will.

Sind es etwa, frage ich mich, die Baskenmützen, die sie so betont als Zivilisten erscheinen lassen? Nein, ihre Anzüge sind es. Ich fasse einen nach dem anderen ins Auge: Keiner trägt Arbeitskleidung. Alle haben total abgetragene Ausgehanzüge am Leib. Gestreifte, karierte, Zweireiher mit verkrumpelten Revers, Hosen mit Nadelstreifen, aber Stricken als Gürtelersatz. Alle miteinander scheint der Lumpensammler eingekleidet zu haben.

Jetzt kommen zwei weitere aus der Bunkerhöhle, auch sie in Hose und

Sakko. Der eine trägt einen durchlöcherten Pullover darunter. Nur Angelruten haben sie nicht. Sie latschen gemächlich bis ganz vor an die Kante der Mole, fingern sich ihre Schwänze aus den Hosen und schlagen in weitem Bogen ihr Wasser ab. Schließlich schütteln sie sich die Schwänze mit aller Sorgfalt aus. Einer dreht sich um und sieht mich auf der halb zertrümmerten Mole stehen. Aber Verlegenheit kennt er nicht. Von einem Bein aufs andere steigend, packt er seinen Penis umständlich weg und ruft mir dabei zu: »Faire pipi!« Dann lacht er, als sei ihm mit dieser Aufklärung ein Heidenspaß geglückt.

Als wir nach dem Essen in seinem Büro sitzen, kommt der Alte plötzlich auf die Luftangriffe zu sprechen.

»Da siehst du mal, wie's hier jetzt zugeht«, sagt er so selbstzufrieden, als würde er sie selber inszenieren.

»Über das, was mir in Berlin und München und damals in Hamburg geboten wurde, kann ich auch nicht gerade klagen . . .«

»Ach, stimmt, Hamburg hast du ja voll mitgekriegt.«

Dem Alten ist offenbar mit einem Mal nach Reden zumute. »Da waren gestern wahrscheinlich wieder Lancasters dabei. Die können eine Superbombe von bis zu neun Tonnen tragen. Ganz schön schon! Die Dinger sollen groß wie Litfaßsäulen sein . . . Und wir haben nichts dagegen aufzubieten.« Der Alte wechselt von Empörung zu Hohn: »Flugplätze hätten wir genügend: Brest-Nord, Landivisiau, Morlaix. Aber wenn jetzt deutsche Maschinen kämen, würden die sicher nicht gleich erkannt werden. Zu ungewohnt. Die würden hier glatt abgeschossen.«

Der Alte schiebt seinen Sessel vom Schreibtisch zurück und redet zu meinem Erstaunen weiter: »Die Alliierten kommen meist mit viermotorigen Fernkampfbombern, Liberators oder eben Lancasters. Die fliegen in großer Höhe – und fast immer sind Jäger dabei: Spitfires . . . Allmählich kennt man sich ja in den Typen aus. Neunzehnhundertneununddreißig über Wilhelmshaven kamen sie noch mit Wellington-Bombern. Das waren vielleicht windige Mühlen!«

Es ist wie immer: Wenn es um Technisches geht, wird der Alte gesprächig. Aber damit hilft er mir nicht weiter – er redet wohl sogar so, um ein Gespräch über Simone abzublocken.

Da frage ich den Alten lieber: »Was hast du da eigentlich für einen komischen Uhu in der Gärtnerei?«

»Du meinst Bartl?«

»Ja.«

»Bartl ist schon in Ordnung!« sagt der Alte. »Ehemaliger Kaiserlicher. Vor dem Krieg hat er in Südamerika als Schachtmeister an neuen Häfen mitgebaut. Im Weltkrieg war er auf der ›Goeben‹, und ehe er zur Flottille kam, bei einer Marinekraftfahrabteilung in Rotterdam. Seine Spezialkenntnisse des holländischen Schwarzmarktes hat er von da mitgebracht und auch seine Fertigkeiten bei der Zubereitung ›original chinesischer Reistafeln‹. Für den Posten eines Proviantmeisters hätte die Flottille keinen besseren Mann finden können ... Bartl kann dir auf Mark und Pfennig genau vorrechnen, daß Schweine viel rentablere Futterverwerter sind als die üblichen Karnickel. Eine Ausnahme läßt er für Angorakaninchen gelten. Die sind sein ganzer Stolz. Ihr Fleisch gehört der Flottille, ihr weißes Fell aber verscherbelt er selber – wohin auch immer.«

Der VO kramt gerade auf seinem Schreibtisch, als ich in sein Büro komme.

»Ganz hübsche Fotos«, sagt er, »eben wiedergefunden«, und schiebt mir auch schon eins hin: neun mal zwölf Hochglanz, ausgestanzter Büttenrand. Ich denke: Soll er mich doch in Frieden lassen mit seinen dämlichen Familienfotos. Chamois – auch das noch! –, aber da erkenne ich im halben Hinblicken Simone auf dem Bild.

»Wo ist das denn? Wo haben Sie denn das aufgenommen?«

»Nordküste – Brignogan.«

Jetzt muß ich mich beherrschen, damit ich dem VO die übrigen Bilder nicht aus den Händen reiße. Ich sehe den Alten in Stiefeln von hinten auf einem Stein im flachen Wasser balancieren, mit Simone auf den Armen. Simone blickt mich wie triumphierend über die Schulter des Alten hinweg an.

Ich will meinen Augen nicht trauen: Auf einem anderen Foto hat Simone einen Offiziersmantel an, mit Schulterstücken darauf. Ich fahre mit dem Handballen über die Aufnahme, als wollte ich Staub wegwischen. In Wahrheit will ich mit der reflexhaften Bewegung das ganze Bild wegwischen.

Nun wechsle ich den Augenabstand: Ich halte das Bild erst weit weg – dann führe ich es nahe an die Augen. Gar kein Zweifel – das ist die Box zwo und der Kapitän im Mantel neben dem Alten ist Simone. Der Flottillenchefstander am Boot ist deutlich zu erkennen. Der Alte hat keinen Mantel an und keine Mütze auf. Damit hat er Simone ausstaffiert. Es sieht aus, als wollten sich die beiden schier ausschütten vor Lachen.

Der Standort des Fotografen muß ein Hafenschutzboot oder irgendeiner der vielen Kolcher gewesen sein, die hier herumwimmeln. Die Aufnahme ist gemacht, als das Verkehrsboot mit Simone und dem Alten gerade den Schatten des vorkragenden Bunkers verläßt, also beim Herausfahren aus dem Bunker.

Während ich auf das Foto starre wie in Erwartung, es könnte plötzlich in Bewegung geraten, arbeiten in mir die Gedanken: Wenn so ein Abzug oder eine Vergrößerung – wahrscheinlich ist die Aufnahme mit einer Leica oder Contax gemacht – in die Hände des SD gerät, dann gute Nacht! Ausgerechnet der Alte! So den Kopf zu verlieren . . . Gar nicht auszudenken, was uns blüht, wenn dieses Foto zu wandern beginnt.

Ich tue gleichmütig, muß jetzt aber etwas sagen. Als ich den Kopf hebe, sehe ich im Gesicht des VO ein diabolisches Lächeln.

»Hübsche Bildchen!« sage ich und lächle zurück. »Gut getroffen, ganz lebensecht. Gibt's noch mehr davon?«

»Leider nein«, sagt der VO.

Als ich wieder in meinem Pavillon bin, schießen mir die Gedanken nur so durch den Kopf. Der Alte und Simone . . . Der Alte kann nicht mehr ganz bei Sinnen gewesen sein, als er alle Vorsicht schießen ließ. Einfach nicht zu glauben! Wir sind doch nicht allein auf der Welt! Hat der Alte denn keine Antennen für das, was um uns herum vorgeht? Absurd, daß er mir gerade erst vorgeworfen hat, ich würde nicht gut genug aufpassen.

Dabei scheint doch gerade der Alte ganz vergessen zu haben, daß er nicht mehr Kommandant ist und ihm nicht mehr soviel nachgesehen werden kann wie früher. Bolzen schieben! – Damit sollte es für ihn aus sein.

Simone verhaftet, Suhrkamp im KZ. Meine Klassenkameraden gefallen. Dieser Moloch verschlingt uns noch alle.

Um meiner selbst wieder Herr zu werden, rede ich mir höhnisch vor: Und jetzt wird's die reine Kolportage. Die berühmte Dreierkonstellation: die beiden Kumpane und dazu die Lady, die alles durcheinanderbringt.

Ich muß mit dem Alten reden!

Ein Boot ist zurückgekommen: vier Wimpel am ausgefahrenen Sehrohr. Es ist Lubach. Lubach mit dem Ritterkreuz und der komischen Haartracht. Er sieht zwar hohlwangig, aber ansonsten picobello aus. Er muß sich unmittelbar vor dem Einlaufen rasiert haben. Von Lubach heißt es, daß er noch nie unrasiert von Feindfahrt zurückgekommen ist. Wohl als einziger U-Bootfahrer trägt er einen pomadisierten Poposcheitel. Er hat offenbar eine Neigung zur Eleganz: Sogar noch die Bordklamotten vermag er mit einem gewissen Pfiff zu tragen.

Schon 1937, so der Alte, ist Lubach als WO auf Kleinbooten gefahren. Als er das Ritterkreuz umgehängt bekam, wurde vor allem gelobt, wie geschickt er sich nach Angriffen immer der Verfolgung entzogen hätte.

Diesmal soll Lubach sein ganz außergewöhnliches Ergebnis mit einer extrem langen Unternehmung erzielt haben: »Einfach unglaublich für diese Zeiten! – Der berühmte Schluck aus der Pulle!« hat der Alte gesagt.

Ich stehe mitten im Empfangskomitee und sehe zu, wie die Besatzung des Bootes in ihrem vergammelten Lederzeug von Bord kommt. Was für ein Unterschied zu ihrem geschniegelten Kommandanten! Ihre paar Habseligkeiten haben sie in Taschen aus Segeltuch oder fleckigem Leder unter dem Arm. Bei vielen sehen die plumpen Seestiefel und die grauen Lederjacken viel zu groß aus. Die Lederhosen bilden reichlich Harmonikafalten.

Der Blick in die bartumkränzten bleichen, ausgezehrten und doch nur halb erweckt wirkenden Gesichter geht mir auch diesmal wieder an die Nerven. Ganz schmale Kinder sind dabei, auf deren eingefallenen Wangen noch nicht einmal eine Spur von Bartwuchs zu erkennen ist.

Mit Kindern läßt sich dieses Geschäft eben am besten betreiben. Mit Kindern tut sich die Führung leicht. Die akzeptieren jede Art von Zwang als selbstverständlich. Wenn die Tommies zu sehen bekämen, wer ihnen da heute einzuheizen versucht. Die würden Augen machen!

Manchmal frage ich mich: Sind diese Kinder eigentlich mutig? Sind sie tapfer, wie immer wieder behauptet wird? Oder sind sie nicht einfach nur schicksalsergeben? Was bleibt ihnen denn schon anderes übrig als »unbedingte, eiserne Pflichterfüllung«?

Lubach ist einer von der alten Garde und gilt als bedächtiger Mensch. Jetzt wirkt er eher aufgekratzt. Vier Dampfer – das ist kaum mehr zu glauben: Einen Geleitzug überhaupt zu *entdecken* grenzt heutzutage schon an ein Wunder.

Der Alte sorgt dafür, daß das Händeschütteln ein Ende nimmt: Er verfrachtet Lubach rigoros auf den rechten Vordersitz seines Autos. Ich kann mich gerade noch neben zwei Kommandanten aus dem Empfangskomitee auf den Rücksitz klemmen, da geht es schon mit heulenden Reifen ab zur Flottille.

Kaum sitzen wir im Club, will der Alte wissen, was Lubach zu berichten hat.

»Wir hatten zuerst mit einem Einzelfahrer zu tun«, beginnt der ohne Zögern, »der drehte plötzlich hart ab. Nanu, hab ich mir da gesagt. Der kann uns doch auf keinen Fall gesehen haben. Plötzlich entdeckten wir vor dem Dampfer an Steuerbordseite mehrere Rauchwolken – das war schon reichlich verrückt, der Dampfer hat uns direkt zu einem Geleitzug hingelotst.«

»Was sicher nicht seine Absicht war«, brummt der Alte dazwischen.

Darauf sagt Lubach, leicht irritiert: »Wohl kaum.«

Damit schweigt er fürs erste. Er ist deutlich aus dem Konzept geraten. In seiner Verlegenheit räkelt er sich in seinem Sessel zurecht und trinkt einen Schluck Bier.

»Der Dampfer sollte sicher in den Geleitzug aufgenommen werden«, versucht der Alte, Lubach wieder in Schwung zu bringen.

»Ja, wir stellten mehrere Zerstörer fest. Also stark gesicherter Geleitzug. Ich hab Fühlung gehalten, Kurs und Fahrt bestimmt und mich dann vorgesetzt, um eine günstige Angriffsposition zu bekommen. Wegen der Zerstörer mußten wir äußerst vorsichtig operieren. Wir sind dann, als wir weit genug vor dem Geleit standen, unter Wasser gegangen. Ich hab durch die Zentrale ins Boot gegeben: ›Vor Geleitzug – zwei Zerstörer.‹ Und dann: ›Zehn Dampfer mindestens.‹

Ich hab auch runtergegeben, wie die Sicherung aufkam, und dann: ›An Backbordseite passiert Zerstörer – Zerstörer kommt frei‹«, fährt Lubach fort. »Die Männer haben so erfahren, wie sich die Situation entwickelt. Und ich immer: Sehrohr raus – Sehrohr rein. Mittlerweile waren es sechzehn Dampfer. Und dann: Rohre bewässern – alle Rohre fertig zum Schuß. Da lief der zwote Zerstörer direkt auf uns zu, und ich mußte auf Tiefe gehen. War aber wohl Zufall. Wir hatten jedenfalls die Sicherung durchbrochen und waren mitten im Geleitzug, frei von Fegern und Seitenzerstörern. Äußerst sparsamer Sehrohrgebrauch war geboten . . . Und dann kam der große Augenblick, wo das Boot von allen Seiten von Dampfern umgeben war. Jetzt mußte ich die beste Schußposition ausbaldowern: Wo konnte ich am besten nach allen Seiten schießen, das heißt möglichst viele Dampfer auf einmal erledigen . . . Dann zackten plötzlich zwei Dampfer aus. Ich konnte die Leute an Deck sehen. Aber gleich wieder Sehrohr rein. Und dann: erstes Rohr los, zweites Rohr los . . . und so weiter. Ergebnis: vier Dampfer in kürzester Zeit. Drei davon kippten mir richtig entgegen.«

Endlich legt Lubach eine Pause ein, und ich kann zweimal tief durchatmen.

Lubach zeigt jetzt auf den Fußboden.

»Der vierte ging übers Heck weg . . . Also das ging schon verrückt zu: Der erste Dampfer – wumm! Treffer Mitte. Gleich darauf wieder wumm! Der zwote, der dritte – und wumm! – der vierte. Mir war klar: Wenn ich da reinhalte, geht einiges hoch. Die Dampfer überlappten zum Teil richtig. Das war wie auf eine Mauer schießen. Der ganze Spaß hat gestoppte zwo Minuten gedauert. In zwo Minuten vier Dampfer. Geschätzte Tonnage: zwanzigtausend. Eine einzige Kesselexplosion beim vierten Dampfer, der übers Heck wegging . . . Na – aber nun kamen die Zerstörer mit Wut heran. Die wußten ja jetzt, wo das Boot steht . . . Und dann das Übliche.«

»Saures«, sagt ein junger WO neben mir.

Lubach hat es gehört.

»Kann man wohl sagen«, bringt er mit einer Art Lachstoß hervor.

Mit dem Rückkehrer ist Leben in die Messe gekommen. Seine WOs haben die schmalen Schulterstücke der Fähnriche gerade erst gegen Leutnantsstreifen an den Ärmeln vertauscht. Die Ärmelstreifen glänzen noch viel zu neu.

Thérèse umzirzt Lubach und den Alten nach Kräften. Vor allem der Alte lebt richtig auf. Kein Zweifel, daß er auch lieber zur See führe, als am Schreibtisch zu hocken und zu versauern.

Später im Club ist der Alte ungewöhnlich redselig.

»Der Führer hat natürlich erkannt, daß die Amerikaner gar nicht kämpfen können. Das sind doch bloß kaugummikauende Söldner und abenteuerlustige Cowboys.« Und er trägt noch dicker auf: »Die haben die Hosen gleich voll, wenn's rumst. Und außerdem: Eine Armee – das sagt der Führer – ist nur schlagkräftig, wenn sie mit dem Mutterboden verbunden ist.«

Dabei linst der Alte zu mir her. Offenbar will er mich herausfordern.

»Aber vielleicht wollen die schnell in die Puffs von Paris?« gebe ich ihm zurück.

»Da liegt zweifelsohne eine gewisse Gefahr . . .«, amüsiert sich der Alte.

Das ist auch so eine Art des Alten: ernste Themen zu einem Jux zu verformen. Aber hier erlebe ich ihn dabei zum ersten Mal. Jetzt setzt er sogar noch mal an: »Außerdem sind diese Brüder, wie ja allgemein bekannt ist, rassisch entartet. Und das kalkuliert der Führer natürlich auch ein.«

Der alte Steincke wagt mißtrauische Blicke zum Alten hin. Der aber zeigt ihm nur ein Anreißergrinsen, das den Kaleun vollends verwirrt. Und nun soll es offenbar erst richtig losgehen: »Es heißt doch, der Führer hätte England nur geschont, weil er Hoffnungen auf eine Verbindung aller germanischen Abkömmlinge gegen die Slawen hegte. Gemeinsam mit den Engländern gegen die Russen! Deshalb hätte er mit Absicht die Kernarmee der Engländer, gut und gern dreihunderttausend Mann, aus Dünkirchen entkommen lassen. Die wären leicht zu schnappen gewesen . . .«

Ich denke: Verrückte Hypothese, aber möglich – für einen Hysteriker möglich. Der Flug des Stellvertreters Heß nach England, das Anmeiern bei den Alliierten – das hat es doch tatsächlich gegeben!

Als ich später in meinem Pavillon bin, muß ich wieder an die Fotos des VO denken: Der Alte kann wirklich nicht ganz bei Verstand gewesen sein: Simone als Chefeuse der Flottille, Simone im Bunker, als Offizier verkleidet, einfach so – aus Jux und Heiterkeit! Gut: Simone als Betreuerin, als Organisatorin, Innenarchitektin, Festgestalterin – warum nicht?

Das kann sie nun mal bestens. Aber zu den Booten in den Bunker, direkt mit einem Verkehrsboot in die Bunkerwerft zu fahren?

Der Alte – ein argloser, tumber Tor? Aber wenn ich mit ihm über Simone reden will, geht er wie ein geschickter Boxer zurück und deckt sofort ab, wenn ich nachstoßen will. Nicht leicht, den Alten an den Seilen zu fixieren.

Ich hätte mich längst daran machen sollen, den VO nach Strich und Faden auszufragen. Dem könnte ich womöglich alles, was ich wissen will, ohne zu große Anstrengungen aus der Nase ziehen. Aber gerade mit diesem anbiederischen Menschen will ich mich nicht gemein machen. Auch den alten Steincke kann ich nicht ausfragen. Den Zahnarzt und den Doktor erst recht nicht. Bei allen vieren liefe ich Gefahr, den Alten allein schon durch meine Fragerei bloßzustellen.

Zu den Selbstzweifeln, die mich plagen, kommen auch noch Schuldgefühle und die schiere Wut: ein schöner Wirrwarr! Angst ist wohl auch dabei – die Angst nämlich, zu guter Letzt doch noch in den Strudel zu geraten, den Simone zum Drehen gebracht hat ...

»... restlos aufgerieben«, tönt der Wehrmachtbericht morgens aus dem Lautsprecher. Ich habe nicht aufgenommen, was da restlos aufgerieben wurde. Eine Armee des Feindes wird es kaum gewesen sein.

Überhaupt: »aufgerieben«! Auch so ein großmäuliger Ausdruck! Ich muß, wenn mir »aufgerieben« ins Ohr drängt, an grüne Klöße denken, an die Reibe mit den scharfen Zähnen, auf der ich die rohen Kartoffeln zu einem rötlichen, wäßrigen Brei reiben mußte.

Meine Gedankenmühle ist wieder einmal in der falschen Laufrichtung in Betrieb und mahlt auch noch weiter: Restlos aufreiben – just das gelang einem mit den Kartoffeln nicht. Zuletzt, wenn das Kartoffelstück kaum noch zwischen drei Fingern zu halten war, mußte man höllisch aufpassen, damit man sich nicht die Fingernägel oder gar die Fingerkuppen an den Reibezähnen zerriß. Die Reste, die dann noch übrigblieben, wurden von Großmutter Hedwig zu einem Spezialkloß verarbeitet. Beim Austeilen erkannte sie ihn an der leichten Verformung zum Oval hin, mit der sie ihn markiert hatte, und bedachte damit einen ihr lästigen Esser – oder meinen jüngeren Bruder, dem sie liebend gern einen Tort antat.

Ich kann nicht fassen, wie wenig Zeit vergangen ist, seit ich Paris verlassen habe. Mir ist, als hätte ich seither eine Ewigkeit durchlebt. Was mir in den letzten Wochen geboten wurde, war ja wohl auch weit mehr als das sprichwörtliche »volle Programm«. Zeit ist eben alles andere als eine absolute Größe.

Ich existiere in einem merkwürdigen Schwebezustand dahin. Manchmal kommt es mir so vor, als wäre die Flottille, ja ganz Brest, von Herrn Potemkin gebaut – als Filmkulisse – und die Piepels, die hier herumlaufen, und die Offizierskameraden würden von Komparsen gespielt.

Ist ja auch nicht gerade einfach, mich hier einzuleben und Mimikry zu machen.

Dahocken, Löcher in die Luft stieren, ein bißchen unverbindliches Gequatsche von sich geben, alles laufen lassen und nur darauf achten, daß nichts von dem, was uns wirklich bewegt, an die Oberfläche treibt – so vergeht die Zeit.

Ich wünschte, ich könnte dem Alten hinter seine Maske blicken. Wenn er schon einmal so tut, als wollte er sie lüften, zeigt er mir nur eine andere: gewöhnlich ein spöttisches Grienen. Was *wirklich* hinter seiner Waschbrettstirn vorgeht, werde ich wohl nie erfahren.

Manchmal – in der Messe oder im Club – könnte ich vor Ungeduld loszappeln, wenn ich mir die üblichen, unsäglich banalen Gespräche anhören muß, weil ich den Alten nicht brüskieren will.

Aufmerken! sporne ich mich immer wieder an. Nichts verlorengehen lassen – auch den Palaverbrei nicht.

Sooft es nur irgend geht, verlasse ich das Flottillengebäude und verschwinde hin zum alten Hafen.

Da muß ich dann auch nicht unbedingt gleich zeichnen oder malen, sondern kann mich auf einen Poller setzen und den Blick über die Reede und den Himmel schweifen lassen – *die* Himmel, muß ich besser denken, denn hier wechselt das Himmelspanorama so oft, wie ich es nirgends sonst erlebt habe.

Für Nachschub an Regenwolken sorgt der stetige Schlechtwetterwind. Manchmal ist man schon froh, wenn in die stupide Gleichförmigkeit der Regenmelodie ein trotziges Trommeln von einem besonders schweren Guß aus einer bleiern düsteren Wolke fährt. An Auflichten und an Himmelsbläue wagt man schon gar nicht mehr zu denken. Aber dann ist die Luft doch wieder klar und weich und glatt wie Seide, bis sich der Himmel aufs neue erst fahlgrau eintrübt und dann tintig wird: Düsternis mitten am Tag. Und dann die schrägen Regenwürfe über die Reede hin und nahebei das Schluchzen des Regenwassers in den Gullys wie ein penetrantes Wehklagen über die tote Zeit. Bretagnewetter.

Ich sehe jetzt dieses Bild: Das gegenüberliegende Ufer ist ein dicker, weicher Kohlestrich. Eine schmelzende Luft löst die Konturen. Fahlorangenes Himmelslicht sickert fallgerade herab. Aufs Wasser sind helle Himmelsreflexe als Pailletten gehakt. Kaum ein Windhauch.

Ein Pulk Fischerboote kommt mit dem Hochwasser herein. Sie gehen mit dem Wind sehr dicht an die Pier heran. Erst im letzten Moment fällt die Leinwand, werden die Ruder herumgerissen, und schon liegen die Boote wie festgeklebt an der Pier: Die Kerls verstehen ihr Handwerk!

Das würde dem Alten gefallen. Da zöge er am liebsten gleich das Jackett aus, um auf eines der Boote zu springen. Auf der Reede zu kreuzen und Jakobsmuscheln zu fischen wäre sicher ganz nach seinem Geschmack.

Beim Essen vermisse ich Lubach. »Den habe ich in Richtung Heimat in Marsch gesetzt«, sagt der Alte, als ich nach ihm frage.

»Ich denke, es herrscht Urlaubssperre?«

»Stimmt. Aber für den hab ich trotzdem Urlaub erwirkt. Der hat nämlich schwere Probleme. Die Frau hat ein Kind gekriegt und ist bei der Geburt fast draufgegangen. Wir haben ein Telegramm bekommen.«

Das fährt mir so in die Knochen, daß ich nichts sagen kann.

»Wenn das nur gutgeht«, fügt der Alte dann noch hinzu, und ich weiß nicht, ob er Lubachs Frau oder die Luftgefahr meint.

Eine Weile sagen wir beide nichts.

»Komm, gehen wir lieber noch für 'nen Schluck Bier in meine Kammer«, hebt der Alte schließlich wieder an, als ihm das Gelärme der WOs im Club zu lästig wird. Und dann sitzen wir bei halbgeschlossenen Volets in seinem Wohnraum.

Der Pavillon des Alten entspricht meinem tatsächlich zwillingshaft genau. Dem Architekten, der hier am Werke war, muß eine Schiffsbrücke als Vorbild gedient haben: Drei Wände sind Fensterwände.

Wenn die Außentür geht, die von der Treppe zum Vorflur führt, kann man das deutlich hören. Es ist eine Glastür mit den wie landesüblich scheppernden, weil ohne Kitt eingesetzten Scheiben. Auch das plumpe, vierkante Mobiliar ist das gleiche wie bei mir – über den Tisch ist hier jedoch eine Decke mit einer Art Teppichmuster gebreitet. Ich habe das mit einem einzigen verstohlenen Rundblick in Sekundenschnelle wahrgenommen und auch, daß vor den Fenstern dichtgefältelte, geblümte Gardinen hängen, die Gardinenleiste von einer fast über die ganze Fensterwand führenden, an der Unterseite wellenförmig zugeschnittenen und mit Brokatstreifen gesäumten Portiere verdeckt wird und auf dem Schreibtisch zwei bunte Väschen und eine größere Empirevase stehen. Die Lampe, die von der Decke hängt, hat einen Stoffschirm, der aussieht wie ein kapriziöser Wagenradhut mit schwarzen Quasten ringsum.

Das alles paßt nicht zum Alten, der immer in spartanisch eingerichteten Quartieren gelebt hat. Es kann nicht anders sein, als daß Simone hier gewirkt hat. Auch die drei bretonischen Fayencen an der Wand über dem Schreibtisch hat Simone sicher dort plaziert. Auf einer der Platten ist ein

Segelschiff, auf einer anderen eine Flora mit Füllhorn und zu kurz geratenen Beinen.

»Bei mir sieht's spartanischer aus«, entfährt es mir. Der Alte tut so, als hätte er es nicht gehört.

»Zustände sind das!« stöhnt er schließlich.

»Ausnahmezustände würde ich eher sagen.«

Der Alte nickt Zustimmung. »Aber auch daran kann man sich offenbar gewöhnen: Jetzt haben wir schon fünf Jahre Krieg.«

»Und bald beginnt das sechste.«

»Ja, verdammt lange Zeit. Einer, der sechzehn war, als er losging, der kennt doch schon gar nichts anderes mehr als Krieg.«

Der Alte hat dicke Falten an der Nasenwurzel. Er schüttelt den Kopf, als gelte es, eine Verdrießlichkeit abzuwehren. Ist ihm etwa seine eigene Rede zu tiefschürfend? Aber da hellt sich sein Gesicht schon wieder auf, und er redet weiter: »So einer würde schön erschrecken, wenn ganz plötzlich Frieden ausbräche – sozusagen in kompakter Form –, ich meine mit Lichtreklamen, Schokolade und allem, was dazugehört. Das würde ja keiner vertragen.«

»Meinen Goldfischen ging's mal so. Die sind alle verreckt, als ich sie aus der Modderbrühe eines vergammelten Glases herausholte und in frisches Leitungswasser setzte.«

Das scheint dem Alten zu gefallen. Er grinst mich zutunlich an und dann holt er Bier aus dem Vorraum.

Ich habe dieses ewige Ausweichgerede bis obenhin satt. Ich sollte den Alten nun endlich direkt angehen. Und wann, wenn nicht jetzt? Also frage ich geradeheraus, als er zurückkommt: »Warum hast du nach Simones Verhaftung eigentlich nicht gleich was unternommen?«

Daß der Alte darauf erst mal schweigt, hätte ich mir denken können.

»Du stellst dir offenbar alles mal wieder verdammt einfach vor«, sagt er schließlich. Seine Stimme klingt dabei leicht gereizt – so, als müsse er sich verteidigen.

»Wir können aber doch nicht einfach auf Tiefe gehen und Simone ihrem Schicksal überlassen!« setze ich noch einmal nach.

Der Alte vollführt ein schiefes Schulterzucken, das Resignation ausdrückt. Er sieht dabei so hilflos aus, daß ich nicht wagen kann, ihn noch heftiger zu bedrängen.

Zeit zum Nachdenken: Wenn es stimmt, daß der Alte den dienstlichen Befehl bekommen hat, nichts für Simone zu unternehmen, wenn der FdU also nicht nur beiläufig Mißfallen geäußert hat, sondern strikt war, ist der Alte genauso gebunden wie irgendein Muschkote – oder gar noch stärker. Die Sitten werden strenger, je höher einer auf der Beförderungsleiter kommt.

Das Fazit daraus: Der Alte sitzt böse in der Klemme. Von einem Flottillenchef erwartet man zwar Initiative, aber die darf sich nur im vorgegebenen Rahmen entwickeln.

»Wir müssen abwarten«, bricht der Alte endlich sein Schweigen. »Die haben jedenfalls dafür gesorgt, daß uns die Hosen ganz schön gekillt sind ...«

Habe ich recht gehört: Hosen gekillt? Redet der Alte etwa vom SD? Soll das etwa heißen, daß ihm der SD angst gemacht hat? Doch ehe ich weiterfragen kann, fügt der Alte schon hinzu: »Simones Mutter sitzt wahrscheinlich noch in Nantes im Gefängnis, wo Simone ja auch erst war. Wo der Vater einsitzt, wollte uns keiner verraten.«

»... Simone auch erst war«? Was soll das denn heißen? Warum redet der Alte nicht endlich frei von der Leber weg? Was verschweigt er mir? Warum legt er die Karten nicht offen auf den Tisch?

»Und wo ist Simone *jetzt*?« frage ich mit viel zu hoher Stimme.

»Nach allem, was der VO rausgebracht hat, in Compiègne. Der ist zu ihr nach Nantes ins Gefängnis gefahren. Aber da war sie schon nicht mehr da ...«

Mir verschlägt es die Sprache. Ich kann nur dasitzen und den Alten anstarren: der VO zu Simone ins Gefängnis?

»In Nantes hieß es, daß es in Compiègne ein Lager gibt und Simone nach dorthin abgeschoben worden ist ...«

Endlich habe ich wieder Luft und frage: »Und woher wußtet ihr das von Nantes?«

»Vom SD.«

»Wie denn vom SD?«

»Da habe ich den VO zuerst hingeschickt ...«

Der Alte! Warum nur hat er mit diesen Informationen so lange hinter dem Berg gehalten?

»Der ist also einfach so zum SD hingestiefelt?« frage ich weiter. »Und dann direkt ins Gefängnis?«

»Das betreibt ebenfalls der SD ...«

Der Alte guckt konstant an mir vorbei. Und da sitzen wir auch schon wieder und schweigen uns an. Am liebsten würde ich den Alten anstacheln: Weiter! Pack doch endlich aus und mach mich nicht verrückt!

Auf einmal geht eine merkwürdige Verwandlung mit ihm vor: Er kneift die Augen und sieht fast belustigt aus. Dann redet er endlich: »Ich hatte mir eine verrückte Geschichte ausgedacht, und die hat dann der VO dem SD-Bullen aufgebunden – der VO brauchte doch einen triftigen Grund ...«

Ich halte meinen Blick fest auf den Alten geheftet, und so sehe ich auch, wie er schluckt und noch mal kurz nachschluckt und wie er dann langsam Luft holt und sich strafft.

»Also die Geschichte ging so«, hebt er endlich mit fester Stimme an. »Von einem Kameraden, der inzwischen abgeblieben sei, habe Simone eine goldene Uhr bekommen, um sie in Paris reparieren zu lassen. Wertvolles Familienstück, nach dem die Familie jetzt frage. Wir wären verantwortlich für korrekte Abwicklung und so. Und deshalb müßten wir Mademoiselle Sagot befragen – oder sie müsse entsprechend befragt *werden* ... Der VO hat dann aber nicht mehr erfahren können, als daß sie bereits abgeschoben worden war. ›Abgeschoben, weil unerwünscht.‹ So haben sich die Herren jedenfalls ausgedrückt. Mit mehr sind sie nicht rausgerückt.«

»Und warum hat mir das der VO nicht längst erzählt?«

»Das wenigstens ist einfach zu beantworten«, sagt da der Alte. »Ich habe es ihm verboten.«

Als unerwünscht abgeschoben! Ich hocke da und finde keine Worte. Der Terminus »abgeschoben« klingt nach brutaler Gewalt.

»Und kein Wort von Spionage?« kann ich endlich fragen.

»Nein – ›unerwünscht‹!« brummt der Alte. »Aber das kann vieles bedeuten. Auch Spionage*verdacht*.«

»Und wer hat Simone hingehängt?« frage ich drängend. »Irgendeiner *muß* Simone doch hingehängt haben! Selbst wenn es sich um eine sogenannte ›präventive‹ Verhaftung gehandelt haben sollte, heißt das doch nicht, daß man sich einfach irgendwelche Leute greift. Da muß doch jemand denunziert haben!«

»Hast du denn einen Verdacht?« fragt da der Alte.

»Mehr als einen!« antworte ich, ohne viel zu überlegen.

»So?«

»Ja ... Zuerst mal dieses Teufelsweib aus Duisburg. Die Ehegattin des Bildberichters Küppers. Du hast sie doch selber erlebt, diese slawische Katze mit der Ponyfranse bis an die Augenbrauen herunter. Die hat doch bei uns alles durcheinandergebracht ... Die Dame bekam natürlich bald spitz, daß sie nicht die Primadonna spielen konnte, weil sich bereits ein beachtlicher Damenflor französischer Nationalität recht gut etabliert hatte – wenn wir das mal so nennen wollen. Und dann ging's los mit dem Stänkern und Intrigieren. Aber wie!«

Nach einer Bedenkpause sagt der Alte: »Das war doch aber noch in La Baule ...«

»Na und? Bei Preußens braucht schließlich alles seine Zeit. Die Lunten wurden eben schon damals gelegt. Die brauchten dann nur noch angezündet zu werden ...«

»Ich erinnere mich schwach an die Dame – so 'n bißchen mongolisch?« sagt der Alte gedehnt.

»Ja, mongolisch und intrigant.«

»Aber sind das nicht doch abenteuerliche Spekulationen?«

»Nicht ganz. Ich hab in Paris so einiges gehört ... Da war die Dame nämlich auch!«

»Aber da gibt's doch auch noch andere.«

»Wen denn?«

»Naja, hier in Brest diesen Hauptsturm- oder was weiß ich für ein -führer ...«

»Du hast offenbar keinen blassen Schimmer, wozu solche Nazischicksen imstande sind, wenn die Eifersucht sie kratzt.«

Der Alte verfällt ins Grübeln. »Kann sein«, brummt er endlich, »und trotzdem: Ich glaube nicht recht daran. Mit meiner von dir so gern kritisierten Tendenz, die Dinge einfach zu sehen, tippe ich auf den SD-Chef hier. Der Mann scheint mir schon lange nicht ... Wahrscheinlich hat er sich von uns auch geschnitten gefühlt – wer will *den* denn schon einladen?«

Wieder Schweigen. Aber jetzt bin ich sogar froh darüber, daß wir einfach nur so dasitzen und nicht reden. Der Alte! Diese Geschichte mit der Uhr – das ist ja alles kaum zu glauben! Und dann so zu tun, als jucke ihn das Ganze gar nicht.

»Aber wieso sind dann auch Simones Freundinnen alle verhaftet worden – und noch dazu in La Baule?« frage ich nach einer Weile.

»Die Bande kann sich gesagt haben: wenn schon, denn schon – und hat die Freundinnen gleich mit hopsgenommen. Sozusagen in einem Aufwasch ...«

»Auch möglich«, räume ich ein. »Aber gibt es denn gar keinen Weg, herauszufinden, was da eigentlich gespielt wurde und wer da gespielt hat? Mit Diplomatie zum Beispiel? Gleichsam hintenherum, wenn's schon direkt nicht geht?«

»Fragt sich bloß, wie«, entgegnet der Alte. »Zu den Herren, die hier die Hände im Spiel haben – zu denen haben wir eben keine Beziehungen gepflegt – ein Versäumnis, wie sich jetzt zeigt. Und dann mußte uns auch noch der FdU in die Quere kommen ...«

»Und wie weiter?«

»Wenn ich das nur wüßte«, sagt der Alte. »Fürs erste sind uns jedenfalls die Hände gebunden. Aber über kurz oder lang ...«

Da hört der Alte abrupt auf zu reden, doch ich kann mir gut denken, was er sagen wollte und nur nicht sagen darf.

Die halbe Nacht geht mir unser Gespräch durch den Kopf. Ich weiß sicher: Der Alte hat mir noch immer nicht alles gesagt: Was Simone hier in Brest tatsächlich getrieben hat, darüber hat er kein Wort verloren.

Beim Frühstück sitzt der VO drei Tische weiter. Den sehe ich jetzt mit ganz neuen Augen: Einfach so in eine Schergenburg hineinzulaufen und nach einer verhafteten Französin zu fahnden – das will schon etwas heißen. Nur schade, daß ich nicht mit ihm über dieses Abenteuer reden kann: Dazu müßte der Alte erst grünes Licht geben.

»Horstmann kommt rein!« informiert mich der Alte, als ich aus der Messe in sein Büro komme. »Der ist dreimal ausgelaufen – erst beim dritten Mal hat's geklappt. Einmal Maschinenschaden, und beim zweiten Mal hat er eins auf die Haube gekriegt – aber wie! Der hat eben noch keinen Schnorchel . . . Ja, so geht's in diesen fröhlichen Zeiten.«

Ich denke bei mir: neue Sitten! Früher hat es so etwas nicht gegeben. Muß ein verdammt beschissenes Gefühl sein, mit Pauken und Trompeten auszulaufen und dann mit nichts am Sehrohr gleich wieder hereinzuhinken.

»Du kommst doch mit!« sagt der Alte, und ich nicke einverständig. »Der Mann hat sicher was zu erzählen.«

In Wahrheit geht mir das Empfangsbrimborium mit jedem Mal stärker an die Nerven. An der Aushorcherei der frisch hereingekommenen Offiziere beteilige ich mich kaum noch. Aber bei Horstmann ist es etwas anderes – von Horstmann ging schon ein paarmal die Rede. Auf den bin ich neugierig. »Schwierig«, hat der Alte nur gesagt, als ich ihn gefragt habe, wie Horstmann denn so sei.

Wir stehen auf der Pier. Von der Signalstelle wird ein Winkspruch herübergegeben. Der Alte liest ihn halblaut mit.

»Gleich sind sie da!« sagt er. »Ab in den Bunker!«

Wir wechseln vom hellen, dunstzerstreuten Morgenlicht in den gelben Schummerschein der elektrischen Bunkerbeleuchtung.

»Die laufen in Box vier ein«, brüllt der Alte gegen eine Dampfpfeife an.

»Wahrschau!« ruft er und packt mich auch schon am Arm: Fast wäre ich über eine Trosse gefallen. Hier muß man seine Augen wie ein Pilzsammler am Boden halten. Überall spannen sich Trossen oder liegen Schläuche als wahre Fußangeln herum.

Der Alte strebt in Box vier auf der Betonpier bis ganz nach vorn.

»Da sind sie!« ruft er auch schon aus und weist mit dem Kinn nach rechts.

Hinter dem Molenkopf schiebt sich der Bug des Bootes langsam vor. Eine Reihe grauer Silhouetten an Oberdeck. Gegen den helleren Fond heben sich zwei Halbfiguren und zwei Köpfe ab. Jetzt sind die Formen kompliziert durchbrochen. Das machen die Flawaffen und die Lineamente aus der Reling des Wintergartens. Und jetzt sehe ich, gegen die erste abgestuft, noch eine Flakplattform. Wieder eine Silhouettenreihe:

Auch auf dem achterlichen Oberdeck stehen Freiwächter. Endlich kommt auch das Heck frei, und das Boot liegt in seiner ganzen Länge quer vor unserem Blick. Aber dann zieht es sich wieder zusammen und wird immer kürzer: Aus Lage Neunzig kommt es im Winkel von fünfundvierzig Grad näher. Und dann wird es noch schmaler, bis es fast Lage Null erreicht hat.

Wir laufen gegen die Tiefe des Bunkers zurück. Die Gruppe der Wartenden, die sich nicht von der Stelle bewegt haben, macht dem Alten Platz. Kaum hat das Boot die Bunkereinfahrt passiert, hallen die Ruder- und Maschinenbefehle von der Brücke laut nach. Das Boot kommt schnell so nahe, daß ich jeden einzelnen der Männer auf der Brücke genau erkennen kann: Und wieder einmal sieht einer ganz anders aus, als ich ihn mir vorgestellt habe. Horstmann ist von eher kleiner Statur. Er wirkt anfällig, ja krank mit seiner wächsern gelblichen Gesichtshaut. Das wird wieder mal ein Empfang in Moll.

Zweimal schon konnte ich meine Tränen angesichts von Heimkehrern nicht mehr zurückhalten: das erste Mal im Bunker von Saint-Nazaire, als sich auf der schmalen Stelling, die von der Pier auf die Reling des Wintergartens eines U-Boots gelegt war, zwei in U-Bootslederjacken gekleidete Offiziere in die Arme sanken – ganz gegen allen militärischen Komment. Ich wußte, daß es Brüder waren, der eine Kommandant eines abgesoffenen Zerstörers, der andere WO eines anderen, den es auch erwischt hatte. Beide waren sie von U-Booten aufgepickt worden. Als ich sie mühsam die Balance auf der schmalen Laufplanke halten und ihre Tränen strömen sah, überkam es mich auch.

Das andere Mal, als die Männer von der »Python« barfuß auf den Grätings der U-Boote, die sie gerettet hatten, standen: tief unter mir in der Schleuse. Draußen war Ebbe, und die Boote waren eben erst eingeschleust worden.

Es war der Weihnachtstag. Weihnachten ist für mich immer eine schwer ertragbare Zeit gewesen, und nun auch noch diese armen Schweine da unten barfuß stehen zu sehen, das war zuviel für meine maroden Nerven.

Auch jetzt sitzen mir die Tränen locker, wenn ich in die Gesichter der armen Schweine gucke: Auch die hier sind erschöpft, am Ende der Kräfte, kaum noch fähig, sich auf den Beinen zu halten …

Als Horstmann im Büro des Alten sitzt und mit seinem Bericht loslegen soll, kann er den Blick kaum halten: Seine Pupillen schießen hin und her wie die einer gefangenen Ratte. Der Mann ist total fertig.

»Einfach kein Rankommen mehr«, bringt Horstmann endlich mit wütendem Unterton hervor. »Bienen jede Menge. Den ganzen Tag.

Unvorstellbar. Keine Minute Ruhe. Da wird man schier verrückt. Immer in ziemlich regelmäßigen Kreisen. Und wenn man erst zwei-, dreimal runter muß, ist das Ziel so weit weg, daß man nicht mehr rankommt. Das ist doch nur noch eine verdammte Hinkerei. So wird das nichts mehr.«

Der Alte sagt immer noch nichts, kein noch so kleines Wort der Aufmunterung. Er sollte wenigstens sagen: Daß ihr überhaupt wieder da seid! Das ist ja heutzutage schon eine Leistung.

»Mich hat bloß gewundert, daß so wenig Bomben kamen. Die sind anscheinend so voll mit Sprit, daß sie kaum noch Bomben tragen können.«

»Was für ein Typ?« läßt der Alte sich hören.

»Große viermotorige Landmaschinen. Wahrscheinlich Liberators.«

»Muß auch 'n Gefühl sein, so jottwehdeh überm Wasser mit so 'nem Vogel«, sagt der Alte. »Nicht mein Fall.«

Nicht zu fassen! denke ich, muß denn der Alte ausgerechnet jetzt Betrachtungen über die feindliche Aviatik anstellen, anstatt diesen Mann, der auf dem letzten Loch pfeift, aufzurichten. Der sagt jetzt hastig: »Viel passieren kann denen ja wohl nicht, Herr Kapitän – jedenfalls nicht von unserer Seite her . . .«

»Nö«, macht da der Alte nur.

»Unsere Zwozentimeter-Geschosse schlagen nicht durch. Wir haben einwandfrei Treffer beobachtet. Aber die Viermotorigen sind gepanzert.«

Der Alte knurrt: »Wissen wir. Sie bekommen demnächst auch eine Dreikommasieben, die macht dann bestimmt Löcher.«

Horstmann zwinkert dazu nur heftig. Was soll er auch machen? Sich bedanken? Am liebsten, das sehe ich ihm an, würde er sich hochrappeln und davonlaufen. Aber er *muß* dasitzen und *muß* reden, obwohl ihm nach allem anderen zumute sein mag – nur nicht danach.

Der Alte räuspert sich, weil Horstmann schon eine Weile nichts über die Lippen bringt.

»Die Zerstörer werden auch immer frecher«, sagt Horstmann endlich, und das klingt gepreßt und unsicher. »Mit einem waren wir richtig im Clinch . . .«

Früher sagte der Alte, wenn er einen Kommandanten so klagen hörte, wenigstens noch: »Es ist eben keine Liebe mehr unter den Menschen« oder einen ähnlichen Spruch, aber jetzt tut er so, als strenge es ihn an, den Mund aufzumachen.

»Wir haben einmal fünfzehn Wabos en suite bekommen – und dann noch mal zwanzig . . .«

Da macht der Alte sogar eine mißbilligende Miene und fragt: »En suite?«

»Ja, Herr Kapitän! Nacheinander.«

»Komischer Ausdruck: en suite«, sagt der Alte.

Ich habe längst meine Gänsehaut weg, und in meinem Kopf paukt es: Ein Kanonenschuß klingt wie ein Kanonenschuß, eine Granate detoniert wie eine Granate, aber Wasserbomben haben tausend verschiedene Töne. Kann man das überhaupt Töne nennen – dieses harte Bersten, Dröhnen, Rollen, Rumpeln? Zwanzig Bomben hintereinander – das kann kaum zu ertragen sein.

Horstmann scheint sich gefaßt zu haben. Er gebärdet sich auf einmal sogar kaltschnäuzig: »Die Tommies haben wahrscheinlich das Gefühl, das Zeug müsse weg – Schlußverkauf sozusagen. Die Lager müssen geräumt werden . . .«

Aber so gefaßt Horstmann auch tut, seine Hände beherrscht er nicht. Die spielen nervös mit einer Zündholzschachtel. Horstmann hat sie, ohne es zu merken, fast ganz zerrupft. Plötzlich sieht er, was für eine Schweinerei er auf der Back angerichtet hat. Auf sein Gesicht tritt ein Ausdruck von Staunen und Verlegenheit. Er fegt die Spreißel mit fahrigen Bewegungen zusammen, weiß aber nicht recht, wie er das Häufchen vom Tisch verschwinden lassen soll, und sitzt deshalb wie beschämt da. Der Alte tut, als habe er nichts gemerkt. Ich will Horstmann zu Hilfe kommen, aber wenn ich das Häufchen über die Tischkante weg in die hohle Hand streichen würde, könnte ich ihn damit nur in noch größere Verlegenheit bringen. Also lassen wir die Reste der Streichholzschachtel einfach liegen.

»Bißchen barsch, finde ich – ich meine deine Reden«, sagte ich zum Alten, als ich anschließend wieder bei ihm im Büro sitze.

»Soll ich den etwa noch verrückter machen? Da hilft doch bloß abwiegeln. Der kommt schon zurecht. Der muß zuerst mal richtig auspennen . . . Was mich wirklich beunruhigt, ist was ganz anderes: Die Brüder müssen wieder in unsere Schlüssel eingebrochen sein – die erfahren von uns alles, worauf sie neugierig sind. Aber *wir* haben keine Ahnung . . . Ich weiß nur, daß die U-Boot-Abwehrstrategen in Whitehall sitzen. Aber Whitehall – was sagt mir das schon? Nach merry old England sind wir als Kadetten nie gekommen – leider . . .«

»Die Tommies sind eben fein raus: Die sind zu Hause – wir in Feindesland.«

Der Alte verzieht spöttisch die Mundwinkel: Feindesland klang also falsch. Ich muß selber darüber lächeln. Der Alte grinst gutmütig mit. Und jetzt sagt er, als sei ihm eine Eingebung gekommen: »Wir sollten mal wieder raus . . .«

». . . ins Feindesland«, falle ich ein.

»Ja, nach Logonna, ins Schlößchen. Morgen. Und Horstmann nehmen wir auch mit.«

»Machen Sie das nach Ihrem Gutdünken. So oder so, das kommt doch alles aufs gleiche raus«, höre ich den Alten zum Flottilleningenieur sagen, als ich am späten Nachmittag noch einmal in sein Büro gucke. Und zu mir: »Kannst ruhig reinkommen. Wir sind gerade fertig.«

»Schnorchel einbauen und keine haben – das mach mal einer!« sagt er, als wir allein sind. »Für Horstmann soll noch einer unterwegs sein, wahrscheinlich irgendwo zwischen Nancy und Paris. Den müssen wir sicher auch abschreiben. Und ohne Schnorchel hat kein Boot mehr Schangs . . .«

Mit vergrellter Miene studiert der Alte ein paar Meldungen, die vor ihm auf dem Schreibtisch liegen, aber dann strafft er sich plötzlich, ja, er tut so, als sei er aus halbem Schlaf hochgeschreckt, und trompetet: »Das hätte ich doch fast vergessen . . .«, und dann leiser und näher zu mir gebeugt: »Du sollst dich bei der Marineabwehrnebenstelle in Rennes melden. Wir haben ein Fernschreiben bekommen.«

Ich bin so verblüfft, daß ich mein Gesicht nicht zu beherrschen und schon gar nichts zu sagen weiß. Der Alte hat den Blick von mir gelöst und scheint auch nichts mehr sagen zu wollen.

»Rennes?« bringe ich schließlich hervor.

»Rennes!« sagt der Alte, und es klingt forciert gleichmütig. »Ja, das hat mich auch zuerst gewundert. Wenn die was von dir wissen wollen, könnten sie dich ja auch hier befragen. Hier gibt's nämlich auch so was: Abwehrnebenstelle Brest heißt der Verein.«

Ich spüre, wie meine Nerven zu flattern beginnen, schaffe es aber noch, ruhig zu erscheinen und mit gefaßter Stimme zu fragen: »Und was soll das bedeuten?«

»Das *muß* nicht viel bedeuten. Ich würde das nicht so wichtig nehmen«, sagt der Alte und guckt, obwohl ich seinen Blick suche, an mir vorbei. Und wieder repetiere ich wie plötzlich mit Einfalt geschlagen, was er gerade gesagt hat: »Nicht wichtig nehmen?«

Der Alte bedenkt sich. »Also, ich würde sagen«, hebt er schließlich mit fester Stimme wieder an, »du solltest den Stier bei den Hörnern packen. Wie ich die Sache sehe, will man von dir nur ein paar Auskünfte haben, sonst wäre das Procedere anders. Marineabwehr – das sind schließlich *unsere* Leute. Vielleicht wollen die bloß was ganz Simples wissen, und wir zerbrechen uns hier die Köpfe völlig unnötigerweise. Und außerdem«, fährt er fort, »hast du doch ein reines Gewissen. Dein Glück, daß du nie konspirativ warst.«

»Und wenn sie mir was andichten?«

»Dann bist du ja wohl nicht auf den Mund gefallen.«

»Schöner Trost!« sage ich und denke: ganz der Alte. Der hat gut reden mit seinem Halsorden. Und wie er den Ahnungslosen spielt! Dabei ist es klar wie dicke Kloßbrühe: Es geht um Simone.

»Und im Zweifelsfall sind wir auch noch da«, sagt der Alte. »Also ich würde mich da sehen lassen ...« Und jetzt räuspert er sich kurz und nimmt einen geschäftsmäßigen Ton an: »Morgen wollen wir nach Logonna. Ich laß dich also übermorgen nach Rennes fahren. Angemeldet wirst du durch den Adju.«

Der Alte hat also längst entschieden.

»Sagen wir – gleich früh um acht Uhr.«

Der Alte guckt mich forschend an. Ich strenge mich an, ihm ein Gesicht ohne jeden Ausdruck zu zeigen, und dann rette ich mich in den Komment: »Übermorgen acht Uhr nach Rennes, Meldung bei der Marineabwehr!«

Ich trete ab und denke: Der Alte hat gut reden. Daß mit diesen Brüdern nicht zu spaßen ist, ist mal sicher. Und was wollen die Heinis ausgerechnet von *mir*? Warum bestellen sie sich nicht den Alten? Trauen sie sich an den nicht heran und versuchen deshalb an mir ihr Mütchen zu kühlen? War *ich* es etwa, der Simone mitten in der Flottille einlogiert hat? Habe *ich* Simone mit in die Bunker genommen, noch dazu eine als Marineoffizier verkleidete Simone?

Wenn ich nur wüßte, was sie mir eigentlich vorwerfen wollen. Woran soll *ich* denn schuld sein? Während ich den Hof überquere, frage ich mich: Wenn es tatsächlich nur um Schwarzhandel gehen sollte – Schwarzhandel für die Flottille – und der SD hinter allem steckt, warum dann gerade ich?

Da mache ich auf dem Absatz kehrt, gehe den Weg zurück und wieder in den ersten Stock hinauf – erst vor der Tür des Alten zögere ich, dann fasse ich mir aber doch ein Herz und klopfe an.

»Entschuldige bitte«, beginne ich gleich, »aber darf ich dich schnell noch was fragen?«

»Schieß los!«

»Wenn das mit dem SD hier stimmt und dem Schwarzhandel, könntest doch bloß du dran sein – oder der VO. Wieso sind sie denn dann *mir* auf den Hacken? Das heißt: Wieso wird dann gegen mich ermittelt?«

Der Alte gibt zunächst keine Antwort. Dann sagt er: »Gegen dich ermittelt? Das nimmst du doch nur an. Die wollen dir irgendwelche Würmer aus der Nase ziehen. Vielleicht probieren sie das bei mir auch noch.«

Daraufhin verfällt der Alte ins Grübeln. Er guckt dabei zu Boden wie ein vertrotztes Kind. Endlich räuspert er sich: »Du wolltest doch noch mehr über die neuen Typen erfahren. Da solltest du dich mal an den Flottilleningenieur wenden. Das ist ein guter Mann!«

Was redet der Alte da? Was soll denn das nun wieder bedeuten? Die neuen Typen! Als ob es jetzt nichts Aufregenderes gäbe!

Mir ist die Nachricht aus Rennes durch und durch gegangen, und der

Alte fängt einfach von den neuen Booten an. Jetzt sagt er auch noch: »Der Flottilleningenieur hat immer für dich Zeit«, und das läßt er so klingen, als schließe er ein Gespräch ab, das sich um nichts anderes als meinen Wunsch nach technischen Informationen gedreht hat.

»Danke!« sage ich knapp und lange nach der Türklinke.

»Von dem hörst du keine Schönfärbereien. Der läßt sich so leicht kein X für ein U vormachen.«

»Gehorsamsten Dank!« sage ich und bin schon im Flur. Tapsig wie ein Geblendeter verhalte ich für eine Weile, ehe ich die Treppe hinuntergehe.

Stunden später, auf meiner Koje, zermartere ich mir immer noch das Hirn über den Alten. Abwiegeln – das war es immer, was er am besten konnte: nur keine Aufregung! Das galt auch noch, als einmal ein Zerstörer das Boot entdeckt hatte und beidrehte und in Lage Null mit dem weißen Knochen im Maul heranjagte: »Die schießen doch nicht! – Und wenn, dann treffen die doch nicht!« kommentierte das der Alte, noch ehe es Alarm gab.

Ich lese am nächsten Morgen gerade den letzten Wehrmachtbericht, als ich den Alten »Leutnant Buchheim!« rufen höre. In einer Stunde soll es los nach Logonna gehen.

»Zu Wasser oder zu Lande?« frage ich zurück.

»Natürlich auf der Straße!«

Der Alte ist wie ausgewechselt.

»Nimm deine MP mit.«

»Jawoll, MP mitnehmen!« blaffe ich theaterhaft zurück. MP soll sein! In Daoulas hat es Überfälle auf deutsche Soldaten gegeben, und wir müssen durch Daoulas.

Nur Horstmann kommt noch mit. Einige junge Bootsoffiziere sind bereits im Schlößchen.

Wir nehmen den Kübel. Der Alte sitzt vorn neben dem Fahrer, und ich sitze mit Horstmann hinten. Es dauert nicht lange, bis ich mich unbehaglich fühle: Ich sitze zu tief. Also klettere ich höher. Jetzt, mit den Füßen auf dem Sitz und der MP quer über den Oberschenkeln, fühle ich mich besser. Horstmann tut es mir nach.

Der Alte wendet sich um und pliert mich vergnügt an. Er trägt sein ältestes Jackett – ganz wie erwartet.

Das Schlößchen liegt an einem fjordartigen Seitenarm der Bucht von Brest. Wer das erste Mal ohne einen Führer hinfährt, verfranzt sich mit Sicherheit, hat mich der Alte aufgeklärt. Logonna heiße auch ein *Dorf*, und wenn man den Wegschildern mit der Aufschrift »Logonna« folge, gerate man zwar dorthin, dann aber in die Irre: Das Schlößchen liege, nur über halb verwachsene Pfade erreichbar, inmitten verwilderter Wälder, die einem keine Orientierungspunkte böten.

Wir fahren zuerst nach Daoulas, einen ganz und gar in sich verschlossenen, altersgrauen Ort, den ich allein schon wegen der drei aufeinanderfolgenden Vokale in seinem Namen liebe. Der Fahrer summt vor sich hin: Offenbar weiß er nichts von den Feuerüberfällen.

Der Alte dreht sich zu mir um und wirft mir einen amüsierten Blick zu: Wir sind mit guter Laune unterwegs.

An einer Straßenkreuzung läßt der Alte anhalten: »Da rechts muß noch ein Schloß sein!« Hoffentlich erweckt es bei ihm nicht neue Begehrlichkeit.

Ein Leichenzug kommt uns auf der Dorfstraße von Logonna entgegen. Wir müssen rechts ranfahren. So viele Leichenzüge wie hier in der Bretagne habe ich noch nirgendwo gesehen. Die Männer tragen lange Röcke und große schwarze Hüte. Kaum einer schenkt uns einen Blick. Der Leichenzug paßt vollkommen in die Landschaft: Landschaft mit Staffage.

Und nun in einen schmalen Hohlweg. Düster. Böcklin-Stimmung umgibt uns. Über uns schließt sich ein Laubdach, und es wird davon noch düsterer. Dann aber treten die dicht bewachsenen Erdwände zurück, und der Blick wird frei, und da liegt unser Ziel.

Das Schlößchen ist ein Frührenaissance-Manoir. Im Hof liegen zwei Säulenkapitelle ohne Säulen: gedrungene Oberkörper von Mann und Weib aus Granit. Das Weib hat die Arme auf dem Rücken verschränkt und reckt schwere Brüste vor. Der Mann hält die Arme so vor der Brust, daß die Muskeln dick schwellen. Er trägt einen Bart und hat die Augen geschlossen, die Frau ihre offen. Was will das besagen?

Alles ist grau: der verwitternde Stein der Wände, der Steinboden des Hofes . . . Die Dächer sind graublau: Schiefer.

Als ich durch das Rundbogenportal trete, fahre ich mit den Fingerkuppen über den Stein hin. Er ist ganz leicht körnig. Drinnen ist alles grauweißer Stein, keine Tapeten, nur im Speisesaal eine gewebte Wandbespannung, aber die auch nicht ganz mannshoch.

Wer mögen die Besitzer dieses Schlößchens sein? Ich kann mir kein schöneres vorstellen: das verwunschene Schloß meiner Knabenträume. Der Alte weiß nur, daß es einem Grafen gehört.

»Der hat sich aber nie hier sehen lassen!« Und dann fügt der Alte fast schwärmerisch an: »Wenn man hier draußen ist, dann ist der Krieg hundert Jahre weit weg.«

Der Alte mimt eitel Zufriedenheit, während er seinen Blick umherwandern läßt: »Ist doch gemütlich hier, oder? Alles stabil gebaut und stilecht.

Und dazu der gute Wehrsold und die aufmerksame Betreuung. Was kann der Mensch mehr wollen?«

Ich staune, aber da sehe ich, daß sich um die Mundwinkel des Alten ein ironischer Zug gebildet hat ...

»Eine Küche haben wir auch – prima von uns ausgebaut – du wirst schon sehen ... Ah, da – da kommt ja Meier, unser Koch!«

Meier vollführt merkwürdig verdrehte Bewegungen, die wohl eine Art servilen Kratzfuß darstellen sollen. Oder will er demonstrieren, daß er sich keine militärischen Manieren zumuten mag: Meier ist Zivilist.

Nichts paßt zueinander an diesem Mann: Seine kantige Kinnlade nicht zu seinem vollen Kußmund, seine kräftige Gestalt nicht zu seinem Gehabe. Der ganze Kerl stimmt nicht.

Von Meier erfahren wir, daß »die anderen Herren« spazierengegangen sind.

Als ich alle Räume erkundet habe, gehe ich auch los: einen schmalen Wiesenrain hinab zum Wasser. Ein paar Fischerboote liegen dicht am Ufer. Nahe dem Gegenufer wriggt einer im Sitzen. Er handhabt den Riemen wie einen großen Muslöffel. Das Wasser zieht ab.

Es geht kein Hauch, und es ist auch ganz still, kaum ein Wasserplätschern. Aber auf einmal beginnen drüben Hunde wild zu kläffen: Die werden hinter einem Hasen her sein.

Der Hang gegenüber ist braun wie Wildleder, mit ein paar grünschwarzen Tupfern von Pinien darin. Über dem Hang baut sich das Dorf auf. Die Dächer stehen so wohlkomponiert gegen den Himmel, als hätten die Erbauer der Häuser eine gute Wirkung auf den Betrachter über dem Wasser im Sinn gehabt.

Bis zur Ortschaft L'Hôpital kann ich nicht sehen. Dort liegt blauer Dunst. Aber die Reede von Brest strahlt vor Helligkeit. Ein paar treibende Boote stehen in der Ferne fast schwarz gegen dieses kalte Licht. Alle haben die gleiche Form und die gleichen rotbraunen Segel. Die Luft ist nach der Bucht hin so klar, daß ich an den Bugen die kleinen blauweißroten Felder erkennen kann.

Nun wende ich den Blick: Die Böschung hinter mir wird von Eichen gekrönt. Viele ihrer Wurzelarme sind entblößt, tief zerschrunden die Stämme.

Ich finde einen tiefen Hohlweg, der direkt zum Dorf Logonna führt. Dort steht eine Kirche mit einem durchbrochenen Turm, der ganz von grauen Flechten bewachsen ist. Der Friedhof ist von einer bedrückenden Häßlichkeit: Viele Grabkreuze sind aus Beton gegossen, aber wie Baumrinde strukturiert. An jedem dieser scheußlichen Kreuze hängt ein armseliger weißer Christus aus Porzellan. Offenbar gibt es hier in der Gegend nur einen einzigen Hersteller für Grabkreuze: Eins gleicht dem anderen. Nur die Kränze aus Perlen, die auf den Gräbern liegen, zeigen ein paar Unterschiede.

Ein alter Bretone mit dem breitkrempigen Hut, wie ihn nur noch sehr alte Leute tragen, geht staksig zwischen den Gräbern hin, den Blick auf den Boden gerichtet, als suche er etwas.

Auf verschlungenen Wegen gelange ich, ohne es zu wollen, wieder ans Wasser. Ein mit orangefarbenen Weidenruten beladenes Boot treibt vorbei – ein Bild, wie von Segantini gemalt. Das Wasser läuft immer noch ab, aber jetzt ist das Strömen in dem schmalen Rinnsal inmitten des Schlicks nur mehr zu sehen, wenn man scharf hinguckt.

Die hilflos im Schlick gekippten Boote zeigen mir ihr ausgelaugtes Oberdeck oder ihre schwarz wie Käferflügel glänzenden Unterseiten, je nachdem, nach welcher Seite sie gekippt sind, als das Wasser nach See hin zurückgewichen ist.

Die Möwen, riesige Tiere, stehen hölzern steif auf den festeren Stellen im Schlick. Wenn sie, nur weil eine von ihnen verrückt spielt, alle zugleich auffliegen, erstickt ihr schrilles Wutgeschrei alle anderen Töne.

Ich hocke mich auf einen Stein und lasse die Zeit verrinnen.

Als ich auf einem schmalen, von verdorrtem Farnkraut fast gänzlich zugewucherten Pfad zum Schloß zurückgehe, kommt mir der Alte entgegen. Er hat eine kleine Axt in der Hand. Ich erfahre, daß er damit die Bäume zeichnen will, die nach seiner Meinung gefällt werden müssen.

»Was geht dich denn der Wald des Grafen an?« frage ich.

»Der ist doch völlig verwildert«, antwortet der Alte.

»Vielleicht hat es der Graf aber gern so verwildert?«

»Aber so geht's doch nun wirklich nicht!«

»Na, da wird sich der Graf freuen, wenn er wieder herkommt und alles ist in Ordnung!«

»Soll er auch – schließlich sind wir anständige Gäste, die alles in Schuß halten.«

Und ihm auch schon eine feine Küche ans Schloß angebaut haben! ergänze ich im stillen. Okkupationstruppen, mit denen man zufrieden sein kann: anstellig und hilfreich, daß es nur so eine Art hat.

»Der hier muß doch auf jeden Fall weg!« sagt der Alte und holt zu einem kurzen Schlag aus, der ein Stück Rinde so von einem Stamm löst, daß das helle Holz erscheint.

Kurz vor dem Schlößchen treffe ich auch Horstmann, der offenbar schon tüchtig getrunken hat. Er überfällt mich gleich mit einer wahren Suada: »Diese Speichellecker, diese Ehrgeizlinge und Großsprecher! Die stehen mir bis oben hin! Die paar Intelligenten, die fähig wären, so was wie einen Kassandraruf zu formulieren, die werden zum Kasperl gemacht. Da heißt es dann einfach: Das sind keine richtigen Soldaten. Richtige Soldaten sind stur. Sturheit ist Trumpf. Besser alles falsch machen als irgendwelche Bedenken hegen. Dönitz hat das ja selber als Maxime verkündet.«

»So aber nicht!« falle ich ein.

»Nicht wörtlich, aber genau das wollte er sagen«, ereifert sich Horstmann sofort.

Was ist bloß in diesen Mann gefahren? Ich möchte seinen Ausbruch stoppen, weiß aber nicht, wie. Horstmann redet wie der Zahnarzt ... Und wenn ihn einer so reden hört, kann ihn das Kopf und Kragen kosten – genauso wie den Zahnarzt.

»›Zaudern ist Führungsschwäche. Eine Schlacht durchschlagen – ohne Rücksicht auf Verluste!‹ –, das ist unser großer Werbespruch: ›Ohne Rücksicht auf Verluste!‹« Horstmann legt eine kurze Pause ein – aber schon macht er in seinem heftigen Stakkato weiter: »Nur vor dem großen Manitu, da wird Dönitz winzig, den bewundert er, weil der die Juden weggeputzt und Ordnung auf den Straßen gemacht hat. Kein Rotfrontgebrülle mehr, keine Arbeitslosen. Dafür diese prächtigen Reichsautobahnen. Und Glaube und Schönheit und Kraft durch Freude und den lustigsten aller Kriege überhaupt – das Großdeutsche Reich auf dem Wege zur Weltherrschaft!«

Wie kann Horstmann sich nur so auslassen? Er kennt mich doch kaum ...

Und wenn das Ganze nun eine Falle ist? Horstmann ein agent provocateur, wie sie auch einen auf Peter Suhrkamp losgelassen haben? Aber so plump *kann* das doch keiner versuchen. Oder macht er es *gerade* so plump, daß ich meine, er *müsse* es ehrlich meinen? Trick und Supertrick?

Wenn der Mann mir doch gegenübersäße, statt neben mir herzugehen! So kann ich ihn nicht beobachten, nicht sein Gesicht ausforschen. Oder ist das etwa auch geplant? Ist die ganze Inszenierung sorgfältig ausgedacht? Die leichte Besoffenheit auch?

Da bleibt Horstmann mit einem Ruck stehen und guckt mir voll ins Gesicht. Ich halte den Blick fest: Ich will wissen, was mit diesem Mann los ist. Ein Verrückter? Ein Verzweifelter?

Horstmann ist blaß. Seine Lippen zittern. Sein Blick ist nicht fest, aber er weicht mir auch nicht aus.

»Die haben uns schön hineingeritten! Und nun heißt es: ›Alle in einem

Boot. Keiner darf Deutschland im Stich lassen! Jetzt geht es um Leben und Tod. Wer sein Leben nicht einsetzt, hat es verwirkt . . .‹«

Horstmann hat das wie hechelnd hervorgebracht. Und nun stößt er gar ein paar harte, hysterische Lacher aus: »Mittäter oder Verräter! Dazwischen kann man wählen. Schuldig wird man auf jeden Fall . . .«

Horstmann schüttelt den Kopf, atmet tief durch und versucht sichtlich, sich zu beruhigen. Was kann ihn nur so aufgebracht haben? Wahrscheinlich hat im Schlößchen einer von den anderen Kommandanten nazistische Reden geschwungen.

Horstmann bleibt wieder abrupt stehen. Dann sagt er ruhiger: »Ich kann den Quatsch einfach nicht mehr ertragen. Schon lange nicht mehr!«

Als ich ihn nur schier hilflos anstarre, sagt er noch: »Mal richtig laufen!« und stakst unsicheren Schritts in die Gegenrichtung los.

Kaminrunde unterm Kreuzgewölbe am hellen Nachmittag. Ich sehe mich verstohlen in der Versammlung um: Gleich fällt mir die Illustriertenzeile ein: »Das Gesicht des deutschen U-Bootfahrers ist allen gemeinsam«, und darüber muß ich innerlich lachen. Hier sitzen in den tiefen Ledersesseln ein paar verlegene blau uniformierte Konfirmanden herum und wissen nicht recht, was sie mit ihren Händen machen sollen. Einer hat sie so breit vor sich auf den runden schweren Tisch gelegt, als säße er noch in der Schulbank. Die anderen halten ihre Gläser umschlossen, als könnten sie ihnen gestohlen werden. Kein einziger ist da, der als Modell für das propagierte Heldenbild nur halbwegs geeignet wäre: keine breiten Schultern, keine dräuenden Stahlblicke. Das sind eher schmächtige Burschen, allesamt bleich, einige mit Pickeln – insgesamt zwei sehr junge Kommandanten und vier WOs.

Vielleicht schützt die Natur die einen mit Stumpfsinn, wie sie die anderen mit Fanatismus schützt. Wie sollten diese schnell gealterten Jünglinge sonst die hoffnungslosen Ausfahrten ertragen können. Die Sinnlosigkeit zuzugeben wäre gleichbedeutend mit Selbstaufgabe. Also tut der Alte ihnen am Ende nur Gutes an, wenn er die deprimierenden Tatsachen verwischt, bis sie nicht mehr zu erkennen sind.

Zeit genug für mich, nun den Alten zu beobachten, wie er seine Rolle als Flottillenchef spielt. Von den beiden Kommandanten wird er mit Ehrfurcht und einer Art Unterwürfigkeit behandelt, die ihm offenkundig lästig ist. Der Alte reagiert darauf leise abwehrend – wenn es ihm zuviel wird, sogar barsch.

Horstmann blickt starr ins Kaminfeuer. Seine Hände hält er in Beterhaltung vor dem Gesicht. Seit unserem Gespräch hat er keinen Blick mehr mit mir getauscht. Ich bin ihm dafür dankbar.

Da ist es wieder, das Gefühl von Unwirklichkeit, das mich so plötzlich überfallen kann. Mitten im schleppenden Palaver schärft sich meine Wahrnehmung, und ich sehe die Szenerie vor mir wie ein Fremder, der eben erst durch die Tür getreten ist, nehme mit bassem Staunen den ganzen Raum wahr: den gewaltigen, deckenhohen Granitkamin, die schenkeldicken Deckenbalken, die blaugrün dämmernden Gobelins an den Wänden, und jetzt sehe ich auch noch mich selber von hinten, als Silhouette gegen das prasselnde Kaminfeuer.

Ich schlage mit den Lidern, es juckt mich, mir die Augen zu reiben, aber die Bilder bleiben, wie sie sind.

Mir ist, während ich das Reden wie von ferne höre, seltsam zumute: In mir ist eine Stimme, die mir so etwas wie ein schlechtes Gewissen aufschwatzen will: Da sitzt du nun in Sicherheit, in der Halle eines Schlosses, das sich verzauberter nicht denken läßt – und draußen wird krepiert. Vielleicht haben sie gerade in dieser Minute ein Boot am Wickel!

Der kalte Schauer zwischen meinen Schulterblättern, was bedeutet er anderes als Angst ... Ich schüttele mich, um davon freizukommen. Meinen Claudius fest im Kopf, skandiere ich mit geschlossenen Lippen: »... 's ist leider Krieg – und ich begehre / Nicht schuld daran zu sein ...« Und jetzt wage ich sogar ein innerliches Auftrumpfen: die Stunde genießen! Jetzt erst recht. Carpe diem! Weiß der Teufel, was uns noch blüht. An die Brust nehmen, was uns geboten wird. Was könnten wir denn schon ändern!

Aber ein lustiger Ausflug will das nicht mehr werden. Horstmann schweigt sich aus, und ich denke: auch besser so. Die anderen sind zu unbedarft und dem Alten gegenüber wohl auch zu respektvoll. Und der Alte selber gibt sich lieber »einer gepflegten Elegie« hin, wie das seine Art ist, als seine Offiziere aus der Reserve zu locken.

Noch ein Gang durchs Gelände, dann fahren wir mit unserem VW wieder los. Die sechs dürfen noch bleiben.

Während der ganzen Rückfahrt sagt Horstmann kein einziges Wort.

Am späten Abend noch sitze ich mit dem Alten bei Rotwein in seinem Pavillon.

Nach dem umständlichen Pfeifenstopfen, das mich ganz kribbelig macht, sage ich als erster: »Schwarzhandel, *dafür* wird man ja nicht gleich an die Wand gestellt, oder ...?«

Ich bin augenblicks zufrieden, daß das so lauernd klang und die Betonung so deutlich war, wie ich wollte.

»Rede nur ruhig weiter«, sagt der Alte halblaut.

»Ich könnte mir immerhin vorstellen«, fahre ich fort, »daß die Bande vom SD andere Sorgen hat, als den Schwarzhandel mit einer U-Bootflottille zu unterbinden – oder . . .? Der Verdacht auf Spionage ist ja wohl so abwegig nicht – ich meine für diese Sorte von Mieslingen.« Und nun wage ich mich noch weiter vor und frage den Alten direkt: »Hast du denn wirklich nie an so was gedacht?«

»Aber selbstverständlich – allerdings nicht in Zusammenhang mit Simone. Wir haben uns sehr genau überlegt, wo bei uns Schwachstellen sein könnten und was *wirklich* geheimgehalten werden muß – oder sollte. Aber dann haben wir uns gefragt: wie denn – bei Hunderten von französischen Werftarbeitern im Bunker, bei französischen Putzfrauen in allen Quartieren, bei den vielen Puffs? Hier kann doch jeder spitzkriegen, was er nur will. Was *wirklich* noch geheim ist, das ist verdammt wenig. Und an dieses Wenige wäre Simone nie herangekommen!«

»Und da bist du dir sicher?«

»Mach dir mal keine zu großen Sorgen. Du siehst jetzt alles ohne Abstand, weil du morgen nach Rennes mußt.«

»Abstand?«

Stellt sich der Alte nur dumm? Ich muß ihm nun doch, wohl oder übel, ein paar Lichter aufstecken: Wenn der SD seine Hände im Spiel hat, kann meine Lage schließlich schnell prekär werden.

»Ich habe mir erst nichts dabei gedacht«, setze ich an, »als in La Baule das Gerede von den Fallschirmspringern umging, die bei Nacht in der Gegend von Guérande, also gar nicht weit weg von der Flottille, abgesetzt würden, um Sabotagetrupps zu bilden und die Schleusen in Saint-Nazaire zu zerstören . . . schon vor dem Raid und der Campbelltown . . .«

»Na und?« fragt da der Alte.

»Es hieß auch, daß trotz allen Durchkämmens des Geländes sofort nach dem Einfliegen nie einer der Springer aufgespürt worden ist. Und dann machte Simone Andeutungen, daß sie Kontakte mit Fallschirmspringern hatte. Diese Andeutungen waren zwar vage, trotzdem war ich alarmiert. Aber das ist noch nicht alles: Eines schönen Tages zeigte sie mir einen hübschen kleinen schwarzlackierten Holzsarg, den sie ihr durchs offene Fenster geworfen hatten – zumindest sagte sie das. Diese Art Spielzeugsarg ist die übliche Warnung an Kollaborateure. Wenn der Maquis, so kombinierte ich, Simone für eine Kollaborateurin hielt, konnte sie kaum für die Firma arbeiten.«

Der Alte sitzt da wie tot und steif. Deshalb frage ich: »Doch eigentlich logisch, oder nicht?«

Aber auch da rührt er sich nicht. Er könnte, wie er so reglos dahockt, mit seinen Gedanken auch ganz weit weg sein.

»Also«, hebe ich wieder an, »hielt ich mich für einen schlauen Kopf und beruhigte mich mit meiner Folgerung.«

Da kommt endlich eine Spur von Leben in den Alten: Er dreht den

Kopf zu mir her und guckt mich halb an, und da merke ich, daß er glaubt, meine Geschichte sei damit zu Ende.

»Nach unserem letzten Einlaufen habe ich aber im Keller von Ker Bibi Holzstücke, schwarze Farbe und Pinsel gefunden«, fahre ich unbewegt fort. »Die Farbe vertrocknet, die Pinsel steif.«

»Mach Sachen!« entfährt es dem Alten da.

»Simone hat sehr geschickte Hände. Sie ist handwerklich richtig begabt«, sage ich und denke: Simone kann bescheidene Blumen so hübsch in Vasen arrangieren, daß sie wie teure Buketts aussehen. Mit nichts als Draht bastelte sie mal einen Korb, den sie vor der Lenkstange ihres Fahrrads befestigte, um darin ihre Pudelhündin spazierenzuführen. Simone kann sogar mit der Schusteraale umgehen und defekte Sattelgurte wieder in Ordnung bringen.

»Einen kleinen Sarg zu basteln und anzumalen wäre für Simone ein leichtes gewesen . . .«, sage ich wieder laut. Aber wem denn eigentlich? Schließlich hat der Alte Simone wegen ihrer Fähigkeiten in die Flottille geholt. Oder?

Dem Alten ist anscheinend nicht nach Reden zumute. Jetzt müßte er aber anbeißen! Also abwarten!

Nach einer ganzen Weile sagt der Alte endlich: »Du meinst also, Simone hätte den Sarg selber gebastelt . . . Aber das ist doch absurd! Du hast dich da in fixe Ideen verrannt. Ich würde das alles nüchterner beurteilen. Wahrscheinlich gab's auch gar nichts Besonderes – ich meine keinen besonderen Verdacht gegen Simone . . . In diesem Frühjahr haben im großen Umfang sogenannte präventive Verhaftungen stattgefunden. Fast fünfzigtausend Leute soll der SD festgenommen haben.«

Der Alte verstummt für eine Weile.

»Die Forces Françaises de l'Intérieur, die FFI – die sind jetzt ganz schön aktiv«, hebt er dann wieder an. »Ohne daß wir viel davon merken, findet hier eine Art Bürgerkrieg statt gegen Kollaborateure, gegen die Miliz et cetera. Man schaut nicht ganz durch: Pétain, Laval, die Vichy-Regierung und eben diese komische französische Miliz. Wenn die sich erst mal richtig an die Kehle gehen dürfen, ist hier einiges los!«

Der Alte tut jetzt gerade so, als sei nichts so fesselnd wie französische Innenpolitik. »Seit dem dritten Juni gibt's sogar die sogenannte ›provisorische Regierung der französischen Republik‹ mit de Gaulle als Chef. Es heißt, daß der auf gut eine halbe Million Leute zurückgreifen kann. Wir haben ja keine Ahnung, was hier wirklich gespielt wird . . .«

»Simone wird's wahrscheinlich gewußt haben.«

Da schweigt der Alte. Er läßt Minuten vergehen, ehe er mir in einem leicht gereizten Ton vorhält: »Einmal beklagst du dich, daß zuviel Theater um die Geheimhaltung gemacht wird, und dann geschieht für deinen Geschmack wieder zuwenig.«

»Ich könnte sie mir jedenfalls effektiver vorstellen – die Geheimhaltung«, gebe ich zurück.

Pause. Der Alte erhebt sich, steht eine Weile da und reckt sich wie kreuzlahm, dann holt er neuen Wein. Als er wieder sitzt, sage ich: »Habe ich dir eigentlich schon die Geschichte von den spanischen Streichholzschachteln erzählt?«

»Was für spanische Streichholzschachteln?« fährt da der Alte aus seinem Nachsinnen auf.

So gleichmütig, wie ich nur kann, antworte ich: »Simone hatte mal eine. Die hatte sie in La Baule irgendeinem WO stibitzt.«

»Und wo hatte *der* sie her?«

»Wahrscheinlich vom selben Schiff, auf dem wir auch welche in die Hand gedrückt bekommen haben.«

»Ich nicht!« entrüstet sich der Alte.

»Aber du weißt, wovon ich rede?«

»Von der ›Weser‹ nehme ich doch an. In Vigo ...«

»Die lagen jedenfalls in der Messe der Weser überall herum und jeder – offenbar nur du nicht – hat sich eine oder sogar zwei eingesteckt, sozusagen als spanisches Souvenir. Ansichtskarten von Vigo gab's ja nicht ... Jedenfalls nicht gerade eine Glanzleistung der Geheimhaltung, wenn so eine Streichholzschachtel dann im Café à l'ami Pierrot ganz offen auf dem Tisch liegenbleibt – oder sonstwie dort verschwindet. Ich hab ganz schön Augen gemacht, als ich wenig später in Vigo genau die gleiche Schachtel sah – unsere Versorgung in Vigo war doch nun weiß Gott geheim.«

Weil der Alte jetzt gar so verdattert dreinschaut und nichts sagt, stoße ich nach: »So läuft das doch: *Mir* wird von den Zensuronkels auf jedem Foto mit Rotschrift herumgemalt. Da darf nicht einmal ein einzelner Kran zu sehen sein – und dann wird auf die dümmste Weise in die Welt gebracht, daß unsere Boote auf dem Weg nach Süden im neutralen Spanien versorgen.«

»Das hättest du melden sollen!« sagt der Alte düster.

»Wann denn? Als Simone mir die Schachtel zeigte, konnte ich ja noch nichts Böses ahnen. Hübsche Verpackung! habe ich mir damals nur gedacht. Da war so eine altmodische Lokomotive drauf. Schwarz-rot das Ganze. Ich hab mich noch gewundert: Lokomotive? Warum denn keine Flamencotänzer? Und erst in Vigo fiel bei mir der Groschen.«

»Und du meinst, daß Simone ...«, sagt der Alte stockend und blickt mich dabei von unten her fragend an.

»Kann sein, *muß* aber nicht.«

Ich denke, ich hätte besser schweigen sollen. Wahrscheinlich hat der

Alte recht, und ich sehe Zusammenhänge, wo gar keine sind. Aber die Streichholzschachtel mit der spanischen Schrift und der kleine schwarze Sarg, die wollen mir, seit ich nach Rennes bestellt bin, nicht mehr aus dem Kopf. Meine aus Ker Bibi verschwundenen Fotos auch nicht – der Teufel soll das alles holen!

»Ich glaub, du siehst Gespenster«, sagt der Alte jetzt und hat wieder Entschiedenheit in der Stimme. »Das ist einfach der verfluchte SD. Ich hab das doch alles schon erlebt: Sogar vom Kriegsgericht Freigesprochene werden von denen noch unter sogenannte Schutzhaft gestellt. Auf die wartet der SD gleich am Gefängnistor. Das heißt dann ›Verdacht auf Wiederholungsgefahr‹ oder so ähnlich. Da gibt's jetzt ganz neue Vokabeln.«

Soll das ein Trost sein? kann ich mich da nur mehr fragen ...

Der Alte hat jedenfalls – und das ist sicher – einen schönen großen Haken im Fleisch. Was Wunder, daß er schon bald in die Koje will.

Zur Abwehr

Um acht verlassen wir die Flottille. Mir ist zumute, als hätte ich meinen Kopf schon halb in der Schlinge. Verdammt noch mal! Kühles Blut bewahren, sang froid! ermahne ich mich während der langen Fahrt immer wieder.

Die Dienststelle, die wir suchen, ist in einer Stadtrandvilla untergebracht. Stil 1900. Ich registriere: hübsch eingerichtet, noch die alten Möbel, viel poliertes Holz. Hier läßt sich's leben, fernab vom Schuß und in sogenannter gepflegter Umgebung.

Ich werde in ein dämmriges Zimmer direkt zum Chef geleitet. Ich dosiere den Gruß für den Mann, der hinter einem imposanten Schreibtisch aufgestanden ist, sorgfältig: eher schlicht formell als zackig. Schneller Blick auf die Ärmelstreifen: Kapitän zur See. Ältlicher Oberlehrertyp mit einem Knebelbart wie weiland der Admiral Forster.

Ich fühle mich auf einmal ganz sicher. Was soll mir hier schon passieren?

Der Kapitän scheint mir meine Sicherheit aber gleich nehmen zu wollen, fragt er mich doch mit unsympathisch schnarrender Stimme: »Wem sind Sie eigentlich disziplinarisch unterstellt?«

»Das ist schwer zu sagen . . .«

»Was soll das heißen?« unterbricht mich da der Kapitän sofort.

»Ich bin von der MPrA-West zu den U-Booten abgestellt. Gegenwärtig zur neunten Flottille.«

»Was heißt denn das: MPrA-West?«

Ich setze eine betroffene Miene auf, und dann spiele ich dem Mann vor, wie sehr es mich selber erstaunt, daß das in meinem Fall so kompliziert ist: Ich stelle eben einen ungewöhnlichen Sonderfall dar – ein Militärdasein außerhalb der Norm . . . Ich lasse sogar Verständnis dafür einfließen, daß eine Situation wie die meine nicht unbedingt und auf Anhieb verständlich sein kann, ich jongliere ein bißchen mit Andeutungen und flechte Namen ein, die auch diesem Herrn bekannt sein müssen. Ich schrecke selbst nicht davor zurück, Goebbels ins Spiel zu bringen, und lasse durchblicken, daß ich von Dönitz protegiert werde.

Das alles dämpft den Kapitän zusehends

Nach langem Nachdenken blickt mich der Mann dann wie strafend an und sagt: »Und davon haben Sie offenbar ausgiebig profitiert!«

Das verstehe ich nun gar nicht und frage: »Wie meinen, Herr Kapitän?«

Ich wünschte, ich wüßte, was der Mann gegen mich in der Hand hat. Wenn einer – so wie der hier – auf die milde Tour kommt, *muß* er was in petto haben. Ich muß verdammt aufpassen, daß ich diesem auf arglos getrimmten alten Sack nicht in die Falle gehe. Das Ganze wirkt überhaupt wie falsch inszeniert: So gemütlich sollte sich ein Abwehrstab nicht einrichten: Ledersessel statt ordentlicher Stühle, Samtvorhänge, Portieren an den Türen – auch aus rotem Samt, eine lüsterartige Hängelampe . . .

»Ihre Wohnung in – wie heißt der Ort doch gleich?«

»Feldafing . . .«

»Ihre Wohnung in Feldafing ist durchsucht worden. Das Material ist – äh – an uns weitergeleitet worden.«

Also doch!

»Man hat ein Segelhandbuch zur Überquerung des atlantischen Ozeans gefunden.«

Unbewegten Gesichts höre ich zu. Damit kann er mich nicht erschrekken. Wenn er nur sonst nichts hat! Alles riskante Material ist hoffentlich in den beiden Koffern, die Helga beiseite geschafft hat.

Was ich denn dazu zu sagen hätte? will der Kapitän jetzt wissen.

»Wenig, Herr Kapitän. Soviel ich weiß, kann man das Handbuch in jeder Buchhandlung bestellen.«

»So, meinen Sie.«

»Jawohl, Herr Kapitän!«

Mein Gegenüber denkt daraufhin ausführlich nach: Die Denkanstrengung malt sich deutlich auf seinem Gesicht.

Ich merke schon: Das ist alles erst das Präludium. Dieser Kerl hat noch was in der Hinterhand! Jetzt fixiert er mich, so gut das mit seinem schwimmenden Blick möglich ist, und gibt sich streng und inquisitorisch: »Hatten Sie denn als Offizier der deutschen Wehrmacht gar keine Bedenken, sich in so engen Kontakt mit einer französischen Familie zu begeben?«

Engen Kontakt . . . begeben? klingt es in mir nach. Ich weiche aber dem Blick des Großinquisitors nicht aus.

»*Große* Bedenken sogar, Herr Kapitän!« sage ich so eilfertig, als sei von mir Zustimmung verlangt worden.

Da starrt mich dieser Kerl an, als hätte ich ihm die Brieftasche gezogen. Was für eine Antwort kann er denn erwartet haben?

So leicht, wie der sich das wohl denkt, soll er mich nicht kriegen. Jetzt ist großes Kammerspiel verlangt.

»Und?« fragt der Kapitän.

Weil ich ihm nur ins Gesicht blicke, anstatt gleich zu antworten, stößt er ungeduldig nach: »Und was für Folgerungen haben Sie daraus gezogen, Herr Leutnant?« Dieses »Leutnant« klang zynisch und drohend.

»Ich habe natürlich Augen und Ohren offengehalten und scharf beobachtet, Herr Kapitän . . .«

»Aber aufgefallen ist Ihnen dabei nichts?«

»Nein, Herr Kapitän. Keine verdächtigen Beobachtungen.«

Und damit versiegt das Gespräch auch schon. Erst nach einer Schweigeminute fordert der Kapitän von mir: »Reden Sie weiter!«

Ich tue, als könne ich nicht recht verstehen, aber dann gebe ich mir einen sichtbaren Ruck und lege los: »Bei der Familie Sagot saßen bei Gelegenheit auch schon mal Flaggoffiziere an der Tafel – und zwar gleich mehrere. Es gab in La Baule und Umgebung kaum einen höheren Offizier, der nicht im Hause Sagot zu Gast war. Da fühlte ich mich – wie soll ich sagen? – gedeckt, Herr Kapitän.«

Das saß! »Flaggoffiziere« statt »Admiräle«, das klang gut. »Gedeckt« auch.

»Da dachte ich, bei so viel Flaggoffizieren im Haus wäre ich als Leutnant aus dem Schneider, Herr Kapitän.«

»Schneider?« fragt der Kapitän merkwürdig ausdruckslos.

»Ja, sprichwörtlich gesagt, Herr Kapitän. Ich meinte damals, ich könnte angesichts der Lage meine Bedenken zerstreuen.«

»Bedenken zerstreuen?«

Was ist denn jetzt los? Immer dieses Echo auf das letzte Wort. »Ich meinte: hintanstellen, Herr Kapitän.«

Da spielt mir mein Gehör einen Streich und sagt mir »hinten anstellen« ein.

»Meine Bedenken hintanstellen«, sage ich noch einmal laut und deutlich, als könnte ich nur so mein Gehör wieder in Ordnung bringen.

»Und keine Anzeichen irgendwelcher Art . . .?«

»Meinen Herr Kapitän Spionage?«

»Wenn Sie es schon sagen – ja, das meine ich.«

»Nein, Herr Kapitän! Wenn ich gehorsamst bemerken darf: Ich habe sogar Überlegungen angestellt, wo sich eventuelle diesbezügliche Ansatzpunkte ergeben könnten . . .«

»Über Ansatzpunkte . . .«, er betont das so nachdrücklich, daß ich denke, was war denn da falsch? »Über Ansatzpunkte zerbrechen Sie sich mal nicht den Kopf. Sie sollten besser Ihr eigenes Verhalten kontrollieren!« Und dann blättert und blättert der Kapitän in den vor ihm liegenden Papieren – eine Ewigkeit, wie mir scheint.

Als er endlich aufblickt, sagt er knapp: »Danke, Herr Leutnant, das reicht erst mal!« – und ich bin entlassen.

Während der Rückfahrt lasse ich noch mal alles vor mir abspulen. Was hat dieser Kanstergustav denn schon gewußt? Der hat doch nur so getan, als wäre er bestens im Bild! Der alte Trick der Buschklopfer!

So einfach, wie sich der Befragungsonkel das vorgestellt haben wird, hat er mich jedenfalls nicht in die Tasche stecken können. Aber wie geht es weiter? Wohin gibt der seinen Bericht?

»C'est pour nous, mon chou!« Diese Säuselrede Simones hat mich damals in der Einlaufnacht schier verrückt vor Zorn gemacht. Und jetzt? Jetzt konnte ich mich schlankweg auf die höheren Chargen berufen. Jetzt waren sie meine nützlichen Idioten.

Dennoch: Das hätte leicht ins Auge gehen können. Weiß der Kuckuck, was noch alles dahintersteckt und was sich hinter meinem Rücken zusammenbraut. So behämmert, wie er sich gegeben hat, kann dieser Verhöronkel doch kaum sein – sonst wäre er wohl nicht ausgerechnet bei der Abwehr gelandet.

Dem Alten gebe ich gleich nach der Rückkehr Bescheid, wie es in Rennes gelaufen ist.

»Da warst du also auf dem Quivive«, sagt der Alte mit einer Art Wohlgefallen und grient dazu.

»Bloß ein Glück, daß die in meiner Bude nur dieses dicke Buch und keine Filme gefunden haben.«

»Aber ganz so leicht solltest du es nun auch wieder nicht nehmen!« sagt der Alte.

Nur weil ich gerade so halb verlegen dastehe, sage ich jetzt noch: »Ein Glück auch, daß die offenbar keine Ahnung von Simones diversen Deutschlandaufenthalten haben ...«

Da ruckt der Alte seinen Kopf hoch und starrt mich an.

»Weißt *du* denn davon auch nichts? Hat Simone dir das nicht gesagt?«

»Nein, kein Wort!«

»Soso!« entfährt es mir da, und ich verwünsche den höhnischen Unterton, den dieses »Soso« ungewollt bekommen hat.

Der Alte steht wie vom Donner gerührt hinter seinem Schreibtisch und guckt mich offenen Mundes an.

»Warum hast du mir das nie gesagt?«

»Du hast mich nie danach gefragt!«

Eine Weile herrscht Schweigen. Der Alte ist so staunensplatt, wie ich ihn ewig nicht gesehen habe.

»Das ist doch total ...«, bringt er mühsam hervor und kommt nicht weiter.

»Das ging ganz in Ordnung: mit ordentlichen Papieren, ohne viel Schwierigkeiten.«

»Das kann doch nicht ... Jetzt möchte ich aber schon wissen, wie das lief ...«

»Mit List und Tücke sozusagen.«

Ich gäbe etwas darum, wenn ich die Geschichte nicht zu erzählen brauchte. Aber der Blick des Alten hängt so fest an meinen Lippen, daß ich reden muß.

»Ich hatte vom OKW Arbeitsurlaub bekommen – nach dem Gibraltarunternehmen. Ich sollte mein Buch fertig machen, sollte mich auch um den Zensurkram kümmern, um überhaupt alle nötigen Genehmigungen. Das Projekt hatte höchsten Segen, wie du weißt. Vor allem sollte es schnell gehen ...«

»Du solltest also zu Hause arbeiten?«

»Ja, schon weil dort das ganze Material lag. Aber bei mir zu Hause ist kein Mensch: Meine Familie hat sich sozusagen aufgelöst.«

Ich mache eine Pause und setze dann neu an: »Du mußt das so verstehen: Da war doch im Saal vom L'Hermitage diese Ausstellung mit einer Serie meiner großformatigen Kommandantenporträts – Rötel und schwarze Kreide ... Und zur Eröffnung war der BdU angereist. Und da waren natürlich alle Herrschaften eingeladen, die in Saint-Nazaire und um die Stadt herum was zu sagen hatten. Und die Typen von der Feldkommandantur waren auch dabei. Die waren für mich wichtig.«

Jetzt wird der Alte ungeduldig. »Ich versteh das nicht – was hat das mit Simone zu tun?« fragt er in gereiztem Ton.

»Das ist ganz einfach«, rede ich gleichmütig weiter. »Bilder fürs Haus der Deutschen Kunst, der Herr Reichsminister Goebbels als oberster Protektor, der Befehlshaber der Unterseeboote höchstpersönlich – das imponierte den Herrschaften gewaltig. Angesichts von so viel Glanz ließen die sich gerne um den Finger wickeln ...«

»Na und?«

»Da bin ich einfach zur Feldkommandantur gegangen, mit ein paar Briefen und schönen Stempeln drauf – Dienstsiegeln.«

»Und?«

»Und dann habe ich den Herren erklärt, daß ich eine Putzfrau haben müßte ... Ich habe denen gesagt, daß ich in Feldafing dienstlich okkupiert wäre, aber keinen Menschen für den Haushalt hätte – alleinstehender

Junggeselle und so weiter ... Da hieß es zuerst, sie könnten niemand vermitteln, es gebe niemand. Und dann habe ich gesagt, ich wisse aber jemand und die Dame heiße Simone Sagot, zwanzig Jahre alt, wohnhaft La Baule, Haus Ker Bibi. Und da lief das ohne Schwierigkeiten ...«

Der Alte macht ein Gesicht, als wollte ich ihm einen Bären aufbinden. Er holt tief Luft und fragt, immer noch den zutiefst ungläubigen Ausdruck auf dem Gesicht: »Und das ging so?«

»Ja, ganz einfach. Eine Woche nach mir tauchte Simone in Feldafing auf, mit Freifahrschein – ganz ohne Komplikationen ... Die kamen erst später.«

»Was für Komplikationen?«

»Nicht leicht zu sagen. Simone hat ein bißchen zu sehr aufgetrumpft.«

»Das verstehe ich nicht.«

»Sie hat ein nicht gerade zurückhaltendes Wesen an den Tag gelegt, wenn du so willst ...«

»Kannst du dich nicht klarer ausdrücken?«

Nur jetzt keine Verlegenheit zeigen, befehle ich mir – auspacken! »Simone hatte einen Riesenkoffer voller Schuhe mitgebracht – alles Modellschuhe, das Beste vom Besten. Und wenn sie ins Dorf gehen mußte, zog sie jedesmal ein neues Paar an.«

»Und warum hast du ihr das nicht verboten?«

»Simone etwas verbieten? – Sie stolzierte an den Häusern vorbei, und die Hausfrauen bekamen Stielaugen – das heißt: die Ratschkateln, die überall in den Fenstern hingen und natürlich schon wußten, daß bei mir eine Französin wohnte.«

»Als Putzfrau!« wirft der Alte da ein. »Einfach wahnsinnig!«

Ich habe: Und du? auf der Zunge, schweige aber lieber. Ich könnte dem Alten jetzt schildern, wie sehr die ganze Unternehmung nach Simones Geschmack war. Wer kam außer ihr schon mitten im Krieg nach Deutschland ...

Der Alte braucht Zeit, bis er tastend fragt: »Und hat das dein Chef in Paris gewußt?«

»Mitnichten!«

»Und dein Gönner in Berlin?«

»Ich hoffe, nein!«

»Da hast du aber Schwein, daß sich das nicht herumgesprochen hat ...«

Eine Weile sagt keiner von uns ein Wort. Dann höre ich den Alten: »Und trotzdem!« sagen. Gleich setzt er noch mal ein: »Und trotzdem würde ich nicht vor der Kirchweih jubeln.«

Als ob mir das noch extra gesagt werden müßte!

Aretz ist mit schwer angeschlagenem Boot von der Invasionsfront zurückgekommen – wider alles Erwarten.

Als er im Büro des Alten seinen Bericht gibt, macht er einen total erledigten Eindruck: Er ist bleich, abgemagert, nervös. Um dem Alten Bericht zu geben, muß er sich mit aller Kraft zusammennehmen.

»An den Nachschubweg ist nicht heranzukommen. Da überschneidet sich ein Radarschirm mit dem anderen. Und außer den Zerstörern gibt es noch eine ganze Armada kleinerer Einheiten ... Das ganze Gebiet ist durch Suchgruppen und Suchflugzeuge so stark überwacht, daß gar keine Schangs besteht.«

»*Wenig* Schangs«, verbessert der Alte mit starrem Geradeausblick.

»Ja, aber so viel Dusel, wie da nötig ist ...« Aretz ist aus dem Fluß geraten. Er stockt und setzt neu an: »Es gehört schon eine ganze Portion Glück dazu, da was zu erreichen. Am Tag zu schnorcheln ist ganz ausgeschlossen. Dafür kommt nur die Nachtzeit in Frage. Und da hören sie einen meilenweit, und gleich hat man sie auf den Hacken. Und dann kein Wasser unter dem Kiel. Knapp dreißig Meter!«

Der Alte knetet seine Hände. Er ist nicht zu beneiden. Soll er jetzt Trost austeilen wie ein Sonntagsprediger? Ändern kann er nichts, und hohle Phrasen sind ihm zuwider. Also hockt er nur stumm und verbittert da.

»Die Nachschubroute zur Invasionsfront ist richtig mit Tonnen markiert«, fährt Aretz fort.

Wenn er diese Tonnen gesehen hat, sage ich mir, muß er verdammt nahe dran gewesen sein.

»Die wollen eben auch nicht in die Minen geraten«, versucht der Alte zu scherzen. Die Runde kichert auch prompt los – wie auf ein Stichwort. Gott sei Dank: Die Anspannung löst sich.

»Tscha, der Gegner schläft eben nicht«, sagt der Alte seltsam nölig.

Als Aretz schließlich mit seinem Bericht fertig ist, breitet sich Stille aus. Alle warten, daß der Alte zu einer Art Schlußwort ansetzt. Aber der Alte schweigt. Schließlich zwingt sich der Flottilleningenieur ein paar Worte ab: »Ob wir das Boot wieder hinkriegen, läßt sich nicht sagen ...«

Später ruft der Alte gereizt nach seinem Adjutanten und wettert, als der erscheint, sofort los: »Mit den Blumen, das muß jetzt aber aufhören. Das ist ja der reine Hohn, was Sie da veranstalten.«

Der Adju steht da wie das sprichwörtliche Huhn, dem man sein Ei aus dem Bauch geklaut hat. Er hat keine Ahnung, wovon die Rede ist.

»Mann Gottes, kapieren Sie denn nicht?« herrscht ihn der Alte an. »Ich will keine Blumen mehr beim Auslaufen sehen und auch nicht, wenn Boote reinkommen. Schluß damit!«

Der Adju tut mir zum ersten Mal leid. Er hat allen Grund, den Alten verständnislos anzustarren. Bartls Blumenzucht war schließlich mal der ganze Stolz des Alten.

Da betritt der VO, wie von einer gut funktionierenden Regie geleitet, die Szene. Sofort wendet sich ihm der Alte zu und schnauzt: »Schluß mit dem Blumenzirkus!«

Der VO muß schon gehört haben, wie der Alte den Adju angeherrscht hat, sonst könnte er nicht mit so kalter Miene die Frage stellen, was denn jetzt aus den Blumenbeeten werden soll.

»Unterpflügen!« blafft ihn der Alte an. »Ich will keine Blumen mehr sehen. Auch hier auf den Tischen nicht!«

»Und die Gewächshäuser?«

»Da ziehen wir nur noch Tomaten und Gurken«, befiehlt der Alte. Und dann läßt er, an ihn und den Adju gewandt, ein im Ton leicht abgesunkenes »Das wär's!« folgen.

Als wir wieder allein sind, schlägt der Alte mit den Fingernägeln seiner Rechten einen Wirbel auf die Schreibtischplatte. Dann bringt er gepreßt hervor: »Das wollte ich schon lange. Schade um die schönen Blumen.«

Ich hocke da und finde keine Worte.

»Das paßt einfach nicht mehr!« sagt der Alte. »Dieses Brimborium ist passé.«

Wenn ich es einrichten kann, verdrücke ich mich ins hintere Gelände zum Oberbootsmann Bartl. Ich brauche nur in der Nähe der »Landwirtschaft« zu erscheinen, da ist Bartl auch schon auf dem Plan und heftet sich mir an die Fersen – mit nichts anderem im Sinn, als eine von seinen vielen Geschichten an den Mann zu bringen.

An diesem Vormittag hat er deutlich eine parat und legt auch schon nach den ersten Metern los.

»Sie waren ja auch mal in Flensburg, Herr Leutnant ...« Bartl braucht keine Bestätigung, sondern macht gleich weiter: »In Flensburg, da haben sie uns ganz schön den Arsch aufgerissen. Ich hatte damals schon meinen Flugschein, war auch schon auf der Fortbildungsschule. Dann hat mich die Marine übernommen.«

»Als was denn?« frage ich zurück.

»Als überzähligen Obermatrosen natürlich! Dann war ich auf der Beobachtungsschule auf Rügen, mit Türken und Finnen zusammen. Die wurden da auch ausgebildet. Bug auf Rügen – oder so ähnlich – hieß das Kaff. Viel Kreide, aber sonst nichts los. Komische Bundesgenossen, diese Türken und Finnen. Gegen die waren wir schon ganz modern – so mit Filmapparat am MG, damit kontrolliert werden konnte, wie viele Fahrkarten wir schossen auf die sogenannte Scheibe. Sogar Übungen im Bombenwerfen mußten wir machen. Die waren aber mehr ein Witz.«

»Im ganzen offenbar eine glorreiche Zeit«, spotte ich. Bartl läßt sich davon nicht beirren: »Natürlich war das alles Krampf. Aber bis zur Revolution habe ich's nicht ausgehalten. Und dann bekam ich bei der Entlassung sogar noch einen Haufen Geld, weil . . . die hatten die Flugzulagen zeitweise gesperrt, und da war einiges aufgelaufen, und jetzt mußte der Laden liquidiert werden. Und dann hab ich mit den Kameraden noch 'ne schöne Fußtour gemacht. Aber nicht oben, sondern unten an den Kreidefelsen von Stubbenkammer vorbei. Möchte mal wissen, was da jetzt los ist.«

»Was soll da schon los sein? Noch ist die Ostsee in unserer Hand.«

»Noch . . .«, echot Bartl.

Hoho! denke ich. Das war deutlich. Der gute Bartl: Also doch nicht so schöpsdumm, wie er sich manchmal gibt.

Über die Blumen verliert Bartl kein Wort. Ob er von dem Verdikt des Alten noch gar nichts weiß?

Ich stehe vor dem Schaufenster des Bandagisten nahe der Rue de Siam. Bruchbänder und Spezialkorsetts fangen meinen Blick, ein halber Torso, einzelne Schenkel. »Etrennes utiles«, lese ich, aber étrennes, das sind doch Neujahrsgeschenke?

Ich drücke auf die Klinke der Ladentür. Zu. Der Herr Bandagist ist also auf und davon. Noch ein Blick ins Schaufenster: Die Kaninchenfelle sind räudig und an den Seiten ausgefranst. Motten? Mäuse? Der Zahn der Zeit?

Der verlassene Laden mit den absurden Auslagen paßt vorzüglich in diese Puffgasse. Drei Häuser weiter ist das am meisten frequentierte Puffhotel, weiter unten gibt es noch zwei kleinere. Alle sind derart heruntergekommen, daß sie als Sinnbilder für die Tristesse der ganzen Stadt dienen könnten.

In dieser Gegend muß ich Erinnerungsspuren folgen, ob ich nun will oder nicht. Die rüden Matrosenpuffs habe ich zwar hinter mir, aber die Erinnerung läßt mich nicht los – die fettige Ölfarbe an den Wänden der Sanierstelle: sattes Chamois, so glatt, daß sich keine Fliege darauf hätte halten können. Dagegen die Blatterwände der Hotelzimmer: Fleckenfries eineinhalb Meter hoch – Wände mit Krätze.

»J'ai faim«, drang es mir einmal heiser durchs Bidetrauschen hindurch in die Ohren. Das hat mich aufhorchen lassen, fast erschreckt. Ich hatte es mir wohl nicht vorstellen wollen, daß so eine Fickmaschine Hunger haben könnte. Und dann mußte sie, anstatt sich hinzulegen, tatsächlich erst mal futtern: ein Stück Baguette mit Käse darauf schob sich in ihren Händen aus einem Fetzen Zeitungspapier hoch wie ein Pimmel. Ehe die Nutte zubiß, schlug sie nach einer Fliege, die direkt an der Bißstelle saß.

Guttapercha! schießt es mir durch den Kopf. Was dort auf der Couch am Fußende lag, damit man die Schuhe anbehalten konnte, war Guttapercha – kein Wachstuch. Das Trombosebein meiner Großmutter, dick wie ein Baumstamm: Essigsaure-Tonerde-Umschläge – ganz nasse – und dann Guttapercha drum und dann erst die Binde. So ging das.

Ob ich Fotos sehen wollte, fragte die heisere Stimme durch den Brot- und Käsebrei im Mund! Das verrückte Stück hielt auch schon einen Packen unsäglich abgewetzter Fotokarten in der linken Hand. Das koste aber extra – Fotos angucken. Der würgende Ekel wollte mich aus dem Zimmer treiben. Ich würde noch kotzen müssen. Schon maß ich die Entfernung bis zum Waschbecken.

»Ne te force pas, laisse-moi faire.«

Die plumpen Handgreiflichkeiten nützten nun aber gar nichts mehr, das süßlich affektierte Gezahne auch nicht. Das war jetzt nur noch ein Verfaulächeln, Totentanzgrinsen.

»Mais dis donc! Pourquoi est-ce que tu viens ici, si tu ne veux pas faire l'amour?«

Ich war wie willenlos, wollte weg, rührte mich aber nicht. Dieses »faire l'amour!« brachte mich zum Lachen. Da kam ich wieder zu mir und konnte schnell verschwinden.

Jetzt muß ich auch gleich an die dickbusige Nutte denken, die mir einmal erzählte: »Ces pauvres garçons! Je le sens, s'ils ne retourneront pas . . . C'est terrible, la guerre.«

Das hatte mir gerade noch gefehlt! Dazu war ich nicht hergekommen, nicht um mir *das* anzuhören. Ich sah auf einmal alles anders – das Geknutsche als armselige Versuche, mit der Angst fertig zu werden. Die Geilheit der Seeleute als ein Verlangen nach Wärme, nach Unterkriechen, fünfminütiger Geborgenheit an der Mutterbrust.

Und die schlimmen Puffs in Chemnitz kommen mir auch noch vor Augen: Das Viertel war düster: alte, grindige Häuser direkt am schwarzen, stinkenden Fluß. Fäulnis, Moder. Alles verschmolz zu einem Bild von schwarzer Traurigkeit. Ich stand unter dem Brückenbogen, vom Schein der Straßenlaterne nicht erreichbar, und sah den Freiern zu, wie sie hin- und herstrichen vor den dunklen Hauseingängen, ehe sie in einem verschwanden. Ich stand da und wartete ab, wie lange sie wohl drinblieben. Die Straßenbahn rumpelte höchstens zweimal schönstens über mich hin, bis die meisten wieder erschienen, zwei steife Schritte machten und sich dabei den Hosenbund hochzogen.

Mein Schulweg führte auf dem Gegenufer hin. Jeden Morgen sah ich die Hurenhäuser. Einmal waren Arbeiter am Holzsteg, der hinüberführte. Einer von ihnen hatte in der trüben Brühe einen Aal gepackt – eine riesige schwarze Schlange, die sich ihm, als er sie hochreckte, um den Arm schlang.

Alle brüllten, und da biß der Halbnackte dem schwarzen Aal direkt hinter den Kopf.

Lessings Betrachtungen über »Laokoon« hatten wir gerade in der Schule. Hier stand er, bis zum Bauch im Modder. Ich mußte manche Nacht davon träumen: Der Aal schlug sich mir um den Leib, er wurde vier Meter lang – eine schwarze Anakonda, aus dem schwarzen Flußschlamm der Chemnitz gegriffen.

Der Alte sitzt über Akten gebeugt hinter seinem Schreibtisch. Als er kurz aufblickt, sehe ich in ein verdüstertes Gesicht. Ich erfahre auch gleich, welches neue Unheil geschehen ist: »Kamprath hat sich nicht mehr gemeldet«, sagt er dumpf. »Sieht nicht gut aus ...« Der Alte hat gleich nach meinem Eintreten den Kopf wieder gesenkt und redet nun gegen die Schreibtischplatte hin: »Da war auch einer deiner Kollegen eingeschifft. Filmfritze, Wochenschaumann.«

»Burmester?«

»Ja, so hieß der.«

Also ist Gustav Burmester auch weg. Da kann sich der Bismarck freuen. Der Pegel des Blutzolls steigt! Burmester, der verrückte Hund! Einer der letzten Mohikaner – und nun abgesoffen.

Ich sehe mich mit Burmester durch Hamburg streichen, einen halben Schlag in der Hose – Latzhose mit Zahlteller –, plumpe Knobelbecher an den Füßen, einen viel zu großen Kulani über der blauen Bluse, ein vom schweren Seitengewehr schiefgezerrtes Koppel darübergewürgt, die graue Gasmaskentrommel am grauen Tragband auf dem Hintern, Lederhandschuhe und flatternde Mützenbänder ... Was für ein Aufzug!

»Willst du mir schon wieder die Würmer aus der Nase ziehen?« fragt der Alte, als ich mich nach dem Essen zu ihm in den Club setze.

Der Doktor hört das, rückt mit seinem Stuhl vom Nebentisch heran und dröhnt: »Vielleicht erfahre ich bei der Gelegenheit ja dann auch mal, wann mit dem Endsieg zu rechnen ist!«

»*Sie* sollten's doch erwarten können!« kontert der Alte wie frohgemut. »So schön wie hier treffen Sie's doch nie wieder: regelmäßiger Sold, gutes Essen, schöne Uniform. Jeder hält Sie für was Feines, wenigstens aus der Ferne. So ab zwanzig Meter sieht doch keiner, daß Sie bloß 'n Medizinmann sind.«

Dem Doktor verschlägt es die Sprache. Er starrt den Alten wie eine Erscheinung an.

Ich zähle: »Acht – neun – aus!«

Wer uns so munter palavern hörte, könnte glatt glauben, wir hätten allesamt keine Ahnung, was die Stunde geschlagen hat.

Da sehe ich aus dem linken Augenwinkel den VO heranschnüren. Der Alte muß ihn noch früher gesehen haben. Er wechselt abrupt die Tonart und gibt sich dem Doktor gegenüber dienstlich: »Wir haben noch Dekken in Logonna. Wie ich die Lage einschätze, könnten Sie bald welche brauchen . . .«

Interessant, denke ich bei mir, in Gegenwart des Doktors redet der Alte offen. Wenn aber der VO dazukommt, wechselt er das Thema. Der Doktor und der alte Steincke sind anscheinend die einzigen, denen der Alte über den Weg traut.

»Na, wie wär's mit einem Bierchen?« geht der Alte jetzt den VO an.

Der VO hat aber zum Glück keine Zeit. Er braucht nur eine Unterschrift vom Alten und verzieht sich schnell wieder. Der Alte ist es zufrieden.

Dann beschäftigt er sich, nachdem er umständlich den Pegelstand seiner Flasche geprüft hat, mit den üblichen Präliminarien fürs Pfeiferauchen. Bis er seine Pfeife endlich in Brand hat, vergehen Minuten.

»Ein einziges Dilemma, das Ganze«, bringt er schließlich halblaut und dumpf hervor. Dann hustet er, wie vom eigenen Qualm gereizt, und beschäftigt sich, sicher um Zeit zu gewinnen, wieder mit seiner Pfeife. Und ich sage: »Haben wir uns nicht ganz schön verzettelt?«

»Ob das der richtige Ausdruck ist?« fragt der Doktor. »Ich meine – für ein weltumspannendes Unternehmen – bis hin nach Penang!«

»Das mit dem Verzetteln stimmt nicht ganz«, sagt der Alte.

»Wie meinst du das?« frage ich.

»Wir holen uns eben einfach die Beute, wo wir sie kriegen . . . An die Atlantikgeleite ist doch kaum noch ranzukommen.«

Über dieses Eingeständnis des Alten kann ich nur staunen. Mit einem schnellen Seitenblick prüfe ich den Gesichtsausdruck des Doktors. Der scheint aber mit seinen Gedanken auf einmal wer weiß wo zu sein.

»Mit der anfänglichen Hilflosigkeit unserer Gegner ist es leider vorbei«, sagt der Alte jetzt. »Die haben ihre Taktik gründlich geändert. Sie ist raffiniert und variabel geworden. Da müssen wir eben sehen, wo wir bleiben.«

Plötzlich wirft er den Kopf zurück, und es sieht aus, als hätte er sich am Pfeifenstiel verbrannt. »Na, Doktor – das wissen Sie ja alles«, blafft er so laut, daß der Oberstabsarzt zusammenfährt.

Verdattert wendet der sich dem Alten zu, will etwas sagen, stockt, schnappt nach Luft, bringt ein »Verstehe!« hervor und stützt sich schwerfällig aus seinem Sessel hoch.

»So war's nun wieder nicht gemeint«, brummelt der Alte, »aber wenn Ihre Kranken nach Ihnen schreien, soll Sie keiner halten!«

Der Oberstabsarzt hat seine Fassung wieder. Er vollführt vor dem Alten eine elegante Verbeugung und tönt: »See you later, Sir!«

»Der verrückte Hund«, brummt der Alte hinter ihm her und läßt dann einen theatralischen Seufzer hören: »Ja, damals – das waren noch Zeiten! Tempora mutantur – der alte Spruch. Daß ein Boot ohne Erfolgswimpel zurückkam, das gab's doch kaum, das war doch die Ausnahme. Mit den großen Anfangserfolgen haben wir uns eben besoffen gemacht. Als der Flugzeugträger Courageous sank – am siebzehnten September neununddreißig –, sah's aus, als könnte das ewig so weitergehen. Das war ein schöner Happen für den guten Schuhart: zwoundzwanzigtausendfünfhundert tons.«

Es würde mich nicht wundern, wenn der Alte sich jetzt ums Maul leckte, so lüstern klang das eben.

Ich versuche so zynisch wie möglich zu klingen, als ich erwidere: »Aber dafür haben wir jetzt ja Flottillen bis nach Penang, wie der Doktor schon erwähnt hat.«

»Was willst du damit sagen?«

»Daß wir diesen Größenwahn jetzt auszubaden haben. Wir siegen uns noch zu Tode.«

Statt mich zurechtzuweisen, richtet sich der Alte im Sessel hoch und läßt seinen Blick ringsum schweifen, als suche er jemand.

»Ich würde an deiner Stelle vorsichtiger sein! Hier laufen neuerdings Leute rum, für die ich die Hand nicht ins Feuer legen würde.«

Die schwarzen Gestänge der Hafenkräne sind mit ihrer unteren Hälfte in Nebelwatte gepackt wie zierliches Spielzeug, das vor Bruch geschützt werden soll. Die Sperrballone über der Stadt zeigen sich indessen deutlich und klar.

Im Näherkommen gerate ich in die Bewegungen des Nebels. Die dichte Masse flockt auf, sie bildet lang hinwehende weißgraue Fahnen. Ein weißlich leuchtender Fleck in zwei Daumensprüngen Höhe wird zusehends heller. Kein Zweifel: Dieser Fleck ist die Sonne. Ein Dückdalben und der helle Sonnenfleck darüber: Das fügt sich zusammen zu einer japanischen Tuschzeichnung.

Der wehende Nebel wird nach und nach noch durchsichtiger. Die Fahnen verschleißen zu Schleiern, die quer über das Hafenbecken hinwehen. Nicht lange, und die Schleier zerfransen, sie lösen sich auf und geben an einigen Stellen den Blick frei. Die Mole mit dem kleinen Leuchtturm und der Flakstellung ganz vorn auf ihr erscheint. Auch die Flakstellungen oben auf der kubischen Masse des Kühlhauses werden enthüllt.

Es herrscht ein merkwürdiges Licht. Die Sonne ist wie von feiner Gaze abgeblendet. Ihr Schein ist weiß und blendend.

Den Fla-Kanonieren wäre es sicher lieber, wenn der Dunst sich hielte. Da hätten sie einen guten Tag. Aber jetzt heben sich die letzten Nebelschwaden und verdünnen sich zugleich.

Und schon heulen die Sirenen. Das an- und abschwellende Heulen und Jaulen geht mir durch und durch. *Daran* werde ich mich nie gewöhnen. Zwei Sirenen müssen ganz in der Nähe sein. Verdammte Scheiße! Es geht also wieder los! Was müssen die Tommies für gute Wetterfrösche haben: Der Vorhang hebt sich, und die Vorstellung beginnt – ganz, wie sich's gehört und schier minutengenau.

Wie von einem verrückt gewordenen Schlagzeuger aus den Trommeln gedroschen, scheppert, belfert, wummert und peitscht es. Dazwischen ein gleichmäßiges Tackern: Steppmaschinen ohne Lärmschutz.

Fetzen von Dächern wirbeln durch die Luft. Flammenbahnen aus Geschossen blitzen auf. Die Lightnings schießen mit Leuchtspur! Die armen Schweine von der leichten Flak. Die hocken schutzlos in ihren Ständen auf den Dächern. Aber sie wehren sich wie die Teufel: Das prasselnde Hämmern kommt von der leichten Flak ...

Aus dem Hafen vielfaches Echo. Jetzt schießen sie auch auf den Booten aus allen Knopflöchern. Ich sehe leuchtende Schlängellinien nach den über die Dächer hinhuschenden Schatten tasten. Auch die Minensucher haben mit Leuchtspur magaziniert. Aber die Lightnings und Mustangs zeigen keine Wirkung. Sie müssen gepanzert sein. Verrückte Hunde! Zwei fliegen so tief, als wollten sie die Dächer abrasieren.

Plötzlich ist Schluß, als habe ein Dirigent sein verrücktes Orchester abgeklopft. Dafür steigen jetzt in der Gegend des Handelshafens Qualmwolken auf. Und auch im Westen in der Nähe der Marineschule.

Kriegspanorama, sagt es in mir – hier kann sich keiner beklagen, daß ihm nichts geboten würde.

Ich bin erschöpft und erregt zugleich. Die Lust, im alten Hafen zu zeichnen, ist mir vergangen: Dichter Qualm weht statt des Nebels alles zu, und das wird lange so bleiben. Also zurück in die Flottille, obwohl ich die gerade fliehen wollte.

Ich lasse mich in meinem Pavillon nieder, um ungestört schreiben zu können, aber meine Gedanken sind beim Alten. So oft ich mir auch den Kopf über ihn zermartere, komme ich doch immer noch zu keinem rechten Ergebnis. Just dann, wenn ich mir sage: Jetzt habe ich ihn bis auf den Grund durchschaut, zeigt er sich plötzlich von einer neuen Seite.

Ich werde Zeuge, wie er für die Flottille einheimst, was er nur raffen kann. Auf eine andere Weise freilich als der VO. Ihm geht es nicht so sehr um Proviantmengen und um Alkoholika als vielmehr um Materialien für die Innenausstattung der Flottille.

Der Alte hat ausbaldowert, wo es Lager für Möbel, Vorhangstoffe und alle möglichen Einrichtungsgegenstände gibt und wer die Marineintendanturräte sind, die solche Lager verwalten. Und statt auf Geleitzüge fährt der Alte nun seine Angriffe auf diese Intendanturräte. Er ist dabei nicht weniger zäh und verschlagen als ehedem. Wenn ihm so ein Intendanturrat sofort gefällig wäre und das Verlangte bei der Flottille anliefern ließe, würde das dem Alten wahrscheinlich den Spaß verderben. Er braucht das alte Spiel: belauern und im rechten Moment zuschlagen – und wenn sich's einrichten läßt, den Gegner vorher ein bißchen zappeln lassen.

Am frühen Nachmittag tigere ich wieder los. Ich will mit dem Bus bis zur großen Schwenkbrücke und dann zu Fuß weiter zum Bunker: nur raus aus dem Flottillengelände.

Meine innere Distanz zu den Führertreuen um mich herum wird mit jedem Tag größer, meine Existenz unter ihnen mir mehr und mehr fragwürdig.

Dafür nimmt meine Wahrnehmungsobsession mit jedem Tag zu. Wie in einer letzten großen Kraftanstrengung will ich alles, was meine Augen erfassen, in meine Hirnscheuern einbringen: die verquollenen Formen der eisernen Ladenrollos vor den ausgebrannten Geschäften, die Bizarrerie zusammengeschmolzener Zinkdächer, die wilden Gesten hitzeverbogener Eisenträger, die Kümmerlichkeit der Auslagen eines noch offenen Konfektionsgeschäftes, die Tarnmuster an den Platanenstämmen vor der ausgebombten Kasinobar . . .

Ich verhalte mitten auf der großen Schwenkbrücke und drehe mich um die eigene Achse, damit ich ein Rundumpanorama in meinem Hirn speichern kann: die Vaubansche Festung, der Posten mit dem Nußknackerkinn, Helmriemen wie eine graphische Einfassung fürs Gesicht, die Augen tief im Helmschatten . . . Dann unten auf der rechten Pier eine Parade von Betonmischtrommeln, Ameisengewimmel von Arbeitern der OT. Die Ingenieure titulieren sich »Frontingenieure«. Ich weiß, daß sie oft erhebliche Risiken eingehen und sich darauf berufen, daß der Krieg andere Bedingungen diktiere als der Frieden: »Gewonnene Zeit ist wichtiger als vermiedenes Risiko!« ist für die eine Art Wahlspruch.

Ich sehe eine Dampframme, die Dückdalben aus Beton in den Hafengrund einwuchtet und jedesmal, wenn sie einen Schlag getan hat, wie ein Jubelzeichen eine blendendweiße Dampfwolke ausstößt. Dann delektiere ich mich an der Perlmuttschale des Himmels über der Reede, dem Gewimmel von Kleinformen vor den Arsenalgebäuden, an dem Wald aus Kaminen auf den Schieferdächern, dem Quecksilberblinken zwischen mennigegefleckten Minensuchbooten, dem schwarzen Gitterwerk der Kräne ...

Hier im Hafen ist das Wasser tot. Brackwasser: ölverschmiert schmutzig. Es hat sich an den steinernen Kais mit einer Linie aus Öl und Teer selber seine Pegelstände markiert.

Hin und wieder findet ein Windstoß zwischen den Lagerhäusern, Schuppen und Werftgebäuden hindurch – dann geht es wie eine Gänsehaut über das Brackwasser hin. Die Luft schmeckt nach Teer und Rauch und Tang. Sirenen stöhnen auf und lassen ihre Töne kläglich verenden. Der Arbeitsschwalch dringt mir in alle Poren.

Das Auge findet keinen Halt im Formenfurioso. Mit eins faßt der Blick viel zuviel. Ich muß versuchen – als hätte ich mein Malbrett direkt vor mir – Ordnung ins Bild zu bringen: Die Schornsteine, Kräne, Masten, Spieren und Rahen im Vordergrund müssen stark betont werden, darüber die Sperrballone, die mir den Himmel in bizarre Formen teilen. In einem großen Himmelsdreieck schwarzer, violetter, brauner Qualm. Hier und da Dampfwolken wie Blumenkohle.

Die Sonne fährt mit ihren Strahlen durch eine Wolkenlücke und bringt zum Liniengewirr noch den spannungsreichen Wechsel vielfältiger Beleuchtungen: Eine Fensterreihe blitzt auf. Vom Führerstand eines Kranes signalisiert eine blendende Scheibe herüber. Der Rumpf eines Schiffes glüht in roter Pracht. Was vorher nur stumpfe Mennige war, ist jetzt Kardinalsrot. Auch das kümmerlichste Schwarz wird samtig. Die weiß gepönten Deckshäuser sind blendende Fanale. Selbst noch der schäbigste Beton leuchtet auf. Ein Schwimmkran wird durch einen besonderen Beleuchtungseffekt herausgehoben.

Als würde die Schaustellung nun lange genug dauern, schließt sich die Wolkenblende plötzlich, und alles wird wieder schwarz, stumpf, schäbig und grau.

Da lösen sich zwei Vorpostenboote, ehemalige Fischdampfer, aus dem Wirrwarr. Winksignale, Sirenen: Die VP-Boote gehen auf Position. Ich möchte da nicht an Bord sein.

Am Ende des Hafenfjords die Werft. Ich kann sehen, wie dort mit Eisenplatten gearbeitet wird, als wären es Papierbögen. Über der Werft ist der Himmel grau. Die schwarzen Gerüste der Kräne teilen ihn in geometrische Formen. So ähnlich müssen Bohrturmlandschaften aussehen: düster, bedrohlich. Im Westen scheint sich ein Wetter zusammenzubrauen.

Ich gehe an einem Lager von Seezeichen hin und dann zwischen schwarzbraunen Schuppen hindurch weiter.

Weit draußen zieht ein Schiff durch den Glast: nur ein kleiner Kolcher.

Der Himmel verwandelt sich dauernd und damit auch sein Spiegel, die Reede. Eben war sie noch blank, nun beschlägt die Spiegelscheibe, weil Wolken über die Sonne ziehen, dann blitzt sie wieder.

Ich steige über Trossen und tiefdunkelrostige Eisenteile, deren Funktion ich nicht kenne, hocke mich auf die mächtigen Glieder einer Ankerkette und bewundere, wie schnittig der Bug eines Walfangbootes geformt ist.

Kerls in steifem Lederzeug kommen heran. Sie bewegen sich in ihrem steifen Takelzeug so schwerfällig, als wären sie gepanzert, mit ihren mennigeroten Händen sehen sie aus, als kämen sie aus einer Schlacht.

Vorbei an Baustellen, über viele Gleise hinweg, vorbei an Sandhaufen in Ockertönen trotte ich weiter in Richtung Bunker. In einer Art Stiegenhaus aus rohen Brettern, das an eine Schmalseite des Zyklopenbaus geklebt ist, klettere ich auf das Dach des U-Bootbunkers – eine riesige graue Fläche. Ich habe nun sieben Meter dicken, besonders stark armierten Eisenbeton unter den Füßen und kann den ganzen Hafen und die Reede mit einem einzigen Blick umfassen und bin überwältigt wie eh und je.

Im Bunker übernimmt ein Boot gerade neue Aale. Weiß der Himmel, wie es zu dem Ausdruck »Aale« für die Torpedos gekommen ist. Wie Aale sehen sie weiß Gott nicht aus. Wie sie da auf ihrem Lagergestell liegen, sind sie vielmehr ein wahrhaft obszöner Anblick: Sie sehen aus wie gewaltige übereinandergestapelte Pinte. Teure Pinte jedenfalls. Torpedos für mindestens eine Million Mark werden hier verstaut. Ein Viererfächer, der danebengegeigt wird, summiert sich zu einem hübschen Verlust für das Großdeutsche Reich. Hingegen ist ein Torpedo für einen Dampfer – einen vollbeladenen gar – eine gute Rechnung. Mit einem sozusagen negativen Gegenwert.

Diese Überlegung zieht mir ein schiefes Grinsen aufs Gesicht. Mit Destruktionen zu bilanzieren kommt mir immer noch verdrallt vor. Schadenmachen als erstrebenswerte Leistung – Vernichtung als Ziel der verrücktesten Anstrengungen – das bleibt für mich absurd.

Auf dem Boot ist das Torpedoluk offen, die Lademulde aufgebaut, ein Aal hängt schon am Kranhaken und schimmert mattsilbern im Licht des Bunkers. Jetzt wird er tiefer gefiert und mit dem Kopf auf das dunkle Luk zugesteuert.

Ich höre: »Da kriegste doch glatt 'n Ständer, wenn de datt so siehst.«

»Hau noch bissel Vaseline druff, da geht's besser. – Oder weeßte das nich?«

»Also mal rein in die geile Möse!«

»So isses recht – ohohoh!«

»Schieb nach, schieb nach! Schieb noch ’n ordentliches Stück nach!«

»Da siehstes mal wieder: Gut geschmiert ist halb gewonnen!«

»Faß dir doch mal an den Arsch und fühl nach, ob de noch da bist!«

Guter Rat! Ich sollte mir auch an den Arsch fassen – alle paar Minuten, damit ich spüre, daß ich *wirklich* noch da bin.

Mir kann es passieren, daß ich mich ganze Stunden lang wie nicht richtig bei mir fühle – wie abgetrennt von dem Betrieb um mich herum. Ich nehme die Welt um mich dann höchstens wie durch Nebel wahr oder wie auf der Mattscheibe einer nicht scharfgestellten Kamera. Aber ob dagegen Arschfassen hilft?

Es gibt Tage, an denen sich *alles* von mir entfernt. Dafür habe ich Schwebegefühle wie im Traum: Ich quelle auf wie eine Wolke und steige und zerfranse ins Nichts.

Nachts schlafe ich oft viele Stunden nicht, ohne daß ich wirklich nachdenken könnte, weil in mir ein unablässiges Vorbeiziehen von Bildern ist: verschwommene, präzise, gut belichtete, aber auch ganz fahle, milchige . . .

»Die Leute von der ersten Flottille ziehen um«, verkündet der Alte in der Messe.

»Wohin denn?« fragt der Oberstabsarzt.

»In den von der OT gebauten Bunker!« antwortet ihm der Alte. »Die Marineschule ist total zerdeppert. Beim letzten Angriff hat es etliche Tote gegeben.«

»Ich kann nur staunen, daß bei uns noch nichts passiert ist«, sagt der Oberstabsarzt.

Um Himmels willen! Beruf das nicht, denke ich bei mir. Also: toi, toi, toi und dreimal schwarzer Kater!

»Aber warum sind die denn nicht gleich in die Stollen hinter dem U-Bootbunker gezogen?« frage ich laut.

»Die sind besetzt. Die haben Festungskommandant und Seekommandant unter sich aufgeteilt. Es sind ja nur drei Stollen, und einer davon ist Vorratslager.«

Ich bin heilfroh, daß der Alte mal wieder beim Essen redet, und versuche das Gespräch in Gang zu halten: »Festungskommandant – Seekommandant: wie sind überhaupt die Kompetenzen verteilt?«

»Seit dem Befehl, die Flottillenstützpunkte als Verteidigungsstellungen einzurichten, muß alles überflüssige Personal der Brester Gesamtverteidigung zur Verfügung gestellt werden . . .«

»Brester Gesamtverteidigung?« frage ich gleich über die Back weg nach. »Was bedeutet denn das?«

»Will ich doch gerade erklären!« sagt der Alte. »Das heißt, daß wir dem

Seekommandanten unterstellt sind – genau wie die Marineartillerieeinheiten. Generell ist der Mann – Konteradmiral Kehlert – für den Küstenschutz zuständig . . .«

»Ein Admiral für die Landverteidigung?« fragt jetzt der Doktor.

»Ja – im Augenblick ist das so.«

»Und Küstenschutz – komisch!« hakt der Doktor nach. »Wie soll denn das gehen: die Küste schützen? Gelandet sind die Alliierten doch längst, und auf *diese* Küste werden sie es ja wohl kaum abgesehen haben.«

»Aber deshalb kann sich der Mann doch nicht gleich erschießen!« sagt der Alte. »Der hat jedenfalls den höchsten Dienstgrad hier. Der Festungskommandant ist nur Oberst – Oberst von der Mosel. Der Oberwerftdirektor ist ein Vizeadmiral namens Schirmer . . . So, jetzt wissen Sie Bescheid!«

Der Doktor deutet im Sitzen eine Verbeugung an und sagt: »Gehorsamsten Dank für die Aufklärung.«

»Und dann gibt's doch noch den Hafenkapitän?« frage ich.

»Ja – leider! Der ist Kapitän zur See«, sagt der Alte unterm Löffeln. Er versucht, ruhig und gefaßt zu klingen. Aber als wir nach Tisch auf den Hof hinaustreten, bricht es doch aus ihm heraus: »Das Ganze sieht mehr nach Tohuwabohu aus. Wir wissen überhaupt nicht mehr, woran wir sind. Gesamtverteidigung – das ist schon ein Witz bei diesem Durcheinander. Hier will doch jeder – aber auch noch der letzte Wichtigtuer – mitreden!«

Der Oberleutnant Horstmann möchte mich, so lese ich auf einem Zettel, den ich in einem Umschlag in meinem Zimmer finde, gern in der Stadtmesse treffen – gleich nach Mittag, also jetzt.

Was soll das? Warum sagt er mir das nicht? Warum dieses Briefchen? Das ist nicht üblich. Das Briefchen wirkt auf mich wie ein verbotener Kassiber.

Was kann Horstmann von mir wollen? Und was heißt Stadtmesse? Damit meint er sicher das ehedem französisch geführte Gasthaus des Seekommandanten. Dort war ich lange nicht. Das »Haus der Marine«, das die Standortverwaltung als Offizierskasino in der Stadtmitte am Promenadenplatz eingerichtet hat, ist wenig attraktiv, mehr eine Art Club mit Leseräumen und Bibliothek: Das kann er kaum gemeint haben.

Was tun? Zu langem Überlegen bleibt keine Zeit. Also her mit Koppel und Pistole und auf in diese ominöse Stadtmesse.

Ich entdecke Horstmann in einer Ecke hinter einem Glas Bier. Außer ihm sind keine Gäste zu sehen.

Noch ehe ich mir auch etwas zu trinken bestellen kann, kommt

Horstmann ohne viel Umschweife zur Sache: »Haben Sie mal den Chef nach diesen obskuren Dönitz-Befehlen gefragt – Einsatz der Boote an der Invasionsfront?«

»Nein, was ist damit?«

»Hier – ich hab die wesentlichen Teile daraus wortwörtlich aufgeschrieben . . .«

Ich lese: »Eine geglückte Landung der Anglo-Amerikaner würde den Verlust weiter, für unsere Kriegswirtschaft lebensnotwendiger Gebiete und die unmittelbare Bedrohung unserer wichtigsten Industriegebiete bedeuten, ohne die der Krieg nicht fortgeführt werden kann.

Jeder Kommandant muß sich darüber klar sein, daß dann auch von ihm mehr als zu irgendeiner anderen Zeit die Zukunft unseres deutschen Volkes abhängt, und ich verlange von jedem Kommandanten, daß er ohne Rücksicht auf sonst geltende Vorsichtsmaßnahmen nur ein Ziel vor Augen und im Herzen hat: Angriff – ran – versenken!« Unterzeichnet hat das Dönitz.

Und auf einem zweiten Blatt: »Rücksichtsloseester Einsatz heißt: Jedes feindliche Fahrzeug, das der Landung dient, auch wenn es nur etwa ein halbes Hundert Soldaten oder einen Panzer an Land bringt, ist ein Ziel, das den vollen Einsatz des U-Bootes verlangt. Es ist anzugreifen, auch unter Gefahr des Verlustes des eigenen Bootes.

Wenn es gilt, an die feindliche Landungsflotte heranzukommen, gibt es keine Rücksicht auf Gefährdung durch flaches Wasser oder mögliche Minensperren oder irgendwelche Bedenken. Jeder Mann und jede Waffe des Feindes, die vor der Landung vernichtet werden, verringern die Aussicht des Feindes auf Erfolg.

Das U-Boot aber, das dem Feinde bei der Landung Verluste beibringt, hat seine höchste Aufgabe erfüllt und sein Dasein gerechtfertigt, auch wenn es dabei bleibt.«

Ich halte meinen Blick auf das Papier gerichtet und bringe keinen Ton mehr hervor.

»Doch wohl Wahnsinn!« höre ich Horstmann wie von weitem.

Als ich endlich aufblicke, fragt Horstmann dringlich: »Merken Sie was?« Und als ich immer noch nichts sage: »Dieser Befehl ist doch typisch: unklar abgefaßt! Und das mit Absicht. Die Auslegung wird dem Kommandanten überlassen. Ein Landeprahm ist anzugreifen, selbst wenn er nur einen einzigen Panzer trägt, ohne Rücksicht darauf, ob das Boot verlorengeht . . . So ein Prahm hat einen halben Meter Tiefgang, doch nicht mehr. Soll ich da etwa einen Torpedo schießen? Oder soll ich den betonarmierten Landeprahm mit dem Panzer darauf mit meinen Feuerspritzen attackieren? Voller Einsatz ohne Rücksicht auf Verluste, das heißt hier: Rammstoß. Kamikaze also. – Bei einer Kommandantenbesprechung hat einer den FdU präzise gefragt, wie Dönitz das denn meine, was er verzapft hat. Und da bekam er die klare Antwort: ›Rammstoß!‹«

Warum nur hält Horstmann ausgerechnet mir diesen Vortrag? Was kann er im Schilde führen?

Ehe ich den Mund aufmache, um ihn direkt zu fragen, gibt er mir schon die Antwort: »Sie sollen doch über diesen Irrsinn hier schreiben. Aber wenn Sie schreiben, müssen Sie es *richtig* tun. Anders, als das heutzutage üblich ist. Sie müssen schreiben, was hier *wirklich* passiert. Das wird doch alles immer wieder weggeschwindelt. *Wir* haben keine Schangs mehr dazu – zum Schreiben. Wir gehen alle noch drauf. Hier wird tabula rasa gemacht. Aber vielleicht haben *Sie* ja mehr Glück.«

Ich bin verstört. Was soll ich nur sagen? Wie soll ich diesen außer Façon geratenen Mann beruhigen?

Horstmann muß merken, wie ich verstohlen um mich gucke. Aber das bringt ihn nicht zum Innehalten. Im Gegenteil – er wird sogar noch eine Spur lauter: »Sie können's mir glauben: Die machen nicht Schluß, ehe wir nicht alle abgesoffen sind, verlassen Sie sich darauf! Widerstand gegen den Wahnwitz gibt es nicht. So weit sind wir gekommen: weitermachen – blindwütend, rücksichtslos, ohne Sinn und Verstand – nur einfach weitermachen! Und wenn *alles* zum Teufel geht. Selbstvernichtung ohne Chance.«

Das Wort »blindwütend« echot in mir. Woher hat er blindwütend? Während ich die Wand gegenüber anstarre, suche ich verzweifelt nach der Textstelle mit »blindwütend«. Und dann hab ich's: »Haut blindwütend in Scherben / Schädel und Flaschen jetzt / wie ein Eber im Sterben noch einmal die Hauer wetzt . . . Tertschka, des Feldherrn Schwager / Illo und Kinsky dazu / Ihre Heimat das Lager / und die Schlacht ihre Ruh . . .«

Die Situation ist beklemmend: Wir sitzen hier in diesem Bums wie zwei Verschwörer beisammen. »Dein Glück, daß du nie konspirativ warst«, hat der Alte gesagt. Das hier sieht aber ganz nach Konspiration aus!

Ein Wirbel von Gedanken dreht sich in meinem Kopf: Warum weiß ich nichts von diesem Befehl? Was sich Horstmann da aufgeschrieben hat, das muß ja wohl stimmen. Die Sorge um Schiff und Besatzung – so hieß es doch immer – ist für den Seemann oberstes Gebot! Und jetzt das! Und dieser unsägliche FdU protestiert nicht etwa – der legt auch noch einen Zahn zu!

»Die Partie ist doch längst verspielt«, hebt Horstmann mit heiserer Stimme wieder an, diesmal ohne mich dabei anzusehen. »In diesen flachen Gewässern sind wir doch total aufgeschmissen.«

Mit flatternden Handbewegungen versucht Horstmann seine Worte zu unterstützen. Wenn er seine Hände für einen Augenblick ruhig zu halten versucht, kann ich sehen, wie sie zittern. Der Mann ist am Ende – restlos fertig. Das ist nicht gespielt. Trotzdem heißt es auf der Hut sein.

Gleich schäme ich mich für meine Bedenken: Einem Mann in diesem Zustand ist alles gleich. Der überlegt nicht mehr und wägt nicht mehr ab.

Ich wünschte, ich könnte Horstmann zu Hilfe kommen. Aber wie sollte ich denn? Ihm beipflichten? Billigen Trost verzapfen? Herr im Himmel – ich weiß es nicht! Dasitzen und zuhören – das ist schon das einzige, was ich für ihn tun kann.

Da redet Horstmann auch schon weiter: »Das letzte Mal sind wir wie durch ein Wunder davongekommen. Solche Wunder wiederholen sich nicht. Auch unser letzter Einsatzbefehl war ein Selbstmordbefehl: Wir sollten aufgetaucht mit Höchstfahrt auf die Südküste Englands zulaufen. Dabei war der Himmel schwarz von Fliegern, und die Zerstörer fuhren sich fast über den Haufen.«

Jetzt geht mit Horstmann eine merkwürdige Verwandlung vor: Er sackt in sich zusammen und starrt vor sich hin ins Leere.

So vergehen Minuten, bis er mit heiser belegter Stimme sagt: »Man kann sich ja selber nicht mehr ertragen. Von meinen Crewkameraden ist auch nicht einer mehr da . . .«

Ich weiß sogleich, was Horstmann meint: Noch am Leben zu sein, während so viele abgesoffen sind – das ist, als habe man sich einen Vorteil erschlichen und müsse sich dafür schämen.

»Ich gehe in drei Tagen wieder hinaus«, sagt Horstmann abrupt.

»Ist Ihr Boot denn schon wieder klar?« frage ich ungläubig.

»So lala – Sie wissen doch, wie das jetzt läuft«, sagt er da nur noch.

Noch am Abend spreche ich den Alten auf die Dönitz-Befehle an.

»Davon hast du mir wohl nichts sagen wollen?«

»Du mußt ja auch nicht alles wissen«, bescheidet mich der Alte.

Das nimmt mir den Atem. So können wir nicht miteinander reden.

»Das wäre doch bloß wieder Öl auf dein Feuer gewesen . . .«, sagt der Alte nach einer Weile noch wie abwesend vor sich hin.

Da kommt zum Glück der VO, und ich kann mich verdrücken.

Ich wälze mich schlaflos auf meiner Koje: Der Dönitz-Befehl geht mir nicht aus dem Kopf.

Wenn ein Einsatzbefehl ganz eindeutig ein Todesurteil bedeutet, wenn die Chance, mit diesem Befehl einen militärischen Erfolg herbeizuzwingen, dazu noch gleich Null ist, wenn sich das Todesurteil also nicht aus der Situation heraus – der militärischen – rechtfertigen läßt, ist dann der, der den Befehl gibt, ein Mörder?

Ein Panzer, den vernichtet man mit einer Pak, aber doch nicht mit einem U-Boot. Ein Schiff auf dem Weg zwischen den USA und den Western Approaches mit Hunderten von Panzern an Bord – das ist ein Ziel für ein U-Boot. Was jetzt aber verlangt wird, klingt doch, als würde man Artilleristen den Befehl geben, die Gegner, statt sie zu beschießen, einzeln mit Kartuschen zu erschlagen. U-Boote sollen Landeprähme attackieren, womöglich rammen – das ist doch absurd! Das sind keine Befehle mehr, das sind Todesdekrete!

Es muß doch eine Unterscheidung geben zwischen »vernünftigem« Risiko und Wahnsinnsbefehlen. Aber kann es überhaupt noch, wenn das Ganze der schiere Wahnsinn ist, militärisch »vernünftige« Befehle geben? Kann man sich innerhalb des Wahnsinns vernünftig und rational »richtig« verhalten? Kann man »moralisch« handeln in einer von Kriminellen geschaffenen Situation?

Wo ist die Grenze zwischen Einsatzbefehl und Mord? Gibt es die überhaupt? Wird nicht gar derjenige, der am tollsten gewütet hatte, am großartigsten glorifiziert? Werden nicht gerade die Blutsäufer als Heroen verehrt? Unsere Geschichtsbücher – was sind sie anderes als Verherrlichungsfibeln für Massenmörder?

Und wie steht es mit der Komplizenschaft der Stabsoffiziere? Ist nicht auch der Alte Komplize? So oder so? Und ich selber – bin ich es nicht etwa auch? Ich trage die Uniform, ich meutere nicht, ich hege keine Aufruhrpläne . . . Also?

Meine einzige Rechtfertigung ist, daß ich durchkommen will. Ich will diesen Orlog überleben.

Beim Frühstück läßt sich der Alte nicht sehen. Dann entdecke ich ihn aber von weitem bei einem seiner üblichen Inspektionsgänge hinter den Gebäuden.

Auch so ein Irrwitz: Da läßt er nun weiterbauen, als wäre unsere Okkupationswelt in bester Ordnung und als bliebe sie es für alle Zeiten – und an der Invasionsfront säuft ein Boot nach dem anderen ab.

Der Alte gibt noch ein paar Anweisungen an die Leute, die an der Schwimmbadtarnung arbeiten, dann fragt er mich, ob ich mit in sein Büro kommen wolle.

Unterwegs erklärt er mir: »Das ist wichtig: einfach weitermachen wie gehabt – das beruhigt die Leute!« Und dann, nach einem prüfenden Seitenblick, sagt er noch: »Da brauchst du gar nicht so zu gucken: Daß es hier keine großen Schwimmfeste mehr geben wird, weiß ich auch . . .«

Als wir in seinem Büro ankommen, gehe ich den Alten direkt an: »So wie die Boote, die an die Invasionsfront geschickt wurden, hier wieder hereingehinkt kommen – *wenn* sie überhaupt zurückkommen«, sage ich und erschrecke gleich über meinen inquisitorischen Ton, »hat das Ganze denn überhaupt noch einen Zweck?«

Der Alte reagiert prompt zornig: »Du solltest dir nicht soviel den Kopf der Führung zerbrechen! So einfach, wie du dir das vorstellst, geht es nun mal nicht. Der U-Bootkrieg läßt sich nicht von heute auf morgen abstellen.«

»Einmal war's doch aber schon soweit«, wage ich einzuwenden. »Da ging's doch offenbar.«

»Da ging es nur um die Einsätze im Mittelatlantik, und der Stop war auch nur vorübergehend.«

Der Alte macht es mir bei unseren Palavern schon verdammt schwer. Als er jetzt sagt: »Das mußt du doch einsehen, daß wir hier die Gesamtlage gar nicht übersehen können«, hat seine Stimme schon keinen gereizten Unterton mehr. Auch seine Körperhaltung hat sich verändert. Er wirkt auf einmal eher niedergeschlagen als empört.

Jetzt räuspert sich der Alte und sagt gepreßt: »Das sind schon Zeiten ... Rien ne va plus ...« Dann hebt er die Schultern, verharrt so einen Moment und läßt sich noch tiefer in seinem Sessel zusammenfallen.

Ich lasse meinen Blick am Alten vorbei über das Hafenpanorama gehen. Das Wetter ist gut, da werden sie wohl bald schon wieder kommen.

Der Anblick der Sperrballons irritiert mich: Sie sehen widerlich aus – wie besonders dicke, dafür aber verkrümmte Penisse oder wie bis zum Platzen fettgefressene graue Riesenraupen.

»Ohne das Totalversagen der Luftwaffe stünden wir sicher ganz anders da«, setzt der Alte jetzt wieder ein. »Und das vor allem auch in der Normandie ...« Und dann, kaum vernehmbar: »Dieser Scheißhermann!«

Plötzlich macht der Stuhl des Alten ein kreischendes Geräusch. Der Alte hat ihn abrupt zurückgeschoben und stemmt sich nun mit durchgedrückten Armen von der Schreibtischkante ab.

»Wir verlieren an der Normandiefront pro Tag mehr als dreitausend Leute ...«, sagt er in einer merkwürdig dumpfen Tonlage.

Die Zahl dürfte stimmen. Aber aus dem Wehrmachtbericht hat sie der Alte sicher nicht. Und nach der Quelle fragen kann ich ihn jetzt nicht. Der Alte redet auch schon weiter: »Artilleriemunition ist längst knapp. Und Benzin auch. Da kommt eben kein Nachschub durch bei einer so gewaltigen Luftüberlegenheit.«

»Und ohne Benzin und Munition ...«

»... kann das nicht sehr lange dauern«, fällt der Alte ein. Dann besinnt er sich erst mal. Es dauert, bis er mit der gleichen gedämpften Stimme wie vorher über seinen Aktenstoß hin weiterredet: »Das ist schon merkwürdig: Da treffen nun die alten Gegner wieder aufeinander ...«

Als ich ihn daraufhin fragend angucke, bekomme ich die Erklärung: »Rommel und Montgomery. Die kennen sich doch schon aus Afrika.«

»Daran habe ich noch gar nicht gedacht . . .«

»Die Welt ist eben rund und dreht sich . . .«

Ich bin in Gedanken wieder an der Invasionsfront. Jetzt sage ich: »Eine so plattgewalzte Stadt wie Caen habe ich noch nie gesehen.«

»Schiffsgeschütze!« murrt der Alte da nur. »Schwere Koffer – bis zu fünfundvierzig Zentimeter.«

»Daß man die Einwohner nicht warnen und gar evakuieren konnte, ist klar«, denke ich laut. »Das hätte die Invasionspläne verraten. Da mußte die Stadt eben zum Teufel gehen . . . Gesetz des Krieges nennt man das wohl!«

»So isses«, brummt der Alte. Und dann sagt er mit merkwürdig gedämpfter Stimme: »Sich vorzustellen, was eine wirkliche U-Bootflotte mit modernen Booten da hätte ausrichten können, trotz Küstennähe und trotz flachen Wassers! Aber doch nicht mit ganzen drei Booten am Feind!«

»Drei Boote?«

»Ja doch! Als der Schlamassel losging, hatten wir nicht mehr zu bieten als drei Boote – ganze drei!« Der Alte klingt total verbittert. »Das ist eben alles kaum zu glauben: Da fahren nun direkt vor unserer Haustüre Schiffe mit kostbarster Fracht und in einer Massierung herum, wie es sie noch nie gab, und wir haben nichts, um diese größte Landungsflotte aller Zeiten zu attackieren – geschweige denn sie aufzuhalten.«

»Hat es denn bei den U-Booten gar keine Vorbereitung auf die Invasion gegeben?«

Der Alte bedenkt sich ziemlich lange, dann räuspert er sich und sagt: »Als klar war, daß die Invasion kommen würde, wurde die Gruppe ›Landwirt‹ gebildet.«

»Wie bitte?«

»Du hast richtig gehört: Landwirt! Die Hofpoeten beim BdU sind eben bescheidener geworden«, sagt der Alte mit deutlich ironischem Unterton. »Die Gruppe Landwirt bestand aus fünfunddreißig VII-C-Booten. Wir hatten hier in Brest sechzehn davon. Von diesen sechzehn hatten nur acht Schnorchel. Um die Zahl von fünfunddreißig Booten zu erreichen, mußte zusammengetrommelt werden, was nur laufen konnte. Und sogar aus Norwegen wurden Boote abgezogen – ohne Schnorchel und mit Kommandanten, die kaum Erfahrung hatten. Von den dreizehn zusätzlich avisierten Booten kamen prompt nur sieben im Einsatzgebiet an.«

Drüben klingelt das Telefon. Der Adju gibt in seiner hohen Stimmlage brüllend Bescheid. Die Doppeltüren schließen aber so gut, daß ich ihn nicht verstehen kann. Dann ist nur wieder ganz schwach das Schreibmaschinengehämmer zu hören.

Der Alte sagt nichts und rührt sich auch nicht. Es ist, als sei er gar nicht mehr da. So verhält er sich in letzter Zeit manchmal: Mitten im Gespräch gleitet er in eine Art Nirwana. Wenn dann nur noch grauweißes Plasma hinter seinem Schreibtisch schwebte, würde mich das nicht wundern ... Diesmal schweigt sich der Alte besonders gründlich aus. Es dauert eine Ewigkeit, bis neues Leben in ihn kommt.

»Offenkundig kommen die Allies aber doch nicht richtig voran«, knurrt er vor sich hin. »Wenn die sich mal nicht täuschen ... Denk an Dieppe!«

Was will der Alte mir denn *jetzt* vorspielen? Wie kommt er denn jetzt auf Dieppe? Er kann sich doch nicht plötzlich um hundertachtzig Grad gedreht haben! Das ist doch kein Dieppe! Das ist die INVASION!

»Dieppe war doch nur ein Versuch, ein Handstreich ...«, rede ich empört auf den Alten ein.

»Der ganz schön danebenging ...«

»Ein Versuch gegen das, was da jetzt veranstaltet wird. Das ist doch überhaupt nicht miteinander zu vergleichen! Und ob du es nun wahrhaben willst oder nicht: Lange wird es nicht mehr dauern, bis die losgehen, aus ihrem Brückenkopf heraus, und dann wird's auch hier mulmig.«

»Abwarten! Abwarten und Tee trinken«, sagt der Alte.

Will er mich nur reizen? Diese verdammte Clincherei!

»Cherbourg ist jedenfalls schon gefallen, das ist ein Faktum. Und damit haben die Alliierten einen großen Hafen.«

»Einen restlos zerstörten«, brummt der Alte.

»Den sie schnell wieder funktionsfähig machen werden.«

So ist es richtig: Jetzt geht es Schlag auf Schlag! Aber warum errege ich mich nur so, wenn doch klar ist, daß der Alte längst selber weiß, was die Stunde geschlagen hat – wenn er mir nur einen Scheinkampf liefern will ...

»Warum fährst du nicht noch mal raus nach Logonna?« sagt er jetzt mit auf einmal klarer Stimme. »Besser, du bist da draußen. Da hast du Zeit zum Nachdenken und Schreiben. Keiner stört dich. Und was du von mir noch wissen willst, schreibst du auf, und wir gehen das dann durch ...«

Als wir später gemeinsam über den Hof gehen, sagt der Alte: »Nur ein kleiner Fingerzeig noch: Ich würde an deiner Stelle ein bißchen mehr Abstand vom Zahndoktor halten.«

Das sollte wohl leichthin gesagt sein, es klang aber wie mühsam herausgepreßt.

»Um den Zahnarzt selber mache ich mir keine Sorgen«, redet der Alte nach ein paar Schritten weiter, »der hat 'ne Art Narrenfreiheit. Aber deine Situation ist nicht die gleiche.«

Damit bleibt er plötzlich stehen, guckt auf die Uhr an seinem linken Handgelenk und sagt wie frohgelaunt: »Ich muß noch zum Hafenkapitän – wir sehen uns, wenn du wieder da bist.«

Und schon macht er auf dem Absatz halb kehrt und marschiert in Richtung seines Wagens, der offenbar bereits auf ihn wartet. »Du kannst den Kübel nehmen!« ruft er mir noch zu.

Logonna! Was für eine Wohltat wird das für mich sein! Ich werde das Schloß für mich allein haben. Der Koch Meier wird in seinem Küchenkabuff herumfuhrwerken. Dem werde ich aus dem Wege gehen können.

Im Fahren fülle ich mich mit den Bildern dieser friedvollen Landschaft. Sie hat nichts Großartiges, Imposantes. Auf einem Foto gäbe es nicht viel zu sehen: die feinen Dunstverschwebungen nicht, nicht die zärtlich leichten Blaustufen, die soviel Tiefe schaffen.

Überall reicht die See weit ins Land hinein: Von oben gesehen, sind diese Fjorde Wasserbäume, mit dem Meer als nährender Basis. Ihre dicken Stämme teilen sich in Äste, die Äste in Zweige, die zu immer feinerem Filigran werden, bis das einzelne Rinnsal nicht mehr zu erkennen ist.

Häuser sind in dieser Landschaft kaum wahrnehmbar. Ihre Mauern, ohnehin nur zwei Meter hoch, sind aus den gleichen Steinen gebaut wie die Wälle zwischen den Feldern, die moosbewachsenen Dächer gehen ins Grün der Hintergründe ein.

Ehe ich das Schloß betrete, trolle ich mich hin zum Wasser und hocke mich auf meine eigenen Schenkel nieder. So – aus dieser Perspektive – mache ich Aufnahmen von der Landschaft, aber ohne Fotoapparat.

Das ist es eben, was der Fotoapparat nicht gibt: die Bewegtheit durch das ständig wechselnde Licht. Wo eben noch schwärzliches Schattengrün war, leuchtet heftiges Grellgrün auf. Blaugrünschwarze Flecken eilen über Felder, Wälle, Bäume hin. Ein Kastanienbaum, der sich kaum vom Grund abhob, zeigt sich plötzlich dunkel silhouettiert. Das Gegenufer, eben noch festlich angestrahlt, wird grau. Ein Regenschauer nimmt ihm die Farbe. Dafür leuchtet ein winziges Getreidefeld wie kostbarer Brokat auf, bis die Regenfahnen auch hierher kommen. Aber nicht lange, und der schnürende Vorhang gibt den Blick wieder frei, und jetzt ist alles noch schöner als zuvor: silbern durchwirkt, corothaft. Von den Decks der Boote, die der Ebbstrom vor ihren Ankern in seine Richtung gedreht hat, prallen die Sonnenstrahlen als silbern blendende Funken ab.

Hier könnte ich mein Faltboot brauchen. Diesen Wasserlauf hinunterpaddeln bis auf die riesige Reede, die vielen Fjorde erkunden . . .

Das war schon eine verrückte Idee, das Faltboot, mit dem ich die Donau hinunter bis ins Schwarze Meer gefahren bin, mit nach La Baule zu nehmen. Und jetzt ist es hin: Bei meinen Sachen, die der Alte aus La Baule hat holen lassen, war es nicht.

Plötzlich ist der Koch neben mir. Er hat eine Emaillekanne in der Hand, zum Milchholen, wie er sagt. Er guckt mich pfiffig an und fragt: »Wenn Sie etwas brauchen, Herr Leutnant . . .«

»Danke!« bescheide ich ihn. Klang wohl zu barsch. Aber muß ich deshalb mit mir hadern? Was hat denn dieser Meier hier unten zu suchen? Er wird das Auto gehört haben, und nun treibt ihn die Neugierde um. Der Koch will sich anbamsen, das vor allem ist es.

»Zivilsteward«, hat der Alte gesagt, als ich ihn nach Meier gefragt habe. »Dem Chef hündisch ergeben«, der VO.

Kann er ja wohl auch: Im fünften Kriegsjahr noch als Zivilist herumzulaufen . . . Ein Wort vom Alten, und er kommt zum Barras.

Als ich mich später im Schloß umsehe, entdecke ich Volants, die noch ganz neu aussehen. Ich frage: »Die sind doch sicher nicht von der Intendantur?«

»Nein, Herr Leutnant, die hat Mademoiselle Simone besorgt – das alles hier. Mademoiselle Simone hat nun mal Geschmack.«

Was weiß Meier? Wie oft war Simone hier draußen?

Meier die Würmer aus der Nase ziehen – wie könnte ich das so schlau anstellen, daß er nichts davon merkt?

Immerhin hat der Alte sich offenbar nicht entblödet, mit Simone im Mercedes direkt vom Flottillentor weg nach Logonna zu fahren – wie ein verblendeter Generaldirektor mit der Sekretärin, die längst keiner mehr für die Sekretärin hält. Ich habe mir ja schon anhören müssen, was über Simone hier in Umlauf ist.

Gerüchte! sage ich mir vor. Neidhammelgeschwätz!

Ich will gar nicht genau wissen, was hier geschehen ist. Aber dann kann ich doch nur noch: Simone und der Alte! denken.

Logonna als Liebesnest! Wie praktisch! In Brest gab es zu viele Augen. Da hieß es aufpassen und die Form wahren. Aber Logonna! In Logonna gibt es nur Meier, den diskreten Herrn Meier, in Verschwiegenheit geschult.

Die Steine, mit denen der Weg gepflastert ist, sind glitschig vom Abenddunst. Ich muß aufpassen, daß ich nicht ausrutsche. Hier sind Eichen, wie bei uns Weiden, an die Wiesenraine gepflanzt. Ein Alter steht zwischen ihnen und hackt Holz. Vor einer Türhöhle sitzt eine alte Frau auf einem niedrigen Hocker beim Spinnen. Das gibt es hier also auch noch . . .

Ich stiefele durchs seichte Wasser und lasse den Schlamm schmatzen. Dann entschließe ich mich, zum Dorf hochzugehen. Der Weg führt durch verkommene Gärten. Tauben fliegen vor mir auf. Plötzlich dringt die Abendsonne durch und taucht die Landschaft in rote Glut. Die Büsche brennen, der gelbe Ginster lodert orange auf. Ein Scherben schießt aus Schattentiefen Blitze. Aber schon ist die Illuminierung zu Ende – wie mit einem Schlag.

Mit einem alten Bauern führe ich ein mühseliges Gespräch: Ob er Eier hätte oder Speck. »Je ne suis pas installé pour produire«, sagt er mit fisteliger Stimme. Und dann übersetzt er seiner Frau, was er sagt, ins Bretonische. Die Frau brennt über einem offen blakenden Feuer Gerste. Was für ein merkwürdiger Geruch.

Die Leute kommen mir wie Höhlenmenschen vor. Ihre Behausungen kann man nicht Wohnungen nennen, es sind dunkle Wohnlöcher-Höhlen.

Bald werden die Hügel schwarze Silhouetten sein. Das Land hüllt sich in Dunkelheit. Die Bäume werden zu Schreckgestalten, die verkrüppelte Arme in den Abendhimmel recken.

Der Geruch von Meer nimmt mit der Dunkelheit zu. Wie kommt das? Trägt dunkle Luft Gerüche besser als lichte?

Aus den Häusern am anderen Ufer quillt milchiger Rauch. In der Luft ist jetzt ein Sausen wie von einem Flug Wildenten, aber ich kann, so sehr ich den Hals auch recke, keine Enten sehen. Das Sausen muß über dem Wald sein – schon ist es vorbei.

Ein paar Petroleumfunzeln werfen ihr Licht über das Wasser: sattgelbe Punkte im allgemeinen Grau. Verwehte Rufe dringen zu mir herüber.

Die Fischer sind damit beschäftigt, ihre Boote ins Wasser zu schieben. Einer kommt mit einem kleinen Kahn von weiter oben. Aufrecht stehend wriggt er mit einer Hand: ganz lässig, als koste es ihn keine Anstrengung. Drüben stehen die anderen jetzt untätig am Ufer herum und gucken zu dem hin, der da herangewriggt kommt. Dann nehmen sie Säcke auf und stauen sie in die Boote.

Es dauert nicht lange, und die schwarzen Boote ziehen an mir vorbei seewärts. Es geht kein Wind mehr. Die Boote sehen aus wie riesige dunkle Wasservögel, die ihre Flügel weggesteckt haben. Da kommt wieder Wind. Aber er steht gegenan, und in diesem Wasserarm ist kein Platz zum Kreuzen. Ein einziges Boot setzt eine rotbraune Fock, doch die macht es, solange ich es sehen kann, auch nicht schneller.

Die Boote müssen auf der Reede bleiben. Durchs Goulet – so wie früher – dürfen sie nicht mehr. Sie werden eiserne Grunddrachen an Bord haben und Jakobsmuscheln fischen.

Der Mond steht als bleich silbern schimmernde Scheibe in halber Höhe über der Kimm. Sein Spiegel auf dem Wasser bedeckt eine weite, gleißende Fläche. Bald schon werden wir Vollmond haben, und wenn das Wasser nicht so gerauht ist wie jetzt, wird der Spiegel des Mondes in ständig sich verwandelnde Jugendstilornamente bis zum Strand her reichen.

Ich brauche mir beim Frühstück nur gewärmte Milch in den Kaffee zu gießen und schon sind meine Gedanken wieder bei Simone: Wenn sie, wie ich jetzt, Milchhaut in den Kaffee bekam, konnte sie fuchsteufelswild werden. Sie fischte sie mit einem Sieb vorsichtig ab oder schüttete ihre Tasse gleich aus.

Das werde ich irgendwann auch vermissen, diese großen bretonischen Kaffeetassen, die eher schon Kaffeeschüsseln sind, die stark gesalzene, mit Meersalz gesalzene gelbe Butter dick auf die splittrig krossen Baguettestücke gepflastert und nichts anderes dazu. Allein davon fließt mir das Wasser schon im Mund zusammen.

Der Tag beginnt grau. Nebeldunst zwischen den Kiefernstämmen. Als ich aus dem Wald trete, gerinnt der Nebel zu feinem Regen. Überall, an allen Blättern und Gräsern, hängen Tropfen.

Dem Efeu kommt der Regen zupaß. Nirgends habe ich Efeu so wuchern sehen wie hier. Jeder Kiefernstamm ist grün von Efeu. Von der Kiefernborke ist gar nichts mehr zu sehen. Die Efeuschlangen bedecken alles. Schlangen? Die feinen, hellen Wurzeln, mit denen sich der Efeu in der Borke festkrallt, lassen eher an Tausendfüßler denken. In all der Feuchtigkeit sehen die Blätter wie lackiert aus. Das Regenwasser rinnt von einem Blatt zum anderen herab: Blattkaskaden. Es macht dabei winzige Geräusche, so winzig, daß man den Atem anhalten muß, um sie zu hören.

Ich habe Sabots an den Füßen – aus einem Stück geschlagene Holzschuhe. Es sind grobe Sabots. Es gibt auch bessere, lackierte mit ausgearbeiteten Absätzen, oben geschützt mit Lederband. Meine sind richtige kleine Schiffe mit hochgezogenen Steven, überdachtem Vorschiff, breiten runden Hecks. Ich schiebe sie durch den Schlamm wie Schwesterschiffe: erst das linke vor, dann am linken vorbei das rechte – links und rechts und links und rechts. Sabots muß man schieben, mit ihnen schlurfen, man darf gar nicht erst versuchen, die schweren Holzpantinen anzuheben. Hier in der Bretagne ermahnt keiner die Kinder: Nehmt gefälligst die Füße hoch! wie es bei uns zu Hause üblich war.

Plötzlich entdecke ich ein Paar Riemen im Ginster versteckt: Da war einer zu faul, sie nach Hause zu tragen. Oder was kann das bedeuten? Ein Boot ist nicht zu sehen. Ich stehe da und denke nach: komisch! Ich könnte die ziemlich neuen Riemen aus den Ginsterbüschen ziehen und mit ins Schloß schleppen. Weiß der Satan, was für Umtriebe hier im Gang sind. Die Augen offenhalten – das ist auf jeden Fall geboten. Mit einem Mal habe ich, während ich hier unten am Wasser herumstreife, das Gefühl, daß mich einer beobachtet.

Ich muß an Meier denken. Ohne daß es irgendein Indiz für einen Zusammenhang gäbe, bringe ich ihn in Beziehung zu diesen wohlversteckten Riemen. Irgend etwas stimmt mit dem Mann nicht, warum nur guckt er immer um eine Winzigkeit an mir vorbei, wenn ich ihn anspreche?

Eine alte Frau läßt sich über den Wasserarm setzen. Ein Halbwüchsiger steht achtern im Boot und wriggt.

Wütendes Hundekläffen. Ein Dachs ...

Die Bauern, die weiter oben Bäume fällen, wollen nicht begreifen, daß hier ein Dachs seinen Bau hat. »Blaireau« – das ist für sie anscheinend *nur* der Rasierpinsel. Deshalb lachen sie so, als ich ihnen sage, da in der Erde stecke ein blaireau, ich hätte ihn gesehen.

Hundert Meter das Ufer hinauf liegt ein amerikanisches Auto im Schlick. Ich probiere die Gangschaltung. Sie funktioniert noch. Weiter den Strand entlang finde ich einen totgelaufenen Torpedo. Er hat keinen Gefechtskopf. Anscheinend ein Übungsaal. Wahrscheinlich ein französischer. Sicher total vergammelt. Melden? Ich schüttele den Kopf. Was gehen mich denn vergammelte französische Übungstorpedos an. Ich werde mich schön hüten, ein großes Tamtam zu machen.

Und wenn er eine uns unbekannte Konstruktion hat? Dann soll es mir auch recht sein, entscheide ich und stapfe schnell ein paar Meter weiter durch den Sand, bis er fest wird und trägt.

Der Himmel hängt voller grauer Kapokwolken. Wenn sie nur um weniges kleiner wären, könnte man sie für Detonationswolken von Flakgranaten halten. Das ist das Schlimme: Ich kann meinen Blick nicht mehr gegen den Himmel richten, ohne nach Zeichen vom Feind zu suchen. Selbst wenn ich es mir verböte, würde es mir nicht gelingen, das Himmelspanorama unbefangen zu betrachten.

Dabei bin ich hier draußen vor Bombenwürfen sicher. Ich könnte mich wie im Garten Eden fühlen. Die Bauern im Dorf Logonna leben wie im tiefsten Frieden dahin – gerade so, als wäre der Krieg tausend Meilen weg oder als gäbe es ihn gar nicht. Am liebsten würde ich mir die Uniformklamotten vom Leibe reißen und mich auf den hohen blaßblauen Zweiradkarren schwingen, um mich neben den verwegen dreinblickenden Halbwüchsigen zu stellen, der da oben die Zügel hält und die Erschütterungen von den Löchern im Rumpelpflaster in den Knien auswiegt, als stünde er auf Schiffsplanken statt auf einem Karren.

Ich dachte, der Alte würde doch auch noch hier draußen erscheinen. Als er es auch am dritten Tag nicht tut, werde ich unruhig. Ich packe meine Siebensachen zusammen und fahre zurück nach Brest.

Als ich ins Büro des Alten trete, dröhnt gerade die wohlbekannte Stentorstimme aus dem Lautsprecher: »Das Oberkommando der Wehrmacht gibt bekannt: Die große Abwehrschlacht im Raum von Caen griff im Laufe des gestrigen Tages auf die Stadt selbst über. Nach erbitterten Straßen- und Häuserkämpfen, in denen unsere Truppen dem Feind schwerste Verluste zufügten, drückte der Gegner unsere Linien auf den Südrand von Caen zurück. Bei Grainville scheiterten feindliche Panzerangriffe. In einer Einbruchsstelle beiderseits der Straße von Caumont-Caen sind die Kämpfe noch nicht abgeschlossen.

Zwischen Airel und Sainteny konnte der Feind nur geringen Geländegewinn erzielen. Südlich La Haye-du-Puits wurden mehrere feindliche Angriffe abgewiesen, westlich des Ortes feindliche Bereitstellungen durch zusammengefaßtes Artilleriefeuer zerschlagen . . . Das Vau-eins-Vergeltungsfeuer auf London dauert mit nur geringen Unterbrechungen an . . .«

»Da werden die Briten wohl nun endlich in die Knie gehen!« sage ich mit todernster Miene und kann auch gleich spüren, wie der Alte mich von der Seite her mustert.

Der OKW-Bericht will kein Ende nehmen.

Der Alte sitzt unbeweglich da wie im Panoptikum.

»Abstellen?« frage ich, bekomme aber keine Antwort. Als der Sprecher endlich zu Ende ist, murmele ich: »Schlechtes Zeichen, das viele Gequatsche – doch alles ohne Nährwert.«

Der Alte bewegt sich noch immer nicht – keinen Millimeter. Schließlich sage ich: »Aufs Ganze gesehen hab ich 'ne Menge Geographie gelernt in letzter Zeit.«

»Wenigstens was«, sagt der Alte endlich.

In diesem Augenblick wird hart an die Tür zum Nebenraum geklopft und der Alte ruft laut: »Jawoll!« Fast im gleichen Augenblick erscheint der Adju.

Der Alte schlägt sofort einen geschäftsmäßigen Ton an und schiebt ein paar Schnellhefter hin und her. »Die Brüder haben übrigens, während du draußen warst, zwei Treffer auf die Bunker erzielt«, sagt er, »mit Neuntonnenbomben. Reine Litfaßsäulen. Jeweils eine Bombe von einer Lancaster geschleppt ...«

»Und da hat die Flak sie nicht erwischt?« frage ich.

»Nein, hat sie nicht. Die kamen in etwa zwotausend Meter Höhe.«

»Ich denke, hier steht besonders gute Flak?«

»Ja, stimmt. Wir haben Langrohr-Achtkommaacht-Marineflak. Die Batterie mit jeweils vier Rohren. Die stehen etwa hundert Meter auseinander ...«

Da verliert der Alte den Faden. Offenbar ist er mit seinen Gedanken woanders. Als ich mich räuspere, schrickt er leicht zusammen und sagt schnell: »Ach so – die Litfaßsäulen! Wir haben Splitter davon aufgesammelt: sehr harter Stahl. Richtig durchschlagen haben sie das Bunkerdach allerdings nicht. Trotzdem war der Flurschaden erheblich, weil reichlich Brocken von oben kamen und ein Boot getroffen haben ... Nie gedacht, daß es so was gibt – Bomben von solchen Dimensionen und solcher Härte. So was haben wir nicht.« Und nach einer langen Pause: »Die Bremer-Werft-AG-Weser-Leute sind übrigens abgezogen. Die werden uns fehlen ... Du solltest dich mal im Bunker umgucken. Viel siehst du allerdings nicht, wenn du nicht aufs Dach kletterst.«

»Wozu willst du denn das alles eigentlich jetzt noch aufschreiben, was du mir hier aus der Nase ziehst?« fragt der Alte, als ich nach dem Essen wieder in seinem Büro sitze.

»Für die Nachwelt – was denn sonst? Du hast dich ja selber schon beklagt, kein Mensch erführe, was hier wirklich anliegt.«

»Und das willst du ändern?«

»So isses«, imitiere ich den Alten.

Wenn ich ehrlich sein wollte, müßte ich sagen: damit wir was Rechtes zu bereden haben und uns dabei um so besser über Simone ausschweigen können. Statt dessen frage ich in meiner besten gleisnerischen Intonierung: »Sagtest du eben ›noch‹?«

Weil der Alte Unverständnis mimt, werde ich genauer: »Du fragtest eben, wozu ich denn das alles, was ich dir aus der Nase ziehen will, *jetzt noch* wissen wolle ... Was heißt denn ›jetzt noch‹, wenn ich mal fragen darf?«

Der Alte bringt ein konspiratives Grinsen auf sein Gesicht und trompetet fröhlich: »Jetzt heißt jetzt – und noch heißt noch!«

Gott sei Dank, denke ich, der alte Ton.

»Also leg mal los!« sagt der Alte und läßt die Aufforderung zugleich gutmütig und nachsichtig klingen. »Die Betonung stammt ausschließlich von dir!« fügt er schnell noch an.

»Die Flakfallen – haben die eigentlich nichts gebracht?«

Gleich verdüstert sich die Miene des Alten. Er bedenkt sich kurz und legt dann los: »Immer hieß es, daß das U-Boot zwar ein guter Torpedoträger, ein guter Minenleger, aber ein äußerst schlechter Artillerieträger sei. Von einem so unstabilen Untersatz kann man eben nicht ordentlich schießen ... Aber auf einmal galt das nicht mehr. Man tat, als hätte man ganz vergessen, was eben noch proklamiert wurde, und pflanzte ganze Flawaffenarsenale auf die Boote. Soviel, wie erwartet, hat das freilich nicht gebracht. Nicht die verstärkte Flakbewaffnung, die zwo Dreikommasieben-Kanonen nicht und nicht die Zwozentimeter-Vierlingsflak, für die extra die Türme umgebaut werden mußten ... Natürlich ist schon mal 'ne Sunderland runtergeholt worden, aber was ist das schon? Herumlaborieren – mehr ist das doch alles nicht.«

Der Alte beschäftigt sich wieder mal umständlich mit seiner Pfeife. Darauf habe ich schon gewartet. Weil ich weiß, wie lange das Ritual dauern wird, könnte ich mich daranmachen, reihenweise Männchen zu zeichnen. Zu meinem Erstaunen macht es der Alte diesmal aber kürzer als sonst.

»Die Tommies haben leider manches dazugelernt«, redet er weiter. »Sobald die merken, daß ein Boot sich wehren kann, halten sie sich zurück – bleiben im Respektabstand um die viertausend Meter und holen Kollegen ran. Damit ist das Boot trotz seiner üppigen Flakarmierung in der Klemme: An Tauchen ist nicht zu denken, weil der Bursche dann gleich über dem Boot ist. Und wie Wasserbomben mitten im Tauchmanöver wirken, weißt du ja. Das wird dann ein verdammtes Katz- und Mausspiel! Gewöhnlich sind auch Zerstörer nicht weit. Sogar von englischen Häfen sind sie bei solchen Gelegenheiten schon ausgelaufen ... Boote, die keine Dreikommasieben oben stehen haben, werden sowieso von den Tommies aus sicherer Entfernung mit Bordkanonen abgetakelt. Für die anderen gibt's das Problem: Wann schießen? Bei dreitausend Meter Feuereröffnung drehen die Brüder sofort ab und halten sich, wie gesagt, in Abstand. Sie auf zwotausend rankommen zu lassen ist aber riskant. Dann weiß der Pilot, daß er es durchstehen muß. Wenn er keine Waffenwirkung hat und abdrehen muß, wird er ziemlich sicher erwischt. Er muß also den Hintern zusammenkneifen und den Angriff bis zum Bombenwurf durchstehen ... Unsere Bewaffnung trägt einfach nicht weit genug. Sie schafft uns nur eine Respektzone, und die reicht nicht zum Tauchen bis auf fünfzig Meter.«

Der Alte scheint heute ausgesprochen gesprächig zu sein. Ich bin die Emsigkeit in Person und schreibe.

»Nein, die zusätzlichen Flawaffen und auch die Gruppenmärsche haben nichts gebracht. Einer aus der Gruppe war den Tommies fast jedesmal sicher – und zwar der, der zuletzt noch Feuerschutz gab, bis die anderen getaucht waren. Den letzten beißen die Hunde, das stimmte hier wie sonst kaum. Also blieb alles beim alten! Das heißt: getaucht marschieren und nur zum Aufladen hoch. Möglichst nur nachts. Aber nachts sind die Jagdgruppen besonders aktiv. Die werden immer frecher. Im Grunde kein Wunder: Wir haben nun mal keine Überwasserschiffe mehr aufzubieten, die sie verjagen könnten.«

Der Alte guckt mich an, als wolle er wissen: gut gemacht?

»Was ist eigentlich mit den Seekühen los, dem Typ vierzehn?« frage ich weiter.

Sofort malt sich Verbitterung auf dem Gesicht des Alten.

»Weg, restlos weg«, stößt er heftig aus. »Alle geschnappt. Meist direkt bei der Brennstoffabgabe. Allein sieben von den gebauten zehn sind schon Mitte dreiundvierzig verlorengegangen. Und jetzt hat's auch die letzte erwischt. Großes Fragezeichen, wie das passiert ist. Die vielen Trägerflugzeuge! Vielleicht sind die der ganze Grund. Aber daß sie *alle* aufgespürt wurden, kann kaum Zufall sein. Und damit wären wir dann ja wohl wieder beim Thema: Geheimhaltung.«

Während der Alte ein paarmal Luft holt, fliegt mich ein Bild an: sieben U-Boote, die wie hungrige Ferkel nach der Muttersau suchen, sie aber nicht finden. Dieses Bild irritiert mich so sehr, daß ich heftig mit den Lidern schlage, um es zum Verschwinden zu bringen.

Aber da redet der Alte schon weiter und zwingt mich zur Aufmerksamkeit: »Es gab auffällige Erscheinungen, die nicht auf Schlüsseleinbrüche oder Geheimnisverrat, sondern auf neue, uns unbekannte Erfindungen des Gegners schließen lassen: Einige Boote, an die seit Tagen von der Führung keine Funksprüche gerichtet worden waren und die ihrerseits auch nicht gesendet hatten, wurden nämlich direkt angeflogen und vernichtet. Boote, von denen man durch Notfunksprüche weiß, wann und wo sie zugrunde gegangen sind.«

»Also durch Radar geortete Boote?«

»Das ist eben die Frage. Sicher – in vielen Fällen muß Radarortung im Spiel gewesen sein. Aber dann summierten sich die Bootsverluste, und es gibt Erfahrungen von Kommandanten, die mit knapper Not entkommen sind, und diese Beobachtungen lassen ein ganz neues Abwehrmittel des Gegners vermuten . . . Boote, die an der äußersten Grenze der Sicht an einem Geleitzug Fühlung gehalten haben und vom Geleitzug oder von Sicherungsfahrzeugen nicht optisch wahrgenommen worden sein konnten, sind aus Entfernungen angeflogen worden, die jenseits der Grenze der Radarortung liegen – also weiter weg als etwa dreißig Seemeilen.«

»Wie will man das wissen?«

Der Alte winkt ab: Er will jetzt nicht unterbrochen werden. »Unsere Herren Gegner müssen ganz *erhebliche* Fortschritte beim Einpeilen unserer Boote gemacht haben. Nur daran kann es liegen. Anders kann ich mir die desaströse Entwicklung nicht erklären . . .« Jetzt verstummt er für eine Weile, setzt dann aber wieder ein: »Die FuMBs haben uns wahrscheinlich den schwersten Schaden zugefügt – weil sie den Booten ohne ausreichende Erprobung mitgegeben wurden. Nicht etwa unsere Konstrukteure und Techniker, sondern die des Gegners scheinen spitzbekommen zu haben, daß unsere famosen Anti-Radargeräte eine Eigenstrahlung besitzen. Wie die Almkühe ihre Glocken haben unsere Boote also auch noch ein Locksignal mit auf die Reise bekommen.«

Der Alte verfällt erneut in Schweigen. Minuten vergehen, dann richtet er den Blick auf mich und sagt: »Das schreib mal alles schön genau auf. Später wird das kaum noch einer glauben. Ich seh schon kommen, wie es eines Tages wieder heißen wird: Im Felde unbesiegt! Ich meine: analog dazu den Lügenspruch auf die See bezogen. Und keiner wird sich die Mühe machen, herauszufinden, wer die Nieten waren, die uns ins Hintertreffen gebracht haben, und wo sie gesteckt haben.«

Da merkt der Alte, daß seine Pfeife ausgebrannt ist. Er legt sie auf der Back ab und versucht nun im Sitzen und entsprechend mühsam seine Rauchutensilien aus beiden Jackentaschen zu fingern.

Als die Pfeife wieder brennt, steht der Alte auf und starrt auf die Karte, als könnten ihm aus dem Puzzle von rot und gelb umgrenzten Formen und blauen und weißen Flächen irgendwelche Offenbarungen kommen.

Plötzlich sagt er: »Hastings!« Und als ich mich ihm voll zukehre, Verwunderung auf dem Gesicht: »Hier liegt Hastings. Tscha, das war die umgekehrte Richtung. Neunhundert Jahre her – und schon waren die Kriegsberichter zur Stelle und ließen das ganze Unternehmen in Wort und Bild für die Nachwelt fixieren – mit Nadel und Faden.«

Der Teppich von Bayeux: Da hat der Alte einen Fund gemacht, über den er sich mit schiefem Grinsen zufrieden zeigt: die Kriegsberichter von Hastings!

»Und was wäre das Ganze gewesen, wer redete noch davon ohne die Kriegsberichter – mit Nadel und Faden?« kontere ich.

Jetzt hat der Alte einen Ball, mit dem sich jonglieren läßt. Seine Miene hellt sich weiter auf: »Mir kommt's schon so vor, als finde das ganze Kriegstheater nur statt, damit die Herren von der PK was zu schreiben haben – damit der ganze Zeitungs- und Rundfunkbetrieb in Schwung bleibt.«

Als Antwort zucke ich nur mit den Schultern.

»Das Vokabular deiner Kollegen steht mir bis obenan!« schimpft der Alte plötzlich unerwartet los.

Was ist bloß auf einmal in ihn gefahren? Was hat ihn derart gereizt? Der Alte denkt aber gar nicht daran, mich aufzuklären.

Schon am nächsten Morgen geht dann *mir* nach einer Rundfunkübertragung mit einem ganzen Wust von Aushalteparolen und Endsieggeschwafel im Büro des Alten der Gaul durch: »Der Glaube siegt mal wieder! Ich kann das einfach nicht mehr ertragen!« motze ich den Alten an.

»Ein Volk, das so glaubt wie das deutsche, kann der liebe Gott nicht untergehen lassen«, sagt der Alte. »So heißt es genau. Bloß du hast wieder mal nicht richtig zugehört.«

Da war kein aggressiver Tonfall zu hören, aber auch kein Hohn. Nicht der leiseste Anklang davon. Der Alte sitzt einfach da und hält mir sein Gesicht zugekehrt: kein Mundwinkelkräuseln, auch nicht der Anflug eines Lächelns, nicht einmal ein Wimpernzucken.

Ich weiß in meiner Verwirrung nicht, was ich sagen soll. Will mir der Alte, so wie er jetzt dasitzt, etwa deutlich machen, daß er im Grunde doch an diese Art Gewäsch aus dem Lautsprecher glaubt?

Und dann treibt er es noch schlimmer: »Das viele Positive vergißt du in deiner Arroganz anscheinend vollkommen – ich meine alles, was funktioniert hat. Die Bunker zum Beispiel, die stehen schließlich. Und wie die hochgezogen wurden – das war weiß Gott spektakulär!«

»Das war aber einundvierzig, wenn ich nicht irre!«

»Einundvierzig waren Lorient und La Pallice fertig, aber Brest und Saint-Nazaire erst Mitte zwoundvierzig – Bordeaux noch später . . . Also *ich* halte die Bunkerbauten für ein Wunder.«

Der Alte scheint es darauf anzulegen, mich auszuhebeln. Er macht auch schon munter weiter: »Und die Tommies haben ihre Schangs total verschlafen. Das viele Holz, das hätte doch gebrannt wie Zunder! Die Bauarbeiten dauerten lange genug – da hätten die weiß Gott Zeit gehabt, Entschlüsse zu fassen. Seit Anfang dreiundvierzig bombardieren sie nun die Häfen. Treffen aber nichts als die Häuser ihrer eigenen Kombattanten. Die Bunker haben sie nur eben mal ankratzen können. Bei denen sitzen offenbar auch genügend Idioten in den höheren Stäben . . .«

»Doch schön, wenn das für dich ein Trost ist!« werfe ich ein.

»Das isses«, brummt der Alte.

Wieder draußen auf dem Hof, denke ich: Der Alte und seine diversen Attitüden! So macht er es immer: Wenn er sich zu tief in die Karten hat schauen lassen, versucht er kurz darauf schon alles, um sich erneut hinter seiner Maske – des schwer Ergründbaren – zu verstecken.

Rin in die Kartoffeln – raus aus die Kartoffeln! So geht das nun schon die ganze Zeit.

Der Sperrbrecher

Mir fehlen Reißzwecken oder Metallklammern, um meine Bögen aufs Brett zu heften. Der Wind bläst mir das Papier fort, wenn ich es nicht festpinne oder festklemme. Ich muß nach einem Laden suchen, in dem es Reißzwecken geben könnte, finde aber keinen. Fast alle Läden sind kaputt.

Das Hotel de la Paix in der Rue Algeciras hat es nun auch getroffen. Auch der Rest seines Namens hat es nicht schützen können. An der demolierten Front hängen noch drei große weiße Blechbuchstaben, die das Wort »PAX« bilden. Das wirkt inmitten all der Zerstörung schier rechthaberisch. Es erinnert mich an die große Mauerschrift »JESUS« über der Reeperbahn – auch die erschien mir nach dem großen Bombardement fehl am Platze.

Ich vermag nicht zu begreifen, wieso in dieser Ruinenstadt noch immer so viele Franzosen leben. Was hält sie nur hier und läßt sie die mörderischen Luftattacken ertragen?

Meine Ausrüstung ist dürftig. Ich habe nicht einmal einen ordentlichen Malschemel, geschweige denn eine Staffelei. Beides ist bei dem Transport aus La Baule nicht mitgekommen. In Paris waren noch gute, zusammenklappbare Staffeleien zu haben. Aber hier würde ich mir wahrscheinlich sowieso komisch vorkommen, wenn ich mich hinter so eine Staffelei stellte.

Aber jetzt los! befehle ich mir.

Ich muß gute hundert Meter die Rue de Siam hinaufgehen, bis zu einem zerbombten Eckhaus, das ich mir schon beim Einfahren gemerkt habe: Derart triste sieht hier so leicht keine zweite Ruine aus. Eine Menge Grauvaleurs und dazu das Samtschwarz hochspießender verkohlter Balken. Darüber graue, unten ausgefranste Wolken wie vergammelte Gardinen. Gut zum Malen, aber auch zum Zeichnen. Mit der Rohrfeder! nehme ich mir vor, den van Gogh der Borinage im Hinterkopf.

Als ich fertig bin, steuere ich den Handelshafen an.

Es gibt hier ebenso endlose wie öde Straßen, die auf Hunderten von Metern nichts sind als ein Cañon aus teergetränkten Holzwänden von

Lagerschuppen, herunterhängende Fetzen von Dachpappe hier und da, blinkende Gleise wie Wasserrinnsale auf dem Grund. Zu beiden Seiten gesäumt von Laderampen. Wenn man durch einen dieser staubig tristen Cañons strolcht, gereicht es einem schon zum Trost, daß kein Schuppen so endlos sein kann, um nicht doch mal wieder einen meterbreiten Ausblick auf das Hafenbecken zuzulassen. Aber manchmal sind auch noch die Lücken zwischen zwei Schuppen durch dünne hohe Betonmauern versperrt, mit spitzgezackten, grün funkelnden Flaschenscherben obendrauf.

Die Sonne bricht durch, und mit eins wird die Häßlichkeit des Hafens ins Malerische verschönt. Das Schäbige wird kostbar, das Karge prunkt: Ein schmutziges, ölverdrecktes Dock mit einem wüsten Durcheinander von Maschinenteilen, Zahnrädern, vergammelten Ankerketten auf seinen Piers erstrahlt auf einmal in pathetischer Schönheit.

Im Dock liegt ein U-Jäger – ein Walfangboot, das ich schon vor Tagen bewundert habe: Der Bug ist mit einem einzigen Schwung der Deckslinien hoch und nach vorn gezogen: eine gewaltige Pflugschar zum Zerteilen der See. Die Seetüchtigkeit dieses Schiffes ist selbst hier noch so augenfällig, daß ich es in schwerer See arbeiten sehen kann: Allein schon die Linie des Bugs ruft Visionen schwerer Seen wach, in die er sich hineinwirft, daß es nur so kracht.

Das Boot bekommt einen neuen Unterwasseranstrich: ein wunderschönes moosiges Grün.

Neben dem Dock ein ganzes Feld voller Schiffsschrauben wie eiserne Kohlblätter, die sich um ihre Spindel schließen wollten, aber dabei erstarrt sind. Dazu wahre Gebirge von Ankerketten mit riesenhaften Gliedern. Die besseren davon sind schwarz gepönt und sauber aufgeschossen. Dicht dabei alle möglichen Maschinenteile. Wozu mögen sie dienen? Zwischen all dem Schrott der Technik der Rumpf eines Segelbootes, der kalfatert wird – weißgrau von Salz und Alter. Er liegt zwischen den Eisenteilen, als wolle er die reine Form gegen das Bizarre, Absurde darstellen.

Allein in diesem Hafen könnte ich noch hundert Bilder malen: die unendlich gestuften Grautöne, das scharfe Mennigerot, der braune Rost . . . Trotzdem will ich wieder weg aus Brest.

Aber hier ist die einzige Stelle, von der aus versucht werden kann, Simone aufzuspüren. Ich kann sie doch nicht einfach in irgendeinem Kittchen oder Lager sitzenlassen! In Paris oder gar Berlin wäre jeder Versuch, nach Simone zu fahnden, *äußerst* gefährlich. Aber was passiert hier, wenn der Abwehronkel sich wieder meldet, wenn inzwischen schon Telefonate zwischen Rennes und Paris, zwischen Rennes und Berlin und zwischen Berlin und Paris hin- und hergegangen sind?

Der Alte – er *muß* doch noch etwas unternehmen können! Für ihn müßte es doch eine Möglichkeit geben, sich an den FdU heranzumachen oder gar hinter seinem Rücken etwas zu versuchen.

Kaum denke ich das, weiß ich auch schon, daß es unmöglich ist, sich über Befehle aus Angers hinwegzusetzen. Und außerdem: Ich bin sicher, daß der Alte ständig knobelt, was er tun könnte, um Simone herauszupauken. Vielleicht hat er ja schon etwas veranlaßt.

Sorgen über Sorgen ... Ich weiß ja nicht einmal, wohin sie meine Mutter verschleppt haben ... Was mit Zar Peter passiert ist ... Wo mein Bruder abgeblieben ist ...

Seltsam, daß mich der Alte nicht danach fragt. Aber frage ich denn den Alten nach *seinen* Leuten?

Und wenn die Amis durchbrechen, was dann? Ich begreife sowieso nicht, daß sie es noch nicht längst getan haben.

Am Arsch des Propheten! – der gängige Spruch! Besser als auf meine Situation könnte er gar nicht passen. Aber dann sage ich mir auch: Nur nicht kleinkriegen lassen. Arbeiten, daß die Schwarte kracht – und wenn es auch nur für den kleinen Herrn aus Königsberg sein sollte, für den mit dem komischen Vornamen Immanuel – den alten Spiritisten ...

In dem großen Dock, an dem ich schließlich vorbeikomme, liegt ein großer Blockadebrecher: breit ausladend und mächtig, mit einem ehrlichen, senkrechten Bug. Ein Schiff, dem es nicht um schnelle Fahrt geht, sondern um viel Frachtraum. Klüsen, Anker, Bootsmannsstühle hängen an den hohen Bordwänden herab: Überall wird gemalt.

Eine Kette sandstäubender schwerer Laster der OT kommt vorbei und nimmt mir die Sicht. Weiß der Himmel, was da jetzt noch betoniert wird! Wahrscheinlich sind es die Bunkerdecken, die noch mal verdickt werden sollen. Ob das noch was bringt, fragt sich natürlich keiner.

Als sich die Staubfahnen gelegt haben, sehe ich nach dem Licht. Das Licht ist gut. Die Sonne steht noch nicht zu hoch.

Also ran an die Arbeit! Dieses mächtige Schiff in der Enge seines Docks *muß* ich malen. Es sieht aus wie ein urweltlicher gewaltiger Wal, der sich verirrt hat und in Gefangenschaft geraten ist.

Was ich jetzt brauche, ist ein »repoussoir«, um dem Anblick Tiefe zu geben. – Ich laufe also auf der Mole, die sich Jetée de l'Ouest nennt, ein gutes Stück nach vorn: Die vergammelten Fischerboote am Quai de la Douane will ich im Vordergrund haben und die Schuppen und die alten Häuser im Hintergrund. Mit ihren verblichenen, dicht geschlossenen Volets und den abblätternden Fassaden sehen sie verschlampt aus wie alte Vetteln – ein verrückter Gegensatz zu dem sauberen Riesenschiff.

Auf der Pier ist kein Mensch zu sehen. Bretterstapel und Fässer liegen herum, aber die geben wenig Schatten. Ich muß meine Siebensachen in der prallen Sonne ausbreiten.

Noch ein suchender Blick über den Himmel, und dann kann's losgehen. Wie immer entscheiden die ersten fünf Minuten über Gelingen oder Danebengehen: Ich muß mit eins das Bildgerüst finden und zugleich die Grundkontraste. Im Unterbewußtsein zähle ich die Minuten und spanne auf Sirenenlärm: eine halbe Stunde Ruhe, und ich könnte es schaffen.

Als ich schon tief in der Arbeit bin, werde ich gestört: Jemand nimmt mir auf einmal die Sicht. Es ist ein Matrose, der sich direkt vor mir aufgepflanzt hat. Er macht Männchen und brüllt: »Herr Leutnant sollen zum Kommandanten kommen!«

»Welchem Kommandanten?« frage ich konsterniert zurück.

»Zu Herrn Kapitän Freudenreich – auf unseren Sperrbrecher – da!« Der Matrose weist auf das große, wie für einen Puzzleentwurf in bizarren grünen, braunen und weißen Formen getarnte häßliche Schiff, das zu meiner Rechten in einem Nebendock liegt.

»Richten Sie bitte Ihrem Kommandanten aus, daß ich gern erst meine Arbeit fertig machen möchte ... Gibt's denn anständigen Kaffee bei Ihnen an Bord?«

Herr im Himmel, jetzt wird es für mich schwierig. Wenn ich erst einmal aus dem Schwung gerate, kann mein Bild futschgehen. Ich versuche angestrengt, die Störung zu verkraften, indem ich vor mich hin rede und mir laut Befehle gebe: Jetzt ja keinen kleinlichen Zadder! Zusammenhalten, das ist die Parole! Große Formen bilden! Die vergammelten Schuppen dahinten zu einer einzigen Masse zusammenfassen! Schluß mit dem Gepimpel an den Fensterreihen. Breit darüber hin – so, und nun das Ganze zerteilen und vergittern mit den Masten davor!

Ich habe das Gefühl, daß sich der Matrose gleich wieder verdrückt hat. Sein Hackenschlagen habe ich mit Verspätung aufgenommen ...

Das helle Kobaltblau der vergammelten Fischerboote – wenn ich das nur kriege! Darauf kommt's an: das Schattenumbra und das Lichtkobalt. So und jetzt mit der Tusche zack und zack. Und die Chinesenhaltung: senkrechter Pinsel! Wie das Papier die Tusche aus dem Pinsel zieht!

Mehr im Unterbewußtsein höre ich, als ich wieder im besten, schweißtreibenden Schuften bin, Gleichschrittgeknall auf dem Pflaster der Pier. Mit halbem Blick sehe ich einen Maat mit zwei Leuten direkt über die schattenlose Pflasterfläche auf mich zusteuern. Ich traue meinen Augen nicht: volle Kriegsbemalung, Stahlhelm auf, umgeschnallt, Seitengewehr. Ich kann's kaum fassen, daß der Auftritt mir gelten soll.

»Befehl vom Kommandanten, Herrn Leutnant an Bord zu bringen!« höre ich den Bootsmaat brüllen.

Da packt mich die Wut: Ich schleudere meinen Pinsel auf das Pflaster, knalle mein Malbrett zu Boden und schimpfe: »Verflucht noch mal, was soll denn dieser Quatsch!«

Der Maat ist gehörig erschrocken: »Befehl vom Kommandanten«, stammelt er.

Von den Posten eskortiert, tigere ich auf der Jetée de l'Ouest zurück und steige dann den dreien voran über die schräg nach oben zeigende Stelling. Eine Menge Leute sind auch hier beim Pönen. Ein Maat mit Takelzeug macht Männchen.

»Hier lang, Herr Leutnant!«

Fuß hoch, Kopf ein, halbdunkler Niedergang, schmaler Gang nach vorn – oder ist das nach achtern? Am Ende steht ein Schott auf. In blauer Jacke mit vier Streifen, drei breite, ein schmaler, sitzt ein massiger Bankdirektor mit fleischigem, gerötetem Gesicht an seinem Schreibtisch. Ich kann gerade noch den Arm heben, da kommt der Mann von seinem Sessel hoch und brüllt unvermittelt los: »Wie heißen Sie? Zu welcher Einheit gehören Sie?«

Statt zu antworten, bringe ich mit aller Beherrschung so zivilistisch lässig wie möglich hervor: »Darf ich Herrn Kapitän fragen, welchem Umstand ich diese martialische Eskorte verdanke?«

Der Bankdirektor in Marineuniform bekommt sofort regenwurmdicke Zornadern an den Schläfen und brüllt: »Was erlauben Sie sich, einen Befehl von mir nicht auszuführen!«

Mir bleibt die Sprache weg: Ich kann nicht begreifen, was den Mann derart in Harnisch bringt. Aber da brüllt er auch schon weiter: »Sie haben, ohne mich zu fragen, mein Schiff abgezeichnet!«

Diesen komischen Dampfer? Ich falle aus allen Wolken, will antworten, kann aber nicht, weil es aus dem runden, zornroten Gesicht wieder brüllt: »Was erlauben Sie sich, so mir nichts, dir nichts mein Schiff abzuzeichnen, ohne sich vorher an Bord gemeldet zu haben?«, und jetzt steigert der Wüterich sein bellendes Gebrüll sogar noch: »Ohne mich als den Kommandanten um die entsprechende Erlaubnis zu fragen!«

Mir kommt die Szene wie absurdes Theater vor. Verrückt: Ich habe diesen grotesk gescheckten Dampfer im Dock kaum wahrgenommen, geschweige denn gezeichnet. Ich würde diesem Verrückten ja gern sagen, daß mich die alten Lagerschuppen und die französischen Fischerkähne, vergammelt, wie sie sind, interessieren und der Blockadebrecher dazu, aber nicht sein häßlicher Puzzledampfer. Aber ich bringe den Mund nicht auf.

Ich sehe die Wappen auf den gefirnisten Holzblöcken an der Rückwand, den an drei Messingketten aufgehängten Asparagustopf, das stark gemaserte und zu dunkel gebeizte Furnierholz, die abgewetzten Armlehnen der vier wuchtigen Clubsessel. Mit weit geöffneten Augen nehme ich den ganzen unmilitärisch opulent ausgestatteten Raum wahr, die bläulichen Adern auf der Nase des Wüterichs, seine dickliche Figur, die Querfalten der zu stramm sitzenden Uniformjacke.

»Was erlauben Sie sich!« brüllt mein Gegenüber da auch schon wieder los. »Das kann ich Ihnen als Befehlsverweigerung auslegen. Wem unterstehen Sie eigentlich disziplinär?«

»Der MKB West in Paris«, vermag ich endlich zu antworten.

»Was soll denn das sein?«.

»Von der MKB West bin ich der U-Bootwaffe zugeteilt worden – MKBK La Baule bei Saint-Nazaire, Herr Kapitän.«

»Ich weiß selber, wo La Baule liegt!« brüllt der Kapitän. »Wer Ihr Vorgesetzter ist, das möchte ich endlich wissen!«

»Vielleicht Herr Korvettenkapitän Fuchs beim OKM, Abteilung OKM WPr«, schlage ich vor. »Augenblicklich bin ich allerdings der neunten Unterseebootflottille zugeteilt. Chef ist Herr Korvettenkapitän Heinrich Lehmann-Willenbrock. Wenn der Herr Kapitän . . .«

»Sie! Sie . . .«

Ich spüre ein Speicheltröpfchen an meinem Kinn. Jetzt reicht es mir: »Wenn Herr Kapitän vermeiden wollten, mich anzuspucken, würde ich das zu schätzen wissen!«

Die Reaktion ist wieder sprachloses Luftpumpen und dann ungezügeltes Losbrüllen: »So eine – so eine unglaubliche Frechheit – ich werde Sie . . .«

Statt noch irgend etwas zu sagen, befreie ich mich von meinem Malbrett, indem ich es auf den Schreibtisch lege, quer über die ausgebreiteten Akten, und lange nach meiner Brieftasche.

Der Kapitän stützt sich mit nach innen gekehrten Fäusten auf den schmalen, noch leeren Streifen der Schreibtischplatte und schiebt mir seinen Oberkörper so weit entgegen, bis uns nur noch ein halber Meter trennt. Ehe ich ihm aber meinen Ausweis reiche, frage ich forciert gleichmütig: »Halten Herr Kapitän mich etwa für einen Spion?«

Der Mann will mir den Ausweis entreißen, aber ich halte ihn an der Oberkante fest: »Ich darf das hier nicht aus der Hand geben!« behaupte ich kühn.

Der Wüterich zeigt sich zum ersten Mal verdutzt, und ich stoße sofort nach: »Hier sehen Sie sich meine Arbeit an. Die ist nicht mehr zu retten. Die haben Sie mir verhunzt! – Aber *Ihr* Schiff dürfte da ja wohl kaum zu sehen sein!«

Jetzt ist es um meine Beherrschung geschehen: Ich bäume mich innerlich auf. All die hinuntergeschluckte Wut explodiert in mir. Ich bin in der richtigen Laune, um mich mit diesem Brüller zu messen. Aber so sehr der auch eben noch wild gegeifert hat, gibt er plötzlich klein bei angesichts meines grau eingefärbten, auf Kaliko gedruckten Lichtbildausweises, bloß weil der einen OKW-Stempel trägt. Auf seiner roten, gerillten Stirn stehen dicke, im seitlichen Licht glitzernde Schweißtropfen.

Endlich bringt dieser verrückte Wüterich in einer halbwegs normalen Lautstärke hervor: »Verlassen Sie sofort mein Schiff!«

»O Gott, ist das ein Verein!« stöhne ich, als ich, mein Zeichenzeug noch unter dem Arm, beim Alten eintrete, um mich zurückzumelden.

»Was war denn?« fragt der Alte erstaunt.

»Eine Ramming – nicht von schlechten Eltern . . .«

»Mit wem?«

»Mit dem Kommandanten des Sperrbrechers unten im Dock. Kennst du den etwa?«

»Ich hatte noch nicht das Vergnügen. Setz dich und hol erst mal Luft.«

Aber ich bin schon mitten in meiner Schilderung! »Das begreife einer: aus heiterem Himmel! Im übrigen möchte ich wissen, was es denn an so einem Dampfer Geheimnisvolles gibt. Den können doch einige hundert französische Werftarbeiter jeden Tag fotografieren – aus hundert Fenstern heraus läßt der sich ablichten. Wen interessiert denn so ein Pott?«

»Tscha«, macht der Alte, »diese Herren sehen einfach auf Formen.«

»Soll ich mich etwa – mal angenommen, da liegen drei Dutzend Schiffe im Hafen hinter meinem Rücken –, soll ich mich da überall an Bord melden, wenn ich eine Skizze nach der anderen Seite machen will?«

»Das Leben ist hart!« ist alles, was der Alte darauf zu erwidern weiß.

Im stillen sage ich mir: Bloß ein Glück, daß ich als Offizier verkleidet herumlaufe. Weiß der Teufel, was dieser rotgesottene Bursche sonst mit mir angestellt hätte.

»Schade, daß er dich nicht hat in Ketten legen lassen!« sagt der Alte auch prompt.

»Zumute war's ihm sicher danach!« gebe ich so pampig wie möglich zurück.

Dem Alten entlocke ich damit aber nur ein Grinsen, so sardonisch, wie es sonst nur der VO zustande bringt.

Der Sperrbrecherkommandant hat etliche Erinnerungen an andere Wüteriche und Knallköpfe in mir wachgerufen. Glückstadt hängt mir am stärksten nach. Ein Trauma!

Vor lauter Schlaflosigkeit muß ich damals halb verrückt gewesen sein. Diesen ganzen »Marineschleifstein« mit gebündelten Handgranaten hochgehen lassen, das wäre eine Tat gewesen! Aber um den dazu nötigen

Mut zu entwickeln, waren wir viel zu erledigt. Eine bis aufs Blut gepeinigte, aber kuschende Herde.

Die Schikanierer dachten sich immer neue Sonderveranstaltungen aus, um uns den Schlaf zu rauben: Nachtalarme, nächtliche Gepäckmärsche, Torwachen, Luftschutzwachen in der Kaserne, Luftschutzwache im Rohbau des Marinelazaretts . . . bis wir völlig erledigt waren vom dauernden Wacheschieben. Bei der Wache im Rohbau konnte man wenigstens sitzen – auf Särgen. Der ganze Dachboden war mit Särgen vollgestapelt. Särge über Särge, einer über dem anderen. Es gab noch keinerlei medizinische Installationen, die Wände waren noch nicht gestrichen – aber die Särge waren schon angeliefert worden. Fichte roh, nur leicht dunkelbraun gebeizt.

Das Bild dieser Sargstapel läßt noch jetzt eine Woge von Selbstmitleid in mir hochsteigen. Was war das in Glückstadt aber auch für ein Elend!

Ich sehe mich wie ein Storch im Salat über den Kasernenhof stelzen. Ich halte dabei die Unterarme angewinkelt und die Handflächen nach oben gerichtet: So trage ich ein imaginäres Ordenskissen vor dem Bauch. Vor mir stelzt einer, der stellt ein Pferd dar. Ein Bootsmann umkreist den Aufzug mit der Stoppuhr in der Hand und brüllt mir in die Ohren, daß ich pro Minute noch fünf Schritte zuviel mache: »*Langsamer* Trauerschritt ist befohlen, Sie Heini!«

Wir hatten schon seit sechs Stunden in praller Sonne mit allen Klamotten am Leib »Anführen eines Leichenbegängnisses« geübt. Zwei Stunden vorher war ich Pferd gewesen. Dann wurde gewechselt. Und das alles, während im zerstörten Hamburg jede Hand gebraucht worden wäre.

Gegen Abend war ich dann dran mit Anführen des Trauerzuges und hatte am Ende dieses Wahnsinnes zu befehlen: »Zur Salve schräg hoch legt an!« – Pause. Und dann mit voller Lungenkraft: »Feuer!« Und wieder und noch mal. Auf einmal wußte ich nicht, ob's schon das dritte Mal gekracht hatte oder das dritte Mal noch fehlte. Also brüllte ich für jeden Fall noch mal: »Zur Salve schräg hoch . . .«

Aber da ging es los wie ein gestautes Gewitter. Ich kann es noch deutlich hören: »Sie quergeficktes Arschloch! Viermal ballern lassen! Sind Sie denn wahnsinnig? Das haben Sie mit Absicht gemacht! Ich werde Ihnen den Arsch aufreißen bis zum Halswirbel . . .!«

Und trotzdem: In der Erinnerung verblassen die Glückstädter Torturen sogar noch gegen die vom Oberjoch. Oberjoch im Allgäu: Da war mein Arbeitsdienstlager. Otto Ritter von Koravec hieß der Wahnsinnige, dem wir auf Gedeih und Verderb ausgeliefert waren – absolut wehrlos.

Daß dem Mann keiner mit dem Spaten den Schädel gespalten hat, ist schwer zu begreifen. Wir hatten schließlich Kerle in der Abteilung, die nicht dieselben Hemmungen mitbrachten wie unsereiner von der Penne . . . Daß die sich das bieten ließen, kann ich noch heute kaum fassen!

Mit welchem Recht durfte diese Bande außer Rand und Band geratener Sadisten uns fertigmachen? Diese Tollhäusler, die man auf uns losließ wie beißgierige Bluthunde! Ehemalige Freikorpskämpfer, verkrachte Existenzen – solche Leute brauchte der Arbeitsdienst als Lagerhäuptlinge.

Der gute Wepper ging in der Koje unter mir drauf: Meningitis, hieß es. Abends lief er noch schlammbedeckt hangauf, hangab: »Zur Reihe links marschiert auf!« – und morgens war er mausetot.

Der Schreibersmaat Millo schüttet mir sein Herz aus. Er ist seit zwei Monaten verheiratet. Davon war er vier Tage zu Hause. Sein Traum ist ein Häuschen. Er rechnet mir vor: Soviel verdient er, soviel sie. Wehrsold, Bordzulage, Frontzulage.

»Das kommt jetzt nicht mehr in Frage!«

»Was denn?«

»Das Saufen.« Seinen Bauch habe er vom Bier.

Nun kramt er Bilder hervor. Ich zwinge mich zur Geduld. Ein Mädchen im Badeanzug, dann vor einem Denkmal, auf einem Brunnenrand.

»Meine Frau«, sagt Millo gepreßt und nickt dazu leicht, geradeso, als stelle er sie mir in natura vor. Ich kann auf den kleinen Bildern kaum etwas von seiner Ehehälfte erkennen, sage aber trotzdem: »Sieht ja richtig gut aus!«

Maat Millo strahlt gleich übers ganze Gesicht.

Wenn ich durchs Flottillengelände streune, um mir unterm Schreiben mal die Füße zu vertreten, heimse ich immer wieder Ohrenbeute ein.

Beim Schanzen vor dem Haupttor höre ich einen Bootsmaat seinen Kumpels berichten: »Beim Rückmarsch in der Biskaya, da hat's unsern I WO bei 'nem Fliegerangriff an der Halsschlagader erwischt – aber wie! So was von Blutbad könnt ihr euch gar nicht vorstellen! Hat die ganze Zentrale total eingesaut . . .«

»Was habt ihr 'n da gemacht?« fragt einer aus der Runde.

»Ja, das war schwierig! Wie soll man das denn abbinden – am Hals? Da konnte man bloß den Finger draufhalten, das war alles.«

»Morphium?«

»Ja, der hat Morphium gekriegt! Und dann immer den Finger drauf, sechsunddreißig Stunden lang – mit Ablösung.«

»Na und?«

»Ja, dann isser uns doch noch über den Jordan gegangen . . .«

»Also tot?«

»Ja, sag ich doch! War alles für die Katz!«

Eine Weile sagt keiner in der Runde ein Wort. Dann ist es wieder der Bootsmaat, der redet: »So direkt vorm Hafen wollten wir 'n dann auch nich ... der See übergeben.« Der Bootsmaat redet auf einmal getragen wie ein Pastor.

»Ihr habt ihn also ...«

»Ja, den haben wir zwei Tage auf seiner Koje liegenlassen.«

Da schnieft einer und macht: »Pah!«

»Übrigens«, sagt jetzt ein anderer, »gestern ist Ulmer wieder zurückgekommen. Das war sein dritter Versuch.«

»Bald kommt hier überhaupt keiner mehr raus. Darauf kannst du einen lassen!«

»Die VP-Boote, die verlegt werden sollten, sind auch wieder da.«

»Und die Minensuchboote auch.«

»Jetzt iss der Laden eben dicht.«

»Ach – halt doch bloß die Schnauze!«

»Was ist denn mit Ulmer los?« frage ich den Alten bald darauf in seinem Büro.

»Der hat immer ein verdammtes Pech. Diesmal war's ein Wassereinbruch über die Abgasklappe. Das ging ja noch. Aber dann ist ihm auch noch ein Kolben geknickt, vielmehr eine Pleuelstange. Weiß der Satan, wann der endlich mal wieder zum Zuge kommt ...«

Ich denke: Der Mann wird schön mürbe sein. Bei Zschech ging's auch so los. Ein Schlamassel nach dem anderen, bis er sich vom Pech verfolgt fühlte – er ganz persönlich. Ein Unglücksrabe. Die Schande der Flottille. Und dann erschoß er sich.

»Muß der Mann vielleicht abgelöst werden?«

»Wenn überhaupt, dann Konjunktiv!« gibt der Alte zurück. Und weil ich ihn fragend anstarre, brummt er: »*Müßte* abgelöst werden.«

Der Alte macht keine Anstalten weiterzureden. Er beschäftigt sich ostentativ mit dem Papierkram auf seinem Schreibtisch.

Am Abend nimmt der Alte, als wir noch einmal in sein Büro gegangen sind, zu meinem Erstaunen das Thema wieder auf: »Einen Kommandanten ablösen – das ist gar nicht so einfach, wie du vielleicht denkst. Unser Doktor ist da zwar vernünftig. Der sagt mir, der oder der Mann muß pausieren. Aber von sich aus kommt doch keiner an und sagt: ›Ich kann nicht mehr.‹ Glaubst du denn, ein Mann wie Endraß zum Beispiel hätte das einfach akzeptiert, wenn man ihn gefragt hätte, ob er fertig sei mit den Nerven?«

»Das ist hinterhältig, entschuldige mal! Das Dilemma gäbe es doch gar nicht, wenn durch klare Befehle klare Verhältnisse bestünden. Aber wenn man den Mann erst groß fragt, ob er abgelöst werden will, *muß* er ja wohl ablehnen. Und die Dinge so umzufälschen, wie du es gerade betreibst, ist das nicht schon Methode? So hat's Dönitz mit den Flottillenchefs doch auch gemacht, als es darum ging, weitermachen oder nicht. Das war doch damals die gleiche Leier.«

»Behauptest *du*!« Der Alte reibt sich mit der aufgefächerten Hand das Kinn und produziert mit seinen Bartstoppeln Knistertöne.

»Die Klarheit der Befehle – das war mal so was wie ein Evangelium. Jetzt gilt das wohl bloß noch von Fall zu Fall.«

»Red ruhig so weiter«, brummt der Alte.

Die Sonne ist hinter den Wolkenbänken verschwunden. Bald wird der Abend hereinsinken. Im Geviert des Fensters sind keine Farben mehr außer einem blaugrauen Uniton für die Wolken und für das Wasser der Reede. Im Zimmer beginnt es zu dunkeln. Aber der Alte wird wohl noch lange kein Licht machen.

Nebenan ist Ruhe, der Adju hat seinen Dienst beendet.

Durch die hohen Fenster dringt ebenfalls kein Laut herein. Die Stille ist befremdlich – und verdächtig! Auch im Haus ist es merkwürdig still. Wir sitzen uns wortlos gegenüber wie zwei in einem großen Bürohaus nach Arbeitsschluß Zurückgebliebene: Bald könnte ein uniformierter Wachmann kommen und nachsehen, ob alles in Ordnung ist und was wir hier noch zu suchen haben, während die anderen Angestellten allesamt schon ihren heimischen Herden zustreben.

Den Alten kann ich nur noch als Silhouette gegen den Abendschein im Fenster sehen: Er schweigt beharrlich.

Als er sich endlich im Sessel zurechtgeräkelt und seine Pfeife mit der üblichen Sorgfalt in Brand gesetzt hat, pafft er so heftig, als wolle er uns einnebeln. Schließlich sagt er aus dem Dunst heraus: »Du warst auch schon mal gesprächiger. Warum erzählst du eigentlich so wenig von der Invasionsfront? Was ich bisher von dir gehört habe, wußte ich auch so schon.«

»Weil das hier nicht in den Rahmen paßt.«

»Rahmen paßt – was soll denn das nun wieder heißen?«

»Also, das kann ich dir am besten an einem Beispiel erklären. Fällt mir gerade ein: Ich hab, ehe ich zum Barras, also zur Marine ging, 'ne große Reise gemacht. Die Donau runter, mit dem Faltboot und gleich bis ins Schwarze Meer und nach Konstantinopel. Und auf dem Rückweg bin ich über Venedig gekommen, und dann hab ich den direkten Weg über Innsbruck, Mittenwald, Garmisch genommen. Da gibt es eine Bahn, die fährt so an der Martinswand hoch . . .«

»Na und?« unterbricht mich der Alte. »Martinswand – ich wollte was von der Invasion hören.«

»Der Witz kommt gleich: Da saßen 'ne Menge Quatschtanten im Abteil, die waren alle irgendwo in der Nähe in der Sommerfrische gewesen und die ratschten: Die Bettücher waren nicht richtig gebügelt und aller möglicher Quatsch. Und dann fragte mich eine, woher *ich* denn käme mit meinem großen Rucksack, und da hab ich der Wahrheit die Ehre gegeben und gesagt: ›aus Konstantinopel‹. Da haben mich alle im Abteil wie entgeistert angestarrt, und dann hat sich die Tante neben mir mit einem Ruck von mir weggedreht, und von diesem Augenblick an war ich bloß noch Luft fürs ganze Abteil. Und dabei hatte ich nichts anderes getan, als die Wahrheit gesagt – nichts als die Wahrheit.«

Der Alte versucht schon seit einer Weile, seine Mimik zu beherrschen, jetzt verzieht er den Mund auf eine merkwürdige Weise von links nach rechts und wieder nach links.

»Ich hab also meine Erfahrungen weg, wie du siehst«, sage ich.

»Hörst«, verbessert mich der Alte, und jetzt gibt er endlich seinem Lachreiz nach: Er lacht von tief innen her, es klingt fast wie Husten.

»Du hast gut lachen. Ich erzähle schon *vorsichtshalber* nichts. Du sagst doch selber immer, ich soll mich vorsehen: Was ich zu erzählen hätte, könnte leicht als Defätismus ausgelegt werden. So was wie dort gab's eben noch nie.«

»Was gab's noch nie?«

»So viele Flugzeuge gleichzeitig am Himmel, das hat es nie gegeben. Die Sonne, die von fliegenden Speeren verdunkelt wird – du hast doch schon davon geredet. Ich kann das Bild jetzt jedenfalls *sehen.*«

»Literatur!« sagt der Alte verächtlich. »Das ist doch nichts als Literatur! Lies das hier mal!« Und damit nimmt er ein Zeitungsblatt von seinem Schreibtisch. »Da fehlen uns nun von allem Anfang an viermotorige Flugzeuge, die Fernaufklärung für die Boote machen könnten – aber hier beweist der Völkische Beobachter, daß Viermotorige Blödsinn sind und die Alliierten nicht ganz klar im Kopf, weil sie solche Dinger bauen ... daß unsere zwomotorigen Jollen die Überlegenen sind, das kannst du hier lernen ...«

Ich gucke den Alten zweifelnd an.

»Da – lies doch!« Aber trotz dieser Aufforderung gibt er mir das Blatt nicht, sondern liest, Hohn in der Stimme, laut vor: »›Warum gerade Viermotorige?‹ Das ist die Überschrift! ›... Deutschland wäre seit langem auf Grund seiner konstruktiven Pionierarbeiten in der Lage, viermotorige Kampfflugzeuge zu bauen, während die Amerikaner erst viel später zum Bau von viermotorigen Großflugzeugen übergegangen sind. Es müssen also andere Gründe maßgebend sein, daß die deutsche Luftwaffe die schnellen und wendigen zweimotorigen Kampfflugzeuge den viermotorigen Baumustern vorzieht ... Beim Kampf mit der feindlichen Abwehr sind schnelle Kampfflugzeuge sehr im Vorteil, während die schwerfälligen viermotorigen anglo-amerikanischen Bomber als Einzelflieger unserer Jagdabwehr rettungslos verfallen sind. Nur in dicken Pulks verkörpern sie eine Abwehrkraft, die aber auch immer fragwürdiger geworden ist, wie die steigenden Abschußziffern beweisen ...‹ Völkischer Beobachter, Ausgabe vom sechsundzwanzigsten Mai. Doch nicht zu glauben: Wir gucken uns seit Jahr und Tag die Augen aus dem Kopf nach eigenen Maschinen, und dem Volk wird dieser irre Schwindel vorgesetzt. Und hier: ›Englands Sturz in den Abgrund.‹ Ich frag mich immer wieder: Was sind das bloß für Leute, die so was verzapfen? Das sind doch *deine* Leute, die sich das aus den Fingern saugen! Dieses Beschönigen, Verdrehen, Schwindeln auf der ganzen Linie, das ist doch zum ...«

»... Kotzen!« vollende ich. »Und was *ich* mit diesen Herrschaften zu tun haben soll, wüßte ich schon gerne!«

»Deine Firma!« beharrt der Alte. »Ich kann das einfach nicht fassen, diese Art, das Volk – einfach jeden – für blöd zu verkaufen. Ich frage mich immer: Verfängt das denn? Gibt es Idioten, die das glauben?«

»Es gibt! Guck dich doch bloß mal in deiner allernächsten Umgebung um.«

Der Alte starrt mich mit offenem Mund an, dann zieht er die Unterlippe zwischen die Zähne, läßt die Waschbrettfalten auf der Stirn erscheinen und sagt schließlich nur: »Ja.«

»Nimm doch nur die neuen Boote – nun aber mal ehrlich: Das *kann* doch nichts werden. Vielleicht wird hier ein Stück fertig und dort ein anderes – aber *ganze* Boote können doch daraus nicht mehr werden ...«

»Nein«, unterbricht der Alte meine Suada, »so ist es nun auch wieder nicht. Das läuft ganz gut, seit Speer den Laden in der Hand hat.«

Plötzlich klingt die Stimme des Alten wieder nach Verweigerung und Trotz. Dieses hundsföttische Camouflieren seiner eigentlichen Meinung! Das soll doch der Teufel holen!

»Aber wie denn, wenn die Werften Tag und Nacht gebombt werden?«

Statt zu antworten, schnüffelt der Alte und zieht die Nase hoch. Dabei verzieht er das Gesicht so, als habe er einen besonders unangenehmen Geruch in die Nase bekommen.

»Noch 'n bißchen auslüften?« fragt er alsdann, nachdem ich mich aus dem viel zu tiefen Sessel hochgearbeitet habe. »Die Beine vertreten?«

»Gewiß doch!« gebe ich barsch zurück und melde mich förmlich ab.

»Ein Boot der ersten Flottille ist im Hafen auf eine Mine gelaufen. Eine von den verdammten Biestern mit Schaltrelais«, sagt der Alte, als ich morgens wieder in sein Büro komme. »Das Boot ist abgesoffen! 'ne Menge Schwerverletzte.«

Es heißt, erfahre ich, man hätte beobachtet, wie ein Flugzeug nachts Minen geworfen hat. Es sei dann mit R-Booten ordentlich gesucht worden – aber ohne Ergebnis.

»Gegen diese gemeinen Dinger können wir einfach nichts machen!« klagt der Alte und knetet sein Kinn.

Heimtückischer geht's nicht mehr, denke ich: Bei jedem Überlauf geht die Impulsschaltung eine Raste weiter, bis dann schließlich die eingestellte Schaltung an der Reihe ist und die Mine tatsächlich hochgeht.

Jetzt ist kaum noch ein Biskaya-Boot in See, und die wenigen Boote im Bunker sind allesamt noch nicht wieder seeklar.

Laut Wehrmachtbericht gibt es noch immer erbitterte Kämpfe um Caen. Auch um Saint-Lô wird heftig gekämpft. Also machen die Amis Fortschritte! Ich versuche das Kartenbild im Kopf entstehen zu lassen, um mich orientieren zu können: Dieses Hin und Her um Caen ist schwer zu begreifen.

»Die laden tüchtig über München ab«, sagt der Alte unvermittelt.

»Soll sein!« gebe ich so kaltschnäuzig wie möglich zurück und denke: Nicht gerade der richtige Anfang für ein Gespräch, auf das der Alte offenbar aus ist.

»Über dem Starnberger See sollen 'ne Menge Flugzeuge abgeschossen worden sein«, beginnt er nach einer Weile aufs neue.

Das klingt für mich schon schlimmer. Dennoch hebe ich, wie um Gleichgültigkeit zu demonstrieren, die Schultern. Schließlich sage ich: »Wenn's stimmt. Über Helgoland wurden auch mal dutzendweise Bomber runtergeholt – bloß die Helgoländer wußten rein gar nichts davon ...«

»*Alles* ist ja nun auch nicht geschwindelt!« erwidert der Alte nur.

Ich stehe jetzt auf und stelle mich vor die große Europakarte, die der Alte an die Wand zum Flur gezweckt hat.

»Ich war gleich nach dem Abitur mit nichts in der Tasche in Rom«, sage ich. »Da waren am Forum Romanum riesige Landkarten aus Marmorintarsien angebracht, auf der ersten das Römische Reich unter Cäsar – alles rotbraun: Nordafrika, Deutschland, England. Und auf den nächsten wurde es immer weniger, bis hin zu einer, auf der nur noch der Stiefel und Sizilien rotbraun waren.«

Mit einem Seitenblick sehe ich, wie der Alte in seiner Pfeife stochert. Dann guckt er hoch.

»Die Faschisten hatten aber noch eine Karte gebosselt, und auf der gab es wieder mehr Rotbraun – nämlich für Afrika und Äthiopien –, und die angrenzenden Felder waren schon umrahmt, aber noch neutral gefärbt . . . Die Makkaronis leiden offenbar an der gleichen Krankheit wie wir.«

»Reisen bildet«, sagt der Alte und macht eine triumphierende Miene, als wolle er sagen: Das saß!

Ich fühle mich auch prompt herausgefordert: »Das lief ja auch bei uns immer alles bestens – wie bei den Römern zu Cäsars Zeiten: in weniger als einem Jahr Polen, Norwegen, Holland, Belgien erobert. Von der Tschechei und Österreich ganz zu schweigen. Und dann der Blitzkrieg gegen Frankreich – kaum begonnen, schon wieder vorbei . . . Bloß der Appetit, der bleibt leider – wie bei Magenerweiterung.«

Ich lasse meinen Blick über die Karte wandern. »Süditalien futsch«, sage ich, »der Balkan durch Tito unsicher . . . Norwegen haben wir zwar noch, aber wie soll dorthin der Nachschub klappen? Und an der Ostfront – wie sieht es da aus? Wie wollen wir denn diese großen Gebiete alle halten können? Wir sehen's doch hier in Frankreich: Lassen sich etwa die Franzosen zur Liebe zwingen? Und die Polen? Und die Tschechen und alle anderen? . . .«

»Wolltest du nicht Statthalter in Isfahan werden, das hast du doch mal gesagt«, spottet der Alte.

»Einsiedler auf dem Elbrus hätte ich ebensogut sagen können.«

Der Alte läßt Zeit vergehen, dann sagt er unvermittelt: »Den Leuten bei der dreiundzwanzigsten Flottille in Danzig werden die Hosen ganz schön killen.«

»Wieso?«

»Denen rücken allmählich die Russen auf den Pelz.«

»Aber doch nicht überraschend . . .«

»Na ja – das hätten die sich jedenfalls nie gedacht, daß sie mal von den Russkis verjagt werden würden.«

»Shrinkable«, murmele ich vor mich hin.

»Was sagst du da?« forscht der Alte.

»Shrinkable – das heißt ja wohl schrumpfbar oder so was. ›Not shrinkable‹ steht in meiner Badehose. Die stammt aus Chemnitz und war sicher mal für den Export gedacht.«

Der VO erscheint mit Aktendeckeln unter dem Arm und legt dem Alten seinen Kram auf den Schreibtisch. Dann sagt er: »Morgen ist der vierzehnte Juli, Herr Kapitän.«

»Na und?« blafft der Alte.

»Nationalfeiertag bei den Franzosen, Herr Kapitän.«

»Ach ja!« stellt sich der Alte dumm.

Quatorze juillet! Die Pariser feiern ihn unter den Augen der Besatzer mit Fahnen und Girlanden und Tanz auf den Straßen. Sogar Soldaten haben da schon mitgewalzt, ohne zu ahnen, welchen Hintersinn das Vergnügen hatte: quatorze juillet – für die Franzosen der heimliche Befreiungstag.

»Ich dachte nur ...«, hebt der VO zögernd wieder an.

»Was denn?« schießt ihm der Alte dazwischen.

»Daß die vom Maquis ... ich meine nur, daß da Aktionen geplant ...«

»Sprechen Sie sich nur ruhig aus.«

»Daß die vom Maquis Aktionen planen könnten.«

»Sollen sie doch!« antwortet der Alte knarzig.

Kaum ist der VO nicht mehr zu sehen, ruft der Alte nach dem Adju: »Erhöhte Aufmerksamkeit. Alle Posten informieren. Zusätzliche Streifen gehen lassen!«

Dann wendet er sich mir zu: »Es könnte ja Hitzköpfe geben, die sich vom Datum animiert fühlen.«

»Wollte das nicht auch der VO ausdrücken?«

»Der soll sich lieber um seinen Laden kümmern! Meinst du das nicht auch?« Und nach einer kurzen Pause: »Aber wir sollten mal wieder nach dem Rechten sehen: Wir fahren nach dem Essen an die Nordküste.«

Ausgerechnet an der Nordküste nach dem Rechten sehen? Der Alte braucht wohl frische Luft ... Und offenbar will er mir auch eine Freude machen. Er weiß, daß ich früher oft zum Malen nach Brignogan oder nach Aber-Vrac'h gefahren bin.

Wir tarnen den Wagen mit Zweigen von Lebensbäumen. Obwohl die Fahrt nach Norden riskant ist, freue ich mich auf das Unternehmen. Endlich mal wieder raus hier, Bilder von der Landschaft einheimsen, statt diese ausdruckslosen Visagen sehen zu müssen.

Zum Reden bleibt während der Fahrt keine Zeit. Wir müssen schärfer aufpassen als sonst. Weiß der Teufel, ob die Typen vom Maquis nicht doch frech werden.

Nach einer halben Stunde haben wir eine Panne. Es scheint am Vergaser zu liegen. Er wird verstopft sein. Kein Wunder – das Benzin taugt nicht viel.

Ich steige aus und gehe von der Straße weg, als wollte ich mich zum Wasserabschlagen verdrücken. Die Luft ist voll Bienengesumm. Im Graben wuchert rötlich lila Fingerhut. Die langen Stielschäfte tragen nur noch oben ein paar Blüten. Aber diese letzten Blüten bieten alle Farbintensität auf, derer die Pflanze fähig ist.

Ein Fahrweg geht nach rechts ab, zerfurcht zwischen grasbewachsenen, hüfthohen Mauern aus Feldsteinen. Von Wagenrädern ist die schmierige

Erde in Schollen herausgedrückt. Sie sieht fett aus. Dicht an der niedrigen Mauer entlang balanciere ich über zähen Schlamm. Hin und wieder greife ich ins Gras, um mich auf den Beinen zu halten. Meine Hände duften davon.

Hinter der Mauer gehen Kühe entlang. Ich stelle mich so hoch, daß ich ihre schweren Euter sehen kann.

Zwischen schorfigen Ästen alter Kirschbäume hindurch entdecke ich endlich das Haus, zu dem der Weg hinführt: graue Bruchsteine, tief herabgezogenes Strohdach – wie aus der Erde herausgewachsen. Zwei Fensterhöhlen. Da steht auch der Karren, der diesen Weg gespurt hat, die Deichsel gegen den Himmel gereckt. Ein goldbrauner Misthaufen daneben.

Dieses Stück ländlichen Friedens nimmt mich ganz hin. Mit unsicheren Tapsschritten laufe ich auf dem zerfurchten Weg weiter, halte inne, mache wieder ein paar Schritte. Und jetzt lasse ich mich auf der Bruchsteinmauer nieder. Ich muß das Verlangen zügeln, einfach wegzulaufen, diesem Uniformleben Valet zu sagen, mich bei den Bauern zu verkriechen und eine andere Existenz anzunehmen.

Ein Vogel auf der Mauer wippt mit dem Schwanz und betrachtet mich. Ich betrachte den Vogel. Für eine gute Weile ist das unsere einzige Beschäftigung. Dann wende ich mich ab, der Vogel fliegt weg, und ich gehe zum Wagen zurück. Ich fühle mich so sehr enthoben, als käme ich von sonstwoher.

Wir fahren auf Feldwegen nach Norden. Der Fahrer stoppt plötzlich: Vor uns liegen Pferdeäpfel auf der Straße. Der Fahrer hat sie für Straßenminen gehalten.

»Vorsicht ist die Mutter der Porzellankiste«, höhnt der Alte frohgemut.

Vor Morlaix stehen rechts neben der Straße Wehrmachtbaracken. Am Eingang zu einer klumpen sich Menschen.

»Langsam!« befiehlt der Alte dem Fahrer. Er ist plötzlich ganz Spannung. Drei, vier Leute steigen mit Klamotten in den Armen zu den Fenstern heraus: eindeutig Franzosen.

»Die plündern doch nicht etwa?« dröhnt der Alte. »Stop!«

Kaum hält der Wagen, ist der Alte auch schon auf der Straße und geht mit seiner MP im Anschlag auf die Baracke los. Die Franzosen stieben nur so auseinander.

Überall liegen Bekleidungsstücke herum, auch ganze Stoffballen. Der Alte freut sich diebisch über den Erfolg seines Auftretens. Aber dann sagt er in die Startgeräusche hinein: »Das kann gut werden, wenn die erst mal Oberwasser bekommen!«

Als wir ans Meer kommen, beginnt es zu regnen.

Zwei Frauen mit breit aufgeplusterten Röcken stemmen sich gegen den Wind. Ihre bretonischen Hauben halten sie mit beiden Händen fest.

Von Sicherungen gegen See hin ist nicht das Geringste zu sehen.

Weiter auf gewundenen Straßen, die mal den Meeresanblick freigeben, mal ihn hinter Büschen oder Dünenkämmen verschwinden lassen. Auf den mageren Weiden das magere bretonische Vieh. Alle Kühe tragen dicke Dreckpanzer. Ihre Vorderfüße oder die Hinterfüße sind zusammengebunden: So können sie sich kaum vom Fleck rühren. Ein tristes Dasein.

Die Sonne kommt wieder heraus. Ich weiß nicht genau, wo wir sind, weil alle Straßenschilder überteert sind. Das Meer ist nicht mehr zu sehen. Der Alte dirigiert den Fahrer anscheinend nach Gutdünken. Hat er etwa keinen Plan?

Als die Straße mit leichtem Schwung auf einem dammartigen Unterbau hochsteigt, kann ich tief ins Land hineinblicken und finde die Orientierung wieder: Silbergrün breiten sich die Wiesen im hellsten Sonnenschein. Zur Linken streckt sich das Land ganz flach aus – bis zur Bucht von Brignogan hin.

Ein paar in der Sonne fast englischrot leuchtende Kühe stehen mit gesenkten Köpfen zwischen niedrigem Gebüsch und dem gelben Ginster. Im lilagrauen Dunst zeichnet sich ein ferner Kirchturm ab. Von ihm führt ein waagerechter silbergleißender feiner Strich weg: das Meer. Der Silberstrich wird unterbrochen von den grauen Häusern eines kleinen Ortes, die wie hingewürfelt auf einer leichten Bodenerhebung stehen.

Dort, wo das Land aus der Senke heraussteigt, wird es grüner. Aber es gewinnt kein richtiges Sommergrün, weil ein Nebel aus feinstem Wasserstaub das Grün mildert. Auch die Heftigkeit der grellen Sonne filtert dieser feine Dunst aus. Er verbindet alles, tönt es zusammen: die Häuser, die Wolken – das ganze weite Panorama.

Wir kommen nach Aber-Vrac'h. An einer felsigen Stelle machen wir halt und stapfen zwischen grauen Granitungetümen durch gelbgrauen Sand in Richtung Wasser.

»Hier ist in der letzten Zeit allerlei losgewesen«, sagt der Alte. »Draußen liegen Minensuchboote von der ganz neuen Sorte. Anfang Februar hat's die erwischt. War 'n Verband aus zwo T-Booten und zwo M-Booten . . . Und weiter draußen bei Ouessant gab's Ende April zwo Gefechte, da gingen T neunundzwanzig und T siebenundzwanzig verloren . . .«

Wenn das Meer zwischen den Klippen kocht und schäumt, ist es mir vertraut, aber wenn es wie eine unermeßliche Fläche sorgfältig ausgespannten silbergrauen Satins daliegt, wirkt es fremd und unheimlich auf mich. Ich weiß, daß diese absolute Ruhe nur vorgetäuscht ist. Wenn ich lange und genau hinblicke, kann ich sehen, wie sich die silbergraue Fläche wie in langen Atemzügen unter der Nachmittagssonne hebt und senkt.

In drei, vier Stunden kommt die Flut und der Wind, und dann wird hier ein Röhren, Dröhnen, Trommeln, Rollen, Stampfen und Krachen in der Luft sein – so laut, daß man das eigene Wort nicht mehr hört.

Hier irgendwo muß das Foto von Simone auf dem Arm des Alten entstanden sein. Simone muß den Alten richtiggehend an der Nase herumgeführt haben wie einen dressierten Bären. Und der Alte hat sich's willig gefallen lassen und täppische Tänze aufgeführt – zur heimlichen Belustigung der ganzen Flottille wahrscheinlich.

Die grauen Granitklippen umstehen uns wie mächtige Trolle. Wir hocken uns mitten unter sie, aber noch ehe ein Gespräch in Gang kommen kann, stemmt sich der Alte auch schon wieder hoch und sagt: »Wir müssen zurück.«

Am späten Nachmittag sitze ich in meiner Kammer und nehme »Jugend« von Joseph Conrad zur Hand. An diesem Buch hänge ich wie an einem Talisman. Immer, wenn ich es aufblättere, finde ich nach ein paar Absätzen mein eigenes Leben. Das ist wie ein Trost, Beschwichtigung, Handauflegen.

Die Geschichte vom brennenden Schiff »Tremolino« lese ich gerade zum dritten Mal, als es an meiner Tür klopft: der Alte.

Er sieht auch gleich den gelben Band in meinen Händen und sagt: »Ich hab übrigens vor einiger Zeit mal rumgefragt in der Flottille – so halb verdeckt natürlich –, wer Joseph Conrad kennt . . .«

»Und?« frage ich erwartungsvoll.

»Keiner!«

»Nicht ein einziger?«

»Nein! Keiner!«

In der Erziehung des Alten kam Joseph Conrad sicher auch nicht vor, ein Pole und dazu noch einer, der englisch schreibt und eigentlich als Engländer gilt – zuviel für die Nazis. Aber der Alte hat ihn eben doch gelesen.

»Das schönste Buch von ihm, finde ich, ist ›Spiegel der See‹.«

»Das ist auch mein liebstes«, sagt der Alte.

Das war zu erwarten: In »Spiegel der See« geht es um Seemannschaft. Ganze Passagen daraus kenne ich fast auswendig.

Ich lade den Alten zum Hinsetzen ein, und er macht es sich auch gleich bequem. Sollte er das Bedürfnis haben zu reden?

Da kramt er auch schon seine Rauchutensilien hervor und macht sich umständlich ans Pfeifestopfen.

»Das ist doch kaum zu glauben«, beginnt er, als die Pfeife brennt, langsam und wie tastend zu reden, »wie die Zeit vergeht. Jetzt sind wir schon knapp über vier Jahre an der französischen Küste. Ich weiß es noch wie heute: Am siebten Juli vierzig kam das erste Boot nach Lorient...«

Damit scheint er fürs erste genug gesagt zu haben.

»Ja, das waren noch Zeiten«, setzt er dann wieder ein. »Was wir heute noch zu bieten haben, sind doch alles nur halbe Sachen. Bis überhaupt mal *kapiert* wird, was die Boote brauchen, dauert es ewig!«

Ich wage nicht, den Blick des Alten zu suchen. Nicht einmal mit Blicken will ich ihn jetzt stören.

»Im Juni zwoundvierzig wurde zum Beispiel in Paris mit den technischen Stellen des Oberkommandos beschlossen, eine Untersuchung darüber anzustellen, ob Radarwellen durch irgendwelche Beschichtungen der Boote absorbiert werden könnten... Beschlossen – beschlossen und groß verkündet! Und dann? Nichts und wieder nichts. Das Übliche: Fehlanzeige! Immer nur dieses Herumbasteln und Vertrösten ... Ja, vierzig – da sah es noch anders aus!«

Der Alte hat plötzlich so abrupt den Ton gewechselt, daß ich nun doch erstaunt hochblicke. Statt nach Empörung klang das plötzlich nach Begeisterung.

»Das Vorknüppeln und dann die Spannung, ob der Dampfer wegzackt. Und wenn er's tat – das ganze Manöver noch mal und noch mal – so lange, bis die Richtung stimmte. Und dann die Aale losmachen und abwarten, bis es rumste ... Das war schon 'ne Sache!«

Was ist denn auf einmal in den Alten gefahren? Weil er den Kopf zur Seite dreht, kann ich nicht sehen, was auf seinem Gesicht vorgeht. Fünfundzwanzig Schiffe hat er auf den Grund torpediert. Ich weiß, wie der Alte rangeht, wenn ihn der Hafer sticht. Seine Schwerblütigkeit ist nur Tarnung.

Gewiß kann er auch ruhig und besonnen sein – aber doch nur bis ihm der Gaul durchgeht. Ich würde mich nicht wundern, wenn jetzt die alte Jagdlust aus seinen Augen blitzte ...

»Wenn die Allies weiter vorrücken und die letzten Basen hier an der Westküste hopsgehen, wie soll es dann eigentlich weitergehen?« versuche ich das Thema zu wechseln. »Ich hab manchmal eine Vision von U-Booten, die als Fliegende Holländer durch die Weltmeere ziehen, weil sie nirgends mehr ein Schlupfloch finden. Ohne Öl treiben sie mit den Strömungen dahin, und die rauschebärtigen Besatzungen ernähren sich von Algen und gefangenen Fischen.«

»Da werden eben die Anmarschwege ein bißchen länger, von Skagen, der deutschen Bucht, Norwegen«, entgegnet der Alte so schnell, als hätte er sich die Antwort längst paratgelegt.

»Und die Zeit, die einem Boot im Operationsraum bleibt, verkürzt sich entsprechend ...«

»Logischerweise.«

Der Alte gibt sich, als mache ihm dieses Palaver rein gar nichts aus, plötzlich sogar belustigt. Etwa seine Art von Galgenhumor?

»Ganz schön grotesk«, fahre ich fort, »wir beherrschen die ganze Welt, sogar die japanische Binnensee gehört zu unseren Operationsgebieten, aber über die eigene Schwelle kommen wir kaum noch hinaus.«

Pause. Der Alte massiert sein Kinn mit den Handballen und schweigt.

»Dakar – Freetown – Rio ... Es läßt sich eben alles drehen und wenden, wie es der Führung in den Kram paßt.«

»Ich würde sagen: Wie dein Herr Doktor Goebbels es haben möchte!« reagiert der Alte da mit Spott in der Stimme.

»*Mein* Herr Doktor Goebbels?«

»PK heißt doch wohl Propagandakompanie – oder?«

»Nur nennen wir uns bei der Marine nicht so, sondern Kriegsberichtereinheiten, wie du sehr wohl weißt! Wär's vielleicht möglich, beim Thema zu bleiben?«

»Welchem Thema?«

»Der Entwicklung unserer Verluste zum Beispiel – wenn sich Verluste überhaupt entwickeln können. Jetzt rede ich schon selber so.«

Die Miene des Alten verdüstert sich zusehends. Es dauert eine Weile, aber dann redet er doch: »In den ersten vier Monaten dieses Jahres – also von Januar bis einschließlich April – sind mindestens fünfzig Boote abgeblieben, wahrscheinlich sogar noch mehr.«

»Von wie vielen?«

»Schwer zu sagen. Willst du etwa jetzt auch Prozentrechnungen aufstellen? Du sagst doch immer, das führe zu nichts. Da müßte man auch unterscheiden nach insgesamt vorhandenen Booten oder solchen im Operationsgebiet ... Eine Menge Boote – ich schätze: über zwanzig – mußten vorzeitig beschädigt umkehren. Wie viele tatsächlich in ihr Operationsgebiet gelangt sind, weiß ich nicht. Auch auf Anreise und Rückmarsch gibt es ja heutzutage erhebliche Verluste. Man kann nur ungefähr sagen, wie viele Boote insgesamt ausgelaufen sind in dieser Zeit ...« Der Alte besinnt sich, er nimmt sogar die Finger seiner rechten Hand für die Addition zur Hilfe: »Müssen so um die hundertvierzig gewesen sein.«

»Also von hundertvierzig Booten gut fünfzig Verluste?«

»So ungefähr.«

»Das ist doch der schiere Wahnsinn!«

»Tscha«, macht der Alte nur und hält den Blick dabei starr geradeaus. Dann beult er mit der Zunge seine linke Backe aus. Er scheint einen Speiserest zwischen den Zähnen entdeckt zu haben, mit dem beschäftigt er sich nun eine Weile, während er den Blick unverändert geradeaus hält. Ich kann sehen, daß der Alte kaum mit den Wimpern schlägt. Er wirkte, wenn sich die Backenbeule nicht fortwährend verschöbe, total erstarrt.

Endlich holt der Alte tief Luft und sagt zugleich mit dem Ausatmen halblaut und mehr für sich als an mich gerichtet: »Die Schnorchelboote hat es beim Kanaleinsatz böse erwischt. Da muß man mit zwo Drittel Verlusten rechnen: allein bei den Schnorchelbooten. Was wir beim Kanaleinsatz insgesamt verlieren, daran will ich gar nicht denken. Wir haben ja auch noch schnorchellose Boote hinausschicken müssen ...«

Der Alte hält den Blick fest auf seine Hände gerichtet und redet merkwürdig tonlos – wie eingelernt – weiter: »Anfang Juni wurde die Gesamtaddition der Verluste gemeldet: vierhundertvierzig Boote, und seit Beginn der Invasion sind sicher noch mal zwanzig Boote verlorengegangen. Das macht vierhundertsechzig Boote – fast ein halbes Tausend.«

Da scheint ein Ruck durch den Alten zu gehen. Es sieht aus, als besinne er sich plötzlich. Dann sagte er mit gefestigter Stimme: »Im Krieg kann man nun mal nicht fragen, was opportun ist.«

»Soll das etwa eine Abwandlung des Sprichworts sein: Wo gehobelt wird, fallen Späne?«

Der Alte zeigt keine Reaktion. Er blickt nicht mal auf. Ich fühle mich wie erlöst, als er endlich Anstalten zum Weiterreden macht: Kehle freihusten, Luft holen, hochrichten.

»Aber was kann man denn machen?« hebt er an, gibt sich mit einem Schulterzucken aber auch gleich selber die Antwort. Ich muß noch einmal warten, bis er mich anblickt und neu beginnt: »Wir wollen mal so sagen: Nutzt es den Kommandanten, wenn ich ihnen angst mache und sage: Vorsicht ist die Mutter der Porzellankiste, oder irgend so was, statt sie auf Erfolge scharfzumachen? – Ich weiß, ich weiß«, wehrt er mich ab, weil ich gleich hochfahre, »ich kenne deine Melodie schon auswendig: Wir erziehen blindwütige Draufgänger, kächern sie auf wie die Katholiker ihre Jesuiten, machen die Kommandanten zu Heldenfiguren, die der Ehrgeiz schier zerfrißt, die aufs Ritterkreuz richtig geil sind und vor lauter Halsschmerzen nicht mehr klar denken können ...«

Der Alte betrachtet mich, während ich nach Worten suche, mit zweifelndem Psychiaterblick und ohne zu versuchen, das zu verbergen. Just damit bringt er mich aber in Harnisch und zum Reden: »Ich möchte nicht wissen, wie viele Besatzungen diese Aufputscherei – auf Erfolge scharfmachen, nennst du das – das Leben gekostet hat, wie viele Kommandanten ihren Verstand total verloren haben, nur weil ihnen so ein Halseisen am schwarzweißroten Band winkte.«

»Wenn man den Krieg gewinnen will, muß man eben auch psychologische Mittel einsetzen. Dafür solltest doch gerade du Verständnis haben.«

Ich spüre den erwartungsvollen Seitenblick des Alten, und es juckt mich: Höre ich richtig – sagtest du, den Krieg gewinnen? zu fragen, aber statt dessen antworte ich: »Auf jeden Fall 'ne Menge Wirkung für die zwanzig Reichsmark – oder was weiß ich –, die so 'n Halsorden kostet. Früher wurden die Kriegswilligen wenigstens mit der Aussicht auf Lehen scharfgemacht . . .«

Der Alte beginnt sich wieder einmal seiner Pfeife zu widmen. Er säubert sie mit seinem komischen kleinen zusammenklappbaren Besteck in aller Ausführlichkeit und macht deutlich, daß er bei der dazu gebotenen Konzentration nicht auch noch reden kann.

»Die Amis können sich übrigens freuen«, setzt er dann ganz unvermittelt wieder ein. »Die haben jetzt *auch* eins unserer Boote – seit Anfang Juni. Ein Neun-C-Boot – U fünfhundertfünf. Oberleutnant Lange. Alter Handelsschiffer. Den hat es gleich bei der zweiten Unternehmung erwischt. Fast genau auf zwanzig Grad West – zwischen den Kanarischen und Kapverdischen Inseln. Ist hier von Brest ausgelaufen, gehörte aber zur zweiten Flottille. Die Amis haben es gleich in alle Welt posaunt. Freuen sich wohl wie die Kinder.«

Ich warte geduldig, bis der Alte seine sorgsam neu gestopfte Pfeife anzündet, paffend anraucht und dann endlich weitererzählt: »Lange hat nicht mal die Bodenverschlüsse aufmachen und das Boot verschwinden lassen, das hätte es früher nicht gegeben.«

»Haben die noch gefunkt?«

»Nicht, daß ich wüßte. Sich einfach kapern lassen! Kaum zu fassen!«

Der Alte schüttelt, wie um Verständnislosigkeit zu mimen, den Kopf.

»Kann man denn wissen, ob das nicht auch schon vorher mal passiert ist?«

Der Alte blickt nicht einmal hoch. Er tut, als hätte ich nichts gesagt.

»Von den vielen Booten, die, ohne Laut zu geben, verschwunden sind«, insistiere ich, »können sich doch noch mehr auf ähnliche Art haben schnappen lassen. Die *Engländer* würden's jedenfalls kaum hinausposaunen. Bei denen funktioniert die Geheimhaltung – was man von unserem Laden nicht gerade behaupten kann . . .«

Da hebt der Alte endlich den Blick und sagt: »Wir sind eben die ehrlicheren Leute!« Dazu macht er das Schafsgesicht, das er immer aufsetzt, wenn er ein Grinsen unterdrücken will. So richtig will es ihm diesmal aber nicht gelingen. Er rettet sich, indem er weiterredet: »Ganz hinterhältige Burschen, das wissen wir ja, lichtscheues Gesindel, würde ich sagen. Das falsche Albion, so heißt's doch!«

»Muß vom Whiskysaufen kommen . . .«, gehe ich auf den Ton ein.

»Stimmt – und vom Zigarrenrauchen. Das verdirbt den Charakter.«

»Und der alte Churchill hat sogar die Syphilis . . .«

»Woher hast du denn *das*?«

»Vom Führer persönlich! Der hat den alten Seelord einen ›Syphilitiker‹ genannt – öffentlich – über den Rundfunk!«

Da sagt der Alte, während er sich aus seinem Sessel hochstemmt: »Der Führer muß es schließlich wissen! Der Führer hat immer recht! – Ich brauch jetzt erst mal was zu essen!«

Vor lauter Staunen will mir ein »Oho!« entfahren, das ich aber gerade noch wieder hinunterschlucken kann.

Der Zahnarzt redet von Tag zu Tag unverblümter. Ihm ist es offenbar gleich, wer zuhört. Als ich ihn im Club laut verkünden höre: »Die soldatischen Werte, das soldatische Ethos – ich kann das schon gar nicht mehr hören! Als ob es für Militärs eine Spezialgesinnung gäbe . . .«, verdrücke ich mich lieber. Der Alte hat wohl recht mit seiner Warnung . . .

Ich verlasse das Flottillengelände ohne Ziel. Die Rue de Siam muß ich auf jeden Fall erst mal ansteuern, und dann wird sich schon herausstellen, wie es weitergehen soll. Entweder zum alten Hafen oder zur großen Schwenkbrücke und dann hinunter ins Arsenal.

Zuerst mal raus aus dieser Stickluft! Und plötzlich habe ich Wolters wieder vor Augen: Was mir Wolters, der kleine Fähnrich, neulich nachmittags anvertraut hat, werde ich einfach nicht wieder los: Seit Tagen schon hatte er sich nach dem Essen an mich gehängt und versucht, bei belanglosen Gesprächen mitzureden. Und dann muß er mir direkt nachgelaufen sein, als ich mit dem Malzeug die Flottille verließ. Auf der Rue de Siam stand er plötzlich neben mir, fragte, ob er mir was tragen könne, und begleitete mich bis in den Port de Commerce. Und blieb auch noch, als ich mich auf einen Poller hockte und das Malbrett auf die Oberschenkel nahm.

Schließlich ließ ich Malbrett Malbrett sein und ging mit Wolters ins nächste Bistro.

Wir saßen allein in einer Ecke. Ich hatte beides – Eingang und Tresen – im Auge und auch den dunklen Mauerdurchbruch mit dem afrikanischen Perlenvorhang, hinter dem die ältliche Wirtin verschwand. Sie brachte Rotwein, dunklen algerischen.

Und dann der stockende Bericht von Wolters, wie ihn drei wüste Kerle auf einem Vorpostenboot – seinem früheren Kommando – vergewaltigt haben. Überdeutlich sehe ich die Szene vor mir, wie sie nacheinander ihren Pint direkt in seine Scheiße, in Blut und Schleim stoßen . . . Und wieder quellen Empörung und Ekel in mir hoch. Und auch jetzt noch muß ich schlucken, um einen Brechreiz zu unterdrücken.

»Die Chefs haben nie was gewußt«, sagte Wolters schließlich leise.

Ich frage mich, was aus dem Menschen Wolters noch werden soll. Der ist doch für Zeit und Ewigkeit erledigt. Zumindest schien er sich leichter zu fühlen, als er sich alles von der Seele geredet und ich ihm einfach zugehört hatte. Die schlimmste Seite der Marine kennt er jetzt jedenfalls.

In der Dämmerung gehe ich noch einmal los.

Aus dem Soldatenheim dringt an- und abschwellender Grölgesang. Der »schöne Westerwald« ist gerade an der Reihe und klingt besonders getragen und leierig. Weil ein paar besoffene Seeleute aus der Tür rempeln, mache ich einen großen Bogen bis auf die andere Straßenseite: Ich will keinen Ärger mit besoffenen Sailors haben.

Bald schon erreiche ich das Arsenal. Ich taste mich vorsichtig zwischen Wracktonnen, Wegetonnen, Heulbojen und nicht deutbaren mächtigen Schwimmkörpern hindurch, riesigen Schemen, die schwarze Schlagschatten werfen. Diese Schattenflecke sind es, die mich eine merkwürdige Kühle zwischen den Schulterblättern verspüren lassen: Ich sollte hier wohl lieber nicht im Dunkeln herumtigern – und schon gar nicht alleine.

Immer wieder bleibe ich vor einem Schatten stehen: War da nicht ein Huschen? Ein Knacken? Meine Pistole habe ich längst fest in der Hand. Entsichern! befehle ich mir. Was war da neben mir? Verdammt, ich will mich hier nicht abknallen lassen. Mit zwei schnellen Schritten zur Seite tauche ich in einen Schatten ein und nehme mit dem Rücken Fühlung an einer großen Wracktonne. Und nun bleibe ich, die Pistole halb angehoben, stehen und halte den Atem an. Nichts? Oder doch? Ich hätte mich nicht alleine hierherwagen sollen. Nicht ins Arsenal. Das ist gegen alle Vorschrift. Selbst bei Tage ist es hier nicht geheuer. Hier steht viel zuviel sperriger Schrott herum, zuviel Tonnenkram.

Nun aber mal ruhig Blut! rede ich mir selber zu. Was soll das Theater! Da haben wir doch ganz andere Sachen hinter uns gebracht. Im Grunde kann's dir doch gleich sein, was dir passiert. Und hier passiert es sowieso nicht. Das wird dein Fatum schon nicht sein, hier im Dunkeln umgelegt zu werden.

Ich stehe immer noch und lausche. Ins Geglucker an der Pier mischt sich das Ächzen einer Trosse und hin und wieder ein scharfes Schamfielen. Da wird ein Ponton gegen Dückdalben arbeiten. Erst habe ich gedacht, was für eine Stille, und nun höre ich Dutzende von Geräuschen. Das Hafenwasser lebt und arbeitet. Da ist ein ständiges Tapsen und Pantschen und Knacken. Wahrscheinlich liegen auch kleine Boote an der Pier und deren Süllränder sind es, die eine ganze Skala von schabenden, krächzenden Tönen machen, wenn sie sich an einem Ponton oder an sonstwas scheuern.

In der Tiefe des Arsenalhafens sehe ich die Gegend auf einmal mit den Augen eines Maquisarden und überlege, wie so ein Partisan den ganzen Laden mitsamt der Schwenkbrücke hochsprengen müßte, damit keiner mehr die Schlucht überqueren kann. Für den verdammt soliden Pfeiler der Drehbrücke wären gewaltige Ladungen nötig. Und wenn man die nicht in präparierten Kammern unterbrächte, gäbe es keine richtige Verdämmung, und der Großteil ginge wirkungslos in die Luft. Dem Pfeiler wird kaum beizukommen sein. Dafür aber dem Schwenkarm. Mit Haftladungen wäre da freilich auch nicht viel zu machen. Aber mit Sprengstoff vollgepackte Laster drauffahren – bis mitten auf die Brücke und dort stehenlassen. Die beiden Hochseeschlepper Castor und Pollux, die fast direkt unter der Schwenkbrücke liegen, wären jedenfalls nur noch Schrott, wenn hier die Fetzen flögen.

»Jetzt reicht's aber!« sage ich laut zu mir selber.

Außer den Doppelstreifen sind kaum noch Soldaten zu sehen. Die Angst vor Überfällen hält sie in den Quartieren. Es gehen Gerüchte von grausigen Folterungen an deutschen Soldaten um, die nachts den Untergrundfritzen in die Hände gefallen sind. Schwer zu sagen, was daran wahr ist. Aus unserer Flottille ist noch keinem etwas passiert. Trotzdem bleiben die Leute abends lieber innerhalb der Mauerumfriedung.

Als ich schon nahe bei dem Flottillengebäude bin, höre ich die Pfiffe von Posten. Die passen auf, daß die Franzosen ihre Fenster gut abgeblendet halten. Um die Flottille herum sind die Posten besonders scharf, weil irgendwelche Franzosen auf den Gedanken kommen könnten, feindlichen Piloten durch Lichtzeichen Orientierungshilfen zu geben.

Noch einen Schluck im Club trinken! Der Zahnarzt wird hoffentlich nicht dort sein.

Mit dem Alten, das sehe ich gleich, als ich am nächsten Morgen in sein Büro komme, ist wieder mal nicht gut Kirschen essen. Er hat zwar halbwegs freundlich »setz dich« gesagt, als ich ins Zimmer gekommen bin, dann aber kein Wort mehr an mich gerichtet, sondern in Akten geblättert und mit wütigen Bleistiftfahrern ganze Seiten durchgestrichen. Von seinem Gesicht habe ich noch nicht viel mehr gesehen als eine tiefgefurchte Stirn.

Der Alte wirkt sogar besonders sorgenvoll und vergrämt. Mit fast zum Murmeln gedrosselter Stimme sagt er jetzt: »Schlimm ist, daß uns drei Schnorchel fehlen. Zwei sollen angeblich unterwegs sein, aber wie sollen die denn noch durchkommen? Der Verkehr klappt doch längst nicht mehr. Die können wir abschreiben . . .«

»Heißt das, daß einige der Boote dann wieder ohne Schnorchel hinausmüssen?«

»Ja, das heißt es«, sagt der Alte dumpf und trotzig.

»Aber ohne haben die doch so gut wie keine Schangs mehr, auch nur bis zum Ansteuerungspunkt zu kommen!«

Der Alte hat den Kopf gehoben und blickt mich nun voll an. »Willst du das etwa *mir* anlasten?« fragt er gereizt.

Ich möchte etwas sagen, aber ich halte die Lippen aufeinandergepreßt. So, mit ineinander verfangenen Blicken, sitzen wir uns eine ganze Weile gegenüber.

»Aber das ist doch Mord ...«, bringe ich schließlich gedehnt und gequält hervor.

Der Alte zieht die Brauen bis aufs äußerste zusammen. Zwei tiefe senkrechte Falten zeichnen ihr Muster auf seine Stirn.

»Du bist verdammt schnell mit deinen starken Worten!« grollt er. Mit seinem Blick weist er mich sogar noch heftiger zurecht als mit seiner Rede.

In der Messe sehe ich Lubach an seinem Platz sitzen wie einen Geist. Als ich seinen Blick treffe, nickt er mir zu, und ich nicke zurück.

Nach dem Essen frage ich den Alten: »Wieso ist denn Lubach schon wieder da?«

»Der muß vorzeitig auslaufen. Wir haben ihm ein Telegramm geschickt.«

»Und was ist mit seiner Frau?«

»Nicht gut.«

Nach einer Weile sagt der Alte noch: »›Werftliegezeit abgekürzt‹, heißt das offiziell.« Und dann murmelt er auch noch: »Heitere Zeiten ...«

Unmittelbar danach ist er zu meiner Überraschung wie ausgewechselt.

»Wir fahren nach Châteauneuf und feiern ein richtiges Fest – und zwar für den *ganzen* Verein!« verkündet er. Und dann sagt er noch: »Alte Bauernregel: Die Feste feiern, wie sie fallen ...«, und läßt das wie auftrumpfend klingen.

»Und wenn es die letzten sein sollten«, füge ich in einer plötzlichen Anwandlung an.

»Dann gerade!« quittiert das der Alte. »Die Männer lassen sonst die Köpfe hängen ...«

»Ein Sauffest?«

»Mitnichten, sondern richtig mit Damen und allem Tschißleweng. Wir fahren nach Dienstschluß – oder auch schon zwei Stunden vorher. Bis zum Schloß sind es etwa siebzig Kilometer. Aber das kennst du ja schon von früher.«

»Mit wieviel Leuten denn insgesamt?«

»Rund achtzig Mann, denke ich. Oder 'n paar mehr. In zwei Bussen. Der halbe Flottillenladen und wachfreie Leute von den Besatzungen

Lubach und Ulmer. Wenn die schon gleich wieder rausmüssen – dann *müssen* wir ihnen was bieten!«

»Ich denke, es gibt auch Damen?«

»Die habe ich schon mitgezählt.«

»Mannweiber?«

»Wieso?«

»Du sagtest: achtzig Mann!«

Wenn uns einer hier so lachen sähe, müßte er meinen, daß es uns gar nicht besser gehen könnte als in diesem Augenblick.

Als ich durch die leeren Gänge zum Hoftor gehe, frage ich mich: Was ist nur jetzt wieder mit dem Alten los? Es muß eine Art Kampfgeist sein, der ihn aufgeweckt hat. So kenne ich ihn schließlich: Je kritischer die Lage wird, desto aufgekratzter kann sich der Alte geben.

Bald erfahre ich: Lubach kommt nicht mit, weil er »völlig fertig« ist, wie der Alte sich ausdrückt. Sein LI kann auch nicht mitkommen: Der muß beim Boot bleiben. Aber fast die gesamte Besatzung kommt mit.

Der Oberstabsarzt *will* nicht mit, der Adju *muß* mit, der VO ist wie selbstverständlich mit von der Partie: Ohne den VO geht gar nichts. Er befindet, daß es sowieso hoch an der Zeit sei, Châteauneuf wieder einmal zu »frequentieren«. Gut möglich, daß der VO den Ausflug sogar angeregt hat. Er und seine Truppe haben die Unternehmung jedenfalls organisiert ...

Châteauneuf

Im Bus tue ich so, als ob ich penne. Die Bootsmänner hinter mir scheinen davon bald schon überzeugt zu sein: Sie unterhalten sich mit so lauter Stimme über die Krankenschwestern und Marinehelferinnen im zweiten Bus, daß ich sie durch das Motorengedröhn deutlich hören kann.

»Die sind ganz schön heiß, Mannometer!«

»Bloß zu wenige.«

Eine der Rotkreuzschwestern scheint besonders beliebt zu sein.

»Mensch, die Emmi hat doch vielleicht ein Milchgeschäft!« höre ich hinter mir.

Ich habe die Emmi beim Einsteigen gesehen: Ihre beachtliche Vorlastigkeit schien sie nicht zu irritieren. Sie gab sich vielmehr als lustiger, deftiger Brocken.

»Wenn hier 'ne halbwegs vernünftige Organisation dahinter wär, wär'n auch genug Weiber da.«

»Off fünf Mann eene – det iss doch Scheiße!«

»Da müssen ehm viere sich einen abwichsen . . .«

»Du bist's ja gewohnt! Aber mancher fickt eben lieber – ich zum Beispiel!«

»So geht's doch immer: Wir müssen raus, und die Flottillenheinis ham die Weiber. Alle in festen Händen!«

»Ich denk, du hast so 'ne Nachrichtenzicke?«

»Denken iss Glückssache. Die iss doch weg – der ganze Nachrichtenladen in die Heimat verlegt.«

»Hättste ehm mit 'ner Karboltante poussieren soll'n.«

»Hättste – hättste – hättste!«

Je weiter wir uns von Brest entfernen, desto nachdenklicher werde ich: eine Schnapsidee vom Alten, ausgerechnet jetzt nach Châteauneuf zu karriolen. Wahrscheinlich wieder als schiere Demonstration gedacht: Wir kutschieren per Omnibus durch die Gegend und zeigen der französischen Bevölkerung, daß wir alles andere als Memmen sind, die sich in allen möglichen Löchern verkriechen. Nur ist es leider so, daß kein Schwanz von der französischen Bevölkerung zu sehen ist. Weiß der Satan, wo die sich alle versteckt halten.

Mir wäre es lieber, wenn der Alte die ganze Bande auf drei Busse – drei mindestens – verteilt hätte oder wenn er wenigstens den Kübelwagen hätte vorneweg fahren lassen. So friedlich, wie die Landschaft sich darbietet, kann es hier nicht sein ...

Ich kann den Alten, der neben dem Fahrer sitzt, nur im Halbprofil sehen. Wenn mich nicht alles täuscht, ist er mit sich und der Welt zufrieden. Wahrscheinlich hält er diesen Überlandausflug für eine erstklassige Idee, vielleicht sogar für eine rechte Büberei.

Die Fahrt zieht sich hin. Wir müssen zwei Reparaturstellen umfahren. Wenn die uns nun längst per Funk gemeldet haben und uns systematisch in einen Hinterhalt bugsieren?

Ganz hinten im Bus wird ein Lied angestimmt:

»Kommt 'ne dicke, fette / und verheiratete / oder sonst ein Frauenzimmer / durch den Wald / Wird sie erst besichtigt / und dann notgezüchtigt / daß es von den Bergen widerhallt ...«

Jubel, Trubel, Heiterkeit – genau so, wie es auf dem Programm steht.

Châteauneuf! Endlich! Der Bus rollt auf gekiesten breiten Wegen durch den Park und schwenkt dann auf einen großen Platz ein. Posten vor dem Schloß.

Der mächtig ausladende Bau im Renaissancestil liegt auf einem Hügel über einem alten Kanal, der von Nantes nach Brest führt. Es heißt, das Schloß gehöre einem französischen Eisenbahnmagnaten. Aber was ist ein »Eisenbahnmagnat«? Ich weiß, daß der Besitz von einer bretonischen Familie verwaltet wird und daß diese Bretonen kaum des Französischen mächtig sind.

»Sieht ja soweit ganz stabil aus!«

»Was willst'n damit sachn?

»'ne richtiche Rammelburg, wollte ich damit sachn ...«

Selbst an diesem Schloß hat sich einer unserer Tarnidioten austoben dürfen. Daß die schnurgerade Allee, die auf das nun scheckig angestrichene Gebäude zuführt, die ganze Anlage aus der Vogelperspektive weithin kenntlich macht, haben die Knallköpfe nicht bedacht.

Riesige Rhododendronbüsche stehen dicht bei dicht rings um das Schloß und bilden einen tiefen Wald. Wahrscheinlich liegt es am bretonischen Regen, daß der Rhododendron hier so üppig wächst: Rhododendronregenwald.

Es dauert nicht lange, und die mitgebrachte Combo legt sich ins Zeug.

»Gut! sagt meiner Mutter ihr Sohn!« bekomme ich zu hören.

Ich halte mich abseits und beobachte die Szene: Die weiten schlackernden Hosen der jungen WOs sehen nach billiger Matrosenrevue aus, ihre angeklitschten Scheitel nach Filmkomparserie.

Was habe ich mit diesem Verein nur zu schaffen? Ich fühle mich wieder mal so fremd wie unter Botokuden.

Vom Damenflor ist noch nichts zu sehen. Erst als ich den Hals recke, entdecke ich ein Grüppchen Weiblichkeit in einer Ecke – alle dicht beieinander wie die verschüchterten Hühner. Ob der Alte sich die Vergnügungstour wirklich gut überlegt hat?

Da höre ich Bartl, ein Bierglas in der Hand, ein paar jungen Maaten etwas vorreesen: »Anno sechzehn in der Champagne, da gab's keinen Champagner, aber Stollenquetscher. Das waren so schwere Dubasse, die hatten keinen Aufschlagzünder, sondern 'ne Verzögerung wie jetzt die Spezialsorte von Fliegerbomben. Die bohrten sich erst mal richtig in den Dreck und gingen dann erst hoch. Gar nicht angenehm, wenn man zu dicht dran in so 'nem Stollen in der Kreide hockte.«

»In der Kreide ist immer schlecht«, mache ich mich bemerkbar. Aber für Bartl ist die Anspielung zu feinsinnig. Er blickt nur vorwurfsvoll auf und macht ungehemmt weiter, als er sieht, daß ich wieder verschwinde.

Der VO hat sich nicht lumpen lassen: Die Tische sind mit Fressalien vollgepackt – allerdings nicht gerade liebevoll hergerichtet, das meiste sogar in Dosen.

Ein Bootsmann fährt sich mit den Fingern, die er eben in einer Ölsardinenbüchse hatte, unter die Nase und schnüffelt genießerisch daran herum. »Ça sent la jeune fille qui se néglige . . .«, fährt es mir da durch den Kopf. Ich habe keine Ahnung mehr, wo ich den Satz aufgeschnappt habe.

Ganze Lachsalven schallen aus einer Ecke. Wachoffiziere – Leutnants und Oberleutnants geben sich als völlig veränderte Wesen! Kaum zu glauben, daß es die öden Gesellen aus der Messe in Brest sind.

Über die freie Fläche in der Mitte des Saals kommt jetzt Schwester Emmi geschwenkt: Soloauftritt mit Riesenbusen. Emmi verteilt Kußhände nach rechts und links.

Ich höre »Klasseweib!« und »Stücker 'n Dutzend von der Sorte, das wär's!«

»Gib nur an! Hau nur richtig auf die Pauke, du heimatloser Bettnässer!«

Wie von Schwester Emmi animiert, ermannen sich jetzt ein paar WOs und Fähnriche und holen die Hühner aus ihrer Ecke ins Licht: Sie wollen mit ihnen tanzen.

Da ruft einer laut: »Tanzen verboten!« Das kam aus einer Gruppe von Portepeeoffizieren – von einem hageren Bootsmann.

»Ach, du Scheiße!«

»So ein Arschloch!« sagt einer.

»Wir sind doch hier nicht im Reich!« ein anderer.

»Wir sind doch 'ne geschlossene Gesellschaft! Simmer oder simmer nich?«

Ich suche mit Blicken den Alten – aber der ist nicht zu sehen. Der Alte könnte ein Machtwort reden, aber er wird sich heraushalten wollen. Damit ist er sicher gut beraten. Nur die Hühner tun mir leid: Die werden sich wunder was unter einem »Fest im Schloß« vorgestellt haben.

Gulasch ist aufgebackt worden.

»Ich freß doch nicht *alles*!« klagt der Bootsmann, der »Tanzen verboten!« gerufen hat. »Die denken, sie können mit einem machen, was sie wollen.«

Die Stimme klingt weinerlich. So einer hat wahrscheinlich Frau und Kinder und keine Nachrichten seit Wochen, und da dreht er eben durch oder wird gallig. Wen wundert's.

Bei Lichte besehen, sind wir allesamt Verrückte – wenn auch von der braven Sorte. Unsere Verrücktheit ist sorgfältig bemäntelt. Nur hin und wieder lunzt sie ein bißchen hervor. Ich sollte dem Mann, der hier alles kaputtmacht, zu Hilfe kommen. Aber wie? Ich kann ihm schließlich nicht die Hand auflegen.

In der Marineschule haben sie im großen Speisesaal immer noch Gottesdienste abgehalten – für Katholiker vor allem und für solche wie diesen Bootsmann. Der braucht dringend einen neuen Mützenbügel für sein Gemüt: Dem Mann hängen die Haare wirr in die Stirn, wirr und schweißverklebt. Jetzt preßt er die Lippen so stark, daß Grübchen auf seinen Wangen entstehen. Er wird doch um Himmels willen nicht auch noch heulen wollen? Immer sind es diese dreißigjährigen Portepeeträger, die durchdrehen. Die Familienheinis erwischt es als erste.

Dieser vermaledeite Beobachtungszwang! Ich betrachte das Mienenspiel des Bootsmanns, als ginge es um ein Experiment. Dem Mann treten die Halssehnen hervor, seine Mundwinkel zerrt es dabei tief nach unten. *Dieses* Gesicht habe ich schon gesehen – aber wo nur? Ich schließe für einen Moment die Augen, um danach zu suchen: der schwarze Leinenband »Fünfhundert Selbstbildnisse«, Phaidon Verlag, Wien. Weit hinten im Buch die beiden Plastiken, »Ein düstrer, finstrer Mann« und »Der Bekümmerte«. Barockzeit, etwa siebzehnhundertsiebzig: vermutete

Selbstbildnisse von Franz Xaver Messerschmidt – heißt genauso wie die Jagdmaschine.

Das alles schießt mir durch den Kopf und dazu auch noch, wo ich das Buch gekauft habe: in Kaufhaus Tietz in Chemnitz, in dieser wunderbaren Bücherabteilung mit den überladenen Tischen. Ich muß achtzehn Jahre alt gewesen sein. Alle Einnahmen aus den Privatstunden, die ich verblödeten Sextanern und Quintanern gab, trug ich zu Tietz.

Mit etlichen Cognacs in der Krone betrachte ich das Treiben um mich herum wie einen verrückten Karneval: Spaß soll sein für die Morituri.

Leute von Lubachs Boot unterhalten sich fachmännisch über zwei Nutten. Wahrscheinlich wären die meisten lieber im Puff als hier mit diesen tristen Dotschen. Im Puff und sich noch mal richtig ausvögeln, statt sich mit Schnaps zu betäuben!

Wo habe ich bloß »Dotschen« her? Dotschen? Da weiß ich's plötzlich: Die Zuckerrüben in Sachsen, die heißen Dotschen.

Da höre ich: »Der Franz hat sich in 'ne Nutte verknallt.«

»Das darf doch nich wahr sein!«

»Iss aber. Für den iss die so 'ne Art Madonna. Iss 'ne jüngere. Ich habse gesehen: schwarz, ganz gute Figur.«

»Mach Sachen!«

»Das kam so: Die hat'n mal drübergelassen ohne Bezahlung, und seitdem isser hin. Das hat'n total geschafft. Jetzt willer se erretten. Der iss ganz rammdösig . . . Wenn der bloß nich durchdreht.«

»Da kannste nischt machen.«

»Nee, bloß abwarten.«

»Der kommt schon wieder zu sich.«

»Ich weeß nich, der iss wirklich richtig weggetreten.«

Das ist nicht die erste Romeo-und-Julia-Geschichte aus dem Bordell, die mir zu Ohren kommt. Der ganze Puffbetrieb ist im Grunde ein schreckliches Mißverständnis.

Gleich frage ich mich: Wie groß – vielmehr wie gering – ist jetzt die Schangs für Wiederkehr? Die Zahl stand auf den englischen Flugblättern. Ich habe sie schon nicht mehr im Kopf.

»Diesen Unsinn könnte sich der ObdM weiß Gott sparen«, dröhnt ein Bootsoffizier, der mit einem anderen abseits vom Trubel an einem kleinen Tischchen sitzt. »Wir sind doch kein Zirkus! Bei uns muß doch nicht mit der Peitsche geknallt werden, damit einer durch den Reifen springt! Was sollen denn diese Aufpeitschparolen!«

»Das würde ich mal laut sagen! Und an der richtigen Stelle!«

»Ich tu's schon noch, darauf können Sie sich verlassen! Ich kann doch meinen Leuten nicht diesen literarischen Kokolores bieten! ›Das ist die Nacht der langen Messer!‹ – So ein Pimpfenblödsinn! Wir sind doch keine Idioten!«

»Auf manchen scheint's sogar zu wirken.«

»Müssen aber schon komische Typen sein, die so was nötig haben. Ich danke schön!«

Auf die beiden, die sich da verhakelt haben, achtet außer mir keiner . . .

Ein alerter LI hockt sich ans Klavier, verschafft sich mit ein paar Akkorden Gehör und singt: »Laßt den Kopf nicht hängen / Kinder seid vergnügt! / Wenn auch alles schiefgeht / es wird doch gesiegt!«

Der Alte hat sich dicht neben das Klavier plaziert. Sein Gesicht glänzt wie frisch angesteckte Kerzen. Jetzt tritt er auf mich zu und sagt: »Der geht ganz schön ran, was? Helles Köpfchen, hat er selber gemacht!«

Aber was ist mit dem Damenflor?

Sieht ganz so aus, als habe sich die Geflügelschar schon erheblich gelichtet. Die Hühnchen und die Täubchen haben sich offenbar schon in die oberen Gemächer verflüchtigt . . . Nur ein paar lassen sich in den dunklen Ecken knutschen.

Hinter mir zieht einer die Harmonika auf und singt mit Tremolo: »Laß mich dein Badewasser schlürfen / laß mich dich abfrottieren dürfen / laß mich dein Bademeister sein . . .« Und gleich darauf mit Baßstimme: »Der alte Segelschoner stöhnt und kracht so hohl / der braucht schon wieder mal 'ne Ladung Alkohol . . .«

Der Mann läßt sich nicht Zeit für viele Verse. Er will offenkundig sein ganzes Repertoire vorzeigen – und das möglichst schnell: »In Honolulu, im Lande der Azoren / und in Samoa ist das so Brauch / da gehn die kleinen Mädchen / des Abends in das Städtchen . . .«

Da brüllen alle: »Aber wie?«

»Ohne Hemd und ohne Höschen / mit einem Feigenblatt!«

Kaum pausiert der Harmonikaspieler, da deklamiert ein WO: »Wir sind bereit, Hurra zu rufen / wenn sich's nur irgend machen läßt . . .«

Sein Ton läßt nach wie bei einem schlecht aufgezogenen Grammophon, und er fragt in die Runde: »Wie geht denn das gleich los? Ich komm ums Verrecken nicht auf den Anfang.«

Da kommt ihm der Alte zu Hilfe: »Wir knien vor deines Thrones Stufen / wir stehn zu dir in Treue fest . . .«, großes Luftholen und dann: »Und von ganz vorne geht's so: Was steigt denn dort am Horizonte / für ein stolzes Schiff empor . . .?«

Ein gutes Dutzend Leute fällt jetzt ein: »Ist das nicht des Kaisers Jachtschiff / unser kühner Meteor . . .?«

»Ich sage nur: ent oder weder«, dröhnt es aus einer Sitzrunde von Bootsmännern herüber.

»Was quatschste?«

»Also entweder mit Weibern oder ohne. Aber doch nich so'n Kuddelmuddel wie hier – das iss meine Meinung.«

»Recht haste«, sagt da ein zweiter Bootsmann, rülpst und verfällt mit dem noch vom Rülpsen offenen Mund in Schlaf. Sein Kopf sinkt hintenüber, der Adamsapfel dringt weit vor, und der rückwärts gebeugte Hals ist so gespannt, daß man mit einem einzigen eleganten Rasiermesserschnitt bis zum Halswirbel durchkäme.

Die Combo ist arbeitslos geworden, weil einige Leutnants darauf verfallen sind, Kirchenlieder zu singen. Sie tun es auf eine besonders getragene Weise, und es klingt steinerweichend, als sie jetzt, stehend und zum Chor angetreten, vortragen: »Wer nur den lieben Gott läßt walten / und hoffet auf ihn allezeit / den wird er wunderbar erhalten / trotz aller Not und Traurigkeit.«

Der Alte grient so sehr, daß von seinen Augen nichts mehr zu sehen ist. Und jetzt wischt er sie sogar mit den Zeigefingerknöcheln aus. Dann streckt er die Füße weit von sich und rutscht dabei noch tiefer in seinen Sessel. Die Hände vor dem Magen gefaltet, sitzt er da wie ein befriedigter Klosterbruder nach einem opulenten Mahl.

Ich rapple mich auf und will mich gerade anschicken, das Klo anzusteuern, da drischt mir der VO mit der flachen Hand zwischen die Schulterblätter: »Na, Sie fühlen sich wohl auch als 'n besserer Mensch, was?« dröhnt er und keucht mir seinen Cognac-Atem ins Gesicht.

Dabei hält er mir ein randvolles Glas so dicht unter die Nase, daß ich gar nicht anders kann, als es erst mal abzutrinken, wenn ich den Cognac nicht auf meiner Vorderfront haben will.

Dann hat mich der VO auch schon wieder vergessen. Auf die Bar zustolpernd, grölt er: »Meine Oma fährt im Hühnerstall Motoorrad, Motoorrad ...« Und weil der Applaus ausbleibt, beklatscht er sich selber frenetisch. Dann brüllt er: »Sauerei verdammte, sagte der alte Oberförster. Hugo war sein Name!«

Auf dem Klo höre ich, wie sich im Vorraum zwei unterhalten: »Der Alte und der PK, das sind doch Lochschwager – haste denn das noch immer nich kapiert?«

Ich bin schlagartig ernüchtert.

Um mich zu beruhigen, sage ich mir vor: Alles nur Rederei. Vulgärjargon. »Lochschwager«, das klingt fies.

Kaum bin ich wieder im Saal, brüllt mir einer fast direkt ins Ohr: »Führer befiehl – wir tragen die Folgen!« Und schon echot es aus einer dicht geballten Gruppe gleich dreifach heraus: ». . . wir tragen die Folgen!«

Darauf hebt ein brüllendes Gelache an.

Der Alte macht ein geschmerztes Gesicht, dann höre ich ihn: »Brust waschen! Hier müßte sich alle paar Minuten einer die Brust waschen zum Erschießen – wenn der SD zuhören könnte.«

»Lochschwager«, muß ich wieder denken – das klingt genauso fies wie das »Eine jede Frau läßt . . .«, das mir dieser beschissene Handelsvertreter als Fazit seiner Lebenserfahrung ins Ohr trompetete, als er mich auf der Landstraße aufgepickt hatte und in seiner klapprigen Karre nach Leipzig mitnahm.

Aber was immer ich auch denke, wie deutlich ich mir diesen Vertreter auch vorzustellen versuche, das Wort bleibt wie festgeätzt – keine Schangs, es wieder loszuwerden.

Der Alte hat sich noch tiefer in seinen Sessel sacken lassen. Jeder soll sehen, wie abwesend er ist. In so einem Zustand kann keiner was hören . . . Also klärt sich die Frage der Verantwortung von ganz alleine.

Mir ist das Vergnügen an dieser Fete gründlich vergangen. Trotz des Überflusses wird das hier kein fröhliches Gelage. Diese Rake hat sogar etwas von einer Henkersmahlzeit. Die Fröhlichkeit wirkt makaber – sie geht mir ans Zahnfleisch. Also ab in die Koje! befehle ich mir, und schon steige ich die breite Steintreppe hoch in den zweiten Stock. Ich habe ein pompöses Zimmer mit einem richtigen Gebäude von Himmelbett.

Obwohl die Mauern dick sind, höre ich die Combo deutlich, dann auch Jubelrufe, Fetzen von Gesängen, merkwürdiges Röhren und einen berstenden Knall. Ich denke: Hoffentlich war das kein Kopf. Das klang ja wie eine zerscherbende Sektflasche beim Stapellauf. Das donnernde Gelächter beruhigt mich.

Als ich langliege, beginnt in meinem Schädel ein buntes Taifunrad zu kreisen – einmal waagerecht, dann wieder senkrecht. Ich hätte nicht soviel trinken sollen. Ich bin das nicht gewohnt. War nie mein Fall. Gut, daß ich mich rechtzeitig verzogen habe.

In das silbrig schwappende Blei in meinem Kopf wird mit ungeheurem Getöse ein Felsbrocken gestürzt. Der ist tausendmal so groß wie mein Schädel. Dabei entsteht ein perlendes Leuchten, ein Brillantfeuerwerk aus Karfunkelschnüren und platzenden Feuertöpfen, aus Kanonenschlägen und scharfem Prasseln.

Ganz plötzlich ist wieder Ruhe. Ich strecke mich und bin wach. Mein Fenster ist mit grauer Helligkeit hinterlegt. Der wüste Krach lärmt in meinem Kopf nach. Hat da eben nicht alles gezittert?

Was war denn das nur?

Da höre ich Schreien und taumele aus dem Bett. Keine Orientierung. Verdammt, wo sind meine Klamotten? Noch mehr Schreien. Ich erinnere mich blitzartig an ein Hotel, in dem nächtens geschossen wurde. Das klingt hier auch wie ein Überfall.

Das Schloß muß es erwischt haben. Granate? Bombe?

Nur in Hose und Hemd jachtere ich die Treppe hinab in den Hof. Nichts als Staub zu sehen. Und was für ein wüstes Gebrülle von allen Seiten. »Volltreffer!« höre ich immer wieder heraus. »Volltreffer, meine Fresse!« und noch mal: »Volltreffer!«

Wo ist bloß der Alte?

Jetzt lichtet sich der Staub, und ich kann im Halbdunkel sehen, daß der Bau dicht neben dem Portal von oben bis unten aufgeschlitzt ist. Und da höre ich laut rufen: »Da oben hängt doch 'ne Koje!«

Ich strenge die Augen an, um die halbe Dunkelheit zu durchdringen, aber ich kann nicht viel sehen.

Dann sind endlich zwei, drei starke Taschenlampen zur Stelle. Und jetzt sehe ich deutlich: Da klebt eine Koje an der Wand wie ein Schwalbennest. Nur diese eine Wand steht noch, die drei anderen sind weg. In der Ecke ist ein dreieckiges Stück Zimmerboden hängengeblieben, und darauf steht ein Bett. Dicht daneben hat die Bombe große Tapetenfetzen abgerissen. Und im Bett liegt einer und rührt sich nicht. Es ist nicht zu fassen, daß der da noch in seiner zerwühlten Koje liegt.

»Ist der tot?« höre ich fragen.

»Nee, isser nich – der pennt!«

»Das gibt's doch nich . . .«

»Guck doch hin!«

»Ein Wunder der Natur . . .«

»Das kannste sachn! Aber würglich . . .«

Endlich höre ich die tragende Stimme des Alten: »Nicht anrufen! Der stürzt uns glatt ab, wenn er aufwacht!«

Der Alte dirigiert ein Dutzend Männer direkt unter das Schwalbennest. Die sollen den Mann notfalls auffangen. In der Dunkelheit finden sie in dem Geröll aber kaum Tritt und Halt und fluchen und fluchen.

»Los, Leitern her! Hier muß es doch Leitern geben!« Das war wieder der Alte.

»Na prima!« höre ich ihn gleich darauf, weil sich zwei Leute schon mit einer Leiter Platz machen.

Zwei Leitern sind schließlich lang genug, um den Mann damit zu erreichen.

»Der ist nicht wach zu kriegen! – Total weg! – Der muß abgeseilt werden!« höre ich von oben.

Da rührt der Mann sich doch. Aber er kann sich in seinem Zustand nicht aus der Koje auf die Leiter bugsieren. Eine Leine muß her! Aber woher nehmen?

Es stellt sich heraus, daß im Omnibus ein Mordstrumm von Tau ist, wahrscheinlich eine Spring, und nun findet sich auch noch eine dritte Leiter. Abstürzen kann der Mann jetzt kaum mehr.

Inzwischen wird bekannt, um wen es sich bei dem Wundermenschen handelt: Es ist der II WO eines der Boote, die übermorgen auslaufen sollen. Von Lubachs Boot?

»Der wird seinen Bammel in Cognac ersäuft haben«, höre ich.

»Sturzbesoffen!«

»Schon mehr 'ne Art Koma . . .«

Da wirft einer die Frage auf, ob der II WO nicht eine Dame bei sich hatte. Liegt die Dame etwa in den Trümmern? Den VO fragen: Gab es in diesem Zimmer zwei Betten oder nur dieses eine?

Der VO weiß es auch nicht.

In den Trümmern auf Verdacht losbuddeln? Auf einmal herrscht um den Trümmerberg herum ein ameisenhaftes Durcheinander. Fehlt sonst noch jemand?

Die Damen, höre ich, sollen vollständig sein.

Jetzt müssen sich unsere Leute auf der Vorfahrt versammeln, damit der VO abzählen kann. Das will und will in diesem Dämmerdunkel nicht klappen. Nach dem dritten Anlauf steht schließlich fest, daß ein Mann fehlt.

Ich frage mich, ob der nicht weggelaufen sein könnte, und sage das auch dem Alten. Der glaubt das aber nicht und befiehlt einem Oberleutnant, die Trümmer abtragen zu lassen: »Wenn's sein muß, mit den Händen. Und schnell!«

Bald schon höre ich: »Wir haben ihn!« Der Mann ist tot. Offenbar ein Schreibersmaat der Flottille. Von einem schweren Balkenstück erschlagen und dazu auch noch von Steintrümmern getroffen. Kein Blut. Über und über eingestaubt, als wäre er von Asche zugeregnet worden. Die ihn anheben wollen, haben Schwierigkeiten: Er rutscht ihnen weg. Da ist mehr als ein Knochen gebrochen!

Allmählich wird es hell: Die Rhododendrongebüsche sind nicht mehr ganz schwarz, sondern schwarzgrün.

»Wenn man den Doktor braucht, ist er nicht da!« klagt der VO, und es klingt, als könnte der Doktor, wenn er nur da wäre, den Toten wieder zum Leben erwecken.

In einer Ecke des Saales ist Frühstück aufgebackt. Echter Kaffee – was für eine Wohltat. Den Appetit auf Wurstbrote hat es mir verschlagen.

»Bloß gut, daß die uns das Schloß nicht in Brand geschossen haben«, sagt der Alte mit knarziger Stimme, »bei dem vielen Holz überall hätte das böse ausgehen können.«

Ganz die Art des Alten, über das Desaster wegzukommen: Es hätte eben noch viel mehr passieren können. Aber die Sache macht dem Alten doch zu schaffen: »Der muß gleich weg gewesen sein. Ein Toter und nur ein Verletzter – merkwürdig bei so einem Treffer . . .«

Bei der Rückfahrt nach Brest sind weniger Leute im Bus als bei der Hinfahrt: Der Alte hat eine starke Gruppe im Schloß zurückgelassen.

Die Rückfahrt erscheint mir zehnmal länger als die Hinfahrt. Ich wünschte, der Fahrer würde mehr Gas geben. Aber warum sollte er: Der Alte treibt ihn nicht an, der sitzt da, als sei er gar nicht aus Fleisch und Blut, sondern holzgeschnitzt – oder sonstwie erstarrt.

Ich muß wohl ein ähnliches Bild bieten. Eine merkwürdige Abstumpfung und Leere setzt mir zu. Kein klares Denken. Welches Thema ich auch mit meinen Gedanken aufgreife, es schwindet in meinem Kopf dahin.

Der II WO von Lubachs Boot liegt hinten im Bus lang. Jetzt ist ja Platz. Bis er wieder richtig bei sich ist, wird wohl noch viel Zeit vergehen. Der Verwundete ist auch im Bus. Er hat von einem Sanimaat eine Spritze bekommen und ist ruhig.

Wenn die Fiffis auf Zack wären, würden sie uns jetzt den Rückweg verlegen. Aber wir kommen durch Daoulas hindurch, ohne daß etwas geschieht.

Was für ein Unterschied zur Hinfahrt: Keiner singt, keiner sagt ein Wort. Die Gesichter sind grau – aschfarben.

Und jetzt denke ich immer wieder: Was haben wir für Dusel gehabt! Das hätte ins Auge gehen können. Das Château voller Leute – zwei ganze Besatzungen. Ein Toter – »that has to be accepted«: Diese Phrase kenne ich aus einer englischen Zeitung, aus einem Text über den Verlust eines Zerstörers.

Da fällt mir ein: Der Tote ist ein Schreibersmaat. Sehr witzig! Ausgerechnet einer, der die Briefe an die Hinterbliebenen zu tippen hatte. »Vorm Feind gefallen«, das paßt verdammt schlecht für einen

Schreibstubenhengst. Da wird der Alte sich wohl noch was einfallen lassen müssen.

Dieses Aas von Tommyflieger! Daß der das geschafft hat, das ist doch nicht zu fassen! Die Organisation, die dahintersteht, die muß allererste Klasse sein. Nachmessen, wie weit es von den südenglischen Häfen bis nach Châteauneuf ist, nehme ich mir vor. Gleich beim Alten im Büro . . .

Muß ein komisches Gefühl sein, so in der dunklen Nacht im Tiefflug über Frankreich herumzugurken und so ein dämliches Château zu suchen. Funkpeilzeichen? Lichtsignale? Wie um Himmels willen kann das nur geklappt haben? Es ist zunehmender Mond – gut und schön –, aber das reicht doch als Beleuchtung nicht. Und der Himmel war auch noch bewölkt.

Wie machen die das nur? Wenn eine Maschine vorausgeflogen wäre und eine Leuchtbombe gesetzt hätte . . . aber der verrückte Hund ist offenbar ganz alleine gekommen, und lange herumgekurvt ist er doch auch nicht – wenn überhaupt.

Der Alte wollte mit diesem Ausflug für Abwechslung sorgen . . . Abwechslung! Die ist ihm aufs beste geglückt. – Himmel, wie sehr wünschte ich, das ganze Theater wäre mit einem Schlag vorbei! Ein großer Knall, und ich käme in Feldafing wieder zu Boden: Sommerlandschaft, die braungefleckten Kühe draußen, Libellen im Stehflug über Moortümpeln, bald die ersten Pilze . . . Aber weiß der Kuckuck, ob nicht alles, während ich hier daran denke, längst beim Teufel ist. Diese verdammte Scheinwerferstellung! Damit wäre dann alles futsch und perdu: Warum sollte da nicht auch meine Bude futsch sein? Futsch – futscher – am futschesten.

In der Flottille wird der Mann bestaunt, der oben an der Wand im Bett lag. Er muß ein ums andere Mal auf seinen zweiten Geburtstag trinken. Wie der bis zum Auslaufen wieder munter werden soll, ist die Frage.

Der Oberstabsarzt will nicht begreifen, wie das einer schaffen kann: fast von einer Bombe voll erwischt werden und weiterpennen.

»Sie hätten eben doch mitkommen sollen!«

»Haben Sie denn wenigstens fotografiert?« werde ich immer wieder gefragt.

»Wie denn – ohne vernünftiges Licht?« gebe ich dann mehr oder minder brüsk zurück.

Am Rande höre ich, daß der Alte einen Trupp nach Châteauneuf entsendet hat, um den Toten abzuholen. Der Alte ist vorsichtig geworden – er schickt den Kübel zur Bedeckung mit. Und jetzt erfahre ich auch, daß es Millo ist, den es erwischt hat – ausgerechnet Millo –, den Schreibersmaat mit dem Bierbauch und dem Traum vom eigenen Häuschen, der mir gerade noch Fotos von seiner Frau gezeigt hat.

Und nun sitze ich auch so verschlossen und abwesend wie der Alte da und grüble über den toten Schreibersmaat Millo nach: Da schiebt nun einer, weil er mit seiner Laufbahn nicht auf ein Boot kommt, in einer Schreibstube seinen Dienst, und dann wird er zu einer lustigen Landpartie mitgenommen, in ein prächtiges nachgebautes Renaissanceschloß tief im Land – und da steigt mitten in der Nacht in England eine Marauder auf, und der Schreibersmaat wird beim Pennen von der einzigen Bombe dieser Marauder gekillt, und das auch noch als einziger des ganzen Vereins: Gottes Wege sind wunderbar und unerforschlich! – Ein Schuft, wer anderes sagt!

Châteauneuf ist das Tagesgespräch auch im Club. Grund genug für den Alten, den Club zu meiden.

Von einer Krankenschwester aus dem Marinelazarett ist auch noch die Rede, die verschwunden ist, »in die Heimat verbracht«, habe es geheißen, weil sie verrückt geworden sei. Oder, so sagt einer einschränkend, »Zeichen von Verrücktheit an den Tag legte ...«

Alle scheinen sie zu kennen. Ich höre heraus, daß sie nacheinander mit drei Kommandanten befreundet war und daß alle drei abgesoffen sind. »Bißchen viel für das Mädchen!« Das müsse man verstehen.

Keine lustige Geschichte. Lustige Geschichten sind selten geworden.

Zoten bekomme ich im Club auch nicht zu hören. Sich auf ähnlich befreiende Weise zu verständigen, wie es die Maate und Oberfeldwebel in ihren Messen tun, verbietet sich hier.

Da laufe ich lieber im Dämmerlicht herum und klopfe dann beim Alten an, um mein Bier in seiner Kammer zu trinken. Aber der Alte ist nicht da.

Ich setze mich in seinen Wohnraum und warte. Aus dem leise laufenden Radio höre ich die altbekannten drei kurzen Kesselpaukenschläge, dann einen um eine Terz tieferen, länger ausschwingenden: der Feindsender.

Ich staune, daß der Alte sein Radio, als er die Kammer verließ, nicht auf einen anderen Sender eingestellt hat. Nun ja, sage ich mir, dem Alten können sie nicht viel anhängen. Der kann notfalls behaupten, daß er den Londoner Sender dienstlich abhören muß. Lauter drehen will ich das Gerät aber nicht. Also muß ich die Ohren scharf machen, um zu hören, was der Sprecher meldet.

Da erscheint der Alte, bemerkt, daß das Radio läuft, dreht es mit einer schnellen Bewegung ab und sagt: »Muß der Aufklarer nicht unbedingt hören.«

»Verstehst du das eigentlich«, frage ich in aller Unschuld, »daß die Tommies uns hier in der Flottille nicht ausräuchern?«

»Beruf's bloß nicht!« gibt der Alte zurück und tut wie erschreckt.

»Die schicken doch tagtäglich ihren Luftaufklärer und können zu Hause in aller Ruhe aus den Aufnahmen so hübsche Details wie unsere Flottillengebäude herausvergrößern – so hoch vergrößern, bis auch der größte Trottel sieht, was Tarnnetz und was festes Gebäude ist.«

Aber der Alte will nicht anbeißen. Völlig unvermittelt sagt er dann: »Den hätte man in seinem Zustand glatt vierteilen können . . .«, und ich brauche einen Moment, bis ich kapiere, daß er mit seinen Gedanken wieder in Châteauneuf ist und von Lubachs II WO redet. »Der hätte das gar nicht gemerkt.«

»Wie schwer mag die Bombe gewesen sein?« frage ich.

»Viel war das nicht. Sechzig Kilo würde ich sagen.«

»Da muß doch jemand verraten haben, daß im Schloß 'ne Feier steigen sollte . . .«

Der Alte grübelt lange, ehe er sagt: »Nicht unbedingt. Die Herren von der anderen Fakultät können auch erst davon erfahren haben, als wir schon dort waren . . . Ich weiß, du denkst gleich an die Verwalterfamilie . . .«

». . . die nur bretonisch spricht«, ergänze ich.

»Ich glaube nicht, daß die es waren. In der Gegend sitzen wahrscheinlich Leute mit Funkgeräten.«

»Auch zum Einweisen der Maschine?«

»Da nehme ich eher an, daß die mit Lichtzeichen arbeiten. Wir haben ja dort herum kaum Truppen stehen. Da fällt das nicht auf . . . Jedenfalls gute Arbeit! Das muß man den Himmelhunden schon lassen!«

Und nach einer Weile wieder unter Kopfschütteln: »Ich hab schon 'ne Menge erlebt – aber so was noch nicht!«

Ich überschlage schnell, was für Kriegsabsurditäten *ich* schon erlebt habe und komme dabei auf das Auto in Saint-Nazaire, das eine Bombe hochgeschleudert hatte und das ordentlich auf den Rädern auf dem fast flachen Dach eines fünfstöckigen Hauses stand und bewundert wurde. Aber was war diese Nummer schon gegen die von Châteauneuf?

Ich melde mich am Morgen, Zeichenzeug unter dem Arm, beim Alten ab. Ein vergammeltes Eckhaus in der Nähe der Citroëngarage hat sich mir bei meinem letzten Abstecher dorthin eingeprägt. Ich will es samt der Schuppen, die sich anschließen, und mit der sich in die Ferne verjüngenden Straße malen.

»Warst du nach dem letzten Angriff schon im Handelshafen?« will der Alte wissen. »Wie's da jetzt aussieht, das mußt du sehen.«

»Gehorsamsten Dank, Trümmerbilder habe ich genug«, sage ich. Aber als ich erfahre, daß ich den Wagen des Alten nehmen kann, will ich mich doch dorthin aufmachen.

Was ich im Hafen zu sehen bekomme, verschlägt mir nun doch den Atem: Der graue Gasometer ist faltig zusammengesackt wie ein riesiger alter Bovist. Mächtige T-Träger ragen seltsam geschweift und geschlungen wie Lianen aus dem ausgeglühten Schrott. Feuerverwandlung strenger Technikformen in pflanzliche: interessantes Thema! So was hat auch für mich seinen Reiz. Ich muß noch eine Strecke laufen, weil die Straße böse zerbombt ist, aber dann hocke ich mich hin und zeichne los.

Als ich drei Bögen Ingrespapier verbraucht habe und meine Sachen einpacken will, erscheint der Flottilleningenieur. Er wolle sich den Schaden auch gerade ansehen, sagt er. Er nimmt auch meine Zeichnungen in Augenschein, und als er mich lobt, sage ich ihm, daß ich mich gebauchpinselt fühle.

Den Flottilleningenieur aus einiger Entfernung als Offizier zu erkennen ist nicht einfach. Er sieht eher wie ein Werftarbeiter aus und legt aufs Offiziersgehabe auch nicht den geringsten Wert. Nach allem, was ich gehört habe, scheint sein Privatleben eine einzige Schutthalde zu sein. Obwohl er dem Vernehmen nach für drei Frauen zu sorgen hat, bekommt er fast nie Post. Die wenigen Briefe sind amtliche Schreiben von Jugend- und Standesämtern.

Der Flottilleningenieur hat sich aus dem Mannschaftsstand hochgearbeitet. Er ist mit Leib und Seele Ingenieur. Wenn er den Mund zusammenzieht, die Nase rümpft und die Luft geräuschvoll hochzieht, um sein skeptisches Mißfallen über irgendeinen Bericht auszudrücken, sieht das aus, als röche er an einem zu alt gewordenen Camembert – oder gleich an Scheiße. Die Bootsingenieure überlegen es sich dreimal, ehe sie mit Klagen zu ihm kommen. Dann aber, wenn gewiß ist, daß sie »mit Bordmitteln« nicht weiterkommen, können sie auf schnelle und durchgreifende Hilfe bauen.

Sogar gegen den Alten weiß sich der Flottilleningenieur zur Wehr zu setzen – wenn zum Beispiel ein Boot hinaussoll, das nach seiner Meinung noch Endreparaturen braucht. Zwischen dem Alten und seinem Ingenieur herrscht dennoch insgeheimes Einverständnis. Ich habe es noch nicht erlebt, daß der Alte ihm Anweisungen im Befehlston gegeben hätte.

»Die Boote vom Typ einundzwanzig und dreiundzwanzig müßten, wenn das Bauprogramm so funktioniert, wie es hieß, ja bald zum Einsatz kommen«, versuche ich, den FloIng aus der Reserve zu locken.

»Was das angeht, da wird unsereiner nicht gerade mit Informationen verwöhnt. Der Chef weiß da sicher besser Bescheid!«

Abgeblitzt! Diesen alten Fuchs werde ich mit tangentialen Reden nicht so leicht ausforschen können.

Aber vielleicht stehen hier auch zu viele Leute herum. Als ich demonstrativ um mich blicke, bringt mich der Flottilleningenieur mit einer Handbewegung und einem Kopfnicken ins Laufen, und bald schon sind wir ganz für uns.

»Was halten *Sie* eigentlich von den neuen Booten?« gehe ich den Flottilleningenieur jetzt ganz direkt an.

»Was man so hört, klingt ja gut«, bekomme ich unterm Laufen zögerliche Antwort, »die neue Tauchtiefe von dreihundert Metern zum Beispiel! Mehr Raum für die Leute, trotz gewaltiger Batterie und riesiger Motoren! Der Radius bei Unterwasserfahrt mit sechs Knoten ist mehr als dreimal so groß wie bei den Sieben-C-Booten – nämlich zwohundertfünfundachtzig Seemeilen gegen die kärglichen neunzig.«

»'ne Menge!« werfe ich ein, um ihn zum Weiterreden zu ermuntern.

»Im Innern ist auch alles ganz anders. Die neuen Boote sind Doppelstockboote mit eingezogenem Zwischendeck. Die Wohnräume liegen nicht mehr neben, sondern über den Motorenanlagen.«

Der Flottilleningenieur ist richtig ins Schwärmen geraten.

»Zwei Stahlröhren als Druckkörper übereinander – auch nicht schlecht diese Trennung: In der unteren Hälfte nur die Maschine, in der anderen die Räume für die Besatzung, also keine Gefährdung mehr durch Batteriegase. Und außerdem größere Stabilität, weil der Durchmesser der beiden Röhren geringer ist als der einer einzigen, entsprechend größeren Röhre. Natürlich Schnorchel und eine Menge neuer Tschißleweng.«

Der Mann tut gerade so, als wäre er an der Entwicklung beteiligt.

»Und was ist mit dem Waltermotor?« frage ich weiter.

Der FloIng besinnt sich kurz, um dann in dozierendem Tonfall und als wüßte er gar nicht, daß wir auf einer Straße stehen, zu beginnen: »Der Waltermotor ist eine Turbinenmaschine, die unabhängig von der Außenluft arbeitet. Die großen und schweren Batterien, die unsere Boote herumkarren müssen, sind doch das ärgste Handicap. Es gab leider bisher keine Maschine, die unabhängig war von Außenluft und doch dabei so kräftig wie die üblichen Verbrennungsmotoren. Der Waltermotor braucht zwar *auch* Sauerstoff für die Verbrennung, aber den bezieht er nicht von außenbords. Der nötige Sauerstoff wird vielmehr aus Wasserstoffsuperoxyd abgespalten – der Waltermotor ist eine Verbrennungsturbine, die den nötigen Sauerstoff als achtzigprozentiges Wasserstoffsuperoxyd bekommt, also ohne Luftsauerstoff läuft. Zum ersten Mal unabhängig – ein wirkliches Unterseeboot.«

»So perfekt scheint das Antriebssystem aber doch noch nicht zu klappen.«

»Nein, die Arbeitsdauer der Turbine ist noch zu gering. Aber da wird schon geknobelt. Die Wärmeenergie für die Walterturbine entsteht übrigens durch Mischen des hochkonzentrierten Perhydrals mit Wasser ...«

»Sagt mir nichts. War schwach in Chemie. Aber wenn das Verfahren klappt, warum kommt es dann nicht zur Anwendung?«

»Weil der Umgang mit dieser Brühe leider nicht ganz problemlos ist. Sie ist nämlich chemisch sehr aktiv. Erfordert Spezialtanks. Muß ja alles sicher sein. Und außerdem ist das Zeug sündhaft teuer. Aber alles ist auf dem besten Wege. Die Walterturbine kommt – das ist amtlich!«

Der Ingenieur ist ein Fuchs, denke ich mir. Dieser pathetische Ton könnte ebensogut ein Jux wie ernst sein. Dieses Kunststück hat er vom Alten gelernt.

»Immerhin wurden schon zwoundvierzig vier kleine Boote von zwohundertvierzig Tonnen mit diesem Antrieb gebaut. Dann blieb die Sache aber wohl wieder liegen. Der Prototyp von dreihundertzwölf Tonnen, der jetzt ausprobiert wird, soll sogar vierundzwanzig Stunden unter Wasser laufen können ...«

Aber jetzt müsse er leider weiter, sagt der Flottilleningenieur. »Da hinten steht mein Auto. Wenn Sie mich noch mal löchern wollen – wenn ich Zeit hab: gern.«

Lubach und Ulmer sollen am nächsten Tag auslaufen. Der Alte holt sie vorher noch einmal zum »Gebet vor der Schlacht« in sein Büro, wie er seine Art von Einweisung nennt.

Ich beschäftige mich zum Schein mit Papieren und kann dabei in allen Einzelheiten aufnehmen, was der Alte den beiden Kommandanten eintrichtert: »Neue Erfolge abwarten ... Durststrecke überwinden ... DIE NEUEN BOOTSTYPEN kommen bald von den Lehrdivisionen ... ändern alles schlagartig ... Respekt verschaffen ... Wer zuletzt lacht ...«

Kaum sind die beiden verschwunden, geht mich der Alte, ohne daß ich ein Wort verloren hätte, in gereiztem Ton an: »Was soll ich denn den Leuten *deiner Meinung* nach sagen? Soll ich sie etwa entmutigen, damit sie rebellisch werden? Wenn sie den Dienst verweigerten, würden sie erschossen – doch klar, oder?«

»Ich hab doch gar keinen Ton gesagt!« versuche ich mich gegen den Alten zu verwahren.

»Nein, hast du nicht! Aber du sitzt da wie der Vorwurf in Person.«

Und jetzt passiert es wieder: Der Alte erstarrt einen Augenblick lang, und dann verwandelt er sich ganz und gar. Er guckt mich so groß an, als hätte er mich vorher gar nicht wahrgenommen. Dann packt er drei, vier Aktendeckel auf einmal und knallt sie auf den Schreibtisch. Und dann holt er tief Luft und sagt dumpf: »Verdammt! Verdammt! Verdammt!«

Am nächsten Tag bin ich im ersten Morgengrauen schon im Hafengelände, um beim Auslaufen dabeizusein. In diesem Gelände heißt es nach dem letzten Luftangriff besonders aufpassen, daß man sich nicht die Knochen bricht. Pilzsucherblick ist geboten: Die Gleise und dann die Trossen und Kabel – da kann man ohnehin schnell auf der Schnauze liegen.

Als ich mich dem Bunker nähere, kommt der Horch-Achtzylinder des Alten heran. Die vier Mann, die aussteigen, bilden in dem noch dichten Dunst eine Scherenschnittgruppe: der Alte, der Flottilleningenieur, Lubach und Ulmer. Ich folge den vieren hin zum Bunkertor.

Der Alte stoppt einen Augenblick, läßt Lubach einen Schritt aufkommen und fragt ihn: »Also was? – Was ist jetzt los mit Ihrer Frau?«

»Keine Nachricht. War wieder 'n schwerer Angriff.«

»Haben Sie telefoniert?«

»Ich bin nicht durchgekommen – hab's die ganze Nacht versucht. Das Krankenhaus liegt mitten in der Stadt.«

»Was denn? Ihre Frau liegt noch im Krankenhaus?«

»Ja – immer noch.«

Die Wachen vor dem Bunkertor haben den Kragen hochgeschlagen. Sie frösteln im Nebel. Ihre Gesichter sind zwischen Stahlhelm und Kragen fast völlig verborgen. Als sie uns sehen, stehen die Wachen stramm.

Im Bunker ist diffuses Halbdunkel: Katakombenstimmung. Einzelne Besatzungsmitglieder marschieren in Richtung der beiden nebeneinanderliegenden Boote, gehen über die Stelling und verschwinden. Die U-Bootmänner haben ihre wenigen Habseligkeiten für die Reise in ihre Lederhosen und Lederjacken eingebunden. Das sieht aus, als schleppten sie halbierte Körper ab. Einer hat auf dem Rücken eine Gitarre, ein anderer eine Ziehharmonika unter dem Arm.

Lautlos schiebt sich auf Ulmers Boot das Sehrohr hoch. Das Polyphemauge wird nach allen Richtungen gedreht. Es steigt ganz hoch am silbern glänzenden Schaft, dann senkt es sich wieder und verschwindet.

Auf den Oberdecks liegen noch Fender, Trossen und neue Leinen herum. Dunst steigt aus den offenstehenden Kombüsenluks.

Die meisten Männer geben sich krampfig übermütig. Aber ich sehe auch welche, die sich von der Gruppe um den Schifferklavierspieler auf Lubachs Boot fernhalten. Ein Maat der auslaufenden Besatzung trägt den rechten Arm in der Binde.

»E-Maschinenmaat«, sagt der Alte, »hat sich vorgestern bei 'ner Keilerei den Handknöchel gebrochen. Ersatz gibt's nicht, und Lubach schwört auf den Mann.«

Ich laufe über die Stelling und mische mich an Oberdeck unter eine Gruppe, nehme hin und wieder den Fotoapparat hoch und visiere durch den Sucher, damit jeder glauben muß, ich sei nur zum Fotografieren noch einmal aufs Boot gekommen. Dabei halte ich, wie immer, die Ohren gespitzt.

Da sehe ich einen Mann, der ein Bündel, ein zusammengeknotetes Tuch, zum anderen Boot reicht und höre: »Gib das meiner Mutter! Wir saufen ab!«

»Franz! Red doch keinen Blödsinn!«

»Ich weiß, wir saufen ab«, klingt es trotzig.

»Komm, nimm's wieder. Du redest Mist. Wir könnten doch genausogut absaufen!«

»Bitte! Tu's . . .«, sagt der Franz und schluchzt.

Der auf dem anderen Boot will reden – muß aber auch erst schlucken. »Dann gib's doch Bruno«, bringt er endlich heraus und zeigt auf einen Werftarbeiter, »der wohnt auch in Berlin. Der kann's dir dann wiedergeben.«

Ich muß mich abwenden.

Die Sachlichkeit der Abschiedsszene – die laut gebrüllten Befehle für die Leinenkommandos, die Geschäftigkeit beim Seeklarmachen der Oberdecks, die stumpfe Ergebenheit der bleichen Morituri in den steifen, grauen Lederanzügen, stumpf wie Schlachtvieh – das alles feilt mir schon genug an den Nerven. Zum Glück habe ich meinen Fotoapparat, hinter dem ich mein Gesicht verbergen kann.

Ich tue mich hart, meine Wut niederzuzwingen. Zu wissen, daß dieses genau programmierte Ritual direkten Wegs ins Verderben führt, daß keiner dem Wahnsinn Einhalt gebieten kann . . .

Meine eigene Ohnmacht ist kaum noch zu ertragen! Auch die irrlichternden Blicke der jungen Matrosen nicht, nicht das Wangenzukken und Tränenverbeißen.

»Das E-Maschinengekrebse durch die Biskaya dauert doch viel zu lange«, sagt der Alte, als die Verabschiedung vorbei ist. »Aber anders geht es nun mal nicht.«

Am Nachmittag wage ich mich mit dem Fahrrad bis zur Küste vor, mein Zeichenzeug rechts und links an den Gepäckträger gehängt.

Vor der Kirche von Saint-Mathieu mit dem riesigen bemoosten Dach steht ein kleiner Calvaire: auf kunstlosem Unterbau ein gedrungenes, steinernes Kreuz mit Figuren darauf. Der Regen hat dunkle Striemen über den stumpfgrauen Stein gezogen, hellgraue Flechten – Rentiermoos – bilden geheimnisvolle Ornamente: nicht entzifferbare Mitteilungen. So ein Calvaire ist reine Bauernkunst: stark, unverfälscht. Dabei war es sicher nicht nur Stilwille, der die einfachen Formen entstehen ließ – der Widerstand des Materials hat sie erzwungen: Granit.

Und nun habe ich vor mir nur mehr schieferfarbenes Meer: finis terrae. Der Welt Ende. Keine Kimm: Himmel und Meer gehen in einer taubengrauen Zone ineinander über. Das ist hier selten. Meist weht der Westwind die Kimm trennscharf sauber.

Todesstille. Nicht einmal Windgetön zwischen den Klippen. Wenig Brandungsgeräusch.

Ein Schwarm Flugzeuge kommt, metallische Blitze schießend, unendlich langsam heran. Nichts stört die geschlossene Keilformation. Ich versuche, aus der Anflugrichtung ihren Generalkurs abzuleiten. Sie werden von südenglischen Flughäfen gestartet sein. Endlich kann ich mich dem Anblick einer solchen Bomberflotte ohne Angst hingeben: Hier ist weit und breit kein Ziel.

Spät erst schlägt das singende Dröhnen der Motoren an mein Ohr: der tägliche Angriff auf Brest.

Auf die niedrigen Bruchsteinmauern, die hier jede Straße und noch jeden schmalen Weg säumen, sind merkwürdig bräunlich graue Fladen wie häßlich verfärbte Pfannkuchen gebreitet: Kuhscheiße. Weil es in diesem Landstrich kaum Holz gibt, sind die Bauern darauf verfallen, Kuhscheiße zu trocknen und die trockenen Fladen auf den offenen Feuerstellen in den Steinhütten zu verheizen. Sie brennen nicht richtig, sondern glosen wie Torf, aber dabei geben sie genug Hitze für die tägliche Suppe ab.

So allein zwischen den Mauern fühle ich mich auf einmal bedroht. Da höre ich ein Schnalzen und gedämpftes »Hoho«-Rufen. Es muß von irgendwoher hinter den Mauern kommen, aber aus welcher Richtung? Plötzlich sehe ich einen strubbeligen schwarzen Derwisch, der sich von rechts nach links über die Bruchsteinmauer neben der Straße hinschiebt und dabei auf- und niederruckt. Das sieht aus wie im Kasperltheater – ist aber ein Karrengaul.

Wann immer ich nach Saint-Mathieu komme, bieten sich mir neue Anblicke. Nicht nur weil das Wetter wechselt und die Beleuchtungen – die Gezeiten sind es, die das Bild bestimmen und verändern: Bei Ebbe liegt zwischen den steil hochragenden Klippen und dem Wasser ein breites Feld von bizarren Felsbuckeln, zwischen denen sich hier und da blinkende

Tümpel gebildet haben, bei Flut aber ist nichts mehr von diesem Vorfeld, dem Glacis der eigentlichen Felsbastionen, zu sehen: Eine ganz andere Landschaft als die bei Ebbe liegt vor mir.

Das Cap ist jetzt in ein gleißendes, äußerst scharfes Licht getaucht. Ich muß die Augen zu Schlitzen schließen – so grell ist die Sonne. Sie hat alle Farben aus der Landschaft gezogen. Nur der Leuchtturm bildet mit seiner waagerecht rot-weißen Bänderung vor den vielen Graus und Brauns und vor der stumpf stahlfarbenen See einen heftigen Farbeffekt. Er steht da wie eine riesenhafte Narrenpritsche. Alle Leuchtfeuer sind tot: Der Gegner könnte sich nachts an ihnen orientieren. Tagsüber hat er freilich mit den Leuchttürmen hervorragende Landmarken.

Ich lasse meine Jacke auf den Sand fallen, löse den Leibriemen und lasse meine Hose an mir herunterrutschen. Ich kann nun einfach aus ihr heraussteigen. So zerknüllt, wie sie ist, lasse ich sie liegen. Meine Halbschuhe sitzen so locker, daß ich den einen erst mit der Schuhspitze des anderen und dann den zweiten, ohne mich bücken zu müssen, mit den Zehen wie mit einem Stiefelknecht vom Fuß schieben kann. Nur das Hemd fordert mir ein paar Verrenkungen ab: Es ist feucht von Schweiß.

Und nun ans Wasser! Dort, wo der Sand dunkler wird, wird er auch fester.

Ich spüre die kühle Feuchte wohltuend an meinen Fußsohlen. Und schon erreichen mich die ersten, schaumigen Spritzer: Die Flut kommt. Ich bleibe stehen: erst mal tief und ruhig atmen, den Brustkorb heben und senken, die Arme aber schwer hängen lassen. Und dann ganz plötzlich die Arme wie Propeller herumwirbeln.

Und hinein ins flache Wasser, daß es nur so spritzt und patscht. Das Wasser wird schnell tiefer – es will meine Beine umklammern und mich zum Stolpern bringen. Da werfe ich mich nach vorn und hechte der nächsten glasgrünen Hohlwand entgegen. Im Hochkommen trage ich für Sekunden ein weißgekräuseltes Vlies wie einen Hermelin auf den Schultern. Mit meinen ersten Kraulschlägen löst sich der Schaumhermelin aber schnell wieder in nichts auf.

Ich presche wie ein Verrückter los, bis ich ganz außer Atem bin. Dann drehe ich mich auf den Rücken und blinzele in die Sonne. Die Augen brennen mir vom salzigen Wasser. Ich muß heftig mit den Lidern schlagen, um das Brennen zu lindern. Hier draußen brechen die Seen nicht mehr. Sie heben mich sanft und lassen mich sanft wieder sinken. Ich brauche mich kaum zu bewegen. Das Auf- und Abwiegen entrückt mich aus der Zeit. Es gibt nur noch Wasserwiegen, Himmelsbläue und das blendende Gestirn.

Damit die Luft mich trocknen kann, springe ich wie ein Irrwisch zwischen den Felsen herum, bis ich total erschöpft bin – und trocken. Und nun lasse ich mir die Sonne auf den Pelz brennen.

Zeichnen? Jetzt nicht. Jetzt lasse ich fünfe gerade sein. Aber ich bin ja nicht gänzlich untätig: Ich lasse meinen Blick herumschweifen und heimse Bilder ein – Momentaufnahmen von den anbrandenden Seen, Porträts der Felstrolle.

Die Luft duftet schwer nach Tang. Der Kelptang ist hier für die karge Erde der einzige Dünger. Hin und wieder weht Erddunst in den Tanggeruch hinein. Irgendwo dahinten müssen heute Pflüge gegangen sein.

Der Krieg könnte ferner nicht sein. Kein Befehl erreicht mich hier. Ich könnte mich in einem der verlassenen Häuser verbergen oder in einer der vielen Felsenhöhlen. Mich mit Proviant zu versorgen wäre nicht schwierig: Mit drei, vier Fahrten hier heraus könnte ich einiges ansammeln. Angeschwemmtes Holz gibt es in Hülle und Fülle. Ich könnte mir schöne Feuer machen und leben wie ein Einsiedler. Wasser ließe sich aus den Felsmulden schöpfen. Ich habe es schon probiert: Es ist süßes Wasser. Früher habe ich mich über die Bezeichnung »Süßwasser« gewundert, aber wenn ich es jetzt mit vom Seewasser salzigen Lippen koste, ist es tatsächlich süß.

Endlich beginne ich zu zeichnen und gerate zum Glück schnell in Fahrt. Direkt hintereinander zeichne ich drei Blätter – mit Rohrfeder und schwarzer Tusche. Keine Farbe.

Ich weiß, ich weiß: Ich sollte mich auf die Strümpfe machen, es ist spät genug. Der Alte sieht es nicht gern, wenn ich zu spät wieder in der Flottille erscheine. Aber nun geht die Sonne unter, und die Meereslandschaft und die Klippen zu meinen Füßen, auch der alles überspannende Himmel, werden in Farbe getaucht. Da klappe ich denn doch meinen Aquarellkasten auf, und es geht noch einmal los: Ich visiere direkt in die Sonne hinein. Mein Pinsel fliegt nur so. Direkt unter der Sonne ist das Meer ein rotsilbern schimmernder, gebuckelter Schild.

Als ich mit dem Malwerk fertig bin und, wie plötzlich erwachend, meine Landschaft noch einmal wie mit einem Weitwinkelobjektiv groß in den Blick fasse, spüre ich: Etwas Endgültiges ist geschehen. Ohne es zu wollen, halte ich den Atem an: Die Sonne ist verschwunden – in dieser Minute ist nicht mehr vorstellbar, daß sie überhaupt je wiederkommen wird. Sie ist auf Nimmerwiedersehen hinab, hinab ...

Das Wasser vor den Klippen bekommt schnell ein starkes Violett. Brauner Tang liegt wie Zottelhaar auf den Köpfen der Felstrolle. Sie haben ihre Schatten verloren und sind zu einer dichten Masse zusammengewachsen – überragt nur von ein paar gewaltigen Buckeln.

Mit einem Mal fühle ich mich als einer der grauen Felskolosse. Was für ein Dasein: Reglos dastehen im Wechsel der Gezeiten – mal naß von der brandenden Flut, mal von der Sonne getrocknet und mit Salzkristallen übersprenkelt wie mit dünn gefallenem Schnee ...

Je näher ich der Flottille komme, um so mehr wächst meine Beklemmung. Mit dem Gang durchs Tor muß ich mich aus dem Guckindiewelt in einen Uniformträger zurückverwandeln. Der Widerwille quillt mir bitter im Mund. Noch habe ich das Rauschen der auflaufenden Seen, das dumpfe Dröhnen der aneinanderprallenden Kiesel im Ohr. Aber gleich werde ich mir wieder das übliche öde Geschwafel anhören müssen, die abgestandenen Parolen, die x-mal durch den Wolf gedrehten absurden Mutmaßungen und Spekulationen ...

Um das hinauszuschieben, mache ich einen Umweg und komme am Offiziersbordell vorbei. Es ist verödet wie die ganze Stadt.

Der VO ist der erste, der mir in der Flottille begegnet: »Der Chef sucht Sie! Sie gelten schon als vermißt. Ich würde mich schnell melden.«

Der Alte ist erbost: »Du mußt Bescheid geben, wenn du verschwindest. Wir lassen bloß noch Doppelstreifen gehen – und du treibst dich in der Gegend herum. So geht das nicht mehr!«

Am nächsten Morgen ist schlechtes Wetter. Trotzdem zieht es mich in den Hafen.

Der Anblick ist ein einziges Sfumato: Der Nebel über dem Hafen ist so dicht, daß ich an ihm zu ersticken meine. Hin und wieder heben sich ein paar Nebeltücher, aber gleich wallen andere heran. Es bleibt grau und dunstig. Die Möwen schießen schrill kreischend als dunkle Schemen durch den Dunst: geflügelter Hunger.

Es riecht nach Tang und See, nach Öl, Fisch. Ich hocke mich auf einen riesigen feuchten Fender und warte ab, bis ich durch den sich mehr und mehr lichtenden Nebel an der gegenüberliegenden Pier Schiffe erkennen kann, kleine Kolcher, die dort dicht bei dicht liegen. Schwer auszumachen, wie die sich überschneidenden Buge und Hecks zueinandergehören. Als der Nebel aufreißt, glänzt im Frühlicht ein frischer grüner Anstrich an einer Bordwand auf, kostbar wie Emaille, und mennigerote Flecken leuchten, als wären Korallenstücke in graue Flächen intarsiert.

Ein Schwimmdock mit einem U-Jäger darin zieht vorbei. Das Schiff erscheint plump, als es seinen aufgeblähten Unterwasserkörper in wechselnden Perspektiven zeigt.

Die Sonne, die noch gar nicht zu sehen ist, blitzt im Fenster eines Kranführerstandes auf: Gleich wird sie hinter den tiefliegenden teerschwarzen Sandprähmen, die vor der Tiefe des Hafenbeckens liegen, erscheinen. Plötzlich hebt ein wildes Getute an, wie verabredet für den Sonnenaufgang.

Noch vor dem Essen steuere ich das Büro des Alten an. Auf dem Gang begegnet mir eine knallend auftretende Schattenfigur, die mich mit einem zackigen »Heil Hitler!« grüßt.

»Wer war denn das?« frage ich den Alten beim Eintreten in sein Büro.

»Ein Herr vom SD«, antwortet der Alte knapp.

»Da müßten wir doch jetzt hier ausräuchern«, sage ich vorsichtig, muß aber gleich an Simone denken: Neuigkeiten?

Dem Alten ist offenbar nicht nach Scherzen zumute. Er sitzt vergrellt am Schreibtisch und gibt sich nicht die geringste Mühe, seinen Zustand zu verbergen.

»Keine guten Nachrichten!« sagt er endlich.

Keine guten Nachrichten?

Da sagt der Alte auch schon: »›Die Französin, die in Ihrer Flottille beschäftigt war, ist in Fresnes in Gewahrsam genommen worden‹, hat der Bursche gesagt. Aber ob das stimmt?«

»Fresnes?« frage ich. »Wo ist denn das?«

»Irgendwo bei Paris.« Und nach einer kurzen Pause: »Der Mann hat übrigens auch nach dir gefragt.«

Da ist auch das Herzklopfen schon wieder da. Die so mühsam niedergehaltene Panik will mich gleich wieder packen.

»Schade, daß ich den Kerl nicht richtig gesehen habe.«

»Den siehst du schon noch . . .«, sagt der Alte dumpf.

»Und als was figurierte das Ganze, wenn ich mal so fragen darf?« sage ich wie obenhin – nur damit der Alte nicht merkt, wie mir zumute ist.

»Als eine kameradschaftliche Information sozusagen.«

Ein Boot mit Verwundeten an Bord ist hereingekommen. An der Bunkerpier werden sie wie Mumien durchs Turmluk hochgewuchtet und vom Boot über die Stelling hin zum Sanka gebracht. Dieses Manöver hat keiner geübt. Es sieht böse aus, wie die armen Schweine herumgestoßen werden. Keiner klagt oder brüllt gar auf.

»Bordwaffenbeschuß!« höre ich. »Drei Tote, zwo Schwerverletzte.«

Einer will vom Kommandanten wissen: »Was ist denn mit dem anderen Mann da passiert?«

»Ein E-Maat. Verätzt durch Chlorgase. Der ganze Skalp weg. Die Hände – böse. Hoffentlich kommt der durch.«

Der Anblick der Mumie schlägt mir auf den Magen. Als ich weggehen will, sehe ich, daß auch der Alte erschienen ist. Der Alte, der einiges gewöhnt ist, schaut düster drein. Das hier ist aber auch eine Szene, die schwer zu verkraften ist. Da hat ein höherer Regisseur eine Menge aufgeboten, um unsereinen fertigzumachen: der dumpfe Nachhall der Kommandos in den leeren Bunkerhöhlen, das trübe Licht . . . Verdammte Inszenierung!

Als wir in seinem Büro sitzen, sagt der Alte: »Früher war's manchmal schlimm, wenn was passierte. Jetzt sind wenigstens Ärzte auf den Booten!«

»Bei uns gab's doch den Sanimaat.«

»Ja, den schon . . .«

»Und den Kommandanten.«

Es dauert nicht lange, und der Alte gerät in eine regelrechte Auflistung von Unfällen an Bord. Mich suchen derweil Bilder von halb verbrannten Schiffbrüchigen heim, Leute auf Flößen, Gerippe in Rettungsbooten, Wasserleichen. Schiffbrüchige, das wäre das Thema Nummer zwei, wenn der Komment erlaubte, darüber zu reden. Aber dieses Thema kommt nicht auf den Tisch. Es wird nicht einmal touchiert.

Da kommt der Adju herein und will vom Alten etwas wegen »der Veranstaltung heute abend« wissen. Der Alte bedenkt ihn mit ein paar knappen Sätzen.

»Doch einfach nicht zu fassen, daß sich diese Burschen sogar jetzt noch hierherwagen«, schimpft der Alte, als der Adju wieder draußen ist.

Ich weiß, was er meint, hörte ich doch schon vom VO, daß ein Parteiredner im Anmarsch ist.

»Das sind eben mutige und tapfere Leute«, sage ich. »Die dürstet es nach Frontnähe.«

»Ich wünschte, diese Nummer wäre schon gelaufen!« blafft der Alte und verdreht dabei seine Augen theatralisch nach oben.

»*Muß* das denn überhaupt sein?«

»Ja, das muß. Wir haben uns einfach zu fügen. Der FdU kommt übrigens auch.«

»Mach Sachen! Mit Hund?«

»Was denn sonst! – Dieser Herr Parteiredner ist übrigens Staatsrat. Es handelt sich also um einen sozusagen hohen Besuch.«

»Staatsrat? Wie tritt denn so was auf?«

»Als Goldfasan natürlich! Heute abend ist jedenfalls Dienst in der Messe. Der Mann ist immerhin schon seit 'nem Monat angekündigt.«

»Und warum hast du keinen Ton davon gesagt?«

»Weil ich dachte, daß er sich nicht mehr hertrauen würde ...« Der Alte verstummt, dann sagt er brummig: »Mich wundert's bloß, daß der FdU immer noch in Angers sitzt. Dem muß es doch da allmählich mulmig werden.«

Dann kommt nichts mehr.

Der Alte langt sich den nächsten Aktendeckel von einem Stoß auf seinem Schreibtisch, greift zu einem Bleistift und beginnt zu lesen. Ich kann nur noch dahocken und mir überlegen, was der FdU hier wollen könnte ... Ich habe nie richtig kapiert, was eigentlich seines Amtes ist: Die strategische Arbeit wird in Koralle geleistet, und wenn die Boote im Stützpunkt sind, kümmert sich die Flottille um Boot und Besatzung. Trotzdem gibt es diesen »Führer der Unterseeboote West«, samt opulentem Stab, als eine den Flottillen vorgesetzte Dienststelle. Der FdU hat als Kommandant zwei Fahrten mit einer hervorragend ausgebildeten Besatzung abgeleistet. Zu einer Zeit, als es noch keine so mörderische Abwehr gab wie jetzt. Zwei Fahrten – das ist auch schon alles.

Eins ist sicher: Auf die Begegnung mit dem FdU bin ich nicht gerade scharf. Wenn er dem Alten verboten hat, sich um Simone zu kümmern, muß er die Geschichte ja wohl kennen. Aber was weiß er tatsächlich?

Da legt der Alte seine Akte zur Seite und sagt: »Wenn der FdU fertig ist, kommst du mit in den Club!«

»Muß das sein?«

»Ja!« Und dann dröhnt er noch: »Kann nur gut sein für dich, wenn du mal wieder ordentlich moralisch aufgerüstet wirst.«

Kein Wort davon, daß auch für ihn die Begegnung mit dem FdU peinlich sein könnte.

Der Goldfasan

Der große Raum, in dem der Staatsrat sprechen soll, macht einen halbleeren Eindruck, obwohl der Alte alle Bootsoffiziere zusammengetrommelt hat, die in der Flottille zu finden waren. Dazu alle freien Leute von der Wachkompanie. Offenbar waren aber viele auf dem Quivive und haben sich rechtzeitig verholen können. Jetzt sind sie für den Alten unerreichbar.

»Der Parteikopp!« warnt der Alte flüsternd. Und da steht der Goldfasan auch schon im Raum und glänzt vor lauter brauner Pracht: Der Herr Staatsrat ist aufgeblasen wie ein Ochsenfrosch, mit Riesenmütze auf dem Kugelkopf. Er trägt weitausladende braune Keulenhosen, seine Jacke, die von solchen Gesellen kühn als »Waffenrock« bezeichnet wird, hat das gleiche Durchfallbraun. Dazu maßgearbeitete braune Stiefel. Auch das Koppel ist braun. Der ganze Herr Staatsrat ist eine Symphonie in Braun. Nur die Armbinde mit dem Hakenkreuz stört das Uni.

Und da ist auch – wie herbeigezaubert – unser alerter FdU, fein in Schale wie immer: weiße Hosen, drahtig, mit Tennisspielerattitüde. Natürlich: Die Shagpfeife fehlt auch jetzt nicht und auch nicht der schmierenreife Adlerblick – eine leicht ins Snobistische abgewandelte Kopie seines Vorbildes Dönitz. Der FdU demonstriert, daß er den Krieg von einer höheren Warte aus sieht.

Das Ganze ist absurd: Dem FdU sitzt die weißgraue Filmstartolle wohlgebauscht wie eh und je auf dem Schädel. Dazu paßt der Blauaugenblick, der stählern wirken soll, aber nach Theater aussieht – ein als Offizier verkleideter Operntenor, fertig für den Auftritt in Madame Butterfly.

Es dürfte knapp vier Jahre her sein, seit dieser Elegant zum letzten Mal an Bord eines U-Boots war. Von einem Kommandanten hat er nicht den kleinsten Zug an sich. *Den* möchte ich mal sehen, wenn es ihm richtig an den Kragen geht!

Daß ausgerechnet ein so überzeichnet wirkender Mann auch noch mit einem Foxterrier auftreten muß, wo immer er erscheint, macht in den Augen des Alten das Maß voll – das weiß ich von seinen Spötteleien.

Ich warte gespannt, was der Alte für eine Einführung geben wird, aber der denkt offenbar nicht im Traum daran, etwas zu sagen. Er tut so, als warte er auf den FdU, der aber macht Abwehrbewegungen. Ich höre: »... hier nur Gast!«

Ein Atem von Aufsässigkeit hängt in der Luft.

Da tritt der Staatsrat entschlossen ans Rednerpult und beginnt seine Ansprache.

Ich höre halb dösend: »Die Siegermächte, die neunzehnhundertneunzehn in Versailles den Schandvertrag ... ohne geschichtliche Verantwortung ... der Spiegelsaal ... die Grabkammer des universalistischen Weltalters ... die Schande getilgt ... Reich gegen die Welt ... Kräfte aufgebrochen ... nicht knebeln lassen ...«

Der Alte betrachtet seinen aufgezwungenen Gast wie einen Exoten. Ganz augenscheinlich fühlt sich der Staatsrat großartig, wie er da vor uns steht und parliert.

Als er sich schließlich zu kühnen Vergleichen zwischen Heinrich IV. und Hitler aufschwingt, versuche ich mich zu konzentrieren und genauer hinzuhören.

»Canossa war vergolten – wie die deutsche Schmach im Wiedererstarken der Nation getilgt wurde. Kaiser wie Führer obsiegten über die Elemente, mit deren Triumph der Untergang des Reiches damals wie in unserer Zeit unweigerlich gegeben gewesen wäre ... Ja, man kann sie sehr wohl miteinander sehen, die beiden chaotischen vierzehn Jahre von tausendsechsundsechzig bis tausendachtzig und von neunzehnachtzehn bis neunzehnzweiunddreißig, nicht nur ihrer Dauer, sondern auch ihrem Wesen nach. Westisch-demagogisch-hierarchisch-separatistisch-nihilistische Gemächte damals und abermals über Deutschland! Auf der Höhe und am Ende des universalistischen Äons die scheinbare Auslieferung der deutschen Gegenburg an einen allmächtigen Weltgeist, dem ihre Existenz als solche widerwärtig war, der mit Bannstrahl und Kriegsschuldlüge – denn was war diese anderes als eine säkularisierte Exkommunikation?«

Ich höre noch: »Chlodwigs Zeiten ... großes inneres Schicksal ... die Elemente von neunzehnhundertneunzehn ...«, dann verfalle ich wieder in eine Art Dämmerzustand.

Der Goldfasan tönt und dröhnt und quarkt. Hin und wieder stößt er mit dem Zeigefinger zu, als wolle er eine um ihn gespannte Membran durchstechen.

Plötzlich kommt mir der Mann urkomisch vor: Uns so eine Karikatur eines Parteiheinis in den Stützpunkt zu schicken ist ein absurder Einfall. Wessen Einfall? Hat den der FdU aufgegabelt? Oder ist der Goldfasan aus Berlin geschickt?

Als er gerade wieder mit dem Zeigefinger zustößt, entfährt mir ein geckernder Lachstoß. Ich schicke, um ihn akustisch zu camouflieren, zwei, drei Huster hinterher und halte mir beide Hände so vor den Mund, als wollte ich ein Indianergeheul tremolieren lassen.

Der Alte guckt mich mit gehobener Augenbraue an. Aber ganz hinten lachen jetzt auch ein paar – und das ganz unverhohlen.

Ach du meine Güte! Ich fixiere angestrengt einen Punkt auf dem Boden, zwei Meter vor meinen Füßen, um nicht wieder außer Kontrolle zu geraten.

Da erhebt sich in der vordersten Reihe der FdU, wendet sich gegen das Auditorium und sagt in das plötzliche Schweigen hinein: »Ich bitte, den Herrn Staatsrat mit mehr Aufmerksamkeit anzuhören!«

Von hinten ist wie aus einer Schulklasse ein dumpfes Murren zu hören. Der FdU ignoriert das und nimmt wieder Platz, und der Ochsenfrosch plärrt weiter und weiter ...

Nach der Rede beginnt im Club die große Fidelitas. Der Adju hat ein Auge darauf, daß dem Staatsrat ständig nachgeschenkt wird. Nach dem fünften Glas kommt der auf seine Mensuren: »Das ist Mannestum im akademischen Geist – jawoll, meine Herren! Dafür stehe ich ein! Dreiundzwanzig scharfe Säbelmensuren ...«

Ich sehe zum FdU hinüber. Als der sein Bierglas vors Gesicht hebt, bedenkt er mich mit einem schnellen, wie wissend wirkenden Blick. Oder täusche ich mich? War dieser Blick Zufall? Habe ich den Mann am Ende doch falsch eingeschätzt? Spielt er den Nobelmann und geht über die ganze Geschichte einfach hinweg? Jetzt heißt es für mich: sonstwohin gucken, nur nicht in Richtung des FdU. Interessiert dreinschauen. Ab und zu in das Palaver am Tisch hineinnicken.

Der Herr Staatsrat hat sich in den Lederpolstern seines Sessels zurechtgesielt. Halbschräg liegt er da, die Arme auf den Handlehnen ruhend – gerade so, als wollte er sich rasieren lassen. Und in dieser Haltung kippt er sich ein Glas nach dem anderen in den Schlund.

»Die Alliierten sind uns fein auf den Leim gegangen«, röhrt er jetzt mit Baßstimme.

Weil keiner etwas sagt, macht der Alte schließlich: »So?«

Dem Staatsrat muß das zu skeptisch geklungen haben. Er stemmt sich höher und setzt mit hin- und herdrehendem Kopf zu einer neuen Suada an: »Glauben Sie etwa, diese Herrschaften hätten in der Normandie landen können, wenn der Führer das nicht *gewollt* hätte? Der Führer hat sogar genau die Stelle bestimmt. Alles andere war ja abgeriegelt durch den Atlantikwall. Und da haben die Herrschaften prompt diesen Kardinalfehler gemacht: aus Schiß vor dem Atlantikwall. Die sind genau dort gelandet, wo wir sie hinhaben wollten. Genau dort, wo wir extra die Lücke gelassen haben. Absolut tölpelhaft!«

Da räuspert sich der Oberstabsarzt: »Bloß komisch, daß die Allierten immer noch an der Küste sitzen – und nicht im Wasser schwimmen – nach merry old England.«

Der Oberstabsarzt! Ich falle von einem Staunen ins andere! Ausgerechnet der Oberstabsarzt macht hier den Widerpart.

»Daß dafür noch eine Erklärung nötig ist, sollte man doch kaum für möglich halten!« ereifert sich da der Staatsrat, und seine Schmisse beginnen zu glühen. »Fehlt Ihnen denn aller strategische Verstand? Was nützt es denn, wenn wir den Burschen auf den Kopf hauen, und dann verduften sie wieder? Das haben wir schließlich schon mal gehabt . . . Dünkirchen! Da sind sie uns entkommen, obwohl wir sie ordentlich gefleddert hatten. Aber diesmal gibt es kein Entkommen und kein Pardon! Diesmal wird ihnen der Rückweg verlegt!«

Der Staatsrat rückt seinen Oberkörper senkrecht. Seine Stimme ist vor Gereiztheit eine Tonlage höher, als er fortfährt: »Der Führer weiß, was er will. Jetzt heißt es Nervenkraft bewahren. Wir machen den Sack erst zu, wenn die *ganze* Bande drin ist. Dann sollen Sie mal sehen, wie diese Bastarde fertiggemacht werden!«

Der Staatsrat ist jetzt so mit sich zufrieden, daß er sich wieder breit und genüßlich in seinen Sessel zurückfläzt. Mit dem rechten Handrücken wischt er sich schaumige Bläschen aus den Mundwinkeln. Die gestaute Röte aber bleibt.

»Pantry!« ruft der Alte und bestellt eine Runde Kirschcocktails für den Tisch des Staatsrats.

Da erhebt sich der FdU abrupt, und auch sein Fox springt hoch.

»Ruhe, meine Herren!« hallt die Donnerstimme des Alten durch den Raum. Der Zahnarzt verzieht prompt das Gesicht, als hätte er in eine Zitrone gebissen.

Der FdU stellt sich zurecht und schiebt den Daumen seiner rechten Hand über den zweiten Jackettknopf. Dann legt er los: »Wenn wir so feiern, dann sage ich mir: Alles für die Boote! Das ist mein Grundsatz! Dazu stehe ich, das ist auch richtig! Die Boote stehen am Feind, der Stab sitzt an Land – deshalb alles für die Boote! – Das ist jetzt zwar alles nicht mehr ganz so wie früher, und auch sonst müssen wir den Riemen enger schnallen. Aber wir bleiben die Alten. Wir halten die Tradition des Sägefischs hoch. Wir sind und bleiben die alten.«

Da brüllt einer: »Bravo!« Und ein anderer: »Richtig!«

Der unverschämte Unterton der Zurufe muß dem FdU entgangen sein. Er läßt sich davon nicht irritieren und hebt aufs neue an: »Damit können wir in uns sagen, wir halten zur Stange, für uns gibt es kein Wenn oder Aber. Wir stemmen die Sache durch, wir werden das Kind schon schaukeln – wir schmeißen die Flinte nicht . . .«

»... in die Wiege!« grunzt es da besoffen von hinten.

Ich richte mich hoch, weil ich sehen will, wer das war. Fast gleichzeitig richtet sich auch der Alte auf und ruft: »Ich bedinge mir Ruhe aus!«

Der FdU redet ihm direkt hinein: »Kein Rückschlag kann uns erschüttern. Jetzt geht es erst richtig los. Wir bleiben am Feind. Wir halten unsere Waffen scharf. Also für uns liegt die Sache klar. Wir – meine Herren ... Meine Herren, wir trinken auf den Endsieg! Prost!«

Betretene Ruhe, und dann wiehert es plötzlich »Ran, ranner – am rannsten!« in die Stille hinein.

»Kämpfen, siegen oder untergehn!« skandiert einer, und dann brüllen es zwei im präzisen Duett.

Aus einer halbdunklen Ecke kommt gleich darauf der Bel-ami-Song: »... bist kein Held – nur ein Mann, der gefällt, bel ami!«

Da kommt der Staatsrat hoch und donnert: »Das ist die Methode, meine Herren. So zersetzt das internationale Judentum den Wehrwillen des deutschen Volkes – mit diesen abgefeimten Mitteln wird das Heldische unserer Rasse in den Schmutz getreten. Hören Sie nur genau hin: Der Jude als Freibeuter, der sich mit widerlicher Chuzpe bei der arischen Frau einschmeichelt und den deutschen Helden, den Bewahrer der Herdstatt, zu verdrängen versucht – ›bist nicht klug – doch elegant / bist nicht schön – doch charmant ...‹ Das ist jüdische Frivolität auf die Spitze getrieben: ›bist kein Held – nur ein Mann, der gefällt.‹ Das ist der gezielte Faustschlag ins Gesicht des deutschen Soldatentums.«

Der Staatsrat fuchtelt dazu mit beiden Fäusten in der Luft herum. Sein Billardkugelkopf ist wieder rot angelaufen.

Wie ein spätes Echo kommt es erneut aus der Ecke: »Du hast Glück bei den Fraun, bel ami! / Soviel Glück bei den Fraun, bel ami! / Bist nicht schön, doch charmant / bist nicht klug, doch sehr galant / bist kein Held, nur ein Mann, der gefällt ...«

Der Alte hat sich in seinem Sessel höher geschoben und versucht seinen Oberkörper in Richtung der Ecke zu drehen, in der gesungen wird.

Jubel, Trubel, Heiterkeit! Wer hätte das gedacht!

Der Alte hat eine Miene zwischen Schicksalsergebenheit und Verblödung aufgesetzt. Jetzt steht er schwerfällig auf. Was will er nur veranlassen? Aha, der FdU will sich empfehlen. Typisch: Der FdU kneift.

Mit einem röchelnden Räuspern meldet sich der Staatsrat nach der Verabschiedung wieder zu Wort. Er hat die Tonart gewechselt: »Hat wohl keinen Zweck – unter sozusagen Nichtakademikern.«

Der Staatsrat wirft sich in die Brust, steht eine Weile steif da und versucht krampfhaft, sich zu erinnern, wovon die Rede war. Er kommt dabei in leichtes Wanken und stößt endlich aus: »Das mußte gesagt werden! Das mußte bewiesen werden! Mannestum! Jawoll, sage ich!«

»Pantry!« brüllt der Adju. »Der Herr Staatsrat hat nichts mehr zu trinken. Pantry! Ich werde Sie gleich auf Trab bringen!«

»Jawoll, das war echtes Mannestum!« Der Staatsrat zieht ein grimmiges Gesicht. »Dreiundzwanzig scharfe Säbelmensuren!« Und jetzt macht er eine wegwerfende Handbewegung ins Leere hinein, und seine Mundwinkel ziehen sich nach unten. Er wird uns doch nicht etwa die Bude vollkotzen wollen?

Ich muß mal raus. Als ich zurück in den Club komme, sitzt der Alte auf der Vorderkante seines Sessels, die Cognacflasche in der Hand, bereit, dem Staatsrat sofort nachzuschenken, wenn der wieder einen heftigen Schluck genommen hat.

». . . die ganze gestaute Kraft unserer Waffen, Kraft unserer Seelen – heißen Herzen . . .«

»Jetzt isser geschafft!« höre ich den Alten.

Aus dem seibernden Mund kommen keine Wörter mehr, nur noch Lallen.

»Abräumen«, brummt der Alte in so tiefer Baßlage, daß es klingt, als habe einer nur gerülpst. Aber drei, vier von den jungen WOs, die in der Nähe sitzen, haben das Brummen als Befehl verstanden und packen den Goldfasan wie Krankenträger und schleppen ihn weg.

Zu meinem Staunen macht der Kerl keinen Versuch, sich zu wehren.

Mein Gott, denke ich, das ist nun schon der zweite Goldfasan, der vor meinen Augen so abgeschleppt wird, nur mit dem Unterschied, daß der erste – der bei Regensburg – wahrscheinlich hinüber war.

Als alle anderen verschwunden sind und wir allein in einer Ecke des Clubs sitzen, volle Aschenbecher und leere Gläser vor uns, läßt der Alte erst mal Luft ab, dann sagt er: »Da hast du's doch selber gesehen: Unsere Leute wollen mit diesen braunen Brüdern nichts zu tun haben. Die bringen *hier* keinen Fuß an Deck.«

»Aber für wen tragen wir denn unsere Haut zu Markte? Doch wohl für genau diese braunen Brüder – oder?«

»Du redest einen schönen Quatsch!« herrscht mich der Alte an.

Aufgedreht, wie ich bin, und mit diesem gestauten Grimm im Bauch, sollte ich jetzt besser schweigen. Ich will die Wut auf die Partei und ihre Typen, an der der Alte kaut, nicht auf mich ziehen. Es wäre ja wohl auch zu blöd, wenn wir ausgerechnet wegen dieses verdammten Goldfasans aneinandergerieten . . .

Am nächsten Morgen bringe ich im Büro des Alten das Gespräch auf die NS-Führungsoffiziere. Aber der Alte antwortet nur ganz allgemein. Ich hätte mich besser umsehen sollen: Die Tür zum Zimmer des Adju steht offen.

Erst als wir alleine sind – der Adju hat sich, einen Stoß Akten unter dem Arm, abgemeldet –, ist es der Alte, der den Faden wieder aufnimmt.

»Mit diesen NS-Leuten gibt's immer Ärger.« Er setzt seine Worte in noch tieferer Baßlage als sonst und so langsam, als müsse er jedes einzelne auf Gehalt und Gewicht prüfen, ehe er es freigibt. »Einmal brachte ein Boot zwei Gefangene mit. Die hatten sich an Bord eingelebt und mit der Besatzung angefreundet, und dann waren sie natürlich auch beim Empfang mit dabei. Der Kommandant bestand darauf, daß auch die ihr Bier bekamen. Und darüber ging dann eine Beschwerde los. Na, das ließ sich damals noch . . .«

Der Alte bricht mitten im Satz ab. Ich gucke ihn verwundert an. Aber da gibt er sich einen Ruck und setzt neu an: »Das ließ sich damals noch leicht abbiegen. Jetzt wär's schon schwerer. Jetzt muß man verdammt aufpassen. Da hört man böse Geschichten.«

»So?« mache ich. Der Alte hatte wohl in Gedanken eine andere Geschichte angepeilt. Offenbar eine, die sich nicht frei von der Leber weg erzählen läßt. Die werde ich jetzt wohl nicht zu hören bekommen.

Plötzlich aber schimpft der Alte los: »Der Kaffee kommt mir hoch, wenn ich bloß dran denke, daß wir uns mit diesen Leuten arrangieren müssen, wenn Boote nicht zurückkommen . . .«

Ich weiß, was der Alte meint: Es gibt einen Befehl, nach dem Todesnachrichten nur von Leuten der Partei – Ortsgruppenleitern oder Kreisleitern – den Angehörigen übermittelt werden dürfen. »Kondolenzgänge« heißt das. Leider kann ich mir vorstellen, wie so etwas vor sich geht . . .

»Warum läßt du dir das denn gefallen? Du behauptest doch immer, die Marine – die Wehrmacht – hätte mit der Partei nichts zu schaffen?« hake ich ein.

»Da sind wir an einen Befehl gebunden.«

»Den der Chef der Wehrmacht wiederum von der Parteispitze bekommen hat . . .«

»Was weiß ich denn, wie das lief . . .«, sagt der Alte ärgerlich.

Ich erspare es mir weiterzubohren. Ich merke, daß diese Klage des Alten nichts mit dem, was er mir eigentlich sagen wollte, zu tun hat.

»Da soll«, sagt er endlich, »ich sag jetzt nicht, wo, ist ja auch egal – eine Sabotagegruppe von fünf Mann aufgebracht worden sein. Wahrscheinlich mit dem Fallschirm abgesprungen. Die wurden von der Marine erwischt. Der Verbandschef – es handelte sich um kleine Verbände, Küstensicherung, Vorpostenboote oder so – hat sie in Gewahrsam genommen. Dann aber kamen SD-Leute und haben die Auslieferung verlangt.«

»Und?«

»Und leider ist der Mann dem Verlangen nachgekommen. Am nächsten Tag, das steht fest, lebten die Leute nicht mehr.«

»Und ist daraufhin was passiert?«

»Was soll denn schon passiert sein? Der Kapitän zur See – egal, wer's war – hat sich eine Quittung für die Gefangenen geben lassen, und die kann er sich jetzt einrahmen.«

Ich bin sicher, daß der Alte genau weiß, welcher Verband das war, und auch, wie der Verbandschef heißt. Ich weiß jedoch auch, daß es sinnlos wäre, jetzt weiter in ihn zu dringen.

Aber warum erzählt mir der Alte eine so böse Geschichte?

Draußen regnet es: Nieselregen, ganz dünn und fein, wie aus Düsen gestäubt. Schwer zu sagen, wie lange das dauern wird.

Die Regengüsse kündigen sich hier nicht durch langsames Eintrüben an. Sie kommen im wahrsten Wortsinn aus heiterem Himmel: Ohne daß man es recht gewahr wird – Wind weht immer –, machen sich Wolken aus grauem Kapok von Seeseite her in schnellem Flug heran und verdunkeln die Sonne. Unmittelbar auf diese Vorhut folgen breit ausgeschwärmte düstere Wolkentrosse. Direkt über der Stadt dann lassen sie ihre Regenlasten fallen.

Es dauert nur Minuten, bis die Gullys gurgeln und auch gleich den Schluckauf bekommen. Und wenn man schon denkt, die ganze Stadt solle mit diesem gewaltigen Guß ertränkt werden, stoppt der Regensturz plötzlich. Wie abgepfiffen. Und schon ist die Sonne wieder da. Die Wolken, die in Braßfahrt weiter landein segeln, haben die Sonne so schnell wieder freigegeben, als wäre der Regenüberfall gar nicht ernst gemeint gewesen. Dann hebt ein augenblendendes Funkeln und Glitzern an: Die Asphaltstraßen, die eben noch regenschwarz vom Hafen heraufführten, sind jetzt von Silber überronnen, die Dächer schießen Blitze, und das Wasser, das von lecken Dachrinnen trieft, hängt wie Stanniol vor den vom Regen dunkel gescheckten Hausfronten.

Es gibt Tage mit fünf, sechs solchen Regenüberfällen. Manchmal aber reißen auch die Wolkenzüge den ganzen Tag über nicht ab. Immer neue Wolken quellen dann hinter der Kimm hoch, ungeordnete, schlampige Trupps, deren nasse Fransen Dächer und Mauern peitschen, daß es nur so eine Art hat. Und auch am zweiten Tag findet manchmal der Regen kein Ende. Aus dem lärmenden Überfall wird dann ein leisetreterisches Geriesel und Gestiebe.

Bisweilen ist es, als würde der Tropfenfall genau reguliert. Durch

Stunden hindurch ist er absolut gleichmäßig, kein Stottern, kein halbes Versiegen und plötzliches Lospladdern. Auch keine Variation der Windstärke, dessen Richtung immer die gleiche ist: von Westen her. Zu Hause kam der Regenwind aus Osten. Hier ist es umgekehrt.

Selbstgespräche: Den bösen Blick abwehren, sich gegen den Irrsinn behaupten – das geht eine ganze Weile gut, aber dann kommen Stunden der Depression. Das war schon in La Baule nicht anders. Da konnte es mir trotz Simones Geschilpe die Graupen gründlich verhageln. Da wurde selbst der Alte zum verbohrten Nazi, der sich mir gegenüber nur kaschierte, der ganze Flottillenstab eine einzige Bande Hirnverbrannter. Die Bootsoffiziere, eitle Tröpfe, denen man alles, aber auch alles vorgaukeln konnte. Und schon geraten mir auch die Pariser Dunkelmänner vor die Augen und die führergläubigen Einpeitscher in Koralle.

Was habe ich denn bloß mit all dem Pack zu schaffen?

Am 30. Januar '33, als die SA-Horden mit Fackeln die Kaßbergauffahrt in Chemnitz heraufkamen – um die S-Kurve, in der die Straßenbahn immer aufquietscht – und ihre abgehackten Brüllgesänge ausstießen und ich als Vierzehnjähriger »So ein Theater!« sagte, bekam ich zum ersten Mal zu spüren, wie Massenhysterie in wilde Aggression umschlagen kann. Die Kerle und die Weiber, die da wie eine Mauer standen, ein regelrechtes Flußbett bildeten für den Flammenstrom, hätten uns glatt totgeschlagen, wenn meine Mutter nicht die Eingebung gehabt hätte, den Arm hochzureißen, mich mit dem anderen an sich zu drücken und frenetisch »Heil! Heil! Heil!« zu brüllen.

»Das war der Anfang vom Ende!« Für meine Mutter stand das fest wie ein Lehrsatz, und wer zu uns ins Haus kam, redete auch so. Damals versteckte sich noch keiner hinter vagen Floskeln.

»Wo leben eigentlich deine Eltern?« fragt mich der Alte, als ich kurz vor Mittag in sein Büro komme, gerade so, als habe er gespürt, daß ich eben erst mit meinen Gedanken in Chemnitz war.

Die Frage trifft mich wie ein Stich.

»Willst du das für den Bedarfsfall wissen? Ich meine ...«

»Nein, nur so«, wiegelt der Alte schnell ab.

»Wo mein Vater lebt, ob er überhaupt noch lebt, weiß ich nicht. Mit meinem Vater hab ich wenig – nein, nichts zu schaffen.«

Die Erbmasse ist doch augenscheinlich gut! hat mein Herr Vater zu konstatieren beliebt, als ich ihn nach einem Dutzend Jahre Funkstille zum ersten Mal besuchte, und nicht gemerkt, wie heftig er mir damit in die Kniekehlen schlug, der Gemütsmensch.

»Und deine Mutter?«

»Wo meine Mutter jetzt ist, weiß ich nicht. Wir haben ja unsere Wohnung verloren. Ich lebe sozusagen ohne Heimatanschrift. Mein Bruder ist Flieger – Fernaufklärer in Rußland. Wenn er Schwein hat, lebt er noch. Nachrichten hab ich jedenfalls keine.«

»Das verstehe ich nicht. Du warst doch kürzlich in Berlin. Da hättest du doch was herausbekommen können.«

»Theoretisch ja. Aber ich bin gleich wieder losgeschickt worden. Ich mußte auf dem Absatz kehrtmachen – quasi. Und dann hatte ich auch noch andere Sorgen.«

Der Alte muß gemerkt haben, daß mir das Thema nicht angenehm ist, denn er hüllt sich jetzt in Schweigen. Aber warum sollten wir kneifen? Es geschieht immerhin zum ersten Mal, daß mich der Alte nach meiner Herkunft fragt. Auf U 96 war alles, was die private Sphäre betraf, tabu.

Ehe der Alte noch versuchen kann, auf ein anderes Thema umzuschiften, frage ich ihn nun meinerseits, obwohl ich doch längst etliches über ihn herausgebracht habe: »Wie war denn das bei dir?«

»Die übliche Kadettenerziehung, falls du dir darunter etwas vorstellen kannst.«

»Nach dem Modell des Herrn Reibert: zuverlässig, tüchtig, gehorsam, einsatzfreudig, zackig – und natürlich blind.«

»Wenn du so willst, ja. Aber den Herrn Reibert kannst du ruhig aus dem Spiel lassen. Mein Vater war Berufssoldat, Spieß sozusagen. Und da lag das nahe – ich meine die Kadettenerziehung.«

»Sicher nicht lustig.«

»Sagen wir mal: nicht gerade die verkommene Boheme, in der du dich bewegt hast.«

Den Alten freut es sichtlich, daß er mir diesen Hieb versetzt hat. Er kratzt sich hinter dem rechten Ohr, und zum ersten Mal sieht das nicht nur nach Verlegenheit aus.

Der Soldatensender Calais hat gemeldet, daß ein Boot nach fünfzehnstündiger Waboverfolgung geknackt worden ist. Ich erfahre es vom VO im Club. Fünfzehn Stunden – mir wird flau. Es hat keinen Zweck, sich zu sagen, daß die Herrschaften übertreiben. Mit dieser Art Angaben ist der englische Sender präzise.

Fünfzehn Stunden: Ich brauche meine Phantasie nicht zu bemühen, die Bilder stellen sich von selber ein. Während ich vor mich hinstarre, bedrängen mich Fragen: Welche Pausen hat man ihnen gegönnt? Wie viele Verfolger haben da zusammengewirkt? In welcher Tiefe hat es das Boot erwischt? Welches Boot war es denn überhaupt? Hat der VO die Bootsnummer genannt?

Ich hebe den Kopf und treffe den Blick des VO: »Wer war's denn?«
»Horstmann.«
»O Gott!« stoße ich aus, ohne es zu wollen.
Der Alte, der eben hereingekommen ist, hat mich gehört: »Na, na, na – was gibt's denn?«
Der VO bleibt stumm. Ich möchte am liebsten hochspringen und alles zu Kleinholz machen. Statt dessen hole ich aber tief Atem und erkläre: »Es ging gerade um Horstmann . . .«
Da erstarrt der Alte und rührt sich nicht mehr.
». . . unserem Führer und obersten Befehlshaber ein dreifaches Sieg Heil!« dröhnt es aus dem Radio.
Mit einem Seitenblick sehe ich den Doktor um Beherrschung kämpfen. Wie ich ihn kenne, würde er den Empfänger, wenn die große Speichelleckerei so wie jetzt aus ihm heraustönt, am liebsten mit einem Faustschlag zertrümmern. Aber dazu steht der Doktor zu weit weg. Nach dem dritten röhrenden »Heil!« aber brüllt er plötzlich laut wie ein Stier über die Back hin: »Kann denn keiner den verdammten Kasten abstellen? Verflucht noch mal!«
»Na, na, na!« höre ich halblaut aus der Tiefe des Raumes. Und dann sagt noch einer: »Nerven!«
Wie lange, frage ich mich, wird es der Doktor in dieser beklommenen Spannung aushalten? Da knallt er auch schon sein Glas auf den kleinen runden Tisch, stellt sich mit einem einzigen Ruck hoch, brüllt »Mahlzeit!« über die Runde hin, dreht sich um und steuert aufs Schott zu.
»Nerven!« höre ich noch einmal.
Wohl weil sich das Schweigen allzusehr ausbreitet, fragt ein Leutnant laut in die Runde: »Was ist denn eigentlich in Rußland los?«
Keine Antwort.
Was in Rußland los ist, will niemand recht wissen. Die Städtenamen, die der Rundfunksprecher knarrig verliest, gehen zu einem Ohr herein, zum anderen hinaus.
»Was soll da schon los sein!« läßt sich der Flottilleningenieur zur allgemeinen Überraschung reichlich verspätet hören. »Da wird gesiegt, meine Herren. Gesiegt, gesiegt – nichts als gesiegt!«
»Gewiß doch!« sagt der Leutnant. »Ich hätte es nur gern ein bißchen genauer . . .«
Wieder Schweigen. Der Flottilleningenieur hat beide Ellenbogen ganz vorn auf seine Sessellehnen gelegt und die Hände vor dem Bauch gefaltet. Den Oberkörper leicht nach vorn gebeugt, betrachtet er den Leutnant interessiert über den Oberrand seiner Brille hinweg: Psychiaterblick. Das tut er eine ganze Weile, ohne daß der Leutnant es merkt. Erst als sich dessen Blick in dem des Flottilleningenieurs verhakt, zieht

der seine gefalteten Hände ruckartig auseinander und greift zum Glas. Mit einem übermäßig lauten »Auf Ihren Wissensdurst!« prostet er dem Leutnant zu.

»Wenn ich nur wüßte, wie's bei uns zu Hause aussieht«, höre ich Bartl in der OF-Messe klagen. Vier andere mit dem gleichen Dienstgrad wie Bartl sitzen beim Bier um die Back und stieren trübsinnig auf die Tischplatte.

»Zu Hause...« Wenn sie so reden, wird es wohl wieder schwere Bombenangriffe auf deutsche Städte gegeben haben.

Rommel ist bei einem Tieffliegerangriff schwer verwundet worden. Es ist auf der Straße von Lisieux nach Süden zwischen Livarot und Vimoutiers passiert. Man kommt eben nicht mehr rechtzeitig weg, wenn die Maschine, die einen unter Feuer nimmt, flach über dem Boden heranschießt. Da ist, ehe die Ballerei losgeht, vom Angreifer nichts zu sehen und nichts zu hören. Alles Sache von Sekunden.

Wenn Rommel draufginge – das dürfte ein schwerer Schlag sein. Die Soldaten, das spürte ich immer wieder, schwören auf ihn.

In der Messe wird das Thema Schnorchel diskutiert.

»Nischt Ganzes und nischt Halbes!« nehme ich auf. Und weiter: »So kann das doch nicht klappen! Hochrichten mit Hydraulik!«

»Das ist doch alles störanfällig bis zum Tezett.«

»Da haut's einem die Trommelfelle fast raus und die Pupillen. Der Unterdruck beim Unterschneiden – das ist doch Tierquälerei.«

»Und diese Kotzerei! – Zieht der Unterdruck den Kram eigentlich durch die Speiseröhre hoch?«

Ich habe mich zwar immer noch nicht vom Flottilleningenieur in die Mysterien der Schnorchelei einweihen lassen, aber im Prinzip ist mir nach allem, was ich bisher aufgeschnappt habe, die Sache längst klar: In meiner Jugend Maienblüte habe ich einen Cowboyfilm gesehen, da versteckten sich die Apachen, um ihren Verfolgern zu entkommen, in einem Mangrovensumpf. Sie gingen dabei mit den Köpfen ganz unter Wasser. Vorher hatten sie sich aber schlauerweise Schilfhalme abgebrochen, durch die sie atmen konnten ... Das Schnorchelboot funktioniert nach dem gleichen Prinzip. Es bleibt *unter* Wasser und saugt die Luft für die beiden 1400-PS-Diesel wie auch die Atemluft für die Besatzung durch eine Röhre – eben den Schnorchel. Genaugenommen handelt es sich um eine Doppelröhre mit einem Strang für die Ansaugluft und einem zweiten für die Abluft.

»Funktioniert eigentlich erst richtig seit Ende Mai«, hat der Alte gesagt.

Mit seinen Dieselmaschinen macht das Boot unter Wasser natürlich mehr Fahrt als aus der Batterie mit E-Maschinen. Höchstfahrt unter Wasser war bisher zwar immerhin acht Meilen, aber diese Fahrtstufe ließ sich nur zirka eine Stunde lang durchhalten, dann waren die Batterien am Ende. Mit zwei Seemeilen Fahrt, also einem höchst bummeligen Fußgängertempo, hielt die Batterie bis zu drei Tagen vor.

Die Holländer, von denen wir die Schnorchelei abgeguckt haben, sind, was die Technik angeht, schon ein Stück weiter: Sie fahren den Mast für Zuluft und Abgase aus wie das Sehrohr. So konstruiert, mag die Anlage zuverlässig sein. Unser System aber – das Hochrichten des an Oberdeck liegenden Mastes per Hydraulik – ist ein äußerst pannenanfälliger Notbehelf, kaum mehr als ein Provisorium.

Und da ist auch noch das Wetterproblem: Bei Schlechtwetter soll die Schnorchelei alles andere als ein Vergnügen sein. Damit kein Wasser durch den Zuluftschacht einströmen kann, hat der Schnorchelkopf ein Schwimmerventil, das schließt das Zuluftrohr, sobald der Schnorchelkopf unterschneidet oder von einer Welle getroffen wird.

Eins ist klar: Die Schnorchelei ist kein Zuckerschlecken. Die Besatzungen rückkehrender Schnorchelboote sind der lebende Beweis dafür.

Als ich morgens ins Büro des Alten trete, schnallt der sich gerade das Koppel mit der Pistolentasche um. Der Alte ist offenkundig in Eile.

»Komm mal mit runter zum Bunker!« herrscht er mich an. Und schon im Loslaufen wendet er sich mir noch einmal zu: »Molzahn kommt zurück, kann für dich ganz interessant sein.«

Wenn der Alte diesen barschen Ton anschlägt, hat es keinen Zweck, Fragen zu stellen. Ich würde doch nicht erfahren, *warum* die Rückkehr von Molzahn interessant sein könnte. Für mich heißt es jetzt nur: Füße in die Hände, Treppe runter und quer über den Hof, dann hoch zum Pavillon, meine Fototasche greifen und am besten schon im Wagen sitzen, ehe der Alte kommt.

Ich kann nichts Besonderes an dem Boot sehen. Keine Schäden. Aber wie sehen die Leute, die hinter dem Turm an Oberdeck antreten, denn aus? Die sind verdreckt, ja richtig eingeschwärzt wie die Kaminkehrer.

»Im Boot sieht's aus wie in einem Bergwerk«, höre ich reden, und nach und nach erfahre ich die Geschichte: Während der Jagd auf zwei alliierte Dampfer ist eine Dieselabgasleitung gebrochen, und die giftigen Abgase strömten ins Boot. Das Unternehmen hätte, weil der Schaden in der Eile nicht zu beheben war, eigentlich abgebrochen werden müssen.

»Im Dieselraum war nichts mehr zu sehen – nicht die Hand vor

Augen!« sagt mir einer von den schwarz verschmierten Leuten nach der Musterung. »Aber nur ein Dieselheizer wurde richtig ohnmächtig.«

Der Kommandant berichtet dem Alten: »Über der Kimm die Rauchwolken der Dampfer und der Dieselraum verqualmt! – das war eine schöne Bredouille. Wir hatten gar keine Möglichkeit, auf den einen Diesel zu verzichten. Wir brauchten noch gut zwei Stunden die gleiche Fahrtstufe. Da hat der LI das Maschinenpersonal Tauchretter anlegen lassen ...«

Jetzt schließt sich die Geschichte: Nach zwei Stunden hat das Boot die nötige vorliche Position erreicht und tatsächlich einen der Dampfer erwischt.

Der Alte gibt sich dienstlich knarsch. Ich finde, daß die verdreckten Kobolde gehörig Lob aus seinem Mund verdient hätten.

In der Messe – beim Essen – legt es der Zahnarzt darauf an, den Oberstabsarzt zu reizen. Er erzählt scheinheilig von medizinischen Phänomenen. Ein Mann sei bei einem Praktiker erschienen, weil er so einen schrecklichen Blutandrang im Kopf gehabt hätte. Spritzen, Medikamente – aber es sei nicht besser geworden. Der Mann habe einen zweiten und einen dritten Doktor konsultiert: ohne Erfolg. Der vierte habe dann endlich gemerkt, daß der Kragen des guten Mannes zwei Nummern zu klein gewesen sei.

Der Doktor bedenkt den Zahnarzt mit bösen Blicken. Aber damit tut er ihm nur einen Gefallen. Ein bißchen Gelächter flackert hoch und verlischt schnell wieder. Unser Doktor – das kann ich deutlich sehen – ist stinkwütend.

Der Zahnarzt hat noch eine Geschichte auf Lager. Er versichert, er habe sie selber erlebt: »Eine Familie, die ich gut kannte, hatte einen achtjährigen Jungen, der war ziemlich aufgeschwemmt. Der Hausarzt riet – sehr intelligent! –, dem Knaben weniger zu essen zu geben. Der dicke Knabe wurde also auf halbe Rationen gesetzt, aber anstatt abzumagern, wurde er *noch* dicker.«

Alle Blicke hängen jetzt am Mund des Zahnarztes, der aber erst mal einen gehörigen Schluck aus seinem Glas nimmt und mit Augenverdrehen demonstriert, daß er dabei nicht weiterreden kann.

»So ein Quatsch!« sagt der Doktor.

»Der Hausarzt war jedenfalls ratlos!« setzt der Zahnarzt wieder ein. »Also gab man ihm alle möglichen Pillen und noch weniger zu essen – und das Ergebnis?«

»Der Knabe wurde noch dicker!« empört sich prompt der Doktor.

»So war's tatsächlich. Wie Sie das nur wissen können! Also das ging so ein halbes Jahr, und erst dann kam durch Zufall heraus, daß der schlaue

Knabe an jedem Tag direkt von der Schule weg die Armenküche frequentierte und sich einen ordentlichen Schlag in die Emailleschüssel geben ließ. Der hatte dort was von kranker Mutter erzählt – die Penner kannten ihn alle. Den Knaben interessierte das Milieu, und die Suppe schmeckte ihm besser als der Feinfraß zu Hause . . . Ja, so ist das mit der Allgemeinmedizin!«

Da atmet der Doktor theatralisch aus und verdreht die Augen nach oben.

Ich hatte mir geschworen, niemand über Simone auszuhorchen und mich gegen alles Gerede taub zu stellen. Jetzt aber mache ich die Erfahrung, daß ich mir selber nicht trauen kann. Ist die Eifersucht etwa stärker als mein Wille, es gut sein zu lassen?

Was veranstalte ich mit mir nur für ein Gehabe! Ich versuche sogar schon den alten Bartl auszuhorchen! Aber wirklich weiter bringt er mich auch nicht. Nur, daß der Alte besonders umgänglich war, als »Mademoiselle Sagot« hier »weilte«, erfahre ich von ihm.

Auch den Zahnarzt muß Simone ganz und gar bezirzt haben. Sie hat ihm Bücher über Dolmen und Menhire besorgt – sein Steckenpferd –, auch Fotografien und alte Postkarten, sogar eine vergilbte Lithographie des Dolmenfelds bei Carnac.

Wenn ich den Zahnarzt recht verstehe, hat sich »Mademoiselle Simone« in kürzester Zeit zu einer erstaunlichen Kennerin der bretonischen Prähistorie entwickelt. »Ein sehr kultiviertes Persönchen, das weiß, was es will«, nennt er sie und hat dabei ein verzücktes Leuchten in den Augen. Der Alte, der VO, der Zahnarzt – wen hat Simone noch um den Finger gewickelt?

Ich fahre aus dem Schlaf auf. Simone ist mir so leibhaftig gegenwärtig, daß ich sogar ihre Stimme hören kann. Sie klingt kehlig, fast sonor, einschmeichelnd und bezwingend zugleich. Und dann ist da noch ein Locklaut, der mich in der Tiefe trifft.

Mich überfallen Bilder von den Tagen und Nächten mit Simone mit einer Heftigkeit, die schmerzt. Ich sehe uns beide an unserem winzigen Strand zwischen den Granitklippen der Côte Sauvage. Die mannshohen Brecher werden vom tiefen Gegenlicht smaragdgrün durchschienen. Ihr Gischt leuchtet auf wie eine riesige weiße Girlande. Und aus dem gläsernen Grün und dem schäumenden Weiß löst sich eine braungebrannte Simone und schlenkert Wasserperlen nach allen Richtungen von sich: Schattenspiel mit Diamantblitzen vor der in rotes Himbeergelee hinsinkenden Sonne.

Und dann liegen wir unter unseren Bademänteln im Sand, der noch warm von der Sonne ist, und sind die einzigen Menschen auf diesem durchs All rasenden Ball aus flüssigem Magma und einer festen Rinde.

So viel Zeit, an Simone zu denken, wie jetzt auf meiner blauweiß gewürfelten Koje, hatte ich lange nicht mehr. Sich so tief ins Unglück zu reiten – und das bei wachem Verstand und trotz der vielen Warnungen! Aber das war Simones Leichtsinn, diese merkwürdige Falscheinschätzung ihrer Umgebung, die totale Verkennung der Wirklichkeit.

Wahrscheinlich schon vor zwei Jahren – und dann auch im letzten Sommer – muß sie alles Maß verloren haben. Was waren das aber auch für Zeiten, als wir noch ganz in Weiß gewandet in La Baule herumstolzierten, von den Landsern neidvoll begafft: die Lieblinge der Nation. Das ist uns wohl auch zu Kopf gestiegen . . .

Ich hab ja nie gewußt, ob das, was mir Simone von sich erzählte, die Wahrheit war. Sie hatte eine merkwürdige Art zu lügen. Oft kam ich nicht dahinter, warum sie es überhaupt tat. Log sie, weil ihr die Wahrheit langweilig erschien? Sie behauptete nur einfach »links«, wenn »rechts« richtig war. Sie log »schwarz«, wenn sie hätte »weiß« sagen müssen. Sie log auch dann noch, wenn die Wahrheit sich nicht mehr verbergen ließ, das Lügen längst sinnlos war.

Die Nachrichten von der Invasionsfront sind äußerst spärlich: Der Nachrichtenfluß scheint zu einem Rinnsal versiegt zu sein. Trotzdem müßte mittlerweile *jeder* wissen, was die Stunde geschlagen hat: Die Alliierten bauen jedenfalls ihren Brückenkopf immer noch weiter aus.

Aus Rennes ist ein neuer Befehl gekommen, erfahre ich vom Adju, ich sei unverzüglich noch einmal dorthin in Marsch zu setzen.

Jetzt wird es kritisch. Was wird der Alte sagen? Er kennt den Befehl sicher schon ein paar Stunden und hat längst entschieden, was getan werden soll. Aber er ist nicht zu sehen. Der Adju sagt, der Chef sei am Schwimmbad, um das Auslegen der Tarnnetze zu kontrollieren.

Ich spüre den Alten auch tatsächlich hinter einer riesigen Rolle von Tarnnetzen auf. Ich sehe ihn wie einen Feldherrn, Bartl an seiner Seite, mit der weitausgestreckten Rechten hierhin und dahin weisen. Bald soll das gesamte Schwimmbecken mit diesem exotisch anmutenden Fummel aus Manilanetzen und darin eingeflochtenen grünen Lappen überdeckt sein.

Als er mich herankommen sieht, fragt der Alte nur gedehnt: »Na?«

Ich sage ohne Umschweife: »Ich soll also noch mal nach Rennes . . .?«

»Das wird hier nichts mit diesen Pfosten und Masten«, sagt er, statt mir eine Antwort zu geben. »Die ganze Holzkonstruktion taugt nichts.«

»Den Krempel einfach aufs Wasser schmeißen«, schlage ich vor.

»Dann wär's aber mit dem Schwimmen aus«, entgegnet der Alte brummig. Dann wendet er sich an Bartl: »Hier gehören zwei *ordentliche* Masten hin, richtig abgespannt, und dann ein einziges Seil – dachartig das Ganze und nicht so ein Gefummel!«

Und dann vergeht noch eine gute Weile, bis er zu mir sagt: »Die Herrschaften von der anderen Feldpostnummer machen einem ganz schön Arbeit!«

»Und wie geht's mit mir weiter?« setze ich noch einmal an.

»Laß man«, sagt der Alte nur und fügt noch grinsend an: »Andere lassen sich doch auch.«

Aber dann, als Bartl sich auf der gegenüberliegenden Seite des Beckens zu schaffen macht, räuspert er sich gründlich und fragt: »Hast du dich etwa nicht erschöpfend geäußert bei deinem ersten Besuch bei den Herrschaften?«

»Offenbar nicht.«

Der Alte schaut mir voll ins Gesicht. Aber ehe ich jetzt eine Miene verziehe, kann er lange warten.

»Wann, meinst du, muß ich da los?« frage ich.

Da setzt der Alte sein Schöpsgesicht auf und fragt zurück: »Hast du etwa Benzin?«

»Ich – Benzin?«

»Ich frage nur: Wie willst du denn ohne Benzin nach Rennes kommen? Normale Züge fahren jedenfalls keine mehr ...«

Der Alte sagt das mit unbewegtem Gesicht und wie vor sich hin. Aber dann akzentuiert er ordentlich: »Die Wünsche des Marineabwehrstabes in Rennes, deine Person betreffend, können wir bei dieser Sachlage also nicht mehr ohne weiteres berücksichtigen – so leid uns das auch tut ...«

»Direkt schade«, gebe ich ebenso ernst zurück.

»Vorläufig stellen wir uns mal ein bißchen stur. Das pflegst du der Marine doch vorzuwerfen: unsere gepflegte sture Art.«

Dann sagt der Alte wie nebenhin: »Wir müssen übrigens heute noch bei der Ersten antanzen.«

»Wieso das?«

»Die haben sich ein neues Schlößchen unter den Nagel gerissen – ein bißchen landein –, und das wird eingeweiht.«

»Und da muß ich mit?«

»Du solltest. Da lernst du die Leute endlich mal kennen – den ganzen militärischen Klüngel. Außerdem gibt's Spanferkel.«

Der Alte spielt den Gutgelaunten. Er tut zu meinem Erstaunen gerade so, als sei ich auf nichts so aus wie auf Militärschranzen und Spanferkel. Der Alte scheint Châteauneuf endlich verwunden zu haben.

Ich frage: »Wann denn?«

»Gleich heute nachmittag. Abfahrt fünfzehn Uhr. Kleines Komitee: der Doktor und der VO. Ich fahre selber.«

Kurz nach vierzehn Uhr ein Bombenangriff: mittelschwer. Wer hätte zu Anfang des Krieges gedacht, daß man sich auch an die Bombenschmeißerei gewöhnen könnte? Man entwickelt ganz neue Sinne. Wie die Grabenkämpfer in Verdun erahnten, wo die nächsten Einschläge sitzen würden, erahne auch ich schon, wo die Bomben hindreschen werden, wenn die Flak loswummert.

Das »Schlößchen« der Ersten hält keinem Vergleich mit unserem Manoir Logonna stand: ein schmalbrüstiges, stilvermurkstes Gebäude, wahrscheinlich für einen Industriellen um 1850 gebaut und völlig verunstaltet durch die Tarnbemalung über das Ganze hin, sogar über ein Stück Dach. Kein Park, nur ein vernachlässigter großer Garten.

Zwischen den wenigen Bäumen hängt der blaue Qualm von einem großen Holzkohlenfeuer, über dem ein Trumm Schwein an einem Spieß, groß wie eine Hellebarde, gedreht wird. Eine Gruppe sehr junger Leutnants, die meisten mit einer Hand in der Hosentasche, steht um die Feuerstelle herum. Offenkundig weiß keiner etwas Rechtes mit sich anzufangen. Miteinander zu reden haben sie nicht gelernt. Zwei sehen wie Zwillinge aus: Die beiden haben überweite, auf dem Boden aufsitzende Hosen und halten, als wollten sie sich verstecken, ihre um eine kurze Pfeife geballten Fäuste vors Gesicht.

Auf der Terrasse hat sich eine Art Begrüßungsreigen gebildet: Alle in Blau und Grau, die Luftwaffe fehlt. Neuankömmlinge treten verlegen – wie sichernd – auf die Lamettarunde zu und beginnen dann an beliebiger Stelle ihren Rundgang, wobei sie vor jedem einzelnen die Hand zum Grüßen an den Mützenschirm heben, sie dann mit der des Grußpartners schütteln und sich so zum nächsten hangeln und jedesmal ihren Namen repetieren. Wer mit diesem lächerlichen Tanzstundengebaren angefangen hat, muß ein schöner Idiot sein. Eins bekomme ich gleich spitz: Hier muß man sich das Gesicht desjenigen merken, bei dem man begonnen hat, sonst kann es einem glatt passieren, daß man über das Ziel hinausstößt und das Theater von vorn anfängt.

Der Chef der Ersten, untersetzt, unscheinbar und fast glatzköpfig, ist vor Aufregung rot angelaufen und schwitzt heftig. Kein Wunder, wie der herumfegt und seinem Spitznamen »Kugelblitz« alle Ehre macht! Er gilt als tüchtig und allseits beliebt, aber auch als Wichtigtuer. Kaum vorstellbar, daß er mit dem Alten ein gutes Gespann bilden könnte.

Der Alte mimt, wie um des Kontrastes willen, den »good old

fellow«. Er hat ein joviales Grinsen aufgesteckt und läßt es gar nicht wieder von seinem Gesicht verschwinden. Mit seinem Halsorden läuft er dem Chef der Ersten sowieso den Rang ab: Der hat es nur bis zum Spiegelei gebracht, und auf seiner Rippe sieht dieser komische Hakenkreuzorden besonders fatal nach altem Fritz aus und ein bißchen sogar nach Kotillon.

Der Alte bewegt sich nur eine Weile wie ein zutunlicher Tanzbär von Gruppe zu Gruppe, dann läßt er sich in einen bequemen Korbstuhl fallen. Da sitzt er nun, die Ellenbogen aufgestützt, und beobachtet über die aufeinandergelegten Hände hinweg das affige Gehabe der militärischen Hautevolee. Er scheint fest dazu entschlossen, keinen Unmut aufkommen zu lassen. Jetzt trinkt er mir grinsend über zwei Tische zu und fragt mit Kopfbewegungen und Augenverdrehen an, ob ich denn die gebotenen architektonischen Reize auch richtig goutiere.

Da kommt der kleine, mickrige zwote Verwaltungsoffizier, der uns schon einmal in unserer Messe besucht hat, auf mich zu und zieht mich sofort ins Haus: Ich soll mir im großen Speisezimmer die Bilder anschauen, die er noch gestern in Paris gekauft hat.

Vier stark gefirnißte ziemlich üble Schinken in aufgedonnerten Rahmen hängen an den frisch gepönten Wänden. Weil ich nicht gleich in Begeisterung ausbreche, zuckt der Mickrige verlegen mit den Schultern, und dann tut er wehleidig: Was er denn hätte machen sollen – er spreche ja nicht Französisch. Der Flottillenchef habe ihn losgeschickt, ihm eine Menge Franc mitgegeben und den Befehl, nicht ohne Bilder wiederzukommen. Er sei einfach in den erstbesten Laden gegangen und habe diese vier hier gekauft.

Um meine Expertenrolle halbwegs befriedigend zu spielen, nicke ich nun tiefsinnig, und dann breche ich in eine Art Begeisterung über die schönen und prunkvollen Rahmen aus. Der zwote VO nimmt das dankbar hin, er blüht richtig auf und holt meine Zustimmung zu seiner Behauptung ein, daß die tristen, schnöde heruntergerissenen Mittelmeerlandschaften doch vorzüglich zu den Portieren mit den langen Fransen paßten.

Als ich den zwoten VO wieder los bin, lasse ich mich in einen der in Mengen herumstehenden Ledersessel – »Clubmöbel!« – sinken. Da erst merke ich, daß es nach Qualm stinkt – aber nicht nach dem von der Schweinerösterei. Irgendein Narr hat trotz der Hitze den Kamin angesteckt, und das Feuer brennt natürlich nicht, weil die Sonne aufs Dach scheint. Also zurück ins Freie!

Gerade wird von Matrosen in weißem Takelzeug eine lange Back in den Hof getragen und sorgfältig so auf dem Pflaster plaziert, daß sie nicht wackeln kann. Ich kapiere: Die Sau soll zerlegt werden. Und da bildet sich auch schon eine Schlange. Der Alte wird an die Spitze komplimentiert. Ich stelle mich hinten an, ein paar Nummern nach dem Doktor.

Der Alte schnürt, Teller in der Rechten, schon bald darauf an der Reihe zurück, sieht mich und animiert mich: »Prima Fleisch! Das ist doch was!«

In diesem Augenblick rutscht ihm sein Stück Spanferkel vom Teller, weil er mit der freien Rechten nach einer Stechmücke auf seiner linken, den Teller haltenden Hand schlägt. Sein Mißgeschick löst großes Hallo aus, worauf der Alte, als wäre ihm eben ein einstudierter Trick geglückt, sich nach rechts und links verbeugt. Einer von den jungen Spunten eilt schon mit einem neuen Teller herbei.

So aufgekratzt habe ich den Alten lange nicht gesehen. Er pliert in die Sonne und überlegt, dann steuert er das Innere des Hauses an. Wenn er dort Kühlung sucht, wird er sich wundern!

»Von Span kann da ja wohl keine Rede sein«, sagt der Doktor laut, »eher von 'nem richtigen Balken!« Und dann, zu seinem Hintermann halb umgedreht, auch noch: »›Balkenferkel‹ würde ich sagen.«

Weil diesen Scherz die meisten aber nicht verstehen, wird der Doktor wohl die längste Zeit witzig gewesen sein. Er läßt sich stumm den Teller auffüllen und steuert ebenfalls ins Innere des Schlößchens. Ein paar Meter vor der Eingangstür bleibt er stehen und legt den Kopf in den Nacken, um die ganze Front in den Blick zu bekommen, dann schüttelt er den Kopf: Die Tarnbemalung ist deutlich nicht nach seinem Geschmack.

Ich setze mich mit vier anderen an einen groben Gartentisch, auf den die Pantrygasten sofort eine Ladung Cocktails stellen.

Die anderen sind: der Kommandeur einer Flakbrigade, zwei Bootsoffiziere und ein Silberling. Die Cocktails lasse ich stehen, dafür greife ich zu einem frischgezapften Bier, und dann hocke ich still da und nehme fleißig auf, was ich zu hören bekomme.

»Diese dauernde Tafelei ist doch nachgerade schädlich für die Volksgesundheit!«

»Nehmen Sie mal lieber das hier, das ist schön durchgebraten ...«

»Noch einen Klacks Kartoffelsalat?«

»Ja, aber einen großen: wenn schon, denn schon!«

»Wenn schon, dennsch / so starb der Mensch! – Was das heißen soll? Das ist der einzige Reim auf Mensch.«

»Versteh ich immer noch nicht.«

»Letzte Worte – quasi – hahaha ... Sagt einer bei seiner Erschießung, weiter kommt er nicht. Bloß bis: ›Wenn schon, denn sch. . .‹«

Der junge Oberleutnant, an den der Silberling diese Rederei gerichtet hat, guckt verstört und offenen Mundes in die schief verzogene Lachvisage seines Gegenübers. Und jetzt gucke auch ich mir den Mann genauer an – und seine Abzeichen. Und da schlägt es mich doch schier vom Stuhl: ein Kriegsgerichtsrat! So einer hat mir gerade noch gefehlt. Wäßrige Augen, sabbernder Mund, Bläschen in den Mundwinkeln, feuchtglänzende kleine Zähne – alles in diesem Gesicht sieht feucht aus.

»Bei Erschießungen wird dem Delinquenten übrigens ein roter Stofffetzen angeheftet – dort, wo's Herz ist. Und die Delinquenten werden in der Körpermitte gefesselt, damit sie nicht längelang hinschlagen – das sähe nämlich nicht gut aus …«, sagt der Kriegsgerichtsrat jetzt, und ich gucke von einem zum anderen, weil ich meinen Ohren nicht recht trauen mag, aber keiner empört sich. Das fängt ja heiter an!

Der Flakfritze, der mir gegenübersitzt, scheint auch ein besonderes Exemplar seiner Spezies zu sein: Er reißt das Fleisch mit blanken Zähnen von der Rippe, und der Saft trieft ihm nur so aus den Mundwinkeln. Dabei zerrt er seine Oberlippe so hoch, daß sein rosa Zahnfleisch bis weit hinauf bloßliegt.

Am Nebentisch hockt einer, seinen Teller mit Knochen vor sich und stiert geradeaus in die Gegend. Vor lauter Völlerei scheint er ganz und gar benommen zu sein. Aber plötzlich rülpst er so heftig, daß es klingt, als flögen gleich die Brocken.

»Noch nie im Leben so gut gegessen!« bringt er dann hervor.

»Ich muß schon bitten!« tadelt der Kriegsgerichtsrat.

Da wird der Blick auf die Feuerstelle und die Back mit dem Schweineleichnam frei. Die beiden Köche gehen gerade noch einmal mit ihren langen Messern auf den Brustkorb los: Sie zwängen die Messer zwischen die Rippen, legen sich mit ihrem Gewicht darauf und drücken sie quer, wenn sie an der Wirbelsäule angekommen sind.

Ich sehe einen Nachbarn zur anderen Seite an einem Rippenstück nagen, das er in beiden Händen hält. Ich darf nicht hingucken: der schiere Kannibalismus! Plötzlich befällt mich die gleiche Hemmung wie angesichts des Sandwichs in der Kanzel der abgeschossenen Boeing. Zum Teufel auch! hadere ich mit mir. Sich auf solche Weise den Appetit verderben zu lassen. Aber der Pilot aus der abgestürzten Boeing in La Baule und das schneeweiße Sandwich mit seinem Hirn darauf sitzen mir fest im Kopf.

Unter den großen Bäumen hat sich eine Gesangsgruppe gebildet. Sie singen: »Wir sind die Ritter der Tiefe / mutig und hart wie Stahl / den friedlichen Blicken verborgen / es gibt kein Pardon, keine Wahl …«

Als ich mein braungebrutzeltes Stück auf dem Teller betrachte, wird es mir plötzlich zuviel. Da tue ich so, als wollte ich nachfassen, dann verdrücke ich mich aber seitlich in die Büsche und lasse mein Essen über Stag gehen: Hier muß es doch einen Hund geben, der mir das danken wird . . .

Die Mücken wirbeln jetzt in so dichten Schwärmen herum wie die Funken, die aus dem Rost stieben. Da verziehe ich mich dann doch lieber ins Haus und setze mich direkt unter eine der Landschaften. Schon erscheint ein ganzer Pulk in der Tür, und der Teufel will's, daß meine Nachbarn von der Freßback dabei sind. Ehe ich es mich richtig versehe, werden zwei Tische zusammengerückt, und ich sitze in einer angeregten Palaverrunde, dem Kriegsgerichtsrat gegenüber.

Der Kriegsgerichtsrat fühlt sich inmitten von so viel offenbar erwartungsvollen Zuhörern richtig animiert und erzählt: »Ich hatte mal einen Franzosen, der hat sich noch bei mir für das Urteil bedankt – für die korrekte Prozeßführung. Wir haben das auch alles immer sauber und korrekt gemacht. Die Zeugen zu Wort kommen lassen und so – aber genützt hat das dem Delinquenten natürlich nichts. Auf das Delikt ›Beherbergung von gegnerischen Kräften‹ stand nun mal die Todesstrafe . . .« Der Kriegsgerichtsrat gießt sich an dieser Stelle einen ordentlichen Schluck vom frisch auf die Back gelieferten Bier hinter die Binde.

Anstatt mich jetzt ein zweites Mal zu verholen, bleibe ich wie gelähmt im Sessel sitzen.

Schon kommen neue Abscheulichkeiten aus diesem wässernden, spuckenden Maul: »Ein Militärarzt muß dabeisein. Der hebt dann ein Augenlid . . . Nein, kein Genickschuß. Dafür gibt es keine Vorkehrungen. Im Sarg werden dem Delinquenten die Augen geschlossen, die Unterarme auf die Brust gelegt. Auch bei den Franzosen.«

Allgemeines Zuprosten, und dann geht es auch schon weiter: »Bei den Franzosen, da hat sich 'ne Stereotype eingebürgert: ›Vive la France!‹ – die Résistanceleute . . . Aber die Franzosen, die halten still. Habe einen um die politische Meinung gefragt und ihm dann ein paar Zigaretten gegeben . . .«

Auf einer anderen Bewußtseinsebene sehe ich gleichzeitig das Muster auf Simones alter Bluse aus tausendmal der Zeile »Vive la France« und auch die Métrotickets mit den Victory-Einrissen. Das wäre sicher ein Fressen für diesen sabbernden Unhold gewesen, wenn er die gesehen und jemanden bei der Herstellung erwischt hätte.

Offenbar säuft das Scheusal wie ein Loch: Kaum hat er ein neues Bier, legt er wieder los, aber auf einmal gibt er sich sachlich: »Die Erschießungen finden auf dem Mont Valérien bei Paris statt . . . Die deutschen Kriegsrichter sitzen in der Rue Boissy . . . Nein, nicht in der Avenue Foch, nein, das ist der Polizeiführer SS ... Richtig: der höhere SS- und Polizeiführer Frankreich. Die deutsche Polizei ist ganz woanders: in der Rue des Saussaies nämlich ...«

Jetzt will der Kommandeur der Flakbrigade auch etwas zum besten geben: »Wir haben da 'ne Menge Georgier. Von denen mußte ich drei Mann erschießen lassen – waren Bolschewiken ... Auch ans Erschießen kann man sich gewöhnen ... Das sind komische Leute, Hinterwäldler würde ich sagen. Die haben das erste Mal 'ne Eisenbahn gesehen ... Viele alte Säcke darunter. Einer ist uns gerade beim Schnelladen umgefallen – tot ...«

Ich sehe, wie der Kriegsgerichtsrat – Sachse heißt er, wie ich jetzt weiß – unruhig wird: Er will sich von diesem Flakfritzen nicht die Schau stehlen lassen.

»Mußte 'nen extra Puff für die Brüder einrichten, die haben doch 'ne ganz andere Vaunull«, sagt der aber ungerührt, »die hätten sonst wie die Waldesel onaniert ... Ja, Sie lachen!« Damit wendet sich der Flakfritze halb zurück und verlangt: »Noch 'n Bier!« Und dann: »Wenn die loswichsen, ist man seines Lebens nicht mehr sicher!«

Jetzt kann sich Herr Sachse endlich wieder an der Reihe fühlen: »Demnächst habe ich drei auf einmal! Übrigens: Was die Pfarrer so leisten, ist auch nicht von schlechten Eltern! Bei meinem letzten Fall war der Pfarrer die ganze Nacht in der Zelle. Doch 'ne Leistung! Der hat den Mann richtig fit gemacht ...«

Der Herr Kriegsgerichtsrat flößt sich noch mal ordentlich Bier ein und wischt sich mit einer viel zu weit ausholenden Bewegung mit dem Handrücken über sein Maul. Er ist die Selbstzufriedenheit in Person: Man hört ihm zu und bestaunt ihn.

Ich frage mich: Was wird er wohl jetzt noch zu bieten haben? Ich brauche nicht lange zu warten, da verkündet Herr Sachse: »Hinrichtungen sind allemal besser als Exekutionen mit dem Fallbeil. Wenn da einer noch zuckt, dem der Kopf längst ab ist, das ist unangenehm ...«

Und dann trieft und spritzt es nur mehr so von rotem Saft. Ich will diese Stimme nicht mehr hören. Ich bleibe aber trotzdem sitzen und verschließe die Ohren, so gut es eben geht. Und da geschieht es: Herr Sachse holt seinen letzten Trumpf hervor: Herr Sachse hat Fotos. Erhängungen und Erschießungen.

Genau so zeigen die ganz miesen Huren in der Rue d'Aboukir ihre abgewetzten Fickfotos vor, zum Schwänzespannen, genau wie hier. Aber *da* herrschen klare Verhältnisse, die verlangen Geld.

Was für ein Glück, daß der Alte nicht mit hier sitzt! Spätestens jetzt müßte er etwas veranlassen ...

Hinter uns singen sie: »Zwischen Shanghai und Sankt Pauli liegt der große Ozean / die Matrosen in der Ferne träumen von der Reeperbahn ...«

Da erscheint der Alte tatsächlich und murmelt: »Die haben wohl schon ordentlich einen gehoben. War ja auch ganz schön gesalzen der Schweinebraten.«

»Weit ist der Weg zurück ins Heimatland, so weit, so weit ...«, singt jetzt einer mit gepreßtem Tenor als Solo.

Der Alte hat mit einem schnellen Seitenblick die Fotos gesehen. Er schilpt die Unterlippe vor und zieht die Brauen zusammen. »Wir sollten mal wieder die Straße unter die Räder nehmen«, sagt er dann zu mir, und ich bin im Nu hoch. Alle in der Runde schweigen plötzlich wie ertappt. Der Alte guckt kalt um sich und verbeugt sich knapp.

Als wir wieder im Auto sitzen, erlebe ich einen Alten, der so unbeirrt stur über sein Steuer weg die Straße im Blick hält, als hätte er einen Krampf im Genick. Und weil er nichts sagt, sagt der Doktor neben ihm auch nichts, und der VO hüllt sich ebenfalls in Schweigen: Dabei werden den beiden wohl die Sottisen nur so auf der Zunge brennen. Ich kann mich allein damit unterhalten, daß ich mir ausdenke, was der Alte wohl sagen würde, wenn die beiden anderen nicht mit im Auto säßen ...

Wir haben schon gut zehn Kilometer hinter uns, da scheint der Alte sein Schweigen endlich brechen zu wollen: Ich kann für einen Moment im Rückspiegel sehen, wie er eine Schnute zieht. Dann sagt er, mitten in einer engen Kurve: »Das Spanferkel hatte ja 'ne prima Kruste ...«

Da prusten der Doktor und der VO, als habe der Alte wunder weiß was für einen Witz gerissen, im Duett los. Und als wir durchs Flottillentor fahren, wagt dann auch der Doktor: »Gelungener Nachmittag – country life at its best« zu sagen, aber halblaut, als rede er nur so vor sich hin.

Als ich neben dem Alten zu seinem Pavillon hochsteige, muß ich stehenbleiben und Luft holen. Mich überkommt eine Art Zuhausegefühl. »Das war ein Fetzen zuviel für meiner Mutter Sohn«, sage ich, »zugelernt habe ich jedenfalls ...«

»Ich würde auch meinen: jetzt erst mal 'nen Schnaps!«

»Und dann?«

»Und dann kein Wort mehr!«

Der Alte wird das mit Rennes schon befingern, beruhige ich mich am Morgen. Hierbleiben und Mimikry machen, den Kopf einziehen und wegducken, nach dieser Regel wollen wir schon noch eine Weile verfahren – versuchsweise.

Bei der Flottille ist sicher immer noch der beste Platz für mich. Nur hier bin ich halbwegs geschützt vor den Drangsalierern, hier können sie am wenigsten gegen mich ausrichten. Und doch: trotz aller Einsichten ... mir brennt der Boden unter den Füßen! Und warum redet der Alte so gar nicht mehr über Simone?

Zeit vergehen lassen – das klingt, wie es klingt: vernünftig. Aber das ist auch schon alles. Hat den Alten der Mumm verlassen? Will er sich am Ende gar aus der Affäre ziehen, um seine Karriere nicht zu gefährden? Aber diese Karriere kann doch nur mehr als absurde Vorstellung in seinem Hirn existieren. Mit uns ist es doch aus und vorbei – ganz gleich, wie schnell oder langsam die Alliierten weiterkommen ...

Nach dem Frühstück will ich mich, Zeichenzeug unter dem Arm, beim Alten im Büro abmelden. Der Alte bläst die Luft mit einem Fauchton aus sich heraus und sagt unvermittelt: »Molzahn macht Ärger!«

Ich stehe da und weiß nicht, was ich damit anfangen soll.

»Der hatte natürlich Grund zum Feiern – aber so was muß doch im Rahmen bleiben!« redet der Alte weiter.

Ich erfahre, daß Molzahn sich gestern abend, stur und aufsässig, wie er nun mal ist, partout nicht in den Offizersbums abschleppen lassen, sondern bei seinen Leuten bleiben wollte und im Mannschaftspuff gelandet ist. »Und da gab's dann Rabbatz – sogar eine Keilerei«, sagt der Alte, »und Molzahn mittendrin!«

»Probleme!« sage ich. »Wir bekamen früher einfach Soda in den Tee. Das Zeug nannten wir ›Hängolin‹.«

»Du hast gut lachen!« sagt der Alte und schiebt seine Akten wütend auf dem Schreibtisch hin und her. Aber dann steht er plötzlich auf und verkündet: »Ich muß zum Bunker! Fährst du mit?«

»Nichts, was mir lieber wäre!«

Im Auto, der Alte fährt selber, ist er wie ausgewechselt. Er pfeift sogar: »Stolz weht die Flagge ...«

Ich kann also eine Lippe riskieren und fange auch gleich an, gegen die Windschutzscheibe hin zu reden: »In Koralle hab ich übrigens ein Bild von dir mit dem Führer gesehen.«

»Das mit Kapitän Rogge, dem Atlantis-Rogge, und Oberleutnant Suhren? Reinhard Suhren?«

»Ja. Wie lief denn das damals?«

»Ja, wie soll's gelaufen sein?«

»Ich meine, wie wirkte Hitler denn auf dich?«

»Ich würde sagen: wie auf den Bildern.«

»Sonst nichts?«

»Bißchen kleiner vielleicht, als ich dachte.«

»Und sonst gar kein Eindruck?«

Der Alte muß jetzt zwischen Trümmerbergen hindurchfahren und sich konzentrieren. Erst als wir die Slalomstrecke hinter uns haben, sagt er: »Wie stellst du dir das eigentlich vor? Männchen machen, Händedruck, kerniger Blick in die Augen – so läuft das doch. Und dann ist man natürlich auch aufgeregt und präpariert Antworten auf mögliche Fragen. *So* ist das!«

»Und wo hat das Ganze stattgefunden?«

»Wolfsschanze. Bei Rastenburg, Ostpreußen.«

»Wie sind die bloß auf *den* Ort verfallen?«

»Die haben da schon neunzehnhundertvierzig mit der Bauerei angefangen, also noch vor dem Rußlandfeldzug. Eine Riesensache jetzt. Von außen sieht man nicht viel, aber dann kann man bloß staunen: ein riesiger Fuchsbau aus Beton – und gesichert! Dagegen liegen wir hier wie auf dem Präsentierteller!«

Ich muß daran denken, wie ich einmal im Künstlerhaus in München auf einen Menschen der Reichsstudentenführung warten mußte. Um mich herum als Boden blankgewienerte Steinornamente, vor mir ein riesiger runder Tisch mit einer Platte aus scharfpoliertem Granit, aus einem einzigen Stück, in einem Ring aus Eichenholz. Die Füße geschnitzt: Adler mit Löwenklauen. An den Wänden düstere Gobelins, an der Decke gewaltige Bronzekandelaber und zu beiden Seiten einer raumhohen Eichentür bronzene Fackeln, schräg in Halterungen, nach römischem Vorbild. Dazu der Nachhall von Stiefeltritten, Hackenknallen. Ein Kommen und Gehen von Parteichargen: ein halbes Dutzend verschiedene Uniformen – wie das abstrahlte! Ich konnte mir plötzlich vorstellen, wie einer in solcher Umgebung vom Cäsarenwahn befallen wird.

»Wollte er denn nichts von dir wissen?« frage ich den Alten jetzt. »Hat er nichts gefragt?«

»Nichts Besonderes. Bloß so allgemein – England in die Knie zwingen und so –, und da brüllt man dann: ›Jawoll, mein Führer!‹ – Hast *du* ihn denn noch nicht gesehen? Ist ja schließlich auch *dein* oberster Kriegsherr.«

»Gesehen – ja. Mal in München. Lange her, aber ich hab die Szene vor mir, als sei's gestern gewesen.«

Der Alte biegt scharf nach rechts ab und dreht gleich wieder auf. Mit erhobener Stimme übertönt er das Heulen des Motors: »Na und? Erzähl schon!«

»Das war in der Königinstraße in München. Die geht direkt am Englischen Garten entlang – Häuser nur an einer Seite. Ich latsche gerade stadteinwärts, da kommt mir ein Autokonvoi entgegengefahren. Im ersten Wagen der Führer! Ich seh die Karosse noch ganz genau: offen, mit niedriger Windschutzscheibe, steifer Hakenkreuzstander, das Hakenkreuz aber auf Goldgrund statt auf Weiß – und außerdem senkrecht, nicht so über Eck wie normalerweise auf den Fahnen. Und dann das Ersatzrad neben der Motorhaube, ein Stück im vorderen Kotflügel versenkt und auf dem hinteren Kotflügel so 'ne Art gummibelegter Tritt. Komisch, daß man das in Sekundenschnelle so genau wahrnehmen kann. Das heißt: Die Kutsche fuhr ziemlich langsam. Ich stand ganz dicht am Bordstein, und der Führer saß auf der mir zugekehrten Seite und starrte mich aus gerade mal einem Meter unter dem Mützenschirm heraus an. Bleiches Gesicht, talgige Haut. Die Bartfliege unter der Nase wirkte wie nachgefärbt. Ich wußte vor lauter Schreck nicht, was tun. Ich dachte schon, jetzt springen die beiden SS-Bullen aus dem Wagen und hauen mir den Frack voll, weil ich den Arm vor lauter Schreck nicht hochbrachte. Aber da war der Fackelzug auch schon wieder weg. Ich hab glatt fünf Minuten gebraucht, bis ich wieder in Ordnung war . . . Die Leute, die an den Posten seitlich der Feldherrnhalle nicht mit erhobenem Arm vorbeitigerten, wurden ja regelmäßig verdroschen.«

Der Alte grinst. Er weiß offenkundig nicht, was er zu meiner Geschichte sagen soll. Schließlich brummt er: »Ja, so geht's.«

Der Alte hat mit dem Flottilleningenieur in einer der Werkstätten eine Besprechung. Weil ich nicht wie der Hund seinem Herrn dem Alten hinterherschnüren will, mache ich mich selbständig. »Halbe Stunde, mehr nicht!« hat der Alte gesagt.

»Mann! Sachen gibt's!« höre ich, als ich mich am Ausrüstungspier auf einen Poller gesetzt habe, dicht neben mir einen Seemann sagen und staune insgeheim, wie geschickt da einer seinen Köcer auslegt. Aber die drei anderen, die mit ihm an der Stelling herumhocken, kennen die Spielregeln: Sie sagen kein Wort. Der soll nur sehen, wie er seine Geschichte loswird.

»Mann, Sachen gibt's, da kannste nur staunen!« kommt auch schon prompt der zweite Anlauf.

Jetzt gibt sich einer der anderen gnädig: »Na, mach schon! Spuck's aus!«

Aber nicht daß nun etwa gleich die Geschichte käme. Jetzt wird erst noch mal retardiert: »Da kann man nur den Kopf schütteln – Sitten haben die Leute, das glaubt man gar nicht!«

Die Reaktion darauf ist unwilliges Brummen. Der erste Seemann tut jetzt so, als sei er ganz und gar ins Nachsinnen über sein Erlebnis versunken. Erst als einer sagt: »Also glaub's nich – behalt's für dich!«, tut er, als wache er auf: »Ich war doch im Urlaub in Berlin bei meinem Onkel und meiner Tante. Die ham doch in Berlin 'ne Eisenwarenhandlung.«

»Da hättense dir mal 'n Ring durch die Nase verpassen solln un dann rumführen im Zoo – das hätte ganz interessante Kreuzungen gegeben . . .«

Der Erzähler läßt sich davon aber nicht stören.

»Das ist gleich um die Ecke von der Friedrichstraße. Un da geh ich da so abends – un da quatscht mich doch eine an. Fünf Mark wollte se.«

»Mach Sachen! Ausgerechnet von dir?«

»Un da geh ich mit hoch. Dritter Stock. Da sitzen dreie beim Skatspielen. Die lassen sich gar nich stören, un wir müssen da durch. Un daneben isses Schlafzimmer, un von eem Bett iss alles zurückgeschlagen – also da war bloß noch de Matratze. Un da zieht die sich 'n Schlüpfer aus und legt sich uff de Matratze!«

»Na und!« blafft einer dazwischen.

». . . un nebenan kloppen die ihren Skat! Das sin doch keene . . .«

Da setzt so heftiger Lärm ein, daß ich nichts mehr verstehen kann: Irgendwo wird auf hohl liegende Metallplatten gehämmert, und das schallt gewaltig nach.

Als das Gehämmere endlich aussetzt, haben die Kerle aber noch immer Thema Nummer eins drauf.

»DKW-Meisterklasse – das mag ja 'n ganz passables Auto sein, aber ficken kannste da drin nich«, führt einer das große Wort.

»Davon rede ich doch gerade, du Arschloch!«

Weil jetzt einer sagt: »DKW, das heißt ›das kleine Wunder‹«, wird er seine Geschichte aber immer noch nicht los.

»Du spinnst ja: DKW heißt ›Deutsche Kraftrad Werke‹«, bringt ein anderer das Palaver vollends aufs falsche Gleis.

»Ich werd verrückt: Kraftrad Werke?« stöhnt da noch ein anderer, dessen Stimme ich bisher nicht gehört habe.

»Redet ihr nu von 'nem Auto, von 'nem Motorrad oder vom Ficken?«

»Im Vertrauen: Du bist so ziemlich die dümmste Sau, die ich kenne.« Das galt dem Fragesteller.

»Weeßt du, was ich mit dir mach?« sagt der daraufhin.

»Nee«, gibt der Angeredete arglos zurück.

»Ich klemm dein Kopp zwischen die Arschbacken und zieh de Muskeln an – dann stirbste im Dunkeln.«

»Un dann Chlorkalk drauf«, empfiehlt ein anderer, »damit der Leichengeruch nich lästig wird.«

»Ach, quatsch doch nich die Fransen vom Teppich, du blödes Arschloch!«

»Den neuen Kommandanten fehlt es leider an der rechten Erfahrung«, klagt der Alte, als wir zurück zur Flottille fahren. »Die sind sicher nicht schlechter als die alten, aber heutzutage wird ihnen eben keine Zeit gelassen, Erfahrungen zu sammeln, allmählich ins Metier zu wachsen, erst mal ein paar Erfolge ohne allzu große Abwehr einzuheimsen und dabei Selbstvertrauen zu gewinnen.«

»Für die allgemeine Lage scheint sich ja kaum einer zu interessieren . . .«

»Na und? Was willst du damit sagen?«

»Daß es bei so viel Denkträgheit dann auch nicht verwundern kann, wenn sie nicht danach fragen, ob der eigene Einsatz noch sinnvoll ist . . .«

»Da verlangst du einfach zuviel. Die sind eben . . .«

»Was in Berlin geplant wird, ist für die doch wie Gottes Wort!« falle ich dem Alten in seine Rede und erschrecke über meinen aufmüpfigen Ton. Aber der Alte, der einen Bombentrichter umfahren muß, tut, als hätte er mich nicht gehört, er redet einfach weiter: »Die sind schließlich an Gehorsam gewöhnt . . . und außerdem: Was weißt *du* denn, was die sich überlegen? Du kennst die meisten ja gar nicht . . .«

Später auf dem Hof läuft mir der VO über den Weg. Ich frage, wie denn seine Geschäfte gingen. Da winkt der VO nur ab und sagt: »Haben Sie etwas von Fräulein Sagot gehört?«

»Ich?« sage ich wie verblödet, und wir stehen einen Augenblick beide halbverlegen nur so da. Schließlich reden wir über das Wetter, bis ich sage: »Ich muß mich jetzt umziehen.«

Nach dem Mittagessen sitze ich mit dem Alten an einem der niedrigen runden Tische im Club. Das Gespräch tröpfelt dahin. Die Gesellschaft ist alles andere als anregend.

»Ich würde übrigens an deiner Stelle nicht so überheblich sein«, sagt der Alte, ohne mich anzublicken. »Ich möchte nicht wissen, wofür sich deine Sumpftypen interessieren . . .«

Ich starre den Alten an. Warum ist er nur plötzlich so aggressiv?

»Ist das eine Einladung zur Selbstprüfung?« frage ich.

»Kannst du so nehmen!«

»Wie wär's mit einem frischen Bier?« kommt mir der VO da ungerufen zur Hilfe.

»Nicht zu verachten«, gibt der Alte zurück.

Als der VO verschwunden ist, nimmt der Alte den Faden wieder auf: »Du bist eben alle nasenlang in Berlin. Wenn man wie du den Wanderer zwischen beiden Welten spielen darf, hat man gut reden. Aber was können die Leute denn *hier* schon erfahren?«

»Wenn sie tatsächlich wollten – eine ganze Menge. Aber mit Scheuklappen lebt sich's eben bequemer, als wenn man sich Gedanken macht.«

Der Alte wirft mir einen warnenden Blick zu: Ich soll leiser reden. Im Club sitzen zu viele Leute.

»Anscheinend hast auch du Scheuklappen – wenigstens bei der Beurteilung deiner aktiven Kollegen«, hebt der Alte nach einer Weile wieder an. »Du *willst* einfach nicht kapieren, daß die nach einem bestimmten Codex erzogen worden sind. Offenbar ist so ein verkleideter Zivilist wie du absolut außerstande zu begreifen, was soldatische Erziehung und soldatische Ideale bedeuten.«

Danach hüllt sich der Alte in Schweigen, und ich tue es ihm nach. Es hätte auch keinen Zweck weiterzureden: Wenn vom Alten die soldatischen Ideale beschworen werden, ist jede Debatte sinnlos. Da panzert er sich und schließt das Visier.

»Ich hab noch zu tun«, sage ich, stemme mich hoch und vollführe meine übliche Mischung aus militärischem Abmelden und zivilem Gruß. Der Alte nickt nur unwirsch, als wolle er sich nicht beim Grübeln stören lassen.

Als ich mich zwischen den Sesseln durcharbeite, komme ich mir linkisch und beschämt vor. Ich spüre die Blicke von der Bar her in meinem Rücken. Diese Sturlinge hat der Alte auch noch in Schutz genommen.

Der Alte, sage ich mir, als ich meinen Pavillon ansteuere, ist in einer bösen Zwickmühle. Er weiß viel zu genau, was wirklich gespielt wird, und muß doch so tun, als glaube er an die Weisheit der Führung und den Endsieg. Das haben die Nazis jedenfalls schlau gemacht: die Soldaten mit ihrer eigenen Ethik zu knebeln und ihnen aus den traditionellen Idealen eine Garotte zu machen.

»Sich mit den bestehenden Verhältnissen abfinden – was bleibt einem schon anderes übrig . . .?« So hat der Alte schon ein paarmal geklagt, und so läuft es eben: Da wir nichts ändern können, finden wir uns mit den Verhältnissen ab. Wir schreien nicht gerade »Hurra!«, aber wir marschieren mit und halten gehorsam Tritt.

Das Attentat

Unmittelbar vor dem Essen, um achtzehn Uhr dreißig, kommt eine Sondermeldung des Großdeutschen Rundfunks über einen Attentatsversuch auf den Führer und obersten Befehlshaber.

Mordanschlag auf den Führer! Bedeutet das Umsturz? Revolution?

Den Alten hat die Nachricht schier versteinert. Es sieht nach Anstrengung aus, als er endlich seine Zähne auseinanderbringt: »Wieder wie neunzehnachtzehn!«

Und damit erhebt sich der Alte abrupt aus seinem Sessel und verschwindet grußlos. Ich kann nicht sofort aufstehen, weil das aussehen würde, als liefe ich ihm nach, so sitze ich denn da wie die anderen, die entweder das Teppichmuster betrachten oder Löcher in die Qualmluft stieren.

»Jetzt wird's gemischt!« sagt endlich einer. Und alle blicken ihn an, als hätte er einen Geistesblitz zum besten gegeben oder ein gültiges Resümee der Ereignisse.

Der Alte wird – das weiß ich – jetzt nicht gleich wieder auftauchen. Weil ich brennend auf neue Nachrichten aus bin, steuere ich sein Büro an. Dorthin wird er ja wohl gegangen sein.

Der Alte hält sich mit einer Anzahl bunter Schnellhefter beschäftigt. Ich weiß, was darin gesammelt ist: allerlei Merkblätter, Geheimvorschriften, taktische Regeln, Flottillenbefehle und was dergleichen an Geschriebenem kursiert. Aber ich weiß auch, daß sich der Alte die Hefter nur vorgenommen hat, um seine Spannung zu verbergen.

Der Alte nimmt keine meiner versteckten Herausforderungen zum Reden an: Er bleibt gänzlich verschlossen.

Plötzlich heißt es: Hitler lebt.

Ist das wieder nur eine von den üblichen Lügen? Jetzt ist erst recht keiner Nachricht mehr zu trauen. Von Stalin hieß es auch schon mal, er sei gar nicht mehr am Leben, sondern würde durch ein Double ersetzt – aber dann lebte der richtige Stalin doch noch.

Ich höre, ein Gkados vom Großadmiral sei gekommen. Aber ich komme nicht an den Text. Der Alte verliert kein Wort darüber.

Wohin ich mich auch wende: versiegelte Münder. Die Blicke, die ich auffangen will, gehen an mir vorbei.

Wenn Hitler das Attentat tatsächlich überstanden haben sollte, werden viele Köpfe rollen. Ist es für Zar Peter gar ein Glück, daß er eingesperrt war, als es zu dem Anschlag kam – oder macht die Verbrecherbande jetzt tabula rasa wie damals nach dem Röhm-Putsch? Wenn die Verhaftungsmaschinerie erst mal auf vollen Touren läuft, dann gnade uns Gott ...

Zum Essen muß ich in der Messe erscheinen, ob ich nun will oder nicht. Es ist, als sei plötzlich ein Vakuum entstanden, in dem wir uns nur mehr unsicher bewegen können. Der Alte kommt endlich auch, aber er weicht meinem Blick aus.

Was ist nun wirklich los? Aufstand in Berlin? Wieso gibt es keine neuen Nachrichten? Haben die Nazis das Ganze etwa wieder selber inszeniert, um nach altem Muster die Vorsehung ins Spiel zu bringen? Einen Knalleffekt – im wahrsten Sinne des Wortes – hätten sie ja nötig.

»Das Führerhauptquartier ist in Rastenburg«, höre ich links von mir reden.

»Ich denke, in Berchtesgaden?«

»War in Berchtesgaden, ist aber wieder nach Rastenburg verlegt worden.«

»Rastenburg – hab ich nie gehört ...«

»Das muß irgendwo ganz im Osten liegen.«

Ich bin froh darüber, daß überhaupt etwas gesagt wird.

Als wir mit dem Essen fertig sind und kein Besteck mehr klappert, wird die Stille drückend.

Wie lange soll das noch dauern? Müßte der Alte nicht irgend etwas zum besten geben? Einen Kommentar zu den Ereignissen? Sammelt er sich etwa zu einer Rede an sein Volk?

Aber der Alte sitzt nur bolzengerade da, das Gesicht zur Hälfte hinter seinen Händen verborgen. Er hat die eine Hand zur Faust geballt und bewegt sie so in der zur Höhlung gekrümmten anderen Hand, daß es aussieht, als wolle er die Funktionsweise eines Kugelgelenks in der Pfanne demonstrieren. Das macht er gute fünf Minuten lang. Sein Kinn hält er dabei angezogen. Die Kerben in seinem Gesicht sind tiefer geworden, er sieht mindestens zehn Jahre älter aus, als er tatsächlich ist: ein alter Mann von fünfunddreißig Jahren. Seine Haare, die früher die Farbe von Sauerkraut hatten, sind sowieso schon deutlich heller geworden – nicht mehr lange, und der Alte wird zu den Weißhaarigen gehören.

Ich halte meinen Blick so intensiv auf den Alten gerichtet, als könnte ich ihn allein mit der Kraft meines Blickes zum Reden zwingen. Da packt der

Alte doch tatsächlich ruckartig die Armlehnen und reckt sich und macht dabei seinen Mund auf und zu, als schnappe er nach Luft. Schließlich sagt er überlaut: »Mahlzeit, meine Herren!« und steht auf.

Sogleich setzt heftiges Stuhlrutschen und Füßescharren ein. Ein Besteckteil klirrt zu Boden.

Ich sitze da wie festgenagelt. War das alles? Die Messe leert sich schnell, viel schneller als sonst. Alle laufen weg, als hätte einer »Feuer!« gerufen.

Ich hänge mich ans Radio. Nach und nach erfahre ich: Der Bombenanschlag ist mittags während der Lagebesprechung im Führerhauptquartier verübt worden. Hitler ist vor wenigen Tagen erst aus Berchtesgaden dort eingetroffen. Noch vor der Lage war Verlegung in eine Baracke – Glück für Hitler: Der Holzbau konnte bei der Explosion leicht auseinanderfliegen. Keine Verdämmungswirkung. Hitler wurde außerdem durch einen mächtigen Eichentisch mit klotzigen Beinen gedeckt. Er ist kaum verletzt. Mussolini war am Nachmittag in Rastenburg.

Es soll einen Toten und etliche Schwerverletzte gegeben haben. Der Tote war aber keiner aus der Naziführerschicht, sondern ein Stenograph.

Auf allen Gesichtern malt sich Bestürzung. Einige sehen tief erschrokken aus. Was Wunder: Für die ist eine Welt zerbrochen.

Dann kommt die Ankündigung, daß Hitler um einundzwanzig Uhr reden wird. – Als bis zehn immer noch nichts passiert, gehe ich schlafen.

Am nächsten Morgen erfahre ich, daß Hitler nachts um eins zum deutschen Volk gesprochen hat. Ein Funkmaat hat die Hitlerrede nachgeschrieben:

»Deutsche Volksgenossen und -genossinnen! Ich weiß nicht, zum wievielten Male nunmehr ein Attentat auf mich geplant und zur Ausführung gekommen ist. Wenn ich heute zu Ihnen spreche, dann geschieht es aus zwei Gründen: Erstens, damit Sie meine Stimme hören und wissen, daß ich selbst unverletzt und gesund bin. Zweitens, damit Sie aber auch das Nähere erfahren über ein Verbrechen, das in der deutschen Geschichte seinesgleichen sucht.

Eine ganz kleine Clique ehrgeiziger, gewissenloser und zugleich verbrecherischer, dummer Offiziere hat ein Komplott geschmiedet, um mich zu beseitigen und zugleich mit mir den Stab praktisch der deutschen Wehrmachtführung auszurotten. Die Bombe, die von dem Oberst Graf von Stauffenberg gelegt wurde, krepierte zwei Meter an meiner rechten Seite. Sie hat eine Reihe mir teurer Mitarbeiter sehr schwer verletzt, einer ist gestorben. Ich selbst bin völlig unverletzt bis auf ganz kleine Hautabschürfungen, Prellungen oder Verbrennungen. Ich fasse es als eine Bestätigung des Auftrages der Vorsehung auf, mein Lebensziel weiterzuverfolgen, so wie ich es bisher getan habe ...

Der Kreis, den diese Usurpatoren darstellen, ist ein denkbar kleiner. Er hat mit der deutschen Wehrmacht und vor allem auch mit dem deutschen Heer nichts zu tun ... Diesmal wird nun so abgerechnet, wie wir das als Nationalsozialisten gewohnt sind.«

Davon mache ich mir eine Abschrift für meine Arbeitspapiere.

Jetzt hungere ich erst recht nach Informationen. Ich will wissen: Wie hat sich die Marine verhalten? Welche Rolle hat Dönitz gespielt? Welche sein Stab?

Ob Dönitz mit in Wolfsschanze war, oder ob er in Koralle saß?

Wo ist Rommel? Welche Rolle hatte Rommel bei der Verschwörung?

Wie groß ist überhaupt der Kreis der Verschwörer?

Der Alte sitzt, als ich in sein Büro komme, starr an seinem Schreibtisch. Er wirkt immer noch so verstört, als hätte ihn ein direkter Schicksalsschlag getroffen.

Hat ihn das Attentat derartig mitgenommen? Oder gibt es noch andere Gründe? Der Alte selber bringt mich auf die Spur, als er mich plötzlich fragt: »Erwarten die Leute, daß ich was sage?«

Ehe ich antworten kann, sagt er in entschiedenem Ton: »Das soll mal Steincke machen!«

Ich wünschte, ich könnte mich jetzt drücken und so tun, als sei der Plan des Alten vernünftig. Da fragt er geradezu: »Was meinst du?«

Ich versuche allen Spott aus meiner Stimme herauszuhalten, um den Alten nicht zu verprellen. Die Vokabel »Vorsehung« darf mir jetzt nicht über die Lippen kommen: »Daß du reden *mußt*, natürlich – zumindest zu den Offizieren. Wenn du nichts sagst, könnte das dumm ausgelegt werden.«

Der Alte nickt und zieht die Schultern hoch, als wolle er Schicksalsergebenheit mimen. Ich möchte jetzt nicht in seiner Haut stecken.

In der Messe wieder nur vernagelte Mäuler, ausweichende Blicke. Die meisten stieren einfach nur vor sich hin oder fixieren das weiße Tischtuch. Einige handhaben ihre Bestecke wie Roboter.

Der alte Steincke sieht aus wie ein Hund, dem man einen viel zu großen Knochen hingelegt hat und der nun nicht weiß, wie er ihn packen soll. So vergrämt und ohne Augenmerk auf seine Haltung habe ich ihn noch nie erlebt. Er ähnelt plötzlich einem alten Frosch. Die Nachrichten müssen ihn besonders tief geschockt haben.

Plötzlich steht der Alte auf. Er harkt seine Stimme zurecht, als litte er unter Katarrh, und bringt dann aufs äußerste angestrengt hervor: »Meine Herren! Diese Offiziere sind längst keine Offiziere mehr. Das sind Verräter . . .!«

Der Alte hätte sich ein Konzept machen müssen, denn jetzt steht er da wie ein Schauspieler ohne Text und Souffleur. Ich möchte vor quälender Peinlichkeit in den Boden versinken. Doch den Alten scheint die Stille und allgemeine Beklemmung nicht anzufechten. Er wartet offenbar darauf, daß ihm die angemessenen Phrasen einfallen. Aber dann sagt er nur noch einmal wütend und empört: »Verräter! Gemeine Verräter, die sich selber aus der Volksgemeinschaft ausgeschlossen haben! – Es lebe der Führer!«

Was ist nur in den Alten gefahren? Ich hätte darauf gewettet, daß er sich mit dieser Ansprache nur einer Pflicht entledigen würde. Und jetzt diese Töne!

Was mag nur in ihm vorgehen? Ich wünschte, ich könnte hinter seine Stirn blicken . . .

Aus dem Radio tönt der Badenweiler Marsch. Ovationen, Treuebekundungen. »Die Vorsehung« – immer wieder: »Die Vorsehung!« Ich will davon nichts mehr hören. Aber ich kann mir nicht die Ohren zuhalten. Dönitz, Göring gratulieren zur Errettung. Ovationen noch und noch. Die Generalität wird als dekadent und morbid abgekanzelt, Himmler zum Befehlshaber des Heimatheeres ernannt.

Langsam bekomme ich ein Bild davon, was im Führerhauptquartier tatsächlich vor sich gegangen ist: Graf Stauffenberg hatte eine Bombe mit Zeitzünder in der Aktentasche. Derselbe Mann, der die Bombe gelegt hat, also Graf Stauffenberg, soll auch den Tod des Führers verkündet haben, obwohl er keine Beobachtung hatte. In Berlin muß ein Kreis von Verschwörern auf die Nachricht vom gelungenen Attentat gewartet haben, der sich auf Stauffenbergs Nachricht hin dann decouvriert hat. Offenbar hatte Generaloberst Beck sich zum Regierungschef erklären wollen. Ein Major namens Remer vom Wachbataillon in Moabit hat sich gegen den Aufstand in Berlin gestellt, nachdem er mit Hitler direkt telefoniert und seine Stimme erkannt hat.

Graf Stauffenberg und drei andere Offiziere sind noch am gestrigen Abend erschossen worden – im Hof der Bendlerstraße, also in dem öden Geviert, über das ich zu Rittmeister Holm gelangt bin.

Ein *tatsächlich* gemeuchelter Hitler – nicht auszudenken! Wie hätten unsere Männer denn *dann* reagiert? Wie wären sie denn *dann* mit ihrem Fahneneid und dem Soldatenethos zurechtgekommen? Auch so herrscht ja schon Verwirrung genug . . .

Unglaublich, daß der Gröfaz es wieder einmal geschafft hat! Der Mann kann sich als kugelfest patentieren lassen.

Aber warum bloß hat ihn nicht längst einer aus nächster Nähe abgeknallt, erdolcht oder mit den bloßen Händen erwürgt? Weil er dann selber mit draufgegangen wäre? Kann denn das der ganze Grund sein? Jetzt werden sie doch alle draufgehen – alle, die von der Aktion gewußt haben.

Und wenn der Anschlag geglückt wäre – hätte es denn dann Frieden gegeben? Etwa gar von einem Tag auf den anderen? Kaum vorstellbar. Aber Simone wäre freigekommen. Und auch meinen Verleger hätten die Hunde laufenlassen müssen.

Aber stimmt das auch? Göring hätte doch sofort die Nachfolge angetreten. Den hat der Führer ja ausdrücklich zu seinem Nachfolger ernannt – in der Reichstagsrede am 1. September '39.

Oder wäre es zu wüsten Diadochenkämpfen gekommen? Hätten sich Göring, Himmler, Goebbels und noch ein paar andere gegenseitig umgebracht? Hätte nicht gleichzeitig mit Hitler die ganze Sippschaft ausgerottet werden müssen? Nur ein einziger Mann als Ziel der Attentäter? Hängt denn das Ganze wirklich nur an diesem einen Mann?

Kann das stimmen, daß nur ein einziger Mann beseitigt werden müßte, damit Frieden wird? Dann würde es auch stimmen, daß es dieser eine vermocht hat, den ganzen Wahnwitz zu entfesseln ... eine irre Vorstellung!

Eins wird mir klar: Auch wenn der Anschlag geglückt wäre und der Aufstand in Berlin auch – die Leute hier hätten zu Dönitz gehalten. Und Dönitz zu den Nazis ...

Mir tut der Magen weh von dieser Art innerem Monolog. Ich wünschte, es würde eine gewaltige Detonation geben und alles wäre wieder stinknormal – Dienst nach Plan!

Nachmittags überträgt der Großdeutsche Rundfunk eine Ansprache vom Großadmiral. Ich muß sie im Club über mich ergehen lassen:

»Männer der Kriegsmarine! Heiliger Zorn und maßlose Wut erfüllt uns über den verbrecherischen Anschlag, der unseren geliebten Führer das Leben kosten sollte. Die Vorsehung hat es anders gewollt – sie hat den Führer beschirmt und beschützt und damit unser deutsches Vaterland in seinem Schicksalskampf nicht verlassen.

Eine wahnsinnige kleine Generalsclique, die mit unserem tapferen Heere nichts gemein hat, hat in feiger Treulosigkeit diesen Mord angezettelt, gemeinsten Verrat an dem Führer und dem deutschen Volk begehend. Denn diese Schurken sind nur die Handlanger unserer Feinde, denen sie in charakterloser, feiger und falscher Klugheit dienen. In Wirklichkeit ist ihre Dummheit grenzenlos. Sie glauben, durch die Beseitigung des Führers uns von unserem harten, aber unabänderlichen Schicksalskampf befreien zu können – und sehen in ihrer verblendeten angstvollen Borniertheit nicht, daß sie durch ihre verbrecherische Tat uns in entsetzliches Chaos führen und uns wehrlos unseren Feinden ausliefern würden. Ausrottung unseres Volkes, Versklavung unserer Männer, Hunger und namenloses Elend würden die Folge sein. Eine unsagbare Unglückszeit würde unser Volk erleben, unendlich viel grausamer und schwerer, als auch die härteste Zeit sein kann, die uns unser jetziger Kampf zu bringen vermag.

Wir werden diesen Verrätern das Handwerk legen. Die Kriegsmarine steht getreu ihrem Eid in bewährter Treue zum Führer, bedingungslos in ihrer Einsatz- und Kampfbereitschaft. Sie nimmt nur von mir, dem Oberbefehlshaber der Kriegsmarine, und ihren eigenen militärischen Führern Befehle entgegen, um jede Irreführung durch gefälschte Weisung unmöglich zu machen. Sie wird rücksichtslos jeden vernichten, der sich als Verräter entpuppt.

Es lebe unser Führer Adolf Hitler.«

Immer wieder hat sich die Stimme des Großadmirals zu schierem Geifern überschlagen. Verstohlen beobachte ich die Gesichter um mich herum, aber ich kann keine Regung sehen.

Danach brauche ich nichts als Luft! Frische Luft!

Als ich mir in Bartls Revier gehörig die Beine vertreten habe, treffe ich im Hof den Zahnarzt. »Gehen Sie in den Club?« frage ich ihn so unbefangen wie möglich.

»Nein!« gibt er mir Bescheid. Sein Ton ist dabei befremdlich barsch.

Weil der Zahnarzt aber nicht weitergeht, versuche ich in seinem Gesicht zu forschen. Trotz des Schattens von seinem Mützenschirm kann ich sehen, wie bleich der Mann aussieht. Um seine Mundwinkel ist ein Zucken, das ich nicht kenne. Der Zahnarzt macht einen halben Schritt weg von mir, bleibt dann abrupt wieder stehen und starrt mich an.

Der hat sie nicht mehr alle! denke ich.

»Kommen Sie mit zum Schwimmbecken?« fragt da der Zahnarzt.

»Ja.«

Wir sind noch keine zwanzig Meter gelaufen, da bricht es aus ihm heraus: »Jetzt werden die Guillotinen wieder zu tun bekommen. Rübe ab! Der nächste Herr bitte . . . Böse hineingeschlittert. Na, hoffentlich merken wenigstens *jetzt* einige, was anliegt.«

Das Fallbeil? denke ich. Das Fallbeil für Offiziere?

»In Berlin ist sicher der Teufel los, da können Sie Gift drauf nehmen.«

Guillotine, Gift nehmen ... Mir wird ganz kalt zwischen den Schulterblättern.

»Das war ein Fehler!« Mit seiner plötzlichen Schärfe erschreckt mich der Zahnarzt. Wir gehen auf dem Kiesweg am Schwimmbecken hin. Ich kann beruhigt sein: Hier hört uns keiner. Und sehen wird uns wahrscheinlich auch niemand: kein Mensch weit und breit.

Die Stimme des Zahnarztes geht rauh, stoßweise: »Entweder richtig oder gar nicht! *Das* aber durfte nicht passieren. Jetzt wird alles noch viel schlimmer! – Jetzt haben die eine Handhabe! – Wir werden es sehen: Die greifen jetzt ganz hart durch.«

Weil der Zahnarzt nichts mehr sagt, gehen meine Gedanken zum Alten. »Beschissene Veranstaltung!« kommt es mir ungewollt über die Lippen.

Der Zahnarzt bleibt stehen, und ich tue es ihm gleich. Wir starren uns eine Weile wortlos an, dann sagt der Zahnarzt endlich: »Der Alte ist schlau! – Aber jetzt muß er verdammt gut aufpassen. Sein Auftritt – der mußte sein. Wir haben hier 'n paar Leute – zwei mindestens –, denen ich nicht über den Weg traue.«

»Ich weiß noch jemanden, der aufpassen muß«, sage ich mit halber Stimme.

»Meinen Sie etwa mich?« fragt der Zahnarzt und hat dabei wieder seinen alten zynischen Ton.

Statt zu antworten, hebe ich nur die Schultern, als hätte ich einen Juckreiz auf dem Rücken.

»War das etwa ein Kassiber?«

»Ja.«

»Dafür bedanke ich mich!« sagt der Zahnarzt und erschreckt mich mit einer plötzlichen Kehrtwendung. Ehe ich noch etwas sagen kann, ist er auch schon verschwunden.

Messe und Club sind nach dem Abendessen schnell leer. Wer will sich schon im Suff den Mund verbrennen! Einer meidet den anderen. Es ist, als gehe eine schleichende Krankheit um, die mit Ansteckung droht.

Nachts liege ich lange wach und versuche immer wieder, den Alten zu entschuldigen: Früher habe ich aus seinem Mund nie Naziparolen gehört, aber jetzt muß er eben so reden. Der Zahnarzt hat recht. Gleich frage ich mich aber: Muß er es wirklich? Der Alte gibt mir jedenfalls Rätsel auf ...

Wie kann einer überhaupt den Flottillenchef spielen mit so viel Konfliktstoff im Innern?

Plötzlich fällt mir wieder die schlimme Geschichte mit dem Zigarrenhändler ein, die mir der Alte schon vor Jahr und Tag gestanden hat. Aber warum nur? Wollte er sich damals etwa selber anklagen, oder wollte er sich vor sich selber rechtfertigen? Sich vor *mir* zu rechtfertigen, dazu hatte er keinen Grund. Ich wußte, ehe er ins Reden kam, ja gar nichts von der Geschichte. Was ging es mich schon an, was der Alte in seinem Urlaub getrieben hatte.

Ganz so stimmt's allerdings nicht. Ich hatte ihm schon deutlich gezeigt, daß ich gern wissen wollte, wie es zu Hause in Bremen gewesen war. Da erfuhr ich dann auch, was alles ihm nicht gepaßt hatte: zum Beispiel, daß er mit der Grünetintenlady »durch die Läden ziehen« mußte. »Und immer den Halsorden dran!« In vollem Wichs mußte der Alte mittrotten, damit beim Metzger etwas mehr auf die Waage kam und hier ein Vorteil heraussprang und dort einer. Auch auf diverse Ämter schleppte sie ihn, um mit seinem Halseisen Bezugsscheine lockerzumachen ... Die Dame muß ihren Seehelden weidlich herumgeschleift und wie eine Jagdbeute vorgezeigt haben.

Einmal war der Alte allerdings ohne seine Lady unterwegs, und da ist es dann passiert ...

Gewiß doch: Der Alte hat in seinem Jähzorn schon eine gehörige Menge Mist gebaut. Und dabei meistens noch Schwein gehabt. Der Alte, das stille Wasser, und dann seine Wutanfälle!

Die »Reina Victoria« kommt mir in den Sinn. An die sollte ich besser nicht denken! So viel Glück, wie der Alte damals hatte, kann einer alleine eigentlich gar nicht haben ... Die Reina Victoria soff nicht ab, obwohl ihr Untergang samt zwotausend Passagieren besiegelt war.

Die Reina Victoria lag gestoppt da und war von Bug bis Heck erleuchtet, die Breitseite uns voll zugekehrt, und trotzdem hat der Alte den Torpedo aus Rohr eins lanciert, weil von dem spanischen Schiff keine Reaktion kam. Der Obersteuermann hatte noch seine Bedenken anzumelden gewagt, als der Alte von ihm Zustimmung zum Angriff einforderte. Aber das fachte die blinde Wut des Alten erst recht an. Nun gerade!

Weiß der Himmel, ob die Passagiere der Reina Victoria jemals erfahren werden, daß sie ihr Leben einem winzigen Defekt – wahrscheinlich in der Steuerung des Torpedos – verdanken. Einer kaputten Spiralfeder vielleicht.

Aber den Zigarrenhändler, den wird es wohl erwischt haben. Und wenn das so sein sollte, dann hat ihn der Alte auf dem Gewissen.

Der Alte macht es mir weiß Gott nicht leicht. Kaum bin ich davon überzeugt, daß wir, auch wenn er mir bei einem Palaver nicht direkt zustimmt, im Grunde doch die gleichen Meinungen hegen, da kippt er plötzlich um und führt Propagandaparolen im Mund. Schier unerträglich wird es für mich, wenn er auf seinem Soldatenethos herumreitet und Reizvokabeln wie »Fahneneid« und »Führergehorsam« übermannsgroß in den Raum stellt – just so, als wolle er mich mit Fleiß in immer neue Verwirrungen stürzen.

Gut, dieser ganze Quatsch sitzt nun mal tief, wenn er einem schon im Kindesalter eingebleut worden ist und ihn nie jemand in Frage gestellt hat, entschuldige ich den Alten schon wieder. Ihm war in den engen Verhältnissen seiner Jugend doch kein noch so flüchtiger Blick über den Tellerrand hinaus vergönnt. Was hat er denn schon gesehen außer Kadettenanstalt, Kasernenstuben und den Kammern von Ausbildungsschiffen? Und vorher – und das darf ich schon gar nicht vergessen – das Waisenhaus. Ein richtiges Zuhause hat der Alte kaum gehabt.

Aber hatte ich denn eins? Wie ich den Begriff »Zuhause« auf mich anwenden will, muß ich in mich hineinlachen. Unsere Wohnung war eher eine Art Boardinghouse als ein Zuhause ... Wir hatten merkwürdige Zimmerherren. Einer saß den lieben langen Abend da und schablonierte röhrende Hirsche auf Postkarten, die er am nächsten Tag von Tür zu Tür verhökerte. Meine Mutter brachte ihm eine Technik bei, mit der er den Umsatz verdoppelte: Mit Zahnbürste und Kaffeesieb und einer zweiten Schablone spritzte er nun Bergzacken hinter die röhrenden Hirsche. »Das geht wie's Bretzelbacken!« sagte er unterm emsigen Händerühren, und wenn meine Mutter nicht in der Nähe war: »wie's Kaninchenficken!«

Aber mit meinen Lehrern hatte ich Glück, die waren keine Feldwebel ... Meine Jugend ist eben ganz und gar anders verlaufen als die des Alten! Da gab es keine Einengungen und Abgrenzungen wie unter einer großen gläsernen Käseglocke: Wir wohnten zwar auf dem Chemnitzer Kaßberg und gehörten sogar zum Besitzbürgertum, aber meine stärksten frühen Eindrücke sind die Straßenschlachten in der Stadt: die Clairons der Kommunisten, die wie altmodische Autohupen aussahen, und die mächtigen silbernen Schellenbäume! Wenn die Schupos die Rotfront mit ihren Gummiknüppeln auseinandertrieben, blieben manchmal sogar Blutlachen auf dem Pflaster zurück.

Und die Saalschlachten! Die Windjacken, die häßlichen grauen Mützen mit den Kinnriemen! Mein Gott, wie war ich fasziniert – mehr noch: Ich war geradezu verrückt, wenn die Schupopfeifen in die Fanfarenklänge hineinschrillten und die Schlägereien losgingen oder die Schupos den großen Saal vom »Marmorpalast« stürmten.

Denkwürdige Szenen! Dazu gehörte auch die am Morgen nach der Reichskristallnacht, fast genau vor der Akademietüre auf der Brühlschen Terrasse in Dresden: Wie da brutale SA-Männer, eine geil erregte Horde der schlimmsten Schläger, ein Dutzend Kaftanjuden mit wildem Fluchen und Drohungen zum Exerzieren antrieb!

Der Abscheu damals, das blanke Entsetzen: Die Nazischimäre hatte mir ihre Fratze zum ersten Mal offen gezeigt! Von diesem Augenblick an wußte ich, wie sie in Wirklichkeit aussah. Keine Tarnung konnte mir von Stund an ihren wahren Charakter mehr verbergen.

Allein gelassen mit der Wahrheit leben zu müssen, das ging damals schier über meine Kräfte. Fast alle um mich herum hatten ja ihre Hoffnung auf den Führer gesetzt oder waren gar auf ihn eingeschworen, verführt von den riesigen Aufmärschen der Braunhemden und ihren Spielmannszügen. Und dazu die Meere von Fackeln, die Fahnenwälder und die Standarten! Die Olympischen Spiele '36, der »Anschluß« – das »Heim ins Reich« der Österreicher. »Du bist nichts, dein Volk ist alles!« – »Lever dod as Slav . . .« – ». . . denn heute gehört uns Deutschland und morgen die ganze Welt!« Das konnte einem schon gewaltig in den Ohren tönen. Querpfeifen und Landsknechtstrommeln – damit konnte man auch mich packen.

Aber mit dem Blendwerk ist es längst vorbei. Jetzt wird Flagge gezeigt. Jetzt sind die Bluthunde losgelassen. Jetzt werden ganz andere Töne angeschlagen.

Die braunen Horden haben auch *unsere* Schandtaten auf dem Gewissen. Der Alte ist im Grunde doch nur ein armes Schwein. Den haben sie in eine Stellung gehievt, die er nie haben wollte. Mit Sicherheit nicht. Wenn es nach dem Alten gegangen wäre, dann wäre er als Kommandant weitergefahren. Weitergefahren und eines Tages abgesoffen . . .

Gerüchte sickern durch: Bei den Minensuchverbänden soll es am Tag des Attentats offene Auflehnung gegeben haben. Hitlerbilder seien von den Wänden der Unterkünfte gerissen und zertrampelt worden. Es wird von Verhaftungen gemunkelt. Verhaftung ist in einem solchen Fall gleich Füsilierung.

Im Büro des Alten herrscht eine Art Volksauflauf. Ich sehe den Flottilleningenieur inmitten von Werftbeamten – gut ein Halbdutzend hat sich eingefunden.

Der Alte macht hinter seinem Schreibtisch schwere Bärenschritte hin und her und redet dabei wie ein Dozent: »Es gilt jetzt, äußerste Anstrengungen zu unternehmen, daß wir die paar noch verbliebenen Boote hinausbringen. Meine Herren, das heißt also: reparieren, was das Zeug hält – und zwar möglichst vollständig – für den Fronteinsatz!«

Sekundenlang besinnt der Alte sich, das Kinn gegen den Hals gedrückt, dann hebt er den Kopf mit einem Ruck und sagt eine Spur gedämpfter als vorher: »Ist das klar?«

»Jawoll, Herr Kapitän – jawoll – jawoll, Herr Kapitän!« tönt es mehrstimmig.

Was haben sich die Berliner Verschwörer nur gedacht? Haben die wirklich geglaubt, den einfachen Mann zum Aufstand mitreißen zu können? Jeder Matrose hätte besser Bescheid gewußt, wie es im Volk aussieht: Aufs Ganze gesehen hat der Führermythos doch noch lange nicht genug von seiner stimulierenden Wirkung verloren. Wenn den Leuten hier einer sagte, sie seien einem Rattenfänger aufgesessen, sie ließen ihn auf der Stelle verhaften und bejubelten den Rattenfänger um so fanatischer.

Ein langer Zug Franzosen kommt wie für eine Demonstration die Rue de Siam herauf. Nicht zu fassen, daß immer noch so viele in der Stadt sind. Fast alle tragen Säcke oder Körbe. Viele schieben ihre paar Habseligkeiten auf Karren oder Kinderwagen vor sich her. Keine Ahnung, wohin sie wollen.

Vor meinem geistigen Auge verwandeln sich die Flüchtlinge in Landser, die mit schleppenden Schritten in die Gefangenschaft marschieren: Es gibt nur diese eine große Straße an der Citroëngarage vorbei ins Hinterland.

Das Radio meldet, daß acht der Verschwörer in Plötzensee aufgehängt worden sind. Alles Generäle: Witzleben, Hoeppner, Stieff, Hagen, Hase, Bernardis, Klausing, Yorck. – Yorck? York hieß ein Kreuzer im Weltkrieg! Daran muß ich zwanghaft denken.

Ich begreife nicht, daß die Generäle den sadistischen Schweinen dieses grausige Schauspiel gegönnt haben, anstatt Selbstmord zu verüben. Aufgehängt! Wie die Viehdiebe im Wilden Westen.

Für die Ergreifung des flüchtigen ehemaligen Oberbürgermeisters von Leipzig, Karl Goerdeler, sind eine Million Reichsmark ausgesetzt worden.

Ich lasse meine Augen wandern und lausche herum. Das bißchen dumpfe Murren richtet sich nicht gegen die Schergen, sondern gegen die Generäle. Hier ist keiner, den das kalte Grausen packt. Im Gegenteil: Eine Art Ingrimm hat um sich gegriffen. Nun erst recht! Nun auch noch gegen den inneren Feind!

Deutlich ist im Club Erleichterung darüber zu hören, daß keine Marineleute unter den Verschwörern waren. »Bloß zwo Beamte, Scheißsilberlinge!« – »Der dekadente Generalstab – aber die Marine ist sauber!«

Wie von alleine steuere ich meinen Pavillon an: mein Zeichenbrett holen und mich irgendwo im alten Hafen hinhocken! Das könnte jetzt eine Erlösung sein. Da stört mich keiner. Da muß ich keine kalten, verschlossenen Visagen sehen!

Zu Fuß ist es zum Bunker ein langer Weg. Auf der Drehbrücke lege ich einen Stop ein und gucke, die Ellenbogen auf dem Geländer, in die tiefe Schlucht des Arsenalbeckens hinab. Direkt unter mir liegen, wie festgewachsen, immer noch die beiden Hochseeschlepper Castor und Pollux. Weiter hinten im Arsenalbecken liegt wie eh und je eine alte französische Fregatte. Auf der habe ich, als ich 1940 zum ersten Mal nach Brest kam, eine Menge Briefe französischer Kadetten unter allem möglichen Abfall gefunden und an mich genommen. Die liegen jetzt, säuberlich geordnet, in einem der beiden Koffer in der Nordendstraße.

Wieder denke ich wie einer vom Maquis: Wenn die Drehbrücke, auf der ich stehe, hochginge, hätten wir keine Verbindung zum Bunker mehr, jedenfalls keine Fahrverbindung. Ein Wunder, daß sie immer noch steht. Daß sie der einzelne Posten mit dem Bratspieß auf dem Karabiner schützen soll, ist ein Witz.

Als ich weitergehe, lege ich instinktiv einen Schritt zu, als käme es darauf an, in Sicherheit zu sein, ehe der Laden hochfliegt.

Gleich danach laufe ich auf schmalen Straßen in die Tiefe! Ich will noch mal bis tief ins Arsenal. Da kenne ich mich aus. Ich will sehen, wie es auf der alten französischen Fregatte aussieht.

Auf einem beängstigend morschen Fallreep klettere ich nach einer halben Stunde Weg an Deck des Wohnschiffs. Ein Niedergang, dann bin ich im Halbdunkel. Als meine Augen sich gewöhnt haben, erkenne ich, daß hier alles fürchterlich verdreckt ist.

Ein vergammeltes Schild in einem Unrathaufen: »Honneur et patrie, valeur et discipline.«

Die herrische Parole im Dreck: zuviel Symbolik für meinen Geschmack.

Da mache ich mich lieber wieder auf in den Fischereihafen, um mich an den Formen der schweren hölzernen Fischerboote zu delektieren. Sie sehen vollkommen aus, wie natürlich gewachsen und nicht wie von Menschen gebaut. – An beiden Bugseiten tragen sie als bunte Farbflecke die Trikolore und weiß aufschablonierte vielstellige Nummern. Ich schreibe mir Namen auf meinen Zeichenblock: »Frère de Misère«, »La Vie est Dure«, »L'Angélus de Mer«.

Die über die Rümpfe verteilten Farbflecke rühren mich. Sie sehen aus wie aufgesetzte Flicken. Die Fischer fragen nicht mehr danach, ob die Farbe, die sie ergattern können, auch paßt.

Die Decksplanken eines Bootes sind arg verwittert, aber seine Linien makellos. Es heißt »Doux Soleil«. Ein anderes, das »Etoile de Mer« getauft ist, liegt vor der schwarzen Bordwand eines großen Dampfers. Es sieht aus, als sei diese Bordwand nur da, um das Rosa seines Unterwasseranstrichs zur Geltung zu bringen.

Die Fischer sortieren gerade den Fang: Schalentiere, ein paar Seezungen. Manches werfen sie über Bord, anderes kommt in einen großen Topf. Ich weiß, daß sie sich gleich hier an der Pier ihre Suppe kochen.

Die braunen Netze sind an den kurzen Masten hochgezurrt. Alle Tampen sind hellgrau verblichen. Den Wanten sieht man an, daß sie nicht mehr lange halten werden: Krieg – es gibt keinen Ersatz.

Auf einmal habe ich die Nase voll Teergeruch. Auf der Pier kalfatert einer ein Beiboot. Und jetzt sehe ich einen Fischer stehend in einem Beiboot wriggen und ganz langsam ein großes Fischerboot heranschleppen.

Das Gelände hinter dem Hafenbecken baut sich amphitheatralisch auf. Die Häuser weiter oben unterscheiden sich deutlich von denen nahe am Wasser: weniger Zerstörungen, kein schäbiger, abblätternder Putz, keine zerbrochenen Persiennes, keine zinkgedeckten Flachdächer, sondern ordentliche Steinbauten mit einer Reihe von Mansarden – wie aus Paris hierher verpflanzt.

Der Zapfenstreich für die Bevölkerung ist vorverlegt worden. Ab neun Uhr abends darf sich niemand mehr in den Straßen sehen lassen. Die Doppelstreifen sind neuerdings mit Maschinenpistolen und Handgranaten ausgerüstet. Immer wieder gibt es Knallerei in der Stadt, mal näher zur Flottille, meist aber ferner. Die Leute dürfen nur noch zu zweien »an Land« gehen. Wenn es dunkel wird, ist es ratsam, die Waffe in der Hand zu halten. Schon der Griff nach der Pistolentasche kann zuviel Zeit kosten.

Mit der entsicherten Pistole in der Hand komme ich mir albern martialisch vor. Ich fühle mich gleich bis an die Zähne bewaffnet. Über den Zwang, mit umgeschnallter Pistole ausgehen zu müssen, habe ich mich immer geärgert. Vor allem in Paris.

Ein untersetzter Bootsmann, den ich noch nie gesehen habe, steht mit gerötetem Gesicht in Rührt-euch-Haltung vor dem Schreibtisch des Alten. Der hat beide Fäuste um die vorderen Knäufe der Armlehnen geschlossen und den Oberkörper vorgebeugt. So sitzt er da wie zum Sprung bereit. Seine Stimme ist gedrosselt: »Hat der Bootsmaat gesagt: ›Der Führer ist ein Schwein!‹?«

Der Bootsmann schluckt und bleibt trotzig so stehen, wie er steht. Er will Haltung annehmen, besinnt sich aber. Antwort kommt von ihm nicht.

»Also?« drängt der Alte.

»Nein, Herr Kapitän!« würgt der Bootsmann endlich hervor.

Der Alte holt seinen Oberkörper ein Stück zurück. Er sitzt jetzt bolzengerade und fixiert den Bootsmann minutenlang, ohne ein Wort über die Lippen zu lassen.

Der Bootsmann mag dreißig Jahre alt sein. So ein verdammter Denunziantenhund, so ein widerlicher Erznazi! denke ich und bin enttäuscht, daß ich in seinem Gesicht keine Spuren von Bosheit oder Verschlagenheit finde. Ich würde diesem Dutzendgesicht nicht zutrauen, was ich vom VO weiß: Der Kerl hat schriftlich Meldung gemacht, der Bootsmaat Gerke hätte in der Kantine nach dem Attentat auf den Führer geäußert: »Wenn das Schwein doch krepiert wäre!« Der Bootsmaat Gerke soll ein vom Schicksal besonders schwer geschlagener Mann sein: beide Brüder gefallen, die Wohnung der Eltern und die eigene zerbombt, die Frau vermißt.

Mit eisiger Stimme fragt jetzt der Alte: »Wie kamen Sie dann darauf, daß der Bootsmaat Gerke mit dem Wort ›Schwein‹ den Führer gemeint hat?«

Der Bootsmann starrt den Alten sprachlos an und läßt dann wieder seinen Adamsapfel auf- und absteigen. Der Alte sieht gespannt zu, wie der Mann um eine Antwort ringt. Weil er aber keine findet, fährt der Alte genauso eiskalt fort: »Vielleicht hat der Bootsmaat den Herrn Reichsmarschall gemeint – aus berechtigter Enttäuschung. Da wäre er wohl nicht der erste! Oder er hat überhaupt nichts Politisches gemeint, sondern an Bartls Landwirtschaft gedacht. Schweine – die haben wir hier en masse, wie Sie wissen sollten! Vielleicht hat er sich nur falsch ausgedrückt und wollte überhaupt ›geschlachtet‹ sagen!«

Der Alte hat seine Stimme nach und nach ansteigen lassen. Zuletzt hat er gebrüllt und ist dabei selber rot angelaufen. Nur mit Mühe hält er sich noch im Sitz.

Eine quälend lange Minute vergeht: Der Alte braucht Zeit, um seine Fassung zurückzugewinnen.

»So, und nun hauen Sie ab und überlegen sich das alles noch mal!« sagt er schließlich mit nur noch halber Lautstärke. »Hier – und diesen Wisch nehmen Sie gefälligst wieder mit!«

Ich wage keinen Blick mehr – weder auf den Bootsmann noch auf den Alten. Ich höre ein gebrülltes: »Jawoll, Herr Kapitän!«, das obligate Hackenknallen, das Türschlagen und schließlich das tiefe Durchatmen des Alten.

Als ich endlich aufblicke, sitzt der Alte weit zurückgelehnt wie ein erschöpfter Boxer da. Minuten vergehen, ehe er Worte findet: »Das war das dritte Mal, daß dieser Kerl Meldung gemacht hat. Wenn der sich hinsetzt und mich anzeigt, weil ich seine beschissenen Meldungen nicht weitergebe . . . naja! Und wenn ich sie weitergeben würde – was dann?«

Dann wäre der Bootsmaat Gerke bald ein toter Mann, antworte ich im stillen.

»Es passiert übrigens jetzt immer öfter, daß man seine Leute rauspauken muß,« sagt der Alte und fixiert dabei einen Punkt an der ihm gegenüberliegenden Türe. Er tut, als müsse er sich diesen Quadratzentimeter Holzmaserung für alle Lebenszeit einprägen. »Da gab's eine Geschichte, da ging's verdammt knapp her ...«

Der Alte verfällt in Schweigen und läßt viel Zeit vergehen, ehe er mit kräftigem Räuspern seine Stimme durchharkt und neu ansetzt: »Da wollten sie an einen Obermaschinisten ran. Der hatte gerade die Nachricht bekommen, daß sein Einfamilienhäuschen – so was Selbergebautes in 'ner Laubenkolonie – einen Volltreffer abbekommen hatte – in der Gegend von Köln – und die ganze Familie – Frau und zwei kleine Kinder – tot. Der Mann war restlos fertig. Und dann sah er einen vom Flottillenstab in der OF-Messe den Völkischen Beobachter lesen, und da gingen ihm die Nerven durch, und er brüllte los: ›Verdammtes Lügenblatt ...‹ und so. Der vom Flottillenstab stand auf und meldete das sofort dem Stützpunktfeldwebel. Und der machte Meldung direkt an den Kriegsgerichtsrat beim Führer der U-Boote West.«

»Also unter Umgehung des Dienstwegs?«

»Ja. Das machte die Sache schwierig.«

»Und wie ging's weiter?«

»Das war eine verdammte Geschichte. Verdammt schwer hinzubiegen. Man wird ja selber scharf unter die Lupe genommen, wenn man sich für so einen Mann einsetzt. Da muß man auf jedes Wort aufpassen.«

Die Rede des Alten ist deutlich langsamer geworden. Ich frage deshalb auch nur noch: »Und was ist aus dem Mann geworden?«

»Wir haben ihn freigekriegt – kam wieder auf sein Boot.« Der Alte hält den Ton hoch und fordert damit meine nächste Frage heraus: »Und wie weiter?«

»Der kam wieder auf sein Boot und blieb damit ab. Luftangriff, drei Tage nach dem Auslaufen. Wie's so geht.«

Wieder Schweigen. Erst nach einer ganzen Weile sagt der Alte: »Du solltest eigentlich wissen, daß ich mir nach dem Posten hier nicht die Finger geleckt habe.«

Der Alte sagt das so drängend, daß ich sofort alarmiert bin.

»Was würdest *du* denn unter den gegebenen Umständen machen?«

Mit dieser Frage, auf die ich gar nicht vorbereitet bin, stürzt mich der Alte in Verwirrung: Ich bringe nicht einmal ein Stammeln hervor.

»Ich kann eben nur versuchen«, sagt er jetzt brummig dumpf, »das Schlimmste abzuwenden – hin und wieder jedenfalls.«

Ich sitze stumm da und bewege nicht einmal die Hände. Was sind das auf einmal für Konfessionen?

»Zum Glück war kein Mann von der Marine beteiligt«, sagt der Alte jetzt wie zu sich selber, und ich brauche Zeit, bis ich merke, daß er wieder beim Attentat ist.

»Wundert dich das?« frage ich endlich.

»Wundern? – Ich möchte mal sagen: Ich nehme es mit Befriedigung zur Kenntnis.«

Ich denke: ganz der Alte! Das hat er wieder fein hingekriegt: Soll ja keiner denken können, er sei ein schnöder Abtrünniger – nur weil er sich schützend vor seine Männer stellt –, und das, wenn es sein muß, auch gegen allen Nazikomment.

»Manchmal vergißt du offenbar, daß ich einen Eid geleistet habe. An den bin ich gebunden, ob du das verstehst oder nicht . . .«, sagt der Alte jetzt mit halber Stimme und guckt dabei starr schräg nach unten.

»Du tust ja geradeso, als wäre dieser sogenannte Eid freiwillig, also aus eigenem Entschluß geleistet worden«, gebe ich dem Alten zurück. »Wenn ich mich recht erinnere, waren das Massenveranstaltungen. Da wurde man doch hingetrieben wie in einer Hammelherde und hatte die Flosse hochzunehmen – auf Befehl. Ich hätte den Mann sehen mögen, der sich da geweigert hätte . . . Das waren doch Vergatterungen und keine Eidesleistungen!«

»Das sehe ich ein bißchen anders«, gibt der Alte zurück. »Bei *mir* war das anders.«

»Wie denn anders?«

»Wir waren fünfundvierzig Offiziersanwärter – neunzehnhunderteinunddreißig. Da wurde erst mal ordentlich Unterricht abgehalten über Wert und Bedeutung des Eides – was man in deinem Fall wohl bedauerlicherweise unterlassen hat . . .«

»Stimmt. Da ging alles hopplahopp – im Schnellverfahren. Schließlich sollte ich noch in den vollen Genuß kriegerischer Impressionen kommen. Die Herrschaften hatten Angst, der Schlamassel könnte zu schnell zu Ende gehen. Aber mal gefragt: Wie viele von deinen vierundvierzig Kollegen haben denn nicht geschworen?«

»Alle haben. Schließlich hatten wir uns freiwillig gemeldet. Damit – also mit der Eidesleistung – waren wir den Militärstrafgesetzen unterworfen. Also *nur* Brimborium, wie du meinst, war das nicht. Das hatte Konsequenzen.«

»Dann bist du also gar nicht auf deinen Führer vereidigt worden?«

»Doch! Vierunddreißig mußte ich einen neuen Eid leisten.«

»Jetzt hast du ›mußte‹ gesagt.«

»Ja. Nach dem Tod von Hindenburg . . .« Der Alte macht eine Überlegepause und setzt dann, deutlich wütend, neu an: »Als der Reichspräsident starb, wurde kein neuer gewählt, wie du ja wohl weißt. Und daß damals Hitler die Funktionen des Reichspräsidenten übernommen und sich zum obersten Kriegsherrn gemacht hat, weißt du auch ... Und da kam es dann zu diesen ...«

»... Massenschwurveranstaltungen«, helfe ich ein, weil dem Alten das Wort zu fehlen scheint. Meinen zynischen Ton beachtet der Alte aber gar nicht – redet einfach weiter: »Unsere soldatischen Verpflichtungen wurden damit an die Person Adolf Hitlers gebunden. Die Eidesleistung wurde übrigens in die Personalakte eingetragen. Muß bei dir auch drinstehen ...«

»Nicht, daß ich wüßte, aber schon möglich. Und wie viele Leute haben bei dieser Prozedur nach deiner Erfahrung nicht mitgemacht?«

»Meines Wissens gibt es keinen einzigen Fall von Verweigerung des Eides auf den Führer.«

»Das wäre ja auch böse ins Auge gegangen.«

»Zweifellos.«

»Und da tust du so, als hätte es sich nicht um Zwang – oder sagen wir: um Nötigung – gehandelt, und erklärst die Nötigung für bindend?«

Anstatt sich jetzt zu empören, wie ich es erwarte, schweigt der Alte nur.

Schließlich hebt er den Blick und betrachtet die Decke. So, mit dem Kopf im Nacken, beginnt er wieder zu reden: »Politik ist doch für uns kein Thema – war nie eins ...«

Das klang deutlich einlenkend. Ich bin gespannt, was er jetzt noch aufs Tapet bringen will.

»Damals zum Beispiel, als Amerika in den Krieg eintrat – ich erinnere mich da ganz genau, das war schließlich ein hochpolitisches Ereignis – aber was haben wir da gesagt?« Der Alte zieht seine rhetorische Pause so in die Länge, als müsse er sich erst noch besinnen. »Wollen die sich etwa auch noch wichtig machen? *Das* haben wir damals gesagt!«

Ich kann den Alten nur anstaunen. Diese Volte war geradezu halsbrecherisch. Ich sollte jetzt fragen, was denn das eine mit dem anderen zu tun hat und daß »... in den Krieg eintrat« doch wohl ein starkes Stück Geschichtsfälschung ist. Aber statt dessen hocke ich nur unbewegt da und warte, daß der Sermon weitergeht.

»Was bleibt uns als Soldaten denn anderes übrig, als uns in das Unabänderliche zu fügen?«

»Punktum!« sage ich keck.

Der Alte macht auch prompt keine Anstalten zum Weiterreden mehr.

Das bedrohliche Wort »Wehrkraftzersetzung« geht wie eine schleichende Seuche um. »Zersetzung« – das klingt widerlich wie Leichenauflösung. Wer mag nur diese scheußliche Vokabel erfunden haben?

Maulfaulheit mimen ist die Parole. Nur keine Handhabe geben. Man kann leider keinem ansehen, ob er sich nicht plötzlich als einer jener pflichtbewußten Offiziere entpuppen könnte, die als treue Gefolgsmänner des Führers auch noch ihre besten Kameraden hinhängen.

Wehrkraftzersetzung: Hier wird noch ganz anderes zersetzt als die Wehrkraft!

Der Club ist an diesem Abend wie ausgestorben.

Der Abreißkalender im Büro des Alten zeigt den dreiundzwanzigsten Juli. Kaum vorstellbar, daß seit dem Attentat erst so kurze Zeit vergangen ist. Mir kommt es so vor, als sei es schon vor einer Ewigkeit passiert.

Der Alte hat mich mitten aus meiner Schreibarbeit heraus in sein Büro rufen lassen. Vor lauter Neugier, warum er mich so förmlich herbeigetrommelt hat, bin ich im ganzen Körper voller Spannung.

»Ich muß dir etwas sagen«, beginnt der Alte schleppend, als ich mich gesetzt und eine Weile darauf gewartet habe, daß er den Kopf von seiner Arbeit hochnimmt. Plötzlich wechselt er den Tonfall und sagt hart: »Ich war beim SD.« Da geraten meine Gedanken ins Galoppieren: SD! Canossagang! Und das trotz Verbots! Wenn das ruchbar wird! »Trotz Verbot nicht tot!« – alter Kommunistenspruch! . . . Der Alte geht aufs Ganze.

Ich warte mit gestautem Atem, daß der Alte weiterredet. Der beißt aber, anstatt den Mund aufzumachen, nur auf seiner Unterlippe herum.

»Diese Schweinehunde!« preßt er sich schließlich ab. Da spüre ich, wie sich meine Kopfhaut zusammenzieht. Wenn der Alte mich doch nicht länger auf die Folter spannte! Jetzt schnauft er zweimal tief durch und greift zur Pfeife.

Diese verdammte Pfeifenprozedur! Da kann ich lange warten! Aber der Alte hält sie nun in halber Höhe in seiner rechten Faust – und das wie in plötzlicher Erstarrung.

Ich ahne, was der Alte hinter sich hat, wage aber noch nicht, ihn direkt danach zu fragen. Statt dessen sage ich: »Haben die hier eigentlich eine regelrechte Dienststelle?«

»Und ob!« fährt er da wie aus einem Krampf auf. Dann endlich guckt er mich voll an. »Die Bande hat sich überall breitgemacht – wie die Parasiten. Die und die Herren Kriegsgerichtsräte!«

Ich beobachte, wie sich der Alte mehr und mehr belebt. Jetzt redet er sogar wider seine Gewohnheit schnell: »In La Baule gab's zum Beispiel eine Kriegsgerichtsnebenstelle. Das hast du wahrscheinlich gar nicht gewußt. Die fällten sogar Todesurteile – im eleganten Seebad und schönsten Sonnenschein. Auf dem Sportplatz in Saint-Nazaire wurden die dann vollstreckt . . .«

Der Alte fixiert, um sich auf seine Worte zu konzentrieren, einen imaginären Punkt an der Wand, dann sagt er mit reduzierter Stimmstärke:

»Ich wollte natürlich herauskriegen, ob Simone tatsächlich in Fresnes ist und wie die Dinge stehen ...«

Weil er nun wieder nichts mehr sagt, übermannt mich schließlich die Ungeduld, und ich frage: »Na und?«

»Da bin ich total abgeblitzt. Und das auch noch beim obersten Boß der Bande. Wahrscheinlich macht der jetzt Meldung.«

»Ach du meine Güte!«

»Das Dumme ist nur, daß mir auf diese Weise die Hände gebunden werden können – und zwar total.«

Der Alte legt die Pfeife weg und fuhrwerkt mit Federhalter und Bleistift auf der Schreibtischplatte hin und her. Daß er seine Hände nicht im Zaum hat, habe ich noch nie erlebt. Auch nicht so tiefe senkrechte Falten über seiner Nasenwurzel.

»Jetzt mußt du selber los«, sagt er schleppend. »Mir fällt schon was ein ...«

»In der Art der Fahndung nach der Uhr?« entfährt es mir da zu meinem eigenen Erschrecken. Zum Glück hat der Alte aber nicht recht hingehört. Er redet jedenfalls weiter, als hätte ich nichts gesagt: »Bloß schnell muß es gehen.« Und damit stemmt er sich hoch und sagt: »Ich muß ins Gelände. Mal sehen, wie's auf der Landseite aussieht.«

Ich weiß, was er wirklich meint: sich die Wut aus dem Bauch laufen.

Später kommt die Nachricht, daß Göring als »rangältester Offizier der deutschen Wehrmacht« im Namen von Keitel und Dönitz die Einführung des Hitlergrußes bei der deutschen Wehrmacht proklamiert hat.

Damit sind wir auch äußerlich sichtbar Parteisoldaten. Und keiner hat dagegen aufbegehrt.

Der Alte läuft nach dieser Meldung ganz gegen seine Art wie ein schweres, gefangenes Raubtier in dem schmalen Raum zwischen Schreibtisch und meinem Stuhl hin und her. So erregt habe ich ihn noch nie gesehen. Ein Aberwitz! Alles hat der Alte hingenommen: die zynischen Gemeinheiten der Nachrichtensprecher, das Grauen, die Teufeleien – aber der Befehl, ab sofort wie ein SA-Mann grüßen zu müssen, bringt ihn schier um.

»Das hatte noch gefehlt! – Daß das der Großadmiral mitmacht!«

»Im Namen von Keitel *und Dönitz* hat es geheißen!«

»In meinem jedenfalls nicht!« faucht der Alte sofort zurück. Und dann nimmt er in seiner Wut mich aufs Korn: »Du tust ja gerade so, als hätte *ich* das erfunden!«

Da hast du nun deinen fabelhaften BdU, denke ich, verkneife mir aber, das auch laut zu sagen. Da geht dieser Dönitz hin – ausgerechnet zu unserem fettwanstigen Reichsjägermeister – und barnst sich an! Tut sich mit dem zusammen! Göring kann's sich doch nicht aus den Wurstfingern gesogen haben. Im Namen von Keitel und Dönitz! – Da muß es doch eine *gemeinsame* Willenserklärung gegeben haben.

Wir haben es jedenfalls weit gebracht! Deutscher Gruß: Die Bezeichnung allein schon ist zum Lachen.

Kein Mensch bewegt sich mehr normal. Die Lords oder die Feldgrauen, die ihre rechten Flossen zum Gladiatorengruß hochreißen und mich erschrecken, tun das, als würden sie von einem gänzlich unfähigen Marionettenspieler geführt.

Jetzt fällt mir mein »faire semblant« noch schwerer: Ich muß so tun, als hätte ich *tatsächlich* Scheuklappen am Kopf und würde es einfach nicht sehen, wenn mir einer mit in die Luft gestrecktem Arm entgegenkommt. So tun, als gehörte ich gar nicht zu diesem Verein.

Die paar Franzosen, die noch als Passanten unterwegs sind, mustern teils verstohlen, teils sichtlich irritiert oder gar mit offenem Mund die Landser, die auf der Avenue de Siam mit hocherhobenem Arm und zackiger Blickwendung an entgegenkommenden Offizieren vorbeistaksen, die ihrerseits die Hand erheben, als wollten sie ein Stoppzeichen geben, oder ihre Rechte am angewinkelten Unterarm nach Goebbelsschem Muster nach hinten werfen, ja, auf alle mögliche Art mit dem rechten Arm herumfuhrwerken, als gelte es, nur ja den brettsteifen Gladiatorengruß zu vermeiden.

Beim Mittagessen löffeln alle schweigend. Was jedem auf der Seele brennt, darf nicht beredet werden: das Attentat, die Bombenangriffe zu Hause, die dunkle Zukunft. Worüber also reden?

Als eine Gabel zu Boden klirrt, schrecken einige hoch wie bei einem Bombentreffer.

Da erscheint der Alte im Türrahmen und steuert auch gleich einen freien Sessel mitten unter den jungen Wachoffizieren an. Mit aller Vorsicht geht einer, kaum daß der Alte sitzt, das Thema »Deutscher Gruß« an.

»An Bord kommt diese Grußart nicht in Frage«, erklärt der Alte. »Das ist mehr was fürs freie Gelände.«

»Ich möchte bloß mal wissen, wie der Führer das eigentlich schafft«, wagt sich der VO zum allgemeinen Staunen vor.

»Was denn?« blafft ihn der Alte sofort an.

»So den abgestreckten Arm in die Gegend zu halten – ich meine: so stundenlang.«

»Wahrscheinlich hat der Führer 'ne eingebaute Stütze – so 'ne Armschiene aus Leichtmetall«, mutmaßt einer. »Ließe sich doch leicht konstruieren – nach dem Klapptischprinzip. Mit 'ner Art Scharnier, das einrastet.«

»Könnte ich auch brauchen, wenn ich die Rue de Siam runtergehe«, amüsiert sich der Alte. »Das müssen wir dem Flottilleningenieur sagen: 'ne kleine Serie, die kann doch nicht viel Mühe machen.«

Ich atme auf: Der Krampf, der alle befallen hatte, hat sich gelöst. Ein paarmal ist sogar gelacht worden. Offenbar haben die in Berlin mit diesem idiotischen Befehl den Bogen nun doch überspannt ...

»Das kann ja gut werden!« stöhnt der Alte, als wir wieder im Büro sitzen. »Von jetzt an ein Tag in der Woche Schulung durch NS-Führungsoffiziere ... Ich habe den Freitag dafür bestimmt.«

»Wie bitte? Die haben uns ja wohl gerade noch gefehlt!«

Der Alte läßt äußersten Widerwillen auf seinem Gesicht erscheinen und schimpft: »Offenbar herrscht die Meinung, daß wir sie nötig haben!« Dann räuspert er sich – einmal, zweimal – und sagt: »Wir müssen übrigens das Lazarett räumen. Die transportfähigen Leute nach Paris verlegen. Du übernimmst den Transport – und zwar in zwei Omnibussen – so viele Leichtverwundete müssen hier weg ... Du fährst natürlich nicht alleine – morgen früh geht ein größerer Konvoi ab. Da hängst du dich an. Die Strecke ist verdammt lang und nur bei Tag befahrbar ...«

Die Stimme des Alten klingt belegt. Mitten im Satz hat er versucht, sich freizuhusten, aber es ist ihm nicht gelungen.

Zwei Omnibusse voll mit Verwundeten nach Paris durchlotsen? Im Konvoi? In mir ist sofort ein Aufruhr von Gedanken: Und wie soll es anschließend weitergehen? Warum rückt der Alte so plötzlich damit heraus? Steckt da nicht was dahinter? Warum will der Alte mich gerade jetzt loswerden?

»Du übergibst die Verwundeten an die richtigen Lazarette«, redet der Alte auch schon weiter. »Welche das sind, erfährst du vom Doktor ... Aber du meldest dich nicht bei deinem Verein ...« Und dann nach einer Zögerpause: »Ich laß dir für alle Fälle einen Marschbefehl nach Berlin ausschreiben ... Du kommst aber natürlich in ein paar Tagen *hierher* zurück.«

»Mit Gottes Hilfe und der seiner Frau Gemahlin«, plappere ich aus meiner Verwirrung heraus.

»Du lieferst die Verwundeten ab, und dann fährst du nach Fresnes und versuchst was rauszukriegen – und je nach Lage kommst du entweder gleich zurück oder ...«

Oder was? denke ich. Was soll ich schon als Leutnant gegen Zuchthausmauern ausrichten können? Sprengladungen anlegen etwa? Wie stellt sich der Alte das denn vor?

»Wir müssen auf jeden Fall erfahren, wo Simone sich definitiv aufhält.« Der Alte verbessert sich sogleich: ». . . wo sie steckt.« »Sich aufhalten« scheint ihm wohl ein unpassender Ausdruck zu sein. »Ehe wir das nicht wissen, wissen wir auch nicht, wo wir ansetzen können.«

»Also direkt hinfahren mit dem Omnibus und einfach fragen? Oder wie denkst du dir das?«

»Versuchen!« sagt darauf der Alte kurz und redet dann auch schon weiter: »Abfahrt morgen früh, gegen fünf. Auf der ersten Strecke sollte es hell sein. Mindestens zwanzig Fahrzeuge. Das ist alles im wesentlichen schon organisiert.«

Ich bin so durcheinander, daß ich nur Gestammel zuwege bringe: ». . . bißchen plötzlich das.«

»Also pack mal deinen Kram!« sagt der Alte entschieden.

Will er etwa sein Gewissen entlasten, indem er mich mit dem Omnibus losschickt? Schwebt ihm gar eine Art Doppeleffekt vor: mich aus Brest herausbringen, wo es hier bald schon brenzlig werden dürfte, und gleichzeitig auch noch etwas für Simone tun?

»Vielleicht wäre es sowieso das Beste, ich führe gleich weiter nach Berlin«, sage ich aufs Geratewohl.

»Würde ich nicht machen. Komm mal schön zurück – was auch immer du rauskriegst. Hier ist es für dich am sichersten.«

Im Gesicht des Alten arbeitet es.

Plötzlich muß ich an all das Gerede in letzter Zeit denken, daß hier einiges zu erwarten sei – und zwar bald –, weil Brest auf Grund seiner riesigen geschützten Reede für die Alliierten von höchster Wichtigkeit sei.

Der Alte muß an dem Plan, mich hier rauszubringen, schon lange gekaut haben. Er will mich hier weghaben, egal, was er sagt. Für wen legt er sich so ins Zeug? Für Simone? Für sich? Für mich?

»Du kannst ja ganz vorsichtig sondieren«, höre ich den Alten jetzt wieder. »Dir fällt schon was ein . . . Du könntest zum Beispiel vorgeben, daß du einen PK-Bericht über Verräter an der deutschen Sache schreiben willst – so was in der Art. Für dich gibt's noch am ehesten Vorwände. Jeder andere täte sich da hart . . .«

»Paris . . .«, murmele ich wie geistesabwesend. Ich kann dem Alten jetzt nicht ins Gesicht blicken. Deshalb halte ich meinen Blick auf die Scheuerleiste unter dem Fenster fixiert. In meinem Kopf deklamiert es wieder mal: »Wo liegt Paris / Paris dahier / Den Finger drauf! / Das nehmen wir!«

Ich würde den Alten gern fragen, wie das gehen soll: nach Simone suchen, ohne die geringste Verbindung zu SD oder Gestapo zu haben und mit nicht mehr als einem einzigen Kolbenring am Ärmel. Statt dessen frage ich nur: »Wo soll sich der Haufen denn versammeln?«

»Vor dem Bahnhof. – Da ist genug Platz.« Und nach einer Pause: »Deine Papiere werden gerade fertig gemacht.«

»Dann ordne ich wohl besser schon mal meinen Kram«, sage ich und melde mich – diesmal betont militärisch – ab.

Ich lasse meine Blicke durchs Zimmer schweifen: Kaum zu glauben, was sich alles angesammelt hat! Wo auch immer ich meine Zelte aufschlage, entstehen binnen kurzem wahre Lager von Manuskriptbündeln, Papierrollen, Mappen mit Zeichnungen, Büchern, großen Briefumschlägen mit ausgeschnittenen Zeitungsartikeln und dem Bric-à-brac, den ich irgendwo finde oder der einfach an mir klebenbleibt wie Fliegen an der Fliegentüte. Und dazu mein Besitzstand aus La Baule . . .

Ich breite meine Zeichnungen auf dem Boden aus, glücklich, daß ich bisher noch so viele alte Blätter habe retten können.

Der Hafen von Saint-Nazaire, zwei aquarellierte Zeichnungen aus Pillau. Damals hat es mir beim Arbeiten fast die Finger abgefroren. Das bißchen Wasserfarbe, das ich auftrug, kristallisierte auf dem eiskalten Papier sofort. Noch jetzt kann ich die Formen der Eiskristalle in den breiten Aquarellstrichen erkennen: interessant.

Die Aquarelle von der Côte Sauvage. Die scheint mit einem Mal so weit weg wie der Mond. Dorthin komme ich nun nie mehr. Ein Glück, daß ich da soviel gemalt habe.

Ich mache drei Stöße: gute, wichtige, entbehrliche. Dann sortiere ich zwischen den drei Stößen hin und her. Das geht so eine gute halbe Stunde. Schließlich rolle ich die ersten der ausgewählten Blätter gegen alle Regel so eng zusammen, daß sie fast verkrumpeln. Ich kann mir keine Papprolle als Kern leisten, ich muß alles in eine Zinkblechröhre pressen, die ich mir zum Glück schon wie in einer Vorahnung vor einer Woche als wasserdichten Behälter von der Klempnerwerkstatt in der Werft habe machen lassen.

Die großen Porträtzeichnungen könnte ich zusammenfalten und später wieder ausbügeln – aber ich verwerfe den Plan gleich wieder: Das würde zuviel. Ich muß vor allem an meine Filme denken. Die entwickelten, die belichteten und die Rohfilme: drei Kategorien, die ich nicht durcheinanderbringen darf. Rohfilme werde ich nirgends mehr bekommen. Ich muß mit meinem bißchen Vorrat haushälterisch umgehen.

Ich putze meinen Fotoapparat, blase den Staub heraus, so gut es geht, ertappe mich dabei, wie ich zärtlich über den Apparat hinstreiche: gute alte Contax. Ich nehme das Objektiv ab, spanne den Verschluß, löse aus, spanne wieder, mache die Ohren scharf, um den Schnurrton beim Auslösen zu kontrollieren: alles in bester Ordnung.

An diesem Fotoapparat kenne ich jede Schraube. Auf U 96 habe ich ihn zweimal gemeinsam mit dem LI in alle seine Bestandteile zerlegt. Seitdem stehe ich mit ihm quasi auf Duzfuß.

Plötzlich quillt Hohngelächter in mir hoch: Und *wer* soll aus meinen Bildvorräten etwas machen? Wer soll sich für die Koffer in der Nordendstraße interessieren, gesetzt den Fall, für unsereinen führt kein Weg zurück? Wer kann denn überhaupt erkennen, was auf den Bildern zu sehen ist, wenn er keine Ahnung hat, wie und wo sie enstanden sind? Fotos ohne Text sind nun mal nicht viel wert. Die Betrachter sind meistens zu blöde. Zum aktiven Sehen sind nur wenige fähig. Man muß alles erklären ... Mit den Kriegstagebüchern ist es genauso. Diese dürren Texte, die mir die Nerven schwirren lassen, sagen dem Ignoranten gar nichts ... Ich kann noch soviel Material aufhäufen – von sich aus wird es nie sprechen.

Was für ein unbändiger Trieb ist das nur, der mich immer wieder gestoßen und gepeitscht hat: zu zeichnen, zu fotografieren und zu schreiben? Das allerwenigste davon war ja für den Druck geeignet.

Und was sich alles an Büchern angesammelt hat! Die stelle ich zum Alten in die Kammer und die bretonischen Schnitzereien auch. Und die Fayencen? Auch in die Kammer des Alten. Der zu bizarren Mustern getrocknete Tang, meine Sammlung Strandgut – das alles ist sowieso nur noch Plunder ... Aber was denke ich da? Die Kammer des Alten wird ja auch zum Teufel gehen! Was soll ich mir denn noch vormachen: Über kurz oder lang geht's hier doch los – und zwar hart auf hart ...

Das wird diesmal ein böser Abschied – einer für immer. Daß wir uns später noch mal wiedersehen könnten, dafür stehen die Chancen gleich Null.

Ich wiege einen ganzen Satz Keramikteller und -schüsseln mit Bigoudens darauf, altes Geschirr mit schöner Malerei, in den Händen. Dann eine alte tiefe Schüssel, eine reich geschnitzte Schranktürfüllung, zwei breite bretonische Gürtel. Alles war schön mit guter Schafwolle zur Polsterung in den Seesack gepackt ... Jetzt muß ich mich von allem verabschieden: Nichts kann ich mitnehmen.

»Augenwischerei, wohin man guckt!« empört sich der Doktor, als ich ihn draußen auf dem Flottillenhof treffe.

»So schlimm würde ich's nicht sehen«, gebe ich mich vorsichtig.

»Ach was – hier wird sich doch dauernd in die eigene Tasche gelogen. Das Ganze ist längst zu einer einzigen großen Schwindelfirma entartet.«

»Aber Sie sind doch beteiligt«, halte ich dem Doktor entgegen.

»Beteiligt? Wie meinen Sie das? An diesem Schwindel beteiligt? *Ich* schreibe doch keine Jubelartikel.«

Ich kenne den Doktor nicht wieder: Was ist nur in ihn gefahren? Der Mann schäumt ja vor Wut.

Ich muß nicht lange warten, bis ich erfahre, was ihn so aufbringt: Er braucht Sauerstoffflaschen für sein Notlazarett, und die kriegt er nicht. Irgendein höherer Werftbeamter hat sich quergelegt.

Als ob es jetzt noch darauf ankäme, Sauerstoff zum Schweißen zu horten! Was soll denn um Gottes und des Himmels willen hier noch geschweißt werden?

Beim Abendessen ist der Alte mürrisch und verschlossen.

»Hast du deinen Kram beieinander – die Manuskripte und so . . .?« fragt er dann aber doch.

»Jawoll – längst . . . Einiges möchte ich allerdings gern bei dir unterstellen, wenn's dir recht ist.«

Darauf nickt der Alte nur. »Du kommst ja wieder«, sagt er dann. »Es ist übrigens nur *ein* Bus mit Verwundeten zusammengekommen.«

»Mir auch lieber so.«

Der wohl älteste Kommandant der Flottille, Robel, stellt mich, als ich später meinem Pavillon zustrebe, mitten im dunklen Hof, so daß ich erst einmal erschrecke.

»Ich muß Sie unbedingt sprechen!« sagt Robel. Dabei schnauft er heftig. Er muß mir quer über den Hof im Geschwindschritt gefolgt sein.

»Gleich hier und jetzt?« frage ich verwirrt.

»Ja, bitte!«

Während wir im dunklen Hof auf und ab gehen, höre ich: »Der Chef hat mich richtiggehend bedroht . . .« Und dann läßt Robel im Verschwörerton seine ganze Geschichte heraus: Er habe sich – heute nachmittag erst – in puncto Endsieg dem Alten gegenüber bedenklich geäußert. »Genau hier an dieser Stelle . . .« Da sei der Alte plötzlich stehengeblieben und habe ihm gesagt: Wenn er weiter so defätistische Reden im Munde führe, müsse er ihn anzeigen und zwar schnellstens.

»Und dabei sind wir doch Crewkameraden!« klagt Robel.

Ich würde zu Robel gern »Sie Idiot!« sagen. Statt dessen muß ich mich beherrschen und es bei einem »Da sind Sie aber selber schuld!« bewenden lassen. Da bleibt Robel stehen und dringt mit sich überschlagender Stimme auf mich ein: »Ich? Wieso denn ich?«

Ich wünschte, dieser hochgereizte Mann ließe mich zufrieden. Das Thema ist mir höchst zuwider, und der Flottillenhof ist weiß Gott nicht der rechte Platz, um es zu erörtern: Wer kann wissen, wie weit Robels aufgeregte Stimme trägt.

Während ich nun erst mal tief Luft hole und auch ein paarmal schnaufe, kommt mir ein Einfall, und ich rede – neben Robel hinschreitend – los: »Da muß ich Ihnen, um mich verständlich zu machen – und vielleicht gar den Alten auch –, einiges auseinanderposamentieren . . .« Noch weiß ich nicht, wie ich es anpacken soll, aber dann merke ich, daß es in der halben Dunkelheit und so wie jetzt beim Ausschreiten ganz gut geht: »Mein Verleger, müssen Sie wissen, sitzt zur Zeit im KZ. Und was das bedeutet, können Sie sich wohl vorstellen . . .«

»Und warum?« fährt mir Robel in die Rede.

»Ja, warum?« lasse ich es wie ein Echo klingen. »Ganz einfach: Weil er sich just *nicht* so verhalten hat, wie es der Chef Ihnen angedroht hat. Der hat einen Mann, der so redete wie Sie, *nicht* angezeigt. Hätte er aber müssen. Der war ein auf ihn angesetzter agent provocateur – und damit war mein Verleger dran.«

»Aber der Chef und ich sind doch Crewkameraden – Freunde!« empört sich da Robel viel zu laut.

Um ihn zu dämpfen, sage ich leise und zischelnd: »Um Himmels willen: *Sie* sehe ich ja auch nicht in der Rolle des agent provocateur – aber ich könnte mir immerhin vorstellen, daß Sie sich irgendwann, irgendwo mal verplaudern . . .«

»Ich?« stößt Robel wie ein Krähen hervor. »Wie sollte ich denn . . .?«

»Indem Sie zum Beispiel jemanden, den Sie gut zu kennen glauben, wissen lassen, daß Sie dem Alten Ihre Endsiegzweifel verklickert hätten. Dann wären, wenn es sich um die falschen Ohren handeln sollte, nicht nur Sie dran, sondern der Alte genauso – und den Alten würde es sogar noch heftiger treffen als Sie, denn der ist schließlich der Chef hier. Und außerdem sollten Sie doch wissen – oder wenigstens ahnen –, was sich hier so tut. Unter der Decke, meine ich.«

Verdammte Scheiße! denke ich dabei. So weit ist es nun schon mit uns gekommen, daß ich einem ausgewachsenen Korvettenkapitän eine Standpauke halten muß, um ihn wieder auf Kurs zu bringen. Warum ausgerechnet ich?

»Im übrigen denkt er doch nicht im Traum daran, Sie anzuzeigen – weshalb denn auch?«

»Weil ich . . .«

»Haben Sie aber doch gar nicht.«

Robel steht wieder wie festgenagelt da. Ich mache noch zwei Schritte. Aber Robel kommt nicht wieder in Bewegung.

»Was habe ich nicht?« fragt er entgeistert.

»Daß der Krieg verloren ist – das haben Sie doch nicht im Ernst gesagt! Das wäre ja auch zu dumm!«

Ich grinse Robel in halber Rückwärtsdrehung breit an. In dem bißchen Mondlicht kann ich sehen, daß Robel den Mund offen hat und die Oberlippe so weit hochgezogen, daß seine Pferdezähne bloßliegen. Diese großen Zähne sind besonders deutlich zu erkennen. Aber auch die weit aufgerissenen Augen: Der Mann muß ganz und gar durcheinander sein!

»Damit ist das Thema ja wohl durch. Darf ich gehorsamst zu einer Flasche Bier einladen?« frage ich.

»Bitte – danke – bitte jetzt nicht . . .«, stottert Robel. »Das muß ich erst mal verkraften, und dann brauche ich einen Schnaps – oder mehrere.« Und dann, als ich salutiere, sagt Robel noch: »Und bitte kein Wort!«

Der Omnibus

Es dämmert gerade, als der Bus vorfährt. Ein Blick auf die Uhr: erst kurz nach vier. Der Bus ist schon voll besetzt mit Verwundeten. Nur neben dem Fahrer ist noch ein Sitz frei: mein Platz.

»Und meine Klamotten?« frage ich den Fahrer.

»Die verstaue ich schon, Herr Leutnant.«

Für meine MP hat er einen Platz zwischen uns beiden.

Der Alte erscheint im Bademantel vor seinem Pavillon. Ich will mich von ihm verabschieden, aber er sagt: »Ich komme noch zum Bahnhof – mit dem Kübel – bißchen später. Das dauert sicher, bis das alles organisiert ist …«

Der Oberstabsarzt kommt auf mich zu und versucht auch gleich, mich mit einem »Na, Sie Buschkrieger!« hochzunehmen. Dann wechselt er aber schnell in dienstlichen Ton: »Der Fahrer ist von mir informiert worden, wo der Transport hingeht. Hier im Umschlag ist noch mal alles: die Lazarettadressen – auch solche für unterwegs, für den Fall, daß einer schlappmacht.«

Weil ich ihn groß angucke, sagt der Oberstabsarzt noch: »Ich glaube nicht, daß es Ärger gibt. Alles mehr oder minder leichte Fälle. Da habe ich schon aufgepaßt.«

Ich klettere an meinen Platz und sage mit dem Rücken zur Windschutzscheibe in den Bus hinein, ohne einen einzelnen der Männer anzublicken: »Guten Morgen, Männer!«

»Guten Morgen, Herr Leutnant!« kommt es vielstimmig zurück. Jetzt sollte ich wohl Frohsinn mimen … Aller Augen schauen auf Dich, oh, Herr! Und der Herr bin ich in diesem Falle …

Ich versuche, einem nach dem anderen in die Augen zu blicken, und tue dabei so, als wolle ich die Busbesatzung abzählen. Doch schon nach der vierten, fünften Reihe gebe ich es wieder auf. Weiter hinten sehe ich nur noch weiße Tupfer: Verbandsmull, frische Binden an Köpfen. Aber auch Pflaster quer über die Brust, Schlingen aus grauen Tüchern. Es riecht scharf nach Lazarett, obwohl ein paar Fenster halb offen sind.

Ich muß doch wohl nicht reden? Oder doch? Aber da fange ich auch schon an: »Kameraden! Eine Reise nach Paris! Darum werden uns manche beneiden. Wir werden öfter mal eine Pause einlegen. Ich weiß, wie sehr ihr die Zähne zusammenbeißen müßt ... Es wird schon klappen! Nach vorn durchsagen, wenn einer Probleme hat ... Wir fahren im Konvoi, wegen der tollwütigen Fiffis. Das ist einfacher – das heißt: sicherer für uns. Sonderfahrt! Und auch noch im Geleitzug. Mehr kann der Mensch ja wohl nicht verlangen!«

Einige lachen krampfig. Mir ist saublöd zumute. Deshalb versuche ich, zum Schluß zu kommen: »Wir fahren zunächst zum Bahnhof, dort sammelt sich der Konvoi. Und dann geht's los! Mast- und Stengebruch für alle!«

Während ein paar zu klatschen versuchen, wende ich mich zum Fahrer: »Sie kennen doch den Weg?«

»Jawoll, Herr Leutnant!«

»Also ab die Post!«

Gott sei Dank: Der Fahrer macht einen jovialen und tüchtigen Eindruck.

»Wir werden das Kind schon schaukeln!« sage ich noch, und der Mann grient zur Bestätigung über sein ganzes gerötetes Gesicht.

Als wir die Rue de Siam hinunterfahren, überlege ich mir, wie wir diese Konvoifahrt deichseln wollen: Ich muß versuchen, für unseren Bus eine Position am Tampen des Konvois zu bekommen. Hinter uns sollte tunlichst nur noch ein Lkw fahren – zur Rückendeckung ..

Ich sage, was mir im Kopf herumgeht, lieber gleich dem Fahrer: »Wir müssen versuchen, uns möglichst weit achtern einzurangieren.«

Weil mich der Fahrer daraufhin fragend von der Seite her anguckt, erkläre ich ihm: »Kann ja sein, daß wir öfter anhalten müssen als die anderen ...« Und dann verrate ich ihm auch noch, ohne daß es die Männer hinter uns hören können, meinen eigentlichen Plan: »Wenn wir erst mal die heiße Gegend hinter uns haben, machen wir uns selbständig ... Ich halte nämlich nicht viel vom Kolonnefahren.«

»Da haben Sie aber recht, Herr Leutnant«, sagt der Fahrer und bedenkt mich mit einem dankbaren Blick.

Als wir am Bahnhof ankommen, hat sich der Konvoi offenbar schon auf dem Vorplatz gesammelt, insgesamt gut zwei Dutzend Fahrzeuge. Die zum Geleitschutz eingeteilten Soldaten hocken wie Spartakuskämpfer mit hochspießenden Karabinern auf ihren Lastwagen. Ein MG ist auf einem Führerhaus zwischen Sandsäcken aufgelegt: Da fehlen nur noch ein paar im Wind knatternde rote Fahnen ...

Auf dem Bahnhofsplatz war ich lange nicht. Die dicken Stämme der rigoros geköpften Platanen sehen aus, als hätte man ihnen das gleiche Tarnmuster wie den Lastwagen aufgemalt.

Der Bahnhof ist ein Inbild aller Bahnhofstristesse: rußgeschwärzt und verdreckt und blatternarbig. Die Uhr über dem Haupteingang steht wahrscheinlich seit ewigen Zeiten schon. Wind treibt Dreck aus zwei, drei Bombenkratern und den Ruinen hoch, die höher am Hang liegen. Ehe ich mich versehe, habe ich feinen Sand zwischen den Zähnen.

Gruppen von Landsern, ihre verschnürten Pappkoffer und Kartons, die hier und da auf dem Pflaster aufgetürmt liegen, die Gewehrpyramiden, die paar gestikulierenden und herumbrüllenden Unteroffiziere – all das schafft eine merkwürdige Stimmung: Feldlager in der Morgenstunde.

Da entdecke ich einen fülligen Hauptmann in scharfen Breeches, der wie ein wild gewordener Schamane mit beiden Armen in der Luft herumfuchtelt.

»Der spielt ganz schön verrückt!« höre ich hinter mir. Das ist Balsam für meine Nerven. Die Männer im Bus haben offenbar die Ruhe weg – oder sie tun wenigstens so.

Es gibt Streit um den Führungsanspruch. Der Hauptmann ist rot angelaufen und kanzelt einen Oberleutnant ab. Der Mann hinter mir kommentiert: »Der regt sich auch wieder ab!«

Zwei Kradmelder fahren zwischen den Kübelwagen und Lastwagen Slalom. Ihr scharfes Motorknattern übertönt für Sekunden das Befehlsgebrüll.

»Angeber – blöde!« höre ich von hinten.

Aber was ist das jetzt? Da kommt doch tatsächlich ein Schwarm Mädchen angehastet, Pappkoffer und Taschen in den Händen, als sei hinter ihnen eine Panik ausgebrochen. Marinehelferinnen! Sofort setzt ein großes Hallo ein. Wenn die Koffer und Taschen nicht wären, sähen die Blitzmädchen aus wie ein ausschwärmendes Pensionat. Die Mädchen werden zu beiden Seiten eines der Lastwagen aufs Ladedeck hochgezogen.

»Was 'ne Wuhling!« sagt unser Fahrer.

»Einfach stur stehenbleiben, wenn das Ganze in Fluß kommt«, sage ich zu ihm. »Na, ich bin ja auch noch da . . .«

Da erscheint der Alte mit dem VO, und ich klettere wieder nach draußen.

»Wie fühlst du dich so?« fragt der Alte.

»Beschissen!« gebe ich knapp zurück. »Guck dir das doch an!« Der Alte hört nur halb zu: Er weidet sich schon gebührend am herrschenden Durcheinander. Jetzt kommt auch noch schrilles Kreischen von dem Lkw, auf dem sich die Marinehelferinnen wie Hühner hinter dem Fahrerhaus zusammengehockt haben. Anscheinend ist der Fahrer mal zum Spaß ein Stück vorgerückt.

»Das kann ja gut werden!« höre ich den Alten zum VO sagen.

Endlich will es richtig losgehen. Der Alte streckt mir, als ich schon neben dem Fahrer sitze, noch mal seine Rechte entgegen. Ein kräftiger Händedruck und statt Nazigruß die Hand an die Mütze. Nun gerade!

Im Schneckentempo umkurvt der Fahrer die ersten Häuserblocks. Wir sind tatsächlich in einer achteren Position. Der Fahrer muß scharf bremsen, dann wieder anfahren. Wieder abrupt stoppen – wieder anfahren. Einige der Verwundeten hinter mir stöhnen laut auf. Endlich bleibt der Fahrer stur im ersten Gang. Der Oberstabsarzt hat gut reden: mehr oder minder leichte Fälle! Für den ist ohnehin erst einer ohne Kopf ein schwerer Fall.

Das ist ein verdammt mieser Anfang. Nicht mal Kolonnefahren können die Brüder vom Heer. Die Kradmelder preschen an uns vorbei wie die Irren. Man kann ihnen ansehen, wie wichtig und imposant sie sich vorkommen. Die fühlen sich wahrscheinlich wie Schäferhunde um eine Herde blöder Schafe.

Die Strecke von Daoulas nach Le Faou bin ich schon x-mal gefahren. Ich würde den Weg auch noch im Dunkeln finden, aber jetzt sehe ich alles mit neuen Augen: Nach vorn habe ich wenig Blickfeld, weil wir mit möglichst geringem Abstand zum Vordermann fahren, dafür gucke ich mir das Gelände rechts, die einzelnen Häuser und die Straßenzeilen genau an, und hin und wieder lasse ich den Blick auch über das Lenkrad mit den Händen des Fahrers hinweg nach links gehen.

Wenn wir uns in der Mitte der Straße halten, kann ich die Häuser auf meiner Seite gerade noch bis hoch zu den Dachrinnen sehen. Die Fenster direkt darunter nehme ich scharf in den Blick. Solche mit halbgeschlossenen Volets besonders.

Daoulas – das ist eine üble Gegend. Jetzt habe ich auch die halb verborgene Warnung des Alten wieder im Ohr. Besser, ich greife mir meine Maschinenpistole und plaziere sie quer auf meinen Oberschenkeln. Und jetzt spanne ich sie auch noch.

So mies wie in diesem Scheißkarren habe ich mich lange nicht mehr gefühlt. Ich bin eingepfercht wie eine Sardine in der Büchse. Himmelarschundwolkenbruch!

Mir stehen die großen Überfallwagen der Chemnitzer Polizei vor Augen: *Die* waren praktisch – doppelt gestufte Trittbretter zu beiden Seiten über die ganze Länge hin und keine Türen, nur Ausnehmungen in den Seitenwänden. Die fünf Dutzend Schupos kamen, wenn es ans Losdreschen mit den langen Gummiknüppeln ging, so schnell von ihrem

Fahrzeug runter auf die Straße wie Cowboys von ihren Gäulen. Aber wir hier? Wie sollen wir aus diesem Blechgefängnis kommen, wenn es schnell gehen muß? Zwei enge Türen: Auch wenn dieser verfluchte Kasten in Brand geschossen wird, kommen die armen Schweine hinter mir nicht raus. Die sind doch verraten und verkauft, wenn die Tour nicht glattläuft.

Mitgefangen, mitgehangen! Das ist auch so ein dämlicher Spruch! Wir sind ja gerade in diesem Scheißomnibus, um *nicht* gefangen zu werden. »Ab in Richtung Heimat – ihr habt's aber gut!« hat einer der zurückbleibenden Landser noch laut getönt, als wir losfuhren. Aber dafür wäre mir jeder noch so schrottreife Karren lieber als diese Sardinenbüchse.

Die Federung taugt auch nichts. Omnibus! Das klingt großartig. Aber wo soll der Vorteil vor einem offenen Lastwagen für die Kranken sein?

Als wir durch Le Faou fahren, muß der Fahrer plötzlich hart stoppen. Dann knallt es ein ganzes Stück vor uns auch schon: vier, fünf peitschende Schüsse. Habe ich mit meinen Überlegungen etwa das Schicksal herausgefordert? Darf man nicht mal mehr *denken*?

»Was ist los?« brülle ich zur offenen Tür hinaus einen Kradmelder an. Aber der hat's eilig, nach vorne zu kommen. Von dort kommt jetzt auch Geschrei. Dann höre ich wieder ein paar Schüsse.

»Scheiße!« sagt der Fahrer.

»Später wird's besser«, sage ich ihm. »Wir müssen bloß erst mal aus dieser verseuchten Gegend raus.«

»Schon in Ordnung, Herr Leutnant!« sagt der Fahrer und guckt mich treuherzig an: guter Mann.

Aber bald schon geht's weiter vorn offenbar nach der Devise: Rette sich, wer kann! Und wir sind eingekeilt in diesem Verhau – eingekeilt und zur Hilflosigkeit verdammt. Ich höre Angstgeschrei und Schmerzensschreie von draußen und das Stöhnen von ein paar Männern hinter mir.

Vor uns springen welche von ihren Fahrzeugen und feuern im Stehen auf die Fensterfronten rechts und links. Weil alles so plötzlich geschieht, wirkt es nicht richtig glaubhaft, es sieht wieder mal eher nach Film aus als nach Realität: Zwei Verwundete, die sich auf der Straße krümmen und wälzen, sind einen Augenblick lang schlecht agierende Komparsen.

Ich weiß vor lauter Schreck nicht, was ich tun soll. Gott im Himmel, das wird ja eine richtige Metzelei! Dicht an einer Hauswand krümmt sich ein Landser und hält sich den Bauch. Gedärme quellen ihm zwischen den Fingern heraus. Es sieht aus, als trüge er zwei Handvoll Hundefutter vor sich her. Die Schweine müssen Granatwerfer haben. Oder sind das Detonationen von Handgranaten? Aus den oberen Etagen geworfene Handgranaten?

Sekundenbilder wie kurze Zwischenschnitte: Da rennt aber auch alles durcheinander. Einer schießt mit der MP aus der Hüfte, zwei, drei knicken zusammen wie Zollstöcke. Da blitzt weit vorn in den oberen Fensterrahmen eines dunkelgrauen Hauses Mündungsfeuer auf. Verdammt noch mal: Sieht denn keiner, was da oben los ist? Und jetzt – der schmeißt von da oben doch tatsächlich Handgranaten. Meine Fresse! Wenn wir so ein Ding aufs Dach bekämen – nicht auszudenken!

Wir sind insgesamt Hunderte von Leuten und lassen uns hier wehrlos fertigmachen. Und mein Bus ist festgerammt, bewegungslos. In die Falle gelaufen! Verdammte Scheiße! Diese elende Schaukel von einem Bus ist zum Wenden viel zu lang. Aber selbst wenn wir auf dem Teller drehen könnten, kämen wir hier kaum raus.

Plötzlich setzt die Knallerei aus – wie abgehackt. Nur noch eine kurze MP-Salve ganz vorn, dann ist Feuer aus. Aber keine Stille. Ich höre die Verwundeten laut schreien. Von den Mädchen muß es auch welche erwischt haben. Die schreien zum Gotterbarmen.

Einer ruft: »Sanitäter, Sanitäter!« Das klingt in meinen Ohren sonderbar altmodisch.

Wenn ich doch nur mehr vom Konvoi und der Straße sehen könnte als die zwei, drei Fahrzeuge vor uns und die Gruppe von Landsern um den Schwerverletzten. Weiter vorn, das sehe ich auch, stehen die Fahrzeuge kreuz und quer auf der Straße. Da wollten offenbar welche wenden.

Jetzt höre ich Hähne krähen, Hunde bellen. Das klingt wie Hohn. Ein wilder Wunsch, die Hähne und Hunde zusammenzuschießen, überfällt mich.

Ich will nach vorne und herausbekommen, wozu der Hauptmann und seine Wesire sich entschlossen haben, aber zugleich will ich den Bus nicht verlassen. Da sehe ich einen Kradschützen herankommen und springe auf die Straße, um mich ihm in den Weg zu stellen.

»Was ist los?« brülle ich über den Lärm seiner Maschine weg.

»Sie müssen zurück nach Brest! Kein Durchkommen. Die Straße ist aufgerissen, Herr Leutnant! Die haben Granatwerfer!«

»Und wie kommen wir hier weg?« brülle ich viel zu laut.

»Zurückstoßen – bis zur Kreuzung!«

Vorn fallen wieder einzelne Schüsse.

In der rechten Seitenwand des Busses zähle ich ein halbes Dutzend Einschußlöcher. Und dabei keine Verletzungen, kein Treffer in die Reifen, keine Ausfälle – ein wahres Wunder! Gut, daß wir so weit hinten waren. Aber zum Kotzen, daß hier vorher nicht aufgeklärt worden ist. An dieser engen Stelle zwischen den schäbigen Häusern ist die Straße ein perfekter Hinterhalt.

Die beiden Fahrer hinter uns sind nicht auf den Kopf gefallen. Sie stoßen schon per Tempo zurück.

»Los – zurück!« brülle ich auch zu meinem Fahrer hoch und klettere wieder auf meinen Platz. Jetzt soll er zeigen, was er kann.

Die Leute hinter mir stöhnen. Ich höre einen mit kläglicher Stimme fragen: »Wo sind wir denn?«

»Am Arsch des Propheten«, bekommt er zur Antwort.

Also zurück nach Brest! Und dann frage ich mich bloß noch: Wenn jetzt das große Wendemanöver beginnt und die Herren Terroristen noch in der Nähe sein sollten, dann aber Helm ab zum Gebet!

Daß es schließlich trotz ewigen Hin- und Herrangierens doch ohne Katastrophe abgeht, registriere ich als neues Wunder. Staub muß ich dabei allerdings jede Menge schlucken. Der ganze Omnibus ist wie überpudert.

Während der Rückfahrt komme ich mir tief gedemütigt vor. Gedemütigt, erschöpft und völlig durcheinander. Klappe zu – Affe tot! murmele ich vor mich hin. Ich starre geradeaus durch die Windschutzscheibe, ohne die Straße vor mir wirklich im Blick zu haben. Ich sollte mich an die Kandare nehmen! Verdammt noch mal: aufpassen! Hier gibt es immer wieder für Überfälle bestens geeignete Häuser.

Dieses Unternehmen war doch von allem Anfang an zum Scheitern verurteilt. Dilettantisch bis zum Gehtnichtmehr! In mir quillt die Wut. Oben in der Kehle wird sie dick wie ein Kloß: so ein Affenzirkus!

»Scheiße!« stoße ich aus.

Das hätte ich mir verkneifen müssen: Der Fahrer guckt prompt zu mir herüber.

Hinten im Bus schluchzt einer nervös. Die armen Kerle. Die sahen sich schon zu Hause oder zumindest in einem ordentlichen Lazarett. Und jetzt? Laßt alle Hoffnung fahren!

Warum nur hat man nicht einen Kübel vorausfahren lassen als eine Art Spähwagen? Warum ist keiner auf die Idee gekommen, die Straße *vor* dem Konvoi zu erkunden? Warum hat sich niemand für diese Häuser interessiert, die doch für Hinterhalte geradezu prädestiniert waren? Warum hat man nicht einen Vierling mit Schutzschilden auf einen mittleren Lkw gesetzt, wenn sich schon kein Straßenpanzer auftreiben ließ?

Diese Scheiß-Breechesträger, das sind doch keine Soldaten – das sind doch Statisten, Gigolos!

Während wir weiter westwärts rollen, gehen mir eine Menge ungeordnete Gedanken durch den Kopf: das großmäulige Gerede von den Wunderwaffen – von der verheerenden Wirkung der V I, von den neuen Walterbooten! Aber hier haben wir nicht einen einzigen Panzer.

Der Gröfaz, der Jupp, Fettwanst Göring, der überhaupt – unser heraldischer Reichsjägermeister! Alle reißen sie ihre Mäuler auf, aber so wie eben läuft das dann ab . . . Und jetzt bringen wir – und das ist schon ein böser Witz! – reichlich mehr Verwundete mit zurück, als in Brest eingeladen wurden. Die aber frisch blutend und schlecht verbunden und wie Tiere vor sich hinwimmernd.

Ich fühle mich ausgelaugt und knochenweich, dabei bin ich nicht müde, sondern seltsam überdreht – von Erregung aufgeputscht. Der Schweiß rinnt mir aus den Achselhöhlen die Flanken hinab.

Das wird alles andere als einen triumphalen Auftritt beim Alten geben!

Als wir durchs Flottillentor fahren, höre ich einen hinter mir zum Fenster hinaus plärren: »Da wären wir wieder!« Ein anderer heult laut. Der wird nicht der einzige sein, der mit den Nerven fertig ist. Der Torposten steht bloß da und staunt.

Da platzt mir der Kragen, und ich schreie den Mann an: »Den Oberstabsarzt wahrschauen! Gleich mache ich Ihnen Beine!«

Und jetzt über den Hof und hoch zum Alten. Ich klopfe laut an, und dann mache ich betont zackig Meldung: »Unternehmen gescheitert. Vom Maquis überfallen. Omnibus mit Verwundeten zurück.« Dann erst sage ich: »Scheiße! Das war ein Katastrophenunternehmen, wie's im Buche steht.«

Um das Maß meiner Demütigung voll zu machen, steht auch noch der VO im Büro des Alten herum, als ich mich so zurückmelde. Und er grinst. Gleich kocht in mir die Wut hoch: Der Alte sollte den Adju hereinrufen, damit der auch was zu grinsen hat.

Da höre ich den Alten sagen: »Die armen Teufel! Weiß der Oberstabsarzt Bescheid?«

»Jawoll – den habe ich gleich am Tor wahrschauen lassen.« Und dann bringe ich kein Wort mehr hervor.

Der Alte kommt mir endlich zu Hilfe und sagt: »Tscha, da kann man nichts machen.«

Daß der VO nicht mehr grinst, ist sein Glück. Ich hätte ihm sonst glatt das Knie in den Bauch gerammt.

Jetzt stellen wir uns alle drei vor die große Wandkarte mit dem mächtigen Wasserspeierkopf darauf, der die Bretagne darstellt.

»Wo ist es denn passiert?« fragt der Alte.

»Gleich vorm Ortsausgang Le Faou.«

»Natürlich!«

Während der Alte seinen Blick auf die Karte geheftet hält, arbeitet es heftig in meinem Kopf: Warum eigentlich fühle ich mich durch diese Pleite so gedemütigt? Habe *ich* etwa versagt?

»Und wie lief das Ganze?« will der Alte jetzt wissen.

»Die warteten genau an der engsten Stelle. Du kennst sie doch . . . Und dann Feuer von beiden Seiten und Handgranaten. Wahrscheinlich auch Granatwerfer.«

»Das kann ja gut werden!« sagt der Alte und läßt es wie einen Seufzer klingen.

»Wir haben jedenfalls ganz schön Zunder gekriegt . . .«

»Geschickt gemacht«, sagt der Alte wie für sich. »Im Norden sind die Amis aufmarschiert, und jetzt rührt sich hier der Maquis.«

»Damit wäre Châteauneuf also verloren?« fragt der VO.

Weil nun beide schweigen, sage ich: »Ein einziger Panzer hätte genügt . . .«

»Bloß woher nehmen und nicht stehlen!« sagt der Alte.

»Gibt's denn hier gar . . .«

»Nicht, daß ich wüßte!« fährt mir der Alte gereizt dazwischen. »Wir sind schließlich ein Marinestützpunkt. Die Marine hat gewöhnlich keine Panzer.« Der Alte sagt das so zynisch, wie er nur kann – und dann gefaßter: »Fast hab ich's geahnt, daß das nicht klappen würde . . .«

Als der VO sich verdrückt hat und ich dem Alten allein gegenübersitze, rede ich freier: »Das war eine Wuhling! Ein Wunder, daß nicht mehr passiert ist. Wenn die Terroristen auf Zack gewesen wären, hätten sie auch hinten dichtgemacht. Und dann hätten wir in der Falle gesessen. Die Konfusion war jedenfalls perfekt. Konvoi ist gut und schön – aber wenn keiner weiß, was er zu tun und zu lassen hat . . .«

»Ich hab mir heute morgen gleich gedacht, daß das eher wie eine Art Demonstrationszug aussah. Mal hören, was die Herren vom Heer zu sagen haben. Ich laß mir gleich 'ne Verbindung geben.«

»Und ich brauch was zu trinken.«

Als ich wieder ins Büro komme, hat der Alte schon telefoniert. »Das ist den Brüdern ganz schön in die Knochen gefahren. An der Straße nach Le Faou scheinen sich eine Menge Terroristen konzentriert zu haben. Da wären wir also fürs erste abgeschnitten.«

Abgeschnitten? – Es dauert Sekunden, bis ich mir bewußt werde, was das Wort bedeutet. Aber der Alte hat es ja eingeschränkt: *fürs erste* abgeschnitten. Das wäre doch lächerlich, das Stück Straße muß sich doch freikämpfen lassen.

»Das sind jetzt Mutproben der Franzmänner«, sagt der Alte. »Ich hab eigentlich nichts anderes erwartet. Solange die sich hier in der Stadt ruhig verhalten . . .« Er vollendet den Satz nicht, dann setzt er neu an und sagt: »Das war ja nur der erste Versuch!« – und läßt das geradezu fröhlich klingen. »Drei Versuche hat jeder!«

Ich gucke den Alten großäugig an: Wenn das ein Witz sein sollte, war es ein schlechter. »Beim nächsten Mal schießen die uns aber blitzsauber zusammen! Ein Wunder, daß kein Wagen Feuer gefangen hat . . . Zurück auf Kniescheiben und Brustwarzen – das wäre nicht unbedingt mein Traum gewesen . . .«

Der Alte geht darauf nicht ein. »Ein Gutes hat die Sache«, sagt er. »Jetzt brauchen wir uns den Kopf wegen Rennes nicht mehr zu zerbrechen. Höhere Gewalt. Gegen die kann man leider nichts machen.«

Dazu hat er seine Schöpsmiene aufgesetzt. Ganz der Alte: Die neue Situation gefällt ihm, anstatt ihn zu bestürzen. Ich kann nur dastehen und ihn bestaunen, wie er in seinem Sessel hockt und die Ereignisse kurzerhand auf mich bezieht, geradeso, als gäbe es im Augenblick keine anderen Probleme: Die Verwundeten sind wieder im Lazarett, und ich bin für die Abwehrleute in Rennes oder Paris nicht mehr greifbar – punktum und alles zum besten.

»Und der FdU kann sich seine Ermahnungen auch sparen . . .«, setzt der Alte jetzt noch einen Trumpf auf seine Rede.

Ewig kann ich nicht so dasitzen, Gedanken wälzen und mich verwirren lassen. Deshalb straffe ich mich und sage: »Na, dann pack ich mal wieder aus.«

»Tu das«, sagt der Alte gemütlich. »Wenn ich so aussähe wie du, würde ich mich vor allem erst mal waschen!«

Abgeschnitten! – Da bin ich wieder mal reif für Selbstbezichtigungen: Ich hätte mich längst auf die Strümpfe machen sollen. Ich wäre schon irgendwie klargekommen.

Aber so haben wir es ja immer gemacht: ausgereizt bis zum Letzten, uns dickfellig gestellt, keinen Fingerzeig von oben beachtet, keinem Schicksalswink Folge geleistet. Und das hat auch oft genug funktioniert, und das Gefühl, dem Fingerzeiger die Zunge herausstrecken zu können, war nicht schlecht. Diesmal hat es aber nicht geklappt. Diesmal habe ich den Kürzeren gezogen.

Ich gehe in die Funkstelle: ein steriler Raum wie in einem Hospital. Graue Apparate, Leitungen. Die Funker kehren mir ihre Rücken zu. Alles sieht nach einem geheimnisvollen Experiment aus.

Stille. Nur das feine Piepen aus den Kopfhörern: die Geisterstimmen der Kurzwellen.

Morschel ist wieder einmal zur Meldung aufgefordert worden, aber Morschel meldet sich nicht. Es herrscht »Schweigen im Walde«, so intensiv die Funker auch den magnetischen Raum absuchen.

Der Alte hat sich in diesen Tagen wieder und wieder vor die große Atlantikkarte gestellt, den Blick auf dem Gebiet, aus dem sich Morschel zum letzten Mal gemeldet hat. Auch von Lubach nichts.

So ist das immer: Zuerst entsteht nur eine Beunruhigung, wenn die erwarteten Meldungen ausbleiben. Die Sorgen, die dann aufkommen, lassen sich noch leicht unterdrücken: Das Boot kann gute Gründe haben, sich nicht zu melden. Wenn das Schweigen länger dauert, läßt sich als Ursache dafür schließlich auch eine Beschädigung der Sendeanlage annehmen. Man kann sich damit trösten, daß es Boote gegeben hat, die sich erst wieder meldeten, als man sie längst abgesoffen wähnte. So schnell wie früher geht jedenfalls keine Drei-Sterne-Meldung mehr hinaus.

Als mich der Alte nach dem Essen im Club entdeckt, wie ich tief in meinen Sessel versunken dasitze und vor mich hin grüble, sagt er: »Probleme?«

»Probleme?« spotte ich. »Woher sollten die denn kommen – in unserer problemgeschützten Lage?«

Der Alte läßt sich in den nächsten Sessel sinken und guckt mich von der Seite her an. »Möchte bloß wissen, warum du dann die Löffel hängen läßt ...«

»Ich – die Löffel? Aber wenn du schon von Löffeln redest: hängen lassen wäre doch allemal besser als einen weglegen – oder?«

Da zieht der Alte die Brauen hoch und müffelt: »Witzbold!«

Ich hebe betont gleichmütig die Schultern. »... und damit können wir wohl auch die Suche nach Simone aufgeben«, sage ich.

»Das würde ich so nicht sagen ...«, gibt er zögerlich zurück.

»Wir haben eben zuviel Zeit verbumfiedelt ...«

Der Alte überlegt eine Weile, dann sagt er: »Ja und nein – mit dem Kopf durch die Wand wäre sowieso nichts zu machen gewesen ...«

Weil der Alte anscheinend nichts mehr zu sagen weiß, hänge ich meinen Gedanken nach ... Was für ein Narr ich doch war! Nach Simone suchen, das war von allem Anfang an eine Schnapsidee. Ohne Simone säße ich jetzt nicht hier. Was geht sie mich überhaupt noch an?

Als ich auf meiner Koje liege, frage ich mich: Wie soll das bloß weitergehen? Keine Panzer, keine Flugzeuge, keine neuen Boote – keine Wunderwaffen ... Pleite auf der ganzen Linie! Eine *einzige* Pleite!

Daß wir total am Ende sind, daran können nur noch Vollidioten zweifeln. Ganze U-Bootflottillen sind erledigt worden, auch von den Minensuch- und Vorpostenflottillen ist kaum noch was übrig. Und die Zerstörerflottillen? Die Torpedobootflottillen? Alle sind sie am Ende. Von den dicken Schiffen sowieso ganz zu schweigen.

Mich hält die kalte Wut gepackt: diese arroganten sturen Totmacher, diese fanatisierten Einpeitscher, die selber keine Not zu leiden haben in ihrem idyllischen Kiefernwäldchen, aber eine Besatzung nach der anderen in den Tod schicken. Und die Idioten hier, die nicht mal zur simpelsten Überlegung fähig sind! Der Führer läßt uns hier nicht sitzen! Der Führer schickt uns Panzer! Der Führer, der Führer! Daß ich nicht lache! Unser herrlicher Führer – der wird sich einen Teufel um uns scheren. Der wird uns hier am langen Arm verhungern lassen! Darauf kann jeder, der mag, einen lassen!

Wie soll der Mensch nur schlafen können, wenn es draußen wer weiß wie lärmt! Ich ziehe das Kissen unter dem Kopf hervor und drücke meinen Kopf fest auf das rechte Oberarmgelenk. So, und nun das Kopfkissen auf das linke Ohr! Den unklaren Lärm von draußen höre ich zwar so nicht mehr, dafür jetzt aber heftige Schießerei ganz in der Nähe. Verdammt noch eins! Was soll nur dieses blöde Geballere!

Da hört das Schießen auf – als hätte mein Fluchen gewirkt. Gut, versuchen wir es mit einer anderen Lage.

So vergeht eine Viertelstunde und dann noch eine. Aber ich kann und kann nicht einschlafen.

An der rechten Schläfe spüre ich meinen Puls. Pulszählen, vielleicht hilft das? Während ich nun mit stummen Lippen Zahlen herbete, warte ich angespannt weiter auf neues Schießen. Und da geht es auch schon los: Karabiner und Maschinenpistolen – und die deutlich zu unterscheiden. Das ist doch wieder nichts anderes als pure Angstknallerei. Zum Teufel mit diesem sinnlosen Munitionsverbrauch!

Mit dem Schlafen ist es jedenfalls aus und vorbei. Ich könnte ebensogut aufstehen. Statt dessen bleibe ich mit offenen Augen liegen und sinne nach: Nicht zum ersten Mal beschäftigt mich die Frage, ob der Pavillon des Alten und meiner nicht zu exponiert liegen. Ein paar beherzte Männer könnten die Posten am Tor ohne viel Aufsehen überwältigen und den Alten und mich hier einfangen oder umlegen. Das ginge ohne große Schwierigkeiten. Bis unsere Leute den Hof überquert hätten, wäre es sicher zu spät – vorausgesetzt, es würde überhaupt Alarm geschlagen.

Ich sollte mit dem Alten reden. Aber bei dem so ein Thema anzuschlagen ist nicht einfach. Der Alte gefällt sich nun mal in Sturheit und Heldenpose. Wahrscheinlich ist es in seinen Augen sogar ein wichtiger Bestandteil seiner Rolle, hier vorn auf dem Präsentierteller zu hausen und damit allen zu demonstrieren, daß er vom Maquis rein gar nichts hält – nicht die Bohne.

Da trommelt ein scharfer Feuerstoß in meine Gedanken hinein. Das war nahe! Sollte das etwa der Flottille gegolten haben? Ohne mir dessen richtig bewußt zu werden, stelle ich mich so stur wie der Alte: Ich bleibe liegen und spanne nur das Gehör, höre aber kein Rufen, kein Befehlsgeschrei, nur noch zwei kurze Feuerstöße aus einer Maschinenpistole.

Es ist zehn nach zwei. Wann wird es hell? Wahrscheinlich schon kurz vor fünf. Also noch drei Stunden hin. Verdammte Sauzucht! Ein paar Stunden Schlaf sollten sie einem schon gönnen.

Ich muß an Simone denken: Mir will einfach nicht in den Kopf, daß sie auch in diesem Pavillon hier gehaust hat, in genau diesem Zimmer, in genau der Koje, in der ich jetzt liege. Warum sie nicht gleich in den Pavillon des Alten gezogen ist! Weil das einen verdammt schlechten Eindruck gemacht hätte? *Darauf* kam's wohl kaum noch an . . .

Ich wälze mich wie im Fieber auf meiner Koje herum. Draußen knallt es wieder. Diesmal klingt es seltsam pappig – wie Knallfrösche. Weiß der Satan, was das nun wieder zu bedeuten hat. Ein dumpfes Ploppen kommt von weit her: dreimal, fünfmal und dann wieder zwei kurze scharfe Feuerstöße – aber diesmal auch weiter weg. Plötzlich erscheinen waagerechte Lichtbalken an der Wand gegenüber dem Fenster. Sie flackern und verlöschen wieder.

Ich sollte die Volets verhängen, um wenigstens die optischen Effekte abzustellen. Und Wachspfropfen für die Ohren könnte ich mir auch besorgen. Aber nein, die Ohren verstopfen, das empfiehlt sich nicht. Ich muß schließlich hören können, wenn es plötzlich *richtigen* Rabbatz gibt . . .

Wieder die weißen Lichtstreifen! Diesmal bleiben sie länger stehen, ehe sie ins Flackern geraten. »Und schrieb und schrieb an weißer Wand / Buchstaben von Feuer, die keiner verstand . . .«

Im Halbtraum gerät mir vieles durcheinander: Der Gauredner bringt sein Gesicht so nahe an meins heran, daß ich jede Pore auf seiner Nase wie durch ein Vergrößerungsglas sehen kann. Außenbords mit dem Kerl und als Fender verwenden! schlage ich dem Admiral vor. Schön mit Tampen umschnürt! Dieser niederträchtige Schuft! Eines Tages wird rauskommen, was der alles hinter den Kulissen gedreht hat. Und dann abrechnen!

Dann bin ich wieder ganz wach. Verloren? »Reise ohne Wiederkehr« – hieß ein Film so? Ein Buch? Die Allies organisieren doch längst ein Komitee für unseren Empfang. Die Tommies und die Amis und die Rußkis, das sind drei – und wir, die Nazis, wir sind ganz alleine und schon deshalb verloren.

Was haben wir der Welt aber auch angetan: Rotterdam zerstört, Coventry dem Boden gleichgemacht. Überall Städte in Trümmer gelegt, ganze Landstriche verheert, Hunderttausende massakriert. Die übriggebliebenen sind, müssen uns liebgewonnen haben. Allein in Rotterdam sollen dreißigtausend Tote auf unser Konto kommen, und das waren ja wohl alles friedliche Stadtbewohner, die weiß Gott nichts gegen uns im Schilde geführt hatten. Jetzt kommt es auf uns – bis ins siebente Glied. Glaube, Liebe, Hoffnung – diese drei! Die Liebe ist die größte unter ihnen, und davon werden wir verdammt viel brauchen . . .

Das grelle Peitschen von Schüssen schreckt mich aus unruhigem Schlaf. Jetzt hab ich's aber satt! Mit einem Satz bin ich hoch. Kein Licht machen! Noch zwei Schüsse, dann Durcheinanderbrüllen. Und wieder Stimmen vor dem Haupttor. Ich halte lauschend den Atem an: Stiefelschlagen auf dem Pflaster, ein Ächzen und Stöhnen und eine Befehlsstimme: »Hier anpacken – dalli, dalli!«

Ich sage mir: Da hat es tatsächlich einen erwischt, irgendeinen Franzosen, der sich nicht an die Sperrstunde gehalten hat. Die Posten schießen verdammt schnell. Ich ziehe mir eilig den Mantel über, fahre in die Schuhe und trete hinaus.

Beim Alten ist Licht. Seine Türe steht offen. Anscheinend ist er unten am Tor.

Taschenlampenkegel geistern dort herum. Und nun höre ich die tiefe, tragende Stimme des Alten: »Gleich den Oberstabsarzt wahrschauen! Beeilung! Geht's denn so?«

Ich nehme eine Gruppe dunkler Gestalten in halbem Laufschritt wahr, die zwischen sich einen Körper schleppen.

»Ich komme gleich nach!« höre ich den Alten. Jetzt sieht er mich: »Verdammter Schlamassel: Alvensleben!«

Ich kapiere nicht gleich.

»Alvensleben hat's erwischt! Sieht allerdings so aus, als hätte er noch Schwein gehabt. Der soll morgen raus . . . Muß mich erst mal anziehen.«

Im Schein, der aus der Tür des Alten fällt, erkenne ich den Bootsmaat der Wache und erfahre, daß Alvensleben von unserem eigenen Torposten angeschossen wurde. »Der Posten hat ›Parole!‹ gerufen, und als die nicht kam, geschossen.«

»Das war aber doch ein richtiger Feuerwechsel?«

»Ja, der Herr Oberleutnant hat auch geschossen!«

»Was wird nun mit dem Boot Alvensleben?« frage ich den Alten nach dem Frühstück.

»Den päppeln wir schon wieder hoch. Früher wär's ein schöner Heimatschuß gewesen. Jetzt muß er raus.«

»Geht denn das? Und muß da nicht ein Tatbericht gemacht werden und so?«

»Eigentlich ja.«

Ich bin direkt froh, daß es in diesem Laden nun endlich auch das einschränkende Wörtchen »eigentlich« gibt.

Der Alte gibt nichts mehr zum besten. Mit »eigentlich ja« ist die Sache fürs erste erledigt. Alvensleben hat, wie der Oberstabsarzt erzählt, einen Mordsdusel gehabt: nur ein Streifschuß – »reine Fleischwunde, aber not too knäpp!«

Trotz meines Schlafmankos kann ich unsere Situation heute wieder nüchterner sehen. Ich kann sogar darüber staunen, wie ich mich an ein Wort wie »abgeschnitten« gewöhne. Wahrscheinlich klingt es in meinen Ohren nicht bedrohlich genug. Ich setze dafür »umzingelt«. Wir sind vom Feind umzingelt. Aber »umzingelt« klingt nun wieder komisch: Ich zingele, du zingelst, er, sie, es zingelt . . .

Ich will gar nicht wissen, wieviel tausend Mann hier in Brest umzingelt sind. Daß aber ein paar Typen vom Maquis genügen, um uns schachmatt zu setzen – das ist doch wohl der schiere Irrwitz!

Der Posten, der Alvensleben angeschossen hat, wird zum Alten bestellt. Ich sehe ihn, bleich vor lauter Angst, den Gang entlangkommen.

»Dem geht derselbe ganz schön mit Grundeis!« sage ich zum Alten, während der Seemann beim Adju wartet.

Der Mann heißt Günther. Der Alte macht es kurz: »Sie haben richtig gehandelt, Günther. In Ordnung.«

Nur diese paar Worte – und der Mann, der da zwar in strammer Haltung, aber doch mit allen Anzeichen der Verstörtheit im Türrahmen steht, läßt schluckend seinen Adamsapfel zwei-, dreimal auf- und absteigen, dann bringt er sichtlich mühsam den Mund auf, als wolle er etwas erwidern, aber der Alte hebt die Hand und sagt: »Ist schon gut, Günther. Sie können abtreten.«

Günther scheint es immer noch nicht fassen zu können. Erst langsam kapiert er, daß keine Strafe droht, und ich kann der Verwandlung eines von Schuldlast zu Boden Gedrückten in einen strahlenden Beschenkten beiwohnen.

Als die Tür wieder im Schloß ist, sagt der Alte: »Alvensleben war natürlich stinkbesoffen. Aber beachtlich reaktionsschnell. Ein Glück, daß es den Posten nicht auch erwischt hat. Der gute Alvensleben hat fast ein ganzes Magazin verballert. Hat sich wohl vom Maquis angegriffen gefühlt. Wenn das Schule macht – dann gute Nacht!«

Zwei Matrosen machen in der Messe Backschaft. Ich erfahre: Die Tittenschwenkerin Thérèse ist nicht zum Dienst erschienen.

»Die holt sich jetzt ihren Orden ab«, sagt der Alte.

Ich kapiere nicht gleich.

»Bei der Résistance natürlich!« klärt mich der Alte auf.

»Hat sie ja auch verdient!«

»Und ist ihr auch zu gönnen«, wirft der Doktor ein.

Da fällt bei mir der Groschen: Thérèse – nicht dicht?

»Tscha, meine Herren, so geht's – Mahlzeit!« ruft der Alte über die lange Back hin und guckt amüsiert drein. »Die Zeiten werden eben hart«, gibt er noch zum besten und läßt sogar ein halbgehustetes »Hohoho!« folgen.

Der VO fixiert betreten die in der Brühe schwimmenden Kartoffelstücke. Ein paar der Jüngeren glucksen: lange nicht so viel Spaß gehabt. Keiner weiß, was plötzlich in den Alten gefahren ist.

»Hätte nie geglaubt, daß die Dame sich so mir nichts, dir nichts Ihrem Charme entziehen würde«, wendet sich der Alte jetzt an den VO. Ohne zu erröten, dreht der sein Gesicht schräg von unten hoch und verzerrt den Mund zu einem Nußknackergrinsen.

»Und wie steht's mit Ersatz?« forscht der Alte. »Ich meine weiblichem.«

»So gut wie aussichtslos, Herr Kapitän!«

»In den Stollen hinter dem U-Bootbunker werden wahre Orgien gefeiert. Großbesäufnisse mit Nachrichtenhelferinnen und Krankenschwestern«, sagt der Doktor.

»Gerede!« tut der Alte die Nachricht ab. »Ich hab mir doch den Laden vorgestern erst noch angeguckt . . .«

»Bei Tage«, muffelt der Oberstabsarzt.

Der Alte hebt fragend die rechte Braue, dann aber läßt er das Gemuffel des Oberstabsarztes auf sich beruhen.

Nach allem, was ich weiß, geht es in den Stollen, in die sich die Leute vom Heer verkrochen haben, mit jedem Tag schlimmer zu: Besäufnisse und wahre Grölexzesse jede Nacht. Es scheint in den Stollen nicht mal funktionierende Klos zu geben, dafür aber stinkende Kübel, die irgendwo vor den Eingängen entleert werden. Selbst am hellen Vormittag sind auf der Straße, die zwischen der Rückwand der Bunker und dem Stollen eingeengt verläuft, Gruppen stockbetrunkener Landser zu sehen, auch Dienstgrade, Feldwebel sogar.

»Gestern vor einem Jahr, am vierundzwanzigsten Juli dreiundvierzig, war der Großangriff auf Hamburg«, sage ich halblaut vor mich hin.

Wir sitzen wieder mal im Pavillon des Alten.

»Als ich danach total verdreckt wieder in Glückstadt eintrudelte, wurde gerade das Zusammenstellen von je sechs Karabinern zu einer Gewehrpyramide geübt . . .«

»Und warum erzählst du mir das?« fragt der Alte.

»Zur Aufheiterung. Und um den Kontrast deutlich zu machen. Dagegen haben wir es hier doch schön: ordentliches Bier, guter Cognac, sauberes Quartier – sogar gepflegte Wohnatmosphäre.«

Der Alte geht nicht darauf ein. Er sagt nur: »Brest ist übrigens im OKW-Bericht erwähnt worden.«

»Wie denn?«

»Westlich Brest wurde ein feindlicher Zerstörer beschädigt.«

»Zerstörer beschädigt – das melden die in *dieser* Lage?«

»Im Raum von Caen wird immer noch gekämpft. Das wurde auch gemeldet. Offenbar eine Großoffensive.«

»Wer soll denn den Zerstörer beschädigt haben?«

»Weiß der Himmel! Wir haben jedenfalls nichts davon gemerkt. Wer ihn beschädigt hat, wurde nicht verraten.«

Der Alte gibt sich wieder einmal ganz seinem Pfeifenritual hin, und währenddessen herrscht Schweigen zwischen uns.

»Wie soll's denn nun weitergehen?« frage ich endlich.

»Kommt Zeit, kommt Rat – bewährte Bauernregel.«

»Wenn er gut ist, ist er teuer – der Rat.«

Der Alte schweigt wieder. »Bloß ein Glück, daß wir die große Mauer haben«, sagt er nach einer Weile. »Die spart uns womöglich viel Arbeit. Ich möchte hier auf Dauer nicht mit der Flottille im offenen Gelände hocken.«

»Daß wir so auf der Höhe sitzen, ist doch eigentlich auch ganz gut!«

»Weiß Gott! Ich mache mir nur Sorgen wegen der Verbindung zum Bunker – und zwar erhebliche.«

Das ist tatsächlich unser Handicap: Der Weg zum Bunker führt durch die ganze Stadt. Im Dunkeln kann man ihn zu Fuß kaum mehr wagen – auch zu zweit nicht.

»Wenn wir bloß mehr Omnibusse hätten ... Na, mal sehen! Es herrschen eben heitere Zeiten!«

»Und leider ist keine Liebe mehr unter den Menschen«, falle ich ein, aber der Alte hört nicht, er zieht nur ausgiebig an seiner Pfeife. Dann sagt er wie nebenhin: »Bei der Ersten fehlt übrigens ein Kommandant. War nach Bernau befohlen – zur Ritterkreuzverleihung. Da wird er jetzt wohl bleiben müssen ...«

»... mit seinem Ritterkreuz«, ergänze ich.

Die Miene des Alten hat sich mit einem Mal verdüstert. Wir schweigen wieder beide vor uns hin.

Um das Gespräch wieder in Gang zu bringen, sage ich nach einer Weile: »Wenn wir die Stützpunkte hier verlieren, dann haben wir doch rein gar nichts mehr auf See zu bestellen ...«

»Dann bleibt zum Ausweichen noch Norwegen – der hohe Norden ...«, sagt der Alte darauf halblaut wie im Selbstgespräch und läßt mich raten, ob er das nun ironisch meint oder nicht.

»Und die nötigen Bunker und Werften?«

»Da werden wir eben wieder ganz von vorn anfangen müssen ...«

»Wenn ich mir das so vorstelle: Island, Färöer, die Shetlands, die Orkneys, die Britischen Inseln – ein richtiger Klammergriff! Könnte strategisch gar nicht besser sein für unsere wertgeschätzten Gegner! – Die Schlinge um den Hals würde ich das nennen.«

»Ganz so schlimm isses nun auch wieder nicht«, fällt da der Alte ein. »Auf der Karte sieht's immer böser aus, als es tatsächlich ist.«

»Ich stelle mir die Gegend jedenfalls reichlich unfreundlich vor – ich meine, für U-Boote.«

Da pliert der Alte mich zu meinem Erstaunen auf einmal belustigt aus kleinen Augen an und sagt: »Ach, ich weiß nicht: Stavanger, Bergen – da läßt sich's sicher auch leben. Da gibt's Heringe! Mal 'ne Abwechslung – Heringe statt Austern. Sind doch auch nicht schlecht, oder?«

Ich kann ihm jetzt gar keinen größeren Gefallen tun, als in gespielter Verzweiflung die Augen nach oben zu verdrehen. Dann fällt mir wenigstens ein: »Heißen Kollaborateure in Norwegen nicht Quislinge?«

»Ja, Quislinge.«

»Klingt wie Mieslinge.«

»So isses«, bekräftigt der Alte. Aber dann ist es mit seiner guten Laune auch schon wieder vorbei.

»Wenn alle Atlantikflottillen nach Norwegen verlegt werden, muß das da oben eine schöne Wuhling geben«, nehme ich das Gespräch wieder auf. »Wird's nicht bei kleinem Zeit, daß wir was Genaues erfahren? Solche Großaktionen erfordern doch schließlich sorgfältige Vorbereitungen, wenn sie denn nötig werden sollten ...«

Der Alte gerät ohne jeden Übergang in Harnisch: »Das ist doch einfach Wahnsinn, uns hier am langen Arm verhungern zu lassen – oder uns einfach abzuschreiben.«

Der Alte hat die Hände wie zum Gebet vor der Brust gefaltet. So stiert er vor sich hin, als gebe es für ihn keine Umwelt mehr. Obwohl kein Wort fällt, weiß ich doch, was er im Schädel wälzt: Kein erkennbarer strategischer Plan. Keine Klarheit, was aus der Flottille werden soll. Wie soll das nur weitergehen?

Der Alte zieht jetzt die Brauen zusammen. »Und du schreibst und schreibst immer noch neue Zettel voll«, sagt er, »und das sogar emsiger als je zuvor. Kannst du mir mal erklären, was das eigentlich soll?«

Darauf habe ich so schnell keine Antwort.

»Vielleicht der schiere Atavismus«, sage ich endlich. »Vielleicht glaube ich insgeheim auch an die große Wende. An die Panzer, die da kommen werden, um uns aus der Umklammerung durch den bösen Feind zu befreien, und an die Wunderboote, die all unserer Not ein Ende bereiten werden. Vielleicht glaube ich daran und zeig's bloß nicht so deutlich . . .«

Der Alte zerrt ein Grinsen auf sein Gesicht und dröhnt: »Dich sollten sie mal ordentlich gegen den Strich frisieren und dann öffentlich ausstellen – zur Abschreckung, meine ich . . .!«

Bevor ich mich langlege, durchstreife ich noch einmal das Flottillengelände. Hin und wieder bleibe ich stehen und blicke um mich. Dann gehe ich hundert Schritte und bleibe wieder stehen, beuge den Hals zurück und betrachte den Himmel.

»Himmel«, sage ich halblaut.

Über mir sind ein paar Sterne, die ich beim Namen nennen kann. Den Kopf im Nacken, sage ich sie vor mich hin. Viele sind es nicht.

Der Mond ist nicht zu sehen. Alles Licht kommt von den Sternen. Wieso? Da hapert es bei mir: Ich weiß nicht einmal, wann der Mond aufgeht.

Plötzlich trifft mich ein greller Blendstrahl direkt ins Gesicht. Ich fahre wie von einem Schlag getroffen zusammen. Meine Rechte hat automatisch zur Pistolentasche gelangt. Da senkt sich der Lichtstrahl vor mir aufs Pflaster.

»Parole?« werde ich aus dem Dunkeln heraus harsch angerufen – und zum Glück kann ich sekundenschnell Bescheid geben.

Der Doppelposten, der mich erschreckt hat, steht unter einem Dachvorsprung. Ich höre Hackenknallen und dann ein heiseres Husten.

»Noch gute Wache!« wünsche ich ins Dunkel hinein und stiefele weiter.

Auf meiner Koje lasse ich die Szene beim Alten noch einmal ablaufen. Ist es wirklich ein atavistischer Trieb, der mich antreibt, wie ein Eichhörnchen alles einzusammeln, Depots anzulegen und gar nicht danach zu fragen, ob man die eines Tages wieder aufspüren und ausbeuten kann? Glaube ich insgeheim etwa *doch* daran, daß das, was ich tue, Bestand haben wird? Oder ist dieses Abrackern ganz einfach *meine* Form der Lebensbehauptung? Wie sollte ich denn nur einen Tag hier ertragen, ohne zu zeichnen, zu schreiben oder wenigstens herumzuspähen und die Ohren zu spitzen und zum Gesehenen und Erlauschten Notizen zu machen?

Abgeschnitten

Auf Nieselregen folgen Tage mit blauem Himmel. Trotzdem gibt es kaum Luftangriffe. Es geschieht erstaunlich wenig. Aber gerade das Ausbleiben feindlicher Aktionen versetzt mich in Unruhe. Mich quält das Gefühl, der Boden unter uns würde klammheimlich vermint. Für die Grabenkämpfer im Weltkrieg kann das kein schönes Leben gewesen sein, wenn sie nichts tun konnten, als abzuwarten, bis sie hochflogen, von den gegnerischen Mineuren in die Luft gesprengt.

Die französischen Werftarbeiter, heißt es, treten immer frecher auf. Die Sabotagegefahr wächst. Aber was kann der Alte schon dagegen tun? Auch wenn er das Werftgelände absperren läßt, muß er die Arbeiter doch in die Bunker lassen. Auf die sind wir angewiesen. Ich möchte wetten, daß es unter denen längst gutorganisierte Kampfgruppen gibt und mancher schon jetzt genau weiß, was er zu tun hat, wenn der Befehl für ihn kommt.

Für unsere direkte Verteidigung werden erstaunlich wenig Vorbereitungen getroffen und diese wenigen, wie mir scheint, auch noch halbherzig. Es ist, als seien alle von einer merkwürdigen Lähmung befallen. Nur den Alten treibt es um. Er läßt zusätzliche Posten außerhalb der Mauer aufziehen, sobald es dunkel wird, und tigert immer wieder durchs Gelände, um Schwachstellen aufzuspüren. Nach einem solchen Rundgang sagt er zu mir: »Wenn die nur wollten, könnten sie uns in Null Komma nichts einsacken.«

Aber die Amis lassen vorläufig fünfe gerade sein. Sie gewähren uns eine Art Aufschub. Der Flottilleningenieur sagt es drastischer: »Die lassen uns erst mal gehörig im eigenen Saft schmoren.«

Vom Maquis ist kaum etwas zu spüren. In jeder Nacht wird zwar irgendwo in der Stadt heftig geschossen, aber das ist nichts Neues.

»Nichts Ganzes und nichts Halbes«, sagt der Alte und läßt damit anklingen, daß es ihm lieber wäre, wenn es endlich losginge.

Was für ein Paradoxon: Wir sind eingeschlossen, und doch fühle ich mich plötzlich – trotz aller Unruhe – zum ersten Mal seit langer Zeit frei. Für die

Häuptlinge in Berlin und Paris nicht erreichbar. Komme, was mag – »in Marsch setzen« kann mich jedenfalls keiner mehr.

Dem Alten scheint es nicht anders zu gehen: Er lebt deutlich auf: Seine Lebensgeister sind geweckt. Der Alte trägt sogar eine Art Landsknechtsattitüde zur Schau und erscheint nur noch in Keulenhosen und Schaftstiefeln.

Es hat Ärger mit einem Bootsmaat gegeben. Der Mann heißt Mertens.

»Einer der besten Leute von der alten Flakfalle«, sagt der Alte, »aber mit dem ist einfach nichts mehr zu machen, der bringt sich in immer neue Schwierigkeiten . . . Der Mann hat zehn Feindfahrten.«

Mertens hat sich mit »Leuten aus dem Stollen« angelegt, voll betrunken natürlich. Er soll eine von den dort »eingekehrten« Damen angepöbelt haben und mit einem Oberleutnant über Kreuz gekommen sein. Und das offenbar nicht nur mit Worten. Als man ihn verhaften wollte, soll Mertens, der offenbar berserkerstark ist, renitent geworden sein und drei Leute, die sich an ihn heranwagten, zu Boden gebracht haben.

Es gibt eine von Mertens vorgetragene und von zwei Lords bestätigte Version, nach der er der Dame nur artige Komplimente gemacht hat, aber offenbar in einer Sprache, die ihr und dem zu Hilfe gesprungenen Oberleutnant nicht geläufig war.

Der Alte seufzt: »Allmählich weiß ich nicht mehr, was ich machen soll. Wenn die Meldung weitergeht, sind wir einen unserer besten Männer los . . .«

Ich denke mir: Die Sorge, ob der Mann noch einmal mit ausläuft, könnte dir bald genommen werden . . .

Nur Stunden später verkündet mir der Alte: »Schon wieder was Neues!« und wartet, bis ich gespannt den Blick hebe. »Eifersuchtsdrama im Puff – das heißt: Um ein Haar hätt's ein Drama gegeben. Völlig irre das Ganze!«

Ich erfahre: Ein Matrose hat hinter der Couch im Zimmer einer Nutte das Paßfoto eines Kumpels gefunden, den wilden Mann gespielt, dann dem anderen aufgelauert und auf ihn geschossen. Zum Glück und als Folge seiner Besoffenheit, ohne zu treffen.

»Das Oberkommando der Wehrmacht gibt bekannt: Südlich Caen wurden unsere gestern zurückgewonnenen Stellungen gefestigt und gegen erneute örtliche Angriffe gehalten. Panzerbereitstellungen östlich von Caen wurden durch zusammengefaßtes Artilleriefeuer zerschlagen. Im Raum westlich Caumont erzielte der Feind wenige örtliche Einbrüche, die nach Abschuß von fünfundvierzig Panzern abgeriegelt wurden . . . Amerikanische Verbände setzten im Raum westlich Saint-Lô mit starken Kräften ihre Angriffe fort. Einer feindlichen Angriffsgruppe von zwanzig Panzern mit aufgesessener Infanterie gelang es, bis in den Raum Canisy vorzustoßen. Fünf Panzer wurden davon abgeschossen. Heftige Kämpfe halten hier und im Raum Marigny an. Nördlich Périers behaupteten unsere Truppen ihre Stellungen gegen alle feindlichen Angriffe . . . Wirksame Angriffe unserer Kampfflieger richteten sich bei Nacht gegen feindliche Bereitstellungen im Raum Caen und Schiffsziele nordöstlich Cherbourg . . . Der Feind verlor elf Flugzeuge in Luftkämpfen. Im französischen Raum wurden vierzig Terroristen im Kampf niedergemacht.

Das Vergeltungsfeuer auf London dauert an.«

Der Alte dreht das Radio aus. Eine Weile herrscht Schweigen.

»Klingt nicht gerade erhebend«, sage ich schließlich halblaut.

Der Alte schüttelt nur heftig den Kopf. ». . . im Kampf niedergemacht . . . wirksame Angriffe unserer Kampfflieger«, sagt er endlich und wendet dann seinen Hohn wieder mal gegen mich: »*Deine* Leute!«

Da erscheint der Adju und hat sich wichtig. Er legt dem Alten ein paar Aktendeckel vor die Nase und klappt den obersten auf. Der Alte soll gleich lesen, was anliegt.

Ich brauche nicht lange zu warten, dann weiß ich es auch: Trotz unserer prekären Lage und obwohl kaum mehr Boote hereinkommen, gibt es wieder mal das alte Problem: Muß von zurückgekehrten Booten nicht verbrauchter Proviant zurückgegeben werden oder nicht? Der VO pocht auf seine Vorschriften, aber die Lords wollen nicht begreifen, daß Proviant, den sie sich, wie sie behaupten, vom Mund abgespart haben, wieder abgegeben werden muß. Sie haben versucht, Dosen auf die Seite zu bringen, um die kleineren in Feldpostpäckchen nach Hause zu schicken. Schon früher haben es die Besatzungen nicht anders getrieben.

»Wir leben hier wie die Maden im Speck, und die zu Hause haben nichts zu fressen. Was gibt's denn schon auf die Scheißmarken?« – »Wir kriegen Pickel vom fetten Fraß – und die zu Hause peilen in die Pütz . . .«, so wurde immer gemeutert.

Weiß der Henker, warum das Problem ausgerechnet jetzt wieder akut ist.

Vom Alten wird ein salomonisches Urteil erwartet, aber der sitzt in der Zwickmühle. Wenn er die Wünsche der Lords erfüllen will, muß er eine Entscheidung gegen den VO und die Vorschriften fällen. Also macht er nur ein gequältes Gesicht und vertagt die Entscheidung.

Der Adju quittiert das mit saurer Miene.

»Ausgestanden! Wieder ein Problem vom Tisch!« sagt der Alte in frohlockendem Tonfall, als ich das nächste Mal sein Büro betrete, und dann erklärt er auf meinen fragenden Blick hin: »Feldpostsperre. Da geht sowieso nichts mehr durch.«

Über den fröhlichen Ton des Alten bin ich erst mal perplex. Dann hilft mir ein Sprichwort: »Dem einen sin Uhl – dem annern sin Nachtigall!«

»Paßt!« quittiert das der Alte.

Feldpostsperre! Das juckt mich kaum. Mir ist das Briefeschreiben längst lästig geworden. Und an wen sollte ich denn noch schreiben? Wann habe ich den letzten Brief bekommen? Möglich, daß mir welche nachgereist sind. Wie hätten sie mich auch erreichen sollen? Ich ziehe schließlich wie ein Desperado herum, ohne feste Adresse. Wer weiß schon, daß ich jetzt in Brest bin! Unbekannt verzogen. In den Kriegswirren untergegangen ...

Auf einmal ist es Hochsommer geworden. Der Flottillenhof liegt in der prallen Sonne. Außer dem Posten vor seinem schwarzweißroten Schilderhäuschen am Tor ist kein Mensch zu sehen. Trotzdem habe ich das Gefühl, daß ich, als ich jetzt quer über diese viel zu große Bühne gehe, von vielen Augen beobachtet werde.

Mit einem Mal kann ich verstehen, daß Bartl die alten grauen Häuser jenseits der Mauer am liebsten allesamt abreißen ließe. Mir ist, als stünden Leute mit Gläsern hinter den Fensterläden. Eines Tages könnten wir aus den Häusern abgeknallt werden. Noch wagt keiner, auf uns zu schießen – aus Angst vor den angedrohten Repressalien: fünfzig Geiseln für einen Mann der Wehrmacht – das ist ein feststehendes Verhältnis.

Ich bleibe mitten auf dem Hof stehen und lasse meinen Blick über die Reihen der geschlossenen grauen Volets gehen. Zwei davon hängen schief in den Angeln, vor etlichen Fenstern fehlen sie ganz: Die entblößten Scheiben sind blind, wie mit dunklem Papier hinterklebt.

Im genauen Hinblicken schwindet das Gefühl der Bedrohung: Die Franzosen, die noch in der Stadt sind, haben sich an unsere Existenz gewöhnt. Spökenkieker! bespöttele ich mich stumm und setze meinen Weg fort.

Ein Boot ohne Schnorchel muß die sichere Bunkerhöhle verlassen. Der Abschied an der Bunkerpier ist beklemmend. Wenn jetzt noch einer wagte: »Heil und Sieg und fette Beute!« zu brüllen, riskierte er, in das ölig schwarze Brackwasser gestoßen zu werden.

Der Kommandant erscheint auf der Brücke und befiehlt: »Klar zum Ablegen!«

An Oberdeck entsteht ein Getrampel: Die Seeleute besetzen ihre Stationen. Nach wenigen Minuten schon kommt es von der Brücke: »Alle Leinen los und ein!«

Das Typhon tutet, sein dumpfer Urruf hallt vielfach nach. Lautlos schiebt sich das Boot ganz langsam aus dem Bunker und durch tiefhängenden Qualm ins rosarote Hafenwasser hinein. Ich kann noch sehen, wie es an der dunklen Masse eines Minensuchers vorbeizieht und sich dann gegen die Pastelltöne der gegenüberliegenden Pier für eine Weile als einheitlich dunkelgrau getönter langgestreckter Schatten absetzt. Dann aber geht seine Form in der eines heftig dampfenden, schrägliegenden Schwimmkrans auf.

Das klappt hier wie auf dem Schlachthof. Die Vernichtungsmaschinerie läuft wie geschmiert: lautlos, ohne Getriebeknirschen. Der Tod der Besatzungen ist ein perfekter Tod. Da dampft kein Blut, fließt kein Mark aus, stinkt kein Kadaver. Keine Chance für Leichenfledderer, nicht mal für Erkennungsmarkensammler. Auch keine Suchanzeigen, keine Fahndungsblätter, keine Untersuchungen, keine Spuren, keine Würgemale, keine Fingerabdrücke: Perfekter geht es nicht.

Kein Mensch verlangt Rechenschaft, keine Frau fragt, wie ihr Mann, keine Mutter, wie ihr Sohn absoff. Keiner will wissen, ob dieser letzte Einsatz nicht himmelschreiender Wahnsinn war. Das System funktioniert. Der Kriegsgott trägt den kahlen Schädel des Großadmirals als Kopfmaske.

Ich habe als Kind einmal ansehen müssen, wie junge Katzen in einem Sack mit zwei Ziegelsteinen als Gewichten in einem Kiesgrubenteich ersäuft wurden. Ein paar Luftblubber, noch lange sich weitende und auseinanderlaufende Wasserringe – dann war Schluß. Ich hätte den Knecht, der den Sack gegen die Teichmitte schleuderte, umbringen können.

Ich wage nicht zu fragen, was mit dem Boot ist, das wir vor drei Tagen verabschiedet haben. Der Alte wird es auch nicht wissen. Noch nie war die Lage so unklar. Vorige Woche soll bei der Nachbarflottille ein Boot klammheimlich hereingekommen sein, das längst abgeschrieben war ...

Manche Boote kommen jetzt gleich zwei-, dreimal zurück – wie zuletzt Ulmer. Nicht mehr durchzukommen. Von Flugzeugen mit Bordwaffen beschossen, von Jagdgruppen gebombt: Hackfleischboote. Ohne Wimpel, ohne alles Brimborium treiben sie auf dem Brackwasser heran. Die Leute haben verschreckte, ausgezehrte Gesichter. Es ist zum Heulen. Die Wiederholung der Abschiedsszene dann ist qualvoll für die an Bord und die auf der Pier.

Der Alte schweigt. Ich schweige. Der Mensch gewöhnt sich an alles ... Wenn das Entsetzen hochsteigen und mir den Mund aufreißen will, zwinge ich es wieder hinab. Wenn ich mich davon übermannen ließe, wäre ich geliefert: Wenn wir schon erledigt werden sollen, dann vom Gegner – nicht von Pelotons der eigenen Firma.

»Was ist eigentlich wirklich mit Sabotage?« frage ich den Alten, als wir wieder in seinem Büro sitzen.

»Wenn du mich fragst: Ich würde *keinem* der Franzmänner in den Werften mehr über den Weg trauen.«

»Und wenn du einer wärst – ich meine ein Franzose – und für die Deutschen schuften müßtest?«

»Dann wüßte ich natürlich, was ich zu tun hätte«, gibt der Alte ohne zu zögern zurück und pliert mich dabei listig an. Dann setzt er aber gleich wieder eine ernste Miene auf und sagt: »Da muß man eben aufpassen. Was ein guter LI ist, der geht während der Werftliegezeit gar nicht von Bord. Hinterhersein – hinter allem –, das ist der Witz. Wie der Teufel . . .«

». . . hinter der armen Seele«, ergänze ich.

»Ja, so ungefähr. Aber warum machst du dir da noch Sorgen? Jetzt haben wir nur noch die alte Flakfalle, und die kriegen wir sowieso nicht mehr hin. Außerdem sind kaum noch Franzosen im Bunker beschäftigt. Klare Verhältnisse also . . .«

»Auch was wert«, sage ich.

Kurz vor dem Essen stoße ich im Gang zur Messe fast mit dem Alten zusammen. »Es ist Anweisung ergangen, die Küste zu räumen. Auch die Batterien werden zurückgenommen«, berichtet er, außer Atem vom schnellen Treppensteigen.

»Ich hab mich schon gewundert, woher auf einmal die vielen Artilleristen und Pioniere kommen.«

»Das strömt jetzt alles zu uns herein. Kann noch heiter werden!«

Wir steuern gemeinsam auf die Messe zu. Ich muß mich anstrengen, um das Schrittmaß des Alten zu halten: Er macht viel zu lange Schritte.

Beim Suppelöffeln sagt der Alte: »Wir müssen endlich mit der Tarnung des Schwimmbeckens weiterkommen und die Holzpfähle durch Eisenstützen von der Werft ersetzen – sonst wird das nichts . . .«

Am späten Nachmittag beobachte ich, wie an den Rändern des Beckens tatsächlich Eisenstützen aufgerichtet werden. Der Alte kommt lässig heran, die Hände in die Hosentaschen gestemmt.

»Ordentliche Arbeit – wie immer! Pfusch können wir uns nicht leisten!«

Er gebärdet sich so aufgeräumt, daß auch ich ein Frotzeln wage: »Was sollte denn sonst auch der Führer denken, wenn er uns hier raushaut, und alles sieht nach Gammel und Improvisation aus ...«

»Brest-Nord – der Flugplatz ist aufgegeben«, teilt mir der Alte mürrisch mit.

»Da war doch eh nichts mehr«, gebe ich zurück.

»'ne Staffel Jagdflieger wohl noch, doch die sind abgeschwirrt, als die Amis kamen. Die sind ja beweglich. Aber solange noch ein Flugplatz da ist, gibt man nun mal die Hoffnung nicht auf, auch mal Flugzeuge von der eigenen Firma zu sehen.«

»Und Brest-Süd?« werfe ich fragend ein.

»Ach du meine Güte! Da waren bloß ein paar lahme Seenotflugzeuge stationiert. Die sind längst verschwunden. Und das Rollfeld haben die Amis inzwischen mit Bomben umgepflügt.«

Der Alte starrt auf seine Pfeife. Und dann bricht es plötzlich aus ihm heraus: »Ich kann mir schon vorstellen, wieso jetzt alles den Bach runtergeht: Die lügen sich doch alle was vor – ob sie nun von Rundstedt oder von Kluge heißen. Und in Wolfsschanze erst ...«

Der Alte stockt – er ist aber offenbar noch nicht am Ende.

»Rommel war sicher die Ausnahme. Der verstand sein Geschäft. Aber all die Flaschen, die sich hier an der Küste auch noch wichtig gemacht haben ...! Und jetzt haben wir die Bescherung – jetzt können wir ausbaden, was die verbockt haben. Aber so geht's immer – daran sollte ich mich längst gewöhnt haben ...«

Klar: Der Alte will seine Wut totreden und sich selber beschwichtigen. Aber das gelingt ihm nur halb. Gleich poltert er wieder los: »Daß Brest, wenn's hart auf hart kommt, nicht von See her genommen wird, sollte eigentlich auch jedem klar sein. Wir sind schließlich nicht im Siebziger Krieg. Ich würde was dafür geben, wenn wir den ganzen Laden hier um hundertachtzig Grad drehen könnten. Von hinten, das habe ich den Herrschaften immer wieder gesagt, *von hinten* kommt der böse Feind, wenn hier erst mal alles kurz und klein gedroschen ist.«

Klingt ja nicht gerade optimistisch, denke ich, was der Alte da zum besten gibt.

»Einen Vorteil hat Brest zumindest«, fährt er fort und scheint sich dabei zu beruhigen, »man kann es nicht so leicht wie die Normandiestrände mit Schiffsartillerie beschießen. Ins enge Goulet können sie sich vorläufig noch nicht wagen.«

Da hat sich der Alte also wieder mal vorsichtig ausgedrückt und »vorläufig« gesagt. Wie lange wird es noch dauern, bis hier mit *allen* Mitteln angegriffen wird: aus der Luft, von Land *und* von See her?

Als ich über den Flottillenhof gehe, denke ich: Vielleicht hat Bartl sogar doppelt recht: Die Häuser in der Nähe des Haupttors wegzusprengen, am besten den ganzen Häuserblock, das würde uns auch Schußfeld verschaffen. Schade wäre es jedenfalls nicht um die alten Buden.

Brest wird von der Citroëngarage her aufgerollt werden, daran ist nicht zu zweifeln. Unser Marinehospital bildet dann, breit hingelagert, wie es ist, eine Art Sperrfort. Kein Zweifel, daß hier heftig gekämpft werden wird. Das heißt aber auch, daß der Stützpunkt nicht lange zu halten sein wird. Für *richtigen* Widerstand haben wir schließlich nur die zwei Bunker hinter dem Hauptgebäude.

Der Alte hat recht: Sämtliche Fortifikationen sind wie zu Vaubans Zeiten nach See hin ausgerichtet. Die Gefechtsstände haben nur Sicht nach See hin. Mit dem Gedanken, daß Brest von Land her aufgerollt werden könnte, hat sich offenbar keiner in all den letzten Jahren des Festungsbaus befaßt. In schöner Einmütigkeit haben alle Verantwortlichen aufs Meer hinausgestarrt – vielmehr in Richtung Meer, denn das offene Meer kann man von den Brester Festungsbauwerken aus nicht einmal sehen.

Beim Mittagessen scheint der Alte bester Laune zu sein. »Wir müssen schon zufrieden sein«, gibt er in aller Messeöffentlichkeit kund, »wenn wir unter den gegebenen Umständen nicht einfach überrollt werden können. Einigelung gegen Sabotage, das vor allem ist jetzt wichtig.«

Der Alte guckt, wie es seine Art ist, mit gesenktem Kopf und unter zusammengezogenen Brauen hervor um sich. Wohl, weil aus der Runde keine Reaktion kommt, sagt er: »Ich möchte jedenfalls nicht von einer Handgranate unter der Koje aufwachen ...«

Da löst sich die Spannung in keckerndem Gelächter.

Und als sich das Offiziersrudel nach dem Essen verlaufen hat, sagt der Alte zu mir: »Wir sollten bei kleinem unsere Pavillons aufgeben, doch vielleicht zu exponiert für die unruhigen Zeiten. Ich schlage kärgere Gemächer, aber weiter weg von der Straße vor. Ich regele das gleich mit dem VO. Räume gibt's ja genug. Umziehen so am späten Nachmittag. Bartl kann zwei Leute zum Helfen abstellen ... Jetzt muß ich mich erst mal um Sauerstoffflaschen von der Werft kümmern. Der Oberstabsarzt schreit danach.«

»Der Alte und sein Pudel!« höre ich zufällig einen im Club sagen. Der Pudel bin ich.

Sei's drum: Ich will schließlich was erfahren. Klare Verhältnisse also!

Die Antworten des Alten auf meine Fragerei sind auch längst nicht mehr so knapp oder gar abwehrend wie in den ersten Tagen. Sie sind mit der Zeit – unmerklich erst, aber dann deutlich – präziser und ausführlicher geworden. Der Alte weicht mir kaum mehr aus und zeigt bisweilen, was er wirklich denkt. Aber kann ich mir da auch sicher sein?

Der Bahnhofsplatz ist gestopft voll mit Flüchtlingen aus dem Vorfeld. Sogar Zweiradkarren, von Bauern requiriert, sind unter den hochbeladenen Vehikeln. Auch graue, schiefhängende Lieferwagen, zu Holzgasern umgebaut die meisten und abgewirtschaftet wie die von Fieranten. Unter den Uniformierten viele Zivilisten. Das können doch nicht alles deutsche Zivilangestellte sein! Etwa Kollaborateure, denen es jetzt an den Kragen geht?

Vom Rand des Platzes aus blicke ich in Richtung Goulet über die Reede hin: Da sind sie wieder – die Sperrballone: plumpe graue Himmelsfische im kalten Kobaltblau!

In einem noch intakten Schaufenster erblicke ich mich im Vorübergehen plötzlich selber und brauche eine Zögersekunde, bis ich sicher bin, daß dieser verwegen herausgeputzte Buschkrieger tatsächlich ich sein soll: Khakizeug, Koppel mit Pistole, weiche Schirmmütze, wie die Leute vom Afrikakorps sie tragen. Ich kann mich für meinen Aufzug allerdings leicht entschuldigen: Für das feine Marineblau sind die Zeiten zu hart!

Ich beobachte das Entladen eines Lasters hinter einem Kordon neugieriger Marinesoldaten: Schreibmaschinen, Registraturen, sogar Papierkörbe und ein Bündel Gardinenstangen. Aufgeregte, fluchende, rot angelaufene Offiziere zwischen Kisten und Bündeln.

»Alles anzünden!« ruft einer.

»Aber erst den Sprit raus!« tönt es aus dem Kordon.

Vom Alten weiß ich: Die mit den Lastwagen ankommenden Feldkommandanturfritzen verlangen mit dreister Anmaßung »angemessene« Quartiere. Sie tun so, als sollte hier der altgewohnte Schreibtischbetrieb weitergehen.

An der Citroëngarage ist mit Schanzarbeiten begonnen worden. Gegen Abend kommen die Leute, die dazu abgestellt sind, in die Flottille zurückmarschiert. Wie wild und verwahrlost sie schon nach diesen paar Tagen aussehen! Freischärler ohne einheitliche Uniformen: Manche tragen graue Overalls, manche Feldgrau, nur wenige Marineblau. Auch Khaki ist darunter.

Die Marinesoldaten, die Posten stehen müssen, sehen hingegen mit Koppel und Seitengewehr übertrieben martialisch aus. Wozu sollen die Seitengewehre bloß gut sein? Sie ziehen doch nur die Koppel schief. Und erst die albernen Gasmasken . . . Die meisten Männer haben die Hosen nach Marineart hochgekrempelt, einige haben sie in die Schäfte der Knobelbecher gesteckt.

»Die Amis haben die Ruhe weg«, höre ich einen Seemann. Er hat recht: Es sieht nicht so aus, als würden sie morgen schon vor der Tür stehen.

»Die können sich ja auch Zeit nehmen«, räsoniert ein anderer, »wir laufen ihnen doch nicht weg.«

»So primitiv habe ich mir das nicht vorgestellt«, sagt der Alte. »Keine Spur von eigener Aufklärung.«

»Weißt du, wie ich mich fühle?«

»Wie denn?«

»Wie des Schwachsinns Beute.«

»›Fette Beute‹ heißt der Spruch – und Wahnsinn statt Schwachsinn!«

»Meinethalben auch ›fette‹.«

»Und wie kommst du ausgerechnet *jetzt* darauf?«

»Ich hab einen Infanteristen getroffen – Unteroffizier –, der war ziemlich neu hier ...«

»Na und?«

»Der ist mit seinem Verein aus Quimper hertransportiert worden.«

Der Alte sagt, wie plötzlich von Einfalt geschlagen, noch einmal: »Na und?«

»Daß Leute aus dem Vorfeld eingesammelt werden für den offenbar erwarteten Festungskampf, sehe ich noch ein, aber bis Quimper sind's doch gut und gerne neunzig Kilometer. Und da frage ich mich denn doch, warum man die Truppen dort nicht in Richtung Paris in Marsch setzt, statt hierher in den Sack.«

Der Alte scheint sich zu bedenken. Dann sagt er aber nur: »Du zerbrichst dir wieder mal den Kopf der Führung ...«

»Oder vielleicht gar den des Führers?«

Da tut der Alte, als höre er gar nicht mehr hin.

Wieder einmal regnet es Flugblätter vom Himmel. Laut Befehl müssen sie ungelesen abgegeben werden. Seit die Flugblätter mit einer Art Laisser-passer fürs Überlaufen bedruckt sind, ist für die Soldaten die Versuchung, sich eins einzustecken, so groß wie die Gefahr, damit entdeckt zu werden.

Ich wünschte, ich könnte mir das Essen sparen. Die Herrschaften blöde dasitzen und wortlos wie die Kaninchen mümmeln zu sehen geht mir ans Gemüt. Und der Alte macht nicht die geringsten Anstalten, die Atmosphäre aufzuheitern. Er löffelt gleichmütig, und ohne viel nach rechts und links zu gucken, seinen Eintopf in sich hinein und verlangt, als sein Teller leer ist, einen Nachschlag.

Wenn die zappelbusige Thérèse nicht verschwunden wäre, hätte er auch im Handumdrehen das Gewünschte. Aber jetzt? Der Alte wischt sich ein paarmal, wie um sich die Zeit zu vertreiben, über den Mund, als dann aber immer noch kein Backschafter mit der Terrine erscheint, fragt er laut: »Ist hier etwa schon Ausscheiden mit Dienst?«

Der Adjutant schrickt zusammen, rafft sich endlich auf und wieselt los, hin zur Pantry. Der Alte hat sich zurückgelehnt und seine Stirn in tiefe Falten gelegt. Weil jetzt auch der Adju nicht wieder erscheint, läßt der Alte tückische Blicke herumwandern. Wenn er so wie jetzt auf der Trense kaut, kann er jeden Moment explodieren.

Plötzlich heulen die Sirenen auf, eine der Sirenen steht neuerdings direkt über uns auf dem Dach. Ihr an- und abschwellender Jaulton geht mir durch und durch.

Draußen setzt Flakfeuer ein, und aller Blicke richten sich sogleich auf den Alten.

Da erscheint endlich der Backschafter mit einer dampfenden Terrine, der Adju hastet hinter ihm her. Der Alte läßt sich in aller Gemütsruhe den Teller bis zum Rand füllen, schiebt sich einen vollen Löffel in den Mund und beginnt die Löffelladung gemächlich durchzukauen.

Ganz der Alte: *Uns* können die Brüder doch nicht imponieren und schon gar nicht unterkriegen. Wie hätten wir es denn! Uns die Laune und den Appetit zu verderben, das ist auch schon alles, was diese minderbemittelten Bettnässer versuchen können. Am liebsten, das weiß ich, hinge der Alte jetzt selber im Sitz einer Vierlingsflak, wie sie ringsum auf den Dächern verteilt sind.

Mittlerweile ist kaum noch Löffelgeklapper zu hören, alles wartet auf einen Befehl des Alten, aber der ißt stur weiter.

Aus den großen Fenstern bietet sich ein Panoramablick wie von einem Feldherrnhügel aus. Ich kann deutlich das Sperrfeuer der schweren Flak sehen. Ich schicke einen verstohlenen Blick zum Alten hin, aber der denkt gar nicht daran, die Tafel aufzuheben und seine Offiziere in den Bunker zu schicken.

Da erzittern die Fensterscheiben so heftig von den Detonationen der Flakgranaten, daß es klingt, als sei ein verrückt gewordener Schlagzeuger am Werk.

»Die laden wieder drüben auf Crozon ab«, gibt der Alte gleichmütig kund. »Da haben die Flakfritzen nichts zu lachen.«

Als ich den Blick weiter nach rechts über unser Panoramafenster gleiten lasse, bilden sich vor den weißen Wolken plötzlich dunkle Tupfer. Ich mache die Augen scharf: Da kommen schwere Bomber heran, eine geschlossene Phalanx Liberators, wenn mich nicht alles täuscht. Das sieht verdammt nach Großangriff aus. Gleich werden sie über den Bunkern sein und ihre Bomben fallen lassen . . .

Schon dringt es mir wie ein dumpfes, dichtes Brausen ins Ohr, das schnell anschwillt: Jäger! Kein Zweifel: Das *wird* ein Großangriff. Wenn die Bomber mit Jägern kommen, machen sie gründlich Kleinholz.

Die Jäger kommen so tief, daß sie, kaum entdeckt, schon wieder wie ein Spuk hinter Mauern, Dächern und Schuppen verschwunden sind. Von hier oben allerdings läßt sich ihr Weg verfolgen, das rasierscharfe Dahinrasen, das steile Hochziehen.

Mir ist vor Schrecken und Spannung der Atem wie abgestellt. Der Alte aber löffelt immer noch stur weiter. Total verrückt! denke ich.

Die Leutnants in meinem Blickfeld sitzen leicht angekrümmt da, wie auf dem Sprung zur Tür. Der Blick des Alten bannt sie jedoch auf ihren Stühlen fest. Dompteursblick? Obeliskenblick? Was für Blicke bannen noch?

Ich sehe Bombendetonationen wie schwarzgraue, krause Blüten hochschießen. Trümmerfontänen steigen auf – erstaunlich langsam. Für Augenblicke ist es, als wollten die bizarren Fetzen in der Luft stehenbleiben, bis sie herunterregnen und in Wolken dichten schwarzen Qualms versacken.

Logenblick auf die Kriegsszenerie, und der Alte guckt nicht mal hin! Erst als zwei, drei Fenster knallend auffliegen und ein paar Scheiben grell scheppernd auf dem Boden zerspringen, blickt er hoch und macht eine halb amüsierte, halb nachsichtige Miene – just so, als gehe ihn das ganze Remmidemmi nichts an. Eine lästige Ruhestörung, nichts weiter.

Der VO hält verbissen den Kopf gesenkt, der Oberstabsarzt betrachtet den Alten von schräg gegenüber mit interessiertem Psychiaterblick: erhobene Brauen, gefurchte Stirn, ein verstecktes Spottgrinsen in den Mundwinkeln.

Neue, heftig ausgezackte Sprengwolken ziehen meinen Blick in Bunkerrichtung. Kein Zweifel: Die Bunker sind das Ziel dieser Luftarmada. Täusche ich mich, läßt die Heftigkeit der Flakabwehr nach? Plötzlich übertönt ein schnell hochorgelndes Brausen die Detonationsschläge. In der Reihe, die mir gegenübersitzt und die Szenerie nicht im Blick hat, ziehen alle die Köpfe ein. Ein Schatten fetzt so dicht über die Fensterfront, daß sich für Sekundenbruchteile der Raum verdunkelt. Ich kann deutlich den Bauch der Maschine sehen und die Kokarden unter den Tragflächen erkennen: fast senkrecht wie ein Drachen steigt sie direkt vor unseren Fenstern in den Himmel. Klirren, Krachen, Scheppern. Glas bricht, Teller plumpsen vom Tisch, mitgerissen von drei, vier Offizieren, die sich tief weggeduckt haben. Ein Stuhl ist umgeschlagen.

Verlegen grinsend oder erbitterte Blicke schießend, setzen sich die Verschreckten wieder zurecht. Der Alte steckt eine mißbilligende Miene auf und ruft: »Pantry! Mal 'n bißchen aufklaren da drüben!«

Dieser irre Hund! So das Schicksal zu versuchen!

Draußen ist vor lauter üppig quellendem Qualm nichts mehr zu sehen. Schon weht es beißenden Gestank durch die Fensteröffnungen. Da wird es wohl auch Öltanks erwischt haben.

»Die hauen ganz schön drauf!« sagt der Oberstabsarzt.

Mit aller Vorsicht frotzele ich: »Bloß schade, daß hier alles ohne Publikum läuft ...«

Der Alte grinst dazu nur schief.

»Richtig gepflegtes Heldentheater!« sage ich.

Da hat der Alte den Vorwurf gespürt und reagiert auch gleich: »Wie hätte das denn ausgesehen, wenn die Offiziere die Treppe runtergerannt wären wie 'ne Schulklasse beim Pausenklingeln!«

Als das heraus ist, legt er die Zufriedenheit eines Mannes an den Tag, dem ein Streich besser als erwartet geglückt ist.

»Erkundigen Sie sich mal, was alles demoliert ist«, versucht der Alte jetzt den VO in Schwung zu bringen. Der VO ist noch ganz bleich und verdattert, aber dann kommt er doch hoch.

Als der Alte die Tafel aufgehoben hat und wir gemeinsam die Stufen im Treppenhaus hinabgehen, murmelt er: »Passieren durfte da aber nichts! Das hätte mir glatt das Genick gebrochen.«

Und mit der Klinke der Tür zu seinem Büro schon in der Hand: »Das war einer der bisher schwersten Angriffe hier.«

»Und hätte ebensogut der Flottille gelten können«, füge ich an.

»Ach was! Die wissen doch ganz genau, daß sich hier nur noch Stabsheinis rumtreiben und Kerle wie du ...«

Der Alte delektiert sich zusehends an seinem eigenen Hohn.

»Früher, als hier alles noch voller Besatzungen steckte, da hätten sie mal kommen sollen, die Herrschaften, da hätte sich's für die gelohnt – aber jetzt?«

Nachts schießen die Posten neuerdings auf alles, was sich bewegt. Ich bin durch Zufall dabei, wie der Adju gleich nach dem Frühstück dem Alten meldet, daß bei einer Schießerei in der vergangenen Nacht, nur hundert Meter vom Haupttor weg, zwei Franzosen erschossen worden sind: »Die sind auf Anruf nicht stehengeblieben.«

Der Alte nimmt die Meldung äußerst gleichmütig auf.

»Das macht uns die Franzosen kaum gewogen«, sage ich, als der Adju wieder verschwunden ist.

»Du hast gut reden! Was hilft denn hier anderes als hart durchgreifen?« herrscht mich der Alte an. »Wir müssen uns endlich wohl oder übel klarmachen, daß wir hier in Feindesland sind.« Und dann weiter: »Die

Franzosen haben uns schließlich den Krieg erklärt, nicht wir ihnen«, sagt er trotzig wie ein verbockter Halbwüchsiger.

»So kann man's auch sehen!« gebe ich zurück.

»Manchmal würde ich schon gern wissen, wie *du* die Sache handhaben würdest«, ereifert sich da der Alte. »Wir brauchen doch hier bloß die Spur von einer Schwäche zu zeigen, und der Maquis schlägt los. Das dürfte doch wohl klar sein . . .«

In diesem Augenblick geht die Tür zum Nebenzimmer auf, der Adju erscheint im Türrahmen und grinst den Alten, anstatt zu reden, einfach nur an. Der Alte holt tief Luft und will offenbar schon wegen dieses Grinsens explodieren, aber der Adju macht eine beschwichtigende Handbewegung und geht entschlossen am Schreibtisch des Alten vorbei zum Fenster hin. Der Alte verfolgt ihn dabei mit dem Blick – nichts als Fassungslosigkeit auf dem Gesicht. Da macht der Adju das Fenster auf, und gleich dringt Stimmenlärm von unten her ins Zimmer.

»Zum Teufel, was soll das?« poltert der Alte jetzt los.

Der Adju scheint merkwürdig unbeeindruckt: keine Spur von Schreck – vielmehr macht er eine Rekommandeursbewegung zum Fenster hinaus.

Da reißt es den Alten förmlich vom Sessel, und eine Sekunde später stehen wir zu dritt nebeneinander am weitoffenen Fenster.

Der Alte erstarrt. Ich bewege mich auch nicht. Endlich gibt der Alte ein paar unartikulierte Grunz- und Murrlaute von sich. Dann stößt er: »Nicht zu glauben!« hervor. »Das ist doch einfach nicht zu glauben!«

Ich habe den Alten noch nie so außer Fassung gesehen. Das Bild, das sich uns da aus der Vogelperspektive bietet, ist aber auch dazu angetan, einen Christenmenschen zu verblüffen. Direkt vor unserer komischen Freitreppe steht ein riesiger Sattelschlepper – fast rechtwinklig gegen den Aufleger geknickt, auf dem in ihrer ganzen gewaltigen Länge zwei komplette Schnorchel glänzen. Und ich sehe auch sofort, daß Zugmaschine und Aufleger tiefe Spuren in Bartls Blumenbeete gefahren haben – das wird ein Heidenspektakel geben!

»Was ist denn *das* für ein Schlitten?« frage ich den Alten.

»Langlader mit lenkbarer Hinterachse. Da hinten hockt einer drunter und steuert die achtere Achse. Sonst wär kein Rumkommen um die Kurven«, gibt der Alte fachmännisch Bescheid.

»Noch nie so 'nen Zossen gesehen . . .«

»Also mal runter!« ruft mir der Alte mit voller Lautstärke dazwischen.

Im Treppenhaus hebt ein ungewöhnliches Getrappel an: der Adju, der VO und dazu noch ein gutes Dutzend Leute, die aus den Gängen zusammengelaufen sind.

Der Alte steuert gleich auf die Gruppe zu, die sich um die beiden Fahrer gebildet hat, aber ich gehe langsam und wie aus allen Knopflöchern staunend um das riesige Gefährt herum: zwei Schnorchel quasi als Ersatzteile! Was für ein Trumm, so ein Schnorchel! Ich gehe noch einmal die ganze Länge zurück und zähle meine Schritte: Das müssen mindestens neun Meter sein. Klar: Ohne die lenkbare Hinterachse hätten die niemals um die Kurven kommen können. Aber auch so dürfte es an Wunder grenzen, daß sie die Ortsdurchfahrten geschafft haben. Die sind doch in der Bretagne verdammt eng. Und erst hier in Brest!

Der Alte kommt auf mich zu und sagt leise: »Landsleute von Simone.«

Ich muß den Alten wohl wie plötzlich verblödet angucken, weil er mich so spöttisch grienend betrachtet. »Franzosen!« sagt er jetzt laut. Und um es für mich noch deutlicher zu machen: »Die beiden sind Franzosen – da siehste mal!«

Der Alte weidet sich förmlich daran, daß ich das Ganze nicht gleich kapiere. »Kriegsgefangene Franzosen sind das. Die hat man in Deutschland in der Gegend bei Bremen ganz allein auf die Straße geschickt.«

»Mit diesen Dingern?« frage ich ungläubig. »Und ihnen gesagt, daß sie damit nach Brest fahren und die Schnorchel hier bei uns abliefern sollen?«

»Na, vielleicht hat man ihnen auch noch die Strecke auf der Karte gezeigt ...«

Will der Alte mich auf die Schippe laden? Ich lasse ihn stehen und gehe auf die Gruppe zu. »Bonjour, messieurs. Comment allez-vous?« frage ich.

»Très bien, mon lieutenant!« kommt es im Duett zurück.

Feine Formen! Auch das noch!

Da stehen zwei schlanke Männer, kaum älter als dreißig Jahre, der eine mit einem schwarzen Schnurrbart und schwarzen Wuschelhaaren, der andere auch ein eher dunkler Typ. Beide tragen schmutzige Monteursklamotten. Könnten glatt Leute aus der Werft sein. Und die sollen dieses Kunststück geschafft haben?

Der VO fühlt sich offenbar unterbrochen. Er war wohl gerade dabei, die beiden Männer auszufragen. Da will ich ihm lieber das Feld überlassen und mich wieder zum Alten gesellen, der nun auch, mit tiefen Kniebeugen hier und da, das Vehikel inspiziert.

»Verstehst du das?« frage ich, vom schnellen Treppensteigen halb atemlos, als ich dem Alten in seinem Büro gegenübersitze.

»Was?«

»Daß die beiden sich mit den Schnorcheln bis hierher durchgeschlagen haben, anstatt ...«

»Zeichen und Wunder! Es geschehen eben noch Zeichen und Wunder!«

»Ich kann's nicht fassen: Wir kommen nicht raus – und Langlader mit Schnorcheln kommen rein.«

»Ja, so geht's! Such is life, wie die Spanier sagen!« juxt der Alte.

»Franzosen! – Das ist doch nicht zu glauben!«

»*Kriegsgefangene* Franzosen«, korrigiert mich der Alte, »korrekte Leute. Denen hat man ordentlich gestempelte Entlassungspapiere versprochen, und die wollten sie haben.«

»Wenn die diesen gewaltigen Transporter einfach stehengelassen und sich seitwärts in die Büsche geschlagen hätten, wären die aber doch auch nach Hause gekommen.«

»So denkst du in deiner destruktiven Art! Die haben ihr Ehrenwort gegeben. Anscheinend auch eine Bindung, die du nicht begreifen kannst oder willst.«

Plötzlich sackt der Alte richtig ab. Eben noch hat er vor Begeisterung geglänzt – jetzt ist das Glänzen erloschen. Ich weiß gleich, was in ihm vorgeht: Jetzt haben wir zwei Schnorchel – aber die Boote, für die sie gedacht waren, sind längst draußen: ohne Schnorchel.

»Da könnte man doch glatt die Wand rauflaufen!« sagt der Alte dumpf. Dann überlegt er angestrengt, und schließlich bekomme ich zu hören: »Mal sehen, vielleicht schaffen wir's noch – wenigstens mit dem einen.«

Da erscheint mit rotem Kopf und ganz und gar echauffiert Bartl in der Tür und macht Männchen.

Der Alte mimt den Erstaunten und posaunt: »Na, Bartl, was gibt's denn Schönes?«

Bartl bringt vor lauter Aufregung keine Silbe hervor. Da sagt der Alte: »Ich weiß schon! Lassen Sie mal. Das haben Sie doch morgen in Null Komma nichts wieder in Ordnung.«

»Jawoll – aber . . .«

»Nichts aber!« sagt der Alte so barsch, daß Bartl vor Schreck Männchen macht und dann rückwärts retiriert.

»Der geht jetzt zu seinen Borstentieren«, sagt der Alte, »und weint sich aus.« Und nach einer Weile fügt er noch an: »Oder er ertränkt seine Wut . . . Wolltest *du* dir das Gejammere etwa anhören?«

Der Fliegerhorst Morlaix ist aufgelöst worden. Weil sie nicht mehr nach Osten entweichen können, drängen nun auch die Luftwaffensoldaten in die Stadt herein. Ich staune, wieviel »weibliches Personal« dabei ist, aber nicht etwa in Uniform, sondern in Pelzmänteln und schicken Stiefeln. Die Pelzmäntel tragen die Ladies wegen der sommerlichen Hitze offen. Eine sieht wie Marlene Dietrich im »Blauen Engel« aus und scheint es auch zu wissen: Sie geht nicht – sie schreitet mit raumgreifenden Schritten auf hohen Hacken, den Kopf hoch und den Blick starr geradeaus gerichtet.

Ich kann eine ganze Serie anerkennender Pfiffe vom gegenüberliegenden Trottoir her hören.

Weil es nicht genug Benzin gibt, haben etliche Luftwaffensoldaten ihr Gepäck wie die fliehenden Zivilisten auf Handkarren und Pferdewagen geladen.

Ich bin platt, was auch sonst noch alles in die Stadt strömt. Nach Soldat sehen die meisten nicht aus. Ich mache mir einen Spaß daraus, mir auszudenken, was das alles für Leute sein könnten: Oberfeldintendanten, Oberkirchenräte, Oberhenkersräte, Karbolräte. Und dazwischen Feldposträte, Transporträte, Reichsbahnräte, Verwaltungsräte, Architekturräte, Abwehrräte, Treibstoffräte – vielleicht auch Brieftaubenräte, Allgemeine Verteilerräte. Und dazu in schlichteren Uniformen: Landvermesser, Kartenzeichner, Karnickelzüchter, Hufbeschläger, Schreibmaschinenmechaniker, Feldapotheker, geheime Feldpolizisten, offenkundige Feldpolizisten, Insurgenten, Defätisten, Wehrkraftzersetzer . . .

Panzer-Rencontre

Der VO bangt seit Tagen um seine ausgelagerten Bestände. Er will Lastwagen losschicken, um aus Châteauneuf – wenn da überhaupt noch ein Hinkommen ist – und Logonna all das, was er verallgemeinernd »Marketenderware« nennt, abholen zu lassen. Als er sich nach dem Mittagessen in der Messe vor dem Alten aufpflanzt, weiß ich gleich, was er im Sinn hat. Ich höre auch prompt »Logonna« und »Châteauneuf« und »Zwoeinhalbtonner« und sehe, während der VO sich ereifert, wie ihn der Alte wie verschlafen von unten her anblinzelt.

»Kommt doch gar nicht in Frage«, höre ich den Alten antworten. »Kümmern Sie sich lieber darum, daß es genug Decken gibt fürs Lazarett und für den Fall, daß wir doch noch in die Bunker umziehen müssen.«

»Zu Befehl, Herr Kapitän!« gibt sich der VO, als sei er aus einer Art Trance erwacht, plötzlich wieder militärisch.

»Der hat Nerven!« wendet sich der Alte mir zu, als der VO verschwunden ist.

Es ist noch keine halbe Stunde vergangen, da erscheint der VO wieder. Durch den Gesprächslärm im Nebenraum hindurch höre ich, daß es »im Schlößchen« noch einen größeren Bestand Wolldecken gebe.

Damit kann der VO wieder nur Logonna meinen.

»Na schön«, sagt der Alte, »aber erst werden wir die Strecke mal erkunden müssen.« Der Alte bedenkt sich eine Weile, dann verkündet er: »Am besten gleich heute nachmittag.«

Der VO steht leicht vorgeknickt da und weiß offenbar nicht recht, wohin er gucken soll.

»Bestellen Sie den Kübelwagen für fünfzehn Uhr! Nicklisch soll fahren!« befiehlt der Alte in einem halb dienstlichen, halb aufgekratzten Ton. Dann wendet er sich mit einem fragenden Unterton an mich: »Du kommst doch mit . . .?« und schließlich mit einer aufstrahlenden Miene, als sei ihm plötzlich eine gute Idee gekommen, an den VO: »Und Sie natürlich auch!«

»Jawoll, Herr Kapitän!«

»Und MPs für Sie und unseren Politruk.«

Und noch einmal tönt es wie ein verspätetes Echo: »Jawoll, Herr Kapitän!«

»Ganz gut«, sagt der Alte zu mir, »wenn wir uns der Bevölkerung wieder mal zeigen.« Seine Stimme hat dabei einen Anklang von Schadenfreude, als er dem VO hinterhersieht. »'ne Art Frontbewährung. Der braucht das hin und wieder. Der weiß sonst gar nicht, daß Krieg ist.«

Das kann ja was werden! denke ich mir. Der Politruk soll offenbar ich sein.

Der Alte hat sich seine weiße Kommandantenmütze aufgesetzt. Damit er auch ja auffällt? Er plaziert sich neben den Fahrer, während für den VO und mich die Rücksitze bestimmt sind. Aber wir setzen uns lieber gleich hoch hinaus, mit den Füßen auf den Sitzen.

»In der Gegend von Dirinon, halbwegs zwischen Landerneau und Daoulas, ist am Morgen eine Marinestreife überfallen worden«, teilt uns der Alte mit, als der Fahrer die Handbremse löst. »Da sollten wir uns gleich auch mal wieder sehen lassen und ein bißchen auf den Busch klopfen!«

Ich weiß, was das heißt. Aber noch vor meinem innerlichen Aufbegehren denke ich: falsches Bild! Durchs Buschklopfen soll schließlich das Wild aus dem Unterholz aufgejagt werden. Aber wer ist denn hier das Wild, das gejagt werden soll? Die Leute vom Maquis etwa? Da fällt mir ein: Unterholz heißt auf französisch »maquis«. Könnte man jetzt von »Maquis im maquis« reden?

Der Fahrtwind ist bei der Hitze höchst angenehm. Wir nehmen Richtung über Guipavas, obwohl es heißt, daß dort schon die Amis waren. Es sieht ganz so aus, als wolle der Alte die Gegend Richtung Le Faou, wo der Maquis unseren Konvoi überfallen hat, meiden.

Durch die Orte, die für Verstecke des Maquis gehalten werden, muß der Fahrer besonders langsam fahren. Die wenigen Leute begaffen uns, als wären wir Exoten.

Der Alte trägt seinen Halsorden. Weiße Mütze und Ritterkreuz! Soll doch jeder sehen, was für eine feine Zielscheibe hier durch die Gegend gefahren wird. Dieser unberechenbare, wahnsinnige Hund! Mit jedem Tag leidet er deutlicher darunter, daß er wie festgelascht an seinem Schreibtisch hocken muß.

Der Alte pfeift vor sich hin. Er scheint – endlich wieder mal – ganz in seinem Element zu sein. Eine MP hätte er sich aber wenigstens auch greifen können. Der VO hält seine quer auf den Oberschenkeln, ich meine auch.

Der Fahrer ist ein armes Schwein. Der säße sicher lieber in der Kantine, statt seine Haut hier zu Markte zu fahren.

Als es noch gute fünf Kilometer bis Landerneau sind, führt die Straße über eine Hügelkuppe. Der Fahrer nimmt ähnlich sichtbehindernde Kuppen normalerweise mit einiger Vorsicht, aber diesmal geht er kaum vom Gas. Als der Alte »Stop!« brüllt, liegt der höchste Punkt schon ein gutes Stück hinter uns.

Ich pralle dem Fahrer auf die Schultern, der VO dem Alten . . . Mit dem Ruck nach vorn habe ich erspäht, was da in der Senke zwischen den Häusern die Straße sperrt: Panzer!

In Sekundenschnelle nehme ich ihre Tarnbemalung wahr, die Olivfarbe der Uniformen, die flacheren Stahlhelme, die braungebrannten Gesichter. Ich sehe deutlich die schwarzen Mündungen der Kanonenrohre, die auf uns gerichtet sind.

Mir stockt der Atem. Ehe ich einen klaren Gedanken fassen kann, hat sich der Alte hochgerichtet, und jetzt winkt er mit der Rechten in großen Schwüngen, während er sich mit der Linken am Rahmen der Windschutzscheibe hält: verrückt geworden?

»Rückwärtsgang rein und ab dafür!« brüllt der Alte, ohne den Kopf zu drehen, und winkt weiter. Der Fahrer kapiert sofort. – Ich traue meinen Augen nicht: Die Amis winken zurück, während der Wagen einen heftigen Satz nach hinten macht. Ich war auf der Hut und sitze fest. Der Alte bleibt trotz des Rucks senkrecht stehen und winkt, als könnte er sich vor lauter Begeisterung nicht lassen. JETZT, denke ich, müssen die Brüder doch aus ihrer Verblüffung erwachen und losballern – aber da wächst von unten her schon Straße ins Bild: Die Amis sind weg wie ein böser Spuk.

In den Ruf des Alten: »Mensch, nun wenden Sie doch bloß!« mischt sich Motorengedröhn. Ich höre auch einen einzelnen Schuß peitschen und denke: klingt wie Dreikommafünf! Ich sehe, wie sich der Alte auf seinen Sitz sacken läßt, sehe zugleich auch das lange deckungslose Straßenband vor mir.

»Los, da links rein!« brüllt der Alte. Der Fahrer nimmt die Kurve auf zwei Rädern und läßt den Kübel direkt ins Gelände preschen.

Der verdammte Staub, der legt sich doch nicht gleich! Wildwestfilm – das ist der reine Kintopp!

»Los, gleich noch mal links – querbeet, zwischen den Bäumen durch!«

Kiefernstämme fetzen vorbei. Ich werde so hoch und seitlich geschleudert, daß ich fast aus dem Kübel fliege. Dem VO geht es nicht anders. Der Alte sieht das und lacht, dann läßt er Richtung auf die Straße zurück nehmen. Wir haben fast einen vollen Kreis geschlagen, als wir in einem dichten Gebüsch stehenbleiben. Der Alte brüllt: »Motor abstellen!« –

aber der Motorenlärm schwillt noch an, und ich brauche eine Schrecksekunde, bis ich begreife, daß er nicht mehr von unserem Kübel, sondern von den Panzern kommt. Und da donnert, durch das Blattwerk nur schemenhaft erkennbar, ein Panzer nach dem anderen in höchstens fünf Meter Abstand an uns vorbei. Ich zähle zwischen dem An- und Abschwellen des Motorenlärms bis fünf.

Alle Panzer haben die Luken zu.

»Mehr Schiß als Gottesfurcht!« sagt der Alte und dann, halb zurückgewandt: »Doch ganz interessant, was?«

»Weiß Gott!« gebe ich zurück.

Der Alte tut so, als sei damit alles in bester Ordnung. Er ist richtig aufgekratzt: An das Problem unserer Rückkehr nach Brest verschwendet er kein Wort. Schade, denke ich, daß wir keinen Picknickkorb nach Art der Franzosen mitgenommen haben. Das wäre jetzt der richtige Moment »pour casser la croûte« mit einem guten Schluck dazu ...

Der Fahrer, eben noch sichtlich verdattert, richtet sich am Grinsen des Alten auf. Als er gar noch das Lob bekommt: »Gut geschaltet, Nicklisch!«, bringt er auch ein Grinsen zustande.

Der Alte meint, es gebe noch eine Straße dicht am Wasser. Der VO hat schon die Karte entfaltet.

»Ja, hier an der Elorn entlang nach La Forest«, sagt der Alte.

»Bloß, wie kommen wir da runter?« fragt der VO.

»Querbeet, wenn's sein muß. Also, Nicklisch – Kurs einhundertachtzig Grad! Wie ich die Brüder einschätze, trauen die sich nicht von der Straße weg.«

Der Fahrer findet tatsächlich ein schmales Sträßchen, das nach Süden führt. Erdwälle rechts und links nehmen die Sicht. Das Buschwerk auf beiden Seiten ist streckenweise so üppig, daß es sich über uns schließt. Wir holpern durch grüne Tunnel hindurch.

»Im Winter ist der Pommer noch dümmer als im Sommer«, sagt der Alte. Er meint damit den pommerschen Dickschädel von Fahrer. Aber da merkt er, daß der Spruch nicht mehr paßt, und grinst verlegen.

»Langsam, Mann Gottes! Die knallen uns doch glatt ab!« brüllt der Alte Nicklisch eine Weile später plötzlich ins rechte Ohr. Und dann auch gleich: »Stop! Verdammt noch mal!«

Wir sind dicht an eine eigene Vorpostenstellung herangefahren: Ich kann trotz aller Tarnung zwei auf uns gerichtete Paks erkennen.

Der Alte steht schon und winkt mit weitausholenden Armbewegungen – genau wie bei Landerneau. Der Fahrer hat vor lauter Schreck den Motor abgewürgt. Es ist still.

Endlich kommen wie große Pilze in Zeitrafferaufnahme vier, fünf

Stahlhelme aus der Erde, und dann strecken sich auch zwei Arme hoch und winken.

»Los, mach schon!« befiehlt der Alte dem Fahrer, wieder zu starten.

Ein Panzergraben quer durch die Straße! – Na, wenn schon! Heftig schwankend, als wolle er uns ausschütten, umfährt der Kübel das Hindernis.

So sieht das also für den bösen Feind aus, wenn er hier des Wegs kommt, denke ich. Da werden die Amis nicht gerade vor Schreck erzittern ...

»Spritztour nennt man so was, wenn ich nicht irre«, sage ich zum Alten, als ich aus dem Kübel klettere und mir den Staub abklopfe.

Der Alte grinst breit und schiebt wie zum Fratzenschneiden den Unterkiefer hin und her. Die Unternehmung hat ihm offenkundig Spaß gemacht. Als ich auch noch: »Nicht viel los mit den Brüdern« zum besten gebe, pliert er mich aus seinen vor lauter Grinsen fast geschlossenen Augen so amüsiert an, als hätte ich wunder was für einen Witz gerissen.

»Sag ich doch immer«, nuschelt er dann und grinst immer noch.

Stunden später, auf dem Weg vom Büro in die Messe, sagt der Alte: »Ich habe übrigens den Lageoffizier beim Festungskommandanten angerufen und ihm gesagt, daß überraschenderweise zwischen Landerneau und Brest eine amerikanische Kolonne lag. Panzer ließen auf böse Absichten schließen. Wir seien in einen Hohlweg abgebogen auf Grund der Einsicht, daß unsere schwache Bewaffnung einen Angriff mit anschließender Gefangennahme nicht ratsam erscheinen lassen konnte, aber ein gewisses Ergebnis stelle ja auch schon diese Information dar, die wir dem Festungskommandanten gerne zukommen lassen wollten.«

»Und was hat der gesagt?«

»War dankbar. Durchaus dankbar. Bekräftigung des guten Verhältnisses und so weiter – sehr verbunden. Höfliche Leute eben!«

Die Suppe ist bereits aufgetragen, als sich der Alte erhebt und mit merkwürdig sonorer Stimme verkündet: »Meine Herren – der Ernstfall ist eingetreten. Ab sofort gilt: Stadtgänge nur noch zu zweien. Das Tragen von Pistolen ist Pflicht ... Und dann habe ich Ihnen auch noch eine tiefbedauerliche Mitteilung zu machen: Wir können vorläufig nicht mehr nach Logonna. Vorläufig ... das heißt, wir müssen erst mal die Lage peilen. Unsere Herren Gegner drängen anscheinend zur Kasse, da werden sie sich aber schön die Finger verbrennen. Über die Bedeutung der Atlantikstützpunkte im Rahmen der Gesamtkriegsführung brauche ich Ihnen wohl nichts zu erzählen ... Bei den gesichteten Panzern dürfte es sich nur um einen Vorstoß zur Ermutigung des Maquis gehandelt haben.

Unsere Aufgabe ist es, den Stützpunkt zu verteidigen, bis der Führer für Entsatz sorgen kann. Ich betrachte das Ganze als eine nur vorübergehende Störung.«

Der Alte wippt von den Fersen auf die Fußballen. Anscheinend sucht er nach dem rechten Schluß. Dann fährt er einfach fort: »Rundumverteidigung des Flottillengeländes, das ist zuerst mal wichtig ... Nur der Rest der Leute, also nur solche, die zur Rundumverteidigung nicht gebraucht werden, soll zur Vorfeldverteidigung eingesetzt werden – sozusagen zum Auffüllen der Lücken zwischen den landkrieggewohnten Rumpfeinheiten. Also, meine Herren ...« Der Alte hebt seine Stimme, aber dann sagt er nur: »Dann wollen wir's uns mal wieder schmecken lassen.«

Sogleich löst sich die Erstarrung, die auf den Gesichtern lag. Einige wagen sogar ein leichtes Lächeln und richten ihre Blicke erwartungsvoll auf den Alten. Aber der denkt gar nicht daran, auch noch den sicher von allen erwarteten Kommentar zu geben. Er hält vielmehr den Blick gesenkt, als sei er gehalten, sich ganz auf seine Suppe zu konzentrieren. Dann richtet er den Kopf aber doch wieder hoch und nimmt den VO aufs Korn: »VO, gibt's womöglich Versorgungsschwierigkeiten?«

Ich bin sicher, daß der Alte den VO nur foppen will. Doch der VO wirft sich in die Brust und meldet zackig: »Keine, Herr Kapitän!«

»Na fein!« posaunt der Alte, aber der VO hört die Ironie nicht und beginnt sich vor versammelter Mannschaft selbstgefällig zu produzieren: Engpässe – davon könne bei ihm keine Rede sein, wenn der mögliche Verlust der Vorräte in Logonna und Châteauneuf natürlich auch schmerzlich sei. Die Ausrüstung mit Waffen sei ja Gott sei Dank seine Sache nicht. *Er* sei für alle Fälle gerüstet. Auf einigen Gebieten herrsche sogar ausgesprochener Überfluß.

»Zum Beispiel?« fragt der Doktor.

Der VO macht ein paar komische Verrenkungen. Das soll wohl aussehen, als müsse er sich zieren – oder als gehe es um ein Geheimnis, das er nicht so ohne weiteres preisgeben dürfe. Erst als ringsum alle aufmerksam geworden sind, rückt er mit der Sprache heraus: »Auf dem Cognac-Sektor zum Beispiel ...«

»Cognac-Sektor!« macht ihn einer nach.

»Mich laust der Affe«, höhnt ein anderer.

»Was Wunder, bei den Preisen!«

»Wie witzig! Ganz der VO! Protzen, statt das Zeug rauszurücken!«

Der VO schlägt die Augen nieder wie ein ertappter Sünder, setzt aber sein übliches Grinsen dazu auf.

»Wenn's um Überfluß geht, habe ich auch was zu bieten«, meldet sich der Doktor da zu Wort: »Mit Präservativen sind wir – gleichbleibender Verbrauch vorausgesetzt – für gut hundert Jahre versorgt.«

Für einen Augenblick ist alles still. Der Alte sitzt mit vor Staunen halboffenem Mund und gerillter Stirn da. Vom linken Tafelende kommt ein Prusten. Zwei heben die Serviette zum Mund. Der Doktor guckt gleichmütig vor sich hin. Alle bleiben sprachlos, bis der Alte als erster »aber, aber!« von sich gibt. Und gleich entsteht ein heftiges Durcheinandergerede: »Der Präservativsektor – zum Kringeln . . .« – »Wie lange haben die denn Lagergarantie?«

Der Alte macht mit dem Palaver auf seine Art Schluß: Er erhebt sich abrupt und ruft: »Mahlzeit, meine Herren!«

Die Fiffis sollen sich in der Nacht zwei WOs geschnappt haben. Irgendein Franzose will es beobachtet haben.

»Da müssen wir gleich was unternehmen!« wütet der Alte. »Die werden aber was erleben.«

Was kann er mit »unternehmen« meinen? Und wer sind »die«?

Fürs erste läßt der Alte die Flottillenoffiziere zusammentrommeln. In den Büros geht es zu wie in einem aufgestörten Ameisenhaufen. Dann heißt es auf einmal: Die beiden sind gefunden worden. Stockbetrunken! In ihren Kammern!

Nicht zu fassen! Das wird einen schönen Krach geben! – Aber ohne mich! Schnell lange ich meine Mütze vom Haken und verschwinde. Ich bin schon auf der Treppe, als ich den Alten losbrüllen höre. Da bleibe ich, wie von einer Barriere gestoppt, stehen: Diese volle, tragende Kommandostimme habe ich lange nicht mehr gehört. Die leeren Gänge geben einen prächtigen Nachhall. Herrgottnochmal: Dieses röhrende Gebrüll wird den Alten erleichtern – das schafft Luft!

Als ich ans Tor komme, höre ich aus der Gruppe der schanzenden Männer einen mit weittragender Baritonstimme singen: »Warum küßt du bloß die Lippen deiner Brau-aut? Küß sie auf den Arsch – das ist dieselbe Hau-aut!«

Abends im Büro des Alten: Der Alte rührt sich nicht. Sein Blick ist fest auf seine Hände gerichtet. Seine Miene ist unwirsch bis griesgrämig. Mir fällt dafür die Bezeichnung »vernagelte Visage« ein. Sie stammt aus der Zeit, als ich noch bei den Ringkämpfern vom Kraftsportverein Atlas aktiv war.

Und plötzlich bin ich in Oberlungwitz, knapp zwanzig Kilometer südlich von Chemnitz: bei den sächsischen Gaumeisterschaften im Ringen griechisch-römisch.

Der Kraftsportverein Atlas und die Ausscheidungskämpfe in Oberlungwitz – eine Geschichte, die den Alten aufheitern könnte.

Ich überlege ein, zwei Minuten, wie ich es vorsichtig genug angehen könnte, dann nehme ich einen ordentlichen Schluck Bier, das der Backschafter aus dem Club gebracht hat, und lege los: »Du weißt doch, daß ich mal bei den Ringern war. Sicher Proletensport in deinen Augen – aber mich haben nun mal die Typen sehr interessiert ... quasi das Gegenteil von Seekadetten.«

Da reagiert der Alte endlich: »Das Milieu deiner Wahl also ...«

»Richtig! Und da habe ich mir auch noch Medaillen verdient.«

»Weil du damals schon ein schwerer Junge warst ...«

»Goldrichtig!«

Wieder ein Schluck, und dann warte ich ab.

»Mach's nicht so spannend!« sagt der Alte, und ich mime gnädige Herablassung: »Also da gab es die alljährlichen Ausscheidungskämpfe, und da ...«

»›Ausscheidungskämpfe‹ klingt komisch«, redet mir der Alte dazwischen, »landwirtschaftlich würde ich sagen ...«

In diesem Augenblick rumst es draußen so gewaltig, daß alle Scheiben klirren.

»Oha!« macht der Alte und duckt sich lauernd ein. Als aber keine zweite Detonation kommt, nickt er mir zu: Ich soll weiterreden.

»Ich war damals gerade achtzehn geworden und in meiner Klasse Favorit. Überall in Oberlungwitz klebten Plakate an den Hauswänden: Großer Ringerball! – Auf sage und schreibe fünf Matten wurde gekämpft. Und trotzdem mußte man ewig warten, bis man drankam. Die Kneipe, wo sich's am besten warten ließ, lag direkt unter der Halle, so ein langer Schlauch mit lackierten Tischen. Da saß ich und süffelte meine Limonade, und mir gegenüber saß unser Halbschwerer mit einem Klasseweib: rothaarig und scharf wie Katzenschiß.«

Da kann ich spüren, wie mich der Alte mustert, und ich gucke ihn voll an: Der Alte nickt wie in Gedanken vor sich hin, einen amüsierten Ausdruck auf dem Gesicht.

»Weiß der Satan, was sich unser Halbschwerer dabei dachte«, rede ich weiter, »als er der Rothaarigen den linken Zeigefinger nach hinten drückte – aber nicht bloß so ein bißchen zum Jux, nicht bloß so ...«, und ich mache dem Alten vor, wie ich es meine, »sondern immer weiter und weiter. Die Rothaarige lief erst rot, dann weiß an. Weiß stand ihr besser. Aber sie machte keinen Mucks. Sie biß bloß die Zähne zusammen und bekam auch noch weiße Lippen. Ich schwitzte allein vom Zusehen und hatte eine Heidenangst, daß der Halbschwere ihr den Finger glatt wegbrechen würde. Timm hieß der Mann. Brutaler Typ: Igelborste, Kinnlade wie ein Nußknacker – und plötzlich fuhr es mir einfach so raus: ›Mensch, laß doch diesen gottverdammten Mist!‹

Da stierte dieser Timm mich über den Tisch weg an, so von unten her, als wollte er mich fressen. Ich dachte, gleich kriegst du eine gewaltige geschallert, und da hatte ich auch schon eine drin . . .«

»Wundert mich kein bißchen«, sagt der Alte, und ich tue auch so, als sei die Geschichte damit zu Ende. Erst als der Alte zum Glas greift, sage ich: »Bloß war die nicht von unserem Halbschweren gekommen, sondern von der Lady.«

Der Alte zieht so viel Luft ein, wie er nur kann, und ich erkläre: »Die hatte ihre Rechte ja frei und konnte, weil ich Auge in Auge mit Timm dahockte, richtig schön ausholen, ohne daß ich was merkte. Ich fing mir also die Maulschelle voll, weil ich nach ihrer Richtung hin nicht auf dem Quivive war . . . Damit hatte ich jedenfalls eine Erfahrung weg. Eine fürs Leben sozusagen . . .«

Der Alte macht jetzt nur noch: »Tss, tss, tss . . .«

Bis zum Leuchtturm von Saint-Mathieu kann ich mich nicht mehr vorwagen, aber wenigstens bis zum kleinen Strand von Saint-Anne. Hier bin ich zwar mutterseelenallein, und jeder, dem der Sinn danach stünde, könnte mich hopsnehmen oder aus dem Gebüsch heraus mit dem Jagdgewehr abknallen. Aber die Leute, die ich auf meinem Weg treffe – Angler mit sehr langen Ruten vor allem –, machen einen durchaus freundlichen Eindruck. Sie grüßen zurück, als ich sie grüße. Weiß der Himmel, was sie von einem Marineoffizier halten, der mit dem Zeichenbrett unter dem einen und der Maltasche unter dem anderen Arm durch die Gegend läuft – ganz ohne Eskorte.

Unten am Wasser ist die Vegetation geradezu tropisch. Es gibt dichte Bambusgebüsche, wie ich sie sonst nirgends in der Bretagne gesehen habe.

Ich folge einem Saumpfad, der dicht am Absturz der Klippen hinführt, und bald öffnet sich ein weiter Blick über die Bucht und die Ausfahrt bis hin zum offenen Meer: Das Tiefwasser ist stahlblau. Weiter draußen changiert es zu Dunkelblaugrün.

Für Stunden wenigstens kann ich hier Maler sein und zu mir selbst kommen. Das genieße ich wie eine Labsal: kein falscher Zauber, kein verlogenes Getue, kein Kopfzerbrechen, kein Auf-der-Hut-Sein.

Ich gehe, meine Schuhe in den Händen, die Hosenbeine aufgekrempelt, auf dem Strand hin. Das Meer regt sich kaum. Manchmal gerate ich mit den Füßen ins Feuchte, manchmal auch in quirlendes Wasser.

Ich lasse mich auf dem harten, sonnenverkrusteten Sand nieder. Er ist weißgelb – ein breiter Streifen. Das Meer hat dagegen, weil ich so tief sitze, nur Daumenbreite – wie mit einem einzigen Pinselzug hingestrichen.

Ich verhalte mich reglos, nur meine Lider schlagen. Und jetzt versuche ich, auch die noch stillzuhalten: Ich starre auf die Kimm, bis mir die

Augen schmerzen. Da fühle ich mich wie ein Schiffbrüchiger, den es an eine fremde Küste verschlagen hat . . . Schiffbrüchiger? Fremde Küste? Ist der Gedanke so weit hergeholt? Wenn kein Krieg wäre, stünde ich jetzt in der Münchner Akademie an meiner Staffelei und malte . . . Der Krieg hat mich hierher verschlagen, und doch ist er gerade jetzt so weit weg, als gäbe es ihn gar nicht.

Der Alte läßt Flottillenalarm proben. Der Kompanieführer der Stammkompanie leitet das Unternehmen.

Als die Leute mit Karabinern, Gasmasken und den ungewohnten Stahlhelmen aus allen Ecken herbeigerannt kommen und ihre Posten besetzen, mäkelt der Alte: »Die können ja nicht mal richtig laufen. Sieht doch dilettantisch aus wie ein Räuber- und Gendarmspiel!«

Die meiste Zeit ist der Alte nicht im Büro. Selbst mittags fährt er raus zu den Stellungen an der Citroëngarage. Der VO sitzt dann am Telefon, der Adjutant an einem zweiten. Es geht hoch her. Aus Wortfetzen erfahre ich: Die Lebensmittel für die französische Restbevölkerung werden knapp, Wasser infolge von Sabotage an den Wasserleitungen ebenfalls. Ich kann nicht verstehen, daß immer noch Franzosen in Brest sind. Was erwarten die sich? Etwa spannende Bilder vom Endkampf?

Heute, ausnahmsweise, sitzt der Alte wieder hinter seinem Schreibtisch. Als ich hereinkomme, belfert er gleich los: »U-Bootleute sind doch keine Grabenkrieger. Felddienstübungen mit Mechanikern, Hebeldrückern, Seeleuten, die sich aufs Spleißen und Knoten und guten Ausguck verstehen, aber nicht wissen, was Deckung ist – das wird nichts! Unsere Leute sind's doch gewohnt, frei an der Kanone zu stehen.«

»Die nehmen den Kopf schon weg, wenn's ernst wird!«

»Das sagst du so!«

Der Alte zieht ausgiebig an seiner Pfeife, ehe er sagt: »Praktische Leute, die OT-Fritzen.«

Ich darf rätseln, was er damit meinen könnte. Ich denke an Schweinehälften und an Speckseiten vom schwarzen Markt, aber da läßt er mir halbgemurmelte Informationen zuteil werden, die ganz anders klingen: »Die haben in die Bunker vor der Marineschule überzählige Sehrohre zur Umfeldbeobachtung eingebaut, da braucht keiner mehr den Kopf rauszuhalten, wenn er sehen will, was sich draußen tut . . . Doch praktisch – oder?«

Ich weiß nicht, was ich damit anfangen soll. Das klang zynisch. Hält er die Zweckentfremdung der Sehrohre nun für gut oder idiotisch? Um nichts zu riskieren, sage ich nur: »Fein, fein.«

Das ist schon eine schöne Scheiße: Die großkalibrige Flak, die sich um Brest herum eingegraben hat, wird wohl alles sein, was wir für den Endkampf zu bieten haben. Aber was, wenn die Flakstellungen niedergekämpft sind? Dann können wir uns doch nur noch in die Bunker verkriechen und die Schotten dichtmachen ...

»Ich schreib gerade einen Bericht«, sagt der Alte am nächsten Morgen. »Hör mal zu, was ich verzapft habe: ›Abschnürung der Heimatverbindung nach dem Durchbruch bei Avranches und Aufrollen der Bretagne vom Osten her durch die Amerikaner veränderten abrupt Tätigkeiten und reales Denken in Brest: kein Zweifel, daß Hafen und große geschützte Reede von Brest für die amerikanische Marine der interessanteste Platz und längerer Widerstand deshalb geboten ist.‹«

»Und wer, wenn ich mal fragen darf, soll sich daran ergötzen?« frage ich, als der Alte eine Pause einlegt und mir einen fragenden Blick zuwirft. Der Alte überhört das und liest weiter: »›Für die U-Flottillen wird als überragend wichtige Aufgabe angesehen, keine Boote in Brest dem Gegner zu überlassen. Also möglichst vollständige Reparatur für Fronteinsatz, notfalls sind provisorisch tauch- und fahrklare Boote in südliche Stützpunkte zu verlegen. Alles überflüssig werdende Personal – Personalreserve und Stützpunktpersonal – wird eingeteilt für Rundumverteidigung des Unterkunftsgeländes der Flottille, der Rest ist abzugeben an den Festungskommandanten zur Eingliederung in die Vorfeldverteidigung zwischen landkrieggewohnten Rumpfeinheiten ...‹«

Weil das Wort »Rumpfeinheiten« in mir die Vorstellung von Soldaten ohne Arme und Beine weckt, muß ich grinsen. Der Alte zieht die Brauen zusammen und betrachtet mich halb mißtrauisch, halb böse.

»›Rumpfeinheiten‹ klingt komisch!« sage ich schnell.

»Sag was Besseres!«

»Landkrieggewohnte *Verbände* würde ich sagen.«

Da richtet sich der Alte triumphierend hoch: »Verbände! Das waren mal Verbände. Was sich bis hierher durchgeschlagen hat, sind die *Reste* von Verbänden.«

»Warum schreibst du dann nicht ›Reste‹?« frage ich lauernd.

»Weil das zu defätistisch klingen würde – ganz einfach.«

»Also dann Rumpfeinheiten«, sage ich halblaut. »Und wie geht's weiter?«

Der Alte ruckt sich zurecht und hebt aufs neue an: »›Personal in Brest: Kopfzahl nicht schätzbar. Es strömten einige kleine Einheiten Artillerie und Infanterie ohne Kanonen – von der Küstenverteidigung –, aus dem Lande die Ortsbesatzungen – Kommandanturen – herein. Eingliederung in das sogenannte Festungsregiment – Oberst von der Mosel. Rückgrat bildet zwote Fallschirmjägerdivision – vermute Rest von zwo Regimentern –, die noch angerückt ist und schon vom französischen Untergrund durch Straßensperren, Minen stark aufgehalten wurde.‹«

»Aber jetzt heißt es *doch* Rest: ›Rest von zwo Regimentern‹«, gebe ich vorsichtig zu bedenken.

»Hier klingt es anders«, behauptet der Alte und legt erst mal eine Pause ein. Damit die nicht zu lang wird, sage ich: »Ich hab was gelernt . . .«

»So, hast du?«

»Ja, daß es ziemlich beschissen aussieht zum Beispiel.«

»Wußtest du das etwa noch nicht?« mimt der Alte den Verblüfften. »Es geht noch weiter, falls es dich interessiert . . .«

Ich brauche nur zu nicken, und schon liest er wieder: »›Ihre Ankunft‹ – also die zwote Fallschirmjägerdivision – ›gab Gewißheit, daß auf dem Landweg aus Brest nicht mehr ausgereist werden kann. Landkriegserfahrungen aus Rußland hat der Stamm der Heeressoldaten . . .‹«

Weil mich der Alte wieder fragend anguckt, sage ich: »Dann ist ja alles bestens geregelt.« Und dann: »Warum schreibst du nicht, daß es keine zuverlässigen Nachrichten gibt – null Aufklärung, null Luft?«

»Hier steht's!« gibt der Alte zurück. »›Die Flugzeugstaffel von Brest-Nord ist abgezogen worden. Sie hatte nur höchst selten zum Schutz der Boote vor Geleitaufnahme zur Verfügung gestanden!‹«

»Milde ausgedrückt, würde ich sagen.«

»So, meinst du?«

»Wer soll schon daraus lesen, daß wir total sine sine dastehen? Keine Boote mehr . . .«, murmele ich vor mich hin, »aber zwei Schnorchel . . .«

Der Alte überhört das und liest weiter vor: »›Die Quartiere der neunten U-Flottille: drei Gebäude, Neubau Neues Hospital. Bombardierung ist nicht zu vermuten, da kein bedeutendes militärisches Objekt für den Angreifer. Zwei große Bunker, ausreichend zur Aufnahme des verbleibenden Personals, wurden eingerichtet mit OP-Raum und Arztausrüstung, Medikamenten, Decken, Proviant und Munition. Gelände ist mit Mauer umgeben. An den Eckpunkten Wachposten eingerichtet mit Splitterschutz, Laufgräben, MG-Ständen. Neben Haupteingang, außerhalb der Mauer mit Schußrichtung auf die Zufahrtsstraßen und den freien Platz davor, wurde eine halbautomatische Dreikommasieben-Zentimeter-Flak für den Endkampf aufgestellt. Bedeutender Widerstand gegen einen gutausgerüsteten Gegner ist damit nicht zu leisten. Insbesondere ist an die Einigelung gegen Sabotage gedacht.‹«

Der Alte ruckt den Kopf hoch, als hätte ihm jemand zwischen die Schulterblätter geschlagen, räuspert sich und gibt schließlich in einer Art amtlichem Tonfall das Resümee: »›Mit einem schnellen Fall muß gerechnet werden.‹«

»Richtig lapidar!« mime ich Anerkennung, aber dann sticht mich der Hafer: »Und auch schön defätistisch.«

Der Alte hat den Kopf leicht eingezogen. Er beobachtet mich neugierig lauernd, sagt aber kein Wort. Ich bin also noch am Zuge. Und nun drehe ich den Spieß um und imitiere die Melodie, die ich vom Alten immer wieder zu hören kriege: »Ich kann mir doch beim besten Willen nicht vorstellen, daß der Führer seine U-Bootleute im Stich lassen könnte. Die sind ihm doch richtig ans Herz gewachsen. Und die Stützpunkte – die sind doch für die Atlantikschlacht von entscheidender Bedeutung. Ich glaube, da sollten wir uns mal keine Sorgen machen: Der Führer verläßt doch seine Gammelpäckchen nicht. Der schickt Panzer . . .«

». . . und Flugzeuge«, schießt der Alte dazwischen. »Panzer und Flugzeuge – aber ganz selbstverständlich. Ein Schuft, wer daran zweifelte.«

Ende der Vorstellung! will es mir auf die Zunge. Ich habe, wie so oft schon, die schauspielerischen Fähigkeiten des Alten unterschätzt.

Ich lasse mich mit meinem Arbeitszeug bis ins Arsenal fahren, um die alte Flakfalle zu zeichnen.

Das letzte Stück latsche ich an tristen Fronten entlang: graue Häuser mit blinden Scheiben, so grau wie die Mauern. Überall bröckelt Putz in großen Fladen ab: Die Häuser haben die Räude.

Mein Zeichenbrett wird mir schwer. Ich hätte das Auto nicht wegschikken sollen. Aber mit dem Wagen wäre hier nur schwer durchzukommen: überall Trossen, Kabel, alles mögliche Gerät.

Das Boot, das ich suche, liegt nicht im Bunker, sondern in der Wolfsschlucht: Es ist außer Dienst gestellt, aber trotzdem mit Netzen gegen Fliegersicht getarnt. Es ist eines der wenigen Boote, die Erfolge gegen Flugzeuge hatten: zwei Abschüsse. Aber für den Preis eines halben Dutzends schwer verwundeter Männer.

Ich muß mich sammeln. Ich will so exakt zeichnen wie möglich, mit Feder und Tusche, allenfalls mit einem bißchen Lavis aus verdünnter Tusche. Man soll jeden Knoten im Tarnnetz nachzählen können.

Als ich zurück in die Flottille komme, treffe ich auf den Alten, der mein Blatt sehen will. Er nimmt sich lange Zeit zu genauer Betrachtung. Dann murmelt er: »U zwohundertsechsundfünfzig ließe sich glatt noch zusammenklempnern. Die Öffnungen für die Torpedorohre mit Platten dichtschweißen, Dopplungen über die Beulen – das muß doch gehen – jetzt, wo die Werft so wenig Aufträge hat. Und Schnorchel haben wir ja auch . . .«

Ein Selbstgespräch? Oder war das für mich bestimmt? Ich weiß nicht, was ich davon halten soll.

Schlimme Gerüchte gehen um: Auf einem Vorpostenboot, das auf Wache war, hätten zwei Leute gemeutert und die Besatzung unter Terror gesetzt. Den Kommandanten hätten sie regelrecht zersägt und die Stücke ins Kesselfeuer geschmissen. Die Meuterer seien überwältigt und noch an Bord erschossen worden.

Dann wieder heißt es, die halbe Besatzung habe gemeutert und versucht, in Richtung Heimat abzuhauen. Das VP-Boot sei verfolgt und regelrecht niedergekämpft worden.

Den Alten will ich nicht fragen, ob an den Gerüchten etwas dran ist. Der tigert wieder mal verbissen durch das Gelände und gebärdet sich, als sei er mit Gott und der Welt zerfallen. Ich wünschte, ich könnte ihm hinter diese Maske aus Ingrimm blicken. Was mag sich nur in seinem Kopf bewegen? Auf Entsatz kann er doch ernsthaft nicht mehr spekulieren.

Abends sitzen wir im Pavillon des Alten zusammen, und unser Gespräch kreist um die soldatische Ethik.

»Die Frage sollte doch erlaubt sein«, gehe ich den Alten schließlich an, »wie sich soldatische Ethik mit dem verträgt, was im Lande vorgeht.«

»Was geht denn im Lande vor?«

Mit dieser müde hingeredeten Frage bringt er mich in Harnisch, und obwohl ich weiß, daß ich ihm damit zu nahe auf den Leib rücke, sage ich jetzt: »Die gelben Judensterne hat doch jeder gesehen – die gibt's mittlerweile sogar in Paris. Die Aufschriften auf den Bänken in den Anlagen hat auch jeder zu sehen bekommen. Und die Schilder in den Fenstern der Restaurants. Alle müssen wissen, daß Juden, ehe sie in die Lager gekommen sind, das Einkaufen nur zu bestimmten Tagesstunden erlaubt war, daß man sie quasi für vogelfrei erklärt hat. Der Augenschein ließ sich doch nicht als bezahlte Propaganda ausgeben wie die Nachrichten vom Soldatensender. Ich kann mich jedenfalls an die Kristallnacht und den Tag danach sehr genau erinnern. Da war ich in Dresden auf der Kunstakademie – mit einem Staatsstipendium.«

Der Alte sitzt da wie versteinert.

»All die Jahre hab ich die Erinnerung daran verdrängt – nicht verdrängt – unterdrückt. Aber die Bilder sind geblieben. Die hat die Zeit nicht blasser gemacht. Ich sehe alles so deutlich vor mir, als wäre es gestern geschehen. Die Akademie auf der Brühlschen Terrasse. Die schwere Tür, die man nur mit Gegenstemmen aufbrachte . . . Und dann die Kaftanjuden: so ganz in Schwarz, mit diesen komischen gedrehten Löckchen vor den Ohren und diesen schwarzen Deckelhüten – totenbleich. Ein paar hielten Gesetzestafeln aus der Synagoge vor dem Bauch – so schwere, hohe –, und damit mußten sie Parademarsch machen und die anderen hinterher. Und dann fielen sie hin und die anderen drüber. Und dann kamen die Steine. Ein fetter SA-Mann brüllte die Befehle, und schon wurde im Sprechchor gebrüllt: ›Hautse! Hautse! – Hautse off de Schnauze!‹ Und dann das Blut! Ich bin in die Akademie zurückgerannt und hab kotzen müssen. Also *ich* hab das gesehen! Aber nie drüber geredet. Das ist das erste Mal. So – jetzt weißt du's!«

Der Alte sitzt stocksteif im Sessel. Er bewegt nicht mal die Hände auf den Armstützen. Als das Schweigen beklemmend wird, rede ich weiter: »Und einmal passierte mir etwas Seltsames in Chemnitz: Ich kam aus dem Lager der Drogerie Otto H. Kratzsch. So durch einen dunklen Gang, und da kam mir eine gebückte Gestalt entgegen. Ich konnte nicht viel erkennen, nur die Silhouette. Wir mußten ganz nahe aneinander vorbei, und ich sagte: ›Grüß Gott!‹, weil ich doch aus Bayern kam. Ich hatte ja schon ein paar Semester an der Kunstakademie in München studiert, und da gewöhnt man sich eben ans ›Grüß Gott‹. Ich hatte es kaum heraus, da murmelte der Schatten: ›E scheener Gruß‹ und noch mal: ›E scheener Gruß!‹ Ich kann dir sagen, das ging mir durch und durch. Da gab's nämlich schon 'ne Weile die gelben Sterne.«

»Und? Hast *du* etwa was getan?«

»Nein, ich war nicht auf Selbstmord aus.«

»Na bitte!« sagt der Alte. »Aber worauf willst du eigentlich hinaus?«

»Ich will nur wissen, was es mit dem vorgegebenen Nichtsahnen auf sich hat – wie es entsteht. Aus Mangel an Information oder weil man einfach nichts erfahren *will* – also aus sozusagen aktiver Ignoranz? Du wirfst mir doch ständig Besserwisserei vor oder versuchst es so: *Ich* hätte gut reden, *ich* käme herum, aber die Leute hier eben nicht.«

Ich sage das so gleichmütig wie möglich. Der Alte schweigt dazu.

»Das ist doch alles raffiniert eingefädelt: Erst wird so getan, als hätte die U-Bootwaffe aber auch rein gar nichts mit den Nazis zu tun, als stünde sie sogar in erklärtem Widerspruch zu den Parteiparolen – eben als Freikorps Dönitz –, und dann mutiert der BdU selbst zum fanatischen Nazi, erst klammheimlich, aber dann in schöner Deutlichkeit. Zum Heldengedenktag im März hat er sogar die Rede gehalten, die sonst immer der Führer hielt.«

Jetzt räuspert sich der Alte heftig. Das klingt nicht mehr, als wolle er sich die Kehle freimachen, sondern nach Protest. Aber er sagt immer noch nichts.

»›Wo kämen wir da hin, wenn jeder anfinge, sich eigene Gedanken zu machen‹«, fahre ich fort. »Das hast du gesagt . . . genau so. Das heißt aber doch nichts anderes, als im Zweifelsfall nichts als stur zu sein und lieber falsch, aber entschieden, als vernünftig zu handeln . . .«

»Du machst es dir schon verdammt leicht – wie immer!« raunzt da der Alte. Dann holt er tief Luft und geht auf mich los: »Vielleicht entschließt du dich mal zum Nachdenken – zum objektiven Nachdenken: Wenn ein, sagen wir mal, Kompanieführer seinen Leuten befiehlt vorzugehen, dann kann es für den Schützen Meier ja auch wie Machtmißbrauch aussehen. Und dann kann er sich deiner Meinung nach überlegen, wieso er denn falsch handeln soll, und einfach den Befehl verweigern . . . Und wenn ihm befohlen wird, eine bestimmte Stellung um jeden Preis zu halten, kann er sich, wenn es nach dir geht, an die Stirn fassen und abhauen – einfach, weil er nicht übersieht, wie wichtig gerade diese Stellung ist . . . Ich muß schon sagen!«

»Du meinst also: Nur *der* darf Konsequenzen ziehen, der auf Grund seiner Dienststellung auch die nötigen Einsichten zu haben glaubt?«

»Ja.«

»Und wenn ein schlichter Soldat, kurz bevor ein solch einsichtiger Militärdenker sich zur Kapitulation entschließt, überläuft, weil er die gleiche Einsicht schon ein bißchen früher hatte, ist das sozusagen nicht statthaft, und der Überläufer, wenn er erwischt wird, ist ein toter Mann . . .«

Der Alte schraubt seine Hände ineinander und schickt einen theatralischen Blick gegen die Decke, der wohl Verzweiflung über so viel Borniertheit ausdrücken soll.

»Ich möchte mal wissen, wie *du* Disziplin in der Truppe halten willst«, sagt der Alte schließlich betont ruhig. »*Dein* Patentrezept möchte ich mal kennenlernen. Du verstehst dich ja offenbar auf die Quadratur des Kreises.«

»Jedenfalls nicht auf das von dir proklamierte Ethos: Wenn dein rechtmäßiges Staatsoberhaupt den Wahnsinn zur Methode macht, wenn die Macht mißbraucht wird, können doch deine traditionellen Preußenregeln nicht mehr gelten. Die sind doch allzu simpel . . . Aber diese Simplifizierung ist es eben, die allen so fabelhaft hilft, sich aus der Klemme zu mogeln – der moralischen, meine ich . . .« Und dann stoße ich noch nach: »Vorausgesetzt, daß die überhaupt empfunden wird.«

»Du hättest Seelenforscher werden sollen – Psy-cho-loge«, sagt der Alte. »Anscheinend denkst du immer nur an Leute deines Schlags – intellektuelle Sumpfblüten. Bei der Marine herrschen Gott sei Dank klare Verhältnisse.«

»Wenn restlos erledigte Kommandanten und gänzlich unerfahrene losgeschickt werden zum Beispiel . . .«

»*Deine* Meinung!« fällt mir da der Alte barsch ins Wort. Aber ich kann deutlich spüren, daß seine Bastionen längst tiefe Sprünge haben.

Die Tage haben wieder ein gewisses Gleichmaß bekommen. Sensationen an *jedem* Tag – das wäre auch zuviel.

Ich sollte endlich einmal zum Schwimmbecken gehen, mich dort in die Sonne legen und auch mal versuchen, unter den Tarnnetzen ein paar Bahnen zu schwimmen. Statt dessen sitze ich in meiner von der Sonne aufgeheizten Kammer und brüte, den Schreibblock vor mir auf dem Tisch, vor mich hin.

Merkwürdig: Simones Bild erscheint mir nicht mehr von allein, und wenn ich versuche, es heraufzubeschwören, bleibt es blaß und undeutlich: Ich sehe sie wie durch ziehenden Rauch hindurch – mal deutlicher, dann wieder fast ganz aufgelöst. Bin ich am Ende soweit, Simone zu vergessen?

Es stellt sich heraus, daß Handwaffen, vor allem Maschinenpistolen, fehlen. Ich habe mich schon über die Schießprügel der Posten unten im Hafen gewundert: exotische Modelle statt Karabiner. Wie ich gehört habe, paßt die Munition nur in seltenen Fällen.

Ich bin froh, daß ich mir rechtzeitig eine MP besorgt habe. Mit dieser MP und meiner Walther-Pistole komme ich mir bis an die Zähne bewaffnet vor. Aber ich sollte mal probieren, ob ich beide noch auseinandernehmen und schnell wieder zusammensetzen kann, ohne hinzublicken oder gar im Dunkeln. Aber gleich sage ich mir: Was soll's? Doch nicht aus freien Stücken! Dafür haben sie mir das Handhaben der Waffen auf allen Lehrgängen mit den üblichen Schikanen zu gründlich vermiest.

Die vielen Stabsexistenzen in der Flottille, all die Schreibtischfritzen, die sich jahrelang in der Etappe wichtig gemacht haben, hat der Krieg nun doch eingeholt. Jetzt gibt es kein Sichdrücken oder gar Weglaufen mehr. Die Fluchtwege sind verlegt. Auch die Herren Intendanturräte und all die sonstigen Silberlinge, von denen es in Brest nur so wimmelt, sind böse in der Bredouille. Von denen mag sich mancher unversehens mit dem Rücken an der Wand fühlen.

Überall zeigen sich mit einem Mal Probleme. Es ist, als habe ein heftiger Wind verborgene Schwelbrände entfacht. Unaufschiebbare Entscheidungen halten den Alten auf Trab: Schußfeld schaffen, die Außenposten verstärken, die Flakfalle wieder aus der Wolfsschlucht schleppen und das marode Boot überprüfen, ob es tatsächlich noch provisorisch reparierbar ist . . .

Auf der Suche nach dem VO sehe ich Männer beim Nachlaßfilzen. Typisch VO: Die Routine wird beibehalten!

»Bootsmaat!« rufe ich einen Mann an, der gerade einen Seesack zuzieht.

»Jawoll, Herr Leutnant?«

»Zu welchem Boot gehören die?« frage ich und mache eine kurze Handbewegung in Richtung des Seesackstapels.

»U achthundertzehn, Herr Leutnant. Kapitänleutnant Eisenmann«, sagt der Bootsmaat. »Keiner gerettet, Herr Leutnant!«

Einer nach dem anderen . . . Keiner kommt durch.

»Und was passiert jetzt mit den Seesäcken?«

»Nichts, Herr Leutnant: Die bleiben hier. Die müssen wir stapeln. Es geht ja nichts mehr durch.«

»Aber warum werden sie dann noch gefilzt?«

»Befehl, Herr Leutnant. Befehl vom VO!«

Während ich mich umsehe, kommt der VO und beginnt gleich zu erklären: »Wir haben insgesamt vier Boote noch nicht abgewickelt. Also zwohundert Seesäcke zirka.«

»Die Amis sind eben zu früh gekommen«, sage ich, »nicht sehr rücksichtsvoll, diese Cowboys.«

Für diese Art von Scherzen hat der VO aber keinen Sinn: Ich ernte dafür nur einen erbitterten Blick.

»Schließlich können wir doch nicht einfach alles anzünden!« blafft mich der VO dann aber doch noch an.

»Vielleicht besorgen das in Bälde die Amis«, kontere ich.

»Das wäre dann was anderes«, geht der VO ganz ernsthaft darauf ein. »Das wäre Kriegseinwirkung! Aber so habe ich achtzig noch nicht zum Versand gekommene Nachlässe und dazu die überhaupt noch nicht abgewickelten. Zirka zwohundert, wie gesagt.«

Ich denke: Wenn er noch einmal »abgewickelt« sagt, drehe ich durch.

»Sie könnten sich ja auch mal nützlich machen«, sagt der VO jetzt listig, »beim Durchfieseln muß nämlich unbedingt ein Offizier dabeisein. Das ist viel zu heikel, können wir nicht allein den Leuten überlassen . . .«

Als ich stumm bleibe, fährt der VO auch schon fort: »Wir müssen nun mal aussondern, was der Flottille gehört. Alle Dienstbekleidung. Die wird gereinigt und kommt wieder auf Kammer. Hier, diese handgeschriebenen Aufnahmen werden dann mit Maschine vervielfältigt. Ein Exemplar kommt in die Nachlaßsendung, eins bleibt hier. Bei den Verheirateten ist besondere Vorsicht geboten. Da muß alles raus, was auf außereheliche Beziehungen hinweisen könnte. Bei den Briefen ist das gar nicht so einfach. Wer kann denn wissen, ob die schöne Eleonore eine Cousine oder sonstwas ist? Die Leute sind ja unglaublich leichtsinnig . . . Was hier rausgeht, muß aber unbedingt sauber sein.«

Der VO guckt mich erwartungsvoll an. Ich werde ganz klein vor Beschämung, weil ich mir das alles anhöre und hinnehme, ohne ein Wort über die Lippen zu bringen.

Als ich vor dem Raum draußen stehe, könnte ich mich ohrfeigen: Ich habe sogar genickt, und das könnte der VO als Einverständnis mit seinem idiotischen Gehabe deuten.

Noch mit Grimm im Bauch tigere ich die Rue de Siam hinunter. Vor den paar noch existierenden Schaufenstern sind die Rolläden heruntergelassen oder die Klappvolets geschlossen. Eine Möbelhandlung ist geöffnet, aber wer braucht noch Möbel?

Ein Trupp Seeleute kommt mir entgegen. Mit den Hosen »in denselben« und diesen blödsinnigen Schiffchenmützen auf den Köpfen sehen sie wie Karikaturen aus. Und nun passieren sie auch noch mit wie segnend erhobenen Armen an mir vorbei.

Dann wieder Zivilisten, denen man ihre amtlichen Eigenschaften ansieht: Wohl irgendwelche Werftleute oder Prokuristen von Firmen, die für die OT arbeiten, und es gibt auch noch ein paar uniformierte Mädchen – Marinehelferinnen. So keß sie früher aufgetreten sind, so verschüchtert wirken sie jetzt.

Aber wo sind nur die SS-Uniformen geblieben? Kein Schwanz mit der doppelten Silberrune am Kragenspiegel zu sehen. Ob die sich alle schon in Zivilklamotten geworfen haben?

Fast automatisch gerate ich ins Arsenal. Wie immer delektiere ich mich an den satten Rosttönen, an dem Gewucher all dieser verwegenen, geschweiften und gekehlten Formen, der Massigkeit der Kabeltrommeln und der Geschütze, die samt ihrer Pivots auf der Pier stehen . . . Gerade im Zwielicht sammeln sich die Formen zu mächtigen Blöcken mit bizarren Umrissen, geht das Kleingefüge in die großen Flächen ein, und die Farben werden intensiver als im hellen Licht des Tages.

Langsam fällt der Abend ein. Der Arbeitslärm ist schon verstummt.

Aus dem Wasser steigt Nebel auf. Er ist so leicht, daß er die gelben Lichter nicht erstickt, sondern sie sogar größer macht. Meine Schritte klingen hohl und viel zu laut. Dabei habe ich längst keine Absatzeisen mehr an den Schuhen. Wie würden die erst dröhnen.

Irgendwo schlägt ein Fensterladen. Dazu höre ich ein dumpfes Poltern, auf das ich mir keinen Reim machen kann. Von solchem Krawall schrecke ich längst nicht mehr zusammen. Aber da: Tappte da nicht was? Schleicht da nicht doch einer herum? Ich mache meine Ohren scharf und drehe den Kopf ganz langsam von links nach rechts. Aber alles, was ich an Geräuschen aufnehme, ist nur ein sich in fast regelmäßigem Abstand wiederholendes Ächzen und Stöhnen. Irgendwo arbeitet Holz gegen einen Fender: Die Bewegungen des Wassers werden ins Akustische übersetzt.

Beim Frühstück beklagt sich der Alte wieder mal über den Kompetenzenwirrwarr. »Da schaut ja bald keiner mehr durch, wer was zu bestimmen hat. Das ist doch nicht zu akzeptieren, wer sich jetzt alles wichtig macht!«

Keiner wagt etwas zu sagen. Das Schweigen an der Tafel wird nachgerade lähmend. Aber da räuspert sich der Zahnarzt und setzt plötzlich eine pfiffige Miene auf, und als sich mehrere Augenpaare erwartungsvoll auf ihn gerichtet haben, offeriert er seinen Fund: »Ist ja alles nur ein Übergang, sagte der Fuchs, als man ihm das Fell über die Ohren zog – polnisch!«

Zwei am Tisch wagen ein Grinsen, der Adju bringt einen blödfragenden Ausdruck auf seine sauertöpfische Miene. Er kann sich offenkundig auf den polnischen Fuchs keinen Reim machen.

Der Alte hat nicht mal hochgeguckt, aber jetzt hebt er den Kopf und dröhnt: »Bald kommen die Panzer, meine Herren! Und dann wird sich das Blatt aber verdammt schnell wenden.«

Der Zahnarzt läßt die Tasse auf halbem Weg zum Mund stehen.

»Oder zweifeln Sie etwa daran?« fragt ihn der Alte so kaltschnäuzig, daß ich nicht mal unterscheiden kann, ob das nun zynisch oder bösartig lauernd klang. Der Zahnarzt preßt die Lippen aufeinander, sein Mund wird davon so breit, daß er wie ein Frosch aussieht.

Wenn er doch zumindest irgendeine belanglose Floskel hersagte, aber nein: Er hockt mit seinem breiten Froschmaul nur da, läuft rot an und schickt Blicke um sich. Ja kennt der Zahnarzt denn seinen Flottillenchef immer noch nicht?

»Laientheater!« murmele ich, als ich kurz danach hinter dem Alten aus dem Saal marschiere. Der Alte muß es gehört haben, reagiert aber nicht.

»Wem unterstehen wir denn wirklich?« frage ich den Alten, als wir in seinem Büro ankommen.

»Dem Seekommandanten! Hab ich doch schon mal erklärt! Dem ist auch der Hafen unterstellt, die Marineartillerie und die Marineflak. Und außerdem das Vorfeld.«

Ich repetiere für mich: Die Marinestreitkräfte in Frankreich und Belgien unterstehen dem Marinegruppenkommando West, also Admiral Krancke. Für die Küstenverteidigung ist Rommel zuständig – immer noch? denke ich auch gleich. Aber der ist doch verwundet ... Die Gesamtverteidigung liegt beim Oberbefehlshaber West: Generalfeldmarschall von Rundstedt.

Der Alte schüttelt sich, wie um Unwillen zu demonstrieren, den Kopf und fährt fort: »Eigentlich unterstehen wir dem Seekommandanten nur in Standortangelegenheiten – disziplinär aber nicht. Dafür haben wir unseren FdU. Der ist auch erster Gerichtsherr.«

Wieder legt der Alte eine Pause ein und vertieft die Stirnfalten. Aber dann steckt er plötzlich ein spöttisches Grinsen auf und sagt: »Und wenn du das alles noch mal – und ganz genau – wissen willst: Wir haben noch einen zwoten Admiral, Vizeadmiral Schirmer, der ist nun wieder für Marinearsenal und Werft zuständig, und davon versteht er auch was. Im Hafen aber ist der eigentliche Befehlsgewaltige der Hafenkapitän. Alles, was die Sicherung des Hafens anbelangt, die Bewachungsverbände, die Balkennetzsperre zum Beispiel, das gehört zu seinem Befehlsbereich: alles Sachbetreff Hafenkapitän.« Ich kann nur staunen, wie der Alte das herunterbetet. Jetzt schöpft er wenigstens mal Luft, aber schon geht es weiter: »Aber damit noch nicht genug: Wir haben ja auch noch die Herren vom Heer, den Herrn Platzmajor zum Beispiel, sprich Standortkommandant. Der markiert den Chef der Zivilverwaltung. Die Bürgermeisterei ist auch sein Revier, sozusagen. Der Mann muß sich auch um die französischen Arbeitskräfte kümmern.«

Aber auch jetzt scheint der Alte immer noch nicht ganz am Ende seiner Litanei zu sein. »Dann gibt's auch noch die Marinestandortverwaltung«, fährt er fort, »mit einer ganzen Meute von Intendanturräten, mehr oder weniger ausschließlich zum Schikanieren unserer Leute. Und dann haben wir natürlich auch noch den Festungskommandanten, den Infanterieoberst von der Mosel, der vorher Regimentskommandeur war.«

»Der Festungskommandant müßte doch fürs Vorfeld zuständig sein und nicht der Seekommandant. – Das dürfte doch mehr ein Part für die Infanterie sein – oder?«

»Das eben ist die Frage« gibt der Alte zurück.

Die Tage reihen sich ohne besondere Ereignisse aneinander: Zeitmus. Fast wünsche ich mir die Hektik der letzten Monate zurück – oder wenigstens ein Stück davon. Nur nicht diese Stagnation ...

Der Wehrmachtbericht wird regelmäßig abgehört und mitgeschrieben, er liegt getippt vor – zu jedermanns Einsicht, aber kaum einer greift danach. Resignation? Nur hin und wieder kann ich beobachten, wie einer das Blatt aufnimmt und so lange in Händen hält, als wolle er den Text auswendig lernen – und das immer dann, wenn im Radio von sogenannten »Terrorangriffen« die Rede ist und die Namen der Städte genannt werden, auf die sich der Bombenregen entladen hat. Das scheint das einzige zu sein, was die Leute wissen wollen: ob ihre Stadt dabei war.

Eine pervertierte Lebensform ist jetzt die normale – sie ist längst kein Ausnahmezustand mehr. Wenn ich es mir recht überlege, kann ich mir ein

Leben ohne Krieg kaum noch vorstellen. Dieser Krieg ist ganz und gar zu unserem Dasein geworden.

Ich liege am Schwimmbecken unter dem riesigen Tarnnetz auf einem schmalen Handtuch. Das Tarnnetz zeichnet mir ein verrücktes Schattenmuster auf den Körper. Als ich mir gerade überlege, wieviel Prozent Sonnenbestrahlung mir das Netz raubt, nehme ich Detonationen wahr. Die Herrschaften lassen einem aber auch keine Ruhe! Irgendein dämlicher Aufklärer am Himmel, und schon macht sich die Flak wichtig. Dabei fliegen die Brüder so hoch, daß sie ihnen gar nichts anhaben kann. Nach einer Weile scheinen die Kollegen von der schweren Flak das auch begriffen zu haben: Es herrscht wieder Ruhe. Bravo!

Ich mache mich lang und entspanne mich. Ich betrachte das Grasmuster, das sich auf meinem Bauch abgeprägt hat, dann verschaffe ich mir mit Liegestützen und Kniebeugen Bewegung, strecke mich schließlich wieder lang und gerate ins Dösen. Im Halbschlaf schwebe ich weg aus Brest ...

Dumpfes Knallen weckt mich. Sofort richtet sich mein Blick gegen den Himmel. Aber so angestrengt ich auch nach den silbernen Blitzen von Flugzeugen und nach Flakwolken suche – nichts! Auf einmal geht das dumpfe Belfern wieder los – heftiger noch als vorher.

Verdammt noch eins! Jetzt heißt es hoch und unter Dach. Ich will doch keine Splitter auf den nackten Balg bekommen. Gegen herabfallende Splitter hilft das dämliche Netz nicht. Aber nur keine Hast zeigen, vielmehr das Handtuch lässig schlenkern: geordneter Rückzug. Unterm Gehen suche ich den Himmel weiter nach den üblichen grauen Detonationswölkchen ab. Weil ich nicht gleich welche finde, bleibe ich stehen: Ich muß genauer gucken. Ich höre zwar neue Abschüsse – aber Sprengwolken finde ich nicht. Ich müßte sie schon kurz vor den Detonationen sehen können. Das geht ja wie bei Blitz und Donner: zuerst die optischen Phänomene, danach erst die akustischen – die Reihenfolge ist festgelegt. Aber jetzt?

Plötzlich entdecke ich mitten in der Landschaft hinter dem Schwimmbad zwei Erdfontänen und weiß sofort: Artillerieeinschläge! Kein Wunder, daß keine Flugzeuge zu hören sind! Klar doch: Die Amis sind eingebrochen! Panzerspitzen von Westen her!

Ich muß sofort den Alten wahrschauen. Wie ich den Laden mittlerweile kenne, hat uns keiner die Amis gemeldet.

Drei Seeleute in Badehosen liegen am Weg. Ich rufe ihnen im halben Laufen zu: »Ich würde mich anziehen – sogar mit Beeilung!«

»Was iss denn?« blökt einer von den dreien.

»Krieg!« brülle ich halb über die Schulter zurück.

Ich finde den Alten beim Telefonieren. Er tobt. Offenbar hat er schon spitzgekriegt, was los ist. Durchs Bürofenster ist das Gelände, in dem die Granaten detoniert sind, allerdings nicht einzusehen. Auch das Schwimmbecken ist nicht zu sehen, nur die Dächer der Stadt. Direkt unter mir im Hof kann ich noch die Spuren des Sattelschleppers erkennen, der den Schnorchel gebracht hat. Die dunklen Spuren sind ein merkwürdig verschlungenes Symbol für unsere Situation. Vertrackt, verrückt, einem Violinschlüssel ähnlich. Schwer zu begreifen, wie die dicken Reifen so eine Spur zeichnen konnten.

Abrupt, ohne Gruß, knallt der Alte den Hörer endlich hin, daß es nur so kracht. Atemlos starrt er mich an.

»Totale Konfusion!« entringt es sich ihm. »Kaum zu glauben! Das ist nun das Resultat davon, daß die Artillerie alle ihre Stellungen aufgegeben hat. Wir sind um Brest herum einfach nicht mehr vertreten! Erst bauen wie blöd und dann alles aufgeben! So haben wir es gerne . . .!«

Der Alte meint die Küstenbatterien.

»Das ist eine ganz und gar neue Situation«, sagt er nach einer Atempause und klingt dabei eher dumpf als empört. »Und diese Brüder vom Heer haben es nicht mal nötig, uns zu wahrschauen. Irgendeiner von dieser Gammelbande muß doch gemerkt haben, aus welcher Richtung der Wind weht. Die Amis haben schließlich keine Tarnkappen für ihre Panzer . . .«

Der Alte hält, weil Schritte auf dem Gang zu hören sind, plötzlich inne. Der Adju erscheint. Die Stimme des Alten klingt jetzt knarzig.

»Die Keller unter dem Hauptgebäude sind als Lazarette einzurichten!« faucht er den Adju an. »Veranlassen Sie das Nötige – aber sofort! Wir brauchen noch Decken und Verbandsstoff. Sehen Sie zu, was Sie auftreiben können.«

Auf der Treppe treffe ich Bartl.

»Die haben sich schon wieder zurückgezogen, die Schwanzkneifer«, gibt er zum besten, »die hat doch bloß der Hafer gestochen!«

In den Puff am Platanenplatz soll beim letzten Luftangriff eine Bombe eingeschlagen sein. Gerüchte sprechen von fünf Toten. Ob Freier oder Nutten, das weiß keiner.

»Die Standortkommandantur muß da fix mal aktiv werden und für ein neues Unterkommen sorgen«, kommentiert der VO das Unglück.

»Das ist doch bloß wieder so ein Gerede«, brummt der alte Steincke.

Als ich aber am Nachmittag mit einer Sondererlaubnis vom Alten auf dem Weg zum alten Hafen bin, sehe ich unter den Platanen mitten auf dem großen Platz eine Gruppe aus Landsern und gestikulierenden Frauen in Stöckelschuhen. Mit ihren fahrigen Gesten wirken die Frauen aus der

Entfernung wie ein Wurf Dohlen vorm Auffliegen. Also stimmt es doch: Der Puff ist ausgebombt.

Je näher ich dem alten Hafen komme, desto merkwürdiger wird meine Stimmung. Zuerst weiß ich nicht, woran das liegt, dann wird mir bewußt, daß es der Nebel ist, der in der schuttübersäten Straße zwischen den Ruinen hängt und sich zusehends verdichtet. Endlich kapiere ich: Die Stadt wird künstlich vernebelt. Wahrscheinlich werden Bomber erwartet. Ich sollte umkehren – mich auf jeden Fall aber beeilen, daß ich unter Dach komme.

Jetzt will man den bösen Feind also mit Nebel narren. Mal was Neues aus der Trickkiste. Als ob wir nicht schon alle künstlich vernebelt wären ... Dämlicher Gedankensprung! werfe ich mir vor. Dämlich und billig – aber wahr.

Ein Heeresfeldwebel starrt mich, plötzlich vor mir aufgetaucht, mit schwimmenden Plieraugen an. Er kann sich kaum auf den Beinen halten. Eine Streife, die zwanzig Meter hinter mir herzog, wechselt die Straßenseite. Die Kettenhunde machen lieber einen Bogen, wenn's sich einrichten läßt, als sich mit Betrunkenen anzulegen.

Ich sehe drei, vier Soldaten, wie sie sich aus einem halb zerstörten Kleiderladen bedienen. Sind die Kerle verrückt geworden. Was wollen die denn mit dem Fummel anfangen? Warum riskieren sie dafür ihren Arsch? Wenn sie erwischt werden, können sie sich gleich die Brust waschen ... Verdammt noch mal: Die Streife kann nicht weit sein! Ich mache, daß ich weiterkomme.

Nichts sehen, nichts hören ... Jetzt bin ich auch schon soweit.

Ich bin längst wieder in der Flottille, da kommt es zu einem mittelschweren Angriff ohne deutlich erkennbares Ziel. Ein paar Bomben schlagen am unteren Ende der Rue de Siam ein. Wenn die Allies versuchen sollten, die große Schwenkbrücke zu treffen, werden sie sich hart tun: Brücken sind schwer zu treffen.

Im Club brüllt der Oberstabsarzt: »Diese Scheiß-Amis! Das sind doch feige Schweine. Mit ihrer Artillerie herumballern – das ist schon alles, was die können ...«

Der Oberstabsarzt muß bereits gewaltig einen gehoben haben. Auch der Zahndoktor hat schon ordentlich eingeheizt, wie er das in letzter Zeit immer häufiger tut.

»Auf Gott vertrauen!« höre ich da vom Ende des Raumes her und kann doch nicht sehen, wer die frommen Reden im Mund führt.

Der Zahndoktor hat sich gleich aufgerichtet und späht in dieselbe Richtung. Und jetzt wird er laut: »Natürlich! Jetzt kommt auch der liebe Gott wieder aufs Tapet! Daß ich nicht lache! Uns geht derselbe mit

Grundeis, und prompt erscheint der liebe Gott – wie der Teufel aus der Kiste, aber in seiner ganzen Allmacht und Güte ...«

Der Zahnarzt stockt, dann strahlt er den Doktor an: »Der liebe Gott – wie der Teufel aus der Kiste! Verdammt gut, oder? – An den alten Vorhautsammler hätten sich diverse Herrschaften mal früher halten sollen. Aber da hieß es: Was uns nicht umbringt, macht uns stärker. Stark sind wir ja – und ob. Bloß leider eben nicht so stark, daß wir hier rauskönnten. Aber der liebe Gott ... der wird schon dafür sorgen, für seinen gehorsamst ergebenen ... Ach, Quatsch!«

Da steht der Alte auf. Im Abgehen brummt er: »Noch Arbeit ...«

Nicht viel Licht am Himmel. Den Mond verbergen dicke Wolken. Ich muß den Blick halb nach oben gerichtet halten, um mich am fahlen Himmelsband zwischen den Häusern zu orientieren: kein Funken Licht in der Häuserschlucht.

Ich versuche, mit gespitzten Ohren die Geräusche zu sondieren: Manche kann ich zuordnen. Dieses dumpfe Brummen aber nicht und auch nicht ein fast taktmäßig scharfes Klirren. Flugzeugbrummen klingt anders – die Detonationen hin und wieder und die Gewehrsalven interessieren mich nicht.

Das Verhängnis zieht sich zusammen. Besonders jetzt in der Nacht ist das körperlich spürbar.

Ich habe meine Stablampe dabei. Vorsicht damit! Besser niemand anblenden. Wenn man angerufen wird, das eigene Gesicht anzuleuchten, wie es empfohlen wird, ist auch nicht das Ideale. Ich sollte zu dieser Zeit überhaupt nicht herumstreunen. Umkehren? Noch nicht! Die Straßenschlucht übt einen merkwürdigen Sog aus. Der Sog treibt mich voran. Ich will mich wenigstens bis zur großen Schwenkbrücke wagen ...

Die Häuser treten zurück, die Himmelsbahn weitet sich. Ein paar Sterne zwinkern. Harte Stiefeltritte. Die Eisen singen helle Zittertöne.

Ich pfeife, damit der Posten nicht erschrickt. Es soll »Lili Marleen« sein, wird aber nichts Richtiges. Vom alten Hafen her knattert Gewehrfeuer und hallt vielfach nach.

Nachts streichen hier mehr Hunde herum als früher. Die großen lassen mich zusammenfahren, wenn sie, durch meine Schritte aufgestört, schnell wie ein geduckter Mensch um eine Ecke verschwinden. Wahrscheinlich sind viele der Hunde herrenlos. Man wird sie zurückgelassen haben, weil das Essen so knapp wurde, daß es keine Abfälle mehr gab.

Einzelne Schüsse blaffen jetzt ganz in der Nähe. Wie davon aufgescheucht, geht sofort eine wilde Schießerei los.

Komisch, so ist das immer: Die Schießerei setzt aus, die Stille lädt sich mit Spannung auf, dann schlagen ein paar Schüsse die Locke wie wir früher als Trommler im Musikzug, und schon geht es los mit Pauken und Trompeten, daß die Luft nur so zittert. Und plötzlich, als würde der Tambourstab niedergerissen, ist wieder Schluß – nur einer hat nicht aufgepaßt: Der blafft nach.

Während der Nacht hat es eine Schießerei zwischen Feldgendarmen und Leuten der ersten Flottille gegeben.

»Diese Scheißkettenhunde!« schimpft ein Leutnant beim Frühstück in der Messe.

»Da haben Sie aber recht«, pflichtet ihm der Flottilleningenieur bei.

»Diese Schweine!« ereifert sich der Leutnant aufs neue. Er versteht es, in das simple Wort »Schweine« ein Äußerstes an Verachtung zu legen. Wie um ihn zu besänftigen, sagt der Flottilleningenieur: »Die kaiserlichen Knalltüten sind auch nicht besser.«

»Kaiserliche Knalltüten«? Damit kann er nur irgendwelche alten Säcke von der Werft meinen, die ihm die Arbeit schwermachen mit ihrem Verordnungskram: Die Silberlinge, diese Beamten im Offiziersrock – die dürften die schlimmste Kategorie von Schreibtischhengsten bilden, die es gibt. Sie tragen zwar nur silberne statt goldener Kolbenringe, aber respektiert werden wollen sie wie Frontoffiziere, die Lords denken jedoch gar nicht daran, das zu tun.

Auf einen Mann am Feind kommen mindestens zehn Etappenheinis. In letzter Zeit scheinen sich die Silberlinge vermehrt zu haben wie die Karnickel und sich immer ungehemmter mausig zu machen. Auch der Alte hat mit ihnen jede Menge Probleme.

In Hafenrichtung steht eine gewaltige dunkle Rauchsäule mit einem riesigen Kapitell – da wird es wohl einen Öltank erwischt haben oder gar einen Öltanker.

Fliegerbombe? Vom Maquis angesteckt? Keiner weiß was. Aber die ganze Stadt wird nach und nach düster verschleiert. Ein Glück, daß wir so hoch liegen. Von hier oben sieht das alles aus wie ein wohlinszeniertes Spektakel: der Brand Roms.

Immer wieder sind Sondereffekte eingestreut, damit das Schauspiel nicht langweilig wird: plötzlich wie Geysire hochschießende Flammen, dann ganze Flammenbündel, die dem schwarzen Lindwurm den Bauch von unten her rot färben.

Ich sitze beim Alten im Büro. Der Alte guckt verbiestert und hält den Kopf merkwürdig eingezogen. Er wartet seit Tagen sichtlich auf Befehle für die Flottille, aber es kommen keine. Weder per Fernschreiben noch über Funk. Es sieht aus, als mache sich in Koralle niemand mehr Gedanken über unser Schicksal.

Da klopft es, und schon wird das Schott aufgerissen. Der Doktor meldet, daß es für die zwei Notlazarette, die er einrichten soll, quasi an allem fehle – an Decken besonders. »Nicht eingerichtet für Festungskampf!« gibt er als Kommentar dazu.

»VO!« brüllt der Alte in den Gang. Und als der VO aus seinem Zimmer angehastet kommt, sagt der Alte ungewöhnlich laut: »Der Doktor braucht Decken fürs Lazarett – und zwar dringend!«

»Decken«, sagt der VO. »Decken habe ich nach Logonna bringen lassen, Herr Kapitän – wegen der Luftangriffe.«

»Und jetzt müssen sie wieder her!« sagt der Alte und zieht die Stirn in Wellenfalten. »Auf der Straße ist zwar kein Durchkommen mehr, aber von Seeseite geht's sicher noch.« Und damit wendet er sich mir zu: »Das ist eine Aufgabe für dich! Wir brauchen die Decken – und auch Leintücher. Der Koch ist sowieso noch draußen . . . Also das machst du mal. Morgen früh mit dreißig Mann und zwei Verkehrsbooten. Das ist jetzt wichtiger als malen und schreiben: Ich gebe dir einen Bootsmann vom Stamm mit und einen Maat . . .«

Ich frage mich sofort: Wann ist Flut? Bis das Wasser in diesen Schlauch vordringt – mit wieviel Verzögerung ist da zu rechnen? Ich möchte nicht durch den Schlick zum festen Ufer hinaufwaten müssen. Als habe er meine Gedanken erraten, sagt der Alte: »Setz dich mit dem Flottillensteuermann in Verbindung, der soll dir sagen, wann in der Bucht Hochwasser ist.« Und dann sagt er noch: »Zu dumm das Ganze – vielleicht haben die sich das Schlößchen auch schon geschnappt . . .«

Mit »die« meint der Alte die Amerikaner.

Mit dem MG auf dem Dreibein vorn im Verkehrsboot komme ich mir waffenstarrend wie ein Schlachtschiff vor. Zum MG haben wir ein Dutzend Karabiner und fünf Maschinenpistolen.

Invasion im kleinen! Débarquement en miniature. Da habe ich mich auf etwas eingelassen! Die Normandieküste war bestens ausspioniert, jedes Maschinengewehrnest bekannt. Ich aber habe keinen blassen Schimmer, was uns erwartet.

Der Alte hätte auch auf einen besseren Einfall kommen können. Schnapsidee!

Schnapsidee ist genau das richtige Wort für diesen Blödsinn: In Logonna lagern unter anderem noch große Cognac-Vorräte . . . Wenn die Amis das Schloß von oben bis unten durchsuchen, werden sie auf gewaltige Mengen Martell- und Hennessy-Kisten stoßen – unten in den Kellergewölben.

Das müßte Simone sehen können: ein regelrechtes Landeunternehmen! Zwar nur zwei Boote – aber immerhin eine richtige kleine Streitmacht. Die Männer sind heilfroh über die Abwechslung, einige zappeln richtig vor Begeisterung.

Mein ursprünglicher Plan klappt leider nicht: Ich wollte, wenn wir dicht unter Land sind, die Motoren abstellen und uns den Fjord hinauftragen lassen. Doch der Flutstrom ist um diese Zeit zu langsam. Wir müssen also mit Motoren bis in die Nähe des Schlößchens durchfahren. Den Krawall wird man in der Stille des Fjords meilenweit hören. Und wenn die Amis schon dort sein sollten und nicht ganz verblödet sind, wissen sie, daß der Motorenkrawall nur von unserer Firma produziert werden kann: Die Fischer haben ja längst keinen Treibstoff mehr ... seit Jahr und Tag schon nicht mehr.

Wenn wir ganz dicht unter dem rechten Ufer hinfahren, sage ich mir, könnte uns der bewaldete Hang gegen Sicht von Land her schützen. Was aber, wenn direkt oben auf der Hangkante Posten auf der Lauer liegen?

Vage Erinnerungen an Cowboyfilme kommen mich an: oben die Indianerspäher und unten die Desperados, die ihre Boote durch geifernde Stromschnellen hindurchsteuern müssen ...

Müßte ich, ehe ich mit meinen Piepels an Land gehe, nicht eine Patrouille absetzen, die das Ufer durchkämmt? Verdammte Scheiße! Wenn nur ein einziger von meiner Truppe in der Gegend Bescheid wüßte! Und wenn nicht zu erwarten wäre, daß sie sich wie die blödesten Auerochsen durch die Gegend bewegten. Jetzt wären drei, vier Kameraden von den Ringpfadfindern die richtigen Leute. Im stillen frage ich mich, wie es der Alte wohl anpacken würde, und finde auch schon die Antwort: Nur mit einem Boot an den Steg gehen, das andere zum Feuerschutz mitten im Fluß lassen. Und auch erst mal nur fünf Leute an Land setzen.

Ich lasse stoppen, das andere Boot heranwinken und instruiere den Bootsmaat, der dort das Kommando hat.

Und dann läuft alles wie geplant: Die Piepels stellen sich besser an, als ich dachte, und ich komme mir mit meiner Vorsicht schon albern vor, als meine Landungsarmee – bis auf die Wache, die ich bei den Booten gelassen habe – vor der Schloßmauer steht.

Ich überquere alleine, die MP im Hüftanschlag, dicht an der schorfigen Wand entlang den Hof und mache die Tür zum Küchenanbau auf.

Da sitzt der Koch Meier mit zwei Kerlen am Tisch und trinkt Kaffee. Als er mich sieht, springt er hoch, diensteifrig und offenkundig in der Erwartung, daß ich Gäste mitbringe. Doch dann sieht er meine MP und macht Augen.

»Ich soll Sie hier heraushauen, aber Ihnen geht's ja gut.«

Ich erfahre, daß die Amis mit Vorausabteilungen schon in Le Faou waren, auch oben im Dorf. Die Einfahrt zum Schlößchen haben sie aber nicht gefunden.

Ich sage »Na fein!« und »So, so!« und gucke mir die beiden Kerle an. Nach Bauern sehen die nicht gerade aus.

Ich lasse schnell zusammenholen, was wir mitnehmen wollen. »Der Schnaps bleibt hier!« habe ich dem Bootsmann befohlen und das auch noch verstärkt: »Mir wird hier keine einzige Flasche angerührt! Sie sind dafür verantwortlich – auch für die Leute aus dem anderen Boot!«

Während ich hin- und herfetze und sehe, daß alles richtig läuft, höre ich aus dem Kellergang reden: »Der VO, der hat ja den Arsch offen! Nur alles stapeln und ja nischt herausrücken! Von dem Stoff hätt ich mal zwo, drei Flaschen haben solln!«

»Mensch, gib an, du säufst doch bloß Bier!«

»Arschgeige! Die hätt ich mitgenommen uff Urlaub. Für Martell kriegste alles – un jetzt?«

»Versuch's doch, vielleicht klappt noch was . . .«

»Ach, du Arschloch – wie willste das denn machen?«

Ich sage keinen Ton, nehme mir aber vor, die Verkehrsboote bei der Rückfahrt genau zu kontrollieren.

Während Decken und Bettzeug zum Wasser hinuntergeschleppt werden, bleibt mir Zeit, über Meier nachzugrübeln. Da kommen mir seltsame Gedanken. Der Kerl hat völlig verquer reagiert. Anstatt sich zu freuen, daß wir ihn hier herausholen, hat er die reinste Leichenbittermiene gemacht.

Und plötzlich fällt es mir wie Schuppen von den Augen: Die beiden Kerle in der Küche waren mit Sicherheit keine Bauern aus der Nachbarschaft, trotz ihrer abgegriffenen, schweißigen Baskenmützen und der lehmverschmierten Stiefel. Die waren ja heillos durcheinander, als ich, die MP im Anschlag, in die Küche trat. Und dann hielten sie meinem Blick nicht stand, guckten verstohlen zur zweiten Türe und waren auch schon verschwunden, und ich wußte gar nicht, wie.

Verdammt noch eins – diese suspekten Burschen hätte ich mir greifen und mitnehmen sollen! Herrgott, ich wage kaum weiterzudenken . . . Dieser ewig gutgläubige Alte!

Fürs erste suche ich den Bootsmann und sage ihm, daß er, sobald wir in Brest sind, ein Auge auf Meier haben soll. Der Bootsmann tut, als könne ihn das nicht überraschen. Komisch – der hat anscheinend eine bessere Witterung für Leute dieses Schlags als der Alte.

Aber wo ist Meier jetzt? Ich rufe laut nach ihm und steige dann die große Treppe hoch und rufe wieder in alle Räume: kein Meier. Der Kerl ist wie vom Erdboden verschwunden. Als ich zurück in die Küche komme, sehe ich gleich den Zettel, der auf dem Küchentisch liegt. In weitausholender Sütterlinschrift steht darauf: »Ich habe es mir anders überlegt. Schöne Grüße an Mademoiselle Simone und den Chef!! Heilt Hitler!«

Erst beim zweiten Lesen entdecke ich die Ausrufezeichen und daß da nicht »Heil Hitler«, sondern »Heilt Hitler« steht.

Der Koch Meier! Ein Schelm? Auf jeden Fall einer, der sich nicht befreien lassen will . . .

Plötzlich peitschen Schüsse. Muß unten vom Strand her kommen.

Da! Eine MP-Salve! Herr im Himmel, was ist da unten los? So schnell ich kann, renne ich den Trampelfad zum Wasser hinunter, meine MP am langen Arm in der rechten Hand, stolpere über Wurzeln, bleibe mit der Waffe in Brombeerranken hängen, renne zwei Leute mit Deckenlasten fast um und gerate total außer Atem. Als ich mit pumpenden Lungen unten ankomme, bringe ich kein Wort hervor.

Dann kapiere ich auch ohne Erklärung: Die Posten an den Booten haben sich gelangweilt und auf Karnickel geschossen. Ich könnte vor Wut platzen und muß mich hart durchzügeln: nur jetzt nicht toben. Eiskalt sage ich den beiden, die geschossen haben: »Sie melden sich bei mir zum Rapport – umgeschnallt. Dreißig Minuten nach Passieren Flottillentor.«

Endlich kommen wir los. Langsam schiebt sich Ufergebüsch vor das Schloß. Der tiefhängende Zweig einer mächtigen Eiche kappt das Türmchen. Ein Fels springt vor, ich sehe nur mehr ein Stück Mauerweg. Der Fels schiebt sich tiefer ins Bild. Logonna ist verschwunden.

Jetzt kann ich durchatmen. Mein Bootsmann nickt mir zu und grinst breit.

Den Haufen ordentlich zurückbringen! Ohne torkelnde Besoffene durchs Flottillentor. Das schaffe mal einer. Ich habe plötzlich Bilder von der Matrosenrevolte in Kiel vor Augen. Da würden dann bloß noch die roten Fahnen fehlen. Nein, auch noch flatternde Mützenbänder. Meine dreißig Männer haben alle Schiffchen auf den Köpfen.

Ob ich mich auf diesen Bootsmann verlassen kann? Ich kenne ihn ja kaum. Die Männer sind mir jedenfalls alle miteinander viel zu aufgedreht, und ein paar von ihnen haben deutlich Cognac-Fahnen. Da werden wohl im Keller oder auf dem Weg zu den Booten schon ein paar Flaschen zu Bruch gegangen sein . . . Ich konnte schließlich nicht überall zugleich sein.

Plötzlich habe ich, als sei mir das von oben diktiert worden, meinen Entschluß gefaßt: Ich lasse den Bootsmann nahe zu mir kommen und arretiere seinen Blick, bis er Haltung annimmt. Dann warte ich eine Sekunde und befehle ihm: »Alle Flaschen, die im Boot sind – jeder Tropfen Cognac – über Bord!«

Der Bootsmann spielt prompt den Fassungslosen. Alle im Boot stehen, wie vom Zauberstab berührt, reglos da und beobachten die Szene.

»Das ist doch – das ist aber doch Marketenderware!« stammelt der Bootsmann.

». . . Herr Leutnant!« ergänze ich kalt.

». . . Marketenderware, Herr Leutnant.«

»Das wußte ich bereits. Also über Bord mit der Marketenderware!« Und weil mich der Bootsmann immer noch anstarrt, sage ich scharf: »Haben Sie etwa verstopfte Ohren?«

»Nein, Herr Leutnant!«

»Sie sind verantwortlich, daß nicht eine einzige Flasche mehr an Bord ist!«

Der Bootsmann windet sich auf eine merkwürdige Weise aus der Hüfte.

»Und auch, wenn einer der Männer aus der Rolle fällt, sind Sie dran! Haben Sie das verstanden!«

»Jawoll!«

». . . Herr Leutnant!«

»Jawoll, Herr Leutnant!«

»Glauben Sie, ich habe die Cognac-Fahnen nicht gerochen?«

»Nein!«

». . . Herr Leutnant!«

»Nein, Herr Leutnant!«

»Ich *habe* sie gerochen!«

Und jetzt versuche ich einzulenken – auch auf die Gefahr hin, daß das einem solch trägen Schlot gegenüber falsch sein könnte.

»Sie melden mir, wenn Sie klar sind!«

»Jawoll, Herr Leutnant!«

Der Bootsmann versucht jetzt sogar eine Art Kehrtwendung, aber auf dem Bootsboden wird daraus eher die Pantomime eines Korkenziehers.

Ich gehe ganz nach vorn und gebe mich ostentativ der Betrachtung der Reede hin: Der Himmel hat sich eingetrübt. Die grauen Wolken sehen aus wie schlickriger Haferbrei. Die Sonne läßt sich nur als ein ganz leicht hellerer Fleck im Grau erahnen.

Obwohl alles nach Schlechtwetter aussieht, geht kein Wind, das Wasser liegt still und wie gelähmt unter dem vielen Grau. Ab und zu höre ich ein Einpatschen. Bald kann ich die Geräusche schon nach einzelnen Flaschen und geballten Ladungen unterscheiden. Offenbar haben die Piepels viel mehr Flaschen an Bord gebracht, als ich ahnte. Ich höre die gepreßte Befehlsstimme des Bootsmanns und auch Fluchen. Aber ich werde mich schön hüten, mich jetzt umzudrehen und die Aktion zu beobachten. Erst als Stille eintritt, richte ich mich hoch, und da stakst auch schon der Bootsmann heran und meldet knapp, daß alles über Bord sei.

Eine Viertelstunde lang ist kein lautes Wort zu hören. Dann stoppe ich das Boot und lasse zum anderen hinübermachen, daß die auch stoppen und längsseits kommen sollen. An den Gesichtern der Männer im zweiten Boot kann ich ablesen, daß auch bei denen nicht alles in Ordnung ist.

So, und nun heißt es für mich hinübersteigen und die beiden Boote wieder anfahren lassen.

Im anderen Boot sehe ich schon mit dem ersten prüfenden Blick die Ecke eines polierten Kastens vorn im Bug unter einem Deckenstoß hervorragen.

»Was ist denn das?« frage ich den Bootsmaat. »Da unter den Decken?«

»Ein Radio, Herr Leutnant.«

»Wieso haben Sie das Radio hier verstauen lassen?«

»Ich dachte ... ich dachte ...«

»Was haben Sie denn gedacht? Daß Decken und Leintücher geholt werden müssen – oder?«

»Das ist ein schönes Radio, habe ich gedacht, Herr Leutnant.«

»Haben wir etwa noch nicht genug Radiogeplärre in der Flottille?«

»Nein ... Jawoll, Herr Leutnant!«

In diesem Augenblick habe ich wieder eine Eingebung: Ich lasse mir das Radio bringen, und schon als der scharfpolierte große Kasten hochgehoben wird, bekräftigt sich mein Verdacht: Der Mann, der ihn mit ausgebreiteten Armen heranträgt, hat gut zu schleppen. Und nun breite ich meine Arme wie eine Spiegeldarstellung aus, damit er mir das Radio übergeben kann.

Als der Mann losläßt und ich es zwischen den Armen habe, lasse ich es, wie von dem Gewicht überrascht, zu Boden gehen – und da springt die rückseitige Verkleidung weg, und aus dem Gehäuse heraus rollt Cognac-Flasche nach Cognac-Flasche ...

Alle stehen wie erstarrt da. Einer läßt seinen Blick zwischen mir und dem Maat hin- und herwandern. Jetzt lasse ich den Maat das Gehäuse hochheben: Eine letzte Flasche poltert heraus – und dann ist der Kasten leer. Keine Flaschen mehr, aber auch kein Radio.

Diese Saukerle! Gut gemacht, das muß man sagen. Und der Maat *muß* im Komplott gewesen sein.

Jetzt muß er eigenhändig die kreuz und quer im Boot liegenden Flaschen wieder im Radiokasten verstauen und das Ganze über Bord wuchten. Diesmal gibt es einen ordentlichen Platsch.

»Sie sind fällig!« erfährt er dann von mir. »Meldung morgen früh beim Chef. Die Uhrzeit erfahren Sie noch!«

Und dann noch mal die gleichen Befehle wie im ersten Boot. Ein Glück nur, denke ich, daß es nicht mehr weit bis Brest ist.

Der Alte steckt sein breitestes Grinsen auf, als ich mich zurückmelde. Er soll nur grinsen!

»Und wo ist der Delinquent?«

»Auf und davon!« entgegne ich so trocken, wie ich es nur vermag.

Das Grinsen schwindet. Dafür tritt ein erstaunt fragender Ausdruck auf das Gesicht des Alten.

»Meier auf und davon? Was soll das denn heißen?«

»Übergelaufen!«

»Wieso übergelaufen?«

»Zur Résistance wahrscheinlich. Der war plötzlich wie vom Erdboden verschwunden. Mit unserem Auftauchen hatte der auf gar keinen Fall gerechnet . . . Hier ist eine Art Abschiedsbrief.«

Der Alte liest den Wisch und ringt sichtlich um Fassung. Ich kann ahnen, was in seinem Kopf vorgeht.

»In Logonna stank es förmlich nach Résistance . . .«

»Du weißt, was du damit sagst?« bringt der Alte wie gegen einen Sprechwiderstand langsam hervor.

»Natürlich – daß wir verdammt viel Schwein gehabt haben, als wir das letzte Mal in corona da draußen waren . . .«

»Das kann ich mir einfach nicht vorstellen«, sagt der Alte langsam und gepreßt. Aber diesmal halte ich mich mit einer Antwort zurück, so sehr der Alte auch darauf zu warten scheint.

Von den Übergriffen und vom Versagen der Dienstgrade sage ich kein Wort. Den Mann wahrschauen! schärfe ich mir ein. Keine Meldung zum Rapport. Die Schüsse auf die Kaninchen vergesse ich auch: Generalabsolution.

Eingeschlossen

Der Festungskommandant bittet zu einer Besprechung in die Befehlsstelle«, meldet der Adjutant.

Der Alte verschwindet ins Nebenzimmer. Ich höre ihn telefonieren und mit dem Adjutanten sprechen. Als er wieder erscheint, verkündet er: »Von der Mosel ist nicht mehr Festungskommandant. Das ist jetzt Ramcke. Anordnung vom Führerhauptquartier. Kam per Funkspruch. Man denkt also an uns.«

Während er sein Koppel umschnallt, sagt er: »Ich muß gleich los. Ramcke hat alle Kommandeure und Flottillenchefs zu sich beordert.« Und als er schon im Türrahmen steht, wendet er sich noch einmal zu mir um und sagt: »Du bleibst besser hier. Zum Essen bin ich wieder da.«

Bei Tisch erklärt der Alte: »Ramcke hat gezeigt, wie er sich die Verteidigung vorstellt: *ein* Vorfeldring und dann die Hauptkampflinie. Ramcke hat noch mal betont, daß die Marine keinen eigenen Sektor im Verteidigungsring übernehmen soll. Wir sollen vielmehr in die anderen Verbände eingegliedert werden. Wir werden dafür etwa vierhundert Leute abgeben.«

Der Alte senkt den Blick und wendet sich seinem Essen zu. Zwischen zwei Löffeln eines ungewürzten Eintopfgerichts murmelt er so leise, daß nur die nächsten Nachbarn ihn hören können: »Der traut uns offenbar nichts zu – na ja!«

Endlich erhebt er die Stimme wieder: »Dann fand noch eine Art Kassensturz statt – es fehlt erheblich an Sanitätsmaterial, an Ärzten und Sanitätsbunkern. Es gibt ja nur ungesicherte Hospitäler hier, das ist ein Problem . . .«

Der Adju wird ans Telefon gerufen. Als er zurückkommt, meldet er dem Alten: »Unsere Leute haben vier Amerikaner gefangen!«

Einige gucken von ihren Tellern hoch, aber niemand sagt etwas.

»Wie sind die denn an die gekommen?« fragt der Alte in das Schweigen hinein.

»Darüber ist nichts bekannt, Herr Kapitän«, antwortet der Adju eilfertig.

Da wendet sich der Alte mir zu, mit eitel Selbstzufriedenheit auf dem Gesicht. Er tut gerade so, als hätte er die Burschen höchstselbst einkassiert. Jetzt legt er gar seinen Löffel weg, lehnt sich zurück und verkündet: »Ich stelle mir das so vor: Die hatten sich verfranzt und kamen im Jeep angegondelt – genau wie wir bei Le Faou . . .« Und zum Adjutanten: »Wo stecken die Jungs denn?«

Der Adju reißt den Kopf hoch und belfert: »Die sind gleich vereinnahmt worden – zum Verhör, Herr Kapitän!«

»Die Fallschirmjäger freuen sich über jedes Seeglas«, sagt der Alte, als er wieder hinter seinem Schreibtisch sitzt. »Bei uns liegen noch 'ne Menge im Bunker herum, die geben wir ab . . . Das habe *ich* bekommen!« Der Alte bückt sich zur Seite und taucht ab, um etwas aus einem tiefen Schubfach des Schreibtischs zu fingern. »Hier«, sagt er, als er wieder hochkommt, und zeigt ein Fallschirmjägermesser vor.

»Damit bist du ja bis an die Zähne bewaffnet!«

Wie nebenbei erfahre ich, daß der Alte mit dem Kompaniechef der Stammflottille noch in Richtung Brest-Nord gefahren und in einen Artillerieüberfall geraten ist.

»Die hatten gerade geklaute Hühner gebrutzelt – auf einmal ging's los. Aber die Ramcke-Leute machen sich da nicht viel draus. Die verschwinden in ihre Löcher, und wenn die Feuerwalze über die Unterstände weggegangen ist, machen sie weiter. Die sagen sich: Jetzt kommt bestimmt nichts mehr. Angriffe mit Infanterie finden nach aller Erfahrung nicht statt. Die Amis schießen wie im Manöver: Wenn sie ihr Pensum raus haben, ist Schluß.«

Plötzlich erzittert das ganze Haus. Eine Druckwelle faucht durch den Gang und reißt die Türe auf. Fensterscheiben klirren. Das rüttelt und wuchtet wie bei einem mittelschweren Erdbeben. Dumpf dröhnende Schläge, berstendes Poltern: das volle Programm.

»Oha!« macht der Alte.

Unser Gebäude ist Gott sei Dank solide gebaut. Kein Kartenhaus wie die Häuser an der Rue de Siam. Und trotzdem: Verlaß ist nur auf die beiden Bunker.

»Jetzt wird Herr Ramcke dem Verein mal zeigen, wo Bartel den Most holt«, sagt der Alte. Die Ernennung Ramckes hat auf ihn ohne Frage stimulierend gewirkt.

Für mich allerdings ist und bleibt das alles hirnrissig. Anstatt den ganzen Verein nach Osten durchbrechen zu lassen, kochen wir hier im eigenen Saft und können uns ausrechnen, wann wir gargekocht sein werden. Des Schwachsinns fette Beute! Aber offenbar geht es wieder mal ums Kräftebinden . . .

Der Alte kann sich gar nicht genug tun, den General zu rühmen: »Baltikumkämpfer – Reichswehroffizier . . . Ramcke, der ist in der kaiserlichen Marine groß geworden. Mit vierzehn Jahren Schiffsjunge auf einem Schulschiff. Also ohne Abitur, von der Pike auf . . . Im Weltkrieg war er beim Marinekorps in Flandern . . .«

Woher mag er das nur wissen? Aber der Fundus des Alten ist damit noch nicht erschöpft: »Als Unteroffizier hat er den ›Pour le mérite‹ bekommen und ist vom Kaiser zum Leutnant befördert worden. Das passierte selten!«

Jetzt haben wir ihn also, den Mann vom rechten Schrot und Korn, den Durchhaltegeneral mit Eichenlaub und Schwertern, den Haudegen von Kreta und Monte Cassino . . . Gott sei unserer armen Seele gnädig.

Wieder und wieder denke ich über den Alten nach. Seine Laune ändert sich von Tag zu Tag. Es kann sogar passieren, daß sie von einer Minute auf die andere umschlägt. Vielleicht, wer kann es wissen, suchen den Alten auch nächtliche Schreckensvisionen heim – vielleicht ähnliche wie mich: Ich habe nachts schon einmal einen riesigen Fleischwolf an der Arbeit gesehen, in den von oben her wie auf dem Bild »Höllensturz« Leiber fielen und zu einer Art groben Metts gehäckselt wurden. Im Traum schon fand ich den Traum nicht richtig: Wir sind schließlich nicht nackt, und wenn wir mit allen Klamotten am Leib verhackstückt werden, kann doch keine gute Wurstfüllung dabei herauskommen . . . Das war mein geträumtes Argument gegen den Traum. Wie so etwas funktioniert, wie es zu solchen Träumen kommt, das erführe ich gern einmal.

»Eingeschlossen zu sein, hätte ich mir auch anders vorgestellt«, sage ich später im Club zum Alten.

»Wie denn?«

»Mehr Bombardements aus der Luft, mehr Artillerieüberfälle – überhaupt mehr Kriegstheater . . .«

»Beruf's nur tüchtig!« fällt mir der Alte ins Wort und fährt dann in ruhigem Erzählton fort: »Die Herrschaften wollen eben ihre Bomben und Granaten nicht verplempern. Die sparen sich die Knallkörper für den Sturm auf. *Die* können doch abwarten.«

»Und uns weiterschmoren lassen . . .«

»Offenbar eine Methode, die sich bewährt.«

»Der Sturm auf die Stadt – der *muß* aber doch bald kommen. Nur wann?«

Während der Nacht hat die siebente Vorpostenflottille einen Ausbruchsversuch unternommen, der total mißglückt ist. Nur noch Reste der Flottille sind in den Hafen zurückgehinkt. Kein Zweifel: Die Festung ist jetzt auch nach See hin dicht.

»Schöner Schlamassel!« schimpft der Alte, als ich in sein Büro komme.

Kurz danach erfahre ich, daß trotz des Desasters der VP-Boote in der kommenden Nacht die Schnellboote, die noch im Hafen sind, ihr Heil probieren und nach Ouessant durchbrechen sollen.

»Ist denn Ouessant noch in unserer Hand?«

»Erstaunlicherweise sieht's so aus.«

Die Schnellboote haben jedenfalls mehr Schangs durchzukommen als die VP-Boote: Sie sind kein gutes Ziel und schneller und beweglicher als die ehemaligen Fischdampfer ...

»Die Amerikaner stehen übrigens kurz vor Rennes«, sagt der Alte, während er Akten auf seinem Schreibtisch hin und her schiebt. »Noch hundertfünfzig Kilometer südwärts bis Nantes, dann ist die *ganze* Bretagne abgeschnitten.«

»Schöne Aussichten!«

Die Stadt verwandelt sich mehr und mehr in ein graues Heerlager. Viel buntes Leben war hier nie, aber unter all den Seeleuten und Landsern gab es zumindest auch junge Französinnen und Kinder zu sehen. Jetzt sind nur noch Soldaten, Feldgendarmeriepatrouillen und alle möglichen militärischen Gefährte in den Straßen: Zugmaschinen, Panzerspähwagen und Sanitätskolonnen.

»Wie heißt das Gegenteil von Exodus?« fragt der Alte.

Ich finde kein passendes Wort und hebe verlegen die Schultern.

»Jetzt fehlt uns also auch noch der passende Filmtitel«, klagt er da.

Vorausverbände der Amis sollen schon gegenüber von den Bunkern bei Camaret stehen. Wenn das stimmt, könnten wir bald von der äußersten Spitze der Halbinsel aus – sozusagen von Seeseite her – beschossen werden. Es heißt auch, Ramcke habe eigene Leute aus Châteaulin geholt, wo sich angeblich die Amis konzentriert haben. Ramcke soll dazu erbeutete amerikanische Panzerspähwagen eingesetzt haben. Die aufgemalten weißen Sterne seien vor dem Einsatz noch ordentlich aufgefrischt worden.

Wir haben uns inzwischen daran gewöhnt, daß wir nicht einmal einen ungefähren Überblick über die Lage haben.

Und dann geht die Nachricht um, die Amis hätten Parlamentäre geschickt und zur Übergabe aufgefordert. Parlamentäre? Wo könnten die erschienen sein?

»Die kennen anscheinend den Führerbefehl nicht«, kommentiert ein Maat die Nachricht. Er braucht gar nicht weiterzureden, jeder weiß, was er meint – nämlich: Verteidigung bis zum Äußersten!

Ich höre Seeleute palavern, während sie Munition für die Dreikommasieben-Flak am Flottillentor umstapeln: »Leck mich doch am Arsch!«

»Mit Lecken ist Schluß, mein Süßer. Demnächst wird er dir aufgerissen.«

»So, meinst du?«

»Worauf du einen lassen kannst!«

Was für ein Leben: Jetzt muß ich mir schon *klarmachen*, daß Hochsommer ist, anstatt ihn sehen zu können. Wenn ich in Feldafing wäre, würde ich mich vielleicht sogar wegen des allzu vielen Grüns der Landschaft beklagen, aber zugleich würde ich mich schon auf den Herbst freuen ...

Ich kann die vor lauter Taunässe tief herabgebeugten Blütenrispen der Goldrute deutlich vor mir sehen und die apfelsinenfarbenen Ahornblätter, die sich zwischen den grün gelackten Blattsternen des immergrünen Efeus an der Hauswand verfangen haben. Davor dunkelviolette und bonbonrosa getönte Astern. Mein Garten hat seine allerbeste Zeit mit den schweren, akkurat ornamentierten, der Erde zugekehrten Samentellern der Sonnenblumen. Und vor dem Haus die rehfarbenen Moorwiesen und die hysterischen Gesten der toten Eichenäste.

Alles verloren? Alles futsch und perdu? Wie es jetzt aussieht, gibt es kaum eine Schangs mehr, je dorthin zurückzukehren.

Schluß mit dem Selbstmitleid! befehle ich mir. Ich sollte zeichnen gehen und gegen diese Art von Flausen anarbeiten.

Während ich meine Siebensachen zusammensuche, muß ich an meine Mutter denken: So konfus die sich auch manchmal anstellen konnte, wenn sie auf ihrem kleinen Dreibein vor dem Motiv hockte, Palette in der linken, das Pinselbündel in der rechten Hand, war sie immer ganz Konzentration und Disziplin – ein anderer Mensch. Aus ihren Bildern spricht nur Beherrschtheit, da sind keine Zeichen von Auflösung.

Also, alter Junge! rede ich mir zu: Auf zum alten Port de Commerce – wäre ja noch schöner, wenn ich nicht auch meinen Mumm zusammennehmen könnte! Jetzt gerade! Zeichnen – solange keine Luftangriffe kommen!

Der Alte will die Flottille zu einer Festung in der Festung machen. An Verteidigung bis zur letzten Patrone denkt er dabei sicher nicht. Hinter den martialischen Zurüstungen steckt vor allem die Absicht, die Flottille nicht in den Strudel des schon beginnenden allgemeinen Tohuwabohus geraten zu lassen. Geordnete Übergabe – die schwebt dem Alten wahrscheinlich vor. Und Schutz gegen die FFI. Keiner weiß, wie viele Leute der französische Widerstand in der Stadt hat. Die nächtlichen Schießereien werden jedenfalls immer heftiger. Jeden Morgen werden Tote in den Straßen zusammengekarrt. Deutsche und Franzosen – aber mehr Franzosen als Deutsche.

Der Alte hat entschieden, nun doch die Häuser vor der Flottille wegsprengen zu lassen. Dazu hat er einen Trupp Pioniere kommen lassen. Die Kerle scheinen sich auf ihre Zerstörungsarbeit richtig zu freuen.

Der Alte will sichergehen, daß niemand mehr in den Häusern wohnt, obwohl sie schon lange als verlassen gelten, und schickt deshalb einen zuverlässigen Bootsmannsmaaten mit zwei Leuten zum Durchsuchen los. Und dann geht Bartl, weil er keinem Menschen traut außer sich selber, auch noch los.

Schließlich wird das Gelände vor dem Tor geräumt. Zwei, drei Detonationen klingen dumpf wie Klöppelschläge auf einem schlecht gespannten Paukenfell, und schon versinkt alles in einer riesigen grauschwarzen Wolke.

Die Pioniere haben gute Arbeit geleistet und erstaunlich kleine Sprengladungen so angesetzt, daß die alten fünfstöckigen Quartiere wie Kartenhäuser in sich zusammengesackt sind.

In der Flottille ist freilich hinterher alles mit grauem Staub überpudert: Daß ein schwacher Wind auf unsere Gebäude zustand, hat offenbar keiner richtig bedacht. Die Tarnnetze und der Tarnanstrich sind jetzt noch weniger wert als vorher. Der tägliche Aufklärer wird jedenfalls neue, interessante Luftaufnahmen nach England bringen.

Ein paar Stunden später schon erhebt sich die Frage: Noch mehr Häuser wegsprengen oder es genug sein lassen?

»Das ist jetzt rum wie num«, gibt Bartl zum besten. Daran erkenne ich, daß er gar kein richtiger Bayer ist, wie ich glaubte. »Rum wie num« hörte ich meine sächsische Großmutter oft statt »egal« sagen. Bartls Vater stammt, wie ich nun von ihm erfahre, aus Dresden. Dresden und Chemnitz – das macht keinen Unterschied.

Die Angst geht in der Flottille um, eine schleichende Angst, die in alle Ritzen dringt – allgegenwärtige Angst. Sie dringt durch die Poren in die Körper ein und setzt sich in den Blutbahnen fest. Dort quillt sie auf, bis einer nur noch aus Angst besteht.

Keiner redet über die Angst. Wir gebärden uns vielmehr großkotzig. Wenn ich jetzt einen fragte, den Doktor zum Beispiel oder den VO: »Haben Sie Angst?«, bekäme ich: »Wieso denn?« als Antwort. Sie würden so tun, als hätten sie keine Ahnung, was uns blüht – als wüßten sie nichts von der aufgestauten Wut der Franzosen, nichts von ihrem Haß auf ihre Unterdrücker – auf uns.

Gewiß, die Marine hat sich die wenigsten Ausschreitungen gegen die Bevölkerung geleistet, aber alles, was die anderen Verbände auf dem Kerbholz haben, wird uns, wenn es hier zu Ende geht, genauso angelastet werden wie den eigentlich Schuldigen. Kein Zweifel: »les boches«, das sind auch wir. Die Geiselerschießungen, die Deportationen, die Zwangsarbeit, die jahrelange Unterdrückung: Das kommt alles auf uns, wenn sie uns in die Mache kriegen.

Für die Amerikaner und Engländer sind wir Soldaten wie sie auch. Aber für die Franzosen? Ob wir hier lebend herauskommen, wenn wir in die Hände der Franzosen fallen, steht dahin.

Mir geraten Barrikadenszenen vors innere Auge. Wenn hier der Funke ins Pulverfaß springt, wenn die Furien entfesselt werden, dann gnade uns Gott!

Habe ich Angst zu krepieren? Tot sein, nicht mehr dasein, total ausgelöscht – davor habe ich Angst – Angst vor dem Fall in den schwarzen Abgrund. Wenn ich »tot« denke, sehe ich gleich den saugenden Abgrund. Angst vor Verwundung habe ich auch. Aber die ist erträglicher. Die Angst, massakriert zu werden – die ist schlimmer.

Ich empfinde es schon als schiere Wohltat, wenn meine Angst in Wut umschlägt: diese Schweinehunde in Berlin! Wenn ich diese scharfe Wut im Bauch habe, kann ich noch nicht ganz herunter sein. Nervenstärke beweisen! – Darauf kommt es jetzt an.

Die Sperrballons sind verschwunden. Offenbar sind sie niedergekämpft worden. Oder sollte man gar eingesehen haben, daß sie nichts nützen? Die Flugzeuge greifen schließlich nicht von See her, sondern von Norden und Osten an.

Der Alte reißt die Tür auf. Er ist verdreckt und echauffiert. Sein Gesicht ist gerötet.

»Das war sehenswert!« bringt er pumpend hervor. »Ramcke hat einem Gefreiten eine geknallt, weil der beim Luftangriff weggelaufen ist. Da hat der Herr General dann aber vielleicht gestaunt, als der Mann zurückschlagen wollte! Ist ja auch nicht einfach, einen General in der Felduniform zu erkennen – ohne Streifen an den Hosen.«

So schnell habe ich den Alten lange nicht sprechen gehört. Das Erlebte muß ganz nach seinem Geschmack gewesen sein, sonst hätte es ihm nicht so die Zunge gelöst. »Wie ist der Mann denn nun tatsächlich so?« frage ich, »ich meine, der General?«

Der Alte wirft mir einen prüfenden Blick zu. Aber dann antwortet er doch bereitwillig: »Sehr knarsch, bündig, manchmal zynisch – ein rechter Haudegen, würde ich sagen.«

Der Alte setzt die Worte wieder so bedachtsam, wie es gewöhnlich seine Art ist. Ich denke: drôle de guerre. Der General haut einem Gefreiten höchstpersönlich eine runter. Erziehung zur Tapferkeit! Die Geschichte klingt nach der des großen Friedrich: »Hunde, wollt ihr ewig leben?«

»Die Leute von Ramcke haben sich so gut eingegraben, daß man weit und breit nichts von ihnen sieht«, sagt der Alte, »und dann fällt man ihnen plötzlich ins Genick. Da können die Unsrigen einiges lernen . . .«

Unterm Reden macht sich der Alte daran, mit Schlägen der flachen Hände auf Brust und Bauch seine Uniform zu säubern: »Hab langgelegen – wie einst im Mai.«

»Man sieht's!« frotzele ich.

Das Odium der Stadt Brest war schon immer unheilvoll. Etwas Böses ist da beigemischt: Kerker, Deportation, Erschießung im Morgengrauen. Brest ist für den Festungskampf wie prädestiniert: Hierher paßt der Schlußakt unseres Dramas. Alle Wände der alten Festung dünsten Verzweiflung aus.

Wie meinen tristen Gedanken zum Hohn geben die Wolken die Sonne frei. Die Sonne paßt nicht ins Bild der Stadt. Sie bringt eine quälende Dissonanz mit sich – wie ein Leichenzug an einem prangenden Sommertag.

Ein erstaunliches Phänomen: Die Franzosen werden immer weniger, aber die Besatzer, die auf der Rue de Siam herumlaufen, sind entschieden mehr geworden. Nicht zu glauben, was jetzt alles aus den Löchern kommt, wie Ratten, die von der steigenden Flut hochgetrieben werden.

So viel Zeit zur Selbstbesinnung wie jetzt ist mir selten gegönnt worden. Manchmal kommt es mir so vor, als hätte ich in den letzten paar Monaten ganze Dezennien durchlebt. Allein Berlin war wie ein Dutzend Jahre, und was ich in der Normandie gesehen habe, ist schon so fern und unwirklich wie ein Traum. Jetzt, im nachhinein, fühle ich mich von der Fülle dessen, was mir in den letzten Monaten widerfahren ist, wie überwältigt: Es geht mir über den Verstand.

Ein Glück nur, daß der Alte mir keine Schilderungen der Kämpfe in der Normandie abverlangt. Ich würde mich dabei harttun. Dabei brauche ich nur die Augen zu schließen, und schon sind die Panzer, die nachts durch Caen rumorten, wieder vor mir. Ich kann sie deutlich hören, auch Artilleriefeuer und Granateinschläge. Aber dann ist mir wieder, als hätte ich diese Kriegskakophonie irgendwann im Kino erlebt und als könnte ich die Bilder, die ich im Hirn bewahrt habe, auch auf der Leinwand gesehen haben. Manchmal ist mir auch, als habe sich das, was ich aufgenommen habe, noch nicht zur vollen Realität verdichtet: Die Bilder sind merkwürdig zweidimensional geblieben. Sie treiben mir auch nur wie Töne durchs Hirn.

Wenn ich noch weiter zurückdenke, gerate ich vollends ins Schwimmen. Woher weiß ich überhaupt, ob mein Hirn alles, was meine Augen sehen, richtig aufnimmt, ob es da nicht Aussetzer und Lücken gibt oder ob mir nicht gar andere Bilder in den Kopf geblendet werden als jene, die ich tatsächlich vor Augen gehabt habe?

Der Dienstbetrieb geht weiter wie immer. Nachrichten gibt es kaum.

Der Zahnarzt läuft mit gesenktem Kopf, die Hände auf dem Rücken verschränkt, über den Flottillenhof. Barlach: »Der Wanderer im Sturm!« muß ich denken.

Als der Zahnarzt mich sieht, bleibt er stehen. Sein Atem geht schwer, seine Tränensäcke sind gerötet. Er reibt sie sich, als hätte er dort einen Juckreiz.

»Nicht beim Arbeiten?« fragt er mich.

Ich weiß schon jetzt, wie unser Dialog laufen wird: Der Zahnarzt wird höflich beginnen, dann aber beißend werden. So ist nun mal seine Art.

Da ist es schon besser, wenn ich dringende Dienstgeschäfte vorschütze und mich auf die Strümpfe mache.

Im Vertrauen darauf, daß mich die amerikanischen Kanoniere in Frieden lassen, klettere ich durch das Ruinengelände der Marineschule, den früheren Sitz der ersten Flottille: Im dachlosen Messesaal hängen zerspellte Schrifttafeln von den Wänden herab – zwischen zerfetzten großen Bildern mit angreifenden U-Booten, auch deutschen Landschaften, die aussehen wie direkt von den Wänden der Großen Deutschen Kunstausstellung hierhergeholt. Bei näherem Hinsehen offenbart sich freilich, wie heftig sie vergrößert sind. Einige sind so verstaubt, daß sie wie Pastelle wirken.

Die meisten Gebäude liegen in Schutt. Überall aufgerissene Schränke, Karteikästen zwischen Matratzen – das Ganze eine wüste Trümmerstätte.

Mich erstaunt, daß es hier nicht gebrannt hat. Nur Schutt, keine Asche. Die Tommies haben offenbar nur Sprengbomben geworfen. Jetzt zeigt sich, daß der Bau bei weitem nicht so solide ausgeführt war, wie er aussah. Der graue Stein war nur Verblendung für simple Ziegelmauern.

U 730

Der Alte hat eine verbiesterte Miene aufgesetzt. Gnade denen, die ihm über den Weg laufen!

Der Alte ist in der Zwickmühle: Einerseits will er die Flottille zu einer Festung in der Festung ausbauen – andererseits könnte er gerade dadurch das Risiko für uns alle erhöhen, weil sich die Amis, wenn sie Widerstand spüren, wahrscheinlich erst mal wieder zurückziehen und die schweren Waffen sprechen lassen . . .

Trotzdem werden bald noch mehr Schnellfeuerwaffen aus dem Bunker herbeigekarrt und in die bereits vorbereiteten Stände auf der »Landwirtschaftsseite« eingebaut. Und weil es sich dabei um handfeste Arbeit handelt, lebt der Alte schnell wieder auf. Als er sich von mir beobachtet fühlt, erklärt er: »Sicherung gegen die Franzosen – das muß sein. Die Herrschaften sollen uns hier nicht überraschen können.«

Auf seinem Weg zurück ins Hauptgebäude stiefele ich neben dem Alten her.

»Bloß gut, daß alle Boote raus sind«, muffelt er vor sich hin.

Gut? denke ich – was meint der Alte mit »gut«? Wenn noch Boote im Bunker wären, hätten wir Schangs, aus diesem Sack hinauszugelangen.

»Also tabula rasa . . .«, sage ich.

»So kann man's nennen. Aber ganz stimmt's nicht. Wir haben schließlich noch die alte Flakfalle.«

». . . die alles andere als seeklar ist«, ergänze ich.

In seinem Büro angekommen, tut der Alte so, als müsse er sich sofort auf dringende Arbeit stürzen. In Wirklichkeit schichtet er nur Papiere von einem Stoß auf den anderen. Er hält aber auch prompt wieder inne und nimmt mich in den Blick: »Wir haben übrigens Befehl, einige kostbare Werftgrandis aus Brest hinauszukarren . . . Kunststück, wenn kein Boot mehr da ist!« Der Alte grinst mich plötzlich mit einer Art Selbstzufriedenheit an.

»Das müßten die in Koralle aber doch wissen, daß wir gar keine Boote mehr haben.«

»In Koralle? Da ist der Überblick anscheinend ganz in die Binsen gegangen!« sinniert der Alte, um dann ohne jeden Übergang fortzufahren: »Übrigens gibt's jetzt Frontzulage.«

»Wieso denn das?«

»Weil uns die Amis dicht genug auf der Pelle sitzen.«

»Na fein!«

Der Alte sagt darauf nichts. Nach einer Weile hebt er aber wieder neu an: »Die Verwaltung klappt also noch. Staunst du denn gar nicht, wie prima wir verwaltet werden?«

Statt zu antworten, sage ich: »Und woher soll das Geld kommen?«

»Das frage ich mich auch . . .«

»Einen Festungskommandanten haben wir aber doch schon lange«, hake ich nach, »wieso gibt's denn jetzt erst Zulage?«

»Weil jetzt erst der Belagerungszustand eingetreten ist«, sagt der Alte. Und weil ich offenbar blöde gucke, erklärt er noch: »Da gelten scharfe Unterschiede – jedenfalls, was unsere Besoldung anbelangt.«

»Verstehe!«

Ehe der Alte noch etwas sagen kann, erscheint der Adjutant in der Tür, nimmt Haltung an und meldet: »Von der Signalstelle – U siebenhundertdreißig läuft ein, Herr Kapitän!«

Der Alte springt auf und steht da wie vom Donner gerührt, Mund offen, Arme herabhängend. Dann endlich löst er sich mit einem Ruck aus seiner Starre und fährt den Adju heftig an: »Los! Wahrschauen Sie den Fahrer! Los zum Bunker! Koppel mit Pistole!«

Unterwegs im Auto sagt der Alte: »Da hat Mohrhoff also nicht geliefert.«

Der Alte muß so angespannt aufpassen und dem Fahrer helfen, um den Wagen zwischen den Trümmerhalden hindurchzulotsen, daß ich ihn nicht fragen mag, was es mit U 730 auf sich hat und was »nicht geliefert« bedeuten soll. Den Kommandanten Mohrhoff kenne ich nicht.

Hin und wieder wirft der Alte ein paar Sätze wie Steine eines Puzzles zu mir nach hinten: »Mohrhoff kommt aus Cherbourg – vielmehr: Da sollte er hin! – Ja, so geht's . . . Verdammte Sauzucht!« Fast hätte der Fahrer den Wagen mit der hinteren Achse aufgesetzt, gleich danach bricht das rechte Vorderrad gefährlich ein. Aber schon hat der Fahrer den Wagen wieder in der Gewalt, und der Alte brummt noch mal: »Ja – so geht's!«

»Wieso Cherbourg?« frage ich und denke: Ist denn Cherbourg nicht schon Ende Juni gefallen?

Statt Antwort zu geben, sagt der Alte nur dröhnend laut: »Der hätte dort Munition abliefern sollen. Aber dann war's wohl doch schon zu spät . . . Das ist eine verrückte Geschichte.« Er will gerade anheben, die verrückte Geschichte zu erzählen, da fordert ihm die Straße wieder alle Aufmerksamkeit ab.

»Wenn das so weitergeht«, schimpft er zu mir her, »kommen wir bald nicht mehr zum Bunker durch . . .«

Das letzte Stück der Rue de Siam ist frei. Wir erreichen die Drehbrücke. Da redet der Alte wieder los: »Die hatten Granaten für Cherbourg geladen. Da sollte es noch Widerstand geben, aber die Munition ging zu Ende.«

»Und warum jetzt die Aufregung?«

»Weil wir das Boot längst abgeschrieben hatten! Cherbourg war wohl doch schon gefallen, und dann haben die sich nicht mehr gemeldet.«

Der Alte muß alles über seine linke Schulter weg sagen. Er tut das laut und deutlich, und doch bleibt mir manches Hekuba.

»Mal 'n bißchen Beeilung!« herrscht er jetzt den Fahrer an, und wie der aufs Gas tritt, werde ich auch schon hochgeschleudert und knalle mit dem Kopf derart heftig gegen das Verdeck, daß mir der Schädel brummt.

»Das saß!« quittiere ich den Schlag.

Im Bunker treffen wir den Flottilleningenieur.

»Das Boot von Brauel zu reparieren, das hat wohl nun doch keinen Sinn mehr«, wendet sich der Alte im Gehen an ihn, als wir an den Werkstätten vorbeilaufen.

Ich kapiere schon wieder nicht: Hatte der Alte nicht angedeutet, es sei einen Versuch wert, die alte Flakfalle zusammenzuklempnern? Der FloIng scheint den Alten auch nicht zu verstehen. »Jetzt haben wir ja U siebenhundertdreißig«, klärt der Alte ihn auf. Und es klingt wie »Herz, was willst du mehr?«.

»Ach so!« macht da der Flottilleningenieur.

Bei unserem Schrittempo verschiebt sich die Perspektive der Einblicke in die Boxen schneller, als ich es gewohnt bin. Linkerhand öffnet sich eine leere Schwimmbox und dann noch eine.

»In der nächsten sind sie«, sagt der Flottilleningenieur.

Noch ehe ich das Boot – ein VII-C-Boot mit Schnorchel – im Halbdunkel richtig erkennen kann, höre ich schon Befehlsrufe: Der Kommandant läßt gerade die Besatzung an Oberdeck antreten.

Der Alte nimmt die Stelling mit ein paar großen Schritten. Ich bleibe stehen und beobachte das Begrüßungsritual von der Pier aus.

Der Nachhall der Meldung klingt schauerlich und verschafft mir eine Gänsehaut. Verdammte Hadesstimmung!

So ein einzelnes Boot ist wie ein Nichts in diesem nachhallenden Zyklopenbau. Wenn hier kein Werkslärm herrscht, wird der ganze riesige Bunker zu einer einzigen gewaltigen Gruft.

Gegen den Alten sieht der neue Kommandant wie eine halbe Portion aus. Ich registriere: total vergammelte blaue Uniformjacke, viel zu große graue Lederhosen mit Harmonikafalten. Auch die U-Bootstiefel mit den Korksohlen wirken, obwohl man nur deren Spitzen sieht, um etliche Nummern zu groß. Unter der Jacke trägt der Mann ein ebenfalls vergammeltes kariertes Hemd und auf der rechten Brustseite eine schmutzige, geflochtene Pfeifenschnur. Die Stickerei auf der Mütze, die der Kommandant mit Schmiß, also wie eine Schlägermütze trägt, ist grün oxydiert, der ehedem weiße Bezug zu einem undefinierbaren Grau verdreckt.

Ich bin so auf diesen Kommandanten fixiert, daß ich mich zwingen muß, meinen Blick auch über die Front der angetretenen Männer schweifen zu lassen. Da gibt es nichts Besonderes zu sehen: Die stehen alle genauso bleich und ausgemergelt da wie jede abgekämpfte Besatzung – wie »in die Klamotten hineingeschissen«.

Ich höre, daß der Alte entscheidet, der Kommandant solle schnell den nötigen Kram erledigen und dann in die Flottille nachkommen und berichten.

»Du guckst so komisch«, sagt der Alte, kaum daß wir wieder in den Wagen steigen.

»Ich staune bloß. So einen jungen Fex hab ich als Kommandanten noch nicht gesehen – und einen so total erledigten auch nicht.«

»Der ist schon in Ordnung«, sagt der Alte, als er wieder neben dem Fahrer sitzt. »Der muß bloß wieder auf die Beine kommen ... Das Boot hat 'n bißchen was mitgemacht.« Und nach einer langen Pause fügt er noch an: »Die Schnorchelei ist ja auch nicht das reine Vergnügen – im Kanal schon gar nicht.«

Ich wünschte, der Alte erzählte mir endlich genauer, was es mit der mysteriösen Unternehmung von U 730 auf sich hat. Aber nach den Spielregeln darf ich jetzt keine Neugierde zeigen.

»Als Spediteure sind wir eben nicht die Richtigen«, gibt der Alte nach einer Weile zum besten. Das ist wieder auf Mohrhoff gemünzt. Aber warum tut der Alte so geheimnisvoll?

»Der gute Mohrhoff hat verdammt viel Schwein gehabt ... Für diese Geschichte würde ich mich an deiner Stelle interessieren«, wendet sich der Alte wieder zu mir her.

»Würde ich ja gerne – wenn ich sie nur erführe!« gebe ich in gereiztem Ton zurück.

»Wart's nur ab«, sagt der Alte. »Du erfährst schon noch alles von A bis Z!«

Kaum haben wir uns im Club in eine Ecke gesetzt, erscheint Mohrhoff. Im tiefen Ledersessel, den ihm der Alte hingeschoben hat, schrumpft er in sich zusammen. Sein großer leerer Blick macht mir angst. Fehlt bloß, daß seine Augen zu flackern beginnen. Der Mann ist das schiere Gegenteil vom Alten: keine Selbstbeherrschung, schon gar keine Selbstsicherheit, und dadurch auch keine Ausstrahlung von Autorität. Sieht aus, als hätte er gerade erst sein Abitur hinter sich gebracht – vielmehr, als wäre er durchgefallen und könnte das nicht verwinden.

»Als wir in La Rochelle ausliefen«, fängt Mohrhoff an zu erzählen, »hatten wir noch keine Ahnung, daß es nach Cherbourg gehen sollte. Vom FdU bekamen wir eine ziemlich kurze Einweisung und eine Darstellung der Lage im Operationsgebiet Kanal – nicht viel Neues. . . . Na, und als es dann hieß, Munition zu übernehmen, haben wir gedacht: Die ist für unsere Kanone und die Dreikommasieben bestimmt . . . Dann haben wir aber die Menge gesehen, und da schwante uns natürlich schon einiges . . . Munition aller Kaliber! Zum Ausgleich, hieß es, nur einen einzigen Bugtorpedo und einen Hecktorpedo! Wasser und Verpflegung für vierzehn Tage. . . . Und dann gab's natürlich den verschlossenen Brief ›Erst in See zu öffnen‹.«

Ich weiß, der Brief mit dem Einsatzort.

Dem Kommandanten geht der Atem aus. Er nimmt erst mal einen Schluck von dem frisch eingeschenkten Bier . . . Dann ist es, als habe er den Faden verloren. Er muß sich zwinkernd besinnen, ehe er fortfahren kann: »Wir haben die Munition weggestaut wie Hamsterer – gerade so, als könnten wir gar nicht genug kriegen: in die Torpedorohre, in jede freie Ecke. Das Zeug war so sperrig – fast alles in Kisten –, und auf der Pier standen immer noch welche. Wir haben die Flurplatten um eine ganze Kistenlage erhöht und konnten uns anschließend nur noch gekrümmt im Boot bewegen. Selbst in die Spinde kam Munition. Wir saßen und schliefen auf ihr. Kein gutes Gefühl. Das muß man schon sagen!«

Der Alte rührt sich nicht. Aber er zeigt deutlich, daß er ganz Ohr ist.

Mohrhoff scheint das so recht zu sein. Er muß den Alten nicht angucken, sondern kann auf einen imaginären Punkt an der Wand einreden. In seinem Gesicht arbeitet es dabei heftig: »Am zwölften Juli sind wir ausgelaufen . . . im Morgengrauen . . . ganz ohne Tamtam. Kein Schwanz von der Flottille zu sehen. Wir waren drei Boote. Unseres lief als letztes aus. Was mit den beiden anderen passiert ist, weiß ich bis heute nicht.«

Langsam beginne ich zu ahnen, auf was für eine Wahnsinnsunternehmung U 730 geschickt worden ist . . .

Mohrhoff verfällt jetzt in einen abgehackten Erzählstil: »Kaum sind wir aus La Rochelle raus – Tauchmanöver, Trimmversuch. Wind drei bis vier. Seegang zwo. Da fällt der Rudergänger um: Ohnmacht. Der Schnorchel hatte untergeschnitten. Also anblasen. Turmluk war aber nicht aufzukriegen. Ausgleich über Dieselluftkopfventil. Am Papenberg haben wir uns dann eine Gefahrenmarkierung angebracht . . .«

Mohrhoff scheint sich plötzlich zu besinnen, wo er ist, und sieht mich und den Alten groß an. Dann fährt er in neuer Tonart fort: »Besonders apart war's direkt vor Cherbourg. Wenn mein Funkmaat nicht so zäh gewesen wäre ...« Jetzt scheint er nicht mehr recht zu wissen, wie er die Geschichte anpacken soll: Er kommt ins Stottern, und auf seinem Gesicht erscheint wieder ein nervöses Zucken. Ich blicke weg und fixiere nun auch einen imaginären Punkt – einen auf dem Linoleum.

Der Alte hat sich in vollkommenes Schweigen gehüllt und rührt sich noch immer nicht.

»Das war schon verrückt ...«, macht Mohrhoff einen neuen Anlauf. Noch blicke ich nicht hoch, weil mir scheint, daß er im Erinnerungswust das richtige Ende immer noch nicht gefunden hat. Da aber holt er tief Luft und macht es kurz: »Also das war so: Wir waren zu den üblichen Programmzeiten schwer zu sprechen. Wir hatten mal sicher nicht alle Funksprüche mitbekommen wegen der starken Bewachung und den dauernden Verfolgungen. Mir war das auch ziemlich wurscht. Ich wollte nur schnell nach Cherbourg rein und die Ladung loswerden ...«

An dieser Stelle unterbricht Mohrhoff wieder, weil ihn ein Geräusch aus der Pantry irritiert.

»Wie gesagt«, setzt er noch einmal an, »wir hatten mal todsicher Funksprüche nicht mitgekriegt. Und der Funkmaat sagte mir, wir müßten unbedingt noch einmal hoch. Na, mir war gar nicht danach zumute. Aber ich gab nach. Sollte der Funkmaat seinen Willen haben! Drei Stunden vor Einlaufen Cherbourg sind wir also hoch ... War verdammt riskant. Und was stellte sich raus?«

»Funkspruch für Mohrhoff«, sage ich aufs Geratewohl.

»Erraten! Sogar ein Dringlichkeitsspruch, mit dem schönen Text: ›U-Mohrhoff nicht einlaufen. Cherbourg in Feindeshand. Einlaufen Brest!‹«

Da kommt endlich Leben in den Alten. Aber er stemmt sich nur hoch, räkelt sich und setzt sich dann besser zurecht.

»So geht's«, sagt er und starrt dabei wie selbstversunken auf seine Pfeife.

»Ohne den Funkmaaten, das heißt ohne sein Insistieren, wären wir glatt eingelaufen! Da hätten wir aber schön geguckt! Das war verdammt knapp. Da hätten die Amis uns mit 'm Lasso kätschen können – so von der Mole runter: zack!« Er macht es mit einer Armbewegung vor.

»Ja, und da machten wir natürlich auf dem Absatz kehrt, und dann ging uns derselbe ganz schön mit Grundeis, weil wir nun gleich wieder in die Wuhling mußten, die wir gerade hinter uns gebracht hatten. Unsere Stimmung war total auf dem Nullpunkt: Daß wir diese brisante Ladung noch mal durch die ganze Mahalla transportieren sollten ...«

Der Kommandant verliert, von der Erinnerung überwältigt, erneut den Faden, und sein Blick streicht wie verloren über die Back.

In diesem Augenblick strafft sich der Alte und schlägt leicht mit beiden Handflächen auf die Armlehnen. Dann sagt er: »Gut, Mohrhoff. Wir reden später weiter. Jetzt ruhen Sie sich erst mal etwas aus.«

Als wir drei stehen, nimmt Mohrhoff Haltung an und stolpert dann im Abgehen so sehr über seine schweren Seestiefel, daß er um ein Haar hinschlägt.

Als wir wieder sitzen, stopft sich der Alte mit der üblichen Umständlichkeit seine Pfeife, dann bestellt er neues Bier, und erst als die beiden Flaschen auf dem Tisch stehen und der Tabak im Pfeifenkopf glimmt, redet er: »Das Mohrhoff-Boot ist erst voriges Jahr in Dienst gestellt worden. Mohrhoff gehörte übrigens schon als Wachoffizier von U dreihundertdreißig zur Flottille. Nach der letzten Unternehmung ist er mit seinem Boot aber nicht hier eingelaufen, sondern nach Bordeaux geschickt worden.«

»Nach Bordeaux?«

»Ja, da sollten die 'nen Schnorchel eingebaut bekommen . . . Hier war dafür einfach keine Kapazität frei . . .«

»Und wie weiter?«

»Das dauerte seine Zeit – und da kam dann die Invasion. Da mußte plötzlich alles ruckzuck gehen. Aber dann sollten die Löcher, die bereits in den Druckkörper geschnitten waren – für die Zu- und Abluftschächte –, wieder zugeflanscht und das Boot zu den zwölf anderen ohne Schnorchel an die Invasionsfront geschickt werden.«

»Wo es dann wohl abgesoffen wäre!«

Der Alte überhört das und redet weiter: »Das ging hin und her, und am Ende sollten die ihren Schnorchel doch noch haben . . . Irgendwie kam die Werft in Bordeaux aber nicht zurecht damit, und da sollten die Restarbeiten in La Pallice gemacht werden . . .«

Statt etwas zu sagen, verdrehe ich nur die Augen.

»Das klingt alles ganz schön verrückt – zugegeben. Aber so lief es eben, und so lief es auch noch weiter: Die hatten nämlich, als sie dann endlich losgeschickt wurden, überhaupt noch nicht geschnorchelt . . .«

»Und dann auch noch bis zur Halskrause mit Munition vollgepackt . . .«

»Ja, für Cherbourg . . .«

»Und da setzt es bei mir aus: Mit Cherbourg ging es doch schon im Juni zu Ende, und die sind erst am zwölften Juli aus La Rochelle ausgelaufen?«

»Auf Befehl des FdU . . . Mohrhoff mußte, damit nichts durchsickerte, sogar nach Angers, um seinen Einsatzbefehl abzuholen.«

»Wahrscheinlich wird es noch Weihnachten, ehe ich das alles richtig kapiere ...«

Da hebt der Alte nur seine Schultern. Aber dann steht er abrupt auf und bedeutet mir, daß ein Ortswechsel stattfinden solle: ins Büro.

Dort verschanzt sich der Alte hinter seinem Schreibtisch, kramt ein bißchen herum und hält dann ein paar Blätter Papier hoch.

»Hier: Am fünfundzwanzigsten Juni hieß es im Wehrmachtbericht, daß der Gegner ›die Stadtränder von Cherbourg‹ erreichen konnte. Unter dem siebenundzwanzigsten steht: ›Erst gegen Abend gelang es dem Gegner, der in den blutigen Straßenkämpfen schwere Verluste erlitt, sich in den Besitz eines großen Teiles der Stadt zu setzen.‹ Und am neunundzwanzigsten: ›Der Hafen ist zerstört, die Einfahrt immer noch gesperrt.‹ Und wenn man sich jetzt noch sagt – sagen muß –, daß bei uns, wenn wir eine Stellung aufgeben müssen, die entsprechenden Meldungen immer reichlich verspätet rausgehen ...«

Ich will den Alten beim Reden beobachten, aber er hat seinen Stuhl so zum Fenster hin gedreht, daß ich ihn nur im knappen Halbprofil sehen kann.

Kein Zweifel: Er ist stinkwütend. Und jetzt legt er richtig los: »Sich vorzustellen, daß da ein Boot mit Munition vollgepackt und in einen Stützpunkt geschickt wird, der längst in Feindeshand ist – zu denken auch, daß Mohrhoff erst unmittelbar vor dem Einlaufen erfuhr, daß er umkehren sollte ... Was bleibt einem da denn anderes als Zynismus?«

Plötzlich steht der Alte mit einem so heftigen Ruck auf, daß ich zusammenfahre. Er greift zur Mütze, sagt: »Ich geh mal in die Gärtnerei!« und verschwindet.

Ich sitze da und weiß nicht, was ich denken soll: Entweder haben die beim FdU absolut keinen Überblick über die Lage mehr und nehmen nicht mal mehr die Wehrmachtberichte zur Kenntnis oder ... Aber das ist ja nicht auszudenken! Die können Mohrhoff in Angers doch keinen längst abgestandenen Befehl im Umschlag in die Hand gedrückt und das Ganze dann vergessen haben? Und U 730 zockelt mit der brisanten Fracht wie aus purem Jux, jedenfalls ohne Sinn und Verstand, durch die Gegend ...

Auch noch nach dem Essen wirkt der Alte geladen. Ich sehe zu, daß ich ihm nicht in die Quere komme. Erst gegen Dienstschluß wage ich mich wieder in sein Büro.

Der Alte führt ein Telefonat nach dem anderen. So dauert es, bis er sich in seinem Sessel zurücklegt und mit tiefem Atemholen zum Reden ansetzt.

»Ars militaria!« sagt er so betont, als bringe er Versalien über die Zunge.

»Wenn man sich mal vorstellt, wie viele Fehler und Schlampereien da passieren – und wie viele durch diese Schlampereien ums Leben kommen! Das sind Hekatomben von Leichen! Und kein Hahn kräht danach! Wann wird denn schon mal ein General zur Verantwortung gezogen . . .«

Der Alte steht jetzt und starrt zum Fenster hinaus. So läßt er Minuten vergehen. Dann dreht er sich wieder zu mir her und sagt mit allen Zeichen der Erbitterung: »Daß die mit ihrer Munition bis hierher zurückgekommen sind, ist das reine Wunder – bei *der* Überwachung und dazu noch ohne Schnorchelroutine!«

»Und nur für vierzehn Tage ausgerüstet . . . So war es doch? Für mich klingt das so, als sollte nicht zuviel riskiert werden: Das Boot konnte ja absaufen, und da wäre man dann die volle Torpedochargierung losgewesen und das gute Treiböl auch.«

»So ist das nun wieder nicht! Die können wegen des Gewichts der Munition nur noch einen geringen Restauftrieb gehabt haben. Die wollten schließlich nicht wie ein Stein absacken. Da mußten die Aale eben liegenbleiben. Du siehst gleich wieder Gespenster!«

»Der Mann sieht ja schlimm aus«, sage ich nach einer Weile.

»So isses«, quittiert das der Alte.

Von draußen kommt ein andauerndes Wummern, das wieder mal alle Scheiben erzittern läßt. Der Alte zieht die Nase hoch und brummt etwas Unverständliches. Dann sagte er: »Keine Nerven! – Einfach keine Nerven!«

Jetzt bedenkt sich der Alte eine Weile, schließlich guckt er mir in die Augen und sagt: »Da kam eben auch eins zum anderen. Die Schnorchelei werden sie inzwischen gelernt haben.«

Das klang deutlich zynisch.

»Learning by doing«, fügt der Alte schnell noch an, und jetzt ist er sichtlich mit sich zufrieden.

Am Nachmittag begegnet mir Mohrhoff auf dem Flottillenhof, und ich merke, daß es ihm um ein Wort zu tun ist. Ich brauche kaum etwas zu sagen, da gehen wir auch schon die Treppen hinab und weiter in Richtung Schwimmbad. Dort liegen viele Bretter und Balken herum, so daß wir leicht Plätze zum Niederhocken finden.

Mohrhoff war nicht beim Essen, ausgeruht hat er sich aber bestimmt auch nicht. Der VO wird ihn schon versorgt haben.

Jetzt schnauft er erst mal ordentlich auf, und dann redet er los, als wollte er mir in die Kladde diktieren: »Das wissen Sie wahrscheinlich schon, daß wir dann noch, ich meine, nachdem das mit Cherbourg geklärt war, bei den Engländern an die Haustür klopfen wollten?«

Mohrhoff guckt dabei geradeaus. Er erwartet kein Zeichen von mir, und jetzt verstummt er. Ich kann von der Seite her sehen, wie er nickt. Macht das die Erinnerung? Plötzlich sammelt er sich wieder und sagt: »Das sind eben ganz verrückte Verhältnisse bei dieser Kanalkutscherei: Erst kriegt man die Funksprüche nicht mit, und dann weiß man nicht, wo man überhaupt steckt. So eine Art Blindekuh! Sie wissen doch: Da wird man mit verbundenen Augen ein paarmal herumgedreht, und dann muß man losgehen, mit dem Stock in der Hand: Blindekuh ...«

Ich gäbe etwas darum, wenn der Kommandant seine Geschichte nicht ausschmückte, sondern im KTB-Stil weitererzählte. Aber Mohrhoff scheint Gefallen an seinem neu gefundenen Vergleich gefunden zu haben.

»Das Herumdrehen hatten die englischen Bewacher bestens besorgt. Da kamen wir einfach nicht mehr nach – ich meine, mit dem Mitkoppeln der Ausweichkurse ... Und Bestecknehmen? Daran war gar nicht zu denken! Da helfen dann nur Landpeilungen. Und so eine hatten wir denn auch! – Wir nahmen also Peilung nach einem Leuchtturm. Der heißt ... na, wie heißt er denn gleich? Ist ja auch egal, denn er war's nicht. Ich will sagen: War gar nicht der, den wir meinten. Zum Glück habe ich das Ganze noch mal geprüft – kam mir gleich komisch vor. Und dann stellte sich heraus, daß die Peilung gar nicht Ouessant sein konnte. Es war Kap Lizard – die englische Küste statt der französischen. Da hatten wir uns also ganz gewaltig verfranzt ..«

»Aber der Kompaßkurs?« frage ich.

»Der stimmte! Der Fehler war nur, daß wir unter ständiger Verfolgung und entsprechenden Ausweichkursen viel zu weit nach *Norden* geraten waren – zeitweilig wohl direkt unter die englische Küste ... Sie müssen bedenken«, fügt Mohrhoff noch wie zur Entschuldigung hinzu, »daß es einen Mordsunterschied macht, ob man in Küstennähe von der Brücke mal einen ordentlichen Rundblick mit dem Glas nehmen kann oder sich die Gegend nur durchs Sehrohr begucken darf ... Und nicht mal das konnten wir richtig ausfahren. Das wagt man ja gar nicht mehr – den Spargel hoch rauszustecken! – Und dann entdeckt man was und kann mit dem Rätselraten anfangen!«

Ich erinnere mich, wie schwer damals auf U 96 die Einfahrt nach Vigo zu finden war. Sich vorzustellen, wir hätten sie auf Sehrohrtiefe finden müssen!

Mohrhoff ist deutlich anzumerken, wie erregt er immer noch ist: Er redet und redet, als hätte er getrunken.

»Vor Brest haben wir dann fast noch 'ne Mine erwischt ...« Gleich korrigiert sich Mohrhoff: »Aber besser der Reihe nach: Nach der Besteckverbesserung haben wir schließlich die Ansteuerungsboje Brest gefunden, sind kurz aufgetaucht und haben – frech wie Oskar – Funkspruch abgesetzt: ›Darf ich reinkommen?‹ ... Gebranntes Kind scheut das

Feuer. Nach Cherbourg wollten wir es trotz des Risikos durch die Funkerei schon genau wissen! Na, und dann das Übliche: keine Antwort. Für uns bedeutete das: erst mal unter Wasser legen, abwarten und Tee trinken ... Dann haben wir endlich 'ne Kolbenmaschine gehorcht. Da sind wir dann hoch, und da kam Geleit angedampft – und zwar ein mächtig qualmender Minensucher. Wir fuhren über Wasser mit E-Maschinen und bekamen auch Signalkontakt, mit der Klappbuchs – alles ganz normal. Wir haben dann schön ordentlich hinübergemacht, ob wir entgegenkommen sollten. Die machten: ›Ja, bitte!‹ zurück. Ich gab das Kommando: ›Beide Diesel halbe Fahrt!‹, die Diesel sprangen mit dem üblichen Getöse an – und schon rumste es hinter dem Boot – aber wie! Keine fünfzig Meter hinter uns ging eine Mine hoch. Da waren wir aber bedient ...«

Mohrhoff setzt aus. Er braucht eine Weile, bis er sich wieder gefaßt hat. »Wegen der Munition natürlich«, sagt er wie zur Entschuldigung. »Sie wissen ja: voll mit Munition bis Oberkante Unterkiefer!«

Ich müßte wohl etwas sagen, aber ich bringe keinen Ton hervor. Auch mich hat der Schrecken gepackt. Ich bin froh, daß Mohrhoff weiterredet: »So richtig am Wickel hatten sie uns im Kanal: bloß dreißig Meter unterm Kiel – und gleich drei Zerstörer. Die hatten uns regelrecht umzingelt. Das ging ganz schulmäßig vor sich: ein Zerstörer an Backbordseite, einer an Steuerbordseite – die hatten uns in ihren S-Geräten –, und der dritte fuhr nach den Einweisungen die Angriffe. Ein reines Wunder ...«

Mohrhoff schüttelt wie zwanghaft den Kopf. Seine Lider schlagen so schnell, als sollten sie böse Visionen verscheuchen.

»Es gibt nur eine Erklärung dafür, daß sie uns nicht erwischt haben«, sagt er, als er die Fassung wieder hat. »Die Gruppe hat den starken Strom nicht in die Berechnungen einbezogen. Die haben uns beharkt und beharkt und sind dabei langsam, aber sicher abgetrieben worden – wir lagen aber fest ...«

Mohrhoff muß wissen, daß sein Davonkommen damit nur halb erklärt ist. Daß er sein Boot zurückgebracht hat, ist und bleibt ein Wunder. Eins von den kaum glaubhaften Wundern, die offenbar zu diesem See-Orlog gehören.

»Wir haben jedenfalls Schwein gehabt«, sagt Mohrhoff, als habe er meine Gedanken erraten.

Plötzlich springt er auf wie unter Alarm. Er hat aber nur seine Armbanduhr im Blick. »Herrje, in fünf Minuten muß ich mich beim Chef melden!«

Ziemlich durcheinander! denke ich und auch: Jetzt wird er die ganze Geschichte noch mal berichten müssen ... Vielleicht kann er es jetzt sogar so nüchtern, wie es der Alte mag.

Am nächsten Morgen erscheint der VO im Büro des Alten und zeigt seine Amtsmiene vor. Er ist von lauter Wichtigkeit nur so gebläht. »Den aufscheinenden Problemen mit Tüchtigkeit begegnen« – der VO demonstriert wieder mal, wie er den Regelsatz meint und handhabt: Mit gerauhter Stimme rapportiert er die »zur Stützpunktverteidigung getroffenen Maßnahmen«.

»Gut, gut«, quittiert das der Alte fast wohlgelaunt, und als er die Verwunderung des VO über die Papierstöße sieht, die sich auf seinem Schreibtisch und überall auf dem Boden türmen, fügt er gleich noch an: »Wir stoßen Ballast ab, das macht leichter – eine Aufwärtsentwicklung, mein Lieber, und nicht das, was Sie vielleicht denken!«

Der VO ist so konsterniert, daß ihm der Mund offensteht.

»Sie sollten auch einiges von Ihrem Papierkram opfern!« redet der Alte weiter: »Den ganzen Quatsch durchzulesen, das wollen wir doch unseren wertgeschätzten Gegnern nicht zumuten. Da hätten die jahrelang zu tun!«

Der VO bringt nur ein förmliches »Jawoll, Herr Kapitän!« zuwege und verschwindet mit einem gerade noch wahrnehmbaren Kopfschütteln.

»Ob der immer noch nicht weiß, was die Glocke geschlagen hat?« sinniert der Alte.

»Ausgerechnet unser mit allen Wassern gewaschener VO?« frage ich dagegen. »Der will sich bestimmt bei den Amis 'ne gute Nummer machen, so wie der auf seinen Beständen sitzt.«

»Vielleicht kann er nur nicht aus seiner Haut raus. VO ist VO, und das bis zum letzten Atemzug. Ich schätze, man hat's ihm so beigebracht, und damit muß er nun leben!«

»Suum cuique, wie wir feingebildeten Leute sagen ...«

Plötzlich hält der Alte im Papierkramen inne und sagt mit gänzlich veränderter Stimme: »Du gehst mit Mohrhoff raus. Ich laß dich, sobald es geht, einschiffen.«

Mit Mohrhoff raus? – Das ist ein Schlag direkt in die Kniekehlen ...

»Wieso das?« frage ich den Alten, noch ganz außer Fassung.

»Das ist schließlich das letzte fahrbereite Boot, das wir haben.«

»Aber davon war doch nie die Rede«, sage ich stockend und denke gleichzeitig: Nur jetzt kein unrühmliches Schauspiel aufführen! Den eiskalten Hund markieren.

»Bisher war Mohrhoff ja auch nicht da. Und keiner konnte damit rechnen, daß er hier noch mal aufkreuzen würde.«

Ich denke: Das ist schon eine verdammte Art, mir eine solche Nachricht zu verpassen! Einfach so – aus dem Stand. Ohne jede Vorankündigung ... Und dann erst denke ich: Bei Mohrhoff einsteigen? Bei dieser total abgekämpften halben Portion? Raus – aber wohin denn nur? Was hat den Alten nur auf diese verrückte Idee gebracht? *Reingekommen* ist U 730. Aber ob das Boot je wieder hinauskommt, das ist die Frage. Inzwischen wissen die auf der Insel doch längst, daß ein Boot, von dem sie glaubten, sie hätten es geknackt, hier eingelaufen ist, völlig unbehindert durch die Blockadekordons hindurch. Da werden da drüben wohl einige Herrschaften erbleicht sein ...

»Und wann?« frage ich so trocken, wie ich es vermag.

»Die müssen das Boot wieder ausräumen – das dauert«, sagt der Alte langsam. »Eigentlich müßte es auch in die Werftüberholung, aber dafür ist jetzt keine Zeit.«

Der Alte zieht seine Stirn in Waschbrettfalten und bedenkt sich. Ich muß warten, bis er sagt: »Zwei Tage ... mit zwei Tagen müssen wir auf jeden Fall rechnen. Es gibt ja längst Überlegungen, auf welche Weise wichtiges Material abtransportiert werden kann. Das muß jetzt in aller Eile organisiert werden.«

»Und wohin soll die Reise gehen, wenn ich gehorsamst fragen darf?«

»La Pallice. Es ist schon Befehl da: Mohrhoff geht nach La Pallice.«

La Pallice? Warum ausgerechnet La Pallice?

»Das macht doch wenig Sinn«, sage ich zum Alten. »Die kassieren doch mit Sicherheit einen Atlantikhafen nach dem anderen. Über kurz oder lang wird also auch La Pallice dran sein.«

»Höhere Einsicht«, bescheidet mich der Alte brummig. »Zerbrich dir nicht schon wieder den Kopf der Führung!«

Ich finde keine Beschäftigung für meine Hände und wundere mich dann selber darüber, daß ich mit fester Stimme zu sagen vermag: »In zwei Tagen kann allerhand passieren. Ich meine, was den Vormarsch der Alliierten angeht.«

»Ach die! Da mach dir mal keine Sorgen. Die müssen erst mal Luft holen, und außerdem werden jetzt Auffangpositionen aufgebaut.«

»Na prima.«

»Du kriegst einen neuen Marschbefehl für Berlin – als Kurier natürlich wieder.«

»Von Brest nach Berlin über La Pallice – mal was Neues!«

»Das haut schon hin!« sagt der Alte und gebärdet sich dabei fast wieder frohgelaunt.

Aufklaren! denkt es in mir – ich muß, wenn ich so Hals über Kopf meine Zelte hier abbrechen soll, noch eine Menge aufklaren. Ich sollte mich lieber gleich daranmachen, anstatt hier noch länger herumzuhocken und dummes Zeug zu reden. Meine Klamotten durchsehen, das Überflüssige aussortieren, mich von den meisten meiner Besitztümer trennen ... Omnia mea mecum porto – das nackte Leben in Sicherheit bringen und vielleicht noch die Contax und die paar Filme, an denen mein Herz hängt.

Die übliche Segeltuchtasche mit den Siebensachen müßte ich mit an Bord nehmen können und vielleicht auch noch ein bißchen mehr. Meine Manuskripte zum Beispiel. Aber meine Bilder, die Stöße von Skizzen und Entwürfen, die muß ich abschreiben. Die sperrigen jedenfalls und alles, was sich nicht rollen läßt. Soviel, wie für den Omnibus gepackt war, darf es mal sicher nicht sein ...

Ich sollte jetzt möglichst den rechten Abgang finden, denke ich und strecke auch schon meinen linken Arm so aus, daß der Jackenärmel hochrutscht und den Blick auf meine Armbanduhr freigibt, und sage so gleichmütig wie nur möglich: »Da wird's wohl Zeit für mich zum Einpacken.«

»Ist ja mehr 'ne Art Überführungsfahrt«, sagt der Alte, als wolle er mich beruhigen.

In diesem Augenblick beginnen wieder mal die Fensterscheiben zu klirren und zu scheppern. Ganze Serien von Detonationen folgen, aber der Alte hebt kaum den Kopf. Erst als wieder Ruhe eingekehrt ist, richtet er seinen Blick auf mich und sagt: »Wird allerdings ganz schön eng werden! Ihr bekommt nämlich so Stücker fünfzig Badegäste mit – lauter Silberlinge, alles höhere Werftbeamte. Wir müssen die Herrschaften hier rausbringen. Die werden anscheinend noch gebraucht für den Endsieg ...«

»Das kann ja heiter werden!« sage ich.

»Anzunehmen!« quittiert das der Alte und blickt mich dabei merkwürdig selbstzufrieden an. »Mohrhoff macht das schon«, sagt er dann noch.

»Mal Munition, mal Silberlinge ...«, sage ich und versuche dabei einen spaßhaften Ton.

»Und du bist als Kurier der richtige Mann«, sagt der Alte. »Die Geheimsachen müssen unbedingt hier raus ... Ich fahre gleich zu Ramcke. Der muß deinen Marschbefehl unterschreiben.«

»Wieso denn Ramcke?«

»Brest ist Festung, falls du das immer noch nicht gemerkt haben solltest, und Ramcke ist Festungskommandant ... Und ohne den darf hier keine Maus mehr raus. Das reimt sich sogar: Maus – raus!«

Ehe ich mich versehe, bin ich im Büro allein.

Durch die geschlossenen Fenster dringt heftiges Flakschießen und nun auch das Brummen von Flugzeugen. Ich höre Befehlsgebrüll und das Stiefelschlagen von Leuten, die zum Bunker hasten: Jabos im Tiefflug! – Herr im Himmel, hoffentlich kommt der Alte durch! Das hätte gerade noch gefehlt, daß es den auf der Straße im Auto erwischt.

Als die Luftattacke vorbei ist, verhole ich mich in meine Kammer und hocke dort bei geschlossenen Volets in der Brutwärme zwischen meinen Klamotten herum, unfähig, mich zu beschäftigen, geschweige denn einen klaren Gedanken zu denken. In meinem Kopf wirbelt es wie Schneeflocken: Jetzt entscheidet sich mein Schicksal! Wenn der Alte heil durch den Angriff durchgekommen ist, muß er gerade bei Ramcke sein.

Wie ich den Alten kenne, wird er seine Absicht, mich einzuschiffen, ganz nebenbei einflechten. In solchen Situationen kann er wie ein geborener Diplomat agieren.

Ein Marschbefehl nach Berlin – nicht schlecht! Aber wie soll ich von La Pallice nach Berlin kommen, gesetzt den Fall . . . Da fahre ich mir schnell mit einem »Toi, toi, toi!« in die Parade und klopfe von unten her mit dem rechten Zeigefingerknöchel gegen die Tischplatte. So ist es korrekt, so hilft es zuverlässig.

Besser, ich bin im Büro, sage ich mir, wenn der Alte zurückkommt. Also wieder auf und zurück ins Hauptgebäude! Im Büro starre ich eine Weile zum Fenster hinaus, dann blättere ich in den Zeitungen, die der Alte zum Verbrennen ausgesondert hat. Zum Lesen bin ich zu nervös.

Die Zeit wird quälend lang: eine Stunde, zwei Stunden . . . Jetzt brauchte mir nur einer den Relativitätsbegriff erklären zu wollen, und er hätte mein rechtes Knie im Bauch.

Als ich gerade wieder zum Fenster hinausgucke, sehe ich, wie der Alte vorfährt. Gleich fängt mein Puls an zu pochen. Um mich zur Ruhe zu zwingen, stehe ich auf und mache ein paar Schritte wie ein Tiger in seinem Transportkäfig. Da reißt der Alte auch schon die Tür auf, und als er mich dastehen sieht, redet er halb außer Atem los: »Hier ist dein Marschbefehl. Korrekte Papiere sind jetzt doppelt wichtig.«

Ich starre auf das Blatt: »Brest – Berlin. Kurierfahrt.«

Der Alte atmet immer noch schwer. Seine Stiefel sind total verdreckt. Die Hose hat auch etwas abbekommen. Als er meinen Blick bemerkt, sagt er: »Direkt vor uns ist 'ne ganze Hauswand auf die Straße gekippt . . . Ich frage mich bloß, was der Quatsch soll, einfach den Franzosen die Häuser zu zerdeppern. Das muß man sich mal vorstellen: den eigenen Waffengefährten!«

Als der Alte endlich auf seinem Sessel Platz gefunden hat, beide Beine steif abstreckt und an sich hinunterblickt, flucht er: »Verdammte Sauerei!« Und dann verlangt er was zu trinken.

»Bier?«

»Ja, meinetwegen Bier.«

Statt den Adju zu schicken, laufe ich gleich selber los.

Als ich mit dem Bier aus dem Club zurück bin, habe ich meinen Text schon im Kopf.

»Warum denn nur nach La Pallice?« versuche ich es noch einmal. »Wenn die Amis mit ihren Panzern weiter nach Süden vorstoßen, um auch die übrigen Stützpunkte abzuschneiden – was dann? Zwischen Nantes und La Rochelle und noch weiter unten haben wir doch nichts anderes aufzubieten als Feldkommandanturen und Landesschützen. Und die Résistance wartet doch bloß, daß sie endlich losschlagen kann.«

»Ach, die Allies sind jetzt sicher gut woanders beschäftigt«, sagt der Alte leichthin. »Im übrigen haben es die Herrschaften doch offenbar nicht eilig. Und der Süden interessiert sie auch weniger. Aber wenn ich mich täuschen sollte ...« Er macht eine Pause. Und dann sagt er schier frohgemut: »Dann isses immer noch Zeit für Norwegen.«

Die Fensterscheiben klirren schon wieder und hören gar nicht mehr auf damit. In der Luft ist ein an- und abschwellendes Gerumpel, als rollten schwere Panzer durch eine Straße in der Nähe. Ich versuche angestrengt, die Geräusche zu selektieren. Es ist, als wollte ich aus einem Orgeldröhnen einzelne Pfeifen heraushören. Plötzlich werden die Luftstöße so heftig, daß die Fensterflügel auffliegen.

»Hoho!« macht der Alte. »Die gehn mal wieder aufs Ganze.«

Auf einmal steigert sich der Lärm zu einem Furioso wie beim Feuerwerk zur großen Schlußapotheose. Die kurzen Beller der Bordkanonen, die hartdumpfen Abschüsse der schweren und das scharfe Rattern der leichten Flak schließen sich zu einem einzigen Lärmschwall zusammen.

Wahrscheinlich werden die Bomber von Schlachtfliegern begleitet. Aber so sehr ich mir auch die Augen ausgucke, kann ich doch keine einzige Maschine sehen. Der Himmel hat sich zugezogen.

Ich mache mich zu meinem Torpavillon auf. Gut, daß ich mein Khakizeug habe. Das Khakizeug am besten gleich anziehen. Und meine blauen Klamotten? Was soll aus den blauen Klamotten werden? Die lasse ich auf dem Bügel hängen! entscheide ich. An Bord kann ich die blaue Uniform sowieso nicht brauchen und später sicher auch nicht. Mit der Eleganz in Blau ist es vorbei. Und zwar gründlich. Wer hier demnächst meinen Spind durchstöbert, wird sich sicher wundern über die schöne Uniform, die da hängt: kaum getragen, immer geschont.

Was mache ich bloß mit all meinen Sachen? Ein U-Boot ist nun mal kein Möbelwagen. Und was in Brest bleibt, ist bestimmt verloren ...

Was ich brauche, ist eine Garnitur Lederzeug und Seestiefel. Den obligaten Tauchretter brauche ich auch. Aber den bekomme ich wahrscheinlich an Bord. Wegen Lederzeug muß ich mich an den VO wenden.

Lederzeug und Seestiefel – und ich sollte mich auch nach wasserdichten Beuteln für meine Manuskripte umsehen. Aber hat es Sinn, die Manuskripte wasserdicht zu verpacken? Mal angenommen, wir müssen aussteigen, dann muß das Geschreibe weg – und zwar schnell. In einem Beutel würden sich Luftblasen bilden, er würde nicht absacken und könnte dem Feind in die Hände fallen. Also keine Beutel. Zu riskant. Mit den Filmen ist es etwas anderes. Die Filme können von mir aus an die falschen Adressaten geraten.

Wasserdichte Beutel also nur für die Filme! Mal sehen, ob der VO so was am Lager hält.

Meine MP! denke ich jetzt. Ich muß unbedingt meine MP und meine Walther mit an Bord nehmen. Ab La Pallice könnte ich die verdammt nötig brauchen. Nur, wie ich sie an Bord unterbringen soll, weiß ich noch nicht. An Bord gibt es keine Handwaffen, nur eine einzige Pistole für den Kommandanten.

Seit der Alte mir den Marschbefehl in die Hand gedrückt hat, ist alles anders. Eigentlich sollte ich darüber jubeln, daß ich aus dem Mief hier herauskomme – aber nach Jubeln ist mir schon gar nicht zumute.

Du bist total durchgedreht, mein Junge! sage ich mir.

Ich laufe hierhin und dorthin und frage mit wachsender Ungeduld nach dem VO, der, wie gewöhnlich, wieder mal nicht zu finden ist. Als ich ihn endlich in einem Gang des ersten Stocks erwische, spielt er den Vielbeschäftigten, der sich um keinen Preis der Welt mit einem so nichtigen Anliegen wie dem meinen abzugeben vermag. Ich rede aber gleich im Gehen auf ihn ein: »VO, ich brauche eine Garnitur Lederzeug und Seestiefel.« Und gleich darauf – jetzt im genau gleichen Schrittmaß neben dem VO herschreitend – noch einmal dringlicher: »VO, ich brauche eine Garnitur Lederzeug und Seestiefel und was Sie sonst noch am Lager haben für einen, der sich bordfertig machen muß.«

»Jetzt sind es schon zwei Ledergarnituren und zwei Paar Seestiefel«, witzelt der VO und lacht auch noch über seinen Quatsch.

Zu meiner Überraschung wirft er sich dann aber zum Großmütigen auf. Er tut zwar gerade so, als müsse er sich alles, was ich verlange, vom eigenen Herzen reißen, aber weil ich es bin, soll es ihm die schmerzhafte Operation wert sein. Er will alles höchstpersönlich heraussuchen und mir direkt in mein Quartier bringen lassen. Für meine Figur hätte er schon das Richtige ...

Als ich wieder in meiner Bude stehe, denke ich: Wenn der Alte mir befohlen hätte, pack deine Sachen, in einer Stunde mußt du an Bord sein, wäre das zu verkraften gewesen. So aber wird es sicher einer von diesen verfluchten Dauerabschieden werden: »Zwei Tage ...« – Ich weiß nicht mal annähernd, was alles am Boot repariert werden muß und wie lange es dauern kann, bis U 730 »halbwegs« seeklar ist.

Und wie sollen wir bloß aus dem Goulet hinauskommen? Gleich im Hafen tauchen, ob das geht? Wohl kaum! Die Minengefahr ist zu groß. Wenn sich unter die nachts angreifenden Flugzeuge ein paar Minenschmeißer mischen, fällt das keinem auf. Und wer weiß, ob da nicht sogar noch alte Minen herumliegen? Diese verdammten E-Minen, die erst beim x-ten Impuls hochgehen, hat der Teufel erfunden.

Ich lasse meinen Blick über meine Besitztümer schweifen. Nur weg mit den Dingen! Ballast abwerfen, wie bei der Ballonfahrt! Diese Art von Selbstverstümmelung bin ich doch nachgerade gewohnt.

Was wird der erste Plünderer, der hier eindringt, wohl von der Zinkröhre mit ihrem gut sitzenden Deckel halten? Von meinen Malutensilien ... Schade. Schade ums gute Papier.

Und da liegen die Massen beschriebener Seiten, die ich seit Monaten in einer dicken Ledertasche mit mir herumgeschleppt habe, auf meine Koje gebreitet. Wo haben diese Blätter nicht schon überall herumgelegen: auf den Fußböden von Hotelzimmern, in Ker Bibi in La Baule – Simone lief mit nassen Füßen mutwillig drüberhin –, im Feldafinger Haus am Wald. Ich hätte sie dort lassen sollen. Aber das ging leider nicht: Ich mußte sie bei mir haben, um daran zu arbeiten, ändern, ergänzen, berichtigen zu können. Und außerdem enthalten sie Schilderungen, die als geheim gelten.

Viel zuviel Zeug! Ein knappes Dutzend Schnellhefter! Alles für die Katz geschrieben! Es wird mir nichts anderes übrigbleiben, als etliches ins Feuer zu werfen.

Wie viele meiner Bilder sind schon draufgegangen ... Nun trifft es auch meine Aufzeichnungen. Es geht eben alles zum Teufel. Ein paar Dinge sind wenigstens gerettet – vorläufig. Die Filme und die wichtigen Kriegstagebuch-Abschriften und Notizen, die in den beiden Koffern gestaut sind, die jetzt im Keller von Helgas Wohnung einstauben.

Was bringt mich eigentlich dazu, immer noch daran zu glauben, daß ich eines schönen Tages Gebrauch davon machen könnte? Reicht auch für mich der Augenschein immer noch nicht, um *alle* Hoffnung auszulöschen? Was für Kräfte sind das, die mich vor dem Versinken in die absolute Hoffnungslosigkeit bewahren?

Vor einem Packen loser Blätter frage ich mich: gleich im Ganzen wegwerfen oder durchsehen? Ich entschließe mich, sie erst mal anzulesen – Tagebuchnotizen und abgeschriebene Verse: Mörike – »An einem Wintermorgen vor Sonnenaufgang«.

Ich blättere weiter. Noch mehr Mörike. Ich finde Zettel mit Sprachquatsch: »Unter dem Geäst / hat ein scheues Reh geäst«, erfundene Buchtitel, karge Inhaltsangaben von Büchern, die ich schreiben will ..

Ein hartes Knallen reißt mich aus meinen Gedanken. Wenn sie nur nicht schon wieder mit Panzern an der Citroëngarage angreifen! Da höre ich auch schon das dumpfe Blobben unserer Paks.

Das war vorauszusehen, daß die Citroëngarage heiß umkämpft werden würde. Sie ist das letzte Bollwerk vor der Stadt. Dort sind die meisten unserer Männer in den Gräben.

Will Ramcke etwa seine Fallschirmjäger schonen und dafür unsere Leute verheizen?

Am Nachmittag besucht mich der Alte, als ich noch dabei bin, Manuskriptseiten zu sortieren.

»Sei doch froh!« sagt er. »Nach der vielen Theorie kriegst du jetzt auch noch praktische Erfahrungen mit. Die Schnorchelei ist doch für dich was Neues.«

Ist dem Alten ernst, was er sagt? Nach allem, was ich weiß, ist die Schnorchelei des Teufels. Die Besatzungen der Schnorchelboote, die in den letzten Wochen hier hereingekommen sind, sahen jedenfalls nicht gerade so aus, als hätten sie einen Spaziergang durch den Garten Eden hinter sich.

»Wenn du meinst«, gebe ich, nur um etwas zu sagen, zurück.

»Hoffentlich klappt der Laden«, höre ich den Alten wie von weit her. Hat er etwa meine Gedanken erraten?

»Ja, hoffentlich klappt der Laden«, kommt es wie ein Echo aus meinem Mund.

Da sagt der Alte wie beiläufig: »Die haben ein paar Probleme – Kurbelwellenlager und so ...«

Aber um mir die Schnorchelei schmackhaft zu machen und Schäden am Boot zu schildern, ist der Alte doch sicher nicht gekommen. Ich bin gespannt, was er mir tatsächlich verpassen will.

Lange muß ich nicht warten. Plötzlich sagt er kategorisch: »Bartl muß mit raus!« Und dann überraschend schroff: »Du mußt dich um Bartl kümmern.«

»Ausgerechnet Bananen!« bringe ich in meiner Verwirrung nur hervor. Dann, schon gefaßter: »Ist er dafür nicht zu alt – ich meine: für diese Art Unternehmung?«

»Wenn du den Festungskampf meinst – ja!« sagt da der Alte.

Die Reespinne Bartl! Der älteste Mann der Flottille! Bartl steht mir sofort in all seiner fülligen Körperlichkeit vor Augen, das Koppel unter dem Bauch, die Füße parallel gestellt. Bartl, der Mann für alles, der immer weiß, was gemeint ist, auch wenn er keinen eindeutigen oder überhaupt keinen Befehl, sondern nur eine Andeutung im Gespräch bekommt. Der allzeit clevere Bartl, der bei allen beliebte Bartl! Bartl, der wichtigste Mann der Flottille, der sich um alles kümmert und alles richtet. Von Bartl könnten die Begriffsstutzigen im Offiziershabit manches lernen . . .

Und jetzt soll Bartl mit mir losziehen! Wir werden ein Paar bilden wie Sancho Pansa und Don Quijote . . .

»Er bekommt einen Marschbefehl nach München, da ist er zu Hause. Aber du mußt natürlich aufpassen, daß er nicht in La Pallice hängenbleibt«, sagt der Alte jetzt so gelassen, als befänden wir uns in einer gemütlichen Teeunterhaltung.

Ich kann dazu nur nicken. Dann frage ich: »Weiß Bartl das schon?« Und weil der Alte nur mit einer unbestimmten Geste auf meine Frage antwortet, noch einmal: »Hast du es ihm schon gesagt?«

»Nein.«

In meinem Kopf arbeitet es heftig. Das wird ein schönes Theater geben! Bartl wird versuchen, um jeden Preis hierzubleiben. Und wenn der sich was in den Kopf gesetzt hat, quatscht er einem glatt ein Ohr ab. Ein Bartl, der auf Granit beißt – das wird eine sehenswerte Nummer . . .

Natürlich kann Bartl mir auch leid tun. Wenn nicht alles trügt, hat er keine Angehörigen mehr.

Weiß der Himmel, wie der Kerl es überhaupt geschafft hat, bei seinen Jahren noch die Uniform eines Oberbootsmannsmaaten zu tragen.

Im Fuchsbau hinter dem Bunker sind ein halbes Dutzend Heeresoffiziere verhaftet worden. Keiner weiß, warum.

Es heißt, bei der Marineartillerie hätte es schon »Abgänge« gegeben. Einige Männer, aber auch ein Feldwebel, seien zum Maquis übergelaufen.

»Für die ist der Krieg aus«, sagt der Alte lakonisch. »Wahrscheinlich handelt sich's um Familienzusammenführungen. Die werden von ihren Freundinnen versteckt: Die niederen Chargen haben's da einfacher.«

Ich spitze die Ohren: Was war das denn? Was für Töne schlägt der Alte plötzlich an?

»Gut, daß Simone hier raus ist«, sagt er jetzt auch noch.

Mir verschlägt es die Sprache. Erst nach einer Weile kann ich sagen: »Fragt sich nur, wohin man sie mittlerweile verschleppt hat . . . Außerdem: *Hier* hätte sie doch wohl Rückendeckung gehabt.«

»Weiß man's? Ich glaub eben nicht dran. Ihr Vater – vielleicht. Aber Simone?«

Da kann ich nur dasitzen und verdattert vor mich hingucken. Der Alte! Was mag er nur in seinem Kopf bewegen? Wird er am Ende doch noch auspacken?

Eins ist klar: Wir müssen quer durch die Biskaya – und das schnorchelnderweise und mutterseelenallein. Von Jagdschutz oder sonstwelchen Eskorten keine Rede.

Die Gegend, durch die wir zockeln sollen, wird »U-Bootfriedhof« genannt. Das ist längst gängige Sprache. »Die Biskaya, der größte U-Bootfriedhof der sieben Meere!«

Ich stelle mir zwanghaft die riesige Schar der U-Bootmänner vor, die in diesem Gebiet schon abgesoffen sind – und zwar stelle ich sie mir als Wasserleichen vor und dazu auch noch in jedem Zustand der Auflösung. Die Vorstellung, ich müßte selber Wasser schlucken, Wasser in großen Mengen, und im Schlucken ersticken, treibt mir den kalten Schweiß auf die Stirn. Absaufen, das bedeutet ja in Wirklichkeit erstickt werden – mit der Wassergarotte erstickt werden. Soll mir doch keiner sagen, daß er nicht manchmal – oder sogar oft – ans Absaufen denkt, wenn auch kein Wort darüber geredet wird. Die Würgerei, wenn es zu Ende geht – die ist sicher das Schlimmste.

Den »Außenbordskameraden« kann man es nicht übelnehmen, daß sie sich von den Leichen der Seeleute nähren. Aber tun das Fische tatsächlich? Gibt es überhaupt noch Fische in diesen Tiefen? Sind es tief unten nicht vielmehr irgendwelche Krebse, blinde Kleintiere, die in die geborstenen Druckkörper eindringen und die zu schlieriger Gallerte zersetzten Leichen schlampampen?

Zwei Seeleute von einem MS-Boot sind vom Maquis umgelegt worden. Gerüchte über Torturen gehen um.

In der OF-Messe gibt ein Dieselmaschinist zum besten, was er mit den Schweinehunden machen würde: »Massakrieren – in Stücke hacken.« Mehr fällt ihm nicht ein. Da kommt ihm ein anderer zu Hilfe: »Mit 'm rostigen Eimerrand kastrieren und dann mit 'm nassen Lappen erschlagen.«

Dafür erntet er allgemeine Zustimmung.

»Das mit dem rostigen Eimerrand ist gut«, pflichtet ihm ein Bootsmann bei, »aber schön langsam – draufsetzen und dann einen auf die Schultern nehmen und, wenn nötig, noch einen, bis der Pint ganz ab ist.«

Nach dem Essen erfahre ich vom Alten, daß Bartl sich mit Händen und Füßen gegen die Kommandierung auf U 730 wehrt. Hatte ich es mir doch gedacht!

Bartls Schilderungen, wie jämmerlich alles sofort verfallen und wie qualvoll seine Schweine eingehen würden, müssen zum Steinerweichen gewesen sein. Aber damit kommt er beim Alten nicht durch. Wie um seinen Entschluß vor mir noch einmal zu bekräftigen, sagt der Alte: »Bartl *muß* an Bord! Ich kann den Mann in dieser Situation hier einfach nicht brauchen!«

Ich wälze mich von einer Seite auf die andere. Bei diesem Getöse soll einer schlafen! Hier gibt es sicher genug Wahnsinnige, die gar nicht daran denken, im Zweifelsfall den weißen Lappen zu zeigen.

Bis zur letzten Granate! Bis zum letzten Mann! Das wird einen schönen Aufguß der alten Scheiße geben. Und wer dann noch übrigbleibt, den nehmen die Fiffis in Empfang ...

Ein Übel gegen das andere abwägen: massakriert oder ersäuft werden – was ist das schlimmere? Der Alte muß auf jeden Fall hierbleiben. Der Alte wird massakriert, und ich werde ersäuft. So verteilt sich das. Der Alte mit seinem Halsorden! Den nimmt er todsicher nicht ab. Da haben die Fiffis dann was Feines zum Aufspießen und Durch-die-Ruinen-Tragen.

Drei Pionieroffiziere des Festungskommandanten erscheinen bald nach dem Frühstück im Büro des Alten. Auf dem runden Tisch ist ein großer Plan der Stadt Brest aufgelegt. Der Alte will einen Stützpunktring zur Verteidigung der Flottille errichten, die Pionieroffiziere sollen als Berater fungieren. Offenbar Leute mit Erfahrung.

Wir laufen zu fünft um das Flottillengelände herum. Der Alte ist Feuer und Flamme: Zusätzliche Dreikommasieben-Schnellfeuerkanonen sollen auf Doppellafetten so eingebaut werden, daß sie die zu den Flottillengebäuden führenden Straßen unter Feuer nehmen können. An allen Ecken des Geländes sollen MG-Nester errichtet werden. Statt der Sandsackwälle und Gräben Mauern aus Steinen. Obenauf soll eine Krone aus Sandsäkken kommen.

Kaum haben sich die Mannen des Festungskommandanten so zackig, wie wir es in der Flottille längst nicht mehr gewohnt sind, verabschiedet, frage ich den Alten: »Was kann die ganze Bauerei rings um die Flottille denn nützen, wenn die Amis mit Panzern kommen?«

»An die denke ich dabei doch gar nicht. Aber wir müssen was gegen die Fiffis tun. *Ich* möchte jedenfalls nicht, daß uns die Brüder vom Maquis wie Baumaffen über die Mauer klettern.«

»Vorläufig ist es ja von *der* Seite noch ziemlich ruhig«, sage ich.

»Das stimmt. Ich weiß auch nicht ... Ich kann mir keinen Vers darauf machen: Vielleicht ist es 'ne Art Ruhe vor dem Sturm? Vielleicht aber formieren sich die Brüder auch lieber außerhalb der Stadt. Hier – intra muros – riskieren sie ihren Hintern ... Geh mal schon hoch, ich komm gleich nach.«

Es dauert fast eine Stunde, bis der Alte ganz außer Atem ins Büro stürmt. Seine Gesichtsröte kann nicht vom schnellen Treppensteigen herrühren, sie kommt von schierer Wut: Es sieht aus, als wollte er gleich platzen.

»Das ist doch kaum zu glauben!« wettert er los. »Da wird einfach verrückt gespielt, auf Teufel komm raus – aber an uns denkt keiner.«

Der Alte macht fünf, sechs Schritte quer durchs Zimmer und fünf, sechs Schritte zurück. Dann nimmt er Kurs auf einen der beiden Sessel und läßt sich hineinsinken wie ein angeschlagener Boxer in seine Ringecke.

»Total verrückt!« höre ich ihn stöhnen.

Ich habe keine Ahnung, was gemeint ist, wage aber nicht, danach zu fragen.

»Die sprengen uns doch glatt die letzte Ausfahrt zu ...«

»Wer *die*?« frage ich so sachlich, wie ich nur kann.

Der Alte reagiert nicht. Er sitzt wie erstarrt da und hat die Augen zu. Was geht ihm durch den Kopf? Erst allmählich kommt wieder Leben in ihn, er setzt sich zurecht, aber statt nun endlich Antwort zu geben, greift er in wilder Entschlossenheit zum Telefon, wählt eine dreistellige Nummer, läßt sein Gesicht im Lauschen veröden und verharrt so unbeweglich, als sollte er mit einer Uraltkamera fotografiert werden. Dann drückt er wutschnaubend mit der freien Hand die Gabel herunter, wählt noch einmal, erstarrt wieder.

Ich bewege mich so wenig wie er und lausche mit gespitzten Ohren, aber aus diesem Telefon kommt kein Zeichen. Der Alte knallt den Hörer auf die Gabel, drückt sich beide Handflächen vors Gesicht und zieht sie so langsam nach unten, daß von seinem Gesicht nur Zentimeter um Zentimeter wieder frei wird. Nun zwinkert er und blickt mich an. Es ist, als würde er mich gerade erst bemerken.

»Ein Tohuwabohu nach dem Geschmack des Hafenkapitäns, das hätte uns noch gefehlt! Wenn ihr erst mal draußen seid, werde ich drei Kreuze machen! Bis dahin müssen wir höllisch aufpassen, daß hier nicht *alles* drunter und drüber geht.«

Ich erfahre endlich, was der Hafenkapitän vorhat: Er will vor dem Bunker alles hochsprengen lassen, damit nicht etwa bei Nacht feindliche Kommandos eindringen können – mit schnellen PC-Booten zum Beispiel. Daß dann auch für uns der Laden dicht sein könnte, scheint dem übereifrigen Dummkopf nichts auszumachen: Er will eine schmale Passage freihalten. Fragt sich nur, wo er die Leute findet, die so präzise sprengen können, wie er sich das vorstellt.

Der Alte kocht immer noch: »Mit solchen Vollidioten muß man sich nun herumärgern! Der Mann kommt vor Schiß fast um. Da gibt's nämlich einen Führerbefehl, daß der Hafen den Amis nur zerstört in die

Hände fallen darf. Zerstört, das heißt: auf lange Zeit unbenutzbar – wie man sich das halt so vorstellt ... Also hat man, das heißt der Herr Hafengewaltige, sich ausgedacht: Versenkungen im Hafenbecken, Sprengungen der Kais und Schuppen und natürlich auch der Molen vor dem Bunker ... Kleinholz, wo's nur geht! – Alles bis ins Detail geplant und vorbereitet. Die Sprengladungen kleben schon überall. Und jetzt will der Herr Hafenkapitän schön systematisch an die Arbeit gehen, das heißt frühzeitig anfangen, möglichst sofort, damit ja nichts schiefgehen kann. Wenn ich nicht dazwischengefunkt hätte, wäre hier jetzt der Teufel los ... Der Mann kann's gar nicht erwarten. Der tritt von einem Fuß auf den anderen und kann das Wasser kaum noch halten ...«

»So ein Arsch mit Ohren!« kommt es mir über die Lippen.

»Dieser Kompetenzwirrwarr ist der schiere Wahnsinn! Jetzt weiß hier schon die Rechte nicht mehr, was die Linke tut. Wenn unsere Posten nicht aufgepaßt hätten, wär's schon passiert. Gar nicht auszudenken!«

Der Alte ruft nach seinem Wagen. »Ich fahre zu Ramcke. Da werde ich aber Dampf machen ... Der Hafenkapitän ist viel zu fickrig. Dieser Wahnsinnsheini hat Angst um seine Rübe.«

In seinem Zustand würde der Alte dem Hafenkommandanten glatt an den Kragen gehen, wenn er ihn vor sich hätte.

»Von mir aus kann der Kerl so viele Schuppen wegsprengen, wie er will. Aber die Kais! Der ist doch total wahnsinnig! – Der muß sich doch mit uns in Verbindung setzen, ehe er ...« Der Alte kommt vor Erregung nicht weiter. Er muß erst mal tief Luft holen und dann noch einmal. Dabei beruhigt er sich zusehends. Schließlich stützt er die Ellenbogen auf die Schreibtischplatte und vergräbt den Kopf in den Händen.

Da meldet sich der Fahrer.

»Wir bauen die Verteidigungsstellungen aus – und dieser Weihnachtsmann denkt nur ans Hochjagen!« stößt der Alte wie mit dem letzten Dampf hervor und greift dann entschlossen zu Koppel und Pistole. »Nicht zu fassen! Einfach nicht zu fassen!«

Ich will zum Bunker und sehen, was da geschieht. Die Zurüstungen gelten schließlich nicht irgendeinem Boot – *mein* Boot wird auslaufklar gemacht.

Als ich auf die abweisend düstere Betonmauer des Bunkers zugehe, kann ich im Näherkommen die Strukturen jedes Schalbretts erkennen – moderne Versteinerungen. Hier und da ragen aus dem grauen Beton sepiabraun verrostete Armiereisen heraus, einige in absurden Verrenkungen.

Drinnen im Bunker ist es noch düsterer geworden. Sekundenlang weiß ich nicht, was den Eindruck so sehr verändert hat, aber dann habe ich es:

Die Tore zu den Bunkerhöhlen sind mit Persenningen zugehängt worden. Früher kam durch die Öffnungen weißes Tageslicht herein. Dieses milchigweiße Licht hat mich beim Fotografieren von Booten im Dock oder in den Schwimmboxen immer gestört, weil es äußerst heftig zu den Schattendunkelheiten kontrastierte und Überblendungen brachte. Jetzt kommt das grellweiße Tageslicht nur noch durch einzelne Schlitze zwischen den Persenningen hindurch.

Ich kapiere: Diese Persenninge hat man in die Einfahrten gehängt, damit die Lichter und Funzeln – auch die der Werkstätten – den Amis drüben auf der Halbinsel nachts keine Ziele bieten. Die könnten sonst mit ihrer Artillerie direkt in den Bunker schießen.

Warum sie das nicht auch tagsüber versuchen, weiß ich nicht. Meinem Laufbahnabzeichen nach bin ich Marineartillerist, aber ich habe kaum Ahnung vom Artillerieschießen.

Die Trockendocks sind riesige tote Grüfte. Das ganze Riesenbauwerk ist eine einzige Tristesse, die einem gewaltig ans Gemüt geht. *Jetzt* sollte einer von unseren schnieken Kameraleuten hier mal filmen, und er hätte ein einmaliges Sinnbild unserer Niederlage im Kasten.

Ich muß durch die fettigen Abgasschwaden eines heftig lärmenden Diesels, der auf einem Landeprahm steht, hindurchdringen und registriere halb unbewußt, daß dieser Lärm der einzige Arbeitslärm im ganzen großen Bunker ist.

Es ist nicht kalt, aber mich fröstelt. Wenn ich wollte, könnte ich mich noch drücken. Könnte ich wirklich?

Und da endlich liegt das Boot. So allein in der großen Schwimmbox wirkt es seltsam spielzeughaft.

Das letzte Boot im Bunker! Und das ist jetzt *mein* Boot! Mich bestürmen widerstreitende Gefühle: die alte Faszination – und da ist auch eine merkwürdige Zuneigung, dieses warme Gefühl, das ich noch immer empfunden habe, wenn ich ein Schiff, mit dem ich auslaufen sollte, zum ersten Mal sah, mit Blicken abtastete und mich auf du und du mit ihm zu stellen versuchte.

Flausen! denke ich und hocke mich auf ein aufgeschossenes Tau nieder. So im Sitzen lasse ich den Blick langsam über das ganze Boot wandern ... Das ist schon eine vertrackte Sache, daß dieses schmale Boot jetzt *mein* Schiff ist und sich bei mir merkwürdige Gefühle dafür regen: Ich sehe das Boot mit so festem Blick an, als könnte ich ihm wie einem lebendigen Wesen Mut zum Aushalten machen ...

Muffensausen? Den möchte ich sehen, der hier im Bunker jetzt keins hätte.

Dieser ganze leere Zyklopenbau ist ein einziges böses Omen. Es stinkt nach Dieselöl und vergammeltem Fisch und nach Brackwassermodder, und jedes Geräusch hallt nach – aber nicht klingend, sondern erstickt dumpf.

Da hängt sich mein Blick an dieser merkwürdigen großen Matratze fest, die das Boot seitlich am Turm trägt: die Antenne des Hohentwiel-Geräts. Das hatten wir auf U 96 noch nicht. Das Hohentwiel-Gerät soll sich von den vielen FuMBs dadurch unterscheiden, daß es ein Aktiv-Ortungsgerät ist, also nicht nur – passiv – meldet, wenn das Boot per Radar geortet wird.

Aber – so hat es mir der Alte vor kurzem erst erklärt – auch dieses neue Gerät gibt nur den Abstand zu einem Ziel an, nicht aber die Peilung. Ich weiß auch noch: Die Anzeige läuft auf einer Braunschen Röhre in der Zentrale linear von links nach rechts. Die Ziele erscheinen als Zacken. Aus der Höhe eines Zackens läßt sich auf die Zielgröße schließen.

Ich will mich mit dieser neuen Installation anfreunden und gehe hart an der Pierkante hin aufs Boot zu, den Blick fest am Boden. Ich muß höllisch aufpassen, weil überall Ballen, Seesäcke, Kisten und alle möglichen Klamotten herumliegen. Immer wieder heißt es: Bein hoch und über eine Leine weg, drei Schritte und schon wieder eine Leine. Ich will mir schließlich nicht zu guter Letzt noch die Knochen brechen.

Dicht beim Boot ist Munition auf der Pier gestapelt. Über die Mengen kann ich nur staunen, denn ich weiß, daß alle diese Knallkøper im Boot verstaut waren. Jetzt scheint keiner recht zu wissen, wohin damit. Also bleiben sie erst mal auf der Pier.

Das Boot hat – auch das ein Unterschied zu U 96 – den doppelten Wintergarten. Auf der zweiten Plattform steht eine Dreikommasieben. Im eigentlichen Wintergarten sind zwei Zwozentimeter-Zwillinge. Dafür hat man die Achtkommaacht, die früher wie ein Relikt aus der Zeit des Kaperkrieges vor dem Turm stand, abgenommen.

Da sehe ich den Obersteuermann, wie er, Segeltuchtasche unter dem rechten Arm, auf mich zuschnürt. Der Mann kommt mir gerade recht, der kann mich darüber aufklären, wie lange wir für die Strecke Brest–La Pallice wohl brauchen werden.

Der Obersteuermann schiftet seine Tasche unter den linken Arm, grüßt und setzt zu einem Bogen an, um mir auszuweichen, aber ich verstelle ihm schnell den Weg: »Obersteuermann, wie lange soll denn die Reise dauern?«

»Das ist nicht so einfach zu sagen«, bringt er hervor. »Das kommt darauf an, Herr Leutnant.«

Ich fingere nach dem Drehstift in meiner Tasche und frage: »Worauf denn?«

»Auf die Fahrtstrecke.«

Der Obersteuermann merkt, daß mich diese Antwort verdrießt, deshalb erläutert er auch gleich mit leicht stockender Stimme: »Je nachdem, wie weit wir nach Westen ausweichen – also wie groß der Bogen ist. Und natürlich auch, was wir durch Alarme an Zeit verlieren . . .« Dabei schiebt er vor lauter Beflissenheit seinen Kopf auf eine merkwürdige Weise nach vorn.

Ich will ihm in seiner Verlegenheit zu Hilfe kommen und sage, den Drehstift schon gezückt, ganz sachlich: »Lassen wir mal die Alarme beiseite, wie lange rechnen Sie denn dann?«

»Tagsüber zehn Stunden mit zwo Knoten Fahrt und sechs Stunden mit einskommafünf Knoten . . . Das ergibt zwanzig Seemeilen plus neun Seemeilen, also neunundzwanzig Seemeilen E-Maschinenfahrt. Dazu acht Stunden Dieselfahrt mit sechs Knoten, gleich achtundvierzig Seemeilen . . . Neunundzwanzig plus achtundvierzig – also siebenundsiebzig Meilen Etmal, Herr Leutnant – das heißt, im besten Falle.«

»Mehr nicht?«

»Nach unseren jüngst gemachten Erfahrungen eher sehr viel weniger, Herr Leutnant.«

»Das kann ja heiter werden!«

Der Obersteuermann läßt endlich die militärischen Formen sein. Er zieht das Feuchte in seiner Nase hoch und hebt die Schultern. So sieht er aus, als fühle er sich für das geringe Etmal verantwortlich.

Ich merke, daß ich wie unter einem Imitationszwang ebenfalls schniefe. Leicht verwirrt nicke ich dem Obersteuermann zu und wende mich ab.

»Doch bloß für drei, vier Tage«, hat der Alte gesagt, als ich ihn gefragt habe, wie das denn gehen soll mit einem so total überladenen Boot. Der Unterton von Beschwichtigung war aber so deutlich, daß ich gleich mißtrauisch wurde.

Vom Stellingposten erfahre ich, daß der Kommandant vor einer Stunde von Bord gegangen ist. Ich könnte mich also in aller Ruhe nach bestimmten neuen Installationen umsehen . . . Also auf der schmalen Hühnerleiter hinüber aufs Boot, dann die Steigeisen zum vorderen Wintergarten hoch, auf die Brücke und durchs Turmluk in die Zentrale hinab. Hier ist das Licht so schwach, daß ich Zeit brauche, um mich orientieren zu können. Aber so angespannt ich auch um mich schaue, finde ich doch keinen Anzeigeapparat für das Hohentwiel-Gerät. Er sollte eigentlich auf dem Kartentisch stehen. Auf *diesem* Kartentisch steht aber kein Gerät mit der Braunschen Röhre.

Einer der Piepels, die in der Zentrale herumwirtschaften, ein Zentralegast, klärt mich auf meine Frage nach dem Gerät hin auf: »Das ist nicht komplett, Herr Leutnant. Wir haben bloß die Matratze, aber kein Anzeige- oder Sichtgerät ...«

Soll das ein Witz sein? will ich schon fragen. Aber die Ernsthaftigkeit des Mannes versperrt mir den Mund.

Ich stehe da, mit einer Hüfte gegen das Kartenpult gelehnt, und kann es nicht fassen: wieder einmal Schwindel und Bluff. Eine Antenne zu installieren, aber das Anzeigegerät nicht mitzuliefern – das ist ein Maximum an Täuschung. Zuviel für den gewöhnlichen Christenmenschen.

»Die Matratze sieht zumindest imposant aus. Das muß man ihr schon lassen«, plappere ich vor mich hin. »Ohne das Ding würde der Turm direkt bloß und nackt wirken!«

Gleich geniere ich mich wegen dieser Rederei. Da sagt der Mann: »Auch komplett würde das Gerät nichts nützen, Herr Leutnant. Wir müssen doch eh die ganze Strecke unter Wasser bleiben.«

Ich könnte mir vor den Kopf schlagen: ich Idiot! Und jetzt muß der Mann auch noch weiterreden: »Da können wir sowieso nicht mit Radar geortet werden.«

»... es sei denn, daß der aus dem Wasser ragende Schnorchelkopf vom Radar aufgefaßt werden könnte«, sage ich. »Aber wahrscheinlich ist er als Ziel zu klein ...«

Da sagt der Zentralegast in einem Ton, als wolle er mir zu Hilfe kommen: »Wir haben aber noch den ganz normalen Metox, Herr Leutnant.«

»Und wo ist die Anzeige dafür?« frage ich zurück.

»Wir kriegen die Ortung im Funkraum. Ton durch einen kleinen Lautsprecher, Herr Leutnant.«

Ich staune: Offenbar habe ich den Richtigen erwischt.

»Und wie spielt sich das ab?«

»Der Funker ruft einfach ›Ortung!‹ in die Zentrale, Herr Leutnant. Aber wir stellen das Ding nicht an – nicht mal vor Cherbourg haben wir das ...« Und noch ehe ich da weiter nachhaken kann, erklärt er mir: »Da wird man ja verrückt, wenn es alle nasenlang piept und pfeift!«

Und vielleicht war das euer Glück, denke ich. Falls das Ding tatsächlich selber strahlen und wie eine Kuhglocke wirken sollte ...

Weil ich immer noch herumstehe, sagt der Mann schließlich in zivilem Ton: »Was uns fehlt, ist ein perfektes Gerät zur Aktiv-Ortung. Das soll's zwar schon geben, bloß noch nicht für die Front. Haben *Sie* was gehört, Herr Leutnant?«

»Auch nur ganz vage Gerüchte.«

»Das Ding soll ausfahrbar sein wie ein Sehrohr und sich ständig um die Achse drehen wie 'ne Radarmatratze ...«

»Klingt jedenfalls gut.«

»Tscha, Herr Leutnant, wenn's bloß *darum* ginge, hätten wir 'ne Menge zu bieten ...«, bekomme ich da zu hören und kann darüber nur staunen.

Ich werfe einen Blick in den U-Raum: Hier bei den Maaten habe ich das letzte Mal auf U 96 gewohnt. Die Koje an Steuerbordseite oben wird wohl wieder meine Koje sein. Bei ihrem Anblick rührt sich in mir eine Art Heimatgefühl. Jetzt sieht sie noch schmaler aus als zu meiner Zeit, und der Raum bis zur Decke ist noch kleiner. Kojenvorhänge gibt es offenbar nicht mehr – oder sie werden noch angebracht.

Das rechteckige, nicht druckfeste Schott zur Kombüse steht weit offen. Weiß der Henker, warum die Konstrukteure dieses winzige Schapp zwischen U-Raum und Dieselraum eingeklemmt haben – also weit achtern im Boot, obwohl der Großteil der Besatzung vorn im Boot hausen muß. Ich kann mir nur puren Sadismus vorstellen, denn so müssen die Backschafter, um das Essen in die O-Messe und den Bugraum zu bringen, zweimal durch Kugelschotten turnen. Vom Schmutt ist nichts zu sehen. Also weiter in den Dieselraum! – Aber das geht nicht: Achtern wird repariert – und dabei heftig geflucht.

Für die Leute im Dieselraum ändert sich bei Schnorchelfahrt im Prinzip nichts: die gleiche Abgeschlossenheit wie immer. Und bei normaler Überwasserfahrt liegt der Dieselraum ja auch unter Wasser. Die Luft wird bei Schnorchelfahrt nur statt durch die Öffnungen am Turm durch ein Ventil am Schnorchelkopf angesaugt. Sie kommt über die gleichen Rohrleitungen in den Dieselraum wie sonst auch.

Als ich wieder auf der Pier bin, ficht mich die Lust an, weiter am Boot hinzulaufen: Ich will es noch einmal in ganzer Länge vom Heck her sehen – so, wie ich es oft gezeichnet habe.

Ich taste die Linien des Bootes so sorgsam ab, als sei ich tatsächlich dabei, es aus dieser Perspektive zu zeichnen. Und dann sitze ich einfach selbstvergessen da, mit dem Blick in die Tiefe der Schwimmbox hinein und auf das an die rechte Pier gedrückte Boot: siebenundsechzig Meter lang, sechs Meter breit an der dicksten Stelle, aber jetzt sieht es in diesem Schummerlicht winzig aus wie eins vom Typ »Einbaum« ...

Fast siebenhundert gab es von diesem Typ VII C.

Zwiespältige Gefühle: Es ist noch nicht lange her, daß ich dieses Boot geradezu hymnisch beschrieben habe, als wahres Wunderwerk von Schiffbaukunst und Waffentechnik. Seeausdauernd und seetüchtig wie sonst kein Schiff der Welt. Keines sei so sehr Schiff und Waffe in einem wie das U-Boot ... Mein Buch »Jäger im Weltmeer«! – Ob das tatsächlich noch gedruckt wird?

Zar Peter – Berlin – der eulengesichtige Kasack – der Chef der »neuen linie« mit seinem Monokel – der Ölige . . . Und ich hier in der Düsternis des Brester U-Bootbunkers . . . Was ist das nur für eine Welt! Und was für ein Dasein! – Führe ich nicht das Leben eines ganz anderen statt meines eigenen? Das eines mit einer Uniform Verkleideten?

Ach was, sage ich mir, der graue Drillich, den ich immer noch am Leib habe, ist ja nun weiß Gott kein Stück Uniformfexerei. Selten, daß mich so überhaupt mal einer, nehme ich auch noch die Schiffchenmütze ab, als Offizier erkennt und Männchen macht . . . Jetzt zum Beispiel kommt eine Gruppe palavernder Männer heran, die offenbar zur Besatzung von U 730 gehören und eben mal fünfe gerade sein lassen. Sie hocken sich ganz in meiner Nähe auf ein paar Stöße aus Stapelhölzern und quatschen weiter.

Ich bin sofort auf Hörempfang.

»Das mußt du dir mal überlegen«, legt einer laut und deutlich los. »Da kann einer ein Dutzend Sprachen – dann stirbt er, und das Dutzend Sprachen ist weg, einfach futsch! Das mußt du dir mal überlegen!«

»Du spinnst aber gewaltig, Mann!« sagt ein anderer, der offenbar keinen Sinn fürs Höhere hat. Aber dann sagt er noch: »Du redest ja wie Friedrich Nietzsche!«

Ich hocke da und kann nicht genug staunen: Wenn die hier zur Besatzung gehören sollten, würde ich ja auf einem Philosophendampfer in See gehen.

Eine Weile herrscht Schweigen. Und als wieder geredet wird, kann ich den Anfang nicht verstehen, weil von draußen her scharfe Dampfpfeifensignale kommen. Dann aber höre ich: »Mit ’m Präser vögeln iss doch Scheiße! Da kannste ja gleich wichsen.«

»Ach du neunmalgescheites Arschloch, was redst du denn so schlau daher«, fährt ein anderer dazwischen. »Du mit deim ausgeleierten Regenwurm zwischen den Beinen.«

Und jetzt geht es durcheinander: »Na, du mußt ja wissen, was de tust: Mit so ’nem Gorgonzolariemen würd ich ohne Präser auch nich auf die Ladies losgehen. Die erschrecken ja sonst zu Tode über den Gestank.«

Junge, Junge! entfährt es mir da leise, und ich denke: Da haben wir nicht nur Philosophen, sondern auch ein paar besonders abgebrühte Burschen an Bord.

Da soll einer nicht mit sich selber durcheinandergeraten: meine hehren Gefühle und dann diese Palaverei! Aber eine vermaledeite Neugier zwingt mich, noch weiter zuzuhören.

»Verbrenn du dir deinen Schwanz ruhig, mir steht jedenfalls so ’n Gummimantel prima.«

»Weil du gerade von Präsern redest«, mischt sich eine andere Stimme ein: »Ich war mal bei 'ner Nutte, die hatte so 'nen ganz kleinen Kanonenofen ...« Hier versiegt die Stimme: Da arbeitet einer offenbar mit dramaturgischen Pausen. Ich kann mir gut vorstellen, wie der Sprecher jetzt erst mal die Runde mit einem verständnisheischenden Ringsumblick bedenkt. »Es war nämlich Winter«, redet er endlich weiter.

»Aha!« amüsiert sich da einer. »Drum!«

Wieder Pause. Aber dann geht es endlich zügig weiter: »Ich denke, ich guck wohl nich recht – macht die doch mit 'nem Topflappen die Ofentür auf und schmeißt den vollen Präser in die Kohlen. Das hat vielleicht gezischt und gestunken!«

»Auch 'ne Art!« sagt ein anderer. »Für 'n Krematorium bißchen früh ...« Die anderen können offenbar nur schweigend staunen. Und ich? Ich kann es nicht fassen: dieses Gesore in unserer Situation!

Das hat es früher nicht gegeben, daß sich so viele Leute einer Besatzung im Bunker bei ihrem Boot herumtreiben. Aber der Alte hat befohlen, daß die Leute an Bord bleiben und nur jeweils ein paar von ihnen mit dem Bus zur Flottille hochfahren dürfen. Bittere Pille! Normalerweise würde die Besatzung in der Flottille untergebracht, in ordentlichen Kojen und mit ganzen Reihen von Duschen im Waschraum. Auf dem Boot würde nur eine Wache bleiben.

Wirklich normal wäre noch etwas ganz anderes – nämlich Urlaub und eine ordentliche Werftüberholung fürs Boot.

Einer aus der Gruppe holt sich jetzt mit viel Geschniefe eine Rachenauster hoch und spuckt sie ins Wasser.

»Ich weiß auch 'n Ding!« meldet sich einer zu Wort.

»Na, schieß los!«

»In Paris, da iss doch Verdunklung. Da kommt 'ne Puppe aus dem Kino, un die Métro iss weg. Da kommt 'n großer Neger mit 'm Fahrrad. Der willse nach Hause fahrn. Die Puppe ziert sich, aber der Neger sagt: ›Na komm schon, ich nehm dich auf die Stange – hopp!‹ Und ab dafür. Der Neger strampelt, was das Zeug hält, dann will er mit der Puppe noch in 'ne Kneipe. Und damit's Rad nich gemaust wird, nimmt er's mit rein – un da gehn der Puppe aber vielleicht die Augen über ...«

Kunstpause.

»Na?«

»War 'n Damenrad!«

Gejohle und Stimmengewirr: »Gut, sach ich!« – »Wo soll'n da der Witz sein?« – »Ach, du armes Arschloch!« geht es durcheinander.

Als ich mich, wieder im Flottillengelände, dem Büro des Alten nähere, hör ich ihn schon durch drei Türen hindurch brüllen: »Ich verlange klare Informationen ...! Ich verlange Meldung über solche Vorkommnisse . . . ! Wenn sich das nicht sofort ändert, werde ich selber Meldung machen!«

Vorsichtig trete ich ein. Da merkt der Alte, wie sehr er sich in Rage gebracht hat. Er lacht forciert auf und läßt sich wie erschöpft in seinen Sessel fallen.

»An unsere Hälfte, ans Bunkergebiet, werde ich den Kerl nicht ranlassen«, sagt er, noch halb außer Atem. Also ist der Alte immer noch mit dem Hafenkapitän beschäftigt.

»Weiß der Satan, wie's noch kommt – wir müssen schließlich noch auslaufen können, auch wenn das diesem Heini nicht in den Kram paßt . . . Na, jetzt steht die Mole erst mal unter Denkmalschutz.«

Der Alte atmet tief durch. Er ist seiner Erregung endlich wieder Herr und versucht sogar, betont ruhig zu erscheinen: »Von mir aus kann er in der Einfahrt ja noch 'nen Kahn versenken – aber so, daß Platz für die Boote bleibt. Wenn das nicht klappt, dann . . .«

Weil der Alte offenläßt, was dann passieren wird, vollende ich: ». . . beschweren wir uns beim Herrn Großadmiral.«

»Worauf du dich verlassen kannst«, geht der Alte auf meinen flapsigen Ton ein – gerade so, als hätte ich es ernst gemeint. Aber dann scheint es schon wieder mit ihm durchzugehen. »Adju! . . . Adju!« brüllt er völlig unvermittelt in Richtung Nebenraum.

Es vergehen nur Sekunden, bis der Adjutant im Türrahmen erscheint.

»Schaffen Sie mir Bartl her!« herrscht der Alte ihn an. »Und zwar mit Beeilung!«

Kaum ist der Adjutant verschwunden, wendet sich der Alte mir zu und erklärt: »Wir müssen nach Norden besseres Schußfeld schaffen. Das heißt: gründlich abräumen. Das Gelände ist viel zu unübersichtlich. So kann das nicht bleiben!«

»Heißt das etwa, die Gärtnerei und die Schweineställe müssen weg?«

»Genau das – und zwar schnellstens«, sagt der Alte so heftig, als müsse er sich selber überzeugen.

Ich wage nicht, mir auszumalen, wie Bartl das aufnehmen wird. Bartl, der das hier alles plötzlich verlassen soll – der soll vorher auch noch seine stolzen Bauwerke in Trümmer legen? Das wird ihm das Herz brechen. An nichts hängt Bartl so sehr wie an seiner Gärtnerei und an seinen Rüsseltieren.

Der Alte stiefelt hin und her, die Hände so auf dem Rücken, als trüge er Handschellen.

Ich wünschte, ich wäre nicht ausgerechnet in diesem Moment hier hereingeplatzt. Auf die Szene, die mir gleich vorgeführt werden wird, bin ich nicht neugierig. Das kann doch nur eine Art Hinrichtung für Bartl werden . . .

Der Alte bleibt plötzlich stehen und versteift sich. So, mit den Händen immer noch auf dem Rücken, sieht er aus wie einer, der frei vor einem Peloton steht und gleich seine letzte Botschaft hinausschreien wird – fehlt nur noch, daß ihm das Khakihemd über der Brust offensteht.

Nein, da flüchte ich lieber: Das soll der Alte Bartl allein beibringen. Auf dieses Evénement kann ich verzichten. Mit einem gestotterten »Muß dringend den VO sprechen ...« melde ich mich ab und bin auch schon aus dem Zimmer.

Eine quälende Unrast treibt mich im Gelände um. Dabei hätte ich genug zu tun. Ich bin immer noch nicht mit dieser dreimal verfluchten Einpackerei fertig. Das heißt: Eingepackt ist alles, aber mein Gepäck ist viel zu groß geraten. Ich muß noch aussortieren. Es geht ja nicht nur darum, die Klamotten im Boot zu verstauen und nach La Pallice zu transportieren, ich muß sie ja dann auch noch weiterschleppen ...

Nach dem Essen lese ich an der Anschlagtafel, daß heute abend im Kino »Trenck, der Pandur« laufen wird. Für morgen ist »Mutterliebe« mit Luise Ullrich angekündigt. Ich kichere in mich hinein: Mutterliebe! Wer noch eine Mutter hat im Leben! Was wir demnächst brauchen werden, ist des lieben Gottes Zuneigung und die seiner liebwerten Frau Gemahlin. Die sollen den Mond abblenden, wenn wir auslaufen, und für den nötigen Dusel sorgen ...

Wie automatisch steuere ich den Club an. Mal sehen, wer da herumhockt. Ein Bier wäre recht. Der Eintopf war wieder versalzen. Das Essen ist überhaupt ein ziemlicher Schweinefraß. Daß der Alte das klaglos hinnimmt, kann ich nur bestaunen. Er ist eben die Genügsamkeit in Person. Dabei wußte er früher genau, was gut schmeckt. Zur Mère Binou nach Le Croisic zog es ihn richtig hin.

Kaum habe ich mein Bier vor mir und will gerade trinken, da höre ich mit halbem Ohr: »Bartl dreht durch!« und sehe, wie drei, vier Männer in den Club drängen. Ich habe Mühe, aus dem Durcheinander, das plötzlich herrscht, herauszuhören, was passiert ist: Bartl ist im Stall angetroffen worden – mit einer Mauserpistole in der Hand, inmitten toter Schweine. Bartl hat sämtliche Schweine mit Genickschuß massakriert, und das in einem Anfall wilder Besoffenheit. Ihn zu überwältigen soll nicht einfach gewesen sein.

Ich mache mich sofort auf: Leicht auf den Handlauf gestützt und vier Stufen auf einmal nehmend, bin ich auch schon im Parterre. So, und nun im Eilschritt durch den hinteren Hof zur Gärtnerei und weiter zur »Landwirtschaft«.

Und da liegen die toten Schweine auf der Seite und sehen aus wie nackte Menschen, die eine Maschinengewehrgarbe hingemäht hat. Gleich fällt mir ein, daß Kannibalen ihre Opfer »Langschweine« nennen. Es riecht, außer nach Schweinepisse, jetzt auch süßlich nach Blut.

»Verdammte Sauerei!« schimpft der VO und erntet damit auch noch keckerndes Gelächter.

»Sauerei ist richtig!« brüllt der Adjutant. »Das trifft es genau!« und hält sich offenbar für einen großartigen Burschen – der Situation gewachsen.

Der Ordnungsfanatiker Bartl! Der vorsorgende Bartl! Der rührselige Bartl! Und jetzt das hier! Ich bin ganz außer mir.

»Und wo steckt Bartl?« frage ich den Adju, als der sich wieder beruhigt hat, aber der zuckt zur Antwort nur mit den Schultern.

»Der ist nicht ansprechbar«, gibt mir ein Bootsmann Auskunft.

Da erscheint auch der Alte und guckt stumm auf die Bescherung. Es drängt mich, ihn zu fragen: Und so einen Verrückten soll ich mitnehmen? Statt dessen sage ich nur: »Das kann ja gut werden!«

Der Alte quittiert das nur mit einer ganz und gar verbiesterten Miene. »Der wird schon rechtzeitig wieder auf die Beine kommen!« sagt er dann aber doch. Und damit macht er, wie von einem plötzlichen Entschluß geleitet, kehrt. Im Abgehen sagt er laut: »Der *muß* mit . . . und wenn wir ihn auf der Tragbahre in den Bunker schleppen!«

Die endgültige Evakuierung der Stadt ist befohlen worden. Ein Konvoi abenteuerlicher, überfrachteter Fahrzeuge verläßt die Stadt in Richtung Citroëngarage. Kein einziges Auto dabei. Es gibt ja seit langem schon kein Benzin mehr. Dafür sehe ich Kinderwagen aller möglichen Modelle, auch viele altmodische hochrädrige Schubkarren, Zweiradkarren, sogar ein Ponygespann. Hölzerne Leiterwagen, wie sie in Deutschland gang und gäbe sind, gibt es hier anscheinend nicht. Die Vehikel sind allesamt überladen mit Reisekörben, Koffern, mächtigen Bündeln Matratzen, Bettrollen. Zwischen Bettladen, Säcken und Plumeaus reiten hoch oben auf einigen Karren sogar noch kleine Kinder. Hinten an den hochrädrigen Gefährten hängen Holzkäfige mit dichtgedrängtem Federvieh. Ein Gänsehals hat sich zwischen den Holzstäben hochgereckt. Ein Karren hat Schlagseite: Seine Last aus Möbelstücken, Betten, Hühnern in Käfigen ist zu groß.

Ich registriere, daß den Frauen nicht die Not Heimatloser auf den Gesichtern steht. Die Blicke, die uns die jüngeren zuwerfen, sind eher herausfordernd als demütig, und selbst noch die bleichen Alten in ihrem schwarzen Strickzeug haben etwas Unbeugsames in ihrer Haltung. Wie diese Frauen noch jedes Bombardement mit kaum verhohlener Genugtuung hingenommen haben, weil es nicht nur ihnen, sondern auch uns schadete, ziehen sie jetzt mit halbem Triumph aus der Stadt: Sie wissen allzu gut, daß wir in der Falle sitzen.

Plötzlich werde ich gewahr, daß einem jungen Soldaten neben mir Tränen über die Backen rinnen, während er die Rechte zu einem zögernden Gruß hebt. Und da sehe ich auch, wie mitten im Zug ein hellrotes Chiffontüchlein geschwenkt wird. Die es schwenkt, hat Simones Alter, Simones Figur ... Dann ist mit einem Mal das zerknitterte, heftig geschminkte Gesicht einer Alten mit großem federgeschmückten Hut ganz dicht vor mir. Zwei harte Augen funkeln mich an. Ich verkneife die Lider aus Angst, daß mich ein Speichelstrahl treffen könnte. Jemand in meiner Nähe sagt: »Nur Weiber. Die Kerle sind alle bei den Terroristen.«

Hinter dem Flüchtlingszug und in so geringem Abstand, als gehörten sie dazu, schlurfen drei Landser mit einer zweirädrigen Karre fürbaß, die sie mit Schultergurten hinter sich herziehen. Auf der Karre ein schrägverrutschter Turm Rollen aus Kupferdraht. Die Gruppe sieht aus wie von der Kollwitz gezeichnet. Mit solchen Schultergurten hängen sich die Bauern auf einer ihrer Radierungen vor den Pflug.

Ich kann mir denken, was es mit den Drahtrollen auf sich hat: Kupfer ist kostbar geworden. Alle nasenlang kommen Anordnungen und Befehle, Kupfer zusammenzutragen. Fragt sich nur, wie es noch heim ins Reich kommen soll ...

Der Alte versucht immer noch seine Akten zu sichten. Als er einem Regal ganze Stöße entnimmt und sie auf seinem Schreibtisch nebeneinander auftürmt, wage ich: »Das ist doch nun alles Makulatur« zu sagen.

Der Alte bläst vom obersten Aktendeckel eine Schicht Staub weg und sagt: »Plunder würde ich sagen – oder: Sic transit ... wie es der Gebildete ausdrücken würde.«

Plötzlich läßt sich der Alte in seinen Sessel sinken und sagt: »Was soll der Quatsch! Jetzt noch aussortieren ... Blödsinn! Das gibt 'nen schönen Scheiterhaufen – gleich unten im Hof.«

»Doch nicht lieber hinten in der Gärtnerei?« wende ich ein.

»Haste auch wieder recht«, sagt der Alte, und jetzt klingt er tief deprimiert. »Tabula rasa – und so schnell wie möglich. Das wird das beste sein. Du kannst den Scheiterhaufen fotografieren – für die Nachwelt.«

Der Wehrmachtbericht vom Tage hat zu vermelden: »In der Normandie scheiterten örtliche Vorstöße des Feindes südwestlich Caen. Im Raum Coulvain fanden während des ganzen Tages heftige Kämpfe statt, ohne zu einer nennenswerten Änderung der Lage zu führen. Südwestlich davon und im Raum von Vire gelang es, den eingebrochenen Feind durch den Gegenangriff eigener Panzerverbände zurückzuwerfen und den Zusammenhang der Front wiederherzustellen. 50 feindliche Panzer wurden abgeschossen. Eine starke Gruppe des Feindes ist eingeschlossen und wird konzentrisch angegriffen.

Nordöstlich und östlich Avranches brachen zahlreiche von Panzern unterstützte Angriffe des Gegners verlustreich zusammen.

Im Ostteil der Bretagne dringen die über Avranches nach Süden durchgebrochenen motorisierten Truppen des Feindes nach Süden und Westen vor und stehen an mehreren Stellen mit den Besatzungen der deutschen Stützpunkte in diesem Raum im Kampf. In den beiden letzten Tagen verlor der Feind 216 Panzer ...

Das schwere Feuer der V1 liegt weiterhin auf London und seinen Außenbezirken.«

Kaum lege ich das Blatt aus der Hand, geht draußen die verdammte Ballerei wieder los. Die Nacht wird unruhig werden. Die Batterien der Amis feuern wie verrückt – gerade so, als müßten sie ihre Granaten mit Gewalt loswerden. Jetzt, nachdem die Franzosen evakuiert sind, können sie ja auch in die vollen gehen.

Die Brüder werden Brest ganz nach den Regeln des Festungskampfes, sturmreif schießen: So lange ballern, bis kein Stein mehr auf dem anderen steht und keine Maus sich mehr rührt. Die Amis haben alles, was man dazu braucht. Keine Engpässe. Keine Sorgen um Munition und Sprit. Muß direkt Spaß machen: Scheibenschießen, ohne selber den Arsch zu riskieren. Salventakt – immer rin in die Brandherde.

»Ich wüßte gern, aus was für einer Schicht der Großadmiral eigentlich stammt«, wendet sich der Zahnarzt unvermittelt an den Alten, als wir nach dem Abendessen im Club um den runden Tisch sitzen. »Von übermäßiger Bildung kann man bei ihm wohl kaum reden.«

Ich bin für Sekunden fassungslos: Solche Töne habe ich selbst vom Zahnarzt noch nie gehört.

»Wie wollen Sie denn das beurteilen!« fährt der Alte auf.

»Ich habe ihn mal über Filme reden hören«, sagt der Zahnarzt ruhig, »das war schon stark!«

Weil der Alte nur, statt einzuhaken, verbiestert vor sich hin guckt, redet der Zahnarzt weiter: »Es ging um den Film ›Der Blaue Engel‹. Für den hat der Großadmiral nur äußerste Verachtung an den Tag gelegt.«

»Der ist eben nicht vom jüdischen Sumpf angekränkelt wie Ihre Leute!« raunzt der Alte wütend zurück.

Ich gucke von einem zum anderen und frage mich: Was, um Himmels Willen, wird denn hier gespielt?

»Bei Gott, nein – das ist er nicht!« sagt der Zahnarzt, und ich denke: Wenn er doch wenigstens jetzt den Mund hielte! Aber nein, der Zahnarzt redet weiter – gerade so, als würde er nicht merken, wie sehr der Alte kocht. »Wenn einer so darauf spannt, wann er den nächsten Treueruf auf den Führer anbringen kann, dann *kann* er ja gar keinen Sinn für die schönen Künste entwickeln. Dann muß er in bezug auf Bildung und solchen Quatsch wohl tatsächlich ein Würstchen bleiben . . .«

Ich will zu Hilfe kommen – dem Zahnarzt, aber auch dem Alten. Aber ich kann nicht. Ich sitze wie festgelascht da und denke nur: Warum bloß hat der Zahnarzt dieses schreckliche Palaver vom Zaun gebrochen? Warum, um alles in der Welt, fordert er den Alten dermaßen heraus?

»Wie meinen Sie das?« fragt der Alte nach einer qualvoll langen Pause in so deutlich drohendem Ton, daß der Zahnarzt ihn gar nicht überhören kann. Der läßt sich aber auch davon nicht einschüchtern, auch nicht von den düsteren Blicken, die der Alte unter heftig gerunzelten Brauen zu ihm hinüberschickt: Er redet vielmehr in seiner ganz normalen Tonlage weiter: »Der Führer stellt doch in der eigenen Person ein Sinnbild dar für das hohe Kulturstreben des deutschen Volkes – was man von Dönitz beim besten Willen nicht sagen kann . . .«

Ist der Mann noch bei Sinnen? Betrunken? Aber Zeichen von Betrunkenheit kann ich nicht entdecken.

»Und was die ewigen Treuerufe anbelangt«, fährt der Zahnarzt auch schon fort, »da hab ich mir sagen lassen, daß er sogar damals in seiner Offiziersmesse, als er den angetretenen Offizieren seine Ernennung zum Oberbefehlshaber der Kriegsmarine höchstselbst bekanntmachte – mit Wirkung vom dreißigsten Januar dreiundvierzig, wie ich mich erinnere –, zu guter Letzt den Führer hochleben ließ: ›Der Führer! Der Führer! Der Führer!‹«

Was wird der Alte tun? Und warum guckt er *mich* plötzlich so gereizt an? *Ich* kann doch dem Zahnarzt nicht das Wort verbieten.

Der redet auch prompt weiter: »Für Dönitz gibt es eben nichts Imposanteres als den Führer. Wenn er könnte, würde er ihm die Füße lecken . . . Damals hat er übrigens auch verkündet, daß er fortan die ganze Kraft der Kriegsmarine ›in den U-Bootkrieg hineinstecken‹ wolle . . . ›hineinstecken‹ – das ist wörtlich.«

Endlich scheint der Zahnarzt am Ende seiner Rede angekommen zu sein. Eine Minute vergeht, ohne daß sich der Alte rührt. Er müßte sich jetzt empören, tut es aber nicht. Vielmehr nimmt er mit langsamer Bewegung die Zigarre aus dem Mund und stößt blauen Rauch aus: Der Alte nebelt sich einfach ein.

»Darüber reden wir noch!« murmelt er, aber so, daß der Zahnarzt es hören muß. Und Gott sei Dank erhebt der sich jetzt und macht seine übliche zivile Verbeugung vor dem Alten und dann noch eine angedeutete zu mir her.

»Starker Tobak«, höre ich den Alten, als der Zahnarzt verschwunden ist. Ich bin so sprachlos, daß es mir nicht schwer wird, unbewegt dazusitzen, mich auszuschweigen und abzuwarten, daß der Alte redet. Aber auch dem Alten muß es die Sprache verschlagen haben.

Nach Minuten erst macht er, so langsam, als habe er plötzlich Kreuzschmerzen, Anstalten zum Aufstehen und sagt nur knapp: »Ich muß noch mal zum Bunker hinunter. Kommst du mit?«

Unterwegs im Auto fragt mich der Alte: »Kannst du das begreifen?«

Zum Glück, sage ich mir, waren nicht viel Leute in der Nähe, aber zwei, drei müssen den Zahnarzt doch gehört haben . . . So ein Theater hat gerade noch gefehlt!

Der Alte berührt die Szene mit dem Zahnarzt danach mit keinem Wort mehr.

Es ist noch nicht richtig dunkel, aber das Hafenviertel ist um diese Zeit ein gespenstisches Totenreich. Eine Panzersperre läßt uns nur eine schmale Gasse zum Durchfahren. Auf allen Straßen rings um den Bunker sind Panzersperren errichtet worden. Scheinwerfer spielen steiffingrig am Himmel, ohne sich in einem Punkt zusammenzuschließen: Die suchen sicher nur auf Verdacht.

Direkt vor uns schwemmen große Sonnenbrenner ihr weißes Licht ins Dunkel. Mitten auf der Straße wird gearbeitet: Die ineinander verkeilten T-Träger eines zerbombten Lagerhauses müssen weg.

Da geht plötzlich mit einem Schlag alles Licht aus: Bomber müssen im Anflug sein.

Der Alte gibt Gas: Wir sollten sehen, daß wir den Bunker erreichen, ehe das Remmidemmi losgeht. Ich höre durch das Kreischen unserer Reifen auch gleich die Flak schießen. Ihr Wummern kommt deutlich näher. Der Alte fährt den Wagen rücksichtslos über die schlecht abgedeckten Gleise hinweg direkt in den Bunker. Kaum sind wir eingefahren, wird das riesenhafte Stahltor geschlossen: Wir hätten keine Minute später kommen dürfen. Ich atme durch: Hier sind wir erst mal sicher.

Wir steuern die Sehrohrwerkstatt an. Der Alte hat dort mit ein paar Bauräten zu tun. Um Sehrohre geht es dabei nicht, die Werkstatt ist nur der Treffpunkt. Mich zieht es zur Schwimmbox, wo mein Boot liegt. Ich weiß zwar noch immer nicht genau, wann wir auslaufen werden, aber ich fühle mich schon zum Boot gehörig. Merkwürdiges Gefühl: Ich existiere in einer Art Niemandsland. Jetzt bin ich auch nicht mehr ungeduldig. Und Angst? Richtig Angst habe ich auch nicht mehr. Eine starke Spannung – ja, die ist da!

An der Stelling ist immer noch Betrieb. Keine Ahnung, wo der Kommandant ist. An Bord? In der Flottille?

Eine Reihe dumpfer Detonationen fällt schwer in die Kasemattenstille. Ich will wissen, was draußen los ist. Durch eine kleine Tür im großen Tor verlasse ich den Bunker wieder und gehe vorsichtig, den Kopf im Nacken nach oben spähend und aufs Motorenbrummen lauschend, auf der verlassenen Pier hin.

An einem Dückdalben knarrt ein Fender. Riesige Geräte liegen hier und da auf der Pier und werfen pechschwarze Schatten. Nachts sieht alles größer aus.

Ein Schlepper zieht durchs Hafenbecken. Von den Heckseen, die er aufwirft, geraten ein paar Vorpostenboote in Bewegung: Sie fallen in die Trossen und drücken gegen die Fender, die laut aufächzen.

Die Flak schweigt jetzt, die Artillerie von drüben auch. Aber das Brummen der Flugzeugmotoren ist deutlich zu hören. Es muß aus großer Höhe kommen, die Maschinen fliegen sicher hoch über den Wolken.

Irgendwo schlägt und klappert es. Ein loser Fensterladen im Seewind? Aber hier gibt es ja keine Häuser mit vergammelten Fensterläden mehr.

Das ferne Motorenbrummen will nicht ganz schwinden. Es bekommt von dem Patschen und Schluchzen des kabbeligen Wassers unter mir einen Rhythmus verliehen.

Ich brauche nur um eine Bunkerecke herumzulaufen und habe einen weiten Blick auf Brest: Brände in der Stadt, aber auch dahinter. Die bewirken, daß sich das Panorama der Stadt in kurzen Abständen vom bleichen Negativ in ein silhouettenartiges Positiv verwandelt.

Die Scheinwerferfinger treffen auf Wolken – nur auf Wolken. Wie sie diese bauschigen Wolken abtasten – das hat etwas Obszönes.

In meinem Rücken beginnt es jetzt heftig zu wummern. Das klingt nach schwerer Flak. Ich lege den Kopf schief, um besser hören zu können. Zwischen den Detonationen kann ich immer noch an- und abschwellendes Motorenbrummen hören.

Was können die da oben nur vorhaben? Die karriolen über uns herum, als wären sie hier zu Hause. Sind sie ja auch längst. Jedenfalls stört sie keiner.

Als wäre ringsum noch nicht genug Feuerwerk, wird jetzt auch die Artillerie von drüben munter. Da wird es für mich Zeit, schnell wieder hinter die Betonmauern zu verschwinden: Der Klügere gibt nach.

Als ich auf meiner Koje liege, geht die Schießerei erst richtig los. Weiß der Henker, wie einer da schlafen soll. Die Artillerie der Amis tut ihr Bestes, um mich wachzuhalten. Die müssen auf ihrer Halbinsel regelrechte Nachtschichten einlegen. Pennen dafür wahrscheinlich bei Tage. Die Jungs müssen ja auch mal sehen, wie prächtig sich Artilleriefeuer bei Nacht ausnimmt. Erst bei Nacht machen die Bombardements und die Brände ordentlich was her.

An meiner Decke ist ein unruhig regelloses Licht- und Schattenspiel im Gange. Ich verfolge es mit weit geöffneten Augen. Und jetzt steigt mir, als sollten *alle* meine Sinne etwas abbekommen, auch noch Brandgeruch in die Nase . . .

Ich könnte die Fenster zumachen und die Volets auch. Aber das tue ich nicht gerne: Ich käme mir dann wie in einer Gruft vor. Lieber wachsam bleiben. Vigilia, die Nachtwache. Als vigilant bezeichnet man die Sachsen. Ich bin aus Sachsen, und wach bin ich auch – na also!

Das ganze Gebäude erzittert – nicht nur die Fensterscheiben. Die Einschläge müssen nah sein. Ich lausche angespannt und versuche die Explosionen der Treffer von denen der Abschüsse zu trennen. Die belfernde Flak, die auf Bodenziele schießt, macht es mir schwer, unsere eigenen Geschütze von denen des Gegners zu unterscheiden. Jetzt merke ich, daß zwischen den Gebäuden der Flottille ein kräftiges Echo entsteht, das sich ein paarmal hin- und herwirft und den harten Schlägen dumpf hinterherrollt. Von der Straßenfront springt, wenn der Abschußlärm vom anderen Ufer kommt, ebenfalls ein Echo ab und prallt auf das Echo aus der Schlucht zwischen unseren Gebäuden.

Da soll sich einer noch auskennen! Es geht jetzt akustisch so verrückt zu wie manchmal, wenn drei, vier Gewitter gleichzeitig am Horizont stehen und man bei all dem Rumpeln, Dröhnen und Krachen nicht mehr weiß, welcher Donner zu welchem Blitz gehört.

Das Wummern hört die ganze Nacht nicht auf. Durch die Jalousieritzen flackert immer wieder Helligkeit. Manchmal sieht es aus, als wollte mir einer von weit draußen mit diesen flackrigen Lichtzeichen Mitteilungen machen.

Ich sehne den Schlaf herbei, zugleich aber habe ich Angst, daß er sich wie eine dunkle Kapuze über mich stülpen und daß mich irgendein Verhängnis mitten im Schlafdunkel treffen könnte.

Der Gegner hat Einbrüche ins Penfeld erzielt. Auch im Westen der Stadt ist bis zum frühen Morgen heftig gekämpft worden. Die Qualmwolken großer Brände quellen über die Häuser hoch. Im Westen steigen sie fast bis zum Zenit auf. Im Norden sollen die Amis mit ihren Panzerspitzen bis unmittelbar vor die Citroëngarage vorgedrungen sein. Ramcke hat in der Rue Jean Jaurès, der Verlängerung der Rue de Siam, ganze Häuserreihen auf die Straße sprengen lassen, um den Panzern mit den riesigen Trümmerbergen den Weg zu versperren.

»Gute Idee!« befindet der Alte.

Unsere Männer kommen kaum noch zum Bunker durch, weil nicht nur neue Häusertrümmer die Straßen versperren, sondern auch abgerissene Oberleitungen der Straßenbahn, die schon längst nicht mehr fährt, Hindernisse in der Art Spanischer Reiter bilden.

»Der Weg zum Bunker muß unbedingt freigehalten werden!« entscheidet der Alte, als er davon hört, und schickt auch gleich dreißig Mann mit Werkzeug los.

Ein Leutnant, der vom Bunker kommt, berichtet, in einem Stollen seien acht Infanterieoffiziere ausgehoben und abgeführt worden: »Die hatten sich von ihren Truppenteilen abgesetzt und in den Stollen versteckt.«

Gestern ist Rennes gefallen.

»Sonst keine neuen Nachrichten?« frage ich den Alten nach dem Frühstück in seinem Büro.

»Nur Greuelparolen.«

»Was denn für welche?«

»Massakrierung deutscher Landser, OT-Leute mit aufgeschlitzten Bäuchen ...«

»Da hüpft einem ja das Herz im Leibe ...«

Der Alte bringt mich, ehe ich weiterzynen kann, mit einer bösen Miene zum Schweigen.

»Auslaufen heute abend«, sagt er plötzlich laut und bestimmt.

»Heute abend?«

Aber warum frage ich so verwundert? Damit war doch zu rechnen. Ich sollte froh sein, daß es endlich entschieden ist.

»Kurz vor einundzwanzig Uhr ist Stillwasser. Auslaufzeit ist also einundzwanzig Uhr.«

»Stillwasser?« frage ich und verwünsche mich auch gleich dafür. Ich benehme mich ja wie ein Geistesschwacher.

»Ziemlich plötzlich«, stottere ich deshalb schnell hinterher, »ich meine: auf einmal« und zerre eine Art Grinsen auf mein Gesicht. »Wie spät ist es denn jetzt?« Dabei schicke ich einen Blick auf die Uhr am linken Handgelenk.

In mir hebt ein kindisches Geplapper an: Stillwasser! Wer stillt schon mit Wasser anstatt mit Milch? Kommet her zu mir alle, und ihr werdet gestillt werden ...

Wozu brauchen wir überhaupt Stillwasser? bringe ich meine Gedanken schließlich wieder in geordnete Bahnen. Klar: In Brest gibt es keine Schleusen. Bei Stillwasser haben wir keinen Ärger mit irgendwelchen Strömungen. Der Brester Hafen ist ein Naturhafen.

Stillwasser kommt zweimal vor: bei Ebbe und bei Flut. Normalerweise könnten wir auch bei Niedrigwasser auslaufen. Die Bunker sind so gebaut, daß es ohne weiteres möglich wäre. Aber wegen der Gefahr, die von den E-Minen droht, empfiehlt es sich, auf Hochwasser zu warten.

Endlich redet der Alte wieder: »Wenn der Strom kentert, zieht er das Boot durchs Goulet.«

Klar. *Gegen* den Strom in diesem engen Schlund zwischen der offenen See und der Reede anzufahren wäre mühselig. Bei Springtide hat der Strom immerhin sechs Knoten Geschwindigkeit.

»Dieser Idiot von Hafenkapitän!« sagt der Alte jetzt und erklärt mir, daß der Knallkopf nun doch, wie er es vorhatte, zwei Schiffe in der Ausfahrt so hat versenken lassen, daß nur eine schmale Passage zwischen dem Bug des einen Schiffes und der Mole bleibt.

»Nur gut, daß die Heeresstellungen bei Roscanvel noch nicht aufgegeben sind«, sagt der Alte dann noch.

Das ist weiß Gott gut. An der engsten Stelle des Ausschlupfes droht also von keiner Seite Gefahr. Daß die Amis den ehemaligen Flughafen Brest-Süd schon genommen haben, wird uns freilich zu schaffen machen. Von dort aus können sie mit ihrer Artillerie die Ausfahrt beherrschen. Das weiß ich so gut wie der Alte – also kein Thema.

»Auslaufen in der ersten Dunkelheit«, sagt der Alte, wie für sich selber memorierend. »Erreichen der Ansteuerung noch vor Mitternacht. Über Wasser mit Geleit bis zum Ansteuerungspunkt und dann Beginn der Schnorchelfahrt – das heißt: unter Wasser weiter bis zur Ansteuerung La Pallice.«

Ich pflanze mich vor der Wandkarte auf, taste die Fahrstrecke nach La Pallice mit Blicken ab und frage mich, was uns wohl erwarten wird. Wenn sich nur in La Pallice die Pleite von Cherbourg nicht wiederholt! Niemand weiß, wie stark die Amis sind, niemand hier kennt die Stärke unserer eigenen Verbände.

Zumindest was die Besatzung von U 730 angeht, hat mich der Alte beruhigt: »Lauter altbefahrene Leute ...« – Einige von ihnen haben offenbar schon ein Dutzend Feindfahrten hinter sich. So viele Unternehmungen lebend zu überstehen ist heutzutage nicht vielen vergönnt. Das Boot hat also gutausgebildete und erfahrene Spezialisten. Leider gilt das nicht für die Offiziere. Die sind samt und sonders frischgebackener Nachwuchs – außer dem LI. Der Kommandant soll deswegen schon beim Alten Klage geführt haben. Das hat der Doktor angedeutet.

Das Arsenal brennt. Kaum haben die Franzosen die Stadt verlassen, scheint ein Fliegerangriff auf den anderen zu folgen. Der Gefechtsverbandsplatz des Doktors ist voll beschäftigt. Die Sauna wird als Totenhaus benutzt.

Die Detonationen haben graue Blechverkleidungen, ja ganze Dächer auf die Straße geschleudert. Da liegen sie nun über den wüsten Barrikaden aus Steintrümmern, wie von einem irren Riesen zusammengeknüllt und mit einem Gewirr von Leitungsdrähten umwickelt, von verkrümmten Eisenträgern durchspießt.

Eine Nebenstraße zur Rue de Siam ist mit Scherbenbergen wie mit Haufen von Eis gesäumt. Die hell vom Himmel blendende Sonne läßt die Glasstücke auffunkeln.

Vor einem Schuttberg, der wie ein Wall vor dem riesigen Loch in einer Häuserfront liegt, steht eine alte Frau, den Rücken mir zugekehrt. Ein Mann kommt heran. Mit schwerfälliger Zärtlichkeit legt er der Frau einen Arm um die Schultern: ein Bild zum Heulen.

Trotz der Evakuierung sind offenbar doch noch etliche von den älteren Franzosen in der Stadt. Ich weiß nicht, was sie dazu treibt. Sie müßten doch wissen, daß hier kein Stein auf dem anderen bleiben wird.

Der Flottillensteuermann läuft mit besorgter Miene herum. Als ich mit ihm allein in seinem Zimmer bin, sagt er unvermittelt: »Die Krankenschwestern, die sind jetzt böse dran.«

Da drückt ihn also der Schuh, denke ich. Hat er etwa eine Krankenschwester zur Freundin? Ich versuche mich gleich als Trostspender: »Vielleicht geht's denen besser, als wir denken. Rotes Kreuz und so – das respektieren unsere liebwerten Gegner doch.«

»Wenn Sie die Amis damit meinen – ja. Aber die Franzosen wohl kaum. Geben wir's doch zu: Wegen der Alliierten haben wir keine Manschetten – oder sagen wir mal: weniger Manschetten. Aber vor Franzmännern Händehoch machen? – Mein Geschmack wäre das nicht gerade!«

Ich müßte lügen, wenn ich ihm widersprechen wollte. Um Trost verlegen, zucke ich nur mit den Schultern und sage: »Beschissene Zeiten.«

»Kann man wohl sagen, Herr Leutnant.«

Die Französinnen, die sich mit Deutschen eingelassen haben, sind auch in einer bösen Situation. Die hübschen Zwillinge in La Baule zum Beispiel, die sich in die »Unzertrennlichen« verliebt hatten – zwei Kommandanten, die immer wieder alles daran setzten, gemeinsam auszulaufen und gemeinsame Werftliegezeiten zu haben. Ich will mir nicht ausmalen, wie es den Mädchen ergehen wird, wenn der Maquis seine Drohungen wahr macht ....

Durch das offene Fenster kann ich dröhnenden Kolonnenlärm hören. Eigene Truppen? Und wenn das schon die Amis wären?

So planlos wie hier habe ich mir den Landkrieg nie vorgestellt. Wir wissen noch nicht einmal, ob es sich bei den Panzern, die von Norden kommen, nur um einzelne unternehmungslustige Spitzenreiter handelt oder ob die schon die ganze amerikanische Panzermacht darstellen und deshalb massiver Druck so bald nicht zu erwarten sein wird.

Der Flottillensteuermann weiß auch noch zu berichten, daß der LI von U 730 Schwierigkeiten hat, Sauerstoff zu bekommen: »Der Oberstabsarzt hat alle Sauerstoffflaschen in einer Nebenkammer seines neuen OP-Raums stapeln lassen«, erfahre ich, »und jetzt will er keine davon wieder herausrücken. Dabei weiß der ganz genau, daß die Piepels in den Booten den Sauerstoff genauso dringend brauchen wie die Verwundeten. Aber hier geht es jetzt nach der Devise: Mir ist das Hemd näher als die Jacke.«

Offenbar erwartet der empörte Mann jetzt ein Wort von mir, aber was soll ich dazu schon sagen?

SD-Mann

Ich will zum Alten. Als ich sein Büro fast erreicht habe, sehe ich, wie ein großgewachsener Kerl aus dem Raum in den Gang heraustritt. Ich erkenne im Halblicht Schaftstiefel, scharf geschnittene Keulenhosen, Koppel mit Pistole, hohe, steife Schirmmütze – Feldgrau.

»Wer war denn das?« frage ich den Alten.

»Neugierde in Butter gebraten«, gibt der zu meiner Verblüffung zurück und läßt mich wie ein einziges großes Fragezeichen mitten im Raum stehen, bis er schließlich gnädig beiläufig »Eine von den Ratten!« sagt. Mehr aber nicht.

Ich gehe um den Schreibtisch herum zur Fensterfront und sehe nach draußen. Da kommt ein Wagen die Auffahrt zur Flottille herauf, und ich beobachte gespannt, wer da wohl aussteigen wird.

»Nanu – das ist doch unser Freund vom SD!« entfährt es mir.

Der Alte hebt sich, neugierig geworden, zum Spähblick halb aus dem Sitz und bringt: »Ei, wer kommt denn da?« in einem befremdlich kindlichen Plapperton hervor. »Schon der zweite – und diesmal richtig *hoher* Besuch . . . Sieh einer an!«

»Soll ich Leine ziehen?« frage ich.

»Ich würde sagen, bleib mal schön in der Nähe . . . Du könntest dich doch dort an den Tisch setzen und beschäftigt halten.« Der Alte reicht mir auch gleich drei, vier Aktendeckel und sagt: »Lies das mal – ganz interessant. Und mach dir 'n paar Notizen.« Dann murmelt er noch: »Ein Witz . . . Sonst heißt es immer: Die Ratten verlassen das Schiff – aber jetzt müßte es heißen: Die Ratten wollen *aufs* Schiff!«

In diesem Moment weiß ich, was unser Besuch im Sinne hat und was auch der Kerl in Keulenhosen wollte, der gerade aus dem Büro des Alten verschwunden ist.

»Hoffentlich treffen die sich noch auf der Treppe«, sagt der Alte.

Da fällt mir ein, wie der Spruch von den Ratten wirklich lautet, und ich sage: »Die Ratten verlassen das *sinkende* Schiff – *so* heißt das doch . . .«

Der Alte guckt mich eine Sekunde lang großäugig an, aber Verlegenheit ist ihm nicht anzumerken. Er verbessert sich vielmehr frohgelaunt: »Also sagen wir besser – weil wir gar kein bißchen abergläubisch sind: Die Schergen geben uns die Ehre ... Der Herr Kriegsgerichtsrat war übrigens auch schon da. Der hat fast gewimmert. Dein besonderer Freund – der mit den Fotos.«

Mich kommt sofort ein nervöses Schlucken an, das ich nicht unterdrücken kann: Diese Fotos verfolgen mich, seit ich sie gesehen habe.

»Und davon sagst du nichts? Ist doch klar, daß der hier wegwill: Der hat doch noch und noch Franzosen an die Wand gestellt ...«

»Und nicht bloß Franzosen ...«, sagt der Alte und verfällt in Nachsinnen. »Den hab ich gar nicht erst ins Büro gelassen ...«

Dann aber dreht er sich mit einem Ruck vom Fenster weg und sagt so scharf, daß es wie gefaucht klingt: »Jetzt bin ich aber gespannt!« Und dann noch: »Also setz dich und tu was – oder tu so, als ob du was tust!«

Da klopft der Adjutant auch schon an, und in der gleichen Sekunde greift der Alte zum Telefon und dröhnt mit seinem tiefen Baß in die Muschel: »Das kann ich nicht bestätigen, Herr Kapitän! ... Interessant, Herr Kapitän! ... Das ist aber doch nur *eine* Seite der Medaille, Herr Kapitän ...« Dazu macht er dem verdutzten Adjutanten Zeichen, daß er mit Telefonieren beschäftigt ist, aber dieser Blödmann von Adju steht da und begreift die Welt nicht mehr, bloß weil er kein Klingeln gehört hat. Der Alte muß ihn, als wäre er ein Huhn, mit heftigem Wedeln der freien Hand aus dem Zimmer scheuchen.

»Ich würde das nicht als gravierend ansehen ...«, dröhnt er weiter in die Muschel, »wir sind jedenfalls für alle Eventualitäten gerüstet, Herr Kapitän ... Durchgreifen? Ja, da haben Sie recht. Da hilft nur ganz hartes Durchgreifen. Die sollen doch nicht denken, daß sie mit uns Schindluder treiben können. Mit uns doch nicht, Herr Kapitän! ... Ganz Ihrer Meinung!«

Ich sitze da, als hörte und sähe ich nicht recht: Der Alte macht jetzt tatsächlich zwei, drei Verbeugungen vor dem toten Hörer.

»Das sah doch schon von allem Anfang an so aus, Herr Kapitän. Da ist eben leider nicht aufgepaßt worden! Hätte man im Keim ersticken sollen ...« Dann macht er nur noch »Hm, hm!« – und das in wechselnder Tonhöhe. Plötzlich setzt er wieder ein, und dabei klingt er schärfer als zuvor: »Die Durchfahrt muß auf jeden Fall frei bleiben, Herr Kapitän ... Wir brauchen zu beiden Seiten genug Manövrierspielraum ... Darauf bitte ich auf jeden Fall zu achten ... Jawoll, danke gleichfalls ... Ich verlasse mich da ganz auf Sie! ... Jawoll, danke gleichfalls! Heil Hitler, Herr Kapitän.«

Und jetzt knallt der Alte den Hörer so heftig auf die Gabel, als wolle er den Apparat demolieren. Und dazu grinst er mich auch noch breit an. Ich mime lautlos Händeklatschen und lüfte mich dabei sogar aus dem Sitz.

Der Alte brüllt: »Adju!«, und als der hereingeschossen kommt, gibt er ihm mit einer stummen Geste zu verstehen, daß unser Besucher jetzt erscheinen soll.

»Heil Hitler, Herr Kapitän!« schnarrt der Ankömmling.

»Heil Hitler! Herr ...?« antwortet der Alte und tut, als bleibe ihm dabei die Luft weg. »Entschuldigung!« faßt er sich. »Ich kenne mich leider immer noch nicht in Ihren Dienstgraden und Abzeichen aus.«

»Obersturmbannführer Merkert, Herr Kapitän!« schnarrt sein Gegenüber beflissen und läßt, obwohl er bereits sitzt, ein leichtes Hackenschlagen hören.

Der Alte hat ihm den Armstuhl angeboten, der nach alter Kriminalistenregel so dem Stuhl des Alten gegenübersteht, daß den Besucher volles Licht trifft, während das Gesicht des Alten im Schatten bleibt.

Unfaßbar: Der Alte gebärdet sich doch tatsächlich so, als kenne er diese SD-Charge trotz der diversen Rencontres nicht sehr genau.

Kein schlechter Anfang, denke ich. Während ich Konzentration auf meine Papiere mime, muß ich schon wieder staunen: Der Alte deckt den SD-Menschen, statt zur Sache zu kommen, ganz gegen seine Art mit belanglosen Bemerkungen über Wetter und Verteidigungszustand des Flottillengeländes, den Segen der Kompetenzenbündelung, die gute Vorsorge der Ärzte und alles mögliche andere ein. Der SD-Mensch muß wohl oder übel darauf eingehen.

»Ja«, sagt der Alte, »in einer solchen Situation gibt es eben für eine U-Bootflottille allerhand zu tun. Ungewohnte Aufgaben möchte ich mal sagen, die in so einer Situation zu den gewohnten noch hinzukommen.«

Ich merke deutlich: Das ist der Köder. Der bullig gebaute SD-Führer – sein Gesicht habe ich noch kaum sehen können – schnappt auch sofort zu: »Apropos ungewohnte Aufgaben, Herr Kapitän ...«

»Bitte?« fragt da der Alte gedehnt.

»Wir haben gehört, daß ein Boot die Festung verlassen soll ...«

»Ach!« macht der Alte, als überrasche ihn diese Nachricht sehr.

»Und daß bei dieser Gelegenheit auch Werftbeamte aus der Festung verbracht werden sollen.«

»Verbracht ...?« echot der Alte.

Mein Papierrascheln ist eine ganze Weile lang das einzige Geräusch im Raum. Der Alte denkt gar nicht daran, den Dialog in Gang zu halten. Ich schöpfe vor Spannung kaum noch Atem. Der breite, von einem erstklassigen Uniformschneider betuchte Rücken vor mir hebt sich, und der SD-Mensch schnauft hörbar auf.

»Darf ich – darf ich meine Meinung ausdrücken, Herr Kapitän?« entringt es sich ihm sodann.

»Sie dürfen, Herr . . .«

»Obersturmbannführer, Herr Kapitän . . . Unser – mein Abtransport aus Brest dürfte . . . dürfte als . . . ich darf wohl sagen: als vorrangig gelten.«

Jetzt lasse ich meine Papiere Papiere sein und schwenke auf dem Drehstuhl halb herum, um den Alten genau beobachten zu können. Der gibt sich wie ein routinierter Mime mit deutlichem Augenbrauenheben zunächst mal nur erstaunt.

»Vorrangig, sagten Sie?« wiederholt er endlich langsam und nachdenklich.

»Ja – gewiß . . .«

»Sie meinen wegen Ihrer besonderen Kriegswichtigkeit?«

Der Alte erlaubt sich bei diesem Satz in Betonung und Miene nur einen Anflug von Zynismus. Er tut gerade so, als wolle er den SD-Bullen nicht mit übertriebener Höflichkeit vergrämen.

»Diese Behauptung, Herr Kapitän, wenn ich das hier sagen darf . . .«

»*Hier* darf man alles sagen!« fährt ihm der Alte mit nun schon deutlichem Zynismus dazwischen.

»Also – diese Behauptung . . . diese Behauptung stammt nicht etwa von mir«, stottert da unser Delinquent.

Der Alte schweigt und schweigt. Draußen blendet sich eine Wolke vor die Sonne, und ich kann das Gesicht des Alten jetzt genauer sehen: Fast ohne Wimpernschlag blickt er den SD-Bullen erwartungsvoll an.

Je länger das Schweigen dauert, desto deutlicher läßt der Alte Spott um seine Mundwinkel spielen. Schließlich fragt er mit gestriegelter Stimme: »Von wem denn dann?«

»Von der Führung, Herr Kapitän.«

»Von *Ihrer* Führung würde ich sagen!«

Das saß! Wie soll der SD-Bulle das nur verkraften? Ich darf mir jetzt keine Nuance entgehen lassen! Psychologie! Wissenschaft! In diesem Raum findet ein äußerst spannendes psychologisches Experiment statt.

Der SD-Mensch muß innerlich kochen, nur zeigen darf er es nicht. Wie lange, frage ich mich, kann so eine Type einen solchen Staudruck aushalten?

»Heiß heute«, sagt der Alte nebenhin. Und dann zu mir: »Mach doch mal das Fenster auf.«

Wieder eine schön ausgespielte Pause und dann – als sei das Dienstliche nunmehr erledigt – weiter im Plauderton: »Wir haben eben Sommer. Hochsommer.«

Bei offenem Fenster sind die Abschüsse der Panzer und der Artillerie von gegenüber deutlicher zwischen den Einschlagdetonationen zu hören. Dafür hat das Klirren der Scheiben ausgesetzt.

Ich habe mich jetzt so plaziert, daß ich auch den SD-Menschen im Halbprofil sehen kann: Was für eine widerliche, von Schmissen zerhackte Fresse!

Eine Weile sitzt der Kerl wie geistesabwesend da, dann ringt er deutlich nach Worten und dreht seine steife Mütze, die er wie eine Zielscheibe vor dem Bauch hält, einmal links herum, einmal rechts herum. Plötzlich holt er mit ovalem Mund wie ein Karpfen Luft und preßt heraus: »Herr Kapitän, wenn wir – vom SD – geschnappt ... in Feindeshand fallen ...«

Der SD-Bulle kommt nicht weiter. Er demonstriert mit einem leichten Hin- und Herwanken seines Oberkörpers, leichtem Schulterzucken und Augäpfelverdrehen, daß ihm die Worte fehlen.

Der Alte ist ganz hellhöriges Interesse. Er hält den Kopf leicht schräg, den Mund halb geöffnet, die Hände an der Tischkante, die Daumen unter die Tischplatte gehakt.

Die Situation wird quälend. Aber der Alte genießt sie. Er wartet noch einen bedeutungsvollen tiefen Atemzug des SD-Bullen ab, dann sagt er eiskalt: »Natürlich.«

Der SD-Bulle nickt daraufhin dreimal kurz hintereinander. Dann dreht er die Mütze einmal ganz herum, und schließlich langt er sich mit dem Zeigefinger der rechten Hand zwischen Kragen und geröteten Hals. Der Alte folgt jeder seiner Bewegungen mit einem Interesse, das der SD-Bulle, ganz wie er will, als Höflichkeit oder Hohn auslegen kann. Und nun sagt der Alte: »Bißchen schwer, Ihr Waffenrock für den Sommer ...«

Diese Ablenkung ist für den SD-Menschen zuviel. Sein Blick bricht aus, und er schlägt irritiert mit den fahlen Wimpern. Sein Gesicht ist mittlerweile so rot, als müsse er gleich vor lauter Blutstau vom Stuhl fallen.

Und nun macht sich ein zähes Schweigen breit. Der Alte denkt nicht daran, ein neues Stichwort zu geben. Er läßt vielmehr die gespannte Beklommenheit voll zur Wirkung kommen.

Erst als ein besonders lauter Einschlag die Luft im Zimmer erzittern läßt, macht der Alte fröhlich: »Hoho!«

Der SD-Bulle schlägt jetzt die Augenlider so heftig auf und nieder, als wäre ihm eine Mücke ins Auge geflogen. Er tut es, um dem herabströmenden Schweiß zu wehren. Ich frage mich, warum wischt der Mann sich nicht einfach das Gesicht ab? Hat er etwa kein Taschentuch? Sind Taschentücher in den Augen des SD etwa ein Zeichen von Unmännlichkeit oder Degeneration?

Der Alte macht sich in aller Gemütsruhe und mit einem deutlichen Animierblick den obersten Hemdknopf auf und auch noch den zweiten, lupft sich aus dem Sessel, zieht sich die Hose zurecht und richtet, als er sich endlich zurechtgeräkelt hat, wieder einen interessiert fragenden Blick auf den SD-Menschen.

Der ist jetzt so weit, daß er Flagge zeigen oder verschwinden muß. Er erhebt sich auch prompt, markiert ein Hackenschlagen, holt Luft und stößt mit der Luft hervor: »Herr Kapitän, Sie *müssen* mich hier rausbringen – vorrangig!«

Da vereist der Alte. Er starrt den SD-Bullen mit unbewegter Miene an, als sei er eine übersinnliche Erscheinung. Und wohl nur, weil das Wort jetzt ihm zusteht, wiederholt er endlich: ». . . rausbringen? . . . vorrangig?« und tut, als könne er seinen Ohren nicht recht trauen und beginne erst jetzt zu kapieren, was der SD-Bulle gesagt hat. »Sie meinen, Herr . . . Sie rausbringen mit einem U-Boot?«

Der SD-Mensch hält die Mütze am Schirm senkrecht gestellt vor seinem Koppelschloß: Er steht so zackig wie für eine Ordensverleihung da. Statt aber dem Alten Antwort zu geben, schiebt er nur den Oberkörper leicht vor. Das soll offenbar Bejahung ausdrücken.

Der Alte gibt sich immer noch starr entgeistert: »Sie wollen demnach die Festung verlassen, Herr . . .?«

Dem »Herr« gibt er einen bedrohlichen Unterton, und nun richtet er sich gar mit einem Ruck aus seinem Sessel hoch. Die beiden stehen sich Kopf an Kopf – nur durch die Schreibtischplatte getrennt – gegenüber. »Wummwummwumm!« macht es draußen. Und plötzlich belfert auch die Flak scharf und blechern.

Ich denke: Jetzt *muß* der Alte endlich Klartext reden. Und da hebt er auch schon an. Seine Stimme klingt wie stranguliert, als er dem SD-Bullen vorhält, es sei doch höchst gefährlich auf den Booten. Und dann sei der Herr doch gar kein Seemann und hätte wohl mehr die Wilhelm Gustloff oder einen anderen Kraft-durch-Freude-Dampfer im Sinn als ein U-Boot.

»Im übrigen verstehe ich nicht«, wechselt der Alte plötzlich in seine tiefe, genau artikulierende Dienststimme über. »Sind Sie etwa gar der Meinung, hier sei Matthäi am letzten? Muß ich Ihren Wunsch, die Festung mit einem unserer Boote zu verlassen, als Defätismus verstehen? Wollen Sie etwa Zweifel an der Festungsstrategie unseres Führers ausdrücken?«

Ich bin fasziniert: Der Alte geht aufs Ganze! – Ich kann mich kaum noch auf meinem Sitz halten und beiße mir auf die Unterlippe, um mir nur ja keinen Laut entschlüpfen zu lassen. Ich wünschte nur, ich könnte den SD-Bullen besser von vorn sehen, frontal wie der Alte.

Der SD-Bulle atmet jetzt stoßartig. Der wird uns doch nicht etwa umfallen!

Aber der Alte ist gnadenlos: »Mir unbegreiflich, wie jemand annehmen kann, unser Führer ließe unsere Atlantikstützpunkte in Feindeshand fallen. Da kennen Sie unseren Führer aber schlecht! Die Atlantikfestungen sind Bollwerke, an denen sich der Gegner die Zähne ausbeißen soll und auch wird. Hier wird der Gegner sein Waterloo erleben! Wir bestimmen – immer noch! –, wo er Blut lassen muß! Wir haben die Initiative: Sie können ja selber sehen, wie uns diese Verbrecherbande auf den Leim geht ...«

Ich habe vor Staunen kaum Luft geholt. Der SD-Mensch gibt keinen Laut von sich. Er ist in Reglosigkeit verfallen wie das Kaninchen angesichts der Schlange.

Der Alte tut so, als sei die Sache damit für ihn erledigt. Schon halb im Niedersetzen fährt er sich jedoch mit der rechten Hand an die Stirn, als müsse er noch über etwas nachdenken. Er schiebt den Stuhl zurück und guckt an seinen Beinen entlang unter den Schreibtisch, als könnte sich dort einer versteckt halten. Und dann stößt er zu: »Außerdem bräuchten Sie einen Marschbefehl von General Ramcke. Haben Sie den etwa?« Und weil der SD-Bulle kein Wort hervorbringt, gibt sich der Alte selber die Antwort: »Keinen Marschbefehl! – Sie müßten aber wissen, daß ohne Befehl von General Ramcke keine Ratte die Festung verlassen darf!«

»Ratte« hat der Alte mit norddeutsch gefärbtem rollenden R so scharf gesprochen, daß der SD-Bulle zusammengezuckt ist.

»Sie wissen, Herr ... daß ich dem General von diesem Vorkommnis Meldung machen müßte – ich werde allerdings davon absehen ...«

Der SD-Mann hat die Farbe gewechselt. Er ist bleich wie ein Laken. So, wie er dasteht, könnte er trotz seiner Uniform keinen Menschen mehr in Schrecken versetzen: Seine scharfen Breeches, der maßgeschneiderte Waffenrock, die blitzenden Stiefel – das sind plötzlich Vogelscheuchenklamotten, lächerlicher Firlefanz aus dem Theaterfundus.

Herrgott, wie das läuft! Der Alte übertrifft sich selber.

Da plötzlich geht mit ihm eine Verwandlung vor, wie sie nur ein routinierter Schauspieler zustande bringen kann: Der Alte ist auf einmal die liebenswürdige Verbindlichkeit in Person. Mit der Konzilianz eines Hotelportiers, der einem alten Kunden, weil das Haus voll ist, einen Zimmerwunsch abschlagen muß, sagt er: »So sehr es mich schmerzt: leider nein!« Und dann noch seifiger: »Sie müssen es anderswo versuchen, falls Sie sich nicht entschließen können, an der Verteidigung teilzunehmen.«

»Es liegen Befehle für unsere Exmittierung vor«, bringt der SD-Bulle jetzt endlich wie ein trotziges Kind heraus.

»Die sind aber doch vielleicht schon etwas überholt.« Und damit verfällt der Alte in einen nun schon fast frotzelnden Tonfall: »Sollte man doch annehmen ... Sie entschuldigen uns, Herr Sturmführer?«

Der SD-Bulle findet langsam wieder Haltung und versucht so zu tun, als habe es sich eben lediglich um eine beiläufige Nachfrage gehandelt. Zu meinem Erstaunen reißt er sich aber plötzlich zu einem zackigen »Heil

Hitler!« zusammen, wobei er die Zielscheibenmütze mit der linken Hand am Schirm senkrecht hält und mit der rechten den Gladiatorengruß in die Luft sticht.

»Heil Hitler!« knarzt der Alte zurück, rührt sich aber nicht.

Kaum ist der SD-Bulle draußen und seine Stiefeltritte sind im Gang verhallt, fällt der Alte aus seiner Rolle und grient über das ganze Gesicht: »Da schiffe ich doch noch eher den letzten Kammerbullen ein als dieses SD-Schwein!« Der Alte bläst flappend Luft ab: »Kaum zu glauben! Ausgerechnet der kommt hier an! Muß wohl 'ne besondere Art Mensch sein. Reithosen mit Arschleder! Na, die werden ihm die Franzosen schon ausziehen!«

Der Alte zieht immer noch eine Schnute – sein Zeichen, sich aufs beste zu amüsieren.

Wir blicken uns jetzt direkt in die Augen. »Vorrangig!« höhnt er dann. »Vorrangig hat der gesagt! Der und vorrangig! . . . War doch memorabel – oder?«

»Ich fühle mich richtig erhoben!« gebe ich zurück und lege so viel Bewunderung in die paar Worte, wie sie nur tragen können.

Der Alte hat fertiggebracht, was ich mir immer gewünscht habe: mit allem Genuß so einen Saukerl abzutakeln . . . Er hat die Kanaille ganz langsam und systematisch unter dem Stiefel zertreten.

Eine Weile sitzen wir einfach nur so da – wie ermattete Ringkämpfer. Der Alte hat seine Hände vor sich auf die Schreibtischplatte gelegt: Sie sind halb geballt. Endlich kommt Bewegung in ihn. Er atmet tief durch. »Hier bei uns angekrochen zu kommen!« stößt er dann in seinem verächtlichsten Tonfall aus. »So ein mieses Schwein!«

Daß ich mich erhoben fühle, war nicht nur dahingeredet. Mehr noch: Mir ist ein Stein vom Herzen. Der Alte hat so gehörig Farbe bekannt wie seit langem nicht mehr. All seine verqueren Reden, die törichten politischen Sprüche und Parolen, sein Camoufliergeseire – alles ist weg: wie mit dem nassen Lappen von der Tafel gewischt.

»War dieser Scheißkerl nicht ranghöher als du?« frage ich vorsichtig.

»Schon möglich – oder wahrscheinlich«, sagt der Alte. »Ich hab da so 'ne Blockade im Kopf. Die Dienstgrade von diesen SS-Burschen, die kann ich mir tatsächlich ums Verrecken nicht merken. Hauptsturmführer, Sturmbannführer . . . Ich behalte das einfach nicht.«

Der Alte wendet sich dem Fenster zu. Er scheint plötzlich wieder nachdenklich. »Ich bin nur neugierig«, sinniert er, »wer uns noch alles die Ehre gibt.«

»Wie wäre es denn«, sage ich da, »ich trete meinen Platz an einen der Herren ab und bleibe hier . . .?«

»Soweit kommt das noch!« murrt der Alte. Dann pliert er mich aber wie plötzlich amüsiert an und sagt: »Ich kann nur hoffen, daß du *diesmal* nicht gleich wiederkommst!« Und dazu klopft er dreimal von unten gegen die Platte des Schreibtisches, und ich tue es ihm auf meiner Seite nach.

Ich will schon mal die Tasche mit meinem »Sturmgepäck« aufs Boot bringen. Die Fototasche mit meiner Contax und den Filmbeutel nehme ich erst zum Auslaufen mit.

Im Bunker höre ich, daß noch mehr SD-Typen der Boden unter den Füßen zu heiß wird: Einigen Besatzungsmitgliedern sollen ganze Bündel französischer Franc geboten worden sein von Leuten, die als blinde Passagiere an Bord geschmuggelt werden wollten. Wie die sich das Innere eines U-Boots wohl vorstellen mögen? Ob die unter die Bodenplatten in die Batterie zu kriechen gedachten?

Und in welch miserablem Zustand das Boot ist – davon haben diese Herrschaften sicher auch keine Ahnung. Für gründliche Reparaturen war schon nach der vorletzten Reise keine Zeit. Was kaputt war, wurde nur notdürftig zusammengeklopft. So hätte ein Boot früher nie hinausgedurft. Und jetzt hapert es anscheinend an *allen* Ecken und Enden. Für die Diesel, heißt es, könne man nur mehr beten. Die Hauptkupplungen sollen nicht in Ordnung sein. Reparaturen an der Kupplung sind allemal heikel. Bei laufenden Maschinen können sie nicht vorgenommen werden, und wenn das Boot wegen Kupplungsschaden hoch muß, kann es schnell erledigt sein.

Was für Schäden könnten das Boot sonst noch hochzwingen? Die Hauptlenzpumpe? Nein, die läßt sich getaucht reparieren. Aber der Schnorchel hat gefährliche Tücken. Von ausgefallenen, weil leck gewordenen Schnorchelmasten war oft genug schon die Rede. Und ohne Schnorchel ist das Boot aufgeschmissen.

Mein Vorteil: Ich habe eine gewisse Übung darin, heimsucherische Visionen niederzuzwingen. Wir wollen doch nichts dramatisieren, sage ich mir. Hab dich nicht so, altes Nervenbündel! Verklemm in Gottes Namen die Arschbacken!

Auf der Pier herrscht erhebliches Durcheinander. An Oberdeck stehen Kisten, Kanister, Ballen, Kartoffelsäcke, Brotlaibe, Gemüsesteigen, ganze Stapel von Konservendosen. Und außerdem Decken, Ölzeug, Gummijacken, Tauchretter in ihren Beuteln, ein ganzes Bündel von Seegläsern.

Von den Leuten, die am Oberdeck herumwirtschaften, kenne ich schon einige und höre ihnen bei ihrem nöligen Palaver zu: »Ich möchte bloß wissen, was in die Kisten steckt.«

»Geheimpapiere, Pläne und so 'n Zeugs – haste doch gehört!«

»Wer's gloobt, wird seelich! Un die Ballen un die Säcke? Bißchen viel Papier, würd ich sachen – und verdammt solide verpackt!«

»Zu blöde, daß wir nich mal eene von denen uff 'ne Ecke gekracht ham.«

»Jetzt isses zu spät.«

»Ja – schade!«

»Daß das der Alte mitmacht . . .«

»Da staun ich ooch!«

Ich nehme meine Tasche in die Linke und klettere den Turm hoch. Also mal runter ins Boot, mein Gepäck verstauen und nachgucken, wie weit die Piepels schon mit dem Beladen sind.

Was ich in der Zentrale zu sehen bekomme, läßt mir schier die Haare zu Berge stehen. Hier können nur mehr Schlangenmenschen Dienst tun. Ohne heftige Verrenkungen kommt da keiner mehr durch. Wenn das nicht anders wird, denke ich, dann gute Nacht! Die Zentrale ist ohnehin mit Steueranlagen, Anzeigern, Meßgeräten, allen möglichen sonstigen Aggregaten und den Flut- und Lenzverteilern vollgestopft. Auf U 96 hingen dazu noch dicht bei dicht geräucherte Schinken und Speckseiten an Rohrleitungen von der Decke herab. Damals war es schon eng genug, aber was hier geboten wird, ist wahrlich zuviel.

Früher konnte man bei geöffneten Schotten von der Zentrale aus, wenn man nur in die Kniebeuge ging, bis zum achteren Torpedorohr gucken und nach vorn bis in den Bugraum. Ich habe noch und noch Aufnahmen von diesen Durchblicken gemacht. Sie waren bei den miesen Beleuchtungsverhältnissen schwierig genug, wenn ich Vordergrund wie Hintergrund scharf haben wollte. Jetzt wäre für solche Bilder gar keine Schangs: Der Mittelgang ist vollgestellt mit Kisten und Säcken. Das ist zwar gegen alle Sicherheitsvorschriften und mehr als riskant – aber was verschlägt das schon?

Ich frage mich, wie es denn bei diesem Gewicht mit unserem Auftrieb steht. Der sogenannte Restauftrieb, der uns schwimmfähig hält, muß ja wohl, wenn dieses Boot erst mal ganz vollgeladen ist, äußerst gering sein. Mich beim LI erkundigen, wie es damit steht, kann ich jetzt nicht.

In der Haut des LI möchte ich nicht stecken. Der hat es hier mit Gewichtsgrößen zu tun, die außerhalb aller Erfahrung liegen. Theoretisch dürfte die Mehrbelastung durch fünfzig Leute und die vielen Frachtstücke zwar nichts ausmachen, aber praktisch *muß* sie zur Crux werden, weil alle gewohnten Relationen damit ungültig werden . . .

»Einhundert Köpfe« höre ich mal wieder. Ja, wenn es sich *tatsächlich* nur um Köpfe handelte! Aber es geht leider um ganze vollständige Bodys mit einhundert Lungen, Mägen, Därmen! Und je vier Extremitäten . . .

Ich habe schon keine Vorstellung, wie hundert Menschen hier im Boot scheißen und pissen sollen ... Bei fünfzig Leuten, der normalen Besatzung also, gibt es da Probleme genug.

»Wie soll das denn mit dem Triton klappen?« frage ich einen Mann der Zentralebesatzung – offenbar den Zentralemaat – und denke dabei an das Herumlaufen im Boot, das jeden LI bei Tauchfahrt schon verrückt machen kann, wenn nur die reguläre Besatzung an Bord ist.

»Triton ist schwierig, Herr Leutnant. Wir müssen ja auf Gefechtsstation bleiben. In allen Räumen werden Pützen aufgestellt.«

»Brrr!« mache ich, und der Zentralemaat amüsiert sich weidlich über meinen gespielten Ekel.

Das wird einen schönen Gestank geben: hundert Leute, die in Pützen scheißen und pissen!

»Das kann ja gut werden«, sage ich – nur weil der Zentralemaat sichtlich von mir ein Wort erwartet.

»Ja, Herr Leutnant, das kann gut werden«, sagt der Zentralemaat und läßt einen Twist von der rechten in die linke Hand wandern. »Mehr als hundert Leute insgesamt ...«

»Ich weiß, ich weiß!«

»Das gab's wahrscheinlich noch nie.«

»Kaum. Das heißt, als die italienischen Boote in Saint-Nazaire einliefen mit den Leuten von der Atlantis und der Python, da muß es auch ganz schön eng zugegangen sein ...«

»Das waren doch die beiden Hilfskreuzer, Herr Leutnant, die ... die's erwischt hat?«

»So isses. Weihnachten einundvierzig war das.«

»Schon 'nen ganzen Strahl her, Herr Leutnant.«

Jetzt nicke ich bloß, weil mir die Szenerie von damals deutlich vor die Augen gerät: Die italienischen Boote waren jedenfalls große Boote, etwa wie unser Typ IX.

Ich werfe einen Blick ins Klo.

»Bei E-Maschinenfahrt darf da sowieso keiner rauf«, sagt der Bootsmann über meine Schulter weg. »Also bloß in der Nacht. Das Auspumpen macht zuviel Krach.«

Anscheinend ist das Klo schon benutzt worden: Es stinkt gemein.

Im U-Raum, wo ich wieder hausen soll, ist die Enge, scheint es, am schlimmsten. Auch hier gibt es kaum noch einen Mittelgang. Kisten und Säcke überall. Weiter nach achtern kann der Krempel nicht verlagert werden: An den U-Raum schließt bereits die Kombüse an. Und nach vorn die Zentrale. Also ist es geradezu logisch, daß sich alles im U-Raum staut, was in den achteren Teil des Bootes bugsiert wurde. Ich frage mich nur, wie hier jemand durchkommen will. Und schließlich liegt unter den Bodenbrettern des U-Raums die Batterie II. Wie soll da einer im Ernstfall rankönnen?

Und wie sollen wir bloß mit diesem überladenen Schlitten bei Alarm schnell genug auf Tiefe kommen? Alle-Mann-voraus-Manöver scheiden ja wohl aus! Und was passiert bei *ungewollter* großer Vorlastigkeit?

Die Nummer Eins hat sich neben mich geschoben und schlägt mit der flachen Hand auf die Vorderkoje an Steuerbordseite.

»Das ist die Koje, die Sie mit dem Sani teilen!«

Es ist tatsächlich genau die gleiche, die ich auch auf U 96 hatte. Ich will das dem Bootsmann als ein wundernehmendes Faktum mitteilen, aber der redet schon weiter: »Ihr Gepäck, das stauen Sie am besten erst mal einfach obendrauf. In allen Spinden ist statt der privaten Klamotten diesmal Proviant untergebracht.«

»Für diese kurze Reise?« frage ich und wuchte die Tasche mit meinem »Sturmgepäck« auf die Koje.

»Kurze Reise? Da sind wir lieber mal vorsichtig, Herr Leutnant. Da hat man schon merkwürdige Sachen erlebt mit solchen kurzen Reisen ... Und außerdem sind wir über hundert Leute an Bord. Im hinteren WC, in der Dieselbilge und zwischen den Heckrohren liegt auch noch Proviant.«

»Ja allerhand!« sage ich blöde, weil ich mit meinen Gedanken längst woanders bin.

Im U-Raum wohnen normalerweise zwölf Freiwächter. Jetzt sollen hier zwanzig Mann hausen – dazu die Riesenmengen Ladung.

Der Schmutt turnt halbnackt an mir vorbei. Er staut noch Proviant weg. Sein Oberkörper glänzt von Schweiß. Er ist ein gedrungener, rundschädliger Kerl, der sich seine roten Haare fast ganz hat abscheren lassen, dafür aber darf sein Rotbart um so üppiger wuchern. Schade, denke ich bei mir, daß sich sein Kopf nicht in der Vertikalen um hundertachtzig Grad drehen läßt, dann würde der Bart zum Haarschopf werden.

Ich habe schon gehört, daß der Schmutt zwar keine Stimme habe, aber dennoch gerne singe. Das klinge, als ob eine Kuh auf dem Kamm blase ...

Ich will vom Bootsmann wissen, wo gegessen wird.

»Zu fünft haben Sie in der O-Messe gut Platz«, bekomme ich Antwort.

»Und die Beamten?« frage ich. »Wo essen die?«

»Die Herren bekommen auf dem Zimmer serviert, das heißt, wenn sie noch Appetit haben sollten. Gibt sowieso bloß Eintöpfe oder so ...« Dann schickt der Bootsmann noch eine Erklärung nach: »Für hundert Leute kochen, wie soll der Schmutt das denn schaffen, Herr Leutnant?«

Ich will auch noch einen Blick in den Bugraum werfen und arbeite mich mühsam nach vorn durch ... Himmel, wie sieht es denn hier aus? So verrückt hatte ich mir das nicht vorgestellt. Die Bodenbretter liegen noch höher, als wenn sie die volle Zahl Reservetorpedos abzudecken hätten. Ich habe sie fast in Brusthöhe vor mir – eine ebene Fläche wie der Schlafboden einer Berghütte. Dieses Bild stellt sich ein, weil außer Decken merkwürdigerweise auch Felle hier herumliegen. Wo kommen bloß die Felle her?

Aus der dunklen Tiefe des Raums kommt mir einer entgegengerobbt. Es ist wieder die Nummer Eins. Auf dem Bauch liegend, erklärt er mir: »Wir haben alle Reservetorpedos abgegeben und dafür hier drunter Kisten gestaut – lauter wertvolle Instrumente und so Zeug. Die Torpedoschutzbretter sind direkt auf die Kisten geschraubt ... Hier oben können ja 'ne Menge Leute liegen. Hier müssen wir das Gros der Silberlinge unterbringen ...«

»Und die Leute, die sonst hier hausen?«

Der Mann muß erst mal Luft pumpen, ehe er antworten kann: »Die vom Torpedopersonal – das heißt drei Mann – müssen in Hängematten zwischen den Bugrohren schlafen. Der vierte Mann hat im E-Raum seine Gefechtsstation, und da muß er auch bleiben. Alle Leute sollen, wenn's geht, auf ihren Gefechtsstationen bleiben.«

Ich warte auf ein Wort der Klage oder des Protestes, aber die Nummer Eins läßt keins verlauten. Die komplizierte Stauerei scheint dem Mann sogar noch Spaß zu machen. Jetzt trumpft er richtig auf: »Die seemännische Gefechtswache und der Gefechtsrudergänger bekommen Hängematten direkt unter dem vorderen Torpedoluk. Da sind sie gut untergebracht und haben's nicht weit zu ihrem Arbeitsplatz! – Was will der Mensch denn mehr?«

»Und was wird mit der Heizerei von E-Maschinen- und Dieselraum?«

»Die gesamte Heizerei – also alles E-Maschinen- und Dieselmaschinenpersonal mit Ausnahme der wachfreien Dienstgrade – bleibt sozusagen direkt am Arbeitsplatz. Die müssen zwischen den Maschinen auf den Flurplatten pennen.«

»Ach, du meine Güte!«

»Was will man machen?« quittiert die Nummer Eins das. Dann zieht er die Knie an, stemmt sich halb hoch und rollt sich so geschickt von der Plattform herunter, als hätte er das seit Jahren geübt.

»Da werden sich die Silberlinge wohl auf die Seite legen müssen, einer Kopf oben, der andere Kopf unten – wie die Ölsardinen in der Dose.«

»Und natürlich ausgeatmet«, ergänzt die Nummer Eins. Dann wird er aber schnell wieder sachlich: »Feste Plätze, wenig Bewegung im Boot – das ist diesmal absolutes Gebot, damit der Trimm stimmt!«

In der Zentrale ist so viel Krawall, daß ich eine Weile nichts verstehe, aber dann höre ich, wie ein Zentralegast vom Zentralemaat wissen will, was denn nun aus den Seesäcken werde.

»Die sind im Arsch – einwandfrei!« gibt ihm der Zentralemaat Bescheid.

»Meine Ausgehuniform!« klagt der Zentralegast.

»Die kannste abschreiben.«

Ein Dritter mischt sich aus dem Halbdunkel von den Flut- und Lenzverteilern her in das Palaver ein: »Du bist ein ganz schöner Dussel! Ich hab meine Uniform in Lauenburg – und zwar seit neunzehnhundertdreiundvierzig.«

»Lauenburg?«

»Ja, Lauenburg an der Elbe! Da hab ich nämlich Verwandte. Ich hab mir gleich gesacht: Heiner, du kommst ganz gut ohne die gute Uniform aus. Da läßte die lieber in Lauenburg. Das war nach 'ner Werftreparatur. Da bin ich dann bloß noch in Dienstklamotten rumgelaufen.«

Den Zentralegast mit den Seesacksorgen kann das aber nicht beruhigen. »Unsere *eigenen* Sachen, die ham hier keen Platz!« fängt er wieder an. »Das iss doch wieder mal typisch! Ich möcht nich wissen, was hier alles in den Kisten und Säcken steckt.«

»Ich hab meine gute Uniform auch zu Hause gelassen«, sagt der Zentralemaat. »Ich hab schon gewußt, was ich mache. Holzauge, sei wachsam! Was mit den guten Klamotten passiert beim Seesackfilzen, das wissen wir ja . . .!«

»Was denn?«

»Da werden schnell mal die guten Klamotten gegen schlechte ausgetauscht . . . Ich hab mal 'n Nachlaß gesehn von 'nem Kumpel, der abgesoffen war – da hab ich bloß den Kopf geschüttelt: So mieses Zeug hat der *nie* gehabt. Den hab ich doch gekannt . . . Da hat sich so 'ne Sau ganz schön bedient.«

»Mach Sachen!« staunt der Zentralegast.

»Klar, so geht das.«

Ich will meinen Ohren nicht trauen: Sorgen um den eigenen Nachlaß.

Zwei Leute mit einer schmalen Kiste drängen sich durch die Zentrale. Einer tritt mir dabei auf die Füße. Der Funker hockt in seinem Schapp, als wären wir schon in See. Anscheinend fühlt er sich nur da wohl und sicher – wie ein Hund in seiner Hütte.

Herr im Himmel! Dieses Boot ist alles andere als seeklar! Wenn das so weitergeht, haben wir bald gar keinen Mittelgang mehr. Unter der Besatzung gibt es aber offenkundig ein paar Hartgesottene, die noch über die

Raumnot witzeln können: »Ick kann euch sachen, gejen de U-Bahn bei Stoßverkehr iss det hier noch jarnischt.«

»Da haste aber och was andres zum Hinlehn als Silberlinge.«

»Da haste aba ma recht. Da konntste doch glatt 'ner Puppe an de Fotze fassn. Mal so aus Vasehn – un wennse nich jleich zu meutern anjefagn hat, denn wußteste ja Bescheid.«

Ein Maat erscheint jetzt von vorn und packt sich einen merkwürdigen Koffer.

»Muß alles noch in den Bugraum«, sagt er. »Schöne Scheiße!«

Damit es schneller geht, packe ich mit an. Der Maat flucht vor sich hin.

»Und ich dachte, wir ham mindestens zehn Tage im Stützpunkt«, höre ich klagen, als ich, von dem bißchen Umstapeln gänzlich ausgepumpt, zurück in die Zentrale komme.

»Der Mensch denkt, Gott lenkt!« gibt ein anderer in deklamierendem Tonfall von sich. »So isses nun mal bei der Marine, das solltes de doch wissen – oder?«

Dies nachfragende »Oder?« ist die neueste Mode. Manche hängen es fast an jeden Satz an.

Ich will auch noch ganz nach achtern: also wieder durch den U-Raum ... Durch die Kombüse komme ich nur schwer hindurch, weil der Schmutt gerade am Einräumen ist. Im Dieselraum wird es einfacher: Der schmale Gang zwischen den beiden Dieseln ist frei.

Im Dieselraum will ich mich jetzt nicht genauer umsehen – also schnell noch ein paar Schritte auf den silbern blinkenden Flurplatten, und ich bin im E-Maschinenraum.

Auf dem Fahrstand des E-Maschinenmaaten, so werde ich von einem E-Maaten aufgeklärt, werden zwei Mann Platz finden. Da könnte sogar noch ein dritter hausen – zeitweilig wenigstens, weil während der Schnorchelfahrt das E-Maschinenpersonal nichts zu tun hat. Als Gefechtsstation für einen der E-Maschinengasten ist die Kombüse vorgesehen. Da ist er deshalb gut aufgehoben, weil der Lukendeckel für die Batterie II ganz nahe ist. Der Schmutt wird tatsächlich kaum kochen können.

Für den anderen E-Gasten ist am Montageluk der Batterie I der richtige Platz. Beim Schnorcheln ist dort ohnehin die Gefechtsstation der E-Maschinenleute. Auf die Batteriedeckel zum Einstieg in die Batterien kann man wenigstens noch beide Füße setzen. Sie sind – bislang zumindest – noch frei von Kisten und sonstigem Ballast: eine Vorsorge, die mir nahegeht. Da unten war ich schon mal, als es knapp vor Matthäi am letzten war. Wenn einer da hinuntermuß, ist allemal Zustand. Dann hat es Batteriezellen erwischt, und die laufen aus. Dann wird deutlich, daß diese Art von Seefahrt auch mit Chemie zu tun hat:

Die edle Batterieflüssigkeit bildet, wenn sie sich mit dem Seewasser der Bilge vermischt, üble Chlorgase ... Aber daran sollte ich besser nicht denken.

Im Hecktorpedoraum haben die Konstrukteure schon gar keinen Platz verschwendet. Hier sollen drei Leute auf die Flurplatten vor dem Ju-Verdichter und drei gegenüber vor dem Notsteuerstand für das Tiefenruder untergebracht werden. Hier hat der Torpedogast für das achtere Rohr seine Gefechtsstation. Wohin der seinen Körper zwängen soll, wenn hier Silberlinge herumliegen, ist mir unerfindlich.

Als ich mich gerade wieder verdrücken will, höre ich: »Von Rechts wegen müßten wir doch noch in die Schleife gehen ...« Ich bleibe wie festgewurzelt stehen und überlege: In die Schleife gehen?

Gegen die E-Minen natürlich. »In der Entmagnetisierungsschleife wird die Feldveränderung, die beim Überlaufen zur Zündung der Mine führt, neutralisiert, indem ein Feld flüchtigen Magnetismus' errichtet wird ...« – so habe ich es gelernt, aber nie richtig kapiert. Der Genetiv von Magnetismus hat mich immer gestört und so fixiert, daß ich nicht richtig nachgedacht habe. Jetzt ist es wieder so: Magnetismusses – müßte es nicht *so* heißen?

Draußen auf der Pier entdecke ich den LI und gehe ihn direkt an: »Müssen wir nicht durch die Schleife?« Ich sehe ihn zwar reden, kann ihn aber nicht verstehen, weil auf der Querpier rings um einen Lastwagen wüster Lärm entstanden ist. Der LI sieht aus wie ein nach Luft schnappender Karpfen. Endlich kapiere ich, daß es gar keine Entmagnetisierungsschleife mehr gibt.

»Wahrscheinlich durch Bomben zerstört ...«

Ich denke: Dann ist ja alles bestens geregelt. Dann sind wir aus dem Schneider: Keiner wird uns Versäumnisse und Nachlässigkeiten vorwerfen können.

»Das Boot geht also nicht durch die Entmagnetisierungsschleife?«

»Wie sollten wir denn!« ist die gereizte Antwort des LI.

So stark wie jetzt habe ich die Spannung eines Aufbruchs noch nie empfunden. Warum laufen wir eigentlich nicht getaucht aus? frage ich mich. Gleich nach Verlassen des Innenhafens müßten wir doch bei Hochwasser ganz dicht unter der Oberfläche ... Die Rinne durchs Goulet ist doch bei Hochwasser tief genug. Wenn die großen Zossen mit ihrem enormen Tiefgang hier reinkommen, müßten wir dann nicht mit zwei Meter Wasser über der Brücke den Ausschlupf schaffen? Wird diese Möglichkeit etwa bloß deshalb nicht ins Auge gefaßt, weil sie nicht zur Routine gehört? Weil noch jedes Boot aufgetaucht ausgelaufen ist? Aber jetzt haben wir doch die berühmten außergewöhnlichen Verhältnisse – zwingen die nicht zu außergewöhnlichen Maßnahmen? An der Strömung kann es nicht liegen: Wir wollen schließlich bei Stillwasser hinaus. Und später müßte uns die Strömung sogar hinausziehen können. Das hat der Alte schließlich schon in der Gibraltarstraße praktiziert ... Nein, nicht praktiziert, praktizieren *wollen*, zu praktizieren *versucht* ...

Scheiße! Gerade an Gibraltar sollte ich jetzt nicht denken. Der Gedanke an Gibraltar ist verdammt fehl am Platz.

Ob dieser Kommandant gewieft genug ist? Erfahren genug? Ob er sich wenigstens Rat eingeholt hat? Seine Seemannschaft wird er wohl beherrschen ...

Mit welchem Wetter wir zu rechnen haben, hat mir keiner verraten. Zum Glück ist gerade nicht die Zeit der gefürchteten Äquinoktialstürme in der Biskaya, aber auch um diese Jahreszeit habe ich da draußen schon einiges erlebt. Ich kann in meinem Kopfkino Dwarsseen von solcher Höhe und Wucht sehen, daß das Boot wie ein Rennwagen in der Steilkurve auf der Seite lag, und der Rudergänger verzweifelte, weil das Boot so heftig in den Wind hineingierte ... Ein Schnorchelmast, der bei so starken Bootsbewegungen zu hoch herauskommt, wird wahrscheinlich glatt abknicken.

Mich kommt ein inneres Lachen an, weil ich daran denken muß, welche Krängungen ich auf U 96 bei Sturmfahrt erlebt habe und wie es dann in der O-Messe aussah! Wie der II WO die aus Kartoffeln, Fleisch und Gemüse zusammengekochte Suppe ausgeben wollte und ich ihm dabei unter die Öljacke greifen und ihn am Gürtel festhalten mußte und wie er trotzdem schon beim zweiten Teller die Bescherung danebengoß! Und wie der Leitende bei einem plötzlichen Überholen seinen Teller nicht mehr waagerecht halten konnte und die Suppenpfütze auf der Back größer und größer wurde und wie die hellen Kartoffelstückchen in der dunkelbraunen Brühe schwammen: Eisblöcken von einem Gletscher gleich, der gekalbt hatte! Und wie die Brühe zwischen den Schlingerleisten hin- und herschwappte und immer wieder eine Ladung durch die Spalten unter den Schlingerleisten ablief – dem Alten und dem Leitenden direkt in den Schoß ... Gott im Himmel, das war schon was!

Ich würde mich gern beim LI sachkundig machen, bis zu welchem Seegang überhaupt geschnorchelt werden kann. Aber so, wie der Mann aussah, lasse ich es lieber. Ich hätte mich beim Flottilleningenieur erkundigen sollen, wie die Schnorchelei bei Schlechtwetter klappt – oder eben nicht klappt. Was passiert mit einem Schnorchelboot, wenn es in bewegte See gerät? hätte ich ihn fragen sollen. Der Schnorchelkopf kann doch nicht mit den Seen up and down gehen. Und bei Sturm ist Tiefensteuerung in so geringer Tiefe, wie sie die Schnorchelfahrt erfordert, ja auch nicht möglich. Bei einem richtigen Hundssturm würde der Schnorchelkopf ja wohl alle paar Sekunden überflutet und den Dieseln die Luft abgestellt werden – und der Besatzung natürlich auch – oder?

Zeit war genug, um mich kundig zu machen, aber das habe ich nun versäumt.

Auf dem Weg zurück in die Flottille lasse ich mir Zeit. In der Stadt sieht es böse aus. Die Leute, die im Freien zu tun haben, schicken ständig Lauerblicke zum Himmel: die Angst der Feldmaus vor dem Bussard. Manche machen, damit es nicht so aussieht, als wollten sie ängstlich den Himmel beobachten, nur hin und wieder verstohlene Augenaufschläge. Dabei sehen sie wie Frömmlinge aus – so, als ob sie beteten ... von dannen Du kommen wirst – in Gestalt von Hundertpfündern mit Verzögerungszündern.

Die Tiefflieger werden – so scheint es wenigstens – immer frecher. Sie sind wie Schmeißfliegen, die auch immer wieder heransirren, so heftig man sie auch abzuwehren versucht. Das Ziel der Tiefflieger sind vor allem die Flakstände. Ob die Sandsackwälle und Stahlschilde die wenigen Mannschaften zu schützen vermögen, die noch in den Stellungen sind? Wir sollten mehr *leichte* Flak auf den Dächern oder auf Türmen haben. Die Schiffe im Hafen feuern zwar aus allen Knopflöchern, wenn die Spitfires heranrasen, aber ihr Schußfeld ist zu begrenzt: Die Arsenalgebäude stehen im Weg. Lange kann es nicht mehr dauern, bis die Schiffe, die den Angriffen im Küstenvorfeld entkommen sind, alle miteinander im Hafenbecken abgetakelt werden. Die VP-Boote, Sperrbrecher, Minensucher, Räumboote und die paar halbwracken Zerstörer können sich ja nicht in Bunker verkriechen wie unsere Boote.

Keine fünf Minuten vergehen mehr ohne Detonationen. Längst kann ich den Abschußknall unserer Flak schon ganz gut von dem der Panzerkanonen des Gegners unterscheiden. Aber manchmal ist nur noch wildes Durcheinanderfeuern zu hören. Auch jetzt wieder. Ob die Flak im Gefecht mit Panzern ist?

Es hieß, daß an der Citroëngarage wieder heftig gekämpft wurde. Wenn die Verteidigung im Norden vor der Stadt zusammenbricht, wird für die Amis bald kein Halten mehr sein.

Ich will mich gerade davonmachen, um mein Quartier endgültig aufzuklaren, da heißt es, im Boot solle die Batterie ausgewechselt werden gegen eine nagelneue, die noch im Bunker steht. Weil ich den Alten nicht erwische, frage ich Steincke, was es damit auf sich hat, und erfahre: Die Batterien von U 730 sind durchaus noch brauchbar, aber eben nicht neu. Neue Batterien sind ein rarer Artikel – quasi nicht mehr aufzutreiben.

Eine neue Batterie dem Feind in die Hände fallen zu lassen, sei schiere Sünde ...

Als ich wissen will, wieviel Zeit der Austausch denn in Anspruch nehmen könne, sagt mir der alte Steincke bierernst: »Ein paar Tage dauert so was schon.«

Ein paar Tage? Ich will meinen Ohren nicht trauen! Ein paar Tage ... Sind denn hier alle verrückt?

»Die Amis werden ja wohl kaum unsere Bastelbedürfnisse berücksichtigen bei ihren Zeitplänen!« platzt es aus mir heraus.

Dafür guckt mich der alte Steincke nur verlegen an.

Ich stehe da wie behämmert und frage mich: Was denn nun noch? Warum macht der Alte diesen Zirkus mit?

Mit unserem Auslaufen wird es also heute nichts.

Um mit dem Schock fertigzuwerden, verhole ich mich in den Club und lasse mir ein Bier geben. Schon die ersten paar Schlucke gehen mir schnell in den Kopf und machen mich leichter. Schön, dann warten wir eben ab. Aber fair gegen die Tommies ist das nicht! Die warten doch da draußen auf uns und lecken sich ums Maul. Und jetzt müssen sie lecken und lecken und lecken ... Schließlich wissen die genau, daß es bei uns nur noch dieses eine seeklare Boot gibt. Und so schlau sind sie allemal, daß sie sich ausmalen können, daß damit einiges geplant ist ...

Für diesen fetten Beutehappen, sage ich mir, lohnt sich schon ein bißchen Nervenkrieg und das Ausharren auf den Abfangpositionen.

Daß die Herrschaften wieder verschwinden könnten, weil wir nicht wie erwartet – also nicht programmgemäß – erscheinen, damit dürfte wohl zuallerletzt zu rechnen sein. Wahrscheinlich halten die unsere Verzögerung für einen kalkulierten Trick ...

Kaum habe ich mich mit der neuen Situation abgefunden, heißt es: Batteriewechsel fällt flach: Dauert zu lange! Aber dafür sollen jetzt die Eisenbarren raus aus dem Kiel und durch Edelmetalle ersetzt werden. Edelmetalle? Da wird wohl Kupfer gemeint sein. Aber wie um Himmels willen soll denn dieses bißchen Kupfer noch den Endsieg retten? Soll es etwa in La Pallice umgeladen und auf der Straße »heim ins Reich« befördert werden? Ich weiß gar nicht, wie man an die Kielgewichte herankommt, ich kann mir nur eine schreckliche Turnerei vorstellen: das Eisen durch enge Luken raus – das Kupfer durch enge Luken rein ...

Aber doch nicht etwa, wenn das Boot schwimmt? Und wie lange soll *das* denn dauern? Das wird doch auch eine tagelange Schufterei werden.

Zuerst sah es so aus, als gäbe es nur *eine* Überlegung: auslaufen oder hierbleiben! Klare Verhältnisse! Aber dieses vermaledeite Hin und Her ist doch zum Wahnsinnigwerden. Meine Klamotten habe ich jedenfalls zu früh gepackt!

Endlich erwische ich den Alten, doch da ist er auch schon wieder auf dem Sprung. Alles, was ich erfahre, ist, daß wahrscheinlich *weder* Batterie *noch* Kielgewichte ausgetauscht werden. Der neue Auslauftermin steht trotzdem noch nicht fest.

Vielleicht sollte ich das ganze Theater anders sehen – eben als Theater: Hier wird auf Teufel komm raus retardiert, um die Spannung zu steigern. Ich erführe nur gern, wer hier augenblicklich Regie führt und welche Überraschung als nächstes geplant ist.

Wenn das so weitergeht, kommen wir *nie* raus. Fast schon ein Trost, daß es für die Tommies genauso spannend wird wie für unsereinen: Kommt das letzte fahrfähige Boot der verdammten Hunnen nun noch aus dem Loch heraus – oder kommt es nicht? Mit dieser Frage müssen die Tommies leben.

Aus dem Radio dröhnt es: »Das Oberkommando der Wehrmacht gibt bekannt: In der Normandie führte der Feind gestern nördlich Vire sowie nordöstlich und östlich Avranches starke von Panzern unterstützte Angriffe, die nach hartem Kampf abgewiesen wurden. Mehrere hinter unseren Linien eingeschlossene feindliche Kampfgruppen wurden vernichtet . . . In der Bretagne leisteten auch gestern die Besatzungen unserer Stützpunkte den weiter nach Westen und Südwesten vorstoßenden feindlichen motorisierten Kräften heftigen Widerstand . . . Schlachtflieger griffen mit guter Wirkung in die Erdkämpfe ein und zersprengten feindliche Kolonnen. In der Nacht waren vom Feinde belegte Orte und Flakbatterien das Angriffsziel unserer Kampf- und Nachtschlachtflieger . . . Im französischen Hinterland wurden neunundfünfzig Terroristen im Kampf niedergemacht. Schweres Vau-eins-Vergeltungsfeuer liegt auf London.«

Beim Abendessen bleibt der Platz des Alten leer, und auch später im Club taucht er nicht auf. Eine Situation wie diese geht ihm ganz und gar gegen den Strich: Jetzt ist er nicht der einzige, der zu bestimmen hat.

Ich hocke da und fühle mich wieder als Spielball irgendwelcher obskuren Mächte. Ich wünschte, U 730 wäre hier nie erschienen.

Am nächsten Morgen erfahre ich, daß es nun an diesem Abend losgehen soll – wieder um 21 Uhr. Der Alte ist ständig unterwegs. Ich sehe ihn erst mittags.

Das letzte Mittagessen in der Flottillenmesse. Ich fasse noch einmal die Szenerie in den Blick: die riesige Tafel, immer noch weiß gedeckt. Die großen Fenster, das grelle Licht von der Reede her ... Wie anders die Uniformen doch aussehen als »damals« in La Baule. Die Ingenieure haben graue Overalls oder gammlige graue oder bräunliche Jacken an. Der alte Steincke und der VO tragen Khakizeug, die wenigsten blaue Uniformen. Wir sind leider eine sehr gemischte und reichlich heruntergekommene Gesellschaft geworden. Weißes Hemd und schwarze Krawatte gehören zur Uniform, aber ich muß die Augen schon herumgehen lassen, bis ich die beiden Fähnriche finde: Die sind korrekt angezogen.

Der Stuhl des Doktors ist leer, der des Zahnarztes auch. Der Alte tut so, als merkte er es nicht. Seit neulich abends habe ich die beiden nicht mehr miteinander reden sehen.

Mein neuer Kommandant sitzt auch nicht mit an der Tafel. Wahrscheinlich ist er beim Boot. Möglicherweise hat es ihm auch den Appetit verschlagen. Nach einem Wahnsinnsunternehmen, wie U 730 es hinter sich gebracht hat, im Stützpunkt zu erfahren, daß man gleich wieder hinausmuß, kann nicht gerade erhebend sein. Auch so eine Ironie des Schicksals: Weil er schlank durchgekommen ist, weil er einen Mordsdusel hatte, soll er es gleich noch einmal versuchen. »Kehrt marsch!« ist die Parole.

Auch die Backschafter, die gerade neue Suppenterrinen herbeitragen, sind ordentlich angezogen: weißes Takelzeug, wie es sich gehört. Daß Thérèse, die ihre Titten so gehörig zappeln ließ, verschwunden ist – das ist nun auch schon wieder eine Ewigkeit her.

Ich beobachte den Alten mit Seitenblicken, wie er seinen Eintopf löffelt. So gedankenverloren hat er das früher nie getan. Dem Alten dürften in den letzten Wochen ein paar Seifensieder zuviel aufgegangen sein. Jetzt würde er sicher keine Brandreden gegen »die ruchlose Verschwörerclique« mehr hinausdröhnen wollen – auch mit der Pistole im Rücken nicht. In *seiner* Haut möchte ich zuallerletzt stecken.

Der Alte sagt kein Wort. Auch als er mit dem Essen fertig ist, schabt er sich nur mit Daumen und Zeigefinger der rechten Hand das Kinn und schweigt sich aus.

Unsere Abschiede hatten immer etwas Fatales. Sie haben nie funktioniert. Diesmal mache ich mich auf einen besonderen Pfusch gefaßt.

Nach dem Essen, als der Alte, mit mir im Fahrwasser, die Messe verlassen hat, tritt ihm im Treppenhaus der Adju entgegen und meldet: »Der Zahnarzt hat sich erschossen!«

»So ein Blödsinn!« sagt der Alte im ersten Erschrecken. Dann fragt er: »Wo?«

»In seiner Kammer, Herr Kapitän!«

Der Alte läuft mit einem Satz los. Er rennt fast durch den Gang. Ich hetze ihm hinterher, und hinter mir folgt im Geschwindschritt der Adju. Vor dem Schott zur Kammer des Zahnarztes hat sich eine Gruppe gebildet. Einer sieht den Alten herankommen und brüllt aus vollem Hals: »Achtung!«

Als ich gerade heran bin, raunzt der Alte den Adju an: »Den Doktor schon gewahrschaut?«

»Nein, Herr Kapitän!«

»Dann mal dalli!«

Und damit zieht der Alte direkt vor meiner Nase die Türe zu. Es vergehen Minuten, bis er wieder herauskommt. Mit halber Tonstärke sagt er, zu mir hin: »Der braucht den Doktor nicht mehr . . . Komisch für 'nen Zahnarzt«, und dann, mir jetzt voll zugewandt: »Geh mal lieber nicht rein! Fürchterliche Schweinerei!«

Als wir im Büro sind, will ich den Alten fragen, was er mit ». . . komisch für 'nen Zahnarzt« gemeint hat, wage es aber nicht. Da redet der Alte Gott sei Dank schon los: »Die Pistole in den Mund! Ausgerechnet als Zahnarzt die Pistole in den Mund zu nehmen – verstehe ich nicht!«

Der Alte läßt sich erschöpft in seinen Sessel fallen. Dann starrt er vor sich hin und sagt kein Wort mehr. Nach ein paar Minuten, als das Schweigen schier unerträglich wird, sagt er dann aber doch: »Das hat mir grade noch gefehlt!« Und dann noch: »Dem hätt ich 'nen besseren Abgang gewünscht – weiß Gott!«

In mir dreht es sich: Ich muß meine ganze Kraft aufwenden, um die Fassung zu bewahren.

Da wummert es draußen plötzlich los. Die Flak feuert, was die Rohre hergeben. Das scheint wieder ein besonders schwerer Angriff zu werden. Wenig später schon ist der Himmel mit den schwarzen Tupfwolken der Granatexplosionen übersät. Dazwischen weiße Fallschirme . . .

»Das sind Marauders!« sagt der Alte.

Ich überschlage schnell: Spitfires, Mosquitos, Mustangs – und Marauders: Marodeure. Die Allies sind um martialische Namen auch nicht verlegen.

Zwei Maschinen explodieren zu kleinen Fetzen, die langsam herabregnen. Da kommen die Piloten wie Sackschweine in den Himmel, denke ich. »Sackschweine« – so nennen Seeleute den in zu kleine Stücke zerlegten Frischfleischproviant.

Der Angriff gilt zweifellos dem Gelände um den Bunker – und natürlich auch dem Bunker. Wo ist nur die Besatzung? Um diese Zeit sollten die Leute in der Flottille erscheinen. Der Alte ist nervös. Ich weiß, was er denkt: Wenn die Leute gerade unterwegs waren, als das Remmidemmi losging . . .

Alle Telefonleitungen zum Bunker sind kaputt. Der Alte knallt den Hörer so hin, daß ein Stück Gabel abspringt: »Wir müssen los und nachsehen, ob was passiert ist.«

Da erscheint der Flottilleningenieur mit wichtiger Miene und einem Büschel Papieren in der Hand.

»Bißchen turbulent heute«, sagt der Alte. »Erledigen wir alles später.« Und dann zu mir: »Beeil dich!«

Ich bin schon in der Tür und renne los.

Als ich neben dem Alten im Auto sitze, denke ich: verdammter Umstand, dieses ständige Hin- und Herjachtern zwischen Bunker und Flottille. Aber immer noch hundertmal besser, als in den Stollen hausen zu müssen.

Vor lauter Qualm ist die Sicht in den Straßen so schlecht, daß wir nur langsam vorankommen. Überall Trümmerstücke, die der Alte slalomartig umfahren muß.

Plötzlich tritt er auf die Bremse. Es geht nicht weiter, weil eine Hausfront auf die Straße gestürzt ist. Mühevolles Zurücksetzen und Einbiegen in eine Querstraße. Sankas kommen uns heftig schwankend entgegen. Dann ein Trupp von OT-Leuten mit Verwundeten. So habe ich noch keine gesehen: blutüberströmt und so sehr staubüberpudert, daß das Blut schwarz aussieht.

Ich höre Schüsse peitschen und richte einen fragenden Seitenblick zum Alten hin: Was ist da los? Rühren sich die Partisanen?

Der Alte verkneift das Gesicht. Er ist ganz Konzentration. Die Schüsse interessieren ihn nicht: Er muß Durchschlüpfe durch immer neue Engen finden. Der Wagen sackt einmal vorn weg, dann schlägt er achtern heftig auf. Ich muß mich mit beiden Händen festhalten, damit ich nicht hinausgeschleudert werde.

Wieder Schüsse ganz in der Nähe. Aber der Alte sagt immer noch keinen Ton. Kurve links, Kurve rechts und wieder stop, weil sich ein paar Sankas vor uns festgefahren haben. Die Fahrer hupen wie die Verrückten. Dazu Gebrüll von allen Seiten.

Dem Alten ist es anscheinend egal, ob unsere Kutsche zum Teufel geht: Er prescht in eine Querstraße hinein, die voller Geröll ist wie ein Bachbett. Alle paar Minuten bekomme ich krachendes Durchschlagen bis auf die Achsen zu spüren. Vielleicht sind die Stoßdämpfer auch schon hinüber . . .

Kommt denn nicht endlich das Bunkergelände? Auf einmal sind wir mitten in einer einzigen qualmenden Verwüstung. Wir werden beide zugleich von Husten gewürgt. Der Alte muß anhalten, um sich freizuhusten. Da sehen wir durch den Qualm, daß wir ohnehin nicht weiter können: Vor uns liegt ein ganzes Feld von Trichtern.

»Bleib erst mal hier!« Die ersten Worte, die der Alte seit dem Aufbruch aus der Flottille sagt. Erst jetzt sehe ich, daß auch er über und über staubbedeckt ist, und mir wird bewußt, daß ich vor lauter Staub kaum noch die Wimpern schlagen kann und wie auf Sand beiße. Immer neue Hustenreize schütteln mich heftig durch.

Der Alte ist schnell mit einem Maat zurück.

Gott sei Dank – die Besatzung war noch im Bunker, als der Rummel losging. »Die haben sich aufgeteilt: eine Hälfte zur Sicherung des Bootes, die andere ist bei Aufräumungsarbeiten«, bringt der Alte atemlos hervor. »Und Sie . . .« Der Bootsmaat nimmt Haltung an, als der Alte auf ihn zeigt. ». . . Sie bleiben hier beim Wagen und passen auf, daß er nicht verschwindet!« Und damit entweicht er auch schon wie weggezaubert in eine Wand aus Staub und Qualm hinein. Ich muß aufpassen, daß ich ihm auf den Fersen bleibe.

Im Bunker ist die Sicht klarer. Trotzdem heißt es wegen der halben Dunkelheit scharf auf Hindernisse achten.

Zuerst sieht alles aus wie immer, aber als wir die Schmalseiten der Reparaturdocks entlanggehen, sehe ich weiter vorn eine fahle Helligkeit, wo sonst Düsternis herrschte. Und jetzt kommt uns eine Gruppe entgegen, die im Gegenlicht wie ein einziger geballter Klumpen erscheint. Wir dringen wie in eine Wand aus Befehlsrufen und Schreien ein: Da werden Verwundete abtransportiert, und zwar gleich eine ganze Menge.

Und jetzt durchzuckt es mich: Das Boot ist nicht an seinem Platz, und in der Bunkerdecke ist ein großes Loch, und durch dieses große, unregelmäßige Rund blendet das Hellgrau des Himmels herein: Die Armierungseisen strählen wie Lametta von oben herunter. Dicke Betonbrocken hängen dazwischen. Die Armierungseisen wirken für diese gewaltigen Lasten bedrohlich dünn: das Schwert des Damokles in einer modernen Version.

Einen Augenblick lang frage ich mich: Ist das Boot weg? Getroffen und in der Box abgesackt? Da höre ich: U730 hat kaum was abgekriegt. Es ist nach dem Angriff in eine andere Box weiter achtern verholt worden.

Gewaltige Teile der Decke müssen meternah neben dem Boot ins Wasser geklatscht sein.

Der Alte steht wie erstarrt, ich genauso neben ihm. Nicht zu fassen, daß es dem Bombenschützen gelungen ist, seine Neuntonnenbombe so genau ins Ziel zu setzen – bei so viel Flak! Und davongekommen ist er offenbar auch noch . . .

»Das hätte gerade noch gefehlt«, sagt der Alte dumpf, »daß es das Boot erwischt hätte!« Und dann höre ich von ihm noch: »Bemerkenswert! – Denkwürdig! – Daß die das doch noch geschafft haben!«

Der Alte wendet sich mir zu: »Nur eine Viermotorige kann eine solche Litfaßsäule von Bombe schleppen. Solltest du fotografieren . . .«

Als wir weiterstiefeln, redet der Alte immer noch: »Wurde bei kleinem Zeit, daß die Herrschaften mal was trafen. Die haben ja schon die ganze Stadt mit ihren Versuchen in Trümmer gelegt.«

»Wozu strengen die sich überhaupt noch so an?« frage ich den Alten auf unserem Weg zu den achteren Boxen.

»Wahrscheinlich, um ihre Bomben auszuprobieren oder einfach um sie loszuwerden. Was sollen sie denn sonst damit machen?«

Typisch der Alte. Der Treffer hat ihn geschockt, aber schon schauspielert er wieder.

Jetzt muß er sich erst mal den Staub aus dem Rachen husten, ehe er weiterreden kann: »Hübsche Namen haben die Tommies für diese Riesendinger: ›Tall Boys‹, ›Blockbuster‹ und ›Earthquake‹.«

Woher weiß der Alte das? frage ich mich.

Der Alte verschwindet in eine Werkstatt. Derweil gehe ich zum Boot hinüber.

Alle Luken des Bootes stehen offen. Gelber Lichtschein dringt aus dem Innern. An Oberdeck herrscht Wuhling. Da ist nach dem Deckendurchbruch offenbar doch einiges aufzuklaren. Eine Menge Leute sind zwischen allerlei aufgetürmten Lasten beschäftigt. Auffallend viele hochgeschossene und deshalb schlaksige Burschen sind dabei. Das Licht eines Sonnenbrenners ist so scharf, daß ich sogar die Pickel auf ihren Gesichtern erkennen kann.

Der LI kommt mit zwei Mann heran, die Sauerstoffflaschen schleppen. Da ist es ihm also doch noch gelungen, Sauerstoff zu ergattern!

Als die beiden Männer mit leeren Händen zurückkommen, frage ich: »Wie hat euer LI denn das geschafft?«

Der Mann stutzt, dann kapiert er, was ich wissen will: »Der hat denen erzählt, daß er den Sauerstoff zum Schweißen braucht. Mit Löchern im Druckkörper könnten wir nich raus . . .«

»Den kammer alles erzählen«, fällt der zweite schnaufend ein.

Sauerstoff – Lebenselixier!

Wenn wir den nur nicht gleich schon brauchen: Da draußen wird es von Jägern nur so wimmeln, die mit Spannung auf uns warten – Zerstörer, ganze Jagdgruppen aus Zerstörern und Korvetten, PC-Boote und natürlich die Flugzeuge des British Coastal Command. Die haben doch nicht mehr viel zu tun. Geleitzüge zu eskortieren dürfte kaum noch nötig sein: Wir haben ja fast keine Boote mehr, die denen noch gefährlich werden könnten.

Weiß der Henker, wie wir bei so viel Aufwand der anderen Seite rauskommen sollen. Wahrscheinlich wissen die da draußen sogar auf die Viertelstunde genau, wann wir erscheinen werden: keine Kunst – kann sich jeder leicht ausrechnen.

Meine Gedanken lösen sich in Angst auf. Herrgott ja, ich weiß schon, was uns mit diesem überbesetzten Schlitten blühen kann.

Ein letztes Mal zurück in die Flottille. Ich bringe noch ein paar von meinen Habseligkeiten, die ich in Brest zurücklassen muß, zum Alten hinüber, dann laufe ich nur mehr ziellos umher.

Der Alte wollte noch zu einer Besprechung bei Ramcke fahren. Um mich herum herrscht normaler Flottillenalltag. Wo ist Bartl eigentlich? Den hab ich den ganzen Tag noch nicht gesehen …

Ich muß wieder an den Zahnarzt denken: Daß der sich erschossen hat, macht mich fix und fertig. Da wird der Alte wieder mal lügen müssen und den Angehörigen schreiben, der Zahnarzt sei vorm Feind gefallen. Aber da fällt mir ein: Von hier geht ja gar keine Feldpost mehr hinaus.

Ich ertappe mich immer wieder dabei, wie ich den Blick auf meine Armbanduhr richte. Endlich kommt ein Läufer auf mich zu, macht Männchen und meldet, ganz außer Atem: »Der Chef sucht Sie, Herr Leutnant!«

Da ist der Alte also nicht mehr bei Ramcke, und es geht nun *wirklich* bald los.

Der Alte gibt sich knapp: »Du fährst schon mal zum Bunker. Ich komme später nach!« Und dann sagt er noch: »Diese verdammten Silberlinge – die sind immer noch nicht an Bord. Die machen, scheint's, Drittabschlagen. – Das kennst du doch?«

Als ich zum Auto gehe, fühle ich mich aufgebläht wie ein Pferd, das den Sattel verweigert: Bauchgrimmen vor lauter Nervosität?

Dann aber fesselt mich der Anblick des Himmelspanoramas. Der Himmel hat wahre Herrlichkeiten aufgeboten: Hoch oben treiben Wolkengebilde und fangen das letzte Licht des versinkenden Gestirns auf. Sie leuchten dunkelviolett und rot. Im Spalt zwischen dem unteren Wolkensaum und der Kimm glüht es wie im Guckloch eines Kupolofens auf: la grande fête du ciel.

Plötzlich ist die Himmelsbläue mit schwarzen Tupfern gesprenkelt.

Das Wolkenweiß auch. Und schon dröhnt es wieder wie Donner: Die schwere Flak schießt.

Die Saukerle kommen schon wieder!

Ich strenge mich an, um die Maschinen zu erkennen: Nichts! Fliegen zu hoch! Aber da – und da ... Auf einmal ist eine ganze Armada von grauen Schatten am Himmel. Die meinen uns nicht. Unerreichbar hoch fliegen sie Richtung Osten.

Wie um den Irrwitz meiner Situation noch verrückter zu machen, feiert der Himmel den Sonnenuntergang mit atemberaubend prächtigen Farbspielen: Scharlachrot, Purpurrot, Samtviolett in sattesten Tönungen, die mit ihrer Schwere nicht mehr als farbiges Spiel der Luft, sondern wie aufgemalt wirken. Und nun geraten die Gluttöne am Himmel ins Wabern und Wallen, sie fasern sich auf und plustern sich dann zu waagerecht hingebreiteten oszillierenden Federbuketts.

Schon wird das schmetternde Purpurrot brandig, ein Streifen schwefliges Gelb spaltet den Himmel vom Horizont ab – es verbreitet sich wie ein Keil und erschafft eine seltsame Dissonanz: Es dauert nur Minuten, und der westliche Himmel ist voll von grellbuntem Kitsch.

Auslaufen

Auf der Pier, an der das Boot liegt, entdecke ich nur ein paar Werftarbeiter in verdreckten und ölverschmierten Overalls. Zwei haben ihre Arme vor der Brust verschränkt, wohl weil sie keine Hosentaschen haben. Nicht ein einziges weibliches Wesen. Der Bootsmann wird sie alle verjagt haben. Jetzt hocken sie wahrscheinlich in den Stollen.

Auch ein paar Heeresoffiziere sollen noch versucht haben, aufs Boot zu kommen.

»Die hochnäsige Bande, die hat uns gerade noch gefehlt!«

»Bloß die Mädels tun mir leid«, sagt ein Maat.

»Denen wird ganz schön anders zumute sein«, sagt der Bootsmann. »Bis vorhin war hier ziemlich was los, Herr Leutnant.«

Das Oberdeck sieht halbwegs aufgeräumt aus. Von außen bietet das Boot den Anblick eines seeklaren Schiffes. Aber unten im Boot herrscht immer noch die ärgste Wuhling. Ich kann mir nicht vorstellen, wie dieses Durcheinander von Kisten, Paketen und Seesäcken klariert werden soll, ehe es losgeht.

In der Zentrale kommt mir Bartl entgegen. Mir wäre es verdammt viel lieber, wenn die alte Reespinne nicht mit von der Partie wäre.

»Wo hat man Sie denn untergebracht?« frage ich ihn.

»Im Bugraum«, gibt Bartl kleinlaut zurück.

»Ach du Schande!«

Bartl ist total verwandelt: Dem großen Sprücheklopfer scheinen alle seine schönen Sprüche abhanden gekommen zu sein. Aus dem Renommisten ist ein Trauersack geworden.

Ich will wieder nach draußen, da höre ich, nun schon zum zweiten Mal, von der »wasserdichten Back« reden.

Was hat das zu bedeuten?

Der Zentralegast guckt mich, als ich ihn danach frage, ausdruckslos wie ein Huhn an: Ob ich denn nicht wüßte, daß ... Er gerät ins Stottern, dann schweigt er und läßt seine Pupillen hilflos hin- und hergehen.

»Was denn?« dränge ich.

»Beim Fliegerangriff – also als es das Bunkerdach erwischt hat, da ist doch das Boot beschädigt worden, Herr Leutnant«, ringt er sich schließlich ab.

»Boot beschädigt?« frage ich perplex.

»Ja, wissen Sie denn das nicht?« fragt jetzt von der Seite her der Zentralemaat.

»Nicht die Bohne!«

»Da sind ein paar Betonbrocken von oben gekommen, direkt aufs Vorschiff, und da mußte in aller Eile noch die Oberdecksbeplankung ausgewechselt werden«, haspelt der Zentralemaat schnell herunter.

»Ja, und da hat die wasserdichte Back eben was abgekriegt«, meldet sich nun auch der Zentralegast wieder.

»Und was hat das zu sagen?«

»Halb so schlimm! Wir schaffen das schon, Herr Leutnant!« sagt der Zentralemaat in einem treuherzig beschwichtigenden Tonfall, der ganz und gar nicht zu seinem besorgten Ausdruck paßt. Er guckt jetzt an mir vorbei. Wahrscheinlich macht er sich Vorwürfe, daß er schon zuviel gesagt hat.

Ich bleibe stehen, wie ich stehe, weil ich merke, wie sich der Zentralemaat innerlich windet. Er will noch etwas sagen. Endlich bringt er es heraus: »Normalerweise würden wir natürlich nicht auslaufen, Herr Leutnant. Aber wir schaffen das schon!«

Das ist nicht die Art von Beschwichtigung, die durch Wiederholung kräftiger wird. Der Zentralemaat muß das auch gemerkt haben. »Wenn da noch mal repariert worden wäre ...«, setzt er noch einmal an, »wer weiß, ob wir dann überhaupt noch ... Und da hat der Kommandant eben entschieden: so auslaufen!«

»Ohne Rücksicht auf Verluste, wie's so schön heißt.«

Der Zentralemaat wirft mir einen einverständigen Blick zu: »So isses, Herr Leutnant.«

Das ist ja eine interessante Nachricht, sage ich mir. Wir werden also mit einem demolierten Boot zur See fahren.

Und jetzt sehe ich wieder die zerbrochene Kiste mit Obstkonserven auf der Ausrüstungspier: Die Dosen sind alle böse geknautscht, aber nur eine ist ausgelaufen. Der Schmutt erscheint und reiht die demolierten Dosen zur allgemeinen Begutachtung in Reih und Glied auf – ganz stolz, geradeso, als sei es sein Verdienst, daß sie trotz des Schlags gehalten haben ...

Das Abschiedskomitee hat sich auf der Pier eingefunden. Der Alte wirkt wie in Gedanken versunken. Dieses leere Vor-sich-hin-Starren ist in letzter Zeit fast zu seiner Gewohnheit geworden.

Was wird jetzt wohl kommen? Ein offenes Wort zum Abschied?

Handfeste Männerrede? Klartext? Wohl kaum. Wir werden sicher bis zur letzten Minute nur so dahinreden oder uns anschweigen, um unsere wahren Gefühle zu verbergen.

Wo habe ich eigentlich meinen Marschbefehl hingesteckt? Ein wahrhaft kostbares Papier! Nein, nicht in die aufgesetzten Brusttaschen: in die Brieftasche natürlich! Und die Brieftasche ist in meiner Segeltuchtasche, und die Segeltuchtasche habe ich am Kopfende meiner Koje verstaut – als Kopfstütze und damit ich sie immer greifen kann. Daneben liegt der Gummibeutel mit den Filmen. Sollten wir aussteigen müssen, will ich mir nur den Gummibeutel schnappen. Das kostbare Papier ist ja dann keinen Pfifferling mehr wert. Schönes Beispiel für die Relativität aller Werte.

Aussteigen! Allein schon das Wort verschafft mir Nervenflattern. Der kaltschnäuzige Umgang mit mir selber gelingt eben nicht mehr so gut wie früher. Meine Nerven sind ramponiert.

Ich muß mir gegen die Wirkung des Wortes »Aussteigen« ein Gegengift verpassen. Freundliche Bilder beschwören, das hat in solchen Fällen immer gut funktioniert. Aber ich bin wie ausgehöhlt. Mein Vorrat an Glücksvisionen hat sich verflüchtigt. Das bedrohliche Wort läßt sich nicht überblenden. Aussteigen – wenn wir gleich im Goulet aussteigen müßten, das wäre eine schöne Scheiße. Besonders, wenn wir hier womöglich erst verspätet loskommen: Mit dem ablaufenden Wasser würde es uns per Tempo in die offene See hinaustreiben – und wer sollte uns da draußen in der Dunkelheit schon finden?

Ich gehe auf den Alten zu. Als er mich sieht, belebt er sich und sagt: »Simone ist immer noch in Fresnes – Fresnes bei Paris – im Zuchthaus.«

»Wo hast du denn das jetzt her?«

»Spielt doch keine Rolle! Vielleicht schaffst du's ja hinzukommen ...«

Die Vorstellung, ich könnte in Paris – oder bei Paris – in einem Zuchthaus nach Simone suchen, erscheint mir in diesem Moment wie der schiere Aberwitz.

Auch wenn wir hier rauskommen und wenn wir durchkommen bis nach La Pallice ... dann bin ich doch noch lange nicht in Paris!

An Oberdeck lassen die Seeleute schon die überflüssigen Poller verschwinden. Wenn es nach ihnen ginge, würde auch gleich die Stelling entfernt. Zeit wäre es.

Der Kommandant ist noch auf der Pier. Sein Blick sucht unruhig umher: Er sieht aus wie ein Zugführer, der auf Anschlußreisende eines verspäteten Zuges wartet: Die Silberlinge fehlen immer noch. Der Bus mit ihnen muß aber jeden Augenblick kommen. Da ruft auch schon ein Posten: »Die Badegäste!«

Gegen das Licht aus den Werkstätten sehe ich sie in dichtem Pulk herankommen. Sie tragen alle ihre blauen Jacken mit den silbernen Ärmelstreifen. Wollen die denn in vollem Wichs an Bord gehen? Nicht einer ist zu sehen, der vernünftiges Zeug am Leib hat.

Die Leute knuffen sich heimlich in die Seite und werfen sich Blicke zu. Ich höre auch welche spötteln: »So blau warn wir noch nie!«

»Da sin ja richtje hohe Tiere mittenmang.«

»Jetzt gehm die uns endlich och mal die Ehre . . .«

»Wird Zeit, daß die Arschlöcher mal selber sehen, mit was für Schlitten die uns rausschicken.«

Immer mehr Silberlinge drängen auf die schmale Pier. Ich traue meinen Augen nicht: drei silberne Kolbenringe, vier sogar! Da bekommen wir ja die Crème de la crème an Bord. Dazu werden Kisten angeschleppt und Seesäcke und Koffer . . .

Ich sehe zum Kommandanten hinüber, aber der ist plötzlich verschwunden – wie vom Erdboden verschluckt.

Die Seeleute vom Boot glotzen, als könnten sie immer noch nicht begreifen, daß dieser ganze Verein übernommen werden soll. Ich frage mich auch: Wo zum Kuckuck sollen nur diese Menschenmassen und wo das zusätzliche Gepäck gestaut werden? Die Koffer sind sehenswert: einige so ungefüge, daß sie gar nicht durchs Luk gehen dürften.

»Was die Onkels sich unter 'nem U-Boot vorstellen, möcht ich mal wissen«, höre ich einen der Matrosen neben mir.

Jetzt macht sich einer bemerkbar, der sogar sein blinkendes Dolchgehänge mit sich herumschleppt . . .

»Die sind ja alle besonders kriegswichtig . . .«

»Lauter feine Onkels.«

»Wo ist denn der Kommandant?« Das war die Stimme des Bootsmanns. »Meine Herren, Sie können doch hier nicht mit Sack und Pack . . .« Der Bootsmann breitet die Arme waagerecht aus, als wollte er gleich vom Oberdeck weg Flugübungen machen.

»Diese Scheißsilberlinge, was bilden die sich eigentlich ein?« Der LI ist dicht neben mich getreten. »Wo steckt denn bloß der Kommandant? *Der* muß den Brüdern den Magen saubermachen. Ich kann das doch nicht.«

Da endlich taucht die weiße Mütze des Kommandanten wieder auf, und da höre ich auch schon seine hohe, erregte Stimme.

Das ist doch das letzte, sage ich mir. jetzt muß der Kommandant sich auch noch um das Gepäck der Silberlinge kümmern. Paar Seeleute ran und den ganzen Kram ins Becken kippen, das wäre die einzig richtige Maßnahme.

Drei Männer der Besatzung betrachten den Gepäckberg mit deutlich zur Schau getragenem Hohn. Die brauchten nur ein Zeichen mit dem Daumen zu bekommen, und das Problem wäre erledigt.

Ich gehe über die Stelling zurück auf die Pier. Es gibt offenbar Streit wegen eines Stoffballens, den ein Beamter unbedingt mitnehmen will. Zwei Lords halten sich spitzengarnierte Büstenhalter vor, die sich aus dem geplatzten Ballen entblättert haben. Ein paar Schnapsflaschen kommen auch noch zum Vorschein.

Der Kommandant wird auf die Szene aufmerksam und befiehlt, das am Ende der Stelling aufgestapelte Gepäck der Silberlinge einzeln zu untersuchen. Zwei Marinebeamte mit drei silbernen Kolbenringen am Ärmel wollen die Männer, die sich begeistert an die Arbeit machen, daran hindern. Die Szene wird spannend.

»Entscheiden Sie sich, meine Herren. Entweder bleiben Sie bei Ihrem Gepäck, oder Sie gehen an Bord – aber das ohne Gepäck!«

Ein Besteckkasten, kleine Teppiche, Schnaps, eine Schreibmaschine, Damenhandtaschen, Pelzmäntel, Unterwäsche, auch Waffen kommen zum Vorschein.

»Alle Pistolen abnehmen!« befiehlt der Kommandant.

Ich sehe, wie sich drei Silberlinge mit ihren Koffern wieder verdrücken.

Endlich werden alle Luken außer dem Turmluk dichtgesetzt. Die beiden Diesel springen an. Ich richte einen fragenden Blick auf den Zentralemaaten.

»Batterieladung«, brüllt der mir zu. Das ist auch neu: Batterieladung im Bunker . . .

Ich habe noch nie im Bunker ein Boot mit laufenden Dieseln erlebt. Der Lärm ist ungeheuer. Ich sage mir: Viel Batteriesaft kann nicht fehlen, sonst hätten die schon eher mit dem Laden begonnen. Wahrscheinlich soll die Batterie noch bis zur letzten Grenze mit Jonnies gefüllt werden. Ein komischer Vergleich fliegt mich an: so voll, wie die französischen Bistrowirte ihre Rouge-Gläser gießen.

Ich will noch nicht ins Boot: Ich werde so lange, wie es geht, auf der Brücke bleiben.

Der Bootsmann rennt wohl schon zum zwanzigsten Mal über die Stelling, flucht und tobt. Wenn der Mann so weitermacht, ist er fix und fertig, noch ehe das Boot ablegt.

Da wird unter lautem Gebrüll noch etwas herangekarrt. Ich erfahre: in Seesäcken verstaute Post.

»So was von 'ner Wuhling«, klagt einer, »und keene Anweisung beigelegt, wo das Zeug hin soll.«

Mit halbem Ohr höre ich den Kommandanten gereizt fragen, ob etwa auch Päckchen in den Säcken seien, und ihn, als das verneint wird, entscheiden, daß die Briefe in kleinen Bündeln, nicht aber in Säcken übernommen werden sollen. Vernünftig: Für gebündelte Briefe findet sich zwischen den Rohren sicher noch hier und da ein freier Winkel.

Durch den Motorenlärm hindurch höre ich das Rumoren ferner Geschütze. Plötzlich krachen Detonationen ganz nahe. Das können keine Abschüsse sein. Fehlt nur noch, daß Granaten in den Bunker schlagen.

Plötzlich überfällt mich rasende Ungeduld: Bloß weg hier, endlich raus. Diese Nummer ist doch gelaufen! Ich werde noch wahnsinnig, wenn wir nicht endlich vom Fleck kommen!

Da gibt es ein Hallo auf der Pier. Der Alte winkt. Mittlerweile scheint der ganze Verein auf der Pier versammelt zu sein. Irgend etwas wird von achtern gereicht. Jetzt hat der Alte einen Stoß flacher Kästen in Händen und ruft: »Wahrschau! Macht mal bißchen Platz hier!«

Und nun tritt er auf die Stelling. Der Kommandant kommt ihm mit waagerecht ausgestreckten Nachtwandlerarmen entgegen. Ich höre: »Prima eingelötet – in letzter Minute – Lieblingssorte!« und kapiere, daß es sich um große Zigarrenkisten handelt, die wir in Sicherheit bringen sollen.

Was für ein Spaß! Und was für tolle Burschen wir doch sind! Zu guter Letzt nichts als Zigarren im Kopf.

So, nun ist auch diese Zugabenummer vorbei. Ob's denn jetzt endlich und endgültig losgehen kann?

Da winkt einer – der VO! Ich sehe sein kantiges Gesicht nur für einen Augenblick, dann seine hocherhobene Hand mit einem Zettel. Weil sich plötzlich auf der Pier die Leute drängen, kommt der VO nicht gleich durch. Für Sekunden fixiert das hin- und herschwankende Zettelweiß meinen Blick: Papierkrieg in letzter Minute?

Der VO wühlt sich bis zur Stelling heran und läßt den Blick umherwandern. Schließlich arretiert er ihn in meiner Richtung. Will der VO etwa was von mir? Tatsächlich: Der Zeigefinger seiner freien Linken richtet sich auf mich. Sein Mund geht auf und zu, aber in dem Lärm kann ich nicht hören, was er ruft. Der VO nickt heftig mit dem Kopf. Ja, er meint mich: Ich soll noch mal hinüberkommen. Einen Brief kann er doch nicht haben! Hoffentlich hat er keinen neuen Befehl für mich. Verdammte Scheiße: Nur jetzt nicht noch einen Umschmiß.

Mir wird flau im Magen. Wenn wir doch schon abgelegt hätten! Aber nur nichts anmerken lassen! Also tänzele ich behende wie ein Zirkusartist über die Stelling, bahne mir einen Weg bis hin zum VO und frage: »Na, VO? Was gibt's denn?«

Weil die Artillerie drüben wieder feuert, bringt der VO sein Gesicht ganz nahe an meines heran. Ich kann trotzdem nicht gleich verstehen, was er mir zu sagen hat. Aber auch nach der Wiederholung brauche ich eine Weile, bis ich mir auf »Messerechnung!« einen Vers machen kann: Ich habe also meine Messerechnung nicht bezahlt. Der VO teilt mir brüllend mit: »Fünf Bier und ein paar Martell!«

Der VO will Geld sehen für fünfmal Bier und diverse Martells, die, ohne daß ich wüßte, wie, auf mein Konto geraten sind.

Ich will schon sagen: Gleich falle ich tot um! – da rettet mich ein Einfall: Ich ziehe das Taschenfutter meiner Lederjacke heraus: Der VO soll mit eigenen Augen sehen, daß ich keinen einzigen Centime eingesteckt habe.

»Wird alles bezahlt, wenn ich wiederkomme!« brülle ich ihm nach Schluß der Pantomime ins Gesicht. »Ehrenwort!« Und wie um nun wirklich einen Schlußpunkt zu setzen, boxe ich dem VO vor die Brust. Als ich mich, schon wieder auf der Stelling, noch einmal umdrehe, sehe ich den VO immer noch nach Luft schnappen.

Der Alte schmunzelt verschlagen. Er scheint die Szene als Jux und Schabernack nehmen zu wollen. Ich forme mit den Händen vor meinem Mund einen Schalltrichter und rufe ihm zu: »Leg's für mich aus, damit der VO nicht an den Bettelstab muß!«

»Wird gemacht!« röhrt der Alte zurück – so laut, daß seine Stimme ein paarmal nachhallt.

Der VO steht da wie verdattert. Um ihn noch mehr zu verhöhnen, mache ich eine weitausholende Rekommandeursgeste zum Alten hin: Voilà! Da steht der Mann, der für mich die geforderten Kröten herausrückt!

Endlich werden die Diesel wieder gestoppt. Der I WO befiehlt: »Antreten an Oberdeck!«

Zum ersten Mal sehe ich die Besatzung fast vollzählig versammelt: bärtige Milchgesichter, mit den scharfen Spuren schneller Alterung – Augenringe, Affenfalten von den Nasenwinkeln in den Bartfilz. Kaum einer hat sich in Brest rasiert.

Die Silberlinge hat der I WO auch mit aufentern lassen. Aber von einer ordentlichen Auslaufmusterung haben die offensichtlich keine Ahnung.

Der I WO läßt die Besatzung stillstehen. Dann geht er auf den Kommandanten zu: »Melde gehorsamst: Besatzung vollzählig angetreten. Maschinenanlage, Unter- und Oberdeck seeklar!«

»Danke! – Heil, Besatzung!«

»Heil, Herr Oberleutnant!« tönt es vielstimmig zurück und hallt im Bunker nach.

»Augen geradeaus! – Rührt euch!«

Der Kommandant sieht jetzt in seinem schweren Lederzeug – mit einer Lederjacke, die ihm bis in die Kniekehlen reicht – durchaus statiös aus. Er streift sich langsam die Lederhandschuhe von den Händen und läßt die Leute einen Halbkreis bilden: besser so.

Als sich das Schlurren der Schuhe und Stiefel beruhigt hat, hebt er mit seiner flachen Stimme an: »Kameraden, wir haben im Boot . . . Sie bekommen im Boot feste Plätze zugewiesen. Sie dürfen diese Plätze während der Unternehmung nicht verlassen, weil sonst der Trimm des Bootes . . .« Jetzt muß er sich erst einmal mühsam zurechthusten, ehe er, eine Spur weniger verkrampft, noch einmal beginnt: »Also: der Trimm muß stimmen!«

Stotterarie, denkt es in mir – und: Was soll nur diese Gebrauchsanweisung!

»Und keine Lauferei zum Schapp H! Für unsere Gäste: Schapp H ist das Klo, auch Triton genannt . . . Urinieren in Büchsen. Große Geschäfte – da wird sich zeigen, was zu machen ist. Viele Leute werden auf Gefechtsstationen schlafen müssen. Größtmögliche Rücksicht ist für alle Gebot. Sie müssen auf den Ihnen zugewiesenen Plätzen bleiben, so gut das geht.«

»Oder so schlecht«, brummt mir ein spitzbärtiger Maat direkt ins Ohr.

»Wie viele sind's denn nun wirklich?« frage ich ihn, als der Kommandant mit seinem Gebet vor der Schlacht fertig ist.

»Stücker fünfzig. Alles Silberlinge.«

»Wahnsinn!« sagt da, als sei er meine Bauchrednerpuppe, ein Lord zu dem spitzbärtigen Maat neben mir.

»Is ja bloß für 'n paar Tage«, sagt der Maat. Ich kann nicht heraushören, ob das nun sarkastisch oder abwiegelnd klingen sollte.

Ich bin bis in alle Nervenspitzen gespannt. Dieser Abschied ist ein endgültiges Valet: Hierher komme ich nie mehr zurück.

Durch meine Korksohlen hindurch spüre ich, wie das Boot leicht schwankt. Gleich wird es losgehen. Zuletzt wird die Spring fallen, dann werden wir ins Ungewisse treiben.

Ich spüre ein Würgen in der Kehle. Es macht schon eine Menge Unterschied, auf welcher Seite man beim Abschiedszeremoniell steht: auf den glitschigen Grätings oder auf einer festen Betonpier.

»Verdammt viel Stimmung!« sagt einer.

Obwohl es nicht kalt ist, überläuft mich eine Gänsehaut. Noch nie erschien mir das Wasser im Bunkerbecken so schwarz. Es sieht aus wie schlierender Lack.

»Na dann macht's mal gut«, kommt es halblaut vom Alten, der noch einmal aufs Boot gekommen ist. Das »gut« ist kaum noch durch die Abschüsse hindurch zu hören.

»Also auf ein neues«, sage ich, und plötzlich wollen mir Tränen in die

Augen schießen. Verdammte Scheiße, gottverdammte Scheiße, heilige, genotzüchtigte Sakramentsscheiße! Nur jetzt keine Rührung zeigen. Kinnmuskeln spannen, schlucken, runterwürgen.

Wir sind alle geliefert. Wir hier an Bord und die drüben auf der festen Pier. Das haben die Schweine geschafft. Gute Figur machen, das ist alles, was uns bleibt. Den altbewährten Zack vorführen, breitspurig tun: Uns kann doch keiner, und wenn die Welt sich aus den Angeln hebt!

Wie lange soll denn das noch dauern? Dieser Affenzirkus! So ein saublödes Theater! Schnell den Kopf drehen. Hierhin starren und dorthin. Wimpern schlagen, ganz schnell, damit das Wasser nicht übers Unterlid springt. So, und nun schnell mal mit dem Handrücken wie aus Versehen über die Visage gewischt. Den Menschen wird's doch noch jucken dürfen . . .

Wie linkisch der Alte jetzt wieder auf der Pier steht! Seinen Halsorden hat er sich zumindest ordentlich umgehängt. Er hat auch sein besseres Jackett an.

Schnieft da einer? Hergottimhimmel, wenn jetzt nur keiner Theater anfängt! Wir sind doch alle auf der Kippe!

Ich muß um jeden Preis meine Gedanken beschäftigen: immer durchgekommen. Immer klargegangen. Wieso das immer geklappt hat, weiß der Henker! Aber es hat eben geklappt! Oft fehlte nur wenig. Glück gehabt. Der hat mehr Glück als Verstand, hieß es immer, wenn wieder mal einer wider alles Erwarten zurückgelangt war. Und jetzt probieren wir es eben noch mal: auf Dusel setzen, wie gehabt. Der liebe Gott verläßt seine Gammelpäckchen nicht – solche Sprüche haben wir in Mengen vorrätig.

Ich höre das Kommando: »Ablegen!« und sehe, wie die Stelling, die eben noch Pier und Brücke verband, auf ihren beiden Metallrollen zurückgeschoben wird. Das macht eine Menge schrillen Lärm.

Endlich kommt vom Kommandanten der Befehl: »Alle Leinen los – bis auf Spring!«

Auf der Pier werfen ein paar dunkle Gestalten die Leinen von den Pollern und lassen sie ins schwarze Brackwasser klatschen. Zwei der Seeleute an Oberdeck holen sie Hand über Hand ein. Früher sind die Leinen im Flug aufgefangen worden. Jetzt hat keiner mehr Lust, solche zirkusreifen Kunststücke aufzuführen.

Aber daß die Leute an Oberdeck sich bewegen, als hätten sie Bleigewichte an Füßen und Händen, muß wohl auch nicht sein. Warum nur fährt der Kommandant nicht mit der Flüstertüte dazwischen, damit der Betrieb vorangeht?

Jetzt befiehlt er: »Beide E-Maschinen langsame Fahrt zurück. Ruder mitschiffs!«

Wir dampfen in die Spring, damit die vorderen Tiefenruder klarieren. In Piernähe ist ein U-Boot gefährdet wie ein rohes Ei. Nur jetzt nicht noch schamfielen!

Nun klatscht auch die Spring ins schwarze Brackwasser. Quälend langsam, gerade so, als müßte es eine Saugwirkung überwinden, löst sich das Boot immer weiter von der Pier. Erst als für die Tiefenruder keine Gefahr mehr besteht, nimmt es Fahrt auf.

Mit dem Heck voraus treiben wir ganz langsam dem Ausgang der Bunkerhöhle entgegen. Die Leute an Oberdeck arbeiten verbissen, um die Leinen zu verstauen. Kaum einer blickt zurück oder winkt gar der Versammlung auf der Pier zu.

Jetzt grüßt der Kommandant militärisch exakt mit der erhobenen Rechten. Drüben grüßt der Alte – ohne Zigarre zwischen den Fingerspitzen diesmal, aber mit der Hand an der Mütze. Recht hat er! Scheiß doch auf den Hitlergruß.

»Mast- und Schotbruch!« ruft der Alte mit gerauhter Stimme über die sich schnell vergrößernde Spanne schwarzen Wassers hinweg. Gott sei Dank: der altgewohnte Glückwunsch.

Was wird uns draußen erwarten? Wie sollen wir jemals aus dem Mauseloch hinausgelangen? Für den Sperrbrecher ist das Geleitfahren jetzt ein Himmelfahrtskommando. Der enge Schlauch – drüben die Amis.

Das übliche Auslaufen mit Probetauchen am vorgeschriebenen Platz, stufenweisem Eingewöhnen, Aufklaren im Boot und Die-Sache-schön-langsam-angehen-Lassen – das gibt es diesmal nicht. Normen, die früher mal galten, gelten längst nicht mehr. Trotzdem werden wir zum Einsteuern kurz runter müssen, sobald es möglich ist. Aber wann ist es möglich? Vielleicht draußen auf der Reede?

Zwischen Pier und Boot klafft immer mehr schwarzes Wasser. Die auf der Pier stehen reglos da, ein kümmerliches Häuflein. Auch von denen hebt keiner die Arme zum Winken. Und nun entschwindet die Gruppe ins diffuse Halbdunkel, als würde *sie* fortgezogen und wir stünden still.

Als sollten wir von einer schwach beleuchteten Bühne direkt in einen schwarzen Hades hinein verschwinden, tut sich der Persenningvorhang jetzt zu einem breiten Spalt Schwärze auf. Der Turm ist noch nicht ganz durchgeschlüpft, da fallen auch schon von beiden Seiten die schweren Persenninge klatschend wieder zusammen. Der Luftstoß trifft mich im Genick. Wir stehen mit einem Schlag im Dunkeln. Der Vorhang hat sich geschlossen – aus! Wen jetzt keine bösen Ahnungen beschleichen, der muß aus Blei sein.

Fahrt mit E-Maschinen. Wir können die Diesel nicht anlassen, weil es hier auch Minen geben könnte – und zwar die von der Sorte, die durch akustische Reize ausgelöst werden. Die Tommies werfen neuerdings »gemischten Salat«: E-Minen und akustische durcheinander. Und die Würfe werden nicht mal beobachtet und weitergemeldet, wie die Erfahrung gelehrt hat.

Wir müssen uns schön locker machen in den Knien, damit uns nicht gleich die Knochen kaputtgehen, wenn wir einen dieser vermaledeiten Knallkörper hochjagen. Locker und leicht!

So sanft, sachte und lautlos wie das unsere ist wohl noch kein Boot durchs Hafenwasser geglitten. So still war es noch auf keiner Brücke. Der Kommandant gibt seine Befehle nur mit halber Stimme. Keiner wagt ein lautes Wort. Wir machen uns heimlich davon wie Verschwörer oder Diebe in der Nacht.

»Beide Maschinen kleine Fahrt voraus. Ruder hart backbord!«

Langsam drehen wir ganz herum. Nicht einfach in dieser Enge und ohne Scheinwerfer.

Wenn wir nur gut durchs Goulet und raus in die freie See kommen, ohne daß uns die Allies drüben auf Camaret spitzkriegen!

Mit U 730 in den sonnigen Süden! muntere ich mich auf. Wäre doch gelacht, wenn ich dieser düsteren Acheron-Visionen nicht endlich wieder Herr werden würde – zum Beispiel durch Bilder von La Rochelle. Hübsches Städtchen, das ich recht gut kenne. Mal sehen, was sich dort jetzt tut ...

In Deckung der Mole ist die See kabbelig. Wie wird sie draußen sein? Wie wir bei dieser Dunkelheit durch die schmale Passage zwischen den beiden vom Hafenkapitän in der Molenausfahrt versenkten Schiffe kommen sollen, weiß der Satan. Mit Scheinwerfern wäre das kein Problem. Noch gibt uns die langgezogene Mole zwar auch Sichtdeckung, aber wir dürfen nicht mal den Glimmpunkt einer Zigarette zeigen.

Nun schiebt sich das Boot langsam um das Ende der Mole herum. Ich kann deutlich erkennen, wie demoliert sie ist: Der Molenkopf fehlt ganz. Das Boot macht so wenig Fahrt, daß ich einen Augenblick lang glaube, wir stünden still.

Gleich kommen die Wracks! Wenn das nur gutgeht! Am hellichten Tag ist hier schon fast kein Durchkommen – aber jetzt ... Der Kommandant muß ja nicht nur von den Schiffskörpern klarkommen, sondern auch von den Trossen und Netzteilen, die überall herumhängen. Die Gefahr, daß das Zadderzeug in die Schrauben kommt, ist groß.

Plötzlich höre ich ein Quietschen und Kreischen, so heftig wie von einer Straßenbahn in enger Kurve – Töne, die mir bis ins innerste Mark dringen.

»Das war knapp!« sagt einer neben mir.

Was war knapp?

Wir müssen an einem der Wracks entlangschamfielt sein. Zum Kotzen, wenn man nichts sehen kann! Jetzt blenden mich auch noch neue Artillerieabschüsse – vier, fünf, dann ist wieder Schluß, und meine Augen fühlen sich allmählich in die Dunkelheit zurück.

Noch mal das ganze Panorama scharf ins Auge fassen – bald wird's für lange Zeit nichts mehr zu sehen geben... Achteraus brennt die Stadt. Der Widerschein der Flammen reicht fast bis zum Zenit. Und jetzt zucken Einschläge direkt hinter der Marineschule auf. Das sieht aus wie ein gewaltiges Wetterleuchten. Die Qualmwolken am Himmel hinter uns reflektieren jeden Lichtblitz: visuelle Echos.

Direkt über dem Wasser ist kein Qualm. Der Feuerschein der brennenden Stadt legt verräterische Reflexe auf unser nasses Oberdeck. Wenn die nur halbwegs auf dem Quivive sind da drüben auf der Südseite, *müssen* sie uns spitzkriegen – bald, gleich!

Was haben nur die vielen Leute auf der Brücke zu suchen? Ach, du heiliges Kanonenrohr, das ist auch neu: eine wahre Volksversammlung – die Bedienung für die erheblich verstärkte Flak.

Haben wir die Netzsperre etwa schon passiert? Die Netzsperre und die Balkensperre hat es beim letzten Bombenangriff böse erwischt, das weiß ich. Die Balken sind auseinandergetrieben worden, aber sie hingen noch an den Verankerungen.

Das Boot schamfielt schon wieder hell kreischend an einem Hindernis entlang.

»Das geht einem ja durch Mark und Pfennig!« sagt einer. Die Worte wirken wie Handauflegen. Ich habe es beim Verballhornen immer nur bis zu »Mark und Pein« geschafft. Und noch mal dieses elendige Kreischen und Aufheulen. Unsere Satteltanks! Die sind mehr als empfindlich.

Alter Spruch: Hier muß schon verdammt viel klappen, wenn es klappen soll.

Da blitzt es am gegenüberliegenden Ufer auf: Die Zehnkommafünf der Amis feuert. Die Granaten schlagen weit achteraus ein, nahe der Straße, die zum Bunker führt, wenn mich nicht alles täuscht.

»Auf Seeziele sind die nicht trainiert«, sagt der Kommandant halblaut dicht neben mir. Will er damit seine Angst niederreden?

Der Feuerschein eines brennenden Dampfers beleuchtet uns jetzt voll. Für die Zehnkommafünf da drüben müßten wir ein prächtiges Ziel abgeben.

Ich trampele vor lauter Ungeduld, in freieres Fahrwasser zu kommen, heftig auf. Dabei weiß ich, daß wir wegen all der Hindernisse im Wasser nicht mehr als kleine Fahrt laufen können.

Ich kann jede Gräting des Vorschiffs erkennen und auch, wie der Bug auf und nieder geht. Anscheinend steht die Dünung genau gegenan.

Dieser verfluchte Feuerschein überall! Auch wenn wir nicht plötzlich mit Helligkeit überschüttet werden, kann uns der Flammenschein verraten: Vor den hellen Hintergründen muß sich das Boot als scharfe Silhouette abzeichnen. Der Teufel soll diese bengalische Beleuchtung holen.

Ich kann jetzt den Sperrbrecher erkennen, der ein Stück voraus auf uns wartet, um uns durchs Goulet zu bringen.

Linker Hand wird es hell. Da drüben wird wieder geballert. Ich kann deutliches Knattern und Wummern hören. Wenn es, so wie jetzt, weit weg ist, klingt es fast lustig: ein Abschiedsfeuerwerk. Ich fühle mich gleich nicht mehr in einem schwarzen schweigenden Orkus.

Salventakt. So ist's recht! Ich wende das Gesicht hin und her, kann aber keine Aufschläge entdecken.

Die Nacht ist warm. Wenig Westwind, eher ein Fächeln als ein zupackender Windstrom. Kein Geblinker vom Gegenufer. Nur das ständige Geschützfeuer durchlichtet das Dunkel immer wieder wie Wetterleuchten. Und jetzt hebt sich hinter der Stadt ein Scheinwerferarm – steif gestreckt bewegt er sich, bis er fast senkrecht steht. Ich hefte meinen Blick so fest daran, als sei just dieser Scheinwerferarm das Wahrzeichen, das ich mir zum Abschied einprägen muß.

Nur eine Spur dunkler als der Himmelsgrund zeichnen sich die Felsen von Roscanvel ab. Und an Steuerbordseite die Steilküste mit dem Leuchtturm von Porzic.

Der Kommandant will gleich hier schon tauchen lassen: einsteuern. Der Sperrbrecher wird sich noch etwas gedulden müssen. Wir geben mit der Klappbuchs Zeichen. Dann klettere ich hinunter ins Boot.

In der Haut des Leitenden möchte ich nicht stecken: Der wird schwer zu tun haben, um das Boot richtig einzusteuern.

Normalerweise wird vor dem Auslaufen eine Unterdruckprobe gemacht, um zu sehen, ob alle Außenbordverschlüsse und Druckkörperdurchführungen dicht sind. Nur wenn der Unterdruck konstant bleibt, ist das der Fall. Für eine solche Unterdruckprobe war aber diesmal keine Zeit, also kann der LI nicht mal wissen, ob alle Ventile in Ordnung sind. Ein richtiggehendes Probetauchen ist auch hier direkt vor dem Goulet nicht möglich, aber zum Regeln und Trimmen sollte die Wassertiefe ausreichen.

Warum, frage ich mich, redet der Kommandant eigentlich die ganze Zeit von »Trimm*versuch*«? Das Boot *muß* ordentlich ausgetrimmt werden – mit einem bloßen »Versuch« wäre nichts getan.

Aber was zerbreche ich mir den Kopf? Dieser spillrige Kommandant und sein LI werden schon einen Plan haben. Die sind schließlich sogar schon als Munitionsdampfer über die Runden gekommen ...

In der Zentrale sieht es vorläufig am schlimmsten aus: die zwei vollständigen Wachen und dazu noch etliche Silberlinge. Ich gucke mir die Malaise genau an: An der Kartenkiste liegen welche und am Flut- und Lenzverteiler ebenfalls. Auch zwischen Frischwasserverteiler und dem Freiraum dahinter. Sogar zwischen den Flutventilen für die Regelzellen entdecke ich eine gekrümmte Gestalt. Und wo noch ein Winkelchen frei geblieben ist, hat man Pakete und Dosen hingestopft. Weiß der Henker, wie das klappen soll! Die Zentrale ist das Herzstück des Bootes. In dem Zustand wie jetzt kann sie nicht bleiben.

Im U-Raum haben sich drei, vier Silberlinge auf jeder Seite eingerichtet. Im Moment scheinen nur die oberen vier Kojen verwendbar. Meine habe ich ganz für mich: Der Sanimaat hat woanders Platz gefunden. In den anderen Kojen müssen jeweils zwei Mann nacheinander pennen.

Der Mittelgang ist immer noch nicht geräumt. Ob der etwa die ganze Reise über so vollgestellt bleiben soll? Mir graust bei dem Gedanken, daß wir in diesem Zustand womöglich auch mal schnell – also stark vorlastig – auf Tiefe gehen müßten.

Als könnte ich den Anblick dieses vollgestapelten Mittelganges nicht einen Augenblick länger ertragen, wende ich mich abrupt um und arbeite mich wieder zur Zentrale zurück.

Dort höre ich direkt von oben: »Flutään!« Dann folgt das metallische Einschnappen des Lukdeckels. Also doch: gleich einsteuern. Der I WO hängt noch am Verschlußrad und hangelt nach den Sprossen der Aluminiumleiter. »Fluten!« echot der LI hinter mir. Und dann geht es weiter: »Fünf, drei!«

Ich sehe wie die entsprechenden Fluthebel gerissen werden. Im Fauchen der entweichenden Luft höre ich in meiner Nähe auch scharfes Atmen: Da benutzen welche den Krawall als Geräuschkulisse. Sonst würde keiner wagen, so zu schnaufen.

Jetzt kommen die Rückmeldungen: »Fünf ...«, »drei ...« Ich höre, wie Wasser in die Tanks rauscht. Gleich wird das Boot ankippen.

Der LI läßt Tiefenruder legen, und nun kommt schon der Trick mit der achteren Tauchzelle, der Tauchzelle eins: Je später sie geöffnet wird, desto größer wird die »Stukawirkung«. Die darf nur nicht so heftig werden, daß der Zentralegast, der das Handrad für die Entlüftung bedient, von seinem Platz abrutscht. Das ist schon vorgekommen, und zwar mehr als einmal, und wenn das passiert, kann es gefährlich werden.

»Eins!« befiehlt der LI. Und dann: »Ausdrücken!«

Und jetzt zischt es. Preßluft! Die Untertriebszellen werden ausgedrückt, wenn das Boot samt Sehrohr untergeschnitten ist.

Genehmigt! gebärde ich mich kaltschnäuzig. Dabei hat mich der Befehl zum Lenzen der Untertriebszellen unsicher gemacht wie noch jedes Mal. Daß gleich nach dem Tauchen Zellen mit Preßluft ausgedrückt werden, ist ja auch verrückt genug. Es paßt nicht in die simple Regel: Fluten zum Tauchen, Lenzen zum Aufsteigen. Aber die Untertriebszellen dienen nun einmal nur als Tauch*hilfe*: Sie geben dem Boot zusätzlichen Untertrieb. Unmittelbar nach dem Tauchmanöver werden sie schnell wieder mit Preßluft ausgedrückt. Mit einfachen Regeln kommen wir bei dieser Art Seefahrt nicht durch. Hier ist noch mehr als das Lenzen der Untertriebszellen auf Verwirrung angelegt . . .

Aber was ist das? Wir gehen offenbar mit zuviel Lastigkeit hinunter. Du meine Güte! Alles rutscht und kracht. Wenn das nur gutgeht!

Ich erhasche einen Blick des Kommandanten und erschrecke: Der Mann starrt unbeteiligt in die Gegend. Gleich denkt es bei mir im Hinterkopf: Hier können wir noch aussteigen. Bei dieser Wassertiefe wäre das kein Problem. Vielleicht wäre es überhaupt das beste . . .

Was für ein wüster Krawall! Und wimmert da nicht auch einer? Aber Angstgewimmer ist das nicht: Da hat einem eine Kiste die Hand zerquetscht. Geflucht wird auch.

Der LI brüllt Befehle. Der Kommandant steht so unbeweglich da, als ginge ihn das Ganze nichts an.

»Das ist doch Scheiße!« höre ich deutlich aus dem achteren Teil der Zentrale. Aber nicht mal darauf reagiert der Kommandant.

Das Boot ist viel zu vorlastig. Der LI befiehlt nacheinander: »Entlüftung fünf schließen!«, dann: »Fünf anblasen!« und nach wenigen Sekunden: »Festblasen!«

Endlich hebt sich der Bug langsam wieder aufwärts. Ehe das Boot aber nullastig geworden ist, kommt der Befehl: »Entlüftung fünf öffnen!«

Der Kommandant steht immer noch völlig unbeteiligt da. Ich kann ihn dafür nur bestaunen, obwohl ja tatsächlich allein der LI für die Einsteuerung des Bootes nach Trimm und Gewicht und für die Tiefensteuerung verantwortlich ist.

Es dauert noch eine gute Weile, bis der LI das Boot wieder ganz in der Hand hat. Der Trimm war saumäßig: Das Boot ging so vorlastig weg, wie ich es noch nie erlebt habe. Deshalb wird jetzt Wasser aus der Trimmzelle vorn in die Trimmzelle achtern gepumpt.

Der Zentralemaat macht ein langes Gesicht: Die Umpumpmenge muß weitaus größer sein, als er erwartet hat.

Das vorausberechnete Bootsgewicht hat dagegen recht gut gestimmt, so daß nur ein geringes Quantum Wasser aus einer Regelzelle außenbords gepumpt werden mußte.

Immer wird herumgerätselt: Warum verschwinden relativ viele Boote so sang- und klanglos? Durch Tauchunfälle natürlich! Da hat gerade nur wenig gefehlt, und wir wären gleich hier auf der Reede in den Grund gerannt.

Wieder mal eine Gelegenheit, eine Lektion zu repetieren: Allein schon, wenn bei großer Lastigkeit angeblasen werden muß, kann es – das weiß ich aus Erfahrung – happig werden. Man darf in solchen Fällen nur die am tiefsten tauchende Tauchzelle – in der Regel die vordere Tauchzelle – anblasen. Denn bei starker Lastigkeit besteht zwischen der vorderen und der achteren Tauchzelle eine beachtliche Druckdifferenz – entsprechend der unterschiedlichen Tauchtiefe. Wenn dann beide Tauchzellen gleichzeitig und mit gleichen Druck angeblasen werden, strömt die Anblaseluft überwiegend in die weiter oben liegende Tauchzelle statt, wie es sein sollte, in die tiefer eintauchende. Preßluft bewegt sich innerhalb der Anblasleitungen dorthin, wo der geringere Gegendruck herrscht. Das hat Luft nun mal so an sich. Also: entweder nur die tiefergelegene Tauchzelle anblasen oder die Anblaseluftventile der höhergelegenen Zellen »kneifen«, so daß die Luft langsamer in sie einströmt.

Der LI läßt jetzt die Tiefenruder so legen, daß das Boot durchpendelt: mal Bug hoch und gleich wieder Bug tief und raus mit der Luft aus den Ecken der Tauchzellen. Luft ist das letzte, was wir in ihnen brauchen können. Luftblasen würden den Trimm verderben. Außerdem machen sie Krawall, wenn sie sich bei Fluchtversuchen in der Tiefe bewegen.

So kurz nach Verlassen der Bunkerhöhle ist wohl noch nie ein Boot zum Einsteuern getaucht.

Eine Weile bin ich mit meinen Gedanken woanders – dann höre ich: »Boot ist durchgependelt!« – »Entlüftungen schließen!«

Nach vollendeter Prozedur geschieht das Auftauchen ganz und gar schulmäßig, für mich aber trotzdem ungewöhnlich, weil es auf fast ebenem Kiel und mit nur geringem Rudergebrauch erfolgt.

Ich sage mir: Der LI muß ein guter Mann sein, sonst hätte er das Boot trotz der Panne nicht so bald in den gewünschten Schwebezustand bringen können.

Als der Kommandant wieder auf der Leiter steht und das Turmluk aufdreht, frage ich gleich nach oben: »Ein Mann auf Brücke?«

Meine Nackenwirbel und meine Halsmuskeln haben sich deutlich daran erinnert, wie man den Kopf schräg neigt, um nach oben rufen zu können.

»Jawoll!« antwortet der Kommandant von oben.

Unser Boot hält sich genau im Kielwasser des Sperrbrechers. Wir gleiten leise, immer noch mit E-Maschinen, dem Goulet entgegen. Wie lange noch können uns die Küstenfelsen zu beiden Seiten Schutz geben?

Wieder und wieder lasse ich meinen Blick ringsum gehen – wie ein Drehfeuer. Meine Augen haben sich so gut auf die Dunkelheit eingestellt, daß ich nunmehr, obwohl der Mond sich immer noch verborgen hält, die ganze Umsäumung der Reede erkenne.

Auch die dunkle Silhouette des Sperrbrechers vor uns kann ich deutlich ausmachen. Selbst sein fahles Heckseegekräusel kann ich erkennen. Wenn die Amis aufpassen und gute Nachtgläser haben ... Ach, Scheiß doch! Wir kommen schon durch!

Plötzlich stinkt es gemein. Der Westwind weht den Qualm des Sperrbrechers über unsere Brücke hin. Wir karren jetzt so dicht hinter ihm her, daß ich von seinem Qualm reichlich viel in die Nase bekomme. Hustenreiz steigt mir in der Kehle hoch. Damit werde ich doch wohl noch fertig werden! denke ich und schlucke ihn hinunter. Aber da hustet der Kommandant neben mir auch schon los – und hustet so heftig weiter, als ginge es ihm ans Leben. Gut, jetzt darf ich auch.

Ich tue es so gründlich, als hätte ich Tuberkulose. Aber mit jedem Hustenstoß quillt nur neuer Hustenreiz in mir hoch. Scheißqualm!

»Pfui Deibel!« schimpft der Kommandant.

Dicht neben mir höre ich: »Die heizen mit alten Filzlatschen!« Der Mann, der das sagt, wird enttäuscht sein: Keiner lacht.

Endlich scheint es besser zu werden. Der Wind wird wohl leicht gedreht haben.

Wieder lasse ich den Blick schweifen. Diese Nachtstimmung rührt mir ans Herz: die laue Luft, die Spannung in mir, das feine Zittern des Brückenschanzkleids, die Silhouetten der Brückenposten: Mir treibt es ein paar Tränen in die Augen.

Da höre ich den Kommandanten nach unten befehlen: »Umschalten auf Diesel!«, und schon werde ich wieder zu einem zusätzlichen Brückenposten, der scharf Ausguck hält.

Nach wenigen Sekunden wuppern die Diesel los. Das Boot erzittert heftig. Ich halte vor Schreck den Atem an: Was ist das nur für ein Gestotter! Es dauert, bis die Maschinen runddrehen, aber auch dann brauche ich noch eine Weile, bis ich mich beruhige. Das klang nicht gut! Und was ist denn das für ein Lärm! Mir kommt es vor, als hätten die Diesel auf einmal dreifache Lautstärke und als würde ihr Getöse von der Küste abermals verstärkt zurückgeworfen. Bei diesem irren Krawall *müssen* uns die Amis einfach spitzkriegen, auch wenn sie bisher geschlafen haben. Mit so viel Lärm kann man ja Tote aufwecken ...

Wenn wir uns nur getaucht hinausmogeln könnten! Aber dazu ist das

Wasser wohl doch zu flach. Außerdem gibt es im Goulet, wie mir der Alte noch erklärt hat, selbst noch bei vermeintlichem Stillwasser heftige und komplizierte Strömungen.

Der Pulsstrom der Diesel läßt das Boot bis in die letzte Schraube erzittern.

Ich stelle mich auf einen der kleinen Holzsitze, die sich aus der Turmwand herausklappen lassen, hoch hinaus, damit ich Vor- und Achterschiff übersehen kann. Wohin ich auch fasse, alles fühlt sich naß und stumpf an. Der Bug bewegt sich leicht auf und ab. Ein paarmal taucht er sogar richtig ein und jagt Spritzwasser hoch. Aber das ist noch lange nicht die offene See, noch nicht einmal das Goulet.

Jetzt lasse ich den Blick achteraus gehen. Unsere Diesel qualmen wie verrückt. Zur Selbstbeschwichtigung sage ich mir: So eine Qualmentwicklung kann auch ihr Gutes haben: Sie deckt uns im Zweifelsfall nach achtern wie eine Nebelanlage. Aber gleich muß ich auch denken: Bei Schnorchelfahrt werden wir also eine dicke Rauchfahne durch die Gegend ziehen. Das muß bildhübsch aussehen: die stille See, eine Rauchfahne darüber – aber kein Schiff weit und breit. Wer das zu sehen bekommt, dem dürfte vor lauter Staunen der Unterkiefer herunterklappen.

Mir wär's freilich verdammt viel lieber, wenn sich unsere Abgasfahne weniger üppig entfaltete. Und auf stille See lege ich diesmal sowieso keinen Wert. Bei stiller See wird unser Schnorchel eine Hecksee produzieren, die für Tommypiloten meilenweit zu sehen sein muß.

Alle Flawaffen sind besetzt, Munition für die beiden Zwozentimeter-Zwillinge und die Dreikommasieben liegt bereit. Auf der Brücke ist kaum noch Platz zum Treten. Die Leute an den Zwozentimeter-Kanonen und die an der Dreikommasieben-Automatik sind nur als Schatten zu erkennen: Sie hängen schießbereit in ihren Gurten. Wenn mich nicht alles täuscht, haben sie Schwimmwesten an. Ich sollte mir auch meine Schwimmweste holen ...

»Scharf auf PC-Boote aufpassen. Feuererlaubnis ohne weitere Befehle!« höre ich den Kommandanten.

Scheißschwimmweste! Jetzt kann ich nicht von der Brücke weg nach unten verschwinden.

Wenn wir nur schon tieferes Wasser hätten! Die werden uns bestimmt nicht ungeschoren wie einen Heringskolcher hier herumkutschieren lassen! Ich werde gewahr, daß ich schon wieder ungeduldig aufstampfe.

Vom Hafen und von den Bunkern ist nichts mehr zu sehen. Von der Stadt auch kaum. Ich erkenne nur noch ein paar vereinzelte Blinzellichter einen Daumensprung über der Wasserfläche. Keine Ahnung, was das ist.

Die Seen laufen rund. Mit weichen Kniekehlen versuche ich, die

Perioden des Auf und Ab zu erspüren ... Aber ich sollte mich nicht an die Bewegung der See verlieren, sondern lieber aufpassen! Schließlich kommen die PC-Boote längst bis ins Goulet.

Prompt höre ich den Kommandanten unter seinem Glas hindurch sagen: »Obersteuermann, da ist doch backbord voraus ein Schatten?«

Der Obersteuermann richtet schnell sein Glas ein, läßt aber auf Antwort warten. Endlich höre ich auch ihn: »Sieht so aus – sieht ganz so aus ...«

»Steuerbord fünfzehn – auf einhundertfünfzig Grad gehen!« befiehlt der Kommandant.

»Da – drei Dez an Backbord ist auch was, Herr Oberleutnant!«

Das war wieder der Obersteuermann.

»Dann gehn wir mal auf einhundertsiebzig Grad. Mal sehen, wie wir durchkommen ...«

»Auf einhundertsiebzig Grad gehen!« gibt der Obersteuermann nach unten.

»Behalten Sie das erste Objekt im Auge«, befiehlt halblaut der Kommandant.

Alles schon gehabt! Nur hatten die Brüder, als wir uns vor Gibraltar durchmogeln wollten, Positionslaternen gesetzt. Damit halfen sie uns beim Ausweichen. Aus lauter Menschenliebe natürlich nicht. Die hatten einfach Angst, sich gegenseitig über den Haufen zu karren, so viele waren da zugange, um uns den Weg zu verlegen und sich uns zu schnappen.

So sehr ich mich auch anstrenge, kann ich die Schatten, die der Obersteuermann und der Kommandant ausgemacht haben wollen, nicht entdecken. An mir liegt's nicht: Der verdammte Qualm treibt mir schon wieder die Tränen in die Augen. Sauzucht, elende! Was haben die bloß für einen schwachsinnigen Chief! Die Britenfrachter fahren ja auch mal rauchlos, wenn's nötig ist – oder fast rauchlos.

Da höre ich: »Minen!« Wer sagt da was von Minen? Aus welcher Richtung kam das Wort?

Jetzt sagt der Kommandant: »Stimmt! – Weiter vorn liegen welche – eigene.«

Eigene Minen – das können nur welche sein, die dem Gegner die Einfahrt nach Brest versperren sollen. Ankertauminen also.

Zu blöd, daß ich mich nicht kundig gemacht habe. Von eigenen Minenfeldern war nie die Rede. Damit schien es nie Probleme zu geben – nur mit den Minen, die nachts von den Tommies geschmissen werden. Und wenn es den Tommies schon glückt, ihre Minen direkt vor den Bunker zu setzen, dann liegen hier in der Gegend möglicherweise auch welche herum. Aber wir wollen uns doch wohl nicht kopfscheu machen lassen ...

Die Dunkelheit des Himmels ist jetzt fast so dicht wie die des Wassers. Trotzdem ist im Westen immer noch ein Stück Kimm auszumachen und davor die schmale Silhouette des Sperrbrechers.

Das Boot hebt und senkt sich jetzt unregelmäßig. Das Auge kann nicht helfen, seine Bewegungen abzuschätzen. Damit ich nicht ins Taumeln gerate, muß ich mich gegen das Schanzkleid stemmen. Mit dem ganzen Körper kann ich erspüren, wie das Metall unter der Wucht der Wasserschläge zittert. Wann tauchen wir bloß?

Ein Flugwasserwurf trifft mein Gesicht so plötzlich, daß ich wie unter einem Peitschenhieb zusammenzucke. Das Wasser ist mir zwischen die Lippen gedrungen: salzig. Ich zerbeiße einen Fluch und drücke die Zunge schnell ein paarmal gegen den Gaumen, um mehr Spucke in die Mundhöhle zu bekommen. Und jetzt hinunter mit dem salzigen Zeug ... Es auszuspucken, will ich bei dieser Dunkelheit nicht wagen – ich könnte einen im Wintergarten erwischen.

Mir sind plötzlich zu viele Leute auf der Brücke. Da klettere ich lieber ins Boot hinunter.

In der Zentrale liegen die gekrümmten Zwanzig-Schuß-Magazine für die Dreikommasieben-Schnellfeuerkanonen bereit. Einige habe ich auch in Halterungen im Turm stecken sehen. Die Reservemunition für die Flawaffen ist vorm Kommandantenschapp gestaut. Damit ich einspringen kann, wenn Not am Mann sein sollte, gucke ich mir alles genau an.

Ich trete an den Kartentisch und versuche, meine Nervosität mit der Betrachtung der Karte niederzuzwingen: Die Küste der Bretagne erscheint mir auf einmal wie der Umriß eines wild grimassierenden Wasserspeiers. Wir sollten zusehen, daß wir schnell aus seinem gefletschten Maul hinauskommen.

Wie weit ist es überhaupt bis zu einer gedachten Linie vom Pointe de Saint-Mathieu zum Pointe de Penhir? Ich lege Winkel und Lineal an und versuche, mich ganz auf mein Tun zu konzentrieren: Nur nicht hudeln! Die fahrigen Finger zur Ruhe zwingen! Und da habe ich's: Immer noch fünf Seemeilen! Wie weit es aber *wirklich* ist, das heißt, wie weit unter den gegebenen Umständen, bekomme ich doch nicht heraus. Das könnte mir allenfalls Herr Einstein verraten ...

Ich steige auf der Aluminiumleiter die paar Sprossen bis zum Rudergänger hoch und bleibe erst mal dort. Von oben kommen Befehle, die ich nicht richtig aufnehmen kann. Der Rudergänger legt den Maschinentelegrafen und drückt einen Knopf der Steueranlage. Dann meldet er nach oben: »Backbordmaschine läuft große Fahrt voraus, Steuerbordmaschine halbe. Ruder liegt hart steuerbord.«

Hart steuerbord? Was kann denn *jetzt* Hartruder bedeuten?

Die Rückmeldung klang wie Respondieren. Der Rudergänger hätte Pfarrer werden sollen.

Warum nur tauchen wir noch immer nicht? Wegen der Minengefahr etwa?

Da wird es im Rund des Turmluks hell. Leuchtgranaten? Geht der Tanz jetzt los? Schon verlischt der helle Schein wieder, nicht abrupt, sondern wie ein Feuer, das ausgeht. Ich spitze die Ohren, aber durch den Diesellärm höre ich nichts von draußen. Nur dicht an meinem Ohr in schneller Folge Ruderbefehle und Maschinenbefehle: Wir zacken ... zacken auf Teufel komm raus.

Die Klappbuchs wird oben verlangt. Die Klappbuchs? Was soll denn das?

Wieder wird es hell. Leuchtraketen? Leuchtgranaten? Etwa welche vom eigenen Geleit, um die Gegend abzusuchen und Ziele für die Maschinenwaffen zu finden?

Wenn der Kommandant uns doch ins Bild setzte!

Jetzt kommt von oben: »Beide Diesel AK voraus!« Kurz darauf: »Ruder hart backbord!«

Wir müssen, koste es, was es wolle, in tieferes Wasser. Mit diesem extremen Hakenschlagen kommen wir aber kaum weiter ...

Gebrülle von oben: Jetzt haben wir die Scheiße! In der Zentrale herrscht Wuhling. Werden wir angegriffen? Durch den Diesellärm peitschen harte Abschußdetonationen. Sind wir das? Nein, das muß der Sperrbrecher sein. Der Sperrbrecher im Gefecht? Aber warum schießen *wir* nicht?

Von oben hängen die Gurte unserer Zwozentimeter-Feuerspritzen herab. Es ist die Art, die sich leicht aneinanderhaken läßt. Die gegurteten Projektile blinken im fahlen Licht ...

Ich wünschte, ich könnte etwas tun – irgendwo Hand anlegen. Mir bleibt aber nichts, als dazustehen, den Atem zu pressen und mein Herz hämmern zu spüren. Angst? Natürlich habe ich Angst. Ich bin ganz durchsetzt mit Angst. Durch alle Poren schwitze ich sie aus – gleichzeitig inhaliere ich sie auch: Angst ist überall. Wie ein riesiges, aber unsichtbares Pilzgeflecht sitzt sie in jedem Winkel. Die ausweichenden Blicke der Leute sind Angstblicke. Alles, was wir sagen, ist nur gesagt, um die Angst wegzureden. Die Angst ist es, die mich beim kleinsten ungewohnten Geräusch zur Duckhaltung zusammenzieht.

Ich darf wieder auf die Brücke. Gott sei Dank! Ich nehme einen schnellen Rundblick, es dauert aber, bis ich etwas erkennen kann.

Wie lange bleiben wir noch ungeschoren? Wann kriegt der Sperrbrecher einen Torpedo ab und fliegt hoch?

Schnellboote haben Torpedos. Ich rechne so fest mit einem gewaltigen Feuerzauber, daß mich nicht einmal ein Torpedotreffer direkt vor uns erschrecken könnte.

Da hämmert auf dem Sperrbrecher die Flak los: Leuchtspur. Ich suche über das blendende Lichtzucken hinweg den Himmel ab, aber so sehr ich auch die Augen aufreiße – von einem Flugzeug ist nichts zu sehen. Die Perlenschnüre weisen mir die Richtung, und trotzdem kann ich keinen Flugzeugschatten finden. Die Sperrbrecherleute werden doch nicht nervös geworden sein und ihre Munition als Lichtreklame für unser Auslaufen verpulvern?

Plötzlich kommt ein orgelndes Brummen direkt von oben herab, und schon heult auch ein Schatten heran. Das scharfe Hämmern ist unsere Kanone! Schon wieder Schluß – wie abgehackt.

»Die formieren sich neu!« brüllt der Kommandant, und gleich danach der Obersteuermann: »Flugzeug steuerbord dreißig!«

Ein einziges Tohuwabohu! Liberators? Sunderlands? Lightnings gar? Nichts Genaues zu erkennen. Wenn die jetzt Leuchtfallschirme werfen, liegen wir da wie in der Zirkusmanege.

Kaum gedacht, wird es auch schon taghell. Und jetzt ein Mehrfachgebrüll: »Flugzeug backbord zwanzig!«

Durch den Diesellärm höre ich deutlich eine einzelne Maschine heranheulen.

Unsere Flaks kläffen hart. Für einen Augenblick sehe ich die gelben Flammen an den Mündungen. Dann ist das Kläffen weg, aber unsere Flawaffen hämmern immer noch: Wir schießen auch Leuchtspur. Und trotzdem kann ich kein Ziel mehr erkennen. Plötzlich steigen zu beiden Seiten des Bootes fahle Geysire hoch – keine zehn Meter weg. Wir werden hochgehoben und heftig durchgeschüttelt.

»Daneben!« brülle ich. Zum Glück kann mich keiner in diesem Irrsinnslärm hören.

Klammheimlich in tieferes Wasser verholen? Das haben uns die Tommies gründlich versaut.

Auf einmal herrscht wieder Ruhe. Vom Sperrbrecher wird mit der Klappbuchs gemorst. Ich warte mit angehaltenem Atem, dann höre ich fast gleichzeitig: »Was, die wollen schon abdrehen?«

»Die drehen doch viel zu früh ab!« – »Die feigen Schweine!« – »Stalldrang! Das ist doch nicht zu sagen: Die windigen Brüder haben Stalldrang!«

Und dann die Einzelstimme des Kommandanten: »Die haben ja mehr Angst als Gottesfurcht!«

Plötzlich brüllt er: »Flugzeug von vorn! Alarm!!!«

Er brüllt das so dicht an meinem linken Ohr, daß es mich fast umschmeißt. Im Wegsacken durchs Turmluk sehe ich noch, wie es taghell wird. Ich weiß sofort: Das Boot ist von einem Fliegerscheinwerfer erfaßt worden. Da höre ich auch schon Bordkanonen . . . Gleichzeitig nehme ich wahr, wie die Schnellentlüftungen an der Decke der achteren Zentrale gerissen werden und eine ganze Kavalkade von oben kommt, als letzter der Kommandant.

Scheiße, verdammte! Ist es hier überhaupt tief genug zum Tauchen? Und die Minensperren! Wo liegen die denn nun wirklich?

Der Leitende hat den Kopf hoch über die Schultern erhoben. Als ob das der richtige Moment wäre, sich lang zu machen! Seine Augen hält er halb geschlossen. Jetzt legt er den Kopf leicht in den Nacken. Ich brauche meine Zeit, bis ich begreife, warum er sich so sonderbar verhält: Er versucht mit dem ganzen Körper die Bewegungen des Bootes zu erfühlen. Dabei sieht er aus wie ein Orchesterdirigent. Es würde mich nicht wundern, wenn er auch noch die Hände anhöbe – nicht um Einsätze zu geben, sondern um so noch mehr Schwingungen aufzunehmen. Jetzt geht es um Kopf und Kragen.

Vier, fünf Wabos detonieren fast zu gleicher Zeit. In ihren Nachhall schlagen harte, aber leichtere Detonationen. Schmeißen die etwa auch Handgranaten? Oder sind das die neuen Hedgehog-Bomben, die in ganzen Salven geworfen werden?

Die Wabos hallen widerlich lange nach. Ich hab's: Die Klippen! Die Detonationen werden von den Klippen reflektiert . . .

»Die schmeißen auf Verdacht«, sagt einer. Wenn er nur recht hat! Die Tommies müßten uns doch ziemlich genau lokalisieren können, selbst wenn sie noch keine präzise Asdic-Ortung haben. Wohin sollten wir denn auch entschwinden?

Meine Trommelfelle schmerzen heftig, mein ganzer Kopf dröhnt.

Das Merkwürdige ist, daß ich mit einem Mal keine richtige Angst mehr habe, eher eine hochgespannte Erwartung, daß mich ganz plötzlich wieder Angst anfallen und dann übermannen könnte.

Einer spitzt einen Bleistift und hält sich dabei mit seiner rechten Seite gegen das Kartenpult gelehnt. Das sieht beispielhaft lässig und nach guten Nerven aus: Es ist der Zentralemaat.

Ein Mann bugsiert etwas durch die Zentrale. Der Kommandant sieht es und faucht wie ein Tiger.

Wieder kracht es. Drei Bomben – vier – fünf: Macht das halbe Dutzend ruhig voll! Da kommt auch schon die sechste Detonation. Alle sechs lagen achteraus.

Die Tommies werden Ortungsschwierigkeiten haben. Die hätten

nicht so sehr daneben geschmissen, wenn sie uns genau auf ihren Geräten hätten. Die Wasserschichtungen, die Felsen in der Nähe, und nun ist sicher auch der Grund aufgewühlt. Wenigstens die Natur bietet einiges zu unserem Schutz auf ... Verdammt noch mal, wir können's brauchen! Wenn hier klare Verhältnisse herrschten, klar im Sinne der Tommies, wären wir längst geliefert. Einige der Detonationen lagen auch so bestimmt schon im kritischen Bereich. Viel näher dürfen sie nicht kommen.

Was wohl aus dem Sperrbrecher geworden sein mag? Wenn der Glück hat, lassen sie den aus den Fängen, um uns um so intensiver zu attackieren.

Von vorn und achtern kommen geflüsterte Schadensmeldungen. Ich will gar nicht hören, was alles flötengegangen ist. Ich kenne diese Art von Destruktionslisten. Die Kreiselkompaßanlage? – Ja, gewiß doch.

Ich wage es, meine Muskelspannung zu lockern – und dann sogar, mein Gewicht von einem Bein aufs andere zu verlagern. Auch einmal richtig Luft zu schöpfen. Mir ist dabei, als erwachte ich aus einem Starrkrampf wieder zum Leben.

Was ist los? Von achtern kommt ein Durcheinander gedämpfter Stimmen. Rings um mich herum höre ich scharfes Schnaufen. Den Kommandanten kann ich nicht sehen – zu viele Menschen in der Zentrale, aber keine Bewegung. Salzsäulen, alle sind zu Salzsäulen erstarrt. Woher kommt nur »Salzsäulen«?

»So als Fackelzug schaffen wir das nie!« Das war der Kommandant – halblaut – wie für sich.

Fackelzug? Damit wird er wohl das Geleit meinen. Und jetzt sagt der Kommandant noch: »Und auch nicht ohne eine Karte mit unseren Minenfeldern. Ich *muß* wissen, wo unsere Minen liegen!«

Was soll diese Rede bedeuten? Woher sollen wir denn jetzt eine Karte der Minenfelder bekommen? Das kann doch nur Umkehren heißen. Der Kommandant wagt wohl bloß nicht, das Wort auszusprechen. Dabei müßte er darin doch nachgerade Übung haben. Was soll also das Zögern?

Ich warte immer noch auf die nächste Detonation. Jetzt beginnen sich gar ein paar Leute zu bewegen. Wollen die Tommies uns etwa erst mal in Ruhe lassen? Das berühmte Katz-und-Maus-Spiel ... steht das jetzt schon auf dem Programm? Oder haben die Schiß gekriegt wegen der Enge im Goulet?

Was, um Himmels willen, ist denn los?

Da höre ich den Kommandanten tatsächlich mit knarziger Stimme sagen: »Wir kehren um!«

Verdammte Scheiße! Das ist für mich ein Schlag! Das hier ist schließlich mein zweiter Ausbruchsversuch aus Brest: Die berühmten drei Versuche! Da bleibt dann nur noch *einer* übrig.

Was für Augen wird der Alte machen, wenn wir wieder im Bunker erscheinen? Wie beschissen werden wir dastehen? Zappenduster! Jetzt ist es wirklich zappenduster. Der Landweg zu, der Seeweg zu. Hinten zu, vorne zu.

Die Silberlinge werden die Kursänderung nicht mitbekommen haben: Die werden sich schön wundern, wenn sie merken, was anliegt.

Eine Karte von den Minenfeldern besorgen! Das klang fatal nach Vorwand. Daran hätte doch, verdammt noch eins, auch früher einer denken können! *Warum* wir nicht hinauskommen, liegt doch klar auf der Hand: Der Gegner ist allzusehr auf dem Quivive. Die haben ein ganzes Komitee gebildet, um uns zu empfangen und in die Mangel zu nehmen – zu Wasser und aus der Luft und mit allem, was sie an Knallkörpern zu bieten haben.

In mir rebelliert es: zurückhinken, das hat gerade noch gefehlt! Aber dann sage ich mir: Vielleicht mußte es so kommen. Vielleicht hat der Alte jetzt ein Einsehen und entschließt sich dazu, mich in Brest zu behalten.

»Es hat nicht sollen sein!« werde ich dem Alten sagen. »Ein Hinweis von oben – sozusagen einer mit dem dicken Knüppel!«

»Das nächste Mal aber bestimmt sine sine«, höre ich den Kommandanten zum Obersteuermann sagen.

Das nächste Mal! – Also ist das kein Aufgeben? Was kann er mit »sine sine« meinen? Wahrscheinlich: ohne Geleit. Ja, das wird's sein! Rausmogeln ohne Brimborium. Sicher vernünftiger. Vielleicht die einzig mögliche Methode, hier rauszukommen.

Verdammt warm geworden im Stübchen! Unsere Bodys heizen ordentlich durch. Und verdammt feucht ist es auch. Sehr vernünftig, daß es hier keine Scheiben, keine Spiegel gibt. Das würde jetzt alles beschlagen. Es fehlt eben am Durchzug.

Als habe er sich von meinen Gedanken leiten lassen, befiehlt der Kommandant: »Klarmachen zum Auftauchen!« und dann sehr schnell danach: »Auftauchen!«

Oben bleibt es offenbar ruhig. Haben die Tommies etwa das Interesse an uns verloren? Ich entere gleich mit auf.

Wo sind wir überhaupt? Wie weit sind wir mit des Allmächtigen Hilfe gekommen? Da stehe ich nun kaum über dem dunklen Wasser und habe keine Orientierung. In die Luft schnuppern hilft auch nichts.

Fast wundert es mich, daß der Sperrbrecher noch da ist und nichts auf ihm brennt. Der Kommandant läßt mit der Klappbuchs hinübermachen, daß wir umkehren und daß wir diesmal vorauslaufen wollen. Und dann den ganzen Rückweg lang die quälenden Fragen: Kann das überhaupt was werden? Zwischen Scylla und Charybdis hindurch – ist das zu schaffen? Mit diesem Ungetüm von Sperrbrecher? Ist es dazu nicht längst zu spät?

Der gestirnte Himmel über mir – der kategorische Imperativ ... und all der Quatsch. Königsberg: Herr Immanuel Kant aus Königsberg: Der hilft uns jetzt auch nicht weiter.

Und noch einmal die schwierige Passage zwischen den Wracks hindurch. Noch zwei-, dreimal heftiges Schamfielen Dann schieben wir uns langsam durch die Persenning hindurch und steuern die gleiche Box an, aus der wir gekommen sind.

Von der Flottille ist kein Mensch zu sehen. Ich kann auf den Piers nur eine Menge OT-Männer erkennen, auf Kisten und Kabeltrommeln verteilt. Die haben offenbar vor dem Artilleriefeuer im Bunker Schutz gesucht. Und jetzt haben sie was Schönes zum Bestaunen: uns!

Als wir fest sind, lasse ich mich an der Leiter nach unten sacken. In der Zentrale höre ich reden: »Den Schwanz einziehen – so isses recht!«

War das ein Bootsmaat?

»Das passiert dir doch wohl nicht zum ersten Mal?« bekommt er gleich Bescheid.

»Ach, halt die Schnauze! Aber haltse wirklich, sonst marschieren dir die Backenzähne gleich kompanieweise durchs Arschloch ab.«

Das klang äußerst gereizt. Was Wunder! Der Schreck muß den Leuten noch tief in den Gliedern sitzen.

Ich kapiere nicht, daß es – von dem Gequatsche abgesehen – ruhig im Boot bleibt. Ich dachte, jetzt würden von vorn und achtern die Silberlinge in die Zentrale quellen. Aber da sehe ich: Das können sie gar nicht: Der Bootsmann hat mit seinem Korpus das vordere Kugelschott versperrt – der Zentralemaat das achtere. Das müssen sie ohne Befehl gemacht haben ...

Der Bordlautsprecher knarzt. Der Kommandant meldet sich zu Wort: »Vorläufig bleibt alles an Bord. Das gilt selbstverständlich auch für unsere Gäste. Die Posten werden, wenn das nicht befolgt wird, rücksichtslos von der Schußwaffe Gebrauch machen ... Strengste Geheimhaltung. Das heißt: keine Palaver zur Pier hin. Wir werden reparieren, was zu reparieren ist. Ende!«

Was soll bloß »vorläufig« bedeuten? Ich kann jetzt nicht viel fragen. Da wendet sich der Kommandant auch schon an mich: »Mal sehen, daß wir 'nen fahrbaren Untersatz bekommen. Sie kommen doch mit zur Flottille?«

Hinter mir sagt einer: »Und wenn du denkst, du hast das Glück ... bums, da zieht's den Arsch zurück!«

Der obszöne Spruch wirkt auf mich wie Wundbalsam.

»War 'ne kurze Reise, oder?« höre ich einen anderen.

An der Stelling stehen schon zwei Posten mit Maschinenpistolen und der Bootsmann.

»Schießen, wenn einer von Bord will!« befiehlt der Kommandant. »Bootsmann, Sie sind verantwortlich: rücksichtslos von der Schußwaffe Gebrauch machen!«

»Jawoll, Herr Oberleutnant!«

Im Weggehen werfe ich einen Blick zurück: Das Boot liegt da, als hätte es immer so dort gelegen, als hätten wir unser Auslaufen aus dieser Box nur phantasiert. Die Luken werden gerade aufgemacht. Gelber Schein dringt aus dem Innern des Bootes heraus.

Reparieren, was zu reparieren ist! – Was kann das per Tempo schon sein! Die Werftarbeiter sollten sich sofort an die Arbeit machen. Aber weiß der Henker, wo die um diese Zeit stecken ...

Der Kommandant steuert eine Werkstatt an, aus der Licht dringt. Er will mit der Flottille telefonieren. Das würde ich nicht machen: Die Leitungen könnten angezapft sein. Aber ich wage nicht, ihm das zu sagen. Zum Glück bekommt er keine Verbindung: Das Telefon ist tot.

Der LI hat einen Werkstattleiter aufgetrieben, der uns einen Wagen besorgen kann. Der Werkstattleiter ist aber offenbar volltrunken. Er trompetet uns aus fünf Schritt Entfernung entgegen: »Kinder, genießt den Krieg – der Frieden wird fürchterlich!«

Ich könnte ihm dafür eins in die rotgebrüllte Fresse hauen. Von dieser Art Vorstellung habe ich weiß Gott genug. Das ist nichts für meine Nerven. Trotzdem heißt es: ruhig Blut bewahren: Wir brauchen einen fahrbaren Untersatz – und das schnell. Diese besoffene Blüte hat ihn und einen Fahrer dazu.

Der Fahrer wird herbeigerufen. Der Wagen soll gleich vor dem Bunkertor stehen.

»Also los!« sagt der Kommandant und trottet hinter dem Fahrer her und ich hinter dem Kommandanten.

Ich kann mich plötzlich kaum noch schleppen: total erledigt, wie ausgeschlachtet. Mit den größten Schwierigkeiten habe ich gerechnet, aber nicht damit, daß wir umkehren müßten – nicht damit. Ich bin benommen wie ein Boxer nach einem schweren Kopftreffer, und wie ein getroffener Boxer schüttele ich hin und wieder auch den Kopf, um den Nebel vor meinem Blick loszuwerden.

Jetzt wissen die Tommies jedenfalls mit letzter Sicherheit, daß es hier noch ein Boot gibt, das hinauswill. Jetzt ist Scheiße im Verzug und das massiv.

Die Stadt brennt an ein paar Stellen lichterloh. Der Himmel darüber hängt voller Wolken. Ich könnte die Wolken nicht sehen, wenn nicht ihre unteren Säume theatralisch beleuchtet würden. Dazu immer wieder der Flackerschein des Artilleriefeuers – eine gigantische Beleuchtung mit Wackelkontakt.

Dem Fahrer kann das aufgeregte Geflacker nur recht sein: Da hat er mehr Licht als von den schmalen Lichtschlitzen aus den abgeblendeten Scheinwerfern.

Die Flottillengebäude liegen im Dunkel, auch sie nur angeleuchtet wie von den Lichtbahnen einer aus dem Takt geratenen, irre kreisenden Leuchtturmlaterne.

Der Fahrer läßt den Wagen ganz langsam auf den Torposten zurollen. Als er auf zehn Meter heran ist, blendet uns der Posten scharf an.

»Licht aus!« brüllt der Kommandant und steigt aus.

»Der Adju muß gleich hoch und der Flottilleningenieur auch!« wende ich mich an den zweiten Posten. Und als der nicht reagiert, fahre ich ihn an: »Beeilung! Aber nun mal los, Sie müder Heini!«

Gleich denke ich: Was kann das arme Schwein dafür, daß ich vor lauter Enttäuschung und Wut im Bauch mit mir selber nicht mehr klarkomme ...

»Ich wahrschaue den Chef«, sage ich zum Kommandanten. »Sie gehen am besten ins Büro.«

Etikette muß sein! denke ich. Nur nicht den Alten so mir nichts, dir nichts aus den Decken holen.

Ich muß nur einmal klopfen, da ruft der Alte schon laut: »Herein!«

Im Zimmer ist es stockdunkel, weil die Volets zu sind. Der Alte kann mich nur als Silhouette gegen das Licht im Gang erkennen.

»Melde gehorsamst: Oberleutnant Mohrhoff wartet in deinem Büro!« Und dann mit nur mehr halber Stimme: »Da wären wir wieder.«

Da leuchtet das Deckenlicht grell auf, und ich sehe den Alten halb auf seiner Koje aufgerichtet. Er sagt keinen Ton. Statt dessen betrachtet er mich mit zusammengekniffenen Augen, und ich stehe da wie einer, der eine Stellung antreten will und nun erst mal besichtigt wird.

Der Alte bringt langsam seine Füße auf den Boden, sagt aber immer noch nichts. Die stumme Szene feilt mir an den Nerven. Ich muß schlucken. Wann zum Teufel bringt er endlich seinen Mund auf?

»Ja«, brummt er jetzt, und wie unter Imitationszwang sage ich auch:

»Ja.« Und dann noch: »Das wär's mal wieder ... Kein Durchkommen. Die haben direkt auf uns gewartet.«

Ich stehe da und starre auf das bräunlich gestrichene Türblatt zu meiner Linken. Der Alte guckt mich immer noch so leer an, als könnte er mich nicht richtig einordnen und müßte erst mal gründlich nachdenken.

»Es wär so schön gewesen, doch es hat nicht sein gesollt – oder wie der Dichter sagt«, bringe ich gequält hervor.

Da kommt endlich Leben in den Alten. Er streckt sich und atmet tief durch. Ich kann deutlich hören, wie er sich voll Luft saugt und sie gleich wieder ausstößt. Aber Worte kommen noch immer nicht über seine Lippen.

»Und was nun?« sage ich aufs Geratewohl und aus dem Gefühl heraus, daß sich die Szene nicht ewig strecken läßt.

Als hätte er mir bisher noch nicht zugehört, fragt der Alte: »Wo ist Mohrhoff?«

»Der wartet auf dich im Büro.«

Der Alte nagt auf der Unterlippe. Daß ich so herumstehen muß, wird mir immer fataler. Ich quatsche also hilflos weiter: »Ich habe eben kein Glück mit Ausbruchsversuchen ... zu Lande nicht, zu Wasser nicht ...«

»Jetzt fehlt dir nur noch die Luft«, murmelt da der Alte. »Aus Brest hinaus, das ist wie nach Scapa Flow hinein ...«, sagt er und greift nach seinem Bademantel, »... oder noch schlimmer – das haben wir auch nicht ahnen können, daß das mal so kommt.«

Dann plötzlich, als sei er eben erst richtig aufgewacht, fragt er mit kräftiger Stimme: »Wie lief das denn?«

Ich will dem Kommandanten nicht vorgreifen und gerate deshalb ins Stocken: »Wir sind gleich in die Vollen geraten ... gar keine Schangs ... die hatten uns gleich am Wickel. PC-Boote wohl ... und Flugzeuge natürlich auch. Total zu ... richtige Kordons.«

»Da müssen wir es eben anders machen«, sagt der Alte langsam.

Bloß wie anders? sage ich für mich – und dann laut: »Vielleicht war's noch nicht dunkel genug. Die PC-Boote lauern im Schatten der Klippen – wenn die den Sperrbrecher von weitem sehen, wissen sie doch schon, was los ist!«

Der Alte angelt nach seinen Schuhen, setzt sich auf einen Stuhl und zieht sie sich an. Statt aufzustehen, bleibt er anschließend sitzen und läßt den Kopf hängen: Er versinkt in Grübelei.

»Ohne Geleit und früher tauchen«, sagt der Alte schließlich halblaut. Und dann ist es, als spreche er mit sich selber: »Aber ganz ohne Schutz geht's auch nicht. Vielleicht mit Minensuchbooten? Ein einzelnes MS-Boot ist aber auch verdächtig. Zwei MS-Boote, die könnten routinemäßig auslaufen – zum Vorpostenfahren zum Beispiel ... Die haben auch mehr Feuerkraft als der große Zossen.«

Der Alte macht eine Pause und zieht die Unterlippe zwischen die Zähne. Dann guckt er mich voll an und sagt laut: »Aber vor allem müßt ihr *bald* wieder raus!«

Das also ist der Weisheit letzter Schluß! Ich kann mir vorstellen, welche Überlegungen den Alten dabei leiten: Die Tommies denken, sie haben das Boot erwischt. Auf jeden Fall sind sie gewiß, daß sie den Ausbruchsversuch vereitelt haben. Darauf werden sie einen saufen. Daß wir noch mal erscheinen könnten, damit rechnen sie womöglich nicht. Und vielleicht haben sich die Herren Agenten nach getaner Arbeit auch schlafen gelegt ...

Mohrhoff steht mit hängenden Schultern mitten im Büro des Alten. Er will gerade militärisch melden, als ihn der Alte auch schon anbelfert: »Keine Faxen!« und dann viel milder: »Da, setzen Sie sich.«

Der Alte setzt sich auch. Aber anstatt nun den Kommandanten zum Bericht aufzufordern, sitzt er nur breit hinter seinem Schreibtisch und denkt nach. Er tut das wie ein Schauspieler, der einen Mann beim Nachdenken mimt: Er hält den Kopf in beide Hände gestützt. Seine Stirn ist ein einziges Waschbrett.

Endlich höre ich den Kommandanten mit einer vor lauter Nervosität heiseren Stimme reden: »Die Sicht ist leider ziemlich gut ...« Weil der Alte dazu nichts sagt, fährt der Kommandant wie klagend fort: »Am Ufer brennen irgendwelche Anlagen. Die Feuer beleuchten uns ...«

Dafür bekommt er nur einen zweifelnden Blick. Als er auch noch sagt: »Und dann das gewundene Fahrwasser ...«, durchruckt es den Alten, und er sagt knarzig grollend: »Ich kann's nicht geradeziehen!«

Wieder herrscht Schweigen, und das für eine beklemmend lange Zeit.

»Wir haben etliche Reparaturen, Herr Kapitän«, druckst der Kommandant endlich heraus.

»Die müssen Sie mit Bordmitteln beheben«, gibt der Alte sofort Bescheid. »Das nächste Stillwasser ist zu spät.«

»Und vierundzwanzig Stunden später?« fragt der Kommandant zaghaft.

»Davon halte ich nichts. Dann werden die Brüder *wieder* gewahrschaut ... Was ist mit den Beamten?«

»Ich habe Posten mit MPs aufgestellt, die lassen keinen von Bord.«

»Gut. Richtig.«

»Aber wenn sich nun doch einer verabschieden will ...?« fragt der Kommandant.

»Nichts da! Kein Theater! Wer an Bord ist, bleibt an Bord!«

Das Schafsgesicht des Adjutanten dringt in mein Bewußtsein. Er ist leise hereingekommen und nun der einzige von uns, der steht: unbeweglich, wie eingefroren. Dem sollten sie auch mal den Arsch aufreißen! denke ich.

»Neues Auslaufen heute nacht um ein Uhr! Zwei MS-Boote Geleit! Veranlassen Sie alles Nötige, aber nicht übers Telefon!« Der Alte herrscht den Adju regelrecht an. Vielleicht muß er das, damit dieser Knabe aufwacht.

Der Alte hat sich also entschieden, und er rechnet auch damit, daß unsere Leitungen angezapft werden.

»Sorgen Sie dafür, daß der ganze Bunkerbereich sorgfältig – ich sage *sorgfältig* – abgesperrt wird.«

»Schwer zu schaffen, Herr Kapitän«, bringt der Adjutant tastend hervor.

»Wieso schwer zu schaffen?«

»Wegen des Werftpersonals, Herr Kapitän.«

»Da müssen Sie sich eben notfalls selber hinstellen – wie 'n Kinobilleteur. Ich bitte mir jedenfalls aus, daß das klappt!«

Der Adju will schon verschwinden, da befiehlt ihm der Alte noch laut: »Wahrschauen Sie den Flottilleningenieur!«

»Ist schon passiert«, werfe ich ein.

Der Alte wirft mir einen Blick zu, dann richtet er sich halb hoch und greift sich von einem Bord eine gerollte Seekarte. Die breitet er mit flachen Händen auf seinem Schreibtisch aus.

»Nirgends akzeptable Tiefen«, murmelt er nach einer Weile. »Hier nicht und da nicht ...« Dabei fährt er mit dem rechten Zeigefinger auf der Karte hin und her. »Hier wär eine Stelle – aber da geraten Sie zu nahe an die amerikanischen Batterien ...« Der Alte bedenkt sich, ehe er weiterredet: »Bleibt also nur: wie gehabt mitten durchs Goulet und dann runter.« Und dann mit Blick auf Mohrhoff: »Jetzt haben Sie ja Übung!«

Aber der zieht eine Miene, als seien ihm alle Felle weggeschwommen.

Was für eine verrückte Szene! denke ich mit einem Mal: Der Alte ist immer noch in Schlafanzughosen und einer Art Turnerhemd. Er hat sich nur seinen Bademantel drübergezogen. Plötzlich scheint auch er das zu merken und nuschelt: »... erst mal ordentlich anziehen!«

Jetzt bringt der Kommandant aber seine Sorge wegen des Minenfeldes vor. Ob es eine Karte gebe, will er wissen.

»Die liegen da schon ewig – Ankertauminen«, sagt der Alte und fährt mit der rechten Hand über die Seekarte. »Hier hinter Camaret – und mehr nach Süden zu. Warum die nie geräumt wurden, weiß der Himmel. Wahrscheinlich vom Gezeitenstrom längst weggetragen ... Die Sperrbrecherfritzen wissen da Bescheid.«

Ich will schon sagen: Aber wenn die nicht mit von der Partie sind … da kommt der Alte selber auf den Trichter und sagt: »Die Minensucher müßten erst recht Bescheid wissen. Die vermeiden die Gegend von ganz alleine.«

Und damit sind wir abgemeldet: Der Alte will sich anziehen.

Ich will nun doch noch die Rolle mit den Zeichnungen aus meiner Kammer holen. Die kann ich leicht längs der Wand in meiner Koje unterbringen.

Als ich den Hof zum Pavillon überquere, schießen die amerikanischen Batterien wie verrückt. Die Flottillengebäude werden wieder und wieder wie von Scheinwerfern angestrahlt. Der Feuerzauber kann nur der Gegend um den Bunker gelten.

Meine Kammer hat sich total verwandelt. Ich stiere fassungslos in den Raum: aufgeklart, aller Papierkram weggeräumt, kein Fitzchen mehr zu sehen. Bett neu bezogen, eine von den rosa Bordelldecken darüber: ein mieses Hotelzimmer für einen Reisevertreter.

Gegen die Wut im Bauch beschwichtige ich mich selber: Ist doch in Ordnung so. Ich war ja abgemeldet. Konnte doch niemand wissen, daß wir noch mal wiederkommen würden. Das muß hier doch picobello in Ordnung sein für den Adjutanten des amerikanischen Generals, der Brest demnächst einnimmt. An einen neuen Teppich hat der VO, oder welches Arschloch diese Verwandlung hier veranlaßt hat, auch gedacht.

Verdammter Puff! fluche ich. Aber dann verlassen mich auch schon die Kräfte, und ich lasse mich, alle Klamotten am Leib, längelang auf die Koje fallen. Daß das Licht noch brennt, merke ich erst, als an die Tür geklopft wird. Ich bin im Nu hoch, tiefen Schrecken in den Knochen.

»Was 'n los?«

»Mohrhoff!«

Ich bin mit vier Schritten an der Türe: »War doch auf!«

Mein Gott, wie der Kommandant aussieht! Er hat die Augen vor dem plötzlichen Licht meiner Deckenlampe verkniffen: eine gekalkte afrikanische Maske!

»Na, da woll'n wir mal«, sagt er. »Der Chef kommt später nach. Der ist noch im Büro.«

Der Kerl fällt gleich noch um. Jetzt lehnt er sich wenigstens an den Türrahmen. Sein Lederzeug stinkt wie die Pest.

»Ich wollte mir bloß noch was holen, aber …« Ich mache eine Anreißerbewegung. »Sie sehen ja: schon bestens aufgeklart.«

»*Die* sind eben auf Zack!« sagt Mohrhoff gepreßt.

»Sie könnten doch 'nen Moment schlafen – hier«, schlage ich vor.

»Nee, lieber nicht. Lieber schnell wieder runter zum Boot.« Und dann, mit einem gezwungenen Lachen: »Die müssen ihre Munition mit Gewalt loswerden – scheint's . . .«

Ich brauche eine Sekunde, bis ich merke, daß er die amerikanischen Batterien und deren Feuerzauber meint.

»Die wollen uns eben noch ordentlich was bieten«, sage ich und laufe hinter ihm her.

Während der Rückfahrt zum Bunker hinunter sagt der Kommandant, der neben dem Fahrer sitzt, mit belegter Stimme: »Der Chef wird recht haben: Die Tommies haben's sich erst mal gemütlich gemacht, und die Spitzel hier herum rechnen nicht mit einem neuen Auslaufen.« Dabei klingt er, als spreche er mit sich selber.

Bloß gut, daß er nicht Auslauf*versuch* gesagt hat!

»Möglich, daß die Sperrbrecherfritzen nicht dichtgehalten haben. Die Tommies wußten ja auf die Minute genau, wann wir kommen würden«, höre ich ihn wieder durch den Motorenlärm hindurch.

Während wir durch Trümmerschluchten fahren, denke ich: Der Alte hat sich in den Kopf gesetzt, daß *alle* Boote hinausmüssen. Da könnte jetzt passieren, was passieren will: U 730 muß raus – und zwar so schnell es geht.

Den ganzen Zirkus also noch einmal! Was für eine klägliche Wiederholung! Ich spüre Flauheit im Magen, weil ich mich frage, wie denn der Auslaufklimbim diesmal über die Bühne gehen soll. Wahrscheinlich still und heimlich.

Der Bunker ist so tot wie noch nie: Grabesstille. Nur ein paar OT-Leute und zwei Mann von der Werft. Jeder einzelne unserer Schritte hallt nach.

Am liebsten wäre es mir gewesen, wenn der Alte diesmal gar nicht in den Bunker gekommen wäre. Aber bin ich da auch ehrlich mit mir? Habe ich ihn nicht eben noch mit Blicken gesucht? Freue ich mich nicht insgeheim, daß er bei den Werfttypen auf der Pier steht?

Und jetzt ist es soweit. »Ich kann nur hoffen, dich nicht wiederzusehen«, höre ich mich witzeln und spüre zugleich, wie mir meine rotzige Rede in die Knochen fährt: Habe ich da auch nichts berufen? Der Teufel soll's holen! Wenn wir nur endlich ablegten!

»Also auf ein neues!« sagt der Kommandant dicht neben mir.

Der Alte sagt nur: »Mach's gut!« Durch den Diesellärm ist auch das kaum zu hören.

Ich reiche ihm die Hand. Der Alte drückt sie fest. Dann salutieren wir genau gleichzeitig.

Mit drei, vier großen Schritten komme ich über die Stelling. Und nun die Steigeisen hoch zur Brücke. Gott sei Dank! Ich spüre das Zittern des Bootes durch die Stiefelsohlen, durch Leder und Kork hindurch und fühle mich plötzlich wie gekräftigt. Als ich den Blick nach achtern richte, sehe ich blaumilchigen Dieselqualm hochwehen. Aber jetzt wird »Diesel stop!« befohlen, und das Zittern setzt aus. Damit kann man mich nicht mehr verwirren: Ich weiß doch, wir werden mit E-Maschinen auslaufen.

Wie von einem verborgenen Magneten gezogen, entfernt sich das Boot von der Pier. Ich sehe gebannt zu, wie die Spanne schwarzen Wassers zwischen unserer Bunkerrundung und der Pier größer und größer wird.

4. Teil

Under the gun

Das Artillerieschießen hat plötzlich ausgesetzt. Die Stille wirkt feierlich. Nur das leise Singen unserer E-Maschinen und das Zischen der Bugsee. Nun höre ich dazu noch einen schwachen Heulton. Es ist der laue Wind, der das Netzabweiserkabel zum Schwingen bringt!

Ich stehe wie auf rohen Eiern. Ich muß achtgeben, daß ich ordentlich durchatme: Mein Atem staut sich immer wieder mal.

Noch rührt sich nichts. Haben die Herrschaften tatsächlich nicht mitgekriegt, daß wir wieder unterwegs sind? Oder *noch* nicht mitgekriegt?

Vor uns in der Dunkelheit kann ich die Silhouetten der beiden MS-Boote ausmachen, die uns Geleitschutz geben. Wann werden wir diesmal tauchen?

Ich höre den Kommandanten murmeln: »Zu viele Leute auf der Brücke . . .«

Das galt eindeutig mir. Also runter ins Boot.

Kaum lasse ich die Aluminiumleiter los, höre ich den Kommandanten »Alarm!« brüllen. Der Befehl setzt sich im Boot wie ein vielfaches Echo fort.

Ein kurzes röhrendes Orgeln und dann eine grell berstende Detonation, dann Dunkelheit. Ich weiß sofort: Fliegerbombe – sehr nahe – achtern.

Einer nach dem anderen drängen die Männer durchs Luk, dann endlich kommt auch der Kommandant, setzt das Luk dicht, dreht es, so schnell er kann, fest und rutscht die Leiter herunter.

Das Boot kippt schnell an. Wieder stärker als normal? Alle möglichen Klamotten rutschen Richtung Bug. Die Männer um mich herum klammern sich irgendwo an und versuchen, auf den Füßen zu bleiben.

In meinem Kopf jagen die Gedanken: Wieviel Wasser haben wir unter dem Kiel? Wie tief ist es in der Rinne? Sind wir überhaupt direkt in ihr? Warum wird das Boot denn noch nicht abgefangen? Aber auch: Warum haben wir nicht geschossen? – Wohl zu dunkel, und wenn die Hunde tief anfliegen . . .

In der Dunkelheit höre ich einen jachtern: »Halt doch die Schnauze! Mensch, lang doch hin!« Dann der Kommandant: »Ich verlange ordentliche Meldungen! Verdammt noch mal, wann kriege ich denn ordentliche Meldungen?«

Von achtern kommen Stimmen aus dem Halbdunkel: »Wassereinbruch im Dieselraum!«

»Wassereinbruch im E-Maschinenraum!«

Ich höre das Fauchen von Preßluft, die in die Tanks strömt. Für einen Moment übertönt es die Panikrufe.

Der Kommandant schreit: »Anblasen! LI, wann wollen Sie denn anblasen?«

Es wird wieder hell: Die Notbeleuchtung ist angegangen.

Der Leitende meldet: »Habe Entlüftungen schließen lassen, Herr Oberleutnant, und schon kräftig Preßluft eingeblasen. Alle Entlüftungen dicht!«

Einer flüstert: »Ach du liebes bißchen ...«

Der Leitende befiehlt jetzt: »Beide E-Maschinen AK voraus – beide Tiefenruder hart oben! Hauptlenzpumpe anstellen!«

Ich sehe, wie die Tiefenrudergänger ihre Knöpfe drücken, dann fasse ich das Tiefenmanometer in den Blick: Der Zeiger läuft schnell über die Ziffern der Skala weiter, anstatt langsamer zu werden und stehenzubleiben.

Der Zentralemaat meldet: »Hauptlenzpumpe ausgefallen!« Und von achtern kommt die Meldung: »Beide E-Maschinen kommen nicht auf volle Drehzahl!«

Der Zeiger des Tiefenmanometers steht noch immer nicht. Gleich werden wir aufbrummen.

Der Leitende befiehlt: »Dreihundert Liter nach achtern! Dalli, dalli!«

Von vorn und achtern kommen neue Meldungen – kaum trennbar und verständlich.

Endlich kommt das Boot auf ebenen Kiel. Aber allmählich scheint es achterlastig zu werden.

Ein Zentralegast flüstert: »Da kriegen wir doch keinen Trimm mehr rein ...«

Die Notbeleuchtung geht aus, kommt wieder. Halbschatten huschen aus dem Dunkel heraus und wieder hinein. Verdammte Scheiße! Wenn hier doch wenigstens anständiges Licht wäre. Aber zumindest sinken wir nicht weiter.

Zwei Detonationen in unmittelbarer Nähe.

Die Rücken der beiden Tiefenrudergänger sind reglos wie Felsen. Gute Leute! Die drehen den Kopf nicht herum, die sehen nur ihre Manometer und den Papenberg. So ist es recht.

Der Kommandant läßt den Blick unstet umherwandern und verzieht dazu sein Gesicht, als würde er immer wieder in eine Zitrone beißen. Dieses nervöse Gesichtverziehen ist kein aufrichtender Anblick. Auch die fahrigen Bewegungen seiner Hände wollen mir nicht gefallen.

Ich wünschte, der Alte wäre an Bord und könnte das Kommando übernehmen. Mit den grauen Zellen des Gegners denken! Den Gegner das Komplizierte denken lassen und dann das ganz Direkte, Einfache machen, wie es der Alte immer getrieben hat: geradeaus weiterkarren, wenn der Gegner mit Hakenschlagen rechnete, und Haken schlagen, wenn er annehmen konnte, wir würden durchsteuern.

Aber der hier? Was wird dieser Kommandant veranlassen? Der bringt es nicht mal fertig, Nervenstärke *vorzuspiegeln*.

Jetzt hätten wir guten Grund umzukehren. Aber noch mal zurück, das geht nicht.

Und da haben wir's auch schon: Asdic! Laut und deutlich, als würden von draußen Kieselsteine ans Boot geworfen.

Warum meldet der Horcher nicht? Ich kann es mir denken: Der Mann kommt nicht mehr klar – Ortungen von allen Seiten. Auch per Metox? Quatsch – wir fahren ja getaucht!

Immer neue Detonationen. Leichtere Kaliber jetzt. Und der Kommandant? Nicht zu fassen: Der Kommandant reagiert nicht.

Wir haben zu hoch ausgereizt! Dieser Ausbruchsversuch war von allem Anfang an zum Scheitern verurteilt. Und der Alte hat's gewußt, er *muß* es gewußt haben. Ich wußte es ja auch: Das *konnte* nicht gutgehen! No escape. Heil und Sieg und fette Beute! Bloß diesmal für die andere Firma. Die Tommies wissen Bescheid. Ganz klar! Klar wie dicke Kloßbrühe. »... dicke Kloßbrühe« – all die Quatschsprüche, die wir als Kinder hatten: »Trillerillerill, Auguste, wenn de nich willst, dann mußte.« – »Verrückt und grün ist neune!«

Keine Wahl! Der Alte hatte einfach keine Wahl: Es gab nur noch dieses eine Boot.

Neue Wabos: gerüttelt Maß – die da oben verpassen uns ein gerütteltes Maß.

Ich blicke dem Kommandanten so intensiv ins Gesicht, als könnte ich damit seine Erstarrung lösen. Zu beiden Seiten seines o-förmig geöffneten Mundes hat er tief eingeschnittene Faltenbögen. Das seitliche Licht macht sie noch um etliche Grade schärfer.

Wenigstens der Obersteuermann hat eine geregelte Beschäftigung gefunden. Genau wie Rademacher auf U 96 hält er die Stoppuhr in der Linken und schreibt mit der Rechten die Uhrzeit der Bombenwürfe auf – ein ordnungsliebender Mann auch er. In den Wurfpausen blickt er von seiner Stoppuhr hoch, behält aber den linken Unterarm angewinkelt. Dabei schickt er seinen Blick wie prüfend über uns hin. Das sieht aus, als wollte er uns mit der Uhr in der Hand eine Spanne Zeit zumessen, wüßte nur noch nicht genau, wieviel.

Ich grinse den Obersteuermann in einer Art Reflex an. Das irritiert ihn sichtlich: Er weiß nicht recht, was er von meinem Grinsen halten soll. Er verzieht sein Gesicht und guckt wieder auf seine Stoppuhr.

Wenn wir doch den Spieß umdrehen und diesen Hunden einen Torpedo verpuhlen könnten! Zurückschlagen! Es austragen! Volltreffer in die Maschinenanlage, daß von diesen Saukerlen nicht mehr bliebe als das Übliche: paar Kapokwesten, Floßteile und Holztrümmer von den Grätings, nicht mal Fleischfetzen. Aber diese Himmelhunde lassen uns keine Chance. Die halten uns auf Tiefe. So haben sie Vorteile für sich. Und die Bastarde wissen sie auch zu gebrauchen.

Der Obersteuermann wirft dem Kommandanten einen fragenden Blick zu. Ihn irritiert es also auch, daß wir so gottergeben auf den nächsten Angriff warten. Aber jetzt macht der Kommandant eine Bewegung: Er wendet den Kopf nach vorn – Richtung Horchraum. Seine Stimme ist ausdruckslos, als er endlich fragt: »Keine neuen Peilungen?«

Der Horcher antwortet nicht sofort. Dann mit gepreßter Stimme: »Horchpeilung in vierzig Grad – schwächer werdend.«

Der Kommandant zuckt nur kaum sichtbar mit den Schultern. Gleich spüre ich eine nervöse Erleichterung und atme einmal tief durch.

Da gibt der Horcher eine neue Peilung. Der Kommandant reagiert jetzt sofort. Er befiehlt: »Hart backbord!«

Ich warte. Jetzt müßte der Kommandant aufkommen lassen. Aber er gibt keinen neuen Befehl. Will er etwa dem Gegner die schmale Silhouette zeigen, damit der nur so wenig wie möglich Auftrefffläche für seine Asdic-Impulse findet? Erwartet der Kommandant sich *davon* eine Chance? Ist das nicht verdammt gewagt?

Der Leitende blickt kurz über die Schulter zurück, er wartet also auch auf einen neuen Befehl. Da endlich kommt es halb geflüstert vom Kommandanten: »Aufkommen!«

Wir müßten, wenn mich nicht alles täuscht, jetzt einen der Tommies fast in Lage Null haben. Der Kommandant handelt also doch wohlüberlegt.

Wieder Kieselsteine – scharf wie in einer Blechtrommel geschüttelt. Dieses dreimal verfluchte Asdic-Geräusch! Es trifft nicht einfach im Gehörgang aufs Trommelfell, es ätzt sich im inneren Ohr fest: Und auch, wenn es längst ausgesetzt hat, frißt es sich noch in meinem Kopf weiter, bis es den ganzen Schädel ausfüllt.

Ich atme mehrmals tief ein. Mit starken, ruhigen Atemzügen versuche ich, das heftige Herzpochen zu drosseln. Vorsichtig, damit kein Lärm entsteht, verlagere ich mein Gewicht auf die Fußballen, dann auf die Fersen, schließlich fast auf die Zehen. Mehr Bewegung wage ich nicht. Als ich wieder ganz auf den Sohlen stehe, krümme ich meine Zehen in den Stiefeln so fest ein wie früher als Kind, wenn ich mit den Zehen Murmeln vom Boden klaubte, um sie dann wegzuschleudern.

»Vorne oben zehn – hinten aufkommen!« befiehlt der Leitende. Der Obersteuermann hat immer noch die Stoppuhr in der Hand.

Wir stehen alle reglos da, als sollte von uns eine Aufnahme mit extrem langer Belichtungszeit gemacht werden: Wir verwackeln das Bild nicht, auf uns ist Verlaß, wir rühren kein Lid.

Meine Gedanken wollen immer wieder durchdrehen wie Schrauben, die bei hohem Seegang aus dem Wasser geraten. Ich muß auf der Hut sein, um das zu verhindern. Den Gedanken eine Richtung geben: das Barfußlaufen den ganzen Sommer hindurch! Stiefelsohlen sparen – das war doch nur ein Vorwand. Die von der Sonne heißen Granitplatten der Bürgersteige und der kühle Schlamm nach einem Regenguß – das Lustgefühl beim Herumtrampeln auf den regenzerweichten Streifen neben den Granitplatten! Wie da der schwarze Schlamm zwischen den Zehen hochgepreßt wurde! Wie schnell die schwarzen Spuren von unseren Tritten auf den Steinplatten graugebacken wurden ...

Was ist mit den Schäden? Sind sie im Griff? Habe ich Meldungen überhört?

Der Kommandant zieht jetzt abwechselnd die linke und die rechte Hälfte seiner Unterlippe zwischen die Zähne. Die Augen hält er geschlossen: Er muß rechnen. Ich wünschte, ich könnte ihm dabei helfen. Aber nicht mal mit dem kleinsten Hinweis kann ich ihm beistehen. Er muß sich ganz allein in den Gegner hineindenken, Mutmaßungen über dessen Absichten bilden, zwischen zwei, drei, vier Mutmaßungen wählen, und wenn der Gegner sich bewegt, die auf der Rechenmaschine im Kopf eingestellten Werte blitzschnell wieder ändern, die Rechentrommeln rotieren lassen, neue Resultate finden, die neuen Zahlen ins Kalkül bringen: eigener Kurs, Gegnerkurs, vermutete Absicht des Gegners – Ausweichkurs.

Was eben noch richtig war, kann gleich schon wieder falsch sein. Mit zu späten Korrekturen können wir genauso in die Bredouille geraten, wie wenn wir gar nicht reagierten. Bei diesem Spiel von Reaktion und Gegenreaktion hängt unser Leben immer wieder an Sekunden. An Ruderlagegraden für Tiefenruder und Seitenruder, an den Fahrtstufen der E-Maschinen. Ohne Dusel ist das gar nicht zu schaffen.

Ich arbeite mich ganz langsam so weit nach vorn, daß ich in den Gang zum Bugraum sehen kann und damit auch den Horcher, der sich weit aus seinem Schapp herausgelehnt hat.

Aus dem geschmerzten Ausdruck des Horchers schließe ich, daß es gleich wieder krachen wird. Er hat schon das Einklatschen der Bomben gehört. Also: Bauchmuskeln noch fester spannen, Druck auf die Gedärme geben und zugleich die Gesäßmuskeln verkneifen! Augen zu! Zwei gellende Detonationen dreschen auf uns ein. Dunkelheit ... Ich spüre plötzlich die fettigen Flurplatten mit den Händen. Was denn? Bin ich etwa zu Boden gegangen? Kaum zu glauben: Die Bomben haben mich vom Stengel gerissen. Das habe ich davon, daß ich das Rohr unter mir nicht fest gepackt hatte. Mit beiden Händen wie mit Schraubstockzwingen zupacken, so hätte ich es machen müssen. Was ist das nur für ein Rohr? Wo führt dieses eiskalte Rohr eigentlich hin?

Plötzlich steigt blanker Zorn in mir hoch: von den Füßen geschlagen, die Schweine haben mich zu Boden gekriegt! Auf diesen Schleuderschlag war ich nicht gefaßt. Gerade in dieser Sekunde hatte ich nicht genug Halt.

Taschenlampenkegel zucken durch die Gegend. Endlich kommt Notlicht. Abgeplatzte Farbe rieselt gleich verirrten Schneeflocken von der Decke ... Keine Ahnung, wer immer wieder das Notlicht in Ordnung bringt.

Ich spüre die aberwitzige Tortur, der unser Druckkörper ausgeliefert ist, mit allen Fibern meines Körpers. Unsere Stahlhaut ist, aufs ganze Volumen gesehen, dünner als meine eigene Haut. Zwo Zentimeter Schiffbaustahl! Und dann die vielen Schweißstellen, die Nieten und die Flansche! Ja, wenn wir in einer stabilen, ringsum geschlossenen Stahlzigarre säßen! Aber so! Jetzt sind auch noch für die Schnorchelanlage neue Durchführungen durch den Druckkörper gebohrt worden und neue Löcher in die Turmwand geschnitten ...

Als könne ich damit die Widerstandskraft unserer Stahlhaut stärken, spanne ich alle Muskeln an. Das ist auch gut für mich: nur nicht zucken!

Wir sind wieder achterlastig geworden, und die Achterlastigkeit nimmt immer noch zu. Ein paar Konservendosen poltern durch die Zentrale. Herrgottimhimmel, wir können uns doch diesen Krawall nicht leisten! Die hören uns doch mit dem bloßen Ohr am Schiffsboden! Warum veranlaßt der Leitende nichts? Wo *ist* denn der Leitende?

Da taucht der LI im achteren Kugelschott auf, redet hastig flüsternd auf den Zentralemaaten ein und ist schon wieder weg, wie gar nicht dagewesen.

Der Kommandant hat selber die Tiefensteuerung übernommen. Aber warum muß er denn seine Anweisungen flüstern, wenn doch sowieso schon so viel Krawall im Boot ist?

Vom Horcher kommen keine neuen Meldungen. Fürs erste massiert der Kommandant seine Oberschenkel. Das sieht verrückt aus – gerade so, als wolle er damit seine Vorstellungskraft aktivieren. Aber nicht mal das Knacken und Knistern im Boot entlockt ihm eine Reaktion.

Wir haben es mit verdammt zähen Burschen zu tun. Mit ökonomischen dazu. Die verschwenden ihre Explosivfässer nicht wahllos. Die überstürzen nichts. Die lassen sich keine Hudelei durchgehen. Die wollen es genau wissen.

Wir sind immer noch achterlastig. Das Gefühl, schräg geneigten Boden unter den Füßen zu haben, irritiert mich heftig. Eins ist sicher: Das eingedrungene Wasser muß aus dem Boot. Wir brauchen klare Gewichtsverhältnisse. Einen so labilen Zustand wie jetzt können wir uns nicht leisten. Unser Auftrieb ist erheblich reduziert. – Den Auftrieb beherrschen! Das ist die Grundregel der U-Bootfahrerei. Wir brauchen auf Teufel komm raus mehr Up-and-down-Spielraum.

Offenbar sind wir immer noch in diesem vertrackten Fahrwasser! Schmal und dazu auch noch gewunden wie ein Bandwurm!

Als hätte er meine Gedanken erraten, höre ich den Kommandanten: »So wird das nichts. Wir müssen weiter nach backbord!«

»Da liegt aber unser eigenes Minengebiet!« warnt der Obersteuermann.

»Und wenn schon! Daß wir nicht wirkungsvoll gesperrt haben, ist doch bekannt.«

Gut so! Endlich hat der Kommandant mal geredet wie der Alte. Jede Mine trifft doch nicht! – Wisch ab dein Gesicht!

Die Wassertiefe in diesem Gebiet? Ich trete an den Kartentisch und sehe: etwa fünfunddreißig Meter. Mit der dritten Dimension ist eben im Küstenvorfeld kein Staat zu machen.

Was der Kommandant im Sinn hat, ist verdammt riskant. Und Sinn hat es nur, wenn der Gegner das Minenfeld *auch* kennt und sich vor ihm hütet. Aber da kann ich mich beruhigen: Die Tommies wissen verdammt genau Bescheid, wo wir unsere Knallkörper plaziert haben . . .

»Also rin ins Vergnügen!« höre ich hinter mir.

Schleichfahrt dicht über Grund. Ich schiebe mich so weit nach vorn, daß ich zwischen den zwei dunklen Gestalten an den Tiefenrudern hindurch das Manometer erspähen kann: gut fündunddreißig Meter. Na, immerhin! Aus dieser Tiefe könnten wir, wenn es denn sein müßte, durchaus noch aussteigen – aber natürlich nicht mit diesem Haufen von Silberlingen. Silberlinge – Silberfischchen. Hinter Silberfischchen sind die Hausfrauen her. Warum, weiß ich nicht. Wenn ich im Klo abends Licht machte und direkt vor der Kloschüssel ein paar entdeckte, wie sie in Panik – und genauso schlängelnd wie winzige Fischchen im Wasser – um die Ecken flohen, erschienen sie mir harmlos und nett anzusehen.

Da fällt mir wieder ein, daß die Silberlinge gar keine Tauchretter haben. Wozu auch: Die wüßten doch nicht damit umzugehen . . .

Plötzlich höre ich deutlich ein scharfes Zischen und bin sofort alarmiert. Auch der Kopf des Kommandanten ist mit einem Ruck zu dem Geräusch hin herumgefahren. Was war denn das nun wieder? – Herrgott! Da schifft doch einer in eine Pütz – dicht beim Flut- und Lenzverteiler! Das muß eine neue, noch leere Pütz sein, weil es gar so zischt und pladdert.

Ich kann deutlich sehen, wie sich der Kommandant auf die Unterlippe beißt, wie er etwas sagen will, sich dann aber nur angewidert abwendet.

»Du blöde Sau, du ganz blöde!« höre ich einen aus dem Halbdunkel am Tannenbaum flüstern. »Konntse denn nich noch warten?«

Ganz dicht neben meinem rechten Ohr zischelt der Zentralemaat: »Zustände wie im alten Rom!«

Auf einmal wird mir klar, daß ich den Pützengestank bisher nicht in seiner ganzen Schärfe wahrgenommen habe. Dabei stehen hier mindestens schon drei vollgepißte Pützen herum.

Mir ist, als rührten wir uns nicht mehr von der Stelle. Das Arge bei dieser Karrerei ist, daß es keinen Fixpunkt für das Auge gibt, nach dem sich die Geschwindigkeit abschätzen ließe. Geschwindigkeit? Für unsere Verhältnisse ist das Wort der schiere Hohn. Wir bringen es mit E-Maschinen höchstens auf Fußgängertempo.

Das ist unser altes Handicap: zu schwache Maschinen für so viel Verdrängung. Und die Zerstörer, die uns da oben womöglich auf den Hacken sind, haben Dampfturbinen mit Ölfeuerung – Hochdruckdampf und die entsprechend schnelleren Maschinen. Die können mit dem weißen Knochen im Maul hin und her hetzen, ohne an ihre Kraftreserven denken zu müssen. Der Teufel soll diese ungleichen Verhältnisse holen!

Das Gesicht des Kommandanten wirkt jetzt lauschend geöffnet und zugleich geschmerzt. Konfirmandengesicht, halb unerweckt und doch schon halb vergreist. Die Augenbrauen sind hochgezogen, aber der Mund ist zu einem dünnen Strich verkniffen.

Ich lausche ebenfalls mit aller Anstrengung nach draußen. Um mein Gehör noch schärfer zu machen, schließe ich die Augen und halte die Luft an. Aber so sehr ich mich auch zwinge – an meine Trommelfelle dringt nichts. Haben die Tommies eine Pause eingelegt? Wollen die Himmelhunde uns etwa in Sicherheit wiegen? Das Ende der Vorstellung ist das noch lange nicht!

Da meldet der Horcher auch prompt eine neue Peilung, und schon kann ich mit bloßem Ohr die Geräusche hören: Kolbenmaschine oder Turbine? Diesmal schwer auszumachen. Wahrscheinlich eine sehr schnell laufende Kolbenmaschine. Also doch keine Zerstörer?

Ich versuche, im Gesicht des Kommandanten zu lesen, wie er die Geräusche aufnimmt. Der steht aber so, daß ich ihn nur im Profil sehen kann: Er beißt wieder auf seiner Unterlippe herum, genau wie der Alte es immer getan hat, wenn er nicht gleich weiterwußte. Entweder hat der Kommandant den Mund weit offen, oder er beißt sich auf die Lippe.

Plötzlich ein schütternder Schlag, der alles durcheinanderwirft.

Jetzt ist es passiert! Wir sind aufgelaufen!

Mein Blick sucht den Kommandanten, der sofort die Maschinen stoppen läßt. Dann steht er da, die Augen weit aufgerissen, den Mund noch weiter offen: ein mit schwarzer Tusche ausgefülltes O.

Ist es dem Kommandanten am Ende sogar recht, daß wir aufgebrummt sind? Die Frage ist: Wo liegen wir denn? In einer Mulde zwischen den Rocks? Auf Sand gebettet oder auf Geröll? Das Minenfeld von Camaret können wir doch noch nicht erreicht haben.

Und jetzt läßt der Kommandant sogar zufluten. Will er das Boot etwa festlegen, anstatt es schnell wieder vom Grund zu lösen? Ich kapiere das Ganze nicht.

Im Boot ist Stille. Der jähe Wechsel zwischen dem Wahnsinnsgetöse eben und der Stille geht mir böse an die Nerven.

Wir sitzen in der Patsche und zwar gehörig. Die da oben haben uns doch auf Nummer Sicher. Die brauchen nur Suchleinen und Netze einzusetzen, um uns herauszufischen. Oder die Suchdrachen, von denen in der Messe die Rede ging. Aber ob das bei diesem Grund so einfach ist? Gebe Gott, daß hier tatsächlich Unterwasserrocks in der Gegend stehen, dann können sie uns kaum mit ihrem gottverdammten Asdic orten.

Direkt unter mir liegt die Tauchzelle drei. Sind da auch Ölzellen? Hoffentlich halten die eine so grobe Grundberührung aus. Und jetzt? Jetzt ist ein grelles Quietschen und Jaulen zu hören. Solche Töne, nur noch viel lauter, gellten uns in die Ohren, als wir in der Gibraltarstraße mit Karacho in die Felsen fuhren: Das Boot liegt noch nicht ruhig – es schamfielt irgendwo an Klippen. Also *ist* es hier felsig. War ja auch anzunehmen . . .

Das Turmluk ist dicht. Wir sind hermetisch abgeschlossen – alle in einem Boot . . . Jetzt hat die Gedeih-und-Verderb-Metapher eine Menge Sinn bekommen. Hermetisch. Woher kommt hermetisch? Von Hermes? Hermetik ist jedenfalls wichtig für unsereinen. Ohne Hermetik sind wir geliefert. Alles Sinnen und Trachten unserer Gegner richtet sich – genau betrachtet – gegen unsere Hermetik.

Mein Blick fällt auf das Tiefenmanometer: knapp vierzig Meter. Das ist weiß Gott nicht die Welt.

Seezungen liegen auch auf Grund. Liegen auf Grund – haben aber beide Augen oben. Le sole – die Seezunge. Sole au beurre. Beurre noir? Mitnichten! Schwarze Butter verwendete die gute Mère Binou für Rochen. Der Rochen – la raie. Nirgends so gut wie in Le Croisic. Seezunge in brauner Butter.

Asdic-Impulse! Klingen diesmal aber nicht wie Kieselsteinwürfe gegen den Bootskörper, sondern eher, als würde eine Stimmgabel wieder und wieder angeschlagen. Die Tommies suchen also die Gegend ab – systematisch und ganz wie erwartet.

Jetzt kommen kratzende Geräusche dazu. Die Geräusche werden lauter, gehen in Quietschen über. Das Quietschen zieht mir durch Mark und Bein. Klar: das Boot schamfielt wieder am Gefels entlang. Der Gezeitenstrom ist es, der an uns zerrt.

Der Kommandant läßt noch einmal zufluten.

Und da ist auch das Asdic wieder. Soll es doch! Die da oben können schwerlich erkennen, was Felsen ist und was Boot, da können sie einen noch so guten Mann am Gerät haben. – Hier sind wir erst mal gut aufgehoben.

Fatal wäre es, wenn wir einen Ölauftrieb hätten. Dann wüßten die da oben ohne viel Deutelei, wohin sie ihre Bomben schmeißen müßten.

Als hätte ich es berufen, beginnt gleich eine wüste Waboattacke. Ungezielt – oder eben auf Felsen gezielt. Vielleicht liegen hier auch Wracks. Und jetzt ist auch das Wasser aufgewühlt. Das fügt sich alles – fügt sich gut, sonst hätten sie uns schnell.

Ich versuche, die Bezeichnung für den Sprengstoff in den Bomben mit stummen Lippen zu nennen: »Dimethyltotruol«? War es das? Oder doch nicht ganz? ». . . totruol« wird stimmen, aber die ersten drei Silben?

Ein gellender Schlag und dann ein heftiges Rauschen wie von einem Wolkenbruch. »Voll eingeschenkt!« höre ich flüstern. Den Ausdruck muß ich mir merken: klingt schön nach kalter Schnauze.

Ich hocke immer noch wie unbeteiligt da, aber in Wirklichkeit strenge ich mich an, die Geräusche zu sondieren. Die Zentralebesatzung tut auch so, als könnte sie nichts mehr wirklich stören. Dabei möchte ich wetten, daß die Männer genau wie ich ständig nach draußen lauschen. Wir leben nun mal von Geräuschen. Unserer sinnlichen Wahrnehmung wird hier unten kaum anderes geboten.

Plötzlich ist ein ruckendes Schleifen zu hören. Etwa eine neue Art von Suchimpulsen? Der Obersteuermann, den ich direkt im Blick habe, zeigt keine Reaktion. Sein rechter Unterarm ist immer noch angewinkelt: So wartet er auf die nächsten Bomben. Weil sich sein Bart im Dunkel verliert, sieht es aus, als schwebe die Nasen-Augen-Partie seines Gesichts allein im Raum.

Aus dem Lärm draußen kann ich deutlich diese Komponenten heraushören: ein gläsernes Klirren, ein metallisches Klicken, ein feines Zirpen und Knistern, ein singendes Sägen und ein schwingendes Mahlen. Und jetzt verschwindet das alles hinter Zirptönen, die so scharf sind, als führen wir mitten durch eine riesige Voliere hindurch. Das sind wieder Asdic-Impulse. Asdic-Impulse über Schraubengeräuschen.

Für Sekunden glaube ich, auch ein Kratzen und Schaben von draußen hören zu können, das mich stärker als all die anderen Töne alarmiert. Und jetzt ist auch noch ein schabendes Schleifen wie von Trossen deutlich zu hören. Suchdrachen? Ich stelle mir darunter ein Gerät ähnlich wie die eisernen Rechen vor, die von den Muschelfischern in der Bucht von Brest über Grund geschleppt werden: Da werden die halb im Sand steckenden Jakobsmuscheln mit den Rechenzinken herausgerissen und von einem Trichternetz aufgenommen.

Einbildung! sage ich mir zur Beruhigung. Die können uns hier zwischen den Felsen doch so nicht aufspüren.

Draußen ist jetzt eine wüste Menge Krawall. Über dem Durcheinander noch lautere Geräusche ohne jeden Rhythmus, wie ich sie noch nie gehört habe. Könnten das Brandungsgeräusche an den Riffen vor der Küste sein? Brandungsgeräusche wären gut – sehr gut sogar. Die könnten unsere eigenen Geräusche überdecken . . . Achtern im Boot wird schließlich wie verrückt geschuftet. Und das geht nun mal nicht ohne Lärm ab.

Aber wie weiter? Der Kommandant kann sich doch nicht auf Dauer hier einrichten wollen . . .

Wie lange könnten wir eigentlich schlimmstenfalls mit dieser Menge Menschen an Bord auf Grund liegen? Kann das von so viel Leuten ausgeatmete Kohlendioxyd überhaupt auf Dauer wirkungsvoll gebunden werden? Haben wir für den Notfall – also wenn die versuchen, uns auszuhungern – genug Kalipatronen an Bord? Die nötige doppelte Menge? Ich zweifle daran. Und die doppelte Menge Sauerstoffflaschen haben wir wahrscheinlich auch nicht übernommen. Das ging doch alles Hals über Kopf, und der Doktor hat um jede einzelne Flasche gekämpft wie eine Löwenmutter um ein Junges. Kalipatronen, Sauerstoff, Tauchretter . . . Was fehlt denn sonst alles noch?

Und die Batterien? Die sind für uns so lebenswichtig wie Wassertanks für Wüstendurchquerer. Fürs erste haben wir jedenfalls keine Schangs, neuen Batteriesaft zu produzieren .. Und wenn die auch was abgekriegt haben? Wenn aus einer beschädigten Batterie Gas ausströmt, merkt das so bald keiner, weil es farb- und geruchlos ist. Wenn es sich dann mit Luft verbindet, bildet sich eine höchst explosive Mischung. Und wenn gar die Batteriesäure austritt und in die Bilge fließt und sich dort mit Salzwasser mischt, entsteht Chlorgas ...

Wir haben nun mal unsere eigene Giftgasfabrik an Bord.

»Uhrzeit?« fragt der Kommandant.

»Drei Uhr dreißig«, antwortet der Obersteuermann.

Da kann ich nur staunen. Mein Zeitgefühl ist gänzlich in die Binsen gegangen. Wann wird es wieder hell? Hätten wir eigentlich eine reelle Schangs, auch am hellichten Tag hier wieder wegzukommen? Oder müssen wir dann den ganzen Tag über hier ausharren?

Im Moment zumindest scheint der Kommandant noch nicht weiterzuwollen.

In mir regt sich der Wunsch, mich auf der Koje langzumachen. Zwar sage ich mir: Du kannst dich doch jetzt nicht einfach verkrümeln. Zu meiner eigenen Entschuldigung aber bringe ich an: Auf meiner Koje bin ich allemal am besten aufgehoben – da stehe ich keinem im Weg.

Im U-Raum liegen sechs Silberlinge sardinendicht nebeneinander auf den Bodenbrettern. Für mich gar nicht einfach, auf die Koje zu turnen, wenn ich nicht auf verkrümmte Leiber treten will. Früher war in der Mitte des Raums eine Back festgelascht, und auf der fand ich mit einem Fuß Halt, wenn ich hochwollte. Die Back ist aber weg. Abgeschraubt.

Endlich liege ich lang. Von der Turnerei bin ich halb ohne Atem, wage aber kaum, richtig Luft zu holen: Hier, dicht unter der Decke, hat sich eine Menge Gestank gesammelt. Normalerweise stinkt es nach Diesel, aber jetzt ist es wohl auch Angstschweiß, der hier stinkt, und dazu wer weiß was alles – Pisse vor allem.

Seit einiger Zeit ist es draußen ruhig. Wenn die Tommies uns noch hier vermuten, das heißt, wenn sie dahinterkommen, daß wir noch leben und atmen – hier dicht vor der Küste –, dann werden sie aber auch alles daransetzen, uns den Garaus zu machen. Die Tommies sind auf jeden Fall skeptische Leute: Die lassen sich nicht so leicht abwimmeln. Die wollen es wissen ...

Ich kann mir gut vorstellen, daß oben zumindest PC-Boote als Wachtposten aufgezogen sind. Also wie weiter?

Plötzlich ein dumpfes Aufschlagen, das mich zusammenfahren läßt. Was war das nun wieder? Verdammte Sauzucht! Und noch einmal dieser dumpfe Schlag. Da bin ich auch schon herunter von der Koje. Ich arbeite mich in die Zentrale vor und erfahre: »In der OF-Messe ist Proviant aus einem Spind gefallen.«

Proviant – das sind Kilodosen! Die müssen sich nach und nach losgearbeitet haben. Nur der Satan weiß, warum sie ausgerechnet jetzt heruntergefallen sind. Für wie lange ist das Boot denn ausgerüstet? Ich hätte mich kundig machen sollen. Am Ende ist La Pallice gar nicht unser Endziel? Endziel – Endsieg: Am Ende feiern wir den Endsieg woanders? Vielleicht kommen wir ja auch gar nicht mehr nach La Pallice hinein. Vielleicht haben die das in Brest schon einkalkuliert bei der Bemessung der Vorräte?

Wohl besser, wenn ich in der Zentrale bleibe. Da höre ich auch schon Schraubengeräusche. Laut und deutlich! Die mahlenden Geräusche werden immer stärker. Verdammt noch eins, das klingt, als wollte einer mitten durch uns hindurchkarriolen.

»Das könnte ein Einläufer sein – Minensuchboot oder so was«, sagt der Obersteuermann.

»Aber woher sollte der denn kommen?« frage ich.

Statt eine Antwort zu geben, hebt der Obersteuermann nur die Schultern.

Da werden die Geräusche auch schon wieder schwächer und wandern aus. Ich hocke mich auf eine Kiste und denke an den SD-Bullen: Der sollte Gott danken, daß ihm der Alte keinen Platz auf diesem Schlitten gegeben hat. Wenn ich jetzt die Chancen gegeneinander abwiege, für die in Brest und für uns – dann stehen wir verdammt schlecht da!

Papperlapapp! Diese Menschenfracht wird ankommen. Ich garantiere dafür. Weil ich an Bord bin, ist Sicherheit gewährleistet: Ich bin gefeit. Ohne mich, ohne meinen unverletzlichen Leib an Bord wäre auch U 96 nicht durchgekommen. Das Boot läge mit Sicherheit jetzt noch auf dem Grund der Straße von Gibraltar. Nicht mittendrin, mehr südlich – auf die afrikanische Küste zu: auf dem afrikanischen Schelf.

Schelf – ich habe ein Faible für diese Art einsilbiger Worte. Sie klingen in meinen Ohren komisch. Bei »Sims« mußte ich früher immer lachen. Das Wort kitzelte mich richtig in den Gehörgängen. Schelf – Sims . . . Mir fällt nichts Komisches mehr ein.

Plötzlich schrecke ich hoch: Das Boot fährt ja! Ich muß eingedöst sein. Ich habe nicht einmal mitgekriegt, daß wir uns vom Grund gelöst haben. E-Maschinen – langsame E-Maschinenfahrt. Leise, leise davonmogeln, heimlich Leine ziehen– wenn das nur klappt!

Der Kommandant setzt also darauf, daß die Tommies abgezogen sind und keiner nach uns horcht. Tollkühn? Verrückt? Alles auf eine Karte . . .? Dieses dreimal verfluchte Pokern! Aber pokert der Kommandant wirklich? Läßt er es nicht einfach sausen?

Als ich mich aufrichte , ist mir zumute, als wäre ich besoffen. Glieder wie mit Blei ausgegossen. Und wenn ich die Augen zumache, dreht es sich in meinem Kopf. Dagegen hilft nur hochrecken und die Glieder strecken.

Fast alle kehren mir den Rücken zu, nur der Zentralemaat nicht, aber in dessen Gesicht kann ich nicht lesen: Der Mann kann so kalt gucken, als wollte er einen strafen.

Nach und nach wird mir klar: Was der Kommandant veranlaßt hat, könnte das Richtige gewesen sein. Draußen herrscht jedenfalls Ruhe.

Ich arbeite mich zur O-Messe durch und versuche, in den Notizblock, den ich mir unter dem Troyer hervorfingere, ein paar Aufzeichnungen zu machen. Aber es will nicht recht laufen. Mein Bleistift sträubt sich. Zum Glück finde ich in der Kojenecke eine angebrochene Flasche Apfelsaft. Was für ein Labsal! Ich muß schon seit langem ein viel zu trockenes Maul haben.

Haben uns die Tommies tatsächlich verloren? Bleiben wir unbehelligt? Oder haben wir nur Aufschub? Lassen die Schweinehunde uns etwa nur ein bißchen zappeln?

Da höre ich auch schon drei, vier neue Detonationen. Sie sind merkwürdig hart und ohne Nachhall. Wahrscheinlich Handgranatenwürfe. Die Tommies, hieß es oft, vergeuden hier in der Gegend massenweise Handgranaten, um die Besatzungen nervös zu machen.

Und jetzt ruft der Horcher laut: »Ortung!«

Na also! Aber fürs erste geschieht nichts weiter, als daß der Horcher noch einmal »Ortung!« ruft.

Dabei hat er sich weit in den Gang herausgebeugt. Seine Augen sind so groß, als wollten sie ihm heraustreten. Sein Mund steht offen. Es sieht aus, als wollte sich sein ganzes Gesicht auseinanderziehen.

Da schüttert ein Serienwurf durch das Boot. Das Licht verlöscht, kommt aber gleich wieder.

Viele Hunde sind des Hasen Tod . . . Hic et nunc – Per aspera ad astra – Ubi bene, ibi patria . . . Was gibt's noch? Natürlich: Dulce et suave est, pro patria . . . Aber das lassen wir jetzt lieber beiseite. Disc, hospes, Spartae nos te hic vidisse iacentes / dum sanctis legibus obsequimur . . . Das paßt! Das sitzt und hat Luft.

Nicht mehr als der übliche Flurschaden: Glasbruch. Muß denn immer noch soviel Glas in der Zentrale verbaut werden?

Die Bomben der Serienwürfe sind schwer zu zählen. Der Obersteuermann versucht es anscheinend trotzdem. Aber da hat er seine liebe Not, wenn er jeder eine Nummer geben will.

Ich sage mir: Doch alles ganz logisch, was geschieht. Ich habe nicht einen Sechser Grund dazu, mich überrascht zu geben: Ich bin der U-Bootwaffe zugeteilt, also geht's jetzt mit einem U-Boot dahin. Unverletzlich? Ich habe nur Schwein gehabt – lange genug und über Gebühr. Otto Gebühr? Heißt der wirklich Otto? Als Alter Fritz war der nicht schlecht: krummer Buckel, Krückstock, Zweispitz, Schärpe um die Hüften – ganz bei Adolph von Menzel abgeguckt.

Neuer Bombenlärm. Kleine Kaliber, aber dafür mindestens ein halbes Dutzend auf einmal. Hedgehog? Das Teufelsding erlaubt Bombenwürfe *vor* den Bug und nicht wie üblich nur seitwärts und achteraus. Scheinbar wollen die Tommies keine Methode unversucht lassen, uns fix und fertig zu machen.

Schwere Bomben, leichte Bomben – warum denn nicht alles durcheinander?

Der I WO kommt in die Zentrale. Sein Gesicht ist geschrumpft. Deshalb wirken seine Augen auch so groß. Wenn diese Schinderei so weitergeht, wird unser I WO noch mit einem Schrumpfkopf herumstehen. Wie schaffen das die Wilden nur, ihre Schrumpfköpfe so klein zu kriegen? Werden da etwa zuerst die Knochen herausmontiert? Anders kann es wohl nicht sein. Knochen schrumpfen ja nicht ...

Neuer Paukenwirbel. Mich trifft ein fragender Blick des Zentralemaaten, der eigentlich dem Kommandanten galt. Das waren wieder keine schweren Bomben, sondern eher Schreckbomben. Aber da kommt ein harter Schlag, und das Licht geht wieder aus.

»Scheiße!« sagt einer, und dann höre ich, daß die Seitenruderanlage ausgefallen ist. Der LI ist schon mit seiner Stablampe zugange. »Umschalten auf Handruder!« befiehlt er.

Der Handruderstand ist aber vor dem achteren Torpedorohr plaziert. Bis dorthin dringen die Befehle aus der Zentrale nicht durch. Da springe ich ein: Ich nehme im U-Raum die Ruderbefehle aus der Zentrale auf und brülle sie nach achtern weiter. Als der Lärm draußen nachläßt, drossele ich auch meine Stimme.

Ich bin heilfroh, daß ich endlich wieder eine Funktion habe: Befehlsübermittler. Ohne mich klappte das jetzt nicht. Aber mit meiner Hilfe läuft es wie geschmiert: »Backbord zehn! Auf dreißig Grad gehen!«

»Backbord zehn – auf dreißig Grad gehen!« wiederholt der Rudergänger von achtern. Ich nicke: in Ordnung! Licht gibt es auch wieder.

Als ich nichts weiter zu hören bekomme, geraten mir plötzlich die Fotos der Drecksau Sachse vor die Augen: Wie die Delinquenten vor der Wand standen, so scheußlich schlampig wie Lumpenpakete an die Pfähle geschnürt, und darauf warteten, daß sie durchsiebt wurden ... Verglichen mit denen, geht's uns gold!

Da kommt endlich wieder ein Befehl, den ich nach achtern weitergebe – eilfertig und selbstzufrieden: Ich muß konzentriert bleiben! Beifahrerkonzentration! Die Konzentration des Beifahrers überträgt sich auf den

Fahrer. Ich will jetzt, daß der Kommandant einen Haken nach Steuerbord schlagen läßt und mit der Fahrt hinaufgeht – auf Teufel komm raus. Ich mache die Augen zu, spanne die Kinnmuskeln und lausche. Da! »Steuerbord dreißig – auf dreihundert Grad gehen – beide E-Maschinen . . .«

»Steuerbord dreißig – auf dreihundert Grad gehen!« gebe ich nach achtern, und gleich kommt es von achtern wie ein Echo zurück.

Aber warum hat der Kommandant gestockt? Ich habe nur ». . . beide E-Maschinen« gehört. Mit stummen Lippen sage ich vor: ». . . große Fahrt voraus!«

»Große Fahrt voraus!« kommt es da – wahrhaftiger Gott – vom Kommandanten. Gut, gut, nicke ich Bestätigung. Läuft gut so.

Zweifellos ziemlich verrückter Kurs! Aber der Kommandant wird sich wohl was dabei gedacht haben . . .

Ein Mann dicht neben mir zittert. Wie Espenlaub, fällt mir ein. Dabei habe ich noch nie eine Espe zittern sehen. Pappeln ja. Pappeln, die im Wind zittern . . . Dieses graugrüne Geflimmer hat Monet gemalt. Aber Espen? Wo gibt's überhaupt Espen? Eichen, Ulmen, Linden, Erlen – nur keine Espen. Wie sehen denn bloß Espen aus?

Ich nehme keine Befehle für Kursänderungen mehr auf. Das kapiere ich nicht. Haben die unsere Seitenruderanlage schon wieder hingekriegt? War da nur irgendwas durch eine Erschütterung aufgeschnappt und ist nun wieder eingeschnappt? Ich stelle mir das so vor: Eine Bombe macht's kaputt – die nächste richtet es wieder. Und da zeihe ich mich gleich auch schon der Verblödung. Ich warte noch eine Weile und verhole mich dann zurück in die Zentrale.

Ein Bombenschlag schleudert mich gegen den Kartentisch. Ich finde keinen Halt und gehe zu Boden. Diese gottverfluchten Schweine! Das war schon das zweite Mal! Die sollen mich nicht noch mal von den Beinen bringen!

Ich gehe vorsichtig auf meinen alten Platz zu: das vordere Kugelschott. Dort kann ich mich so festklemmen, daß es mich nicht umwirft. Erstaunlich, daß noch keiner diesen Platz okkupiert hat.

Von achtern her dringen Lautfetzen aus Befehlsfolgen an mein Ohr.

Ich versuche, ganz da, ganz wach zu sein. Ich will im Geist nachvollziehen können, was der Kommandant denkt, und schnell dahinterkommen, was er als nächstes aushecken wird . . . Aber denkt der Mann denn überhaupt noch? Wenn er die Augendeckel herunterklappen läßt, sieht er mit seinem schütteren Bart und den bleichen eingefallenen Wangen aus wie Jesus Christus am Kreuz – oder eher schon wie der Christus aus dem Grab. Wie er in sich zusammengesackt so dahockt, könnte er seit Stunden tot sein.

Ich hätte verdammt noch mal in Brest bleiben und in aller Ruhe das Ende abwarten sollen bis hin zum Hands up! – Aber zum wievielten Male sage ich mir das nun schon? Und was heißt: in aller Ruhe? Das war es eben: Wer konnte denn schon wissen, was in Brest noch alles passieren würde . . . Was uns hier in jeder Sekunde blühen kann, ist hingegen klar: Wenn nur eine Bombe zu nahe detoniert, dann gute Nacht!

Zum Glück sind wir zumindest auf ebenem Kiel. Den Schlitten auf ebenem Kiel halten, das ist der Witz! Unsere Füße sollten tunlichst auf einer Horizontalen stehen. So macht es sich jedenfalls am besten . . .

»ANGRIFF! RAN! VERSENKEN!« Jetzt klingt das wie der schiere Hohn. Wir könnten nicht einmal die Waffen strecken, wenn wir es wollten. Wir sind wehrlos ausgeliefert, auf Gnade und Ungnade, wie es einer ist, dem der Colt aus der Hand geschlagen wurde.

Neue Detonationen. Näher als die letzten? Das Boot wird durchgeschüttelt, als presche es auf Rädern über eine wilde Schotterstrecke. Das Gurgeln und Rauschen des Wassers, das in die von den Detonationen gerissenen Löcher zurückströmt, will gar kein Ende nehmen . . .

Der Schwall ist noch nicht richtig verrauscht, da sagt der Obersteuermann: »Nicht deckend!«

»Aber verdammt laut«, gibt einer ebenso gleichmütig zurück.

Pause. Oder was? Ich wage es, die Muskeln vorsichtig zu entspannen, und hebe den Kopf. Wie lange kann der Aufschub bis zur nächsten Salve dauern? Wenn die sich da oben den Ball zuspielen – und das gut trainiert haben –, werden wir gleich wieder dran sein.

Vor lauter Angst bin ich nicht mehr richtig bei mir: Ich kann mich selber kaum noch spüren. Das ist nicht die Angst, die aus dem Bauch quillt, vielmehr eine, die mit der Stickluft in mich eindringt und sich plasmatisch in mir dickt.

Zur Abwechslung stelle ich mir das Gesicht des englischen Commanders auf dem Zerstörer über uns vor: kalt wie ein Hecht, verbissen, Augenschlitze wie ein Mongole. Aber schon verwischt sich meine Imagination: Ich weiß nicht mal, ob er einen Stahlhelm auf dem Kopf hat oder eine Mütze. Wie halten es die Tommies damit? Sicher lässiger als unsere Leute: also Mütze und kein Stahlhelm. Englische Offiziersmütze – wie sieht die denn nur aus? Eine amerikanische schiebt sich vor mein vages Bild – das macht mich ganz konfus . . .

Ich weiß nicht mal, was für eine Uniform die Mannschaften bei den Tommies tragen. Weiße Schiffchen auf dem Kopf? Oder Tellermützen? Mit Mützenbügel etwa, wie wir sie haben oder wenigstens haben sollten? Bestimmt haben die keine Flatterbänder dran wie wir ... Aber auf jeden Fall haben sie ihren kompakten englischen Fraß in ihren verfluchten englischen Wänsten: gebratenen Fisch und ham and eggs and tea with milk and sugar – pancakes vielleicht auch noch und preserves, die feinen englischen Marmeladen ...

Das ist doch wieder mal typisch: Was die Tommies zum Frühstück fressen, weiß ich, aber nicht, wie unsere wertgeschätzten Gegner *aussehen.* Royal Navy: Nie einen von den Herren gesehen.

Der Horcher meldet wieder. Es steht also immer noch auf Messers Schneide. »Solinger Schneidwaren sind die besten.« Den ganzen Kopf voller Sprüche! »Sie gehen auf Wolle aus und kehren geschoren zurück.« Solche Sätze schnappt man auf und hat sie in sich, ob man nun will oder nicht.

Der Kommandant läßt Backbordruder legen: Bitte, bitte – warum denn nicht? Backbord ist so gut wie Steuerbord. Wir haben die freie Wahl. Alles mal durchprobieren, was dem Kommandanten gerade so einfällt – das ist jetzt die Methode.

Ich beiße auf die Zähne, daß mir die Backenmuskeln schmerzen: Ich muß jetzt den Zerstörerkommandanten, der uns von da oben attackiert, telepathisch zwingen, den richtigen Kurs zu befehlen. Nein! Jetzt heißt es genau sein: den für ihn falschen, aber für *uns* richtigen Kurs. Der Zerstörer muß, während wir nach Backbord ablaufen und einen Halbkreis beschreiben, nach Steuerbord drehen: Dieser Hurensohn muß »Board!« befehlen.

Ich strenge meinen Willen aufs äußerste an. Das Bild eines befrackten Hypnotiseurs an der Front einer Jahrmarktsbude schießt mir durchs Hirn: der starre Blick, die Blitze, die ihm aus dem Kopf zuckten. Mary Baker Eddy und ihre »Christian Science Church«, die setzten auch alles auf die geistige Kraft. »Science and health – with mother-church in Boston ...«.

Mit heftigem Liderpressen versuche ich, noch mehr Konzentration zu erzwingen. Nur gut, daß ich »board« gleich Steuerbord weiß.

Wieder dieses dreimal verfluchte Asdic! Der Kommandant läßt beide Maschinen auf halbe Fahrt gehen. Nun, er muß wissen, wie lange wir solche luxuriösen Fahrtstufen durchhalten können. Haushälterisch ist das mal nicht. Bei AK-Fahrt reicht der Saft in den Batterien gerade für eine halbe Stunde. Dann ist es mit den Jonnies aus und fini.

Am rhythmischen Zucken meiner linken Hand kann ich sehen, wie heftig mein Herz schlägt ... Auf meinen Herzschlag kann ich nicht einwirken, aber meine Lungen kann ich pressen, bis sie leer sind. Das harte Blutpochen wird davon noch härter. Jetzt spüre ich es auch in den Schläfen. Der Sauerstoffmangel würgt mich schon. Noch gelingt es mir, das Würgen mit heftigem Schlucken niederzuzwingen. Aber jetzt reißt es mir den Mund auf: In Sekundenschnelle pumpe ich mich voll, bis meine Lungen schmerzen.

Immer wieder sirren Kieselsteinwürfe gegen den Bootskörper. Ich weiß, ich weiß: Beim Auftreffen der Asdic-Wellen auf den Druckkörper tritt eine Energieumwandlung ein, die im Boot akustisch wahrgenommen wird. Warum, wieso – das hat uns keiner gesagt. Aber so ist es nun mal – punktum!

Asdic arbeitet im Ultraschall-Frequenzbereich. Frei im Wasser schwimmende Menschen sollen gewisse Frequenzen von Asdic-Impulsen ebenfalls spüren können . . .

Einmal klingt es, als würden die kleinen Kieselsteine in einer Botanisiertrommel hin- und hergeschüttelt, dann wieder zirpt es höchst merkwürdig, etwa so, als ob einer mit dem Fingernagel über einen Kamm hinführe. Manchmal ist das Asdic auch schrill kreischend, pickend oder trommelnd. Jedesmal klingt es anders. Oft lassen sich diese verdammten Geräusche gar nicht definieren.

Mein alter Leitender hat mal gesagt: »Klingt, als ob 'ne Ziege auf die Trommel kackt.«

Vier, fünf Detonationen. Kein Zweifel: Die haben uns immer noch in der Mache.

Und was tut der Kommandant? Er steht, eine Hand am Sehrohrstander einfach da – wie traumverfangen. Der Alte würde jetzt sagen: »Das schafft 'ne Menge weg!« oder: »Das kostet 'ne Kleinigkeit, summa summarum – die Knallkörper inklusive Transport . . .«

Die Gefährlichkeit einer Bombe läßt sich nicht aus der Lautstärke schließen. Auch noch in zweihundert Meter Entfernung können Bomben gewaltig dröhnen. Aber das hier sind verdammt harte Bomben. Sicher kleineres Kaliber als die üblichen, aber verdammt hart.

Wahrscheinlich hat noch keiner eine der schweren Wasserbomben in der Tiefe detonieren sehen. Durch Bulleyes mit Panzerglasscheiben oder durch die talergroßen Schaugläser der Kupolöfen müßte es gehen. Aber die haben wir nicht. Ich stelle mir riesige elmsfeuerweiße Detonationsblasen in der Schwärze der Tiefe vor, auch rotglühende und violett strahlende. Die Detonationen in der Nähe, die harten, haben scharfe Konturen. Wenn die Bomben weiter weg detonieren, verliert der Explosionsblitz den scharfen Umriß, er verwischt sich und wird diffus wie ein Kohlestrich.

Ich drehe mich ganz nach vorn herum und beobachte den Horcher. Er hat die Augen geschlossen, die Lippen nach innen gezogen: So sieht er aus wie ein hingenommener Konzertbesucher. In der frontalen Beleuchtung aus dem Gang wirkt sein Gesicht flächig und ohne Zeichnung: wie eine Blitzlichtaufnahme.

Ich brauche gar nicht zu hören, was der Horcher meldet. Ich weiß auch so, daß er mindestens zwei Ortungen hat. Ich sehe es an der Art, wie er sein Handrad dreht: erst schnell ums Ganze, dann kurz hin und her, dann wieder ums Ganze. Und gleich darauf an einer anderen Stelle die kurzen Ausschläge: die nächste Ortung. Also zwei Zerstörer! Zwei mindestens. PC-Boote sind das sicher nicht.

Von einem neuen Bombenwurf springen und klirren die Flurplatten nur so.

Der Kommandant gibt endlich wieder einen Ruderbefehl. Er läßt nach Backbord steuern. Wenn wir hier herauskommen wollen, muß der Kommandant dreidimensional denken. Aber wie soll er sich allein mit den Informationen, die der Horcher ihm zuruft, ein Bild von der Lage unseres Bootes und den Angriffskurven des Gegners machen? Dreidimensionaler Slalom mit schwarzer Binde vor den Augen, das ist es, was hier verlangt wird.

Der I WO ist nicht zu sehen. Aber er kann sich ja nicht einfach verkrümelt haben! Der I WO *muß* in der Zentrale sein. Da entdecke ich im achteren Schott eine in die Ecke gedrückte Figur: Sieh einer an, der I WO hat sich klein gemacht.

Der LI hat seinen rechten Fuß auf den Sattel des Tiefenrudergängers für das achtere Ruder gestellt und den Ellenbogen auf sein rechtes Knie gestützt. In dieser bizarren Haltung schickt er hin und wieder beunruhigte Blicke zum Kommandanten hin. Es sieht ganz so aus, als wolle er ihn dringlich auffordern, wieder höherzugehen. Aber der Kommandant hockt so reglos da wie ein Modell im Zeichensaal der Akademie.

Die Zentrale ist miserabel beleuchtet, und jetzt liegen auch noch dicke Dunstschichten im Raum. Ich kann die einzelnen Gestalten nur mehr schemenhaft wie durch Nebel sehen. Der Kommandant hat den Rücken gegen die mattsilbern durch den Nebel blinkende Sehrohrsäule gelehnt, ein Bein im Korksohlenstiefel waagerecht abgestreckt. Seine rechte Hand liegt auf diesem Bein, die linke hat er in der Hosentasche. Ich kann nicht mal erkennen, worauf der Kommandant hockt.

Das verdammte Wasser im Boot! Ich kann nur hoffen, daß die Wassereinbrüche gestoppt sind. Wenn das Boot noch schwerer wird, kann es mit normaler E-Maschinenfahrt kaum noch gehalten werden – jedenfalls nicht mehr lange.

Lenzen müssen wir, lenzen! Wenn wir anständig lenzen könnten, wäre mir gleich besser zumute. Aber die Hauptlenzpumpe hat der Teufel konstruiert: Die ist eine perfekte Lärmmaschine, wie geschaffen zum Anlocken des Gegners. Unsere Lenzpumpe könnten die da oben mit dem bloßen Ohr am Schiffsboden hören.

Keine Schangs! Vorläufig noch abwarten! Abwarten und Tee trinken . . .

Dieses verdammte Getropfe dicht an meinem Kopf! Zum Aus-der-Haut-Fahren! Ich skandiere das Wort im Tropfentakt: Aus-der-Haut . . . Aus-der-Haut . . . Auch so ein Ausdruck: Das möchte ich mal sehen, wenn einer aus seiner Haut fährt und plötzlich so grellrot dasteht wie der Muskelmann in meinem Anatomieatlas, und neben ihm liegt sein schlapprig zusammengesacktes Hautkostüm.

Neues gellendes Bersten – und gleich noch eins in den Widerhall der ersten Bomben hinein! Das Boot bäumt sich auf wie ein erschrecktes Pferd, das gleich durchgehen will: Es erzittert heftig und versucht, zur Seite auszubrechen. Wenn sich jetzt Verbände lockern oder Flansche leckspringen und die grüne See hereinschießt . . . Ich fange ein paar Angstblicke auf: Silberlinge. Einer hat sein Gesicht vor lauter Angst zur Fratze verzerrt.

Wie lange dauert der Rummel nun schon? Ich wage einen verstohlenen Blick auf die Uhr an meinem linken Handgelenk. Aber so schaffe ich es nicht, die Zeiger zu erkennen. Bei diesem schwachen Licht müßte ich die Hand heben oder den Kopf senken, doch das wäre zuviel Bewegung. Keinen Muckser machen! So gehört es sich.

Und der Kommandant? Der Dunst ist durchsichtiger geworden, aber aus der Miene dieses Mannes läßt sich nicht das Geringste schließen. Er sieht aus wie geistesabwesend. Das macht vor allem dieser merkwürdige, wie nach innen gekehrte Blick.

Wieder Dröhnen und Bersten. Paukenschlegel und Vorschlaghämmer durcheinander. Ganze Paukenwirbel und einzelne knallende Schläge. Ich kann mir auf den Detonationswirrwarr längst keinen Vers mehr machen. Das *müssen* tatsächlich mindestens zwei Zerstörer sein. Der eine in der Nähe, der andere weiter weg. Aber warum wirft der andere überhaupt, wenn er nicht über uns ist? Warum gibt er nicht dem nahebei nur seine Peilungen? Oder werfen die etwa rein auf Verdacht, weil sie noch immer keine *genaue* Ortung haben?

Ist es das? Ist es möglich, daß die da oben doch keine solchen Oberschlauen sind, wie ich sie mir vorstelle?

Gott sei Dank hat der Kommandant während der Bombendetonationen reagiert und mit der Fahrtstufe hinaufgehen lassen. Jetzt läßt er die beiden E-Maschinen wieder langsame Fahrt laufen.

Der LI befiehlt: »Festlenzen!« Da merke ich erst, daß er überhaupt hat lenzen lassen. Bei diesem Dauerlärm muß er einen schönen Strahl außenbords gebracht haben. Der LI ist auf Zack. Jetzt lauert er sicher schon darauf, daß er die Lenzpumpe aufs neue in Betrieb setzen kann.

Total irre: Der LI wartet auf den nächsten Bombensegen wie ein Kind auf seine Weihnachtsgabe. Der hat jetzt nichts anderes als Lenzen im Kopf, und das kann er nun mal nur, wenn's kracht. Das sollte er mal den Werftonkels klarmachen, daß er am besten zurechtkommt, wenn die Hundsfötte ordentlich Bomben schmeißen.

Ein schieres Wunder, daß der Druckkörper immer noch dichthält. Mehr als ein Wunder – bei dem Zustand des Bootes!

Der Kommandant saugt wieder die Unterlippe ein und kaut mit entblößter Zahnreihe auf ihr herum. Nun zieht er auch noch die Brauen so hoch, daß die Augen übergroß erscheinen. Mit so viel Weiß um die Pupille habe ich seine Augen noch nie gesehen. Mir schießt die Warnung meiner Mutter durch den Kopf: »Wenn du dauernd so eine Fratze ziehst, bleibt sie dir mal stehen!« Sechs Jahre alt muß ich damals gewesen sein.

Konzentrieren! ermahne ich mich. Die Gedanken festhalten! Sie nicht bis nach Chemnitz wandern lassen! Registrieren, was ringsum geschieht. Augen offenhalten. Augenzeuge sein, den Augenblick erfassen, mit den eigenen Augen die Augen der anderen beobachten – die des Zentralegasten zum Beispiel, die wieder wild hin- und herschießen: ein Paar starr aufgerissene Panikaugen. Die von eng zusammengezogenen Brauen verdüsterten Augen des Obersteuermanns! Die Dicke des Unterlids – die hat mir beim Porträtzeichnen immer Schwierigkeiten gemacht. Der Tränensack, die plastische Wölbung des feuchten Augapfels: auch nicht einfach. An den Augen konnte man sich die Zähne ausbeißen. An den Augen die Zähne! Was für ein widerwärtiger Ausdruck!

Wieder wird das Boot so heftig geschüttelt, daß es uns alle durcheinanderwirft. Für einen Sekundenbruchteil ist mir, als wäre ich in einer vollbesetzten Straßenbahn, die aus dem Gleis gesprungen ist und nun übers Kopfsteinpflaster rattert und rüttelt. Wenn wir nicht so dicht stünden, hätte es mich schon wieder von den Füßen geschlagen. Hier fehlen die Lederschlaufen an der Decke zum Festhalten.

Und jetzt werde ich die Straßenbahn gar nicht wieder los: Die Silberlinge könnten glatt für Straßenbahnschaffner durchgehen: Die haben allesamt noch immer ihre blauen Klamotten mit diesen dämlichen Silberstreifen am Leibe, ganz, wie sie es gewöhnt sind. Dabei ist das hier doch weiß Gott nichts für alle Tage!

Ich fasse zwei Reihen entblößter Zähne in den Blick, auch eine Art, mit dieser Schüttel- und Rütteltour fertig zu werden: die Fresse breitziehen und die Zähne zeigen. Ich weiß nicht, wer es ist, dem diese Zähne gehören. Gute Zähne! Schlechte gibt's bei der Besatzung nicht. Wer schlechte hat, wird gar nicht erst genommen. Haarausfall wird toleriert, Zahnverfall nicht.

Für die Herren Silberlinge gilt das nicht. Von den Silberlingen ist nicht anzunehmen, daß sie noch so ordentliche Zähne haben, wie es sich für unsereinen gehört. Die Silberlinge wären bei einer Musterung für die U-Bootwaffe vielleicht sogar *allesamt* durchgefallen. Daß sie dennoch in den Genuß einer Tauchbootfahrt mit allen Schikanen kommen würden, hat ihnen bestimmt keiner geweissagt. Die kriegen es jetzt dicke. Was sie hier erleben, wird diesen blöden, arroganten Flaschen eine Lehre sein, nur leider eine, die zu spät kommt.

Sind das überhaupt noch dieselben Silberlinge, die beim ersten Auslaufversuch an Bord waren? Sind das jetzt nicht neue Gesichter? Das *können* doch nicht dieselben Leute wie gestern sein! Doch! Einen von den Dicken entdecke ich nahe beim Kartenpult. Dieser korpulente Wichtigmann mit den vielen Streifen an den Unterarmen ist kurz vorm Durchdrehen. Er hat den Kopf so tief eingezogen, als erwarte er einen Schlag mit dem Hammer. Anscheinend kniet er, aber ich kann nicht erkennen, worauf.

Gleich geht's weiter! Eine ganze Serie Detonationen! Ich kann kaum noch Wahrnehmungen machen. Wie soll ich da Schlüsse ziehen? Mein Schädel ist hohl – oder ist mein Hirn blockiert?

»Auftauchen!« brüllt da einer. Laut und deutlich und direkt in einen Detonationsschwall hinein.

So ist's recht: Die Werftgrandis drehen durch! Das könnte denen so passen: hoch und Luk auf – Druckausgleich nicht vergessen – und dann über Bord und im Dunkeln abblubbern . . . langsam und gemütlich.

Und noch mal dieselbe Stimme: »Auftauchen!«, und dann höre ich: »Hau dem doch endlich eins auf die Schnauze!«

Aber das geht in einem Geschrei von achtern halb unter.

Der LI fegt wie ein Wiesel durchs achtere Schott. Plötzlich ist es dunkel. Achtern hat es ein paarmal scharf geknallt. Weiß der Henker, was da passiert ist. Kann es so knallen, wenn Sicherungen rausfliegen?

Drei, vier Stablampenkegel kreuzen sich. Mein Blick sucht den Kommandanten, aber ich sehe nur ein paar grell angestrahlte Angstgrimassen.

»Im E-Raum hat's gefunkt!« sagt der Zentralemaat. Es riecht auch schon nach verbranntem Ozon. Ich kann nur staunen, daß für diese Art Feuerwerk noch genug Sauerstoff in der Luft ist . . .

Die Silberlinge hier in der Zentrale und die weiter achtern müssen die blendenden Lichtbögen gesehen und das scharfe Knallen gehört haben: Panik liegt in der Luft.

»Heiter«, murmelt einer dicht an meinem rechten Ohr, als ein metallisches Klirren erklingt. Was kann das sein? Ich lausche mit äußerster Anstrengung. Aber das Klirren wiederholt sich nicht. Ich höre nur Flüche und halbverschluckte Worte von achtern her.

Wieder quillt kalte Wut in mir hoch, daß wir uns nicht wehren können. Nicht einmal weglaufen können wir, uns nicht hinwerfen und in die Erde krallen. Schlimmeres als diese schmähliche Passivität gibt es nicht.

Eine übermächtige Krampfspannung verhärtet alle Muskeln in meinem Körper. Wann kommt er endlich – der coup de grâce?

Da sehe ich im Halbdunkel von vorn und achtern Leute in die Zentrale kommen. Im Umsehen entsteht ein Tumult. Ich höre den Leitenden brüllen und sehe den Zentralemaat mit den Armen fuchteln. Zwei, drei Silberlinge sind plötzlich dicht vor mir und verstellen mir den Blick auf den Kommandanten. Was zum Teufel hat das zu bedeuten?

»Wir lassen uns doch hier nicht abnibbeln wie die Ratten!« höre ich deutlich aus dem Stimmengewirr heraus. Das muß einer von den Silberlingen gewesen sein!

Was hat der Mann gesagt? Abnibbeln? Den Ausdruck habe ich lange nicht gehört. Klingt wie aus meiner sächsisch-thüringischen Heimat. Jetzt schreien fünf, sechs Leute durcheinander. Ich kann kaum ein Wort verstehen, nur ein paarmal kurz hintereinander: »Auftauchen! Auftauchen!«

Ich habe mich um keinen Zentimeter bewegt. Den Kommandanten kann ich noch immer nicht sehen. Da dreht sich der große Kerl, der mir vor allem den Blick versperrt, rum und starrt mich auf ganz kurze Distanz aus entsetzensgeweiteten Augen an. In diesem Moment schlägt mich eine gewaltige Detonation wieder fast von den Füßen. Ich halte die Augenlider fest zusammengepreßt und warte auf den zweiten Schlag, aber der kommt nicht. Ganz langsam lockere ich mich und mache die Augen wieder auf, aber es bleibt dunkel. Aus der Dunkelheit höre ich viele Stimmen durcheinander: »Sie müssen sofort hoch!« – »Lieber hoch und raus. Die machen uns doch fertig!« – »Mann Gottes, tauchen Sie auf! Geben Sie doch Befehl zum Auftauchen!« Das war der mit den vier Ärmelstreifen.

Donner und Blitz und Donner und wieder Blitz. Achtern funkt es wieder. Fliegen denn hier alle nasenlang Sicherungen heraus? Oder schmoren Kabel durch? Das war sicher schon der vierte Kurzschluß. Die Lichtkegel der Stablampen geistern wieder herum und treffen auf scharfgezeichnete, verzerrte Visagen.

Verdammt noch mal: Die Scheißkerle stehen im Weg. Ich dränge zwei davon gleichzeitig weg. Der eine taumelt gegen die Rücken der Rudergänger. Der andere brüllt wie zu Tode erschreckt auf. Ist der denn wahnsinnig geworden?

Jetzt kommt wieder Licht. Und wieder höre ich: »Geben Sie sofort Befehl zum Auftauchen!«

Auftauchen? Mitten hinein in die Mahalla? Da sehe ich, wie sich der Aufklarer des Kommandanten gebückt und wie ein Brustschwimmer durch die Front der Silberlinge nach vorn durcharbeitet und wie er wieselflink durch den leeren Raum zwischen den Silberlingen und dem Kommandanten wechselt. Jetzt drängt er sich zwischen den Kommandanten und mich und schiebt mich dabei halb zur Seite. Mir schießt im Nu die Wut hoch: Was will der verrückte Kerl denn bloß? Da zeigt mir der Aufklarer blitzschnell in der hochgekehrten Hand eine Pistole, und schon drückt er sich hinter den Kommandanten, und ich kann deutlich sehen, wie er ihm die Pistole von hinten in die Hand schiebt. »Herr Oberleutnant ...!« höre ich.

Und jetzt will ich meinen Augen nicht trauen: Dieser abgemagerte, früh vergreiste Abiturient steht vor einer Front aus lauter sich drängelnden Silberlingen, die Pistole in der Hand und den Lauf mitten auf den Bauch des ihm nächsten Oberbaurats gerichtet.

Ich habe für einen Augenblick den Eindruck, einer Szenenprobe für einen Film beizuwohnen. Hat der Kommandant nicht zu hastig zur Pistole gegriffen? War das so richtig?

Zwei Bomben detonieren wie eine, so kurz nacheinander. Wieder klirrt irgendwo Glas. Der Horcher meldet eine neue Ortung, aber ich verstehe ihn nicht, weil jetzt der Kommandant mit klar artikulierender Stimme in die Stille nach dem Bombenrauschen hinein sagt: »Ich bin hier der Kommandant! Hier an Bord habe ich die Verantwor. . .« Die letzte Silbe geht im harten Detonationsknall von mindestens drei Bomben unter. Das Boot wird so heftig durchgerüttelt, daß der Klumpen aus Silberlingen ins Wanken gerät. Aber der Kommandant steht so fest wie an den Boden genagelt, kaum, daß die Pistole in seiner Hand schwankt. Als das Rauschen abebbt, schreit er fast: »Wenn meine Befehle nicht befolgt werden, mache ich von der Waffe Gebrauch!«

Über die Schulter des Kommandanten hinweg kann ich in die dicht bei dicht nebeneinandergereihten entsetzensstarren Gesichter der Werftbeamten blicken. Der Film, der eben noch abspulte, ist stehengeblieben. Für eine halbe Minute ist kein Ton zu vernehmen, dann hebt der Kommandant in einer ungewohnt hohen Tonlage neu an: »Sie verholen sich sofort auf die Ihnen zugewiesenen Plätze und verlassen diese nicht mehr bis zum Einlaufen!«

Dabei läßt er langsam die Waffe sinken.

Schon wieder Kintopp – diesmal wie gut geprobt: Der Kommandant spielt die Geste in aller Ausführlichkeit durch. Er will zeigen, daß diese Nummer *endgültig* gelaufen ist. Mit Wiederholungen kann nicht gerechnet werden.

Ich merke, wie lästig dem Kommandanten das Schießeisen auf einmal ist. Es mit einem kurzen Ruck in einen Halfter schieben wie in einem Westernfilm – das geht leider nicht. Da schaltet zum Glück der Aufklarer wieder und nimmt ihm die Waffe aus der Hand.

Die Silberlinge lösen sich endlich aus der Starre, und das Wunder geschieht: Keiner macht mehr den Mund auf. Einer nach dem anderen stakst durch den Schottrahmen nach vorn – ein paar verschwinden nach achtern.

Der Kommandant dreht sich zu mir herum. Mit einem Blick werde ich gewahr, wie seine Lippen zittern.

Mir ist, als sei mein Kopf nur mehr eine Blase, in dem eine klumpige Soße schwappt. Hat sich mein Hirn zersetzt?

Ich muß mich mit aller Kraft zusammenreißen, um bei Sinnen zu bleiben. Nicht durchdrehen! Nur das nicht! Um alles in der Welt nicht durchdrehen! Wenn schon, dann mit zynischem Grinsen verrecken – aber nicht als Durchdreher!

Diese gottverdammten Schweine, uns hier abzukillen! Scheiße, verdammte, so in die Falle zu gehen! Das war doch alles klar und vorhersehbar!

Mir wird noch der Schädel platzen! – Ach Unsinn! Der hält allerhand aus. Wie der Druckkörper auf vielfache Belastung ausgelegt und schön gewölbt. Aber ich hab mal gehört, wie einem der Schädel auf den Beton geschlagen wurde, wie eine Kokosnuß, die endlich aufplatzen sollte. Da wollte ich nicht mehr viel für den Widerstand der Wölbung geben: Die dünnen Knochen, die Nähte … Ist aber raffiniert gemacht: Die Schwarte über dem Ganzen hält die Teile schön zusammen, selbst dann noch, wenn alles zu Bruch gegangen ist.

Jetzt hab ich's: Fontanellen heißen die Schweißnähte. Genau wie der alte Fontane. Fontanes Fontanellen! Wanderungen durch die Mark Brandenburg. »Märkische Heide, märkischer Sand!« … Wie ging das weiter? Jawoll, so heißt es: »… sind des Märkers Freu-eude, sind sein Heimatland!«

Heimatland – Heimatland. Das Wort echot in mir und will damit gar nicht wieder aufhören …

Bloß gut, daß dieser LI sein Geschäft versteht. Die vielen Idioten, die jetzt an Bord kommandiert werden und auf die man dann angewiesen ist! – Was heißt hier angewiesen? Ausgeliefert auf Gedeih und Verderb … Blöder Spruch: Ausgeliefert auf »Gedeih«!

Mir ist, als stünde ich statt auf Flurplatten auf Eis. Wenn das Eis unter einem kracht, soll man sich hinlegen und alle viere von sich strecken: die Belastungsfläche vergrößern. Aber das würde schön blöd aussehen, wenn ich mich hier nach dieser Regel verhielte! – Die Bomben, die schräg unter dem Boot detonieren, sollen die gefährlichsten sein. Aber waren das überhaupt richtige schwere Wabos?

Wieder zwei Detonationen. Diesmal erträglich. Merkwürdig: Das grollende Gurgeln verstummt wie abgehackt, statt auszuklingen. Unsere Lenzpumpe läuft noch um Sekunden länger. Verdammt! Jetzt *müssen* die da oben dieses Biest von Lenzpumpe gehört haben. Da muß einer schon verdammt aufpassen, wenn er zum Abschalten immer den richtigen Moment erwischen will. Ohne Quivive und Feingefühl ist eben nichts zu machen.

Zu Hackfleisch wollen uns die da oben machen, zu Fleischmus und Gallerte. Auf die Milliarden von grauen Zellen, von weißen und roten Blutkörperchen in unseren Bodys haben die Schweinehunde es abgesehen . . .

Nicht so denken! befehle ich mir. Nicht solchen Scheiß!

Tief durchatmen! Arschbacken verkneifen! Zähne zusammenbeißen! – Da bekomme ich meine Gedanken wieder so weit an die Kandare, daß ich systematisch überlegen kann: Was ist mit den Wassereinbrüchen? Wo sitzen sie genau? Was hat der Obermaschinist veranlaßt? Was ist mit der Batterie? Die stinkt jetzt doch gewaltig. Kann sie explodieren? Werden wir kaputte Batteriezellen überbrücken müssen, und sind dafür genügend Überbrückungsschienen an Bord? Und was habe ich noch aufgeschnappt? Ist was mit dem Flutklappengestänge nicht in Ordnung? Das Flutklappengestänge geht durch den Druckkörper an den Außenbunker. Kann am Außenbunker eine Schweißnaht gerissen sein?

Fragen über Fragen, aber keiner ist da, an den ich sie richten könnte. Zumindest die Seitenruderanlage scheint keine Schwierigkeiten mehr zu machen.

Schon rotiert es wieder wie ein schnelldrehendes Taifunrad in meiner Hirnschale: Außenbunker – Flutklappengestänge – Batteriezellen – Überbrückungsschienen . . . Der Teufel soll das Ganze holen! Und die verdammten Satteltanks! Wenn die ein Leck haben, würden wir das gar nicht merken, und austretendes Öl hat nun mal die miese Eigenschaft, sofort nach oben zu steigen. Dort legt es dann eine Spur wie für eine Schnitzeljagd auf die Wasseroberfläche – statt der üblichen Papierschnipsel hübsch buntschillernde Flecken, die sich gar nicht übersehen lassen.

Keiner weiß, wie viele Boote schon mit Hilfe solcher Ölflecke lokalisiert worden sind und dann in der Tiefe mit Wasserbomben vernichtet.

Das VII-C-Boot ist zwar ein ingeniös konstruiertes, wunderbares Boot, wie man es uns immer vorgeredet hat – aber eben eins mit Lindenblattstellen. Die Tauchzellen eins und fünf zum Beispiel liegen außerhalb des Druckkörpers. Das wäre an sich nicht so schlimm, aber ihre Lage macht diese vermaledeiten Durchführungen durch den Druckkörper nötig – nämlich für die Gestänge, mit denen die Entlüftungsventile bedient werden. Um diese Durchführungen abzudichten, sind Flansche nötig. So ein Flansch hält im Zweifelsfall natürlich nicht so gut wie der nach außen gegen den Druck gewölbte Stahl.

Plötzlich sehe ich, obwohl ich mich mit schnellem Zähnebeißen dagegen zu wehren versuche, armdicke Strahlen durch geborstene Flansche quer durchs Boot schießen – hier, dort, überall – und wie sie auf der Gegenseite auseinanderplatzen wie Explosionen.

Der Kommandant gibt einen Ruderbefehl. Dann läßt er tiefergehen. Noch ein Ruderbefehl.

Eine Meldung vom Horcher! Der Kommandant nagt bloß an der Oberlippe. Hat er die Meldung überhaupt aufgenommen?

»Boot steuert zwohundertsechzig Grad!« kommt Meldung vom Rudergänger.

»Frage: lenzen?« flüstert der Leitende.

»Sofort mit den nächsten Bomben«, flüstert der Kommandant zurück.

Gott sei Dank: Der Kommandant hat reagiert.

Der Zentralemaat ist auf dem Posten. Fast gleichzeitig mit den neuen Detonationen läßt er die Hauptlenzpumpe anspringen. Sie läuft und läuft, weil das Bersten, Dröhnen und Brausen diesmal gar nicht aufhören will.

»Festlenzen«, zischt der LI, als der Krawall endlich schwächer wird.

Vom Kommandanten ist kein neuer Befehl gekommen. Also alter Kurs, alte Fahrtstufe. Unsere Chance, einen Haken zu schlagen, ist wieder mal dahin. Sie liegt in den kurzen Minuten, in denen unseren Gegnern die Ortung wegbleibt, weil ihre eigenen Maschinen und Schrauben zuviel Lärm machen – also zwischen ihrem Angehen mit AK und den Bombenwürfen.

Aber warum ergreift der Kommandant diese Chance nicht?

Ich habe den Eindruck, daß er sich aus den Meldungen des Horchers ebensowenig ein Bild machen kann wie ich.

Die da oben lassen uns nicht aus den Klauen. Die sind am Drücker und scharf aufs Viktoriakreuz. Die haben endlich ihren Erzfeind gestellt, und jetzt wollen sie die Rechnung begleichen – ein für allemal.

Über mir schneit Farbe herab. Da wird die Werft allerhand zu pönen haben. Die Brüder sollen doch bessere Farbe verwenden! Die hier ist eindeutig zu spröde. Griffest zwar, aber nicht wabofest. Vielleicht haben wir just den Silberling an Bord, der für den U-Bootinnenanstrich zuständig ist. Der sollte sich die Bescherung hier in der Zentrale mal ansehen . . .

Wieder zwei Bomben und noch mehr rieselnde Farbe.

Die Vierergruppe, die der Kommandant mit dem Leitenden, dem I WO und dem II WO bildet, gerät mir in den Blick: »Ritter der Tiefe«. Dieses großartige Getön – und da stehen sie nun: geduckt, mit hängenden Armen. Verratzte Ritter, arme Ritter! Arme Ritter – war das nicht der Name für ein Pfannengericht? Man braucht dazu . . . ja, was war's denn gleich? Ich will mir die Rezeptsuche verweigern, aber eine Gegenstimme meint: Gut so! Die Gedanken beschäftigen! Milch braucht man vor allem. In der Milch Scheiben von alten Semmeln einweichen. Eier braucht man auch. In die verquirlten Eier tunkt man die milchdurchfeuchteten Scheiben. Und dann Bratfett in die Pfanne, bis es ordentlich brutzelt, und die eingeweichten Scheiben hinein und goldbraun backen lassen. Zimt zum Streuzucker. Ach ja, Zimt! Wann hab ich zum letztenmal Zimtduft inhaliert? Beim Zimtsternebacken in Kindertagen: Zimtsterne und die Zimthalbmonde. Halbmonde waren meine Spezialität. Man braucht zum Ausstechen aus dem dünn ausgewalzten Teig zwei Gläser mit sehr verschiedenem Durchmesser, dann geht es wie geschmiert.

Ein Stiefel scharrt über die Flurplatten. Das Scharren reißt alle Blicke hoch. Das war ein Zentralegast.

»Verdammt noch mal!« flucht der Kommandant.

Gleich stehen wir wieder wie die Denkmäler. Nur keinen Mucks! Mucksmäuschenstill! Den Kopf leicht zwischen die Schultern, sich ein bißchen verkürzen, nicht richtig ducken, denn das sähe nicht gut aus. In den Kniekehlen abfedern. Vor allem die Gesäßbacken anspannen, den Arsch zum Schraubstock machen. Mit dem Arsch Walnüsse knacken. Berninger hat mal von 'ner Nutte erzählt, die ihm das angeblich vorgemacht hat – zur Weihnachtszeit, pfundweise. »Sogar mit vergoldeten Walnüssen! Alles Training!« hat Berninger gesagt.

Drei Detonationen mit heftigem Nachrauschen. Als das Rauschen abebbt, setzen auch prompt wieder die Lenzpumpen aus. Der LI ist zu loben. Der versteht sich auf sein Geschäft. Der schaltet so schnell, als mache er das alle Tage.

Das Gesicht des Leitenden schiebt sich jetzt hinter dem Sehrohr hervor: Augen tief in die Höhlen zurückgewichen. Schweißperlen auf den Schläfen, zwei Haarsträhnen bis zum Nasenbein heruntergezogen, quer über die Stirnfalten, der Mund ein dunkles Loch, in das sich blutlose Lippen stülpen . . . Das sieht ganz nach Film aus: beste Regie, erstklassige Maske. Der LI, ein Seeheld, wie das Ufa-Publikum ihn sich besser gar nicht wünschen könnte!

Wieder ein scharfer Dreifachknall, dann ein Rauschen und hohles Nachtönen. Schreckbomben? Natürlich sind das bloß Schreckbomben! Was sonst?

Und das? Der Krawall, den ich nunmehr durch die Stahlwand höre, bleibt für mich schwer deutbar: Ich habe zu wenig Erfahrung im Dechiffrieren von Geräuschfragmenten dieser Preislage. Der Kommandant scheint solche Geräusche auch zum ersten Mal zu hören. Er lehnt, Mütze im Genick, wieder gegen den Sehrohrschacht und starrt ausdruckslos schräg nach unten vor sich hin. Offenbar weiß er ausnahmsweise mal, welche Attitüde angezeigt ist, und verhält sich danach: auch ein Ufa-Schauspieler.

Wie weit sind wir schon über den Pointe de Saint-Mathieu hinaus? Weiter, als ich vom Leuchtturm blicken konnte, sind wir sicher noch nicht gekommen ...

Der Leuchtturm von Saint-Mathieu, der wäre ein schöner Peilpunkt für den Obersteuermann. Aber wir schleichen durch die Tiefe und sind blind. Ohne Ahnung, wo genau wir sind. Blindekuh! Gut, unser Kompaß funktioniert noch. Aber wohin uns die Stromversetzung und das dauernde Hakenschlagen mittlerweile gebracht haben, verrät der Kompaß uns nicht.

Vor Minenfeldern brauchen wir glücklicherweise keine Angst mehr zu haben. Für Ankertauminen ist es in dieser Gegend schon zu tief. Und für E-Minen auch. Wir machen also bei allem Schlamassel auch Fortschritte ...

Stille. Warum geschieht nichts weiter? Die Tiefenrudergänger sitzen vor ihren Druckknöpfen, der Leitende steht wieder hinter ihnen und läßt keinen Blick von den Manometern. Der Kommandant hält sich am Sehrohrstander: Jeder an seinem Platz.

Keine Asdic-Impulse mehr? Warum rühren sich die Schweine da oben nicht? Die müßten uns doch mit bloßem Ohr hören können ... Die haben uns doch sicher noch auf ihren Geräten. Sicher auf Nummer Sicher! Quatsch!

Mein fragender Blick trifft den des I WO. Der I WO hebt ganz leicht die Schultern und guckt weg.

Was kann diese Pause bedeuten? Aufschub? Leckt sich die Katze bloß mal eben ums Maul, ehe sie endgültig zuschnappt? Weiß der Satan, was die Herren Gegner im Schilde führen ...

Weil es nun schon minutenlang draußen ruhig ist – absolut ruhig –, wage ich mich zu bewegen: Ich drehe den Kopf nach links und nach rechts, als wollte ich ausprobieren, ob meine Nackenwirbel noch ordentlich funktionieren. Dabei schöpfe ich in tiefen Zügen Luft, sosehr die auch schon verbraucht ist.

Mein Beispiel macht Schule: Auch der II WO bewegt sich, und der I WO beginnt, auf eine merkwürdige Art auf der Stelle zu treten. Ich kann, weil er zu nahe bei mir steht, seine Füße nicht sehen, aber an seinen Schultern erkenne ich, wie er sein Gewicht hin und her verlagert.

Der Kommandant aber steht immer noch so reglos da wie ein Bildwerk.

Das Bienensummen unserer E-Motoren! Sonst Stille.

Ist etwa die Asdic-Ortung unserer werten Gegner so irritiert, daß sie die Suche damit aufgegeben haben? Wasser ist eben nicht gleich Wasser, Dichte und Temperatur spielen ihre Rolle. Sollte es unsere Rettung sein, daß hier in Küstennähe die Ortungsbedingungen besonders schlecht sind? Hier gibt es außer Klippen auch Algen und Schlamm im Wasser. Da ist mit Asdic wahrscheinlich nicht viel auszurichten.

Aber trifft das alles auf uns noch zu? Haben wir uns nicht schon zu weit von der Küste entfernt? Ich gäbe etwas darum, wenn ich wüßte, wo wir eigentlich stehen.

Da rumst es wieder – aber nur wie zur Warnung: Diesmal klang die Detonation viel dumpfer als alle früheren.

Der Kommandant zieht das Nasenfeuchte hoch. Soll das ein Signal dafür sein, daß wir aufatmen dürfen? – Aufatmen? Das klingt nach reiner Luft. Aber die Luft im Boot ist zum Schneiden.

Auch die Preßluft ist sicher knapp geworden. Weil die Zeitspannen, die uns die Tommies fürs Lenzen zugemessen haben, oft zu kurz waren, um die Pumpe lange genug arbeiten zu lassen, hat der LI immer wieder mal anblasen lassen. Nur in kurzen Stößen zwar, aber dafür eben oft. Auf diese Weise muß einiges dahingegangen sein. Sehr oft kann es sich der LI sicher nicht mehr leisten, seine kostbare Preßluft einzusetzen.

»Aushungern« – das ist der Terminus technicus für das Verfahren, das der Gegner allem Anschein nach auf uns anwenden will: das Boot so lange unter Wasser halten, bis entweder die Jonnies in den Batterien oder die Preßluft und der Sauerstoff alle sind. Oder alles miteinander. Aushungern, das ist freilich ein verdammt schiefer Begriff für das Verfahren: Hunger leidet hier keiner. Ich möchte den sehen, den es *jetzt* nach Futter verlangt.

Weiterhin Schleichfahrt. Kleinste Fahrtstufe. Und nur keinen Lärm machen.

Die Geräuschübertragung im Wasser, die hat der Teufel erfunden. Als Kind sah ich das allerdings noch anders. Da hatten wir unseren Spaß daran. Was war das doch für ein ungeheurer Lärm, wenn wir in der

Badewanne den Kopf untergetaucht hielten und von draußen an die Wanne geklopft wurde. Sogar die Tropfen aus dem Wasserhahn klangen laut wie Hammerschläge. Und erst das Einfließen neuen Wassers! Das war, als stürzte der Niagarafall in die Wanne.

Ich habe sogar eine Zahl parat: Unter Wasser ist der Detonationsschall fünfmal so stark wie in der Luft.

Immer noch nichts?

Mein Zeitgefühl hat sich aufgelöst. Ich habe keine Vorstellung davon, wie lange die Veranstaltung hier schon dauert.

Noch Pause?

Mein Skelett macht sich bemerkbar wie sonst nie: Es ist just so, als wollten die Knochen den Muskeln nicht nachstehen in puncto Schmerzentfaltung.

Der schiere Jammer, wenn alles, was vom Schöpfer des Himmels und der Erden in meinen Corpus verbaut ist, hier nun zum Teufel ginge: der Kapuzenmuskel auf meinem Rücken, der Kappenmuskel und der Trapezmuskel.

Ich habe meine Lektion in plastischer Anatomie gelernt. Nicht, daß ich alle Knochen beim Namen nennen könnte und alle Muskeln dazu, aber in groben Zügen bin ich ganz gut im Bild, und wenn ich jetzt meine rechte Hand an die Stirn hebe, weiß ich, was da abläuft.

Was die Knochen anbelangt, sind auf diesem Boot versammelt: hundert Wirbelsäulen mit zwotausendvierhundert freien Wirbeln, hundert Kreuzbeinen und hundert Steißbeinen. Hundert Schädel, jeder aus dreiunddreißig Knochen – macht dreitausenddreihundert Schädelknochen. Zwohundert Schlüsselbeine, zwohundert Schulterblätter, tausend Mittelhandknochen, zweitausendachthundert Fingerknochen. Insgesamt rund zwanzigtausend Knochen – eine ganz schöne Menge, wenn man sie sich auf einem Haufen vorstellt.

An den Knochen hängen die Muskeln, der aktive am passiven Bewegungsapparat. Muskeln sind es sogar noch mehr: insgesamt gut sechzigtausend kurze, lange und breite Muskeln. Und jeder einzelne von ihnen kann weh tun: sechzigtausend verschiedene Schmerzen.

Muskeln vertragen Salzwasser schlecht. Zuerst wird nach dem Absaufen wohl eine Art Pökelfleisch entstehen, aber das vergammelt bald, zu lange gepökelt ist eben ungesund. Zu den üblichen Bauchaufblähungen wird es nur kommen, wenn der Druckkörper so auf Grund fällt, daß kein Leck entsteht. Sonst dürfte der Wasserdruck stärker sein als der Druck der Gase in den Gedärmen. Die hätten dann wenig Schangs zur freien Entfaltung.

Mir ist, als sei etwas mit meinen Ohren nicht in Ordnung. Habe ich Hörstörungen? Oder ist tatsächlich immer noch nichts zu hören? Nichts außer dem E-Maschinensummen? Kann das denn sein, daß die Herrschaften einfach Ausscheiden mit Dienst gemacht haben? Einfach »so mir nichts, dir nichts«, wie Großmutter Hedwig sagte?

Der Horcher läßt den Kopf hängen, als sei er schon ganz in sich zusammengesunken und hinüber. Aber plötzlich hebt er den Kopf, sein Gesicht zieht sich zusammen, als schmerze ihn etwas, und er schließt die Augen. Ganz wenig – wie mit äußerster Vorsicht – dreht er jetzt das Steuerrad seines Geräts. Schließlich hält er es fest, und dann macht er die Augen auf und meldet: »Horchpeilung in sechzig Grad – ganz schwach.«

Seine Stimme klingt dabei nur leicht erregt.

Der Kommandant arbeitet sich durch den Gang zu mir her. Ich muß schnell Platz machen: Er will durchs Kugelschott hin zum Horcher. Der hat den Kopfhörer bereits abgenommen und hält ihn dem Kommandanten hin, der ihn nimmt und dabei die eine Hörmuschel am Bügel herumdreht. Dann legt er sie sich ans Ohr. Der Horcher hört mit der anderen Muschel. Plötzlich zuckt der Kommandant zusammen und zieht die Lippen zwischen die Zähne. Dann kann ich ihn flüstern hören: »Wie ist jetzt die Peilung?«

Der Horcher antwortet sofort: »Siebzig Grad – wandert achteraus.«

Herr im Himmel! Geht die Scheiße doch wieder los?

Der Kommandant richtet sich auf und will zurück. Mit beiden Händen stützt er sich gegen die Wände des Ganges ab, um nicht zu straucheln. Ich muß wieder Platz machen, damit er durchs Kugelschott in die Zentrale steigen kann.

»Was liegt an?« fragt er mit jetzt fester Stimme.

»Zwohundertdreißig Grad liegen an!«

»Zwohundertzwanzig Grad steuern«, befiehlt der Kommandant. Und kurz danach: »Ruder komm auf! Was geht jetzt durch?«

»Einhundertsiebzig Grad . . .«

»Auf einhundertsechzig Grad gehen!«

Damit nimmt der Kommandant seinen Platz am Sehrohrschacht wieder ein.

Wenn nur der verdammte Krawall im Boot nicht wäre. Schon der gewöhnliche Maschinenlärm feilt mir an den Nerven. Unsere E-Maschinen muß man meilenweit hören können. Selbst bei kleinster Fahrtstufe arbeiten sie nicht ohne ihr penetrantes Singen. Das ganze Boot wirkt als Resonanztrommel, obwohl es bis in alle Winkel vollgestopft ist. Man müßte die E-Maschinen in Watte packen können. Irgend etwas hätten die Scheißsilberlinge doch gegen dieses durchdringende Summen und Singen erfinden können. Aber die Herrschaften haben jahrelang bloß gesoffen und herumgevögelt, anstatt sich um die Bredouillen der Besatzungen zu kümmern und sich was Hilfreiches einfallen zu lassen.

Die Maschinen stoppen? Wenn das nur so einfach wäre! Wir brauchen nun mal die Ruderwirkung. Es gibt zwar einen Trick, aber nur für geringe Tiefen: Da kann man das Boot am Sehrohr »aufhängen«. Dieses Artistenkunststück kommt für uns jedoch nicht in Frage. Es funktioniert nur bei völlig stiller See und mit einem sehr gut eingesteuerten Boot. Beides haben wir nicht. Und außerdem können wir den Spargel nicht hinausstecken und ihn als vertikale Balancierstange handhaben, weil uns der böse Feind allzu dicht auf den Hacken ist.

Ein harter Bombenschlag und gleich noch einer! Da haben wir die Bescherung!

Das verdammte Klirren der Flurplatten! Da gehören Gummistreifen in die Lagerungen. Warum hat man das nicht längst gemacht? Auf die einfachsten Dinge kommt keiner von diesen Silberlingen. Die Herrschaften hatten bislang auch keine Gelegenheit, sich das nervenpeinigende Klirren und Scheppern anzuhören. Jetzt wird es ihnen aber geboten! Ein Glück nur, daß die Gegner das Gescheppere der Flurplatten nicht wahrnehmen können: Die scheppern und klirren genau in die Detonationen und die Detonationsschwälle hinein.

Mein schweifender Blick hat einen Reisekoffer eingefangen, der, ich weiß nicht wieso, auf einmal mitten in der Zentrale steht. Einen solchen Anblick hätte ich mir nicht einmal in wüsten Phantasien ausmalen können. Sieht aus wie im Luftschutzkeller am Anhalter Bahnhof in Berlin. Aber was ist das? Der Koffer tanzt ja. Er ruckt hin und her, und dann macht er einen Hopser. In mir steigt ein hysterischer Lacher auf.

Luftschutzkeller? No, Sir: Wir sind in einem D-Zug, der von einem verrückten Lokomotivführer im Irrsinnstempo über die Weichen gejagt wird und gleich aus den Gleisen springen wird!

Der nervöse Koffer hat sich beruhigt. Der Krawall draußen auch. Pause? Wieder Aufschub?

Da, ein neuer Doppelschlag! Das Boot schnellt voran wie ein Pferd, dem man eins mit der Peitsche übergezogen hat. Dann wieder ruckt es zur Seite weg. Aber ich war darauf gefaßt. Ich habe nicht einmal gezuckt.

»Doubletten!« sagt einer.

Eine Wasserbombe sinkt pro Sekunde drei Meter – so war's doch? Um eine Detonationstiefe von sechzig Metern – unsere gegenwärtige Tauchtiefe – zu erreichen, braucht sie also zwanzig Sekunden. Der Horcher, der das Einklatschen der Bomben in seinem Gerät wahrnehmen kann, könnte die Sekunden bis zur Detonation zählen und so die Einstelltiefe ausrechnen. Könnte – aber was soll's? Ich habe mich schon ein paarmal gefragt, ob der Horcher, der die akustischen Effekte sozusagen vorausgemeldet bekommt, besser dran ist als die anderen. Zwanzig Sekunden oder länger auf Detonationen warten, die so sicher kommen müssen wie das Amen in der Kirche – oder den Detonationsknall wie einen unverhofften Hieb übergezogen bekommen – was ist ärger?

Der Kommandant hält die Augen geschlossen. Das sieht nach Schicksalsergebenheit aus. Aber er *muß* doch etwas veranlassen! Jetzt! Sofort!

Keine Ortung ... Wenn die oben keinen Lärm mit ihren Maschinen und Schrauben erzeugen, nützt uns auch unsere einzige nach außen dringende Apparatur, das Horchgerät, nichts mehr: Wir bekommen keine Mitteilung, wo der Gegner steht.

Doch – da sind wieder Geräusche! Mit bloßem Ohr zu hören.

»Verdammt noch mal, Ruhe!« flüstert der Kommandant plötzlich scharf. Einer der Rudergänger hat sich schnaufend voll Luft gepumpt.

Und was weiter?

Endlich bewegt sich der Kommandant. Jetzt hat er wenigstens die Augen offen. Er läßt seinen Blick im Halbkreis herumgehen, als wollte er uns zählen. Dann hält er ihn in Richtung Horchraum. Der Horcher spürt ihn aber nicht. Er rührt sich nicht.

Der LI hat den Kopf weit vorgestreckt. Es sieht aus, als würde er am liebsten in seine Manometer hineinkriechen. Ich starre mit weitoffenen Augen ebenfalls auf die Rundskalen – so angestrengt, als könnte ich ihm damit helfen: schön in der Schwebe halten den überfrachteten Schlitten! Wäre ja gelacht, wenn das nicht klappte!

Aber was ist jetzt los? Der Zeiger auf dem großen Manometer bewegt sich rückwärts, das Boot steigt.

»Fluten!« befiehlt der LI und nach ein paar Sekunden: »Fest!«

So einfach ist es eben doch nicht ...

Endlich hat sich der Kommandant zu einer Entscheidung durchgerungen. Er läßt mit Schleichfahrt achtzig Meter ansteuern. Ob's hilft? Wieviel Wasser haben wir eigentlich unter dem Kiel?

Der Horcher muß immer noch mehrere Ortungen haben. Ich sehe es an der Art, wie er sein Suchrad an bestimmten Stellen hin- und herdreht. Aber warum gibt er keine Meldung?

Friedhofsstille. Requiescat in pace! Aus dem achteren Teil der Zentrale kommt Verschwörungsgeflüster, aber sonst kein Laut.

Die Leute um mich herum haben vor lauter Horchanstrengung keinen Ausdruck mehr im Gesicht. Alle Münder stehen offen. Kastans Panoptikum. In Paris gibt es ein noch berühmteres Panoptikum, wie heißt doch gleich das in Paris? Ich frage mich wieder und wieder, aber ich komme nicht auf den Namen. Daß ich ihn nicht finde, macht mich ganz verrückt. Ich muß mich zwingen, um mich wieder ganz aufs Lauschen nach außenbords konzentrieren zu können.

»Die sollen doch endlich Schluß machen«, höre ich einen Mann dumpf murmeln. Was meint der damit? Schluß mit uns? Schluß mit der Knallerei?

Da rumst es – dumpf, wie auf schlappe Paukenfelle geschlagen, drei- und jetzt viermal hintereinander.

Dann wieder Stille.

Plötzlich kommt mir Eingelerntes in den Sinn: »Es war ein alter schwarzbrauner Hirsch / Großvater schoß ihn auf der Pirsch / Und weil seine Decke so derb und so dick / stiftete er ein Familienstück.«

Von meinem Balladenvorrat habe ich schon oft gezehrt, wenn es hart auf hart ging. Den alten Börries von Münchhausen, den »Nestor deutscher Balladendichter«, habe ich sogar noch gekannt. Was heißt gekannt? Der hat mich ganz nobel eingeladen nach Windischleuba, sein »Schloß in Wiesen«, und ich bin mit dem Fahrrad hingekarrt von Chemnitz aus.

Gut, daß ich jetzt daran denken kann: Das waren schöne Tage, eine sozusagen herzbewegende Erinnerung. Das Gras stand gut einen Meter hoch, und ich hockte zum Zeichnen zwischen den samenschweren Halmen. Wie das um mich herum gesummt und gezirpt hat! – Das war schon ein Anblick, wie der Renaissancegiebel des Schlosses als schweres Schiff in einem Meer aus wogendem Gras schwamm.

Das Wort »Leckstützbalken« reißt mich aus meinen Gedanken, und ich bin gleich aufs höchste alarmiert. Leckstützbalken, das klingt gar nicht gut. In Gibraltar haben wir auch mit Leckstützbalken gearbeitet. Damals konnte ich mich nicht genug wundern, daß wir diese soliden Vierkanthölzer an Bord hatten – und die Sägen, mit denen sie in aller Eile zurechtgestutzt wurden. Nur mit Leckstützbalken, die wie Stempel im Bergwerk gesetzt wurden, ließ sich der Wassereinbrüche Herr werden.

Ich habe nichts davon gehört, daß wir einen wirklich verheerenden Wassereinbruch hätten. Wozu also Leckstützbalken? Da erfahre ich vom I WO: »Ein Diesel muß gestützt werden. Da hat es einen Fundamentbolzen erwischt – oder so ähnlich.«

»Genehmigt«, gebe ich zurück, und gleich schäme ich mich deswegen: So kaltschnäuzig bin ich mitnichten.

Wieder drei Bomben! Näher? Ferner? Wenn ich's nur wüßte. Ich höre aber kein Auftreffen von Asdic-Strahlen. Neue Methoden? Mich würde es nicht wundern, wenn die Saubande wieder was Neues entwickelt hätte.

Endlich gibt der Kommandant wieder einen Ruderbefehl. Nicht flüsternd, sondern mit seiner normalen Stimme. Just damit erschrickt er mich. Und nun läßt er auch noch einen Maschinenbefehl folgen. Den nehme ich gar nicht richtig wahr, so sehr irritiert mich die ungewohnt laute Befehlssprache.

Ich verkneife die Augen, so fest ich es vermag, aber das Schwirren und Vibrieren in mir will nicht nachlassen. Mein Hirn arbeitet übertörnt – wie eine Schiffsschraube ohne Wasserwiderstand. Lange kann das nicht mehr gutgehen.

Da kracht es so scharf und gellend, daß die Flurplatten erneut zu scheppern beginnen. Und noch mal – und gleich noch zweimal – drei-, viermal . . . Wie viele Bomben waren das insgesamt? Der Obersteuermann läßt seine Strichliste nicht sehen. Er verbirgt sie mit seinem Körper wie einer, der sich nicht in die Karten gucken lassen will.

Denen zu entkommen – das *kann* doch gar nicht klappen! Aus dieser Art von Umzingelung schafft das *keiner*. Die haben uns fest und sicher am Wickel und die sind *keine* Anfänger.

Ich sehe es dem Kommandanten an, wie angestrengt er knobelt. Über sein Gesicht laufen immer neue Verzerrungen hin. Er scheint um einen Entschluß zu ringen, aber was kann er sich denn schon ausgedacht haben!

Ein Wunder, wie die Silberlinge jetzt stillhalten. Ich kann zwei erkennen, die ganz in sich zusammengesackt sind und sich die Arme um den Kopf gelegt haben. Nichts mehr sehen, nichts mehr hören . . . So isses recht! Die beiden werden mit dem Leben abgeschlossen haben – und wahrscheinlich die meisten anderen auch. Vernünftig – schafft Ruhe.

Der Torpedomechanikersmaat will ausgerechnet jetzt nach achtern durch. Er macht Gesten, die bedeuten sollen, daß er Werkzeuge braucht. Vorn hat es offenbar auch Schäden gegeben. Ich muß also meinen Platz verlassen – unter innerlichem Fluchen: zum Teufel mit dem Durchgangsverkehr!

Der Horcher macht neue Meldungen. Ich nehme Kompaßzahlen auf: eigener Kurs, Gegnerkurs – aber die Zahlen, die ich höre, bleiben abstrakt, ich kann sie nicht in Bilder umsetzen, weil mir meine Gedanken davonlaufen: Der Alte in Brest – was wird der jetzt tun? Vielleicht noch pennen. Irgendwann muß er ja pennen, trotz der amerikanischen Artillerie. Der Alte würde sich schön wundern, wenn er sehen könnte, wie beschissen wir dran sind. All die Leute, die jetzt ganz ohne Sorgen zu Hause im Bett liegen . . . In der neutralen Schweiz zum Beispiel. Keiner von diesen Schläfern könnte sich vorstellen, in welch elender Lage wir uns befinden. Wo der Herr Großadmiral wohl stecken mag? Wahrscheinlich »weilt« er im Führerhauptquartier in Wolfsschanze und kriecht seinem angebeteten Führer in den Hintern. Aber was geht mich *jetzt* der Scheißgroßadmiral an!

Die Wassertiefe? Fünfzig Meter? Waren wir nicht eben erst bei achtzig?

Ob man bei fünfzig Metern noch mit dem Tauchretter aus dem Boot herauskommt? Fünfzig Meter sind viel. Bei vierzig Metern hat es schon mal geklappt. Ich selber habe das Aussteigen nie geübt. Die Silberlinge bestimmt auch nicht. Und dann gleich aus fünfzig Metern? Das gäbe eine schöne Wuhling! Aber was soll der Quatsch: Für die Silberlinge gibt es ja gar keine Tauchretter an Bord.

Immer neue Gedanken fallen wie Scharen von Vögeln in mein Hirn ein, ob ich nun will oder nicht will. U-Bootbesatzungen, denke ich, könnte man glatt aus Blindenschulen rekrutieren. Alle hier nötigen Handgriffe könnten genausogut Blinde lernen. Die Tauchtiefen muß man ja nicht unbedingt ablesen können, die ließen sich auch akustisch mitteilen. Die Ruderlageanzeige, den Kompaßkurs – alles könnte man tastbar machen.

Ich schließe die Augen, um die Bilder, die in meinem Hirn entstehen, wegzuwischen. Als das Augenkneifen nicht hilft, kann ich die Bilderbänder mit einem scharfen Kopfschütteln zum Stoppen bringen – Gott sei Dank! Aber da wollen sie sich schon wieder in Bewegung setzen, und ich muß sie ein weiteres Mal mit Kopfschütteln anhalten.

Von achtern wird eine Hilfslenzpumpe klar gemeldet. Na bitte! Wir machen Fortschritte! Jetzt interessieren mich allerdings ganz andere Sachen als Hilfslenzpumpen. Ortungsmeldungen zum Beispiel. Aber die bleiben aus.

Fragende Gesichter. Nichts. Der Kurs bleibt, wie er ist.

Der Leitende kehrt mir den Rücken zu. Aber als er sich vom Tiefenruderstand weg- und zum Kommandanten hinwendet, kann ich sein Gesicht sehen: Es ist nur fragende Aufmerksamkeit und verrät nichts.

Auch vom II WO sehe ich nur das Halbprofil. Und der I WO steht fast ganz verdeckt weiter achtern im Dunkeln. Was hat der Mann nur für eine merkwürdige Art, sich immer wieder in die Ecken zu drücken, anstatt neben dem Kommandanten zu stehen, wie es sich gehörte?

Der Kommandant hat sich wieder hingehockt. Er sitzt reglos da, als horche er nicht nach außen, sondern tief in sich hinein. Seine Schultern hat er sinken lassen, seine Hände, die Handflächen nach oben gekehrt, im Schoß. Sein Gesicht gleicht einer Kinderstrichzeichnung: die Augen zwei kurze, harte Striche, der Mund ein O. Über den Strichaugen zwei dunkle Spangen: die hochgehobenen Brauen. Wie lange kann dieser Mann die uns zugedachten Torturen noch aushalten? Mich würde es nicht wundern, wenn er plötzlich umkippte und auf die Flurplatten schlüge.

Was passierte dann? Der I WO ist bestimmt zu unerfahren und zu flapsig, um den Kommandanten ersetzen zu können. Der I WO hat keine Autorität. Den Silberlingen so entgegenzutreten wie der Kommandant, das würde er nie im Leben schaffen. Da läßt sich nur hoffen, daß die

Männer so gut aufeinander eingespielt sind, daß sie es notfalls auch ohne ihn schaffen.

Früher habe ich schon mal gehört: Was ein Boot braucht, ist ein guter Obersteuermann, ein guter Zentralemaat und ein guter Obermaschinist. Die schmeißen dann schon den Laden.

Vielleicht hatten die Silberlinge so unrecht nicht: Wir hätten uns gleich den Tommies ergeben sollen. Als Holzfäller ab nach Kanada – gar kein so schlechtes Los. Jedenfalls verdammt viel besser als hier vor der Festung Brest mit der Wassergarotte erstickt zu werden.

Ich sehe das Gruppenfoto vor mir, das Kretschmer aus dem Camp herübergeschickt hat: alle durch die Bank fein in Schale. Wo hatten die bloß die blauen Klamotten her? Mit Blau am Leibe konnte doch keiner von denen aus dem Bach gefischt worden sein. Ich sehe quer über dem Foto mit Tinte von Kretschmers Hand geschrieben: »Und schlägt der Arsch auch Falten, wir bleiben doch die alten.«

Komisch, der schweigsame Otto sah gar nicht nach so deftigen Sprüchen aus.

Hin und wieder schiebt sich auch der Kopf des Zentralemaaten in mein Blickfeld. Sein Gesicht ist im Ausdruck fragenden Ernstes erstarrt. Das ist bestimmt ein guter Mann – verläßlicher Spezialist.

Meine Kaumuskeln entspannen und verhärten sich, entspannen sich wieder: Die Kiefer schmerzen richtig im harten Biß.

Warum rührt sich schon wieder keiner mehr? Wir können hier doch nicht bis in alle Ewigkeit Panoptikum spielen.

»Alles hat ein Ende«, höre ich da den Zentralegast einem Silberling Mut zureden. Und dann kommt aus der halben Dunkelheit am Flut- und Lenzverteiler eine Stimme: »De Wurscht hat aber zwee-e.«

Das konnte nicht schnoddriger klingen. Ein Gefühl wie Zuneigung durchströmt mich: prima Kerle! Das sind schon prima Kerle. Ich bin mit meinen Nerven so am Ende, daß ich losheulen könnte, nur wegen so einer schnoddrigen Rede.

Ich bewege vorsichtig meine Glieder und spüre, wie das Blut wieder zu zirkulieren beginnt, aber ich wage noch nicht, mir die Augen zu reiben – und schon gar nicht, fest aufzustampfen oder die Glieder zu schlenkern, um die Verkrampfung in den Muskeln zu lösen. Dafür riskiere ich, den Brustkorb ordentlich zu heben und tief durchzuatmen: einmal, zweimal, dreimal. Jetzt lasse ich die Arme baumeln, verdrehe den Kopf, lasse den Blick umherwandern. Ich bin also noch da – am Leben und an allen Gliedern heil.

Der Kommandant läßt wieder auf sechzig Meter gehen. Während der ganzen Zeit hält er seinen Kopf in Richtung Horchschapp gedreht. Aber so intensiv der Horcher auch mit seinem Handrad den Horchhorizont absucht, zu melden hat er nichts mehr.

Verstehe das einer!

Sich langsam wegzumogeln, mindestens zwei Meilen Distanz zwischen uns und den Gegner zu legen – das wäre der wahre Jakob. Wenn dann die Saukerle immer noch Bomben schmeißen wollen, müssen sie zum Werfen quasi Langstrecke anlaufen, und wir kriegen spitz, aus welcher Richtung sie kommen, und können versuchen einen Ausweichhaken zu schlagen.

Die schiere Theorie! Ich weiß, ich weiß! Aber was ich nicht weiß, das ist, was das Ganze jetzt bedeuten soll. Übertölpeln? Wollen die uns am Ende doch noch übertölpeln?

Wenn der Kommandant, statt auf der Unterlippe herumzubeißen, doch mal einen Ton sagen würde. Ausnahmsweise mal. Aber nein! Keine Kommunikation mit den WOs, keine mit dem Obersteuermann! Alle stehen herum wie die Salzsäulen und gucken auch noch in verschiedene Richtungen.

Ich kann noch nicht durchs Boot gehen und mir ein Bild von den Schäden machen. Noch sind wir »under the gun«. Den Meldungen nach muß es ziemlich schlimm stehen: etliche Batteriezellen kaputt, Echolot im Eimer . . . Den Funkraum soll es auch böse erwischt haben. Hier in der Zentrale sieht es schon wüst genug aus: Kabel, Glassplitter . . .

Der Kommandant ist auf einmal dicht neben mir, leicht eingekrümmt zwar, aber auf den Füßen. Er hat sich offenbar wieder gefangen. Er wendet sich an einen E-Maschinengasten, der sich gerade an ihm vorbeidrücken will, um nach achtern zu gelangen. »Den Schmutt fragen, ob er Gurken oder Sauerkraut oder irgend so was hat, 'n bißchen was Saures wäre schön.« Damit läßt er sich wie ergeben auf eine Ecke der schwarz bezogenen Bank für die Rudergänger sacken.

Na, immerhin! Das klang sogar ein bißchen nach dem Alten. Aber dann fragt der LI den Kommandanten, ob er lenzen darf, und da kommt die Antwort wieder so qualvoll zögernd, daß einem angst und bange werden kann.

Die Zerklüftung der Küste muß es sein, die uns gerettet hat. Wir sind in tiefem Wasser. Gott sei's gelobt, getrommelt und gepfiffen! Der Kommandant kann endlich die dritte Dimension ins Kalkül nehmen.

Aber schon drängen mir auch wieder Gedanken ins Hirn, die ich lieber draußen hielte: die dritte Dimension – auf Grund fallen, keine Chance haben, wieder hochzukommen, und schön allmählich an Sauerstoffmangel krepieren. Daß es lange dauert, ist auf jeden Fall klar. Vielleicht machen dann welche den Schlangenmenschen und erschnüffeln in irgendwelchen Ecken die allerletzten Kubikzentimeter Luft, bis auch sie draufgehen.

Nein, so läuft es nicht! korrigiere ich mich gleich. Es ist nicht so, daß sich die Besatzung nur deshalb zu Tode quälen muß, weil der Sauerstoff versiegt – wenn man einfach nicht mehr durch den Suckelschlauch der Kalipatrone atmet, geht es ohne Hängen und Würgen über den Jordan, heißt es. Man braucht sich nur hinzulegen und sich vom Stickstoff, den man selber produziert hat, benebeln zu lassen – dann schläft man hinüber.

Ich zergrübele mir das Hirn, um gewisse Zahlen zu finden, die ich eigentlich kennen müßte: Wie lange dauert es, bis ein geortetes und umstelltes Boot aus Luftmangel auftauchen muß? Nach wieviel Stunden haben die fünfzig Leute der Normalbesatzung den gesamten Sauerstoff in den Flaschen weggeschleckert?

Da fällt mir endlich ein: zwoundsiebzig Stunden! So lange soll ein Boot ohne Zufuhr von Außenluft aushalten. Aber diese Zahl stimmt in unserer Lage natürlich hinten und vorne nicht, sie hielte einer sorgfältigen Prüfung – so heißt es doch immer – keineswegs stand. Mit den fünfzig Silberlingen an Bord sind wir hoffnungslos überbesetzt – und für die gibt es nicht mal Kalipatronen ...

Ich bringe meine Gedanken einfach nicht von diesem Thema los. Zwanghaft frage ich mich: Wonach schnappen die Fische eigentlich, wenn sie aus dem Wasser gezogen und aufs Trockene geschmissen werden? Sauerstoff müßten sie dann doch genug bekommen. Aber sie verrecken. Warum nur? Wissenslücken, wohin auch immer man seine Gedanken richtet ...

Der Zentralemaat weist mit Blicken und Kopfrucken auf einen Teller mit Broten im Halbdunkel unter dem Echolot. Mir ist entgangen, daß den jemand dorthin gestellt hat.

Büchsenbrot mit Wurst. Was Besseres ist dem Schmutt auch nicht eingefallen. Warum ist denn kein frisches Brot an Bord? Dieses widerliche Büchsenbrot kommt doch gewöhnlich erst nach einer Woche oder gar vierzehn Tagen auf die Back. Das Zeug ist vollkommen geschmacklos. Das sollte man denen zu fressen geben, die es fabrizieren.

Zum Glück ist auch eine Gurke auf dem Teller: Einzig und allein auf die Gurke habe ich Appetit. Hoffentlich vertragen das meine Innereien. Besser ein Stück Brot dazu. Den Mischmasch aus Gurke und Brot, den hat mein Bauch sicher lieber als nur die Gurke.

Ich beiße also erst ein Stück von der Gurke ab. Es ist schön feucht und sauer. Ich malme es langsam zu Brei. Aber statt den Brei nun hinunterzuschlucken, schiebe ich ihn erst mal in die linke Backentasche. So – und nun einen Happen Brot. Es ist sogar Butter zwischen den Scheiben. Wer sagt's denn! Schön durchkauen, Zeit dazu lassen. Es geht ganz gut: Der Speichel fließt ordentlich. Und nun den Gurkenbrei aus der Backentasche holen und beides mit der Zunge gegen den Gaumen drücken, dann die Backen einziehen und die Zunge wieder hoch. Das gibt ein feines Gemenge. Und jetzt: schluck! und weg damit. Das rutscht ja prima hinunter.

Noch mal das gleiche? Noch mal! Aber dann soll Schluß sein. Ich habe im Grunde gar keinen Hunger, ich will etwas für meinen Körper tun, nur darum geht es.

Apfelsaft? Kujambelwasser? Was zum Hinterhersaufen wäre recht. Irgendwo muß doch hier was zum Saufen herumstehen. Saufen kann ich immer. Man hätte längst eine Art flüssiger Ernährung erfinden sollen, damit einem die dämliche Kauerei erspart bliebe.

Ein Mann aus der Maschine will durch die Zentrale. Ich frage ihn, wie es achtern geht. Der Mann grient mich breit an: »Der Diesel – wa? Det haut wieda hin!«

Ich kann nur staunen: anscheinend ein Gemütsmensch, einer von der besonders zähen Sorte.

Im Gang nach vorn sieht es aus, als hätten dort Verrückte gewütet. Alle möglichen Gepäckstücke, die mühsam genug verstaut waren, sind auf den Boden geschleudert worden. Auch Schallplatten, Geschirr aus den Spinden. Die meisten Spindtüren sind aufgesprungen, und so konnten die Spinde ihren Inhalt ausschütten.

Mir geht der Anblick der Verwüstungen an die Nieren. Wenn ich doch etwas gegen das grauenhafte Durcheinander tun könnte – aufklaren, Ordnung schaffen . . . Und ich sollte mich auch mal nach achtern durchhangeln und mir die Bescherung dort ansehen. Aber dazu fühle ich mich zu wacklig auf den Beinen. Kann die jetzt dahinten nicht stören, entschuldige ich mich vor mir selber. Die haben doch alle Hände voll zu tun!

Unbegreiflich, daß das Bombenfurioso einfach ausgesetzt hat. Kein Abgesang, keine Überleitung. Wie von einem Dirigenten abgeklopft: Schluß! Aus! Basta!

Ich kann und kann nicht damit fertig werden, daß der finale Wurf ausgeblieben ist. Wir waren doch gestellt. Umzingelt und gestellt. Die hatten uns doch fest in den Klauen. Warum dann dieser plötzliche Aktschluß? Warum nur haben die Tommies uns entkommen lassen? Unfähige Leute? Haben die auf ihren Zerstörern etwa auch Nachwuchsoffiziere, oder hatten die Bammel vor den Küstenbatterien? Aber die gibt es ja längst nicht mehr! Die Herrschaften aus den Artillerieständen halten sich doch jetzt in Brest auf. Oder haben die Tommies sich etwa vorgemacht, sie hätten uns erwischt? Sind die einfach abgezischt und haben eine fette Erfolgsmeldung abgesetzt, ohne Beweise zu haben?

Der Alte hat immer behauptet, die Tommies hätten mehr Schiß als Gottesfurcht, verständlicherweise: Mit so einem Blechkasten, der in tausend Fetzen fliegt, wenn er einen Aal verpuhlt kriegt, wollte der Alte nicht gerne zur See fahren. Aber einfach die Arbeit hinschmeißen und uns laufenlassen? Auf dem Absatz kehrtmachen, anstatt auf ein sicheres Zeichen unseres Absaufens zu warten . . .?

Es gibt keinen Vers darauf, warum auf einmal Schluß der Vorstellung war. Ein Wunder – und für Wunder gibt es keine Erklärungen!

Die Mütze des Kommandanten! Nur die wollte der Alte als sicheres Zeichen für die Versenkung gelten lassen. »Solange die nicht hochkommt . . .«, ging seine Rede. Und auch: »Im Seekrieg ist alles möglich – wirklich alles!«

Wieder Tiefe unter dem Kiel! Ich hätte mir nie im Leben vorstellen können, was für ein angenehmes Gefühl das ist: Das Dasein wartet mit immer neuen Überraschungen auf. Da lebt man dahin und weiß nicht, was es alles an angenehmen Empfindungen gibt. Tiefe unter dem Kiel, jetzt, im gegenwärtigen Augenblick, weiß ich mir nichts Schöneres . . . Das ist wie früher zu Weihnachten bei der Bescherung.

Verstohlen blicke ich mich um. Ich muß wohl insgeheim erwartet haben, daß die Gesichter jetzt anders aussähen als vorher. Viel an Veränderungen ist jedoch nicht zu sehen – eine Enttäuschung. Ein paar Erschöpfungszeichen allenfalls: tiefe Augenringe, schärfere Affenfalten – aber gesund und munter sah auch *vor* dieser Tortur keiner aus.

Ich höre auch schon wieder palavern: »Die haben uns aber sauber eingedeckt!«

»Das kannste laut sagen!«

»Die wollten uns doch glatt zur Minna machen!«

»Mit uns könnses ja . . . bloß mit Wellensittichen ging's nich.«

»Was quatschte denn da Blödes?«

»Da käm gleich der Tierschutzverein gerannt.«

»Denkste!«

»Doch! Da kannste een druff lassen!«

Nach den Meldungen, die mir an die Ohren dringen, mache ich in Gedanken eine Schadensliste auf – just so, wie ein Havariekommissar es tun würde: Einer der beiden Kompressoren soll nicht mehr arbeiten. Die Sehrohre? Beide Sehrohre haben was abgekriegt. Das Luftzielsehrohr ist anscheinend reparabel, aber das Angriffsehrohr womöglich nicht. Was verschlägt's? An Angriffe ist mit diesem überfrachteten Schlitten ohnehin nicht zu denken. Der Kreiselkompaß ist unklar. Ist dem Magnetkompaß zu trauen? Wenn nur die Schraubenwellen nicht verbogen sind! Der kleinste Schaden an Wellen und Wellenlagern, und schon läuft der Laden heiß . . .

Was also tun? Uns bleibt jetzt nur, dicht unter der Küste hinzuschleichen und das defekte Boot notfalls aufzusetzen oder so, wie wir sind, weiterzujuckeln und das schiere Gegenteil zu versuchen: erst mal ordentlich Raum zu gewinnen und einen großen Bogen zu schlagen. Bestimmt keine einfache Entscheidung für den Kommandanten.

Ein Kurs dicht unter der Küste hin wäre gut und schön, aber dann müßten wir auch dicht an Lorient und Saint-Nazaire vorbei, und dort ist sicher die gleiche Abwehr aufgezäumt wie hier. Unsere Freunde haben bestimmt *alle* Stützpunkte von See her dichtgemacht. Zudem werden sie sich sagen – sofern sie nicht mutmaßen, daß sie unser Boot vernichtet haben –, daß wir es eilig haben und uns deshalb keinen großen Ausweichbogen leisten können. Ihre Nord-Süd laufenden Patrouillen werden demzufolge vor allem die Seegebiete dicht vor der Küste abgrasen. Wir müssen also, um ihnen zu entgehen, erst recht einen großen Bogen nach Westen schlagen.

Aber wie weit können wir in vierundzwanzig Stunden bei diesem Kriechtempo kommen? Ein Flugzeug schafft die Strecke, die wir an einem Tag zurücklegen, in wenigen Minuten. Wie weit reicht das Flugzeugradar? Das wenigstens sollte ich wissen. Der Alte hat es mir sicher schon einmal gesagt, ich muß es vergessen haben.

Da kommt der Backschafter mit einer Kanne und einer Porzellanplatte voll Rührei. Und mit einem Teller Gurken für den Kommandanten.

Der erscheint auch gleich, und ich muß ihm Platz machen. Ich wechsle auf meinen gewohnten Platz an der vorderen Schmalseite der Back über – auch gut, so habe ich den Kommandanten im Blick. In seinem Gesicht finde ich keine Spur der Freude über unser Entkommen. Er nagt wieder mal heftig an seiner Unterlippe.

»Aufmerksame Leute, die Tommies«, murmelt er. »Wenn die uns nicht für geknackt halten, wissen sie mal sicher unsere Marschrichtung.« Ohne daß ich gefragt hätte, erklärt er: »Die lassen uns so leicht nicht aus den Klauen.«

Das Gesicht des Kommandanten verdüstert sich vor lauter Denkanstrengung, über seiner Nasenwurzel haben sich dicke Falten gebildet.

»Wohin wir wollen, können die sich doch abfingern . . .«, sagt er halblaut.

Am Arsch abfingern, denke ich, so heißt es richtig, aber unser feingebildeter Kommandant läßt den Arsch natürlich weg.

Ich will nun doch nach achtern in den Dieselraum, nachsehen, wie es dort aussieht.

Wohin ich auch fasse, während ich mich mühsam nach hinten durchhangele, alles ist feucht beschlagen. Viel zuviel Luftfeuchtigkeit im Boot. Hoffentlich sind die vielen elektrischen Leitungen noch so in Ordnung, daß es keine Kurzschlüsse durch Kondenswasser gibt. War alles schon da.

Im Dieselraum herrscht fieberhafte Aktivität. Ich habe keine Ahnung, was hier alles zu Bruch gegangen ist. Dort, wo der LI mit dem Dieselmaschinisten arbeitet, ist die Nockenwelle. Da sitzen aber auch Brennstoffleitungen. Die Kurbelwelle liegt entschieden tiefer. Sie ist durch eine Kupplung mit der eigentlichen Welle verbunden. Die Kurbelwelle kann es kaum erwischt haben.

Ich nehme das Wort »Schwingungsdämpfer« auf. Wo zum Teufel sitzen hier Schwingungsdämpfer? Ich habe meinen Part zwar gut gelernt, aber wo die sitzen, weiß ich nicht. Sollte es sich etwa um Schwingungsdämpfer für die Kurbelwelle handeln? Danach fragen kann ich jetzt niemand. Nützlich machen kann ich mich auch nicht. Dumm herumstehen und Maulaffen feilhalten, das ist alles, was ich kann.

Ich hätte gern richtig Schlosser gelernt. Unter anderem. Jetzt sollte ich aber nicht daran denken, was alles ich gern gelernt hätte . . .

Plötzlich höre ich wie aus weiter Ferne: »Klarmachen zum Probetauchen!«

Ich traue meinen Ohren nicht: Probetauchen? Das klingt wie der schiere Irrwitz!

Wessen Stimme war das? Dieser Scheißlautsprecher verzerrt die Stimmen bis zur Unkenntlichkeit.

Klar doch: Offenbar soll hier alles seine geregelte Ordnung haben – trotz »Hölle, wo ist dein Sieg?«. Geregelte Ordnung – auf Probetauchen wäre ich ums Verrecken nicht gekommen. Aber stimmt ja: Diesen Programmpunkt haben wir bisher überschlagen. Und jetzt soll er nachgeholt werden.

»Verrückt und grün ist neune!« ist für diesen Fall der treffende Großmutterspruch. Ich sollte den Kommandanten dafür bestaunen, daß er so exakt nach den Regeln verfährt. Ob er sich wenigstens klar darüber ist, daß es so etwas wahrscheinlich noch nicht gegeben hat: gleich voll eingeschenkt bekommen und dann erst Probetauchen? Verdammt moderne Zeiten.

Ich verhole mich in die Zentrale und stelle mich direkt hinter die Tiefenrudergänger.

Der Kommandant läßt das Boot erst auf siebzig, dann langsam bis auf hundert Meter bringen.

Und jetzt? Hinter mir stehen die Männer schon wieder wie steifgefroren. Ich spitze die Ohren auf einen neuen Befehl. Aber ich höre nur E-Maschinensummen. Der Kommandant schweigt.

Der Zeiger des Tiefenmanometers steht auf der Hundert, wie festgeklebt. Hundert Meter – mehr will der Kommandant offenbar nicht riskieren.

Wenn wir nun aber vom Gegner auf die doppelte Tiefe gezwungen werden? Wenn wir Wasserbombenwürfen nach unten ausweichen müssen – was dann?

Der Kommandant läßt wieder höhergehen.

Hundert Meter! Der Alte würde, wenn er hier in der Zentrale stünde, höhnisch über dieses Hasenherz von einem Kommandanten grinsen. Der Alte zwang das Boot beim Probetauchen so tief hinunter, daß es nur so im »Gebälk« knisterte, knackte und sogar krachte. Da konnte der Leitende noch so viele Angstblicke in Richtung des Alten schicken – dem war das scheißegal. Der wollte wissen, ob die Verschlüsse auch in extremer Tiefe dichthalten würden. Beim Alten artete das Probetauchen zur Nerventortur aus. Aber inzwischen weiß ich, wie recht er damit hatte . . .

Aber vielleicht hat der hier auch recht: Vielleicht ist es besser, diesem Boot nicht mehr zuviel zuzumuten. Hundert Meter: Da kann nicht viel passieren.

Während wir langsam steigen, denke ich: Ist dieser Kommandant bei seinen Leuten etwa so beliebt, weil er ihnen nichts abverlangt? Erfolge kann er jedenfalls nicht aufweisen. Das kann aber auch bedeuten, daß er seine Männer im Zweifelsfall geschont hat. Jetzt, im sechsten Kriegsjahr, sind die Besatzungen ja wohl nicht mehr so auf Heldentaten erpicht wie noch zu Anfang.

Wir zockeln fürs erste in sechzig Meter Tiefe mit sparsamer E-Maschinenfahrt weiter westwärts: Zweihundertsiebzig Grad liegen an.

»Erst mal absetzen von der Küste«, kommentiert der Kommandant den Kurs, als sei er mir Rechenschaft schuldig. »Schnorchelversuch gegen Abend«, sagt er dann noch.

Was heißt »gegen Abend«? Wieviel Stunden ist das noch hin? So schnell wie hier an Bord war mein Zeitgefühl noch nie im Eimer.

Ich beuge mich über das Kartenpult, um zu ergründen, wo wir sein könnten und in welchem Abstand wir an La Baule und Lorient vorbeifahren sollen. Aber mir wird keine Erleuchtung zuteil: Unsere bisherige Fahrtstrecke ist nur mit einem simplen dünnen Bleistiftstrich dargestellt, der fast genau nach Westen gerichtet ist.

Den Obersteuermann will ich nicht fragen, wo wir sind. Ob der in dieser Wuhling mitkoppeln konnte? Unter halbwegs normalen Verhältnissen wäre auf die Koppelnavigation nach Kompaß und Fahrtmeßeinrichtungen auch halbwegs Verlaß. Aber in unserem Fall? Durch unser ständiges Hakenschlagen und die starken Strömungen dürfte die Methode kaum funktionieren.

Was Wunder, daß der Obersteuermann sich mürrisch wie nur einer gibt. Für den Seemann ist es eine Tortur, nicht genau zu wissen, wo sich sein Schiff befindet. Blindekuh – ein Scheißspiel! Und dieser Obersteuermann hat schon die allerbösesten Erfahrungen mit diesem Scheißspiel hinter sich: Nach der Schnorchelei im Kanal vor der englischen statt vor der französischen Küste aufzutauchen, das kann kein beglückendes Gefühl gewesen sein.

Ich frage mich, wie wohl das Wetter sein mag. Das Wetter kann man sich nicht aussuchen – die alte Binsenweisheit. Wenn wir es uns aussuchen könnten, wäre es diesig und Wind mit kabbliger See – und nachts so finster wie im Bärenarsch.

Ich will in den U-Raum und mich eine Weile auf meiner Koje langmachen.

Aber auf meiner Koje liegen zwei wie Schwule ineinander verknäuelt. Werftfritzen. Sollen sie liegenbleiben! Also zurück in die Zentrale. Dort hocke ich mich auf eine Metallkiste und lehne den Rücken gegen die Säule des Luftzielsehrohrs. So muß es gehen. Bloß jetzt nichts mehr sehen. Einfach dahocken, die Nerven zur Ruhe bringen, den Blick nach innen richten ...

Als ich wie aus halber Bewußtlosigkeit wieder zu mir komme und meine Gedanken zu ordnen versuche, wird mir klar, daß ich schon seit Stunden nicht mehr an Simone gedacht habe. Mir ist, als triebe ich schwerelos durch ein totales Vakuum. Ganz allmählich erst komme ich wieder zu mir und versuche, die Benommenheit aus dem Kopf zu scheuchen und halbwegs klare Gedanken zu fassen.

Um mich herum herrscht Ruhe. Ich erkenne nur die Rücken der Tiefenrudergänger und die Profilansicht des II WO. Das zerbrochene Glas ist aufgekehrt. Der Leitende ist nicht da. Wahrscheinlich ist er achtern beim Reparieren. Der Obersteuermann fehlt an seinem gewohnten Platz am Kartentisch. Und der Kommandant?

Im Boot ist auf einmal mehr Platz als vorher. Da hat sich der alte Trick bewährt: ordentlich durchschütteln – wie Kartoffelsäcke. Die kann man nach dem Schütteln dann leicht zubinden.

Es sollte mich beruhigen, daß es in der Zentrale so still ist: Was hier zu tun war, ist offenbar getan worden, provisorisch wenigstens – mit Bordmitteln eben. Aber die Stille im Zentrum unseres Schiffes ängstigt mich auch. Um meine Nerven zu beruhigen, sage ich mir: Jeder ist an seinem Platz – die Zentralebesatzung hockt dort im Dunkeln. Oben im Turm sitzt der Rudergänger. Ich sehe ihn nicht, aber ich weiß, daß er da oben sitzt und das Boot steuert.

Und was die Schäden angeht: Der Kreiselkompaß ist wieder ganz in Ordnung. Die Töchterkompasse funktionieren. Der Kompaß ist wichtig, er weist uns den Kurs. Ohne ihn wären wir aufgeschmissen.

Jetzt entdecke ich in der Schattentiefe wenigstens den Zentralemaat als eine einzelne Figur: Über die Flutverteilerventile gebeugt, kehrt auch er mir den Rücken zu. Wahrscheinlich hat der Zentralemaat seit dem Auslaufen noch keine Stunde Schlaf gefunden.

Ich mache die paar Schritte zum Kartenpult und sehe dort eine Übersichtskarte »Frankreich« liegen. Wie kann die dorthin gekommen sein? Hier liegen normalerweise nur Seekarten.

Ich suche La Pallice und sage mir auch gleich: Weiß der Henker, wie wir von La Pallice aus – toi, toi, toi! – weiterkommen wollen, wenn die Amis sich auch nur ein bißchen beeilen. Wenn die mit ihren Panzern pielgerade nach Süden vorstoßen, kann es heiter werden.

Aber was soll's! Erstens wird es anders – zweitens, als man denkt! Mit dem Gerücht einer zweiten Großlandung sind wir schon geblitzt worden: Die Divisionen, die in der Gegend von Abbeville auf den bösen Feind warten, würden jetzt verdammt gut hinter Rennes gebraucht. Bald ist Nantes dran und über kurz oder lang wird Saint-Nazaire abgeschnitten – und damit ist die Bretagne – die ganze riesige Halbinsel – verloren.

Vorsichtig wie ein Dieb in der Nacht steige ich durch den vorderen Schottrahmen. Die Kokosläufer liegen wieder ordentlich auf den Flurplatten, die Klamotten, die aus den Spinden heraus in den Gang geschleudert worden waren, sind verschwunden.

Der Vorhang vor dem Kommandantenraum ist offen. Der Kommandant ist also auf, statt zu schlafen. Aber wo mag er stecken?

Als ich am Funkschapp vorbeikomme, sehe ich, daß der Funker auf seinen Unterarmen schläft. Den Horchraum hält sein Kollege besetzt. Gleichmütig und mit gänzlich ausdruckslosem Gesicht dreht er langsam sein Handrad. Sein Mund bleibt stumm. Na Gott sei Dank!

Ich setze meine Füße so vorsichtig tastend auf, als könnte ich allein dadurch schon die Gewichtsverlagerung aufheben und den Trimm erhalten.

Den Kommandanten finde ich mit dem Leitenden in der O-Messe auf dem Ledersofa. Schlafen die beiden, oder sind sie wach?

Da richtet der Leitende plötzlich seinen Blick auf mich und bläst mit flappender Oberlippe Luft aus. Dann drückt er die Gelenkrücken seiner Zeigefinger so tief in die Augenhöhlen, als wollte er sich die Augäpfel zerquetschen, reißt dann aber plötzlich die Augen wie in panischem Schrecken auf. Sie sind gerötet und verquollen. Und nun versucht er auch noch, mit Würgen gegen einen Gähnkrampf anzukommen.

Ich stottere etwas wie ». . . nicht stören«. Dann ziehe ich mich auch schon wieder zurück: »nicht stören« – dumme Rede!

Ich wünschte, der Kommandant würde sich in seinem Schapp langmachen und richtig pennen. Was dem Mann zugemutet wird, hält doch keine Sau aus. Ob er etwa Pillen zum Wachhalten genommen hat? Über diese Pillen gehen komische Geschichten um: Da operierte ein Boot auf einen Geleitzug – schon eine Ewigkeit lang –, und der Kommandant hielt sich nur noch mit dieser Sorte Pillen auf den Beinen – und dann war der Geleitzug weg, und der Kommandant hätte endlich schlafen können – aber eben nicht mit dem Bauch voll Pillen.

Eine Woge späten Mitgefühls überschwemmt mich. Ich fühle mich ja auch total erledigt – ausgepumpt und geridert. Meine Koje wieder ansteuern, das wäre das einzig Richtige! Die beiden Silberlinge zum Teufel jagen, wenn sie da noch herumflacken sollten. Pennen war noch immer das Gescheiteste. Spart Kräfte und Nerven.

Also wieder nach achtern! »Zum Aussteigen rechte Hand am rechten Griff« – so stand's in der Chemnitzer Straßenbahn. Oder war's der linke? Blöde, daß ich das nicht mehr richtig weiß – nicht mal das! »Abspringen während der Fahrt verboten.« Was gibt's noch? »Non sputare nella carozza.« – »Ne pas ouvrir avant l'arrêt du train.«

Geht es mit mir dahin? Fängt so Gehirnerweichung an?

»Herrschaften, hab ich 'nen Jieper uff Rollmops«, höre ich ein Stöhnen, als ich gerade ein Bein durch den Schottrahmen gesteckt habe.

»Bestell doch welchen beim Ober.«

»Et muß ja nich jleich sin!«

»Laß ja deine Lauseharke hier verschwinden, alte Sau!«

»Komm, friß, iss doch ejal, wovon dir schlecht wird.«

Es ist nicht zu fassen: Kaum ist das Schlimmste vorbei, reden die Maate schon wieder, als hätten wir nicht eben noch im tiefsten Schlamassel gesteckt.

Die Silberlinge sind verschwunden. Einer der Maate macht mir klar, daß er es war, der sie weitergebracht hat. Brav.

Gut, daß keiner zusieht, wie langsam ich mich auf die Koje verhole. Ich krieche förmlich zu ihr hoch. Was für eine Anstrengung, meinen Oberkörper auf die Matratze zu schieben und dann die Beine nachzuziehen. Ohne es recht zu merken, muß ich mich ganz schön verkrampft haben. Woher sollten sonst die Muskelschmerzen kommen?

Als ich endlich liege, genieße ich es erst mal als Wohltat, mich lang ausstrecken zu können: Hinterkopf, Rücken, Hintern, Beine, Hacken – alles habe ich ganz dicht auf der Matratze.

Daß ich meinen alten Kojenplatz wiederhabe, ist ein rechtes Glück: der Mensch – das sprichwörtliche Gewohnheitstier.

Sobald ich die richtige Lage auf der dünnen, harten Matratze gefunden habe, schrumpft die Zeitspanne, seit ich auf U 96 eingeschifft war, weg wie nichts: Ich bin wieder an meinem Platz – gut aufgehoben fürs erste.

Diese bleierne Müdigkeit. Das Summen der E-Motoren tut ein übriges, um mich schläfrig zu machen!

Ich fasse die Nieten über mir in den Blick: Es sind die gleichen wie über meiner alten Koje. Was ich von unten her zu hören bekomme, wirkt auf einmal wie ein spätes Echo.

Mir ist seltsam zumute: »Schweberig« habe ich diesen Zustand schon mal genannt . . . Wenn nun das, was ich um mich herum wahrnehme, alles nicht wirklich existierte, sondern bloßer Augentrug wäre? Wenn es gar nicht stimmte, daß ich mit hundert anderen Bodys hier eingepfercht bin? Klar doch: Ich kann die weißgepönten Nietenköpfe dicht über meinem Kopf berühren – einen nach dem anderen. Daß die Farbe an ihnen deutliche Buckel gebildet hat, kann ich ertasten. Auch das war auf U 96 schon so.

Das ist es eben: Hier wird doch nur auf eine vertrackte Weise repetiert, was ich schon mal erlebt habe. Der da hinter seinem nicht ganz zugezogenen Vorhang quasselt, ist das nicht einer der Dieselmaate von U 96?

Schlafwellen ziehen heran, aber ehe sie mich ganz erreichen, verebben sie, und in mir formen sich alle möglichen Gedanken: Wenn der Alte neunzehnhundertelf geboren wurde, ist er jetzt dreiunddreißig Jahre alt. Dreiunddreißig und nicht mehr? Das ist schon zum Lachen! Als wir das Desaster vor Gibraltar erlebten, war er demnach erst dreißig. Aber für mich war er schon damals ein alter Mann. In meiner Vorstellung ist der Alte über fünfzig . . . Das sind schon Zeiten: Dreißigjährige als Patriarchen! Wie alt mag *dieser* Kommandant sein?

Noch ehe ich den Entschluß fasse, sein Alter genauer zu ergründen, verliert die Frage schon wieder an Gewicht. Sie wird zum Federchen – ein Lufthauch noch, und sie entschwindet wieder.

Wieder Geräusche von draußen. Diesmal klingen sie wie drohendes Hundeknurren. Das müssen sehr weit entfernte Bomben sein. Aber wie weit? Aus dem Hundeknurren wird wieder ein dumpfes Donnerrollen. Setzt aus, fängt wieder an, setzt wieder aus. Dann fallen zwei, drei fest umrissene Lärmbrocken in die Stille. Schließlich kommt wieder ein langer Wirbel – wie auf schlecht gespanntes Trommelfell gedroschen. Wenn mich nicht alles täuscht, wirbelt es da aus zwei verschiedenen Richtungen.

Das Grummeln, Rollen und Pauken will kein Ende nehmen. Wollen die Brüder denn diese Art von Lärmentfaltung den ganzen lieben langen Tag betreiben? Für akustische Effekte *war* doch schon reichlich gesorgt.

Nicht stören lassen, sage ich mir. Weghören. Abwarten und Tee trinken. Den lieben Gott einen guten Mann sein lassen. Was gibt's noch von dieser Art? Was sich soll klären, muß erst gären ...

Auch in meinem Bauch gärt es heftig. Der alte Spruch der Schnapsbrenner paßt auch auf *meine* Situation ... Ich müßte dringend abprotzen, aber ich habe nicht die geringste Lust, mich über einen der stinkenden Eimer zu hocken. Allein schon der Gedanke, wie viele Pützen voller Scheiße, Urin und Gekotztem bereits im Boot herumstehen, läßt in meinem Schlund ein Würgen hochsteigen. Insgeheim nehme ich mir vor, mein Gedärm auf die probateste Weise zum Kuschen zu bringen – und zwar gleich für die nächsten Tage: wenig fressen! Wäre doch gelacht, wenn ich mir die stinkenden Pützen nicht durch Hungern ersparen könnte: Von nichts kommt nichts – auch so ein Spruch mit Wahrheitsgehalt.

Da meldet sich auch meine Blase und zwar heftig. Wie lange ist es eigentlich her, daß ich das letzte Mal gepißt habe? Erstaunlich, was so eine Blase aushält. Können Blasen eigentlich platzen, oder macht da vorher das Ventil auf?

Es hilft alles nichts! Ich muß hoch und mein Wasser abschlagen.

Ich klettere von der Koje und steige über drei, vier Silberlinge hinweg, die wie Säcke auf den bloßen Flurplatten liegen, dann ducke ich mich durchs Kugelschott. In der Zentrale kann ich zwischen zwei großen Pützen neben den Lenz- und Flutverteilern wählen. Normalerweise müßte ich mich zum Schiffen weiter nach vorn durcharbeiten, aber der Triton darf wegen seines Lärms immer noch nicht benutzt werden. Die linke Pütz erscheint mir weniger voll als die rechte, also richte ich meinen Strahl in sie hinein. Er ist scharf wie der Melkstrahl einer Kuh.

Was für eine Erleichterung! Die Sorge bin ich los. Gebe Gott, daß mir meine Gedärme keinen Streich spielen. In der rechten Pütz schwimmt Scheiße im Urin, zwei Klumpen, dick wie Rindsrouladen. Ich habe beim Schiffen den Atem angehalten, damit ich den Gestank nicht inhalieren mußte.

Zurück in den U-Raum und auf meine Koje. Durch den Kojenvorhang dringt Gerede zu mir. Mit halbem Ohr höre ich: »Kannste nich endlich mal deine verdammten Klamotten aufklaren? Haste denn gar kein bißchen Kultur?«

»Aber gewiß doch, mein Süßer, und zwar da, wo's dunkel iss: genau zwischen den Arschbacken!«

Strecke machen

Plötzlich schreckt mich Geschirrklappern hoch. Ich muß also eine Weile weggetrudelt sein. Das bißchen Schlaf hat mir verdammt gutgetan. Ich komme mir vor wie nach einer überstandenen Krankheit: Die Krankheit war heftig, aber jetzt habe ich sie hinter mir.

Ich muß hoch und nachsehen, was sich in der Zentrale tut.

Das Kojengitter ist mir im Weg. Warum habe ich das bloß eingehakt? Was soll denn das dämliche Gitter? Bei dieser E-Maschinenzockelei kann doch weiß Gott keiner aus der Koje fallen. Blöde Gewohnheit ...

Gut, sage ich mir, das eingehakte Gitter ist ein Fingerzeig: Ich soll liegenbleiben. Also bitte – ganz, wie es gewünscht wird. Während der Sturmfahrten habe ich das immer herbeigesehnt: schön flach daliegen dürfen, auf einer ruhigen Unterlage statt auf einem Schleuderbrett. Jetzt wird mir das gut und reichlich geboten: eine Koje, die nicht bockt und einen nicht abwerfen will. Ich kann in aller Seelenruhe daliegen und die Hände über dem Bauch falten, als wäre ich aufgebahrt. Fehlen bloß noch die Blumen.

Da wird mein Vorhang halb aufgezogen, und ich höre: »Herr Leutnant, Sie sollen in die O-Messe kommen!«

»Was denn? Wieso denn?« frage ich verdattert.

»Iss aufgebackt, Herr Leutnant.«

»Abendbrot?«

»Nee – richtig essen.«

Da merke ich, daß ein würziger Geruch aus der Kombüse kommt.

»Frühstück, würde ich eher sagen«, höre ich den Mann noch und dann: »'s gibt was Gutes – Hühnerfrikassee, Herr Leutnant.«

Ich versuche nachzudenken: Frühstück? Wie lange habe ich denn gepennt? Wieso denn Frühstück? Und wieso bei E-Maschinenfahrt? Das stimmt doch, daß oben hellichter Tag ist? Wieso denn bloß Frühstück?

So oder so: Der Corpus braucht Nahrung wie die Batterie ihren Generatorensaft. Wir haben seit einer Ewigkeit nichts Richtiges mehr gegessen. Mein guter Vorsatz, tunlichst überhaupt nichts zu essen, hat sich aufgelöst.

Ich klettere aus der Koje. Mit fünf Fingern durch die Haare fahren, das ist auch schon alles, was ich für meine Verschönerung tun kann. Und nicht mal richtig ausschleimen kann man sich hier! Es ist eine liebe Not!

In der O-Messe sitzen Kommandant und Leitender hinter der Back auf der Wachstuchbank. Gesichter leer wie neue Schießscheiben. Die beiden WOs haben ihre Plätze an der Schmalseite der Back. Ich nicke nur, und die vier nicken zurück. Von nebenan kommt lautes Schniefen und Rotzen. Einer flucht dumpf, wie halb erstickt. Das wird die Nummer Eins sein.

Der Kommandant zwingt ein merkwürdiges schiefes Grinsen auf sein Gesicht. Selbstzufriedenheit? Der wird es sich doch nicht als sein Verdienst anrechnen, daß wir die Tommies los sind! Wir haben ganz einfach Schwein gehabt. Daß wir noch leben, ist ein Wunder – kein Verdienst.

Und jetzt kriegen wir Hühnerfrikassee – als Zitterprämie sozusagen. Ich weiß, daß es das als Bordproviant gibt: fix und fertig, mit Reis in einer Art holländischer Soße. Muß der Schmutt bloß warm machen.

Da sitzen wir nun wie in der Honoratiorenecke eines Restaurants, das auf sich hält: kajütenartige Ausstattung für die Stammtischecke. Fünf Leute, die keine Lust zur Konversation zeigen.

Ein Schluck Hennessy oder Martell könnte mir jetzt guttun. Ich wäre schon mit einem einzigen von den Tausenden von Schlucken zufrieden, die ich in Logonna zurückgelassen oder auf der Reede versenkt habe.

Der Backschafter kommt mit seinen Schüsseln und hat sich wichtig wie ein Oberkellner. Er demonstriert mit Naseheben und Schnüffeln, wie gut es aus seinen Schüsseln riecht.

Essen als Pflichtübung. Aber ich habe es wenigstens mit einem praktikablen Fraß zu tun: Messer und Gabel bleiben unbenutzt, der Löffel genügt für diese safrangelbe Soße mit Hühnerbröckchen darin. Und da gerät mir auch schon die Assoziation »Babygeschissenes« in den Sinn, und gleich widerstrebt mir das Zeug.

»Schmeckt's?« fragt der LI, besorgte Teilnahme in der Stimme.

»Doch, doch!«

»Bißchen labbrig – könnte besser gewürzt sein, oder?« sagt der LI.

Der Mann erweist sich als Sadist, er spielt den Höflichen und packt mir, als ich meinen Teller gerade abgegessen habe, eine neue Kelle gelbes Frikassee mit Reis auf und verkündet dabei: »So was Gutes hatten wir lange nicht. Ich kenne unseren VO gar nicht mehr! Halbe Pfirsiche in Sirup haben wir nämlich auch an Bord.«

Ich fülle Tee in mich hinein, um meinen Widerwillen hinunterzuschwemmen. Der LI hat sich zurückgelehnt und die Unterarme über dem Magen verschlungen.

Essen für hundert Mann zu kochen, erklärt er mir jetzt, warmes Essen, sei unter den obwaltenden Bedingungen eine tolle Leistung für einen U-Bootschmutt. Und auch die Schnorchelei, so erfahre ich zusätzlich, und die Verlegung der Tagesroutine auf die Nacht hätte für den Schmutt den Teufel: Weil nämlich die Arbeit in der Kombüse nachts ganz ungewohnte Schwierigkeiten mit sich bringe. Bei dem dauernden starken Unterdruck – bis zwohundert Millibar und mehr – wisse der Mann nie, ob das Wasser, wenn es koche, auch tatsächlich hundert Grad habe. Habe es die aber nicht, könne der Schmutt bloß noch blöd aus der Wäsche gucken. Da werde einfach nichts gar.

Ganz, wie es uns unser Physiklehrer erklärte: »Mehr als gochen ganns Wasser nich!« Und dazu noch als zusätzliche Erläuterung: »Da gammer soviel Feier drunter machn, wie mor will.«

»Da haben wir schon das schönste Theater erlebt«, hebt jetzt auch der I WO an, und ich kann über soviel plötzlich erwachte Redseligkeit nur staunen. »Der Schmutt wollte mal Kuchen backen, und da hat er den Teig angerührt, die übliche Menge. Aber dann hat er schön gestaunt: Der Unterdruck hat den Teig nämlich derart aufgetrieben, daß seine Pötte nicht mehr gereicht haben.«

Ich habe gleich die Vision eines sich wehrenden Schmutts vor mir, dem Teigstränge um alle Glieder hängen, die immer dicker und gewaltiger werden und ihn schließlich zu Tode strangulieren, und kein Mann kann mehr von der Zentrale nach achtern, weil der Teig die Kombüse bis in die letzten Winkel füllt und schon aus den Schottritzen hervorquillt.

»Erst als die Diesel stoppten, sackte der Teig wieder zusammen. War direkt komisch, wie der zusammenschrumpfte«, sagt der I WO noch.

Der Kommandant, der kaum etwas gegessen hat, bedenkt den I WO mit einem indignierten Seitenblick. Für ihn ist das zuviel Gequassel. Der Kommandant verhält sich dem I WO gegenüber betont reserviert. Ich kann ihn verstehen: Das unbestimmte Lächeln, das der I WO aufsetzt, sobald man ihn anspricht, macht auch mich nervös. Dieses vage Kräuseln der Mundwinkel mag nur ein Zeichen von Verlegenheit sein, es sieht aber überheblich und mokant aus.

Der Schmutt kommt durch und hat ein halb verlegenes, halb beifallheischendes Grinsen auf dem Gesicht. Darin scheinen sich alle Schmutts gleich zu sein: Nach vollbrachter Tat heimsen sie das Lob des Kommandanten ein wie einen fälligen Tribut.

»Gut gemacht!« sagt der Kommandant auch willig. Und selbst der I WO rafft sich zu einem Lob für den Schmutt auf, als der schon halb nach vorn verschwunden ist: Mittagessen um diese Zeit, erklärt er mir, sei nicht nach Programm. Das sei eigentlich erst um Mitternacht fällig, nach der auch für uns gültigen Sommerzeit. Diese Ausnahme sei gemacht worden, weil es seit fast vierundzwanzig Stunden nichts Rechtes mehr zu essen gegeben habe.

»Hatte ja wohl auch keiner richtig Appetit«, murmelt der Kommandant und versucht dabei sarkastisch zu klingen.

Der I WO hat ihn offenbar nicht richtig verstanden und fragt, den Oberkörper leicht vorgebeugt, ganz der aufmerksame Befehlsempfänger: »... Herr Oberleutnant?«

»Hatten *Sie* denn Hunger?« richtet daraufhin der Kommandant in seiner undeutlichen Sprechweise das Wort an ihn.

»Nein, Herr Oberleutnant.«

»Na also!« Der Kommandant tut wie beleidigt. Der I WO guckt verbiestert.

Auf einmal starrt der Kommandant *mich* an, als sähe er mich zum ersten Mal. Über sein Gesicht läuft dabei dieses fatale Zucken, das mich schon bei unserer ersten Begegnung irritiert hat. Dann zerrt er gegen das Zucken einen sicher freundlich gemeinten Ausdruck auf sein Gesicht und sagt: »Kochen bei E-Maschinenfahrt fällt eigentlich sowieso flach, weil wir für solchen Luxus keinen Strom aus der Batterie verbrauchen können und natürlich auch keine Luft.«

Ich nicke verständig. Und schon herrscht wieder Schweigen ...

Wir sitzen keine halbe Stunde an der Back, als draußen wieder Krawall losgeht. Zum Auftakt gleich ein gutes Dutzend Detonationen mit ganz geringen Abständen. Nicht nahe, aber doch laut genug, um einem in die Knochen zu fahren. Ich staune, daß der Kommandant nicht wie von der Tarantel gestochen hochspringt und in die Zentrale stürzt. Er lehnt sich vielmehr zurück und schickt einen gottergebenen Blick gegen die Decke.

Die beiden WOs sagen auch nichts. Der I WO fingert nur nervös an seinem Besteck herum, als wäre er ein Blinder, der die Formen genau ertasten will, um sie sich einzuprägen. Nur der LI ißt weiter. Zwischen zwei Bissen Dosenpfirsich murmelt er: »Einem auch noch das Essen versauen!« Dann schiebt er noch hinterher: »Das ist doch keine Zumutung!« und läßt offen, ob er den Ausdruck mit Absicht so falsch gebraucht.

Ich konzentriere mich auf die Betrachtung unseres Kommandanten: So stur und gottergeben er sich auch darstellen will – seine Gesichtsmuskeln verraten ihn. Sie ziehen ihm den Mund abwechselnd nach links und nach rechts, wie beim Gurgeln. Seine Unterlider zucken dazu regellos.

Plötzlich verfangen sich unsere Blicke. Da zieht ein leichtes, windschiefes Grinsen über sein Gesicht. Dann sagt er: »Nicht für uns bestimmt.«

Aber für wen dann? Könnte es sein, daß in diesem Seegebiet noch ein anderes Boot unterwegs ist? Da sagt der Kommandant: »Vielleicht schmeißen die bloß auf Verdacht.«

Und jetzt macht auch der LI den Mund auf: »Wenn die mit allen Bomben wieder nach Hause kommen – das macht ja auch 'nen schlechten Eindruck.«

Bloß gut, daß der LI so ein erfahrener Mann ist. Von einem zackigen Soldaten hat er genausowenig an sich wie mein alter LI auf U 96. Seine Stimme ist alles andere als eine Befehlsstimme, sein merkwürdiger Schlurfgang ganz und gar unmilitärisch: Er tritt nicht etwa mit den Fersen auf, sondern so, als hätte er zu große Pantoffeln an den Füßen, die er beim Gehen nicht verlieren will. Dazu kommt diese halb gebückte Haltung: Wenn der LI sich ausnahmsweise mal nicht beschäftigt hält, hängen ihm Arme und Hände wie einem Gorilla herunter. Wie die wirklich guten Bootsingenieure ist auch er ein Tüftler, mit seinen Maschinen verheiratet.

Wie ich den Kommandanten und den LI so vor mir sitzen sehe, gleich wieder in Reglosigkeit verfallen, wächst in mir wieder dieses vermaledeite Gefühl von Unwirklichkeit. Spiritistenszene! sage ich mit stummen Lippen, um dagegen anzukommen.

Die beiden WOs an den Schmalseiten der Back rühren sich auch kaum mehr. Mich wundert es einen Augenblick, daß hier der ganze »Verein« beisammensitzt, dann fällt mir ein: Die dritte Wache hat Dienst – der Obersteuermann ist also dran.

Daß der LI erschienen ist, beruhigt mich sehr. Da kann es mit den Schäden nicht ganz so schlimm sein, wie es zuerst aussah. »Alles unter Kontrolle«, hat er auch schon verkündet. Und sich nur beklagt, daß er nicht recht wisse, was mit den Treibölbunkern los sei. Nicht gerade erheiternd, wenn es da Schäden gegeben haben sollte. Kaum habe ich das gedacht, durchfährt es den LI wie ein plötzliches Erschrecken, und er sagt: »Moment mal!« Der II WO und ich müssen hoch, weil der LI vorbei will.

Im Gang prallt er fast mit dem Backschafter zusammen, so eilig hat er es.

Ich fasse die Uhr auf dem Bord unter dem Dönitz-Bild ins Auge: Jetzt werden sie bald auch in Brest beim Essen sitzen. Wahrscheinlich verschwendet schon keiner mehr einen Gedanken an uns. Die haben ihre eigenen Sorgen. Da werden wohl wieder ganze Schwärme von alliierten Bombern erschienen sein, um Kleinholz zu machen.

Bomber? Die wenigstens jucken uns nicht, wenn wir so wie jetzt in sechzig Meter Tiefe fahren. Schon verrückt, daß es nun doch noch gelungen ist, dem Feind Nummer eins wenigstens ein Schnippchen zu schlagen, wenn er schon nicht niederzukämpfen ist. Aber gleich mache ich mich innerlich wieder klein: Weiß der Himmel, was wir noch vor uns haben. Wer weiß denn, ob die Brüder nicht längst eine neue Teufelei gefunden haben, um uns auch bei Schnorchelfahrt aufzuspüren.

Das Foto von Karl Dönitz kann ich nicht mehr sehen. Warum nur habe ich nicht von allem Anfang an gemerkt, was für ein Holzkopf dieser Mensch ist! Stur bis zum Gehtnichtmehr und nun auch noch führerhörig – eine gradlinige Karriere jedenfalls. »U-Bootkrieg in allen sieben Meeren!« – und da krebsen wir nun hier durch die Gegend . . .

Ich weiß nicht, wieviel Zeit ich auf dem Platz des LIs halb dösend, halb schlafend hinter mich gebracht habe. Irgendwann habe ich Tee getrunken, ziemlich viel, um den Widerwillen, der mir noch im Hals sitzt, hinunterzuspülen. Allein schon der Gedanke an das fahlgelbe Zeug, das ich mir einverleibt habe, verursacht mir Übelkeit. Später muß ich in eine Art Halbschlaf gesunken sein. Ich kann mich schwach an einen Traum erinnern. Ein kreisendes Taifunrad und ich im Kampf mit der Zentrifugalkraft. Abgekämpft und verzweifelt versuchte ich, auf die Mitte der Schleuderscheibe zu gelangen, aber die Zentrifugalkraft war stärker, einfach nicht zu besiegen. Sie zog mich immer wieder nach außen weg, kopfüber, kopfunter krachte ich gegen die Bande und blieb zuletzt wie ein Paket liegen – alle Knochen gebrochen.

Eine seltsame Anwandlung von Pflichtgefühl trakassiert mich. Ich darf nicht einfach nur dahocken und ein paar Notizen machen . . .

»Mal sehen, wie's achtern aussieht«, murmele ich, aber keiner reagiert darauf. Aufpassen! sage ich mir, daß ich die Zettel nicht verliere, die ich bekritzelt habe.

Wohin ich den Blick auch richte: überall Schlafende. In den Kojen, auf dem Boden zusammengekrümmt, im Sitzen merkwürdig verrenkt, in Ecken und Winkeln wie Schlangenmenschen zwischen Aggregate geschmiegt.

In welch grotesken Lagen der Mensch schlafen kann, hätte ich früher nicht geglaubt. Im Stehen schlafen, das ja. Weil Pferde das tun und andere Vierbeiner auch. Es ist auch ein Wunder, daß die Männer der Besatzung noch normal reagieren. Die müssen dieses Höhlenleben schon seit wer weiß wie lange ertragen. Gewiß doch: Der Mensch hält viel mehr aus als Tiere. Das hat man uns immer wieder vorerzählt – schon in der Penne.

Wenn mich nicht alles täuscht, hängt jetzt auch Moderduft in der Röhre. Hier vergammelt eben alles in kürzester Zeit. Nur liegt es diesmal nicht an Wassergüssen durch den Turm herab. Diesmal ist alles feucht und stockig, weil wir nicht genug Luft ins Boot bekommen. Ich kann es kaum abwarten, daß wir zu schnorcheln beginnen. Dieses ewige auf sechzig Meter durch die schwarze See Dahinjuckeln wird für mich zur Nervenpein.

Zurück in der Zentrale: Verdauungspause auf der Kartenkiste. Kein Diesellärm im Boot, überhaupt kein Krawall, die Vorstellung, daß oben heller Tag ist, *muß* einen ja durcheinanderbringen.

Wieder muß ich mich mit aller Kraft gegen die Vorstellung von einer Ballung aus Menschenfleisch, eingemacht in einer riesigen Konservendose, wehren. Während der Erntehilfe bei Küstrin mußten wir Pökelfleisch aus Weckgläsern fressen. An diese alltäglichen, fetten Schweinefleischportionen muß ich jetzt denken: Schon steigt Übelkeit in mir hoch. Um sie zu unterdrücken, stelle ich mir vor, wie das Boot von außen aussieht. Ich stelle mir vor, ich säße in einem Zwei-Mann-U-Boot und bekäme U 730 in meinen Scheinwerfer, wie es langsam dahinzieht.

Mich bedrücken gewisse Unkenntnisse in puncto Schnorchelei. Zum Beispiel weiß ich nicht, was dem Gegner bei der Verfolgung eines schnorchelnden Bootes besser hilft: das Sonar oder das Asdic. Ich habe auch keine Ahnung, wie weit man in einer Vollmondnacht unsere Abgasfahne sehen kann. Aber ich weiß ja nicht mal genau, was für einen Mond wir gerade haben.

Wieder und wieder frage ich mich auch: Wie soll der Schnorchelmast, dieser ewig lange Perchemast, der nirgends abgestrebt ist, dem Wasserdruck bei Dieselfahrt standhalten – auf die Dauer standhalten. Da müssen doch Vibrationen auftreten, kulminierende Vibrationen, die ihn mit der Zeit zum Knicken bringen oder zumindest seine Verankerung und die Durchführung durch den Druckkörper demolieren.

Ist denn genügend ausprobiert, ob so ein Provisorium *auf Dauer* funktioniert?

Ich bin im U-Raum, da höre ich aus der Zentrale den Befehl: »Klarmachen zur Schnorchelfahrt!« und mache auch schon kehrt. Ich will beobachten, wie das Manöver abläuft.

Klarmachen zur Schnorchelfahrt: Jetzt wissen vor allem die achtern im Dieselraum, was zu tun ist.

Als ich in die Zentrale komme, befiehlt der LI gerade: »Beide Tiefenruder hart oben! Beide E-Maschinen halbe Fahrt voraus!«

Ich bin sofort ganz Spannung.

Bei dreißig Metern läßt der LI fluten. So wirkt er der Gefahr entgegen, daß das Boot durchbrechen könnte. Die Steigetendenz ließe sich, wenn er es einfach durch Lenzen höherbrächte – also statisch statt dynamisch – nicht mit Sicherheit im genau rechten Moment abfangen.

Während das Boot schräg hochsteuert, läßt der Wasserdruck nach. Das Boot dehnt sich demzufolge aus – dadurch wird es spezifisch leichter als das verdrängte Wasser. Die Balance ist somit gestört. Also müssen wir Wasser ins Boot nehmen, um es wieder schwerer zu machen . . . Da ist sie wieder – die alte Wissenschaft –, aber ohne die geht es nun mal nicht bei dieser Art von Seefahrt . . .

Der LI hat die Sache im Griff. Er gibt seine Befehle nicht laut und zackig, aber bestimmt.

»Zwanzig Meter!«

Gleich wird es frische Luft geben. Die haben wir verdammt nötig. Ohnehin ein Wunder, daß wir diese Stickluft noch atmen können.

Jetzt müßte nach der Routine der Befehl: »Ausblasen mit Diesel!« kommen. Aber werden die Tauchzellen auch bei der Schnorchelei mit Diesel ausgeblasen? Ich strenge meinen Kopf an, muß aber kapitulieren: Ich weiß es nicht. Mit diesen verrückten Zuständen soll einer klarkommen. Ich wünschte, ich hätte mich besser um die Schnorchelei gekümmert.

Der Kommandant ist bei »Zwanzig!« nach oben geklettert. Ich habe selber oft genug im Turm auf dem Sehrohrsattel gesessen – nur so zum Spaß. Jetzt hilft mir das: Ich kann mir auf jedes Klicken, Rasten und Summen der komplizierten Anlage meinen Vers machen.

In diesem Moment zum Beispiel fährt der Kommandant mit seinem Sessel um die dicke Säule zwischen seinen gespreizten Schenkeln herum. Fußdruck aufs linke Pedal: linksherum. Fußdruck aufs rechte: Gegenrichtung. Je stärker der Druck, desto schneller die Schwenkbewegung. Mit der linken Hand schaltet der Kommandant den Motor zum Ein- und Ausfahren des Spargels, die rechte bedient den Kippspiegel, mit dem er die Blickrichtung einstellt.

Das Sehrohr funktioniert offenkundig ohne Mucken. Also kann es mit dem Schaden nicht so schlimm gewesen sein, wie es sich anhörte.

Den Raum direkt über uns bekommt der Kommandant mit dem Angriffssehrohr nicht in den Blick, aber immerhin: bis siebzig Grad kann er den Himmel kontrollieren.

Eng da oben: Auch die Hauptrechenanlage, ein Wunderwerk, der Stolz der U-Waffe, ist im Turm untergebracht, direkt neben dem Sehrohr – mit ihm gekoppelt.

Ich warte auf den fälligen Befehl an den Dieselraum. Da kommt vom Kommandanten: »Dieselraum bleibt tauchklar!«

Das heißt: Abgasklappen und Zuluftmast müssen dicht bleiben. Und auch, daß wir weiter mit E-Maschinen laufen, statt wie erwartet mit Dieseln.

Ich blicke mich vorsichtig um. Dabei treffe ich auf den fragenden Blick des Obersteuermanns. Der kann sich offenbar auch keinen Vers darauf machen, was jetzt »Dieselraum bleibt tauchklar!« bedeuten soll.

». . . die Luft nicht rein«, höre ich ihn murmeln und denke: Noch immer nicht! Verdammtnocheins! Die Nacht zu hell? Oder was, zum Teufel, ist los?

Der LI macht ein bedenkliches Gesicht. Ich kann mir gut vorstellen, wo ihn der Schuh drückt: Unsere Jonnies könnten zu Ende gehen, ehe die Batterie neu aufgeladen werden kann.

Wir fahren immer noch mit E-Maschinen – aber jetzt in achtzehn Meter Tiefe. Da gibt der Kommandant endlich den Befehl, die Verriegelung für den in seiner Versenkung an Oberdeck liegenden Schnorchel zu lösen. Das geschieht von der OF-Messe aus. Der LI steht in der Trimmecke. Jetzt bedient er ein Handrad am Hochdruckverteiler. Damit richtet er den Schnorchelmast hydraulisch hoch. Den Sicherungskasten für den Schnorchel hat er dabei im Blick. Von der ganzen Einrichtung ist *im* Boot ansonsten nicht viel zu sehen.

Ich höre ein dumpfes Fauchen, dann das deutliche Anschlagen des Mastes in seine Halterungen am Turm. Eine Lampe leuchtet auf: Der Schnorchel ist eingerastet.

Das hat also geklappt.

Der Kommandant kann jetzt den Schnorchelkopf durch das Sehrohr belugen. Ich aber muß meine Vorstellungskraft zu Hilfe nehmen, um über der offenbar ruhigen See den Schnorchel und dahinter die Sehrohrspitze durchs Wasser ziehen sehen zu können wie die Köpfe zweier durch die Dämmerung schwimmender Seeschlangen.

Die Vorstellung arbeiten lassen – und zugleich genau aufpassen, was hier drinnen passiert: gar nicht so einfach . . . Jetzt werden zum Beispiel die Luftkanäle entwässert. Aber wohin geht das Wasser? Und jetzt gibt der Kommandant die Befehle für die Diesel.

Ich stopfe mir die Zeigefinger in die Ohren wie ein Kanonier, weil ich weiß, daß gleich der Druckausgleich kommen muß, und den haben die Trommelfelle nun mal nicht gern. Der Druckausgleich erfolgt übers Schnorchelkopfventil.

Trotz meiner Zeigefinger als Ohrenschützer kann ich einen langgezogenen Orgelton hören, und dann knacken meine Trommelfelle doch, daß es nur so eine Art hat. Meine armen Ohren! Hammer, Amboß, Steigbügel ...

Mit meinen Ohren habe ich sonst keine Malaisen. Jetzt aber scheinen sie nur mehr vorhanden zu sein, um mir Pein zu bereiten. Sie schmerzen so höllisch, daß ich am liebsten mit lautem Fluchen gegen den Schmerz anginge. Das aber verbietet der Komment.

»Bodennebel«, sagt einer mit Gleichmut und meint die weißen Schwaden, zu denen die Luft kondensiert ist. Ich kann bloß staunen, daß *diese* Luft es noch fertigbringt, sich wie normale Luft zu verhalten und zu kondensieren.

Und was ist das? Dieser Holperlärm? Die Diesel? Der Krawall kommt doch tatsächlich von achtern. Erst das fast lautlose Schleichen auf sechzig Meter Tiefe und jetzt dieses harte Stottern! Herrgott, das feilt an den Nerven!

Da endlich drehen die Diesel rund. Gott sei Dank! Und jetzt bessert sich auch die Luft. Die Diesel inhalieren die Stickluft aus dem Boot mit gewaltigen Zügen, sie putzen sie weg, als sei dieses total verbrauchte Gemisch genau das Richtige für sie.

Ich atme ordentlich durch, und da läßt auch die Ohrenpein wieder nach. Das dumpfe, geschlossene Dröhnen von achtern klingt endlich, wie es sich gehört. Es ist wie Musik für meine Ohren. Ich öffne mich ihm ganz und lasse es tief in mich hinein.

Ich kann spüren, wie sich jeder an Bord mit eins wohler fühlt. Sogar die Batterien müßten aufatmen: Sie bekommen endlich neue Jonnies zu fressen. Die Dynamos produzieren sie mit jeder Umdrehung massenweise. Direkt unter unseren Füßen ist eine Menge Platz dafür. Jonnies sind für die Batterien wie Zuckerwatte, wie türkischer Honig, wie gebrannte Mandeln. Die schlampampen sie nur so in sich hinein, schlukken weg, was sie kriegen können, bis sie bis zur Oberkante voll sind. Und volle Batterien sind für uns das halbe Leben.

Ich stehe mit lockeren Kniekehlen da und versuche mit jeder Fiber meines Körpers die Bewegungen des Bootes zu erspüren. Der LI gibt knappe Befehle an die Tiefenrudergänger, und es kommt mir vor, als reagiere das Boot plötzlich besser aufs Tiefenruder als eben noch bei E-Maschinenfahrt. Kein Wunder, sage ich mir: Wir sind auch wesentlich schneller geworden.

Der LI hält seinen Blick unentwegt auf dem Papenberg. Zu beiden Seiten der Wassersäule ist eine frische Kreidemarke angebracht. Ich kapiere: Wenn die Wassersäule diese Marke erreicht, läßt der LI das Tiefenruder gegenlegen. So vermeidet er das Unterschneiden des Schnorchelkopfes.

Bei dieser ruhigen See hat der Leitende offenkundig leichtes Spiel. Ich frage mich nur, wie das funktionieren soll, wenn es ordentlich dünt oder – schlimmer noch – wenn die See kabbelig ist.

Jetzt legt der LI den Kopf schräg und lauscht. Stört ihn etwa immer noch der Ton der Hauptlenzpumpe? Die Hauptlenzpumpe ist offenbar sein Sorgenkind. Und das mit gutem Grund: Wenn die in die Knie geht, dann bewahre uns Gott vor Wassereinbrüchen. Die anderen Pumpen haben nicht genug Kapazität, um das Boot, wenn es hart auf hart kommt, vor dem Absaufen zu bewahren.

Ohne dieses Wissen könnte ich auch leben. Aber ich habe nun mal die entsprechenden Erfahrungen hinter mir, und die haben sich fest eingeprägt. Vielleicht wäre ich besser dran, wenn ich auf diesem VII-C-Schlitten weniger gut Bescheid wüßte. Ich kann einfach nicht mehr arglos und gottergeben dasitzen. Statt dessen spanne ich auf jedes Geräusch, das nicht so klingt, wie es klingen sollte, und versuche mir einen Vers darauf zu machen.

Plötzlich wendet sich der LI mir zu: »Die Diesel vor allem gehörten gründlich überholt. Qualmen viel zu stark«, sagt er grimmig. Also war es nicht die Hauptlenzpumpe! Der LI flucht, was das Zeug hält, obwohl ihn in der Zentrale alle hören können, auf die Werft: »Da ist doch bloß noch geschlampt worden! Verdammter Saustall! Und wir baden's aus!«

»Ausbaden« – dieses Wort hätte er lieber nicht gebrauchen sollen, es paßt nicht an diesen Ort. Ausbaden klingt zu sehr nach Wasser. Und die Rede vom Qualm da oben beunruhigt mich ...

Ich hebe mich, ohne daß ich mir dessen zunächst gewahr werde, auf die Zehenspitzen, um mich leichter zu machen. Als ob dadurch das Boot entlastet würde und die Maschinen leichter laufen könnten! Ob ich will oder nicht, muß ich mir vorstellen, wie es da oben jetzt aussieht: eine dicke Qualmfahne, die direkt aus der See hochsteigt wie von einem unterseeischen Vulkan. Ob solcher Qualm nicht sogar nachts verräterisch ist? Ob unser Dieselqualm bei Mondschein nicht doch von Flugzeugen aus entdeckt werden kann und wir uns durch ihn verraten wie der Wal durch seinen Spautstrahl?

Da ist nun in der Flottille tagaus, tagein von den perfekten Tauchbooten gequatscht worden, von ihren großartigen Eigenschaften – und wir schippern hier knapp unter der Oberfläche mit diesem werftreifen Schlitten dahin und machen mit unserer Qualmwolke tüchtig Reklame für die Erfindung des Herrn Rudolf Diesel ...

Und unsere Schaumspur? Ist die nicht auch meilenweit zu sehen? Doch da beruhige ich mich: Ein komplettes U-Boot in der Dunkelheit zu erkennen ist sicher schon ein Kunststück, aber die bloße Schaumspur von einem Schnorchel erst! Und wenn die Tommies beim direkten Überfliegen –

ruhige See vorausgesetzt – tatsächlich was entdecken sollten, können sie noch lange nicht sicher sein, daß da unten wirklich ein U-Boot herumkarriolt. Und bei einem zweiten Anflug das verdächtige Objekt wieder zu erwischen, das dürfte schwer zu schaffen sein: So eine Mühle hat schließlich einen gewaltigen Drehkreis . . .

Aber was zerbreche ich mir den Kopf über die Tommies? Schluß damit! Ich muß aufpassen, daß meine Gedanken sich nicht immer wieder selbständig machen und mir weglaufen, wohin sie gerade wollen.

Das Wort »ionisiert« quillt mir plötzlich im Kopf auf wie eine chinesische Papierblume im Wasserglas. Dabei hat niemand von Ionisierung geredet. Oder doch? Der LI vielleicht? Wo ist der überhaupt hin? Wahrscheinlich nach achtern zur Zwiesprache mit seinen Dieseln. Die brauchen ohne Zweifel Zuspruch. Die haben es sogar verdammt nötig, daß ihnen einer gut zuredet und ihnen Mut macht zum Durchhalten. So alte Böcke wollen gehätschelt und getätschelt werden, damit sie nicht darauf verfallen zu streiken. Die Kolben in ihren Zylindern, die Ventile, die Kipphebel, die Schmiernippel für die Welle – daß nur ja alles richtig arbeitet!

»Halbtauchlage« heißt die Schnorchelei amtlich. Und diese Halbtauchlage gilt auch amtlich als unsichere Kiste. Korrekt, ingenieurmäßig, ausgedrückt: Das Boot ist bei Schnorchelfahrt fahrtechnisch erheblich gefährdeter als bei normaler Unterwasserfahrt und natürlich auch mehr als bei Überwasserfahrt. Ein schnorchelndes Boot ist nur beschränkt tauchklar.

Die Tiefenrudergänger müssen unablässig lauern wie die Luchse, um genau nach dieser provisorischen Markierung auf der Papenbergskala zu steuern. Die Unterwasserfahrt dicht unter der Oberfläche ist ein wahrer Balanceakt zwischen Auftrieb und Untertrieb, mit dem Tiefenruder als Balancierstange. Zwar ist unsere Lage im Wasser durch die höhere Geschwindigkeit stabiler als bei E-Maschinenfahrt, dafür aber heißt es aufpassen, um den Schnorchelkopf frei über Wasser zu halten.

Gute zehn Minuten lang hat in der Zentrale keiner einen Ton gesagt. Die Tiefenrudergänger hocken so reglos da wie tot . . . Da kommt der I WO, an Figur das Gegenteil des Kommandanten, prustend und wie rotgebrüht hereingepoltert. Vierschrötig, denke ich, vierschrötig ist das richtige Adjektiv für diesen Typ. Das Wort macht sich in meinem Hirn selbständig: vierschrötig, fünfschrötig, sechsschrötig. Schrot und Korn. Die Kimme und das Korn . . .

Es zieht mich in den Dieselraum, aber es ist mühsam, bis dorthin zu kommen. Als ich endlich, nach mancherlei Verrenkungen, im Schottrahmen stehe, sage ich mir: die gleichen alten Böcke, die ich von etlichen Wochen auf U 96 her kenne. Von außen ist nicht zu erkennen, wie malade sie sind.

Gruß und Gegengruß – der Dieselmaschinist grinst mich an, dann nickt er einfach. Ich will mich neben sein kleines Pult stellen, aber da hält er mich am Arm: Fast hätte ich eine Pütz zum Umkippen gebracht. Am Leitstand des anderen Diesels steht noch eine. Als ich endlich richtig stehe, repetiere ich still für mich: Während der Schnorchelfahrt treiben die Diesel den Generator an. Der Generator erzeugt Strom. Dieser Strom wird in die Batterie geliefert. Die Regelung der Stromspannung für die Batterie erfolgt durch den Generator-Regler, das heißt durch Einsetzen oder Entfernen von Widerständen. Beim umgekehrten Vorgang – wenn das Boot »aus der Batterie« fährt – dient der Generator als E-Maschine. Die für die diversen Fahrtstufen benötigte differierende Stromstärke wird durch den Fahrtregler geregelt. Beim allgemeinen Verbrauch durch die Aggregate im Boot – Licht, Pumpen und so weiter – findet Direktentnahme statt, ohne Regelung.

Die Umformer an der Decke des E-Maschinenraums dienen dazu, Strom von konstanter Spannung – Wechselstrom oder Drehstrom – zu erzeugen, für diejenigen Stromverbraucher, die konstante Spannung brauchen, als da sind: Kreiselkompaß, Feuerleitanlage, Funkgeräte.

Aber ehe die Diesel Jonnies produzieren können, müssen sie erst mal laufen: Vor dem Anlassen der Diesel muß Schmieröl vorgepumpt werden, damit alle Lager der Motoren sofort Schmierung haben. Treiböl muß nicht gepumpt werden, es fließt durch statischen Druck. Der Druck wird in einem Hochbehälter erzeugt – an hoher Stelle der Turmverkleidung. Dieser Hochbehälter wird aus dem Kühlwasser der Dieselmotoren gespeist. Das Kühlwasser ist es, welches das Treiböl aus den Bunkern in den Treibölhochbehälter für die Diesel drückt.

Es kann vorkommen, daß kurz vor dem Leerfahren der Treibölbunker das nachgeströmte Wasser in den Hochbehälter gerät. Um der Gefahr zu begegnen, daß es bis in die Zylinder vordringt, muß der Treibölhochbehälter von Zeit zu Zeit unten entwässert werden ... Na bitte! Das sitzt doch noch.

Das ist neu bei dieser Art von Seefahrt: Die beiden Schotten zwischen U-Raum und Dieselraum müssen, wenn geschnorchelt wird, ständig offen bleiben – und zwar sperrangelweit. Das ist gut für die Luft im Boot, aber weniger gut für den Schmutt, der in Durchzug und Dieselkrawall arbeiten muß. Und für die U-Raumbewohner, mich zum Beispiel, kann das auch kaum zum Lebensgenuß beitragen. Hier gilt: Wenn es nur den Maschinen gutgeht!

Ich könnte mir Ohrenwatte geben lassen – aber mit Watte im Ohr würde ich andere Geräusche auch nicht hören.

Der Kommandant läßt, als ob es nicht auch so schon reichte, Schnorchelalarm exerzieren: Diesel stoppen, Außenbordverschlüsse zu! Schnorchelmast umlegen!

Der Schnorchelmast darf nicht stehenbleiben, wenn das Boot auf Tiefe geht. Er würde zusätzlichen Widerstand im Wasser bilden, die Silhouette des Bootes vergrößern und sicher auch durch Schwingungen Geräusche verursachen. Das Umlegen geht dem Kommandanten offenbar nicht schnell genug.

Mein Schädel brummt. Der Luftdruck im Boot schwankt alle paar Minuten: Überdruck – Unterdruck – Überdruck. Die Meßgeräte sagen mir nichts, denn ich weiß nicht, wieviel Millibar wir haben müßten, um halbwegs normal existieren zu können.

Das Sausen in den Ohren und der Schmerz werden immer schlimmer: Meine Trommelfelle werden richtiggehend malträtiert.

Ich muß mir noch einmal klarmachen, wie der Überdruck beim Stoppen der Diesel entsteht: Luft kann anscheinend die Eigenschaften einer Masse bekommen, die, wenn sie einmal in Bewegung ist, Beharrungsvermögen zeigt. Der durch die heftig saugenden Diesel im Zuluftschacht des Schnorchels entstandene Luftstrom bleibt nicht sofort stehen, wenn die Diesel gestoppt werden, sondern dringt noch Augenblicke lang weiter ins Boot, und weil er nicht mehr gebraucht wird, entsteht Überdruck. Anders kann es gar nicht sein. Und auch wenn die Diesel anspringen, spüren wir die Auswirkungen der Trägheit: Ehe der Luftstrom richtig in Gang kommt, bedienen sich die Diesel der sofort erreichbaren Luft: der aus dem Boot. Sie nehmen sie uns vom Mund weg, so daß wir schnappen müssen wie Goldfische in einem zu kleinen Glas. Und der Unterdruck peinigt die Trommelfelle . . . Das passierte alles nicht, wenn unsere Diesel genauso unmittelbar wie mit der Abgasleitung auch mit einer Zuluftleitung von der Oberfläche her verbunden wären, wenn sie also in einer ringsum geschlossenen, mit einer einzigen Zuleitung für die Luft versehenen Umhüllung stünden. Sie stehen aber »offen« da wie jeder normale Lastwagenmotor und saugen Luft aus ihrer unmittelbaren Umgebung – in unserem Fall dem Dieselraum. Da nun aber die Schotten im Boot während der Schnorchelei offenzustehen haben, bedeutet das, daß die Saugwirkung der anspringenden Diesel mich, der ich in der Zentrale stehe, eher erreicht als den Einsaugstutzen oben am Schnorchelkopf.

Das alles zu wissen, befreit mich nicht von der Ohrenpein. Ich sage mir:

Das ist eben das übliche. Auf das Wohl der Besatzung haben die Herren Konstrukteure die wenigsten Gedanken verwendet. Die Sache funktioniert, eine fabelhafte Erfindung! Um Kopfschmerzen und Ohrenpein sollen sich die Mediziner kümmern.

Ich höre deutlich: »Scheiße!«

»Und noch einmal das schöne Spiel, weil es uns so gut gefiel ...«

»Was sein muß, muß sein!« Das kam vom Obersteuermann.

Hat der Kommandant das Mosern gehört? Er wirft seine verdreckten Handschuhe aufs Kartenpult und steigt durch den Schottring nach vorn. Ich bleibe in der Zentrale dicht neben dem LI.

»Rundhorchen alle fünfzehn Minuten!« ist der letzte Befehl, der vom Kommandanten kommt.

Was hat der Kommandant befohlen? »Rundhorchen alle fünfzehn Minuten«? Da müßte es bald wieder soweit sein. Ich weiß, daß Rundhorchen normalerweise nur alle dreißig Minuten fällig ist. Der Kommandant will aber wohl auf Nummer Sicher gehen, also halbiert er die Zeit. Bloß wie sollen wir auf diese Weise vorankommen? Hat der Kommandant am Ende mehr Schiß, als gut ist? Doch vielleicht verhielte ich mich an seiner Stelle auch nicht anders. Vorsicht ist nun mal die Mutter der Porzellankiste. Nur was heißt schon »auf Nummer Sicher«? Was kann in den fünfzehn Minuten zwischen den Horchstops nicht alles passieren! Der Begriff »sicher« allein schon ist hier ein Witz.

Da hat uns der famose Herr Großadmiral was Feines eingebrockt. Immer nur herumgeprahlt wie der Herr Reichsmarschall, statt dafür zu sorgen, daß neue Boote auf den Markt kommen – und das nicht erst am Sankt-Nimmerleins-Tag: einfach kotzdämlich, wie wir hier durch die Gegend humpeln.

Das Messer könnte einem in der Tasche aufgehen bei der Vorstellung, wie unsere großartigen Stabsheinis jetzt im Kiefernwäldchen von Bernau in der guten ozonreichen Waldluft filzen: in ordentlichen Feldbetten, auf festem Boden und ringsum gut von Doppelposten bewacht, damit sie keiner klaut.

Wenn wir doch nachts aufgetaucht fahren könnten! Aber das verdammte Radar! Wenn es das nicht gäbe, hätten wir ein schönes Leben. Den Mann, der das Radar erfunden hat, sollte man vierteilen. Wer das war? Keine Ahnung. Wahrscheinlich sind etliche gleichzeitig auf den Trichter gekommen. Muß wohl in der Luft gelegen haben.

Radar heißt: »radio detection and ranging« – Erfassung und Entfernungsbestimmung bei gleichzeitiger Richtungs- und Ortsbestimmung: So wird's definiert. »Die Zeitbasis ist als Entfernungsskala eichbar ... Bordseitige Radargeräte orten das Ziel nach dem aktiven Zielsuchverfahren und ermöglichen einen direkten Anflug.« Aber gewiß doch! Im Grunde eine einfache Sache. Nur, daß die Herrschaften von der anderen Seite dann auf den Trichter gekommen sind, die nötigen Apparaturen mehr und mehr zu verkleinern, bis sie in die Cockpits ihrer Flugzeuge paßten ... Nur das ist die Sauerei.

Ich hocke mit einer Arschbacke auf der Kartenkiste, und mir wird plötzlich bewußt, daß ich Bartl seit dem Auslaufen nicht mehr gesehen habe.

Da erinnere ich mich, daß sie ihn ganz nach vorn in den Bugraum verfrachtet haben. Dort kann er den Silberlingen was vorreesen und sich als kaiserlicher Seeheld aufspielen, wenn ihm die Lust danach stehen sollte.

Jedenfalls gut untergebracht, sage ich mir und fühle mich von meinen Fürsorgepflichten entlastet. Aber vielleicht sollte ich doch nach ihm sehen? Ich hätte schon längst einmal meine Nase in den Bugraum stecken sollen. Da vorn sieht es sicher am schlimmsten aus. Verglichen mit dem Leben im Bugraum habe ich's noch gut – relativ gut. Der alte Einstein hat den Quatsch erfunden, und wir müssen jetzt danach leben.

Ich gebe mir also auf, mich nach vorn durchzuschlagen. Schließlich bin ich hier an Bord als ein Augenzeuge, dem nichts entgehen darf.

Das Schott zum Bugraum steht offen. Überall auf den Flurplatten liegen dicht gepackt Körper wie verkrümmte Leichen. Jeder, der da durchwill, muß sich wie ein Seiltänzer bewegen: einen Fuß vor den anderen. Früher konnte man sich hier vorn noch breit im Schneidersitz auf den Bodenbrettern niederlassen. Hin und wieder kam sogar Stimmung auf. Auf U 96 hatten wir ein großes Akkordeon an Bord, und der Zentralegast Ede handhabte es vorzüglich.

Jetzt ist hier weder an Schneidersitz noch an Akkordeonmusik zu denken.

Die meisten, die da dicht wie Ölsardinen nebeneinanderliegen, haben ihre Gesichter in ihren Armbeugen verborgen – oder sie liegen gleich auf dem Bauch. Einige haben sich Handtücher so auf ihre Gesichter gelegt, als wollten sie Tote darstellen, die vor Fliegen bewahrt bleiben sollen. Ich kann nicht jeden herumdrehen oder ihm das Handtuch wegziehen – da würde ich mir wie einer vorkommen, der auf einem Schlachtfeld in halber Dunkelheit nach einem bestimmten Gefallenen sucht ...

Diese Alptraumszenerie fotografieren? Mit ein paar Stablampen? Ob das Sinn hätte? Ich brauchte eine Lampe mit einem langen Kabel. Aber die veränderte wiederum alles. Die Dunkelheit, die Düsternis dieser Stinkhöhle, *die* müßte aufs Bild. Ich müßte minutenlang belichten können. Aber schon bei einer Sekunde Belichtungszeit würde alles verwackeln.

Verdammt sachliche Überlegungen, gewiß doch! Doch nur so komme ich mit dem Anblick dieser Vorhölle zurecht ...

Ohne Suchscheinwerfer kann ich Bartl nicht finden.

Die Bugraumszenerie bleibt mir vor Augen, als ich mich wieder in die Zentrale verholt habe. Weil der Obersteuermann gerade neben mir steht, sage ich: »Ein Leben wie die Troglodyten.«

»Was für Titten?« fragt der Obersteuermann zurück.

»Höhlenmenschen – griechisch.«

»Mit Titten?« fragt der Obersteuermann hoffnungsvoll. Ich will ihn nicht enttäuschen und nicke deshalb. Von mir aus soll er doch denken, was er will. Auch, daß ich nichts als Titten und Fotzen im Kopf habe ...

»Paßt bloß auf die Werftgrandis auf, damit nicht wieder einer durchdreht«, höre ich – so laut, daß es etliche von den Silberlingen hören müssen.

Der Haß der Leute auf die Silberlinge ist groß. Der Oberbaurat Kleine, der auch an Bord ist, soll sich als Antreiber in der Werft besonders hervorgetan haben. »Den sollt'n wir mal lieber als Fender außenbords fahren. Der größte Maulaufreißer – un jetzt nischt als Fracksausen! So haben wir's gerne ...«

Schon vor dem letzten Satz habe ich abgewinkt und mich auf meine Kiste gehockt.

»Na, jetzt sinse ja halbwegs manierlich. Jetzt liegense doch rum wie angeschossen«, bekomme ich noch zu hören.

Ich krame Stift und Papier hervor, um mir ein paar Notizen zu machen.

Der LI raunzt einen Mann an, der von achtern nach vorn will. Wenn geschnorchelt wird, besteht der LI auf sorgfältiger Meldung beim Passieren durch die Zentrale. Die Kutscherei auf Sehrohrtiefe ist nun mal eine heikle Übung. Das Sehrohr darf nicht überspült werden. Bei der Dunkelheit da oben ist ohnehin nicht viel zu sehen, und wenn das Sehrohr dann auch noch unterschneidet ...

Zu wissen, daß wir fast blind durch die Gegend karren, kann einem schon den Humor nehmen. Und sich vorzustellen, daß wir die anderen kaum sehen und schon gar nicht hören können, die aber uns! Das Ganze ist ein absurdes Vabanquespiel – eins, das für uns jeden Augenblick tödlich ausgehen kann.

Jedesmal, wenn es heißt: »Diesel stop zum Rundhorchen!«, schreckt mich die Ohrenpein – und trotzdem ist der Befehl auch wie eine Erlösung, denn wenn der Diesellärm aussetzt, kann ich mit meinen von der Druckänderung schmerzenden Ohren *hören* – so lange wenigstens, bis die Diesel wieder anspringen.

Wenn mich einer fragte, wie mir bei dieser Art von Seefahrt zumute ist, würde ich »blümerant!« antworten. Früher war es schon schlimm genug. In jedem Augenblick konnten wir überfallen werden. Aber wenn oben gute Leute Brückenwache gingen, war die Dauerbedrohung doch für Stunden vergessen.

Wir fahren mit dem Backborddiesel. Der Steuerborddiesel ist ganz auf Ladung geschaltet. Wenn beide Diesel auf Schraube und dazu mit Ladung liefen, würde der Ladeprozeß zu lange dauern. Beim Schnelladen – so wie jetzt – soll die heruntergefahrene Batterie in etwa sechs Stunden voll sein.

Der Schraubendiesel läuft langsame Fahrt. Das bringt uns nur sieben Seemeilen in der Stunde voran. Schneller zu fahren empfiehlt sich ohnehin nicht, weil dann das ausgefahrene Sehrohr in zu heftige Schwingungen geraten könnte. Das Sehrohr ist ein verdammt langes Möbel: vom Kiel bis zur Optik runde fünfzehn Meter. Seine Länge über der Brücke beträgt im ausgefahrenen Zustand immerhin noch vierkommasieben Meter.

Ich habe zum Glück doch intensiv genug herumgehorcht, um einigermaßen Bescheid zu wissen und die unerwünschten, ja gefährlichen Nebenwirkungen der Schnorchelei halbwegs zu kennen. So weiß ich, daß am Top des Sehrohrschachts bei unserer Art von Unterwasserfahrt eine starke Knickbeanspruchung entsteht. Bei hoher Fahrt wird außerdem das Schwimmerventil des Schnorchels heftig beansprucht, und die mit dem Unterschneiden verbundenen Gefahren werden ebenfalls größer: Nicht nur, daß die Diesel dann plötzlich ihre Luft aus dem Boot saugen, beim plötzlichen Unterschneiden des Schnorchels kann der Druck des Wassers in den Abgasleitungen so stark werden, daß es zum Wassereinbruch über sie kommt. Im Schnorchelmast steckt ja nicht nur die Zuluftleitung, sondern auch die Abgasleitung. Der Abgasaustritt liegt zwar einskommafünf Meter tiefer als der Zulufteintritt, damit wir nicht unsere eigene Atemluft und die Luft für die Maschinen verstänkern, aber beim heftigen Unterschneiden spielen anderthalb Meter keine Rolle, und die Malaise ist da.

Mit forschem Drauflosklotzen ist es also nichts. Bei dieser Fortbewegungsart heißt es eher, mit aller Vorsicht verfahren und nicht zuviel riskieren. »Da fährt man wie auf rohen Eiern«, hat mir in Brest ein LI, der es wissen mußte, gesagt.

Wenn nur der verdammte Krach nicht wäre! Wie viele Meilen sind wir eigentlich zu hören, wenn wir so durch die Gegend schnorcheln? Das sollte ich den LI fragen. Aber dem steht im Augenblick bestimmt nicht der Sinn danach, mich zu informieren. Also gelegentlich – später, wenn er mal nicht dieses besorgte Gesicht macht.

Ich möchte jedenfalls nicht stundenlang nach dem Papenberg tiefensteuern müssen. Nie in meinem ganzen Leben habe ich so gebannt auf ein Instrument gestarrt wie auf dieses Druckmanometer zwischen den beiden Tiefenrudergängern. Die Anzeige ist nicht linear, der Abstand der Teilstriche wird vielmehr mit zunehmender Nähe zur Zwanzigmetermarke immer geringer: Im Papenberg wird ja ein Luftpolster vom Wasserdruck zusammengedrückt. Dabei ist eines gut: Schon bevor die Wassersäule im Standrohr steigt oder fällt, zeigt die Wölbung des Miniskus, des Wasserspiegels, an, ob das Boot nach oben oder unten will. Man kann also der Steige- oder Falltendenz des Bootes entgegensteuern, *ehe* sie sich auswirkt. Wie sehr man aber gegensteuern muß, das kann nur die Erfahrung lehren. Anfänger, heißt es, steuern das Boot durch die grüne See wie über die Berge und Täler einer Achterbahn.

Ein Glück, daß dieser LI kein Anfänger ist. Die lässige Art der alteingefahrenen Routiniers hat er freilich auch nicht: Ich kann deutlich sehen, wie sehr ihn die Konzentration anstrengt. Kein Wunder, daß er aussieht wie das Leiden Christi, fast so elend wie der Kommandant. Zu unser aller Glück hält er aber offenbar mehr aus.

In diesem Moment erscheint der Kommandant in der Zentrale. Ihm dürfte es noch am leichtesten fallen, sich durch die Enge durchzuarbeiten – schmal und leichtgewichtig, wie er ist. Kein Brustkasten in der Jacke, kein Arsch in der Hose. Kraftreserven – das ist mal sicher – kann der Mann gar nicht haben.

Gleich neben dem Papenberg ist der Trimmanzeiger. Seine Nullgradanzeige liegt in gleicher Höhe wie die Anzeige der Sehrohrtiefe des Papenbergs. Das ist vernünftig eingerichtet. Der Leitende kann mit einem Blick Tiefe *und* Trimm des Bootes erkennen. Wir brauchen, damit das Sehrohr nicht unterschneidet, eine Trimmlage von möglichst null Grad.

So knapp unter der Oberfläche mit diesem Monstrum von Luftrüssel zur See fahren – wer sich dabei auch nur halbwegs sicher fühlt, muß über starke Nerven verfügen. Ein Brummkreisel, der sich mit letzter Kraft noch dreht, hat für mein Gefühl ein stabileres Gleichgewicht als dieser überfrachtete Schlitten, den man mit einer reichlich primitiven Hilfskonstruktion vom normalen U-Boot zum Tauchboot umfrisiert hat. Und trotzdem: Ohne Schnorchel hätten wir keine Chance.

Das Wetter wird schlechter: Der Schnorchelkopf wird immer wieder überspült, und jedesmal saugen die Diesel ihre Zuluft direkt aus den Räumen. Soll diese Tortur denn immer noch schlimmer werden?

Früher gab es im Boot so plötzliche Druckschwankungen allenfalls bei schwerem Sturm und wenn ein Torpedofächer abgeschossen wurde und die Preßluft aus drei Torpedorohren zugleich ins Boot austrat – aber das war höchst selten.

Die Abgase bringen zusätzlichen Ärger: Sie können nicht mehr stetig über den Schnorchelmast nach oben abgeleitet werden, sondern dringen immer häufiger ins Boot.

Und der Seegang nimmt zu: Der Schnorchelkopf bleibt jetzt wieder und wieder überspült.

Meine Kopfhaut ist gespannt wie ein Ballon, der bald platzen wird: Das kommt von den verdammten Druckschwankungen. Die sind kaum noch auszuhalten.

Ich frage den Zentralemaat: »Wieviel Millibar Unterdruck waren denn das eben?«

»Fast vierhundert, Herr Leutnant.«

»Ich denke, schon bei zwohundert sollen die Diesel gestoppt werden?«

»Theoretisch – wir gehen aber bis vierhundert, weil sonst zuviel Strom in die Binsen geht.«

»Verstehe!«

»Jawoll, Herr Leutnant!«

Als ich mich schon abwenden will, sagt der Zentralemaat noch: »Gar nicht gut für die Ventile.«

»Die Ventile?«

»Ja, Herr Leutnant, ständig geht wegen Unterdruck 'n Ventil in die Knie. *Die* sind darauf nich geeicht.«

»Wir denn etwa?«

»Nein, wir auch nicht, Herr Leutnant«, sagt der Zentralemaat und zeigt dabei ein tief bekümmertes Gesicht. »Aber wir halten's besser aus.«

Ich frage mich, ob er damit tatsächlich recht hat. Die Druckschwankungen *müssen* sich doch böse auf die Gesundheit auswirken. Vielleicht verblöden wir nach und nach wie Boxer, die zu oft eins an den Schädel bekommen haben. Explosion – Implosion! Wenn's mir am Ende die Schädelknochen auseinanderreißt, kann das keine Explosion sein – dann ist der *Unterdruck* daran schuld.

Einer der Silberlinge, ein Mann von gut und gerne fünfzig Jahren mit drei Streifen an den Ärmeln, leidet an Kreislaufstörungen – erheblich, wie es scheint. Er darf deshalb in der O-Messe auf dem Ledersofa, das zugleich die Schlafkoje des I WO ist, hocken. Dort bietet er einen nicht gerade aufrichtenden Anblick: Für Minuten sieht er aus, als wäre er schon hinüber. Bald gesellt sich noch ein anderer dazu, dem es auch schlechtgeht. »Klaustrophobie«, sagt der Kommandant, als die Silberlinge ihn nicht hören können. Aber damit wird er nicht recht haben. Dafür sieht auch der zweite allzu miserabel aus.

Der Kommandant hat mich auf eine Denkschiene gehievt: Klaustrophobie! Wenn die bei einem Mann nun tatsächlich die Form einer Krankheit annimmt – was passiert dann mit dem? Wie kann man Klaustrophobie diagnostizieren? Wo ist die Grenze zur ganz gemeinen Angst? Gibt es Klaustrophobie bei Bergleuten? Ist es schon passiert, daß ein Bergmann einfach nicht einfahren wollte – ums Verrecken nicht? Und wie steht es mit den Panzerfahrern? Bei denen geht es wahrscheinlich noch enger zu als bei uns. Im Flugzeug ist das anders: Da hat man den weiten Luftraum um sich und kann auch noch aussteigen, wenn die Maschine einen Treffer verpaßt bekommen hat.

Ich muß jetzt, wenn ich nicht früh genug in der O-Messe erscheine, auch wenn die WOs nicht da sind, statt an einer Schmalseite der Back dem Kommandanten direkt gegenüber mit dem Hintern im Gang sitzen. Trotzdem kann ich zufrieden sein: Hier wird wenigstens nicht gerülpst und gefurzt, wie das in der U-Messe im großen Stil passiert. Und außerdem geschieht wieder das Wunder, daß dieser winzige »Raum« mit jeder Stunde eine Idee größer wird. Nicht, daß jetzt zwischen meinem Bauch und der Kante der Back mehr als fünf Zentimeter Freiraum wären, aber der *Anblick* hat sich erweitert wie noch jedesmal. *Damit* sollten sich mal gute Psychologen beschäftigen statt mit ihrem üblichen Blödsinn. »Ausdehnungsphänomene von Hohlräumen bei Eingewöhnung in denselben« – feines Thema für eine Doktorarbeit.

Die Steuerbordmaschine ist gestoppt. Der Diesellärm ist dünner geworden.

Das höre ich mir eine Weile an, dann überkommt mich das Verlangen, mich nach achtern durchzuarbeiten. Ich will wissen, was mit dem Steuerborddiesel los ist.

Das Balancieren auf einem Fuß, wobei der andere suchend nach einem Aufsetzfleck herumtastet, habe ich inzwischen gut heraus. Man könnte glauben, ich sei in dieser drangvollen Enge groß geworden.

Schon in der Kombüse schlagen mir Qualm und Gestank entgegen. Der Schmutt hat dicke Schweißperlen auf dem Gesicht. Als er mich sieht, richtet er die Augen wie in stummer Verzweiflung nach oben. Der Schmutt tut mir leid. Die Kombüse ist einer der miesesten Plätze an Bord.

Im Dieselraum herrscht Wuhling. Einige der Flurplatten sind abgehoben. Der Blick nach unten ist freigelegt. Es ist, als lägen die Eingeweide des Bootes bloß. Das sieht böse aus. Der LI leuchtet mit seiner Stablampe in die Schächte hinab. Einer der Dieselmaate hat sich auf die Knie sinken lassen wie ein Beter. Neben sich hat er ein Aluminiumbecken mit schwarzen Bolzen und schwarz verölten Muttern. Dazu einen ganzen Satz Schraubschlüssel: Operationsbestecke der schweren Art.

»Kupplung hat sich verstellt – Schraube locker!« brüllt mir der LI ins Gesicht. Ich nicke automatisch und wie verständig.

Der Dieselmaat muß jetzt noch mehr von den Blechen lösen, welche die unteren Partien der Diesel verdecken, damit der LI in neue dunkle Höhlen hineinleuchten kann.

Ich stehe, so sehr ich mich auch dünn zu machen versuche, nur im Weg. Also verschwinde ich besser in die Zentrale – nicht weniger beunruhigt als vorher.

Als beide Maschinen wieder laufen, meldet der LI dem Kommandanten: »Das Backbordgebläse macht nicht genügend Umdrehungen.«

Der Backborddiesel ist demnach auch marode! Ich brauche eine Weile, bis ich kapiere: Der Backborddiesel bekommt nicht mehr genug Verbrennungsluft. Und ohne die kann er nichts Rechtes leisten. Was nützt es, wenn gehörig Luft durch den Schnorchel herunterkommt, das Gebläse aber nicht ordentlich arbeitet.

Aus dem Palaver zwischen dem LI und dem Kommandanten höre ich heraus, daß gegen diese Malaise nicht viel zu machen ist. Nicht »unter den gegebenen Umständen ...«

Hohe Fahrtstufen fallen also flach. Dem Backborddiesel genügt die offerierte Luft nur für Zockeltrab.

Der Kommandant guckt den LI so kalt an, als hätte der die Maschine mit Absicht demoliert. Wenn er sich doch austoben und »Scheiße, verdammte!« brüllen würde – irgendwas Befreiendes in dieser Art. Er knirscht aber nur mit den Zähnen und läßt sich den Schaden auf den Magen schlagen.

»Und was gedenken Sie zu veranlassen?« bringt der Kommandant endlich merkwürdig gepreßt hervor und fügt auch noch an, fast ohne die Lippen zu bewegen: »... wenn ich fragen darf!«

Der LI windet sich. Auf diesen Ton war er sicher nicht vorbereitet. Zu veranlassen gedenken? Das kann ihm nicht schmecken.

Ich will mir nicht anhören, wie der Kommandant mit feingemünzten Redewendungen auf den LI einhackt und der sich für einen Schaden verteidigen muß, den er nicht verursacht hat. Deshalb verschwinde ich in die O-Messe. Erst dort hadere ich still für mich mit dem Kommandanten:

Was kann der LI denn dafür, daß die Werft nicht gründlich gearbeitet hat? Ich habe die Klagelitanei, die er mir in Brest vorgebetet hat, noch ziemlich genau im Kopf: Die Diesel bräuchten neue Kolben. Das sei aber längst nicht alles: »Keine Kontrolle der Tauchbunker mehr seit langer Zeit! Die Tauchzellen sind nicht abgedrückt worden, die Entlüftungsgestänge müßten überprüft werden, die Antennen und Waffen sind längst zur Überholung fällig, und das Sehrohr müßte ausgewechselt werden« – eine einzige lange Litanei.

Der Kommandant hat gut murren und sich empören. In diesem Fall schlage ich mich auf die Seite des Leitenden.

Als triebe mich ein Gefühl der Solidarität auch mit unseren Maschinen dazu an, mache ich auf dem Absatz kehrt und lenke meine Füße wieder nach achtern.

Als ich den Kugelschottring zum U-Raum durchsteige, muß ich staunen: Die Back ist plötzlich wieder an Ort und Stelle – mit abgeklappten Seitenteilen zwar, aber immerhin ...

Wohin die Kisten und Ballen verschwunden sind, die eben noch zwischen den Kojen lagerten, will ich nicht ergründen, und wohin zwei der Silberlinge sich verholt haben, auch nicht.

Der Schmutt grinst mich, wohl weil er mich schon wieder zu sehen bekommt, durch das offene Kombüsenschott zutunlich an.

Schon von der Kombüse her sehe ich, wie aus einem Indikatorhahn des Steuerborddiesels Feuer schießt: ein ordentlicher, waagerechter Strahl. Der Dieselmaat prüft also gerade, ob die Zündung stimmt. Als ich das erste Mal einen solchen Feuerstrahl zu sehen bekam, bin ich schön erschrocken. Jetzt wirkt er auf mich wie ein Beruhigungsmittel: Die Zündung in diesem Zylinder funktioniert tadellos. Und dem Klang nach in den anderen auch. Der Dieselmaat nickt zufrieden: Er wird wohl die anderen Zylinder auch gerade kontrolliert haben.

Ein Gefühl der Zuneigung für die Diesel quillt in mir hoch. Am liebsten würde ich sie tätscheln, wie man Pferde tätschelt: brave Böcke. Tut sicher euer Bestes ... Als ich mich wieder nach vorn verholen will, bedenkt mich der Dieselmaat mit einem großen Nicken. Das soll gewiß bedeuten: Nur keine Bange. Wir werden das Kind schon schaukeln!

Die Flurplatten liegen alle wieder an Ort und Stelle.

Ich verhole mich auf meine Koje und versuche trotz des Lärms wegzuduseln, obwohl ich weiß, daß daraus nichts werden wird: Im U-Raum gibt es um diese Zeit kaum eine ruhige Minute. Mit viel Getöse kommt gerade Essen auf die Back. Früher wurde so aufgebackt, daß die neue Wache vor dem Aufziehen gerade noch essen konnte. Wie es jetzt gehandhabt wird, ist für mich schwer zu durchschauen.

Ich mache mir gleich mal meine eigene Zeitrechnung, damit endlich Ordnung in meinem Kopf einkehrt, so zurecht: Wenn Frühstück angesagt ist, laufen wir noch mit E-Maschinen. Ich weiß dann: Jetzt will es über den Wassern der Biskaya gerade dunkel werden. Und wenn der Schnorchelmast aufgerichtet wird, beginnt der Arbeitstag.

Im Grunde alles ganz einfach. Wir machen eben den Tag zur Nacht und die Nacht zum Tag. Ball verkehrt! Ich verwirre mich nur unnötigerweise, wenn ich mir vorstelle, wie schön dunkel es dann gerade über den Wassern der Biskaya ist, wenn im Boot Betrieb herrscht.

Wenn ich die Augen schließe und mir einzelne Leute der Besatzung vorstellen will, merke ich, wie wenige mir gegenwärtig sind. Neben dem Kommandanten ist es vor allem der Leitende: dieser Blondkopf, der sich so betont unverdrossen gibt – offenbar ein ausgeglichenes Temperament. Seine unwirsche Miene ist keine Folge der allgemeinen Gereiztheit an Bord, er hat sie auch schon in Brest zur Schau getragen. Und schweigsam zeigte er sich da auch bereits. Jetzt kommt außer Befehlen und dienstlichen Bemerkungen kaum noch ein Wort über seine Lippen: alles in allem ein stoischer Typ.

Während der Schnorchelfahrt ist der LI die meiste Zeit als Tiefensteuerleiter in der Zentrale. Früher wieselte er im Boot herum und hockte sich nur beim Einsteuern und bei Alarm hinter die Tiefenrudergänger. Auf dem LI lastet jetzt noch viel mehr als früher, und dabei war der Dienst eines Leitenden nie ein Zuckerschlecken. Wenn ich mich nicht täusche, hält sich dieser LI nicht immer strikt an die Befehle des Kommandanten, sondern modifiziert sie nach eigener Einsicht. Er kommt mir vor wie der erste Geiger eines Orchesters, der auch dann noch richtig spielt, wenn der Dirigent patzt, und der sogar imstande wäre, den Laden auch ganz ohne Dirigenten in Schwung zu halten.

Aber ansonsten? Selbst die beiden WOs bleiben in meiner Vorstellung vage: Sie gehören zur Allerweltskategorie, das übliche Erziehungsprodukt der Kriegsmarine – ein Massenartikel.

Da steht mir der Zentralemaat schon deutlicher vor dem inneren Auge: ein leicht untersetzter, sehr aufgeweckter Franke, offenbar schwer zu erschüttern und ein erstklassiger Fachmann – die Umsicht in Person. Sein Spitzname ist »Trimmer«. Zuerst dachte ich dabei ans Kohletrimmen, aber er wird wohl so heißen, weil er – oder sein Zentralegast – die Trimmpumpe so oft in Gang setzen muß. In dieser Besatzung scheint es etliche besonders kaltschnäuzige Leute zu geben, aber auch ein paar Gemütsathleten. Der Zentralemaat wirkt wie eine Mischung aus beiden Extremen. Schon als ich das erste Mal an Bord kam, merkte ich, daß er besonders respektiert wird.

Dann ist da noch der Bootsmann. Der Bootsmann hat in meinen Augen auch schon Kontur gewonnen: ein tüchtiger Vertreter seiner Zunft und immer beschäftigt. Und natürlich der Obersteuermann, der sich allein schon durch seinen mächtigen Vollbart von allen anderen abhebt! Er macht es einem schwer, sich vorzustellen, wie es hinter diesem Bart aussieht.

Ich gebe mir keine rechte Mühe, mir die Namen in meiner unmittelbaren Umgebung zu merken. Wozu auch? Diese Reise ist einfach zu kurz.

Von den Männern im U-Raum weiß ich nur, daß einer Alwin heißt. Der Maat, der auf der Gegenseite unten haust, ist ein E-Maat, ein zierliches Bürschchen. Der Dieselmaat hingegen, der zu seiner Wache gehört, ist eher ein vierschrötiger Kerl. Dieser Unterschied, finde ich, entspricht auch der Verschiedenheit der Maschinen, an denen die beiden Dienst tun ... Jetzt teilen sich die Maate offenbar zu zweien eine Koje, aber sie liegen nicht nach Art der Silberlinge wie die Schwulen beieinander, sondern lösen sich gegenseitig ab.

Trotz des Diesellärms kann ich deutlich hören, was sich gerade zwei wachfreie Maate über den Mittelgang hinweg zu sagen haben.

»Das haste dir wohl auch anders gedacht in Brest, oder?«

»Ach, was du nich alles sagst! Habt ihr zu Hause noch mehr so schlaue Kinder?«

»Aber laß mal, in La Rochelle gibt's auch Puffs«, höre ich die erste Stimme wieder. »Besonders scharfe Weiber: Spanierinnen! Da wirste deinen Schmant schon noch los.«

»In La Rochelle, da iss was los! Das kann ich dir verraten!« sagt darauf eine dritte Stimme. Die da unter mir an der Back reden, müssen zwei Maschinenmaate sein, wahrscheinlich ein E-Maat und ein Dieselmaat. Der dritte, der sich eben aus der vorderen Unterkoje eingemischt hat, muß ein Bootsmaat sein. Der, den ich für einen E-Maaten halte, berlinert leicht.

Eine Weile herrscht Ruhe. Keiner im Raum wagt die Frage zu stellen, ob es denn so ausgemacht und sicher sei, daß wir unseren Zielhafen La Pallice auch tatsächlich erreichen. Ich denke: Recht so! So tun, als sei alles in bester Ordnung und immer nach der Parole: Uns kann doch keiner!

Da geht das Palaver unter mir auch schon wieder los: »Ich hatt mal 'ne Puppe, der konntste 'ne Nadel in Arsch rammeln, und trotzdem bewegte die sich kaum ...«

Ich kann jetzt schon mit geschlossenen Augen die Stimmen auseinanderhalten. Der Mann, der da redet, quatscht nach einer Schluckpause in einem merkwürdig singenden Tonfall weiter: »Die flackte einfach so da und ließ sich's besorgen. Mal hatse mir durch die Matratze geschifft. Mann! Da war ich aber sauer!«

Der wachfreie Dieselmaat erhebt sich von der Back, zieht sich den Leibriemen, den er für mehr Bequemlichkeit beim Sitzen gelöst hatte, mit weitausholender Bewegung wieder fest und verkündet: »Nach dem Essen sollst du rauchen oder eine Frau gebrauchen.«

»Witzbold!« klingt es müde.

Es vergeht eine Weile, ehe ein »Leck mich doch am Arsch!« als Erwiderung darauf kommt.

Durch die Matratze geschifft! Das scheint es also öfter zu geben. Interessant. Eine Bekannte aus früheren Akademietagen hat das auch mal fertiggebracht. Die Erinnerung bringt mich innerlich zum Lachen: sich erst auf dem Gauklerfest der Akademie voll Sekt laufen lassen und dann quer durch die Seegrasmatratze und auch noch eine Mordspfütze auf dem Holzfußboden! Da habe ich schön gestaunt, was so eine Blase fassen kann.

Auf dem letzten Foto, das mir die Matratzenpisserin geschickt hat, ist sie als Arbeitsmaid zu sehen, gemeinsam mit fünf kleinen Hunden – vier im Korb, einer an den Busen gedrückt. Ein sinniges Bild! Weiß der Satan, wo das gute Kind jetzt steckt.

Ich bin auf dem Weg in die O-Messe. In der Zentrale höre ich, wie schon wieder »Diesel stop!« befohlen wird.

Ich steige durchs vordere Kugelschott: Der Horcher dreht mir sein Gesicht zu, während er sein Steuerungsrad um den ganzen Horchhorizont dreht und das Wasser um uns nach Geräuschen absucht. Seine Miene ist in sich gekehrt – Seherblick. Der Mann, möchte ich wetten, nimmt mich nicht einmal wahr, obwohl ich im Gang unmittelbar vor ihm stehe. Er guckt durch mich hindurch, als gäbe es mich nicht. Ich darf ihn um keinen Preis stören.

Das hat sich auch geändert: Der Horcher hockt auch bei laufendem Diesel in seinem Schapp: Wenn die Diesel gestoppt werden, muß er im gleichen Augenblick horchbereit sein. Da kann er nicht erst herbeihasten und sich vor seinem Gerät zurechthocken. Wenn wir unserer Ertaubung Herr werden, kann es um Sekunden gehen. Die Richtungspeilung ist leider nur grob. Sie fußt auf der Zeitdifferenz, mit der ein Schall auf die einzelnen Empfängermembranen unseres Gruppenhorchgeräts trifft. Die sind vorn in Höhe der Tauchzelle fünf bogenförmig angebracht. Die feineren Installationen hat eben der Gegner. Nicht mehr als etwa zwanzig Kilometer weit können wir Einzelschiffe erhorchen.

Das Funkschapp ist ebenfalls besetzt. Der Funker starrt mich aus großen Augen wie eine übersinnliche Erscheinung an. Es ist der zwote, der Dienst hat. Er hat ein ausgezehrtes Kindergesicht, eingefallene Wangen, blaue, ins Violette gehende Schatten unter den Augen.

Normalerweise haben die Funker im getauchten Boot keine Arbeit. Längstwellen können sie zwar bis in eine Tiefe von etwa zwanzig Metern empfangen – genauer: bis zu einer Wassertiefe von zehn Metern über Antennenhöhe –, Kurz- und Mittelwellen vermögen aber nicht ins Wasser einzudringen. Das Boot kann sie also, sobald es von der Oberfläche verschwindet, nicht mehr aufnehmen. Der Schnorchelbetrieb hat das geändert: Da der Schnorchelkopf eine kleine Antenne trägt, können wir jetzt auch im flach getauchten Zustand – also während der Schnorchelfahrt – Kurz- und Mittelwellen hereinbekommen.

Der Soldatensender Calais sendet auf Kurzwelle. Über die Antenne am Schnorchelkopf müßten wir ihn also bekommen können! Das wäre doch was: unter Wasser fahren und dabei zuhören, was die Klugscheißer auf der Insel zum besten geben, um uns ins Bockshorn zu jagen. Könnte außerdem für uns wichtig sein, zu erfahren, ob die Herrschaften uns als versenkt melden oder nicht. Unsere Bootsnummer kennen die mit Sicherheit und den Namen des Kommandanten auch. Aber leider hat just der offenbar kein Interesse am Empfang solcher Nachrichten ...

Ich hocke in der O-Messe auf meinem Klappstuhl. Wie einer lange schon vernachlässigten Pflicht folgend, beschwöre ich Bilder von Simone: Simone als Tanzmädchen, ein changierendes Satinfetzchen über den kleinen Popo gespannt ... Simone mit einem leise schwelenden Lächeln im Gesicht. Simones Körper in Großaufnahme. Der Bauch mit der Nabelgrube ... Der feine Flaum auf ihrer Bauchdecke, die krausen, harten Schamhaare ...

Mir zieht es schmerzhaft die Oberschenkel zusammen: Simones Eidechsenhaut, ihre plastisch gewölbten Schamlippen, das dunkelbraune Gekräusel ... Ich presse die Augenlider und lasse Simone auf mir reiten. So war es ihr am liebsten – mit ihren straffen Oberschenkeln konnte sie ordentlich Druck geben –, das hatte sie auf der Reitbahn trainiert.

Plötzlich durchfährt es mich, als hätte mich einer ertappt: Was soll denn jetzt wieder dieses Theater! Was uns zusammenhielt, waren doch nur alle möglichen Bequemlichkeiten. War doch auch praktisch: Immer was zum ... Aber ich will nicht so denken: Simone konnte schließlich auch zärtlich sein, reuevoll und liebreizend.

Die gute Simone, die schlechte Simone: Die Quittung für ihren Leichtsinn hat sie jetzt: eingebuchtet! In Fresnes! Und ich soll nach ihr fahnden und bin deshalb nach La Pallice unterwegs – das ist doch alles total verrückt!

Simone würde staunen, wenn sie mich hier sehen könnte ...

Aber nun Schluß damit! Ich richte meine Gedanken auf die See über uns und stelle mir vor, wie es jetzt da oben aussieht: Die See hat sich beruhigt, keine Schaumkämme, nur unser Schnorchelkopf zieht einen weißen Schaumstreifen hinter sich her. Hoffentlich passen die achtern im Dieselraum auf, daß unsere Diesel nicht zu stark qualmen.

In der Zentrale habe ich mitgekriegt, daß wir zwohundertfünfundsechzig Grad steuern. Ich wüßte gern, wie weit der Kommandant noch nach Westen ausweichen will. Aber danach kann ich ihn nicht fragen. Mir entringt sich unwillkürlich so etwas wie ein Seufzer: Wie sollen wir das nur durchstehen? Irgendwann müssen wir wieder ran an die Küste und unseren Zielhafen finden – und inzwischen werden die Tommies wohl eine Art Empfangskomitee für uns gebildet haben.

Zeit und Entfernung – hier an Bord wird beides relativ. Die Ewigkeit eines einzigen Seetages mit dieser Knüppelei! Eine Stunde wird zu dreitausendsechshundert Sekunden – und das dann noch mal mit vierundzwanzig multipliziert, da wird der Tag schön lang ... etwa so, wie ein aufs äußerste gedehnter Gummifaden.

Und eine Seemeile? Was für eine unendliche Distanz, zumal wenn man mit drei, höchstens sieben Knoten bis nach La Pallice kommen will. Seemeile ist gleich Knoten. »Le nœud« ist französisch für Knoten. »Knots« sagen die Tommies ... Sonst noch was? frage ich mich selber. Gewiß doch! Zum Beispiel: Wie heißen bei den Franzosen die Möwen? Jetzt weiß ich doch tatsächlich nicht mehr, was Möwe auf französisch heißt. Seagull auf englisch, aber auf französisch? Diese verdammten Ausfälle! Auf mein Hirn ist kein Verlaß mehr.

Gebratenes Kalbshirn! – Das muß schon Jahre her sein, daß ich Kalbshirn in Butter zu essen bekam. Meine sächsische Großmutter briet hin und wieder ein Pfännchen voll, ganz für sich allein, nur ich, der Goldenkel, bekam manchmal einen Happen davon ab. Kesselfrische Blutwurst, aber nur die von der Metzgerei Flohrer, und Kalbshirn in Butter, das waren ihre Delizen. Wo meine Großmutter jetzt vegetiert, weiß der Himmel. Frische Blutwurst und Kalbshirn, damit dürfte es aus sein – und zwar für immer. Die große omnipotente Hausbesitzerin! Was waren das für bühnenreife Szenen, wenn sie mit ihrer ledernen Henkeltasche in den Arbeiterhäusern der Jahn-Vorstadt abkassieren ging: Da ließ sich eine in der Wolle gefärbte Kapitalistin zur Hefe des Volkes hinab ...

Die Bilder im Kopf auslöschen! Wenn das nur einfacher wäre. Mein Kopfkino stellt sich immer wieder von selber an, und dann läuft der Film. Durchsacken lassen. Abschalten. Gar nicht mehr von dieser Welt sein. Den Wahrnehmungszwang abschütteln. Jalousien herunter, absinken in die schwarze Nacht – wenn das nur ginge.

Gestern – war es gestern? – ist es mir schon mal gelungen, wegzudämmern. Aber jetzt? Jetzt laufen immer neue Bilder ab: der Abschied im Bunker! Wie sich das Boot von der Pier zu lösen beginnt, und die Leinen herüberfliegen. Wie der Alte Haltung annimmt, und wie er uns dann grüßt: nicht etwa mit dem Nazigruß, sondern mit der Hand an der Mütze – Totenstille, nicht einmal unsere Motoren sind zu hören. Ich muß die Kiefer, so fest ich kann, aufeinanderbeißen, damit ich mit dem Würgen im Hals fertig werde. Und dann schnell auch die Flosse an die Mütze. Eine Viertelminute lang halte ich sie oben. Kein Heilgebrülle. Nichts. Nur dieses stumme Salutieren . . .

In der Zentrale ist plötzlich blauer, stinkender Qualm. Der Qualm kommt von achtern durchs Kugelschott. Die Diesel! Jetzt kommen mit dem Qualm auch schemenhafte Gestalten. Ich sehe einen nach Luft schnappen.

»Tauchretter aufsetzen!« – »Tauchretter aufsetzen!« – »Tauchretter aufsetzen!«

Einer ruft es dem anderen zu. Tauchretter? Auch das noch! Soll denn *keine* Prüfung ausgelassen werden? Herrgottnochmal! Wegen des bißchen Qualms gleich den vollen Mummenschanz!

Aber da fährt mir der Schreck doch in die Knochen: die Silberlinge! Die haben ja gar keine Tauchretter! Wir müssen also hoch! Und wenn es nur für ein paar Minuten sein sollte – jedenfalls lange genug, um das Boot ordentlich durchzulüften. Und jetzt stellt sich auch noch heraus, daß sogar ein paar Mann der Besatzung keine Tauchretter haben. Aber wahrscheinlich können sie die in dieser fürchterlichen Wuhling nur nicht finden.

»Die werden schon nicht gleich krepieren!« schimpft ein Maat dicht neben mir, ehe er sich sein Gummimundstück in den Mund schiebt.

Das beruhigt mich: Dann werden wir wohl doch nicht hochmüssen. Trotzdem sollte man den Obermaschinisten bei nächster Gelegenheit kielholen oder den, der dran schuld ist, daß der ganze Laden dermaßen verqualmt ist.

Der Leitende hat seinen Tauchretter nicht auf. Ich halte mich dicht bei ihm und tue so, als gelte der Befehl auch für mich nicht. Die Tauchretter erinnern mich auf fatale Weise an Gasmasken, und die habe ich hassen gelernt: Mit der Gasmaske vor der Visage im Kreis herummarschieren und dabei singen müssen, das gehörte zu den übelsten Glückstädter Schikanen.

Durch Tränenschlieren beobachte ich den Leitenden. Er zeigt keine Reaktion auf den Qualm, sondern tut, als sei er ihn gewöhnt – der verrückte Hund! Jetzt darf auch ich nicht husten. Ich muß den Hustenreiz hinunterwürgen. Luft stauen, heftig schlucken, wieder stauen! Da reißt es mir den Mund wie mit Gewalt auf: Ich japse wie ein Taucher, der zu lange unten war. Ein Königreich für ein paar Schlucke Frischluft!

Der Kommandant hat auch keinen Tauchretter auf. Er sieht aus, als verlasse er sich ganz auf den Leitenden. Den kann ich aber in dem Qualm plötzlich nicht mehr sehen. Er muß nach achtern enteilt sein. Die Tiefensteuerung hat der I WO.

Ich trete ganz nahe an den Kommandanten heran. Der hustet nun doch heftig. Dazu hebt er die Schultern, als wollte er sagen: Alles halb so wild. Er wird recht haben: Auf einigen Booten hat es nach den ersten Schnorchelversuchen ausgesehen wie im Bergwerk: alles total schwarz. Hier ist freilich auch schon die ganze Innenausstattung mit einem dünnen Rußfilm überzogen. Aber: Bißchen mehr Dreck macht das Kraut nicht fett. So sagten wir jedenfalls bei den Pfadfindern.

Die Silberlinge müssen denken, daß sie erstickt werden sollen. Von allen Seiten kommt Gehuste – scharfes und krächzendes, auch würgendes.

»Verdammte Sauerei!« – »Himmelarschundwolkenbruch!« höre ich fluchen.

Von achtern weht immer noch mehr Qualm heran. Das verstehe ich nicht: Die Diesel sind doch gestoppt. Ich kann aber deutlich sehen, wie der Qualm durchs Kugelschott quillt. Also gut, wenn es durchaus sein muß, dann eben den Tauchretter vor die Schnauze. Ein Glück, daß ich mir den braunen Beutel schon unter den Arm geklemmt habe. Im U-Raum, wo er an meiner Koje hing, ist dicke Luft. Die Silberlinge, die dort hausen, sind in die Zentrale gekommen. Hoffentlich gibt es mit denen keinen Ärger.

Verdammte Sauerei: weiß Gott! Und keine Chance für die Männer, wie im Bergwerk in der Waschkaue wieder zu Menschen zu werden.

Da höre ich die Diesel wieder anspringen. Der LI erscheint und macht dem Kommandanten Meldung. In all dem Lärm und Gehuste kann ich aber nicht hören, was er zu melden hat. Dann fährt er sich, wohl um sich den Schweiß aus dem Bart zu wischen, mit beiden Händen ins Gesicht. Das hätte er bleiben lassen sollen: Jetzt sieht er aus, als käme er tatsächlich aus dem Schacht.

Auf einmal lichtet sich der Qualm. Die Diesel, die den Laden so höllisch vollgestänkert haben, saugen ihn offenbar auch wieder ab. Ich reiße mir das Mundstück des Tauchretters heraus und versuche mich freizuhusten.

Ich kann sehen, daß den LI plötzlich irgendwas stört, und schon läuft er wieder nach achtern. Ich bleibe, wo ich bin, aber dann packt mich doch die Neugierde, und ich stakse ihm nach bis zum Dieselraum.

Dort geht der LI gerade zwischen den Dieseln in die Hocke und lauscht – minutenlang.

»Iss was?« brülle ich ihm schließlich zu.

»Nicht das Wahre!« brüllt der LI zurück. Dann packt er mich beim Oberarm und steuert mich nach vorn. In der Kombüse bleibt er stehen. Offenbar will er mir hier trotz der Enge etwas erklären. Um den Schmutt nicht zu behindern, drücke ich mich eng an das Schott zu unserem unbenutzbaren zweiten Klo.

»Ich wüßte mir jedenfalls was Besseres für unsere Motoren als diese lausige Schnorchelei«, bringt der LI im Schimpfton hervor.

»Woher kam denn auf einmal der viele Ruß?« frage ich.

Der LI verdreht erst mal die Augen nach oben und wettert dann los: »Die Diesel kriegen verdammt noch mal nicht genug Luft!« Dann sagt er im Klageton: »Das isses! An den Leuten liegt's nicht ... Etwa in der Mitte jedes Zylinders sitzt ein Sicherheitsventil. Bei gesteigertem Abgasdruck, wie er zum Beispiel durch Unterschneiden des Schnorchelkopfes entstehen kann, weil dann die Abgase nicht mehr ins Freie entweichen können, machen diese Ventile auf, und der ganze Dreck wird in den Raum geblasen. Und das sind nicht nur die normalen Abgase: Zugleich wird ja auch nicht mehr genug Luft angesaugt, und die Verbrennung in den Zylindern bleibt unvollständig oder funktioniert überhaupt nicht mehr.«

»Und was tut man dagegen?« frage ich den LI.

»Nichts! Oder nicht viel – beten, daß die Diesel durchhalten.«

Der Schmutt wirtschaftet so heftig herum, als wolle er uns auf diese Weise klarmachen, daß seine enge Kombüse kein Platz für Stehkonvente ist. Den LI ficht das aber nicht an, er gerät vielmehr richtig in Fahrt.

»Das sollten Sie mal sehen, wenn *alle* achtzehn Zylinder Ruß abblasen – dann ist binnen einer Minute der ganze Raum schwarz.«

»Und was passiert *dann*?«

»Dann heißt es: ›Dieselraum räumen!‹ Nur die beiden Leute an den Fahrständen müssen natürlich bleiben – und wenn die schwarz wie die Neger werden ... Beim neuen Anfahren läßt man die Maschinen übrigens erst mal im Leerlauf auf hohe Drehzahlen kommen und hält dabei die Zuluftventile fast ganz geschlossen ...«

»Damit sie ihren Dreck selber wieder auffressen?« falle ich ein.

»So ungefähr«, trompetet der LI, und gleich darauf noch: »Dann woll'n wir mal wieder!«, zwängt sich am Schmutt vorbei und verschwindet im Dieselraum.

In der O-Messe ist die Luft erträglich. Das beruhigt mich: Da werden die Silberlinge im Bugraum nicht viel zu leiden gehabt haben.

Später, als wir in trautem Verein an der Back versammelt sind, wage ich mich mit einem »Rußgedicht« vor: »Es rußt bei Krupp der Eisenhammer / Es rußt der Schornstein immerzu / Es rußt der Ofen in der Kammer / In meinem Herzen ruhst nur du!«

Der I WO guckt pikiert, dem Kommandanten scheint es zu gefallen. Der LI ist leider nicht da.

»Essen fällt flach«, sagt der Kommandant. »Jedenfalls vorläufig!« Und nach einer Weile sagt er noch: »Aber was zu trinken wäre jetzt recht.«

Das nehme ich als Aufforderung an mich, den Schmutt zu wahrschauen, und ich mache mich nach achtern auf. Aber da kommt mir der Backschafter schon mit einer großen Aluminiumkanne entgegen und sagt: »Kujambelwasser, Herr Leutnant.« Und dann sagt er zum Kommandanten: »Der Schmutt macht Schnitten.«

Nach dem bißchen Essen hocken wir maulfaul um die Back. Der I WO stiert, die Lippen zwischen die Zähne gezogen, Löcher in die Luft. Er tut, als gäbe es für ihn keine Umwelt. Auch der Kommandant starrt so vollkommen ausdruckslos vor sich hin, als ginge es ihm darum, sich im Ausschweigen und Starren besonders hervorzutun. Wie unter Zwang fasse ich sein Gesicht immer wieder in den Blick: Die Affenfalten, die von seinen Nasenflügeln zu den Mundwinkeln laufen, sind scharf geworden, wie mit dem Grabstichel eingeritzt. Die Augenringe sind grünlich, als wären sie mit Faschingsschminke nachgemalt. Ich könnte auch an diesem Gesicht vorbeischauen, auf die Holzmaserung rechts und links daneben zum Beispiel. Aber nein – ich *muß* ihn ansehen. Vielleicht täte ich es nicht so intensiv, wenn er meinen Blick erwiderte, aber er hockt nur großäugig und blicklos wie eine Eule in seiner Ecke. Entspannt wirkt er dabei nicht, sondern ständig sprungbereit. Er lehnt sich nicht einmal richtig an. Wenn der Mann sich nicht endlich ausruht, wird er bald geliefert sein.

Der Backschafter erscheint wieder. Er hat ein verlegen zutunliches Grinsen aufgesteckt und fragt, ob Salzgurken gefällig seien . . .

Keine Reaktion. Schließlich nickt der Kommandant – einmal, zweimal, und dann hört er gar nicht wieder auf damit. Als der Backschafter längst wieder verschwunden ist, nickt er immer noch weiter. Wie der Kommandant so wesenlos mit seinem Nickekopf dahockt, erinnert er mich an die Wackelpuppe im Schaufenster eines Zigarrenladens in der Chemnitzer Jahnstraße, die freilich noch eindrucksvoller funktionierte: Beim Nicken ließ sie den Unterkiefer auf- und niederklappen, so daß man die Zähne zu sehen bekam, und in der rechten Hand hatte sie einen Stock, mit dem sie bei jedem Nicker gegen die Schaufensterscheibe klopfte und die Passanten erschreckte.

Der LI erscheint.

»Jetzt haben die Diesel scheint's ein Einsehen!« sagt er, und ich muß wieder mal staunen, wie sehr ein Techniker seine Maschinen zu vermenschlichen vermag.

Noch eine halbe Stunde bis zum Ende der Dieselfahrt – es ist zum Verrücktwerden! Am liebsten würde ich dem Kommandanten die Back gegen den Bauch schieben, um ihn wieder zu sich zu bringen. Aber die Back sitzt fest: angeschraubt. Also räuspere ich mich. Weil das nicht reicht, huste ich kräftig. Da endlich nimmt mich der Kommandant wahr, und nur um ihn zum Reden zu bringen, sage ich: »Ich würde gern noch was über Cherbourg wissen ...«

Der Kommandant starrt mich mit halboffenem Mund fragend an, als habe er mich nicht richtig gehört. Aber dann redet er doch.

»Die taten ja so«, sagt er kratzig, »als wär ich der Weihnachtsmann – so was von freundlich! Bis ich endlich schaltete: die Munition! Natürlich! Die konnten die in Brest verdammt gut brauchen.«

Cherbourg – nicht Brest! will ich gerade sagen, da schießt der Kommandant mit einem Ruck hoch und stürzt in die Zentrale. In was für einem Zustand ist dieser Mann nur!

Nach fünf Minuten kommt er zurück, setzt sich schwer atmend wieder in seiner Ecke zurecht, verkneift zwei-, dreimal das Gesicht, reißt dann die Augen auf, wobei sich auf der Stirn dichte Waschbrettfalten bilden. Schließlich holt er besonders tief Luft und redet gepreßt los: »Schon im Bunker war, kaum daß wir festgemacht hatten, dauernd so ein merkwürdiges Gerumse. Ich dachte schon, das kommt vom Werftbetrieb. Aber das klang komisch wie Bomben. Doch auch nicht wie Fliegerbomben. Wie ich so den Kopf verdrehe und Horchpeilung nehmen will, sagt der Chef auch gleich: ›Nee, das sind keine Flieger! Das sind Panzer!‹«

Ich bin total verwirrt: Auf einmal kann der Kommandant reden. Aber *was* redet er da? Auch der LI zeigt sich berührt. Er hat die Augenbrauen zu einem ungläubigen Staunen hochgezogen. Gut, sage ich mir, reden wir eben von Brest und nicht von Cherbourg. Ganz egal, was der Kommandant redet, wenn er nur redet und sich nicht in bodenlose Desperatheit wegsacken läßt.

»Und dann kam auch gleich der Schlag aufs Haupt: ›Damit Sie's gleich wissen: drei Tage!‹« Jetzt macht der Kommandant gar die Brummstimme des Alten nach: »›Sie haben drei Tage und keinen mehr. Einen fürs Ausladen, einen Tag Ruhe und einen Tag fürs Ausrüsten – vielmehr Stauen. Sie kriegen nämlich einiges mit ...‹ – Amipanzer und Ruhe? dachte ich mir gleich – ein Tag Ruhe? Da dürfte wohl nichts draus werden. Na, entsprechend war's dann ja auch ...«

Während des Redens hat der Kommandant endlich mal Schultergürtel und Hinterkopf angelehnt. Sein Adamsapfel wird, als er sich hintenüberbeugt, von der Lampe über der Back angeleuchtet. Wie ein kleiner Schiffsbug, der von innen die Halshaut aufspalten will und jeden Moment knorpelig herausschießen könnte, sieht dieser überscharf hervortretende Adamsapfel aus. Schließlich läßt der Kommandant die Lider herunterklappen, als wolle er mich wissen lassen: Das wär's für diesmal. Aus! Kein Wort mehr!

Wenn der Mann sich doch endlich einmal langlegen wollte, anstatt hier mit hintenübergebeugtem Kopf wie zum Rasieren dazuhocken ...

Wie haben es die Leute in dieser drangvollen Enge nur ausgehalten, als die Schnorchelfahrt wochenlang dauerte? Früher gab es auf dem VII-C-Boot wenigstens ein bißchen Bewegungsraum. Man konnte die Leiter hinaufklettern und sich auf der Brücke oder dahinter im Wintergarten die Füße vertreten und dabei den Blick über die See und den Himmel wandern lassen. Die einzige Bewegung, die ich mir *hier* verschaffen kann, sind die paar Schritte in die Zentrale und wieder zurück in die O-Messe: nicht mehr Auslauf als ein Zirkustiger im Reisekäfig.

Da fährt der Kommandant auch schon wieder zusammen und springt derart plötzlich hoch, daß ich vor Schreck fast von meinem Klappstuhl falle. Statt aber in die Zentrale zu laufen, bleibt er mit schräggeneigtem Kopf wie angewurzelt stehen und lauscht. Auch ich mache die Ohren scharf und lausche in den Diesellärm: nichts! Immer noch: nichts! Mit einer leichten Kopfdrehung bekomme ich den Kommandanten wieder in den Blick. Jetzt sieht auch er mich an und zerrt ein schiefes Grinsen auf sein Gesicht.

»›Uff‹, sagte der Indianer und griff zum Tomahawk«, murmelt der Leitende – aber so leise, daß nur ich es hören kann.

Ein Mann kommt auf Zehenspitzen von achtern. Die Haare hängen ihm tief ins hagere Gesicht. Dieser ausgezehrte Robinson muß mindestens vierzig Jahre alt sein. Einer von den Werftbeamten.

Endlich wird auf E-Maschinen geschaltet. Der Kommandant nimmt selber noch einen letzten Sehrohrrundblick. »Schnorchelfahrt beendet«, wird ins KTB notiert und die Uhrzeit dazu: fünf Uhr. Der LI läßt das Boot tiefer steuern: bis auf vierzig Meter.

Dann muß das Boot neu eingesteuert werden. Auch bei dieser Art Karrerei ist es täglich notwendig, den Gleichgewichtszustand des Bootes im Wasser, der durch den Verbrauch von Treiböl, Proviant und von Wasser, aber auch durch das Ausstoßen von Abfall seit dem letzten Prüfungstauchen gestört ist, durch Zufluten von Seewasser neu zu schaffen. Zufluten – sage ich mir gleich – gilt aber nur bedingt. Unter Umständen muß auch gelenzt werden ... Ich habe meine Zeit gebraucht, bis ich das kapiert habe. Aber jetzt weiß ich, daß das zum Beispiel auch der Fall sein kann, wenn bei hohen Fahrtstufen beträchtliche Mengen Treiböl verbraucht und durch Seewasser ersetzt worden sind. Da das spezifische Gewicht von Wasser höher ist als das von Treiböl, entsteht eine Gewichtsdifferenz, die durch Lenzen aufgehoben werden muß, wenn sie nicht schon durch den üblichen Verbrauch aufgehoben wurde.

Ich raffe mich auf und sammle meine paar Kräfte, um alles, was jetzt geschieht, aufzunehmen und wieder richtig einzuordnen: Ein Zentralegast steht am Flut- und Lenzverteiler. Der LI hockt als Tiefensteuerleiter hinter den beiden Tiefensteuerern. Auf den Ruderlageanzeigern liegt das vordere Ruder Mitte, das achtere liegt unten fünf Grad.

Je nach den Befehlen des LI öffnet oder schließt der Zentralegast bestimmte Ventile zum Fluten oder Lenzen der Regelzellen. Ich weiß, daß vorher schon anhand von Listen über den Verbrauch die ungefähre Menge des zu lenzenden oder zu flutenden Wassers festgestellt wurde und dieses Wasser auch bereits in die Regelzellen geflutet oder aus ihnen gelenzt ist. Jetzt muß nur noch geprüft werden, ob die berechnete Menge der Realität entspricht. Wenn nicht, muß für Ausgleich gesorgt werden. Ich bin gespannt, wieviel fehlt oder zuviel in den Regelzellen ist.

Wenn das Boot bei vorderen und hinteren Tiefenrudern auf Mitte und normaler Fahrt weder steigt noch fällt, dann hat die berechnete Menge gestimmt, andernfalls muß sie korrigiert werden.

Was aber treibt der Mann, der über dem Kugelschottrahmen hantiert? Da oben sitzt das Treibölventil. Er wird wohl den Treibölbehälter auffüllen, um die verbrauchte Menge zu ersetzen.

Die Wassermenge, die schließlich noch fehlt, um das Boot genau einzusteuern, ist erstaunlich gering. Ich kann mir denken, woran das liegt: Wir sind unsere Abfälle nicht losgeworden und haben nur wenig Treibstoff verbraucht. Das Bootsgewicht hat sich also nur wenig verringert, demzufolge brauchte auch nur wenig Wasser zugeflutet zu werden und die Fehlermöglichkeit lag entsprechend niedrig. Mir soll's recht sein – wenn wir nur vorankommen und unbehelligt bleiben.

Nach der normalen Routine müßte jetzt auch noch getrimmt werden. Da aber das Boot schon zu Beginn der E-Fahrt und der Schnorchelfahrt neu eingetrimmt wird, fällt diese Programmnummer jetzt offenbar weg.

Das Boot hält vierzig Meter Tiefe.

Nach dem Einsteuern gibt der Kommandant über Bordlautsprecher seine Absicht bekannt, wegen des starken Verkehrs, der vor den Häfen vermutet wird, einen noch weiteren Bogen als geplant nach Westen zu schlagen. Das wird unsere Wegstrecke erheblich verlängern.

Der Obersteuermann steht am Kartenpult. Gute Gelegenheit, mir den Schiffsort zeigen zu lassen. Der Obersteuermann schwenkt einen halben Schritt zur Seite und hält sich mit seitlich abgekrümmtem Oberkörper auf dem linken Ellenbogen aufgestützt.

»Hier«, sagt er nur.

Der Obersteuermann könnte um die dreißig sein. Sein mächtiger schwarzer Vollbart macht es schwer, sein Alter zu schätzen.

»In Brest war ich übrigens gerade mit Urlaub dran, Herr Leutnant«, höre ich ihn jetzt dicht an meinem rechten Ohr sagen und bin für einen Augenblick verwirrt: Ich hatte eine Klage über die Schwierigkeiten der Navigation bei ständiger Unterwasserfahrt erwartet, aber nicht das . . .

»Da waren leider die Amis nicht einverstanden«, sage ich.

»Das letzte Mal haben sie mich nämlich wieder weggeholt aus dem Urlaub – per Telegramm«, sagt er jetzt. »Viel war's sowieso nicht. Ein Fliegeralarm nach dem anderen. Da ist es hier an Bord direkt ruhig dagegen, Herr Leutnant.« Während er das sagt, pliert er mich von der Seite her erwartungsvoll an.

»Wie in Abrahams Schoß!« tue ich ihm den Gefallen. Und dann setze ich auch noch einen drauf: »Noch ruhiger wäre gar nicht auszuhalten . . .« Aber dann frage ich direkt: »Wie lange haben wir denn noch?«

»Drei, vier Tage gut und gerne, Herr Leutnant.«

»Immer noch?«

»Mindestens! Diese Zockelei, das schafft doch nicht.«

»Aber immer noch bequemer als zu Fuß . . .«

»Na, ich weiß nicht recht: Daß man auf der Landstraße mit Wasserbomben attackiert wird, das kann ich mir eigentlich nicht vorstellen, Herr Leutnant.«

Ich muß mich über mich selber wundern: Das ist das typische Hin- und Hergeschwätz, wie es zwischen Seeleuten, die sich abgebrüht geben wollen, üblich ist. Ich will mich schon abwenden, doch da merke ich, daß es dem Obersteuermann noch um ein paar Worte zu tun ist. Er hebt auch schon an: »Kein Vergnügen, dieses Mitkoppeln. Ein ordentliches Besteck könnten wir verdammt gut brauchen . . .«

Ich würde an Stelle des Obersteuermanns aus der Haut fahren. Aber der darf nicht mal laut fluchen.

Wie gut haben es doch die Navigatoren in Friedenszeiten: eine befeuerte Küste, Wegweiser überall, Objekte für Kreuzpeilungen noch und noch. Wir dagegen karriolen hier völlig blind durch die Gegend . . .

Ganz flach auf der Koje liegend, sehe ich durch den Schlitz in meinem Kojenvorhang, wie der Bootsmaat der ersten Wache einen dicken Ring Jagdwurst zu Boden fallen läßt.

»Det war dir nich jejönnt«, quatscht gleich einer der E-Maate los.

Der Bootsmaat bückt sich im Zeitlupentempo und fingert nach der Wurstscheibe. Als er sie endlich erwischt hat, bringt er sie dicht unter die Lampe und betrachtet aufmerksam die vielen Fusseln, die an ihr hängen. Plötzlich flucht er: »Verdammte Sauerei, wer hat denn hier Reinschiff gemacht?«

»Mann, rech dir ab. Isset *deine* Wurscht? Schmeiß se doch wech«, sagt der E-Maat mit nöliger Stimme.

Da läßt der Bootsmaat den Wurstring tatsächlich zu Boden fallen, direkt in ein Rinnsal aus Tee oder Suppe hinein. Jetzt sehe ich auch: ein Deckenzipfel von der unteren Koje auf der anderen Seite hängt im Feuchten und hat sich davon dunkel verfärbt.

Plötzlich höre ich ein paar gewaltige Gasentleerungen, und wie einer sich selber dafür lobt: »Det war aber 'n bühnenreifer Mastdarmjodler!«

Eine Weile ist Stille, dann höre ich Stöhnen: »Mannomann. Mal wieder 'nen ordentlichen Strahl pennen!«

»Strahl« habe ich lange nicht mehr gehört. Auf U 96 war »Strahl« Maßeinheit für so ziemlich alles: »Rück mal 'n Strahl auf die Seite.« – »Ich hab 'nen ganz schönen Strahl Wut im Bauch.« – »Bis dahin hamer noch 'n Strahl Zeit ...« Ich bin beruhigt, daß es auch hier »strahlt«.

Aber richtige Ruhe finde ich nicht. In meinem Kopf kreisen die Gedanken. Was, wenn die Amis tatsächlich schneller sind als wir? Was dann? Dann würde es für das Boot keinen Weg zurück mehr geben wie nach dem vergeblichen Munitionstransport nach Cherbourg. Dann wird Brest ein Trümmerhaufen sein. Fliegender Holländer spielen, das bliebe im besten Fall für uns übrig ...

Wenn wir so langsam vorankommen wie bisher, wird sich das gar nicht vermeiden lassen.

Eine Schnapsidee, jetzt noch nach La Pallice zu karren.

Ohne daß ich mich dagegen wehren könnte, quillt Angst, aber auch Wut in mir hoch: Was für eine Scheißstrategie das Ganze! Da müssen die verblödetsten Dilettanten an der Arbeit gewesen sein. Oder etwa der größte Führer aller Zeiten höchstselbst? Aber der kümmert sich doch nicht um ein einzelnes Boot. Hier müssen Dönitz oder sein Stabschef am Werk gewesen sein. Und die Herren Astos haben nur wie Debile genickt.

Unsere Strategen hätten bei den Alliierten lernen sollen! Die verzetteln sich nicht mit Eroberungskämpfen. Die halten einfach die für uns so wichtigen Stützpunkte umzingelt und warten ab, bis der Besatzung die

Luft ausgeht. Wie es in Lorient aussieht, weiß ich nicht. Aber ich kann es mir vorstellen. Und wie es in La Pallice und auch in Bordeaux *bald* aussehen wird – das auch.

Schon seit einiger Zeit rumort es heftig in meinen Kaldaunen. In eine der Pützen abzuprotzen – dazu kann ich mich nicht überwinden. Ich habe mein Gedärm nie gern in Gesellschaft entleert. Das Scheißen auf dem Donnerbalken war mir immer tief zuwider. Die Einzelzelle ist für mich der einzig akzeptable Ort dafür. Mich wundert noch heute, daß ich mir im Arbeitsdienst die Kaldaunen nicht total versaut habe, weil ich auf unserer Baustelle den ständig von Kameraden okkupierten Donnerbalken mied, obgleich mich der Scheißdrang manchmal schier krummzog.

Der quergelegte, schlecht entrindete klebrige Fichtenstamm, auf den wir uns mit blankem Arsch niederhocken und unsere Scheiße in eine etwa metertiefe Grube abdrücken mußten, gehört zu meinen bösesten Erinnerungen an diese Zeit. Der Gestank – Ammoniak? – würgte mich noch jedesmal. Und der Blick in der Morgendämmerung zwischen den eigenen Beinen hindurch auf die Stalaktiten direkt unter mir ließ mir den Magen steigen . . .

Alle meine Sehnsüchte konzentrierten sich damals auf ein richtiges Klo und ein Vollbad. Ich wollte mich endlich einmal nicht besudelt fühlen müssen und habe mir das Scheißen verkniffen, bis mir die Scheiße fast zu den Ohren herausdrang. Und dabei ist das Scheißen als Wohltat gedacht vom Schöpfer des Himmels und der Erden.

Ins freie Gelände zu scheißen war verboten. Alles war streng reglementiert. Bei den Pfadfindern fing es an mit der öffentlichen Scheißerei. Und dann hörte es nicht mehr auf. In den Jungvolklagern gehörten die Donnerbalken zur Grundausstattung. Damals habe ich mich schon in die Büsche verdrückt und bin weit gelaufen, um meine Scheiße ohne einen Kameraden neben mir in der tiefen Hocke loszuwerden. Zimperlich – dieses merkwürdige Adjektiv muß wohl für mich gelten: Ich bin beim Scheißen *zimperlich*. Weiß der Henker, warum, wo doch andere ohne jede Hemmung öffentlich abprotzen können. Unter den Augen der ganzen Bande einem, der fest schläft, in den Stiefel scheißen, das könnte ich auch nie. Da würde bei mir das Gedärm automatisch dicht machen. Das Inden-Stiefel-Scheißen war eine verdammt üble Mode. In-den-Stiefel-Schiffen, das ging ja noch. Aber Scheißen war schlimm – das heißt: für den, der die Stiefel vollgeschissen bekam und dann in dunkler Morgenfrühe hineinfuhr.

Mir zieht es jetzt dermaßen in den Kaldaunen, daß ich schon nichts mehr als Scheißen im Kopf habe.

Ich sollte trotz meines heftigen Scheißdrangs zu pennen versuchen – guter Vorsatz, aber das schaffe ich nicht: Ich rappele mich also hoch, lasse mich von der Koje hinunterrutschen und angele nach meinen Sportschuhen.

In der Zentrale ist alles Licht abgeblendet: Intimbeleuchtung. Der Anblick der Kisten und der vielen Klamotten zwischen den graugepönten Rohren und Hilfsmaschinen irritiert mich immer noch. Und da entdecke ich dazu noch zweie, die über Pützen hocken. Zum Lachen: Die beiden hocken in der tiefen Kniebeuge nebeneinander wie Freundinnen, die sich zum Pissen hinter einen Busch verdrückt haben.

Einer der beiden deklamiert jetzt gar: »Der Morgenschiß kommt ganz gewiß, und wenn es erst am Abend iss . . .«

Abend? Ist es denn schon wieder Abend?

Jetzt ist er fertig und versucht, sich mit einem Fetzen aus einer alten Illustrierten den Hintern zu wischen. Ich kann deutlich sehen, wie er dabei abrutscht: Das Papier ist viel zu glatt. Auf dem Triton gibt's Klopapier – aber eben nur dort.

Ich frage mich, wie scheißen nur die Leute in Rußland – bei Kälte und unter Beschuß? Und dann freiweg in die Landschaft abprotzen – das dürfte nicht gerade ein Vergnügen sein. In dieser Frage kulminierte mein Mitgefühl für die Infanteristen schon immer. Alle Schilderungen des Grabenkrieges erschienen mir verlogen, weil keiner über das Scheißen schrieb, aber ich immer dachte: Wie scheißen die armen Kerle denn in Sappen, Gräben, Unterständen? Wie scheißt man im Freien bei vierzig, fünfzig Grad minus? Friert es einem da die Scheiße nicht gleich am Arsch ein?

No, Sir: In Rußland rumlatschen, mitten im kalten Winter, das wäre auch nicht nach meinem Geschmack. Typisch, daß ich nicht einen Schimmer habe, wo heute die Ostfront verläuft. In den letzten Tagen in Brest habe ich nicht mehr auf die Lagekarte geguckt – wird ja doch nicht mehr gestimmt haben.

Und die Bomberpiloten und Bomberschützen – wie scheißen die, wenn sie bis nach Berlin müssen und der Angstkrampf ihnen die Scheiße aus dem Gedärm treibt?

Schon schlimm, was dem Menschen alles zugemutet wird in diesen Zeiten!

Ob die Scham vor so natürlichen Vorgängen wie Scheißen nicht bloß anerzogen ist? Beim Schiffen in einer Front mit anderen geniere ich mich doch auch nicht. Warum also beim Scheißen?

Als Kinder haben wir Scheiße sogar gekocht oder gebraten. Die große Schutthalde hinter den Arbeiterheimstättenhäusern war dafür unser Revier. Einer nach dem anderen erledigten wir unser »großes Geschäft« in gefundene Pfannen – und schoben sie dann aufs Feuer. Wir erwarteten, daß die Scheiße sich in wunder was verwandeln würde, aber so sehr es auch brodelte, die ersehnte Metamorphose fand nicht statt.

Im Schattendunkel entdecke ich auf den Flutverteilern nahebei ein paar dunkle Ballen: Da pennen zwei Silberlinge – nach Fakirart zusammengekrümmt. Die hätten sich besser auf den Flurplatten ausstrecken sollen. Aber wahrscheinlich waren ihnen die zu feucht. Und außerdem bekämen sie Fußtritte ab, wenn Leute durch die Zentrale müssen . . . Die sind wahrscheinlich so weggetreten, daß sie von der Scheißerei neben sich gar nichts merken. Ihr Glück!

Am besten verhole ich mich in die O-Messe und warte ab, daß sich meine Kaldaunen wieder beruhigen. In der O-Messe wird es nicht so rappelvoll sein wie hier, da kann ich es mir bequem machen. Ich befehle mir, so lässig zu tun, wie es der Komment gebietet: schön langsam das linke Bein durch den Kugelschottring stecken, dann den Oberkörper hindurchschieben und das rechte Bein nachholen. Aber nun heißt es sich winden und schlängeln, um zwischen den Silberlingen, die auch hier am Boden liegen, durchzukommen.

In der O-Messe ist nicht so viel Platz, wie ich es mir erhofft habe: Die zwei Silberlinge sitzen wieder mit an der Back. Der mit den vier Kolbenringen ist dabei: offenbar die Obermotze.

Was soll ich tun? Wie in einer Kneipe zur Begrüßung mit den Fingerknöcheln auf die Back schlagen? Da lasse ich es doch lieber bei einem Nicken in die Runde bewenden.

Während ich auf meinem Klappstühlchen wie unbeteiligt dahocke, lure ich auf das Tritonzeichen. Der Triton darf im Moment offenbar benutzt werden. Aber trotz meiner Privilegien, die ich an Bord habe, muß ich warten wie alle anderen auch, und wenn ich die Sache richtig sehe, warten auch schon welche in der OF-Messe. Das wird bis zum Sankt-Nimmerleins-Tag dauern . . .

Noch eine Weile den Scheißdrang unterdrücken – das müßte zu machen sein. An etwas anderes denken. So schnell wird es mir schon nicht aus den Ohren herauskommen.

Mein Gegenüber weicht meinem Blick aus. Diese Visage, denke ich, mußt du schon mal gesehen haben. Schmisse rechts und links auf den verfetteten Backen. Tränensäcke, Knubbelnase, wäßriger Hundeblick. Ich durchforsche meine Erinnerung, aber da hängen lauter Nebeltücher herum. Ich muß die Augen schließen, doch davon wird es auch nicht besser. Ich sehe viel zu viele Gesichter auf einmal und erreiche keine Trennschärfe. In meinem Kopf muß etwas kaputtgegangen sein. Ich weiß nur, diese Fresse kenne ich. Und zwar von einem unangenehmen Rencontre her. Bloß wann, wie, wo?

Woher, bohrt es in mir, kenne ich bloß diesen Kerl?

In meinem Kopf überblenden sich Vergangenheit und Gegenwart. Minutenlang bin ich mir nicht klar, ob die Szene, die ich vor mir sehe, tatsächlich im gegenwärtigen Augenblick abläuft. Ist das, was hier stattfindet, nicht nur eine Repetition? Fängt etwa einfach alles noch mal von vorn an, weil beim ersten Mal gestümpert wurde? Was wird hier wirklich gespielt? Die Uraufführung? Die Wiederholung? Wann haben wir diese Szene zum ersten Mal durchgespielt? Wann denn nur?

Mein Zeitgefühl ist eben total in den Binsen. Aber was funktioniert an mir überhaupt noch? Der Gleichgewichtssinn? Doch, der funktioniert. Tadellos. Ich kann aufrecht gehen, wenn ich will, ohne mich dabei unbedingt festhalten zu müssen. Das Gehör? Ja, das Gehör funktioniert auch. Sogar besonders gut.

Ich drücke meine Zunge gegen den Gaumen: pelziges Gefühl, säuerlicher Geschmack. Dumm, daß kein Spiegel zur Hand ist. Ich muß eine dick belegte Zunge haben. Aber mein Geschmackssinn und das Tastgefühl im Gaumen funktionieren trotzdem. Schlecht – aber immerhin. Ich bin noch erstaunlich in Ordnung. Nach Lage der Dinge habe ich allen Anlaß, zufrieden zu sein.

Die Silberlinge mir gegenüber, die können das nicht: Schlaff und wie ausgehöhlt hocken sie an der Back und mümmeln verdrossen ihr Dosenbrot in sich hinein: beileibe kein erheiternder Anblick.

Der Kommandant auch nicht. Er sitzt mit Leichenbittermiene in seine Ecke gedrückt da, reibt sich hin und wieder die Augen, seufzt: »Ach ja« und fährt sich mit müder Hand durchs Haar.

Ich atme tief auf, als ich ein Buch, das ich noch nicht kenne, auf dem kleinen Seitenregal entdecke. Auf dem Titelblatt lese ich: »Der Großdeutsche Freiheitskampf – III. Band. Reden Adolf Hitlers vom 16. März 1941 bis 15. März 1942. Zentralverlag der NSDAP, Franz Eher Nachf., München.«

Wer kann denn so eine Schwarte an Bord gebracht haben? Der Kommandant doch nicht! Der I WO etwa? Da entdecke ich den Flottillenstempel. Stammt also aus der Bibliothek der Flottille. Kaum zu glauben . . .

Freiheitskampf – Großdeutscher. Wie das jetzt klingt! »Die Freiheit, die ich meine!« In dieser Stinkröhre eingesperrt – verschärfter Strafvollzug! Und dann wie zum Hohn »Der Großdeutsche Freiheitskampf«!

Dem Titelblatt gegenüber ein Breitformatbild, das hochkant steht: Landser in Felduniform, die sich gegenseitig ins Koppel fassen, als müßten sie sich einer wild anbrandenden, kaum zu bändigenden Menschenmenge entgegenstemmen. Aber hinter ihnen recken sich nur ein paar Arme zum deutschen Gruß für den Gröfaz, der im Vordergrund steht, im Profil gesehen, mit dieser unsäglichen Straßenbahner-Schirmmütze auf dem Kopf und am Hals Kragen und Schlips. Das ganze Foto wird von diesem weißen Kragen beherrscht. Auch ein Witz: Der größte Führer aller Zeiten besucht die Front in Schlips und Kragen – sozusagen piekfein in Schale. Das Bärtchen sieht aus, als sei es ihm nicht auf der Oberlippe, sondern aus der Nase herausgewachsen. Auf Fotos en face kommt mir dieser Tropfenfänger immer wie mit Mastix angeklebt vor. Aber so von der Seite her gesehen, sprießt er direkt aus der Nase. Komisch, daß ich das jetzt erst sehe ...

Aufs Geratewohl schlage ich auf und lese: »Allein wir haben diesen Kampf im Innern erfolgreich bestanden und unsere Gegner endlich nach sechzehnjährigem Ringen um die Macht vernichtet ...«

Na, großartig! Dieser Text und dazu diese Spießervisagen vor mir – von meinen Sehnerven bei Schnorchelfahrt irgendwo in der Biskaya direkt an mein Hirn geleitet ... absurd! Wenn ich nicht durchdrehen will, muß ich diese Schwarte wie eine heiße Kartoffel fallen lassen und mich schnell hochstemmen. Weg aus der O-Messe und in die Zentrale.

Wenn ich's mir recht überlege, kann die allgemeine Scheißerei nur von einer vergifteten Mahlzeit kommen ...

Das Hühnerfrikassee! Natürlich! Das sah nicht gerade appetitanregend aus. Uns vergammelten Proviant an Bord zu geben! So ist's recht. Ein Gruß vom VO! Die tadellosen Sachen wird er schön gestapelt haben für die Amis. Die vergammelten oder die angegammelten Dosen – die mußten zuerst weg.

Als ich mich in der Zentrale umblicke, entdecke ich im halben Dunkel wieder zwei neue Gesichter. Bei näherem Hingucken sehen die beiden, von denen der eine auf einem Scheißkübel hockt, zum Erbarmen aus. Oder verzerren die ihre Visagen zu diesen Elendsmasken, weil es auch ihnen die Kaldaunen zusammenzieht und der eigene Gestank sie degoutiert?

Ich könnte dem einen die Schwarte aus der O-Messe zum Arschwischen holen. Nur das Führerfoto ist auf hartem, gestrichenem Kunstdruckpapier, die Textseiten hingegen auf stark holzhaltigem – also durchaus schmiegsam. Aber wenn ich das täte, würden diese Brüder schön erschrecken: Hehre Führerworte als Arschwisch! Doch nicht mit denen! ... Dann sollen die aber auch sehen, wie sie mit ihren verschissenen Ärschen zurechtkommen.

Der auf dem Kübel glotzt mich, während er sich langsam aufrichtet, wie in totaler Fassungslosigkeit von unten her an. Der andere starrt auf die Flurplatten vor sich und nestelt sich unsicher am Hosenschlitz.

Wenn nur leichter nach vorn und achtern durchzukommen wäre, würde ich jetzt auf Exkursion gehen, um mir ein Bild davon zu machen, wie die anderen mit ihrem Scheißdrang fertig werden. Aber die Mühe ist zu groß. Und außerdem: Ganz vorne stinkt es sicher so fürchterlich, daß es da kein Mensch aushalten kann.

Die Zentrale ist auch schon deshalb für mich jetzt der richtige Ort, weil es in meinem Bauch mittlerweile ganz verteufelt rumort und ich jetzt besser warte, daß ein Kübel frei wird. Daß mein Schließmuskel plötzlich nachgeben könnte – diese Angst bedrängt mich schon seit einiger Zeit.

Der Zentralemaat und seine Männer sind nicht zu beneiden: Dienst in einer öffentlichen Kloake – ein Seefahrerlos, an das wohl noch keiner gedacht hat.

In München steht an der öffentlichen Bedürfnisanstalt am Stachus »Pissort«, sicher eine bayrische Verballhornung von »Pissoir«. Jedesmal, wenn ich dort mein Wasser abschlagen will, hole ich vor dem Eintreten so tief Luft, wie es nur geht, und halte während des ganzen Uringeplätschers gegen die geteerte Wand hin den Atem an. Einmal habe ich mich dabei fast selber erstickt. Da habe ich dann aber in letzter Sekunde das Maul aufgerissen und die Ammoniakluft so geschickt geschluckt, daß meine Geruchsnerven verschont blieben. Hier mache ich es genauso. Nur ja nicht durch die Nase Luft holen! Die Geruchsnerven aus dem Spiel lassen!

Wenn das noch lange so weitergeht, ist freilich auch bald mit mir Sense. So wie jetzt hat es noch nie in meinem Gedärm rumort, noch nie hat es meinen Bauch derart aufgetrieben. Meine Därme müssen eine enorme Elastizität haben, eine viel größere jedenfalls, als ich je vermutet habe. Wenn sich darin eine solche Menge giftiger Gase bilden kann, müssen sie aufblasbar wie Luftballons sein.

Wie sind sie gleich noch – die Namen meiner Darmsektionen? Zwölffingerdarm, Dünndarm, Dickdarm und zu guter Letzt: Mastdarm. So scheint's zu stimmen. Jetzt frage ich mich nur noch, in welcher Abteilung meines Gedärms der meiste Krawall und in welcher der meiste Druck entsteht.

Wahrscheinlich findet der Hauptbetrieb im Dickdarm statt. Den stelle ich mir vor wie eine faltige Blutwurst. Im Mastdarm sammeln sich die Fürze wie Sträflinge vor dem Ausbruch – so lange, bis eine ordentliche Menge zusammenkommt, und dann raus mit Pauken und Trompeten – und tunlichst in trockenem Zustand.

Gut möglich, daß die Massenscheißerei auch mit Angst zu tun hat. Angst scheint den Schließmuskel automatisch öffnen zu können. Wozu diese Automatik gut sein mag, hat mir keiner von meinen Paukern verraten.

Die Angst, die hier an Bord grassiert, ist eine besondere Form: eine Angst, derer man sich kaum noch bewußt wird, die tief in einem sitzt und sich da festgekrallt hat wie ein Tumor . . . Angst als Zustand – *das* trifft es.

Der Schmutt kommt durch die Zentrale, etliche große, schwere Konservendosen mit sich schleppend. In meinem Rücken macht ihm einer der Zentraleheizer Vorwürfe wegen des Essens. Der Schmutt geht prompt hoch. Er rät dem Mann, er solle sich eine Gehirnprothese machen lassen: »Die gibt's jetzt für Leute wie dich – innen mit Mennige gestrichen, außen silberbronziert.«

Noch im Abgehen schimpft er weiter: »So was Saublödes! Sollen diese Arschlöcher sich doch in die Kombüse stellen und für hundert Mann Essen machen. Maul aufreißen – so ham wir's gern!«

Ich werde Zeuge, wie der Kommandant gemeinsam mit dem I WO zu ergründen versucht, woher die Scheißerei kommen kann.

»Ohne Zweifel von diesem Frikassee mit Reis«, sagt der I WO.

»Aber die Dosen können doch nicht hinüber gewesen sein?«

»Bestimmt nicht! Wir haben ganz neuen Proviant übernommen. Da war was in der Füllung . . .«

»Ich denke, beim Eindosen wird der Kram sterilisiert?« wendet der Kommandant ein.

»Aber da gibt's diese Bakterien – mir fällt der Name nicht ein – Staphilo . . . irgend so was. Die vermehren sich rasend. Allerdings kommen die *nicht* aus den Dosen.«

»Sondern?«

»Die müssen wir im Boot haben.«

»Kein Wunder, bei all dem Dreck!«

»So ist es, Herr Oberleutnant . . . Ich hab so was ähnliches schon mal erlebt auf meinem früheren Boot . . .«

»Hier kann sich ja nicht mal der Schmutt ordentlich waschen.«

»Kann sein, daß der Schmutt der Bazillenträger ist . . .«

Scheißen, scheißen, scheißen – durch den Tag, durch die Nacht . . . Ach ja, der gute Rainer Maria – der hatte gewiß keine Ahnung davon, wie einem der Marsch *auch* geblasen werden kann. Ich muß gleich auch wieder an Hermann Löns denken: Der wäre hier kompetent. In meinem Bauch geht es zu wie bei seinen Vöglein: Da singt und zwitschert es auch ohne Unterlaß. Und dazu ist da noch ein Fiepen, Rollen, Grummeln, Pfeifen, Gurgeln, Schmatzen, daß es nur so eine Art hat.

Schon komisch, daß eine so elementare Lebensäußerung wie das Scheißen im normalen täglichen Leben so sehr ins Heimliche verdrängt wird. Selbst in der Vorstellung existiert es nicht gebührend. Wer denkt schon daran, wenn er sich eine Nixe ins Bett holt, daß in der innerlich so viel Scheiße steckt wie Sägemehl in einer Puppe? Ein Wesen aus Milch und Blut? Pustekuchen! Das ätherische Ding muß scheißen gehen wie alle anderen auch.

Da wird eine Pütz frei. Jetzt bleibt mir gar nichts anderes übrig als den Leibriemen auf, die Hosen runter in die Kniekehlen, die Luft anhalten und mit dem blanken Hintern über der halbvollen Pütz runter in die Hocke. Wie mit einer einzigen Detonation kracht mein Darminhalt aus mir heraus, und dann pladdert es nur mehr ein bißchen nach. Erlösung und Schreck zugleich: O Gott, ich werde doch nicht neben die Pütz geschissen haben!

Mein Blick verfängt sich mit dem des Zentralemaaten. Während ich noch in der Kniebeuge verharre, wird mir mit Kopfnicken eine Art Anerkennung zuteil – so, als hätte ich eine Zwölf geschossen.

Ich habe es nie gemocht, wenn mein Hintern nicht richtig sauber war, und oft schon, um das zu erreichen, Mengen von Papier verbraucht. Gott sei Dank habe ich vorgesorgt und bin stolzer Besitzer einer Klorolle, von der ich mir ein Stück in die Tasche gesteckt habe. Aber was, wenn die Rolle zu Ende geht?

Ich liege auf meiner Koje und versuche zu pennen, aber es will mir nicht gelingen. Mein Bauch ist flacher geworden: Wenn ich so wie jetzt auf dem Rücken liege, ist die Bauchdecke sogar nach innen gewölbt, und meine Rippenbögen treten weit hervor. Trotzdem ist mir immer noch koddrig. Zerreißen kann es mich aber nicht mehr.

Keine Frage: Es war dieses verdammte Hühnerfrikassee! Eine ganze Besatzung vergiftet und das halbe Hundert Silberlinge dazu! Und das ausgerechnet bei ständiger Unterwasserfahrt.

Dieses dauernde Unterwasserfahren hat ohnehin schon den Teufel. Früher war alles eindeutig: Wenn die Diesel liefen oder *ein* Diesel wummerte, wußte man auch im Halbschlaf, daß das Boot an der Oberfläche karriolte wie jeder ganz normale Dampfer. Und wenn die E-Maschinen summten, hieß das eben: Wir fahren getaucht. Kein LI, kein Kommandant wäre je auf die Idee gekommen, die kostbaren Jonnies für Überwasserfahrt aus den Batterien zu holen . . . Klare Verhältnisse.

Sinnverwirrend – das wäre der richtige Ausdruck für diese neue Art von Seefahrt. Aber ich werde mich auch noch an die neue sinnverwirrende Masche gewöhnen. Schließlich gewöhnt sich der Mensch nach und nach an alles. »Sukzessive«, würde der Reichsrundfunkquatscher Kreß sagen. Aber ob er jetzt noch seinen Spezialausdruck in sein Gequassel einflechten kann, ist die Frage. Gut möglich, daß der böse Feind seine Schnauze mittlerweile zum Schweigen gebracht hat.

Ich versinke hin und wieder in Halbschlaf wie in Nebelbänke. Aus dem Nebel gerinnen plasmatische Gesichter: das des Bootsmanns, der durch den Raum kommt und mich im Vorübergehen eine Sekunde lang offenen Mundes anstarrt, und dann ein fremdes, bleiches Mondgesicht: verquollene Augen, Tränensäcke, Hängebacken. Das kann keiner von der Besatzung sein. Zu alt. Ein Silberling also. Aber wieso geistert der hier herum?

Ich habe das Aluminiumgitter an meiner Koje hoch und liege auf der rechten Seite. Wenn ich wach werde, kann ich durch ein Geviert des schmalen Gitters starren wie ein Raubtier durch die Stäbe seines Käfigs, und hin und wieder blicke ich in ganz nahe bleiche Visagen: verstruppelte Haarschöpfe, Bärte ...

Jetzt habe ich das Gesicht des Obermaschinisten dicht vor mir: ausgemergelt und verkniffen wie vom Biß in eine Zitrone. Der will wohl nach vorne durch. Dort hat er seine Koje. Aber was wollte dieser Silberling? Der wird sich doch nicht einbilden, daß der Triton für ihn frei ist? Da wird er sich vom LI einen schönen Anraunzer einhandeln ...

Nur gut, daß hier an Bord nicht der normale Tag- und Nachtrhythmus beibehalten wird. Mittagessen zur gewohnten Zeit – also mittags um zwölf statt gegen Mitternacht – wäre allein schon wegen des Gestanks im Boot kaum möglich. Mittags fahren wir mit E-Maschinen, und da haben wir keine Frischluftzufuhr, dafür aber den schönsten Gestank im Boot.

Kaum habe ich das gedacht, sage ich mir auch schon: Vielleicht wäre das aber auch halb so wild: Der Gestank wird doch per Umlauflüftung in die Batterie gedrückt, und da könnte er sich erst mal zur Ruhe begeben. Wenn er dann wieder rauswollte, müßte er sich durch ein paar Kalipatronen hindurchschicken lassen ...

Und außerdem haben wir auch noch unsere körpereigenen Schutzvorrichtungen, die uns helfen, daß wir nicht vom Gestank überwältigt werden. Der Schöpfer des Himmels und der Erden hat sich dieses patente Gewöhnungssystem an einem seiner besseren Tage ausgedacht: Von einer bestimmten Menge an, riecht man den Gestank nicht mehr oder kaum noch. Darauf mußte erst mal einer kommen – auf dieses Wahrnehmungsdrosselungssystem! Der Gestank, der in dieser Röhre herrscht, ist mittlerweile sicher so maßlos, daß er jeden Christenmenschen umbringen müßte, wenn es dieses System nicht gäbe.

Leise gestellte Lautsprechermusik wimmert dünn durch meine Schlafschleier. Ein Mann poltert so geräuschvoll wie möglich durch den Raum. Nun schiebt er auch noch meinen Kojenvorhang mit dem Rücken auf. Da hätte ich gar nicht zuzuziehen brauchen, um keinen Lichtschein direkt ins Gesicht zu bekommen.

Die Back ist wieder mal nicht abgeschlagen. Nur deshalb mußte sich der Mann so dicht an meine Koje drängen. Immer dasselbe! Zum Verrücktwerden!

Die Vorhänge vor der Koje drüben sind nicht zugezogen. Die Koje ist leer. Aber gerade macht sich ein Dieselmaat daran, hineinzuklettern. Nun, da er oben ist, verkündet er mit leiernder Stimme: »Liebe Gemeinde, jetzt gibt sich euer Bruder Friedrich dem zwar langweiligen, aber gesundheitsfördernden Einzelschlaf hin. Der Herr sei gelobt, getrommelt und gepfiffen – Amen!«, und damit streckt er sich auf den Groschenheften aus, die über seine ganze Koje verteilt sind, wie ein Clochard auf seiner Unterlage aus alten Zeitungen.

In meinen dünnen Halbschlaf dringen Palaverstücke: »Haste mal 'n Büchsenöffner?«

»Nee, aber ich kann dir sagen, wie spät's iss.«

»Du hast doch Scheiße im Hirn – oder?«

Davon werde ich gleich wieder ganz wach und empöre mich innerlich: Jedes zweite Wort ist »Scheiße«. Immer Scheiße! Scheiße! Scheiße! – Von Scheiße habe ich eigentlich genug!

Da versuche ich, den Teufel mit dem Beelzebub auszutreiben und rede vor mich hin: »Scheißgerede, verdammtes! Diese Scheißkerle mit nichts als Scheiße im Kopf! Scheißseefahrt! Scheißwetter! Einen Scheißdreck geht dich das an! Das ist mir doch scheißegal! Ich scheiß auf dich! Ich scheiß dir was. ›Veronika, das Scheißhaus brennt, die Filzlaus längs der Sacknaht rennt . . .‹ – ›Scheiße im Kanonenrohr kommt Gott sei Dank nur selten vor.‹«

Über lange Strecken hin weiß ich nicht richtig, ob ich nun endlich schlafe oder immer noch wache.

Einige Fürze der mittleren Tonlage, die ich durch meinen Kojenvorhang hindurch zu hören bekomme, klingen bedenklich feucht.

Ich spüre, wie sich auch in meinem Gedärm schon wieder Gas bildet. Das sammelt sich nach und nach zu gewaltigen Fürzen, die nicht herausfinden, sondern meine Bauchdecke immer mehr spannen. Bald schon ist mein Bauch so groß und prall wie ein Medizinball, und in diesem prallen Bauch bringt das viele Gas die Reste der Dünnschißscheiße zum Brodeln. Mit fest geschlossenen Augen lausche ich auf die verrückten Geräusche, die sich dabei entwickeln.

Auch mit der Konsistenz meines Hirns beginnt es zu hapern. Mir ist wieder, als zerflösse es allmählich – aber das eher in der Art aufgeweichter Gelatine. Ich kann mich, wenn ich wegdöse, selber sehen, wie mir mein Hirn schleimig aus beiden Ohren und der Nase herausrinnt. Sogar aus den Augenwinkeln suppt es in zähen Schlieren.

Jetzt hebt sich mein Kopf leicht, die Füße senken sich, dann wieder steigen die Füße hoch, und mein Kopf gerät tief: Das Boot macht weiche Schaukelpferdbewegungen. Wir müssen in eine gegenläufige Altdünung geraten sein. Solche Dünungen können gut und gerne fünfzig Meter tief reichen. Vor den Schlägen der See sind wir aber sicher.

Diese Art Seefahrt hat eben auch ein paar unbestreitbare Vorteile: Ein Schnorchelboot liegt die meiste Zeit ruhig wie ein Bügelbrett im Wasser. Es gibt auch keine Wasserstürze durchs Turmluk in die Zentrale herunter, keine Porzellanscherben, keine Beulen vom Hinschlagen. Und auch das ständige Festzurren aller beweglichen Brocken bleibt uns diesmal erspart. Früher kam es schon mal vor, daß bei einem kräftigen Überholen des Bootes der Akkordeonkoffer aus dem Horchraum flog und im Gang vor die gegenüberliegende Wand knallte. Handtücher, die an den Kojengittern hingen, streckten sich wie von Zauberhand bewegt langsam von der Wand ab und blieben sekundenlang schräg im Raum stehen, als wären sie steif gestärkt . . . Sogar die schwere metallene Kartenkiste wurde einmal umgeschmissen. Aber das galt als einmalige Sensation.

Weiter gegen das Rumoren andenken! gebe ich mir auf. Oben wird jetzt Seegang zwo sein. Wahrscheinlich Windstärke drei. Also nichts Tolles. In einiger Entfernung schon nimmt so eine See die Farbe des Himmels an. Der Himmel wird grau sein, also eine graue See, die in der Nähe flaschengrüne Töne hat. Flaschengrün mit einer Menge fast violettschwerer Wellenschatten darin. Im ganzen düster: Biskayawetter.

Wie ich das tiefe Azurblau des Mittelmeers bestaunt habe, als ich es zum ersten Mal sah! Das Gebißleuchten der Brandungssäume auf dem gelben Sand. Damals – mit achtzehn Jahren – träumte ich ständig von der Seefahrt: von richtigen Schiffen statt meines kleinen Bootes. Ein »Schinackl«, wie es die Ungarn nannten, als ich in ihm auf der Cis-Duna dahinpaddelte.

Allein mit dem kleinen Boot die Donau hinunterzupaddeln, fast verrückt vor Fernweh – das war schon was! Damals konnte ich keinen Umkehrpunkt finden. Weiter, nur immer weiter bis ins Schwarze Meer! Am liebsten wäre ich bis nach Rußland gefahren und dann einen der großen russischen Flüsse hinab – und noch weiter. An Rückkehr wollte ich nicht denken. Noch mehr Zeit ertrotzen, danach stand mir der Sinn.

Ich muß wie betäubt geschlafen haben. Bin ich denn wieder bei vollem Bewußtsein? Erst hörte ich Stimmen wie von ferne, aber jetzt sind es deutlich die Stimmen der Maate, die an mein Ohr dringen. Palaver unten an der Back.

»... die muß mich ganz schön beschissen haben. Jetzt fällt's mir nachträglich wie Schuppen aus den Haaren!« höre ich, und dann kommt ein gewaltiger Rülpser und noch einer, und ich höre eine andere Stimme: »Ich hatte zwee Flaschen Bier intus – nicht mehr – nee, eichentlich nich mehr ...«

Ich kann spüren, wie es in dem Mann unter mir arbeitet: Da will sich einer offenbaren, kommt aber nicht richtig heraus mit der Sprache. Eine Pause entsteht.

»Un da isser dir nich hochgekommen?«

»Nee, nich richtich.«

»Das kommt davon, weil de wochenlang keen Bier gekriecht hast«, sagt eine dritte Stimme.

Wieder Pause. Ich stelle mir vor, wie da unten Verständnis und Einvernehmen genickt wird.

»Die hatte 'ne Mordswut – un das versteh ich nich ... Kannste mir vielleicht sachen, was das soll? Die Moneten hatte se doch.«

Danach herrscht tiefes Schweigen. Nicht mal ein Schniefen dringt zu mir. Endlich höre ich die dritte Stimme wieder: »Das mußte dir so vorstellen: Die Nutten, die ham eben ooch 'ne Art Berufsehre – vastehste?« Das war in tiefernstem Ton vorgebracht.

»Klar«, pflichtet die zweite Stimme ebenso ernst bei: »Die will Gewehr über sehn – un wenn's dann nich klappt, dann isses für die wie 'ne richsche Beleidigung.«

»Hättsten eben anwichsen sollen«, läßt sich die dritte Stimme noch mal hören, und damit scheint das Thema erledigt zu sein.

Eine Weile lang bleibt es ruhig ... Dann dringt ein Stöhnen zu mir herauf – so laut, daß ich wieder wach werde.

»Mir platzt noch der Wanst, verdammich noch mal! Dem Schmutt könnt ich die Eier zerquetschen, der dummen Sau!«

Kaum hat der Bootsmaat ausgesetzt, höre ich in der Zentrale einen toben: unverkennbar der Zentralemaat. Er scheint wieder mal Putztwist, mit dem sich einer den Arsch gewischt hat, in der Bilge gefunden zu haben. Gut, daß *ich* nicht auf Putztwist angewiesen bin. Noch habe ich meine Klorolle – gut versteckt am Kopfende der Koje unter der Matratze.

Wenn die zu Ende geht, werde ich scheißen müssen wie die Kühe: die Scheiße einfach aus mir rausplatschen lassen und dann mit der schlecht gewischten Scheiße am Hintern einherschreiten …

Ich schiebe meinen linken Ärmel hoch, um die Armbanduhr freizubekommen. Gott sei Dank, nicht mehr lange, dann gibt's frische Luft.

Noch liegenbleiben? Ich vagiere mit meinen Gedanken eine Weile hin und her und versuche mich vom Rumoren in meinem Bauch abzulenken: Wenn wir doch nur einmal kurz auftauchen könnten! Auf die Brücke hinauf und den Blick ringsum bis zur Kimm schweifen lassen und den ganzen Himmelsraum erfassen. Draußen am Turm auf dem Wellenbrecher hocken, die Beine baumeln lassen und dabei in die Sonne plieren … Aber das ist längst passé. Kaum mehr vorstellbar, daß es das einmal gegeben hat.

Ich muß hoch. Ich halte es vor lauter Gestank, der mit einem Mal wieder meine Geruchsnerven attackiert, nicht mehr auf der Koje aus und klettere hinunter: besser in der Zentrale auf den Beginn der Schnorchelfahrt warten.

In der Zentrale ist Kriegsrat. Ich erfahre: Der Kommandant ist nicht sicher, daß wir während der Dieselfahrt nicht gesehen werden können.

Der Kommandant erwägt, nur noch nach Monduntergang, also bei absoluter Dunkelheit, zu schnorcheln. Er hat Angst, daß im hellen Mondlicht unsere Abgasfahne zu sehen sein könnte. Auch die Schaumschleppe des Schnorchels ängstigt den Kommandanten: Wenn die See ruhig ist, meint er, muß sie für einen Späher im Flugzeug weithin sichtbar sein.

Zeit zum Frühstücken. Lieber gurgelte ich mit Wasser als mit Kaffee, aber wenn ich den Schmutt nach Gurgelwasser fragte, würde der schön gucken. Ich gurgele also mit einem Mundvoll Kaffee die Rachenhöhle ordentlich durch und lasse dann ein paar Löffel Rührei folgen. Damit habe ich auch schon genug.

»Wir leben wie die Leute in Kalifornien«, muffelt der I WO mit halbvollem Mund. Mit der Erklärung läßt er sich so lange Zeit, bis ihn außer mir auch der LI anblickt: »Die frühstücken jetzt auch. Oder stimmt's etwa nicht?«

»Schlaues Kind!« befindet der LI.

»Stimmt das tatsächlich?« frage ich.

»Wird schon stimmen«, sagt der LI. Es ist ihm offenkundig egal.

Ich rechne angestrengt nach: Wir frühstücken rund zwölf Stunden zeitversetzt. Außerdem folgen wir noch der deutschen Sommerzeit. Könnte in etwa stimmen …

Der LI stemmt sich an der Back hoch und wechselt in die Zentrale. Ich folge ihm und lasse mich auf einer Kiste nieder.

Damit meine grauen Zellen nicht völlig versoßen, stelle ich mir Denkaufgaben: Mal versuchen, die letzten zwei Tage zu rekonstruieren, verordne ich mir. Mal sehen, ob sich alles richtig zusammenbringen läßt … Ich schließe die Augen und lasse den Film in meinem Hirn anlaufen. Aber schon nach den ersten Szenen werden die Bilder trübe. Für Augenblicke sehe ich nur wallende und dann stehende Nebel, schließlich ruckt der Film, und ich merke, daß mir Bilder fehlen, daß ganze Sequenzen nicht vorhanden sind.

Schlimm, schlimm! Mein Wahrnehmungsvermögen muß Schaden genommen haben. Ich hatte offenbar lang andauernde Absenzen. Mir fehlen ganze Stunden.

Ich hocke mit geschlossenen Augen da und versuche, aus den Nebelfetzen auf meinem Film Formen zu erkennen, rechne Zeiten nach, um Bilder zu finden. Aber schon verheddere ich mich wieder.

Das kann ja gut werden, wenn ich jetzt schon nicht mehr genau weiß, was gestern war. Ich bin wohl doch kein so guter Augenzeuge, wie ich immer geglaubt habe.

Kein Wunder, wenn mir die Realität entgleitet, sage ich mir jetzt. Ich brauche nur meinen Blick über die Holzmaserung auf den Türen der sauber eingebauten Wandschränke gleiten zu lassen, und ich fühle mich wie ohne Halt: alles formschön, modern, praktisch. Kein überflüssiges Mobiliar, kein Eckchen Platz vergeudet, alles prima ausgeknobelt. Das verwirrt mich. Da karren wir nun dahin durch die schwarze Tiefe und hocken in dieser Raumspar-Puppenstube mit honigfarben lackierter Sperrholzwand! Das Wachstuchsofa, das schmuck gerahmte Foto des Herrn Großadmirals mit dem dämlichen Admiralsstab vor der Brust.

In Gedanken möbliere ich die O-Messe noch ein bißchen gemütlicher aus: Eine Zimmerlinde in der Ecke würde sich gut machen. Gestickte Sofaschoner für die Koje des Leitenden. Zwei Bromöl-Drucke auf die Holzwände, einer am besten »Gang nach Emmaus«. Das war der absolute Renner der Bilderhandlung Wiedemann in der äußeren Johannesstraße in Chemnitz. In drei Größen und fünf verschiedenen Rahmungen immer am Lager.

Ich sollte nicht einfach so dahocken und vor mich hin sinnieren, sondern wieder Horchposten Matratze beziehen und zu pennen versuchen.

Daß ich mich noch mal auf meiner Koje langgemacht habe, erweist sich als böser Fehler: Das bißchen Kaffee scheint mir nicht gut zu bekommen. In meinem Inneren brodelt es jetzt wie in einer Hexenküche. Zu allem verspüre ich auch noch Kotzreiz. Ich muß wieder runter, ob ich nun will oder nicht, und mir eine Pütz suchen: Es ist höchste Zeit – high time.

Im Zeitlupentempo, mit unendlicher Vorsicht und Spannung und bereit, sofort zurückzuzucken und mich wieder in die Rückenlage fallen zu lassen, falls mir die Kotze aus dem Gesicht springen oder mein Schließmuskel versagen sollte, versuche ich den Abstieg. Ich muß mit einem Fuß auf der Back Halt finden und jede ruckartige Bewegung vermeiden – dann will ich schon weiterkommen! Konzentration ist alles. Genau die richtigen Muskeln spannen und betätigen und zugleich locker bleiben.

Als ich mitten in meiner grotesken Turnübung bin, höre ich: »Klarmachen zur Schnorchelfahrt!«

Das freudige Erschrecken darüber schafft mich um ein Haar. Aber dann habe ich mich wieder in der Gewalt und sage mir: Das dauert bloß noch Minuten. Die mußt du durchstehen. Dann kommt Luft von oben! Das wird ein grandioses Wampenentleeren! Dann soll's in Gottes Namen prasseln und plattern und zischen und stinken wie die Pest! Und wenn ich die Pütz bis zum Rand vollscheiße! Mit dem Kotzreiz will ich schon fertig werden.

Agonie

»Diesig«, sagt der Kommandant nach dem ersten Sehrohrrundblick. Das Wetter scheint uns zu Hilfe zu kommen: Diesig ist gut. Flugzeuge können, wenn es diesig ist, den Dieselqualm und die Schaumstreifen vom Schnorchel bestimmt nicht ausmachen. Könnten wir bei richtigem Waschküchenwetter etwa gar auftauchen und uns *über* Wasser durchmogeln? Da kann uns niemand sehen. Aber orten! Nur: Auf diffus geortete Objekte Bomben zu werfen – können das die Tommies in dieser Gegend wagen? Da liefen sie doch glatt Gefahr, eigene Schiffe zu treffen. Von fahrbaren Untersätzen der Tommies muß es hier nur so wimmeln ...

Also hoch und mitten durch die Tommies hindurch wie in der Gibraltarstraße? Der Alte würde die Sache wahrscheinlich wieder so handhaben. Aber dieser Kommandant? So hoch wird der nicht ausreizen wollen.

Da wird in der OF-Messe auch schon die Entriegelung des Schnorchelmastes betätigt. Jetzt ist deutlich der Bums zu hören: Der Mast ist am Turm angeschlagen. Der LI meldet dem Kommandanten: »Schnorchelmast ist aufgerichtet.«

Schnorchelkopf- und Fußventil werden geöffnet: Druckausgleich. Das Schwimmerventil des Schnorchels geht auf. Jetzt kann die Luft von oben einströmen. Herrgottimhimmel! Der Zentralemaat öffnet die innere Abgasklappe, und nun haben auch die Abgase der Diesel freien Abzug durch den Schnorchelmast. Das Wasser aus dem Mast wird außenbords gelenzt. Die Diesel springen an.

Ich habe mich schon an eine Pütz herangemacht. Die Hose aufmachen, sie bis runter auf die Knie schieben und mich über die Pütz hocken ist eins – und schon bricht es aus mir heraus.

Unmittelbar nach den taktischen Funksprüchen sendet die Führung über Kurzwelle den Wehrmachtbericht.

Vielleicht wäre es besser, wenn wir ihn nicht abhören könnten, denn was da beschönigend als »Tagesangriffe mit Gebäudeschäden und Verlusten bei der Bevölkerung« aus dem Lautsprecher tönt, heißt in der Rückübersetzung: schwerste Luftangriffe. Diesmal waren rheinische Städte dran, aber auch München hat es wieder erwischt. Ich male mir zwanghaft aus, wie es in Feldafing aussehen mag. Die verdammte Scheinwerferstellung!

Kein Wort über Brest. Die Amis nehmen sich also Zeit. Die riskieren nichts, genau wie es ihre Art ist. Brest ist ihnen sicher – so oder so.

Ich muß an den Zahnarzt denken. Der hätte die besten Chancen gehabt, mit heiler Haut davonzukommen. Zahnärzte werden überall gebraucht. Der hätte sich nur ein großes Schild um den Hals hängen müssen: »Je suis docteur«, weil die Franzosen in ihrer Rage die kleinen Zeichen auf seinen Ärmeln bestimmt nicht erkannt hätten.

Und der Alte? Der wäre sicher liebend gern noch mal mit einem Boot rausgegangen und hätte richtig Feuerwerk gemacht. Jetzt hockt er in der Falle und muß sich, statt mit Eskortschiffen, mit Hafenkapitän und Festungskommandant herumschlagen. Der Alte ist beschissen dran: Wenn die Brüder vom Maquis ihn erwischen, hat er nichts zu lachen. Wie lange wird sich Brest noch halten können? Ob Herr Ramcke zur Vernunft kommt und aufgibt, bevor die Amis zum großen Sturm ansetzen?

Fragen über Fragen! Und statt Antworten nur kaum begründbare Vermutungen. Und wie es im ganzen aussieht, erfährt man auch nicht. Keine Ahnung, ob die Amis inzwischen Saint-Nazaire eingesackt haben. Oder Lorient. Oder lassen sie unsere Stützpunkte quasi links, nach der Karte aber rechts liegen und stoßen mit Karacho nach Süden vor? Abriegeln und dann im eigenen Saft schmoren lassen. Keinen Mann zuviel opfern: Nach diesem Verfahren ist das Ganze doch angesetzt ...

Das viele Kondenswasser hat den Teufel. Wohin man faßt, überall klebt dieser feine Feuchtigkeitsfilm. Zu viele Leute atmen und schwitzen hier erhebliche Mengen Feuchtigkeit aus.

Die Nebelbildung bei Beginn der Schnorchelfahrt kann mich nicht mehr erschrecken: Sobald der Schnorchel zu saugen beginnt, wird es plötzlich kalt im Boot. Selbst wenn ich aufs Dieselgeräusch nicht achtete, bekäme ich durch den Abfall der Temperatur mit, wann geschnorchelt wird. Und bei der plötzlichen Abkühlung *muß* die feuchte Luft im Boot ja zu Nebel gerinnen.

Man kann es auch so sehen: Dieser Nebel ist nichts anderes als sichtbar gewordene Angst – die Angst, die wir aus allen Poren ausschwitzen.

Ich nehme im Laufe eines Tages zwei völlig verschiedene Existenzformen an: Je nachdem, ob wir halbgetaucht mit Schnorchel fahren oder mit E-Maschinen in fünfzig oder sechzig Meter Tiefe, gilt die eine oder die andere. Beide werden von ganz unterschiedlichen Zwängen bestimmt. Bei E-Maschinenfahrt sind alle Bewegungen verpönt. Das Boot wird fast zum Totenschiff. Erst bei Schnorchelfahrt kommt wieder Leben auf. Aber mit der Bordroutine auch gleich die Angst. Unten war Ruhe – eine Art von Geborgenheit. Das singende Summen der E-Motoren gehörte zur Stille. Bei Schnorchelfahrt ist Betrieb im Boot. Die Gefahr, überrascht zu werden, ist groß. Die Angst davor auch.

Wenn mein Nachrechnen stimmt, ist dies der dritte Tag der Reise. Meinem Gefühl nach ziehen wir aber schon endlose Zeiten durch die Biskaya.

Ich registriere, daß trotz der vielen Leute an Bord in der O-Messe nicht mehr Durchgangsverkehr herrscht als sonst auch – kein Wunder: Die Grandis, die wie die Sardinen eingeschichtet im Bugraum liegen, dürfen hier nicht durch. Die haben zu bleiben, wo sie sind. Und Wachablösungen für die Brücke gibt es nicht, weil wir ständig unter Wasser fahren. Die Piepels, die sonst von vorn in die Zentrale oder von achtern durch die O-Messe passieren mußten, haben an Ort und Stelle zu bleiben.

Unangenehm ist freilich, daß die Pützen, die in der Zentrale oder weiter achtern vollgeschissen oder vollgeschifft werden, während der Schnorchelfahrt durch die O-Messe hin zum Triton geschleppt werden müssen. Was vorn geschissen und gepißt wird, stört hier nicht: Es hat den kürzeren Weg, der Triton liegt Gott sei Dank dicht am Schott zum Bugraum.

Der Obersteuermann macht sich an seinem Pult daran, die Zwölf-Stunden-Wegstrecke an die letzte Schiffsorteintragung anzuzeichnen.

»Tagesetmal dreißig Meilen. Großartig!« sagt er mit Sarkasmus in der Stimme. Dann zeigt er mit der Zirkelspitze auf ein Bleistiftkreuz in der linken oberen Ecke eines Quadrates.

»Hier standen wir heute früh – und hier stehen wir jetzt.«

Die Zirkelspitze sticht dabei in ein Kreuz der rechten oberen Ecke.

Langsam, aber sicher, will ich schon sagen, doch ich schlucke die Worte lieber: Um Himmels willen! Ja nichts berufen! Leise auftreten! Aber weil noch irgendwas gesagt werden muß, murmele ich: »Immer an der Wand lang ...«

Der Obersteuermann ist damit zufrieden. Er nickt. Dann aber sagt er mit Bitterkeit in der Stimme: »Die Herren in Koralle, die sollten das hier mal mitmachen. Wölfe, Haie – das *waren* die U-Boote einmal.«

Ich liege auf meiner Koje und lausche in mich hinein, wie es in meinem Bauch rumpelt und kullert. Wenn das so weitergeht, wird meines Bleibens hier nicht lange sein. Eigentlich wollte ich ja schon schlafen . . .

Von nebenan höre ich: »Den Schmutt, diese Drecksau, den bring ich noch um! Das ist doch das Letzte!«

»Da kann doch der Schmutt nich für.«

»Ach, du blödes Arschloch. Der Schmutt soll den Fraß gefälligst vorher probieren, der muß *wissen*, was er uns auf die Back stellt. Verdammt noch mal! Woher kommt denn diese ganze Scheißerei und Kotzerei? Doch von nischt anderem als von diesem Saufraß!«

Es hilft alles nicht: Ich muß mich mit aller Vorsicht wieder von der Koje herunterlassen und dann so bedächtig, wie es die Eile gerade noch erlaubt, die Zentrale ansteuern.

Ein Blick belehrt mich, daß es zwecklos ist, auf den Triton zu spekulieren: Da stehen und sitzen sie Schlange. So viel Zufall, daß gerade mal frei sein könnte, gibt es einfach nicht.

Also her mit der Pütz! Gott sei Dank habe ich immer noch meine Klorolle.

Die Diesel werden gestoppt. Ich merke es vor allem an dem heftigen Druck auf meinen Ohren: Zeit zum Rundhorchen.

Vor lauter Konzentration hat der Horcher, während er mit der rechten Hand das Rad dreht, den Mund offen. Vor meinen Augen entsteht eine Überblendung: Ich sehe den Horcher mit seinem weit offenstehenden Mund und zugleich ein Bild von Goya: ein Riese, der sein gieriges Maul weit aufgesperrt hat, um einen Menschen zu verschlingen, den er in seinen mächtigen Pratzen hält. Dabei ist der Horcher ein friedlicher Mensch mit schütterem schwarzen Bartwuchs im bleichen Gesicht . . .

Wie, frage ich mich, sind wir eigentlich dran, wenn uns ein feindlicher Zerstörer erhorcht und wir es mit einer erfahrenen Besatzung und einem mit allen Hunden gehetzten Kommandanten zu tun bekommen? Wenn der nun, sobald die Ortung ausbleibt, weil unsere Diesel gestoppt sind, augenblicklich auch seine Maschinen stoppt? Dann können wir diesen Gegner beim Rundhorchen nicht wahrnehmen – vorausgesetzt, auch sein Asdic ist ausgeschaltet. Wenn er mit dem Einschalten wartet, bis unsere Diesel wieder anspringen, kann er uns, wenn er das Spielchen geschickt genug wiederholt, immer näher auf den Pelz rücken, ohne daß wir es merken. Tüchtige Leute könnten uns so glatt in Sicherheit wiegen bis hin zum richtigen Moment fürs Lancieren ihrer Bomben. Bei uns vergeht zuviel Zeit vom Maschinenstop bis zum Horchempfang. Wenn die Tommies auf Zack sind, können die ihre Maschine schneller stoppen, als unser Mann horchen kann . . . Der Handicaps ist kein Ende.

Der Kommandant ist, um sich die Beine zu vertreten, aus dem Turm heruntergekommen. Ich habe noch nie einen so erledigten Schiffsführer gesehen. Aber obwohl ihn die Erschöpfung schier in die Knie drückt, wird er gleich wieder nach oben zur Sehrohrbeobachtung verschwinden.

Will der Mann sich total fertigmachen, indem er selber Sehrohrwache geht, statt sich vom I WO oder II WO am Sehrohr ablösen zu lassen?

Ich hocke mich in die O-Messe und frage den Schmutt, der gerade durchkommt, nach Tee. Bald erscheint auch der II WO und läßt sich mir gegenüber nieder. Als ich ihn genauer betrachte, entdecke ich in seinem dichten dunklen Bart helle Inkrustierungen. Der II WO hat also auch kotzen müssen und sich den Bart nicht richtig abgewischt. Was da so hell schimmert, sind Kotzbrocken – offenbar kleine Kartoffelstückchen. Interessant: So könnte das Schimpfwort »Kotzbrocken« entstanden sein.

Es dauert nicht lange, und mein Trommelbauch ist wieder so kugelig hart gespannt, daß ich Flöhe darauf zerdrücken könnte, wenn wir welche an Bord hätten. Die Chemie in meinen Kaldaunen funktioniert jetzt offenbar ganz falsch: Sie transformiert den Inhalt in Gase statt in Exkremente. Der Gürtel macht mir Schmerzen. Weg damit! Ich muß sogar die Hose aufknöpfen und mit einer Hand am Bund festhalten. Mein Bauch ist so dick, als wäre ich im achten Monat.

Ich verhole mich, damit sich der Rabbatz in meinem Inneren beruhigen kann, am besten wieder auf meine Koje. Die Arme steif neben meinem Körper ausgestreckt, lausche ich ganzen Kaskaden aus gepreßten Schluchztönen, klingendem Murren, dumpfem Rollen, schnalzendem Grunzen nach – und plötzlich ist da auch ein ganz aus der Geräuschskala fallendes hohes Fiepen, das in ein gedämpftes Glucksen und Brodeln übergeht. Dann wieder klingt es, als würde Griebenschmalz in mir ausgebraten.

Das sind keine simplen Bauchbeschwerden, die mich da quälen, das sind handfeste Koliken, wie ich sie noch nie hatte. Selbst mein Schädel dröhnt davon.

Komisch: Wenn ich meine Gedanken auf den VO richte und mich

so von den Anstürmen der in meinem Gedärm bohrenden Schmerzen eine Weile ablenke, ebben sie leicht ab. Aber dann kann ich ihnen wieder nur standhalten, indem ich die Zähne aufeinanderbeiße und mich mit geschlossenen Augen ganz auf meinen unteren Bauch konzentriere und dabei die Bauchdecke stramme. Ich weiß genau: Wenn ich nur einen Augenblick lockerließe, ginge mir bei diesen Schmerzanfällen der Schließmuskel von ganz alleine auf, und ich würde meine Klamotten vollscheißen. Mir ist zumute, als wühlte eine Ratte in mir, die einen Ausgang sucht.

Und nun sehe ich ganze Scharen emsig wühlender Ratten. Dazu riesige Würmer, die wie Garnknäuel aufgehaspelt sind. In Indien oder dort herum soll es sogar Würmer geben, die so lang wie Bandwürmer sind, sich aber nicht wie die in den Eingeweiden entwickeln, sondern direkt unter der Haut und dort bis zu gut einem Meter lang werden. Man muß sie an einem Ende erwischen und dann ganz vorsichtig über ein Holzstück aus sich herauswinden – das heißt also, genauso verfahren, wie das bei der Marter bestimmter Heiliger geschah: Da ging es nur, statt um lange Würmer, um die Gedärme. Das kann nicht guttun, wenn einem bei lebendigem Leibe die Gedärme aus dem Bauch gehaspelt werden ...

Wie lang sind eigentlich meine Därme? Gewußt habe ich das schon einmal, es aber wieder verschwitzt. Ich wußte sogar, wie lang sie beim Pferd sind und bei der Kuh. Im Moment weiß ich nur noch: ganz unglaublich lang. Die Ratte, die mich piesackt, sitzt am unteren Ende ...

Jetzt lassen die Schmerzen Gott sei Dank wieder nach. Konvulsivisch nennt man diese Art wohl. »Konvulsivisch«, das klingt richtig: Es klingt so dumpf, wie es die Schmerzen sind.

Unter mir höre ich einen Maat stöhnen, sich dann ausrotzen und vor sich hin fluchen. Den wird es auch erwischt haben! Das hat nichts mit den üblichen brummenden Fürzen zu tun, schon gar nicht mit den scharf knallenden morgendlichen Entladungen – den Sondernummern, an denen sich ihre Produzenten so begeistern können.

Das Rumoren im Bauch wird wieder so stark, daß ich weiß: Gleich geht's auch bei mir los. Ich kann dem Druck kaum noch widerstehen.

Wenn ich mich über den Kojenrand wälze, muß ich den Gegendruck lockern. Dann ist es aus. Also wälze ich mich nicht über den Kojenrand. Vielleicht später. Jetzt auf keinen Fall. Ich muß ganz flach auf dem Rücken liegenbleiben und keinen Mucks machen, die Hände neben dem Körper. Wenn das nur so einfach ginge: Plötzlich ist da kein Platz mehr für die Hände. Ich müßte die Decke ganz wegschieben. Aber das kann ich auch nicht riskieren. Ich darf mich um keinen Preis bewegen. Ruhe ist die erste Bürgerpflicht! Ich muß mich ganz stark auf den Anus konzentrieren, damit die Soße nicht einfach hindurchleckt. Es macht einen verdammten Unterschied, ob man dicke oder dünne Scheiße in sich hat. Mit dicker Scheiße hätte ich keine Not.

Ich hab von einem Mann gehört, dem haben sie eine Fistel aus dem Arsch geschnitten, und da hat der Chirurg nicht aufgepaßt und – schwupp! – den Ringmuskel durchgeschnitten. Der Chirurg war wohl besoffen. Kleine Sache, aber irreparabel. Läßt sich weder nähen noch bandagieren. Da hilft keine Prothese und kein Pfropfen. Schließt nicht mehr. Aus so einem Arsch läuft es einfach heraus. Der Mann war ausgerechnet Reisevertreter: feine Schokoladen und Marmelade. Stollwerk und Bourzutskie oder so ähnlich. Konnte nicht mehr zu seinen Kunden gehen. Hat sich nach einem halben Jahr erschossen oder aufgehängt. Nachfühlbar und verständlich.

»Wie's da drinnen aussieht, geht keinen was an.« Ich kann es mir aber gut vorstellen, weil zu Hause gern »saure Flecke« auf den Tisch kamen – »Kutteln«, sagen die Bayern. Ich habe mir die feinen talgiggrauen Zottelpelze genau angeguckt: die merkwürdig differierenden Netzmuster. Da hat der Schöpfer des Himmels und der Erden schon eine Menge Formphantasie aufgebracht – ausgerechnet für Ansichten, die im Dunkeln liegen: chef-d'œuvre inconnu.

Zum Lachen, wie ich mal Kutteln kochen wollte, ganz wie es sich gehört: mit viel Knoblauch . . . Hundefutter, was anderes waren Kutteln nicht für die bayrischen Metzger. Die gab's entsprechend billig. Aber dafür waren sie auch nicht saubergeschrubbt. Die grauen Lappen stanken hundsgemein nach Kuhstall. Ich hab sie dann noch unter fließendem Wasser mit der Wurzelbürste bearbeitet, aber am Ende war die ganze Arbeit für die Katz – genaugenommen für den Hund der Hauswirtin –, weil der Kuhstallgestank auch beim Kochen nicht weggehen wollte, ja sich – im Gegenteil – noch verschärfte.

In Italien haben die gekochten Kutteln nie gestunken. In Genua zum Beispiel gab's überall welche. Da hatten sie den Bogen raus. Ein Glück, daß ich noch in Italien war.

Gott sei Dank habe ich auch noch ein paar andere Länder gesehen, sage ich mir. Mindestens ein Dutzend! – Aber waren es tatsächlich so viele? Schon habe ich ein feines Thema: Länderzählen – *meine* Länder.

Also gleich mal Italien. Nein – vorher noch die Tschechoslowakei, und die allein ein dutzendmal. Und Österreich? Gehörte Österreich da etwa schon zum Großdeutschen Reich? Aber jetzt geht's richtig los, im großen Stil sozusagen: Ungarn, Rumänien, Bulgarien, die Türkei, Griechenland . . . Und was noch? Albanien habe ich vergessen . . . Trotzdem will es offenbar kein ganzes Dutzend werden. »Renommist! – Alter Angeber!« schelte ich mich selber.

Mir steht der kalte Schweiß auf der Stirn. Nur ja fest liegenbleiben! Ich kann jetzt um keinen Preis von der Koje.

Normalerweise müßte ich mich krank melden. Alle anderen aber auch. Wir könnten glatt auftauchen und ein großes rotes Kreuz auf die Grätings malen: Keine Bomben schmeißen! Lazarettschiff! Darf nicht angegriffen werden! Genfer Konvention!

Endlich läßt der Druck in mir nach, und auch der Durchgangsverkehr unter mir scheint weniger geworden zu sein. Also scharf konzentrieren, das Arschloch aufs äußerste zusammenziehen und zentimeterweise die Lage verrücken – ganz langsam auf die Seite wälzen. Wie ein Hochspringer, der bäuchlings über die Latte geht, den Bauch über die Matratzenkante schieben – alles in Zeitlupe –, und nun der große Spreizschritt! Der will gewagt sein! Plötzlich gurgelt es in meinem Bauch wieder wie wild. Aber jetzt gibt's kein Zurück mehr – gleich, was passiert.

Wer sagt's denn! Ich kann die Scheiße halten und komme bis auf den Boden und nun mit ganz kleinen, verklemmten Schritten hin zur Zentrale. Unterwegs fällt mir die Klorolle ein. Die habe ich in meiner Not vergessen. Aber nur weiter, weiter ...

Was für ein Glück! Eine Pütz ist frei. Also nichts wie Hosen runter, und schon hocke ich darüber. Mit einem Geprassel wie von Knallfröschen explodiert mit Brocken durchsetztes Wasser aus mir heraus. Ein übler Gestank quillt um mich herum hoch. Noch eine Detonation und noch eine! Mein Gott, wieviel von diesem stinkenden Gas und der Wassersuppe habe ich denn in mir?

Stöhnend richte ich mich hoch, die Hosen noch wie Ziehharmonikabälge um die Beine. Und jetzt brauchte ich was zum Arschwischen. Aber nichts ist in der Nähe. Da entdecke ich eingeklemmt zwischen zwei Rohren einen Klumpen halbverölten Twist. Na bitte! Der Twist ist angenehm an meinem wunden Arsch, und auf ein bißchen mehr Dreck und Ölgestank soll's jetzt auch nicht ankommen.

Die Zentrale erscheint mir wie ein Stück großstädtisches Kanalrohr. Ein für Ausstellungszwecke präpariertes Teilstück: nach beiden Seiten ohne Abfluß, damit alles schön beieinander bleibt. Die Jauche, die sonst aus den Nebenkanälen hereinfließt, produzieren wir selber.

»Verdammte Sauerei«, stöhnt der Zentralemaat und wirft mir einen vorwurfsvollen Blick zu. Dabei fingert er U-Bootsschokolade aus einer dieser komischen Schuhcremedosen. Zwei leere Dosen derselben Sorte liegen auf dem Kartenpult. Wenn der Zentralemaat die alle leergefuttert hat, ist das ein deutliches Indiz, daß ihn die Scheißerei auch erwischt hat: Schokolade stopft.

Es stinkt bestialisch. Wieviel Gestank kann Luft maximal aufnehmen? Wo liegt der Sättigungsgrad? Bis zu welchem Beimischungsverhältnis läßt sie sich noch atmen?

In die ohnehin brisante Gestanksmischung spritzt der Zentralemaat nun auch noch Kolibri hinein. Was soll der Quatsch? Als wollte man einen verfaulten Fisch mit Vanillesoße retten . . .

Mit einem Mal steigt heftiger Ekel in mir auf, den ich nicht mal in Zorn umsetzen kann. Gegen wen sollte ich den auch richten? Ich werde noch am eigenen Ekel ersticken.

Ich sehe, wie der LI ungeduldig gegen das Glas des Umdrehungsanzeigers für den Steuerborddiesel klopft. Er klopft noch einmal dagegen, aber der Zeiger rührt sich nicht. Dann fragt er aufgebracht und wütend nach achtern: »Was ist denn schon wieder mit dem Steuerborddiesel los?«

Von achtern kommt die Antwort: »Steuerborddiesel unklar!«

»Kann ich mir vorstellen!« brüllt der LI zurück. »*Was* ist unklar?«

Da erscheint der Dieselmaschinist. Ganz außer Atem rapportiert er: »Wahrscheinlich Zähne vom Zahnkranz ausgebrochen, Herr Oberleutnant.«

»Wie lange dauert's?«

»Nicht zu übersehen, Herr Oberleutnant.«

»Scheiße!« zischt der LI.

Die Malaisen mit den Dieseln lassen also nicht nach. Eigentlich kein Wunder. Herr Rudolf Diesel konnte mit dieser Art von Beanspruchung nicht rechnen. Mit *einem* Diesel weiterlaufen – schön und gut. Aber wenn dem nun auch was passiert?

In der Zentrale findet eine Art Kriegsrat statt.

»Reparieren!« entscheidet der Kommandant. Das heißt also tiefergehen und Zeit versäumen. Trotzdem atme ich auf: nicht hudeln! Risiko klein halten: alte Regel.

Zahnkranz ausmontieren – der LI flucht: »Erst die Federkupplung und jetzt das – Scheißkram, verdammter! Dauernd was Neues!« Dann verschwindet er nach achtern. Von hinten sieht er aus, als ziehe ihn die Wut zusammen und mache ihm einen Buckel.

Die allgemeine Reizbarkeit fordert ständig neue Opfer: Die Reparatur des Steuerborddiesels dauert nun schon eine Ewigkeit, da gibt es einen Mordskrach in der Zentrale. Der sonst so ruhige Zentralemaat tobt lauthals, weil beim Lenzen der Dieselbilge Putzlumpen am Lenzkorb hingen:

»Verdammte Sauerei! Wenn ich den erwische – dem brech ich die Knochen!«

»Da hat sich wer den Arsch damit gewischt«, bringt einer zaghaft vor.

»Dann soll er sich seinen vollgeschissenen Twist gefälligst ins Maul stopfen oder sonstwohin. Wenn das noch mal passiert ... Dem brech ich die Knochen! Das gilt als versprochen!«

»Kann ja 'n Silberling gewesen sein«, gibt derselbe Mann, jetzt schon bestimmter, zu bedenken.

»Na und? Dem brech ich die Knochen auch. Das hier ist *meine* Zentrale, verstanden?«

Mindestens drei Silberlinge müssen das gehört haben. Aber keiner von ihnen protestiert.

»Im Bugraum liegt einer in seiner eigenen Scheiße!« höre ich.

Diese Mitteilung läßt in mir Bilder von vergammelten Kuhställen entstehen, mit Rindern, die ihre Scheiße wie schuppigen Schorf auf dem Fell tragen.

Kuhscheiße ist mir aber nicht halb so zuwider wie Menschenscheiße. Als Kind bin ich sogar willentlich in sie hineingetreten. Ich genoß es richtig, sie zwischen den Zehen hochquellen zu lassen.

Wir schnorcheln wieder. Ich sitze in der O-Messe und betrachte, weil ich nicht schreiben mag, meine beiden Hände, die vor mir auf der dunkelgrünen Linoleumplatte der Back liegen. Ich sehe sie an, als gehörten sie nicht zu mir: irgend jemandes Hände. Auf den mittleren Gliedern der beiden Ringfinger und Mittelfinger wachsen kurze, gekrümmte Haare – nicht auf den Zeigefingern und den kleinen Fingern. Über den Gelenken bildet die Haut schrubbelige Ovale – Knautschfalten. Keine besonderen Hände, die Finger eher kurz. Die Nägel klein, wenig ausgeprägt. »Bildhauerhände« hat sie mal einer genannt. *Meine* Hände: Ich kann die Finger einkrümmen, da verschwinden die Knautschfalten über den Knöcheln. Wenn ich die Hände zu Fäusten balle, sehe ich, daß das Wurzelgelenk des Ringfingers rechts eingesunken ist. Das ist ein eindeutiges Erkennungszeichen für meine rechte Hand: Da gab es mal einen komplizierten Mittelhandbruch, der den Finger leicht verkürzt hat. Beim Skilaufen am Fichtelberg passiert. Kurz vor dem Abitur. Nicht genug Schnee, und über die Kante eines querführenden Feldwegs geknallt, mit der Hand in der ledernen Skistockschlaufe. Das hätte noch schlimmer ausgehen können. Der mächtige Gips hat sicher als mildernder Umstand bei der mündlichen Prüfung gewirkt, und das wie eine Litewka über der linken Schulter getragene Jackett hatte sogar Schick: der tolle Invalide aus dem Fort Rathenow.

Ich könnte mit meinen Händen ein paar Clownerien machen, gewisse komische Gestiken vollführen, aber ich werde mich schön hüten. Der II WO sitzt mit an der Back, und der LI steigt gerade durchs Schott.

Daß ich hin und wieder regelrechte Absenzen habe, beunruhigt mich sehr: Ich will nicht ins Nirwana absinken. Noch jedesmal, wenn ich mich auf die Koje strecke, habe ich Angst, daß mir just das passieren könnte.

»Da hat wieder so eine Sau danebengekotzt«, schimpft ein Zentralegast. »Wenn die wenigstens ihre Schweinerei selber auffeudeln würden! Aber daran denken die feinen Herren ja nicht mal im Traum!«

»Die tun, als wärn se in 'nem Puff mit Bedienung!« bekommt der Zentralegast vom Schmutt Beistand. »Achtern ist einer, der will ums Verrecken nich in die Dieselbilge schiffen. Zum Junge-Kriegen, wie die feinen Pinkel sich haben!«

Früher hieß es immer: Die Marine lebt sauber, nicht so im Dreck wie die Landser. So haben wir es uns jedenfalls immer wieder vorgesagt. Jetzt sieht die Sache leider ganz anders aus.

Es ist gerade wieder soweit, daß wir zur E-Maschinenfahrt runtergehen. Ich höre den LI »Ausdrücken!« befehlen.

Die Untertriebszelle? Aber wird die denn auch auf Sehrohrtiefe wassergefüllt gefahren? Mit ihrem zusätzlichen Gewicht soll sie dem aufgetaucht fahrenden Boot helfen, beim Alarmtauchen schnell von der Oberfläche zu verschwinden – genauer: die Oberflächenspannung zu überwinden. Weil ihre fünf Tonnen Wasser das Boot schwer machen, muß diese Zelle dann so schnell wie möglich wieder ausgedrückt werden. Aber wir *waren* doch schon unter Wasser?

Ich nehme mir vor, den Leitenden bei Gelegenheit auszuforschen und mich schlau zu machen. Jetzt verhole ich mich aber doch besser auf meine Koje und warte ab, wie sich die Dinge in meinem Bauch entwickeln. Also zurück in den U-Raum und auf die Koje hinauf und dann, so gut es in der Enge eben geht, die Glieder abspreizen und daliegen wie ein geprellter Frosch. Und nun den Kopf mit etwas anderem beschäftigen als mit den ständigen Gedanken ans Scheißen, Pissen und Kotzen – auch wenn es mir die Kaldaunen bereits wieder in wilden Krämpfen zusammenzieht. Mit geordneten Gedanken möglichst ...

Leichter gesagt als getan. In meinem Kopf arbeitet es heftig: Gedankenwirbel wie Schneeflocken im schnell drehenden Wind. Dann wieder kreist in meinem Kopf ein Leuchtfeuer, das Bilder an die Innenwandung meines Schädels projiziert. Und da erscheint tatsächlich Simone, und ihr Bild wird sogar doppelt kräftig durchleuchtet: Simone hoch zu Pferd, Simone in feenhafter weißer Gewandung und im roten Samt wie ein Burgfräulein: Ker Bibi, der Abend meiner Rückkehr, das Fest für die Hautevolee der Marine. Plötzlich geraten die Bilder ins schnelle Kreisen:

dieser Rotweinsüffel von Verhöroffizier, die SD-Charge in Brest, der Sperrbrecheronkel – ich muß die Augen weit aufreißen, damit mir nicht schwindelig wird.

Mir ist, als bestünde ich nur noch aus Gedärm: bis hoch herauf zum Gaumensegel fühle ich mich mit grotesk verschlungenem Gedärm ausgefüllt. Und da gerät mir der Gläserne Mensch aus dem Dresdner Hygienemuseum vor die Augen. Dieses durchsichtige Wunderwerk stand lebensgroß mit erhobenen Armen da – wie in einer Hands-up-Geste erstarrt. Als ich den Glaskameraden das erste Mal zu sehen bekam, war ich ganz weg vor Staunen über die Menge Gedärm, die er in seinem Bauch hatte. Der violette Klumpatsch wirkte wie nachträglich und dazu noch liederlich hineingestopft.

Das muß 1933 gewesen sein. Das Museum war am Lingnerplatz, benannt nach dem Odolfabrikanten. 1933 – lange her. Dresden ist weit. Die Raddampfer vor der Brühlschen Terrasse, das Elbsandsteingebirge: Schreckenstein, Königstein und Prebischtor. Richtig: Eine der Felshöhlen hieß »Kuhstall«. Ein Herr Ochs von Lerchenau hatte sich mit roter Farbe an der Sandsteinwand verewigt. Darunter hatte ein anderer mit weißer Farbe geschrieben: »Ich hab's gehört, ich hab's gelesen: Es ist ein Ochs im Kuhstall gewesen.«

Mein Gedärm rebelliert zwar noch, aber mein Hirn scheint wieder in normalem Betriebszustand zu sein. Es hat sich offenbar nicht aus dem Bauch heraus vergiften und funktionsunfähig machen lassen, sondern versorgt mich mit hübsch deutlichen Bildern.

Wie funktionieren die Registraturen in meinem Kopf eigentlich? Wie kommt es, daß mir manche Bilder unwillentlich erscheinen und andere erst dann, wenn ich sie abrufe?

Als ich wieder mal mit aller Vorsicht von der Koje turne, knickt mein rechtes Bein weg: Mir ist der Fuß eingeschlafen. Ich habe eine gute Weile zu tun, bis das Kribbeln wieder weg ist. Auch das muß ich mir mal von der Wissenschaft erklären lassen – warum mein eingeschlafener Fuß kribbelt: Da regt sich gerade wieder Blut, gewiß doch. Aber warum kribbelt das Blut? Warum habe ich auf einmal tausend Ameisen im Fuß?

In meinem Nachsinnen komme ich darauf, wie wohltuend die Gefühle bei der Blasenentleerung sind – bis hin zu schieren Erleichterungs*wonnen.* Die Darmentleerung kann da nicht mithalten. Weil sie so oft nur mit Pressen und unter Stöhnen möglich ist? Oder liegt es daran, daß sie mit einer gewissen Hilflosigkeit verbunden ist? Ist es die Angst, ich könnte ausgerechnet beim Scheißen eine verplättet bekommen und dann einen äußerst unerfreulichen Anblick bieten?

Da scheint in mir erneut ein Erinnerungsbild auf: der nackte Arsch eines Mannes, der auf U 96 bei Alarm aus dem Klo schoß, die Hosen noch in den Kniekehlen. Und da ist auch gleich ein Nachgefühl der eigenen Angst, die mich noch in jedem Zugklo befällt: Angst, daß ich bei einem Eisenbahnunglück eingeklemmt werden könnte – die Hosen unten und den Hintern nackt.

Ein Mann der Zentralebesatzung hat sich offenbar voll in die Hosen geschissen. Die Art, wie er erstarrt und entsetzt um sich guckt, ist ein deutliches Indiz. Wie will der nur jetzt mit seinen Klamotten zurechtkommen? Wir sind ja keine Infanteristen, die ihre Durchfallscheiße ins Unterzeug wickeln und in die Büsche schmeißen können oder ins Weizenfeld. Der arme Kerl wird für Spott nicht zu sorgen brauchen.

Ein Schließmuskelversagen, und die Würde des Menschen ist dahin. Goethe mit vollgeschissenen Hosen – da hülfe ihm kein Gedankenflug.

Der Gestank verjagt mich aus der Zentrale, aber auch in der O-Messe stinkt es hundsgemein.

Mein Geruchssinn bekommt jedenfalls eine Menge geboten. *Der* kriegt ordentlich Futter. Aber wann schnüffelt unsereiner auch auf so hündische Art herum, wie ich es gerade tue, um zu ergründen, welcher Gestank sich da in der Mischung mit anderen so durchdringend behauptet? Wann nehme ich schon mal einen bestimmten hervorstechenden Geruch so bewußt auf wie gerade jetzt?

Und endlich weiß ich: Es ist der saure Gestank von Gekotztem, der mich so benebelt. Dieser Pestilenzgeruch entsteigt einer großen Pütz, die neben der Back festgeklemmt ist. Da hinein müssen die maladen Werftgrandis sich nach Strich und Faden ausgekotzt haben.

Das Schlimme ist, daß der widerliche Inhalt der Pützen nicht sofort außenbords geschafft werden kann. Der Triton ist zwar gleich nebenan, aber er kann nur bei Dieselfahrt mit Preßluft ausgedrückt werden. Auf diesem Boot ist zwar sogar – anders als auf U 96 – eine Fäkalienzelle eingebaut, aber was nützt eine solche technische Vorsorge schon, wenn jeder zweite kotzen muß und hundert Mann Dünnschiß haben? Dünnschiß läßt sich nicht nach Zeiten regeln. Dünnschiß hat quasi revolutionären Charakter: Da ist kein Halten mehr.

In mir steigt neue Übelkeit auf. Also raus aus dem Gestank der O-Messe und Zentrale und mal sehen, ob sich's achtern besser leben läßt.

Kaum habe ich das Schott zum Dieselraum aufgezogen, sehe ich einen am Fahrstand des Steuerborddiesels in der tiefen Hocke wie auf einem Melkschemel sitzen: den Kopf gesenkt, die Unterarme auf den Knien verschränkt. Es sieht aus, als sei der Dieselheizer in dieser gemütlichen Hockergrabstellung eingepennt. Da hebt der Mann den Kopf, guckt mich großäugig an, langt sich einen Fetzen Twist, reckt den Hintern hoch und wischt ihn sich ab. Dabei starrt er mir vollkommen ausdruckslos ins Gesicht. Und nun räkelt er sich zu ganzer Größe hoch und bedenkt mich mit einem verlegenen Nicken. Als er sich umständlich die Hosen hochzieht, sehe ich, daß der Rand der Pütz, auf der er eben noch hockte, sorgfältig mit schwarzer Putzwolle gepolstert ist. Ich drücke mit leichtem Brauenheben aus, daß ich diesen Einfall sehr wohl bemerkt habe. Darauf grinst der Mann: Wir haben uns eben aufs beste verständigt. Trotz der Unbilden der gegebenen Umstände noch für eine gewisse Bequemlichkeit gesorgt zu haben – das verdient Anerkennung.

Der Gestank von diesem frischen Schiß ist derart intensiv, daß er, wie mir scheint, auch dann noch in mich eindringt, wenn ich mit Fleiß durch den Mund atme: Er geht mir durch die Haut.

Und der Putztwist? Was ist mit dem? Ich hätte aufpassen sollen, wohin ihn der Heizer verschwinden läßt. In der Pütz zwischen all den Scheißflocken *kann* er doch gar keinen Ärger machen. Das müssen ja wohl rechte Idioten sein, die den Twist direkt in die Bilge spedieren!

Ich fürchte, daß ich den Dünnschißgestank nie wieder loswerde – genau wie die Walfänger ihren Trangeruch nicht verlieren, soviel sie auch baden und sich abseifen. Ich kannte einen vom Walfangmutterschiff »Jan Wellem«, der beträufelte sich nach dem heißen Bad ausgiebig mit Fliederparfüm. Aber was hatte er davon? Danach stank er nach Tran *und* Flieder – und damit schlimmer als die mieseste Nutte, die sich wochenlang nicht gewaschen hat.

Nach achtern zu gehen war ein Fehler.

Zum Glück gibt es Chlorkalk an Bord. Er wird sonst gebraucht, um die giftigen Gase, die sich bei der Verbindung von Säure aus beschädigten Batterien mit Salzwasser in der Bilge bilden, zu verhindern. Jetzt soll das gleiche Zeug den Pestilenzgestank mildern. Viel wird es nicht helfen.

Bei den Walfängern funktionierte das körpereigene Abschaltsystem: Die rochen einfach keinen Tran mehr. Was gibt es da nur für merkwürdige Selektionsvorgänge? Warum rieche ich immer noch Scheiße und Kotze, aber kaum mehr die Diesel?

Mit dem Gehör ist es das gleiche: Ich kann die Ohren spitzen und die feinsten Geräusche wahrnehmen, mich aber gegen den Diesellärm innerlich abschotten. Verdammt komplizierte Verhältnisse …

Ich muß die letzten Stunden ganz und gar weg gewesen sein. Wenn ich meiner Uhr trauen darf – und ich traue ihr –, war ich gute fünf Stunden bewußtlos. Aufrecht an der Back sitzend, gegen das Schapp des LI gelehnt zwar, aber doch aufrecht sitzend. Ich habe nicht geschlafen: Ich war weg. So was ist mir noch nie passiert. Nebel vor Augen – einfach weg. Ins Vakuum abgesackt . . .

Sind wir denn überhaupt noch von dieser Welt? Denkt noch irgendein Mensch an uns? Sind wir nicht längst abgeschrieben? Sind wir nicht schon zu Lemuren geworden, zu einer halbblinden Sorte von Lemuren, die sich nur mit dem Gehör orientieren? Werden wir am Ende gar zu weißen, knolligen Riesenmaden mit Gehörtentakeln mutieren?

Ich lasse meinen Blick herumwandern. Die Leute sehen aus wie dem Hungertod ausgeliefert, so sehr sind sie vom Fleisch gefallen. Wenn die Scheißerei nicht aufhört, werden wir uns am Ende die Seele aus dem Leib scheißen.

Der Werftgrandi mir gegenüber scheint besonders böse dran. Wenn er Pech hat, geht er uns noch über den Jordan. Seine bleichen Backen hängen schlaff herunter wie auf einer bösartigen Karikatur. Seinem Kollegen, dem mit der Klaustrophobie, scheint es besserzugehen, der hat über der Dauerscheißerei seine Klaustrophobie offenbar vergessen.

»Kann nicht mehr lange dauern!« versucht der Kommandant dem völlig heruntergekommenen Werftgrandi Trost zu spenden. Der macht daraufhin nur ergeben die Augen zu. Just das sollte er nicht tun. Mit geschlossenen Lidern sieht er aus, als wäre er tatsächlich schon hinüber.

Nicht mehr lange dauern! Der Kommandant hat Nerven! Als ob es nur noch um Seemeilen ginge, die wir hinter uns bringen müssen. Nicht mehr lange! Das kann er auch nur dem Werftgrandi erzählen!

Im Funkschapp ist niemand. Natürlich! Warum sollte da auch einer sitzen? Wenn wir tiefgetaucht mit E-Maschinen fahren, gibt es keine Arbeit für den Funker. Dann *sind* wir bereits eine Art Fliegender Holländer . . .

Der Gedanke daran, was uns noch bevorstehen könnte, bedrängt mich wieder einmal heftig. Ob ich nun will oder nicht – ich bin gezwungen, darauf herumzukauen wie ein Hund auf einem zu großen Knochen. Und immer wieder sage ich mir: Wir sind doch viel zu langsam, um noch *vor* den Amis unseren südlichen Zufluchtshafen zu erreichen. Und dazu der riesige Bogen nach Westen, zu dem sich der Kommandant ja wohl entschließen mußte . . . Diese Vorsicht nützt uns nur *jetzt.* Vor La Rochelle müssen wir auf jeden Fall wieder direkt hinein in die Mahalla.

». . . bis wir im fernen grauen Meer die Insel Thule finden . . .«, deklamiert es da in mir. »Das soll der Treue Insel sein / dort gilt noch Eid und Ehre / Da senken wir den König ein / im Sarg der Eichenspeere.«

Immer wieder einmal ertappe ich mich dabei, daß ich Sinneseindrücke nur mehr mit Verzögerung wahrnehme. Nicht, daß ich tief in Gedanken versunken wäre und deshalb sinnliche Reize verspätet registrierte – meine Nerven sind vielmehr schlapp geworden wie ausgeleierte Gummilitzen.

Plötzlich wird mir bewußt, daß draußen Geräusche sind. Mein Gehör hat sie seit langem wahrgenommen, aber nicht weitergemeldet. Oder der Kontakt war gestört. Jetzt ist er wieder da. Vielleicht gibt es in meinem Kopf so was wie Kriechströme, die den Kontakt zunichte machen können. Im Moment funktioniere ich jedenfalls wieder – Gott sei Dank.

Ich versuche, die Geräusche zu analysieren: Dumpfes Hämmern? Darüber ein gedämpftes Schaufeln?

Da durchschießt es mich: Das sind Schiffsschrauben! Ganz ohne Zweifel Schiffsschrauben! Da karriolen welche herum! Der Teufel soll die Saubande holen!

Vor lauter Lauschanstrengung schöpfe ich keine Luft mehr. Dafür höre ich mein Herz um so härter schlagen. Wird das Geräusch etwa lauter – oder nimmt es ab? Sind die uns auf der Spur? Mein Puls pocht hart. Bin ich hysterisch? Das kann ja schließlich auch ein ganz ordinärer Kolcher sein, der nicht das geringste gegen uns im Schilde führt.

Kann! Aber muß nicht. Ein ordinärer Kolcher! Was hätte der denn hier zu suchen?

Und jetzt – was ist das? Hinter das rhythmische Geräusch hat sich ein dumpfes Grummeln und Grollen geschoben. Das Hämmern und Schaufeln sitzt flach vorn dran, aber tief dahinter sind noch andere Geräusche. Das ist keine Geräusch*wand* mehr, sondern eine in die Tiefe gestaffelte Geräuschbühne. Und jetzt: Rumpeln und Wummern und ein richtiges rollendes Donnern!

Wasserbomben!

Die haben ein Boot am Wickel – kein Zweifel ... Ganz klar: Da verholen noch andere Boote nach La Pallice – welche aus Saint-Nazaire zum Beispiel. Und jetzt haben sie eins davon in der Mache.

Wie weit hört man Wasserbomben? Verdammt weit, wenn man selber unter Wasser steht. Aber wie weit? Zwanzig Seemeilen? Unsinn! Viel mehr!

Das Rumpeln und Donnergrollen will nicht wieder aufhören. Es scheint von Steuerbord voraus zu kommen. Aber ich kann mich auch täuschen. Mit dem bloßen Ohr ist der Krawall schwer zu orten. Einmal klingt es, als komme er von Backbord, dann sogar wieder, als seien wir von Gewittern gänzlich umzingelt. Aber ich sage mir: Das kann nicht sein. Dieses Rumpeln und nachhallende Grummeln bildet keinen Ring um uns, es muß aus *einer* Richtung kommen.

Nachgerade sollte ich mich an diese Art von Geräusch gewöhnt haben und nicht mehr so heftig reagieren. Die Leute an der Westfront anno vierzehnachtzehn mußten sich den Geschützlärm auch Tag und Nacht anhören. In jedem Film über den Stellungskrieg in Frankreich ist das die übliche Geräuschkulisse, die haben die Tonfritzen längst auf Platten im Archiv: allzeit verfügbar. Vielleicht haben die Tommies auch schon ein Unterwasserschallgerät zur Tonuntermalung erfunden, das dieses Gewummer und Gerumpel von Platten abspielt und gewaltig verstärkt in die Gegend schickt. Vielleicht arbeiten die, um unsereinem die Nerven kaputtzumachen, gar nicht mehr mit Originalton?

Schön wär's! Aber das klingt hier nach bitterem Ernst. Die setzen gerade einem Boot gehörig zu. Oder gar zweien? Und immer feste – was die Werfer hergeben: die übliche irre Verschwendung. Gar nicht vorzustellen, was die Bomben, die tagtäglich in die See gekippt werden, in summa kosten.

Wummerummerumm: eine Triole! Klang schon besser – etwas härter als das verwischte Grummeln. Schreckbomben sind das mal sicher nicht.

Der Kommandant erscheint, und der Obersteuermann macht ihm am Kartenpult Platz.

»Wir müßten etwa auf der Höhe von L'armor plage sein. Dreiundfünfzig Grad: Larmor-Plage und Port-Louis«, höre ich.

Natürlich – hätte ich mir denken können: nicht Saint-Nazaire, sondern Lorient. Wir sind auf der Höhe von Lorient. Da will ein Boot aus seinem Schlupfloch raus und wird nun beharkt, was das Zeug hält.

In Lorient liegen die zwote und die zehnte Flottille. Von Lorient liefen die großen Boote aus. Die mit tausendeinhundertzwanzig Tonnen, Typ IX C, mit zwei Heckrohren statt dem einen in unserem Boot. Diese großen Boote sollen bei zwölf Knoten über Wasser elftausend Seemeilen ohne Versorgung schaffen können. Ich habe sogar mal munkeln hören, in Lorient wäre ein Typ IX D2 mit eintausendsechshundertsechzehn Tonnen und mit einer Seeausdauer von vierundzwanzigtausend Seemeilen stationiert. So ein Boot wäre fähig, ohne Versorgung fast einmal um die Erde zu fahren.

Ob in Lorient noch mehr Boote in den Bunkerhöhlen liegen?

Ich muß mich, weil zwei Leute nach achtern wollen, dicht gegen den Kommandanten drücken. Der macht mit der Zirkelspitze einen Halbbogen. »Wir müssen noch weiter raus«, murmelt er dabei.

Und damit kostbare Zeit verkarren! ergänze ich im stillen.

Wir sind gewiß in einer Zwickmühle. Aber dieser ganze Krieg ist ja eine einzige Abfolge von Zwickmühlen. Immer dieses Suchen nach dem kleineren Übel! Und immer aus einem Wust von unbekannten Faktoren heraus – den sprichwörtlichen Imponderabilien. Wie oft galt es, mit vorgespielter Entschiedenheit Entschlüsse zu fassen und so zu tun, als seien sie ein Produkt logischen Denkens – und nicht etwa pures Hasardieren.

Jetzt ist es wieder so: Der Kommandant will einen noch größeren Bogen nach Westen schlagen, weil er zwischen unserem Kurs und der Küste Konzentrationen feindlicher Kräfte vermutet – mal fein und wie im Kriegstagebuch ausgedrückt. Was bedeutet, daß wir vom Feind nichts *wissen.* Wir nehmen einfach an, daß die Tommies um die Häfen Lorient und Saint-Nazaire ähnliche Sperringe aufgezogen haben wie um Brest. Wobei allerdings keiner weiß, wie in dieser Stunde die Lage in Frankreich *tatsächlich* ist. Ob die Panzer der Amis bei ihrem Vorstoß gestoppt werden konnten oder ob sie weiterhin so schnell vorankommen wie von Avranches nach Rennes. Ob sie weiter in Richtung Paris vormarschieren oder nach Süden durchgebrochen sind . . .

Der Kommandant bedenkt sich noch eine Weile, dann gibt er die Kurskorrektur, die er ausgeknobelt hat. Wenn wir den neuen Kurs durchlaufen würden, kämen wir nach Panama.

Der Obersteuermann ist nicht zu sehen. Na, denke ich, der wird schon rechtzeitig genug merken, wohin wir gondeln . . .

Als ich durchs Kugelschott nach vorn steigen will, sehe ich das rote Lämpchen über dem Bugraumschott aufleuchten: Der Triton ist frei! Ein Wunder! So schnell bin ich noch nie nach vorne gekommen. Endlich Schangs, mich systematisch auszuscheißen. Sy-ste-ma-tisch und ohne Zuschauer. Herrgott, diese Wohltat, jetzt kann ich auch mal wieder ordentlich Druck geben. Und Atem holen und noch mal Druck – mit Wasserbombenmusik dazu.

Am liebsten bliebe ich hier hocken.

Ein Jammer, daß man nicht auf Vorrat scheißen und pissen kann.

Jetzt könnten die mit ihrem Krawall aber wieder aufhören! Ich bin schließlich auch fertig geworden in meinem Kabuff.

Einen Rest von meinem Klopapier habe ich noch in der Tasche – Gott sei's gelobt und gepfiffen! Und nun die Hose wieder hoch, und jetzt kann ich mir sogar unter diesem kleinen Pipihähnchen die Pfoten waschen – mit Seewasser und Seewasserseife.

Kaum lege ich den Sperriegel zurück, wird mir das Schott schon aus der Hand gerissen, und einer drängt an mir vorbei – gebückt wie mit einem Bauchschuß.

Die wollen uns mit ihren Knallkörpern die Nerven kaputtfeilen. Aber ich werde den Herrschaften was husten! Ich haue mich auf die Matratze, drehe mich aufs linke Ohr und klemme mir das Kopfkissen aufs rechte: Ich habe mir dieses Gepauke lange genug angehört.

Auf lange Strecken hin spüre ich nicht, ob ich schlafe oder wach bin. Schlaflosigkeit gleich Insomnie. Ich leide an einer Halbinsomnie. Vielleicht fehlt mir auch gar kein Schlaf, vielleicht bilde ich es mir nur ein. Was weiß man hier schon sicher.

Ich habe gehört, daß Leute, die keinen guten Schlaf haben, gewöhnlich ihre Schlaflosigkeit überschätzen. Meine Nenntante Hilde war sicher so eine. Es konnte einfach nicht stimmen, wenn sie jeden Morgen behauptete, sie hätte kein Auge zugetan. Irgendwann wird sie schon geschlafen haben, denn ganz ohne Schlaf kann der Mensch nicht existieren. Aber was ist Halbschlaf wert? Gewiß nicht die Hälfte von richtigem Schlaf, denn dann brauchte man sich ja nur doppelt so lange hinzulegen ...

Wie mag bloß der Kommandant mit seinem Schlafmangel fertig werden? Wie mag er es schaffen, immer wieder auf den Beinen zu sein? Ich komme mir schon wie ausgehöhlt und gerädert vor – was aber soll der Kommandant erst sagen? Der hat doch von allen Männern an Bord die wenigsten Reserven.

Die Vorstellung, uns wäre kein Landfall beschieden, für dieses Boot könnte es nirgends mehr einen Hafen geben, sucht mich wieder heim. Im Halbschlaf ist mir bisweilen zumute, als zögen wir schon seit vielen Monaten durch die salzige See. Nicht etwa vor der französischen Küste, sondern irgendwo in küstenlosen Weiten ohne Koordinaten. Die Bunker sind längst leergefahren, das Boot treibt weiter mit den Strömungen – seit hundert Jahren schon und ohne jemals anzukommen.

Und dann sehe ich irgendwann auch wieder Bilder von Simone: Simone im weiten, heftig geblümten Rock auf dem Rennrad. Simone in langen, scharfgebügelten Hosen und feinem flauschigen rosa Angorapullover zwischen den Tischen ihres Cafés dahertänzelnd. Simone splitternackt und sehr braun und mit Tang behängt wie mit umbrafarbenen zerschlissenen Lumpen ... Bilder in schneller Folge. Kein Film, sondern stehende Bilder, Diapositive, die blitzartig durchleuchtet werden.

Von den Palavern, die im Halbschlaf bis in mein Bewußtsein dringen, nehme ich einen Routinedialog auf.

»Zentrale!« Die Stimme des Rudergängers von oben aus dem Turm.

»Achtung!« Die Antwort des Zentralegasten.

»Frage Uhrzeit!« Wieder der Rudergänger.

Dämlich, denke ich im Dahindösen, wir sollten sammeln, damit der Rudergänger zu einer Uhr kommt. Immer dieses saudumme Uhrzeitgefrage.

»Turm – sechzehn Uhr!« meldet der Zentralegast jetzt nach oben.

Anscheinend brauchen die Herrschaften das, um sich gegenseitig wachzuhalten. Ohne diese Art von Litanei könnte der Rudergänger da oben vielleicht einschlafen, ohne daß es ein Mensch merken würde.

Eine Weile bleibt es still, dann höre ich aus dem Halbdunkel unter mir, fast zum Flüstern gedämpft: »Das schaffen wir doch nie! Bei *der* Abwehr!« Der das gesagt hat, sollte vom Nächsthockenden eins auf die Schnauze bekommen. Vielleicht war's einer von den Silberlingen, die auf einer der Unterkojen hospitieren. Ein Seemann führt solche Reden nicht im Mund! Mit dieser Art von Gequatsche locken die uns noch die Furien auf die Spur. Ich wünschte, ich könnte dieses gotteslästerliche Geschwafel wie Kreideschrift auf der Wandtafel mit einem Feudelschwapp gleich wieder tilgen – aber so repetiert es auch noch in mir: »Das schaffen wir doch nie ...«

Ich kann und kann nicht schlafen, und außerdem habe ich plötzlich ungeheuren Durst. In der O-Messe steht sicher eine Kanne Kujambelwasser auf der Back – also runter von der Koje.

Ich habe Glück: Die Kanne ist da und noch halbvoll.

Zurück auf die Koje? Lieber hocke ich mich in die Zentrale und versuche, ein paar Notizen zu machen ...

Als ich mich auf meine Kiste setze, will ich auch schon gleich wieder hochfahren: Mir tut der Arsch gemein weh. Ich weiß nicht, ob mir die viele braune Soße, die aus mir hinausgelaufen ist, den Anus verätzt hat oder ob ich ihn mir wundgerieben habe. Die ständigen Schmerzen in den Eingeweiden – und nun noch zusätzliche beim Scheißen und Sitzen. Ich kann mich nicht erinnern, jemals mein Arschloch so schmerzhaft gespürt zu haben.

Ich verlagere mein Gewicht so, daß ich entweder auf dem rechten oder dem linken Oberschenkelgelenk sitze und ziehe den Anus ein. Das schmerzt zwar zuerst heftig, aber nach einer Weile läßt der Schmerz nach.

Ich bin im Sitzen eingeschlafen und habe wieder meinen Skorbut-Traum geträumt: Alle Zähne wollen da nach innen brechen. Ich versuche, sie mit Gegendruck der Zunge senkrecht zu halten. So kann ich aber den Mund nicht mehr auftun: Auf Fragen kann ich nur den Kopf schütteln oder nicken.

Von der ständigen Anspannung quillt mir die Zunge auf, und die Backenmuskeln schmerzen heftig. Plötzlich schlägt mir jemand, der sich von hinten an mich angeschlichen hat – ein Witzbold – mit der flachen Hand zwischen die Schulterblätter. Der Schreck reißt mir den Mund auf, und meine Zähne schießen heraus und fallen klickend zu Boden ...

Damit wache ich auf: Ich befühle meine Zahnreihen mit der Zunge von innen und außen sehr sorgfältig. Auch die Bißflächen taste ich ab und bin glücklich und zufrieden, daß alle Zähne noch vorhanden sind – mit Ausnahme der beiden, die mir der einäugige Doktor Tempel, als ich zehn Jahre war, in der Chemnitzer Weststraße unter größten Mühen und wahrscheinlich ohne Not extrahiert hat. Für meine guten Zähne bin ich immer gelobt worden – als wären gute Zähne ein Verdienst.

Zitronen lutschen! nehme ich mir vor. Sobald mein Magen wieder in Ordnung ist. Auf U 96 hatten wir Zitronen massenweise. Der II WO war es, der kleine Herrmann, der sich aus Zitronen und Kondensmilch einen fürchterlichen Cocktail mischte. Ob der kleine Herrmann noch am Leben ist? Schon schlimm, daß man nicht weiß, was aus den Brüdern geworden ist. Die Kommandierungen als Roulette: Mancher blieb schon verschont, weil sein Boot absoff, als er gerade zu einem Lehrgang abkommandiert war. Andere hat es erwischt, weil sie auf einem neu in Dienst gestellten Boot einsteigen mußten, das dann gleich die erste Reise nicht überstand.

Aber ich sollte meine Gedanken nicht gerade in *diese* Richtung laufenlassen ...

Am Tannenbaum leckt ein Ventil: tropftropftropf. Immer rein in die Bilge! Was macht's schon! Irgendwann wird der Zentralemaat die Bilge schon lenzen.

Ich sehe zum Kommandanten hinüber. Der Mann macht mir Sorgen. Wie der da im Halbdunkel steht und den Sehrohrstander leicht durchdrückt, erscheint er mir wie geisterhaft verblasen. Das mag am diffusen Licht liegen. Aber auch ohne diese Beleuchtung sieht er schlimm aus. Auch wie er sich bewegt, ängstigt mich. Der Mann wirkt bisweilen wie mondsüchtig, gerade so, als sei er in Trance.

Wie soll ein Mensch aber auch dieses steife Herumstehen in der Zentrale und das dauernde Nach-außen-Spannen ertragen!

Mal wieder richtig laufen – das würde helfen. Richtig auslaufen und nicht nur diese paar vorsichtig gesetzten Schritte. Fürbaß laufen, querfeldein laufen, einfach weglaufen aus dieser verdammten Umzingelung durch Rohrleitungen und Aggregate. Jeder Tiger in seinem Käfig hat mehr Auslauf als wir. Und gleich fällt mir der Rilke-Tiger mit seinen tausend Stäben ein ... Aber halt: Das ist ja ein Panther! »... so müd geworden, daß er nichts mehr hält.« Das könnte glatt auf mich gemünzt sein.

Was hocke ich auch hier herum? Lieber noch mal zurück auf die Koje und zu schlafen versuchen.

Weil ich schließlich von Dieselgeräuschen wieder aufwache, kann ich mir denken, daß ich den ganzen letzten Teil der E-Maschinenfahrt verpennt habe. Es ist mir also gelungen, endlich mal am Stück zu schlafen. Wenn wir noch lange unter Wasser durch die Gegend juckeln, werde ich noch zum perfekten Schnorchelfahrer . . .

In der Zentrale werfe ich einen Blick auf den Barographen: Der spielt offenbar verrückt. Seine Nadel hat wilde Fieberkurven geschrieben. Normalerweise müßte das Instrument den Luftdruck draußen registrieren und Hinweise auf bevorstehende Wetterumschwünge geben. Jetzt zeichnet es die Druckschwankungen *im* Boot auf.

Weil ich so schlafverfangen, wie ich es bin, nicht herumstehen mag – oder so verblödet –, klemme ich, die Tiefenmanometer im Rücken, meinen Hintern zwischen die Hintern der beiden Tiefenrudergänger auf die Kante der Kartenkiste. Lange gefällt mir der Platz aber nicht, ich stehe lieber wieder auf und vertrete mir ein bißchen die Beine, damit ich die Reste von Schlaf aus dem Kopf bekomme.

Plötzlich stinkt es böse nach Diesel. Und dann will mir auch noch vor lauter Ohrenschmerzen schier der Schädel platzen. Hat da etwa der I WO beim Tiefensteuern Mist gemacht – oder hat der Seegang derart zugenommen?

Ich muß heftig schnaufen und schlucken. Um mich von der Beklemmung in den Ohren zu befreien, halte ich mir die Nase zu und blase die Backen auf. Das Unterschneiden dauert zwar immer nur Sekunden, aber wenn es sich ständig wiederholt, kann es den Menschen fix und fertig machen – kleinweise.

Mit rauhem Wetter war zu rechnen – wir sind schließlich in der Biskaya. Und Gott sei Dank hat die Malaise auch ihr Gutes: Bei dem Wetter bleiben die Tommyflieger am Boden.

Und was ist jetzt? Der Unterdruck will sich gar nicht wieder lösen. Mir ist, als würden mir die Trommelfelle aus dem Kopf gesogen. Der Schmerz ist so stark, daß er mich halb zu Boden zwingt. Ein Zentralegast guckt mich wie verblödet an, und plötzlich sackt er zusammen. Ich höre von weit her: ». . . untergeschnitten!«

Und dann laut »Diesel stop!« brüllen. Zwei, drei Leute winden sich auf den Flurplatten.

Panikblicke treffen mich. Was ist denn bloß passiert? Warum kriegen wir keine Luft mehr? Wo bleibt der Druckausgleich übers Schnorchelkopfventil? Und wieder kommt wie von Ferne: »Druckausgleich!« Durch heftiges Schlucken versuche ich, mich von der Ohrenpein zu befreien, aber das gelingt nur halb.

Endlich stoppen die Diesel. Noch zwei Leute sinken um. Warum macht denn keiner Druckausgleich? Herr im Himmel! Das hält ja keine Sau aus. Da endlich strömt die Luft ein ...

Ich bin noch ganz benommen.

»Verdammter Murks!« schimpft einer.

»Ihr blöden Schweine!«

Mich würde es nicht wundern, wenn einigen die Trommelfelle gerissen sind. Das war ja gerade so, als wären wir mit laufenden Dieseln getaucht! Verdammt noch mal, kann man das nicht besser machen – humaner sozusagen? Das war doch sicher noch weit mehr als vierhundert Millibar unter der Gürtellinie!

Und jetzt kriege ich zu den Ohrenschmerzen auch noch eine Sehstörung! Aber das ist nur der Nebel im Boot, der sich allmählich wieder zu lichten beginnt. Die Männer am Boden kommen auch wieder zu sich und rappeln sich hoch.

Ich weite meine Lungen. Richtig hören kann ich auch wieder, nur die Ohrenschmerzen bleiben. So hocke ich total erledigt auf der Kartenkiste, um mich herum ein ziemliches Durcheinander.

Endlich erfahre ich, was das alles zu bedeuten hatte: Die Dünung war es – die hat uns zu tief gezogen, Sehrohr und Schnorchelkopf sind untergeschnitten, als hätten wir tauchen wollen. Und der Diesel ist viel zu spät gestoppt worden. Nur gut, daß zufällig nur ein Diesel lief, sonst wäre die Malaise noch schlimmer geworden.

»Wenn das so weitergeht – dann Helm ab zum Gebet«, murrt der Zentralemaat.

Ich repetiere das Ganze: Wenn mich nicht alles täuscht, hat der Kommandant sogar anblasen lassen! Verdammt riskant: Das Boot hätte durchbrechen und geortet werden können.

Glatte See ist Scheiße, allzu kabblige aber auch. Und eine aufgekabbelte Altdünung, wie sie – scheint es – oben herrscht, ist offenbar das Letzte. Bei normaler Seefahrt läßt sich die Länge der Dünungsseen abschätzen – aber hier?

In meinem Kopf muß es wüst aussehen. Erinnerungsfetzen blitzen auf und verwirbeln mit Bildern, die ich um mich herum wahrnehme. Ich merke, daß ich mich nicht einmal mehr auf die verlassen kann. Bisweilen bin ich mir nicht sicher, ob sie nicht nur Spuk sind: Ich sehe den Bootsmann durch den Mittelgang kommen, aber der Bootsmann ist breitschultrig und rotbackig. Das kann nur der alte Bootsmann von U 96 sein. Der aber ist abgesoffen. Also sehe ich ein Gespenst. Verrückt.

Oder: In der Ecke des Kommandanten hockt immer wieder mal der Alte und krault sich den Bart, aber der Alte gehört nun weiß Gott nicht dorthin. Und dort, wo der Werftgrandi mit den Herzproblemen sitzen sollte, macht sich hin und wieder der Bismarck breit. Erst wenn ich meine Linsen angestrengt scharf stelle, kann ich sein fleischiges Rotgesicht wieder zum Verschwinden bringen.

So also geht der Tanz: Viel kann nicht mehr fehlen, und ich werde verrückt.

Da hockt dieser verdammte Bismarck auch schon wieder wie ein Plumpsack hinter der Back! Aber diesmal schaffe ich es, mich mit ein paar schnellen Lidschlägen von dem Augentrug zu befreien. Wahrscheinlich kommt alle Konfusion in meinem Kopf nur von diesem verdammten Nebel, der immer noch nicht ganz verschwunden ist. Ich sehe Nebelphantome! Und da kann ich auch noch so sehr die Lider schlagen, damit bringe ich den Nebel nicht weg. Auch als ich versteckt mit der rechten Hand wedele, ändert das nichts.

Ich weiß, ich weiß: Ich muß die grauen Zellen beschäftigen, sie notfalls mit Gewalt zwingen, Gedanken zu produzieren. Aus den grauen Zellen wird sicher nichts Gutes, wenn sie nicht arbeiten.

Ich sage mir Abzählverse vor, und als die mir ausgehen, versuche ich es mit Liedtexten: »Nebel drehn – Laterne stehn ...« Ja, so geht's: »Wenn sich die späten Nebel drehn / will ich bei der Laterne stehn ...«

Hier gibt's aber keine Laterne. Die für die Schiffahrt vorgeschriebenen Laternen führen wir mitnichten: rot für Backbord, grün für Steuerbord. Da gibt's einen Merker für das nächtliche Passieren von Schiffen, aber den kriege ich jetzt nicht mehr zusammen. Da müßte ich zu scharf nachdenken. Allzu scharf denken tut aber weh.

Da endlich weiß ich, was mit meinem Hirn los ist: Wir sind alle, ohne daß wir es bemerkt hätten, richtiggehend narkotisiert worden. Die Dieselabgase! Durch das Einatmen der Dieselabgase sind wir schon halb hinüber. Und nun wiederholt sich in meinem Kopf, wie von einer hakenden Grammophonnadel abgespielt, der Blödsinnsvers: »Das Linienschiff, das Linienschiff, das ist ein Schiff, das Linien schifft.«

Plötzlich wird mir bewußt, daß die Diesel wieder gestoppt sind. Rundhorchen? Aber was bedeutet das viele Hin- und Herrufen? Etwa neue Hiobsbotschaften aus dem Dieselraum?

Ich bin, so schnell es geht, in der Zentrale und erfahre: Ärger mit dem Schwimmerventil des Schnorchels: Es hat sich verklemmt. Ich höre, daß der Schnorchelmast entwässert werden muß. Dann soll versucht werden, das Ventil durch Druckausgleich zu öffnen.

Na schön! Für Abwechslung wird jedenfalls gesorgt ...

Nach einer halben Stunde heißt es: »Hat geklappt!« Der Schwimmer ist freigekommen, aber offenbar ist das kein Grund zum Jubeln. Es hat sich herausgestellt, daß die Stopfbuchsen am Kopf- und Fußventil unbedingt abgedichtet werden müssen.

Stopfbuchsen! Ein Wort, das mich früher höchstens mal gestreift hat. Jetzt aber sitzt es mir schon fest in den Ohren: Wieder und wieder ist von diesen vermaledeiten Stopfbuchsen die Rede.

Der Kommandant gebärdet sich dem Leitenden gegenüber wieder mal so aufgebracht, als hätte der den Schaden auf dem Gewissen. Er herrscht ihn ungebremst an: »Wie lange dauert denn das nun wieder?«

Aber der LI läßt sich davon nicht aus der Fassung bringen, sondern antwortet betont ruhig: »Das braucht einige Zeit – Gefühlsarbeit.«

Die Spannung, die dabei zwischen dem Kommandanten und dem Leitenden entsteht, ist so stark, daß ich sie körperlich spüre. Zu meinem Erstaunen trifft der Kommandant aber keine Entscheidung. Er tut, als müsse er erst noch überlegen, und dreht sich zum Kartenpult.

Ich kann mich ja täuschen, aber in meinen Augen sieht der Kommandant vor Wut noch blasser aus als sonst.

Ein paar Minuten später stoße ich fast mit ihm zusammen, als er durch den U-Raum nach achtern will. Er hat sich offenkundig noch nicht gefangen, denn er redet auf mich ein, als müßte er sich bei mir entschuldigen: »Das ist eben alles verdammt heikel! Nicht zu fest, nicht zu locker, nicht schief – sonst machen die Stopfbuchsen Wasser. Das ist alles noch nicht richtig ausgereift . . . sozusagen.«

»Und was wird nun?«

»So können wir jedenfalls nicht weiterschnorcheln . . .«

»Das heißt also: auf vierzig Meter gehen und reparieren?«

»Exakt!«

»Gleich?«

»Demnächst!«

Ich verhole mich auf meine Koje und denke: erst mal abwarten . . .

Ich weiß nicht, wieviel Zeit vergangen ist, als ich merke, daß der LI durch den Raum kommt. »Alles in Ordnung!« sagt er im Vorbeischnüren an meiner Koje.

»Warum haben Sie mich denn nicht gewahrschaut?«

»Weil Sie uns nur im Weg gestanden hätten. Wer pennt, sündigt nicht – so heißt's doch!«

Ich bin in einen Lauerzustand geraten. Ich hatte zwar schon ein paarmal das Gefühl, halb hinüber zu sein, aber jetzt scheint mein Hirn wieder zu funktionieren: Schon das kleinste Geräusch kann mich in Alarm versetzen, meine Ohren sind höchst empfindliche Hörgeräte. Sie suchen unablässig in all dem Betriebslärm nach fremden Geräuschen – schlimmer noch: Ich horche durch die Stahlwand unseres Druckkörpers hindurch nach draußen, und zugleich horche ich auf alles, was im Boot tönt, egal, ob Maschine oder gesprochenes Wort. Ich nehme *alles* auf. Wenn die Dieselmotoren gestoppt sind, höre ich an der Bordwand auch noch das feinste Schaben und Kratzen.

Es gibt Geräusche, die mir an die Nerven gehen, obwohl sie zum normalen Betrieb gehören: Die Kreiselpumpen zum Beispiel soll der Teufel holen. Ihr hoch singendes Summen geht mir durch und durch. Die Trimmpumpe soll ebenfalls der Teufel holen, sie klingt, als hätten wir einen Schwarm angriffstoller Bienen im Boot. Früher habe ich die Trimmpumpe gar nicht gehört. Aber jetzt herrschen eben andere Verhältnisse.

Der Schmutt hat es fertiggebracht, Milchreis zu kochen. Allein schon der Gedanke an diesen Wöchnerinnenfraß hebt mir den Magen. Ich habe nicht mal Neigung, mir ein bißchen Leibnizkeks und Coffeinschokolade einzuverleiben – geschweige denn Milchreis! Der soll zwar gut für unsere leidgeprüften Innereien sein. Trotzdem ist meine Aversion grenzenlos: Mit Milchreispampe haben sie mich im Immenstädter Krankenhaus genug trakassiert. Das war schon eine merkwürdige Form von Internierung: Für die Medizinonkels war ich ein sensationell aktiver Paratyphusausscheider. Ich muß so viel von diesen niedlichen Hotschefittels in mir gezüchtet und auf den Weg gebracht haben, daß es für ganz Großdeutschland gelangt hätte. Daß ich selber dabei nicht die geringsten Beschwerden hatte, war ein Witz. Aber als Kerngesunder für sechs Wochen ins Krankenhaus – das war keiner. Die Absicht war klar: Mit öden bayrischen Mehlspeisen und mit Milchreis wollten die Medizinonkels die Paratyphusbazillen in den Selbstmord treiben.

Aber vielleicht täten ein paar Löffel Reis meinen Kaldaunen ganz gut. Wie lange habe ich eigentlich nichts mehr gegessen?

Irgend etwas kracht auf die Flurplatten. Dann höre ich einen, der nach achtern unterwegs ist, dicht an meinem Kopf meutern: »Hier stinkt's vielleicht, Mann!«

Gleich bekommt er Bescheid: »Mach doch's Fenster auf, wenn's dir nicht paßt. Laß Durchzug rein und Sonnenschein!«

Und dann noch: »Hättse halt Landser werden sollen, da wärste immer an der frischen Luft.«

Da mischt sich eine weitere Stimme ein: »Aber da mußte latschen, und hier wirste gefahren und hast bloß 'n paar Schritte zum Arbeitsplatz – iss doch Klasse.«

Da merke ich wieder einmal, wie gut mein Abwehrmechanismus denn doch funktioniert: Ich empfinde selber den Gestank gar nicht mehr als unerträglich.

Obwohl ich nur ein paar Happen heruntergebracht habe, meldet sich schon bald nach dem Essen die Ratte in meinen Eingeweiden wieder. Ich brauche nur die kleinste Bewegung zu machen, gleich beißt sie um sich. Plötzlich fällt mir diese ingeniöse südamerikanische Erfindung zum Todquälen von Gefangenen ein: Da bekommt das Opfer *tatsächlich* eine Ratte in die Eingeweide verpaßt. Ein halbverhungertes Exemplar wird in eine alte Konservendose gesteckt, die Dose mit der offenen Seite an den Hintern des verkrümmt gefesselten Delinquenten gedrückt, und dann wird ein glühender Draht durch ein in den Boden der Dose geschlagenes Loch eingeführt. Davon gerät die Ratte in Raserei und wühlt sich in ihrer Todesnot in das dunkle Arschloch vor ihr hinein und weiter den Mastdarm hinauf, und dort gerät sie in der Enge in neue Panik und reißt und beißt sich weiter, bis der Delinquent krepiert ist und die Ratte mit ihm.

Südamerikanische Revolutionssitten! *Dagegen* geht's uns hier richtig gut – vergleichsweise. Die alte Erfahrung: Wer relativieren kann, hat mehr vom Leben.

Der LI erschreckt mich, als er, während ich mir gerade, auf meinem Klapphocker sitzend, ein paar Notizen mache, plötzlich das Wort an mich richtet: »Lieber langsam, aber sicher. Wir könnten ja noch einen Zahn zulegen, aber dann fängt der Schnorchelmast an zu vibrieren, und das ist verdammt unangenehm. Macht Lärm und ist riskant: Der Mast kann einem glatt abbrechen.«

Ich nicke und mime den Verständigen. Ja nichts riskieren!

»Lieber langsam, aber sicher«, sagt er nun schon zum zweiten Mal.

»›Sicher‹ ist gut!« entfährt es mir. »Früher habe ich mir unter ›sicher‹ was anderes vorgestellt . . .«

Da läßt der LI einen bellenden Lacher los, aus dem ich heraushöre: ». . . gut vorstellen! Kann ich mir wirklich gut vorstellen!«

In diesem Moment schlägt die Alarmglocke an.

Heilige, genotzüchtigte . . . Ich bin kaum auf den Beinen, da höre ich aus der Zentrale auch schon »Diesel stop!« und dann die ganze Litanei.

Das Boot gerät schnell in extreme Vorlastigkeit. Ein heftiges Zittern und Rütteln durchläuft es.

Der Horcher brüllt etwas. Wer soll das jetzt verstehen?

Der Kommandant verharrt mit vor Entsetzen geweitetem Gesicht in seiner Lauerstellung. Jetzt kann ich Schraubengeräusche durch die Bordwand hindurch hören. Mir zieht es die Kopfhaut zusammen: Gleich kracht's – Rammstoß oder Bomben.

Ich kann nichts tun, als den Atem anhalten und die Muskeln spannen.

Da steigt mir ein Würgen im Hals hoch. Gegen das Würgen beiße ich die Zähne zusammen. Aber lange geht das nicht. Ich *muß* Luft haben. Nur jetzt nicht japsen. Langsam atmen. Einen langen schlürfenden Schluck nehmen, die Brust heben und die Lungen richtig füllen. Und nun die Luft stauen und langsam entweichen lassen mit weitoffenem Mund – ganz ohne Laut.

Der Kommandant hat die Augen immer noch weit aufgerissen. Sein Mund ist ein schwarzer Fleck.

Da schüttert ein heftiger Schlag durchs Boot. Ich weiß zum Glück sofort Bescheid: Das war der Schnorchelmast! Der ist viel zu schnell umgelegt worden und hart aufgekracht.

Aus dem Durcheinander erregter Stimmen höre ich heraus: »Schatten!« und: »Ganz nahe!« – »Verdammt nahe!« – »Fast 'ne Ramming!«

Das Boot will mit einem Mal kopfstehen. Von vorn und achtern dringen Angstschreie in die Zentrale. Mir zieht es den Boden unter den Füßen weg. Ich muß mich festhalten, damit ich nicht Rutschbahn fahre.

Was ist denn jetzt los? Die Entlüftungen für fünf, vier, drei, zwo, beide Seiten sind gerissen worden. Aber warum zum Teufel wird denn die Tauchzelle eins nicht entlüftet? Das Boot scheint auf der achteren Tauchzelle zu schwimmen: Es verharrt in dieser vertrackten Position, anstatt auf Tiefe zu gehen.

In mir flattert Panik hoch. Ich kann mir denken, was das heftige Zittern, das jetzt wieder durchs Boot läuft, bedeutet: Das Heck ist hochgekommen, und die Schrauben drehen in der Luft durch. Herrgott im Himmel! So ein Mist!

Da sackt das Boot endlich weg. Die Schrauben fassen wieder.

So laut habe ich im U-Boot fremde Schraubengeräusche noch nie gehört. War *das* ein Krawall! Was kann das nur für ein Kolcher gewesen sein? Das wäre um ein Haar nicht klargegangen.

Oben ist es wahrscheinlich dunkel wie im Bärenarsch. Dicke, tiefhängende Wolken. Dazu ziemlich bewegte See. Da kann man einen Schnorchel leicht übersehen. Aber warum haben uns die Brüder nicht erhorcht? Plausible Erklärung: Die hatten zuviel Fahrt drauf. Wenn sie selber mit ihren Maschinen Krawall machen, können sie uns Gott sei Dank nicht hören.

Das hätte gerade noch gefehlt: Einfach über den Haufen gekarrt zu werden – von einem Schiffskiel aufgeschlitzt ...

Ich gönne mir einen Blick aufs Tiefenmanometer. Sechzig Meter. Auf sechzig Meter Tiefe läßt sich's gut sein. Ich gäbe etwas darum, wenn wir hier unten bleiben könnten!

»Ortung?« höre ich den Kommandanten jetzt drängend in Richtung Horchraum fragen.

Die Rückmeldung läßt auf sich warten. Endlich höre ich: »Schraubengeräusche wandern aus. Kaum noch zu hören.«

Also tatsächlich Zufall, sage ich wie mir selber zur Beruhigung. Der hat uns nicht gesucht. Der ist einfach so vorbeigekommen.

Mir werden plötzlich die Knie weich, und ich muß mich hinsetzen.

Mir schmerzt die Brust vom langen Luftstauen. Erst jetzt merke ich, daß ich auf einem kleinen Handrad hocke, das zum Flut- und Lenzverteiler gehört. Das Handrad drückt sich mir scharf in den Hintern. Soll es doch drücken! Ich halte meinen Kopf in die Hände gestützt und starre auf die Flurplatten. Ich will jetzt nichts sehen. Ich will niemandem in die Visage gucken müssen. Verdammte Exerzitien! Das kann doch nicht gesund sein!

Ich versuche schon seit guten fünf Minuten, wieder gleichmäßig zu atmen, es gelingt mir aber immer noch nicht.

Aus dem Palaver um mich herum höre ich heraus, daß der Heizer, der für das Umlegen des Schnorchelmastes verantwortlich ist, den Mast beim Alarmfluten zu schnell umgelegt hat. Just dadurch ist die starke Vorlastigkeit entstanden. Und da ist es dann passiert: Der Zentralegast, der das hinten in der Zentrale befindliche Rad der achteren Entlüftung zu bedienen hat, war auf eine so plötzliche heftige Vorlastigkeit nicht eingestellt. Er ist weggerutscht und hingeschlagen, und deshalb schwamm das Boot noch viel zu lange auf der achteren Tauchzelle. Zum Glück hat der Zentralemaat sofort geschaltet, ist halb gesprungen, hat sich halb nach achtern gehangelt und die Entlüftung bedient.

»Scheiße, verdammte!« flucht einer im Halbdunkel.

»So ist das, wenn eins zum anderen kommt«, murmelt der Zentralemaat in meine Richtung. »Ein Glück, daß der Kolcher da oben nicht aufgepaßt hat. Wenn die aufgepaßt hätten ...«

Was soll ich darauf schon antworten? Ich halte lieber die Schnauze und sage nur für mich: Also hätten die uns um ein Haar spitzgekriegt, weil bei uns Mist gemacht worden ist.

Der Bootsmann kommt schweißgebadet und vor sich hinfluchend durch die Zentrale. Er wieselt herum, um Lasten, die sich losgemacht haben, wieder festzuzurren.

»Das hätte ins Auge gehen können – verdammt noch mal!«

Überall sind Kästen und Säcke verrutscht – wie die Ladung in einem Lieferwagen, der zu schnell abgebremst wurde. Vorn soll es Verwundungen durch rutschende Kisten gegeben haben.

Und es stinkt auch noch mehr als vorher: Fast alle Pützen hat es umgeschlagen, und jetzt haben wir die Scheiße und die Kotze in der Bilge und einen gehörigen Rest auch auf den Flurplatten. Nur eine der großen Pützen in der Zentrale ist wie durch ein Wunder stehen geblieben.

Schnorchelpanne

Wir fahren seit einer guten Weile wieder mit Diesel. Der I WO ist im Turm am Sehrohr. Das Wetter hat sich weiter verschlechtert: starker Seegang, diesig.

Schlechtwetter – damit muß in der Biskaya immer gerechnet werden, aber nicht in diesem Ausmaß – nicht zu dieser Jahreszeit. Jetzt haben wir den Salat.

Manchmal will der üble Unterdruck gar nicht wieder verschwinden. Wir werden alle taub sein, wenn wir hier jemals wieder herauskommen sollten.

Wie von weit her höre ich den LI: »Der Schwimmer hakt!« Er sagt das zum Kommandanten – und jetzt kann ich auch sein Gesicht sehen: Es zeigt äußerste Verbitterung.

Ich bin aufs höchste alarmiert, kann im Moment aber nur sehen, wie der Kommandant und der LI Blicke austauschen, die nichts Gutes bedeuten können.

Klar doch, das ging schon viel zu lange gut. Der Schwimmer hakt! Das klingt für mich wie: Das Dach brennt!

»Scheiße!« höre ich vom Kartenpult her. »Verdammte Scheiße!«

Aus der Ecke mit den Flutventilen kommt Stöhnen. Gleich stöhnt noch einer, und das klingt wie: O Gott!

Der Schwimmer hakt also. Daher der ewige Unterdruck! Im Grunde arbeitet unser Schwimmer nicht anders als der Schwimmer in einer Klosettspülung: das heißt, *wenn* er arbeitet. Schön, bei der Klospülung geht's nicht um das Einleiten von Luft, damit in der Versitzgrube welche am Leben bleiben können, aber das Wasser stellt der Schwimmer im Klokasten auf ähnliche Art ab wie unserer im Schnorchelkopf. Nur muß *unser* Schwimmer den Weg sofort wieder für neue Zuluft freigeben, sobald der Schnorchelkopf zurück über Wasser ist. Also muß er locker spielen: zu – auf – zu. Ganz, wie es gebraucht wird. Doch dieses vermaledeite Ding tut das offenbar nicht mehr.

Wir müssen auf jeden Fall – das höre ich aus den gepreßten Worten des LI heraus – schnell erst mal höher hinaus mit dem Schnorchelkopf.

Höher hinaus, das heißt: flacher steuern, weil wir schließlich den Schnorchelmast nicht verlängern können.

Aber ob das gut ist? Der Kommandant akzeptiert den Vorschlag jedenfalls und gibt in den Turm hoch: »Eins WO, wir steuern zwei Meter flacher!«

Da höre ich auch schon, wie der Sehrohrmotor anspringt: Der I WO fährt das Sehrohr tiefer.

Die Nervosität, die in der Zentrale herrscht, müßte man mit Messern schneiden können. Alle stehen da, als warteten sie auf eine Eingebung.

Plötzlich rumst es zweimal. Fliegerbomben! Der Schnorchel? Ist der Schnorchel geortet worden, oder waren diese dumpfen Bombenschläge reiner Zufall? Mein Puls ist gleich ins Jagen geraten. Wenn nur jetzt keine Schiffe herbeigetrommelt werden!

Da sind wir also schon wieder in der schönsten Bredouille! Und das bloß wegen dieses Scheißschwimmers! Unser ganzer Laden hängt jetzt vom Funktionieren dieses Scheißschwimmers ab!

Großer Kriegsrat: weiternuckeln oder reparieren? Ich brauche keine Erklärung, um zu wissen, daß wir so oder so geliefert sind, wenn der liebe Gott jetzt nicht seine Hand dazwischenhält – oder wenigstens seinen Daumennagel. Wenn der Schnorchel nicht funktioniert, müssen wir aufgetaucht weiterfahren oder aufgetaucht zu reparieren versuchen. In beiden Fällen heißt es: raus aus der Deckung und geortet werden. Wie es dann weitergeht, ist bekannt.

Ich höre aus den Reden des Kommandanten und des LI nur ein paar Worte heraus: ». . . will mir nicht gefallen. Zuviel Betrieb in der Gegend.«

». . . sind doch beschäftigt!«

»So? Meinen Sie?«

»Ja, die müssen doch Saint-Nazaire und Lorient zustopfen . . .«

Daß wir uns so weit von der Küste abgesetzt haben, könnte unser Glück sein.

Aber was hatten dann die beiden Detonationen zu bedeuten? Vielleicht waren sie für ein anderes Boot bestimmt? Gleich dreht sich bei mir die Gedankenmühle: Und was passiert, wenn ein anderes Boot, eins aus Saint-Nazaire oder aus Lorient, den Gegner auf unsere Fährte lenkt? Auch so ein gottverdammtes Manko, daß es zwischen den Booten nullkommanull Kommunikation gibt.

Jetzt kann der Kommandant an seinen Knöpfen abzählen, wozu er sich entscheiden will: Wenn wir aufgetaucht weiterkarriolen, bleibt zwar die Chance, bei Attacken aus der Luft mit Alarm in den Keller zu gehen, aber da kriegen sie uns über kurz oder lang doch. Dann werden genug Kolcher herbeigefunkt, um uns in aller Ruhe auszuhungern.

Ich kann meine Pumpe spüren: hart und schnell wie nach einem

Hundertmeterlauf. Klar doch: Die Regie funktioniert. Jetzt müssen noch ein paar Knalleffekte her, um die Spannung zu steigern.

Bei Lichte besehen, übertreibt die Regie natürlich. Für Spannung war schon genügend gesorgt. Aber was will ich denn? Gründliche Eindrücke, just auf die war ich doch immer aus. Und jetzt wird mir ein besonders gründlicher Eindruck von der Schnorchelei vermittelt. Noch gründlicher geht's kaum.

Der Kommandant sitzt jedenfalls böse in der Klemme. Er muß entscheiden, ob er nach den Regeln reagieren oder alles auf eine Karte setzen will. Dienstanweisungen für solche Fälle gibt es nicht.

Wie lange soll diese Karrerei denn noch so weitergehen? Geht es vielleicht doch mit Fahrt in geringerer Tiefe mit hoch herausragendem Mast, ganz flach unter der Oberfläche hin?

Der Kommandant scheint abwarten zu wollen.

Jetzt berät er sich aber noch mal ausführlich mit dem LI, und dann hat er offenbar einen Plan. Ich erfahre: auf Tiefe gehen und den Schnorchelmast mittels der handbetriebenen Schnorchelmastwinde kurz aufs Deck schlagen lassen und so versuchen, den klemmenden Schwimmer zu lösen.

Ziemlich gewagtes Unternehmen, wie mir scheint.

Und da zögert der Kommandant auch schon wieder und meint, man solle doch besser Werftbeamte hinzuziehen. Wozu hätte man die denn an Bord?

»Die bringen uns den Ventilklemmer auch nicht weg«, lehnt das der LI kurzerhand ab, »die brauchen dazu ihre Werft und ein Dock.«

»Also versuchen wir's!« entscheidet der Kommandant.

Herumstehen und gespannt zusehen, wie es nun weitergeht, das ist alles, was ich tun kann. Der Leitende läßt tiefergehen, und dann schlägt der Schnorchelmast ganz regelwidrig so heftig aufs Oberdeck, daß es mir in die Ohren dröhnt, als säße ich in einer Pauke.

Ob sich der Schwimmer gelockert hat?

Schnorcheltiefe ansteuern, Schnorchelmast hoch.

Es vergeht keine Minute, und wir haben wieder den schönsten Unterdruck im Boot. Der Versuch hat also nichts genutzt!

Ein Gefühl der Ohnmacht und des Ausgeliefertseins erfüllt mich. Wir müssen reparieren, daran besteht kein Zweifel mehr. Aber wie?

Der LI brüllt nach dem Backschafter, er soll die Back abräumen: Der LI braucht Platz für seine Konstruktionspläne. Der Kriegsrat verlagert sich in die O-Messe. Ich warte eine Weile, dann gehe ich dem Kommandanten nach.

Der LI spricht mit gedämpfter Stimme: ». . . auf jeden Fall probieren.«

»Wenn Sie meinen ...«, sagt der Kommandant.

»Es bleibt uns kaum was andres übrig!«

Ausgerechnet bei diesem desperaten Satz hat der LI Entschlossenheit in der Stimme. Dann sagt er zögernd: »Wir müssen den Kopf abkriegen und durchs Turmluk ins Boot ...«

»Geht er denn wirklich durch?«

»Ich denke schon – zuallererst messen – dann hätten wir's mit sechzehn Schraubbolzen zu tun ... Im Dunkeln an Oberdeck reparieren, das ist nicht zu machen ...«

Der II WO ist jetzt Tiefensteuerleiter.

»Der LI ist achtern und wühlt!« sagt der Zentralemaat, als er mich nach ihm suchen sieht.

Wühlt – das heißt, daß der LI im Diesel- oder E-Maschinenraum alles für die Reparatur vorbereitet.

Der LI wird schon wissen, was er tut, sage ich mir. Aber gleich melden sich Zweifel: Woher soll er denn Erfahrung mit Schnorchelreparaturen haben? Das Abmontieren muß verdammt schnell gehen. Wir dürfen keine Minute zu lange oben bleiben ...

Endlich erscheint der LI wieder und mit ihm drei Männer aus der Maschine, die schweres Werkzeug in die Zentrale schleppen – und sogar Vierkanthölzer. In der Zentrale entsteht eine Wuhling, als würde unter höchstem Druck ein Feuerüberfall vorbereitet: Gurte um den Bauch, Kabel dran, Karabinerhaken ans Ende. Ich verstehe: die Karabinerhaken als Läufer am Netzabweiser, damit die Männer sich an Oberdeck halbwegs frei bewegen können und doch keiner außenbords gewaschen wird.

Die Männer für die Flawaffen drängen jetzt auch in die Zentrale. Dann ist es soweit: Der Schnorchelmast wird umgelegt, während das Boot schnell steigt. Es rumst, als der Mast aufs Oberdeck klappt.

Ich bin ganz Auge und Ohr und muß dabei aufpassen, daß ich niemandem im Wege stehe.

Der Kommandant dreht das Handrad am Turmluk auf. Er braucht keine Angst zu haben, daß ihm der Lukdeckel aus der Hand fliegen könnte, wie ich es schon erlebt habe: Der Unterdruck, der im Boot herrscht, hält den schweren Deckel fest.

»Druckausgleich!« ruft der Kommandant jetzt von oben. Die einströmende Luft tönt schrill wie eine defekte Orgelpfeife. Höchste Zeit, daß wir diesen verdammten Unterdruck loswerden ...

Das Luk läßt sich jetzt leicht öffnen – es hat ein Gegengewicht –, und der Kommandant ist schnell wie eine Katze draußen. Nach dem Kommandanten entern die Bedienungen für die Flawaffen auf.

Ich stehe, so gut das geht, direkt unter dem Turm. Als kreisrunde fahle Scheibe wandert die Turmluköffnung über mir leicht hin und her.

Der Kommandant könnte endlich einen Happen Information nach unten kommen lassen, aber er denkt gar nicht daran.

»Boot durchlüften!« kommt jetzt die Befehlsstimme des Kommandanten von oben.

Na, Gott sei Dank! Boot durchlüften, das klingt gut. Das Boot hat es nötig.

Was gäbe ich darum, wenn ich da oben helfen könnte. Irgend etwas nur, irgendwelche Handreichungen machen. Nur nicht dieses verfluchte Die-Beine-in-den-Bauch-Stehen und Nach-oben-Lauschen.

Da gibt es eine laute Metox-Ortung. Plötzlich kann ich mich nützlich machen und nach oben weitermelden, daß die Ortung steht. Auf einmal wird sie sehr laut. Der Gegner muß also nahe sein.

»Kriminell«, murmelt einer dicht neben mir.

Alarmtauchen?

Ich starre zwischen zwei Sprossen der Aluminiumleiter hindurch aufs Kartenpult. Mein Herz pumpt hoch oben – schnelle, harte Schläge. Meinen Atem kann ich längst nicht mehr beherrschen: Mir fliegen die Lungen wie nach einem Tausendmeterlauf.

Der Kommandant läßt die Fahrtstufe der Diesel erhöhen. Verstehe: Mit ordentlich Fahrt kann das Boot besser ausweichen, wenn eine Maschine anfliegt. Sonst geschieht nichts. Glück gehabt! Die haben uns nicht entdeckt!

Nach ein paar Minuten läßt der Kommandant die Fahrtstufe wieder herabsetzen, weil zuviel Wasser an Oberdeck kommt. Wieder eine von diesen verdammten Zwickmühlen, mit denen man es hier alle nasenlang zu tun kriegt.

Lautes Fluchen, dann dumpf dröhnende Hammerschläge. Dieser Krawall muß ja Tote wecken!

Wenn da oben im Dunkeln einer über Bord geht! Ich habe nicht aufgepaßt, ob die tatsächlich *alle* Gurte hatten. Ich weiß nicht mal, was für Seegang herrscht. Und wieder Gebrüll und Hammerschläge. Dieser Heidenlärm muß bis wer weiß wie weit zu hören sein. Ich kann nur wünschen, daß der Wind ihn verweht wie Qualm. Aber im Wasser pflanzt er sich fort: Das Boot dröhnt wieder mal wie eine Pauke nach.

Wenn jetzt ein Sonarfritze bei den Tommies auf Draht ist . . .

O Gott, stöhne ich, wie lange soll das denn dauern? Wenn die wenigstens Werkzeug bräuchten, das ich herbeischaffen und hinaufreichen könnte. Der Kommandant ist zu beneiden, weil er auf der Brücke ist und die Arbeiten verfolgen kann, während wir hier unten wie die Blinden herumstehen müssen.

Oben scheint es Konfusion zu geben. Was Wunder: Die Arbeit muß, wie bei einem Bankeinbruch, im Dunkel und mit ziemlich schwerem Werkzeug gemacht werden.

Diesig, das dürfte untertrieben sein. Soweit ich das von hier unten beurteilen kann, ist es richtig neblig. Durchs Luk kann ich die typische diffuse Aufhellung von einem Mond erkennen, der irgendwo hinter Nebel und Wolken verborgen ist. Der Seegang scheint zum Glück doch nur noch mäßig zu sein.

Vorn an Oberdeck müßten jetzt fünf Leute sein – der LI mit zwei Männern aus der Maschine und dazu noch zwei Seeleute –, auf der Brücke sind sie zu zweit und dazu noch die Flakbedienung: noch mal mindestens vier Leute. Ob die Flakfritzen überhaupt was ausrichten könnten, wenn plötzlich eine Mosquito aus der Dunkelheit heranorgelte?

Ich höre wieder: »Sechzehn Bolzen!«

Sechzehn Bolzen! Eine Menge, mehr als ein Dutzend. Und was für Schraubbolzen! Die Schraubschlüssel, die nach oben gewandert sind, waren jedenfalls schweres Kaliber.

Wenn die an Oberdeck auch zu fünft sind – mehr als zwei Mann werden nicht Platz haben, um die Muttern zu lösen. Die beiden Seeleute werden ohnehin zum Festhalten und Sichern gebraucht werden. Nicht auszudenken, was wäre, wenn die See hochginge.

Wenn der Schnorchelmast sich einfahren ließe wie ein Sehrohr, wäre alles viel einfacher. Aber wir haben nun mal nur dieses Primitivding, das in ganzer Länge und steif wie ein Unterarm aus der Waagerechten hoch in die Senkrechte geklappt wird, statt teleskopisch hochzukommen.

Das Gehämmere dauert schon viel zu lange. Die kriegen die Schraubbolzen nicht los – oder kriegen nicht *alle* los. Das Dröhnen kommt bestimmt von Schlägen gegen die Schraubschlüssel. Wenn es direkt gegen die Muttern gerichtet wäre, würde es nicht derart laut nachhallen.

Und jetzt heißt es, daß der LI mit seinen Leuten ohne Licht nicht weiterkommt ...

Licht an Oberdeck? Das wäre total wahnsinnig! – Aber wieso denn? verhöhne ich mich. Daß wir hier über Wasser herumjuckeln – *das* ist wahnsinnig! Noch ein bißchen mehr Wahnsinn macht das Kraut nicht fett.

Es gibt ein großes Geschrei, bis endlich zwei Handlampen von achtern kommen. Und jetzt kann auch ich mich wieder nützlich machen, indem ich sie nach oben weitergebe. Dabei verheddern sich die Gummikabel, und schon fluche ich wie ein Scheunendrescher.

Aber auch, als die Kabel klar sind, machen sie mir noch Sorgen: Kabel durchs Turmluk – wenn das mal gutgeht! Hoffentlich kappt die einer, wenn wir schnell wegmüssen ...

Herrgott im Himmel! Wenn ich nur *einen* Blick auf die Szenerie da oben werfen könnte – einen einzigen schnellen Blick wenigstens. Ich weiß ja nicht mal, ob die den Schnorchelmast ein Stück angehoben haben – nicht hydraulisch, aber mit der Handwinde. Ohne Anheben kommen die doch gar nicht an die Bolzen heran: Der Schnorchelmast liegt in seiner Ruhestellung schließlich in einer Vertiefung der Grätings. Aber dann kapiere ich nicht, warum Taljen nach oben gekommen sind. Haben die etwa am Turm Taljen angeschlagen und mit ihnen den Mast quasi aus seinem Bett gehoben?

Was passierte eigentlich, wenn wir jetzt per Alarm verschwinden müßten? Ginge das überhaupt? Sind wir in diesem Zustand nicht verraten und verkauft?

Die Tampen der Taljen kappen und die Leitungen der Lampen – das Werkzeug liegenlassen, die fünf Männer erst hoch auf die Brücke und dann runter ins Boot ... Das würde doch alles eine Ewigkeit dauern – ein Dutzend Ewigkeiten sozusagen. Da wäre doch gar keine Schangs mehr, um vor einem feindlichen Zerstörer auf Tiefe zu kommen – von einem Flugzeugangriff ganz zu schweigen –, da würden wir doch glatt gerammt.

Gleich habe ich die Katastrophenbilder vor Augen, die das Wort »rammen« in meinem Kopf parathält. »Übersegelt« hieß eine alte Xylographie mit dem mächtigen Bug eines Vollschiffs, der einen Fischkutter zu Trümmern zerspellte. Ein Rammstoß mittschiffs, das wäre ein schnelles Ende. Da würden keine Tauchretter mehr gebraucht.

Und jetzt haben wir's! Das Metox-Empfangsgerät heult wieder. Setzt aus – heult noch mal. Ortungen in wechselnden Lautstärken und aus wechselnden Richtungen! Der Horcher meldet zwei, drei Gradzahlen. Ich gebe die Meldungen nach oben weiter – laut und deutlich, wie es sich gehört.

Was wir hier tun, ist das Schicksal provozieren. Und das hat das Schicksal gar nicht gerne – erfahrungsgemäß. Das wird auch ihm zuviel.

Wenn wir weiter draußen im Atlantik in diese Lage kämen, wäre das Debakel nur halb so schlimm. Da brauchte keiner so zu erschrecken wie wir jetzt. Aber hier in dieser Gegend fliegen die Herrschaften nun mal Patrouille, und zwar *un-un-ter-bro-chen.* Tag und Nacht. Und ihre Zerstörer und sonstigen schwimmenden Untersätze sind auch unterwegs. Bei denen kann sich jeder einzelne am Hintern abfingern, daß alle schwimmbaren Boote aus den Stützpunkten hinauswollen und daß jetzt bestens mit dem Großmaul Dönitz abgerechnet werden kann ... Mir wird das ganze Ausmaß unseres Desasters mit jedem Augenblick deutlicher.

Coup de grâce, so heißt es bei den Franzosen: noch einen drübergebraten und dann aus und fini.

Das Ortungsheulen will gar nicht aufhören.

Der Metox! sagt es in mir, und erst jetzt wird mir klar, daß die Ortungen über den Metox kommen. Und ich habe so klugscheißerisch getan, als mir der Zentralemaat in Brest erklärte, Metox hätten wir auch. Und jetzt? Jetzt ist der Metox in Betrieb und verrät uns, daß die Herrschaften von der anderen Fakultät des Wegs sind und nach uns suchen.

Über mir wird es plötzlich dunkel: Da will einer einsteigen. Es ist der Kommandant. Als er noch nicht ganz auf den Flurplatten steht, läßt er Rotlicht einschalten.

So abgeblendet wie jetzt und in rotes Licht getaucht, sieht die Zentrale gespenstisch aus – wie eine Höllenvision. Ich taste die verwandelte Szenerie mit den Augen ab, als wollte ich sie malen. Dabei kann ich jetzt nicht mal zeichnen. Aber später *muß* aus diesem Anblick ein Bild werden. Nur zwei Farben: Rot und Schwarz. Die Gestalten kaum voneinander abgehoben, keine kenntlichen Gesichter, nur rote Augenbrauenbögen, Jochbeine, Nasenspitzen. Alles andere schwarz ... Der Kommandant ein roter Teufel.

Diesen Bühneneffekt hätte er sich ruhig sparen können. In der Szenerie steckte auch so schon Wirkung genug.

Der Kommandant wird eingesehen haben, daß er da oben nichts mehr ausrichten kann. Da kommt es einzig auf den LI und seine Männer an und auf den lieben Gott. Jetzt ist des lieben Gottes Programm an der Reihe ...

Aber was die da oben veranstalten – das kann und kann doch nichts werden! Ich möchte wissen, wieviel der Schnorchelkopf wiegt und wie der übers Turmluk gebracht werden soll.

Da werden noch zwei Männer nach oben beordert. Zwei Männer mit Leckstützbalken.

Aus dem Fluchen von oben kann ich mir kein Bild machen. Soviel wird mir aber klar: Direkt über dem Luk muß ein Gestell – eine Art Dreifuß vielleicht – errichtet werden, damit der hundsschwere Schnorchelkopf ins Boot hereingefiert werden kann. Und schon kann ich wieder einmal staunen, wieviel Holz im Boot ist. Wo das Holz eigentlich lagert, habe ich immer noch nicht spitzgekriegt. Wahrscheinlich ganz achtern.

Ich wünschte, ich hätte technische Zeichnungen vor mir: Längs- und Querschnitte des Schnorchelkopfes – aber an die komme ich jetzt nicht heran.

Was die Silberlinge sich wohl denken werden? schießt es mir durch den Kopf. Wenn die Burschen nur nicht wieder Putz machen! Aber vielleicht sind sie zu erschöpft dazu – so fatalistisch, wie es sich in unserer Lage gehört.

Der Schnorchelkopf scheint endlich los zu sein – dem Gebrülle von oben nach. Wie es weitergehen soll, ist klar: Jetzt muß er durchs Turmluk herunter. Aber wie wollen die da oben das nur schaffen!

Plötzlich werde ich gewahr, daß ich, wie ich so dastehe, von einem Fuß auf den anderen trete. Lächerlich! Ich muß doch kein Weißkraut einstampfen.

Ich höre Befehlsrufe vom LI, dann Stöhnen und Fluchen. Da klappt was nicht! Und jetzt: »Verkantet! Verdammte Sauzucht! – Das wird so nichts ... Los, wieder anhieven! – Vorsicht! – Verdammt noch mal! Das warn meine Pfoten!«

Der Mann, der auf der Leiter steht, um notfalls von unten zu stemmen und der Last Richtung zu geben, kommt herunter, und ich kann sehen, wie das Luk wieder frei wird. Oben fluchen welche weiter und überschütten sich mit Vorwürfen: »... hab ich doch gleich gesagt!«

Da kommt der LI heruntergerutscht. Ganz außer Atem und patschnaß. Was er dem Kommandanten zu melden hat, würgt er so mühsam aus sich heraus, als würde er dabei stranguliert.

»Meßfehler gemacht – geht nicht durch. Das heißt: Der Kopf geht durch, aber die Kanten ... die Gleitflächen, die Schwimmgleitflächen – die wollen nicht durch. Bloß zwo Zentimeter zuviel ... An Oberdeck Kanten abmeißeln ... dann *muß* er durch!«

Mahlzeit! Paßt nicht durchs Luk! Diese Idioten von Konstrukteuren haben aber auch an nichts gedacht! Daß so ein Schnorchelkopf auch mal repariert werden muß, das war für diese Vollidioten einfach nicht vorstellbar! Vielleicht liegt vorn im Bugraum sogar einer von den Knallköpfen herum, die den Entwurf zu verantworten haben.

Aber diese Werftfritzen sind nun mal beschissene Beamte! Schreibtischhengste. Blöde Schnösel! Was gebraucht würde, wären ordentliche Meister, Leute, die Kopf *und* Hände haben.

La Pallice ist plötzlich in sehr weite Ferne gerückt – und das wegen irgendeines dämlichen kleinen zu Bruch gegangenen Teils im Schnorchelkopf. In diesem Boot sind an tausend Stellen tausendmal kompliziertere Aggregate verbaut. Aber an so einem möglicherweise winzigen Scheißding hängt jetzt unser Schicksal.

»Die eigene Haut so teuer wie möglich verkaufen!« – so heißt's doch wohl. Aber verkaufe die mal einer teuer, wenn er sich kaum wehren kann!

Daß uns die verdammte Bande noch nicht angreift, ist ein Wunder. Vielleicht sagen die sich, hier *kann* sich gar kein U-Boot herumtreiben, weil kein deutscher U-Bootkommandant wahnsinnig genug sein wird, es zu wagen, bei dieser dichten Radarüberwachung aufgetaucht zu fahren.

Da weiß ich eine Erklärung: Wenn die uns hier killen wollten, dann schafften sie das nur mit einem Zusammenspiel von Radar und Leigh-Scheinwerfern. So genau, daß es sie direkt über das Boot leiten könnte, ist das Radar der Tommies nun mal sicher auch nicht. Da müssen in der letzten Phase des Angriffs die Scheinwerfer zu Hilfe kommen. Aber bei diesem Nebel kann sich die Bande mit ihren Scheinwerfern einpacken lassen. Das *muß* es sein. Der Grund dafür, daß wir noch existieren, ist der Nebel. Die Scheinwerfer würden nur die Flugzeugbesatzung blenden, aber nicht helfen, das Ziel zu finden. Der Nebel über den Wassern, dieser biblische Nebel muß es sein, der uns am Leben hält.

Ich kann die Uhr über dem Kartentisch nicht erkennen. Aber was würde die Uhrzeit auch schon helfen! Ich habe ja nicht aufgepaßt, wie spät es war, als das Theater losging . . .

Das ist jedenfalls Ewigkeiten her. Hier wird die Zeit nicht in Stunden eingeteilt, hier wird mit Ewigkeiten gemessen.

Abmeißeln! Wie lange *das* nun wieder dauern kann, weiß der Henker. Der LI ist achtern und holt sich das nötige Werkzeug zusammen. Als er wieder erscheint und schon unter dem Luk steht, reiche ich ihm eine halbvolle Apfelsaftflasche.

Der LI packt sie und schluckt gleich wie ein Verdurstender los.

Kaum ist er aufgeentert, hebt oben ein Krawall an, so laut, daß er für meine empfindlichen Ohren kaum zu ertragen ist: Das Boot dröhnt bei jedem Schlag auf den Meißelkopf so gewaltig nach, als sei ein Abwrackunternehmen zugange.

Hilft nichts! Hilft alles nicht! Zwei Zentimeter Gleitfläche zuviel! Auf einer Seite oder etwa auf jeder? Was weg muß, muß weg. Was weg ist, brummt nicht mehr . . .

Vor lauter Überdrehtheit und Angst werde ich noch kindisch . . .

Von oben zuckt Licht herab. Natürlich: Ohne Licht geht jetzt gar nichts.

Eine Art Trotz quillt in mir hoch. Fabelhaft! Ganz fabelhaft! Macht nur so weiter. Dieser höllische Krawall und Licht mitten in der Biskaya: der schiere Irrsinn! Wer uns bislang noch nicht spitzgekriegt hat, der soll nun endlich erfahren, daß wir hier herumjuckeln und mit diesem dreimal verfluchten Schnorchelkopf nicht zurechtkommen. Mit Bordmitteln und bei Nacht – was für ein blutiger Witz!

Als lautes Durcheinanderrufen von oben kommt, weiß ich sofort: Die haben es geschafft – mit Hämmern und primitiven Meißeln geschafft!

Zwei Männer kommen herunter. Und jetzt erscheint auch der Schnorchelkopf im Luk und wird langsam heruntergefiert. Was für ein Mordstrumm! Und was für eine Szene in diesem roten Licht! Rote Hände von unten, rote Hände von oben . . .

Alle halten für einen Moment den Atem an – dann liegt der Schnorchelkopf wie eine aus dem Meer gezogene Beute unter dem Turmschacht.

Jetzt aber schnell! Jetzt kann ich endlich auch die Hände rühren! Die Lampen müssen zurück ins Boot! Vorsicht, daß die Birnen nicht zerknallen! Die Taljen wieder herein, das viele Holz, das Werkzeug . . .

Und dann läßt sich einer nach dem anderen an der Leiter herunterrutschen oder halb fallen – eine senkrechte Kavalkade –, von Flüchen begleitet und dem dumpfen Aufschlagen der Seestiefel auf die Flurplatten.

Mir wird plötzlich klar, daß unser Boot die ganze Zeit, während der Schnorchelkopf im Turmluk verkantet festsaß, tauchunklar war: Da hätte keiner von den Männern, die oben waren, einsteigen können . . .

Als alle Männer im Boot sind, erscheint oben als letzter der LI, steigt ein, schließt das Luk und setzt es dicht.

Macht den Deckel zu, albert es in mir. Und dann sage ich mir: Das war ganz gegen die Regel. Aber hätte etwa der Kommandant noch mal hochsteigen und das Luk dichtmachen sollen?

Und nun: »Diesel stop!«, Umschalten auf E-Maschinen, die Entlüftungen ziehen und weg von der Oberfläche.

Gott sei's gelobt, getrommelt und gepfiffen! Ich könnte so, wie ich mitten in der Zentrale stehe, auf die Knie niedersinken: Wir sind wieder ein U-Boot und sicher vor den Radaraugen, die nach uns suchen. Ich atme ein paarmal so tief durch, wie ich es nur vermag. Dann denke ich: Wenn wir doch einfach mit E-Maschinen weiterfahren könnten bis nach La Pallice! Wenn das nur ginge! Wenn wir doch dafür genügend Jonnies in den Batterien hätten . . .

Wenn das Wörtchen »wenn« nicht wäre! Wir können eben nur für kurze Zeit aus der Batterie fahren. Wir *müssen* wieder schnorcheln . . .

Und jetzt sage ich mir selber zum Trost: Die schaffen das schon, daß das Schnorchelventil wieder arbeitet. Die *müssen* das ganz einfach schaffen! Im Hinterkopf weiß ich aber gleich, daß es damit noch längst nicht getan sein wird. Dann wird die Schufterei an Oberdeck noch mal anheben: erst die Demontage und dann die Montage. Noch mal das Ganze, nur in entgegengesetzter Reihenfolge, aber mit gleichem Risiko – so und nicht anders läuft das . . .

Und deshalb wandert das viele Werkzeug auch nicht wieder nach achtern, sondern wird in der Zentrale seitwärts gestaut.

Weil aller Platz zum Auseinanderbauen des Schnorchels gebraucht wird, verhole ich mich in die O-Messe. Die bietet, leer, wie sie ist, ein ungewohntes Bild. Die beiden Silberlinge werden wohl wieder auf ihren zugewiesenen Plätzen langliegen. So kann ich mich auf den Platz des LI hocken, die Beine von mir strecken und den Kopf nach hinten lehnen.

Plötzlich schrecke ich hoch, reiße die Augen entsetzt auf und blicke dem Kommandanten direkt ins Gesicht. Ich muß geschlafen haben, und der Kommandant muß mir so nahe auf den Pelz gerückt sein, um nachzusehen, was mit mir los ist: Ich spüre deutlich, daß ich mir den Hals fast verrenkt habe, so tief war mein Kopf weggesunken.

»Pardon!« höre ich den Kommandanten sagen, und da lasse ich mich erst mal nach vorn in mich zusammensacken. Wie lange ich weg war, weiß ich nicht. Mein Kopf ist noch ganz voll von dem wirren Zeug, das ich geträumt habe. Ich versuche mit geschlossenen Lidern, Ordnung hineinzubringen und mich zu erinnern, schaffe es aber nicht.

Da merke ich, daß sich auch der I WO eingefunden hat. Der II WO wird also Wache haben und der LI in der Zentrale schuften.

Und nun weiß ich wieder: In meinen Träumen war alles rot wie in Blut getaucht. Gut, daß in der Zentrale kein Rotlicht mehr brennt!

Ich sollte wohl ein Wort über die Lippen bringen, aber das schaffe ich nicht: Meine Kehle ist ausgedörrt, die Spucke in meinem Mund verkrustet.

Da kommt der Backschafter und will uns was zu futtern hinstellen. Gleich darauf erscheint der LI: »Die Schwimmerachse ist gebrochen. Gußfehler«, meldet er dem Kommandanten.

Das bringt mich wie mit einem elektrischen Schlag ins Leben zurück: Gußfehler? So eine Achse müßte ja wohl gedreht werden und nicht gegossen.

Der LI macht es, obwohl er deutlich am Ende seiner Kräfte ist, nun auch noch spannend und sagt zunächst gar nichts mehr. Endlich höre ich: »Ausbohren. Gewindeschrauben einziehen . . .« Und jetzt hat er auch noch Trost parat: »Wir schaffen das!« Und dann macht er eine fahrige Geste, die bedeuten soll, daß er achtern wieder gebraucht wird.

»Was essen?« fragt der Kommandant.

»Essen?« echot der LI und lacht nur und verschwindet.

Ich denke bei mir: Kann es sein, daß die Achse durch das Aufschlagen des Schnorchelkopfes gebrochen ist? Wahrscheinlicher ist, daß es sich um Pfusch handelt: Provisorium und dann auch noch Pfusch – das ist zuviel.

Wenn es mit dem Reparieren nur klappt! Wir sollten den Herrn loben und den Herrn verfluchen. Gleichzeitig. Für den Nebel loben und für den

Pfusch verfluchen. »Herr, schicke, was du willst / ein Liebes oder Leides / Ich bin vergnügt, daß beides / aus deinen Händen quillt.«

Paul Gerhard? Danebengedichtet! Vergnügt ist hier jedenfalls keiner.

Ich sollte nicht dauernd auf meine Armbanduhr gucken. Der LI und seine Truppe, die werden davon auch nicht schneller. Nur gut, daß es bis zum Hellwerden noch dauert. Ob der Nebel bleibt? Ob er wenigstens so lange bleibt, wie wir ihn brauchen?

Miteinander reden, dafür ist jetzt nicht die Zeit – lieber ein paar Bissen essen. Auf zwei Tellern gibt es längelang geschnittene Viertel von sauren Gurken, die der Backschafter, das Goldkind, sternförmig angeordnet hat. Darunter liegen Wurstscheiben – gute Hartwurst. Auf einem dritten Teller ist Brot.

Wenn uns hier einer in sechzig Meter Tiefe spachteln sehen könnte, müßte er glauben, wir hätten das Debakel schon hinter uns. Für Augenblicke fühle ich mich selber so. Dabei weiß keiner, wie alles ausgehen wird.

Wenn nur der Nebel bleibt! Der Kommandant müßte eine Ahnung haben, wie sich hier und jetzt das Wetter zu benehmen pflegt, aber ich will ihn lieber nicht fragen. Der Mann ist allzu deutlich auf der Kippe. Ich bewundere ihn geradezu für die Art, wie er sich immer wieder zusammenreißt. Auch dafür, daß er seinen Leuten nicht hineinredet, wenn die besser wissen als er, was zu tun ist. Nein, der Mann ist keine Großschnauze und auch kein Leuteschinder – ein Blutsäufer schon gar nicht. Einfach überfordert – und das gewaltig. Ich will die Stunden gar nicht aufaddieren, die er ohne Schlaf hinter sich gebracht hat.

Ich kann es bald kaum noch ertragen, zur Untätigkeit verdammt zu sein und hier in der O-Messe zu sitzen. Es drängt mich schier mit Gewalt, mich nach achtern zur Zentrale durchzuarbeiten und nachzusehen, wie weit die mit ihrer Arbeit sind. Aber da muß ich mir Zügel anlegen: In der Zentrale kann man mich jetzt nicht brauchen.

Und wie soll es weitergehen, wenn es mit der Reparatur *nicht* klappt? Hier an Bord komme ich mir zwar sowieso ständig halb geliefert vor – aber jetzt sieht es noch beschissener aus als je. Dieses elende Schnorchelprovisorium! Aber gleich verbiete ich mir das innere Mosern wieder: Ohne den Schnorchel wäre für uns in diesem Seegebiet schon längst Matthäi am letzten . . .

In unsere stumme Versammlung hinein kommt aus der Zentrale die Meldung, *daß* die Reparatur geklappt hat und der Schnorchelkopf montiert werden kann.

Da sind wir alle wie ein Mann hoch. Ich halte mich dicht hinter dem Kommandanten, der plötzlich wieder beweglich ist wie eine Katze.

Da liegt der Schnorchelkopf – und läßt keinen Unterschied erkennen zum Zustand vorher. Um ihn herum knien noch zwei Leute, der LI aber sitzt zwischen den Tiefenrudergängern und starrt das Trumm Metall wie abwesend an. Jetzt rappelt er sich hoch und bringt so etwas wie eine Meldung zustande.

Der Kommandant sagt kein Wort, er nickt nur.

Jetzt hebt das Ritual der Montage an: Der I WO steigt in den Turm und fährt das Sehrohr aus, der II WO läßt das Boot hochsteuern. Nun müßte der Schnorchelmast hydraulisch hochgerichtet werden – aber diese Programmnummer entfällt vorläufig. Dafür das Ganze wie gehabt . . .

Als das Luk offen ist, dränge ich mich langsam darunter, um eine Ahnung davon zu bekommen, wie es oben aussieht.

Leider scheint der Nebel dünner zu werden. Herrgott, jetzt geht's um die Wurst! Das wird am Ende noch ein Wettlauf zwischen Nebelheben und Schnorchelkopfmontieren: verdammt originell. Mal was anderes . . .

Die Nebelschleier sind, so schätze ich, nur noch ein paar lumpige Meter hoch. Wenn mich nicht alles täuscht, waren im Rund des Turmluks sogar schon ein paar Sternchen zu sehen. Da kann aber auch eine zerschlissene Stelle über uns hingewandert sein. Das gibt es ja: regelrechte Löcher und zerschlissene Stellen in den Nebelschwaden.

Ich versuche gleich, mir auszumalen, wie sich die nächtliche See mit dem schleiernden Nebel den Augen eines Piloten darbieten könnte, und muß auch schon von meinem Platz weg, weil jetzt der Schnorchelkopf wieder hochgehievt werden soll.

Auf die Meldungen aus dem Horchraum höre ich kaum noch. Aus welchen Grobrichtungen die Ortungen kommen, ist ja auch piepegal: Der Kommandant kann keine von ihnen ins Kalkül nehmen. Er hockt auf der Bank der Tiefenrudergänger wie außer Dienst gestellt und guckt zu, wie das sperrige Metalltrumm nach oben gehievt wird. Und da: Es geht glatt durch den Lukring!

Es juckt mich, zu applaudieren. Dem Kommandanten muß es ähnlich gehen: Er ist aufgestanden und guckt wie gebannt nach oben. Dann senkt er seinen Blick und läßt ihn in der Zentrale rundum gehen – gerade so, als hätte er die Arbeit geschafft und heische dafür nun Beifall.

Aber jetzt setzt er sich wieder und lauscht mit halb schräggelegtem Kopf nach oben.

Ich tue es ihm gleich.

Abwarten! Jetzt hilft nichts als abwarten und stärkende Gedanken nach oben schicken: Das klappt! Das muß klappen! Der liebe Gott verläßt doch seine Gammelpäckchen nicht . . .

Ein Seemann kommt von oben und verschwindet wortlos nach achtern. Dann kommt er zurück und klettert mit vor der Brust ausgebeulter Jacke wieder nach oben. Irgendwas wird da gebraucht, was sich offenbar nicht einfach beschreiben ließ – sonst hätte ich es ja auch von achtern holen können.

Hätte reden sollen, der Stiesel. Der Kommandant hätte ihn natürlich auch fragen können, wie es oben aussieht. Aber was hätte der Mann wohl schon zu sagen gehabt?

Der Kommandant hat seit geraumer Weile kein Wort gesagt. Es will mir schon erscheinen, als wäre er gar nicht mehr an Bord. So vergeht eine Viertelstunde und dann noch eine ...

Von oben höre ich nur hin und wieder einen halb unterdrückten Fluch. Jetzt aber laut und deutlich: »Paßt und hat Luft!«

Der LI! Wenn der jetzt den frechen Hund markiert und einen Kammerfeldwebel beim Anpassen einer Uniform imitiert, *muß* er gewonnen haben. Dann klappt der Laden!

Ein paar bange Sekunden noch, und dann kommt auch schon der erste Mann von oben und läßt sich Werkzeuge herabreichen. Ich mache drei Schritte, nehme ihm die Werkzeuge schnell aus den Händen und reiche sie ins Dunkel hinein weiter.

Jetzt kommen zwei Taljen, dann Vierkanthölzer ...

Und schließlich läuft die Einsteigprozedur noch einmal ab – wie die Repetition einer Nummer, die für einen Zirkus eingeübt werden soll: Wieder ist es der LI, der als letzter erscheint und das Luk dichtsetzt. Fast gleichzeitig hat einer wenigstens so viel Licht angeschaltet, daß ich sehen kann, wie der LI mit pumpenden Lungen, aber betont zackig, seine Meldung macht.

Die Apfelsaftflasche! Der LI greift schnell danach und leert sie bis zum letzten Schluck.

Und dann läßt der Kommandant, anstatt den Schnorchel auszuprobieren, das Boot auf Tiefe bringen. Ich kann mir denken, warum: zuviel Wuhling in der Zentrale – ein richtiges Gedränge. Das soll sich erst mal legen ...

So verrückt wie jetzt ist es hier überhaupt noch nie zugegangen. Ich muß aufpassen, daß ich nicht über Hölzer und Werkzeug stolpere. Mit aller Vorsicht steuere ich meinen Stammplatz neben dem vorderen Kugelschott an und höre von dort in das Durcheinander von Meldungen und Befehlen hinein.

Allmählich legt sich der Aufruhr, und es wird wieder Platz.

Und nun wird das Boot ganz schulmäßig hochgesteuert, der Kommandant klettert in den Turm, und dann wird der Schnorchel hochgerichtet und von E-Maschinen wieder auf Diesel umgeschaltet – und alles klappt wie am Schnürchen! Wir sind wieder ein Schnorchelboot, und die Tommies können uns mal gern haben mit ihrem Radar.

Aber was ist denn mit dem Obersteuermann los? Der macht ja auf einmal eine Miene wie's Kind zur Weihnachtsgabe. Ich kann mir keinen Vers darauf machen, da erfahre ich: Der Obersteuermann war ganz kurz oben und hat Sterne geschossen. Er hat unseren Schiffsort. Und ich habe nicht mal gemerkt, daß er den Sextanten aus dem Futteral geholt hat und nach oben geklettert ist.

Ich freue mich für den Obersteuermann, und es dauert, bis ich merke, daß ich mich ruhig auch für mich selber freuen darf: Ein gutes Besteck ist für *alle* Gold wert ...

Der Dieselmaat der ersten Wache hat sich bei der Montage des Schnorchelkopfes den rechten Zeigefinger fast abgequetscht. Der Sanimaat verarztet ihn im U-Raum. Er umwickelt den gequetschten Finger dick mit Gaze und verklebt das Ganze dann pedantisch langsam mit Heftpflaster.

»Wat meenste, wie jesund det iss?« erkundigt sich der Bootsmaat aus Berlin beim Dieselmaat.

»Paß bloß auf, daß *du* gesund bleibst!« gibt der Dieselmaat wütend zurück.

Ein Backschafter kommt durch. Der Berliner muß die Beine anziehen und gerät deshalb in Harnisch: »Wat issen dat fürn dauerndet Jeloofe?«

»Nich mehr wie nötich und normal«, gibt der Backschafter pampig zurück.

»Du krichs jleich eene, die sich jewaschen hat.«

»Ganz schön ruppig«, sagt der Dieselmaat.

»Ach, laß dir bejraben.«

Plötzlich haut der Berliner die rechte Faust auf die Back und brüllt los: »Imma nobel, Franz, wenn dir ooch friert. Nur recht ufjeblasen, sowat imponiert!«

In der O-Messe steht eine neue Platte Mettwurst und dazu eine mit Ölsardinen auf der Back. Der LI erscheint so verdreckt, wie er ist, und mustert die Ölsardinen wie ein Lebensmittelprüfer. Dann nölt er: »Außenbordskameraden! – *Müssen* die denn sein?«

Dem Kommandanten scheinen die Ölsardinen in ihrem gelben Öl auch zu widerstehen, er hat einen mäkeligen Ausdruck aufgesetzt und ruft: »Schmutt! Noch mal Gurken!«

Einer unserer hochkarätigen Silberlinge hat sich wieder eingefunden. Der LI schiebt dem dicken Werftgrandi die fetten Ölsardinen zu, und der bedient sich. Der II WO, der gerade wachfrei ist, nickt dazu ausdruckslos wie verblödet und macht sich nun auch über die Sardinen her. Ja, er läßt sogar ordentlich gelbes Öl auf seinen Teller träufeln und sagt: »Gut zum Stippen«, worauf der Kommandant theatralisch die Augen nach oben verdreht. Wohl nur um den Silberling zu ärgern, sagt er jetzt: »Passen Sie bloß mit dem Brot auf, da ist mächtig Schimmel dran!«

Aber den dicken Silberling ficht das nicht an. Ich frage mich, ob der Werftgrandi nur simuliert hat, um den bequemen Platz hier zu bekommen. Von der Scheißerei hat er sich jedenfalls ganz gut erholt.

»Die sind ja hasenwild!« höre ich einen in der OF-Messe, Empörung in der Stimme.

»Hasenwild«, auch so ein Ausdruck, den meine sächsische Großmutter gern gebrauchte. Diesmal scheinen damit die Silberlinge im Bugraum gemeint zu sein.

Und ein anderer schimpft: »Die Sauigel! Und das wollen Koniferen sein?«

»Wie kommste auf Koniferen?«

»Hat der Chef zum LI gesagt: Zwei von denen sind Koniferen des Schiffbaus.«

»Und was heißt das?«

»Weiß *ich* doch nich!«

Kurz vor Ende der Schnorchelfahrt kommen FTs. Der Funker reicht sie in der Kladde in die O-Messe.

Der Kommandant liest und murmelt: »Das ist ja mehr 'ne Art Ergänzungsrätsel ...«, und dann starrt er genauso intensiv wie vorher auf die Holzmaserung auf die aufgeschlagenen Seiten der Funkkladde.

»Nichts für uns«, verrät er schließlich.

Wie sollte denn auch ein Funkspruch für uns bestimmt sein! Ich hege längst das Gefühl, daß mit unserer Existenz gar nicht mehr gerechnet wird.

»Sind ein paar Operationsanweisungen – offenbar für Boote an der Invasionsküste ...«, sagt der Kommandant, »aber aus denen ist nichts zu entnehmen.«

Invasionsküste! Kaum vorstellbar, wie lange das nun schon her ist, seit ich mich in der Normandie herumgetrieben habe.

Zu Beginn der E-Maschinenfahrt hangele ich mich nach achtern in den Dieselraum durch. Es ist, als wollte ich mich versichern, daß alles an seinem Platz und funktionstüchtig ist. Im Dieselraum steht immer noch der große Kübel zum Kotzen und Scheißen. Aber er stinkt nicht mehr ganz so infernalisch.

Am achteren Teil des Steuerborddiesels macht sich ein Dieselgast zu schaffen. Entwässert er die Abgasklappen? Es gibt ja eine Entwässerung zwischen innerer und äußerer Abgasklappe . . . Die Brühe, die da herausströmt, wird einfach in die Dieselbilge geleitet.

Mein Blick geht über die Handräder für die inneren Abgasklappen an der Decke, dann zur Antriebsstange für die Schmierölpumpe. Über mir der Lautsprecher und Radioübermittler in der Mitte der Decke.

Ich betrachte alles, als müsse ich es auf Vollständigkeit prüfen: Rechts und links habe ich die Zusatzgebläse, die schon bei zwomal halbe Fahrt eingeschaltet werden und dem Diesel zusätzliche Luft verschaffen. Der Dieselgast schmiert jetzt Kipphebel.

Ich muß Platz machen, weil der Dieselmaat vorbei will. Er geht ein paar Schritte weiter und zieht dann die Abgasklappe an Steuerbord nach.

Ich stakse weiter nach achtern zur E-Maschine: Die Handschalter sind auf halbe Fahrt voraus gelegt. Auf den Flurplatten liegen vier Werftgrandis. Ich steige über sie hinweg und lasse meinen Blick über Aggregate und Instrumente wandern: Hilfsmaschinen und Leitungen überall. Amperemeter noch und noch. Daneben Umdrehungsanzeiger, der Maschinentelegraph.

Ich werfe gleich noch einen Blick in den achteren Torpedoraum. Hier ist auch alles so vollgebaut, daß ich die Bodenverschlußklappe des Heckrohrs kaum mehr sehen kann. Ich lasse meinen Blick herumgehen – über einen elektrischen Verteilerkasten und den elektrisch betriebenen Luftverdichter. Den Ju-Verdichter entdecke ich auch an seinem Platz. Das hier ist weiß Gott keine Stätte für Silberlinge. Aber da sehe ich doch ein unförmiges Paket halb um den Luftverdichter gekrümmt. Ohne Zweifel liegt dort ein Mann, nur mit einer dünnen Decke gegen die Metallkälte geschützt. Silberling oder Freiwächter? Und da hockt noch einer in dem schmalen Spalt zwischen Druckluftgenerator und Bordwand, den Kopf in den Händen.

Mit kaum einem der Silberlinge habe ich bislang ein Wort gewechselt. Sie könnten ebensogut riesige Larven oder Raupen sein statt Menschen. Hin und wieder mache ich mir vage Vorwürfe, daß ich mich nicht bemühe, mit ihnen ins Gespräch zu kommen, um ihre Meinungen über den Werftbetrieb und unser Desaster zu ergründen. Aber was soll ich die Silberlinge ausforschen – was brächte das schon ein? Und außerdem habe ich sattsam mit mir selber zu tun.

Ich hocke mich in der Zentrale auf die Kartenkiste und lasse die letzten Tage an mir vorüberziehen. Wenn ich aufzulisten versuche, was alles passiert ist, wird mir bewußt, wie oft es bei mir ausgesetzt haben muß: Es gibt Minuten, Stunden gar, über die ich nichts aussagen könnte. Erst beim scharfen Nachdenken und Rückwärtstasten komme ich halbwegs wieder klar. Mir ist, als gewönne ich damit auch das Gefühl für meine körperlichen Dimensionen zurück. Verrückter Zustand!

Was meinen Zustand nach dieser fürchterlichen Scheißerei und Kotzerei anbelangt, so kann ich mich nicht beklagen. Ich bringe es jetzt immerhin fertig, mir vorzustellen, ich nähme an einem einmaligen psychologischen Experiment teil. Was hier geschieht, hat noch keiner beschrieben. Deshalb heißt es für mich: Klüsen offenhalten, auf jede Kleinigkeit kann es ankommen. Wie ich das alles selber durchstehe – auch das gilt es scharf zu beobachten.

Der LI sitzt auf dem Ledersofa in der O-Messe. Die Schnorchelreparatur muß ihn total geschafft haben: Er bringt kein Wort über die Lippen.

Der Silberling ist wieder irgendwohin zum Pennen verschwunden.

Mich überkommt ein Gefühl der Fremdheit: Gut – mit den Silberlingen habe ich nichts zu tun ... aber auch von der Besatzung kenne ich nur ein halbes Dutzend Leute, und die nicht sehr gut. Die Gesichter der anderen tauchen wie Schemen vor mir auf und verschwinden wieder ...

Ich ertappe mich dabei, wie ich vor mich hin brabbele. Der LI scheint Gott sei Dank nichts davon gemerkt zu haben: Ich möchte hier nicht gern als plemplem gelten ... Der LI ist eingeschlafen.

Ich sollte nicht länger so gedankenversunken hier hocken bleiben. Das könnte nach Selbstaufgabe aussehen ...

»Mal in die Zentrale gucken«, höre ich mich mit kratziger Stimme sagen. Und während ich im Gang wie ein Automat einen Fuß vor den anderen setze, denke ich: völlig fertig! Weiß der Satan, wie das weitergehen soll ...

In der Zentrale fasse ich zuerst die auf den Flurplatten in merkwürdige Verrenkungen hingestreckten Schläfer ins Auge. Wo habe ich dieses Bild schon mal gesehen? Das ist es: Die liegen da wie in einem Schützengraben vor Verdun. Aber was soll hier Verdun? Ich bin doch erst zur Welt gekommen, als Verdun schon ausgekämpft war ... Habe ich etwa Bilder aus einem Film im Kopf? Ich habe viele Kriegsfilme gesehen, das ist wahr. Auch Kriegsbücher gelesen. Vielleicht waren solche verkrümmten Körper sogar in einem Buch zu sehen. Aber in welchem?

Was nützen mir solche Gedankenausflüge! Da ist es schon besser, wenn ich gleich noch durch den nächsten Schottring steige und mich zur Abwechslung wieder mal auf meiner Koje langmache. Auf Vorrat pennen, wann immer sich Gelegenheit dazu bietet! – Das war gültige Regel auf U 96. Der Alte richtete sich danach.

Was der Alte jetzt wohl macht? Die Amis können nach unserem Auslaufen nicht mehr lange gefackelt haben. Gut möglich, daß sie inzwischen das Gelände nördlich der Flottille aufgerollt und die Flottille selber in Grund und Boden geschossen haben. Vielleicht ist der Alte schon tot! Für mich ist sicher auch nur noch ein bißchen Aufschub vorgesehen – französisch: le sursis. Ein komisches Wort in meinen Ohren …

»Da hab ich so 'nem Mädel vierhundert Franken gegeben, aber dann bin ich eingeschlafen – einfach zu besoffen«, höre ich einen Maat. »Die vierhundert Franken wollt ich natürlich wiederhaben am nächsten Morgen. Hat sie auch eingesehen.«

»Sag bloß!«

»Ja, hat die mir wiedergegeben.«

Nach langem Schweigen kommt: »Und da sagen die Leute immer, die Franzosen hätten keine Moral!«

Wieder fällt ganze Minuten lang kein Wort. Schließlich versucht einer die Tonleiter zu rülpsen, es reicht aber nur bis zum vierten Ton. Statt des fünften setzt er einen satten Furz. Da empört sich sein Nachbar: »Wenn du noch mal die Oochen zumachst, kriegste eene gescheuert. Damit das mal klar iss!«

»Was solln das nu wieder heißen?« fragt ein Dritter. »Spinnst du?«

»Ach, weeßte das noch nich? Dem Ede geht doch immer das Arschloch off, wenn er de Oochen zumacht. Hastes jetzt, du blöder Knallkopp? Bei dem iss de Haut einfach zu kurz – kapierste das nich?«

Ich dusele eine Weile weg, dann höre ich, noch im Halbschlaf: »Du willst doch nicht etwa behaupten, daß du noch was zum Vögeln erwischt hast?«

»Ach, halt doch deine blöde Gusche.«

»Ich kenn dich doch, du holst dir doch lieber einen von der Palme, als daß de im Puff was schießen läßt.«

»Du dumme Sau mußt gerade reden: Stinkefinger, mehr traust du dir doch nich …«

»Jedenfalls hab *ich* mir die Gießkanne noch nich verbogen … Iss auch was wert.«

»Bravo!« bekommt er dafür Beifall, und noch mal: »Bravo!«

»Langstrecke!« höre ich dann im Ton der Anerkennung und weiß nicht sofort, wovon die Rede geht – von einem leicht jaulenden gedehnten Furz nämlich. Dieser Furz berührt mich ungemein: Das Dünnschißdebakel ist zu Ende, und ich kann getrost einnicken.

Schon im Wegdämmern höre ich noch: »Am besten, du nimmst 'ne Zeitung und bohrst 'n Loch durch.«

»'n Loch in de Zeitung?«

»Klar, Mann! Das isses Beste gegen Sackratten. Da steckste deinen Pimmel einfach durch und dann drauf auf die Mutter!«

»Und woher nimmste de Zeitung, wenn ich mal fragen darf?«

»Ach, leck mich doch am Arsch!« bekommt der Frager überraschend grob Bescheid. »Denk dir doch selber was aus – oder bleib gleich beim Wichsen!«

Später lange ich mir ein Buch unter meinem Kopfkeil hervor: Nur ein paar Seiten lang kann ich mich auf den Text konzentrieren, dann bringt das gedämpfte Radiogedudel meine Gedanken durcheinander.

Wenn ich mich weit genug aus der Koje beugte, müßte ich über das Kojengitter hinweg den Lautsprecher an der Decke erreichen und die Schmalztöne abstellen können. Eine Weile ringe ich um den Entschluß, mich hochzustemmen. Als ich mir schließlich gut zurede: Also, los doch! Versuchen wir's mal!, erwische ich den Knopf tatsächlich und drehe ihn ganz zurück. Aber die Musik bringe ich damit nicht zum Schweigen. Sie wird nur etwas schwächer.

Das hätte ich wissen können, daß die Bordlautsprecher sich nicht ganz abschalten lassen, sie dienen ja auch der Befehlsübermittlung im Boot. Ich müßte mein *Gehör* abschalten können, um Ruhe zu haben. Aber so gelingt es mir nicht, mein Hirn von diesem fürchterlichen Musikbrei freizuhalten.

Sechzig Meter Wasser über mir: Manchmal könnte mich allein diese Vorstellung verrückt machen. Was ist das aber auch für eine Angsttour! Angsttour in der Angströhre! Das Wort »Angströhre« gefällt mir. Ob es schon anderweitig vergeben ist?

Die verdammte »Angströhre« rumort und rumort mir jetzt im Kopf. Plötzlich, wie ich mich immer mehr in das Wort verheddere, fällt mir endlich ein: Angströhre gleich Zylinderhut! Ich könnte mir mit der flachen Hand gegen die Stirn schlagen: natürlich – Bratenrock und chapeau claque: der Zylinderhut, auch »Angströhre« genannt.

Mein Großvater besaß zwei solche Angströhren, die in merkwürdig geformten Behältern verwahrt wurden. Flach wie Teller kamen sie heraus, und dann mußte man den Trick kennen: Ein Schlag mit der Krempe auf die freie Hand – und zack! war der Zylinder da. Eine Zaubervorführung! Der Großvater konnte sie gar nicht oft genug für mich wiederholen, weil ich jedesmal begeistert in die Hände klatschte, wenn er den Zylinder dicht vor meinem Gesicht springen ließ.

Mein Großvater – der war schon ein komischer Kauz! Weißer Stoppelbart, nie länger als Grammophonnadeln, immer dunkel gekleidet: im ganzen auf würdevoll getrimmt. Eine Kneipe hat er auch mal gehabt. Aber darüber schwiegen sich alle aus. Irgendwas muß damit nicht gestimmt haben. Es hieß zwar, Großvater habe als erster im Land eine Art

Varieté betrieben und dressierte Ziegenböcke auftreten lassen, die sich als große Biersäufer produzierten, aber es gab auch ein Geheimnis – irgend etwas Ehrenrühriges muß passiert sein ... Vielleicht sind ja nur allzu lustige Damen in seiner Bühnenschau aufgetreten.

Ich kann deutlich sehen, wie Großvater mit grünen Klößen in einem Kochtopf ankam, als wir zwei Knaben, mein Bruder und ich, vom Jugendamt im Waisenhaus in Bernsdorf eingesperrt waren, weil die Mama wieder mal durchgedreht war. »Der Obhut entzogen« hieß das damals. Seitdem kann ich mir grüne Klöße nicht mehr ohne einen Gedanken an Großvater und ohne ein Gefühl der Rührung einverleiben.

Bausteine in einem großen Blechkasten hatte der Gute auch dabei. Und jetzt habe ich sogar den scheppernden Lärm noch im Ohr, der sich machen ließ, wenn man die Blechschachtel als Trommel benutzte. Dem Großvater muß das gefallen haben, denn er brachte mir später das Trommeln bei. Zuerst im Schlafzimmer der Großmutter – da war die Trommel noch schräg auf einen Stuhl gestellt – und später draußen auf dem Hof beim Marschieren. Das war schwierig, weil die Trommel auf meinem linken Oberschenkel im Takt der Schritte wippte. Ich sehe, wenn ich die Augen schließe, die weiß-rote Bänderung der Trommel, ihr gelb glänzendes Messing und das fahle Ocker der Bespannung ganz deutlich vor mir. Und ich kann sogar spüren, wie mir Großvater, von hinten her über mich gebeugt, die Hände führt und die »Locke« trommelt. Aber dann habe ich das Trommeln doch wieder aufgegeben: Der Lehrer, der dann kam, war allzu brutal.

Jahre hindurch war mir Großvater gänzlich entschwunden. Warum nur erscheint er mir jetzt – auf der Höhe von Saint-Nazaire bei E-Maschinenfahrt in sechzig Meter Tiefe?

Blasendrang will mich hochtreiben. Aber noch gebe ich nicht nach, sondern überlege: Wieviel Pisse kann die Blase des Menschen fassen? Da gab's, wenn ich mich recht erinnere, einen erheblichen Unterschied zwischen männlichen und weiblichen Blasen. Ein Liter die männliche Blase, drei Liter die weibliche – war's so? Die weibliche Blase ist nicht größer als die männliche, aber sie hat mehr Platz, um sich auszudehnen – nämlich in die Bauchhöhle hinein. Für unsereinen hat die Natur solche Platzreserven leider nicht vorgesehen. Ein Liter Fassungsvermögen, und dann ist Schluß. Dann geht das Ventil unter Druck von alleine auf.

Mal nach dem Kommandanten sehen, sage ich mir, als ich mich ausgeschifft und meinen stinkenden Pimmel wieder verstaut habe. Wahrscheinlich hockt der Kommandant wieder in der O-Messe in seiner Ecke. Kaum bin ich durch den Kugelschottrahmen gestiegen, fällt mir auf, daß der grüne Vorhang vor seinem Schapp zugezogen ist. Der Mann scheint endlich einmal zu schlafen. Ich kann, als ich mich näher heranschleiche, auch keinen Lichtschein dahinter entdecken: Gott sei's gelobt, getrommelt und gepfiffen.

In der O-Messe sind alle Plätze besetzt. Die beiden Silberlinge sind wieder da und sehen mit ihren nach hinten abgekippten Köpfen und den offenen Mäulern aus wie Gehenkte, die man gerade erst abgeschnitten hat.

Zum Glück hat niemand meinen Klappstuhl mit Beschlag belegt. Ich setze mich also halb in den Gang und lege die Unterarme auf die Back. Von meinem Platz aus kann ich beobachten, wie jeder, der am Kommandantenschapp vorbeikommt, sich wie automatisch auf die Zehenspitzen hebt, und wenn er etwas zu tragen hat, darauf achtet, daß er mit der Last ja nicht den Vorhang vor dem Allerheiligsten berührt oder aufschiebt: So isses recht!

Ich weiß nicht, wie die Nachricht sich verbreiten konnte, daß der Kommandant schläft. Hoffentlich fällt es keinem der Silberlinge ein, ihn zu stören – mit irgendwelchen blödsinnigen Wünschen oder Beschwerden. Man sollte einen Posten aufstellen, der den Kommandantenschlaf bewacht wie einen Gral. Im Moment bin *ich* der Wächter über den Kommandantenschlaf. Aber so sehr ich auch mit halb verdrehtem Hals in den Mittelgang hineinlure: Auf einmal kommt niemand mehr. Es ist, als hätte ich einen Vorposten, der schon in der Zentrale aufpaßt, daß keiner mehr nach vorn latscht.

Mit geschlossenen Lidern lausche ich auf das feine, ferne Summen der E-Maschinen. Ich lausche mich richtig tief in dieses Summen hinein. Was für eine merkwürdige Ruhe im Schiff: Hundert lebende Menschen werden hier durch die Gegend gefahren, aber es herrscht Friedhofsruhe. Nichts regt sich.

Der Funkmaat hat schon seit einiger Zeit keine Platte mehr aufgelegt. Wie vernünftig!

Ich breite mein Schreibzeug auf die Back und versuche zu arbeiten. Da sehe ich, wie dem älteren der beiden Silberlinge plötzlich die rechte Hand hochzuckt und er sich die Finger wie zu Krallen gekrümmt, gegen die Brust schlägt. Dazu gibt er ein Erstickungsstöhnen von sich.

Den Kommandanten wahrschauen? Ach was, der Kommandant schläft. Ich muß den Sanimaat auftreiben. Mist, daß wir keinen Arzt an Bord haben!

Der Sanimaat flackt auf seiner Koje und grunzt. Ich habe meine liebe Not, ihn zum Leben zu bringen.

»Dem Werftgrandi in der O-Messe geht's schlecht . . .«

Der Sanimaat guckt mich in seiner Schlafverblödung vorwurfsvoll an: Natürlich – jetzt bin ich schuld, daß er nicht länger grunzen darf.

»Sicher Herzprobleme!« sage ich.

»Herzprobleme«, wiederholt der Sanimaat. Und während er sich in Richtung Zentrale bewegt, sagt er zur Seite hin: »Langlegen – Kragen öffnen – vor allen Dingen an die frische Luft!« Und das läßt er wie eitel Hohn klingen.

Der Sanimaat holt irgendwas aus der Bordapotheke, und ich frage mich, ob ich nicht doch den Kommandanten wahrschauen soll. Aber was könnte der schon machen? Wenn der ältere der beiden Grandis über den Jordan gehen will – dann soll er.

Aber nun staune ich doch, wie resolut der Sanimaat vorgeht: Der Silberling ist seine Krawatte los, ehe er sich's versieht, sein Hemd bis zum Gürtel aufgerissen. »Die Haxen hoch!« befiehlt der Sanimaat und hilft dem Mann in die Waagerechte. Dann hält er ihm einen Watteschneeball unter die Nase und kommandiert: »Einatmen! Richtig tief!«

Riecht es nach Arnika? Ob ausgerechnet Arnika hilft? Herzprobleme waren bei der Ausstattung der Apotheke sicher nicht vorgesehen, so alte Säcke an Bord sowieso nicht. Unser Sanimaat macht es auf jeden Fall richtig: Der dicke Grandi erholt sich zusehends.

Der zweite Grandi hat sich auf meinen Hocker verzogen und die Unterarme auf meinen Schreibkram gelegt.

Der Sanimaat guckt mich an, als wollte er sagen: Na siehste! Da bleibt mir gar nichts anders übrig, als Anerkennung zu nicken, auch auf die Gefahr hin, daß uns der Werftgrandi in der nächsten Stunde doch noch eingeht.

Die Aufregung hat meine fünf Sinne wieder aktiviert, und ich bin imstande, den zweiten Werftgrandi von meinem Platz wegzukomplimentieren: Soll der sich doch auf dem Wachstuchsofa breitmachen – da wird er todsicher dem LI ins Gehege kommen.

Kaum sitzt der Silberling dort, kommt der LI tatsächlich von achtern. Über den Silberling in seiner Ecke verdreht er aber nur die Augen. Dann macht er kehrt: Das hier ist nicht gerade eine anziehende Gesellschaft.

Als ich den Hals recke, sehe ich: Der Vorhang des Kommandantenschapps ist aufgezogen. Der Kommandant ist sicher wieder in der Zentrale. Nein, Lässigkeit kann man dem Mann nicht nachsagen.

Ich stemme mich hoch und wechsle mit steifen Gliedern auch in die Zentrale hinüber. Als ersten sehe ich den Kommandanten. Er will offenbar eine freundliche Miene für mich aufstecken, aber die gerät ihm zu einem merkwürdig schiefen Grinsen, das gemein aussieht – wie Ganovengrinsen. Und jetzt hebt er auch noch die Schultern, als wollte er sich entschuldigen. Ich nicke ihm zu – so zutunlich, wie ich es nur vermag, und denke: Was für eine verrückte Form der Verständigung! Wir sind eben beide nicht scharf auf gequälte Wortwechsel.

In der Zentrale stinkt es auf einmal wieder, daß sich mir der Magen hebt. Da sehe ich: In der Tannenbaumecke hat sich einer über eine Pütz gehockt und protzt tüchtig ab.

»Morgenstund hat Blei am Arsch!« höre ich einen Zentralegasten quatschen. Morgenstund! Die Verschiebung der Bordzeit verwirrt mich immer noch.

In der Zentrale liegen neben den gestauten Kisten nun auch noch Abfallsäcke herum. Wenn das so weitergeht, werden wir uns noch in eine schwimmende Müllkippe verwandeln. Ein paar Tage in See, und schon ersticken wir fast im Abfall!

Das Ganze ist ein Phänomen: Kaum einer hat was gegessen, und trotzdem gibt es Unmengen von diesem stinkenden Essensabfall. Scheiße, Pisse, Treiböl, Schmieröl, Gekotztes – und dazu kommt jetzt auch noch der Gestank aus diesen Abfallsäcken. All das zusammen ergibt die brisante Mischung, die wir atmen müssen.

Den Herrschaften in Koralle würde ich gern mal etwas davon offerieren. Die Astos würden schön staunen, wenn sie statt des frischen Kiefernbalsams ganz plötzlich dieses Sudelgas inhalieren müßten. Dönitz bekäme natürlich die kräftigste Dosis. Gerade, wenn er hysterisch gekreischt hat und den üblichen Luftschnapper tut, gerade dann müßte man ihm eine Stange von diesem Gestank in den Rachen stopfen. Daran würde er sich schön verschlucken. Und noch eine Ladung hinterher und noch eine: bis es ihm die Augäpfel heraustreibt.

Im allgemeinen Schlampladen hier an Bord Ordnung zu halten ist Aufgabe des Bootsmanns. Das Durcheinander im Boot geht ihm so gegen den Strich, daß er in all seiner Empörung kaum noch ansprechbar ist. Er tut gegen den Dreck, was er nur kann. Aber der Dreck scheint sich mit der Unordnung von ganz alleine zu vermehren: viel zu viele Menschen an Bord und zudem keine Möglichkeit, den Müll loszuwerden. Wir könnten ihn zwar durchs sogenannte Rohr sechs, das Rohr für den Bold, ausstoßen. Aber das ist riskant.

Während ich die Abfallsäcke noch stumpfsinnig anstarre, kommt einer angewankt und kotzt nur einen Meter von mir weg in die Bilge. Der Mann wird gar nicht mehr fertig damit. Und immer hinein mit dem sauren Brei in die Bilge! Dort ist die Kotze gut aufgehoben. Dort wird sie schnell und zuverlässig verteilt und kann so lange stinkend durch die Gegend schwappen, bis mal wieder gelenzt wird.

Wenn der Kommandant schon nicht ausgiebig pennen kann, sollte ich es wenigstens versuchen. Ich mache mich also wieder auf meiner Koje lang. Um den Schlaf herbeizuholen, denke ich mir Wohlgerüche aus: die Morgenbrise auf dem Starnberger See mit ihrem ganz leichten Geruch nach Schnee und nach Fisch, die Jodluft über den Klippenfeldern von Brignogan, wenn Tiefebbe noch war ... Der Buchenwald hinter dem Haus in Feldafing, dieser dumpfe Fäulnisgeruch, der dem Humus aus Millionen vergammelter Blätter entsteigt – der Duft der rehfarbenen Wiesen dicht am Moor in der prallen Mittagssonne, der seltsam warme und zugleich scharfe Geruch frisch geodelter Herbstzeitlosengelände ... Und in der Schlucht, die hinunter zum See führt, gibt es noch mal ganz andere Gerüche – Geruchsnuancen, die ich allesamt in mir gespeichert habe: den Wasserduft des Starzenbachs mit seinen hin- und herschwänzelnden grünen Fahnen über den blanken Kieseln, den Sumpfgeruch, der über den Staus liegt, den feinen Terpentinhauch von den wenigen Kiefern zwischen den mächtigen, vielstämmigen Buchen ...

Sehr lange kann ich nicht geschlafen haben, als ich höre: »Das Frühstück ist aufgebackt.«

Nach meiner wackligen Zeitrechnung sind wir den vierten Tag unterwegs. An der Reizbarkeit gemessen, die ich von überall her erspüre, müßten es schon mindestens vierzehn Tage sein: Jeder motzt gegen jeden. Einige geben, wenn sie von ihren Kameraden angeredet werden, überhaupt keine Antwort.

Als ich hinter dem LI in die Messe komme, wischt sich der I WO gerade den Mund ab, er hat schon vorausgefuttert, wohl weil der Platz an der Back, wenn alle zusammenkommen und die beiden maladen Silberlinge auch noch erscheinen, nicht mehr für alle reichen könnte. Aber wo sind die beiden denn eigentlich? Doch nicht etwa endgültig hinübergegangen!

Ich muß mir zureden, endlich wieder ein paar Bissen zu essen, damit ich nicht vom Fleisch falle. Im Grunde ist mir aber nur an Tee gelegen. Ich könnte den ganzen Tag lang Tee trinken. Ich würde ihn kannenweise durch mich hindurchlaufen lassen, wenn nur das verdammte Pißproblem nicht wäre.

Kaum habe ich mein bißchen Rührei intus und spüre, wie mein Magen erst mal dagegen revoltiert, da muß ich um ein Haar richtig kotzen. Den Brechreiz haben mir zwei Männer verschafft, die sich mit Pützen voller schwappender, besonders scharf stinkender und in Urin halb aufgelöster Scheiße in Zentimeternähe an mir vorbei zum Triton durchgearbeitet haben. Einen der Pützenträger höre ich noch leise intonieren: »Wir fahren Scheiße, Scheiße für die Stadt Berlin ...«

Auf meinem Fluchtweg zur Zentrale muß ich den Atem anhalten: Die Scheißkübel haben einen unsichtbaren Kometenschweif aus magenhebendem Gestank hinter sich hergezogen.

Es wird gerade getrimmt, und ich bin froh darüber, daß ich meine Gedanken wieder mit der Fahrtechnik beschäftigen kann: Früher wurde das Boot nur einmal alle vierundzwanzig Stunden getrimmt. Jetzt muß es jeweils zur Schnorchel- und zur E-Maschinenfahrt neu eingetrimmt werden, weil sich bei der Schnorchelei die Gewichtsverhältnisse in Längsrichtung des Bootes ändern: Wenn der Schnorchel aufgerichtet wird, verlagert sich der Schwerpunkt des Bootes weiter nach achtern – ganz abgesehen davon, daß sich auch der gesamte Auftrieb verändert, da der Schnorchel ins Boot hinein entwässert wird. Der Schraubenschub gibt dem Boot demzufolge eine Tendenz zum Steigen. Bei einer normalen Unterwassergeschwindigkeit von drei Knoten würde sich das natürlich kaum bemerkbar machen. Aber bei sieben Knoten Fahrt sieht die Sache schon anders aus, da bestünde durchaus die Gefahr des Durchbrechens nach oben. Der könnte man auch mit leichtem Nach-unten-Legen der vorderen Tiefenruder begegnen, aber besser ist natürlich der Ausgleich durch Trimmen.

Daß ich das schon am Morgen – oder besser: nach dem Frühstück – so zusammenbekomme, erscheint mir als wahres Wunder: Meine grauen Zellen arbeiten jedenfalls, wie es sich gehört.

Bald ist die Bootsnacht zu Ende. Kaum ist das gedacht, heißt es auch schon: »Fertigmachen zur Schnorchelfahrt!«

Ich will nach achtern, um diesmal dabeizusein, wenn auf Diesel umgeschaltet wird. Also zurück durch den U-Raum und die Haxen heben, damit ich über die Mumien am Boden wegkomme, und dann noch durch die Kombüse.

Der Schmutt ist voll beschäftigt. Er bietet einen Anblick, der einen aufzurichten vermag: Er ist der einzige, der mit einem rot angelaufenen, glänzenden Gesicht aufwartet und fast ständig grinst. Als er mich sieht, macht er eine weitausholende Handbewegung über seine Arbeitsplatte hin, als wollte er ausgelegte Waren anpreisen. Da liegen aber nur ausgepreßte Zitronenhälften in Saftpfützen. Der Schmutt zerteilt gerade neue Zitronen mit einem riesigen Schlachtermesser und preßt sie aus, indem er die Hälften über einen gläsernen geriffelten Kegel dreht. Dann gießt er den Saft aus der Schale darunter in eine Kanne: Kujambelkonzentrat.

Ich spüre, wie ein Ruck durchs Boot geht: Wir sind also oben – gleich geht die Schnorchelei los.

Das Schott zum Dieselraum steht weit offen. Alle Leute, die zur Dieselraumbesatzung gehören, haben sich vor ihre Fahrstände gestellt, und da schrillt auch schon die Glocke über dem Schott so heftig, daß ich wie von einem Streifschuß erwischt zusammenzucke. Gleichzeitig mit dem Schrillen leuchtet ein rotes Flackerlicht auf. Der Obermaschinist hat den Maschinentelegrafen im Auge: Der Backborddiesel wird gefordert. Ich sehe, wie der Dieselmaat die Abgasklappen für den Backborddiesel öffnet und der Obermaschinist den Motor auf die Welle kuppelt. Dann höre ich die Druckluft in die Zylinder zischen. Ein dritter Mann öffnet den Brennstoffhebel. Und jetzt? Die Ventile knacken, und die Stößelstangen beginnen sich zu bewegen: Die erste Explosion knallt – und schon ist Zündung in allen Zylindern.

Der Obermaschinist nickt mir zu. Dann öffnet er, während er sich langsam nach achtern bewegt, einen Indikatorhahn nach dem anderen. Jedesmal schießt ein Feuerstrahl heraus. Als der Obermaschinist zurück ist, brüllt er in die Kombüse: »Mach mal Kujambelwasser!«

Der Schmutt brüllt zurück: »Was mach ich denn die ganze Zeit?«

Der Obermaschinist hat den Umdrehungsanzeiger im Blick. Nach einer Weile guckt er zu mir her: Die Maschine arbeitet normal. Dann greift er in den Kasten mit Putzwolle und wischt einen Rest Ruß von der Scheibe des Anzeigers: ein penibler Mensch.

Der Dieselmaat steigt nun auf den Tritt, der an der Flanke des Diesels entlangläuft, und befühlt die auf- und abstoßenden Kipphebelgelenke – eines nach dem anderen. Die Gelenke triefen von Öl. Der Dieselmaat zieht, als er mit dem Abfühlen fertig ist, ein Nest Putzwolle aus seiner rechten Hosentasche und reibt sich damit die Handflächen sauber – gründlich und dazu auch noch langsam, damit ich klar sehe: Hektik herrscht hier nicht.

Von Diesellärm eingehüllt auf den Flurplatten zu stehen und mit den Augen zu verfolgen, wie hier die Arbeit abläuft und jeder mit ernster Miene bei der Sache ist, beruhigt meine Nerven ganz ungemein. Es ist für mich wie Handauflegen.

Jetzt erst spüre ich die frische Luft. Nachtluft! Das Beste vom Besten! Ich mache die Augen zu und schmiege mich in sie ein wie in einen Mantel.

Der Obermaschinist schiebt mir einen winzigen Hocker hin, und ich nicke ihm dafür Dank zu. Daß ich einfach so dasitze und mich dabei nicht langweile – der Obermaschinist versteht das bestimmt.

Endlich rappele ich mich wieder hoch, um mich zurück in die O-Messe zu verholen. In diesem Augenblick schlägt der Maschinentelegraf an: Der Steuerborddiesel wird angefordert.

Wie mag es jetzt da oben aussehen? Seegang? Windstärke? Himmel? Unser Schnorchel muß ein komischer Anblick sein, wie er so durch die graue See zieht.

Ich bin schon gut und gerne eine Viertelstunde in der O-Messe, da erscheint wie ein Geist der Kommandant und fragt: »Na, wie geht's?«

»So lala ...«, gebe ich zurück.

Der Kommandant quittiert das mit einem besonders heftigen Gesichtszucker. Dann hockt er sich in seine Sofaecke und läßt die Augenlider wie gottergeben herunterklappen.

Wenn er doch auf der Stelle einschliefe! denke ich. Aber da reißt er die Augen auch schon wieder auf, als hätte er was gehört. Er zwingt sich noch ein paar Minuten zum Sitzenbleiben, dann hält es ihn nicht mehr auf dem Wachstuchsofa, und ich kann zusehen, wie er durchs Kugelschott in die Zentrale steigt. Einen so durch und durch erledigten Mann habe ich noch nie gesehen.

Ich kann, wie ich so dasitze, wenn ich nur will, meine Gedanken aus dieser Tauchröhre hinausschicken. Meine Gedanken sind dann wie Superlängstwellen: Sie dringen spielend leicht durch das bißchen Schiffbaustahl und auch noch durchs Wasser hindurch – ganz unbeschadet und ungeschwächt. Sie durchstoßen die Oberfläche, und nichts und niemand könnte sie hindern, auch noch durchs All zu schweifen – wellenartig wie oszillierende Elmsfeuer – oder sich hoch im Zenit zu kaltleuchtenden Aureolen zu bündeln.

Könnte es nicht sogar sein, daß meine Gedanken auch dann noch durchs All schweben, wenn die Tommies uns längst ... Verdammter Blödsinn! Schnell von unten her dreimal gegen die Back klopfen – das hilft!

Als sich mein Schreck gelegt hat, denke ich aber doch weiter: Es gibt ja auch Sterne, die längst erloschen sind, wenn ihr Lichtschein erst bei uns eintrifft ...

»Reinschiff!« ist befohlen worden. Das Boot hat es auch verdammt nötig: In der U-Messe sieht es besonders schlimm aus. Höchste Zeit, daß der Backschafter hier aufkreuzt. Was an Essensresten auf der Back liegengeblieben ist, haben die Leute beim Durchschlängeln zu einem schmierigen Durcheinander zusammengeschoben. In allen Ecken hat sich ein wüster Verhau gebildet, aber die Leute sind zu apathisch, um etwas gegen den Gammel zu unternehmen. Jacken, Socken und Stiefel liegen zwischen den Schläfern am Boden. Auch aufgeblätterte Bücher, Tassen, Waschbeutel treiben sich da herum. Wohin auch damit? Für hundert Mann gibt es eben keine Spinde.

Noch bei jedem Aufstehen nehme ich mir vor, das Durcheinander auf meiner Koje zu sortieren. Es bleibt aber meist beim Vorsatz. Solange ich Platz zum Liegen habe, lasse ich fünfe gerade sein.

Obwohl der Diesellärm voll in den U-Raum schlägt, versuche ich, es mir auf meiner unordentlichen Koje bequem zu machen und im Liegen zu schreiben. Ich höre dabei die Detonationen in unseren zwölf Zylindern zu einem dumpfen Flußrauschen zusammenklingen. Hin und wieder schlurfen Stiefel über die Flurplatten. Dann wird auch noch der Lautsprecher lauter gestellt. Nach einer Weile erhebt einer von gegenüber erbost seine Stimme: ». . . im Vertrauen, du bist schon reichlich blöde!«

Ich habe keine Ahnung, womit der Angesprochene den Schimpf verdient hat. Aber ich will jetzt auch nicht dahinterkommen.

Der Ölgestank macht mir den Hals eng. Wenn man das Schott zum Dieselraum doch dicht halten könnte, wäre hier allen geholfen.

Bald komme ich vor Durst fast um. Ich schlucke und presse die Zunge gegen den Gaumen, um Speichel in den Mund zu drücken – vergebens. Mich kommt der Wunsch an, meine Zunge im Spiegel zu betrachten. Mit diesem pelzigen Belag darauf muß sie wie ein eklig vergammelter weißer Fisch aussehen. Und die Zähne erst! Ameiseneier in den Zwischenräumen – so wird's wohl sein! Mit dieser Zunge über die stumpfen Zähne hinfahren – das ist schon ein widerliches Gefühl.

Eine Flasche Apfelsaft wäre mir jetzt verdammt recht. Diese trockene Kehle und kein Apfelsaft in der Nähe! – Auch kein Tee. Nichts zu saufen! Der Schmutt könnte hier weiß Gott eine Kanne Kujambelwasser deponieren.

Eine lange Zeit halte ich es ohne zu trinken aus, dann aber wälze ich mich von der Koje und steuere die O-Messe an. Der LI und der Kommandant sind auch da. Den Backschafter, der gerade mit zwei Dosen im Arm Richtung Kombüse unterwegs ist, frage ich nach Kujambelwasser.

Der Schmutt kommt bald darauf selber und stellt eine große Kanne neben die Back. Der Leitende sagt: »Wer soll denn das alles saufen?«

Der Kommandant, der bis dahin wie apathisch in seiner Ecke gehockt hat, guckt ihn daraufhin prüfend an, als kenne er ihn gar nicht: seine übliche Art des Umgangs mit seinen Offizieren.

Ich rappele mich mühsam hoch, schließe den Geschirrspind auf, fingere fünf Tassen heraus und gieße sie schließlich bedachtsam voll: eine vernünftige Aktion, die mir Befriedigung verschafft. Ich habe mich nützlich machen können – na bitte!

Nach einer Weile kommt der Backschafter wieder und stößt mit dem Fuß die noch halbvolle Kujambelkanne um, die ich auf den Boden gestellt habe. Das Kujambelwasser fließt sofort durch die Ritzen zwischen den Bodenplatten weg.

»Nur immer feste! Alles in die Batterie!« faucht der Leitende und ist im Nu hoch. »Sauerei, gottverdammte!«

»Jeijeijei«, macht der Kommandant besänftigend.

Der LI arbeitet sich an der Back vorbei und geht im Gang in die Hocke. »Wie sieht's denn hier überhaupt aus!« schimpft er von unten hoch. Als er wieder steht, brüllt er nach der Nummer Eins.

Die Nummer Eins tritt von der Zentrale her auf – ganz außer Atem.

»Nennen Sie das etwa Reinschiff?« pfeift ihn der LI sofort scharf an. »Hier sieht's ja aus wie im Schweinekoben!«

Der Bootsmann steht wie plötzlich verblödet da und pumpt Luft. Endlich ringt er sich ein: »Jawoll, Herr Oberleutnant!« ab und knickt in der Hüfte nach vorn.

»Was heißt hier: Jawoll, Herr Oberleutnant?« herrscht ihn der LI dafür an.

»Sofort, Herr Oberleutnant!«

»Nein, auch nicht sofort, sondern dann, wenn die Messe frei ist – verstanden?«

»Jawoll, Herr Oberleutnant, sobald ich hier rankann ...«

»Jetzt stimmt's«, quittiert das der LI mit zynischer Intonation.

Die Nummer Eins legt eine vermurkste Kehrtwendung hin, und ich sage: »Vorhang!« Und nur weil der LI mich fragend anguckt, füge ich noch an: »War 'ne bildschöne, ausgereifte Vorstellung.«

Nach vier Stunden Schnorchelfahrt läßt der Kommandant den Mast an Deck legen und das Boot auf vierzig Meter steuern: Mittagspause. Zum Essen wird wieder Musik durchs Boot gerieselt. Ich kann nicht begreifen, wie die Männer dieses Gedudel ertragen.

Schon lange warte ich vergeblich darauf, daß sich endlich einer ermannt und dem Funkmaat die Platte auf dem Kopf zerdrischt. Ein Rätsel, wie unser sonst so nervöser Kommandant ausgerechnet diese Nervenpein klaglos hinnimmt.

Noch immer gelingt es mir kaum, während der E-Maschinenfahrt zu pennen, obwohl dann im Boot eine Art Friedhofsstille herrscht. Die vielen kleinen Laute gehen allesamt ins E-Maschinensummen ein. Lieber schlafe ich während der Schnorchelfahrt einen Streifen. Dann lärmen zwar die Diesel, aber just ihr Dröhnen löst meine Anspannung und schläfert mich ein. Von Maschinengeräuschen konnte ich mich immer schon einlullen lassen – im Lastwagen wie im Flugzeug.

Ich liege auf meiner Koje und mache wieder mal einen Anlauf, das richtige Datum herauszufinden, aber ich verheddere mich schnell. Welchen Tag haben wir nun wirklich – vielmehr welche Nacht. Dienstagnacht? Mittwochnacht? Oder schon Donnerstagnacht? Ich fange an, die Tage von Brest her nachzuzählen. Wann begann die große Scheißerei? Wann gab es das Hühnerfrikassee?

Die Zeitspanne vom Auslaufen bis jetzt erscheint mir wie eine Ewigkeit. Längst ist auch die Vorstellung, daß da drüben an Backbord festes Land ist, vage geworden: Ich muß mich anstrengen, um Bilder davon vor die Augen zu bekommen: widerkäuende Viehherden unterm halben Mond, unter der Nacht hinwandernde Flüsse, vom Mondlicht gekühlte Felsflanken, feuchte Wiesen, die ihren grünen Atem ausstoßen, knarrende Frösche in morastigen Tümpeln, in Grasbetten unter dichtem Laubwerk schlafende Rehe, die düsteren Felsengnome bei Brignogan – das könnte ich in dieser Nacht erleben, wenn ich nicht in dieser Tauchröhre eingesperrt wäre ...

Ein Gefühl der Verlorenheit überfällt mich: Wir sind in dieser stählernen Röhre ausgesetzt und treiben zurück in den Schoß der Zeit. Es gibt nur mehr diesen Ozean, aber keine Spur von Leben: Alles ist wieder wie zu Anbeginn, ehe sich die Felsen aus den salzigen Wassern hoben ...

Die Diesel saugen mir wieder mal für einen Augenblick die Atemluft weg: Mit den Halbträumen ist es aus.

Weiter hier herumliegen? Ich entscheide: mal wieder in die Zentrale! Dieser Entschluß fällt mir leicht, weil mich Blasendrang zu quälen beginnt. In meinem Bauch herrrscht auch kein rechter Frieden mehr. Mir graust nur so sehr vor der anstehenden Prozedur ... Also versuche ich, noch ein Weilchen abzuwarten – sagen wir: bis zum nächsten Rundhorchen. Das müßte zu schaffen sein!

Als ich mich dann aber doch endlich von der Koje gewälzt habe und senkrecht stehe, merke ich, wie schwer mein Kopf ist. Ganz hinten in ihm sitzt ein dumpfer, ziehender Schmerz und über den Augenbrauen auch. Diesen Schmerz werde ich wohl nie mehr los.

In der Zentrale gehen zwei Mann einer merkwürdigen Beschäftigung nach: Sie klopfen Konservenbüchsen flach.

»Die sollen raus«, erklärt mir einer auf mein bloßes neugieriges Zugukken hin.

»Also soll nun doch Müll ausgestoßen werden?«

»Nur, was nicht schwimmt«, bekomme ich Bescheid.

In diesem Augenblick werden die Maschinen gestoppt: Zeit zum Rundhorchen. Kaum stehen die Diesel, wird mir vom Überdruck leicht blümerant. Und gleich wird das technische Wundertheater in Gegenrichtung ablaufen: Trommelfelle rein – Trommelfelle raus. Da soll einem der Schädel nicht platzen!

Ich weiß, ich weiß: Auf das Rundhorchen zu verzichten wäre der schiere Wahnsinn.

Aber jetzt pissen! Die große Pütz gleich neben dem Tannenbaum ist frei. Schnell den Schwanz raus und gut gezielt: Dicht neben meinem harten Strahl liegt einer gekrümmt am Boden und pennt.

Mein Gedärm wird sich hoffentlich noch eine Weile gedulden.

Der Obersteuermann klebt förmlich an seinem Kartenpult. Seit er in der letzten Nacht hat Sterne schießen können, kennt er unsere Position, aber trotzdem ist er schon wieder beim Knobeln. Als er mich neben sich spürt, sagt er: »Bis morgen nacht könnten wir es schaffen ...«

»Die Gegend um La Pallice herum müßten Sie doch kennen«, sage ich wie nebenhin.

»Nicht in dieser Art«, gibt der Obersteuermann zögerlich zurück. »Wir kamen doch aus Bordeaux.«

Ich denke: Was ist denn das für eine Erklärung?, sage aber nur: »Aus dem tiefsten Süden also ...«

»Ja, Herr Leutnant. Und wir konnten doch auch noch nicht schnorcheln, weil die in Bordeaux nicht fertig geworden waren mit dem Einbau unseres Schnorchels ...«

»Ich weiß, ich weiß ...«

»Und dann haben die uns damals ziemlich weit draußen abgeholt. Wir waren ja angemeldet.« Da klingt deutlich mit: »... diesmal sind wir es nicht.«

»Da haben Sie aber doch die Stadt schon mal kennengelernt? Ich meine La Rochelle ...«

»Ach, du meine Güte! ... Entschuldigung, Herr Leutnant – da war ja inzwischen die Invasion im Gang ...« Der Obersteuermann sagt das in einem halb klagenden Ton, als müsse er verzweifeln, weil ich so schwer kapiere. »Da mußte alles hopplahopp gehen. Ich bin gar nicht aus den Klamotten rausgekommen – so sagt man doch, Herr Leutnant ...«

Die Funkkladde wird in die Zentrale gereicht. Der Kommandant wirft einen Blick auf die Bleistiftnotizen und bekommt große Augen.

»Da!« sagt er und gibt die Kladde an mich weiter.

»Von Flugzeug angegriffen – Boot sinkt.« Dazu die Bootsnummer und die Koordinaten.

»Ich verstehe nicht: Haben wir das direkt aufgenommen?«

»Wie denn sonst?« antwortet der Kommandant. »Die Führung würde sich schön hüten, so einen Funkspruch zu wiederholen ...«

Der Kommandant tritt ans Kartenpult. Ich stelle mich dicht neben ihn: Ich will sehen, in welchem Seegebiet das Boot erwischt worden ist.

Als ich die Stelle gefunden habe, mit dem rechten Zeigefinger fixiere und nun auch mit stummen Lippen die Bootsnummer noch einmal forme, erschrecke ich: Das ist ja Ulmer! Herr im Himmel, jetzt hat es den auch erwischt!

Der Kommandant scheint Ulmer auch gekannt zu haben. Mit einem Seitenblick werde ich gewahr, wie er sein Gesicht nervös verzieht.

Wir stehen bewegungslos da und schweigen uns aus. Was könnte es auch schon zu sagen geben? Früher oder später – irgendwann – erwischt es jeden. Fliegerbomben? Was sonst!

Ich zerbreche mir den Kopf: Ulmer hat seine Koordinaten angegeben. Wenn die den Standort so genau kannten, muß es das Boot bei Überwasserfahrt erwischt haben! Oder hat bei denen der Obersteuermann die Koordinaten auch nur erkoppelt?

Mit dem Kommandanten kann ich jetzt nicht über diese Frage reden. Ich kann ja sehen, wie fahrig die Bewegungen sind, mit denen er Stechzirkel und Winkel handhabt. So sage ich nur: »Mist, verdammter!« und verdrücke mich zurück in Richtung O-Messe.

Nach einer Weile werde ich gewahr, daß Bartl nebenan bei seinen Kollegen in der OF-Messe aufgetaucht ist. Ich kann ihn, wenn ich den Hals langmache, um die Spindecke herum mit aufgelegten Unterarmen und gesenktem Kopf an der Back sitzen sehen. Eigentlich müßten die Silberlinge vorn im Bugraum und die Oberfeldwebel hier für die Reespinne Bartl ein dankbares Publikum abgeben. Wann hat er schon mal Leute um sich, die sich nicht davonstehlen können? Aber Bartl ist stumm. Das Reesen scheint ihm gründlich vergangen zu sein. Pfeiferauchen darf er auch nicht, und ohne seine Pfeife ist Bartl sowieso nicht mal ein halber Mensch. Aber nur um seinen Trübsinn auszulüften, dürfte er nebenan kaum willkommen sein.

Um mir wenigstens ein Minimum an Bewegung zu verschaffen, arbeite ich mich wieder mal nach achtern durch – und auch, um nach Kujambelwasser zu fahnden . . .

Ich habe Glück: Der Schmutt hat zwei große Kannen zur Selbstbedienung hingestellt. Durch das Schott zum Dieselraum nicke ich dem Obermaschinisten zu. Wenn ich einen Gruß brüllte, würde er mich kaum verstehen.

Beide Diesel laufen halbe Fahrt.

Die Flurplatten sind an einer Stelle aufgehoben. Von unten zwängt sich gerade ein Heizer herauf, über und über mit Öl und Dreck besudelt. Der Saugekorb der Dieselbilge scheint verstopft zu sein . . .

»Mal 'n Twist her!« brüllt der wüst Beschmierte gegen den Lärm an und verschwindet, nachdem er den ihm zugeworfenen Twist geschickt aufgefangen hat, wie ein Kanalarbeiter wieder in der Unterwelt.

Der Obermaschinist hält sich an seinem Pult beschäftigt. Er liest von seinen Aufzeichnungen ab, wie oft der Tagesverbrauchstank der Diesel gefüllt worden ist. So bestimmt er den Verbrauch.

Das Schott zum E-Maschinenraum steht offen. Zwischen den mächtigen Dieselblöcken hindurch kann ich meinen Blick bis zum Heckrohr schicken. Von unten glänzen die Wellen herauf: zwei glatte, silberne Säulen mit einem Schleier aus Öl. Wohin man hier auch faßt: Überall berührt man einen feinen Ölfilm.

Direkt am Fahrstand entdecke ich eine Dose mit dunklem Inhalt. Der Obermaschinist muß meinen neugierigen Blick beobachtet haben, er bedeutet mir durch Gesten, ich solle kosten. Es kann also kein Schmierfett sein. So einen Scherz würde sich der Obermaschinist nicht erlauben. Jetzt macht er sich an dem Kästchen unter seinem Pult zu schaffen und kramt einen Löffel hervor, den er mit frisch aus dem Ballen gezupfter Putzwolle abwischt und mir dann reicht.

Schwarze Johannisbeermarmelade! Wunderbar. Woher mag er die nur haben? Ich habe Dieselgeruch in der Nase, aber Cassisgeschmack auf der Zunge. Ich bringe meinen Mund nahe an das linke Ohr des Obermaschinisten und brülle: »Schmeckt wie von Muttern!«

Da leuchtet sein Gesicht auf, und er nickt eifrig Bestätigung. Dann reicht er mir ein neues Knäuel farbiger Fäden zu und bedeutet mir: zum Händeabputzen! Ich tue es, aber statt die Putzwolle nun in die Pütz zu werfen, ziehe ich die blauen Fäden aus dem Knäuel heraus und mache damit ein kleines Häufchen auf meinem rechten Oberschenkel. Und dann auf dem linken ein gelbes. Der Obermaschinist guckt mir verwundert zu.

»Sieht doch hübsch aus!« brülle ich, aber der Obermaschinist versteht mich nicht. Er zuckt mit den Schultern. Da richte ich mich wieder auf und mache einen Schritt auf den Obermaschinisten zu. »Mal wieder 'n bißchen pennen!« brülle ich ihm ins Ohr. »Gute Wache noch!«

Stunden später, als auf E-Maschinen umgeschaltet ist, klettere ich zur Abwechslung in den Turm und hocke mich auf den Sehrohrsattel. Hier oben ist noch am meisten Platz. Ich hätte mich längst schon mal an der »Dorflinde« niederlassen sollen.

Die Luft hier ist freilich besonders schlecht, der Gestank dicht wie eine Wolke, aber dafür gibt es gewisse Attraktionen, zum Beispiel genügt ein Knopfdruck, und man kann auf dem Sehrohrsattel Karussell fahren – rund um den Sehrohrschaft und mit dem Rücken direkt am Vorhaltrechner und den übrigen für den Angriff ausgetüftelten Apparaturen vorbei. Das habe ich auf U 96 oft gemacht. Aber jetzt gilt: Strom sparen. Die Angriffslitanei habe ich noch im Ohr: »Backbord zwanzig – recht so – neuer Kurs hundertsiebzig Grad. Achtung Vorhaltrechner: Gegnerfahrt zwölf – Lage links zwoundzwanzig – Tiefe sechs – Entfernung neunhundert – Lage laufend folgen ...«

Wenn ich die Augen am Okular hatte, konnte ich die Jagdbesessenheit des Alten verstehen. Hier oben hockt man tatsächlich wie auf einem Ansitz.

Zeit, um auf die Koje zu verschwinden. Aber das Schlafen wird mir nicht leichtgemacht. Ich höre durch den geschlossenen Vorhang zuerst einen klagenden Furz und dann den Kommentar dazu: »Der Arsch ist keine Flöte – Goethe!«

Darauf ertönt eine zweite Stimme: »Wenn er steht, dann willer – Schiller!«

Und jetzt warte ich auf noch mehr, und das vertreibt mir fürs erste den Schlaf. Als ich dann aber doch endlich wegsacken will, läßt mich lautes Schlagen auf die Back hochschrecken ... Ich kann es nicht fassen: Unter mir wird Skat gespielt – quasi mitten in der Nacht!

Eine Weile vernehme ich nichts als die üblichen Ansagen und das Aufknallen der Fäuste und dann das Witschen des Kartenmischens. Aber schon geht es wieder los: »*Die* Bewegung haste aber prima raus!«

»Klar doch – vom Wichsen!«

Ich drehe mich gegen die Sperrholzwand und versuche, nicht mehr hinzuhören. Aber das schaffe ich schon deshalb nicht, weil ich insgeheim doch neugierig bin auf das, was noch kommen könnte. Aber just, als sollte ich gefoppt werden, geht es jetzt da unten gesittet zu.

Gut, sage ich mir schließlich, wenn ich nun schon nicht pennen kann, will ich wenigstens zu lesen versuchen. Ich blättere Conrads »Spiegel der See«, das zwischen Matratze und Kojenwand klemmt, ziellos an irgendeiner Stelle auf – ist ja ganz egal. Meine Augen laufen über die Zeilen hin, aber so sehr ich mich auch anstrenge, ich erfasse den Sinn nicht. Trotzdem lasse ich meine Augen weiterhin im gewohnten Tempo über die Worte gleiten ...

Etwa wieder verblödet? frage ich mich. Ganz und gar verblöden, das wäre das Wahre! Schluß machen mit diesem mühseligen Anstemmen gegen die Erschöpfung und das Kreiseln im Kopf. Sich richtig einen antüteln. Nie hab ich wirklich Lust zum Saufen gehabt – aber jetzt? Jetzt bin ich zum ersten Mal versessen darauf, mir einen ordentlichen Schluck einzuverleiben, in einem langen, saugenden Zug – und dann noch einen auf die Lampe und immer noch einen, um endlich im ganzen Körper die schwingende Karussellbewegung zu spüren, den Beginn der Schwerelosigkeit.

Daß ich mitten in der Biskaya solche Wünsche hege, eingeschlossen in diese Tauchröhre, sollte das nicht auch zu den Wundern der Natur gezählt werden? Wer weiß schon Genaues darüber, wie Wünsche und Gedanken, wenn sie sich erst mal gerührt haben und zum Leben erwacht sind, weiterexistieren? – Keine Energie geht verloren, so haben wir's schließlich gelernt. Um den Wunsch nach einem Schluck Cognac entstehen zu lassen, habe ich aber Energie aufgebracht – zwar nur ein Fitzchen, aber eben doch Energie! – Na also! sage ich mir mit einem tiefen Gefühl der Befriedigung. Und wo geht die hin?

Schon im Hinüberduseln höre ich von unten noch: »Ich sag's ja, wichsen kann jeder, aber Skat spielen, das will gelernt sein!«

Als ich aufwache, mache ich mich lustlos daran, meine Koje aufzuklaren. Während ich so herumwirtschafte, wird mir bewußt, daß unsere Art Seefahrt durchaus auch Vorteile hat: Wir haben keine nassen Klamotten – nur trockenes Zeug am Leib. Früher wußte man nie, wohin mit dem nassen Gummizeug, den nassen Troyern, nassen Socken, nassen Seestiefeln. Immer und ewig gab es Krach mit den E-Maschinenfritzen, die sich darüber empörten, wenn nasse Klamotten zum Trocknen nach achtern kamen. Dann taten sie so, als hätten sie den E-Maschinenraum für teures Geld gemietet. Keine Rede von Mitgefühl für die Seeleute, die oben auf der Brücke, wenn der richtige Kuhsturm losgelassen war, nicht mehr recht wußten, ob sie Menschen oder Amphibien waren.

Mir geraten beim Aufklaren unter der Matratze meine Geheimsachen in die Hände: zwei dicke Umschläge, beide adressiert an den Chef des Stabes. Ich wüßte liebend gern, was in diesen Umschlägen steckt. Aber so sehr ich sie auch abfingere, kann ich doch nichts als ganz normale Schreibbögen erspüren. Schließlich verstaue ich die beiden Umschläge wieder.

Meine Raison d'être sind die Papiere auf jeden Fall: Ich bin als Kurier unterwegs – auf einer Kurierfahrt mit Handicaps freilich ...

Was für eine Menge Jux habe ich schon aus Kurierfahrten gezogen – oder sagen wir: sogenannten Kurierfahrten. Aber diesmal könnte es ernst sein. Die Miene des Alten bei der Übergabe der beiden Umschläge war wichtig genug. Könnte durchaus sein, daß ich die letzten Schriftdokumente der Flottille bei mir habe ...

Fragt sich nur, wie die bis nach Koralle kommen sollen – Berlin ist verdammt weit weg von unserem gegenwärtigen Schiffsort.

Mit einem Mal dröhnt es wie von fernem Donner. Deutlich kann ich aus dem Dröhnen drei einzelne Detonationen heraushören – mit etwa drei Sekunden Abstand zueinander.

Gleich meutert einer der Maate: »Das fällt mir aber ganz schön auf den Wecker!«

Das ist das Wort! Die Tommies fallen uns bei kleinem auf den Wecker.

Diese verdammte Saubande soll endlich Schluß machen mit ihren diversen Geräuscheinlagen.

In einer Unterkoje wird einer von einem Hustenanfall gewürgt. Hart röchelnd holt er sich seinen Rachenrotz hoch.

»Mann, schluck sie bloß wieder hinter! Auf grüne Austern ist hier keiner neugierig«, empört sich einer von gegenüber. Aber dann lenkt er ein, als hätte er plötzlich gemerkt, daß das ein Zahn zuviel war: »Paßt nu mal schlecht zu Dosenwurst und Gurke . . .«

Aus der Unterkoje kommt keine Reaktion: Der Mann scheint seinen Schleim tatsächlich brav wieder runtergeschluckt zu haben.

Ich hocke in der Zentrale und starre vor mich hin. Mein Schädel hat sich nach und nach mit Kapok gefüllt. Mit Kapok im Schädel kann der Mensch nicht denken: Naturgesetz.

Ich sollte gegen meine Lethargie angehen – das heißt: die Baumwolle in meinem Kopf in graue Zellen zurückverwandeln und versuchen, ein paar klare Gedanken zu denken . . . Um das zu erreichen, schließe ich die Augen und blicke nach innen. Als ich das mit aller Anstrengung tue, fängt die träge Masse in meinem Kopf an zu wehen und zu wabern. Sie bildet graue Schlieren und Schleier und auch eine Art Milchstraße mit ein paar kalten Funken darin. Die Milchstraße und die Schleier beginnen dann, sich wie in einer Zentrifuge zu drehen. Davon wird es ganz leer in meinem Kopf, und mich schwindelt. Ich muß schnell die Augen aufsperren, um das Schwindelgefühl wieder loszuwerden.

Um mich wieder fühlen zu können, bewege ich die Finger und die Zehen in den Stiefeln. Ich würge die halbtrockene Spucke in meiner Mundhöhle hinunter und schlage die Lider, als ob mir eine Mücke ins Auge geflogen wäre. Davon wird die schwarze Zentrifuge in meinem Kopf endlich arretiert. Aber mir bleibt das Gefühl, daß ich nicht mehr gut höre. Vielleicht liegt das auch nur am Ohrenschmalz . . . Vor lauter Ohrenschmalz werden meine Trommelfelle wohl nicht mehr richtig schwingen können. Also heißt es eine Büroklammer auftreiben! Meine Großmutter putzte sich mit der U-Krümmung einer Haarnadel die Ohren aus. Der moderne Mensch verwendet Büroklammern. Der I WO hat welche für seinen Aktenkram. Ohne Büroklammern könnte er gar nicht existieren.

Ich hocke da und hecke einen Plan aus, wie ich an die Büroklammern des I WO komme. Nur nichts überstürzen. Nicht hudeln. Meine grauen Zellen arbeiten jedenfalls. Ich bin am Leben. Meine Lungen blähen sich, mein Herz pumpt. Meine Haare wachsen vor sich hin – Tausende von Haaren –, und meine Fingernägel und Zehennägel wachsen auch. Alles funktioniert. In meinen Ohren vermehrt sich das Schmalz – und das mehr, als not täte.

Eine Büroklammer besorgen und die Ohren ausputzen: Das ist ein guter Gedanke. Ich muß dazu nur die O-Messe ansteuern: In einem Schapp direkt über der Back hat der I WO seine Schnellhefter und Aktendeckel mit den kleingedruckten Dienstvorschriften, in denen er so gern blättert. Der I WO wird schon nichts dagegen haben, wenn ich ihm zwei, drei Klammern stibitze, die dicht bei dicht an der Oberseite seiner Papiere stecken. Ordnungswütig, wie der I WO nun mal ist, hat er fein zusammengeklammert, was in seinen Augen zusammengehört.

Der I WO dürfte wachfrei haben. Vielleicht sitzt er sogar gerade über seinem Papierkram. Zuzutrauen wäre es ihm, und dann könnte ich ihn einfach fragen und brauchte nicht zu klauen.

Ich merke, daß ich mit den Armen bereits Anstalten mache, um mich hochzustemmen. Zeit lassen! sage ich mir. Erst muß ich wieder ganz zu mir kommen. Ich existiere ja immer noch halb im Nirwana. Wenn ich mich nach vorne in die O-Messe bewege, sollte ich einen gesammelten Eindruck machen.

Ich gucke auf die Uhr an meinem linken Handgelenk und sage zu ihr: »Scheißuhr!«

Die Zeiger stehen auf kurz nach zwei. Zwei Uhr was? Zwei Uhr mittags oder zwei Uhr nachts? Dieser vielgerühmte Peter Henlein hat in seiner Schlosserwerkstatt in Nürnberg einen schönen Mist gebastelt, und der ist auch noch millionen- und abermillionenfach vervielfältigt worden – bloß, weil keiner daran gedacht hat, daß es auch mal Leute geben könnte, die nicht zum Fenster hinausgucken können, ob es draußen hell oder dunkel ist. Das Zifferblatt in vierundzwanzig statt in zwölf Stunden zu teilen – wo wäre denn da die Schwierigkeit gewesen?

Statt mich nun endlich nach vorne zu begeben, hocke ich immer noch da.

Mir ist ein Stöhnen unterlaufen, und ich schäme mich dafür: Es könnte ja einer gehört haben ... Aber da soll einer nicht stöhnen, wenn er sich in dieser stinkenden Röhre den Himmel über der See vorstellt.

Mal wieder den Himmel sehen! Den gestirnten Himmel oder einfach einen unigrauen Himmel. Man soll bescheiden bleiben mit seinen Wünschen und nichts Großartiges ersehnen. Also nicht etwa den Anblick des Himmels über dem Donaudelta oder über der Po-Ebene mit seinen gewaltigen Wolkenaufzügen. Das Fatum nicht mit allzu großen Wünschen herausfordern ...

Wenn es das nur gäbe: Fatum. Dann hätte dieser ganze Irrwitz noch eine Art Basis. Dann würde irgendeine nebulose Instanz längst bestimmt haben, ob wir durch diese Scheiße durchkommen oder nicht. Aber sich vorzustellen, daß hier alles nur nach dem puren Zufall abläuft, also ganz ohne irgendeine Form von Absicht und Regie höherer Mächte!

Komisch, daß ich an Bord noch keinen laut habe beten hören. Hier frißt jeder seine Angst in sich hinein – brav und wie es sich gehört.

Schwarzer Tee wäre jetzt richtig. Und was zu essen.

Da heißt es, das Frühstück sei aufgebackt. Mühsam stemme ich mich hoch und stakse Richtung Kugelschott.

LI und Kommandant sitzen bereits auf dem Ledersofa und schweigen sich aus. Der Lichtschein der Lampe über der Back wandert, weil das Boot von einer tiefgehenden Dünung bewegt wird, an den Wänden auf und ab – manchmal so hoch, daß der Herr Großadmiral für einen Moment beleuchtet wird, ehe er wieder ins Dunkel absackt.

Der Herr Großadmiral! Wo viel Licht ist, da ist auch viel Schatten. Oder umgekehrt! Wenn es nach mir ginge, wäre dieses dämliche Atelierfoto längst aus dem Rahmen genommen und in kleine Stücke zerschnipselt worden.

Die beiden Silberlinge sind noch nicht erschienen. Das ist mir mehr als recht. Ich weiß immer noch nicht, ob die beiden alten Säcke im Bugraum pennen, aber das soll mir auch so schnurz wie egal sein.

Der Kommandant ist es, der den gleichmäßigen Tonfluß aus ein paar Dutzend verschiedenen Geräuschen schließlich stört. Er trommelt plötzlich, als müsse er für Abwechslung sorgen, mit den Fingernägeln seiner rechten Hand einen Marsch auf die Linoleumplatte. Wahrscheinlich soll es der Hohenfriedberger sein. Dazu macht er eine verbissene, ja fast verkrampfte Miene.

Genauso abrupt, wie er damit begonnen hat, hört er mit der dämlichen Trommelei wieder auf und läßt den Kopf sinken, als müsse er tief nachdenken. Als er ihn kurz darauf für einen Augenblick wieder hebt und sich sein Gesicht aufhellt, erwarte ich schon eine Mitteilung. Aber der Kommandant verlangt nur barsch nach dem Backschafter.

Fast gleichzeitig mit dem Backschafter erscheint der ältere der beiden Silberlinge. Ich muß Platz machen, und Kommandant und LI müssen zusammenrücken. Der Mann sieht miserabel aus.

Während ich mein Rührei in mich hineinlöffele, stelle ich mir wie unter Zwang vor, was wohl passieren würde, wenn sich der Zustand unseres dicken Silberlings noch weiter verschlechterte. Und wenn er gar seinen Geist aufgibt? Eine Leiche an Bord, die hätte uns gerade noch gefehlt – aber *das* wäre ein Filmstoff: ein Kommandant, der den Arzt ersetzen muß und um das Leben eines einzelnen Mannes – und dazu eines Silberlings – kämpft, während um ihn herum die Hölle los ist. Der ihm massenweise Spritzen verpaßt, von deren Wirkung er keine Ahnung hat . . .

Ich will meiner durchdrehenden Phantasie Bremsbacken anlegen, aber nein, mein Film läuft weiter: natürlich die falsche Medizin. Der Werftgrandi wird von konvulsivischen Zuckungen gepackt. Großaufnahme vom Todeskampf – und dann, als der Werftgrandi hinüber ist und die Waboverfolgung zu Ende, die Ratlosigkeit, was mit der Leiche geschehen soll. Auftauchen? Alle raten dem Kommandanten ab. Der aber besteht auf der üblichen Zeremonie. Kaum ist das Boot oben, wird es geortet und von Flugzeugen und Zerstörern eingekreist – und dann wird es erst recht mit Wasserbomben belegt und schließlich geknackt. »Und alles wegen diesem Scheißsilberling!« bringt der Kommandant im Absaufen noch hervor.

Woher fliegt mich dieser Scheißdreck an?

Mir ist sekundenlang, als könnte ich verrückt werden. Ich habe schrill sirrende Saiten im Kopf und dann wieder nur bodenloses Vakuum. Keine Reflexschichten mehr – gar nichts mehr.

Ich verschwinde aus der O-Messe und hangele mich durch den Mittelgang: Ich will auf meine Koje.

Als ich langliege, atme ich so ruhig und regelmäßig, wie es nur geht, aber ich kann mich trotzdem nicht fühlen: Ich lebe wie außerhalb meines Körpers – plasmatisch. Ich spüre nur meinen Schädel. In diesem Schädel dröhnt und paukt es – dumpfer Lärm wie der Nachhall von fernen Wasserbomben.

Gleich muß die Schnorchelei beginnen, sage ich mir. Dann kommt Luft ins Boot. Luft habe ich jetzt verdammt nötig.

Durch die Mahalla

Als ich wieder zu mir komme, merke ich, daß ich den Schnorchelbeginn glatt verschlafen habe. Ich habe sogar bis tief in die Schnorchelfahrt hinein gepennt. – Das war ein schöner Schluck aus der Pulle!

In der Zentrale erfahre ich, daß La Pallice am nächsten Morgen erreicht wird, wenn alles klargeht. Ich habe meine Sinne Gott sei Dank wieder so gut beisammen, daß ich sofort »toi, toi, toi und dreimal schwarzer Kater« sagen kann.

La Pallice – und wie dann weiter?

Da muß ich an Simone denken: Ob sie tatsächlich immer noch in Fresnes ist?

Im Boot herrscht eine merkwürdige Stimmung. Es ist, als habe sich die dumpfe Schicksalsergebenheit, die eine Zeitlang zu spüren war, aufgelöst. Dafür geht die Angst um. Ich bekomme keine Zoten mehr zu hören, hin und wieder aber richtige Angstdialoge: »Die haben doch mitgekriegt, wohin wir wollen. Das können die sich doch auch am Arsch abfingern: La Pallice oder Bordeaux. Und daß La Pallice näher iss, schätz ich, das wissen die auch. Und wann sie uns etwa erwarten können ...«

»Das wissense ooch«, repetiert einer im Spott. »Du bist doch vielleicht ein Klugscheißer!«

Aber recht hat der Mann: Die Tommies *müssen* wissen, daß wir hier herumkrauchen. Immer angenommen, ihnen ist klar, daß sie uns beim Auslaufen aus Brest doch nicht geknackt haben. Dann hat es bei denen keine Siegesfeier gegeben, dafür aber jede Menge Enttäuschung und entsprechend viel Wut.

Mal weiter angenommen, daß die sich denken können, welcher Stützpunkt als unser Zufluchtshafen ausgesucht wurde ... dann haben sie in aller Ruhe mitkoppeln können und wissen nun einigermaßen genau, wann sie mit uns rechnen können. Wir sind ihnen quasi sicher.

Andererseits, sage ich mir, sind wir hier schon ein bißchen weg vom Schuß. Vielleicht fliegen sie so weit im Süden gar nicht mehr regelmäßig

Patrouille . . . Könnte doch sein, daß die Herrschaften weiter nördlich so beschäftigt sind, daß sie keine Hand mehr frei haben – jedenfalls keine für uns.

Ach was, das ist doch nur billiger Selbsttrost, halte ich dagegen. Daß die Brüder uns ungeschoren lassen werden, ist kaum vorstellbar. Direkt vor dem Einschlupf noch eins auf die Haube – das hat es in letzter Zeit immer wieder gegeben. Um die halbe Welt karren, die größten Gefahren durchstehen, um dann auf den letzten paar Seemeilen, fast schon unter Land, von Jabos weggeputzt zu werden – das kann nicht lustig sein. Genau das ist einem der großen Boote der zweiten Flottille passiert.

Und dann der Blockadebrecher, der eins unserer eigenen Boote kurz vorm Einlaufhafen weggerotzt hat, nur weil er die Anmeldung nicht mitbekommen hatte . . .

Es ist, als vermehrten sich die Metastasen der Angst mit jeder Stunde. Wenn der Kommandant sich doch besser beherrschen könnte und seine Augen nicht so unsicher herumgehen ließe! Dieser Flatterblick muß auf die Leute wie Gift wirken.

»Jetzt können's nur noch zwei bis drei Stunden bis zum Geleitaufnahmepunkt sein«, gibt der Bootsmaat der zwoten Wache unnötig laut zum besten.

»Wenn's nur stimmt«, höre ich murmeln.

Der Kommandant rechnet sicher mit einem dichten Abfangkordon. Cordon bleu – der blaue Kordon! Durch den müssen wir hindurch. Und dann?

Im Hinterkopf habe ich in Versalien das Wort MINEN. Gegen Minen hilft gar nichts, kein taktisches Geschick, kein Mut, keine Tapferkeit. Und vor dieser Küste liegen mit Sicherheit welche: Nicht nur Flieger, auch U-Boote und Schnellboote haben hier in der Gegend ihre Minen loswerden können. Unsere Firma hat ja längst nichts mehr zu bestellen im Küstenvorfeld.

Vor Brest hatten die Tommies alles in allem wenig Glück mit ihren E-Minen: zu tiefes Wasser. Aber das hier, dieses flache Küstenvorfeld, ist für E-Minen wie geschaffen.

Alle paar Minuten kommt jetzt ein Freiwächter unter irgendeinem vorgegebenen Grund in die Zentrale, und das, obwohl alles unnötige Herumlaufen im Boot verboten ist. Wegen des Trimms, aber auch, damit nichts aus der Zentrale heraus herumgetratscht werden kann. Aber was könnte einer schon im Bugraum erzählen, wenn er im Vorübergehen ein paar nichtssagende Satzfetzen aufschnappt.

Die beiden Seeleute an den Tiefenrudern haben ihre liebe Not, die Gewichtsverschiebungen auszugleichen. »Verfluchter Stalldrang«, schimpft einer und meint damit die viele Bewegung im Boot.

»Stalldrang« ist das richtige Wort für unser aller Verlangen, endlich wieder festen Boden unter die Füße zu bekommen. Fester Boden! Wann nur wird das sein? Alle meine Wünsche kulminieren im Verlangen nach festem Boden unter den Füßen.

Ich höre, wie über den Obersteuermann getuschelt wird: »Jetzt geht dem der Arsch aber ganz schön mit Grundeis!« – »Der sollte sich 'n Kartenpult wie 'n Bauchladen bauen lassen. Das könnte er dann immer mit sich rumschleppen auch noch zum Scheißen!«

Aber einer sagt auch: »Der schafft das schon, der hat's noch immer geschafft!«

Ich denke: Natürlich schafft der das. Schließlich hat er vorgestern erst ein astreines Besteck gekriegt.

»Wie sieht denn das Programm aus?« frage ich den Obersteuermann direktheraus.

»Mit E-Maschinen so lange, wie's geht. Dann womöglich erst mal aufliegen und uns schlau machen. Dann in der Morgendämmerung hoch und mit allen Sachen ran an die Küste.«

»Überzeugend!«

Der Obersteuermann bedenkt mich mit einem lauernden Blick und sagt schließlich mit einem leisen Stöhnton in der Stimme: »Wenn's nur erst soweit wäre! Das ist hier 'ne verdammte Gegend . . .«

Ich weiß, ich weiß: Gefährlich ist für uns vor allem, daß wir schon weit vor der eigentlichen Küstenlinie kein tiefes Wasser mehr haben. Wir werden noch eine Ewigkeit lang aufgetaucht fahren müssen. Diese flachen Küstenvorfelder aus Schwemmsand soll der Teufel holen!

Wie die Sache sich anläßt, kann ich mich glatt noch mal auf die Koje verholen. Da bin ich zumindest keinem im Weg.

Bald schon merke ich, daß ich auf der Hut sein muß, wenn ich nicht wieder ins Halluzinieren verfallen will. Ist es der Dieselgestank, der mir die Sinne benebelt? Die Silberlinge haben es leicht: Die liegen ohnehin einfach da wie asphyxiert. Heißt es tatsächlich so? As-phy-xiert?

Damit meine Gedanken nicht zügellos umherirren können, suche ich in meinem Kopf Reime, Abzählverse und Denkhilfen aus der Pennälerzeit zusammen: »Iller, Lech, Isar, Inn / fließen nach der Donau hin / Altmühl, Naab und Regen / fließen ihr entgegen . . . Dos, iuventus, virtus, salus / mercitus, senectus, palus / merces, quies, seges auch / arbor weiblich sind im Brauch . . .«

Ich kann deutlich spüren, wie die Reimerei meine Nerven beruhigt. Nun probiere ich es auch noch mit nach innen gesummten Liedchen:

»... so wollen wir beide sterben / wir beide, du und ich / dein Vater, der läßt uns verderben / dein Vater, der liebt uns nicht ...«

Wie es weitergeht, weiß ich nicht. Auch der erste Vers ist mir entfallen.

Ich blabbere noch eine Weile Reime vor mich hin und denke dann: verrückte Idee, jetzt noch hier flachzuliegen – mit diesem Gewimmel von Ameisen im Kopf! Also runter von der Koje und zurück in die Zentrale!

Wie von alleine zieht es mich wieder in die Nähe des Obersteuermanns. Als ich neben ihm stehe, sagt er: »Hoffentlich ist kein Verkehr vor der Einfahrt – ich meine: wenn es dann noch dunkel sein sollte.«

Ich merke, wie sehr dem Obersteuermann plötzlich am Reden liegt, obwohl er sonst alles andere als ein gesprächiger Mann ist.

»So blind, wie wir sind, können wir doch glatt einen über den Haufen karren«, sagt er. Und dann erfahre ich, daß dem Obersteuermann das schon mal um ein Haar passiert ist.

»Das war«, sagt er, nachdem er sich eine Weile bedacht hat, »im Mittelatlantik an einem Geleitzug. Dunkel wie im Bärenarsch ... Überwassernachtangriff und wir in schönster Position. Da sehe ich steuerbord voraus einen Schatten – aber bloß ganz schwach. Klarer Kollisionskurs! Wir haben hart backbord gemacht und gebrüllt wie die Wahnsinnigen, so nahe waren die ...«

Während der Obersteuermann sich wieder mit Winkel und Parallellineal beschäftigt, redet er immer weiter gegen seine Spannung an: »Ist gerade *jetzt* viel besser, alle fünfzehn Minuten rundzuhorchen, 'ne halbe Stunde könnte glatt mal zu lange sein ...«

Der Backschafter kommt durch, um aufzubacken. Mir steht der Sinn nicht gerade nach Essen. Wenn ich ehrlich sein soll, graust mir sogar vor dem Fraß, den der Schmutt zu offerieren hat.

In La Rochelle, da ließ es sich gut schnabulieren. Ich kenne zwei, drei Lokale am alten Hafen von La Rochelle, da wurde man um sein Geld nicht betrogen, wenn man aufs Ganze ging und Hummer bestellte.

Kein schlechtes Zeichen, daß ich schon wieder an so feine Sachen wie homard à l'armoricaine denke. Diesmal wird nur leider keine Zeit sein für solche kulinarischen Genüsse. Da wird es für mich heißen: schnell ab dafür in Richtung Heimatland! Wenn es der Teufel will, kann es um Stunden gehen. Aus Brest heraus mit Ach und Krach und dann hier im Süden hängenbleiben, das wäre ein Witz. Das Wichtigste wird sein, einen fahrbaren Untersatz zu organisieren.

Gleich schelte ich mich: Wer wird denn so auf den Putz klopfen! Nur ganz verstohlen ans feste Land denken! Leise, leise auftreten! Ja nichts berufen und schon gar nicht vor der Kirchweih jubeln ...

»An Kommandant – schwaches Leuchtfeuer in rechtweisend siebenundsechzig Grad«, meldet der II WO von oben.

Der Kommandant steigt sofort in den Turm. Nach einer Weile höre ich: »Ja, tatsächlich. Kaum zu sehen!«

»Keine Kennung!« sagt der Kommandant, als er wieder unten ist. »War auf einmal weg, aber dann kam's wieder.«

Großes Rätselraten, was das wohl für ein Feuer sein könnte.

»Mehrere Horchpeilungen in hundert Grad. Lautstärke eins bis zwo!« meldet jetzt der Horcher.

In der Stille kann ich hören, wie der Sehrohrmotor mit ganz kleinen Sprüngen arbeitet: Ob der II WO noch etwas entdeckt hat? Aber von oben kommt keine Meldung. Schließlich fragt der Kommandant drängend: »Ist was?«

»Im Sehrohr nichts auszumachen, Herr Oberleutnant. Kein Schiffsverkehr«, kommt es von oben.

Wir schippern also weiter ins Ungewisse hinein. Was bliebe uns denn auch anderes übrig! Zumindest ist das Lot angestellt: Wir haben nur noch verdammt wenig Wasser unter dem Kiel. Wie lange werden wir überhaupt noch schnorcheln können?

Ich bilde mir ein, daß sich die Nervosität des Kommandanten auf mich überträgt. Dagegen muß ich mich wappnen. Ich sollte mich um die Ansteuerung La Pallice kümmern. Konzentration auf die Ansteuerung – das wird mir helfen, meine Gedanken in Ordnung zu halten.

Wieder hin zum Kartenpult! Auf dem grünen Linoleum neben der Seekarte liegt das »Handbuch der Westküste Frankreichs« schon an der richtigen Stelle aufgeschlagen, und ich lese so konzentriert, wie ich nur kann:

»Der Vorhafen von La Pallice hat eine 90 m breite Einfahrt zwischen den Molenköpfen. An der Innenseite der Nordmole können Tankschiffe festmachen. Dort ist längsseits ein 300 m langer, 30 m breiter und 9 m tiefer Graben ausgebaggert. Die Schiffsfähren nach Ile de Ré machen dort am nordöstlichen Ende fest. Zwischen Nordmole und Schleuse erstreckt sich ein 200 m langer Kai mit einem 130 m langen, 25 m breiten und 7 m tiefen Graben längsseits. Dort können bis 100 m lange Schiffe festmachen. Die Südmole des Vorhafens ist nur an ihrem östlichen Ende auf 70 m Länge mit 5 m Wassertiefe zum Anlegen geeignet. Mehrere Festmachetonnen im Vorhafen.«

Ich lasse meine Augen viel langsamer als im gewohnten Lesetempo über die Silben gleiten, und trotzdem habe ich meine liebe Not, zu kapieren, was meine Sehnerven ins Hirn leiten. Jetzt muß ich mich zum Weiterlesen regelrecht zwingen: »Die Schleuse zum Hafenbecken bietet

22 m Durchfahrtsbreite über Schwellen, die 4 m unter Kartennull liegen. Die Schleusenkammer hat 167 m nutzbare Länge. Schiffe mit mehr als 183 m Länge dürfen nicht in das Hafenbecken einlaufen. Die zweite Schleusenkammer südlich der ersteren ist geschlossen.«

Na schön, alles präzise ausgedrückt und lehrreich. Das Konzentrat daraus wußte ich auch so: La Pallice ist kein Naturhafen wie Brest, sondern ein Schleusenhafen wie Saint-Nazaire.

»Wir müssen bald hoch«, sagt der Kommandant.

»Und Jagdschutz entfällt . . .«, murmele ich.

»Ist mangels Masse einfach nicht vorgesehen«, sagt der Kommandant.

Wenn wenigstens das Wetter schlechter wäre . . . Aber an Eintrübung, an Regen gar, ist nicht zu denken.

Auch die erfahrenen Leute der Besatzung sind einsilbig geworden. Sie wissen, daß bald der gleiche Tanz wie beim Auslaufen losgehen kann.

Ich beobachte den Obersteuermann: Wenn der sich unbeobachtet wähnt, flattern ihm die Hände. Kein Wunder, daß er mehr Manschetten hat als alle anderen: Das Cherbourg-Debakel sitzt ihm sicher noch in den Knochen. Die englische Küste statt der französischen anzusteuern – was Schlimmeres konnte ihm gar nicht passieren! Nicht auszudenken, was es gegeben hätte, wenn das Boot, kaum den Allies entkommen, in einen englischen Hafen eingelaufen wäre . . .

Und jetzt das Nadelöhr finden! »Nadelöhr« – das ist die richtige Bezeichnung für die Einfahrt nach La Pallice.

Nicht ein einziges Mal während der ganzen Fahrt habe ich den Obersteuermann auf seiner Koje gesehen, dafür aber ständig in der Zentrale. Es ist gerade so, als gehörte er zur Einrichtung wie irgendeins der Aggregate

Das Bild des Nadelöhrs will mir nicht wieder aus dem Sinn: Ich sehe vor mir, wie unser Bug danebensticht – nicht anders als ein spitzgedrehter, angefeuchteter Zwirnsfaden. Einmal links, einmal rechts daneben . . .

Nadelöhr – da war doch was mit einem Kamel? Irgendeiner kommt eher ins Himmelreich als ein Kamel durch ein Nadelöhr. Ein Gerechter? War's nicht so?

Die Küste, die wir vor uns haben, ist leider beschissen flach: Da gibt es keine charakteristischen Felsformationen, nichts Hochragendes – keine Landmarken. Diese Küste kann man erst ausmachen, wenn man schon dicht davorsteht.

Es gibt natürlich Leuchttürme. Die sind zwar nicht befeuert, aber bei Tage müßten wir sie finden . . . Das aber nur, wenn wir aufgetaucht fahren und vom Turm ordentlich Rundblick nehmen könnten!

Ich ertappe mich dabei, daß ich immer wieder auf meine Uhr gucke. Ich tue es heimlich: Keiner soll mir meine Nervosität anmerken. Wir haben es, sage ich mir immer wieder, um mich zu beruhigen, im Grunde mit einer ganz normalen Ansteuerung zu tun . . . Es kann sich auch nur noch um wenige Stunden handeln, bis wir das Hafenbecken von La Pallice durchqueren und in dem Bunker an seinem Ende verschwinden: Ende der Seereise.

Da intoniert es in mir: »Herrlich, herrlich wird es einmal sein / wenn wir ziehn, von allen Sünden rein / in das gelobte Kanaan ein . . .«

Mich quält nach einer Weile der verrückte Verdacht, daß unser Kompaß etwas abbekommen haben könnte und wir einen total falschen Kurs halten. Schließlich nehme ich meinen Mut zusammen und frage den Obersteuermann, mit meinem rechten Zeigefinger auf der letzten Schiffsorteintragung: »Stimmt denn das halbwegs?«

»Was heißt hier halbwegs!« empört sich der Obersteuermann. Aber dann versucht er doch, sich zu erklären: »Bei den Strömungsverhältnissen hier in der Gegend gibt's natürlich . . .«

Weil er nicht weiterkommt, ergänze ich: »Imponderabilien.«

»Wie bitte?«

»Unwägbarkeiten.«

Der Obersteuermann guckt mich mißtrauisch prüfend an. Das deutsche Wort ist für ihn offenbar genauso verdächtig wie das Fremdwort.

So wird das nichts. Ich mache deshalb einen neuen Anlauf und sage einfach: »Schöne Scheiße!«

»So isses«, pflichtet der Obersteuermann mir jetzt deutlich erleichtert bei, und dann drängt es aus ihm heraus: »Das ist doch kein Arbeiten! Da können die dümmsten Sachen passieren, Herr Leutnant. Nee, Spaß macht das nicht, so ohne Sextanten – und alle Küstenbefeuerungen aus.«

Plötzlich ist der Kommandant neben uns. Der Obersteuermann weicht einen halben Meter zurück, um ihm den Blick auf die Karte freizugeben. Aber was will der Kommandant da schon sehen! Ich habe den Eindruck, daß er zwar auf die Karte starrt, aber kaum etwas aufnimmt.

Vielleicht, sage ich mir dann, tut er in seiner Lage ja genau das Richtige: den Obersteuermann einfach machen lassen. Wieder erinnere ich mich an den Alten: »Gute Leute muß man eben haben! Ohne gute Leute geht gar nichts.«

Als die Diesel gerade wieder gestoppt sind, werden aus dem Horchraum Geräusche gemeldet. Sofort verschwindet der Kommandant durch den Schottrahmen nach vorn: erstaunlich schnell. Ich spitze die Ohren, höre aber nicht, was er mit dem Horcher murmelt.

Da schlägt mir »Verfluchte Pest!« an die Ohren.

Das war der Kommandant! Als er wieder in der Zentrale erscheint, arbeite ich mich bis dicht an ihn heran. Aber ich erfahre nichts. Der

Kommandant sagt nur noch einmal: »Verfluchte Pest!« Er holt zwar ein paarmal tief Atem, als wolle er gleich losschimpfen, aber dann hält er inne und lauscht nach außen.

Wir stehen alle wie plötzlich vom Zauberstab berührt stocksteif da und lauschen: Werden die Geräusche lauter? Wandern sie aus?

»Möchte nicht wissen, wer hier alles herumkarrt – Turbinen sind das jedenfalls nicht«, sagt der Kommandant endlich.

Ja, und? will ich schon sagen. Schließlich gibt es genug Kolcher mit Kolbenmotoren, die uns verdammt unangenehm werden könnten ...

»Einwandfrei Kolbenmotor!« Das war wieder der Kommandant. Wenn nur seine Stimme sicherer klänge! Er muß schon wieder hüsteln. Erkältet ist er nicht. Es wird die schiere Angst sein, die ihm die Stimmbänder verkrampft.

»Wandert aus«, murmelt der Obersteuermann. Das konnte er sich sparen. Jeder hier kann hören, daß das Geräusch abnimmt.

Ich lasse mich in den vorderen Kugelschottrahmen sinken. Kaum habe ich die Beine mit aller Vorsicht von mir gestreckt, höre ich in meinem Rücken die Stimme des Horchers: »Schraubengeräusche in ... schnellaufende Schrauben.« Und noch mal: »Schraubengeräusche auch in ...«, wieder kann ich die Gradangabe nicht verstehen.

Das Gemurmel in der Zentrale hat wie mit einem Schlag aufgehört.

»Scheiße!« höre ich nur noch. Dann ist absolute Stille. Keiner der Leute, die am Boden hocken, tut einen Mucks. In die Stille hinein klingt es jetzt in aller Deutlichkeit aus dem Horchraum: »Schnell näherkommend!«

Jetzt sind es also keine Kolbenmotoren! Na dann prost Mahlzeit! gebärde ich mich vor mir selber großkotzig.

Der Kommandant und der Leitende stehen hinter den Tiefenrudergängern. Der Obersteuermann hat sich rücklings mit beiden Ellenbogen gegen das Kartenpult gestemmt. Ich drücke mich halb gebückt an ihm vorbei.

Der Horcher meldet wieder. Der Kommandant macht zwei Schritte wie auf Zehenspitzen, hockt sich vors vordere Kugelschott und hält sich die Horchmuschel, die der Horcher ihm entgegenreicht, gut eine Minute lang ans linke Ohr. Sein Gesicht ist schweißbenetzt, als er sich wieder aufrichtet und befiehlt: »Beide E-Maschinen ...«

Er hat seinen Befehl so leise gegeben, daß ich nicht weiß, welche Fahrtstufe die Maschinen laufen sollen.

»LI«, sagt der Kommandant mit heiserer Stimme, »wenig Ruder legen.« Gleich kommt wieder das Räuspern, und jetzt richtet er seine Flüsterrede an uns alle: »War ja zu erwarten, daß die hier aufgezogen sind ...«

War ja zu erwarten! So darf der Kommandant doch nicht reden, wenn er schon mal den Mund aufmacht!

Ich höre jetzt auch mit bloßem Ohr wieder Schraubengeräusche. Diesmal schaufelnde, die langsam abnehmen und nach einer Weile wieder lauter werden. Ganz typisch für Suchschläge.

»Na bitte!« sagt einer. »Kriminell!« ein anderer.

Die paar Silberlinge, die eben noch reglos und stumm auf den Flurplatten hockten, werden unruhig. Die Nummer Eins guckt wütend herum, um sie mit Blicken zum Kuschen zu bringen. So wie jetzt die Nummer Eins habe ich noch nie einen mit den Augen Blitze schießen sehen.

Die Silberlinge, die ihm am nächsten sind, ziehen auch prompt die Köpfe ein: wie Schildkröten. Damit sind sie gut beraten! Der Bootsmann ist ein vierschrötiger Patron. Wie er so dasteht, läßt er keinen Zweifel daran, daß er den ersten Durchdreher auf die Flurplatten schlagen wird.

Fünf Detonationen in schneller Folge durchschüttern das Boot. Alle fünf klingen gleichmäßig dumpf.

Der Kommandant hat die Augen geschlossen. Mit einer schnellen Bewegung hebt der Leitende den Kopf und mustert ihn von der Seite her. Er wird auf einen Befehl warten. Doch der Kommandant gibt keinen. Er steht da, als wäre er plötzlich ertaubt.

Herrgott, wieder das alte Theater!

Für eine Weile ist außer dem Motorensummen das Fallen der Schweißwassertropfen das einzige Geräusch im Raum. Die dreifache Verschiedenheit dieser Tropftöne: pitsch-pitsching-patsch! Immer wieder: pitsch-pitsching-patsch! Ich weiß nicht mehr, wo ich gelesen habe, daß man mit einem simplen Tropfenfall Verstockte zum Geständnis zwingen kann, indem man sie wie eine Mumie verschnürt und fesselt und ihnen dann gar nichts weiter antut, als ihnen im Sekundenrhythmus über der Nasenwurzel einen Wassertropfen auf die Stirn fallen zu lassen: pitsch-pitsching-patsch ...

Ein berstender Schlag! Und noch mal – und immer noch mal. Eine Flurplatte rattert.

Das saß viel näher als die Schläge vorher.

Hat der Obersteuermann sie auch alle registriert? Ich kann ihn nicht richtig sehen: Ein breiter Rücken verstellt mir die Sicht.

Die haben tatsächlich ein ganzes Empfangskomitee für uns organisiert: Scheiße hoch drei! Für uns paar Piepels die halbe britische Flotte! Und die Air Force kommt sicher bald dazu.

Am Ende mutmaßen unsere Verfolger, wir hätten wunder was für hohe Nazis an Bord? Die können schließlich nicht wissen, daß der Alte eine heftige Aversion gegen hohe Nazis hegt ...

Die Stahlklammer über der Brust! Und auch das leichte Panikflattern der Hände. Contenance, mein Junge! Die haben uns bestimmt nicht sicher. Die werfen doch nur drauflos. Ungezielt . . .

Klaren Kopf behalten! Ich schlucke heftig. Ich halte die Luft an und verkneife das Gesicht, damit mir die mimischen Muskeln nicht erstarren. Ich drücke mir sogar mit den Fingerknöcheln die Augäpfel so weit in die Höhlen zurück, bis ich grüne Sterne sehe. Dann sage ich mir: Ist es denn so sicher und ausgemacht, daß *wir* damit gemeint sind? Was ist denn, wenn sich hier noch andere Boote herumtreiben? Welche aus Saint-Nazaire oder aus Lorient. Mir geht blitzschnell durch den Kopf: Wenn die Führung schon so einer verrückten Idee folgt, unser Boot nach La Pallice zu verlegen, wird sie wohl auch noch andere Boote im Süden versammeln wollen. Wozu – das weiß der Henker!

Ich höre auf einmal schlecht, deshalb lasse ich meine Zeigefingerspitzen in den Ohrlöchern schwingen. So werde ich den Druck in meinem Kopf los – aber da höre ich auch schon ganz deutlich neue rhythmische Schläge. Ich lasse die Lider sinken, als könne ich den Lärm damit ausschalten, aber er geht weiter. Jetzt sind auch matt pfeifende Töne darunter.

Dieses Pfeifen ist eine Novität. Schon wieder was Neues bei den Herrschaften von der anderen Fakultät? Irgendeine besonders üble Teufelei?

Die Augen herumwandern lassen, mich der Realität vergewissern! Da sind die Anblaseverteiler, der Tannenbaum, das Kartenpult . . . Ich mache krampfige Anstrengungen, um mich von diesen vermaledeiten Geräuschen abzulenken.

Aber ich bin meiner Gedanken nicht Herr. Sie lassen sich nicht so dirigieren, wie ich es will, sie brechen aus und laufen zickzack: Ich hab's doch gewußt! Herrgott im Himmel, das war doch arschklar! Das konnte ja gar nicht anders kommen! Die Saubande brauchte doch bloß zu warten. Das Stellnetz legen und abwarten . . . Ich hab's gewußt! Ich hab's gewußt! Genau gewußt!

Zwei neue harte Detonationen: kurz hintereinander! Das Boot macht ein paar heftige Rucker nach beiden Seiten. Dann bäumt es sich auf, pendelt sich wieder ein, bäumt sich wieder auf – das Wasser draußen muß in kochendem Aufruhr sein. Und jetzt wieder diese dreimal verfluchten Kieselsteinwürfe: Asdic! Sie treffen das Boot so massiert und dicht, daß es klingt wie Hagelschlag. Daß danach gleich wieder Bomben kommen werden, ist so sicher wie das Amen in der Kirche.

Nur ja nicht zucken! Das hätte noch gefehlt, daß ich mich zu guter Letzt noch blamiere – kurz vor dem endgültigen Absaufen! Mit einem winzigen Nebengedanken weiß ich: gut so! Das Verhängnis an die Wand malen, das hilft am besten. War doch klar, daß die uns noch schnappen.

Die wollten partout ihr Katz-und-Maus-Spiel. Die Sache richtig auskosten. Die hatten uns doch auf Nummer Sicher – gleich vom Auslaufen an. Und jetzt wissen sie, daß uns die dritte Dimension fehlt. Ich kann nicht sehen, wie tief es hier ist, aber viel mehr als sechzig Meter werden es nicht sein.

Ich habe unbewußt meinen Mund aufgesperrt wie ein Kanonier vorm Abschuß am schweren Geschütz. Da fährt auch schon ein neues, hartes Krachen und Gellen mitten durch mich hindurch. Dann ist Stille. Bin ich ertaubt? Hat das Mundaufsperren nichts genützt? Aber da dröhnt das ganze Boot wieder nach wie eine riesige Pauke. Irgendwo klirrt etwas mit einem absurd silbrigen Klingeling, und von draußen kann ich das heftige Rauschen der von den Bomben aufgerissenen Tiefenstrudel hören.

Und jetzt geht es rund: Drei, vier Wabodetonationen treffen das Boot wie ungeheure Dreschflegel. Dann wieder knallt es wie von Vorschlaghämmern, die auf Blechstöße gedroschen werden. Ich kann nur mehr Wahnsinn! Wahnsinn! denken. Dieses Lärminferno übersteigt alles menschliche Maß . . .

Feige Schweine! Sich hier auf die Lauer legen und uns dann im Flachwasser abkillen! Die wissen, wie tief das Wasser hier ist, und daß wir uns nicht in den Sand einwühlen und verkriechen können, ist klar.

Aussteigen? Zu guter Letzt noch aussteigen?

Da ist das Geräusch wieder. Gewiß doch, es ist nur eins der vielen, aber eben ein Premierengeräusch – und ein besonders penetrantes dazu!

Plötzlich kommt von achtern der halberstickte Ruf: »Kabelbrand . . . Maschine!«

Für den Bruchteil einer Sekunde kann ich zwischen zwei Gestalten und durchs Kugelschott hindurch bis ganz nach achtern sehen – direkt in einen gelben Flammenschein hinein. Der LI rennt mich fast um und hechtet nach achtern.

Kabelbrand, das hieß für mich immer nur: sachte vor sich hin schmorende Leitungen – aber das hier ist richtiges, loderndes Feuer!

Müssen wir die Tauchretter aufsetzen? Schon kommt Qualm bis in die Zentrale gekrochen. Hustenreiz würgt mich so heftig, daß ich ihn kaum noch zu unterdrücken vermag. Dann auf einmal ist der LI wieder da. Aus seiner Meldung höre ich heraus, daß er das Feuer mit seinen Lederhandschuhen ausgeschlagen hat. Der LI muß einen Orden kriegen für seine Geistesgegenwart!

Die Luft ist zum Schneiden, aber der LI will offenbar keinen Sauerstoff herausrücken. Gönnt er ihn uns nicht, weil er so viel Mühe hatte, ihn zu ergattern? Rare Artikel wollen gut gehütet sein.

Die Schraubengeräusche von draußen wollen kein Ende nehmen. Sie klingen jetzt zwar dumpfer, mit einem dunklen Wummern darin statt des hohen, singenden Sausens wie beim letzten Überlauf, aber deutlich genug sind sie weiß Gott noch.

Eine kurze Weile gelingt es mir, so zu tun, als ginge mich der Schraubenlärm nichts mehr an. Dann aber beginnen wieder die quälerischen Selbstbefragungen: Wenn der Schraubenlärm so stehenbleibt wie jetzt, heißt das doch, daß sie systematisch nach uns suchen! Was könnten die Schweinehunde sonst schon im Sinn haben? Das sind schließlich keine Dilettanten. Die wollen es genau wissen. Die wollen Beweise für den Kill sehen, und damit konnten wir bisher nicht dienen. Das Schlimmste ist: Die haben Zeit. Die müssen nicht möglichst schnell auf vorgegebene Positionen zurück, um irgendeine Dampferherde zu schützen.

Der Kommandant tut auch so, als hörte er die Geräusche nicht mehr. Er zieht ein paarmal hintereinander die Nase geräuschvoll hoch, dann zuckt er zweimal mit der rechten Schulter, als wollte er dort einen Druck loswerden. Sein Gesicht hält er aber so weit abgekehrt, daß ich nicht sehen kann, was für eine Miene er macht.

Jetzt frage ich mich aber auch schon: Wo bleibt denn die Ablösung? Warum machen die Schweinehunde nicht endlich Hackfleisch aus uns? Denen fehlt es an Zähigkeit, das ist mal sicher. Ich hocke mich in den Schottring und versuche, meine Gedanken zu beschäftigen. Dabei denke ich schon so, wie der Alte redete: »Ach was, die Tommies, die schießen doch nicht! Und wenn sie schießen, dann treffen sie nicht!«

Den LI kann ich deutlich beleuchtet sehen. Sein Gesicht sieht vor lauter Denkanstrengung so schmerzhaft zusammengezogen aus, als hätte er gerade eins auf die Nase bekommen.

Weil nichts geschieht, versuche ich, Klarheit über unsere Lage zu gewinnen: Weit kann's doch nicht mehr sein bis zum Geleitaufnahmepunkt. Zehn Seemeilen – mehr wohl kaum. Aber mit Geleit ist ja nicht zu rechnen.

Ich strenge mein Gehör aufs äußerste an, aber die Schrauben von draußen kann ich nicht mehr hören. Sie sind weg, wie abgeschaltet. Schnell ein Blick zum Kommandanten hin: Der hat den Kopf hochgenommen und lauscht auch: Er kann sich offensichtlich auch keinen Vers auf das Verschwinden des Geräuschs machen.

Ob die Hunde etwa gestoppt haben?

Kein noch so schwaches Schraubengeräusch. Ich mache die Augen fest zu und sammle alle Konzentration in meinen beiden Gehörgängen. Ich lasse feine weißliche Nervenstränge hervorquellen, sich ringelnd entfalten und lang, lang ausstrecken und in alle Winkel vordringen: meine Hörtentakel. Und trotzdem: nichts!

Ich öffne die Augen und gehe gegen die Anspannung in mir mit einem bewährten Trick vor: Ich spalte mein Ich in zwei Hälften. Die eine Hälfte steht mitten im Boot, allen Anstürmen der Angst ausgesetzt, mit der anderen aber bin ich ein Zuschauer, der alles, was vorgeht, mit sachlichem Interesse aufnimmt – einer, der jede Nuance mit angespannter Konzentration beobachtet.

Jetzt fährt sich zum Beispiel der Leitende mit drei Fingern der rechten Hand über die Wange und zieht dabei einen schwarzen Strich von oben nach unten. Zunächst sind die drei ölschmierigen Finger des Leitenden groß im Bild, dann erscheint der schwarze Strich. Und dazu als einziger Ton dieses verdammte Pitsch-pitsching-patsch und das verstärkte Stoppuhrticken.

Ein flackernder Blick des Kommandanten trifft mich und bringt mir alles durcheinander. Mein Trick funktioniert nicht mehr: Scheiße, verdammte!

Präparieren die sich jetzt für den finalen konzentrischen Angriff? Als hätte ich es mit meiner Frage berufen, meldet der Horcher auch schon ein stärker werdendes Geräusch. Und dann folgt eine Ortungsmeldung nach der anderen. Nicht nötig: Das Asdic ist auch so zu hören. Die Tommies müssen es darauf abgesehen haben, uns noch kurz vor dem Absaufen mit diesem verdammten Krawall irrenhausreif zu machen.

Und jetzt wieder serienweise Wabos – aber nur dumpf grollende und offenbar weit achteraus.

Was kann das nun wieder bedeuten? Haben wir ein Fitzchen Schangs, uns aus dem Bereich der Asdics wegzumogeln – ganz nach dem alten Spruch: »Manchmal schießt ein Besen . . .«?

Fürs erste atme ich einmal richtig durch. Und nun noch einmal und noch einmal. Dabei kann ich fühlen, wie das Blut in meinen Adern wieder in Bewegung kommt.

Nach Minuten frage ich mich, sollte es tatsächlich gelungen sein, die Saubande abzuhängen? Das ist doch nicht die Möglichkeit! – Auch so ein Ausdruck meiner Großmutter: Ich will schon grinsen, aber da merke ich, wie versteift meine Gesichtsmuskeln vom Zähnezusammenbeißen sind: Das halbe Gesicht tut mir weh.

Davongekommen? Entwischt? Weiß der Henker, ob wir tatsächlich entwischt sind oder ob die Hunde uns nur noch länger zappeln lassen wollen.

Zwischen dem Kommandanten und dem Obersteuermann ist eine Tuschelei im Gange. Das Hin- und Hergeflüstere will gar kein Ende nehmen. Ich kann nur wenig davon verstehen, so sehr ich auch die Ohren spitze.

Bedeutet dieses Getuschel etwa, daß der Kommandant die Waboverfolgung für erledigt hält? Habe ich richtig verstanden? Hat er ». . . verbunkerte Schleuse« gesagt? Ich habe in La Pallice nie was von einer verbunkerten Schleuse gesehen. Aber wie lange ist es denn schon her, daß ich in La Pallice war? Drei Jahre ist das her. Stand etwa im Handbuch etwas darüber? Kann ich es überlesen haben?

Hol's der Kuckuck! Ich werde nicht schlau, was dieses Gerede zu bedeuten hat. Auf jeden Fall laufen wir stur weiter auf die Küste zu. Bei diesem Kurs werden wir schon irgendwann aufbrummen müssen.

Als sich der Kommandant vom Obersteuermann abwendet, schlängele ich mich langsam ans Kartenpult. Ich sehe: Wir müssen zwischen der Ile de Ré und der Ile d'Oléron hindurch. Die Ile de Ré – die Festung Saint-Martin: Von hier aus gingen die Sträflingstransporte zur Teufelsinsel ab! Verdammt lange Reise, und die Schiffe waren bestimmt nicht komfortabel.

Die Passage scheint gut und gerne sechs Seemeilen breit zu sein. Sechs Seemeilen – das klingt nach wunder wie breit. Aber für uns ist das tatsächlich ein Nadelöhr.

»Gefällt Ihnen wohl nicht?« fragt mich der Obersteuermann.

»Ohne Sperrbrecher ist das doch kaum zu schaffen?«

»Normalerweise nicht – aber was heißt schon ›normalerweise‹? Wir müssen's eben versuchen . . .«

»Einfach hoch und FT raus?«

»Zu riskant. Aber am Ende bleibt uns vielleicht gar nichts anderes übrig.«

Der Obersteuermann greift jetzt zu seinem Handbuch und liest vor: »Schleusenöffnungszeit allgemein von zwei Stunden vor bis eine Stunde nach Hochwasser. Nachts darf nur ausgelaufen werden. Richtlinie für die Ansteuerung der Schleuse sind zwei rote Feuer auf dem U-Bootstützpunkt.«

»Ich werd's mir merken!«

Der Obersteuermann reagiert darauf nicht, er starrt vielmehr auf die Seekarte – gerade so, als könnte er mit einer Art Bannblick eine Erleuchtung erzwingen.

Ich muß mich jetzt erst einmal setzen, am besten auf die Kartenkiste zwischen die mir zugekehrten Hintern der beiden Tiefenrudergänger. Niedersetzen und mit mir klarkommen: Sind wir wirklich durch? War das der äußere Sperrkordon? Wenn wir Dusel haben, gibt es *nur* diesen äußeren Kordon.

Ich wünschte, ich könnte den Kommandanten fragen, was er mittlerweile von der Lage hält. Wo ist überhaupt der Kommandant? Ich habe, weil ich ihn nicht entdecken kann, im Nu einen neuen Schrecken weg, aber da sehe ich ein Stück von ihm: Schulter und gewinkelten Ellenbogen im vorderen Schottrahmen: Der Kommandant hat sich neben den Horcher gehockt.

Ist die Luft rein? Wenn ich den Kommandanten jetzt so fragte, ob er dann grinsen würde, weil die Metapher so schief ist? Reine Luft! Wenn ich doch endlich mal wieder ein paar Schlucke reine Luft bekäme!

Um meine Nerven zu beruhigen, lese ich ein FT nach, das der Funker gestern aufgenommen hat:

»Seegebiet mit Schwerpunkt etwa vor Milford besetzen. Keine Begrenzung. Operationsgebiet nach Norden und Südosten . . .«

Milford Haven – St.-Georgs-Kanal! An Milford Haven vorbei geht's doch in die Irische See? Als der Zerstörer Karl Galster in den Bristol-Kanal eindrang, hatten wir auch eine Peilung Milford. Das scheint die neue Masche zu sein: dicht ran an die Küste, weil in Küstennähe die Ortungsmittel des Gegners versagen. Wir haben es vor Brest ja selber erlebt. Aber das Verfahren hat eben nicht nur Vorteile. In Küstennähe ist man schnell in der Klemme: kein Wasser unter dem Kiel, kein Platz zum Ausweichen.

Milford Haven! Die Vernichtungsmaschinerie rotiert also weiter! Die Führung sorgt für neues Futter. Der Nachschub von Morituri scheint immer noch zu klappen: Die Personalreserven sind offenbar noch nicht erschöpft.

Der Kommandant guckt irritiert, nur weil ich mit dem Papier raschele.

Seit geraumer Zeit arbeitet der Obersteuermann immer wieder mit Tiefenlotungen. Viel wird ihm das aber nicht helfen. Er bekommt allemal nur *eine* Standlinie, die Sechzigmeterlinie zum Beispiel, aber keine Kreuzpeilung. Mit nur einer Standlinie kann er sich begraben lassen. Aber vielleicht braucht der Obersteuermann auch nur eine Bestätigung für seine Berechnungen? Oder will er sich gar nur beschäftigen?

Ich wünschte, ich könnte auch etwas tun, denn wenn es so weitergeht wie jetzt, werde ich vor lauter Spannung noch verrückt.

Ich kann deutlich spüren, wie das Boot immer wieder mal seitlich versetzt wird. Und jetzt gerät es gar ins Taumeln, und der Obersteuermann murmelt etwas vor sich hin. »Gezeitenstrom und Grundseen . . .«, höre ich heraus.

Ich weiß, was der Obersteuermann meint: Hier läßt sich kein gescheiter Kurs halten: Die Kräfte, die auf unser Boot wirken, sind ganz und gar unberechenbar, weil sich Gezeitenstrom und Grundseen mischen. Ich weiß schließlich, was für merkwürdige saugende Strudel einem um die Beine quirlen, wenn man am Strand durch Flachwasser watet. Hier ist die Kraft solcher Strudel sicher vertausendfacht.

Da alarmiert mich ein einziges Wort: »Grundminen!« Ich weiß nicht, wer es gesagt hat, aber schon steht das Wort in Versalien vor mir: GRUNDMINEN. Je flacher das Wasser wird, desto größer die Gefahr, sich eine Grundmine zu schnappen. Mit Grundminen gehen die Tommies in letzter Zeit großzügig um.

»Frage Uhrzeit?« Das war der Kommandant.

Ich habe die Antwort nicht richtig gehört. Aber was könnte sie mir auch nützen? Wann die Dämmerung beginnt, weiß ich ohnehin nicht. Von der Küste kann noch nichts zu sehen sein.

Da kommt der Befehl, auf vierzehn Meter zu gehen und den Schnorchel hochzurichten. Weiter mit Diesel auf Schnorcheltiefe? Das soll das Richtige sein? Mit den Dieseln Krawall machen? In dieser Gegend?

Aus der Befehlsserie, die nun folgt, nehme ich nur: »Druckausgleich!« auf und warte auch schon mit weit geöffnetem Mund auf Frischluft.

Und dann stehe ich da, eine Hand an der Aluminiumleiter, und fühle mich mit reiner Seeluft beschenkt.

Der Kommandant ist schon oben am Sehrohr. Aber was will er durchs Sehrohr denn wahrnehmen? Jetzt, zu dieser Stunde? Für Sehrohrbeobachtung ist es doch sicher noch viel zu dunkel. Allenfalls Flugzeugscheinwerfer könnte der Kommandant sehen.

Da meldet er aber doch: »Zwei kleinere Fahrzeuge!« Aber was heißt das schon, wenn er sie nicht einmal identifizieren kann. Was wir brauchten, wäre ein einlaufender größerer Zossen, an den wir uns unbemerkt anhängen könnten.

Ich hocke mit einer Hinternhälfte auf der Kartenkiste, phantasiere vor mich hin und beobachte dabei angestrengt den Betrieb um mich herum, um mit der im Bauch schwärenden Angst fertig zu werden.

»Dat iss doch bestimmt wie immer«, höre ich den Bootsmaat der zwoten Wache klagen, »nischt – keen Geleit. Doch immer dasselbe: Wir warten, und die ham längst leise weinend den Schwanz eingezogen – o Gott, das hab ich aber dicke!«

»Die lassen uns hier rumkrebsen, die feigen Schweine«, pflichtet ihm ein anderer bei.

Jetzt erst merke ich, wie warm die Luft ist, die wir vom Schnorchel ins Boot geliefert bekommen. Wer sagt's denn! Diese dreimal vermaledeite Zuckelei hat uns doch tatsächlich tief in den Süden gebracht.

Neben mir flüstert ein Zentralegast auf einen Silberling ein: »Das Loch treffen – das ist der Witz! Gar nicht so einfach. Und wenn dann einer der

Lady auch noch die Muschi zuhält, dann ist das eben ... Na, Sie wissen schon. Ich meine: Dann iss das so 'ne Sache!«

Ich kann nur staunen, was sich der Zentralegast herausnimmt. Oder anders: Wenn der Silberling nicht ganz verblödet ist, kann er diese Ansprache auch als Auszeichnung nehmen: Während der ganzen Reise habe ich keinen von der Besatzung je so vertrauensvoll zu einem aus dieser merkwürdigen Clique reden hören.

Ich frage mich, warum wir nicht doch einfach bei Dunkelheit einlaufen, und gebe mir auch gleich selber die Antwort: Ja, wenn wir die üblichen Navigationshilfen hätten! Aber wie sollten wir im Dunkeln ohne Leuchtfeuer und ohne Lotsen die Einfahrt finden?

Daß uns kein Sperrbrecher hereinholen würde, damit war zu rechnen: Bei unserer Firma wird nun mal keine Phantasie entwickelt. Ergo haben die zuständigen Heinis mit Sicherheit beim Mitkoppeln nur die gewohnten »normalen« Verhältnisse im Blick gehabt: normale Kurse – normales Etmal. Die Zeiten unserer Bewegungslosigkeit, unsere Ausweichhaken und Schleichfahrten hat sicher niemand ins Kalkül genommen. Wie sollte einer das denn auch!

Kann sogar sein, daß tatsächlich ein Geleit auf uns gewartet hat, als wir noch wer weiß wie weit weg von der Küste waren. Die haben sich dann auf ihrer Brücke eine Weile die Füße in den Bauch getreten und sind wieder abgehauen.

Der Kommandant kann sich offenbar zu keinem Entschluß durchringen. Auf Grund legen? Die Morgendämmerung abwarten? Und dann mit dem ersten Büchsenlicht über Wasser los und ab dafür, was die Maschinen hergeben?

Fürs erste wechseln wir wieder mal auf E-Maschinenfahrt: Lieber langsamer vorankommen und dabei unerkannt bleiben, als mit dem Diesellärm und unserer Abgasfahne die Tommies auf uns aufmerksam zu machen – das macht gewiß Sinn. Andererseits: Wir müssen vor dem Endspurt um jeden Preis noch näher an die Küste heran – und je schneller das geht, desto besser: Die Strecke, die wir am Ende noch aufgetaucht zurückzulegen haben, kann nicht kurz genug sein.

Im Moment bewegen wir uns aber nur mit Schleichfahrt vorwärts. Der Kommandant müßte endlich mit der Fahrtstufe hochgehen.

Der Obersteuermann steht ganz in meiner Nähe und hält – genau wie ich – den Blick fest auf den Kommandanten gerichtet. Der Obersteuermann wartet demonstrativ auf Befehle.

»Wie vor Cherbourg – die gleiche Scheiße!« höre ich hinter mir murmeln. Was meint der Mann damit? Meint er unser Navigationsdilemma oder ... Nur nichts berufen! durchfährt es mich da: Aber was, wenn die Amis La Pallice inzwischen tatsächlich niedergekämpft haben? Empfang mit dem Yankee Doodle – das wäre mal was anderes. Ça changerait . . .

Der Kommandant steht nur da und schweigt sich aus. Da räuspert sich einer übertrieben laut. Das klingt wie eine dringliche Aufforderung. Aber was ist mit dem Kommandanten? Zittert der Mann gar?

Plötzlich quillt Wut in mir auf: einen Menschen so fertigzumachen! Ihn zweimal kurz nacheinander in den Kanal zu schicken und damit total zu erledigen! Und auch dann noch keine Pause. Ihm gleich anschließend hundert Leute anzuvertrauen für eine Wahnsinnstour wie diese . . . Was ist das nur für eine hirnrissige Führung! Was für eine Bande von Totschlägern! Und alle den Hintern schön im Trocknen!

Der Obersteuermann meldet jetzt unaufgefordert: »Boot macht zwo Meilen Fahrt über Grund. Ruder liegt einhundertzehn Grad.«

Jetzt *muß* der Kommandant reagieren. Er öffnet auch tatsächlich den Mund, formt die Lippen, wie er das immer tut, zu einem O, zieht sie dann breit, schließt sie wieder, aber einen Ton höre ich nicht. Und schon bewegt der Kommandant die Lippen nicht mehr: Er steht nur einfach da wie eine Statue.

Dann auf einmal wendet er mir sein Gesicht zu und starrt mich offenen Mundes an. Das sieht aus, als ob er seinerseits angestrengt auf das horchen wolle, was aus *meinem* Mund kommen könnte. Oder horcht er, den Blick auf meinen Mund fixiert, nach draußen?

Ich weiß nicht, was ich tun soll: Draußen ist es still. Still wie lange nicht mehr. Da kann der Kommandant lauschen, soviel er mag. Ist es etwa gar die Stille, die den Mann irritiert? Macht ihn etwa jetzt die Stille verrückt?

»Lot anstellen!« Dieser heiser geflüsterte Befehl kam doch tatsächlich aus dem Mund des Kommandanten. Er hat ihn ohne Lippenbewegung hervorgebracht, ganz in der Art eines gelernten Bauchredners. Der Kommandant, ein Ventriloquist! Jetzt räuspert er sich, und weil das nichts bringt, versucht er, seine Stimme mit einem halb erstickten Husten freizubekommen. Der Obersteuermann hat eilfertig die paar Schritte zum Echolot hin gemacht.

Natürlich! Das Echolot! Warum nicht wieder mit dem Echolot arbeiten! Auch wenn es uns nicht mal soviel hilft wie einem Blinden sein weißgepönter Krückstock.

Der Obersteuermann meldet jetzt laut und deutlich: »Dreißig Meter!«

Na fein! Dreißig Meter! Hier gibt es weite Strecken mit dreißig Meter Wassertiefe . . . Aber unsere Erstarrung hat sich wenigstens gelöst. In den Kommandanten ist Bewegung gekommen. Er steuert das Kartenpult an.

Ich habe mir die Seekarte genau angeguckt: Auch das Küstenvorfeld hat keine charakteristischen Merkmale. Der Grund ist vor der Küste auf viele Meilen hin gleichmäßig flach: von der Gironde säuberlich angeschwemmter Schlamm.

Jetzt endlich höre ich den Kommandanten mit klarer Stimme befehlen: »E-Maschinen halbe Fahrt voraus. Neuer Kurs: einhundertzwanzig Grad!« Und nach einer Weile höre ich ihn noch einmal: »Auf einhundertfünfundzwanzig Grad gehen!«

Die Rückmeldungen des Rudergängers kommen ungewöhnlich schnell. Das bedeutet also: im Schneckentempo weiter auf die Küste zu. Wann brummen wir dabei auf?

Die Männer der zweiten Wache haben sich in der Zentrale versammelt – und auch die der Flakbedienung, obwohl es noch gar keinen Befehl dafür gab. Es sieht so aus, als ließe unser Auftauchen nicht mehr lange auf sich warten. Auf Grund legen – davon ist nicht mehr die Rede.

Der Kommandant scheint sich gefaßt zu haben. Wenn ich die Sache richtig sehe, wird er, wenn wir denn auftauchen sollten, erst mal alleine hochentern.

Ich flüstere zum x-ten Mal: »Toi, toi, toi und dreimal schwarzer Kater!« vor mich hin und versuche, meiner zappligen Ungeduld mit Muskelspannung Herr zu werden und einfach nur breitspurig dazustehen.

Und jetzt höre ich den Kommandanten: »Klarmachen zum Auftauchen!«

»Klarmachen zum Auftauchen!« echot es vielfach durchs Boot.

Gott sei's gelobt! – Endlich sollen meine Augen wieder etwas anderes zu sehen bekommen als die Ventile des Anblaseluftverteilers und all die anderen sattsam bekannten Aggregate in der Zentrale.

»ES-Pistole klarhalten!« höre ich den Kommandanten.

Klar doch: Wir müßten gleich ES schießen, wenn wir wider alles Erwarten doch noch hereingeholt werden sollten.

Plötzlich herrscht Bewegung und Hektik. Eilig wird zusammengesucht, was alles nach dem Auftauchen hoch auf die Brücke muß.

Der II WO hat die Patrone für die ES-Pistole und hält sie dem Obersteuermann hin. Ich frage mich: Was mag's denn heute sein? Zwei weiße Sterne plus einer babyrosa – oder ein gelber plus drei rote?

Hoffentlich haben die auf dem MS-Boot oder was für ein Kolcher auch immer da oben auf uns warten könnte, auch ihre Pistole klar. Und wenn die kein Erkennungssignal schießen? Was dann? Die werden jedenfalls einen schönen Schreck kriegen, wenn wir plötzlich hochkommen und bunte Sternchen in den Himmel jagen.

Aus dem Turm kommt Schimpfen und Fluchen: Die Leuchtpistole zum ES-Schießen ist in ihrer Halterung oben im Turm festgerostet. Ein schlechtes Zeichen?

Ich höre ein Durcheinander von Stimmen: »Ist eben lange nicht gebraucht worden . . .«

»Holen Sie Hammer und Nagel, verdammt noch mal!«

»Hoffentlich funkt das Biest noch . . .«

Nach einer Weile höre ich den II WO von oben: »Alles in Butter, bloß außen 'n bißchen angegangen.«

Trotz der halben Dunkelheit in der Zentrale kann ich sehen, wie der Kommandant seine Augen theatralisch nach oben verdreht. Das nehme ich als gutes Zeichen dafür, daß er wieder ganz bei sich ist.

Oben muß es noch dunkel sein. Die Seewache, die gleich aufziehen wird, hat Rotbrillen aufgesetzt, damit sich die Augen schon an die Dunkelheit gewöhnen können.

Der Kommandant steigt in den Turm und nimmt einen langen Rundblick. Endlich befiehlt er mit kräftiger Kommandostimme von oben herab: »Auftauchen!« Und nun folgt das Befehlsritual fürs Auftauchen zwischen Kommandant und Leitendem. Mit einem Seitenblick sehe ich, wie das Hauptanblaseventil geöffnet wird, und dann höre ich die Preßluft in die Tauchzellen zischen. Mit dem ganzen Körper spüre ich, wie das Boot reagiert.

Bei »Turmluk ist frei!« hat der LI seine Stimme gehoben. Es klang wie ein Jubelruf.

»Druckausgleich!« befiehlt der Kommandant. Gleich darauf höre ich das scharfe Zischen. Ich kann, den Kopf im Nacken, sehen, wie der Kommandant das Turmluk aufdreht. Dann sehe ich seine Füße die letzten Sprossen der Aluminiumleiter nehmen.

Die Untertriebszellen werden wieder geflutet. Noch läuft das Boot mit Elektromotoren.

Der Kommandant läßt die Brückenwache aufentern. Ich bleibe dicht am Turmschacht – wie ein Inspektor, der aufmerksam kontrolliert, ob alles regelrichtig verläuft.

Jetzt fordert der Kommandant beide Diesel an. Ein heftiges Schüttern durchläuft das Boot von achtern her: die Diesel. Und nun der Befehl: »Ausblasen mit Diesel!«

Um die letzten Wassermengen aus den Tauchbunkern zu entfernen und außerdem mit dem fettigen Dieselqualm die Korrosion in den Bunkern zu verhindern, werden die Tauchzellen, in diesem Falle eins, drei und fünf, mit Dieselabgasen ausgeblasen. Vor allem aber wird das so gemacht, um die Druckluft aus den Druckluftflaschen zu sparen.

Die Spannung, wie es nun weitergehen wird, nimmt mir schier den Atem. Da fasse ich mir ein Herz und frage nach oben, ob ich auf die Brücke darf.

Von oben kommt: »Jawoll!«

Gott sei Dank! Wer sagt's denn! Aber jetzt, beim Hochsteigen, bekomme ich die Steifheit meiner Glieder zu spüren.

Oben umfängt mich eine seidige Luft, ein leichter Wind geht. Ich beiße in ihn hinein wie ein junger Hund.

Die Kimm ist schon deutlich auszumachen. Ich kann sogar einen Schimmer von unserer Bugwelle erkennen. Ich stelle mich auf einen der kleinen Klapphocker, lehne mich über das Schanzkleid und starre auf das graugrüne Wasser. Trotz eines starken Gefühls der Erlösung sitzt mir die Angst noch hoch im Hals. Jetzt bedroht uns zugleich Minen- und Fliegergefahr: die Bremer-Doublette – wie damals vor Saint-Nazaire.

»Frage Uhrzeit?« läßt sich der Kommandant vernehmen.

Eine Stimme aus dem Turm antwortet: »Vier Uhr zehn, Herr Oberleutnant.«

Als gut zehn Minuten vergangen sind, sagt der Kommandant zu mir: »Bald wird's mulmig.« Dann beugt er sich zurück und befiehlt über seine gesenkte linke Schulter weg in den Turm: »An alle Stellen: sofortige Tauchbereitschaft!«

Die Stimme aus dem Turm repetiert: »Alle Stellen – auf Tauchbereitschaft!«

Der Kommandant setzt das Glas vor die Augen, läßt es aber kurz danach wieder sinken. Dann sagt er: »Zwo WO, wir reduzieren Ausguck auf uns beide. Je weniger Leute – desto besser.« Der II WO daraufhin halblaut, aber deutlich zu den Brückenposten: »Runter in die Zentrale!«

Die drei Männer verschwinden nacheinander im Turmluk.

Jetzt bin ich an der Reihe. Kaum bin ich am Ende der Leiter angekommen, befiehlt der Kommandant: »Beide Maschinen zwomal halbe Fahrt voraus! Rudergänger zwo Dez nach backbord gehen und melden – nach einer Minute.«

Die abgelösten Männer stehen dicht neben mir in der abgedunkelten Zentrale. Sie lauschen genau wie die Zentralebesatzung nach oben auf neue Befehle des Kommandanten. Ich kann ihn, da ich direkt unter dem Turm stehe, am besten hören. Noch deutlicher höre ich, wie der Rudergänger im Turm die Befehle quittiert: »Beide Maschinen zwomal halbe Fahrt voraus. Zwo Dez nach backbord. Kurs liegt an!«

Der Zentralemaat fragt den abgelösten Bootsmaat: »Wie sieht's denn aus?«

»Frag doch deine Großmutter!« gibt der Bootsmaat pampig zurück.

Ich kann in der Zentrale trotz des schwachen Lichts mehr Männer als üblich erkennen. Das müssen die Männer der dritten Wache sein, die noch zur Ablösung bereitstehen.

Die Bordroutine läuft weiter, ganz gleich, was oben los ist. Aber stimmt das auch? Stehen hier nur Brückenposten herum? Drücken sich da nicht zwei, drei unbekannte Figuren in die dunklen Ecken? Klar doch: Silberlinge. Die haben sich klammheimlich in die Zentrale gedrängt, bereit zum Aussteigen, falls etwas passieren sollte.

Da höre ich auch schon den Bootsmann schimpfen: »Das iss ja 'n richtiger Volksauflauf hier!«

Die Silberlinge scheint das nicht anzufechten. Sie bleiben stur stehen, wo sie sind. Und jetzt staune ich: Die Nummer Eins macht keinen Versuch, sich durchzusetzen, wahrscheinlich, weil der Kommandant oben ist. Der Obersteuermann gibt sich unbeteiligt. Er hat sich an sein Kartenpult geklemmt und versucht, die Kurse aufzuzeichnen.

Von oben kommt jetzt: »Backbord zwanzig – auf null Grad gehen!«

Hinter mir höre ich den Bootsmann mosern: »Null Grad – was soll denn das jetzt? Das geht ja wie im Hippodrom, linksrum und retour – na, mir soll's recht sein.«

Im schwachen Licht am Tiefenruderstand tuscheln die beiden Zentralegasten miteinander: »Komisch!«

»Was denn?«

»Daß der Alte alle runtergeschickt hat.«

»Der rechnet sicher mit Beschuß.«

Da kommt die Stimme des Kommandanten wieder von oben: »Ruder hart steuerbord – auf neunzig Grad gehen.«

Der Bootsmann quittiert das flüsternd: »Da stimmt wenigstens die Richtung wieder. Mir lieber so . . . Verdammt viel lieber.«

Den I WO kann ich jetzt im Halbdunkel in der Nähe des Kartenpults erkennen. Mich wundert, daß auch der I WO die Silberlinge nicht aus der Zentrale jagt.

Verdammtes Palaver! Kann einen nervös machen. Die Leute von der neuen Wache sollten nicht soviel herumtrampeln. Aber denen sollte ich wohl die Ungeduld nicht verdenken. Die müssen hier herumstehen wie bestellt und nicht abgeholt. Die fällige Wachablösung hätte längst stattfinden sollen.

Der Kommandant befiehlt jetzt lauter als sonst: »ES-Pistole hoch!«

Dicht neben mir höre ich: »Was solln das?« und »Wirste schon sehen!«

Ich beobachte, wie die ES-Pistole durchs untere Turmluk hochgereicht wird. Die Hand des Rudergängers faßt nach ihr. Er packt sie am Lauf, so daß der II WO die Pistole am Knauf zu fassen bekommt. Ich denke: richtig gemacht!

Der Kommandant befiehlt: »Steuerbord zehn – auf einhundert Grad gehen!«

Seit einer Weile schon habe ich mich nicht mehr angestrengt, mir den Zickzackkurs vorzustellen. Einhundert Grad – das klingt seltsam.

Da kommt von oben: »Alarm!« Gleich darauf schrillen die Alarmglokken durchs Boot. Der II WO plumpst herab, und schon sehe ich auch die Seestiefel des Kommandanten auf der Leiter.

Kann nur ein Flugzeug sein! Da hätten wir also die Scheiße!

Es dauert eine Ewigkeit, bis der Kommandant das Luk festgesetzt hat und »Fluten!« herunterbrüllt. Und dann dauert es wieder eine Ewigkeit, bis das Boot unter Wasser ist.

Erst jetzt meldet der II WO: »Anflug von Steuerbord achtern. Typ nicht erkannt. Entfernung dreikommafünf.«

Hatte es dem II WO vor Schreck erst einmal die Sprache verschlagen?

In mir staut sich die Luft: Jetzt muß die Biene gleich über uns sein. Ohne es zu wollen, mache ich einen Buckel und spanne die Muskeln an: So lauere ich auf den Bombenschlag.

Ich nehme das verstörte Gesicht des Leitenden wahr. Dann sehe ich ihn gegen eine weiße Manometerscheibe im scharfen Profil. Ich denke: verdammter Volksauflauf. Gleich wird der Kommandant toben. Von dem kommt aber außer einem Befehl für die Tiefensteuerer kein Wort.

Was nun? Ich höre: »Dreikommafünf!« Was soll das jetzt heißen?

Alle stehen da wie erstarrt. Die Maschine muß uns längst überflogen haben. Der LI rührt sich als erster aus der Erstarrung. Er läßt durch Legen der Tiefenruder das Boot durchpendeln.

»Verstehe ich nicht«, höre ich den Kommandanten murmeln.

Das hätte er sich sparen können. Ich versteh's auch nicht. Die schicken doch nicht etwa Aufklärer bis hier herunter? Der II WO hätte die Klüsen mal besser aufmachen sollen. »Typ nicht erkannt« – gerade den aber sollten wir wissen.

Da meldet der Horcher Motorengeräusche. Es vergehen nur Minuten, dann können wir sie mit bloßem Ohr hören. Schnellboote?

Die Geräusche werden schwächer und schwinden ganz dahin. Fein! Aber wie weiter? Wir können hier nicht im Keller warten, bis Schnee kommt. Wir müssen wieder hoch und beten, daß die Luft rein ist.

Plötzlich geht ein Ruck durchs Boot, der mich fast umwirft. Wir müssen auf eine Sandbank geschlurrt sein. Oder was könnte das sonst gewesen sein?

Da arbeitet etwas deutlich hörbar am Boot. Sand? Dieses Schaben und Knirschen kann nur Sand sein. Wenn das so weitergeht, werden wir noch blankgewetzt werden. Ich hatte mir hier irgendwelchen Modder vorgestellt, aber so weit reichen die Anschwemmungen der Gironde wohl nicht. Außerden: besser Sand unterm Kiel als Schlick ...

Ich muß Befehle überhört haben. Wir liegen still, und ich denke: Auch eine Form von Landfall! Wir liegen still, aber nicht fest. Wenn wir Wasser in die Reglertanks nehmen würden und uns damit schwerer machten, müßte sich das wohl ändern lassen. Aber die nötigen Befehle dafür bleiben aus: Das Schlurren, Knistern, Schaben geht dafür weiter.

Diese Art Geräusche habe ich noch nie gehört: Sie zerren mir gehörig an den Nerven.

Ist das jetzt der Flutstrom, der uns vertreibt? Ist es der Ebbstrom? Oder stehen hier vor der Küste auch ohne Flut und Ebbe derart starke Strömungen? Bewegen *wir* uns, oder bewegt sich der Sand?

Ich frage mich, warum der Kommandant das Boot nicht schwerer machen läßt. Die Geräusche gefallen ihm doch offenkundig auch nicht: Er verkneift sein Gesicht, daß es nur so eine Art hat. Und jetzt fährt er sogar von seinem Sitz hoch, weil von draußen ein langgezogener, dumpfer Heulton kommt: ein Stein, an dem wir geschamfielt haben? Da endlich befiehlt der Kommandant dem LI: »Zufluten!«

Hoffentlich hilft's! Auf jeden Fall wird, wenn wir festliegen, die Gefahr geringer, daß wir eine Mine hochjagen.

Das stumme Spiel, das jetzt abläuft, ist verheerend für meine Nerven.

Weil hier nichts weitergehen will, schiebe ich mich ganz vorsichtig zwischen drei, vier Gestalten hindurch und steige wie in Zeitlupe durchs achtere Kugelschott. Als ich mich wieder aufrichten kann, stelle ich mich fest auf meine zwei Füße und hebe erst mal die Brust: Ich schöpfe systematisch Luft in mich hinein – das erste Mal seit langer Zeit.

Und was nun? Ich stehe da und komme zu keinem Entschluß – just wie der Kommandant. Ich will einen Schritt machen, aber das ist nicht einfach. Ich taste mich mit dem rechten Fuß voran zwischen zwei Körpern, die auf den Flurplatten kauern: Mir ist dabei, als träte ich ins Leere. Und jetzt stehe ich da, beide Füße hintereinander wie ein Seiltänzer.

Kaum denke ich »Seiltänzer«, verliere ich auch schon die Balance und muß mich nach beiden Seiten hin abstützen.

Meine Koje ist belegt: Gleich zwei Leute haben sich darauf langgemacht. Ich komme mir, wie ich da mit hängenden Armen vor meiner Koje stehe, überzählig und dämlich vor. Die Liegeordnung hat sich offenbar aufgelöst. Meine Kojengäste müssen Silberlinge sein, die ihren Platz im Achterschiff haben. Die sind wahrscheinlich von der magnetischen Anziehungskraft des Turmluks erfaßt worden.

»Wie lange soll denn das noch dauern?« höre ich dicht neben mir flüstern. »Wir müßten doch längst da sein . . .« Das war auch ein Silberling. Ich werde mir den Teufel antun, mit dem herumzuquatschen!

»Eine kurze Spanne Zeit«, plappere ich statt dessen vor mich hin.

Kurze Spanne Zeit? Woher habe ich das nur wieder? Ich schließe die Augen und kann auch den ganzen Vers schon wieder hören: »Rosen auf den Weg gestreut / Und des Harms vergessen / Eine kurze Spanne Zeit / Ward uns zugemessen.«

Das stand in feinster kalligraphischer Schreibschrift auf meiner Biedermeiertasse! Biedermeier – ausgerechnet jetzt!

»Das ist doch vielleicht beschissen«, läßt sich da einer durch das halboffene Schott aus der Kombüse hören. Das war kein Silberling. Das muß der E-Maat der zwoten Wache gewesen sein. Nur der bringt in jedem seiner Sätze ein »vielleicht« unter.

Jetzt erst wird mir richtig bewußt, daß ich mich am liebsten auf meiner Koje langgestreckt hätte. Langgestreckt und abgeschaltet . . . Da sage ich aber gleich zu mir selber: Wohl nicht mehr richtig klar bei Kasse! Jetzt bleibt's spannend!

Also zurück in die Zentrale.

Bis zum Kugelschott komme ich leicht durch und nun beide Hände an die Querstange über dem offenen Kreisrund und hoch mit dem rechten Fuß und aufgepaßt, daß ich keinen in der halbdunklen Zentrale in die Kniekehlen trete.

Ich komme im richtigen Moment: Der Kommandant läßt klarmachen zum Auftauchen. Es hilft doch alles nichts: Wir müssen wieder hoch – und dann mit allen Sachen ab dafür! »Spieß voran, drauf und dran« – jawoll: Das haben wir bei den »Bündischen« gesungen.

Als der Kommandant das Luk aufdreht, prasselt ein Wasserfall auf die Flurplatten herab und in die Bilge.

Nach dem Kommandanten entert die Brückenwache auf, dann höre ich mit halbem Ohr: »Ausblasen mit Diesel!«

Noch jedesmal, wenn ich diesen Befehl höre, habe ich die Vorstellung von Schnupfen, verstopfter Nase und schwarzgerotztem Taschentuch. Aber jetzt klingt der Befehl wie ein Halleluja. Und das, obwohl wir bestimmt noch eine hübsche Strecke vor uns haben: Überwasserfahrt über flachem Grund.

Ich höre auch: »Verrückt und grün ist neune!« Und da fühle ich mich gleich wieder aufgerichtet, bis einer sagt: »Mannometer, jetzt wird's gemischt!«

Der hätte lieber die Schnauze halten sollen. Ich weiß ja selber: Ehe wir nicht im Bereich der Küstenflak sind, steht alles auf Messers Schneide.

Mich drängt es auf die Brücke. Ich will *sehen*, was sich da oben entwickelt. Insgeheim hoffe ich, daß der Kommandant mich hochruft. Deshalb halte ich mich auch direkt unter dem Turmluk auf. Weil aber von der Brücke nichts kommt, frage ich schließlich, den Kopf schräg nach oben verdreht: »Ein Mann auf Brücke?«

»Jawoll!« ruft der Kommandant von oben, und ich klettere schnell Hand über Hand die senkrechte Aluminiumleiter hoch.

In der halben Dunkelheit erkenne ich als erstes deutlich den Kommandanten und den Obersteuermann, beide mit den Gläsern vor den Augen, starr wie aus Holz geschnitzt.

Der jähe Wechsel von Röhren und Aggregaten zum weiten, freien Blick greift mir ans Herz . . . Es wird bald Tag. Im Osten ist schon eine Spur Helligkeit über der seidenglatten See. Ich drehe mich um die eigene Achse und pumpe dabei von der milden, weichen Luft so viel in mich hinein, als wollte ich gleich auffliegen. Der Anblick des Himmels und der See erscheint mir unwirklich – wie eine Fata Morgana.

Der Kommandant wendet sich halb zurück in den Turm und befiehlt: »Mal wieder langsam backbord bis auf neunzig Grad gehen.«

Wie lange kann es noch dauern, bis es richtig hell wird? Und was dann? Werden sie uns nicht vorher schon per Radar aufgefaßt haben?

Ohne es richtig zu wollen, mache ich wieder die Ohren scharf und versuche, durch unsere eigenen Geräusche hindurch den Himmel nach Flugzeuglärm abzuhorchen. Aber das Zischen und Sausen der See und das Schüttern unserer Diesel ist viel zu stark. So *müssen* uns die Bastarde doch hören.

Als hätte der Kommandant meine Gedanken vernommen, läßt er auf E-Maschinen umschalten. Dicht neben mir deutliches Aufatmen. Auch mir ist gleich wohler. Mit E-Maschinen über Wasser – warum denn nicht? Jetzt, so dicht unter der Küste, müssen wir doch nicht mehr ökonomisch mit unseren Stromvorräten umgehen . . .

Ich ertappe mich dabei, daß ich schon eine Weile unbewußt in den Kniekehlen wippe und mich lockere. Auf den Sperrbrechern haben sie Trampoline auf der Brücke, um beim Minenschlag ihre Kniegelenke zu schützen.

Ich würde liebend gerne den Obersteuermann fragen, wie lange wir seiner Zeitrechnung nach noch brauchen werden. Aber das verkneife ich mir.

Ich muß auf meine Glieder achtgeben, damit sie nicht ins Zappeln geraten. Ungeduldig auf die Brückengrätings auftrampeln, das würde gar keinen guten Eindruck machen.

»Ortung!« ruft da der Horcher. Dachte ich mir's doch! Erst Asdic, jetzt Radar . . .

»Flakbedienung hoch!« befiehlt der Kommandant.

Im Nu setzt wildes Getrappel und unterdrücktes Fluchen ein. Was für eine Kavalkade! Es gelingt mir nicht, die dunklen Gestalten, die aus dem Luk hochquellen, zu zählen. Für meinen Geschmack viel zu viele Leute. Doch was soll's! An Tauchen ist sowieso nicht mehr zu denken.

Und der Kommandant? Was ist denn in den Kommandanten gefahren? Eben stand er noch wie erstarrt da, und jetzt vollführt er zwischen den Rücken der Seewache und dem UZO hindurch eine Art Schlängeltanz. Kein Zweifel: Der Mann hat wieder Dampf – wie ein Boxer, der fast schon ausgezählt war und dann doch wieder auf die Beine gekommen ist.

Vom Horcher kommen immer neue Meldungen herauf: Anscheinend halten Flugzeuge über der dichten, tiefhängenden Wolkendecke direkt über uns Fühlung.

»Himmelarschundwolkenbruch!« Das war der Bootsmaat. »Der soll doch seinen verdammten Laden abstellen!«

Es ist, ohne daß ich es richtig gemerkt hätte, heller und heller geworden. Keine Morgendämmerung, kein richtiger Tagesanbruch – der Himmelsraum hat sich vielmehr auf eine leisetreterische Weise erhellt. Genau die richtigen Sichtverhältnisse für Flieger, die der Hafer sticht!

Der Kommandant und der Obersteuermann stehen in diesem gebrochenen Morgenlicht wie ein Zwillingsdenkmal vor der vorderen Brückenwandung: Goethe und Schiller von hinten.

Wir müßten diese komischen Ballons mit den Stanniolstreifen an Bord haben, die man steigen läßt, um die Tommyflieger zu verwirren. Aber die würden uns jetzt auch nichts nützen: zuwenig Wind. Die blieben glatt über dem Boot stehen und lockten den Gegner erst recht an. Außerdem hätten die Ballons nur Sinn, wenn es total dunkel wäre. Jetzt könnten die Flieger uns ja schon *sehen* . . .

Also nichts in der Trickkiste! Wir können nur hoffen, daß die Tommyflieger, die da oben herumkarriolen, nicht auf uns angesetzt sind und die Herren, die dem Empfangskomitee für uns vorstehen, beim Pokern sitzen . . . Gleich korrigiere ich mich: Quatsch! Um diese Stunde! Wer pokert denn schon in aller Herrgottsfrühe!

Jetzt sollte ich wohl doch meinen Fotoapparat holen: Es ist fast hell genug für Normalfilm. Ich habe meine Füße schon auf den Flurplatten der Zentrale, die Hände aber noch an der Leiter, da kommt die Stimme des Kommandanten von oben: »Flieger!«

Um mich herum ist mit einem Schlag der Teufel los: Von vorn und achtern kommen Leute durch die Kugelschotten. Ich muß abwarten, bis ich nach achtern durchkommen und den Nackenriemen meiner Kamera packen kann.

»Feuererlaubnis!« höre ich den Kommandanten von oben brüllen, als ich zurück in die Zentrale komme.

Ehe ich mich's versehe, stehe ich zwischen zwei Männern in einer Kette und helfe, Munition nach oben zu mannen.

Ich höre die Dreikommasieben und die Zwillinge losrotzen. Verdammte Menge Krawall! Ich würde viel dafür geben, wenn ich oben sein könnte. Aber hier kann ich jetzt nicht mehr weg.

»Mosquitos!« brüllt es in einer Feuerpause.

Mosquitos – Jagdbomber! Plural – wie viele kann der bedeuten? Da höre ich: »Zwei Mosquitos!«

Wieder Ruder- und Maschinenbefehle in schneller Folge.

Aus diesem Befehlsgebrüll kann ich mir kaum ein Bild machen: offenbar fliegen die Maschinen tief und über unseren Bug an. Gewitzte Burschen: So gerät für die Flakschützen die eigene Brücke in die Feuerlinie. Aber wenn die Mosquitos hochziehen, müssen sie die Bäuche zeigen! Dann haben wir Schangs ...

Wieder blafft die Dreikommasieben los. Diesmal aber fehlt das Geknatter der Zwillinge. Und dann kommt von oben ein frenetisches Gebrülle. Ein Abschuß?

Jetzt *muß* ich hoch!

Ich sehe zuerst einen im ersten Wintergarten hingestreckten Mann und Blut auf den Brettern des Rostes. Ein anderer hockt in sich zusammengesackt auf der Reling des zweiten Wintergartens.

Der Sanimaat ist schon beim ersten und horcht ihn ab. »Lebt!« ruft er zur Brücke her.

Ich habe Mühe zu kapieren, was passiert ist: Unsere Männer haben tatsächlich eine Mosquito erwischt. Der Tommy hat die Maschine noch hochgezogen und ist dann mit dem Fallschirm abgesprungen. Jetzt liegt er im Bach. Und sein Kollege? Was ist mit dem?

»Der andere hat die Kurve gekratzt«, bekomme ich zu hören.

Der Fallschirm treibt wie eine riesige weiße Qualle ganz nahe beim Boot an Backbordseite. Mit nur zwei Ruderbefehlen bringt der Kommandant die Riesenqualle längsseits. Die Nummer Eins liegt schon auf dem Bauch. Zwei Seeleute helfen ihm, den Fallschirm an Oberdeck zu zerren. Dann trampeln sie darauf herum, damit zwei große Luftblasen verschwinden.

So schnell ich kann, klettere ich aufs Oberdeck hinunter und laufe vor zum Bug.

Ich spüre, wie meine Lungen pfeifen. Bin es schon nicht mehr gewohnt, wie ein irrer Schamane an Oberdeck herumzutanzen, aber ich muß das hier fotografieren, wie der Tommy aus dem Wasser gehievt wird. Und dann hockt er völlig ausgepumpt auf den Grätings und guckt mich an wie den Herrn Jesus.

Der Mann schlottert wie Espenlaub, obwohl das Wasser doch gar nicht kalt sein kann. Der braucht schnell einen Schnaps gegen den Schock. Der Kommandant hat bestimmt die übliche Flasche für »Sonderzwecke« im Spind. Kaffee wäre auch gut …

Ich klettere zurück auf die Brücke, und da gibt mir der Kommandant auch schon den Schlüssel zum Spind, und ich verschwinde schnell wieder hinunter ins Boot. Noch auf der Leiter brülle ich nach dem Schmutt. Aber der kommt schon mit einer Kanne in der Hand in die Zentrale. Dieses Prachtstück von Schmutt hat längst geschaltet, als er hörte, daß einer im Bach liegt. So, und nun die Cognac-Flasche aus dem Spind gelangt. Dabei fällt mir die Pistole des Kommandanten entgegen. Herrje, nicht mal im Futteral! Aber wenigstens gesichert. Und nun sollte mir mal einer helfen, das Zeug hochzujonglieren. Mit Kanne und Flasche schaffe ich es alleine nicht …

Als ich wieder oben bin, höre ich, wie der Kommandant entscheidet: »Die Verwundeten nicht unter Deck!« Klar – wir können ja ohnehin nicht mehr tauchen.

Der Mann mit der Oberschenkelverletzung bleibt also liegen, wo er liegt. Man hat ihm nur eine zusammengerollte Lederjacke in den Nacken geschoben. Er hat ein Mordsglück, daß es nicht die Schlagader erwischt hat. Knapp daneben hat er eine große, stark blutende Fleischwunde.

Der Sani wird ihm wohl schon Schmerzmittel verpaßt haben … Jetzt bindet er ihm das Bein ab. Der Mann ist noch gut ansprechbar. Ich sage zu ihm: »Schöner Heimatschuß – zwar 'n bißchen happig ausgefallen …«

Da zerrt der Mann sich ein Grinsen aufs Gesicht.

Wahrscheinlich haben die Männer so viel Respekt vor dem Blut, daß keiner die Mordssauerei auf den Grätings mit einer Pütz beseitigt.

Was mit dem anderen Verwundeten los ist, weiß der Sani offenbar noch nicht. Der Mann blutet nicht, kann aber nicht stehen und macht einen weggetretenen Eindruck. Schwere Prellung, heißt es. Weiß der Henker, wie der Mann sich geprellt hat.

Kaum zu glauben, daß nicht noch mehr passiert ist: Am Turm sind eine Menge Einschläge. In die Grätings hat es auch gewaltig gefetzt.

Die Mosquitos tragen mindestens je eine Bombe. Was für ein Dusel für uns, daß sie die nicht losgeworden sind.

Der Kommandant klettert vom zweiten Wintergarten aus aufs Oberdeck herab und stakst hin zu dem mittlerweile vor dem Turm ausgestreckt liegenden Tommy, der hin und wieder laut stöhnt.

»Some Cognac?« fragt der Kommandant.

Er hat die Cognac-Flasche in der Hand. Ich gehe schnell zwei Schritte zurück und fotografiere die Szene, weil ich weiß, daß das dem Mann auf den Grätings helfen wird.

»Jetzt sind wir hunderteins«, höre ich einen Seemann mit Gleichmut sagen, gerade so, als sei Zählen seine Aufgabe.

Der Flieger hat schon Decken bekommen. Den Cognac lehnt er ab. Aber dann greift er doch nach der Flasche, als der Kommandant sie ihm noch einmal entgegenhält.

»Na siehste!« sagt der Seemann, der ihn gemeinsam mit dem Bootsmann aus dem Wasser gezogen hat.

Der Flieger ist blutjung. Er hat einen Igelhaarschnitt. Das gibt ihm etwas Spitzbübisches. Jetzt sagt er mit schrägem Blick von unten her, er und der andere hätten nicht wissen können, was für eine Feuerkraft wir hätten. Das klingt wie eine Entschuldigung dafür, daß er jetzt bei uns auf seinem nassen Hintern sitzen muß.

Der Bootsmann ist herangekommen und tut so, als hätte er den Flieger eigenhändig abgeschossen und nicht nur aus dem Wasser gefischt. Er wünscht sich gar »ein Bild mit dem Tommy«.

Da meldet sich der Flieger wieder: »I am not British – I am Canadian!«

»Haben Sie verstanden?« frage ich die Nummer Eins. »Kein Tommy . . .«

»Kanadier?« staunt die Nummer Eins mit offenem Mund.

»Ja doch. Die machen zufällig auch Krieg gegen uns. Wußten Sie das nicht?«

Der Mann hätte ebensogut sagen können, er käme direkt vom Mond – die Nummer Eins hätte ihn dafür nicht weniger bestaunt.

Der Kommandant taut auf einmal auf: »Einlaufen mit lebender Beute, das ist selten . . . Der Fallschirm wird natürlich abgeliefert!«

Das hätte ich mir denken können: in allen Lebenslagen ein pflichtbewußter Mann.

Das Wasser ist trübe. Kein ruhelos aufblitzendes Element, sondern eine reglose stumpfe Masse: umbrafarben, mit etwas Ocker gelichtet – wie verdünnte Jauche.

Die in halber Höhe breit ausgelaufenen Wolken, die sich wie für eine uns zugedachte Umzingelung fast zum Ring geschlossen haben, machen mir Sorge.

Der Kommandant ist wieder nervös wie eh und je. In seinem Gesicht arbeitet es ununterbrochen, als würde es von unsichtbaren Händen zusammengedrückt, geknetet und wieder auseinandergezerrt. Innerhalb einer Minute dreht er sich ein halbdutzendmal um die eigene Achse. Dabei sucht er die Kimm ab und führt seinen Blick auch über den Himmel.

Jetzt setzt er das Glas ab und richtet das Gesicht eine ganze Weile wie witternd nach oben. Plötzlich sagt er mit Schärfe und wie zu sich selber: »Nichts wie weg hier!« Und dann noch: »Wir können doch nicht warten, bis die uns mit dem Lasso fangen.«

Gleich folgen Maschinen- und Ruderbefehle. Also weiter mit E-Maschinen auf die Küste zu.

Ich muß schnell nach unten: den Film in Sicherheit bringen und einen neuen in den Apparat fingern. Ich frage mich: U-Film oder 21 DIN? Nicht mehr lange, und 21 DIN müßte reichen.

Während ich mit dem Fotoapparat herumwirtschafte, höre ich in meinem Rücken einen Lord zu einem Werftbeamten sagen: »Die kommen wieder!« Er klingt richtig schadenfroh. »Da können Sie Gift drauf nehmen. Das machen die immer so!«

»Wie weit ist es denn noch?« stößt der Silberling hervor.

»Noch 'n ganzen Strahl!«

»Und warum tauchen wir nicht?«

»Erst mal können vor Lachen!«

Der Silberling scheint die Information nicht zu kapieren: Als ich mich umdrehe, sehe ich sein entsetztes Gesicht: Aus dem karpfenrund geöffneten Mund kommt der Atem stoßweise.

»Jetzt hilft bloß noch Gottesfurcht«, sagt der Seemann – und das Ausbleiben von Ladehemmungen! ergänze ich im stillen.

Noch ehe ich durchs Schott steigen kann, höre ich neue Maschinenbefehle und kann gleich danach spüren, wie die Diesel angelassen und dann schnell auf eine hohe Fahrtstufe geschaltet werden. Also jetzt Karacho! Das soll mir nur recht sein . . .

Da höre ich Stimmengewirr von oben, das nach einer Art gedämpftem Jubel klingt: Der Kommandant hat einen Leuchtturm ausgemacht.

»Kann nur der von der Ile d'Oléron oder der von der Ile de Ré sein«, höre ich den Obersteuermann, der schon wieder am Kartenpult ist.

»Wahrscheinlich der hier!« sagt der Obersteuermann zu mir und sticht mit der Zirkelspitze leicht in die Karte auf seinem Pult.

Die erste Landpeilung! Und die haut anscheinend auch noch hin. Der Obersteuermann strahlt für einen Moment auf. Ich möchte ihm auf die Schulter klopfen, aber er ist schon wieder mit seinem Zirkel beschäftigt: keine Zeit für Freudenkundgebungen.

Ich höre ihn von verfluchter Nordströmung brummen und dann deutlich: ». . . ganz schön versetzt!«

Aber da bin ich schon wieder auf der Leiter.

Oben nehme ich einen schnellen Blick ohne Glas über das Schanzkleid in die Richtung, in die der Kommandant sein Glas hält, und dann erst, als ich nichts finde, lasse ich mein Glas ringsum gehen: kein Schwanz zu sehen! Wir sind mutterseelenallein im Rund der Kimm.

Der Obersteuermann ist mir nachgeklettert. »Und jetzt haben wir auch noch Niedrigwasser!« höre ich ihn mosern. »Da müssen wir einschleusen!«

Dieser Obersteuermann ist weiß Gott ein Kauz: Erst tut er gerade so, als hätten wir, wenn nur diese Nordströmung nicht wäre, längst in einem Schwung die Einfahrt erwischt und im Bunker von La Pallice festgemacht, und jetzt ärgert er sich offenbar, daß er es nicht war, der die erste Landmarke entdeckt hat.

Wenn doch nur das Wasser nicht so flach wäre! Wenn wir doch noch ein paar Meilen getaucht hätten fahren können! Wenn jetzt drei, vier Maschinen auf einmal kommen, dann gute Nacht!

Unsere Schützen hängen zwar schon wieder in ihren Gurten und drehen die Zwillinge auf ihren Pivots, aber jetzt hilft nur noch auf Gott vertrauen!

Der Kommandant reckt die Nase in die Luft, mal hierhin, mal dorthin – gerade so, als könnte er die Flugzeuge, wenn sie denn kommen sollten, erschnüffeln.

Da meldet der backbordvordere Ausguck mit hoher Stimme wie hysterisch: »Küste in dreihundert Grad!«

»Schön!« quittiert das der Kommandant nur. Dann nimmt er das Glas vor die Augen und lenkt es in die gemeldete Richtung.

So heftig wie ich jetzt wird sich noch kein Seemann gewünscht haben, daß die Küste schneller näher kommt. Wir müssen per Tempo hinter die Mole, aber das Boot scheint auf der Stelle zu stehen, anstatt dieses beschissene Küstenvorfeld hinter sich zu bringen.

Das zieht sich! Verdammt noch eins, das zieht sich! Die Entfernung bis zur Küste will und will nicht kleiner werden. Dabei steigt die Bugwelle gischtend hoch wie nur bei AK-Fahrt. Nicht auszudenken, daß sie uns jetzt noch schnappen könnten.

Um mich zu beruhigen, denke ich: Einstein! – mit nacktem Hintern auf der heißen Herdplatte, da wird die Zeit lang, »relativ lang« eben. Hier haben wir einen ähnlichen Fall: Minuten, die sich zu Stunden dehnen ...

Im Glas kann ich dicht voraus über der Kimm eine Reihe aus bläulichen Perlen erkennen. Sie scheinen in der Luft zu schweben. Ich brauche Zeit, bis ich dahinterkomme, daß diese Perlen Bäume sind: eine lange Allee im flachen Land. Nun finde ich auch den millimeterbreiten gelb schimmernden Streifen, den der Ausguck als Küste gemeldet hat. »Küste« würde ich das nicht nennen ...

Ich erkenne eine zweite Perlenreihe. Die zuerst entdeckte verschiebt sich nach links, die zweite nach rechts: Wir geraten nach und nach in eine Umklammerung aus diesen feinen bläulichen Perlen.

Den sandgelben Streifen haben wir jetzt genau voraus. Er verdickt sich, und nun kann ich bei äußerster Sehanstrengung auf diesem Streifen ein paar nadelfeine Gerüste erkennen. Kein Zweifel: Das sind Kräne. Bald kann ich auch ihre waagerecht stehenden Ausleger aus feinem Gitterwerk deutlich ausmachen.

Da erkenne ich auch kleine Schiffe. Sie bewegen sich nicht – wahrscheinlich liegen sie auf der Außenreede vor Anker.

Von Backbordseite her drängt sich die Sandküste immer näher heran. Sie ist deutlich von Flecken aus Dünengras gescheckt. Voraus kann ich zwar Molen ausmachen, aber die Einfahrt kann und kann ich nicht entdecken. Endlich finde ich gegen den wirren Hintergrund die beiden Laternen links und rechts der Hafeneinfahrt – nur den Durchlaß sehe ich immer noch nicht. Und jetzt wird der Blick auch noch durch ein Pumpenschiff versperrt.

Die Kräne werden schnell größer. Sie sehen aus wie skelettierte Giraffen. Wahrscheinlich werden wir direkt unter diesen Kränen festmachen.

Sind wir endlich im Schutz der Flak? Um La Pallice herum muß ja einiges an Flak stehen.

Mir pocht das Herz hoch im Hals. Nur jetzt kein Angriff mehr! Die paar Minuten noch *müssen* uns die Tommies ungeschoren lassen.

Einer der Kräne hat uns seinen Ausleger direkt zugekehrt, so daß es aussieht, als hätte er gar keinen. Darunter grauleuchtende Schuppenreihen, deren Dächer Dreiecke bilden. Die Tore in den Schuppen sind große dunkle Löcher.

Und da ist auch die Einfahrt! Zwei Leuchtbaken im Wasser, auf die ich nicht geachtet habe, sind schon ganz nahe.

Viel Mennigerot und Rostbraun. Ich lasse meine Blicke so gespannt herumgehen, als sähe ich zum ersten Mal eine Hafeneinfahrt: Ein düsterer Prahm mit einer Batterie von Autoreifen zieht dicht an uns vorüber. An Steuerbord kommt eine Werft heran. Ihre Slips senken sich ins Vorbekken. Jetzt geht alles schnell: Ein grünes Dreieck leuchtet rechts, ein rotes Quadrat links auf den beiden Molen auf. Gelb gestrichene Kähne, dann verrückt gebaute Zossen – Bohrschiffe? Fähren? Dann ein Wirrwarr von Kränen, die sich ineinander verhakt zu haben scheinen, Öltanks, Flakbatterien hinter Sandsäcken . . . Und jetzt geht es ins Vorbecken: Wir sind richtig und ohne Zweifel im Hafen von La Pallice.

Herrje, ist es hier eng! Als ich das erste Mal in La Pallice einlief, habe ich diese Enge gar nicht wahrgenommen. Ich erinnere mich ja auch kaum noch an diesen Anblick. Hier muß sich vieles geändert haben. Rechts voraus der klobige Betonbau ist bestimmt neu. Der U-Bootbunker? Kann er kaum sein. Für einen U-Bootbunker ist der Klotz nicht groß genug.

»Die verbunkerte Schleuse«, sagt der Kommandant, als hätte er meine Selbstbefragung erspürt. »Die ist nur leider nicht fertig ...«

Die Reste eines durch Luftangriffe demolierten Zerstörers ziehen an Backbordseite vorbei. Diese Zerstörer sind eben doch nur Blechkästen. Was da von einem Kriegsschiff übriggeblieben ist, gleicht einer riesigen, zerknautschten Konservendose.

Ich wage einen Blick zurück: Der Vorhafen erscheint jetzt als Ring, den nur die enge Ausfahrt unterbricht: ein richtiger Seeräuberhafen.

Endlich entdecke ich direkt voraus die Bunker, bedrohlich breit hingelagert, die Einfahrten dunkle Löcher wie Höhleneingänge, eine neben der anderen, und darüber ein breiter Streifen aus grauem Beton: die sicher auch hier gut sieben Meter dicke Decke.

Die Stille, die uns umfängt, wirkt befremdlich. Wir ziehen mit nur wenigen Umdrehungen wie ein Geisterschiff in dieser feierlichen Stille durchs Brackwasser.

Da hämmert irgendwo eine Flak los. Gleich fallen weiter weg andere Kanonen ein.

Himmelarschundwolkenbruch! Die werden doch nicht etwa ...?

Aber da ist auch schon wieder Schluß mit der Ballerei.

5. Teil

La Pallice

Rechterhand erstreckt sich ein Verladepier. Stehen da nicht Sankas? Sollen wir etwa dort festmachen, anstatt gleich direkt in den Bunker zu fahren?

»Arsch offen!« mault der Bootsmaat neben mir unter seinem Glas durch.

»Das sind ganz schön dumme Säue«, echot ein anderer.

»Die wollen uns wohl verschaukeln! Die müssen uns doch von der Signalstelle aus gesehen haben!« empört sich jetzt sogar der Kommandant.

Das ist unser Handicap: Wir können nicht einfach in den Bunker fahren wie ein Auto in seine Garage. Zwischen Vorhafen und dem Bunker sperrt die Schleuse den direkten Weg.

»Hier liegen wahrscheinlich noch Boote in den Boxen!« sagt der Obersteuermann.

»Die haben mit Sicherheit Torpedonetze ausgebracht«, höre ich den Kommandanten, gut eine Minute später, »und Balkensperren auch!«

Tatsächlich sehe ich jetzt im Glas die Netzsperre vor der Schleuse. An keiner Stelle ist sie aufgefahren. Im Dunkeln hätten wir da glatt straight ahead aufbrummen können. Wollen die uns etwa nicht in die Bunker hineinlassen? Dafür kann es nur eine Erklärung geben: Die haben hier immer noch nicht kapiert, daß wir des Wegs sind.

Auf dem Bunkerdach kann ich jetzt deutlich die Flakstände erkennen und dann auch welche auf einer Lagerhalle. Wahrscheinlich Dreikommasieben. Die größeren Kaliber werden weiter draußen stehen.

Das Boot macht fast keine Fahrt mehr. Der Kommandant hat sich hoch hinaus auf den UZO gesetzt und sucht, den Oberkörper seltsam verkrümmt, mit dem Glas die ganze Gegend ab. Ich kann ihn dabei murmeln hören: »Keine Sau zu sehen ... Fabelhafte Organisation – muß man schon sagen ...«

Ich halte das Glas wieder vor die Augen und suche nun auch herum: Noch nie im Leben habe ich einen so öden Hafen gesehen. Der Bunker wirkt total verlassen und tot. Nirgends in der Tiefe der dunklen Höhlen rührt sich Leben. Ich zähle zehn Einfahrten. In Saint-Nazaire hat der Bunker auch zwölf Boxen. In jeder haben drei Boote Platz oder, wenn die Boxen als Trockendocks eingerichtet sind, zwei Boote hintereinander. Dieser Bunker ist offenbar das gleiche Modell.

Klarer Fall: Die Schleuse zwischen Vorhafen und dem inneren Becken, an dem die Bunker liegen, ist zu. Also müssen wir erst mal ran an die Pier, die zugleich Mole ist.

Wie vorsichtig wir uns der Pier nähern! Zentimeterweise ... Der Kommandant ist nicht der Mann, jetzt noch ein schneidiges Manöver zu riskieren. Jetzt schon gar nicht.

Ich nehme noch mal einen schnellen Rundblick: Die Glätte der See hinter uns, das gläserne Licht, das Spiel der Schatten zwischen den Betonkuben, das Filigran der Kräne – nirgends Spuren vom Krieg.

Keiner auf der Pier, der uns mit einem Zuruf grüßte. Nur ein paar OT-Leute und sonstige Halbuniformierte mit vernagelten Visagen. Geschieht uns recht! Wir kommen schließlich nicht von langer und erfolgreicher Feindfahrt zurück. Überführungsfahrt von Brest nach La Pallice – wieso sollten wir auch den Flottillenchef und seinen Stab interessieren? Wieviel Saures einer auf die Mütze bekommen hat, das interessiert bei diesem Verein keinen. Nur die Erfolge zählen. Und Erfolge haben wir nicht vorzuweisen.

Nicht mal Festmachersgasten sind da: keiner, der unsere Leinen übernehmen könnte.

»Nicht zu fassen!« höre ich den Kommandanten wieder murmeln. Er klingt staunend und erbittert zugleich.

Der Bootsmann weiß sich wenigstens zu helfen. Er brüllt einem Werftarbeiter vom Vordeck her zu: »Na, du Weihnachtsmann, fang mal auf!«

Der Werftarbeiter, ein alter Mann in dreckigem Overall, stellt sich dämlich an und erwischt die Leine nicht. Während der Bootsmann sie aus dem Wasser zieht und erneut wie ein Lasso aufschießt, schimpft einer seiner Männer zu dem Alten hoch: »Arschloch, blödes! Gelernt haste aber auch nischt!«

»Auf ein Neues!« macht der Bootsmann dem Werftarbeiter Mut, und diesmal klappt es: Der alte Mann fängt die Leine auf, zieht mit ihr unsere Spring hinüber und belegt sie an einem Poller.

»Merci, mon ami!« ruft der Bootsmann und wendet sich dann mit triumphierendem Grinsen zur Brücke her: »Na, wer sagt's denn!«

Der Kommandant gibt seine Befehle so knarzig, als wolle er seiner Erbitterung damit Luft machen. Er raunzt zur Pier hinauf, wo sich jetzt ein halbes Dutzend Arbeiter versammelt haben: »Mal die Leine ordentlich durchfieren!«

»Und nicht so dämlich aus den Klüsen gucken, ihr da oben!« blafft der Bootsmann nach.

Auf der Pier tippt sich einer, als der Kommandant ihn gerade nicht sehen kann, an die Stirn. »Gleich komm ich da rauf«, droht ihm der Bootsmann, »und reiß dir den Arsch auf!« Dann schiebt er noch nach: »Aber gründlich – bis zum Nackenwirbel.«

Gott sei Dank! denke ich. Der Ton stimmt! Und wir sind auch wieder mit dem festen Land verbunden. Ein Grund zum Jubeln und Hosianna-Schreien! Aber hier schreit keiner. Hier riecht es allzu mulmig.

Begreife einer das alles! Wir sind doch schließlich gemeldet worden. Und daß wir uns verspäten würden, war doch wohl klar!

Endlich ist auch eine Stelling da. Der Bootsmann muß sie herbeigebrüllt haben. Runter vom Boot und ab dafür – das wäre jetzt das einzig Richtige! Wenn das nur ginge!

Schon bei den ersten Schritten an Oberdeck haut es mir den Schweiß nur so aus den Poren. Falsch angezogen. Falsch jedenfalls für die Hitze hier im Süden.

Da erscheint der Kommandant über der Brückenverschanzung. Als er mich mit der Kamera in Händen sieht, stellt er sich höher hinaus, und jetzt drückt er sich sogar seine vergammelte Mütze noch schiefer auf den Kopf, als sie sowieso schon saß. Kein Zweifel: Ich soll ihn fotografieren. Er stemmt sich so weit hoch, daß er mit einer Hinternhälfte auf den Winddüsen sitzt, und richtet seinen Blick über mich hinweg in eine imaginäre Ferne.

Da muß ich also, um den richtigen Abstand zu gewinnen, über die Stelling. Dabei heißt es aufpassen, daß ich nicht ins Wasser klatsche oder gar auf den Backbord-Tauchbunker knalle: Ich bin verdammt wacklig auf den Beinen!

Der Kommandant wirft sich auf seinem komischen Sitz jetzt auch noch in die Brust: wie ein Herrenreiter. Wegen der grellen Sonne muß ich gehörig abblenden. Ich gebe dem Kommandanten ein albernes Handzeichen, daß es soweit ist, und dabei denke ich: Was ist denn bloß plötzlich mit dem Mann los! Kaum sind wir von der Schippe gesprungen, will er schon in heroischer Siegerpose aufs Bild! Dabei sind wir doch immer noch nicht unter Dach! Hier kann ja sonst noch was passieren. Verbunkerte Schleuse, aber wir liegen hier wie auf dem Präsentierteller herum. Wie bestellt, aber nicht abgeholt.

Auf einmal kommt mir auch das alles wie ein Film vor: die Schleusentore, der U-Bootbunker mit den Flakständen darauf und der riesigen, mit weißer Farbe aufgemalten Parole: »RÄDER MÜSSEN ROLLEN FÜR DEN SIEG!«, die verbunkerte Schleuse, das mit Türmchen bestückte

Haus des Schleusenwärters . . . Nichts wirkt so, als habe es seine ordentliche dritte Dimension. Alles trügt. Die Schatten sind wie aufgemalt: Sie können keine Wirklichkeit vortäuschen. Nur der Pilot bei uns an Oberdeck, der trügt nicht. Der ist zum Anfassen real, wie er da barfuß, verkrampft und trotz der Morgenwärme zitternd auf den noch feuchten Grätings steht.

Am liebsten würde ich mich niedersinken lassen und auf den grauen Steinquadern der Pier ausstrecken, um den festen Boden mit dem ganzen Körper erspüren zu können – ja, das wär's! Erst mal eine Weile langliegen wie ausgespuckt von der See und Zeit gewinnen, um das Wunder ganz begreifen zu können, daß wir tatsächlich in La Pallice angekommen sind. Den Tommies entwischt – und das mit allerknappster Not.

Drei, vier unserer Seeleute stehen wie behämmert an Oberdeck herum, die Münder offen. Von Rechts wegen müßten doch alle auf die Pier stürzen, in die Knie sinken und den Beton küssen . . .

Seltsam: Wir sind angekommen – aber noch nicht da.

Ich sollte dieses geschundene Boot noch einmal in seiner vollen Länge fotografieren, meinethalben auch mit dem Kommandanten – aber nicht in dieser affigen Herrenpose, sondern zwischen den Leuten, die jetzt an Oberdeck herumzuwirtschaften beginnen, und mit dem hilflos dastehenden Flieger.

Aber wo steckt der Kommandant bloß? Auf der Brücke ist er nicht mehr. Unten im Boot kann er auch nicht sein . . . Da sehe ich seinen Kopf über der Bauchung einer riesigen Ankertonne, die aus wer weiß was für Gründen auf der Bunkerpier liegt, und ich kapiere: Er ist über die zweite Stelling gekommen, die vom Vordeck her ausgebracht ist. Will der Mann sich ausgerechnet jetzt die Füße vertreten? Oder steckt er so voller Unruhe, daß er es nicht mehr auf dem Boot aushält? Was ist mit dem Mann nur los? Wie viele Zeichen seiner Nervosität will er denn noch vorführen?

Als ich zwei, drei Aufnahmen gemacht habe, steht der Kommandant mit einem Mal direkt neben mir. »Muß schnell telefonieren – wir brauchen doch Sankas!« sagt er aufgeregt. »Irgendwo muß ja ein Telefon sein. Da vorn beim Schleusenwärter auf jeden Fall. Sie kommen doch mit?«

Anmeldung per Telefon! denke ich. Das ist was Neues. Die Nummer hatten wir noch nicht.

Ich nicke und will gleich losmarschieren, da sagt der Kommandant: »Muß erst mal schiffen!« Ich merke, daß auch mich längst Blasendrang quält. Vor lauter Aufregung habe ich das Schiffen vergessen. Hin zu einer Betonwand sind es nur ein paar Schritte, aber die Beine wollen mir unter dem Corpus wegknicken. Mit knapper Not kriege ich den Hosenstall noch rechtzeitig auf und schlage mein Wasser ab: Ein satter Strahl, der, fast gerade und schön safrangelb, gegen den Beton plattert. Die schiere Erlösung!

Und nun auf der Pier in der prallen Sonne über Krangleise und Kabel an der Betonwand hin und zwischen merkwürdigen Holzgestellen hindurch, dann an riesigen Ersatzschrauben vorbei, an Leuchtbaken und allerlei undefinierbarem Gerät.

Granit und Beton. Kein Schwanken. Alles starr und fest. Die paar Tage, und schon bewege ich mich so täppisch, als sei ich festen Boden nicht mehr gewohnt. Ich merke jetzt auch, wie erledigt ich wirklich bin.

»Doch nicht zu fassen!« hechelt der Kommandant. »Keine Hilfe! So was hab ich noch nie erlebt – so durch die ...«

»... den Dienstboteneingang«, helfe ich ihm.

»Richtig!« bestätigt das der Kommandant so ernst, als hätte ich etwas Wichtiges zum besten gegeben. »Genau so!«

Meine Beine kommen halbwegs wieder in Schwung. Aber sie schmerzen, und meine Lenden schmerzen auch. Wenn ich's genau nehme: Sogar der ganze Rücken schmerzt – von der Hüfte bis hoch hinauf. Aber was soll's! Der Kommandant klagt schließlich auch nicht, sondern bewegt sich flink voran, und das tut er auf eine seltsam schnürende Weise und nicht wie ein Seemann, der gerade von Bord kommt.

»Wer ist denn jetzt hier Flottillenchef?« frage ich den Kommandanten.

»Rupp«, kommt die Antwort. »Rupp mit dem Ritterkreuz.«

»Anscheinend beschäftigt, der Herr.«

»Sieht ganz so aus.«

»Aber irgend jemand *muß* uns doch gemeldet haben?«

»Müßte!« verbessert das der Kommandant.

»Wir waren schließlich lange genug zu sehen ...«

»Eigentlich ja.«

»Hier muß es doch so was wie eine Signalstelle geben, und die muß ja wohl besetzt sein!«

»Müßte!« repetiert der Kommandant

Typisch! denke ich: Dornröschenschlaf! Noch typischer geht es gar nicht mehr. Die volltönenden Sprüche, und dann das hier! Die großdeutsche U-Bootwaffe – groß im Maulaufreißen, aber ansonsten Fehlanzeige.

Plötzlich flucht der Kommandant los, als wolle er sich von einem quälenden Stau befreien: »Verdammt noch mal! Wir müssen doch 'ne richtige Musterung machen für die Silberlinge – und für die Besatzung sowieso.« Der Kommandant jachtert jetzt wie ein Jagdhund: Er hat sich außer Atem geflucht. »Und hier kümmert sich einfach keine Sau um uns! Das gibt's doch nicht! Das gibt's doch nicht!«

Um zum Haus des Schleusenwärters zu gelangen, müssen wir auf einem braun verrosteten Eisensteg über die Schleuse traversieren. Da sehe ich vor uns ein Dutzend Sonnenblumen leuchten, akkurat wie Soldaten in Reih und Glied: Mitten zwischen den Granitquadern hat der Schleusenwärter ein Gärtchen angelegt, nur drei, vier Meter breit, aber von einem weißgestrichenen, fast mannshohen Zaun umfriedet. Das sieht ganz nach deutscher Wertarbeit aus.

Wir müssen am Zaun entlang um die Ecke. Die Tür scheint auf der anderen Seite zu sein. Der Kommandant läuft mir voraus, und während ich mich an dem Gärtchen delektiere, höre ich ihn gegen Holz klopfen: zweimal, dreimal. Dann ein dumpfes Bumsen: Der Kommandant muß mit dem Stiefel gegen die Tür getreten sein.

Jetzt ist er wieder vor mir. Sein Gesicht ist wutverzerrt.

»Das darf doch nicht wahr sein!« bricht es aus ihm heraus. »Keine Sau zu sehen.«

»Also zurück?« frage ich betont beiläufig.

»No, Sir! Weiter zum Bunker!«

»Hier rüber und dann auf der anderen Seite entlang?«

»Ja doch! Hier muß es doch ein gottverdammtes Telefon geben. Die können doch nicht alle ›Ausscheiden mit Dienst‹ gemacht haben!«

Offenbar doch, sage ich mir im stillen. Der ganze Hafen wirkt wie ausgestorben: gespenstisch.

Der Bunker will und will nicht näher kommen. Hat sich unser Nervöserich etwa gedacht, daß es nur hundert Meter wären? Hat er ganz vergessen, wie sehr gerade in Häfen die Entfernungen täuschen und daß man sich manchmal die Beine ablaufen muß, wenn man von einer Schleusenseite auf die andere will?

Mir dreht sich ein Mühlrad im Kopf herum: Der Kommandant hätte den I WO losschicken müssen oder die Nummer Eins und noch einen Mann dazu. Sich so weit vom Boot zu entfernen, das ist gegen alle Regel. Aber der Kommandant ist wahrscheinlich längst blind vor Wut.

Schweiß strömt mir aus allen Poren, und ich muß achtgeben, daß ich richtig auftrete und nicht herumtappe wie ein Blinder. Augenblicke lang komme ich mir wie betrunken vor, und ich werde das Gefühl nicht los, daß Herr Potemkin diesen Hafen erfunden hat. Daran wird wohl auch die knallige Sonne schuld sein. Meine Brauen ziehen sich von ganz allein zusammen, so sehr werden meine Augen schmerzhaft geblendet.

Von den Flakständen her müssen sie uns längst im Glas haben. Die werden sich fragen, was für Figuren da herankommen – angezogen wie die Landstreicher.

So bald, wie ich es mir gewünscht habe, werden wir kaum weiterkommen: Runter vom Boot und rein in ein Auto – danach sieht es ganz und gar nicht aus. Um die üblichen Rückkehrfestivitäten werde ich mich nicht herumdrücken können: Musterung mit Ordensverteilung und allem Tamtam, Ankunftsfeier, Besäufnis mit den Silberlingen, großer Fackelzug mit anschließender Verbrüderung in irgendeinem der besseren Etablissements in La Rochelle: Darauf wird es hinauslaufen. Aber dann ab die Post!

In La Rochelle kenne ich mich halbwegs aus. Das Hotel mit dem opulentesten Bad heißt »Zum Seepferdchen«. Auf französisch müßte ich es auch wissen. Schwieriges Wort. Selten Nur damals in La Rochelle gebraucht. Ich muß mir das Reklametransparent vor die Augen holen, und da habe ich es auch schon: »A l'Hippocampe«. Dort hatte ich ein riesiges Bett zum Längs- und Querliegen, ganz nach Belieben. Die »Zebranutte« damals – die ist mir fest in Erinnerung geblieben.

Plötzlich steht mir der Sinn vor allem nach einem ordentlichen Klo. Ein weißes Klo, Porzellan oder Keramik, unter dem Hintern – das wäre eine Wohltat! So eins wie das in Italien, das in der Schüssel den kalligraphisch reich verzierten Namen »Niagara« trug. Sich endlich mal in aller Seelenruhe ausscheißen – und das ganz ohne Öffentlichkeit. Bei offenem Fenster und ohne Luftnot – gar nicht auszudenken!

Gut, daß hier trotz der Hitze ein Lüftchen weht. Wir müssen so fürchterlich stinken, daß wir eigentlich nicht unter Menschen können. Was wir am Leibe haben, sind gewiß keine leichten Gerüche mehr. Ein Klo und eine Badewanne, und dann können wir weitersehen. Aber lieber noch nicht dran denken. Jetzt brauchen wir erst mal ein Telefon ... nichts als ein beschissenes Telefon!

Wir latschen dahin, als sei alles, was wir hinter uns haben, gar nicht gewesen. Ein paar Werftheinis, die uns in verdreckten Klamotten entgegenkommen, schenken uns kaum Beachtung. Warum sollten sie auch? Daß wir direkt aus der untersten Hölle kommen, das kann uns auf den ersten Blick keiner ansehen: Wir haben Hals und Kopf auf den Schultern und alle Glieder an der richtigen Stelle. Wir können Fuß vor Fuß setzen. Wir funktionieren ganz normal. Allenfalls über diesen Kommandanten ließe sich staunen: vergammelt bis zum Tezett, Fieberglanz in den Augen, kaum noch Fleisch auf den Gesichtsknochen, keinen Arsch in der Drillichhose – eine wandelnde Vogelscheuche mit einer fleckigen, ehedem weißen Kommandantenmütze obendrauf.

Endlich sehe ich als großes schwarzes Loch das Seitentor des Bunkers wie den gewaltig armierten Eingang zum Hades. Der Wechsel vom blendenden Licht ins Schattendunkel ist so heftig, daß ich Augenblicke lang nichts erkennen kann. Der Kommandant strebt über Preßluftschläuche und

Kabel hinweg eine Bunkerwerkstatt an, aus der gelbes Licht fällt. Dort *muß* es ein Telefon geben.

Ich hocke mich auf einen Poller. Soviel ist klar: Die Werft ist kaum noch in Betrieb. Komplizierte Reparaturen können hier nicht mehr gemacht werden. Ich fühle mich auf einmal ganz allein und mir selbst überlassen, nicht recht fähig zu begreifen, was hier *eigentlich* gespielt wird.

Der Bunker läßt jedes Geräusch, sogar noch jedes laute Wort wie eine Kirche nachhallen. Sind hier denn überhaupt keine Boote mehr? Dann wären wir die einzigen, denen die Flucht aus einem der nördlicheren Stützpunkte geglückt ist? Und wo sind die Boote, für die dieser Mammutbau errichtet wurde? Alle abgesoffen?

Uns hierherzuschicken, das war doch wohl der schiere Wahnsinn! Was soll das Boot denn ausgerechnet in La Pallice? Soll die Besatzung hier etwa abwarten, bis es Zeit zur Selbstversenkung wird?

Der Kommandant scheint in der Werkstatt Wurzeln geschlagen zu haben. Wahrscheinlich kriegt er die richtigen Leute nicht an den Apparat. Aber da erscheint er endlich, die Lederhandschuhe unter dem linken Arm, die Mütze um eine Spur gerader auf dem Kopf.

»So, das wär's!« sagt er und schlägt sich dabei einmal kurz in die Hände. »Ich hab uns angemeldet.«

»Na fein! Die Silberlinge und den Kanadier auch?«

»Selbstredend!«

»Und wie geht es weiter?«

»Den Kanadier holt die Luftwaffe ab. Die Silberlinge kommen mit zur Musterung in die Flottille.«

»Luftwaffe?«

»Ja, die werden gerade gewahrschaut.«

»Gewahrschaut – von wem denn?«

»Vom Adju der Flottille. Das läuft ganz nach Schema F: Um Flieger kümmert sich die Luftwaffe ...«

»Also gibt's hier einen Fliegerhorst und Flugzeuge?«

»Das möchte ich nicht sagen. Luftwaffe gibt's jedenfalls.«

»Wenn wir also 'nen Seemann gefischt hätten, gehörte der quasi uns?«

»Ja.«

Flugzeuge gibt's keine, aber Luftwaffe gibt's, denke ich bei mir.

»Sankas kommen auch«, sagt der Kommandant noch, bereits im Losschlurfen.

Ich hatte schon gehofft, wir würden in der Bunkerkühle warten und uns abholen lassen, aber nein, der Kommandant stiefelt wieder los. Die Latscherei kommt mir diesmal noch länger vor als auf dem Hinweg, aber das liegt wohl daran, daß der Kommandant kein einziges Wort mehr sagt.

Der Anblick des an die Pier gedrückten Bootes trifft mich tief: Wie winzig es in dieser Perspektive – fast in Lage Null – aussieht!

Wir sind noch nicht ganz an der vorderen Stelling, da ruft der Kommandant schon den I WO an, der mit der Nummer Eins direkt vor dem Turm steht: »Wem gehört denn der Koffer hier? Und die Tasche?«

Statt Antwort zu geben, stehen die Leute auf dem Boot wie blöd herum. Was soll denn das nun wieder bedeuten? Warum sagt keiner was?

»Die haben das vergessen, Herr Oberleutnant«, sagt endlich der I WO.

»Wie bitte?« fährt ihn der Kommandant an.

»Die Werftgrandis, die sind weg, Herr Oberleutnant!«

»Wie? Was? Wollen Sie mich veralbern? Machen Sie endlich ordentlich Meldung!«

»Wir konnten die Herren nicht halten, Herr Oberleutnant!«

»Die Herren nicht halten? Was soll das heißen?«

»Die sind ruckzuck weg, Herr Oberleutnant«, versucht sich die Nummer Eins an einer Erklärung. »Da sind zwo Anderthalbtonner gekommen . . .«

Der Kommandant starrt mit offenem Mund von einem zum anderen. An meinem Blick bleibt er schließlich hängen und starrt mich an, als könnte ich ihm erklären, was hier vorgegangen ist.

Herrgott noch mal! *Ich* habe die Brüder doch nicht von Bord gejagt. Bin ich etwa für die Silberlinge verantwortlich? Mir sind diese Scheißkerle doch schnurzegal! Um das deutlich zu machen, ziehe ich die Schultern hoch. Dazu kehre ich auch noch die Handflächen nach vorn. Das soll heißen: Man kann mich totschlagen, ich halte keinen einzigen Silberling in der Tasche verborgen.

Es würde mich nicht wundern, wenn der Kommandant gleich eine Art Veitstanz aufführte. Der Mann guckt ja wie irre aus dem Anzug.

Fast brüllend laut sage ich: »Scheißkerle, verdammte!« und bringe damit den Kommandanten endlich wieder zu sich. Er schluckt, guckt aufs neue herum, beißt sich auf die Unterlippe, wie der Alte es tat, wenn er nicht gleich weiterwußte, und jetzt? Jetzt knallt er seine Lederhandschuhe auf die Pier und macht drei, vier Trampelschritte, als wollte er tatsächlich zu tanzen beginnen.

Über dem Palaver vom Boot her bekommme ich die sonore Stimme der Nummer Eins zu hören: »Das war wie ein Zuchthausausbruch, Herr Oberleutnant . . .«

»Ja, wie vorbereitet. Die meisten vorn durchs Torpedoluk . . .«, mischt sich der I WO ein.

»Und wieso war das Luk auf?« herrscht der Kommandant die Nummer Eins an.

»Das haben die selber aufgedreht, Herr Oberleutnant.«

Unterwegs habe ich mir ein paarmal Vorwürfe gemacht, weil ich mich so wenig um die Silberlinge gekümmert habe. Jetzt brauche ich mir wohl keine mehr zu machen! Was sind das nur für Menschen?

Der Kommandant steht da wie vor den Kopf geschlagen. »Verdammte Schweinerei!« würgt er heraus, fast ohne die Zähne auseinanderzubringen.

Da erscheint das Gesicht des Obersteuermanns über der Brückenverschanzung. Der Obersteuermann beeilt sich, über die Steigeisen herunter aufs Oberdeck zu gelangen und kommt dann über die wippende Stelling heran. Noch ehe er Meldung machen kann, raunzt ihn der Kommandant schon an: »Die können doch nicht einfach vom Erdboden verschwunden sein!«

Die Antwort des Obersteuermanns ist auch nur ein verlegenes Schulterheben.

Da geht der Kommandant wieder den I WO an: »Sie hätten Ihre Befehlsgewalt ausüben müssen!«

»Ja, aber, Herr Oberleutnant, das ging doch nicht – ging doch nicht wegen der Dienstgrade!«

Der Kommandant hat endlich seine Fassung zurückgewonnen und befiehlt jetzt ruhiger: »Also noch mal von vorn!«

Der I WO schluckt so heftig, daß ihm der Adamsapfel nur so auf- und abspringt: »Da ist ein Lkw vorgefahren, Herr Oberleutnant . . . und dann noch einer . . .«

»Dann wußten die also Bescheid, daß wir kommen . . .?«

»Bloß diese beschissene Flottille wußte nichts«, füge ich an.

»Da kam so 'n Anderthalbtonner vorbei«, kommt der Obersteuermann dem I WO zu Hilfe, »den hat der mit den vier Ärmelstreifen gleich angehalten und requiriert . . . sozusagen.«

Vier Ärmelstreifen gegen einen, und der Kommandant nicht an Bord! Jetzt kann er toben, wie er will – die Scheißsilberlinge zaubert er damit nicht wieder herbei.

Der Obersteuermann wendet sich an mich: »Wie die Ratten sind die von Bord, Herr Leutnant. Da hätte der I WO gar nichts machen können. Die konnten wir doch nicht alle einfach niederschießen!«

Der Obersteuermann tut jetzt gerade so, als müsse er mir gegenüber Rechenschaft ablegen. Damit er nicht noch weiterredet, wende ich mich einfach ab, kann aber sehen, wie sich der Kommandant mit der flachen rechten Hand theatralisch vor die Stirn schlägt. Jetzt lacht er krampfartig auf und sagt: »Bloß gut, daß die nicht auch noch die Bodenventile aufgemacht haben!«

Aber dann steht er doch wieder leicht eingekrümmt und wie hilflos da und murmelt verbittert vor sich hin: »Nicht zu fassen! Einfach nicht zu fassen . . .« Plötzlich aber scheint ihm ein rettender Einfall zu kommen: Er strafft sich und fragt den I WO: »Und wo sind die Kranken?«

»Auch mit weg, Herr Oberleutnant.«

»Das darf doch nicht wahr sein! Und ich Idiot kümmere mich um extra Sankas!«

Ich wende mich an die Nummer Eins: »Sagen Sie bloß, daß unser Kanadier auch verschwunden ist?«

»Den haben wir wieder nach unten genommen, Herr Leutnant, der ist jetzt in der O-Messe – und zwar scharf bewacht.«

»Sozusagen abholbereit?« versuche ich zu scherzen.

»Jawoll, Herr Leutnant!«

Auf der Bunkerpier sehe ich einen Lastwagen vorfahren. Der Bootsmann ist mit ein paar großen Schritten neben dem Führerhaus. Ich höre die laute Stimme des Fahrers: »Ich soll Gepäck von den Herren von der Werft abholen!«

»Zu spät!« brüllt der Bootsmann dem Fahrer zu, der sich keinen Vers darauf machen kann und seine Zweifel mit Schulterzucken darstellt.

»Doppelt gemoppelt! So haben wir's gerne!« schimpft der Bootsmann – immer noch mit erhobener Stimme.

Plötzlich steht Bartl vor mir: ein bleicher, erschreckend zusammengesackter Bartl.

»Das wär's dann wohl fürs erste, Bartl«, sage ich und hebe in leichter Verlegenheit die Schultern. »Mal sehen, wie's weitergeht . . . Was ist, gefällt's Ihnen hier etwa nicht?«

Der Protest, den ich erwarte, bleibt aus. Bartl guckt mich nur vorwurfsvoll an – just so, als sei ich daran schuld, daß er hier in La Pallice sein muß, anstatt in Brest seinen Gefolgsleuten etwas vorreesen zu können.

Weil Bartl sich immer noch nicht rührt, rede ich weiter an ihn hin: »Die hatten uns ganz schön am Wickel, was, Bartl?«

Von dem Bartl, den ich aus Brest in Erinnerung habe, würde ich erwarten, daß er jetzt lässig mit den Schultern zuckt und eine abwiegelnde Handbewegung macht. Dieser Bartl aber bedenkt mich mit einem Hundeblick aus wäßrigen Augen und steht da, als könnte er nicht bis drei zählen. Um Gottes willen, durchfährt es mich, der wird doch nicht zusammenklappen! Ein in Tränen ausbrechender Bartl, der hätte mir gerade noch gefehlt!

»Wo haben Sie denn Ihre Siebensachen?« frage ich forsch drauflos.

»Noch im Boot, Herr Leutnant«, bringt Bartl endlich hervor und läßt es klingen wie die Stimme aus einer Gruft.

»Die würde ich jetzt aber holen!«

»Jawoll, Herr Leutnant«, druckst Bartl und spielt mir dick aufgetragene

Schicksalsergebenheit vor. Ich muß noch »Na denn, ab dafür!« kommandieren, damit er sich in Bewegung setzt.

War nicht unbedingt die beste Idee vom Alten, mir diesen abgewirtschafteten alten Bootsmann mit auf die Reise zu geben. Eigentlich ein Wunder, daß er bis jetzt alles überstanden hat, wenn auch nur verkrochen wie ein angeschossenes Stück Wild.

Aber ich sollte mich auch um meine Klamotten kümmern! Also den Turm hoch und durchs Turmluk wieder hinab. Mich schmerzt dabei jede Bewegung. Herrschaftszeiten, tun mir die Knochen weh!

Obwohl das Boot inzwischen entlüftet ist, kann ich es unten vor lauter Gestank kaum aushalten! Also schnell rein ins Jackett! Koppel mit Pistole umgeschnallt. Die Tasche ist gepackt. Meine MP ist unter dem Kopfkeil verstaut. Bloß gut, daß ich die mitgenommen habe. Hier würde ich wohl kaum eine bekommen. Und nun noch den Marschbefehl in die Brusttasche gesteckt, das wichtigste Dokument, das ich besitze.

Als ich wieder ans Tageslicht komme, fährt ein VW-Kübel auf der Pier vor, aus dem einer in Blau aussteigt – wie aus einem Bilderbuch entsprungen: Adjutantenschnüre auf der Jackettbrust, piekfein in blauer Schale – aha, der Herr Flottillenchef hat Vertretung geschickt. Der Mann sieht so geschwollen aus, als wäre er gasgefüllt. Die Mütze sitzt korrekt wie die eines Bahnschaffners. Streng nach Vorschrift. Lange keine Mütze mit eingezogenem Mützenbügel mehr gesehen. Die Unterarme hält diese Schießbudenfigur fest hinter dem Rücken verschränkt. Daran liegt es, daß er diese pompöse Brustwölbung vorweisen kann. Und mit der schafft er sich die große blaue Fläche, auf der die dicken, geflochtenen Adjutantenschnüre bestens zur Geltung kommen.

Der Mann sieht aus, als wollte er mit seinem Gehabe und Aufputz in einer Operette posieren.

Was ein Bild, als sich der Kommandant und diese reale Phantomfigur gegenüberstehen und salutieren: Der Adjutant muß gut und gerne das doppelte Gewicht des Kommandanten auf die Waage bringen.

»Der Chef ist leider im Augenblick unabkömmlich«, höre ich den Adjutanten mit einer Stimme, die viel zu hoch ist für sein Körpergewicht.

»Na fein!« blafft der Kommandant zurück wie ein gereizter Straßenköter. »Und wie soll das hier weitergehen, wenn ich fragen darf? Können wir endlich einschleusen, oder sollen wir etwa noch im Vorhafen vernascht werden?«

»Alles schon in die Wege geleitet, Herr Oberleutnant.«

»›Schon‹ ist gut!«

»Sie waren sechsunddreißig Stunden früher gemeldet!« repliziert die hohe Stimme.

»Ach so! Und da dachten Sie wohl, die kommen gar nicht mehr?«

Der Adjutant steht da und weiß nicht weiter. Ich muß zwanghaft überlegen, mit was für einem Tier er sich vergleichen ließe. Endlich habe ich's: Da drüben auf der Pier steht ein ins Riesige vergrößerter balzender Täuberich. Schließlich fängt sich der Adjutant wieder. »Wir haben Meldung, daß Sie fünfzig Werftbeamte an Bord haben. Wo sind denn Ihre Gäste?«

»Gäste!« äfft ihn der Kommandant nach. »Gäste!« echot es noch zweimal.

»Die feinen Herren sind auf und davon! Die sind getürmt – die haben sich verdünnisiert ... ganz, wie Sie wollen!« Der Kommandant bringt das mit schier hysterisch hoher Stimme hervor.

Der Adjutant macht darufhin ein noch einfältigeres Gesicht als vorher.

Es juckt mich, dem Kommandanten Applaus zu spenden. Offenbar muß er richtig in Rage geraten, um aufzuwachen und seinen Mann zu stehen.

Auf einmal finden sich noch mehr Figuren in tadellosen blauen Uniformen auf der Pier ein, Dolche am Gehänge und alle Bügel in den Mützen! Hier im Süden steht offenbar die Kleiderordnung hoch in Ehren. Was wollen diese Statisten mit ihrem großspurigen Gehabe und ihren Neugierblicken nur? Die tun ja so, als wäre tiefster Frieden und als könnte nicht jeden Augenblick ein auf Selbstmord versessener Tommy erscheinen – oder gleich zwei oder drei.

Ich brauche möglichst schnell einen Schluck: Meine Kehle ist wie ausgedörrt. Aber woher nehmen? Ins Boot will ich nicht zurück. Und außerdem: Dieses Theater kann ich mir nicht entgehen lassen.

»Musterung ist gleich nach dem Festmachen im Bunker im Flottillengelände angesetzt!« höre ich die Kastratenstimme des Adjutanten.

»Musterung im Flottillengelände? Was soll das denn?« höre ich.

Ich frage die Nummer Eins: »Wer bleibt denn beim Boot?«

»Die stellen eine sogenannte Einlaufwache«, bekomme ich Antwort.

»Was es nicht alles gibt!« erheitert sich neben mir einer, der mitgehört hat.

Als ich zufällig den Kopf drehe, sehe ich, wie der Flieger abgeführt wird: In einer Gruppe von drei Leuten läuft er auf ein Auto zu, das neben den Gleisen geparkt ist. Komisch, daß ich das Auto nicht gehört habe.

Der Kanadier hinkt, und ich denke: armes Schwein!

Ich wäre gern mit dem Flieger ins Gespräch gekommen. Jetzt ist es zu spät. Der Mann wirkt zum Erbarmen kläglich, wie er da in geliehenen U-Bootklamotten von zwei Luftwaffenfritzen abgeführt wird. Wahrscheinlich genauso alt wie ich.

Jetzt fahren zwei Sankas auf der Pier vor. Einer hätte für unsere beiden Verletzten gereicht.

Ich höre zwei Seeleute den Adjutanten imitieren: »Der Chef ist leider unabkömmlich! Hast du das gehört? Un-ab-kömm-lich!«

»Vielleicht hatter Dünnschiß un kann nich vom Klo.«

»Sie können gleich im Kübel mitfahren!« richtet sich der Adjutant plötzlich an mich. »Sie sind doch der Kriegsberichter?«

»Jawoll!« gebe ich zurück. »Kann ich meinen Bootsmann mitnehmen?«

»Ihr Assistent?«

»Assistent? Nein, kein Kriegsberichter, aber ein Mann, der auch nicht zur Besatzung gehört . . .« Da gerate ich ins Stocken und weiß nicht gleich, wie ich mich diesem aufgeblasenen Burschen erklären soll. »Für den Bootsmann Bartl bin ich verantwortlich.«

»Also von mir aus!«

Ich werfe mir die MP über die Schulter und gewinne gleich das fatale Gefühl, übertrieben martialisch auszusehen – schon weil ich hier der einzige bin, der Waffen trägt. Nein! Bartl hat auch wieder seine Kanone, eine 7.65er, am Koppel und zwar – wie früher schon immer – halb vor dem Bauch. Meine Walther ist mir fast auf den Rücken gerutscht.

Der Fahrer des Adjutanten macht Männchen und dann gleich noch mal, als der Adjutant ihm »Zurück zur Flottille!« befiehlt.

Der Kübel sackt so heftig in die Pflasterlücken hinein, daß ich mich an der oberen Kante des Fensters festhalten muß. Blöder Sack! denke ich, der fährt einfach stur geradeaus anstatt Slalom. Oder er hat Wut im Bauch – dann kommt's ihm auch auf einen Achsenbruch mehr oder weniger nicht an.

Endlich erwischen wir ein intaktes Stück aus Granitplatten, und jetzt sage ich dem Adju ins Genick: »Ich habe Geheimsachen hier in der Tasche. Die müssen so schnell, wie's geht, nach Berlin. Ich brauche ein Fahrzeug!«

Der Adjutant sagt erst mal gar nichts. Dann höre ich: »Da sieht's schlecht aus! Was sage ich: ganz schlecht.« Und dann noch: »Kein Benzin! Sie hätten mit dem FdU fliegen sollen . . .«

Mit dem FdU? repetiert es in mir. Was will der denn von mir? Will der mir jetzt etwa auch auf den Zahn fühlen? Und ich sage wie verblödet: »Aber der FdU sitzt doch in Angers.«

»Saß!« werde ich verbessert. »Aber gestern war er noch hier, und dann ist er direkt nach Paris geflogen. Wir hatten Sie ja früher erwartet! Deshalb ist auch der Flottillenchef nicht da.«

»Und wo ist der?«

»Beim Fischen.«

»Potztausend!« entfährt es mir. Am liebsten würde ich noch sagen: Ich bin bloß gespannt, was noch alles kommt!

Der FdU ist also Leine gezogen. Das ist nun wirklich interessant. Der Mann schmeckt mir. Der lag schon immer richtig.

Ich bin nur neugierig, wie der Obereinpeitscher Dönitz sich aus der Affäre ziehen wird. In Bernau ist er vorläufig weit weg vom Schuß. Da hat er noch ein Weilchen Zeit bis zur Wahl: Giftampulle oder Pistole. Wasserschlucken, das wird ihm sicher nicht passieren.

Der Adjutant wendet sich halb um und sagt: »Sie können sich übrigens von der Standortkommandantur ein Hotelzimmer geben lassen. Ich würde es Ihnen aber nicht raten.«

»Wanzen?« frage ich zurück.

»Das nicht gerade«, sagt der Adju, aber in einem so veränderten Ton, daß ich aufmerke und ihn von der Seite her betrachte. Endlich hat sein Gesicht den schafsmäßigen Ausdruck verloren. Er bringt sogar ein schiefes Grinsen zustande und sagt: »Oder besser: Wanzen vielleicht auch. Aber die sind nicht das Problem. Es hat Überfälle gegeben ...«

»Überfälle?«

»Jawoll! Man hat Offiziere ermordet und ihnen das Geschlechtsteil abgeschnitten und in den Mund gesteckt.«

»Den eigenen Pimmel?«

»Ja, das Geschlechtsteil.«

»Das ist ja eine schöne Schauergeschichte!«

»Leider aber wahr!«

»Da leben Sie hier ja richtig gefährlich!«

»Das kann man wohl sagen!« sagt der Adju. »Ich möchte Ihnen jedenfalls dringend raten, in der Flottille zu bleiben.«

»Na großartig! Ich werde mich wie zu Hause fühlen!«

Ich spiele den wider Erwarten Beglückten und denke: Also kein opulentes Badezimmer ... Der Teufel soll das Ganze holen!

Das Tor auf der Anhöhe neben dem U-Bootbunker ist ein Witz! Vergrößerte Laubsägearbeit. Schilderhäuschen schwarzweißrot, in schrägen Streifen angepönt. Dahinter hell gestrichene Schuppen, davor Stacheldrahtrollen. Die Betonbunker am Eingang scheinen neu zu sein. Sie haben Stahlkuppeln wie Panzer. Und jetzt erkenne ich auch kurze Geschützrohre.

Herr im Himmel! Die haben hier tatsächlich noch diese verfluchten Baracken! Ihr bloßer Anblick bringt mich schon in innere Panik. Die Baracken in Potsdam und auf dem Oberjoch. Die stinkenden Roßhaardecken. Das Fußbodenöl. Der Schweiß und die ungewaschenen Schwänze – nichts als Kotzdüfte ...

Wir werden auf einen Platz dirigiert, der ganz von Baracken umgeben ist. Die obligatorischen Weinflaschen stecken zu beiden Seiten des frisch geharkten Kieswegs mit dem Hals nach unten im Boden.

»Stop!« befiehlt der Adjutant, und der Fahrer bremst den Kübel so scharf, daß der Kies unter den Rädern aufkreischt.

»Da wären wir. In diesem Gebäude ist Ihre Kammer.«

»Gebäude?« frage ich mit allem mir verfügbaren Zynismus im Ton zurück. Ich bleibe erst mal sitzen und sage: »Jetzt möchte ich aber doch wissen, was mit dem FdU war . . .«

Der Adjutant macht dem Fahrer ein Zeichen: Motor abstellen. Dann sagt er: »Ihr Bootsmann wohnt da drüben« und zeigt vage auf eine Ansammlung von drei, vier hintereinanderstehenden Baracken.

Bartl hat verstanden: Er klettert aus dem Kübel, ergreift seine Segeltuchtasche, macht zackig Männchen und zieht Leine. Von hinten sieht er zum Erbarmen aus, wie er da mit seinem Watschelgang den weiten gekiesten Platz überquert.

»Der FdU wollte Sie, das heißt die ganze Besatzung samt Werftbeamten hier noch wahrnehmen«, höre ich die Kastratenstimme.

»Und?«

Ich sehe mit zur Seite verdrehtem Kopf, wie fatal meine Frage auf den Adjutanten wirkt, und stoße deshalb gleich nach: »Wurde ihm etwa der Boden zu heiß? – Sind die Alliierten denn schon in Angers?«

»Kurz davor, hieß es heute morgen . . .« Der Adju dreht und wendet sich. Er ist in der Klemme: Seine Herren und Gebieter muß er verteidigen, und Zweifel am Endsieg darf er bei sich schon gar nicht aufkommen lassen.

Da mache ich es, um der Sache ein Ende zu bereiten, kurz: »Oder glauben Sie etwa, daß Sie hier nicht demnächst drankommen? Ist doch alles nur eine Frage der Zeitversetzung . . . ich meine, der aktuellen Beschäftigungslage bei den Alliierten.«

»So würde ich das nicht sehen . . .«

»Natürlich nicht!« Und jetzt verpasse ich ihm einen gezielten Haken: »Das dürften Sie ja auch gar nicht – bei Ihrem Posten!«

Meine Kammer! Allein schon der Anblick der Koje sträubt mir die Haare. Das, so dachte ich, hätte ich ein für allemal hinter mir. Zum Glück habe ich das Kabuff für mich allein. Also keine donnernden Fürze, kein atemberaubender Gestank wie ehedem . . . Aber was helfen mir schon diese Selbstbeschwichtigungen!

Im Moment sollte ich mich erst einmal draußen irgendwo hinsetzen und nachdenken – und das in aller Ruhe.

Ich kann, als ich vor das Schott trete, zwischen zwei Baracken hindurch halb verdorrte Wiesen erkennen, aber vor dem Graubraun auch die Maschen des hohen Drahtzauns und die Stacheldrahtrollen dahinter. Trotzdem nehme ich Kurs auf die Baulücke und entdecke, als ich sie hinter mir habe, eine umgekippte weiß-rot gepönte Tonne. Auf die strebe ich zu.

Mir läuft der Schweiß nur so herunter. Ein Wunder der Natur, daß er auch noch aus total verdreckten Poren seinen Weg an die Luft findet. Ich sollte Schatten suchen, aber das ist, da die Sonne bereits hoch am Himmel steht, in diesem Lager nicht einfach. Vielleicht, sage ich mir, sind die hier alle von der Hitze so verblödet, daß sie gar nicht mehr zu normalem Agieren fähig sind. Unser Einlaufen war wohl schon zuviel für sie.

Ich setze mich auf die Tonne und starre wie ein Sträfling in die Landschaft hinaus: Öde – aber mir ist es so gerade recht: Ich muß mit mir ins reine kommen.

Erst mal die Lage peilen, abwarten, ruhig Blut zeigen. Mit Ungeduld kann ich die hier nur reizen. Bloß schade, daß ich in La Pallice keinen Menschen kenne, der mir helfen könnte.

Und dann gehe ich mit mir härter ins Gebet: Du willst diesen Krieg überleben – also tummele dich, um Himmels willen! Auf Gott den Herrn und das Glück vertrauen, das hilft nicht mehr. Hilf dir selbst, dann hilft dir Gott!

Plötzlich steht Bartl vor mir.

»Wie sind Sie denn untergekommen?«

»Beschissen, Herr Leutnant!«

Da kann ich nur verständnisvoll nicken.

»Herr Leutnant«, hebt Bartl daraufhin in klagendem Ton an, »ich dachte, die würden sich hier die Beine für uns ausreißen – aber das ist ja wohl das letzte, wie die sich benehmen . . .«

»Wir müssen eben sehen, daß wir hier so schnell wie möglich den Absprung finden.«

»Da war aber bei uns in Brest mehr Zack dahinter!« beharrt Bartl.

»Weiß Gott!« pflichte ich ihm bei.

»Können die Tommies mit den Bunkerknackern bis hierher fliegen, Herr Leutnant?«

»Keine Ahnung. Wahrscheinlich nicht . . .«

»Schade!« sagt Bartl. Und dann gibt er nach kurzem Überlegen noch zum besten: »Aber für diesen Plunder hier müßten schließlich auch 'n paar Stabbrandbomben genügen. Versteh ich nicht, daß die Allies den Laden noch nicht ausgeräuchert haben!«

»Klingt nicht gerade nach Nächstenliebe . . . Vielleicht wollen die selber hier einziehen, wenn sie sich erst mal den Hafen gekrallt haben . . .«

Bartl betrachtet mich mit schräggelegtem Kopf. Er sieht aus wie eine Amsel, die einen Regenwurm entdeckt hat, und bei diesem Anblick muß ich grinsen.

Als Bartl das sieht, gibt er sich gleich freudig bewegt: »Dacht ich mir doch, Herr Leutnant, daß Sie das nicht ernst gemeint haben.«

»Die Klugen sterben eben doch nicht aus!«

Was für ein Glück, daß ich dieses Lager nicht zu sehen bekommen habe, als ich vor Jahr und Tag schon mal hier war, sage ich mir, als Bartl sich mit hängenden Schultern wieder verdrückt. Damals war die Messe »in der Stadt« – also in La Rochelle. Und gewohnt wurde in richtigen schönen Puffhotels mit dichten Volets gegen die Hitze vor den Fenstern, opulenten Tapeten an den Wänden, Volants mit Fransen und Troddeln daran und Teppichen auf dem Boden – alles plüschig und nach Sünde riechend.

Ich hocke nur so da, aber insgeheim warte ich darauf, daß es knallt und das ganze Barackenlager sich wie ein Phantombild in Nichts auflöst.

Dunstschleier hängen in der Luft. Sie zerstreuen das Sonnenlicht zu noch grellerer Blendung. Ich kann ein Stück von der Straße zwischen Bunker und Barackenlager einsehen. Dort formieren sich OT-Transporte. Aber was sehe ich da noch? Da sind Stockbetrunkene dabei, auch Betrunkene mit Weibern im Arm. Und das am hellichten Tag!

Die Szene widert mich derartig an, daß ich mich abwenden muß. So, um neunzig Grad verdreht, kann ich zwischen zwei anderen Baracken hindurch direkt aufs Lagertor blicken. Und durch das Tor sehe ich die Besatzung von U 730 herankommen. Sie zieht ohne jede Ordnung, wie bei einem Betriebsausflug, durch die Gegend – jeder sein Bündel unter dem Arm.

Ich gehe dem Zug ein paar Schritte entgegen und wünschte, ich hielte eine Arriflex in Händen: Da könnte ich tolle Bilder von einer geschlagenen Waffe auf den Film bekommen.

Das weißliche Licht – die Sonne wird von dünnen Wolkenschwaden abgefiltert – ist ohne Erbarmen mit den Leuten: pickelübersät und abgemagert – wie in ihre verdreckten Klamotten reingeschissen …

Ich finde mich im Pulk unserer Leute wieder und gehe ein paar Schritte mit. Dabei höre ich: »Die hätten uns ruhig 'nen Omnibus zum Bunker schicken können!«

»Wie soll denn hier 'n Bus fahren, du Arschloch! Einfach so über die Gleise weg? Oder wie stellste dir das vor?«

»Die Luftwaffenheinis waren doch auch mit dem Auto …«

»Aber vorn an der Pier! Mannomann – bist du blöd!«

Ich frage mich, woher die Männer noch die Kraft für solche Katzbalgereien nehmen, und da höre ich auch schon, wie es mit der Gereiztheit weitergeht: »Musterung in der Flottille – das iss auch 'ne Idee!«

»Mal was Neues!«

»Methode: tief im Süden!«

»Hier scheint ja alles zu pennen!«

Was für eine Wohltat, die Lords so motzen zu hören!

Als ich mich gründlich im Lager umsehe, wird meine Laune auch nicht besser: Wohin ich mich auch wende, begegnen mir nur gelangweilte Visagen. Die Leute vom Stammpersonal grüßen so schlapp, wie es nur gerade noch angehen mag. Zwischen den Verwaltungsbaracken laufen zwei Portepee-Unteroffiziere wichtigtuerisch mit Aktendeckeln unter dem Arm herum: Der Büroladen ist also in Betrieb. Wie sollte es auch anders sein! Die gebärden sich, als wäre die Lage die gleiche wie seit Jahren und als wären die Allies noch gar nicht gelandet.

Während ich so dastehe, trete ich innerlich von einem Bein aufs andere: Ich muß mit dem Flottillenchef reden und mir einen Wagen anweisen lassen. Das nötige Benzin wird schon aufzutreiben sein. Mein Ziel ist schließlich nicht La Pallice, sondern Berlin. Und wenn der Flottillenchef nicht da ist, muß der Adju einspringen und das Nötige veranlassen. Fürs erste jedoch muß er meine Tasche im Panzerschrank einschließen – das aber möglichst nur für eine Nacht. Meine Rolle ist nun mal die eines Kuriers, das muß der Adju möglichst schnell kapieren, damit sein Denkapparat in Betrieb kommt: Diese Tasche muß auf dem schnellsten Weg nach Berlin – und zwar muß sie von mir und von niemand anderem hingebracht und meinem Korvettenkapitän übergeben werden.

Also erst die Kuriertasche weg und dann mal sehen, ob es hier so etwas wie eine Dusche gibt – besser noch: eine Badewanne, in der ich den Dreck an meinem Body richtig aufweichen kann.

Hier gleicht ein Bau so sehr dem anderen, jeder Flur sieht so öde aus wie der andere, daß ich Mühe habe, bis ich endlich vor der richtigen Tür, der des Adju, stehe.

Ich habe die Klinke noch in der Hand, da wird gemeldet, der Flottillenchef sei eben gekommen. Also antreten!

Aber mit der Kuriertasche am Henkel kann ich das nicht. Das kapiert auch der Adjutant. Er nimmt sie an sich und schließt sie in einen Panzerschrank. Nebenan rumort es: aha, der Flottillenchef. Und da brüllt er durch die geschlossene Tür auch schon den Adjutanten zu sich. Als der nach fünf Minuten noch nicht wieder erschienen ist, verlasse ich sein Büro, hole meinen Fotoapparat und gehe zum Appellplatz. Die Besatzung ist bereits in der grellen Sonne versammelt. Allen hängen die Hosenärsche tief herunter. Die Leute sind völlig heruntergekommen: Wenn sie die Arme ausbreiteten, sähen sie allesamt aus wie Vogelscheuchen – abgemagert bis zum Gehtnichtmehr. Jetzt einen Kameraschwenk über alle fünfzig Visagen hin und den Streifen dann in die Wochenschau mogeln. Da hätte das Volk was zu staunen. Die haben ja alle noch Priens Sunnyboys vor Augen, wie die in dicken schwarzen Mercedes-Karossen und geschniegelt und gebügelt in die Reichskanzlei gekarrt wurden. Beides zeigen: Vorher – nachher! Das wäre ein Witz und ein schönes Stück Volksaufklärung dazu.

Und jetzt erscheint auch der Kommandant und läßt die Besatzung antreten. Er hat die graue Lederhose an und dazu sein völlig abgerissenes blaues Jackett. Die Hose hängt auch ihm tief in den Kniekehlen und wirft dort groteske Falten.

Gut, daß ich den Fotoapparat vor der Brust hängen habe. So ist sichtbar begründet, warum ich mich nicht am rechten Flügel einreihe.

Die Sonne steht mittlerweile so hoch, daß kein Fitzchen Schatten über dem Platz liegt.

Platzangst? Klaustrophobie im grellen Sonnenlicht?

Die Werftbeamten wollen mir nicht aus dem Kopf. Diese verdammten Silberlinge, die haben dem Kommandanten einen bösen Schlag verpaßt. Die sind sicher allesamt schon mit ihren Kisten und Koffern in Richtung Heimat unterwegs, und ich muß hier in der Hitze von einem Fuß auf den anderen treten.

Diese ganze U-Bootunternehmung war von allem Anfang an Schwachsinn. Von Brest aus war meine Zielrichtung Osten. Aber wir sind nach Süden gekarrt, und jetzt sitze ich hier tief im Süden und weiß nicht, wie weiter. Und was aus der Besatzung werden soll, weiß offenbar auch keiner. Mit diesem Schrottboot noch einmal in See? Wohl kaum!

Wenn ich nur wüßte, wie man den Herrn Flottillenchef auf Trab bringen könnte. Der Kerl kommt und kommt nicht und läßt die Besatzung einfach stehen. Kaum zu glauben, daß die Männer die Hitze aushalten: Ich kann keinen schwanken sehen. Zähe Knochen!

Während ich so dastehe und der Dinge harre, die da kommen sollen, bildet sich in meinem Kopf das Wort »ESTRAMADURA«. Ich versuche, es wieder zu löschen, schaffe es aber nicht. »ESTRAMADURA« bleibt. Es hat sich festgesetzt und füllt den ganzen Schädel aus. Ich habe keine Ahnung, was »ESTRAMADURA« bedeuten soll. Ein Käse vielleicht? Estramadurakäse? Ein reifer Käse mit Estragon?

Liderschlagen hilft nicht und Kopfschütteln auch nicht. Das Wort steckt mir in Versalbuchstaben im Hirn. Da bleibt mir nur die Kapitulation. Von jetzt an werde ich mit dem Wort »ESTRAMADURA« leben müssen. Aber vielleicht, sage ich mir, macht das ja nur die Hitze. Ich müßte schleunigst in den Schatten. Nur kann ich hier nicht als einziger davonlaufen.

Jetzt erst spüre ich richtig, wie viele Stunden Schlaf mir fehlen. Wann habe ich zum letzten Mal ordentlich an einem Stück Schlaf gehabt? Wenn es mich nur nicht umhaut! »ESTRAMADURA«, sagt es wieder.

Da kommt einer im grauen U-Bootspäckchen dahergeschlendert, eine total vergammelte Offiziersmütze auf dem Kopf. Weil der Mann keine Schulterstücke trägt, weiß ich nicht, was für einen Dienstgrad er hat. Ruhig holt er die rechte Hand aus der Hosentasche und tippt sich mit zwei Fingern an den Mützenschirm, dazu deutet er eine Verbeugung an und sagt: »Oberleutnant Kramer. Ich bin hier der Flottilleningenieur, und Sie sind der Kriegsberichter Buchheim, wenn ich nicht irre...«

Wenn er »I presume« gesagt hätte, würde ich mich auch nicht mehr wundern. Der Mann ist das glatte Gegenteil von diesem schafsblöden Adjutanten. Mit diesem Kramer würde ich gern reden. Aber der Herr Oberleutnant weist mit dem Kopf in Richtung Hauptbaracke, sagt: »Sie haben ja jetzt Musterung!« und setzt seinen Weg mit betont lässigen Bewegungen fort, die rechte Hand wieder in der Hosentasche.

Mit einem Mal trabt ein großer, mißfarbener Köter gravitätisch um eine Barackenecke herum auf den Platz. Ich traue meinen Augen nicht: Was macht dieses Riesenvieh von Hund hier?

»Der Flottillenchef!« höre ich den Kommandanten zischeln. Und schon erscheint um die gleiche Ecke ein Säbelbeiniger in kurzen Hosen, eine viel zu große Mütze auf. Kurze Hosen und Wadenstrümpfe! Das soll der Flottillenchef sein?

»Achtung!« krächzt der Kommandant und hustet gegen seine plötzliche Heiserkeit an. Dann würgt er hervor: »Stillgestanden! Zur Meldung an den Flottillenchef – die Augen – links!«

Der Adjutant kommt dem Säbelbeinigen hinterhergetrabt, eine Art Zigarrenkiste mit beiden Händen vor dem Bauch: die Orden! Bin ich froh, daß ich meinen Fotoapparat in Händen halte und den Schwerbeschäftigten mimen kann, statt bei diesem Zirkus in der Reihe stehen zu müssen. Ich gehe ganz dicht an die Front heran und höre unterm Visieren den II WO murmeln: »Der Witzbold hätte sich ruhig auf die Pier bemühen können.«

Der untersetzte Khakibraune pflanzt sich nun vor der Front auf. Die kurzen Hosen sind viel zu weit. Die Waden kegelig dick. Er setzt die Füße auseinander und drückt die Knie durch. Auf diesem nunmehr x-beinigen Unterbau hält er sich bolzensteif, den Bauch vorgestreckt. Und da blitzt doch tatsächlich ein Ritterkreuz zwischen den verkrumpelten Kragenekken seines Khakihemdes: Was für ein Aufzug! Und dazu der hüfthohe schwarze Wust, der täppisch um ihn herumtollt.

Weiß der Teufel, wie ausgerechnet dieser kurzbeinige, dickwadige Kriegsheld auf die Idee gekommen ist, sich mit Kniestrümpfen und kurzen Hosen auszustaffieren. Warum hat er nicht gleich zum Bleyle-Anzug mit Kieler Kragen gegriffen? Der Alte würde schön lachen, wenn er den hier sehen könnte. Und neu für mich ist auch, daß einer beim Laufen säbelbeinig wirken kann, beim Dastehen aber x-beinig.

Der Flottillenchef setzt mit Stentorstimme zum Reden an, und während ich durch meinen Sucher den Mann anvisiere, höre ich: ». . . Kampf bis zum letzten Atemzug . . . unverbrüchliche Treue zum Führer . . . ein Deutscher ist nie Knecht . . .« Da lasse ich die Kamera sinken und staune: die tausendfach ausgedroschenen Phrasen! Wie kann die einer jetzt noch mit so viel Stimmaufwand in die Gegend bellen? Als wäre ich es, der sich dafür schämen muß, senke ich den Blick – just so, als suchte ich nach ordnungswidrig weggeworfenen Zigarettenkippen.

Plötzlich höre ich »Endsieg« und nehme den Kopf wieder hoch. Sinnestäuschung? Hat der Flottillenchef dieses Wort tatsächlich in den Mund genommen?

»Endsieg!« tönt es da noch einmal. Ohne jeden Zweifel. Nein, da schwang kein Zynismus mit. Nichts scheint diesem Mann so fern zu sein wie moquerie. Das Reizwort kam rund und vollmundig heraus.

Nicht zu fassen, daß es angesichts des totalen Desasters immer noch einer auszusprechen wagt! Ich muß mich durchzügeln, die Zähne verbeißen, daß ich nicht losbrülle: Habt Ihr denn hier *alle* Scheiße im Schädel?

Nicht hingucken! befehle ich mir. Besser, den Köter fixieren, dieses schwarze Höllentier, das, wenn es sich aufrichtete, den Kurzbehosten sicher weit überragen würde. Mit diesem zotteligen Fell muß das Vieh eine Menge zu schwitzen haben. Die Zunge hängt ihm beim Hecheln weit heraus, der dicke Kopf mit der hechelnden Zunge geht hin und her: Offenbar sucht der Köter nach Schatten. Schatten werfen auf diesem öden Areal aber nur wir. Und das scheint er jetzt zu registrieren: In einem merkwürdig verdrallten, aber weich federnden Gang trottet er auf die Front zu, und nun drängt er sich gar so heftig zwischen der Nummer Eins und dem Dieselmaschinisten hindurch, daß das ganze vordere Glied ins Wanken gerät und zwei Männer fast zu Boden gehen. Schließlich wirft er sich zwischen dem ersten und zweiten Glied direkt auf die Füße der Leute.

»Zustände!« flüstert neben mir der II WO. Aus dem Glied dahinter kann ich deutlich Fluchen hören.

Dem Quatschkopf vor uns macht das alles nichts aus. Der denkt gar nicht daran, sein schwarzes Ungeheuer zurückzupfeifen. Das soll die

Leute nur umschmeißen, damit deutlich wird, was der Herr Flottillenchef von uns hält.

Ich fasse, während die Wut in mir weiterquillt, mit dem Sucher nun auch den Kommandanten auf, der dicht vor der Front der Besatzung steht – und zwar seine ganze Gestalt im Profil: in den Kniekehlen leicht eingeknickt, Rücken gekrümmt, Brust eingefallen, Adamsapfel hervorgekehrt. Der dünne Hals, der kleine Kopf, ein scharf hervorstehendes Jochbein. Und erst die Schultern! Wie die mir zugekehrte herunterhängt! Das verdreckte Jackett wirkt etliche Nummern zu groß, und auch die Mütze sitzt auf dem Kopf wie auf Zuwachs gekauft. – Als ob dieser Vogelkopf noch größer werden könnte!

Was haben sie nur mit diesem Mann gemacht! Der ist kein Jahr älter als ich und sieht doch schon aus wie ein tattriger Greis. Und dagegen diese pralle Knallcharge von Flottillenchef! Der Kerl turnt da vor der Front herum und überschreit sich, als wollte er einen Gauredner imitieren: der schiere Irrwitz.

Aber was will ich denn? In Brest war es, bis die Amis anrückten, ja nicht anders als hier! Wen interessierten da schon die Schlachtereien in der Normandie? Das gehört auch zu meinen neuen Erfahrungen, daß irgendwo Krieg wüten kann, richtiger Krieg mit schweren Waffen und Bombardements, und ein paar Kilometer weiter das Schlachtengetümmel nur noch Blitz und Donner ist – ein hübsches Feuerwerk.

Jetzt wird sich das ja geändert haben! Jetzt werden sie in Brest längst ihre Haut zu Markte tragen, wie es so schön heißt – Haut zu Markte? In Wirklichkeit werden unseren Leuten in Brest die Bodys zerfetzt werden, bis kein Leben mehr in ihnen ist. Aus denen wird Hackfleisch gemacht. »Zweimal durchdrehen?« fragte mich der Fleischer, wenn ich Hackfleisch einkaufen ging, damit die Großmutter Königsberger Klopse machen konnte. Die armen Schweine in Brest werden auch zweimal durchgedreht werden. Geballte Artillerie und dazu die Bomberschwärme – das dürfte sogar für fünfmal Durchdrehen reichen. Und diese Idioten hier tun so, als wüßten sie nicht einmal, daß Krieg ist, und dieser Herr Flottillenchef kann sich noch immer als hemmungsloser Schönfärber betätigen ...

Nach der Musterung läßt mich der Adjutant wissen, ich solle mich in zehn Minuten beim Flottillenchef melden. Ob ich mich nicht vorher waschen, duschen oder baden könne, frage ich zurück.

»Nein, gleich!«

Gut, dann also dreckig und stinkend!

Aufs Klopfen an der Tür des Flottillenchefs kommt keine Antwort. Also noch mal hart und deutlich mit dem Knöchel des rechten Zeigefingers und dann runter mit der Klinke.

Herrje, wie sieht es denn hier aus! Der Chef ist nicht in seiner Bude – in persona nicht, aber alle Wände sind voll von ihm: Heldenposen noch und noch. Viel Damenflor und Blasmusik dabei, alles unter Glas und Rahmen. Ein großes Bild zeigt ihn auf einem Balkon, und unten winken welche mit Blumensträußen und recken ihre Deutscher-Gruß-Arme hoch. Der Balkon muß zu einem Rathaus gehören. Die Heimat grüßt die Front! – das wird es wohl sein. In einer Vitrine mit Glastüren stehen Pokale. Ich will gerade prüfen, ob die vom Schützenverein, Kegelklub oder woher sonst kommen, als mit einem lauten Knarzer die Tür von der Adjutantenkammer her aufgeht: Der Kurze mit angeklitschten Haaren und nicht mehr als einem Badetuch am Leib, das kaum mehr als sein Gemächte bedeckt! Potztausend, der Herr Flottillenchef hat schon geduscht! Der hätte es im Vergleich zu mir weiß Gott nicht nötig gehabt, aber er hat es bereits hinter sich und mich währenddessen warten lassen.

Ich bin so perplex, daß ich mich selber anstoßen muß, um den Mund zu schließen und endlich ein halbwegs zackiges Salutieren zustande zu bringen.

»Hier müssen Sie sich alle paar Stunden unter die Dusche stellen«, höre ich den Flottillenchef und bin schon wieder irritiert, weil er plötzlich nuschelt und es so klingt, als käme seine Stimme nicht über den Schreibtisch, sondern aus einer Ecke des Raumes.

Ich weiß nicht, ob ich grinsen oder mich vergrellt zeigen soll. Ich habe keine Ahnung, wieviel Förmlichkeit ich aufbringen muß, wenn ein militärischer Vorgesetzter mir triefend und fast nackt gegenübersitzt. Fahrer von Bock und Sattel, schießt es mir durch den Kopf: Da weiß ich Bescheid. Das habe ich gelernt! Ich weiß zwar, wie ich, sollte ich je als Fahrer von Bock oder Sattel figurieren, zu grüßen habe, wenn ich mit meinem Troß am Führer und obersten Befehlshaber der Wehrmacht vorbeiziehe – aber für diese Situation hier bin ich nicht gedrillt.

»Na, da ist Ihnen ja wohl einiges geboten worden bei dieser Überführungsfahrt!« nuschelt der Flottillenchef wieder.

Da stehe ich und weiß nicht, was ich sagen soll. Als was soll ich mich überhaupt darstellen? Als Kaltschnauze? Als hart Mitgenommener? Ich will es kurz machen und gebe mich höflich-patzig: »Ich bitte Herrn Kapitän gehorsamst, mir einen Wagen zu stellen ...«

Da ist es an diesem Flottillenchef, sich perplex zu zeigen. Er stülpt, weil er keine Worte findet, die Lippen nach innen und betrachtet mich mit unverhohlener Neugierde. Hat der Kurze etwa schon Nachrichten über mich aus Paris? Aber wenn dem so wäre, gäbe es deutlichere Anzeichen. Der Kurze ist sicher kein gewiefter Schauspieler. Warum redet er nicht weiter? Liegt es nur daran, daß hier einfach keiner normal reagiert?

»Ja, wissen Sie«, fängt der Flottillenchef endlich an, »wir hatten eigentlich ein bißchen früher mit Ihnen gerechnet.«

Mir will schon: Ich weiß, ich weiß! entschlüpfen, aber ich kann die Worte gerade noch hinunterschlucken.

»Der FdU wollte die Besatzung mustern und Sie dann gleich mitnehmen nach Paris, aber Sie sind ja leider mit Verspätung eingelaufen ...«

Jetzt schlägt's aber dreizehn! denke ich. Das klingt ja wie ein Vorwurf.

Da muß ich nun doch was sagen: »Ich glaube nicht, daß es der Kommandant darauf angelegt hat, den FdU zu verpassen.« Es ärgert mich, daß ich, anstatt das kalt zu servieren, ins Stottern geraten bin.

Entweder ist der Flottillenchef hitzedösig oder aus einem anderen Grund nur halb anwesend: Er reagiert nicht. Aber dann redet er schließlich doch weiter: »Ich weiß natürlich, daß Sie ein Fahrzeug brauchen. Nur gibt es da ein Sprichwort: ›Ein Schuft, der mehr gibt, als er hat!‹«

Der Flottillenchef glänzt förmlich vor Selbstzufriedenheit über seine literarisch eingefärbte Rede, und jetzt bietet er mir sogar einen Sessel an.

Ich kann über mein Gegenüber nur staunen: keine Spur von Gehetztheit oder Sorgenbürden. Der Mann macht einen mit sich und der Welt zufriedenen Eindruck. Sein Gesicht sieht aus wie frisch aufpoliert, die Apfelbäckchen glänzen. Aufs Ganze gesehen wirkt er wie ein Napoleon-Imitat. Das Blickewerfen muß er von Hans Albers abgeguckt haben. Dort, wo er zu Hause ist, spielt er sicher den verwegenen Schwerenöter. So will das Volk seine Ritterkreuzträger haben – die Damen zumal.

Posto fassen! befehle ich mir. Ich kann mich doch von dieser Nulpe nicht einfach so abwimmeln lassen! Und jetzt die Platte mit den militärischen Förmlichkeiten auf den Teller und eine laute Nadel in den Tonabnehmer: »Bitte Herrn Kapitän nochmals gehorsamst, darauf aufmerksam machen zu dürfen, daß ich dringend in Berlin erwartet werde!«

»Das mag ja sein, Herr Leutnant, aber selbst ich kann einen Wagen für Sie nicht auf der bloßen Hand wachsen lassen ... Was sind denn das für kriegswichtige Dokumente, die Sie da durch die Gegend schleppen? Und wo haben Sie das Zeug überhaupt?«

»Die Kuriertasche habe ich sofort vom Adjutanten in den Panzerschrank schließen lassen, Herr Kapitän. Das sind alles Gkados, Herr Kapitän.«

»Das hätte doch als Dienstweg über den FdU gehen müssen!«

»In Brest wurde angenommen, daß Angers nicht lange zu halten wäre, Herr Kapitän. Außerdem sind meine eigenen Filme gesondert gepackt und auch dabei – die sind für OKW-WPr bestimmt.«

»Und wenn Ihnen jemand was klaut?«

»Ich habe die Tasche noch keine Minute aus dem Auge gelassen, Herr Kapitän.«

»Und was passiert, wenn Sie unterwegs geschnappt werden?«

Ich fauche innerlich, kann mich aber immer noch beherrschen: »Ich wollte hier Handgranaten fassen, Herr Kapitän . . .«

»Klingt ja reichlich abenteuerlich, Herr Leutnant.«

Es ist zum Aus-der-Haut-Fahren: Wohin ich auch komme, stoße ich auf Stumpfsinn und Lethargie.

»Tscha, was machen wir da bloß?« sagt mein Gegenüber und stellt seine Fingerkuppen zu einem Dach zusammen. So mimt er eine gute Weile den Nachdenklichen.

Ich werde mich schön hüten loszuquatschen. Was der Gute wissen muß, weiß er sowieso längst von seinem Adjutanten.

»Ich nehme an, daß Ihnen die Fahrbereitschaft – die ist in La Rochelle – unter die Arme greifen kann. Ich ruf gleich mal dort an. Im übrigen wird sich mein Adjutant um Sie kümmern. Wenden Sie sich vertrauensvoll . . .«, und da kneift mir der Herr Flottillenchef ein Auge, ». . . an den.«

»Gehorsamsten Dank!« sage ich und lüfte dabei den Hintern leicht aus dem Sessel.

»Ich muß mich jetzt nämlich anziehen und los – zum Fischen.«

Ich denke: Der Mann ist wohl verrückt! Aber ich zeige eine eisern beherrschte Miene und erhebe mich ganz aus meinem Sessel.

»Ich hoffe, wir sehen uns noch!« sagt der Flottillenchef.

Er steht nun auch auf. Ich salutiere, und er erwidert meinen Gladiatorengruß. Dabei rutscht ihm das Handtuch von der Hüfte, und er steht im Adamskostüm an seinem Schreibtisch. Es sieht aus, als wüchse sein Penis direkt aus der Schreibtischplatte – ein Bonsaistämmchen mit den dunkelblonden Schamhaaren als dichter Krone.

Die Stadtmesse, so höre ich, ist geschlossen. Gegessen werde jetzt hier in einer Messebaracke. Als Grund für den Verzicht auf den früheren Luxus wird Treibstoffmangel genannt. Wer's glaubt, wird selig! Die Herrschaften werden einfach Schiß haben, daß sie auch noch am hellichten Tag überfallen und massakriert werden könnten. Zustände!

»Hier hat sich in letzter Zeit einiges geändert«, sagt der Flottilleningenieur Kramer provozierend laut, nachdem er sich in der Barackenmesse direkt mir gegenüber auf einen Stuhl gesetzt hat. Die Schäbigkeit der Back zwischen uns wird von dem fleckigen Tischtuch nur noch verschlimmert.

»Ich seh's!« gebe ich zurück und versuche, Gleichmut vorzutäuschen.

»Warten Sie erst mal, bis das Essen kommt.«

Das Essen wird von Lords in großen Steingut-Terrinen auf die Back gebracht. Als die Reihe an mir ist, mit der Schöpfkelle meinen Teller zu füllen, richtet der Oberleutnant seinen Blick erwartungsvoll auf mich. Wie unter Zwang greife ich schnell zum Löffel und koste von dem merkwürdig unigrauen Eintopf.

»Na?« fragt Kramer. »Ist das nicht ein feines Fresselchen?«

Ich könnte, weil so viele zu mir hergucken, vor Verlegenheit unter die Back gehen. Ich tue, als müsse ich noch mal kosten, um mit meinem Urteil sicherzugehen. Dann sage ich: »Schmeckt ganz nach Tour d'Argent!«

»Sie sagen es!« dröhnt Kramer über die Back hin. Dann legt er seinen Löffel ostentativ weg und verkündet: »Ich hab bereits gegessen!«

»Da kann sich der VO ja freuen«, höre ich den Nachbarn zu meiner Rechten und frage: »Wieso das?«

»Da kriegt er mehr Futter für seinen Schweinestall zusammen.«

»Schweinestall?« frage ich wie im Tran.

»Wir haben hier eine bemerkenswert gut florierende Schweinezucht. Hat Ihnen das noch niemand gesagt?«

Oberleutnant Kramer weidet sich sichtlich an meinem perplexen Ausdruck. Er kann ja nicht wissen, welche Erfahrungen ich in Brest mit Schweinen gemacht habe, und auch nicht, daß sich der Oberschweinezüchter Bartl gleich nebenan befindet.

»Die dritte Flottille – die Flottille mit den meisten Schweinen!« trompetet Kramer da auch schon. Und dann kommt noch in ungedämpfter Lautstärke quer über die Back herüber: »Ich frag mich nur, warum der Fraß überhaupt erst auf die Back kommt statt direkt in den Schweinestall!«

»Der Flottillenchef kommt übrigens nicht!« höre ich jetzt den Adju, der gerade am Nebentisch Platz nimmt.

»Der wußte wahrscheinlich, was es zu essen gibt!« quittiert das Kramer. Dann sagt er zu mir: »Ihr Kommandant fehlt ja auch noch.«

»Wahrscheinlich hat er nicht mitgekriegt, daß jetzt gegessen wird. Der wird beim Duschen sein. Oder er liegt lang.«

»Verständlich!« sagt Kramer. Plötzlich verändert er seine Miene. »In der Stadt heißt's jetzt übrigens aufpassen – abends, meine ich. Nehmen Sie die Warnungen nicht als Unkerei. Das könnte teuer werden . . .«

Und jetzt will gleich noch einer von gegenüber das Wort an mich richten: »Bloß weil Sie hier neu sind: Gehen Sie ja nicht ins Kino!«

»Und was ist nun daran gefährlich?«

»Die Flöhe! Die fressen Sie glatt auf. Einmalig! So was von Flöhen! Zu Hause sind sie ja fast ausgestorben – aber hier!«

Ich sollte auch endlich unter die Dusche! Da fällt mir ein: Ich habe nichts zum Wechseln. Ich muß also wieder in die stinkenden Fetzen steigen, wenn ich mir den Dreck vom Corpus gewaschen habe . . .

Nein! sperrt sich alles in mir, nur das nicht! Ich sage mir: das Unterzeug schnell durchwaschen, dann einfach das Khakihemd und den Drillich auf die nackte Haut – bis das Unterzeug in der Sonne trocken ist. Und später dann das Hemd waschen und ordentlich auswringen.

Den Drillich waschen? Das geht leider nicht. Dazu ist der Stoff zu dick, der würde so bald nicht trocken.

Gut, sage ich mir, aber so, wie ich es vorhabe, werde ich zwischen Haut und Drillich immerhin eine Isolierschicht haben.

Gedacht – getan: Mein Body steht quatschnaß unter einer kaputten Dusche. Was für eine Wohltat! Ich kann mich anfassen, meinen Nacken, meine Schultergelenke, meinen Brustkasten. Ich bin wirklich und wahrhaftig vorhanden, meine Glieder sind vollständig – samt und sonders. Ich kann die Vorderfront meines Körpers mustern und dabei nicht die kleinste Schramme entdecken. Während mir das Wasser auf Kopf und Schultern pladdert, denke ich: Wieso bin ich wieder mal am Leben geblieben? Warum nur werde ausgerechnet ich immer wieder ausgespart? Oft ging es um eine Haaresbreite, aber die fehlte eben, um mir endgültig den Garaus zu machen. Kein Wunder, daß ich schon früh angefangen habe, an meine Unverwundbarkeit zu glauben. So ist es: Mein heiliger, gebenedeiter Körper ist unverwundbar . . .

Das ist das Gute an meinem Body: Der hält die Druckwellen der Wabos sehr viel besser aus, als es die Flansche im Bootskörper tun. Mein Blut pulst, meine Lungen pumpen: Alles in mir funktioniert. Ich führe Mittel- und Zeigefinger meiner linken Hand an die linke Schläfe und finde auch gleich die Ader mit dem Pulsschlag. Das sind jetzt wahrscheinlich siebzig Schläge in der Minute – genau richtig.

Als ich die Hähne voll aufdrehe, habe ich für einen Moment Schrekkensvisionen von Wassereinbrüchen. Doch ich bin auf der Hut und deklamiere dagegen an: »Das Wasser rauscht – das Wasser schwoll – ein Fischer saß daran . . .«

Dafür ernte ich den vorwurfsvollen Blick eines Mannes, der auch duschen will. Ich hatte mich allein gewähnt, aber plötzlich steht einer da und deklamiert weiter: ». . . schaut nach der Angel ruhevoll – kühl bis ans Herz hinan.« Jetzt hält mir der Nackte auch noch seine schweißfeuchte Flosse zum Handschlag hin.

»Ich bin hier der Zwo VO.«

Vorstellung im nackten Zustand – schon wieder.

»Sie haben bei der Musterung ja ganz schön gestaunt . . .«

»Wie können Sie denn das wissen?«

»Ganz einfach: war Ihnen anzusehen – überdeutlich. Wir hier staunen nämlich über gar nichts mehr . . .«

Mein Mann seift sich ordentlich ein, und dabei sagt er: »Eigentlich brauchte der 'nen Waffenschein für seine Säbelbeine!«

Daß er damit seinen Flottillenchef meint, ist klar.

»Der FdU ist übrigens gerade erst abgehauen«, sagt der Mann jetzt.

»Weiß ich schon.«

»Den hätten Sie mal hören müssen!«

»Den FdU?«

»Jawohl! Der hat hier gewaltige Sprüche abgelassen und ist dann gleich wieder ab nach Paris – aber durch die Luft!«

»Jammerschade, daß ich den verpaßt habe.«

»War tatsächlich zirkusreif: Kriegsheld mit Hund. Große Galanummer!«

»Wie? Wer? Der FdU?«

»Jawohl, der hatte auch 'nen Köter dabei. Da freut sich die ganze Familie – da freut sich Jung und Alt.«

Noch einmal ordentlich auf den Putz hauen, den Endsiegglaubigen mimen und sich dann, was haste, was kannste, verdünnisieren – ganz unser FdU!

»Geht es Ihnen gut?« fragt der II VO mich jetzt auf einmal.

Das klang nach Irrenarztbesorgnis. Sehe ich aus wie ein Verrückter?

»Gut ist gar kein Ausdruck! Noch besser wäre schiere Tollerei.«

So ist's recht! spende ich mir selber insgeheim Beifall. Gib nur tüchtig an! Hau kräftig auf den Putz. Jammern ist nicht gefragt.

Bessere Seife sollte man jedoch haben und eine Dusche, die richtig sprüht. Den Bart lasse ich noch bis morgen stehen. Zum Rasieren fühle ich mich einfach zu schlapp. Der Bart ist jetzt gut und gerne zehn Tage alt. Noch mal zehn Tage, und er würde schon was darstellen.

»Wie kommt man sich denn vor nach so 'ner Unternehmung?« will der Nackte neben mir jetzt wissen.

»Wie der Reiter über den Bodensee«, gebe ich zurück und denke gleich: verdammt schlechtes Beispiel. Schließlich heißt es da am Schluß: Da seufzt er, da sinkt er vom Roß herab / da ward ihm am Ufer ein kühles Grab.

»Ich meine mit Stücker fünfzig Badegästen . . .?« redet der II VO zum Glück schon weiter.

»Ach so!«

»Ich kann mir das gar nicht vorstellen – das ist ja wohl einmalig!«

»Bei Lichte besehen, kann ich es mir auch nicht vorstellen«, gebe ich zurück und gerate prompt ins Stottern. »Ich meine – jetzt schon nicht mehr.«

Soll der Mann mich doch für nicht ganz bei Trost halten. Wahrscheinlich sind wir nach dieser Reise alle ein bißchen verrückt.

Plötzlich sehe ich Simone vor mir. Sie sitzt mit aufgelösten Haaren im Garten und bäckt Dreckkuchen, und schon brabbelt sie los: »Ich bin eine kleine minouche – ich mach schöne Gebäck aus die Dreck. Ça rime: Gebäck aus die Dreck. Ich mach eine schön Gedicht . . .«

Da merke ich, wie lange ich nicht mehr an Simone gedacht habe: Für Simone war in dem Tohuwabohu einfach keine Zeit.

Ich kann mich kaum noch schleppen. In mir drängt der Wunsch, so, wie ich bin, irgendwo in eine Ecke zu sinken und in Schlaf zu fallen. Aber da kommen auch schon die Selbstermahnungen: Jetzt darf ich mich auf keinen Fall hängenlassen. Ich muß gegen meine Erschöpfung ankämpfen und mich gegen die Stumpfheit um mich herum wehren. Auf dem Posten bleiben! Nicht lockerlassen! Mich nicht abspeisen lassen! Hier ist alles aufs Infizieren mit Stumpfsinn angelegt. Dagegen muß ich mich immunisieren. Ich muß mein Reaktionsvermögen behalten und mich durchsetzen, koste es auch meine allerletzten Kräfte . . .

Ich will um keinen Preis in die Messebaracke zurück. Dort müßte ich mich doch nur wieder vollquatschen lassen, und das würde ich nicht ertragen. Aber wohin? In meinem stickigen Kabuff kann ich mich auch nicht hinhocken und Trübsal blasen. Wir sind angekommen und trotzdem aufgeschmissen. Da soll einer nicht verrückt werden!

Heute geht nichts mehr, aber gleich morgen werde ich Himmel und Hölle in Bewegung setzen.

Gott sei Dank hat die Hitze abgenommen. Wie automatisch richte ich meine Schritte durchs Lagertor und hin zum Bunker. Erst als ich beim Überqueren der vielen Gleise aufpassen muß, daß ich nicht mit dem Fuß hängenbleibe, wird mir das recht bewußt, und ich komme mir auch gleich vor wie ein Cowboy, der vor der schnöden Welt Trost bei den Pferden sucht. Aber was sollte ich denn sonst tun?

Ich laufe von einer Box zur anderen und entdecke ein einziges Boot, das mit aufgerissenem Oberdeck im Trockendock liegt – mitten in einem Gewirr von Schläuchen, ausgebauten Maschinenteilen und Ersatzteilen. So, von Strahlern scharf angeblendet, sieht es nicht aus wie eine seegehende Kampfmaschine, sondern eher wie ein halb ausgeweideter, riesiger Kadaver. Kaum vorstellbar, daß sein Maschinenherz je wieder schlagen könnte. Und es wird wohl auch nie wieder lebendig werden . . .

Das clair obscur, das hier im Bunker jeden Anblick wie leicht verschwommen erscheinen läßt und dann dieses grelle, eisblaue Licht der Schweißflammen, die niederrieselnden Sternfeuerwerke hier und da, das scharfe Zischen, das verlorene Wummern eines einzelnen Hammers – alles das geht mir heftig ans Herz.

Unser Boot liegt an der linken Pier einer Schwimmbox. Aus dem offenen Kombüsenluk kommt schwacher, gelber Lichtschein. Auf der

Pier steht ein Posten mit der MP am Riemen über der Schulter. Er grüßt stramm.

Ich hocke mich auf einen stählernen Poller und kann seine Kühle als Wohltat spüren. So hocke ich einfach da und starre wie traumverloren auf das Boot, dessen Konturen sich kaum vor der dunklen Pier abzeichnen.

Was soll nur jetzt aus diesem Boot werden? Lange kann es doch nicht mehr dauern, bis nach Lorient und Saint-Nazaire auch La Pallice von den Allies dichtgemacht wird. Der einzige Stützpunkt, der dann noch bliebe, wäre Bordeaux. Aber dort, heißt es, ist der Maquis stark, und geregelten Werftbetrieb gibt es dort sicher auch nicht mehr.

Am liebsten, das spüre ich ganz stark, würde ich jetzt über diese leicht wippende Stelling an Bord gehen und meine Koje wieder beziehen. Mir graust vor den Baracken.

Angekommen, durchgekämpft – aber wozu? Ein Gefühl der inneren Leere kommt mich wie ein Schwindel an. Bis wir endgültig zur Strecke gebracht werden, kann es nicht mehr lange dauern.

Dieser Mammutbau hat nicht mal mehr Nullwert. Da werden sich die Franzosen hart tun, wenn sie ihn später mal zum Verschwinden bringen wollen. Mit Hochsprengen ist da nichts zu machen.

Ich habe keine Ahnung, wie ich wieder in dieses erbärmliche Barackenlager zurückgefunden habe. Jetzt lasse ich mich erst mal in meinen Klamotten auf die blau-weiß bezogene Kojendecke fallen und versuche, mit mir ins reine zu kommen. Was für ein verdammter Blödsinn, uns ausgerechnet hierher zu dirigieren! denke ich zum x-ten Mal. Nach Norwegen – das wäre die einzig richtige Entscheidung gewesen. Durch die Dänemarkstraße nach Bergen. Dort haben wir schließlich auch noch eine Flottille und eine funktionierende Werft . . . Aber doch nicht nach Süden! Wir sind der Beweis dafür, daß Irrwitz die Stunde regiert.

Plötzlich steht ein Läufer in der Tür und meldet, daß ich in der Bar neben der Messe erwartet würde.

Die »Bar« ist nur eine Art Theke mit ein paar Hockern und einem Dutzend abgenutzter Sessel im weiteren Umkreis. Kein Vergleich mit einer ordentlichen Bar in einem gepflegten Puff. Die weißgepönten Dielenbretter kreischen bei jedem Tritt auf: hübsche Begleitmusik für ödes Gerede.

Der Kommandant ist nicht zu sehen, dafür der I WO, der II WO und der Flottilleningenieur Kramer. Ich zerre mir ein Lächeln aufs Gesicht und lasse mich gegenüber von Kramer in einen Sessel dicht beim Schott sinken.

Kramer nimmt mich in den Blick und sagt: »Der FdU wollte ja

eigentlich Ihre Besatzung noch mustern – aber dann hatten es die Herrschaften plötzlich eilig . . .«

»Ich weiß, ich weiß! Wir waren avisiert, aber keiner hat mehr mit uns gerechnet . . .«

Kramer nickt einverständig. Dann fingert er sich ein zerknülltes Päckchen Zigaretten aus der Hosentasche und zündet sich mit einem schweren, selbstgebastelten Feuerzeug mühevoll eine an.

Benzin! denke ich gleich, bei diesem Kramer muß es Benzin geben.

Kramer pafft erst mal ordentlich los, dann sagt er: »Ich habe ein Buch von Ihnen: ›Tage und Nächte steigen aus dem Strom.‹ Ehrlich gekauft – in der Frontbuchhandlung in Paris. Das könnten Sie mir signieren . . .«

Mein Buch in La Pallice! Damit bringt Kramer mich in die schönste Verlegenheit. Aber das könnte uns zu Benzin verhelfen. Welcher Flottilleningenieur hätte denn *keinen* Treibstoff hinter der Hand!

»Haben Sie's denn hier?« frage ich. »Das kann ich doch gleich machen.«

Aber Kramer rührt sich nicht. Er pafft und entwickelt dabei so viel Qualm wie Bartl mit seiner Pfeife.

Ich denke: also dann eben nicht, liebe Tante! Und: verrückter Typ. Der hat seinen Eigensinn. Ob so einer Benzin herausrückt, das ist noch die Frage.

»Ihr Kommandant läßt sich ja immer noch nicht sehen«, meldet sich Kramer dann nach einer Weile und etlichen Griffen zum Glas in die Gegenwart zurück.

»Der wird sich auspennen . ..«

»In einen totenähnlichen Schlaf gesunken . . .«, sagt Kramer und tut so, als zitiere er aus einem Gedicht.

Am Nebentisch höre ich zwei Oberleutnants miteinander quatschen: »Die sollen nur alle rüberkommen, das macht's für uns einfacher . . .«

»Klar, dann brauchen wir nicht zu ihnen hin.«

Schon wieder zwei Verrückte. Sind denn hier außer diesem Kramer alle wahnsinnig?

Durch den Zigarettendunst kann ich sehen, wie Kramer mich prüfend anguckt. »Hier müssen Sie sich einfach die Ohren verstopfen!« sagt er mit halber Stimme. »Gegen Dummheit gibt's nun mal keine Medizin. Seien Sie froh, daß Sie sich den FdU nicht anhören mußten. Allerdings hätten Sie mit dem prima mitfliegen können. Na ja, jetzt isses zu spät . . . So läuft's eben immer: Zu spät! Zu spät! Immer isses zu spät!«

Kramer wird wohl inzwischen einen in der Krone haben, denke ich. Aber plötzlich redet er deutlich akzentuiert: »In meiner Jugend Maienblüte habe ich mir den Krieg auch anders vorgestellt . . .«

»Wie denn?«

»Intelligenter gehandhabt auf jeden Fall . . .«

Ich bin perplex. Da sitzt einer, den ich kaum kenne und spricht mit zwei Worten aus, was ich seit Jahr und Tag denke: intelligenter gehandhabt! Ars militaria, so hieß das früher einmal. Ich kann nur den Kopf schütteln.

Kramer deutet das falsch und fragt: »Sie etwa nicht?«

Ich bringe, weil es gleich wie ein ganzer Schwall aus mir stürzen will, nur ein paar unartikulierte Laute heraus. Ich schlucke trocken und greife hastig nach meinem Glas, um mir den Bierrest mit zurückgelegtem Kopf einzufüllen. Mich drängt es, hundert Sätze zugleich zu beginnen: Dieser Kramer ist einer, der erfahren muß, was wir hinter uns haben. Aber ich weiß nicht, wo ich anfangen soll. Ich nicke, um Zeit zu gewinnen, erst einmal heftig Zustimmung. Dann stottere ich: »Natürlich! Doch! Ich bin nur – Entschuldigung – aus der Façon . . .«

Da ruft es hinter uns: »Oberleutnant Kramer!«

»Nanu?« höre ich Kramer. »Wer will denn jetzt noch was von mir?«

In meiner Verstörung sehe ich als ruckenden Film, wie mein Gegenüber sich schnell erhebt, das Jackett straffzieht, seinen Sessel ein Stück zur Seite drückt, sich förmlich zu mir hinbeugt, seine rechte Schulter vorschiebt, dann nickt und sich seitlich wegbewegt.

»Bleiben Sie mal schön auf dem Damm«, höre ich noch.

Ich hocke da wie verdattert. Als Kramer aus dem Raum ist, könnte ich mir die Hände vors Gesicht schlagen vor lauter Scham über meine Tölpelhaftigkeit.

Ich wälze mich schlaflos auf meiner ungewohnt breiten Koje. Einmal mehr fühle ich mich wie auf einer Reise nach rückwärts in die Zeit hinein. Als wir im Außenhafen festmachten, dachte ich, ich würde, wenn ich nur erst einmal langläge, gleich in bleiernen Schlaf fallen. Aber Pustekuchen! Statt mich in Frieden zu lassen, kreisen meine Gedanken um Simone.

Gegen Simones Mucken und Launen war verdammt schwer anzukommen. Ihre Carpe-diem-Heftigkeit war kaum zu dämpfen . . . Irgendwann hätte ich mit jemanden reden müssen. Aber wem konnte ich mich schon anvertrauen? Immer wieder habe ich Schuld bei mir selber gesucht, bei meiner Skepsis, meinem schlecht verhehlten Mißtrauen, meiner Versperrung und auch bei meiner Angst. Hatte ich tief drinnen nicht mehr Angst um mich selber als um Simone?

Und jetzt? Jetzt liege ich längelang auf einer blauweiß gewürfelten Decke, nackt, wie der Herr Zebaoth mich schuf, und lasse meine Gedanken kreisen: Simone im Zuchthaus in Fresnes! Da wird sie wahrscheinlich das gleiche erbärmliche aus Eisenband genietete Kojengestell haben wie ich und den gleichen Deckenbezug. Wir sind weit gekommen, das muß man schon sagen: Simone in einer Zelle, ich in einer Barackenkammer. Mir ist so jammervoll zumute, daß ich heulen könnte.

Der dumpfe Nachhall in meinem Schädel wird wieder stärker. In den mahlenden, kreisenden Lärm knallen peitschende Schläge hinein. Ich muß die Augen aufreißen, damit Ruhe eintritt – halbwegs Ruhe! Ganz schaffe ich es nicht. Ich weiß von einem, dem es im Kopf ständig dumpf brummte, und kein Arzt konnte ihm helfen, so geduldig er auch von einem zum anderen zog. Da hat er sich schließlich erschossen. Sich erschießen: Das passiert bei diesem Verein erstaunlich selten. Im Grunde merkwürdig, daß alle so lange mitmachen, bis es sie schließlich erwischt, anstatt vorher schon Schluß zu machen – und das ohne den ganzen gewaltigen Fackelzug mit Dutzenden von Wabos und Kalipatronen auf dem Bauch und Suckelschlauch in der Schnauze, ganz einfach mit einem schlichten Durchkrümmen des Zeigefingers – und BUMM!

Ach, Scheiß doch! Ich hätte in die Stadt fahren sollen! Mal ordentlich fünfe gerade sein lassen! Auf andere Gedanken kommen!

Die Zebranutte damals im L'Hippocampe, die war weiß Gott kein Kind von Traurigkeit. Außerdem gab die ein starkes Bild ab, das auf immer und ewig in mir verankert ist. Mit einem Zebra im Bett – das war was Neues. Die leuchtendhellen Streifen, mit der ihr ganzer erfreulicher Körper überdeckt war, kamen von den Querschlitzen in den geschlossenen Volets und dem grellen weißen Licht, das sich in der Gasse vorm Hotel verfangen hatte ... War das aber auch eine Hitze, fast noch schlimmer als jetzt, und wenn man aufeinanderlag, klebte man vor lauter Schweiß fast zusammen ... Mit Ruhm bekleckert habe ich mich damals nicht gerade, hitzeschlapp, wie ich war. Aber das Zebra war ein erstaunlich freundliches. Ich kann es jetzt noch fragen hören: »Tu te sens mieux?«

Im Traum herrscht in meinem Kopf ein einziges Riesenbrillantfeuerwerk: chinesische Feuertöpfe, Diamantfontänen, Goldregenfälle, Perlsilbermeteoriten, Brillantsterne, Goldkometen – und dazwischen knallen immer wieder die Blitzbomben jener Art, mit der die Feuerwerker ihre Vorstellung zu eröffnen pflegen.

Meine Koje geht dazu auf und nieder, up and down: Ich habe noch den Rhythmus der See im Blut.

La Pallice – 2. Tag

Am nächsten Morgen sehe ich unseren LI mit seltsam leerem Gesicht herumlaufen. Er hat sich beide Augenbrauen wegrasieren lassen. Er habe gestern abend noch eine Wette verloren, klärt er mich auf.

»Worum ging's denn?«

»Wie Signal abgeteilt wird.«

Ich bin vor Staunen sprachlos.

»Si-gnal oder Sig-nal«, sagt der LI.

Heiliger Strohsack! Ich fasse den LI schärfer ins Auge. Wie sieht der bloß aus! Unter den Augen hat er tiefviolette Schatten, Augenringe, die wie aufgeschminkt aussehen.

»War wohl 'ne lange Nacht?« frage ich.

»Gewiß doch! Mir kam's ja auch fast schon zu den Ohren raus!«

So kenne ich den LI gar nicht. Ist der Mann etwa immer noch dun?

»Seien Sie bloß froh, daß Sie Ihren Pimmel noch haben . . .«

»Wieso das?«

»Wußten Sie das denn nicht? Hier stecken Nutten mit dem Maquis unter einer Decke und schneiden Leuten wie Ihnen die Pimmel ab – mitten in voller Aktion und dann . . .«

»Brrr!« macht da unser Leitender und demonstriert höchst eindrucksvoll, wie ihn vor lauter Abscheu ein Schauder von oben bis unten durchrieselt.

»Den Kommandanten gesehen?« frage ich, als er halbwegs wieder normal zu sein scheint.

»No, Sir! Der ist noch nicht wieder hoch.«

Ich habe für diesen Vormittag ein volles Programm: Straßenkarte auftreiben. Vor allem aber ein Fahrzeug und Benzin. Proviant fassen – sicherheitshalber für etliche Tage. Munition für die MP und die Pistolen könnten wir ebenfalls brauchen. Und vielleicht haben die hier auch eine Kleiderkammer, und ich kann frische Unterwäsche ergattern . . .

Da werde ich auch schon von einem Läufer in die Verwaltungsbaracke geholt. Der Adjutant verlangt nach mir.

»Der Flottillenchef zurück?« frage ich den Mann.
»Nein, Herr Leutnant. Der bleibt oft zwei, drei Tage weg.«
»Na fein!«
»Wie meinen, Herr Leutnant?«
»Da hat der's aber gut.«
»Das kann man wohl sagen, Herr Leutnant.«

Der Adjutant läßt auf sich warten.

Lange kann der Nazispuk nicht mehr dauern, sage ich mir. Warum strampele ich mich eigentlich noch derart ab? Ganz einfach: Schicksalsergebenheit ist nicht meine Art. Aufgeben und die Hände in den Schoß legen, das hätte mir gerade noch gefehlt! Und Spökenkiekerei? Die auch.

Aber da ist noch diese Stimme in mir, und die trakassiert mich heftig: Und wohin willst du, wenn der ganze Laden zusammenkracht und du den Krach überlebst ...?

Der Adjutant kommt herein und bietet sich mir in Profilsansicht an seinem Schreibtisch dar. Welch wohlgefälliger Anblick: ein geschniegelter und pomadisierter Marineoffizier! Herrgott noch mal, wie soll ich nur mit diesem eitlen Sturbock klarkommen? Auftrumpfen? Oder mich eher bescheiden geben – devot gar? Ich hätte es im Traum nicht für möglich gehalten, daß ich auf einen Adjutanten stoßen könnte, der offenbar noch blöder und dickfelliger ist als der Adju des Alten.

»Ich habe Sie gestern abend vermißt«, gehe ich die Sache auf die süße Tour an. Dafür bekomme ich »Zuviel zu tun!« zurück.

Ich schaffe es, die Schnauze zu halten. Ich bin auf diese gebauchte Flasche angewiesen: Ich brauche nun einen fahrbaren Untersatz. Ohne den kommen wir hier nicht raus. Und Vorsicht: Dieser träge Bursche wird widerspenstig, wenn ich zu direkt gegen sein Phlegma angehe. Ich darf ihn meine Unruhe nicht spüren lassen, sonst bleibt er erst recht auf stur geschaltet.

Allerdings kann ich diesem Menschen auch nicht stundenlang gegenübersitzen und Konversation mit ihm machen. Also sage ich zum zweiten Mal mein Sprüchlein her und hänge dabei meinen Blick an den Mund des Adjutanten: Nachgerade sei es für mich an der Zeit, mich auf die Strümpfe zu machen – oder besser: die Landstraße unter die Räder zu nehmen. Mein Material werde in Berlin mehr als dringend gebraucht, und vorher sei Meldung in Paris fällig beim obersten Kriegsberichterchef des Marinegruppenkommandos West ... Das würde was geben, wenn ich diesem Knallkopf hier sagte, daß ich in Paris vor allem Simone aufspüren will.

»Wir können Ihnen aber keine Extrawurst braten«, ist die seifige Antwort.

Ganz ruhig bleiben, sage ich mir. Dann frage ich so beherrscht, wie ich es nur vermag: »Extrawurst braten – was soll das heißen? Ich erwarte ganz schlicht und ergreifend nichts anderes von Ihnen, als daß Sie mir helfen, schnellstens weiterzukommen.« Klang das schon zu aufmüpfig?

»Schnellstens?« imitiert mich der Adju. »Das haben wir hier nicht im Programm . . .«

Das läuft deutlich auf eine Ramming hinaus. Und die will ich ja gerade vermeiden. Also noch mal von vorn und mit gut gestriegelter Stimme – aber in bestimmterem Ton: »Kann die Flottille uns nun einen Wagen zur Verfügung stellen oder nicht? Wir benötigen ihn bis Paris.«

Der Adjutant läßt sich diesmal Zeit mit seiner Antwort. Dafür betrachtet er mich mit einem unverschämten Blick und repetiert mit dreistem Hohn: »Einen Wagen! Soso, einen Wagen!«

Da kann ich nun nicht mehr an mich halten: »Sie haben mich verstanden! Einen Wagen – und keinen Zeppelin. Und wenn's geht, einen mit Fahrer.«

Der Adjutant weicht meinem Blick aus und redet zur Seite hin: »Wagen gibt's schon noch, aber keine betriebsfähigen. Und Benzin sowieso nicht . . . Reifen übrigens auch nicht . . .«

Ich vermag mich gerade noch rechtzeitig durchzuparieren. Statt weiterzureden, fingere ich meine Brieftasche heraus und falte sie direkt vor dem Bauch des Adjutanten auf seinem Schreibtisch auf. Ich versuche, mich in Zeitlupe zu bewegen und meine Hände zur Ruhe zu zwingen, als ich die diversen Papierchen langsam herausnehme: Es soll ja spannend werden.

Ich ordne den Inhalt der Brieftasche erst mal sorgfältig, als käme es im Augenblick auf nichts anderes als eine bestimmte Reihenfolge an. Schließlich stoße ich die Papiere direkt vor dem ausdruckslosen Gesicht des Adjus auf der Schreibplatte auf. Dann endlich drehe ich das Ganze herum und schiebe es dem Adju hin. Dazu sage ich: »Bitte sehr!« und lehne mich in meinen Stuhl zurück.

In diesem Moment empfinde ich es als ein Manko, daß ich nicht rauche. Jetzt wäre genau der richtige Moment, um mir in aller Ausführlichkeit eine Zigarette anzuzünden. Ein Pfeifchen zu stopfen – das wäre sogar noch besser.

Die Spannung macht mich inwendig so zapplig, daß ich nur schwer ruhig bleiben kann. Das könnte denen hier so passen: daß ich mit Gottes Hilfe aus Brest bis nach La Pallice gekommen wäre, um mich hier verheizen zu lassen. Von den Amis eingesackt zu werden, das hätte ich einfacher haben können.

Vielleicht sollte ich einen Zahn mehr aufdrehen und endlich energisch werden. Auf den Putz hauen, daß es kracht. Oder gleich schamlos mit Dönitz operieren? Da sage ich auch schon: »Wenn das der Großadmiral erfährt, daß ich hier festsitze! Soweit sollten Sie den Herrn Großadmiral doch kennen, Herr Oberleutnant ...«

So, das war nun eine glatte Drohung! Dem Adjutanten verschlägt es auch erst mal die Sprache. Er guckt mich großäugig, dann aus zusammengekniffenen Augen an. Da muß ich nachstoßen: »Hier in dem Keitelschen Ausweis – Sie müssen auch den Text lesen! – steht sogar, daß Sie mir in jeder Form – es heißt wohlweislich: ›JEDER FORM‹ – behilflich zu sein haben. Sie kommen sonst glatt in Teufels Küche ...«

Das saß! Der Adjutant sieht schon ein ganzes Stück weniger schlafmützig aus. Ich fühle mich immer noch am Zuge und frage: »Wo ist der Herr Flottillenchef denn *heute*?«

»Beim Fischen!« kommt es zurück. »Das wissen Sie doch!«

Ich lege eine kurze Pause ein und setze dann mit neuer Luft in der Lunge nach: »Jetzt haben *Sie* den schwarzen Peter! Das ist mal sicher: Ihr Chef hat mir ausdrücklich aufgetragen, mich an Sie zu wenden, was unser Weiterkommen betrifft.«

Klang das nun genügend amtlich oder nicht? Ich rede mir im stillen selbst gut zu: Nur nicht den Kopf verlieren.

»Sie müssen sich auf jeden Fall an die Marinefahrbereitschaft wenden«, sagt der Adjutant. »Ich werde da mal anrufen.« Und dann kommt dieser arrogant aufgeblasene Bursche auch noch mit einem Ratschlag: Ich könne es ja von ihm aus versuchen, allein und auf dem Landweg durchzukommen, aber abwarten sei besser. Er an meiner Stelle würde noch drei Tage warten. Bis dahin werde nämlich ein Konvoi zusammengestellt.

»Soll das heißen Omnibusse?«

»Ja. Etwa ein halbes Dutzend.«

Drei Tage! Der Mann hat Nerven! Und im Konvoi? In einen Konvoibus bringen mich keine zehn Pferde mehr hinein. Verraten und verkauft, das will ich nicht noch einmal erleben.

Ich frage den Adjutanten, was denn während der letzten Tage über den Vormarsch der Alliierten durchgegeben worden sei.

»Saint-Brieuc ist am achten August gefallen!« antwortet der Adjutant im Rapportierton. »Gestern hieß es, daß die Alliierten dicht vor Angers sind ... Aber das wissen Sie ja schon.«

»Und was ist mit Brest?« frage ich ungeduldig. »Nichts über Brest?«

»Doch! Warten Sie mal, hier hab ich's ...« Der Adjutant blättert in einem Stapel Zettel rechts auf dem Schreibtisch und zieht dann ein Blatt hervor: »Am neunten hieß es: ›Gefechte sieben Kilometer vor Brest‹, und am elften August, also vorgestern, kam im OKW-Bericht: ›Nordöstlich von Brest wurden in den letzten Tagen über vierzig feindliche Panzer abgeschossen‹ ...«

Als ich das höre, ist mir, als sackte ich innerlich zusammen: Jetzt wird in

Brest tatsächlich Hackfleisch gemacht! Und hier ist auch bald Schluß. Jeder Tag, jede Stunde zählt. Nur weg, weg, weg!

»Also gut, dann also erst mal zur Fahrbereitschaft, ganz wie der Herr wünschen«, bringe ich noch maulig an und bin auch schon halb in der Türe.

Direkt vor der Baracke steht Bartl. Bartl sieht abgewirtschaftet und verzagt aus – und wie plötzlich noch einmal um Jahre gealtert. Könnte etwa das harte Licht schuld sein? Oder macht es meine eigene triste Verfassung? Jetzt begreife ich erst richtig, daß Bartl um Dezennien zu alt für dieses verrückte Kriegerdasein ist. Wie mag er es nur geschafft haben, so lange bei der Flottille in Brest unterzukriechen? Da muß einer schon tüchtig Daten gefälscht haben.

»Wie geht's denn heute?« frage ich so freundlich, wie ich es nur vermag.

»Auf Angst und Schweiß folgt Ruh und Preis«, bekomme ich zur Antwort.

Na Gott sei Dank, das klingt immerhin wieder wie der alte Sprücheklopfer Bartl. Und ich sage: »Bravo, Bartl!«

Bartl pliert mich daraufhin an, als sei er sich immer noch nicht im klaren, mit wem er es eigentlich zu tun hat. Endlich wagt er die Frage: »Wann geht's denn nun weiter, Herr Leutnant?«

»Wenn es den Herrschaften hier genehm ist«, gebe ich Antwort und denke dabei: Ein schneller Vorstoß mit leicht gepanzerten Vorauseinheiten, und die Amis sind hier ...

»Bei so 'ner Hitze, da hätten wir 'ne Menge zu gießen, Herr Leutnant.«

Ich brauche eine Weile, bis ich kapiere, daß Bartl mit seinen Gedanken in Brest und in seiner Gärtnerei ist. Dann rieche ich seine Fahne und sage »Apropos gießen: Sie haben ja hier wohl auch schon ganz schön was begossen – vorausschauend quasi!«

Da gibt es Bartl auf, den Tristen zu spielen, und zur Antwort grinst er nur noch. Und nun schicke ich ihn los, die Lage zu erkunden.

Gleich darauf treffe ich Kramer. »Na, wie läuft's?« fragt er.

»Keine Fahrzeuge, keine Reifen, kein Benzin ...«

»Das hätte ich Ihnen gleich sagen können.«

»Auch nicht bei Ihnen?«

Kramer macht ein übertrieben tiefsinniges Gesicht. Dann tut er, als wache er plötzlich auf und sagt: »Doch hübsch hier – oder?«

»Ja, typisch Süden!«

Da sehe ich den Kommandanten auf uns zukommen. Als er heran ist und ich nicht gleich weiß, was ich sagen soll, rette ich mich in eine förmliche Vorstellung – ganz nach Tanzstundenart.

»Wo ist denn der Flottillenchef?« fragt der Kommandant.

»Der Herr Flottillenchef ist beim Fischen!« gebe ich Bescheid.

»Beim Fischen?« fragt der Kommandant.

»Ja, beim Fischen!« bestätigt das Kramer mit so viel Zynismus, wie sich nur auf die paar Worte laden läßt.

Der Kommandant starrt mich an, als zweifle er an meinem Verstand, und ich repetiere, was ich schon zu Kramer gesagt habe: »Im Süden! Wir sind eben im Süden!«

»Und was wird jetzt mit Ihnen?« will der Kommandant wissen.

»Wenn ich das nur wüßte!«

Kramer tut, als wolle er mir zu Hilfe kommen: »Unser Herr Kriegsberichter wird hier vereinnahmt. Der verfaßt die Geschichte der Flottille.«

Der Kommandant guckt verwirrt von einem zum anderen.

»Und der Herr Flottilleningenieur wird zum Kampfschwimmer ausgebildet«, gifte ich zurück.

Ich bin bloß froh, daß der Kommandant nicht mehr ganz so hundeelend aussieht wie beim Einlaufen.

Ich werde durch einen Läufer in der Verwaltungsbaracke verlangt. Dort ist eine Art Bescherung für mich zugerichtet: Ich bekomme gleich stoßweise Scho-ka-kola. Mit dieser allgemein sehr begehrten Schokolade habe ich nicht rechnen können. Der unverhoffte Segen verwirrt mich. Wohin damit? Ich brauchte ein Behältnis zum Einsacken. Eine Art Markttasche wäre recht, wie meine Großmutter sie hatte, so eine aus unzähligen Lederresten zusammengesteppte.

Zum Glück habe ich viele Taschen. Die stopfe ich mir voll, bis sie sich rund ausbeulen, und fühle mich nachgerade zur Karikatur werden. Dabei sollte ich zufrieden sein angesichts so opulenter Gaben.

Der Maat, der die Schätze vor mich hingebaut hat, grinst mich breit an, und nun fragt er mich noch: »Ist's recht so, Herr Leutnant?«

»Das kann man wohl sagen!« presse ich mir in meiner Verlegenheit ab und stopfe mir die letzten Dosen in die Taschen. Ich kann dem Maat ja nicht sagen, daß meine Wünsche momentan auf anderes gerichtet sind. Neben einem Auto brauchen wir richtigen Proviant für die Reise quer durch Frankreich. Von Scho-ka-kola können wir nicht leben. Außerdem brauche ich ordentliche Straßenkarten. Vor allem aber Informationen, wie es im Hinterland der Flottille aussieht und bis wohin die Amis vorgedrungen sind ...

»Hier bitte unterschreiben, Herr Leutnant! Und hier auch. Und auch das noch. Und auch hier brauchen wir Ihre Unterschrift, Herr Leutnant ...«

Halb abwesend höre ich Papier rascheln, und während ich blind unterschreibe, sehe ich, wie einer in einem dicken Ordner ganze Lagen mit der flachen Hand von rechts nach links schlägt und ein anderer einen Bleistift mit einer kleinen, an der Kante der Schreibtischplatte montierten Spitzmaschine mittels einer zierlichen Kurbel spitzt und das Ergebnis dann ausführlich kontrolliert.

In die Schreibstube, wird mir jetzt gesagt, solle ich auch kommen – gleich nebenan.

Dort werde ich gefragt, wann ich das letzte Mal Wehrsold empfangen hätte. Ach du meine Güte, das ist ewig her!

»In Brest, Herr Leutnant?« will der Schreibersmaat wissen.

»Nein, da habe ich vergessen, mich darum zu kümmern.«

»In Paris, Herr Leutnant?«

»Nein, warten Sie, das war in Saint-Nazaire – das ist aber schon vier Monate her.«

Ich bekomme zu hören, das decke sich mit den Unterlagen. Der Wehrsold sei gar nicht so leicht auszurechnen ... Die lange Zeit! Ich frage, ob ich wiederkommen könne. Ich hätte soviel Zeug in den Taschen, das wolle erst mal verstaut werden. Ja, in einer halben Stunde etwa ...

Als ich wiederkomme, werden mir dicke Bündel Franc-Scheine hingelegt. »Da sind die Tauchzulagen und Frontzulagen dabei.«

»Frontzulagen?«

»Das ist amtlich, Herr Leutnant. Für Brest gilt Frontzulage ab ersten achten.«

Ich sollte den Bürohengst fragen, woher er das so genau weiß – wie Nachrichten dieser Art bis hierherdringen. Aber das erspare ich mir lieber. Wer viel fragt, geht viel fehl – alte Regel. Es ist nicht zu fassen, wie perfekt der Verwaltungsladen funktioniert. Sämtliche Zulagen, alles ist auf Heller und Pfennig – auf Franc und Centime – ausgerechnet worden.

Ich hätte noch Schulden bei der Offizierskleiderkasse in Paris, wird mir bedeutet, aber das gehe die Flottille nichts an.

Da erst werde ich wirklich stutzig und frage: »Woher haben Sie denn das bloß alles?«

»Aus Paris, Herr Leutnant.«

»Aber wieso denn aus Paris?«

»Sie sind uns von Ihrer Abteilung ausdrücklich avisiert worden, Herr Leutnant.«

Ich stehe da wie vom Donner gerührt.

»Die Geheimhaltung klappt demnach ja vorzüglich«, sage ich laut. Von der Abteilung avisiert? Daß der FdU im Bilde war, ist klar – aber die Abteilung? Ich überlege blitzschnell: Das kann doch nur so gelaufen sein, daß der Alte Farbe bekennen mußte, wo ich bin. Oder der VO oder irgendeiner von der Flottille. Ja – eher irgendein anderer als der Alte. Irgendwer hat geglaubt, er müsse mit der Sprache herausrücken, und dann wußten die: eingeschifft auf U 730. Aber La Pallice? Woher wußten die La Pallice?

Der Schreibstubenhengst, der so selbstzufrieden seine Neuigkeiten apportiert hat, steht da wie ein begossener Pudel.

Jetzt will ich es schon genau wissen: »Und von hier aus ist dann in Paris angefragt worden ...?«

»Jawoll, Herr Leutnant«, gibt mein Gegenüber kleinlaut zu.

In mir kommt ein Gefühl wie Reue hoch: der arme Kerl. Glaubt, er macht mir die Freude meines Lebens, und dann findet plötzlich eine Art Verhör statt.

»Halb so wild«, ringe ich mir ab und mache mich wieder auf den Weg.

Um unsere Leute kümmert sich hier kein Schwanz. Mit denen treibt man sicher die üblichen Spielchen: »Gehen Sie erst mal dorthin, dann dahin, dann nach nebenan – und wenn Sie Ihren Kram endlich beieinander haben, dann kommen Sie wieder her ...«

Und da sehe ich auch schon wieder Bartl. Sein Gesicht drückt nichts als Empörung aus.

»Die schicken einen hier von Pontius zu Pilatus, Herr Leutnant!« schimpft er gleich unter heftigem Schnaufen los.

Besser kann mir gar nicht bestätigt werden, was ich gerade gedacht habe. Trotzdem frage ich: »Wo haben Sie das denn her?« Und weil Bartl mich nur anstarrt, rede ich weiter: »Ich meine den Pontius und den Pilatus?«

»Das sagt man doch so, Herr Leutnant.«

»Ja, ja, Bartl – wir müssen hier durch wie zwischen Scylla und Charybdis ...«

»Wie meinen, Herr Leutnant?«

»Das sagt man auch so ...«

»Ach so!« sagt Bartl. Sein Gesicht ist noch immer wutrot. Weil ich nichts mehr sage, holt er tief Luft und schimpft aufs neue los: »Ich frag mich bloß: Ist das hier ein Finanzamt oder ist das 'ne Flottille? Die haben vielleicht die Ruhe weg! Denen müßte mal einer ...«

Weil Bartl hängenbleibt, ergänze ich schnell: »... den Arsch richtig aufreißen! Das meinen Sie doch wohl, oder?«

Bartl strahlt und deutet eine Art Strammstehen an: »Jawoll, Herr Leutnant – und das bis zur Halskrause.«

Und damit trollt er sich. Denen hier den Arsch aufreißen – der gute Bartl wird sich das wahrscheinlich einfacher vorstellen, als es ist.

Mein Magen meldet sich. Ja, was zu essen und zu trinken wäre jetzt recht. Trinken vor allem! Ich habe schon lange schrecklichen Durst. Am liebsten würde ich eine Bierflasche an den Hals nehmen. Aber leider gibt's hier kein Geschäft, wo ich mir einfach eine Flasche über den Tresen schieben lassen könnte. Ich muß, wenn ich meinen Durst löschen will, die Primitivmesse in einer dieser öden Baracken ansteuern. Also, ab dafür! Ein Bier muß jetzt her.

Wenn ich mich in diesem verdammten Zuchthausareal nur besser zurechtfände! Hier gleicht eine graugepönte Baracke der anderen. Ich muß einen Lord in hellem Takelzeug nach dem Weg zur Messe fragen und komme mir dabei dämlich vor, weil der Mann zunächst so tut, als hätte er mich nicht verstanden. Einen, der hier nicht weiß, wo die Messe ist, hat er offenbar noch nicht erlebt.

In der Messe höre ich, daß es einen besonders schweren Bombenangriff auf Brest gegeben hat. Der Großangriff habe den Bunkern gegolten.

»Und das Marinelazarett – die Neunte?«

»Da war die Rede nich von.«

Gott sei Dank! denke ich. Hoffen wir auf die vorausschauende Klugheit der Alliierten, die ein leidlich intaktes medizinisches Zentrum brauchen werden, wenn sie Brest erst einmal eingenommen haben.

»Wann war denn der Angriff genau?« frage ich.

»Gestern, am zwölften.«

Als ich schon vor der Tür bin, schelte ich mich selber, weil ich nicht gefragt habe, wie *diese* Nachricht hierhergelangt ist. Aber noch einmal umkehren, um mich zu erkundigen, will ich auch nicht. Telefonverbindungen gibt es seit gestern nicht mehr. Der Maquis muß geschlafen haben, daß das Telefon noch so lange funktioniert hat. Mit Paris und Koralle gibt es nur noch Funkverbindung. Aber auch das scheint den Leuten hier nicht Fingerzeig genug zu sein, daß es eng und enger wird und allmählich Zeit, die Lethargie abzuschütteln. Im Gegenteil: Von Verängstigung oder gar Depression ist hier nichts, aber auch nicht die Spur zu merken. Hier geht alles seinen Gang wie gehabt. Die Schreibersgasten bewegen sich so pomadig langsam wie Schreibersgasten immer, und die Dienstgrade haben das Gehabe städtischer Beamter, so als wollten sie nur noch stumpfsinnig auf ihr Rentenalter zusteuern.

Schon wieder ein Läufer, der meldet, daß man mich noch mal in der Verwaltungsbaracke sehen will.

»Wir müssen wissen, wann und wo Sie das letzte Mal Zigaretten bekommen haben, Herr Leutnant«, fragt mich der gleiche Maat, von dem ich schon die Schokolade habe. »Ihre Zigaretten hatten wir ganz vergessen, Herr Leutnant.«

»Weiß ich beim besten Willen nicht«, gebe ich zurück.

»Das müssen Sie aber doch wissen, Herr Leutnant. Wir sollen Sie doch in die Flottille übernehmen . . .«

»Was? Mich hier in die Flottille . . .?«

»Jawoll, Herr Leutnant, so hat's wenigstens geheißen – für den Fall eben, daß Sie nicht wegkommen sollten.«

Ich stehe da und nehme gar nicht richtig auf, was der Maat noch zu sagen hat. »Daß ich nicht lache«, murmele ich schließlich vor mich hin und denke: Bloß gut, daß der Maat das ausgequatscht hat. Hier *muß* doch einer quertreiben! Aber jetzt bin ich wenigstens gewarnt.

»Lassen Sie das mal meine Sorge sein!« sage ich laut.

»Jawoll, Herr Leutnant. Das soll ja auch nur für den Fall gelten, daß Sie hier nicht . . . ich meine, daß Sie nicht gleich . . . wegkommen.«

»Interessant!« gebe ich da nur mehr zurück. Aber dann frage ich doch nach: »Wissen Sie vielleicht auch, wer sich das ausgedacht hat?«

»Das kam aus Paris, Herr Leutnant.«

Aus Paris! Sieh einer an! Ich müßte mit Berlin in Verbindung treten, um dieser Art Unfug ein Ende zu machen. Aber dann überlege ich es mir anders: Ich habe meine einwandfreien Papiere. Alles Herumfackeln kann nur schädlich sein. Wer weiß, was sich eine der Schafsnasen in Berlin noch überlegen könnte.

Nur weg hier! Ich muß alle Minen springen lassen, damit wir zu einem Vehikel kommen. Nichts anderes gilt.

»Also«, sage ich dann, »Zigaretten seit ewigen Zeiten nicht. Wieviel gibt's denn pro Tag?«

»Zwölf Stück, Herr Leutnant. Da fällt mir ein, das wird sich ja bei Ihnen mit dem Wehrsold decken.«

»Natürlich«, begrüße ich diese Erleuchtung.

»Da werden Sie aber ein erhebliches Zigarettenguthaben haben, Herr Leutnant.«

»Kann ja wohl nichts schaden.«

»Bestimmt nicht, Herr Leutnant. Ich laß mir die Zeit von der Schreibstube geben und mache Ihnen das zurecht. Vielleicht könnten Sie mir dann Ihren Bootsmann schicken . . .«

Zigaretten haben mich nie interessiert – aber jetzt sage ich: Nur her damit! Wer weiß, wozu ich die noch brauchen kann: Wir haben ja noch einiges vor . . .

Da kommt Kramer im Schlenkergang auf mich zu.

»Wie geht's denn so?« fragt er mit schlecht aufgesetzter Fröhlichkeit.

Kramer will nach La Rochelle. Er hat natürlich einen Wagen. Ob ich mitfahren wolle? Das lasse ich mich nicht zweimal fragen. Schließlich ist in La Rochelle die Fahrbereitschaft.

»Geben Sie mir eine halbe Stunde? Ich muß schnell noch zum Doktor!«

»Jawoll!« sagt der Flottilleningenieur. »Auch fünfundvierzig Minuten . . .«

Der Doktor soll mir, weil ich so schlecht höre, die Ohren ausspülen.

»Auweia!« sagt er. »Da muß der Schmalz aber wirklich mal wieder raus.« Und als er sieht, was für Brocken in seinem Baderbecken schwimmen: »Das reicht ja für 'ne ganze Pausenstulle!« Und dann noch: »Der ständige Druckwechsel, der fördert die Ohrenschmalzproduktion ganz ungemein. Mancher wär froh für so 'n Schmalzbrot . . .«

»Bißchen dunkel, das Produkt«, wende ich ein.

»Ihre Zähne?« fragt der Doktor.

»Die sind in Ordnung.«

»Die Lipome müßten auch mal raus.«

»Die heb ich mir für Notzeiten auf«, gebe ich zurück, und der Doktor läßt einen stupiden Ausdruck auf seinem Gesicht erscheinen.

»Zum Ausbraten!« kläre ich ihn auf.

Ich habe noch etwas Zeit. Also rasieren. Mit diesem Sträflingsbart will ich nicht nach La Rochelle hineinfahren. Sauberes Unterzeug, saubere Ohren und dazu auch noch eine saubergeschabte Visage – was kann man mehr verlangen? Die Kanone nicht vergessen! schärfe ich mir ein.

Wieder steht Bartl da. Läuft er mir nach? »Hier wird das nichts«, sage ich ihm. »Wir hocken noch am Sankt-Nimmerleins-Tag hier, wenn wir uns auf die Flottille verlassen.«

Bartl macht komische Andeutungen, er wolle »auch mal sehen«, er hätte was »in petto . . .«.

»In petto«, gebe ich zurück, »das hilft uns nur leider auch nicht viel. Ich hab's nämlich eilig!«

Kramer fährt mit dem gleichen Kübel vor, mit dem der Adjutant auf der Pier erschienen ist.

Zuerst geht es eine leichte Steigung hoch, dann sind wir in einer Platanenallee. Mächtige Stämme mit dem Muster von Tarnjacken. Hitzeflimmern über der Straße. Der Asphalt scheint weich zu sein: Die Reifen sind kaum zu hören.

Bartl und sein »in petto«: Wie ich den alten Bartl kenne, denkt der an »Organisieren«. Darin ist er Spezialist. Bartl wäre imstande, sogar dem Säbelbeinigen seinen fahrbaren Untersatz zu klauen – allein schon, damit der nicht mehr zum Fischen fahren kann. Würde mich nicht wundern, wenn Bartl schon daran gedacht hätte: einfach rein in die Karre und dann ab die Post! Und das wäre noch nicht einmal die schlechteste Idee.

Kramer sagt, ohne den Kopf zu mir herzudrehen: »Sie brauchen sich gar nicht so zu wundern, wie Sie das offenkundig tun. Hier läuft es nach dem Motto: Nichts sehen, nichts hören, nichts riechen – am besten den Kopf ganz tief in den Sand. Da kann, wer will, mit der Peitsche knallen – zu schnellerer Gangart bewegt er damit keinen . . . Hier geht alles seinen Trott!«

»Für meinen Chef in Brest war klar und ausgemacht, daß ich sofort einen fahrbaren Untersatz bekäme«, gebe ich zurück und ärgere mich auch gleich, weil das zu rechthaberisch, ja fast verbockt klang.

Kramer spottet auch prompt: »Ach je, das nützt hier bloß leider gar nichts. Sie wissen doch: Alles in bester Ordnung – der Endsieg ist unser. Wir lassen die Alliierten noch ein bißchen zappeln, und wenn sie durchaus wollen, können sie sich auch ruhig zu Tode zappeln.«

In den Straßen sind kaum Uniformen zu sehen. Rechter Hand wird zwischen den Platanenstämmen hindurch ein verwaister Konzertpavillon mit einem Grünspandach in der Form einer Bischofsmütze sichtbar. Ich sollte den Weg kennen – und damit auch diesen Pavillon, ich sehe aber alles wie zum ersten Mal. Und jetzt kommen die ersten Arkadenhäuser mit ihren schwarzen Schatten unter den Rundbögen. Es sieht aus, als wären diese Schatten konstruktive Teile, von denen die Häuser gestützt werden. Bis hoch hinauf sind die Volets, die sich kaum vom grauen Mauerputz abheben, gegen die Sonne geschlossen. Alles ist unisono grau.

»But on the other hand«, sagt Kramer jetzt und macht um der Dramaturgie willen eine Pause und wiederholt sogar: »But on the other hand . . . halten die hier ihren Fuhrpark eisern zusammen. Und warum wohl? Weil im Grunde jeder weiß, daß hier bald Ladenschluß ist, und dann werden fahrbare Untersätze Gold wert sein – Benzin auch. Schon komisch, das Ganze! Glauben Sie bloß nicht, daß Sie hier auch nur einen Liter Benzin bekommen!«

Bei Kramer wird also auch nichts zu holen sein . . .

Kramer kurvt um zwei Ecken und wendet seine Aufmerksamkeit wieder auf die Straße. Dann sagt er: »Das einzige, was wichtig ist: Man muß aufpassen, daß man nicht selber so wird wie das Gros . . . Aber das gilt ja nicht für Sie. Sie haben ja wohl nicht die Absicht, in unserer schönen Flottille Wurzeln zu schlagen.«

Da klang deutlich Selbstmitleid durch.

Plötzlich rezitiert Kramer: »Immer heiter, immer froh / wie der Mops im Paletot!«

Ich betrachte ihn dabei von der Seite her: komischer Kauz. Das schiere

Gegenteil von einem schicksalsergebenen Miesepeter. Auf einmal stellt er den sprichwörtlichen Marinetyp dar, der sich durch nichts erschüttern läßt. Ein Jammer, daß der Flottilleningenieur nicht über einen eigenen Fuhrpark verfügt. Mit dem käme ich schon ins Geschäft ...

Kramer steuert ein Bistro hinter einem Arkadenbogen an und bringt den Kübel hart an der Trottoirkante zum Stehen.

»Wie wär's mit einem Gläschen? Gibt's hier nämlich noch. Und außerdem redet sich's besser als in La Pallice ...«

»Und kühler ist es da drin sicher auch«, sage ich.

»Wir bleiben lieber draußen unter den Arkaden – da haben wir auch Schatten ...«, bestimmt Kramer.

Mir wäre es lieber gewesen, wir hätten schnell ein Glas an der Bar zur Brust genommen. Ich beobachte, wie Kramer sein Koppel mit der Pistolentasche zurechtrückt. Er will offenbar die Pistole weiter nach vorn haben. Dann sagt er: »Ich bestell mal. Eine halbe Flasche gut gekühlten weißen Bordeaux, wenn's beliebt?« und verschwindet in die Schattentiefe. Als er wiederkommt, sagt er: »Die Marinefahrbereitschaft ist übrigens ganz in der Nähe, im Rathaus. Wie die Feldkommandantur. Mit einem Gläschen im Bauch – Quatsch: im Kopf – können Sie denen bestimmt fröhlicher kommen ...«

Kaum steht das Gewünschte auf dem wackligen Tischchen, grinst Kramer, schenkt ein und hebt das Glas: »Na denn – auf die dritte Flottille!«

Mir ist so gar nicht nach Flaxen zumute, und ich frage Kramer nach dem Zutrinken: »Wie reimt sich das eigentlich: Die Werftgrandis wußten, daß wir kommen – nur die Flottille nicht. Doch einfach nicht zu glauben – oder?«

»Weiß Gott nicht! Aber so ist das eben: Ihr Boot hatte sich gehörig verspätet – und solche Zügellosigkeiten schätzt der Chef nicht!« Will mich Kramer noch mehr in Fahrt bringen, als ich es ohnehin schon bin?

»Was den Fahrplan angeht, hätten wir wahrscheinlich gar nicht mehr eintrudeln dürfen – futsch und perdu ...«, sage ich mit Grimm in der Stimme.

»Jawoll. Und der Chef hatte sich nun mal vorgenommen, zum Fischen zu fahren. Sie haben den ganzen Laden durcheinandergebracht!«

»So viel Phantasie, daß wir unterwegs aufgehalten werden könnten, konnte Ihr Chef also nicht aufbringen?« frage ich.

»No, Sir, der konzentriert seine diesbezüglichen Möglichkeiten ganz auf seinen Aufputz. Haben Sie da nicht doch ein bißchen gestaunt?«

»Früher hätte ich gesagt: Mir ist das Messer in der Tasche aufgegangen ...«

»... und jetzt haben Sie keins mehr parat – oder?«

Dieser Kramer gibt mir Rätsel auf. Auch äußerlich: Er ist zwar blauäugig und stabil gewachsen, dabei aber seltsam schlacksig – so als hätte er zuviel Lose in den Hauptgelenken. Sein Gang ist es vor allem, der ihn ganz und gar unmilitärisch erscheinen läßt. So kommt eben keiner daher, der auf dem Kasernenhof »versammeltes Laufen« gelernt hat und »Ehrenbezeigung im Einzelvorbeimarsch«. Kramer gehört offenbar zu jenen Renegaten unter den Ingenieuroffizieren, die sich auf ihre Weise für die marineübliche Geringschätzung durch die Seeoffiziere rächen: Er läßt ungehemmt deutlich werden, daß er von den Seehelden noch weniger hält als die ihrerseits von seiner Kaste.

Ich greife zum Glas, Kramer tut es auch, und wechsle das Thema: »Wissen Sie übrigens, was aus der Besatzung unseres Bootes werden soll?«

»Weiß ich, was im BdU vorgeht?«

»Manchmal habe ich den Eindruck, in Koralle denkt überhaupt keiner mehr. Diesen Blödsinn, das Boot hierherzuschicken, kann doch kein denkender Mensch ausklabüstert haben ...«

»Das habe ich mir auch schon gesagt«, murmelt Kramer wie im Selbstgespräch und betrachtet dabei seine rechte, wippende Stiefelspitze. Dann läßt er seinen Blick so weit rundschweifen, wie er es nur, ohne den Körper zu bewegen, vermag, und sagt: »Sie haben Ankratz! Merken Sie das eigentlich nicht? Und zwar gleich doppelt, wenn nicht gar dreifach ... Da, die beiden Hübschen an dem Tisch neben der Säule ...« Dabei verdreht Kramer seine Stiefelspitze und macht sie zum Richtungsanzeiger. »Und dahinten bei der Lady in Rosa sind Sie auch gefragt ... Aber bloß jetzt nicht gucken!«

Während ich meine Augäpfel hin- und hergehen lasse, aber so sitzen bleibe, wie ich sitze, frage ich Kramer: »Woher wollen Sie denn wissen, daß nicht Sie gemeint sind?«

»Ach du meine Güte!« gibt der sofort zurück. »Ich bin hier bekannt wie ein buntkarierter Hund. Für diese charitablen Schwestern bin ich kein Objekt – oder sagen wir: längst keins mehr. Aber passen Sie ja auf! So harmlos, wie die Gegend hier aussieht, ist sie nämlich nicht ...« Damit steht er auf und sagt in einem zur Beiläufigkeit veränderten Ton: »Und was mich angeht – ich habe jetzt einiges zu tun. Wie gesagt: Die Feldkommandantur ist im alten Rathaus, dem Renaissanceschlößchen gleich dort drüben um die Ecke. Ich hole Sie am besten um – sagen wir – fünfzehn Uhr hier wieder ab. Reicht das?«

»Gehorsamsten Dank! Ich hoffe, ich schaffe es schneller.«

»Dann gucken Sie sich eben ein bißchen um – aber Vorsicht! Ihre Kanone haben Sie dabei? Warten Sie, ich gebe Ihnen lieber noch 'nen

Streifen ...« Und damit fingert sich Kramer ein volles Magazin aus der Tasche und reicht es mir.

»Auf Feuergefechte bin ich eigentlich nicht eingerichtet«, sage ich.

»Besser ist besser! Das sieht hier zwar nicht so aus, aber es riecht mulmig ... Wird schon klarslippen. Also ...« Und jetzt salutiert Kramer mit der Hand an der Mütze statt mit erhobenem rechten Arm und bringt seinen Corpus hinter das Steuer seines Kübels. Dann sagt er: »Es gibt hier übrigens gute Seezungen, und wenn Sie Glück haben, auch Hummer. Da können Sie sich den Eintopf in der Flottille ersparen!« Und im Anfahren ruft er noch: »So long!«

Ich will zahlen, aber da erfahre ich, daß Kramer das längst erledigt hat. Eingedenk seiner Warnungen schenke ich den Damen nur ein paar flüchtige, erstaunte Blicke und tigere los. Ich tue sicher gut daran, mich zu beeilen, damit die Herrschaften, denen ich meine Aufwartung machen will, nicht zum Mittagessen entschwinden. Vielleicht hätte ich Kramer fragen sollen, wo und was er in La Rochelle zu tun hat.

Auf dem Platz vor dem Rathaus stehen ein paar schwarze Citroëns, die Ersatzräder wie Schießscheiben achtern festgemacht. Kotflügel wie wirkliche, weit abstehende Flügel. Die Autos sehen aus, als könnten sie von der Straße abheben, wenn sie erst mal die richtige Geschwindigkeit erreicht haben. Dazwischen Kübelwagen mit Planen, aber merkwürdigerweise auch Zweiradkarren, die ihre Deichseln schräg hochgereckt halten, und zwischen den Vehikeln lange Reihen mächtiger Holzfässer. An der Frontwand des Rathauses riesengroß das frisch gepönte Schild: »Feldkommandantur, Außenstelle Stadt La Rochelle«. Darüber Schießscharten, ein Renaissancegiebel, ein schlankspitziger Rundturm mit Uhr und zierlichem Kranz. Sandsteinzierat fast so fein wie Klöppelspitzensäume.

Ich zwinge mich dazu, stehenzubleiben und mir alles richtig anzusehen: Nach La Rochelle kommst du nie im Leben wieder! rede ich mir vor.

Durch das gotisch gespitzte Portal im Hof erhascht mein Blick den Posten mit geschultertem Gewehr. Direkt über dem Posten erhebt sich proportionsgenau eine halbnackte Justitia aus Stein, von runden Säulen gerahmt, vor der dunkelgrau verwitterten Front. Das schwarzweißrot gebänderte Schilderhäuschen, das vor einer steinernen Rundbogenhöhle steht, ist überflüssige martialische Dekoration: Der Posten hat dort, wo er im Moment steht, Regenschutz genug. Und wann regnet es hier schon mal!

Der Posten starrt mich unsicher an. Er weiß offenbar nicht, was er tun soll, aber als ich mich Richtung Treppe wende, reißt er den Karabiner von der Schulter und salutiert mit einem krachenden Präsentiergriff. Ich zucke vor Schreck zusammen: Solche Faxen sind nichts für meine Nerven.

Ein Infanterie-Oberleutnant kommt mir die Treppe herab entgegen und sagt: »Die haben die Ruhe weg!«

Klingt nicht gerade verheißungsvoll, denke ich.

In den Gängen riecht es nach Eau de Javel und Stumpfsinn. Vor der Tür der Feldkommandantur sammle ich mich wie ein Schauspieler vor dem Auftritt und gebe mir selber Instruktionen: sanft wie ein Lämmlein auftreten, herzinnig tun wie der Herr Jesus in Person! Und dann: hart angeklopft, Türklinke runter und auf die Bühne.

Ich bekomme es mit einem dicken Hauptmann zu tun, der mich bestaunt wie einen Exoten. Dabei hätte ich doch allen Grund, *ihn* anzuglotzen: Seine Leibesfülle ist ungewöhnlich.

Der Herr Hauptmann gibt sich wie ein Stoiker aus dem Musterbuch. Dabei ist es aber wohl nur das schiere Phlegma, das ihm zu seinem Schmerbauch verholfen hat. Die kurzen blonden Borsten über den Waschbrettfalten seiner Stirn scheinen auf einem Schweinskopf zu sprießen. Die blonden Wimpern verstärken die Ähnlichkeit noch.

Bis wohin die Alliierten vorgedrungen sind, weiß der Herr Hauptmann nicht zu sagen. Ich kann von ihm keine auch nur halbwegs genaue Information bekommen, wo der Gegner steht. Was denn, würde ich ihn am liebsten fragen, wenn wir die Alliierten schon längst wieder ins Wasser zurückgedrängt haben und sich das nur noch nicht herumgesprochen hat? Wozu gibt es denn unsere über das besetzte Frankreich verteilten Feldkommandanturen? Wenn schon nicht mehr Aufklärung geflogen wird, hätte man doch per Telefon rumhorchen und herausfinden können, bis wohin die schnellen motorisierten Verbände vorgestoßen sind. Aber anscheinend herrscht hier kein sonderliches Interesse an solchen Informationen.

Zu einem Wagen kann mir der Herr Hauptmann auch nicht verhelfen, aber die Marinefahrbereitschaft sei im Hause – sogar auf demselben Flur . . . Ich sage mir: Nichts wie raus hier! – Und dafür, daß ich nichts erfahren habe, muß ich jetzt auch noch meinen gehorsamsten Dank anbringen und die Flosse zum Nazigruß heben! Als ich wieder auf dem Gang bin, weiß ich nicht, ob ich vor Lachen oder vor Wut bersten soll.

Das Büro der Marinefahrbereitschaft sieht aus wie das des städtischen Jugendamtes in Chemnitz, in dem mein Amtsvormund zwischen Zimmerlinden residierte: Auch hier gibt es Grünzeug noch und noch. Dazwischen hockt mit zwei Maaten und einigen Schreibern ein Hauptfeldwebel. Der Mann ist so rotgesichtig, als sei ihm der Kragen zu eng – noch ein typischer Vertreter unserer uniformierten Herrenrasse.

Ob von diesem Mann Hilfe zu erwarten ist? Ob der wenigstens imstande ist, die eigene Lage zu kapieren?

Ich sage – zum wievielten Male nun schon? – meinen Spruch auf. Der Hauptfeldwebel hält dabei den Kopf schief und betrachtet mich interessiert.

Als ich ausgeredet habe, nimmt mein Gegenüber die Attitüde eines Oberlehrers an und erklärt mir: »Gesetzt den Fall, Herr Leutnant, wir hätten einen Wagen – ob Sie bei all den Überfällen der Terroristen überhaupt noch alleine durchkommen würden, das wäre dann die nächste Frage! Die Verhältnisse haben sich leider sozusagen zugespitzt, Herr Leutnant. Und wie es jetzt aussieht . . .«

»Ich brauche keine Unkerei, sondern einen Wagen!« belle ich den Mann an und denke: Das hätte gerade noch gefehlt, daß ich mich hier zum dummen August machen lasse. Doch nicht von diesem Umstandskrämer! »Können Sie mir nun helfen oder nicht?« frage ich kurzangebunden und weiß sofort, daß ich mir auf diese Weise nur alles verderben kann.

Aber der Hauptfeldwebel läßt sich von meinem Grimm mitnichten aus der Ruhe bringen. Er erklärt mir mit einem aufreizenden Zwischenton von routinierter Nachsicht in der Stimme, das treffe sich gut. Daß ich gerade jetzt käme, das sei sozusagen ganz fabelhaft, Autos und Benzin gebe es zwar nicht, dafür aber einen Konvoi! Der werde gerade zusammengestellt.

Jetzt muß ich mich gehörig beherrschen, um mit gefaßter Stimme antworten zu können: »Das kommt für mich nur leider nicht in Frage. Meine Kurierpost ist brandeilig!«

Dafür ernte ich einen ähnlichen Irrenwärterblick wie in der Schreibstube der Flottille. Muß ich mir das bieten lassen – von diesem Knilch, dem der Mief aus allen Knopflöchern dünstet?

Aus dem Hintergrund höre ich: »Nur die Ruhe putzt die Schuhe!« Da würde ich am liebsten erst mal »Himmelarschundwolkenbruch!« brüllen. Statt dessen operiere ich aber noch einmal mit meinem Marschbefehl und dem Geheimmaterial in meiner Kuriertasche, aber einen Wagen zaubert das auch nicht herbei.

»Wie gesagt, Herr Leutnant, in drei Tagen geht der Konvoi hier raus. Da können wir natürlich einen Platz für Sie reservieren, Herr Leutnant.«

Das wäre es also! Die Fahrt nach La Rochelle hätte ich mir sparen können.

Als ich meine Füße von der Treppe auf die Steinplatten im Hof setze, jagt mir der Posten mit seinem krachenden Präsentiergriff ein zweites Mal einen Schrecken ein. Herrgott im Himmel – was für ein Unfug! An meine Nerven denkt hier keiner.

Und nun? Bis Kramer mich abholt, bleibt mir eine Menge Zeit. Mit den

Abfuhren, die ich heute erlitten habe, muß ich erst mal fertig werden. Mir kocht die Wut so heftig im Bauch, daß ich, wenn ich nicht platzen will, einfach losstiefeln muß. Wohin? Zum alten Hafen natürlich!

Während ich Schritt vor Schritt setze, denke ich: Und wenn nun alle Anstrengungen wirklich für die Katz sind und wir hier keinen fahrbaren Untersatz bekommen? Hier auf den Maquis warten? Es doch mit dem Konvoi probieren? Aber gleich rebelliert es in mir: Um Gottes willen! Nein! Nur das nicht! Davon habe ich die Nase voll. Das hätte gerade noch gefehlt: meine Selbständigkeit aufzugeben . . .

Nur nicht durchdrehen! sage ich mir. Mir nicht anmerken lassen, daß ich mich wie in einer Falle fühle. Vor der Fahrt hierher nach La Rochelle wollte ich das vor mir noch nicht zugeben. Aber jetzt!

»Ich bin ganz außer mir!« sagte meine Großmutter oft, wenn sie empört war. Die gute Hedwig mit ihren Elefantiasisbeinen! Oft genug mußte ich sie ihr wickeln, damit sie wieder losstapfen und die reiche Frau Buchheim – geborene Jugel – mimen konnte. Und das ohne Auto und Straßenbahn. Die alte Hedwig kannte einfach kein Aufgeben.

In drei Tagen einen Konvoi losschicken! Nicht etwa jetzt, in einer Stunde – nein, in drei Tagen! Die Brüder müssen verrückt sein. Das Unternehmen wird doch schon, wenn die Busse sich auf irgendeinem Platz versammeln, allen Gruppen des Maquis quer durch Frankreich gemeldet, und dann können sich die Terroristen in aller Ruhe überlegen, wo sie ihre Fallen aufstellen und spannen wollen.

In den engen Straßen wabert die Hitze. Hier weht kein Lüftchen, das sie hochtreiben könnte. An allen Häusern sind die Volets geschlossen, außer vor einem Blumengeschäft. Aber gerade für Blumen müßte diese stockende Hitze doch verderblich sein . . . Da erkenne ich, daß all die bunten Sträuße im Fenster aus bemaltem Porzellan sind, und im Hintergrund entdecke ich eine ganze Parade von Kränzen aus Blech und Porzellan. Auch das noch: Totenblumen!

Das weiße Licht und meine schwarzen Gedanken, wie gut das zusammenpaßt! Pans Stunde! Daß ich nicht lache: Hier tapst kein bocksfüßiger Pan unter den Arkaden daher. Hier ist alles falsch geschminkt. Das Aschgrau der Häuser stimmt nicht und das Silbergleißen des Pflasters auch nicht. Nur die tausend Schießscharten in den Volets, die stimmen. Da entdecke ich ein Volet, das nur halb geschlossen ist und einen senkrecht gezogenen Schattenbalken freigibt. Aber da fährt schon eine Hand von innen her durch die schwarze Vertikale – vier gespreizte weiße Finger, die sich um die Voletkante schließen –, und der hölzerne quergeschlitzte Laden wird mit einem Ruck zugezogen, und es scheppert so laut, als hätte ein Kran von hoch oben einen ganzen Stapel Bretter aufs Pflaster fallen lassen. Der andere Laden bewegt sich wie automatisch. Und wieder scheppert es heftig.

»Boy, boy!« sage ich zu mir, um mein Nervenflattern zu beschwichtigen.

Meine Füße finden ihren Weg ganz von selbst in den alten Hafen. Allein das beruhigt mich schon.

Den alten Hafen kannte ich schon, bevor ich das erste Mal hier war – und zwar von einem kleinen Gemälde Camille Corots her.

Diese riesigen schwarzen Weinfässer, die in drei dichten Reihen auf der Pier gestapelt sind und mir die erste Aussicht nehmen, gab es freilich für Corot noch nicht. Mich juckt es, hinzulaufen und gegen eins zu klopfen, um zu hören, ob sie leer sind. Aber was denn? Sie können ja nur leer sein, nach den Mengen zu urteilen, die wir als Besatzer seit vier Jahren an Ort und Stelle weggesoffen haben.

Über die Riesenfässer steigt das Gewirr der Masten hoch, als ich näher komme, und vor mir senkt sich nun auch die blicksperrende Pierkante, und die Fischerboote, die da dicht bei dicht vertäut sind, werden sichtbar: Sie sehen alt und vergammelt aus, überall blättert die hellblaue Farbe ab. Ihr laufendes Gut ist ausgebleicht. Man sieht es diesen Booten allzu deutlich an, daß sie längst nicht mehr auslaufen: Fischerboote könnten Vorpostendienste leisten.

Die Sonne blendet mich so scharf, daß ich die Augen verkneifen muß. Dann muß ich aber auch schon wieder die Lider schlagen, um scharf sehen zu können. Kaum Geräusche, und auch die dringen nur wie von Sordinen gedämpft an mein Ohr. Ich sollte fester auftreten, damit ich mich nicht länger wie im Halbschlaf bewege.

Jetzt höre ich ein Knarzen, Ächzen, Stöhnen von Holz, das sich an Holz reibt. Aber wenn ich nur für eine Sekunde die Augen schließe, um dieses Schamfielen deutlicher zu hören, gerate ich in leichtes Schwanken. Dann umkreiseln mich die Weinfässer, die dicken Boote, die Masten und die beiden mächtigen Türme an der Einfahrt. Ich muß alle paar Schritte stehenbleiben und verdammt auf der Hut sein, daß es mich nicht zu Boden zwingt.

Da merke ich: die paar Gläschen Wein! Bei der Hitze Wein trinken und dann in dieser scharfen Sonne durch die Gegend latschen . . . Kein Wunder, daß außer mir kaum ein Mensch unterwegs ist. Hier im Süden geht man um diese Zeit nicht auf die Straße: Das habe ich nicht bedacht. Der Sehhunger war es, der mich hergebracht hat. Jetzt muß ich durchhalten und auf den Beinen bleiben wie beim Boxen. Gleich werde ich den zweiten Atem haben. Da fühle ich den Dampf schon kommen: Ich kann fester auftreten, und das Verschwimmen und Kreiseln der Bilder hört wieder auf.

Nur der Wirbel der Gedanken läßt sich nicht stoppen. Ich muß an so vieles zugleich denken. Mein Hirn arbeitet wie der Dreimanegenzirkus von Barnum und Bailey: Da war in jeder Manege etwas anderes los, und in halber Höhe darüber arbeiteten die Perche-Artisten und die Schlappseilfritzen und hoch oben unter der Kuppel zu gleicher Zeit auch noch die Trapezakrobaten. Mein Hirn ist jetzt genau so ein Wimmelzirkus ... und dazu bin ich immer noch halb an Bord: Die Bewegungen des Bootes sind nach wie vor in jeder Fiber meines Körpers. Mein Fuß tritt auf eiserne Flurplatten statt auf Pflaster. Sogar meine Lungen pressen noch, wenn mich ein Anblick packt.

Am besten, ich setze mich erst mal auf einen der gewaltigen Poller, die wie gut gedrillte Soldaten präzise in einer Reihe stehen. Da kann man mich zwar aus gut und gerne hundert Schießscharten in den Volets abknallen, aber wer wird das schon tun in diesem prallen Mittagslicht.

Die Stunden seit unserem Landfall, was waren das aber auch für Wechselbäder: erst diese irre Spannung, dann die Enttäuschung, das Trensekauen. Und jetzt dieses RIEN NE VA PLUS!

Ich fühle mich so hundeelend, daß ich auf der Stelle niedersinken könnte.

Simone, der Alte ... Bis in Brest endgültig Schluß ist, werden wohl noch viele ins Gras beißen müssen – nein, in den Dreck: Da ist ja alles um- und umgepflügt. Ich hingegen hocke hier herum mit gesunden Gliedern am gesunden Leib, den Kopf auf den Schultern – ganz ohne Blessuren. Nur leicht gestört. Nicht ganz hiesig, könnte man sagen, in leichter Trance und tief verwundert darüber, daß ich immer noch japse.

Ich sollte mich aus der Sonne verziehen. Also steuere ich an der Pollerreihe entlang bis hin zu einem Ruderboot, das kieloben im Schatten der gewaltigen Weinfässer liegt. Dort kann ich halb sitzen, halb mich anlehnen.

Was für ein Unterschied zwischen Brest und hier! Das trifft sogar auf die Nutten zu: In Brest waren sie kaserniert, hier sitzen sie im Schatten der Arkaden herum und haben fast keinen Fummel am Leibe. Von hier aus gesehen gehört Brest gar nicht zu Frankreich, sondern liegt hoch im Norden. So einen grellen Mittag wie den hier habe ich in Brest nie erlebt.

Aber wozu um alles in der Welt hocke ich eigentlich mitten in dieser Phantomstadt? La-Ro-chelle – dreisilbig wie Pom-pe-ji. Das hier *ist* Pompeji. Alles Leben ist längst erstickt. Ich bin der einzige, dem noch Blut in den Adern pulst.

Es drängt mich, meine Hände an meinen Gliedern hinzuführen und mich selber zu betasten: die alten Zweifel an meiner Existenz! Dann stehe ich wieder auf und gehe als das personifizierte Überlebenswunder durch die Backofenhitze.

Zwei halbhohe Hunde, fast unischwarze Mischlinge, die ganz in meiner Nähe ebenfalls Schatten gesucht hatten, erheben sich im Zeitlupentempo vom Pflaster und trotten mit hängenden Schwänzen davon. Auf einer Seite sind sie grau vom Staub, in dem sie gelegen haben. Die beiden Hunde scheinen außer mir die einzigen Lebewesen an diesem mittagstoten Hafen zu sein.

Ohne daß ich es recht gemerkt habe, bin ich wieder vor dem Bistro angelangt. Die Nutten haben sich alle nach innen verzogen und an die kleinen Tischchen verteilt. Im Halbdunkel sehe ich längs der Wände rotgepolsterte und reichlich abgenutzte Sitzbänke. Kaum habe ich beim Kellner, der trotz der Hitze eine schwarze Sergejacke trägt, meinen Wein bestellt, geht es mächtig los mit Liderheben und Lidersenken, mit Busenrecken und Gliederdehnen: Liebesmühen im wahrsten Wortsinn. Aber nicht der richtige Augenblick, nicht die rechte Stimmung. Das muß man doch sehen, daß ich hier sitze wie angespült und nichts als Tristesse im Bauch habe – vorläufig.

Jetzt, angesichts des Plüschs, erinnere ich mich, daß ich vor Jahr und Tag schon einmal hier war. Aber das war nicht mittags, sondern nachts, eine Combo spielte, und es herrschte Betrieb wie im tiefsten Frieden.

Zu Seezunge und Hummer hat Kramer geraten. Ich locke den devot herumschleichenden Kellner an und frage danach.

»Sole au beurre! Serre gutt! Homard à l'armoricaine nix préparé.«

»Dann also Seezunge!«

Zwei Kollegen vom Heer kommen durch die offene Tür. Ich registriere: feine Stiefelchen, die Breeches mit Arschleder besetzt, die Mützen auf »Pfiff« gerückt. Die beiden setzen sich ohne viel Umschweife zu den Damen: deutsche Recken, die alle Warnungen in den Wind schlagen – oder keinen Kramer haben.

In meiner Chemnitzer Jugend habe ich mir vorgestellt, daß die willfährigen Damen nur nachts ihrem Gewerbe oblägen. In Paris an der Madeleine sah ich dann, wie der Betrieb gerade am Mittag auf vollen Touren lief: Trippeltrappel vor dem Feinkostladen mit den leeren Schaufenstern, daß es nur so eine Art war. Das erste Mal war es mir am Gare de l'Est passiert, daß ich ungewöhnliche Arbeitszeiten beobachten konnte. Ich war mit dem Nachtzug aus München gekommen und gleich in eine ganze Schar charitabler Schwestern – so hat Kramer die Ladies genannt – geraten. Damals nahm ich meinen Mut zusammen und fragte eine rundheraus, wem denn bloß zu dieser fast noch nachtschlafenden Morgenstunde der Sinn in der gewünschten Richtung stehe, und erfuhr: den Flics vor allem, die vom Nachtdienst kämen und, schön angeschärft, nicht gleich nach Hause wollten zu Frau und Kind.

Die Seezunge verlangt mir konzentrierte Geschäftigkeit mit beiden Gabeln ab. Es muß schon eine Weile verstrichen sein, bis ich merke, daß seitwärts, zwei Tischchen weiter, eine Rothaarige ihren Kopf genauso gesenkt hält wie ich den meinen, just als wolle sie mich imitieren – und ich sie. Als ich, die Gabel am Mund, direkt zu ihr hinblicke, sehe ich dunkle Augen, die unter den Oberlidern schwimmen.

»Nicht jetzt! Bedaure, mon chou!« sage ich tonlos zu ihr hin.

Aber da guckt die Lady voll zu mir her. Eine elegische Nachmittagsvögelei? Mitnichten! Das wollen wir doch lieber nicht riskieren. Und außerdem die Erschöpfung und der Wein!

Weil immer noch Zeit ist, sollte ich mir nach dem Essen noch ein bißchen die Füße vertreten, anstatt hier herumzusitzen und mir Augen machen zu lassen. Also noch mal loslaufen! Dabei die Gedanken an die Kandare nehmen, jeden Schritt bewußt werden lassen . . .

Ein offener Gehsteig, dann wieder Arkaden wie dunkle Schlünde. Meine Schritte hallen nach. Es klingt, als sei mir einer auf den Fersen. Ich wittere, verhalte und lausche wie ein Tier. Ich komme mir wunderlich entfremdet vor. Dabei bin ich doch nur bis ins Innerste gespannt. Meine Rechte spielt mit ein paar Franc-Stücken in der Tasche. Was soll das? Ich muß meine Hand ruhigstellen. Lieber in der Mitte gehen? Ich sage mir vor, daß mir auf diesem Weg kaum etwas passieren kann. Und auf einmal wird mir bewußt, daß ich in eine schnellere Gangart gefallen bin. Nur kein Theater! So, nun wieder langsam! Es riecht nach Fisch. War die Fischhalle hier in der Nähe?

Ich komme auf einen weiten Platz: eine barocke Kirche und – wie im Karree angetreten – verschlossene Häuser. Ohne die Augen ihrer Fenster wirken die Häuser wie tot. Und schon bin ich wieder, diesmal nur von der anderen Seite her, am Hafen. Der Blick ist weit, und ich bleibe stehen und beobachte das Wolkenziehen. Hinter den Wanten zweier großer Transportsegler, die sicher schon lange nicht mehr ausgelaufen sind, zieht eine prall aufgeplusterte Wolke ganz langsam dahin. Ohne die Wanten als Koordinaten würde ich gar nicht merken, daß sie sich bewegt.

In den Gassen, die zum Hafen führen, beginnt sich endlich Leben zu regen. Ein paar Volets werden aufgeklappt und mit scharfem Knallen in ihre Angeln an die Wände geschlagen.

Nun wird es bald Zeit für mein Treffen mit Kramer. Ich steuere also wieder das Bistro an. Die Rothaarige sitzt immer noch da mit ihren Jaspisaugen. Sie hat ihren Kopf aufgestützt. Hummerschalen liegen vor ihr auf dem Teller. Nanu, da hätte ich bei meiner Bestellung wohl ein bißchen insistieren sollen.

Vier von den fünf Nutten sind offenbar beschäftigt. Mit dem Gefühl, hier mittlerweile Stammgast geworden zu sein, setze ich mich wieder unter die Arkaden. Nach einer Weile bekomme ich Angst, daß Kramer nicht rechtzeitig erscheinen könnte, aber da rollt er heran und läßt die Bremsen aufquietschen. Zwei schwarze Katzen ziehen beleidigt Leine.

»Na?« fragt Kramer.

»Fehlanzeige! Nichts erreicht.«

»Das habe ich mir gedacht . . .«

»Die bereiten was vor mit Omnibussen . . .«

»Auch schon davon gehört.«

»In drei Tagen soll's losgehen – im Konvoi.«

»Aber da wären Sie doch wenigstens sicher!«

»Daß ich nicht lache! Die Nummer hatte ich schon: Ausbruchsversuch aus Brest. Da haben wir vom Maquis gewaltig eins auf die Schnauze bekommen und mußten umkehren. Einfach ein paar Omnibusse ohne ordentliche Bedeckung auf die Straße schicken – das ist doch kein Konvoi. Und im Zweifelsfall weiß kein Schwanz, wie er sich zu verhalten hat. Das hat doch keiner geübt . . .«

Kramer sagt für eine Weile nichts, aber schließlich höre ich ihn vor sich hin reden: »Vielleicht fällt mir auch noch was ein . . .« Dann wendet er sich halb zu mir: »Es ist ja noch nicht aller Tage Abend.«

»Ich hab's bloß eilig!«

»Ich weiß, ich weiß . . .«

Einen Moment lang herrscht Schweigen.

»Übrigens sind drei von den schärfsten Nutten gerade umgelegt worden«, sagt Kramer dann zu mir hin.

»Umgelegt?«

»Ja!«

»Einfach so?«

»Mit der Walther, wenn Sie's genau wissen wollen. Da gab's Beweise, daß die mit dem Maquis kollaboriert haben.«

Kramer ist meine Fragerei offenkundig unangenehm. Trotzdem frage ich weiter: »Aber eins verstehe ich nicht: Hier sind doch noch Trotteusen zugange – am hellichten Mittag?«

»Das sind aber nicht dieselben«, gibt Kramer zurück und wendet sich mir dabei mit einem schiefen Grinsen auf dem Gesicht zu.

Ich hätte Bartl mit nach La Rochelle nehmen sollen. Bartl hat unstreitig bessere Fähigkeiten als ich, mit niederen Chargen umzugehen. Jetzt soll er wenigstens die Hiobspost geliefert bekommen. Aber wo treibe ich ihn auf?

Wenn doch einer auf den Gedanken gekommen wäre, die Baracken verschieden anzupönen! Das könnte lustig aussehen, und man fände sich in diesem Kaffernkral besser zurecht. Ich muß erst zur Verwaltungsbaracke latschen, um mich von dort aus zu orientieren. Dabei komme ich an einer Baracke vorbei, die als Oberfeldwebelmesse dient. Das Stimmengewirr, das mir durch die offenen Fenster entgegenschlägt, ist so laut, daß ich stehenbleibe.

»Ich bin sogar schon mal über Bord gegangen«, gibt drinnen einer lauthals zum besten.

»Na, dann schieß mal los!«

»Das war direkt vorm Hafen . . .«

»Hast du Grund gehabt?«

»Mensch, das war in der Fahrrinne. Das müßt ihr doch verstehen – da waren so Bojen . . .«

»Und da biste wohl einfach auf 'ne Boje geklettert?«

»Du bist ganz schön blöde, glaubst du das?« faucht es zurück.

Schade, denke ich, das ließ sich gut an, aber nun ist schon wieder Schluß mit der Geschichte – Ende der Durchsage. Da höre ich Bartls Stimme: »So was ist mir auch mal passiert – fast genauso . . . Als die merkten, daß ich im Bach war, sind die mit voller Kraft übern Achtersteven gegangen . . .«

Pause.

»Die fahrn dich doch glatt über den Haufen, sag ich mir«, fährt Bartl dann fort, »da krieg ich das Ruder zu fassen, also in letzter Minute, und setz mich drauf. Die ham noch 'ne ganze Weile gesucht und sich natürlich gefragt: Wo steckt der Kerl denn bloß? Und ich hab mir schließlich gedacht: Willste se nich länger im Ungewissen lassen und hab an die Bordwand gekloppt, dreimal kurz, dreimal lang, und da haben sie mich in der Maschine gehört und Alarm gegeben – und dann hamse mich raufgeholt . . . Kuckt nich so blöd! So iss das gelaufen!«

»Mann, kloppt der Sprüche!« – »Mannometer!« höre ich theatralisches Stöhnen.

Ich kann es nicht fassen: Bartl ist wieder ganz die alte Reespinne. Ich trete in die Türöffnung und sage in die plötzliche Stille hinein: »Na, Bartl?«

Bartl schießt im Nu hoch, und dabei fällt ihm die Pfeife aus dem Mund.

Vor der Baracke sage ich: »Merken Sie denn immer noch nicht, was hier los ist? Wollen Sie hier vereinnahmt werden? Offenbar gefällt Ihnen der Laden . . .«

Bartl steht da wie ein gescholtener Schuljunge. Ich berichte ihm von der Pleite in La Rochelle: »Wir kommen hier bloß raus«, raunze ich ihn an, »wenn wir selber eine Kutsche auftreiben. Von denen hier hilft uns kein Schwanz! Aber Sie sitzen da und reesen den Brüdern die Hucke voll. Also los, lassen Sie lieber mal Ihre Talente spielen.«

»Jawoll, Herr Leutnant!« quittiert das Bartl nur und trollt sich.

Da kommt der Adjutant vorbei, und ich frage ihn: »Wo hält sich der Flottillenchef augenblicklich auf?«

»Der kann Ihnen auch nicht helfen!« gibt der Adjutant kurzangebunden zurück.

»Ich wollte nur gern wissen, wo er gegenwärtig weilt«, insistiere ich gereizt, »falls ›weilen‹ dafür der richtige Ausdruck sein sollte.«

»Der Flottillenchef ist noch beim Fischen, wenn Sie es durchaus wissen wollen.«

Da schlägt's doch dreizehn! Immer noch beim Fischen! Der FdU war immer am sichersten beim Tennisspielen zu erreichen. Und unser Kurzbehoster ist ständig beim Fischen.

»Danke verbindlichst für die Auskunft!« rufe ich dem Adjutanten nach und bestaune von hinten seinen schiefen Gang. Um mich zu erleichtern, fluche ich vor mich hin, aber so komme ich auch nicht weiter. Mir graut vor meiner Kammer und vor dieser Messe – vor der ganzen stumpfen Bande, die dieses gottverdammte Barackenlager bevölkert. Obwohl ich tatsächlich kaum noch einen Fuß vor den anderen bringe, möchte ich einfach weg – ganz gleich wohin.

Der Schreibstubenhengst, mit dem ich zu tun hatte, kommt heran, nimmt mich aufs Korn und salutiert mit erhobenem Arm.

»Heute ist Kino, Herr Leutnant – gleich nach dem Essen.«

»Schön! Schönen Dank auch ...«, stottere ich und will schon mit der Hand zum Mützenschirm fahren, als ich meinen Fehler bemerke. Statt dessen also genauso grüßen, wie ich das bei Herrn Doktor Josef Goebbels gesehen habe – mit abgeknicktem Unterarm und der Handfläche so nach vorn, als wollte ich jemanden ein Stoppzeichen geben.

Kino ist also angesagt! Ach du meine Güte! Kino habe ich weiß Gott genug gehabt während der letzten Monate – überaus realistisches Kino sogar.

Ich sollte trotz aller Panikmache versuchen, wieder nach La Rochelle zu kommen, statt hier peu à peu verrückt zu werden. Zwei, drei Tage hier schmoren – das würde ich auch in besserer Verfassung kaum durchstehen, schon gar nicht mit dem Ziel vor Augen, anschließend irgendwo in einem Omnibus abgeknallt zu werden ... Aber doch auf einem eigens für dich reservierten Platz! treibe ich Selbstspott.

Jetzt habe ich die Kurve! Ich muß mich nur selber hochnehmen – gleich geht es mir besser! Noch ist es nicht Zeit zum Kapitulieren! Also was tun? Fürs erste steuere ich die Messebaracke an, weil ich einen ordentlichen Schluck Cognac brauchen kann. Und dann werden wir weitersehen.

Zum Glück ist im Clubraum niemand außer dem Maat, der hinter dem Tresen mit aufgestützten Armen vor sich hin döst, aber sofort den Eilfertigen mimt und »Ein Becks, Herr Leutnant?« fragt.

»Und einen Martell, bitte!«

Das Bier, sage ich mir, kann ich ja stehenlassen. Als ich die Uhr über der Flaschenreihe an der Rückwand entdecke, will ich der Zeigerstellung nicht trauen: So spät soll es schon sein? Noch ein paar Stunden, und auch der zweite Tag ist zu Ende.

Die Bilanz dieses zweiten Tages ist desaströs: Ich sitze jedenfalls schön in der Patsche. Ich bin just in das Bürokratietheater hineingeraten, vor dem einem christlichen Seefahrer so sehr grausen kann, daß er gar nicht wieder an Land zurückwill. Den Alten habe ich längst verstehen gelernt: Lieber sich mit dem Gegner herumschlagen als mit Schreibstubenhengsten! Das war immer seine Devise. Und dann haben sie ihn selber zum Chef einer ganzen Schar von Schreibstubenhockern gemacht . . . eine irre Gavotte!

Schon beim ersten Anblick dieser Flottille ist mir aufgefallen, daß hier keine Autos herumstehen. In Brest war das anders. Ob die hier ihre fahrbaren Untersätze versteckt halten? An die Karosse, die der FdU zurückgelassen haben muß, wenn er schon hier in ein Flugzeug gestiegen ist, komme ich bestimmt nicht heran. Ich habe sie ja noch nicht mal gesehen . . . Aber irgendein Vehikel *müssen* wir auftreiben – und wenn es ein Krad mit Beiwagen ist. Zwei solcher Gespanne habe ich in La Rochelle herumfahren sehen. Ja, ein Krad mit Beiwagen! Aber wer weiß, ob ich das ohne weiteres fahren könnte . . .

Ich habe immer noch mein Koppel mit der Kanone um. Und weil ich am besten nachdenken kann, wenn ich dabei durch die Gegend laufe, mache ich mich wieder auf, um noch ein bißchen im Gelände herumzutigern.

Männer der Besatzung von U 730 hocken in Gruppen vor einer Wand ihrer Baracke in der Sonne. Von den Offizieren ist keiner zu sehen. Der Leitende wird auf dem Boot sein, die beiden WOs schreiben wahrscheinlich Briefe. Und wo steckt der Kommandant? Etwa auch im Bunker? Oder hat er sich in seiner Kammer verkrochen?

In mir flammt gleich wieder die Empörung hoch: Warum wird hier nichts für Boot und Besatzung getan? Wie soll der Kommandant nur hinnehmen können, was uns hier zugemutet wird?

Den beiden Posten am Lagertor winke ich im Näherkommen zu, daß sie keine Ehrenbezeigungszicken vollführen sollen. Draußen vor der Stacheldrahtumzäunung halte ich mitten auf der staubigen Straße inne. Dann finden meine Füße von ganz alleine den Weg zum Bunker. Aber diesmal lasse ich den Riesenbau links liegen und strebe der Pier zu, an der wir festgemacht hatten: Ich will bis ganz vor an den Molenkopf mit der roten Einfahrtlaterne laufen. Das wird mich beruhigen.

Die Mole ist ein mächtiges Bauwerk aus großen, sorgsam gefügten Steinquadern: Ihre Krone hat Fahrwegbreite. Von See her weht eine leichte Brise, die das flaschengrüne Wasser zu beiden Seiten aufrauht und stumpf erscheinen läßt. Es ist ein gutes Stück bis hinaus zum Molenkopf, aber meinen Beinen kann das nur recht sein und meinen Nerven auch. Das hätte gerade noch gefehlt, daß ich hier durchdrehe! Ich sage mir im Takt meiner Schritte vor: Gewonnen! Am Leben! Gewonnen! Gewonnen! Am Leben! Am Leben!

Diese Saubande soll mich nicht kleinkriegen. Verdammt noch mal!

Ich finde einen einzelnen Steinquader, der gerade die richtige Höhe hat, lasse mich darauf nieder und richte meinen Blick auf das offene Wasser: Da draußen sind wir nun herumkarriolt! *Unter* Wasser die ganze Strecke, eine geschlagene Woche lang – und das für die paar Seemeilen von Brest bis hierher. Zuzeiten hatte ich tiefe Absencen: Es gibt Zeiträume, von denen ich nichts mehr weiß. War das schon Selbstaufgabe? Über Stunden hin war ich wie halb gestorben. Und dann wieder habe ich mich nicht mehr auf dieser Erde gefühlt, sondern auf einem anderen, durchs All jagenden Planeten. Da draußen – das ist eine fremde Welt . . . Da sind wir nicht behaust.

»Verloren im Atlantik«! Das wäre ein Titel für mein Buch!

Meine Augen nehmen eine unendliche glatte, die Himmelstöne spiegelnde Fläche wahr, aber zugleich sehe ich wie durch eine dünne, changierende Haut hindurch die grüne und weiter darunter die schwarze Tiefe, in die so viele Boote mit ihren Besatzungen abgesunken sind. Daß ich ausgespart worden bin, ist ein Wunder. Im Augenblick vermag ich es kaum zu glauben, daß ich hier auf diesem rauhen Betonklotz hocke und das Sonnesinken betrachte: silbern und orangerot . . . Daß sie nicht länger nach uns gesucht haben, obwohl sie uns so fest am Haken hatten, ist nur als Wunder zu verstehen.

Ein Gefühl wie beim Abschiednehmen durchzieht mich. Wenn ich mir nicht zu albern dabei vorkäme, würde ich jetzt bis vor zum Wassersaum gehen und meine Rechte hineintauchen – Shake hands mit dem Atlantik. Daß dies ein Abschied für immer sein wird, weiß ich gewiß. Von jetzt an heißt es die Knochen über Land aus dem Schlamassel dirigieren. Weiß der Himmel, was der große Wolkenschieber mit mir noch vorhat, den Atlantik werde ich nie mehr wiedersehen.

Mich durchzieht eine schmerzende Wehmut: Abschiedstristesse.

In mir klingt Josef Conrad nach: ». . . in prachtvoller Einöde – eintönig und ohne Hoffnung . . .«

Wohl tausend Stunden habe ich so wie jetzt den weiten Himmelsraum und die See in den Blick gefaßt, und jetzt heißt es den Rücken kehren! Da hocke ich nun: Farewell to the ocean. Weiß der Henker, wie ich das verkraften soll. Ich muß schlucken, damit mir nicht die Tränen über die Lider rinnen.

Am Cap Saint-Mathieu bei Brest stand ich das erste Mal an der Atlantikküste, und jetzt – beim letzten Blick über das große Wasser – habe ich die Mole von La Pallice unter den Füßen: zwei wichtige Momente in meinem Leben – Ankunft in meiner Welt und Abschied von ihr.

Der Wind, der damals von See kam, hatte mindestens Stärke sieben oder gar acht, und Gischtflocken von der zwischen den Klippen tobenden Brandung flogen mir ins Gesicht. Seither habe ich ungezählte Stunden zwischen grauen Granitfelsen gehockt und aufs Wasser gestarrt – immer mit dieser ziehenden Sehnsucht in der Brust. Ungezählte Male, und nie bot der Atlantik ein gleiches Bild.

Wie noch immer, wenn ich so wie jetzt dem Sonnesinken zusehe, erfaßt mich diese merkwürdige Weihestimmung, und ich kann die tausend Bilder der See spüren, die ich in mir gespeichert habe. Manche davon sind wie Momentaufnahmen aus der Entstehungsgeschichte der Erde: die ganze Weltkugel ein einziger großer Ozean. Ein Wunder, daß sich die unendlichen Gewässer nicht ins All ergossen. Eine Kugel aus fester Erde – die habe ich mir leicht vorstellen können ... Aber eine Kugel aus Wasser? Und dazu noch das Wunder der Gezeiten!

Das Wasser vor mir ist jetzt ein gigantischer Spiegel aus flüssigem Silber mit einem roten auf mich zielenden Flammenschwert darin ...

Plötzlich quillt in mir statt des Staunens über die gleißende Pracht wieder tiefdunkle Wehmut hoch: Wozu das alles? Warum strampele ich mich so ab? Sie kriegen uns allesamt doch – so oder so. Früher oder später. Meine Schulkameraden, die, mit denen ich mich befreundet gefühlt habe – alle miteinander hat es erwischt. Und mein Mentor Zar Peter? Was ist mit dem? Ich sehe ihn hochaufgerichtet hinter seinem Schreibtisch stehen und höre ihn mahnen: »Lesen Sie Conrad!« – Und in Brest?

»Über vierzig amerikanische Panzer!« hat der Adjutant gesagt. »Nordöstlich von Brest« seien die abgeschossen worden. Da mache ich erst einmal die Augen zu: Wenn so eine Menge Panzer erledigt worden sind, wie viele mögen angegriffen haben? Und genau dort, wo sie attackiert haben, liegen die Flottillengebäude.

Ich kann, mit dem Blick fest auf der Kimm, deutlich sehen, wie die ersten bei der Citroëngarage durchgebrochenen Panzer die Berg- und Talbahn aus Häuserschutt der Rue de Siam hinunterrollen – schwerfällig auf und ab wie Frachter in der Dünung.

Ein Leichentuch aus smaragdgrün-silbern changierendem Satin, das ist nicht jedem Seefahrer beschieden. Die da draußen abgeblieben sind, muß ich beneiden: Sie sind dem Kern der Erde nur mal näher als in drei Meter tiefen Gruften in krümeliger Erde.

Ich wünschte, ich könnte aufhören zu denken. Einfach nichts im Hirn bewegen, keine Bilder empfangen – was für eine Wohltat müßte das sein! Wenn ich die Augen schließe und die Lider presse, gelingt es mir auch, aber dann stürzen mir die Bilder, die ich gar nicht sehen *will*, wieder ins Hirn – wie in ein Vakuum –, und ich sehe mich selber: einer im grauen Leder, der im Ring des vorderen Kugelschotts hockt und sich festhält, damit er ja nicht zuckt. Nicht zucken, darauf kommt es an!

Noch mal zum Boot? Nein, das würden meine Nerven nicht aushalten. Und La Rochelle? Vielleicht fährt ja Kramer sogar noch los ... Aber dann siegt die Einsicht, und ich schlage mir La Rochelle plus Eskapaden aus dem Kopf. Ich kann es ja machen wie der Kommandant, sage ich mir, und einfach von der Bildfläche verschwinden. Mal früh pennen gehen, das könnte weiß Gott nicht schaden.

In der Flottille läuft mir schon wieder der Adjutant über den Weg. »Nantes ist gefallen!« sagt er verstört. »Gestern.«

Nantes! Ich weiß sofort, was das bedeutet: Damit ist die Bretagne abgeschnitten.

»Mahlzeit! Woher haben Sie denn die Nachricht?«

»Kam über Fernschreiben! Die Leitungen stehen wieder.«

Nantes gefallen – das klingt böse: Nantes ist ein höchst wichtiger Hafen. Da können sich die Amis freuen. In Nantes liegen gewöhnlich mehr Schiffe als im Seehafen Saint-Nazaire. Von Nantes bis hierher sind es nur etwa hundertsiebzig Kilometer. Und auf der Straße dürften die Amis kaum Widerstand finden. Wenn sie von Rennes bis Nantes – durch ein Gebiet, in dem immerhin noch viele unserer Verbände stehen müßten – nur ein paar Tage gebraucht haben, dann ... Ich will gar nicht ausrechnen, wie bald sie dann hier auftauchen könnten und wie wenig Zeit noch bleibt, bis der Maquis sich auch hier erhebt.

»Merken Sie denn nun endlich, was gespielt wird?« blaffe ich den Adjutanten an. Aber der guckt schon wieder so ausdruckslos blöde wie stets. Ich könnte ihm dafür eine in die Fresse hauen wie einem nicht recht funktionierenden Automaten, damit der Groschen fällt. Aber ich ziehe nur geräuschvoll die Luft durch die Nase hoch und sage mir, um mich zu beruhigen: nicht mehr lange, und dieser Idiot wird Hands up machen müssen und dabei genau diesen blöden Ausdruck auf der Visage haben.

In der Messe – ich will doch noch ein Einschlafbier trinken – taucht der LI auf. »Hier geht aber auch alles drunter und drüber«, klagt er. »Mit ordentlichen Reparaturen können wir auf keinen Fall rechnen. Die deutschen Werftarbeiter sind zum großen Teil schon abgehauen ...«

»Und was nun?«

Der LI zuckt mit den Schultern. Dann knallt er seine dicken Arbeitshandschuhe auf die Back, läßt sich auf den Stuhl neben mir fallen und nimmt den Kopf in die Hände.

Da hocke ich nun und weiß nicht, was ich dem LI zum Trost sagen soll.

»Schöne Scheiße!« bringe ich schließlich hervor.

»Das kann man laut sagen!«

Den VO dieser Flottille, einen Oberleutnant, höre ich den I WO unseres Bootes darüber aufklären, daß er eine Landung auch in dieser Gegend hier »nicht ausschließen« wolle. »Aber da würden sich die Herrschaften eine schöne blutige Nase holen!« trompetet er über die Tische hin. Blutige Nase: Habe ich das nicht schon mal gehört? Der flache Strand sei für eine Landung zwar geeignet – aber wer die versuche, bekomme es mit der Küstenartillerie zu tun. »Und die hat enorme Feuerkraft! Das kann ich Ihnen aber flüstern!«

Der arme Irre! Der wird staunen, wenn er erleben muß, wie der böse Feind von hinten kommt und aus der Luft. Und wie das dann abläuft, wenn alle Rohre der Küstenartillerie nur seewärts schießen können ...

Da gehen draußen Leute vom Boot vorbei, und ich höre durch die beiden offenen Fenster das Wort »Norwegen«. Und gleich auch: »Du hast ja den Arsch offen!«

Jetzt bleibt die Gruppe stehen, als sollte ich unbedingt hören, was da gesagt wird. Einer protestiert: »Warum simmer denn nich gleich da rauf? Erst hier runter und dann da rauf. Was solln das?« Ein anderer höhnt: »Wir sind ja flexibel, wir passen uns an! Mit uns kann man machen, was man will ...«

»Da hören Sie's«, sagt der LI.

»Denken die sich das nun aus – oder ist da was durchgesickert?«

»Weiß man's? Was weiß man denn schon bei diesem Verein?«

»Aber warum sind wir denn dann nicht tatsächlich gleich nach Norwegen gelaufen? Das ist doch der schiere Irrwitz!«

»Isses auch. Aber so läuft's eben ...«

Der I WO kommt zu uns herüber. Auf seinem Gesicht malt sich Entrüstung: »Jetzt haben wir den Salat!« schimpft er. »Wir werden nach Norwegen verlegt – Bergen.«

»Da hören Sie's!« sagt der LI wieder.

»Mit diesem Boot?« frage ich und denke für mich: Der Kommandant wird die lange Reise bis dahin sicher nicht durchstehen. Auch die Besatzung nicht. Doch wer fragt schon danach!

Der LI stemmt sich mühselig wie ein Schwerkranker hoch und langt nach seinen Handschuhen. Wir stehen zu dritt herum wie Schauspieler, die ihren Text vergessen haben und sich mit stummem Spiel bis zum Vorhangfallen zu retten versuchen. Endlich kommt Bewegung in den LI. Er klemmt sich die Handschuhe unter den linken Oberarm und zieht sich mit aller Ausführlichkeit die Hosen am Bund hoch. Er muß dabei die Luft angestaut haben, denn nun stößt er mit voller Lungenkraft ein lautes, hohnklingendes »Pah!« aus und starrt wimpernschlagend den I WO an. Der starrt offenen Mundes zurück. Ich stehe mit hängenden Armen da und wünschte mir irgend etwas in die Hände, nur um mich beschäftigen zu können und nicht so desolat herumstehen zu müssen. Der LI findet als erster die Sprache wieder: »So eine verdammte Scheiße! So eine ganz und gar verdammte Scheiße! So eine Scheiße hoch drei . . .«, sagt er gepreßt.

Wenn mir doch jetzt das richtige Trostwort einfiele, das zugleich lässig, vernünftig *und* tröstlich klingt. Aber auch mir ist nur nach Fluchen zumute: Diese Scheißstrategie! Dieses beschissene hilflose Herumlaborieren! Diese kümmerlichen Versuche, die viel zu kurze Decke zu strecken!

»Mit diesem schrottreifen Schlitten nach Norwegen!« klagt der LI. »Und alles schnorcheln!« Aber dann scheint er sich zu fassen. »Keine Ahnung, wie das klappen soll«, sagt er jetzt sachlich, »unsere Reparaturliste ist endlos. Und die wichtigsten Arbeiten kann hier keiner ausführen. Das wird nichts. Nein, das wird nichts! Das kann gar nichts werden . . . Das wollen wir doch gleich mal sehen!« Und zum I WO gewandt: »Kommen Sie mit zum Boot?«

Der I WO nickt nur.

Als die beiden losmarschieren, denke ich: Jetzt muß auf jeden Fall erst mal repariert werden – und wenn's mit Bordmitteln sein sollte. Und inzwischen sind die Alliierten da!

Aus tiefem Schlaf weckt mich schleppender Gesang. Er kommt durchs Fenster – so laut, als stünden die Sänger direkt in meiner Kammer.

»Das Saharalied!« brüllt einer in die Pause hinein, die gerade nach einem Liedschluß entstanden ist. Und gleich geht es gewaltig los mit Kastratenstimmen und Bässen: »Es schleicht durch die Wüste Sahara / ein altes, geschlechtskrankes Weib / Da kam ein böser Araba / der stieß ihr in den Unterleib!«

Als sich die Stimmen nach dem dritten oder vierten Vers wieder entfernt haben, setzt eine Schießerei ein. Wahrscheinlich aus Richtung Bunker: einzelnes Karabinerfeuer. Das will und will kein Ende nehmen. Dann höre ich so nahes Schießen, daß es nur unsere Posten gewesen sein können.

Unterhaltsam! An Schlafen ist so nicht zu denken, und nichts habe ich nötiger als Schlaf. Und dann kommen auch die Sänger wieder näher und geben ihr Äußerstes: »Wir werden weiter marschieren / wenn Scheiße vom Himmel fällt / Wir wollen zurück nach Schlicktown / denn hier ist der Arsch der Welt!«

Ich hätte mich besaufen sollen, auch wenn mir hundeübel geworden wäre.

La Pallice – noch ein Tag

Der dritte Tag scheint endlich einer ohne blanke Sonne werden zu wollen. Der Himmel ist weißgrau, die Sonne nur ein heller Fleck darin. Ich habe mir gerade in der Messe ein mieses Frühstück einverleibt und mir noch keine zehn Worte über die Lippen dringen lassen, als Bartl erscheint.

Bartl strahlt mich an wie eine Sidolreklame und posaunt: »Ein Fahrzeug, Herr Leutnant! Kein normales, also keinen richtigen Pkw zwar . . .«

»Wie denn – was denn?«

»Wir haben sozusagen einen fahrbaren Untersatz, Herr Leutnant!«

Da gerate ich vor lauter Anspannung in Zorn: »Was heißt denn hier ›sozusagen‹?«

Aber Bartl läßt sich nicht beirren. Er spielt weiter das Honigkuchenpferd und verkündet, als hätte er mich gar nicht gehört: »Aber sozusagen fahrbereit, Herr Leutnant.«

»Sie haben doch nicht etwa . . .?«

»Nein, Herr Leutnant!« kappt mir Bartl die Frage, »das iss in Ordnung, das issen Holzgaser – amerikanisches Modell mit 'ner schwedischen Anlage.«

»Wollen Sie mich veräppeln?«

»Nein, Herr Leutnant. Heißt ›Imbert‹ und funktioniert! Keine Benzinprobleme!«

»Und wo steht das Ding?«

»Gar nicht weit, Herr Leutnant – auf der anderen Seite vom Bunker, da steht er!«

»Dann mal los!«

»Am besten gleich quer durch den Bunker durch!«

Bartl hat recht: Draußen steht so viel Baumaterial und Schrott herum, daß man nur schwer seinen Weg finden kann. Für unser Boot habe ich im Vorüberlaufen nur einen schnellen Blick. Für das Reparaturboot auch. An dem scheint überhaupt nicht mehr gearbeitet zu werden.

Die rechteckige Lichtfläche vor uns wird schnell größer: Wir nähern uns dem Gegentor. Die Blendung ist so stark, daß ich die Lider pressen muß, damit ich schneller wieder klar sehen kann.

»Nach rechts, Herr Leutnant!« dirigiert mich Bartl. »Zwanzig Meter!«

Und jetzt sehe ich, was Bartl meint: Gott im Himmel! Ist der gute Bartl denn verrückt geworden? Das soll ein Auto sein? Nicht mal ein Scherenschleifer würde sich mit diesem verdreckten Vehikel von der Stelle wagen. Und Bartl spielt gar noch den Rekommandeur: »Funktioniert, Herr Leutnant. Hören Sie's, wie der klappert? Der ist angeheizt. Der Fahrer ist da vorn in der Bude. Ich hol ihn gleich mal her ...« Und damit setzt er sich auch schon in Bewegung, und ich kann unbeobachtet versuchen, meine Fassung zurückzugewinnen.

Kein Wunder, daß ich diese kuriose Kutsche nicht schon von weiter weg gesehen habe: Sie hat einen Tarnanstrich wie das Muster auf den Blusen der Tommies, die es in der Nacht erwischt hatte und die morgens wie die Kaffeelöffel im Bestecketui aufgereiht in der Sonne lagen und eine Beute der fettesten Blauärsche waren. Wer kann nur auf den Gedanken gekommen sein, auf diesen unförmigen Blechhaufen noch Mühe zu verschwenden? Doch tatsächlich: Ich kann ein leises blechernes Scheppern hören, das von diesem Ungetüm ausgehen muß. WM-Nummer hinten und vorn – man sollte es nicht glauben: ein Fahrzeug der deutschen Kriegsmarine.

Bartl kommt wieder herangeschnürt, allein und mit bedepperter Miene.

»Da merken Sie gleich mal«, halte ich ihm vor, »wie es ist, wenn man seinen Mann sucht und der sich verdünnisiert hat!«

Da schlägt sich Bartl mit der flachen Hand dermaßen vor die Stirn, daß ihm die Mütze nach hinten vom Kopf kippt, und er verschwindet mit einem »Bin gleich wieder da, Herr Leutnant!« aufs neue. Mir soll das nichts ausmachen, ich bin noch nicht fertig mit Staunen.

Ich gucke mir das Vehikel näher an: Es ist riesig, ein Schlachtschiff! Amerikanisches Modell, hat Bartl gesagt. Ein Oldsmobile oder ein Chrysler? Nirgends ein Hinweis auf die Marke – kein Zeichen am Kühler ... Die Amis! Die können sich solche ausladenden Schlitten leisten. Die haben Benzin in jeder Menge, die können ihr Rohöl einfach aus der Erde pumpen!

Als Bartl nicht wieder auftauchen will, frage ich mich in einer Schlosserwerkstatt im Bunker per Telefon bis zu einem Bootsmann durch, dem das Vehikel samt Fahrer untersteht. Der Bootsmann gehört zur Flottille. Noch ein paar Telefonate, und die Kutsche gehört mir. Ein Wunder? Auf einmal geht offenbar alles wie geschmiert.

»Die Reifen sind ganz runter!« hat der Bootsmann gesagt und auch: »Ersatz gibt's nicht – leider nicht. Wegen des Formats. Aber dafür keine Probleme mit Benzin ...« Und wir müßten den Mann loseisen, der das Schlachtschiff bedienen kann. Mit den normalen Kenntnissen eines Fahrers sei das nämlich nicht zu schaffen. Für den Mann, der diesen Holzgaser gewissermaßen unter sich habe, sei die Anlage allerdings kein Problem, und den Marschbefehl für ihn vom Verwaltungsoffizier zu bekommen, das doch wohl auch keins.

Ein Holzgaser! Ich bin noch nie in einem solchen Vehikel gefahren und habe keine Ahnung, wie die Treibgasfabrik auf Rädern funktioniert ... Quer durch Frankreich mit einem Holzgaser? Das wäre was Neues! Ça change!

Mir soll jetzt schon alles egal sein! Auch wenn wir mit dieser Arche Noah nur zehn Kilometer weit kommen. Arche Noah! Da habe ich ja auch gleich den Namen: Arche! Unsere Arche. Das klingt nicht abwertend, eher sogar ehrfürchtig. In tiefster Not schickt uns der Schöpfer des Himmels und der Erden diese ungetüme Arche, damit wir vor den anrollenden Feindeswogen flüchten können ... Gelobt sei der Herr Zebaoth mitsamt seinen himmlischen Heerscharen!

Endlich ist auch Bartl wieder da. Er hat einen seltsamen Gnom im Schlepptau.

»Das ist der Fahrer!« vermeldet er.

Das soll der Fahrer sein? Der Mann hat aber auch gar nichts Militärisches: O-beinig, kleinwüchsig, stoppelbärtig, schiefe Schultern und ein leichter Buckel – so gleicht er eher einem Waldschrat als einem Soldaten. Die rötlichen Haare hat er sich kurz wie die Borsten einer Schuhbürste schneiden lassen. Für diesen Mann bin ich nun das Schicksal in Person: Ich requiriere das Vehikel, und der O-beinige Wurzelmensch gehört einfach dazu. Von jetzt an muß er fahren, wohin ich will. Woher er kommt, kann ich aus der Dialektfärbung der wenigen Worte, die er hervorgurgelt, nicht auf Anhieb ergründen.

Ponradl, so heißt der Rußteufel, bolzt jetzt den Deckel der Kokerei auf. Dicker, schwarzer Qualm quillt wie aus dem Ätna hoch. Der Mann steckt eine Eisenstange hinein und handhabt sie wie einen Rührlöffel.

»Wie weit reicht denn eine Füllung?« frage ich und muß mich anstrengen, um aus dem gutturalen Antwortgegurgel herauszubekommen, daß wir etwa sechzig Kilometer damit schaffen können. Wenn Berge kommen – weniger.

Der Fahrer macht der wahren Bedeutung von »Chauffeur« gleich Heizer alle Ehre. Ich könnte ihn mit gutem Recht »Stoker« nennen, entscheide mich aber für »Kutscher«. Stoker will mir nicht gefallen, weil das Vehikel etwas Ridiküles hat. Ein richtiger Stoker würde ja lachen, wenn er den Kerl da oben herumturnen sähe.

Der Mann hat eine merkwürdige Art, sich zu krümmen und zu verdrehen, wenn ich ihn anrede. Den müssen irgendwelche Schleifer vollkommen durcheinandergebracht haben. Vor lauter Anstrengung, sich militärisch zu gebärden, gerät er in konvulsivische Zuckungen, läuft rot an und bringt kaum ein verständliches Wort hervor. Geduldig auseinandernehmen und neu zusammensetzen! nehme ich mir vor. Nur ist jetzt dazu keine Zeit.

»Der wär eigentlich französisch«, sagt der Kutscher, und ich frage mich, woher er die verdrallte Konjunktivform nimmt.

»Aber das ist doch ein amerikanisches Modell?«

»Ja, aber den ham mir von die Franzosen«, beharrt der Kutscher.

»Und jetzt hat er eine deutsche Nummer, und die Holzgaseranlage ist schwedisch?«

»Dös glaub i schon, Herr Leitnant – kommt von Schweden her«, pflichtet mir der Kutscher umständlich bei.

Ich würde gern genauer wissen, wie die Anlage funktioniert. Aber damit brächte ich den Kutscher sicher nur in Verlegenheit. Wenn der Rußteufel ausfällt, kommen wir mit dieser Arche wahrscheinlich nicht weiter. Weder Bartl noch ich könnten die Kokerei bedienen.

Die meisten Sorgen aber bereiten mir die Reifen. Die sind total abgefahren. Überhaupt kein Profil mehr. Für solche miserablen Reifen ist das Gefährt im Grunde viel zu schwer. Aber neue Reifen sind nicht aufzutreiben. Reifen scheinen noch rarer als Benzin zu sein. »Und wenn Sie mich auf den Kopf stellen, Herr Leutnant«, hat der Kraftfahr-August gesagt, »Reifen fallen mir bestimmt nicht aus den Taschen!«

Sechzig Kilometer Reichweite, das ist nicht viel. Ich sollte den Kutscher fragen, wie viele Füllungen der Holzvorrat in den Säcken auf dem Dach hergibt, aber ich lasse es, weil der dann gleich wieder seine seltsamen Verdrallungen aufführen würde.

Jetzt klemmt sich der Kutscher hinter das Steuer und läßt die Arche anspringen. Zu meinem Erstaunen klappt das. Als die Arche frei auf dem Fahrweg steht, laufe ich zweimal um sie herum: So erscheint sie noch gewaltiger und schwerfälliger, eher ein Schiff als ein Automobil. Nein, kein Schiff – dafür sieht das Ganze zu urtümlich und zu behelfsmäßig aus. Mehr wie eine technische Utopie, ein verrückter Prototyp: eine Kreuzung zwischen Lokomobile und Auto. Der hochstehende Kessel achtern ist aus Stahl, sein Deckel ist mit einem klobigen Verschlußriegel gesichert. Außer diesem fast mannshohen Ding, das der ohnehin riesige Wagen Huckepack trägt, ist vorn noch ein plumpes Aggregat aufgesetzt. Bartl erklärt mir: »Das ist ein Kühler und Filter. In dem wird das heiße Gas gereinigt – von Staub und Teer. Dann strömt es als Gas-Luft-Gemisch in den Motor!«

»Na fein!« ziehe ich Bartl auf. »Sie haben es ja richtig mit der Technik.«

Bartl glänzt vor lauter Begeisterung über sich selber: »Wenn's auf der oberen Ebene nicht geht«, gibt er zum besten, »dann muß es eben auf der mittleren klappen, Herr Leutnant. Das ist alles in bester Butter. Wir brauchen nur noch einen Marschbefehl für den Fahrer.«

Mich juckt es, mit der Arche durchs Laubsägetor in die Flottille zu fahren und das Vehikel direkt vor der Schreibstube zu parken. Warum denn nicht? frage ich mich, scheuche Bartl auf einen der achteren Sitze und schiebe mich neben den Kutscher. Der Kutscher langt hierhin und dorthin, dann pliert er mich von der Seite her erwartungsvoll an, und ich sage: »Los, und ab dafür!«

Tatsächlich rollt die Arche ganz langsam an, und mir klopft das Herz hoch im Hals: Wir fahren! Verdammt noch eins, wir fahren! Noch ist ... Dingsbums nicht verloren. Zu dumm, daß ich nicht weiß, was immer noch nicht verloren ist. Babel? Noch ist Babel nicht verloren? Oder Polen?

Der Kutscher ist ganz Aufmerksamkeit. Er muß Obacht geben, weil überall soviel Schrott herumliegt, auch Bretter mit Nägeln. Die Posten am Lagertor vergessen das Salutieren, als wir herankommen.

Dem Adju, der uns so wenig geholfen hat, sollten wir wirklich noch eins auswischen. Aber wie? Er soll uns jedenfalls in unserer ganzen Pracht vorfahren sehen. Ich sage zum Kutscher: »Einen Ringel drehen und dann ordentlich vor der Verwaltungsbaracke vorfahren – das heißt: mit Karacho und dann Bremsprobe, daß es den Dreck richtig hochschmeißt!«

Oberleutnant Kramer stürzt aus der Barackentür, als er unsere Bremsen jaulen hört. Ich grinse ihn durch den Staub hindurch an, so breit ich es vermag, und Kramer macht merkwürdige Kraulbewegungen, ehe er losdröhnt: »Sie wollen doch nicht etwa mit diesem Schlitten ...?«

»Doch. Und zwar ohne Benzinprobleme.«

Kramer beginnt mit theatralisch federnden Schritten einen Inspektionsrundgang um die Arche. Dabei geht er zweimal in die tiefe Kniebeuge. Als er wieder bei mir anlangt, fragt er: »Haben Sie sich die Reifen mal angeguckt?«

»Hab ich.«

»Da werden Sie aber um jeden Hufnagel einen gehörigen Bogen schlagen müssen – das ist ja wie mit aufgeblasenen Parisern fahren!« befindet Kramer. »Respekt!« fügt er dann aber noch an und: »Schönes

Objekt fürs Deutsche Museum in München. Die werden sich freuen – falls Sie das Monstrum tatsächlich bis heim ins Reich bringen!«

Und jetzt erscheint auch der Adju und starrt wie entgeistert auf unser Vehikel.

»Wo wollen Sie denn unterwegs Vergaserholz herkriegen, wenn ich fragen darf?« bringt der Adju schließlich hervor.

»Das wird sich weisen!« bescheide ich ihn barsch, ergänze aber gleich um eine Spur freundlicher: »Es gibt schließlich auch genug Franzosen, die mit solchen Stinkern fahren.«

»Na hoffentlich sehen wir Sie nicht gleich wieder ...«, sagt der Adjutant und gerät ins Stottern. »... ich meine, hoffentlich müssen Sie nicht umkehren. Wußte gar nicht, daß wir so was im Fuhrpark haben.«

»Da sehen Sie mal wieder: Wer suchet, der findet! Man muß nur wollen!«

»Diese Schande für die deutsche Wehrmacht, respektive Kriegsmarine, sollte wahrscheinlich geheimgehalten werden«, mischt sich Kramer ein.

»Aber jetzt frißt der Teufel eben Fliegen!«

Der Adju guckt verwirrt zu mir und dann zu Kramer, wie es seine Art ist, wenn er den Sinn einer Rede nicht gleich erfaßt.

»Schangs zum Postmitgeben«, sage ich jetzt wie beiläufig, aber der Adju reagiert nicht.

»Das sollten Sie bekanntmachen, und zwar schnell!« wendet sich Kramer da an ihn, und weil sich der Adju nicht gleich in Bewegung setzt, stößt er noch nach: »Das sage ich Ihnen: Wenn das rauskommen sollte, daß ein Wagen Richtung Heimat gefahren ist und niemand gewahrschaut wurde, sind Sie aber gewaltig dran. Mein lieber Scholli ...!«

Da endlich gibt sich der Adju einen deutlich sichtbaren Ruck und verschwindet wortlos in seinem Büro.

»Aber ja keine Päckchen!« ruft Kramer ihm noch in die dunkle Türöffnung nach. Und wieder zu mir gewandt: »Ich würde trotzdem soviel Holz wie möglich mitnehmen.« Und jetzt verzieht er das Gesicht, als habe er plötzlich einen üblen Geruch in die Nase bekommen. »Für die Reifen können Sie bloß beten. Aber neue gibt's schon seit Monaten nicht mehr, und das hier scheint auch noch 'ne dumme Größe zu sein ...«

»Sie kümmern sich um Proviant für drei Mann«, sage ich zu Bartl.

»Ehrensäbel! Für wie lange, Herr Leutnant?«

»Eine Woche.«

»Für Paris eine Woche, Herr Leutnant?«

»Zerbrechen Sie sich Ihren Kopf gefälligst über was anderes! Straßenkarten brauchen wir auch ... und überlegen Sie sich, was womöglich sonst noch wichtig sein könnte. Wenn's beim VO nicht klappt, kümmere ich mich selber drum. Wäre doch gelacht, wenn ich den Herrn nicht auf Touren brächte!«

»Dem gönn ich's, Herr Leutnant – aber dicke!« sagt Bartl und verzieht sich.

Aus Bartl ist schwer schlau zu werden. Ich dachte schon: Der Mann ist total am Boden zerstört, den kriege ich nie wieder hoch! Und nun? Nun ist er wieder ganz im Fahrwasser: Bartl, der größte Organisator aller Zeiten. Er rennt herum, quatscht alle Welt an und trägt dabei sein altes Imponiergehabe zur Schau. Wenn Bartl weiterhin so spurt, können wir noch heute auf die Landstraße kommen . . .

»Darauf müssen wir aber einen trinken!« sagt Kramer jetzt. »Bis gleich!«

In der Messe sitzt, ganz in sich zusammengesunken, der Kommandant.

»Sie haben's sicher schon gehört«, sagt er mit vor Müdigkeit schleppender Stimme. Auf einmal durchzuckt es ihn wie von einem leichten elektrischen Schlag, und ehe er sich wieder zusammensacken läßt, knallt er seine verschmutzten Lederhandschuhe auf die runde Holzplatte des kleinen Abstelltisches vor unseren Sesseln. Die Lederhandschuhe: Der Kommandant war also wahrscheinlich gerade im Bunker beim Boot.

Im ersten Moment habe ich übersehen, daß er immer noch sein vergammeltes Bordpäckchen am Leibe hat. Wahrscheinlich hat er gar nichts anderes zum Anziehen als dieses stinkende Zeug. Das wäre typisch für unseren Verein: ein Kommandant, der Silberlinge mit Seesäcken und Koffern voller Klamotten aus Brest herantransportiert hat, aber dafür die eigenen Siebensachen zurücklassen mußte . . .

»Verlegung nach Bergen?« frage ich geradeheraus.

Der Kommandant tut so, als hätte er mich gar nicht gehört. Ja, er schließt sogar die Augen, aber nicht, als wollte er schlafen, sondern wie zum schärferen Nachdenken. Erst als gut eine Minute verstrichen ist, bringt er die Augen wieder auf und sagt wie überrascht: »Bergen – ein Witz!« Und dann redet er zu meinem Erstaunen los: »Mit diesem Boot? – Das ist doch nur noch ein schwimmender Schrotthaufen! Die nötigen Reparaturen – die macht hier keiner mehr . . .«

So klagend habe ich diesen Mann noch nie reden hören. In mir rührt sich ein Gefühl der Beschämung: Ich darf mich auf die Strümpfe machen und versuchen, mich durchzuschlagen, aber Kommandant und Besatzung sind dazu verdammt, mit diesem maroden Boot wieder auszulaufen – oder zu bleiben, bis auch hier der Festungskampf beginnt.

Da kommt Kramer, und der Kommandant wechselt die Tonart. »Sie wollen Ihr Glück also auf der Landstraße versuchen . . .«, sagt er wie nebenhin zu mir.

»Und mit was für einem Vehikel!« mischt sich Kramer ein.

Kramer ist der richtige Mann, um den Kommandanten auf andere Gedanken zu bringen. »Sehenswert!« frotzelt er und schafft es doch tatsächlich, den Kommandanten aus seinem Trübsinn heraus zu einer Besichtigung vor die Baracke zu locken. Kramer gebärdet sich wie ein Fremdenführer und veranstaltet einen regelrechten Informationsrundgang um den Holzgaser herum. Dann beobachtet er die Wirkung auf den Kommandanten. Der zieht die Nase hoch und pumpt die Lungen auf: »Macht ja 'nen starken Eindruck! Was wünscht man denn bloß in so 'nem Spezialfall statt Mast- und Stengebruch?«

Der schnellzüngige Kramer läßt auch jetzt keine Verlegenheit aufkommen: »Vier Platte! würde ich sagen. Oder fünf Platte! – wenn dieses Vehikel überhaupt ein Reserverad hat.«

»Touche bois!« fahre ich da Kramer theatralisch an. »Aber sofort!« Und Kramer tut auch ganz unterwürfig und retiriert zu der Tür, durch die vorher der Adjutant verschwunden ist, und haut mit der rechten Faust dreimal kräftig dagegen. Darauf vergehen nur Sekunden, bis der Adjutant von innen die Tür aufstößt und uns sein zorngerötetes Gesicht zur Betrachtung entgegenhält.

Aber auch jetzt bleibt Kramer Herr der Situation. Er knickt zu einer Art Kratzfuß zusammen und schwenkt den rechten Arm in einem weitausholenden Bogen, als hielte er einen Dreispitz in der Hand, und dazu bringt er im Rezitierton hervor: »Ihr Diener, edler Fürst, bittet tausendmal um Vergebung – obwohl diese Störung Ihres Schaffens für den Endsieg grundsätzlich nicht zu verzeihen ist!«

»Vorhang!« rufe ich, und der Adjutant zieht tatsächlich, als schulde er mir Gehorsam, die Tür wieder zu.

»Gut so!« quittiert das Kramer. »Und wann ist Start?«

Ich überlege kurz und sage: »Fünfzehn Uhr.«

»Doch nicht etwa heute?«

»Doch! Mir brennt der Boden unter den Füßen ...«

»Was ich nun auch wieder verstehen kann«, fügt Kramer schnell an.

Der Kommandant zwinkert wie irritiert und sagt: »Bloß neugierig, wie Sie damit durchkommen wollen.«

»Versuch macht klug!« gebe ich zurück. »Einen Versuch haben wir ja wohl.«

»Und auf diesen einen Versuch wollen Sie es ankommen lassen?«

»Warum denn auch nicht?«

»Also dann mit Gottes reichlichem Segen, und meinen haben Sie sowieso ...«

»Schicken Sie mal 'ne Postkarte!« flaxt da auch noch einer aus dem Hintergrund.

Bloß ein paar ruppige Worte, und doch gehen sie mir so ans Gemüt, daß ich schlucken muß. Ich mime den Aufgekratzten, aber in Wirklichkeit ist mir, als ich den Kommandanten beim Wegtrollen von hinten sehe, plötzlich so triste zumute, daß ich heulen könnte.

Der Fahrer hat Jacke und Hemd ausgezogen. So in Hosen, deren Bund ihm von breiten Hosenträgern fast bis zu den Brustwarzen hochgezogen wird, und mit dem ebenfalls viel zu großen Schiffchen auf dem Kopf, die Unterarme voller Rußflecken und einem breiten schwarzen Streifen über der rechten Gesichtshälfte, ist der Fahrer eine groteske Karikatur der deutschen Wehrmacht. Bartl und der Gnom – was für ein Paar! Meine Zweimanntruppe könnte sich für Geld im Panoptikum sehen lassen. Werden meine beiden Buschkrieger notfalls schnell genug aus der Arche kommen? Ich müßte jetzt vor allem dem Kutscher einschärfen: Wenn wir plötzlich in Gewehrläufe gucken – zu viele Gewehrläufe –, dann nichts wie raus und Pfoten hoch. Aber damit würde ich den Mann nur nervös machen. Da fällt mir siedendheiß ein: Der Kutscher hat immer noch keinen Marschbefehl.

Ich brauche dringend den VO. Der vertritt den Flottillenchef. Er muß den Kutscher mit ordentlichen Papieren ausstatten. Dieser Krieg wird schließlich noch trefflich verwaltet. Ich habe den VO heute kaum zu Gesicht bekommen, und jetzt ist er auch nicht in seinem Büro.

Vor der Verwaltungsbaracke läuft mir Bartl in die Arme. Bartl ist ebenfalls auf der Suche nach dem VO: Er hat unseren Proviant noch nicht.

»Ein Sauladen hier – fast kaum zu glauben!« klagt Bartl.

Ich schicke ihn los, um den VO in der Messe oder sonstwo zu suchen. »Und Beeilung!« rufe ich ihm noch hinterher. Vor lauter Ungeduld bin ich ganz zappelig.

Da endlich sehe ich den VO von weitem über den Appellplatz heranschnüren. Der Kerl hat den typischen Zollbeamtenblick. Schon bei unserer ersten Begegnung hat der VO mich gemustert, als hätte ich alle mögliche Konterbande am Leib versteckt.

Versuchsweise griene ich ihn erst einmal voll an. Aber dann sind alle meine Verhaltensmaßregeln plötzlich beim Teufel, und ich gehe mit erhobener Stimme auf den Mann los: »Wir brauchen ganz dringend einen Marschbefehl für unseren Fahrer und Proviant für eine Woche und drei Mann. Und wenn Sie nicht sofort spuren, dann nehmen Sie aber verdammt viel auf ihre Kappe!«

Die Tranlampe muß gemerkt haben, daß es mir ernst ist: Mit dem Soldbuch des Kutschers in den Händen verschwindet der Mensch in Richtung seines Kabuffs.

Im Innern der Arche entdecke ich zwei der roten Puffdecken vom Boot.

»Mußte das sein?« frage ich Bartl.

»Was besseres gab's nicht, Herr Leutnant.«

»Aber die stinken doch sicher wie die Pest!«

»Nicht mehr, Herr Leutnant. Ich hab sie gründlich ausgelüftet und außerdem mit Kolibri behandelt.«

»Das muß ja 'ne feine Mischung ergeben.«

»Jawoll, Herr Leutnant.«

»Notfalls können wir sie immer noch rausschmeißen. Und außerdem muß ich ja nicht da drin sitzen und um Atem ringen.«

Bartl guckt mich wie verblödet an.

»Ich geh aufs Dach! In der Mitte muß später ein Sack raus – da klemm ich mich hin.«

»Sie, Herr Leutnant?«

»Dachten Sie etwa, ich will mit Ihnen in diesem Parterrepuff durch die Gegend schaukeln?«

»Da oben rauf, Herr Leutnant?« sagt Bartl fassungslos.

»Ja doch! Zwar nicht gleich – aber wenn die Gegend kritisch wird, auf jeden Fall!«

Weil Bartl immer noch nicht zu kapieren scheint, frage ich ihn: »Wozu hat das U-Boot einen Turm?«

»Für den Ausguck, meine ich.«

»Na also! Glauben Sie denn, wir merken, was sich in der Gegend tut, wenn wir wie Ölsardinen in der Dose durch die Gegend kutschen?«

Bartls Augen leuchten vor lauter Anerkennung. »Können ja auch Jabos kommen«, sagt er.

»Und das merken Sie sich jetzt schon: Wenn ich mit der MP einmal aufs Dach donnere, heißt das: ›Stop!‹ Zweimal kurz hintereinander: ›Stop und raus aus der Karre und in den Straßengraben!‹ Und wenn ich mit der Armstütze richtig trommle: ›Fliegeralarm. Runter von der Straße und in Deckung‹ – das üben wir aber noch. Vielleicht kapiert's der Kutscher ja auch.«

»Der nicht!« befindet Bartl.

»Und wenn ich gleich losballern muß, merken Sie da unten sowieso, was anliegt ...«

»Woll, woll!« meldet sich jetzt auch der Kutscher, der unter unserem Reden herangekommen ist.

»Und dann noch was«, sage ich zu Bartl. »Wir brauchen ein paar Handgranaten. Lassen Sie mal Ihre Verbindungen zu Ihrem Kollegen in der Waffenkammer spielen.«

»Handgranaten?« staunt Bartl.

»Ja, für den Notfall – zur Brandstiftung. Wir haben einiges Brisantes an Bord, und das muß dann hochgehen.«

»Verstehe, Herr Leutnant!« sagt Bartl und hat dabei einen Ausdruck von Bewunderung auf dem Gesicht. Nun sagt er gar noch: »Das wird ja 'ne Art rollende Festung.«

»Also drei, vier Handgranaten – das schaffen Sie doch, Bartl?«

»Ehrensäbel, Herr Leutnant.«

Der Kutscher steht mit lang hängenden Armen dabei und grinst einfältig.

»Und versuchen Sie, an einige Magazine für meine MP zu kommen – und denken Sie auch an Ihre Kanone! Ich meine, an Munition.«

Der Kutscher läßt mich noch einmal die Laufflächen unserer Reifen befingern. Nirgends mehr als eine Ahnung von Profil. Mit dem Ersatzrad ist es nicht besser bestellt.

»Dafür ist unsere Straßenlage picobello – und langsam fahren müssen wir mit dieser Art Treibstoff sowieso«, tröste ich den Kutscher.

»Woll, woll, Herr Leitnant!«

Bartl hat vorsorglich eine Menge Flickzeug besorgt, und jetzt weist er mir mit sichtlichem Stolz auch noch ein Mordstrumm von Handpumpe vor. »Notfalls flicken wir uns durch!« gibt er zum besten und läßt es anzüglich wie »ficken« klingen.

Na also!

Eine ordentliche Karte hat Bartl nicht auftreiben können. Es gibt keine Landkarten, nur Seekarten. Das Land hinter der Küste hat den Seefahrer nichts anzugehen. Zu dumm, daß ich nicht schon in Brest daran gedacht habe, mir eine Straßenkarte in einem vernünftigen Maßstab zu besorgen. Ich habe nur die total zerfledderte und in den Brüchen nicht mehr lesbare Michelinkarte.

Und jetzt brauche ich meine Tasche! Die müssen wir so verstauen, daß sie immer schnell greifbar ist . . .

Der Adju ist aber nicht in seinem Büro zu finden, auch nicht in seiner Kammer. Der Mann verwahrt den Schlüssel zum Panzerschrank, und im Panzerschrank ist meine Kuriertasche. So intensiv ich auf dem ganzen Flottillengelände nach dem wertgeschätzten Herrn Adjutanten fahnde, er bleibt verschwunden. Großartig! Jetzt fehlt bloß noch, daß der Adjutant sich in die Stadt gewagt und es da mit dem Maquis zu tun gekriegt hat.

Als ich in der Messe auf den Leitenden und den I WO treffe und mir Luft mache, mimt der LI den Gleichmütigen: »Überrascht Sie das? Der Flottillenchef ist nicht da – doch folgerichtig, daß sein Adjutant auch nicht da ist . . . Vielleicht auch beim Fischer . . .«

Gleich werde ich ausrasten! Das hätte gerade noch gefehlt, daß wir jetzt ein Vehikel haben und nicht loskönnen, weil dieser Idiot von Adjutant wie vom Erdboden verschwunden ist.

»Na, hoffentlich kommen *Sie* wenigstens durch«, sagt der LI jetzt. Er sagt es so dumpf, daß es klingt wie: Für *uns* ist ja keine Schangs.

Wieder einmal beschleicht mich Schuldgefühl. Aber ist es denn ausgemacht, daß *ich* durchkomme, das Boot aber nicht? Ist der umgekehrte Fall nicht auch denkbar oder sogar der wahrscheinlichere?

Keiner weiß, was er sagen soll, bis der LI fragt: »Aber meine Post, die können Sie doch mitnehmen?«

In mir löst sich die Spannung, und gleich kommt mir ein Verdacht: »Hat ihnen denn der Adjutant nicht gesagt, daß wir Post mitnehmen wollen?«

»Kein Wort!«

»Aber die Besatzung – die weiß es doch?«

»Glaube ich nicht. Den Leuten hat keiner was gesagt.«

»So ein Arschloch!«

»Bis wann müssen Sie denn …?« fragt der LI stockend. »Spätestens?«

»Eigentlich wollen wir ziemlich bald los.«

»Die meisten haben ja keine Briefe fertig, die müßten sie erst noch schreiben«, meldet der I WO sich jetzt zu Wort.

»Wie wär's mit 'ner Stunde – oder anderthalber?« gebe ich zurück.

»'ne Stunde muß reichen. Los, I WO, geben Sie schon Alarm!« sagt der LI, und kaum ist der I WO weg, bricht es aus ihm heraus: »Das ist doch der allerletzte Sauladen. Lauter Figuren zum Abschießen!«

Ich will den LI nicht noch mehr reizen. Deshalb sage ich ihm auch nicht, daß wir schon einen ganzen Sack Post in der Arche verstaut haben – ausschließlich welche vom Flottillenpersonal.

»Tschuldigung«, sagt der LI, »ich mach mich auch gleich dran«, und entfernt sich im Eilschritt hin zu seiner Baracke.

In dem Moment kommt Bartl herangewatschelt und trompetet schon aus fünf Meter Entfernung: »Die Handgranaten, Herr Leutnant!«, und dazu streckt er mir ein Bündel von fünf Holzgriffen wie einen Blumenstrauß entgegen.

»Das sind ja Stielgranaten wie für die Arbeiterküche. Ich dachte, Sie bringen moderne Handgranaten.«

»Die gab's nicht, Herr Leutnant. Das hier sind Beutegranaten – belgische oder holländische. Die wußten das nich so genau. Die sind aber ganz einfach – wie früher, zum Abziehen. Da kennen Sie sich doch aus, Herr Leutnant, oder?«

»Sie werden's nicht glauben, genau auf solche Dinger bin ich dressiert.«

Ich nehme mir vor: drei Stück in die Arche, eine kommt mit aufs Dach, und die letzte kriegt Bartl aufs Armaturenbrett. Zu Bartl sage ich: »Zischen Sie ab, und packen Sie Ihren Kram zusammen, in spätestens einer Stunde sind Sie wieder hier. Und wer noch Post hat – die sammeln Sie ein.«

Daß ich in meinem ganzen Leben nur eine einzige scharfe Handgranate geworfen habe, mußte ich Bartl ja nicht verraten: War das damals in Glückstadt eine Aufregung! Zweimal mußten wir in volle Deckung gehen und warteten schon auf das Wehgeschrei der beiden Heinis, die mit den Teufelsdingern nicht zurechtkamen, aber zum Glück war der verrückte Kobold von Unteroffizier, der uns schliff, schnell genug, die Knallkörper noch über den Wall zu schmeißen, ehe sie explodierten. Ich habe eine eingefleischte Aversion gegen Handgranaten. Aber was könnten wir sonst schon tun, als uns auf diese Weise zu rüsten?

Wie aus dem Boden gewachsen steht plötzlich der Adjutant vor mir. Ich will ihn schon anfahren, aber er strahlt über das ganze Gesicht: »Gratuliere zur Beförderung!«

»Wieso? Was?«

»Das kam vorhin per Fernschreiben. Sie sind mit Wirkung vom – ich weiß nicht gleich – zum Oberleutnant befördert worden!«

Ich finde keine Worte. Endlich bringe ich: »Reichlich spät!« hervor. Der Adjutant guckt mich konsterniert an. Er hat wohl erwartet, daß ich vor lauter Freude in die Luft springe.

»Ich bin quasi so ziemlich der längstgediente Leutnant der deutschen Kriegsmarine – und das kommt, weil ich immer nur kurze Zeit bei einem Verband war, immer nur zugeteilt . . .«

»Aber jetzt . . .«

»Jetzt befriedigt es mich ganz ungemein!«

Der Adjutant guckt etwas unsicher aus der Wäsche. »Also herzlichen Glückwunsch!« ringt er sich ab und hält mir die Flosse hin. Der Mann ist mit einem Mal die Verbindlichkeit in Person. Jetzt verkündet er in der Tonlage eines Rekommandeurs: »Aber das ist noch nicht alles! Wir haben von Ihrem Kommandanten erfahren, wie viele Unternehmungen Sie hinter sich haben – die siebente und die achte Feindfahrt von U sechsundneunzig unter Kapitänleutnant Lehmann-Willenbrock und nun noch die auf U siebenhundertdreißig. Da haben Sie sich mit Ihren Seetagen das U-Bootkriegsabzeichen verdient!«

Als ich das höre, weiß ich vor lauter Verlegenheit schon gar nicht mehr, was ich sagen soll. Der Adjutant ist es, der mich schließlich über die Runde rettet: Er hat ein Etui aus einer Tasche herausgefingert und ihm die Messingbrosche entnommen. Jetzt hält er sie mir hin und sagt: »An Ihren Drillich kann ich Ihnen das Abzeichen leider nicht anheften.«

Da endlich komme ich wieder in Bewegung und lasse mir den goldenen Vogel in die rechte Hand drücken.

»Also ein zweites Mal: Herzlichen Glückwunsch!« dröhnt der Adjutant und ist jetzt eitel Selbstzufriedenheit.

Potztausend! möchte ich sagen, verschlucke es aber und denke: Was denn nun noch? Und auch: Hoffentlich erwartet der Adjutant von mir jetzt keine Einladung zu einer Festivität. Ein Umtrunk an der Arche wird es tun müssen, denn sonst sind wir am Sankt-Nimmerleins-Tag noch hier.

Der Adjutant tut so, als sei ich urplötzlich ein anderer Mensch geworden – sozusagen seinesgleichen. Jetzt redet er von Oberleutnant zu Oberleutnant und gibt sich dabei auch noch gesprächig: »Die Tommies schmeißen hier gerne Minen, weil's doch so schön flach ist. Ich hab hier für Sie was notiert ...« Er langt sich ein sorgsam gefaltetes Din-A-4-Blatt aus einer Brusttasche und fingert es glatt. Dann liest er vor: »Am dreiundzwanzigsten Juli dreiundvierzig ist hier eins der modernen Minensuchboote gesunken – M hundertzwoundfünfzig – und das in einem x-mal geräumten Gebiet. Das muß Sie doch interessieren?«

Ich sage mir: Das mußt du durchstehen! Jetzt heißt es noch einmal Selbstbeherrschung üben. Ich schicke mich also in meine neue Rolle des über seine Beförderung Beglückten – und das, obwohl mir viel eher danach zumute ist, ein paar Handgranaten mitten in diesen Routinestumpfsinn zu werfen – aus purem Jux und um damit die trägen Gesellen hier munter zu machen.

»Hier draußen war eigentlich immer 'ne Menge los!« fängt der Adjutant wieder an. »Im letzten August sind hier zwei Vorpostenboote von Jabos abgetakelt worden!« Dabei bedenkt er mich mit einem beifallheischenden Blick, gerade so, als hätte er sich dabei Meriten erworben. Dann redet er weiter: »Eins ist gesunken. Die Jabos kommen ja immer gleich in ganzen Schwärmen. So viele kann man gar nicht auf einmal herunterholen ...« Der Mann macht ganz den Eindruck, als habe er ein paar Gläser zuviel intus. Er fuchtelt mit seinem Blatt herum und kann sich gar nicht wieder lassen: »Sie haben richtig Schwein gehabt! Vor einem Monat hat's nämlich beim Anmarsch U zwölfzweiundzwanzig im gleichen Seegebiet erwischt. Totalverlust. Kaleun Bielfeld.«

»Interessant, wirklich hochinteressant!«

»Ich brauche noch mal Ihr Soldbuch!« höre ich die plötzlich veränderte Stimme des Adjutanten zwar, kann aber nicht gleich reagieren und frage deshalb – wieder wie von allen guten Geistern verlassen: »Soldbuch?«

»Jawoll! Zum Eintragen und Stempeln.«

Gott im Himmel – ja! denke ich. Der Oberleutnant muß ja seine Ordnung haben.

»In ein paar Minuten ist das erledigt. Dann bringe ich Ihnen auch gleich

Ihre Kuriertasche mit«, höre ich den Adjutanten noch, als ich mich schon abgewendet habe.

Wie soll ich denn jetzt noch von der neuen Kriegerbrosche den erwünschten würdigen Gebrauch machen, denke ich. Ich habe ja nicht mal mehr blaue Klamotten, sondern bloß noch dieses graue U-Bootspäckchen an meinem Leib.

Diese Welt ist schon verrückt! Weil ich mit der Anzahl der Seetage das Soll für den »Dosenöffner« erreicht habe, kann ich nun auch mit dieser Messingbrosche auf der Rippe herumlaufen, nach der sich alle schier verrenken. Wenn wir nicht diesen riesigen Bogen geschlagen hätten, wenn wir auf dem schnellsten Wege von Brest nach La Pallice gekarrt wären, hätte ich das goldfarbene Ding jetzt nicht verpaßt bekommen. Bei Lichte besehen, verdanke ich es also den Tommies. Zum Lachen!

»Wir haben keine Sterne für die Schulterstücke, Herr Oberleutnant«, bekomme ich vom Schreibersmaat zu hören, als ich eine Viertelstunde später dort auftauche, »leider auch nichts für die Ärmel . . .«

Ach du grüne Neune – das sind Sorgen! Sternchen, die würden freilich zur Bescherung passen. Schöne Schlamperei! Befördert – aber zeigen kann ich es nicht.

»In der Offizierskleiderkammer in Paris – da gibt es alles Nötige«, sagt der Maat jetzt.

»Ich weiß, ich weiß!« falle ich ihm ins Wort und denke im stillen: Wenn wir nur erst in Paris wären! Hier wird wieder mal das Verhängnis alarmiert. Dieses verdammte Schicksalberufen!

»Toi, toi, toi und dreimal schwarzer Kater!» sage ich laut für den Maat.

Wir müssen versuchen, auf möglichst direktem Weg an die Loire zu kommen. Jetzt heißt es denken wie Napoleon: Also erst mal nordostwärts in dem Schlauch zwischen Küste und einst unbesetztem Frankreich Strecke machen. Niort, Saint-Maixent, Poitiers heißen die Städte an dieser Route. Und dann nordwärts an die Loire. Aber wie? Am besten wohl entweder über Loudun oder über Châtellerault nach Tours – je nach Lage.

Offenbar ist der Bodengewinn der Alliierten in Richtung Paris – also die Seine hinauf – nicht so groß, wie ich befürchtet hatte. Sie scheinen zunächst dicht an der Küste nach Süden vorzustoßen, um unsere Stützpunkte einen nach dem anderen zu kassieren.

Und was werden die Franzosen tun? Fühlt sich der Maquis jetzt ermutigt, sich zu zeigen, oder warten die Brüder immer noch ab? Es ist schon verdrallt: Zu guter Letzt komme ich nun doch noch an die Loire. Chenonceaux, Amboise, Chambord – wie oft habe ich diese Namen auf der Karte gesucht und die Loirereise in Gedanken gemacht. Ich kann zwar einen Vouvray von einem Chinon unterscheiden – in Paris ließen sich gegen Geld und gute Worte und mit Simones Hilfe auch im letzten Jahr noch die besten Loireweine auftreiben –, sie an Ort und Stelle zu trinken war mir aber nie vergönnt.

Die Städte Blois und Orléans kenne ich von Fotos. In mir hüpft spitzbübische Freude: Wenn das klappte, jetzt noch, quasi in letzter Minute . . . Und wenn wir erst mal bis Orléans kommen, dann wird es schon weitergehen – irgendwie. Von hier bis Orléans, das dürfte die riskanteste Strecke sein.

Am liebsten würde ich stillschweigend verduften. Das ewige Abschiednehmen hängt mir zum Hals raus. In Brest habe ich es gleich dreimal exerziert. Das verlegene Gerede, die unausgesprochenen Vorwürfe: *Du* hast eine Chance, aber *wir* müssen hier in der Scheiße bleiben . . .

Ich hole mir aus der Schreibstube einen Bogen Papier und einen Bleistift und setze mich in die Messe, um dem Kommandanten zumindest noch ein paar Zeilen zu schreiben.

Danach bleibt immer noch eine halbe Stunde. Mein Soldbuch habe ich zurück, und die Kuriertasche hängt mir am Arm. Als ich gerade überdenke, ob wir an alles gedacht, alles richtig erledigt haben, erscheint Bartl, eine verdreckte, pralle Segeltuchtasche in der einen, einen Packen Umschläge in der anderen Hand.

»Da könnten wir ja noch in aller Ruhe 'n Happen essen«, sage ich zu ihm.

»Und wenn die Kombüse zu ist, Herr Oberleutnant?« gibt Bartl zu bedenken.

»Dann werden Sie dem Schmutt eben Beine machen . . . Wo ist denn der Kutscher?«

»Im Wagen, Herr Oberleutnant.«

»In der Arche!« verbessere ich Bartl.

Ich sehe, daß der Kutscher jetzt insgesamt vier große Holzsäcke aufs Dach gestaut hat. Damit müssen wir einen enormen Luftwiderstand bieten. Aber bei unserem schlappen Tempo werden wir ihn wahrscheinlich nicht sehr zu spüren bekommen.

Der Kutscher ist auf seinem Sitz eingeschlafen. Ich stelle mich neben die Arche und betrachte das reisefertige Vehikel: Ich kann es immer noch nicht richtig fassen, daß wir ein Fahrzeug haben. Und dazu diesen Fahrer! – So unbeschwert wie dieser Waldschrat leben zu können – wäre das nicht der wahre Jakob? Eine Zeitlang wenigstens . . . Dieser Kerl setzt jetzt sein ganzes Vertrauen in mich. Wenn er mich mit seinen Blicken bedenkt, weiß ich vor Verlegenheit nicht, wohin ich gucken soll. Aus was für einem Dorf hinter dem Wald mag der Kutscher wohl stammen? Oder aus welchem Wald? Fünfundzwanzig Jahre alt und kaum der Sprache mächtig. Es wird wohl dauern, bis ich mich an seine gutturalen Lautbrocken gewöhne.

Bartl schleppt auf zwei Tellern Würstchen und Kartoffelsalat an.

»Kehrt marsch!«

In seiner Verblüffung weiß Bartl nicht, was er tun soll.

»Wir sind jetzt drei, mein Lieber! Also ...?«

Da stellt Bartl die beiden Teller auf dem Kühler ab und nimmt noch einmal die Richtung zur Kombüse auf.

»Lassen Sie den Kutscher ruhig pennen«, sage ich zu ihm, als er wieder – und diesmal ganz außer Atem wie ein überlasteter Kellner – erscheint. »Stellen Sie ihm das Essen nur direkt vor die Nase aufs Armaturenbrett.«

Alle paar Minuten kommt noch einer von der Besatzung und drückt Bartl seine Post in die Hände.

»Na, das läuft doch!« sage ich zu Bartl.

»Kleckerweise«, gibt der zurück.

»Und haben Sie auch Ihre Sachen?«

»Da ist alles drin, Herr Oberleutnant«, sagt Bartl und zeigt auf die Segeltuchtasche, die vor dem Rücksitz liegt.

»Also dann machen Sie mal Shake hands bei Ihrem Verein!«

Auch für mich wird es Zeit, daß ich mich in aller Form abmelde. In der Schreibstube erfahre ich: »Der Chef ist noch beim Fischen, Herr Oberleutnant.« Na, Gott sei Dank, sage ich mir: Das fügt sich bestens! Das läuft doch prima! Da brauche ich dieser Knallcharge gar nicht mehr unter die Augen zu treten ...

Als ich zur Arche zurückkomme, hat sich direkt daneben eine Trinkrunde gebildet. Ich bin plötzlich vor Ungeduld so flattrig, daß ich das Glas, das mir – ich weiß nicht, wer – in die Hand gedrückt hat, kaum halten kann. Die verflixten Nerven!

Einer aus der Runde spielt sich auf: »Sieht ganz so aus wie bei uns zu Hause, wenn die Zigeuner kommen ...«

Ein anderer stöhnt nur: »Ach du meine Güte!«

Der Kutscher grient dazu mit so tiefer Verblödung auf dem Gesicht, als sei er aus einer Anstalt entwichen.

Der letzte Schwung Post wird als verschnürtes Päckchen gebracht. Ich verstaue es selber – und das mit aller Sorgfalt –, wie um Zeit zu gewinnen: Bartl fehlt noch.

»Himmelarschundwolkenbruch!« fluche ich Bartls wegen, mit dem Kopf noch in der Arche, so daß es keiner hören kann.

Der Kutscher klettert achtern am Kessel hoch, dreht die Verschlüsse des Deckels auf, klappt ihn hoch und stokert. Dafür erntet er Beifall.

Es könnte jetzt losgehen – aber Bartl bleibt verschwunden! Das hätte noch gefehlt, daß ich mich hier wegen Bartl blamieren muß. Ich gebärde mich gleichmütig: »Besser mal nachsehen«, sage ich und mache mich in Richtung OF-Messe davon.

Wenn noch mehr Zeit vergehen sollte, kommen wir nicht mehr los, zu spät will ich nicht auf die Landstraße. Ich will auf jeden Fall noch bis zur Feldkommandantur in Niort kommen. Wir müssen heute hier raus – à tout prix!

Ich finde Bartl weder in der Messe noch in der Schreibstube oder seinem Quartier. Die Wut brodelt mir im Bauch, und ich halte alle möglichen Leute an: »Unseren Bootsmann gesehen? Diesen alten Knaben?« Aber ich bekomme nur verlegenes Schulterheben zur Antwort. Endlich entdecke ich Bartl durchs Fenster einer Baracke, mit einem Bierglas in der Hand: Bartl reest und macht sich wichtig. Ich bin so empört, daß ich mich nur mit Gewalt zurückhalten kann, als ich ihn vor der Tür habe.

»Fünf Minuten noch, und ich hätte Sie sitzenlassen«, belle ich ihn an.

Bartl macht eine Armesündermiene wie ein outrierender Schauspieler. »Ich hab noch 'n alten Kameraden getroffen, Herr Oberleutnant«, bringt er zur Entschuldigung vor.

Wenn ich nur wüßte, ob auf Bartl zu zählen ist, wenn's drauf ankommt.

»Ich glaube, ich lasse Sie doch lieber hier!«

Da guckt mich der alte Bootsmann an wie ein getretener Hund.

»Also, allez hopp! Wir haben keine Zeit mehr zu verlieren!«

An die Arche hat man mittlerweile noch einen prallen Sack gelehnt. Du meine Güte! Mit soviel hatte ich nicht gerechnet.

Die Kokerei der Arche hat längst das nötige Gas produziert. Wie früher in der Eisengießerei am Kupolofen kann ich durch ein Sichtloch die rote Glut sehen.

»Das Geklappere – muß das sein?« frage ich den Kutscher.

»Woll, woll, Herr Oberleitnant!« grunzt der zurück.

Ich klettere wohlweislich noch nicht aufs Dach. Diesen zusätzlichen Effekt will ich unseren Zuschauern nicht gönnen. Ich klemme mich vielmehr neben den Fahrer. In der Arche ist es eng geworden, aber nur für Bartl, der sich neben den Postsäcken einrichten muß. Auf dem Dach Säcke, drinnen Säcke – wir sehen aus wie ein Expeditionsvehikel.

»Na denn! Mast- und Stengebruch!« Das war der Kommandant. Will dieser Mann denn nie mehr zur Ruhe kommen? Er steht neben dem Adju, der sich auch noch mal vor die Türe bemüht hat.

Wir haben kein Zeichen fürs Losfahren vereinbart, aber der Kutscher kapiert – Gott sei Dank! –, daß wir jetzt einen eindrucksvollen Start zeigen müssen. Als sich die Arche in Bewegung setzt, hebt großes Geschrei an. In mir bricht Jubel aus: Herrgott im Himmel, wir starten! Ich bin wie benommen. Zum Glück kennt der Kutscher den Weg, und so kommen wir schnell auf die Ausfallstraße.

Zur Loire hin

Ein Stoß Baumstämme linkerhand entpuppt sich als Tarnung für Betonbunker. Rechts ein Grashang – bräunlich verdorrt: kein Wunder bei der Hitze. Ein Sportplatz. Der Stadtpark, zwei Schwäne auf einem Teich und dann ein letzter Blick auf den alten Seeräuberhafen La Rochelle ... Und weiter: leere Tonnen als Baustellenbegrenzungen, Zementrohre ... Radfahrer kommen uns entgegen: Arbeiter mit tief herabgezogenen Schiebermützen auf den Köpfen. Ein Wurf ebenerdige Häuser dicht an der Straße, rechterhand eine graue Kirche. »BOUCHERIE« – »COIFFURES« – »BOULANGERIE« – »PATISSERIE« ... Wir durchfahren eine Allee aus gekappten Platanen, die neue, dicke grüne Sträuße ausgetrieben haben. Dann kommt ein Dorf: eine Straßenkreuzung, von Häusern dicht besetzt, ein Bistro, eine Autowerkstatt, noch ein Bistro.

Wir sind tatsächlich unterwegs! Was für ein Gefühl: UNTERWEGS. Wir haben die Sonne schräg von hinten, und das ist gut so. Die Straße flimmert vor lauter Hitze. Ein paar Wolken hängen tief, reglos wie eine Armada bekalmter Segler. Das sieht nach einem Wetterumschwung aus.

Es ist fünfzehn Uhr dreißig. Zu beiden Seiten Felderbreiten, die sich perspektivisch verjüngen. Friedliche Landschaft, als gäbe es gar keinen Krieg. Doch dann sehe ich Bombenkrater dicht an der Straße. Sieht ganz nach Notwürfen aus. So blödsinnig in die Landschaft wird ja wohl keiner mit Absicht werfen.

Das Land ist leicht gewellt. Nach der Karte hielt ich es für völlig flach. Da merke ich, daß die Schatten der Pappeln ihre scharfen Konturen verloren haben: Von Westen her überzieht sich der Himmel zusehends, die Sonne wird vom Dunst schon zu einem milchigen Klecks abgeblendet.

Ich schicke meine Gedanken zurück zu U 730: Und wenn das Boot nun doch hinausgeprügelt wird? Vielleicht geht der Krieg dann zu Ende, und die armen Schweine erfahren es gar nicht, weil die Funkanlage im Eimer ist. Schippern einfach weiter durch die schwarze See ...

Das Wetter schlägt tatsächlich um. Bald sieht es so aus, als sei ein feines Nässestieben in der Luft, unsere Motorhaube beginnt wie lackiert zu glänzen. Regen um diese Zeit, in dieser Gegend, das ist ungewöhnlich. Aber kein Zweifel: Es regnet, wenn auch auf eine höchst merkwürdige Art – nur ein feiner Dunst, wie aus der Düse gestäubt. Beileibe kein Regen wie in der Bretagne. Der hier wird kaum in den Boden eindringen. Und doch hat dieser Regen sein Gutes, er reinigt die Luft und schlägt den Staub nieder.

»Wo wollen wir denn pennen, Herr Oberleutnant?« kommt es von hinten.

»Keine Ahnung. Hauptsache, wir sind erst mal weg. Jetzt machen wir ein bißchen Strecke, und dann überlegen wir uns das Weitere ...«

Mit den Herrschaften vom Maquis dürfte auf dieser Strecke nicht zu rechnen sein, einfach deshalb nicht, weil hier keiner von unserer Firma des Wegs ist. Trotzdem heißt es aufpassen. Sobald wir aus dem Regen heraus sind, will ich aufs Dach, um einen besseren Überblick zu haben. Das Auto, mit dem ich hinter der Invasionsfront herumgegondelt bin, war für meine Zwecke besser geeignet: Es hatte ein Loch im Dach, und ich konnte mich auf den Sitz stellen und, den Oberkörper draußen und beide Arme zum Abstützen gespreizt, die Haltung eines Panzerfahrers imitieren. Hier werde ich zwischen den Holzsäcken wie hinter einem Erdwall auf dem Bauch liegen oder mich irgendwie verkrümmen müssen.

Auch so ein Witz: Aus meiner Walther-Pistole habe ich noch keinen einzigen Schuß abgefeuert. Auch meine Maschinenpistole ist nicht eingeschossen. Ich könnte stoppen lassen und das Versäumte nachholen, aber jetzt ist die Munition wirklich knapp. Die paar Magazine, die auf dem Rücksitz liegen, sind mein ganzer Vorrat. Bartl hat überhaupt keine Ersatzmagazine für seine Pistole, den Kutscher habe ich noch nicht danach gefragt.

»Fast kaum zu glauben, daß wir da noch losgekommen sind, Herr Oberleutnant«, trompetet mir Bartl plötzlich von hinten ins Ohr.

»Wenn Sie sich das doch mal abgewöhnen könnten, Bartl!«

»Was bitte, Herr Oberleutnant?«

»Dieses ›fast kaum zu glauben‹, das Sie so gern im Munde führen. Das ist nämlich ein Pleonasmus.«

»Ein was, Herr Oberleutnant?«

»Ein weißer Schimmel. ›Kaum zu glauben‹ reicht. Das bedeutet schon ›fast‹ – ›fast nicht zu glauben‹ würde auch gehen. Kapiert?«

»Nein, Herr Oberleutnant!«

»Dann vergessen Sie's!«

»Die in La Pallice hatten aber vielleicht die Ruhe weg, Herr Oberleutnant«, redet Bartl jetzt unbeeindruckt wieder los.

»Das wird sich bald ändern«, gebe ich zurück. Weil Bartl darauf schweigt, sage ich noch: »Spätestens dann, wenn auch hier die Amis auftauchen – und wenn Sie mir einen Gefallen tun wollen, reden Sie nicht wie der Bootsmann von U siebenhundertdreißig.«

»Das verstehe ich nicht, Herr Oberleutnant?«

»Der hat auch in jedem Satz ein ›vielleicht‹ untergebracht. Da haben Sie sich anscheinend angesteckt.«

»Jawoll, Herr Oberleutnant.«

»Also von jetzt an ohne ›vielleicht‹!«

»Ehrensäbel, Herr Oberleutnant!«

»Und, wenn's geht, auch ohne ›Ehrensäbel‹ und ohne ›Herr Oberleutnant‹.«

»Jawoll, Herr Oberleutnant!«

Wenn nur die Hälfte von dem stimmte, was die Reespinne Bartl schon zum besten gegeben hat, müßte sein Dasein für ein Dutzend Drehbücher Stoff bieten. Jetzt ist er wieder einsilbig geworden. Es fehlt ihm am rechten Publikum. Das blöde Staunen des Kutschers scheint ihn eher zu entmutigen als zu stimulieren. Ich wünschte, ich hätte andere Kumpane als ausgerechnet die Reespinne Bartl und diesen Kutscher, von dem ich nicht weiß, ob im Ernstfall mit ihm zu rechnen ist.

Da tut mir Bartl auch schon wieder leid: Ich sollte ihn, wenn ich derart angespannt bin, nicht aufs Korn nehmen.

Rechts und links Kanäle, die sich perspektivisch ins Land hinein verjüngen und in der Ferne im Dunst verschwinden. Der Himmel bezieht sich zusehends. Kühe stehen reglos im Geniesel, als wären sie Skulpturen und keine Lebewesen. Die Pappeln zu beiden Seiten der Straße sind senkrechte Striche im Dunst. Sie scheinen nur ins Grau hineingezeichnet, damit der Anblick der Landschaft nicht gänzlich verschwimmt. Durch die Pappeln behält er graphische Struktur. Linker Hand steht eine Gruppe grauer Schafe im grauen Dunst, ein paar schwarze dazwischen.

»Schafe zur Linken – Freude tut winken!« plappere ich wie ein Automat los. Und gleich füge ich auch noch halblaut an: »Dreimal schwarzer Kater!«

Der Regen nimmt zu. Das soll mir nur recht sein. Genau das Wetter, das wir brauchen können. Da bleiben die Tommyflugzeuge am Boden. Aber wer weiß, ob sie überhaupt bis hierher kommen ...

Am Ende doch schade, daß ich Simones Papiere nicht mehr habe! Die könnten im Zweifelsfall als Laisser-passer taugen. Jetzt hätte ich keine Hemmungen mehr, mich ihrer zu bedienen. Jetzt wär's egal ... Das ist jetzt mein Privatkrieg! Diesmal bin ich der Kommandant! Zwar nur über eine komische Arche mit Holzgaser und zwei Mann Besatzung – aber immerhin ...

Jedenfalls rollt die Arche, obwohl ich es immer noch kaum glauben kann. Mit einem merkwürdig singenden Geräusch rollt sie durch den Nieselregen. Das Geräusch wird von den Reifen und der Nässe der Straße kommen.

Mit jedem Atemzug wird mir die Brust weiter. Eine Art Triumphgefühl, wie ich es seit Jahr und Tag nicht mehr gespürt habe, erfüllt mich ganz und gar. Schade nur, daß uns der Alte nicht so sehen kann.

»Die Karre läuft doch vorzüglich!« sage ich zum Kutscher, weil ich das Gefühl habe, daß endlich was gesagt werden muß.

»Woll, woll, Herr Oberleitnant!« gibt der Kutscher zurück, und Bartl grunzt unverständlich Beifall.

Erst jetzt wird mir bewußt, daß auf dieser Straße außer unserer Arche kein einziges Fahrzeug unterwegs ist. Seit wir La Rochelle verlassen haben, hat sich kein einziger Mensch mehr sehen lassen. Wir könnten ebensogut in einer Einöde am Kaspischen Meer unterwegs sein.

Das Motorenbrummen dringt mir bis in alle Fasern und narkotisiert mich, es tut meinen Nerven wohl. Wie der Diesellärm auf einem U-Boot. Ich kann mich innerlich ausstrecken und ganz in den Ton unseres Motors einfühlen: ein schöner satter, runder Stradivari-Ton.

Ich drücke mich noch davor, aufs Dach zu steigen. Es wird aber nichts helfen: Ich *muß* da hoch. Den Alten hielt es auch nicht unten im Boot, wenn ihm das Seegebiet »verdächtig« vorkam, der Alte hielt immer selber Ausguck – als fünfter Mann auf der Brücke.

Eine Weile kann ich mich noch vor mir selber entschuldigen: Bei diesem leisetreterischen Nieselregen wäre ich oben auf dem Dach bald durchweicht. Es sieht aber ganz so aus, als sei der Regen nicht von Dauer – Atlantikwetter.

Bald werde ich ohnehin stoppen lassen müssen, weil ich mich in die Büsche schlagen muß. Aber lieber noch nicht stoppen. Lieber noch ein paar Kilometer machen. Ich kann es mir leisten, noch ein Weilchen abzuwarten. Mein Corpus funktioniert, wie es sich gehört: Auch auf meinen Schließmuskel ist wieder Verlaß. Ich habe wieder mitzubestimmen, wann die Entleerungen meiner Innereien stattfinden sollen.

Der Krieg als Verdauungsobsession! Warum nur hat ihn noch keiner so geschildert?

Wenn ich nur plötzlich nicht so todmüde wäre! Ich hätte vorm Losfahren eine Woche lang schlafen sollen. Gar nicht mehr feststellbar, wie viele Stunden mir fehlen! Wie lange hält es der Mensch eigentlich ohne Schlaf aus? Kann man einen durch bloßen Schlafentzug umbringen? Einem

Menschen damit den Verstand rauben – das soll eine probate Foltermethode sein.

Ich muß versuchen, meine Gedanken vom Ausschwärmen abzuhalten. Das ist keine Vergnügungsreise – weiß Gott nicht! Hier heißt's aufpassen! Wenn wir tatsächlich mit heiler Haut durchkommen sollten, werden wir von Glück reden können: Noch ist Paris so weit weg wie eine Stadt auf dem Mond.

Keiner weiß, was ich in Paris vorhabe. Ausgenommen der Alte. Simone in Paris aufspüren – ob ich das wohl schaffe? Der VO hat's nicht geschafft, bis zu Simone durchzukommen, so gut der Plan auch war – verdammt raffiniert ausgedacht. Vielleicht fällt mir ja auch was ein – in einer ähnlichen Preislage wie die Geschichte mit der Uhr. Um frisch nachdenken zu können, sollte ich aber vor allem erst mal schlafen ... Aber was, wenn ich zu spät nach Paris komme? Wenn die Schweine Simone längst aus der Stadt verschleppt haben – wer sagt mir denn, daß ich auch dann noch ihre Spur finden kann? Ich weiß ja nicht mal, wo Fresnes mit seinem Zuchthaus liegt.

Die Sorge um Simone zerrt mir heftig an den Nerven. Und dabei muß ich gerade jetzt den Kopf oben behalten und mich aufs Gelände konzentrieren.

Dompierre-sur-Mer: blendendweiße Häuser mit roten Ziegeln gedeckt. Alle Fensterläden zu. Kein Mensch zu sehen. Trotzdem fühle ich mich von Hunderten von Augenpaaren beobachtet. Auf den abgeernteten Feldern sind die Strohmieten in der Form von kleinen Häusern zusammengestellt. Solche Mieten mit Satteldächern habe ich noch nie gesehen.

Unter einer riesigen Akazie, die in der Innenkrümmung einer Kurve steht, würde ich am liebsten anhalten lassen, so großartig ist dieser Baum. Der Nieselregen hat sich so sehr abgeschwächt, daß er wieder nur wie feiner Dunst in der Luft schwebt. Dieser Dunst wird es sein, der die Luft so schwül wie in einem Treibhaus macht.

Das Straßenband vor uns ist naß genug, um die Himmelsfarbe akkurat zu spiegeln: ein Weißgrau wie auf den Innenseiten von Austernmuscheln. Hin und wieder wird der Himmelsgrund sichtbar: ein feines Kobalt mit einem Grünhauch darin. Im ganzen aber bleibt der Himmel weißlichgrau. Wir rollen zwischen dicht bei dicht gepflanzten Pappeln mit flimmernden Blättern dahin. Wie es nur kommen mag, daß auch noch der leiseste Lufthauch Pappelblätter zu diesem silbrigen Flimmern bringen kann, während andere Blätter sich nicht rühren. War es nicht Napoleon, der überall Pappeln pflanzen ließ? Auch die in Deutschland?

Endlich lasse ich stoppen, weil es mit meinem Blasendrang ernst geworden ist. Kaum stehe ich auf der Straße, gilt mein erster Blick den

Reifen. Davon, sage ich mir gleich, wächst ihnen auch kein Gummi auf den Laufflächen. Aber dann pisse ich, als ob das helfen könnte, doch gegen den achteren linken, weil der am schlimmsten auszusehen scheint.

Und jetzt sollte ich wohl besser aufs Dach klettern. Die Landschaft zu beiden Seiten sieht zwar friedlich aus und ist so menschenleer, als wäre sie gar nicht von dieser Erde – aber wie wenig solchem Frieden zu trauen ist, weiß ich ja. Und das bißchen Regendunst gibt auch keine Entschuldigung mehr her.

»So, Bartl«, sage ich und gucke dabei auch den Kutscher an, »jetzt mal umstauen! Ich geh aufs Dach!«

Bartl hat begriffen und schiebt die Holzsäcke gemeinsam mit dem Kutscher so lange zurecht, bis sich eine Art Brustwehr mit Flankenschutz gebildet hat. Ich kann die MP gut vor mir auflegen und es mir selber, halb auf der Seite, halb auf dem Bauch liegend, bequem machen. Eine Brille wie ein Motorradfahrer sollte ich haben! Aber dann sage ich mir: Bei unserer Maximalgeschwindigkeit von fünfzig Stundenkilometern wird's schon nicht so schlimm werden mit dem Fahrtwind.

»Bißchen feucht«, sagt Bartl, und der Kutscher staunt mich an, als wollte ich hier oben eine Zirkusnummer vorführen. Bartl hat seine kalte Pfeife zwischen den Zähnen und grinst breit.

»Wenn's Ihnen nur gutgeht!« gebe ich ihm zurück, und dann bringe ich die beiden in Schwung, und gleich rollt die Arche auch schon wieder langsam und mühselig an. Ein schlappes Gas – das läßt sich nicht leugnen. Weiß der Himmel, wie das werden soll, wenn es einmal wirkliche Steigungen zu überwinden gilt. Bartl hat jetzt den Beifahrersitz inne, und hinten ist ein Platz frei – genug Raum zum Beispiel für meine Habseligkeiten, die sich in Brest angesammelt hatten. Aber die mußte ich ja dort zurücklassen, weil auf dem Boot kein Platz war.

Schade um die guten Sachen: Die sind nun dahin ... Ich kann mich über mich selber nur wundern: Kaum bin ich aus dem größten Schlamassel heraus, meldet sich schon wieder das Eichhörnchen in mir! Ich sollte mir lieber Sorgen machen, ob die Verbindung nach unten auch funktioniert. Mit Brüllen allein klappt die Verständigung leider nicht. Aber ich habe mit Bartl ja Klopfzeichen ausgemacht. Schon packe ich die MP und schlage mit dem Kolben aufs Dach. Der Fahrer reagiert nicht: Die Arche rollt weiter. Erst als ich zwei-, dreimal aufs Dach donnere, bremst der Waldschrat. So geht es demnach nicht!

In die zu mir hochgerichtete Visage Bartls hinein sage ich: »Also Bartl, da hilft nur üben! Und zwar so lange, bis es klappt. Und wenn wir darüber schwarz werden! Also noch mal – ein heftiger Schlag: stop! Zwei Schläge: stop und raus aus der Karre und in den Straßengraben! Trommelfeuer aufs Dach: Fliegeralarm! Dann nichts wie weg von der Straße und in Deckung! . . . Das klappt doch?« frage ich Bartl mit drohendem Unterton.

»Ehrensäbel!« gibt der zurück.

Da fahre ich ihn an: »Ehrensäbel! Wenn Sie noch mal Ehrensäbel sagen, platzt mir der Kragen. Versprechen Sie mir, daß damit jetzt Schluß ist!«

»Eh . . .«, quillt es noch aus Bartl heraus, dann verbeißt er für einen Moment die Zähne, bis er: »Jawoll, Herr Oberleutnant!« brüllt.

Als die Arche wieder in Schwung ist – nach etwa einem Kilometer –, schlage ich aufs Dach, und diesmal tritt der Kutscher sofort auf die Bremse. Na bitte! Die anderen Dressurnummern spare ich mir vorläufig.

Hier und da liegen verrottende Erntemaschinen unordentlich herum. Auf alten Strohmieten wächst Moos und Gras. Ein paar Häuser rechts und links, aber kein Mensch zu sehen. Die Straße brandet in flachen Wellen auf mich zu: langgezogene graue Dünungsseen, bleigrau wie nach einem Sturm. Ferne Felder und Wiesen bilden eine regelrechte Kimm, eine diesige freilich. Wie sollte es auch anders sein bei dieser von feinem Dunst verhängten Sonne.

Die Straßenwellen wiegen mich langsam auf und ab, und ich fühle mich ein paar Wimpernschläge lang wie auf See. Aber dieses angenehme Gefühl geht jäh zunichte: Drei Hühner ergreifen vor unserer Arche wild gackernd und flügelschlagend die Flucht. Blödes Federvieh: anstatt zur Seite weg zu fliehen, rennen die Biester direkt vor den Vorderrädern her und stoßen dabei diese widerwärtigen, nach Angst und Empörung zugleich klingenden Gackertöne aus. Der Kutscher tut sein Bestes, um einen der Flattervögel zu erwischen, aber unsere Arche zieht dafür nicht schnell genug an. Nur gut so! Es gibt nicht viele Anblicke, die mir so zuwider sind wie kaputtgefahrenes Viehzeug. Ich kenne Leute, die sogar Hasen mit dem Auto jagen. Simones Vater zum Beispiel – der war darin groß. Zuerst dachte ich, er renommiere nur damit, aber dann schleppte er zwei, drei entsetzlich zugerichtete Hasen an. »Ça donnera une bonne soupe!« war dabei seine Rede.

Daß es so viele Leute gibt, denen Killen Spaß macht! Dem Karpfentöter in der Fischhandlung »Nordsee« in Chemnitz machte es so sichtbar Vergnügen, mit seinem schweren Holzknüppel Karpfenköpfe einzuschlagen, daß mir als Kind vor ihm grauste. Das Knirschen, wenn er dann mit dem Messer in die Köpfe fuhr, um die Fische der Länge nach in zwei zuckende Hälften zu teilen, ist mir noch fest im Kopf.

Um mir solche Bilder, die mich ungerufen bedrängen, aus dem Sinn zu tilgen, überdecke ich sie willentlich mit anderen. Dabei sind auch welche vom Kommandanten von U 730. Am deutlichsten kann ich ihn mir auf der Brücke, kurz nach dem Festmachen, vor die Augen bringen, wie ich ihn mit einem Anheben des Fotoapparats dazu bringe, sich in Positur zu setzen und den Blick über mich weg in die Ferne zu richten, ganz U-Bootsheld. Dann will ich aber auch, wie um des Kontrastes willen, das Gesicht sehen, das er in dem Augenblick machte, als er erfuhr, daß die Silberlinge wie die Ratten vom Schiff verschwunden waren. Und jetzt lasse ich das Bilderkarussell schneller werden: der krummbeinige Flottillenchef mit seinem Riesenköter, die ausgestorbenen Straßen von La Rochelle, die wimpernschlagenden Nutten im tiefen Schatten der kleinen Cafés, Kramer mit seinem fatalen Grinsen . .

War 'ne Menge los in den paar Tagen, denke ich, und eigentlich kaum Hoffnung, daß wir je da herauskommen würden. Und nun rollen wir mit einem Holzgaser durch die südfranzösische Landschaft . . . Für Momente kann ich kaum begreifen, daß ich mit so einem absurden Vehikel unterwegs bin . . . Wenn es nach mir ginge, würde ich jetzt stoppen lassen und ein paar Kilometer zu Fuß hinter mich bringen und mich dann in einem Dorf verkriechen, ein paar Tage lang richtig ausschlafen und versuchen, mit mir ins reine zu kommen.

Verfehlte Wünsche – ich weiß, ich weiß. Wenn ich dieser Art Ruheverlangen nachgeben würde, könnte ich leicht in Teufels Küche geraten. Es kann schließlich auf jede Stunde ankommen.

Der Himmel klart auf. Nur hier und da liegen noch ein paar Schwaden milchigen Dunstes in den Wiesengründen. Die Felder sind auch hier allesamt abgeerntet. Vielleicht ist das der Grund, daß ich keine Menschen zu sehen bekomme?

Ich hatte mit Hinterhalten gerechnet und daß wir verfolgt werden würden. Insgeheim hatte ich mir schon jede Art von Überraschung ausgemalt – nur diese Friedlichkeit habe ich mir nicht vorstellen können. Wir zockeln durch die Gegend wie Touristen, gerade so, als wäre kein Krieg. Nur daß auch die Orte wie ausgestorben wirken, beunruhigt mich.

Von beiden Seiten drängen sich jetzt Bäume dicht an die Straße heran. Unter mir das Straßenband, oben, zwischen den Wipfeln, das Himmelsband, das nur noch einen Ton heller ist als die Straße. Bald werden die Töne von Himmel und Straße gleich sein.

Gut, daß ich den Kopf voller Verse habe. Wenn ich will, kann ich mir stundenlang vordeklamieren – reibungslos sozusagen: Mit stummen Lippenbewegungen geht es am besten: »Ich bin der Page von Hochburgund / ich trage der Königin Schleppe / Doch einmal, da lachte der Königin Mund / an marmorner Pfeilertreppe . . .«

Einen so verdrallten Kerl wie den Kutscher habe ich kaum je gesehen. Doch: Im Arbeitsdienst oben im Allgäu – da gab es auch ein paar so seltene Exemplare. Der Kutscher agiert wie ein Automat. Damit erinnert er mich an eine Jahrmarktsattraktion: »Mensch oder Puppe«. Das mag auch an seinem ausdruckslosen Gesicht liegen. Schwer vorstellbar, daß er irgendeinen Gedanken hinter seiner niedrigen Stirn wälzt. In La Pallice allerdings hat er mir noch – ganz stolzer Familienvater – Fotos seiner Kinder gezeigt: vier glotzende Milchgesichter und darüber seine eigene Visage als bleicher Mond.

Meine Gedanken fliegen der Arche voraus: Was werde ich machen nach dem Krieg – vorausgesetzt, daß ich ihn überlebe. Ackerknecht? Anstreicher? Goldwäscher in der Isar etwa? Ach was! Wenn dieser Spuk vorbei ist, wird es für unsereinen nicht viel mehr Auswahl geben als Holzfäller in Kanada oder Bergmann in Rußland. Lieber nicht daran denken!

Wenn wir in unserer Richtung weiter und weiter fahren könnten, würden wir wahrscheinlich direkt nach München kommen. Keine Ahnung, wie viele Kilometer es bis nach Hause sind. Nach Hause? Immer wieder denke ich »nach Hause«, just so, als wehrte ich mich dagegen, nun endlich zu akzeptieren, daß ich gar kein Zuhause mehr habe. Mein Zuhause – das war die Flottille und Ker Bibi, nichts anderes. Und meine Heimat war die Bretagne. Aber Ker Bibi gehörte wildfremden Leuten.

Simone und immer wieder Simone . . . Ich habe in Brest viel zuviel Zeit verbumfiedelt. Ich hätte mich eher auf die Strümpfe machen sollen. Aber was hätte ich denn tun können? Ganz allein gegen diese Schweinebande . . . Hätte ich etwa beim FdU Sturm laufen sollen? Dann wäre ich wahrscheinlich sofort erledigt gewesen. Und der Alte? Mehr als der Alte konnte keiner wagen, wenn er nicht selber hopsgehen wollte . . . Den Alten hat es schön gerissen, als er von mir zu hören bekam, daß Simone zweimal in Deutschland war – und das nicht nur für Kurzbesuche.

Die gute Tante Hilde in Leipzig hat auch schön gestaunt, als sie sah, wer in Feldafing meinen Koffer für die Reise zur Leipziger Illustrierten und nach Berlin zum OKW gepackt hatte: zwei rohe Eier in der zusammengefalteten Uniformjacke! Die Vorwürfe, die ich Simone später deshalb machte, prallten an ihr ab wie nichts. Sie spielte doch glatt auch noch die Bezaubernde und fragte spitzbübisch: »Hast du gewascht die Uniform?«

Mir laufen die Gedanken weg, das aber kann nicht gut sein. Also erst mal wieder: Stop! und runter vom Dach und die Füße vertreten.

Die Holzsäcke liegen noch nicht richtig. Ich muß mir meine Kuhle selber bauen. Bartl hilft mir dabei: Die eine der beiden Puffdecken muß aus der Arche heraus und hoch aufs Dach. Ich brauche sie als Unterlage. Meine Walther behalte ich am Koppel, und ich lege mir sogar ein zweites

Magazin für die MP zurecht: Kann der Mensch wissen? Für einen flüchtigen Blick müssen wir wie eine Art Wehrturm durch die Gegend fahren.

Ich muß mich auf die Straße konzentrieren. Zugleich peripherisch und punktförmig gucken. Mindestens hundertachtzig Grad des Gesichtskreises unter Kontrolle halten! Um das zu schaffen, muß ich im Genick so viele Drehungen nach rechts und nach links vollführen, daß mir der Hals gehörig schmerzt. Ich muß jedes Haus, jedes Giebelfeld, jeden Straßenbaum in den Blick fassen – noch jede Mauer und jeden Stapel alter Tonnen. Alles kann einen Hinterhalt bedeuten, überall können die Brüder vom Maquis im Anschlag hocken und uns in aller Ruhe ins Visier nehmen.

Nach achtern sind wir ungeschützt. Wenn einer von hinten käme – wenn er langsam aufkäme mit einem Auto, das schneller ist als unsere Arche, würde ich das bei dem Krawall, den wir selber machen, kaum merken. Aber ich kann beim besten Willen nicht auch noch nach achtern Ausguck halten. Zur eigenen Beruhigung sage ich mir: Wer soll hier schon hinter uns herfahren? Benzin ist rar, niemand hat Benzin, auch die Maquisarden nicht.

Aber Benzin oder kein Benzin – da stehen zwei Scheunen oder sonstwas für Bretterbuden zu dicht an der Straße, die bilden einen richtigen Engpaß und haben kleine Luken unterm Giebel: Verdammt noch eins, das sieht böse aus! Auf einmal fährt mir die Arche viel zu schnell. Die dunkelgrünen Holzwände werden im Näherkommen bedrohlich groß. Ich lasse den Lauf meiner MP von einer Luke zur anderen wandern – nichts rührt sich.

Ich muß mir immer wieder neue Rucke geben: Die Gedanken nicht dauernd abschweifen lassen! Aufpassen! Nichts als aufpassen! Ich bin der einzige Ausguck auf diesem Vehikel. Allein auf meine Wachsamkeit kommt es an ...

Einen Kurs brauche ich nicht abzustecken: Auf dieser Straße geht es wie auf einer Schiene dahin. Bis wohin wir noch kommen werden, davon habe ich keine klare Vorstellung. Jetzt deklamiere ich mit lauter Stimme: »Stolz flattert die Fahne im Wi-in-de / die Rösser, sie traben geschwi-in-de ...«

Ob es so richtig ist, weiß ich nicht, aber lautes Deklamieren ist jedenfalls gut: Es hält mich wach. Der Motor brummt so sonor, daß meine beiden Affengesichter mich wahrscheinlich nicht hören können. Ich drehe also meine Lautstärke noch ein Stück höher: »Gen Hörnum hat die Prunkbark den Schnabel gewetzt / ihr folgen die Ewer, kriegsvolkbesetzt ...«

Blöder Quassel! weise ich mich selber zurecht. Lange hält der Verweis aber nicht vor. Nach einer knappen Weile schon deklamiert es in mir: »Die Säbel geschwungen, die Zäume verhängt / tief die Lanzen und hoch die Fahnen! / So haben wir sie zusammengesprengt / Kürassiere wir und Ulanen ...« Und dann tönt aus mir, ob ich nun will oder nicht, das Lutherlied: »Und wenn die Welt voll Teufel wär / und wollt uns gar verschlingen ...«

Meine Mutter pflegte es laut zu singen, wann immer sie sich attackiert oder von der Welt verlassen fühlte. Ich selber bringe es auch halbwegs richtig hin, trotz meiner vier in Musik: »Der a-alt böse Feind / mit Ernst er's itzt meint / groß Macht und viel List / sein grausam Rüstung ist / auf Erd ist nicht seinsgleichen ...«

Luther: mein großes Vorbild! Meine Linolschnitte zum Lutherleben waren es, die mir eine Einladung nach Wittenberg einbrachten. Ich kann mich deutlich als Vierzehnjährigen sehen, wie ich mit meinem Fahrrad ohne Sattel, mit nichts zum Sitzen als einem um den Rahmen gebundenen Kissen, von Chemnitz nach Wittenberg strampelte.

Wir kommen in eine sumpfige Senke und überqueren einen Bach, der Le Mignon heißt. Am Bachlauf stehen Kopfweiden mit langen Ruten. Ich sehe eine kleine Herde Schafe, alle in dicker Wolle. Und dann wieder Pappeln an der Straße mit grünsilbernen Blättern: lauter Bilder von Corot. Vor einer Ortschaft lösen gekappte Platanen die Pappeln ab. Die dicken Stämme sehen aus, als wären sie für diesen elenden Krieg mit Tarnmustern bemalt worden.

Bei der Ortsdurchfahrt beschleicht mich wieder dieses fatale Gefühl: Wo sind nur die Bewohner? Kein Anzeichen von Leben. Nur ein Schwarm Tauben fliegt neben uns auf. Hier muß überall ein wahrer Exodus stattgefunden haben. Oder halten sich etwa alle versteckt? Aber vor wem versteckt? Wir sind die einzigen Soldaten weit und breit.

Von La Rochelle bis Niort sind es dreiundsechzig Kilometer. Ein Klacks mit der Wichsbürste! hätte ich früher dazu gesagt. Mit dieser Arche aber und ohne tastbares Profil auf den Reifen ist das anders: Jetzt zählt jeder Kilometer zehnfach. Die Reifen! Die Reifen! Die Reifen! Mein Kopf funktioniert fast schon wie ein Grammophon, dessen Nadel in einer Plattenrille hängengeblieben ist. Geht aber doch gut! versuche ich mich zu beruhigen. Die Arche frißt die Straßenmeter vor uns nicht gerade wie ein Rennwagen weg, o nein, aber doch mit einer vertrauenerweckenden Stetigkeit. Und der Kutscher hat offenbar den Bogen raus, diese denkwürdige Karosse in Schwung zu halten.

Da kommt nun doch ein Auto auf uns zu – eine Art Lieferwagen. Ich klopfe einmal aufs Dach. Der Kutscher bremst sofort ... Abwarten! Der

Gegenkommer ist nicht getarnt. Also in aller Ruhe die MP anlegen! Bartl ist schon im linken Straßengraben. Das andere Fahrzeug bleibt ebenfalls stehen und gibt drei kurze Hupsignale. Und jetzt wird gewinkt, und drei Landser steigen aus.

»Wo wollt ihr denn hin?« brüllt Bartl über die uns trennenden Meter hinweg.

»Wo kommt ihr denn her?« fragt mit Brüllstimme einer der drei fast gleichzeitig. Dann kommen sie heran, und ich kann sehen, wie das Staunen über unser Automobil, das sich in den Gesichtern malt, immer größer wird.

»Ihr habt wohl 'n Auto mit 'nem Zeppelin gekreuzt?« frotzelt einer. Als er mich, kaum hat er ausgeredet, auf dem Dach entdeckt, zuckt er erschrocken zusammen, und dann nehmen alle drei schnell Haltung an Ich versuche ihnen mit einem Tauschhandelsgrinsen die Verlegenheit zu nehmen und klettere auf die Straße runter. Bartl ist schon dabei, die Landser auszufragen: »Wie sieht's denn da aus, wo ihr herkommt?«

»Gefährlich!« höre ich. »Ganz verseuchte Gegend!«

»Nördlich von Niort ist erst gestern wieder was passiert . . .«

Und dann fallen sie sich mit der Schilderung von Greueltaten gegenseitig ins Wort. Da detonieren Minen, wird die Straße mit MGs und mit Granatwerfern beschossen . . . Die drei lassen einen ganzen Gruselfilm mit einer Geisterarmee von Terroristen ablaufen. Nur das Gift im Trinkwasser fehlt noch! denke ich. Mit diesem Palaver versäumen wir nur Zeit . . .

»Bis nach La Pallice ist die Strecke frei. Na, dann gute Fahrt!« wünsche ich den dreien, und so bringe ich sie wieder in ihr Fahrzeug und zum Starten. Im Vorbeifahren grüßen sie zackig, so gut das im engen Führerhaus geht, der Fahrer nur mit starrer Blickwendung zu mir her: gelernt ist gelernt und angedrillt ist angedrillt.

»Scheißhausparolen! Nichts als Scheißhausparolen«, sage ich zu Bartl. »Wenn's nach denen ginge, müßten wir kehrtmachen und uns in den Atlantik stürzen!« Ich schauspielere auf Teufel komm raus. Dabei gäbe ich einiges darum, wenn ich erfahren könnte, was an dem Gerede stimmt. »Bisher haben wir jedenfalls noch keine Partisanen gesehen . . . Die wollen doch auch nicht noch in letzter Sekunde ihren Arsch riskieren! Und wir werden uns doch nicht von ein paar Landsern ins Bockshorn jagen lassen! Also: weiter geht's!«

Bartl hilft mir wieder aufs Dach.

Während die Arche anrollt und der Kutscher hochschaltet, sage ich mir: Ins Bockshorn jagen? Was für ein komischer Ausdruck! Ich stelle mir vor, wie Simone das übersetzen und sich dabei amüsieren würde: »Chasser in die kleinen Dings auf die Kopf von die Ziege?« Und dann mit Empörung: »So ein Quatsch, die Sprach von die Deutsche!« – Simone und ihr verrücktes Kauderwelsch! Allein schon damit konnte sie einen Mordsspaß veranstalten, wenn sie richtig aufgelegt war.

Wieder ein Ort. Die Dächer der Häuser sind fast flach. Ich lese wieder Ladenschilder: »Quincaillerie« – »Boucherie« – »Charcuterie«. Aber dann auch »Renseignements ici«, und ich frage mich, welche Art von Auskünften ich denn wohl hinter der tristen Fassade bekommen könnte. »Pro Patria« steht auf dem weißgekalkten Sockel eines Kriegerdenkmals.

Am Ortsausgang werfen zwei alte Linden ihre Schatten neben die Straße hin. Dann kommen Zuckerrübenfelder rechts und links. Das schräg einfallende Sonnenlicht tüpfelt Tausende von Schattenpunkten ins schmetternde Grün des Rübenkrauts.

Die Straße hinter dem Ort ist wie mit dem Lineal gezogen. Ich müßte bis in alle Ferne gucken können, aber immer neue Hügel verwehren mir den Blick.

Wir kommen gut voran. Niort kann nicht mehr sehr weit sein. Mich überkommt das Gefühl, nicht über Land zu fahren, sondern auf See zu sein. Das rührt von der Tektonik dieser Landschaft her: Sie wogt wie eine langgezogene Altdünung auf und ab und uns entgegen.

So weit das Auge blickt, ist alles vertraute Welt, und doch erscheint mir ihr Anblick merkwürdig verwandelt. Kommt es daher, daß mein Blick tiefer einzudringen versucht als sonst? Ist meine gespannte Erregung der Grund? Oder etwas anderes? Gewiß doch: Ich bewege mich mit meinen Beinen nicht auf der Erde – aber muß ich mich deshalb als so merkwürdig schwerelos empfinden? Und dann finde ich eine Erklärung, die mir einleuchtet und hilft: So erhöht wie jetzt bin ich noch nie über Land gefahren. Mein Hochsitz ist es, die veränderte Perspektive, die mir alles so ungewohnt erscheinen läßt.

Ein himmelshell blinkender Wasserlauf zieht sich neben der Straße hin, staut sich allmählich und wird zum Teich. Aber dieser Teich sieht, weil er ganz und gar von Entenflott bedeckt wird, wie eine grüne Wiese aus. In all dem Grün ist nur eine einzige offene Stelle, in der sich der Himmel spiegeln kann. Von dieser Stelle her blitzt es, als sollte ich ein Signal bekommen.

Ich drehe den Kopf hierhin und dahin und nehme auch hin und wieder den Himmel bis hoch zum Zenit in den Blick. Ich bin wie ein Zuschauer in einem Kulturfilm – über diese Landschaft mehr erstaunt als in sie einbezogen. Ich bleibe in einer merkwürdigen Distanz zu allem, was ich sehe. Die Erklärung, die ich mir eben erst gegeben habe, will also nicht fruchten. Mein irritierender Schwebezustand hält an.

Flausen! sage ich zu mir. Ich muß mich zwingen, meine Wachsamkeit nicht von solchen Reisegedanken schwächen zu lassen ... Überreizte Nerven? Das wäre kein Wunder! Das war weiß Gott kein Ausschlafen letzte Nacht. Und an die Nächte zuvor darf ich gar nicht denken ... Weiß der Henker, wann ich mal wieder zu einem richtigen Ausrasten kommen werde. Wann und wo.

Ich weiß ja nicht einmal, wo wir heute nacht Quartier finden werden. Ich habe nicht die leiseste Ahnung, bis wohin wir es schaffen können.

Niort! Na Gott sei Dank! Die ersten gut sechzig Kilometer hätten wir hinter uns. Das ist, bei Lichte besehen, mehr als nichts. An einem Schildermast eine Holztafel: »Feldkommandantur«, und ich denke: nichts wie hin! Vielleicht erfahre ich hier, wo die Amis stehen und welche Straßen wir am besten nehmen. Und womöglich haben die sogar eine Straßenkarte für uns. Also ein Schlag aufs Dach und Bartl unterrichten, wohin ich will ...

Die Feldkommandantur ist in einem ehemaligen Gymnasium. Wenig später schon fahren wir dort vor.

»Sie warten hier«, sage ich zu Bartl, als ich von meinem Ausguck gestiegen bin.

»Ehrensäbel, Herr Oberleutnant!«

Für den Ehrensäbel erntet Bartl von mir diesmal nur einen giftigen Blick.

Der Chef der Feldkommandantur, so erfahre ich von dem Posten, der vor einem frisch bemalten Schilderhäuschen steht, ist ein Hauptmann.

Schon auf der Treppe riecht es auch hier scharf nach Eau de Javel. Blinde Scheiben, geölte Dielen, Wandbilder »La France et Outre Mer« – Schulmief. Meine Tritte hallen auf dem Steinboden vielfach nach. In meinem martialischen Aufzug komme ich mir deplaziert vor: Ich hätte meine MP wohl besser in der Arche lassen sollen. Der Ordonnanzfeldwebel reißt prompt die Augen weit auf, als er mich in sein Büro kommen sieht. Aber ich staune auch: Da bin ich ja in die Welt des Schlachtenmalers Anton von Werner eingedrungen – in eine Szenerie wie im Siebziger Krieg. Titel: »Stabsquartier in einem von deutschen Soldaten besetzten französischen Gymnasium«. Dieses Zimmer mit seiner Kassettendecke und dem alten, dunkel gefirnißten Mobiliar könnte auch eins im Rathaus von Sedan oder Vionville sein. Und da erscheint, wie um das Bild komplett zu machen, der Herr Hauptmann in einer tadellos sitzenden Schneideruniform, ohne

Schmerbauch, eher schon hager, groß und schier gravitätisch, Monokel vor dem rechten Auge.

Gladiatorengruß und Handschlag. Ich erkläre dem Hauptmann, daß ich als Kurier unterwegs sei und nach Paris wolle. Das findet der Hauptmann höchst interessant. Als er hört, »mit einem Holzgaser«, findet er das sogar faszinierend. Und als ich der Befürchtung Ausdruck gebe, er könnte unser Fahrzeug am Ende sogar »ridikül« finden, kann er sich vor lauter Amüsement gar nicht lassen. »Ridikül«, nein so was! Was für ein hübsches Wort!

Der Hauptmann scheint lange keine Abwechslung gehabt zu haben. Jetzt will er wissen, woher ich komme. Ich antworte: »Aus Brest!« und könnte mir gleich auf die Zunge beißen, denn nun folgt unweigerlich die Frage, auf welchem Weg ich denn von Brest ausgerechnet hierher gekommen sei.

»Auf dem Seeweg«, gebe ich betont knapp und resolut zurück, um auszudrücken, daß ich aus unserem Dialog keinen Plausch entstehen lassen möchte. Ich wolle mich nur über die allgemeine Lage informieren, sage ich, wie es zum Beispiel an der Loire aussehe und um Paris herum. Aber da guckt mich mein Gegenüber so befremdet an, als hätte ich ihn des Diebstahls bezichtigt, und dann beginnt der Hauptmann mir weitschweifig zu erklären, wie gefährlich die Situation in der ganzen Gegend sei. Um Niort herum muß es, wenn es stimmt, was der Hauptmann behauptet, von Terroristen nur so wimmeln. Der Herr Hauptmann kann es kaum fassen, daß ich unbehelligt bis hierher in sein Büro gelangt bin. Ob wir denn gar keine »terroristischen Aktivitäten« beobachtet hätten? Und jetzt tut der Mann so, als wolle er endlich die Katze aus dem Sack lassen: Er richtet sich hinter seinem Schreibtisch auf und stützt die Hände mit gespreizten Fingern auf das reich verzierte alte Möbel, und dann verkündet er wie ein Rekommandeur: »Nach Norden hin sind wir bereits abgeschnitten! Straßensperren! Ich habe gerade erst entsprechende Meldungen bekommen!«

Heiliger Strohsack! sollte ich jetzt wohl sagen – abgeschnitten?

Ein Ordonnanzfeldwebel kommt herein und legt dem Hauptmann ein Aktenstück und einzelne Papiere auf den Schreibtisch. Dann nimmt er seine Knochen zusammen, deutet ein »Männchen« an und verschwindet wieder.

Der Hauptmann entschuldigt sich und wirft einen Blick in die Papiere. Dabei chargiert er wie in einem Tourneestück für die Provinz: Nur schnell das Dringendste erledigen! Man müßte sich zerreißen, wenn man alles ordentlich verabschieden wollte!

Es ist nicht zu fassen: Schon wieder dieses Theater! Und mit solchen Schießbudenfiguren wollte der Gröfaz den Krieg gewinnen! Mit Oberstudienräten, Bankdirektoren und Büroleitern. Diesmal ist es vor allem die nach Eleganz strebende Verbindlichkeit des altgewordenen Korpsstudenten, die mich reizt.

Endlich klappt der Hauptmann seine Mappe zu und nimmt das Gespräch wieder auf: »Und die Straße nach Paris, die an der Loire ... da gibt es keine gesicherten Erkenntnisse.«

Ich hänge meinen Blick an die Lippen meines Gegenübers, gerade so, als könne ich ihn damit dazu bringen, doch noch eine Erkenntnis herauszulassen.

»Es ist daran gedacht, einen Konvoi zusammenzustellen ... Aber solange wir keine Panzer geschickt bekommen, um die Straße zu räumen, ist da allein und auf eigene Faust gar nichts zu machen. Ich habe natürlich Panzer angefordert!«

Fein, fein! will es mir da über die Zunge, aber das kann ich gerade noch verhindern. Und mit der nachdrängenden Frage: Panzer? Aber woher denn? werde ich auch fertig. In meinem Kopf repetiert es: Konvoi, Konvoi, Konvoi ... Geht das denn immer so weiter?

Schließlich erfahre ich wenigstens, daß Le Havre noch nicht gefallen ist – Brest kämpft auch noch. Und eine neue Straßenkarte hat man für mich, zwar nur eine summarische von ganz Frankreich, dafür aber mit Kilometerangaben.

Als ich noch einmal nachhake und mich erkundige, welcher Art denn die gemeldete Straßensperre sei, erfahre ich, daß man das so genau nun auch wieder nicht wisse – ich käme aber auf keinen Fall durch. Die Straße sei total gesperrt. Der Mann hat sich mit seiner vermaledeiten Straßensperre plötzlich wie ein Hund mit seinem Knochen. Er will offenbar an gar nichts anderes mehr denken: ein strategisches Großereignis – direkt vor der Türe! Trotzig wiederholt er: »Da kommen Sie nicht durch – absolut dicht! – Da hilft nun alles nichts!«

Der Hauptmann stellt mit Gesichtsausdruck und Haltung die schiere Resignation dar. Nur sein Monokel blitzt.

»Aber gibt es denn keine Ausweichrouten?« frage ich.

»Leider nein!«

Woher will der Mann das denn wissen? denke ich. Was er da redet, hat er doch nur vom Hörensagen! Zu feige oder zu faul, sich die Sperre selber anzugucken, geschweige denn, sie wegzuräumen.

»Wenn ich Ihnen irgendwie behilflich sein kann ... Jetzt heißt es erst mal abwarten. Soll ich Ihnen Quartier zuweisen lassen?«

»Gehorsamsten Dank, Herr Hauptmann!«

Ich habe mich längst entschlossen, mich hier nicht aufzulehnen, sondern das Theater scheinbar willig mitzumachen. Dann will ich schon weitersehen ...

»Sie können Ihren Wagen in den Hof fahren. Mein Wachtmeister kümmert sich dann um Sie und Ihre Leute.«

»Gehorsamsten Dank, Herr Hauptmann!« plärre ich noch einmal wie aufgezogen und denke dabei: O nein, Freunde! So haben wir nicht gewettet! Dann hätten wir uns ja gleich in La Pallice vereinnahmen lassen können ...

Auf der Treppe verhalte ich ein paar Sekunden und überlege: Was würde der Alte jetzt tun? Losfahren würde er und sich die ominösen Straßensperren ansehen! Schließlich ist es bis zum Dunkelwerden noch eine Weile hin. Also? Ab durch die Mitte! gebe ich mir selber die Antwort. Daß uns dieser Quatschkopf so lange aufhalten durfte, war ein Regiefehler. Das könnte dem so passen, daß wir, kaum auf der Straße, schon wieder aufgeben! No, Sir, so läuft das nicht. Hier mag sich's ja leben lassen, aber wir haben leider, leider noch woanders zu tun.

Als ich wieder auf die Staße trete, bleibe ich wie angewurzelt zehn Meter von unserer Arche entfernt stehen: So voll wie jetzt und in ganzer Länge habe ich unser schwerbeladenes Vehikel noch nicht in den Blick genommen. In mir bilden sich so widerstreitende Gefühle wie Staunen, Erschrecken und Stolz. Dieses Schlachtschiff ist die leibhaftige Verkörperung des Schimpfnamens der Franzosen für die Deutschen: »les ersatz«.

Bartl hat ohne Erfolg nach Reifen gefragt, der Kutscher neu eingeheizt. Reifen scheinen überall rarste Mangelware zu sein – zumal solche, die auf unsere Felgen passen würden. Bartl schäumt: »Wird Zeit, daß die Amis kommen oder die vom Maquis, um den Lahmärschen hier dieselben mal richtig aufzureißen.«

»Na, na, na! Wie reden Sie denn, Bartl!« sage ich.

»Iss doch wahr«, muffelt Bartl da nur noch, aber mit seiner ganzen Figur drückt er niedergezwungene Empörung aus.

»Dabei wissen Sie noch gar nicht, was uns hier blühen soll.«

»Was denn, Herr Oberleutnant?«

»Bequem sollen wir's uns machen und abwarten, bis die einen Konvoi zusammengestellt haben.«

Bartl bläht sich vor lauter Empörung wie ein Frosch auf: »Aber da machen Sie doch nicht mit ...«

»Nein, Herr Bootsmann. Wissen Sie, was wir jetzt machen?«

»Nein, Herr Oberleutnant.«

»Jetzt kratzen wir ganz schnell die Kurve, und vielleicht gibt's sogar noch was Interessantes ... Also, wenn ich oben bin, dann ab die Post.«

Der Herr Hauptmann, denke ich und freue mich über den leichten Fahrtwind, wird schön Augen machen, wenn er spitzkriegt, daß wir wieder unterwegs sind, statt uns in Niort einzunisten. Da gibt es nun, über das ganze riesengroße Frankreich verteilt, Dutzende oder gar Hunderte solcher Feldkommandanturen, und überall hat sich ein ganzer Pulk Feldgrauer durch die vielen Besatzungsjahre gepelzt – und das in Saus und Braus. Wozu das außer für die Parasiten selbst gut war, wird mir wohl keiner verraten können. Wahrscheinlich war jeder dieser Feldkommandanten genauso überflüssig wie unser FdU in Angers. Angers? Quatsch! Der feine Herr ist doch längst mit Tennisschläger und Töle nach Paris abgerauscht ...

Der Maquis soll also in den letzten Tagen besonders aktiv gewesen sein? Das reimt sich doch kaum darauf, daß wir außer den paar Radfahrern fast keinen Menschen zu Gesicht bekommen haben. Aber mal angenommen, wir finden uns plötzlich einer von FFIs besetzten Barrikade gegenüber? Dann kommt es sicher ganz auf die ersten Sekunden an – vorausgesetzt, daß die nicht gleich losballern ...

Einen weißen Lappen zurechtlegen! sage ich mir. Gleich beim nächsten Stop! Aber woher nehmen und nicht stehlen? Wir haben kein Bettlaken an Bord, nicht mal ein Handtuch. Doch! Ein Handtuch müßte da sein. Irgendwo in den Tiefen meiner Segeltuchtasche müßte ein weißes Frotteehandtuch stecken, über dessen Länge ein blutroter Streifen mit der weißen Negativschrift »Kriegsmarine« läuft. Nicht ganz das Richtige, aber besser als gar nichts.

Ich hätte mehr Argot lernen sollen. Ohne Argot ist man in Frankreich aufgeschmissen. Mit Hilfe ihres Argots können sich die Pariser sogar in Gegenwart von Soldaten über die Deutschen mokieren. »Les boches«, das kapiert sogar ein Landser – also bedienen sich die Franzosen eines neuen Schimpfwortes: »les schloes«. Niemand weiß recht, was es eigentlich bedeutet und wie es geschrieben wird, aber alle Franzosen gebrauchen es.

Ich probiere durch, was ich weiß: »Cela me fait rire à ventre déboutonné« – das läßt mich mit aufgeknöpftem Bauch lachen. »Il n'a pas un mois dans le ventre« – er hat keinen Monat mehr zu leben. Feine Beispiele! verhöhne ich mich und mache bescheidener weiter: Man sagt nicht »une demie année«, sondern »six mois«. Bei Kleinigkeiten aufpassen, das ist wichtig! »Il se laisse manger la laine sur le dos« – er läßt sich die Wolle vom Rücken fressen, sprich: das Fell über die Ohren ziehen.

Wie verhalte ich mich bei einer Gefangennahme? Wenn die Burschen ihre dreckigen Finger an den Abzügen haben, muß einem schnell was einfallen. Auf den Verblüffungseffekt setzen? Zum Beispiel mit dem hübschen Abzählvers: »Je fais pipi dans mes caleçons – pour embêter les morpions ...«?

Mit den ersten Worten muß man verhindern, daß die Burschen ihre Finger am Abzug durchkrümmen. Reizen darf man sie schon gar nicht, wenn sie einem ihre Knarren im Hüftanschlag mit den Mündungen direkt auf den Bauch richten. Irgendein Jähzornsbursche kann immer dabeisein.

Ich sollte mich auf jeden Fall vorbereiten. Die Situation, vor der ich solchen Bammel habe, kann jede Minute eintreten. Könnte es am Ende sogar besser sein, so zu tun, als verstünde ich kein Französisch? Sich freizuschießen wäre allemal das Beste. Aber gegen wie viele Leute hätten wir eine Chance? Wie kann ich mich im Zweifelsfall mit Bartl verständigen? Was tun, wenn wir Feuer bekommen, aber keinen Gegner sehen?

Munition haben wir verdammt wenig. Also die MP ja nicht durchrattern lassen, sondern nur gezieltes Einzelfeuer geben . . .

An den Staßenrändern liegen demolierte Autos wie hilflose Maikäfer auf dem Rücken. Tankwagen, verglüht und bizarr verbogen inmitten riesiger schwarzer Brandstätten. Die muß es aus der Luft erwischt haben. Aber wieso ist es dann jetzt am Himmel so ruhig?

Auf ein paar Kilometer hin sieht es ganz nach Krieg aus. Hin und wieder ragen halb verkohlte Sparren in den Straßenraum herein. In einem Brett, das der Kutscher mit Sorgfalt umfährt, sehe ich Nägel stecken – eine ganze Reihe, und allein davon wird mir schon blümerant. Ich kapiere nicht, warum unsere wertgeschätzten Gegner hier so viel Kleinholz gemacht haben. Zur eigenen Beruhigung sage ich mir: Wer begreift schon alles, was in diesem Krieg passiert! Gleich stehen mir die Bilder von der Jaboattacke bei Regensburg vor Augen. Tief im Land, kurz vor der Donaubrücke, die beiden Jabos wie die Habichte auf einen einzelnen Zug!

Weiter, weiter.

Das Gelände wird allmählich unübersichtlich: Büsche und Bäume auf Rainen wie in der Normandie, dazu scharf beschnittene Hecken. Eine Ortsdurchfahrt mit Kugellinden, rechts ein Wasserturm, links der Kirchturm. Die Linden verbergen alles. Ein verrückt beschnittener Buchsbaum über einer Kirchhofsmauer. Runter, rauf, runter. Wir überqueren einen Wiesenfluß – das muß die Sèvre sein. Und endlich weitet sich von den Höhen aus der Horizont wieder. Die Sicht ist allerdings immer noch eingeschränkt.

Saint-Maixent. Mittendrin ein Riesenplatz. Ein Grünspan-General, mit gezogenem Säbel nach links über die Brust weisend – darunter in großen erhabenen Lettern: »A DENFER-ROCHEREAU«. Das Hotel »Le Terminus«, »Hôtel de l'Europe«, ein einäugiger Bahnhof – »DÉFENSE D'AFFICHER«. Schmalbrüstige Häuser, eine Akazienallee, und schließlich geht es eine Serpentine hoch, und mir bietet sich ein weiter

Blick ins offene Land hinein. Die Fernen sind blau, die vielen Wolkentupfer am kobaltenen Himmel machen aus den wechselnden Anblicken freundliche Bilder.

Wenn wir so wie jetzt immer schön in nordöstlicher Richtung weiterrollen, müssen wir bei Tours an die Loire kommen – und dann an der Loire hin auf Orléans zu. Wäre doch gelacht, wenn wir das nicht schafften! An der Loire müssen wir auf jeden Fall Verteidigungslinien haben.

Und die Amis? Die sind sicher noch nicht bis zur Linie Nantes-Angers-Tours durchgestoßen. Ihre Absicht besteht ohne Zweifel darin, zunächst Westfrankreich abzutrennen, just so, wie sie die Normandie abgeschnitten haben.

Wahrscheinlich werden die Alliierten keinen direkten Angriff auf Paris riskieren. Ein direkter Angriff wäre gegen ihre Art. Sie werden Paris wohl eher einschließen oder ganz umgehen – die Stadt einfach liegenlassen, bis sie von alleine reif wird. Vier Millionen Menschen ohne Lebensmittel – das kann nicht lange gutgehen. Aber wenn der Wahnsinn doch die Oberhand gewinnt? Mit Angriff und Gegenangriff und Verteidigung bis zum letzten Mann? Mit allen Schrecken dieses Krieges, mit Morden, Erschießen und Aufknüpfen an Straßenlaternen?

Wie mag es in Brest stehen? Angesichts der gewaltigen Übermacht wird sich Brest nicht mehr lange halten können. La Rochelle wird auch bald eingeschlossen sein. Und Bordeaux natürlich auch.

Die Besatzungen der Fernboote werden sich wundern, wenn sie eines Tages zurückkommen und keinen Unterschlupf mehr finden. So viel Fliegende Holländer wie dann haben die sieben Meere noch nie gesehen . . .

Ob den Herren in Koralle doch noch ein Seifensieder aufgeht? Jetzt *muß* der ganze Schwindel doch auffliegen!

Aber was zerbreche ich mir den Kopf über Dönitz und seine Fähnchenstecker? Nur nicht die Aufmerksamkeit verlieren!

Die Landschaft ringsum bietet sich dem Blick als durchaus erfreulich dar: grün in allen Tönungen und Brechungen, bläuliches und gelbliches Grün, silbriges Grün, in der nun schräg stehenden Sonne leuchtendes Laubgrün und dicht daneben samtdunkles Schattengrün. Und darüber das leicht verwässerte Himmelskobalt.

Durchatmen, so tief es geht, gegen die Müdigkeit ankämpfen und dann wieder einen Rundblick nehmen! Gut, daß die Gegend so flach ist. Die alten Bäume zu beiden Seiten der Straße bilden auf eine ganze Strecke hin die einzigen Senkrechten im Bild der Landschaft.

Plötzlich sehe ich weit voraus etwas auf der Straße. Der Kutscher geht im gleichen Augenblick vom Gas.

Kein Zweifel: Da liegt ein Baum quer, die Krone wie ein Riegel links bis aufs Feld vorgeschoben!

Sollte der Monokelfritze in der Feldkommandantur doch recht haben? Der Kutscher läßt die Arche ausrollen. Als wir stehen, sage ich erst mal: »Scheiße!« und dann noch einmal: »Scheiße!«

»Du kriegst die Motten!« bringt Bartl nur hervor, als ich mich neben ihn stelle.

Ich bin mit einem Schlag putzmunter. Jetzt heißt es schnell überlegen: Die Arche mit dem Kutscher zurücklassen und uns rechts und links der Straße bis zum Hindernis vorarbeiten – etwas anderes bleibt uns gar nicht übrig.

»Bartl, Sie nehmen die linke Seite! Aber passen Sie bloß auf! Da können welche dahinterstecken! Also ab und mit mir auf gleicher Höhe bleiben!«

Als ich mich am Straßenrand und auch im Straßengraben von einem Baumstamm zum anderen vorpirsche, so, wie ich es gelernt habe, komme ich mir wie in einer Kinoklamotte vor. Obwohl ich wirklich Bammel habe, will ich doch das Ganze immer noch nicht richtig ernst nehmen: Räuber und Schandi! Ich wage einen Lunzblick aus dem Graben heraus über die Straße hin. Aus meiner Froschperspektive ist das Asphaltband nur handbreit, dafür sind die Gräser und ein Käfer dicht vor meinen Augen riesengroß. Während ich lauere, ob sich an der Straßensperre etwas rührt, registriere ich genau: Um einen Halm hat sich ein kleiner Ameisenhaufen gebildet. Sieht von oben aus wie ein Rundzelt mit dem Halm als Mast.

Als wir heran sind, sehe ich: nirgends eine Möglichkeit, das Hindernis zu umfahren, so sehr ich den Kopf auch hin- und herdrehe: tiefe Gräben rechts und links der Straße.

»Verdammt gut gewählt!« plärrt Bartl. Und ob er recht hat! Bartl sagt auch noch: »Mahlzeit!« und dann: »Aus der Traum – dein treuer Vater!« Und das sagt er, weil der Stamm am unteren Ende gut und gerne fast einen Meter Durchmesser hat. Den bewegt so schnell keiner von der Stelle, es sei denn, er sägt ihn klein – Arbeit für zwei Tage.

»Einfach, aber simpel«, gibt Bartl auch noch zum besten. Und das ist zuviel für mich: In meiner Wut versetze ich dem Stamm einen Fußtritt, davon schmerzen mir aber nur die Zehen – und das gehörig.

Umkehren? Das wäre das Schlimmste, was uns passieren könnte. Nach unserem fulminanten Aufbruch wäre das eine Demütigung sondergleichen. Ich kann mir die Schadenfreude auf dem Gesicht des Monokelfritzen gut vorstellen, wenn wir wieder bei ihm auftauchten – mit eingezogenem Schwanz.

Ich stehe frei in der Landschaft. Wenn etwas passieren sollte, müßte es *jetzt* passieren. Aber es bleibt ruhig. Zu allem Überfluß höre ich Vögel. Ich will es gar nicht wissen, aber es müssen Lerchen sein.

Ich winke den Kutscher heran. Damit wäre unsere Streitmacht wieder komplett. Und wie weiter? Ich dachte schon, die Schweinebande liegt hier im Hinterhalt und nimmt uns hops – nach klassischem Muster fürs Berauben von Geldtransporten. Aber außer diesem enorm gewichtigen Stamm gibt es weit und breit nichts, was als Hinterhalt dienen könnte. Warum also ausgerechnet hier? frage ich mich und finde zu meiner Befriedigung auch gleich die Lösung: Der Baum war in der ganzen Allee der einzige von dieser Größe, alle anderen haben nur halb so dicke Stämme – und außerdem hat Bartl recht: keine Chance, ins Gelände zu beiden Seiten der Straße auszuweichen, die Gräben sind viel zu tief, und die Wiesen sehen feucht aus.

Da höre ich von ferne ein dumpfes Motorenbrummen und reiße den Kutscher auf die Straße herunter. Bartl liegt schon in Deckung. Verdammt! denke ich, jetzt wird's kriminell. Der Motorenlärm kommt ohne Zweifel von der anderen Seite und wird schnell stärker. Ein schwerer Laster?

Bartl läuft geduckt am Stamm entlang und verschwindet im Straßengraben. Ich nehme den Kutscher am Schlafittchen und verschwinde mit ihm zu meiner Seite hin in den Graben. Dann schiebe ich mich langsam aus der Deckung hoch . . . Zu blöd, daß die Straße gleich hinter dem Stamm eine leichte Biegung macht. Ich kann deshalb noch immer nichts von dem Fahrzeug sehen. Mit angelegter Waffe richte ich mich, die linke Schulter gegen einen Baum gedrückt, allmählich noch höher auf. Wenn die Terroristen absteigen, knallt Bartl hoffentlich nicht gleich los. Besser, ich warne ihn.

»Wenn's Terroristen sind: Erst alle aussteigen lassen! Verstehen Sie mich, Bartl?«

Bartl nickt. Er steht ebenfalls halb aufgerichtet in Deckung eines Chausseebaumes.

Was ich dann sehe, läßt mich für einen Augenblick erstarren: Da kommt ein weiß-grüner Omnibus heran – ohne jeden Zweifel ein Omnibus aus Paris! Sicher voller Terroristen!

Dem Omnibus fehlen nur noch zwanzig Meter. Er rollt langsam aus. Dann höre ich deutlich das Knarren der Handbremse.

Verdammt! Die Windschutzscheibe blendet: Ich kann nicht ins Innere blicken, wie viele drin sind. Der Motor läuft weiter. Was ist da los? Will sich denn da keiner rühren? Ich warte mit gestautem Atem, den Finger am Abzug. Mit halbem Blick lunze ich zu Bartl hin: Nichts rührt sich.

Da steigt endlich einer aus dem Führerhaus – einer in Uniform. Ich will meinen Augen kaum trauen: ein deutscher Landser! Im Hinterkopf denke ich: Das muß ja wohl ein ganz schön verrückter Hund sein! Statt mit ausreichend Abstand zur Sperre zu stoppen und in Deckung zu gehen, ist der mit seinem Bus so dicht an den Baum herangefahren, als hätte er ihn gar nicht gesehen! Immer noch schenkt der Landser dem umliegenden Gelände keinen Blick. Er tritt nur mit dem rechten Stiefel zweimal gegen den Stamm. Wenn wir vom Maquis wären, könnten wir den Mann mit dem Lasso fangen. Der hat Nerven! Sehr gesunde oder gar keine. Das wird ihm helfen, daß er nicht gleich in die Hosen macht, wenn ich ihn jetzt ordentlich erschrecke. Aber was kann ich schon anderes tun als aus der Deckung hochkommen und »He, Mann!« rufen?

Zum Glück nimmt der Landser gleich die Hände hoch, aber als er mich sieht und dann auch Bartl und Bartl rufen hört: »Laß den Quatsch!«, nimmt er die Hände wieder herunter.

»Wo kommen Sie denn her?« rufe ich, als uns noch an die zehn Schritte trennen.

»Aus Paris, Herr Leutnant!«

Obwohl der Bus zweifelsfrei ein Pariser Omnibus ist, bin ich doch so verblüfft, daß ich mich am liebsten erst mal hinsetzen würde, um das zu verdauen: Da kommt ein Mann mutterseelenallein mit einem grünen Omnibus direkt aus Paris, und hier in der Gegend – hier in diesem verdammten Süden – erklärt man uns, da sei kein Durchkommen. Wenn es aber dieser Verrückte mit seinem Bus bis hierher geschafft hat, dann ist die Straße frei – »gesamthaft«, wie die Schweizer sagen. Frei, solange die Fiffis keine neuen Hindernisse legen.

Als hätte er meine Gedanken erraten, sagt der Gefreite: »Das machen die bloß nachts. Am Tag trauen die sich nicht raus, Herr Leutnant.«

Weil sie sich nicht vorstellen können, daß am Tag jemand von unserer Firma unterwegs ist, ergänze ich im stillen, und laut frage ich: »Haben Sie denn irgendwelchen Verkehr gesehen?«

»An der Loire schon, aber dann kaum mehr, Herr Leutnant.«

»Oberleutnant«, fällt da Bartl ein, und ich muß ihm mit einer Handbewegung den Mund verbieten. Der Mann kann ja nicht wissen, daß man mich befördert hat.

»Und Flugzeuge?«

»Flugzeuge schon, Herr Leutnant. Aber für die war ich wohl nicht interessant.«

Während wir so dahinreden, frage ich mich: Und wie kommen wir nun über dieses Monstrum von Stamm? Alles schön und gut, wie wir hier so beieinander stehen, aber wie soll es weitergehen?

»So ’n Omnibus – verdammt gute Idee!« höre ich Bartl in einem seltsam lauernden Tonfall. Ich vermute, daß er schon auf Möglichkeiten sinnt, dem Gefreiten sein Gefährt auszuspannen. Aber der scheint schon wieder Gedanken lesen zu können und sagt in Richtung Bartl: »Leider hab ich bloß noch ’n paar Liter Treibstoff, Herr Oberfeldwebel – keine Ahnung, bis wohin das reicht . . .«

Fehlanzeige! denke ich – und dann auch noch: Der Schweinehund Bartl hatte den gleichen Gedanken wie ich: Wir nehmen den Omnibus und fahren mit ihm die Strecke zurück, die er gekommen ist, und der Gefreite bekommt im Tausch dafür die Arche. Aber dieser bildschöne Bus ist nichts wert ohne einen vollen Tank.

»Wohin soll’s denn gehen?« fragt Bartl den Gefreiten in seinem besten Animierton, und weil ich dem Mann jetzt direkt in die Augen gucke, antwortet er zu mir hin: »Meine Einheit sitzt in La Pallice, Herr Leutnant.«

»Daher kommen wir gerade!« gebe ich zurück.

Ich erfahre, daß der Gefreite eine Kurbelwelle für ein Notstromaggregat geholt hat, »ein ganz blödes französisches Fabrikat – da gibt’s nur in Paris Ersatzteile, Herr Leutnant. Aber ohne das Ding sind wir aufgeschmissen.«

Ich gucke mir den Mann an wie einen von einem fremden Völkerstamm. Der hier ist weiß Gott ein rares Exemplar von einem Landser: ein Mann mit Eigeninitiative jedenfalls – einer von der Sorte, die auch noch des Teufels Großmutter aus der Hölle holen würde. Dabei sieht er nach nichts aus. Aber die Burschen, die mit dem Schnorchel in Brest auftauchten, sahen ja auch nach nichts aus. Mut, Zähigkeit und all die sonstigen feineren Tugenden sieht man dem Menschen eben nicht an . . .

Jetzt scheint auch der Gefreite neugierig geworden zu sein und richtet seinen Blick über den Stamm hinweg auf unser Gefährt. »Das iss doch ’n Holzgaser, Herr Leutnant!« staunt er und guckt mich offenen Mundes an.

»Gut beobachtet«, spotte ich.

Aber der Mann begrinst das nur fröhlich und biegt ein paar Äste zur Seite, um die Arche genauer zu betrachten.

»Den kenn ich doch!« höre ich ihn ausrufen.

»So?«

»Aber, Herr Leutnant! So was gibt’s doch bloß einmal – den kenn ich!«

»Jetzt bin ich aber gespannt . . .«

»Klar doch, Herr Leutnant, der iss aus La Rochelle . . . Aber der hat doch kaum noch Profil auf den Reifen!«

Da turnt der Gefreite auch schon geschickt über den Stamm, und ich versuche es ihm nachzutun. Dicht neben der Arche geht er in die tiefe

Hocke, und ich gehe in eine leichte Kniebeuge, fasse tastend den Reifen an und trompete: »Schockschwerenot! Tatsächlich!«

Der Mann merkt, daß er auf die Kirchweih geladen wird, aber er grinst trotzdem: »Auf Schotter würd ich damit nich fahrn, Herr Leutnant«, sagt er und guckt mich dabei treuherzig an. Da meldet sich endlich Bartl zu Wort: »Lassense mal! Das läuft schon!« Bartl scheint auf einmal erbost, gerade so, als passe es ihm nicht, daß einer an der Arche herummäkelt.

»Wenn Sie's sagen, Herr Feldwebel«, kontert darauf der Gefreite mit gelindem Spott im Ton.

»Bootsmann!« verbessert ihn Bartl. Aber damit bringt er den Mann nicht ins Wanken. Der wischt sich leicht über die Stirn hin und sagt: »Klar doch – Marine!«

Bartl will schon aufbrausen, aber da merkt er, daß der Gefreite unser Nummernschild mit dem WM gesehen hat.

»Na, da woll'n wir die Sache mal angehen, Herr Leutnant!« sagt der Gefreite jetzt und klettert über den Baum zurück.

Ich stehe da und sage mir: Angehen ist gut! Fragt sich bloß, wie! Und dann sehe ich über das Laubwerk am Stamm hinweg, wie der Gefreite vom achteren korbförmigen Plateau für die Passagiere eine dickgliedrige, rostige Kette auf die Straße zerrt und gegen den Stamm hin wuchtet, daß der Rost nur so hochsteigt. Und nun folgt ein Drahtseil, das sich, weil es nicht ordentlich aufgeschossen ist, sperren will. Ich verfolge, wie der Gefreite wütig damit hantiert, und höre ihn in einer langen Kadenz fluchen.

»Das sieht nach Übung aus«, rede ich vor mich hin. Von Bartl kommt ein »Tss, tss!«, das offenbar Staunen ausdrücken soll.

»Los, Bartl! Helfen! Sie und der Kutscher! Ich kann auch alleine nach achtern sichern.«

Bald sehe ich, daß der Befehl falsch war: Der Gefreite will keine Hilfe. Er schlägt überaus geschickt, so als müsse er einen Poller belegen, das Drahtseil um den mächtigen Stamm – und zwar an seinem dicken Ende, nahe der Schnittstelle. Dann bedeutet er mir mit ein paar simplen, aber eingängigen Handbewegungen, daß das Drahtseil, um anders verfahren zu können, zu kurz sei und daß er einen langen Hebel brauche.

In mir wächst der Respekt vor diesem so entschlossen zupackenden Mann, der jetzt die Kette am Drahtseil anschlägt und ihr anderes Ende an dem großen geschmiedeten Schlepphaken unter dem Motor des Busses. Das Geschlinge aus Drahtseil und Kette bildet auf der Straße ein interessantes Lineament. Der Gefreite bückt sich hier und bückt sich da – klar: er legt das Geschlinge so, daß es sich nicht verheddert, wenn Zug drauf kommt. Der Mann hat die Jacke ausgezogen und auf den Fahrersitz geworfen.

Wir können nur dastehen und Maulaffen feilhalten. Aber dieser Gefreite tut gerade so, als sei er es gewöhnt, Bäume wegzuschleifen. Er verpaßt dem Stamm noch einen Stiefeltritt, spuckt sich in die Hände, zeigt uns dann seine Rückansicht mit den vergammelten Hosenträgern über dem dreckigen Hemd, prüft noch einmal die Lage von Trosse und Kette, klettert affenflink in seinen Führerstand und startet den Motor. Angespannt beobachte ich, wie er ganz vorsichtig – zentimeterweise – den Bus zurücksetzt und wie dabei das Geschlinge auf der Straße lebendig wird und sich zu strecken beginnt. Und da bleibt der Bus erst mal stehen. Der Gefreite klettert wieder aus dem Führerstand und prüft mit aller Sorgfalt die Verbindungen, und nun verlangt er von meinen beiden Buschkriegern, daß sie in den Straßengraben verschwinden sollen. Weil der Motor des Busses läuft, kann ich nicht verstehen, was er ihnen zubrüllt, aber ich kann es mir vorstellen: Wenn hier was reißt, ist der Kopp weg!

Der Gefreite reibt sich die Hände. Alles an ihm sagt: Jetzt geht's um die Wurst. Ich sage »toi, toi, toi« in mich hinein und klopfe so, daß es niemand sehen kann, dreimal gegen den Stamm. Und da höre ich es auch schon knirschen und singen. Ich höre Heulen und Krachen, denke mein Gott – das Getriebe! Das hält doch keine Maschine aus! Ich sehe, wie die Reifen rutschen und Staubwölkchen von der Straße aufsteigen, wie die Reifen aber dann doch fassen: Der Gefreite ist zwei-, dreimal angeruckt, so stark, daß der Stamm sich – es kann keine Augentäuschung sein – um Zentimeter bewegt hat. Und jetzt kuppelt er aus, fährt leicht vor, schaltet erneut in den Rückwärtsgang und läßt den Bus mit aufheulendem Motor und Getriebekrachen mächtig in Kette und Trosse fallen. Weiter geht es unter schrillem Singen und Quietschen und Knirschen Zentimeter um Zentimeter und mit fressenden Reifen. Der Stamm folgt, das Drahtseil hält! Ein Schrei will mir in die Kehle, aber ich schlucke ihn weg.

Der Gefreite kommt heran und sagt – und es klingt wie eine Entschuldigung: »Grad gut war das nicht fürs Getriebe, aber ich hab keinen Flaschenzug!«

Ich sehe, daß der Mann pitschnaß geschwitzt ist. »Mit dem Gewicht ziehe ich natürlich auch so ganz schön was weg ...«

Ich denke: Mann Gottes, ich hab's ja gesehen. Und dann höre ich ihn noch zu Bartl sagen: »Mein Bus isses ja nich!«

Bartl gelingt es, seine Bewunderung zu mir her mit einem einzigen Wort auszudrücken: »Spezialist!«

Die Krone des Baumes liegt jetzt wie ein dichtes Gebüsch direkt auf der Straße. Der Gefreite holt Axt und Bügelsäge aus dem Bus und kappt drei, vier größere Äste, die Bartl und der Kutscher in den Graben schleifen. Im

Nu ist hart am Straßengraben eine Gasse freigeschlagen, gerade breit genug, um durchzukommen.

»Lassen Sie mich zuerst fahren!« sagt der Gefreite. »Ich bin breiter.« Und bald darauf sehe ich mit vor lauter Begeisterung hüpfendem Herzen, wie die Motorhaube und dann der ganze grüne Bus sich wie ein vorzeitliches Monstrum durch das grüne Dickicht schiebt. Anschließend hält der Bus, und der Fahrer klettert noch einmal heraus.

Wir schütteln uns die Hände. Bartl grapscht zu meinem Erstaunen auch nach der Hand des Gefreiten.

Ich könnte diesen Mann umarmen. Aber er ist schon wieder hinter seinem Steuer, und dann läßt er dieses fürchterlich erstickt röhrende Hupen hören, über das ich in Paris schon so manches Mal geflucht habe, wenn plötzlich der Kühler eines Busses ganz nahe vor einem stoppte. Aber jetzt klingt dieses dumpfe Blöken plötzlich wie ein Konzentrat des ganzen Verdischen Triumphmarsches!

Als der Bus mit einer beachtlichen blauen Auspuffwolke verschwunden ist und der Kutscher wieder hinter seinem Steuer sitzt, stehe ich immer noch staunend neben Bartl auf der Straße.

»Der hat sich mal nicht bluffen lassen«, sage ich.

»Wir doch auch nicht, Herr Oberleutnant!«

»Da haben Sie recht ... Aber da schafft ein einzelner Gefreiter, wozu die Feldkommandanturfritzen gleich Panzer brauchen.«

»Die sie nicht kriegen!« gibt sich Bartl vorwitzig.

Ich bin aber auch obenauf wie ein brillierendes Fettauge auf einer heißen Bouillon. Die Gewißheit, daß wir eine geräumte Straße vor uns haben, beflügelt mich ungemein. Bartl singt halblaut vor sich hin: »Wenn der Löwe in der Wüste brüllt, da erzittert das tierische He-e-e-r / Ja, wir sind die Herren der Welt und die Könige au-auf dem Me-e-e-r!« Er muß völlig außer Rand und Band sein. So wie jetzt habe ich ihn noch nie erlebt.

Aber nur keine Zeit mit Freudenfesten versäumen! Wir müssen weiter. Hinter uns sind die Furien her, und wie sich die Sache jetzt anläßt, gibt's für uns eine reelle Chance. Gut, bis in die Nacht hinein werden wir nicht fahren können. Das würde zu riskant. Aber wir werden mit Gottes Hilfe doch noch ein Stück weiterkommen und dann irgendeine Truppenunterkunft finden oder einen Stab aufspüren, wo wir Quartier machen können.

Als ich wieder auf meinem Hochsitz bin und die Arche anfährt, schimpfe ich innerlich vor mich hin: Daß bis hier herunter Panzer kommen würden, um die Landstraßen freizuräumen – das anzunehmen ist ja wohl absolut idiotisch. Dieser Blödian in der Feldkommandantur wußte ja nicht einmal, *wo* die Straße gesperrt war. In diesem verkalkten Hirn stand nur »Straßensperre«, weil irgend jemand angerufen hatte, die Straße sei im Augenblick unpassierbar. Und da ist ihm auch schon das Herz in die grauen Breeches gerutscht.

Wahrscheinlich brauchten die Partisanen überhaupt nur Verbotsschilder aufzustellen, auf allen Ausfallstraßen um die Stützpunkte herum, und die Umzingelung wäre perfekt. »WEITERFAHRT VERBOTEN!« – das würde genügen.

Lusignan. Gut fünfzig Kilometer hinter Niort. Die Straße wird von Hecken bedrängt. Verzwickte Schattenornamente auf den Hauswänden, eine herrliche Platanenallee. Aber auch hier: alles wie ausgestorben. Obwohl das Licht sicher nicht mehr lange reicht und wir uns um ein Quartier kümmern sollten, entscheide ich: noch ein Stück weiter.

Ich muß mich jetzt in das Gefühlsleben der Fiffis versetzen: Vielleicht hat der Alte recht, wenn er sie für feige Brüder hält, nicht für richtige Soldaten. Ernsthaft habe ich an diese Reden nie geglaubt. Dazu kenne ich die Franzosen zu gut. »Honneur et Patrie«! Das haben sie fest in den Ohren, und dem Soldatenspielen sind sie auch nicht gerade abgeneigt. Ordensgeile und verrückte Hunde gibt es zudem überall – und Rachewütige in Frankreich sicher besonders viele. Das ist es, was mich so beunruhigt: Frankreich ist geschlagen, und die meisten seiner Soldaten sind nach Hause geschickt worden. Aber wo stecken sie nur? Die paar alten Männer und Frauen, die wir zu sehen bekommen, das kann doch nicht die ganze Bevölkerung sein!

Nach einigen Kilometern kommen wir an eine Straßengabelung. Der Kutscher biegt nach links ab. Nicht lange, und die Straße krümmt sich nach Norden und dann sogar nach Westen. Wir fahren ohne Zweifel mit Westkurs – das bedeutet: wieder auf die Küste zu. Ich lasse stoppen und klettere vom Dach. Ein Disput zwischen Bartl und dem Kutscher hebt an: Das Straßenschild für Poitiers hätte nach links gestanden, behauptet der Kutscher.

»Aber hier geht's *nicht* nach Poitiers!« fährt ihn Bartl an.

»Die Straßenschilder sind wahrscheinlich verstellt«, mache ich dem Disput ein Ende.

Der Kutscher macht zunächst keine Anstalten, sich wieder hinters Steuer zu klemmen. Ich höre mir an, wie er »Sachen sin dös!« hervorbringt. Der Mann ist ganz Fassungslosigkeit und Empörung. Wegweiser, Straßenschilder waren für ihn sakrosankt. Zum Irreleiten verdrehte Schilder haben keinen Platz in seiner Vorstellung.

Ich zeige Bartl auf unserer Karte die Route: »Hier – über Tours . . .«

»Tour de France!« sagt Bartl, und ich muß so tun, als hätte ich das nicht gehört.

Wir könnten weiß Gott eine bessere Karte brauchen. Ich nehme doch wieder meine alte, mir vertraute Michelinkarte. Unsere Ausrüstung für diese Frankreichtour ist überhaupt denkbar schlecht. Nicht einmal ein Stück Wäsche zum Wechseln habe ich in La Pallice eingepackt. Für Fourrage hat Bartl gesorgt, tröste ich mich, und so was macht er gründlich: Zu verhungern brauchen wir nicht.

Die Schilder zu verstellen und den schönsten Chausseebaum umzusägen – kindisch! Wenn die Fiffis nicht mehr zu bestellen haben, können sie sich einpacken lassen.

»Also, weiter – und zwar in Gegenrichtung!« befehle ich.

Langsam bricht die Dunkelheit herein. Ein einsames Gehöft taucht auf, dessen Anblick mir nicht gefallen will. Das große Haus sieht böse und feindselig aus – »La ferme morte« von Ralf A. Motram. Deutscher Titel: »Der spanische Pachthof«. In Kriegsliteratur war ich gut, und weil ich so gut war, hat mich der Kommissar bei der mündlichen Abiturprüfung einfach in meinem Stegreifvortrag unterbrochen und meinem Deutschpauker erklärt, daß ich da beschlagen wäre, das sei bekannt. Er solle, bitte sehr, was anderes prüfen. Und da kam dann die Frage nach Adolf Hitler: »Mein Kampf«, wovon ich nicht eine Zeile gelesen hatte. Aber zum Glück konnte ich etwas zusammenfaseln, was ich vom Hörensagen wußte. Das war schon ein erbärmliches Gestottere, mit dem ich mich damals über die Runden retten konnte.

Ich merke: Mit meiner Konzentration ist es nicht mehr weit her. Wir brauchen jetzt wirklich ein Quartier. Bislang sah es allerdings nicht so aus, als könnten wir in dieser Gegend ohne weiteres etwas finden. So tief im Süden . . .

Die Arche stoppt so abrupt, daß ich ohne die Säcke Holz als Brustwehr auf die Haube geschleudert worden wäre.

»Scheiße, verdammte!« fluche ich lauthals los.

Bartl steht bereits neben der Arche und erklärt zu mir herauf: »Sah ganz so aus, als wär was auf der Straße, Herr Oberleutnant.«

Das habe ich nun davon! Mir ist gar nicht richtig bewußt geworden, wie dunkel es mittlerweile ist. Jetzt haben wir die Wahl: aufblenden und ein Ziel bieten – oder ohne Scheinwerfer weiterfahren und dabei Gefahr laufen, auf irgendwas aufzurennen.

In der Dunkelheit sieht alles noch viel bedrohlicher aus als am Tage. Ich weiß – ich weiß: Wir sollten es aufgeben. Aber wohin bloß? Nirgends ein Stützpunkt. Nicht mal ein herumstreunender Köter war in den letzten Dörfern zu sehen.

Ich höre einen Kauz. Kauz oder Eule, so genau kann ich die nicht unterscheiden. Jedenfalls klingt es schauerlich.

Fürs erste klettere ich steifgliedrig vom Dach herunter. Als ich den

Asphalt unter den Füßen spüre, sinke ich fast in die Knie: Meine Beine sind steif. Höchste Zeit, sie wieder beweglich zu machen. Ohnehin ein Wunder, daß ich da oben zwischen den Holzsäcken nicht eingeschlafen bin: Ich kann kaum noch die Augen offenhalten.

Mir ist seltsam flau zumute: Wir könnten wirklich Fieranten sein, Fieranten, die ihre Verkaufsware in Säcken auf dem Dach durch die Gegend karren und nun, weil sie kein Geld für den Gasthof haben, in der freien Landschaft nach einem Unterschlupf suchen müssen.

Bartl hat's gut, der hat seine Pfeife – und der Kutscher seine Zigarette. Das Aufleuchten von Bartls Feuerzeug paßt mir freilich nicht: Es blendet mich sekundenlang.

Ich weiß nicht recht, wann der Mond herauskommen wird. Auf den alten Gesellen sollten wir sowieso nicht bauen: zu viele Wolken am Himmel! Also einfach runter von der Straße und eins überschlafen? Just davor habe ich Bammel ...

Ich schicke Bartl nach hinten und steige vorn zum Kutscher, und vorsichtig fahren wir weiter. Da kommt ein Ort, der anscheinend zu den größeren gehört. Hier müßte es eine Schule geben, und wo eine Schule ist, sind auch Landser. Wir fahren zweimal über einen großen, kaum beleuchteten Marktplatz – und dann haben wir die Schule auch schon. Der Kutscher fährt die Arche, ohne mich zu fragen, wie tastend in den Hof.

Meine Ahnung hat mich nicht getrogen: Ich höre deutsche Zurufe, sehe Schatten von Landsern und nun auch ein Dutzend Gesichter, wie von Rampenlichtern beleuchtet.

Der altvertraute Geruch nach Fußbodenöl und Eau de Javel schlägt mir schon in der Türe entgegen, diesmal untermischt mit Landsergeruch. Bartl brummt, um seine Unzufriedenheit auszudrücken, aber ich halte ihm entgegen: »Hier sind wir zumindest erst mal sicher. Und Feldbetten hat's hier wahrscheinlich auch!«

Ein merkwürdiger Haufen: Teil einer Infanterieeinheit. Ein Feldwebel fungiert als Chef. Ich will gar nicht erforschen, wo der Stab untergebracht ist. Wahrscheinlich gibt's auch bessere Quartiere, aber die Feldbetten in einem leergeräumten, nachhallenden Parterresaal werden es schon tun. In allen Klamotten langmachen und die Klüsen dicht: Mehr will ich doch gar nicht. Nur noch den Feldwebel fragen, wie die Lage ist. Der aber stottert nur herum und hat offenbar nicht die geringste Ahnung.

Bartl hat mitgehört und mosert, als der Feldwebel wieder verschwunden ist: »Hoffentlich weiß der, daß das hier Frankreich ist.«

Ich bin so erschöpft, daß ich kaum etwas essen kann, obwohl sich Bartl alle Mühe gibt, mir seine Dosenwurstbrote schmackhaft zu machen.

Ich bleibe wach, so sehr ich den Schlaf auch herbeisehne. Mir ist zumute, als sei dieser Schulsaal gar nicht wirklich. Wie sind wir nur hierhergekommen? Im Halbschlaf dreht sich mir alles wie ein Strudel im Wasser. Es ist, als wollte ich die Wirklichkeit immer noch nicht wahrhaben: Ich bin wieder an Bord.

Das Maß für die Zeit ist mir verlorengegangen: Ich weiß nicht, wie lange ich schon halbwach daliege und den Schlaf herbeisehne. Da richte ich mich halbhoch und nehme meine Gedanken an die Kandare: Zum Teufel mit der ganzen Scheißwehrmacht! Keine Sau weiß, wo der böse Feind steht und wo noch ein Ausschlupf sein könnte. Die Nachrichtentruppen, was haben die immer angegeben bei den Paraden mit ihren Kübelwagen und Kastenwagen und ihrem technischen Firlefanz. Und jetzt? Nichts als Fehlanzeige in puncto Nachrichten. Nicht mal die Truppenführer wissen, wie die Lage in nur wenigen Kilometern Entfernung aussieht. – Aufklärung? Das war einmal . . . Wenn die Leute vom Maquis wüßten, wie groß die Verwirrung tatsächlich ist, würden sie wahrscheinlich längst angreifen.

Ich höre eine Uhr Mitternacht schlagen.

Verdammt spät! denke ich. Da bleiben mir nur noch ein paar Stunden: Ich will weiter – und zwar noch vor Tau und Tag und ehe hier der Betrieb losgeht.

Bartl weckt mich. Ich bin sofort hellwach.

»Der Kutscher hat schon angefeuert!« meldet Bartl. »Wir können sofort los – gleich nach dem Frühstück.«

Frühstück? Weiß der Henker, wie Bartl es geschafft hat, heißen Kaffee auf die Back zu bekommen.

»Der Kutscher hat schon was!« sagt Bartl und pliert mich erwartungsvoll an.

»Gut, gut«, zolle ich ihm Anerkennung. Aber von seinen Dosenwurstbroten bringe ich auch zu dieser Stunde nichts hinunter.

Im Hof höre ich das aufgeregte Pinkpink von Amseln. Ein solches Theater vollführen die nur, wenn sie sich über eine Katze empören und andere Amseln warnen wollen. Da sehe ich die Katze auch schon vor der Haustür, tief in sich zusammengekauert, als wolle sie sich vor lauter Beschämung unsichtbar machen. Der ganze Garten ist jetzt erfüllt von dem scharfen Pinkpink, und von allen Seiten kommt Verstärkung angeflogen. Die Katze zieht sich noch mehr in sich zusammen.

Das ist mal ein Warnsystem, das aufs beste funktioniert. Was haben wir dagegen schon zu bieten!

Der Morgen kommt grau, verstockt, leisetreterisch herauf. Gegen Osten hin sind die Umrisse der Bäume schon klar gegen den Himmel erkennbar, aber noch nicht das gliedernde Kleingefüge in den Flächen. Kein Mensch weit und breit. Aber jetzt: Karrengeräusche! Da ist einer aber früh unterwegs! Aus den Wiesen ist leichter Nebel aufgestiegen und liegt nun da wie stockender Rauch. Ein Hahn kräht weit weg und bekommt von noch weiter her Antwort. Dieses Hin und Her klingt exotisch schrill und paßt nicht zu dieser Landschaftsgrisaille.

Ganz sachte wird es heller: ex oriente lux. Wieder ferne Hähne. Das müssen jetzt zwei Karren sein, die ich rumpeln höre. Aber wo?

Was immer ich berühre, alles ist naß. Über Nacht muß eine Menge Tau gefallen sein. Ein Schauer läuft mir den Rücken hinunter. Verdammt kalt für die Jahreszeit. Einen Augenblick lang denke ich an die Holzfäller in den kanadischen Camps: prisoners of war. Die müssen sicher auch in aller Herrgottsfrühe anfangen; die in den Krankenhäusern und den Kittchen auch. Und da wandern meine Gedanken auch schon wieder zu Simone: Zuchthaus Fresnes – das klingt an diesem grauen Morgen schauerlich

Durch Aufstampfen versuche ich munter zu werden. Ich sollte mir überhaupt mehr Bewegung verschaffen: einmal eine richtige Strecke laufen – ein paar Stunden lang.

Als wir losfahren, knirscht der Sand trotz der Feuchte unter den Reifen. Dieses widerwärtige Geräusch geht mir durch und durch. Der Kutscher macht es gnädig: Er fährt so langsam weiter, wie er angefahren ist. Ich kriege meine Augen noch gar nicht richtig auf. Gar nicht einfach, mit halb verklebten Klüsen das Gelände ergründen zu müssen. Und meine Ohren wollen es auch noch nicht richtig tun. Ich muß den Kopf heftig schütteln, um meine Sinne in Betrieb zu bringen.

Im nächsten Dorf lasse ich anhalten. Der Ort ist wie leergefegt. Diese Leere wirkt drohend. Ich spüre mich von lauernden Augen förmlich umstellt. Warum zeigt sich nur keiner?

Ich registriere: Misthaufen in Mauerausschnitten, Jaucherinnen, die einfach längs der Straße verlaufen, halb zerfallene Stakete in vernachlässigten Gärten – aber keine Menschen.

Als der Motor abgestellt ist, lausche ich angestrengt in den fahlen Dunst hinein. Ein Hund schlägt an – sonst ist nichts zu hören.

Wir könnten Holz brauchen. Der Hund kläfft und kläfft. Zwischen die Kläfftöne mischt er ab und zu ein Coyotenheulen.

Ich sage mir: Erst mal Wasser abschlagen, und komme mühsam vom Dach auf den Boden. Vor lauter Steifheit in den Knochen kann ich mich nur schwer bewegen. Ein Frösteln rüttelt durch mich hindurch. Sogar meine Finger sind steif geworden: Ich kann nur mit Mühe den Hosenstall aufnesteln. Und jetzt die Luft anhalten und dem Druck nachgeben. Herrje, wie das dampft!

Und nun?

Da höre ich fernes Brummen. Traktoren? Mir gefällt es hier nicht. Aber wann hätte es mir schon in einem dieser verdreckten erdgrauen französischen Dörfer gefallen?

Ich reibe mir die Augen, um sie schärfer stellen zu können, und fühle dabei winzige Körnchen. Ja, natürlich, der Sandmann! Noch ein paar Mützen voll Schlaf – die könnten wir weiß Gott gut brauchen!

Wieder der Hund ... Ich entdecke einen Kramladen, aber der ist geschlossen. Im Fenster liegen zwischen verblichenen Reklamepackungen tote Fliegen. Der ganze Straßenzug scheint nur von Hunden bewohnt zu sein. Aber irgend jemand muß den Hunden doch Futter geben, verdammt noch eins!

»Weiter!« herrsche ich Bartl auf seinen fragenden Blick hin an.

Es geht jetzt vorbei an bröckelnden Steinmauern, über die Buschwerk kriecht. Der Teufel soll's holen: Das ist alles unübersichtlich und schwer im Auge zu behalten: Ich weiß gar nicht, wohin ich zuerst gucken soll. Da brülle ich hinunter: »Langsamer!« – aber ich atme erst richtig auf, als wieder freies Land kommt. Freies Land und weite Grasflächen – doch auf den Weiden ist kein Vieh. Gestohlen? Weggetrieben?

Die Arche schwimmt durchs milchige Frühlicht. Die Sonne macht den Nebel, statt ihn zu lichten, blendendweiß. Aber das wird wohl so nicht lange bleiben ...

Die Landschaft ist immer noch ohne Farbe – wie noch nicht ganz erwacht. Die Vögel schweigen wieder. Das wußte ich früher nicht: Erst kommt das Frühkonzert, dann tritt wieder Ruhe ein.

Die Sonne läßt auf sich warten, aber ich kann deutlich Wolken sehen, die sich durch den Dunst schieben. Sonnenaufgänge wie die auf See werde ich wohl nie mehr erleben ...

Endlich im nächsten Dorf eine Gruppe dunkelgekleideter Gestalten dicht neben der Straße. Alte Männer, alle die Schultern hoch, die Köpfe eingezogen. Mißtrauisches, halb abgewandtes Beäugen, als wir ganz dicht langsam vorbeirollen. Da sitzt deutlich die Angst zwischen den Schulterblättern. Ich wage ein Winken ... Kein Gegengruß. Und jetzt kommt uns auch noch eine schwarzgekleidete alte Frau entgegen, die einen Klumpen grauer Naßwäsche auf einem Schubkarren schiebt. Die könnte, selbst wenn sie es wollte, nicht zurückwinken: Ihre rotgewaschenen Hände sind an den Griffen ihres Karrens fixiert. Mit ihren hochgekrempelten Ärmeln sieht sie resolut aus, nicht so schicksalsergeben wie ihre Altersgenossen.

Wenn die wüßten, daß wir mit dieser riesigen amerikanischen Kutsche auf der Flucht sind! In die Flucht geschlagen – flüchten: Unter diesen Worten hatte ich mir etwas anderes vorgestellt als diese Reise – Gewehrsalven, den Feind im Rücken. Für uns paßt eher: verdrücken, abhauen, verkrümeln, verdünnisieren ... Dabei weiß ich genau, wie sehr die Öde und Menschenleere ringsum täuschen und wie gefährlich jede Fensterhöhle sein kann. Aber außer Spannen – so sehr, daß die Augen tränen – kann ich nichts tun.

Mit dem inneren Auge sehe ich Bilderbögen, auf denen Franktireure von innen aus den Häusern her Dachziegel weggenommen und Gewehrläufe aus den Luken gesteckt haben: piff, paff! – lauter weiße Wölkchen auf den Dächern! Die Rachewut der Franzosen muß gewaltig sein. Die Geiselerschießungen sind ja auch eine wüste Schweinerei, in Paris ist die Quote fünfzig zu eins. Mir sitzt der Schreck von damals, als ich davon hörte, noch in den Knochen. Wie oft habe ich mich gefragt: Was tätest du denn, wenn du die Partisanen bekämpfen müßtest? Würdest du Leute laufenlassen, die mit Fallschirmen abgesprungene Agenten beherbergen? Da gebe ich mir die gleiche Antwort wie immer: Ein SS-Bulle oder ein Blutrichter wäre ich nie geworden. So weit hätten sie mich nie und nimmer bringen können.

Der Himmel sollte so blau sein, wie es sich gehört. Statt dessen ist er weiß, und das weiße Licht blendet. Das Straßenband ist grau, die Arche ist grau – alles um uns ist grau oder schmutzig ockerfarben. Unsere graue Arche schlingt das graue Straßenband in sich hinein. In einer Kurve legt sie sich bedenklich über, dann schaukelt sie sich aber schnell wieder zurecht.

Meine Glieder sind schon wieder bleiern schwer. Ich wünschte, ich könnte Bartl mal nach oben lassen. Aber da hätte ich keine ruhige Minute: Bartl ist mir zu zerfahren. Da unten hat er's jedenfalls schön bequem. Ich habe ihn in Verdacht, daß er ganze Strecken lang pennt, anstatt die Klüsen offenzuhalten. Die Windschutzscheibe zerschlagen, das wäre richtig! Das wäre ein probates Mittel gegen Schläfrigkeit. Was hindert mich eigentlich daran?

Es wird der pure Neid sein, der in mir gärt. Ich möchte eben auch mal vor mich hin dösen dürfen, wie Bartl das sicher tut. Der Kutscher kann ihn ja nicht daran hindern: Der guckt stur geradeaus.

So einen wie den Kutscher habe ich noch nie erlebt: ein Mensch ganz ohne eigenen Willen. Der Kutscher mault nicht, stellt keine Fragen, gibt keine Kommentare ab – der ist fast immer stumm wie ein Fisch. Die Karre samt ihrer Gasfabrik kennt er jedoch bestens.

Bartl nennt den Kutscher »Schnapser«. Klingt gut und paßt zu ihm: Oft guckt er tatsächlich so ausdruckslos drein, als wäre er besoffen. Wie sich dieser Krieg, wie sich die Weltverhältnisse wohl im Kopf unseres

Kutschers spiegeln mögen? Ein Mann, der zu beneiden ist. Für den ist bedeutend und groß, wer groß und bedeutend genannt wird. Und recht ist, was dem Reiche nutzt, und wahr, was der Führer spricht.

Mittlerweile weiß ich, daß der Kutscher lange in einem Torfstich gearbeitet hat. Das Ausstechen der Torfstücke, Aufladen und zum Trocknen Aufbauen muß eine schwere, schlecht bezahlte Arbeit sein. Armer Leute Kind. Kein Hofbesitz. Im Winter ist der Kutscher ins Holz gegangen. Die Waldarbeit scheint ihm mehr Spaß gemacht zu haben als die im Moor.

Wir hätten uns eine Art Bordsprechanlage einbauen lassen sollen. Oder wenigstens eine Sprachrohrverbindung wie auf den Booten von der Brücke zur Zentrale. Statt dessen muß ich mit diesen paar dämlichen Klopfzeichen wie bei einer Geisterbeschwörung auskommen. Mal wieder probieren, ob es mit den Klopfzeichen klappt? Ach, Schiet! Ich will ja nicht riskieren, daß wir plötzlich im Straßengraben landen und nicht wieder herauskommen ...

Wieder ein ödes Nest an der Straße und gleich noch eins. Halb zerspellte Fensterläden schlackern in ihren Angeln. Schuppen, Remisen, Tankstellen, aus deren Zapfhähnen schon seit Jahr und Tag kein Benzin mehr geflossen ist. Hinter jedem Fenster vermute ich Neugierige, aber ich kann und kann niemanden sehen. Ihr werdet's doch erwarten können, rette ich mich in Sarkasmus, ihr mit euren Schießprügeln!

Die Wolkenmassen in halber Höhe haben ein stumpfes Stahlblau angenommen. So früh etwa schon Gewitter?

Fast alle Felder auf den sich zur Straße senkenden Hängen sind abgeerntet, nur hier und da steht noch ein Geviert Getreide wie ein kräftig getönter Flecken auf einer gelblichgrau ausgebleichten Leinwandplane. An den Feldrainen werfen dicke Buschrosenhecken Schatten. Wir nukkeln so langsam dahin, daß ich die orangefarbenen Früchte, dicke Hagebutten, sehen kann.

Schon seit einiger Zeit spüre ich wieder Blasendruck. Weil er immer heftiger wird, gebe ich das Haltesignal. Die Arche wird prompt gestoppt. Ich klettere von meinem Hochsitz und stakse steifbeinig durch den flachen Graben neben der Straße. Nach allen Seiten springen vor meinen Tritten Heupferdchen auseinander.

Der Kutscher nutzt den Stop und stokert. Sein Manöver braucht, obwohl die Arche schon seit einer ganzen Weile wieder »unter Dampf« steht, seine Zeit. Ich tue inzwischen ein paar Schritte über ein Stoppelfeld und schlenkere dabei die Glieder aus. So – und nun die Arme locker nach rückwärts schlagen und die Brust heraus! Das Blut in schnellere Bewegung bringen, die Lungen weiten. Und beim Laufen die Knie hoch: Storchengang! Die Arme dabei ruckartig nach hinten führen.

Da höre ich das singende Heulen von zwei, drei vergeblichen Startversuchen. Ich bleibe stehen und spitze die Ohren. Noch ein orgelndes Jaulen, aber jetzt erfolgt die Zündung. Wer sagt's denn!

Der Kutscher schiebt sich nochmals von seinem Sitz – und pißt gegen den linken vorderen Reifen. Das muß also eine allgemeine atavistische Regung sein: Urinzauber. Ich habe das Radbepissen sogar einmal bei einem Lokomotivführer gesehen. Der richtete, als sich die Reisenden verlaufen hatten, seinen scharfen Strahl gegen ein mannshohes Eisenrad.

Der Kutscher hat eine Art, sich den Schwanz ausgiebig abzuschlenkern! Um ihn schließlich verschwinden zu lassen, stößt er den Hintern mit einem energischen Ruck zurück, dann knöpft er sich den Hosenstall bedächtig zu und guckt schließlich ausgiebig an sich hinunter – just so, als mißtraue er seinen Händen und müsse kontrollieren, ob sein Schwanz auch ordentlich verschwunden ist.

Ich werfe einen Blick über Bartls Schulter ins Auto und sage: »Quel bazar!«

Bartl staunt.

»Das heißt«, sage ich, »was für eine Wirtschaft! Sie sollten sich das merken. Typisch französische Rede. ›Bazarder‹ heißt verscheuern, können Sie sich gleich mit merken.«

Bartl bewegt wie zum stummen Memorieren die Lippen.

»Sie hätten ein bißchen früher anfangen sollen, Französisch zu lernen. Was können Sie denn so?«

Bartl legt sofort los: »Bonjour, Madame. Machen lucki-lucki«, und mit höher gestellter Stimme: »Nix fickfick – Maschin kaputt.«

»›Vous parlez comme une vache espagnole!‹ würde ich da sagen!«

Bartls Blick hängt an meinen Lippen wie der eines wißbegierigen Schülers.

»J'ai le béguin pour vous, mon colonel – das müssen Sie sagen, wenn uns die Franzmänner schnappen: Ich bin scharf auf Sie, Herr Oberst. Avoir le béguin – scharf sein, das klingt gut in französischen Ohren. Sie können auch sagen: Vous me donnez la chair de poule – Sie machen mir eine Gänsehaut.«

Für Bartl ist das zuviel. Er starrt mich perplex an. Dann stammelt er: »Wie spät isses denn, Herr Oberleutnant?«

»Wie spät es ist, wollen Sie wissen? Moins cinque! Das heißt: fünf vor Torschluß oder fünf Minuten vor zwölf!«

Bartl guckt jetzt vollends verdattert.

Der Himmel scheint nun doch aufzuklaren. Beim Hochklettern auf das Dach der Arche denke ich: Heute wird's noch heiß! Und: Wir brauchen bald wieder Holz. Eine Brille zum Schutz gegen die Insekten könnte ich auch gut brauchen. Bloß woher nehmen und nicht stehlen? Die Reifen! Wenn nur diese jämmerlichen Reifen durchhalten! Das ist wenigstens *ein* Trost: Bei diesem Schneckentempo kann nicht viel passieren, wenn uns einer platzt.

Einen Kalender sollte ich ebenfalls haben, um mich besser in der Zeit halten zu können. Tagebuchnotizen hätte ich machen sollen. Da könnte ich jetzt zurückblättern und nachsehen, was gestern war und was vorgestern. Aber ich habe weder einen Taschenkalender bei mir, noch habe ich Tagebuch geführt. Keine Hilfe.

Wann sind wir zum Beispiel in Brest ausgelaufen? Vor Wochen? Vor Monaten? Diese kurze Strecke mit der Arche – wie viele Stunden haben wir bislang verbumfiedelt? Was für ein Durchschnittstempo kommt dabei heraus? Radfahrer? Fußgänger?

Vom Kessel her höre ich wieder einmal ein Geklapper, das jeden Christenmenschen nervös machen muß. Es rührt von einer gewölbten Kappe her – offenbar die Schutzkappe eines Überdruckventils. Der Waldschrat hat bereits versucht, mir Erklärungen zu geben. Als er von oben her mit seinem Prügel im Kessel stokerte, sagte er: »Dös isses Stokloch!« Damit hatte es sich's dann aber auch.

Der Kessel sieht wie unser Badeofen in Chemnitz aus. Der wurde auch mit Holz geheizt. Allerdings sollte das Holz da brennen und Wärme abgeben. Hier soll es nur schwelen und Gas bilden – wahrscheinlich Kohlendioxid und Kohlenmonoxid oder was weiß ich –, und dieses Gas wird dann in dem komischen Röhrensystem nach vorne geleitet in diesen merkwürdig geformten Behälter vor dem Kühler. Da wird es gefiltert, hat Bartl mir erklärt. Ob das Gas von da aus direkt in die Zylinder gelangt oder erst noch mit Luft vermischt wird, weiß ich nicht mehr.

Wo sind wir eigentlich mittlerweile? Wir müßten ja wohl bald nach Poitiers kommen. Und schon deklamiert es wieder in mir: »Wo sind wir, wo? / und noch fünfzehn Minuten bis Buffalo ... In weiter Stätte kein Bühl, kein Haus / die Bäume gingen, die Menschen aus ...« Ich weiß, das gehört nicht zusammen – aber was verschlägt's!

An einem Ortsausgang treffen wir auf eine Marschabteilung, die auf Fahrrädern drei leichte und ein schweres Maschinengewehr mit sich führt. Ein buntscheckiger Haufen: Spuren der Anstrengung auf allen Gesichtern. Stoppelbärte, wirre, verstruppelte Haarschöpfe, aber das Ganze in militärischer Ordnung: mit Nachhut und Voraussicherung, wie es sich gehört.

Ein Hauptmann führt den Zug an – ein braungebrannter Mann um die vierzig. Er als einziger trägt noch eine ordentliche Uniform: Reithosen, Schaftstiefel und eine weiche Feldmütze auf dem Kopf.

Insgesamt müssen es etwa hundert Männer sein. Sie führen fünf Pferdegespanne mit sich: braune, wohlgenährte Pferde mit langen, ockerfarbenen Mähnen und Schweifen. Die Bauernwagen wirken abgewirtschaftet. Dicke schwarze Schmiere quillt an den Radnaben heraus. Auf den Wagen türmen sich Säcke und Munitionskästen. Zwei Handpferde sind achtern an einen Wagen geleint. Ich entdecke ein gutes Dutzend Leute in den gleichen grauen Overalls, wie Bartl einen am Leibe hat, blaue Schiffchenmützen auf den Köpfen.

»Die kommen aus Saint-Nazaire«, sagt der Hauptmann, als er sieht, daß ich mich wundere. »Wir selber kommen aus Stellungen weiter südlich.«

Unsere Arche wird angestaunt wie ein Museumsstück.

Ob wir Post mitnehmen könnten, fragt der Hauptmann.

»Jede Menge!« gebe ich zurück.

Der Hauptmann läßt seine Zugführer heranwinken: »Halbe Stunde Pause. Aber weg von der Straße. Da vorn sind Querwege. Wer was schreiben will, soll sich beeilen.«

Ich gucke mir die Handwaffen an: Nur drei, vier Leute haben MPs. Einige Karabiner 98 K. Die meisten aber Beutegewehre. Ich erfahre, daß es in der Abteilung französische, belgische, holländische und norwegische gibt. Die Leute scheinen auf ihr Sammelsurium auch noch stolz zu sein.

»Zwischen zehn und achtzehn Uhr marschieren wir nicht«, sagt der Hauptmann, »da sind wir gewarnt. Auch ohne die Flugzeuge herrschen hier keine klaren Verhältnisse mehr. Mittlerweile geht alles ziemlich durcheinander. Wir fragen uns jedesmal, wenn ein Fahrzeug auf der Straße auftaucht, ob das nicht Amis sind. – Das klingt spaßig, kann einem aber leicht passieren!«

Plötzlich wechselt die Miene des Hauptmanns, er grinst, und ein Glucksen steigt ihm in den Hals: »Vor drei Tagen haben wir zwei Schützenpanzer getroffen, die Leute konnten was erzählen. Die sind bei der Einfahrt in die Dörfer jubelnd begrüßt worden, mit Blumen und frischem Obst, bis die Franzosen merkten, wen sie eigentlich vor sich hatten. Da haben sie ihre Schießprügel rausgeholt und sogar mit Schrotflinten aus den Fenstern geballert.«

»Na, solche Verwechslungen können *uns* nicht passieren. Wie Amis sehen wir ja wohl nicht gerade aus.«

Der Hauptmann und seine beiden Leutnants wollen partout nicht glauben, daß wir bisher ohne Schießereien durchgekommen sind. Sie selber haben sich immer wieder mit den Waffen durchschlagen müssen. Hatten auch einen Kübelwagen, der Vorausaufklärung betrieb und prompt auf eine Mine lief: Wir sollten ja aufpassen. Daß wir frech am Tage fahren, findet er richtig. Terroristen, die nachts beschäftigt sind, pennen bei Tage. Mit einem so großen Haufen wie ihrem sei ein Tagesmarsch aber zu riskant – ein einzelnes Auto werde außerdem als Ziel von den Jabos kaum angenommen: jedenfalls nicht in dieser Gegend.

Unter den Marineleuten aus Saint-Nazaire ist ein Maat. Ich frage ihn, wie sie es denn geschafft hätten, da noch herauszukommen.

»Wir sind nach Süden ausgewichen – mit Fahrrädern. Auf dem linken Loireufer standen die Amis noch nicht.«

»Die Männer haben keine ordentlichen Marschpapiere, aber hier unter meinen Leuten kann ihnen nichts passieren. Sonst wär's riskant ...«, sagt mir der Hauptmann. Ich weiß, was das heißt: Diesen Marineartilleristen könnte es glatt passieren, daß sie von SS-Einheiten geschnappt und zu »Sondermissionen« eingesetzt und verheizt würden – oder gleich aufgeknüpft.

Gute Wünsche hin und her, Händedruck und Salutieren. Und daß ihr ja durchkommt, ihr Himmelhunde! sage ich im stillen.

Als wir wieder rollen, denke ich: Der Hauptmann wollte mich warnen. Ich habe die Botschaft aufgenommen. Wir müssen also vor Leuten der eigenen Firma genauso auf der Hut sein wie vor dem Gegner. Hier sind überall Gruppen und Grüppchen unterwegs, die Verstärkung brauchen können – vor allem ein Fahrzeug. Und wenn es nur unsere Arche mit ihren abgefahrenen Reifen ist. Nur gut, daß wir so viel Feldpost auf den Rücksitzen haben. Feldpost ist sakrosankt. Die rührt so schnell keiner an. Wenn die vielen Wünsche in Erfüllung gehen sollen, die uns wegen dieser Briefe – und jetzt sind auch noch ein paar Päckchen dazugekommen – begleiten, müssen wir ungeschoren durchkommen.

Aufpassen – nicht zuviel denken. Ich muß mich, verdammt noch eins, auf die Straße und den Himmel konzentrieren. So viel Sonne ist auch nichts, die Schatten machen mich noch verrückt. Sie gaukeln mir Gestalten vor, wo gar keine sind ... Die Baumschatten direkt auf der Straße sind am schlimmsten. Wie könnte ich in diesem wirren, auf mich zueilenden Helldunkelgefleck eine Mine erkennen? Wie zwischen die Bäume gespannte dünne Drähte? Da kann ich noch so sehr mit den Lidern schlagen und den Blick scharf machen – das bleibt ein Hasardspiel: Ich wünsche mir inständig Wolkenschleier vor die Sonne.

Wenn ich mich doch aus dem zähen Tran der Müdigkeit befreien könnte. Jeder noch so kleine Entschluß fordert mir Kraftanstrengungen ab.

Am liebsten ließe ich es treiben. Aber dann wären wir wahrscheinlich schnell futsch und perdu. Vielleicht, sage ich mir, ist das Schlimmste schon überstanden. Wo sich noch deutsche Soldaten herumtreiben, muß sich der Maquis doch in Zurückhaltung üben. Schwere Waffen, Granatwerfer und Kanonen, hat er ja nur hier und da. War vernünftig, eine Eingebung, es gar nicht erst mit Nachtfahrten zu versuchen. Nachts werden alle Banditen wach. Jetzt aber scheint es friedlich wie am Sonntagmorgen vor der Kirche. Kaum vorstellbar, daß dies hier Feindesland ist.

Wir kommen nach Poitiers. Den Klang von Poitiers habe ich fest im Ohr: Karl Martell siegt 732 bei Tours und Poitiers über die Araber! Hier gäbe es sicher viel zu sehen – eine gotische Kathedrale, die Universität, ein Baptisterium aus dem vierten Jahrhundert –, aber ich erlaube mir nur ein paar Blicke im Vorüberfahren. Daß ich die Dachfenster nach Heckenschützen absuche, ist schon reine Gewohnheit: Ich habe keinen Bammel davor, daß uns mitten in der Stadt jemand abknallen könnte.

Wir umfahren ein Karree mit mächtigen Kastanien. Die Straße führt schnurgerade bergan und wird von einem Wasserturm, der direkt in der Visierlinie steht, nach oben verlängert – eine Schanze zum Absprung in den Himmel!

Jetzt muß ich mich entscheiden: entweder auf der großen Straße die knapp über hundert Kilometer nach Châtellerault und Tours abschrubben – oder auf der kleineren nördlich über Orches, Richelieu und Chinon auf die Loire zufahren. Ich brauche mir nur die Namen »Richelieu« und »Chinon« auf der Zunge zergehen zu lassen und weiß gleich: Das ist unsere Strecke. Und dann weiter Richtung Osten nach Tours und Amboise, wo Leonardo da Vinci starb. »Amboise« sage ich mit stummen Lippen vor mich hin: Mir ist dabei, als hätte ich den Geschmack vom alten Frankreich der Könige im Mund. Dann Blois und Orléans.

Die Loireschlösser! Nie hat es klappen wollen, sie zu sehen. Immer war die Loire zu weit südlich für den Weg von Brest oder Saint-Nazaire nach Paris. Allerdings sind die Umstände jetzt ein bißchen anders, als ich sie mir erträumt habe. Frühling und sonntägliche Stimmung wird mir nicht geboten werden – gut zu essen und zu trinken ebenfalls kaum. Aber was verschlägt's! Ich werde jedenfalls an der Loire hinfahren . . .

Gegen Mittag komme ich gegen die Müdigkeit in allen Gliedern kaum noch an. Den Kopf sinken lassen, die Stirn auf den Holzsack legen, bäuchlings die Beine ganz abstrecken – das täte gut. Oder noch besser: auf dem Rücken flachliegen wie ein geprellter Frosch.

Heftige Schmerzen im Nacken vom ständigen Kopfhochhalten und Kopfdrehen. So viel Gymnastik sind meine Nackenwirbel und die diversen Muskelstränge im Hals nicht gewohnt. Die Augen schmerzen auch. Ich komme mir vor, als hätte ich die Basedowsche Krankheit. Ein paarmal habe ich schon nachgefühlt, ob mir die Augäpfel nicht tatsächlich aus den Höhlen treten. Eine Motorradbrille – daran hätten wir eben doch denken sollen! Eine Motorradbrille hätte ich von der ersten Stunde an brauchen können.

Lange halte ich es hier oben nicht mehr aus. Der Fahrtwind hält mich zwar noch halbwegs munter, aber wenn ich das Gesicht nach unten neigte oder wenn ich es gar in meine Armbeuge legte, wäre ich gleich weg. Zum Glück ist die Straße einigermaßen: Die Arche rollt problemlos dahin. So blöde der Kutscher auch sein mag, fahren kann er.

Mir grimmt der Magen. Was zu futtern wäre recht, aber ich will noch ein Stück weiter.

Meine Gedanken haben sich mittlerweile ganz aufs Essen gerichtet – nur nicht auf Bartls Konserven. Wenn er doch keine Dorschleberpaste eingepackt hätte! Allein dieses Wort genügt, um mich den Schlangenfraß in Arbeitsdienstbaracken und Kasernenstuben nachschmecken zu lassen. Kunsthonig und Muckefuck – damit wäre die Beschwörung auch gelungen. Seltsam, wie allein schon ein paar Begriffe meine Geschmacksnerven aktivieren und vor mir Bilder und Szenen erstehen lassen können ... Ich brauche nur »Hering in Gelee« zu denken, und meine Internatszeit ersteht aus dem Nichts. Die Wirtschafterin stellte die glabbrigen, glasigen Geleeblöcke mit den grau schimmernden Heringsleichen selber her. Wir sammelten am Tisch die acht respektablen Blöcke von den Tellern und bauten damit einen Wackelturm. Das machte im Speisesaal Schule, und der Sonntagsurlaub war für drei Wochen futsch: Urlaubsentzug. Mit solch tückischen Zwangsmaßnahmen ging's schon los, als ich zehn Jahre alt war. Da brauchte man gut ausgeknobelte Ausweichkurse, wenn man durchkommen wollte. Durchkommen – das war der Witz!

Die Mittagshitze setzt mir heftig zu. Ehe mir die Augen zufallen, schlage ich lieber aufs Dach und erkläre Bartl, daß wir eine Pause machen wollen, die Arche müsse aber runter von der Straße: »Also: die nächste Abzweigung nehmen, und dann werden wir schon irgendwo Deckung finden.«

Dann holpern wir auf einem Fahrweg dahin, der rechts von der Straße abgeht. Wir finden eine ins Silbergraue gealterte Feldscheune mit einem seitlichen Vordach, hoch genug, daß die Arche drunterpaßt. Hier hat sie Schatten. Das Buschwerk am Weg ist so niedrig, daß ich darüber hinwegsehen kann. Mein Blick geht weit übers flache Land: ein guter Platz.

Drinnen riecht es nach Brutwärme und Staub. Lichtbündel, scharf wie Scheinwerferstrahlen, zielen aus Bretterlücken schräg durch den Raum.

Bartl drückt sich ein Kommißbrot gegen die Brust und säbelt mit dem Taschenmesser dicke Runkse herunter. Auf die pflastert er Leberwurst aus der Dose.

»Für Sie, Herr Oberleutnant!« sagt Bartl.

»Richtige Christenwürger!« klage ich und frage mich, wie ich die hinunterbringen soll, ohne ordentlich was zu trinken zu haben. Bier wäre jetzt recht. Bloß woher nehmen!

»Schmeckt's denn?« frage ich Bartl, als ich ihn mampfen sehe.

»Der Hunger treibt's rein, Herr Oberleutnant«, sagt Bartl.

Nun futtere ich, auf einem Holzstock hockend, trotz meines Widerwillens auch Bissen um Bissen geduldig in mich hinein. Bequem sitze ich nicht. Da verhole ich mich lieber in die Arche.

Ich ziehe mir den Schirm meines Käppis tief ins Gesicht, schiebe das Becken nach vorn und lasse mich tiefer sacken. Die Knie hochgewinkelt, die Hände wie Fremdkörper im Schoß, versuche ich zu schlafen. Wenigstens eine Mütze voll Schlaf nehmen! Woher mag das kommen: Mütze voll Schlaf? geht es mir durch den Kopf. Da spüre ich das Gekribbel von Fliegen auf beiden Mundwinkeln. Wie elektrisiert stoße ich hoch.

Mistbiester! Vorläufig leben wir noch. Wir sind noch nicht geeignet für Madenkulturen! »Verdammtes Mistzeug!«

Der Kutscher steht plötzlich vor mir und fragt: »Herr Oberleitnant?« Herrje, der denkt, *er* sei mit der Flucherei gemeint.

»Mann Gottes, schmeißen Sie sich bloß hin und pennen Sie 'ne Runde. Lieber jetzt und hier als später am Steuer!«

Der Kutscher steht mit hängenden Schultern da und braucht wie immer seine Zeit, um zu begreifen, daß mein barscher Ton kein Anschiß ist. Schließlich grinst er mit halb entblößter oberer Zahnreihe sein Schimpansengrinsen – so lange, bis er sich zu einer korkenzieherartig verdrehten Kehrtwendung entschließt, bei der er unweigerlich ins Kippen gerät. Der Drill hat aus dem armen Kerl einen rechten Hampelmann gemacht.

Der Himmel ist fast wolkenlos. Vielleicht können wir heute länger auf der Straße bleiben. Der Mond müßte im Zunehmen sein. Diese Hoffnung ist es, die es mir erlaubt, ein Nickerchen zu machen.

Mein Kopf ist nach hinten gesunken. Ich spüre noch, wie es mir den Mund aufzieht, dann treibe ich vom Ufer weg in den strudelnden Schlafstrom. Schon im Schlaf höre ich Kastagnetten und weiß: keine Kastagnetten! Das ist das Klappern des Imbert-Kessels.

Ich schrecke hoch und weiß für Sekunden nicht, wo ich bin. Bartl hat »Herr Oberleutnant!« gesagt. Natürlich: Wir müssen weiter!

»Bartl, was gibt's?«

»Herr Oberleutnant, da vorn rechter Hand rührt sich was. Zwischen den Büschen vorn blitzt was!«

»Da werde ich wohl wieder aufs Dach müssen«, sage ich und denke mir: Der gute Bartl, wenn der wüßte, wie viele Male es schon irgendwo geblitzt und wo überall sich in verdächtiger Weise was bewegt hat! Und während wir kurze Zeit später anrollen und an dem Buschstück, das auf einer Art Schutthalde wächst, vorbeifahren, denke ich weiter: Diese grellen Wechsel von Dösen oder gar Schlafen zu gespanntem Wachsein – die können den Menschen umbringen. Das möchte ich mal wieder: blinzelnd erwachen, ganz langsam die Umwelt wahrnehmen, mich erneut sinken lassen, dösen, in Halbschlaf zurückfallen, dann strecken und recken, die Luft anhalten, die Lungen weiten und mit einem starken Weltumarmegefühl den Tag an die Brust nehmen – ohne Ängste, frei von Sorgen.

Untertags schlafen, das klappt fast nie. Wie die Nachtwächter das nur schaffen? Ob man überhaupt auf sein Schlafsoll kommen kann, wenn man tagsüber statt nachts schlafen muß? Die Nacht zum Tag machen ...

Nach einer guten Stunde müssen wir stoppen. Plattfuß vorne links: das Rad, an das der Kutscher so abergläubisch gepinkelt hat. Das fängt ja gut an!

Während des Radwechsels läuft unser Ofen weiter. Das Klappern ist wie ein Hohn: Da geht es dahin, unser Treibgas. Den Schlauch flicken wir jetzt nicht, das machen wir beim nächsten größeren Stop – hoffentlich gibt es bis dahin nicht noch eine Panne.

Endlich geht es weiter. Ich habe einen weiten Ausblick über die Felder hin. Auf den abgemähten Wiesenstücken nahebei kann ich sogar die einzelnen Sensenschwünge erkennen.

Aber kein Mensch zu sehen! Wir fahren wieder durch menschenleeres Land ... In den Dörfern sind die Hoftore zu und die Fensterläden, wenn es welche gibt, auch. Die Leute müssen guten Grund haben, Tür und Tor verschlossen zu halten. Wer weiß, was die durchziehenden Truppen schon alles weggeschleppt haben. »Requirieren« heißt das bei Preußens. Requirieren geht mir gegen den Strich, aber wenn wir in puncto Holz blank sind, *muß* ich einen Bauern aufstöbern. Den werde ich dann auch nicht fragen, ob er uns sein Holz verkaufen will. Was wir brauchen, will ich zwar bezahlen, aber was ist unser Geld schon noch wert! Was ich im Sinne habe, ist halbes Requirieren ...

Eine gewaltige Detonation läßt die Luft erzittern. Der Kutscher stoppt die Arche.

»Peng, sprach die Jungfrau«, höre ich Bartl, »und es war ihr letztes Wort als solche.«

Da – rechts vorn – wird wahrscheinlich Munition gesprengt. Über einem Waldstück quillt schnell schwarzer Rauch hoch. Zum Kotzen, daß man nie weiß, ob da ein Handstreich des Maquis Erfolg hatte oder ob es die eigenen Leute sind, die Munition hochjagen.

Sicher hat es uns von Beginn der Reise an schon geholfen, daß man unsere Arche auf den ersten Blick kaum für ein reguläres Wehrmachtfahrzeug halten kann. Wenn unsere Klamotten noch mehr verdrecken und zerfransen, unsere Stachelbärte weiterwachsen, werden wir bald ganz und gar wie Landstreicher aussehen.

Neue Rauchfanale direkt voraus über einem Waldstück. Rauch auch rechter Hand in der Ferne, und nun sehe ich auch zur Linken eine düstere Quellwolke. Das sieht ganz so aus, als würden mit dem Rauch Zeichen gegeben – wie bei den Indianern: Könnte ja sein, daß auf diese Weise unser Kommen gemeldet wird.

Die verdammten Wassertürme überall! Ich bin sicher, daß sie längst als Beobachtungsstände dienen. Von dem Turm rechts voraus kann man die Straße auf mindestens acht Kilometer beobachten.

An einer Kreuzung wieder verdrehte Wegschilder. Das ist schlecht gemacht: einfach in die Gegenrichtung gedrückt. So merkt es jedes Kind. Wir fahren im übrigen längst nach Nase. Für uns müssen sich die Herren Terroristen was Besseres einfallen lassen!

Ich muß meinen Blick auf Weitwinkel einstellen, um alles zugleich im Auge zu haben: das Straßenband, beide Straßengräben, den Himmel, das Nahe und das Ferne. Einzelne Höfe sind besonders verdächtig.

Schon wieder ein Wasserturm! Aber jetzt haben wir schon so viele davon hinter uns gebracht, ohne daß etwas passiert ist, daß mir ihr Anblick keine Kopfschmerzen mehr macht.

Bartl wird, wenn wir auf Landser stoßen, allgemein bestaunt. Er macht von uns dreien aber auch den verwegensten Eindruck und sieht dabei doch wie eine Karikatur auf alles Militärische aus. Und sein Gehabe paßt ganz und gar zu seiner Aufmachung: Er spielt den alten, rauhen, aber herzlichen »Fahrensmann«, der durch nichts zu erschüttern ist. Wenn wir Zuschauer haben, dünstet er dem Kutscher gegenüber Jovialität aus. Der good old fellow – für alles zuständig, der personifizierte praktische Verstand.

Nach einer Ewigkeit erreichen wir Richelieu. Vom Gründer der auf dem Reißbrett entworfenen Stadt weiß ich, daß er Kardinal war und Minister unter Ludwig XIII. und daß er die Académie Française gegründet hat. Mein Klopfzeichen bringt die Arche mitten im Ort zum Stoppen. Es juckt mich, den Touristen zu spielen.

»Was für die Bildung tun, Bartl«, kündige ich das an. Bartl zeigt deutlich Mißbilligung. Ich weiß, ich weiß: Wir können hier aus hundert Fenstern abgeknallt werden. Aber diese adretten Häuser sehen nicht nach Hinterhalt aus. Ich könnte auch sagen: Hier riecht es einfach nicht danach.

Da höre ich einen Schuß. Plötzlich kommt Gewehrblaffen von gleich mehreren Seiten, und schon sind wir mittendrin. Mitten in der Scheiße. Das ballert und ballert, aber kein Mensch ist zu sehen. Mir klopft das Herz im Hals. Halb unbewußt lausche ich auf Geschoßpfeifen: Geschosse, die man pfeifen hört, treffen einen nun mal nicht!

Der Kutscher und Bartl haben hinter der Arche Deckung genommen. Ich bin mit zwei, drei Sprüngen bei ihnen. Aber auf welcher Seite der Arche ist hier Deckung? Woher kommen die Schüsse? Verflucht noch eins, so haben wir es aber gar nicht gerne!

Trotzdem stapele ich tief: »So eine verrückte Bande, die sticht ja wohl der Hafer. Einfach blind in die Gegend ballern . . .«

Ganz plötzlich ist Schluß. Wenn meine Truppe nicht bloß aus zwei Hanseln bestünde, würde ich die Saubande jetzt ausräuchern! Fromme Wünsche! Wir sollten vielmehr sehen, daß wir schnell wieder ins offene Gelände kommen. Um Bartl den Schreck zu nehmen, sage ich: »Munitionsverbrauch gleich Null!«

»Aber nur auf unserer Seite, Herr Oberleutnant!« gibt sich Bartl kaltschnäuzig. Dabei merke ich ihm deutlich an, wie aufgeregt er ist.

»Das war ja 'ne richtige Feuertaufe!« sage ich deshalb trotz meiner Atemnot noch.

»Die hab ich schon neunzehnsiebzehn hinter mich gebracht«, gibt mir Bartl da zurück. Der Kutscher hat überhaupt kein Wort gesagt. Herrgott nein, ich kann mich über meine Truppe nicht beklagen!

Richelieu – diesen Namen werde ich mir doppelt merken: der Kardinal und dieser Überfall!

Als wir wieder rollen, mache ich mir Vorwürfe: Das war ein Fehler, so weit von der Hauptverbindung weg durch die Gegend zu kutschieren. Hätte dumm ausgehen können. Aber wieso hat keiner der Schüsse getroffen? An der Arche sind keine Einschläge, und die Arche ist weiß Gott ein großes, kompaktes Ziel. Wollte uns bloß ein Verrückter mit dieser wüsten Schießerei verjagen?

Kurz vor dem nächsten Ort zieht der Motor nicht mehr. Die Arche rollt langsam aus und bleibt stehen. Der Kutscher hebt die Motorhaube und verschwindet mit dem Oberkörper darunter.

Panne! Aber der Kutscher ist nicht in Verlegenheit zu bringen. »San die Zündkerzen!« läßt er uns seelenruhig wissen. »Oder der Verteiler.«

Ich stiere mal wieder auf die Karte, gerade so, als könnte ich die Strecke durch eine Art Suggestion verkürzen. Ich würde dem Kutscher gerne helfen, aber wie die Zündung für Holzgas eingestellt werden muß, da kenne ich mich kein bißchen aus.

Kerzen zum Wechseln hat der Kutscher nicht dabei. Er gibt sich jedoch hoffnungsvoll, daß er die alten wieder sauberbekommen wird. Das brauche allerdings seine Zeit. Also: Zwangspause.

Ich würde am liebsten laut losfluchen, aber ich muß so tun, als machte mir das Ganze nicht einen Sechser aus. Bartl nimmt's auch gelassen. »Da vorn im Dorf muß es doch 'ne Kneipe geben – oder zweie oder dreie ... Was gegen den Durst tun, Herr Oberleutnant?«

»Nein, Bartl! Sie bleiben beim Kutscher. Erst wenn ich wiederkomme, können Sie los, kapiert?«

»Jawoll, Herr Oberleutnant!« gebärdet sich Bartl mit Hackenschlagen militärisch.

Dieses Kaff ist ganz und gar nicht nach meinem Geschmack. Viel Hundegebell hinter verschlossenen Hoftüren. Ich komme mir vor wie ein Bankräuber, dessen Steckbrief durch alle Zeitungen gegangen ist und der nicht mehr tun kann, als für sich noch ein bißchen Aufschub herauszuschinden.

Nach fünfzig Metern stoße ich tatsächlich auf eine Kneipe und sage zu mir: Doch mal sehen, wie es da drin aussieht und was es in dieser Gegend zu trinken gibt.

Auf niedrigen Schilfstühlen hocken im Halbdunkel ein paar alte, abgearbeitete Bauern. Veteranen, die schon zuviel gesehen haben, als daß sie sich noch für einen wie mich interessieren könnten. Sie kehren mir nur langsam ihre undechiffrierbaren Gesichter zu. Feindselig? Nein, nur verschlossen und düster. Cidre ist das wohl, was sie vor sich in ihren trüben Gläsern haben. »Nonnenpisse« nannte ihn der Alte.

Es riecht stark nach Knoblauch und altem Mann. Ich fühle mich wie in eins der Bilder geraten, die van Gogh in seiner Frühzeit in der Borinage gemalt hat. Was in die Kehle schütten, sage ich mir, und zusehen, daß ich schnell weiterkomme. So tun, als sei es das Selbstverständlichste von der Welt, daß ich hier hereinschneie.

Statt Cidre bekomme ich einen richtigen Apfelschnaps. Na, wer sagt's denn! Der wird mich aufmöbeln.

Als ich wieder ins Licht trete, muß ich die Augen kneifen, auch wenn die Sonne bereits ziemlich schräg steht. La douce France! Und mir brennt der Boden unter den Füßen. Das hier scheint mir alles nicht koscher. Wo sind bloß die jungen Männer?

Ein Junge übt Fußball mit einer leeren Konservendose, und er ist seit geraumer Zeit das einzige männliche Wesen unter sechzig. Als ich zurücktrotte, höre ich bald schon, daß der Motor der Arche wieder läuft. Der Kutscher strahlt durch den Dreck auf seinem Gesicht hindurch wie eine Nürnberger Lebkuchenfigur.

»Der hat genau die beiden verrußten Kerzen erwischt!« lobt Bartl ihn.

Ich kann es immer noch nicht richtig begreifen, daß wir mit einem Zwölfzylinder amerikanischer Bauart durch die Gegend kutschieren und dabei mit nichts als Holzabfällen unser Treibgas selber erzeugen und daß dieser Motor auch frißt, was ihm offeriert wird.

Als ich wieder auf meinem Aussichtsplatz bin, lasse ich mir komisch klingende französische Worte einfallen: Andouille – weiche Wurst. Notre grand admiral se sent comme une andouille vis-à-vis de son Führer. Und dann spezielle Phrasen: Le Führer l'a eu – der Führer hat ihn reingelegt. Quel abruti – was für ein Idiot. La grande bedaine – der große Dickwanst – nous a joué un mauvais tour – hat uns einen bösen Streich gespielt: Il n'y a pas d'avions – keine Flugzeuge. Nous avons payé pour le savoir – wir haben Lehrgeld bezahlt.

Ein alter Mann kommt uns als Schattenriß entgegen. Er hat eine Sense über der Schulter wie Freund Hein. Ich hebe die Rechte zum Winken, der Alte nickt zurück. In mir sagt es: clopin-clopant – hinkend.

Der Kutscher versucht ordentlich aufzudrehen. Er will auch raus aus dieser vermaledeiten Gegend. Und das, bevor die Sonne ganz hinter der Kimm verschwunden ist. Der Kutscher mit seinem Tierinstinkt!

Irgendwann müssen wir uns böse verfranzt haben. Das, was wir jetzt unter den Rädern haben, ist alles andere als eine ordentliche Straße. Bald wird es dunkel, und wir haben keine Ahnung, wo wir sind.

Wir kommen durch eine schier endlose Allee. Wenn der Maquis auf Zack wäre, müßten die Stämme hier reihenweise auf der Straße liegen. Um Himmels willen nichts berufen! fahre ich mir, als ich das denke, aber gleich in die Parade.

Ohne daß ich es richtig gemerkt hätte, sind dicke Wolken aufgezogen: Die Sicht wird immer schlechter. Und über den Wolken ist Flugzeuggebrumm. Ich lausche gespannt: Das kann nur eine einzelne Maschine sein. Wozu treibt die sich hier herum? Um Agenten abzusetzen?

Allmählich wird es so finster, daß wir unmöglich weiterfahren können.

Einen Unterschlupf bei deutschen Truppen werden wir aber nicht mehr finden. Da hätte ich mich früher danach umsehen müssen. Also bleibt uns nichts anderes übrig, als irgendwo runter von der Straße und die Nacht in der Arche zu verbringen.

Im fahlen Licht sehe ich, daß wir an einer Weggabelung vorbeifahren. Ich lasse stoppen und erkläre Bartl meine Absicht. Also ein Stück zurück und weiter auf dem Nebenweg. Nicht lange, und ich erkenne ein kleines Wäldchen. Gut, gut, sage ich mir, zelten wie die Pfadfinder!

Nicht, daß ich mich bei dieser Vorstellung wohl in meiner Haut fühlte: Kalt wird es kaum werden, aber wir werden uns bis zur Morgendämmerung reihum als Wächter ablösen müssen.

Der Morgen kommt bald, rede ich mir zu, als wir unseren Platz gefunden haben, und bis zur Loire kann es auch nicht mehr weit sein.

Die Loire entlang

Hähnekrähen von zwei Seiten, und das schon seit Stunden. Diese Gockel sind falsch eingestellt: Gegen ein Uhr fing es an und hörte nicht mehr auf, bis die Dämmerung kam. Jetzt weiß ich, warum der Hahn – der gallische Hahn – Frankreichs Wappentier ist: Diese Spezies beherrscht nächtens das ganze Land. Kein Geräusch wird mir so fest im Ohr haften bleiben wie dieses nächtliche Krähen. Selbst das wütende Hundekläffen, das wir beim Durchfahren der Dörfer wecken, kann sich damit nicht messen.

Bartl kommt hinter der Arche vor und salutiert mit der Hand am Mützenschirm. Er hat schon wieder seine Pfeife zwischen den Zähnen: ein mit sich zufriedener Mann, ganz mit der Welt im reinen.

Obwohl es schon dunkel war, haben wir einen ausgezeichneten Schlafplatz gefunden: Die Arche steht geschützt im Buschwerk.

Es ist noch morgenkühl. Ich hätte mich wärmer anziehen sollen. Ich muß meine Arme ordentlich um mich werfen, damit ich wieder warm und beweglich werde. Dann würge ich ein paar Bissen herunter, während der Kutscher bereits den Gasofen anstokert.

Das Land dunstet seinen Nachtschlaf aus. Die Gräser und die Erde duften. Als wir losfahren, erlebe ich auf dem Dach der Arche einen sachlichen Sonnenaufgang ohne Farbengaukelei und ohne langen Prolog: Die Sonne erscheint einfach über einem Waldstück und schießt blendende Strahlenlanzen in die morgenfeuchte Luft.

Während die Sonne höher über der Kimm emporsteigt, schwebt Dampf von den Äckern hoch. Heute wird es wieder heiß werden.

Das Frühlicht spiegelt sich in den von Reifen blankpolierten Spuren vor mir auf der Straße. Ich nehme ein Wolkenquellen im Westen wahr, das Flimmern von Pappellaub im leichten Morgenwind, rote Punkte von reifen Früchten im Hagebuttendickicht und orangefarbene von nicht ganz gereiften. Der Himmel über mir ist die Innenseite einer riesigen über die Erde gestülpten Glaskuppel mit feiner weißbläulicher Opalintönung.

Ich habe immer noch keine Ahnung, wie viele Kilometer in einem unserer Holzsäcke stecken. Aber vom Kutscher Erklärungen verlangen?

Das wäre verfehlt. Ich muß mich damit abfinden, daß ich in diesem Fall keine voix au chapitre habe. Aber Sorgen um den Holzvorrat mache ich mir dennoch: Wo sollen wir frisches Vergaserholz auftreiben? Bei einem Fuhrpark der deutschen Wehrmacht mal sicher nicht. Ich weiß nicht einmal, wie trocken das Holz sein muß und wie kleingeschnitten. Fünf Zentimeter schätze ich. Aber wer hat so kleingeschnipseltes Holz? Ich sehe uns schon dürre Äste absägen und kleinhacken. Ob das geht? Ob der Kessel auch so was fressen würde?

In La Pallice galten meine Sorgen nur den Reifen. Die Sorge um den Holzvorrat ist erst mit der Zeit gewachsen. Wenn sich auf den Straßen nur ähnliche Vehikel wie das unsere herumtrieben! Ich habe aber noch keinen einzigen Holzgaser gesehen. In Berlin und München gab es die schon, aber auf französischen Straßen? Mag ja sein, daß ich früher einfach keine Augen dafür hatte. Jetzt wäre es mir jedenfalls verdammt recht, wenn im nächsten Ort einer am Bordstein stünde und wir mit seinem Besitzer ein Tauschhandelsgeschäft machen könnten: Vergaserholz gegen U-Boot-proviant. Mit Schokolade und Zigaretten könnten wir auch dienen. Und das für nichts als ein bißchen kleingehacktes Holz.

»Val de Loire – pays des chateaux et des grands vins«, lese ich auf einem Schild. Pustekuchen! sage ich vor mich hin. Dann klaube ich im Kopf die Namen der Loirelandschaften von der Mündung her zusammen und sage sie auf: Pays Nantais, Anjou, Blésois, Orléanais . . . ein Name fehlt mir bestimmt. Ich fange noch einmal an, und schon habe ich ihn: die Touraine.

Auf unserer Nachtfahrt scheinen wir ein gutes Stück nach Westen vom Weg abgekommen zu sein. Haben wir gar einen Halbkreis abgefahren? Wenn wir nur erst einmal an der Loire wären, dann brauchten wir uns um Straßenschilder und den richtigen Kurs nicht mehr zu kümmern.

Ringsum unversehrte Natur: Ich kann mich daran nicht satt sehen. Nirgends Bombentrichter, keinerlei Verheerung. Die Koppeln sattgrün, die silbriggrünen Weidezäune in Ordnung, und das bißchen verrosteter Stacheldraht hier und da, das fatale Assoziationen wecken könnte, kann ich leicht übersehen. Zwischen wulstigen Baumkronen ein Schieferdachblinken, aber keine himmelan spießenden verkohlten Dachsparren, und das Rauchgekräusel, das senkrecht hochsteigt, läßt nichts anderes als das Bild einer schwarzverrußten Herdstelle mit einem riesigen Rauchabzug darüber erstehen. Zwischen den Wiesen über Hügel wellende Felderbreiten – viele schon wieder frisch gepflügt. Die Erde sieht fett und fruchtbar aus.

Nur der mit starren Schwingen über ein Eichenwäldchen heranglei-tende Raubvogel erschreckt mich. Aber schon dreht er in eine enge Kurve ein und beginnt wie auf der Spur einer imaginären Wendeltreppe höher zu steigen: Er nutzt die Thermik über einem der Sonne entgegengeschrägten Hang.

Da blinkt es mir zwischen den Baumstämmen hindurch wie von Spiegelpailletten entgegen: die Loire!

Ich hole tief Atem: Das wäre geschafft! Und nun spähe ich nach einem geeigneten Halteplatz und gebe, als ich einen sehe, das Stoppzeichen. Zwischen der Straße und dem blinkenden Wasser sind es nur ein paar Meter buschbewachsene Böschung.

Rast am Fluß! Ich mache es mir im Gras bequem und ziehe die Knie hoch. Ich will jetzt nichts als still im Gras hocken.

Faulig kühler Brackwassergeruch weht heran. Schaumblasen fahren im Gegenstrom dicht am Ufer Karussell. Die Loire ist hier nicht glatt wie ein Spiegel. Sie ist ein flaches Silberrelief zwischen dem stumpfen Grün der Schilflanzetten.

Dieser Sommer! Erst jetzt erspüre ich ihn richtig. Und schon muß ich an die Sommer in Feldafing denken und kann mich selber im Moor malen sehen – die braunen Tümpel, in denen sich der Himmel spiegelt, aber nicht etwa kobalten, sondern mit einem satten Violett.

Aber besser solche Bilder nicht beschwören – lieber gar nicht daran denken . . . Gehöre ich denn noch dorthin? Was soll ich in Feldafing ohne Simone? – Und was mag sich in Brest jetzt tun? Jetzt – in diesem Augenblick. Und unter meinen schmerzlich ziehenden Gedanken immer wieder die Frage, ob wir's schaffen werden, ob wir überhaupt eine Chance haben.

In mir ist Erschöpfung und Unruhe zugleich. Ich spüre den Wunsch, mich sinken zu lassen, bin aber zugleich auch ganz gespanntes Hinblikken: die blitzenden Reflexe auf dem Wasser. Ein paar Halme und ihre Spiegelung – genug schon für ein chinesisches Tuschebild. Ich mache mir mit Daumen und Zeigefinger einen Ausschnittsucher. Damit entdecke ich immer neue Bilder: von Farnrispen zerteilte Sonnenstrahlen, die Schattenspiele auf dem Wasser, der Flußgrund mit den lebendigen Wellenschlieren darüber.

Hier drei Tage lang malen können, wie ich in der Bretagne gemalt habe, mit schwarzer Tusche und Aquarellfarben. Das Wasser dafür aus dem Fluß schöpfen: Die Loire mit der Loire aufs Papier bringen – nicht auszudenken! Warum nur habe ich es nicht früher geschafft, ins Loiretal zu kommen?

Mir ist danach: Herz sei still! zu mir zu sagen und: Dafür hast du in der Bretagne hundert Bilder gemalt! Ich lege mich ins Gras zurück und denke mit dem Wasserflüstern der Loire im Ohr an die Bretagne – *meine* Bretagne. Unser winziger Badestrand hinter Batz-sur-Mer – wieviel Leben da immer im Sand war: die glasigen Hupftiere, die bei jedem Schritt nach allen Seiten wegsprangen, die Hütchenmuscheln auf den Steinen, die man mit dem Messer lösen und roh essen konnte. Mir läuft der Speichel im Mund zusammen. Die Seeigel. Nicht viel dran – aber oho! Vor den verdammten Stacheln mußte man sich hüten: Die brachen ab wie nichts und blieben in der Haut stecken – aber der orangefarbene Inhalt! Gar nicht zu reden von den Genüssen, die es bei Mère Binou gab: farcierte couteaux – gefüllte Messermuscheln, gebackene Austern, Hummer vom Feinsten . . .

Was trinken, sage ich resolut zu mir, um den Gedankenflug anzuhalten. Der Wein, der hier wächst, wäre gerade recht. Aber um an Wein zu kommen, müssen wir weiter. Ich muß mir zureden wie einem störrischen Esel: »Los! Hoch und ab dafür!«

Zwischen die Maisfelder schieben sich hier und da kleine Gevierte mit Weinstöcken. Wenn der Kutscher anhielte, könnten wir Weintrauben klauen. Sieht ganz so aus, als seien sie reif.

Dann wieder niedrige Vlaminckhäuser – kuglig beschnittene Bäume davor –, gegen die ich eine wahre Aversion entwickle: Ich kann ihre Fenster nicht beobachten. Die Bäume wandern zu schnell über die Front hin. Sie sehen adrett aus, wie gedrechselt, aber sie ärgern mich.

Ein verrückter Himmel: Das Licht wechselt alle zehn Minuten, je nachdem, ob sich dichtere oder dünnere Wolken über die Sonne schieben oder sie für Augenblicke ganz freigeben. Ich muß schon wieder höllisch aufpassen: Weil die Beleuchtung ständig wechselt, wird die Landschaft unübersichtlich.

Immer mehr Pappeln, abgeerntete Felder. Und jetzt auch wieder eine ganze Folge von Geländewellen. Ich bin jedesmal froh, wenn wir auf einer Kuppe ankommen und ich ungehindert alles überblicken kann.

Am anderen Ufer fährt ein Zweiradkarren wie in der Bretagne, nur nicht blau bemalt. Das Pferd läßt den Kopf tief hängen.

Manchmal prescht der Kutscher richtig los, daß unsere miesen Reifen nur so sausen. Meint er, daß wir gejagt werden? In gewisser Weise stimmt das ja: Die Loire ist die Frontlinie. Diese Linie muß gehalten werden, allein schon für die Abdeckung der Rückzüge aus dem Süden. Dann kann's hier noch heiß hergehen.

Schon ist Neues im Blick: Reihen länglicher, hoher Kästen aus Maschendraht, die quer zur Straßenrichtung in den Feldern stehen. Das können nur Maisdarren sein. Und da ist auch junger Mais auf den Feldern – wie in Rumänien. Waren das noch Zeiten, als ich mit dem Faltboot die Donau hinuntertrödelte . . . Hier oben auf dem Autodach bin ich auch ganz allein. Und die Bilder der Landschaft ziehen vorbei wie ehedem: ein endloser Landschaftsfilm.

Eine Ortschaft. Ein Schild mit schwarzer, geschlungener Schrift, »Salle des Fêtes«, auf rotem Grund. Dieser Saal dürfte wohl seit langem leerstehen. Auf eine Spitze gestellte Pokerwürfel aus Beton als Torpfostenbekrönung. Fast alle Häuser stehen direkt an der Straße. Ein Zaun aus künstlichem Krüppelholz: Beton. Den hätte ich mir gern genau betrachtet: ein Stück trompe-l'œil, eine französische Spezialität. Vorbei! Überall an den Ladenfronten aufgemalte Holzmaserungen, auch an den großen Türen der Einfahrten, durch die ehedem die Kaleschen in die Höfe einfuhren. Trompe-l'œil-Mimikry ist wieder hochmodern. Wir täuschen schließlich auch etwas anderes vor, als wir sind: ein Thema, das sich gehörig hin- und herwenden ließe. Mitten im Ort macht die Straße ein paar scharfe Kurven. Ich zermalme »Mist, verdammter!« zwischen den Zähnen. Diese Gegend würde auch der Alte verfluchen. Ja, wenn ich mich beim Fahren an ihr delektieren könnte – aber ich muß ja ständig spannen!

Wir kommen zu einem Bahnhof, der wie verlassen in der Landschaft steht, ohne Häuser in seiner Nähe. Ich sehe deutsche Eisenbahner und lasse stoppen. Die Eisenbahner gehören zu einem langen Bauzug. Ich höre, daß die Gleise an mehreren Stellen hochgesprengt sind, jetzt sollen sie in letzter Minute repariert werden.

»Die Jabos machen uns total fertig!« klagt ein Obereisenbahner. »Es fehlt an Panzerzügen mit Flak!«

Du liebes bißchen! denke ich: Panzerzüge! Wie das klingt. Mir will: Was fehlt denn hier sonst nicht noch alles! über die Lippen, aber ich verkneife es mir. Das hier ist die erste Eisenbahnereinheit, die ich zu sehen bekomme.

In Frankreich gab es einen Riesenverein deutscher Eisenbahner: Reichsbahnsekretäre, Reichsbahnobersekretäre, Reichsbahnräte, die sich wie Generäle aufführten. Wahrscheinlich gehört auch diese Art Eisenbahner zu dem Pack der feineren Herren, das längst abgehauen ist.

»Hier geht alles drunter und drüber, einen vernünftigen Rückzug«, sagt der Mann, »hat bei uns eben niemand geübt. Dieser Fall war einfach nicht vorgesehen . . .«

»Das muß wohl an unserer Mentalität liegen«, sage ich und denke: Großmannssucht, keine Sicherungen nach achtern . . . Auf einer Lore entdecke ich ein mit Seilen festgezurrtes Klavier – eine groteske Beute.

Wehrmachtfahrzeuge kommen uns entgegen. In einem Kübelwagen sind Kaninchenställe gestapelt. Zwischen den Kisten hängt eine Traube aus Hühnern mit zusammengebundenen Füßen: Selbstversorger. Wohin wollen die nur damit?

Nachrichtenleute, die auch nichts wissen. Sie sind beschossen worden, haben Tellerminen auf der Straße gefunden. Einer schildert aufgeregt, wie eine Handgranate oben aus einem Haus flog – da heiße es aufpassen.

Was ist Gerücht, was ist ernst zu nehmen?

Was sind das nur für merkwürdig zusammengewürfelte Einheiten? Der Heldenklau hat sie offenbar nicht heimgesucht.

Wenig später Wehrmachtfahrzeuge an beiden Straßenseiten, halb in den Graben gekippt, aber ohne Treffer. Liegengeblieben, weil das Benzin zu Ende war. Haha! höhne ich vor mich hin, wer kein Benzin in den Reservekanistern hat, sollte in diesen Zeiten nicht Auto fahren.

Sehr weit kann unser Holzvorrat aber auch nicht mehr reichen. Bartl und der Kutscher würden sicher unbesorgt draufloskarren, bis der letzte Sack leer ist. Aber ich muß weiterdenken. Weiß der Satan, wo und wie wir an neues Holz kommen. Im nächsten Dorf müssen wir uns auf jeden Fall eine Säge verschaffen – oder besser noch zwei. Notfalls sägen wir uns durch Frankreich!

Ein Wegweiser stellt mich vor die Frage: Einen Schwenker wagen nach Azay-le-Rideau – oder direkt weiter auf Tours zu? Balzac hat das Schloß als einen »geschliffenen Diamanten« gefeiert, »der vom Fluß Indre eingefaßt auf Pfählen ruht«. Ich kenne es wie kaum ein anderes französisches Schloß von meinen vielen Phantasiereisen her.

Nein, wir müssen weiter!

Ein Wolkenzug ist dicht über dem Felderhorizont wie an einer Schnur aufgereiht: eine weiße Girlande. Es dauert nicht lange, und der ganze Himmel hängt voll von solchen Girlanden, sie werden größer und dichter und drängen sich hintereinander wie der Festschmuck an der Decke eines Dorfgasthauses. Vom Himmelsblau ist fast nichts mehr zu sehen. Die Gefahr aus der Luft wird größer.

Ein fernes Bombenpauken läßt mich zusammenfahren. Ich schlage mit dem Kolben der MP aufs Dach. Bartl steht im Nu auf der Straße. Er muß auch was gehört haben. Jetzt paukt und dröhnt es wieder. Und da weiß ich: Das sind die Amis mitnichten. Da hat sich irgendwo ein Gewitter versteckt. Der Himmel vor uns verfärbt sich schnell zu einer schwefligen Düsternis. Das sieht bedrohlich aus. Schon zucken weit voraus die ersten Blitze zu Boden.

So schnell scheint das Gewitter aber nicht kommen zu wollen. Ich klemme mich also wieder zwischen die Säcke auf der Arche, und weiter geht's.

Viel Buschwerk an der Straße. Sommerüppigkeit, bukolisches Gelände.

Große Käfer prallen mir an den Kopf. Und jetzt habe ich eine Mücke im linken Auge. Mit viel Tränenflüssigkeit versuche ich sie herauszuschwemmen. Hoffnungslos! Ich gebe das Stoppzeichen: Bartl muß helfen.

Bartl weist mir stolz seine Beute vor: Der Plagegeist ist zu einem schwarzen Punkt zusammengepappt.

Wir stehen an einem großen Platz mit gekappten Linden, die in strengem Karree angeordnet sind. Ich habe nicht aufgepaßt, wie die Ortschaft heißt. Alles ist hier ordentlich in Schuß, selbst noch die Schatteninseln unter den Kugellinden sehen wie akkurat zurechtgeschnitten aus. Insgeheim hatte ich die Hoffnung, hier einen guten Schluck zu finden, aber alles sieht dicht verschlossen aus. Ich laufe an einer endlosen Sandsteinmauer entlang und komme doch nur an eine Kneipe mit einem halb verrosteten Rolladen vor der Eingangstür.

»Dann eben nicht, liebe Tante!« sage ich in das mir erwartungsvoll zugekehrte Gesicht Bartls hinein und drehe mich langsam einmal um mich selbst. Ich sehe den Kutscher an eine der gekappten Linden schiffen und einen mittelgroßen Hund, eine Hündin offenbar, der fünf andere Hunde nachlaufen – kleine, große und ein schwarzes Riesenvieh. Aber Einwohner sehe ich nicht. Mag sein, sage ich mir, die machen verlängerte Siesta. Trotzdem ist mir die Stille unheimlich. Die Klappe am Imbertkessel scheppert unerträglich laut.

Weiter Richtung Osten die Loire aufwärts. Der nun wieder hitzebleiche Himmel blendet mich. Das schlierige Wabern des Sonnenbrodems über der Straße strengt die Augen an, er macht den Blick unscharf. Das Licht ist wohl vor allem der Grund, daß ich mich bloß und ungedeckt fühle – eine bewegliche Schießscheibe. Immer wieder mal blitzt ein Schieferdach auf. Es ist drückendheiß. Wir nähern uns Tours.

Plötzlich bremst der Kutscher die Arche ab. Schon wieder ein Platter. Diesmal ist es der Reifen hinten links, und da wir letzte Nacht nicht geflickt haben, ist es mit einem bloßen Radwechsel nicht getan.

Der Kutscher und Bartl machen sich sofort an die Arbeit.

Ich habe also Zeit und gehe langsam entgegen der Fahrtrichtung von der Arche weg und durch das wadenhohe Gras zum Loireufer hinunter.

Die Sonne hat schon so viel Strahlkraft verloren, daß ich sie ohne Blendung in den Blick nehmen kann. Gerade beginnt das feine

Fluoreszieren am Himmel. Die Farben aller Dinge verwandeln sich. Die Schatten im hellen Wiesengrün haben im Zusehen ihre scharfen Konturen verloren oder sich ganz aufgelöst. Aber noch gibt es hell beschienene Büsche, die so heftig leuchten, als wollten sie gleich erglühen. Dicht neben ihnen stehen dem Licht bereits abgekehrte, schattendunkle, so daß die Flußauen entschieden in Hell und Dunkel gegliedert sind. Aber wie sich nun die tiefer sinkende Sonne in Gazeschleier hüllt, lösen sich die eben noch scharf gegen die Wiesenhintergründe abgesetzten Umrisse der Baum- und Buschgruppen allmählich auf. Ihre Binnenzeichnung schwindet dahin, alles Kleingefüge geht in die großen Massen ein, die Formen vereinfachen sich. Es gibt nur noch zwei Grüns, eins für die Wiesenpläne und das andere für alles Blattwerk und dazu noch ein sehr transluzides Hellblau für den Himmel und seinen Widerschein im Fluß. Mit nicht mehr als diesen drei Farben könnte ich jetzt die Loirelandschaft malen.

Es ist tiefer Frieden. Die Stille umhüllt mich wie ein dichter Mantel. Das Grillengezirp ist wie ein feines Muster darin eingewirkt.

Daß der Fluß sich ohne Laut bewegen kann, nimmt mich wunder. Die Loire läßt nur die Lanzetten der wilden Iris und die langen Ufergräser erzittern.

Eine Pappelgruppe ragt feierlich steil hoch wie von Corot gemalt. Auch Claude Lorrain hat hier gestanden und die Flußlandschaft in Bisterbraun gezeichnet, all das Runde, Gebuschte hingeschrieben, die Wolken, die mit den Strauchgruppen korrespondieren, im gleichen braunen Ton.

Mit dem Faltboot gemeinsam mit Simone die Loire hinunterzufahren, das hätte ein großes Vergnügen sein müssen. Fürs Boot wäre es besser gewesen als die Fahrten vom Strand in La Baule hinüber zu unserer Insel. Das Loirewasser hätte die Aluminiumbeschläge am Bootsgerippe nicht angefressen . . .

Hagebutten leuchten signalrot aus dem Blattgrün heraus. Aus Hagebutten konnte Simones Mutter eine über die Maßen gute Marmelade kochen: confiture d'églantiers. In solchen Dingen war sie sehr geschickt. Aber das wird ihr wenig nützen – jetzt im Gefängnis. Halt! Simones Mutter ist nach Nantes ins Gefängnis gebracht worden, und Nantes ist gefallen. Ob die Gestapo oder der SD Madame Sagot vorher noch verschleppt haben?

Da höre ich Bartl: »Herr Oberleutnant! Geschafft!«

Wir fahren an halb versteckten Schlößchen vorbei – schöne Quartiere für die Stäbe. In dieser Gegend müßte es sich gut leben lassen. Der Gasthof an der Straße wäre auch nicht übel. Er heißt »Hostellerie l'écu de Bretagne«. Seltsam, daß ich noch hier, an der Loire, auf eine so ins Auge springende

Weise an die Bretagne erinnert werde. Eine ziehende Wehmut befällt mich und hält mich bald ganz umfangen.

Da trifft mich der Anblick eines Wegeschildes wie ein elektrischer Schlag: »AMBOISE«. Weit voraus sehe ich nach rechts eine Straße abzweigen. Sollte die wirklich und tatsächlich zu dem Schloß führen? Da gebe ich schon das Stoppzeichen.

Mich sticht der Hafer: Ich muß hinauf zum Schloß Amboise! Egal, wie spät es ist.

»Da hinauf?« fragt Bartl, Zweifel und Kleinmut in der Stimme. »Mit der Arche?«

»Jawoll, Sie alter Buschkrieger. Das sind wir uns schuldig. Auch für Ihre Bildung ist das wichtig. Bis zu Ihrem Tode werden Sie davon zehren können. Der Mann, der hier in Amboise seinen Lebensabend verbracht hat und hier gestorben ist, heißt Leonardo da Vinci. Und von ihm stammt die Joconda, auch Mona Lisa genannt – nie was davon gehört?«

»Doch, Herr Oberleutnant, gehört schon.«

Es geht eine gepflasterte Rampe hinauf, dann kommt eine enge Kehre, die der Kutscher mit knapper Not verfehlt. Unsere Arche ist zu lang. Die Handbremse knirscht. Ohne den Rückwärtsgang einzulegen, läßt der Kutscher die Arche ein Stück abrollen – nun die Bremse gelöst und ein zweiter Anlauf. Die Arche schnauft, als müsse sie die letzte Kraft einsetzen, ich sehe, daß der Kutscher die Maschine kitzelt, so gut er kann, aber es ist einfach nicht genug Mumm in dem tristen Treibstoff: Im ersten Gang kommen wir Meter für Meter voran – nicht schneller als ein Fußgänger. Schon verwünsche ich den Plan, hier hochzufahren. Wir hätten die Arche unten lassen sollen, aber der Cowboy trennt sich nun mal ungern von seinem Pferd.

Eine neue Linkskehre, der Kutscher steuert ganz an den rechten Außenrand, schneidet dann die Kehre scharf an – und nun müßte uns ein ordentlicher Gasstrom spielend aus der Kurve holen. Aber woher nehmen und nicht stehlen! Also wieder stoppen und zurücksetzen. Diesmal steigen wir aus – weiß der Kuckuck, ob wir nicht gar noch schieben müssen. Mein Augenmaß muß gelitten haben: Von unten sah das Schloß schneller erreichbar aus. Oder ist es nur die Mühsal unseres Anstiegs, die den Weg so dehnt?

Da wird mir bewußt, daß auch hier oben kein Mensch zu sehen ist. Der Ort unten an der Straße war auch schon wie ausgestorben.

Jetzt öffnet sich vor uns ein riesiges gepflastertes Plateau, der Kutscher zieht einen weiten Halbkreis und bringt die Arche mit dem Kühler gegen eine Mauer zum Stehen.

»Na, Kutscher, wie stellt denn der feine Mann sein Auto hin?«

Wie immer starrt der Kutscher mich erst mal an. Dann zieht sich sein Gesicht vor lauter scharfem Nachdenken zusammen, bis es bei ihm funkt: »Anderscht herum, Herr Oberleitnant!«

»Bravo!« sage ich. »Immer die Nase von der Wand weg, immer fluchtbereit – also los!«

Während der Kutscher sein Manöver fährt, laufe ich mit Bartl auf die Schießschartenmauer vor uns zu. Ich will schon einen Fuß in eine knapp über dem Boden liegende Nische setzen und wie ein Tourist von links bis rechts über die Landschaft schauen, da verschlägt mir der Anblick schräg unter uns die Sprache: ein Heerlager! Eine große Panzereinheit! Schwere Brummer, Shermann wohl. Zelte im Abendlicht – auch Plachen, von Panzer zu Panzer gespannt. Kein Irrtum: weiße Sterne auf Oliv.

Das alles sehe ich mit einem Blick, dann zische ich auch schon Bartl zu: »Kopf runter!«

»Das sind doch Amis!« platzt Bartl heraus.

Ich hocke mich auf einen Steinrand nieder und starre vor mich hin wie vor den Kopf geschlagen: Der Anblick will verdaut sein. Ich kann mir keinen Vers auf diese Versammlung gegnerischer Panzer auf dem Gegenufer machen. Woher sind die gekommen? Aus den Bleistiftlinien, die ich in meine Karte als wahrscheinlichen Frontverlauf gezeichnet habe, läßt sich leider nur mit Mühe ein Angriffssystem der Alliierten erkennen. Aber ich bin mir ja nicht mal sicher, daß meine Eintragungen richtig sind. Gut möglich, daß ich aus den vagen Meldungen falsch kombiniert habe und meine Striche für die Hauptrichtung der Panzervorstöße schon längst nicht mehr stimmen. Zum Teufel mit diesem Blindekuh-Spiel!

Ich bin bloß froh, daß der Kutscher nicht mitgekriegt hat, was anliegt. Der soll einfach nur die Arche in Gang halten.

Die Traumlandschaft der französischen Könige und mittendrin so viele amerikanische Panzer, daß ich gar nicht erst zu zählen anfangen will. Und es kracht nicht plötzlich, und der Spuk löst sich in Luft auf – der Spuk bleibt stehen: Panzer an Panzer.

Wenn die Amis über die Loire herüberkommen, ist wieder ein Sack zu – diesmal ein großer mit dem ganzen westlichen Frankreich darin. Von Amboise nach Chenonceaux sind es nur ein paar Kilometer, und dort verläuft die Nordgrenze der ehemals unbesetzten Zone. Weiter südlich gibt es kaum deutsche Verbände. Wir sind direkt an einem »Nadelöhr« angelangt, und dieses Nadelöhr sollten wir möglichst schnell hinter uns bringen ...

Nach meiner Karte sind es von Amboise bis nach Blois nur vierunddreißig Kilometer – auf einer Straße, die unmittelbar an der flachgehenden Loire hinführt. Ins Land hinein auszuweichen, haben wir keine Schangs. Da ist kein einziger Weg auf meiner Karte. Und wenn wir nun bei Blois nicht mehr über die Loire kommen? Wenn der böse Feind sich schon weiter nach Osten bewegt hat, was dann? Schnelle Verbände, Voraustruppen, können das in einer halben Stunde schaffen.

Bis Orléans sind es noch mal sechsundfünfzig Kilometer. Die Straße dorthin führt weiter am Fluß entlang. Die Straße auf dem anderen Ufer, eine rote Vene auf meiner Karte, ist eine »route à grande circulation«. Unsere Straße ist eine »route d'intérêt local«. Auf halber Strecke nach Orléans liegt auf dem anderen Ufer Beaugency. Auch dort gibt es eine Brücke über die Loire. Wird eine von den kleineren sein.

Alles schön und gut, aber fürs erste müssen wir die Auffahrt wieder hinunter und dann an dieser Panzerherde in kürzester Distanz vorbei.

Die Abfahrt bewältigt der Kutscher mit Bravour. Unten an der Rampe lasse ich stoppen: Atemholen und Nachdenken. Ich warte darauf, daß mich der Schreck richtig packt. Aber das große Erschrecken bleibt aus. Mir ist – im Gegenteil – sogar nach einer Art innerem Gelächter zumute: Was für ein absurdes Bild! Panzer dicht bei Panzer, aufgefahren wie zu einer Truppeninspektion. Diese massierte Feuerkraft in dieser freundlich friedlichen Landschaft, im hohen Gras einer Wiese an der Loire, unter einem reinen, tiefkobaltenen Himmel – und direkt gegenüber Leonardo da Vincis Sterbestätte: was für ein Stelldichein!

Ich versuche, einen Plan zu fassen: Diese Panzerversammlung sah doch keineswegs wie eine Panzer*stellung* aus – eher wie ein Heerlager. Wahrscheinlich interessieren die sich gar nicht dafür, wer auf der linken Uferstraße daherkommt. Daß es südlich der Loire keine deutschen Panzereinheiten und kaum noch Truppen gibt, werden die Brüder wissen.

Wir müssen auf jeden Fall an der ganzen Kohorte vorbei. Spießrutenlaufen? Ach, Quatsch! Und wenn schon, dann schon: Spießruten*fahren*. Die Arche ist ein riesengroßer amerikanischer Schlitten und in dieser Aufmachung ein Unikat. Amerikaner werden ja wohl nicht auf einen Amerikaner schießen. Und bis sie den Braten gerochen haben, sind wir weiter . . . Vielleicht sollte ich sogar winken wie der Alte vor Logonna.

Gut, daß der Kutscher nicht über die Balustrade geguckt hat. Ich mache Bartl ein Zeichen, daß er nicht quatschen soll.

So, und nun hoch und auf Gott den Herrn vertraut! – ». . . den wird er wunderbar erhalten / in aller Not und Traurigkeit.«

Ich mache mich neben unserem letzten vollen Sack so lang und flach, daß mich auch von drüben keiner auf unserem Dach erkennen kann. Und nun ab die Post! Ganz normales Tempo! So isses recht!

Scharfes Herzklopfen und jetzt ein Lunzblick: Geschafft! Wir sind wieder hinter Büschen. Bei Lichte besehen, sage ich mir, war das wieder mal eine Reprise. Nur das Winken habe ich mir erspart.

Von der nächsten Loirebrücke stehen nur Pfeilerreste. Sie sehen aus wie morsche Stiftzähne. Die Pioniere, oder wer immer hier am Werke war, haben ganze Arbeit geleistet. Große Brocken sind bis auf die Straße geschleudert worden, andere liegen zwischen den Brennesseln. Häuser hat es auch erwischt. Wir müssen einen leeren Fensterrahmen umfahren. Auf der Straße blitzen Glasscherben, die mir angst machen. Daß mir ja keine hochkant steht!

Die Steinbrücke war sicher ein schönes altes Bauwerk. Ein Jammer um all die schönen, kunstvoll gebauten Brücken!

Bis wohin die Amis vorgestoßen sind, das weiß ich jetzt. Aber wo unsere Truppen stehen, das weiß der Himmel! Wen auch immer ich gefragt habe, niemand konnte Auskunft geben. Daß die Nachrichtenverbindungen großer Truppenteile total zusammenbrechen können! Aber wieso wundere ich mich eigentlich? Als die Amipanzer uns in Brest fast ins Schwimmbad schossen, hatte uns doch auch keiner gewahrschaut. Seit Avranches scheint totale Verwirrung zu herrschen.

Von einem alten Mann, der willfährig Auskunft gibt, erfahre ich, daß fast alle Brücken über die Loire schon Anfang Mai zerstört worden sind – nicht etwa von uns, sondern von den Alliierten. Längst vor der Invasion sind alle wichtigen Brücken der Loire – genau wie die über die Seine – zerdeppert worden.

»Truppenbewegungen zum Kampfraum hin erschweren«, hieß die Devise für die taktischen Luftstreitkräfte der Alliierten. Solche wie uns, die gar nicht kämpfen wollen, sondern bloß nach Paris, trifft das nun auch . . .

Die Brücke von Blois, meint der alte Mann mir zum Trost, sei noch befahrbar.

Sehr bald schon wirkt alles wieder friedlich: Das andere Ufer scheint verlassen. Wenn wir nur heil bis nach Blois kommen. Dort werden wir hoffentlich Holz auftreiben können. Morgen früh als erstes die Kohlenhändler abklappern! nehme ich mir vor. Die müßten ja jetzt mit ihren Brennholzlagern zu Tankstellen für Holzgaser geworden sein.

Das alte Blois! Regierungszentrum Frankreichs lange vor Paris! Das Renaissanceschloß mit dem Treppenturm und den vielen Dachgauben. Blois, Vorbild für Chambord und eines meiner immer wieder anvisierten, aber nie erreichten Urlaubsziele. Ich habe die Prospekttexte so oft gelesen, daß ich sie recht gut im Kopf habe: »Kunst, Kultur, Landschaft und Gastronomie gehen hier eine reizvolle Verbindung ein . . . von Erinnerungen an galante Historie erfüllt, an Jagd und Lust . . .«

Endlich treffen wir wieder auf deutsche Truppen: Wir versuchen eine Kolonne von Halbkettenfahrzeugen zu überholen. Was für ein martialischer Anblick! Drahtrollen außenbords, auch angeschnallte Benzinkanister und dicke Bündel von Tarnnetzen. Die Gesichter der Männer unter den Stahlhelmen müde, ausgemergelt, verdrossen. Nur wenig junge darunter. Sieht gerade so aus, als seien das Truppen, die schon in Rußland waren. Das wird ja gern praktiziert: die kümmerlichen Reste zerfledderter Divisionen zum Auffrischen nach Frankreich.

Weiter vorn kommt die Kolonne zum Stehen. Jetzt erst erkenne ich, wie lang sie tatsächlich ist: vor den Schützenpanzern kastenförmige Sankas, große Kübel mit auf Sockeln drehbar montierten MGs, kleine Kübel. Es sieht aus, als fände eine Musterschau aller Wehrmachtfahrzeuge, einschließlich der älteren Modelle, statt.

Plötzlich reißt wenige Meter vor uns ein Kradmelder seine schwere Maschine so heftig herum, daß es den Straßendreck nur so hochjagt, hebt sich, während ich ihm einen Fluch entgegenschleudere, leicht aus dem Sattel, als wollte er ein Pferd zwischen seinen Schenkeln antraben lassen, und donnert in Gegenrichtung an der Kolonne entlang.

Was der zu melden hat, wüßte ich liebend gern.

Als wir endlich wieder eine freie Straße vor uns haben, sehe ich nach zwei, drei Kilometern, daß ein Proviantlager dicht an der Straße geräumt wird. Offenbar kann sich, wer nur will, bedienen: Es gibt massenweise Konserven. Bartl macht sich, kaum haben wir gestoppt, sofort ans Organisieren.

»Sind Sie denn hasenwild!« fahre ich Bartl an.

Was will dieser verrückte Bartl denn mit Konserven? In der Arche ein Vorratslager anlegen? Die Arche würde das nicht tragen.

Von einem Kilometerstein lese ich laut ab: »Blois – einundzwanzig Kilometer«.

Die Straße führt dicht am Ufer hin, sie liegt auf einem niedrigen Damm ganz frei da – nur kniehohes Gras zu beiden Seiten. Aber was ist das? Zwei, drei Einschläge direkt auf der Straße, die der Kutscher mühsam umfahren muß: Artillerie vom anderen Ufer! Da hilft nichts, als schnell weiterzufahren. Ja nicht stehenbleiben!

Die Trümmer einer gesprengten Brücke mitten im Fluß. Chaumont-sur-Loire heißt die Ansammlung von Häusern an dieser Stelle. Eine gute Weile fahren wir durchs helle Grün von Auenwäldern. Auf die Auenwälder folgen Weiden. Die Kühe, die dort grasen, haben die Farbe von Schweinen: Marzipankühe, wie ich noch keine gesehen habe.

»Blois – siebzehn Kilometer.« Wie lange dauert es noch, bis wir den letzten Holzsack, den Reservesack, anrühren müssen?

Ein Trupp Kanoniere. Die Männer berichten, weiter südlich sei alles in Händen der Partisanen. Die Straße, auf der wir dahinjuckeln, sei der letzte sichere Weg.

Ich muß unwillkürlich eine skeptische Miene aufgesetzt haben. Die Männer beteuern, das müsse ich ihnen schon glauben ... Ich gerate einen Augenblick lang in Verlegenheit: »Natürlich glaube ich das – aber was heißt schon ›sicher‹?«

»Halbwegs sicher, Herr Leutnant«, verbessert da einer der Kanoniere.

Auf der Straße wieder zwei flache Trichter. Die Buschsäume auf dem anderen Ufer sind mir kein bißchen geheuer. Der Kutscher dreht Gott sei Dank ordentlich auf. Ihn wird die Angst antreiben, daß wir unter Beschuß geraten könnten. Granattrichter, die müssen auch dem Kutscher bedenklich vorkommen – so neue zumal.

Ich komme mir auf meinem Dach auf einmal nackt und bloß und wie zur gefälligen Ansicht dargeboten vor. – Kitzlige Situation: Die offene Strecke will und will kein Ende nehmen. Erst ein paar Bäumchen, die den Straßenrand zum Fluß hin besetzen, lassen mich aufatmen. Sie sind nur armstark, aber schon efeuumwunden. Gut so, das macht die Bäumchen dicker: Wir können jedes bißchen Deckung brauchen ...

Candé-sur-Beuvron. Die kleine Brücke über die Beuvron steht völlig frei. Der Kutscher prescht los, vor uns kommt Wald in den Blick. Geschafft!

»Blois – sieben Kilometer«. In Blois wird es ja wohl eine Kommandantur geben, und vielleicht können die uns sogar mit Holz weiterhelfen ...

Bei Chailles geht es direkt auf die Loire zu. Bald führt die Straße wieder auf einem Damm dahin, und dann geht der Blick linker Hand frei über das träge Wasser des Flusses. Über dem Ufersaum der Gegenseite steht eine Riesenwolke – schwarzer Qualm bis hoch zum Zenit. Rechts von unserem Damm sind Erlen so dicht aufgereiht, als sollten sie ein Raubtiergatter bilden. Dahinter brettflache Landschaft aus schmalen Feldern, Buschsäumen und jungen Bäumen. Die Straße liegt für eine Weile auf gleicher Höhe mit den Wipfeln, die mir den Einblick tiefer ins Land hinein wieder und wieder verwehren. Heugeruch weht mir in die Nase und weckt vage Erinnerungen an vergangene Sommer. Aber denen darf ich jetzt nicht folgen ...

Die Loire strömt kaum. Wahrscheinlich ist sie irgendwo weiter flußab gestaut. Da hieße es hart arbeiten und das Paddel schwingen, wenn man mit dem Faltboot hier in Richtung Atlantik vorankommen wollte.

Zur Rechten öffnet sich eine tiefe Senke. Weil die Bäume und die Buschsäume ausbleiben, sehe ich Felder und unbebautes Land auf Kilometer hin. Einigen Häusern am Fuß des Straßendamms kann ich fast in die Kamine gucken. Über dem Fluß drüben auf der anderen Seite ist das Ufer höher als unseres. Von dort ist unsere Straße mühelos einzusehen. Aber auch aus den Erlenplantagen, die uns nun doch wieder rechter Hand begleiten, kann man uns als Silhouette schön deutlich gegen den Himmel wahrnehmen. Das vor allem verschafft mir ein starkes Unbehagen: Ich weiß nicht, welche Seite ich besonders scharf beobachten soll . . .

Wir fahren jetzt wie an einer riesigen Gemüsegärtnerei entlang: Gewächshäuser hier und da, auch viele Lauben. Die Gartenlauben sind aus Holz zusammengenagelt. Trockenes Holz, viele dünne Latten, die wir kleinmachen könnten! Auch Strohfeimen gibt es hin und wieder. Trokkenes Stroh frißt unser Ofen sicher nicht, aber Holz! Ob wir anhalten und eine Laube zu Kleinholz hacken sollten?

Der Kutscher fährt, weil es auf der Dammstraße nicht weitergeht, einen schmalen Weg seitwärts hinunter und direkt in diese Ansammlung von Schrebergärten hinein. Schrebergärten? Falsch gedacht! Die Franzosen kennen gewiß keinen Herrn Schreber.

Ein Schlag aufs Dach: Der Kutscher stoppt unter einem weit ausladenden Obstbaum. Sofort steht Bartl neben dem Wagen und zeigt mir ein verquältes Gesicht: »Das ist doch keine Gegend, Herr Oberleutnant!«

»Aber Holz gibt's hier en masse! Wie wär's denn, wenn wir ein paar Zäune kleinmachten?«

Der Kutscher stellt sich neben Bartl auf und guckt mich erwartungsvoll an. »An Holz müßten wir doch auf bequemere Weise kommen können, Herr Oberleutnant«, sagt Bartl, »ich meine in Blois, Herr Oberleutnant.«

»Ihr Wort in Gottes Ohr!«

Den Kutscher frage ich, ob das Holz vorläufig noch reicht.

»Woll, woll, Herr Oberleitnant«, gibt der Kutscher zurück und macht sich gleich unverdrossen ans Stokern.

In Blois *muß* es Holz in Säcken geben. Also abwarten, bis der Kutscher seinen Ofen gefüttert hat – und dann weiter. Nicht lange, und unser Sträßchen mündet wieder in die Dammstraße ein.

Ich habe noch das »halbwegs sicher« der Kanoniere im Ohr, als ich etwa hundert Meter voraus etwas über die Straße huschen sehe und stoppen lassen. Und da haben wir auch schon die Bescherung! Auf der anderen Seite der Loire stehen wieder Amipanzer – diesmal sogar noch näher am Wasser als die bei Amboise, und vor allem stehen sie höher. Mir entringt sich ein jaulendes »O nein!«.

Dann klettere ich betont langsam vom Dach und lasse die Arche erst mal stehen, um die Gegend nach vorn zu Fuß zu erkunden. Wie ein Spaziergänger laufe ich los, die MP auf meiner rechten Seite senkrecht haltend, so daß sie von drüben nicht zu sehen ist, aus den Augenwinkeln nach links und rechts sichernd und mit allen Muskeln bereit, mich auf das erste drohende Zeichen hin auf den Boden zu werfen, wenn es sein muß, mitten auf der Straße.

Die Amis stehen frei auf der Uferböschung, gerade so, als könnte ihnen überhaupt nichts passieren. Ein gutes Dutzend Rohre ist auf unsere Straße gerichtet. Aussichtslos!

Ich hocke hinter einem großen Büschel Sauerampfer und überlege krampfhaft: *Diese* Amis dürften eben erst bis an den Fluß vorgedrungen sein. Nach Abprotzen und Lagern sieht das da drüben nicht aus . . . Was passiert, wenn die Amis Schwimmpanzer haben und auf den Gedanken kommen, über den Fluß zu setzen? Die Loire ist hier nicht mehr als ein Paddelbootfluß, etwa zwanzig Meter breit und sicher recht seicht. Es sieht aus, als könne man sie ohne weiteres durchwaten: für eine Panzerpatrouille keine Schwierigkeit.

»Die Straße ist der letzte sichere Weg . . .« – zum Lachen!

Die Qualmwolken weiter nördlich über dem anderen Ufer sind jetzt sattschwarz und dick gewulstet wie von einem getroffenen Tanker. Dumpfe Detonationen schlagen mir körperlich spürbar ans Ohr, aber auch ein scharfes Prasseln. Dann einzelne Abschüsse, die wie Peitschenknallen klingen.

Ich kann die Straße nur bis zur nächsten Biegung einsehen. Weiter flußauf muß nach der Karte eine Brücke sein. Aber die ist sicher auch in die Luft gejagt worden, sonst wären die Amis wohl schon längst auf unserem Ufer.

Weiß der Henker, was sich da vorn über die Straße bewegt hat. Wie also weiter? Wenn mir das doch einer verraten könnte!

Als ich wieder zurück an der Arche bin, erkläre ich Bartl mit unwillkürlich gedämpfter Stimme: »Also noch einmal das schöne Spiel . . . Ich steige wieder aufs Dach, aber diesmal sichern Sie scharf nach rechts, denn da können Terroristen stecken. Der Kutscher soll einfach fahren wie immer. Vielleicht halten die uns tatsächlich für 'ne Art Scherenschleifer. Nehmen Sie die Mütze runter, Bartl!«

»Jawoll! Verstanden, Herr Oberleutnant!« quittiert das Bartl halblaut.

»So, und gleich los, wenn ich oben bin!«

Diesmal klopft mir das Herz schon unterm Hochklettern bis hinauf in den Hals.

Kaum sind wir an der prekären Stelle vorbei und zwei, drei Kilometer in Deckung der Uferbüsche gefahren, werden wir von einem Feldgendarm gestoppt, dessen Beiwagenkrad schräg an der Straßenböschung steht. Die Straße vor uns liege unter Feuer, erfahre ich.

»Kein Durchkommen!« sagt der Feldgendarm.

»Unter Feuer?«

»Jawoll, Herr Leutnant. Blois ist gefallen!«

»Ach du liebes bißchen ... Und die Brücke?«

»Die ist längst hochgejagt.«

Jetzt wird's gemischt! Wenn das wirklich die letzte befahrbare Brücke war ... dann gute Nacht!

»Was sind denn das für Brandwolken?«

»Das *ist* Blois, Herr Leutnant, die ganze Stadt brennt.«

Ich merke, daß ich geschluckt habe.

»Sie müssen von der Straße runter, das Feuer könnte näher kommen!« sagt der Feldgendarm, und gleich höre ich auch schon das harte Blaffen von Panzerkanonen und die Detonation von Einschlägen.

»Runter von der Straße ist gut – aber wohin denn bloß?« frage ich und erfahre: Hundert Meter weiter ist eine große Sandgrube – »Abfahrt rechter Hand – nicht zu übersehen ...«

Also gut! Das heißt für Bartl, daß er jetzt schnell hoch aufs Dach muß – ich steige unten ein –, und für den Kutscher: ab dafür, sobald Bartl oben ist.

Dann taucht bald ein zweiter Posten mit einer Kelle auf, und der winkt uns scharf nach rechts ein. Die Arche schwankt auf einem Hohlweg von der Straße weg, und der Kutscher steuert sie wieder bis dicht an einen schräg ansteigenden Sandhang heran.

»Sind Sie denn wahnsinnig?« herrsche ich ihn an, und sofort tut es mir leid. Heftigkeit hat bei dem Kutscher keinen Zweck – er starrt mich auch prompt fassungslos an. Ich hole Atem und versuche es mit einer Erklärung: »Angenommen, wir kriegen eins auf die Haube – angenommen, wir müssen hier ganz schnell weg – wollen Sie dann mit unserem Schiff in dieser Enge hier wenden?«

Der Kutscher kapiert, aber er ist so verdattert, daß er beim Rückwärtsfahren zu heftig einschlägt und mit dem linken Vorderrad in losen Sand gerät. Schöne Blamage vor den vielen herumlungernden Landsern.

»So, nun erst mal gar nichts! Einfach nur durchatmen! Das werden wir gleich haben!« versuche ich den Kutscher zu beruhigen. Ich bedeute ihm, daß er den Motor abstellen soll. Und jetzt mal schön abwarten, bis einer aus der Gruppe Gaffender zur Hilfe kommt, ohne daß es ihm befohlen wird.

Dabei habe ich nicht mit Bartl gerechnet: Bartl ist auf der anderen Seite der Arche schon in Stellung gegangen. Mit breitgespreizten Beinen, beide Handrücken in die Hüfte gestemmt, röhrt er los: »Verdammte Saubande – wie hätten wir's denn? Dalli, dalli! Ihr habt wohl Dreck in den Ohren? Mal mit Druckluft durchpusten! So ein vergammelter Haufen!«

Die Landser sind über diesen giftigen spitzbärtigen Wüterich so verdattert, daß Bartl, ehe sie endlich zupacken, noch einige Flüche anbringen kann und dazu die Drohung: »Ich stoß euch alle einzeln aus euren dämlichen Klamotten, wenn ich nicht sofort Bewegung sehe!«

Da dauert es dann nicht lange, und die Arche ist wieder frei.

Und jetzt zunächst einmal Ruhe – erste Bürgerpflicht! Ich entfalte auf unserer Motorhaube meine Straßenkarte und verfolge auf ihr mit dem rechten Zeigefinger den Weg, den wir zurückgelegt haben. Auf einmal sieht die Strecke nicht nach Irrfahrt, sondern ganz akzeptabel aus. Wenn ich erst wieder in Paris bin, wird sich die ganze große Rundreise wahrscheinlich wie ein verbeultes Rad darstellen: Von Paris nach Paris – klare Sache. Kein verrücktes Hin und Her wie Wegaufzeichnungen auf der Seekarte eines Operationsgebietes, viel eher ein touristisch anmutender Rundfahrtkurs, der im Norden, Westen und Süden so viel Sehenswürdigkeiten wie nur möglich einbezieht – eine Seereise inklusive. Ein Unternehmen, so abwechslungsreich und belehrend, wie man es sich nur wünschen kann.

Ich muß, wie ich mir das vorhalte, in mich hineinlachen. Aber dann packt mich auch schon der Schreck über soviel Frivolität: Paris! – Wenn wir es nur schon geschafft hätten! Ich muß schnell auf Holz klopfen. Damit ich aber keinem der herumstehenden Landser ein komisches Bild biete, tue ich so, als lehnte ich mich aus lauter Müdigkeit mit dem Rücken gegen einen Baumstamm in der Nähe, und nun berühre ich ihn dreimal mit der rechten Hand. Und dazu murmele ich verstohlen: »Dreimal schwarzer Kater! Wir *müssen* es einfach schaffen!«

Das hier sieht freilich gar nicht nach Paris aus – diese Ansammlung von Fahrzeugen auf einem Klump. Aber was bleibt uns schon übrig, als abzuwarten, daß es dunkel wird. Den Kopf einziehen und beobachten, wie sich alles entwickelt!

Immer neue Fahrzeuge rollen in die Sandgrube, ein so abenteuerliches wie unsere Arche ist freilich nicht dabei. Ich höre, über die Loire komme keiner mehr. Nördlich des Flusses scheint alles Gelände bis zur Seine in Feindeshand zu sein.

Ich nehme mir wieder meine Karte vor: Wenn die Amerikaner schnell in Richtung Fontainebleau vorstoßen, ist Paris halb umzingelt. Dann kann ich Paris abschreiben.

Aber was zerbreche ich mir den Kopf? Fürs erste müssen wir aus dieser verdammten Sandgrube wieder hinaus. Wenn sich hier noch mehr Fahrzeuge versammeln, wird es riskant: Dieser Fuhrpark sieht aus der Luft weiß Gott nicht wie ein Buschwäldchen aus – schon längst nicht mehr.

Schlimm ist, daß kein Mensch eine Ahnung hat, wie es weiter südlich aussieht. Vor einem Umweg nach Süden haben offenkundig alle Angst.

Das verdammte französische Straßennetz: Alle Straßen gehen radial von Paris aus. Ordentliche Querverbindungen, nach dem Muster von Spinnennetzen, gibt es so gut wie keine. Wir könnten zwar auf annähernd gleicher Höhe nach Osten fahren – Orléans-Auxerre-Dijon-Besançon, aber diese Strecke sieht nur auf der Karte akzeptabel aus. Tatsächlich sind es nur Nebenstraßen. Und solche Nebenstraßen sind total ungesichert.

»Wie sieht's denn aus?« will Bartl wissen.

»Schmeckt mir nicht ... schmeckt mir nicht und scheint mir nicht.«

Bartl nickt dazu tiefsinnig.

Wieder mal eine böse Zwickmühle: Ich möchte weg von dieser gemischten Gesellschaft, aber ich traue mich auch nicht mehr recht, allein zu fahren. Bartl will ich nicht nach seiner Meinung fragen: Der würde mir auf jeden Fall beipflichten. Ich kann also nur mit mir selber zu Rate gehen: Um Paris herum, sage ich mir, *muß* es noch deutsche Stellungen geben. Und übertrieben schnell rücken die Alliierten anscheinend doch nicht vor. Wir *müssen* nach Paris!

Aber eins nach dem anderen! dämpfe ich mich. Erst mal müssen wir an Blois vorbeikommen und dann mit Gottes Hilfe irgendwo über die Loire. Irgendeine von den Loirebrücken *muß* doch noch stehen. Die Herrschaften können doch nicht alle zerbombt haben.

Ich beschäftige mich noch eine Weile mit der Straßenkarte – ich lerne sie quasi auswendig: Wenn ich erst mal wieder auf dem Dach bin, kann ich sie nicht mehr auffalten.

Zu blöd dieser Riesenbogen, den die Loire macht. Wenn wir ihr folgen müssen, weil es hier in der Gegend keine Brücken mehr gibt, geraten wir womöglich bis Nevers hinunter. Ich kann es drehen und wenden, wie ich will: Gut sieht das alles nicht aus.

Bis Orléans, so werde ich jetzt auch von einem älteren Heeres-Oberleutnant, der unsere Arche bestaunt, unterrichtet, sind alle Loirebrücken von Alliierten-Bombern schon vor dem Invasionstag systematisch zerstört worden.

»Dann wundert mich bloß, daß inzwischen keine Behelfsbrücken gebaut wurden. Gibt's denn keine Pioniere?«

»Hier jedenfalls nicht«, sagt der Oberleutnant, »wahrscheinlich fehlt's auch an Material ...«

Wie es *nach* Orléans aussieht, kann mir der Feldgraue nicht sagen. Ob der Holzgaser meiner wäre, will er wissen.

»Mit Verlaub, ja!«

»Sieht komisch aus«, befindet der Oberleutnant. »Wie läuft der Schlitten denn?«

»Bis hierher ist er jedenfalls gelaufen ...«

»Und wo kommen Sie her?«

»So fragt man Leute aus!« gebe ich leicht pampig zurück. »Aus Brest«, sage ich dann aber doch.

Da guckt mich der Mann an wie eine Erscheinung. Er hat einen Sohn in Brest. Nein, verbessert er sich, nicht direkt in Brest, das Regiment liege nördlich von Brest – ein Artillerieregiment.

Ich schildere ihm, wie alle Truppen aus der Umgebung auf Brest zurückgeflutet sind, und lasse es so klingen, als wären sie damit in Sicherheit.

Aber der Oberleutnant gibt sich verbittert. Ohne Hemmungen schimpft er los: »Das sieht doch jeder Dilettant, daß das Wahnsinn ist. Diese Verzettelung! Das ist doch nicht zu begreifen! Was sollen denn die sogenannten Festungen, wenn wir hier mittendrin alles verlieren? Sollen die etwa später Ausfälle machen und Frankreich wieder aufrollen? Die Truppen hätten doch zurückgenommen werden müssen. Jetzt machen die Alliierten ihren großen Schwenk – und dann gibt's einen großen Sack zu den vielen kleinen. Wer sich das bloß ausgedacht hat!«

»Der Führer und Oberste Befehlshaber wahrscheinlich.«

Da schreckt der Mann wie aus halber Trance auf und betrachtet mich mit geschärftem Blick. Was kann ich nur tun, damit er nicht glaubt, ich könnte ihn jetzt hinhängen?

Ich sage: »Vor Brest war ich an der Invasionsfront.«

»Wieso das?«

»Ich bin Kriegsberichter.«

Das scheint den Oberleutnant zu beruhigen, und er kommt richtig ins Reden. Zum ersten Mal höre ich den Namen »Patton«. Patton ist Oberbefehlshaber der dritten amerikanischen Armee. Die scheint auf Paris vorzustoßen. Die Amis sind schon am 8. oder 9. in Laval aufgetaucht und dann nach Osten über die Linie Alençon-Le Mans vorgerückt.

Ich überlege: Dann hatten sie nur noch etwa hundertzwanzig Kilometer bis Orléans. Wo werden die jetzt stehen?

Unsere 9. Panzerdivision soll südlich Alençon schwere Kämpfe mit den amerikanischen Panzerverbänden gehabt haben. Hoffentlich hat sie deren Marschtempo gebremst. Was aus dem 25. Armeekorps geworden ist, weiß der Oberleutnant nicht genau. Es steht offenbar im Rücken der Panzerdivision Pattons in der Bretagne.

»Unsere fünfte Panzerarmee und die siebente Armee sind westlich der unteren Seine gebunden«, sagt der Oberleutnant. Und jetzt erfahre ich auch noch, daß die Amerikaner gestern in Südfrankreich gelandet sind – und zwar bei Cannes. Wie weit sie schon vorgestoßen sind, weiß der Oberleutnant nicht zu sagen.

Das will erst mal alles verdaut sein. Aber dazu muß ich ungestört nachdenken können. Also sage ich, ich müsse mich – mit Verlaub – jetzt mal in die Büsche schlagen...

Die Alliierten scheinen seit Avranches in einer riesigen Umfassungsbewegung – die einem Zirkelschlag mit der Zirkelspitze in Paris ähnelt – ganz Frankreich überrollen zu wollen. Ihr nächstes Ziel könnte Falaise sein. Dann wäre ein richtiger Kessel gebildet, und die beiden Normandie-Armeen wären drin. Und wer sollte die Amis daran hindern, jetzt auch noch per Tempo das Rhonetal heraufzukommen...?

Zwischen niedrigen Mäuerchen aus Feldsteinen verdrücke ich mich auf einem schmalen Weg aus der Sandgrube – immer mit der MP im Anschlag.

Typisch: Weiter landein soll es von Partisanen nur so wimmeln, an eine Sicherung zur Landseite hin hat keiner aus diesem Kriegerverein gedacht: der gleiche Dilettantismus wie immer.

Die Leute vom Maquis sind für mich aber auch schwer zu begreifen. Bäume quer über die Straße schmeißen und das bißchen Schilderverdrehen – das sind doch kindische Aktionen. Worauf warten die eigentlich noch? Jetzt wäre doch ihre Zeit: Hier ist schließlich alles in Flucht und Auflösung. Für die Partisanen müßte das doch genau der richtige Augenblick zum Losschlagen sein.

Je weiter ich mich von der Sandgrube entferne, desto höher richte ich mich auf. Jetzt streife ich schon ganz normal aufrecht gehend durch die Koppeln. Ich sehe Vieh, ausgefahrene Wege, Vögel, Walnußbäume. Für Minuten setzt das ferne Schießen aus. Gleich ist der Krieg nicht mehr existent.

In seiner begnadeten strategischen Weisheit hat der Führer den bösen Feind nach Frankreich gelockt. Da drüben auf dem anderen Ufer steht er jetzt. Nur ein paar hundert Meter weg von hier ist ein ganzer Panzeraufmarsch zu besichtigen. Wenn der Führer die Klappe zumacht, sind die verraten und verkauft!

Ich schüttele den Kopf, als könnte ich mir damit die quatschigen Gedanken aus dem Schädel schleudern.

Jetzt mal ernsthaft: Was sollen wir tun, wenn es hier weitergeht? Es hieß doch: Sobald es dunkel ist... Wir brauchen aber Holz! Ganz Blois scheint zu brennen und damit auch das Holz, das wir so dringend für unseren Kessel gebraucht hätten.

Wie also weiter? Etwa in ein anderes Fahrzeug, das Kanister auf der Ladefläche hat, umsteigen? Das wäre eine Möglichkeit – aber lieber nicht! Nicht abhängig werden, der alten Regel für den Seemann folgen: sein Schiff nicht verlassen, solange es schwimmt. Und außerdem:

Wer sollte uns hier schon freiwillig Plätze in seinem Fahrzeug überlassen.

Dieses verdammte Holzproblem! Immer gibt es irgendein Mangelproblem, das einem die Laune verdirbt. Das dreimal verdammte Reifenproblem – und nun auch noch das Holzproblem. Hätten wir doch die Zäune kleingemacht.

Ich mache mich auf den Rückweg zur Arche. Vielleicht doch lieber zurück und eine Umgehungsstraße weiter südlich suchen? Wir alleine – das wäre allzu gewagt. Aber mit einer Handvoll entschlossener Leute?

Als ich wieder in der Sandkuhle bin, halte ich Kriegsrat mit zwei, dann drei anderen Fahrern. Unsere »Gefechtsstärke«, meinen die, sei einfach zu gering. Lieber auf dieser noch halbwegs gesicherten Straße bleiben und auf die Nacht warten. Hatte ich es mir doch gedacht: Keiner will seinen Arsch riskieren.

Ich höre ein Fahrzeug kommen und sehe, wie es in den Hohlweg zu unserer Sandgrube einbiegt. Staubfahnen wehen hoch. »Verdammte Sauzucht!« flucht ein Unteroffizier. Andere schimpfen: »Kann das dumme Schwein denn nicht aufpassen!« Und: »Gedanken wie Schweineschwänze, zweimal rum – dann Schluß!«

Das Fahrzeug ist ein großer Kübel – ausgerüstet wie für eine Saharaexpedition: Spaten und Drahtrollen außenbords angeschnallt. Und besetzt mit zwei Generälen und zwei Obersten.

Gleich zwei Generäle, kann das denn sein?

Bartl interessiert sich nicht für die Neuankömmlinge. Er hockt neben dem Kutscher in der Arche und reest ihm was vor: Der Mann ist nicht totzukriegen.

». . . ein Wetterchen war das, typisches Himmelfahrtswetter für die gewöhnlichen Dschunken.«

Ich frage mich, wieviel unser Kutscher davon wohl versteht. Bartl sollte sich mehr an den Erzählstil von Märchentanten halten.

»Haushoher Seegang. Wir karriolten herum wie die Todesfahrer an der Steilwand. Kennste die nich? Na hör mal: die fahrn an 'ner senkrechten Wand – in so 'ner Art großen Pott – immer im Kreis rum. Issen Trick mit der Zentrifugalkraft. Wenn der Motor aussetzt, dann fliegense runter, und dann isses aus und fini.«

Obwohl ich den Kutscher nicht sehe, kann ich mir doch vorstellen, wie er aus lauter Ehrfurcht vor einem so plötzlichen Genickbruch den Mund offenhält.

Bartl legt auch eine gebührende Pause ein, aber dann ist er gleich wieder in Schwung: »Ich hab das mal gesehen, da fuhrense zu zweit – auf dem Sozius 'ne schnieke Lady, nur so ganz leicht bekleidet. Da war ich fünfmal drin: einmal hattese rosa Schlüpfer an, einmal lilane. Dreißig Pfennige! Das war damals 'ne Menge Geld für mich.«

Bartl ist ganz in seinem Element.

»Man guckte da so von oben rein wie in 'nen Kochtopf. Der Motor hat ja immer funktioniert, aber der Willy, der damals mein Freund war – kannste nich jetzt mal ruhig sitzenbleiben? Lenk mich doch zum Teufel nich dauernd ab! Also, ein Wetterchen war das damals. So was gibt's alle hundert Jahre bloß einmal. Das war meine vierte Reise bei Kaleun Ludwig. Als I WO hatten wir Eugen Stich. Das war der Stich, der mit Maurer das Ding an der afrikanischen Küste gedreht hatte. Na ja, die Minengeschichte. Aber ihr jungen Marschierer heute, ihr habt ja keine Ahnung von nischt . . .«

Dieser Zwangsstop artet zu einer bösen Geduldsprobe aus. In mir kribbelt ein ganzer Ameisenhaufen.

Da kommt plötzlich eine Bellstimme aus den Büschen, und schon drängt sich einer mit rudernden Armen durchs Blattwerk und herrscht mich an: »Sie gliedern sich schon mal in unseren Verband ein!«

Ich gucke auf die Schulterstücke. Geflochtene – also Major. Nur was ist das für eine Art, einen ohne Einleitung und Vorstellung so anzuherrschen? Ich will es nicht gleich wahrhaben, aber dem Herrn Major blitzt doch tatsächlich ein Glasscherben in der Visage. Natürlich, noch so ein Monokelfritze.

Wir sollen als eine Art Schützenpanzer dienen. Ein Mann mit einem LMG soll mit auf unser Dach. Und zwei Fußkranke soll ich auch noch mit in die Arche nehmen.

»Wenn Sie mir Reifen verschaffen, sehr gerne, Herr Major. Auf diese abgefahrenen Reifen hier kann ich nicht noch mehr Last nehmen.«

Sofort tobt der Major los. Hier habe *er* den Befehl. Er müsse eine schlagkräftige Kampfgruppe zusammenstellen. Ohne Feuerkraft sei hier kein Durchkommen. »Da drüben stehen Dutzende von Panzern!«

Als ob ich das nicht wüßte. Mein Gott, schon wieder so ein Krakeeler! Das könnte dem so passen, uns hier zu verheizen. Und jetzt offenbart uns dieser Stratege das Trefflichste an seinem Einfall: Wir sollen die Spitze übernehmen. »Die Marine an die Spitze.« Die Arche als Sperrbrecher! Die Zeit werde noch durchgegeben.

Aber da habe ich plötzlich einen Plan, und nun ist es mir ein leichtes, gefaßt und zackig zuzustimmen: »Jawoll, Herr Major! Gehorsamsten Dank, Herr Major!« Und für mich: Leck mich doch am Arsch, Herr Major. Wir lassen uns doch nicht verschaukeln, Herr Major! Das ist doch alles Scheiße, Herr Major.

Bartl soll wissen, was ich vorhabe: Die Idee, uns an die Spitze zu setzen, ist gut. Da können wir uns, ehe der Zauber tatsächlich losgeht, auf die Strümpfe machen – sagen wir, zehn Minuten vorher. Klamm und heimlich, wie es unsere Art ist. Und auch der Kutscher soll wissen, was los ist. Ich muß mich nur bedenken: Wie sag ich's meinem Kinde?

»Das hier ist 'ne Art Nadelöhr«, erkläre ich. »Drüben stehen die Amis, rechts die Terroristen, wir können von dieser Straße nicht weg. Und jetzt wollen uns die Leute hier vereinnahmen.«

Der Kutscher starrt mich ungläubig an und sagt: »Nö, Herr Oberleitnant!«

»Also bringen wir uns jetzt schon richtig in Position. Und dann, wenn's soweit ist: mittendurch und ab dafür!«

Quer durch die Arche hindurch höre ich Bartl: »Rosen, Tulpen und Narzissen, das ganze Leben ist ... ein Traum.«

Nur halblaut, damit es keiner draußen hören kann, sage ich zu Bartl: »Es gibt ein schönes Wort auf Erden: Du mußt bedeutend ruhiger werden.«

Bartl ist sprachlos.

»Ja, Bartl, das Sprücheklopfen, das hab ich von Ihnen.«

Wir sind in Stellung. Ich blättere die Karte auf, falte sie wieder zusammen. Nach fünf Minuten schon schlage ich sie wieder auf. Nur gut, daß mich dabei keiner sieht: Mann, ist der aber nervös, könnte sich da einer denken. Unter all den Linien, die ich in die Karte eingezeichnet habe, kenne ich mich selber nicht mehr aus.

Ganz in unserer Nähe steht der große, martialisch herausgeputzte Kübel. In ihm müßte Platz für einen Teil unserer Last sein ... Aber die Geflochtenen sind verschwunden. Sie nehmen teil am großen Thing. Ich knöpfe mir also den Fahrer vor und erkläre ihm die Situation. Der Mann guckt mich daraufhin so entgeistert an, als sollte er sich sofort und unter meinen Augen erschießen.

Aus seinem Gestotter höre ich heraus, daß die Besatzung seines Vehikels aus hochrangigen Ärzten besteht. »Generalärzte und so ...«

Schockschwerenot! So viel Erlesenheit auf einem Klumpen. Wo die Herren denn hinwollen, frage ich den Fahrer.

»Nach Paris, Herr Leutnant, und dann weiter, je nach Lage ...«

»Na fein!« quittiere ich die Auskunft, und da sehe ich, wie die vier Fatzkes in Reitstiefeln und Keulenhosen auf uns zukommen.

»Das wollen wir doch mal sehen ...«, sage ich wie im Selbstgespräch. Ich gehe also auf Kollisionskurs, bleibe den vieren im Weg stehen, salutiere halb lässig und trage meinen Wunsch vor und dazu auch gleich die Begründung, daß unsere Reifen für so viel Post viel zu weit heruntergefahren seien. Da raunzt mich der dickste der Fatzkes an: »Abgelehnt, Herr

Leutnant!« Und die anderen assistieren: »Das wäre ja noch schöner!« – »Wir sind doch nicht die Feldpost.« – »Was hat das denn mit Autoreifen zu tun?«

Ach, du dumme Sau! sage ich im stillen.

»Wir müssen versuchen, unseren Holzvorrat zu strecken«, rede ich auf Bartl ein.

»Wie denn, Herr Oberleutnant?« fragt Bartl leicht pampig zurück.

»Was von dem Zeug, das hier herumliegt, kleinmachen und druntermischen – das müßte doch gehen . . .«

»Probieren geht über Studieren«, gibt Bartl da kumpelhaft von sich.

»Also fangen Sie mal schleunigst an mit dem Probieren!«

Allmählich wird das Feuer über Blois farbiger und zeichnet sich mit heftigen Rots und Orangetönen vom Himmelsgrund ab: Noch eine Stunde, schätze ich, bis es vollends dunkel wird.

Als es dann soweit ist, fällt mein Blick auf ein vom Feuer mit zuckender Röte übergossenes Gesicht: ein aufgerissener und doch breitgezerrter Mund. Hochgezogene Lippen, bleckende Zähne, fiebrig glänzende Augen. Ich weiche erschreckt vor dieser Perchtenfratze zurück. Da erst erkenne ich, daß der konvulsivisch mit dem ganzen Körper zuckende Kobold unser Kutscher ist. In seiner wilden Verzückung merkt er nicht, daß ich ihn anstarre.

Ein Pyromane! durchfährt es mich. Zum ersten Mal in meinem Leben sehe ich einen. Ausgerechnet unser Kutscher ein Feuerteufel!

Bartl hat tatsächlich unsere Holzvorräte aufgefrischt, und die Arche steht genau richtig. Wir *müssen* jetzt los. Ich will aber nichts riskieren und schreite deshalb die Ausfahrt und die ersten hundert Meter der Straße ab. Wäre fatal, wenn da irgendwas quer läge. Der Kutscher scheint sich wieder beruhigt zu haben. Vielleicht liegt das auch daran, daß die roten Lohen jetzt weniger hoch steigen, gerade so, als wollte das große Feuer von Blois eine Pause einlegen.

Und jetzt gebe ich dem Kutscher meine Instruktionen in so gleichgültigem Ton, als hätte ich ihn nicht in seiner Verzückung beobachtet: »Ganz langsam und möglichst leise anfahren – ohne Licht natürlich –, die Ausfahrt aus der Grube können Sie ja deutlich von der Arche aus gegen den Himmel sehen. Auf keinen Fall stehenbleiben, wenn Sie einer anhalten will. Also ganz stur durch . . .«

Daß mit einem Mal, weil viele Fahrzeuge nicht gleich nach dem Einfahren gewendet haben und das jetzt nachholen wollen, eine wilde Wuhling entsteht und viel gebrüllt wird, erfreut mein Herz. Ich knuffe den Kutscher in die Seite und brülle ihm gleichzeitig ins Ohr: »Also, wenn ich oben bin – ab die Post!«

Und da schaukeln wir auch schon wie in schwerer Dwarssee los. Der Kutscher zeigt sich in Hochform, er fährt mit der schweren Arche Slalom – ganz ohne Scheinwerferhilfe. Ohne ein einziges Mal zu kollidieren, gewinnen wir die Ausfahrt. Ich kann zwei, drei vom Flackerlicht beleuchtete Figuren in Reithosen erkennen, die aufgeregt winken. Aber für solches Theater haben wir jetzt leider gar keine Zeit. Der Kutscher hat auch prompt, statt anzuhalten, Gas gegeben, und schon sind wir vorbei und rollen allein auf unserer Straße dahin.

Die Straße ist böse zerbombt. Die Arche will mich abwerfen. Wenn das nur gutgeht!

Der Brand links voraus wird plötzlich wieder mächtig angefacht. Die Flammen schießen wie tausend gespaltene Schlangenzungen hoch und werfen uns die Schatten der Bäume auf der linken Straßenseite schräg entgegen. Minutenlang wird die ganze Landschaft wie von roten Leuchtkugeln in Licht getaucht. Die Deckung aus Dunkelheit, auf die ich gebaut habe, ist dahin. Jeder kann uns sehen – von links her im roten Bühnenlicht, von rechts als Schattenriß. Wenn die Straße nur nicht hochwassersicher erhöht in die Gegend gebaut wäre!

Jetzt kann ich deutlich durch unseren Motorenlärm hindurch Knallen, Krachen, Prasseln hören: eine ganze Serie von Explosionen. Da geht allerlei hoch! Und jetzt steigen geschweifte Sterne wie Feuerwerksraketen auf. Der Untergang von Blois – eine pyrotechnische Sensation! Die Straße ist auf viele Meter voraus von rotem Schein übergossen: ein rotglühendes Band.

Wenn mir nur der Kutscher nicht durchdreht! Aber jetzt kann er sich ja am Steuer festhalten und muß aufpassen. Mir hüpft das Herz in der Brust: Wir fahren äußerstes Tempo. Das klappt! Das muß klappen! Nadelöhr! Direkt durchs Nadelöhr durch, und das mit bengalischer Beleuchtung.

Wir sind ganz nah an der Loire. Auch der Fluß prangt mit rotem Widerschein. Die schwarzen Klumpen darin müssen die Pfeiler der gesprengten Brücke sein. Und da sehe ich auch schon die Einbiegung zur Brücke hin: Wir sind direkt dem lichterloh brennenden Blois gegenüber.

Meine Augen schmerzen. Ich spüre, daß ich sie weit aufgerissen habe. Plötzlich liegt es wie Nebel über der Straße. Aber es ist stinkender Qualm. Der Kutscher muß vom Gas gehen. Verdammt noch eins! Dieses rötlich durchfärbte Qualmwehen können wir gar nicht brauchen. Der Qualm hebt sich leicht, der Kutscher gibt mehr Gas, aber dann ist vor uns eine milchigrosa Wand, und in diese Wand müssen wir uns förmlich hineintasten. Dann geht es wieder schneller dahin, dann wieder langsamer. Ich habe das Gefühl, daß mir die Augäpfel zentimeterweit vor den Augenhöhlen stehen.

Da zieht der Kutscher die Arche rechts ran und stoppt ganz dicht neben einem Alleebaum.

»Wir ham oan Platten«, würgt der Kutscher heraus.

»Achtern links, Herr Oberleutnant!« brüllt mir Bartl ins Ohr.

»Schweinerei, verdammte!« brülle ich zu Bartl hin. »Los, wir müssen weiter, sonst werden wir hier noch abgeknallt wie die Hasen!«

»Geht nicht, Herr Oberleutnant. Damit machen wir den Reifen völlig zur Minna!« Bartl tritt so heftig gegen das Rad, daß er vor Schmerz laut aufjaulen muß.

Ich denke: Das ist ja wohl die dümmste Stelle, die wir für eine Panne erwischen konnten! Die Straße wie ein Damm erhöht und drüben die brennende Stadt, die ihren Feuerschein auf uns wirft. Diese Art Beleuchtungseffekte soll der Teufel holen ... Also Radwechsel! Und das in einer Situation, wie sie brenzliger nicht sein könnte. »Gestern noch auf stolzen Rossen, heute durch die Brust geschossen!«

Bartl kommt aus dem Fluchen gar nicht mehr heraus. »Das hat nun auch keinen Sinn mehr, Bartl«, sage ich zu ihm.

»Was denn, Herr Oberleutnant?«

»Ihr Gefluche!«

Bartl bleibt eine Minute still, dann flucht er trotzdem weiter. Vielleicht hat er mich in seiner Wut nicht richtig gehört. »Nun mal ruhig Blut!« versuche ich ihn zu beschwichtigen und beruhige mich damit selber.

Aber was, wenn auch noch Terroristen in der Nähe sind? Da peitscht auch schon ein Schuß. Noch einer! Herr im Himmel, nur nicht in den Imbert-Kessel, nicht in unsere Reifen! Mir pfeift es scharf um die Ohren. Ich kann patschende Einschläge in den Straßenbäumen hören, dazwischen ein hohes Ping, das ich nicht zu deuten vermag. Zwei, drei Leuchtgranaten setzen ihr gleißendes Weiß gegen das Flackerrot der Brände. Es wird taghell. Ich liege längst platt auf der Straße. Jetzt heißt es: wegrollen zum Fluß hin.

Die Schüsse müssen ziemlich flach über die Straße gehen. Es dauert, bis ich Erde spüre. Vor mir ist dickes Gebüsch, ganz nahe an meinem Gesicht hohes Gras. Der Boden senkt sich zum Fluß hin ab. Endlich bin ich in guter Deckung gegen das Land hin. Aber vom jenseitigen Ufer schießt es auch! Zwickmühle! Und was für eine! Diese Festbeleuchtung soll der Teufel holen.

Abwarten und Teetrinken, rede ich mir gut zu. Wenn uns jetzt auch noch die Artillerie entdeckt, sind wir geliefert ...

Fünf Minuten vergehen in äußerster Spannung. Mit halbem Blick beobachte ich das Flammenwüten. Die Qualmwolken werden von unten dunkelrot angeflammt. Wird denn da drüben wirklich noch gekämpft? Wie zur Antwort hebt ein wüstes Geballer an. Zwischen dem Brandrot blitzt es gelb und orangefarben auf: eine Pracht! Ich sehe, wie ein Dach getroffen wird und funkensprühend auseinanderbirst. In den Fensterhöhlen eines Hauses glüht Goldfischfarbe.

»Verdammt mulmig!« höre ich Bartl.

Wir können nicht hier liegenbleiben, bis Schnee kommt. Also los: Radwechsel! Auf Taschenlampen können wir jedenfalls verzichten: Von jenseits des Flusses kommt wieder genug Feuerschein, um die ganze Szenerie zu erhellen.

Ich kann selbst nur dahocken und die Gegend beobachten. Wie das Feuer eines Leuchtturms drehe ich mich allenfalls langsam um die eigene Achse. Aber gleich sage ich mir: Was soll's! Die *ganze* Landschaft lebt ja. Flackerlicht, Schattengetümmel. In jedem Schlagschatten kann einer liegen und in aller Seelenruhe auf uns zielen. Auf dem anderen Flußufer müßten sie uns doch endlich richtig spitzkriegen. Von welcher Seite her bieten wir das beste Ziel?

Anscheinend haben meine beiden Krieger ihren verdammten Radwechsel endlich geschafft. Aber warum flucht Bartl wie verrückt geworden?

Kaum Luft im Reifen des Ersatzrads! Das ist es! Der Kutscher schwört, daß der Reifen hart war.

So kommen wir nicht weiter – wir brauchen eine Motorpumpe. Und gleich wird der wahnsinnige Haufen aus der Sandgrube herangekarrt kommen und das Feuer von drüben direkt auf uns lenken.

»Scheiße, verdammte!«

»Ja, doch – ich hab's gehört.«

Da sehe ich auch schon einen Kübel als dunkle Masse näher kommen. Ich springe auf die Straße, werde fast umgefahren und brülle: »Stop!«

Für einen Moment erkenne ich im Flackerlicht die dicken geflochtenen Schulterstücke. Kein Zweifel: Es ist der große, kriegsmäßig ausgerüstete Kübel mit den Ärzten. Gott sei Dank! durchzuckt es mich. Die haben, was wir brauchen. Die haben ja alles an Bord!

Ich brülle über den Motorlärm und die Detonationen hinweg, aber der Kübel fährt einfach weiter. Wenn ich nicht weggesprungen wäre, hätte der Fahrer mich glatt erwischt.

»So eine Sau – verdammte!«

Da stehen wir nun. Die nächsten Fahrzeuge schieben sich wie Glieder eines riesigen dunklen Wurmes an uns vorbei – weiter, ohne anzuhalten, und ich wage nicht mehr dazwischenzuspringen.

»Da hilft nichts als Pumpen, Bartl. Notfalls bis zum Weißbluten!« brülle ich durch den Motorenlärm.

»Die Handpumpe ist aber nicht in Ordnung, Herr Oberleutnant, der Schlauch bläst . . .«, brüllt Bartl zurück.

Das hat uns gerade noch gefehlt! Dann höre ich aus dem Palaver zwischen dem Kutscher und Bartl heraus, daß es bessergeht, wenn der Pumpenschlauch gerade liegt, statt sich zu krümmen. Wenn ein Schlauch an einem Fahrrad aufgepumpt werden müßte, würde ich nach jedem Dutzend Pumpenstößen nachfühlen, ob die Luft nicht endlich reicht. Aber hier? Ich habe keine Ahnung, wieviel atü so ein Schlauch braucht und wie lange die Pumperei demnach dauern kann.

Ein Blitz und dann ein berstender Knall. Ein Einschlag in der Nähe? Artillerie?

Der Konvoi will kein Ende nehmen.

Die werden uns noch über den Haufen karren! Aber da stoppt der Konvoi, und ich höre wildes Durcheinandergebrülle. An der Spitze muß der Teufel los sein.

Dieser gottverdammte Scheißkonvoi! Ohne es zu wollen, stecken wir mittendrin. Und genau hier mittendrin werden sie uns zusammenkartätschen.

Es sieht ganz so aus, als hätten wir das gleiche Theater wie bei Brest. Verdammt! Verdammt! Verdammt! Das ist doch nichts als ein einziges, verrücktes Durcheinander. Und da fummeln doch tatsächlich welche mit Taschenlampen herum! Und dazu dieses irre Gebrülle! Arsch aufreißen! Denen sollte man den Arsch aufreißen bis obenhin!

Da vorn rennen welche herum wie aufgestörte Ameisen – vor, zurück und wieder vor – und immer brüllend. Daß die Amis von drüben her noch nicht in diese Versammlung von Irren hineingepflastert haben, ist ein Wunder. Vielleicht braten die sich gerade ihr Corned beef mit glimmenden Balken auf: Corned beef mit Spiegeleiern.

Ich komme mir vor wie ein Idiot mit meiner MP in den Händen. Also los – nach vorn! Sehen, was da passiert ist.

Ich umgehe Autos, rempele Landser an. Dann höre ich nah und deutlich: »Licht aus!« Und noch mal: »Verdammt noch mal, Licht aus! Auf den Nächsten schieße ich!«

Ich kann erkennen, wie weiter vorn zwei, drei Offiziere versuchen, die Kolonne an einer Einschlagstelle vorbeizulotsen. Das ist nicht einfach ohne Licht. Wenn es nur wenigstens richtig dunkel wäre – aber wir sind vom Flackerlicht alle paar Sekunden beleuchtet.

Plötzlich sehe ich Mündungsfeuer dicht über der Straße. In Sekundenschnelle bin ich von einer wüsten Lärmkakophonie umgeben. Um mich herum ist totale Konfusion. Ein Dutzend Stimmen brüllen durcheinander.

»Feuer einstellen!« höre ich wieder und wieder heraus.

»Um Himmels willen weiterfahren!«

Aus dem Stockdunkel des Straßengrabens kommt Stöhnen und Schreien. Blutgeruch steigt mir in die Nase. Was soll ich bloß tun? Verdammte Scheiße, jetzt bin ich auf einen Arm oder ein Bein getreten. Ich bücke mich, packe zu und beginne zu ziehen. Ein paar Meter weiter ist es heller. Ich zerre den Körper, den ich blindlings erwischt habe, auf die Helligkeit zu. Da sehe ich geflochtene Schulterstücke und auch noch Sterne drauf. Ein General? Aber nein! Ich habe einen von den Ärzten erwischt, die uns nicht helfen wollten.

Ich erkenne zwei, drei Fahrzeuge, etwa ein Dutzend Soldaten und einen wirr gestikulierenden Derwisch, offenbar ein Hauptmann. Den brülle ich an: »Stehende Ziele! Fein für die Amis! Wollen Sie denn nicht für Bewegung sorgen?«

Befehlsgebrülle, radierende Reifen, Scheppern und Krachen. Staubgeschmack auf der Zunge, Schatten, die ganz dicht vorbeidröhnen – eine Lärmkavalkade, die kein Ende nehmen will.

Alle meine Sinne sind in Aufruhr. Ich weiß, daß ich vernünftig handeln muß, aber jetzt kann ich nur starren und den Atem pressen: Das ist zuviel für meinen Verstand. Die Schreie, die Momentbilder, die ein hin- und herzuckender Taschenlampenkegel aus der Dunkelheit reißt. Klaffende Wunden, blutgetränkte Stoffetzen, zuckendes Fleisch mit hellen Knochen darin.

Ich muß mir einen Ruck geben, damit ich die Fassung nicht total verliere. Das irre Geschrei muß man ja bis über den Fluß hören! Das Geschrei ersticken! Warum tut das keiner? Ich muß weg hier. Dieses Menschenknäuel ist ein allzu gutes Ziel. Ich kann sowieso nichts tun. Leute sind genug da – viel zu viele Leute.

Ich zwinge mich, meinen Blick noch einmal auf die Metzelszene zu richten: Ich sehe jetzt auch bloßliegende Innereien.

Am Straßenrand zwei längliche Bündel.

»Tot?« frage ich einen Feldwebel.

»Ja.«

»Alle?«

»Zwei Tote, aber ob die drei anderen durchkommen, das ist sehr die Frage.«

»Wie ist das passiert?«

»Mine – drahtgezündet. Da ist gar nichts gegen zu machen.«

Der Mann ist in seiner Aufgeregtheit redselig, und so erfahre ich, daß ein dünner Draht zwischen zwei Straßenbäumen gespannt war. »Da kann man dann als Fahrer der Mine ausweichen, sie zwischen die Räder nehmen, wenn man sie schon sieht – bloß nützen tut das rein gar nichts mehr. Das ist schon verdammt gut gemacht, Herr Leutnant.«

Der Feldwebel ist ganz Anerkennung für die Partisanen. »So direkt vor unserer Nase! Starkes Stück!«

Dann sind die Fahrzeuge vorbeigelotst, und ich laufe zurück. Ich bin wieder allein im Dunkeln und habe Mühe, richtig zu begreifen, was da passiert ist. Mir ist, als hätte ich einen Spuk erlebt.

Von weitem sehe ich Bartl im Flackerschein mit eingestemmten Armen neben dem pumpenden Kutscher stehen. In meiner gespannten Nervosität herrsche ich Bartl an: »Los, jetzt wieder Sie! Mindestens hundert Stöße!«

Das war eine harte Strafe für die Herren Stabsärzte. Schlau waren die ja: auch losgefahren *vor* dem Pulk. Hätten sie uns geholfen, wären sie am Leben und unversehrt. Die Mine ist mit einem Draht gezündet worden – von solchen Minen habe ich noch nie gehört. Und die Brüder, die sich auf diese Art von Minenlegen verstehen, müssen noch in der Nähe sein – irgendwo hier im Dunkeln versteckt.

Mir kriecht es kalt den Rücken hinunter. Verdammtes Räuber-und-Schandi-Spiel!

»So, Bartl, jetzt bin ich an der Reihe!«

Ich höre den vom Pumpen erschöpften Bartl dicht vor mir schnaufen wie einen lecken Blasebalg. Wenn nur der Feuerschein nicht wäre!

Aber jetzt heißt es pumpen! Nichts als pumpen! Den rechten Fuß in den Bügel der Pumpe, den Holzgriff mit beiden Händen packen, den Kolben hochziehen – ganz hoch bis zum Anschlag und dann runter damit. Hoch und runter! Hoch und runter! Gleich werde ich den Rhythmus finden . . .

Mir dreht es sich im Kopf: Gott im Himmel, das hätte ich mir fast denken können, daß es in dieser Art knallen würde. Aber jetzt habe ich wieder einen Beweis dafür, daß mir nichts passieren kann. Ich bin schußfest wie mein Führer und Oberster Befehlshaber. Der Führer und ich! Die Vorsehung auf seiner Seite haben – das ist eben der Witz!

Die sollen es doch probieren, soviel sie wollen, die verdammten Schweine. Schwänze absäbeln, Minen auf die Straße legen – nur sich nicht sehen lassen! Feige Buschkriegerbande!

»Jetzt müßt's reichen, Herr Oberleutnant«, höre ich Bartl.

»Also los!« gebe ich, ganz außer Atem, zurück.

Dort, wo die Mine detoniert ist, verfällt der Kutscher in Schrittempo.

»Nicht anhalten! Vorsicht: Trichter!« rufe ich.

Im Flackerlicht sehe ich nur mehr zerfetzte Karosserieteile. Die haben den demolierten Kübelwagen von der Straße geschoben und die Toten und Verwundeten aufgeladen und mitgenommen. Da nehme ich ein scharfes Pfeifen auf und sehe auch schon vorn rechts Mündungsfeuer. Das gilt uns!

Wir sind schon raus aus der Arche. »Deckung!« höre ich mich selber schreien und werfe mich längelang neben das rechte Vorderrad.

Hier geht's ums Ganze! Die Brüder sind weiß Gott nicht dämlich.

Da schleichen doch welche im Schilf am Fuß des Straßendamms herum!

»Runter in den Dreck!« brülle ich Bartl zu. »Weg vom Damm! Vor diesem Scheißhintergrund dürfen wir nicht mehr herumhampeln.«

Und dann schreie ich zum Fluß hinunter: »Venez salauds! Faites-vous voir!«

Zwei Schatten direkt auf der Straße. Dahinter noch einer. Weil plötzlich Feuerschein von drüben aufblendet, erkenne ich: Das sind deutsche Landser mit Karabinern im Hüftanschlag. Die kommen da einfach mir nichts, dir nichts angelatscht.

Da brüllt Bartl auch schon: »Nicht schießen, ihr dummen Säue!«

»Deckung!« schreie ich den Landsern entgegen. »Runter von der Straße!«

Bartl macht einen Sprung zu mir her und empört sich atemlos: »Die hätten uns doch glatt umgelegt!«

Jetzt sind wir zu sechst – besser: zu fünft. Der Kutscher zählt kaum.

»Sie hören auf mein Kommando!« brülle ich ins Dunkel.

Gefechtsberührung! So nennt sich das. Ich habe jetzt eine richtige Streitmacht: fünf Köpfe, verteilt in zwei Straßengräben. Und ich habe einen Plan: Unsere Freunde vom Maquis sollen nur kommen und sich möglichst bis zur Arche vorarbeiten und meinethalben Handgranaten werfen. Vielleicht kann ich sie dann mit der MP erwischen! Wenn ich bloß wüßte, wo genau die Brüder stecken …

Da höre ich MG-Feuer, ohne Zweifel von unserer Uferseite. Drei, vier lange Stöße und dann regelloses Knallen: Karabiner. Haben die Amis etwa über den Fluß gesetzt? Quatsch! sage ich zu mir, das müssen welche von unserer eigenen Firma sein. Durchs Buschwerk hindurch kann ich es jetzt auch blitzen sehen. Ich höre ein MG tackern – und dann noch eins.

Jetzt kommt noch ein Schub heran! Ich stemme mich aus der Deckung hoch und brülle: »Los! Hoch das Ganze! Wer mitwill, hängt sich an die Kutsche!«

»Tempo! Tempo! Wir setzen uns an die Spitze!«

Da ebbt das Schießen ab, und dann ist es ganz weg.

Bartl hat sich schon in den Wagen geschmissen. Ich klemme mich neben den Kutscher und brülle ihn an: »Los! Anfahren!«

Ich kann nach achtern nichts sehen, aber ich spüre, daß die Fahrzeuge, von denen die Salven abgefeuert wurden, dicht heran sind.

»Minen liegen da keine mehr!« brülle ich in Richtung Kutscher. »Karacho! Alles, was drin ist!«

Ich halte mich unwillkürlich tief zusammengeduckt, alle Muskeln gespannt. Die Antriebsräder drehen durch, aber dann macht die Arche einen richtigen Sprung, und ab geht's. Das hätte ich der alten Arche nie und nimmer zugetraut!

Hinter uns wird wieder geschossen. Jetzt kommt auch Feuer von rechts. Aber mehr von rechts achtern.

Bartl schreit mir etwas in den Nacken, zu nahe, als daß ich ihn verstehen könnte.

»Weiter!« brülle ich zum Kutscher hin und noch ein paarmal: »Weiter! Tempo!« Und dann: »Mann, geben Sie Gas! Los doch, den Stempel runter!«

Ein Königreich für ein bißchen Scheinwerferlicht! Ich habe mein Gesicht fast an der Scheibe. Wenn wir jetzt irgendwo aufbrummen, muß ich den Kopf durch die Scheibe stecken, ob ich will oder nicht. Bartl hat sich ebenfalls weit nach vorn gebeugt: Wir stieren zu dritt auf das bißchen Straße vor uns.

Nach ein paar hundert Metern wird der Kutscher von ganz alleine wieder langsamer. Er hat ja recht! Jetzt sollen sich mal andere die Augen aus dem Kopf gucken und Tetenreiter spielen. Ich sage zu Bartl und zum Kutscher: »Wir brauchen 'ne Stelle, wo wir so scharf rechts ran können, daß wir nicht mehr auf der Straße sind.« Und dann frage ich dem Kutscher direkt ins Ohr: »Kapiert?«

»Woll, woll, Herr Oberleitnant!«

Wir fahren fast Schritt, und so dauert es eine Ewigkeit, bis wir die Ausbuchtung, nach der ich suche, haben.

»Rechts ran und stop!«

Es dauert eine Weile, bis ich die ersten herankommen höre. Das verdammte Klappern unseres Kessels erschwert mir das Lauschen.

»So, jetzt kurz blinken!« befehle ich dem Kutscher.

Die Scheinwerfer des Fahrzeugs, das langsam herankommt, blinken zurück. Also verstanden. Und nun kann ich mich auch neben die Arche stellen und »Weiterfahren!« winken.

Eine warme Welle vom heißen Motor streift mich und dann noch eine und noch eine. Ich bin schon so nervenschlapp, daß ich heulen könnte beim Anblick dieser dunklen Karawane. Das Motorendröhnen, das dumpfe Rumpeln, die Wärmewellen – mir will es das Herz abdrücken.

»So, und jetzt wieder weiter!« rufe ich zum Kutscher hinüber und steige in den Wagen.

Nun fahren wir also doch Konvoi, und es ist genauso widerwärtig wie immer: fahren – stoppen – anfahren – hundert Meter rollen – wieder stoppen. Wenn wir dem Vordermann nicht aufbrummen wollen, müssen wir gehörig Abstand halten und uns doch wieder die Augen aus dem Kopf stieren.

Diese verdammten Wolken vor dem Mond! Was habe ich den Mond schon verwünscht. Entweder hatten wir zuwenig Mond oder zuviel. Recht gemacht hat er es uns nie.

Nicht lange, und der Konvoi bleibt ganz stehen. Ich steige aus und laufe so weit zur Seite, wie es geht. Vor uns scheint eine Ortschaft zu sein. An der Tete gibt es offenbar Palaver. Ich habe keine Ahnung, wie weit wir inzwischen von Blois weg sind. Wie ein kurzer Stromstoß durchfährt mich ein Schreck: Was, wenn es da vorn jetzt heißt »Ende der Fahnenstange«? Wenn die Amis im Dunkeln irgendwo über die Loire gekommen sind – mit Schlauchbooten zum Beispiel. Oder wenn der Maquis die Straße verrammelt hat ... Da stehe ich also im diffusen Licht und lausche auf das Stimmengewirr aus den Fahrzeugen. Irgendeiner fummelt mit einer Taschenlampe herum. Das sollte er besser nicht tun.

»... warten, bis Schnee kommt!« höre ich Bartl.

Plötzlich sehe ich die kleine Nutte in Magdeburg wieder vor mir, wie sie mich fragt: »Willste etwa warten, bis Schnee kommt?« Ich sehe ihren dreckigen Hals vor mir, die scharfe Grenze zum Puder auf ihrem Gesicht ... Herr im Himmel! Daß mir das ausgerechnet jetzt einfallen muß.

Aus der Loire steigt feiner Nebel auf. Nebeldrehn – Nebelwehn ... Jetzt wird's auch noch lyrisch! bespöttele ich mich und lasse mich wieder auf meinen Sitz fallen.

»Was iss, Herr Oberleutnant?« fragt Bartl, der dicht neben mir auf der Straße steht.

»Weiß der Henker!«

Ich spüre auf einmal eine Art Verpflichtung, meine Truppe bei Laune zu halten, und frage zur Seite: »Na, Kutscher, wie geht's?«

»Woll, woll!« kommt es wie ein Grunzen zurück.

Und dann wende ich mich Bartl zu: »Den Tag heute können Sie im Kalender ankreuzen, Bartl!«

Weil Bartl nicht reagiert, frage ich: »Nix compris?« Und weil er immer noch keinen Mucks macht, sage ich: »Als zweiten Geburtstag, Bartl! – Bei Ihnen fällt der Groschen aber verdammt langsam! Dieser Knallkörper war für *uns* bestimmt! Ob Sie das glauben oder nicht ...«

»Entschuldigung, aber ich weiß nicht ...«, stottert Bartl.

»Ja, Mann Gottes, haben Sie denn immer noch nicht kapiert, daß *wir* ohne diese Panne jetzt mit Silberflitterflügeln und im weißen Hemdchen da oben schwebten?« Und dann platzt mir schier der Kragen: »Herr im Himmel, Bartl, *wir* wären doch ohne diese Reifenpanne auf die Mine gerauscht. Wer ist denn als erster losgefahren? *Wir* waren schließlich die Vorreiter. Kapieren Sie denn nicht, daß Sie gerade um ein Haar davongekommen sind – unverdientermaßen freilich. Sie – das heißt wir – wären sonst jetzt Hackfleisch . . .«

Endlich macht Bartl: »Brrr!« Dazu scheint er sich mit der flachen Hand vor die Stirn zu schlagen. »Meine Fresse, meine Fresse!« ist schließlich alles, was er über die Lippen bringt.

Was sollen wir jetzt tun? Abwarten, daß sich die Kolonne wieder in Bewegung setzt, und dann dranhängen oder auf eigene Faust weiter? Die Amis sind das da vorne sicher noch nicht. Weiß der Teufel, warum dieser Sauhaufen nicht weiterfährt. Hier hockenzubleiben ist allemal gefährlich. Also wohl oder übel: links raus und zügig an der Kolonne vorbei.

Gleich nach einer Ortschaft wieder einer mit der Winkkelle. »Sie können hier nicht weiterfahren – zu riskant, Herr Leutnant.«

Das klang ernst. Tollkühn wollen wir uns auch nicht gerade gebärden. Also heißt es: Quartier suchen.

Wir stoppen mit der Arche im Hof einer Kneipe – direkt vor einem Holzbau. Da liegen Landser auf den Dielenbrettern und auf den Tischen. Es gibt Tee. Na großartig! Hier, unter deutschen Soldaten, sind wir erst mal sicher. Die meisten pennen in ihren Fahrzeugen. Und wir?

»Da!« sagt Bartl und streckt seinen rechten Arm schräg nach rechts vorn aus: Wir stehen wenige Meter vor einer Art Remise. Ich erkenne landwirtschaftliche Geräte. Bartl stöbert hinter den Maschinen herum und entdeckt doch tatsächlich Strohballen – die liegen da wie für uns hingestapelt. Gut, jetzt sollen die roten Prachtdecken aus La Pallice endlich mal ihren Zweck erfüllen.

Ob er mir noch etwas zu essen machen soll, will Bartl wissen.

»Danke, nein – nur zu trinken.« Ich bin viel zu aufgeregt, um jetzt essen zu können. Ich will mich nur noch hinsinken lassen. Es dauert nicht lange, bis ich Bartl als Silhouette gegen den mondhellen Himmel herankommen sehe. Er hat eine Flasche Rotwein dabei – »von den Kameraden abgestaubt!«

In der Wirtschaft geht es hoch her. Ich kann nur hoffen, daß die Posten aufgestellt haben. Aber der ganze Verein sah nach erfahrenen Kriegsknechten aus. Vielleicht finde ich doch ein bißchen Schlaf bis zum Morgengrauen.

Vorerst ist daran jedoch nicht zu denken. Ich bin hellwach: Das war zuviel für einen einzigen Tag. Wie soll mein Hirn das alles fassen!

Amboise! Die Sandgrube! Das brennende Blois – und dann die große Metzelei.

Irgendwann habe ich mal geschrieben: »Im Mund der Geschmack äußerster Gefahr ...« Diesmal *war* es so. Ich wußte, daß etwas Schreckliches passieren würde. Ich hatte keine Hoffnung, daß wir durch dieses Nadelöhr hindurchfinden würden. Und erst jetzt kommt die wirkliche Angst. Ich sehe mich in meinem eigenen Blut auf der Straße liegen. Diese Mine war für uns bestimmt – ohne Zweifel. Die hätten wir todsicher hochgejagt, wenn uns die Reifenpanne nicht gestoppt hätte – ganz kurz davor. Von einem gütigen Gott gerettet, der sich in den Kopf gesetzt hat, daß ich jetzt noch nicht hopsgehen soll.

Das Mühlrad in meinem Kopf läßt sich nicht stoppen. Um über die Runden zu kommen, betreibe ich Nabelbeschau: meine beschissene Existenz! Was sie mir schon in der Kindheit angetan haben, das geht auf keine Kuhhaut. Das war schlechterdings zuviel ... Gut, daß mir die Kuhhaut einfällt. Ein Lieblingsausdruck meiner Großmutter. »Was man mit den Mietern mitmacht, das geht auf keine Kuhhaut!« pflegte sie zu klagen, wenn sie vom Mieteneintreiben im Haus Nummer 17 der Chemnitzer Jahnstraße zurückkam, ihre Ledertasche voll Geld. Mir ist gleich wohler. So ist das immer: Ich brauche in meinem Kopf nur irgendein Erinnerungszeichen zu finden, und schon kann ich wie am Ariadnefaden zu meinem eigentlichen Leben vordringen: Chemnitz, Rochlitz, Schneeberg und dann wieder Chemnitz. Und jetzt diese staubige Remise an der Loire! Da kann sich einer schon verloren vorkommen. Oder in schallendes Gelächter ausbrechen: Und nicht der Schimmer einer Ahnung, wo wir morgen abend sein werden ...

Mein Unterbewußtsein funktioniert jedenfalls. Und das sagt mir: Wir *müssen* nach Paris! Die Nabe des Speichenrades ist unser Ziel. Wenn wir es bis Paris schaffen, sind wir in Sicherheit. Paris wird nicht attackiert. So viel Wahnsinn, um Paris zu vernichten, gibt es nicht in dieser wahnsinnigen Welt.

Ich merke, daß Bartl aufsteht. Der geht schiffen! sage ich mir. Aber Bartl kommt nicht wieder. Zum Schiffen hätte er sich auch nicht das Stroh abklopfen müssen. Also stehe ich auch auf und gucke nach ihm.

Ich will meinen Augen und Ohren nicht trauen: Bartl ist in der Wirtschaft und schon wieder dabei, sich aufzuspielen und große Reden zu schwingen. Kaum zu fassen, daß er sein Fahrwasser schon wieder gefunden hat – nach allem, was heute passiert ist.

Als es draußen gerade dämmert, stoße ich Bartl an und frage: »Na, ausgepennt?«

»Es schlafen nit alle, so die Augen zutun«, gibt Bartl sogleich Antwort. »Altdeutsch!«

»Ausgerechnet mit so einem Spruchbeutel wie Ihnen auf die Reise gehen – das hätte ich mir besser überlegen sollen ...«

Bartl guckt mich daraufhin so treuherzig von unten her an, wie er nur kann: ein Hundeblick, dem keiner widerstehen könnte.

Kartenstudium im ersten Morgenlicht: Wegen der Schweinehunde vom Maquis müssen wir schnell weiter. Die Giebelluken der Häuser hinter dem Damm waren über lange Strecken auf einer Höhe mit uns. Bessere Positionen, um uns abzuknallen, kann es gar nicht geben. Wenn ich die Karte richtig deute, wird sich das auch so bald nicht ändern. Angst im Nacken – Muffensausen, Hosenkillen ... Was gibt es noch für schöne Ausdrücke für meinen Zustand? Ich habe jetzt auch zusätzlich noch Bammel davor, daß irgendein Idiot mit höherem Dienstgrad auftauchen und uns vereinnahmen könnte. Wer weiß denn, ob hier nicht noch verrückt gespielt wird ...

Schnell weiter – aber wegen der Minen ist es noch zu früh: Die könnte man noch nicht erkennen ... Das Musterbeispiel einer Bredouille! Daß die Amis noch nicht längst über die Loire gesetzt sind, verstehe ich nicht. Haben die denn keine Pioniere? Wissen die nicht, daß wir hier auf dem Südufer kaum Truppen haben? Reguläre Einheiten sind jedenfalls nicht zu sehen – eher solche Ansammlungen von Buschkriegern wie hier.

Es gibt Muckefuck und Brot mit Dosenwurst. Diesmal Blutwurst. Variatio delectat.

Dann ist es soweit. »Los, Bartl, einsteigen!« sage ich, und zum Kutscher gewendet: »Jetzt versuchen Sie mal, uns hier heil rauszubringen.« Und dann ermahne ich ihn noch: »Wir müssen aufpassen wie noch nie! Also schön langsam – und wenn was auf der Straße liegt, immer zwischen die Räder ...«

»Woll, woll, Herr Oberleitnant«, bekomme ich dafür zurück.

Das Wetter scheint umgeschlagen zu sein. Statt des Weißblaus ist jetzt ein fahles Grau am Himmel mit zerlaufenen Wasserfarbenwolken darin. Ich wünschte mir, daß sich das Himmelsgewölbe noch mehr verdunkelte: Trauerhimmel sind nun mal nicht das Rechte für Flieger.

Dann wird es aber allmählich heller, und es scheint doch wieder aufklaren zu wollen.

Ich werde bald aufs Dach müssen. Allein schon der Gedanke daran läßt mich erschauern. Aber was hilft's! Also lieber gleich. Ich lasse stoppen und klettere nach oben. Als der Kutscher eine Weile später von sich aus stoppt, kann ich Vogelzwitschern hören: Der Kutscher muß schiffen. Soll mir recht sein. Ich könnte auch mal das Wasser abschlagen, prophylaktisch sozusagen. Also wieder runter vom Dach und ran an den Straßengraben. Der Geruch meines Urins schlägt mir scharf in die Nase. Was haben wir denn bloß gegessen und getrunken? Nur Spargelpisse kann noch schärfer riechen.

Das Blinken einer Fensterscheibe im Morgenlicht läßt mich zusammenfahren. Bin ich schon schreckhaft wie ein Reh? Ich und ein Reh? Da lacht jeder, der es hört. Das Spannen und Lauern ist mir aber tatsächlich schon zur zweiten Natur geworden.

Hin und wieder wälze ich mich halb auf die Seite, um den Himmel gründlich bis in alle Tiefen abzusuchen. Um diese Zeit sind die Brüder auf ihren Feldflughäfen in England mit Sicherheit schon gestartet.

Wir *müssen* Holz finden, und wir *müssen* über die Loire. Vielleicht sind wir schon gerettet, wenn wir über die Loire kommen.

Daß ich wirklich nirgends Pioniere sehe, ist schwer zu begreifen. Statt Brücken Autofähren, das hätte doch zu machen sein müssen. Aber hier hat wohl *keiner* mehr einen Überblick. Vielleicht sind mit den Ärzten auch schon die Generäle stiftengegangen. Unseren Verbänden in den Gebieten links der Loire einfach den Rückweg abschneiden zu lassen, das ist schon ein starkes Stück.

Wie soll das denn aber auch klappen, wenn jeder macht, was ihm gerade in den Kopf kommt. Ich brauche nur an den Brester Hafenkapitän zu denken! – »Wie soll es schon klappen, wenn der Krieg von Berchtesgaden aus geführt wird ...« Das habe ich in der Sandkuhle zu hören bekommen und es nicht recht glauben wollen. *Jetzt* glaube ich's schon eher.

Und nun muß ich mir auch noch den Kopf zerbrechen, wie der Bunker bei Berchtesgaden heißt. Ich hab's: »Adlernest«, hat der Oberleutnant gesagt. Erst »Wolfsschanze«, dann »Adlernest«; immer großartig und großmäulig, wenn's beliebt.

Rommel saß näher am Schuß: in La Roche Guyon. Da sitzt er aber nun auch nicht mehr, nachdem er gewaltig eine von einer Spitfire verplättet bekommen hat. Im großen Horch bei Tage durch die Gegend zu kutschieren – ein Fehler.

Ich höre Hundegekläff, das schnell in wütendes Geifern umschlägt. Wo Hunde sind, sage ich mir, gibt es auch Menschen. Aber so sehr ich mir die Augen ausgucke, kann ich doch niemanden entdecken. Zwei Hunde rennen kläffend neben der Arche mit, bis sie es endlich aufgeben und wie plötzlich verblödet starr auf der Straße stehenbleiben.

In so einen Kläffköter hat der Alte mal das ganze Magazin eines

Karabiners gejagt, als er vor Wut darüber, daß der seinen Hühnerhund Anja angefallen hatte, vollkommen außer Rand und Band war. Daran habe ich längst nicht mehr gedacht. Schon komisch, daß ich es hier und jetzt tue ...

Da ist mir, als würde sich rechts voraus in einem Weidengebüsch etwas bewegen, und schnell gebe ich mit dem Kolben der MP das Stoppsignal. So, mit einem *stehenden* Untersatz, kann ich gleich besser gucken: deutsche Landser! Ich muß scharf spähen, um eine Pakstellung auszumachen: Nur an den dunklen Rohrmündungen kann ich erkennen, daß hier drei hintereinander gestaffelte Paks die Straße abriegeln. Sonst ist nichts zu sehen. Da haben sich aber welche verdammt gut getarnt! Hatten ja auch viel Zeit dazu, und ausgerechnet uns wollten sie einen Schreck einjagen.

Ich winke mit beiden Armen und bringe den Kutscher zum Anfahren. Kaum schaukeln wir wieder richtig los, springen zwei Soldaten aus der Deckung auf die Straße und halten die Arche erneut an: Ob ich Post mitnehmen könne?

»Klar doch!«

»Päckchen auch?«

Bartl zieht Grimassen und bedenkt mich mit vorwurfsvollen Blicken. Aber was soll ich denn tun? Für die armen Schweine sind wir wahrscheinlich die letzte Verbindung zur Heimat. Reguläre Feldpost geht hier sicher nicht mehr weg.

Ich nehme mir meine zerfledderte Michelinkarte vor, die zum Glück rechts bis nach Mühlhausen reicht. Was, wenn auch hinter Orléans noch die Brücken zerstört sind? Meine Karte ist für Besitzer normaler Autos bestimmt: Gebirge sind darauf nicht zu erkennen. Ich weiß aber auch so, von der Penne her, daß wir, wenn wir nicht die Burgundische Pforte erwischen, in die Vogesen geraten könnten. Mit der Arche durch die Vogesen – ob das überhaupt zu schaffen wäre?

Dem Süden traue ich nicht: Dijon, Belfort, dahin zieht es mich zuallerletzt. In dieser Gegend soll der Maquis besonders aktiv sein.

Zum Weinen, daß einem kein Schwein eine vernünftige Auskunft geben kann!

Als wir schon wieder im Fahren sind, frage ich mich, wozu diese isolierte Stellung gut sein soll. Das sieht wieder mal ganz nach Planlosigkeit aus. Warum nimmt keiner die Leute zurück? Warum läßt man sie hier am ausgestreckten Arm verhungern?

Das Wetter jubiliert nun doch wieder: Hochsommer. Bei solcher Wetterpracht zusammengeschossen zu werden muß bitter sein.

Der Friede dieser Landschaft ist der schiere Augentrug. Nur ja mißtrauisch bleiben! Den Lastensegler in der Gegend von Caen muß es auch bei solchem Wetter erwischt haben. Als die Flawaffen des VP-Bootes ihn zersiebten, sind die Leute herausgepurzelt wie Fallobst. Oder waren es bei dem Obersteuermann Kartoffeln? Auch eine Art draufzugehen! Der Krieg offeriert höchst originelle Krepiermethoden. Gott Mars hat Phantasie. Der läßt sich immer wieder mal was Neues einfallen. Die drahtgezündete Straßenmine war ja auch nicht schlecht.

Eine so wohlbestellte Bauernlandschaft wie hier habe ich noch nie gesehen: Felderbreiten, Buschwälder, Kastaniengruppen, Wiesen, Weingärten. Dazwischen hin und wieder altehrwürdige Herrschaftshäuser von nobler Architektur. Üppiges Blühen überall.

Plötzlich und nur für den Moment des Vorüberfahrens zielt eine Allee in einer Heckenlücke schnurgerade wie auf einem Guckkastenbild auf Türme und Portale eines kleinen Schlosses zu. Andere Schlösser erscheinen mit ihren Nebengebäuden auf Hügeln gebreitet. Manchmal erhascht mein Auge nur Firste, Balustraden – ein Stück grau verwitterte Renaissance-Künstlichkeit.

Die Anmut der Landschaft, ihre Ruhe vor allem paßt nicht zu meiner Verfassung: Ich bin über die Maßen nervös. Jeder dicke Buchenstamm, jeder Torpfeiler kann Deckung für einen Franktireur sein. Die Donjons, die Balustraden überall können Gefahren en masse verbergen. Die Flußwindungen machen die Straße zudem immer wieder ganz und gar unübersichtlich: Oft reicht die Sicht keine hundert Meter weit.

Im langsamen Vorüberfahren sehe ich Wäscherinnen am Fluß – ein Bild, so friedlich wie aus einer Operette! Sie haben keine Seife, sondern schlagen ihre grauen Wäschestränge auf großen flachrunden Steinen mit Waschhölzern. Die klatschenden Schläge finden sich zum Rhythmus, verlieren ihn wieder, und dann sind wir auch schon vorbei . . . Auf der flachen ausgetretenen Uferwiese stehen Zweiradkarren mit nassen grauen Wäschelasten, die wie gekochtes Gekröse aussehen. Bald müßte eine Brücke kommen. Aber auch die ist gesprengt. Gründliche Arbeit: Nur der Mittelpfeiler steht noch zwei Meter hoch aus dem Fluß. Wenn das so weitergeht . . . Irgendwo *müssen* wir über den Fluß.

Die Loire führt wenig Wasser, aber doch genug, um unsere Arche zu ertränken. Mit Krakelüren übersäter Uferschlamm ist als fast zwei Meter breite dunkle Bahn sichtbar. Gänse watscheln darauf hin. Ein Trupp Landser auf Fahrrädern mit prallen Packtaschen kommt uns entgegen. Winken wie bei einem Pfingstausflug.

Es ist kaum Vieh zu sehen. Die Bauern halten es in ihren Fermen, oder sie haben es wohlweislich in Wäldchen versteckt. Für das Leben der Gänse würde ich nichts mehr geben.

Ich entdecke eine Feldscheune nicht weit von der Straße und gebe das Zeichen zum Stoppen. Der Kutscher tritt so heftig auf die Bremse, daß ich auf meinem Dach hören kann, wie im Wagen die Ladung nach vorn rutscht. Bartl steht schon auf der Straße und guckt zu mir hoch.

»Na, wie wär's, da rein und mal 'ne Pause machen? Sieht doch ganz adrett aus.«

Bartl hilft mir herunter, und während der Kutscher sich ans Stokern macht, erkunden wir die reichlich große Scheune. Die beiden Torflügel hängen nur halb in den Angeln. Im Halbdunkel der Tiefe erkenne ich zwei, drei alte, bizarre Landmaschinen. Von unseren Tritten wirbelt Staub hoch und flimmert in einem schrägen Lichtbalken. Und da gibt es auch Stroh – eine Lage gepreßter Ballen an einer Wand.

Und nun gehe ich einmal um die Scheune herum. Der Boden ist fest: Wir könnten die Arche auf der Schattenseite ganz dicht an die Holzwand heranfahren. Da wären wir vor Flugzeugen sicher.

Bartl schiebt die beiden Torflügel ganz auf. Dabei entsteht ein scharfes Knarzen, das den Kutscher hochschrecken läßt. Und nun fuhrwerkt der gute Bartl derart mit dem Stroh herum, daß wir beide vor lauter hochgejagtem Staub husten müssen wie Tuberkulosekranke.

»Das legt sich«, kann Bartl endlich krächzend hervorbringen.

»Was zu futtern wäre nicht von Übel – wenn sich der Dreck gelegt hat«, gebe ich zurück und erschrecke heftig, weil mir etwas über das Gesicht streift. Ich bin in ein dick verstaubtes, riesengroßes Spinnennetz geraten. Verdammt noch eins!

Plötzlich dringt es wie ferner Kriegslärm in die vermeintliche Idylle: Artillerie? Der Lärm der Schlacht . . . Schon recht! Eine dicht an meinem Ohr vorbeibrummende Hummel bringt es fertig, das Gewummer in der Ferne ganz und gar zu übertönen. Darauf ließe sich ein Haiku schreiben!

»Keine gastliche Stätte«, sage ich zu Bartl.

»Wie meinen?« fragt der zurück.

»Zuviel Dreck in der Bude!«

Bartl hat kapiert, daß ich doch lieber weiterwill. Also nichts zu futtern und keine Haikus. Was für ein Leben!

Noch früh am Morgen erreichen wir Orléans. Ich sehe es mit einem Blick: die Brücke zerstört – auch hier. Ein paar dicke Wolken lasten über der Stadt. Düstere Quellwolken oder Zerstörungsqualm?

Wir stoppen. An die kläglichen Pfeilerstummel vor uns im Flußbett gebe ich ein Bild von meinem letzten Film hin. Als ich gerade beim Einmessen bin, kommt ein Leutnant herangetigert. Er befehligt eine Pakstellung, die wir übersehen haben müssen. Daß wir sie nicht spitzgekriegt haben, freut den Leutnant. Und darüber, daß ich mit der Arche noch nach Paris will, kann er nur staunen.

»Wie wir uns hier absetzen sollen, wenn's erst mal soweit ist, weiß der Henker«, klagt der Leutnant dann. »Jetzt gibt's nur noch den Übergang bei Briare. Aber da ist Ihr Fahrzeug wahrscheinlich zu gewaltig. Das ist mehr so 'ne Arbeitsbrücke für 'nen Kanal. Haben Sie eine Karte zur Hand?«5

Und dann sagt er noch, das solle die längste Kanalbrücke Europas sein. Da flösse Wasser *über* statt *in* die Loire. »Na, Sie werden sehen! ... Probieren können Sie's ja mal!«

»Verbindlichen Dank!«

»Mast- und Stengebruch, so heißt es ja wohl bei der Marine!« sagt jetzt der Leutnant noch und hebt dabei seine Rechte wie zum Salutieren bis in halbe Höhe.

Als wir ein Stück weiter sind, lasse ich stoppen und zeige Bartl die Karte: »Hier ist eine Kanalbrücke.«

»Kanalbrücke?« fragt Bartl.

»Ja, da wird Wasser über die Loire geleitet.«

»Gibt's so was?«

»Ja doch!« gebe ich gereizt zurück. »Ich kann auf dieser Karte zwar nicht erkennen, wohin das Wasser fließen soll – aber diese Kanalbrücke muß wohl intakt sein.«

Bartl guckt mich an wie einen Geistesgestörten. Weil mir nicht nach noch mehr Erklärungen zumute ist, sage ich: »Wir müssen uns das angucken!«

Wir fahren wieder mal auf einer Dammstraße dahin. Rechts liegen Gärtnereien, dann Schutthalden. Direkt hinter dem Damm lagern Truppen. Die Landser bauen wohl darauf, daß die Amis keine Haubitzen haben und nicht hinter den Damm schießen können.

Nicht lange, und wir kommen zu einer efeuüberrankten Villa, Quartier des Stabes einer Infanterieeinheit. Ein freundlicher Hauptmann gibt mir bereitwillig Auskunft. Vor einer großen, mit Fähnchen besteckten Karte erklärt er mir: »Die dritte amerikanische Armee stößt weiter vor – und zwar nördlich der Loire auf der Linie Laval–Le Mans–Sens–Troyes. Offenbar direkt auf den Rhein zu. Südlich der Loire stehen nur noch Teile unserer ersten und neunzehnten Armee.«

Ich frage: »Aber wo denn nur?«

»Genau wissen wir das nicht. Die Veränderungen gehen zu schnell. Das Gros der ersten Armee steht hier östlich der Seine ...«

»Und wie komme ich am besten nach Paris?«

»Am besten ...? Der Gegner soll diese Linie hier: Dreux–Chartres–

Orléans, bereits nach Osten überschritten haben. Und in welcher Weise der Maquis sich zeigt, wissen wir nicht. Das Gebiet von der Loire bis Fontainebleau und Melun ist auf jeden Fall unsicher.«

Neunzig Kilometer weiter loireaufwärts bei Gien, meint der Hauptmann, müsse es noch eine Brücke über die Loire geben – auf der Strecke von Bourges nach Paris. Von der Kanalbrücke bei Briare weiß er nichts . . . Und später dürfte für uns kaum noch Schangs sein – da macht die Loire ihren großen Bogen, und wir würden nach Süden geleitet statt nach Norden.

»Man muß schon verdammt aufpassen«, sagt der Hauptmann jetzt, »hier treiben sich sogar sowjetische Kampfgruppen herum.«

»Wie das?«

»Das sind sowjetische Kriegsgefangene, die stiftengegangen sind und sich den Franzosen angeschlossen haben.«

»Das haben wir schon schlau gemacht«, sage ich, »die Rußkis auf uns zu ziehen . . .«

»Kann man wohl sagen«, erwidert der Hauptmann. »Die Russen müssen mindestens fünftausend Mann stark sein, und dazu kommen die Flüchtlinge aus Polen . . .«

Ich schüttele den Kopf, so beredt ich nur kann. Dann fällt mir ein: »Ich hab sogar was von indischen Einheiten läuten hören.«

»Ja, die sind aber auf *unserer* Seite.«

»Ganz schöner Mischmasch. Da kann's also passieren, daß in Frankreich Russen Indern an die Kehle fahren.«

»Ja! Wir haben's weit gebracht!«

Ich horche auf. Das klang nach einem offenen Wort . . . Ich gucke den Hauptmann erwartungsvoll an, aber der nickt nur mehr wie nachsinnend.

»Die Inder gelten anscheinend als arisch«, sagt der Hauptmann dann doch noch. Aber da ist kein Mienenspiel, kein Verziehen der Mundwinkel. Dieser Mann könnte beim Alten in die Schule gegangen sein . . .

Bevor wir weiterfahren, versuche ich, mir das Bild dieser großen Karte mit ihren deutlichen Markierungen in aller Eile einzuprägen, und dabei frage ich mich: Warum gehen die Alliierten nicht nach Nordosten vor? Um Dieppe herum und im Pas de Calais sind doch unsere Raketenbasen! Aber darüber sollte ich mir jetzt nicht den Kopf zerbrechen . . .

»Kann sich alles jede Stunde ändern«, sagt der Hauptmann ohnehin gerade. Dann gibt er noch ein paar strategische Weisheiten von sich: »Bald muß es sich ja zeigen, ob die Stoßrichtung der Angriffskeile tatsächlich an Paris vorbeizielt oder doch auf Paris zu. Wahrscheinlich machen es die Alliierten wie mit den Atlantikhäfen: abschneiden und dann im eigenen Saft schmoren lassen.«

Ich bedanke mich mit zwei »Gehorsamst!« und einer Mischung aus Hand zur Mütze und Nazigruß und lasse auch noch ein leichtes Hackenschlagen folgen.

Ich fühle mich aber kaum schlauer. Die Ermutigung, auf die ich im Grunde aus war, habe ich nicht gefunden.

Ein Pulk Feldgrauer hat sich um einen Anderthalbtonner geschart. Der ist bis obenhin voller Dosenschokolade. Angesichts der Menge der so begehrten Schokolade kann ich nur den Kopf schütteln: Hier auf dieser Landstraße ist sie fast wertlos.

Bartl beäugt die Fracht gründlich und gibt dann »Macht harten Stuhlgang!« zum besten. Trotzdem schiebt er sich Blechdose um Blechdose in die Taschen.

Die Landser wollen mir Adressen aufschreiben. Ich soll dann »daheim im Reich« Päckchen mit der Schokolade machen – oder machen lassen. Einer fängt schon an, die Schokolade in die Arche umzuladen.

»Die Karre trägt das einfach nicht!« wendet sich Bartl an die Versammlung. »Was wir brauchen, sind Reifen – keine Schokolade!«

Daß wir auch dringend Holz brauchen, scheint Bartl ganz vergessen zu haben.

Wenn wir nur eine intakte Brücke finden! Ich *muß* nach Paris und herausfinden, was mit Simone passiert ist. Im übrigen scheint der Weg über Paris der einzige noch sichere zu sein.

Simone in Paris aufspüren: Wenn ich es mir recht eingestehe, ist die Hoffnung, daß mir das tatsächlich gelingen könnte, mit jedem Tag schwächer geworden. Da beiße ich mir auch schon auf die Unterlippe: Ja, ich weiß, daß ich solche Gedanken gar nicht denken darf.

Wir fahren durch einen böse zerstörten Ort. Die Häuser sind aus Bruchstein, mit Lehm gefugt. Solche Mauern halten nicht viel aus. Aber wer nur kann hier so wüst gehaust haben?

Überall liegen Trümmer im Wasser: verbogene, rostbraune Träger und Schienen, mächtige, halb verkohlte Balken, ganze grotesk verzogene Aufbauten von Lastwagen. Hier und da sehe ich ausgebrannte, halbzerfetzte Autos mit Wehrmachtnummern zwischen den Mauerresten. Ein paar leidlich gesunde Karossen darunter, aber die sind bestimmt ohne Treibstoff.

Von einem Trupp Landser erfahre ich: Über den Pont-Canal de Briare, der die Loire mit der Seine verbindet, soll tatsächlich noch ein Weg aufs andere Ufer existieren. Nur noch etwa fünfunddreißig Kilometer. Die längste Kanalbrücke Europas! Sehenswert! Da fließe Wasser übers Wasser hin!

Ich weiß, ich weiß! Aber trägt die Brücke unsere Arche?

»Müßte gehen!« sagt einer der Landser, nach einem skeptischen Blick auf unsere Karosse.

Wir geraten in eine Kuhherde, die von zwei barfüßigen Halbwüchsigen auf der Straße in gleicher Richtung getrieben wird. Die Arche schiebt sich wie ein Keil zwischen die schwankenden Leiber und schlagenden Schwänze, aber weiter kommen wir nicht. Magere Kühe. Die Bäuche bis halb hinauf voller schorfiger Scheißkruste.

Wir fahren immer wieder durch breit gekleckerte Kuhscheiße, die unter den Reifen platscht und gluckst. Sogleich bildet sich in mir das Wort »Ku-Klux-Klan«. Nicht die Arche, aber einer der Kerls macht mit scharfem Holzschuhklappern und Knüppelschwingen die Tiere schier verrückt. Zwei schwarzweiß gefleckte, mittelgroße Hunde kläffen begeistert. Direkt vor uns bleibt eine Kuh stehen und wendet uns gelassen ihren schönen gehörnten Kopf zu, und plötzlich läßt sie ein lautes Muhen aus sich heraus. Was mag in diesem großen, tumben Hirn vor sich gegangen sein.

Um den Wirrwarr vollkommen zu machen, hebt sich eine Kuh schwerfällig auf eine andere, eine zweite macht es ihr nach. Die beiden Halbwüchsigen brüllen und lassen die Knüppel sausen.

Unser Kutscher stößt gutturale Laute aus. Das scheint nun endlich mal nach seinem Geschmack zu sein. Aber davon kommen wir auch nicht weiter ... Ausweichen und die Herde umfahren können wir nicht: rechts und links sind Gräben, und dann kommen gleich Mauern aus Feldsteinen. Der Teufel soll's holen. Schließlich entscheide ich: Halt! Aussteigen! Was trinken! Die müssen sich ja irgendwohin verdünnisieren.

In Richtung Sully brauen sich plötzlich finstere Wolken zusammen. Und dann gibt es ein paar kurze Regenüberfälle dicht hintereinander. Ich habe schnell keinen trockenen Faden mehr am Leibe.

Die Straße dampft. Schnurgerade führt sie auf Sully zu ...

Die Sonne sticht wieder. Das Hemd dampft mir am Leib. Weiter nach Gien. Die zwölfbögige alte Steinbrücke von Gien liegt auch in Trümmern. Noch bleibt uns Briare ...

Die Kanalbrücke ist tatsächlich intakt! Sie ist zwar kein regulärer Flußübergang für Fahrzeuge, aber neben dem Betonkanal, durch den Wasser von Norden nach Süden über die Loire hinweggeleitet wird, gibt es einen Bohlenweg. Der ist freilich verdammt schmal – aber mit List und Tücke könnten wir es schaffen. Ich lasse Bartl und den Kutscher aussteigen, und zu dritt peilen wir die Lage nach allen Seiten. So scharf ich aber auch spähe: Es gibt nichts Verdächtiges.

Und jetzt schicke ich Bartl hoch aufs Dach: Ich will unten sitzen und sehen, wie es mit dem zentimetergenauen Fahren klappt.

»So, Kutscher – ab dafür«, befehle ich ins Türeschlagen hinein.

Der Kutscher bringt die Arche schön langsam die sandige Auffahrt hoch, und dann haben wir auch schon Wasser unter uns. Das scheppert und poltert und kracht, als führen wir über Pontons. Der Krawall will gar kein Ende nehmen, aber dann endlich haben wir es geschafft: Wir sind mit der Arche auf dem anderen Ufer! Gott sei's gelobt, getrommelt und gepfiffen!

Kurs auf Paris

Der Kutscher zahnt mich wieder mal an wie ein Schimpanse. Er hat die Arche von sich aus gestoppt, als wir die große Straße durch den Ort erreicht haben. Recht hat er! Jetzt wäre ein Hosianna von uns allen dreien am Platz.

Bartls Beine und dann sein Bauch versperren mir die Sicht: Bartl läßt sich seitwärts vom Dach heruntergleiten ... Ich kann eine Kirche auf einem Felsen sehen – und nun auch Bartls Visage: ein von der Sonne rotgeglühter, grinsender Mond. Mir fällt nichts Rechtes ein, und so blödele ich nur: »Ja, Bartl, die kleinen Freuden des Alltags ... Das wäre geschafft! Ich hab's schon nicht mehr geglaubt.«

Aber unser Dusel sollte mich nicht aufblasen, sondern mißtrauisch machen. Das ist doch das übliche Verfahren: einen erst mal gewinnen lassen beim Pokern, damit er sich in Sicherheit wiegt. Dem ausersehnten Opfer eine Glückssträhne vortäuschen, um dann um so unerbittlicher zuzuschlagen. Das Schicksal ist nun mal ein gewiefter Falschspieler! Und die Karte, die uns außer Gefecht setzt, hätte eigentlich längst kommen müssen. Deshalb heißt's jetzt um so mehr auf der Hut sein.

Aber wie könnte ich mich schon wappnen? Aufpassen, keine Sekunde nachlassen, mit allem rechnen – mehr kann ich nicht tun. Höchstens noch fest an Wunder glauben, an das sich immer wieder erneuernde, das sozusagen serielle Wunder.

Wir nehmen Kurs auf Montargis und fahren bald schon in eine kleine Ortschaft ein: graue, fensterlose Häuser rechts und links der Straße, Fassaden wie Zuchthausmauern, große verschlossene Hoftore. Bartl ist noch mal nach oben geklettert. Hier sieht es weit und breit nicht nach bösem Feind aus ...

Siedendheiß fällt mir unsere Holznot ein. Irgendeiner der Bauern hier *muß* einen Holzgaser haben. Jetzt gibt es nichts anderes mehr, als zu requirieren! Ich fasse den Kutscher an den Arm, und der stoppt sofort. Nun gebe ich ihm auch noch ein Handzeichen, damit er den Motor abstellt.

Als ich beim Aussteigen zu Boden blicke, sehe ich ein paar dunkelgraue Flecken auf der grauen Straße. Das Taschenmesser aus der Hosentasche zu ziehen und niederzuknien wird dann fast zu *einer* Bewegung. Als ich wieder stehe und mein Blick auf Bartl fällt, sehe ich, wie er mit hängenden Schultern dasteht und mich verwundert anstarrt.

»Joe was here . . .«, sage ich zu ihm.

»Hä?« macht Bartl daraufhin nur und rührt sich nicht. Und weil er jetzt vor lauter Nichtverstehen den Unterkiefer sinken läßt und mich desperat anguckt, versuche ich ihm langsam und trickreich auf die Sprünge zu helfen: »Spielen Sie mal Frank Allan oder Sherlock Holmes, Bartl! Untersuchen Sie doch bitte sehr mal die Flecken hier auf dem Asphalt.«

Bartl geht langsam in die Hocke, dann läßt er sich auf die Knie sinken. In dieser Haltung fingert er mühsam sein Messer aus der rechten Hosentasche, nimmt dann einen der hellgrauen Miniaturfladen mit der Klinge auf und betrachtet das Aufgespachtelte angespannt. Endlich blickt er auf und verkündet: »Glaserkitt, Herr Oberleutnant!«

»Glaserkitt! Glaserkitt!« äffe ich Bartl gereizt nach. »No, Sir, das ist Kaugummi. Und nun strengen Sie mal Ihr Hirn an! *Sie* kennen keinen Kaugummi, die Franzosen haben noch keinen . . .« Bartl schiebt sich, während ich rede, aus der Hocke hoch und hält mir ein wie leblos leeres Gesicht entgegen. Und dann kann ich zusehen, wie er denkt und endlich erleuchtet wird. »Verstehe!« sagt er schließlich und nimmt – reichlich verspätet – sogar eine Denkerpose an: linke Hand wie ein Trichter um den Spitzbart.

»Klick, sprach der Groschen und fiel!«

»Jawoll, Herr Oberleutnant!« platzt es da aus Bartl heraus: »Amis!«

»Amis!« äffe ich ihn wieder nach. »So isses, Bartl!«

»Die sind dann aber . . .«

». . . schon hiergewesen«, ergänze ich ihn.

»Kriminell«, murmelt Bartl und schüttelt ganz langsam den Kopf, als könne und könne er das nicht fassen.

Wenn wir Holz requirieren wollen, müssen wir hier irgendwen auftreiben. Ich nehme also meine MP und klopfe resolut an das nächste Hoftor. Nichts. Zwei weitere Versuche bleiben ebenso erfolglos.

Was nun? frage ich mich. Verdammte Situation. Da ist mir, als spürte ich Blicke in meinem Rücken. Mit der MP im Hüftanschlag drehe ich mich blitzschnell um die eigene Achse. Aber auf der anderen Straßenseite rührt sich nichts.

Zum Lachen, wie ich hier herumstehe und zu keinem Entschluß finden kann. Zum Lachen auch, wie ich die Konventionen beachte. Ich habe angeklopft, aber mir wird nicht aufgetan, und da stehe ich nun . . .

Die werden es gleich lernen! rede ich mir selber energisch zu. Jetzt werde ich denen mal Beine machen. Lange genug gewartet! Wie von plötzlicher Wut übermannt, hole ich mit der Maschinenpistole aus und donnere dreimal hintereinander gegen das Tor vor mir – so heftig, daß Holz absplittert. Wie zur Antwort darauf krähen zwei Hähne – diesmal ganz in der Nähe ... Während ich angespannt lausche, ob sich hinter dem Tor etwas rührt, krähen sie wieder, und nun wollen sie gar nicht mehr aufhören damit. Wenn ich sie nur greifen könnte, würde ich ihnen den Hals umdrehen.

Um noch besser hören zu können, halte ich den Kopf gesenkt. So stehe ich reglos da und lausche.

Bewegt sich da nichts hinter all den geschlossenen Fensterläden? Ich mache mich ganz steif und bin nur noch Ohr. Jetzt nehme ich schwer deutbare Geräusche von zwei Seiten her auf. Läßt da etwa einer in der Ferne einen Diesel laufen? Pumpt da jemand Wasser? Was könnten das sonst für dumpfe, rhythmische Töne sein? Und raschelt da nicht etwas direkt hinter dem hölzernen Tor? Ein Ohrentrug?

Wieder kräht ein Hahn. Der steil ansteigende Wehton kommt diesmal von weit her. Und nun höre ich deutlich auch sehr fernes Hundebellen, dann ein Rattern wie von Eisenreifen über Pflaster – aber auch das Rattern ist weit weg.

Verdammt noch eins! Ich kann doch nicht ewig wie erstarrt auf dieser Straße stehen. Da sticht mir ein Lattenzaun in die Augen. Die Latten ließen sich leicht abreißen – eine Säge müßte sich finden lassen. Zum Heulen, daß wir nicht einmal eine Säge haben!

Ich zeige dem Kutscher den Zaun. Der ist nicht begeistert, sondern murmelt nur etwas von »stundenlang hinarbeiten«. Auch Bartl zeigt keine Neigung, den Zaun zu zerkleinern. Ich weiß schon, was die beiden denken: Fertiges Vergaserholz requirieren ist allemal einfacher, als selber Holz kleinzumachen.

»Vom Rumstehen bekommen wir jedenfalls kein Holz!« herrsche ich die beiden an. »Also los! – Wo wohnt in diesem Dorf der Bürgermeister? Das müssen wir rauskriegen.«

Bartl nimmt das als Befehl, mit der Faust gegen das nächste Hoftor zu donnern. Drei, vier Häuser weiter schlägt auch ein Hund an. Dann fällt einer von der anderen Straßenseite ein und dann noch einer irgendwo. Hinter dem Tor aber rührt sich nichts.

»Abwarten!« sage ich, aber Bartl ist schon dabei, an die Fensterläden neben dem Tor zu poltern. Nicht die, aber die vor dem dritten Fenster gehen da einen Spalt auf. Bartl ist mit einem Sprung dort, reißt einen der Flügel ganz zurück und gibt den Blick frei auf ein fahlstoppeliges, bleiches Schlafgesicht: ein Bauer von gut sechzig Jahren mit nässenden, angstgeweiteten Augen. Sein Faltenhals liegt im offenen Hemd bloß.

Der Mann ist zu Tode erschreckt. Mit der linken Hand mache ich zuerst einmal besänftigende Bewegungen: Nur keine Panik, Alter. Wir wollen dir nicht ans Leben!

Der Bauer starrt mich unverwandt offenen Mundes an. Von der vorgeschilpten Unterlippe rinnt ihm dabei ein Speichelfaden. Wie kann ich ihm nur schnell klarmachen, daß wir ihn nicht umbringen wollen?

Gott sei Dank kommt jetzt Leben in den Alten: Er bedeutet mir – mehr mit Gesten als mit seinen gestotterten Worten –, daß er herauskommen wolle.

Eine Katze steigt so bedachtsam über die Straße, als müsse sie mit jedem Schritt prüfen, ob der Boden auch tragfähig ist.

»Mais vous n'êtes pas Américains«, stottert der Bauer dann, und sein Speichelfaden tropft ab.

»Non, mon vieux!«

»Dommage – nous les avons donc ratés. Je me ronge le cœur.«

Der Bauer hält sich immer noch eingeduckt und starrt mich von unten her an. Ich zeige auf die Arche.

»C'est pour cela que nous sommes ici – vous comprenez? Nous chassons les Américains!«

Ich kann sehen, wie es im Hirn des Bauern arbeitet. Wie er versucht, das alles zu verarbeiten: dieser Holzgaser – die Ami-Panzer – la libération – mit den Deutschen hat man schon allerlei erlebt.

»Est-ce que vous avez un gazogène?« frage ich den Alten jetzt. »Nous payons – même le double.«

»Mais vous n'êtes pas Français«, antwortet er wie benommen.

»Mais non. Qui a un gazogène?«

»Le maire.«

»Où est-ce qu'il habite?«

»Il est mon voisin«, bringt der Alte hervor und zeigt in die Richtung.

Bartl will den Martialischen mimen und sagt: »Allons!«

Ich bedeute dem Kutscher, uns dreien mit der Arche zu folgen.

Der Bürgermeister ist zu Hause. Der Schreck steht ihm deutlich auf dem Gesicht. Trotzdem gibt er sich gefaßt und fragt: »Allemands? Deutsch?«

»Mais oui! Pourquoi cela vous étonne?«

»Parce que . . .«

»Parce que?«

»Des chars américains sont passés ici – il n'y a qu'une demie heure . . . mon colonel.«

Das versetzt mir nun doch einen Schlag. Da heißt es, sich nichts anmerken lassen. Ich gucke fürs erste auf meine Uhr und gebe mich forschend: »Une demie heure?«

»A peu près ...«

«Très bien.«

Der Mann starrt mich jetzt wie entgeistert an.

»Un grand contingent?«

»Mais oui, mon colonel! – Je dirais ...«

»Très bien. C'est pour cela que nous sommes ici ...«

Verdammt dick aufgetragen! Der Bürgermeister kann's auch kaum fassen. Aber dem werde ich gleich noch mal auf den Busch klopfen: »Direction nord?« sage ich.

»Mais oui!« bestätigt der Bürgermeister eilfertig. Jetzt wird er sich wundern, wie genau ich das alles weiß. Durchschaute Manöver – halbe Manöver! möchte ich ihm gern sagen – irgendeinen Quatsch ganz beiläufig und obenhin, aber da fehlen mir die richtigen Vokabeln. So tue ich nur, als hätten wir es ziemlich eilig, dem bösen Feind auf den Hacken zu bleiben.

Der Bürgermeister, wohl sehr froh, daß er so gut davongekommen ist, bejaht ohne Umschweife meine Frage, ob er Holz für unseren »gazogène« habe. Und dann ist es an Bartl und dem Kutscher, ihm in einen Verschlag zu folgen, während ich die Aktion sichere.

Der Kutscher gibt dem Bürgermeister mit großzügiger Gebärde drei alte Säcke wie im Tausch für die neuen, die wie für uns vorbereitet im Schuppen gestanden haben. Aber ich will das Holz bezahlen. Nur will der Bürgermeister keine Bezahlung annehmen. Ich muß ihm ein paar Scheine aus meinem dicken Bündel regelrecht aufnötigen.

»Mais c'est trop!« wehrt der Bürgermeister, nunmehr ganz munter, ab.

»Achetez des fleurs pour votre femme ou des jouets pour les enfants!« rate ich ihm.

Das wird nun als ganz großartiger Spaß aufgenommen. Der Knoten hat sich gelöst. Wir sollen den Schnaps des Bürgermeisters probieren. Der alte Bauer bestätigt mit Schluckbewegungen, daß der gut ist.

Ich sage: »Vielen Dank, aber uns pressiert's.« Und zu meinen beiden: »Dalli, dalli, bloß weg hier!«, und schon schwinge ich mich mit geübter Behendigkeit aufs Dach und brülle »Los dafür ...!«

Und jetzt wird uns auch noch richtig gewinkt – wie Verwandten, die eben mal zu Besuch waren.

Einen Kilometer nach Ortsende gebe ich erneut das Haltesignal. Bartl steht neben der Arche.

»Falls Sie's noch nicht begriffen haben sollten«, erkläre ich ihm vom Dach herunter: »Wir folgen den Amis auf den Fersen. So habe ich's den beiden wenigstens erklärt. Die sollen nicht denken, wir wären auf der Flucht.«

»Und ich habe geglaubt . . .«

»In der Kirche, Bartl. Glauben nur in der Kirche! Da ist man speziell darauf eingerichtet!« Mit den alten blöden Redereien werde ich meines eigenen Fracksausens noch immer am besten Herr. Dabei denke ich: Was machen wir bloß, wenn noch eine zweite Gruppe Amis kommt? Stoppen und uns seitwärts in die Büsche schlagen? Zusammenbleiben oder einzeln nach beiden Seiten wegspritzen? – Je nach Lage! sage ich mir. Es muß ja nicht auf freiem Feld passieren, sondern vielleicht irgendwo zwischen Häusern und Buschwerk.

Die Straße macht nicht viele Kurven, und das ist gut so. Wenn jetzt ein Panzer des Wegs kommt . . . Ach was! Es wird schon keiner kommen!

»Hunde beißen Angsthasen, das wissen Sie doch!« sage ich zu Bartl.

»Frechheit siegt – kann man auch sagen!« kontert Bartl.

»So gefallen Sie mir schon besser! – ›La réalité dépasse la fiction‹, mein lieber Bartl. Was besagen will, daß hier alles noch verrückter zugeht, als es einer erfinden könnte. Und jetzt sollten Sie wenigstens Ihr ›c'est la guerre‹ anbringen, das würde hier auch halbwegs passen . . .«

Bartl bedenkt mich mit seinem üblichen Zweifelblick. »Mir reicht's jedenfalls, Herr Oberleutnant!« konstatiert er. Dann will er von mir wissen, wie ich die Flecken auf der Straße als Kaugummi erkennen konnte.

»Genau solche Flecken habe ich in Rom auf den Marmorstufen gesehen – Wrigley heißt die Marke!«

»Sie waren in Rom, Herr Oberleutnant?«

»Ja, gleich nach dem Abitur.«

»Da können wir uns ja auf was gefaßt machen, Herr Oberleutnant!«

»Weil ich in Rom war nach meinem Abitur?«

»Nein, Herr Oberleutnant«, stottert Bartl. »Ich meine – ich meine wegen der Amis!«

»Kaugummi gehört bei den Amis offenbar zur Truppenverpflegung! Und macht die Aussprache schön breit. Ohne Kaugummi im Maul würden die sich wahrscheinlich gar nicht verständigen können.«

»Verrückt!« staunt Bartl.

Nogent-sur-Vernisson hieß der Ort, den wir als letzten durchfahren haben.

Und wenn der ganze Schnee verbrennt: Jetzt habe ich einen grimmigen Hunger und Durst auch. Kein Wunder: Gestern kaum etwas gegessen, heute früh auch nichts. Also einen Nebenweg suchen und von der Straße verschwinden.

Wir finden ein kleines Gehölz, das uns gute Deckung gibt, und Bartl macht sich an die Arbeit.

Nur nicht nervös machen lassen! Aber bald werde ich doch unruhig und nehme mir die Karte vor, die sich immer mehr auflöst: Ich sehe, daß wir, wenn wir schnurgerade weiterfahren, nach Fontainebleau kommen – und da entdecke ich auch Versailles.

Mich sticht auch schon der Hafer: ein kleiner Umweg, nur ein bißchen nach Westen versetzt, und ich kann zwei illustre Namen aneinanderketteln: Fontainebleau und Versailles. Das klingt noch einmal genau so großartig wie die Namen der Schlösser an der Loire.

Ich kann diese Route aber auch begründen: Ich will frühmorgens in Paris ankommen. Wenn ich dem Bismarck unter die Augen trete, sollte ich halbwegs frisch sein. Das Stadtschloß der Abteilung liegt im Westen. Versailles auch. Wir kommen also vom Westen.

In Paris schnell noch einmal in Simones alte Wohnung fahren? Aber was soll ich jetzt noch in der Rue Toricelli? Die Concièrge würde schön erschrecken, wenn ich bei ihr in diesem Aufzug auftauchte . . . Außerdem hat sie bestimmt keine Nachricht von Simone.

Da wäre ich beim Schneider Dinard an einer besseren Adresse. Der könnte etwas erfahren haben, ist der doch ohne Zweifel einer von der Résistance, wahrscheinlich sogar ein Chef . . . Aber dem jetzt noch in die Fänge laufen?

Was gäbe ich darum, wenn ich mit dem Alten reden und mir Rat holen könnte.

Meine Gedanken kreisen wie eine Spirale um Simone: Simone, die Spionin in Diensten ihres eigenen Vaters. Ich sehe mich zwischen vielen entgegenkommenden Passanten mit Simone und ihrem Vater auf dem Boulevard de Chapelle dahinlaufen, an Plakatsäulen vorbei und an zwei alten Sandwichmännern – hin zum Schneider Dinard. Und jetzt sehe ich Simone und mich und Simones Vater und diesen ominösen Schneider in dessen Atelier: Ich soll mir einen Smoking anmessen lassen für »après la guerre«. Simones verrückte Idee! Wozu um alles in der Welt brauche ich denn einen Smoking? Nur weil dieser Schneider, den Simones Vater als Freund ausgibt, noch guten Stoff für Smokings hat?

Jetzt weiß ich natürlich, daß da etwas anderes im Spiel war! Ich gutmütiger Esel sollte regelrecht vorgeführt werden: ein Marineoffizier, seines Zeichens Leutnant der Marineartillerie, aber tatsächlich Kriegsberichter, also auf jeden Fall ein interessantes Objekt . . .

Daß der Smoking nur Vorwand war, hätte ich damals schon wissen können. Schließlich habe ich in dem mannshohen Spiegel gesehen, wie Simones Vater und der Schneider sich ein Auge kniffen. Und das maliziöse Lächeln des Konfektionärs konnte ich auch erhaschen. Und jetzt sehe ich den *ganzen* Spiegel und das Bild darin: Simone trägt ein elegantes Schneiderkostüm und Schuhe mit dicken Plateausohlen an den Füßen. Neben ihr ein älterer weißhaariger und untersetzter Herr: ihr Vater. Vorn im Bild der Leutnant und der so devot wie maliziös lächelnde Konfektionär, der sich mit seinem Bandmaß wichtig hat. Dem Leutnant ist, deutlich sichtbar, unbehaglich zumute. Aber er paßt auf und sieht noch mal, während bei ihm Maß genommen wird, ein Blicketauschen hinter seinem Rücken – diesmal zwischen der jungen Dame und dem Konfektionär.

Für Augenblicke weiß ich nicht: Ist das Bild im Spiegel meiner Phantasie entsprungen oder gespiegelte Realität? – Denke ich mir etwa gerade wieder einmal eine Sequenz für einen Film aus? Aber wo wäre da der Unterschied? Was mir geboten wurde, *war* ja immer alles Realität und Film zugleich. Und jetzt kann ich mir auch noch ausdenken, wie der Film weitergehen soll ... Neue Szene: ein mit hellen Möbeln eingerichtetes Zimmer in einer Strandvilla. Der Leutnant nur in Hose und Oberhemd, die junge Dame in einem Negligé mit weißem Schwanenflaumbesatz. Der Leutnant sucht sein Seeglas. Die junge Dame hilft ihm nicht, sondern belächelt den nervös herumfuhrwerkenden Leutnant sibyllinisch ... Ein amerikanisches Camp: Der Leutnant verdreckt und abgerissen als Kriegsgefangener. Der Konfektionär in der Uniform eines französischen Obersts, die junge Dame in der eines Leutnants – ihr Vater als Major mit dem Seeglas in Händen ...

Da fahre ich mir endlich dazwischen: »Du bist verrückt, mein Kind / du mußt nach Berlin / Wo die Verrückten sind / da gehörst du hin!«

Kaum sind wir wieder ein paar Kilometer gefahren, jagt mir der Anblick eines Erhängten einen heftigen Schrecken in die Glieder: Ich schlage aufs Dach, und der Kutscher stoppt sofort. Rechter Hand und schon dicht vor uns hängt ein Landser an einem starken, fast waagerecht von einem dicken Baumstamm wegzeigenden Ast. Zuerst konnte ich nur ein paar ausgeleierte Soldatenstiefel sehen – Knobelbecher – und da habe ich mich gewundert, warum die im Blattwerk hingen ...

Da haben die Feldjäger oder sonstwer vom eigenen Verein ein armes Schwein aufgeknüpft wie einen Strauchdieb. Fahnenflucht? Nicht die richtigen Papiere? Das geht jetzt schnell ...

Und nun so hingucken wie Otto Dix seine Kriegstoten in den Blick gefaßt hat: der abgenutzte Kälberstrick, die Schmeißfliegen, die große blaue Zunge, der groteske Ständer in der Hose des Toten. Hat der etwa noch ans Vögeln gedacht? Oder zieht's so einem den Pint von alleine hoch?

Wie automatisch fingere ich nach meinen Papieren, und dann gebe ich Befehl zum Weiterfahren. Nur gut, daß ich nicht mit den beiden reden muß.

Jetzt wird's jedenfalls brenzlig: Wir haben quasi Rotlicht. Der kreuzende Verkehrsstrom der Amis hat sich längst in Bewegung gesetzt. Um weiterzukommen, müssen wir wahrscheinlich querdurch.

Die Amipanzer, von denen der Bauer erzählt hat, sind sicher Spitzen der dritten Armee, eine Vorausabteilung, die weiter nach Osten aufklären soll. So machen sie es doch immer: erst ein paar Panzer vorschicken, das Gros aber zurückhalten. In Brest war es das gleiche.

Wunschdenken? Das nun auch wieder nicht. Hier zeichnet sich doch deutlich eine Zangenbewegung ab, mit der ich rechnen *muß*.

Am liebsten würde ich Bartl jetzt sagen: richtig denken! Das ist der Witz! – Ich empfinde eine seltsame Genugtuung darüber, daß alles so kommt, wie ich es mir vorgestellt habe. Aber gleich bewitzele ich mich selber: Klein Napoleon! Der Stratege in der Westentasche! Paß lieber auf, daß nicht alles noch schiefgeht. Dieser Plan, noch in letzter Minute in Paris aufzukreuzen – ist der nicht doch ziemlich verrückt?

Aber was denn sonst tun? halte ich mir gleich dagegen. Ostwärts von Paris wird es relativ sicher sein. Der Zangengriff der Amis wird wahrscheinlich einer mit der Flachzange und nicht mit der Beißzange werden. Die Flachzange ließe bis zuletzt einen breiten Korridor offen. Oder, wenn wir schon bei Bildern sind: Paris ist im Ansturm der Gegner ein Wellenbrecher. Dahinter ist ruhiges Wasser. Paris–Nancy, die große Straße dürfte noch am sichersten sein, wenn man nach Osten will – am wenigsten von Terroristen verseucht.

Wenn wir erst einmal in Paris sind, könnten wir gerettet sein. In Paris wird es alles geben, was wir brauchen, wahrscheinlich sogar einen ordentlichen Wagen und Benzin. Der Bismarck wird schon vorgesorgt haben für sich und die Seinen.

Paris werden die Alliierten, wie es jetzt aussieht, nicht attackieren. Paris erscheint mir auf einmal wie eine rettende Insel im Tohuwabohu.

An den Straßenrändern wieder reihenweise ausgebrannte Fahrzeuge. An einer Stelle bilden drei, vier total verbogene Chassis ein wüstes Knäuel. Meiner Truppe habe ich extra noch einmal eingeschärft: »Sofort stiftengehen, wenn ich richtig aufs Dach trommele! Schnell weg von der Kutsche – seitwärts in die Büsche! So weit weg von der Straße, wie's geht!«

Das galt für Luftangriffe. Was wir bei einem Überfall von Partisanen machen, weiß der Henker.

Jetzt kann ich vor uns eine ganze Schlange von Fahrzeugen mit Tarnanstrich sehen. Die Straße führt leicht bergauf. Es vergehen nur Minuten, und wir bilden das Ende der Schlange. Just das aber will ich nicht. An Überholen ist nicht zu denken. Wir gehören auf einmal zu dieser langsam fahrenden Kolonne, ob mir das paßt oder nicht. Ach Gott, ja! gebärde ich mich schicksalsergeben, aber dann packt mich die Wut: Dieses Konvoifahren hat den Teufel! Der Kutscher muß alle nasenlang auf die Bremse treten, damit wir nicht zu dicht auf unseren Vordermann auffahren. Was ist das überhaupt für ein Verein, der nicht mehr als dieses Schneckentempo schafft?

Ich könnte es mir jetzt bequem machen und mich neben den Fahrer setzen, aber ich bleibe doch lieber oben und beobachte den Himmel: Meinen eigenen Augen traue ich nun mal mehr als noch so vielen anderen Augenpaaren.

Vor Partisanen wiederum sind wir in so einer Kolonne im offenen Gelände halbwegs sicher. Also bleiben wir fürs erste am besten, wo wir sind, so unbehaglich mir die Schleicherei auch ist.

Da wird mir das Denken auch schon abgenommen: Hinter uns erscheinen noch mehr Fahrzeuge und schließen allmählich auf. Wenn das so weitergeht, werden wir bald eine Position *mitten* in der Schlange haben.

Jetzt ist schon gar keine Chance mehr, sich aus diesem Verein abzusetzen.

Als wir eine gute halbe Stunde mühselig und mit wenig Blickfeld voraus und achteraus, und wegen des dichten, bis an die Straße herandrängenden Laubwäldchens auch nicht nach den Seiten, durch die Gegend genuckelt sind, gewinne ich das Gefühl, daß ich es mir als Mitglied einer so großen Streitmacht ruhig ein bißchen bequemer machen könnte. Gerade denke ich noch: Einschlafen darfst du aber nicht – da ist auch schon der Teufel los: Plötzlich fetzen mir Lärmschläge um die Ohren. Bordkanonen? MG-Feuer? In Sekundenbruchteilen erkenne ich eine Lightning, sehe MG-Garben auf die Straße spritzen, Funken stieben, Flammen aus dem Pflaster schießen . . .

Ich höre mich »Tiefflieger!« schreien, trommele mit dem Kolben der MP aufs Dach, spüre, wie sich meine Plattform aufbäumt, dann wegsackt und schräglegt. Mit knapper Not kann ich mich am Dachträger festklammern. Da werde ich von einem weißgrellen Blitz geblendet, und eine mächtige Faust reißt mich los und wirbelt mich durch die Luft. Noch im Fliegen weiß ich: die Bombe! Ich schlage hart zwischen zwei Fahrzeugen auf die Straße und sehe eine Erdwand auf mich zustürzen. Erdbrocken und Steine trommeln auf mich herab. Zum Glück können sie mich nicht ins Gesicht treffen, weil ich bäuchlings daliege und mein Gesicht im rechten Arm geborgen halte.

Ich höre Geschrei und habe Mühe, zu begreifen, wieso ich mitten auf der Straße liege. Den Kopf jetzt halb erhoben, versuche ich mich im Qualm zu orientieren ... Da ist auch Bartl. Er bückt sich, will ein Splitterstück von der Bombe aufheben und verbrennt sich daran die Pfote.

Ich kann nur: Irre! Total irre! denken. Dann will ich mich auf die Hände stützen und hochkommen, aber da durchfährt mich ein so scharfer Schmerz, daß ich mich wieder sinken lassen muß.

Wo ist meine MP? Was ist mit mir passiert? Der scharfe Schmerz kommt aus meinem linken Arm. Den kann ich nicht mehr bewegen. Und was ist mit meinem Kopf? Bin ich mit dem Schädel auf den Asphalt geschlagen? Der Schmerz treibt mir das Wasser in die Augen. Blut? Nein, nirgends Blut. Daß kein Blut fließt, verwundert mich sehr. Aber was ist mit meinem linken Arm? Gebrochen? Jetzt weiß ich wieder, daß ich mit dem Ellenbogen und dem Kopf auf dem Asphalt gelandet bin. Den Ellenbogen wird es wohl erwischt haben.

Ich brauche Zeit, um zu kapieren, was passiert ist: Fliegerbomben direkt neben der Straße. Jetzt ist es aus mit der Arche!

Als ich hochzukommen versuche, kann ich meinen linken Arm nicht mehr bewegen. Verdammt noch eins, wo ist meine Armbanduhr geblieben? An meinem linken Handgelenk fehlt die Armbanduhr.

»Die kommen wieder!« schreit jemand. »Haut bloß ab, die kommen wieder!«

Um mich ist die Hölle los. Durch dichte Vorhänge aus stinkendem Qualm hindurch höre ich prasselnde Detonationen wie von Feuerwerk und vielstimmiges Brüllen. Ich sehe Lichtblitze durch die Qualmvorhänge zucken und rieche Pulvergestank.

Mitten auf der Straße kann ich nicht hocken bleiben, so wüst mir auch der Kopf schmerzt. Los, hoch! In den Straßengraben! befehle ich mir. Und jetzt geht es auf einmal. Der Alarmruf hat mir Beine gemacht. Aber ich torkele wie ein Besoffener.

Der Straßengraben ist ziemlich flach. Ich knie nieder und krümme mich so zusammen, wie ich es bei Gefahr von Blitzeinschlägen gelernt habe. So zusammengekrümmt, spanne ich auf neues Heulen aus der Luft, aber so sehr ich die Ohren auch schärfe, das Heulen bleibt aus. Ich höre nur Verwundete wie jaulende Hunde schreien und ein verrücktes Durcheinander von Befehlsstimmen.

Die Kolonne muß es böse erwischt haben. Qualmwolken wälzen sich von vorn und achtern heran. Ich bekomme kaum noch Luft. Das Taschentuch herauszerren und naß machen? Womit denn naß machen? Ein heftiger Hustenreiz schüttelt mich durch. Dieser Gestank von verbranntem Gummi ist ja nicht zum Aushalten! Der Ölgestank auch nicht.

Ich schleppe mich aus dem Graben auf die Straße und stemme mich hoch. Das waren zwei Maschinen – wenn nicht gar drei. Verdammt gut gezielte Bomben. Zwei Treffer direkt auf der Straße. Die Sauerei, die sie angerichtet haben, kann sich jedenfalls sehen lassen. Dicht in unserer Nähe liegt ein halbes Dutzend böse Zerfetzter herum. Einer ist nur noch ein Brei aus Uniform, Blut, Fleisch. Der zuckt nicht mal mehr.

Weiter vorn krachen Detonationen. Da gehen wohl Benzinkanister hoch. Viel kann ich durch die Qualmschwaden hindurch nicht erkennen.

Einer mit blutigem Gesicht und aufgerissener Uniform torkelt wie ein Geist aus dem Qualm heraus und rennt dicht vor der Arche laut brüllend zur Seite, als hätte er den Teufel gesehen. Der muß verrückt geworden sein ...

Am Rand des Bombenkraters liegt einer auf dem Gesicht. Die Erde unter ihm ist schwarz vom vergossenen Blut. Hinter einer Autoscheibe zwei entsetzte Augen – starre Augen! Da sehe ich das zackige Loch in der Tür: Das arme Schwein hat ein großer Splitter noch im Sitzen erwischt.

Mein Gott, die haben uns aber gewaltig zur Minna gemacht!

Was ist mit der Arche? Wie durch Nebel sehe ich Bartl und den Kutscher aufgeregt um sie herumlaufen. Die Windschutzscheibe ist gesprungen, ein Seitenfenster zertrümmert, unterhalb davon ein paar Splitterspuren und scharf gezackte Löcher im Blech – sonst nichts ... Ein Wunder! Dafür hat der Pkw vor uns, auf den wir fast aufgebrummt wären, gehörig was abgekriegt. Er steht quer auf der Straße, die Kühlerhaube hochgerissen, die mir zugekehrte Seitenwand eingedrückt und geborsten. Ein anderes Auto liegt wie ein auf den Rücken gedrehter Maikäfer auf dem Dach neben der Straße

Von vorn kommt jetzt vielstimmiges Schreien: schrille Frauenstimmen. Auch Befehlsbrüllen – und unter allem dieses dumpfe Stöhnen. Für einen Moment weht der Qualm hoch, und ich sehe deutlich: Da krümmen sich welche zwischen den Pkws, einem hat es die Schädeldecke aufgespalten, einem anderen muß es den halben Arsch weggerissen haben.

Ich muß tatsächlich direkt auf Ellenbogen und Kopf gelandet sein: Flickflack mit halber Schraube – hoch durch die Luft und dann eine harte Landung auf der Straßendecke. So muß es gewesen sein. Das Heranheulen der Maschine habe ich kaum aufgenommen. Wahrscheinlich ist mein Arm gebrochen, oder das Gelenk ist zerschlagen. Und mein Kopf? Ich kann mich kaum geradehalten. Ich muß mich zusammenreißen, wenn ich nicht zu Boden gehen will. Da habe ich aber gehörig einen an die Birne gekriegt – härter als im Boxring ...

Immer bin ich gut davongekommen – und jetzt das! Und meine Uhr! Wo ist nur meine Uhr?

Da blitzt es vor mir auf der Straße: meine Uhr! – Das gute Stück will sich partout nicht von mir trennen.

Wir müssen hier weg! Wenn wir Glück haben, kommen wir mit Slalomfahren zwischen den brennenden Fahrzeugen durch – vorausgesetzt, die Arche fährt noch.

»Los! Tempo!« herrsche ich Bartl und den Kutscher an. Jetzt ist jede Minute kostbar. Die meisten sind noch vom Schreck gelähmt. Der Tanz kann nur schlimmer werden. Ich höre es ja schon: Vorn und hinten werden Befehle gebrüllt. Vor uns in den Rauchschwaden steht einer in Reithosen und gestikuliert wild in der Luft herum.

Der Kutscher hat kapiert: Die Arche rollt bereits langsam an. – Unsere Gasfabrik hat wacker weitergearbeitet. Bartl sitzt hinten, damit ich Platz neben dem Fahrer habe.

Ich könnte laut aufbrüllen, so heftig übermannen mich die Schmerzen in meinem linken Arm. Wie in Wellen fallen sie über mich her. Und jetzt brummt mir auch der Schädel so sehr, daß es kaum zum Aushalten ist.

»Herr Oberleutnant, soll ich . . .«, höre ich Bartl.

»Quatsch! Sie sollen jetzt gar nichts! Wir müssen hier weg!«

Aber vor uns liegt ein Landser in einer Blutlache auf dem Rücken und schlägt wie verrückt geworden mit Beinen und Armen um sich. Sein gellendes Schreien sägt mir quer durch den Kopf. Der Kutscher müßte die Arche zurücksetzen, um an dem armen Schwein vorbeizukommen, aber er hockt nur erstarrt hinter dem Steuer.

»Scheiße!« zischt Bartl von hinten. Da kommen vier, fünf Landser heran, packen den Mann an Händen und Füßen und schleifen ihn wie einen schweren Sack aus dem Weg.

»So 'ne Scheiße!« höre ich Bartl wieder. Ich muß den Kutscher laut und scharf »Weiter!« anherrschen, damit er aus seiner Erstarrung erwacht. Endlich rollt die Arche an, mit allen vier Rädern mitten durch die Blutsuppe hindurch.

Voraus detonieren noch immer Kanister. Wenn wir da nur vorbeikommen. Das Schreien der Verwundeten klingt hier vorn noch eine Lage höher. Überall liegen sie herum. Jetzt sehe ich: Es waren sogar drei Bomben – und zwei davon direkt auf die Straße zwischen die Autos plaziert. Eine Leistung, die sich sehen lassen kann. So machen die das also: ein Stück genau die Straße entlangfliegen und die MGs spucken lassen und dann die Splitterbomben aus geringer Höhe mitten hinein in die Mahalla.

Es brennt überall. Langsam schieben wir uns durch den dicken, fettigen Qualm voran.

Ich befühle meinen Ellenbogen. Das dürfte ein mächtiger Bluterguß werden.

Als der Qualm endlich dünner wird, lasse ich den Kutscher scharf rechts ranfahren und stoppen. Jetzt ist es aus mit meinem Ausguck auf dem Dach. Gar keine Hoffnung, daß ich da noch mal raufkomme. Turnübungen dieser Art kommen für mich nicht mehr in Frage. Also muß Bartl nach oben, und ich kann nur hoffen, daß er sich am Riemen reißt und ordentlich aufpaßt: Wir sind jetzt wieder allein.

Mit dem Sitzen hat es auch den Teufel: Ich liege mehr, als daß ich sitze – dazu noch schräg nach rechts verdreht –, anders halte ich es nicht aus. Und jetzt ist mir auch noch speiübel. Das fehlte gerade noch, daß ich in die Arche kotze. Augen zu und alle Konzentration nach innen lenken: Das muß helfen ...

Meine ganze linke Seite ist wie taub – und trotzdem: Wir können von Glück sagen, daß wir alle drei sonst nichts abgekriegt haben und daß sogar die Arche noch fährt.

Dieser Scheißkonvoi! Immer wenn wir im Konvoi fahren, kriegen wir Saures. Allein sind wir tausendmal besser dran. Ich hätte stoppen lassen sollen, einen Motorschaden vortäuschen und uns achteraus fallen lassen. Aber da war der Schiß vor dem Maquis. Hier sollte man eben zu gleicher Zeit allein und gesichert in der Menge sein können: die Quadratur des Kreises!

Schade, daß es keinen Film von meiner Luftnummer gibt: In Zeitlupe vorgeführt, müßte die verdammt gut aussehen.

Alles ist in so irrwitzigem Tempo abgelaufen, daß ich nicht mal genau weiß, ob ich all die schnellen Bilder richtig in mich aufgenommen habe. So hat es also den Rommel erwischt! habe ich noch denken können, aber dann sausten mir nur noch Bruchstücke von Gedanken durchs Hirn und Wortfetzen ohne Sinn.

Meine Uhr! Was für ein Schwein. Das Lederband ist zerrissen. Aber das läßt sich reparieren ...

Daß es die Arche nicht erwischt hat, kann ich nicht begreifen. Die Sprünge in der Windschutzscheibe – nicht der Rede wert ...

Ich muß mich zusammenreißen und die Klüsen weit offenhalten. Die Gegend gefällt mir gar nicht: Wald, Alleen, Buschwerk – auf lange Strecken kein freier Blick.

Mir kommt es vor, als bewegte ich mich in einer Traumwelt. Für Sekunden will mir der Anblick der Landschaft durch die gesprungene Scheibe hindurch wie grauer Brei verfließen. Dann wieder sind ein paar fest konturierte Bilder wie Brocken im Brei.

Ob die Jabos direkt aus England kamen – oder ob die jetzt schon von Feldflugplätzen hier in Frankreich starten? Ich hatte schon gedacht, wir wären halbwegs in Sicherheit ... Aber Denken ist Glückssache!

Die Schmerzen in meinem linken Ellenbogen nehmen eher zu als ab, jetzt treiben sie mir gar das Wasser in die Augen.

»Durchladen wird schwierig«, sage ich beim nächsten Stop zu Bartl. Und dann noch: »Ziehen Sie mir mal den Schlagbolzen zurück.« Entsichern – das kann ich zur Not mit den linken Fingern schaffen. »Oder entsichern Sie mir das Ding am besten auch gleich.«

Ich weiß, ich weiß: Das ist riskant. Jetzt muß ich eben meine MP wie ein rohes Ei behandeln. Immer den Lauf schön nach unten! Schußlöcher allenfalls ins Bodenblech stanzen.

Das war schon eine verrückte Idee, sich allein mit diesen beiden Typen auf den Weg zu machen. Zuerst sah es ja ganz gut aus, aber jetzt haben wir den Salat! Jedenfalls sind wir wieder tutto solo des Wegs. Aber an meiner Stelle liegt Bartl auf dem Dach – das will mir nicht schmecken.

Ich *muß* gewaltig mit dem Schädel aufgeschlagen sein – Gehirnerschütterung? Aber ich kann ja noch gucken, riechen, hören, sprechen. Kann man das denn alles noch bei einer richtigen Gehirnerschütterung?

Wie lange das nun wieder her ist, seit wir im Spanischen Garten in der Klostergasse Kokosnüsse kaufen konnten! Doch mindestens zehn Jahre! Gewiß doch, zehn Jahre ist das sicher her. Na bitte, mein Grips funktioniert noch!

Großmutter Hedwig! Die sagte, wenn es ihr schlechtging: »Ich bin eben nicht mehr gut auf dem Damm.« Sie hatte Venentrombose in beiden Beinen, eine Art Elephantiasis. Sah nicht schön aus, wenn sie diese Kloben wickelte. Ich habe keine Ahnung, was aus ihr geworden ist. Wohin kann sie nur geraten sein?

Allgemeine Auflösung, das ist das Schicksal unserer Familie ... In alle Winde zerstreut ...

Ich könnte kaltes Wasser und einen Lappen für eine Kompresse um den Kopf brauchen. Aber wo gibt es hier kaltes Wasser? Überhaupt Wasser? Und essigsaure Tonerde für den Arm gibt es schon gleich gar nicht.

Plötzlich entdecke ich linker Hand ein Rotkreuzzeichen und einen Hinweispfeil mit ein paar Ziffern.

»Stop!«

Der Kutscher fällt vor lauter Schrecken nach vorn aufs Lenkrad. Keine Ahnung, wie lange wir gerollt sind.

Ich sehe eine Allee aus Platanen, die nach Landessitte gekappt sind, aber längst wieder voll ausgetrieben haben. Ein ausgefahrener Fahrweg führt auf ein sichtlich vergammeltes Anwesen zu: eine Idylle, dicht neben der Straße. Da haben sich welche angenehm eingerichtet.

Der Kutscher muß die Arche ein Stück zurücksetzen und dann weit ausholen, damit wir die Einfahrt richtig erwischen. Knirschtöne vom Kies unter den Reifen quälen mein Gehör.

Wir fahren in gemessenem Tempo bis vor das Portal, aber niemand erscheint. Schließlich kommt aus einer Seitentüre ein Sani. Sind die Ärzte etwa bereits auf und davon? Aber dann erscheint doch ein Stabsarzt. Der Mann ist dünn und lang wie eine Bohnenstange.

»Der ist ja nun wirklich nicht von schlechten Eltern«, sagt der Stabsarzt, als er sich meinen Arm angesehen hatte.

Ich bin so im Tran, daß ich frage: »Wie bitte?«

»Ihr Bluterguß! Ein sozusagen reifes Exemplar ...«

Ich könnte vor Schmerzen die Wand rauflaufen: Der Stabsarzt will offenbar die Bewegungsfähigkeit meines blessierten Armes prüfen.

»Die Gelenkkapsel scheint es zerlegt zu haben«, sagt er dann so gleichmütig, als rede er über ein defektes Auto.

Der Schmerz ist so wütend, daß ich nur die Hälfte verstehe.

»Also ... wir legen den Arm in eine Binde. Gipsen hat noch keinen Sinn. Auf jeden Fall muß er schnellstens geröntgt werden.«

»Und wie lange«, stottere ich, »soll das Ganze dauern?«

»So was braucht seine Zeit. Und was die Bewegungsfähigkeit anbelangt – ich meine die Rückgewinnung ...«

Da setzt es bei mir aus, und ich muß mich wieder auf den Stuhl hocken, von dem ich gerade erst aufgestanden bin.

»Prost Mahlzeit«, kann ich wenigstens noch so schnoddrig, wie es geht, sagen, dann umfängt mich eine Art Bodennebel. Durch den Nebel hindurch höre ich die Bohnenstange weiterreden: »Wo haben Sie sich denn das eingefangen?«

Ich muß mich gewaltig anstrengen, um »Jaboangriff« antworten zu können. Aber dann wird mir wieder besser, und ich frage nach Tabletten gegen die Schmerzen.

»Ich verpaß Ihnen lieber 'ne ordentliche Spritze«, sagt der Stabsarzt. »Spezialspritze – die betäubt den Schmerz und hält Sie trotzdem wach. Tabletten sind schwächer.«

»Fein.«

Der Stabsarzt zieht in großer Ruhe die Spritze auf, drückt die Luft heraus, bis ein paar Tropfen aus der Kanüle perlen, und fragt dann: »Wohin?«

»Ganz, wie's Ihnen beliebt.«

»Also dann lassen Sie mal die Hosen runter, und bücken Sie sich.«

Während er mir den Inhalt der Spritze langsam in die rechte Hinterbacke drückt, sagt der Stabsarzt: »Hält vier bis sechs Stunden.«

»Da kommen wir aber noch nicht bis Paris«, wende ich ein, »nicht bei unserem Tempo.«

»Gut, gut«, sagt der Stabsarzt. »Tabletten bekommen Sie auch mit.«

Nach der Prozedur werde ich in die Schreibstube geschickt. Mein Erscheinen hat offenbar schon Geschäftigkeit ausgelöst.

»Da haben Sie ja noch Schwein gehabt«, sagt ein Schreibersgefreiter zu mir.

»Wieso das?«

»Ich meine, wenn das mal steif bleibt, isses doch bloß die Linke.«

Spaßvogel: bloß die Linke! Ich will schon fragen, was mit den Tabletten für mich ist, da verlangt der Gefreite nach meinem Soldbuch und verschwindet damit. Schön, denke ich, hier hat eben alles noch seine Ordnung. Aber nach einer Weile werde ich ungeduldig. Im ganzen Haus herrscht eine merkwürdige Ruhe. Der Gefreite kommt und kommt nicht zurück.

Na endlich, will ich schon sagen, als der Mann wieder erscheint, aber als ich sehe, was er mir mitsamt meinem Soldbuch und den Tabletten in die Hand gibt, verschlägt es mir die Sprache: eine Art Aktendeckel, drinnen ein dünner Karton im Format DIN A5, bedruckt wie eine Urkunde. Da kann ich schwarz auf weiß lesen, daß mir unter dem heutigen Datum das Verwundetenabzeichen verliehen worden ist.

»Hier ist der Vogel, Herr Oberleutnant. Ich wußte ja nicht, Herr Oberleutnant ...«, sagt der Gefreite und hält mir die Blechmarke hin. Dann steckt er sie mir auch noch an.

Ich bin auf einmal putzmunter. Es ist, als habe die Spritze im Nu gewirkt. Aber was mich so aufmöbelt, ist weniger die Spritze als das verrückte Gelächter in mir: Ich bin wieder einmal dekoriert worden!

Als erwarte man von uns, daß das Verwundetenabzeichen mit Transportleistung belohnt wird, bekommen wir einen kleinen Waschkorb voller Briefe und Päckchen ins Auto gestellt. Hilf Himmel! Die Kutsche wird immer voller.

Anscheinend sind wir hier seit langem die einzigen, die in Richtung Heimat unterwegs sind. Wenn es doch wenigstens Reifen für uns gäbe! Mit guten Reifen würde ich mir aus der ständig wachsenden Belastung nichts machen – aber so!

Ehe wir die Arche wieder in Schwung bringen, sagt Bartl: »Denen da drin saust die Muffe ganz schön. Die hocken doch hier wie bestellt und nicht abgeholt. Was solln die auch machen als warten, bis sie kassiert werden!«

Nach einer guten halben Stunde Fahrt lasse ich stoppen, um das Wasser abzuschlagen. Mit meiner grauen Armbinde bewege ich mich noch staksiger als sonst.

Auf einmal wird mir bewußt, daß sich die Schmerzen in meinem linken Arm nicht mehr gemeldet haben. Keine schlechte Spritze.

Doch noch über Versailles? frage ich mich. Nun grade! gebe ich mir Bescheid. Der linke Arm und nicht das linke Bein! Ohne den linken Arm komme ich schon zurecht. Man soll nicht alle fünf Minuten seine Pläne ändern.

Ich kann wieder klar denken. Mir ist sogar, als hätte ich Kaffee intus. Daß wir bis nach Paris durchkommen, soll offenbar mit allen Mitteln verhindert werden. Von den Nornen oder von wem auch immer. Wir *müssen* aber nach Paris. Um jeden Preis. Und erst weiter, wenn ich Simone aufgespürt habe. Ich habe freilich nicht die geringste Vorstellung, wie ich im Gefängnis von Fresnes vorgehen soll: Simone mit Waffengewalt aus ihrer Zelle befreien – wenn das nur ginge. Aber vielleicht läßt sich mit den Bewachern verhandeln. Vielleicht haben die jetzt Manschetten, sage ich mir, vielleicht lassen die mit sich reden.

Es sieht ganz so aus, als seien wir auf der Route Nationale. Da werden wir zügig vorankommen. Schöner Tag heute, das kann man nicht anders sagen. Aber überall sind Kampfspuren. Ein paar Gräber direkt an der Straße – ein Bild, das einem die Laune gründlich verderben kann. Faule Bande! Zu faul, ein paar Meter in die Landschaft zu gehen und dort zu graben.

Da entdecke ich rechter Hand ein paar Farbtupfer zwischen etlichen Baracken mit dem üblichen öden Tarnanstrich: ein Flugplatz! Und die Farbtupfer kommen von träge werkelnden Dunkelhäutigen. Kriegsgefangene etwa?

Wieder erscheint mir manches, was ich zu sehen bekomme, wie Augentrug. Was hat denn zum Beispiel dieser Budenmarkt zwischen den Häusertrümmern dieses schäbigen Dorfes zu suchen? Ein paar an Stangen wehende bunte Pullover leuchten im grellen Sonnenschein. Zu den vielen Trümmern passen sie ganz und gar nicht. Regiefehler! Regengüsse, ein schwerer, trüber Tag, auch Nebel oder Rauch, das würde hier besser stimmen.

Im zitternden Rückspiegel erblicke ich ein zitterndes Gesicht und erschrecke schier vor diesem Kintoppakteur in Desperadomaske: bartstoppelig, grünlich-violette Augenringe wie angeschminkt, aufgesprungene Lippen. Da hatten die Maskenbildner aber eine Menge zu tun! Und nun muß ich doch über mich grinsen: Das soll ich sein? Ich, meiner Mutter

Sohn? Ich lasse versuchsweise einen besonders desperaten Ausdruck auf mein Gesicht treten und, da erblicke ich den tragischen Helden eines Wildwestfilms.

Wenn mich doch wenigstens einer meiner Freunde in dieser Buschkriegeraufmachung sehen könnte – oder gleich Simone! Frischverwundeter deutscher Kriegsberichter nach heldenhaftem Einsatz! Ich lasse meine MP los und klemme sie mir mit aller Vorsicht zwischen die Beine. Dann streife ich mir die Mütze vom Kopf. So ohne Mütze, mit verstrubbelten Haaren, sehe ich noch um Grade verwegener aus. Mein Verleger, Zar Peter, und all die anderen kennen mich nur picobello in Schale. Jetzt hätten sie was zum Bestaunen!

Ein größerer Ort, Häuser direkt an der Straße, Kreuzungen. Männer an den Ecken. Die tun gerade so, als ginge sie der Krieg nichts an. Oder ist das die Ruhe vor dem Sturm? Was wird hier gespielt? Sind wir etwa, ohne es zu merken, in eine Falle geraten? Am liebsten ließe ich wieder stoppen, um mir einen vom Trottoir zu greifen und ihn auszufragen, was er denn von der Situation hält und ob es stimmt, daß es rings um Paris noch dichte deutsche Aufstellungen gibt.

Wo habe ich denn von einem regelrechten Geschützgürtel um Paris reden hören? Liegt es an solchen Truppenmassierungen, daß die Fiffis sich nicht zu mucksen wagen? – Der Mythos der Résistance! Ich bin ja wohl das lebende Beispiel dafür, daß mit diesen Brüdern nicht viel los ist. Wie hätte ich mich sonst bis hierher durchschlagen können?

Ein Glück, daß die Straße so gut ist. Daß unsere Reifen gegen alle Unkerei immer noch mitmachen, grenzt wahrhaft an ein Wunder. Bisweilen sucht mich freilich das Gefühl heim, daß wir schon direkt auf den Schläuchen fahren. Schotter brächte uns in Null Komma nichts auf die Felgen. Aber auch auf diesem glatten Asphalt würde uns schon eine einzige Zwecke lahmlegen.

Die Straße führt jetzt durch dichten Buschwald. Weiß der Himmel, warum ich, mit nichts als Blattgrün vor Augen, die Fotos vom Alten mit Simone auf den Armen vor mir sehe, die der VO mir unbedingt zeigen mußte. Der Alte hatte hohe Stiefel an, Simone Pumps an ihren seidenglatten Beinen.

Wenn *meine* privaten Bilder den Abwehrbullen in die Hände gefallen wären! Die Herrschaften hätten ihre helle Freude daran gehabt.

Und plötzlich fällt es mir wie Schuppen von den Augen: Ich kann den Abwehronkel klar vor mir sehen und ihn auch hören, wie er herummosert. Die *hatten* meine Bilder! Weil ich die Filme für harmlos hielt, habe ich sie nicht in die Koffer gepackt. Meine Contax II hatte ich in La Baule immer in der Tasche, klein und handlich, wie sie ist. Und es gab schöne Vergrößerungen: Simone nackt am Strand, die Jacht, mein Faltboot, der große Horch . . . Daß ich daran nicht gedacht habe! Das muß tief in den unteren Schichten meines Bewußtseins gesteckt haben: der Alte mit kurzen Hosen, lächerlichem Kinderhut. Der La Bauer VO, der Hund – hübsche Schnappschüsse en masse.

Da hatten die Schnüffelhunde massig Beute und konnten begeistert Schwanzwedeln.

Seltsam: Jetzt kann ich die Simone meiner Fotos als Simone in natura erkennen – die dunklen Locken, die dunklen Augen, der spanische Einschlag auf dem Foto von der Küste bei Le Croisic! Eine Schönheit, von den Beinen mal abgesehen! Nein, als wundervoll lang geraten kann man Simones Beine nicht bezeichnen. Unter den Knien sind sie – aber das gab Simone selber zu – »légèrement Louis quinze«. Aber eben nur légèrement . . .

Die Fotos waren womöglich sogar mein Glück – sozusagen ein Harmlosigkeitsbeweis und auch noch ein bißchen mehr: Bei Lichte besehen, konnten die mir gar nicht an den Wimpern klimpern. Das hätte Kreise gezogen. Verschweigen war in diesem Fall allemal besser am Platz als großes Trara. Schließlich ließ der BdU die Kommandanten ja sogar mit seiner Staatskarosse in den Edelpuff fahren . . .

Fontainebleau liegt längst hinter uns. Wir machen zügig Kilometer. Die Arche gibt ihr Bestes. Nirgends ein Anzeichen vom Gegner. Wir fahren mutterseelenallein durch die Gegend – mutterseelenallein, das ist ja wohl der richtige Ausdruck für unsere Solo-Karrerei.

Auf einmal verdunkelt sich der Anblick der Straße vor mir. Übermüdung! Halb so schlimm! Das alles hält ja kein Mensch aus. Mit Liderschlagen bringe ich die Verdunkelung wieder zum Verschwinden. Und mit Zähnebeißen werde ich auch der sich neu ausbreitenden Schmerzen leidlich Herr. Die Spritze scheint doch nicht so lange vorzuhalten, wie der Stabsarzt meinte.

Ich rede auf mich ein: Reiß dich zusammen! Du *mußt* mindestens noch bis Versailles durchhalten! Hunderte von Malen habe ich in der Penne den Ortsnamen »Versailles« zu hören bekommen: 1870, 1918! Der Salonwagen in Compiègne . . . Die Spiegelsäle von Versailles! Und jetzt noch Versailles in natura. Das wäre doch was!

Vor lauter Schmerzen weiß ich nur leider bald wieder nicht mehr, wie ich mich hinplazieren soll. Die Schmerzen fluten an und ebben ab, und dann setzen sie auch mal aus, aber ich weiß, daß sie wiederkommen werden.

Der Kutscher braucht keine Orientierungshilfen, die Straßenschilder »Versailles« stehen groß genug an jeder Kreuzung.

Der Kutscher dreht auf, als wolle er mir vorführen, was in der Arche noch alles steckt. Ich kaue an einem einzigen Gedanken: Wenn wir nur jetzt keine Panne haben! Die Reifen, die Reifen, die Reifen ...

Kurz vor Versailles kommen wir durch alte Alleen. Unter diesen dichten Baumkronen sind wir vor Luftangriffen sicher. Bartl könnte vom Dach herunterkommen und sich nach hinten setzen. Aber die Arche ist wahrscheinlich schon so vollgestopft, daß für ihn kein Platz bliebe. Und außerdem: Sollen sich die Leute doch wundern über den spitzbärtigen Kobold auf unserem Dach. Nur schade, daß ich nicht erfahre, für was für eine Spezialeinheit man uns hält.

Da erst wird mir bewußt: Hier sind endlich mal Leute unterwegs – ordentlich angezogene Passanten.

Vielleicht ist Sonntag, und es treibt die Leute auf die Straßen. Ich habe keine Ahnung, was für einen Wochentag wir haben. Aber ich will jetzt auch nicht nachrechnen. Sonntag wird schon stimmen ...

»VERSAILLES« – ein von Schattenflecken überdecktes Ortsschild taucht vor uns auf. Wir stoppen, und Bartl steigt vom Dach, und dann quetscht er sich doch tatsächlich auf die Rückbank. Ein Stadtpark, ein Teich, von Bäumen dunkel überdachte Wege. Viele Menschen. Nicht zu glauben: Ein Radrennen findet statt.

Landser kommen uns in einer Gruppe entgegen: Schiffchen auf den Köpfen, die langen Seitengewehre am Koppel, ausgeleierte Knobelbecher an den Füßen – aber keine Pistolen oder Gewehre. Was haben die vor? Machen die etwa einen Bildungsausflug? Haben die denn keine Ahnung, daß die Amis ante portas sind? Hier scheint das Leben noch seinen ganz normalen Gang zu gehen. An den Passanten merkt man es jedenfalls nicht, daß unsere Gegner so nahe sind. Was ist hier wahr, was ist gespielt? Sind die Leute wirklich so gleichmütig, wie sie sich gebärden, oder täuschen sie das alles nur vor?

In mir ist eine verrückte Konfusion: Insgeheim wünsche ich, die Alliierten würden schneller vorankommen. Wenn sie sich nur halb soviel Zeit ließen, könnten sie längst sonstwo sein. Und dann wieder sage ich mir: Hoffentlich werden die noch ein Weilchen aufgehalten – so lange wenigstens, bis wir auf der Route Nationale nach Nancy sind. Da können wir aufdrehen. Auf *der* Strecke holen sie uns nicht mehr ein. Und von Nancy ist es nicht mehr weit ins Elsaß: klare Verhältnisse. Und dann ... und dann ... Um Himmels willen nur nichts berufen! Weiß der Henker, was uns in Paris noch erwartet.

Weil vor uns Wehrmachtfahrzeuge rangieren, müssen wir direkt vor dem Schaufenster eines Geschäfts für Hochzeiter halten. Hinter der Braut stehen, fein herausgeputzt, ein Bub und ein Mädchen. Das Schleierende ist an ihren Gipsfingern festgemacht. Rings ums Schaufenster Brautbouquets aus künstlichen Blumen und im Goldrahmen, zu Bildkompositionen geordnet, weiße Spitzenbüstenhalter, weiße Höschen: alles für die Braut.

Im nächsten Fenster gibt es alles für den Bräutigam – nur keine besonderen Unterhosen.

Ein heller Widerschein von all der Weißpracht muß bis in den Augenwinkel des Kutschers gedrungen sein: Er hat den Kopf zur Seite gedreht, hockt da und starrt in die strahlende Pracht. Die Braut hat perlweiße Zähnchen zwischen blutroten Lippen und kleine Grübchen auf den Wangen – ein Inbild von Lieblichkeit.

»Die haben vielleicht Nerven«, sagt Bartl in meinen Nacken hinein.

Wenn es nach Bartl ginge, würden wir heute noch in die Stadt hineinfahren, das muß ich ihm ausreden.

»Nein, Bartl, nicht mehr um diese Uhrzeit. Für Paris will ich auf dem Quivive sein.«

Ich muß Bartl schließlich nicht sagen, was alles ich vorhabe.

Bartl schlägt vor, daß wir gleich ein Lazarett aufsuchen. Ich frage ihn dagegen, ob er denn noch zu retten sei . . .

»Wie meinen, Herr Oberleutnant?« sagt Bartl begriffsstutzig.

»Daß die mich dann dortbehalten, und Sie aufgeschmissen sind mitsamt unserem Kutscher.«

Da verschlägt es Bartl die Sprache, und ich kann noch ein mahnendes »denken!« anfügen.

Ein paar hundert Meter weiter entdeckt Bartl ein Wegeschild für die Standortkommandantur. Nach einer kurzen Irrfahrt sind wir dort. Die Standortkommandantur ist zum Glück mit einem Feldwebel besetzt. Ich bekomme ein Hotelzimmer zugewiesen, nicht weit vom Schloß, Bartl und der Kutscher müssen mit einer französischen Kaserne ganz in dessen unmittelbarer Nachbarschaft vorliebnehmen.

»Nicht ganz der wahre Jakob für meine Truppe«, sage ich zu dem Feldwebel. Als der sich verlegen gibt, füge ich noch an: »Es wird schon gehen.«

Wir fahren über Pflaster. Ich kann mit einem Blick im Rückspiegel als *ein* Bild mein zitterndes Gesicht und die Mauern von Vorgärten mit steinernen Vasen darauf sehen. Dahinter Villen, die uns die Giebel zukehren. Keine ähnelt der anderen. Im Vorbeifahren sehe ich eine Architekturausstellung aus dem Jahr 1900.

Das kleine Hotel wirkt verstaubt. Die vielen Portièren geben ihm einen Anflug von Liebesnest. Die hölzernen Stufen zum ersten Stock knarzen laut unter jedem Tritt. Beim Hochsteigen stoße ich mit dem linken Arm an und könnte laut aufschreien. Ich muß mich vorsichtiger bewegen. Mit jeder Stunde sind die Schmerzen wieder greller geworden.

Das Licht von draußen kommt nur gedämpft zwischen den schweren Vorhängen und durch die Gardine hindurch in mein Zimmer. Zur Einrichtung gehört ein enormes Messingbett, ein abgenutzter Samtsessel mit vielen Quasten und ein wackliges Tischchen. Waschbecken und Bidet sind ohne Vorhang direkt ins Zimmer plaziert. Der Spiegel über dem Waschbecken ist blind.

Offenbar tatsächlich eine Absteige für Liebespärchen. Nicht gerade das Rechte für einen, der nur ein paar Stunden pennen will. Ich nehme noch einmal zwei Schmerztabletten und raffe mich, kaum habe ich mich niedergesetzt, auch schon wieder auf: Einen Blick ins Schloß werfen! rede ich mir zu. Ich kann das Schloß zwischen den Bäumen hindurch als ein riesenhaftes, nach beiden Seiten unbegrenztes Bauwerk ausmachen.

Wie oft habe ich mir in Paris schon vorgenommen: nach Versailles! Ins Schloß! Die Spiegelsäle! Nun bin ich in Versailles, aber fürs Schloß ist es wahrscheinlich schon zu spät am Tag. Trotzdem ziehe ich los: Das bin ich mir schuldig.

Bartl und der Kutscher wollen sich nach Holz umtun und auch nach Reifen.

»Manchmal schießt ein Besen«, kann ich, als ich »Reifen« höre, nur sagen. Aber wir müssen es versuchen.

Wer sagt's denn! Ich komme tatsächlich noch hinein ins Schloß! Aber wie sieht es denn hier aus: Überall fehlen die Gobelins, und die Bilder, die Kamine sind hinter Gipswänden verborgen.

Ich kann mich nur über mich selber wundern: Da latsche ich nun von einem ausgeräumten Prunksaal in den anderen wie ein Frankreichtourist – aber fast schon im Finstern, mit einem dick geschwollenen Arm in der Binde und kaum noch sicher auf den Beinen.

Mir wird schleirig vor Augen. Ich laufe ein Stück mit einem merkwürdigen Rechtsdrall und habe Angst, daß ich hinschlagen könnte.

Nein! sage ich zu mir. Das lohnt doch nicht! Zurück ins Puffhotel.

Im kleinen Salon des Hotels komme ich mit einem Infanterieleutnant ins Gespräch, von ihm erfahre ich, wo im Süden die alliierten Streitkräfte gelandet sind: bei Saint-Tropez, Cannes und Saint-Raphaël. Da hätten sie nicht den geringsten Widerstand vorgefunden.

Der Leutnant sagt, General von Stülpnagel sei nicht mehr Stadtkommandant von Paris. Er soll versucht haben, sich nach dem 20. Juli zu erschießen, sich dabei aber nur blind geschossen haben.

Der General, den der Führer zum neuen Verteidiger von Paris ernannt hat, soll von Choltitz heißen.

Bartl erscheint, als ich gerade meinen Arm betrachte. Jetzt sieht auch Bartl, wie dick angeschwollen und violett verfärbt er ist.

»Aber, Herr Oberleutnant ... Sie *müssen* in ein Lazarett«, stottert er.

»Ach, lassen Sie mal – das ist halb so wild. Muß morgen sicher nur geröntgt werden ...«

»Aber ich weiß nicht ...«

»So lange geht's schon noch, Bartl. Ich hab noch was gegen die Schmerzen. Das hilft auch zum Pennen.«

»Ich hab Ihnen was zu essen mitgebracht, Herr Oberleutnant«, sagt Bartl da und packt mir auch schon aus seiner Segeltuchtasche dick belegte Stullen auf das zierliche Tischchen – eine Ration für gut und gerne drei Tage. Und weiß der Himmel, woher er die zwei Flaschen Bier hat! Bier hatten wir nicht an Bord.

»Und Sie?« frage ich Bartl.

»Wir bekommen prima – aber ich dachte ...«

»Schon gut, Bartl. Und schönen Dank auch!«

»Kann ich noch was für Sie tun, Herr Oberleutnant?«

»Nein, Bartl.«

»Die Klamotten ausziehen?«

»Nein, ich komm schon zurecht. Die Klamotten – die behalt ich einfach an.«

»Aber, Herr ...«

»Ist schon gut, Bartl. Könnte ja sein, daß wir plötzlich hochmüssen, und dann stünde ich doch dämlich da – so im Hemd.« Das geht Bartl ein.

»Machen Sie mir bitte bloß mal meinen Gürtel auf!«

»Wo ist der denn, Herr Oberleutnant?« fragt Bartl, und umwandert mich wie eine Säule.

»Ach ... Mist! Den bin ich los – der liegt im Klo vom Lazarettschlößchen!«

Anstatt nun abzutreten, druckst Bartl noch herum: »Vielleicht müssen wir morgen ja in Paris bleiben – ich meine, wenn Sie ins Lazarett kommen ...«

»Nun hauen Sie bloß ab, Bartl! Und spitzen Sie sich ja nicht auf Paris! Morgen früh, sieben Uhr, hier an der Türe!«

»Jawoll! Ich wünsche Ihnen eine gute Nacht, Herr Oberleutnant!« Und damit verschwindet er endlich.

Ich kann kaum etwas essen. Mir ist nur nach Saufen zumute. Ein Glück, daß ich die beiden Flaschen Bier habe. Aber Schlaf kann ich dann trotzdem nicht finden. Liegt es an der miesen Matratze, an meiner Erregung oder an den pochenden Schmerzen?

Morgen früh sind wir in Paris! Was sollte denn jetzt noch dazwischenkommen? Daß wir bis hierher durchkommen würden, dafür gab's ja auch keine Garantie. Auf unsere Chancen zu wetten, hätte sicher niemand riskiert.

Jetzt fehlt mir nur noch ein kleines Stück, und ich werde meine Frankreichrundreise hinter mir haben. Start und Ziel: das Stadtpalais des kaiserlichen Gauredners am Trocadéro. Keine schlechte Leistung unter den gegebenen Umständen.

Dicht vorm Ziel! Aber ist denn Paris mein Ziel? Wie soll es denn nach Paris weitergehen? Mein Marschbefehl lautet auf Berlin ... Oder wird dieser verdammte Bismarck mich vereinnahmen wollen? Das kann er nicht! Er *muß* mich in ein Lazarett schicken. In Feldafing gibt es ein Reserveteillazarett im Hotel Kaiserin Elisabeth – ob sich dorthin die Weichen stellen ließen?

Aber warum denke ich so weit? Ich muß zuerst Simone suchen. Allein schon mit dem Wort »Fresnes« kommt mir ein Schauder. Ich gäbe etwas darum, wenn ich nicht allein dort aufkreuzen müßte ...

Habe ich nicht doch Fieber? Wohl kaum! rede ich mir zu. Mir geht's ganz gut. Kopfschmerzen ja, große sogar. Und im Arm pocht es heftig. Ich sollte mehr Bier haben. Aber wie soll ich ohne Bartl hier jetzt an Bier kommen? Hoffentlich treibt er auch noch ein paar Säcke Vergaserholz auf. Auf neue Reifen wage ich schon nicht mehr zu hoffen. Aber vielleicht können wir ja auch bei der Abteilung einen anderen Wagen bekommen. Der Fahrzeugpark des Gauredners ist tadellos bestückt. Unser Vehikel würde ich verdammt gern in Paris lassen.

Meinen Plan für morgen habe ich mir längst zurechtgelegt: zuerst nach Simone suchen – also nach Fresnes. Danach erst in die Abteilung – wer weiß, was da auf mich wartet. So ist es das Beste: Es sei denn, mit meinem Arm wird es zu schlimm. Dann brauche ich zuerst einen Arzt – am besten ein Krankenhaus mit Röntgeneinrichtung und allem Tschißleweng. Aber das sehen wir morgen.

Ich frage mich indessen jetzt schon, wie ich in Fresnes auftreten soll. Vielleicht sollte ich vorgeben, daß ich dringend Informationen von Simone brauche – den Oberbefehlshaber ins Spiel bringen, eine Dokumentation für den Oberbefehlshaber erfinden ... Bislang verschleierte Hintergründe erforschen – irgendwas in dieser Preislage? Ich muß jedenfalls auf

Zack sein, wenn wir dort aufkreuzen. Auf Zack sein und bluffen! Eine Mütze voll Schlaf – die wäre jetzt verdammt nötig.

Wenn ich nur wüßte, was mit meinem Kopf los ist. So mit dem Schädel aufzuschlagen, ist alles andere als gesund. Und dieses zittrige Unbehagen in mir: Bammel vor der letzten Strecke? Die alte Angst, daß es in letzter Minute doch noch schiefgehen könnte? Der Neid der Götter, die sich zu guter Letzt noch querlegen wollen? Unsinn, verdammter! Es *muß* einfach klappen.

Ich sollte endlich schlafen! Aber wie kann ich das mit diesen Bildern im Kopf? Wie die sich auf der Straße krümmten und mit ihrem eigenen Blut besudelten, da hätte ich leicht dabeisein können. Die Bilder von dem Jaboangriff wollen und wollen mir nicht aus dem Hirn.

Das war verdammt knapp. Gestern knapp, heute knapp. Das schiere Wunder Gottes, daß wir auch diesmal davongekommen sind. Wenn die Regie nur ein kleines bißchen gepfuscht hätte – nicht auszudenken!

»Todesumfallsmüde«, sagte die Großmutter, wenn sie kaum noch japsen konnte. Jetzt bin ich todesumfallsmüde, aber zugleich merkwürdig aufgedreht.

Ich will mir Simone vor die Augen holen, um gegen das wilde Rotieren der Schreckensbilder anzukommen. Doch da merke ich schon bald, daß mir Simone jetzt nicht helfen kann. Was ich brauche, ist scharfer Schnaps – Bilder von Titten und Fotzen, Stehtitten und schwere Hängetitten und feuchte schwarze Fotzenhaare ...

Die Stumme im Zug von Savenay nach Paris erscheint und will gar nicht wieder verschwinden. Diese Expressnummer ohne alle Präliminarien, das war schon was! Stumm, Auge in Auge, die Nasenspitze fast auf meiner – und dann dieses langsame Kreisen, bis ich den Widerstand aufgeben mußte. Dieses Zucken und der scharfe Biß ins Ohr.

Und dazu der Anputz: schwarz wie ein Todesengel. Stumm paßte gut zu dem vielen Schwarz, das sie am Körper trug.

Ob die tatsächlich stumm war – oder ob sie nur geschauspielert hat?

Ich wache auf, schlafe ein, wache auf und gerate in einen drehenden Halbschlaf. Auf einmal sehe ich Paris brennen. Der Brand von Blois projiziert sich in meinem Kopf tausendfach vergrößert auf Postkartenansichten von Paris. Wie der Brand von Rom! denke ich im Traum. Aber dann ist der Himmel über Paris voller Feuerwerksraketen, die in allen Richtungen durcheinanderschießen und als Feuersonnen krepieren ... Und das sieht nicht nach Rom aus.

Mir ist, als habe mich eine fiebrige Spannung so fest in den Klauen, daß ich kaum noch zu atmen vermag. Ein Alptraum? Ich merke, daß ich schweißgebadet bin, und stehe auf, um mir mehr Luft zu verschaffen und mich abzukühlen.

Nach Fresnes . . . Habe ich etwa Schiß davor? Warum ist mein Puls so schnell? Warum sollte es mir denn nicht gelingen, Simone herauszupauken – gerade jetzt? Nicht mehr lange, und es geht diesen Schergen vom SD an den Kragen. Die werden sicher schon ganz schön Muffensausen haben. Und für Spaßvögel können sie uns ja auch kaum halten – so, wie wir aussehen.

Paris

Als ich mich morgens, mit nichts als einer Tasse heißer brauner Brühe in den Kaldaunen, hinter unser Vehikel stelle und überlege, ob ich noch einmal hinaufklettern soll oder nicht, kippe ich fast aus den Pantinen, weil alles um mich herum plötzlich ins Drehen gerät. Bartl springt mir zu Hilfe und packt mich am rechten Arm: »Was ist denn, Herr Oberleutnant?«

»Was soll schon sein – blümerant ist mir!«

»Sollten wir da nicht doch zuerst . . .«

»No, Sir! Zuerst müssen wir nach Fresnes, und dann sehen wir weiter. Eine ordentliche Tasse Kaffee hätte ich brauchen können – das ist es!«

»In unserem Quartier gibt's welchen, Herr Oberleutnant«, sagt Bartl.

»Ach, lassen Sie mal, Bartl. Wir sollten sehen, daß wir weiterkommen . . . Ich fahre unten.«

»Soll ich . . .?«

»Nein! Klemmen Sie sich mal wieder zwischen die Post. Und wie ist's mit Reifen?«

»Fehlanzeige, Herr Oberleutnant.«

»Und Holz?«

»Leider bloß zwei Säcke, Herr Oberleutnant.«

»Na immerhin! Das war aber auch höchste Eisenbahn. Da müssen wir uns eben in Paris etwas umgucken . . .«

Mir wird unterm Sprechen allmählich wohler. »Nun verstauen Sie schon endlich Ihre trägen Knochen, Bartl.«

Und jetzt heißt es die Richtung aufnehmen! Ich denke: Heiliger Strohsack! Ich weiß immer noch nicht, wie wir nach Fresnes kommen. Ich hätte mich gestern abend erkundigen sollen, wo Fresnes liegt. Also gleich noch mal hin zur Standortkommandantur. Die werden ja wohl einen ordentlichen Stadtplan von Paris haben.

Zwei französische Putzfrauen sind in den Räumen zugange, und wie es sich gehört, stinkt es gewaltig nach Eau de Javel. Und noch keine Geschäftszeit! Ich will mich schon ganz dem Zorn über mich selber hingeben, da kommt Bartl mit einem Wachtmeister an, der offenkundig Bescheid weiß. Einen Stadtplan, sagt er, habe er gleich zur Hand. Und nun kann ich sehen, wie gut sich alles fügt: Nach Fresnes ist es ein Katzensprung! Wer hätte das gedacht!

»Bißchen kompliziert zu fahren, Herr Leutnant. Aber die Generalrichtung ist ganz einfach Ost!«

Langsam werde ich Bartl wohl oder übel in meine Pläne einweihen müssen. Ich rechne es ihm hoch an, daß er während der ganzen Reise keinen Ton über Simone gesagt hat. Dabei gibt es keinen Zweifel, daß er besonders gut über Simone und ihr Wirken in der Flottille Bescheid weiß.

Und da fragt mich Bartl auch schon: »Warum wollen wir eigentlich nach Fresnes, Herr Oberleutnant?«

»Weil dort ein Zuchthaus ist, und in diesem Zuchthaus soll eine junge Dame sitzen, die Sie recht gut kennen ...«

Da guckt mich Bartl erst mal konsterniert an, ehe er wie tonlos »Mademoiselle Sagot?« fragt.

»So isses ... Ich muß versuchen, mit ihr Verbindung zu bekommen.«

Bartl ist verstummt. Er steht da, als hätte er plötzlich die Sprache verloren. Hätte ich es ihm lieber doch nicht sagen sollen?

Paris ist unzerstört. Und das Leben geht offenbar weiter wie immer. Das ist für mich unfaßbar, daß trotz der Frontnähe hier alles seinen gewohnten Gang geht – oder etwa doch nicht? Hat sich nicht doch einiges verändert? Werden die Veränderungen am Ende nur sorgfältig camoufliert?

Mir sitzt ein Unbehagen zwischen den Schulterblättern, das ich mir nicht erklären kann, aber doch deutlich spüre. Es liegt etwas in der Luft, das merke ich ganz deutlich. Ich versuche, wenn wir gerade einmal langsam fahren müssen, in den Gesichtern zu lesen, aber ich entdecke nichts Ungewöhnliches. Kein Zeichen des Hasses, nur die übliche Gleichgültigkeit.

Ob etwas dran sein kann an den Gerüchten, Paris sei total unterminiert und könne jederzeit auf Befehl hochgesprengt werden? Doch sicher ein Gerücht. So etwas läßt sich nicht heimlich machen. Das würde ruchbar.

Dann entdecke ich aber in fast allen Einmündungen der Nebenstraßen schweres Material: Kabeltrommeln, Straßenwalzen, Ölfässer, die wahrscheinlich mit Sand gefüllt sind, alte Lastwagen, schwarz von Kohlendreck – alles wartet nur darauf, auf die Hauptstraße geschoben zu werden. Diese Baustellen überall sind gewiß kein Zufall – oder sehe ich etwa schon Gespenster?

Das Barrikadenbild von Delacroix gerät mir vor die Augen: Jeder dieser Burschen, die mich, die Hände tief in die Hosentaschen gestemmt, mit betonter Nonchalance betrachten, wenn wir einmal stoppen müssen, könnte Delacroix Modell für einen seiner Barrikadenkämpfer gestanden haben.

Was wird uns erst mitten in der Stadt erwarten? Daß in Paris ein Generalstreik angekündigt ist, habe ich schon erfahren. Wenn wir Pech haben, geraten wir da mitten hinein ...

Wir fahren und fahren, und wenn mich nicht alles täuscht, haben wir uns bereits verfranzt. Früher hatte ich in Paris immer einen Fahrer. Jetzt habe ich zwar auch einen, aber der war in seinem ganzen Leben noch nicht hier. Es wird mir nichts anderes übrigbleiben, als Leute zu fragen, wie wir uns nach Fresnes durchhangeln können. Oder besser doch einen Flic? Ein Flic kann es nicht wagen, uns in die falsche Richtung zu schicken. Die Flics müssen spuren – auch jetzt noch ... Aber vorläufig ist keiner zu sehen, den ich fragen könnte.

Vielleicht machen die Flics schon mobil – irgendwo in alten Fabriken? Wenn ich einer wäre, könnte ich es gar nicht erwarten, endlich mit den »schloes« abzurechnen. Das war auch so eine Schnapsidee, die Flics zu zwingen, unsereinen militärisch zu grüßen. Ich hab immer halb weggeguckt und der Flic, der in mein Gesichtsfeld geraten war, auch.

Ich denke: Scheiß-Bismarck! Scheißabteilung! Ob ich mich dort überhaupt noch sehen lassen soll? Auf jeden Fall! gebe ich mir selber Antwort. Mit diesem Schweinehund habe ich noch ein Wörtchen zu reden. Mit dem muß ich abrechnen! Aber eins nach dem anderen: Zuerst müssen wir nach Fresnes.

Da entdecke ich an einer Straßenkreuzung endlich einen Flic und lasse direkt neben ihm halten. Und nun kann ich in aller Ausführlichkeit beobachten, wie er gleich unser Nummernschild erspäht und sich dann langsam und wie zufällig so lange um die eigene Achse dreht, bis er mit dem Rücken zur Straße steht, um mich nicht grüßen zu müssen ... Das wird ihm aber auch nicht helfen.

»Veuillez avoir l'obligeance ...«, rede ich los, dem Flic in den Rücken, und da dreht sich der Mann, von so viel Höflichkeit erschreckt, wie von der Tarantel gestochen zu mir herum, »de bien vouloir m'indiquer la direction de Fresnes?« fahre ich in der gleichen floskelhaften und überhöflichen Weise fort und habe wieder einmal gute Gelegenheit, das basse Erstaunen auf dem Gesicht eines Pariser Flics zu beobachten, dem man höflich kommt. Der Flic gibt mir seine Auskunft mit gestriegelter Stimme und beugt sich dabei bis auf meine Gesichtshöhe herab: Wir müßten uns auch weiterhin östlich halten – über Sceaux und dann zunächst in Richtung Choisy-le-Roi –, also immer an der Banlieue hin.

»Trente minutes, à peu près, mon lieutenant!«

»Et mille fois merci!«

Das wird der Mann heute abend zu Hause erzählen, und wenn er Pech hat, wird seine Frau ihn für geistesgestört halten.

Diese merkwürdigen Blicke der Passanten! Bilde ich mir die wirklich nur ein? Beim Rückschauen in den Spiegel sehe ich, daß manche stehenbleiben und uns nachgaffen. Aber das muß wohl an unserem Vehikel liegen und auch daran, daß ausgerechnet so ein Schlachtschiff eine Wehrmachtnummer trägt. Ein Holzgaser der deutschen Wehrmacht – wann gab es denn so was schon mal in einem Pariser Vorort zu sehen!

Verrostete Benzinpumpen an der Trottoirkante vor längst aufgegebenen Tankstellen. Zum Lachen: Für uns würde es auch kein Benzin mehr geben, wenn wir statt mit der Arche mit einem Benziner unterwegs wären.

Als wir vor einer Kreuzung stehenbleiben müssen, höre ich aus einem offenen Fenster eine Radiomelodie, die wie die Marseillaise klingt. Geht es etwa schon los? Beim genauen Hinhören ist es aber doch nicht die Marseillaise. Geschickt gemacht, klingt wie die Marseillaise, ist es aber nicht!

Und das Radio am offenen Fenster?

Auf dergleichen Scherze haben die Franzosen sich schon immer bestens verstanden. Simone war darin besonders tüchtig. »Vive la France«, war auf einer ihrer Blusen viele hundert Mal zu lesen – in Rot und Blau gedruckt. Sah wie ein hübsches, beliebiges Muster aus, und nur wenn man sehr genau hinschaute, konnte man in dem Formen- und Farbgewimmel die Parole erkennen.

Im Vorbeifahren versuche ich die Schriftfragmente auf halb abgefetzten Plakaten an Brandmauern zu dechiffrieren. Die Plakate sind vielfach überklebt und zu großen Teilen abgerissen. Gar nicht einfach, so schnell etwas zu entziffern. Aber da wird mein Blick von großen roten Lettern fixiert: »HALTE AU NAZISME!« Das »Halte« verwirrt mich. Komisch, daß es im Französischen fast so heißt wie auf deutsch. Aus dem Deutschen entlehnt?

Wir müssen jetzt nach Kompaßpeilung fahren. Da kommt eine Einbahnstraße – sens unique –, in die wir nicht hineinkönnen. Aber der Kutscher tut so, als habe er das Verkehrszeichen überhaupt nicht gesehen. Der Kutscher würde die Arche in seinem Stumpfsinn glattwegs in die Hölle steuern, wenn ich ihm nur die Richtung ansagte. Er scheint nicht das geringste von der Spannung zu spüren, die in der Luft liegt.

Fresnes. Ich frage einen alten Mann nach dem Zuchthaus. Bartl und dem Kutscher ist dabei offensichtlich unwohl zumute. Plötzlich knallt es hinter uns. Schießt uns da etwa einer hinterher? Oder von einem Dach? Aus einer Mansarde heraus? Ich spüre mit allen Nerven: Das hier ist ein Pulverfaß unmittelbar vor der Explosion, aber ich nehme mich an die Kandare und beruhige mich: sicher eine Fehlzündung.

Wir müssen Simone aufspüren – um jeden Preis. Und Reifen auch. Simone und Reifen! Simone und Reifen! Simone und Reifen! Das murmele ich vor mich hin wie eine Beschwörungsformel.

Ich lasse meinen Blick über die hölzernen bunten Wegeschilder an den Kreuzungen wandern: taktische Zeichen und Ziffern, aber kein Hinweis auf ein Kfz-Depot.

Im Vormittagslicht sehen die Schweizerhäuschen dieser Vororte in ihrem bizarren Laubsägestil traurig aus. Die buntfarben schmetternden Blumenrabatten können daran auch nichts ändern. Graue Mauern, geschlossene grüne Volets, geschlossene Eisentore, die Torpfosten aus roten Ziegeln hochgemauert. Kläffende Hunde, keine Menschen, keine Autos – beschissene Gegend!

Da erhebt sich am Ende der Straße ein riesiges graues Bollwerk: ohne Zweifel das Zuchthaus! Der Anblick tut mir weh: Hinter diesen Kasemattenmauern soll Simone hausen?

Mächtige Stahltore. »Grau, grau, grau: Laßt alle Hoffnung fahren!« sehe ich im Geist auf jedem stehen.

In einem nach Lysol stinkenden, einer Wachstube ähnelndem Büro erfahre ich von einem SS-Mann im Feldwebelrang mit dem Gefrierfleischorden im Knopfloch: »Alle Transporte sind weg . . .«

»Und wohin?«

»Nach Ravensbrück, Herr Leutnant.«

»Nach Ravensbrück?«

»Jawoll, Herr Leutnant, das ist so ein Konzentrationslager . . .«

Ich darf mir meinen Schrecken nicht anmerken lassen, schon das Schlucken ist zuviel. KZ? Wie soll Simone das überleben? Ich habe KZler gesehen – die Vogelscheuchen bei Landsberg, die kamen aus einem KZ und die sahen noch viel schlimmer aus als russische Kriegsgefangene.

Und dann denke ich: Simone nach Deutschland verschleppt! Nach Ravensbrück! – Ravensbrück . . . was war mit Ravensbrück? »Suhrkamp ist im KZ Ravensbrück – Uckermark – Richtung Neustrelitz«, höre ich Kasack deutlich erklären.

»Wann ist denn hier geräumt worden?« frage ich den Feldwebel in einem zur Beiläufigkeit gezwungenen Tonfall.

»Vor drei und vier Tagen, Herr Leutnant ... aber ...«

Was ist das nur für ein komischer Sturm- oder Sturmbann- oder Sonstwasführer? Früher traten diese Kerle ganz anders auf. Diese verwischte Visage vor mir: Der Mann hat deutlich Schiß.

In meinem Arm klopft es heftig, und mein Kopf ist auch nicht mehr in Ordnung: Mir ist so schwindelig, als zöge es mir die Beine weg. Aber wenn ich mich auf den Schreibtisch dieser verängstigten Charge stütze, kann ich damit fertig werden.

Dieser komische Mensch wollte doch noch etwas sagen, aber da ist er ins Drucksen geraten ...

»Aber was?« herrsche ich ihn an, obwohl ich das gar nicht will.

»Aber es ist fraglich, Herr Leutnant, ob der Transport dort auch angekommen ist.«

»Wieso denn das?«

Die SS-Charge macht jetzt Bewegungen, die wohl äußerste Verlegenheit ausdrücken sollen.

»Also was?« fahre ich den Mann wieder an.

»Die Alliierten haben den Zug aus der Luft attackiert. Der Zug ist ganz ausgebrannt ...«

»Woher wissen Sie denn das?«

»So was kommt doch rum, Herr Leutnant! Das ist doch gleich hinter Paris passiert!«

Als ich wieder an der frischen Luft bin, muß ich erst ein paarmal tief durchatmen: Mir ist nach Zusammensacken zumute. Ich habe meine liebe Not, auf den Beinen zu bleiben und die Fassung zu behalten.

Was der Scheißkerl geredet hat, muß nicht stimmen: Der wollte mich in die Irre führen. Just das wird es sein ...

Was nun? Wie weiter? Der Alte hätte *längst* etwas veranlassen müssen. Aber das hat er eben nicht gewagt. Und zwar aus Angst, daß es ihm an den Kragen gehen könnte. Und jetzt? Jetzt geht es dem Alten selber an den Kragen. Jetzt kommt er nicht mehr davon – jetzt hilft ihm auch sein Halsorden nichts.

Sonja, die Hexe, die war es, die Simone denunziert hat! Und der Bismarck! Dieses Schwein muß alles gewußt haben! Der hat ja auch alles daran gesetzt, mich über den Jordan zu befördern.

Als ich wieder erscheine, guckt Bartl mich fragend an. Dann stottert er, Angst in der Stimme: »Ist Mademoiselle ... Ich meine, ist Fräulein Simone ...?«

»Abtransportiert nach Deutschland, Bartl. Ravensbrück. Ein KZ.«

Bartl verzieht sein Gesicht wie unter körperlichem Schmerz.

Wir können hier nicht herumstehen und den SS-Männern, die aus einer der Stahltüren kommen und die Arche neugierig anstarren, auch noch ein Schauspiel bieten.

»Wir sind hier überflüssig, Bartl« sage ich laut und dann noch leise: »Am Arsch des Propheten – gewissermaßen! Also rein in die Kutsche!«

Als Bartl seine Tür zugeschlagen hat, höre ich ihn von hinten: »Aber jetzt müssen wir in ein Lazarett, Herr Oberleutnant.«

»Je nachdem, Bartl. Sperren Sie mal die Klüsen auf, wenn wir an so einem Schildermasten vorbeikommen. Lazarettschilder sind ja wohl nicht zu übersehen – aber im Prinzip geht's erst mal zum Trocadéro.«

»Trocadéro?« fragt Bartl.

»Ja, das ist ein besonders feines Viertel – und dort ist meine Abteilung. Da residiert sozusagen mein Chef. Und da habe ich einiges zu erledigen.«

Bartl schweigt. Fast hätte ich gesagt: Da muß ich mit jemandem abrechnen ... Ich denke: Abrechnen! – das sagt sich so einfach. Aber im Moment könnte ich dutzendweise Saukerle abknallen. Stielhandgranate in den Arsch rammeln und abziehen – kaltblütig. Meine Wut kennt keine Grenzen.

Simone! Was um Himmels willen kann Simone denn tatsächlich mit den Terroristen zu schaffen gehabt haben? Bloß wegen ihrer Schwarzmarktgeschäfte kann sie doch nicht ins KZ nach Deutschland verschleppt worden sein.

Trotz meiner Schmerzen sehe ich plötzlich das widerliche kaiserliche Monster, den Bismarck, vor mir und höre ihn renommieren: »... die Burschen haben mir den Hochsitz aus runden Stämmchen gezimmert. Wenn ich da eine Stunde lang ansaß, kam ich kaum noch hoch vor lauter Knochensteife. Da habe ich mir die drei aber kommen lassen ... Die bauen mir nie wieder so einen Hochsitz ...« Und das gezwungene Gelächter der devoten Bande, bis rauf zum Kapitänleutnant, höre ich auch. Klar doch: Der Lohn für diese Art von Speichelleckerei war nicht schlecht. Dafür hatten sie ihren Arsch in Sicherheit und konnten nach Lust und Laune die Bordelle frequentieren, während andere ihren Arsch auf See riskieren mußten. Der Heldenklau muß um diese geschniegelte und gebügelte Sippschaft einen großen Bogen geschlagen haben.

Ich male mir die Szene unserer Ankunft in der Abteilung aus – das Erschrecken des Postens, wenn ich in meiner Kriegsbemalung auftauche, verschwitzt und total verdreckt, Arm in der Schlinge! Unser Holzgaser! In der noblen Straße! Dieser verrückte Fierantenaufzug!

Mit dem Gauredner abrechnen! Das war mehr als klar, daß dieses Schwein mich verheizen wollte: »... im tapferen Einsatz vor dem Feind gefallen!«

Auf die üblichen Fisimatenten können wir diesmal wohl verzichten.

Jetzt geht's dahin – wirklich und endgültig. Vanitas mundi ... Jetzt kann mir das Schwein nichts mehr anhaben.

Plötzlich fällt mich der ganze Jammer der Welt an. Schön, wir sind durch! Wir haben das Schlimmste hinter uns. Aber wozu? Cui bono – wenn ich mal so fragen darf? Vielleicht wird der Alte gerade in diesem Moment massakriert ... Dann sage ich mir wieder: Was der SS-Fritze erzählt hat, das muß nicht stimmen! Muß weiß Gott nicht stimmen! Simone in einem KZ in Deutschland – das wäre schon schlimm genug. Aber im Zug verbrannt – das dürfte die Ausgeburt einer wüsten Phantasie sein. Dieser Kerl wollte sich doch nur auf eine verdrallte Weise lieb Kind machen, der konnte doch gar nicht wissen, weswegen ich in seinem stinkenden Büro aufgekreuzt bin. Gut möglich, daß er mir nach dem Munde reden wollte mit seinen Greuelnachrichten. Und außerdem: Simone kommt *immer* durch.

Aber wie kann es einem im KZ ergehen? Die Haare, die sie allen im KZ abschneiden – die wachsen wieder. Aber sonst?

Ein bitteres Gefühl der Verlorenheit überschwemmt mich. Wohin soll ich denn gehen, wenn nun wirklich alles in Scherben fällt? Fürs erste, verhöhne ich mich selber, hin zum Trocadéro!

»Mal langsam!« sage ich zum Kutscher. »Ich muß mich orientieren.«

Jetzt heißt es Konzentration aufbringen, wenn wir nicht unsinnig herumgurken wollen. Der Kutscher fährt die Arche dicht an den Randstein heran und bremst. Wir müssen, damit ich mich zurechtfinde, zunächst nach Norden ...

Während die Arche längst wieder rollt, wieder stoppt und der Kutscher neu Gas gibt und hochschaltet, bedrängen mich blutrünstige Bilder: die gespannte MP lässig in der rechten Armbeuge wiegend, ja, so sollte ich dem Bismarck entgegentreten – ganz nahe heran, bis die Mündung ihm fast auf der Wampe sitzt. Und dann seinen Schreckensblick eisern festhalten und ohne ein Wimpernzucken abziehen, daß es nur so an die Seidentapete spritzt. Wie blöde dieser aufgeblasene Unhold gucken kann, bis er sich darüber klar wird, was für eine Ladung er in seinem Wanst hat.

Den Adju, wenn er schon hereinstürzen sollte, gleich mit umlegen – eine richtige große Sauerei veranstalten, trotz Seidentapeten und Teppichen. Das wäre mal ein Spaß!

Oder ihm nur einen gehörigen Schreck einjagen? Kein Wort über die Lippen kommen lassen – einfach zusehen, wie er bleich wird und seine Hängebacken zu zittern beginnen?

Vielleicht zuerst eine kurze Salve direkt in die hohen Fenster? Oder in die Decke hinein, daß der Gips nur so spritzt und der Jämmerling merkt, daß es ernst werden kann ...

Diesen gottelenden Schuft erst mal hinter den Schreibtisch kriechen lassen und eine Salve ganz knapp darüber weg jagen, daß es den Papierkram von den Intarsien fetzt? Und dann dieses Schwein in der Kniebeuge hopsen lassen, die Häschennummer, mit der sie unsereinen fertiggemacht haben, in akkurater Ausführung: mit steif ausgestreckten Armen und einem Blumentopf in den Händen? Und erst, wenn ihm die Zunge heraushängt: rattatattata!

Vor einem Boulangerieladen sehe ich ovale Baguettekörbe stehen. Sie sind leer. Daneben hochaufgestapelte Salatsteigen. Und jetzt müssen wir uns durch einen Engpaß schleusen: Der Erdaushub für irgendeinen Graben versperrt fast die Hälfte der Straße. Sicher können die Gas- oder Elektrizitätsmenschen beweisen, daß dieser Graben just heute morgen ausgehoben werden mußte. Und auch, daß die Berge von Pflastersteinen neben den Erdhaufen ganz normal dazugehören. Das läßt sich alles ordentlich begründen: Wenn repariert werden muß, dann muß eben repariert werden.

Ich weiß, ich weiß: daß ich alles mit anderen Augen sehe, als ein normaler Flaneur das tun würde, ist meine eigene Schuld . . . Ich sehe aber auch gleich noch mehr: sens-unique-Schilder, die offenkundig frisch aufgestellt sind, weiß-rot gestrichene hölzerne Barrieren, ordentlich mit Lampen versehen, aber auch andere aus verrosteten, sandgefüllten Ölfässern, in die man die Sperrzeichen einfach hineingesteckt hat . . . Bessere Straßensperren kann es gar nicht geben. Diese Fässer halten jeden Beschuß aus.

Ehe ich mich's richtig versehe, sind wir mitten in der Stadt. Ich entdecke die Kuppel des Panthéon, und schon kenne ich mich aus: Wir fahren direkt auf die Seine zu.

Ich will auf dem Boulevard Saint-Germain nach Westen und dann durch die Rue de Seine weiter nach Norden und an den Fluß. Auf diese Weise steuere ich *mein* Viertel an.

Der Anblick des Eckcafés »La Palette« treibt mir fast die Tränen in die Augen. Drinnen hängen die Bilder Maclets wie direkt an die Wand gemalt. Dahinter das Jugendstilsälchen, ganz mit bemalten Kacheln ausstaffiert. Durch die große Hoftüre mit ihrer aufgemalten Holzmaserung und den Prellböcken zu beiden Seiten müssen früher Kaleschen in den Hof eingefahren sein. Jetzt haust über der Tür die Concierge wie in einem an die Decke geklebten Schwalbennest . . . Dann das Bistro, in dem alle Flächen mit Marmor verblendet sind, aber nicht mit echtem, sondern solchem, der auch unter dem Pinsel entstanden ist. Die Häuser sind alt und schäbig, aber einige haben sich wenigstens im Erdgeschoß mit grünen Ölfarbensockeln herausgeputzt.

Und jetzt die Akademie Raymond Duncan – »Die Antike mit der Seele suchen!« An einem Laternenpfahl hängt, mit einer dicken Kette angeschlossen, ein Fahrradrahmen. Die beiden Speichenräder hat jemand abmontiert und gestohlen. Das Abmontieren ist nur ein Griff. Wahrscheinlich waren die Reifen noch gut. An gute Reifen darf ich gar nicht denken . . . Aber stöhnen muß ich doch: Herrimhimmel! Wenn wir doch bessere Reifen hätten!

Der Häuser-Cañon der Rue de Seine öffnet sich: Wir kommen zum Fluß. Aber kurz vor der Einmündung in die Uferstraße heißt es noch eine alte schwarze Dampfwalze ausmanövrieren. Dann stehen Asphaltfässer hochkant so sperrig herum, daß wir nur mit knapper Not durchkönnen . . . Sage mir doch keiner, daß das alles nur der Zufall so hingestellt hat.

Zum »Bal Mayol« wäre es jetzt auch nicht mehr weit. Ob das riesige Transparent noch über dem Eingang hängt? Ich kann die flammendroten Buchstaben deutlich vor mir sehen: »Hier sind die Nackten drinnen.«

Weiter geht's: Auf der Seine liegen rostbraune Sandschaluppen. Dazwischen der Spiegel des Pont des Invalides. Jetzt geht mir alles zu schnell: Schon sehe ich von ferne die stahlgrauen Glasstürze der Weltausstellungsgebäude, riesige grüne Kugeln alter Kastanien davor.

Auf der Place de la Concorde sind Panzer aufgefahren. Unter jeder der Skulpturen der großen Ströme und Flüsse Frankreichs stehen zwei nebeneinander. Und oben auf der Terrasse vor dem Jeu de Paume stehen auch welche. Panzer mitten in Paris – das sieht nicht gut aus!

Die altgewohnten Straßen und Boulevards . . . Für den Moment des Vorüberfahrens wird ein Eckhaus zum Schiffsbug und der Eiffelturm zum Mast darüber.

Wie jetzt weiter: die Champs hoch? Oder an der Seine hin und direkt zum Trocadéro? Ach was, sage ich mir: Noch mal wie in meinen besten Tagen über die Champs-Elysées zum Etoile – dann fast ganz herum um den Arc de Triomphe und dann erst die Abteilung ansteuern.

Auf einer Markise groß die rot applizierte Schrift: »Aux Petits Agneaux«. Da habe ich oft gesessen und die Flaneure betrachtet. Ich will das alles genau sehen, weiß ich doch, daß mir diese Anblicke nie wieder geboten werden.

Angesichts des Trocadéros muß ich mich ermahnen, kühl zu bleiben. Ich merke, daß meine rechte Hand zittert, sobald ich sie von meiner MP nehme . . .

Da höre ich Simone reden: »La revanche est un repas qui se mange froid.« Alors!

Und jetzt biegen wir in den Boulevard mit dem Reitweg in der Mitte ein . . . Auf den letzten hundert Metern sage ich nur mehr vor mich hin: Verdammt, verdammt, verdammt! Nummer sechsundzwanzig: Sandsteingebäude, nobel. Hohes Eisengitter. Gepflasterte Vorfahrt wie für ein Theater.

Bartl steht schon neben der Arche auf dem Trottoir. Und nun hilft er mir gegen meine Abwehr von meinem Sitz hoch. Scharfe Schmerzen schießen dabei durch mich hindurch. Mußte es mich denn auch so erwischen!

Bartl guckt ungläubig: »Ein Schloß?«

»Ein Stadtpalais – eins von den besseren «

Da wären wir also! Lange nicht hiergewesen.

Ich sehe, die Post funktioniert noch: Ein schnauzbärtiger Facteur kommt gleichmütig mit halbleerer Tasche, ein Bündel Briefe in der Linken, aus einem Torweg getrottet.

Aus dem Nebenpalais werden gerade Karteikästen heraustransportiert und in offene Pkws verladen. Das sieht nach einem Büroumzug aus. Zwei Oberleutnants mit Arschleder auf den Keulenhosen dirigieren mit zackigem Gehabe ein halbes Dutzend Landser herum. Eine zu kurz geratene Uniformierte kommt derart resolut aus dem Haus gestiefelt, daß ihre Brüste nur so hüpfen. Was soll aber der gerollte Teppich unter ihrem Arm? Was geht hier überhaupt vor?

Ich lasse die Augen über die Sandsteinfassade wandern – nach oben und über die Reihen der Fenstertüren mit den niedrigen Eisengittern hinweg: Wo ist die Flagge? Keine Flagge mehr .. Was hat das zu bedeuten? Die große schwere Eingangstür aus hinterglasten Eisenranken steht halb offen: Ich bin plötzlich hellwach.

Was für ein Glück, daß es nicht meinen rechten Arm erwischt hat. Jetzt kann ich die MP über der rechten Schulter am gestrafften Gurt tragen: Hüftanschlag. Seinen Schrecken soll der Bismarck haben.

Wo ist bloß der Posten? Im Vestibül auch kein Mensch. Die Tür zur Wachstube ist offen. Hier war immer eine Menge Betrieb, jetzt herrscht Totenstille.

Ich trete durch die zweite riesige verglaste Tür ins Treppenhaus und brülle nach oben: »Ist hier jemand?« Dabei komme ich mir schon idiotisch vor – erst recht, als statt einer Antwort von oben nur eine Art durcheinanderlaufendes Echo kommt.

Kein Mensch? – Das kann doch nicht sein! Kein Schreibmaschinenklappern, keine Telefonierstimmen . . . Diese Lautlosigkeit ist unheimlich.

Kein Zweifel: Das Haus ist leer! Die ganze Abteilung, gut und gerne dreißig Köpfe, ist ausgeflogen.

Überall erkenne ich jetzt Zeichen dafür, daß das Hals über Kopf stattgefunden hat. Die Saubande muß vor noch gar nicht langem abgehauen sein. Zwischen dem Verschwinden und meinem Auftauchen hier hat niemand das Gebäude betreten – das ist mal sicher.

Ein heftiges Unbehagen sitzt mir im Genick. Ich komme mir wie ein Dieb vor, der sich eingeschlichen hat – zumal jetzt auf den dicken Treppenläufern, die meine Tritte vollends lautlos machen.

Ich rufe laut »Hallo!« und erschrecke, weil der Ruf im Treppenhaus ungedämpft nachhallt: natürlich! Die vielen Gobelins an den Wänden, die hier sonst allen Lärm schluckten, sind verschwunden.

Diese feigen Schweine haben also alle ihre verdammten Ärsche in Sicherheit gebracht. Den Krieg in Paris genossen, seit Jahr und Tag keinen scharfen Schuß gehört – dafür aber nach Leibeslust gefressen, gesoffen und gevögelt! Und nun – ab die Post! Autos gab's hier ja genug für die höheren Stäbe. All diese dreckigen geilen Böcke haben sich offenbar systematisch abgesetzt. Die sind jetzt bestens ausstaffiert in ihren feinen Uniformen in Richtung Heimat unterwegs. Dieser Art Gesindel passiert eben nie etwas. Die haben eine feine Witterung dafür, wann es Zeit wird, das Weite zu suchen.

Ich durchwandere einen leeren Raum nach dem anderen. Nicht zu glauben: Auf einem Schreibtisch liegen Dienstsiegel herum. Jetzt kann ich mir Marschbefehle nach Tanganjika schreiben – oder endlich auch den nach Isfahan, wo ich so gerne Statthalter würde ...

Alle Schranktüren und Schubfächer offen. In den Kaminen Berge weißer Asche und das Gekräusel schwarzverkohlter, aber nicht gänzlich verbrannter Papiere. Angeknabbertes Brot zwischen Aktendeckeln und sogar ein aufgefächerter Stoß Briefe. Diese Schweine haben nicht mal die Post mitgenommen.

Ich treibe den Briefstoß mit beiden Händen noch weiter auseinander, schnell wie ein Schatzsucher, und da – ich traue meinen Augen nicht: gleich drei Briefe mit meinem Namen auf den Umschlägen. Einer muß x-mal hin- und hergereist sein, so viele Stempel hat er abbekommen. Er ist von Gisela. Die wird also noch am Leben sein. Und da ist doch tatsächlich ein Brief von der Offizierskleiderkasse, eine Mahnung: Ich habe fünfzig Mark Schulden – zum Lachen und zum Jungekriegen!

Als ich schließlich mitten in Bismarcks Büro stehe, fühle ich mich wie vor den Kopf geschlagen. Also nichts mit einer Salve dicht über die Schreibtischplatte hin, um den Herrn Kapitän das Schlottern zu lehren. Und schon gar nichts mit einer in die Wampe.

Die Fenstertür ist offen. Der Durchzug läßt die Voilegardine hereinwehen wie eine weiße Übergabeflagge. Ich raffe die Gardine zur Seite und trete auf den Balkon hinaus: Unter mir hat sich ein großer schwarzer offener Mercedes hinter unsere Arche gesetzt. Der schwere Wagen ist über und über mit Teppichen beladen. Und dieser Berg von Teppichen wird von großen, flach hingelegten Stehlampen gekrönt, deren Schirme brutal verbogen sind.

Aus dem Haus nebenan schleppen zwei Feldgraue teuer aussehende Kommoden heraus. Weiter oben in der Straße – das kann ich von meinem Balkon aus gut sehen – werden ebenfalls Autos beladen. Es sind gleich drei, vier, die sich da aufgereiht haben. Das wußte ich ja gar nicht, daß in dieser Straße so viele Stäbe saßen! Die hatten eben keine Schilder am Zaun und keine Flaggen an der Front. Obskure Stäbe? Geheimdienstzentralen, Einsatzgruppen für Nacht-und-Nebel-Aktionen? Hier in Paris hat sich ja alles mögliche Geschmeiß versammelt. Jetzt kommt es wie die Ratten aus ihren Löchern ...

Das Bild des erhängten Soldaten gerät mir unversehens vor die Augen. Diese Schweine hier knüpft keiner auf! Die können plündern, was das Zeug hält, und abhauen, ohne daß sie einer dafür zur Rechenschaft zöge. Aber wie ist das möglich, daß keiner diesem Treiben Einhalt gebietet?

Da kommt schon wieder einer aus dem Nachbarhaus gestiefelt: beide Arme voller schmaler, aufgerollter Teppichbrücken. Breeches, gewienerte Stiefel, Offiziersmütze! Und nun rein mit den Teppichen in den Kübelwagen!

Diese Saubande! Und dafür ist Benzin in jeder Menge da. Dumpfe Wut steigt in mir hoch. Wenn der Alte das sehen könnte! Dafür sind unsere Leute abgesoffen, damit sich diese geschniegelten Fatzkes hier einen guten Lenz machen konnten und nun hier einsacken und abhauen ... Das große Heldentheater! *Diese* Nummer ist nun wohl endgültig gelaufen!

Da steht ein Telefon! Jetzt den Alten anrufen, das wäre eine Idee! Ich nehme den Hörer ab: stumm. Keine Ahnung, wie hier das Telefon bedient wird. Unten im Erdgeschoß in der Vermittlung? Und wenn ich auch wüßte, wie das hier läuft – in Brest dürfte kaum noch einer abnehmen. Dort sind sie ja wohl längst durch den Wolf gedreht ... Den Oberbefehlshaber anrufen? Wenn das ginge – das wäre ein Witz! Oder den FdU? Mich einfach mit »Koralle« verbinden lassen ... »Da lacht die Koralle!« – der Ullstein-Spruch fällt mir wieder ein. Der Marineoberbefehlshaber West? Der wird auch nicht mehr zu sprechen sein.

Ich lasse mich in den Bismarckschen Sessel sacken: Das ist alles viel zuviel für mich ... Halb im Nebel nehme ich wahr, daß sie auch in diesem Raum alle Gobelins heruntergerissen haben. Ich registriere, daß der Schreibtisch fast blank ist und daß sich in zwei Ecken Schnellhefter türmen – ordentlich aufgestapelt. Der Fußboden ist anders ... Klar doch! Auf dem Marmor lagen Teppiche. Die Kronleuchter waren sicher zu schwer zum Abtransportieren. Und jetzt erinnere ich mich: Über dem Kamin hing ein zur Hälfte blinder, aber kostbarer venezianischer Spiegel.

Der ist auch weg. Wieso wußte einer von den Primitivköpfen hier etwas vom Wert solcher Spiegel? Etwa der Bismarck selber, diese elende als Fregattenkapitän verkleidete oldenburgische Gaurednercharge?

Auf der Lagekarte an der Wand sehe ich: Minsk in russischer Hand – die Russen an der Memel. Ganz dicht vor Warschau sind sie auch, und inzwischen vielleicht schon weiter …

Ich kann dieses unsägliche Arschloch von Bismarck genau hier, wo ich jetzt stehe, mit in die Hüften gestemmten Armen staunen sehen, wohin der Adjutant gerade die Fähnchen steckt und wie es für das Großdeutsche Reich immer enger wird. Und da höre ich ihn auch schon räsonieren, daß die momentane Zurücknahme von Positionen ein Gebot strategischer Klugheit sei, weil dadurch die Nachschublinien des Gegners länger würden und daß es einzig und allein um den Endsieg gehe. »Nur der Endsieg zählt, und auf den Endsieg hin operiert der Führer …« Dieses gottverdammte Geseire!

Ein Stoß Frontzeitungen ist umgekippt und hat sich über den Teppich verteilt. Dönitz in diversen Posen! Der Herr Großadmiral sollte gemeinsam mit seinem Führer in den Teppich beißen, statt immer noch mit seinem dämlichen Admiralsstab herumzufuchteln …

Der Bismarck ist mir also entkommen! Mit Sack und Pack ausgeflogen! Das hätte ich mir denken können, daß dieses Großmaul nicht in die Hände der Terroristen geraten würde. Den wird keiner anspucken oder steinigen. Den werden sie nicht spießruten laufen lassen. Der Bismarck ist, wenn es sein muß, eben von der schnellen Truppe!

»Die hatten's aber verdammt eilig, Herr Oberleutnant«, stammelt Bartl, der sich, ohne daß ich es bemerkt hätte, neben mich gestellt hat. »Ist ja wirklich 'ne Art Palast, Herr Oberleutnant. Und hier haben die auch *gewohnt*?«

»Was denn sonst, Bartl. Sie können sich ja die feudalen Kojen zwei Treppen höher angucken. Aber die standen meist leer, weil die Herrschaften in irgendwelchen Hotels zugange waren …«

Vor dem Haus nebenan wird offenbar immer noch aufgeladen. Ich kann ein deutliches »Dalli – dalli!« hören.

Ich setze mich hin und lange mir Briefbogen aus einem Fach. Wer weiß, wozu die noch gut sein können. Eins von den Dienstsiegeln werde ich auch mitnehmen. Und ein Foto vom Gauredner: Diese Visage will ich sehen können, wann immer mir der Sinn danach steht – das heißt: Wenn es mir an der richtigen Wut gebricht, ich aber Wut brauchen könnte.

Nun dringe ich über drei Stockwerke bis ins Fotoatelier vor: Da könnten noch Filme liegen.

Zwar stehen die Scheinwerfer auf ihren Stativen nach wie vor auf den »elektrischen Stuhl« gerichtet, und Fotos irgendwelcher Stabschargen liegen gleich packenweise herum, aber keine Filme. Dieses Fotoatelier war für den Bismarck höchst wichtig: Mit den saudummen Posierbildern, die hier entstanden, konnte er sich in seinen Kreisen leicht beliebt machen. Eine richtiggehende und großangelegte Fotoalbenproduktion war hier angeschlossen. Die Abnehmer kosteten die Bilder und die Alben nichts, nicht einmal fürs Material mußten sie zahlen. Die Marinekriegsberichter-Abteilung West: ein beliebtes Zulieferungsunternehmen für eitle, blau uniformierte Etappensäcke!

Ein Foto – ein ganzer Stoß Fotos vom Bismarck gerät mir in die Hände. Ich weiß, wie es entstanden ist. Zum Lachen, wie er damals in La Baule mit dem ganzen Troß und in voller Kriegsbemalung zur »Frontinspektion«, wie der Arsch das selber nannte, aufkreuzte und seine Schaunummer abzog! Ich seh's, wie gestern passiert: Mit der MP im liegenden Anschlag quer durch die Spanischen Reiter wollte er fotografiert werden, Stahlhelm auf der Birne.

Ich lasse den Stoß auf den Fußboden segeln und trample darauf herum: Niemand anderer als dieses Dreckschwein war es, der Simone hingehängt hat. Kein anderer als der hat Simone auf dem Gewissen!

Da kommt Bartl ganz aufgeregt durch die Tür, eine Schreibmaschine mit beiden Händen vor dem Bauch: »Ist noch nagelneu, Herr Oberleutnant!«

»Sie werden erschossen, wenn Sie plündern, Bartl!« pflaume ich ihn an.

»Zuviel Gewicht!« sieht Bartl selber ein. Aber dann hat er, nach dem listigen Ausdruck auf seinem Gesicht zu urteilen, doch eine Idee. »Hier könnten wir prima pennen, Herr Oberleutnant!«

»Gut«, sage ich, »ich kann Sie ja hierlassen. Sie haben den ganzen Palazzo für sich. Das passiert Ihnen im Leben nicht noch einmal!«

Da tut Bartl so, als hätte er mich gar nicht gehört, und fragt: »Wie geht es denn Ihrem Arm, Herr Oberleutnant?«

»Nicht schlecht, Bartl!« Und zu mir selber redend, füge ich an: Wahrscheinlich ist es die kalte Wut, die mich hochkächert. Da ist nur das Pochen im Ellenbogen und der leichte Schwindel im Kopf. Ich habe ja auch genug Tabletten gegen die Schmerzen intus.

»Das kann hier doch jede Minute losgehen, Herr Oberleutnant!« sagt Bartl jetzt mit einem Ton wie Vorwurf in der Stimme.

»Was denn losgehen?«

»Knallen kann's jeden Augenblick. Dann iss hier aber was los!«

»Was Sie nicht sagen, Bartl. Haben Sie das endlich geschnallt? Wir müssen demnach schnellstens weiter – nichts von wegen in Paris pennen! Übrigens: In der Gasse direkt hier hinter dem Haus ist die Garage der Abteilung. Einfach zweimal linksrum. Vielleicht ist da noch wer. Die waren immer gut eingerichtet. Vielleicht finden Sie da ja sogar Reifen! Mal los – ab durch die Mitte! Holz werden Sie dort allerdings kaum kriegen.«

Holz! Immerhin haben wir die zwei Säcke aus Versailles.

Ich rufe Bartl im Treppenhaus nach: »Warten Sie dort – ich komme mit dem Kutscher hingefahren.«

Ich gehe noch einmal durch die Räume im ersten Stock. Hier im Gang mußte ich antreten: Führers Geburtstag, EK-Verleihung! Was war das alles für eine pompöse Schmiere!

Als ich in die Arche einsteigen will, kommt ein Unteroffizier des Wegs. Den winke ich heran. Der Mann weiß Bescheid: Er nickt zu unserem Stadtpalais hin und sagt: »Die sind gestern abgehauen. Der Marinebefehlshaber West – alle Stäbe sind verduftet!«

Das Tor zur Garage der Fahrbereitschaft steht weit offen. Der Kutscher fährt in zügiger Kurve in den Hof und stoppt so präzise vor der großen Werkstattür, als würde er den Weg kennen. Drinnen ist kein Mensch zu sehen. Klar doch: *Alle* sind stiftengegangen!

Was an Vehikeln im Hof herumsteht, kann nur noch als Wrack gelten: ein Citroën ohne Motor, ein Zweieinhalbtonner, aufgebockt, ohne Räder.

In meinem kaputten Arm pulst der Schmerz wieder heftiger. »Jetzt brauche ich wirklich ein Lazarett«, sage ich für mich selber, aber Bartl muß es gehört haben. Er sagt: »Hier haben wir wohl nichts mehr verloren, Herr Oberleutnant . . .«

»So isses, Bartl. Wenn ich nur wüßte, wo das nächste Lazarett ist!«

»Ich krieg das raus!« sagt Bartl und marschiert auch schon los. Wenig später ist er zurück und hat sich wichtig. »Also erst mal an die Seine. Lanneck oder so ähnlich heißt das Hospital.«

An der Seine sind wir schnell wieder. Dann durchfahren wir ein Wohnviertel. Schlangen vor den Läden, die Hausfrauen in Pantoffeln, gehäkelte Mantillen um die Schultern, schäbige Taschen vor dem Bauch. Das kenne ich: In solchen Vierteln hausen sie mitten in der Metropole wie auf einem Dorf.

Wir müssen langsam fahren. Die alten Weiber haben Zeit, mich mit leeren Blicken ausführlich zu betrachten.

Jetzt kommen uns Wehrmachtkolonnen entgegen. Denen folgt ein Verband von Sankas. Wir werden zur Seite gedrängt und eingekeilt. Landser kommen heran und bestaunen die Arche.

Als sie genug gestaunt haben, geht es endlich weiter. Aber an der nächsten Kreuzung werden wir von einem Feldgendarm mit Kelle gestoppt und auf eine Umleitungsstraße dirigiert. Diese Burschen mit den Gladiatorenschilden sind fast immer nur weit hinten zu finden.

Wir haben uns ohne Frage verfranzt. Aber dann ruft Bartl plötzlich aufgeregt von hinten: »Das issen Lazarettschild.«

»Fein!« quittiere ich das und wende mich zum Kutscher: »Also immer den Schildern nach. Die sind ja leicht zu erkennen.«

Die Schmerzen werden wieder stärker, und die Bilder, die mir unmittelbar in den Blick geraten, vermischen sich wieder mal auf eine vertrackte Weise mit denen, die ich mit dem inneren Auge sehe: Doppelbelichtungen. Ich sehe alles zugleich in seiner Wirklichkeit und wie im Traum.

Wo ist nur das verfluchte Lazarett?

Da es einfach nicht auftauchen will, dirigiere ich die Arche schließlich an den Bürgersteig und warte, bis ein alter Herr mit Spazierstock herankommt. Bartl haspelt seine Frage in kümmerlichem Französisch ab, doch er wird gleich – oh Wunder! – verstanden.

»Rien de plus simple, messieurs: Vous continuez tout droit devant vous, et là, où les trois rues se croisent, vous prenez la rue à votre gauche – et puis à la quatrième, que vous traversez, vous verrez l'hôpital à votre gauche. Comprenez-vous?«

»Je vous remercie beaucoup, monsieur«, sage ich und füge auf deutsch an: »Das war mal eine präzise Auskunft!«

»Jetzt links!« gebe ich dem Kutscher nach einer Weile Weisung. »Und dann immer geradeaus.«

Das Lazarett: eine Einfahrt mit Kopfsteinpflaster, ein Pförtnerpavillon, der leersteht. Weiter über schlechtes Pflaster bis in einen großen Hof. Abweisende Fronten mit hohen Fenstern auf allen Seiten. Das hier ist offenkundig ein Lazarett, das schon den Siebziger Krieg gesehen hat. Wie eine moderne Klinik sieht der Bau nicht aus – eher schon wie ein tristes Provinzhospital. Hauptsache, ich werde ordentlich verarztet!

Das Echo unserer Tritte hallt auf verlassenen Fluren nach. Ist denn hier auch kein Mensch? Ich rufe in einen Seitengang hinein: »Sanitäter!« Der Nachhall klingt so schauerlich nach Gespensterburg, daß es mir kalt über den Rücken läuft.

Da geraten wir vor eine hohe Tür, die einen Spalt offensteht, und ich höre ein merkwürdiges Geräusch – einen an- und abschwellenden gepreßten Singsangton. Als ich die Tür vorsichtig aufdrücke, stolpere ich fast über einen wimmernden Mann, der bäuchlings auf nur einer Decke am Boden liegt.

Wie eine körperhafte Masse schlägt mir der Gestank von Karbol, Blut, Eiter und sonst noch was so heftig ins Gesicht, daß ich wie automatisch zurückschrecke. Aber mitten in der Bewegung versteife ich mich und starre auf den Landser zu meinen Füßen. Mein Gott, sieht der Mann böse aus: Die rosarote, schreckliche Wundfläche zwischen den durchgebluteten Mullklumpen muß das Rippenfell sein. Und der Schaum? Der kommt sicher von den Luftresten in der Lunge. Dem ist die Lunge wahrscheinlich schon ganz zusammengesackt ... Ich will zugleich hinblicken und weggucken. Alles sehen und doch nichts sehen müssen.

Jetzt erst öffnen sich meine Ohren auch wieder für das pausenlose hundertfache Wimmern, das den Raum ganz erfüllt. So habe ich Menschen noch nie im Chor wimmern hören. Dicht bei dicht liegen sie am Boden und krepieren wimmernd und heulend vor sich hin. Und keine Sau da, um ihnen eine gnädige Spritze zu verpassen.

So sehr ich mich auch zum genauen Hinsehen nach allen Seiten zwingen will, ich schaffe es nicht: Ich nehme nur blitzlichthaft schnelle Bilder auf von durchgebluteten Verbänden, mit Binden umwickelten Köpfen und Körpern, die wie Mumien eingewickelt sind.

Von Weißkitteln und von Schwestern keine Spur. Aber irgendwo *müssen* die doch stecken! Sie suchen? Nein! Ich will nur noch weg. Nichts als weg! Ab durch die noch offene Türe und dann den großen schweren Türflügel ganz vorsichtig zudrücken. Eine gute Türe: Als sie ins Schloß fällt, ist das Wimmern wie abgehackt.

Im Gang entdecke ich jetzt einen Mann auf einer Bahre. Über ihn ist eine graue Pferdedecke gebreitet, so daß ich nicht sehen kann, was ihm passiert ist. Dieser Mann auf der Bahre verfolgt mich mit den Augen. Er ist offenbar ansprechbar. Ich bleibe also stehen und frage ihn vorsichtig: »Was ist denn hier bloß passiert? Wieso gibt's hier keine Ärzte?«

»Alle abgehauen, Herr Leutnant. Vor ein, zwei Stunden – alle.«

»Und die Schwestern?«

»Die mit«, ist die lakonische Antwort. »Alle weg!«

Plötzlich bricht es aus dem Mann heraus: »Herr Leutnant, Sie haben doch sicher ein Auto. Um Christi willen, Herr Leutnant, bringen Sie mich hier weg! Mir hat 'n Jabo den halben Arsch weggeschossen. Um Christi willen – Ich habe Frau und Kinder, Herr Leutnant! Drei Kinder, Herr Leutnant!«

Ich stehe da und weiß nicht weiter. Was soll ich diesem armen Menschen schon sagen! Sein flehender Blick macht mich fix und fertig. Diesen zu meinen Füßen hingestreckten Mann einfach abblitzen lassen und verschwinden – das geht nicht! Also muß ich ihm erklären: »Wir haben kein richtiges Auto, nur einen total überladenen Holzgaser, mit Feldpost voll bis obenhin. Keine Reifen und auch keinen Holzvorrat mehr. Die Feldpost können wir nicht auf die Straße schmeißen ...«

»Die können Sie aber doch vielleicht abgeben, Herr Leutnant?« sagt der Mann in flehentlichem Ton.

»Wo denn? An wen denn?« frage ich zurück und höre mich selber klingen, als ob mich einer würgte. »Und wir sind auch schon zu dritt...«

Einen Moment lang denke ich: Dem Mann längelang aufs Dach legen? Aber ich weiß auch: Da stirbt er uns schnell weg.

»Die lassen mich doch hier einfach verrecken!« Und jetzt beginnt das arme Schwein auch noch laut zu heulen und zu schluchzen!

Diese Saubande von Ärzten! Diese elenden, feigen Kreaturen! Einfach abzuhauen! Ich beuge mich zu der Bahre hinunter und drücke dem Mann die Hand, die er mühsam unter der Pferdedecke hervorgezogen hat und mir jetzt entgegenstreckt. Reden kann ich nicht mehr. Mir treibt es das Wasser nur so in die Augen. Scheiße, verdammte! Dreimal genotzüchtigte Scheiße: Ich bin einfach nicht zum Seelsorger geboren...

Bartl guckt mich aus fünf Meter Entfernung großäugig an, dann ruckt er mit dem Kopf schräg nach hinten. Raus hier! soll das heißen. Jetzt ist es Bartl, der kommandiert. Ich will noch: Durchhalten! sagen, aber ich bringe es nicht hervor. Also wende ich mich wortlos ab, das Gefühl von Beschämung und Ohnmacht wie eine Zentnerlast auf dem Buckel.

Im nächsten Gang bleibe ich stehen und versuche mich zu fassen: Was hätte ich denn nur tun sollen? Herrgott, da waren mehr als hundert Männer – denen wir hätten helfen müssen. Gnädiger Gott, da lagen welche auf dem Boden wie ausblutendes Vieh. So krepieren zu müssen – wie abgestochen – ohne Arzt und Spritze! Ich lehne in leichtem Schwindel die rechte Schulter an die Wand, fühle den stumpfen Leimfarbenanstrich mit der Handkante. Die Muschkoten! Man hat die armen Schweine einfach liegenlassen wie von Schlächterlehrlingen nicht richtig umgebrachtes Vieh!

Aus meinem Erschrecken wird jähe, unbändige Wut. Wie in einem Krampf beiße ich, um nicht zu toben, die Zähne zusammen und zittere wie im Schüttelfrost.

Als der Krampf sich nach Minuten löst, bin ich leer und hilflos und werde von Trauer übermannt. Jetzt schießen mir die Tränen erst richtig in die Augen. Aber plötzlich brülle ich, ohne es zu wollen, los: »Ist hier wer?« Es hallt schauerlich nach. Antwort kommt nicht.

Wieder befällt mich atemverschlagender Zweifel: Kann das denn die Wirklichkeit sein? Ist das nicht nur ein böser Traum?

Im Hof kommt mir ein offenbar nur leicht am Bein Verwundeter entgegen. »Stimmt!« sagt er. »Die Ärzte sind *alle* abgehauen!« Und wohl, weil er mein Entsetzen sieht, fügt er noch hinzu: »Fast alles Verwundungen von Tieffliegern, Herr Leutnant. Die meisten ganz frisch...« Dann faßt er meinen linken Arm ins Auge und guckt mich fragend an.

»Auch 'n Jabo«, sage ich nur. In meinem Kopf arbeitet es aber heftig: Herr im Himmel, das hätte mir genauso passieren können. Den halben Arsch weggerissen, den Hinterkopf ... Da bin ich aber verdammt gut bedient mit meinem kaputtgehauenen Ellenbogen und meinem dröhnenden Schädel!

Erst als ich wieder in der Arche sitze, melden sich meine Schmerzen zurück. Als der Kutscher die Arche orgelnd anspringen läßt, versuche ich ein paarmal tief durchzuatmen. Der Kopf will mir dabei schier platzen ...

Die Arche wieder aus Paris hinauslotsen: nicht einfach für einen, der vor lauter Schmerzen heulen könnte. Karte machen kann ich nicht. Ich habe keinen Stadtplan von Paris. Wir müssen auf jeden Fall nach Osten raus – am besten also die Seine entlang und am Bois de Vincennes hin.

Obwohl ich die Strecke oft genug gefahren bin, finde ich den richtigen Weg nicht gleich. Meine Wahrnehmung hat sich getrübt. Ich habe nicht mal mehr ein sicheres Gefühl für die Himmelsrichtungen. Aber ich tue wenigstens so, als sei alles in bester Ordnung und unsere Straße die richtige: nur weiter! Nichts wie raus hier!

Wieder bleiben Passanten, wenn sie unsere Arche sehen, stehen und gaffen. Das ist ja wohl nicht unnormal. Und *doch*! Und doch ist es nicht wie immer. Oder liegt es nur an meinen Schmerzen, daß ich in den Passanten auf einmal bedrohliche Gespenster sehe? Habe ich Fieber? Der Puls hämmert mir jedenfalls direkt im Ellenbogen, und das viel schneller als sonst – und vor den Augen habe ich dünnen Nebel.

Längst schon bin ich durstig. Langsam wird der Durst quälend. Aber jetzt in ein Bistro? Habe ich Manschetten, daß wir in eine Falle gehen könnten? Es liegt ganz sicher etwas in der Luft! Ich kann es deutlich spüren ...

Eins ist gewiß: Im Straßenverkehr sind viel weniger Wehrmachtfahrzeuge zu sehen, als ich es gewohnt bin. Landser laufen gar keine herum. Ausgangssperre? Keine Uniformen im Straßenbild. Das ist zumindest ungewöhnlich ...

Die Schmerzen in meinem linken Arm werden mich noch umbringen. Der Arm ist so dick aufgeschwollen, daß man mir sicher das Hemd aufschneiden muß, ehe man ihn versorgen kann.

Fieber habe ich doch wohl nicht, aber kalten Schweiß auf der Stirn und leichten Schüttelfrost auch. – Aber was ist das schon! Uns haben die Jabos nicht erwischt. Wir sind davongekommen – fürs erste jedenfalls. Und weil ich abergläubisch bin, suche ich nach Holz, um dreimal draufzuklopfen. Oben auf dem Dach hätte ich nicht lange zu fummeln brauchen, aber hier ist alles Blech und Stoff und Gummi. Nicht mal die MP hat einen hölzernen Kolben.

Mein kaputter Arm liegt mir wie eine schwere Last im Schoß und pulst heftig. Ob wir nicht doch ein anderes Lazarett suchen sollten?

Ein Schilderbaum mitten auf einer Straßenkreuzung. Aus den vielen taktischen Zeichen ein Hinweisschild für ein Lazarett herauszuklauben versuchen? Unsinn! Ich habe ja noch Pillen. Wenn ich noch ein paar mehr schlucke, wird es schon gehen.

Ich habe in Paris nie ein Lazarett zu Gesicht bekommen. Ich kenne nur die Sanierstube im Gare de l'Est. Dorthin bin ich mal mitten in der Nacht zu Fuß gepilgert – eine halbe Stunde lang, weil keine Métro mehr fuhr und ich Angst hatte, daß ich mir was geholt haben könnte in der Gegend der Markthallen.

Ob wir nicht doch besser über Nacht hierbleiben sollten, will Bartl von mir wissen. »Sie mit Ihrem Arm . . .?«

»Raus auf dem schnellsten Wege – punktum!« gebe ich Bartl endgültigen Bescheid.

Ein Pferdefuhrwerk trottet dicht an der Quaimauer hin, wo die Bouquinisten früher ihre grünen Kästen hinstellten. Der schwarze Rollwagen hat große Fässer geladen.

Da entdecke ich ein Bistro, das ein paar Stühle auf dem Trottoir stehen hat. Was trinken! entscheide ich und dirigiere den Kutscher ganz dicht an den Bordstein. So könnte ich sogar sitzenbleiben.

»Also los, Bartl, versuchen Sie's mal und bringen Sie mir was raus.«

Ich kann sehen, wie ihm eine breithüftige Bedienerin entgegenwogt. Sie hat das Tittenrecken und Hinternwackeln trotz ihres Alters noch nicht aufgegeben. Bartl zeigt auch sofort Wirkung und macht: »Olala!« Er sieht ja auch nicht die feindseligen Blicke des Patrons, der im Hintergrund zwischen den Zapfsäulen am Schanktisch steht.

Und jetzt verläßt der gar seine Stellung und kommt zu mir herausgeschlurft. »Vous êtes marins?« fragt er.

»Sans doute, monsieur!«

Was soll das dumme Gefrage? Und wieso erkennt uns der Mann als Mariner, obwohl keiner von uns Blau trägt. Der Laden gefällt mir nicht!

Als Bartl mir ein bis zum Rand gefülltes Glas mit Rotwein bringt, sage ich: »Los, Bartl! Das scheint mir hier nicht . . .«

»Aber, Herr Oberleutnant . . .«, höre ich noch, da wird mir schwarz vor Augen. Als der Kutscher anfährt, ist mir, als sitze mein Kopf ganz locker. Wo ist die Spannung in meinen Nackenmuskeln geblieben? Meine Beine fühle ich auch nicht richtig. Was soll dieses Versagen?

Das war doch kein Lazarett! denke ich wie im Halbschlaf. Das war ein schreckliches, verlassenes Sterbehaus. Der Eid des Herrn Hippokrates – zur Fotze gemacht. All die blöden Sprüche, die man uns beigebogen hat ... Ich muß auf der Stelle mit diesen Schreckensbildern fertig werden und meine Sinne beisammenhalten! Aber dann sehe ich doch wieder von Blut schwarzgefleckte Stirnverbände vor mir. Glieder in unnatürlicher Lage wie bei achtlos weggelegten Marionetten. In vielen der zermarterten, zerschundenen Leiber kann längst kein Leben mehr gewesen sein. Doch da waren noch genug in diesem Saal, die um ihren letzten Atem rangen.

Merkwürdig: So genau ich trotz des nur sekundenlangen Hinblickens hundert Einzelheiten wahrnehmen konnte – mein inneres Ohr gibt das vielstimmige Klagen, Stöhnen und Ächzen nur wie einen einzigen monotonen, dumpfen Singsang wieder. Den werde ich nie mehr aus dem Ohr bekommen.

Ich werfe mir vor, daß ich die hohe, schwere Türe vor diesen Bildern aus der Hölle allzu schnell wieder zugemacht habe. Länger und genauer hinzusehen, so wie ich es gewöhnt bin, das habe ich einfach nicht geschafft. Feigheit? Nervenflattern? Das alte Grauen vor dem Anblick von Blut und Wunden? Jetzt schäme ich mich dafür.

Die gepflasterte Straße hat nur zur Rechten eine Häuserfront, links aber ein schier endloses Eisengitter. Im Vorbeifahren werden die weit übermannshohen Gitterstäbe zu senkrecht gestellten, ruckenden Filmblenden. Da höre ich Schießerei – Gewehrfeuer. Ich lasse stoppen und hangele mich aus der Arche.

Hinter dem Gitter wie in einer breiten Schlucht Bahngleise: Und da klumpen sich Menschen, da rennen welche auseinander! Neue Schüsse, Geschrei. Verdammt! Doch nicht schon wieder! Müssen wir denn immer in die volle Scheiße geraten? Was wird denn nun wieder gespielt?

Passanten bleiben neben mir stehen und starren durch die Gitterstäbe in die geschwärzte Schlucht mit den silbern blinkenden Gleisen am Boden. Da ist eine Öffnung im Gitter, eine Treppe, die hinunterführt. Jetzt kommen welche die Treppe heraufgehastet: graue Drilliche, geschorene Köpfe. Ich sehe Landser mit Stahlhelmen durcheinanderrennen, die dämlichen Gasmaskenhülsen knapp über den Hintern, Karabiner in den Pfoten. Einer steht da und ballert senkrecht in die Luft – und da noch einer.

»Der Arsch soll bloß aufpassen!« höre ich Bartl. »Der schießt doch zu uns rauf!« Dann sehe ich, wie mich Bartl fragend anguckt. Aber was weiß ich denn, was wir machen sollen?

Wieder Schießen. Einer geht zu Boden – auch von den Leuten, die am Gitter standen, hat es welche erwischt. Ich sehe ganz nah ein angstverzerrtes Gesicht und eine verzweifelte Stimme: »Aidez-moi!« dringt in mich ein.

Simones Stimme!

Das Gesicht ist wieder weg. »Aidez-moi!« höre ich noch einmal. Dieses dreieckige Gesicht, diese scharf gezeichneten Jochbeine – das konnte nur Simone sein! Diese dunklen Augen – Simones Augen!

Es geht alles viel zu schnell, wie im Zeitraffer. Simone ist schon wieder viel zu weit weg, als daß ich sie in die Arche ziehen könnte. Noch mehr Landser kommen von unten. Simone wird weggedrängt, zur Treppe hin gezerrt und brutal hinuntergestoßen.

Und jetzt ist auf der Sohle da unten ein wildes Gerenne. Dazwischen welche in Uniform. Landser? SS-Männer! In dem Durcheinander stehen sie wie erstarrt da, aber dann schießen welche aus der Hüfte. Ich sehe ein paar der Kahlgeschorenen zu Boden sinken. Noch mehr Schüsse, scharf wie Peitschenhiebe, und noch mehr Getroffene.

Jetzt knallt es aus drei, vier Richtungen. Bartl hält seine Pistole in der Hand.

»Bartl! Wohl wahnsinnig? Gehen Sie in Deckung! Los, hinter die Arche!«

Ich kriege kaum noch Luft. Was für ein Spuk! Mit ausgebreiteten Armen hänge ich an den Gitterstäben wie der Gekreuzigte.

»Ist was mit Ihnen, Herr Oberleutnant?« brüllt Bartl und kommt angerannt.

»Bißchen angeschlagen, Bartl«, will ich zurückbrüllen, aber meine Stimme versagt.

»Kein Wunder . . . ich . . .«, höre ich Bartl wie von weitem durch das wüste Gebrülle vom Boden der Bahnschlucht hindurch.

Als gerade mal nicht geschossen wird, sage ich: »Geht schon! Lassen Sie nur. Wir müssen zusehen, daß wir hier rauskommen . . .«

»Jawoll, Herr Oberleutnant.«

»Generalkurs Ost, aber das wissen Sie ja.«

Mir will der Schädel bersten.

Das Befehlsgebrülle nimmt kein Ende. Die schrillen Schreie auch nicht. Unten bei den Gleisen wird immer noch geschossen. Aber jetzt pfeift gellend eine Dampfpfeife und überschrillt alles.

Ich sehe die angstgeweiteten Augen des Kutschers. Bartl hilft mir stoßend und schiebend in die Arche. Dann rollen wir wieder. Häuserfronten wischen vorbei. Kein Brüllen mehr, keine Angstschreie, kein Schießen. Nur das gellende Pfeifen habe ich noch im Ohr. War das wirklich Simone? Kann das überhaupt Simone gewesen sein? Was denn, wenn der Transport nach Deutschland letzte Woche noch gar nicht abgegangen ist?

Unsinn! Heiße Phantasien! Alles dummes Zeug! Nie im Leben kann das Simone gewesen sein! rede ich stumm auf mich ein. Aber damit bringe ich die Bilder in meinem Kopf nicht zur Ruhe, sie jagen darin herum, als wollten sie mir den Schädel zerschellen. Hat der Feldwebel in Fresnes nicht auch gesagt: »Diese Scheißfranzosen – die lassen die Züge doch glatt dreimal um die Stadt fahren!«?

Ich habe nicht aufgepaßt, in welche Straße der Kutscher eingebogen ist: Wir fahren sicher in völlig falscher Richtung – wieder nach Paris hinein anstatt hinaus. Da kommen uns Feldgendarmen mit einem Beiwagenkrad entgegen. Die Kettenhunde fragen? Ehe ich einen Entschluß fassen kann, hat der Kutscher schon gestoppt.

Der Feldwebel auf dem Motorrad starrt mich an, als wollte er mich fressen. So was wie mich und unsere Arche, sage ich mir, sieht er selten. Als ich »Nach Nancy?« frage, kommt der Mann langsam zu sich. Und dann gibt er sich sogar resolut: »Ich lotse Sie lieber, Herr Leutnant, das ist zu kompliziert zum Erklären ...«

Ich bin nicht mehr richtig bei mir. Immer wieder geraten mir Nebel vor die Augen, aber nur für Minuten – dann wird es wieder klar. Wenn das Simone war, hätte sie mich doch erkennen müssen! Aber bin ich denn überhaupt zu erkennen? So, wie ich aussehe? So erkennt mich keiner. So heruntergekommen hat mich noch niemand gesehen. So bärtig auch nicht. Und das Khakizeug, das ich am Leib habe, sieht auch verdammt anders aus als meine übliche Montur.

Dieses verzweifelte »Aidez-moi!«, das klingt mir immer wieder im Ohr nach. »Aidez-moi!« – Aber Simone hätte doch meinen Namen geschrien – und »Aide-moi!« statt »Aidez-moi!«.

Nicht mehr lange, und der Feldwebel weist im Fahren auf ein großes, in einen weißen Betonsockel eingelassenes Straßenschild: »NANCY«. Ich winke ihm ein Verstandenzeichen zu, und das Kradgespann vollführt eine Haarnadelkurve. Gruß und Gegengruß, und der Feldwebel entschwindet meinem Blick.

Richtung Osten

Unsere Kühlernase ist jetzt direkt nach Osten gerichtet. Ich kann es an der Sonne sehen: Sie steht exakt in unserem Rücken, tief schon – mit ihrem unteren Rand liegt sie auf den Dächern auf.

Ich bin so erschöpft, daß ich mich nur sekundenlang zu vergessen brauchte, und ich würde wegsacken. Kein Zweifel: Jetzt kommt die Reaktion. Jetzt wird es hart, wach zu bleiben.

Plötzlich habe ich Bilder wie von einem unvermittelt stehengebliebenen Film im Kopf: die Bahnschlucht mit den verrußten Häuserfronten und den vielen hell blinkenden Gleisen, die Gitter aus hohen Eisenstäben, das kribbelnde Durcheinander von Landsern und wild gestikulierenden Menschen in grauen Drillichen. Da werfen welche die Arme hoch und sinken nieder . . .

Paris—Nancy: zirka dreihundertzwanzig Kilometer. Wie wollen wir nur diese ewig lange Strecke bei unserem traurigen Tempo bewältigen? Wo übernachten? – Könnten wir es wenigstens noch bis Sézanne schaffen?

Am Himmel sind kaum Wolken. Wir haben Dreiviertelmond – und zudem ist die Straße wie mit dem Lineal gezogen gerade: Da müßten wir doch gut bis in die Nacht hinein fahren können. Sicher ist die Straße allemal.

Sézanne ist eine größere Stadt, dort kommen wir sicher auch wieder zu Holz. Bis dahin sollten die Vorräte noch langen. Ich habe immer noch kein Gefühl dafür, wie weit ein Sack Holzfutter für dieses Vehikel reicht.

Durchatmen! Die Nerven zur Ruhe zwingen! Erst mal anhalten? Ach was! Je weiter wir kommen, desto besser. Jetzt brauchen wir wohl schon keine Angst mehr vor Jabos zu haben. Oder könnten sich doch noch welche bis hierher verirren? Aber wenn uns welche attackierten, kämen wir von dieser breiten Straße ohnehin kaum weg. Hier gibt es ja nicht mal Chausseebäume. Trotzdem sollte Bartl aufs Dach, sage ich mir . . .

Kaum ist Bartl oben, lasse ich mich auch schon tief in den Sitz rutschen.

Jetzt sollen die beiden mal sehen, wie sie klarkommen. Als wir aus der östlichen Banlieue heraus sind, ficht mich das starke Verlangen an, mich neben der Chaussee auszustrecken und Bilder von Simone aus unserer Zeit in La Baule zu beschwören. Aber das muß ich mir verbieten. Ich kann nur mit stummen Lippen Simones Namen flüstern. Wieder und wieder. Und dazu der Vorüberzug der Bilder: Die Schießerei am Zug! ... Der Lazarettsaal. Was war das nur alles?

Ich schnattere mit den Zähnen. Heulen und Zähneklappern – das ist es, was sie mir anhexen wollen. »... durch Heiß und Kalt führen, daß dir Hören und Sehen vergeht ...« Die Bibel? Ich weiß es nicht, ob das in der Bibel steht.

Nichts ist mehr paßgenau. Keine Übereinstimmung. Ich agiere ganz anders, als ich es will. Was ist mir eigentlich mit dem Arm passiert? Wieso karriolen wir hier durch die Landschaft? In meinem Kopf arbeiten schnelle Drehscheiben und rotierende Walzen wie verrückt gegeneinander.

Wie war das nur? Wir sind doch gestern erst nach Paris hineingefahren. Und das hier ist die Straße nach Nancy ... Wo aber waren wir letzte Nacht? In Paris? Quatsch: Heute früh erst sind wir nach Paris gekommen! Heute ist heute. Letzte Nacht – das war Versailles. Die Kabeltrommeln, die Fahrradrikschas ... Wann habe ich denn das alles gesehen? Doch nicht erst heute früh! Beim Einfahren nach Paris? HEUTE. Die Panzer auf der Place de la Concorde: HEUTE!

Mir einzubilden, daß ich Simone an der Eisenbahnschlucht gesehen hätte! Ich habe sicher schon Halluzinationen.

Durchparieren! Klarer denken! Sy-ste-ma-tisch denken. Step by step.

Ob ich Simone je wiederfinden werde? Ravensbrück! Ich weiß nicht, wo die Russen jetzt stehen, doch wenn unsere Verteidigungslinien im Osten zusammenbrechen, dann können sie es bis nach Ravensbrück nicht mehr weit haben. Warum aber verschleppt der SD seine Zuchthausinsassen dann ausgerechnet in den Osten? Wenn ich nur eine großräumige Karte hätte, um zu sehen, wo Ravensbrück wirklich liegt!

Jetzt kann auch der Alte nicht mehr helfen. Der ist wahrscheinlich längst tot – fürs Großdeutsche Reich und Volk und Führer heldenhaft gefallen. Wie ich den Alten kenne, ist der verrückte Hund doch in die vorderste Verteidigungslinie gegangen.

Wir sind alle geliefert! Keine Schangs! Von allem Anfang an keine Schangs – nur Aufschub. Daß wir hier noch durch die Gegend karriolen, bedeutet bei Lichte besehen nur Aufschub – ein Aufschub mit surrealistischen Einlagen. Jeden Tag bekommen wir neue geliefert. Ohne ständig neue Wunder wäre das gar nicht zu machen!

Mir geht es schon wieder besser. Die Schwaden verschwinden nach und nach aus dem Kopf. Schaffen das die Pillen, die ich geschluckt habe?

Viel Pillenvorrat habe ich nicht mehr. Die hätten mir mehr mitgeben sollen – aber wer konnte schon wissen, daß sie mich in Paris nicht verarzten würden! Ich brauche jedenfalls demnächst ein anständiges Lazarett mit ordentlicher Röntgeneinrichtung. Aber was wird aus dem alten Bartl, wenn wir eins finden und die mich vereinnahmen? Was aus dem Kutscher? Wie ginge es weiter mit den Päckchen und Briefen? Das Ganze ist schon ein Witz – ein trauriger Witz. Gibt's das, traurige Witze? No, Sir! *Blutige* Witze gibt's!

Ein paar abgebrannte Häuser dicht an der Straße. Und immer wieder mal ein Wasserturm, steil hochgereckt wie ein heftig erigierter Penis.

Bartl rührt sich oben auf dem Dach. Er will im Vorbeifahren ein deutsches Hinweisschild, dann eine Allee und im Hintergrund »eine Art Schlößchen« gesehen haben. Ob wir nicht doch ein Quartier suchen sollten? fragt er mit Blick auf meinen Arm.

Ich gebe mich geschlagen. Also wenden und hin!

Der Weg zwischen den alten Bäumen, es scheinen Ulmen zu sein, ist tief ausgefahren. Der Kutscher hat seine liebe Not und flucht ein ums andere Mal. Dann dürfen wir uns aber belohnt fühlen: Quartier für alle drei, ich im Schlößchen, meine Buschkrieger in Häusern in der Nähe.

Warmes Essen wird uns auch angekündigt. Aber mir ist nicht nach Essen zumute. Wir sind im Quartier einer Artillerieeinheit: eine bespannte Batterie. Im Hof habe ich Pferde gesehen und Haubitzen vom Kaliber Zehnkommafünf mit Spreizlafetten. Vier Protzen waren dort auch aufgereiht.

Das Schlößchen ist in einem desolaten Zustand: alle Bilder durchstoßen, alle Spiegel zerschlagen. Hier hat unsere Soldateska böse gehaust. Ein Oberleutnant erscheint, und als er meinen Blick wandern sieht, sagt er: »Das waren wir nicht!«

Dann redet der Oberleutnant, der von Bartl erfahren hat, daß wir gerade aus Paris kommen, auf mich ein: »Jetzt geht's aber los in Paris! Die Métro streikt schon seit dem Dreizehnten. Haben Sie das denn gar nicht gemerkt? Die Flics sollen auch schon streiken ...«

»Das kann nicht stimmen. Mir hat heute früh noch einer ganz freundlich Auskunft gegeben ...«

»Ich würde aber doch sagen: Seien Sie bloß froh, daß Sie da raus sind!« Dann will er wissen, was mit meinem Arm passiert ist.

»Ach, nichts Besonderes«, gebe ich zurück.

Ob er mir einen Sani schicken solle?

Ich bedanke mich schön und sage: »Das muß geröntgt werden. Im Augenblick geht's ganz gut. Aber haben Sie vielleicht Schmerztabletten . . .?«

Hat er, und dann will er mich nach dem Essen unbedingt zum Trinken animieren, aber danach steht mir der Sinn schon gar nicht. Ich will nichts als schlafen. Gut, ein Schluck Bier, wenn's denn sein muß. Bier könnte gut sein gegen das wüste Gehaspel im Kopf.

Verrückt genug: Unterm Trinken kommen mir Bilderbögen aus Epinal mit Schlachten aus dem Siebziger Krieg vor die Augen, die das Kriegsgeschäft so sehr verharmlosen, daß sogar noch schwere Granateinschläge wie Seifenschaumspritzer von einem Schlag ins Rasierbecken wirken und die Soldaten, die ins Gras beißen, lustige Purzelbäume schlagen. Bis in diese Gegend hier müssen unsere Soldaten neunzehnachtzehn gekommen sein, ehe für die Franzosen Verstärkung mit Pariser Taxis herangekarrt wurde . . .

Der Oberleutnant macht es gnädig – wohl, weil ich nicht so aussehe, als sei ein Saufabend für mich das Richtige. Er ruft nach seinem Burschen, und der geleitet mich in ein Zimmer im ersten Stock. Mit allen Klamotten am Leib lege ich mich auf ein breites, laut aufquietschendes Messingbett. Die dunkelgrauen Pferdedecken werde ich bei dieser Wärme nicht brauchen.

An meiner Tür klopft es. Bartl erscheint und sagt mit der gedämpften Stimme eines Grabredners: »Herr Oberleutnant, wir haben schon wieder 'nen Platten. Bloß ein Glück, daß ich es gemerkt habe.« Bartl macht drei Schritte ins Zimmer und hält mir auf der flachen rechten Hand ein kleines Metallstück entgegen – einen geschmiedeten, krummen Nagel.

»Hufnagel!« sagt Bartl dazu.

»Bespannte Artillerie!« gebe ich so trocken wie möglich zurück. »Da haben wir den Salat!«

»Wenn das so weitergeht . . .«, fängt Bartl mit Empörung in der Stimme an.

Aber da unterbreche ich ihn schon: »Regen Sie sich nicht auf, Bartl! Sie haben wohl schon vergessen, daß Sie einer Reifenpanne Ihr Leben verdanken. Also sorgen Sie mal dafür, daß alles klappt und daß wir neues Flickzeug bekommen, das könnte sonst noch knapp werden.«

Bartl verkündet, daß der Kutscher schon beim Arbeiten sei. Dann schnüffelt er zu meinem Staunen wie ein Jagdhund in die Luft und sagt: »Ich weiß auch, warum es hier so riecht, Herr Oberleutnant . . .« Bartl wartet ab, bis ich mich ihm voll zuwende, dann verrät er mir sein

Wissen: »Das war hier mal 'ne Anstalt – 'ne Blödenanstalt, Herr Oberleutnant.«

Und als ich ihn nur fragend anblicke, erklärt er: »Ich hab's von 'nem Kameraden!«

Dann liege ich flach da und frage mich: Passiert das alles wirklich mir? Wo ist mein Selbst? Was ist nur los mit mir? Keine Ordnung mehr im Hirn . . .

Paris! Das war knapp! Ich würde meine rechte Hand dafür verwetten, daß wir nur um ein Haar aus der Falle gekommen sind. Um ein Haar – das ist schon eine liebe Gewohnheit. Wir sollen eben gesiebt und gesiebt werden – immer wieder. Aber ich bin noch nicht durch die Maschen gestürzt. Mir steht eine besonders raffinierte Spezies von Schutzengeln zur Verfügung, meine arbeiten mit allen Tricks, nicht so schlicht und schlicht bloß mit der leitenden Hand, die kleine Kinder über Abgründe führt.

Oder wollen sie mich am Ende bloß verarschen – will sagen: ein bißchen länger zappeln lassen als die anderen? »Sursis«, – das Wort hat mir doch so gut gefallen, das kam mir richtig familiär vor: le sursis – der Aufschub.

Meine Gedanken geraten ins Kreiseln. Diese Medizinschweine! Einfach abzuhauen! Dieses Gesindel mit den feinen Stiefelchen und dem Arschleder in den Breeches. Die mit den dicken Schulterstücken, die Herren Generalärzte in ihrem bombastischen Kübelwagen – die hat es wenigstens fein erwischt! Da ist kein Auge trocken geblieben! Das muß aber auch ein Mordsding von Mine gewesen sein! So eine Menge Hackfleisch auf einen Schlag!

Und jetzt sehe ich wieder die Bahnschlucht: die riesigen schwarzen Gitter, die granitene Brustwehr, die Treppen hinunter in die Tiefe mit den blinkenden Gleisen, das Durcheinanderhasten von Menschen – wie die Ameisen. Dann die Kahlgeschorenen, die auf die Straße heraufdrängten. Und unter ihnen Simone. Kein Zweifel: Das war sie! Die Stimme, die Augen – das *war* Simone! Wenn ich ihr langes Haar wegdenke, dann war sie es bestimmt. Was sie am Leibe trug, muß ich auch wegdenken. Solche Klamotten verunstalten jeden. Aber die Stimme und die Augen! Diese vom Entsetzen geweiteten Augen waren auf mich gerichtet.

Ich bin drauf und dran, den Verstand zu verlieren . . . Mit meiner Selbstbeherrschung ist es vorbei. Ich muß an mich halten, daß ich nicht flenne. Den starken Oskar markieren – kaltschnäuzig, sturmerprobt! Stirn bieten – nicht kleinkriegen lassen . . . ! Wie satt ich das Theater habe.

Weit weg kann ich die Pferde hören. Hin und wieder schlägt ein Huf auf, und das hallt deutlich nach.

Bespannte Artillerie! Was die hier sollen. Der Siebziger Krieg ist doch weiß Gott vorbei. Die *können* nur noch verheizt werden.

Im Halbschlaf denke ich: die Post in der Arche! Das müssen Hunderte von Briefen sein ... Die Post, die müssen wir auf einen sicheren Weg bringen.

Im Ellenbogengelenk klopft es heftig. Jetzt habe ich also richtig Fieber. Wäre ja auch kein Wunder bei so einem gewaltigen Bluterguß! Wenn es das Gelenk erwischt hat – ob dann mein linker Arm steif wird? Ich wollte heil aus diesem Krieg zurückkommen. Jetzt bin ich mir dessen nicht mehr sicher.

Erst mal nach Nancy kommen und von Nancy weiter nach Lothringen. Irgendwo müssen ja wieder Züge fahren. Dann den erstbesten nehmen und die Arche stehenlassen!

Fragt sich nur, ob wir es so weit noch schaffen. Reifen! Holz! Aber weiß der Kuckuck – vielleicht schaffen wir es mit der Arche ja sogar noch bis über die deutsche Grenze!

Beim Morgendämmern weiß ich nicht, wie ich mich durch die Nacht gequält habe: Viel Schlaf kann das nicht gewesen sein.

Kurz vor der Abfahrt höre ich: Dreux ist gefallen! Da falte ich die Karte noch einmal auf: Von Dreux nach Versailles sind es – geradewegs nach Osten – nur sechzig Kilometer. Und in Versailles sah es doch ganz so aus, als sei die Front noch wer weiß wie weit weg! Ich kann es nicht fassen ...

Eins ist klar: Wenn wir in La Pallice auch nur noch einen Tag vergammelt hätten, wären wir nicht mehr durchgekommen.

Bartl und der Kutscher haben wider Erwarten neues Holz aufgetrieben. Ich will gar nicht fragen, wo und wie. Wir kutschieren jedenfalls fürs erste ohne Holzsorgen auf der großen Landstraße nach Osten wie auf einer Rollbahn dahin. Das Gelände ist geformt wie ein riesiges Wellblech. Wir fahren quer zu den Wellen.

Nach zwei, drei Kilometern zieht der Kutscher plötzlich rechts ran und stoppt. Bartl ist sofort aus dem Wagen. »Wieder 'n Platter!« ruft er.

»Jetzt wird's kriminell!«

»Das kann man wohl sagen, Herr Oberleutnant«, knurrt Bartl und tritt wütend gegen das linke Hinterrad. Dann fährt er den Kutscher an: »Los, ran an die Bouletten!«

Es stellt sich heraus, daß es mit einem Radwechsel nicht getan ist. Der Schlauch des Ersatzrades ist gestern abend entgegen meinem Befehl nicht geflickt worden. Jetzt müssen wir also an der Chausseekante flicken.

»Wunderbar! Phantastisch!« sage ich dazu. Noch lieber würde ich lostoben. Sinn hat das keinen! sage ich mir aber und bezwinge meine Wut.

Wenn das so weitergeht, haben wir am Ende trotz aller Vorsorge kein Flickzeug mehr. Die Schläuche müssen schon wie gescheckt aussehen. Ein Wunder, daß sie überhaupt noch Luft halten.

Bartl legt eine Pause ein und steht da, als wären ihm alle Felle davongeschwommen. Ob ich denn glaubte, will er von mir wissen, daß wir mit unserem Vehikel noch viel weiterkämen.

Der gute Bartl geht mir mit seiner immer stärker werdenden Larmoyanz mehr und mehr auf die Nerven. Dabei haben wir doch das Ärgste hinter uns. Ich weiß mir keinen Vers darauf, warum Bartl ausgerechnet jetzt so tut, als seien wir übel dran.

Ich sitze auf dem feuchten Grasrain des Straßengrabens und versuche mit meinen Gefühlen ins reine zu kommen: Habe ich Simone wirklich geliebt? Auch noch nach ihren Aufführungen in Feldafing? War ich danach nicht viel zu verschreckt, um sie noch lieben zu können? – Wie kann man denn jemanden lieben, den man immer wieder warnen muß – wie denn, wenn man zum Narren gehalten wird? Habe ich zu Simone im letzten La Bauler Jahr noch ein einziges Mal »Ich liebe dich« gesagt? Oder Simone zu mir: »Je t'aime«? War da nicht längst das Mißtrauen zu stark geworden, so sehr ich mir auch Mühe gab, es zu unterdrücken?

Es ist heiß geworden. Bartls und des Kutschers Flüche nehme ich kaum noch wahr.

Und dann rollen wir doch wieder dahin – gleichmäßig und wie ohne Motor. Ich habe große Mühe, mich wachzuhalten. Am liebsten würde ich mich in Schlaf sinken lassen. Wir sind auf dieser Straße ja nicht mehr allein und verloren: Vor uns haben wir Wehrmachtfahrzeuge und hinter uns auch, und alle paar Minuten überholen uns welche.

Wir kommen an einem stehenden Flakzug vorbei. Wieso sind die Kerle gerade beim Richten? Sind etwa Flugzeuge am Himmel? War Alarm? Ich lasse stoppen und sage zu Bartl: »Ich will mal lieber wieder nach oben. Helfen Sie mir rauf.«

Besser ist besser! denke ich. Und außerdem: Der Fahrtwind könnte mir guttun. Ich fühle mich, mit Kaffee und Pillen im Bauch, zwar nicht gerade tiptop, aber doch imstande, meinen Posten zu beziehen.

Die Luft ist nur leider voller Staub. Staub, den ich kaum sehen kann, aber um so mehr schmecken muß. Groteske, silhouettenartige Reste von ausgebrannten Fahrzeugen liegen zu beiden Seiten der Straße. Eine Reihe von Panzerspähwagen steht gestoppt am äußersten Straßenrand. Wahrscheinlich ist doch Alarm . . .

Nach einer leichten Kurve sehe ich, wie ein etwa Zwölfjähriger etwas auf die Straße wirft: Ich schlage aufs Dach. Der Bursche rennt in die Felder. Bartl hebt auf, was er auf die Straße geworfen hat. Natürlich: Reifennägel! Schlau geformt: ganz gleich, wie sie auf dem Boden landen, sie stehen auf jeden Fall mit einer scharfen Spitze nach oben.

Als wir gerade durch ein langgezogenes Straßendorf gerollt sind, sehe ich drei Halbwüchsige am linken Straßenrand hocken und Aufzeichnungen machen. Ich lasse wieder stoppen und dann zurückstoßen. Die Burschen reißen aus. Aber diesmal knallt Bartl mit der Pistole ein paar Schüsse in die Luft: Da bleiben sie mit erhobenen Händen stehen. Ich muß mich jetzt also doch mühsam nach unten hangeln und die Burschen durchsuchen. Bei einem finde ich eine Schulheftseite mit einer Strichliste. Eine lange Reihe Striche unter der Rubrik »camion«. Drei Striche unter »char«. Auf diese Weise erfahre ich, daß hier Panzer gerollt sind. Soll das etwa der Maquis erfahren? Oder ist das hier ein Kinderspiel? Was tun?

Wir verfrachten den Burschen ins Auto direkt neben Bartl. Ich setze mich zurück neben den Kutscher. Der Bursche hat Todesangst. Ich komme mir wie ein Scherge vor und denke: Was soll's! Hätte ich auch gemacht. Also: »Raus mit dir und laß dich nicht wieder erwischen!«

Ich lasse mich zurück aufs Dach hieven, und als ich oben bin, sage ich zu Bartl: »Verdammt aufpassen! Ruhig und langsam fahren. Wir schaffen's schon.« Dabei weiß ich: Gegen die Reifennägel hilft kein Aufpassen.

Felderbreiten noch und noch, aber kaum Dörfer. Wer bestellt nur all die Felder? Endlich tauchen ein paar halbverbrannte Häuser auf, die ihre geschwärzten Kamine an beiden Schmalseiten wie mahnende Zeigefinger in den Himmel recken.

Der Kutscher umfährt mit Sorgfalt alle Schlaglöcher. Manchmal jedoch findet er keine ebene Spur für unsere Räder mehr, weil die Straße mit Schlaglöchern förmlich übersät ist. Streckenweise sieht sie oben vom Dach aus wie die Fliegeraufnahme einer Landschaft, die unter Trommelfeuer gelegen hat. Die Arche schwankt dann wie ein Schiff in quergehender See. Ich habe gut daran getan, mir eine richtige tiefe Kuhle zwischen den Holzsäcken zu bauen: Solange die Arche nicht kippt, kann ich nicht abgeworfen werden.

Eine Ju 96 auf Parallelkurs braust in äußerstem Tiefflug heran: Heckenspringer, die schiere Artistik. Kaum zu glauben: eine deutsche Maschine – eine mit dem weißen Balkenkreuz! Ich kann mich kaum mehr erinnern, wann mir zuletzt dieser Anblick geboten wurde!

Wassertürme. Hochspannung direkt an der Straße hin. Unterholz, tropisch dicht, darüber mächtige Eichen. Auch schwarzgrüne Kiefern.

Die Raubvögel, die mit starren Flügeln über die Baumwipfel heransegeln, machen mich schier verrückt. Noch jedesmal, wenn ich einen sehe, durchzuckt es mich: Jabo!

Flugzeugtrümmer rechts neben der Straße: ein Tommy. Wahrscheinlich gegen den grotesk geknickten Mast gerast, an dem wir gerade vorbeigekommen sind. Wenig weiter ein abgeschossenes eigenes Flugzeug – oder hat es nur eine Bauchlandung gemacht? Die Maschine sieht unversehrt aus.

Die Neugier hat mich in den Klauen, und ich lasse stoppen: kein Blut in der gläsernen Kanzel, die Besatzung dürfte schlank rausgekommen sein. Der Pilot war ein Schlaumann: Auf den erntereifen Zuckerrüben hat er die Maschine auf dem Bauch rutschen lassen wie auf einer Schlidderbahn. Die beiden Luftschrauben sind zwar böse verbogen, aber die Maschine kommt ja so und so nicht mehr hoch.

»Was issen das für 'n Typ, Herr Oberleutnant?« fragt Bartl.

Auf Anhieb weiß ich die Antwort nicht. Zögernd sage ich: »Sieht aus wie 'ne Heinkel ... so auf dem Bauch zwischen lauter Rüben sieht die komisch aus.«

Das ist typisch: Ein Dutzend alliierter Flugzeugtypen würde ich auch noch bauchliegend erkennen. Aber deutsche? Woher auch? Die einzige Militärmaschine, mit der ich je geflogen bin, ist eine Ju 52. Wahrscheinlich sollte diese Heinkel, wenn es denn eine ist, den Luftraum über der Straße hier sichern. Weiß der Henker, wer oder was sie zu Boden gebracht hat ...

Ob wir es wollen oder nicht – wir fahren schon wieder Kolonne. Weit vorne scheinen welche verrückt zu spielen. Es will und will nicht vorangehen. Wenn jetzt ein Luftangriff käme, wenn jetzt ein gewitzter Bursche heranbrauste, könnte er in dieser langen Wagenkolonne reiche Ernte halten. Keine Straßenbäume, überhaupt keine Deckung. Das wäre ein Schlamassel. Gar nicht auszudenken ...

Mir wälzt sich ein Stein vom Herzen, als es endlich weitergeht. Wir fahren langsam, um Abstand zum Vordermann zu gewinnen. Da überholt uns ein Idiot und setzt sich in die Lücke vor uns und dann gleich noch einer, und unser Abstand ist beim Teufel. Lieber erst mal haltmachen und warten, bis der ganze Verein an uns vorbei ist.

Wenig später haben wir einen der von den Burschen gezählten Panzer vor uns: Was für ein Koloß! Muß ein Tiger sein. Wir fahren ihm wie unter einer Glocke aus prasselndem Lärm hinterher. Ich frage mich, wieso dieser Tiger ostwärts karrt statt an die Front.

Der Panzer hält sich ganz links, zermalmt Bordsteinkanten, fährt übers Trottoir – nur so kommt er durch die enge Straße: Aber warum steht sein Geschützrohr etwa fünfzig Grad nach Steuerbord ab? Gläserne Ladenschilder gehen auf der rechten Seite zu Bruch, die Fronten zweier vorstehender Häuser werden regelrecht aufgeschlitzt, so daß große Brocken aufs Trottoir krachen. Die Bewohner, die offenbar gerade nicht zu Hause sind, werden sich wundern!

Was ist denn bloß mit dem Panzerkommandanten los? Ist der denn verrückt geworden – der kann doch hier nicht mit seiner Kanone Kleinholz machen! Da kracht und scheppert es schon wieder gehörig: Mit dem schräg zur Seite stehenden mächtigen Rohr zerscherbt dieser Wahnsinnige Schilder, Fenster ... Vor lauter Staub kann ich kaum noch etwas sehen.

Ich muß wissen, was das zu bedeuten hat. Aber wie soll einer so ein stählernes Ungetüm stoppen?

Weil ich vor lauter Staub nichts mehr sehen kann, lasse ich anhalten. Der Tiger rasselt in einer dicken Wolke davon.

»Die sind doch irre! Einfach irre!« brüllt Bartl.

Wir kommen nur über Scherben und Schutt weiter – ein Gefühl wie auf rohen Eiern: Wenn wir hier unsere Reifen zerschneiden, ist es ganz aus.

Bald haben wir den Tiger wieder vor uns, und als die Straße breiter wird, setzt der Kutscher zum Überholen an. So ist's recht!

Der Panzerkommandant steht hoch aufgerichtet wie für ein Heroenfoto im Turm. Ich dagegen liege mit meinem schäbigen Armverband wie einer aus Napoleons Rückmarschtroß zwischen unseren Holzsäcken. Als ich mit dem Panzerkommandanten auf gleicher Höhe bin, hebe ich die Rechte mit der MP. Der Panzerfritze, ein Oberfeldwebel, hat verstanden, daß er stoppen soll. Während wir an ihm vorbeiziehen, betrachtet er mich mit unverhohlenem Staunen.

Als wir uns endlich vor den Tiger gesetzt haben, gebe ich dem Kutscher das Stoppzeichen. Der fährt auch sofort ordentlich scharf rechts heran, und mit Bartls Hilfe klettere ich vom Dach und gehe zurück auf den mächtigen Stahlbrocken zu.

Der Oberfeldwebel kommt mir auf halbem Weg entgegen. Als er heran ist und salutiert, frage ich: »Was wird denn das, wenn's fertig ist?« und zeige auf das schrägstehende Rohr.

»Der Turm ist blockiert, Herr Leutnant!« bekomme ich da zur Antwort. »Der muß herunter, und das geht nur in Nancy – wenn überhaupt. Vielleicht müssen wir auch noch weiter zurück, Herr Leutnant ...«

Und dann fragt der Oberfeldwebel, als wären wir bei einer Art Tauschhandelgeschäft: »Was haben Sie sich denn da eingefangen, Herr Leutnant?«

»Meinen Sie die Kutsche oder meinen Arm?«

»Beides, Herr Leutnant. Vielleicht können wir Ihnen helfen ...?«

»Wir brauchen vor allem Reifen ...«

»Haben wir nicht, Herr Leutnant – aber sicher was für Ihren Arm. Was ist denn damit, Herr Leutnant?«

»Weiß ich's? Ich weiß nur, daß er nicht mehr zu gebrauchen ist ...«

Ich bin perplex: Ein wildfremder Panzerkommandant macht sich Sorgen um mich.

»Sieht ja böse aus!« sagt der Oberfeldwebel, während wir auf den Tiger zugehen. »Ob wir Sie bei uns hochkriegen?«

Der will doch nicht etwa, daß ich in den Panzer klettere? Aber da gibt der Oberfeldwebel schon seine Befehle, und ich folge ihm wie ein Lamm: Ich werde von zwei Männern zugleich gezogen und geschoben, der Oberfeldwebel hilft auch – mit meiner Rechten finde ich ein paar gute Griffe und bin oben. Und jetzt *hinein* ins enge Turmluk? Ich stoße prompt zweimal an und könnte laut aufschreien.

Drinnen herrscht Schummerlicht. Im Halbdunkel bietet sich meinem Blick eine vertraute Umgebung dar: Rohre, Aggregate, Manometerskalen.

»Ich werde Ihnen zuerst den Ärmel aufschneiden, Herr Leutnant«, sagt der Oberfeldwebel. »Bei *dem* Bluterguß kriegen Sie die Jacke bestimmt nicht mehr runter.«

»Na dann los!« ermuntere ich ihn. Ich will mich forsch gebärden – und dabei treibt mir der Schmerz das Wasser nur so aus den Augen.

Als mein Arm bloß ist, staunt der Feldwebel: »Den haben die aber ganz schön zur Minna gemacht!«

»Von nichts kommt nichts«, gebe ich zurück. Und weil das nun doch zu großsprecherisch klang, rede ich schnell weiter: »Ich meine: Von nichts würde es ja kaum so weh tun – oder?«

»Da haben Sie sich aber schön was angelacht«, sagt der Oberfeldwebel jetzt noch einmal und versucht, meinen Arm trotz der Enge von allen Seiten zu betrachten. »Ich geb Ihnen gleich 'ne Tetanusspritze. Ihr Unterarm ist ja mächtig aufgeschabt ... Sind Sie in letzter Zeit mal gegen Tetanus ...?«

»Nein, überhaupt nie.«

»Gut, die gibt's intramusculär – sozusagen.«

»Wohin?«

»Wohin Sie wollen, Herr Leutnant. Am besten, ich mach Ihnen die Hose auf und dann in den Oberschenkel.«

»Und was ist mit den Schmerzen?« frage ich, als die Prozedur beendet ist.

»Da spritz ich Ihnen was intravenös. Am besten hier rechts in die Armbeuge.«

»Und warum nicht links?«

»Da müßte ich Ihnen den Ärmel noch weiter aufschneiden, Herr Leutnant.«

»Dann mal los!«

»Also 'ne Dosis für Elefanten und Seeleute ... Entschuldigen Sie, Herr Leutnant! Wir sagen bei 'ner ordentlichen Spritze immer: dosiert für Elefanten und Seeleute!«

»Soso!«

»Und bei der Marine sind Sie ja, Herr Leutnant. – Die Spritze bringt Sie für 'ne gute Weile wieder auf die Beine, Herr Leutnant.«

»Ich kann's brauchen.«

»'ne gute Vene!« sagt der Oberfeldwebel vor sich hin, während er sich müht. »So – und nun rein damit!«

Der Oberfeldwebel macht seine Sache gut. Der Schmerz vom Einstich ist mäßig.

»Sie können's ja richtig!« zolle ich ihm Anerkennung.

»Ist auch nicht das erste Mal, Herr Leutnant!« freut sich der Mann.

»Fertig?« frage ich.

»Jawoll, Herr Leutnant.«

»Die Firma dankt herzlich!«

»Keine Ursache, Herr Leutnant! Ihr Arm muß aber unbedingt mit 'ner Schiene fixiert werden ...«

»Erst mal eine haben!« gebe ich zurück.

»Ham wir, Herr Leutnant! Ham wir!« sagt da der Oberfeldwebel mit einer Art begütigendem Timbre in der Stimme.

Ich habe meinen Hintern auf irgendeinem kantigen Vorsatz aus Metall und werde nun in aller Gemütsruhe weiterverarztet. Da meldet der Fahrer, daß die Franzosen, die den Tiger begafft haben, wegrennen und welche nach oben deuten.

»Dann hängen wir eben das Schild ›Geschlossene Gesellschaft!‹ raus«, sagt der Oberfeldwebel, und schon wird die Luke dichtgemacht.

Der Oberfeldwebel langt hierhin und dorthin und hat schließlich eine Gitterschiene in der einen und eine Flachzange in der anderen Hand. Nun paßt er mir bei elektrischem Licht die Schiene mit aller Vorsicht an meinen lädierten Arm an, nimmt sie wieder weg und formt sie mit der Zange. Schließlich wird Arm samt Schiene mit einer offenbar leicht elastischen Binde fest umwickelt.

»Und jetzt machen wir das Ganze auch noch am Bauch fest!« sagt der Oberfeldwebel und langt sich eine neue Binde.

Als auch diese Prozedur erledigt ist, frage ich nach schmerzstillenden Tabletten.

»Ham wir auch!« sagt der Oberfeldwebel hörbar stolz.

Und weil ich soviel Zutrauen zu dem Mann gewonnen habe, frage ich auch gleich noch: »Wie kommt es, daß ich meinen Puls jetzt so heftig im Ellenbogen spüre?«

»Das ist das Schlagaderpulsieren, Herr Leutnant. Das überträgt sich auf den Bluterguß. Der ist ja nun wirklich nicht von schlechten Eltern ... Ins nächste Lazarett würde ich sagen!«

»Lassen Sie nur. Mir geht's schon wesentlich besser. Wie lange hält denn das, was Sie mir da reingejagt haben?«

»Sechs bis acht Stunden, würde ich sagen – aber so lange sollten Sie nicht warten, Herr Leutnant. Spätestens in Nancy ...«

»Ich werd's mir merken! Und verbindlichen Dank. Ich hätte Sie nie für ein fahrbares Lazarett gehalten ...«

»Wir machen alles selber, Herr Leutnant, bis hin zum Kopfamputieren!«

Nun geht auch das Luk wieder auf. Aber jetzt, mit dem am Corpus fixierten Arm, frage ich mich, wie ich da wieder hinauskommen soll.

»Das machen wir schon, Herr Leutnant!« sagt der Oberfeldwebel. »Da haben wir schon ganz andere Sachen gemacht ...«

Und dann weiß ich selber nicht recht, wie ich gepackt und hochgehievt und dann vom Tiger heruntergelassen worden bin. Ich stehe jedenfalls auf der Straße, und der Oberfeldwebel ragt mit dem Oberkörper aus dem Luk heraus und grinst und glänzt wie ein Honigkuchenpferd. Und jetzt salutieren wir, und beide tun wir es lässig. Ich höre, wie der Motor des Panzers anspringt, aber der Panzer fährt nicht an: Wir sollen vorausfahren ...

Mit jeder Radumdrehung kommen wir weiter nach Osten, weiter weg vom Feind. Wie lange die Spritze vorhält, werden wir ja sehen! »Was kann uns jetzt schon noch groß passieren?« rede ich in den Wind hinein. Die Sache macht sich für einsachtzig!

Gleich verkneife ich mein Gesicht, als hätte ich Essig geschluckt: nichts berufen, verdammt noch eins! Sowieso schon ein Wunder, daß die Jagdbomber sich diese Straße offenbar nur selten vornehmen. Ausgebrannte Autos liegen zwar immer noch hier und da in schönstem Terra-di-Siena-Braun an den Straßenrändern, aber ihre Anzahl hält sich in Grenzen.

In meinem Arm macht es poch, poch, poch. Klopfet an, so wird euch aufgetan ... Sollte das denn nicht bald aufhören?

Die Tigerheinis, das sind schon verwegene Burschen! Und die Ruhe weg: einfach den Deckel zu und den bösen Feind ignorieren! Was für eine komische Verwandtschaft zwischen U-Boot und Panzer: das Turmluk, das Panzerluk.

Wir kommen an einem Feldflughafen vorbei: ein störender Anblick, eine verschandelte Kriegskulisse – ärmliche, graue Wellblechhangars zwischen Erdwällen. Ich erkenne eine Fieseler Storch und ein paar Transportmaschinen. Aber vielleicht sind noch andere Flugzeuge hinter den Wällen verborgen? Unsinn! Da sind natürlich keine Flugzeuge dahinter.

Dieser Bruch hier wird wohl auch bald hochgesprengt werden. Fieseler Storch – daß ich nicht lache! Jagdbomber hätten wir gebraucht und Heinkels – und zwar die von der großen Sorte ...

Dicht an der Straße Depotbaracken. Ein Pulk von Landsern um eine Tür gedrängt: Da wird geplündert. Ich lasse den Kutscher langsam fahren und beobachte die Szene: Was die Landser nicht brauchen können, wird unter die Füße getreten und geht zum Teufel. Ein schlimmeres Zeichen der Auflösung als plündernde Soldaten kann ich mir nicht denken.

Allmählich fange ich mich wieder. Die Schmerzen sind deutlich zurückgegangen. Ich kann mich sogar wieder dem Gefühl des Fahrens hingeben. Was für ein Dusel, daß wir die Panzerfahrer getroffen haben! Wunderspritze und Wunderpillen ... Wenn mir einer gesagt hätte, was für hilfsbereite tüchtige Burschen es gibt – ich hätte ihm das nicht abgenommen. Aber daß die Ärzte davonlaufen würden wie *ein* Mann – das hätte ich auch nicht geglaubt.

Ein ödes Platzkarree mit einem Rathaus wie aus der Zeit Napoleons, aber zur Schäbigkeit vergammelt. Dralle Maiden als Springbrunnenfiguren auf einem runden Bronzebecken. Die »Caisse d'épargne« wie von einem Konditor ersonnen. Eine scheußliche, übergroße Kirche nach italienischem Vorbild ...

Wir fahren über die Marne: ein träger Fluß mit schwärzlichem Wasser. Die Marne – die Marneschlacht! Der Stop des deutschen Vormarsches neunzehnvierzehn. Bis hierher und nicht weiter ... Der Beginn des mörderischen Stellungskrieges – das Scheitern der deutschen Offensivpläne ... Der Rhein-Marne-Kanal ...

Ich bin erleichtert, als wir wieder in der freien Landschaft sind. Das Sonnenauge wird von violetten Wolken wie von einem schweren Lid zur

Hälfte verdeckt. Der Himmelsgrund hat eine Tönung zwischen leichtem Violett und Kobalt – Malvenfarbe. Gegen den westlichen Himmel stehen ferne Baumreihen wie mit der Laubsäge fein ausgesägt.

Bald werden die Buschwäldchen, die sich hier und da aus den Feldern hochbuckeln, ihr leuchtendes Grün in noch heftigeres Prangen verwandeln. Ich kann schon voraussehen, wie sie gelb und orange aufleuchten werden. Lange ist es nicht mehr hin bis zum Herbst. Die Bretagne im Herbst! Die schönste Landschaft meines Lebens. Die roten Fanale des wilden Weins zwischen grün überlacktem Efeu – auf ewig dahin ...

Auf einer alten Steinbrücke geht es über einen Fluß, rechts und links Kastaniendunkel. Eine kleine Ortschaft: Häuser ganz dicht an der Straße. Lautsprechergequake aus einem Haus. Klang das nicht wie Englisch? Die Franzosen können es sich leisten, englische Sender zu hören, denen wird der Kopf dafür nicht abgehackt.

Als wir schon vorbei sind, sage ich mir: hätten anhalten und mal hineinhören sollen! Ob es in Paris noch ruhig ist? Ich gäbe was darum, wenn ich wüßte, wo die Alliierten stehen – was in Brest passiert ...

Auf einmal kommt Bewegung in die Landschaft. Am Horizont versammeln sich blaugraue Hügel. Wir fahren zwischen Vorgärten mit sauber geschnittenen Buchsbaumbosquets zu beiden Seiten der Straße dahin. Ein paar Frauen, ganz in Schwarz, Pantoffeln an den Füßen, Arme über dem Bauch gekreuzt – so stehen sie vor ihren grauen Häusern und starren unser Gefährt an. Alle Fensterläden vor den übermannshohen Fenstern sind dicht.

Grau, grau – in unzählbaren Nuancen. Verblichene Schriften, verfaulter Putz, der sich in großen Placken löst, schadhafte Gesimse, windschiefe, ausgeblichene Volets – was muß das für ein tristes Leben in diesen engen Straßen sein. Der Ort heißt La Houbette. Das klingt nach Holpern und Aufstoßen, sogar lustig – aber der Anblick ist eine einzige Tristesse.

Danach wird die Strecke bergig. Wahrscheinlich sind die Berge für ein normales Auto nicht der Rede wert und im vierten Gang zu schaffen, aber die Arche tut sich schwer. Es klingt, als ob sie vor lauter Luftmangel schnaufte. Jedesmal, wenn wir uns im besseren Schrittempo einer Kuppe nähern, wird das Gefühl, wir könnten es nicht schaffen, quälend. Dann aber, wenn es auf der anderen Seite bergab geht, preschen wir nur so mit Vollgas ins nächste Tal hinab.

Merkwürdig ist, daß die Straße auch bei den Steigungen keine Kurven macht. Das müssen verrückte oder besonders faule Straßenbauer gewesen sein, die nur mit dem Lineal gearbeitet haben. Um Feldafing herum, daran ist für mich kein Zweifel, sind die Landstraßen aus alten Kuhpfaden entstanden, so gewunden sind sie, und vielleicht haben vor den Kühen sogar schon Schafe einen Pfad durch die Wiesen gelegt. Schafe oder Rehe.

Über den Kutscher kann ich mich nicht beklagen: Der tut schon sein Bestes und schaltet genau im richtigen Augenblick. Aber was, frage ich mich, wenn wir eine Steigung mal im ersten Gang nicht schaffen, wenn sie zum Beispiel zu lang ist? Aussteigen und schieben! gebe ich mir da selber barschen Bescheid und höhne auch noch: Du hast ja noch eine gesunde rechte Hand – na also!

Immer wieder schieben sich die Bilder aus dem Pariser Hospital vor mein inneres Auge: Ich sehe verkrümmt auf dem Bauch liegende Menschenklumpen, fahlweißes Fleisch, schwarzrot durchsuppte Verbände. Genauso wie diese armen Schweine hätte es uns auch erwischen können. Um ein Haar. So verrecken zu müssen, ohne Spritzen, ohne tröstende Hände!

Warum haben die Tommies gerade uns nicht getroffen? Was hat man mit mir vor? Was soll das Ganze?

Diese Schweine von der Abteilung! – einfach die Kurve gekratzt. Eingepackt, was sich zusammenraffen ließ, und ab dafür mit dem gesamten Fuhrpark Richtung Osten. Hier auf dieser Straße muß der ganze beschissene Verein heim ins Reich karriolt sein. Ende der Fettlebe, aber auf zu neuen Taten – nur schön zusammengeblieben und im alten Stil weitergemacht – in Berlin natürlich.

Ich stelle mir vor, daß der Bismarck bei dieser militärischen Absetzbewegung wieder den Stahlhelm auf seinem Rundschädel hatte: ein militärisches Genie beim strategischen Rückzug. Frontverkürzung. Den Feind tief auf den Kontinent ziehen, damit *der* die langen Wege hat und wir die kürzeren. Im tiefen Vertrauen auf unseren Führer und Obersten Befehlshaber der Wehrmacht . . .

Ein Schlag aufs Dach und die Karte entfalten: Unsere Strecke Paris-deutsche Grenze läuft schnurstracks nach Osten. Mittendrin Nancy. Ich habe eine bodenlose Müdigkeit in den Knochen, aber bis Nancy heißt es durchhalten. Von da ab müßten wir in Sicherheit sein. In Nancy muß es auch ein richtiges Hospital geben, dort können sie mich ordentlich verarzten, und dann lassen wir uns ein Hotel zuweisen und machen erst mal Schluß mit der Karrerei. Mal richtig abschnallen . . .

Aber wenn die mich im Hospital behalten, denke ich wieder, wie soll es denn dann laufen? Gegen diese Vorstellung rede ich schnell an: Das werden sie nicht. Die werden froh sein, wenn wir uns wieder in Bewegung setzen und uns sozusagen selber evakuieren.

Lay-Saint-Remy. Ebenerdige Häuser, schräg zur Straße gestaffelt – auch hier alles grau in grau. Aber als wir einmal anhalten müssen, habe ich Blumentöpfe mit blühenden Kakteen darin direkt vor dem Gesicht.

Der Kutscher treibt die Arche, so gut er kann: Wir müssen mit kurzem Anlauf auf eine Kanalbrücke hoch. Unter uns schwimmen drei Schaluppen wie schwarze Särge. Und dann wird der Kutscher gefordert: Es geht bergauf, bergab. Die Straße hat nun endlich auch Kurven. Für die Arche sind sie reichlich eng. Sie legt sich in jeder Kurve schwer über. Der Kutscher muß das aber, wenn es bergauf geht, riskieren, weil er sonst zu sehr an Tempo verlieren würde.

Der Blick ins Land wird von mächtigen Abraumhalden mit Förderseilbahnen verlegt: Wir sind unversehens mitten in eine Industrielandschaft geraten. Aber was für eine Industrie ist das? Ich will mich beim nächsten Passanten erkundigen, da lese ich »Ciments Français« auf einem riesigen Transparent, das quer über der Straße an einem Gerüst angebracht ist.

Ein zementgrauer Friedhof, aber keine Häuser in der Nähe. Die helle Mauer, über die trotz ihrer Höhe spitze, sperrige Grabkreuze ragen. Der Friedhof ist ein einziger abstoßend häßlicher Fleck in der Landschaft – hellgrau überpudert und wie ein Negativ wirkend. Ich kann einen schnellen Blick durchs Tor erhaschen: auch innerhalb der Mauer keine Spur von Grün, keine Blume, kein Baum – nur Kreuze und Platten aus grauem Zement.

Dann ist das Industriegebiet auf einmal weg, als sei es nur ein Spuk gewesen. Zu beiden Seiten streckt sich wieder Wiesenland bis hin zum Horizont.

Ein Wegschild: »VERDUN«. Ein Schwall von Bildern strömt mir ins Hirn. Als sollten mir zu den inneren Bildern auch gleich die passenden realen Ansichten geliefert werden, stehen große Kasernen an der Straße, mit langen Reihen kahler Fenster. Ein paar Autowracks sind direkt davor so dicht zusammengeschoben wie leergeatmete Harmonikas.

Dann tauchen Berge auf, lang und abgeflacht wie Sargdeckel. Aber das sind gar keine richtigen Berge! Das ist Abraum von irgendwelchen Gruben.

Die Kathedrale von Toul bekomme ich nur als blaue Silhouette über Barackendächern zu sehen, das Schiff uns zugekehrt. Die Türme sind gestumpft wie die von Notre-Dame.

Eine Steinbrücke über die Mosel. Die Straße hat eine Schneise in den Befestigungswall um die Stadt geschlagen.

Ein paar Invaliden mit großen Baskenmützen, die über den Augen zum Schirm vorgezogen sind. Einer zeigt mit dem Stecken – ich kann deutlich den schwarzen Gummipuffer am Ende wahrnehmen – auf uns. Ein kleiner Hafen mit Schaluppen, alle mit leuchtenden weißen Zahlen am Bug.

Nancy

Durch Nancy bin ich immer nur mit dem Zug hindurchgefahren, meistens nachts. Jetzt könnte ich mir die Stadt endlich einmal ansehen – aber mit meinem Mulsch im Kopf? Die Füße vertreten muß ich mir auf jeden Fall. Deshalb lasse ich, als wir ungefähr in der Mitte der Stadt sind, stoppen.

»Gleich zu 'nem Lazarett?« fragt Bartl.

Da schwillt mir der Kamm, und ich sage: »I wo. Ich hab ja meine Pillen!« Und im Hinterkopf denke ich: Die würden mich *doch* dabehalten.

Ich gehe ein paar hundert Meter. Ich fühle mich nicht gerade frisch und munter, aber doch ganz leidlich. Ich bin sogar ein bißchen aufgedreht. Kommt das von dem Gefühl, endlich in Sicherheit zu sein?

Das viele Geld in meiner Tasche! Ob es dafür noch was zu kaufen gibt? Da bleibe ich vor einem Modeladen stehen. Das ist doch nicht zu fassen! Ein ganzes Schaufenster voller hübsch hindekorierter Angorapullover in lauter gebrochenen Tönen – Pastelltönen –, genau wie Simone sie dauernd trug: ärmellos oder nur mit kurzen Ärmelansätzen. Daß es so etwas noch gibt im fünften Kriegsjahr!

Wahrscheinlich zu teuer für die Franzosen. Aber ich hab Kröten in jeder Menge. Was soll ich denn, wenn ich mal fragen darf, damit jetzt noch anfangen? Gleich regt sich Begehrlichkeit in mir: Angorapullover, die wiegen fast nichts. Aber für wen denn bloß? Das wird sich finden! beschwichtige ich mich. Angorapullover, die kann man immer brauchen! Erstklassige Dosenöffner!

Ehe es mir richtig bewußt wird, habe ich die Messingklinke niedergedrückt und trete schon über die Schwelle. Eine Klingel schrillt. Erst, als ich die Tür hinter mir wieder zudrücke, hört das dämliche Klingeln auf. Wie im Traum nehme ich Glasregale mit merkwürdig drapierten Stoffteilen wahr – die halbe Dunkelheit und darin das Leuchten der Farben von Damengürteln, Blusen und Anstecknadeln in Vitrinen mit geschliffenen Scheiben. Ich staune, was es hier alles noch zu kaufen gibt: bunte Knöpfe, Halsketten aus Holzperlen, hauchdünne Schals. Es riecht ganz leicht nach Naphtalin.

Hinter einer altmodischen Theke steht reglos eine junge, dunkelhaarige Verkäuferin und guckt mich aus großen, schreckgeweiteten Augen an – gerade so, als hätte sie einen Verrückten vor sich.

Ich spiele wechselweise den abgebrühten Krieger und den Charmeur. Ich plustere mich ordentlich auf und ziehe wie aus Versehen ein Geldbündel aus meiner rechten Hosentasche. Ja, das ist wirklich und tatsächlich zum Staunen: ein kleines Vermögen! Ich hatte eben keine Okkasion zum Versaufen und zum Verhuren. Da sammelt sich der Zaster an. Frontzulagen, Tauchzulagen. Selbstverpfleger hin und wieder – das summiert sich! Und jetzt können wir uns wohl ein bißchen Zeit nehmen. Die Schmeichelreden fließen mir nur so von den Lippen: Die Pullover im Schaufenster seien eine Pracht. Und sicher Angora.

»Mais bien sûr, monsieur!«

Ob sie nicht mal einen der Pullover aus dem Schaufenster auf ihrem formidablen Körper anprobieren wolle, ob das etwa zuviel verlangt wäre?

»Mais non«, sagt die Verkäuferin mit Piepsstimme und gibt sich wie plötzlich verwandelt. Und schon hat sie eins der Kuscheltiere ergriffen und ist damit durch einen schmalen Vorhang verschwunden. Und dann ist sie wieder da und sieht aus wie die leibhaftige Simone: genauso groß, genauso schlank. Nur die Brüste sind etwas kleiner.

Da stehe ich nun und mache Stielaugen und muß erst ein paarmal tief Atem holen, ehe ich einen Ton hervorbringe. Ich stottere schnell heraus, was ich da vor Augen hätte, sei ganz wunderschön, und versuche dabei krampfhaft meine Fassung wiederzugewinnen: ein gelber Angorapullover, genau die gleiche Farbe, wie Simone sie trug, weil das Gelb so gut zu ihrer braunen Haut paßte – ein Gelb genau in der Mitte zwischen Neapelgelb und Zitronengelb, nicht zu lasch und nicht zu scharf. Auch die Verkäuferin hat dunkle Augen, wie Simone, und ihr Haar hat das gleiche Dunkelbraun, das fast schon schwarz ist – auch sie ist ein Tahitimädchen, und daß sie den gelben Pullover ausgewählt hat, ist sicher kein Zufall: Auch sie weiß, was ihr am besten steht.

Und wie es mit dem wäre, fragt mich die Verkäuferin und nimmt einen fliederfarbenen in die Hände. Und da kommt mich ein leichter Schwindel an: Das ist genau der andere Pullover, in dem ich Simone gemalt habe. Allein schon dieser Dreiklang – gelb, fliederviolett und hautbraun – könnte mich umwerfen.

Und nun taucht die Verkäuferin ihre braunen Finger in das violette Vlies und läßt sie sich darin wie krabbelnde Tiere bewegen ... Ob sie noch andere aus dem Fenster holen solle, fragt sie dabei.

Ja doch, möglichst alle, damit wir die richtige Auswahl treffen können! Die Größe sei perfekt – »... pourrait pas être mieux«. Und nun kommt noch ein erdbeerroter dazu – nein, eher Erdbeer mit Milch –, zwei weiße und ein hellkobaltfarbener. Was für eine pastellig gedämpfte Pracht!

Ob sie den fliederfarbenen Pullover auch vorführen solle? Aber gewiß doch! Aber ich bitte darum ... Als ich, während sich das Mädchen umzieht, nun selber mit beiden Händen in die weiche Wolle fasse, schwindet plötzlich Simones Bild dahin, und statt Simone habe ich eine ganz andere Szene vor mir: Ich bin wieder in der Flottille und sehe, wie die Seesäcke einer abgebliebenen Besatzung gefilzt werden. Aus einem der Seesäcke fingern die Pratzen eines Schreibstubenhengstes genauso kuschelweiche Angorapullover heraus wie die hier. Einer nach dem anderen entfalteten sie sich wie chinesische Wunderblumen im Wasserglas ...

Und nun kommt die Verkäuferin wieder, und ich merke, wie sie mich anstarrt. Ihr Blick kreuzt sich mit meinem, und da hält sie in ihren Handbewegungen plötzlich inne. Was muß ich nur für einen Eindruck auf sie machen! Verdammt noch eins, ich sollte mich am Riemen reißen und dieses Geschäft hier zu Ende führen, ohne daß die Verkäuferin um Hilfe schreit. Also zerre ich ein Lächeln auf mein Gesicht und sage: »C'est bien – c'est très, très bien. C'est juste ce que je désire. Ça tombe bien!« Ich plappere drauflos wie ein Papagei, versuche mich ganz normal zu gebärden und könnte doch in den Boden sinken vor lauter Scham über meine Verwirrung. Gott sei Dank bekomme ich wieder Oberwasser. Fabelhafte Idee! Angorapullover, praktischer als Pelzmäntel. Klein, aber oho. Da ließen sich viele aus einem einzigen Zylinder ziehen. Damit kann ich mich ausgiebig beliebt machen. Eine tadellose Tauschware, das ideale Mitbringsel ... Ich sage, daß ich sie alle kaufen möchte. »Mais oui!« Das ganze Schaufenster will ich haben.

Die Verkäuferin holt noch zwei Pullover aus dem Fenster. »Fini«, sagt sie dann mit ihrem hohen Singstimmchen und hebt dabei beide Arme wie Flügel an.

Ja, Schluß! Wegen Warenmangels geschlossen!

Scherze und verlegenes Gerede. Ich muß mich selber wundern, woher ich diesen Auftrieb nehme. Jetzt aber schnell die Kaufbeute einpacken und ab durch die Mitte!

Ob ich sehr verwundet sei, will die Verkäuferin wissen. Nein, nicht sehr verwundet ... Ich kann das alles schon tragen! Nein, keine zwei Pakete, lieber ein ordentlich großes mit einem Bändsel drum. Und nun: »Au revoir! Et merci beaucoup!«

Auf der Schwelle stolpere ich. »Cela ne se casse pas!« zwitschert die Verkäuferin.

»Heureusement!« rufe ich in den Laden zurück.

Als ich wieder auf der Straße bin, komme ich mir einen Moment lang wie ein Einbrecher vor, der einen Teppich abtransportiert. Das war ja wohl auch nahe an Plünderung. Herausgeholt, was das Zeug hält ... Gewiß: Alles bezahlt, aber was sind die Penunzen denn schon wert? Doch diesen Anflug von schlechtem Gewissen scheuche ich schnell weg.

Nun meldet sich bei mir der Hunger. Es müßte doch mit dem Teufel zugehen, wenn wir in Nancy nicht auch noch was zum Schnabulieren fänden. Noch mal richtig schlampampen, das könnte nichts schaden. Das letzte Geld in der Hosentasche wegputzen. Ich muß schließlich auch für meine beiden Krieger sorgen. Weiß der Himmel, wann wir wieder etwas zu essen finden. Tabula rasa machen! Und dann: Au revoir, la douce France – auf Nimmerwiedersehen.

Ich gehe ein paar Schritte, aber als ich auf der anderen Seite eine Parkbank sehe, steuere ich die erst mal an und mache es mir bequem. Fünf Minuten lang mustere ich die Vorübergehenden: Nichts als Wesen vom Mond rennen da vor mir herum. Was müssen die nur alle für wichtige Geschäfte haben, daß sie so in Eile sind. Dabei weiß der Himmel allein, was hier morgen passieren wird oder übermorgen. Die Spatzen zu meinen Füßen plustern sich laut schilpend auf und amüsieren sich im Straßendreck, der genauso grau ist wie ihr Gefieder, und wenn ich mich ein bißchen bewege, macht ihnen das auch nichts aus.

Ich kann von meinem Platz aus die Arche sehen, aber Bartl sehe ich nicht. Der Kutscher kann mir nur die Auskunft geben, Bartl sei gleich, als ich im Laden verschwand, in den Park hineingegangen – gleich da, hinter der Bank. Aber im Park ist kein Bartl mehr. »Der kimmt nimmer!« sagt der Kutscher mitten in meinen Zorn hinein.

»Was soll das heißen?« herrsche ich den Kutscher an.

»I moan nur, daß der nimmer kimmt.«

»Wieso denn das?« fahre ich ihn nochmals heftig an.

»Mei, der war doch scho so komisch die letzte Tag ...«

Was tun? Ich kann doch nicht unter den Passanten herumfragen: Haben Sie 'nen Kaiserlichen gesehen – Mordskanone am Koppel und Spitzbart? Also los und im Schrittempo um die Häusergevierte fahren! Aber so sehr ich mir die Augen auch nach Bartl ausspähe, finden kann ich ihn nicht.

Verdammt noch eins! Was sollen denn die Sperenzchen! Den werde ich aber aus der Wäsche stoßen – pfundweise. So ein Theater zu machen! Einen Sack Flöhe hüten, das ist allemal besser als einen einzelnen Irren ...

Ich hätte eben nicht in den Laden gehen sollen – oder Bartl mitnehmen. Aber wer kann denn wissen, daß der Kerl durchdrehen will!

Ich frage mich, wie lange wir hier noch herumkurven sollen? Wenn Bartl sich versteckt, finden wir ihn nie. Mir soll offenbar auch nichts erspart bleiben!

Der Alte hat mir Bartl ans Herz gelegt... Und nun? Verdammte Pest! Vielleicht ist Bartl schlauer, als ich denke? Verdünnisiert sich einfach und läßt es mich ausbaden? Herrgott im Himmel! Ich hätte mich auch längst absetzen sollen. Absetzen und untertauchen. Schluß machen.

Wir fahren eine Straße an einem Bahndamm entlang und kommen zu einem Rondell mit mannshohen Büschen.

»Da sitzt er!« ruft der Kutscher.

»Bartl!« schreie ich. »Was soll der Quatsch? Los, stehen Sie auf!«

Aber Bartl bleibt sitzen. »Lassen Sie mich hier, Herr Oberleutnant!«

»Was soll das? Ich hab's dem Chef versprochen, daß ich Sie nach Hause bringe! Also hoch und los!«

Bartl bewegt sich immer noch nicht. »Ich kann nicht mehr – ich hab keine Lust mehr«, höre ich ihn gepreßt flüstern.

»Lust oder nicht, das ist ein Befehl!«

»Wissen Sie eigentlich, wie alt ich bin, Herr Oberleutnant?«

»Ja, das ist bekannt«, gebe ich ruhig zurück. Aber ich weiß gleich, diese Antwort war ein Fehler. Ich darf mich jetzt auf keine Hin- und Herrederei einlassen. Bartl sitzt immer noch da wie festgelascht.

Muß ich ihn jetzt anherrschen? Stehen Sie auf, Mann! – oder irgendwas in der Art? Mein Gefühl sagt mir, daß ich damit nur alles verschlimmern würde. Ich setze mich zu ihm und warte darauf, daß er weiterredet.

»Kann nich mehr... will nich mehr...«, höre ich ihn zum Boden hin reden. »Doch sinnlos...« Weiter nichts. Wenn ich ihn anrede, läßt er den Kopf noch weiter sinken. Seine Hände sacken herab. Bartl fällt ganz und gar in sich zusammen und dreht den Kopf wie automatisch hin und her. Verneinung an die ganze Welt.

Natürlich könnte ich Bartl jetzt mit der militärischen Tour hochsteigen lassen. Ich bin sicher, daß er auf einen scharfen Anraunzer reagieren würde. Aber ich lasse nicht locker und rede mit gedämpfter Stimme auf ihn ein. Ich will herausbekommen, was in ihm vorgeht...

Zu guter Letzt noch ein Melodram – das hat gerade noch gefehlt!

»Mist, verdammter!« Obwohl ich es gar nicht wollte, kam das laut aus mir heraus. Aber Bartl reagiert auch darauf nicht. Wie bringe ich den Mann bloß von dieser Parkbank weg in die Arche?

»Der Chef hat mir den dienstlichen Auftrag gegeben, Sie heil nach

Hause zu bringen«, sage ich endlich mit Strenge in der Stimme, »und daran halte ich mich – verstanden?« Und nach einem tiefen Luftholen schiebe ich noch nach: »Außerdem hat er mir das auch auf die Seele gebunden.«

». . . nach Hause . . .« murmelt Bartl da nur. »Ein Zuhause gibt's doch für mich gar nicht, Herr Oberleutnant!« Dabei guckt er mich von unten her mit einem wahren Hundeblick an: »Ich weiß überhaupt nicht, wohin ich soll. Meine Tochter hat geheiratet . . .«

»Und Ihre Frau?«

»Die ist doch schon längst tot, Herr Oberleutnant. Krebs.«

»Aber wo wohnen Sie denn?«

»Früher in München, Herr Oberleutnant.«

»Und jetzt?«

»Nirgends, Herr Oberleutnant. Ich bin ausgebombt. Das Haus gibt's nicht mehr.«

Da haben wir den Salat: Der Alte hat Bartl also, als er ihn nach Hause schickte, nicht etwa von seinen Pflichten und Bürden befreit, sondern heimatlos gemacht . . . Bartls Zuhause war die Flottille. »Und außerdem ist da noch was anhängig mit meinem Humus, Herr Oberleutnant.«

»Kommen Sie mir bloß nicht wieder mit Ihren Humussorgen, Bartl!«

»Nein, nein . . . mit der Flottille hat das nichts zu tun.« Dann erfahre ich: Bartl hat lange vor dem Krieg schon eine Art Gärtnereibetrieb aufgemacht, vor allem hat er Humus produziert oder zu produzieren versucht. Und den Humus hat er verkauft. An Landschaftsgärtner, wie er sagt. Der Humus war aber nicht in Ordnung. Die Landschaftsgärtner bekamen Queckensamen en masse mitgeliefert, und der ging dann prächtig auf, und Bartl bekam Schadenersatzforderungen ins Haus . . . »Und die hängen mir natürlich noch am Bein«, klagt Bartl.

»Am besten kommen Sie erst mal mit zu mir«, versuche ich ihm zuzureden.

»In der Flottille«, brummelt Bartl, »da kümmert sich jetzt doch kein Schwein um das alles. Meine Frühbeete . . .«

Bartl und seine Landwirtschaft. Der hingebungsvolle Gärtner Bartl – der stolze Blumenzüchter, dem es keiner recht machen konnte, und jetzt dieses Elend.

»Sicher belämmernd«, versuche ich es nun, »aber was hilft's! Mit solchen Sorgen sind Sie sicher nicht der einzige im ganzen großen Frankreich!« Mir stehen sofort die Miniaturlandwirtschaften der Marineartilleristen an der Küste zwischen Le Havre und Dieppe vor Augen und die Kaninchenställe der Landser an der Brester Bucht. »Die Amis werden staunen, wie gepflegt so was bei uns aussieht«, quatsche ich ohne viel Nachdenken. »Die lassen das doch nicht verkommen!«

»Hm – meinen Sie, Herr Oberleutnant?« murmelt Bartl da und bringt seinen Kopf halb hoch.

Ich bin offenkundig auf dem richtigen Weg. Also weiter: »Was glauben Sie, wie die sich freuen, wenn sie nach ihrem Dosenfraß, nach all dem beschissenen Corned beef endlich aus Richard Bartls Kulturen was Frisches auf die Back kriegen!«

Bartl hebt seinen Kopf noch ein Stück höher. Gleich wird sich sein Blick an meine Lippen hängen. Anerkennung, das ist Bartls Lebenselixier, ganz gleich, woher sie kommt. Bartl der Große! Der Urbarmacher, Landnehmer, Claimabstecker. Bartl, der wie Moses an den Fels schlägt und das Wasser springen läßt. Wenn nur ein Abglanz von diesem Nimbus wieder um sein Haupt leuchtet, kommen wir sicher weiter.

Aber Bartl will es mir anscheinend nicht zu leichtmachen. Er klagt schon wieder: »Und meine Bilder sind alle im Eimer, Herr Oberleutnant! Mein Album! Das Gästebuch mit der Unterschrift vom Befehlshaber der U-Boote, allen Flottillenchefs und sämtlichen Kommandanten der Flottille ... Ich hab 'ne Tochter in Amerika, der wollte ich das vererben!«

Ich frage aufs Geratewohl: »Ist die verheiratet?«

Bartl bejaht das mit Kopfnicken.

»Ist er beim Militär?«

»Jawoll, Herr Oberleutnant, aber leider nicht Marine – Infanterie.«

Und da phantasiere ich auch schon los: »Stellen Sie sich vor, der Mann ist bei dem Haufen, der demnächst Brest erobert oder schon erobert hat – und plötzlich steht er vor dem Mädchennamen seiner Frau ...«

»Wieso denn, Herr Oberleutnant?«

»Na, hören Sie mal, über Ihrem Revier hängt doch diese riesige Tafel ›Salon Bartl‹ – und das ist doch wohl der Mädchenname ihrer in Amerika verheirateten Tochter?«

Bartl guckt mich endlich halb zweifelnd, halb erfreut an, und jetzt entschließt er sich zur Zustimmung: »Möglich ist alles, Herr Oberleutnant!«

»Ja, gerade im Krieg!« sage ich, und Bartl leuchtet förmlich auf. Als wir zum Auto gehen, sage ich: »Wenn Sie noch mal abhauen, ist der Spaß aus, Bartl! So was Saudummes kann auch bloß Ihnen einfallen. Als ob Sie nicht wüßten, was auf Abhauen steht!«

»Mir war das egal, Herr Oberleutnant. Völlig egal. Das müssen Sie mir glauben ...«

»Ach – Flausen!«

»Sie haben gut reden, Herr Oberleutnant ...!«

Aber allmählich bekommt Bartl sich wieder halbwegs in die Gewalt. Als ich ins Auto steigen will, ermahnt er mich: »Sie müssen sich endlich ordentlich verarzten lassen, Herr Oberleutnant!«

»Weiß ich! Aber fürs erste geht's so ganz gut.«

Das ist natürlich gelogen. Es geht mit dem Arm gar nicht gut. Ich spüre im Ellenbogen immer noch den Pulsschlag. Und wenn mich nicht alles täuscht, habe ich auch wieder Fieber. Aber mein bohrender Hunger, reimt der sich auf Fieber? Wenn einer Fieber hat, vergeht ihm da nicht der Appetit?

»Jetzt brauchen wir vor allem was zu futtern!« posaune ich so laut hinaus, als handelte es sich um eine Siegesmeldung. »Und hier sieht's ganz so aus, als gebe es noch ein standesgemäßes Restaurant.«

Dem Kutscher befehle ich: »Mal um den Platz und da halblinks in die Straße – die sieht nahrhaft aus.«

Ich werde Bartl schon wieder auf die Beine bringen. Essen gehen, das könnte ihn aufrichten. Futtern ist immer gut.

Ich kann den Jammer, der Bartl erfaßt hat, ja verstehen. Ich sehe ihn in einem kärglich möblierten Zimmer hocken und Suppe löffeln und dabei vor sich hinbrabbeln – und keiner ist da, der ihm zuhören mag, der großen Reespinne Bartl . . . Und ich? Wohin soll *ich* mich wenden, wenn der ganze Zauber zu Ende ist? Ich strampele mich gegen das Verhängnis ab und setze alle meine Kräfte ein, um zu verhindern, daß sich mir die Schlinge um den Hals legt und zuzieht. Aber mit welchem Ziel denn eigentlich? Ich muß die Augen schließen, weil es in mir allzu heftig wirbelt: Bis Paris habe ich mir noch vormachen können, ich würde Simone aufspüren können. Dabei wußte ich insgeheim genau, daß das nur eine Illusion war – und daß ich den Bismarck erwischen würde, dieses gottverdammte Monstrum, das an Simones Untergang schuld ist, habe ich mir das etwa auch nur vorgemacht?

Nicht einen einzigen von meinen Peinigern habe ich je gestellt und zur Rechenschaft gezogen. Nicht einer hat mit erhobenen Händen vor meiner Pistolenmündung gezittert, wie ich es mir so oft ausgemalt habe. Die Schleifer vom Arbeitsdienst sind mir ebenso entkommen wie die Bootsmänner aus Glückstadt und jetzt der Bismarck mitsamt seiner Bande.

Aber das ist jetzt nicht das Thema. Was wir brauchen, ist ein ordentliches Restaurant. Noch einmal von einem französischen Tisch essen, und wenn der ganze Schnee verbrennt!

Ich spanne nach rechts und über die Arme des Kutschers hinweg nach links: Wäre doch gelacht, wenn wir kein passendes Restaurant fänden! Das Viertel, das wir durchfahren, riecht geradezu nach gutem Essen. Da: Glasschilder mit Jugendstildekor, eine leuchtende Messingstange an der Eingangstür. Kein alberner Name, sondern einfach »Restaurant« in großen, floral verzierten Buchstaben. Das sieht äußerst vertrauenerweckend aus.

Der Kutscher ist von sich aus langsam gefahren. Jetzt sage ich: »Stop!« Ich steige aus und begucke das Etablissement aus der Nähe. Drei Häuser weiter ist noch ein Restaurant, und das heißt »Zum Eichhörnchen« – hinter der Schaufenstergardine überall ausgestopfte Eichhörnchen, sogar welche beim Vögeln.

Die Eichhörnchenvögelei will mir nicht so recht gefallen, also in den Jugendstilladen! Die Schwingtüren mit aufgemalter Holzmaserung sind zu hell geraten. Dieses Kackegelb ist nun wirklich nicht schön. Aber die geschwungenen Messinggriffe sind es. Und unten an den Schwingtüren die Messingbeschläge, die sind sicher praktisch. Also eine Schmerzpille hinter die Kiemen, Kopf zurück und schlucken, dann durchatmen und los! Rein in die Destille.

»Nehmen Sie die Tasche mit rein!« befehle ich Bartl.

Im sehr gedämpften Tageslicht kann ich künstliche Blumen auf allen Tischen erkennen, aber niemand an den Tischen. Nur eine Handvoll Gäste am Tresen unter einer schwarzbraunen Kassettendecke. Alles sieht solide aus. Das paßt gut für ein großes Essen – für unser Abschiedsessen von der großen Mutter Frankreich. Kein Wunder, daß es noch so leer ist. Für französische Verhältnisse sind wir ein bißchen früh dran.

Am Tisch schwelge ich in Erinnerungen: »Das ist sicher das letzte Mal!«

»Also 'ne Art Henkersmahlzeit!«

»Das nicht gerade, Sie Schwarzseher!«

»Wer weiß denn, was uns noch blüht!«

»Jetzt kann's nur noch angenehme Überraschungen geben ...«

»Das sagen Sie so, Herr Oberleutnant ...«

Der Kutscher ist verlegen. Er weiß nicht, was er mit seinen groben Händen anstellen soll, die vom Stokern völlig verrußt sind.

»Vielleicht finden Sie was, um sich die Pfoten zu waschen.«

»Woll, woll, Herr Oberleitnant«, würgt der Kutscher hervor und verschwindet.

Bartl zeigt endlich Wirkung. Ich kann zusehen, wie er allmählich wieder zu sich kommt. Ich sehe auch, wie der Wirt verstohlene Blicke auf unsere Arche wirft, die direkt vor seinem großen Fenster am Bordstein steht. Ja, guck sie dir nur an! Die kriegt das Eiserne Kreuz. Hat sie aber auch verdient! Nicht gerade ein Ruhmesblatt für den Maquis, daß die Arche hier vor dem Restaurant steht – ordentlich am Trottoir geparkt, wie im tiefsten Frieden.

Einen Kellner scheint es nicht zu geben. Der Wirt höchstselbst umschwänzelt unseren Tisch – devot, wie es sich gehört: Schließlich sind wir immer noch die Okkupanten. Aber deshalb wollen wir uns noch lange nicht aufspielen, und das muß ich Bartl auch deutlich sagen, weil der es sich allzu bequem gemacht hat.

Was wir zu essen wünschen? Was Küche und Keller zu bieten haben! Ich lasse durchblicken, daß wir nicht auf das Billigste angewiesen sind, und dann kommt mir die Idee, dem Wirt zu verkünden, ich hätte Geburtstag. Bartl staunt und stottert: »Aber das wußte ich ja gar nicht, Herr Oberleutnant!«

»Ich bis eben auch nicht.«

Da fällt bei Bartl der Groschen.

»Wir sind durch die Scheiße durch«, sage ich. »Hier fühle ich mich ja direkt wieder unter den Fittichen der Großdeutschen Wehrmacht ... Und das letzte Stück, das schaukeln wir schon.«

Ich tue so, als könne ich mich vor lauter Munterkeit und Forsche kaum noch lassen. Mir ist zumute wie einem Boxer, der schon ein paarmal ausgezählt worden ist, aber vor der »Neun!« immer noch wieder hochkommt – wie einer, der sich in den paar Sekunden auf den Brettern frischen Dampf verschafft hat.

Bartl guckt mich an, als zweifle er an meinem Verstand.

»All that money can buy! Morgen haben die französischen Kröten für uns keinen Wert mehr!« Und dann frage ich Bartl: »Extrawünsche?«

Aber Bartl reagiert nicht einmal, er schaut sich nur im Lokal um.

Der Wirt erscheint wieder und verkündet, er hätte für drei Personen Coq au vin, eine Spezialität des Hauses, und vorher »une tranche de paté de lapin«, aber es gäbe auch »cornichons« und alles »épatant!«. Ja, gewiß doch! Und einen Salat und Oliven dazu. Einen »salade d'endives«!

»So, jetzt können wir ›boire et manger à ventre déboutonné‹! Mit ›aufgeknöpftem Bauch‹, Bartl – gut übersetzt: ›nach Herzenslust‹.«

Bartl macht eine stumme Lippenbewegung. Der Kutscher grient zutunlich.

Der Kutscher schaufelt sein Essen energisch und zielstrebig in sich hinein. Er hat seinen Teller bis fast zur Tischmitte vorgeschoben, um Platz für seine Ellenbogen und Unterarme zu finden. Ich denke: Der Alte frißt jetzt Corned beef, falls er überhaupt was bekommt – falls er überhaupt noch was braucht, falls er nicht schon ... Stop! Besser nicht daran denken!

Bartl ist wieder ganz obenauf. Er zerlegt meinen Coq in gabelgerechte Stücke und fragt, ob es so recht sei.

»Danke! In nächster Zeit werde ich wohl mehr Gulasch bestellen müssen, wenn Sie mir nicht helfen.«

Jetzt kann Bartl sogar wieder grinsen.

Ich bin's zufrieden. Mal nicht gehetzt zu werden, das ist schon etwas – und nun auch noch diese reich bestückte Tafel dazu.

»Vorsicht mit dem Wein, Bartl. Das ist ein schwerer Bordeaux. Den dürften Sie kaum gewöhnt sein.«

Die tischen hier doch tatsächlich auf, als hätte es nie einen Krieg gegeben. Carpe diem! Jetzt kommen drei, vier Gäste. Macht der Wirt denen etwa Zeichen? Oder will er sie nur in eine entlegene Ecke plazieren, damit sie nicht sehen, was er uns alles anschleppt?

Ich sage zu Bartl: »Mal lieber unsere Kanonen griffbereit halten.«

Kaum haben wir unseren Coq vertilgt, erscheint der Wirt wieder und hält mit beiden Händen eine Cognac-Flasche vor dem Bauch. Zwischen den Fingern der anderen Hand hat er Gläser. Die Hand sieht aus wie ein Glasigel. Nun stellt er die Gläser auf den Tisch und füllt ordentlich ein.

»A votre santé, messieurs!«

Einer der Gäste geht wieder, zwei andere kommen.

Ich sollte mal aufs Klo verschwinden! Prophylaxe! – Keine Schwierigkeit, das Klo zu finden: Ich brauche nur Witterung aufzunehmen und dann immer dem Gestank nach! Da haben wir es wieder: vorne hui, hinten pfui, das übliche verdreckte Stehklo und eine von Urinstein strotzende Pißrinne. Was für ein Gegensatz zum feinpolierten Restaurant! Ich gucke mich genau um: das zerknüllte, graue Handtuch, der grün oxydierte Seifenspender, in dem längst keine Seife mehr ist, die Zeitungsfetzen auf den verdreckten Bodenkacheln – vielleicht ist das hier das letzte Franzmannklo meines Lebens.

Beim Versuch, mir das Hemd mit einer Hand wieder ordentlich in die Hose zu stecken, gerate ich so sehr in Schwierigkeiten, daß mir der Schweiß herunterläuft und die schiere Atemnot mir noch mehr von dem scharfen Gestank in die Kiemen zwingt, als ich verkraften kann. Sauzucht!

Als ich erschöpft und tief aufatmend ins Restaurant zurückkomme, steht ein Hauptmann in vollem Kriegsschmuck, Stahlhelm auf dem Schädel, an unserem Tisch. Neben ihm ein Feldwebel, auch mit Stahlhelm und riesiger schwarzlederner Pistolentasche – und die nicht etwa an der Hüfte, sondern fast vor dem Bauch: Heeresstreife!

In meinem Kopf arbeitet es blitzschnell: Ein Hauptmann in voller Montur und ein Unteroffizier – das ist ungewöhnlich. Wieso sind die nur zu zweit? Zu einer ordentlichen Streife gehören drei. Steckt da irgendwo noch einer? Wo ist der dritte Mann geblieben?

Meine beiden Buschkrieger stehen da wie begossen. Trotz des schlechten Lichts habe ich gesehen, wie Bartl die Brust hob, als ich durch die Schwingtür gekommen bin – das soll wohl heißen: Gott sei Dank, daß Sie da sind . . .

Der Hauptmann bedenkt mich nur mit einem prüfenden Seitenblick, dann sagt er knarzig zu Bartl und dem Kutscher: »Bitte die Marschbefehle, meine Herren!«

Mir schwillt sofort der Kamm: ein Reflex, gegen den ich nicht ankomme. Diese Kontrollschweine sollte man umlegen. Die sind unsere wahren Feinde. Der seit langem aufgestaute Haß gegen die »Kontrollorgane« schießt nur so in mir hoch. Die alte kalte Wut – ich spüre sie wie ein neues Lebenselement.

Der Hauptmann ist gegen das Licht schwer zu sehen. Aber er hat doch tatsächlich einen Himmler-Zwicker auf der Nase. Mit zwei Schritten zur Seite wende ich den Mann herum wie ein Matador den Stier. Jetzt kann ich ihn schon besser sehen: Nasenbart. Äderchen auf der dicken Nase. Augensäcke, bläuliche Hühnerhaut. Dieser bärbeißig dreinblickende Landgerichtsrat hat sicher eine polierte Glatze unter dem Stahlhelm. Auf seiner Knollennase bilden sich feine Schweißperlen. So aufgeputzt mit Koppel und Schulterriemen und diesem steifen Kragen möchte ich nicht herumlaufen müssen. Nie gewußt, daß man einen Stahlhelm derart albern aufsetzen kann. Er sitzt ihm so hoch oben, als habe der Mann etliche Lagen Zeitung zwischen Schädeldecke und Helm geklemmt. Dieser weiß Gott schön geformte Helm wird auf diesem Schädel zum umgestülpten Nachttopf. Im Geiste nenne ich den Kerl auch gleich »Hauptmann Nachttopf«.

Ich versuche, meine Papiere herauszunesteln. Weil ich dabei aber so hastig bin, gelingt es mir nicht. Stummes Spiel. Bartl kommt mir nicht zu Hilfe, sondern steht wie erstarrt da. Dieser blöde Hauptmann könnte mir helfen, aber der denkt gar nicht daran. Der spielt auch Panoptikum. Um über die Verzögerung hinwegzukommen, rede ich beim Herumfingern schon los: »Für diese beiden Männer bürge ich! So, und hier ist auch mein Marschbefehl!«

Der Hauptmann Nachttopf studiert ihn mit einer Ausführlichkeit, als gäbe es da wunder was zu lesen.

»Und wo haben Sie die Zwischenzeit verbracht, Herr Leutnant?«

»Oberleutnant«, mault Bartl und bringt damit den Hauptmann sichtlich aus dem Konzept. Dem streng prüfenden Blick nach, den Bartl jetzt abbekommt und danach ich, muß der Hauptmann Nachttopf tatsächlich Talarträger sein und solche Blicke geübt haben. Hätte Bartl doch bloß die Schnauze gehalten! Jetzt ist der Hauptmann gereizt.

»Zwischenzeit?« frage ich, um das fällige Palaver schnell in Schwung zu bringen.

»Aber zuerst würde ich gern mal Ihren Dienstgrad kennenlernen . . .«
»Oberleutnant, Herr Hauptmann.«
»Und warum tragen Sie nicht die entsprechenden Rangabzeichen?«
»Weil keine aufzutreiben waren, Herr Hauptmann! Wir kommen, wenn's beliebt, direkt aus dem Krieg, und die Beförderung ist relativ jungen Datums.«
Ich merke, daß meine Hände zittern. Keine Nerven mehr! Meine Lippen zittern ebenfalls.
»Und jetzt dachten wir, wir könnten endlich mal in Ruhe essen. Wir haben's nämlich nötig, Herr Hauptmann!«
Der Hauptmann schickt über seinen Zwicker hinweg prüfende Blicke von einem zum anderen. Verdammt noch mal! möchte ich sagen, das weiß ich auch: ein Oberleutnant, ein Feldwebel und ein gemeiner Mann gehören nicht gemeinsam an einen Tisch. Nicht in dieser Scheißetappe und schon gar nicht in diesem Luxusetablissement. Aber wir gehören nun mal zusammen. Und deshalb fressen wir auch miteinander. Ich beherrsche mich mit knapper Not, zügele mich mit aller Kraft durch, nur das Zittern meiner Lippen kann ich nicht unterdrücken.
Bartl und der Kutscher stehen dicht neben mir.
Ich denke: So ein Mistbock. Will der uns schikanieren? Was stiert mich dieses Ekel denn so an? Was paßt ihm denn nicht?
»Wo haben Sie sich in der Zwischenzeit aufgehalten?« fragt der Hauptmann jetzt, Vorwurf und Zurechtweisung zugleich in der Stimme.
Ich kann mich gerade noch beherrschen, aber mir verzieht es vor Empörung das Gesicht, als ich antworte: »Auf See, Herr Hauptmann – und auf der Landstraße.« Ich bleibe, wenn auch zähneknirschend, höflich. »Bitte Herrn Hauptmann gehorsamst aufmerksam machen zu dürfen«, sage ich, »daß in letzter Zeit gewisse Ereignisse eingetreten sind, die offenbar hier noch nicht bekannt sind . . .«
»Sie reisen als Kurier?«
»Wie mein Marschbefehl zeigt, Herr Hauptmann!«
»Ihr Soldbuch bitte.«
Der Hauptmann Nachttopf blättert darin, vergleicht sogar den Namen auf dem Marschbefehl mit dem im Soldbuch – zum Lachen!
»Sie sind verwundet?«
Daß ich meinen linken Unterarm geschient in einer Binde trage, scheint dieser Kerl gar nicht gleich wahrgenommen zu haben.
»Offenbar ziemlich frisch?« redet der Hauptmann weiter. »Im Lazarett waren Sie aber nicht?«
Herrgott! Jetzt reicht es mir aber! Wie lange soll den dieser Zirkus noch dauern?

»Jawoll, Herr Hauptmann. Ich konnte aber nicht ahnen, daß das ein Verdachtsmoment gegen mich hergeben würde!«

»Und?«

Was soll dieses dämliche »und«? Was ist hier überhaupt los?

Der Feldwebel hat seine Pfote auf seine schwarze Pistolentasche gelegt. Da liegt sie nun wie auf einem Gebetbuch.

»Ich reise, wie Sie inzwischen ja wissen, als Kurier. In dieser Tasche da ist Geheimmaterial, Herr Hauptmann!« gebe ich so gefaßt, wie ich nur kann, zurück.

»Und da begeben Sie sich in ein Restaurant, Herr Oberleutnant . . .«

Meiner Selbstbeherrschung soll offensichtlich das Äußerste abgefordert werden. Jetzt muß ich meinen beiden Kriegern zeigen, was ich aushalte.

»Sie haben es eilig und Geheimmaterial in der Tasche und essen hier zu Mittag – ausschweifend, wie ich sehe? Sie könnten hier schließlich auch . . .«

Da fahre ich dem Hauptmann in die Parade und das schärfer, als ich wollte: »Wir sind schließlich bewaffnet, Herr Hauptmann!«

Damit muß ich meiner Truppe ein Stichwort gegeben haben. Plötzlich sind die beiden in Bewegung geraten: Bartl setzt dem Hauptmann die Maschinenpistole fast auf den Bauch. Gott im Himmel: Bartl spielt verrückt. Der ist erledigt, wenn ich ihn jetzt nicht herauspauke. Contenance! Nur ja keinen Fehler machen! Der Hauptmann *hat* einen Fehler gemacht: Sich einen Idioten als Begleiter auszusuchen, der nicht reagiert – das ist ein schöner Fehler!

»Ihr Feldwebel . . .«, hebt der Hauptmann mit vor Empörung zitternder Stimme an.

»Bootsmann!« falle ich ihm ins Wort. »Bei der Marine heißen Portepee-Unteroffiziere im Feldwebelrang Bootsmann, Herr Hauptmann.«

Da reißt Bartl die Papiere aus der Hand des Hauptmanns. Verdammt! Das kann ihn wirklich den Kragen kosten!

Ich schüttele den Kopf zweimal hart, als wollte ich ein Trugbild zum Verschwinden bringen. Da sehe ich erst, daß der Kutscher seine Walther in den Rücken des Feldwebels drückt. Das hätte ich dem Kutscher nie zugetraut. Ich werde angegriffen – gleich schnappt er zu. »Wer jetzt bloß net frech!« knurrt der Kutscher den Feldwebel an.

Einen Augenblick lang, das sehe ich deutlich, wissen die beiden Streifenheinis nicht, ob sie die Hände hochreißen sollen.

»Unglaublich!« krächzt der Hauptmann. »Dafür werden Sie sich verantworten müssen!«

»Oder Sie, Herr Hauptmann!« Endlich habe ich meine Fassung wieder. »Ich könnte Sie jetzt glatt entwaffnen, Herr Hauptmann. Unsere

Feuerkraft dürfte ja wohl ein bißchen stärker sein als Ihre. Aber ich lasse Ihnen Ihre Waffen . . .«

Der Hauptmann wirkt total verdattert. Er hat deutlich Mühe, auch nur ein Wort über die Lippen zu bringen. Was er endlich hervorwürgt, klingt wie »unverschämt!« – und dann kommt noch »verhaften!«.

»Nein, das werden Sie nicht!«

Aber jetzt muß ich mir ein bißchen mehr einfallen lassen: »Ehrenwort, Herr Hauptmann, wir haben Wildwesttouren gar nicht gern. Aber wir können es uns nicht erlauben, unseren Auftrag gefährden zu lassen. Von Rechts wegen *müßte* ich Sie entwaffnen, weil Ihr Feldwebel offensichtlich meine Kuriertasche entwenden wollte. Er hat eben deutlich danach gegrapscht. Wenn der Führer und Oberste Befehlshaber der Wehrmacht erführe, was Sie hier veranstalten . . .«

Tief in mir kichert es schrill: die reine Kolportage!

»In dieser Tasche ist Geheimmaterial. Das müssen wir notfalls mit der Waffe verteidigen – und zwar gegen *jeden* Übergriff. Befehl ist Befehl!« Und jetzt quassele ich wie aufgedreht los: »Und außerdem ist es sicher keine Empfehlung für einen Hauptmann vom Heer, wenn er immer noch nicht weiß, daß es aus Brest seit ewigen Zeiten keine direkte Verbindung mehr ins schöne Nancy gibt. Und auch nicht, bis wohin die Alliierten mittlerweile durchgebrochen sind! Herr Hauptmann haben offenbar unterstellt, wir hätten uns in Paris amüsiert! Das ist nun eine schwere Beleidigung Ihrerseits! Bringen Sie sich doch bitte nicht in unnötige Schwierigkeiten, Herr Hauptmann.«

Wenn Bartl doch seine MP sinken ließe und der Kutscher seine Walther. Aber wo ist denn der Kutscher? Der Kerl ist plötzlich weg – wie abgetaucht. Jetzt wird es ganz verrückt.

»Ihr Mann hat deutlich nach der Tasche gelangt«, setze ich noch einmal an. »Das hätte glatt ins Auge gehen können . . . Herr Hauptmann hätten richtig im Marschbefehl lesen müssen . . . Und jetzt sind wir in Eile: Ich bitte gehorsamst, mich empfehlen zu dürfen.«

Was gibt der Mann da im Ton eines vertrotzten Rechthabers zum besten? Es stünde nichts an der Tasche? Die Tasche sei nicht kenntlich gemacht?

Da falle ich aus meiner Zynikerrolle: »Herr im Himmel! Da müßten wir ja wahnsinnig sein, wir können doch nicht auch noch plakatieren, daß wir Geheimmaterial herumschleppen!« Doch dann gelingt es mir, wieder auf »verbindlich« zurückzuschalten: »Also, Herr Hauptmann, wohin würde das denn führen! Im übrigen, wenn Ihnen mit diesem Ausweis besser gedient sein sollte als mit unseren Marschbefehlen: Hier!« – und damit strecke ich ihm meinen roten Kriegsberichterausweis hin. »Direkt vom Herrn Generalfeldmarschall Keitel unterschrieben!«

Der Hauptmann nimmt ihn nicht einmal in die Hände, sondern starrt nur verbiestert darauf.

»Und darin steht, daß man uns jede Hilfe angedeihen lassen soll. Aber von Hilfe kann man hier ja wohl nicht reden!«

Den Mann verläßt die Kraft. Ich kann direkt spüren, wie aus dem Popanz peu à peu die Luft entweicht.

»Haben Sie sich wenigstens die Dienststelle gemerkt, die meinen Marschbefehl ausgestellt hat, Herr Hauptmann? Hier steht es schwarz auf weiß: Meldung beim OKW/WPr! Ich bin direkt dem OKW unterstellt!«

Jetzt erst merke ich, daß sich die Gäste allesamt aus dem Lokal verdrückt haben. Ich rufe laut: »Garçon!« und sehe, wie der Wirt heranwieselt und mir mit einer eleganten Bewegung einen Zettel auf den Tisch schiebt. Weil ich beim Zahlen nicht wie ein Renommieronkel vom Land erscheinen will, fingere ich die bunten Scheine einen nach dem anderen aus der Hosentasche, bis es reicht – und nun noch einen obendrauf, damit der Wirt auch seinen Spaß hat.

Der Wirt macht große Augen. »Mais c'est trop, monsieur!«

»Tant mieux pour vous!« Und zum Hauptmann sage ich: »Nobel geht die Welt zugrunde – so sagt man doch, Herr Hauptmann?«

Herrgott, ich weiß, mit dem vielen Geld in der Tasche mache ich mich dem Landgerichtsrat gleich wieder verdächtig – aber was soll's! Wenn der erst gesehen hätte, wieviel es war, ehe ich das Schaufenster mit den Angorapullovern leergekauft habe.

»Wenn ich den Herrn Hauptmann nun gehorsamst bitten dürfte, sich schnell zurückzuziehen! Wir müssen wirklich weiter, Herr Hauptmann! Aber nein, am besten, Sie nehmen hier Platz, bis wir verduftet sind. Ich schlage vor – dreißig Minuten. Vielleicht gönnen sich Herr Hauptmann ja ein Gläschen.« Ich salutiere zackig und befehle: »Ab die Post!« Wo ist bloß der verdammte Kutscher?

Bartl arbeitet sich mühsam hinter dem Tisch hervor, dabei immer noch die MP im Hüftanschlag, den Lauf auf den Bauch des Hauptmanns gerichtet. Während ich, die Tasche in der rechten Hand, zum Ausgang vorangehe, denke ich: Was passiert jetzt? Was passiert, wenn der Hauptmann trotz allem Alarm schlägt? Bartl muß meine Gedanken erraten haben. Auf der Straße sagt er: »Wenn der jetzt Rabbatz macht, kann er sich doch bloß blamieren. Unsere Papiere sind schließlich picobello in Ordnung, Herr Oberleutnant. Der sah aus wie 'n Huhn, dem man sein Ei aus dem Bauch geklaut hat!«

In dem Moment kommt der Kutscher angerannt.

»De Zündkabel!« bringt er atemlos heraus.

»Reden Sie doch Mann, reden Sie!«

Der Kutscher pumpt, dann rappelt er mit dem Ausatmen los: »Dem sein Wagen, der steht um de Ecke ... fahrn kann der net!« Und nach einem neuen Luftschöpfen: »Dem ha ich de Zündkabel rausgrissen!«

Mein Gott, der Kutscher! Ich bin ganz hin. Reue beschleicht mich. Wer hätte das gedacht: Der kann ja reagieren und dann auch gleich bedenkenlos ... Wir sind jedenfalls Herren der Lage geblieben.

Schneller als erwartet sind wir auf der Ausfallstraße. Ich sollte mich beruhigen, aber ich bin vor Wut und Aufregung ganz außer mir. Überall das gleiche: Ehe diesen Brüdern nicht der eigene Arsch gehörig angesengt wird, schalten die nicht. Denen muß es schon an den eigenen Kragen gehen, damit die merken, was anliegt.

Ich sehe, daß meine rechte Hand flattert, und zwinge sie zur Ruhe. »Das hätte aber ins Auge gehen können, Bartl!«

»Wieso denn? Wir haben doch die MP, Herr Oberleutnant – und die hatten bloß 'ne Mauser.«

Dieser Bartl – total verrückt!

»Höflich sind wir doch auch geblieben, Herr Oberleutnant!«

Ich bin fix und fertig. Dieser wahnsinnige Hund! Aber weiß der Satan, was uns sonst passiert wäre, ohne seinen Anfall! Wenn sie uns nur nicht jetzt noch schnappen! Wir sollten runter von dieser Straße, sobald es nur geht!

Schade, daß der Alte das nicht miterlebt hat. Diese Nummer hätte er sehen sollen! Eine reine Freude! Präzise, blitzartig, zackig. Eine Nummer wie geprobt und ganz nach seinem Geschmack.

Dieser blöde Streifenhauptmann wird uns zuerst gar nicht als Marine erkannt haben. Und als er endlich dahinterkam, zu welchem Verein wir gehören, muß ihn das total durcheinandergebracht haben. Natürlich – so wird es gewesen sein! Für den alten Sack waren wir auf den ersten Blick eine Art Franktireure. Dieser Hauptmann Nachttopf hätte sich eben ein bißchen bilden sollen! Thema: die Uniformen der deutschen Kriegsmarine! Da gibt es eben nicht nur Blau ... *Unsere* Uniformkombinationen sind freilich ein Witz! Bartl hat sein Bordpäckchen am Leib, der Kutscher ist als Marineartillerist verkleidet. Von Uniform kann man allenfalls bei mir reden. Nur sieht diese Uniform nach Afrikakorps aus und nicht nach Marine, und außerdem sind meine Klamotten total verdreckt.

Halber Blick in den Rückspiegel nach achtern zu Bartl. Kein Zweifel, Bartl grinst und räkelt sich salopp in seiner Ecke. Gleich wird er in Stimmung machen. Aber nein, plötzlich belfert Bartl wie eine Bordkanone los: »Diese Etappenschweine, den dicken August markieren! Der war doch nicht ganz klar im Kopp!«

Und dann will Bartl wissen, ob der Streifenfeldwebel tatsächlich unsere Tasche grabschen wollte. Er hätte das gar nicht gesehen!

»Nicht die Bohne. Aber wie hätte ich denn sonst ihr wahnsinniges Verhalten erklären sollen?«

Da höre ich Bartl deutlich Anerkennung pfeifen.

Die Klagen des Alten, daß immer mehr Urlauber nicht zurückkämen, weil sie Rammings mit Streifen bekommen hätten! Jetzt wundern mich solche Klagen und Empörungen nicht mehr. Damals war ein Zentralemaat aus dem Fronturlauberzug heraus verhaftet worden, weil er, als so ein Heini mit dem Stahlhelm auf dem Blösser ins Abteil kam, nicht mal aufstand. Das muß ein tolles Bild gewesen sein, wie der Maat, die Beine weit von sich gestreckt, die Hände in den Hosentaschen vergraben, einfach so sitzenblieb . . . Es muß im D-Zug von Paris nach Berlin gewesen sein. Und dann blieb der Maat auch noch sitzen, als er angebrüllt wurde, und reichte nur seelenruhig seine Papiere hoch und empfahl dem Streifenhauptmann: »Schreiben Sie nur alles richtig auf: Was unser Kommandant ist, der schmeißt das dann in den Papierkorb!« So wenigstens hat es der Alte erzählt. Und daraufhin sei der Zentralemaat aus dem Zug heraus verhaftet worden. Der Kommandant des Bootes wollte aber ohne seinen Zentralemaat nicht auslaufen. Es gab einen großen Telefon- und Fernschreiberwirbel, bis der Maat aus dem Loch geholt werden konnte und mit breiter Brust in der Flottille erschien.

Zu den dummen Witzen, die sich das Fatum gern erlaubt, gehörte es nur leider, daß dieser aufsässige Mann eine Woche später mit seinem Boot absoff.

Je weiter wir uns von Nancy entfernen, desto ruhiger werde ich. Und jetzt überkommt mich die schiere Erschöpfung: Ich bin total am Ende.

Die Schmerzen melden sich wieder. In Nancy hätten wir sicher ein Lazarett gefunden – aber nach der Ramming mit diesem Unhold mußten wir nun mal weiter. Und außerdem: Weiß der Satan, wie schnell die Amis vorankommen werden und die Terroristen Putz machen . . .

Während Bartl von hinten auf den Kutscher einquatscht, lasse ich die Gedanken schweifen: Mein Pullovereinkauf erscheint mir plötzlich als eine absurde Zwangshandlung. Warum nur habe ich all diese Angorapullover zusammengekauft? Warum um alles in der Welt? Rausch? Raffgier? War es dieses plötzlich aufquellende Gefühl für Simone, als ich die bunten Dinger im Schaufenster sah? Hat mich das in den Laden getrieben? Gewiß doch: Einzig und allein für Simone habe ich all die Pullover eingeheimst. Nichts trug sie so gern wie diese weichen, ärmellosen Angorapullover – die sanfte Wölbung ihrer Brüste, die Weichheit der Angorawolle, Simones samtige Haut . . . wie gut das zusammenpaßte. Ich kann auf meinem Handrücken die schmiegsame Wolle, aber nun auch mit der Fläche meiner Hand Simones straff gerundete Brust spüren: Ihre feste Brustwarze drängt sich mir dicht an der Fingerwurzel zwischen Zeige- und Mittelfinger . . .

Wenn Simone eines Tages frei ist und nach Feldafing zurückkommt, dann sind eben schon Pullover für sie da. Und zwar genau die Sorte, die sie so sehr liebt. Ich werde sie gut vor Motten zu schützen wissen: mit Naphtalin! Naphtalin werde ich schon irgendwo auftreiben . . .

Plötzlich durchfährt es mich wie ein elektrischer Schlag: Wo ist das Paket?

Im ersten Reflex lasse ich stoppen.

»Was ist, Herr Oberleutnant?« fragt Bartl.

»Die Pullover sind nicht im Wagen.«

»Was für Pullover?«

»Liegt bei Ihnen hinten ein Paket – braunes Papier, ziemlich schlampig gepackt?«

»Nein, Herr Oberleutnant.«

»Steigen Sie mal aus, und gucken Sie genau nach!«

Nach einer Weile kommt ein: »Nichts, Herr Oberleutnant!« von hinten.

Meine Gedanken rotieren: Aus dem Laden habe ich das Paket mitgenommen. Kein Zweifel: Ich kann es noch deutlich unter meinem rechten Arm spüren. Auch in der Arche noch . . . Dann habe ich mich draußen auf die Bank gesetzt . . . Und plötzlich weiß ich's: Auf der Bank habe ich es vergessen! Ich hatte es immer noch unter dem Arm – warum bloß? –, und dort habe ich es dann neben mich hingelegt . . .

»Dann liegt es auf der Bank in Nancy!« sage ich laut.

Der Kutscher starrt mich verblödet an.

»Wenden und zurück, Herr Oberleutnant?« fragt Bartl.

»Und direkt in die Arme der Feldpolizei?«

Da verkneift Bartl das Gesicht auf eine höchst komische Weise, die ich an ihm noch nie gesehen habe – so, als wollte er sich den Unterkiefer ausrenken.

»Los, weiter!« herrsche ich den Kutscher an, weil der vom Gas gegangen ist. Aber der Kutscher kann ja nun wirklich nichts dafür . . .

Wenn Bartl nicht dieses Theater gemacht hätte, dann wäre das Pulloverpaket jetzt im Auto. Dann hätte ich trotz meiner Malaisen den Kopf behalten. Gleich fahre ich mir in die Parade: Was soll das? Was kann der arme Bartl schon dafür! *Ich* hätte aufpassen müssen.

Wenn das nur kein Fingerzeig ist! – Fang nur damit wieder an! sage ich dazu nur und dann laut zu Bartl: »Futsch ist futsch!«

Nur gut, daß Bartl nicht weiß, was ich da zusammengehamstert hatte.

Eine dumpfe Tristesse will mich niederdrücken. Der Verlust der Pullover ist ein böses Omen: Simone ist tot! Wir verrecken am Ende alle! Aber gleich gehe ich mit mir heftig ins Gericht: So ein Blödsinn! Verdammter Aberglaube! Elende Spökenkiekerei! Was sollen diese dämlichen Pullover schon für eine Verbindung mit Simone gehabt haben! Simone hat sie nicht ein einziges Mal getragen, nicht mal angefaßt. Dieser ganze Kauf war doch sowieso nur eine Schnapsidee . . .

Ich versuche, auf andere Gedanken zu kommen, indem ich mir merke, was meine Augen im Vorüberfahren erhaschen: ein weiter Marktplatz mit brutal gekappten Linden, die ganze Fläche bedeckt mit hellrotem Sand – das gleiche Rot wie auf Gauguins Südseebildern. Ein Restaurant mit weinroter Markise, den Eingang flankieren Steinvasen mit Buchsbaumbüschen darin. Geschlossene Fensterläden an fast allen Häusern. Ein maßlos großes, grün patiniertes Reiterstandbild. Wen immer es darstellen mag – der Reiter galoppiert gegen uns an wie der Ziethen aus dem Busch.

Lunéville. Keine Zeit für Schloß und Park. Vom Park sehe ich nur hohe Gartenmauern, die bis zur Krone von Efeu überwuchert sind. Dahinter muß sich die schiere Idylle ausbreiten – aber nicht für uns. Auf einer Wiese ein einsames Schild: »Propriété privée – accès interdit!« Wer könnte denn schon über diese öde Wiese latschen wollen! Und dann lese ich: »Magasin à louer!« Einen Laden mieten? Hier?

Dann sind es geköpfte Erlen, die uns als Alleebäume begleiten. Typische französische Mode, alle Straßenbäume zu köpfen. Ob man das tut, um Brennholz zu gewinnen? Legt man es hierzulande etwa auf eine alljährliche Asternte an, statt die Bäume, wenn sie zu groß werden, ganz abzusägen? Warum aber tut man das nur in Frankreich, warum macht man das nicht auch in Deutschland so? Andere Länder – andere Sitten. So ist das nun mal!

Aus den Dörfern mit den roten Dächern, die regellos in den Niederungen liegen, kommt hier und da ein Edelsteinblitzen durch dichtes Laub hindurch. Das ist dann ein Wiesenbach. Und die Büsche sind Erlengebüsche, die seinen mäandernden Lauf begleiten. Hans-Thoma-Landschaften: sanft, schwingend, von Busch und Baum wohnlich eingerichtet. Hier müßte gut Bleiben sein.

Am Himmel rüttelt immer wieder mal ein Raubvogel. Aber jetzt können die Raubvögel mich nicht mehr verrückt machen: Jetzt muß ich sie Gott sei Dank nicht mehr für Jabos halten. Ein Bussard hat so wenig Scheu, daß er ganz nahe an der Straße und nur fünfzig Meter vor uns aufsetzt und ruhig auf seinem morschen Pfosten sitzenbleibt, als wir vorbeikommen. Gut zwei Sekunden lang betrachten wir uns Auge in Auge. Durch den Hintergrund des Bildes stelzen Hochspannungsmasten, vorn aber beherrscht Ginster den Anblick. Er scheint zum zweiten Mal zu blühen.

Es hilft alles nichts: Meine Gedanken kehren immer wieder zu den Pullovern zurück. Und wenn ich die Pullover sehe, sehe ich auch Simone ganz nahe vor mir, wie sie sich räkelt, um nur schnell genug den nächsten Pullover auf ihre braune Haut zu bekommen, und wie sie jedesmal einen Bauchtanz probiert – unten ganz nackt ... Wenn nur die gemeinen Schmerzen nicht wären. Ich spüre schon wieder jede noch so kleine Erschütterung der Arche mit dem ganzen Arm. Die Straße ist bisweilen nur mehr eine Ansammlung von Schlaglöchern.

Was tun? Noch mehr Pillen schlucken? Den Arm fester binden? Durst peinigt mich auch. Meine Kehle ist von Fahrtwind und Staub wie ausgetrocknet. Dumm, daß wir nichts Rechtes zum Saufen an Bord haben.

Eine gute Viertelstunde muß ich weggedämmert sein: Ich habe kaum mehr etwas von der Gegend aufgenommen.

Die Straße ist völlig von Panzern zerfahren. Erstaunlich, daß die Masten der Hochspannungsleitungen dicht an der Straße nicht gelitten haben.

Mächtige Abraumhalden geraten ins Bild. Im Näherkommen sehe ich, daß einige schon mit Büschen und Birken bewachsen sind. Was für Abraum mag das sein? Einige Halden sind sandfarben, andere grauweiß. Kaolinerde?

Ich richte meine Blicke wieder auf Nahes und nehme eine schnelle Folge von Bildern auf: ein braunes, heftig schweifschlagendes Pferd mit gesenktem Kopf im Schatten einer riesigen Eiche, eine dichte Gruppe von Ebereschen mit schweren roten Beeren in sattem Grün, viel Silbergrau von Weiden vor strotzendem Wiesengrün. Wohin ich auch blicke, ist heimische Landschaft.

Wenn das Kartenbild in meinem Kopf stimmt, sind wir jetzt in Elsaß-Lothringen. Das Elsaß habe ich als Pennäler oft mit dem Saargebiet verwechselt. In meinem Kopf repetiert sich gleich das Lied: »Deutsch ist die Saar, deutsch immerdar / und deutsch ist unsres Flusses Strand / und ewig deutsch mein Heimatland ...« Und dann orgelt sich's in mir hoch: »mein Hei-ma-at-land!«

Die Straße geht mittlerweile in kürzeren Intervallen rauf, runter, rauf wenn wir auf einer Hügelkuppe sind, schweift der Blick weit über die Landschaft, aber gleich darauf wird er von der nächsten Hangschräge wieder versperrt. Es ist wie auf dem Wasser, wenn die See gegenandünt.

Ein hochliegender Kanal, der Beton himmelblau gestrichen, führt direkt auf ein Zementwerk zu. Vom nächsten Hügel aus kann ich den Lauf des Kanals auf eine gute Strecke hin überblicken: hin- und hergewinkelt wie ein Zollstock. Dann kommt eine Pappelallee: Die Bäume haben so dichte Kronen, daß fast das ganze Straßenband im grauvioletten Schatten liegt, den regellose helle Sonnenflecken sprenkeln.

Ich darf nicht wieder wegsacken: Bartl kann hinten in der Arche nicht viel sehen, und der Kutscher guckt nun mal nur geradeaus. Also genau registrieren, was es zu sehen gibt. Notfalls – das nehme ich mir auch gleich vor – muß ich Simone wieder bauchtanzen lassen. Notfalls auch noch eine Pille mehr einwerfen . . .

In Saarburg macht die Auffahrt zur Brücke über die Eisenbahn der Arche Mühe. Ich kann von oben her auf stehende Züge blicken: einer besteht aus lauter Loren mit Panzerspähwagen darauf. Wo wollen die nur jetzt noch hin? Eine Lok kann ich nicht sehen – also auch nicht erkennen, ob es nach Westen oder Osten weitergehen soll.

Auf diesen Gleisen muß auch Simone gefahren sein, wenn man sie denn nach Deutschland verschleppt hat. Und wenn das an der Bahnschlucht in Paris nun doch Simone war und nicht nur eine ähnliche Stimme? Wir hätten uns nicht einfach verdrücken sollen . . . Die steile Treppe hinunter und nachsehen, was da los war. Aber ich hatte ja dazu gar keinen Mumm mehr! Diese Treppe war hundssteil und schmal: eine Nottreppe ohne Geländer: Die hätte ich nicht geschafft.

Eine Rotsandsteinkirche wie aus meinem Ankers Steinbaukasten. Da hatten die griffigen Klötzchen fast die gleiche Farbe. Was für ein Material das wohl war? Mein schöner Baukasten ist auch beim Teufel: in Flammen aufgegangen wie alles so sorgsam aufbewahrte Kinderspielzeug: die beiden Burgen, der Pferdestall, die geschnitzten Braurösser mit dem Faßwagen, die große Werkstatt mit der kleinen Dampfmaschine und den originalgetreuen Transmissionen.

Links dehnt sich eine Kaserne aus gelben Backsteinen, rechts stehen in ihren halb verwilderten Gärten jugendstilige Bürgervillen. Das sieht alles nicht mehr französisch aus, sondern wie in einer deutschen Mittelstadt: Aber das Schild »Entrée interdite. S'adresser au bureau!« über einer Toreinfahrt zeigt, wie hier gesprochen wird.

Verlassene Autos links und rechts. Ausgebrannte Autowracks. An schrägen Straßenböschungen häßliche schwarze Brandflecken. Aber sonst kaum eine Spur vom Krieg. Wehrmachtfahrzeuge. Ein alter Citroën ohne Reifen mit hochgeklappter Haube sieht aus, als hätte er das Maul aufgesperrt.

Ein gekreuzigter Christus aus Sandstein als Feldkreuz. Gute Renaissancearbeit. Eine mächtige schwarze Qualmwolke hinter einem mischwaldbestandenen Hügel. Sieht aus, als ob dort ein Panzer ausbrennt. Auf gute hundert Meter wird die Straße von mächtigen Lindenstämmen flankiert. Dann kommt wieder eine von Panzerketten demolierte Strecke. Auf Kilometer hin ist die Straße ein einziger durchgekneteter Schutt.

Ich muß mich verdammt anstrengen, um alles richtig aufzunehmen. Mein Kopf ist nicht in Ordnung. Alle fragen nach meinem Arm, aber keiner fragt nach meinem Kopf ...

Ins Rot der Äcker ist jetzt Violett gemischt. Ein satter, sehr warmer Ton. Ein rotes Schild mit weißer Schrift: »Attention – danger.« Ich lasse meine Blicke schweifen: Nur keine zu große Hingabe an die Landschaft – es hieß schließlich, in dieser Gegend sei der Maquis besonders aktiv. Vor allem in den langgezogenen Straßendörfern sollten wir aufpassen. Gut, gut, ich passe ja auf!

Ein Ort, in dem die Häuser, als habe man sie um neunzig Grad gedreht, alle mit den Giebeln zur Straße stehen. Ein Pflüger mit einem einfachen Handpflug. Sein Junge führt das Pferd. Es ist ein Schecke.

»Das sieht ja hier alles richtig deutsch aus«, höre ich Bartl. Es sind wohl vor allem die Vorgärten und die eisernen Gartenzäune, die das suggerieren. Aber es herrscht auch mehr Ordnung als weiter im Westen.

Es geht wieder mal auf und ab wie auf einer Achterbahn. Der Kutscher hat den Bogen raus, Treibgas zu sparen: Wenn wir oben auf einem Buckel ankommen, ist kaum noch Fahrt in der Arche – der Kutscher treibt sie gerade so weit, bis ihr eigenes Gewicht auf der nun abwärts geneigten Straße zur Wirkung kommt, dann gibt er endlich ein paar kurze Gasstöße, damit wir richtig in Schußfahrt geraten, und läßt die Arche sausen. Die nächste Steigung schafft die Arche bei diesem Tempo bis zur Hälfte ganz ohne Gas. Der Kutscher erwischt genau den Punkt, wo er sie wieder treiben muß.

Im hohen Gras als schmaler, dunkler Streifen wieder ein Kanal. Muß wohl der Marne-Kanal sein. Und da zieht auch ein finsterer Schleppkahn linker Hand durch die Wiesen. Wenn ich nicht wüßte, daß das just so aussieht, wenn ein großer Kahn auf einem Kanal fährt, würde ich meinen Augen nicht trauen ...

Was ist denn plötzlich mit der Arche los? Läßt unsere Maschine etwa nach? Gibt unser Imbert-Kessel nichts mehr her? Wieder ist es die Brücke über eine Eisenbahnlinie, die der Arche Anstrengungen abfordert. Der Kutscher tut sein Bestes, er treibt die Arche gehörig an, damit uns unsere Wucht fast bis zum Scheitelpunkt der Brücke befördern müßte – aber dann geht der Arche kurz davor doch die Puste aus: Der Kutscher muß zurückschalten, und dabei bleiben wir fast stehen, just als gelte es zu demonstrieren, wie wenig Mumm wir noch haben. Ich wünschte, die Kreuzungen mit der Eisenbahn wären zu ebener Erde gebaut, nur mit Schranken gesichert.

Als wir mit Ach und Krach oben sind, blicke ich hinunter auf Tender, einen rußgeschwärzten Bahnhof, rostbraune Gleise – selbst der spitzige Schotter zwischen den Schwellen ist rostbraun. Auch hier nirgends eine Lokomotive. Die Galgen der Wasserpumpen ragen wie Kranausleger über die Gleise.

Nachgerade sollte ich überlegen, wie weit wir noch fahren wollen. In die Dunkelheit dürfen wir auf keinen Fall geraten. Lange halte ich es sowieso nicht mehr aus. Das kann als sicher gelten.

Links voraus sehe ich in einem Feld in gelockerter Reihe zehn . . . nein, noch mehr Figuren mit Gewehren in merkwürdigem Hüftanschlag in Gegenrichtung neben der Straße vorrücken. Ich gebe das Haltezeichen. Der Kutscher zieht den Wagen scharf nach rechts und tritt auf die Bremse. Bartl steht schon auf der Straße.

»Da!« sage ich nur und weise in die Richtung. »Scheiße, daß wir kein Glas haben – Leute von uns!«

Deutlich sind die Breeches, die Stiefel und die Feldmützen zu erkennen.

»Rote Streifen!« sagt Bartl.

Ich kann, was ich längst erkannt habe, nicht fassen: wahrscheinlich ein Armeestab – mit Schrotflinten!

»Was soll denn das?« fragt Bartl.

»Rebhuhnjagd oder Wachteljagd, irgend so was – oder Fasanen.«

»Jetzt im August?«

Da reißen auch schon zwei der Rotbestreiften die Büchsen hoch. Ich kann nicht sehen, ob sie getroffen haben. Auf einem Feldweg halb hinter Büschen steht eine Reihe von Kübelwagen.

»Sauber!« sagt Bartl. »Direkt an der Straße! Mich wundert schon gar nichts mehr.«

»Denen hat man vielleicht den Proviantnachschub überfallen, und jetzt schießen sie sich was zu essen. Not kennt kein Gebot . . .«, versuche ich zu witzeln.

Bartl zischt zur Antwort nur zwischen den Zähnen. Auch als wir schon eine ganze Weile wieder unterwegs sind, hat er sich noch nicht wieder beruhigt. Ich kann ihn vor sich hinschimpfen hören: »Alles, was recht ist!«

Links und rechts der Straße ist plötzlich wieder Brachfeld des Krieges: verbrannte Schuppen, ausgeglühte Autowracks. Eine alte Ju 52 liegt in einem zertrampelten Getreidefeld. Nur das Fahrgestell scheint demoliert zu sein, und eine der beiden vierflügeligen Luftschrauben ist verbogen. Der Wellblechrumpf hat offenbar nichts abbekommen. »Da drin hätten wir sicher Platz zum Pennen«, geht es mir durch den Kopf, aber da sind wir auch schon vorbei.

Ein Glück, daß die Panzerfritzen mich so gut verarztet haben. Den Arm mit der Schiene ordentlich am Körper festzubinden war sicher keine schlechte Idee. Aber was, wenn mir die Pillen ausgehen? Sollten die nicht überhaupt nur bis Nancy reichen?

Im Vorüberfahren sehe ich die krummen, schief eingeschlagenen Pflöcke der Weidezäune schwanken wie eine Reihe mißgewachsener Betrunkener. Die roten Ölfarbenkappen der weißen Kilometersteine irritieren mich heftig, ebenso die Telefonmasten, die im Augenwinkelblick vorbeiziehen. Der Wunsch, den Kutscher stoppen zu lassen, wird übermächtig in mir. Damit muß ich fertig werden . . .

Eine Abtei mit grünspangrünen Spitzentürmchen, steinerne Vasen auf gemauerten Pfeilern. Ich spähe nach deutschen Aufschriften, aber ich lese nur: »Centre ville« – »Meubles« – »Aux maisons rouges«.

Auf dem großen Platz vor dem Hotel de Ville von Pfalzburg hält der Kutscher plötzlich an. Links wieder eine Rotsandsteinkirche, mitten auf dem Platz das Denkmal eines Feldherrn, rechter Fuß vor, in der linken Hand Handschuhe statt einer Waffe oder eines Marschallstabes.

»Wir ham en Platten«, verkündet der Kutscher.

Also Zwangspause. Während der Kutscher und Bartl sich an die Arbeit machen, sehe ich mir das Denkmal aus der Nähe an. Es ist Georges Mouton, General Napoleons, geboren in Pfalzburg am 21. Februar 1770. Ich lese, was auf dem Sockel steht: »›Mon Mouton est un lion. Napoleon‹.« Und dann das Schlachtenregister: »Novi, Cenes, Laverrà, Ulm, Austerlitz, Jena, Eylau, Friedland, Medina, Del Rio Secco, Burgos, Landshutt, Ratisbonne, Essling, Isle de Lobau, Wagram, Smolensk, Valentino, La Moskowa, Krasnoe, La Bérésina, Lutzen, Bautzen, Dresden, Arbézan, Leibsick« – da muß ich lachen: Der hier und sein Napoleon! Von der gleichen Hybris getrieben wie Hitler. Napoleon konnte auch das Maul nicht voll genug bekommen: Waterloo – das war's dann.

Um die Arche herum versammeln sich Kinder, die uns beglotzen, als kämen wir vom Mond. Kinder mit rundgeschorenen Köpfen und Kittelschürzen. Es ist nicht auf den ersten Blick zu erkennen, was Junge und was Mädchen ist. Eigentlich sollte ich die Taschen dieser Rasselbande durchsuchen. Ich bin fast sicher, daß sich große Zwecken und die scharfen dreikantigen Reifentöter drin finden würden. Amüsieren sie sich nicht zu deutlich über unser Mißgeschick? Seit die Burschen vor Nancy die Zwecken vor uns auf die Straße geworfen haben, bin ich mißtrauisch.

Fünfzehn Kinder: das bedeutet, ich müßte martialisch auftreten oder mich lächerlich machen. Bartl den Auftrag geben? Auch Quatsch, sage ich mir, Kinder durchsuchen, und aus den Fenstern guckt alles zu! Wir haben's ja eh bald geschafft. Wie weit kann es bis Straßburg denn noch sein? Und da werden wir schon Reifen aufstöbern oder endlich eine andere Kutsche. Also kein Theater mehr – kein unnötiges.

Zu dumm, daß uns die Panne hier mitten im Ort erwischt hat. Sogar Mütter mit Kindern auf der nach außen geschobenen Hüfte lassen es sich nicht nehmen, dem Kutscher bei der Arbeit zuzuschauen. Der Kutscher schwitzt. Er guckt immer wieder mißtrauisch um sich. Ich sage ihm, er soll keinen Schiß haben: »Das sind hier nur noch halbe Franzosen.« Trotzdem bedeute ich Bartl, die Kinder zurückzudrängen.

Verstohlen halte ich die Fensterreihen im Auge, bin ich doch nicht sicher, ob die hier wirklich so friedlich sind, wie es den Anschein hat. Schwäche wirkt allemal herausfordernd, und wir sind im Augenblick nicht mal mobil.

Ich setze mich ab und patrouilliere, die MP waagerecht straff am Gurt, in einigem Abstand rings um unsere Arche. Das Ganze gefällt mir weniger und weniger. »Bartl, die da rücken uns schon wieder zu dicht auf den Pelz!« rufe ich.

Da wird Bartl böse: Wie ein Racheengel stürzt er sich mitten in die Schar, die erschreckt auseinanderstiebt, und stößt Verwünschungen aus: ein Mann der Extreme. Man muß ihn lange reizen, bis er böse wird, dann aber geht er hoch.

»Schlage nie ein Kind im Ausland – bedenk, es könnt dein eigenes sein!« ermahne ich ihn lauthals. Der alte Seemannsspruch wirkt Wunder: Der eben noch wild fuchtelnde und ingrimmig fluchende Bartl bleibt stehen und läßt die Arme sinken.

Endlich geht es weiter. Wir biegen um eine scharfe Ecke und müssen durch eine Art Tunnel – ein rotsandsteinfarbenes Torhaus. Dann ist die Straße wieder schnurgerade.

Pfalzburg bleibt hinter uns zurück.

Im Buschwerk nisten sich Abendbläuen ein, die schnell intensiver werden. Aus der grünen Masse zeichnen die Blautöne einzelne Baumkronen heraus. Die Fernen beginnen im lichtblauen Dunst zu schwimmen. Für Augenblicke weiß ich nicht, ob eine langgestreckte, blaugetönte Form dicht über der scharfen Buschwaldsilhouette vor mir ein ferner Hügel oder eine Wolkenbank ist. Eine einzelne Pappel steht dünn wie ein Pfosten gegen das zerblasene Blau hochgereckt.

Noch ein Stück weiter – nur weiter! Irgendwo werden wir schon unterkommen ... Mir wird immer kälter. Ab und zu schauert es mich richtig durch. Habe ich wieder Fieber? Schüttelfrost? Ich verspüre nur noch ein einziges Bedürfnis: alle viere von mir strecken. Aber vielleicht doch noch ein paar Kilometer ...

Aber was ist das? Wieder ein Platter? Ich denke mühsam: Diesmal ist es der Reifen rechts hinten – vorhin war's der links hinten. Wenigstens paritätisch. Ich zwinge mich trotz der Müdigkeit zum Überlegen: Die Räder über Kreuz wechseln? Mal die anderen nach achtern. Die Idee verwerfe ich aber schnell wieder: zuviel Arbeit!

Ich merke, wie nahe ich daran bin, aus den Pantinen zu kippen. Ich lasse mich besser gleich auf einen Grasstreifen neben dem Bankett sinken. Eine Art Fatalismus überkommt mich: Unsere Strecke wird von Reifenpannen zusätzlich in Etappen zerlegt, und die Pannenetappen werden eben kürzer. Aber war das denn anders zu erwarten?

Diesmal will es ewig dauern, bis die beiden das Rad gewechselt haben.

Warum erscheint der Mond, wenn er noch so tief steht, so riesenhaft vergrößert? Er ist der Erde dann schließlich nicht näher als später, wenn er, von der Apfelsine zum silbernen Talerstück mutiert, weiter oben am Himmel steht. Sind es etwa die Luftbrechungen, die ihn zum japanischen Lampion vergrößern?

»Herr Oberleutnant! – Herr Oberleutnant!« höre ich aus weiter Ferne. Und dann noch mal: »Herr Oberleutnant! Fertig!«, als ich allmählich wieder in die Wirklichkeit zurückfinde. Aber ich will mich nicht bewegen, sondern nur die Lider öffnen. Wieder höre ich: »Herr Oberleutnant!« und dann ein Aufatmen und: »Gott sei Dank, Herr Oberleutnant! Ich dachte schon, Sie sind ...«

»... abgeschrabbt? Meinten Sie das, Bartl?«

»Sie waren wie tot, Herr Oberleutnant. Ich versuch schon 'ne ganze Weile, Sie wach zu kriegen.«

Am liebsten wäre es mir, Bartl ließe mich in Frieden. Aber er redet schon wieder: »Wir sind fertig, Herr Oberleutnant. Flicken können wir ja, wenn wir was zum Pennen gefunden haben.«

Wenig später zeigt sich links vor uns Bewegung. Ich lasse den Kutscher stoppen und überlege: Das sieht ganz nach einer größeren Truppenansammlung aus. Da könnte es was zu futtern geben, und vielleicht können wir da auch ein paar Stunden pennen. Außerdem muß der Kutscher den Schlauch vom Reserverad flicken, das sollten wir nicht auf die lange Bank schieben. Und wo so viele Fahrzeuge stehen, muß es auch eine Motorpumpe geben.

Auf einmal trägt der Wind Grölen und Gesang bis zu uns her. Da scheint es hoch herzugehen!

»Also, die nächste Straße links ab!«

Kaum sind wir eingebogen, lasse ich wieder stoppen: Ziehharmonikatöne schlagen mir ans Ohr.

»Da ist was los!« höre ich Bartl, der aus der Arche gestiegen ist.

»Do rührt sich ja wos!« kommt's vom Kutscher.

Plötzlich zieht Bartl, dicht vor dem Kühler stehend, seine Pistole und schießt mit senkrecht hochgehaltenem Arm in die Luft. Gleich darauf knallt es zwei-, dreimal. Und da . . . Mündungsfeuer! Herrgott, die schießen auf uns! Weg von der Arche – ein, zwei Sprünge zur Seite und runter in den Dreck! Ich will mich mit dem Bauch auf dem Boden werfen, aber mit dem festgebundenen Arm gelingt das nur schlecht: Ich komme seitlich zu Boden und muß laut aufstöhnen.

Die feuchte Erde strömt einen starken Geruch aus. So, wie ich in dieser Ackerfurche daliege, könnte ich mich beerdigen lassen. Ich müßte mich wohl nur noch auf den Rücken drehen – weil sich Rückenlage nun mal gehört . . . Dieser verdammte Bartl! Daß der Kerl gleich noch mal verrückt spielen würde, daß ihm das erste Mal nicht langen würde, das hätte ich mir an fünf Fingern abzählen können!

Da liege ich nun längelang, krümme mich vor Schmerzen und wage nicht, den Kopf hochzunehmen. Von Verrückten abgeknallt zu werden, das hätte mir gerade noch gefehlt. Jetzt *muß* ich mich aber auf die Seite wälzen, weil mein Arm höllisch funkt. Da ich mich nicht richtig abstützen kann, gerate ich dabei mit dem Gesicht in die Erde. »Irgendwo, irgendwann werden's mich holen . . .« Wie geht das doch gleich? »Fall ich am Donaustrand, sterb ich in Polen . . .« So geht's! »Was liegt daran / irgendwo, irgendwann . . .«

Und jetzt regnet es. Darauf kommt es nun auch nicht mehr an: Ich muß aussehen wie ein Rübenschwein: meine ganze Vorderfront ein einziger Dreck.

Da rattert wieder eine Salve. Maschinenpistole! Sind denn die Hunde ganz und gar wahnsinnig? Wenn mich nicht alles täuscht, habe ich es sogar pfeifen hören.

Es dauert eine ganze Weile, bis ich mich hochwage. Es bleibt ruhig. Ob es möglich ist, daß die Ballerei gar nicht uns gegolten hat? Oder da welche einfach nur in die Gegend gerotzt haben?

Also zurück in die Arche und nun die Scheinwerfer voll an und ganz langsam auf den Hof zu rollen. Diesmal aber mit der MP im Anschlag.

Der höchste Dienstgrad, den wir in dem Bauernhaus in einem wilden Durcheinander auftreiben können, ist ein Feldwebel. Da merke ich erst: Das ist ja Luftwaffe! Der Feldwebel ist ein vierschrötiger Kerl mit einem dicken Kopf auf stabilem Körper. Der dicke Kopf gibt ihm etwas von einem Mond – ein gutartiges Aussehen jedenfalls.

»Was seid ihr eigentlich für ein Haufen?« höre ich Bartl fragen. Die Antwort dringt nicht bis zu mir. Sie geht in frenetischem Grölen unter.

»Luftnachrichtenhaufen! Funkpeilerstörer! Nie was getan!« brüllt mir Bartl in einer Lärmlücke zu.

Jetzt habe auch ich das Mondgesicht dicht vor mir: »Reiner Quatsch, wir haben die ja eher *geleitet*. Die haben uns doch benutzt wie ein Funkfeuer, Herr Leutnant«, orgelt der Mond aus sich heraus. »Aber jetzt isses aus mit dem Quatsch!«

»Was macht der Glaser, wenn er kein Glas hat?« höre ich hinter mir. »Ein Prost auf die blauen Jungs! Ein Prost der Gemütlichkeit.«

In allen Räumen besoffene Landser. Einer hat einen Sack voll Federn aufgetrieben. Jetzt schaufelt er sie wie Konfetti heraus. Aber die Federn bleiben nicht am Boden liegen wie Konfetti, sondern wirbeln mit jeder Bewegung wieder hoch. Eine breughelsche Orgie! Kein Verdunklungspapier vor den Fenstern: verdammte Schlamperei! Ich muß versuchen, einen Offizier zu finden.

»Der Zahlmeister ist abgehauen! Ohne einen Schwanz mitzunehmen, die Erzsau!« brüllt mir ein Besoffener zu.

»Iss doch eh alles im Arsch – trink, Brüderlein, trink . . .!« grölt ihm ein anderer dazwischen.

Mir wird ein Teller mit frisch gebratenen, duftenden Fleischstücken hingestellt, ordentlich Brot dazu und ein großes Glas Rotwein. Gleich kommen auch noch drei, vier volle Flaschen auf den Tisch.

Am liebsten würde ich die Hände heben und kapitulieren, weil mir eher nach Kotzen als nach Essen zumute ist.

Zusammenreißen! befehle ich mir. Aber ich habe kaum mehr genug Mumm in mir, um mich an die Kandare nehmen zu können. Den Lässigen markieren – das will nicht recht klappen. Meine Gabel zittert beim Essen.

Teufel noch mal, das wäre doch gelacht, wenn ich mit meiner Zitterhand nicht fertig würde! Ich lasse die Gabel zehn Zentimeter über dem

Teller stehen und fixiere sie. Meine Zahnreihen sind dabei fest aufeinandergepreßt, meine Backenmuskeln gespannt. So – und nun den Atem anhalten. Drei Sekunden sind geschafft – fast ohne Zittern. Drei Sekunden, das muß genügen: Experiment geglückt. Ich kann die Luft aus mir entlassen.

»Das ist unser Abschiedsfest!« bekomme ich durch den Lärm hindurch vom Mondgesicht zu hören.

»Mir ham 'n Schwein geschlachtet. Metzelsuppe, Wellfleisch – alles, wie's beliebt. Muß alles weggeputzt werden.«

Ein Schwein geschlachtet? Hier ist offenkundig alles abgestochen worden, was kreucht und fleucht: Hühner, Enten, eine Gans ... Überall um mich herum sehe ich nichts als Fressen, Saufen, Kotzen. Geile Visagen. Griffe unter Röcke – wo kommen denn auf einmal die vielen Weiber her? Fette Arme werden betatscht, fett wie Schweinshaxen, so dick und auch so rosig. Seit wann mag dieser Hexensabbat schon toben?

Bartl hat bereits einen Kreis um sich gebildet: Das hier ist ganz nach seinem Geschmack. Er wird bestaunt und muß sich nicht erst mühsam anmeiern. Der Mythos der Marine: Bartl bringt ihn voll zum Tragen. Einer stupst gerade mit dem Zeigefinger auf Bartls U-Bootsabzeichen und fragt brüllend: »Haste Schiffe versenkt?«, und ein anderer schiebt sich dazwischen und schreit schrill: »Olala!« Nichts anderes als immer wieder: »Olala!«

Ein Unteroffizier trägt Weiberkleider. Ein paar Männer liegen besoffen herum oder pennen. Ein anderer Unteroffizier zieht sich gerade die Knobelbecher aus. Recht so! Ohne die Dinger ruht sich's besser. Schon ist er weg und röchelt. Da steht einer von den Leuten, die ich besoffen wähnte, auf, und ich traue meinen Augen nicht: Hose runter. Hockt sich hin und protzt ab, direkt in einen der Stiefel hinein.

»Das iss nämlich 'n Schleifer.«

»Kost nix – macht für 'n Taler Spaß.«

Die deutsche Wehrmacht – Unterabteilung Luftwaffe – in voller Aktion. Ein Höhepunkt im Muschkotendasein!

Ein Weibsstück macht sich dicht an mich ran. Sie hat einen Busen, so gewaltig wie ihr Hintern. Ein paar Schrecksekunden lang weiß ich nicht, ob sie mir ihren Hintern oder ihren Busen ins Gesicht drückt. Ich schiebe sie weg und frage mich, ob wir hier die einzig Nüchternen unter einer Horde von Veitstänzern sind.

Seit Minuten schon versuche ich ein Wort auszusprechen, das sich in meinem Kopf bilden will. Jetzt gehe ich es ernstlich an: PHAN-TAS ... PHANTA-GOR ... MAGOR, MAGOR ... GORI ... jawoll: MAGORIE! Phantastische Magorie!

Ich bin mit Blei ausgegossen. Mindestens bis zur Hüfte. Ich muß aufpassen, daß mir der Kopf nicht auf die Brust fällt. Trotzdem versuche ich gegen den Schmerz anzudenken: Die Augen verkneifen, das Gehör abstellen ... und nun noch mal von vorn: PHAN-TAS-MA-GORIE »Hurra!« entringt es sich mir. Ich hab's. Wer sagt's denn: Ich hab's ja! Das hier ist eine aberwitzige Phantasmagorie!

Als hätten sie mein »Hurra!« als Auftakt genommen, fangen vier, fünf torkelnde Muschkoten, volle Gläser in den Händen, einen Trampeltanz zu einer Musik an, die von nebenan kommt, und dabei jagen sie die Federn auf dem Boden wieder hoch. Und dann, als die Ziehharmonika einsetzt, fallen sie sich in die Arme und saufen so hastig, daß ihnen der rote Wein über die Mundwinkel suppt und das Kinn hinabrinnt. Und jetzt küssen sie sich, daß es nur so schnalzt, direkt auf die Schnauze.

Und was ist das! Da fährt doch ein Gefreiter einem anderen beim Umarmen in den Schritt und dann in den Hosenstall!

Jetzt muß für uns aber hier Schluß sein! Ich will mich losreißen, hochrappeln – da drückt mich einer von hinten tief in den Sessel zurück. Eine merkwürdige Willenlosigkeit hindert mich, dagegen zu protestieren.

Einer steht jetzt, die Mütze auf dem Hinterkopf, mitten auf dem Tisch und bietet, weil die Ziehharmonika gerade einmal ausgesetzt hat, ein getragenes Solo: »Wir knien vor Deines Thrones Stufen / wir stehn zu Dir in Treue fest / wir sind bereit, Hurra zu rufen / wenn sich's nur irgend machen läßt!«

»Machen läßt – machen läßt!« echot ein anderer und brüllt dann wie angestochen los: »So wahr uns Gott helfe!«

Danach schreit der Sänger: »Hoch die Tassen!« und macht vor, wie er sich den Wein von oben her in den weit aufgesperrten Mund zielen kann. Zwei machen es ihm nach und richten, weil sie es nicht können, eine Riesensauerei an.

Neue Gäste sind angekommen. Aus dem wüsten Durcheinanderschreien kapiere ich, daß einer verletzt ist, vom Posten draußen angeschossen. Da kommt er auch schon hereingewankt und läßt sich auf einen Stuhl fallen. Der Mann stöhnt und schweißt gewaltig. Es hat ihn am rechten Schenkel erwischt. Hoffentlich nicht die Vene, denke ich und dann: So hätte es uns auch gehen können.

»Herrgottsakra! Ihr dummen Arschlöcher!« flucht der Mann.

Einige haben nun doch angesichts des Blutes ihren Schreck weg. Einer wuselt herum und brüllt nach dem Sanitäter. »Wo issen das dumme Schwein bloß?«

Ich will mir das nicht ansehen, außerdem drückt mich die Blase. Als ich rausgehe, trete ich auf Glitschiges und schlage um ein Haar hin. Die verdammten Federn wirbeln überall herum: Ich habe schon welche an der Unterlippe kleben.

Ein Landser kommt mit einer Stablampe und richtet den Lichtkegel auf den Boden. Dazu sagt er: »Vorsicht, Herr Leitnant. Dös san Gedärm vom Koibischlachtn«, und dann will er sich noch mal auf hochdeutsch wiederholen, schafft aber nur: »Kalb geschlachtet. Vorsicht! Sauerei!« Da erst nehme ich den säuerlichen Gestank wahr. Hinter mir torkelt einer aus der Türe und brabbelt: »Stange Wasser in die Gegend stellen!«

Ich mache, daß ich wegkomme, damit er mich nicht anschifft.

Von draußen sieht das Ganze fast gemütlich aus. Das gelbe Licht durch die Fenster, die irrlichternden Schatten, der sich auffächernde Schein, der aus der Türe fällt. Und dazu die Ziehharmonika. Russisch, sage ich mir. Und dann: Wir müssen weg hier! Ich gehe wieder hinein, aber Bartl ist nicht mehr da. In der Küche wahrscheinlich. Ich drücke die Tür auf, mache ein, zwei Schritte und bleibe wie angewurzelt stehen. Vor mir sehe ich eine Schreckschraube, die sich stoßen läßt. Knobelbecher und drumherum ein Geschlinge aus Hose und Hosenträgern, nackte, haarige Beine, ein haariger Arsch, der Saum eines dreckigen Hemdes und ein Bündel Kleider. Der Arsch zuckt und stößt. Wieder und wieder: Aus den Kleidern kommt ein Gesicht – so rot wie stranguliert. Wo ist denn hier oben, wo ist unten? Das ist doch die Küche! Hier wird direkt in der Küche gerammelt. Von hinten! Wie bei den Hunden.

Der Rotgesichtige dreht sich zu mir her. Und ob es nun meine Maschinenpistole ist oder der Anblick der Offiziersmütze auf meinem Kopf, der Kerl, der sich da eben abgerackert hat, löst sich von den Röcken, sein Ständer ist gewaltig und rot wie eine Mohrrübe. Jetzt zieht es ihm den Oberkörper pumpend nach vorn, und wie von Krämpfen geschüttelt spritzt sich der Kerl den eigenen weißen Schmand schubweise ins Gesicht. Er erstarrt für einen Augenblick – und dann sackt er zusammen, als hätte er einen Bauchschuß abgekriegt.

Ich denke: In der Fachsprache heißt das Interruptus. Da erst erkenne ich den Kutscher.

Plötzlich steht der Film! Der Arsch, aus dem der Kutscher seine Mohrrübe gezogen hat, bleibt groß im Bild: ein bleicher Mond von einem Strang aus Klamotten umkränzt. Ich drehe mich weg und taste durch die Türe. Draußen im Flur lasse ich mich auf ein altes Sofa sinken. Plötzlich ist um mich herum der schiere Wahnsinn: entfesselte Weiber noch und noch, Schleiertänze mit Gardinen. Einer der frenetisch Herumhampelnden wird eine Champagnerflasche zwischen die Beine gesteckt. Sie zieht die

Gardine mit. Ein Muschkote brüllt vom Boden her: »Ich hab ihn drin!« Und dann noch: »Wetten? Fühl mal!«

Jemand will mir Schnaps einflößen, aber versaut mir dabei nur das Gesicht. Ich brauche Kaffee, keinen Schnaps.

Das ist keine bleibende Statt. Irgendwie finde ich hinaus. Dämmert es etwa schon? Ein Hahnenschrei – grell. Im Schummerlicht kann ich erkennen, daß auch im Stall eine Vögelei im Gange ist. Direkt neben den Kühen sind da welche auf ausgebreitetem Stroh beim Rammeln. Ich höre Weibergekreisch. Zweigbrechen, Knarren, Knacken, Stöhnen, Jachtern. Dann schrilles Kreischen, dann nur noch Geflüster – aber das hetzend und atemlos.

Da merke ich, daß es brenzlig riecht. Jemand schreit: »Feuer!« Wie von einer Explosion schießt ein Stück des Stalldachs in die Höhe. Mit heruntergelassenen Hosen rennt einer ins Freie und schlägt gewaltig hin. Gebrüll nun von allen Seiten.

Eine Eimerkette bildet sich, aber da ist nichts mehr zu retten. Die Hitze wird schnell so stark, daß keiner mehr nahe genug herankommt. Halb im Schlagschatten sehe ich einen stehen, der das Gebiß fletscht wie ein Gorilla und sich die Hand in die Hose schiebt.

Der Kutscher!

Bald brennt die Ferme lichterloh. Von einem singenden Sausen ganz umhüllt, fühle ich mich erhoben wie in einer Kirche. Ich muß schlucken, um nicht in Tränen auszubrechen, so sehr bin ich hingenommen von dieser steilen, gelborangefarbenen herrlichen Lohe.

Die feierlichen Gesten dieser Flammen! Sie recken sich wie die Hände Verdammter. Darüber verwirbeln Myriaden helleuchtender Funken, von den Flammen hoch in die Nachtschwärze geworfen.

Nicht lange, und brennende Sparren stürzen herab in die Glut und jagen im Stürzen neue Myriaden von Goldfunken hoch.

Hin und wieder sehe ich einen Schatten vor dem Feuer hinhuschen. Aber wirklich gelöscht wird nicht mehr. Es brennt einfach.

Meine Front ist heiß, der Rücken kalt. Ich drehe mich herum und wärme mir den Rücken. Halb hinter mir bewegen sich Schatten merkwürdig hin und her. Vom Feuer geblendet, kann ich nicht gleich erkennen, was das für massige Schatten sind. – Es sind verstörte Kühe! Gott sei Dank, daß die noch einer ins Freie getrieben hat.

Dann sitze ich auf einem umgedrehten Schubkarren und starre ins Feuer. Darüber vergesse ich die Schmerzen, aber ich merke, wie mir die Feuchtigkeit des Holzes in den Hosenboden zieht.

Kein Gefühl mehr für die Zeit. Um mich herum ist nur noch Knistern und Sausen.

Graues Morgenlicht beginnt sich in die Luft zu breiten. Es kommt nicht im Osten über die Kimm herauf, sondern von oben herab. Der dünne Frühnebel riecht schal und aschig.

Von einem wirren Durcheinander schwarzer Balken quillt milchiger Qualm hoch. Im Näherwanken sehe ich, daß einzelne Balken graue Ascheschuppen tragen, unter denen es vereinzelt noch rosa glimmt. Wenn jetzt ein Wind aufkäme, würde es aus der Balkenbarrikade sofort wieder hochlodern. Der Boden ist von weißgrauer Asche bedeckt: Ich stehe wie in Reif. Hier und da liegen schwarzverbrannte Holzstücke wie schwarze Korallen herum.

Mir will es, als ich weitergehe, die Füße wegziehen: Vorsicht! Der Schlamm aus Ruß, Asche und Wasser ist glitschig wie Schmierseife. Und nirgends Wasser zum Waschen, alles Wasser verbraucht. Da entdecke ich einen vollen blauen Emailleeimer, aber auf dem Wasser darin schwimmen dicke Rußflocken.

Herrgott, wie sehen denn meine Schuhe aus! Dieser verdammte Dreck, diese zähe, klebrige Schmiere! Ekel würgt mich. Mein Verband ist auch total versaut. Woher soll ich jetzt bloß eine neue Binde bekommen?

Ich muß ja wohl verrückt gewesen sein, als ich unseren Waldschrat auf diese verdammte Ferme zusteuern ließ. Ich fühle mich so miserabel, daß ich kaum noch ein Bein vor das andere bringe. Mein ganzes Knochengestell hat sich versteift. Oder sind meine Muskeln blockiert? Das muß davon kommen, daß ich mich mit diesem festgezurrten Arm nicht normal bewegen kann. Ob ich es noch bis zur Arche schaffe? Ich muß mich ordentlich durchparieren, damit ich aufrecht bis zu unserem Vehikel komme. Mich soll hier keiner davonhinken sehen!

Da taucht Bartl aus dem Dunst auf. Der Schatten hinter ihm muß der Waldschrat sein. Wie er so mit hängenden Armen dahinschleicht, kommt er mir vor wie ein Gorilla. Bartl sieht auch aus wie durch den Dreck gezogen. Den Gorilla will ich gar nicht angucken. Mich schaudert bei der Vorstellung, daß dem immer noch der eigene Glibber wie weißer Rotz aus der Nase hängen könnte.

Kalt. Meine Zahnreihen schnattern gegeneinander wie spanische Kastagnetten. Bartl gibt keinen Laut von sich. Er schweigt so konsequent, als habe er sich nun mehr ganz und gar verausgabt.

So, und nun kann ich mich seitlich auf meinen Sitz schieben und den linken Arm im Schoß halten. Am liebsten würde ich laut losheulen, so gemein sind meine Schmerzen. Den Kopf zu drehen kann ich schon gar nicht mehr wagen – keinen Zentimeter.

Einen schrecklicheren Tagesbeginn wie diesen hier habe ich noch nie erlebt: Kein Sonnenaufgang, die Dunkelheit wechselt einfach zu Grau, und nun wird das Grau allmählich dünner. Nur im Osten ist es ein paar Nuancen heller.

Qualm und Nebel vermischen sich in den flachen Senken. Die Mischung gerät mir auf der Zunge zu einem laffen Geschmack: Ich huste, damit ich ihn loswerde, aber mit dem nächsten Atemholen schöpfe ich ihn wieder in mich hinein.

Warum nur mache ich diesen Wahnsinn immer noch mit! Diese gottverdammten Schweine, wohin haben die uns gebracht! Keinen meiner Freunde werde ich wiederfinden. Alle tot oder im KZ. In Chemnitz haben sie alles zur Minna gemacht. In München bin ich ausgebrannt. Soll doch endlich *alles* verrecken.

Ein Schloß in Zabern

Die Arche steht Gott sei Dank in Fluchtrichtung. Bartl quetscht sich unter leisem Fluchen nach hinten, und los geht's. Da bekommen wir Feuer von achtern. Amüsieren die sich? Die sind ja wohl wahnsinnig!

»Wenn es nur keinen Reifen trifft!«

Wir vollführen eine Schleuderfahrt. Steine spritzen hoch. Dann sind wir außer Reichweite.

Soll ich jetzt erst einmal stoppen lassen und den Kutscher fertigmachen? Unsinn! Ohne den Kutscher wären wir aufgeschmissen. Ich entschließe mich, nichts gesehen zu haben. Verstellungskünste, die haben wir in all den Jahren gelernt ...

Ich muß eingeduselt sein und schrecke hoch, weil die Arche schon wieder stehenbleibt. »Was 'n los?« frage ich aus tiefer Benommenheit heraus.

Bartl antwortet: »Reifenpanne, Herr Oberleutnant.« Seine Stimme klingt wie belegt.

Ich ziehe mich mit der rechten Hand hoch und arbeite mich mühsam aus der Arche. Über Nacht ist viel Tau gefallen, das Gras ist feucht und dunstet. Wir stehen in einer Art Hohlweg: Der liegt wie ein Fluß zwischen hohen, geschrägten Ufern. Die Gegend gefällt mir ganz und gar nicht. Hier geben wir Ziele ab, auf die man von *beiden* Seiten feuern kann.

Da fällt mir siedendheiß ein: Mit einem bloßen Radwechsel ist es diesmal nicht getan. Das Loch im Reservereifen ist noch nicht geflickt. Der Kutscher hatte anderes zu tun ... Bartl und der Kutscher stehen verlegen herum: Links hinten hat es uns diesmal erwischt.

»Na los, ran an die Arbeit!« ermuntere ich die beiden. Aber keiner rührt sich. Da werde ich laut: »Oder wollen wir etwa warten, bis Schnee ...« Ich kann gerade noch das Ende des blöden Spruchs verschlucken.

»Der Wagenheber iss weg!« höre ich Bartl in einem merkwürdig knarzigen Ton sagen.

»Den hamma liegenlossen bei de letzten Panne«, fällt der Kutscher ein.

Ich bin wie erstarrt und brauche meine Zeit, bis ich kapiere, was mir eben gesagt wurde.

»Sind Sie sicher?« fahre ich die beiden an.

»Ja, der iss da wohl stehengeblieben, Herr Oberleutnant. War ja schon ziemlich dunkel«, bringt Bartl kleinlaut hervor.

»Stehengeblieben! Stehengeblieben!« äffe ich Bartl wütend nach. »Sie haben ihn stehen*lassen*!«

Ich weiß, daß wir ohne Wagenheber aufgeschmissen sind. Diese Arschlöcher! Alle beide nicht mal so viel Verstand, um den Wagenheber wieder einzupacken! Ohne dieses kindische Instrument sind wir erledigt: Den schweren Wagen bekommen wir ohne Wagenheber nie im Leben hoch. Ich könnte schreien, heulen, herumtrampeln – alles auf einmal. Statt dessen starre ich in den grauen, sich lichtenden Frühdunst: Friedhofsstimmung.

Was tun? Weit und breit kein Haus. Woher soll da Hilfe kommen? Bartl läßt die Arme hängen und stiert mich an, ausdruckslos. Er sieht aus wie ein getretener Hund. Aber was hilft uns das schon!

Wir können hier nicht bis ans Ende unserer Tage stehenbleiben und Maulaffen feilhalten!

Absurd! Wegen eines Wagenhebers, eines beschissenen Wagenhebers, können wir nicht weiter. Und die Gegend behagt mir mit jeder Minute weniger.

»Scheiße, verdammte!« fluche ich lauthals los. »Irgendwie müssen wir die Kutsche doch hochkriegen können!«

»Mit 'nem Hebebaum!« schlägt Bartl vor.

»Haben Sie einen?«

»Ich mein mehr mit 'nem Balken und 'nem großen Stein – und dann hochhebeln am langen Arm ...«

»Wo ist der Balken? Wo der große Stein?« belle ich zurück und könnte vor Schmerzen laut heulen.

Was für ein idiotischer Dialog. Nichts als blödes Gerede, das uns kein Jota weiterbringt.

Da höre ich den Kutscher: »Iss a Zwilln – oder wie ma zu die Dinger sagt – und da liegt noch oane ...«

Der Kutscher hält mir einen dieser geschickt zurechtgebogenen Tetraeder mit scharfen Spitzen vor die Augen. Mir ist, als habe ich nun auch noch einen zweiten Schlag in die Kniekehlen verpaßt bekommen.

Weil kein Baumstumpf, überhaupt nichts zum Niedersetzen in der Nähe ist, lasse ich mich am Straßenrand zu Boden sinken. Daß es uns ausgerechnet in diesem Hohlweg erwischt hat, kann kein Zufall sein – nicht, wenn diese verdammten Reifenmörder im Spiel sind. Wir sitzen böse in der Klemme: Ich kann, so erschöpft ich auch bin, mit meinen Antennen eine starke Bedrohung aufnehmen.

Das scheint mir nicht! Das scheint mir kein bißchen! Ich werde den rechten Hang hinaufsteigen und mit der MP von oben sichern müssen. Aber ganz nach oben hinauf darf ich mich auch nicht stellen, ich würde sonst gegen den Himmel eine hübsche Silhouette zum Abknallen bilden. Ich suche also nach einem Platz dicht unterhalb der Hangkante.

Aber wie soll ich denn mit dem einen Arm in der Binde und meinen einknickenden Knien da hinaufkommen? Erst mal tief Atem schöpfen! Und nun noch mal! Mitten im Lungenpumpen entdecke ich einen Vorsprung in der Hangschräge, der mir wie geschaffen für mich erscheint: also hochgestapft!

Nicht direkt, sondern schräg am Hang hin und allmählich höher – und nach links: Da kann ich mich notfalls mit der rechten Hand abstützen. Ja, so geht's!

Von dem Buckel aus kann ich, wenn ich mich langmache, wie über eine Brustwehr hinweg das Hinterland einsehen, und die andere Seite kann ich auch halbwegs überblicken: Hier kommt so leicht keiner mehr ungesehen heran.

Diese Art Indianerspiel hat mir noch gefehlt! Mit einer Handgranate wären wir von hier oben schnell zu erledigen. Früher – zu Cäsars Zeiten – hätte der böse Feind von der Höhe herab vorher aufgetürmte Steinlasten auf die Straße prasseln lassen. Zu guter Letzt noch Maquisarden in die Hände fallen? No, Sir! Die sollen uns nicht noch im letzten Moment abknallen. Daß sie unseren Reifen mit einem dieser verdammt scharfen Blechdreiecke zur Minna gemacht haben – das reicht durchaus.

Diese beiden Blödiane da unten: den Wagenheber einfach in der Gegend stehenzulassen! Und dieser wahnsinnige Bartl steckt sich jetzt auch noch ein Pfeifchen an, als sei heute Sonntag und alles in bester Ordnung.

Mittlerweile ist es richtig hell. Da werden unsere Freunde vermutlich bald kommen. Dieser Hohlweg ist mit Sicherheit eine Falle. Mich wundert nur, daß noch niemand erschienen ist, um nachzusehen, ob die Falle auch funktioniert hat und wir schon drinsitzen.

Wir sind am Arsch des Propheten. Am Arsch – im Arsch. Alles ist im Arsch: Uns haben sie böse in die Scheiße geritten.

Ich habe meine letzte Pille geschluckt, und die sollte allmählich wirken – aber das tut sie nicht. Oder doch? Mein Kopf ist halbwegs klar. Schmerzt und ist riesengroß, aber halbwegs klar: Wenn sie uns hier noch kriegen sollten, wäre die Regie perfekt. Preiswürdig! Katze und Maus: einen gehörig zappeln lassen – hin und wieder ein Tatzenhieb und ein paar Meter Lose . . . So geht die Melodie.

Ich kann mein Herz wieder heftig im Ellenbogen klopfen hören.

Der Fahrer hat sein Hemd ausgezogen. Seine Hosen sind von breiten Hosenträgern viel zu hoch gezurrt – bis fast zu den Brustwarzen.

Plötzlich ist mir, als könne ich Motorengebrumm aus westlicher Richtung hören. Zu sehen ist nichts: Nach rückwärts sperrt eine Hügelkuppe den Blick schon nach gut hundert Metern. Kein Zweifel: Da brummt ein Motor. Ich rappele mich mühsam hoch, lasse mich den Hang hinunterrutschen und bleibe, mit der MP im Hüftanschlag und von der Arche halb gedeckt, am Straßenrand stehen. Bartl ist hinter der Arche in Deckung gegangen, und der Kutscher tut es ihm nach. Ich sehe – wie ein Schiff über die Kimm – einen Lieferwagen über die Kuppe kommen: erst das Dach des Führerhauses, dann die Windschutzscheibe und den Kühler. Und dann, als der Wagen auf uns zufährt, sehe ich das Nummernschild: Eine Halluzination? Eine WM-Nummer? Ein Fahrzeug der deutschen Kriegsmarine hier im Elsaß? Das *kann* nicht wahr sein! Mit einem Sprung bin ich mitten auf der Straße und reiße die MP hoch, um das Fahrzeug zu stoppen.

Ein Anderthalbtonner! Beide Türen gehen zugleich auf, und zwei Männer in weißgrauem Takelzeug steigen aus. Der eine, ein baumlanger Maat, schlenkert sich schnell die Genitalien in der engen Hose zurecht, ehe er herankommt. Erst als er nur noch drei, vier Meter weg ist, scheint er uns richtig zu erkennen. Wie angewurzelt bleibt er stehen, deutliche Zeichen des Erschreckens auf dem Gesicht. Da wird mir klar, wie wir aussehen: die Stoppelbärte, mein Arm in der Binde, die Maschinenpistole …

Völlig verdattert versucht der Maat Männchen zu machen.

Bartl macht ein paar Schritte auf die beiden zu. »Habt ihr ein Schwein, daß ihr gleich gehalten habt!« sagt er großspurig

»Wieso?«

»Ich hätt euch glatt das ganze Magazin in die Reifen gejagt!« Bartl ist bereits wieder in seiner heroischen Rolle.

»Wo kommt ihr denn her?« will der zweite Mann, ein Gefreiter, von Bartl wissen.

»Vom Mond und noch weiter«, macht Bartl sich wichtig. »Gibt's bei euch was zu saufen? Mannometer, hab ich 'nen Brand!«

»Nun mal langsam!« fahre ich Bartl an.

Jetzt erst scheint der Maat unser Gefährt richtig zu sehen. »Ja, was ist denn das?« fragt er, und die beiden nähern sich vorsichtig der Arche.

»Hat 'n Platten!« sagt der Gefreite.

»Uns fehlt bloß 'n Wagenheber«, sagt Bartl.

»Wagenheber hammer!« bekommt er zurück

»Aber unser Ersatzrad hat auch 'nen Platten!« sagt Bartl.

Ich kann es immer noch nicht fassen: eine Fata Morgana? Diese Szene ist doch total absurd! Dieses WM-Auto kann ich nicht einordnen. Hier im Elsaß? Wenn es einen Knall geben würde und der Anderthalbtonner würde sich in Luft auflösen, wäre die Welt für mich wieder in Ordnung. Aber so?

»Verwundet, Herr Leutnant?« fragt der Lulatsch jetzt und zeigt auf meinen Arm.

Ich nicke nur, weil ich in meiner Verwirrung keine rechte Antwort zustande bringe. Dann frage ich aber doch: »Gibt's ein Lazarett in der Nähe?«

»Ham wir, Herr Leutnant«, sagt der Maat, der seine Fassung zurückgewonnen hat.

»Und wo?«

»Direkt in Zabern. Zehn Kilometer, Herr Leutnant – mehr nicht.«

Der Maat guckt mir prüfend in die Augen und fragt: »Geht's denn noch, Herr Leutnant?« Und als ich nicke: »Wo kommen Sie denn mit diesem Schlitten her, Herr Leutnant?«

»Direktemang aus La Pallice!« kommt mir Bartl zuvor und wirft sich dabei sichtlich in die Brust.

»Mit den Reifen und diesem überladenen Fahrzeug sind Sie . . .?«

»Ja – sind wir! Damit haben wir uns von La Pallice her durchgehangelt!« gibt auch diesmal Bartl für mich Antwort.

Ganz der alte Bartl! Oder will er mir nur zur Hilfe kommen, weil er merkt, wie schwer mir das Erklären fällt?

»Unser Ersatzrad paßt da leider nicht drauf«, sagt der Maat.

»Schade! Gibt's denn hier irgendwo Reifen?« frage ich.

»Nein, Herr Leutnant – Reifen sind Mangelware . . . Sollen wir den Wagen erst mal liegenlassen und später abholen?«

»Doch nicht mit den Sachen drin und der vielen Post!« gebe ich zurück und bin heilfroh, daß ich wieder normal reden kann.

»Stimmt auch wieder, Herr Leutnant«, sagt der Maat zutunlich. Gemütlicher Mann, wie es scheint,und sauber rasiert. Sicher ein starker Kontrast zu unseren Bärten und meiner zittrigen Nervosität.

»Also umladen!« entscheidet der Maat. »Aber dalli, dalli!« wendet er sich an den Gefreiten. Und dann, wie um den schroffen Befehlston zu erklären, an mich: »Wir sind nämlich schon spät dran, Herr Leutnant.«

»Was fahren Sie denn?« frage ich.

»Milch.«

»Wieso Milch?«

»Milch fürs Frühstück, Herr Leutnant!«

Ich kapiere erst mit Verspätung, was mein Gehör aufgenommen hat. »Frühstück?« frage ich wie einfältig.

»Ja, die Herren verlangen frische Milch, Herr Leutnant.«

Jetzt staunt auch der Kutscher. Bartl hat es die Sprache verschlagen. Aber dann rettet er sich in Aktion: »Also dann mal ran! Zu vieren schaffen wir das doch in Null Komma nichts!«

... verlangen frische Milch? Ich kapiere nichts ... Aber ich habe doch richtig gehört! Frühstück ... das habe ich doch auch gehört. Was soll nur der Quatsch?

Der Gefreite hat den Wagen bereits näher heranmanövriert und ist auf die Ladefläche geturnt, wo tatsächlich zwei Milchkannen stehen, sonst nichts. Bartl ist halb in der Arche verschwunden und reicht, ohne hinzugucken, die Packen und Päckchen hinter sich zur Tür hinaus. Der Kutscher nimmt sie ihm ab und gibt, was er grapschen kann, weiter an den Bootsmaat, und der streckt alles nach oben, dem Gefreiten entgegen. Das flutscht! Das klappt wie eingelernt! Da sollte ich wohl staunen! Aber mich kommt wieder dieses merkwürdig beklemmende Empfinden von Irrealität an: ein Lieferwagen mit Marinenummer mitten im Elsaß, als Milchgefährt! Von Gott persönlich zu unserer Errettung herbeidirigiert? Da könnte einer glatt fromm werden: Führ uns an der Hand bis ins Vaterland ... und so weiter.

Zuletzt holt Bartl die Kuriertasche vom Vordersitz und will sie ebenfalls weiterreichen.

»Nein, Bartl«, rufe ich ihn an, viel zu laut, wie plötzlich wieder erwacht, »die nehme ich vorne unter die Beine.«

Der Bootsmaat macht die Tür zur Fahrerkabine auf und stellt die Tasche hinein. »Kommen Sie denn da rauf, Herr Leutnant?« Und als ich nicke, fragt er noch: »Wo kommen Sie denn nun *wirklich* her?«

»La Pallice stimmt schon. Aber vorher aus Brest«, sage ich.

»In Brest kämpfen sie immer noch«, sagt da der Maat.

»Der Wievielte ist heute eigentlich?«

»Der zwanzigste. In Paris sieht's böse aus ...«

»Da war'n wir doch gerade«, fällt Bartl ein.

»Tatsächlich? Da haben Sie aber Schwein gehabt. Gestern ist der Aufstand ausgebrochen. Muß 'n schöner Schlamassel sein. Ich bin bloß froh, daß wir schon seit 'ner Weile da raus sind.«

»Was seid Ihr denn eigentlich für'n Verein?« will Bartl jetzt wissen.

»Marinegruppenkommando West.«

»Ach du meine Fresse!« entfährt es Bartl.

»Lauter Stäbe aus Paris«, ergänzt der Maat.

Ich höre den Mann plötzlich nur mehr wie im Traum reden. Nur nichts für bare Münze nehmen: Marinegruppenkommando West? Das kann doch nicht wahr sein! Das ist doch Humbug! Dazu gehört doch unser Verein! Was sagt der Mann jetzt? Saint-Malo gefallen?

»Die Neunzehnzentimeter-Batterie auf der Insel – na, wie heißt sie doch gleich? –, auf der Insel Cézembre macht aber weiter. Der Oberleutnant kam schon 'n paarmal im Wehrmachtbericht. Seuß heißt er ...«

»Hat sicher Halsschmerzen!« tönt Bartl da.

Ich schicke Bartl und den Kutscher nach hinten. Der Gefreite hat sich auch schon nach hinten verfügt. Dann muß ich mir, um ins Führerhaus zu kommen, wohl oder übel helfen lassen: Alleine komme ich nicht hoch.

»Geht's, Herr Leutnant?«

»Muß wohl!« gebärde ich mich forsch.

Als der Maat anfährt, denkt es in mir: GESCHAFFT! Wir haben es durchgestanden! Herr des Himmels und der Erden!

Marinegruppenkommando West? Der ganze feine Verein aus Paris soll hier residieren? Im Elsaß? Ich zermartere mir das Hirn: Da war doch erst Generaladmiral Saalwächter der Chef und dann kam Krancke. Und wie hieß noch gleich das Kaff? Zabern? Nie gehört ...

Ich habe meine MP quer auf den Oberschenkeln liegen und halte sie, damit sie mir in den Kurven nicht wegrutscht, mit der rechten Hand fest.

Der Maat bedenkt mich mit einem kurzen Seitenblick und fragt: »Wo sind Sie denn verwundet worden, Herr Leutnant?«

»Bei einem Jaboangriff – knapp hinter der Loire.«

»Schmerzen?«

»Erträglich. Ich hab was dagegen. Macht leider ein bißchen duslig.«

»Noch ein paar Kilometer, und dann können Sie sich versorgen lassen, Herr Leutnant – ich meine, medizinisch.«

Ich rede und kann mir dabei selber zuhören. In meinem Kopf kreiselt es wieder heftig. Warum fahren wir nur mit dieser fremden Kutsche durch diese irre Gegend? Erst diese flache Wellblechlandschaft und jetzt eine Kurve nach der anderen – Haarnadelkurven. Im Ellenbogen klopft es wieder schneller. Ich will die Schmerzen verbeißen, aber da entfährt mir doch ein Stöhnen. Gleich rücke ich mich zurecht und schiebe mich ein bißchen höher: Der Maat soll denken, ich wollte mich mit meinem Aufstöhnen nur über meine schlechte Lage beklagen.

Ich kann aber deutlich seine Seitenblicke spüren, und dann höre ich ihn fragen: »Soll ich Ihnen nicht lieber die Maschinenpistole abnehmen und sie verstauen?«

»Nein, danke, geht gut so«, gebe ich zurück und könnte schon wieder laut aufstöhnen, weil mich der Schmerz übermannen will.

Wohl weil ich langsam wieder zusammensacke, fragt nun der Maat: »Wo haben Sie denn übernachtet?« Und dann fügt er noch an: »Wenn ich mal so fragen darf, Herr Leutnant.«

Guter Mann. Der will mich bei Laune halten mit seinem Gerede – bei

Laune und bei Besinnung. Aber das sollte er besser nicht tun! Jetzt bin ich auch noch gerührt, und mir laufen die Tränen in den Augen zusammen.

»Auf einem Bauernhof, bei Luftwaffenfritzen«, bringe ich verzögert hervor.

Der Maat muß viel schalten. Es geht bergauf, bergab. Buchenwald zu beiden Seiten, dann geht es nur noch bergab: eine Kurve nach der anderen. Und nun kommen Häuser – roter Sandstein. Ein paar Kinder auf der Straße, spielende Kinder. Um der Rührung, die immer noch in mir hochquillt, Herr zu werden, frage ich: »Wo ist Ihr Stab denn untergebracht?«

»Im Zaberner Schloß.«

»Also standesgemäß!«

»Jawoll, Herr Leutnant. Alles bestens eingerichtet – mit Funkstelle und allem Tschißleweng. Wie sich's eben gehört.«

»Die haben in Paris einfach alles eingepackt?« frage ich.

»Ja, alles. Jede Schreibmaschine. Die Fernschreibstelle, die Funkenpusterei – einfach alles ... War ein richtiger großer Geleitzug, Herr Leutnant.«

»Und das geht jetzt hier weiter wie gehabt?«

»Aber klar doch, Herr Leutnant. Das geht doch heute alles per Funk! 'tschuldigung Herr Leutnant, das wissen Sie ja selber: Sie waren ja bei den U-Booten ...«

»Woher wollen Sie das wissen?«

»Ihr Abzeichen, Herr Leutnant!«

Ich höre genau auf die Intonation. Das klang ohne Zweifel spöttisch.

»Da wird also neuerdings der Seekrieg ... Da wird von Zabern, vom Schloß von Zabern aus Seekrieg geführt?«

»So isses, Herr Leutnant!« Aus meinen linken Augenwinkeln sehe ich, wie der Fahrer grinst. Dann sagt er: »Für die Funker bleibt sich's gleich: Paris oder Zabern – das iss doch egal ... Bloß, ich fand's in Paris besser, wenn ich so sagen darf, Herr Leutnant ...«

Mir schlenkert bei dieser Kurverei der Kopf auf eine seltsame Weise – so als hielten ihn meine Nackenmuskeln nicht richtig fest. Für Momente habe ich dichten Nebel vor Augen. Ich muß aufpassen, daß ich nicht nach vorne falle. Wenn die Kutsche jetzt scharf abgebremst wird, gehe ich glatt mit dem Kopf durch die Scheibe. Damit das nicht passieren kann, stemme ich meine Beine so fest ein, daß mir die Oberschenkel schmerzen.

Ich kann das alles so schnell nicht verkraften: von Paris ins Elsaß ...

»Wer ist denn bloß auf dieses Kaff gekommen?«

»Keine Ahnung, Herr Leutnant.«

Nach einer Weile redet der Fahrer von sich aus weiter: »Ich stell mir das so vor: Ein Schloß mußte ja wohl sein . . .«

Nobel stirbt zuletzt! fällt mir ein Spruch meiner Großmutter ein, aber den behalte ich für mich.

»Und Schlösser«, sagt der Fahrer, »gibt es so weit östlich von Paris ja nicht mehr massenweise . . . Hieß übrigens früher Saverne.«

»Danke für die Auskunft!« sage ich mit nur halber Stimme, weil mir wieder kotzmiserabel ist.

»Gern geschehen, Herr Leutnant. Aber geht's denn noch?«

»Geht so . . .«

»Mehr an der Wand lang – wie man so sagt?«

»Ja, ungefähr so.«

»Sind bloß noch paar Minuten!« höre ich wie aus einiger Entfernung. Aber ich merke, wie tröstlich das intoniert war. Und nach einer Weile nehme ich noch auf: »Mein Geschmack ist das hier nicht – ich meine das Elsaß und die Elsässer. Das sind doch ganz falsche Fuffziger! Iss doch so, Herr Leutnant, oder?«

Die Arche! Wir haben die Arche liegen lassen! Aber die Post und unsere paar Klamotten – das ist alles hier an Bord. Sogar unsere Fressalien. Da durchzuckt es mich: meine Filme! Und fast im selben Moment weiß ich, die Tasche habe ich zwischen den Beinen.

Ich kann sie spüren.

Keine Aufregung!

Die Straße kurvt wieder heftig, das Fahrzeug schlingert, obwohl der Maat vorsichtig fährt. So enge Kurven sollten nicht erlaubt sein.

»Wie weit isses denn jetzt noch?« frage ich den Maat.

»Bloß noch fünf Ka-emm.«

Ich habe Bewußtseinsstörungen. Wenn ich nicht angestrengt spanne, entschwindet mir alles in Dunst hinein, und das Kinn will mir auf die Brust sacken. Ich reiße den Kopf hoch und mache angestrengt die Augen weit auf.

Festhalten! Das geht ja holterdiepolter! Die Arche war besser gefedert. Jesses! Die reine Slalomstrecke. Und Kiefern gibt's hier – und der Boden ist da, wo er aufgekratzt ist, rosarot. Ein rosaroter Sandhaufen an der Straße. Sand oder Split. Das Rosarot zum Schwarzgrün der Kiefern – und zwischen den Kandelaberästen das Himmelsgrau . . . Das macht sich gut!

Was wird jetzt aus den vielen Briefen und den Päckchen? Bin ich die Verantwortung dafür los? Das Marinegruppenkommando West wird sich schon kümmern! Irgend so ein Schreibstubenhengst kann das machen. Ich frage mich, wie das Ganze überhaupt weitergehen soll: die Reifen reparieren und die Arche einschleppen? Wenn der Imbert-Kessel kein Gas mehr hat, bleibt nur Schleppen . . . Wird sich alles schon finden! Jetzt sind wir zumindest erst mal in Sicherheit . . .

Alles sehen, was dem Auge im Vorbeifahren geboten wird, und zugleich denken – in mehreren Schichten denken: Das schaffe ich kaum noch . . .

Und zudem *kann* ich es nicht fassen: Der ganze Pariser Laden, alle miteinander im Schloß von Zabern? Ins Elsaß abgesetzt zum fröhlichen Weitermachen? Und die brauchen Milch. Milch für ihr Frühstück. Vielleicht gibt's für die sogar Croissants? Das wär's mal wieder: heißer Milchkaffee und ofenwarme Croissants. Simone hat sie immer eingetunkt, sonst splitterten sie ihr zu sehr. »Ta mouche ne mange pas comme un cochon! Mais toi, voyou!«

Frische Milch statt Dosenmilch! Schmeckt ja auch ganz anders. Gut hundert Jahre her, daß es für mich mal frische Milch gab. Quatsch! In der Normandie gab's jede Menge. Und die dicke Sahne. Die ersoffen ja in Milch und Sahne. Der Maat hat das große Los gezogen: Milch vom Land holen, statt auf die Amis gehetzt zu werden! Und der Alte? Futtert der Corned beef zum Frühstück? – Brest kämpft noch! Wer weiß schon, wie alt die Nachricht ist . . .

Die Gegend wird schnell feiner: eiserne Vasen auf gemauerten Säulen, Buchsbaumhecken, ein kleiner Park mit einer Platanenallee und einer winzigen Villa: Da wollte wohl einer Schloßherr spielen! Und noch ein geometrisch angelegter Garten: zwei geflügelte Löwen, auf weißen Säulen plaziert, aber rechts und links neben dem Hauseingang eine Allee roter Säulen.

Wir müssen die Talsohle erreicht haben. Endlich geht's im Flachen dahin. Das bißchen Steigung, das jetzt kommt, gehört zu einer Brückenauffahrt – es geht auf einer stark gewölbten Steinbrücke über einen Kanal. Der Fahrer muß auf dem Scheitelpunkt der Brücke wegen eines Pferdewagens fast stehenbleiben. So kann ich wieder direkt auf eine große schwarze Schaluppe hinunterblicken, einen schwimmenden Sarg für einen Riesen! – Unsere tauchfähigen Stahlsärge und die kleinen schwarzlackierten Särge, die uns in La Baule ins Haus geschickt wurden, klein wie Kinderspielzeug . . .

Plötzlich höre ich den Fahrer »Zorn« sagen. Weil ich ihn verständnislos anblicke, erklärt er: »Der Fluß hier, der heißt Zorn.«

»Richtig wie Wut?«

»Ja! Zorn. Doch komisch, was, Herr Leutnant? Überhaupt 'ne komische Gegend. Aber man lebt!«

Ich muß leicht weggesackt sein. »Herr Leutnant!« höre ich wie von weitem. Ich schlage angestrengt mit den Wimpern und komme wieder zu mir.

»Wir sind gleich da, Herr Leutnant.«

Der Maat hat Besorgnis in der Stimme: »Da vorne ist schon die Einfahrt.«

Ich merke deutlich, daß der Maat mehr Gas gibt, und dann auch, daß wir plötzlich über Kies fahren und einen weiten Bogen beschreiben. Die Vorfahrt – standesgemäß! Dann steht der Wagen. Ich höre, halb bewußtlos, Bartl, den Kutscher und den Gefreiten abspringen.

»Darf ich helfen, Herr Leutnant?«

Als ich den Kies unter meinen Füßen spüre, versuche ich frei zu stehen. »Geht schon – wird schon gehen.«

»Kann ich die Tasche nehmen, Herr Leutnant?«

Da ist Bartl auch schon zur Stelle und sagt: »Die Tasche trag ich ...«

»Gut, aber passen Sie ja auf. Keinen Augenblick aus der Hand geben. Gleich mal sehen, wo wir die deponieren können – meine MP nehme ich selber.«

»Hier geht's lang, Herr Leutnant!« sagt der Maat und hält mich leicht am rechten Ellbogen. Ich merke, daß ich torkele. Bin ich besoffen?

Wenn ich mit den Armen frei schlenkern könnte, wäre das Laufen leichter. Aber der linke Arm ist geschient, und im rechten habe ich die MP. So ist schlecht Balance halten.

Als ich, um mich besser in die Gewalt zu bekommen, einen Moment stehenbleibe, sagt Bartl aufgeregt, er habe vom Beifahrer erfahren: »Von Zabern fährt jetzt ein D-Zug direkt nach München, Herr Oberleutnant!«

Hörte ich eben München? »Kaum zu glauben!« rede ich vor mich hin. »Das ist ja kaum zu glauben!«

»Vor ein paar Tagen ist der noch in Reims eingesetzt worden. Das ist der D-Zug Paris–München ... Wenn wir den erwischen, Herr Oberleutnant!«

In meinem Kopf stellt sich alles wieder scharf. »Das wär was!« sage ich zu Bartl. »Aber wer wird denn vor der Kirchweih jubeln! Sie wissen doch, daß sich das nicht schickt!« Und um ihm einen Dämpfer zu verpassen, sage ich: »Vielleicht stimmt's auch gar nicht!«

»Doch, stimmt, Herr Leutnant!« sagt der Maat, jetzt leicht unsicher, da er meinen Dienstgrad nicht mehr einzuschätzen weiß. Aber er bleibt bei dem, was er sieht. »Geht's wieder, Herr Leutnant?«

»Ja doch – danke.«

Während ich Schritt vor Schritt setze, frohlocke ich: Wenn das wahr ist! Wenn *das* klappt – nicht auszudenken!

Jetzt kommt ein Gang mit Steinplatten, die ein einfaches Muster bilden. Und dann ist Stimmengewirr zu hören. Zwei Matrosen in Weiß mit irgendwas in den Händen kommen auf uns zu. Rechter Hand steht eine große Flügeltür offen. Der Maat will mich weiterlotsen, fast stoßen wir dabei mit den beiden Matrosen zusammen, die weichen aber zurück, als wollten sie mir den Vortritt lassen. »Hier, Herr Leutnant!« Der Maat hält mir eine riesige, dunkle Holztür auf. Eiche, Barock, schön geschnitzt – und da bekomme ich Einblick in einen großen Saal. Eine Sekunde lang stehe ich da wie geblendet, aber dann werde ich auch schon wie von einem Magneten über die Schwelle gezogen.

Und dann fühle ich mich auf eine große Bühne versetzt, blankes Parkett unter mir. Die Morgensonne muß es sein, die mich durch die riesighohen Fenster anstrahlt. Ich stehe reglos da und starre auf ein Spukbild aus hundert Gesichtern und spüre, wie sich alles zu drehen beginnt. Nur jetzt nicht aus den Pantinen kippen! befehle ich mir und schlage, so heftig ich kann, mit den Wimpern, aber das Spukbild bleibt, es wird nur noch deutlicher: weiße Gewänder! Meine Hirnströme geraten in Unordnung. Bilder überdecken sich.

In was bin ich da hineingeplatzt ... Die Akteure sind mitten in der Bewegung erstarrt. Jesus Christus inmitten seiner Jünger? Jesus in Weiß, seine Jünger in Weiß. Weiß und blinkendes Gold. Ich mache zwei, drei taumelnde Schritte auf die Tafel zu. Die Tafel weicht aber zurück, so daß der Weg über das blanke Parkett immer weiter wird. Da erhebt sich Jesus und breitet die Arme aus. Das Gold auf seinen beiden Schultern strahlt und schießt Blitze.

Leonardo – das Abendmahl! Jesus in der Mitte, mit goldenen Schulterstücken. Aber das sind doch die Säcke vom Marinegruppenkommando West! Was soll das Ganze? Viel zu hell. Die Morgensonne, und trotzdem brennen die Kronleuchter!

Ich stehe wieder wie angewurzelt, obwohl mich Jesus doch mit seinen Armen umschlingen will. Oder hat er sie nur ausgebreitet, um das Mahl zu segnen?

Da drängt sich von links her Judas ins Bild, ein halb aufgerichteter, rotgesichtiger, kahlköpfiger Judas. Das ist der Bismarck! Dieser Judas ist der Bismarck! Dieses gottverdammte Schwein hat Simone umgebracht!

Meine MP! Einmal von links nach rechts über die ganze Reihe halten! Von ferne höre ich: »... für Sie tun?«

Ich höre: »... Bad ... Essen!« Und als vielfaches Echo: »Bad, Bad, Bad ...«

Der Schlagbolzen? Meine MP ist noch gespannt. Scheiße: auf Einzelfeuer gestellt! Ich will weiter nach vorn, aber ich bin wie festgebannt. Verdammt, verdammt – ich kriege die MP gegen ihr Gewicht nicht hoch. Die linke Flosse ... festgebunden ...

Da springen von beiden Flügeln der Tafel zugleich Weißjacken hoch. Ich sehe sie auf mich zustürzen und höre es krachen. Ich kann folgern, daß der Krach vom Stühleumschlagen kommt. Ich spüre es wie schwere Lasten an meinen Oberarmen, ein Schuß platzt mir in die Ohren. Ein paar Meter vor mir hat es das Parkett aufgefetzt. Habe ich denn meinen Zeigefinger durchgekrümmt? Ich registriere, wie der Lauf meiner MP tiefer, senkrecht nach unten gedrückt wird, wie man mir von links und rechts zugleich zuredet: ». . . erst mal Ruhe . . . alles kümmern . . .«

»Haben Sie Fieber?« fragt das weiße Gesicht dicht vor mir.

»Wieso denn Fieber?« höre ich mich selber wie von weit her.

»Na, kommen Sie schon!« sagte eine Stimme dicht an meinem Ohr. ». . . wo sind denn Ihre Leute?«

Das Bild vor mir verschwimmt in dichten Nebel hinein. Ich spüre, wie mein Atem stolpert. Dann wird es schwarze Nacht.

Glossar

achtern	hinten
AK	Äußerste Kraft
anblasen	Preßluft in Tauchzellen drücken, um dem Boot Auftrieb zu geben
Ansteuerung	ein auf der Seekarte festgelegter Ort (im allgemeinen vor einem Hafen)
Asdic	Unterwasser-Schall-Ortungsgerät (Allied Submarine Detection Investigation Committee)
Asto	Admiralstabsoffizier
aufbacken	Geschirr/Essen auftragen
aufklaren	Ordnung schaffen
aufkommen	entgegenkommen
Back	Tisch, auch: Aufbau über dem Vordeck
Backbord	linke Seite des Schiffes in Fahrtrichtung
Backschafter	Mann, der das Essen aufträgt
Barkasse	Motorboot/Beiboot; auch: größeres Gefäß zum Auftragen von Essen
BdU	Befehlshaber der U-Boote
bekalmen	beruhigen
Besteck	Standort nach geographischer Länge und Breite
Bilge	Raum zwischen Flurplatten und Schiffsboden
Bold	mit einer Chemikalie gefüllte Pappkartusche, die durch ein eigens eingebautes Ausstoßrohr aus dem getauchten Boot befördert wird; die Füllung löst sich im Salzwasser auf und soll die Ortungsstrahlen der Gegner reflektieren, um dem Boot die Möglichkeit zu geben, sich wegzuschleichen
Braßfahrt	schnelle Fahrt
BSW	Befehlshaber der Sicherheitskräfte Westküste
Dwarssee	quer zum Schiff gehende See

einsteuern	das getauchte Boot regeln oder trimmen, d. h. es in einen Schwebezustand und auf ebenen Kiel bringen
ES	Erkennungssignal
Etmal	innerhalb von 24 Stunden zurückgelegte Strecke
FdU	Führer der U-Boote
Fender	werden an den Bootsrumpf gehängt, um die Bootsbewegungen gegen die Kaimauer oder andere Boote/Schiffe abzufangen
FFI	Forces Françaises de l'Intérieur
fieren	herablassen
Fiffis	umgangsspr. kurz für die Mitglieder der FFI
Flak	Flugabwehrkanone
Flawaffen	Flugabwehrwaffen
FloChef/FloIng	Flottillenchef/Flottilleningenieur
Flurplatten	Eisenplatten, die den »Fußboden« im Boot bilden
fluten	Wasser in einen Raum fließen lassen
FT	Funkspruch
FuMB	Funkmeßbeobachtungsgerät – zeigt mit Radar nach U-Booten/Schiffen suchende feindliche Flugzeuge an (fälschlicherweise wurde lange angenommen, die FuMBs hätten über Eigenstrahlung wie »Kuhglocken« gewirkt und dem Gegner die Positionen der U-Boote verraten)
Gast/Heizer	Mannschaftsdienstgrade, an bestimmte seemännische, bzw. maschinelle/technische Funktionen gebunden, z. B. Signalgast/Dieselheizer
Gkados	Geheime Kommandosache
Gräting	Bodenrost aus Holz oder Eisen
Hedgehog	Einrichtung zum Wurf ganzer Wasserbombenteppiche
Hohentwiel-Gerät	Funkmeßbeobachtungsgerät (FuMB)
Huff Duff	Einpeilungsgerät (High Frequency Direction Finder)
I. D.	Infanteriedivision
Kaleun	Kapitänleutnant
Kimm	Horizont auf See
Klappbuchs	Lichtsignalgerät
krängen	Auf-die-Seite-Legen eines Schiffs
KTB	Kriegstagebuch
Kugelschott	druckfester Verschluß zwischen zwei Abteilungen eines Bootes

Kujambelwasser	Limonade
Kulani	Uniformjacke
Lederpäckchen	Borduniform aus Leder
lenzen	Wasser nach außenbords pumpen
LI	Leitender Ingenieur
LMG	leichtes Maschinengewehr
Luk	Öffnung im Schiffskörper
Maat	Unteroffizier
Mahalla	Menge
Maquis	franz. Widerstandsorganisation
Metox	Funkmeßbeobachtungsgerät (FuMB)
MKB	Marinekriegsberichter
MKBK	Marinekriegsberichterkompanie
MTB	Maschinentagebuch
Netzabweiser	starke Trosse, vom Bug über den Turm zum Heck verlaufend; diente auch als Antenne
Nummer Eins	ältester seemännischer Unteroffizier, Bootsmann
OB	Oberbefehlshaber
ObdM	Oberbefehlshaber der Marine
OKH	Oberkommando Heer
OKM	Oberkommando Marine
OKW	Oberkommando Wehrmacht
O-Messe	Offiziersmesse
OF-Messe	Oberfeldwebel-Messe
OT	Organisation Todt
Pak	Panzerabwehrkanone
Piepels	seemänn. für Männer/Leute, von engl. people
Pier	Hafenmauer
PK	Propagandakompanie
plieren	verglast gucken
pönen	malen/anstreichen
Poller	Pfosten zum Festmachen
Portepee-Unteroffizier	Unteroffiziersdienstgrad oberhalb Maat/Obermaat
Prahm	Arbeits-/Lastkahn mit geringem Tiefgang
Pütz	Eimer/Gefäß
reesen	quatschen
regeln	das getauchte Boot durch Lenzen oder Fluten in einen Schwebezustand bringen
Schapp	kleiner Raum/Schrank
schamfielen	reiben/scheuern
Schangs	seemänn. für Chance

Schmutt	Koch
Schott	Trennwand/Tür
SKL	Seekriegsleitung
Sonar	Akustik-Ortungsgerät
Spring	Leine zum Festmachen
Stelling	Laufplanke/Sitzbrett zum Bemalen der Schiffsaußenwand
Süllrand	Dichtungsrand um das Turmluk
Tannenbaum	Anordnung einer Vielzahl von Druckluft- und Wasserventilen
Talje	Flaschenzug
trimmen	Wasser in Längsrichtung des Bootes so verlagern, daß es auf ebenen Kiel kommt; es geschieht durch Umpumpen zwischen den beiden in Bug und Heck befindlichen Trimmzellen
Triton	Schiffstoilette
Typhon	Signalhorn
UZO	U-Boot-Zieloptik
Vorreiber	Schließhebel
wahrschauen	Bescheid geben/informieren
Wintergarten	Plattform an Oberdeck des U-Bootes
WM	Wehrmacht Marine
I/II WO	Erster/Zweiter Wachoffizier
WPr	Wehrmacht Presse
wriggen	ein Boot durch Hin-und-her-Bewegungen eines am Heck befestigten Ruders fortbewegen
Wuhling	Durcheinander